어른을 위한 동화

# 안데르센 동화전집

한스 크리스티안 안데르센

현대지성 클래식 11

어른을 위한 동화

# 안데르센 동화전집

THE COMPLETE FAIRY TALES AND STORIES

한스 크리스티안 안데르센 지음 | 한스 테그너 그림 | 윤후남 옮김

현대
지성

# 목 차 Contents

# 목차 Contents

# 목 차 Contents

# 목 차 Contents

# 머리말

어른들을 위한 동심의 세계!

이제까지 쓴 책 중, 〈어린이를 위한 동화집〉처럼 색다른 평가를 받아 본 적이 없다. 이 동화를 내가 쓴 작품 중 가장 값지다고 평가한 사람은 소수에 불과했으며 — 나는 이들의 평가를 존중한다 — 나머지 대다수는 이런 하찮은 이야기를 다시는 쓰지 말라고 충고했다. 이런 얘기와 더불어, 비평가들이 동화집에 대한 평가를 꺼려하자, 다시는 동화를 쓰고 싶은 의욕이 사라져 버렸다. 하지만 동화와는 거리가 먼 작품에 매달리고 있을 때 "인어 공주"의 줄거리가 머릿속을 맴돌아 다시 펜을 들지 않을 수 없었다.

그래서 "인어 공주"와 함께 예전에 써 놓은 다른 동화를 엮어 책으로 펴냈다. "인어 공주"는 어른들이 이해할 수 있는 심오한 의미가 담겨 있으며, 동시에 줄거리가 흥미롭기 때문에 아이들도 즐겨 읽을 수 있다.

길이가 짧은 "벌거벗은 임금님"은 1277년에 태어나서 1347년에 죽은 돈환 마누엘의 이야기에서 착상을 얻은 것이다. 이 기회에 이 두 이야기를 쓰기 전에 썼던 동화에 대해 몇 마디 하고 싶다.

어린 시절, 나는 동화와 이야기를 즐겨 들었다. 그때 들은 이야기들은 대부분 아직도 기억 속에 남아 있다. 그 중에는 덴마크에서 유래된 이야기도 있었던 것 같다. 다른 지역에서는 그런 이야기를 들어보지 못했기 때문이다. 어릴 때 들었던 이런 이야기를 옮겨 쓰면서 고치는 것이 적절하다고 생각될 때는 상상력을 동원하여 이야기에 신선함을 가미했다. 이 책에 나온 이야기 중 "부싯깃 통", "장다리 클라우스와 꺼꾸리 클라우스", "못된 아이", "길동무"는 이렇게 쓰여진 것이다. 많은 사람들이 알고 있듯이, 아나크레온의 시에 "못된 아이" 이야기가 나온다. "꼬마 이다의 꽃", "엄지 아가씨", "인어 공주"는 창작한 것이다.

이 동화집이 둘도 없는 훌륭한 책으로 자리잡는 일은 독자에게 달려 있다. 우리나라와 같이 좁은 나라에 사는 시인은 항상 가난하다. 그러므로 명예는 시인이 잡고자 애쓰는 황금빛 새이다. 동화를 통해 내가 그 새를 잡을 수 있을지는 시간이 말해 줄 것이다.

한스 크리스티안 안데르센

# 1
# 부싯깃 통

등에 배낭을 메고 옆구리에 칼을 찬 병사가 큰 길을 걷고 있었다. "왼발, 오른발. 왼발, 오른발." 병사는 전쟁터에서 집으로 돌아오는 길이었다.

한참 길을 가는데 갑자기 소름끼치게 생긴 늙은 마녀가 나타나 병사의 앞을 가로막았다. 마녀의 아랫입술은 가슴까지 흉측하게 늘어져 있었다.

"안녕하시우, 군인 양반. 멋진 칼과 큰 배낭을 메고 있는 걸 보니 진짜 군인이구먼! 원하는 만큼 돈을 갖게 해주지."

"고맙습니다, 마녀 할머니."

"저 큰 나무가 보이지?" 마녀가 근처에 서 있는 나무를 가리켰다. "저 나무는 속이 텅 비어 있다네. 나무 꼭대기로 올라가면 구멍이 보일 게야. 구멍 속으로 깊숙이 내려가 보라구. 자네 몸에 밧줄을 감았다가 안에서 날 부르면 끌어당겨 주지."

"저 안에 들어가서 무얼 하게요?"

"돈을 꺼내 오지. 나무 밑바닥으로 내려가면 넓은 복도가 나온다네. 그곳에는 수많은 등불이 켜져 있어서 아주 환하지. 복도에는 문이 세 개 있는데, 자물쇠에 열쇠가 꽂혀 있어 쉽게 열린다네. 첫 번째 방으로 들어가면, 방바닥 한가운데에 큰 상자가 놓여 있을 거야. 그 상자 위에는 개 한 마리가 찻잔처럼 큰 눈을 부릅뜨고 앉아 있지. 하지만 무서워할 건 없어. 푸른 바둑판 무늬가 있는 앞치마를 줄 테니까 그 앞치마를 바닥에 펴고 개를 붙잡아 앉히게. 그러면 상자를 열고 원하는 대로 돈을 꺼내올 수 있을 게야. 하지만 그 돈은 모두 구리로 된 동전이라네. 은화를 갖고 싶으면 두 번째 방으로 들어가야 하지. 그곳에도 개 한 마리 앉아 있는데, 풍차 바퀴만한 큰 눈을 부릅뜨고 있지. 하지만 무서워할 것 없어. 이번에도 앞치마 위에 개를 앉히고 돈을 꺼내 오면 되니까. 금화를 갖고 싶다면 세번째 방으로 가게나. 거기에는 금화가 가득 든 상자가 있고 그 위에 개가 앉아 있지. 탑처럼 큰 눈을 하고 있어 무시무시하다네. 이번에도 무서워할 것 없어. 앞

한참 길을 가는데 갑자기 소름끼치게 생긴 늙은 마녀가 나타나 병사의 앞을 가로막았다.

치마 위에 앉혀 놓으면 자넬 절대로 해치지 못할 테니까. 자네는 원하는 만큼 금화만 꺼내 오면 되지."

"귀가 솔깃하군요. 하지만 그 대가로 바라는 게 있겠죠? 뭘 원하죠?"

"난 한 푼도 필요 없네. 그저 낡은 부싯깃 통 하나만 가져다주면 돼. 옛날에 우리 할머니가 깜박 잊어버리고 두고 온 것이지."

"좋아요. 그럼 내 몸에 밧줄을 감으세요." 병사는 마녀 앞으로 몸을 내밀었다.

"자, 다 감았네. 그리고 이건 푸른 바둑무늬 앞치마야."

병사는 밧줄을 감자 곧바로 나무 위로 기어올라가 구멍 속으로 내려갔다. 정말 마녀의 말대로 수많은 등불이 켜져 있는 넓은 복도가 나왔다. 병사는 첫 번째 문을 열었다. 거기에는 과연 찻잔만한 눈을 가진 개가 병사를 노려보고 있었다.

"자, 착하지." 병사는 개를 어르면서 마녀의 앞치마 위에 앉히고 두 호주머니에 동전을 가득 채웠다. 그리고는 상자를 닫고 개를 다시 앉힌 뒤, 다음 방으로 들어갔다. 이번에는 풍차 바퀴만한 눈을 부릅뜬 개가 앉아 있었다.

"그렇게 노려보지 않는 게 좋을 걸. 그러면 눈에서 눈물이 나올 테니까 말야." 병사는 개를 마녀의 앞치마 위에 앉히고 상자 뚜껑을 열었다. 거기에는 은화가 가득 들어 있었다. 병사는 너무 좋아서 호주머니에 들어 있는 동전을 모두 꺼내 던져 버리고 호주머니와 배낭에 은화를 가득 채웠다. 그리고 세 번째 방으로 들어갔다. 이번에도 마녀의 말대로 무시무시한 개가 탑처럼 커다란 두 눈을 부릅뜨고 앉아 있었다. 개는 수레바퀴처럼 두 눈을 빙빙 돌렸다.

"안녕?"

병사는 자기도 모르게 모자에 손을 얹고 경례를 했다. 지금까지 그런 큰 개를 한 번도 본 적이 없었다. 그러나 개를 자세히 본 병사는 자신이 너무 예의를 차렸다고 생각하고는 앞치마에 개를 앉히고 상자를 열었다. 상자 속에는 엄청나게 많은 금화가 들어 있었다. 그것은 이 세상에 있는 사탕, 장난감 병정, 채찍, 흔들 목마를 모두 사고도 남았으며, 도시 전체를 사고도 남을 만큼 많았다. 병사는 호주머니와 배낭에 채웠던 은화를 버리고 대신 금화를 가득 넣었다. 호주머니와 배낭뿐만 아니라 모자와 부츠에까지 가득 채워서 걸을 수 없을 지경이었다.

이제 부자가 된 병사는 개를 상자 위에 올려놓고 방을 나와서 위를 향해 소리쳤다.

"끌어올려 줘요, 마녀 할머니!"

"부싯깃 통은 찾았나?" 마녀가 물었다.

"참, 그걸 잊었군." 병사는 다시 안으로 들어가서 부싯깃 통을 찾아왔다.

병사는 마녀가 끌어올려 주어 무사히 밖으로 나왔다. 호주머니, 배낭, 모자, 그리고 장화에까지 금화를 가득 채우고서 말이다.

"이 부싯깃 통으로 뭘 하려구요?" 병사가 물었다.

"그건 알 것 없네. 자넨 돈을 가졌으니 이제 그 부싯깃 통을 주게나." 마녀가 부싯깃 통을 달라고 재촉했다.

병사는 마녀가 끌어올려 주어 무사히 밖으로 나왔다.

"경고하는데, 이걸로 뭘 할 건지 말하지 않으면 칼로 당신 머리를 베어 버리겠어요."

"안 돼!"

병사는 즉시 칼을 꺼내 마녀의 머리를 베고 말았다. 마녀는 땅바닥에 힘없이 쓰러졌다. 병사는 금화를 마녀의 앞치마에 싸서 보따리처럼 등에 맨 다음 부싯깃 통을 주머니에 넣고 곧장 도시로 나갔다. 도시는 입이 떡 벌어질 정도로 거대하고 화려했다.

병사는 제일 좋은 여관으로 들어가 좋아하는 음식을 시켰다. 그는 이제 돈이 많은 부자였던 것이다. 장화를 닦아준 하인은 어마어마한 부자가 낡아빠진 장화를 신고 다니는 것을 이상하게 생각했다.

다음날, 병사는 새 부츠와 좋은 옷을 샀다. 이제 병사는 어엿한 신사였다. 사람들은 그를 찾아와 도시에서 일어난 온갖 신기한 일을 이야기해 주었다.

그러던 어느 날, 병사는 아름다운 공주에 대한 이야기를 듣게 되었다.

"어디 가면 공주를 볼 수 있지요?" 병사가 물었다.

"아무도 공주님을 볼 수 없답니다. 공주님은 구리로 만든 거대한 성에 살거든요. 그 성은 사방이 벽과 탑으로 둘러싸여 있지요. 왕 말고는 아무도 그곳을 드나들 수 없답니다. 공주님이 평범한 군인과 결혼할 것이라는 예언 때문에 왕이 그곳에 가둬 둔 거예요. 왕은 공주님이 그런 사람과 결혼하는 걸 생각조차 하기 싫어하거든요." 사람들이 말했다.

'공주님을 꼭 한 번 보고 싶어.' 하지만 병사는 그 성에 들어갈 수가 없었다.

병사는 극장에도 가고, 왕이 사는 정원도 거닐면서 즐겁게 지냈다. 그리고 가난한 사람들에게 돈을 나누어주는 착한 일도 했다. 부자가 되어 좋은 옷도 사고 친구들도 많이 사귀게 된 병사는 주머니에 동전 한 푼 없는 것이 어떤 것인지 잘 알고 있었던 것이다. 친구들은 그를 매우 훌륭한 진짜 신사라고 칭찬했으며, 병사는 그런 말을 듣는 것이 즐거웠다.

하지만 돈은 곧 바닥이 나고 말았다. 들어오는 것이 없이 매일 많은 돈을 썼기 때문에 이제 남은 것이라곤 2실링뿐이었다. 그래서 병사는 좋은 여관에서 나와 비좁은 다락방으로 옮겼다. 그는 이제 장화도 직접 닦았고 떨어진 장화를 큰 바늘로 직접 기우기도 했다. 그가 사는 다락방까지 올라가려면 끝도 없는 계단을 올라가야 했기 때문에 찾아오는 친구도 없었다. 병사는 초 한 자루 살 돈도 없어 밤이면 어둠 속에서 지냈다.

그러던 어느 날 밤, 컴컴한 방 안에 앉아 있던 병사는 문득 오래된 나무 구멍 속에서 가져온 부싯깃 통 속의 초토막이 생각났다. 병사는 얼른 부싯깃 통을 꺼내 와 부싯돌을 쇠에 문질렀다. 그러자 불꽃이 날아오르며 문이 벌컥 열리더니 문 앞에 개가 나타나는 것이 아닌가! 나무 밑둥 아래에서 보았던 눈이 찻잔만한 개였다.

"분부를 내리십시오, 주인님." 개가 머리를 조아리며 말했다.

'야, 이것 참 신기한 부싯깃 통이네. 원하는 것을 뭐든지 가져다주는 모양이군.' 병사는 이렇게 생각하며 개에게 말했다.

"돈을 가져오너라."

그러자 개는 휘익 사라지더니 금세 동전 한보따리를 입에 물고 왔다. 병사는 그때서야 비로소 부싯깃 통이 얼마나 값진 것인가를 알게 되었다. 부싯돌을 한 번 치면 동전 상자 위에 앉았던 개가, 두 번 치면 은화 상자를 지키던 개가, 그리고 세 번 치면 금화를 지키던 개가 나왔다.

병사는 다시 예전처럼 부자가 되어 좋은 방에서 지내게 되었다. 그가 좋은 옷을 입고 다시 나타나자 친구들은 금방 병사를 알아보고 예전처럼 그를 떠받들었다.

시간이 지남에 따라 병사는 아무도 공주를 볼 수 없다는 것이 참으로 이상했다. '모두들 공주가 예쁘다고 하지만 높은 탑 속에 갇혀 지내면 무슨 소용이람? 공주를 볼 수 있는 방법이 없을까? 가만! 부싯깃 통이 어디 있더라?'

병사가 부싯깃 통에서 부싯돌을 꺼내 한 번 쳤다. 그러자 찻잔만한 눈을 가진 개가 나타났다.

"한밤중이지만 잠깐만이라도 공주님을 보고 싶구나."

그러자 개는 휘익 사라지더니 눈 깜짝할 사이에 공주를 데리고 다시 나타났다. 개의 등 위에 누워 잠들어 있는 공주는 눈부시게 아름다웠다. 병사는 자기도 모르게 공주에게 입을 맞추었다. 그는 용감한 병사였으니까. 그러자 개는 공주를 데리고 다시 사라졌다.

다음날 아침, 부모님과 함께 식사를 하던 공주는 어젯밤에 아주 기이한 꿈을 꾸었다고 얘기했다. 개 등을 타고 어디론가 갔는데, 병사가 자기에게 입을 맞추었다는 것이었다.

"참으로 희한한 꿈이로구나!" 왕비가 감탄했다.

그날 밤, 왕비는 늙은 시녀에게 공주의 침대맡을 지키게 했다. 그것이 진짜 꿈인지 아닌지를 알아보기 위해서였다.

병사는 아름다운 공주가 다시 보고 싶었다. 밤이 되자, 그는 부싯돌을 쳐서 개에게 공주를 데려오라고 명했다. 개는 공주를 업고 힘껏 달렸다. 그러나 늙은 시녀가 장화를 신고 잽싸게 뒤쫓아 왔다. 시녀는 개가 공주를 데리고 커다란 집으로 사라지는 것을 보고 분필로 대문에 커다랗게 십자가 표시를 해 놓았다. 그리고는 눈치 채지 못하게 얼른 되돌아왔다.

얼마 후, 병사의 집에서 공주를 데리고 나온 개는 대문에 십자가가 그려져 있는 것을 보았다. 개는 시녀가 병사의 집을 찾지 못하도록 도시에 있는 모든 집 대문에 분필로 똑같이 십자가를 그려 놓았다.

다음날 아침 일찍, 왕과 왕비는 늙은 시녀와 관리들을 앞세우고 공주가 갔다는 집을 찾아 나섰다.

"저 집이군!" 십자가가 그려진 첫 번째 대문을 본 왕이 말했다.

"아니에요, 저 집이에요." 십자가가 그려진 두 번째 대문을 본 왕비가 말했다.

"아니, 여기도 있고 저기도 있네."

시녀와 관리들이 웅성댔다. 대문마다 십자가가 그려져 있었던 것이다.

그래서 그들은 더 이상 찾아봐야 소용이 없다고 생각했다. 그러나 왕비는 매우 영리한 여자였다. 그녀는 마차를 타고 다니며 거드름이나 피우는 그런 여자가 아니었다. 왕비는 금으로 된 커다란 가위를 꺼내 비단 헝겊을 네모로 자른 다음, 작고 귀여운 주머니를 만들었다. 그리고 주머니에 메밀가루를 가득 채워 공주의 목에 매달아서 공주가 지나가는 길에 가루가 뿌려지도록 주머니에 작은 구멍을 뚫었다.

한편, 병사는 그날 밤에도 공주가 보고 싶어 견딜 수가 없었다. 공주에게 완전히 빠진 병사는 자신이 공주와 결혼할 수 있는 왕자가 아니라는 사실이 안타까웠다. 그는 그날도 개를 불렀다. 개는 공주를 등에 업고 쏜살같이 병사에게로 달려갔다. 개는 앞만 보고 달리느라고 메밀가루가 성에서부터 병사의 집에까지, 그리고 그가 공주를 업고 뛰어들어간 창문에까지 뿌려진 것을 까맣게 몰랐다.

다음날 아침, 공주가 갔던 곳을 알아낸 왕과 왕비는 병사를 끌어다 어둡고 더러운 감옥에 가두어 버렸다.

"넌 내일 목매달려 죽을 거야." 사람들이 병사를 비웃었다.

소름끼치는 말이었다. 게다가 부싯돌을 여관에 놓고 왔으니 큰일이었다.

다음날 아침, 쇠창살을 통해 사람들이 떼지어 몰려오는 것이 보였다. 그가 죽는 것을 구경하려고 몰려든 사람들이었다. 북소리와 함께 군인들이 행진해 오는 것도 보였다. 모두들 좋은 자리를 차지하려고 야단법석이었다. 그 중에는 가죽 앞치마를 두르고 슬리퍼를 신은 구둣방 견습공 소년도 있었다. 그런데 소년이 급히 뛰는 바람에 슬리퍼 한 짝이 벗겨지고 말았다. 슬리퍼는 병사가 갇혀 있는 쇠창살 앞에 떨어졌다.

병사가 소년에게 소리쳤다.

"이봐, 구두 견습공, 그렇게 서두를 필요 없어. 내가 나가기 전에는 볼 게 없거든. 내 부탁 하나 들어줄래? 내가 지내던 여관으로 가서 내 부싯깃 통 좀 가져다 줘. 그러면 4실링을 주지. 하지만 급히 서둘러야 한다."

소년은 4실링이 갖고 싶어 부지런히 뛰어가서 부싯깃 통을 가져다주었다. 이제 무슨 일이 벌어질 것인가!

그들은 병사를 왕의 마차에 태웠다. 세 마리의 개가 마차 앞을 달리며 만세를 외쳤다.

성문 밖에는 커다란 교수대가 세워졌고, 그 주위로 군인들과 수많은 군중이 빙 둘러섰다. 왕과 왕비는 판사들과 추밀원 고문관들 맞은 편에 있는 화려한 옥좌에 앉아 있었다. 병사가 교수대에 세워지고 사람들이 달려들어 목에 밧줄을 묶으려고 했다. 그때 병사가 죽기 전에 불쌍한 죄수의 마지막 청을 들어 달라며 왕에게 애원했다. 이 세상을 떠나기 전에 마지막으로 담배를 피우고 싶다는 것이었다. 왕은 청을 거절할 수 없어 그러라고 허락했다. 그러자 병사는 부싯돌을 꺼내 한 번, 두 번, 세 번을 쳤다. 한순간에 개 세 마리가 눈앞에 나타났다. 찻잔만한 눈을 가진 개, 풍차 바퀴만한 눈을 가진 개, 둥근 탑처럼 큰 눈을 가진 개였다.

"내가 교수형을 당하지 않도록 도와다오!" 병사가 소리쳤다.

그러자 개들이 판사와 추밀원 고문관들에게 덤벼들어 다리를 물고 코를 물어 뜯어 멀리 내동댕이쳤다.

"내겐 손대지 말라!"

왕이 소리치자 제일 큰 개가 으르렁거리며 왕과 왕비를 내동댕이쳤다. 그러자 군인들과 군중들이 겁에 질려 소리 높여 외쳤다.

"병사님, 우리의 왕이 되어 주십시오. 아름다운 공주님과 결혼해 주십시오."

그들은 병사를 왕의 마차에 태웠다. 세 마리의 개가 마차 앞을 달리며 만세를 외쳤고, 아이들은 손가락 사이로 휘파람을 불고, 군인들은 받들어 총을 하여 존경의 뜻을 나타냈다. 공주는 성에서 나와 왕비가 되었다. 공주로서는 참으로 기쁜 일이었다. 결혼식 잔치는 1주일이나 계속되었다. 물론 세 마리의 개들도 식탁에 앉아 눈을 크게 뜨고 함께 어울렸다.

# 2
# 장다리 클라우스와 꺼꾸리 클라우스

ᵕᵗᵗᵉᵗᵗᵉᵗᵗᵉᵗᵗᵉᵗᵗᵉᵗᵗᵉ

어느 마을에 이름이 똑같은 두 사람이 살고 있었다. 둘 다 클라우스였다. 한 클라우스는 말 네 필을 갖고 있었지만, 다른 클라우스는 한 필밖에 가지고 있지 않았다. 사람들은 두 사람을 구별하기 위해 말 네 필을 가진 클라우스를 '장다리 클라우스', 말 한 필을 가진 클라우스를 '꺼꾸리 클라우스'라고 불렀다. 이제 두 클라우스에게 무슨 일이 일어났는지 들어보기로 하자. 이 이야기는 사실이다.

꺼꾸리 클라우스는 1주일 내내 장다리 클라우스네 밭을 매주고 한 필뿐인 말을 빌려 주어야 했다. 물론 장다리 클라우스도 꺼꾸리 클라우스에게 말 네 필을 빌려주었다. 하지만 그것은 1주일에 한 번뿐이었다. 그것도 일요일에만. 일요일이면 꺼꾸리 클라우스는 마치 자기 말이나 되는 것처럼 다섯 필의 말에 채찍을 휘두르며 열심히 일했다. 태양은 눈부시게 빛나고 교회 종이 유쾌하게 울려 퍼졌으며, 잘 차려입은 사람들이 성경책을 겨드랑이에 끼고 지나갔다. 목사님의 설교를 들으러 교회에 가는 것이다. 다섯 필의 말로 밭을 맬 때 지나가는 사람들이 쳐다보면 꺼꾸리 클라우스는 너무나 자랑스러워 더욱 힘있게 채찍을 휘두르며 이렇게 말하곤 했다. "이랴, 다섯 마리 내 말들아!"

그러면 장다리 클라우스는 이렇게 말했다. "그렇게 말하지 마. 한 마리만 네 거잖아."

그러나 꺼꾸리 클라우스는 사람들이 옆을 지나갈 때면 그렇게 말해선 안 된다는 것을 잊어버리고, "이랴, 다섯 마리 내 말들아!" 하고 외치는 것이었다.

"그렇게 말하지 말랬잖아. 한 번만 더 그러면 네 말을 죽여 버릴 테야. 그 자리에서 즉사하게 만들어 버리겠어!" 화가 난 장다리 클라우스는 꺼꾸리 클라우스에게 이렇게 경고하곤 했다. 그러면 꺼꾸리 클라우스는 "다시는 안 그럴게. 정말이야." 하고 빌었다. 그러나 다시 사람들이 지나가면서 고개를 끄떡여 인사하자, 꺼꾸리 클라우스는 몹시 기분이 좋았다. 그는 다섯 필의 말을 끌며 밭을 매는 것이 아주 멋져 보일 거라고 생각하고 채찍을 휘두르며 소리쳤다. "이랴, 다섯 마리 내 말들아!"

"어디 맛 좀 봐라!"

장다리 클라우스는 화가 머리끝까지 치밀었다. 그래서 꺼꾸리 클라우스의 말을 망치로 쳐서 죽이고 말았다.

꺼꾸리 클라우스의 말을 망치로 쳐서 죽이고 말았다.

"아, 난 이제 말이 한 필도 없구나."

꺼꾸리 클라우스는 슬퍼 울었다. 그는 말가죽을 벗겨서 바람에 잘 말린 뒤 자루 속에 넣었다. 그리고는 말가죽을 팔려고 도시로 향했다. 그런데 도시로 가려면 어두운 숲을 지나 매우 먼 길을 가야 했다.

그가 숲 한가운데에 이르렀을 때 갑자기 폭풍우가 일기 시작했다. 꺼꾸리 클라우스는 그만 길을 잃고 말았다. 이리저리 길을 찾아 헤맸으나 도시로 가는 길을 찾을 수가 없었다. 날이 점점 저물어 오고 사방에 어둠이 내려앉았다. 도시에 닿으려면 아직도 멀었고 그렇다고 너무 멀리 왔기 때문에 집으로 돌아갈 수도 없었다. 그때 길가에 서 있는 큰 농가가 눈에 띄었다. 덧문은 모두 닫혀 있었지만 위쪽에서 불빛이 새어 나오고 있었다. '저기서 하룻밤 재워 달라고 해야지.' 꺼꾸리 클라우스는 이렇게 생각하며 농가로 다가가 문을 두드렸다.

한 부인이 문을 열고 나왔다. 하지만 부인은 꺼꾸리 클라우스의 절박한 사정을 듣고도 남편이 낯선 사람을 집에 들여놓지 못하게 한다면서 거절했다.

"그렇다면 여기 문 밖에서라도 자야겠군요." 꺼꾸리 클라우스가 말했다. 그러자 부인은 쾅 하고 문을 닫고 들어가 버렸다. 때마침 농가 옆에는 건초 더미가 있었고, 건초 더미와 농가 사이에는 초가 지붕을 얹은 작은 헛간이 있었다.

"옳지, 저 위에서 자면 되겠구나." 꺼꾸리 클라우스는 초가 지붕을 바라보면서 기뻐했다. "근사한 침대가 되겠어. 설마 황새가 날아와서 다리를 물지는 않겠지?"

그런데 그의 말대로 초가 지붕 위에는 둥지를 틀고 있는 황새 한 마리가 있었다. 헛간 지붕 위로 기어올라간 꺼꾸리 클라우스가 자리를 잡고 돌아눕는데 나무로 된 농가의 덧문이 보였다. 덧문은 창문 꼭대기까지 가리지 않아서 방 안이 들여다보였다. 방 안에는 큰 식탁이 있었고, 식탁 위에는 포도주, 구운 고기, 먹음직스런 생선이 차려져 있었다. 그리고 식탁에는 농부의 아내와 교회지기가 앉아 있었다. 부인은 교회지기에게 포도주를 따라 주고 생선을 권했다. 생선은 교회지기가 즐겨 먹는 음식인 모양이었다.

'나도 먹고 싶은걸.' 꺼꾸리 클라우스는 군침을 삼키며 목을 길게 빼고 방 안을 들여다보았다. 방 안에는 커다랗고 맛있는 파이가 잔뜩 있었다. 꼭 잔칫집 같았다.

그때 길 쪽에서 말발굽 소리가 들려 왔다. 농부가 말을 타고 집으로 돌아오는 중이었다. 농부는 마음씨가 아주 착했지만 교회지기를 몹시 싫어했다. 그는 교회지기만 보면 꼭 미친 사람처럼 흥분하곤 했다. 그래서 교회지기는 농부가 집을 비울 때만 찾아왔고, 마음씨 착한 부인은 교회지기에게 정성껏 음식을 대접하곤 했던 것이다.

남편이 돌아오는 소리를 듣자 부인이 기겁하며 교회지기에게 방 안에 있는 커다란 빈 상자 속에 숨으라고 했다. 그리고는 재빨리 포도주를 치우고 음식을 모두 오븐 속에 감추었다. 남편이 보게 되면 틀림없이 모든 것을 알아차리게 될 것이기 때문이다.

"저런!" 꺼꾸리 클라우스는 음식이 없어지는 것을 보고 안타까워 소리쳤다.

"거기 누가 있소? 왜 거기 누워 있소? 내려오시오. 어서 우리 집으로 갑시다." 농부가 꺼꾸리 클라우스를 올려다보았다.

꺼꾸리 클라우스는 길을 잃었다면서 하룻밤 묵게 해주면 고맙겠다고 했다.

"좋소, 하지만 먼저 배 좀 채웁시다."

이번에는 부인도 꺼꾸리 클라우스를 친절하게 대했다. 하지만 귀리죽만 내놓았다. 배가 고팠던 농부는 맛있게 먹었지만 꺼꾸리 클라우스는 오븐 속에 들어 있는 구운 고기며 생선이며 파이가 눈에 어른거려 귀리죽이 목구멍으로 넘어가지 않았다. 그래서 그는 꾀를 냈다. 발치에 놓아 둔 자루 위에 발을 올려놓자 말가죽이 들어 있는 자루 속에서 소리가 났다.

"쉿!" 꺼꾸리 클라우스가 자루를 보며 이렇게 말하고는 또 한 번 자루를 밟았다. 그러자 이번에는 더 큰 소리가 났다.

"아니, 자루 속에 뭐가 들어 있소?" 농부가 물었다.

"아, 이 속에 마법사가 있답니다. 귀리죽을 먹지 말라고 하는군요. 우리를 위해 오븐 속에 구운 고기와 생선과 파이를 만들어 놓았다는데요."

"아주 멋지군요!" 농부는 벌떡 일어나서 오븐으로 갔다. 거기에는 농부의 아내가 숨겨 둔 맛있는 음식이 잔뜩 들어 있었다. 그러나 농부는 식탁 아래 있는 마법사가 만든 음식이라고 생각했다. 농부의 아내는 감히 입을 열지 못하고 그들에게 음식을 차려 주었다. 두 사람은 생선과 고기와 파이를 맛있게 먹었다.

꺼꾸리 클라우스는 다시 자루를 밟아 소리를 냈다.

"이번엔 또 뭐라고 하는 거요?" 농부가 신기한 듯이 물었다.

"포도주 세 병을 갖다 놓았으니까 먹으라는데요. 저기 오븐 옆 구석에 있다는군요."

부인은 하는 수 없이 감춰 두었던 포도주도 내와야 했다. 농부는 술을 마시자 몹시 기분이 좋아졌다. 농부도 자루 속에 든 마법사가 갖고 싶었다.

"마법사가 악마도 부를 수 있을까요? 기분이 좋으니까 악마도 한 번 보고 싶군요."

"그러지요. 마법사는 내 부탁이면 뭐든지 들어주니까요. 이봐, 그렇지?" 그러면서 꺼꾸리 클라우스는 자루를 건드려 소리가 나게 했다. "들리지요? 마법사가 그렇다고 대답하는군요. 하지만 악마가 너무 흉측해서 차라리 보지 않는 게 나을 거라는데요."

"아니, 하나도 겁날 것 없소. 대체 악마는 어떻게 생겼소?"

"악마는 교회지기와 꼭 닮았지요."

"그래? 그렇담 참으로 소름끼치겠군. 내가 얼마나 교회지기를 싫어하는지 아시오? 하지만 뭐 괜찮소. 어떻게 생겼는지 알 만하오. 자, 이제 준비됐으니 악마를 부르시오. 하지만 내게 너무 가까이 오게 하지는 마시오."

"잠깐, 마법사에게 물어보지요." 꺼꾸리 클라우스는 자루를 밟으며 귀를 가까이 갖다 댔다.

"뭐라고 그러오?"

"구석에 있는 상자를 열어 보면, 그 안에 악마가 웅크리고 앉아 있다는군요. 하지만 악마가 도망가지 못하도록 뚜껑을 꼭 붙들고 있어야 한답니다."

"자, 와서 뚜껑 좀 붙들어 주시겠소?"

농부는 교회지기가 숨어 있는 상자로 다가갔다. 교회지기는 잔뜩 겁을 먹고 가슴을 조이고 있었다. 농부가 살짝 뚜껑을 열고 안을 들여다보았다.

"아, 악마다! 정말 교회지기처럼 생겼군. 아, 흉측해." 농부는 이렇게 외치며 퉁기듯이 뒤로 물러났다. 악마를 본 농부는 술을 마시지 않고는 견딜 수가 없었다. 두 사람은 밤이 이슥해지도록 술잔을 주고받았다.

"내게 그 마법사를 팔 수 없겠소? 돈은 원하는 대로 주리다. 그래, 금을 한 됫박 주지." 거나하게 취한 농부가 말했다.

"아니, 그럴 수 없어요. 이 마법사는 내게 매우 소중하답니다. 뭐든지 원하는 것을 주니까요."

"그래도 그 마법사를 꼭 갖고 싶소." 농부는 마법사를 팔라고 졸라댔다.

"정 그러시다면, 이렇게 하룻밤 재워 주기도 했는데 거절할 수가 없군요. 약속대로 금 한 됫박을 주시지요. 가득 담아서 말입니다. 당신 마음씨가 좋아서 할 수 없이 파는 겁니다." 마침내 꺼꾸리 클라우스가 승낙했다.

"물론이지요! 그리고 악마가 들어 있는 상자는 가져가 버리시오. 한시도 저 상자를 내 집에 두고 싶지 않소. 악마가 아직도 저 안에 들어 있는지 모르겠군."

이렇게 해서 꺼꾸리 클라우스는 말린 말가죽이 들어 있는 자루를 농부에게 주고 돈을 한 됫박 꼭꼭 채워서 받았다. 농부는 돈과 상자를 싣도록 큰 짐수레까지 주었다.

"그럼, 안녕히 계십시오."

꺼꾸리 클라우스는 돈과 교회지기가 숨어 있는 상자를 가지고 길을 떠났다. 숲에 이르자 꺼꾸리 클라우스는 숲 한 쪽으로 흐르는 강 위로 놓인 다리 위에 멈추어 섰다. 넓고 깊은 강은 물살이 세서 일단 빠지면 헤엄쳐 살아 나오기 힘들었다. 꺼꾸리 클라우스는 다리 한가운데에 서서 상자 안의 교회지기가 들으라고 큰 소리로 외쳤다.

"그래, 이 바보 같은 상자를 가져가서 뭘 하겠어? 무겁기만 하지. 안에 돌덩이가 들었나? 굉장히 무겁군. 더 이상 가지고 가다간 지쳐서 쓰러지겠어. 차라리 강에다 던져 버려야겠군. 상자가 강물을 타고서 집까지 날 쫓아온다면 다행이고, 안 그러면 그만이지 뭐."

꺼꾸리 클라우스는 당장이라도 강물 속에 던져 버릴 것처럼 상자를 높이 들어 올렸다.

"잠깐, 멈추시오! 제발 날 먼저 꺼내 주시오!" 교회지기가 상자 안에서 다급하게 외쳤다.

"어? 악마가 아직도 있군. 빨리 강물에 던져 죽여 버려야지." 꺼꾸리 클라우스는 무서워하는 척하며 말했다.

"안 돼! 안 돼! 날 살려 주면 돈을 한 됫박 줄게." 교회지기가 다급하게 외쳤다.

"아, 그렇다면 문제가 좀 다르지."

꺼꾸리 클라우스는 상자를 열었다. 교회지기는 상자에서 기어 나와 빈 상자를 강물에 던져 버리고는 집으로 갔다. 물론 꺼꾸리 클라우스는 교회지기에게 돈 한 뒷박을 받았다. 이제 손수레는 돈으로 가득했다.

"말 값을 아주 톡톡히 받았는걸." 꺼꾸리 클라우스는 너무 기뻤다. 집으로 돌아온 꺼꾸리 클라우스는 방바닥에 산더미처럼 돈을 쌓아 놓았다. "죽은 말 덕분에 이렇게 부자가 된 걸 알면 장다리 클라우스가 얼마나 약오를까! 그러니 사실대로 얘기하지 말아야지."

꺼꾸리 클라우스는 이웃집 소년을 시켜 장다리 클라우스에게 재는 뒷박을 빌려 오게 했다.

'이걸로 대체 뭘 하려는 거지?' 이상하게 생각한 장다리 클라우스는 뒷박 바닥에다 타르를 칠해 놓았다. 그러면 뒷박에 담은 물건이 조금이라도 붙기 때문이었다. 장다리 클라우스의 생각은 맞아떨어졌다. 뒷박을 되돌려 받았을 때 그 안에는 은화 세 개가 붙어 있었다.

'어떻게 된 거지?' 장다리 클라우스는 즉시 꺼꾸리 클라우스에게 달려갔다.

"어디서 그 많은 돈이 생겼지?" 장다리 클라우스가 다그쳐 물었다.

"아, 그건 죽은 내 말가죽 값이야. 어제 팔았지."

"정말 값을 잘 받았구나."

욕심이 생긴 장다리 클라우스는 급히 집으로 달려와 말 네 마리를 모두 죽여서 가죽을 벗겼다. 그리고는 말가죽을 팔러 도시로 갔다.

"말가죽 사세요, 가죽이오! 가죽 사세요!" 장다리 클라우스는 큰 소리로 외치면서 거리를 돌아다녔다. 구두장이들이 몰려나와 얼마냐고 물었다.

"가죽 하나에 은화 한 뒷박이오." 장다리 클라우스가 얼른 대답했다.

"정말 미친놈이로구먼. 누가 그렇게 비싸게 쳐준대?" 사람들은 저마다 한마디씩 했다.

"가죽이오, 가죽. 가죽 사시오!" 장다리 클라우스는 이렇게 외치며 사람들이 값을 물을 때마다 "은화 한 뒷박"이라고 대답했다.

"우릴 바보로 아는구먼." 화가 난 사람들이 장다리 클라우스에게 달려들었다. 구두장이들은 가죽끈을, 무두장이들은 가죽 앞치마를 들고 나와서 장다리 클라우스를 마구 두들겨 팼다.

"가죽이오, 가죽?" 그들은 장다리 클라우스를 흉내 내며 비웃었다. "우리를 바보로 아는 너 같은 놈은 혼나야 해. 네 가죽을 퍼렇게 만들어 주지. 당장 이 도시에서 꺼져!"

장다리 클라우스는 걸음아 나 살려라 하고 도망쳤다. 그렇게 죽도록 맞아 보긴 처음이었다. 간신히 집으로 돌아온 장다리 클라우스는 화가 났다.

"꺼꾸리 클라우스에게 다 갚아 줄 거야. 죽도록 패 주겠어"

얼마 후 꺼꾸리 클라우스의 할머니가 돌아가셨다. 할머니는 꺼꾸리 클라우스를 항상 못살게 굴며 차갑게 대했었지만 꺼꾸리 클라우스는 몹시 슬펐다. 꺼꾸리 클라우스는 할머니를 따뜻한 자기 침대에 뉘었다. 혹시나 다시 살아나지 않을까 하는 마음에서였다. 그래서 그날 밤 할머니는 꺼꾸리 클라우스의 침대에 편안하게 누워 있었고, 꺼꾸리 클라우스는 방구석에 놓인 의자에서 잠을 잤다. 전에도 이런 적이 자주 있었다.

밤이 이슥해지자 문이 살그머니 열리더니 도끼를 든 장다리 클라우스가 나타났다. 그는 꺼꾸리 클라우스의 침대가 있는 곳을 잘 알고 있었다. 장다리 클라우스는 곧장 침대로 가서 도끼를 힘껏 내리쳤다. 침대에 누워 있는 사람을 꺼꾸리 클라우스라고 생각했던 것이다.

"이 나쁜 놈! 이제 더 이상 날 속이지 못할 거다." 장다리 클라우스는 이렇게 소리치고 집으로 돌아갔다.

'정말 못된 친구군. 날 죽이려 하다니. 할머니가 이미 돌아가셨기에 망정이지 살아 계셨더라면 큰일날 뻔했어' 하고 꺼꾸리 클라우스는 생각했다.

꺼꾸리 클라우스는 할머니에게 제일 좋은 옷을 입히고 이웃집에서 말을 빌려 마차에 매달았다. 그리고는 마차 뒷자리에 할머니를 앉히고 숲을 지나 달렸다. 해가 뜰 무렵 꺼꾸리 클라우스는 어느 큰 주막 앞에 닿았다. 그는 마차를 멈추고 요기를 하려고 안으로 들어갔다. 주막 주인은 부자에다 마음씨 좋은 사람이었다. 하지만 성질이 여간 급한 게 아니었다.

"어서 오게. 오늘은 일찍 왔군." 주막 주인이 꺼꾸리 클라우스를 맞았다.

"네, 할머니와 도시에 나가는 길이거든요. 저기 마차에 앉아 계시지요. 할머니에게 꿀술 한 잔 갖다 주시겠어요? 하지만 할머니는 귀가 안 들리니까 크게 말씀하셔야 해요."

"그래, 그렇게 하지."

주막 주인은 유리잔에 꿀술을 따라서 죽은 할머니에게로 가져갔다. 할머니는 꼼짝도 않고 마차 뒷좌석에 꼿꼿이 앉아 있었다.

"이거 드시오, 손자가 드리는 술이라오." 주막 주인이 술을 내밀었지만 할머니는 아무런 대구도 하지 않고 가만히 앉아만 있었다.

"안 들리세요? 이 술 드시라구요. 당신 손자가 갖다 주라고 했다구요!" 술집 주인은 할머니의 귀에 바짝 대고 큰 소리로 외쳤다.

술집 주인이 몇 번이고 소리쳤지만 할머니는 꼼짝도 하지 않고 앉아만 있었다. 화가 난 술집 주인은 술잔을 할머니의 얼굴에 내던졌다. 그 바람에 술잔이 할머니의 코에 부딪혔고, 할머니는 그만 뒤로 벌렁 넘어지고 말았다. 할머니를 묶지 않고 마차 뒤에 앉혀만 놨었던 것이다.

꺼꾸리 클라우스가 문 밖으로 뛰쳐나와 주막 주인의 멱살을 잡았다. "이게 무슨 짓이오! 당신이 우리 할머니를 죽였어! 당신이 죽였다구! 할머니 머리에 이렇게 구멍이 나 버렸어."

"정말 안됐네. 모든 게 이 놈의 고약한 성질 때문일세. 이보게, 꺼꾸리 클라우스, 내 자네한테 한 됫박 돈을 줌세. 그리고 내 할머니처럼 잘 묻어 주지. 이왕 일이 이렇게 됐으니 어떡하겠나? 그저 다른 사람에게는 아무 말 말아 주게나. 그렇지 않으면 난 목이 달아날 걸세. 생각만 해도 정말 끔찍하네." 주막 주인이 괴로워서 손을 비틀며 얘기했다.

이렇게 해서 꺼꾸리 클라우스는 또 한 됫박의 돈을 얻었고, 술집 주인은 할머니를 자기 할머니처럼 정성껏 묻어 주었다. 많은 돈을 가지고 집으로 돌아온 꺼꾸리 클라우스는 다시 이웃집 소년을 장다리 클라우스에게 보내 재는 됫박을 빌려 오게 했다.

"뭐라구? 꺼꾸리 클라우스가 죽지 않았단 말이야?. 직접 가서 확인해 봐야지."

장다리 클라우스는 직접 재는 됫박을 들고 꺼꾸리 클라우스를 찾아갔다. "아니, 그 많은 돈을 어디서 났지?" 장다리 클라우스는 꺼꾸리 클라우스가 가진 돈을 보고 눈이 휘둥그레지며 물었다.

"그날 침대에 누워 있었던 사람은 바로 우리 할머니였어. 네가 우리 할머니를 죽인 거지. 그래서 한 됫박 돈을 받고 할머니를 팔았어."

"정말 잘 받았구나."

집에 돌아온 장다리 클라우스는 도끼로 할머니를 죽여 버렸다. 그리고는 할머니를 마차에 싣고 약제사를 찾아가 죽은 사람을 사지 않겠느냐고 물었다.

"그 사람이 누구요? 어디서 발견했소?" 약제사가 물었다.

"바로 우리 할머니지요. 돈을 벌려고 제가 죽였답니다." 장다리 클라우스가 신이 나서 말했다.

"오, 하느님, 우리를 굽어살피소서! 정말 정신 나간 사람이군. 그런 말은 입 밖에 꺼내지도 마시오. 또 한 번만 그랬다간 당신 목이 달아날 줄 아시오." 약제사는 할머니를 죽인 것이 얼마나 나쁜 짓인가를 설명하고 그런 짓을 하면 천벌을 받아 마땅하다고 얘기해 주었다. 그 말을 듣고 덜컥 겁이 난 장다리 클라우스는 얼른 그곳을 빠져나와 마차를 몰고 급히 집으로 돌아왔다. 약제사와 사람들은 그가 미쳤다고 생각하며 난폭하게 마차를 몰아도 내버려두었다.

"꼭 복수하고 말 테다! 두고 보자, 꺼꾸리 클라우스." 큰길로 들어섰을 때 장다리 클라우스는 다짐하고 또 다짐했다. 집에 도착한 장다리 클라우스는 큰 자루를 가지고 꺼꾸리 클라우스에게 달려갔다. "또 날 속였어. 내가 말을 때려죽인 것도 할머니를 죽인 것도 다 너 때문이야. 하지만 이제 더 이상 날 바보로 만들 수 없을걸."

장다리 클라우스는 꺼꾸리 클라우스의 몸을 꽁꽁 묶어 자루 속에 집어넣었다. "널 강물에 던져 버릴 테다."

장다리 클라우스는 자루를 메고 강으로 향했다. 강으로 가는 길은 멀고도 멀었다. 게다가 꺼꾸리 클라우스는 여간 무거운 게 아니었다. 교회 옆을 지날 때 오르간 소리와 찬송가 소리가 아름답게 울려 퍼졌다. 잠깐 교회에 들어가 찬송가를 듣고 가는 것도 좋을 것 같았다. 장다리 클라우스는 꺼꾸리 클라우스가 든 자루를 교회 문 옆에 내려놓고 교회 안으로 들어갔다. 꺼꾸리 클라우스가 빠져나올 리도 없고, 마을 사람들은 모두 교회에 와 있으니 안전했다.

"아이쿠, 사람 살려!" 꺼꾸리 클라우스는 자루 안에서 몸을 이리저리 뒤척이며 소리를 질렀다. 하지만 밧줄이 꽁꽁 묶여 있어 빠져나올 수가 없었다. 그때 백발이 성성한 한 늙은 목자가 교회 쪽으로 다가왔다. 긴 막대기를 들고 소 떼를 몰고 오는 중이었다. 그런데 그만 꺼꾸리 클라우스가 들어 있는 자루가 소 떼들의 발길에 채어 뒤집히고 말았다.

"아이쿠! 난 아직 젊은데 벌써 하늘 나라에 갈 때가 왔나?" 꺼꾸리 클라우스가 깜짝 놀라 소리쳤다.

"아, 불쌍한 내 신세. 난 늙었는데도 아직 하늘 나라에 들어가지 못하고 있다오." 늙은 목자가 한탄했다.

"자루를 풀어 주세요. 나 대신 여기 들어와 있으면 곧 하늘 나라로 갈 수 있어요." 꺼꾸리 클라우스가 소리쳤다.

"그래? 그럼 그리 하지." 늙은 목자가 자루를 풀어 주자 꺼꾸리 클라우스는 얼른 자루에서 나왔다.

"젊은이, 나 대신 가축을 잘 돌봐 주겠나?" 노인이 자루 안으로 들어가며 말했다.

"그럼요." 꺼꾸리 클라우스는 자루를 단단히 묶어 놓고 소 떼를 몰고 도망갔다.

잠시 후 장다리 클라우스가 교회에서 나와 다시 자루를 등에 메었다. 자루는 아까보다 훨씬 더 가벼웠다. 늙은 목자는 몸무게가 꺼꾸리 클라우스의 절반밖에 되지 않았던 것이다.

'왜 이렇게 가볍지? 아, 교회에 갔다 와서 그럴 거야.' 장다리 클라우스는 이렇게 생각하며 강으로 향했다. 그는 깊고 넓은 강물 속에 자루를 힘껏 던졌다. 그 안에 꺼꾸리 클라우스가 들어 있으리라 생각하고 말이다.

"물 속에서 잘 살아라, 나쁜 놈아! 이제 날 속이지 못할 거다!"

장다리 클라우스는 드디어 꺼꾸리 클라우스가 없어졌다고 생각하자 속이 후련했다. 그는 기분 좋게 집으로 향했다. 그런데 이게 웬일인가? 두 길이 만나는 곳에 꺼꾸리 클라우스가 나타난 게 아닌가. 게다가 그는 소 떼를 몰고 있었다. 장다리 클라우스는 깜짝 놀랐다.

"아니, 어떻게 된 거지? 방금 널 강물에 던져 버리고 오는 중인데 말이야?"

"그래, 맞아. 넌 30분 전에 날 강물에 내던졌지." 꺼꾸리 클라우스가 웃으며 대답했다.

"그런데 이 소들은 어디서 난 거니?"

"이것들은 바다 소라고 하지. 날 물에 빠뜨려 줘서 고마워. 이제 난 너보다 더 부자야. 자루 속에 꽁꽁 묶여 있을 땐 정말 무서워 죽을 뻔했지. 네가 날 다리 위에서 차가운 강물 속으로 던질 때, 찬바람이 귀를 스쳤어. 이제 죽었구나 싶었지. 곧 강바닥 깊숙이 가라앉았는데, 강바닥에는 아름답고 연한 풀들이 자라고 있어서 하나도 다치지 않았어. 그런데 잠시 후 자루가 열리고 사랑스런 소녀가 다가왔지. 소녀는 눈처럼 하얀 옷에 젖은 머리에는 녹색 잎으로 만든 화관을 쓰고 있었어. 소녀가 내 손을 잡으며 말했지. '오셨군요, 꺼꾸리 클라우스님. 먼저 이 소 떼를 드릴게요. 저 길로 1마일 가면 또 소 떼가 나올 거예요. 모두 당신 거예요.' 강은 바다에 사는 사람들이 다니는 큰길이었어. 바다 사람들은 바다에서부터 강이 끝나는 육지까지 걷기도 하고 물살을 타고 다니기도 했지. 강바닥에는 온갖 아름다운 꽃과 싱싱한 풀들이 자라고 있었고 물고기들은 새가 공중을 날 듯이 내 옆을 스치고 지나가곤 했어. 그곳 사람들은 얼마나 아름다운지 몰라. 게다가 구릉과 계곡에서 풀을 뜯는 근사한 가축들이라니!"

"그렇담, 왜 다시 나온 거야? 그렇게 아름답다면 말야? 나 같으면 돌아오지 않았을 텐데." 장다리 클라우스가 호기심에 찬 눈으로 말했다.

"다 이유가 있지. 아까 들었지? 바다 소녀가 1마일 가면 소 떼가 나온다고 했다는 이야기 말야. 한데 소녀가 말한 길이란 바로 강을 말하는 것이었어. 강은 얼마나 꼬불꼬불한지 몰라. 오른쪽으로 굽었다 왼쪽으로 굽었다 해서 강을 따라가자면 너무 멀지. 그래서 지름길로 가려고 육지로 올라온 거야. 들판을 가로질러 강까지 가면 반 마일을 줄일 수 있지. 그러면 소도 더 빨리 가질 수 있을 테고 말이야."

"넌 참 좋겠다! 나도 강바닥에 가면 너처럼 바다 소를 얻을 수 있을까?" 장다리 클라우스가 부러운 눈으로 물었다.

"그럼. 하지만 넌 너무 무거워서 자루에 넣어서 강까지 들고 갈 수가 없어. 네가 그곳에 먼저 가서 자루 속에 들어가 있으면 내가 던져 줄게."

"정말 고마워. 하지만 명심해! 만약 내가 바다 소를 얻지 못하면 그땐 올라와서 널 가만 두지 않을 테야!"

"그래, 알았어. 너무 흥분하지 마."

두 사람은 강으로 갔다. 강에 다다르자 목이 말랐던 소 떼는 물을 보고 강가로 달려갔다.

"저것 봐. 저 소들이 달려가는 걸 말야. 다시 강 속으로 돌아가고 싶은 거야." 꺼꾸리 클라우스가 말했다.

"자, 어서 날 도와줘. 안 그러면 패 줄 테니까." 장다리 클라우스가 바다 소를 어서 갖고 싶어 재촉했다. 그리고는 소 등에 실려 있던 자루 속으로 들어갔다.

자루를 단단히 묶고는 발로 걷어찼다.

"돌을 집어넣어. 안 그러면 가라앉지 않을지도 몰라."

"그건 염려 마." 꺼꾸리 클라우스는 이렇게 말하면서 큰 돌을 자루 속에 넣었다. 그리고 자루를 단단히 묶고는 발로 걷어찼다. '첨벙!' 하고 장다리 클라우스를 담은 자루가 강물 속으로 깊이 가라앉았다.

"장다리 클라우스가 바다 소를 찾지 못할까 봐 걱정이군." 꺼꾸리 클라우스는 이렇게 중얼거리며 소 떼를 몰고 집으로 돌아갔다.

# 3
# 완두콩 공주

옛날에 진짜 공주와 결혼하고 싶어하는 왕자가 살고 있었다. 왕자는 진짜 공주를 찾으려고 온 세상을 돌아다녔다. 그러나 이 세상 어딜 가도 공주는 많았지만 마음에 쏙 드는 공주는 없었다. 그들은 진짜 공주가 아니었던 것이다. 결국 왕자는 진짜 공주와 결혼하고 싶은 소원을 이루지 못한 채 슬퍼하며 집으로 돌아왔다.

어느 날 저녁, 왕자가 사는 왕국에 폭풍우가 몰아쳤다. 무시무시하게 번개가 치고 고막을 뚫을 듯한 천둥소리가 울리면서 장대 같은 비가 쏟아졌다. 정말 무시무시했다. 그런데 그 빗속에서 성문을 두드리는 사람이 있었다. 왕이 직접 나가 문을 열자 문 앞에 공주가 서 있었다. 가엾게도 공주는 비에 흠뻑 젖어 있었다. 머리카락과 옷에서 줄줄 흘러내린 빗물이 구두 뒤축으로 들어갔다가 앞부리로 나왔다. 그런 누추한 모습을 보면 공주가 아닌 것 같았지만 공주는 자기가 진짜 공주라고 말했다.

'정말인지 빨리 알아봐야겠군.' 공주의 말을 들은 왕비는 이렇게 생각했다. 그러나 그런 내색은 하지 않았다. 왕비는 곧 손님용 침실로 들어가 침대보를 걷고 완두콩 한 알을 놓았다. 그리고 그 위에 침대요 스무 장을 덮고, 그 위에 또 솜이불 스무 장을 덮었다. 그리고 공주를 그곳에서 자게 했다.

아침이 되어 잘 잤느냐고 묻

왕이 직접 나가 문을 열자 문 앞에 공주가 서 있었다.

자 공주가 대답했다. "얼마나 끔찍했는지 몰라요. 밤새도록 한숨도 못 잤어요. 침대 속에 뭐가 들어 있는지는 하느님만이 아실 거예요. 침대 밑에 딱딱한 것이 있었거든요. 온몸에 멍이 들었답니다."

그래서 사람들은 그녀가 진짜 공주라고 생각했다. 침대요 스무 장과 솜이불 스무 장을 깔았는데도 그 밑에 완두콩이 있다는 것을 알았다면 그건 공주가 틀림없었다. 진짜 공주가 아니고서야 누가 그렇게 예민할 수 있겠는가. 왕자는 공주를 아내로 맞아들였다. 그리고 그 완두콩은 왕궁 박물관에 전시했다. 누가 훔쳐가지 않았다면 여러분도 가서 그 완두콩을 볼 수 있을 것이다. 이 이야기는 진짜이다.

그리고 그 완두콩은 왕궁 박물관에 전시했다.

# 4
## 꼬마 이다의 꽃

✶✶✶✶✶✶✶✶✶✶✶✶✶✶✶✶✶✶

"불쌍하게도 내 꽃들이 말라죽어 버렸어요! 어제 저녁만 해도 참 예뻤는데. 그런데 잎들이 전부 시들어 버렸어요. 왜 그러죠?"

꼬마 이다는 소파에 앉아 있는 대학생 아저씨에게 물었다. 이다는 그 아저씨가 매우 좋았다. 아저씨는 아름다운 옛날 이야기도 해 주고 꽃뿐만 아니라 하트 모양, 춤추는 소녀, 문이 열려 있는 큰 궁전 등, 예쁜 그림들을 오려 주기도 했기 때문이다. 그는 매우 기분 좋은 사람이었다.

"오늘은 왜 꽃들이 이렇게 병들어 보여요?" 이다는 시든 꽃 한 송이를 가리키며 다시 물었다.

"왜 그런지 모르겠니? 꽃들은 어젯밤 무도회에 갔었단다. 그래서 고개를 늘 어뜨리고 있는 거지."

"하지만 꽃들이 어떻게 춤을 춰요? 꽃은 춤을 못 추잖아요." 이다는 이상하다는 듯이 물었다.

"그렇지 않아. 꽃도 춤을 출 줄 안단다. 어둠이 내리고 세상 사람들이 모두 잠들면 꽃들은 이리저리 즐겁게 뛰어다니지. 꽃들은 밤마다 무도회를 연단다."

"어린 꽃들도 무도회에 가나요?"

"그럼. 골짜기에 피어 있는 어린 데이지 꽃과 백합들도 무도회에 간단다."

"그 예쁜 꽃들은 어디서 춤을 추나요?"

"성문 밖에 있는 큰 궁전 알지? 여름에는 왕이 살고, 정원에는 아름다운 꽃들이 만발한 곳 말야. 그곳에서 백조도 보았지? 빵 부스러기를 던져 주면 헤엄쳐 오는 백조들 말야. 무도회장은 바로 그곳에 있단다. 정말이야."

"어제 엄마랑 그 정원에 갔었어요. 하지만 나뭇잎들이 다 떨어져서 나무가 벌거벗고 있었어요. 꽃은 하나도 보이지 않던걸요. 꽃들은 다 어디로 갔을까요? 여름에는 그렇게 많았는데 말예요."

"꽃들은 모두 궁전 안으로 들어갔단다." 아저씨가 차근차근 설명해 주었다. "왕과 신하들이 모두 시내로 나오면 꽃들은 궁전으로 달려가 신나게 놀지. 먼저 가장 아름다운 장미 두 송이가 옥좌에 앉는단다. 바로 왕과 왕비지. 그리고 붉은 맨드라미꽃들이 허리를 굽히고 양쪽으로 늘어선단다. 이들은 시종들이라고 해. 곧이어 예쁜 꽃들이 들어서면 화려한 무도회가 시작되지. 푸른 제비꽃들은 히아신스와 크로커스 꽃들과 춤을 추는데, 푸른 제비꽃은 바로 해군 사관학교 생도들이고, 히아신스와 크로커스는 젊은 아가씨들이란다. 튤립과 노란 색 참나리 꽃은 늙은 귀부인들이야. 그들은 앉아서 꽃들이 춤추는 걸 지켜보지. 무도회가 잘 진행되는지 감독하는 것이란다."

"그럼, 꽃들이 궁전에서 춤춰도 혼내는 사람이 없나요?"

"꽃들의 무도회를 아는 사람은 아무도 없어. 가끔 밤중에 늙은 궁전 관리인이 오긴 하지. 하지만 큰 열쇠 꾸러미를 갖고 있어서 걸을 때마다 열쇠들이 딸랑거린단다. 열쇠 소리가 들리면 꽃들은 얼른 긴 커튼 뒤에 숨어서 고개만 내밀고 궁전 관리인을 살피지. 그러면 늙은 관리인은 꽃향기가 나는 것 같은데, 하고 말하지만 꽃들을 찾아내진 못한단다."

"정말 멋져요!" 이다는 손뼉을 치며 즐거워했다. "나도 꽃들을 볼 수 있나요?"

"그럼, 볼 수 있고 말고. 다음에 그곳에 가면 잊지 말고 창문으로 들여다보렴. 그럼 꽃들이 보일 거야. 나도 오늘 봤지. 소파 위에 노란 색 긴 백합이 몸을 뻗고 누워 있더구나. 그 꽃은 시녀였지."

"식물원에 있는 꽃들도 무도회에 갈 수 있나요? 그렇게 멀리까지 갈 수 있어요?"

"물론이지. 꽃들은 마음만 먹으면 날 수 있단다. 예쁜 나비들을 알지? 붉은 색, 노란 색, 흰색 나비들 말야. 꼭 꽃처럼 보이지 않니? 그 나비들이 사실은 꽃이란다. 꽃들은 꽃줄기에서 높이 뛰어올라 잎들을 날개인 양 퍼덕이며 날지. 꽃들은 착하게 굴면 줄기에 가만히 앉아 있지 않아도 된단다. 낮에는 이리저리 날아다녀도 좋다는 허락을 받지. 그러면 꽃잎들이 진짜 날개가 되는 거지. 하지만 식물원에 있는 꽃들은 궁전에 가본 적이 없을지도 몰라. 그러니까 밤이 되면 그곳에서 벌어지는 즐거운 무도회에 대해 전혀 모를 수도 있지. 그래서 말인데, 옆집에 사는 식물학 교수님 있잖니, 너도 알지? 그분이 이 이야기를 알게 되면 정말 놀라실 거야. 옆집 정원에 가게 되거든 꽃 하나에게 살짝 얘기해 주렴. 궁전에서 큰 무도회가 열린다고 말이야. 그러면 그 꽃이 다른 꽃들에게 그 말을 전하게 될 거고, 그러면 그 꽃들은 서둘러 무도회장으로 날아갈 거야. 그럼 교수님이 정원에 나와 보고 깜짝 놀라겠지? 꽃이 한 송이도 없을 테니까 말야. 꽃들이 어디로 가 버렸는지 의아해하실 거야."

"하지만 꽃이 다른 꽃에게 어떻게 말을 전해요? 꽃들은 말을 못 하잖아요!"

"물론 말을 못 하지. 하지만 꽃들은 몸짓으로 말을 주고받는단다. 바람이 불 때면 꽃들이 서로 고개를 끄덕이며 초록색 잎을 흔드는 걸 보았지? 바로 그렇게 말을 주고받는 거야."

"교수님도 그런 말을 이해해요?"

"물론이지. 어느 날 아침, 정원에 나온 교수님은 쐐기풀이 아름답고 붉은 카네이션에게 말하는 걸 들었지. 쐐기풀은 '너 정말 예쁘구나. 난 네가 마음에 들어' 하고 말했지. 하지만 교수님은 그런 모습이 보기 싫었어. 그래서 그만두라고 쐐기풀을 손으로 쳤어. 그러자 쐐기풀의 손가락인 이파리들이 교수님을 찔러 버렸지. 그 뒤 교수님은 쐐기풀을 건드리지 않는단다."

"정말 재미있어요!" 이다는 소리내서 웃으며 말했다.

"어린 아이에게 그런 말도 안 되는 소리를 하다니, 쯧쯧." 마침 그 집에 왔다가 얘기를 듣게 된 법률학자가 말했다. 유머라고는 전혀 모르는 그 법률학자는 그 대학생을 좋아하지 않았다. 그래서 대학생이 이다에게 재미있는 그림을 오려 주는 것도 못마땅하게 생각했다. 대학생은 가끔 교수대에 목을 매고 손에 심장을 든 사나이나, 콧잔등 위에 남편을 싣고 빗자루를 타고 날아가는 늙은 마귀할멈 그림을 오려 주었다. 그러나 법률학자는 그런 우스꽝스런 것을 좋아하지 않았다. 그래서 "원, 어린아이에게 바보 같은 환상을 심어 주다니! 엉터리 같은 이야기나 하고 말야" 하고 중얼거리곤 했다.

그러나 꼬마 이다는 대학생 아저씨가 들려준 이야기가 정말 재미있었다. 이다는 꽃에 대해 곰곰이 생각했다. '꽃들이 밤새 내내 춤을 추어서 피곤하기 때문에 고개를 숙이고 있는 거야. 아픈 게 틀림없어.'

그래서 이다는 꽃들을 방으로 가져갔다. 방에는 작고 아담한 책상 위에 장난감들이 수북했고 서랍 속에는 예쁜 물건들로 가득 차 있었다. 그리고 이다의 인형

소피는 침대에 잠들어 있었다. 이다는 잠든 소피를 깨우며 말했다. "소피야, 일어나. 오늘 밤엔 서랍 속에서 자. 불쌍한 꽃들이 병들었거든. 오늘 밤 이 꽃들이 네 침대에서 자면 병이 나을 거야."

이다는 소피를 안아 올렸다. 소피는 몹시 못마땅한 듯 한 마디도 하지 않았다. 침대를 빼앗겨 화가 난 것이다. 이다는 꽃들을 침대에 눕히고 이불을 덮어 주었다. 그리고는 차를 끓일 동안 얌전히 누워 있으라고 하면서, 차를 마시면 내일 아침에 병이 나아 다시 일어날 수 있을 것이라고 말했다. 또 해가 비쳐 눈부시지 않게 작은 침대에 달린 커튼을 꼭 여며 주었다.

그날 저녁 내내 이다는 대학생 아저씨가 해 준 이야기를 생각하고 또 생각했다. 이다는 잠자리에 들기 전에 창문에 걸려 있는 커튼 틈새로 정원을 내다보았다. 거기에는 엄마가 심어 놓은 튤립과 히아신스를 비롯한 아름다운 꽃들이 서 있었다. 이다는 아주 작은 소리로 속삭였다. "너희들 오늘 밤 무도회에 가지? 난 알아."

그러나 꽃들은 못 들은 척했다. 이파리 하나 꼼짝하지 않았다. 그래도 꼬마 이다는 꽃들의 비밀을 알고 있었다. 이다는 아름다운 꽃들이 궁전에서 춤추는 모습이 얼마나 아름다울까 상상하며 한동안 침대에서 뒤척였다.

"내 꽃들은 무도회에 가 보았을까?" 이다는 이렇게 중얼거리다 잠이 들었다. 한밤중에 이다는 잠이 깼다. 꿈속에서 꽃들과 대학생 아저씨가 보였다. 법률학자가 대학생 아저씨를 야단치고 있었다. 그러나 이다의 침실은 쥐죽은듯이 고요했다. 책상 위에서는 램프가 훨훨 타올랐고, 엄마, 아빠는 잠들어 있었다.

'내 꽃들이 아직 소피의 침대에 누워 있을까? 가 봐야지.'

이다는 살짝 몸을 일으켜 꽃과 장난감들이 누워 있는 방을 바라보았다. 방문은 약간 열려 있었다. 귀를 기울이자 방 안에서 피아노 소리가 들리는 것 같았다. 피아노 소리는 아주 작았지만, 여태까지 들어보지 못한 아름다운 곡이었다.

'틀림없이 꽃들이 춤을 추고 있을 거야. 정말 보고 싶어!'

하지만 이다는 엄마, 아빠가 깰까 봐 움직일 수가 없었다. 이다는 '꽃들이 이리 와 주면 좋겠는데' 하고 생각했다. 그러나 꽃들은 오지 않았다. 이다는 아름답게 울려 퍼지는 피아노 소리에 이끌려 침대에서 살며시 기어 나와 발소리를 죽이며 문 쪽으로 다가갔다. 앗, 그런데 방 안에서는 정말 신기한 일이 벌어지고 있었다. 방 안에는 램프가 없었지만 창문을 통해 새어 들어온 달빛이 마루 바닥을 비추어 사방이 대낮처럼 환했다. 히아신스와 튤립은 방 양쪽에 길게 두 줄로 서 있었고, 창턱에 놓여 있는 화분들은 모두 비어 있었다. 꽃들은 번갈아 가며 긴 잎을 잡고 마루 위에서 빙빙 돌며 멋진 춤을 추었다. 피아노 앞에는 노란 색 큰 백합이 앉아 있었다. 이다가 지난 여름에 보았던 바로 그 백합이 분명했다. 대학생 아저씨가 그 백합을 보고 이다의 친구인 리나를 닮았다고 말했고, 사람들은 그런 말을 한 대학생 아저씨를 놀렸었다. 그런데 이제 보니 키가 큰 노란 백합이 정말 숙녀 같았다. 아름다운 음악에 맞추어 노란 색 긴 얼굴을 이리저리 움직이며 피아노를 치는 모습도 영락없이 리나였다.

커다란 자주색 크로커스가 장난감들이 서 있는 책상 한가운데로 폴짝 뛰어오르더니 인형의 침대로 가서 커튼을 열어 젖혔다. 바로 병든 꽃들이 누워 있던 침대였다. 그 꽃들은 크로커스를 보더니 벌떡 일어나 함께 춤추겠다는 듯 고개를 끄덕였다. 그러자 입술이 깨진 나이 많은 신사 인형이 일어서서 예쁜 꽃들에게 인사했다. 꽃들은 언제 아팠느냐는 듯이 씩씩해 보였으며 신나게 노느라고 꼬마 이다가 엿보고 있는 것도 몰랐다.

그때 무엇인가 책상에서 굴러 떨어졌다. 돌아보니 바로 사육제 지팡이였다. 지팡이는 꽃들하고 어울려 춤을 추었다. 매끄럽고 날렵한 그 지팡이 위에는 납 인형이 앉아 있었는데, 납 인형은 법률학자가 쓴 것과 똑같은, 챙이 넓은 모자를 쓰고 있었다. 사육제 지팡이는 붉은 색 뻗정다리로 꽃들 사이에서 껑충껑충 뛰면서 발을 세게 굴렀다. 지팡이가 추는 춤은 마주르카였다. 꽃들은 너무 가벼워서 발을 세게 구를 수가 없었기 때문에 마주르카를 출 수가 없었다. 그러다 갑자기 사육제 지팡이 위의 납 인형이 점점 더 커지더니 몸을 돌려 꽃들에게 소리쳤다.

"어린아이에게 어떻게 그런 환상을 심어 줄 수 있나? 그건 말도 안되는 환상이야!"

그러자 납 인형은 챙이 넓은 모자를 쓴 법률학자의 모습과 똑같아졌다. 늙은 법률학자처럼 의심 많고 심술궂어 보였다. 그러나 종이 인형들이 납 인형의 가는 다리를 때리자 납 인형은 다시 오그라들어 본래의 모습으로 되돌아갔다. 이다는 너무나 재미있어 터져나오는 웃음을 참을 수가 없었다. 사육제 지팡이가 계속 춤을 추자 법률학자를 닮은 납 인형도 춤을 춰야 했다. 납 인형은 법률학자처럼 몸이 커지든, 커다란 검은 모자를 쓴 작은 인형으로 있든 간에 춤을 멈출 수가 없었

소피를 데려가 함께 춤을 추었으며 다른 꽃들도 그들 주위로 원을 그리며 춤을 추었다.

다. 그래서 다른 꽃들이 지팡이에게 간청했다. 특히 병들어 인형의 침대에 누워 있던 꽃들이 애써 주었다. 사육제 지팡이는 그제야 춤을 멈추었다. 그때 서랍 속에서 벽을 쿵쿵 치는 소리가 들렸다. 이다의 인형인 소피와 장난감들이 누워 있는 서랍이었다. 늙은 신사 인형이 책상으로 달려가 납작 엎드려서 서랍을 열었다. 그러자 소피가 일어나 놀란 눈으로 주위를 둘러보았다.

"오늘 밤, 여기서 무도회가 열리는 모양이지요? 그런데 왜 내게 말해 주지 않았어요?" 소피가 물었다.

"나와 춤추지 않겠나?" 늙은 신사 인형이 정중하게 청했다.

"좋아요. 당신이 적당한 상대 같군요." 소피는 이렇게 말하면서도 새침하게 등을 돌렸다. 그리고는 꽃들 중 누가 와서 춤을 청할 것이라 생각하며 서랍 끝에 걸터앉았다. 그러나 춤을 청하는 꽃은 하나도 없었다. 소피는 들으라는 듯이 흠흠 헛기침을 했다. 그래도 아무도 신경을 쓰지 않았다. 누추한 늙은 신사는 혼자서 춤을 추었는데 그 모습이 그리 흉해 보이지는 않았다. 소피는 아무도 자기에게 신경을 써 주지 않자 쿵 하고 서랍에서 마룻바닥으로 뛰어내렸다. 그러자 꽃들이 일제히 달려와 다치지 않았느냐며 걱정스런 표정을 지었다. 특히 소피의 침대를 썼던 꽃들이 더 걱정했다. 다행히 소피는 다친 데가 없었다. 꽃들은 소피가 침대를 내어 준 것을 알고 고마워하며 소피에게 더 잘해 주었다. 꽃들은 달빛이 환히 비치는 마루 한가운데로 소피를 데려가 함께 춤을 추었으며 다른 꽃들도 그들 주위로 원을 그리며 춤을 추었다. 소피는 몹시 행복했다. 그래서 꽃들에게 자기 침대를 계속 써도 좋으며, 자기는 서랍에서 자도 상관없다고 말했다. 그러자 꽃들이 고마워하며 말했다. "우린 오래 살지 못해. 날이 밝으면 모두 죽을 거야. 꼬마 이다에게 말해 줘. 카나리아 무덤 곁에 우릴 묻어 달라고. 그럼 우린 여름에 다시 깨어날 거야. 그땐 훨씬 더 예쁘게 피어날 거야."

"아냐, 죽지 마!" 소피는 애원하며 꽃들에게 입을 맞추었다.

그때 방문이 열리면서 화려한 꽃들이 춤을 추며 들어왔다. 이다는 그 꽃들이 어디에서 왔는지 도무지 알 수가 없었다. 하지만 궁전에서 온 꽃들임에는 분명했다. 맨 먼저 머리에 황금빛 작은 왕관을 쓴 두 송이의 장미꽃이 들어왔다. 그들은 왕과 왕비였다. 뒤이어 귀여운 비단향꽃무와 카네이션들이 들어와 꽃들에게 인사했다. 악대도 함께였다. 큰 양귀비꽃과 작약꽃들은 얼굴이 새빨개지도록 완두콩 껍질로 나팔을 불었고, 푸른색 히아신스와 흰색의 작은 아네모네는 종처럼 생긴 꽃송이를 딸랑거렸다. 그 뒤로 푸른 제비꽃, 삼색 제비꽃, 데이지꽃, 골짜기의 백합이 몰려와서 한데 어우러져 입을 맞추며 춤을 추었다. 참으로 사랑스런 모습이었다.

이윽고 꽃들은 서로 작별 인사를 했다. 꼬마 이다도 슬그머니 침대로 들어가 이 모든 광경을 다시 떠올리며 꿈속으로 빠져들었다.


다음날 아침, 이다는 잠에서 깨자마자 꽃들이 아직도 누워 있는지 보려고 작은 책상으로 달려가 침대 커튼을 젖혔다. 과연, 꽃들은 그대로 누워 있었다. 하지만 어제보다 훨씬 더 기운이 없어 보였다. 소피는 이다가 뉘어 놓은 대로 서랍 속에 들어 있었으나 무척 졸리는 듯했다.

"꽃들이 내게 전하라고 한 말 기억나?" 꼬마 이다가 물었지만 소피는 멍청한 표정을 지을 뿐이었다.

"너 아주 못됐구나! 꽃들이 너와 함께 춤도 춰 주었는데 꽃들의 부탁을 잊어버리다니." 이다는 곧 귀여운 새들이 그려진 작은 종이 상자를 가져와 시든 꽃들을 뉘었다. "이게 너희들의 아름다운 관이란다. 나중에 사촌들이 오면 너희들을 저기

그때 방문이 열리면서 화려한 꽃들이 춤을 추며 들어왔다.

바깥 정원에 묻는 걸 도와줄 거야. 그럼 내년 여름에 다시 아름답게 피어나겠지?"

이다에게는 요나스와 아돌프라는 마음 착한 두 사촌이 있었다. 두 사촌은 아버지에게 활을 선물 받았는데 이다에게 자랑하려고 찾아왔다. 그래서 이다는 가없은 죽은 꽃들의 이야기를 들려주고 그 꽃들을 묻어 주자고 했다. 요나스와 아돌프는 활을 어깨에 메고 앞장섰고, 이다는 시든 꽃이 든 예쁜 상자를 들고 뒤따랐다. 그들은 정원에 작은 무덤을 팠다. 이다는 꽃들에게 입을 맞추고 꽃 상자를 흙 속에 묻었다. 요나스와 아돌프는 애도의 뜻으로 하늘 높이 활을 쏘아 올렸다.

# 5
## 엄지 아가씨

아주 옛날, 작은 아이를 몹시 갖고 싶어하는 부인이 살았다. 그러나 부인은 그 소망을 이룰 수가 없었다. 어떻게 하면 아이를 가질 수 있을까 하고 궁리하던 끝에 부인은 한 요정을 찾아갔다.

"정말이지 작은 아이를 갖고 싶은데, 어디 가면 얻을 수 있을까요?"

"그거야 아주 쉽답니다. 여기 보리 낟알이 하나 있는데, 이건 농부의 밭에서 자라는 보리나 닭들이 쪼아먹는 보리와는 다르답니다. 이걸 화분에 심고 지켜보세요." 요정이 말했다.

"고맙습니다!"

부인은 보리 낟알 값으로 요정에게 12실링을 주었다. 그리고는 곧 집으로 돌아와 보리 낟알을 심었다. 얼마 후 커다랗고 눈부신 꽃 한 송이가 피어났다. 그 꽃은 꼭 튤립 같았으나 꽃잎들은 꽃봉오리처럼 꼭 오므라져 있었다.

"참 아름답기도 하지!"

부인은 붉고 노란 꽃잎에 입을 맞추었다. 그러자 꽃잎이 하나 둘씩 펴지면서 꽃봉오리가 열렸다. 정말 튤립이었다. 그런데 꽃 속에는 벨벳처럼 부드러운 녹색 수술 위에 아주 가냘프고 얌전한 작은 소녀가 앉아 있지 않은가! 깜찍하고 귀여운 그 소녀는 엄지손가락 반도 채 되지 않았다. 그래서 사람들은 엄지 아가씨라고 불렀다. 엄지 아가씨는 밤에는 푸른 제비 꽃잎과 장미 꽃잎을 이불 삼아 멋진 호두 껍질에서 잤다. 그리고 낮에는 식탁 위에서 놀았다. 부인은 수반에 물을 가득 담아 가장자리에 빙 둘러서 꽃을 꽂은 다음 물 위에 커다란 튤립 꽃잎 하나를 띄워 놓곤 했다. 이 튤립 꽃잎은 엄지 아가씨의 보트였다. 엄지 아가씨는 튤립 꽃잎 위에 앉아 흰 말털로 노를 저어 물 위를 오가면서 놀았다. 엄지 아가씨는 노래도 잘 불렀는데, 이제껏 들어보지 못한 부드럽고 달콤한 노래였다.

그러던 어느 날 밤, 아주 크고 못생긴 두꺼비 한 마리가 깨진 유리창 틈새를 통해 살금살금 기어들어 왔다. 그리고는 엄지 아가씨가 장미 꽃잎을 덮고 잠들어 있는 식탁으로 펄쩍 뛰어올라 갔다.

"참 작고 예쁘군. 며느리로 삼아야지."

두꺼비는 엄지 아가씨가 잠들어 있는 호두 껍질을 물고 창문을 통해 정원으로 뛰어내렸다. 두꺼비는 바로 정원에 있는 질퍽질퍽한 시냇가에서 아들과 함께 살고 있었다. 엄마 두꺼비보다 얼굴이 더 흉측하게 생긴 아들 두꺼비는 예쁜 엄지 아가씨를 보자 너무 기뻐서 "꺼억, 꺼억" 하고 소리를 냈다.

"그렇게 소리지르지 마라, 깰라. 그럼 도망가 버릴지도 몰라. 백조 깃털처럼 가벼우니까. 어서 시냇물에 떠 있는 연꽃잎에다 옮겨 놓자. 이렇게 작고 가벼운 아이에게는 연꽃잎이 섬처럼 커 보일 거야. 그러니 도망칠 수도 없겠지. 자, 어서 옮겨 놓고 습지 밑에 신방을 꾸미자꾸나." 엄마 두꺼비가 말했다.

시냇물에는 연꽃이 무성하게 자라고 있었다. 커다란 녹색 연꽃잎들은 마치 물 위를 떠다니는 것처럼 물결 따라 살랑살랑 춤을 추었다. 그 중 제일 큰 잎은 다른 잎들보다 더 멀리 있었는데, 엄마 두꺼비는 큰 연꽃잎으로 헤엄쳐 가서 엄지 아가씨가 잠들어 있는 호두 껍질을 그 위에 살짝 놓았다.

아침 일찍 잠이 깬 엄지 아가씨는 주위를 둘러보았다. 그러나 보이는 것이라곤 커다란 녹색 잎들과 시냇물뿐이었다. 도저히 땅으로 헤엄쳐 갈 수 없을 것 같았다. 겁이 덜컥 난 엄지 아가씨는 그만 엉엉 울어 버리고 말았다.

그 시간에 엄마 두꺼비는 골풀과 노란색 야생화로 늪지 아래에 신방을 꾸미느라 매우 바빴다. 엄마 두꺼비는 새며느리에게 정말 예쁜 방을 만들어 주고 싶었다. 신방을 다 꾸민 엄마 두꺼비는 흉측하게 생긴 아들과 함께 엄지 아가씨가 있는 연꽃잎으로 헤엄쳐 갔다. 엄마 두꺼비는 엄지 아가씨를 빨리 신방으로 데려가고 싶었다. 그래서 엄지 아가씨에게 인사를 건네고 이렇게 말했다. "얘가 내 아들이란다. 네 남편 될 사람이지. 넌 시냇가 늪지에서 행복하게 살게 될 거야."

"꺼억, 꺼억, 꺼억" 아들 두꺼비가 기쁘다는 듯이 웃어댔다.

엄마 두꺼비는 엄지 아가씨를 녹색 꽃잎 위에 혼자 놔둔 채 우아한 침대만 가지고 가 버렸다. 혼자 남은 엄지 아가씨는 무서워서 목이 쉬도록 울고 또 울었다. 못생긴 엄마 두꺼비와 함께 살 것을 생각하니 소름끼쳤으며 흉측한 아들 두꺼비를 남편으로 맞아야 하는 신세가 서글펐다. 마침 물 속을 헤엄쳐 다니던 작은 물고기들이 두꺼비 모자가 하는 이야기를 들었다. 물고기들은 고개를 내밀고 엄지 아가씨를 바라보았다.

'저렇게 예쁜 아가씨가 흉측한 두꺼비 모자와 살아야 하다니! 안 돼. 그냥 보고 있을 수만 없어!' 물고기들은 엄지 아가씨가 너무도 가여웠다. 물고기들은 엄지 아가씨가 앉아 있는 녹색 연꽃 줄기를 힘껏 물어뜯었다. 그러자 연꽃잎이 두꺼비들이 따라올 수 없는 곳으로 엄지 아가씨를 싣고 멀리멀리 떠내려가기 시작했다. 연꽃잎은 여러 마을을 지나 계속 흘러갔다. 숲 속에서 작은 새들이 엄지 아가씨를 보고 노래를 불렀다. "어쩜, 저렇게 귀엽고 작을까!"

이렇게 해서 엄지 아가씨는 다른 나라 땅에 닿을 때까지 시냇물을 따라 멀리멀리 여행하게 되었다. 아주 작은 하얀 나비가 팔랑거리며 엄지 아가씨를 따라오다 연꽃잎에 내려앉았다. 나비는 엄지 아가씨가 마음에 들었다.

엄지 아가씨는 두꺼비들에게서 벗어나게 된 것이 몹시 기뻤다. 게다가 이렇게 멋진 여행을 하게 되다니 꿈만 같았다. 스쳐가는 고요한 시골 풍경이 그림처럼 아름다웠으며 시냇물은 햇살을 받아 황금빛으로 빛났다. 엄지 아가씨는 허리띠를 풀어서 한 쪽은 나비에, 다른 한 쪽은 꽃잎에 묶었다. 그러자 연꽃잎이 나비의 날갯짓에 힘입어 훨씬 더 빠른 속도로 떠내려갔다. 엄지 아가씨는 일어서서 파노라

아주 작은 하얀 나비가 팔랑거리며 엄지 아가씨를 따라오다 연꽃잎에 내려앉았다.

마처럼 스쳐가는 풍경을 구경했다. 어디선가 큰 풍뎅이 한 마리가 날아왔다. 풍뎅이는 엄지 아가씨를 발견하자 엄지 아가씨의 날씬한 몸을 감싸 안고 나무 위로 날아갔다. 하지만 연꽃잎은 시냇물을 따라 계속 흘러갔다. 나비도 함께였다. 나비는 연꽃잎에 꼭 묶여 있어서 날아갈 수가 없었다.

풍뎅이에게 붙잡힌 엄지 아가씨는 너무 무서웠다. 그리고 연꽃잎에 묶여서 떠내려간 아름답고 하얀 나비 때문에 마음이 아팠다. 나비가 줄을 풀지 못한다면 굶어 죽으리라. 그러나 풍뎅이는 그런 것은 전혀 아랑곳하지 않았다. 풍뎅이는 엄지 아가씨를 가장 큰 나뭇잎 위에 앉히고 자기도 옆에 앉았다. 그리고는 꽃에서 딴 꿀을 주며 엄지 아가씨가 자기와는 전혀 다르게 생겼지만 그래도 아주 예쁘다고 말했다. 다른 풍뎅이들도 엄지 아가씨를 구경하러 왔다. 풍뎅이들은 엄지 아가씨를 요모조모 뜯어보더니 촉각을 찡그리며 말했다.

"어머, 다리가 두 개밖에 없네. 흉하기도 해라!"

"촉각도 없잖아!"

"허리 좀 봐. 정말 날씬하네! 꼭 사람처럼 생겼어!" 풍뎅이들이 한 마디씩 했다.

"어머, 정말 못생겼다!" 여자 풍뎅이들은 하나같이 이렇게 말했다.

그래도 엄지 아가씨를 데려온 풍뎅이는 그녀가 귀엽다고 생각했다. 그렇지만 다른 풍뎅이들이 자꾸만 못생겼다고 하자 마침내 그 풍뎅이도 그렇게 믿고 말았다. 풍뎅이는 엄지 아가씨를 데이지꽃 위에 데려다 놓고 어디든 가고 싶은 대로 가라고 말하고는 날아가 버렸다. 엄지 아가씨는 자신이 못생겨서 풍뎅이들조차 거들떠보지도 않는다는 생각이 들자 몹시 슬펐다. 그러나 사실, 엄지 아가씨는 세상에서 제일 예뻤으며 아름다운 장미처럼 부드럽고 달콤했다.

불쌍한 엄지 아가씨는 여름 내내 큰 숲에서 혼자 외롭게 지냈다. 그녀는 풀잎으로 침대를 엮어서 커다란 클로버 잎 아래 걸어 비를 피했다. 그리고 꽃에서 나오는 꿀로 식사하고 아침마다 잎에 맺힌 이슬을 마셨다.

이윽고 여름이 지나가고 가을이 갔다. 이제 춥고 기나긴 겨울이었다. 감미로운 노래를 불러 주던 새들은 모두 날아가 버리고 꽃과 나무도 시들어 버렸다. 엄지 아가씨가 지내던 커다란 클로버 잎도 이제는 힘없이 오그라져 버리고 노랗게 시든 줄기만 남았다. 엄지 아가씨는 몹시 추웠다. 입고 있던 옷이 이제는 다 해지고 닳아져 있었다. 더구나 엄지 아가씨는 추위를 견디기에는 너무나 작고 연약했다. 가련한 엄지 아가씨는 얼어죽을 지경이었다.

거기다가 눈까지 내리기 시작했다. 눈송이는 또 어찌나 큰지! 우리들에게는 눈송이가 보잘것없이 작게 보이지만 엄지손가락보다도 작은 엄지 아가씨에게는 커다란 산처럼 보였다. 시든 잎으로 몸을 감싸 보기도 했지만 곧 부스러져 버려 추위를 막아 주지 못했다. 엄지 아가씨는 추워서 오들오들 떨었다.

엄지 아가씨가 살고 있는 숲 바로 가까이에는 옥수수 밭이 있었다. 옥수수는 이미 오래 전에 다 베어지고, 헐벗고 마른 그루터기들만 언 땅 위로 솟아 있었다. 엄지 아가씨는 이가 부딪히도록 덜덜 떨며 옥수수 밭으로 갔다. 큰 숲을 헤치고 옥수수 밭까지 가는 것은 여간 힘든 일이 아니었다. 엄지 아가씨는 옥수수 그루터기 밑에 있는 작은 굴에 사는 들쥐 아줌마를 찾아갔다. 들쥐 아줌마는 방안 가득 곡식을 쌓아 놓고 따뜻하고 편하게 살고 있었다. 근사한 부엌과 식당도 있었다. 가엾은 엄지 아가씨는 거지 소녀처럼 들쥐 아줌마 집 문 앞에 서서 구걸을 했다. 벌써 이틀째 아무것도 먹지 못했던 것이다.

"작은 보리 낟알 조각이라도 좋으니 먹을 것 좀 주세요."

"딱하기도 해라! 자, 어서 따뜻한 방으로 들어오렴. 같이 밥을 먹자꾸나!" 마음씨 좋은 들쥐 아줌마가 말했다. 엄지 아가씨를 보고 마음에 든 들쥐 아줌마는 이렇게 덧붙였다. "원한다면 봄이 올 때까지 내 집에서 지내렴. 하지만 항상 방을 깨끗이 청소하고 내게 이야기를 해 줘야 한다. 난 이야기라면 사족을 못 쓰거든."

엄지 아가씨는 마음씨 좋은 들쥐 아줌마가 해 달라는 대로 해주었다. 그래서 겨울을 따뜻하게 보낼 수 있었다.

그러던 어느 날이었다.

"곧 손님이 오실 거야. 일주일에 한 번씩 찾아오는 이웃인데 나보다 훨씬 더 부자지. 방이 여러 개 있고 항상 멋진 검은 색 벨벳 옷을 입고 다닌단다. 그를 남편으로 맞을 수만 있다면, 넌 호강하며 살 거야. 눈이 어두운 게 흠이지만 말야. 그에게 제일 재미있는 이야기를 들려주렴."

들쥐 아줌마는 두더지가 아주 부자에다 학식도 많다고 자랑했다. 그리고 그의 집은 들쥐 아줌마 집의 스무 배나 된다고 했다. 그러나 엄지 아가씨는 전혀 흥미가 없었다. 그는 두더지에 불과했기 때문이다.

드디어 두더지가 검은 벨벳 옷을 멋드러지게 차려입고 찾아왔다. 그는 실제로 부자에다 유식했다. 하지만 해님과 아름다운 꽃들을 전혀 좋아하지 않았다. 두더지는 지금까지 그런 것들을 한 번도 본 적이 없었다. 엄지 아가씨는 그에게 노래를 불러 줘야 했다. 그래서 '무당벌레야, 무당벌레야, 날아라' 등, 아름다운 노래를 불렀다. 두더지는 엄지 아가씨의 아름다운 목소리를 듣고 홀딱 반해 버렸지만 전혀 내색을 하지 않았다. 두더지는 신중한 신사였던 것이다. 그 대신 두더지는 자기가 파 놓은 굴에 가 보자고 들쥐 아줌마를 초대했다. 얼마 전에 들쥐 아줌마의 집에서 자기 집까지 땅 밑에 긴 굴을 파 놓았는데, 엄지 아가씨를 데리고 가 봐도 좋다는 것이었다. 하지만 그 굴에 죽은 새가 있으니까 너무 놀라지 말라고 했다. 그리고 부리와 깃털이 달린 멋진 그 새는 죽은 지 얼마 되지 않았을 거라고 덧붙였다.

두더지가 빛이 나는 나무토막을 입에 물자, 나무토막이 어둠 속에서 불빛처럼 빛을 냈다. 엄지 아가씨와 들쥐 아줌마는 두더지를 따라서 길고 어두운 길을 걸어갔다. 새가 누워 있는 곳에 이르자 두더지는 넓적한 코를 천장에 대고 받치더니 흙을 밀어냈다. 그러자 큰 구멍이 생기면서 햇빛이 쏟아져 들어왔다. 길 한가운데에 죽어 누워 있는 제비가 보였다. 아름다운 날개는 옆으로 축 처져 있었고 발과 머리는 깃털 속에 파묻혀 있었다.

얼마 전에 들쥐 아줌마의 집에서 자기 집까지 땅 밑에 긴 굴을 파 놓았는데,
엄지 아가씨를 데리고 가 봐도 좋다는 것이었다.

엄지 아가씨는 죽은 새를 보자 마음이 무척 아팠다. 여름 내내 그토록 아름답고 감미롭게 노래를 불러 주고 지저귀던 새들이 아니던가.

두더지는 구부정한 다리로 제비를 차며 매몰차게 말했다. "이젠 더 이상 울지도 않겠군. 작은 새로 태어난다는 건 참 비참해. 내 자식들은 이런 새처럼 되지 않을 테니 얼마나 다행이야. 새들은 '쨱쨱, 쨱쨱' 하고 우는 것밖에 할 줄 몰라. 그러니 겨울이 오면 굶어 죽는 게 당연하지."

"지당한 말이에요! 빗종빗종 노래한들 무슨 소용이 있겠어요. 겨울이 오면 굶어 죽거나 얼어죽기 딱 알맞지요. 그래도 새들은 본데 있게 자라지요." 들쥐 아줌마가 맞장구를 쳤다.

엄지 아가씨는 아무 말도 하지 않았다. 그녀는 들쥐 아줌마와 두더지가 돌아서자 얼른 몸을 굽혀 머리를 덮고 있는 깃털을 헤치고 제비의 두 눈에 입을 맞추었다.

'어쩌면, 지난 여름 내게 아름다운 노래를 불러 준 바로 그 제비일지도 몰라.'

두더지는 곧 햇빛이 새어 들어오는 구멍을 막고는 엄지 아가씨와 들쥐 아줌마를 집까지 바래다주었다.

그날 밤, 엄지 아가씨는 죽은 제비가 자꾸만 생각나서 잠이 오지 않았다. 그래서 잠자리에서 일어나 마른 풀로 크고 아름다운 양탄자를 짜 가지고 가서 죽은 새를 덮어 주었다. 그리고 들쥐 아줌마의 방에서 찾아 낸 양모처럼 부드러운 천으로 새의 옆구리를 감싸주었다. 이제 제비는 차가운 땅 속에서나마 따뜻하게 누워 있을 수 있으리라.

"잘 자, 작고 예쁜 새야! 푸른 잎이 우거지고 따뜻한 해님이 내리쬐던 지난 여름, 찬란한 노래를 불러 주었지. 정말 고마워. 잊지 못할 거야." 이렇게 말하고 엄지 아가씨는 흐느끼며 새의 가슴에 머리를 묻었다. 그 순간 엄지 아가씨는 깜짝 놀랐다. 무언가가 뛰고 있는 것이 아닌가. 그것은 바로 새의 심장이었다. 새는 죽은 게 아니었다. 단지 추위로 정신을 잃고 쓰러져 있다가 몸이 따뜻해지자 다시 정신이 든 것이다. 가을이 되자 제비들이 모두 따뜻한 남쪽 나라로 날아갔는데, 이 제비는 그만 추위에 갇혀 버린 것이다. 그리하여 몸이 꽁꽁 언 채 땅에 떨어져 그렇게 죽은 것처럼 누워 있었던 것이다.

엄지 아가씨는 너무 놀라 온 몸이 후들거렸다. 제비는 엄지손가락만한 엄지 아가씨에게는 너무도 거대해 보였기 때문에 덜컥 겁이 났다. 하지만 엄지 아가씨는 용기를 내어 더욱 따뜻하게 제비의 몸을 감싸주고는 자기가 덮고 잤던 잎사귀를 가져와서 제비의 머리를 덮어 주었다.

다음날 아침, 엄지 아가씨는 다시 살그머니 집을 빠져나와 제비에게 가 보았다. 제비는 숨을 쉬고 있었지만 아직 기운을 못 차렸다. 제비는 살짝 눈을 떠서 등불 대신 인광이 나는 썩은 나무를 들고 서 있는 엄지 아가씨를 힘겹게 바라볼 뿐이었다.

"고맙다, 귀엽고 작은 아이야. 네가 정성껏 돌봐 주어서 곧 기운을 차릴 수 있을 거야. 그러면 따뜻한 햇빛 속으로 날아갈 수 있겠지." 제비가 온 힘을 다해 말했다.

그 말을 들은 엄지 아가씨는 놀라서 펄쩍 뛰었다. "안 돼요. 바깥은 지금 몹시 추워요. 눈이 와서 온 세상이 꽁꽁 얼었는걸요! 여기 따뜻한 침대에 누워 있어요. 내가 잘 돌봐 줄게요."

엄지 아가씨는 꽃잎에다 물을 떠다 주었다. 제비는 물을 달게 마시고는 자기가 이곳에 떨어지기까지의 이야기를 해 주었다. 제비는 다른 제비들과 함께 겨울을 보내려고 따뜻한 남쪽 나라로 가게 되었는데, 가시덤불에 날개 하나가 찢겨 빨리 날 수가 없었다. 그래서 혼자 뒤처지게 된 제비는 남쪽을 향해 날아가던 중 기운을 잃고 떨어지고 말았다. 제비는 그 이상은 기억하지 못했다. 어떻게 자기가 여기까지 왔는지 전혀 모르겠다고 했다.

제비는 겨울 내내 엄지 아가씨의 사랑과 정성어린 보살핌을 받으며 땅 속에서 지냈다. 두더지도 들쥐 아줌마도 이 사실을 까맣게 몰랐다. 그들은 제비에게 전혀 관심이 없었다.

곧이어 해님이 방긋방긋 온 세상을 따스하게 비추는 봄이 왔다. 이제 엄지 아가씨와 제비가 헤어져야 할 시간이었다. 제비는 엄지 아가씨에게 잘 있으라는 인사를 하고 두더지가 만들어 놓은 구멍을 열었다. 찬란한 햇살이 스며들어 눈이 부셨다. 제비는 엄지 아가씨에게 함께 가겠느냐고 물었다. 등에 업고 저 멀리 초록의 숲으로 데려다 주겠다고 했다. 하지만 엄지 아가씨는 아무 말도 없이 떠나 버리면 매우 슬퍼할 들쥐 아줌마가 눈에 어른거려 그럴 수가 없었다.

"아니, 난 그럴 수 없어요."

"그럼, 잘 있어, 마음 착한 귀여운 아가씨."

제비는 "지지배배, 지지배배" 하고 노래하며 초록색 숲으로 날아가 버렸다. 제비의 뒷모습이 아련히 멀어져 갔다. 엄지 아가씨의 두 눈에 커다란 눈물 방울이 맺혔다. 엄지 아가씨는 그 가엾은 제비를 매우 좋아했던 것이다.

들쥐 아줌마집 위에 있는 논에서는 곡식이 무럭무럭 자랐다. 엄지손가락보다 작은 불쌍한 엄지 아가씨에게는 그 들판이 아주 빽빽한 숲처럼 보였다. 엄지 아가씨는 밖으로 나가 따뜻한 햇빛을 쬐고 싶었지만 들쥐 아줌마가 허락하지 않았다.

그러던 어느 날, 들쥐 아줌마가 엄지 아가씨를 앞에 앉혀 놓고 말했다.

"이제 넌 결혼하게 된단다. 두더지가 청혼했지 뭐냐. 너 같은 불쌍한 아이에겐 정말 행운이지. 자, 서둘러서 결혼식에 입을 옷을 만들자. 모직과 린네르로 말야. 두더지 아내가 되면 부러울 게 없을 거야."

엄지 아가씨는 밤낮없이 물레를 돌렸다. 들쥐 아줌마는 엄지 아가씨를 위해 거미 네 마리를 고용하여 밤낮으로 실을 잣고 천을 짜게 했다. 두더지는 저녁마다 찾아와 여름이 끝나면 지금처럼 햇살이 뜨겁지 않을 것이며 땅이 돌처럼 딱딱하지 않을 것이라고 말했다. 여름만 지나가면 두더지는 엄지 아가씨와 결혼식을 올릴 예정이었다. 그러나 엄지 아가씨는 하나도 기쁘지 않았다. 오히려 두더지가 진저리 났다. 엄지 아가씨는 해님이 떠오르는 아침과 해님이 지는 저녁이면 문 밖으로 살짝 나갔다. 바람이 불어 양쪽으로 갈라진 곡식 사이로 푸른 하늘이 보였

들쥐 아줌마는 엄지 아가씨를 위해 거미 네 마리를 고용하여 밤낮으로 실을 잣고 천을 짜게 했다.

다. 바깥 세상은 너무도 찬란하고 아름다울 것이다. 엄지 아가씨는 봄에 떠난 사랑스런 제비가 보고 싶었다. 하지만 제비는 돌아오지 않았다. 제비는 멀고 먼 아름다운 녹색 숲으로 날아간 모양이었다.

이윽고 뜨거운 태양이 한풀 꺾인 풍성한 가을이 왔다. 엄지 아가씨의 혼숫감은 모두 준비되었다.

"한 달만 지나면 결혼식을 올릴 거야." 들쥐 아줌마가 들떠서 얼굴을 붉게 물들이며 말했다.

엄지 아가씨는 울면서 그 지겨운 두더지와 결혼하고 싶지 않다고 털어놓았다.

"뭐라구? 자, 고집 부리지 마. 자꾸 그러면 이빨로 물어뜯어 버릴 테다! 얼마나 근사한 신랑감인지 아직도 모르겠니? 왕비도 그렇게 아름다운 모피는 없을걸. 게다가 부엌과 광도 곡식으로 가득 차 있어. 그런 행운을 고맙게 생각해야지."

드디어 결혼식 날짜가 정해졌다. 그날은 두더지가 엄지 아가씨를 데려가기로 되어 있었다. 결혼식이 끝나면 엄지 아가씨는 두더지와 함께 땅 속 깊은 곳에서 살아야 한다. 그러면 다시는 찬란한 햇빛을 보지 못하리라. 두더지는 해님을 좋아하지 않으니까. 아름다운 해님에게 영원히 작별 인사를 해야 한다고 생각하자 엄지 아가씨는 몹시 슬펐다. 그래도 들쥐 아줌마의 집에서는 문간에서나마 해님을 볼 수 있었다. 엄지 아가씨는 들쥐 아줌마의 허락을 얻어 마지막으로 해님을 보러 밖으로 나갔다.

"잘 있어. 밝은 해야!" 엄지 아가씨는 들쥐 아줌마 집 앞으로 나와 두 팔을 높이 쳐들며 외쳤다. 이제 들판에는 곡식을 다 거둬들여 마른 그루터기만이 남아 있었다. 엄지 아가씨는 옆에 있는 붉을 꽃을 양팔로 감싸안으며 말했다.

"안녕, 잘 있어. 작은 제비를 보거든 내 인사를 전해 줘!"

"지지배배, 지지배배." 그때 갑자기 머리 위에서 제비의 노랫소리가 들렸다.

엄지 아가씨는 깜짝 놀라 위를 보았다. 병들어 땅 속에 누워 있던 바로 그 제비가 날아오고 있지 않은가. 엄지 아가씨를 본 제비는 기뻐서 어쩔 줄 몰라 했다. 엄지 아가씨도 기뻤다. 그러나 엄지 아가씨는 곧 흐느끼며 못생긴 두더지와 결혼하게 되었다고 이야기했다. 그리고 햇빛이라곤 전혀 들지 않는 컴컴한 땅 속에서 살아야 하는 자신의 처량한 신세를 한탄했다.

이야기를 들은 제비는 엄지 아가씨가 한없이 가여웠다. 그래서 이렇게 말했다.

"이제 곧 추운 겨울이 올 거야. 지금 따뜻한 남쪽 나라로 가는 중인데, 나랑 같이 안 갈래? 내 등에 업혀서 말야. 네 허리띠로 꼭 묶으면 떨어지지 않을 거야. 그러면 캄캄한 방에서 흉측한 두더지와 함께 살지 않아도 되잖아. 산을 넘고 강을 건너 먼 나라로 가는 거야. 여기보다 더 찬란한 해님이 미소짓고 화려한 꽃들이 피는 곳으로. 거기는 1년 내내 여름이지. 나랑 같이 가자. 내가 널 구해 줄게. 너도 캄캄한 땅 속에서 얼어죽어 가던 날 구해 줬잖아."

"그래, 너랑 함께 갈 테야." 엄지 아가씨가 결심한 듯 말했다. 그리고는 제비 등에 앉아서 두 발을 제비의 날개 위에 얹고 허리띠를 단단한 깃털에 묶었다.

제비는 힘차게 날개를 퍼덕이며 날았다. 숲을 지나고 바다를 건넜으며 눈으로 덮인 높은 산도 지나갔다. 엄지 아가씨는 찬바람에 꽁꽁 얼지 않도록 머리만 밖으로 내밀고 새의 따뜻한 깃털로 몸을 감쌌다. 아름다운 풍경들이 그림처럼 스쳐 지나갔다. 그렇게 한참을 날다 보니 따뜻한 남쪽 나라가 보였다. 그곳에서는 햇살이 환하게 부서지고 하늘이 매우 높아 보였다. 울타리와 길가에서는 자주색, 녹색, 흰색의 아름다운 포도가 자라고, 숲에는 레몬과 오렌지가 열려 있었으며, 사방에 은매화와 오렌지 꽃향기가 그윽했다. 귀여운 아이들이 화려하고 큰 나비들

제비 등에 앉아서 두 발을 제비의 날개 위에 얹고 허리띠를 단단한 깃털에 묶었다.

과 함께 뛰어 놀았다. 멀리 날아갈수록 아래로 펼쳐진 풍경이 더욱더 아름다웠다.

드디어 그들은 푸른 호숫가에 당도했다. 호숫가의 짙푸른 나무 아래에는 눈부시게 흰 대리석으로 된 오래된 성이 서 있었다. 높다란 기둥에는 포도 넝쿨이 뻗어 있었고 맨 꼭대기에는 수많은 제비 둥지가 있었다. 그 중 한 둥지에는 엄지 아가씨를 데려온 제비 가족이 살고 있었다.

"여기가 우리 집이야. 하지만 여긴 네가 살기에는 불편할 거야. 저기 아래쪽에 피어 있는 아름다운 꽃 하나를 골라. 그럼 내가 데려다 줄게. 거기서라면 마음 놓고 행복하게 지낼 수 있을 거야." 제비가 말했다.

"정말 근사하다!" 엄지 아가씨가 손뼉을 치며 좋아했다.

아래쪽에는 커다란 대리석 기둥 하나가 무너져 세 동강이 나 있었는데, 그 사이로 아주 아름다운 흰 꽃들이 피어 있었다. 제비는 그곳으로 엄지 아가씨를 데려가 가장 큰 잎에 내려놓았다. 그곳에 내려선 엄지 아가씨는 소스라치게 놀랐다. 꽃 한가운데에 유리로 만든 것처럼 하얗고 투명한 작은 소년이 앉아 있지 않은가. 소년은 머리에 황금 왕관을 쓰고 있었고 어깨에는 우아한 날개를 달고 있었다. 그 역시 엄지 아가씨보다 별로 크지 않았다. 그는 바로 꽃의 천사였다. 모든 꽃에는 그렇게 작은 천사들이 살고 있었는데 그 소년은 바로 왕자였던 것이다.

"정말 잘 생겼네요!" 엄지 아가씨가 제비에게 속삭였다.

작은 왕자는 제비를 처음 보자 덜컥 겁이 났다. 작고 연약한 왕자의 눈에는 제비가 거대한 괴물처럼 보였던 것이다. 하지만 엄지 아가씨를 보자 몹시 기뻐했다. 꽃의 천사들 중에서도 그렇게 아름다운 소녀는 일찍이 본 적이 없었다. 왕자는 황금 왕관을 벗어 엄지 아가씨의 머리에 씌워 주고는 이름을 물었다. 그리고 자기의 아내이자 모든 꽃을 지배하는 여왕이 되어 줄 수 있는지를 정중하게 물었다.

왕자는 흉측한 두꺼비의 아들이나 검은 모피를 입은 두더지와는 비교가 안 되는 신랑감이었다. 엄지 아가씨는 기꺼이 그러겠다고 대답했다. 그러자 모든 꽃잎들이 일제히 열리고 천사들이 쏟아져 나왔다. 참으로 황홀하고 아름다운 광경이었다. 천사들은 모두 엄지 아가씨에게 하나씩 선물을 주었다. 그 중에서도 가장 귀한 선물은 하얗고 커다란 날개 한 쌍이었다. 그들은 엄지 아가씨가 이 꽃에서 저 꽃으로 날아다닐 수 있도록 날개를 어깨에 묶어 주었다. 그러자 여기저기서 환호성이 터져 나왔다. 둥지에 앉아 이 모습을 바라보던 작은 제비는 아름다운 축혼가를 불러 주었다. 그러나 제비는 속으로는 좀 슬펐다. 엄지 아가씨를 정말로 좋아했으며 헤어지기 싫었기 때문이다.

"넌 이제 엄지 아가씨가 아니란다. 너처럼 예쁜 아이에게는 그런 이름이 어울리지 않아. 이제부터 널 마야라고 부르겠어." 왕자가 다정하게 말했다.

"안녕!" 작은 제비는 작별을 고하고 따뜻한 남쪽 나라를 떠나 덴마크로 날아갔다. 제비는 그곳에 있는 어느 집 창문 위에도 작은 보금자리를 가지고 있었다. 그 집에는 마음씨 좋은 동화 작가가 살고 있었는데, 이 이야기는 제비가 그 작가에게 지지배배 지지배배 노래를 불러 줌으로써 우리에게 알려지게 되었다.


# 6
# 못된 아이


옛날 옛적에 아주 마음씨 착한 늙은 시인이 살고 있었다. 어느 날 저녁, 늙은 시인은 올챙이배처럼 생긴 난로 옆에 앉아서 사과를 굽고 있었다. 밖에서는 무시무시한 폭풍우가 몰아쳤다.

"이런 날씨에 밖에 나갔다간 뼛속까지 흠뻑 젖겠는걸." 시인은 이렇게 중얼거리며 한숨을 내쉬었다.

그때 바깥에서 어린아이가 문을 쿵쿵 두드리며 소리쳤다. "문 좀 열어 주세요. 흠뻑 젖었어요. 얼어죽을 지경이란 말예요."

매섭게 휘몰아치는 비바람에 창문이 요란하게 덜컹거렸다.

"원, 어린 것이 불쌍하기도 하지!" 늙은 시인은 부리나케 달려가서 문을 열었다. 문 앞에는 어린 소년이 추위에 부들부들 떨며 벌거벗고 서 있었다. 금발 머리에서는 빗물이 줄줄 흘러내렸다. 밤새 폭풍우 속에 있다가는 얼어죽기 십상이었다.

"가엾어라. 어서 들어와 난로 옆에서 몸을 녹이렴. 포도주와 구운 사과를 주마. 참 예쁘게 생겼구나." 시인이 소년의 손을 잡으며 말했다.

소년은 참으로 아름다웠다. 두 눈은 별처럼 영롱하게 반짝였고, 물이 뚝뚝 떨어지는 금발은 적당히 곱실거려 보기 좋았다. 창백한 얼굴로 떨고 있는 모습이 마치 하늘에서 내려온 천사처럼 보였다. 소년이 들고 있는 활과 화살은 비에 젖어서 아름다운 색깔이 엉망으로 번져 있었다.

시인은 난로 앞에 앉아 아이를 무릎에 안았다. 그리고 소년의 머리에서 물을 털어 내고, 아이의 두 손을 꼭 잡아 따뜻하게 녹여 주고는 구운 사과와 달콤한 포도주를 데워 주었다. 포도주와 사과를 먹고 금세 기운을 차린 소년이 시인의 무릎에서 폴짝 뛰어내렸다. 그리고는 주위를 돌며 춤을 추기 시작했다.

"너 참 명랑한 아이로구나. 이름이 뭐지?" 시인이 미소를 지으며 다정하게 물었다.

"전 큐피드라고 해요. 절 모르세요? 저기 제 활과 화살이 있잖아요. 저는 활을 잘 쏜답니다. 저기 좀 봐요. 달님이 나왔어요. 이제 날씨가 좋아졌어요."

"하지만 네 활과 화살은 못쓰게 되었잖니."

"그래요?" 소년은 활과 화살을 집어들고 살폈다. "이제 완전히 말라서 괜찮아요. 보세요, 활줄이 팽팽하잖아요. 망가진 데가 전혀 없어요." 그러면서 소년은 화살을 활에 걸고 마음씨 좋은 시인의 심장을 향해 쏘았다.

"거 봐요. 활이 망가지지 않았죠?" 장난꾸러기 소년이 깔깔대며 말했다. 따뜻한 방에 들어오게 해서 포도주와 구운 사과를 준 시인을 쏘다니, 참으로 못된 아이였다.

시인은 방바닥에 누워서 엉엉 울었다. 화살이 심장을 꿰뚫은 것이다. "으…으…. 못된 아이군. 다른 아이들한테 큐피드를 조심하라고 일러줘야겠어. 절대로 같이 놀지 말라고 말야. 큐피드가 다른 아이들을 해칠지도 모르니까."

늙은 시인의 말을 들은 아이들은 큐피드를 조심했다. 그러나 교활한 큐피드가 가만히 있을 리 없었다.

대학생이 강의를 듣고 나올 때면 큐피드는 검은 옷차림으로 팔 밑에 책을 끼고 대학생과 나란히 걷는다. 그러면 대학생은 전혀 눈치 채지 못하고 그가 대학생인 줄 안다. 그때 큐피드는 대학생의 심장에 화살을 쏜다. 처녀들은 견신례를 받을 때에도 큐피드로부터 안전하지 못하다.

큐피드가 극장에 있는 큰 샹들리에 위에 앉아 있을 때도 사람들은 큐피드가 훨훨 타오르는 촛불 사이에 있다는 것을 눈치 채지 못한다. 그러다가 큐피드의 화살에 심장을 맞을 때에야 비로소 알아차린다.

큐피드는 공원이든 제방이든 여러분의 어머니와 아버지가 가길 좋아하는 곳이면 어디든지 돌아다닌다. 여러분의 부모님도 언젠가 그 화살에 맞은 적이 있다. 부모님에게 한번 물어 보라. 그리고 뭐라고 말하는지 들어보라.

큐피드는 못된 아이다. 절대로 큐피드와 어떤 일을 해서는 안 된다. 큐피드가 여러분의 늙은 할머니 심장을 쏘았다는 것을 생각해 보라. 할머니는 아주 오래 전에 화살을 맞아서 이제 아픔을 느끼진 못하지만 결코 잊지 못한다. 짓궂은 큐피드! 이제 여러분도 그를 알게 될 것이다. 큐피드가 얼마나 못됐는지를!


# 7
## 길동무

가엾게도 요한은 아버지가 중병이 들어서 몹시 슬펐다. 아버지는 살아날 가망이 없었다. 사방이 어둡고 고요한 밤이었다. 작은 방 안에는 요한과 아버지뿐이었다. 탁자 위의 등불도 거의 꺼져 가고 있었다.

"요한아, 넌 착한 아들이었단다. 네가 이 세상을 잘 헤쳐 나가도록 하느님께서 보살펴 주실 거야." 아버지는 요한을 그윽하게 바라보면서 깊은 한숨을 내쉬고 돌아가셨다. 마치 깊은 잠에 곯아떨어진 것처럼.

요한은 엉엉 울었다. 이제 이 넓은 세상에서 요한은 혼자뿐이었다. 아버지도 어머니도 형제도, 아는 사람이라곤 아무도 없었다. 불쌍한 요한! 요한은 침대 옆에 무릎을 꿇고 앉아 돌아가신 아버지의 손에 입을 맞추고 엉엉 울었다. 그러다가 딱딱한 침대 모서리에 머리를 기대고 잠이 들었다.

그런데 요한은 이상한 꿈을 꾸었다. 해님과 달님이 자기에게 절하는 것이었다. 또한 아버지가 예전처럼 다시 건강한 모습으로 나타나 호탕하게 웃으시지 않는가! 찰랑거리는 긴 머리 위에 황금 왕관을 쓴 아름다운 아가씨가 요한에게 손을 내밀자 아버지가 이렇게 말했다. "신부가 정말 아름답지? 이 세상에서 이보다 더 사랑스런 아가씨는 없을걸."

그 순간 요한은 깜짝 놀라 깨어났다. 한순간에 모든 것이 사라지고 눈에 들어온 것은 쓸쓸히 누워 있는 아버지의 차디찬 시체뿐이었다. 요한이 정말 가여웠다.

아버지는 다음 주에 땅에 묻혔다. 요한은 관 뒤를 바짝 따라갔다. 이제 다시는 사랑하는 아버지를 볼 수 없으리라. 사람들이 관 위에 흙을 퍼부었다. 관이 서서히 흙으로 덮이더니 마침내 살짝 보이던 모서리마저 흙 속에 묻혀 버리고 말았다. 요한은 너무나 슬퍼서 마음이 찢어지는 것 같았다. 주위에 둘러선 사람들이 부르는 찬송가 소리가 아득하게 들렸다. 아름답고 거룩한 노랫소리를 듣자 눈물이 흘러나왔으며 마음이 좀 가라앉았다. 푸른 나무들을 눈부시게 비추는 해님이 이렇게 말하는 것 같았다. "슬퍼해선 안 돼, 요한. 봐, 저 푸른 하늘이 얼마나 아름다운지. 아버지는 이제 저곳에 계셔. 네가 항상 잘 지내도록 하느님께 기도하고 계시지."

'항상 착하게 살 거야. 그럼 언젠가는 아버지한테 갈 수 있겠지. 아버지를 다시 만나면 얼마나 좋을까? 아버지를 만나면 할 얘기가 너무 많아. 아버지도 하늘 나라에서 겪은 즐거운 일들을 얘기하시겠지. 그리고 여기 계셨을 때처럼 많은 것을 가르쳐 주실 거야. 그렇게 되면 얼마나 좋을까?' 이런 생각을 하자 눈물로 얼룩진 요한의 얼굴 위로 미소가 번졌다.

밤나무 위에서는 작은 새들이 앉아 "짹짹! 짹짹!" 하고 지저귀었다. 새들은 장례식인데도 매우 즐거워했다. 마치 죽은 아버지가 살았을 때 착한 일을 했기 때문에 하늘 나라로 올라가 커다란 날개를 달고 행복하게 지낸다는 것을 알고 있는 것처럼. 새들은 푸른 나무에서 넓은 세상으로 날아갔다. 요한은 새들처럼 날고 싶었다. 그러나 우선 아버지의 무덤 위에 세울 나무 십자가를 만들어야 했다.

저녁 무렵, 십자가를 만들어 가지고 무덤에 가보니 무덤은 자갈과 꽃으로 장식되어 있었다. 선량한 요한의 아버지를 존경하는 사람들이 그렇게 해 놓은 것이다.

다음날 아침 일찍 요한은 짐을 쌌다. 그리고 50달러와 두어 개의 은 실링을 허리띠에 찼다. 온 세상을 돌아다니며 모험을 할 작정이었다. 요한은 여행을 떠나기에 앞서 교회 마당에 있는 아버지 무덤을 찾아가 기도를 드리고 작별 인사를 했다.

"편히 쉬세요, 아버지."

들판에는 아름답고 싱싱한 온갖 꽃들이 따뜻한 햇살을 받으며 바람에 고개를 끄덕이고 있었다. 꽃들은 마치 말을 하는 것 같았다. "푸른 숲으로 온 걸 환영해. 여긴 모든 것이 싱싱하고 눈부셔."

요한은 오래된 교회를 뒤돌아보았다. 그곳은 어릴 때 세례를 받았고, 일요일마다 아버지와 함께 예배를 드리고 찬송가를 불렀던 곳이었다. 오래된 종탑 위에 붉은 색의 작고 뾰족한 모자를 쓴 종치기가 보였다. 그는 이마에 손을 얹고 햇볕을 가렸다. 요한이 그에게 고개를 끄덕여 작별 인사를 하자, 종치기는 붉은 모자를 벗어 흔들더니 손을 입으로 가져가 몇 번이고 입맞춤을 해 보였다. 요한을 좋아하며 즐거운 여행이 되길 바란다는 뜻이었다.

넓고 아름다운 세상에는 멋진 일들이 기다리고 있으리라. 이런 생각을 하자 가슴이 부풀었다. 요한은 이름도 모르는 많은 도시를 지나 아주 먼 나라에 도착했다. 그곳은 다른 나라여서 사람들이 하는 말을 알아들을 수가 없었다.

여행 첫날밤은 들판에 있는 건초 더미 위에서 잤지만 매우 행복했다. 그곳은 왕의 침대보다도 더 편안하고 아늑했다. 푸른 하늘이 지붕이었고 넓은 들판과 시내와 건초 더미는 아주 근사한 침실이었다. 또 붉고 흰 꽃들이 피어 있는 초원의 풀은 양탄자였고, 딱총나무 숲과 들장미 덤불은 꽃들이 만발한 담이었다. 게다가 맑고 시원한 시냇물에서 목욕을 즐길 수도 있었다. 갈대들이 고개를 숙여 인사를 하는가 하면, 달님은 높고 푸른 천장에 매달려 밤을 밝혀 주었다. 요한은 아주 편히 잤다. 눈을 떴을 때에는 해님이 하늘 높이 솟아 방긋 웃고 있었고, 작은 새들이 여기저기서 노래하고 있었다.

"안녕, 안녕. 아직도 안 일어났니?" 새들이 합창했다.

그날은 마침 일요일이어서 교회 종소리도 들렸다. 요한은 사람들을 따라 교회로 갔다. 사람들과 함께 찬송가를 부르고 목사님의 설교도 들었다. 어릴 때 세례를 받았던 바로 그 교회에서 아버지와 함께 찬송가를 부르고 있는 것만 같았다. 교회 마당에는 여러 개의 무덤이 있었는데, 그 중에는 돌보는 사람이 없어 무성한 풀로 뒤덮인 것도 있었다. 요한은 아버지의 무덤이 생각났다. '내가 잡초를 뽑아 줄 수 없으니 머지않아 아버지의 무덤도 이렇게 되겠지.' 요한은 무덤 앞에 앉아 풀을 뽑고, 쓰러진 나무 십자가를 바로 세워 주었다. 그리고 바람에 쓸려가 버린 꽃다발도 제자리에 갖다 놓았다. 누군가가 아버지의 무덤도 그렇게 해 주리라고 생각하면서.

교회 문 밖에는 한 거지가 지팡이에 몸을 의지한 채 서 있었다. 요한은 거지에게 은 실링을 주고 여행을 계속했다. 전에 없이 마음이 가볍고 행복했다. 날이 저물자 사방이 컴컴해지면서 금방이라도 폭풍우가 일 것 같았다. 요한은 몸을 피할 곳을 찾아 발길을 서둘렀지만 캄캄한 밤이 되어서야 작은 언덕 위에 외롭게 서 있는 교회에 다다랐다.

"여기서 쉬었다 가야겠군. 아주 피곤한걸."

요한은 교회 안으로 들어갔다. 그는 두 손을 모으고 저녁 기도를 올리다 잠이 들었다. 바깥에서는 천둥 번개가 몰아쳤지만 그것도 모르고 곤히 잤다. 요한이 깨어났을 때는 아직도 한밤중이었다. 폭풍우가 그치고 달빛이 창문을 통해 비쳐 들고 있었다. 어슴푸레하게 달빛을 받아 교회 한복판에 있는 관이 모습을 드러냈다. 뚜껑이 열려 있는 관 속에는 땅에 묻힐 시체가 들어 있었다. 요한은 시체를 봐도 전혀 무섭지 않았다. 지은 죄가 없었기 때문이다. 그리고 죽은 사람은 절대로 남에게 해를 끼치지 않으며 해를 끼치는 사람은 오히려 살아 있는 사람들이라는 사실을 알고 있었던 것이다. 바로 그 죽은 사람 곁에는 두 사람이 서 있었는데 시체를 묻으려고 교회로 가져온 사람들이었다. 그들은 시체를 관 속에서 꺼내 교회 밖으로 내던지려고 했다.

"무슨 짓이오? 그건 나빠요. 제발 그냥 두시오!" 요한이 그들에게 외쳤다.

"뭐라구? 이 자는 우릴 속였어! 빚을 갚지 않고 죽어 버렸으니 이제 한 푼도 못 받게 되었다구. 그래서 복수하려는 거야. 개처럼 교회 문 밖에 누워 있어야 해." 흉악하게 생긴 두 사람이 말했다.

"제게 50달러가 있어요. 제가 가진 전 재산이에요. 이걸 드릴 테니 그 사람을 그냥 놔두세요. 전 돈이 없어도 살 수 있어요. 튼튼한 팔다리를 가지고 있고 하느님께서 항상 도와주실 테니까요."

"그래, 네가 대신 빚을 갚아 준다면 이 자를 손끝 하나 건드리지 않겠어. 우릴 믿어도 좋아."

그들은 돈을 받고 큰 소리로 비웃으며 사라졌다.

요한은 시체를 관 속에 잘 넣고 두 손을 모아 준 다음 교회를 나왔다. 그리고 흐뭇한 마음으로 숲을 향해 계속 걸었다. 달빛을 받은 나무들 사이에서 작고 귀여운 요정들이 흥겹게 춤을 추었다. 요정들은 요한이 다가가도 조금도 경계하거나 두려워하지 않았다. 요한이 마음씨 착하고 남을 해치지 않는다는 것을 알고 있었던 것이다. 그리고 마음씨 나쁜 사람의 눈에는 그런 요정이 보이지 않는 법이니까. 그 중에는 손가락 크기만한 요정도 있었다. 요정들은 긴 금발 머리에 황금 빗을 꽂고 있었으며 둘씩 짝을 지어 이파리나 풀잎 위에 뿌려진 큰 이슬방울 위에서 그네를 탔다. 그러다가 이슬방울이 아래로 또르르 굴러 누군가가 긴 풀 줄기 사이로 떨어지면 작은 요정들은 까르르 웃음을 터뜨렸다. 요정들이 노는 모습은 꼭 껴안아 주고 싶도록 귀여웠다. 요정들은 노래도 불렀다. 요한이 어렸을 때 배운 노래였다. 머리에 은빛 관을 쓴 화려한 큰 거미들은 요정들을 위해 이 울타리에서 저 울타리로 건너다니며 긴 구름다리와 궁전을 짓고 있었는데, 작은 이슬방울이 그 위로 구를 때면 달빛을 받아 유리처럼 영롱하게 빛났다. 동이 틀 무렵, 요정들은 꽃봉오리 속으로 기어들어갔다. 바람에 흔들리는 구름다리와 궁전은 마치 거미줄처럼 보였다.

요한이 숲을 벗어났을 때 굵직한 남자의 목소리가 들렸다. "이봐요, 친구. 어디로 가시오?"

"넓은 세상으로 나갑니다. 전 가족도 없고 혼자랍니다. 돈도 없구요. 하지만 하느님께서 도와주실 거예요."

"나도 넓은 세상으로 나간다네. 우리 같이 가겠나?" 낯선 사람이 말했다.

"좋지요!"

이렇게 해서 두 사람은 함께 길을 가게 되었다. 그들은 곧 서로 마음씨 좋은 사람이라는 걸 알고 친해졌다. 낯선 사람은 요한보다 훨씬 더 총명했다. 그는 이 세상에서 가 보지 않은 곳이 거의 없었으며 아는 것도 많았다. 해님이 높이 떠올랐을 때 그들은 아침 식사를 하려고 큰 나무 밑에 앉았다. 그때 한 할머니가 다가왔다. 머리가 땅에 닿을 듯이 허리가 굽은 늙디 늙은 할머니는 지팡이에 몸을 의지하고 있었다. 그리고 숲에서 모은 장작을 앞치마로 묶어서 등에 지고 있었는데, 장작 속에는 세 개의 양치 식물 가지와 버들가지가 들어 있었다. 그들 가까이 온 할머니가 그만 발을 헛디뎌 비명을 지르며 넘어졌다. 그 바람에 다리가 부러지고 말았다. 요한이 낯선 길동무에게 할머니가 사는 곳까지 부축해 주자고 말했다. 그러자 낯선 길동무는 작은 배낭을 열고 상자를 꺼내더니 금방 다리를 낫게 해 줄 연고가 있다고 말했다. 그리고는 다리를 낫게 해 주는 대신 할머니 등짐 속에 든 세 개의 양치 식물 가지를 달라고 했다.

"약값 치곤 비싸군." 할머니는 머리를 끄덕이면서도 양치 식물 가지를 선뜻 내주려 하지 않았다. 그러나 부러진 다리로 언제까지 그곳에 있을 수는 없었기 때문에 할 수 없이 양치 식물 줄기를 내주었다. 연고를 바르자 신기하게도 할머니는 벌떡 일어나 다치기 전보다도 더 기운차게 걸어서 집으로 갔다. 참으로 신통한 연고였다. 하지만 그 연고는 약국에선 구할 수 없는 것이었다.

"그 가지로 뭘 하려는 겁니까?" 요한이 길동무에게 물었다.

"이건 좋은 빗자루가 될 걸세. 난 좀 괴짜라서 이런 걸 좋아하거든."

그들은 다시 길을 떠났다.

"하늘이 점점 어두워지는데요. 저기 좀 봐요. 검은 구름이에요." 요한이 하늘을 가리키며 말했다.

"그건 구름이 아니라 산이오. 아주 높고 커다란 산이지. 저 꼭대기는 구름 위로 솟아 있어 공기가 신선하고 맑다오. 정말이오. 저곳으로 올라가면 근사할 거요. 내일은 저곳까지 가 봅시다."

그러나 산은 보기보다 멀었다. 그들은 하루 종일 걸어야 했다. 무성한 숲을 지나고 도시처럼 거대한 암벽도 올라갔다. 그러다가 너무 지쳐서 하룻밤 쉬고 다음 날 아침에 여행을 계속하기로 했다. 두 사람은 길가에 있는 어느 여관으로 들어갔다. 여관의 커다란 술청 마루에는 인형극을 구경하려고 많은 사람들이 모여 있었다. 이제 막 무대가 세워지고 연극이 시작될 참이었다. 맨 앞쪽에 있는 좋은 자리에는 뚱뚱한 푸줏간 주인이 큰 불독을 데리고 앉아 있었다. 불독은 기회만 있으면 금방이라도 사람을 물어 버릴 듯이 험상궂은 표정이었다.

곧 인형극이 시작되었다. 왕과 왕비가 나오는 멋진 연극이었다. 왕과 왕비는 아름다운 머리에 황금 왕관을 쓰고 옷자락을 길게 늘어뜨린 채 옥좌에 앉아 있었다. 그리고 문 앞마다 유리 눈과 긴 수염을 기른 귀여운 나무 인형들이 서서 신선한 공기가 들어가도록 문들을 열었다 닫았다 했다. 그런데 왕비가 막 일어서서 무대를 지나려 할 때였다. 푸줏간 주인이 미처 말릴 겨를도 없이 커다란 불독이 무대로 뛰어들어 왕비의 날씬한 허리를 물어 그만 두 동강 내고 말았다. 참으로 소름끼치는 광경이었다. 인형극을 진행하던 남자는 벌컥 화를 내며 왕비 인형을 잃은 것을 몹시 슬퍼했다. 인형 중에서 가장 귀여운 왕비 인형의 어깨와 머리를 불독이 물어뜯어 놓은 것이다. 사람들이 모두 돌아가자 길동무는 왕비 인형을 즉시 수리해 주겠다고 말했다. 그러면서 상자를 꺼내더니 할머니 다리를 치료해 주었던 바로 그 연고로 인형을 문질렀다. 그러자 인형의 머리와 어깨가 다시 원래대로 되었다. 그 뿐만 아니라 이제는 줄을 조정하지 않아도 인형이 혼자서 팔다리를 움직일 줄도 알았다. 그 인형은 말만 할 수 없다 뿐이지 살아 있는 사람과 똑같았다. 인형극 남자는 뛸 듯이 기뻐했다. 이제부터는 줄을 잡아당기지 않아도 왕비 인형이 혼자서 춤을 출 수 있게 된 것이다. 그것은 다른 인형이 할 수 없는 일이었다.

밤이 깊어 여관에 있는 사람들이 모두 잠자리에 들었을 때였다. 누군가 근심스럽게 깊은 한숨을 계속 쉬는 바람에 사람들이 깨고 말았다. 인형극을 연출했던 남자는 작은 극장으로 가 보았다. 한숨 소리는 바로 그곳에서 새어나오고 있었다. 나무 인형들은 유리 눈을 커다랗게 뜨고 누워서 애처롭게 한숨을 쉬었다. 그들은 왕비처럼 혼자 움직일 수 있게 연고를 발라 주길 원했다. 왕비는 무릎을 꿇더니 자신의 아름다운 왕관을 벗어 높이 쳐들고 간청했다.

"이 왕관을 가져가시고 왕과 궁정 신하들에게 연고를 발라 주십시오."

인형 극장 주인은 인형들 때문에 마음이 아팠다. 그는 즉시 요한의 길동무에게 가서 귀여운 인형들 중 너덧 인형에게만 연고를 발라 준다면 내일 저녁 공연으로 벌어들인 돈을 모두 주겠다고 약속했다. 그러나 요한의 길동무는 다른 것은 바라지 않으니 인형극 주인이 옆구리에 차고 있는 칼을 달라고 했다. 칼을 받은 길동무는 곧 여섯 개의 인형에게 연고를 문질러 주었다. 그러자 인형들은 우아하게 춤을 추기 시작했고, 그것을 본 처녀들도 함께 춤을 추었다. 마부는 요리사와 함께 춤을 추었고 하인들은 하녀들과 함께 춤을 추었다. 부삽과 부지깽이도 춤을 추고 싶어했지만 폴짝폴짝 뛰다가 쓰러져 버렸다. 참으로 즐거운 밤이었다.

다음날 아침 요한은 길동무와 함께 여관을 나와 거대한 소나무 숲과 높은 산을 넘어 여행을 계속했다. 드디어 그들은 도시와 마을이 발 아래 내려다보이는 산꼭대기에 이르렀다. 교회 종탑들이 푸른 나무들 사이로 아주 작은 점처럼 보였다. 그들이 한 번도 가 보지 못한 수마일이나 되는 먼 곳까지 내려다 보였다. 요한은 세상이 이토록 아름다운지 미처 몰랐다. 맑은 햇살이 푸른 하늘에서 쏟아져 내렸고 맑은 산 공기를 뚫고 사냥꾼들의 호각 소리가 메아리가 되어 울렸다. 요한은 나직하고 아름다운 호각 소리에 저절로 눈물이 나왔다.

"자애로우신 하느님이시여, 우리에게 이토록 아름답고 찬란한 것을 베풀어주시니 참으로 행복하나이다!" 요한은 자신도 모르게 이렇게 외쳤다.

요한의 길동무는 두 손을 모은 채 따뜻한 햇살을 받고 서서 푸른 숲과 도시를 내려다보았다. 이때 그들의 머리 위에서 아름다운 소리가 들렸다. 커다랗고 흰 백조가 공중을 맴돌며 노래하는 소리였다. 그러나 노랫소리가 점점 희미해지더니 백조가 고개를 축 늘어뜨리고 그들의 발 아래 떨어져 죽고 말았다.

"정말 아름답군. 이 커다란 날개를 팔면 큰 돈을 벌겠는걸. 날개를 가져가야지. 자, 이 칼이 얼마나 유익하게 쓰이는지 잘 보라구." 길동무는 이렇게 말하고 단숨에 백조의 날개를 잘랐다.

그들은 산을 넘고 수마일을 걸어서 어느 큰 도시에 도착했다. 수백 개의 탑이 햇빛을 받아 은빛으로 반짝였고, 도시 중앙에는 화려한 대리석과 진짜 황금 지붕으로 된 궁전이 서 있었다. 바로 왕이 사는 곳이었다.

요한과 길동무는 시내에 들어가기 전에 도시 외곽에 있는 여관으로 들어가 옷을 갈아입었다. 거리로 나섰을 때 멋지게 보이고 싶었기 때문이다. 여관 주인은 이곳 왕이 누구에게도 해를 끼치지 않는 인자한 분이라고 했다. 그러나 공주는 그렇지 않다고 했다.

공주는 매우 심술궂고 사악한 처녀였다. 공주는 이 세상에서 가장 우아하고 아름다웠지만 그게 무슨 소용이겠는가? 사악한 마녀에 불과한걸. 공주의 사악한 행동 때문에 많은 젊은 왕자들이 목숨을 잃었다. 공주는 누구라도 자신에게 구혼을 할 수 있다고 했다. 그래서 왕자든 거지든 상관없이 구혼을 했다. 그러나 공주와 결혼하려면 공주가 마음속으로 생각하고 있는 세 가지 것을 알아맞혀야 했다. 그걸 알아맞히는 사람은 공주와 결혼하여 나중에 이 나라의 왕이 될 수 있었다. 그러나 그렇지 못하는 사람은 목을 매달거나 목을 베어 죽였다. 왕은 공주 때문에 몹시 슬펐다. 그러나 어쩔 도리가 없었다. 언젠가 왕은 신랑감을 구하는 일을 공주가 알아서 해도 좋다고 약속했기 때문이다. 공주와 결혼하려고 찾아온 왕자들은 하나같이 공주가 내는 문제를 알아맞히지 못하고 죽임을 당했다.

왕은 이런 공주의 행동을 보고 괴로워했다. 그는 1년에 하루씩 병사들과 함께 무릎을 꿇고 앉아서 공주가 좋은 사람이 되도록 기도하였다. 그러나 공주는 전혀 변한 게 없었다. 브랜디를 마시는 늙은 부인네들은 술의 색깔을 까맣게 해서 마셨다. 죄 없는 사람들의 죽음을 슬퍼하는 표시였다. 달리 그들이 무얼 할 수 있었겠는가?

"이런, 못된 공주 같으니라구! 혼 좀 나야겠군. 내가 왕이었다면 벌써 공주를 혼내 주었을 텐데." 요한이 화를 억누르며 말했다.

그때 바깥에서 사람들이 "만세!" 하고 외치는 소리가 들렸다. 바깥을 내다보니 공주가 지나가고 있었다. 공주의 아름다운 모습에 넋이 빠진 사람들은 공주가 얼마나 나쁜 짓을 했는지를 잊어버린 채 그렇게 외친 것이다. 흰 비단 옷에 황금빛 튤립을 손에 든 열두 명의 시녀가 새까만 말을 타고 공주를 호위하고 있었다. 공주는 다이아몬드와 루비로 치장된 흰말을 타고 있었는데 공주가 입은 옷은 금으로 되어 있었고 손에 들고 있는 채찍은 한 줄기 햇살처럼 눈이 부셨다. 그리고 머리에 쓴 황금 왕관은 하늘의 별들처럼 영롱하게 반짝였고 수천 개의 아름다운 나비 날개를 짜 맞추어 지은 망토는 날아갈 듯이 하늘거렸다. 그러나 공주는 그런 옷이나 왕관보다도 훨씬 더 아름다웠다.

공주를 본 순간, 요한은 얼굴이 붉어졌다. 공주는 아버지가 돌아가신 날 밤 꿈속에서 본 아가씨와 똑같았다. 요한은 공주의 아름다움에 반해 사랑에 빠지고 말았다.

'공주가 사악한 마녀라니, 사실일 리 없어. 자신이 생각하는 것을 알아맞히지 못한다고 해서 목을 베어서 죽였다니 말도 안돼. 그래, 설사 거지라 하더라도 공주에게 구혼할 수 있댔지. 궁전으로 가야겠어. 나도 어쩔 수가 없어.'

요한의 결심을 알아차린 사람들은 요한이 다른 사람들처럼 죽임을 당할 것이 뻔했기 때문에 모두들 말렸다. 요한의 길동무도 말렸다. 그러나 요한은 모든 것이 잘될 것만 같았다. 요한은 구두와 옷에 솔질을 하고, 얼굴을 씻은 다음 황갈색 머리를 단정하게 빗고는 혼자 궁전으로 향했다.

"들어오너라." 요한이 문을 두드리자 왕이 말했다. 요한이 문을 열자 잠옷 가운을 입고 수놓은 실내화를 신은 왕이 그를 맞았다. 머리에 황금 왕관을 쓴 왕은 한 손에는 홀을, 다른 한 손에는 십자가가 달린 보주(왕권을 상징함)를 들고 있었다.

"잠깐 기다리거라." 왕은 보주를 팔 아래 낀 다음 요한에게 악수를 청했다. 그러나 요한이 공주에게 구혼하러 왔다는 사실을 알자 슬피 흐느끼기 시작했다. 그 바람에 홀과 보주가 바닥으로 떨어졌다. 왕은 잠옷 가운으로 눈물을 닦았다. 늙은 왕이 참으로 가여웠다.

"그만두거라. 다른 사람들과 마찬가지로 처참한 꼴을 당하게 될 것이니라. 따라 오너라. 보여 줄 게 있노라."

왕은 요한을 공주의 정원으로 데려갔다. 그런데 각 나무마다 서너 명의 시체가 대롱대롱 매달려 있지 않은가. 그들은 공주에게 구혼하러 왔다가 죽임을 당한 왕자들이었다. 바람이 불 때마다 해골들이 덜거덕덜거덕 소리를 내는 바람에 새들이 겁에 질려 감히 정원으로 들어올 엄두를 내지 못했다. 꽃들은 받침대 대신 시체의 뼈로 지탱되어 있었고, 화분에는 해골들이 이를 드러내고 웃고 있었다. 참으로 끔찍하고 소름끼치는 정원이었다.

"잘 보았느냐? 너도 이들처럼 처참한 꼴이 될 것이니라. 그러니 그만두고 돌아가거라. 너로 인해 참으로 마음이 편치 않도다. 내가 이 일 때문에 얼마나 괴로운지 넌 모를 것이니라."

요한은 왕의 손에 입을 맞추며 아름다운 공주를 사랑하니 모든 일이 잘 될 것이라고 말했다. 그때 공주가 말을 타고 시녀들과 함께 정원으로 들어섰다. 요한이 공주에게 인사하자, 공주는 요한에게 조용히 손을 내밀었다. 요한은 아름답고 사랑스런 그런 공주를 보자 사랑하는 마음이 더했다. 어떻게 이렇게 아름다운 공주가 사악한 마녀일 수 있단 말인가? 요한은 공주를 따라 홀로 들어갔다. 시동들이 생강 비스킷과 사탕 과자를 내왔다. 그러나 왕은 너무 슬퍼서 과자에는 손도 대지 않았다. 더구나 생강 비스킷은 늙은 왕이 먹기에는 너무 딱딱했다.

요한은 다음날 다시 궁전을 방문하기로 했다. 다음날 판사들과 추밀원 고문관들이 모인 가운데 첫 번째 문제를 풀기로 한 것이다. 만약 요한이 첫 번째 문제를 알아맞히면 다시 한 번 공주를 만날 기회가 생기게 되고, 그렇지 않으면 목숨을 내놓아야 했다. 이제까지 공주에게 구혼한 사람 중에 문제를 맞힌 사람은 한 명도 없었지만 요한은 조금도 걱정하지 않았다. 오히려 그는 매우 즐거웠다. 요한은 아름다운 공주만을 생각하며 어떻게든 잘 될 것이라고 믿었다. 그러나 어떻게 해서 도움을 받아야 할지 알 수 없었으며 생각하고 싶지도 않았다.

요한은 길동무가 기다리고 있는 여관으로 돌아가면서 길 위에서 춤을 추었다. 그는 공주가 아름답고 우아하고 상냥하다며 입이 마르도록 칭찬했다. 어서 다음 날이 되어 궁전으로 가서 문제를 풀고 싶었다. 그러나 길동무는 고개를 저으며 몹시 슬퍼했다.

"나도 자네가 잘 되길 바라네. 그래야 여행을 계속 할 수 있을 테니까. 그런데 이제 자네를 잃게 됐으니 이 일을 어쩌면 좋은가. 불쌍한 요한! 난 너무나 슬프네. 하지만 우리가 함께 하는 마지막 밤이 될지도 모르는데 자넬 슬프게 해서는 안되겠지. 오늘 밤에는 즐겁게 지내보세나. 내일 자네가 떠난 후라도 울 시간은 충분하니까."

곧이어 공주에게 새 구혼자가 나타났다는 소문이 온 도시에 퍼지자 도시는 슬픔과 걱정에 휩싸였다. 극장들은 문을 닫았고, 사탕과자를 파는 여인들은 사탕 막대에 검은 천을 감아 팔았으며, 왕과 신부님들은 교회에서 무릎을 꿇고 기도했다. 요한도 다른 구혼자들처럼 죽게 될 것이 뻔했기 때문에 온 도시가 비탄에 잠겼다.

저녁이 되자 요한의 길동무는 한 사발의 펀치를 가져왔다.

"자, 오늘 밤 즐겁게 지내자구. 공주의 건강을 위해!"

요한은 펀치 두 잔을 마시자 너무 졸려서 도저히 눈을 뜨고 있을 수가 없었다. 요한은 곧 깊은 잠에 곯아떨어졌다. 길동무는 요한을 의자에서 살며시 들어올려 침대에 눕혔다. 사방이 어두워지자 그는 백조에게서 잘라 낸 두 개의 커다란 날개를 꺼내 자기의 어깨에 꼭 묶었다. 그리고 노파에게 얻은 것 중 가장 큰 가지를 호주머니에 넣은 후, 도시 위를 날아가 공주의 침실이 들여다보이는 창 아래에 앉았다.

도시는 쥐죽은듯이 고요했다. 시계가 12시 15분 전을 가리키자 창문이 열리고 길고 흰 망토에 크고 검은 날개를 단 공주가 도시를 지나 높은 산으로 날아갔다. 공주의 망토는 바람을 맞아 거대한 돛처럼 펼쳐졌으며 그 사이로 달빛이 비쳐 들었다. 요한의 길동무도 숨어서 공주를 따라 날아가며 가지로 공주를 때렸다. 회초리가 공주를 때릴 때마다 공주의 몸에서는 피가 났다. 참으로 이상한 광경이었다.

공주의 망토는 바람을 맞아 거대한 돛처럼 펼쳐졌으며 그 사이로 달빛이 비쳐 들었다.

"웬 우박이람!" 공주는 회초리를 맞을 때마다 이렇게 말했다. 정말이지 공주는 회초리를 맞아 마땅했다.

드디어 산허리에 도착한 공주는 가만히 산을 두드렸다. 그러자 우레 같은 소리와 함께 산이 양쪽으로 갈라졌다. 공주가 안으로 들어가자 요한의 길동무도 따라 들어갔다. 길동무는 다른 사람이 자신을 볼 수 없도록 요술을 부려 놓았기 때문에 아무도 그가 따라온 걸 몰랐다. 넓고 긴 복도로 들어서자 벽 여기저기에 수천 마리나 되는 번쩍거리는 야광 거미들이 기어다니고 있어 불을 밝혀 놓은 것처럼 환했다. 복도가 끝나자 금과 은으로 지어진 큰 홀이 나타났다. 벽에는 해바라기만한 붉고 푸른 꽃들이 피어 있었는데, 아무도 그 꽃에 손을 대려 하지 않았다. 꽃줄기는 징그러운 독사였고, 꽃들은 뱀의 입에서 나오는 불길이었기 때문이다. 천장은 온통 번뜩이는 반딧불이들로 뒤덮여 있었고 하늘색의 박쥐들은 여기저기서 투명한 날개를 퍼덕였다. 보기만 해도 소름이 끼쳤다.

홀 중앙에는 옥좌가 놓여 있었는데, 새빨간 거미로 된 마구를 단 네 마리의 말 해골이 떠받치고 있었다. 옥좌는 우유처럼 흰 유리로 되어 있었으며 쿠션은 서로 꼬리를 물고 있는 작고 검은 쥐들로 되어 있었다. 그리고 그 옥좌 위에는 장밋빛 거미줄로 된 덮개가 씌워져 있었는데, 보석처럼 반짝이는 귀엽고 작은 녹색 파리 점박이가 박혀 있었다. 바로 그 옥좌에 흉측하게 생긴 얼굴에 왕관을 쓰고 손에는 홀을 쥔 늙은 마법사가 앉아 있었다. 마법사는 공주의 이마에 입을 맞추고 옆에 있는 화려한 옥좌에 앉게 했다. 그러자 음악이 시작되었다.

크고 검은 메뚜기들이 하모니카를 불었고, 올빼미들은 북을 치듯 자신들의 몸을 때려 장단을 맞추었다. 모자 위에 도깨비불을 단 작고 검은 요괴들이 홀을 이리저리 돌아다니며 음악에 맞추어 춤을 추었다. 참으로 우스꽝스러운 음악회였다. 그러나 아무도 요한의 길동무가 그곳에 있는 것을 눈치 채지 못했다. 그는 옥좌 뒤에 몸을 숨기고 그 광경을 구경했다. 나중에 홀 안에 들어온 대신들은 당당하고 위엄이 있었다. 그러나 그들이 양배추를 꼭대기에 얹은 빗자루 대라는 것을 금방 알 수 있었다. 마법사가 쇼를 위해서 마법으로 그들에게 생명을 불어넣고 수놓은 옷을 입힌 것이다. 잠깐 동안의 무도회가 끝나자 공주는 마법사에게 새 구혼자가 나타났다고 말했다. 그리고는 다음날 그에게 무엇을 물어보면 좋겠느냐고 물었다.

"내 말을 잘 들거라. 쉬운 것을 묻도록 해라. 그러면 쉽게 맞추지 못할 테니까.

네 구두 한 짝을 문제로 내렴. 아마 그것이 답이라고는 상상도 못할걸. 그럼 그의 머리를 잘라 내일 저녁에는 그의 눈을 가져오너라. 난 그것이 먹고 싶으니까."

공주는 허리를 숙여 절하면서 잊지 않고 눈을 가져오겠다고 말했다.

마법사가 다시 산의 문을 열자 공주는 집을 향해 날았다. 요한의 길동무는 공주의 뒤를 따르면서 회초리로 공주를 세게 때렸다. 그러자 공주는 우박을 동반한 폭풍이 너무 거칠다고 불평하면서 서둘러 창을 통해 침실로 들어갔다.

요한의 길동무가 여관으로 돌아왔을 때 요한은 아직 자고 있었다. 그는 날개를 떼고 침대에 누웠다. 몹시 피곤했다. 요한이 잠에서 깼을 때는 이른 아침이었다. 길동무는 잠에서 깨자 어젯밤에 공주와 공주의 구두에 관한 이상한 꿈을 꾸었다고 얘기해 주었다. 그리고 공주에게 마음속으로 구두를 생각하는 것이 아니냐고 물어보라고 요한에게 일러주었다. 물론 요한의 길동무는 산에서 마법사가 하는 얘기를 듣고 안 것이다.

"그래야겠군요. 어쩌면 당신 꿈이 맞을지도 몰라요. 자, 이제 작별 인사를 해야겠군요. 문제를 맞히지 못하면 다시는 볼 수 없을 테니까요." 요한이 말했다.

두 사람은 서로 껴안고 작별 인사를 했다. 요한은 곧장 궁전으로 향했다. 거대한 홀 안에는 사람들로 가득 차 있었다. 판사들은 안락의자에 앉아 오리털 쿠션에 머리를 기대고 있었다. 생각할 것이 많았기 때문이다. 늙은 왕은 불안하게 서성거리며 흰 손수건으로 눈물을 닦고 있었다. 드디어 공주가 나타났다. 그녀는 어제보다 더 아름다웠다. 공주는 거기 모인 사람들에게 우아하게 인사를 하고 요한에게 손을 내밀었다.

"안녕하세요!"

이제 공주가 무엇을 생각하는지 요한이 알아맞힐 시간이었다. 공주는 다정하고 그윽한 눈으로 요한을 바라보았다. 그러나 요한이 "구두"라고 말하자 얼굴이 백지장처럼 하얘지며 온몸을 바들바들 떨었다. 공주가 아무리 꾀를 내어도 이제는 소용이 없었다. 요한이 제대로 맞혔기 때문이다. 왕은 너무나 기뻐서 껑충껑충 뛰었다. 사람들은 처음으로 공주가 낸 문제를 알아맞힌 요한에게 박수를 보냈다. 요한의 길동무도 그 소식을 듣고 매우 기뻐했다. 그러나 요한은 두 손을 모으고 하느님께 감사 드렸다. 그는 앞으로 남은 두 문제도 하느님이 틀림없이 도와주실 거라고 믿었다.

그날 저녁도 요한과 길동무는 어제 저녁과 똑같이 즐겁게 지냈다. 요한이 잠들자 길동무는 또 공주의 뒤를 따라 산으로 날아갔다. 그리고 이번에는 두 개의 회초리로 어제보다 더 세게 공주를 때렸다. 그러나 그가 이렇게 공주를 때리며 따라가는 것을 아무도 보지 못했다. 그는 마법사와 공주가 나누는 이야기를 모두 엿들었다. 공주는 이번에는 자신의 장갑을 생각하기로 했다. 이번에도 길동무는 다시 꿈을 꾼 것처럼 요한에게 장갑 이야기를 해주었다. 그래서 요한은 이번에도 알아맞힐 수 있었다. 궁전에 모인 사람들은 너무도 기뻐서 어제 왕이 그랬던 것처럼 서로 껴안고 껑충껑충 뛰며 요란을 떨었다. 그러나 공주는 소파에 앉아 한 마디도 하지 않았다. 이제 모든 것은 요한에게 달려 있었다. 요한이 세 번째도 제대로 맞히면 아름다운 공주를 얻고 나라를 물려받게 될 것이다. 그러나 못 맞힐 경우에는 목숨을 잃게 되고 아름다운 푸른 두 눈은 마법사의 먹이가 되리라.

그날 밤, 요한은 저녁 기도를 올리고 일찍 잠자리에 들었다. 그러나 요한의 길동무는 어깨에 날개를 묶고 옆구리에는 칼을 차고 세 개의 회초리를 들고서 궁전으로 날아갔다. 주위는 캄캄했으며 모진 비바람에 기와가 날아가고, 해골들이 걸려 있는 정원의 나무들이 갈대처럼 휘어졌다. 밤새 내내 번개가 치고, 천둥소리가 끊이지 않았다. 창문이 열리고 공주가 날아 나왔다. 얼굴이 시체처럼 창백했으나 궂은 날씨를 보고는 그리 심한 날씨는 아니라고 생각하는 듯 미소를 지었다. 공주는 흰 망토를 거대한 돛처럼 바람에 휘날리며 날았다. 요한의 길동무가 세 개의 회초리로 공주를 후려치자 온 몸에서 피가 뚝뚝 떨어졌다. 공주는 힘겹게 날아 겨우 산에 닿았다.

"정말 지독한 폭풍우예요. 이런 날씨는 처음이에요." 공주가 안으로 들어서며 말했다.

"그래, 가끔은 좋은 것이 지나칠 때도 있지." 마법사가 말했다.

공주는 요한이 두 번째 문제도 알아맞혔다고 말하고는 세 번째 문제도 알아맞힌다면 그가 이기게 될 거라고 말했다. 그리고 그렇게 되면 다시는 이 산에 올 수 없을 것이며 예전과 같이 마술을 부릴 수 없게 될 것이라고 울먹였다.

"아주 어려운 것으로 생각해 보지. 이번에는 절대로 알아맞히지 못할 거야. 나보다 더 위대한 마법사라면 몰라도. 그러니 기분을 풀고 즐겁게 놀라구."

마법사는 공주의 손을 잡고, 방 안에 있는 요괴, 도깨비불과 함께 빙글빙글 돌며 춤을 추었다. 빨간 거미들은 여기저기 벽을 오르내리며 번쩍거렸다. 올빼미들은 자기 몸을 쳐서 북소리를 냈고, 귀뚜라미들은 귀뚤귀뚤 휘파람을 불었으며, 검은 메뚜기들은 하모니카를 불었다. 참으로 기괴한 무도회였다.

이제 공주가 궁전으로 돌아갈 시간이었다. 늦게까지 돌아가지 않으면 궁전에서 공주가 없어진 것을 알아차릴 것이다. 마법사는 공주를 배웅하겠다고 말했다. 그들은 폭풍우를 뚫고 날기 시작했다. 요한의 길동무도 뒤를 따라 날아가면서 회초리가 두 동강이 나도록 그들의 어깨를 세게 내리쳤다. 마법사는 그런 지독한 폭풍우는 처음이라고 말했다. 궁전 근처에 다다르자 마법사는 공주에게 잘 가라는 말을 하고는 귀에 대고 속삭였다.

"내일은 내 머리를 생각해."

물론 요한의 길동무도 이 말을 들었다. 공주가 창문을 통해 살짝 침실로 들어가자, 마법사는 다시 산으로 날아가려고 몸을 돌렸다. 그 순간 길동무는 마법사의 검고 긴 수염을 꽉 잡았다. 그리고는 차고 있던 칼로 사악한 마법사의 머리를 베었다. 마법사는 등 뒤에서 갑자기 공격을 당하는 바람에 누구한테 당했는지도 모르고 숨을 거두고 말았다. 길동무는 마법사의 몸을 물고기 밥으로 바다에 던지고, 머리는 물 속에 담갔다가 비단 손수건에 싸서 여관으로 가져갔다. 그리고는 잠이 들었다.

다음날 아침, 그는 요한에게 그 손수건을 주었다. 그리고 공주가 문제를 내기 전에는 절대로 풀어 보지 말라고 당부했다. 거대한 궁전 홀에는 사람들이 빽빽이 들어차 있었다. 추밀원 고문관들은 흰 쿠션이 달린 안락 의자에 앉아 있었고, 새 옷에 황금 왕관을 쓴 왕은 말쑥한 모습으로 반짝반짝 윤이 나는 홀을 들고 있었다. 그러나 공주는 매우 창백한 얼굴로 장례식에라도 가는 것처럼 검은 옷을 입고 있었다.

"제가 무얼 생각하고 있는지 말해 보세요." 공주가 요한에게 말했다.

요한은 즉시 손수건을 풀었다. 그 안에서 흉측하게 생긴 마법사의 머리가 나오자 요한뿐만 아니라 그 자리에 있던 모든 사람들이 뒤로 나자빠지며 몸서리를 쳤다. 그러나 공주는 석상처럼 꼼짝 않고 앉아서 한 마디도 하지 않았다. 마침내 공주가 자리에서 일어나 알아맞혔다는 뜻으로 요한에게 손을 내밀었다.

"이제 당신은 제 남편이에요. 오늘 밤 결혼식을 올리지요." 공주가 앞만 똑바로 쳐다보며 한숨 섞인 어조로 말했다.

"정말 기쁘구나. 바로 내가 바라던 바야." 늙은 왕이 말했다.

사람들이 일제히 만세를 불렀다. 군악대가 거리를 행진하며 음악을 연주했고, 거리마다 종소리가 울려 퍼졌으며, 과자 굽는 여인들은 사탕 막대에서 검은 천을 벗겨 냈다. 온 거리가 축제 분위기였다. 오리와 닭고기로 속을 채운 세 마리 소가 광장에서 구워져 누구든지 실컷 먹을 수 있었다. 샘에서는 맛있는 포도주가 솟았고, 빵집에서는 1페니 어치의 빵을 사는 사람에게 건포도가 잔뜩 박힌 큰 롤빵 여섯 개를 덤으로 주었다.

저녁이 되자, 온 도시에 환한 불이 밝혀졌다. 군인들은 대포를 쏘아 댔고, 아이들은 폭죽을 터뜨렸다. 어디를 가든지 먹고 마시고 춤을 추는 축제 분위기였다. 궁전에서는 멋진 신사와 아름다운 숙녀들이 어울려 춤을 추었으며 그들의 노랫소리가 멀리까지 울려 퍼졌다.

> 여기 모인 아름다운 처녀들
> 화창한 여름날에 즐겁게 춤추네.
> 물레처럼 빙글빙글 돌면서
> 아름답게 춤을 춘다네.
> 봄이 가고 여름이 갈 때까지
> 즐겁게 춤을 춘다네.
> 구두 뒤축이 닳아질 때까지.

그러나 공주는 아직도 마법에서 풀리지 않아 요한을 사랑하지 않았다. 요한의 길동무는 백조의 날개에서 뽑은 세 개의 깃털과 물이 몇 방울 들어 있는 작은 병을 요한에게 주었다. 큰 통에 물을 가득 담아 공주의 침대 옆에 가져다 놓고 깃털과 물방울을 통 안에 넣으라고 했다. 그리고 공주가 침대에 올라가려고 할 때 물 속에 빠뜨려 세 번 담갔다가 꺼내 주면 마법에서 풀려나 진정으로 요한을 사랑할 거라고 말했다.

요한은 길동무가 일러준 대로 했다. 물 속으로 밀어넣자 공주는 비명을 지르며 커다란 백조로 변했다. 백조는 사나운 눈을 번득이며 요한의 손에서 벗어나려고 바둥거렸다. 공주가 두 번째 물 속에서 나왔을 때는 목둘레의 검은 줄만 빼놓고 온몸이 하얗게 변해 있었다. 요한은 다시 한 번 백조를 물에 담궜다. 그러자 새는 아름다운 공주로 변했다. 공주는 전보다도 더 눈부시게 아름다웠다. 공주는 맑은 두 눈에 눈물을 글썽이며 마법을 풀어 준 것을 고마워했다.

다음날, 왕과 온 궁정 대신들이 아침 일찍부터 와서 축하를 해 주었다. 축하의 행렬은 밤이 늦도록 계속되었다. 맨 마지막으로 축하하러 온 사람은 요한의 길동무였다. 그는 손에 지팡이를 들고 등에는 배낭을 메고 있었다. 요한은 몇 번이고 입을 맞추면서 이런 행운은 모두 그의 덕택이라며 함께 지내자고 말했다. 그러나 길동무는 고개를 저으며 조용히 말했다.

"아닐세, 이제 시간이 다 되었다네. 난 자네에게 진 빚을 갚았을 뿐일세. 교회에서 나쁜 사람들이 시체를 내던지려 했던 일 기억하나? 자넨 그 죽은 남자가 무덤 속에서 편히 쉬도록 전 재산을 내놓았네. 내가 바로 그 죽은 남자라네." 말이 끝나자마자 길동무는 사라져 버렸다.

결혼 축하 잔치는 한 달 내내 계속되었다. 요한과 공주는 서로 진정으로 사랑했다. 왕은 손자들이 무릎에 앉아 재롱 떠는 것을 보면서 행복하게 오래오래 살았다. 그리고 먼 훗날 요한은 그 나라를 다스리는 훌륭한 왕이 되었다.


# 8
# 인어 공주

수레 국화처럼 푸르고, 수정처럼 맑은 저 먼 바다 속은 매우 깊다. 그곳은 헤아릴 수 없이 깊어서 아무리 긴 닻줄을 풀어도 바닥에 닿지 않으며 세상에 있는 교회 종탑을 모두 포개 놓아도 모자랄 정도이다.

바로 그 깊고 깊은 바다 속에 용왕과 신하들이 살고 있다. 우리는 바다 바닥이 노란 모래밭일 거라고 상상하지만, 그곳에서는 신기한 꽃과 식물들이 자란다. 식물의 줄기와 잎들은 어찌나 유연한지 물살이 조금만 일어도 살아 있는 것처럼 살랑거린다. 그리고 새들이 나무들 사이로 날아다니듯이, 바다 속 식물들 사이로는 크고 작은 물고기들이 헤엄쳐 다닌다.

이런 식물과 물고기가 사는 바다 속 가장 깊은 곳에는 용왕이 사는 용궁이 있다. 성벽은 산호로 되어 있고, 길고 뾰족한 창문들은 투명한 호박으로 되어 있다. 또 지붕은 물이 밀려들 때마다 저절로 열렸다 닫혔다 하는 조가비로 되어 있는데, 조가비마다 빛나는 진주들이 들어 있어 여왕의 왕관같이 아름답다.

그곳에 사는 용왕은 오래 전에 아내를 잃고 혼자 살고 있었으며, 용왕의 늙은 어머니가 살림을 돌보았다. 용왕의 어머니는 매우 현명했으며, 자신이 왕족 출신인 것을 자랑스럽게 여겼다. 그래서 꼬리에 열두 개의 진주조개를 달고 다녔으며 다른 귀부인들에게는 여섯 개만 달도록 허용했다. 그럼에도 불구하고 용왕의 어머니는 찬사와 존경을 받았다. 특히 나이 어린 바다의 공주들에게 쏟는 정성은 눈물겨울 정도였다. 공주는 모두 여섯 명이었는데 그 중에서 막내가 제일 예뻤다. 막내 공주의 피부는 장미 꽃잎처럼 깨끗하고 맑았으며, 두 눈은 깊은 바다처럼 파랬다. 하지만 언니들처럼 몸에는 발 대신 물고기의 꼬리가 달려 있었다. 공주들은 하루종일 바다 속 용궁의 거대한 홀이나 벽에서 자라는 꽃 속에서 놀았다. 커다란 호박 창문이 열리면 물고기들이 기다렸다는 듯이 떼를 지어 헤엄쳐 들어왔다. 우리가 창을 열면 제비가 날아 들어오듯이 말이다. 그러면 공주들은 물고기에게 먹이도 주고 등을 쓰다듬어 주기도 했다. 궁전 바깥에 있는 정원에서는 선홍색과 검푸른 색의 꽃들이 자랐고, 과일들은 황금빛으로 빛났으며, 나뭇잎과 줄기들은 물결 따라 끊임없이 살랑거렸다. 바닥에는 아주 고운 모래가 깔려 있었지만, 그 모래는 유황의 불길처럼 푸른색이었다. 모든 것 위로는 대기가 지구를 둘러싸고 있듯이 특이한 푸른빛이 감돌았고 그 빛을 통해 검푸른 바다 대신 푸른 하늘이 보였다. 바다가 잔잔할 때면 해님을 볼 수 있었는데, 푸른 물결을 통해 보이는 해님은 눈부신 꽃받침이 있는 자줏빛 꽃처럼 아름다웠다.

공주들은 정원 안에 각기 자기 구역이 있어서 마음대로 땅을 파고 식물을 심을 수 있었다. 꽃밭을 고래 모양으로 만든 공주가 있는가 하면, 작은 인어 모양으로 만든 공주도 있었다. 하지만 막내 공주는 꽃밭을 해님처럼 둥글게 만들고, 해가 서쪽으로 기울 때의 햇살과 같이 붉은 꽃들을 심었다. 막내는 조용하고 생각이 깊었다. 언니 공주들은 난파한 배에서 주워 온 진기한 물건들을 보고 즐거워했지만 막내는 해님처럼 붉고 예쁜 꽃 외에는 관심이 없었으며 오직 아름다운 대리석 조각만을 탐냈다. 그 조각은 배가 침몰하면서 바다 밑으로 내려온 것인데 눈처럼 흰 돌로 조각된 아름다운 소년 상이었다.

막내 공주는 조각상 옆에 장밋빛 수양버들을 심었다. 얼마 후 수양버들에서는 싱싱한 가지가 푸른 모래 바닥에 닿을 정도로 풍성하게 자라나 조각 위에 그림자를 던졌다. 마치 식물의 줄기처럼 물결 따라 살랑거리는 그림자의 모습은 수양버들의 꼭대기와 뿌리가 서로 희롱하며 입을 맞추는 것처럼 보였다.

막내 공주는 바다 위에 있는 인간 세계의 이야기를 아주 좋아했다. 공주가 할머니를 조르면 할머니는 배와 도시, 인간과 동물 등에 대해 알고 있는 모든 것을 이야기해 주었다. 공주는 그 중에서 꽃들이 향기를 풍긴다는 사실이 아주 이상했다. 바다 속 꽃들은 그렇지 않았기 때문이다. 또 숲들이 초록색이라는 것과 나무들 사이에서 물고기들이 달콤한 노래를 부른다는 것도 참으로 신기했다. 할머니는 나무들 사이를 날아다니는 새를 물고기라고 불렀다. 새를 한 번도 본 적이 없는 공주를 쉽게 이해시키기 위해서였다.

"너희들이 열 다섯 살이 되면 바다 위로 나가게 된단다. 달빛이 비치는 바위 위에 앉아 지나가는 큰 배들을 볼 수 있지. 그리고 숲과 도시도 볼 수 있단다." 할머니가 공주들에게 말했다.

다음 해가 되면 제일 큰 공주가 열다섯 살이 되었다. 하지만 공주들은 모두 한 살 터울이었기 때문에 막내 공주가 바다에 나가 세상을 보려면 5년을 더 기다려야 했다. 바다 밖에 나가는 공주들은 자기가 본 것과 가장 아름답다고 생각하는 것을 다른 공주들에게 이야기해 주기로 약속했다. 할머니가 이야기해 준 것 외에도 궁금한 게 많았기 때문이다.

바다 밖으로 나갈 차례를 제일 손꼽아 기다리는 공주는 막내였다. 막내 공주는 밤마다 창문을 열고 창가에 서서 검푸른 물을 통해 저 바다 위를 올려다보곤 했다. 그럴 때면 물고기들이 지느러미와 꼬리를 움직이며 물을 튀겼다. 검푸른 물을 통해 본 달과 별은 희미했지만 우리 눈에 보이는 것보다 더 크게 보였다. 그리고 어쩌다가 검은 구름 같은 것이 그 아래를 스쳐 지나갈 때면 공주는 그것이 고래이거나 많은 사람을 태운 배일 거라고 생각했다. 배에 탄 사람들은 바다 속에서 작고 아름다운 인어 공주가 배를 향해 하얀 손을 내밀고 서 있으리라고는 상상도 하지 못했으리라.

드디어 제일 큰 공주가 열다섯 살이 되어 바다 위로 올라가게 되었다. 큰언니는 집으로 돌아오자 많은 이야기를 해 주었다. 그 중에서도 달빛을 받으며 고요한 바닷가 모래 언덕에 앉아 있는 것이 제일 황홀했다고 말했다. 수백 개의 별 같은 불빛들이 반짝이는 휘황찬란한 큰 도시, 음악과 마차와 사람들의 소리, 그리고 교회 종탑에서 울려 퍼지는 경쾌한 음악 소리는 가까이 가서 볼 수 없었기 때문에 더더욱 아름답게 느껴졌다고 했다.

막내 공주는 귀를 쫑긋하고 언니의 이야기를 열심히 들었다. 막내 공주는 어서 그곳에 가 볼 수 없는 것이 안타까웠다. 그 후 막내 공주는 창가에 서서 검푸른 물결을 통해 위를 올려다볼 때면 떠들썩한 큰 도시를 상상했다. 그러면 교회 종소리가 바다 밑까지 울려 퍼지는 것만 같았다.

그 다음 해에는 둘째 공주가 바다 위로 올라갔다. 둘째 공주가 바다 위로 떠올랐을 때는 마침 해가 지고 있었다. 황금빛으로 물든 하늘에 보랏빛과 장밋빛 구름이 두둥실 떠가고 야생 백조들이 구름보다 더 빠르게 지는 태양을 향해 날아가는 모습은 매우 환상적이었다. 백조들은 마치 바다 위에 떠 있는 거대한 흰 베일처럼 보였다. 둘째 공주는 태양을 향해 헤엄쳐 갔다. 그러나 해는 곧 바다 속으로 가라앉아 버렸고 바다와 구름을 물들였던 장밋빛도 사라지고 말았다.

이번에는 자매들 중에서 제일 용감한 셋째 공주가 바다 위로 나갈 차례였다. 셋째는 바다로 흘러드는 넓은 강을 따라 헤엄쳐 올라갔다. 포도 넝쿨이 우거진 푸른 언덕이 멀리 보였고 늠름하게 서 있는 나무숲 사이로는 궁전과 대저택들이 힐끔힐끔 보였다. 숲 속에서는 새들이 지저귀는 소리도 들렸다. 셋째는 햇볕이 너무나 뜨거워서 얼굴을 식히려고 물 속을 들락거렸다. 좁은 시내에서는 아이들이 발가벗고 첨벙첨벙 물장구를 치며 놀았다. 공주는 아이들과 함께 놀고 싶어 다가갔지만, 아이들은 커다란 물고기를 보고 놀라서 도망가 버렸다. 그때 작고 검은 동물이 다가왔다. 개였다. 하지만 공주는 개를 본 적이 없었기 때문에 그것이 무엇인지 몰랐다. 개는 공주를 보더니 갑자기 사납게 짖어댔다. 너무 놀라 간이 콩알만

해진 공주는 얼른 바다 속으로 들어오고 말았다. 그러나 공주는 찬란한 숲과 푸른 언덕과 물고기 꼬리가 없이도 헤엄을 잘 치던 귀여운 아이들을 잊을 수가 없었다.

　다음 해에 넷째 공주의 차례가 되었다. 겁이 많은 넷째 공주는 바다 한가운데에서 시간을 보냈다. 그러나 그곳도 육지 못지 않게 아름다웠다. 저 멀리 수평선이 보였고 그 위로 유리로 만든 종처럼 펼쳐진 하늘도 보였으며 지나가는 배들도 보였다. 먼 곳을 지나가는 배들은 마치 날아가는 한 떼의 갈매기처럼 보였다. 여기저기서 돌고래들이 즐겁게 재주를 넘었고, 거대한 고래들은 콧구멍으로 물을 뿜어 수백 개의 분수를 만들었다.

　이제 다섯째 공주의 차례가 왔다. 그 공주의 생일은 마침 겨울이어서 다른 공주들이 보지 못한 것을 볼 수 있었다. 새파란 바다 위에는 진주처럼 새하얀 빙산들이 떠다녔다. 사람들이 지은 교회 종탑보다 더 크고 높은 빙산들은 다이아몬드처럼 빛을 발하며 근사하게 서 있었다. 공주는 가장 큰 빙산 위로 올라가 머리카락을 휘날리며 앉았다. 배들은 빙산이 무서운 듯 빙산을 멀리 돌아서 쏜살같이 달렸다.

　저녁이 되자 검은 구름이 하늘을 뒤덮고 천둥과 번개가 몰아쳤다. 거대한 파도가 일어 빙산들이 위로 치솟으며 요동칠 때마다 붉은 번갯불이 빙산을 발갛게 물들었다. 배들은 무서워서 돛을 말아 올렸지만, 공주는 떠다니는 빙산 위에 조용히 앉아 푸른 번갯불이 지그재그를 그리며 바다 위로 쏟아지는 것을 구경하였다.

　처음에 바다 위로 올라가도록 허락을 받았을 때 공주들은 신기하고 아름다운 것들을 보고 황홀해서 어쩔 줄을 몰라 했다. 하지만 이제 아무 때나 바다 위에 갈 수 있게 되자 차츰 시큰둥해졌다. 그리고 밖으로 나가면 바다로 돌아오고 싶어했고 바다 속 집이 제일 아름답고 편하다고 했다.

　그래도 저녁이 되면 다섯 공주는 가끔 서로 손을 잡고 줄을 지어 물 위로 오르곤 했다. 공주들의 목소리는 인간의 목소리는 흉내 낼 수 없을 정도로 아름다웠다. 폭풍우가 몰아쳐 배가 침몰할 것 같으면 공주들은 배로 다가가 바다 속 깊은 곳에 있는 아름다운 것들에 대해 노래했다. 배가 가라앉더라도 두려워 말라고 말이다. 하지만 선원들은 인어 공주들이 부르는 노랫소리를 듣지 못했다. 노랫소리를 그저 폭풍이 윙윙거리는 소리로만 생각했다. 그리고 배가 침몰해도 모두 죽은 시체가 되어 용궁에 도착했기 때문에 바다 속의 아름다운 광경을 구경하지 못했다.

　언니들이 모두 다정하게 손을 잡고 물 위로 올라가고 나면 막내 공주는 그런 언니들의 뒷모습을 보면서 혼자 남아 울고만 싶었다. 하지만 인어 공주에게는 눈물이 없었기 때문에 울 수도 없어 더욱 마음이 아팠다.

'아, 나도 빨리 열다섯 살이 되었으면! 그럼 저 윗 세상과 그곳 사람들을 사랑하게 될 텐데.'

시간이 흘러 마침내 막내 공주가 열다섯 살이 되었다.

"자, 이제 너도 다 컸구나. 이리 와라. 언니들처럼 치장을 해야지." 할머니가 막내 공주를 보고 대견해하며 말했다.

할머니는 흰 백합 화환을 만들어 막내 공주의 머리에 씌워 주었다. 화환의 꽃잎 하나하나는 하얀 진주였다. 할머니는 또 높은 신분이란 표시로 여덟 개의 큰 진주조개를 공주의 꼬리에 달아 주었다.

"너무 아파요!" 막내 공주는 소리를 질렀다.

"아름답게 보이려면 참아야지."

오, 이 거추장스런 치장들을 떼어 버리고 무거운 화환도 벗어 버리면 얼마나 홀가분할까! 공주에게는 차라리 정원에 핀 붉은 꽃을 다는 게 훨씬 더 어울렸을 것이다. 하지만 공주는 할머니가 시키는 대로 할 수밖에 없었다.

드디어 공주는 잘 다녀오겠다는 인사를 하고 거품처럼 가볍게 물 위로 떠올랐다. 공주가 물 위로 고개를 내밀었을 때는 막 해가 지고 있었다. 노을 빛에 물든 구름이 장미꽃처럼 붉었고, 저녁 별들은 어스름한 황혼 빛에 아름답게 반짝였다. 바다는 아주 평온했으며 공기는 신선하고 온화했다. 바다 위에는 세 개의 돛대를 가진 큰 배가 떠 있었는데, 바다가 바람 한 점 없이 잔잔했기 때문에 돛이 한 개만 펼쳐져 있었다. 선원들이 한가로이 갑판 위에 앉아 있는 배에서는 노래가 흘러나왔다. 곧이어 어둠이 밀려들자 배에 수백 개의 화려한 등불이 밝혀졌다. 마치 공중에서 만국기가 나부끼는 것처럼 화려했다. 인어 공주는 선실 창문으로 헤엄쳐 갔다. 파도가 일렁여 몸이 치켜 들릴 때마다 맑은 유리창 안이 들여다보였다. 선실 안에는 화려한 옷을 입은 사람들이 많았는데, 그 중에는 크고 검은 눈을 가진 젊은 왕자도 있었다. 사람들 사이에 섞여 있는 왕자는 눈에 띄게 아름다웠다. 그날은 마침 왕자가 열여섯 살이 되는 날이어서 생일 잔치가 벌어지고 있었다. 선원들은 갑판 위에서 춤을 추다가 왕자가 선실 밖으로 나오자 수백 개의 불꽃을 쏘아 올렸다. 그 빛에 바다가 대낮처럼 환해지자 인어 공주는 깜짝 놀라 얼른 물 속으로 몸을 숨겼다.

공주가 다시 고개를 내밀었을 때는 불꽃들이 금방이라도 쏟아져 내릴 것처럼 하늘을 수놓고 있었다. 인어 공주는 지금까지 한 번도 불꽃놀이를 본 적이 없었다. 거대한 해들이 사방으로 불꽃을 튀기고 화려한 개똥벌레가 푸른 하늘로 날아오르는 듯한 화려한 광경이 잔잔한 바닷물에 반사되어 황홀했다. 환한 불꽃이 배를 비추자 배에 있는 아주 작은 밧줄까지도 훤히 다 보였다.

감미로운 음악이 맑은 밤하늘에 울려 퍼지는 가운데 사람들과 악수를 하며 미소짓던 왕자는 얼마나 멋지고 아름다웠던가!

밤이 깊어 갔다. 그러나 인어 공주는 배에서, 아니 아름다운 왕자에게서 눈을 뗄 수가 없었다. 화려한 등불이 모두 꺼지고 불꽃도 더 이상 공중으로 날아오르지 않았으며 대포 소리도 멎었다. 하지만 바다는 잠을 이루지 못한 채 끙끙거리고 으르렁거렸다. 인어 공주는 아직도 선실 창문 곁을 떠나지 못하고 출렁거리는 파도에 몸을 맡긴 채 배 안을 들여다보았다.

잠시 후, 돛이 활짝 펴지고 웅장한 배가 속도를 내기 시작했다. 그때 파도가 점점 거칠어지더니 검은 구름이 하늘을 덮고 멀리서 번개가 쳤다. 곧 어마어마한 폭풍이 불어닥칠 기세였다. 선원들은 재빨리 돛을 접어 올리기 시작했다. 거대한 배는 울부짖는 바다를 계속 달렸다. 파도가 산처럼 높게 일어 금방이라도 돛대를 덮칠 것 같았지만, 배는 백조처럼 높은 파도 사이에 가라앉았다가 파도를 타고 높이 치솟곤 했다. 인어 공주에게는 이런 광경이 재미있는 놀이처럼 보였다. 하지만 선원들에게는 그렇지 않았다. 마침내 배가 신음 소리를 내며 삐걱거리기 시작했다. 두꺼운 선판이 강한 물살에 부서지고 큰 돛대가 갈대처럼 힘없이 부러졌다. 순간 배가 한쪽으로 기울면서 물이 와르르 쏟아져 들어갔다. 인어 공주는 그제야 사람들이 위험하다는 것을 깨달았다. 하지만 사방이 칠흑처럼 어두워서 아무것도 보이지 않았기 때문에 인어 공주도 여기저기에 떠다니는 배 파편에 부딪히지 않도록 조심하느라 경황이 없었다. 그때 다시 번개가 치면서 사방이 환하게 드러났다. 선원들은 침몰하려는 배를 지키려고 안간힘을 쓰고 있었다.

하지만 왕자는 보이지 않았다. 인어 공주는 그때서야 배가 두 동강이 날 때 왕자가 깊은 바다 속으로 가라앉던 광경이 떠올랐다. 인어 공주는 이제 왕자와 함께 있게 될 것이라는 생각이 들자 몹시 기뻤다. 하지만 곧 인간은 물 속에서 살 수 없다는 생각이 떠올랐다. 왕자가 궁전에 도착할 때쯤에는 이미 죽어 있을 것이다. '왕자를 죽게 내버려 둘 순 없어.' 인어 공주는 이렇게 생각하며 어지럽게 널려 있는 배 조각들을 헤치고 왕자를 찾아 헤맸다. 잘못하여 배 조각에 부딪히면 자신이 산산조각이 날 수도 있다는 것도 잊은 채 말이다.

인어 공주는 바다 속 깊숙이 잠수했다가 파도를 뚫고 이리저리 헤맨 끝에 어렵게 왕자를 찾아냈다. 왕자는 모진 폭풍우 속에서 허우적대느라 기진맥진해 있었다. 팔다리는 축 늘어져 있었고 아름다운 두 눈은 감겨 있었다. 인어 공주가 아니었다면 왕자는 죽고 말았을 것이다. 인어 공주는 왕자의 머리를 물 밖으로 나오게 떠받치고 파도가 움직이는 대로 바다를 표류했다.

아침이 되자 바다는 다시 평온해졌다. 배는 흔적 없이 사라지고 말았다. 태양이 솟아올라 바다를 붉게 물들였으며 왕자의 두 뺨도 햇빛을 받아 발그레해졌다. 하지만 두 눈은 아직도 감겨 있었다. 인어 공주는 왕자의 아름다운 이마에 입을 맞추고 젖은 머리칼을 뒤로 쓸어 넘겼다. 왕자는 바다 속의 작은 정원에 서 있는 조각상 같았다. 인어 공주는 다시 왕자에게 입을 맞추면서 살아나기를 간절히 기도했다. 곧이어 육지가 보이고 백조 떼가 누워 있는 것처럼 하얀 눈으로 덮인 높은 산이 보였다. 해변 근처에는 아름답고 푸른 숲이 있었고 그 옆에는 교회나 수도원처럼 보이는 큰 건물이 서 있었다. 정원에는 레몬 나무와 오렌지 나무가 자라고 있었고 문앞에는 키 큰 종려나무들이 서 있었다. 그곳 바다는 만을 이루고 있어 물결은 잔잔했지만 아주 깊었다. 인어 공주는 왕자를 안고 희고 고운 모래밭이 펼쳐져 있는 해변으로 가 따뜻한 햇볕 속에 왕자를 눕혔다. 그때 하얀 건물에서 종소리가 울리더니 처녀들이 정원으로 쏟아져 나왔다. 인어 공주는 얼른 물 속으로 들어가 물 위로 솟아 있는 커다란 바위 뒤에 숨었다. 그리고는 물거품으로 머리와 목을 숨기고 가엾은 왕자가 어떻게 되는지를 지켜보았다.

잠시 후 한 처녀가 왕자를 발견하고 다가왔다. 처녀는 몹시 놀라는 듯 하더니 곧 사람들을 불러왔다. 왕자가 정신을 차리고 둘러서 있는 사람들에게 미소 짓는 모습이 보였다. 하지만 인어 공주에게는 미소를 보내지 않았다. 왕자는 인어 공주가 자기를 구한 것을 까맣게 모르고 있었던 것이다. 왕자는 아무것도 모른 채 사람들에 둘러싸여 큰 건물 안으로 들어가 버렸다. 인어 공주는 왕자가 자기를 알아보지 못하는 것이 몹시 슬펐다. 공주는 슬픔에 잠겨 힘없이 용궁으로 돌아갔다.

막내 공주는 항상 조용하고 생각이 깊긴 했지만 바깥 세상에 다녀온 뒤로는 더욱 말이 없어졌다. 언니들은 세상에 나가 무엇을 보았느냐고 물었지만 막내는 도무지 입을 열려고 하지 않았다.

인어 공주는 매일 아침저녁으로 왕자가 누워 있던 곳으로 올라갔다. 어느새 정원에 있는 과일들이 무르익고 산 위에 쌓인 눈이 녹았지만 왕자는 한 번도 볼 수가 없었다. 인어 공주의 슬픔은 점점 더해 갔다. 인어 공주에게 유일하게 위안이 되는 것은 작은 정원에 있는 왕자와 닮은 조각상을 꺼안아 보는 것이었다. 공주는 이제 꽃을 전혀 돌보지 않았다. 꽃과 잡초는 날로 무성해져 긴 잎과 줄기가 꽃밭 밖으로까지 뻗어 나와 나뭇가지를 타고 올라갔다. 아담하고 예쁜 꽃밭이 잡초 밭처럼 변했다.

마침내 인어 공주는 혼자서 슬픔을 감당하지 못하고 한 언니에게 고민을 털어놓았다. 그리하여 다른 언니들도 알게 되었으며, 왕자가 사는 곳을 알고 있는 다른 두 인어에게도 알려지게 되었다. 두 인어 역시 배에서 잔치가 벌어질 때 왕자를 본 것이다.

"이리 와, 막내야."

공주들은 막내를 이끌고 왕자의 궁전이 있는 곳으로 솟아올랐다. 반짝이는 노란 돌로 지은 궁전에는 긴 대리석 계단이 있었는데, 계단 한쪽 끝은 바다로 이어져 있었다. 그리고 지붕에는 화려한 황금빛으로 빛나는 둥근 탑들이 솟아 있었고, 건물을 감싸고 있는 기둥들 사이에는 살아 있는 것 같은 대리석 조각상들이 서 있었다. 수정같이 투명하고 높다란 유리창을 통해 화려한 방들이 보였다. 값비싼 커튼, 벽걸이, 아름다운 그림이 걸려 있는 방과, 햇살을 받아 천장까지 치솟는 분수가 영롱하게 반짝이고 아름다운 꽃들이 피어 있는 큰 홀은 참으로 아름다웠다. 이제 왕자의 궁전이 있는 곳을 알게 된 인어 공주는 날마다 궁전 근처에서 밤을 지새웠다. 인어 공주는 언니들보다 훨씬 더 육지 가까이로 헤엄쳐 가곤했다. 그녀는 대리석 발코니 아래에 있는 좁은 수로까지 헤엄쳐 가 밝은 달빛을 받으며 생각에 잠겨 있는 왕자를 바라보곤 하였다. 인어 공주는 또 왕자가 음악을 들으며 푸른 골풀 사이로 보트를 타는 것도 엿보았다. 공주의 은백색 긴 머리카락이 바람에 휘날리는 것을 볼 때면 사람들은 날개를 퍼덕이는 백조라고 생각했다. 인어 공주는 햇불을 켜고 바다에 나와 고기 잡는 낚시꾼들이 왕자의 선행에 대해 얘기할 때면 그런 마음 착한 왕자를 구한 것이 기뻤다. 왕자가 평화로운 모습으로 자신의 품에 누워 있던 모습과 왕자의 모습에 넋을 잃고 열렬히 입을 맞추었던 순간을 잊을 수가 없었다. 하지만 왕자는 그 사실을 전혀 몰랐으며 꿈속에서도 인어 공주를 본 적이 없었다.

인어 공주는 점점 사람이 좋아졌다. 바다 속보다 훨씬 더 넓은, 사람들의 세계에서 살고 싶었다. 사람들은 배를 타고 바다 위를 마음대로 다닐 수 있고 구름보다 더 높은 산에도 오를 수 있지 않은가. 그리고 그들이 가지고 있는 육지와 숲과 들판은 얼마나 광활하고 아름다운가! 인어 공주는 세상에 대해 알고 싶은 것이 아주 많았으나, 언니들은 공주가 묻는 것마다 다 대답해 주지는 못했다. 그래서 인어 공주는 바다 위 세상을 잘 알고 있는 할머니에게 물었다.

"사람들이 물에 빠져도 죽지 않으면 영원히 살 수 있나요? 아니면 바다 속에 사는 우리처럼 언젠가는 죽게 되나요?"

"그들도 죽는단다. 우리보다 생명이 훨씬 더 짧지. 우리는 삼백 년까지도 살 수 있지. 우리에겐 무덤도 없고 죽으면 물거품으로 변하지만 말야. 우리는 불멸의 영혼이 없기 때문에 다시는 생명을 얻지 못한단다. 우리는 해초와 같아서 일단 꺾이면 다시는 살아나지 못하지. 하지만 인간은 다르단다. 인간은 죽어서 흙이 된 후에도 영원히 사는 영혼을 가지고 있지. 영혼은 맑은 공기를 뚫고 반짝이는 별들 너머로 간단다. 우리가 물 위로 떠올라 인간 세계를 보듯이 인간들은 우리가 알지 못하는 미지의 찬란한 곳으로 올라가지."

"우리에겐 왜 불멸의 영혼이 없나요? 단 하루만이라도 인간이 되어 별 너머에 있는 찬란한 세계에 가 볼 수 있다면 제 목숨을 주어도 아깝지 않겠어요." 인어 공주가 애처롭게 말했다.

"그런 생각을 하면 안 된단다! 우리는 인간들보다 훨씬 더 행복하고 훨씬 더 풍요롭게 살고 있단다."

"제가 죽으면 물거품이 되어 바다 위를 떠다니겠죠? 파도가 연주하는 음악 소리도 듣지 못하고, 아름다운 꽃도 붉은 해도 보지 못하겠죠? 어떻게 하면 영혼을 얻을 수 있나요?"

"영혼을 얻기 위해 네가 할 수 있는 일은 없단다. 하지만 인간이 자기 부모보다도 널 더 사랑하게 되어 오직 너만을 생각하고 사랑한다면 가능하지. 그 사람이 신부 앞에서 죽어서나 살아서나 진실로 너를 사랑하겠다고 약속하면 그의 영혼이 네 몸 속으로 흘러들어가 인간의 축복과 행복을 함께 누릴 수 있단다. 그 사람은 자기의 영혼을 너와 함께 나누게 되는 거지. 하지만 그런 일은 결코 없을 거야. 우리는 우리가 가지고 있는 꼬리를 아름답다고 생각하지만 사람들은 흉측하게 생각하지. 그들은 다리라는 튼튼한 버팀대를 가지고 있어야 아름답다고 생각한단다.”

인어 공주는 한숨을 쉬며 슬픈 얼굴로 자기의 꼬리를 바라보았다.

“자, 기운 내렴. 우린 삼백 년 동안이나 살 수 있잖니? 그건 참으로 긴 시간이란다. 그 후에는 더 편히 쉴 수 있단다. 오늘 저녁에 궁중 무도회를 열자꾸나.” 할머니가 손녀를 달래며 말했다.

바다 속 무도회는 사람들이 상상도 할 수 없을 정도로 화려했다. 투명한 수정으로 되어 있는 벽과 천장, 장미처럼 붉거나 풀처럼 푸른 빛이 도는 조가비들! 무도회장은 조가비에서 나오는 푸른 빛으로 대낮처럼 환했다. 자줏빛, 은빛, 금빛으로 반짝이는 크고 작은 물고기들이 수정으로 된 벽을 스쳐 헤엄쳐 다니는가 하면, 무도회장 가운데로는 넓은 시내가 흘렀다. 인어들은 바로 이곳에서 달콤하고 아름다운 노래를 부르며 춤을 추었다. 인어들의 목소리는 인간과 비교할 수 없을 정도로 곱고 아름다웠다. 그 중에서도 막내 인어 공주의 목소리가 제일 아름다웠다. 물고기와 인어들은 손과 꼬리를 흔들어 인어 공주에게 열렬한 박수를 보냈다. 인어 공주는 이 세상에서 가장 아름다운 목소리를 가지고 있다는 사실이 즐거웠다. 하지만 그것은 잠시뿐이었다. 마음속에서 왕자가 떠나질 않았으며 왕자처럼 영혼을 가질 수 없다는 사실이 너무도 슬펐다. 신나는 무도회가 벌어지는 동안, 인어 공주는 아무도 몰래 궁전을 빠져나와 슬픔에 잠겨 정원에 앉아 있었다. 그때 뱃고동 소리가 들렸다.

‘틀림없이 왕자가 탄 배일 거야. 내게 소망과 행복을 가져다줄 왕자 말야. 꼭 왕자를 얻고 말 테야. 영혼을 얻기 위해서라면 무엇이든 할 수 있어. 그래, 언니들은 지금 춤을 추느라 정신이 없으니까 몰래 마녀에게 가 봐야지. 무섭긴 하지만 왕자를 얻기 위해서라면 그런 것쯤은 상관없어. 어쩌면 마녀가 도와줄지도 몰라.’

인어 공주는 정원을 빠져나와 사납게 날뛰는 소용돌이로 갔다. 마녀는 바로 그 소용돌이 뒤에 살고 있었는데, 그곳은 물거품이 이는 물레바퀴처럼 물살이 모든 것을 집어삼켜 깊이를 알 수 없는 곳으로 내던져 버리는 곳이었다. 공주는 그곳에 한 번도 가 본 적이 없었다. 소용돌이로 뻗은 길에는 꽃은커녕 해초 하나도 보이지 않았으며 삭막한 회색 모래밭뿐이었다. 마녀의 집에 가려면 부글부글 끓어오르는 수렁도 건너야 했다. 마녀의 집은 그 너머에 있는 이상한 숲 한가운데 있었는데, 그 숲에 있는 나무와 꽃은 반은 동물이고 반은 식물인 두족류였다. 그것들은 마치 흙에서 자라는 수백 개의 머리가 달린 뱀 같았다. 가지들은 끈적끈적한 긴 팔 같았고 손가락은 나긋나긋한 벌레 같아서 뿌리에서 꼭대기까지 따로따로 유연하게 움직였다. 무엇이든 일단 그 손아귀에 들어가기만 하면 빠져나오지 못했다. 인어 공주는 너무도 무서워서 그 앞에 멈춰서고 말았다. 가슴이 두근거리고 온몸이 굳어져서 돌아가고 싶었다. 하지만 왕자와 인간의 영혼을 생각하자 다시 용기가 생겼다. 공주는 두족류에게 잡히지 않도록 팔랑거리는 긴 머리카락을 단단히 묶었다. 그리고는 두 손을 가슴 위에 모두고 사방으로 뻗어 있는 유연한 가지들 사이로 헤엄쳐 나아갔다. 두족류의 수많은 팔에는 바다에 빠져 죽은 인간들의 하얀 해골, 육지 동물의 해골, 배에서 나온 노, 방향타, 상자, 두족류가 목졸라 죽인 작은 여자 인어 등이 끼여 있었다. 그렇게 무시무시한 광경은 처음이었다.

이윽고 거대한 늪지가 나왔다. 크고 살찐 물뱀들이 수렁 속에서 이리저리 뒹굴면서 흉측한 황갈색 몸을 드러내고 있었다. 늪지 한가운데에는 난파당한 인간들의 해골로 지은 집이 서 있었는데, 바로 마녀가 사는 집이었다. 마녀는 사람들이 카나리아에게 먹이를 주듯이 손에 모이를 담아 두꺼비에게 먹이고 있었다. 그리고 징그럽게 생긴 물뱀들을 아가라고 부르며 자신의 가슴으로 기어다니게 내버려 두었다.

인어 공주를 보자 마녀가 말했다. "네가 뭘 원하는지 알지. 그건 어리석은 짓이야. 하지만 넌 네 고집대로 할 테고 결국은 후회하게 될 걸, 꼬마 공주님. 그래도 네 물고기 꼬리를 없애고 인간들처럼 걸어다닐 수 있는 두 개의 다리를 갖고 싶겠지? 그 젊은 왕자와 불멸의 영혼을 얻기 위해서 말이야."

그리고 나서 마녀는 소름이 돋을 정도로 기분 나쁘게 큰 소리로 웃어댔다. 그바람에 마녀에게 붙어 있던 두꺼비와 뱀들이 땅바닥에 떨어져 여기저기에서 꿈틀거렸다.

"아무튼 때맞춰 잘 왔다. 내일 해가 떠오르면, 1년 동안은 널 도울 수 없을 테니까 말야. 물약을 만들어 줄 테니 그걸 가지고 내일 해가 뜨기 전에 육지로 올라가 마시거라. 그러면 네 꼬리가 줄어들어 인간의 다리로 변할 거야. 날카로운 칼날이 몸을 뚫는 것처럼 고통스럽겠지만, 사람들이 네 모습을 보면 황홀해서 넋이 나갈 거야. 하지만 걸음을 옮길 때마다 날카로운 칼날 위를 걷는 듯한 고통을 참아야 하지. 그래도 괜찮다면 도와주마."

"괜찮아요. 어떤 고통도 참겠어요." 인어 공주는 왕자와 불멸의 영혼을 생각하며 떨리는 음성으로 말했다.

"하지만, 잘 생각해 봐. 인간의 몸을 얻으면 다시는 인어가 될 수 없단다. 다시는 네 언니들과 아버지가 사는 왕궁으로 내려올 수 없어. 그리고 왕자가 자기 부모를 포기하고 진정으로 널 사랑하지 않는다면, 어떤 영혼도 얻을 수 없지. 결국 네 심장은 산산이 부서져 물거품이 되고 말아."

"그래도 괜찮아요." 인어 공주는 백지장처럼 얼굴이 하얘지며 말했다.

"한 가지 조건이 있어. 그건 결코 쉬운 게 아니지. 넌 이곳에서 가장 아름다운 목소리를 가지고 있으니까 그 목소리로 왕자를 홀릴 수 있다고 생각하겠지? 하지만 물약을 얻으려면 그 값으로 목소리를 내놓아야 해. 네 목소리에 내 피를 섞으면 양날이 선 칼날처럼 아주 날카로울 거야."

"하지만 제 목소리를 가져가 버리면 제겐 뭐가 남죠?"

"아름다운 모습이지. 우아한 걸음걸이, 그윽한 두 눈, 이것으로도 인간의 마음을 충분히 사로잡을 수 있어. 아직도 그럴 용기가 있니? 자, 네 작은 혀를 내밀렴. 잘라야 하니까. 그러면 약효가 좋은 물약을 얻게 될 거야."

"그렇게 하세요."

마녀는 마법의 물약을 끓이려고 불 위에 솥을 얹었다.

"깨끗한 건 좋은 거지." 마녀는 이렇게 말하며 뱀을 꼬아서 솥을 닦았다. 그리고는 자기 가슴을 칼로 찔러 검은 피를 몇 방울 솥에 떨어뜨렸다. 그러자 끔찍한 형상을 그리며 김이 무럭무럭 솟아올랐다. 마녀가 솥에 다른 것을 집어넣을 때마다 솥은 악어가 우는 듯한 괴상한 소리를 내며 끓어올랐다. 드디어 물약이 완성되었다. 약은 아주 맑은 물 같았다.

"자, 이제 네 혀를 다오."

마녀는 인어 공주의 혀를 싹둑 잘랐다. 이제 인어 공주는 벙어리가 되어 버렸다. 다시는 노래를 부를 수도, 말을 할 수도 없었다.

"숲을 빠져나갈 때 두족류들이 널 잡으려고 하면 이 물약을 몇 방울 떨어뜨리렴. 그러면 두족류들의 팔다리가 산산조각이 날 거야."

그러나 인어 공주는 그럴 필요가 없었다. 두족류들은 인어 공주가 손에 든 반짝이는 물약을 보자 겁에 질려 몸을 움츠렸다. 그래서 숲과 늪과 소용돌이 속을 쉽게 빠져나올 수 있었다.

아버지와 언니들이 있는 왕궁 무도회장의 불빛은 이미 꺼져 있었고 모두들 잠이 든 듯 고요했다. 하지만 인어 공주는 이제 벙어리가 되어 말을 할 수가 없었기 때문에 그들을 만나러 갈 엄두가 나지 않았다. 이제 떠나면 영원히 그들을 볼수 없으리라. 이런 생각을 하자 가슴이 찢어지는 것 같았다. 인어 공주는 살그머니 정원으로 들어가 언니들의 꽃밭에서 꽃 한 송이씩을 꺾었다. 그리고는 궁전을 향해 수천 번이나 키스를 보낸 후 검푸른 물 위로 떠올랐다. 아직 해는 취침 중이었지만 달빛은 휘황찬란했다. 인어 공주는 왕자가 사는 궁전의 아름다운 대리석 계단으로 다가가 마법의 물약을 마셨다. 양날이 달린 날카로운 칼이 몸을 뚫고 지나가는 것 같았다. 인어 공주는 너무나 고통스러워 그만 정신을 잃고 말았다.

정신을 차렸을 때는 해가 바다 위로 높이 떠올라 있었다. 날카로운 고통이 온몸을 휘저었다. 인어 공주는 천천히 눈을 떴다. 그런데 바로 눈앞에 아름다운 왕자가 서 있지 않은가? 왕자는 새까만 눈으로 인어 공주를 걱정스럽게 내려다보고 있었다. 인어 공주는 부끄러워서 눈을 내리깔았다. 그 순간 꼬리 대신 소녀들 다리처럼 희고 아름다운 두 다리와 발이 보였다. 하지만 완전히 벌거벗은 채였다. 인어 공주는 너무 부끄러워 얼른 긴 머리카락으로 몸을 가렸다.

왕자는 공주에게 누구인지, 어디서 왔는지를 물었다. 하지만 인어 공주는 슬픈 표정으로 왕자를 바라볼 뿐이었다. 혀가 잘린 공주는 말을 할 수 없었던 것이다. 왕자는 인어 공주를 궁전으로 데리고 갔다. 걸음을 옮길 때마다 마녀의 말처럼 뾰족한 바늘과 날카로운 칼 위를 걷는 것처럼 고통스러웠다. 하지만 인어 공주는 꾹참으며 왕자의 손에 이끌려 거품처럼 가볍게 걸음을 옮겼다. 인어 공주를 본 사람들은 날아갈 듯이 가볍고 우아한 공주의 걸음걸이에 모두 탄복했다. 궁전에 도착한 인어 공주에게는 값비싼 비단과 모슬린 옷이 입혀졌다. 공주는 궁전에서 제일 아름다웠다. 하지만 벙어리였기 때문에 노래를 부르지도, 말을 하지도 못했다.

곧이어 인어 공주를 환영하는 화려한 무도회가 열렸다. 비단과 황금으로 치장한 시녀들이 나와 노래를 불렀는데, 한 시녀가 특히 노래를 잘 했다. 왕자는 그 시녀에게 미소를 보내며 박수를 쳤다. 그 모습을 본 인어 공주는 가슴이 메어질 듯 슬펐다.

'아, 왕자님 곁에 있으려고 내 아름다운 목소리를 영원히 버렸다는 걸 알아주기만 한다면!'

이번에는 시녀들이 아름다운 음악에 맞추어 깜찍한 요정들처럼 춤을 추었다. 인어 공주도 눈부시게 하얀 팔을 들어올리고 마룻바닥에 발끝으로 서서 아름답게 춤을 추었다. 인어 공주의 아름다운 동작과 두 눈빛은 시녀들의 노래보다 더 감동적이었다. 사람들은 인어 공주의 춤에 넋을 잃었다. 왕자 역시 공주의 모습에 넋을 빼앗겼다. 인어 공주는 발이 바닥에 닿을 때마다 날카로운 칼 위를 걷는 것처럼 고통스러웠지만 왕자를 기쁘게 하려고 더 열심히 춤을 추었다.

왕자는 인어 공주에게 영원히 자기 곁에 있어 달라고 하면서 벨벳 쿠션이 깔린 옆방에서 자라고 했다. 그는 인어 공주에게 승마복을 입혀 말에 태우고 숲을 달리기도 했다. 그럴 때면 작은 새들이 푸른 나뭇잎들 사이에서 날아올랐고 초록의 풀들은 그윽한 향기를 풍겼다. 왕자는 공주를 데리고 높은 산에 오르기도 했다. 인어 공주의 연약한 발에서는 피가 흘렀지만 공주는 오히려 유쾌하게 웃으며 새 떼와 같은 구름이 내려다보이는 먼 곳까지 왕자를 따라 나서곤 했다. 그리고 사람들이 모두 잠든 밤이면 넓은 대리석 계단을 내려와 차가운 바닷물 속에 발을 담갔다. 그러면 타는 듯이 뜨거운 발이 시원해지고 저 바다 속 깊은 곳에 있는 용궁 생활이 그리웠다.

어느 날 밤, 인어 공주가 여느 때처럼 물에 발을 담그고 있는데 귀에 익은 노랫소리가 들렸다. 언니들이었다. 언니들은 서로 손을 잡고 구슬프게 노래를 부르며 물 위로 떠올랐다. 인어 공주가 언니들에게 손짓하자 언니들은 인어 공주를 알아보고 반가워서 어쩔 줄을 몰라 했다. 그리고는 인어 공주가 떠나 버려서 얼마나 마음이 아픈지 모른다고 얘기했다. 그 뒤 언니들은 매일 밤 그녀를 찾아왔다. 한 번은, 여러 해 동안 바다 위로 올라온 적이 없는 늙은 할머니와 아버지도 먼발치에 와 있는 것이 보였다. 할머니와 아버지는 인어 공주를 향해 손만 흔들 뿐 언니들처럼 육지 가까이까지 오지는 않았다.

시간이 지남에 따라 왕자에 대한 인어 공주의 사랑은 더해 갔다. 왕자도 인어 공주를 사랑했다. 하지만 인어 공주에 대한 왕자의 사랑은 어린아이에 대한 사랑과 같은 것이었으며 인어 공주를 왕비로 맞는 일은 상상도 하지 않았다. 참으로 큰일이었다. 왕자가 다른 여자와 결혼하면 인어 공주는 영혼도 얻지 못하고 물거품이 되어 바다 위를 떠돌아다니리라.

'왕자님은 나를 제일 사랑하지 않나요?' 왕자가 인어 공주를 팔에 안고 고운 이마에 입맞출 때면 공주의 눈빛은 이렇게 묻는 것 같았다.

"그래, 넌 누구보다도 사랑스럽단다. 넌 마음씨가 아름답고 내게 제일 헌신적이지. 언젠가 보았던 소녀와 꼭 닮았어. 다시는 만나지 못할 그 소녀와 말야. 그때 나는 배를 타고 있다가 난파당해 파도에 휩쓸려 바닷가로 밀려왔지. 신성한 교회가 있는 근처였어. 그 교회에서 예배를 본 아가씨 중 제일 어린 아가씨가 해변에 기절해 있는 나를 발견하고 구해 주었어. 그 아가씨를 두 번 보았는데, 이 세상에서 내가 사랑하는 사람은 그 아가씨뿐이지. 넌 그 아가씨를 빼 닮았어. 너를 보면 그 아가씨가 생각 나. 아가씨는 아마도 그 교회 사람일 거야. 행운의 신이 너를 내게 보낸 거지. 우린 절대로 헤어지는 일이 없을 거야."

'아, 내가 당신의 생명을 구해 준 바로 그 소녀예요, 왕자님!' 인어 공주는 속으로 말했다. '전 당신을 바다에서 교회가 있는 숲으로 옮겨 놓고 사람들이 도와주는 것을 숨어서 지켜보았어요. 그때 예쁜 처녀가 당신을 도와주었지요. 당신은 저보다 그 처녀를 더 사랑하시죠?' 인어 공주는 깊이 한숨을 내쉬었지만 눈물을 흘릴 수가 없었다. '그래, 그 처녀는 성스러운 교회당에 속해 있다고 했으니까 이 세상에 나오는 일이 없을 테고 다시는 왕자님과 만나지 못할 거야. 하지만 난 이렇게 왕자님 곁에서 매일 지켜보고 있어. 내가 왕자님을 돌볼 거야. 왕자님을 위해 내 생명을 바치겠어.'

곧이어 왕자가 이웃 나라의 공주와 결혼한다는 소문이 들렸다. 왕자는 그저 그 나라 왕을 방문할 것이라고 발표했지만, 사실은 그 나라 공주를 보러 가는 것이었다. 많은 수행원들이 왕자와 함께 떠날 예정이었다. 인어 공주는 미소를 지으며 고개를 저었다. 인어 공주는 왕자의 마음속을 누구보다도 잘 알고 있었기 때문이었다.

"가서 공주를 만나 봐야 해! 부모님이 원하시니까. 하지만 그녀를 신부로 맞이하라고 강요하시진 않을 거야. 난 그녀를 사랑할 수 없으니까. 그녀는 너나 교회의 그 아름다운 처녀를 닮지 않았을 거야. 만약 마음대로 신부를 택할 수만 있다면 너를 택하겠어, 의미 있는 눈빛을 가진 사랑스런 벙어리 아가씨." 왕자는 이렇게 말하면서 인어 공주의 붉은 입술에 입을 맞추었다. 그리고는 인어 공주의 머리카락을 만지작거리며 인어 공주의 가슴에 머리를 묻었다. 공주는 인간의 행복과 불멸의 영혼에 대한 환상에 잠겼다.

"넌 바다를 무서워하지 않지, 벙어리 아가씨?" 이웃 나라로 가려고 화려한 배에 올랐을 때 왕자가 인어 공주에게 말했다. 왕자는 인어 공주에게 폭풍우와 잔잔한 바다와 깊은 바다 속에 사는 이상한 물고기에 대해 이야기해 주었다. 인어 공주는 왕자의 이야기를 들으며 잠자코 미소만 지었다. 바다 속에서 일어나는 일은 누구보다도 잘 알고 있었기 때문이다.

달빛이 은은하게 쏟아지는 고요한 밤, 키를 조종하는 사람을 제외하곤 모두가 잠들어 있었다. 인어 공주는 뱃전에 앉아 맑은 물 속을 내려다보았다. 바다 속 궁전이 떠오르고 그 위로 머리에 은관을 쓴 할머니의 모습이 눈에 어른거렸다. 할머니는 물 속 저 만치서 인어 공주가 타고 있는 배를 올려다보고 있는 것 같았다. 그때 언니들이 물 위로 떠올랐다. 언니들은 하얀 손을 내밀며 슬픈 눈으로 인어 공주를 바라보았다. 인어 공주는 언니들에게 손을 흔들며 미소를 지었다. 인어 공주는 행복하게 잘 지내고 있다고 얘기하고 싶었다. 바로 그때 선실 소년이 다가왔다. 얼른 물 속으로 사라지는 인어들을 본 선실 소년은 그저 물거품이라고 생각했다.

다음날 아침, 배는 이웃 나라의 화려한 도시에 있는 항구에 닿았다. 배가 항구로 들어서자 교회의 종들이 일제히 울렸고 높은 탑에서는 나팔 소리가 울려 퍼졌다. 나부끼는 깃발을 들고 번쩍이는 칼을 찬 군인들이 열을 지어 서 있었다. 매일 잔치가 벌어지고 무도회와 연예가 베풀어졌다.

하지만 주인공인 공주는 보이지 않았다. 공주는 멀리 떨어진 성스러운 교회에서 왕비가 지녀야 할 미덕을 배우고 있다고 했다. 이윽고 이웃 나라 공주가 돌아왔다. 공주가 어떻게 생겼는지 궁금했던 인어 공주는 공주의 아름다움에 감탄했다. 공주는 비단결처럼 곱고 하얀 피부에 길고 검은 속눈썹을 지니고 있었다. 그리고 미소 띤 두 눈은 진실함과 청순함으로 빛을 발했다.

"바로 당신이었군요! 바닷가에서 나를 구해 준 사람이." 왕자가 공주를 보고 반가워서 말했다. 그리고는 부끄러워 얼굴을 붉히는 신부를 끌어안았다.

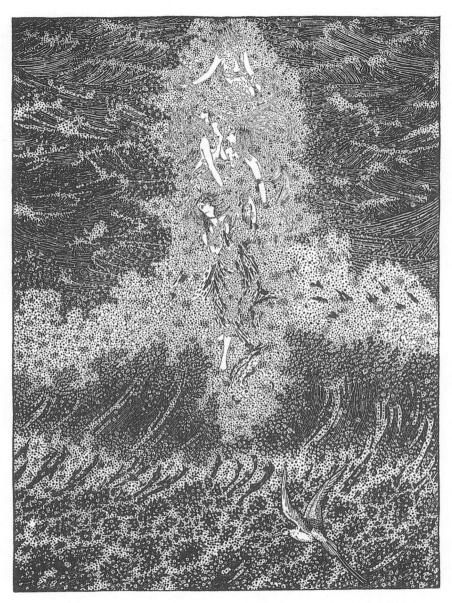

그때 언니들이 물 위로 떠올랐다. 언니들은 하얀 손을 내밀며 슬픈 눈으로 인어 공주를 바라보았다.

"오, 난 너무 행복해! 드디어 소원이 이루어졌어. 너도 내 행복을 기뻐해 주겠지? 넌 내게 진실하고 헌신적이니까 말야." 왕자가 인어 공주에게 기쁨을 감추지 못하고 말했다.

인어 공주는 왕자의 손에 입을 맞추었다. 하지만 가슴이 갈기갈기 찢어지는 것 같았다. 이제 왕자가 결혼하는 날이 밝아 오면 자신은 바다 위를 떠도는 물거품으로 변하고 말리라.

교회 종들이 울리고, 전령들이 이리저리 돌아다니며 결혼을 알렸다. 제단마다 은 램프에서는 향기를 풍기는 기름이 타올랐고, 신부들은 향로를 흔들었으며, 신랑과 신부는 서로 손을 내밀어 주교님의 축복을 받았다. 은과 금으로 된 옷을 입은 인어 공주는 신부 들러리 속에 끼어 있었다. 그러나 그녀에게는 아무것도 들리지도 보이지도 않았다. 이제 곧 다가올 자신의 죽음과 이 세상에서 잃어버린 것들만이 머릿속에 떠오를 뿐이었다.

그날 저녁 신랑과 신부는 뱃전으로 나갔다. 결혼을 축하하는 폭죽 소리가 요란하게 울려 퍼지고 형형색색의 깃발이 나부꼈으며 배 한가운데에는 황금빛과 자줏빛으로 치장된 화려한 방이 만들어졌다. 그리고 신랑과 신부가 첫날밤을 지낼 우아한 침상이 놓여졌다. 배는 순풍을 맞아 돛을 부풀리며 미끄러지듯 바다 위를 달렸다.

날이 어두워지자 화려한 오색 등불이 켜지고 선원들이 갑판 위에서 흥겹게 춤을 추었다. 인어 공주는 처음으로 바다 위로 떠올랐을 때 본 광경이 떠올랐다. 그때도 화려하고 즐거운 축제가 한창이었다. 인어 공주는 선원들 틈에 끼어 제비가 먹이를 좇아 뱅뱅 돌듯이 뱅글뱅글 돌며 춤을 추었다. 모두가 탄성을 지르며 인어 공주에게 환호를 보냈다. 인어 공주는 그토록 아름다운 춤을 추어 본 적이 없었다. 날카로운 칼날이 두 발을 베는 듯 고통스러웠지만 그런 것쯤은 아무것도 아니었다. 마음이 그보다 더 아팠기 때문이다. 인어 공주는 오늘이 왕자와 함께 있을 수 있는 마지막 밤이라는 것을 알고 있었다.

가족과 고향을 버리고 아름다운 목소리를 마녀에게 바치면서까지 처절한 고통을 참아야 했던 것은 오직 왕자 때문이었다. 그런데 왕자는 무심하게도 그것을 전혀 모르고 있었다. 왕자와 같은 공기를 들이마시는 것도, 깊은 바다와 별이 총총한 하늘을 보는 것도 오늘이 마지막이리라. 인어 공주를 기다리고 있는 것은 생각도 꿈도 없는 영원한 밤일 뿐이었다. 이제 인어 공주는 영원히 영혼을 얻을 수 없으리라. 배 위에서는 흥겹고 화려한 축제가 자정이 넘도록 계속되었다. 인어 공주는 가슴속에 죽음에 대한 생각을 안고서 선원들과 함께 웃으며 춤을 추었다. 왕자는 아름다운 신부에게 입맞추었고, 신부는 왕자의 검은 머리칼을 어루만졌다. 그리고 두 사람은 팔짱을 끼고 화려한 신방으로 들어갔다.

배 위에는 다시 고요함이 감돌았다. 사람들이 모두 잠들고 키잡이만이 깨어 있었다. 인어 공주는 흰 팔을 난간에 기대고 동녘을 바라보았다. 아침놀이 하늘에 번지기 시작하면 인어 공주는 물거품이 되리라. 그때 언니들이 물 위로 떠올랐다. 언니들도 인어 공주처럼 창백하고 슬픈 표정이었다. 그런데 바람에 나부끼던 길고 아름다운 언니들의 머리카락이 잘려 나가고 없었다.

"널 구해 달라고 우리 머리카락을 잘라 마녀에게 주었단다. 마녀는 그 대가로 칼을 주었지. 자, 받아. 해가 떠오르기 전에 왕자의 가슴에 이 칼을 꽂아. 왕자의 따뜻한 피가 네 발을 적시면 네 꼬리가 다시 자라난단다. 그럼 예전처럼 인어가 되어 삼백 년을 살 수 있지. 자, 어서 서둘러! 해가 떠오르기 전에 왕자를 죽여. 그렇지 않으면 네가 죽어야 해! 할머니는 너 때문에 너무 상심한 나머지 흰머리가 다 빠져 버렸단다. 우리 머리카락이 마녀의 가위에 잘려 나갔듯이 말야. 왕자를 죽이고 돌아오렴! 서둘러! 하늘의 저 붉은 띠가 안 보이니? 금방 해가 솟을 거야. 그러면 넌 죽어!" 언니들은 이렇게 말하고 깊은 한숨을 내쉬며 파도 속으로 사라졌다.

인어 공주는 진홍빛 커튼 사이로 방 안을 들여다보았다. 아름다운 신부가 왕자의 가슴에 머리를 묻고 자고 있었다. 인어 공주는 허리를 굽혀 왕자의 아름다운 이마에 입을 맞추었다. 그리고는 장밋빛으로 점차 밝아 오는 하늘과 날카로운 칼을 번갈아 보았다. 왕자가 꿈속에서 신부의 이름을 불렀다. 왕자는 잠결에도 그녀를 생각하고 있었던 것이다. 칼을 쥔 인어 공주의 손이 부르르 떨렸다. 인어 공주는 칼을 멀리 바다 속으로 던져 버렸다. 칼이 떨어진 곳이 붉게 물들었으며 물방울이 마치 핏방울처럼 붉게 튀어 올랐다. 인어 공주는 반쯤 의식을 잃은 슬픈 눈으로 다시 한 번 왕자를 보고 바다에 몸을 던졌다. 몸이 물거품으로 용해되는 기분이었다.

바다 위로 해가 떠올랐다. 따스하고 부드러운 햇살이 한때는 인어 공주였던 차가운 물거품을 비추었다. 인어 공주는 죽음을 느끼지 못했다. 밝은 해가 비치고 주위에는 수백 개의 투명하고 아름다운 형상들이 떠다니고 있었다. 그 형상들을 통해서 배에 걸린 흰 돛과 하늘에 떠 있는 붉은 구름이 보였다. 형상들의 목소리는 매우 음악적이었는데 천상의 소리처럼 너무 희미하고 아름다워 인간의 귀에는 들리지 않았다. 인어 공주는 자신의 몸이 그 형상들과 같다는 것을 깨달았다. 인어 공주의 몸이 바다에서 점점 높이 솟아올랐다.

"여기가 어디예요?" 인어 공주가 물었다. 인어 공주의 목소리는 다른 형상들의 목소리와 같이 천상의 소리처럼 감미롭고 아름다웠다. 땅 위의 음악이 아무리 아름답다 해도 그 소리를 흉내 낼 수는 없었다.

형상 중의 하나가 대답했다. "넌 공기의 딸들과 함께 있단다. 인어에겐 영혼이 없지. 인간의 사랑을 얻지 못하면 영혼을 가질 수 없어. 인어가 영혼을 얻으려면 다른 힘에 의존해야 한단다. 공기의 딸들도 영혼이 없지만 착한 일을 하여 스스로 영혼을 만들 수가 있지. 우리는 지금 따뜻한 나라로 날아가는 중이야. 흑사병으로 인간들을 파괴하는 무더위를 식히고 꽃향기를 퍼뜨려 건강과 부활을 가져다주지. 삼백 년 동안 착하게 살면 불멸의 영혼을 얻어 인간들이 누리는 행복을 누릴 수 있단다. 가련한 인어 공주야, 넌 온 마음을 다해 우리처럼 영혼을 얻으려고 노력했어. 뼈를 깎는 고통을 겪으면서 말야. 그 고통이 너를 공기의 정령들 세계로 끌어올린 거야. 이제부터 삼백 년 동안 착하게 살면 불멸의 영혼을 얻을 수 있단다."

인어 공주는 눈을 들어 겸허하게 태양을 바라보았다. 그리고 처음으로 두 눈에 눈물이 가득 고이는 것을 느꼈다.

인어 공주가 떠나온 배에서는 소동이 벌어졌다. 왕자와 아름다운 신부가 인어 공주를 찾고 있었다. 그들은 슬픈 눈으로 햇살을 받아 진주처럼 반짝이는 물거품을 바라보았다. 마치 인어 공주가 바다 속으로 뛰어든 것을 알고 있는 것처럼. 인어 공주는 아무도 모르게 신부의 이마에 입을 맞추고 왕자를 어루만졌다. 그리고는 다른 공기 요정들과 함께 하늘 위를 떠다니는 장밋빛 구름 속으로 올라갔다.

"삼백 년이 지나면 우린 하늘 나라로 가게 되겠죠." 인어 공주가 말했다.

"그보다 더 빨리 갈 수도 있지. 우리는 아무도 모르게 어린아이들이 있는 집으로 들어간단다. 부모님을 기쁘게 해 드리고 사랑을 받는 착한 아이를 찾아낼 때마다 우리의 시험 기간이 줄어들지. 삼백 년 중에 1년이 줄어든단다. 아이들은 우리가 그들의 방으로 들어가 착한 행동을 보고 미소짓고 있다는 것을 모른단다. 하지만 나쁜 아이를 보게 되면 우리는 슬픔의 눈물을 흘려야 하고 그때마다 시험 기간이 하루씩 늘어나게 되지." 공기 요정이 속삭였다.

# 9
# 벌거벗은 임금님

아주 옛날에 새 옷을 좋아하여 옷치장 하는 데 돈을 다 써 버린 임금님이 살고 있었다. 임금님은 군인들을 돌보지 않았고, 연극 같은 것에는 관심도 없었으며, 자기의 새 옷을 자랑하기 위한 것이 아니면 숲으로 나가는 일도 없었다. 임금님은 하루에도 몇 번씩 옷을 갈아입었다. 누가 임금님을 찾으면 대신들은 "회의 중이십니다." 하고 말하지 않고 "옷을 갈아입고 계십니다." 하고 말할 정도였다.

임금님 궁전이 있는 곳은 이웃 나라에서 매일 사람들이 찾아오는 활기차고 큰 도시였다. 어느 날, 그곳에 사기꾼 두 명이 찾아왔다. 그들은 사람들에게 자신들이 직공이며, 세상에서 가장 아름다운 옷감을 짤 수 있다고 말했다. 그리고 자신들이 짜는 옷감은 색깔과 무늬만 아름다운 것이 아니라 일할 능력이 없거나 바보 같은 사람의 눈에는 보이지 않는 신비한 옷감이라고 했다.

그 얘기를 들은 임금님은 이렇게 생각했다. '그것 참, 신기하군. 그 옷감으로 옷을 만들어 입으면 대신 중 누가 쓸모 있고 누가 쓸모없는지 알 수 있겠군. 똑똑한 대신을 직접 고를 수 있겠어. 그래, 즉시 그 옷감을 만들게 해야지.'

임금님은 두 사람을 궁궐로 불렀다. 그리고 즉시 일을 시작하라고 많은 돈을 주었다.

두 사기꾼은 베틀을 설치하고 옷감을 짜기 시작했다. 그러나 베틀 위에는 아무엇도 놓여 있지 않았다. 그들은 임금님에게 좋은 비단실과 금실을 달라고 해 놓고는 그 실로 천을 짜지 않고 배낭에 감추어 두었다. 그리고 밤이 늦도록 빈 베틀 앞에 앉아 베를 짜는 척하곤 했다.

그렇게 며칠이 지났다. 임금님은 옷감이 얼마나 짜여졌는지 궁금했다. 그러나 바보나 능력 없는 사람에게는 옷감이 보이지 않는다는 얘기가 생각나자 이상하게도 가슴이 두근거렸다. 임금님은 자신에게 이런 일이 일어날까 봐 불안했다. 그래서 꾀를 하나 내어 먼저 다른 사람을 보내 봐야겠다고 생각했다. 그 신비한 옷감에 대해서는 온 나라 백성들이 들어 알고 있었기 때문에 모두들 자기 이웃이 어떤 사람인지 알고 싶어 안달이 나 있었다.

'충성스런 장관을 보내서 알아봐야겠군. 그 장관이라면 장관직에 맞는 능력을 지니고 있으니까 옷감이 어떤지 잘 볼 수 있을 거야.' 임금님은 이렇게 생각하고 늙은 장관을 보냈다.

마음씨 좋은 늙은 장관은 두 사기꾼이 일하는 방으로 들어갔다. 그런데 베틀이

그들은 임금님에게 좋은 비단실과 금실을 달라고 했다.

비어 있지 않은가. 장관은 두 눈을 감았다가 다시 크게 떠보았다.

'맙소사! 아무것도 보이지 않는구나.' 장관은 눈앞이 아찔했다.

두 사기꾼은 장관에게 색깔과 무늬가 얼마나 아름답고 정교한지를 가까이 와서 보라고 권했다. 가엾은 늙은 장관은 눈을 더욱 크게 떴다. 그러나 여전히 아무것도 보이지 않았다.

'내가 바보란 말인가? 믿을 수 없어. 하지만 그게 사실이라면 아무도 알게 해서는 안 돼. 장관이 되기엔 내 능력이 부족하단 말인가? 그렇다면 큰일이지. 옷감이 보이지 않는다고 얘기할 수는 없어!' 늙은 장관은 이렇게 생각했다.

"자, 옷감이 어떻습니까?" 사기꾼 중 한 명이 물었다.

"오, 정말 아름다워요! 아주 멋지군요! 무늬나 색깔을 좀 봐요, 참으로 진품이군요. 옷감이 썩 마음에 들더라고 임금님께 말씀드리지요." 늙은 장관은 안경을 눈에 바짝 갖다 밀며 대답했다.

"그것 참 기쁘군요." 두 사기꾼이 말했다. 그리고는 옷감의 무늬와 색깔에 대해 설명했다.

그들의 말을 주의깊게 들은 늙은 장관은 임금님에게 돌아가서 직접 본 것처럼 똑같이 설명했다.

두 사기꾼은 옷감을 짜는 데 필요하다며 돈과 비단과 금실을 더 달라고 요구했다. 그러나 베틀에는 여전히 실 한 올 걸려 있지 않았다.

임금님은 옷감이 얼마나 더 짜여졌는지 알아보려고 이번에는 정직한 다른 대신을 보냈다. 이번에도 얼마 전에 늙은 장관이 찾아갔을 때와 똑같은 일이 벌어졌다. 대신은 베틀을 보고 또 보았지만 아무것도 보이지 않았다. 베틀이 비어 있었으니 당연했다.

"참으로 신기하지 않습니까?" 사기꾼 중 한 사람이 대신에게 물었다. 두 사기꾼은 그 옷감이 얼마나 아름다운지를 설명하기 시작했다.

'난 바보가 아니야! 내가 대신이 될 자격이 없단 말인가? 참 우스운 일이로군. 하지만 사람들에게 그걸 알려선 안되지!' 대신은 이렇게 생각하며 보이지도 않는 옷감의 무늬와 색깔이 아름답다며 칭찬했다.

"제가 이제까지 본 것 중 최고입니다!" 사기꾼들을 만나고 온 대신이 임금님에게 말했다.

사람들은 너나없이 모두 그 옷감에 대해 이야기했다.

이제 임금님은 베틀에서 짜여지고 있는 옷감을 직접 봐야겠다고 결심했다. 그래서 대신들을 데리고 그곳으로 갔다. 대신들 중에는 먼저 그 사기꾼들을 찾아갔던 늙은 장관과 대신도 끼여 있었다. 임금님이 베를 짜는 방에 들어섰을 때 사기꾼들은 실 한 올 없는 베틀 앞에 앉아 열심히 옷감을 짜고 있었다.

"정말 근사하지 않습니까?" 늙은 장관이 물었다.

"폐하, 보십시오. 이 근사한 색깔과 무늬를 말입니다!" 대신이 베틀을 가리키며 말했다.

장관과 대신은 다른 사람들에겐 그 옷감이 보인다고 믿었다.

임금님은 눈앞이 깜깜했다. '아니, 아무것도 보이지 않다니! 이것 참 큰일났군. 내가 바보란 말인가? 내가 황제가 될 자격이 없단 말인가? 거참, 끔찍한 일이로군.' 하지만 임금님은 이렇게 큰 소리로 말했다. "오, 참으로 아름답구나. 내 맘에 꼭 들도다!"

임금님은 만족한 듯 고개를 끄덕이며 계속 텅 빈 베틀을 살펴보았다. 임금님을 따라온 대신들은 베틀을 보고 또 보았지만 임금님과 마찬가지로 아무것도 보이지 않았다. 그래도 대신들은 임금님처럼 옷감이 보이는 척했다.

"참으로 근사하군요!" 대신들은 이렇게 말하며 임금님에게 다음 행진 때 그 옷감으로 새 옷을 만들어 입고 나가라고 권했다.

"훌륭합니다! 아름다워요! 기막히게 좋습니다!" 대신들의 눈에는 아무것도 보이지 않았지만 하나같이 입을 모아 이렇게 말했다. 임금님은 두 사기꾼에게 훈장을 주고, '궁정 직조사'란 칭호도 주었다.

행진이 시작되는 바로 전날 밤, 사기꾼들은 한 잠도 자지 못했다. 그들은 열 여섯 개의 촛불을 켜 놓고 베틀에 앉아 밤새도록 일했다. 임금님의 새 옷을 완성하려고 열심히 일하고 있다는 것을 사람들에게 보여 주기 위해서였다. 사기꾼들은 베틀에서 옷감을 들어내는 척했다. 그리고 공중에서 큰 가위로 자른 후 실도 없는 바늘로 기웠다. 마침내 사기꾼들이 말했다.

"자, 임금님의 옷이 완성되었습니다."

임금님이 대신들을 데리고 그곳으로 왔다. 두 사기꾼은 뭘 들어올리듯이 두 팔을 높이 쳐들고 말했다. "이건 바지이고, 이건 웃옷이고, 이건 옷자락입니다.

"자, 임금님의 옷이 완성되었습니다."

이 옷은 거미줄처럼 가볍답니다. 입어도 아무것도 걸치지 않은 것 같지요. 그게 바로 이 옷의 장점이랍니다."

"아, 그렇군요." 대신들은 이렇게 말했지만 그들 눈엔 아무것도 보이지 않았다. 아무것도 없었으니 그럴 수밖에 없었다.

"폐하, 이제 그 옷을 벗으시지요. 저희가 직접 새 옷을 입혀 드리겠습니다. 저기 큰 거울 앞에 서십시오." 사기꾼들이 임금님에게 말했다.

임금님은 사기꾼들의 말대로 했다. 사기꾼들은 자신들이 만들었다는 옷을 임금에게 입혀 주는 척했다. 그리고는 가장 충직한 두 대신이 잡고 갈 옷자락을 임금님의 허리에 단단히 매어 주는 척했다.

임금님은 거울 앞에 서서 이리저리 보며 보이지도 않는 옷을 칭찬했다.

"훌륭하십니다, 폐하. 기막히게 잘 어울리십니다. 색깔이며 무늬며 나무랄 데가 없습니다. 새 옷이 참으로 멋집니다." 대신들이 임금님을 보며 감탄했다.

"폐하의 차양을 받치고 갈 시종들이 대기하고 있습니다." 예식 담당 장관이 말했다.

"그래, 이제 다 입었다. 내 옷이 잘 어울리지 않느냐?" 임금님은 아름다운 옷을 감상하는 척하면서 다시 한 번 거울 앞에 서서 이리 보고 저리 보았다.

옷자락을 붙들고 가야 할 두 시종은 옷자락을 잡으려고 바닥을 더듬거렸다. 그들은 감히 아무것도 보이지 않는다고 말할 수가 없었기 때문에 옷자락을 잡아서 붙들고 가는 척했다.

드디어 임금님의 행진이 시작되었다. 임금님의 행진을 보려고 길가에 나온 사람이나 창문으로 내다보는 사람들은 모두 임금님의 옷이 아름답다고 침이 마르도록 칭찬했다.

"어머나, 저 옷 좀 봐. 정말 근사해! 저 옷자락은 어떻고! 임금님한테 참 잘 어울리는 옷이네."

어느 누구도 자기 눈에 아무것도 보이지 않는다고 말하려 하지 않았다. 그런 말을 했다가는 바보 취급을 당하거나 능력이 없다는 말을 들을 것이 뻔했기 때문이다. 이제까지 임금님이 입었던 옷 중에서 이처럼 찬사를 받은 적이 없었다.

그때 한 꼬마가 외쳤다. "하지만 임금님은 아무것도 입지 않은걸."

"이 순진한 아이의 말을 들어보세요." 꼬마의 아버지가 자랑스럽게 주위를 둘러보며 말했다.

그러자 사람들이 꼬마의 말을 되풀이하며 수군댔다.

"임금님이 아무것도 안 입었대. 저기 저 아이가 그러는데 아무것도 안 입었대."

"임금님이 벌거벗었다!" 마침내 사람들이 일제히 소리쳤다.

그 말을 들은 임금님은 온몸이 후들후들 떨렸다. 사람들의 말이 옳은 것 같았기 때문이다.

'그렇다고 행차를 그만둘 수는 없어.' 임금님은 이렇게 생각하며 더 당당하게 걸었다. 두 시종은 있지도 않은 임금님의 기다란 옷자락을 높이 쳐들고 의젓하게 임금님 뒤를 따라갔다.

# 10
# 행운의 덧신

## 시작

쾨니히스노이 시장에서 가까운 코펜하겐의 어느 집에서 매우 성대한 파티가 벌어졌다. 그곳에서는 가끔 그런 파티를 열어야 다른 집에 초대를 받을 수 있었다. 그 집 가족은 이번 파티에 대한 답례로 다음 번에는 틀림없이 다른 집에 초대를 받을 것이라고 기대했다.

손님들 중 절반은 이미 카드놀이 탁자에 앉아 있었고, 나머지 절반은 이 집 주부의 "이제 무엇을 할까요?"란 질문에 이어서 과연 어떤 화제가 이어질지를 기다리고 있는 것 같았다. 그런 가운데 화제가 중세로 넘어갔다. 몇몇 사람은 중세가 지금보다 훨씬 좋다고 말했다. 법률 고문관 내프 씨는 어찌나 열렬히 이 의견을 지지하는지 이 집 여주인이 금방 그의 의견에 동의하고 말았다. 두 사람은 외르스테드 씨가 고대와 현대에 관해 쓴 에세이를 반박했다. 그 에세이에는 요즘 시대가 좋은 점이 훨씬 더 많다고 쓰여 있었다. 법률 고문관은 덴마크의 한스 왕[1] 시대를 가장 찬란하고 행복했던 시대라고 생각했다.

이렇게 사람들이 서로 자기가 옳다고 주장하고 있을 때, 신문이 배달되어 대화가 잠시 중단되었다. 그러나 신문에는 특별한 읽을거리가 없었다.

그럼 대화는 이들에게 맡겨 두고 외투, 지팡이, 덧신들을 보관하는 방으로 가보기로 하자. 그 방에는 젊은 처녀와 나이가 든 처녀가 앉아 있었는데, 주인 마님을 따라온 하녀인 듯했다. 그러나 자세히 보면 일반적인 하녀와는 다르다는 것을 쉽게 알 수 있었다. 하녀라고 하기엔 매우 품위 있었고 피부가 고왔으며 옷맵시 또한 단정하고 우아했다. 그들은 바로 요정이었던 것이다. 젊은 처녀는 작은 선물들을 이리저리 날라다 주는 행운의 여신의 시녀였다. 그리고 우울한 표정을 짓고 있는

---

1.   1513년 사망. 작센 지방의 선제후 에른스트 공의 딸 크리스틴과 결혼.

나이 든 처녀는 근심이란 요정이었다. 근심의 요정은 실수가 없도록 자신의 일은 자신이 직접했다. 두 요정은 오늘 한 일에 대해 서로 이야기를 주고받고 있었다.

행운의 요정은 몇 가지 하찮은 일들을 처리했다. 새 모자가 소나기를 맞지 않게 비를 막아 주고, 어느 정직한 남자에게 별로 중요하지 않은 사람으로부터의 인사를 전해 주었다. 하지만 행운의 요정은 아주 신기한 일이 있다고 얘기했다.

"오늘은 내 생일인데, 그 기념으로 덧신 한 쌍을 사람들에게 전하라는 임무를 맡았답니다. 아주 신기한 덧신이지요. 덧신을 신으면 어디든지 가고 싶은 곳으로 갈 수 있으니까요. 장소와 시간에 관계없이 말예요. 소망을 말하는 순간 그대로 이루어지기 때문에 그 덧신을 신은 사람은 행복하게 된답니다."

"그래요? 당신은 그렇게 생각하겠지만 덧신을 신는 사람은 불행해질 거예요. 그래서 그 덧신에서 해방되는 순간을 축하하게 될 걸요." 근심의 요정이 말했다.

"절대로 그렇지 않아요. 덧신을 문 옆에 놓아둘 테니 두고 보세요. 실수로 자기 덧신인 줄 알고 그 덧신을 신는 사람은 행복하게 될 테니까요."

### 법률 고문관에게 생긴 일

밤이 깊었다. 한스 왕 시대 얘기에 깊이 빠져 있던 법률 고문관 내프 씨가 집에 돌아가려고 일어섰다. 그런데 그는 운명적으로 자기 덧신 대신 행운의 덧신을 신게 되었다. 그는 행운의 덧신을 신고 이스트 스트리트로 갔다. 그는 덧신의 마법과 같은 힘 때문에 삼백 년을 거슬러 올라가 한스 왕의 시대로 되돌아가 있었다. 덧신을 신을 때 그 시대로 돌아가고 싶다고 생각했던 것이다. 그 시대에는 아직 길이 포장되어 있지 않아서 그의 발이 진창에 빠지고 말았다.

"야, 지독하구나. 왜 이리 더럽지? 보도가 다 사라지고 가로등도 모두 꺼져 버렸군." 법률 고문관이 투덜거렸다.

달님이 아직 높이 떠오르기 전이어서 사방이 짙은 안개에 가려 희미했다. 가까운 길모퉁이의 성모 마리아 상 앞에 가로등이 하나 켜져 있긴 했지만 있으나마나 마찬가지였다. 불빛이 너무 희미하여 가까이 다가가야 물체를 알아볼 수 있었다. 법률 고문관은 성모 마리아 상으로 다가가 어머니와 아이를 그린 그림을 쳐다보았다.

'여긴 미술관인 모양인데 깜빡 잊고 간판을 들여놓지 않은 모양이군.'

그때 이상한 복장을 한 두어 사람이 그의 옆을 지나갔다.

'정말 괴상하게 생겼군. 가장 무도회에라도 다녀오는 길인가?'

법률 고문관이 이런 생각을 할 때 갑자기 고적대 소리가 들리더니 횃불이 거리를 환하게 비추었다. 법률 고문관은 놀라서 걸음을 멈추고 이상한 행렬을 지켜보았다. 맨 앞에는 북을 든 사람들이 힘차게 북을 치며 행진했고, 그 뒤를 긴 활과 석궁을 든 친위병들이 따라갔다. 행렬에서 가장 품위 있어 보이는 사람은 성직자처럼 보이는 신사였다. 어리둥절한 법률 고문관은 지나가는 사람에게 그가 누구인지 물었다.

"셸란 섬의 주교님이십니다."

"세상에! 주교님이 웬 행차죠? 대체 왜 저러시는 거죠?" 법률 고문관은 한숨을 쉬면서 머리를 절레절레 흔들었다. 주교님이 이런 일을 하다니 말도 안 되는 소리였다. "저 사람은 주교님일 리가 없어요."

법률 고문관은 생각에 몰두하여 좌우도 살피지 않고 곧장 앞으로 갔다. 그는 이스트 스트리트를 지나고 하이브리지 광장을 지나갔다. 그런데 어찌 된 일인지 다리를 건너도 팰리스 광장이 보이지 않고 강둑과 얕은 강만이 보일 뿐이었다. 강에서는 두 사람이 보트를 타고 있었다.

"홀름으로 건너가실 건가요?" 그 중 한 명이 물었다.

"홀름이라구요?" 법률 고문관이 깜짝 놀라 소리쳤다. 그는 지금 자신이 어느 시대에 와 있는지 모르고 있었던 것이다. "난 리틀 터프 가에 있는 크리스티안 항구로 가는 길이오. 어디로 가면 다리가 나오지요?"

그러자 두 남자는 어리둥절한 표정으로 법률 고문관을 빤히 바라보았다.

"가로등 하나 없다니 여긴 고약하군요. 게다가 온통 진창이라서 늪 속을 걷는 것 같다니까요."

그러나 얘기를 하면 할수록 법률 고문관과 보트를 탄 두 사람은 서로가 무슨 말을 하는지 몰라서 더욱 어리둥절해했다.

"난 당신들이 쓰는 그 기괴한 옛날 말을 전혀 못 알아듣겠소." 참다못해 화가 난 법률 고문관이 의아해하는 두 사람을 내버려 두고 발길을 돌렸다. 하지만 다리도 난간도 찾을 수가 없었다.

"이게 어떻게 된 일이야. 참 별일이군." 법률 고문관은 화를 억누르며 중얼거렸다. 그는 그날 밤처럼 요즘 시대가 비참하다고 느낀 적이 없었다. "마차를 타는 게 낫겠어. 한데 마차를 어디서 탄담? 차라리 쾨니히스노이 시장으로 되돌아가야겠군. 그곳에는 마차가 많겠지. 이러다간 크리스티안 항구에 못 가겠는걸."

법률 고문관은 이렇게 중얼거리며 다시 이스트 스트리트로 향했다. 그가 그 거리를 막 빠져 나왔을 때 구름 속에서 달이 얼굴을 내밀었다.

"맙소사, 여기에 왜 이런 걸 세워 놓았을까?" 법률 고문관은 이스트 성문을 보고 놀라 소리쳤다. 당시에 이스트 성문은 이스트 스트리트 끝에 서 있었던 것이다. 마침 성문 하나가 열려 있어 법률 고문관은 그 문을 통해 밖으로 나왔다. 그런데 쾨니히스노이 시장이 있어야 할 자리에는 널따란 초원이 펼쳐져 있었다. 초원 주위에는 군데군데 수풀이 우거져 있고 수풀 사이로는 널따란 시내가 흘렀다. 그리고 시내 맞은편에는 홀슈타인 뱃사공들이 묵는 초라한 오두막이 몇 채 서 있었다.

"내가 신기루를 보고 있나, 아니면 취했나? 이게 어찌된 일이지? 도대체 내가 왜 이러는 거야?"

법률 고문관은 자신이 어디가 아파서 그렇게 보이는 것이라고 생각했다. 그래서 이번에는 이스트 스트리트로 되돌아오면서 집들을 자세히 살펴보았다. 그런데 집들은 윗가지나 벽토로 되어 있었고 지붕은 대부분 초가 지붕이었다.

"그래, 내 몸이 정말 안 좋은 모양이군. 하지만 펀치 한 잔 마셨을 뿐인데 이럴 수가 있나? 정신이 없네. 펀치에 뜨거운 연어를 곁들여 먹으라고 주다니, 미련한 짓이었어. 그 집 여주인에게 얘길 좀 해야겠어. 돌아가서 내가 어떤 상태인지 얘기할까? 그것도 참 우습겠지. 또 손님들이 다 떠나고 없을지도 몰라." 법률 고문관은 이렇게 중얼거리며 두리번거렸으나 그 집도 보이지 않았다.

"참 기막히군! 이스트 스트리트조차 알아볼 수 없다니. 상점이 하나도 보이지 않군. 사방에 보이는 것이라곤 금방이라도 쓰러질 듯한 오래되고 초라한 오두막들뿐이라니! 마치 로스킬레나 링슈테드 같은 옛 도시 같아. 아, 내가 정말 아픈 모양이야. 체면이 무슨 소용이야. 그런데 대체 그 집이 어디 있지? 저기 집 한 채가 있군. 하지만 내가 찾는 집이 아닌걸. 저 안에 아직도 사람들이 살고 있는 모양이야. 이런! 어지럽군."

법률 고문관은 반쯤 열린 문 틈새로 빛이 새어 나오는 것을 보고 안으로 들어갔다. 그곳은 그 당시의 주막으로서 맥주 집과 비슷했으며, 실내는 홀슈타인 식으로 되어 있었다. 선원들, 코펜하겐 시민들, 그리고 서너 명의 학자들이 술잔을 앞에 놓고 이야기에 열중하느라 낯선 사람이 들어와도 관심이 없었다.

"실례합니다. 몸이 몹시 좋지 않아서 그러는데, 마차를 한 대 불러 주시겠습니까? 크리스티안 항구로 가려고 그럽니다." 법률 고문관이 술집 여주인에게 다가가 말했다. 여주인은 고문관을 물끄러미 보더니 고개를 저었다. 그리고는 독일어로 뭐라고 말했다. 법률 고문관은 그녀가 덴마크어를 모르는 모양이라고 생각하고 독일어로 다시 설명했다. 그녀는 법률 고문관의 복장이나 태도로 보아 외국인이 틀림없다고 생각했다. 그러나 곧 그의 상태가 좋지 않다는 것을 알아차리고 물 한 잔을 가져다주었다. 물은 바깥 우물에서 길어 온 것인데도 짭짤했다. 법률 고문관은 손으로 이마를 짚고 자신에게 일어나고 있는 이 이상한 일들을 곰곰이 생각해 보았다.

"그 데이 신문[2]이 오늘 건가요?" 법률 고문관은 여주인이 커다란 종이를 치우는 걸 보고 무심히 물었다. 여주인은 고문관의 말을 이해하진 못했으나 몸짓으로 하는 얘기를 알아차리고 종이를 건네주었다. 그것은 쾰른 상공에 나타난 대기 현상을 담은 목판화였다.

"매우 오래된 거군요." 법률 고문관은 그렇게 오래된 그림을 보자 기분이 좋아졌다. "어떻게 이런 진기한 그림을 손에 넣으셨습니까? 이것은 상상으로 그린 것이지만 대단히 흥미롭지요. 요즘이야 이러한 대기 현상은 쉽게 설명되지요. 이것은 종종 볼 수 있는 북극광으로 전류에 의해 생겨나는 현상입니다."

가까이 앉아 있던 사람들이 그의 얘기를 듣고 일제히 놀라서 쳐다보았다. 그중 한 사람은 일어서서 존경의 표시로 모자를 벗더니 아주 엄숙한 표정으로 말했다. "선생, 당신은 대단한 학식을 갖춘 분이군요."

"아닙니다. 저는 누구나 아는 사실을 얘기했을 뿐입니다." 법률 고문관이 당황하며 말했다.

"겸손은 아름다운 미덕이지요. 하지만 당신은 대단한 학자가 틀림없어요."

"실례지만, 당신은 누구시죠?" 법률 고문관이 정중히 물었다.

"저는 성서학자올시다."

법률 고문관의 예상 대로였다. 그의 복장으로 그걸 알 수 있었다.

---

2. 코펜하겐의 석간 신문.

'이 사람은 틀림없이 오래된 마을의 지도자일 거야. 가끔 유틀란트 반도에서도 볼 수 있는 기인이겠지.' 법률 고문관은 이렇게 생각했다.

"당신은 옛 것을 매우 많이 알고 계시군요. 좀 자세히 말씀해 주시겠습니까?" 성서학자가 물었다.

"네, 지금 나오는 책들은 물론이고 옛날 책도 유익한 책이라면 읽는 걸 좋아한답니다. 하지만 실제 생활에서도 충분히 보고 듣는 일상적인 얘기를 쓴 책도 즐겨 읽지요."

"일상적인 이야기라구요?"

"요즘 나오는 소설 말입니다."

"아, 하지만 그런 책들에도 기지가 담겨 있어 궁중에서 많이 읽지요. 국왕께서는 특히 이프벤 씨와 가우디안 씨의 소설을 좋아하십니다. 아서 왕과 원탁의 기사들을 다루고 있는 소설 말입니다. 폐하께서는 대신들과 그 소설에 관해 농담까지 주고받으신답니다."

"전 아직 그 소설을 읽어보지 못했어요. 하이베르크 출판사에서 최근에 나온 책인 모양이지요."

"아닙니다. 하이베르크가 아니라 고드프레드 폰 게맨 출판사에서 나왔답니다."

"그 출판업자요? 그건 아주 오래된 이름이죠! 그건 덴마크 최초의 출판업자 이름이 아니던가요?"

"네, 우리나라 최초의 출판업자이자 인쇄업자이지요."

지금까지는 이야기가 순조롭게 진행되었다. 그런데 손님 가운데 한 사람이 두어 해 전에 전국을 휩쓴 흑사병 이야기를 꺼냈다. 그 사람이 말한 것은 1484년에 유행했던 흑사병이었다. 그러나 법률 고문관은 그가 콜레라 얘기를 하고 있는 거라고 생각했기 때문에 이야기가 잘 진행되었다. 다음에는 그 손님이 1490년에 일어난 전쟁을 아주 최근에 일어난 것이라고 얘기하자, 법률 고문관은 영국 해적들이 1801년에 영국 해협에서 배를 약탈해 간 사건을 얘기한다고 생각하고 맞장구를 치며 영국인들을 비난했다. 그런데 문제는 다음부터였다. 성서학자는 너무나 아는 게 없었다. 그들은 이야기가 나올 때마다 서로의 얘기에 대해 사사건건 반박했다. 법률 고문관이 아무리 단순한 이야기를 해도 성서학자에게는 너무 대담하고 공상적인 것으로 들렸다. 그들은 서로를 노려보았다. 분위기가 어색해지자 성서학자는 라틴어로 얘기를 했다. 그렇게 하면 자신을 더 잘 이해하리라고 생각했던 것이다. 그러나 아무 소용이 없었다.

"이제 좀 어떠세요?" 술집 여주인이 법률 고문관의 소매를 잡아당기며 물었다. 법률 고문관은 그때서야 정신이 들었다. 이야기에 열중하느라 자신에게 일어났던 일을 까맣게 잊고 있었던 것이다.

"맙소사, 여기가 대체 어디죠?" 법률 고문관은 다시 머리가 어지러웠다.

"클라레 포도주나 꿀술이나 브레멘 맥주를 갖다 주시오. 당신도 마시겠습니까?" 손님 중 한 명이 물었다.

그때 두 처녀가 들어왔다. 한 처녀는 두 가지 색깔로 된 두건[3]을 쓰고 있었다. 여자들은 포도주를 따른 후 고개를 숙여 인사하고 물러났다.

법률 고문관은 등골이 오싹했다. "대체 이게 뭐요? 무슨 일이지요?" 법률 고문관이 소리쳤다. 그러나 그들이 너무도 공손하게 권하는 바람에 꼼짝없이 술을 마셔야 했다. 마침내 법률 고문관은 절망적인 기분이 들었다. 누군가 그에게 취했다고 말했지만 자신도 그 말이 맞다고 생각했다. 그리고 러시아어로 마차를 불러 달라고 사정했다. 그러자 사람들은 법률 고문관이 러시아말을 할 줄 안다고 생각하고 이것저것 물었다. 법률 고문관은 그렇게 거칠고 세련되지 못한 모임에 가 본 적이 없었다.

"야만 시대로 되돌아왔나. 원. 내 생애에서 가장 끔찍한 순간이군." 법률 고문관이 중얼거렸다.

그때 문득 탁자 아래로 기어서 그곳에서 도망쳐야겠다는 생각이 떠올랐다. 그러나 그가 출입문에 막 닿으려는 순간 사람들이 알아차리고 그의 발을 붙들었다. 그 바람에 다행스럽게도 덧신이 벗겨지면서 마법도 사라졌다. 이제 가로등과 그 뒤쪽으로 서 있는 건물이 뚜렷하게 보였다. 모든 것이 낯익고 아름다워 보였다. 그곳은 바로 이스트 스트리트였다. 법률 고문관은 건물 현관 쪽으로 발을 뻗고 누워 있었고 그 옆에는 야경꾼이 앉아서 잠들어 있었다.

"아이쿠, 맙소사! 내가 길 위에 누워 꿈을 꾸었단 말인가. 그래, 여기가 이스트 스트리트군. 참으로 밝고 화려해! 펀치 한 잔에 이 꼴이 되다니, 기막히군."

---

3. 한스 왕 시대에는 여종업원들이 두 가지 색으로 된 두건을 쓰게 되어 있었다.

잠시 후 법률 고문관은 크리스티안 항구로 가는 마차 속에 앉아 있었다. 자신이 겪었던 불안과 끔찍했던 상황을 생각하자 행복하고 편안한 지금 이 순간이 얼마나 고마운지 몰랐다. 얼마 전에 겪었던 그 시대보다 훨씬 더 좋았다.

## 야경꾼의 모험

"야, 덧신이네! 틀림없이 위층에 사는 중위의 것일 거야. 그의 문 옆에 놓여 있으니까." 잠에서 깨어난 야경꾼이 말했다.

중위의 방에는 아직 불이 켜져 있었다. 정직한 야경꾼은 벨을 눌러 그 덧신을 전해 주고 싶었다. 하지만 이웃 사람들이 깰까 봐 그만두었다. "저걸 신으면 참 따뜻할 거야. 가죽이라 부드럽기도 하겠지." 야경꾼은 덧신을 신어 보았다. 그의 발에 꼭 맞았다. "세상이란 참 우스워. 내가 중위라면 따뜻한 침대 속에 누워 있을 텐데, 저 중위는 저렇게 방안을 서성이니 말야. 참 행복한 사람이야! 딸린 처자식이 없으니 매일 밤 친구들이나 만나고 말야. 오, 중위라면 얼마나 행복할까!"

야경꾼이 이렇게 말하자 그가 신고 있던 덧신이 요술을 부려 야경꾼은 곧 중위로 변했다. 그는 방 안에 서서 손에 분홍색 종이를 들고 있었다. 그 종이에는 시가 쓰여 있었는데, 바로 중위가 쓴 시였다. 평생 시적 영감이 한 번도 떠오르지 않은 사람이 어디 있겠는가? 그런 영감이 떠오를 때 생각나는 대로 쓰면 바로 시가 되는 것이다.

오, 내가 부자라면!
오, 내가 부자라면!
청춘이란 이름이 모든 근심을 날려 버린
즐겁고 화려한 시절에 얼마나 자주
이런 소망을 가졌던가.
나, 부를 소망했건만 권력을 얻었다네.
칼을 차고 깃털 달린 모자에 군복을 입은
훌륭한 장교가 되었다네.
그래도 나의 부는 곧 가난이라네.
아, 자비로운 신이여, 날 가엾게 여겨 도와주소서!

언젠가 쾌활하고 자유롭던 젊은 시절에
나를 사랑한 처녀가 있었지.
그녀의 부드러운 키스와
달콤한 사랑과 순결은
천국이 무엇인지 가르쳐 주었네.
사랑스런 내 사랑!
그녀는 오직 청춘의 환희만을 생각했다네.
부에는 관심 없고 오직 동화와 나만을 사랑했지.
자비로운 신이여, 당신은 알리라.
아, 날 가엾게 여기소서!

오, 내가 부자라면!
신에게 드리는 내 기도는 이것뿐이라네.
내 사랑은 자라서 아름답고 자유로운
여인이 되었다네. 천사처럼 아름다운 여인이.
오, 내가 사랑의 시를 쓰는 일에 부자라면
나의 동화를 들려줄 텐데,
이 세상에서 가장 진실한 사랑에 관한 동화를.
그러나 나는 침묵해야 할 운명, 난 가난하다네.
자비로운 신이여, 날 불쌍히 여기지 않으십니까?

오, 내가 지상의 진실과 평화를 구하는 데 부자라면
나의 시는 비탄으로 가슴을 쥐어뜯지 않으리.
그대에게 이 통렬한 시를 바치나니,
그대, 이 애처롭고 슬픈 동화를 이해하는가?
나, 나의 비애를 한 장의 종이에 쓰노라,
어둡고 어두운 비운의 밤에.
아, 신이시여, 날 가엾이 여겨 축복하여 주옵소서.

"그래, 사랑에 빠진 사람만이 이런 시를 쓸 수 있지. 하지만 사려 깊은 사람이라면 이런 것을 출판하지는 않을 거야. 사랑과 중위와 가난. 이것은 삼각형을 이루는 거야. 아니, 행복이라는 주사위의 부러진 반쪽이라고나 할까." 중위는 이런 생각에 가슴이 아파 머리를 창틀에 기대며 깊이 한숨을 쉬었다. "길 위의 저 가난한 야경꾼이 나보다 훨씬 더 행복할 거야. 그는 내가 말하는 가난이 무엇인지 모르지. 그에게는 슬플 때 함께 울고 기쁠 때 함께 즐거워 해 줄 아내와 자식이 있으니까. 내가 저 야경꾼이 된다면 얼마나 행복할까. 그러면 작은 기대와 희망을 가지고 평생 행복하게 살 텐데! 그래, 저 사람은 나보다 더 행복해."

그 순간 중위가 되었던 야경꾼이 다시 야경꾼으로 되돌아왔다. 행복의 덧신 때문에 중위가 된 야경꾼이 다시 본래의 모습으로 돌아가고 싶어했기 때문이다.

"참 끔찍한 꿈이군. 하지만 재미있어. 내가 정말로 저 위층에 사는 중위가 된 것 같았어. 그런데 전혀 행복하지 않았지. 언제라도 내게 달려들어 애정 어린 키스를 퍼부어 대는 아내와 자식들이 정말 그리웠지." 야경꾼은 이렇게 중얼거리며 앉아서 고개를 끄덕였다. 그러나 그 꿈이 머리에서 떠나질 않았다. 아직 덧신을 신고 있었기 때문이다. 그때 하늘에서 별똥별 하나가 떨어졌다.

"와, 별이 떨어지네. 그래도 하늘에는 별이 많단 말이야. 저것들을 좀 가까이 가서 보았으면 좋겠군. 특히 저 달을 말야. 달은 손에서 쉽게 미끄러지는 물건이 아니거든. 우리 마누라가 빨래를 해주는 그 대학생은 우리가 죽으면 이 별에서 다른 별로 날아간다고 했지. 하지만 난 믿지 않아. 그게 사실이라면 멋질 거야. 살짝 저 위로 뛰어 올라가 보았으면 좋겠어. 몸은 이대로 놓아 둔 채 말야."

세상에는 조심해야 할 말들이 있다. 특히 행복의 덧신을 신었을 때는 더욱 그렇다. 야경꾼에게 어떤 일이 일어났을까?

여러분은 증기의 힘이 얼마나 위대한지 알 것이다. 그것은 증기로 달리는 열차나 배를 타 보면 그 엄청난 속도를 보고 알 수 있다. 그러나 빛이 이동하는 속도에 비하면 그것은 그저 달팽이가 기어다니는 속도에 불과하다. 빛은 가장 빨리 달리는 경주마보다 천구백만 배나 빠르다. 그런데 전기는 빛보다 더 빠르다. 죽음은 우리 심장에 가해지는 전기 충격이다. 영혼은 전기의 날개를 타고 매우 빠르게 날아간다. 태양에서 나오는 빛이 1억 마일이 넘는 지구까지 오는 데 8분 2, 3초 걸리지만, 전기라는 특급 우편 마차를 타면 영혼은 단 1초만에 그 먼 거리를 갈 수 있다. 영혼에게 천체들 사이의 공간은 같은 동네에 사는 친구들 집보다도 더 가깝다. 그런데 이 전기 충격은 야경꾼처럼 행운의 덧신을 신고 있지 않을 때는 우리 몸이 이곳에 머물도록 해준다.

야경꾼은 불과 몇 초도 안 되어 20만 마일 이상을 날아 달에 닿았다. 달은 지구보다 훨씬 가벼운 물질로 되어 있으며, 그래서 갓 내린 눈처럼 부드럽다. 야경꾼은 메들러 박사의 대형 달 지도에 나오는, 고리 모양의 산 위에 서 있었다. 고리 안쪽은 텅 빈 사발 모양이며, 깊이는 가장자리로부터 반 마일 정도였다. 이 빈 사발 모양 안에 커다란 도시가 있었는데, 그것은 마치 물이 담긴 유리잔 속에 달걀 흰자를 쏟아 넣은 모양이었다. 도시를 이루고 있는 물질은 매우 부드러웠으며 흐릿한 탑과 매우 투명한 돛 모양의 테라스가 공중에 떠 있는 듯했다. 그리고 지구는 크고 검붉은 공처럼 야경꾼의 머리 위에 떠 있었다.

달에도 사람이라고 할 수 있는 생물들이 많았으나 생김새가 인간과는 완전히 달랐다. 그들을 한데 모아 놓고 그림을 그린다면 아름다운 잎사귀 같았을 것이다.

그들에게는 그들만의 말이 있었다. 그들은 야경꾼의 영혼이 자신들의 말을 알아듣지 못할 것이라고 생각했지만, 놀랍게도 야경꾼은 그들의 말을 알아들었다. 우리의 영혼은 우리가 생각하는 것보다 훨씬 더 많은 능력을 가지고 있기 때문이다. 꿈속에서 우리는 놀라운 능력을 발휘하지 않는가? 꿈속에선 우리가 아는 사람들이 그들만의 독특한 성격과 목소리를 가지고 나타난다. 하지만 현실에서는 그러한 성격과 목소리를 가지고 있는 사람은 아무도 없다. 또한 꿈속에서는 수년 동안 보지 못한 사람들이 뚜렷하게 보일 때도 있다. 그들은 갑자기 살아 있는 것처럼 눈앞에 불쑥 나타난다. 사실, 영혼이 가지고 있는 이러한 기억은 무시무시한 것이다. 이러한 기억은 죄악이 되는 생각을 불러일으킬 수 있다. 그렇기 때문에 우리도 모르게 쓸데없는 말을 입 밖으로 내뱉거나 생각하는 것은 당연하다.

마찬가지로 야경꾼은 이러한 영혼의 기억 때문에 달 주민들의 말을 알아들을 수 있었다. 그들은 지구에 대해 얘기 중이었는데, 지구에서 살 수 있다는 사실을 믿지 않았다. 그들은 지구에서는 공기가 너무 탁해서 달 주민들이 살 수 없으며, 오직 달만이 사람이 살 수 있는 곳이라 여기고 있었다. 달이야말로 먼 옛날 사람들이 살았던 곳이라고 주장했다. 그들은 정치에 대해서도 얘기했다.

그러면 이제 다시 이스트 스트리트로 가서 야경꾼의 몸이 어떻게 되었는지 알아보자. 야경꾼은 시체가 되어 계단에 앉아 있었다. 곤봉은 손에서 땅바닥에 떨어져 있었고, 두 눈은 그의 영혼이 배회하고 있는 달 쪽을 향해 있었다.

"이보시오, 지금 몇 시요?" 지나가던 길손이 물었다. 그러나 야경꾼은 대답이 없었다. 길손은 야경꾼의 코를 살짝 잡아당겼다. 그러자 야경꾼이 균형을 잃고 죽은 사람처럼 앞으로 픽 고꾸라졌다. 동료들은 그가 죽은 것을 알자 겁이 났다. 그들은 그가 죽었다고 알린 후, 시체를 그대로 두고 떠나 버렸다. 아침이 되어서야 야경꾼의 몸은 병원으로 실려 갔다. 이제 영혼이 돌아와 이스트 스트리트를 아무리 헤매 다녀도 몸을 찾지 못하리라. 아마 영혼은 경찰서로, 분실물 센터로 찾아 헤맨 끝에 병원에 가서야 몸을 찾게 될 것이리라. 하지만 영혼이 혼자 행동할 때는 대단히 영특하기 때문에 안심해도 된다. 영혼을 우둔하게 만드는 것은 몸이다.

병원으로 옮겨진 야경꾼의 몸은 세척실로 옮겨졌다. 물론 사람들이 맨 처음 한 일은 덧신을 벗겨 내는 일이었다. 이렇게 해서 영혼은 다시 몸 속으로 들어갔고 야경꾼이 다시 살아났다. 살아난 야경꾼은 자기 생애에서 가장 무시무시한 밤이었다고 말했다. 천금을 준다 해도 다시는 그런 경험을 하고 싶지 않았다. 그러나 이제 다 지나간 일이었다.

야경꾼은 그날 밤 곧바로 병원에서 나왔다. 덧신을 병원에 둔 채.


## 이상한 여행

코펜하겐에 사는 사람이라면 누구나 프레데릭 병원 입구가 어떻게 생겼는지 알 것이다. 그러나 코펜하겐에 살고 있지 않은 독자들을 위해 간단하게나마 설명하겠다.

병원은 철제로 된 높은 울타리로 둘러싸여 있는데, 창살 사이가 넓어서 몸이 홀쭉한 환자들은 그 사이를 뚫고 바깥으로 나오기도 한다. 그런데 이 사이를 드나들 때 쉽게 빠지지 않는 부분은 머리통이다. 그러니까 머리통이 작은 사람이 유리했다. 이 정도 얘기하면 충분히 상상이 갈 것이다.

그날 밤, 머리통이 큰, 한 수련의가 당직을 서고 있었다. 밖에서는 비가 억수같이 쏟아졌다. 수련의는 갑자기 밖에 나가고 싶었다.

"15분이면 돼. 쇠막대기 사이로 살짝 빠져나갈 수 있으니까 수위에게 말할 필요도 없지."

마침 거기에는 야경꾼이 잊고 간 덧신이 있었다. 그것이 행운의 덧신이라고는 꿈에도 생각지 못한 수련의는 비가 오는 날씨에 제격이라 생각하며 덧신을 신었다. 이제 쇠막대기 사이를 빠져나갈 수 있느냐가 문제였다. 그는 지금까지 한 번도 그곳으로 빠져나가 본 적이 없었다.

"머리통만 바깥으로 빠져나간다면 좋겠는데." 그가 철제 울타리를 보며 이렇게 말하는 순간 그의 커다란 머리통이 쑥 빠져나갔다. 행운의 덧신이 그의 소원을 들어준 것이다. 그런

병원은 철제로 된 높은 울타리로 둘러싸여 있는데, 창살 사이가 넓어서 몸이 홀쭉한 환자들은 그 사이를 뚫고 바깥으로 나오기도 한다.

데 이번에는 몸통이 빠지지 않았다.

"오, 내가 너무 뚱뚱한가? 머리통이 문제일 거라고 생각했는데 몸통이 빠지질 않네."

그래서 그는 재빨리 다시 머리통을 빼내려고 했다. 그러나 그것 역시 쉽지 않았다. 이리저리 움직여 보았지만 머리통은 그대로이고 목만 움직일 뿐이었다. 처음에는 슬며시 화가 나더니 차츰 식은땀이 줄줄 흘렀다. 모두 행운의 덧신 때문이었다. 그러나 불행하게도 수련의는 자유롭고 싶다는 생각이 전혀 떠오르지 않았다. 그저 몸을 비틀어 빠져나오려고 안간힘을 썼지만 그 자리에서 꼼짝할 수가 없었다. 비는 더욱 세차게 쏟아졌고 거리에는 한 사람도 보이지 않았다. 수위를 부르는 벨에도 손이 닿지 않았다. 어떻게 빠져나가야 할 것인가? 아침까지 기다렸다가 대장장이를 불러 쇠창살을 톱으로 자르는 수밖에 없었다. 하지만 그러

려면 시간이 오래 걸릴 것이고, 아침이 되면 자선 학교 학생들과 그 구역에 사는 선원들이 몰려나오기 때문에 웃음거리가 될 것이다. 또 구경꾼들이 얼마나 많이 몰려들 것인가.

"어휴! 피가 거꾸로 솟는군. 미쳐 버리겠어. 그래, 정말 미쳐 버리겠어. 오, 제발 여기서 헤어났으면! 그럼 이 끔찍한 기분도 사라질텐데."

그는 진작 이 말을 했어야 했다. 이 말을 입 밖으로 내자마자 그의 머리통이 쑥 빠져서 안으로 퉁겨 들어왔다. 너무 급작스런 일이라 정신이 아찔했다. 그러나 여기서 모든 일이 다 끝난 것은 아니었다. 일은 더욱 커져 갔다. 그날 밤이 지나고 그 다음날도 지나갔다. 그러나 덧신을 찾으러 오는 사람은 아무도 없었다.

어느 날 저녁, 가까운 극장에서 공연이 있었다. 극장은 사람들로 만원이었다. 관객들 속에는 수련의도 있었다. 그는 덧신을 찾으러 오는 사람도 없는 데다 길이 진창이어서 오늘도 덧신을 잠시 빌려 신고 있었다. 전날 밤에 치른 곤역을 완전히 잊어버린 듯했다.

먼저 『백모님의 안경』이란 새 시가 낭송되었다. 백모님의 안경은 신통력이 있어서, 사람들이 모두 트럼프 카드로 보이고, 수 년 후에 일어날 일들이 훤히 보인다는 내용이었다. 수련의는 그 신통력 있는 안경을 하나 갖고 싶었다. 그 안경만 있다면, 사람들의 마음속을 훤히 들여다볼 수 있으리라. 그것이야말로 내년에 무슨 일이 일어날지 아는 것보다 훨씬 더 흥미로울 것 같았다. 내년에 생길 일이야 어차피 경험하게 되겠지만 사람들의 마음속은 절대로 알 수 없지 않은가.

"맨 앞줄에 앉은 신사 숙녀들의 마음속을 들여다볼 수 있다면! 저 아가씨 마음속에는 수많은 것들로 가득 찬 상점이 있겠지. 그걸 훤히 들여다볼 수 있다면 내 눈이 휘둥그레질 거야. 귀부인들 마음속에는 틀림없이 여러 가지 모자들이 잔뜩 진열된 상점이 있을 거야. 아마 아무것도 진열되어 있지 않은 상점을 가진 사람도 있겠지. 그게 더 나을지도 모르니까. 그리고 정말 훌륭한 물건들로만 차 있는 상점도 있을 거야. 그럼. 그래, 모든 면에서 견실한 상점을 하나 알고 있긴 하지. 하지만 거기엔 하인이 한 사람 있어서 거치적거린단 말야. 내가 가면 여기저기 상점에서 '어서 오세요!' 하고 외치겠지. 그래, 작고 귀여운 생각처럼 마음을 살짝 뚫고 들어갈 수 있다면!"

이것은 덧신에게는 명령이나 마찬가지였다. 수련의는 몸이 줄어들어 맨 앞줄에 앉은 관객들의 마음속을 뚫고 이상한 여행을 하게 되었다. 그가 맨 처음 뚫고 들어간 곳은 어느 숙녀의 마음속이었다. 그런데 그곳은 석고로 만든 기형의 팔다리들이 벽에 걸려 있는 정형외과 같았다. 다만 정형외과에서는 환자가 왔다 가면 석고 모형들이 같이 없어지지만 숙녀의 마음속에서는 들어왔던 사람들이 나간 뒤에도 석고 모형들이 그대로 걸려 있었다. 이곳에 있는 것은 그 숙녀 친구들의 석고 모형이었다. 그 친구들의 몸과 마음의 결점들이 보관되어 있었던 것이다. 수련의는 재빨리 다른 여자의 마음속으로 들어갔다. 그곳은 거대하고 성스러운 교회처럼 보였다. 높은 제단 위로 순결한 흰 비둘기들이 날고 있었다. 그는 그 신성함에 무릎을 꿇고 싶었지만, 그곳을 떠나 다른 마음속으로 가야 했다. 그곳을 나온 후에도 풍금 소리가 여전히 귀를 울렸고, 그는 훌륭한 사람이 된 기분이었다.

다음에 들어간 마음속 역시 성스러웠다. 하지만 그곳은 들어가지 않은 것이 나을 뻔했다. 그곳은 병든 어머니가 누워 있는 초라한 다락방이었다. 그러나 창문을 통해 따스한 햇살이 비쳤고, 지붕 위에 있는 작은 화분에는 예쁜 장미꽃이 활짝 피어 있었다. 병든 어머니가 딸을 위한 축복의 기도를 하는 동안, 두 마리의 푸른 새가 환희에 찬 노래를 불렀다. 그는 다시 손과 무릎 위를 기어 고기들이 가득 찬 푸줏간으로 들어갔다. 걸을 때마다 밟히는 것은 고기뿐이었다. 그것은 유명인사의 명단에 올라 있음직한 부자의 마음속임에 분명했다. 이번에는 그 부자의 아내의 마음속으로 들어갔다. 그러나 그곳은 쓰러져 가는 낡은 비둘기 집이었다. 남편의 초상화가 풍향계로 이용되고 있었다. 이 풍향계는 모든 문과 연결되어 있어 남편의 결정이 달라질 때마다 이 문들이 닫혔다 열렸다 했다.

뒤이어 수련의는 로젠베르크 성에서나 볼 수 있는 거울로 된 방으로 들어갔다. 그곳에 있는 거울들은 사물이 엄청나게 크게 확대되어 보였다. 방바닥 한가운데에는 초라한 자아가 어마어마하게 큰 자기 자신을 보고 놀란 표정으로 수도사처럼 앉아 있었다. 수련의는 뾰족한 바늘들로 가득 찬 좁은 바늘 쌈지 속에 들어온 것 같았다. '결혼 못한 노처녀의 가슴이 틀림없어.' 그러나 그의 생각이 틀렸다. 그 가슴은 많은 훈장을 탄 젊은 장교의 것이었다. 사람들이 지성과 감성을 함께 지녔다고 말하는 사람이었다.

수련의는 정신이 멍해져서 첫째줄 끝에 앉아 있는 사람의 마음에서 나왔다. 머릿속이 뒤죽박죽이 되어 생각을 집중할 수가 없었다. 그는 자신의 공상이 지나치다는 생각이 들었다.

"하느님 맙소사! 미칠 것 같군. 한데 이 극장 안은 왜 이리 덥지? 피가 머리로 솟구치는 것 같아." 수련의는 한숨을 쉬었다. 그때 갑자기 머리가 병원 쇠창살 사이에 끼었던 어제 저녁 일이 생각났다.

"그래, 바로 그때문이야. 머리가 쇠창살에 끼어서 이렇게 된 거라구. 늦기 전에 어서 조처를 취해야겠어. 우선 러시아식 목욕이 좋겠지. 제일 높은 판때기 위에 누워서 땀이나 빼면 좋겠군." 그러자 그는 증기가 뿜어 나오는 목욕탕에 누워 있었다. 옷을 입고 부츠에 덧신까지 신은 채. 천장에서 뜨거운 물방울들이 얼굴로 떨어졌다.

"앗, 뜨거워!" 그는 소리를 지르면서 급히 찬물로 뛰어들었다. 옷을 입고 욕조속으로 뛰어든 사람을 보자 관리인이 소리쳤다. 수련의는 이내 정신을 가다듬고 관리인의 귀에 대고 속삭였다. "지금 내기를 하는 중이오."

자기 방으로 돌아온 수련의가 맨 처음 한 일은 흥분을 가라앉히려고 목과 등에 커다란 발포제를 붙인 일이었다. 다음날 아침이 되자, 등이 몹시 아렸다. 모두 행운의 덧신 때문이었다.


## 서기의 변신

여러분은 앞서 얘기한, 죽었다가 살아난 야경꾼을 잊지 않았을 것이다. 어느날, 야경꾼은 병원에 두고 온 덧신이 문득 생각났다. 그는 병원으로 가서 덧신을 찾아와 주인을 찾았지만 중위도, 그 거리에 사는 사람도 덧신을 자기 것이라고 하는 사람은 아무도 없었다. 그래서 그는 덧신을 경찰에 넘겼다.

"내 덧신하고 똑같은데. 구두장이라도 내 것과 구별하기 힘들겠어." 주인 없는 물품을 조사하는 서기가 행운의 덧신을 자기 덧신 옆에 놓으며 말했다.

"서기님." 그때 서류를 가지고 들어온 사환이 그를 불렀다. 서기는 고개를 돌려 사환과 이야기를 하다 다시 덧신들을 보았다. 그러나 어느 것이 자기 것인지 도무지 알 수가 없었다.

'젖은 것이 내 것임에 틀림없어.' 그러나 서기의 생각은 틀렸다. 그것은 바로 행운의 덧신이었다. 경찰서에 있는 서기라고 해서 항상 판단이 옳을 수만은 없지 않은가? 서기는 덧신을 신고 서류 몇 장은 호주머니에 넣고, 몇 장은 겨드랑이에 끼었다. 집으로 가져가서 검토할 참이었다. 그날은 마침 일요일 오전이었으며, 날씨가 매우 맑았다.

"프레데릭스베르크로 산책을 가야겠군." 서기는 이렇게 중얼거리며 경찰서를 나섰다.

그는 별로 말이 없고 착실한 사람이었다. 오랜 시간 책상에 앉아 있는 그에게 산책은 좋은 운동이었다. 그는 처음에는 아무 생각이나 소망 없이 그저 자동 인형처럼 천천히 걸었다. 그래서 덧신이 마법을 발휘할 기회가 없었다. 그러다가 길에서 아는 사람을 만났다. 그 사람은 시인으로 내일 여름 여행을 떠난다고 했다.

"또 여행을 떠나신다구요? 당신은 정말 행복하고 자유로운 사람이군요. 원하는 곳은 어디나 갈 수 있으니까요. 우리 같은 사람은 항상 발이 묶여 있답니다."

"하지만 당신은 먹고사는 걱정이 없잖습니까. 다음날을 걱정할 필요도 없구요. 또 늙으면 연금을 타잖아요." 시인이 말했다.

"그래도 당신이 더 좋지요. 앉아서 시를 쓰는 일은 대단히 즐거울 거예요. 당신에겐 세상일이 모두 즐거울 테고, 당신은 당신 자신의 주인이니까요. 하찮은 일 때문에 법원에 앉아 있어야 한다고 생각해 보세요."

시인은 고개를 저었고, 서기도 고개를 저었다. 두 사람은 서로 자기 의견이 옳다고 끝까지 우기다가 헤어졌다.

'시인들이란 참 이상해. 한 번 그런 사람이 되어 보는 것도 괜찮을 거야. 시인이 된다면 난 다른 시인들처럼 그런 탄식 조의 시는 쓰지 않을 테야. 시를 쓰기에 좋은 봄날이군. 공기는 맑고, 구름은 뭉게뭉게 피어오르고 초록 풀들은 향기를 풍기누나. 그래, 지난 몇 년간 지금 같은 기분을 느껴 본 적이 없었지.'

말투로 알 수 있듯이 서기는 이미 시인이 되어 있었다. 물론 시인들이 볼 때 그가 한 말은 평범하고 무미건조한 말이었다. 그러나 시인이 보통 사람들과 다르다고 생각하는 것은 그야말로 바보 같은 생각이다. 보통 사람들 중에도 위대한 시인들보다 더 아름다운 시를 쓰는 사람들이 많지 않은가. 보통 사람과 시인이 다른 점이 있다면, 그것은 지적 기억력일 뿐이다. 보통 사람들은 좋은 글귀를 금방 잊어버리지만, 시인은 생각과 감정을 명확한 글로 옮길 때까지 기억 속에 꼭 붙들어놓는다. 평범한 사람이 재능 있는 사람이 되는 건 대단한 변화였다. 얼마 후 서기는 그 변화를 의식하게 되었다.

"아, 이 매혹적인 향기! 로라 숙모집에 있던 제비꽃이 기억나는군. 그래, 내가 아주 어릴 때였지. 맙소사, 정말 오랫동안 그걸 잊고 살았네. 그 착하던 노처녀! 그녀는 거래소 뒤편에 살았지. 아무리 춥고 혹독한 겨울에도 그녀는 항상 나뭇가지나 두어 송이의 꽃을 꽂아 두곤 했어. 따뜻하게 데운 동전으로 언 유리창을 녹이고 그 안을 들여다보면 제비꽃 향기가 은은히 풍겨 오는 것만 같았지. 강에는 얼음에 갇힌 배만이 떠 있었고 뱃사람들은 모두 떠나고 없었어. 배 위에 살아 있는 것이라곤 까악까악 우는 까마귀 한 마리뿐이었지. 하지만 산들산들 봄바람이 불어오자 모든 것이 다시 활기를 되찾았어. 사람들이 떠들며 노래하는 가운데 배들은 타르를 바르고 장비를 갖추어서 먼 나라로 떠났지. 그런데 난 아직도 여기에 있군. 경찰서에 앉아서 다른 사람들이 여권을 발급 받아 먼 곳으로 떠나는 것을 지켜보는 것이 내 운명이야." 서기는 깊이 한숨을 쉬었다. 그리고는 우뚝 멈추어 섰다.

"맙소사, 내가 대체 어떻게 된 거지? 예전에는 이런 생각을 한 적이 없는데. 아마 봄기운 탓이겠지. 정말 감동적이고 즐겁군."

서기는 호주머니에 손을 넣어 서류를 찾았다. "이걸 보면 다른 생각이 떠오르겠지." 그는 첫 번째 서류를 소리내어 읽었다. "'지그브리트 부인, 5막 창작극'. 이게 뭐지? 내 글씨군. 내가 이 비극을 썼단 말이야? '산책길에서의 음모, 혹은 단식일, 보더빌'이라? 대체 이게 어디서 났지? 누군가가 내 호주머니에 넣었을 거야. 여기 편지가 있군."

그것은 극장 지배인이 보낸 편지였다. 그 작품들을 상연하지 않겠다는 편지로서 어투가 정중하지 못했다.

"에헴, 에헴!" 서기는 벤치에 앉아 헛기침을 했다. 이상하게도 마음이 매우 느슨하고 한가로웠다. 그는 자기도 모르게 곁에 있는 꽃 한 송이를 꺾었다. 작고 소박한 데이지 꽃이었다. 그 꽃을 본 순간 식물학자들이 여러 강연에서 얘기하던 것들이 모두 이해되었다. 그 꽃은 탄생의 영광과, 고운 잎이 돋게 하고 달콤한 향기를 풍기게 해 준 햇살의 능력을 얘기해 주고 있었다. 가슴을 두근거리게 하는 삶의 기쁨과 슬픔들이 그 작은 꽃들에게도 있었다. 공기와 빛은 꽃의 연인이지만, 그 중에서도 꽃이 더 좋아하는 것은 빛이다. 꽃은 해님을 바라보다가 해님이 사라지면 잎들을 접고 공기의 품 속에서 잠이 든다.

"절 아름답게 치장해 주는 것은 해님이랍니다." 데이지 꽃이 말했다.

"하지만 널 숨쉬게 하는 것은 공기잖아." 시인이 속삭였다.

그때 한 소년이 다가와서 막대기로 진흙탕 물을 튀기자 물방울이 초록색 가지들 사이로 튀었다. 서기는 물방울과 함께 공중으로 아주 높이 튀어 오르는 수백만 개의 미세한 동물들을 생각했다. 동물들은 너무 높이 튀어 올라 사람이라면 구름 위까지 튀어 오른 기분일 것 같았다. 서기는 이런 생각을 하면서 자신에게 일어난 변화에 미소를 지었다.

"내가 자면서 꿈을 꾸고 있나? 현실처럼 아주 자연스럽게 꿈을 꾸면서 그것이 꿈이란 걸 알다니, 얼마나 신기한 일이야! 내일 아침 잠에서 깨어도 기억할 수 있으면 좋겠군. 기분이 아주 묘한걸. 완전히 깨어 있는 듯이 모든 게 또렷하게 보이니 말야. 내일 아침에 일어나 지금 일을 생각하면 어처구니없겠지. 전에도 이런 적이 있었지. 꿈속에서 듣고 말하는 것은 땅 속에 묻힌 황금처럼 화려하고 아름답지. 하지만 밝은 대낮에 보면 평범한 돌덩이에 지나지 않지."

서기는 서글프게 한숨을 쉬었다. 새들이 즐겁게 노래하며 이 가지에서 저 가지로 날아다녔다. "저들이 나보다 훨씬 나아. 난다는 것은 정말 멋진 일이야. 날개를 가지고 태어나면 정말 행복할 거야. 내가 다른 것으로 변할 수 있다면, 저런 종달새가 되고 싶어."

그 순간, 웃옷 자락과 소맷자락이 오그라들어 날개가 되고, 옷이 깃털로 변했으며, 덧신은 발톱이 되었다. 그는 자기에게 일어나는 변화를 느끼며 미소를 지었다. "그래, 내가 꿈을 꾸고 있는 게 분명하군. 하지만 이렇게 엉뚱한 꿈을 꾼 적은 없어."

그는 푸른 가지 위를 날아다니며 노래했다. 그러나 노래 속에는 시적인 정취가 전혀 없었다. 시적인 기질이 사라져 버렸기 때문이다. 무슨 일이든 철저히 하려는 사람이면 누구나 그렇듯이, 덧신도 한 번에 한 가지 일밖에 할 줄 몰랐다. 그는 먼저 시인이 되고 싶어 시인이 되었고, 이번에는 다시 작은 새가 되었다. 그러나 새가 되면서 시인의 재능은 사라져 버린 것이다.

'이것 참 재미있군. 낮에는 경찰서에서 딱딱한 서류 더미 속에 앉아 있다가 밤이 되면 꿈속으로 달려와 종달새가 되어 프레데릭스베르크 공원을 날아다닐 수 있겠군. 이걸로 코미디 극본을 써도 되겠는걸.'

서기는 풀숲에 내려앉아 고개를 사방으로 돌리면서 부리로 잘 휘어지는 풀줄기들을 쪼았다. 풀잎들이 북아프리카의 종려나무 잎처럼 커 보였다.

그때 느닷없이 주위가 칠흑처럼 깜깜해지며 거대한 물체가 그의 머리를 덮친 것 같았다. 그것은 다름 아닌 선원 구역에 살고 있는 소년이 던진 커다란 모자였다. 소년은 모자 속으로 손을 집어넣어 새가 된 서기의 등과 날개를 거머쥐었다. 서기는 짹짹거리며 큰 소리로 말했다. "이 건방진 녀석, 난 경찰서 서기야!" 하지만 소년에게는 짹짹거리는 소리로밖에 들리지 않았다. 소년은 새의 부리를 때리며 새를 안고 그곳을 떠났다. 길을 가던 소년은 우연히 짓궂은 두 상급생을 만났다. 그들은 소년보다는 부유층 출신이었으나 공부를 못했기 때문에 학년이 낮았다. 두 소년은 8실링을 주고 새를 샀다. 그래서 서기는 코펜하겐으로 가게 되었다.

'꿈이라서 다행이야. 그렇지 않다면 매우 화가 날 텐데 말야. 전번엔 시인이더니, 이젠 종달새가 되었어. 그래, 나를 이 작은 동물로 만든 것은 필시 그 놈의 시적인 기질일 거야. 참으로 비참하군. 이제 장난꾸러기들 손아귀에 들었으니 어떡한담. 이제 어떻게 될까.' 새가 된 서기가 이런 생각에 잠겨 있는 동안 소년들은 그를 잘 꾸며진 방으로 가지고 들어갔다. 뚱뚱한 여인이 상냥한 미소를 지으며 그들을 맞았다. 그러나 볼품없는 새를 가져온 것을 보고는 시큰둥한 표정을 지으며 오늘만 새를 가지고 놀도록 허락하겠다고 말했다. 아이들은 창가에 서 있는 빈 새장에 새를 넣었다.

"앵무새가 기뻐하겠구나. 오늘이 네 생일이란다. 그래서 이 작은 들새가 축하하러 왔단다" 여인은 커다란 회색 앵무새를 보고 웃으며 말했다.

하지만 앵무새는 화려한 놋쇠 새장 안에서 거만하게 그네만 탈뿐 한 마디도 없었다. 그때 지난 여름 따뜻한 고향에서 이곳으로 온 예쁜 카나리아가 큰 소리로 노래하기 시작했다.

"이, 울보!" 여인이 새장 위로 흰 손수건을 던졌다.

"짹짹. 정말 아름다운 눈보라군." 서기는 한숨을 쉬며 입을 다물었다.

서기가 변신한 종달새는 앵무새와 가까이에 있는 카나리아 새장과 나란히 붙어 있는 새장에 있었다. 앵무새가 할 줄 아는 인간의 말은 '이제 인간이 되게 해줘'라는 말뿐이었다. 그 외의 지저귐은 카나리아의 지저귐과 마찬가지로 사람들이 알아들을 수 없는 소리였다. 그러나 새가 되어 있는 서기는 새들의 말을 이해할 수 있었다.

"나는 푸른 종려나무들과 꽃이 활짝 핀 아몬드 나무 사이로 날아다녔어. 언니 오빠들과 함께 화려한 꽃들 위로도 날아다녔지. 그리고 거울처럼 맑은 바다 위도 날아 봤는데, 물이 매우 맑아서 흔들리는 나뭇잎들이 물 속에 비쳤지. 쾌활하게 노래하는 앵무새들도 보았어. 그들은 내게 재미있는 이야기를 들려주었지. 아주 긴 이야기를 말야." 카나리아가 말했다.

"그건 들새들이야. 교양이 없지. 이제 사람다워 보자. 넌 왜 안 웃니? 여주인과 사람들은 모두 웃는데 넌 왜 안 웃어? 즐거운 것을 즐기지 못하는 것은 잘못이야. 이제 인간이 되게 해줘." 앵무새가 말했다.

"기억나? 꽃이 만발한 나무 아래 펼쳐진 천막 아래에서 춤추던 그 예쁜 소녀들 말야? 달콤한 과일들과 풀에서 흘러나오던 시원한 물도 기억나니?" 카나리아가 물었다.

"응, 기억 나. 하지만 난 이곳이 훨씬 더 좋아. 여기선 좋은 음식을 먹을 수 있고 대우도 잘 받잖아. 난 현명하다구. 더 이상 뭘 바라겠어? 이제 인간이 되게 해줘. 난 시적 감각이 있고 지식과 재치가 있지. 넌 비범한 재능은 있지만 신중하지 못해. 넌 너무 높은 소리를 내기 때문에 시끄러워서 사람들이 널 손수건으로 덮어씌워 버린 거야. 하지만 내겐 한 번도 그런 적이 없어. 그들은 나를 위해 많은 것을 쏟아 붓지. 난 내 부리로 사람들에게 기지를 전해 줘. 이제 인간이 되게 해줘."

"오, 꽃피는 나의 따뜻한 고향이여! 짙푸른 나무들과 고요히 흐르는 맑은 물에 가지들이 입맞추는 시내를 노래하고 싶구나. 봄이 되면 눈부신 날개로 짙푸른 나뭇잎 사이를 날아다니는 내 형제 자매의 기쁨을 노래하고 싶구나." 카나리아가 말했다.

"그런 울적한 소린 집어치워. 즐거운 노랠 하란 말야. 웃을 수 있다는 건 지력이 뛰어나단 표시지. 개나 말이 웃는 것 봤니? 아니지. 그들은 울 줄은 알지만 웃을 줄은 몰라. 웃을 줄 아는 건 사람들 뿐이야. 호호호." 앵무새는 웃으면서 또 익살맞은 소리를 반복했다. "이제 인간이 되게 해줘."

"작은 회색의 덴마크 새야. 너도 잡힌 몸이로구나. 네가 있던 숲 속은 춥겠지만 그곳엔 자유가 있지. 날아가렴. 사람들이 새장 문 닫는 걸 잊었나 봐. 위쪽 창문이 열려 있어. 자, 어서 날아가. 날아가!"

서기는 자기도 모르게 카나리아의 말대로 새장에서 빠져나왔다. 그 순간 옆방으로 통하는 반쯤 열린 문이 삐걱거리더니 번득이는 푸른 눈을 가진 고양이가 슬그머니 기어들어왔다. 고양이는 종달새를 보고 뒤쫓기 시작했다. 카나리아가 새장 속에서 퍼덕거렸고, 앵무새는 날개를 퍼덕이며 지껄였다. "이제 인간이 되게 해줘."

새파랗게 질린 가엾은 서기는 창문을 빠져 나와 집 위로, 거리로 한참을 도망쳤다. 이제 쉴 곳을 찾아야 했다. 어느 거리에 이르자 낯익은 집이 보였다. 마침 창문 하나가 열려 있어 그 창문을 통해 방 안으로 날아 들어갔다. 그런데 그곳은 다름 아닌 그의 방이었다. 그는 책상 앞에 앉았다. "이제 인간이 되게 해줘" 서기는 자기도 모르게 앵무새를 흉내 내어 이렇게 말했다. 그러자 다시 서기의 모습이 되어 책상 앞에 앉아 있었다.

"이럴 수가! 내가 어떻게 여기까지 와서 이렇게 잠에 곯아떨어졌지? 정말 끔찍한 꿈이야. 말도 안되는 꿈이었어."

### 덧신이 가져다 준 최상의 것

다음날 이른 아침, 서기가 아직 잠자리에 누워 있을 때 누군가 문을 두드렸다. 같은 층에 사는 신학생이었다.

"덧신 좀 빌려주세요. 햇볕이 너무 좋아서 밖에 나가 담배를 한 대 피우고 싶은데, 정원이 젖어 있어서요."

신학생은 덧신을 빌려 신고 사과나무와 자두나무가 한 그루씩 서 있는 정원으로 나갔다. 작은 정원이었지만 코펜하겐 시내에서는 그나마 구경하기 힘들었다. 신학생은 한가롭게 정원을 거닐었다. 시계는 이제 막 여섯 시를 가리켰고 거리에서 우편 마차의 나팔 소리가 들렸다.

"오, 여행! 이 세상에서 여행을 떠나는 일보다 더 행복한 일이 있을까. 내 소망은 바로 여행을 떠나는 것. 그러면 이 불안감을 잠재울 수 있을 거야. 아, 아름다운 스위스에 가고 싶구나. 이탈리아를 거쳐서…" 이 말이 땅에 떨어지기가 무섭게 덧신이 즉시 마법을 발휘했다. 신학생에게는 잘된 일이었다. 덧신이 아니었더라면 그는 오랜 시간을 떠돌아다녀야 했을 것이다.

그는 순식간에 스위스에 가 있었다. 그는 여덟 명의 여행객들과 함께 합승 마차에 타고 있었다. 머리가 아프고 등이 쑤셨으며, 부츠에 짓눌린 발이 피가 통하지 않아 부어 올랐다. 그의 오른쪽 호주머니에는 신용장이 들어 있었고, 왼쪽 호주머니에는 여권이 들어 있었다. 그리고 가슴 주머니에 든 작은 가죽 지갑에는 프랑스 금화가 조금 들어 있었다. 그는 잠깐씩 졸 때마다 이런 물건들을 잃어버리는 꿈을 꾸고는 소스라쳐 일어나곤 했다. 그리고는 오른쪽 주머니에서 웃옷 주머니로, 웃옷 주머니에서 왼쪽 주머니로 손으로 삼각형을 그리며 그 물건들이 그대로 있는지 확인했다. 앞에서는 우산, 지팡이, 모자가 들어 있는 그물망이 흔들거려 바깥 경치가 보이지 않았다. 그런 물건들을 보자 스위스를 노래한 어느 시인의 시가 생각났다. 아직 책으로 나오지 않은 시였다.

온화하게 솟아 있는 몽블랑,
아름답고 경이로워라.
아, 달콤한 몽블랑의 공기,
돈이 조금만 더 있다면
이곳에 더 머물 텐데!

주위를 둘러싼 경관은 웅장하고 어둡고 음산했다. 소나무 숲은 마치 높은 구름 위로 솟아 있는 이끼 숲처럼 보였다. 곧 눈이 내리기 시작하더니 살을 에는 듯한 차가운 바람이 불어 왔다.

"아, 내가 지금 알프스 산맥 반대편에 있다면 얼마나 좋을까. 그곳은 지금 여름일 테지. 그곳에 가면 신용장으로 돈을 꺼내 쓸 수 있을 거야. 돈이 떨어져 스위스를 다 구경하지 못하면 어떡하지. 알프스 산맥 반대편에 있었으면!" 신학생이 한숨을 쉬며 이렇게 중얼거렸다. 그러자 한순간에 마차는 알프스 산맥 반대편에 있는 이탈리아의 피렌체와 로마 사이를 달리고 있었다. 짙푸른 산들 사이에 있는 트라지멘 호수는 마치 불이 붙은 것처럼 저녁놀에 물들어 황금빛으로 빛났다. 한니발이 플라미니우스를 쳐부순 그곳에는 이제 포도 넝쿨들이 엉클어져 있으며 길가에서는 벌거벗다시피 한 아이들이 월계수 나무 아래서 놀고 있는 시커먼 돼지 떼를 지켜보고 있었다. 이런 풍경을 정확히 설명할 수만 있다면 독자들은, "아, 찬란한 이탈리아여!"라고 환호성을 지를 것이리라.

그러나 신학생도 마차에 타고 있는 다른 승객도 그런 한가한 생각을 할 겨를이 없었다. 수천 마리의 독충들과 모기들이 마차로 달려들어 정신이 없었다. 은

매화 가지로 정신없이 내리쳤으나 아무 소용이 없었다. 이들은 모두 곤충에 물려 얼굴이 부어오르고 피가 났다. 불쌍한 말들은 지쳐서 금방이라도 쓰러질 것만 같았다. 마부가 잠시라도 눈을 떼면 파리며 곤충들이 새까맣게 말 등에 달라붙어 피를 빨아먹었다.

해가 지자 잠깐 싸늘한 추위가 몰려들었다. 마치 무더운 여름에 납골당에 들어갔을 때 갑자기 몰려드는 기분 나쁜 추위였다. 그러나 주변의 산과 구름은 남쪽 지방 풍경을 그린 오래된 그림처럼 독특한 푸른색을 띠고 있었다. 참으로 장관이었다. 여행객들은 몹시 배가 고프고 피곤했다. 그들은 편안한 곳에 가서 하룻밤 푹 쉬고 싶었다. 하지만 어디로 가야 묵을 곳을 찾을 수 있는지 아무도 몰랐다. 그들은 눈을 반짝이며 열심히 쉴 곳을 찾았지만 눈에 들어오는 것은 아름다운 자연뿐이었다.

마차가 올리브 숲으로 들어섰다. 신학생은 고향의 버드나무가 생각났다. 숲을 벗어나자 외딴 여관 한 채가 보였고, 여관 옆에는 수많은 불구자들이 구걸을 하며 앉아 있었다. 그 중 가장 생기있어 보이는 아이는 매리엇[4]의 글을 인용하자면 "이제 막 성년이 된 굶주림의 장남" 같았다. 그러나 그 밖의 다른 사람들은 몰골이 말이 아니었다. 눈이 먼 사람이 있는가 하면, 다리가 비쩍 말라 손과 무릎으로 기어다니는 사람도 있었고 손가락이 잘려 나가고 손과 팔이 오그라든 사람도 있었다.

"선생님, 불쌍히 여기소서!" 그들은 이렇게 외치며 병든 팔다리를 내밀었다.

그때 맨발에 헝클어진 머리와 더러운 옷을 입은 여주인이 나와 손님들을 맞았다. 문이란 문은 모두 줄로 묶여 있었고, 방바닥은 군데군데 금이 가서 벽돌이 드러나 보였으며, 천장에서는 박쥐들이 날아다녔다. 또 방 안에서 나는 냄새는 숨도 못 쉴 정도로 지독했다.

"차라리 외양간에다 식탁을 차려 주시오. 그곳이라면 무슨 냄새인지 알기나 하지." 여행객 가운데 한 사람이 말했다.

그들은 신선한 공기를 쐬려고 창문을 열었다. 그러나 신선한 공기보다 더 빠르게 비참한 팔들과 "선생님, 불쌍히 여기소서!"라는 탄식이 먼저 날아 들어왔다. 벽은 낙서 투성이었는데, 그 중 절반은 찬란한 이탈리아와는 거리가 먼 것이었다.

---

4. 영국 해군 군인, 해양 소설가.

드디어 식사가 나왔다. 후추와 썩은 기름으로 간을 맞춘 맛없는 수프와 샐러드가 나왔다. 그나마 그 중에서 제일 먹을 만한 요리는 곰팡내 나는 달걀과 구운 닭벼슬이었다. 포도주도 뭘 섞었는지 맛이 괴상망측했다.

밤이 되자 여행객들은 가방들로 문을 막아 놓고, 한 사람씩 교대로 보초를 서면서 잠을 잤다. 신학생이 보초를 설 차례가 되었다. 방이 얼마나 후덥지근한지 숨이 막힐 지경이었다. 주위에서는 모기들이 윙윙거리며 살을 물어뜯었고, 바깥에서는 불쌍한 거지들이 꿈을 꾸며 신음 소리를 냈다.

"그래, 여행이란 좋은 거지. 사람이 몸을 안 가지고 있다면 말이야. 몸은 가만히 있고 영혼만 날아다닌다면 얼마나 좋을까? 어딜 가든 부족한 게 있단 말야. 늘 그보다 더 나은 것을 생각하게 되거든. 그래, 최상의 것, 어디에 가면 그걸 찾을 수 있지? 맞아. 난 내가 원하는 건 그거야. 난 행복해지고 싶어. 이 세상에서 가장 큰 행복을 누리고 싶다구!"

이 말이 입 밖으로 나오자 마자 신학생은 집에 와 있었다. 창문에는 길고 흰 커튼이 드리워져 있었고, 방바닥 한가운데에는 검은 관이 놓여 있었다. 그리고 바로 그 관 속에는 신학생이 죽음의 잠을 자며 누워 있었다. 몸은 가만히 쉬고 영혼만 여행하고 싶어했던 그의 소망이 이루어진 것이다.

무덤에 들어가기 전까지는 그 누구도 행복하다고 생각하지 않는다고 한 것이 솔론이었던가? 그 말이 여기서 새로 입증된 셈이다. 모든 시체는 영원히 죽지 않는 스핑크스이다. 이 검은 석관 속의 스핑크스 역시 이틀 전 살아 있을 때 썼던 것을 통해 그 비밀을 밝히리라.

> 너, 냉혹한 죽음이여, 너의 침묵이 공포를 깨우도다.
> 그러나 너의 깜깜한 어둠 속에도 빛이 있으리니.
> 죽음을 거두어들이는 대지여!
> 영혼은 야곱의 사다리를 타고
> 차가운 무덤에서 천상으로 오르도다.
>
> 인간의 가장 커다란 슬픔은
> 인간의 눈에는 보이지 않는 비애.

자신의 관이 놓이는 대지보다도 더 무겁게
외로운 가슴을 짓누르나니.


두 개의 그림자가 방 안을 서성거렸다. 맨 앞에서 보았던 근심의 요정과 행운의 요정의 사자였다. 두 요정은 죽은 사람에게 몸을 굽혔다.

"그것 봐요! 당신의 덧신이 사람들에게 대체 어떤 행복을 가져다주었죠?" 근심의 요정이 물었다.

"여기 잠자는 이 사람에게 영원한 행복을 가져다주었잖아요." 행운의 요정의 사자가 대답했다.

"오! 그렇지 않아요. 그는 하늘의 부름을 받지도 않았는데 가 버렸어요. 그는 정신력이 강하지 못하여 이 지상에 있는 보물을 알아보지 못했어요. 그래서 그에게 선물을 하나 주겠어요." 근심의 요정은 이렇게 말하며 신학생의 발에서 덧신을 벗겼다. 그러자 죽음의 잠은 끝이 났다.

신학생은 몸을 일으켰다. 근심의 요정은 덧신을 가지고 사라졌다. 근심의 요정은 아마 덧신을 자신의 것으로 생각한 모양이었다.


# 11
## 데이지 꽃


이제 이야기를 하나 하려고 한다.

옛날에 어느 시골에 별장이 한 채 있었다. 별장에는 아름다운 꽃들이 활짝 핀 작은 정원과 하얀 울타리가 있었으며, 울타리 너머 도랑 둑에는 푸른 풀밭 한가운데에 데이지 꽃 한 송이가 자라고 있었다. 해님은 정원의 화려한 꽃들을 따사롭게 비추었다. 물론 이 작은 데이지 꽃도 환히 비추었다. 작은 데이지 꽃은 햇빛을 받으며 무럭무럭 자랐다.

그러던 어느 날 아침, 데이지 꽃이 활짝 피어나 하얀 꽃잎 가운데에는 작은 해님처럼 노란 봉오리가 맺혔다. 활짝 핀 데이지 꽃은 제 모습이 무척 아름답다고 생각했다. 자신이 초라한 들꽃에 불과하며 키큰 풀 속에 있는 자신을 아무도 눈여겨보지 않는다는 사실을 모르고서 말이다. 데이지 꽃은 자기 모습에 취해 종달새가 지저귀는 노랫소리를 들으며 언제나 고개를 꼿꼿이 들고 따뜻한 해님을 바라보았다.

작은 데이지 꽃은 평범한 월요일인데도 축제일이나 되는 것처럼 행복했다. 아이들이 모두 학교에 가서 열심히 공부하고 있을 때, 작은 데이지 꽃도 작은 녹색 줄기 위에 앉아 뭔가를 배웠다. 데이지 꽃은 햇빛이 얼마나 따뜻하고 사는 것이 얼마나 즐거운가를 배웠다. 데이지 꽃에게는 작은 종달새의 노랫소리가 세상에서 제일 아름답게 들렸다. 종달새의 노래는 데이지 꽃의 기분을 그대로 표현해 주었기 때문이다. 데이지 꽃은 하늘을 날기도 하고 노래도 잘 부르는 행복한 종달새를 겸손하게 바라보았다. 그러나 자신이 종달새처럼 날 수도 없고 노래도 하지 못하는 것이 슬프지는 않았다.

'난 보고 들을 수 있는데, 뭘! 해님이 날 비추고 바람은 내게 입을 맞추어 주잖아. 난 태어날 때부터 부자라구.' 하고 데이지 꽃은 생각했다.

울타리 너머 정원에는 아름다운 꽃들이 많이 자라고 있었다. 꽃들은 향기가 적을수록 더욱더 자태를 뽐내고 있었다. 작약꽃은 장미꽃보다 더 크게 보이려고 몸을 부풀렸다. 하지만 크다고 해서 훌륭한 건 아니었다. 튤립은 자기 색깔이 가장 아름답다고 생각했기 때문에 사람들에게 더 잘 보이려고 몸을 꼿꼿이 세우고 있었다. 이 꽃들은 울타리 바깥의 작은 데이지 꽃 따위에는 관심이 없었다. 그러나 데이지 꽃은 정원에 핀 꽃들이 부러웠다.

'정원에 핀 꽃들은 참으로 풍성하고 아름다워! 아름답게 노래하는 종달새들은 저 꽃들에게만 날아가겠지? 이렇게 가까이에서 저들의 화려한 모습을 볼 수 있다는 건 참 행복한 일이야. 하느님께 감사드릴 일이지.'

바로 그때 종달새가 땅으로 날아와 앉았다. 그런데 이게 어찌된 일인가? 종달새는 정원에 핀 작약꽃이나 튤립에게 날아가지 않고 초라한 데이지 꽃이 있는 풀밭에 내려앉지 않는가. 데이지 꽃은 너무 어리둥절하고 감격스러웠다.

종달새는 작은 데이지 꽃 주위를 돌며 춤을 추고 노래를 불렀다. "어쩜 이렇게 풀잎이 부드러울까? 황금 심장에 은옷을 입은 이 작은 꽃은 참 귀엽네!" 종달새에게는 작은 데이지 꽃 가운데에 있는 노란색이 황금처럼 보였고 하얀 꽃잎은 은처럼 눈부시게 보였다.

작은 데이지 꽃은 행복해서 어쩔 줄을 몰랐다. 종달새는 데이지 꽃에게 부리로 입을 맞추고 노래를 불러 주더니 다시 푸른 여름 하늘로 날아가 버렸다. 데이지 꽃이 황홀함에 취해 있다가 정신을 차리기까지는 족히 15분은 걸렸을 것이다. 데이지 꽃은 정원에 핀 다른 꽃들을 수줍게 바라보았다. 정원에 핀 꽃들은 모두 이 작은 데이지 꽃에게 종달새가 경의를 표하는 것을 보았을 것이다. 데이지 꽃은 그것이 얼마나 기쁜지 몰랐다. 그러나 튤립은 몹시 화가 나서 얼굴이 좀 붉어졌을 뿐 전과 다름없이 꼿꼿하게 서 있었다. 작약꽃들은 그보다 더 둔했다. 다행히 그 꽃들은 말을 못했기 망정이지, 할 줄 알았더라면 데이지 꽃에게 한 마디 쏘아붙였을 것이다. 데이지 꽃은 정원에 핀 꽃들이 기분 상해하자 마음이 아팠다. 그때 한 소녀가 날카로운 칼을 들고 정원으로 나왔다. 소녀는 곧바로 튤립에게 가더니 꽃을 하나씩 꺾었다.

'저런! 정말 끔찍하네. 튤립은 이제 끝장이구나.' 작은 데이지 꽃이 한숨을 쉬었다.

소녀는 튤립을 손에 들고 집 안으로 들어갔다. 데이지 꽃은 자기가 정원 밖 풀 속에 피어 있다는 사실이 기뻤다. 볼품없는 작은 꽃이라는 사실이 얼마나 다행인지 몰랐다. 밤이 되자 데이지 꽃은 잎들을 접고 잠이 들었다. 그리고 종달새와 따뜻한 해님에 대한 꿈을 꾸었다.

다음날 아침, 작은 데이지 꽃은 상쾌하게 몸을 쭉 펴고 하얀 잎들을 작은 팔처럼 신선한 아침 공기 속으로 뻗었다. 그때 종달새의 노랫소리가 들렸다. 그러나 종달새의 목소리는 전과는 달리 매우 구슬펐다. 종달새가 슬픈 노래를 부르는 데는 그만한 이유가 있었다. 종달새는 창가의 새장 속에 갇혀 버린 것이다. 종달새는 두 날개를 퍼덕이며 창공으로 자유롭게 날아다니던 시절이 그리웠다. 푸른 들판을 이리저리 날아다니며 곡식을 주워먹던 때가 말이다. 하지만 이제 새장 속에 갇힌 종달새는 그런 행복을 느낄 수가 없었다.

작은 데이지 꽃은 정말이지 종달새를 돕고 싶었지만 어떻게 해야 할지 알 수가 없었다. 데이지 꽃은 주위의 온갖 아름다움과 자기의 꽃잎이 얼마나 아름다운가를 잊어버린 채 어떻게 하면 종달새를 도울 수 있을까 하는 생각뿐이었다.

그때 두 소년이 정원으로 나왔다. 한 소년은 손에 칼을 들고 있었는데, 그 칼은 튤립을 꺾던 소녀가 들고 있던 것처럼 날카로웠다. 소년들은 곧바로 데이지 꽃이 있는 데로 다가왔다. 데이지 꽃은 소년들이 무엇을 하려는지 알 수 있었다.

"여기 잔디가 아주 좋은걸. 종달새에게 제격이야." 칼을 든 소년이 이렇게 말하고는 칼로 데이지 꽃을 빙 둘러서 잔디 뿌리가 다치지 않도록 잔디를 깊이 도려냈다.

"이 꽃은 뽑아 버리자." 다른 소년이 말했다. 작은 데이지 꽃은 무서워서 벌벌 떨었다. 뽑혀진다는 것은 죽는 것을 의미했기 때문이다. 데이지 꽃은 종달새와 함께 새장에서 함께 살고 싶었다.

"아냐, 그냥 둬. 보기 좋은걸 뭐." 칼을 든 소년이 말했다.

그래서 데이지 꽃은 뗏장 가운데 살아 남아 종달새가 있는 새장 바닥에 놓이게 되었다. 가엾은 종달새는 자유를 잃어버린 것을 애통해하며 날개로 쇠창살을 치고 있었다. 데이지 꽃은 위로의 말을 하고 싶었지만 말을 하지 못했기 때문에 안타까웠다.

아침이 지나고 낮이 되었다.

"물이 하나도 없군. 외출하면서 내게 물을 주는 걸 잊어버렸나 봐. 목이 타는 것 같아. 몸 속에 불과 얼음이 함께 있는 것 같아. 공기는 또 왜 이렇게 무겁지? 난 죽으려나 봐. 다시는 따뜻한 햇빛과 싱싱한 초록 풀을 볼 수 없을 거야. 하느님이 만드신 찬란함을 보지 못하게 될 거야." 종달새가 신음 소리를 내며 중얼거렸다.

종달새는 서늘한 뗏장에 부리를 묻고 더위를 식혔다. 그러다가 작은 데이지 꽃을 발견하고는 데이지 꽃에게 고개를 끄덕이며 입을 맞추었다. "너도 이 안에서 말라죽게 생겼구나. 불쌍하기도 해라. 사람들은 내가 바깥에서 가졌던 저 넓은 세상 대신, 너와 이 한 뼘의 뗏장을 가져다주었단다. 그러니까 풀 잎사귀 하나는 푸른 나무 한 그루가 되어야 하고, 네 꽃잎 하나하나는 향기로운 꽃송이가 되어야 한단다. 오, 너를 보니까 내가 얼마나 많은 것을 잃어버렸는지 알겠구나."

'종달새를 위로해 줄 수 있다면 얼마나 좋을까?' 데이지 꽃은 이렇게 생각했지만 꽃잎 하나도 움직일 수 없었다. 하지만 데이지 꽃이 뿜어내는 향기는 여느 때보다 더 향긋했다. 종달새도 곧 그것을 알아차렸다. 종달새는 목이 말라 고통스럽게 풀을 물어뜯었지만 데이지 꽃은 건드리지 않았다.

저녁이 되어도 가엾은 종달새에게 물을 가져다주는 사람이 없었다. 종달새는 더 이상 견디지 못하고 아름다운 날개를 축 늘어뜨리며 작은 몸뚱이를 부르르 떨었다. 그러다 데이지 쪽으로 고개를 돌려 마지막으로 짹짹 소리를 냈다. 그리고는 열망과 배고픔으로 심장이 터지고 말았다. 그날 밤 데이지 꽃은 잎을 접고 잠을 잘 수가 없었다. 애처롭게도 데이지 꽃도 결국 병들어 땅에 고개를 떨구고 말았다.

다음날 아침이 되어서야 나타난 소년들은 종달새가 죽은 것을 보고 서럽게 울었다. 그들은 작은 무덤을 파고 무덤 둘레를 풀잎으로 장식했다. 그리고 종달새를 작고 예쁜 상자에 넣어 묻어 주었다. 가엾은 작은 종달새의 죽음은 장엄했다. 종달새가 살아서 노래할 수 있을 때는 새장에 갇혀 목이 말라 고통스럽게 지내야 했다. 사람들이 물을 주는 것을 잊어버렸기 때문이다. 하지만 이제는 아무리 화려하게 장식을 해주고 눈물을 흘려도 소용없는 일이었다.

이제 작은 데이지 꽃은 뗏장과 함께 길가의 먼지 속에 버려졌다. 작은 데이지 꽃을 생각해 주는 사람은 아무도 없었다. 작은 종달새를 가장 불쌍히 여기고 위로하려고 애썼던 그 작은 데이지 꽃을!

# 12
## 꼿꼿한 장난감 병정

옛날에 스물다섯 명의 장난감 병정이 있었다. 모두 낡은 주석 숟가락으로 만든

모두 낡은 주석 숟가락으로 만든 형제였다.

형제였다. 그들은 하나같이 붉고 푸른 멋진 군복에 어깨에는 총을 메고 앞을 똑바로 바라보고 서 있었다. 병정들이 이 세상에서 제일 먼저 들은 소리는 "야! 장난감 병정이다"라는 소리였다. 생일 선물로 장난감 병정을 받은 한 소년이 선물 상자를 열어 보고 좋아서 손뼉치며 그렇게 외친 것이다. 소년은 병정들을 책상 위에 세워 놓았다. 병정들은 하나같이 똑같았다. 그러나 한 병정만은 다리가 하나밖에 없었다. 이 병정은 맨 마지막으로 만들어졌는데, 주석이 모자라서 그렇게 된 것이다. 그래도 이 병정은 두 다리를 가진 다른 병정들과 똑같이 한 다리로 당당하게 서 있었다. 그래서 더욱더 눈에 띄었다.

책상 위에는 다른 장난감들도 많았는데, 그 중 가장 눈을 끄는 것은 종이로 만든 예쁜 성이었다. 작은 창문을 통해 안을 들여다보면 방들이 보였다. 성 앞쪽에는 거울로 된 호수가 있었고, 호수 주위에는 수많은 작은 나무들이 빙 둘러 서 있었다. 또 호수 위에는 밀랍으로 만든 백조들이 떠다녔다. 백조들은 모두 매우 귀여웠다. 그 중에서도 열린 성문 한가운데 서 있는 작은 숙녀가 제일 귀여웠다. 그녀 역시 종이를 오려서 만든 것이었다.

작은 숙녀는 밝은 모슬린 옷을 입고 있었고 어깨에는 가느다란 푸른색 띠를 스카프처럼 두르고 있었다. 그리고 그 띠에는 그녀의 얼굴만큼이나 큰 금박으로 된 장미 한 송이가 꽂혀 있었다. 무희인 작은 숙녀는 양팔을 하늘로 내뻗고 있었고 다리 하나를 외다리 병정이 볼 수 없을 정도로 높이 쳐들고 있었다. 그래서 외다리 병정은 무희도 자기처럼 다리가 하나밖에 없다고 생각했다.

'내 신부가 되었으면 좋겠지만 콧대가 너무 높아. 귀족처럼 성에서 살잖아. 나는 스물다섯 형제와 함께 상자에서 사는데 말이야. 상자는 저 아가씨한테 어울리지 않아. 그래도 친구라도 될 수 있는지 알아봐야지.' 외다리 병정은 이렇게 생각하며 책상 위에 있는 담배통 뒤로 몸을 쭉 뻗고 누웠다. 그러자 한 다리로 균형을 잃지 않고 서 있는 우아한 숙녀가 제대로 보였다.

저녁이 되자 그 집 사람들은 병정들을 모두 상자 속에 넣고 잠자리에 들었다. 그러자 책상 위의 장난감들이 저희들끼리 놀기 시작했다. 그들은 게임을 하고, 전쟁 놀이도 하고, 무도회도 열었다. 병정들은 그들과 함께 놀고 싶어 상자 속에서 몸을 꼼지락거렸다. 그러나 상자 뚜껑이 열리지 않았다. 호두까기는 공중제비를 하고, 연필은 책상 위를 뛰어다녔다. 참으로 소란스러웠다. 시끄러운 소리에 잠이 깬 카나리아가 수다를 떨며 시를 읊조렸다. 움직이지 않는 것은 외다리 병정과 춤추는 무희뿐이었다. 무희는 두 팔을 곧게 뻗고 외다리 병정처럼 꼿꼿하게 한 발 끝으로 서 있었다. 외다리 병정은 잠시도 무희에게서 눈을 떼지 않았다. 시계가 열두 시를 치자 담배통 뚜껑이 획 하고 열렸다. 그런데 그 안에서 튀어나온 것은 담배가 아니라 검은 색의 작은 도깨비였다. 그 담배통은 수수께끼 상자였던 것이다.

"외다리 병정, 네 것이 아닌 것은 갖고 싶어하지 마." 도깨비가 말했다. 그러나 외다리 병정은 그 말을 못 들은 척했다.

"어럽쇼, 그럼 내일 두고 보자." 도깨비가 말했다.

다음날 아침, 아이들은 외다리 병정을 창가에 가져다 놓았다. 그런데 도깨비의 장난 때문인지, 아니면 바람이 불어서인지는 몰라도 갑자기 창문이 획 열리면서 외다리 병정이 삼층에서 길거리로 굴러 떨어지고 말았다. 참으로 무시무시했다. 외다리 병정은 머리를 거꾸로 처박고 외다리를 공중에서 바둥거렸다. 헬멧과 총검이 돌멩이 사이에 박혀 버렸다. 하녀와 어린 소년이 외다리 병정을 찾으러 쏜살같이 달려 내려왔다. 그러나 그들은 외다리 병정을 밟을 뻔했으면서도 찾지 못했다. "나 여기 있어요!"하고 소리쳤더라면 소년이 금방 알아보았겠지만, 외다리 병정은 가만히 있었다. 멋진 군복을 입은 병정의 체면상 그럴 수가 없었다.

얼마 후, 비가 쏟아지기 시작했다. 빗줄기가 점점 더 굵어지더니 억수같이 퍼부어 댔다. 소낙비가 그치고 우연히 그곳을 지나가던 두 아이가 외다리 병정을 발견했다.

"저기 좀 봐! 장난감 병정이 있어. 배가 있어야겠는걸." 한 아이가 말했다.

두 아이는 신문지로 종이배를 만들어 그 위에 외다리 병정을 태워 도랑으로 띄워 보냈다. 그리고 도랑 둑을 따라 손뼉을 치면서 배를 따라왔다. 그런데 이제 큰일이었다. 억수같이 퍼부은 비 때문에 도랑에 큰 파도가 일면서 물살이 거세어졌다. 종이배는 가끔 갑자기 휙 돌면서 이리저리 요동을 쳤다. 그때마다 외다리 병정은 겁이 나서 온몸이 부르르 떨렸다. 하지만 외다리 병정은 표정 하나 찡그리지 않고 꿋꿋하게 잘 견뎠다. 그는 앞을 똑바로 보고 총을 어깨 위에 꽉 메고 있었다. 그때 갑자기 종이배가 하수구로 휩쓸려 들어갔다. 예전에 갇혀 있던 상자처럼 주위가 컴컴해졌다. 외다리 병정은 덜컥 겁이 났다.

'도대체 어디로 가는 걸까? 그래, 이게 다 그 도깨비 때문이야. 아, 이 종이 배에 무희도 함께 있다면 이런 어둠쯤은 하나도 무섭지 않을 텐데.'

그때 갑자기 하수구에 살고 있는 큰 시궁쥐가 나타났다.

"너 통행증 있어? 당장 내놔 봐." 시궁쥐가 다그쳤다.

그러나 외다리 병정은 아무런 대꾸도 하지 않고 단단히 총을 거머쥐었다. 종이배가 계속 떠내려가자 시궁쥐가 쫓아왔다. 시궁쥐는 이를 갈며 하수구의 나무 조각들과 지푸라기들에게 외쳤다. "막아. 못 가게 막으란 말야. 통행세를 안 냈어. 통행증을 보여주지 않았다구!"

그러나 물살은 점점 더 거세졌다. 하수구가 끝나는 곳에 이르자 햇살이 비쳐 들었다. 조금만 가면 하수구를 벗어날 수 있었다. 그런데 이번에는 쏴쏴 하는 큰 소리가 들렸다. 아무리 용감한 사람이라도 그 소리를 들으면 겁이 났을 것이다. 하수구는 곧장 큰 운하와 연결돼 있었던 것이다. 큰 폭포 속으로 떨어진다는 것은 우리 인간에게나 장난감 병정에게나 똑같이 위험한 일이었다. 이제는 배를 멈추기에도 이미 늦어 버렸다. 종이배는 쏜살같이 미끄러졌다.

그래도 가엾은 외다리 병정은 몸을 꿋꿋이 세우고 눈 하나 깜빡하지 않았다. 전혀 겁나지 않은 것처럼. 종이배는 몇 번씩이나 소용돌이에 휘말려 가장자리까지 물이 가득 차 올랐다. 금방이라도 가라앉을 것만 같았다. 그러나 외다리 병정은 목까지 물이 차 올라와도 꼼짝 않고 서 있었다.

종이배는 점점 더 깊이 가라앉았더니 마침내 물에 젖어 일그러져 버렸다. 외다리 병정의 머리 위로 물이 덮쳤다. 외다리 병정은 이제는 다시 볼 수 없을 귀엽고 작은 무희를 생각했다. 바로 그때 노랫소리가 들렸다.

"잘 가오, 전사여!
죽음의 문턱을 건너더라도 항상 용감해야 하느니!"

마침내 종이배는 갈기갈기 찢겨지고 외다리 병정은 물 속으로 가라앉고 말았다. 바로 그 순간, 큰 물고기가 나타나 외다리 병정을 삼켜 버렸다. 오, 고기 뱃속은 또 얼마나 어두운지! 그곳은 하수구보다 더 어둠침침하고 비좁았다. 그러나 외다리 병정은 여전히 총을 단단히 잡고 꿋꿋하게 견뎠다. 물고기는 멋진 동작으로 이리저리 헤엄을 쳐 다니다 잠잠해졌다. 얼마 후 물고기 뱃속으로 한 줄기의 밝은 빛이 비쳐 들어오는 듯 하더니 햇살이 와르르 쏟아졌다. 그리고 누군가 큰 소리로 외쳤다.

"야, 장난감 병정이다!"

그 물고기는 어부에게 잡혀 시장으로 옮겨졌다가 어느 요리사에게 팔렸는데, 요리사가 이제 막 큰 칼로 물고기의 배를 가르던 참이었다. 요리사 아줌마는 외다리 병정을 꺼내 방으로 가져갔다. 아이들이 물고기 뱃속을 여행하고 온 장난감 병정을 보려고 몰려들었다. 하지만 외다리 병정은 전혀 자랑스럽지 않았다. 아이들은 그를 책상 위에 세워 놓았다. 그런데 세상에는 참 희한한 일도 많은 법, 그 방은 바로 장난감 병정이 있던 방이 아닌가!

아이들도 그대로이고, 책상 위에 있던 옛 친구들도 그대로였으며, 귀여운 무희가 서 있던 화려한 성도 그대로였다. 무희는 여전히 한쪽 다리를 높이 든 채 한 다리로 서 있었다. 무희를 본 외다리 병정은 너무 감격스러워 눈물을 나올 것만 같았다. 하지만 이를 악물고 참았다. 외다리 병정은 무희를 그저 말없이 바라보았다. 그녀 역시 아무 말이 없었다. 그런데 갑자기 한 아이가 외다리 병정을 집어 들더니 난로 속에 집어던지는 게 아닌가. 그럴 만한 이유가 전혀 없는 것으로 보아 담배통 속에 들어 있는 도깨비의 장난이 틀림없었다. 불길이 외다리 병정을 덮쳤다. 무지무지하게 뜨거웠다. 그러나 외다리 병정은 그 뜨거움이 불길에서 나

무희는 마치 공기 요정처럼 날아서 외다리 병정 옆에 떨어졌다.
그리고는 불꽃 속으로 사그라졌다.

오는 것인지, 무희에 대한 사랑에서 나오는 것인지 분간할 수 없었다. 군복의 색깔도 바래 있었지만, 그것도 여행 중에 그렇게 된 것인지 슬픔으로 그렇게 된 것인지 알 수가 없었다. 외다리 병정은 무희를 바라보았으며, 무희도 외다리 병정을 바라보았다. 몸이 서서히 녹기 시작했지만 외다리 병정은 여전히 총을 들고 꿋꿋하게 서 있었다. 그때 문이 획 열리더니 바람이 무희를 덮쳤다. 무희는 마치 공기 요정처럼 날아서 외다리 병정 옆에 떨어졌다. 그리고는 불꽃 속으로 사그라졌다. 물론 외다리 병정은 다 녹아 내려 쇳덩어리가 되어 버렸다. 다음날 아침, 하녀가 난로에서 재를 끄집어냈을 때 외다리 병정이 녹아 내린 쇳덩어리는 작은 하트 모양을 하고 있었다. 그러나 무희가 타고 남은 것이라곤 숯처럼 까맣게 타 버린 금박 장미뿐이었다.

# 13
## 야생 백조

겨울이면 제비들이 날아가는 아주 먼 나라에 왕비를 잃은 한 왕이 살고 있었다. 그 왕에게는 열한 명의 왕자와 엘리자란 공주가 있었다. 왕자들은 모두 가슴에 별을 달고 허리에는 칼을 차고 학교에 다녔다. 그들은 황금 판 위에 다이아몬드 철필로 글씨를 썼고 읽기는 물론 외우기도 잘했기 때문에 누구나 그들이 왕자라는 걸 금방 알 수 있었다. 누이동생 엘리자는 유리로 된 작은 의자에 앉아 왕국의 절반 값을 주어야 살 수 있는 그림책을 갖고 놀았다. 왕자들과 공주는 너무도 행복했다. 그러나 행복은 늘 곁에 머물러 있지 않는 법이다.

어느 날 궁전에서 큰 잔치가 벌어졌다. 그 나라 왕인 그들의 아버지가 새어머니를 맞이하는 날이었다. 하지만 왕비는 마음씨가 고약했으며 가엾은 왕자들과 공주를 사랑하지 않았다. 왕자들과 엘리자 공주는 첫눈에 그것을 알 수 있었다. 잔치가 벌어진 날에도 왕자들과 공주에게 맛있는 과자와 사과를 주는 척하면서 찻잔 가득 모래를 담아 주었다. 결혼식을 올린 지 일주일이 지나자 왕비는 어린 엘리자 공주를 시골에 사는 농부에게 쫓아 버리고 왕에게 왕자들에 대한 온갖 험담을 늘어놓았다. 왕비가 거짓말을 어찌나 그럴듯하게 꾸며대는지 왕은 더 이상 아이들을 사랑하지 않게 되었다.

"세상에 나가 너희들이 먹을 것은 너희들이 벌어먹어! 자, 말 못하는 거대한 새가 되어 날아가거라!" 왕비가 왕자들을 보며 주문을 외웠다.

그러나 왕비의 뜻대로 왕자들은 추하게 변하지 않았다. 왕자들은 열한 마리의 아름다운 백조가 된 것이다. 백조들은 구슬프게 울부짖으며 궁전 창문을 통해 정원을 지나서 숲 속으로 날아갔다. 그들이 농부의 집을 지나간 것은 이른 아침이었다. 그때 엘리자 공주는 방에서 잠을 자고 있었다. 백조들은 지붕 위를 빙빙 돌며 긴 목을 빼고 날개를 퍼덕였지만 아무도 그들의 모습을 보지 못했다. 하는 수 없이 백조들은 구름 위로 날개를 퍼덕이며 멀리 해변까지 뻗어 있는 울창

왕자들은 열한 마리의 아름다운 백조가 된 것이다.

한 숲으로 날아갔다.

불쌍한 엘리자는 혼자서 방에 틀어박혀 나뭇잎을 가지고 놀았다. 장난감이라 곤 그것뿐이었다. 엘리자는 나뭇잎에 구멍을 뚫어 그 틈으로 해를 쳐다보았다. 해는 오빠들의 맑은 눈동자 같았다. 따스한 햇살이 두 뺨을 어루만질 때마다 오빠 들의 다정한 입맞춤이 생각났다. 하루하루가 지루하게 지나갔다. 가끔 장미 숲을 지나는 바람이 장미에게 속삭이곤 했다. "이 세상에 너희들보다 예쁜 건 없어."

그러면 장미들은 고개를 저으며 이렇게 말했다. "엘리자가 우리보다 훨씬 더 예쁜걸!"

어느 날 한 노파가 농가 대문 앞에 앉아서 찬송가책을 들여다보고 있었다. 그때 바람이 찬송가 책장을 펄럭이며 말했다. "누가 너희들보다 더 경건할 수 있을까?"

그러자 찬송가책이 대답했다. "그야 물론 엘리자지."

장미와 찬송가책은 있는 그대로를 말한 것이다.

그렇게 하루하루가 지나 열다섯 살이 된 엘리자는 궁전으로 돌아갔다. 그러나 너무도 예쁘게 자란 엘리자를 보자 왕비는 질투심으로 온몸이 사그라질 것만 같 았다. 왕자들처럼 백조로 만들어 버리고 싶은 마음이 간절했지만 왕이 엘리자를 보고 싶어했기 때문에 그럴 수가 없었다.

어느 이른 아침, 왕비는 화려한 대리석과 아름다운 융단으로 장식된 목욕탕으 로 들어가 세 마리의 두꺼비를 불러 놓고 입을 맞추며 말했다.

"자, 너는 엘리자가 들어오거든 엘리자의 머리 위에 앉도록 하렴. 엘리자가 너처럼 멍청해지게 말야." 왕비는 첫 번째 두꺼비에게 이렇게 말하고는 두 번째 두꺼비를 돌아보았다. "너는 엘리자의 이마에 앉아라. 너처럼 흉측하게 변해 왕이 엘리자를 못 알아보도록 말야." 그리고 세 번째 두꺼비에게는 이렇게 속삭였다. "넌 엘리자의 가슴에 앉으렴. 나쁜 생각을 품도록 말이야. 그래서 고통을 맛보게 해 주어라."

왕비는 두꺼비들을 맑은 물 속에 놓아주었다. 그러자 두꺼비들은 금방 녹색으로 변했다. 왕비는 엘리자를 불러 옷을 벗기고 목욕을 하라고 했다. 엘리자가 물 속에 들어가자 세 마리의 두꺼비들은 왕비가 시킨 대로 엘리자의 머리, 이마, 가슴에 앉았다. 그러나 엘리자는 그것을 눈치 채지 못했다. 엘리자가 몸을 일으키자 물 위로 세 송이의 붉은 양귀비꽃이 떠올랐다. 두꺼비들이 마녀의 키스를 받지 않았거나 독을 품고 있지 않았더라면 붉은 장미로 변했을 것이다. 그러나 마녀의 키스를 받은 두꺼비들은 엘리자에게 감화되어 양귀비꽃으로 변한 것이다. 엘리자는 너무도 순결하고 경건하여 왕비의 마법으로도 해칠 도리가 없었던 것이다.

이 사실을 알자 왕비는 몹시 분했다. 왕비는 곧 호두 즙으로 엘리자의 얼굴을 문질러 볕에 탄 것처럼 검게 만들고, 아름다운 머리카락을 마구 헝클어 역겨운 연고를 발랐다. 이제 엘리자는 너무 흉측하게 변해 공주라는 것을 알아볼 수 없을 지경이었다.

왕은 엘리자를 보자 까무러치듯 놀라며 자기 딸이 아니라고 만나 주려 하지 않았다. 엘리자를 알아보는 사람은 아무도 없었다. 개와 제비만은 그녀를 알아보았지만, 불행히도 그들은 말을 하지 못했다. 가엾은 엘리자 공주는 슬픔에 잠겨 슬피 울었다. 멀리 떠나 버린 오빠들 생각이 간절했다. 공주는 몰래 궁전을 빠져 나와 온종일 숲과 벌판을 헤매다 거대한 숲 속에서 길을 잃어버렸다. 어디로 가야 할지 막막했다. 서글픔이 물밀듯이 밀려 왔으며 자신처럼 궁전 밖으로 쫓겨난 오빠들이 보고 싶었다. 엘리자는 꼭 오빠들을 찾고 말겠다고 결심했다.

곧이어 날이 저물고 사방이 어두워졌다. 길을 잃은 엘리자는 부드러운 이끼 위에 지친 몸을 눕히고 저녁 기도를 올린 다음 나무 등걸에 머리를 기댔다. 숲 속은 아주 조용했다. 부드럽고 온화한 바람이 이마를 스치고 지나갔다. 수많은 개똥벌레들이 녹색 불빛을 내며 풀과 이끼 사이에서 빛을 발했다. 그러나 화려한 빛을 내던 개똥벌레들은 손가락으로 연약한 날개를 만지기만 해도 유성처럼 땅으로 떨어져 버렸다.

엘리자는 밤새 내내 오빠들 꿈을 꾸었다. 꿈속에서 엘리자와 오빠들은 다시 어린 시절로 돌아가 뛰놀았으며, 오빠들은 황금 판 위에 다이아몬드 철필로 글씨를 썼고, 엘리자는 왕국의 절반을 주고 사야 하는 아름다운 그림책을 보고 있었다. 그런데 오빠들은 예전처럼 편지나 글을 쓰고 있는 것이 아니라 그들이 행한 훌륭한 행동과 그들이 본 것에 대해 쓰고 있었다. 그리고 그림책에 나오는 모든 것들이 모두 살아서 움직였다. 새들은 즐겁게 노래했고, 사람들이 책에서 나와서 엘리자와 오빠들에게 말을 건넸다. 그러나 책장을 넘기면 그들은 다시 제자리로 돌아가 버렸다.

엘리자는 해가 중천에 떴을 때야 잠에서 깨어났다. 키 큰 나무들이 가지를 머리 위로 드리우고 있어서 해가 보이지 않았다. 햇살만이 황금빛 안개처럼 나뭇잎과 가지들 사이로 여기저기에 빛을 뿌렸다. 향기로운 풀내음이 사방에서 풍겼고, 새들이 엘리자의 어깨 위로 내려앉을듯이 낮게 날아다니며 재잘거렸다. 여기저기에서 솟은 샘물은 졸졸 흘러서 황금빛 모래밭이 있는 연못으로 흘러갔다. 연못 주위에는 수풀이 우거져 있었는데, 수풀 한 곳에 사슴이 뚫어 놓은 구멍이 나 있었다. 엘리자는 그 구멍을 통해 연못으로 달려갔다. 물은 바닥이 훤히 보일 정도로 매우 맑았다. 바람에 흔들리는 나뭇가지와 덤불이 연못에 비치지 않았더라면 한 폭의 아름다운 그림이라고 착각했을 것이다. 그늘에 가려지거나 햇빛을 받은 나뭇잎 하나하나가 물 속에 그대로 비쳤다.

연못을 들여다본 엘리자는 자신의 모습을 보고 소스라치게 놀랐다. 더럽고 못생긴 소녀가 연못 속에서 자기를 바라보고 있지 않은가. 그러나 작은 손에 물을 적셔 눈과 이마를 문지르자 다시 하얀 피부가 되살아났다. 엘리자는 옷을 벗고 시원한 물로 몸을 씻었다. 이제 이 세상에 엘리자만큼 예쁜 사람은 없었다. 엘리자는 옷을 입고 머리를 땋아 내린 다음 샘물이 솟는 곳으로 가서 손으로 물을 떠마셨다. 그리고는 무작정 숲 속을 향해 걸었다. 엘리자는 오빠들을 생각하며 하느님이 자신을 버리지 않을 것이라고 확신했다. 숲에서 사과가 열리게 하고 굶주린 자들을 배불리 먹게 하시는 하느님이 아닌가. 바로 그 하느님이 과일이 주렁주렁 열린 나무로 엘리자를 인도하였다. 나뭇가지는 과일의 무게로 밑으로 축 늘어져 있었다. 엘리자는 점심으로 나무 열매를 먹고 버팀목으로 가지를 받쳐 놓은 다음 깊은 숲 속을 향해 출발했다. 사방이 너무 고요하여 발 밑에 밟히는 마른 나뭇잎 소리가 사각사각 들렸다. 빽빽이 들어선 나뭇가지에 가려 한 줄기의 햇살도 비치지 않았고 새 한 마리도 보이지 않았다. 다닥다닥 붙어 줄지어 서 있는 나무들이 엘리자를 옥죄어 오는 것처럼 보였다. 엘리자는 그렇게 홀로 떨어져 외로움을 느껴 본 적이 없었다. 밤은 어둡기 그지없었다. 이끼 속에서 빛을 내는 개똥벌레 하나도 없었다.

엘리자는 슬픔에 잠겨 풀 위에 몸을 눕혔다. 얼마 후 머리 위의 나뭇가지들이 갈라지더니 천사들이 잔잔한 미소를 띠며 하늘에서 굽어보았다. 아침에 눈을 뜬 엘리자는 그것이 꿈이었는지 현실이었는지 알 수가 없었다.

엘리자는 다시 숲 속을 걷기 시작했다. 한참을 가자, 딸기 바구니를 든 한 노파가 나타나 엘리자에게 딸기를 나누어주었다. 엘리자는 딸기를 맛있게 먹고 노파에게 열한 명의 왕자들이 지나가는 것을 보지 못했느냐고 물었다.

"못 봤소. 하지만 어제 황금 왕관을 쓴 열한 마리 백조들이 강가에서 수영하는 것을 보았다오. 여기서 그리 멀지 않은 곳이지."

노파는 엘리자를 비탈진 강둑까지 데려다 주었다. 강둑 아래로는 강물이 굽이쳐 흐르고 있었고 강둑 위에 자란 나무들은 잎이 무성한 긴 나뭇가지를 강물 위에 드리우고 있었다. 엘리자는 노파에게 작별 인사를 하고 흐르는 강줄기를 따라 확트인 기슭에 다다랐다. 어린 소녀의 눈에는 그곳이 널따란 바다로 보였다. 그러나 물 위에는 배는커녕 나룻배 한 척도 떠 있지 않았다. 저 멀리 가려면 어떻게 해야 하지? 엘리자는 강 기슭에 있는 무수한 조약돌이 강물에 씻겨 맨질맨질하고 둥그렇게 되는 광경을 지켜보았다. 유리, 쇠, 돌 할 것 없이 그곳에 섞여 있는 모든 것들이 물에 씻겨 엘리자의 고운 손보다도 더 고왔다.

"물은 지치지도 않고 흘러서 단단한 것들을 매끈하게 만드네. 나도 꿋꿋하게 내 일을 해내야지. 깨우쳐 줘서 고마워, 맑은 물아. 널 따라가면 보고 싶은 오빠들에게 갈 수 있을 것 같아." 엘리자는 흐르는 강물을 들여다보며 말했다.

그런데 물거품으로 덮인 잡초 위에 열한 개의 흰 백조 깃털이 떨어져 있지 않은가. 엘리자는 백조 깃털을 하나하나 주워 모았다. 깃털에는 이슬인지 눈물인지 모를 물방울이 맺혀 있었다. 그러나 강가에는 아무도 없었기 때문에 엘리자는 그 물방울을 주의깊게 보지 않았다.

강물은 호수와는 달리 변화가 심했다. 음산한 구름이 일 때면 강물은 "나도 어둡고 화나게 보일 수 있어" 하고 말하는 것 같았다. 그리고 바람이 불면 파도가 일어 물거품을 일으키기도 했다. 그러다가 바람이 잦아지고 구름이 햇빛에 물들어 붉은 빛을 발하면 강물은 마치 한 송이의 장미 꽃잎 같았다. 그러나 강물이 거울같이 잔잔할 때에도 파도가 잠자는 아이의 가슴처럼 위아래로 오르내렸기 때문에 강물이 일렁거렸다.

해가 서쪽으로 기울 무렵, 황금 왕관을 쓴 열한 마리의 흰 백조들이 거대한 흰 리본처럼 줄을 지어 날아왔다. 엘리자는 얼른 강둑 아래로 내려가 수풀 속에 몸을 숨겼다. 백조들은 엘리자 바로 가까이에 거대한 날개를 퍼덕이며 내려앉았다. 그때 해가 강물 속으로 잠겨 들었다. 바로 그 순간 백조들의 날개가 떨어져 나가고 아름다운 엘리자 오빠들의 모습으로 변했다. 그들의 모습은 예전과 많이 달랐지만 오빠임에 틀림없었다. 엘리자는 오빠들을 부르며 품으로 뛰어들었다. 오빠들도 키가 크고 아름다워진 엘리자가 동생임을 알아보고 얼싸 안았다. 그들은 너무나 행복해서 얼싸안고 기쁨의 눈물을 흘렸다. 그리고는 마음씨 나쁜 왕비가 어떻게 못살게 굴었는지 서로 이야기했다.

큰오빠가 백조가 된 사연을 이야기했다. "우리는 해가 떠 있는 동안에는 야생 백조가 되어 날아다녀야 한단다. 하지만 해가 지면 다시 사람으로 돌아오지. 그러니까 해가 지기 전에 미리 땅에 내려앉아야 한단다. 사람으로 돌아오는 해질 무렵에 구름 속을 날다가는 깊은 바다로 떨어져 죽어 버릴 거야. 우리는 바다 건너편에 살고 있단다. 멀고도 아름다운 곳이지. 거기까지 가는 도중에는 밤을 지낼 수 있는 섬이 없단다. 바다 위에 솟아 있는 작은 바위밖에 말야. 그 바위는 아주 작아서 바싹 붙어야 우리 열한 명이 겨우 올라가 있을 수 있지. 물결이 거세면 물거품이 바위 위까지 올라오지만 그나마 그런 바위가 있는 것이 고맙지 뭐니. 우린 그 바위 위에서 며칠 밤을 보냈단다. 그 바위가 없었더라면 우리나라에 오지도 못했을 거야. 바다를 건너는 데는 꼬박 이틀이 걸리니까 말야. 우린 해마다 한 번씩 우리나라에 와서 11일씩 머물 수 있지. 그동안에 우리는 숲 속을 날아가 아버지가 계시고, 우리가 태어난 궁전을 보기도 하고 어머니가 묻혀 있는 교회를 둘러보기도 한단다. 우리나라에 있는 것은 나무나 수풀까지도 우리 친척인 것처럼 반갑고 친근한 느낌이 들어. 야생마들은 우리가 어렸을 때 보았던 것처럼 광야를 뛰놀고 숯꾼들은 옛날 노래를 부르지. 어렸을 때 우린 그런 노래에 맞추어 춤을 추었어. 여긴 사랑의 끈으로 우리와 맺어진 우리나라야. 이곳에서 널 보게 되다니 정말 반가워. 우린 여기에 이틀 더 머물 수 있단다. 그리고는 아름다운 나라로 다시 가야 해. 우리나라가 아닌 곳으로 말야. 어떻게 하면 널 데려갈 수 있지? 배도 나룻배도 없는데 말야."

"어떻게 하면 마법을 풀고 오빠들을 구할 수 있을까요?" 엘리자가 애처롭게 물었다. 엘리자는 밤새 얘기를 하다가 얼핏 잠이 들었다. 그리고는 백조들이 날아오르는 날갯짓 소리에 잠이 깼었다. 오빠들은 다시 백조로 변하여 점점 더 커다랗게 원을 그리며 멀어져 갔다. 그러나 막내 오빠는 엘리자 옆에 남아서 엘리자의 무릎에 머리를 파묻고 있었다. 엘리자는 오빠를 가슴에 안고 흰 날개를 쓰다듬었다. 그들은 온종일 그렇게 함께 있었다. 저녁이 되자 다시 오빠들이 돌아왔다. 해가 사라졌기 때문에 다시 원래의 모습으로 돌아와 있었다.

"우린 내일 이곳을 떠났다가 1년 뒤에야 다시 올 수 있단다. 하지만 널 이렇게 내버려 둘 순 없어. 우리랑 같이 갈래? 내 팔은 튼튼하니까 널 안고 숲 속을 날아갈 수 있어. 우리 날개로 널 태우고 바다를 날아갈 수 있지 않을까?"

"그래요. 오빠들과 함께 가겠어요."

그날 밤 그들은 밤을 세워 유연한 버드나무와 골풀로 그물을 짰다. 엘리자가 타고 갈 그물이었다. 그물은 크고 튼튼했다. 엘리자는 그물 위에 누웠다. 날이 밝자 백조로 변한 오빠들은 부리로 그물을 물고 구름 위로 높이 날아올랐다. 햇빛이 엘리자의 얼굴 위로 내리쬐자 한 오빠가 엘리자의 머리 위로 날아올라 커다란 날개로 잠이 든 누이에게 그늘을 만들어 주었다. 엘리자가 잠에서 깨었을 때는 육지에서 멀어져 있었다. 엘리자는 꿈을 꾸는 것만 같았다. 바다 위를 높이 날고 있다는 것이 신기했다. 곁에는 잘 익은 딸기가 주렁주렁 매달린 딸기나무 가지와 감초 다발이 놓여 있었다. 막내 오빠가 갖다 놓은 것이었다. 엘리자는 막내 오빠에게 고맙다는 미소를 지어 보였다. 엘리자는 자신의 머리 위로 날면서 날개로 그늘을 만들어 준 새도 바로 막내 오빠였다는 것을 알고 있었다.

이제 백조들은 높은 하늘을 날고 있었다. 아래쪽으로 보이는 거대한 배가 파도 위를 미끄러지듯 날아다니는 흰 갈매기처럼 보였다. 백조들 뒤로 떠다니는 구름은 거대한 산처럼 보였으며 그 위쪽으로 엘리자와 오빠 백조들의 그림자가 거대하게 떠올랐다. 엘리자는 그처럼 아름다운 그림을 본 적이 없었다. 하지만 태양이 점점 더 높이 솟아오르고 구름이 뒤로 밀려가자 그림자가 드리워진 그림은 사라져 버리고 말았다.

백조들은 하루 종일 공기를 가르며 날개 달린 활처럼 빠르게 날았다. 그러나 엘리자가 누워 있는 무거운 그물을 물고 날아야 했기 때문에 평소 때보다는 느렸다. 곧 폭풍우가 몰아칠 듯 하늘이 잔뜩 찌푸려 있었다. 엘리자는 걱정스럽게 지는 해를 바라보았다. 바다 한가운데 떠 있던 작은 바위는 아직 보이지 않았다. 오빠들은 온 힘을 다해 더욱 세차게 날갯짓을 했다. 그대로 가다 해가 지고 백조들이 사람으로 변한다면 그들은 모두 바다 속에 떨어져 죽고 말 것이다. 엘리자는 열심히 하느님께 기도했다. 하지만 바위는 아직도 보이지 않았다. 검은 구름은 점점 가까이 밀려오고, 강풍은 금방이라도 폭풍우를 몰고 올 것만 같았다. 이제 시커먼 구름 사이로 번개가 치기 시작했다. 해는 바다의 끄트머리에 가 있었다. 그때 백조들이 급격히 아래로 떨어지기 시작했다. 그 바람에 엘리자의 머리가 흔들거렸다. 금방이라도 바다로 추락할 것만 같았다. 그러나 백조들은 다시 힘차게 솟아올라 하늘을 계속 날았다. 아득히 먼 저 아래로 작은 바위가 보였다. 해는 빠른 속도로 가라앉아 파도 속에 반쯤 몸을 가리고 있었다. 바위는 물 밖으로 얼굴을 내밀고 있는 물개 정도밖에 되지 않았다.

백조들이 빠른 속도로 내려앉았다. 백조들의 발이 바위에 닿자 별똥이 튀듯이 불꽃이 튀었다가 타고난 종이 끝에 남은 마지막 불티처럼 사라졌다. 사람으로 돌아온 오빠들은 바짝 붙어 서서 어깨동무를 하고 엘리자를 빙 둘러섰다. 바위는 더 이상 티끌 하나 내려앉을 자리도 없었다. 파도가 바위에 부딪쳐 물보라가 튀겼다. 하늘에서는 번개가 끊이질 않았고 천둥소리도 요란했다. 그들은 서로 손을 꼭 잡고 찬송가를 부르며 희망과 용기를 잃지 않았다.

다음날, 동이 터 오자 바람이 잠잠해졌다. 해가 솟아 다시 백조가 된 오빠들은 엘리자를 데리고 그곳을 떠났다. 바다는 아직도 거칠었다. 공중에서 내려다보자 검푸른 파도에 이는 하얀 거품들이 물 위에서 헤엄치는 수백만 마리의 백조처럼 보였다. 해가 높이 떠오르자 앞쪽으로 눈부신 얼음을 이고 공중에 솟아 있는 거대한 산맥이 보였다. 그 중앙에는 기둥들이 우뚝우뚝 솟아 있는 길게 뻗은 성 한 채가 있었는데, 성 주위에는 종려나무 숲과 물레방아 바퀴만큼 큰 화려한 꽃들이 물결치고 있었다. 엘리자는 지금 가는 곳이 그곳이냐고 물었다. 백조들은 머리를 흔들었다. 엘리자가 본 것은 끊임없이 변하는 신기루 구름 성이었던 것이다. 그곳은 인간이 들어갈 수 없는 곳이었다. 엘리자는 눈을 떼지 않고 그 구름 성을 지켜보았다. 그러자 숲과 산과 성이 서서히 사라지더니 그 자리에 뾰족탑과 고딕 양식의 창문이 달린 스무 개의 웅장한 교회가 나타났다. 어디선가 오르간 소리가 들리는 것 같았지만 그 소리는 바다가 중얼거리는 노랫소리였다. 가까이 다가가자 교회는 돛을 달고 항해하는 함대로 변했다. 하지만 다시 보자 그것은 바닷물 위를 떠다니는 바다 안개였다.

눈에 보이는 풍경은 파노라마처럼 끊임없이 바뀌었다. 드디어 그들의 목적지인 육지가 보였다. 육지에는 푸른 산, 히말라야 삼목 숲, 그리고 도시와 궁전들이 있었다. 해가 아직 중천에 떠 있을 때 그들은 어느 큰 동굴 앞에 있는 바위 위에 내려앉았다. 바위에는 녹색의 부드러운 덩굴 식물들이 무성하게 자라 수놓은 양탄자 같았다.

"자, 오늘 밤엔 이곳에서 좋은 꿈 꾸어라." 막내 오빠가 엘리자를 잠자리로 안내하며 말했다.

"제발 오빠들을 구할 수 있는 꿈을 꾸면 좋겠어요."

엘리자는 온통 그 생각뿐이었다. 그래서 하느님에게 도와달라고 열심히 기도했으며 꿈속에서도 쉬지 않고 기도했다. 엘리자는 꿈속에서 하늘 높이 날아올라 신기루의 구름 성으로 들어갔다. 구름 성에 들어서자 눈부시게 아름다운 요정이 엘리자를 맞이했는데, 그 요정은 숲 속에서 엘리자에게 딸기를 주며 황금 왕관을 쓴 백조들에 대해 얘기해 주었던 노파와 아주 비슷했다. 요정은 이렇게 말했다. "용기와 끈기만 가지면 네 오빠들을 구할 수 있단다. 물은 네 연약한 손보다 더 부드럽지만 딱딱한 돌을 닳게 하여 매끄럽고 둥글게 만들지. 그래도 물은 고통을 안 느낀단다. 네 손가락은 고통을 느낄 테지만 말이야. 물에는 영혼이 없어서 고통을 느끼지 못하지만 넌 고통을 견뎌내야만 하지. 내가 들고 있는 이 쐐기풀이 보이니? 네가 자고 있는 동굴 주위에 있는 이런 쐐기풀과 교회 묘지에서 자라는 쐐기풀만이 효력이 있지. 네 손에 물집이 생기고 불에 데는 듯이 따갑더라도 그것들을 꺾어야 해. 그리고 손과 발로 그 쐐기풀을 짓이기렴. 그럼 아마 섬유가 될 거

146

야. 그것으로 소매가 긴 갑옷을 열한 벌 짜거라. 그렇게 해서 만든 옷을 백조들에게 던지면 마법이 풀린단다. 단, 꼭 명심해야 할 것이 있어. 일을 시작하는 순간부터 옷을 다 만들 때까지 몇 년이 걸리더라도 절대로 말을 해서는 안 돼. 네가 입 밖에 내는 말은 그대로 비수가 되어 네 오빠들의 가슴에 꽂힐 거야. 네 오빠들의 목숨은 네 혀에 달려 있지. 이 모든 것을 잘 명심하거라."

요정은 말을 끝내면서 쐐기풀로 엘리자의 손을 가볍게 스쳤다. 그러자 손이 타는 듯이 고통스러웠다. 엘리자는 깜짝 놀라 잠에서 깨었다. 벌써 환한 대낮이었다. 그런데 바로 곁에는 꿈속에서 보았던 것과 똑같은 쐐기풀이 하나 놓여 있지 않은가! 엘리자는 무릎을 꿇고 감사의 기도를 드렸다. 그리고는 동굴을 나왔다. 엘리자는 연약한 두 손으로 억센 쐐기풀을 꺾기 시작했다. 팔과 손에는 금방 큰 물집이 생겨 쓰리고 따가웠지만 사랑하는 오빠들을 구하려면 참아야 했다. 엘리자는 쐐기풀을 맨발로 밟아 아마 섬유를 짜기 시작했다.

해가 지자 돌아온 오빠들은 엘리자가 벙어리가 된 것을 알고 깜짝 놀랐다. 처음엔 계모가 새로 마법을 걸었다고 생각했다. 그러나 엘리자의 손을 본 오빠들은 동생이 자기들 때문에 그런 고통을 겪고 있음을 알았다. 막내 오빠는 울음을 터뜨렸다. 그런데 놀랍게도 막내 오빠의 눈물이 손에 닿자 거짓말처럼 고통이 가시고 불에 덴 듯한 물집도 사라졌다.

엘리자는 밤새도록 옷을 짰다. 오빠들을 구할 때까지는 쉴 수가 없었다. 다음날, 오빠들이 백조가 되어 날아가고 없는 동안에도 혼자 외롭게 앉아 옷을 짰다. 그러나 외로움을 느낄 겨를도 없이 시간이 쏜살같이 지나가 드디어 갑옷 한 벌이 완성되었다. 엘리자는 힘을 내서 두 번째 옷을 짜기 시작했다. 그때였다. 산에서 사냥 나팔 소리가 들려 왔다. 엘리자는 무서워서 온몸이 얼어붙는 것만 같았다. 나팔 소리가 가까워짐에 따라 개 짖는 소리도 들렸다. 엘리자는 놀라서 동굴 속으로 피신하여 얼른 쐐기풀을 다발로 묶어 그 위에 앉았다. 곧 좁은 골짜기에서 큰 개 한 마리가 튀어 나왔고 연달아 다른 개들은 뒤따라 왔다. 개들은 동굴 앞에서 큰 소리로 짖다가 되돌아갔다 다시 오곤 하였다. 얼마 후 사냥꾼들이 동굴 앞으로 몰려들었다. 사냥꾼 중 가장 잘생긴 사람은 바로 그 나라의 왕이었다. 왕이 엘리자를 보고 다가왔다. 왕은 지금까지 그렇게 아름다운 처녀를 본 적이 없었다.

"참으로 사랑스런 아가씨로군. 어떻게 해서 이 동굴에 들어왔소?"

왕이 물었지만 엘리자는 고개만 저을 뿐이었다. 말을 하면 오빠들의 생명이 위태로웠기 때문에 감히 입을 열 수가 없었다. 엘리자는 얼른 두 손을 앞치마 밑으로 감추었다. 그래서 왕은 그녀의 고통을 알지 못했다.

"나랑 왕궁으로 갑시다. 여긴 아가씨가 있을 곳이 못되오. 그대의 얼굴처럼 마음씨도 곱다면 비단과 벨벳 옷을 입혀 주고 황금 왕관도 씌워 주고 싶소. 화려한 궁전에서 나라를 통치하며 함께 삽시다." 왕은 이렇게 말하고 엘리자를 말에 태웠다. 엘리자는 울면서 두 손을 비틀었지만 왕은 놓아주려 하지 않았다. "그대를 행복하게 해 주고 싶어 이러는 것이오. 언젠가는 내게 감사하게 될 것이오."

왕은 엘리자를 앞에 태우고 산을 넘어 말을 몰았다. 사냥꾼들이 왕의 뒤를 따랐다. 해가 질 무렵 그들은 교회와 둥근 지붕을 인 건물들이 서 있는 아름다운 도시로 들어섰다. 궁전에 도착하자 왕은 화려한 대리석으로 치장된 홀로 엘리자를 안내했다. 여기저기서 거대한 분수들이 물을 뿜었고, 벽과 천장에는 화려한 그림들이 그려져 있었다. 하지만 엘리자는 그런 멋진 광경에는 눈길도 주지 않은 채 슬피 흐느낄 뿐이었다. 시녀들은 엘리자에게 화려한 비단옷을 입히고, 머리에 진주를 꽂아 주었으며, 물집이 터진 손에는 화려한 장갑을 끼어 주었다. 곱게 차려입은 엘리자는 눈부시게 아름다웠다. 신하들은 엘리자의 눈부신 모습에 감히 고개를 들지 못하고 엘리자를 보면 허리를 굽실거렸다.

왕은 엘리자를 신부로 맞이하겠다고 온 백성들에게 알렸다. 그러자 대주교는 엘리자가 마녀에 불과하며 마법으로 왕의 눈을 멀게 하고 마음을 홀렸다고 반대했다. 그래도 왕은 막무가내였다. 왕은 아름다운 음악과 진수성찬과 사랑스런 무희들을 동원하여 잔치를 벌이라고 명했다. 그리고는 엘리자를 꽃향기가 만발한 정원을 지나 잔치가 벌어지는 곳으로 데려갔다. 그러나 엘리자의 얼굴에는 전혀 기쁜 빛이 보이지 않았다. 그래서 왕은 엘리자를 위해 꾸민 작은 방을 보여주었다. 그곳은 융단으로 장식되어 있어 엘리자가 있었던 동굴과 비슷했다. 방바닥에는 엘리자가 쐐기풀로 짠 아마 다발이 놓여 있었고 천장에는 이미 완성한 갑옷이 걸려 있었다. 사냥꾼 중 한 사람이 진기한 물건이라 여기고 동굴에서 가져온 것이었다.

"이곳에 있으면 그대의 옛집인 동굴에 있는 기분이 들 거요. 그대가 동굴에서 가지고 놀던 쐐기풀도 있소. 화려한 생활을 하면서 옛날 추억을 떠올리는 것도 재미있을거요."

엘리자는 그 물건들을 보자 너무 반가웠다. 엘리자의 입가에는 미소가 감돌고 뺨에는 다시 생기가 돌았다. 엘리자는 오빠들이 마법에서 풀려날 것을 생각하자 너무도 기뻐서 왕의 손에 입을 맞추었다. 왕은 엘리자를 가슴에 안았다. 곧이어 유쾌한 교회 종소리들이 결혼식을 알렸고 숲에서 온 아름다운 벙어리 처녀는 왕비가 될 참이었다. 대주교의 사악한 말도 왕의 마음을 움직이지 못했다. 드디어 결혼식이 거행되었다. 대주교는 엘리자의 머리에 왕관을 씌워 주는 일을 해야 했다. 앙심을 품고 있던 대주교는 왕관의 좁은 테를 엘리자의 이마에 세게 눌렀다. 하지만 엘리자는 오빠들에 대한 걱정과 슬픔으로 가슴에 맺힌 고통이 컸기 때문에 이마의 아픔쯤은 아무것도 아니었다. 엘리자는 입을 꼭 다물고 신음 소리조차 내지 않았다. 단 한 마디라도 새어 나간다면 오빠들의 생명이 위태로우리라.

날이 갈수록 엘리자는 자신을 기쁘게 해 주려고 모든 정성을 다하는 선량하고 잘생긴 왕을 더욱 사랑하게 되었다. 말은 하지 않았지만 엘리자의 눈은 왕에 대한 사랑으로 충만했다. 아, 마음을 터놓고 가슴속의 슬픔에 대해 왕에게 말할 수만 있다면 얼마나 좋을까! 하지만 쐐기풀로 옷을 완성할 때까지는 절대로 단 한 마디도 해서는 안 되리라. 엘리자는 밤마다 살그머니 왕의 곁을 빠져나와 동굴처럼 꾸민 방으로 가서 옷을 만들기에 바빴다. 그런데 일곱 번째 옷을 만들기 시작했을 때 아마가 다 떨어지고 말았다. 교회 묘지에서 자라는 쐐기풀을 직접 뜯어야 했다. 하지만 어떻게 거기까지 가나?

'아, 내 가슴이 겪는 고통에 비하면 내 손가락이 겪는 고통쯤은 아무것도 아니야. 난 꼭 해내고 말 테야! 하늘이 날 저버리지 않을 거야.'

엘리자는 나쁜 짓이라도 하는 것처럼 떨리는 가슴으로 달빛이 환한 정원으로 살그머니 나왔다. 그리고 한적한 거리를 지나 교회 묘지로 갔다. 널찍한 한 묘석에는 귀신들이 앉아 있었다. 보기만 해도 소름이 끼쳤다. 귀신들은 목욕이라도 할 듯이 누더기 옷을 벗고 비쩍 마른 긴 손가락으로 무덤을 파서 시체를 꺼내 살을 뜯어먹었다. 쐐기풀을 뜯으려면 그들 곁을 지나가야 했다. 그들은 무시무시한 눈초리로 엘리자를 노려보았지만 엘리자는 조용히 기도하며 따가운 쐐기풀을 꺾어 가지고 궁전으로 돌아왔다. 그런데 엘리자가 밤에 밖에 나갔다가 들어오는 모습을 본 사람이 있었다. 바로 대주교였다. 그는 모든 사람이 잠들어 있는 그 시각에 혼자 깨어 있었던 것이다. 대주교는 쐐기풀을 꺾어 오는 엘리자를 보자 틀림없이 흉악한 마녀일 거라고 생각했다. 여왕의 신분으로서 그런 일을 한다는 것은 상상도 할 수가 없는 일이었다. 마녀가 왕과 모든 사람을 홀린 것이다.

대주교는 자기가 본 것을 왕에게 고해 바쳤다. 대주교의 말을 들은 왕은 "그렇지 않소. 엘리자는 무고하오" 하고 말하는 듯 고개를 저었다. 그러나 대주교는 왕이 고개를 저은 것을 엘리자가 사악하다는 것을 인정하는 것으로 받아들였다. 왕의 두 뺨 위로 뜨거운 눈물이 흘러내렸다. 밤이 되자 왕은 자는 척 했지만 잠이 오지 않았다. 엘리자가 밤마다 몰래 빠져나간다는 것을 알고 있었기 때문이다.

날이 갈수록 왕의 표정은 어두워져 갔다. 엘리자는 그 이유를 눈치 채지 못한 채 오빠들 생각으로 하루하루를 불안하게 보냈다. 엘리자의 뜨거운 눈물은 벨벳 옷과 다이아몬드에 떨어져 진주처럼 반짝였다. 그러나 엘리자의 그런 슬픔을 모르는 사람들은 엘리자를 보면 하나같이 여왕이 되고 싶어했다. 그러는 사이에 열 벌의 갑옷이 완성되었다. 이제 딱 한 벌이 모자랐다. 하지만 남은 쐐기풀이 하나도 없었다. 엘리자는 마지막으로 딱 한 번만 더 교회 묘지에 가서 쐐기풀을 뽑아 오기로 결심했다. 무시무시한 귀신들이 득실거리는 곳에 갈 생각을 하니 온몸에 소름이 돋았지만 엘리자의 의지는 신에 대한 믿음만큼이나 확고했다.

밤이 되자, 엘리자는 교회로 향했다. 그것을 알아차린 왕과 대주교가 그 뒤를 밟았다. 그들은 엘리자가 교회 묘지로 들어가는 것을 보고 뒤쫓아갔다. 묘석 위에는 귀신들이 앉아 있었다. 귀신들을 본 왕은 엘리자가 그 귀신들과 한패라고 생각하고 얼른 몸을 돌려 그곳을 떠났다. 왕은 조금 전까지만 해도 자신의 가슴에 고개를 묻고 있었던 엘리자가 마녀라는 사실이 견딜 수가 없었다.

"백성들이 마녀를 심판하리라!" 왕의 노여움은 하늘을 찌를 듯했다.

백성들의 심판에 따라 엘리자에게 화형이 선고되었다. 엘리자는 화려한 왕실에서 어둡고 적막한 감옥으로 끌려갔다. 감옥은 쇠창살을 통해 바람이 불어와 살을 에는듯이 추웠다. 사람들은 욕을 해대며 벨벳과 비단옷 대신 엘리자가 짠 쐐기풀 갑옷과 베개로 쓰도록 쐐기풀 뭉치를 던졌다. 하지만 엘리자에게는 쐐기풀보다 더 반가운 것이 없었다. 엘리자는 다시 일을 시작했으며 기도하는 것도 잊지 않았다. 바깥에서는 사내아이들이 엘리자를 조롱하는 노래를 불렀다. 누구 하나 친절한 말로 엘리자를 위로해 주는 사람이 없었다.

저녁 무렵, 쇠창살 부근에서 백조가 날개를 퍼덕이는 소리가 들렸다. 막내 오빠였다. 그는 누이동생을 찾아 헤매고 있었던 것이다. 엘리자는 오빠를 보자 기쁨에 겨워 눈물을 흘렸다. 어쩌면 오늘 밤이 마지막이 될지도 모르리라. 하지만 엘리자는 희망을 잃지 않았다. 이제 쐐기풀 옷은 거의 완성됐고 오빠들이 이렇게 와 있지 않은가. 그때 대주교가 마지막 남은 시간을 엘리자와 함께 보내려고 감옥으로 왔다. 그러나 엘리자는 머리를 저으며 눈짓과 몸짓으로 제발 혼자 있게 해 달라고 간청했다. 오늘 밤 무슨 일이 있어도 옷을 완성해야 했다. 그렇지 못하면 고통과 눈물로 지샌 밤들이 모두 허사가 되리라. 대주교는 갖은 욕설을 퍼붓고 사라졌다. 그러나 가엾은 엘리자는 자신에게 아무 죄가 없다는 것을 알고 있었다.

그녀는 다시 부지런히 쐐기풀 옷을 만들기 시작했다. 작은 생쥐들이 바닥을 기어다니면서 엘리자를 도우려고 쐐기풀을 엘리자의 발치에다 끌어다 주었다. 그리고 개똥지빠귀들은 엘리자가 용기를 잃지 않도록 쇠창살 앞에 앉아 밤새도록 노래를 불러 주었다.

사방이 아직 어슴푸레했고 해가 뜨려면 아직 한 시간은 더 있어야 했다. 열한 명의 오빠들은 궁전 문 앞에 서서 왕을 뵙고 싶다고 계속 간청했다. 그러나 그에 대한 대답은 왕이 자고 있기 때문에 깨울 수 없다는 말뿐이었다. 오빠들은 궁전지기를 위협도 해 보고 달래 보기도 했다. 그때 호위병과 왕이 나와 웬 소란들이냐고 물었다. 바로 그 순간, 해가 떠올랐다. 그러자 오빠들은 간 데 없고 열한 마리의 백조들만이 궁전 위를 맴돌며 울부짖었다.

마녀가 화형당하는 것을 구경하려고 사람들이 거리로 쏟아져 나왔다. 엘리자는 낡은 수레에 실려 화형장으로 향했다. 굵은 삼베로 만든 초라한 옷을 입은 엘리자는 매우 애처로워 보였다. 아름다운 긴 머리칼은 어깨 위로 헝클어져 있고, 두 뺨은 죽은 사람처럼 창백했으며, 입술은 소리 없이 떨리고 있었다. 그런 중에도 엘리자의 손가락은 쐐기풀 옷을 만드느라 바빴다. 사형장으로 가면서까지도 옷을 짜는 일을 포기할 수 없었던 것이다. 이미 완성된 열 벌의 옷은 엘리자의 발치에 있었고 이제 열한 번째 옷을 완성해 가고 있는 중이었다. 사람들은 그런 엘리자를 비웃었다.

"저 마녀 좀 봐! 우물거리는 저 모습을 말야. 찬송가책도 아니고 마법의 쓰레기를 끌어안고 있는 꼴이라니! 저걸 갈기갈기 찢어 버리자."

사람들은 엘리자에게 몰려들어 쐐기풀 갑옷을 찢어 버리려 했다. 바로 그때 열한 마리의 백조가 수레 위에 내려앉아서 거대한 날개를 퍼덕이자 사람들이 놀라서 뒷걸음질쳤다.

"이건 하늘의 계시야! 왕비는 죄가 없음에 분명해!" 사람들은 백조가 왕비를 지키고 있는 모습을 보고 수군거렸으나 감히 큰 소리로 외치지는 못했다.

사형 집행자가 엘리자를 수레에서 끌어내렸다. 다급해진 엘리자는 얼른 열한 벌의 갑옷을 백조들에게 던졌다. 그러자 백조들이 눈 깜짝할 사이에 잘생긴 왕자들로 변했다. 하지만 막내 왕자만은 한 팔에 아직 백조 날개를 달고 있었다. 엘리자가 미처 다 만들지 못한 옷을 던진 것이다.

"이제 말할 수 있어요. 난 죄가 없어요!" 엘리자가 큰 소리로 외쳤다.

이 모습을 본 사람들은 성자 앞에서 허리를 굽히듯이 모두 그녀 앞에 허리를 굽혔다. 하지만 엘리자는 곧 정신을 잃고 오빠들의 품에 쓰러지고 말았다. 마음 졸이며 눈물과 고통으로 밤을 지새느라 지쳐 있었던 것이다.

"그래요. 누이에겐 죄가 없어요." 큰오빠가 말했다. 그는 그동안 일어났던 일을 모두 얘기했다. 그가 말하는 동안 수백만 송이의 장미꽃이 풍겨 내는 듯한 향기가 사방에 그윽하게 퍼졌다. 엘리자를 화형시키려고 쌓아 놓은 장작 하나하나가 뿌리를 내리고 가지를 뻗어 장미꽃을 피웠던 것이다. 그 중에서도 별처럼 빛을 내는 흰 장미가 가장 눈부셨다. 왕은 그 장미를 꺾어 엘리자의 가슴에 놓았다. 그러자 엘리자는 가슴에 평화와 행복을 가득 안은 채 깨어났다. 교회의 종들이 일제히 저절로 울려 퍼지고 새들이 무리지어 날아왔다. 이제 궁전으로 돌아가는 결혼 행렬이 이어졌다. 어떤 왕도 해 보지 못한 가장 감동적인 결혼식이었다.

# 14
# 천국의 정원

옛날에 이 세상에서 가장 아름다운 책을 가장 많이 가진 한 왕자가 있었다. 그에게는 멋진 동판화도 많았다. 그래서 왕자는 이 세상에서 일어나는 모든 일을 책을 읽고 알 수 있었다. 하지만 책 속에서도 찾을 수 없는 것이 하나 있었다. 그것은 바로 천국의 정원에 관한 것이었다. 왕자는 무엇보다도 그 정원에 대해 알고 싶었지만, 책 속에는 천국의 정원에 대한 이야기는 단 한 마디도 없었다.

왕자가 학교에 갈 나이가 되자, 할머니는 천국의 정원에 대한 이야기를 자주 해 주었다. 천국의 정원에 피는 꽃은 모두 달콤한 과자이고, 암술에는 포도주가 가득하고 꽃마다 역사나 지리나 산수가 씌어 있어서 배우고 싶으면 그 과자를 먹기만 하면 된다고 했다. 그리고 과자를 많이 먹을수록 역사나 지리나 산수를 더 많이 배우게 된다는 것이었다. 왕자는 그 이야기를 그대로 믿었다. 그러나 점점 나이가 들고 더 많은 것을 알게 되자 천국의 정원은 결코 그처럼 멋진 곳이 아니라는 것을 알게 되었다.

'아, 왜 이브는 지혜의 나무에서 열매를 따먹었을까? 아담은 왜 금단의 열매를 먹었을까? 내가 그곳에 있었다면 그런 일은 일어나지 않았을 텐데. 그러면 이 세상에 죄가 생겨나지도 않았을 거야.'

왕자는 열일곱 살이 된 지금까지 천국의 정원에 대한 생각뿐이었다.

어느 날 왕자는 혼자서 숲 속을 산책하고 있었다. 산책은 그에게 가장 큰 즐거움이었다. 그런데 저녁이 되자 갑자기 까맣게 구름이 몰려들더니 비가 억수같이 쏟아지기 시작했다. 숲은 한밤중 우물 속처럼 금세 캄캄해졌다. 왕자는 급히 숲을 빠져나오다가 젖은 풀잎에 미끄러지기도 하고, 돌에 걸려 넘어지기도 했다. 숲 속에 있는 모든 것에서 빗물이 뚝뚝 떨어졌다. 왕자도 속옷까지 흠뻑 젖었다. 이제 옹기종기 모여 있는 바위 위로 올라갈 수밖에 없었다. 바위에 낀 무성한 이끼에서는 물이 용솟음쳐 나왔다. 왕자는 금방이라도 기절할 것만 같았다. 바로 그때 갑자기 기이한 소리가 들리더니 환한 불빛이 새어 나오는 커다란 동굴이 나타났다. 가까이 다가가자, 동굴 한가운데에서는 불길이 훨훨 타오르고 있었고, 뿔이 달린 잘 생긴 사슴이 쇠꼬챙이에 꽂혀 불 위에서 구워지고 있었다. 그리고 불 앞에는 한 노파가 앉아 불길 속으로 장작을 던져 넣고 있었다. 노파는 남자가 변장이라도 한 것처럼 덩치가 크고 건강해 보였다.

"이리 와서 옷을 말리시우." 노파가 왕자에게 말했다.

"이곳은 바람이 심하군요." 왕자가 땅바닥에 앉으며 말했다.

"내 아들이 돌아오면 더 심해질 거요. 여긴 바람의 동굴이지. 내 아들들은 하늘에서 부는 네 가지 바람이라오."

"그런데 아들들은 어디 갔지요?"

"그런 바보 같은 질문에는 대답하기가 어렵구려. 내 아들들은 할 일이 많다오. 저기 왕의 홀에서 구름들과 함께 깃털 공치기를 하고 있다오."

"아, 그렇군요. 그런데 당신은 왜 그리 거칠고 무뚝뚝하죠? 다른 부인들처럼 친절하지 않군요."

"그거야 그 여자들은 할 일이 없어서 그러겠지. 하지만 난 아들들을 다루자니 거칠 수밖에 없소. 아들들은 고집이 얼마나 센지 모르오. 하지만 나한테는 못 당하지. 저기 벽에 걸려 있는 네 개의 자루가 보이오? 내 아들들이 무서워하는 게 바로 저것이라오. 당신이 어렸을 때 거울 뒤에 숨어 있는 쥐를 무서워했듯이 말이오. 아들들이 말을 안 들으면 꼼짝못하게 구부려서 저 자루 속에 가두어 버리지. 그럼 내가 나오라고 할 때까지는 감히 나올 생각을 못한다오. 저기 한 녀석이 오는군."

그것은 북풍이었다. 그는 얼음같이 차갑고 살을 에는듯한 돌풍을 몰고 왔다. 커다란 우박이 땅바닥을 후려쳤으며 눈송이가 사방으로 흩날렸다. 그는 곰가죽으로 만든 옷과 망토를 걸치고 물개 가죽으로 만든 모자를 귀까지 눌러쓰고 있었다. 그리고 수염에는 긴 고드름이 달려 있었고 옷깃에서는 계속해서 우박이 굴러 나왔다.

"불 가까이 가지 말아요. 잘못하면 동상에 걸려요."

"동상이라구!" 왕자의 말에 북풍이 큰소리로 웃었다. "동상이야말로 나의 큰 즐거움이지. 넌 겁쟁이로구나. 그런데 어떻게 바람의 동굴에 들어왔지?"

"내 손님이야. 맘에 안 들면 자루로 들어가. 알겠어?" 노파가 말했다.

그러자 북풍이 잠자코 있었다. 북풍은 지난 한 달 동안 돌아다닌 곳에 대해 이야기를 시작했다.

"지금 북극해에서 오는 길이에요. 러시아의 해마 사냥꾼들과 함께 곰 섬에 갔었죠. 사냥꾼들이 노르웨이의 북쪽에 있는 노르 곶에서 배를 타고 떠날 때 나는 키자루에 앉아 잠을 잤어요. 자다가 가끔 깨어 보면 폭풍을 몰고 오는 새들이 내 다리 위를 날아다니곤 했지요. 참 신기한 새였어요. 그 새들은 날갯짓 한 번으로 날개를 활짝 펴고 멀리 치솟아 날아갔죠."

"그렇게 시시콜콜 얘기하지 마라. 그래, 곰 섬은 어떻더냐?" 노파가 물었다.

"참 근사한 곳이에요. 접시처럼 평평하고 매끄러운 땅바닥이 일렁였어요. 여기저기에 이끼, 날카로운 돌, 해마와 북극곰의 해골이 땅을 덮고 있었고 해마와 북극곰의 거대한 다리에 곰팡이가 퍼렇게 피어 여기저기 널려 있었죠. 거기에는 해가 떠오르지 않는 곳처럼 보였어요. 살짝 입김을 불어 안개를 치우자 작은 오두막이 보였어요. 그것은 난파선에서 나온 나무로 지은 것으로, 지붕은 해마 가죽으로 덮여 있었지요. 해마의 속살이 있는 부분이 바깥으로 드러나 있었는데 붉고 푸른색이었어요. 지붕에는 북극곰이 으르렁거리며 앉아 있었지요. 해안으로 가자 새들의 보금자리가 보였어요. 새끼들은 입을 벌리고 먹이를 달라고 아우성쳤지요. 새들의 주둥이에 바람을 불어넣자 잠잠해지더군요. 거기에서 더 가자 돼지 머리를 하고 긴 이를 가진 해마들이 거대한 벌레처럼 뒹굴고 있었어요."

"얘기를 참 잘하는구나. 네 말을 듣고 있자니 군침이 도는구나." 노파가 말했다.

"그리고 나서 곧 사냥이 시작되었어요. 사냥꾼들이 작살을 던지자, 해마의 가슴에서 분수처럼 핏줄기가 튀어 올라 얼음 위에 튀겼어요. 그때 재미있는 생각이 떠올랐어요. 나는 배와 거대한 빙산에 입김을 불기 시작했지요. 빙산이 배를 뭉개 버리게 말예요. 비명을 지르고 허둥대는 사냥꾼들 꼴이라니! 그 꼴이 재미있어서 더 크게 입김을 불었어요. 그러자 사냥꾼들은 짐을 버리고 금고와 죽은 해마를 얼음 위에 던져 버렸지요. 그래서 이번에는 눈을 뿌려서 배를 뒤집어 버렸어요. 사냥꾼들은 난파된 배의 나무토막에 매달려 남쪽으로 정처 없이 떠내려갔지요. 짠물을 실컷 마시면서 말예요. 그들은 다시는 곰섬에 나타나지 않을 거예요."

"못된 장난을 하다니!" 바람의 어머니가 말했다.

"좋은 일도 했어요. 하지만 그런 일은 다른 사람의 입을 통해 들어야죠. 저기 서쪽에서 형이 오네요. 나는 저 형이 제일 좋아요. 바다 냄새가 나거든요. 올 때면 늘 신선하고 시원한 바람도 가져오구요." 북풍이 말했다.

"저 사람이 어린 서풍인가요?" 왕자가 물었다.

"그래, 어린 서풍이지. 하지만 이젠 어리지 않다오. 옛날엔 아주 귀여운 소년이었지. 하지만 그건 이미 지난 일인걸." 노파가 말했다.

서풍은 매우 사나워 보였다. 그는 머리를 보호하기 위해 챙이 축 늘어진 모자를 쓰고 있었고 손에는 미국 숲에서 자라는 마호가니 나무로 만든 곤봉을 들고 있었는데, 아무나 가지고 다닐 수 있는 것이 아니었다.

"어디 갔다 오니?" 노파가 물었다.

"황무지 숲에서 오는 길이에요. 나무들 사이에 가시 덩굴들이 우거져 있고, 물뱀이 젖은 풀 속에 누워 있고 사람들의 발길이 닿은 적이 없는 곳 말예요."

"거기서 뭘 했지?"

"깊은 강을 보았어요. 강물이 바위에서 힘차게 떨어져내렸어요. 물방울이 구름을 향해 치솟아 올라 무지갯빛으로 반짝였지요. 강물에서는 야생 물소들이 헤엄치고 있었는데, 물살이 어찌나 센지 휩쓸려 가 버렸어요. 하지만 그곳에서 놀고 있던 야생 오리들은 물살이 밀려오자 얼른 공중으로 날아올랐어요. 물소들이 떠내려가게 내버려 둔 채 말예요. 참 재미있는 광경이었어요. 나는 신이 나서 폭풍우를 일으켰어요. 그러자 늙은 나무들이 뿌리째 뽑혀서 물살에 떠내려 가 버렸지요."

"그것뿐이니?"

"대초원을 가로질러 가기도 했어요. 야생마들을 쓰다듬어 주기도 하고 야자나무를 흔들어 열매를 떨어뜨리기도 하구요. 할 얘기가 많아요. 하지만 다 얘기할 필요는 없잖아요. 모두 다 아는 얘기니까요, 안 그래요, 어머니?" 서풍은 이렇게 말하면서 노파에게 입을 맞추었다. 하지만 갑자기 달려들어 너무 세게 입을 맞추는 바람에 노파가 하마터면 뒤로 넘어질 뻔했다. 서풍은 참으로 거칠었다.

이번에는 머리에 터번을 두르고 아라비아인들이 입는 치렁치렁한 외투를 입은 남풍이 돌아왔다.

"여긴 정말 춥네! 북풍 형이 나보다 먼저 온 거로군." 남풍이 불 속에 장작을 던져 넣으며 말했다.

"너무 더워서 곰이라도 구워 먹을 수 있을 것 같은데, 뭘 그래." 북풍이 짜증스럽게 말했다. 그러자 남풍이 소리쳤다.

"형이 바로 곰이잖아!"

"너희들 자루 속에 갇히고 싶으냐? 저기 돌 위에 앉아서 어딜 다녀왔는지 얘기해 봐." 노파가 큰 소리로 말했다.

"아프리카에 갔다 왔어요, 어머니. 호텐토트라고 하는 남아프리카의 미개인들이 사자 사냥하는 걸 보았어요. 올리브 같은 초록색 풀로 덮인 초원에서 말예요. 난 타조와 달리기 시합을 했는데 내가 이겼어요. 거기에서 황금빛 모래가 있는 사막으로 갔어요. 그곳은 마치 바다 밑바닥 같았지요. 그곳에서 낙타를 타고 다니며 장사하는 상인들을 봤어요. 여행자들은 마실 물을 얻기 위해 낙타를 죽였지요. 하지만 물이 조금밖에 없었어요. 그래서 그들은 타는듯한 햇빛을 받으며 뜨거운 모래 위를 걸어서 고통스런 여행을 계속해야 했지요. 넓은 사막은 가도가도 끝이 없었어요. 나는 푸석푸석한 모래 속에 뒹굴면서 그들의 머리 위로 뜨거운 모래 기둥을 일으켰어요. 낙타들은 겁에 질려 그 자리에서 꼼짝하지 않았고, 상인들은 카프탄이라는 소매가 긴 옷을 머리 위에 뒤집어쓰고 내 앞에 엎드렸어요. 알라 신 앞에 엎드리듯 말예요. 그래서 모래를 덮어 씌워 버렸지요. 다음에 갈 때 입김을 불면 모래 속에서 그들의 흰 뼈가 드러날 거예요. 여행객들은 그걸 보고 옛날에도 이곳에 사람이 왔었구나 하고 생각하겠죠. 아니면 그런 거친 사막에 사람이 왔을 리 없다고 생각할지도 몰라요."

"그래, 넌 나쁜 짓만 했구나. 자루 속으로 들어가!" 노파가 이렇게 말하며 눈 깜짝할 사이에 남풍의 몸뚱이를 붙잡아 자루 속에 쑤셔 넣었다. 남풍은 이리저리 뒹굴면서 발버둥을 쳤지만 노파가 자루 위에 앉는 바람에 어쩔 수 없이 잠잠해졌다.

"당신 아들들은 참으로 활달하군요." 왕자가 말했다.

"그렇긴 하지만 어떻게 가르쳐야 할지 모르겠소. 저기 넷째가 오는군."

그것은 동풍이었다. 동풍은 중국인 같은 복장을 하고 있었다.

"너 그곳에서 오는구나, 그렇지? 천국의 정원에 갔으리라 생각했지." 노파가 기쁜 얼굴로 말했다.

"그곳엔 내일 갈 거예요. 그곳에 가 본 지 벌써 백 년이 됐거든요. 지금은 중국에서 오는 길이에요. 그곳에서 모든 종들이 울려 퍼지도록 도자기 주변을 돌며 춤을 추었어요. 거리에서는 대나무 채찍질이 한창이었어요. 1등급에서 9등급까지 이르는 관리들의 어깨에서 대나무 회초리가 부러졌지요. 관리들은 소리를 질러댔어요. '자비로운 아버지시여, 감사합니다'라구요. 하지만 그건 마음에서 우러나온 말이 아니었을 거예요. 그래서 딩동댕 소리가 나도록 종을 울렸지요." 동풍이 대답했다.

"너 참 방자하구나. 하지만 내일 천국의 정원으로 간다니 잘됐구나. 그곳에 가서 좀 배우렴. 지혜의 샘물을 실컷 마시고 한 병에 가득 채워서 집으로 가지고 오너라."

"그럴게요. 그런데 왜 남풍 형님을 자루 속에 가두었어요? 꺼내 주세요. 내게 불사조 이야기를 들려주기로 했어요. 천국의 정원의 공주님이 백년에 한 번씩 갈 때마다 불사조 이야기를 듣고 싶어해요. 어서요, 어머니. 그러면 신선한 녹차를 드릴게요. 차나무가 있는 곳에서 따왔거든요."

"그래, 차도 준다고 하고 널 사랑하기도 하니까 형을 꺼내 주지."

남풍이 자루 속에서 기어 나왔다. 그는 낯선 왕자에게 자신이 혼나는 꼴을 보인 것이 창피하여 완전히 풀이 죽어 있었다. 곧이어 남풍은 불사조 얘기를 시작했다.

"이 야자나무 잎을 공주에게 갖다 주렴. 이것은 이 세상에서 단 하나밖에 없는 불사조가 내게 준거야. 불사조는 수백 년 동안 자신이 살아온 이야기를 부리로 이 잎에 새겨 넣었단다. 공주라면 이걸 읽을 수 있을 거야. 불사조는 자신의 둥지에 불을 지르고 그 불길 속에 앉아 있었지. 마치 힌두교도 미망인처럼 말야. 그때 둥지 주위에 쌓아 올린 마른 나뭇가지들이 탁탁 소리를 내며 연기를 내더니 거대한 불길이 치솟아 올랐어. 불사조는 한 줌의 재가 되고 말았지. 그런데 그 불 속에 빨갛게 달아오른 알이 있었어. 알이 큰 소리를 내며 깨지더니 새끼가 나왔지. 이제 그 새가 이 세상의 모든 새를 지배하는 왕이자 유일한 불사조가 된 거야. 그 불사조가 이 야자나무 잎에다 구멍을 냈어. 공주님에게 보내는 인사지."

"이제 뭘 좀 먹도록 하자." 바람의 어머니가 말했다.

그들은 빙 둘러앉아 구운 사슴을 먹었다. 왕자는 동풍의 옆자리에 앉았다. 그들은 곧 좋은 친구가 되었다.

"당신이 말하는 공주가 누군지 말해 줘요. 천국의 정원은 어디에 있지요?" 왕자가 동풍에게 물었다.

"하하, 그곳에 가고 싶나요? 그럼 내일 나와 함께 갑시다. 하지만 꼭 알아야 할 게 있어요. 그곳엔 아담과 이브 이후로는 사람이 들어가 본 적이 없어요. 그건

동풍은 어두운 숲 속에서 잽싸게 날아오르는 독수리보다도 더 빠르게,
그리고 작은 말을 타고 초원을 달리는 경기병보다도 더 가볍게 날았다.

성경에서 읽어서 알고 있겠죠?"

"물론이죠!"

"아담과 이브가 추방당했을 때 천국의 정원도 가라앉았지요. 하지만 따뜻한 햇빛과 온화한 공기와 찬란함은 아직도 그대로 남아 있어요. 그곳에는 요정 여왕이 살고 있는데, 죽음이 다가갈 수 없는 곳이죠. 눈부시게 아름다운 곳이에요. 내일 내 등을 타고 같이 가요. 그럼 얘긴 그만하죠. 잠을 자야 하니까." 동풍이 이렇게 말하고 잠이 들었다. 나머지 바람도 모두 잠자리에 들었다.

다음날 아침 일찍 잠이 깬 왕자는 자신이 높은 구름 위에 떠 있는 걸 알고서도 전혀 놀라지 않았다. 왕자는 동풍의 등에 타고 있었던 것이다. 동풍은 왕자를 단단히 붙들었다. 발 아래로 숲과 들과 강과 호수가 한눈에 내려다 보여 마치 색칠한 지도를 보고 있는 것 같았다.

"잘 잤어요? 좀 더 자도 괜찮아요. 우리가 가는 길에는 별로 볼 게 없으니까. 교회 수를 세고 싶다면 몰라도 말예요. 교회는 마치 녹색 칠판에 박힌 분필 자국 같지요." 동풍이 말했다. 녹색 칠판이란 푸른 들판과 초원을 두고 한 말이었다.

"당신 어머니와 형들에게 작별 인사도 하지 않고 오다니, 실례를 저질렀군요." 왕자가 당황하여 말했다.

"출발할 때 당신이 자고 있었으니까 이해할 거요." 동풍이 이렇게 말하고 더 빨리 날았다.

나무 위를 날아갈 때 나뭇잎과 나뭇가지들이 살랑살랑 소리를 냈다. 그리고 바다와 호수 위로 날아갈 때는 파도가 거세졌으며 거대한 배들이 잠수하는 백조들처럼 물 속으로 가라앉았다. 저녁이 되어 어둠이 내리기 시작하자 먼 발 아래에 보이는 거대한 도시에 하나씩 불이 켜지기 시작했다. 불빛은 타고 남은 종이 조각에 남은 불티처럼 희미하게 깜빡거렸다. 왕자가 좋아서 손뼉을 치자 동풍은 교회 뾰족탑 위로 떨어지고 싶지 않으면 가만히 있으라고 타일렀다. 동풍은 어두운 숲 속에서 잽싸게 날아오르는 독수리보다도 더 빠르게, 그리고 작은 말을 타고 초원을 달리는 경기병보다도 더 가볍게 날았다.

"저기가 히말라야요. 아시아에서 제일 높은 산이지. 이제 곧 천국의 정원에 닿게 돼요." 동풍이 이렇게 말하고 남쪽으로 방향을 틀었다. 바람이 향료와 꽃 내음

"그럼 저기가 천국의 정원으로 가는 길인가요?"

을 신고 불어왔다. 무성하게 자란 무화과나무와 석류나무가 보였고 푸른 포도송
이가 주렁주렁 매달린 포도 넝쿨도 보였다. 그들은 땅 위로 내려가 부드러운 풀
위에 누웠다. 꽃들이 반가운 듯이 동풍의 숨결에 고개를 끄덕였다.

"여기가 천국의 정원인가요?" 왕자가 물었다.

"아니요. 하지만 곧 도착할 거요. 저기 저 바위벽과 그 밑으로 동굴이 보이죠?
포도 넝쿨이 녹색 커튼처럼 드리워진 저곳 말이오. 저 동굴을 지나가야 해요. 외
투로 몸을 꼭 감싸세요. 여긴 태양이 이글거리지만 몇 발자국만 더 가면 꽁꽁 얼
정도로 추우니까. 저 동굴로 들어가는 새는 한 쪽 날개는 한여름 속에, 다른 한 쪽
날개는 한겨울 속에 있는 것처럼 느끼지요."

"그럼 저기가 천국의 정원으로 가는 길인가요?"

왕자의 질문에 동풍은 고개를 끄덕였다.

그들은 동굴 속으로 들어섰다. 그곳은 정말이지 얼음 속처럼 추웠다. 하지만
동풍이 날개를 활짝 펴자 추위는 금방 사라졌다. 날개는 불길처럼 환하게 빛을 냈

다. 동굴 속에는 물이 뚝뚝 떨어지는 큰 돌덩이들이 괴상한 모양으로 천장에 매달려 있었다. 어쩔 때는 동굴이 너무 낮아 손발로 기어야 했고, 어쩔 때는 확 트인 대기 속으로 나온 것처럼 높고 넓었다. 그곳은 돌처럼 굳어 버린 풍금과 소리가 나지 않는 피리가 있는, 죽은 자를 위한 예배당 같았다.

"여기가 천국의 정원으로 가는 죽음의 계곡인가 보군요." 왕자가 말했다.

그러나 동풍은 아무 말 없이 멀리서 반짝이는 아름다운 푸른 빛을 가리켰다. 큰 돌덩이들이 뿌옇게 변하더니 마침내 달빛을 받은 흰 구름처럼 보였다. 바람은 장미의 계곡에서 불어오는 향긋한 산들바람처럼 온화하고 싱그러웠다. 공기처럼 맑은 강물이 발 아래서 반짝였고, 물 속에서는 금빛, 은빛 물고기들이 물장난을 쳤으며, 자줏빛 뱀장어들이 움직일 때마다 불꽃과 같은 빛을 냈다. 그리고 물 위를 떠가는 넓은 수련 잎은 눈부시게 무지개빛으로 빛났다. 불꽃처럼 빨간 꽃은 기름을 부으면 등불이 타오르듯 아름답게 피어나는 것 같았다. 곧이어 천국의 정원이 있는 행복의 섬으로 뻗어 있는 다리가 나왔다. 대리석으로 된 그 다리는 마치 레이스와 진주를 엮어 놓은 듯 아름다웠다.

동풍은 왕자의 팔을 부축하여 다리를 건네주었다. 꽃과 나뭇잎들이 왕자가 어렸을 때 들었던 감미로운 노래를 불러 주었다. 사람은 도저히 흉내 낼 수 없는 참으로 그윽하고 아름다운 목소리였다. 천국의 정원에는 야자나무인지, 거대한 수초인지 모를 싱그러운 나무들이 자라고 있었다. 덩굴식물들은 녹색과 황금빛 화환 모양으로 늘어뜨려져 있어 마치 그림이 있는 기도서의 여백을 비추는 듯하기도 하고, 머릿글자를 감고 있는 듯하기도 했다. 그 식물들 사이로 새와 꽃들이 보였으며, 바로 옆 풀밭 위에는 공작새들이 태양을 향해 눈부신 꼬리를 활짝 펴고 서 있었다. 왕자는 공작새를 만져 보았다. 그런데 놀랍게도 그것은 진짜 새가 아니라 공작새 꼬리 색과 같은 우엉나무 잎이었다. 유순한 사자와 호랑이들이 올리브 꽃향기를 풍기며 장난치는 고양이들처럼 푸른 풀숲을 뛰어다녔다. 사자의 갈기를 쓰다듬는 산비둘기의 깃털이 진주처럼 반짝였고, 수줍음을 잘 타는 영양들이 함께 놀고 싶다는 듯 근처에서 머리를 끄덕이고 있었다.

이번에는 천국의 요정이 나타났다. 태양처럼 눈부신 옷을 입은 요정의 평화로운 얼굴에는 아기를 보고 기뻐하는 어머니의 표정처럼 행복한 빛이 감돌았다. 젊고 아름다운 요정 뒤에는 아리따운 처녀들이 뒤따르고 있었다. 처녀들은 머리에 빛나는 별을 하나씩 꽂고 있었다.

동풍이 불사조의 이야기가 적힌 야자나무 잎을 주자 요정의 두 눈이 기쁨으로 빛났다. 요정은 왕자의 손을 잡고 성으로 안내했다. 벽은 태양을 향하고 있는 튤립 꽃잎처럼 화려했고 지붕은 꽃을 거꾸로 엎어놓은 것 같이 아름다웠다.

왕자는 창가로 다가가 밖을 내다보았다. 그런데 거기에는 지혜의 나무가 서 있었고, 아담과 이브가 있었으며, 그들 옆에 뱀도 있었다.

"아담과 이브가 이곳에서 추방당한 줄 알았는데, 어떻게 된 거죠?" 왕자가 의아해서 물었다.

천국의 요정은 미소를 지으며 자세히 설명해 주었다. 시간이 모든 일들을 그림을 그리듯 유리창에 조각해 놓았던 것이다. 하지만 거기에 조각된 그림들은 다른 그림들과는 달리 살아서 움직였다. 거울 속을 들여다보는 것처럼 나뭇잎들이 살랑거리고 사람들이 왔다 갔다 했다. 다른 유리창을 들여다보자 야곱의 꿈에 나타난 사다리가 보였다. 천사들이 날개를 펴고 사다리를 오르내리고 있었다. 이 세상에서 일어났던 모든 일들이 유리창 속에 살아서 움직이고 있었다. 그것은 시간만이 해낼 수 있는 일이었다.

천국의 요정은 천장이 높은 큰 방으로 왕자를 데리고 갔다. 벽이 모두 투명해서 빛이 비쳐 드는 환한 방이었다. 그곳에는 행복한 얼굴을 한 아름다운 초상화들이 걸려 있었는데, 그들의 웃음소리와 노랫소리가 감미로운 하나의 멜로디로 어우러지고 있었다. 그 중에는 아주 높은 곳에 있어서 작은 장미꽃 봉오리보다도 더 작게 보이는 것이 있는가 하면, 종이 위에 연필로 찍은 점처럼 보이는 것도 있었다. 방 한가운데에는 큰 나무 한 그루가 가지를 늘어뜨리고 서 있었는데, 가지에는 크고 작은 황금빛 사과들이 녹색 잎들 사이로 오렌지처럼 매달려 있었다. 바로 아담과 이브가 열매를 따먹었던 지혜의 나무였다. 이파리마다 붉은 이슬방울이 맺혀 있어 마치 아담과 이브가 지은 죄 때문에 나무가 피눈물을 흘리고 있는 것처럼 보였다.

"배에 타세요. 시원한 물 위를 달리면 상쾌해질 거예요. 하지만 배는 출렁이는 물 위에서 흔들거리기만 할 뿐 앞으로 나아가진 않아요. 움직이는 것은 세상이죠. 세계의 모든 나라들이 우리 눈 앞을 스쳐 지나간답니다." 요정이 말했다.

배를 타고 보는 세상은 참으로 환상적이었다. 처음에는 눈과 구름과 검푸른 소나무로 덮인 우뚝 솟은 알프스 산맥이 스쳐 지나갔다. 호른 소리가 울려 퍼지고, 목동들은 계곡에서 요들 송을 불렀다. 배 위로 가지를 길게 늘어뜨린 바나나 나무, 물 위를 떠다니는 검은 고니들, 그리고 진기한 동물들과 꽃들이 해안선 멀리 보였다. 이번에는 멀리 푸른 산을 배경으로 뉴홀랜드가 스쳐 갔다. 신부들의 노랫소리가 들리고 북소리와 동물의 뼈로 만든 나팔 소리에 맞추어 열광적으로 춤을 추는 야만인들이 보였다. 또 구름 위로 높이 솟은 이집트의 피라미드와 반쯤 모래 속에 파묻힌 기둥들과 스핑크스가 스쳐 지나갔다. 그리고 이제는 불길이 꺼져 버린 북극의 분화구 위에서 번쩍이는 북극광도 보였다. 그처럼 아름다운 불꽃은 도저히 흉내 내서 만들 수 없는 것이었다.

왕자는 너무도 행복했다. 그렇게 신기한 광경은 다시는 볼 수 없는 것이었다.

"여기에 영원히 살아도 될까요?" 왕자가 기쁨을 감추지 못하고 물었다.

그러자 천국의 요정이 대답했다. "그건 당신 자신한테 달렸어요. 아담처럼 유혹당하지만 않는다면, 여기서 영원히 살 수 있죠."

"선악과에는 손도 대지 않겠어요. 이곳에는 선악과 못지 않게 아름다운 과일이 많은걸요."

"잘 생각해 봐요. 유혹을 이겨낼 힘이 없다면 동풍과 함께 돌아가세요. 동풍은 이제 가면 백년 후에나 다시 와요. 당신에게 그 시간은 백 시간 정도밖에 안 되는 것처럼 빨리 흘러가겠지만 유혹을 견뎌 내기에는 긴 시간이죠. 저녁마다 난 당신에게 '함께 가요!' 하고 말하면서 손짓을 할 거예요. 하지만 당신은 그 말을 듣고 나를 따라오면 안 돼요. 한 발자국을 뗄 때마다 유혹을 이겨내는 힘이 약해질 테니까요. 일단 당신이 날 따라오려고 하면 당신은 어느새 지혜의 나무가 자라는 방에 들어가 있을 거예요. 나는 그 향기로운 나무 아래서 잠을 자니까요. 당신이 내 위로 몸을 굽히면 나는 미소를 짓지요. 그때 당신이 내 입술에 입을 맞추면 천국의 정원은 깊은 땅 속으로 가라앉고 말죠. 아무리 주위를 둘러봐도 정원은 흔적도 없이 사라지고 보이지 않지요. 사막에서 날카로운 바람이 불어와 당신의 귓전에서 으르렁거릴 것이고 머리 위로는 차가운 빗방울이 떨어질 거예요. 당신의 미래는 슬픔과 불행으로 얼룩지게 되죠."

"그래도 이곳에서 지내겠어요." 왕자가 단호하게 말했다.

그러자 동풍이 왕자의 이마에 입을 맞추며 말했다. "잘 견뎌 내시오. 그럼 백

년 후에 다시 만나게 될 테니까. 잘 지내요."

동풍은 거대한 날개를 폈다. 날개는 가을날 하늘에 번쩍이는 번개처럼, 그리고 추운 겨울 하늘에서 빛나는 북극광처럼 눈부셨다.

"잘 가세요." 꽃들과 나무들도 작별 인사를 했다.

황새와 펠리컨들은 줄을 지어 정원이 끝나는 곳까지 날아가서 동풍을 배웅했다.

천국의 요정이 왕자를 돌아보며 말했다. "이제 춤이 시작되요. 당신과 춤을 추다가 해질녘이 되면 내가 당신한테 따라오라고 손짓할 거예요. 그래도 날 따라와선 안 되요. 난 백 년 동안 저녁마다 똑같은 유혹을 할 거예요. 하지만 당신이 그 유혹을 이겨내면 그때마다 힘을 얻게 되고, 나중에는 유혹을 견디기가 점점 더 쉬워지죠. 자, 오늘 저녁에 첫 유혹이 시작되요. 잘 기억하세요."

천국의 요정은 왕자를 투명한 백합꽃이 가득한 큰 방으로 끌고 갔다. 백합꽃마다 달린 노란색 수술은 황금빛의 작은 하프 모양을 하고 있었고, 거기에서 플루트와 리라가 화음을 이룬 듯한 아름다운 음악이 흘러나왔다. 호리호리하고 아름다운 처녀들이 속이 비치는 옷을 입고 물 위를 떠다니듯 춤을 추며 황홀한 노래를 불렀다. 죽음이 발을 들여놓을 수 없고 모든 것이 영원히 늙지 않는 천국의 정원의 노래를!

해가 지자 하늘이 황금빛과 진홍빛으로 물들고 백합꽃들은 장미처럼 붉게 물들었다. 그러자 아름다운 처녀들이 왕자에게 거품이 이는 포도주를 권했다. 포도주를 마시자 여태까지 느끼지 못했던 짜릿한 행복감이 온몸을 감쌌다. 바로 그때 방 벽이 열리면서 지혜의 나무가 나타났다. 나무를 둘러싼 눈부신 후광에 눈이 멀 것만 같았다. 어머니의 목소리처럼 다정하고 부드러운 목소리가 흘러나왔다. 그 소리는 마치 "내 아가야, 사랑하는 내 아가야" 하고 노래하는 것 같았다. 그때 천국의 요정이 손짓을 하며 다정한 목소리로 말했다. "함께 가요. 나랑 함께 가요."

왕자는 하루도 못 되어 약속을 잊어버리고 미소를 지으며 손짓하는 요정에게 달려갔다. 주위에서는 더욱더 진한 향기가 풍겼고 하프에서 흘러나오는 음악 또한 더욱더 감미롭고 황홀했다. 그리고 지혜의 나무 주위에서는 수많은 얼굴들이 미소를 머금고 고개를 끄덕이며 노래를 불렀다. "인간은 모든 것을 알도다. 인간이 이 땅의 주인이로다."

지혜의 나무는 더 이상 피눈물을 흘리지 않았다. 나뭇잎에 맺힌 이슬방울이 반짝이는 별처럼 빛을 냈다.

"어서 와요. 자, 어서 와요." 간절한 목소리가 계속 들렸다. 왕자는 그 소리를 쫓아갔다. 걸음을 옮길 때마다 두 뺨이 뜨겁게 달아오르고 정맥을 흐르는 피가 용솟음쳤다.

"나도 어쩔 수 없어. 이건 죄가 아니야! 어째서 아름다움과 즐거움을 쫓으면 안 되는 거지? 나 그냥 천국의 요정이 잠자는 모습을 보고 싶어. 입을 맞추지만 않으면 아무 일도 일어나지 않을 거야. 난 절대로 입을 맞추지 않아. 강한 의지를 갖고 있으니까 그런 유혹쯤은 견딜 수 있다구!" 왕자가 소리쳤다. 천국의 요정이 눈부신 옷을 벗어 던지고는 감쪽같이 나뭇가지 속으로 사라지고 말았다.

"난 아직 죄를 짓지 않았어. 절대로 죄를 짓지 않을 거야." 왕자가 이렇게 말하고 가지들을 제치고 요정을 따라갔다. 요정은 이미 누워서 잠을 자고 있었다. 천국의 정원에 사는 요정만이 지닐 수 있는 아름다운 모습으로. 왕자가 요정 위로 허리를 굽히자 요정이 미소를 지었다. 요정의 아름다운 속눈썹에는 눈물이 맺혀 있었다.

"나 때문에 우는 거요? 울지 마시오, 사랑스런 여인이여! 이제야 천국의 행복이 어떤 것인지 알 것 같소. 내 영혼 깊숙이 온몸으로 그 행복이 느껴지오. 내 안에서 새 생명이 태어난 것 같소. 한순간이라도 그런 행복을 느낄 수 있다면 영원히 어둠과 고통 속에서 산들 어떠리." 왕자는 이렇게 속삭이며 눈물이 맺힌 요정의 눈과 입에 입을 맞추었다.

바로 그 순간 고막을 뚫을 듯한 무시무시한 천둥소리가 울리고 주위에 있던 모든 것이 한순간에 무너져 내렸다. 주위가 컴컴한 밤 속으로 가라앉더니 아득히 발 아래 보이는 한 개의 별처럼 가물가물했다. 그리고는 무덤 속 같은 추위가 왕자의 온몸으로 스멀스멀 기어들었다. 왕자의 눈이 감기고 모든 감각이 얼어붙었다.

왕자가 정신을 차리자 차가운 빗방울이 얼굴을 때리고, 매서운 바람이 머리를 후려치고 있었다.

"오, 내가 무슨 짓을 했지? 내가 아담처럼 죄를 지었군. 그래서 천국의 정원이 땅 속으로 가라앉아 버렸어." 왕자는 한숨을 쉬었다.

저 멀리서 별 하나가 반짝이고 있었다. 그것은 어둠 속에서 빛나는 샛별이었다. 왕자는 몸을 일으켰다. 그가 있는 곳은 바람의 동굴이 있는 깊은 숲 속이었

요정은 이미 누워서 잠을 자고 있었다. 천국의 정원에 사는 요정만이 지닐 수 있는 아름다운 모습으로.

다. 그의 곁에는 바람의 어머니가 앉아 있었다. 그녀는 매우 화가 나서 손을 들어올리고 소리쳤다.

"첫날 저녁에 죄를 짓다니! 내 그럴 줄 알았어. 내 아들이 그랬다면 벌써 자루 속에 가두었을 거야."

"결국은 그렇게 될 거야." 커다란 검은 날개를 달고 손에는 큰 낫을 든 건강한 늙은이가 말했다. 그는 다름 아닌 죽음이었다. "언젠가는 저 왕자도 관 속으로 들어가야 해. 하지만 지금은 아니야. 이 세상을 돌아다니며 자신의 죄를 씻고 더 나은 사람이 되도록 시간을 주지. 하지만 나에 대해 거의 잊을 때쯤 다시 찾아올 거야. 그때 그를 검은 관 속에 넣어 내 머리 위에 이고 별 저 너머로 날아가야지. 거기에도 천국의 정원이 있거든. 왕자가 착하고 경건하다면 그곳에 들어갈 수 있지. 하지만 마음이 죄로 가득 차 있어 나쁜 짓만 한다면 천국의 정원보다도 더 깊고 어두운 곳으로 관과 함께 가라앉게 될 거야. 그러면 난 천 년에 한 번씩 왕자를 끌어올리지. 더 깊은 곳으로 밀어넣거나 저기 반짝이는 별 너머에 있는 행복한 곳으로 끌어올리기 위해서 말이야!"

# 15
## 하늘을 나는 트렁크

옛날에 아주 부유한 상인이 살았다. 그는 큰길 하나와 작은 골목 하나를 금화로 덮을 만큼 아주 부자였다. 하지만 돈을 쓰는 법을 알았기 때문에 그렇게 하지는 않았다. 1실링을 가지고도 100실링을 벌어들이는 재주가 있는 그는 그렇게 계속 돈을 벌다가 죽고 말았다.

아버지의 재산을 물려받은 아들은 돈을 물쓰듯하며 흥청망청 살았다. 밤마다 가장 무도회에 다녔고, 지폐로 종이 연을 만들어 놀았으며, 물에 돌 던지는 놀이를 할 때에도 돌 대신 황금을 물에 던지며 놀았다. 그러다가 어느덧 재산이 거덜나 4실링과 슬리퍼 한 켤레와 낡은 잠옷밖에 남지 않게 되었다. 이제 친구들은 더 이상 그를 거들떠보지 않았으며 함께 다니려 하지도 않았다. 그런데 마음씨 좋은 한 친구가 짐을 싸서 떠나라며 낡은 트렁크 하나를 보냈다.

"그래, 짐을 싸라고 한 건 당연한 말이야." 상인의 아들은 이렇게 중얼거렸다. 하지만 그에게는 쌀 짐이 없었다. 그래서 자신이 직접 트렁크 속에 들어가 앉았다. 그런데 참으로 신기한 트렁크였다. 트렁크는 자물쇠를 채우자마자 하늘로 날아올랐다. 상인의 아들이 뚜껑을 닫고 자물쇠를 채우자, 트렁크는 그를 태운 채 굴뚝을 지나 구름 속 멀리 날아갔다. 트렁크 밑바닥에서 삐걱삐걱 소리가 날 때마다 상인의 아들은 겁이 나서 심장이 오그라드는 것만 같았다. 만약 트렁크가 산산조각이 나면 그도 땅바닥으로 떨어져 산산조각이 나리라.

그러나 그는 트렁크를 타고 용케도 터키까지 가게 되었다. 그는 트렁크를 숲 속으로 가져가 낙엽으로 숨겨 놓은 뒤 시내로 들어갔다. 터키에서의 그의 옷차림은 전혀 눈에 거슬리지 않았다. 터키에서는 모두가 슬리퍼와 잠옷 차림으로 다녔기 때문이다. 그는 길거리에서 우연히 어린아이를 안고 가는 유모를 만났다.

"저기 높은 창들이 달린 저 성은 대체 뭐하는 곳이지요?" 그가 큰 소리로 물었다.

"그곳에는 공주님이 살고 있지요. 공주님은 연인 때문에 몹시 불행하게 될 거라는 예언을 들었답니다. 그래서 왕이나 왕비님과 함께가 아니라면 아무도 공주님을 뵐 수가 없지요." 유모가 대답했다.

"고맙소!" 상인의 아들은 이렇게 말하고 얼른 숲으로 달려갔다. 그는 트렁크를 타고 성 지붕 위를 날아서 창문을 통해 공주의 방으로 살짝 들어갔다. 공주는 의자에 앉아 잠들어 있었다. 잠자는 모습이 어찌나 아름다운지 상인의 아들은 자기도 모르게 공주에게 입을 맞추었다. 잠에서 깬 공주는 그를 보고 소스라치게 놀랐다. 그러자 상인의 아들은 자신은 하늘에서 날아온 터키의 천사라고 말했다. 공주는 그 말을 믿고 매우 기뻐했다. 그는 공주 옆에 앉아서 두 눈이 검푸른 호수처럼 아름답다는 둥, 그 속에서는 생각들이 마치 작은 인어들처럼 헤엄쳐 다니는 것

그는 공주 옆에 앉아서 두 눈이 검푸른 호수처럼 아름답다는 둥,
그 속에서는 생각들이 마치 작은 인어들처럼 헤엄쳐 다니는 것 같다는 둥,
또 공주의 이마가 화려한 그림들이 그려져 있는 눈에 덮인 산과 같다는 둥,
온갖 칭찬을 늘어놓았다.

같다는 둥, 또 공주의 이마가 화려한 그림들이 그려져 있는 눈에 덮인 산과 같다는 둥, 온갖 칭찬을 늘어놓았다. 그리고 나서 강에서 귀여운 아이들을 데려다 주는 황새에 대해서도 이야기해 주었다. 공주에게는 참으로 근사한 이야기들이었다. 이야기를 마친 상인의 아들은 공주에게 청혼했다. 그러자 공주는 즉시 승낙했다.

"하지만 토요일에 오셔야 해요. 그때 부모님이 차를 마시러 오시니까요. 제가 터키 천사와 결혼한다는 걸 아시면 무척 자랑스러워하실 거예요. 하지만 부모님에게도 아름다운 동화를 들려주세요. 저희 부모님은 특히 동화를 좋아하시거든요. 어머님은 깊이 있고 도덕적인 동화를 좋아하시고, 아버님은 재미있는 동화를 좋아하신답니다."

"잘됐군요. 그럼 결혼 선물로 다른 것은 준비할 것 없이 동화를 가져오면 되겠군요."

공주는 헤어질 때 그에게 금화를 쓰라며 금화가 박힌 멋진 칼을 주었다. 성을 빠져나온 상인의 아들은 새 잠옷을 사서 숲 속으로 돌아왔다. 이제 토요일에 들려줄 이야기를 생각해 내야 했다. 하지만 쉽지가 않았다. 그는 며칠을 끙끙대다가 공주를 만나기로 한 토요일이 되어서야 간신히 이야기를 생각해 냈다.

그가 도착했을 때 왕과 왕비와 대신들은 공주와 함께 차를 마시고 있었다. 그들은 매우 공손하게 그를 맞이했다.

"그대가 우리에게 동화를 들려주겠다고? 깊이 있고 교훈적인 걸로 들려주겠나?" 왕비가 물었다.

"게다가 웃을 수 있는 그런 동화로 말일세." 왕이 끼어들어 말했다.

"그렇게 하지요!"

그는 잘 들어 달라고 부탁을 하고는 곧 이야기를 시작했다.


"옛날에 한 다발의 성냥이 있었습니다. 그들은 고상한 가문에서 태어난 걸 매우 자랑스러워했지요. 그들의 조상인 커다란 소나무는 한때는 숲 속에서 매우 크고 오래된 나무였지요. 성냥 다발은 바로 그 나무에서 잘려 나온 겁니다. 이제 부싯깃 통과 낡은 쇠 냄비 사이에 놓인 성냥들은 젊었을 때 이야기를 했답니다.

'아, 그때 우린 푸른 가지 위에서 자랐어. 가지들처럼 우리도 푸르렀지. 매일 아침저녁으로 우리는 이슬이라는 다이아몬드 차를 마시고 살았어. 해님이 반짝일 때면 하루종일 따스한 햇살에 목욕을 하고 작은 새들은 우릴 위해 즐겁게 노래해 주었지. 우린 아주 부자였어. 다른 나무들은 여름에만 푸른 옷을 입었지만 우리 가족은 여름에나 겨울에나 늘 푸른 옷을 입고 지냈거든. 그러던 어느 날, 나무꾼이 오더니 도끼로 우리 가족을 쓰러뜨리는 게 아니겠어? 그래서 우리 가족들은 뿔뿔이 흩어지게 되었어. 아버지는 세계를 돌아다니는 크고 화려한 배의 큰 돛대가 되었어. 하지만 우린 평범한 사람들을 위해 불을 켜 주는 임무를 맡았어. 그래서 우리처럼 고귀한 태생들이 이 부엌으로 오게 된 거지.'

그 말을 듣자 성냥들 곁에 놓여 있던 쇠 냄비가 말했어요. '난 이런 일을 겪었어. 난 이 세상에 태어날 때부터 요리하고 씻는 일을 맡았지. 단단하고 편리한 것이 필요할 때면 이 집에선 내가 제일 먼저야. 식사 후에 깨끗이 닦여져 내 자리에 와서 이웃들과 이야기를 나누는 것이 가장 큰 기쁨이야. 하지만 가끔 마당으로 나가는 물통만 빼놓고 우린 모두 늘 이곳에 갇혀 지내. 우리들에게 언제나 새로운 소식을 전해 주는 것은 시장 바구니. 시장 바구니는 가끔 사람들과 정부에 대해 불쾌한 얘기를 전해 주기도 해. 그래, 언젠가는 낡은 단지가 이야기를 듣고 너무 놀란 나머지 떨어져서 산산조각이 나고 말았지. 아무튼 시장 바구니는 자유로워.'

그때 부싯깃 통이 끼어들었어요. 부싯깃 통은 쇠를 부싯돌에 쳐서 불꽃을 일으키면서 '수다쟁이들만 모였구나. 우리 오늘 밤 재미있게 지내지 않을래?' 하고 소리쳤지요.

'물론이지, 누가 고귀한 태생인지 이야기해 보자.' 성냥들이 이렇게 말했어요.

'그런 얘긴 늘 하는걸. 다른 재미있는 얘기가 없을까? 그래, 우리들에게 일어났던 이야기를 해 보자. 아주 재미있을 거야. 발트해의 덴마크 연안에…' 냄비가 이렇게 말을 꺼내자 접시들이 일제히 이렇게 외쳤어요.

'그것 참 시작부터 근사한데. 재미있을 거 같아.' 하고 말예요.

냄비가 계속해서 얘기를 했지요. '그래, 난 그곳에 있는 어느 조용한 집에서 젊은 시절을 보냈어. 가구며 마룻바닥이 잘 닦여 반짝반짝 윤이 났지. 그리고 2주마다 새 커튼이 걸리곤 했어.'

'정말 재미있게 이야기를 잘하네. 넌 여자들 사회에선 대단히 중요하지. 그들은 네 말처럼 매우 깨끗하지.' 빗자루가 말했어요.

'그건 사실이야.' 물동이는 이렇게 말하며 너무 재미있어 깡충깡충 뛰다가 그만 바닥에 물을 쏟고 말았지요.

냄비는 이야기를 계속했어요. 이야기의 끝도 시작처럼 근사했지요. 접시들은 모두 즐거워하며 달각거렸고, 빗자루는 쓰레기 구덩이에서 녹색 미나리를 꺼내 화환을 만들어 냄비에게 씌워 주었어요. 그렇게 하면 다른 것들이 시샘할 거라는 걸 알았지만, 빗자루는 자신이 오늘 냄비에게 화환을 걸어 주면 내일은 냄비가 자신에게 화환을 걸어 줄거라 생각했지요.

'이제 춤추자.' 부지깽이가 다리 하나를 공중으로 번쩍 치켜들고 몸을 흔들었어요. 구석에 있던 의자 방석이 그 모습을 보고 웃음을 터뜨렸지요.

'나도 화환을 받을 수 있겠어?' 부지깽이가 묻자 빗자루는 쓰레기 구덩이에서 화환을 찾아내 부지깽이에게 씌워 주었어요. 하지만 성냥개비들은 그들이 천한 무리들이라고 생각했어요. 이번에는 차탕관이 노래를 부를 차례가 되었어요. 하지만 차탕관은 감기가 들었다며 몸 속에서 물이 끓고 있지 않으면 노래를 부를 수가 없다는 것이었어요. 모두들 차탕관이 거드름을 피운다고 생각했지요. 차탕관은 유명한 사람들이 앉아 있는 거실 식탁 위에서가 아니면 절대로 노래를 부르려고 하지 않았기 때문이죠.

창가에는 이 집 하녀가 글씨를 쓰곤 하는 낡은 깃펜이 놓여 있었어요. 펜은 잉크 속에 담겨져 있다는 것 외에는 전혀 뛰어난 점이 없었지만, 펜은 그 사실을 매우 자랑스럽게 생각했지요. '차탕관이 노래 부르기 싫어한다면 그만 두라지 뭐. 저 새장 속에 있는 나이팅게일은 노래를 잘하지. 물론 많이 배우지 못했지만 말야. 하지만 오늘 저녁에는 그런 것쯤은 무시하자구.'

'그건 말도 안 돼. 여기서 외국 새의 노래를 들어야겠어? 그게 애국적인 거야? 시장 바구니에게 어떤 것이 옳은지 물어보자구.' 펜의 말을 들은 찻주전자가 이렇게 말했지요. 찻주전자는 부엌의 가수이자 차탕관의 이복 형제였답니다.

'난 정말 화가 치밀어. 생각이 제대로 박힌 게 하나도 없어. 이게, 저녁을 재미있게 보내는 방법이야? 집을 제대로 정돈하는 것이 더 낫지 않아? 각자 제자리로 가야 돼. 그런 다음에 내가 놀이를 지도할 테야. 아주 재미있을 거야.' 시장 바구니가 몹시 화를 내며 말했어요.

'그래, 볼 만한 구경거리를 만들어 보자.' 모두들 이렇게 소리쳤어요. 그때 문이 열리고 하녀가 들어왔어요. 모두들 아무 소리도 못하고 조용히 있었지요. 그들은 한결같이 자신들이 하려고만 했더라면 정말 즐거운 저녁을 보낼 수 있었을 거라고 생각했어요. 하녀는 성냥개비를 집어들더니 불을 지폈어요. 성냥개비가 타닥 소리를 내며 환하게 타올랐지요.

'우리가 제일이야! 우리가 얼마나 휘황찬란하게 빛을 내는지 모두가 보겠지. 얼마나 밝은 빛을 내는지 말야.' 성냥개비들은 이렇게 중얼거리면서 타 없어져 버렸답니다."

"정말 훌륭한 동화야. 정말 부엌에 가 있는 것처럼 생생한 이야기였어. 우리 공주와 결혼하도록 허락한다." 왕비가 말했다.

"물론, 아주 훌륭해! 그대에게 공주와 결혼하도록 허락하노라." 왕이 말했다. 왕이 상인의 아들에게 '그대'라는 공손한 표현을 사용한 것은 그의 가족이 될 것이기 때문이었다.

결혼식 날짜가 정해졌다. 결혼식 전날 밤에는 온 도시에 불이 환하게 밝혀지고, 화려한 축제가 열렸다. 개구쟁이 소년들은 발끝으로 서서 "만세"라고 외치는가 하면 손가락 사이로 휘파람을 불기도 했다. 말할 수 없이 근사한 밤이었다.

"나도 근사하게 한턱 내야겠군." 상인의 아들은 불꽃놀이에 필요한 것들을 모두 사가지고 트렁크를 타고 하늘로 올라갔다. 불꽃들이 여기저기 하늘에서 펑펑 소리를 내며 화려한 불빛을 냈다. 터키 사람들이 너무나 즐거워 껑충껑충 뛰는 바람에 슬리퍼들이 공중으로 날아오르기도 했다. 이제껏 이렇게 굉장한 불꽃놀이를 본 사람은 없었다. 그래서 사람들은 공주가 터키 천사와 결혼할 것이라고 굳게 믿었다.

불꽃놀이를 끝내고 트렁크로 타고 숲으로 내려온 상인의 아들은 시내로 나가 사람들의 반응을 살펴봐야겠다고 생각했다. 사람들이 그에 대해 어떻게 생각하고 있는지 알고 싶은 것은 당연했다. 그런데 얼마나 기이했던가! 모두들 불꽃놀이가 아름답다고 생각하긴 했지만, 사람들마다 하는 이야기가 가지각색이었다.

"터키 천사를 내 눈으로 똑똑히 보았어요. 별처럼 빛나는 눈에 물거품 같은 머리를 가지고 있었어요."

"그는 불의 외투를 입고 날았어요. 외투의 주름 사이로는 예쁜 아기 천사들이 내다보고 있었지요."

사람들은 들떠서 이렇게 서로 얘기를 주고받았다. 이제 날이 밝으면 상인의 아

터키 사람들이 너무나 즐거워 껑충껑충 뛰는 바람에 슬리퍼들이 공중으로 날아오르기도 했다.
이제껏 이렇게 굉장한 불꽃놀이를 본 사람은 없었다.

들은 공주와 결혼을 하게 되리라.

사람들의 반응에 만족한 상인의 아들은 트렁크에서 쉬려고 숲으로 갔다. 그런데 트렁크가 보이지 않았다. 불꽃의 불씨 하나가 트렁크에 옮겨 붙어 트렁크가 그만 재가 되고 만 것이다. 상인의 아들은 더 이상 날 수도 없었고 신부에게 갈 수도 없었다. 이제 상인의 아들은 세계를 다니면서 동화를 들려주고 있다. 하지만 성냥개비 얘기만큼 재미있지는 않다.

한편, 공주는 결혼식 날 하루 종일 창가에 서서 그를 기다렸다. 아마 지금도 기다리고 있으리라.

# 16
## 황새들

어느 작은 마을이 끝나는 곳에 서 있는 집 위에 황새 둥지가 있었다. 그 둥지에는 새끼 황새 네 마리와 어미 황새가 앉아 있었는데, 새끼 황새들은 목을 길게 빼고 검은 부리를 내밀고 있었다. 새끼들은 아직 어려서 어미 황새 부리처럼 빨갛지가 않았다. 그곳에서 약간 떨어진 용마루 위에서는 아비 황새가 늠름하게 서서 보초를 서고 있었다. 한쪽 다리를 높이 들고, 다리 하나로 서 있는 아비 황새는 나무로 조각한 새처럼 꼼짝도 않고 서 있었다.

'아내가 여기에 서 있다면 참으로 우아해 보일 텐데. 사람들은 내가 남편인 줄 모르겠지. 아마 명령을 받고 보초 서고 있는 줄 알 거야. 그래도 여기 서 있는 건 매우 고상해 보인단 말야.' 아비 황새는 이렇게 생각하며 계속 외다리로 서 있었다.

아래 골목에서 놀던 아이들이 황새를 발견했다. 그 중 제일 배짱 좋은 아이가 노래를 시작하자 나머지 아이들이 일제히 따라 부르기 시작했다.

황새야, 황새야, 멀리 날아가 버리렴.
그렇게 외다리로 서 있지 말고.
네 아내는 둥지 속에 있지,
새끼들을 돌보면서.
첫 번째 새끼는 목을 졸라 죽이고,
두 번째 새끼는 기름에 튀기고,
세 번째 새끼는 총으로 쏘아 죽이고,
네 번째 새끼는 불에 태워 죽이지.

어느 작은 마을이 끝나는 곳에 서 있는 집 위에 황새 둥지가 있었다.

"저 애들 노랫소리 좀 들어 봐. 우릴 목매달고 불에 태워 죽일 거래잖아." 새끼 황새들이 겁에 질려 소리를 질렀다.

"그런 말에 신경 쓰지 마라. 괜한 소리란다. 우릴 어쩌지도 못하면서 괜히 그러지." 어미 황새가 새끼들을 안심시켰다.

그러나 아이들은 계속 노래를 부르며 황새들에게 손가락질하고 놀렸다. 오직 페터라는 아이만이 동물을 놀리는 것은 나쁜 짓이라며 아이들을 말렸다. 어미 황새는 새끼들을 달래려고 애썼다. "자, 아빠가 얼마나 태연하게 서 있는지 보렴. 그것도 외다리로 말야."

"하지만 무서워요."

새끼 황새들은 겁에 질려 둥지 속에 머리를 묻었다.

다음날도 아이들은 황새를 보자 다시 노래를 불렀다.

하나는 목을 졸라 죽이고
다른 하나는 불에 태우지.

"우리가 목이 졸리고 불에 타 죽게 될까요?" 새끼 황새들이 떨리는 목소리로 물었다.

"절대로 그런 일은 없단다. 너희들에게 곧 나는 법을 가르쳐 주지. 너희들이 날게 되면 함께 초원 위를 날아서 개구리를 잡으러 갈 거야. 개구리들은 연못 속에서 개굴개굴 노래를 부른단다. 그럼 우리는 그 개구리들을 잡아먹어 버리지. 정말 재미있을 거야."

"그 다음엔요?" 새끼 황새들이 물었다.

"그리고 나면 전국에 있는 모든 황새들이 모여 다가올 겨울에 대비하여 나는 훈련을 하지. 그때에는 정말 잘 날아야 한단다. 제대로 날지 못하면 장군 황새가 부리로 쪼아 죽이지. 그러니 훈련이 시작되기 전에 잘 배우도록 해야 해."

"그럼 우린, 아이들 노래처럼 죽는 건가요? 쉿, 들어보세요. 아이들이 또 노래해요."

"그런 노래에 신경 쓰지 말고 내 말을 들어. 훈련이 끝나면 우리는 따뜻한 나라로 날아간단다. 이곳에서 아주 먼 곳이지. 산을 넘고 숲을 지나서 이집트로 간단다. 거기에는 구름 위까지 솟은 뾰족한 지붕을 인 집들이 있는데, 피라미드라고 하는 것이지. 피라미드는 우리가 상상할 수 없을 정도로 아주 오래된 것이란다. 그 나라에서는 강물이 넘쳐흐르면 온 도시가 진흙 늪이 되는데, 그때 늪 속을 이리저리 돌아다니면서 개구리를 마음껏 잡아먹을 수 있단다."

"와!" 새끼 황새들이 탄성을 질렀다.

"그곳은 정말 근사하지. 하루 종일 먹는 것밖에 할 일이 없어. 우리가 그곳에서 잘 지내는 동안, 이 나라에서는 무성한 나뭇잎들이 하나도 남김없이 떨어지고 만단다. 그리고 너무도 추워서 구름들이 조각조각 얼어붙어 하얗게 땅에 떨어지지." 어미 황새가 말한 것은 눈이었다. 그러나 어미 황새는 눈에 대해 달리 설명할 줄을 몰랐다.

"못된 아이들도 조각조각 얼어붙어 떨어지나요?" 새끼 황새들이 호기심에 찬 눈으로 물었다.

"아니, 아이들은 얼어붙어 떨어지지 않는단다. 하지만 추워서 하루종일 어둡고 음침한 방 안에서 지내야 하지. 하지만 우리들은 꽃이 활짝 피고 따스한 햇볕이 내리쬐는 다른 나라에서 마음껏 날아다닐 수 있단다."

세월이 지나 새끼 황새들은 둥지에서 똑바로 서서 멀리 내다볼 수 있을 정도로 자랐다. 아비 황새는 날마다 예쁜 개구리며, 작은 뱀이며, 온갖 먹이를 물어다 주었다. 아비 황새가 새끼들을 즐겁게 해주려고 재주를 넘을 때면 새끼 황새들은 날개를 퍼덕이며 재미있어 어쩔 줄을 몰랐다. 아비 황새는 고개를 꼬리 뒤로 완전히 젖히고 부리를 방울처럼 흔들어 소리를 내기도 했다. 그리고는 늪에 관한 이야기를 들려주었다.

어느 날 어미 황새가 새끼들을 불러 놓고 말했다. "이제 너희들은 나는 법을 배워야 한단다."

네 마리의 새끼 황새들은 모두 지붕 꼭대기로 나왔다. 새끼들은 다리가 후들거려서 금방이라도 밑으로 떨어질 것만 같았다. 그들은 식은땀을 흘리며 힘들게 날개로 균형을 잡았다.

"이제 너희들은 나는 법을
배워야 한단다."

"날 봐. 이렇게 머리를 들고 발은 이렇게 놓아. 하나 둘, 하나 둘. 바로 이거야. 나는 걸 배우면 세상에 나가도 두렵지 않을 거야."

어미 황새가 이렇게 말하며 시범을 보였다. 새끼 황새들도 서투르게 날아올랐지만 곧 떨어지고 말았다. 아직은 날갯짓이 너무 서툴렀다.

"난, 날지 않을래. 따뜻한 나라로 가지 못해도 좋아." 겁이 난 새끼 황새 한 마리가 둥지 안으로 들어가 버렸다.

"겨울이 되면 여기 있다가 얼어죽고 싶어? 아이들이 와서 널 목매달고 불에 태워도 괜찮겠어? 그렇담 가서 아이들을 불러오마." 어미 황새가 화를 내며 말했다.

"아니에요, 싫어요!" 새끼 황새는 다시 지붕 위로 폴짝 뛰어나왔다. 황새들은 열심히 나는 법을 배워 사흘째가 되자 조금씩 날 수 있게 되었다. 그래서 새끼 황새들은 하늘 높이 치솟을 수 있을 것이라고 생각하고 날개에 의지하여 힘차게 솟아올랐다. 하지만 곧 곤두박질치고 말았다. 거리에서 아이들이 다시 노래를 불렀다.

　　황새야, 황새야, 멀리 날아가 버리렴!

"아래로 날아가서 눈을 찔러 버릴 테야." 새끼 황새들이 씩씩거리며 말했다.

"그냥 내버려 둬라. 지금은 내 말을 듣는 게 훨씬 더 중요해. 자, 하나, 둘, 셋! 이제 오른쪽으로 돌아 날아 봐. 하나, 둘, 셋! 이제 왼쪽으로 돌아서 저 굴뚝을 돌아 날아가 봐. 아주 잘했어. 마지막 날갯짓이 정말 훌륭했어. 내일은 함께 늦까지 날아가 보자. 그곳은 여러 황새 가족들이 새끼들을 데리고 오는 곳이지. 너희들이 그들보다 더 훌륭하게 자랐다는 것을 보여 주기 바란다. 머리를 똑바로 들고 자신있게 다녀라. 그러면 당당해 보이니까."

"하지만 저 못된 애들부터 혼내 줘요." 새끼 황새들이 참을 수 없다는 듯이 다시 말했다.

"마음대로 소리지르게 내버려 두려무나. 너희들은 곧 구름 속을 날아서 피라미드의 나라로 갈 텐데 뭘 그러니. 그때 저 아이들은 이곳에서 떨면서 지내게 될 거야. 나뭇잎도 없고 먹을 사과도 없는 곳에서 말야."

"복수하자!" 새끼 황새들은 다시 나는 연습을 하면서 서로에게 속삭였다.

황새를 조롱하는 아이들 중 제일 못된 아이는 노래를 처음으로 시작한 아이였다. 그 아이는 여섯 살도 채 안 되었지만 새끼 황새들의 눈에는 적어도 1백 살은 되어 보였다. 덩치가 어미 황새나 아비 황새보다 훨씬 더 컸기 때문이다. 새끼 황새들이 아이들 나이를 모르는 것은 당연했다.

그 아이는 날마다 노래를 불렀고 시간이 감에 따라 황새들의 분노도 더해 갔다. 이제 더 이상 참을 수 없게 된 새끼 황새들은 그 아이에게 복수하기로 마음먹었다. 결국 어미 황새는 새끼들에게 복수를 하도록 허락할 수밖에 없었다. 그렇지만 남쪽 나라로 떠나는 마지막 날에 하라고 했다.

"먼저 총연습 때 잘하는지 좀 봐야겠다. 못하면 장군 황새가 부리로 너희들을 쪼아서 죽일 거야. 그렇게 되면 아이들의 노래가 맞는 셈이지. 그때까지 두고 보자꾸나."

"좋아요, 그렇게 하세요." 새끼 황새들이 씩씩하게 대답했다. 그리고는 날마다 열심히 연습한 끝에 아주 잘 날아다닐 수 있게 되었다.

가을이 성큼 다가서자 황새들이 따뜻한 나라로 날아가서 겨울을 보내려고 모여들었고, 곧이어 총연습이 시작되었다. 황새들은 숲과 마을 위를 날며 마음껏 실력을 과시했다. 새끼 황새들도 아주 잘 날아 좋은 성적을 얻음으로써 개구리와 뱀을 포상으로 받았다. 새끼 황새들은 무엇보다도 개구리와 뱀을 먹게 된 것이 제일 기뻤다.

"이제 복수하겠어요!" 새끼 황새들이 외쳤다.

"물론, 그래야지. 그동안 어떻게 하면 후련하게 복수할 수 있을까를 생각해 봤단다. 작은 아기들이 누워 있는 연못이 있는데, 그 아기들은 황새가 와서 부모에게 데려다 주길 기다리고 있지. 아주 귀엽고 작은 아기들은 그곳에 누워 잠을 자면서 아름다운 꿈을 꾼단다. 부모들은 모두 작은 아기를 갖고 싶어하고 아이들도 형제나 자매를 갖고 싶어하지. 자, 이제 그 연못으로 날아가서 나쁜 노래를 부르지 않은 아이들에게 아기를 하나씩 물어다 주자." 엄마 황새가 말했다.

"하지만 그 심술쟁이 나쁜 아이는 어떻게 하구요?" 새끼 황새들이 발을 동동 구르며 소리를 질렀다.

"그 연못에는 꿈만 꾸다가 죽은 아기가 하나 있단다. 그 못된 아이에게는 죽은 아기를 갖다 주자. 그러면 엉엉 울거야. 하지만 동물을 놀리는 건 나쁜 짓이라고 말한 그 착한 아이를 잊지 않았겠지? 그 아이에게는 여동생과 남동생을 가져다주

작은 아기들이 누워 있는 연못이 있는데,
그 아기들은 황새가 와서 부모에게 데려다 주길 기다리고 있지.

자. 그 아이가 페터라고 했지? 너희들도 앞으로는 페터라고 이름을 붙이자꾸나. "

모든 일이 어미 황새가 말한 대로 되었다. 그 뒤 황새들은 모두 페터라고 불렸
으며, 지금도 그렇게 불리고 있다.


# 17
## 금속 돼지 이야기

피아차 델 그란두카에서 멀지 않은 피렌체 시내에 포르타 로사라는 작은 거리

가 있었다. 이 거리에는 야채를 파는 시장 앞에 돼지 한 마리가 서 있었다. 황동으로 만든 그 돼지는 생김새가 매우 독특하였으며, 아주 오래되어 화사한 노란빛이 검푸른 색으로 변해 있었다. 하지만 주둥이에서는 아직도 신선하고 맑은 물이 졸졸 흘러나왔다. 주둥이는 일부러 윤을 낸 것처럼 반짝반짝 빛이 났는데, 이곳을 지나는 사람들이 그 주둥이에 입을 대고 졸졸 흐르는 물을 받아 마시느라 그렇게 된 것이었다. 반쯤 벌거벗은 아이들이 잘생긴 돼지 머리를 껴안고 앵두 같이 붉은 입술을 돼지주둥이에 대고 물을 마시는 모습은 참으로 귀여웠다. 피렌체에 오는 사람이면 누구나 쉽게 그런 모습을 볼 수 있었다. 길거리에서 아무에게나 금속 돼지가 어디에 있느냐고 물으면 쉽게 알려 주었으니까.

세상이 하얀 눈으로 덮이고, 달빛이 고요하고 밝은 어느 겨울 저녁이었다. 이탈리아의 달빛은 북부 지방에서보다 더 밝다. 이곳 공기는 북부 지방보다 더 맑기 때문이다. 잿빛 하늘을 이고 있는 춥고 음산한 북부에서는 차갑고 축축한 무덤 속에 있는 것처럼 기분이 땅으로 가라앉지만 공기가 맑은 이곳에서는 기분이 들뜨기 때문에 달빛이 더 밝아 보이기도 했다.

겨울인데도 장미꽃 수천 송이가 활짝 피어 있는 대공의 뜰에 누더기를 걸친 소년이 하루 종일 앉아 있었다. 전형적인 이탈리아인처럼 보이는 귀여운 소년은 얼굴에 미소를 머금고 있었지만 고통에 찬 모습이었다. 소년은 배가 고프고 목이 말랐다. 그러나 먹을 것을 주는 사람은 아무도 없었다. 날이 저물자 문지기는 성문을 닫아야 한다며 소년을 밖으로 내쫓았다. 소년은 아르노 강 다리 위에서 꿈을 꾸듯 오랫동안 서 있었다. 대리석으로 된 멋진 델라 트리니타 다리와 소년 사이로 흐르는 강물에 비친 별들이 보석처럼 아름다웠다.

잠시 후 소년은 금속 돼지가 서 있는 골목으로 접어들었다. 소년은 금속 돼지에게 다가가 반쯤 무릎을 굽히고 팔로 돼지 목을 감싸 안았다. 그리고는 반짝반짝 윤이 나는 돼지주둥이에 입을 대고 시원한 물을 꿀꺽꿀꺽 받아 마셨다. 바로 옆에는 몇 개의 상추잎과 두어 개의 밤이 떨어져 있었는데, 소년은 그것으로 배를 채웠다. 텅 빈 길거리에는 소년뿐이었다. 소년은 용기를 내어 금속 돼지 등에 올라타고 몸을 앞으로 굽혀 돼지 머리에 자기의 머리를 기댔다. 그리고는 어느 틈에 잠이 들어 버렸다.

밤이 깊어 사방이 고요했다. 그런데 갑자기 금속 돼지가 움직이기 시작했다.

돼지의 목소리가 조용한 길거리에 또렷하게 울려 퍼졌다. "얘, 꼭 붙잡아. 이제 달릴 테니까."

돼지는 소년을 태우고 힘차게 달려 피아차 델 그란두카로 갔다. 대공의 동상을 태우고 그곳에 서 있던 금속 말이 우렁차게 울부짖었고, 의사당 위의 화려한 문장은 마치 투명한 그림들처럼 빛을 냈으며, 미켈란젤로의 다비드 상은 힘차게 투석기를 던졌다. 모든 것들이 살아 움직였다. 페르세우스[5]와 사비니 족 여인들의 유괴 장면을 담은 금속의 무리도 살아 있는 것 같았다. 그들의 공포에 찬 비명 소리가 온 광장에 울려 퍼졌다. 참으로 신기한 광경이었다.

금속 돼지는 다시 달려 데글리 우피치 광장에 우뚝 멈춰 섰다. 그곳은 사육제가 되면 많은 귀족들이 모이는 홍예랑이 있는 곳이었다.

"꼭 붙잡아. 이제 계단이 시작되거든." 금속 돼지가 말했다.

소년은 아무 말도 하지 않았다. 무서워 온몸이 떨렸지만 그래도 신났다. 그들은 긴 회랑으로 들어갔다. 소년이 전에 와 본 곳이었다. 그림들로 장식된 벽은 화려했고, 조각품과 흉상들은 밝은 대낮과 같은 눈부신 빛을 받으며 서 있었다. 옆 방으로 통하는 문을 열자 더욱더 눈부신 조각이 나타났다. 소년은 예전에 그곳에 서 있는 조각을 본 적이 있지만 오늘 밤처럼 찬란하게 빛나는 것을 본 적이 없었다. 그곳에는 아름다운 여인의 조각이 서 있었다. 위대한 대가만이 만들어 낼 수 있는 아름다운 모습이었다. 여인의 아름다운 팔다리가 움직이는 것처럼 보였고, 발치에서는 돌고래들이 튀어 오르는 것만 같았으며, 여인의 두 눈에서는 영원히 꺼지지 않는 빛이 흘러나오는 것만 같았다. 세상 사람들은 그 여인을 '메디치 가의 비너스'라고 불렀다. 그녀의 옆으로는 생명의 숨결로 빚어진 화려한 조각들이 서 있었다. 그 중에는 '칼 가는 사람'이라 불리는 칼을 가는 남자와, 격투를 하는 두 명의 검투사들이 있었다. 그들은 미의 여신을 서로 차지하려고 날카로운 칼을 휘둘렀다. 소년은 화려한 빛을 내는 이 형상들 때문에 눈이 멀 것 같았다. 벽 또한 갖가지 화려한 색으로 눈이 부셨다. 그곳에 있는 것들이 모두 살아 움직이는 것만 같았다.

홀마다 찬란하고 아름다웠다. 금속 돼지가 한 걸음 한 걸음 옮길 때마다 소년

---

5. 제우스의 아들로 괴물 메두사를 물리친 영웅

은 그 아름답고 눈부신 광경을 똑똑히 볼 수 있었다. 소년은 그림들을 하나하나 유심히 살폈다. 그 중에서도 한 그림이 유난히 소년의 관심을 끌었다. 그 그림 속에는 행복감으로 눈이 반짝이는 아이들이 있었는데, 낮에 본 적이 있는 그림이었다. 많은 사람들은 이 그림을 무심히 지나쳤지만 이 그림에는 시적 감흥을 일으키는 보물이 들어 있었다. 이것은 지옥으로 내려가는 예수를 그린 그림이었으며, 관람객들이 보는 것은 버림받은 자가 아니라 고대의 이교도들이었다. 이 그림을 그린 사람은 피렌체 사람인 아뇰로 브론치노였다. 이 그림에서 제일 아름다운 것은 언젠가는 반드시 천국으로 가리라는 확신에 찬 두 아이의 얼굴이었다. 두 아이는 서로 껴안고 있었는데, 그 중 작은 아이는 "난 하늘 나라로 올라갈 테야." 하고 말하는 것처럼 아래쪽에 있는 큰 아이를 향해 손을 내밀고 있었다. 나이 든 사람들은 하늘로 오르기를 희망하면서도 확신이 없는 표정으로 예수를 경배하며 겸허하게 허리를 굽히고 서 있었다. 소년의 시선은 다른 그림들보다 이 그림에 더 오래 머물러 있었다. 금속 돼지도 그 앞에 조용히 서 있었다. 그때 낮은 한숨 소리가 흘러 나왔다. 그 소리는 그림 속에서 흘러나온 것이었을까, 아니면 금속 돼지의 가슴에서 흘러나온 것이었을까? 소년은 그림 속에서 웃고 있는 아이들을 향해 두 팔을 뻗었다. 그때 금속 돼지가 현관을 지나 달리기 시작했다.

"예쁜 금속 돼지야, 정말 고마워." 소년은 계단을 내려가는 금속 돼지를 쓰다듬으며 말했다.

"나도 네가 고마워. 우린 서로를 위해 좋은 일을 한 거야. 난 착한 아이를 등에 태울 때만 달릴 수 있는 힘이 생기거든. 그래, 난 널 태우고 어디든지 갈 수 있어. 성모 마리아 상 앞으로 지나갈 수도 있지. 하지만 교회는 들어갈 수 없단다. 네가 타고 있으면 열린 창문을 통해 교회 안을 들여다볼 수는 있지만 말이야. 내 등에 꼭 매달려. 네가 떨어지면 난 움직이지 못하게 되니까. 포르타 로사에서 본 것처럼 말야." 금속 돼지가 말했다.

"알았어, 꼭 붙잡을게."

그들은 피렌체 거리를 지나 산타 크로체 교회 앞 광장에 이르렀다. 제단을 비추던 밝은 빛이 활짝 열린 교회 문을 통해 고요한 광장으로 쏟아져 나왔다. 한 줄기의 아름다운 빛은 왼쪽 복도에 있는 한 기념비에서 새어 나왔다. 수많은 별들이 아름답게 반짝이며 그 기념비에 후광을 만들었으며, 그 묘비에 있는 문장마저도 화려한 빛을 발했고, 푸른 바탕 위에 있는 붉은 사다리는 마치 불이 붙은 듯 빨갛게 타오르는 것 같았다. 그것은 바로 갈릴레오의 무덤이었다. 장식이 없는 아주 소박한 기념비였지만 푸른 바탕의 붉은 사다리는 의미 있는 문장이었다. 그것은 엘리야와 같은 예언자들이 천국으로 갈 때 타고 올라간 것으로, 영광에 이르는 길은 눈부신 그 사다리를 타고 올라가는 길임을 의미하는 것이었다.

교회 오른쪽 복도에 있는 화려한 석관 위에 서 있는 입상들은 마치 살아 움직이는 것 같았다. 이곳에는 미켈란젤로의 조각상뿐만 아니라 머리에 월계관을 쓴 단테도 있었다. 그리고 알피에리, 마키아벨리 등 이탈리아의 영웅들도 나란히 서 있었다.[6] 교회는 크진 않았지만 피렌체에 있는 대리석으로 된 성당보다 훨씬 더 아름다웠다. 조각된 옷자락들이 살랑거리는 것 같았고, 옷을 입은 형상들이 머리를 높이 쳐들고 눈부시게 빛나는 제단을 올려다보는 듯했다. 제단에는 고요한 음악이 흐르는 가운데 황금빛 향로를 흔들고 서 있는 흰옷 입은 소년들의 모습이 조각되어 있었다. 교회를 가득 채우고 있는 진한 향기가 광장으로 새어 나왔다. 소년은 그 불빛을 향해 손을 뻗었다. 그러자 금속 돼지가 서둘러 달리기 시작했다. 어찌나 빠른지 소년은 떨어질까봐 돼지 등에 꼭 매달렸다. 바람이 윙윙거리며 귀를 때리고 교회 문이 닫히면서 돌쩌귀가 삐걱거리는 소리가 들렸다. 순간 소년은 의식을 잃고 말았다. 소년은 갑자기 추위를 느끼며 잠에서 깨어났다.

그런데 이게 어찌된 일인가? 어둠이 가시고 벌써 환한 아침이었다. 소년은 포르타 로사 광장에 변함없이 서 있는 금속 돼지 등에서 금방이라도 떨어질 듯이 매달려 있지 않은가. 소년은 어머니의 얼굴이 떠오르자 덜컥 겁이 났다. 어제 어머니가 돈을 구해 오라고 했는데 한 푼도 구하지 못했다. 배가 고프고, 목도 말랐다. 소년은 다시 금속 돼지 목을 감싸안고 코에 입을 맞추고는 잘 있으라고 고개를 끄덕였다. 그리고는 좁은 골목으로 들어섰다.

골목은 짐을 실은 노새 한 마리가 지나가기 힘들 정도로 좁았다. 쇠를 박은 큰

---

6. 갈릴레오 무덤 맞은편에는 미켈란젤로의 무덤이 있다. 그의 흉상은 조각, 회화, 건축을 대표하는 세 인물과 나란히 서 있다. 그리고 바로 그 옆에는 라벤나에 묻힌 단테의 기념비가 서 있다. 이탈리아 당국은 이 기념비 위에 단테의 거대한 조각상을 세웠으며, 시인들은 그를 잃은 것을 슬퍼했다. 여기에서 몇 걸음 가면 알피에리의 기념비가 있다. 이 기념비는 월계수와 수금과 가면들로 장식되어 있다. 이는 이탈리아 국민이 그의 죽음을 애도하는 표시이다. 마키아벨리는 이 유명한 사람들 중 맨 마지막에 속한다.

문이 살짝 열려 있었다. 소년은 문을 지나 밧줄로 된 난간이 있는 불결한 벽돌 계단을 올라갔다. 계단은 너덜너덜한 빨래가 널려 있는 복도로 이어졌다. 여기에서 계단 몇 개를 더 내려가면 마당이 나왔는데, 마당에는 우물이 있었다. 여러 층에 사는 사람들이 물을 길어다 먹는 우물이었다. 우물에는 줄이 달린 두레박들이 나란히 열을 지어 흔들리고 있었다. 가끔 도르래와 두레박이 삐걱거리며 춤을 출 때면 물이 온 마당에 튀기곤 하였다. 복도로 통하는 허름한 계단은 또 하나가 있었는데, 두 명의 러시아 뱃사람이 허둥대며 그 계단을 내려오다 소년을 넘어뜨릴 뻔했다. 그들은 밤새 내내 시끄럽게 떠들며 술을 마시고 나오는 길이었다. 숱이 많은 까만 머리에 심술궂게 생긴 뚱뚱한 여자가 그들의 뒤를 따라나왔다.

"그래, 좀 얻어 왔니?" 뚱뚱한 여자가 소년을 보며 거칠게 소리쳤다. 그 여자는 바로 소년의 어머니였다.

"화내지 마세요. 아무것도 못 얻었어요. 아무것두요." 소년이 어머니의 옷자락에 매달리다시피 하며 겁에 질려 말했다. 소년과 여자는 작은 방으로 들어갔다. 그 방에 대해서 자세히 얘기하진 않겠다. 다만, 그 방에는 마리토라고 하는 손잡이 달린 화로가 있었다는 것만은 얘기하겠다. 여자는 화로를 무릎에 놓고 손을 녹이면서 팔꿈치로 소년을 밀쳐 냈다.

"너 돈 갖고 있지?"

소년이 울음을 터뜨렸다. 그러자 여자가 소년을 발로 찼다. 소년은 더욱더 서럽게 울었다.

"입다물지 못해? 안 그러면 두들겨 패 줄테다." 여자는 이렇게 소리치며 손에 들고 있던 뜨거운 화로를 흔들었다. 소년이 비명을 지르며 몸을 움츠렸다. 그때 이웃집 여자가 들어왔다. 그녀 역시 마리토를 들고 있었다.

"펠리치타, 아이한테 무슨 짓이에요?"

"이 아인 내 아이야. 죽이든 살리든 내 맘이라구. 당신도 죽여 버리겠어."

그러면서 펠리치타는 화로를 흔들어 댔다. 이웃집 여자도 그것을 막으려고 자신의 화로를 쳐들었다. 그 바람에 두 화로가 세게 부딪쳐 산산조각이 나고 말았다. 방안은 깨진 화로 단지 조각과 불똥과 재로 뒤범벅이 되었다. 소년은 재빨리 마당으로 빠져나와 달아나기 시작했다. 가엾은 소년은 숨이 턱에 닿도록 달려 산타 크로체 교회까지 왔다. 전날 밤 소년을 위해 모든 문이 열려 있던 바로 그 교회였다. 소년은 교회 안으로 들어갔다. 교회에 있는 것은 모두가 생기있고 빛이 났다. 소년은 오른쪽 첫 번째 무덤 앞에 무릎을 꿇었다. 미켈란젤로의 무덤이었다. 그리고는 슬피 흐느껴 울었다. 사람들이 오가고 교회에서는 미사가 진행되고 있었지만 아무도 소년의 존재를 알아차리지 못했다. 다만 한 할아버지가 소년을 알아보고 한동안 물끄러미 바라고 서 있다가 가 버리고 말았다. 소년은 너무 배가 고프고 목이 말라 정신을 잃을 것만 같았다. 소년은 대리석 묘비들 뒤로 기어들어가 기운을 잃고 잠이 들고 말았다.

날이 어둑어둑해질 무렵, 누군가 소매를 잡아당기는 바람에 소년은 깜짝 놀라 벌떡 일어났다. 그를 물끄러미 바라보았던 바로 그 할아버지였다.

"너 어디 아프니? 집이 어디지? 하루 종일 여기 있었어?" 할아버지가 이것저것 물었다.

할아버지는 소년의 사정을 듣고 소년을 뒷골목에 있는 작은 집으로 데려갔다. 그 집은 장갑을 만드는 가게였다. 가게에서는 한 부인이 열심히 바느질을 하고 있었다. 털을 너무 바싹 깎아 분홍 살갗이 살짝 드러난 흰색의 작은 푸들이 방안을 뛰어다니다 소년을 보고 달려들었다.

"순수한 영혼끼리는 금방 친해지지." 부인이 이렇게 말하며 개와 소년을 쓰다듬었다. 그들은 소년에게 먹을 것을 주면서 하룻밤 자고 가라고 했다. 그리고 주세페라는 그 할아버지는 다음날 소년의 어머니를 찾아가 만나 보겠다고 했다. 소년이 잠잘 침대는 초라했지만 딱딱한 돌바닥에서 지내다시피 한 소년에게는 왕의 침대만큼이나 훌륭했다. 소년은 달콤한 잠에 빠져들었다. 소년은 꿈속에서 화려한 그림들과 금속 돼지를 보았다.

다음날 아침, 주세페 할아버지가 집을 나섰다. 소년은 할아버지가 자기 어머니를 만나러 간다는 것을 알고 있었기 때문에 겁이 났다. 어쩌면 집으로 돌아가야 될지도 몰랐다. 이런 생각을 하자 무섭고 서러워서 눈물이 쏟아졌다. 우울한 생각에 잠겨 있던 소년은 생기있게 꼬리치는 개에게 입을 맞추었다. 부인은 그런 소년을 상냥하게 바라보며 용기를 북돋아 주었다.

그런데 주세페 할아버지는 어떤 소식을 가져왔을까? 집으로 돌아온 할아버지는 부인과 많은 이야기를 나누었다. 부인은 고개를 끄덕이면서 소년의 뺨을 어루만졌다.

"참 착한 아이예요. 우리와 함께 지내게 해줘요. 당신처럼 훌륭한 장갑 제조공이 될 거예요. 손가락이 이렇게 유연하잖아요. 성모님께서 이 아이를 장갑장이로 점지해 주셨어요." 부인이 소년의 머리를 쓰다듬으며 말했다.

이렇게 해서 소년은 그들과 함께 살게 되었다. 부인은 소년에게 손수 장갑 깁는 법을 가르쳐 주었다. 소년은 그 집에서 기술을 배우며 잘 지냈으며, 성격도 점차 쾌활해졌다. 그리하여 작은 푸들, 벨리시마를 괴롭히기도 했다. 부인은 소년이 장난치는 것을 보면 야단을 치고 화를 냈다. 그럴 때면 소년은 마음이 아팠으며 슬픔에 잠겨 자기 방에 틀어박혀 있곤 했다. 길 쪽으로 나 있는 소년의 방에는 여기저기 가죽이 걸려 있었고, 창에는 두꺼운 쇠창살이 대어져 있었다.

그러던 어느 날 밤, 소년은 누워서 눈을 뜨고 금속 돼지를 생각했다. 사실 소년은 이 집에 와서도 항상 금속 돼지를 생각하곤 했었다. 그때 갑자기 밖에서 발자국 소리가 들리는 것 같았다. 소년은 잠자리에서 벌떡 일어나 창가로 다가갔다. 금속 돼지일까? 하지만 발자국 소리의 주인공은 이미 사라지고 텅 빈 거리만이 눈에 들어왔다.

다음날 아침, 이웃에 사는 화가 아저씨가 물감 상자와 둘둘 만 큰 캔버스 천을 끌고 나갔다.

"저 물감 상자를 들어 드리렴." 부인이 소년에게 말했다.

소년은 즉시 밖으로 나가 상자를 들고 화가를 따라갔다. 그들이 간 곳은 화가 아저씨가 그림을 그리는 곳이었다. 그들은 소년이 금속 돼지 등을 타고 올라갔던 바로 그 계단을 올라갔다. 거기에 서 있는 대리석으로 조각된 아름다운 비너스 상과 그림들이 생생하게 기억났다. 소년은 사도 요한과 예수 그리스도와 함께 있는 성모 마리아 그림을 다시 한 번 쳐다보았다. 화가와 소년은 브론치노의 그림 앞에 멈추어 섰다. 아이들은 여전히 천국으로 들어갈 것이라는 기대감에 싸여 미소를 지으며 예수님을 둘러싸고 있었다. 소년도 미소를 지었다. 그곳은 바로 소년의 천국이었으므로.

"이제 집으로 가거라." 이젤을 세우는 것을 지켜보며 서 있는 소년에게 화가가 말했다.

"아저씨가 그림 그리는 걸 보면 안 돼요? 이 흰 화폭에 어떻게 저 그림을 담는지 보고 싶어요."

"아직은 그림을 그리는 게 아니란다."

화가는 검은 목탄을 꺼내더니 한쪽 눈으로 그림의 비율을 측정하면서 빠르게 손을 움직였다. 아직은 희미한 선으로만 보였지만, 색칠된 그림에서처럼 예수의 모습이 화폭 위에 선명하게 나타났다.

"그만 가거라."

소년은 할 수 없이 집으로 돌아왔다. 그리고 탁자 앞에 앉아 장갑 만드는 일을 배웠다. 그러나 소년의 마음은 그림들이 걸려 있는 화랑에 가 있었다. 그래서 바늘에 손가락을 찔리기도 했다. 물론 벨리시마에게는 관심도 없었다. 저녁이 되자 소년은 슬그머니 집을 빠져나왔다. 별빛이 환하고 아름다웠지만 공기는 쌀쌀했다. 소년은 사람들이 모두 집으로 돌아간 텅 빈 거리를 지나 금속 돼지에게 갔다. 그리고는 몸을 웅크려 돼지주둥이에 입을 맞추고는 돼지 등에 올라탔다.

"야, 행복한 돼지야, 네가 얼마나 보고 싶었는지 아니? 우리 오늘 밤 여행하자."

하지만 금속 돼지는 주둥이에서 신선한 물줄기를 뿜어낼 뿐 꼼짝도 하지 않고 조용히 서 있기만 했다. 그래도 소년은 돼지 등에 걸터앉아 내려올 생각을 하지 않았다. 그때 누군가 옷자락을 잡아당기는 것 같아 소년은 아래를 내려다보았다. 털을 매끄럽게 깎은 벨리시마였다. 벨리시마는 마치 '이것 봐, 나도 왔어. 어째서 내 등에는 타지 않는 거야?' 하고 말하는 것처럼 짖어 댔다.

무시무시한 용이 나타났다 해도 그렇게 놀라지는 않았을 것이다. 벨리시마가 길거리에 나오다니, 그것도 옷도 안 입은 채 말이다. 벨리시마는 겨울에 밖에 나올 때는 반드시 작은 양털 옷을 입었다. 목둘레와 몸이 붉은 띠로 꼭 여며져 있고, 장미꽃과 작은 종 장식이 달린 털옷을 말이다. 이런 옷을 입고 주인 아줌마 뒤를 따라 종종거리며 겨울 나들이를 하는 벨리시마는 꼭 새끼 염소 같았다. 그런데 그 벨리시마가 옷도 입지 않은 채 길거리에 나와 있지 않은가. 이 일을 어쩌면 좋지? 소년은 당황해서 어쩔 줄을 몰랐다. 소년은 어서 날고 싶었지만 금속 돼지에게 다시 한 번 입을 맞추고는 돼지 등에서 내려와 벨리시마를 안았다. 소년은 추워서 온몸을 부들부들 떠는 벨리시마를 안고 있는 힘을 다해 집으로 뛰었다.

"뭘 훔쳐서 도망가지?" 길거리에서 소년과 마주친 두 경찰 아저씨가 소리쳤다. 벨리시마는 낯선 사람을 보자 마구 짖어 댔다. "어디서 그 예쁜 개를 훔쳤냐?"

경찰들이 소년에게서 벨리시마를 빼앗아 갔다.

"안 돼요. 훔치지 않았어요. 돌려주세요." 소년이 애원했다.

"훔치지 않았다면 집에 가서 경찰이 개를 보호하고 있다고 말해라."

경찰들은 초소가 있는 곳을 일러주고는 벨리시마를 데리고 가 버렸다. 큰일이었다. 이제 어쩌면 좋단 말인가? 아르노 강으로 뛰어들어야 할지, 아니면 집에 가서 사실대로 모두 털어놓아야 할지, 소년은 어쩔 줄을 몰랐다. 사실대로 말하면 틀림없이 죽도록 두들겨 맞을 것이다.

'그래, 기꺼이 맞아 죽어 주지 뭐. 죽으면 천국으로 갈 테니까.' 이렇게 생각하자 정말 죽고 싶었다. 그래서 소년은 집으로 갔다.

문은 굳게 잠겨 있었다. 고리쇠를 잡아 문을 두드리려 했지만 손이 닿지 않았다. 어두운 거리는 고요했고 지나가는 사람 하나 없었다. 소년은 돌멩이를 집어 들어 문을 향해 던졌다. 문에서 쾅하고 요란한 소리가 났다.

"거기 누구요?" 안에서 누군가 소리쳤다.

"저예요. 벨리시마를 데려가 버렸어요. 절 죽여주세요!"

정말로 한바탕 소동이 벌어졌다. 부인은 벨리시마를 자식처럼 사랑하고 소중히 여기기 때문에 벨리시마가 없어졌다는 이야기를 듣자 정신이 없었다. 부인은 벨리시마의 옷이 걸려 있는 벽을 쳐다보았다. 작은 양털 옷은 그대로 걸려 있었다.

"벨리시마가 초소에 있다구! 이 나쁜 녀석! 감히 벨리시마를 꾀어내 데리고 나가다니! 불쌍한 벨리시마! 난폭한 경찰과 함께 있다니! 얼어서 죽어 버렸을지도 몰라."

부인이 이렇게 한바탕 소란을 피우고 소년이 엉엉 우는 바람에 주세페 할아버지는 곧장 경찰서로 달려가고 사람들이 몰려나왔다. 그 중에는 화가 아저씨도 있었다. 화가는 소년을 붙들고 차근차근 물었다. 소년은 울먹이며 금속 돼지와 함께 여행한 이야기를 모두 털어놓았다. 화가 아저씨는 이해하기 힘들었지만 소년을 위로하고는 부인의 화를 진정시키려 애썼다. 하지만 부인은 주세페 할아버지가 벨리시마를 데리고 나타났을 때에야 비로소 화를 풀었다.

화가 아저씨는 소년을 쓰다듬으며 그림을 여러 장 주었다. 소년은 뛸 듯이 기뻤다. 얼마나 갖고 싶었던 그림이던가! 그 중에는 머리 모양이 괴상한 사람들 그림이 있는가 하면, 금속 돼지 그림도 있었다. 소년은 너무 기뻐서 어쩔 줄을 몰랐다. 연필을 몇 번 놀려서 이런 그림이 나오다니! 그림 속에는 배경으로 집도 그려져 있었다. 아, 그림을 그릴 수만 있다면! 그러면 마술을 부리듯이 온 세상을 그려낼 수 있으리라.

다음날 소년은 혼자 있게 되자 연필로 아저씨가 준 그림 뒷장에 금속 돼지를 그려보았다. 다리가 하나는 굵고 다른 하나는 가늘어서 전체적인 균형이 맞지 않았으나 그래도 금속 돼지라는 걸 알아볼 수 있었다. 소년은 그림을 그릴 수 있다는 사실이 너무도 기뻤다. 연필이 생각처럼 움직여지진 않았지만, 그래도 열심히 그렸다. 다음날은 첫 번째 그린 금속 돼지 옆에 또다시 그려봤는데, 첫 번째 그림보다 훨씬 나았다. 그리고 그 다음날 그린 그림은 누가 봐도 금속 돼지라는 걸 금방 알아볼 수 있을 정도가 되었다.

소년은 이제 장갑 만드는 일에 시큰둥했다. 시내에 있는 가게에서 주문이 들어와도 서두르지 않았다. 이 세상에 있는 것을 모두 종이 위에 담을 수 있다는 것을 금속 돼지가 가르쳐 주었다. 피렌체에 있는 것은 무엇이나 멋진 그림이 될 수 있었다.

트리니타 광장에는 아주 호리호리한 기둥이 하나 서 있는데, 그 기둥에는 두 눈을 가린 채 저울을 든 정의의 여신이 그려져 있다. 이 정의의 여신도 곧 종이 위에 옮겨졌다. 소년은 점점 더 많은 그림을 그리게 되었다. 하지만 종이 위에 그려진 것들은 모두 생명이 없었다. 그러던 어느 날 벨리시마가 소년에게 깡충거리며 뛰어왔다.

"가만히 있어. 예쁘게 그려서 내 그림책에 넣어 줄게." 소년이 벨리시마를 어루만지며 말했다.

하지만 벨리시마는 가만히 있으려 하지 않았다. 소년은 할 수 없이 머리와 꼬리를 묶었다. 그래도 벨리시마는 계속 짖어 대며 날뛰었다. 그래서 이번에는 질식할 정도로 끈을 단단히 조였다. 그때 부인이 들어왔다.

"아니, 이런 나쁜 놈을 봤나! 힘없는 동물을 학대하다니. 가엾기도 해라!"

부인은 소년을 발로 차며 배은망덕하고 쓸모없는 인간이라며 다시는 집에 발을 들여놓지 말라고 했다. 그리고는 울면서 반쯤 목이 졸린 벨리시마를 쓰다듬으며 입을 맞추었다. 그때 화가 아저씨가 방으로 들어섰다.

집에서 쫓겨난 소년은 어떻게 되었을까?

1834년 피렌체 시의 예술원에서 전시회가 열렸다. 여러 그림 중 나란히 걸려 있는 두 개의 그림이 특히 많은 사람의 시선을 끌었다. 크기가 작은 그림에는 식탁에 앉아서 그림을 그리는 작은 소년이 그려져 있었는데, 묘한 모양으로 털을 깎은 흰 푸들 모델이 가만히 있으려 하지 않자 꼬리와 머리를 끈으로 묶고 있는 소년의 그림이었다. 사람들은 이 그림에 나타나 있는 사실적이고 생동감 있는 표현에 빨려 들었다.

이 그림을 그린 화가는 어느 장갑장이가 길거리에서 데려다 키운 소년으로 혼자서 그림 공부를 했다고 한다. 소년은 여주인이 아끼는 작은 푸들을 묶어 놓고 모델로 쓰다가 집에서 쫓겨나게 되었는데, 그때 어느 젊은 화가의 눈에 들어 위대한 화가가 되었다고 한다. 하지만 소년의 재능을 더욱더 잘 보여 주는 것은 그 옆에 걸린, 누더기를 걸친 아름다운 소년의 그림이었다.

소년은 포르타 로사에 서 있는 금속 돼지에게 몸을 기대고 잠들어 있었다. 관람객들은 누구나 익히 알고 있는 장소였다. 성모 마리아 상 앞의 불빛이 돼지 목을 안고 잠들어 있는 창백하고 사랑스런 소년의 얼굴을 비추고 있었다.

참으로 아름다운 그림이었다. 그 금빛 액자의 한 귀퉁이에는 월계수 화환이 걸려 있었는데, 초록색 잎을 가로질러 감겨 있는 검은 띠가 살짝 보였다. 그것은 죽은 이를 나타내는 상장(喪章)이었다. 그 젊은 예술가는 며칠 전에 세상을 떠난 것이다.

# 18
## 우정의 결의

낯익은 덴마크 해안을 떠나 미지의 그리스 해안으로 가 보자. 덴마크 북부 들판을 수놓고 있는 국화처럼 푸른 바다가 있는 곳으로. 레몬 나무에는 황금빛 열매가 주렁주렁 열려 가지가 땅에 닿을 정도로 축 처져 있다. 대리석 기둥에는 엉겅퀴가 무성하게 자라 흰 돌에 조각된 그림이 보이지 않는다. 바로 그곳에 한 양치기가 앉아 있고 그 옆에는 개가 있다. 우리가 옆에 가서 앉자 양치기가 우정의 결의에 대한 먼 옛날의 관습에 대한 이야기를 들려준다. 양치기가 자신도 한때 맺은 적이 있는 우정의 결의에 대해서.

우리가 사는 작은 집은 점토로 지어져 있다. 그러나 문설주는 세로로 홈을 판 대리석 기둥으로 이 집을 지을 때 집터에서 발견한 것이다. 땅에 닿을 정도로 경사진 지붕은 지금은 어둡고 칙칙하며 흉하지만, 원래는 산너머에서 가져온 싱싱한 올리브와 월계수 가지들로 엮여져 산뜻했다. 우리 집은 좁은 골짜기에 있었는데, 주위에는 검은 암벽들이 깎은 듯이 높이 솟아 있고, 가끔 그 꼭대기로 구름이 살아 있는 물체처럼 둥실 매달려 있곤 했다. 이곳에는 새소리가 들린 적이 없었고 피리 소리에 맞춰 춤추는 사람들도 없었지만 아주 옛날에는 신성시되던 곳이었다. '델포이'란 이름만으로도 그것을 알 수 있다. 그리고 어둡고 장엄한 산들은 모두 눈으로 덮여 있었고 제일 높은 파르나소스 산[7]은 붉은 저녁 노을 속에 길게 뻗어 있었다. 아, 그 깊고 신성한 고독 속에 잠긴 구석구석이 내 기억에 얼마나 생생한지!

오두막 한가운데에서는 발갛게 불이 타올랐고 그 불이 뜨거운 재가 되어 붉게 빛을 낼 때면 빵을 넣고 구웠었다. 가끔 오두막이 눈 속에 파묻힐 정도로 눈이 많이 쌓이면 어머니는 아주 즐거워하셨다. 그럴 때면 어머니는 나의 머리를 두 손으로 감싸고 내 이마에 입을 맞추며 평소에는 부르지 않던 노래를 불러 주곤 하셨다. 우리를 지배한 터키인들이 노래를 부르지 못하게 했기 때문이다. 어머니가 부르는 노래 가사는 이런 것이었다.

"올림포스 산 꼭대기 키 작은 전나무 숲 속에 늙은 사슴 한 마리가 누워 있었다네. 사슴의 두 눈은 눈물로 무거웠다네. 그 눈물은 이슬방울처럼 영롱하게 반짝였지. 그때 노루 한 마리가 다가와 물었지. '무슨 일이야? 왜 붉고 푸른 눈물을 흘리니?' 그러자 사슴이 대답했다네. '터키인들이 우리 도시에 쳐들어왔어. 날

---

7. 아폴로 신과 뮤즈 신이 산다는 곳으로 시와 문학의 중심지.

뛰는 사냥개들을 여기저기 풀어놓았지.' 이 말을 들은 노루가 외쳤네. '내가 그들을 섬 밖으로 쫓아 줄게. 저 깊은 바다 속으로 말야.' 하지만 어둠이 밀려들기도 전에 노루는 죽었다네. 그리고 밤이 오기도 전에 사슴도 잡혀 죽고 말았다네."

이 노래를 부를 때면 어머니의 두 눈은 촉촉하게 젖어 들었다. 어머니의 긴 속눈썹에는 눈물이 방울방울 맺혀 있었지만 어머니는 눈물을 감추고 잿더미 속에서 흑빵이 익는 걸 바라보곤 하였다. 그러면 나는 주먹을 불끈 쥐고 이렇게 외쳤다. "터키인들을 죽여 버려요!"

그러나 어머니는 노래를 되풀이할 뿐이었다. "'내가 그들을 섬 밖으로 쫓아 줄게. 저 깊은 바다 속으로 말야.' 하지만 어둠이 밀려들기도 전에 노루는 죽었다네. 그리고 밤이 오기도 전에 사슴도 잡혀 죽고 말았다네."

우리는 며칠 동안 오두막에서 쓸쓸하게 아버지를 기다렸다. 아버지는 레판토 만에서 조개 껍질을 가져다주시거나, 번쩍이는 칼을 가져다주시리라.

그러던 어느 날, 드디어 아버지가 오셨다. 그런데 이번에 아버지가 가져오신 것은 양털가죽 망토에 싸인 반쯤 벌거벗은 꼬마 여자아이였다. 어머니가 아이를 무릎에 누이고 양털을 벗기자 은화 세 닢이 검은 머리카락에 묶여 있었다. 아이가 가진 것은 그것이 전부였다. 아버지의 말에 의하면 터키인들이 그 아이의 부모를 죽였다고 했다. 아버지는 잔인한 터키인들에 대해 장황하게 이야기를 늘어놓았다. 그래서 밤새 내내 꿈속에서 터키인들에게 시달려야 했다. 아버지도 팔에 상처를 입고 있었다. 어머니는 아버지의 팔에 붕대를 감아 주었다. 그러나 상처가 너무 심해서 두터운 양털 가죽이 피에 젖어 딱딱하게 굳어졌다.

꼬마 여자아이는 참으로 예쁘고 영리했으며 눈빛은 어머니의 눈빛보다도 더 부드러웠다. 이름이 아나스타샤인 그 여자아이는 내 여동생이 되었다. 그 아이의 아버지는 젊었을 때 오랜 관습에 따라 그 지방에서 가장 아름답고 정숙한 처녀가 보는 앞에서 우리 아버지와 의형제를 맺은 사이였다. 그래서 여자아이는 내 여동생이 된 것이다.

아나스타샤는 내 무릎에 앉아 놀았으며, 나는 동생에게 꽃과 산새들의 깃털을 가져다주곤 했다. 우리는 파르나소스 산의 물을 함께 마셨고, 겨울에는 붉은 눈물을 흘린 사슴에 관한 어머니의 노래를 들으며 오두막의 월계수 지붕 아래에서 머리를 맞대고 수 년을 살았다. 그러나 그때까지도 나는 그 노래에 나오는 붉은 눈물이 바로 우리 민족의 슬픔을 말하는 것이라는 사실을 깨닫지 못했다.

그러던 어느 날, 우리와는 옷차림새가 다른 프랑크인들 세 명이 찾아왔다. 그들은 이불과 천막을 말 위에 싣고 있었으며, 군도와 총을 든 스무 명이 넘는 터키인들도 함께였다. 이 프랑크인들은 터키 군사령관의 친구들로서 군사령관이 발행한 통행증을 가지고 있었다. 그들이 찾아온 것은 눈과 구름 속에 파묻혀 있는 파르나소스 산에 올라 보고 오두막 주변에 가파르게 솟아 있는 기이한 검은 암벽을 구경하기 위해서였다. 그들은 오두막이 너무 비좁고 지붕 아래 낮은 문을 통해 빠져나가는 연기가 천장에 뿌옇게 떠다니는 것이 싫어서 오두막 근처 작은 공터에 천막을 쳤다. 그들은 새끼 양과 새들을 구워 먹고, 진한 포도주를 마셨다. 터키인들은 포도주를 마시는 것이 금지되어 있는데도 말이다.

그들이 떠날 때, 나는 누이동생 아나스타샤를 염소 털옷으로 싸서 업고 먼 곳까지 따라나섰다. 한 프랑크 병사가 우리를 암벽 앞에 세워 놓고 그림을 그렸다. 마치 한 사람인 것처럼. 사실, 그때는 깨닫지 못했지만 아나스타샤와 나는 실제로 하나였다. 그녀는 언제나 내 무릎에 앉아서 놀거나 염소 털에 싸여 내 등에 업혀 다녔으며 저녁에는 늘 내 꿈속에 나타났으니까.

이틀 뒤, 칼과 총을 가진 사람들이 또 우리 오두막을 찾아왔다. 이번에는 알바니아 사람들이었다. 어머니는 그들이 용감한 사람들이라고 했다. 그들은 우리 집에 잠깐 머물다가 돌아갔다. 아나스타샤는 그 중 한 사람의 무릎 위에 앉아 놀았는데, 그들이 떠난 후에 알고 보니 아나스타샤의 머리카락에는 은화 한 닢이 없어지고 두 닢밖에 보이지 않았다.

종이에 담배를 말아 피우던 알바니아인들이 떠나던 날, 어느 길로 가야 할지 허둥대던 기억이 난다. 그것을 본 아버지가 길을 안내하기로 했다. 그들이 집을 떠난 지 얼마 후, 총소리가 들렸다. 요란한 총소리가 쉴 새 없이 계속되더니 느닷없이 병사들이 우리 오두막으로 들이닥쳐 어머니와 나와 아나스타샤를 잡아갔다. 군인들의 말에 의하면 우리가 강도들에게 음식을 대접했으며, 아버지는 그 강도들에게 길을 안내했기 때문에 우리를 잡아간다는 것이었다. 아버지와 강도들의 시체는 우리 오두막으로 옮겨졌다. 나는 불쌍한 아버지의 시신을 보고 울부짖다 지쳐서 잠이 들었다.

내가 잠에서 깨어난 곳은 감옥이었다. 그곳은 우리 오두막보다는 덜 허름했다.

우리는 양파와, 타르 칠을 한 통에 들어 있는 곰팡내 나는 포도주를 얻어먹었다. 집에서는 먹어 보지 못한 훌륭한 음식이었다. 얼마나 오랫동안 갇혀 있었는지 알 수는 없지만, 여러 날이 지나고 부활절 무렵이 되어서야 우리는 감옥에서 풀려났다. 나는 아나스타샤를 등에 업고 아주 천천히 걸었다. 어머니가 허약하여 빨리 걸을 수 없었기 때문이다. 레판토 만까지는 매우 먼 길이었다.

레판토 만에 도착하자 우리는 어느 교회로 들어갔다. 교회 안에는 황금색 틀로 짠 액자 속에 아름다운 그림이 들어 있었다. 눈부시게 아름다운 천사를 그린 그림이었는데, 내게는 아나스타샤도 천사 못지않게 아름다워 보였다. 바닥 한 가운데에는 장미꽃으로 가득 채워진 관이 놓여 있었다. 어머니는 아름다운 장미꽃이 되어 그곳에 누워 있는 것은 예수 그리스도라고 말했다. 그때 신부가 "예수께서 부활하셨다"라고 외쳤다. 그러자 사람들이 서로 입을 맞추었다. 사람들은 저마다 손에 촛불을 들고 있었는데, 누군가 나와 아나스타샤에게도 하나씩 주었다. 음악이 울려 퍼지자 사람들은 서로 손을 잡고 춤을 추며 교회당 밖으로 나갔다. 바깥에서 부활절 양고기를 굽고 있던 여자들이 우리를 초대했다. 내가 불 앞으로 다가가 앉자 나보다 나이가 더 많은 어떤 소년이 팔로 내 목을 감싸안고 입을 맞추며 말했다. "예수께서 부활하셨네." 소년의 이름은 아프타니데스였다. 나는 그렇게 해서 처음으로 아프타니데스를 만나게 되었다.

어머니는 어망 짜는 일을 했다. 바다를 끼고 있는 그 지방에서는 돈벌이가 좋은 일이었다. 우리는 오랫동안 아름다운 그곳 바닷가에서 살았다. 그 바다는 눈물처럼 맛이 짰으며 바다 물결의 빛깔은 붉은 눈물을 흘린 사슴을 생각나게 했다. 물결은 때로는 붉은 색을 띠다가 때로는 녹색이나 푸른색을 띠기도 했다. 아프타니데스는 배 젓는 법을 알았다. 나와 아나스타샤는 아프타니데스와 함께 배를 타고, 공기를 가르고 나는 새처럼, 물살을 가르며 쏜살같이 달리곤 하였다.

해가 질 때면 겹겹이 솟아 있는 먼 산들은 짙은 청색으로 물들어 참으로 장관이었다. 그 중에서도 왕관처럼 제일 높이 솟은 파르나소스 산꼭대기는 녹아 내리는 황금 덩어리처럼 지는 노을에 이글이글 타올라 마치 산에서 빛이 뿜어져 나오는 것처럼 보였다. 해가 수평선 아래로 사라진 후에도 산꼭대기는 맑고 푸른 하늘을 배경으로 오랫동안 빛을 내곤 하였다. 흰 바다새들은 날개를 퍼덕이며 미끄러지듯 물 위를 날았고, 온 세상이 델포이의 검은 암벽 사이에 있는 것처럼 고요했다.

셋이서 배를 타고 나간 어느 날이었다. 나는 배 위에 누워 있었고 아나스타샤는 내게 기대어 앉아 있었다. 머리 위에 빛나는 별들이 교회 안의 등불보다 더 밝게 우리를 비추었다. 그 별들은 우리가 델포이의 오두막 앞에 앉아서 바라보던 바로 그 별들이었다. 별들은 그때처럼 똑같은 장소에서 우리를 비추고 있었다. 내가 델포이에 가 있는 환상에 빠져 있을 때 갑자기 '첨벙' 하는 소리가 났다. 아나스타샤가 물에 빠진 것이다. 다음 순간 아프타니데스가 눈 깜짝할 사이에 물 속으로 뛰어들더니 아나스타샤를 건져 올렸다. 우리는 아나스타샤의 옷을 벗겨 물을 짜고 옷이 다 마를 때까지 기다렸다. 누이동생이 물에 빠진 것과 아프타니데스가 구해 준 사실을 다른 사람에게 알리고 싶지 않았기 때문이다.

타는 듯한 태양이 이글거리는 여름이 왔다. 나뭇잎들은 뜨거운 황금빛 햇살로 말라붙을 지경이었다. 나는 우리가 살았던 서늘한 산 속의 집과 집 근처로 흐르던 시원하고 푸른 물이 그리웠다. 어머니도 그곳을 그리워했다.

어느 날 저녁, 우리는 집으로 돌아가기로 하고 여행길에 올랐다. 백리향이 무성하게 자라 있는 길은 참으로 평화롭고 조용했다. 백리향 잎들은 뜨거운 햇볕을 받아 시들어 있었지만, 향기는 변함이 없었다. 길가에는 목동 하나 없었고 오두막 하나도 보이지 않았다. 모든 것이 쓸쓸하고 황폐해 보였다. 아직까지 살아 움직이는 것은 하늘에서 떨어지는 유성뿐이었다. 유성이 떨어질 때 보이는 빛은 맑고 푸른 공기가 내는 빛인지, 아니면 유성의 빛줄기가 반짝이는 것인지 알 수 없었다. 아무튼 그 빛에 산들의 윤곽이 뚜렷이 보였다. 어머니는 불을 지펴서 가져온 양파를 구웠고, 누이동생과 나는 백리향 속에서 잠을 잤다. 우리는 목에서 불길을 뿜어낸다는 무서운 스미드라키 괴물[8]이나 늑대와 재칼이 하나도 겁나지 않았다. 어머니만 곁에 있으면 아무리 큰 괴물이라 해도 꼼짝못할 것이라 생각했기 때문이다.

드디어 우리는 고향에 도착했다. 그러나 오두막은 오랫동안 내버려 두어 금방이라도 쓰러질 것 같았기 때문에 새 오두막을 지어야 했다. 우리는 이웃 아주머니들의 도움을 받아 다시 담을 쌓고 올리브 가지로 지붕도 이었다.

나는 농사도 짓는 신부[9]들의 양들을 돌보고, 어머니는 동물 가죽과 나무 껍질

---

8. 그리스 미신에 따르면 이 괴물은 들판에 버려진 도살된 양의 위에서 생겨난 것이라 한다.
9. 글을 읽을 줄 아는 농부가 신부가 되는 경우가 종종 있다. 이런 사람은 '성자'라 불리며 농부들은 성자가 밟고 지

로 병싸개를 만들어 생계를 이어갔다. 아나스타샤와 작은 거북이들은 늘 나의 놀이 친구가 되어 주었다.

그러던 어느 날, 아프타니데스가 찾아왔다. 그는 우리가 얼마나 그리웠는지 모른다고 했다. 그리고 꼬박 이틀을 우리와 함께 지냈다. 그로부터 한 달 후, 그는 어머니에게 선물로 줄 큰 생선을 가지고 작별 인사를 하러 다시 찾아왔다. 그는 배를 타고 파트라스와 코르푸에 갈 것이라면서 많은 이야기를 해주었다. 레판토 만의 어부들에 대한 이야기와 지금의 터키인이 그리스를 지배하듯이 옛날 그리스를 지배했던 왕들과 영웅들에 대한 이야기도 들려주었다. 그리고 나서 그는 떠났다.

장미나무는 몇 주에 걸쳐 꽃봉오리를 맺은 후 꽃잎을 하나씩 펼치다가 하루아침에 활짝 피어나곤 한다. 아나스타샤에게도 장미꽃과 같은 일이 생겼다. 그녀는 내가 미처 깨닫지 못하는 사이에 어느덧 아름다운 처녀가 되어 있었다. 물론 나도 튼튼하고 힘센 청년이 되었다. 어머니와 아나스타샤가 잠자는 침대 이불은 내가 직접 사냥한 이리 가죽으로 만든 것이었다.

여러 해가 흐른 어느 날 저녁, 느닷없이 아프타니데스가 찾아왔다. 키가 훌쩍 커서 갈대처럼 호리호리했으며 햇볕에 탄 검은 피부가 매우 건강해 보였다. 그는 우리 모두에게 입을 맞추며 인사하고 광활한 바다에 나가 경험한 것들을 늘어놓기 시작했다. 그리고 몰타의 요새와 이집트의 진기한 묘지에 대해서도 이야기했다. 나는 존경스런 눈으로 그를 보며 이야기를 들었다. 그 이야기들은 옛날 신부님들에 관한 전설처럼 근사했다.

"넌 정말 아는 게 많구나. 그런 이야기를 다 알고 있다니!" 내가 감탄하여 말했다.

"너도 옛날에 멋진 이야기를 해 주었잖아. 난 아직도 그 이야기를 잊지 못해. 아름다운 우정의 결의에 관한 관습 말야. 나도 그렇게 하고 싶어. 우리도 교회에 가서 네 아버지와 아나스타샤의 아버지가 했던 것처럼 그렇게 하자. 네 누이동생 아나스타샤는 이 세상에서 가장 아름답고 순결하니까 우정의 맹세의 증인이 되는 거야. 우리 그리스인들처럼 이렇게 멋진 관습을 가진 민족은 아마 없을걸." 아

---

나간 땅에 입을 맞춘다.

프타니데스가 들떠서 말했다.

아나스타샤는 그의 말에 싱싱한 장미꽃처럼 얼굴이 붉어졌고 어머니는 아프타니데스에게 입을 맞추었다.

오두막에서 2마일 되는 곳에 작은 교회가 있었다. 교회는 듬성듬성 서 있는 나무 몇 그루가 그늘을 드리우고 있는 언덕 위에 있었다. 교회 제단 앞에는 은으로 된 램프가 걸려 있었다.

나는 제일 좋은 옷을 골라 입었다. 주름이 잡혀 엉덩이까지 내려오는, 가운과 같이 생긴 흰색 튜닉에 몸에 꼭 끼는 붉은 색 윗도리와 은장식 술이 달린 붉은 터키 모자를 썼다. 그리고 허리에는 번쩍이는 칼과 권총을 찼다. 아프타니데스는 그리스 선원들이 입는 푸른 옷을 입고 있었다. 그의 가슴에는 성모 마리아가 새겨진 은으로 된 메달이 걸려 있었고 스카프는 부자들만이 걸칠 수 있는 값진 것이었다. 누가 봐도 우리가 엄숙한 의식을 치르러 간다는 것을 금방 알 수 있었다.

우리는 작고 소박한 교회 안으로 들어갔다. 열린 문 틈새로 들어온 석양빛이 타오르는 램프와 액자의 금색 테두리에 비쳐 눈부신 빛을 냈다. 우리는 제단 앞 계단 위에 무릎을 꿇었다. 아나스타샤가 다가와 우리 옆에 섰다. 우아하게 주름잡힌 흰색의 긴 겉옷이 그녀의 아름다운 몸을 감싸고 있었고, 옛날 동전과 요즘 동전들로 엮어 만든 목걸이가 옷깃처럼 흰 목을 감싸고 있었다. 그리고 매듭처럼 묶은 검은 머리에는 옛 신전에서 발견된 금화와 은화로 만든 장식이 얹혀 있었다. 이렇게 아름다운 장식품을 가지고 있는 그리스 처녀는 아무도 없었다. 그녀의 얼굴에서는 밝은 빛이 났으며 눈은 별처럼 초롱초롱 빛났다. 우리 세 사람은 조용히 기도했다.

"그대들은 죽어서나 살아서나 친구가 되겠는가?" 아나스타샤가 물었다.

"네!" 우리 두 사람이 동시에 대답했다.

"그대들은 무슨 일이 닥치더라도 항상 기억하겠는가? 형제는 나의 일부이고, 그의 비밀은 나의 비밀이며, 내 행복은 그의 행복이라는 사실을? 또한 희생과 끈기와 모든 것이 내 것인 것처럼 그의 것이기도 하다는 사실을 잊지 않겠는가?"

"네!"

아나스타샤는 우리의 두 손을 포개어 놓고 우리 이마에 입을 맞추었다. 우리는 다시 조용히 기도했다. 잠시 후 신부님이 제단 옆에 있는 문을 열고 나와서 우리 셋을 축복해 주었다. 그러자 제단 벽 뒤에서 성스러운 남성들의 합창이 흘러나왔다. 이것으로 영원한 우정의 맹세가 맺어진 것이다. 우리가 몸을 일으켰을 때 어머니가 교회 문에 기대서서 우는 것이 보였다.

델포이의 샘물이 흐르는 곳에 자리한 작은 오두막에서는 이제 모든 것이 즐겁기만 했다. 아프타니데스가 떠나기 전날 저녁, 나는 그와 함께 생각에 잠겨 산등성이에 앉아 있었다. 그의 팔은 내 몸을 휘감고 있었고, 내 팔은 그의 목을 감싸고 있었다. 우리는 그리스가 겪고 있는 슬픔과 그리스 영웅들에 대하여 이야기했다. 그리고 서로 마음속에 품고 있는 생각을 모두 털어놓았다.

"한 가지가 더 있어, 아프타니데스. 지금까지는 신과 나만이 알고 있던 비밀이야. 내 영혼은 사랑으로 가득 차 있어. 어머니와 네게 향한 사랑보다 더 강한 사랑으로 말야." 내가 그의 손을 잡고 말했다.

"누구를 사랑하는데?" 이렇게 묻는 아프타니데스의 얼굴과 목이 벌겋게 달아올랐다.

"아나스타샤!"

그러자 내 손을 잡고 있던 그의 손이 떨리고 얼굴이 백지장처럼 창백해졌다. 나는 그것을 보고 그의 마음을 읽을 수 있었다. 내 손도 떨려 왔다. 나는 그의 이마에 입맞추며 속삭였다. "이 말을 아나스타샤에게 한 적이 없어. 어쩌면 그 애가 날 사랑하지 않을지도 몰라. 이걸 생각해 봐. 난 매일 그 애를 보면서 함께 자랐어. 그래서 내 영혼의 일부가 된 거야."

"그녀는 네 아내가 되어야 해. 네 아내가! 네게 거짓말을 할 수도 없고 또 그러고 싶지도 않아. 나 역시 그녀를 사랑하지만 내일이면 멀리 떠나. 1년 후 우리가 다시 만날 때 너희들은 결혼해 있겠지? 그렇지? 내게 금화가 좀 있으니까 네게 줄게. 자, 받아." 아프타니데스가 말했다.

우리는 아무 말 없이 산을 내려왔다. 우리가 오두막에 도착했을 때는 저녁 늦은 시각이었다. 안으로 들어서자 아나스타샤가 등불을 들고 우리를 맞아 주었다. 어머니는 외출 중이었다.

"내일이면 떠나죠? 정말 슬퍼요." 아나스타샤가 다정하고 슬픈 표정으로 아프타니데스를 쳐다보며 말했다.

"그래, 슬프지!" 이렇게 중얼거리는 아프타니데스의 목소리는 나의 슬픔만큼이나 깊은 슬픔으로 가득 차 있었다. 나는 아무 말도 할 수가 없었다.

"저 오빠가 널 사랑하고 있어. 너도 오빠를 사랑하지? 그의 침묵이 바로 사랑한다는 표시란다." 아프타니데스는 그녀의 손을 잡고 말했다.

아나스타샤는 몸을 떨며 울음을 터뜨렸다. 그녀 외에는 아무것도 보이는 것도, 생각할 수 있는 것도 없었다. 나는 두 팔로 그녀를 안고 입을 맞추었다. 그녀가 두 팔로 내 목을 안는 바람에 등불이 바닥으로 떨어졌다. 우리는 완전한 어둠 속에 있었다. 불쌍한 아프타니데스의 마음처럼 깜깜한 어둠 속에.

아프타니데스는 날이 밝기 전에 우리 모두에게 작별의 키스를 하고 떠났다. 가진 돈을 모두 어머니에게 주고서. 아나스타샤는 나와 약혼했고 며칠 후에는 나의 아내가 되었다.


# 19
## 호메로스 무덤의 장미

아시아의 모든 노래는 장미꽃에게 바치는 나이팅게일의 사랑을 노래한다. 별빛이 고요히 부서지는 밤이면 그날개 달린 가수는 향기로운 장미꽃을 위하여 세레나데를 부른다.

스미르나 가까이에 키 큰 소나무들이 땅을 굽어보고 있는 곳이 있었다. 상인들이 낙타에 짐을 가득 싣고 이곳을 지나곤 하였는데, 소나무 밑을 지나는 낙타들은 긴 목을 쭉 빼고 거만하게 걸었다. 그럴 때면 키 큰 소나무 가지들 사이로 비둘기들이 날았고, 비둘기 날개 위로 미끄러지는 햇살이 진주처럼 눈부시게 빛났다.

바로 이곳에 있는 장미 울타리에 이 세상 어느 꽃보다도 아름다운 장미 한 송이가 피어 있었다. 나이팅게일은 장미꽃에 대한 사랑의 고통을 애타게 노래했지만 장미꽃은 들은 척도 하지 않았으며 꽃잎 위에는 동정의 눈물 같은 이슬방울 하나 맺혀 있지 않았다.

그러던 어느 날, 장미꽃이 마침내 돌무더기 위로 허리를 굽히고 말했다. "이 세상에서 가장 위대한 시인이 이곳에 잠들었도다! 나 그의 무덤 위에 향기를 풍기고 폭풍이 몰아칠 때면 내 잎들을 무덤 위에 떨구리. 바로 트로이를 노래하던 시인이 흙이 되어 누워 있도다. 내가 태어난 이 대지의 흙 속에! 나, 호메로스 무덤의 장미는 저 초라한 나이팅게일을 위해 꽃을 피우기에는 너무나 성스러운 존재지."

그리하여 나이팅게일은 혼자 노래하다 지쳐 죽고 말았다. 그때 한 상인이 짐을 가득 실은 낙타를 끌고 흑인 노예와 함께 그곳을 지나가게 되었다. 상인의 어린 아들은 죽은 새를 발견하고 위대한 호메로스의 무덤에 묻어 주었다. 장미꽃은 여전히 무덤 위로 허리를 굽히고 바람에 몸을 흔들며 서 있었다.

저녁이 되자 장미꽃은 꽃잎을 닫고 꿈속으로 빠져들었다.

태양이 눈부시게 쏟아지는 어느 한낮, 낯선 사람들이 호메로스 무덤을 순례하러 왔다. 그들 중에는 구름과 눈부신 북극광의 나라에서 온 시인도 있었다. 시인은 장미를 꺾어 책 속에 끼워서 자기 나라로 가져갔다. 장미꽃은 비탄에 젖어 책갈피 속에서 시들어 버리고 말았다. 고향에 도착한 시인이 책을 열며 이렇게 말했다.

"이건 호메로스 무덤에서 가져온 장미야!"

그때 꿈에서 깨어난 장미꽃이 바람에 몸을 떨자 시인의 무덤 위로 이슬방울이 떨어졌다. 해가 솟아오르고 장미꽃은 그 어느 때보다도 붉은 꽃잎을 펼쳐 보였다. 장미꽃은 아직 따스한 아시아에 있었던 것이다. 그때 가까이 다가오는 발자국 소리가 들렸다. 꿈에서 보았던 낯선 여행자들이었다. 그 중에는 북쪽에서 온 시인도 있었다. 시인은 장미를 꺾어 싱싱한 꽃잎에 입을 맞추고는 구름과 북극광의 나라로 가지고 돌아갔다. 이제 장미꽃은 미라가 되어 시인의 〈일리아드〉 책 속에 누워 있다. 꿈속에서처럼 장미꽃은 시인이 말하는 소리를 듣는다.

"이건 호메로스 무덤에서 가져온 장미야!"

# 20
# 꿈의 요정, 올레 루쾨이에

이 세상에서 올레 루쾨이에처럼 아름다운 이야기를 많이 알고 있거나, 재미있게 이야기할 수 있는 사람은 없다. 올레 루쾨이에는 아이들이 아직 식탁 앞에 앉아 있거나 작은 의자에 앉아 있는 저녁이면 어김없이 찾아온다. 그는 살금살금 계단을 올라와 소리 없이 문을 열고는 아이들의 눈에 살짝 고운 가루를 뿌려 넣는다. 아이들이 눈을 뜨고 그를 볼 수 없을 정도로 말이다. 그리고 살금살금 아이들의 등 뒤로 다가가 목덜미에 부드러운 입김을 불어넣는다. 그러면 아이들은 머리를 축 늘어뜨리고 졸기 시작한다. 하지만 올레 루쾨이에는 아이들을 좋아하기 때문에 아프게 하지는 않는다. 다만 아름다운 이야기를 들려주려고 조용히 잠재우는 것뿐이다. 아이들이 잠들면 올레 루쾨이에는 아이들의 침대맡에 앉는다. 그는 근사한 비단옷을 입고 있는데, 몸을 움직일 때마다 초록색에서 붉은 색으로, 또는 붉은 색에서 파란색으로 색이 바뀌기 때문에 무슨 색인지 알기 어렵다. 그리고 두 팔에는 우산을 들고 다니는데, 안쪽에 그림이 그려진 우산을 착한 아이들의 머리 위에 펴면 아이들은 그날 밤 아름다운 꿈을 꾼다. 그리고 아무 그림도 없는 우산을 못된 아이들에게 펴 주면 그 아이들은 꿈도 꾸지 못하고 나른한 몸으로 아침에 깨어나게 된다.

이제 올레 루쾨이에가 1주일 동안 밤마다 할마르라는 소년을 찾아가 무슨 이야기를 했는지 들어보자. 1주일은 7일이므로 이야기는 모두 일곱 개이다.

**월요일**

어느 날 저녁, 할마르가 잠자리에 들었을 때 올레 루쾨이에가 찾아와 말했다. "자, 잘 봐. 내가 방을 예쁘게 꾸며 줄게."

그러자 화분 속의 꽃들이 큰 나무가 되고 가지들이 벽을 따라 천장까지 뻗어 방 안이 근사한 온실 같았다. 또 가지마다 아름다운 꽃이 활짝 피어나 방 안에 향기가 진동했으며 열매들이 황금처럼 빛났다. 건포도가 총총히 박혀 있어 곧 터질 것만 같은 비스킷도 주렁주렁 열려 있었다. 그때 할마르의 교과서가 들어 있는 책상 서랍 속에서 무시무시한 신음 소리가 들렸다.

"대체 무슨 일이야?" 올레 루쾨이에는 책상으로 다가가 서랍을 열었다. 신음 소리를 낸 것은 석판이었다. 석판은 산수 문제에 계산이 틀린 숫자가 들어 있어 부서질 지경이었다. 연필은 도와주려고 애를 썼지만 도울 수가 없었다. 이번에는 할마르의 공책에서도 신음 소리가 났다. 정말 소름끼치는 소리였다. 공책에는 페이지마다 대문자와 소문자가 인쇄되어 있었고 그 아래에는 할마르가 똑같이 흉내 내어 쓴 글자들이 늘어서 있었다. 할마르가 쓴 글자들은 자신들이 인쇄된 것과 똑같다고 생각했지만 그렇지가 않았다. 그 글자들은 연필로 그은 선 위로 엎어지듯 기울어져 있었다.

"자 봐, 너희도 우리처럼 이렇게 우아한 곡선을 그리며 서 있어야 해." 인쇄된 글자들이 말했다.

"우리도 그러고 싶지만 그렇게 안 되는걸. 우린 이렇게 형편없게 만들어져서 말야." 할마르가 쓴 글자들이 말했다.

"그럼 너희들을 지워 버려야겠구나." 올레 루쾨이에가 말했다.

"오, 안 돼요!" 할마르가 쓴 글자들이 외치며 품위 있게 똑바로 섰다. 정말 보기 좋았다.

"이제, 이야기는 그만하고 이 글자들을 훈련시켜야겠다. 하나 둘! 하나 둘!" 올레 루쾨이에는 할마르가 쓴 글자들이 인쇄된 글자들처럼 우아하고 아름답게 똑바로 설 때까지 훈련시켰다. 그러나 할마르가 아침에 일어나 글자들을 보았을 때는 어제처럼 뒤죽박죽이었다.

### 화요일

할마르가 잠자리에 들자 올레 루쾨이에는 마법의 지팡이로 방 안에 있는 모든 가구들을 가볍게 건드렸다. 그러자 가구들이 재잘거리기 시작했다. 모두들 자기 자랑뿐이었다.

서랍장 위에는 금색 테두리로 된 큰 액자가 걸려 있었다. 거기에는 오래된 멋진 나무, 잔디 위에 핀 꽃, 숲과 성을 지나 거친 바다로 흐르는 큰 강줄기가 그려져 있었다. 올레 루쾨이에는 마법의 지팡이로 그 그림도 건드렸다. 그러자 새들이 노래했고, 나뭇가지들이 살랑살랑 소리내며 움직이기 시작했다. 그리고 구름은 하늘 위를 떠가며 풍경 위에 그림자를 드리웠다. 올레 루쾨이에는 할마르를 들어올려 그림 속의 잔디 위에 살짝 놓았다. 나뭇가지들 사이로 쏟아지는 햇살이 할마르를 비추었다. 할마르는 강가로 달려가 작은 배에 앉았다. 붉은 색과 흰색으로 채색되어 있는 배 위에서는 돛이 은빛으로 반짝였다. 금목걸이를 두르고 이마에 반짝이는 푸른 별을 단 여섯 마리의 백조가 푸른 숲을 지나 배를 끌고 갔다. 숲에서는 나무들이 도둑과 마녀 이야기를 하고, 꽃들은 작고 귀여운 난쟁이와 요정들에 관한 이야기를 했다. 이 이야기는 모두 나비들에게 전해들은 것이었다. 보석처럼 반짝이는 비늘을 가진 물고기들이 배를 따라 헤엄쳐 왔다. 물고기들은 가끔 폴짝 뛰어올랐다가 첨벙 하고 물을 튀기며 뛰어들었다. 온갖 크기의 붉고 푸른 새들도 두 줄을 지어 뒤따라 날아왔다. 그들 주위로는 하루살이들이 춤을 추고, 풍뎅이들이 노래했다.

그들은 모두 할마르를 따라오며 이야기를 해주고 싶어했다. 정말 신나는 여행이었다. 숲은 빽빽하고 어두웠다가 금세 햇빛과 꽃이 활짝 핀 화려한 정원으로 변했다. 유리와 대리석으로 된 거대한 성들도 지나갔는데, 성 발코니에는 꼬마 공주들이 서 있었다. 할마르가 함께 어울려 놀았던 공주들이었다. 한 공주가 할마르에게 하트 모양의 예쁜 사탕을 내밀었다. 할마르는 배를 타고 지나가면서 사탕 한 쪽 끝을 꽉 잡았다. 공주도 꼭 잡고 놓지 않는 바람에 사탕이 두 개로 쪼개졌다. 그래서 할마르와 공주는 사탕 한 쪽씩을 갖게 되었는데, 할마르의 것이 더 컸다. 성마다 꼬마 왕자들이 보초를 서고 있었다. 받들어 총을 하고 있고 황금으로 된 칼을 차고 있는 것으로 보아 진짜 왕자임에 틀림없었다.

할마르는 숲과 거대한 궁전과 도시를 지나 여행을 계속했다. 할마르가 아주 어렸을 때 팔에 안고 늘 귀여워해 주었던 유모가 사는 마을도 지나갔다. 유모는 손을 흔들면서 직접 만든 노래를 불러 주었다.

나의 할마르, 늘 사랑스런 아이,
내 기억은 늘 너에게로 향하나니!
천진하게 기뻐하는 네 모습을 보면서

진주 같은 눈물을 입맞춤으로 훔쳐 버렸지.

내 품에 안겨 처음으로 옹아리를 하고,

아장아장 걷기 시작했을 때,

나 얼마나 황홀했던가.

나 늘 네 곁에 있나니,

잘 가거라, 내 사랑.

이 세상에 머무는 동안

하느님이 항상 널 지켜 주길 기도하나니!

새들도 함께 노래를 불렀다. 꽃들은 줄기 위에서 춤을 추었고 늙은 나무들은 고개를 끄덕였다. 마치 올레 루쾨이에의 얘기를 그들도 듣고 있는 것처럼.

### 수요일

비가 얼마나 억수같이 퍼부었던지! 할마르는 잠결에도 빗소리를 들었다. 올레 루쾨이에가 창문을 열었을 때 바로 창턱까지 물이 차 있었기 때문이다. 바깥은 그 야말로 거대한 호수였다. 그런데 집 옆에 화려한 배 한 척이 떠 있었다.

"할마르야, 오늘 밤 나와 함께 배를 타고 여행하지 않을래? 오늘 밤 먼 나라에 갔다가 내일 아침이면 돌아올 수 있단다." 올레 루쾨이에가 속삭였다.

그러자 할마르는 어느 새 화려한 외출복을 차려입고 멋진 배 갑판에 서 있는 게 아닌가!

날씨는 금방 좋아졌다. 그들은 배를 타고 거리를 지나고 교회 모퉁이를 지났다. 가는 곳마다 거대한 바다처럼 물이 넘실거렸다. 그들은 땅이 보이지 않을 때까지 노를 저었다.

무리 지어 따뜻한 남국으로 날아가는 황새 떼가 보였다. 황새들은 한 줄로 줄을 지어 멀리서부터 날아오는 중이었다. 그런데 한 마리가 날다 지쳤는지 날갯짓이 매우 둔해 보였다. 그 황새는 점점 뒤처지더니 마침내 날개를 편 채 서서히 가라앉기 시작했다. 날개를 힘겹게 퍼덕였지만 몸이 떠오르지 않았다. 새는 돛대에 부딪혀 쿵 하고 갑판에 떨어졌다. 할마르는 그 황새를 안아서 닭, 오리, 칠면조가 섞여 있는 닭장에 넣어 주었다. 가엾은 황새는 어리둥절하여 한참을 꼼짝않고 서 있었다.

"저 애 좀 봐!" 닭들이 호기심에 차서 말했다.

수컷 칠면조는 깃털을 한껏 부풀리며 황새에게 누구냐고 물었고, 오리들은 "꽥, 꽥" 하고 뒤뚱거리며 뒷걸음질쳤다.

황새는 따뜻한 아프리카와 피라미드와 야생마처럼 사막을 달리는 타조에 대해 이야기해 주었다. 하지만 오리들은 잘 이해하지 못하고 자기들끼리 꽥꽥거렸다. "저 앤 바본가 봐."

"그래, 틀림없어. 쟤는 바보야." 칠면조가 꾸르륵꾸르륵 소리를 내며 말했다.

황새는 잠자코 아프리카에 있는 집을 생각했다.

"넌 정말 날씬한 다리를 갖고 있구나! 1미터에 얼마 주고 샀니?" 칠면조가 물었다.

"꽥꽥꽥!" 그러자 오리들이 이빨을 드러내며 웃었다.

그러나 황새는 아무 말도 못 들은 척했다.

"너도 웃어도 돼. 정말 우스운 얘기니까. 너한테는 수준이 너무 높니? 얘가 있는 동안 정말 즐겁겠다." 칠면조가 이렇게 말하고 꾸르륵꾸르륵 소리를 냈다.

오리들은 꽥꽥 소리를 지르며 우스워서 난리 법석이었다.

그때 할마르가 닭장으로 가서 문을 열며 황새를 불렀다. 황새는 훌쩍 뛰어 갑판으로 나와서 안도의 숨을 쉬며 행복한 표정을 지었다. 그리고는 고맙다는 듯이 할마르에게 고개를 끄덕여 보이고 날개를 펴고는 따뜻한 나라로 날아갔다. 그 동안에도 닭은 꼬꼬댁 울고, 오리는 꽥꽥거렸으며 칠면조는 목이 빨개지도록 꾸르륵거렸다.

"내일 아침에 너희들로 수프를 끓여 버리겠어." 할마르는 이렇게 말하고 잠에서 깨어났다. 그가 누워 있는 곳은 그의 작은 침대였다. 올레 루쾨이에와 함께 떠난 여행은 정말 멋졌다.

### 목요일

"내가 뭘 가져왔게? 각오 단단히 해. 이제 작은 생쥐를 보여 줄 테니까." 올레 루쾨이에가 말했다. 그리고 손에 쥐고 있던 귀엽고 작은 동물을 내밀었다. "이 생쥐가 널 결혼식에 초대하러 왔어. 오늘 밤 생쥐 두 마리가 결혼한대. 생쥐들은 광

마루 아래에 사는데, 살기 좋은 곳이지."

"하지만 그 작은 쥐구멍으로 어떻게 들어가요?" 할마르가 난감하여 물었다.

"그건 내게 맡겨. 내가 널 아주 작게 만들어 줄 테니까."

올레 루쾨이에는 마술 지팡이로 할마르를 살짝 건드렸다. 그러자 할마르는 점점 작아지더니 작은 손가락만 해졌다.

"이제 장난감 병정 옷을 입어. 네게 꼭 맞을 거야. 결혼식에 갈 때는 제복을 입어야 멋지지."

"맞아요."

순식간에 할마르에게는 귀여운 장난감 병정 옷이 입혀졌다. 어느 장난감 병정 못지 않게 멋져 보였다.

"할마르님, 당신 어머니가 쓰시는 골무에 앉지 않겠어요? 그럼 제가 그 골무를 끌고 가겠어요." 생쥐가 말했다.

"그럴까, 생쥐야?"

이렇게 해서 할마르는 골무를 타고 결혼식에 갔다. 그들은 광 마루 바닥 밑으로 들어가 긴 복도를 지나갔다. 복도는 골무를 타고 간신히 지나갈 수 있는 높이였으며 인광이 나는 썩은 나무들이 불을 밝히고 있었다.

"맛있는 냄새가 나죠? 복도와 바닥을 전부 베이컨으로 발랐어요. 이보다 더 근사한 건 없을걸요." 생쥐가 자랑스럽게 말했다.

이윽고 그들은 결혼식장에 도착했다. 오른쪽에는 숙녀 생쥐들이 서 있었다. 그들은 서로 농담을 주고받는 듯 귓속말을 하며 키득거렸다. 그리고 왼쪽에는 신사 생쥐들이 앞발로 콧수염을 쓰다듬고 있었고, 가운데에는 신랑 신부가 서 있었다. 신랑 신부는 속이 우묵하게 패인 치즈 껍질 속에 서서 많은 쥐들이 지켜보는 가운데 입을 맞추었다. 둘은 이미 약혼한 사이로 이제 결혼할 예정이었다.

친구들이 계속해서 몰려들어 식장 안은 발 디딜 틈이 없었다. 신랑 신부가 문간에 서 있어서 아무도 나올 수도 들어갈 수도 없었다. 결혼식장은 복도처럼 베이컨으로 발라져 있었는데, 이것은 손님들에게 주는 다과였다. 후식으로 나온 완두콩에는 신랑 신부 이름의 첫 글자가 새겨져 있었다. 참으로 아름다운 결혼식이었다. 생쥐들은 모두 즐거웠다고 말했다.

결혼식이 끝나자 할마르는 방으로 돌아왔다. 바닥 밑을 기고 몸을 줄여 장난감 병정 옷을 입어야 했지만 참으로 근사한 잔치였다.

## 금요일

"정말 놀라운 일이야. 어른들도 밤에 날 보고 싶어하다니! 특히 나쁜 짓을 한 사람들이 날 보고 싶어하더군. 그들은 내게 이렇게 말한단다. '착한 올레야, 잠을 잘 수가 없구나. 우린 뜬눈으로 밤을 지새우며 뜨거운 눈물을 흘린단다. 우리가 저지른 나쁜 행동들이 흉측한 악마들처럼 침대맡에 앉아 있거든. 네가 와서 몰아내 주지 않겠니? 잠 좀 자게 말야.' 그러면서 그들은 깊은 한숨을 쉰단다. 그리고는 이렇게 말하지 '대가는 지불할게. 잘 가, 올레야. 돈은 창가에 있어.' 하지만 난 돈을 얻으려고 그런 짓은 절대 안 해." 올레 루쾨이에가 단호하게 말했다.

"오늘 저녁에는 무얼 하죠?" 할마르가 호기심에 가득 차서 물었다.

"오늘 저녁에도 결혼식에 가지 않을래? 어젯밤에 본 것과는 아주 다른 결혼식이란다. 남자처럼 옷을 입은, 왜 헤르만이라고 하는 네 누이동생의 큰 인형 있지? 그 인형이 베르타와 결혼한단다. 게다가 오늘이 그 인형 생일이기도 하거든. 그러니 선물을 많이 받게 되겠지."

"그건 나도 알아요. 누이는 인형에게 새 옷이 필요하면 언제나 생일 상을 차려 주거나 결혼식을 올려 줘요. 벌써 백 번이나 그랬는걸요."

"그건 그래. 하지만 오늘은 101번째란다. 이번 결혼식은 마지막이 될 거야. 그러니 아주 장관일걸. 한 번 보라구."

할마르는 책상을 바라보았다. 거기에는 마분지로 된 인형의 집이 있었는데 창마다 불빛이 환했고 집 앞에는 총을 든 장난감 병정들이 뽐내고 서 있었다. 신랑 신부는 책상다리에 몸을 기대고 앉아 깊은 생각에 잠겨 있었다. 그럴 만한 이유가 있었을 것이다. 주례는 할머니의 검은 드레스를 입은 올레 루쾨이에가 맡았다.

결혼식이 끝나자 방안에 있는 모든 가구들이 군악대에 맞추어 연필이 쓴 아름다운 노래를 불렀다.

> 사랑스런 신랑 신부가 하나가 될 때
> 바람결을 타고 흐르는 즐거운 노래,
> 가죽으로 만들어졌지만

부드럽고 아름다운 그들.

만세! 귀가 먹고 눈이 멀어도 상관없다네.

폭풍우 속에서도, 추운 겨울에도 우리 노래하리니!


신랑 신부는 선물을 받았다. 하지만 먹을 수 있는 선물은 모두 거절했다. 사랑만으로도 충분했으니까.

"시골집에 가고 싶소, 아니면 여행을 떠나고 싶소?" 신랑이 다정하게 신부에게 물었다.

신랑 신부는 여행을 많이 한 제비와 다섯 번이나 병아리를 낳은 암탉에게 어디로 가면 좋겠느냐고 물어보았다. 제비는 따스한 남국에 대한 이야기를 들려주었다. 그곳에는 포도송이가 주렁주렁 탐스럽게 열려 있고, 항상 바람이 온화하며, 낙원처럼 아름다운 색채로 어우러진 산들이 에워싸고 있다고 했다.

"하지만 남국엔 우리가 먹는 빨간 양배추가 없어. 난 여름에 새끼들과 함께 시골에서 보낸 적이 있지. 시골엔 모래땅을 파헤치며 놀 수 있는 모래굴이 있었어. 그리고 정원에는 양배추들이 자라고 있었지. 아, 얼마나 근사했는지! 그렇게 맛있는 양배추는 처음이었어." 암탉이 그때가 그리운 표정으로 말했다.

"그렇지만 양배추 줄기는 어느 것이나 똑같아요. 게다가 시골 날씨는 변덕스럽잖아요." 제비가 끼어들어 말했다.

"그렇긴 하지만 익숙해지면 괜찮아."

"그래도 여긴 너무 추워요. 어쩔 땐 정말 얼어붙을 지경이라니까요!" 제비가 말했다.

"양배추가 자라기엔 추운 날씨가 제격이지. 게다가 우리나라도 따뜻할 때가 있잖아. 4년 전에는 여름이 5주 이상 계속되지 않았어? 그때는 어찌나 더웠던지 숨도 못 쉴 지경이었지. 또 시골에는 독을 뿜는 동물이나 도둑도 없지. 자기 나라를 아름답지 않다고 생각하는 것은 나빠. 그런 자는 자기 나라에 있을 자격이 없어." 암탉이 울음을 터뜨리더니 얘기를 계속했다. "나도 닭장 속에 갇혀 12마일을 여행한 적이 있지. 여행은 정말이지 즐거운 게 아니야."

"그래요, 암탉 말이 옳아요." 인형 베르타가 말했다. "난 산을 타고 여행하는 것이 싫어요. 올라갔다 다시 내려와야 하잖아요. 대문 앞에 있는 모래굴도 가고 양배추 밭도 걸어요."

그래서 신랑 신부는 시골로 여행을 떠났다.


## 토요일

"또 얘기해 줘요." 올레 루쾨이에가 할마르를 잠 속으로 데려오자마자 할마르가 졸랐다.

올레 루쾨이에는 제일 예쁜 우산을 할마르의 머리 위에 펼쳤다. "오늘 밤엔 이야기할 시간이 없구나. 이 중국인들을 보려무나!"

그러자 우산이 커다란 주발처럼 보였다. 주발에는 푸른 나무와 뾰족한 다리가 있었고 그 위에서 중국인들이 고개를 끄덕이고 서 있었다. "내일 아침에 대비해서 온 세상을 아름답게 치장해야 한단다. 내일은 일요일이거든. 난 교회 종탑 위로 가 봐야 해. 꼬마 요정들이 종을 반짝반짝 잘 닦아 놓았는지 살펴봐야 하거든. 종이 예쁜 소리를 내도록 말야. 또 들판으로 나가 바람이 풀과 잎에 묻은 먼지를 털어 냈는지도 살펴봐야 해. 하지만 제일 큰 일은 별들을 가지고 내려와 반짝반짝 닦는 일이지. 별들을 가져올 때는 앞치마에 담아 오는데, 담기 전에 별 하나하나에 번호를 매겨야 해. 또 별들이 들어앉아 있는 곳에도 번호를 매겨야 하지. 별들이 다시 제자리로 돌아가 앉을 수 있도록 말이야. 그렇게 하지 않으면 제자리를 찾지 못해 결국 유성이 되어 땅으로 굴러 떨어져 버리거든."

"이봐요, 루쾨이에 씨! 날 알겠소? 난 할마르의 증조 할아버지라우. 손자에게 얘기해 줘서 고맙소. 하지만 아이의 생각을 어지럽혀서는 안되지. 별들은 하늘에서 떼어 낼 수도 닦을 수도 없는 것이잖소. 지구와 마찬가지로 우주 공간에 떠 있으니까 말이오." 할마르의 방 벽에 걸린 오래된 초상화가 말했다.

"말씀 고마워요. 당신이 이 집에서 나이가 제일 많은 가장인가 본데, 그래도 내 나이가 당신보다 더 많아요. 난 고대인이거든요. 로마인들과 그리스인들은 날 꿈의 요정이라 불렀지요. 난 귀족 집들만 찾아다녀요. 그래도 신분이 낮든 높든 상관없이 사람들과 어울릴 줄 알지요. 이제 당신이 직접 얘기하세요." 올레 루쾨이에는 이렇게 말하고 우산을 가지고 나가 버렸다.

"원, 자기 생각도 마음대로 얘기할 수가 없군." 증조 할아버지가 투덜거렸다.

바로 그때 할마르는 잠이 깨어 버렸다.

## 일요일

"안녕!" 저녁이 되자 올레 루쾨이에가 왔다.

할마르는 인사를 하고 얼른 침대에서 뛰어내려 어제처럼 말참견을 하지 못하도록 증조 할아버지의 초상화를 벽쪽으로 돌려놓았다.

"이제 얘기해 줘요. 한 꼬투리 속에서 산 다섯 개의 초록색 완두콩이나 별꽃에게 구애한 암탉에 대해서요. 그리고 자기가 자수 바늘인 양 뽐낸 감침질 바늘에 대해서도요."

"얘기를 너무 많이 들으면 질리는 법이야. 네게 내 동생을 보여 주고 싶어. 내 동생도 올레 루쾨이에라고 하지. 하지만 동생은 누구에게나 한 번 이상은 찾아가는 법이 없어. 동생은 사람들을 말에 태우고 말을 타고 가면서 얘기해 준단다. 하지만 아는 이야기는 두 가지밖에 없지. 하나는 이 세상 어느 누구도 상상할 수 없을 정도로 매우 아름다운 얘기이고, 다른 하나는 추악하고 끔찍해서 말로 표현할 수 없을 정도지."

그러면서 올레 루쾨이에는 할마르를 창가로 들어올렸다. 그리고 이렇게 말했다. "이제 내 동생을 보게 될 거야. 사람들은 내 동생을 죽음이라고도 부르지. 하지만 그림책에 나온 것처럼 그렇게 흉한 모습은 아니야. 해골이 아니거든. 동생은 은으로 수가 놓인 화려한 경기병 옷과 검은 벨벳으로 된 망토를 두르고 다닌단다. 자, 저기 좀 봐, 말을 타고 질주하는 모습이 보이지?"

동생 올레 루쾨이에가 젊은이와 늙은이들을 말에 태우고 달리는 모습이 보였다. 몇 사람은 동생 올레 루쾨이에의 앞쪽에, 몇 사람은 뒤쪽에 앉아 있었다. 그리고 늘 먼저 이렇게 물어보았다. "성적표는 어떤가?"

그러면 사람들은 모두 이렇게 대답했다. "좋아요!"

"그래? 그래도 직접 봐야겠어."

사람들은 모두 성적표를 내밀었고 '대단히 잘함'이나 '우수함'을 받은 사람들은 말의 앞쪽에 앉아서 아름다운 이야기를 들었다. 그러나 '보통임'이란 성적을 받은 사람들은 뒤에 앉아서 무서운 이야기를 들어야 했다. 뒤에 탄 사람들은 무서워서 온몸을 덜덜 떨며 말에서 뛰어내리고 싶어했지만 그럴 수가 없었다. 너무 무서워 몸이 말 등에 붙어 버린 것처럼 꼼짝할 수 없었기 때문이다.

"하지만 동생은 정말 멋져요. 난 전혀 무섭지 않은 걸요." 할마르가 말했다.

"그럼, 항상 좋은 성적을 받는다면 무서워할 필요가 없지."

"참 교훈적인 이야기로군. 자기 생각을 말해 주는 것이 유익할 때도 있단 말이야." 증조 할아버지의 초상화가 매우 만족스러워하며 중얼거렸다.

이것이 올레 루쾨이에의 이야기이다. 오늘 밤에 올레 루쾨이에가 여러분을 찾아가 더 많은 이야기를 들려줄지도 모른다.

# 21
## 장미 요정

어느 정원 한가운데에 꽃이 활짝 핀 장미나무 한 그루가 자라고 있었다. 그 중제일 아름다운 장미꽃 속에는 요정이 살고 있었는데, 요정은 어찌나 작은지 사람의 눈에는 보이지 않았다. 요정은 너무도 아름답고 깜찍했으며 어깨에서 발끝까지 내려오는 큰 날개를 달고 있었다. 장미 꽃잎 뒤에 있는 요정의 침실에는 달콤한 향기가 그윽했고 붉은 빛을 띤 장미 꽃잎으로 도배된 벽은 청결하고 아름다웠다.

어느 날, 요정은 이 꽃에서 저 꽃으로 날아다니기도 하고 나비 날개를 타고 춤을 추면서 하루 종일 따뜻한 햇빛 속에서 지냈다. 그러다가 보리수나무 잎 위로나 있는 큰길과 오솔길을 지나 집으로 가려면 몇 걸음이나 걸어야 하는지 헤아려 봐야겠다고 생각했다. 요정이 걸어다니는 길이란 우리가 잎맥이라 부르는 것이었다. 큰길과 오솔길은 끝없이 이어져 요정이 미처 집에 도착하기도 전에 해가 저버리고 말았다. 요정은 노는 데 정신이 팔려 너무 늦게 출발했던 것이다. 갑자기날씨가 싸늘해지더니 이슬이 내리고 바람이 불었다. 요정은 서둘러서 집으로 돌아갔지만 장미꽃은 이미 잎을 오므려 버려 안으로 들어갈 수가 없었다. 잎을 펼치고 있는 장미꽃은 하나도 없었다. 가엾은 요정은 덜컥 겁이 났다. 이제까지 밤중에 바깥에서 지내 본 적이 없었다. 언제나 따뜻한 장미 꽃잎 뒤에서 달콤한 잠을 잤던 것이다. 요정은 무서워서 죽을 것만 같았다.

정원 반대편에는 아름다운 인동덩굴이 자라는 정자가 있었다. 인동덩굴 꽃들은 색칠을 해 놓은 커다란 뿔처럼 보였다. 요정은 그 중 한 꽃에서 아침까지 지내려고 마음먹고 그곳으로 날아갔다. 그런데 정자에는 두 사람이 있었다. 한 사람은 젊고 잘생긴 청년이었고, 다른 한 사람은 아리따운 처녀였다. 두 사람은 나란히 앉아서 영원히 헤어지는 일이 없기를 빌었다. 그들은 서로 사랑하는 사이였다. 서로에 대한 두 사람의 마음은 부모에 대한 착한 아이의 사랑에 견줄 바가 못 되었다.

"하지만 우린 헤어질 수밖에 없어. 당신 오빠는 우리가 약혼한 것을 못마땅해 해. 그러니까 날 산 넘고 바다 건너 먼 곳으로 보내는 거야. 잘 있어요. 내 사랑! 내 사랑스런 신부!" 청년은 이렇게 말하고 처녀에게 입을 맞추었다.

처녀는 울면서 장미꽃 한 송이를 주었다. 그런데 장미꽃을 건네주기 전에 그 장미꽃에 어찌나 열렬하게 키스를 했던지 장미꽃이 활짝 벌어졌다. 요정은 그 틈을 타서 장미꽃 안으로 살짝 날아 들어가 향기로운 벽에 몸을 기댔다. 그들이 작별 인사를 나누는 소리가 들렸다. 장미꽃은 청년의 가슴에 꽂힌 것 같았다. 오, 청년의 가슴은 얼마나 심하게 요동쳤던가! 요정은 그의 심장이 쿵쾅거리는 바람에 잠을 잘 수가 없었다.

얼마 후 청년은 홀로 어두운 숲 속을 걸으면서 가슴에서 장미꽃을 빼 들고 입을 맞추고 또 맞추었다. 그의 키스가 얼마나 격렬하던지 요정은 숨이 막힐 지경이었다. 장미 꽃잎을 통해 뜨겁게 타오르는 그의 입술이 느껴졌다. 더구나 장미꽃은 한낮의 햇빛을 받을 때처럼 활짝 벌어져 있어 그의 입김이 더욱 생생하게 느껴졌다.

그때 음흉하고 사납게 생긴 한 사나이가 다가왔다. 그는 다름 아닌 아리따운 처녀의 오빠였다. 사나이는 청년을 보더니 날카로운 칼을 뽑아 들고는 장미꽃에게 입을 맞추는 청년을 찔러 죽였다. 그리고 죽은 청년의 목을 베어 몸과 함께 보리수나무 아래 묻었다.

"이제 영영 사라졌으니 곧 잊혀지겠지. 다시는 누이 앞에 나타나지 못할 거야. 산을 넘고 바다를 건너 멀고 먼 여행을 떠나기로 되어 있었으니까 누이는 그가 돌아오지 않으면 여행 중에 죽었다고 생각하겠지. 그런 여행을 하다 보면 목숨을 잃는 경우는 흔하니까 말야. 감히 나에게 그에 대해 묻진 않겠지." 사나이는 이렇게 중얼거리며 청년을 묻은 흙 위에 마른 잎들을 덮고 발로 밟았다. 그리고 어두운 밤길을 걸어 집으로 돌아갔다. 하지만 그는 혼자서 집으로 돌아간 것이 아니었다. 말라빠진 보리수 잎 속에 앉아 있던 요정은 무덤을 팔 때 그 잎이 사나이의 머리 위로 떨어지는 바람에 함께 가게 된 것이다. 사나이가 모자를 쓰자 컴컴해졌다. 요정은 공포와 분노로 몸을 떨었다.

사나이가 집에 도착한 것은 새벽녘이었다. 그는 모자를 벗고 누이동생 방으로 들어갔다. 꽃같이 아름다운 누이동생은 사랑하는 애인의 꿈을 꾸고 있었다. 누이는 애인이 산과 바다를 넘어 멀리 여행을 떠난 것으로 알고 있었다. 사나이는 누이동생을 바라보며 악마처럼 소름끼치게 웃어제꼈다. 그때 그의 머리카락에 붙어 있던 시든 나뭇잎이 이불 위로 떨어졌다. 하지만 사나이는 그것을 눈치 채지 못하고 방을 나갔다. 그리고는 아침까지 잠에 곯아떨어졌다.

요정은 마른 잎에서 살며시 뛰어나와 잠자는 처녀 귀에 대고 무시무시한 살인에 대한 얘기를 해 주었다. 오빠가 청년을 살해한 장소며 시체를 묻은 곳이며 그 옆에 보리수나무가 서 있다는 것에 대해서.

"제가 한 얘기가 꿈이 아니에요. 당신의 침대 위에 떨어진 마른 잎을 보면 알 수 있을 거예요."

그때 처녀가 잠에서 깨어났다. 처녀는 마른 잎을 발견하고 구슬프게 울었다. 이제 마음을 털어놓고 얘기할 사람이 아무도 없었다. 창문은 온종일 열려 있어서 요정은 언제라도 마음만 먹으면 장미꽃이든 다른 꽃에게든 자유롭게 날아갈 수 있었다. 하지만 괴로워하는 처녀를 두고 차마 떠날 수가 없었다. 창가에는 한 달에 한 번 꽃이 피는 장미 나무가 있었다. 요정은 장미꽃에 들어가 앉아 가엾은 처녀를 지켜보았다. 오빠는 그녀의 방을 자주 드나들었는데 비열하고 사악한 짓을 하고서도 몹시 즐거워 보였다. 그래서 처녀는 가슴이 메어지는 슬픔에 대해 한 마디도 할 수가 없었다.

어둠이 내리자마자 처녀는 몰래 집을 빠져 나와 보리수나무가 서 있는 숲으로 달려갔다. 그녀는 나뭇잎을 걷어 내고 땅을 파기 시작했다. 그런데 거기에 애인이 싸늘한 시체가 되어 누워 있지 않은가! 처녀는 목놓아 울면서 자신도 죽게 해 달라고 기도했다. 시체를 집으로 옮겨가고 싶었지만 그럴 수가 없었다. 처녀는 두 눈이 감긴 애인의 창백한 얼굴을 끌어안고 차가운 입술에 입을 맞추며 머리에서 흙을 털어 냈다.

"영원히 당신을 간직하겠어요."

처녀는 다시 애인의 몸만 묻고 나뭇잎으로 덮은 다음 애인의 머리와 무덤 옆에 핀 작은 재스민 가지 하나를 꺾어 가지고 집으로 돌아왔다. 그리고는 자신의 방에 있는 제일 큰 화분에 죽은 애인의 머리를 묻고 그 위에 흙을 덮은 다음 재스민 가지를 심었다.

"잘 있어요! 안녕!" 요정이 속삭였다.

요정은 괴로워서 몸부림치는 처녀를 더 이상 보고 있을 수가 없었다. 그래서 잠자리가 있는 장미꽃에게 날아와 버렸다. 그러나 장미꽃은 시들어 버리고 색 바랜 꽃잎 몇 개만이 고개를 떨구고 있었다.

"아, 아름답고 착한 것은 얼마나 빨리 사라져 버리는가! 정말 슬픈 일이야." 요정이 한숨을 쉬었다.

얼마 후 요정은 다른 장미꽃으로 옮겨갔다. 안전하게 지낼 수 있는 향기로운 꽃잎 속으로. 아침이 되면 요정은 하루도 빠지지 않고 가엾은 처녀의 방으로 날아갔다. 그때마다 처녀는 화분 옆에 앉아서 재스민 가지 위로 슬픈 눈물을 흘리고 있었다. 처녀는 날이 갈수록 야위어 갔다. 그러나 재스민 가지는 점점 더 싱싱하게 피어났다. 그러다 하나씩 차례로 싹이 트더니 작은 꽃봉오리들이 피어났다. 처녀는 다정하게 꽃봉오리에 입을 맞추었다. 그러나 처녀의 오빠는 그런 누이동생을 보고 미쳤다며 호되게 꾸짖었다. 그는 동생이 늘 화분을 보며 눈물을 흘리는 이유를 상상도 할 수 없었으리라. 그 화분 속에서 그가 죽인 누이동생 애인의 감긴 눈과 붉은 입술이 시들어 가고 있다는 것을 꿈에도 생각하지 못했으리라.

어느 날, 처녀가 화분에 기대어 잠들어 있는 것을 발견한 요정은 처녀의 귓가에 앉아 정자에서 애인과 함께 보냈던 마지막 저녁과 달콤한 장미향과 요정들의 사랑에 관해 속삭였다. 처녀는 오랜만에 달콤한 꿈을 꾸었다. 하늘 나라에 있는 사랑하는 사람 곁에 있는 평온한 꿈이었다. 재스민 가지는 크고 하얀 종 모양의 꽃들을 피워 달콤한 향기를 뿜었다. 그것은 죽은 자에 대한 슬픔의 표시였다. 처녀는 하늘나라에 있는 사랑하는 사람 곁으로 간 것이다.

사악한 오빠는 누이동생이 남기고 죽은 아름다운 재스민을 자기 것이라고 생각했다. 그는 아름다운 꽃과 달콤한 향기가 탐나 재스민을 자기 침대 곁에 가져다 놓았다. 꼬마 장미 요정도 재스민을 따라가 이 꽃에서 저 꽃으로 옮겨 다니며 꽃 속에 사는 요정들에게 살해당한 젊은 청년에 대해 얘기해 주었다. 그리고 마음씨 나쁜 오빠와 가엾은 누이동생에 대해서도 이야기했다.

"우리도 알고 있어. 다 알고 있지. 우린 죽은 청년의 눈과 입에서 나온걸. 다 알아." 꽃 속의 요정들이 특이한 모습으로 고개를 끄덕이며 말했다.

하지만 장미 요정은 요정들이 사실을 알면서도 어떻게 가만히 있을 수 있는지 이해할 수가 없었다. 그래서 꿀을 모으고 있는 벌들에게 날아가서 마음씨 나쁜 오빠 이야기를 들려주었다. 벌들은 그 이야기를 여왕벌에게 전했고, 여왕벌은 날이 밝으면 당장 그 살인자를 죽여 버리라고 명령했다.

그런데 누이동생이 죽은 첫날밤이었다. 재스민 꽃받침들이 모두 열리면서 요정들이 독침으로 무장하고 살며시 밖으로 나왔다. 그러나 처녀의 오빠는 아무것도 모른 채 자고 있었다. 요정들은 잠자는 오빠의 귓가에 앉아 끔찍한 꿈을 꾸게 하고 입술 위로 날아가 독침으로 혀를 찔렀다.

"드디어 우리가 원수를 갚았어." 요정들이 이렇게 말하고 흰 재스민 꽃 속으로 날아 들어갔다.

아침이 되어 창문이 열리자마자 장미 요정은 벌들과 함께 살인자를 죽이려고 방 안으로 들이닥쳤다. 하지만 살인자는 이미 죽어 있었다. 사람들이 침대에 둘러서서 이렇게 말했다. "재스민 향기 때문에 죽었군."

그 말을 들은 장미 요정은 재스민 꽃 요정들이 복수한 것을 알고 여왕벌에게 이야기해 주었다. 장미 요정은 벌들과 함께 화분 둘레를 윙윙거리며 날았다. 사람들은 벌 떼를 쫓으려고 애썼지만 쉽지가 않았다. 이를 보다 못해 한 남자가 화분을 들어 밖으로 내놓으려고 했다. 그때 벌 한 마리가 그의 손을 쏘았고, 그 바람에 화분이 땅에 떨어져 깨지고 말았다. 방바닥에 쏟아진 흙과 함께 허연 해골이 드러났다. 그리하여 사람들은 침대에 죽어 있는 자가 살인자라는 사실을 알게 되었다.

여왕벌은 공중을 빙빙 돌면서 꽃들과 장미 요정의 복수를 찬양했다. 그리고 아주 아주 작은 잎 속에 나쁜 사람을 벌주는 작은 장미 요정이 살고 있다고 노래했다.

# 22
# 돼지치기 왕자

아주 작은 왕국에 가난한 왕자가 살고 있었다. 왕자의 왕국은 작긴 했지만 결혼할 수 있을 정도는 되었다. 왕자는 결혼을 하고 싶었다. 그래서 황제의 딸에게 청혼했다. 왕자가 감히 황제의 딸에게 "나를 사랑하오?" 하고 물어본 것은 정말 용기 있는 행동이었다. 하지만 왕자는 젊고 혈기왕성했으며 유명했기 때문에 그럴 만한 자격이 있었다. 그 말을 다른 공주들에게 했다면 공주들은 모두 그의 청혼을 고맙게 받아들였을 것이다. 그러나 황제의 딸은 그렇지 않았다. 자, 이제 어떤 일이 벌어졌는지 들어보기로 하자.

왕자 아버지의 무덤 위에는 아름다운 장미 나무 한 그루가 자라고 있었다. 5년에 한 번씩 한 송이씩만 꽃을 피우는 매우 아름다운 나무였다. 또 장미꽃 향기는 어찌나 달콤한지 향기를 맡는 사람은 누구나 모든 근심과 걱정을 한순간에 잊어버렸다. 왕자에게는 온갖 아름다운 노래를 부를 줄 아는 나이팅게일도 있었다. 왕자는 장미꽃과 나이팅게일을 은으로 만든 두 개의 상자에 넣어서 공주에게 보냈다.

황제는 공주가 시녀들과 함께 소꿉놀이를 하고 있는 방으로 선물을 가져다주라고 명했다. 공주는 소꿉놀이를 좋아하여 늘 시녀들과 함께 그 놀이를 즐겼던 것이다. 작고 예쁜 은상자를 보자 공주가 좋아서 손뼉을 치며 펄쩍 펄쩍 뛰었다.

"여기에 예쁜 새끼 고양이가 들어 있으면 좋겠어." 공주가 이렇게 말하며 상자를 열었다. 하지만 상자 속에는 장미꽃이 들어 있었다.

"어머나, 정말 예쁘네요!" 시녀들이 눈부신 장미꽃을 보며 감탄했다.

"예쁜 정도가 아니라 참으로 절묘하도다." 황제도 탄성을 질렀다.

그러나 공주는 장미를 만져 보더니 실망한 듯이 소리를 질렀다. "아빠, 이건 유리로 만든 게 아니라 진짜 살아 있는 거잖아요."

그러자 시녀들이 다같이 비명을 질렀다. "어머! 정말 메스꺼워. 진짜 장미네!"

"자, 화내지 말고 다른 상자를 열어 보자꾸나." 황제가 공주를 타일렀다.

이번에는 은상자에서 나이팅게일 한 마리가 나왔다. 나이팅게일은 어찌나 아름답게 노래하든지 사람들은 입을 다물지 못했다.

"최고예요! 정말 매혹적이에요!" 시녀들이 한결같이 프랑스 말로 탄성을 질렀다.

"저 새를 보니까 돌아가신 황후의 자동 연주 악기가 생각나는군요. 음색이나 리듬이 그 소리와 똑같아요." 한 늙은 신하가 말했다.

"그대 말대로군." 황제가 이렇게 말하고 어린아이처럼 울음을 터뜨렸다.

"이 새도 진짜인지 알고 싶어." 공주가 말했다.

"그 새는 진짜랍니다." 선물을 가져온 수행원 중 한 명이 말했다.

"그렇다면 새를 날려보내겠어." 공주는 이렇게 말하고 심부름꾼을 보내 왕자가 왕국에 들어오는 것을 허락하지 않겠다고 전했다.

그러나 왕자는 쉽게 실망하지 않았다. 왕자는 까만 구두약을 얼굴에 칠하고 머리에 모자를 쓴 초라한 모습으로 변장하여 황제의 왕궁을 찾아갔다.

"안녕히 주무셨습니까, 황제님? 이 궁전에서 일하고 싶습니다." 황제가 문을 열어 주자 초라한 젊은이로 변장한 왕자가 말했다.

이번에는 은상자에서 나이팅게일 한 마리가 나왔다.
나이팅게일은 어찌나 아름답게 노래하든지 사람들은 입을 다물지 못했다.

"그래? 일자리를 찾는 사람이 너무 많아서 말이야." 황제는 이렇게 대답하며 고개를 저었다. "어디 보자. 마침 돼지 돌보는 사람이 필요한데, 아주 잘됐구나. 우리 궁전에는 돼지가 많거든."

그래서 왕자는 황제의 돼지를 돌보는 돼지치기가 되었다. 돼지우리 옆에는 작고 더러운 방이 하나 있었는데, 바로 왕자가 지낼 곳이었다.

왕자는 온종일 돼지를 돌보고 나머지 시간에 아주 작고 예쁜 단지를 만들었다.

어느 날 저녁, 작은 단지가 완성되었다. 왕자는 단지 둘레에 작은 방울들을 매달았다. 음식을 끓일 때면 방울들이 아주 은은하고 아름다운 노래를 연주했다.

아, 사랑하는 아우구스틴,

모든 것이 끝났구나, 끝났구나!

그런데 가장 신기하고 놀라운 것은 단지가 끓을 때 나는 증기 속에 손가락을 대기만 하면 어느 집에서 무슨 음식을 만들고 있는지 금방 알 수 있다는 것이었다. 이것은 장미꽃이 할 수 없는 일이었다.

왕자는 아주 작고 예쁜 단지를 만들었다. 왕자는 단지 둘레에 작은 방울들을 매달았다.
음식을 끓일 때면 방울들이 아주 은은하고 아름다운 노래를 연주했다.

하루는 시녀들과 산책을 나온 공주가 단지에서 흘러나오는 노래를 듣게 되었다. 공주는 걸음을 멈추고 얼굴에 미소를 머금은 채 노랫소리에 귀를 기울였다. '아, 사랑하는 아우구스틴!'은 공주가 잘 아는 노래였다. 공주는 그 곡을 손가락 하나로도 피아노 연주를 할 줄 알았다.

"내가 아는 노래야! 저 돼지치기는 아주 교양 있는 사람인가 보구나. 돼지치기에게 가서 저 악기가 얼마인지 물어보아라." 공주가 흥분하여 말했다.

명령을 받은 시녀는 발에 돼지 오물이 묻지 않도록 먼저 나막신을 신었다.

"그 단지를 얼마면 팔겠니?" 시녀가 돼지치기에게 물었다.

"공주님이 입을 열 번 맞춰 주면 그냥 주겠소." 돼지치기가 말했다.

"뭐라구?" 시녀가 놀라서 소리를 질렀다.

"그 이하는 안 되오." 돼지치기는 단호했다.

"그 돼지치기가 뭘 원하더냐?" 공주가 돼지우리에 갔다 온 시녀에게 물었다.

"말씀드릴 수 없사옵니다." 시녀가 얼굴을 붉히며 말했다.

"그렇다면 나한테만 살짝 말해다오."

시녀는 공주의 귀에 대고 돼지치기가 요구한 것을 속삭였다.

"참으로 짓궂구나!" 공주는 버럭 화를 내며 산보를 계속했다. 그러나 몇 발자국 안 가서 다시 작은 방울 소리가 들렸다. 방울 소리가 연주하는 노래는 아까보다 더 달콤하고 아름다웠다.

아, 사랑하는 아우구스틴,
모든 것이 끝났구나, 끝났구나!

"듣거라, 돼지치기에게 가서 시녀의 입맞춤을 대신 받으면 안 되겠냐고 물어보아라." 공주가 다시 걸음을 멈추고 시녀에게 말했다.

"싫소. 공주님이 아니면 절대로 안 됩니다." 공주의 말을 전해들은 돼지치기가 딱 잘라 거절했다.

그래서 공주는 하는 수 없이 입을 맞추기로 했다. "참으로 난처하구나. 아무도 보지 못하도록 너희들이 가리고 있으렴."

시녀들은 공주 주위에 빙 둘러서서 치맛자락을 들어 아무도 보지 못하게 가렸다. 그렇게 해서 돼지치기는 공주에게 입맞춤을 받았고 공주는 단지를 얻었다.

단지의 요술을 알게 된 공주는 매우 즐거워했다. 공주는 시녀들과 함께 하루 종일 단지를 끓게 했다. 그래서 어느 집에서 무슨 음식을 만드는지 훤히 다 알았다. 백작의 집이건 소치기의 집이건, 그들의 저녁 식탁에 어떤 음식이 오르는지 다 알 수 있었다. 시녀들은 너무 신기해서 손뼉을 치며 재미있어 했다. "누가 달콤한 수프를 먹는지, 누가 팬케이크를 먹는지, 그리고 누가 오트밀 죽과 갈비를 먹는지 다 알 수 있네요. 정말 신기해요."

"대단하군요!" 왕궁 살림살이를 맡아보는 관리인도 한 마디 했다.

"모두 입 다물어. 내가 공주라는 걸 잊지 마." 황제의 딸이 말했다.

"맹세코 한 마디도 않겠어요." 시녀들과 관리인이 말했다.

왕자인 돼지치기는 시간을 낭비하고 싶지 않아서 또 딸랑이를 하나 만들었다. 그 딸랑이는 아주 신기해서 흔들기만 하면 이 세상에 있는 왈츠, 폴카 등, 온갖 춤곡들이 흘러나왔다.

돼지우리 앞을 지나던 공주가 그 소리를 듣게 되었다. "정말 훌륭하구나! 이보다 더 아름다운 노래는 들어 본 적이 없어. 애들아, 가서 저 악기가 얼마인지 물어보아라. 하지만 이번에는 절대로 입을 맞추지 않을 테다."

"공주님, 이번에는 입을 백 번이나 맞춰 줘야 그 악기를 주겠답니다." 돼지치기에게 다녀온 시녀가 말했다.

"미치광이군!" 공주는 화를 내며 그냥 가려다 다시 걸음을 멈추고 말했다. "예술은 장려하는 법이지. 난 황제의 딸이야. 그에게 말해라. 입맞춤 열 번만 받고 나머지는 시녀들에게 받으라고."

"하지만 우린 돼지치기한테 입을 맞추고 싶지 않은 걸요." 시녀들이 일제히 투덜거렸다.

"쓸데없는 소리! 내가 할 수 있다면 너희들도 할 수 있어. 내가 너희들에게 잠잘 방과 음식을 제공하는 이유가 뭐지?" 공주가 버럭 화를 내며 말했다.

그래서 시녀 한 명이 돼지치기에게 가서 공주의 말을 전했다. 그러나 돼지치기는 공주가 아니면 안 된다고 했다. 공주는 할 수 없이 그렇게 하기로 했다.

"주위에 빙 둘러서거라!" 공주가 시녀들에게 명했다. 시녀들이 공주를 둘러싸고 공주는 왕자에게 입을 맞추기 시작했다.

마침 발코니에 나와 있던 황제가 그 모습을 보았다.

"저기 돼지우리에 웬 소란인고." 황제가 눈을 비비고 안경을 썼다. "시녀들이 몰려 있군. 대체 저기서 뭣들 하는 거지? 가 봐야겠어."

황제는 덧신 뒤축을 끌어 올렸다. 그 덧신은 뒤축이 찢어지긴 했지만 황제가 가지고 있는 덧신 중에서 제일 편했다. 황제는 황급히 돼지우리로 뛰어갔다. 돼지우리 가까이 간 황제는 시녀들이 눈치 채지 못하도록 발끝으로 살금살금 다가갔다. 시녀들은 돼지치기가 한 번이라도 입맞춤을 더 받거나 덜 받을까 봐 입맞추는 수를 세는 데 정신이 팔려 발끝으로 서 있는 황제를 보지 못했다.

"대체 무슨 일이냐?" 가까이 다가간 황제가 큰 소리로 호통을 쳤다. 그때 돼지치기는 여든여섯 번째의 입맞춤을 받을 참이었다. 그것을 본 황제는 깜짝 놀라서 슬리퍼 한 짝을 벗어 시녀들의 머리를 때리기 시작했다.

"괘씸한 것들 같으니라구, 당장 나가거라!" 황제가 화가 나서 고함을 질렀다.

공주와 돼지치기는 왕궁에서 쫓겨나고 말았다. 공주는 엉엉 울었으며 돼지치기는 투덜댔다. 그때 비가 내리기 시작했다.

"아, 가련한 내 신세! 그때 왕자와 결혼했더라면 이런 일은 없었을 텐데. 아, 너무 슬퍼." 공주가 울부짖으며 말했다.

돼지치기는 나무 뒤로 가서 구두약을 바른 얼굴을 말끔하게 씻어 내고 화려한 왕자의 옷으로 갈아입고 다시 공주 앞에 나타났다. 왕자의 모습이 어찌나 늠름한지 공주는 자기도 모르게 허리를 굽혀 인사했다.

"난 당신을 비웃어 주려고 왔소. 당신은 착한 왕자를 거절하고 아름다운 장미나 나이팅게일의 진가를 알아보지 못했소. 그러면서 한낱 장난감을 가지려고 돼지치기에게 입을 맞추었소. 그럼, 잘 있으시오." 이렇게 말한 왕자는, 자기 왕국으로 돌아가 성문을 닫아 버렸다. 공주는 성문 밖에 서서 구슬프게 노래를 불렀다.

아, 사랑하는 아우구스틴,
모든 것이 끝났구나, 끝났구나!

정말로 모든 것이 끝나고 만 것이다.

시녀들은 돼지치기가 한 번이라도 입맞춤을 더 받거나 덜 받을까 봐 입맞추는 수를 세는 데
정신이 팔려 발끝으로 서 있는 황제를 보지 못했다.

# 23
# 메밀

심한 뇌우가 치고 난 뒤 메밀밭을 지나가다 보면 메밀이 까맣게 탄 것을 볼 수 있다. 마치 불길이 스치고 지나간 것처럼. 그러면 농부들은 벼락을 맞아서 그렇게 된 거라고 말한다. 하지만 정말 벼락을 맞아서 그렇게 되었을까? 이제부터 참새가 해 준 얘기를 여러분에게 들려줄까 한다. 참새는 메밀밭 근처에 서 있는 늙은 버드나무에게서 이 이야기를 들었다고 한다.

그 버드나무는 늙어서 좀 쭈글쭈글하긴 했지만 매우 크고 덕망 있는 나무였다. 한가운데 둘로 쪼개져 있는 틈새에서는 풀과 딸기 넝쿨이 자랐고 버드나무가 허리를 조금이라도 굽히면 나뭇가지들은 초록색 머리카락처럼 땅바닥까지 축축 늘어졌다. 바로 그 버드나무가 서 있는 들판에 호밀, 보리, 귀리 등, 온갖 곡식들이 자라고 있었다. 특히 귀리는 무르익을 때면 마치 금빛의 수많은 작은 카나리아들이 나뭇가지 위에 앉아 있는 것처럼 근사했다. 그리고 늘 미소 띤 표정으로 이삭이 무거워질수록 겸손하게 더욱 머리를 숙였다. 그곳에 서 있는 버드나무 맞은편에는 한때는 메밀밭도 있었다. 그러나 메밀은 무르익어도 다른 곡식들처럼 고개를 숙이지 않았고, 거만하고 뻣뻣하게 고개를 높이 쳐들었다.

"난 다른 곡식들 못지않게 귀한 존재야. 게다가 난 훨씬 더 예뻐. 내 꽃은 사과나무 꽃처럼 아름답지. 내 친구들을 바라보는 건 큰 즐거움이야. 늙은 버드나무야, 우리보다 더 아름다운 것을 알고 있니?"

버드나무는 '그래, 물론 알고 있지.' 하고 말하는 것처럼 고개를 끄덕였다.

하지만 메밀은 거드름을 피우며 말했다. "멍청하긴! 이제 너무 늙어서 몸에서 마구 풀이 자라는군."

그러던 어느 날, 무시무시한 폭풍우가 몰려왔다. 들꽃들은 모두 폭풍이 지나갈 때까지 잎을 접거나 연약한 머리를 숙였다. 하지만 메밀은 오만하게 머리를 높이 쳐들었다.

"우리처럼 머리를 숙여." 꽃들이 말했다.

"난 그럴 필요가 없어." 메밀이 거만하게 대답했다.

"우리처럼 머릴 숙여. 이제 폭풍이 몰아칠 거야. 폭풍은 날개를 펼쳐 하늘에서 땅까지 뒤덮지. 그러면 온 세상이 요동칠 거야. 네가 자비를 베풀어 달라고 간청하기도 전에 널 때려눕힐걸." 곡식들도 외쳤다.

"그래? 그래도 난 머릴 굽히지 않겠어."

"네 꽃을 닫고 잎을 숙여. 구름이 쪼개질 때 절대로 번개를 쳐다보지 마. 인간들도 그렇게 하지 않아. 번개가 하늘을 가로지를 때 쳐다보면 인간이라 하더라도 장님이 되어 버리기 때문이지. 하물며 인간보다 훨씬 못한 우리가 감히 그런다면 어떻게 되겠니?" 늙은 버드나무도 말했다.

"사람보다 못하다구? 좋아, 하늘을 똑바로 쳐다볼 테다!" 메밀이 분개하며 말했다.

온 세상이 불길 속에 휩싸인 것처럼 눈부신 번개가 하늘을 가로지르자 오만하고 대담한 메밀은 고개를 뻣뻣이 들고 쳐다보았다.

폭풍우가 지나가자 꽃들과 곡식들은 고개를 쳐들고 비에 씻긴 신선한 공기를 들이마셨다. 그러나 메밀은 번개를 맞아 새까맣게 타서 시든 잡초처럼 누워 있었다. 늙은 버드나무 가지들이 바람에 흔들리자 녹색 잎에서 커다란 물방울들이 뚝뚝 떨어졌다. 마치 나무가 우는 것 같았다. 그러자 참새들이 늙은 버드나무에게 물었다.

"왜 우세요? 모든 것이 이렇게 밝고 기운찬데 말예요? 태양이 얼마나 눈부시게 비치는지 보세요. 푸른 하늘에 구름이 떠다니는 것도 멋지지 않나요? 꽃과 수풀에서 달콤한 향기가 풍겨 오지 않아요? 늙은 버드나무님, 왜 그리 우세요?"

그러자 버드나무는 메밀의 오만함과 그로 인해 메밀이 받은 벌에 대해 이야기했다.

이것은 바로 참새들이 들려준 이야기이다. 어느 날 저녁, 이야기를 해 달라고 조르자 참새들이 내게 들려주었다.

# 24
# 천사

"착한 아이가 죽으면 하늘나라에서 천사가 내려온단다. 천사는 아이를 안고서 거대한 흰 날개를 퍼덕이며 아이가 좋아했던 곳들을 날아다니지. 그리고 손에 가득 꽃을 꺾어 하늘 나라로 가져간단다. 그곳에서는 꽃들이 이 땅에서보다 더 아름답게 피어나지. 하느님은 꽃들을 품에 안으시고 제일 사랑스러운 꽃에 입을 맞추신단다. 그러면 그 꽃은 고운 노래를 부를 수 있는 목소리를 얻게 되지."

천사가 죽은 아이를 안고 하늘 나라로 가면서 이렇게 이야기해 주었다. 아이는 마치 꿈결에서처럼 이야기를 들었다. 천사는 아이가 놀았던 놀이터와 아름다운 꽃이 활짝 핀 정원을 지나갔다.

"우리 어떤 꽃을 가져가서 하늘나라에 심을까?" 천사가 아이에게 물었다.

정원에는 가냘프고 아름다운 장미나무 한 그루가 서 있었다. 그런데 심술궂은 아이가 줄기를 꺾어 버렸는지 반쯤 피다 만 큰 봉오리들이 꺾어진 가지에 시든 채 축 늘어져 있었다.

"불쌍한 장미나무! 저 나무를 가져가요. 하늘나라에 있는 하느님 정원에서 꽃이 피게요." 아이가 말했다.

천사는 아이에게 입을 맞추었다. 그러자 아이가 눈을 반쯤 떴다. 천사는 장미나무와 함께 미나리아재비랑 제비꽃도 꺾었다.

"이제 꽃이 충분하네요." 아이가 말했다.

그러나 천사는 고개만 끄덕일 뿐 하늘나라로 올라가지 않았다.

어둠이 거대한 도시에 내려앉은 아주 고요한 밤이었다. 그들은 좁은 골목 이곳저곳을 날아 다녔다. 어느 골목 모퉁이에는 이사를 간 집에서 나온 한 무더기의 짚과 재와 쓰레기 더미가 쌓여 있었다. 거기에는 깨진 접시 조각, 석고 조각, 천 조각, 그리고 낡은 모자도 있었다. 천사는 깨진 화분 조각과 화분에서 쏟아진 흙덩이를 가리켰다. 흙은 내팽개쳐진 시든 들꽃 뿌리를 감싸고 있었다.

"저것들도 가져가자. 그 이유는 하늘 나라로 가면서 얘기해 줄게." 천사가 날 아가면서 얘기를 시작했다.

"저 아래 좁은 골목에 있는 지하실 방에 병들고 가난한 소년이 살고 있었단다. 그 아이는 어릴 때부터 아파서 누워서만 지냈지. 건강이 아주 좋을 때에도 목발을 짚고 작은 방 안을 두어 번 왔다 갔다 할 수 있을 뿐이었단다. 그 아이가 지내는 방에는 햇빛이 거의 들지 않았지. 여름에도 햇빛은 잠깐만 비추었다가 사라져 버리곤 했어. 그럴 때면 소년은 햇빛 속에 우두커니 앉아서 가느다란 손을 눈앞에 들이대고 손가락을 통해 흐르는 붉은 피를 들여다보곤 했지. 그리고는 '난 몸이 좋지 않아' 하고 말하곤 했어. 소년은 이웃집 아이가 가져다준 너도밤나무의 녹색 순을 보기 전까지는 신록의 봄을 장식하는 녹색 숲에 대해 전혀 몰랐단다. 소년은 아이가 가져다준 너도밤나무 가지를 늘 머리맡에 두고 상상에 잠기곤 했지. 해가 비치고 새가 노래하는 너도밤나무 밑에 앉아 있는 상상을 말야.

어느 봄날, 이웃집 아이가 들꽃을 가져다주었단다. 그 중에는 뿌리가 달린 들꽃 한 송이도 있었지. 소년은 조심스럽게 그 들꽃을 화분에 심어서 침대 곁에 있는 창가에 놓았단다. 꽃은 해마다 자라서 새싹을 틔우고 꽃을 피웠지. 병든 소년에게는 그 꽃이 근사한 꽃밭이었고 흙에서 자라는 작은 보물이었단다. 소년은 꽃에 물을 주고 정성껏 돌보았어. 이른 아침부터 해가 질 때까지 지하 방으로 조금씩 새어 들어오는 햇빛을 온몸에 받을 수 있도록 화분을 이리 옮기고 저리 옮기곤 했지.

소년은 꿈속에서도 꽃을 생각했어. 꽃은 소년을 위해 아름답게 피어나고 향기를 내뿜었으니까. 소년은 꽃을 보는 것이 얼마나 즐거웠는지 모른단다. 하느님께서 소년을 불렀을 때에도 소년은 꽃을 바라보고 있었지. 이제 소년이 하늘나라로 간 지 1년이 되었어. 그동안 꽃은 창가에 내버려진 채 시들어 버렸지. 그래서 식구들이 이사갈 때 그 꽃을 버렸단다. 이게 바로 그 꽃이야. 하지만 이 꽃은 여왕의 궁전에 핀 아름다운 꽃보다도 더 큰 기쁨을 소년에게 주었지. 그러니까 이 꽃을 다른 꽃과 함께 하늘나라로 가져갈 거야."

"그런데 어떻게 그렇게 잘 알아요?" 아이가 물었다.

"내가 바로 목발을 짚고 다니던 그 병든 소년이거든."

아이는 놀라서 두 눈을 크게 뜨고 찬란한 미소를 짓고 있는 천사의 얼굴을 바라보았다. 이제 그들은 기쁨과 축복으로 가득한 하늘나라에 들어서 있었다. 하느님은 죽은 아이를 가슴에 품었다. 그러자 아이는 천사와 똑같은 날개를 얻어 천사의 손을 잡고 함께 날아갔다. 이번에는 하느님이 꽃들을 가슴에 품었다. 그리고 시든 들꽃에게 입을 맞추었다. 그러자 들꽃은 목소리를 얻어 가깝고 먼 곳에 있는 모든 천사들과 함께 고운 노래를 불렀다. 모두가 행복했다. 행복한 아이도, 어두운 길거리의 쓰레기 더미 위에 버려졌던 들꽃도, 너나 할 것 없이 모두가 입을 모아 하느님을 찬미했다.

# 25
# 나이팅게일

여러분도 잘 알겠지만, 중국에서는 황제가 중국 사람이고, 황제의 주변 사람들도 모두 중국 사람이다. 지금 하려는 이 이야기는 아주 옛날 이야기이다. 그러니까 잊혀지기 전에 들어 두는 것이 좋을 것이다.

황제의 궁전은 이 세상에서 제일 아름다웠다. 궁전은 모두 값비싼 자기로 지어져 곱고 화려했으나 깨지거나 금이 가기 쉬워서 손대기가 조심스러웠다. 정원에는 온갖 아름다운 꽃들이 피어 있었으며, 그 중 가장 희귀한 꽃에는 예쁜 은방울이 매달려 있었다. 은방울은 사람들이 지나갈 때마다 딸랑딸랑 소리를 냈기 때문에 누구나 그 꽃을 한 번쯤은 돌아보았다. 황제의 정원에 있는 것은 모두가 그렇게 아름답고 신기했다. 또 정원은 어찌나 넓은지 정원사조차도 그 끝이 어딘지 알지 못했다.

그러나 정원 끝까지 가본 사람은 그 끝에 매우 아름다운 숲이 있다는 것을 알고 있었다. 숲에는 높이 솟은 나무들이 깊고 푸른 바다까지 이어져 있었고, 거대한 배들이 물 위에 드리워진 큰 나뭇가지 그림자 위로 지나가기도 했다. 바로 이 커다란 나무 한 그루에 나이팅게일 한 마리가 앉아서 노래하곤 했다. 그 노랫소리가 어찌나 황홀한지 할 일이 많은 가난한 어부들도 일손을 멈추고 귀를 기울였다.

"아, 정말 천상의 소리야!" 어부들은 밤에 고기를 잡으러 나갈 때면 나이팅게일의 노랫소리를 듣고 이렇게 탄성을 질렀다. 그들은 고기잡이에서 돌아올 때면 나이팅게일을 까마득히 잊어버렸다가도 다음날 밤이 되어 다시 나이팅게일의 노래를 들으면 "아, 정말 천상의 소리야!" 하고 감탄하곤 했다.

세계 각국에서 여행자들이 황제가 사는 도시를 구경하러 왔다. 그들은 황제의 궁전과 정원을 보고 감탄했다. 하지만 나이팅게일의 노랫소리를 들으면 모두 이렇게 외쳤다.

"나이팅게일이 최고야!"

그리고 여행자들은 집으로 돌아가면 나이팅게일 이야기를 빼놓지 않았다. 많은 학자들이 황제의 정원과 궁전에 대해 책을 썼으며 아름다운 나이팅게일에 대해서도 잊지 않고 썼다. 시인들도 나이팅게일을 찬양하는 시를 썼다. 깊은 바닷가 숲에 사는 나이팅게일에 대해서! 이 책들은 세계 방방곡곡에 뿌려졌으며 그 중 하나가 황제의 손에도 들어가게 되었다. 황제는 황금 의자에 앉아 흡족하게 고개를 끄덕이며 책을 읽었다. 황제는 자신이 사는 도시와 궁전과 정원에 대해 아름답게 말한 책이 매우 마음에 들었다. 그러나 "나이팅게일이 최고다!"라는 구절을 읽자 깜짝 놀란 황제가 외쳤다.

"뭣이라구? 나이팅게일이라구? 나는 전혀 모르는 사실 아닌가. 그런 새가 내 왕국에, 아니 바로 내 정원에 살고 있단 말인가? 난 들어본 적도 없는데 말이야! 내 정원에 있는 것을 책을 보고서야 알다니!"

황제는 시종을 불렀다. 좋은 집안 출신인 그 시종은 자기보다 신분이 낮은 사람이 말을 걸거나 무얼 물어보면 "흥!" 하고 코방귀를 뀌곤 했다.

"이 책을 보니 나이팅게일이라는 훌륭한 새가 살고 있다는데, 그 새가 내 왕국에서 최고라는구나. 왜 내게 그런 얘기를 하지 않았지?" 황제가 물었다.

"소인은 그런 새에 대해 한 번도 들어 본 적이 없사옵니다. 궁전 뜰에서도 본 적이 없사옵니다." 시종이 머리를 조아리며 말했다.

"오늘 저녁, 그 새를 데려오도록 하여라. 세상 사람들 모두가 내가 가진 것을

그들은 고기잡이에서 돌아올 때면 나이팅게일을 까마득히 잊어버렸다가도
다시 나이팅게일의 노래를 들으면 "아, 정말 천상의 소리야!"하고 감탄하곤 했다.

알고 있는데, 정작 내가 모르고 있다니 말이 되느냐?"

"그 새에 대해 들어 본 적은 없사오나 찾아보겠사옵니다."

하지만 한 번도 본 적이 없는 새를 어디서 찾는단 말인가? 시종은 계단을 오르내리고 이리저리 복도를 오가면서 눈에 보이는 사람마다 붙잡고 물었다. 그러나 나이팅게일이란 새를 아는 사람은 아무도 없었다. 그래서 황제에게 가서 책에 쓰여 있는 것은 책을 쓴 사람들이 꾸며 낸 이야기일 거라고 말했다.

"폐하, 책에 쓰여 있다고 해서 모두 믿지 마십시오. 가짜로 꾸며낸 이야기도 있사옵니다."

"허나 내가 읽은 이 책은 이웃 나라 일본 황제가 보낸 것이다. 그러니 거짓일 리가 없지 않느냐? 나는 꼭 나이팅게일의 노래를 들어야겠다. 오늘 저녁 반드시 데려오도록 하여라. 그 새에게 은총을 내릴 것이니라. 만약 그 새를 데려오지 못하면 모든 대신들에게 벌을 내리겠노라."

시종은 안절부절못하며 다시 계단을 오르내리고 복도를 왔다 갔다 하면서 궁리를 했다. 궁정 대신들도 그와 함께 궁리를 했다. 벌을 받고 싶지 않았기 때문이다. 모든 세상이 알고 궁정만이 모르는 진기한 나이팅게일을 찾는 소동이 벌어졌다.

시종은 한참을 뛰어다니며 이 사람 저 사람에게 묻다가 마지막으로 부엌에서 일하는 가난한 소녀에게 물었다. 그러자 소녀가 이렇게 대답했다. "아, 나이팅게일요? 그 새라면 잘 알지요. 노랫소리가 얼마나 아름다운지 몰라요. 저는 저 아래 바닷가에 사는데, 저녁마다 병들어 누워 계시는 어머니에게 궁정에서 먹다 남은 음식을 갖다드리지요. 그리고 나서 돌아올 때면 매우 피곤해서 숲 속에 앉아 쉬곤 해요. 나이팅게일의 노래를 들으면서요. 그 소리를 들으면 눈물이 나요. 꼭 엄마가 저한테 입을 맞춰 주는 것 같아요."

"나이팅게일이 있는 곳으로 우릴 안내하거라. 그러면 평생토록 부엌에서 일하도록 해 주고 황제님을 가까이서 모실 수 있도록 해 주마. 무슨 일이 있어도 오늘 저녁에 나이팅게일을 초대해야 한단다." 시종이 말했다.

소녀는 곧 나이팅게일이 살고 있는 숲으로 안내했다. 궁전에 사는 절반 정도의 사람들이 소녀의 뒤를 따랐다. 그들이 서둘러 가고 있을 때, 어디선가 암소 한 마리가 울었다. 그러자 한 젊은 시종이 말했다.

"아, 저 소리군요! 저 작은 동물에게 저렇게 놀라운 힘이 있다니. 전에도 저 소리를 들어 본 적이 있지요."

"아니에요, 저건 암소가 우는 소리예요. 나이팅게일이 있는 곳까지 가려면 아직 멀었어요." 소녀가 시종들에게 설명해 주었다.

그때 늪에서 개구리들이 개골개골 울었다.

"아주 근사해! 그럼, 저 소리겠군. 마치 교회 종소리 같은걸." 젊은 시종이 또 말했다.

"아니에요, 저건 개구리예요. 이제 곧 나이팅게일의 노랫소리가 들릴 거예요." 바로 그때 나이팅게일이 노래하기 시작했다. "저 소리예요! 들어보세요. 저기 그 새가 앉아 있어요." 소녀는 가지 위에 앉아 있는 작은 회색 새를 가리켰다.

"저 새라구? 저렇게 작고 볼품없는 새란 말이냐? 사람들이 너무 많이 찾아와서 원래의 색깔을 잃어버린 게로군." 시종이 매우 놀란 표정으로 말했다.

"작은 나이팅게일아, 황제 폐하께서 네 노래를 듣고 싶어하신단다." 소녀가 큰 소리로 나이팅게일에게 말했다.

"기꺼이 그렇게 하지요." 나이팅게일이 이렇게 말하고는 쾌활하게 노래를 계속 불렀다.

"오, 유리 종이 울리는 것 같구나! 저 작은 목구멍에서 저런 아름다운 소리가 나오다니. 이렇게 감미롭고 아름다운 소리는 처음이야. 궁전으로 데려가면 모두들 야단이겠군." 시종이 감탄을 금치 못했다.

"황제 폐하를 위해 다시 한 번 노래를 부를까요?" 황제가 그곳에 있는 걸로 생각한 나이팅게일이 물었다.

"훌륭한 나이팅게일아, 오늘 저녁에 궁전에서 열리는 잔치에 널 초대하게 되어 무척 기쁘구나. 궁정에 가면 틀림없이 황제의 은총을 받게 될 거다." 시종이 말했다.

"제 노래는 푸른 숲 속에서 부르는 것이 가장 어울린답니다." 나이팅게일은 이렇게 말했지만 기꺼이 함께 가 주었다.

궁전은 잔치를 벌이기 위해 화려하게 치장되어 있었다. 자기로 된 벽과 바닥이 황금빛으로 빛나는 무수한 불빛을 받아 눈부시게 반짝였다. 또 사람들이 지나가거나 바람이 불 때마다 복도에 있는 은방울을 단 꽃들이 딸랑딸랑 소리를 내는 바람에 사람들은 큰 소리로 이야기를 주고받아야 했다. 홀 한가운데에는 황금빛 막대기가 세워져 있었다. 나이팅게일이 앉도록 마련한 것이었다. 궁전 사람들이 모두 나와 있었고, 부엌에서 일하는 작은 소녀도 허락을 얻어 문 옆에 서 있었다. 소녀는 아직 진짜 궁중 요리사가 아니었던 것이다. 화려하게 차려 입은 사람들의 눈이 일제히 작은 회색 새에게 쏠려 있었다. 황제가 새에게 노래를 시작하라고 고개를 끄덕였다.

나이팅게일은 모든 사람들의 심금을 울리는 아주 감미로운 노래를 불렀다. 황제의 두 뺨 위로도 어느덧 눈물이 흘러내렸다. 황제는 너무 기쁘고 가슴이 벅찬 나머지 나이팅게일 목에 황금 슬리퍼를 걸어 주려 했다. 그러자 나이팅게일은 이미 충분히 상을 받았다며 정중히 거절했다.

나이팅게일의 궁전 방문은 대성공이었다.

"저는 황제 폐하의 눈에 눈물이 고이는 것을 보았습니다. 그것이야말로 가장 고귀한 선물입니다. 폐하의 눈물만큼 더 큰 영광은 없습니다." 나이팅게일은 이렇게 말하고 더욱더 매혹적인 목소리로 또 노래를 했다.

"저 노래처럼 아름다운 선물이 또 있을까요?" 주위에 있던 귀부인들이 이렇게 말을 주고받았다. 그리고는 나이팅게일을 흉내 내어 입 속에 침을 머금고 꼴꼴 소리를 냈다. 하인들과 시녀들도 무척 즐거워했다. 참으로 대단한 사건이었다. 궁중에서 힘든 일을 하는 그들을 기쁘게 하기란 여간 어려운 게 아니었기 때문이다. 나이팅게일의 궁전 방문은 대성공이었다.

이제 궁전에서 지내게 된 나이팅게일은 화려한 새장 속에 살면서 낮에는 두 번, 밤에는 한 번 산책을 할 수 있는 자유를 얻었다. 산책을 나갈 때면 열두 명의 시종들이 따라나섰는데, 시종들은 나이팅게일의 발목에 비단 띠를 묶어 멀리 날아가지 못하게 했다. 하지만 그렇게 산보하는 것은 정말이지 하나도 즐겁지 않았다.

그 놀랍고 신기한 새에 대한 소문은 곧 온 도시에 퍼졌다. 사람들은 온통 나이팅게일 얘기뿐이었다. 한 사람이 "나이팅" 하고 말하면 상대방은 "게일" 하고 말하며 기분 좋게 웃었다. 상대가 나이팅게일에 대해 말하려 한다는 것을 서로 알고 있었기 때문이다. 또 새 이름을 따서 나이팅게일이라고 이름을 지은 행상인들의 아이들이 열한 명이나 되었다. 하지만 그 중 노래를 잘 하는 아이는 한 명도 없었다.

그러던 어느 날, 황제는 커다란 소포 꾸러미를 받았다. 소포 위에는 '나이팅게일'이라고 쓰여 있었다.

"나이팅게일에 대해 쓴 책이 새로 나왔군." 황제가 소포 꾸러미를 풀며 말했다. 하지만 그것은 책이 아니라 예술품이었다. 살아 있는 나이팅게일과 똑같이 만든 새에 다이아몬드, 루비, 사파이어를 장식하여 작은 상자에 넣은 것이었다. 새는 태엽을 감아 주면 금과 은으로 장식된 꼬리를 위아래로 흔들면서 진짜 새처럼 노래도 부를 줄 알았다. 목에는 작은 리본이 묶여 있었는데, 거기에는 '일본 황제의 나이팅게일은 중국 황제의 나이팅게일에 비하면 보잘것없습니다'라고 쓰여 있었다. 인조 나이팅게일을 보는 사람들은 하나같이 "어머, 어쩜 저렇게 아름다울까!" 하고 탄성을 질렀다. 그래서 인조 새를 가져온 사람은 "황제의 나이팅게일을 가져온 일등 공신"이란 칭호를 받았다.

"두 새를 나란히 놓고 이중창을 부르게 하면 어떨까?" 궁전 사람들이 이렇게 소곤거리기 시작했고, 이 말이 황제의 귀에 들어갔다. 황제는 두 새를 한자리에 불러 놓고 노래를 시켰다. 하지만 화음이 맞지 않았다. 진짜 나이팅게일은 자연스럽게 노래를 불렀지만 인조새는 왈츠밖에 몰랐기 때문이다.

"그 새에겐 잘못이 없습니다. 제가 듣기에는 아주 훌륭합니다." 궁정 음악가가 말했다.

그래서 인조새에게 혼자 노래를 부르도록 시켰다. 사람들은 진짜 나이팅게일 못지않게 인조 나이팅게일에게도 찬사를 보냈다. 게다가 겉보기에는 번쩍번쩍한 팔찌며 장식 핀을 단 인조새가 훨씬 더 예뻤기 때문에 인조새를 더 좋아했다. 인조새는 서른세 번이나 똑같은 노래를 불러도 전혀 지치지 않았다. 사람들은 인조새의 노래를 계속 듣고 싶어했다. 그러자 황제가 진짜 나이팅게일 노래도 들어봐야한다며 진짜 나이팅게일을 찾았다. 그런데 나이팅게일은 어디로 간 것일까? 진짜 나이팅게일은 아무리 찾아도 보이지 않았다. 사람들이 인조새에 정신이 팔려 있는 동안 창문을 통해 숲으로 날아가 버린 것이다. 아무도 눈치 채지 못하게 말이다.

"아니, 무례하기 짝이 없구나!" 새가 도망가 버린 것을 알자 황제가 버럭 화를 냈다. 궁전 사람들도 나이팅게일을 배은망덕하다고 비난했다.

"그래도 우리에겐 이 세상에서 제일 훌륭한 새가 있잖습니까!" 한 대신이 말했다.

그렇다. 그들에겐 인조새가 있었다. 인조새에게 다시 노래를 부르게 할 수 있으리라. 사람들은 서른네 번이나 똑같은 곡을 들었지만 곡이 너무 어려워 따라 할 수가 없었다. 궁정 음악가는 인조새를 침이 마르도록 칭찬했다. 그는 인조새가 진짜 나이팅게일보다 훨씬 낫다고 말했다. 옷이나 찬란한 다이아몬드뿐만 아니라 음악적 재능도 훨씬 더 훌륭하다고 칭찬했다.

"여러분, 진짜 나이팅게일은 어떤 노래를 부를지 전혀 알 수 없지만 인조새의 노래는 정해져 있어요. 그러니 백성들이 왈츠가 어떤 것인지 이해할 수 있도록 인조새를 백성들 앞에서 노래하게 하는 게 어떨는지요." 음악가가 궁전 대신들에게 말했다.

"우리도 그렇게 생각하고 있었다오." 궁전 대신들이 입을 모아 말했다.

그래서 궁정 음악가는 인조새를 백성들에게 보여 주어도 좋다는 허락을 얻어냈다. 드디어 인조새를 선보이기로 한 일요일, 사람들이 아름다운 새의 노래를 들으려고 벌 떼처럼 몰려들었다. 인조새는 사람들 앞에서 뻐기며 경쾌하게 왈츠를 불렀다. 사람들은 술에 취한 사람들처럼 완전히 넋이 빠져 연신 고개를 끄덕이며 감탄사를 연발했으며 최고라는 표시로 손가락을 쳐들었다. 그러나 진짜 나이팅게일의 노래를 들은 적이 있는 가난한 어부는 만족스럽지 못했다.

"저 새 노래도 아름답긴 하지만 뭔가 부족해. 그것이 무엇인지는 모르겠지만 말야." 어부가 중얼거렸다.

그 후 진짜 나이팅게일은 왕국에서 추방되었고, 인조새가 황제의 침대 옆에서 지내게 되었다. 인조새가 앉아 있는 비단 방석에는 선물로 받은 보석들이 가득 쌓여 있었다. 그리고 '황제의 작은 가수'란 칭호가 붙었으며 왼팔 일등 공신으로 승진되었다. 황제는 심장이 있는 왼쪽을 가장 귀하게 여겼기 때문에 최고의 자리에 왼팔이라는 말을 붙인 것이다.

궁정 음악가는 인조새를 위하여 노래를 만들었다. 25권으로 된 그 노래는 매우 길고 까다로웠으며 어려운 중국말로 되어 있었다. 그러나 사람들은 그 노래를 이해하는 척했다. 그렇지 않으면 바보라는 조롱을 받거나 벌을 받아야 했기 때문이다.

이렇게 일 년이 흘렀다. 이제 황제, 궁전 사람들, 그리고 백성들은 모두 인조새가 부르는 노래를 줄줄 외웠다. 그래서 노래를 더욱더 즐겨 들었으며 인조새를 따라 함께 노래를 흥얼거리기도 했다. 거리의 소년들도 노래를 불렀으며 황제도 똑같이 노래했다. 모두가 즐겁고 행복해했다.

그러던 어느 날 저녁, 황제 옆에서 노래를 부르던 인조새의 몸 안에서 찰깍 하는 소리가 들렸다. 그리고 태엽이 '위윙' 하고 감기는 소리가 나더니 노랫소리가 뚝 끊기고 말았다. 황제는 침대에서 벌떡 일어나 궁정 의사를 불렀다. 하지만 의사가 뭘 알겠는가? 의사가 고치지 못하자 이번에는 시계 수선공을 불러 왔다. 시계 수선공은 이것저것 검사를 하여 인조새를 고쳐 놓긴 했지만 아주 조심스럽게 다뤄야 한다고 말했다. 태엽이 너무 닳아서 새것으로 끼워 넣어야 하지만, 그러면 노랫소리가 손상되기 때문에 그대로 둘 수밖에 없다고 말했다. 안타깝게도 인조새는 이제 일 년에 한 번밖에 노래를 부를 수가 없었다. 하지만 그것마저도 위험했다. 그런데도 궁정 음악가는 알아듣기 어려운 말을 써 가며 인조새가 예전처럼 훌륭하다고 말했다. 그래도 그의 말에 반박하는 사람은 아무도 없었다.

그로부터 5년이 흐른 어느 날, 온 나라가 큰 슬픔에 빠졌다. 백성들이 존경하고 사랑하는 황제가 병이 들어 살아날 가망이 없었다. 거리에서 시종을 만나면 사람들은 옛 황제의 건강에 대해 물었지만 시종은 고개만 저을 뿐이었다.

황제는 크고 화려한 침상에 창백하게 누워 있었다. 궁전 사람들은 모두 황제가 죽었다고 믿었다. 그리고 새 황제를 맞을 준비를 했다. 시종들과 시녀들은 온통 새 황제에 대한 이야기뿐이었다. 궁전 홀과 복도 바닥에는 두꺼운 천이 깔렸다. 새 황제를 맞이하기 위해 분주하게 움직이는 궁전 사람들의 발소리를 황제가 듣지 못하게 하기 위해서였다.

사방이 쥐죽은듯이 조용한 밤이었다. 황제는 길다란 벨벳 커튼과 무거운 금술이 달린 화려한 침상에 뻣뻣하고 창백한 모습으로 누워 있었다. 하지만 아직은 숨을 쉬고 있었다. 활짝 열린 창문으로 환한 달빛이 새어 들어와 황제와 인조새를 비추었다. 황제는 무거운 것이 가슴을 짓누르는 것 같아 숨을 쉬기가 힘들었다. 눈을 뜨자 그의 가슴 위에 앉아 있는 죽음이 보였다. 죽음은 머리에 황제의 황금 왕관을 쓰고, 한 손에는 황제의 황금 군도를, 또 다른 한 손에는 화려한 깃발을 들고 있었다. 길다란 커튼 사이사이에서는 수많은 얼굴들이 고개를 내밀고 황제를 내다보고 있었다. 그 중에는 흉측하게 생긴 모습이 있는가 하면, 사랑스럽고 다정한 모습도 있었다. 그 얼굴들은 황제가 지금까지 살아오면서 보여 주었던 좋은 행동과 나쁜 행동들이었다.

"너 이 일을 기억하니?" "그 일은 생각 나?" 커튼 사이 여기저기서 얼굴들이 속삭였다. 황제는 과거 일들이 생각나자 이마에 식은땀이 솟았다.

"난 그런 것에 대해선 아무것도 몰라. 음악! 음악을! 큰북을 울려라! 저들이 말하는 소리가 들리지 않도록 크게 울려라!" 황제가 고함을 질렀다. 그러나 얼굴들은 여전히 속삭였으며 죽음도 그들의 이야기를 들으며 고개를 끄덕였다.

"음악! 음악을! 사랑스런 내 작은 황금새야, 노래해 다오. 어서! 네게 황금을 주었잖니? 내 황금 슬리퍼까지 네 목에 걸어 주었잖아. 자, 노래해라! 어서!" 황제는 있는 힘을 다해 소리쳤다. 그러나 인조새는 꼼짝 않고 조용히 앉아만 있었다. 태엽을 감아 줄 사람이 없었기 때문이다.

죽음이 움푹하게 들어간 싸늘한 눈초리로 소리치는 황제를 계속 노려보았다. 방 안은 무시무시할 정도로 고요했다. 그때 갑자기 열린 창문을 통해 아름다운 노랫소리가 들렸다. 그렇다. 그것은 진짜 나이팅게일이 나뭇가지에 앉아 부르는 노래였다. 나이팅게일은 황제가 아프다는 소식을 듣고 희망을 노래해 주려고 돌아온 것이다. 나이팅게일의 노랫소리에 유령들의 모습이 점점 희미해지고 황제가 생기를 되찾았다. 죽음이 한참 노랫소리에 귀를 기울이더니 이렇게 말했다. "계속하렴. 작은 나이팅게일아, 계속 노래해."

"그럼 그 화려한 황금 군도와 아름다운 깃발을 돌려 주겠어요? 황제의 왕관도 말예요." 나이팅게일이 물었다.

죽음은 노래 한 곡을 들을 때마다 그 보물들을 하나씩 황제에게 돌려 주었다. 나이팅게일은 계속 노래를 불렀다. 나이팅게일은 흰 장미가 자라고, 딱총나무 향기가 바람에 날리며, 싱싱한 풀들이 살아남은 자들의 눈물에 젖는 저 조용한 교회 묘지를 노래했다. 그러자 죽음은 고향이 그리워서 차갑고 흰 안개가 되어 둥실 떠오르더니 창문을 통해 사라져 버렸다.

"고맙다. 정말 고마워. 천사 같은 작은 새야. 내 너를 잘 알지. 내가 널 왕국에서 쫓아 버렸는데도 날 위해 노래하러 와 주다니. 네 노래를 듣고 유령들과 죽음이 도망가 버렸구나. 어떻게 하면 그 은혜에 보답할 수 있겠느냐?"

"이미 보답해 주셨습니다. 제가 처음 노래했을 때 폐하께서 흘리신 눈물을 결코 잊을 수가 없답니다. 그것이야말로 제 마음을 기쁘게 하는 보석이랍니다. 이제 좀 주무세요. 그래서 기운을 차리세요. 제가 또 노래를 불러 드릴게요."

황제는 아름다운 나이팅게일의 노랫소리를 들으며 달콤한 잠 속에 빠져들었다. 기분 좋게 깊은 잠을 잔 황제는 건강한 몸으로 다시 깨어났다. 창문을 통해 들어온 해님이 황제를 밝게 비추었다. 방 안에는 시중을 드는 사람이 아무도 없었다. 시종들은 황제가 죽었다고 생각하고 자리를 비운 것이다. 그러나 나이팅게일만은 여전히 황제의 곁에 앉아 열심히 노래했다.

"항상 내 곁에 있어다오. 그리고 노래하고 싶을 때만 노래하렴. 저 인조새는 조각내 버려야겠구나." 황제가 말했다.

"그러지 마세요. 그 새는 온 힘을 다해 열심히 노래했어요. 그러니 그대로 두세요. 저는 궁전에 둥지를 짓고 살 수 없답니다. 하지만 제가 오고 싶을 때 와도 좋다고 허락해 주세요. 그러면 저녁에 저기 창 밖에 있는 가지 위로 날아와 폐하를 위해 노래하겠어요. 폐하께서 행복하고 즐거워하시도록 말예요. 저는 행복한 사람들과 고통받는 사람들에 대해 노래할 거예요. 폐하 주변에 감춰져 있는 좋고 나쁜 일들에 대해서도 노래하겠어요. 저는 여기서 아주 먼 가난한 어부와 농부의 집으로도 날아간답니다. 그 사람들 이야기를 노래로 불러 드릴게요. 저는 폐하의 왕관보다 폐하의 가슴을 더 사랑한답니다. 왕관도 거룩하긴 하지만 말예요. 폐하를 위해 여기 와서 노래할 테니 한 가지 약속해 주세요."

"무엇이든 말만 하거라." 이제 황제의 옷을 차려 입은 황제가 무거운 황금 군도를 가슴에 대고 서서 말했다.

"한 가지만 부탁드리겠어요. 폐하께 모든 것을 얘기해 주는 새가 있다는 말을 아무에게도 하지 말아 주세요. 그걸 숨기는 게 나을 거예요." 나이팅게일은 이렇게 말하고 멀리 날아가 버렸다.

그때 죽은 황제를 보려고 시종들이 들어왔다. 그런데 이게 어찌된 일인가. 그들은 건강하게 일어나 있는 황제를 보고 그 자리에 얼어붙고 말았다.

"안녕, 좋은 아침이로구나." 황제가 빙긋이 웃으며 말했다.

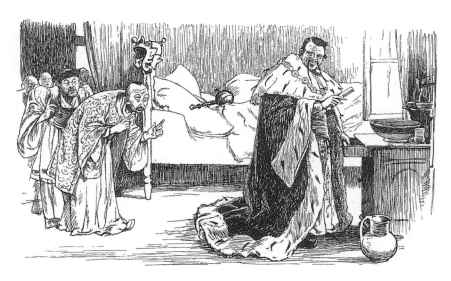

그들은 건강하게 일어나 있는 황제를 보고 그 자리에 얼어붙고 말았다.
"안녕, 좋은 아침이로구나." 황제가 빙긋이 웃으며 말했다.

# 26
## 다정한 연인들

장난감이 가득 들어 있는 어느 장난감 상자 속에 팽이 하나와 작은 공 하나가 있었다. 팽이가 공에게 말했다. "이렇게 같은 상자 속에 살고 있는데, 신랑 각시가 되지 않을래?"

그러나 모로코 가죽옷을 입은 공은 자기가 점잖은 숙녀라고 믿고 거들떠보지도 않았다.

다음날 장난감 주인인 소년이 나타나 팽이를 빨갛고 노랗게 색칠하고 한가운데에 쇠못을 박았다. 그래서 팽이가 빙빙 돌 때면 아주 근사해 보였다.

"날 좀 봐. 이제 어때? 우리 결혼하자. 우린 서로 잘 맞는 짝이잖아. 넌 튀어 오르고 난 춤을 추고 말야. 이 세상 누구도 우리보다 더 행복할 수는 없을 거야." 팽이가 공에게 진지하게 말했다.

"정말, 그렇게 생각해? 우리 부모님은 모로코 가죽 덧신이었고 내 몸에는 스페인 코르크나무 껍질이 들어 있다는 걸 모르는 모양이군." 공이 여전히 새침데기처럼 말했다.

"그래? 하지만 나도 마호가니로 만들어졌어. 사장님이 직접 나를 돌리셨지. 사장님도 팽이를 만드시는데, 그건 사장님에게 크나큰 즐거움이란다."

"그 말을 어떻게 믿어?"

"내가 거짓말했다면 다시는 아무도 날 돌려주지 않을 거야."

"참 말 잘하는구나. 하지만 네 청혼을 받아들일 수 없어. 난 제비와 약혼한 거나 다름없거든. 내가 공중으로 튀어 오를 때마다 제비는 둥지 밖으로 고개를 내밀고 '결혼해 주겠어?' 하고 물었어. 그러면 난 속으로 '응' 하고 대답했지. 그러니까 약혼한 거나 다름없어. 하지만 절대로 널 잊지 않을게."

"난 그걸로 만족해."

그리고 나서 그들은 더 이상 말이 없었다.

다음날, 소년은 공을 가지고 밖으로 나갔다. 팽이는 공이 눈에 보이지 않을 정도로 새처럼 공중으로 높이 뛰어 올랐다가 내려오는 것을 보았다. 공은 땅에 닿을 때마다 전보다 더 높이 뛰어 올랐다. 그것은 아마 공이 높이 날아오르고 싶었기 때문이거나 몸이 스페인 코르크로 되어 있었기 때문이리라. 그런데 아홉 번째로 뛰어 올랐을 때 공은 돌아오지 않았다. 소년이 아무리 찾아도 공은 보이지 않았다.

"공이 어디 있는지 난 잘 알지. 제비 둥지 속으로 날아가서 제비와 결혼한 거야." 팽이는 한숨을 쉬었다. 팽이는 이런 생각을 하면 할수록 공이 더욱더 보고 싶었다. 공을 볼 수 없자 사랑하는 마음이 자꾸만 더 커졌다. 그런데 공은 제비의 차지가 되어 버렸지 않은가. 팽이는 빙글빙글 돌며 윙윙 울면서도 공에 대한 생각을 지워 버릴 수가 없었다. 공에 대한 생각이 절실해질수록 공은 팽이의 마음 속에 더욱 아름답게 다가왔다.

그렇게 여러 해가 흘러 팽이의 사랑은 나이를 먹었다. 팽이도 예전처럼 젊지 않았다. 이제 팽이는 온몸에 황금색을 칠하게 되었다. 팽이의 모습은 그 어느 때 보다도 더 근사해 보였다. 이제 황금 팽이가 된 것이다. 힘차게 돌면서 윙윙 소리를 내는 팽이의 모습은 황홀했다.

그러던 어느 날 팽이는 너무 높이 뛰어 오르는 바람에 그만 멀리 날아가 버리고 말았다. 소년은 여기저기 애타게 팽이를 찾았지만 찾을 수가 없었다. 팽이는 어디로 갔을까? 팽이가 뛰어들어가게 된 곳은 양배추 줄기, 먼지, 추녀 끝에 있는 홈통을 통해 흘러 들어온 빗물 등, 온갖 잡동사니가 들어 있는 쓰레기통이었다.

"여긴 정말 편하군. 이제 내 금박도 곧 벗겨져 나가겠지. 그런데 웬 것들이 이렇게 많담." 팽이는 호기심에 찬 눈으로 잎이 다 떨어져 나간 긴 양배추 줄기 옆에 있는 물건을 보았다. 오래된 사과처럼 보이는 쭈글쭈글한 둥근 물건이었다. 그런데 이게 어찌 된 일인가. 그것은 팽이가 그토록 그리워하던 바로 그 공이 아닌가. 공은 추녀 끝에 있는 홈통 속에서 여러 해 동안 물에 흠뻑 젖어 있다가 쓰레기통으로 떨어진 것이다.

"나와 얘기할 수 있는 친구가 왔네. 정말 잘 됐어." 공은 팽이를 유심히 살피면서 말했다. 그러나 황금 칠을 하고 있었기 때문에 팽이를 알아보지 못했다. "난 모로코 가죽으로 되어 있어. 어떤 젊은 여자가 바느질해서 만들어 주었지. 또 몸에는 스페인 코르크가 들어 있단다. 하지만 이런 내 꼴을 보면 아무도 그 말을 믿지 않을 거야. 옛날에 제비와 결혼하려 했었지. 그런데 추녀 끝에 있는 홈통을 통해 이곳으로 떨어지는 바람에 다 그르치고 말았어. 난 여기에 5년도 넘게 있었어. 그래서 이렇게 쭈글쭈글해져 버렸지. 나같이 젊은 여자에겐 정말 긴 시간이었지."

팽이는 아무 말도 하지 않고 자신의 옛 사랑에 대해 생각했다. 볼품없는 공의 얘기를 들으면 들을수록 상자 속에서 함께 살았던 그 공이 분명했다.

그때 하인이 와서 쓰레기통을 비웠다.

"아, 황금 팽이가 여기 있었군!" 하고 하인이 팽이를 집어 갔다.

팽이는 다시 집으로 돌아와 소년의 사랑을 받았다. 그러나 공에 대해서는 아무런 소식도 들을 수가 없었다. 팽이도 이제는 더 이상 옛 사랑에 대해 말하지 않았다. 애인이 5년 동안 추녀의 홈통 속에 있다가 추한 꼴이 되어 버렸다면 그 사랑은 식어 버리는 게 당연하다. 그래서 쓰레기통 속에서 애인을 만나더라도 다시 아는 체하고 싶지 않은 법이다.


# 27
# 못생긴 새끼 오리

햇살이 눈부신 어느 아름다운 여름날, 황새들이 길고 붉은 다리로 왔다갔다하면서 이집트 말을 종알거렸다. 얼마 전에 엄마 새에게서 배운 말이었다. 들판의 옥수수는 황금빛으로 물들고, 귀리는 녹색으로 일렁이고, 초원에는 건초 더미가 가득 쌓여 있었다. 그리고 옥수수 밭 둘레에는 커다란 숲이 있었고, 숲 한가운데에 깊은 연못이 있었다. 이런 시골 풍경 속을 걷는 것은 참으로 즐거운 일이었다.

깊은 강 옆으로는 보기좋은 오래된 농장이 햇살을 받고 서 있었는데, 농장에서 강가까지는 커다란 우엉이 자라고 있었다. 우엉 잎은 어찌나 크든지 큰 잎 아래서 아이들이 똑바로 설 수 있을 정도였다. 우엉 잎이 무성한 곳은 우거진 숲 한가운데처럼 뒤엉켜 있었다. 바로 이곳에 오리 한 마리가 둥지를 틀고 앉아 오리알을 품고 있었다. 오리는 너무 오랫동안 알을 품고 있었기 때문에 지루했다. 이제는 다른 오리들이 찾아오는 일도 드물었다. 오리들은 미끄러운 이곳으로 올라와 우엉 잎

바로 이곳에 오리 한 마리가 둥지를 틀고 앉아
오리알을 품고 있었다.

아래에 앉아서 재잘거리기보다는 물 속에서 이리저리 헤엄쳐 다니기를 좋아했다.

그러던 어느 날, 드디어 새끼들이 연달아서 껍질을 깨고 나오기 시작했다. 껍질이 깨질 때마다 새끼들은 고개를 내밀며 "짹짹" 하고 소리를 냈다. 그러다 어미 오리가 "꽥꽥, 꽥꽥!" 하고 울자 새끼들이 따라 하며 조그만 머리를 들어 커다란 녹색 잎 아래 여기저기를 두리번거렸다. 어미 오리는 새끼들이 원하는 대로 보게 내버려 두었다. 녹색이 눈에 좋기 때문이었다.

"어머, 세상이 정말 넓네!" 새끼들은 알 속에서는 볼 수 없었던 세상을 보자 일제히 탄성을 질렀다.

"너희들, 이게 세상 전부인 줄 아니? 조금 있으면 뜰을 보게 될 거야. 뜰은 곡식이 자라는 들판까지 뻗어 있단다. 하지만 나도 아직 거기까지 가 보진 못했지. 모두 다 나왔니?" 어미 오리가 일어서며 말했다. "아니, 이런. 제일 큰 알이 아직 깨지지 않았네. 얼마나 더 기다려야 하지? 정말 지루하구나." 어미 오리는 이렇

게 말하고 다시 알을 품고 앉았다.

"그래, 지내기가 어떻소?" 새끼 오리들을 보러 온 할미 오리가 물었다.

"알 하나가 이렇게 오래 끄네요. 아직도 금이 갈 기미가 안 보여요. 하지만 다른 새끼들을 좀 보세요. 정말 귀엽지 않아요? 모두 제 아비를 닮았어요. 그런데 애들 아비는 무정하게도 찾아오지도 않는군요."

"그 알을 좀 보여 주구려. 아마 칠면조 알이 틀림없을 거요. 나도 그렇게 속아서 새끼들과 고생한 적이 있지. 칠면조는 물을 무서워하거든. 꽥꽥거리며 소리를 질러 보기도 하고 꼬꼬 우는 소리로 달래 봤지만 소용이 없었소. 그 알 좀 보여 주구려. 이건 분명 칠면조 알이야. 이 알은 그냥 내버려 두고 다른 새끼들에게 헤엄치는 법이나 가르쳐 주구려."

"그래도 조금만 더 품고 있어 볼래요. 이제 앉아 있는 것에 익숙해져서 며칠 더 앉아 있는 것은 문제도 아니에요."

"마음대로 하슈." 할미 오리는 이렇게 말하고 가 버렸다.

드디어 그 큰 알이 깨지고 새끼가 "찍찍" 울며 천천히 밖으로 나왔다. 정말 크고 못생긴 새끼였다. 어미 오리는 그 새끼를 보며 말했다. "굉장히 크구나. 다른 새끼들과 전혀 다르네. 정말 칠면조 새끼인지도 모르겠어. 하지만 곧 알게 되겠지. 물 속에 들어가 보면 알게 될 거야."

다음날은 날씨가 화창하여 녹색 우엉 잎 위로 햇살이 밝게 쏟아졌다. 어미 오리는 새끼들을 이끌고 호수로 내려갔다. 어미 오리가 텀벙! 하고 먼저 물 속으로 뛰어들자 뒤를 이어 새끼 오리들이 차례로 뛰어들었다. 물이 머리 위를 덮치자 새끼들은 금방 머리를 내밀고 노를 젓듯이 다리를 움직이며 헤엄을 쳤다. 못생긴 새끼 오리도 함께 헤엄을 쳤다.

"아냐, 칠면조가 아니야. 다리를 잘 사용하고 몸가짐이 곧잖아. 틀림없는 내 새끼야! 잘 뜯어보면 그래도 예쁜 구석이 있어. 꽥꽥! 자, 이제 가자꾸나. 너희들을 넓은 농장으로 데리고 가 자랑해야겠다. 자, 내 옆에 꼭 붙어 걸어야 한다. 안 그러면 밟히게 될 테니까 말야. 특히 고양이를 조심하도록 해라."

이렇게 해서 오리들은 농가 마당에 도착했다. 그런데 마당은 끔찍할 정도로 소란스러웠다. 두 오리 가족이 뱀장어 머리를 서로 차지하려고 싸우고 있었다. 그러나 그 뱀장어 머리는 고양이가 채가고 말았다.

"보렴, 세상은 이런 거란다!" 어미 오리는 이렇게 말하면서 부리를 핥았다. 어미 오리 역시 뱀장어 머리를 먹고 싶었던 것이다. "자, 다리를 사용하렴. 너희들이 얼마나 잘 걷는지 보겠어. 저기 저 나이 드신 할머니 오리 앞에서는 목을 굽혀라. 신분이 제일 높은 분이란다. 스페인 가문 출신이라서 부자지. 저 할머니 다리에 붉은 헝겊 조각이 붙어 있지? 그건 오리가 얻을 수 있는 최고의 훈장이란다. 저 헝겊 조각은 사람들이 저 할머니 오리를 사랑한다는 표시야. 저 할머니 오리는 사람에게나 동물에게나 존경을 받지. 자, 안짱다리로 걷지 말고 똑바로 걸어! 행실 좋은 오리는 엄마나 아빠처럼 발을 넓게 벌리고 이렇게 걷는 법이지. 자, 이제 목을 굽히고 '꽥' 하고 말해 보렴."

새끼 오리들은 어미 오리가 하라는 대로 따라 했다. 그러자 다른 오리들이 쳐다보며 말했다. "저기 또 오리 가족이 오네. 우리만도 충분한데 말야."

"한데 저 새끼 오리 좀 봐. 정말 이상하게 생겼네. 저 오리하고는 함께 어울리기 싫은걸." 한 오리가 이렇게 말하고는 나는 듯이 달려와 못생긴 새끼 오리의 목을 물었다.

"그만두지 못해. 걔는 아무도 해치지 않아." 어미 오리가 꾸짖었다.

"그래도 너무 크고 흉측해. 그러니 쫓아 버려야 해." 목을 물었던 오리가 악의에 차서 말했다.

"새끼들이 정말 예쁘군. 하나만 빼고 말이야. 저 새끼는 어미가 잘 돌봐 줘야겠어." 다리에 헝겊을 감은 할미 오리가 말했다.

"그건 어쩔 수가 없어요, 할머니. 예쁘지는 않지만 마음은 착하답니다. 게다가 다른 아이들보다 헤엄도 잘 쳐요. 자라면 저 아이도 예쁠 거예요. 몸도 작아질 거구요. 알 속에 너무 오래 누워 있어서 저 모양이 된 거예요." 그러면서 어미 오리는 못생긴 새끼 오리 목을 쓰다듬고 깃털을 어루만져 주었다. "이 앤 사내예요. 그러니 생김새가 문제 될 건 없어요. 튼튼하게 자라서 제 일은 제 힘으로 잘해 낼 거예요."

"다른 새끼들은 정말 귀엽구려. 자, 편히 쉬고 뱀장어 머리를 찾거든 내게 가져오구려." 할미 오리가 말했다.

이렇게 해서 그들은 함께 지내게 되었다. 그러나 맨 나중에 알을 깨고 나온 못생긴 새끼 오리는 너무 못생겨서 다른 오리들과 닭들에게 물어뜯기고 발에 채이고 놀림을 당하였다.

"쟤는 몸이 너무 커." 모두들 이렇게 말했다.

며느리발톱을 달고 태어났기 때문에 자기가 황제라고 믿는 수컷 칠면조가 있었다. 그 칠면조는 돛을 활짝 펴고 전속력으로 항해하는 범선처럼 깃털을 곤두세우고 뽐내면서 못생긴 새끼 오리에게 달려들었다. 얼굴이 새빨개져서 달려드는 칠면조를 본 못생긴 새끼 오리는 어쩔 줄 몰라 했다. 가엾은 못생긴 새끼 오리는 못생긴 외모 때문에 농가 마당에서 웃음거리가 된 것이 몹시 슬펐다. 그러나 날이 갈수록 놀림이 더 심해졌다. 가엾은 새끼 오리는 모두에게 따돌림을 당했고, 형제 자매들까지도 매몰차게 이렇게 말하곤 했다. "야, 못난아, 고양이가 널 잡아가 버리면 좋겠다."

그리고 어미 오리도 그 못생긴 새끼 오리가 차라리 태어나지 않았으면 좋았을 거라고 말하곤 했다. 오리들은 못생긴 새끼 오리를 물어뜯었고, 병아리들은 부리로 쪼아댔으며, 동물들에게 모이를 주는 여자 애도 발길로 찼다. 그래서 못생긴 새끼 오리는 울타리를 훌쩍 넘어 달아났다. 그 서슬에 놀라서 울타리에 앉아 있던 작은 새들이 파드닥 하늘로 날아올랐다.

'내가 못생겨서 모두들 날 싫어하는 거야.' 못생긴 새끼 오리는 이렇게 생각하며 눈을 꼭 감고 무작정 멀리 날아갔다. 그렇게 얼마를 날았는지 모른다. 들오리들이 살고 있는 널따란 늪이 아득히 보였다. 못생긴 새끼 오리는 늪에 앉아 밤을 지새웠다. 몹시 피곤하고 서글펐다.

다음날 아침, 잠에서 깬 들오리들이 못생긴 새끼 오리를 발견하고 호기심에 찬 눈으로 주위를 빙빙 돌면서 물었다.

"넌 누구니?"

못생긴 새끼 오리는 최대한 예의를 갖춰 그들에게 인사를 하고는 아무 말도 없이 앉아 있었다.

"정말 못생겼구나. 하지만 우리 가족과 결혼하지만 않는다면 상관없어." 들오리들이 말했다.

가엾은 오리! 못생긴 새끼 오리는 결혼 같은 것은 꿈에도 생각해 본 적이 없었다. 그저 갈대 속에 누워 물을 마실 수만 있다면 그것으로 만족했다.

못생긴 새끼 오리가 늪에 도착한 지 이틀이 지났을 때 기러기 새끼 두 마리가 날아왔다. 기러기들은 알을 깨고 나온 지 오래되지 않아 생기가 넘쳐 보였다.

"얘, 넌 참 못생겼지만, 그래도 우린 네가 좋아. 우리처럼 철새가 되지 않을래? 여기서 멀지 않은 곳에 또 다른 늪이 있는데, 거기에는 예쁜 기러기들이 있단다. 모두 결혼 안 한 아가씨들이지. 넌 못생겼지만 운이 좋으면 아내를 얻을 수도 있어."

바로 그 순간, 공기를 가르고 탕탕하는 소리가 들려 왔다. 동시에 두 마리 기러기가 총에 맞고 갈대 숲으로 떨어졌다. 푸른 물은 기러기 피로 금방 붉게 물들었다. 탕탕 하는 소리가 멀리까지 메아리치자 기러기 떼가 갈대 숲에서 일제히 날아올랐다. 총소리가 사방에서 울려 퍼졌다. 사냥꾼들이 늪을 포위한 것이다. 몇 명의 사냥꾼은 나뭇가지 위에 올라앉아 갈대 숲을 감시하기도 했다. 총구멍에서 나온 푸른 연기가 구름처럼 검은 나무들 사이로 피어올랐다가 물 위로 넓게 퍼졌다. 사냥개들이 갈대 숲으로 뛰어들어 샅샅이 냄새를 맡았다.

못생긴 새끼 오리는 너무나 무서워 간이 콩알만해졌다. 못생긴 새끼 오리가 날개 속에 숨으려고 고개를 돌렸을 때 무시무시하게 큰 개가 바로 코앞으로 다가왔다. 개는 딱 벌어진 입 사이로 긴 혀를 늘어뜨리고 두 눈을 무섭게 번쩍이며 노려보았다. 그리고 날카로운 이빨을 드러낸 채 코를 킁킁거리며 못생긴 새끼 오리를 향해 다가오다가 무슨 생각에선지 몸을 돌려 물 속으로 첨벙 뛰어들었다.

"휴, 살았네! 못생겨서 천만 다행이야. 개조차 물지 않으니 말야." 못생긴 새끼 오리는 안도의 한숨을 쉬었다.

탄알들이 윙윙거리며 갈대 숲을 뚫고 지나갔으며 위쪽에서는 연달아 울려 퍼지는 총소리가 요란했다. 못생긴 새끼 오리는 꼼짝도 않고 조용히 누워 있었다. 저녁이 되자 주위가 잠잠해졌지만 가엾

무시무시하게 큰 개가 바로 코앞으로 다가왔다.

은 새끼 오리는 움직일 엄두가 나지 않았다. 새끼 오리는 몇 시간이 더 지난 뒤에야 사방을 조심스럽게 둘러본 다음 서둘러 늪에서 빠져 나왔다. 그리고 뒤도 돌아보지 않고 들판과 초원을 가로질러 쏜살같이 달렸다. 그러나 때마침 폭풍우가 휘몰아쳐 못생긴 새끼 오리는 또 갇히고 말았다.

못생긴 새끼 오리는 저녁이 되어서야 어느 작고 초라한 농가에 다다랐다. 그 농가는 금방이라도 허물어질 듯 기울어져 있었다. 다만 어느 방향으로 허물어질지 몰라서 비스듬하게 몸을 지탱하고 있는 것처럼 보였다. 폭풍이 계속 휘몰아쳐서 이제 더 이상 갈 수도 없었다. 새끼 오리는 농가 귀퉁이에 힘없이 주저앉았다. 그런데 빠끔히 열려 있는 문이 보였다. 못생긴 새끼 오리는 문 틈새로 살며시 안을 들여다보았다. 농가에서는 한 할머니와 수코양이와 암탉이 살고 있었다. 할머니가 "내 귀여운 아들'이라고 부르는 수코양이는 사랑을 듬뿍 받고 있었다. 고양이는 등을 굽히기도 하고 그르렁거리기도 했으며 흥분한 듯 눈을 번뜩이기도 했다. 그럴 때마다 할머니는 고양이의 머리털을 쓰다듬어 주었다. 암탉은 다리가 매우 짧았기 때문에 '숏다리'라고 불렸다. 그래도 알을 잘 낳았기 때문에 할머니는 닭을 자식처럼 아꼈다.

다음날 아침, 못생긴 새끼 오리를 보자 고양이는 그르렁거렸고 암탉은 꼬꼬댁 울기 시작했다.

"웬 소란이지?" 할머니가 이리저리 주위를 둘러보았다. 그러나 눈이 좋지 않았기 때문에 작은 새끼 오리를 길 잃은 살찐 오리로 착각했다.

"이게 웬 횡재야! 이제 오리알도 얻을 수 있겠네. 수오리가 아니었으면 좋겠는데, 어디 두고 봐야지."

할머니가 3주일이나 지켜보았지만 알은 나오지 않았다. 그 집주인은 고양이였고 암탉은 주인마님이었다. 그들은 늘 '우리와 세상 사람들'이라고 말했다. 그들은 자신들이 이 세상의 절반이라고 믿었으며 그것도 나머지 절반보다 더 낫다고 생각했다. 못생긴 새끼 오리는 그와는 다른 생각을 가진 이들도 있을 거라고 생각했지만 암탉은 그런 생각을 용납하지 않았다.

"넌 알을 낳을 수 있니?" 암탉이 흥분하여 물었다.

"아니."

"그래? 그럼 입다물고 잠자코 있어."

"넌 등을 구부리고 가르랑거리고 눈에서 불똥을 튀길 수 있니?" 고양이가 끼어들어 물었다.

"아니."

"그렇다면 똑똑한 이들이 말할 때는 입다물어."

그래서 못생긴 새끼 오리는 우울하고 비참한 기분으로 구석에 가만히 앉아 있었다. 한참을 그렇게 있자니 신선한 공기와 햇빛이 열린 문을 통해 쏟아져 들어왔다. 오리 새끼는 물에서 헤엄치고 싶은 생각이 너무 간절해서 암탉에게 말하지 않을 수 없었다.

"너 어디 아프니? 하는 일이 없으니까 그런 어리석은 공상이나 하는 거야. 알을 낳든지 가르랑거려 봐. 그럼, 그런 생각이 사라지지." 암탉이 화를 내며 말했다.

"하지만 물에서 헤엄치는 게 얼마나 근사하다구. 물 속으로 잠수할 때는 정말 상쾌해."

"그래, 즐거운 일이겠지. 하지만 정신나간 소리야! 고양이에게 물어보렴. 고양이는 내가 알기에 이 세상에서 제일 영리한 동물이니까. 물에서 헤엄치거나 물 속에 머리를 처박길 좋아하느냐고 물어봐. 난 말하고 싶지 않으니까. 그리고 주인 할머니에게도 물어봐. 이 세상에서 할머니보다 더 현명한 사람은 없으니까. 할머니가 헤엄치고 싶어할 것 같니? 잠수하고 싶어할 것 같아?"

"너희들은 날 이해 못해."

"우리가 널 이해 못한다구? 그럼 누가 이해할 수 있겠니? 넌 네가 고양이나 할머니보다 더 똑똑하다고 생각하는 모양이지? 난 제쳐두고라도 말야. 그런 공상은 집어치우고 이곳에 있게 해준 걸 고맙게 생각해. 따뜻한 방도 아니고 뭔가 배울 수 있는 곳도 아니지만 말야, 이 수다쟁이야. 너와 사귀는 게 내키지 않아. 정말이야. 다 널 위해서 하는 말이야. 이런 말 해서 불쾌하겠지만 진정한 친구로서 하는 말이야. 그러니 알을 낳든지 가르랑거리는 걸 빨리 배우든지 해."

"난 다시 저 넓은 세상으로 나갈 테야. 그래야 살 것 같아."

"그래, 마음대로 해."

그래서 못생긴 새끼 오리는 농가를 떠났다. 얼마를 가자 헤엄치고 다이빙을 할 수 있는 호수가 나왔다. 그러나 못생긴 새끼 오리는 못생겼다는 이유로 다른 동물들에게 따돌림을 당했다.

가을이 오자 숲 속의 나뭇잎들이 울긋불긋 물들었다. 겨울의 문턱으로 다가감
에 따라 나뭇잎들은 찬바람 속에서 이리저리 어지럽게 춤을 추며 떨어져 내렸다.
우박과 눈송이를 잔뜩 껴안은 구름이 낮게 드리워져 있었고, 울타리 위에서는 까
마귀가 까악까악 하고 울어댔다. 그런 풍경은 보기만 해도 몸이 으스스 떨렸다.
더구나 집없는 가엾은 새끼 오리로서는 더욱더 견디기 힘들었다.

태양이 서산을 넘어가려다 구름 사이로 마지막 찬란한 빛을 발하던 어느 저녁,
한 무리의 아름다운 새들이 수풀에서 날아왔다. 못생긴 새끼 오리는 여태껏 그렇
게 아름다운 새들을 본 적이 없었다. 우아하게 곡선을 이룬 목과 눈부시게 하얀
깃털을 가진 백조였다. 그들은 화려한 날개를 펴고 아름다운 소리로 노래하며 따
뜻한 나라로 날아갔다. 그 새들이 공중으로 높이높이 날아오르는 모습을 지켜보
던 못생긴 새끼 오리는 묘한 기분이 들었다. 못생긴 새끼 오리는 물 속에서 몸을
바퀴처럼 뱅글뱅글 돌려보기도 하고 새 떼를 향해 목을 길게 늘여 보기도 했다.
그리고 그 새들처럼 소리를 내보기도 했다. 그렇게 아름답고 평온한 새들은 영원
히 잊을 수 없으리라.

이제 헤엄칠 수 있는 공간이 완전히 얼어 버리지 않도록
다리를 열심히 움직여야 했다.

새들이 시야에서 사라
지자 못생긴 새끼 오리는
섭섭하여 물 속으로 몸을
처박았다. 그러다가 숨
이 차서 다시 물 밖으로
나왔다. 못생긴 새끼 오
리는 그 새들이 어떤 새
인지, 어디로 날아갔는
지 모르지만 다른 새를
볼 때와는 전혀 다른 느
낌이 들었다. 그 새들이
부럽지는 않았지만 그 새
들처럼 아름다웠으면 하
는 생각이 들었다. 가엾
은 못생긴 새끼 오리! 다

른 오리들이 자기들 무리에 끼워 준다고 했더라면 못생긴 새끼 오리는 얼마나 행복하게 지냈을 것인가!

겨울 바람이 점점 더 매서워졌다. 못생긴 새끼 오리는 찬바람에 몸이 얼지 않도록 물 속에서 쉬지 않고 몸을 움직였다. 그러나 하룻밤이 지날 때마다 오리가 헤엄칠 수 있는 공간은 점점 더 작아졌다. 그러다 물이 꽁꽁 얼어붙고 말았다. 못생긴 새끼 오리가 움직일 때마다 얼음이 사각사각 소리를 냈다. 이제 헤엄칠 수 있는 공간이 완전히 얼어 버리지 않도록 다리를 열심히 움직여야 했다. 그러나 못생긴 새끼 오리는 지쳐서 얼음 속에서 얼어붙고 말았다.

다음날 아침, 호숫가를 지나던 한 농부가 못생긴 새끼 오리를 발견하였다. 농부는 자신의 나막신으로 얼음을 깨고 못생긴 새끼 오리를 아내에게 데려갔다. 못생긴 새끼 오리는 농부 아내의 정성어린 보살핌으로 다시 기운을 차렸다. 그 집 아이들은 못생긴 새끼 오리와 함께 놀고 싶어 다가왔다. 그러나 못생긴 새끼 오리는 아이들이 못살게 굴까 봐 무서워서 우유통 속으로 달아나다 그만 우유를 엎지르고 말았다. 그때 농부의 아내가 방 안에 들어서다 놀라서 손뼉을 쳤다. 그 소리에 더욱 놀란 못생긴 새끼 오리는 허둥지둥 버터 통 속으로, 그리고 큰 밀가루통 속으로 들어갔다 나왔다 하며 난리 법석을 피웠다. 농부의 아내는 소리를 지르면서 부지깽이를 들고 못생긴 새끼 오리를 뒤쫓았다. 아이들도 서로 오리를 잡으려고 깔깔대며 소리지르고 밀치고 넘어지고 난리였다. 하지만 못생긴 새끼 오리는 다행히도 열린 문을 통해 수풀로 무사히 빠져나왔다. 완전히 지친 새끼 오리는 수북히 싸인 눈 위에 드러누웠다.

못생긴 새끼 오리가 그 가혹한 겨울을 견뎌낸 이야기를 하자면 끝도 없을 것이며 너무도 슬픈 이야기가 될 것이다.

찬바람이 수그러든 어느 날 아침, 못생긴 새끼 오리는 갈대로 둘러싸인 늪 속에 누워 있었다. 해님이 다시 고개를 내밀고 따뜻한 햇살을 비추었고 종달새가 즐겁게 지저귀었다. 사방에 아름다운 새싹이 돋는 찬란한 봄이 온 것이다. 못생긴 새끼 오리는 날개를 퍼덕였다. 그런데 이게 웬일일까? 날개가 예전보다 힘차게 몸뚱이를 들어올리는 것이 아닌가! 날개는 순식간에 못생긴 새끼 오리를 큰 정원으로 데려다 놓았다. 정원에는 사과나무 꽃이 활짝 피어 있었고, 향긋한 딱총나무 가지가 부드러운 잔디 주위로 흐르는 개울까지 뻗어 있었다. 신선한 봄 향기 속에서 모든 것이 아름다운 빛을 발했다. 그때 앞쪽 덤불 속에서 눈부시게 하얀 세 마리의 백조가 나타났다. 백조들은 살랑살랑 깃털을 움직이며 가볍게 물 위를 헤엄쳤다. 못생긴 새끼 오리의 기억 속에 아직까지 생생하게 남아 있는 아름다운 새들이었다. 못생긴 새끼 오리는 그 새들을 보자 이상하게도 서러움이 왈칵 밀려들었다.

'저 멋진 새들에게 날아갈 테야. 그럼 나처럼 못생긴 새가 감히 가까이 왔다고 죽이려 하겠지. 하지만 상관없어. 오리들에게 쪼이고 닭들에게 맞고 모이 주는 처녀에게 발로 채이고 겨울에 굶주려 죽는 것보다 차라리 저 새들에게 죽는 편이 나아.' 못생긴 새끼 오리는 이렇게 생각하며 물 속으로 날아 들어가 아름다운 백조들을 향해 헤엄쳐 갔다. 못생긴 새끼 오리를 발견한 백조들이 날개를 퍼덕이며 급히 다가왔다.

"죽일 테면 죽여." 가엾은 못생긴 새끼 오리는 서글프게 이렇게 말하고는 머리를 숙이고 죽음을 기다렸다.

그런데 이게 어찌된 일인가? 맑은 물 위에 비친 모습은 못생기고 볼품없는 진회색의 오리가 아니라 우아하고 아름다운 한 마리의 백조가 아닌가!

애초부터 그의 참모습은 백조였기 때문에 오리에게서 태어난 것쯤은 아무런 허물도 아니었다. 못생긴 새끼 오리는 온갖 고난과 슬픔을 견뎌낸 것이 참으로 기뻤다. 그러한 고통을 이겨냈기에 이런 즐거움과 행복을 누릴 수 있게 되지 않았

"죽일 테면 죽여."
가엾은 못생긴 새끼 오리는 서글프게 이렇게 말하고는 머리를 숙이고 죽음을 기다렸다.

는가. 큰 백조들이 못생긴 새끼 오리를 에워싸고 부리로 오리의 목을 어루만지며 환영했다. 오리는 너무도 황홀하고 기뻐서 기절할 지경이었다.

얼마 후 어린아이들이 정원으로 나와 빵과 과자를 물 속에 던졌다.

"저기 좀 봐, 새 백조가 왔어!" 제일 어린 꼬마가 외쳤다.

"백조가 왔어요. 새 백조가 왔다구요!" 다른 아이들도 껑충껑충 뛰고 손뼉을 치며 엄마, 아빠에게 달려가 소리쳤다.

그들은 빵과 과자를 더 많이 가져와 물 속에 던지며 말했다. "새로 온 백조가 제일 예쁘네. 제일 깜찍하고 귀여워!"

나이든 백조들은 고개를 숙였다. 그러자 못생긴 새끼 오리는 몹시 부끄럽고 당혹스러워 날개 속에 고개를 묻었다. 너무나 행복했지만 뽐내지는 않았다. 못생겨서 서러움과 경멸을 받아 왔던 못생긴 새끼 오리가 이제는 새들 중에서도 제일 아름답다는 소리를 듣게 된 것이다. 딱총나무까지도 백조를 향해 가지를 굽혔고 태양은 따뜻하고 밝은 햇살을 비추었다. 그제야 못생긴 새끼 오리는 깃털을 살랑거리며 늘씬한 목을 굽히고 진심으로 기뻐서 외쳤다. "못생긴 새끼 오리였을 때 난 이런 큰 행복은 꿈꾸지도 못했어요!"

딱총나무까지도 백조를 향해 가지를 굽혔고 태양은 따뜻하고 밝은 햇살을 비추었다.

# 28
# 전나무

어느 깊은 숲 속, 따스한 햇살이 비치는 곳에 키 작은 전나무 한 그루가 서 있었다. 그곳은 공기가 신선한 데다 산들바람이 불어서 쉬어 가기 좋았다. 그러나 이 키 작은 전나무는 너무나 슬프고 불행했다. 전나무는 따스한 햇살이 비쳐도 산들바람이 나뭇잎을 어루만져도 전혀 즐겁지 않았다. 농가의 아이들이 재잘거리며 지나다녀도 시큰둥한 얼굴로 한 번 쳐다보고 말 뿐이었다. 어느 날 저마다 큰 바구니를 든 아이들이 숲 속으로 무리지어 놀러 왔다. 살짝 들춰진 바구니 속에는 지푸라기가 곱게 깔려 있었고, 그 위에 작은 산딸기가 동그랗게 놓여 있었다. 아이들은 옹기종기 앉아 얘기를 나누다가 문득 전나무를 보고 말했다.

"아이, 어쩜 이렇게 작을까? 정말 귀엽네!"

전나무는 이런 말을 들으면 너무나 속상해서 한동안 아무것도 생각할 수 없었다. 키 작은 전나무 주위에는 온통 키 큰 소나무와 전나무들뿐이었다. 전나무는 하루가 다르게 무럭무럭 자라는 키 큰 나무들이 부럽기만 했다. 물론 전나무도 해마다 나이테가 늘어갔고 그만큼 키가 자랐다. 나이테를 보면 그 나무의 나이를 알 수 있게 마련이다. 그러나 전나무는 조금씩 키가 자라도 여전히 불만투성이였다.

'나도 다른 나무들처럼 키가 크다면 얼마나 좋을까? 그러면 가지를 사방으로 뻗고 넓은 세상을 한눈에 내려다볼 수 있을 텐데. 새들은 내 가지에 앞다투어 둥지를 틀겠지? 바람이 불면 키 큰 전나무처럼 당당하게 고개를 끄덕일 수 있을 테고.' 전나무는 자신이 너무나 불행하다고 생각했다. 그래서 따사로운 햇빛이 내리쬐거나 새들이 노래 불러도 전혀 기쁘지 않았다. 하늘 높이 떠다니는 발그레한 구름이 웃으며 인사를 보내 와도 하나도 반갑지 않았다.

어느덧 찾아온 숲 속의 겨울. 땅 위에 눈이 어찌나 하얗게 쌓였는지 눈이 부실 지경이었다. 언제부턴가 토끼 한 마리가 가끔씩 나타나 작은 전나무 위를 껑충껑충 뛰어넘곤 했다. 그럴 때마다 키 작은 전나무는 속상하고 우울했다. 그 해 겨울이 지나고 두 번째 겨울, 다시 또 겨울이 지나고 세 번째 겨울이 왔다. 그동안 전나무는 몰라볼 만큼 키가 훌쩍 자랐다. 이제 토끼는 전나무의 키가 너무 커서 주위를 그저 빙글빙글 돌 뿐이었다. 그러나 전나무의 불평은 늘어만 갔다.

"어서어서 자랐으면! 하루라도 빨리 나이가 들었으면! 내가 이 세상에서 바라는 건 빨리 자라서 나이가 드는 것, 그것뿐이야."

가을이 되자 또 어김없이 나무꾼들이 찾아왔다. 그들은 해마다 주위의 키 큰 나무들을 무참히 베어 넘어뜨렸다. 어느덧 키가 훌쩍 커 버린 전나무는 우람한 나무들이 땅으로 쿵! 하고 맥없이 쓰러지는 것을 보고 무서워 몸을 떨었다. 가지들이 모조리 잘려 나가고 몸통만 남은 나무는 완전히 벌거벗은 채 길고 홀쭉한 모습을 고스란히 드러냈다. 본래 모습을 전혀 알아볼 수 없을 정도였다. 그러고 난 뒤, 나무들은 마차에 실려 숲 바깥 어딘가로 끌려갔다.

'어디로 가는 걸까? 저렇게 실려 가서 어떻게 되는 걸까?'

어린 전나무는 몹시 궁금했지만 알 도리가 없었다. 겨울 내내 궁금증을 풀지 못한 전나무는 봄에 제비와 황새가 찾아오자 다짜고짜 이렇게 물어보았다. "너희들, 큰 나무들이 어디로 끌려갔는지 혹시 아니? 그 나무들을 본 적 있어?"

제비들은 아무것도 알지 못했다. 그러나 황새들은 잠시 생각하더니 이내 고개를 끄덕이며 말했다. "그래, 그래. 본 것 같아. 이집트에서 날아올 때 새로 만든 배 몇 척을 본 적이 있거든. 그때 그 배들 위에 근사한 돛대가 달려 있었는데, 바로 거기서 전나무 냄새가 났어. 아마 그 돛대가 끌려간 큰 나무들이었을 거야. 그 나무들은 아주 당당하고 늠름해 보였어. 머리를 높이 세우고 앞만 똑바로 보고 있었지."

"정말? 나도 빨리 자라서 바다로 나가고 싶어! 그렇게만 된다면 얼마나 좋을까.… 그런데, 바다는 어떤 거야? 어떻게 생겼어?" 전나무는 호기심 어린 눈을 빛내며 물었다.

"글쎄, 설명하자면 너무 길어." 황새는 짤막하게 대답하고 다시 날개를 추슬러 잽싸게 날아가 버렸다.

풀이 죽은 전나무를 보듬던 해님이 속삭였다. "네가 푸르고 싱싱할 때, 그 순간을 마음껏 누려. 젊음을 즐기란 말야." 바람이 살짝 입을 맞추고, 이슬이 고운 눈물을 뿌려 주었다. 하지만 전나무는 그런 것에는 전혀 관심이 없었다. 숲을 떠날 궁리를 하느라 다른 생각은 할 틈이 없었다.

어느덧 크리스마스가 다가왔다. 이번에는 어린 나무들이 많이 베어졌다. 그 중에는 전나무보다 작고 어린 나무들도 몇 그루 있었다. 그 나무들은 가지가 하나도 잘리지 않은 채, 그대로 마차에 실려 숲 밖으로 끌려갔다. 모양이 너무 앙증맞고 예뻐서 특별히 크리스마스 트리에 쓰는 나무로 베어졌기 때문이다.

"저 애들은 도대체 어디로 갈까? 나보다 크지도 않잖아. 나보다 훨씬 작은 애도 있었어. 그런데 그 애들 가지는 왜 치지 않은 거지? 어디로 간 걸까?" 전나무는 궁금해서 견딜 수가 없었다.

"우린 알지, 어디로 갔는지. 그 애들은 마을에 있는 집으로 간 거야. 창문 틈으로 들여다봤더니 아주 화려하게 치장하고 있었어. 꿀과자, 황금빛 사과, 장난감, 수백 개의 작은 초… 온갖 아름다운 것들로 몸을 장식하고 따뜻한 방 한가운데에 놓여 있었어." 참새들이 재잘대며 말했다.

"그래? 그리고 나선? 그 다음엔 어떻게 됐는데?" 전나무가 가지를 부산하게 떨며 물었다.

"몰라, 더 이상은 보지 못했거든."

전나무는 가슴이 뛰면서 온몸이 부풀어오르는 것 같았다. '내게도 그런 멋진 일이 생긴다면. 그렇게만 된다면 얼마나 좋을까! 바다를 건너가는 것보다 그게 훨씬 더 멋질 거야. 지금이 당장 크리스마스라면! 이제 나도 지난 해에 숲을 떠난 나무들처럼 멋지게 자랐어. 오, 지금 당장 마차에 타고 있다면! 온갖 장식품으로 화려하게 꾸미고서 따뜻한 방에 가 있다면 얼마나 행복할까? 그래, 그러고 나면, 그 후엔 어떻게 될까? 물론 더 좋은 일, 더 아름다운 일이 자꾸자꾸 생기겠지? 그렇지 않다면 왜 그렇게 멋진 치장을 해주겠어? 그 다음에는 점점 더 훌륭하고 점점 더 화려하게 치장을 해줄 거야. 그럼 기분이 어떨까? 난 정말 그렇게 되고 싶어. 지금 당장!'

"네 싱싱한 젊음을 맘껏 누리렴. 우리와 함께 말야." 바람과 햇빛이 정겹게 말을 붙여 왔다.

그러나 전나무는 젊다는 것이 도무지 기쁘지 않았다. 오직 한 가지, 빨리 자라고 싶은 마음뿐이었다. 전나무의 잎은 나날이 무성해졌고 어느덧 짙은 녹색으로 변했다. 그곳을 지나가는 사람들은 모두 전나무를 보고 탄성을 질렀다. "어머, 정말 아름다운 나무네! 이렇게 탐스런 건 처음이야!"

크리스마스가 다가왔다. 이번에도 나무꾼들이 도끼를 들고 숲 속을 찾아왔다. 나무꾼들은 맨 먼저 키 작은 전나무에게 달려들어 도끼를 내리쳤다. 도끼가 급소를 찌르자 전나무는 너무나 고통스러워 비명을 지르며 땅으로 쓰러졌다. 생각했던 것과는 달리 나무꾼들의 손에 베어지는 것이 전혀 기쁘지 않았다. 그리고 숲속 고향을 떠난다고 생각하자 슬픔으로 목이 메어왔다. 늘 곁에서 함께 웃어 주던 사랑하는 친구들과 여기저기서 너울거리며 춤추던 작은 덤불과 가지각색의 화려한 꽃들을 이젠 더 이상 볼 수 없으리라. 어쩌면 새들도 볼 수 없게 되리라. 긴 여행을 하는 동안 전나무는 온통 이런 생각뿐이었다. 여행이 전혀 신나지 않았다.

전나무는 드디어 다른 나무들과 함께 어느 집 마당에 내려졌다.

"한 그루만 있으면 돼. 이게 제일 근사하군." 이렇게 말하는 한 남자의 목소리가 들렸을 때야 비로소 전나무는 제정신이 들어 주위를 둘러보았다. 정복을 입은 하인 두 명이 나타나 전나무를 아름답고 으리으리한 방으로 운반해 갔다. 방 벽에는 그림이 걸려 있었고, 큰 난로 옆에는 사자 그림이 있는 도자기 화병이 놓여 있었다. 흔들의자와 비단 소파도 있었으며, 그림책으로 가득 찬 큰 책상과 장난감도 있었다. 모두 다 값비싼 것이었다. 아이들 말로는 그랬다.

전나무는 모래를 가득 채운 큰 통 속에 세워졌다. 통은 녹색 헝겊에 둘러싸여 화려한 양탄자 위에 놓여 있었기 때문에 언뜻 보기에는 통 같지가 않았다. 전나무는 온몸이 부들부들 떨렸다. 이제 어떻게 될까? 하인들과 시녀들이 전나무를 장식했다. 그들은 가지 하나에 색종이로 만든 작은 봉지들을 걸었는데, 봉지마다 사탕으로 가득 차 있었다. 그리고 황금빛 사과와 호두를 마치 그 나무에 열린 것처럼 자연스럽게 다른 쪽 가지에 매달고, 붉고 푸르고 흰 초 수백 개를 가지 사이사이에 매달았으며, 진짜 아기처럼 보이는 인형들을 녹색 잎 아래 놓았다. 전나무는 이런 인형을 본 적이 없었다. 마지막으로 그들은 나무의 맨 꼭대기에 금속조각으로 만든 반짝이는 큰 별을 매달았다. 눈부시도록 아름다웠다.

"오늘 저녁에는 환하게 불을 밝힐 거야." 거기 모인 사람들이 말했다.

그러자 전나무는 생각했다. '어서 저녁이 되어 촛불을 켰으면. 그럼 어떻게 될까? 숲에서 온 나무들이 나를 보러 올까? 참새들이 날아가다 창문으로 들여다볼지도 몰라. 여기서 살면 더 빨리 자랄까? 여름이든 겨울이든 이렇게 치장하고 지내게 될까?' 전나무는 이런저런 생각으로 껍질이 아파 죽을 지경이었다. 호리호리한 전나무에게 있어서 나무 껍질이 아픈 것은 사람의 두통만큼이나 견디기 힘든 것이었다.

드디어 촛불이 밝혀졌다. 얼마나 휘황찬란한지 전나무는 기뻐서 온 가지를 떨었다. 그래서 그만 촛불 하나가 떨어져 녹색 잎을 태우고 말았다.

"오, 맙소사!"

하녀들이 소리를 지르며 황급히 불을 껐기 때문에 다행히 위험하진 않았다. 이런 일이 벌어진 후 전나무는 불이 무서웠지만 몸을 떨지 않으려고 애썼다. 전나무는 휘황찬란함에 눈이 부실 때에도 아름다운 장식을 다칠까 봐 불안했다.

잠시 후 문이 활짝 열리고 한 떼의 아이들이 나무를 덮칠 듯이 와르르 쏟아져 들어왔다. 그 뒤를 따라 어른들이 의젓하게 들어왔다. 아이들은 전나무를 보고 놀라서 걸음을 멈추고 잠시 말없이 서 있더니 곧이어 방안이 쩌렁쩌렁 울리도록 환호성을 질러 댔다. 아이들은 너무 좋아서 나무 주위를 돌며 춤을 추었다. 그러면서 선물을 하나 둘씩 나무에서 떼어 갔다.

'뭘 하는 거지? 무슨 일일까?' 전나무는 불안했다.

마침내 촛불이 나뭇가지 가까이까지 타 내려오자 사그라졌다. 그러자 아이들은 전나무를 마음대로 꺾어도 좋다는 허락을 받았다. 아이들은 우르르 나무로 덤벼들었다. 가지가 탁탁 부러졌다. 맨 꼭대기의 금박별을 천장에 매달아 놓지 않았더라면 전나무는 땅으로 쓰러졌을 것이다. 아이들은 예쁜 가지를 흔들며 이리저리 춤을 추었다. 전나무에 관심을 두는 사람은 아무도 없었다. 아이들을 돌보는 하녀만이 사과나 무화과가 하나라도 남아 있지 않나 하여 가지들 사이를 살폈다.

"이야기해 줘요, 네? 이야기 좀 해 주세요." 아이들이 작고 뚱뚱한 남자를 전나무 밑으로 끌면서 외쳤다.

"자, 우리가 이 나무 아래 앉으면 나무도 이야기를 듣고 즐거워할 거야. 하지만 이야기는 하나만 할거야. 무슨 이야기할까? 이베데-아베데 이야기할까, 계단에서 굴러 떨어져서도 공주와 결혼한 땅딸보 이야기할까?" 남자는 전나무 아래에 앉으며 말했다.

"이베데-아베데요!" 몇몇 아이가 외쳤다.

"땅딸보요!" 다른 아이들이 외쳤다.

여기저기서 아우성이었다. 그러나 전나무는 조용히 생각했다. '내가 해 줄 수

있는 건 없을까?'

그러나 전나무는 이미 아이들을 즐겁게 해 주었지 않은가. 그때 남자가 땅딸보 이야기를 시작했다. 남자는 땅딸보가 어떻게 계단에서 굴러 떨어졌다가 공주와 결혼했는지를 이야기했다. 그러자 아이들은 박수를 치면서 외쳤다. "하나 더 해 줘요. 하나 더요."

아이들은 이베데-아베데 이야기도 듣고 싶었지만 약속대로 한 가지 이야기밖에 들을 수 없었다.

전나무는 말없이 생각에 잠겨 서 있었다. 숲 속의 새들한테도 그런 이야기를 들은 적이 없었다. 전나무는 그 이야기가 진짜라고 믿었다. 그 이야기를 한 사람은 좋은 사람이었기 때문이다. 전나무는 생각했다. '땅딸보가 계단에서 굴러 떨어졌는데도 공주와 결혼하다니, 아, 세상은 그런 거구나. 맞아, 누가 알겠어? 어쩌면 나도 계단에서 굴러 떨어져 공주를 얻게 될지도 몰라.'

전나무는 다음날 저녁에도 촛불과 장난감과 금박과 과일로 치장하게 될 거라고 기대했다. '내일은 떨지 말아야지. 화려한 치장을 즐길 거야. 내일이면 다시 땅딸보 이야기를 듣게 되겠지? 어쩌면 이베데-아베데 이야기도 듣게 될지 몰라.' 전나무는 그날 밤 내내 조용히 생각에 잠겨 서 있었다.

다음날 아침 하인과 하녀들이 들어왔다.

'이제 새 장식을 하려나 봐.' 전나무가 생각했다. 그러나 그들은 전나무를 방에서 계단으로 끌고 올라가 다락방 구석에 던져 버렸다. 햇빛이라곤 전혀 비치지 않는 어두운 곳이었다.

'어찌된 일이지? 뭘 하려는 걸까? 이런 곳에선 아무 소리도 들을 수 없잖아.'

여러 날이 지났다. 전나무는 혼자서 생각하고 또 생각했다. 그동안 전나무를 찾아오는 사람은 아무도 없었다. 어느 날 누군가가 왔지만 그 사람은 큰 상자 몇 개를 구석에 세워 놓고 가 버렸다. 이제 전나무는 이 세상에 존재하지 않았던 것처럼 사람들의 기억에서 완전히 잊혀졌다.

'바깥은 아직 겨울이구나. 땅이 얼어서 딱딱하고 눈으로 덮였겠지. 그러니 사람들이 나를 땅에 심을 수가 없는 거야. 봄이 올 때까지 날 보호하느라고 이곳에 세워 둔 거야. 얼마나 고마운 일인지 몰라. 여기가 외롭고 어둡지 않다면 참 좋을 텐데. 이제 작은 토끼도 볼 수 없구나. 저 바깥 숲 속에선 정말 즐거웠어. 눈이 오

면 토끼가 뛰어와 나를 뛰어넘곤 했지. 그땐 그게 싫었는데. 여긴 너무 외로워.'

"찌익찍, 찌익찍." 그때 작은 생쥐가 살금살금 전나무에게 다가왔다. 뒤이어 또 한 마리가 나타났다. 두 마리의 쥐는 킁킁거리며 전나무 냄새를 맡고는 전나무 가지 사이로 살짝 기어들어왔다.

"어휴, 정말 추워. 춥지만 않다면 여긴 참 좋은데. 그렇지, 늙은 전나무야?" 작은 생쥐가 말했다.

"난 늙지 않았어! 나보다 더 늙은 나무들도 많은걸." 전나무가 말했다.

"너 어디서 왔니? 알고 있는 게 뭐지? 세상에서 가장 아름다운 곳에 가 봤어? 얘기 좀 해 줘. 광에 가 본 적 있니? 선반엔 치즈가 있고 천장에는 햄이 걸려 있는 곳 말야. 수지 양초를 칠한 바닥을 뛰어다닐 수 있고, 말라깽이로 들어갔다가 살이 쪄서 나오는 곳이지." 생쥐들은 호기심이 아주 많았다.

"그런 건 몰라. 하지만 해님이 비치고 새들이 노래하는 숲은 잘 알지."

전나무는 젊은 시절 이야기를 들려주었다. 그런 이야기를 들어 본 적이 없는 생쥐들은 열심히 귀를 기울였다.

"정말 많은 걸 보았구나. 참 행복했겠다!"

"행복이라고?" 전나무는 자신이 한 이야기를 곰곰이 되새겨 보았다. "그래, 정말 즐거운 시절이었어."

그리고 전나무는 과자와 촛불로 장식되었던 크리스마스 저녁에 관해 이야기했다.

"넌 정말 행복했겠구나, 늙은 전나무야!" 생쥐들이 부러워했다.

"난 하나도 늙지 않았어. 이번 겨울에 숲에서 나온걸. 난 자라지 못한 편이지."

"너 참 이야기를 잘하는구나." 생쥐들이 말했다.

다음날 밤 그 생쥐들은 네 마리의 다른 생쥐들과 함께 전나무를 찾아왔다. 전나무의 얘기를 또 들으러 온 것이다. 전나무는 이야기를 되풀이함에 따라 점점 더 분명하게 모든 일이 기억났다. 그리고 이런 생각이 들었다. '그땐 정말 행복했어. 그런 때가 다시 오겠지. 땅딸보는 계단에서 굴러 떨어졌지만 공주와 결혼했어. 어쩌면 나도 공주를 얻을 수 있을지 몰라.'

그러면서 전나무는 숲 속에서 자라던 작고 귀여운 자작나무를 생각했다. 그 어린 자작나무야말로 전나무에게는 진짜 아름다운 공주였다.

"땅딸보가 누구야?" 생쥐들이 물었다.

전나무는 땅딸보 이야기를 하나도 빠짐없이 들려주었다. 크리스마스 저녁에 남자가 얘기했던 단어 하나하나까지 모두 기억났다. 생쥐들은 너무나 재미있어 나무 꼭대기까지 뛰어오를 뻔했다.

다음날 밤에는 더 많은 생쥐들이 소문을 듣고 몰려왔다. 일요일에는 두 마리의 큰 쥐까지 왔다. 그러나 큰 쥐들은 이야기가 재미없다고 했다. 이 말을 듣자 생쥐들도 이야기가 재미없다는 생각이 들었다.

"넌 이 얘기밖에 모르니?" 큰 쥐들이 물었다.

"응, 하나밖에 몰라. 이 얘기는 내가 가장 행복했던 크리스마스 저녁에 들은 거야. 하지만 그땐 내가 얼마나 행복한지 몰랐지."

"그것 참 안됐구나. 광에 있는 베이컨이나 수지 양초 이야기는 모르니?"

"몰라."

"그래? 그럼, 우린 갈게. 잘 있어."

큰 쥐들이 돌아갔다. 결국 생쥐들도 다 가 버렸다. 전나무는 한숨을 쉬었다. '생쥐들이 둘러앉아 웃고 떠들며 내 이야기를 들어줄 때는 참 좋았어. 이제 모두 다 가 버렸구나. 누가 이곳에서 날 다시 끌어내 주면 얼마나 행복할까.'

그러나 그런 일이 있을 수 있을까? 그런데 정말 그런 일이 생겼다.

어느 날 아침, 사람들이 다락방을 치우러 몰려왔다. 그들은 상자를 치우고 전나무도 구석에서 끌어내 거칠게 다락방 바닥에 내던졌다. 그때 한 하인이 와서 전나무를 해가 비치는 계단으로 끌어다 놓았다.

"이제 다시 생활이 시작되는구나."

전나무는 이렇게 말하며 신선한 공기와 햇빛을 마음껏 들이마셨다. 그 다음에 전나무는 계단에서 마당으로 끌려 나왔다. 모든 것이 너무 빠르게 진행되어 전나무는 자신에 대해 생각할 겨를이 없었다. 그저 주위만 두리번거릴 뿐이었다. 주변에는 볼 것이 너무 많았다. 마당은 정원과 맞붙어 있었고, 정원에는 꽃이 만발해 있었다. 싱싱한 장미꽃들이 작은 울타리 위로 향기를 풍기며 흐드러지게 피어 있었고, 보리수나무도 꽃을 피우고 있었다. 제비들이 이리저리 날아다니며 자신의 짝이 온다고 소리질렀다. 그러나 제비들이 말한 짝은 전나무를 의미하는 것이 아니었다.

"이제 살았어!."

전나무는 환호하며 가지들을 펼쳤다. 그러나 가지들은 전부 시들어 노랗게 변해 있었다. 전나무는 잡초와 쐐기풀 사이에 있는 구석진 곳에 세워졌다. 전나무의 머리 꼭대기에는 아직도 금박별이 매달려 있어 햇빛을 받아 반짝였다. 마당에는 두 아이가 뛰놀고 있었는데, 크리스마스 때 나무 주위를 돌며 즐거워했던 아이들이었다. 아이들은 매우 행복해 보였다. 그 중 나이 어린 아이가 금박별을 보고 달려와서 뽑아 버렸다.

"못생긴 늙은 전나무에 이런 것이 달려 있다니!" 아이가 말하며 가지들을 밟았다. 나뭇가지는 아이의 장화에 밟혀 우지끈 소리를 냈다.

전나무는 정원에 핀 싱싱한 꽃들을 바라보다가 자신을 보았다. 그리고는 차라리 어두운 다락방 구석에 놓여 있었으면 하고 바랐다. 전나무는 숲에서 지냈던 젊은 시절과 즐거운 크리스마스 저녁과 땅딸보 이야기를 재미있게 듣던 생쥐들이 생각났다.

"다 지나갔구나, 지나갔어. 그때가 좋았는데. 바보같이 행복한 줄도 몰랐다니. 이젠 너무 늦었어." 늙은 전나무가 말했다.

그때 한 남자가 나와 전나무를 토막내서 큰 나뭇단으로 쌓아 올렸다. 전나무 토막은 큰 솥 밑으로 던져져 활활 타올랐다. 전나무는 깊이 한숨을 쉬었다. 한숨 소리가 너무 절절하여 폭발음 같았다. 놀고 있던 아이들이 달려와 불 앞에 앉아 외쳤다.

"팡팡!"

깊은 한숨을 쉴 때마다 전나무는 숲에서 보낸 여름날과 크리스마스 저녁과 땅딸보 이야기가 생각났다. 땅딸보 이야기는 전나무가 유일하게 들은 이야기였고 마르고 닳도록 할 줄 아는 이야기였다.

마당에서는 아직도 아이들이 놀고 있었고, 어린 꼬마는 금박별을 가슴에 달고 있었다. 전나무가 가장 행복했던 밤에 달았던 그 별을. 그러나 모든 것은 지나갔다. 전나무의 일생이 끝남과 동시에 이야기도 함께 끝나 버리고 말았다. 결국 모든 이야기가 끝나게 마련인 것처럼.

# 29
# 눈의 여왕

## 첫 번째 이야기 : 거울과 깨진 거울 파편

여러분은 이제부터 이 이야기를 귀기울여 듣기 바란다. 이 이야기가 끝날 때 쯤엔 심술궂은 악마가 어떤지를 잘 알게 될 것이다. 그 악마는 아주 못된 악마 중의 악마였다.

어느 날, 매우 기분 좋은 악마는 이상한 거울을 만들었다. 아무리 멋지고 아름다운 것이라도 그 거울에 비치기만 하면 일그러지고 형편없이 보이는 그런 거울이었다. 물론 아무 짝에도 쓸모없는 물건은 더욱 고약하게 보였다. 황홀하게 아름다운 경치는 푹 삶은 시금치처럼 보였고, 사람들은 몸체 없이 머리로 서 있는 것처럼 소름끼치고 흉측하게 보였다. 거울에 비친 사람들의 얼굴은 완전히 뒤틀려서 도무지 누가 누군지 알아볼 수 없었으며, 주근깨라도 하나 있으면 얼굴이 온통 주근깨 투성이인 것처럼 보였다. 또 아무리 착하고 경건한 생각을 하더라도 그 거울에 비치면 악한 생각으로 바뀌어 버렸다. 악마는 자기가 발명한 이상한 거울을 보며 좋아서 어쩔 줄을 몰랐다. 악마는 학교를 운영하고 있었는데, 그 학교에 다니는 악마들은 어디를 가나 자신들이 본 놀라운 거울에 대해 얘기했고, 이제 곧 사람들이 세상과 인간의 진실한 모습을 알게 될 거라고 말했다. 그들은 거울을 가지고 온 세상을 돌아다녔다. 그래서 일그러진 거울에 비춰진 적이 없는 사람이나 나라는 하나도 없을 지경이었다.

날이 갈수록 악마들은 기세등등했다. 이제 그들은 하늘 나라에도 거울을 가지고 올라가 천사들을 우스꽝스럽게 만들고 싶었다. 그러나 높이 올라갈수록 거울이 미끄러워져 잡고 있기가 힘들었다. 결국 거울이 손에서 미끄러지는 바람에 땅에 떨어져 산산조각이 나고 말았다. 거울은 이제 예전보다 더 큰 불행을 가져오게 되었다. 모래알처럼 부서진 거울의 파편들이 세계 각국으로 날아갔기 때문이다.

그들은 거울을 가지고 온 세상을 돌아다녔다.
그래서 일그러진 거울에 비춰진 적이 없는 사람이나 나라는 하나도 없을 지경이었다.

티끌과 같은 거울 파편은 사람들의 눈으로 들어가 슬그머니 자리잡고 앉았으며 눈에 거울 파편이 박힌 사람은 그 순간부터 모든 사물을 비뚤어지게 보았고 나쁜 면만 보았다. 거울 파편은 아무리 작더라도 원래 거울이 가지고 있던 것과 똑같은 힘을 가지고 있었기 때문이다. 어떤 사람은 거울 파편이 심장에 박혀 심장이 얼음 덩어리처럼 차가워지기도 했다. 또 어떤 거울 파편은 아주 커서 유리창으로 사용되기도 했다. 그러나 이런 유리창을 통해 친구들을 바라보는 것은 정말 끔찍했다. 또 어떤 파편들은 안경을 만드는 데 사용되기도 했는데, 이런 안경을 쓴 사람들은 모든 사물을 그릇되게 보았다. 악마는 이런 광경을 보며 배꼽이 빠져라 웃어댔다.

저 바깥 세상에는 아직도 작은 거울 파편들이 공기 속에 떠다니고 있다. 가만히 귀를 기울이면 그 거울 파편들 때문에 무슨 일이 벌어지고 있는지 들릴 것이다.


## 두 번째 이야기 : 어느 소년과 소녀

집들이 빽빽이 들어서고 사람들이 많이 사는 큰 도시는 누구나 다 정원을 가질 수 있을 정도로 공간이 넓지 않다. 아무리 작은 정원이라도 말이다. 그래서 사람들은 화분에 꽃나무를 몇 그루 심는 것으로 만족해야 한다. 이런 큰 도시 중, 어느 한 도시에 가난한 두 아이가 살고 있었다. 그 아이들은 화분 몇 개보다는 더 크고 멋진 정원을 가지고 있었다. 서로 이웃에 사는 두 아이는 오누이는 아니었지만 오누이처럼 사이가 좋았다. 두 아이의 부모들은 서로 마주보고 있는 다락방에 살았는데, 두 집 지붕은 상대방 지붕 쪽으로 튀어나와 있었고 그 사이에는 물받이 통이 놓여 있었다. 또 양쪽 집에는 작은 창문이 있어서 물받이 통만 건너가면 상대편 집 창문에 닿을 수가 있었다. 두 아이의 부모들은 각각 커다란 나무 상자에 채소와 장미를 길렀다. 식물들은 날마다 쑥쑥 자랐다.

어느 날, 두 아이 부모들은 상자를 물받이 통에 갖다 놓으면 식물들이 한쪽 창문에서 다른 쪽 창문까지 닿아서 꽃담장처럼 보일 거라고 생각하고 상자를 옮겨 놓았다. 콩나무 덩굴은 축축 늘어지도록 자라 상자를 덮었고 장미나무는 긴 가지를 펼쳤다. 그리하여 두 식물이 서로 엉켜 꽃과 잎으로 만든 개선문처럼 보였다. 상자들을 매달아 놓은 곳은 높았기 때문에 아이들은 허락 없이 그곳으로 올라가지 못하도록 되어 있었다. 그러나 장미 덩굴 아래에 등 없는 의자를 놓고 앉아서 조용히 노는 것은 괜찮았다. 그래서 두 아이는 그곳에 앉아 재미있게 시간을 보내곤 했다. 그러나 겨울에는 창문이 꽁꽁 얼어붙어서 이런 즐거움을 누릴 수가 없었다. 그럴 때면 두 아이는 난로에 동전을 데워서 얼어붙은 창문에 갖다 대었다.

두 집 지붕은 상대방 지붕 쪽으로 튀어나와 있었고
그 사이에는 물받이 통이 놓여 있었다. 또 양쪽 집에는 작은 창문이 있었다.

그러면 바깥을 바라볼 수 있는 아주 동그란 구멍이 생겼다. 두 아이는 그 구멍을
통해 서로에게 사랑스럽고 밝은 미소를 보내곤 하였다. 사내아이의 이름은 카이
였고, 여자아이는 게르다였다. 여름에는 창문에서 물받이 통만 펄쩍 뛰어넘으면
금방 만날 수 있었지만 지금은 겨울이라서 긴 계단을 올라갔다 다시 내려가서 눈
속을 뚫고 가야만 만날 수 있었다.

　눈이 내리는 어느 날, 카이의 할머니가 펑펑 쏟아지는 눈을 가리키며 손자에게
말했다. "저기 좀 보렴. 하얀 벌들이 떼지어 다니지?"

　"하얀 벌에도 여왕벌이 있나요?" 카이가 물었다. 카이는 진짜 벌에는 여왕벌
이 있다는 것을 알고 있었다.

　"그렇고 말고. 여왕벌은 벌들이 제일 많이 모이는 곳을 날아다닌단다. 벌 중에
서 제일 크지. 또 땅에 가만히 있지 않고 저 검은 구름 속으로, 하늘 높이 날아다

"하얀 벌들이 떼지어 다니지?"

닌단다. 한밤중이면 도시의 거리를 날아다니면서 창문 안을 들여다보지. 그러면 창문에 아름답게 얼음이 얼어붙어서 마치 꽃이나 궁전처럼 보인단다."

"맞아요. 그런 걸 본 적이 있어요." 카이와 게르다가 말했다. 그들은 할머니의 말이 사실이라고 생각했다.

"눈의 여왕이 이 안으로 들어올 수 있나요?" 게르다가 눈을 반짝이며 물었다.

"들어오기만 해 봐. 난로 위에 놓고 녹여 버릴 테야." 카이가 말했다.

그러자 할머니는 카이의 머리를 쓰다듬으며 다른 이야기를 해 주었다.

어느 날 저녁, 집으로 돌아온 카이는 외출복을 반쯤 벗고 의자 위에 올라서서 동전으로 창문에 만든 조그만 구멍을 통해 밖을 내다보았다. 밖에는 눈송이가 한가하게 날리고 있었는데 그 가운데 가장 큰 송이가 화분 가장자리에 떨어졌다. 눈송이는 점점 커지더니 아주 곱고 하얀 천으로 된 옷을 입은 여자가 되었다. 마치별처럼 생긴 수백만 개의 눈송이가 합쳐진 것 같았다. 여자는 매우 아름답고 고왔지만 눈부시게 반짝이는 얼음으로 만들어져 있었다. 그런데도 살아 움직이는 것처럼 보였고, 두 눈은 투명한 별처럼 빛났다. 하지만 눈빛은 평온하고 온화하지 않았다. 그녀는 창문을 향해 고개를 끄덕이며 손짓을 했다. 카이는 놀라서 튕겨져 나가듯이 의자에서 뛰어내렸다. 바로 그 순간 커다란 새가 창문을 스쳐 날아가는 것 같았다.

다음날, 매우 투명한 서리가 내리더니 얼마 후, 눈이 녹고 봄이 왔다. 해님이 따스한 햇살을 뿌리고 푸른 싹이 돋아났으며 제비들이 둥지를 틀고 집집마다 창문이 활짝 열렸다. 카이와 게르다는 다시 처마 밑의 작은 정원에 앉아 놀 수 있게 되었다. 여름이 되자 장미는 타는 듯이 빨갛게 피어났다. 게르다는 장미에 대한 노래를 알고 있었다. 그녀는 그들의 장미를 생각하며 카이에게 그 노래를 불러 주었다. 카이도 노래를 따라 했다.


"장미는 피었다 지네.
하지만 우리는 아기 예수를 보게 되리라!"


카이와 게르다는 서로 손을 잡고 장미에 입을 맞추었다. 그리고는 눈부신 태양을 쳐다보며 아기 예수가 정말 거기에 있는 것처럼 말을 걸어 보았다.

눈송이는 점점 커지더니 아주 곱고 하얀 천으로 된 옷을 입은 여자가 되었다.
마치 별처럼 생긴 수백만 개의 눈송이가 합쳐진 것 같았다.
여자는 매우 아름답고 고왔지만 눈부시게 반짝이는 얼음으로 만들어져 있었다.

얼마나 멋진 여름인가! 영원히 지지 않을 것처럼 싱싱하게 피어 있는 장미에 둘러싸여 보내는 시간은 즐겁고 행복했다.

어느 날, 카이와 게르다가 나란히 앉아 동물과 새가 나오는 그림책을 보고 있었다. 커다란 교회탑 종소리가 12번 울리자 갑자기 카이가 비명을 질렀다. "아야! 뭐가 가슴에 박혔어. 눈에도 박혔네."

놀란 게르다는 카이의 목을 안고 눈을 들여다보았지만 아무것도 보이지 않았다. "없어진 것 같아." 카이가 말했다.

하지만 그건 없어진 게 아니었다. 그것은 바로 요술 거울의 파편이었다. 여러분은 앞에서 얘기한 거울을 기억하고 있을 것이다. 훌륭하고 멋진 것들을 초라하고 보잘것없는 것으로 보이게 하고 사악하고 나쁜 것들을 더욱 드러나게 하며, 아무리 사소한 결점이라도 어마어마하게 크게 보이게 만드는 악마의 거울을 말이다. 바로 그 파편 하나가 가엾게도 카이의 가슴에 박힌 것이다. 카이의 가슴은 금방 얼음 덩어리처럼 차갑게 변해 버렸다. 이젠 아프지 않았지만 그 파편은 카이의 가슴에 남게 되었다.

"왜 우니? 우는 건 딱 질색이야. 도대체 마음에 드는 게 하나도 없단 말이야. 저기 좀 봐, 저 장미는 벌레가 먹었네. 그리고 이건 완전히 비뚤어졌잖아. 정말 흉측하게 생겼어. 그걸 심은 상자랑 똑같아!" 카이가 이렇게 말하며 상자를 발로 걷어차고 장미 두 송이를 꺾어 버렸다.

"카이야, 갑자기 왜 그래?" 게르다가 놀라서 외쳤다.

하지만 카이는 게르다가 놀라는 것에 아랑곳하지 않고 거칠게 장미 한 송이를 더 꺾었다. 그리고는 창문을 통해 뛰어들어가 버렸다.

그 후 카이는 날이 갈수록 심술궂어졌다. 게르다가 그림책을 가지고 나오면 그런 건 갓난아기에게나 맞는 것이라고 빈정댔고, 할머니가 옛날 이야기를 해 주면 '그렇지만' 하고 말참견을 하곤 했다. 그리고는 할머니 뒤로 가서 안경을 걸치고는 할머니처럼 흉내 내며 장난을 쳤다. 그러면 사람들은 똑같이 흉내 내는 카이를 보며 웃음을 터뜨렸다. 카이는 거리를 지나다니는 사람들의 말투와 걸음걸이도 흉내 내기 시작했다. 사람들에게 괴팍하고 마음에 안 드는 구석이 있으면 곧장 흉내 내며 비웃곤 하였다. 그걸 보며 사람들은 이렇게 말했다. "저 아인 정말 똑똑해. 비범한 재능을 가지고 있어."

하지만 카이를 그렇게 만든 것은 눈과 심장에 박힌 거울 파편이었다. 그는 진심으로 그를 아끼는 게르다까지 괴롭히곤 하였다. 그가 하는 게임 역시 어린아이에게 어울리지 않는 아주 이상한 게임이었다.

눈발이 드세게 휘날리는 어느 겨울날, 카이는 확대경을 들고 나와 푸른 웃옷 자락을 내밀어 눈송이를 받았다.

"게르다, 이 렌즈 좀 들여다 봐." 카이가 말했다.

확대경을 들여다보자 눈송이들이 실제보다 훨씬 커 보였다. 마치 화려한 꽃이나 눈부시게 반짝이는 별 같았다.

"어때, 정말 멋지지? 진짜 꽃을 보는 것보다 훨씬 더 재미있어. 하나같이 모두 완벽해. 물론 녹지만 않는다면 말야." 카이가 자랑스럽게 말했다.

잠시 후, 카이는 손에는 커다란 장갑을 끼고, 등에는 썰매를 매고 나타났다. 그는 위층에 대고 게르다에게 소리쳤다. "나 광장에 간다! 애들이 놀이도 하고 썰매도 타고 있을 거야." 그리고 나서 카이는 가 버렸다.

광장에서는 배짱 좋은 개구쟁이 소년들이 농사짓는 데 쓰는 마차에 썰매를 묶고 멀리까지 매달려 가는 놀이를 하고 있었다. 카이도 그들 틈에 끼어 신나게 놀았다. 아이들이 한참 흥이 나서 놀고 있을 때 어디선가 큰 썰매가 나타났다. 그 흰색 썰매에는 어깨에 하얀 모피를 두르고 머리에는 흰 털모자를 쓴 사람이 앉아 있었다. 썰매가 광장을 두 바퀴 돌았을 때 카이는 자기의 작은 썰매를 흰 썰매에 단단히 묶었다. 큰 썰매는 거리를 지나서 더 점점 빨리 달리기 시작했다. 썰매를 타고 있던 사람이 고개를 뒤로 돌려, 서로 아는 사이나 되는 것처럼, 카이에게 상냥하게 고개를 끄덕여 보였다. 하지만 카이는 너무 두려워서 자기의 작은 썰매를 큰 썰매에서 떼어 내려 안간힘을 썼다. 그때마다 그 사람은 뒤를 돌아보며 고개를 끄덕여 보였다. 카이는 하는 수 없이 썰매를 떼어 내는 걸 포기하고 가만히 앉아 있었다.

성문을 빠져나오자 눈이 내리기 시작했다. 함박눈이 펑펑 쏟아져 바로 눈앞에 있는 손조차 보이지 않을 지경이었다. 하지만 썰매는 쉬지 않고 달렸다. 카이는 끈을 풀고 커다란 썰매에서 벗어나려 했지만 소용이 없었다. 그의 작은 썰매는 큰 썰매에 단단히 매달려 질풍처럼 달렸다. 카이는 도와 달라고 소리쳤지만 아무도 듣는 사람이 없었다. 그러는 동안에도 눈보라가 몰아쳐 카이의 얼굴을 후려쳤고 썰매는 눈 속을 헤치며 계속 달렸다. 가끔 울타리를 뛰어넘어가 도랑을 건널 때면 썰매가 하늘 높이 치솟기도 했다. 카이는 너무나 무서워 기도를 하려고도 해봤다. 하지만 입에서 맴도는 것은 구구단뿐이었다.

눈송이가 점점 더 커지더니 마침내 커다란 흰 닭처럼 보였다. 그때 갑자기 몸이 용수철처럼 옆으로 튀어 오르고 썰매가 멎었다. 썰매를 몰던 사람이 일어서서 진짜 눈으로 만든 털옷과 모자를 벗었다. 그러자 키가 크고 눈부시게 하얀 숙녀의 모습이 드러났다. 바로 눈의 여왕이었다.

"정말 신나게 달려 왔지? 그런데 왜 그렇게 떨지? 자, 내 털옷 속으로 들어오렴." 눈의 여왕이 카이를 자신의 옆에 앉히고 털옷으로 감싸주었다. 카이는 마치 눈더미에 파묻히는 기분이었다.

"아직도 춥니?" 눈의 여왕이 카이의 이마에 입을 맞추며 물었다. 차가운 입술에서 나오는 냉기가 이미 얼음 덩어리나 다름없는 카이의 심장에 전해졌다. 카이는 금방이라도 얼어죽을 것만 같았다. 하지만 그건 잠깐이었다. 금방 추위가 가시더니 기분이 상쾌해졌다.

"내 썰매! 내 썰매 잊어버리면 안 돼요!" 카이는 그때서야 썰매가 생각나 주위를 둘러보았다. 카이의 썰매는 한 하얀 닭에 단단히 묶여 있었다. 닭이 썰매를 등에 지고 쫓아왔던 것이다. 눈의 여왕이 한 번 더 입을 맞추자 카이는 게르다도 할머니도 모두 다 잊어버리고 말았다.

"이젠 더 이상 입을 맞춰 줄 수가 없어. 그럼 넌 죽게 되니까." 눈의 여왕이 말했다.

카이는 눈의 여왕을 바라보았다. 이 세상에 눈의 여왕보다 더 아름답고 우아한 얼굴이 있을까? 카이는 그런 사람을 상상할 수가 없었다. 창문을 통해 보았을 때는 여왕이 얼음으로 빚어진 것처럼 보였는데 이제는 그렇지 않았다. 카이의 눈에는 여왕이 어느 한 구석 나무랄 데 없이 완벽해 보였다. 더 이상 두렵지도 않았다. 카이는 여왕에게 분수도 암산할 줄 안다고 자랑했다. 그리고 면적을 구할 줄도 알고 전국의 인구 수도 안다고 말했다. 카이가 말하는 동안 여왕이 잠자코 미소만 짓자 카이는 자신이 알고 있는 것이 아직 부족하다는 생각이 들었다. 여왕은 카이를 데리고 검은 구름 위로 높이 높이 날아오르면서 널따란 황야를 둘러보았다. 폭풍이 옛날 노래를 부르는 것처럼 강한 바람을 일으키며 울부짖었다. 그들은 숲과 호수와 바다와 육지 위를 날았다. 아래에서는 거친 바람이 윙윙거리고 늑대가 울부짖었으며 눈이 사각사각 소리를 냈다. 그리고 위쪽에서는 까마귀들이 까악까악 하며 날고, 달님이 밝고 환한 미소를 지었다.

카이는 기나긴 겨울밤에는 그렇게 지내고, 낮에는 눈의 여왕의 발 밑에서 잠을 잤다.


### 세 번째 이야기 : 요술쟁이 노파의 꽃밭

카이가 없는 동안 게르다는 어떻게 지냈을까?

카이에게 무슨 일이 일어났는지 아는 사람은 아무도 없었다. 다만 사내아이들 말로는 카이가 자기의 작은 썰매를 매우 큰 썰매에 묶어 거리를 지나 성문 밖으로 나갔다는 것이었다. 그러나 그 썰매가 어디로 갔는지는 아무도 몰랐다.

게르다는 카이가 보고 싶어 울고 또 울었다. 카이가 학교 옆으로 흐르는 강물에 빠져 죽었을 거라는 생각이 들었다. 카이가 곁에 없는 그 겨울은 참으로 길고 쓸쓸했다.

구름이 걷히면 해님이 얼굴을 내밀고 방긋 웃듯이 따스한 햇볕과 함께 봄이 찾아왔다.

"카이는 죽어 버린 거야." 게르다가 풀이 죽어 해님에게 말했다.

"난 그렇게 생각하지 않아." 해님이 미소지으며 말했다.

"카이는 죽어 버렸단다." 게르다는 제비에게도 말했다.

"우린 그렇게 생각하지 않아." 제비들도 고개를 저으며 말했다.

제비들의 말을 들은 게르다도 마침내 카이가 죽었다는 것을 믿지 않게 되었다.

어느 날, 게르다는 카이를 찾아 나서기로 결심했다.

"새로 산 빨간 신을 신을 테야. 카이가 한 번도 보지 못한 신발을 말야. 그리고 강으로 가서 카이에 대해서 물어봐야지."

바깥이 아직 어둑어둑한 이른 새벽이었다. 게르다는 잠들어 있는 할머니에게 입을 맞추고는 빨간 신을 신고 혼자서 성문을 벗어나 강으로 갔다.

"네가 내 소꿉친구를 데려갔다는 게 정말이니? 카이를 돌려주면 내 빨간 신을 선물로 줄게." 게르다가 강에게 말했다.

강 물결이 이상한 몸짓으로 게르다에게 고개를 끄덕이는 것처럼 보였다. 그래서 게르다는 이 세상에서 제일 좋아하는 빨간 신을 벗어서 강물에 던졌다. 그러나 신발이 강기슭에 떨어지는 바람에 잔물결에 실려 다시 땅 위로 밀려왔다. 강은 카이를 돌려보낼 수 없기 때문에 게르다의 선물을 받을 수 없다고 말하는 것 같았다. 하지만 게르다는 신발을 멀리 던지지 않아서 밀려와 버린 거라고 생각했다. 그래서 갈대밭에 있는 작은 배로 기어올라가 뱃전에 서서 신발을 힘껏 던졌다. 그런데 게르다가 올라서서 몸을 움직이자 느슨하게 묶여 있던 배가 강으로 미끄러져 흘러 들어가기 시작했다. 그것을 알아차린 게르다는 서둘러서 밖으로 나오려 했지만 배는 이미 땅에서 멀리 떨어져 더욱더 빨리 흘러가고 있었다. 게르다는 덜컥 겁이 나서 울음을 터뜨렸다. 하지만 참새만 안타깝게 게르다를 바라보고 있을 뿐 주위엔 아무도 없었다. 참새는 게르다를 땅으로 데려다 줄 수는 없었지만, 강기슭을 따라 날아오면서 노래를 불러 게르다를 위로했다.

"우리가 함께 있잖아, 우리가 있어."

작은 배는 물줄기를 따라 쉬지 않고 흘러갔다. 게르다는 이제 포기한 채 가만히 앉아 있었다. 발에 신은 것이라곤 양말뿐이었다. 빨간 신은 배를 따라왔지만 배가 훨씬 앞서고 있어서 손을 뻗어도 신발을 잡을 수가 없었다. 강둑에는 예쁜 꽃, 늙은 나무, 양과 소가 풀을 뜯는 언덕들이 있어 무척 아름다웠지만 사람은 하나도 보이지 않았다.

'혹시 강물이 날 카이에게 데려다 줄지도 몰라.' 이렇게 생각하자 기분이 좋아진 게르다는 고개를 들어 아름다운 강둑을 바라보았다. 배는 그렇게 몇 시간을 흘러 넓은 버찌 정원에 다다르게 되었다. 정원에는 빨갛고 파란 기이한 창문이 달린 작은 집 한 채가 서 있었다. 지붕은 짚으로 엮어져 있었으며 바깥에는 나무로 만든 군인이 둘 서 있었다. 게르다가 다가가며 받들어 총을 하고 있는 그 군인들을 소리쳐 불렀지만 대답이 없었다. 배가 강기슭에 닿았을 때 보니, 그들은 나무로 만든 군인들이었다.

게르다가 이번에는 더 큰 소리로 외쳤다. 그러자 늙디 늙은 노파가 집 안에서 지팡이를 짚고 나왔다. 노파는 예쁜 꽃들이 그려진, 커다란 햇빛 가리개 모자를 쓰고 있었다.

"가엾기도 하지. 물살이 센데 어떻게 이렇게 멀리까지 왔지?" 노파가 이렇게 말하면서 물 속으로 들어와 지팡이로 작은 배를 기슭으로 끌어당겼다. 그리고는 게르다를 번쩍 안아서 땅에 내려놨다. 게르다는 낯선 노파가 무섭긴 했지만 다시 마른 땅을 밟게 되어 무척 기뻤다.

"이리 와서 얘기 좀 해 보렴. 넌 누구지? 어떻게 여기까지 오게 됐지?"

게르다는 지금까지 있었던 일을 하나도 빠짐없이 이야기했다. 노파는 이야기를 들으면서 연신 고개를 끄덕였다. 게르다가 혹시 카이를 보지 못했느냐고 묻자 노파는 카이가 이곳을 지나가지 않았다고 했다. 그러나 혹시 앞으로 올지도 모르니까 너무 슬퍼 말고 버찌를 먹고 꽃구경을 하라고 했다. 꽃들은 그림책에 나온 것보다 훨씬 더 예쁘고, 이야기를 하나씩 해 줄 거라고 했다.

노파는 게르다의 손을 잡고 작은 집으로 들어갔다. 창문은 아주 높았으며 창유리 색이 빨강, 파랑, 노랑으로 되어 있어 한낮의 햇빛이 갖가지 색으로 방 안을 비추었다. 노파는 식탁 위에 있는 먹음직스런 버찌를 마음껏 먹으라고 권했다. 게르다가 버찌를 먹는 동안 노파는 연한 황갈색의 긴 머리를 금빛으로 빗어 주었다. 윤기가 흐르는 곱슬머리가 양어깨를 덮어 게르다는 이제 막 피어난 한 송이 장미처럼 아름다웠다.

"너같이 귀여운 아이를 얼마나 기다렸는지 아니? 이제 나랑 같이 행복하게 지내자꾸나." 노파가 게르다에게 속삭였다.

그런데 이상하게도 노파가 빗질을 하면 할수록 게르다에게는 가족이나 다름없는 카이 생각이 점점 희미해졌다. 노파는 요술쟁이였던 것이다. 하지만 나쁜 요술쟁이는 아니었다. 단지 외로워서 게르다를 곁에 두려고 요술을 부렸을 뿐이었다. 노파는 정원으로 가서 지팡이를 장미나무에 갖다 댔다. 그러자 그렇게도 아름답던 장미들이 땅 속으로 묻혀 버렸다. 노파는 장미를 보면 집에 두고 온 장미와 카이가 생각나서 게르다가 도망갈까 봐 두려웠던 것이다.

노파는 게르다를 다른 꽃이 피어 있는 꽃밭으로 데리고 갔다. 사계절에 피는 꽃들이 모두 피어 있는 꽃밭은 그림책에서보다도 더 아름다웠다. 게르다는 꽃들에 둘러싸여 시간 가는 줄 모르고 놀았다. 그리고 저녁에는 제비꽃 수가 놓인 빨간 비단 베개를 베고 예쁜 침대에서 잤다. 게르다는 여왕이 되어 결혼하는 꿈도 꾸었다. 다음날도 게르다는 따스한 햇살을 받으며 꽃밭에서 놀았다. 그렇게 여러 날이 지나갔다. 이제 게르다는 꽃밭에 있는 꽃을 모두 다 알았다. 그런데 그렇게 많은 꽃들이 있는데도 뭔가 허전했다.

그러던 어느 날, 게르다는 꽃이 그려진 노파의 햇빛 가리개 모자를 보다가 장미를 발견했다. 노파는 장미나무들을 땅 속으로 밀어넣을 때 모자에 있는 장미꽃을 깜빡 잊어버린 것이다. 사람은 완벽할 수 없으며 때로는 사소한 실수가 모든 것을 엉망으로 만들 때가 있는 법이다. 게르다는 비로소 꽃밭에 장미꽃이 없다는 걸 깨달았다.

"어떻게 된 거지? 이 많은 꽃 중에 장미꽃이 없다니, 참 이상하네."

게르다는 꽃밭으로 뛰어가 열심히 장미꽃을 찾았지만 장미꽃은 그림자도 보이지 않았다. 게르다는 주저앉아서 엉엉 울었다. 그때 게르다의 눈물이 장미가 피었던 자리에 떨어졌다. 따뜻한 눈물이 땅을 적시자 장미나무는 쑥쑥 자라나서 예전처럼 아름답게 꽃을 피웠다. 게르다는 장미를 껴안고 입을 맞추었다. 그러자 집에 있는 아름다운 장미와 카이가 생각났다.

"세상에! 어떻게 이렇게 오랫동안 잊고 있었지? 카이를 찾아야 하는데 이러고 있다니! 너희들 카이가 어디 있는지 모르니? 카이가 죽었을까?" 게르다가 장미에게 물었다.

"아니, 죽지 않았어. 우린 땅 속에 있었잖아. 거기엔 죽은 사람들이 모두 모여 있는데 카이는 없었어." 장미가 대답했다.

"고마워."

게르다는 다른 꽃들에게 가서 꽃받침 속을 들여다보며 물었다. "너희들, 카이가 어디 있는지 아니?"

그러나 꽃들은 저마다 따스한 햇살을 받으며 동화 속에 잠겨 있을 뿐 카이에 대해 알지 못했다. 게르다가 카이에 대해 물으면 꽃들은 각기 자기들이 알고 있는 아름다운 동화를 들려주곤 했다.

백합은 어떤 이야기를 했을까?

"북소리가 들리니? '쿵! 쿵!' 하는 소리 말야. 북은 언제나 쿵! 쿵! 하고 두 가지 음을 내지. 여자들이 장송가 부르는 소릴 들어봐. 목사님이 큰 소리로 말하는 것도 들리지? 붉은 색 긴 외투를 걸친 인도 여자가 화형대에 서 있어. 죽은 남편 위로 몸을 던지는 여자 주위로 불꽃이 솟아오르고 있어. 그러나 인도 여자는 불꽃 속에서 살아 있는 자를 생각해. 바로 그 불을 낸 아들을 말야. 여자는 자신의 몸을 곧 재로 만들어 버릴 불꽃보다도 더 이글거리는 아들의 눈빛 때문에 고통스러워 하지. 가슴의 불꽃이 화형대의 불꽃 속에서 사그라져 버릴 수 있을까?"

"난 무슨 말인지 하나도 모르겠어."

"이게 바로 나의 동화야." 백합이 말했다.

그럼 나팔꽃은 무슨 얘기를 했을까?

"좁은 도로 건너편에는 오래된 기사의 성이 서 있어. 담쟁이덩굴이 빽빽하게 담을 타고 올라가 발코니까지 잎이 무성하게 우거져 있단다. 바로 거기에 예쁜 소녀가 있지. 소녀는 난간에 몸을 기대고 도로를 굽어본단다. 장미꽃이 아무리 아름답다 해도 그 소녀를 따르진 못하지. 바람 따라 떠다니는 사과꽃도 소녀만큼 사뿐히 움직일 수는 없을 거야. 소녀가 허리를 굽혀 '그 앤 아직 안 왔어?' 하고 소리칠 때면 소녀가 입고 있는 화려한 비단 옷이 사각거리는 소리를 내지."

"그 애라면 카이 말이니?" 게르다가 반색하며 물었다.

"난 그냥 내 꿈 얘기를 하는 것뿐이야."

작은 아네모네는 어떤 동화를 들려주었을까?

"나무 두 그루 사이에 긴 밧줄이 매달려 있는데 그 위에 판자가 놓여 있어. 그건 바로 그네지. 귀여운 여자아이 둘이 눈처럼 하얀 옷을 입고 모자의 긴 녹색 끈을 휘날리며 앉아서 그네를 타고 있단다. 그 아이들보다 키가 큰 오빠는 떨어지지 않게 한 팔을 밧줄에 걸치고 한 쪽 손에는 접시를, 다른 쪽 손에는 흙으로 구운 파이프를 들고 그네 위에 서 있지. 비눗방울을 불고 있는 거야. 그네가 높이 치솟으면 비눗방울은 찬란한 무지갯빛을 반사하면서 날아오른단다. 미처 날지 못하고 파이프 대롱 끝에 매달려 있는 비눗방울 하나는 바람 따라 이리저리 흔들리지. 그네가 흔들리고 있을 때 검은 개가 뛰어와서 비눗방울처럼 가볍게 뒷발로 몸을 일으켜 세우며 그네에 올라타려 하지만 그네는 높이 날아가고 개는 떨어지고 만단다. 개는 화가 나서 멍멍 짖지. 아이들은 깔깔거리며 웃고, 비눗방울은 여기저기서 터진단다. 흔들리는 그네, 햇빛을 받아 무지갯빛으로 반짝이는 비누 거품, 이게 바로 나의 동화야."

"아주 아름다운 이야기야. 하지만 카이 얘기는 전혀 없구나."

실망한 게르다가 히아신스에게 가서 카이에 대해 묻자 히아신스는 다음과 같은 동화를 들려주었다.

"아주 아름다운 세 자매가 있었단다. 살결이 희고 매우 고왔지. 한 아이는 빨간 옷을, 두 번째 아이는 파란 옷을, 그리고 세 번째 아이는 새하얀 옷을 입고 있었어. 그 아이들은 원래 꼬마 요정이 아닌 사람이었단다. 어느 날 그 아이들은 달빛이 밝게 비치는 조용한 호숫가에서 서로 손을 잡고 춤을 추었지. 그런데 갑자기 어디선가 달콤한 향기가 풍겨 왔어. 세 아이는 향기에 이끌려 숲 속으로 사라졌어. 그러자 숲에서 더 강한 향기가 풍겼지. 얼마 후, 아름다운 세 소녀가 누워 있는 세 개의 관이 울창한 숲에서 나와 호수 너머로 미끄러져 갔단다. 개똥벌레들은 마치 공중에 떠다니는 횃불처럼 빛을 내며 그 둘레를 날아다녔지. 그 아이들은 잠을 자고 있는 것일까, 아니면 죽은 것일까? 꽃향기들은 그들이 죽었다고 말했어. 저녁 종이 죽은 자들을 애도하며 구슬프게 울려 퍼졌지."

"너무 슬퍼. 네 향기는 강해서 죽은 소녀들이 생각나. 아아! 카이는 정말 죽었을까? 땅 속에 들어가 본 장미들이 아니라고 했는데…."

"딸랑딸랑!" 히아신스가 종을 울렸다. "이 종은 카이를 애도하는 종이 아니야. 우린 카이를 모르니까. 이건 우리가 부르는 노래일 뿐이야. 우리가 아는 노래는 이것뿐이지."

게르다는 이어서 미나리아재비 꽃에게 갔다. 그 꽃은 생기 있는 초록 이파리들 속에서 노란빛을 발하고 있었다.

"넌 꼬마 태양이구나. 어디 가면 내 소꿉친구를 찾을 수 있니?"

그러자 미나리아재비 꽃은 아름답게 꽃술을 빛내며 게르다를 쳐다보았다. 그러나 미나리아재비 꽃이 들려준 이야기 속에도 카이는 없었다.

"겨울이 이제 막 물러간 어느 따스한 봄날, 눈부신 해님이 어느 작은 마당을 비추었단다. 햇살은 그 옆집 흰 담에도 내려앉았지. 담 옆에는 봄을 알리는 노란 꽃이 햇빛 속에서 금빛으로 반짝였고, 한 할머니가 문 밖에 내놓은 안락 의자에 앉아 있었어. 그때 남의 집에서 하녀로 일하는 불쌍하고 예쁜 손녀가 잠시 할머니 집에 다니러 왔지. 손녀는 할머니에게 입을 맞추었어. 그러자 모든 것이 금으로 변했단다. 사랑스런 입맞춤을 하는 가슴도, 아침도, 방긋 웃는 해님도, 초라한 꽃도, 그리고 그 소녀의 입도 모두 황금빛이었어. 이게 바로 나의 동화야." 미나리아재비 꽃이 말했다.

게르다는 할머니가 떠올랐다.

"불쌍한 우리 할머니. 그래, 할머니는 날 그리워하면서 내 걱정을 하실 거야. 카이 걱정을 하셨던 것처럼 말야. 하지만 곧 집에 갈 수 있겠지. 카이랑 함께 말야. 꽃들에게 물어봐야 소용없어. 꽃들은 자기들 동화만 알뿐 카이에 대해서는 하나도 모르니까."

게르다가 치마를 걷어올리고 막 정원을 나서려 할 때 수선화가 게르다의 다리를 쳤다. 게르다는 멈춰 서서 키가 큰 노란 수선화를 보면서 말했다. "그래, 너라면 알지도 몰라."

게르다는 수선화에게 귀를 갖다 대고 수선화가 하는 얘기에 귀를 기울였다.

"난 나를 볼 수 있어. 나 자신을 볼 수 있다구! 아, 내 향기는 참 달콤하기도 하지! 내닫이창이 달린 작은 방에서 반쯤 몸이 드러난 옷을 입은 소녀가 춤을 추고 있단다. 소녀는 가끔 한 발로 서기도 하고 두 발로 서기도 하지. 마치 두 발로 온 세계를 다니는 것처럼 말야. 하지만 그 소녀는 환상일 뿐이야. 소녀는 찻주전자로 몸에 꼭 붙는 웃옷에 물을 뿌리지. '순수한 건 좋은 거야' 하고 소녀는 말한단다. 하얀 옷이 못에 걸려 있는데 그 옷도 찻주전자로 빨아서 지붕에 말린 거지. 소녀는 그걸 입고 목에는 샛노란 목도리를 두르고 있어. 그래서 옷이 더 한층 하얗게 보이지. 소녀가 어떻게 다리를 높이 쳐드는가 봐. 난 나 자신을 볼 수 있어. 나를 볼 수 있지."

"난 그런 것에 관심 없으니까 그런 얘긴 필요 없어." 게르다가 소리치며 정원 끝으로 달려갔다. 문은 잠겨 있었다. 녹슨 문고리를 흔들자 문고리가 떨어지며 문이 활짝 열렸다. 게르다는 맨발로 밖으로 뛰어 나갔다. 뛰면서 세 번이나 뒤를 돌아보았지만 따라오는 사람은 없었다. 한참을 가자 숨이 차서 더 이상 달릴 수가 없었다. 게르다는 커다란 돌 위에 주저앉았다. 주위를 둘러보니 여름은 이미 가 버리고 가을이 한창이었다. 그 아름다운 정원에서는 계절을 느낄 수 없었던 것이다. 늘 해님이 비추고 사계절의 꽃이 피어 있었기 때문이다.

'맙소사, 너무 늑장을 부려서 벌써 가을이 돼 버렸네. 이러고 있을 때가 아니지.' 게르다는 계속 길을 가려고 몸을 일으켰다. 그러나 작은 발이 부르터서 너무나 아프고 쓰렸다. 주위는 차갑고 황량하기만 했다. 긴 버드나무 잎은 샛노랬고, 이슬은 물방울이 되어 뚝뚝 떨어졌으며, 여기저기서 낙엽이 지고 있었다. 열매를 달고 있는 나무는 자두나무뿐이었다. 하지만 자두는 혀가 오므라들 정도로 시큼했다. 온 세상이 적막하고 지쳐 보였다. 아! 게르다는 이제 어디로 가야 하나?


## 네 번째 이야기 : 공주와 왕자

게르다가 쉬고 있을 때 맞은편에서 커다란 까마귀 한 마리가 눈 위를 깡충깡충 뛰어 게르다에게 다가왔다. 까마귀는 잠시 게르다를 쳐다보더니 고개를 흔들며 "까악까악!" 하고 정중하게 인사했다. 그리고는 혼자 어딜 가느냐고 물었다.

게르다는 '혼자'라는 뜻을 잘 알고 있었다. 혼자 외톨이가 되어 떠돌면서 외로움을 절절히 느끼고 있었기 때문이다. 게르다는 까마귀에게 지금까지 있었던 일을 이야기했다. 그리고 혹시 카이를 보았는지 물었다.

까마귀는 진지한 표정으로 고개를 끄덕이며 말했다. "본 것 같아. 그 애가 카이일지도 몰라."

"뭐라구? 정말이야?" 게르다는 기뻐서 소리치며 까마귀가 숨이 막힐 정도로 꽉 껴안고 키스를 퍼부었다.

"진정해, 진정하라구! 그 애가 카이일지도 모른다는 생각이 들어. 그렇지만 그 애는 공주 때문에 널 완전히 잊어버렸을 거야."

"카이가 공주랑 산다구?"

"그래. 잘 들어 봐. 하지만 사람의 말은 너무 힘들어. 까마귀 말을 알아듣니? 그럼 더 잘 설명할 수 있을 텐데."

"아니, 까마귀 말은 배우지 못했어. 하지만 우리 할머니는 할 줄 아셨지. 배워 두었더라면 좋았을걸."

"어쩔 수 없지 뭐. 잘 안 되겠지만 최선을 다해 설명해 볼게." 까마귀는 그가 들은 얘기를 게르다에게 해주었다.

"이곳 왕국에는 공주가 한 명 살고 있는데 아주 똑똑하지. 세상에 있는 신문이란 신문은 다 읽는단다. 하지만 가끔은 읽은 것을 잊어버릴 때도 있지. 얼마 전에 공주는 여왕이 되었어. 사람들 말로는 그 자리가 그렇게 편한 자리는 아니래. 그러던 어느 날, 공주는 노래를 흥얼거리기 시작했어. 그 노래는 바로 이렇게 시작돼.

'왜 난 결혼해선 안 되는가?'

공주는 결혼해선 안될 이유가 없다고 생각하고 결혼하기로 결심했지. 그렇지만 공주는 자기가 얘기할 때 멍청히 앉아만 있는, 얼굴만 잘생기고 따분한 남자하곤 결혼하기 싫었어. 자기의 이야기를 알아듣고 맞장구도 칠 줄 아는 그런 남자랑 결혼하고 싶었지. 공주는 궁녀들을 모아 놓고 북을 치게 했어. 궁녀들은 여왕의 뜻을 알고 매우 기뻐했단다.

'이런 소식을 듣게 되어 기뻐.'

'여왕님이 결혼할 거라고 예상했었잖아.'

궁녀들은 이렇게 떠들어댔지.

내가 하는 말은 모두 사실이야. 내게는 싹싹한 애인이 있는데, 그녀는 궁전 주위를 날아다니지. 이건 모두 그녀가 해 준 이야기야." 까마귀가 말했다.

물론 까마귀의 애인도 까마귀였다. 끼리끼리라고들 하지 않는가. 더구나 까마귀는 늘 까마귀와 사귀는 법이니까 말이다. 까마귀는 얘기를 계속했다.

"곧이어서 공주의 서명이 들어 있는 하트 모양의 광고가 신문에 실렸어. 잘생기고 젊은 독신 남자라면 누구나 궁전에 와서 공주와 이야기할 수 있다는 내용이었어. 그리고 용기 있게 대답하는 남자는 궁전에서 살 수 있고, 말을 제일 잘하는 남자는 공주의 신랑감이 된다는 것이었지. 정말이야. 그건 내가 여기 이렇게 앉아 있는 것과 마찬가지로 사실이야. 그때부터 사람들이 떼를 지어 궁전으로 몰려들기 시작했어. 서로 짓밟고 뛰어다니며 온통 난리였지. 하지만 첫째 날에도 둘째 날에도 행운을 얻은 사람은 없었어. 그들은 모두 궁전 밖에서는 말을 잘했지만 궁전에 들어서서 은빛 제복을 입은 호위병과 계단에 서 있는 금빛 정복을 입은 시종들을 보기만 하면 온몸이 얼어붙어 버렸어. 그리고 공주 앞에 서기만 하면 공주가 한 마지막 말만 떠듬떠듬 되풀이할 뿐 아무 말도 못했어. 공주는 똑같은 말을 또 들어야 하는 것 따위에는 관심이 없었지. 사람들은 궁전에 들어서기만 하면 정신이 몽롱해지는 약이라도 먹은 것처럼 바보가 되어 버렸단다. 그러다가 다시 거리로 나오면 말짱해졌지. 성문에서 궁전까지 이어지는 길이 사람들로 장사진을 이루었어. 그걸 보려고 나도 거기에 갔었지. 궁전에서는 물 한 모금 얻을 수 없었기 때문에 사람들은 배가 고프고 목이 말랐어. 몇몇 똑똑한 사람들은 버터 바른 빵을 가져가긴 했지만 옆 사람과 나눠 먹지 않았단다. 배가 고파 기운 없어 보이는 사람은 공주가 상대도 해주지 않을 거라고 생각했기 때문이지. 그래서 자신들이 더 유리할 것이라고 생각한 거야."

"그런데 카이, 카이 말야! 카이 이야기는 언제 나오지? 그 사람들 중에 카이가 있었어?" 게르다가 참지 못하고 물었다.

"좀 기다려 봐! 이제 곧 카이 얘기가 나올 거야. 셋째 날이 되었어. 한 작은 소년이 말도, 마차도 없이 용감하게 궁전으로 걸어 들어갔지. 너처럼 눈을 반짝이며 말야. 그의 머리카락은 길고 아름다웠지만 옷차림은 초라했어."

"맞아, 카이야! 오, 이제 카이를 찾았네." 게르다가 기뻐서 손뼉을 쳤다.

"그는 등에 작은 배낭을 지고 있었어."

"아니야, 그건 틀림없이 카이의 썰매였을 거야. 카이는 썰매를 타고 사라졌거든."

"아마 그럴지도 몰라. 자세히 보진 못했으니까. 싹싹한 내 애인이 그러는데, 그는 궁전으로 들어서서 은빛 제복을 입은 호위병과 계단에 서 있는 금빛 정복을 입은 시종들을 보고도 전혀 당황하지 않았대. 그는 시종들을 보면서 '계단에 서 있는 건 따분하겠지? 안으로 들어가는 게 낫겠어' 하고 말했대. 복도는 불빛으로 휘황찬란했고 고문관과 대신들은 금그릇을 들고 맨발로 걸어다녔지. 누구라도 그런 곳에 들어가면 정숙해지게 마련이지. 그런데 그 소년은 요란하게 장화 소리를 내면서 조금도 거리낌없이 행동했어."

"틀림없이 카이야. 그는 새 장화를 신고 있었는데 할머니 방을 걸어다닐 때면 장화 소리가 요란했지."

"그래, 정말 요란했어. 그는 대담하게 공주에게 갔단다. 공주는 물레바퀴만큼이나 큰 진주 위에 앉아 있었지. 그리고 궁중의 귀부인들은 시녀들과 함께, 기사들은 하인들과 함께, 하녀들은 자기가 부리는 하녀들과 함께, 그리고 기사의 하인들은 자기가 부리는 하인들과 함께 모두 나와 있었어. 그들은 공주를 가운데 두고 빙 둘러 서 있었는데, 문 쪽에 가까이 서 있는 사람일수록 표정이 더욱더 거만해 보였지. 늘 슬리퍼를 신고 다니는 하인의 시동들은 문 옆에서 너무나도 거만하게 서 있어 감히 쳐다볼 수도 없었단다."

"정말 끔찍했겠다. 그런데 카이가 결국 공주와 결혼했니?"

"내가 까마귀만 아니었다면 공주와 결혼했을 거야. 약혼자가 있긴 하지만 말야. 그는 나처럼 말을 잘했대. 내 애인이 그랬어. 아무튼 그는 아주 대범하고 싹싹했어. 그는 공주에게 구혼하러 간 것이 아니라 공주의 지혜를 얻기 위해 간 것이었지. 그런데 공주를 보자 마음에 들었고, 공주도 그가 마음에 들었어."

"그래, 틀림없어. 그건 카이야! 카이는 분수도 암산으로 계산할 만큼 머리가 좋거든. 날 궁전으로 데려다 주지 않을래?"

"그거야 어렵진 않지만 어떻게 하면 좋을까? 싹싹한 내 애인한테 얘기해 볼게. 그녀가 좋은 방법을 일러 줄 거야. 너 같은 작은 아이가 궁전에 들어가려면 허락을 얻기가 정말 어렵단다."

"아니야, 쉽게 허락을 얻을 수 있어. 카이에게 내가 왔다고 말하면 당장 날 데려갈 거야."

"여기 울타리에서 기다리고 있어!" 까마귀가 이렇게 말하고 머리를 흔들며 날아갔다. 그리고는 저녁 늦게서야 다시 나타났다.

"까악, 까악, 내 애인이 네게 안부 전하래. 자, 빵이야. 애인이 부엌에서 가져다준 거야. 거기에는 빵이 많거든. 네가 무척 배고플 거라면서 애인이 줬어. 정문을 통해 궁전으로 들어가는 것은 불가능하대. 호위병과 하인들이 못 들어가도록 막을 테니까. 하지만 울지 마. 어떻게든 들여보내 줄게. 내 애인이 좁은 뒷계단을 알고 있는데, 그 계단은 침실로 통해 있대. 그리고 열쇠가 어디 있는지도 안대."

그렇게 해서 게르다와 까마귀는 큰 가로수 길을 지나 낙엽이 우수수 떨어져 뒹구는 정원으로 들어갔다. 그때 궁전의 등불이 하나 둘씩 꺼지기 시작했다. 까마귀는 게르다를 뒷문으로 데리고 갔다. 문은 살짝 열려 있었다. 게르다의 가슴은 두려움과 그리움으로 두근두근 뛰었다. 마치 나쁜 짓을 하고 있는 것 같았다. 그러나 게르다는 카이가 어디 있는지 알고 싶을 뿐이었다. '그래, 맑은 눈과 긴 머리카락을 가지고 있는 것으로 보아 카이가 분명해.' 장미에 둘러싸여 밝게 웃던 카이의 모습이 떠올랐다. 게르다를 보면 카이는 얼마나 반가워할까? 게르다가 자신을 찾아서 이 먼 곳까지 왔다는 것과 카이가 돌아오지 않아 가족들이 슬퍼하고 있다는 걸 알면 카이는 매우 감격해 하리라. 게르다는 카이를 만날 것을 생각하니 너무나 두렵고도 기뻤다.

게르다와 까마귀는 계단을 올라갔다. 계단 꼭대기에 있는 작은 방에서 등불이 새어나왔다. 그 방 한가운데에는 까마귀 애인이 서 있었다. 까마귀 애인은 고개를 좌우로 움직이며 게르다를 살폈다. 게르다는 할머니가 가르쳐 준 대로 고개를 숙여 인사했다.

"내 약혼자가 당신 칭찬을 많이 했어요. 당신에 관한 얘기를 듣고 매우 감동했어요. 당신이 등불을 들래요? 내가 앞장설게요. 똑바로 이 길만 따라가면 아무한테도 들키지 않을 거예요." 까마귀 애인이 게르다에게 등불을 내밀며 말했다.

그때 누군가 급히 게르다 옆을 스쳐 갔고 휘날리는 갈기와 가는 다리를 가진 말들과 사냥꾼들과 말을 탄 귀족들이 미끄러지듯 옆을 지나갔다. 그것들은 마치 벽에 비친 그림자 같았다.

"누가 우릴 따라오고 있는 것 같아요." 게르다가 몸을 사리며 말했다.

"그건 꿈일 뿐이에요. 그들은 높은 분들의 꿈을 사냥하는 곳으로 데려가려고 온 거예요."

"잘됐어요. 그들이 자고 있다면 더 안전할 테니까요. 당신들이 높은 자리에 오르면 우리에게 감사하는 마음을 잊지 말아야 해요."

"그거야 두 말 하면 잔소리지." 숲에서 온 까마귀가 말했다.

그들은 첫 번째 방으로 들어갔다. 벽은 꽃으로 수놓인 장밋빛 공단으로 도배되어 있었다. 여기서도 꿈들이 그들 옆을 휙휙 지나갔다. 그러나 너무 빨리 지나가는 바람에 게르다는 높은 사람들의 얼굴을 볼 수 없었다. 방들은 갈수록 점점 더 호화스러웠다. 누구라도 눈이 휘둥그레질 만했다.

마침내 그들은 침실에 도착했다. 천장은 값비싼 수정으로 만든 잎이 달린 커다란 야자수 같았다. 방 한가운데에는 백합과 같은 금 기둥에 매달린 두 개의 침대가 놓여 있었는데, 공주가 누워 있는 침대는 흰색이었고, 다른 하나는 빨간 색이었다. 빨간 색 침대에 누워 있는 사람이 카이인지 확인해야 했다. 게르다가 붉은 꽃잎 하나를 젖히자 갈색의 목덜미가 보였다. 오, 그는 카이가 틀림없었다. 게르다는 큰 소리로 카이를 부르며 등불을 갖다 댔다. 꿈들이 말을 타고 다시 방 안으로 들어왔다. 침대에 누워 있던 사람이 잠에서 깨어 고개를 돌렸다. 실망스럽게도 그는 목덜미가 카이와 비슷했을 뿐 카이가 아니었다. 그는 젊고 잘생긴 왕자였다. 그때 공주가 흰 백합과 같은 침대에서 고개를 내밀며 무슨 일이냐고 물었다. 그러자 게르다는 흐느끼며 지금까지 있었던 일과 까마귀와 함께 들어온 사연을 얘기했다.

"가엾기도 해라." 왕자와 공주는 이렇게 말하며 게르다를 도와준 까마귀들을 칭찬했다. 하지만 다시는 이런 일을 해서는 안 된다고 말했다. 그리고 이번만은 착한 일을 했기 때문에 까마귀들에게 상을 내리겠다고 하였다.

"자유롭게 세상을 날아다닐래, 아니면 부엌에 있는 온갖 음식을 먹을 수 있는 궁중 까마귀로 일하고 싶니?" 공주가 까마귀들에게 물었다.

두 까마귀는 절을 하고 일자리를 청했다. 나이를 생각했기 때문이다.

"늙었을 때를 대비하는 것이 좋지요." 까마귀들이 말했다.

그렇게 해서 까마귀들은 궁중 까마귀로 일하게 되었다. 이번에는 왕자가 침대에서 내려오더니 게르다에게 자기 침대에서 자라고 했다. 그것은 그가 할 수 있는 최대한의 성의의 표시였다. 게르다는 침대에 누워 두 손을 모으고 생각했다. '사람이든 동물이든 모두가 나한테 참 잘해 주네. 얼마나 고마운지 몰라.' 그러는 사이에 게르다는 스르르 눈이 감겨 달콤한 잠에 빠져들었다. 꿈들이 다시 게르다를 찾아왔다. 그들은 마치 천사와 같았다. 그 중 하나는 카이가 앉아 있는 작은 썰매를 끌고 와 인사를 했다. 하지만 그것은 모두 꿈이었고, 게르다가 깨어나자마자 사라져 버렸다.

다음날, 그들은 게르다를 머리끝에서부터 발끝까지 비단과 벨벳으로 치장해 주었다. 그리고는 며칠 동안 궁전에 머물면서 푹 쉬라고 하였다. 그러나 게르다는 마차 한 대와 장화 한 켤레만 달라고 부탁했다. 다시 세상으로 나가 카이를 찾으려는 것이었다.

그렇게 해서 게르다는 말쑥한 옷차림에 장화에 토시까지 얻어 신고 떠날 준비를 끝냈다. 순금으로 된 마차 한 대가 문 앞에 와 멈추었다. 마차에는 공주와 왕자의 문장이 별처럼 빛나고 있었다. 그리고 마부, 하인, 안내자들은 모두 머리에 금관을 쓰고 있었다. 공주와 왕자는 게르다가 마차에 오르는 것을 손수 도와주며 행운을 빌어 주었다. 이제 결혼하여 신랑이 된 숲 속 까마귀가 성 밖 3마일(5km)까지 배웅해 주기로 하였다. 까마귀는 거꾸로 마차를 타는 것이 힘들어 게르다와 나란히 앉았다. 아내 까마귀가 문 옆에 서서 날갯짓을 했다. 그 까마귀는 일자리를 얻은 후 너무 많이 먹어서 두통에 시달렸기 때문에 그들과 동행할 수 없었던 것이다. 마차에는 과자가 잔뜩 실려 있었고 의자 밑에는 과일과 생강이 든 비스킷이 가득했다.

"안녕! 잘 가!" 공주와 왕자가 외쳤다. 게르다도 울고 아내 까마귀도 울었다. 헤어지기가 너무 아쉬웠다.

게르다와 숲 속 까마귀는 마차를 타고 몇 마일을 달렸다. 이제 숲 속 까마귀와 작별할 시간이었다. 게르다와 숲 속 까마귀는 세상에서 가장 슬픈 이별을 했다. 까마귀는 나무 위로 날아가 마차가 보이지 않을 때까지 검은 날개를 퍼덕였다. 마차는 밝은 햇살을 받아 눈부시게 반짝이며 멀리 사라져 갔다.

## 다섯 번째 이야기 : 도둑의 딸

마차는 울창한 숲 속을 가로질러 힘차게 달렸다. 마차의 눈부신 황금빛이 횃불처럼 숲을 환히 비추었다. 그렇게 화려한 황금 마차를 본 도둑들이 그냥 지나칠 리가 없었다.

"금이다, 금!" 도둑들이 기뻐서 날뛰며 뛰쳐나와 말을 붙잡았다. 그리고는 기수와 마부와 하인을 때려죽이고 게르다를 마차에서 끌어냈다.

"통통하고 귀여운데. 호두를 먹고 살쪘나 봐!" 나이든 도둑의 아내가 말했다. 도둑의 아내는 까칠까칠한 수염에 눈썹이 눈까지 덮을 정도로 무성했다. "살찐 양처럼 참 맛있겠는걸!" 도둑의 아내는 이렇게 말하면서 무시무시하게 번쩍이는 칼을 꺼냈다. 그와 동시에 입에서 비명이 터져나왔다. 등에 업혀 있던 딸이 귀를 문 것이다. 딸은 거칠고 고약했다. 도둑의 아내는 욕을 퍼부어 대며 딸과 씨름하느라 게르다에게 칼을 내리칠 겨를이 없었다.

"저 아이랑 놀 거야. 토시랑 예쁜 옷이랑 줄 거야. 내 침대에서 같이 자고 싶어." 도둑의 딸이 이렇게 말하며 엄마 귀를 또 물었다. 도둑의 아내는 너무 아파서 펄쩍펄쩍 뛰었다. 그 모습을 본 도둑들이 재미있어 깔깔거렸다. "저것 좀 봐. 딸과 춤추는 꼴 좀 봐."

"마차에 탈 테야." 도둑의 딸은 고집불통이었다.

그래서 도둑의 딸과 게르다는 마차를 타고 나무 둥치와 바위를 지나 점점 깊은 숲 속으로 들어갔다. 도둑의 딸은 게르다와 키가 비슷했지만, 힘이 더 세고 어깨도 더 넓었다. 그러나 피부는 게르다보다 검었으며 늘 우울한 표정이었다.

"우릴 귀찮게 하지 않으면 널 죽이지 않을 거야. 그런데 넌 공주니?" 도둑의 딸이 게르다의 허리를 껴안으며 말했다.

"아니."

게르다는 이제까지 겪은 일과 자신이 카이를 얼마나 좋아하는지를 모두 얘기해 주었다. 도둑의 딸은 매우 진지한 표정으로 게르다를 쳐다보고는 고개를 끄덕이며 말했다. "내가 혹시 너한테 화가 나게 되더라도 저들이 널 죽이진 않을 거야. 내가 직접 널 죽이게 될 테니까." 도둑의 딸은 게르다의 눈물을 닦아주고는 자기의 두 손을 부드럽고 따뜻한 예쁜 토시 안에 집어넣었다.

마차가 조용히 멈추었다. 그곳은 도둑의 성에 있는 마당이었다. 성은 위에서부터 아래까지 금이 가 있었고 뻥 뚫린 구멍으로는 까마귀들이 날아다녔다. 그리고 금방이라도 사람을 삼켜 버릴 듯한, 사납고 큰 불독들이 여기저기서 뛰어다녔다. 그러나 짖지 못하게 되어 있었기 때문에 짖지는 않았다. 연기가 자욱한 홀 한가운데서는 불이 활활 타올랐고, 굴뚝이 따로 없어서 연기가 천장으로 치솟았다가 여기저기 틈새로 빠져나갔다. 커다란 가마솥에선 수프가 끓었고 토끼들은 꼬챙이에 꿰어져 구워졌다.

"오늘 밤엔 내 꼬마 동물들이랑 나랑 같이 자야 해." 식사를 마치자 도둑의 딸이 말했다. 그녀는 짚이 깔린 홀 구석으로 게르다를 데려갔다. 윗가지와 횃대 위에는 백 마리가 넘는 비둘기들이 앉아 있었는데, 모두 잠든 것 같았다. 두 소녀가 다가가자 비둘기들이 몸을 움츠렸다.

"저것들은 모두 내 거야." 도둑의 딸이 이렇게 말하며 가장 가까이에 있는 비둘기 발을 붙잡고 거칠게 흔들었다. 그러자 비둘기가 날개를 퍼덕였다. "입맞춰." 도둑의 딸이 이렇게 말하며 비둘기를 게르다의 얼굴에 갖다 댔다.

"저기엔 산비둘기가 앉아 있지." 도둑의 딸이 벽에 뚫린 구멍 옆에 매달린 한 무더기의 윗가지와 새장을 가리켰다. "숲 속의 악당인 저 두 녀석은 잘 가둬 놓지 않으면 날아가 버려. 그리고 이건 내가 사랑하는 오랜 친구 음매야." 도둑의 딸이 순록의 뿔을 잡아 끌어냈다. 순록은 목에 번쩍이는 구리 목걸이를 차고 있었다. "음매도 꼭 묶어 놓지 않으면 도망가 버려. 난 매일 저녁 뾰족한 칼로 음매의 목을 간지럽힌단다. 그래서 이렇게 날 무서워하지."

도둑의 딸은 벽 틈에서 긴 칼을 꺼내어 순록의 목에 대고 천천히 그어 내려갔다. 불쌍한 순록은 놀라서 발길질을 해댔다. 그러자 도둑의 딸이 깔깔대더니 게르다를 침대로 끌고 갔다.

"너, 이 칼 가지고 잘 거야?" 게르다가 두려운 표정으로 칼을 보며 도둑의 딸에게 물었다.

"난 항상 칼을 몸에 지니고 자. 언제 무슨 일이 생길지 모르잖아. 그건 그렇고, 아까 하던 카이 얘기 계속해 봐. 네가 어떻게 해서 이 넓은 세상에 나오게 됐는지 말야."

그래서 게르다는 밤늦도록 처음부터 다시 이야기를 해야 했다. 비둘기들이 모두 잠들어 조용했다. 새장에 갇힌 산비둘기들의 구구거리는 소리만이 어둡고 적막한 방 안에 울려 퍼졌다. 한쪽 팔로는 게르다의 목을 껴안고, 다른 손에는 칼을 들고 이야기를 듣던 도둑의 딸이 곧 곯아떨어져 코를 골았다. 그러나 게르다는 눈을 감을 수가 없었다. 어쩌면 이 산 속에서 죽게 될지도 몰랐다. 도둑들이 불 둘레에 빙 둘러앉아 노래를 부르며 술을 마셨고, 도둑의 아내는 비틀거리며 사방을 헤집고 다녔다. 게르다는 두려움에 떨면서 그 광경을 지켜보았다.

그때 산비둘기들이 말했다. "구구! 구구! 우린 카이를 보았단다. 하얀 닭이 그의 썰매를 끌고 갔지. 그는 눈의 여왕의 마차를 타고 있었어. 우린 그때 숲 속 보금자리에 누워 있었는데 마차가 우리 옆으로 세차게 지나가는 바람에 아기 비둘기들은 모두 죽어 버렸단다. 우리만 겨우 살아남았지. 구구! 구구!"

"뭐? 눈의 여왕은 어디로 갔지? 그걸 아니?" 게르다가 다그쳐 물었다.

"아마 라플란드로 갔을 거야. 그곳은 북유럽 끝에 있어. 항상 눈과 얼음으로 덮여 있지. 저기 줄에 묶여 있는 순록에게 물어 봐."

"맞아. 그곳은 항상 눈과 얼음으로 덮여 있어. 얼마나 멋진지 몰라. 햇살을 받아 반짝이는 넓은 얼음 평야를 마음껏 뛰어다닐 수 있단다. 눈의 여왕은 거기에 여름 별장을 가지고 있지만 성은 북극의 뾰족산이란 섬에 있지." 순록이 말했다.

"오, 카이, 카이야!" 게르다가 한숨을 쉬었다.

"좀 조용히 해. 안 그러면 칼로 찔러 버릴 테야." 자고 있던 도둑의 딸이 말했다.

아침이 되자 게르다는 도둑의 딸에게 산비둘기가 한 얘기를 모두 들려주었다. 도둑의 딸은 진지하게 듣더니 고개를 끄덕였다.

"그건 그렇고 넌 라플란드가 어디 있는지 아니?" 도둑의 딸이 순록에게 물었다.

"이 세상에서 나보다 더 잘 아는 사람은 없을걸. 난 거기서 태어나서 눈으로 덮인 평야를 뛰어다니며 자랐으니까." 순록이 눈을 반짝이며 말했다.

"잘 들어. 지금 남자들이 모두 밖에 나가고 없어. 집엔 엄마뿐이야. 하지만 엄마는 한낮이 되면 거나하게 취해서 한잠 잘 테니까, 그때 내가 어떻게 해볼게." 그리고 나서 도둑의 딸은 침대에서 뛰어내려 와 엄마 목을 끌어안고 수염을 잡아당기면서 말했다. "엄마, 잘 잤어?"

그러자 엄마는 딸의 코 끝을 손가락으로 퉁겼다. 그건 애정의 표시였다.

엄마가 술병을 비우고 곯아떨어지자 도둑의 딸이 순록에게 가서 말했다. "난 날카로운 칼로 널 간지럽히는 게 즐거워. 무서워하는 네 모습이 아주 재미있거든. 하지만 그런 재미가 없어져도 괜찮아. 널 풀어 줄 테니까 라플란드로 가. 네 튼튼한 다리로 이 애를 눈의 여왕이 있는 성으로 데려다 줘. 이 애의 친구가 있는 곳으로 말야. 이 애가 내게 하는 얘기를 다 들었지?"

순록은 기뻐서 펄쩍 뛰었다. 도둑의 딸은 게르다를 순록의 등에 태우고 단단히 묶었다. 그리고는 깔고 앉을 방석까지 주었다.

"추워질 테니까 털장화를 가져가. 하지만 토시는 내가 가질게. 예쁘니까. 대신 엄마 것 벙어리 장갑을 줄게. 네 팔꿈치까지 덮으니까 춥지 않을 거야. 자, 끼워 봐. 그걸 끼니까 꼭 못생긴 우리 엄마 손 같네."

게르다는 너무 기뻐서 눈물을 흘렸다.

"네가 울면 나도 속상해. 자, 이제 기쁜 얼굴을 해 봐. 빵 두 쪽하고 햄이야. 이거면 충분할 거야." 도둑의 딸이 음식을 순록의 등에 동여매고 대문을 열었다.

그리고 불독들을 구슬려 안으로 들여보내고 날카로운 칼로 순록이 묶여 있던 줄을 끊어주고는 말했다. "자, 달려! 하지만 내 친구가 떨어지지 않도록 조심해서 달려야 해."

게르다는 커다란 벙어리 장갑을 낀 손을 도둑의 딸에게 내밀며 작별 인사를 했다. 순록은 나무 둥치와 바위를 넘고 거대한 숲을 지나 늪과 평야를 힘차게 달렸다. 늑대들이 울부짖었고 까마귀 떼가 까악거렸으며, 하늘에서는 불꽃 같은 붉은 빛이 번쩍였다.

"저건 내 오랜 친구인 북극광이야. 얼마나 멋지게 빛나는지 봐." 순록이 말했다.

순록은 밤낮을 쉬지 않고 더욱더 빨리 달렸다. 그러나 그들이 라플란드에 닿을 무렵에는 빵과 햄이 다 떨어지고 말았다.

## 여섯 번째 이야기 : 라플란드 노파와 핀란드 여자

그들은 아주 초라하고 작은 오두막 앞에 멈추었다. 지붕은 땅까지 내려앉아 있었고 문은 아주 낮아서 드나들 때 기다시피 해야 했다. 집에는 라플란드 노파 외에는 아무도 없었다. 노파는 고래 기름 불빛 아래서 생선 요리를 하고 있었다. 순록이 노파에게 자기 소개를 한 다음에 게르다 얘기를 하였다. 순록에게는 자기 얘기가 훨씬 더 중요한 모양이었다. 그러나 게르다는 추위에 얼어붙어서 말을 할 수가 없었다.

"아이, 가엾기도 해라. 하지만 아직도 갈 길이 멀단다. 눈의 여왕이 살고 있는 핀란드까지 가려면 앞으로도 백 마일(160km)은 더 가야 하지. 눈의 여왕은 그곳에서 저녁마다 불꽃놀이를 한단다. 여긴 종이가 없으니까 마른 대구에 몇 자 적어 줄게. 그걸 핀란드 여자에게 갖다 보여주렴. 그럼 그 여자가 자세히 알려 줄 거야." 노파가 말했다.

게르다가 음식을 먹으면서 몸을 녹일 동안, 라플란드 노파는 마른 대구에 몇 자 적어 주며 잘 간직하라고 일렀다. 그리고는 게르다를 다시 순록 위에 단단히 묶어 주었다.

순록은 아름다운 북극광이 반짝이는 하늘을 배경으로 전속력을 내어 밤새 달렸다. 이윽고 핀란드에 도착한 그들은 핀란드 여자의 오두막으로 가서 굴뚝에 노크했다. 문이 따로 없었기 때문이다. 집안이 너무 더워서 벌거벗다시피 한 핀란드 여자가 밖으로 나와 그들을 맞았다. 핀란드 여자는 작고 더러웠다. 그들이 기어서 오두막 안으로 들어가자 여자가 게르다의 옷을 벗기고 장갑과 장화도 벗으라고 했다. 그대로 있다가는 너무 더워서 기절할 지경이었다. 여자는 순록의 머리 위에 얼음 한 조각 올려 주고 대구에 쓰인 글을 읽었다. 세 번이나 읽어 내용을 모두 외운 여자는 대구를 수프 냄비에 집어넣었다. 먹을 수 있는 것이면 무엇이든 낭비하는 법이 없었던 것이다. 순록은 자기 소개를 먼저 하고 나서 게르다 이야기를 했다. 그러나 핀란드 여자는 초롱초롱한 눈만 깜박일 뿐 아무 말이 없었다.

"당신은 영리하니까 세상의 모든 바람을 실로 묶을 수 있잖아요. 선원이 매듭 하나를 풀면 순풍이 불고, 두 번째 매듭을 풀면 거센 바람이 불지요. 하지만 세 번째 매듭과 네 번째 매듭을 풀면 폭풍이 불어닥쳐 숲에 있는 모든 나무가 뿌리째 뽑히게 돼요. 이 소녀에게 남자 12명을 합친 것만한 힘을 주어서 눈의 여왕을 이길 수 있게 해 주지 않을래요?" 순록이 말했다.

"남자 12명을 합친 힘이라구? 그걸로는 소용이 없을걸." 핀란드 여자는 이렇게 말하고 선반으로 가서 커다란 두루마리 가죽을 가져와 펼쳤다. 거기에는 멋진 글자들이 적혀 있었다. 여자는 그들을 거들떠보지도 않고 이마에 땀을 뻘뻘 흘리면서 열심히 글을 읽었다. 순록은 게르다를 위해 다시 간청했다. 게르다의 애원하는 눈빛을 보자 핀란드 여자가 다시 눈을 깜빡였다. 그리고는 순록을 한쪽 구석으로 데려가 머리 위에 시원한 얼음 한 조각을 더 얹어 주면서 소곤거렸다. "카이가 눈의 여왕과 함께 있다는 건 사실이야. 그 애는 거기서 행복하게 살고 있어. 마음에 드는 것은 무엇이나 다 갖고 있단다. 그래서 그곳이 낙원이라고 믿고 있지. 하지만 그건 그 애의 가슴과 눈에 깨진 거울 조각이 박혀 있기 때문이야. 우선 그 조각들을 꺼내야 해. 그렇지 않으면 다시는 사람이 될 수 없어. 계속 눈의 여왕의 지배를 받게 되지."

"눈의 여왕을 이길 수 있는 힘을 게르다에게 줄 순 없나요?"

"게르다가 지니고 있는 것보다 더 큰 힘을 줄 수는 없단다. 게르다의 힘이 얼마나 큰 지 모르겠니? 사람들이며 짐승들 할 것 없이 모두가 게르다를 도와주었지. 맨발로 이 세상을 잘 헤쳐 나가고 있는 게르다를 봐. 내가 도울 수 있는 건 없어. 게르다가 가진 힘이 그 어떤 힘보다도 더 크니까. 그 힘은 게르다의 가슴속에 있단다. 맑고 순수한 마음속에 말야. 게르다가 직접 눈의 여왕에게 가서 카이의 가슴과 눈에 박힌 거울 파편을 빼낼 수밖에 없어. 우리가 도울 수 있는 건 없지. 여기서 2마일 떨어진 곳부터는 눈의 여왕의 정원이란다. 저 애를 빨간 딸기가 주렁주렁 열린 눈밭의 커다란 관목 옆에 데려다 주고 수다떨 생각 말고 얼른 오렴!"

핀란드 여자가 게르다를 순록 위에 태우자, 순록은 전속력으로 달리기 시작했다. 살을 에는 듯한 추위가 살갗을 파고들었다. 게르다는 그때서야 장화와 장갑을 가져오지 않은 것이 생각났다.

"어머나, 장화랑 벙어리 장갑을 놓고 왔네."

하지만 순록은 멈출 생각을 않고 계속 달렸다. 얼마 후 그들은 빨간 딸기가 열린 관목이 있는 곳에 다다랐다. 순록은 게르다를 내려놓고 입을 맞추었다. 순록의 뺨 위로 커다란 눈물 방울이 흘러내렸다. 순록은 게르다를 뒤로 하고 재빨리 그곳을 떠났다.

　가엾은 게르다는 신발도 장갑도 없이 얼음으로 뒤덮인 춥고 황량한 핀란드 한복판에 혼자 남겨졌다. 게르다는 있는 힘을 다해 앞으로 달렸다. 커다란 눈송이들이 게르다 주위로 쏟아져 내렸다. 그러나 하늘이 아주 맑고 북극광이 빛나고 있는 것으로 보아 눈은 하늘에서 내리는 것이 아니었다. 눈은 바로 땅 위에서 휘몰아치고 있었다. 게르다가 다가갈수록 눈송이가 점점 더 커졌다. 게르다는 확대경을 통해서 본 눈송이가 얼마나 크고 아름다웠는지를 잊지 않고 있었다. 하지만 이 눈송이들은 그것들보다 훨씬 더 컸으며 무시무시했다.

　괴상하게 생긴 이 눈송이들은 눈의 여왕의 호위병들이었으며 살아서 꿈틀거리고 있었다. 그 중에는 못생긴 멧돼지처럼 생긴 것이 있는가 하면, 몸을 꼬고 앉아 머리를 틀어 올리는 뱀의 무리처럼 생긴 것도 있었다. 또 털을 빳빳이 세운 뚱뚱하고 작은 곰처럼 보이는 것도 있었다. 그러나 모두가 한결같이 눈부시게 하고 살아 있었다.

　게르다는 주기도문을 외우고 또 외웠다. 너무나 추워서 말을 할 때마다 입김이 연기처럼 모락모락 새어나왔다. 입김은 점점 커져 땅에 닿더니 작은 천사의 모습이 되었다. 천사들은 모두 투구를 쓰고, 창과 방패를 가지고 있었다. 천사의 수는 점점 늘어나 게르다가 기도를 마쳤을 때는 게르다를 에워싼 천사들이 한 군단을 이룰 정도였다. 천사들이 무시무시하게 큰 눈송이들을 창으로 찌르자 눈송이들은 부르르 떨며 수백 개로 조각이 되어 땅에 떨어졌다. 게르다는 이제 용감하게 앞으로 나아갔다. 천사들이 게르다의 손과 발을 어루만져 주어 추위가 덜했다. 게르다는 눈의 여왕의 성을 향해 걸음을 재촉했다.

　그럼 카이는 어떻게 지내고 있었을까? 카이는 게르다를 잊고 지냈다. 그리고 바로 성 밖에 게르다가 있다는 것을 상상도 못했다.

### 일곱 번째 이야기 : 눈의 여왕의 성과 그곳에서 일어난 일

　눈의 여왕이 살고 있는 성의 성벽은 휘몰아치는 눈으로 되어 있었고, 창문과 대문은 살을 에는 듯한 바람으로 되어 있었다. 성에는 수백 개가 넘는 방이 있었는데, 모두 눈으로 되어 있었으며 제일 큰 방은 몇 마일씩이나 길게 뻗어 있었다. 그리고 북극광으로 조명이 되어 있는 방들은 휑 하니 텅텅 비어 있어 몹시 춥고 눈부셨다. 폭풍을 음악 삼아 곰들이 뒷발로 서서 춤을 추는 장기 자랑을 할 수도 있었으련만, 그곳에는 오락 같은 것이 전혀 없었다. 불붙은 브랜디 접시 속에서 건포도를 꺼내 먹는 놀이라든지 여우 아가씨가 차를 마시며 노닥거리는 일조차도 없었다. 하나같이 웅장한 눈의 여왕의 방들은 휑 하니 비어 있어 쓸쓸하고 추웠다. 깜빡이는 북극광은 하늘 높이 떠 있든 낮게 떠 있든 간에 성 어디서나 볼 수 있었다.

눈으로 만들어진 끝없이 이어진 홀 한가운데에는 꽁꽁 얼어붙은 호수가 하나 있었는데, 수면이 수천 개로 금이 가 있었다. 각 얼음 조각들은 모두 모양이 같아 예술 작품 같았으며 눈의 여왕이 집에 머물 때면 호수의 한가운데에 앉아 쉬곤 했다. 여왕은 그 호수를 '이성의 거울'이라고 불렀으며 세상에 하나밖에 없는 가장 훌륭한 거울이라고 생각했다.

카이는 멍이 든 것처럼 추위로 온몸이 검푸르게 변해 있었다. 하지만 그걸 느끼지 못했다. 눈의 여왕이 카이에게 입맞춤을 하여 추위를 몰아냈고 카이의 심장은 이미 얼음 덩어리로 차갑게 변해 있었기 때문이다. 카이는 뭘 만들려는 것처럼 날카로운 얼음 조각을 열심히 이리저리 맞추었다. 그것은 우리가 나무토막으로 여러 가지 모양을 만드는 놀이와 같았다. 카이의 손가락은 예술 감각이 매우 뛰어났다. 카이가 하고 있는 놀이는 차가운 이성이었다. 카이의 눈에는 자신이 만든 모양이 매우 훌륭하고 대단한 것으로 보였다. 그의 눈에 아직도 거울 파편이 박혀 있었기 때문이다. 카이는 얼음 조각들을 짜 맞추어 여러 가지 글자를 만들었지만, 아무리 애써도 만들어지지 않는 글자가 있었다. 그것은 바로 '영원'이라는 글자였다.

눈의 여왕은 카이에게 이렇게 말했었다. "그 글자를 맞춘다면 넌 네 자신의 주인이 되지. 그럼 네게 이 세상 전부를 선물하고, 새 스케이트도 주겠어."

하지만 어떻게 된 일인지 아무리 애를 써도 소용이 없었다.

"난 곧 따뜻한 나라로 갈 거야. 가서 에트나와 베수비오라는 활화산 꼭대기에 있는 검은 분화구를 살펴봐야겠어. 그 분화구들을 하얗게 만들어 놔야 해. 그게 레몬과 포도에 좋으니까." 눈의 여왕은 이렇게 말하고 훌쩍 떠나 버렸다. 거대한 홀에 카이만 덜렁 남겨 둔 채. 카이는 얼음 조각을 바라보며 혼자 앉아서 곰곰이 생각했다. 꼼짝 않고 앉아 있는 카이의 모습은 얼어붙은 것처럼 보였다.

여왕은 그 호수를 '이성의 거울'이라고 불렀으며
세상에 하나밖에 없는 가장 훌륭한 거울이라고 생각했다.

바로 그 시간에 게르다는 거대한 성문을 통과했다. 살을 에는 듯한 차가운 바람이 아우성쳤으나 게르다는 기도에만 열중했다. 그러자 바람이 잠을 자듯 잦아들었다. 걸음을 재촉하여 거대한 홀에 이르렀을 때 카이가 보였다. 게르다는 곧장 카이에게 달려들어 목을 껴안고 외쳤다. "카이야, 카이야! 보고 싶었어. 드디어 널 찾았구나."

그러나 카이는 꼼짝도 않고 뻣뻣하게 앉아만 있었다. 게르다는 그만 울음을 터뜨리고 말았다. 뜨거운 눈물이 카이의 가슴에 떨어져 심장으로 파고들었다. 눈물은 얼음 덩어리를 녹였고 얼음과 함께 작은 거울 파편도 씻겨 내렸다. 카이는 꿈에서 깨어난 듯 게르다를 바라보았다. 그러자 게르다가 노래를 부르기 시작했다.


"장미는 피었다 지네.
하지만 우리는 아기 예수를 보게 되리라!"


이번에는 카이가 울음을 터뜨렸다. 그리하여 눈에 박혀 있던 거울 파편이 씻겨 내려갔다. 게르다를 알아본 카이는 반가워서 어쩔 줄을 몰랐다.

"게르다, 얼마나 보고 싶었는지 알아? 그동안 어디 있었어? 여긴 어디지? 여긴 너무 춥고 쓸쓸해." 카이가 주위를 둘러보았다.

카이는 게르다에게 꼭 매달렸다. 게르다는 너무 기뻐서 웃다가 또 눈물을 흘렸다. 두 사람이 만나는 것을 본 얼음 조각들은 즐거워서 춤을 추었다. 신나게 춤을 추던 얼음들이 지쳐서 주저앉자 글자 모양이 되었다. 바로 눈의 여왕이 알아맞히면 온 세상과 새 스케이트를 주겠다고 약속했던 '영원'이란 글자였다. 게르다가 카이의 뺨에 입을 맞추자 뺨이 다시 발그레해지고, 눈에 입을 맞추자 눈이 별처럼 영롱하게 빛났다. 게르다는 카이의 손과 발에도 입을 맞추었다. 그러자 카이가 예전처럼 건강하고 씩씩해졌다.

이제 눈의 여왕이 돌아와도 두렵지 않았다. 카이가 자유의 몸이 되었다는 것을 증명하는 반짝이는 얼음 조각으로 된 글자가 있었기 때문이다.

게르다와 카이는 손을 잡고 거대한 성을 빠져나왔다. 그들은 할머니와 지붕 위에 핀 장미꽃에 대해 이야기하며 걸었다. 그들이 지나갈 때면 바람이 잠잠해지고 해님이 고개를 내밀었다. 빨간 딸기가 열린 관목 숲에 도착하자 순록이 어린 순록들과 함께 기다리고 있었다. 순록은 통통한 가슴을 내밀어 아기 순록들에게 따뜻한 젖을 주며 입을 맞추었다. 그리고는 카이와 게르다를 먼저 핀란드 여자의 집으로 데려갔다. 두 사람이 따뜻한 방에서 몸을 녹이는 동안 핀란드 여자는 고향으로 가는 길을 가르쳐 주었다. 두 사람은 그곳을 나와 곧 라플란드 노파의 집으로 갔다. 그녀는 카이와 게르다에게 새옷을 지어 주고 썰매도 고쳐 주었다.

순록들은 썰매 옆에서 달리면서 국경까지 따라왔다. 국경에는 그 해에 처음으로 푸른 잎이 돋아나고 있었다. 그들은 그곳에서 아쉬운 작별 인사를 했다.

"안녕, 잘 있어!"

푸른 잎이 울창한 숲 속에서 새들이 지저귀었다. 그때 숲 속에서 아름다운 말이 나타났다. 황금 마차를 끌던 바로 그 말이었다. 말 위에는 빨간 모자를 쓰고 허리에 총을 찬 도둑의 딸이 앉아 있었다. 그녀는 집에 있는 것이 따분해서 재미있는 일을 찾아 북쪽으로 여행하던 길이었다. 도둑의 딸은 게르다를 단번에 알아보았으며, 게르다도 그녀를 알아보았다. 뜻밖에도 그런 곳에서 만나게 된 두 사람은 반가워서 어쩔 줄을 몰랐다.

"이렇게 돌아다닐 수 있다니 정말 잘됐구나. 게르다가 널 찾아 온 세상을 뒤졌는데, 그만한 가치가 있는 아이인지 한번 봐야겠어." 도둑의 딸이 카이에게 말했다.

그러나 게르다는 도둑의 딸의 볼을 토닥거리며 공주와 왕자 소식을 물었다.

"그들은 외국으로 갔어."

"그럼 까마귀는?"

"까마귀는 죽었어. 궁전 까마귀는 이제 과부가 됐지. 다리에 검은 털실을 매고 다닌단다. 그 까마귀는 딱하게도 슬픔에서 헤어나지 못하고 누워 있어. 그건 그렇고 카이를 어떻게 데려왔는지 말해 봐."

게르다와 카이는 지금까지의 일을 모두 얘기해 주었다.

"와, 결국 다 잘됐구나!" 도둑의 딸은 이렇게 말하고 게르다와 카이의 손을 잡고 약속했다. 언젠가 도회지에 가게 되면 꼭 그들을 찾아가겠노라고. 그리고 나서 도둑의 딸은 말을 타고 북쪽으로 여행을 떠났다.

게르다와 카이는 손을 잡고 고향을 향해 계속 걸었다. 신록과 아름다운 꽃으로 단장한 봄이 더없이 아름다워 보였다. 곧이어 교회 뾰족탑이 보이고 종소리가 들렸다. 두 사람이 살던 바로 그 도시였다. 두 사람은 계단을 뛰어올라 할머니 방으로 갔다. 모든 것이 예전과 똑같았다. 시계는 똑딱똑딱 소리를 내며 돌아가고 있었고 시계 바늘은 시간을 가리키고 있었다. 그러나 문을 들어서는 순간 두 사람은 이제 자신들이 어른이 되어 있음을 깨달았다. 그들은 어느덧 아름다운 숙녀와 의젓한 청년이 된 것이다.

처마 홈에 놓인 장미가 활짝 피어 창문 틈새로 방 안을 들여다보았고 예전처럼 의자가 그 자리에 놓여 있었다. 카이와 게르다는 의자에 앉아서 서로 손을 꼭 잡았다. 눈의 여왕이 살던 성에서 경험했던 추위와 황량함이 악몽처럼 기억에서 사라졌다. 할머니가 햇볕을 쬐며 앉아서 성경 구절을 큰 소리로 읽었다. "너희가 어린아이들과 같이 되지 아니하면 결단코 천국에 들어가지 못하리라."

카이와 게르다가 서로 마주보았다. 두 사람은 이제 옛 노래의 의미를 이해하였다.

"장미는 피었다 지네.
하지만 우리는 아기 예수를 보게 되리라!"

이제 두 사람은 어른이 되어 거기에 앉아 있었지만 마음은 여전히 어린아이처럼 순수했다. 어느새 무더운 여름이 성큼 다가와 있었다. 찬란하게 아름다운 여름이!

# 30
## 딱총나무 엄마

옛날에 한 소년이 있었는데 그만 감기에 걸리고 말았다. 밖에 나갔다가 발이 축축하게 젖어 돌아왔던 것이다. 날씨가 화창한데 도대체 어디서 그렇게 발이 젖었는지 알 수 없었다. 소년의 어머니는 소년의 옷을 벗기고 침대에 눕혔다. 그리고 딱총나무 차를 끓이려고 찻주전자를 꺼냈다. 감기를 치료하는 데는 딱총나무 차가 좋았기 때문이다. 바로 그때 꼭대기 층에 사는 쾌활한 할아버지가 방으로 들어섰다. 아내도 자식도 없이 혼자 사는 할아버지였다. 그는 아이들을 무척 좋아했고 재미있는 동화와 옛날 이야기도 많이 알고 있었다.

"자, 착하지. 이 차를 마시렴. 그럼, 할아버지가 이야기를 해 주실지도 모르지." 소년의 어머니가 말했다.

"내가 아는 얘기는 다 해 주었을걸. 그런데 어딜 갔다 왔기에 발이 이렇게 축축하지?" 할아버지가 물었다.

"글쎄 말예요. 알 수 없다니까요." 어머니가 고개를 저으며 말했다.

"이야기해 주실 거죠?" 소년이 물었다.

"해 주지. 네 학교 옆으로 난 도랑이 얼마나 깊은지 말해 주면 말야. 그게 알고 싶거든."

"제일 깊은 곳은 장화 목 가운데까지 와요." 소년이 대답했다.

"어디서 발이 그렇게 젖었는지 알겠군. 이제 얘기를 해주지. 하지만 이미 다 해 주어서 해 줄 이야기가 없으니 어떡하지?"

"지어서 얘기하면 되잖아요. 엄마가 그러는데 할아버지가 손을 대는 것은 무엇이든 동화가 된대요."

"하지만 그런 이야기는 별로 쓸모가 없단다. 저절로 머리에 떠오르는 것들이 진짜 이야기지. 진짜 이야기들은 내 이마를 때리며 '나예요. 머릿속으로 들어가게 해줘요.' 하고 말한다."

"그런 이야기가 이마를 곧 때리지 않을까요?" 소년이 물었다. 소년의 어머니는 미소를 지으며 딱총나무 차를 찻주전자에 넣고 끓는 물을 부었다.

"얘기 해줘요, 어서요!" 소년이 졸라댔다.

"동화는 자기가 원할 때만 나타난단다. 동화와 옛날 얘기는 태생이 고귀해서 누구 말도 듣지 않거든. 임금님이 말해도 듣지 않지. 가만!" 할아버지가 갑자기 큰 소리로 말하더니 집게손가락을 들었다. "저기 있다! 잘 봐라. 저기 찻주전자 속에 있구나."

소년이 찻주전자를 보았다. 주전자 뚜껑이 천천히 위로 솟구치더니 싱싱한 딱총나무 가지가 나오고 거기에서 하얀 꽃송이들이 나왔다. 이번에는 주전자 주둥이에서도 나왔다. 가지는 점점 더 커져서 커다란 딱총나무가 되어 소년의 침대까지 가지를 뻗고 커튼을 옆으로 밀쳐 버렸다. 참으로 멋진 나무였으며 향기 또한 그윽했다.

나무 한가운데에는 할머니가 앉아 있었다. 할머니는 딱총나무 잎처럼 푸른색에 하얀 딱총나무 꽃무늬가 있는 옷을 입고 있었다. 할머니의 옷이 천으로 만든 것인지 아니면 진짜 꽃과 나뭇잎으로 만든 것인지 구분하기 힘들었다. 할머니가 다정한 미소를 지으며 소년을 내려다보았다.

"저 할머닌 누구예요?" 소년이 물었다.

"그리스와 로마 사람들은 나무 요정 드리아스라고 불렀단다. 저 아래 '새 오두막'에 말이다. 삼백 년이나 되었으니까 새 오두막은 아니지. 아무튼 그곳에 사는 늙은 어부들은 딱총나무 엄마라고 부르지. 자, 잘 봐라. 저 멋진 딱총나무를 말야. 그럼 내가 얘기를 해 줄 테니까." 할아버지가 이렇게 말하고 이야기를 시작했다.

"바로 '새 오두막집'에서 일어난 일이지. 아주 작은 어느 오두막집에 작은 마당이 있었단다. 늙은 선원들은 그곳을 자기네 정원이라 불렀지. 바로 그 정원에 아름다운 딱총나무 한 그루가 자라고 있었단다. 네가 보고 있는 저것과 같은 나무였지. 햇볕이 따사로운 어느 오후, 늙은 부부가 그 나무 그늘에 앉아 있었지. 은퇴한 늙은 선원과 아주 나이 많은 그의 아내였어. 그들은 나이가 들어서 증조 할머니와 증조 할아버지가 되어 있었단다. 그리고 결혼한 지 오십 년이 되는 금혼식을 앞두고 있었지. 그런데 가엾게도 그들은 날짜를 기억하지 못했단다. 딱총나무 엄마는 나무에 앉아 매우 즐거운 표정으로 이렇게 말했지. '난 언제가 금혼식인지 알지.'

하지만 늙은 부부는 듣지 못했단다. 그들은 젊었을 때 이야기를 하는데 정신이 팔려 있었으니까.

'아직도 기억나오? 우리가 어렸을 때 이 마당에서 놀던 때가 말이오? 정원을 만든다고 작은 나뭇가지들을 땅에 심었었지.' 늙은 선원이 말했단다.

'기억나구 말구요. 우리는 나뭇가지에 물을 주었죠. 그 중 하나가 바로 딱총나무 가지였는데, 그것이 뿌리를 내려 자라기 시작했어요. 그 가지가 이제는 큰 나무가 되어서 우리 두 늙은이가 이렇게 그늘에 앉아 쉴 수 있게 되었어요.' 선원의 아내가 말했지.

'그랬지. 저기 마당 구석에는 물이 가득 담긴 오래된 물통이 있었잖소. 그 물통은 내가 만든 배가 떠다니는 바다였지. 내가 칼로 직접 조각한 배가 말이오. 하지만 머지 않아 난 진짜 배에 타게 되었지. 그렇지 않소?'

'맞아요. 하지만 그 전에 우리는 학교에 들어갔어요. 그리고 견신례를 받던 날 우린 둘 다 교회에서 울었어요. 그날 오후에 우리는 손을 잡고 원형 탑 꼭대기에 올라가서 넓은 세상을 내려다보았지요. 그 다음에 우리는 프레데릭스베르크에 있는 로열 가든까지 걸어갔다가 거기에서 왕과 왕비를 보았어요. 그들은 멋진 보트를 타고 운하를 지나고 있었지요.'

'그렇지만 나는 그보다 더 험한 항해를 했었지. 내가 얼마나 오랫동안 떠나 있었는지 기억나오? 몇 달이 아니라 몇 년 동안 당신과 떨어져 있었잖소.'

'그래요. 난 당신을 생각하며 날마다 울었지요.' 이렇게 말하며 선원의 아내가 미소를 지었지. '당신이 죽은 줄만 알았거든요. 다시는 보지 못할 줄 알았어요. 당신이 물에 빠져 어두운 바다 속에 누워 있는 모습을 상상했어요. 혹시 바람이 바뀌지 않을까 해서 풍향계를 바라보며 수많은 밤을 뜬눈으로 지새웠지요. 하지만 바람의 방향이 바뀔 때도 당신은 돌아오지 않았어요. 아직도 그때가 생생하게 기억나요. 비가 억수같이 쏟아지는 어느 날이었어요. 쓰레기 치우는 마차 소리가 들려서 부엌에서 쓰레기통을 들고 뛰어나왔지요. 그때는 어느 집 하녀로 일하고 있을 때였으니까요. 문 앞에 서서 잠시 쏟아지는 비를 바라보고 있는데 우체부가 와서 편지를 전해 주었어요. 당신한테 온 편지였지요. 나는 얼른 봉투를 찢고 편지를 읽어 내려갔어요. 너무 행복해서 웃다가 울다가 했지요. 편지에는 당신이 커피나무가 자라는 따뜻한 나라에 있다고 쓰여 있었어요. 편지를 읽으면서 나는 그곳이 얼마나 아름다울까 생각했어요. 당신이 그곳 광경을 너무도 생생하게 설명해서 마치 그곳에 가 있는 착각이 들 정도였지요. 비는 여전히 장대같이 쏟아졌고 나는 편지를 읽고 나서도 손에 쓰레기통을 든 채 서 있었지요. 그때 갑자기 누군가 내 허리를 껴안았어요.'

'그랬지. 그때 당신은 온 동네 사람이 다 들을 정도로 내 따귀를 세게 때렸지.'

'어떻게 당신인 줄 알았겠어요? 당신이 보낸 편지를 읽고 있는데 당신이 그처럼 빨리 나타나리라고는 상상도 못했지요. 오, 그때 당신은 참 멋졌어요. 지금도 그렇지만 말예요. 당신은 윗주머니에 길고 노란 비단 수건을 늘어뜨리고 번쩍거리는 모자를 쓰고 있었지요. 얼마나 멋졌는지 몰라요. 그때 비가 너무 많이 쏟아져 거리가 강을 이루었지요.'

'그리고 나서 우린 결혼했지. 기억나오? 그 후 우리는 아이들을 가졌지. 첫 번째는 사내아이였고, 그 다음에는 마리, 닐스, 페터, 한스 크리스티안이었소.'

'그 애들 모두가 잘 자라 주었어요. 누구에게나 사랑 받고 존경받는 어른이 되었지요.'

'그리고 그 애들의 애들이 다시 애들을 낳았지. 우리에겐 이제 개구쟁이 증손자들이 있소. 우리가 결혼한 게 아마 이맘때쯤이었지?'

'맞아요. 오늘이 바로 당신들의 금혼식 날이에요.' 딱총나무 엄마가 이렇게 말하며 두 노인 사이로 머리를 디밀었지. 그런데 노부부는 이웃집 여자가 울타리 너머로 고개를 내민 거라고 생각했단다. 그들은 서로 얼굴을 쳐다보며 손을 잡았지. 잠시 후에 자식들과 손자들이 축하해 주러 왔어. 그들은 그날이 금혼식 날이란 걸 알고서 전날 집에 와 있었거든. 하지만 노부부는 옛날 추억에 빠져들어 그들이 와 있다는 걸 깜빡 잊었던 거야.

딱총나무는 진한 향기를 내뿜었고 이제 막 지려고 하는 해님은 두 사람의 볼을 발그스름하게 물들였지. 제일 어린 손자가 두 사람 주위를 돌며 춤을 추면서 신이 나서 외쳤단다. '오늘 밤에 잔치가 있어서 구운 감자를 먹을 수 있대요.' 하고 말야. 구운 감자는 그 아이가 제일 좋아하는 음식이었거든.

늙은 딱총나무 엄마도 고개를 끄덕이며 다른 사람들과 함께 '야호' 하고 소리 쳤단다."

"하지만 그건 동화가 아니잖아요." 이야기를 듣고 있던 소년이 투덜댔다.

"그건 네 생각이지. 딱총나무 엄마한테 물어보자꾸나." 이야기를 해준 노인이 상냥하게 말했다.

"아이 말이 옳아요. 그건 동화가 아니에요. 하지만 이제 동화가 나올 거야. 멋진 동화는 바로 생활에서 생겨나거든. 그렇지 않다면 찻주전자에서 딱총나무가 자라지 못했을걸." 딱총나무 엄마가 말했다.

딱총나무 엄마는 소년을 번쩍 들어올려 품에 안았다. 꽃이 핀 가지들이 그들을 둘러쌌다. 이제 그들은 정자에 있었으며 정자는 그들을 싣고 하늘을 날았다.

소년은 기분이 참으로 짜릿했다. 그때 갑자기 딱총나무 엄마가 어린 소녀로 변했다. 소녀는 여전히 딱총나무 엄마가 입었던 하얀 딱총나무 꽃무늬가 있는 녹색 옷을 입고 있었지만 가슴에는 진짜 꽃을 달고 있었고 곱슬거리는 금발 위에는 딱총나무 꽃으로 만든 화환을 쓰고 있었다. 소년과 소녀는 입을 맞추었다. 그들은 이제 같은 또래였고 둘 다 똑같은 기쁨에 취해 있었다. 그들은 손을 잡고 정자에서 나왔다. 그들은 어느새 소년의 아버지 집 정원에 와 있었다. 푸른 잔디밭 말뚝에는 소년의 아버지가 가지고 다니는 지팡이가 매여 있었다. 그들이 지팡이에 올라타자 지팡이에 머리와 매끈한 검은 갈기가 생겨나 말이 되었다.

"이제 멀리 달리는 거야! 작년에 갔던 성까지 가 보자구!" 소년이 소리쳤다.

그들은 정원을 몇 바퀴 달렸다. 이 소녀는 바로 딱총나무 엄마였다.

"이제 시골에 다 왔어. 저기 봐, 농부의 집이 보이지? 저기 커다란 달걀처럼 튀어나온 벽이 보여? 저건 빵을 굽는 오븐이야. 그 옆에 있는 딱총나무 그늘에 벌레를 찾으려고 땅을 파헤치고 있는 암탉들이 있어. 저 수탉 좀 봐. 뽐내는 꼴 좀 보라구! 이제 우린 교회를 지나가고 있어. 언덕 위에 지어진 교회 말야. 교회 옆에는 오래된 떡갈나무 두 그루가 서 있는데, 한 그루는 시들었어. 여긴 대장간이야. 빨간 불이 타오르지? 저 남자는 웃통을 벗고 있네. 망치를 두들길 때 생기는 저 근육 좀 봐. 불꽃이 사방으로 튀네. 어서 성으로 가자!" 소녀가 소년에게 말했다.

지팡이 뒤쪽에 앉은 소녀가 말하는 것들이 소년의 눈에 그대로 비쳤다. 잔디밭을 달리고 있을 뿐인데도 말이다. 얼마 후 그들은 자갈길에 그들만의 작은 정원을 만들었다. 소녀가 자기 화환에서 딱총나무 꽃을 뽑아서 땅에 심었다. 그러자 그 꽃들은 늙은 선원 부부가 심은 나뭇가지처럼 쑥쑥 자라 커다란 나무가 되었다. 소년과 소녀는 손을 잡고 걸었다. 선원 부부가 어렸을 때 그랬던 것처럼. 그러나 그들은 둥근 탑이나 프레데릭스베르크에 있는 로열 가든에는 가지 않았다. 소녀는 소년의 허리를 껴안고 덴마크 위를 날아갔다.

봄이 지나 여름이 되고 곧이어 가을이 찾아왔다. 그리고 얼마 후 하얀 눈이 온 세상을 뒤덮었다. 소녀가 "넌 이걸 절대로 잊지 못할 거야." 하고 계속 노래하자 수많은 그림들이 소년의 눈과 가슴에 비추어졌다.

그들이 여행하는 동안 딱총나무 꽃은 계속 달콤하고 황홀한 향기를 풍겼다. 장미꽃 향기와 싱싱한 너도밤나무 가지에서 나오는 향기는 희미했다. 딱총나무

꽃은 소녀의 가슴에서 피어났고 소년은 날아가는 동안 내내 소녀의 가슴에 머리를 기대고 있었기 때문이다.

"여기 봄은 정말 멋지구나!" 소녀가 말했다. 그들은 어느새 여린 새싹이 돋아나는 너도밤나무 숲에 서 있었다. 그들의 발 아래에서는 선갈퀴아재비가 자라 푸른 카페트를 깔아 놓은 듯했고 여기저기에는 담홍색의 여린 아네모네가 피어 있었다.

"아, 항상 이렇게 향긋한 봄이면 얼마나 좋을까!" 소년이 탄성을 질렀다.

"이곳 여름은 얼마나 아름다운지 몰라!" 소녀가 말했다.

그들은 이제 오래된 성을 지나고 있었다. 빨간 벽돌로 된 성벽이 성 둘레에 파 놓은 연못 위로 비쳤다. 연못 위를 떠다니는 흰 백조들은 거울 같은 수면 위에 잔물결을 일으키며 서늘한 가로수 길을 바라보았다. 바람이 불어와 들판에 있는 곡식들이 파도처럼 일렁거렸다. 길 옆에 파인 도랑에서는 노랗고 빨간 꽃들이 피어 있었고, 야생 홉과 메꽃 무리는 돌담을 덮고 있었다. 저녁이 되자 창백한 달님이 떠올랐다. 벌판에 놓인 새로 벤 건초 더미에서 신선한 풀 향기가 가득 풍겨 왔다. "넌 이걸 결코 잊지 못할 거야."

"이곳 가을은 참으로 아름다워!" 소녀가 말했다. 그러자 갑자기 하늘이 두 배로 높고 파래졌다. 숲은 빨강, 노랑, 갈색으로 물들었고 사냥개들이 짖는 소리가 들렸다. 새들이 날카롭게 외치며 검은 딸기나무로 덮인 해적들의 무덤 위로 날아갔다. 바다는 검푸르게 변했고 하얀 돛은 검은 물결과 대조를 이루어 더욱더 희게 보였다. 헛간에서는 나이든 부인네들, 젊은 처녀, 아이들이 커다란 통에다 홉을 따서 담느라고 바빴다. 젊은 처녀들은 노래를 불렀고, 나이든 부인네들은 괴물이나 도깨비 이야기를 해 주었다. 세상 어디를 가도 이곳보다 더 즐거운 곳은 없었다.

"여기 겨울은 참 아름다워!" 소녀가 이렇게 말하자 나무들이 서리로 덮여 산호 숲처럼 변했다. 아이들의 장화에 밟힌 눈은 새 신발을 신었을 때처럼 뽀드득 소리를 냈다. 밤이 되자 시커먼 하늘에서 별똥별들이 떨어졌다. 크리스마스 트리에는 불이 밝혀졌고 사람들은 선물을 주고받았다. 시골 농부 집에서 바이올린 소리가 울려 퍼지고 거실에서는 사람들이 춤을 추었다. 그리고 부엌에서는 사과 튀김이 가득 든 접시가 나왔으며 접시가 비워지면 금방 다시 채워지곤 했다. 아무리 가난한 집 아이라도 "겨울은 참 좋구나!" 하고 말했다.

정말 멋지고 아름다운 겨울이었다. 소녀는 소년에게 덴마크 시골 구석구석을 다 보여 주었다. 그들이 어딜 가나 딱총나무 꽃향기가 풍겼다. 그리고 늙은 선원이 탔던 배의 돛대에 걸린 것과 똑같은 하얀 십자가가 그려진 빨간 깃발이 어디서나 펄럭였다.

소년은 청년이 되어 이제 넓은 세상으로 나아갈 준비가 되었다. 커피나무가 자라는 따뜻한 먼 나라로 갈 준비가 된 것이다. 작별할 때 소녀는 자기 가슴에서 딱총나무 꽃을 뽑아서 소년에게 주었다. 소년은 그 꽃을 찬송가 책갈피에 꽂았다.

고향에서 멀리 떨어진 낯선 나라에서 그가 찬송가책을 펼칠 때면 딱총나무 꽃이 들어 있는 곳이 펼쳐지곤 했다. 납작하게 마른 꽃은 보면 볼수록 더욱더 싱싱하게 살아났다. 그러면 덴마크 숲의 향기가 풍겨 왔고 푸른 나뭇가지 사이로 소녀가 얼굴을 내밀며 이렇게 속삭이는 모습이 보였다. "이곳 봄, 여름, 가을, 겨울은 얼마나 멋진지 몰라." 그럴 때면 소년은 예전에 보았던 수많은 광경들을 그려보곤 했다.

수년이 지나 청년이 된 소년은 노인이 되어 아내와 함께 딱총나무 아래에 앉아 있었다. 그들은 '새 오두막' 집에 살던 증조 할아버지와 증조 할머니가 그랬던 것처럼 서로 손을 잡았다. 그리고 옛날 일을 회상하며 곧 있을 금혼식에 대해 얘기했다.

머리에 딱총나무 꽃으로 된 화환을 쓴, 커다란 푸른색 눈을 가진 소녀가 나무 위에 앉아 두 사람을 보며 상냥하게 말했다. "오늘이 바로 당신들 금혼식 날이에요!" 그리고는 화환에서 딱총나무 꽃 두 송이를 뽑아서 입을 맞추었다. 꽃들은 은빛으로 반짝이더니 이내 금빛으로 변했다. 소녀가 그 꽃을 두 사람 머리 위에 얹자 금관이 되었다. 두 사람은 마치 왕과 왕비처럼 향긋한 딱총나무 아래 앉아 있었다. 할아버지가 된 소년이 아내에게 딱총나무 엄마에 대해 이야기를 해 주었다. 어렸을 때 이웃집 할아버지가 얘기해 주었던 것처럼. 두 사람은 그 이야기가 바로 자기들 이야기와 비슷해서 마음에 들었다.

"그래, 맞아요. 어떤 사람들은 날 딱총나무 엄마라고 부르고 어떤 사람들은 나무 요정이라고 불러요. 하지만 진짜 내 이름은 추억이에요. 난 나무가 자라는 동안 나무에 앉아 지내지요. 난 무엇이든 다 기억하니까 이야기해 줄 수 있어요. 참, 아직도 꽃을 가지고 있어요?" 나무에 있는 소녀가 말했다.

할아버지가 된 소년이 찬송가책을 펼치자 딱총나무 꽃이 나왔다. 꽃은 처음에 거기에 꽂혀질 때처럼 싱싱했다. 추억은 고개를 끄덕였다. 지는 해님이 금관을 쓰고 앉아 있는 늙은 두 사람의 머리 위를 비추었다. 그들은 눈을 감았다. 이제 동화는 끝이 났다.

소년은 침대에 누워 있었다. 동화의 마지막 부분은 꿈을 꾼 것인지 이야기를 들은 것인지 알 수가 없었다. 찻주전자는 식탁 위에 있었지만 딱총나무는 보이지 않았다. 이야기를 해준 할아버지가 막 문을 나가고 문이 닫혔다.

"엄마, 아주 멋졌어요. 따뜻한 나라에 갔었어요." 소년이 흥분해서 말했다.

"그랬겠지. 딱총나무 차를 큰 잔으로 두 잔을 마셨으니 그럴 만도 하지." 소년의 어머니가 웃으며 말했다. 그리고는 소년이 감기에 걸리지 않도록 이불을 꼭 여며 주었다. "그 이야기가 동화냐 아니냐 하고 다투는 동안 넌 푹 잤단다."

"그런데 딱총나무 엄마는 어디 있어요?" 소년이 물었다.

"찻주전자 속에 있지. 아마 거기서 계속 살 거다." 소년의 어머니가 웃으면서 대답했다.

# 31
## 감침 바늘

옛날에 감침 바늘이 하나 있었다. 그 바늘은 자기가 매우 정교하기 때문에 자수를 놓는 데 적합하다고 생각했다.

"날 꼭 잡아. 떨어지지 않게 말야. 날 떨어뜨리면 너무 가늘어서 다시는 못 찾을 테니까." 감침 바늘은 손가락들이 자기를 만질 때마다 이렇게 말했다.

"정말 그렇게 생각해?" 손가락들이 바늘을 움켜쥐며 말했다.

"봐, 시녀들이 이렇게 길게 따라오잖아." 감침 바늘이 긴 실을 끌며 말했다.

그러나 그 실에는 매듭이 없었다.

손가락들은 요리사의 슬리퍼에 바늘 끝을 댔다. 가죽이 터져서 바느질을 해야 했던 것이다.

"이건 정말 천한 일이야. 난 들어가지 않을래. 차라리 부러져 버릴 테야. 부러져 버리겠다구!" 감침 바늘은 정말 부러져 버렸다. "말했잖아. 난 너무 가늘고 정교해서 이런 일은 할 수 없다구!"

"이제 이건 아무 짝에도 쓸모가 없게 되었군." 손가락들이 말했다. 그래도 손가락들은 감침 바늘을 꼭 잡고 있어야만 했다. 요리사가 감침 바늘에 봉랍을 떨어뜨려 목도리 앞에 꽂았다.

"이제 난 브로치가 되었어. 언젠가는 존경을 받을 줄 알았지. 그런 대접을 받아 마땅하니까." 감침 바늘은 신이 나서 재잘거렸다. 그리고는 조용히 속으로 웃었다. 물론 어느 누구도 감침 바늘이 웃는 것을 본 적이 없었다. 감침 바늘은 궁정 마차라도 탄 것처럼 거만하게 앉아서 사방을 둘러보았다.

"너 혹시 금으로 만들어졌니? 아주 멋지구나. 좀 작긴 하지만 머리도 가지고 있고 말야. 넌 자랄 때 좀 아프겠다. 봉랍 칠이 되어 있지 않으니까 말야." 감침 바늘이 옆에 있는 브로치에게 이렇게 말하면서 거만하게 몸을 세우는 바람에 그만 목도리에서 개수통에 빠지고 말았다. 그때 마침 요리사는 개수통을 씻고 있는 중이었다.

"이제 여행을 가게 되나? 길을 잃지 말아야 할 텐데." 감침 바늘이 더러운 물에 떠내려가면서 말했다. 하지만 감침 바늘은 하수구에서 길을 잃고 말았다. "난 이 거친 세상에서 살기에는 너무도 연약해. 하지만 난 내가 누구인지 알아. 그걸 생각하면 늘 위안이 되지." 감침 바늘은 이렇게 자신을 잃지 않았다. 그때 감침 바늘 위로 나무토막, 지푸라기, 오래된 신문 조각 등이 떠내려갔다.

"쟤들 좀 봐. 쟤들은 자기들 밑에 뭐가 있는지도 몰라. 내가 여기 꽂혀 있는 것도 모르고 지나가다니. 난 여기 이렇게 꼼짝 않고 있는데 말야. 저길 좀 봐. 나무토막이 떠내려가네. 저 나무토막은 자기밖에 모르는군. 저기 지푸라기도 떠내려가네. 빙글빙글 돌며 비틀비틀 떠내려가는 꼴 좀 봐! 너무 네 생각에만 몰두하지 마. 그러다가 돌에 부딪힐 테니까. 신문 조각도 떠내려가는군. 저기 쓰여진 것은 오래 전에 잊혀졌는데도 신문 조각은 그걸 뽐내고 있군. 난 참을성 있게 여기 조용히 앉아 있어야지. 내가 누군지 아니까. 여기 꼼짝 않고 있을 테야."

그러던 어느 날, 감침 바늘 가까이에서 눈부시게 반짝이는 것이 있었다. 감침 바늘은 그것을 다이아몬드라고 생각했다. 하지만 그것은 깨진 병조각이었다. 감침 바늘은 고귀하게 보이는 병조각에게 말을 걸었다. 그리고 자기를 브로치라고 소개했다.

"넌 정말 다이아몬드니?"

"그래. 그 비슷한 것이지."

감침 바늘과 병 조각은 저마다 상대방이 값비싼 것이라고 생각했다. 그들은 이 세상이 얼마나 험악한지, 그리고 그런 세상에 사는 사람들이 얼마나 거만한 지를 이야기했다.

"난 어떤 아가씨의 반짇고리에서 살았어. 그 아가씨는 요리사였지. 양 손에는 각각 다섯 개의 손가락이 달려 있었는데, 그렇게 거만한 것들은 처음 보았어. 날 반짇고리에 넣었다 뺐다 하는 것밖에 하는 일이 없는 주제에 말야."

"그들은 좋은 가문 태생이 아니었니?"

"좋은 가문이라구? 천만에. 그런데도 오만했지. 그들은 형제가 다섯이었는데, 모두 손가락으로 태어났어. 저마다 길이는 달랐지만, 여봐란 듯이 나란히 꼭 붙어 다녔지. 제일 바깥쪽에 있는 것은 엄지라고 했는데, 짧고 굵고 등에는 마디가 하나밖에 없었어. 그래서 한 번밖에 못 굽혔지. 하지만 엄지는 자기가 손에서 잘려 나간다면 사람들은 군인이 될 수 없다고 했어. 그 옆에 있는 검지는 달콤하고 시큼한 맛을 맛보았지. 해와 달을 가리키기도 하고, 글을 쓸 때면 힘을 주어 연필을 누르기도 했어. 가운데 있는 키가 큰 중지는 다른 손가락들을 머리 위에서 내려다보았어. 그 옆의 약지는 몸에 금반지를 두르고 있었고, 새끼 손가락은 하는 일이 없는데 그걸 자랑스럽게 생각하는 것 같았어. 모두 다 어찌나 허세를 부리는지 그 꼴이 보기 싫어서 이렇게 하수구로 와 버렸지."

"이제 우린 여기 앉아서 반짝이기만 하면 돼." 병조각이 말했다.

그때 갑자기 많은 물이 하수구로 쏟아져 들어오는 바람에 병조각이 휩쓸려 가고 말았다.

'어머, 저 애도 떠내려가네. 하지만 난 여기서 꿈쩍도 안 할 테야. 난 너무 정교하지만 그래서 자랑스러워. 더 이상 바랄 게 뭐 있어?' 감침 바늘은 그곳에 앉아서 많은 생각을 했다. '햇살이 날 낳았나 봐. 그러니까 이렇게 정교하고 섬세하지. 해님이 물 속에 잠겨 있는 날 찾는 것 같아. 아, 너무 가늘어서 엄마마저 날 찾아 내지 못하는구나. 부서져 버린 내 옛날 눈이 아직도 있다면 눈물을 흘릴 텐데. 아니야, 울지 않을 테야. 우는 건 품위 없는 짓이야.'

그러던 어느 날, 개구쟁이 몇 명이 나타나 하수구 물을 손으로 휘저으며 오래된 못이나 동전 등을 찾아냈다. 그것은 지저분한 놀이였지만 아이들은 재미있어 했다.

"아야! 뭐 이런 놈이 다 있어!" 감침 바늘에 찔린 한 아이가 소리쳤다.

"난 놈이 아니라 얌전한 아가씨예요." 감침 바늘이 말했지만 아무도 그 소리를 듣지 못했다. 감침 바늘은 봉랍이 벗겨져 새까맸다. 하지만 검정색은 날씬하게 보이게 하기 때문에, 감침 바늘은 자신이 전보다 더 멋지다고 생각했다.

"저기 달걀 껍질이 떠내려온다!" 아이들이 소리를 지르며 달걀 껍질을 건져내 껍질에 감침 바늘을 꽂았다.

"벽들은 하얗고 난 까맣고, 정말 근사해. 이제 사람들이 날 볼 수 있을 거야. 하지만 멀미를 하지 말아야 할 텐데. 그럼 또 부러지고 말 거야."

그러나 감침 바늘은 멀미를 하지 않았으며 부러지지도 않았다.

"쇠로 된 위를 가지고 있어서 멀미가 나지 않는 거야. 그리고 자신의 중요성을 잊지 않는 것도 멀미를 예방하는 데 효과가 있어. 이제 내 멀미는 사라졌어. 섬세할수록 더 많은 것을 견뎌내지."

그때 짐마차가 지나가면서 달걀 껍질을 부숴 버렸다.

"어머나, 어쩜 이렇게 무자비하게 뭉개 버릴 수가 있지? 이제 멀미를 할지도 몰라. 부러지겠어!"

하지만 길게 누워 있는 감침 바늘 위로 짐마차가 지나가도 부러지지 않았다. 감침 바늘은 아마 계속 그렇게 누워 있으리라.

# 32
# 종

어느 도시의 좁은 골목길. 지는 해가 굴뚝 위로 흘러가는 구름을 타는 듯이 빨갛게 물들였다. 이맘때면 이 거리에 거대한 교회 종소리 같은 이상한 소리가 울려 퍼지곤 했다. 그러나 그 소리는 아주 짧은 순간 들리다가 마차가 굴러가는 소리와 사람들의 외침 소리에 묻혀 버리곤 하였다.

"저건 저녁 기도 종이야. 저녁 기도를 올리라는 신호지. 저 소리가 들리는 걸 보니 이제 해가 지겠군." 종소리에 대해 사람들은 이렇게 말했다.

도시 변두리 지역에 있는 집들은 서로 멀리 떨어져 있었고 어떤 집들 사이에는 들판이 가로놓여 있는 경우도 있었다. 이곳에서는 저녁 노을이 도시에서보다 더 아름다웠고, 종소리가 더 크게 들렸다. 그 종소리는 깊은 숲 속에 있는 교회에서 들려 오는 것 같아, 듣는 이로 하여금 어두워지는 숲을 경건하게 바라보게 했다.

시간이 흐르자 사람들은 숲 속에 교회가 있는 것이 아닐까 하고 수군거리기 시작했다. 그리고 그 말에 뒤이어 이런 말이 오갔다.

"종소리가 무척 아름다워요. 우리 직접 가서 알아볼래요?"

그러던 어느 날, 부자들은 마차를 타고, 가난한 사람들은 걸어서 종을 찾으러 숲을 향했다. 그러나 숲으로 가는 길은 그들에겐 너무 멀게만 보였다. 숲 가장자리에서 이르자 그들은 수양버들 나무 아래 앉아 쉬면서 가지를 올려다보았다. 그들은 그곳이 숲 한가운데라고 생각했다.

도시에서 온 빵장사가 거기에 천막을 세우고 양과자를 팔았다. 장사가 잘 되자 곧이어 빵장사가 또 한 명 왔다. 두 번째로 온 사람은 천막 위에 종을 걸었다. 그 종은 비를 맞아도 끄떡없도록 타르 칠이 되어 있었으나 종에는 추가 빠져 있었다.

도시로 돌아간 사람들은 매우 낭만적인 여행이었다고 말했다. 그 말은 다과회 보다도 더 멋지다는 말이었다. 그 중 세 사람은 숲을 통과해 반대편까지 갔었다고 했다. 그런데 종소리가 들리긴 했지만 숲이 아니라 도시에서 들리는 것 같았다고 말했다. 어떤 사람은 종에 대한 시를 지었다. 그 시에서는 종소리가 마치 사랑스런 아이에게 이야기하는 엄마의 목소리 같다고 쓰여 있었으며, 마지막 행에는 어떤 선율도 종소리만큼 감미롭지 못하다고 쓰여 있었다.

그러던 어느 날, 종소리에 대한 이야기가 임금님 귀에 들어가게 되었다. 임금님은 종소리가 어디서 나는지를 알아 오는 사람에게는 '세계의 종지기'라는 벼슬을 주겠다고 발표했다. 그리고 종에서 나는 소리가 아닐지라도 그 소리를 찾는 사람에게 벼슬을 내리겠다고 했다.

수많은 사람들이 벼슬이 탐이 나 종을 찾으러 숲으로 갔다. 그러나 종소리에 대해 알아 온 사람은 한 사람뿐이었다. 그 사람은 숲 가장자리에 이르렀을 때, 그 소리가 속이 빈 나무 속에 앉아 있는 커다란 부엉이가 내는 소리라는 것을 알아냈다. 지혜의 새인 부엉이는 쉬지 않고 자기 머리를 나무 몸통에 부딪힌다는 것이었다. 그렇지만 그 소리가 부엉이의 머리에서 나오는 것인지, 아니면 나무 몸통에서 나오는 것인지는 확실하지 않다고 말했다. 결국 그는 세계의 종지기로 임명되어, 해마다 부엉이에 관한 논문을 쓰게 되었다. 그러나 달라진 것은 아무것도 없었다.

5월의 어느 일요일, 열네 살 된 아이들이 견신례를 받는 날이었다. 신부님의 설교에 감동 받은 아이들은 눈물을 흘렸다. 견신례는 어른이 되는 의식이었기 때문에 아주 경건했다. 의식이 끝나면 아이들의 영혼을 가진 그들은 옳고 그름을 아는 어른의 몸이 되는 것이다. 그날은 참으로 화창하고 아름다웠다. 견신례를 받은 아이들이 무리를 지어 숲으로 갔다. 그날 따라 유난히 미지의 종소리가 더 우렁차게 울려 퍼졌다. 아이들은 모두 종을 찾으러 가고 싶어했다.

그러나 세 명만은 그렇지 않았다. 한 여자아이는 빨리 집에 가서 그날 밤 무도회에 입고 갈 옷이 잘 맞는지 입어 보고 싶었다. 사실 그 애가 이번에 견신례를 받게 된 것은 바로 무도회와 거기 입고 갈 옷 때문이었다. 그게 아니었다면 견신례를 받으러 오지 않았을 것이다. 또 한 아이는 가난한 소년이었는데, 견신례를 위해 주인집 아들한테 빌려 입은 옷과 신발을 빨리 돌려줘야 했다. 세 번째 아이는 부모님의 허락 없이는 어디에도 가지 않는 아이였다. 그는 늘 그런 착한 아이였고, 견신례를 받은 후에도 그런 아이로 남아 있고 싶어했다. 그거야 놀릴 일이 아니었지만 다른 아이들은 그런 그 애를 놀려댔다.

이렇게 해서 세 명의 아이들이 빠지고 나머지 아이들은 숲으로 향했다. 햇빛이 찬란하게 빛나고 새들이 즐겁게 노래했다. 견신례를 받은 아이들도 새들처럼 즐겁게 노래했다. 그들은 서로 손을 잡고 걸었다. 아직은 똑같은 위치에 있었기 때문에 서로 친할 수 있었던 것이다.

얼마 가지 않아 그 중 제일 작은 아이 두 명이 지쳐서 도시로 돌아갔고, 두 여자아이는 풀밭에 앉아서 들꽃으로 화환을 만들었다. 그래서 네 아이가 빠지게 되었다. 나머지 아이들은 빵장사의 텐트가 세워져 있는 수양버들에 이르렀지만 아무것도 찾을 수 없었다.

"다 왔어. 보다시피 좋은 없어. 그건 상상에 불과하다구." 아이들이 이렇게 투덜거렸다.

바로 그때 깊은 숲 속에서 감미롭고 경건한 종소리가 울려 나왔다. 그래서 그 중 다섯 아이는 숲 속으로 더 들어가 보겠다고 했다. 숲 속으로 가는 길은 매우 험했다. 다닥다닥 붙어 자라는 나무들과 검은 딸기 덤불과 가시덤불을 헤치고 가야 했다. 그러나 햇살이 눈부시게 쏟아져 내리고 나이팅게일의 노랫소리가 감미롭게 울려 퍼져 참으로 아름다운 곳이었다. 옷이 마구 찢어져서 여자 애들이 다닐 만한 곳은 못 되었지만 말이다.

이끼가 낀 커다란 바위가 있는 곳에 이르자 어디선가 샘물이 콸콸 솟아오르는 소리가 들렸다.

"혹시 저 소리가 아닐까?" 한 아이가 말하면서 땅에 엎드려 귀를 기울였다. "자세히 알아봐야겠어." 그 아이는 이렇게 말하고 혼자 거기에 남았다.

나머지 네 아이는 나뭇가지와 나무 껍질로 엮어 만든 어느 오두막에 도착했다. 거대한 사과나무가 집 위로 우뚝 솟아 있었고 담장 위에 자란 장미 넝쿨은 너무도 무성해서 작은 지붕을 덮을 지경이었다. 그런데 그 덩굴 하나에 작은 은종이 매달려 있었다. 이것이 사람들이 들었던 바로 그 종일까? 한 아이만 빼고는 모두 그럴 것이라고 했다. 하지만 한 아이는 거기에 매달린 종은 너무 작고 연약해서 그렇게 멀리까지 소리가 울려 퍼지지 못한다고 말했다. 게다가 사람을 감동시키는 선율도 아니라는 것이었다.

"아니야, 이건 우리가 들었던 소리하고는 전혀 다르다구." 그 아이가 이렇게 말했다. 그 아이는 바로 왕자였다.

"저런 애들은 늘 자기가 남보다 더 똑똑하다고 생각한다니까." 나머지 아이 중 한 아이가 말했다.

그래서 나머지 아이들은 그곳에 남고 왕자는 혼자서 길을 떠났다. 오두막과 친구들이 보이지 않자 외로움이 물밀듯이 밀려들었다. 다른 애들이 찾았다고 기뻐한 그 작은 종소리가 아직도 들렸다. 그리고 과자 굽는 사람의 텐트에서 사람들이 차를 마시며 노래 부르는 소리가 바람에 실려 왔다. 하지만 깊은 숲 속에서 울려나오는 거대한 종소리가 더 우렁찼다. 종소리와 함께 풍금 소리도 들려 오는 것 같았다. 그 소리는 심장이 있는 왼쪽 가슴에서 들리는 것 같기도 했다.

그때, 숲 속에서 바스락거리는 소리가 났다. 누군가 숲 속을 헤치고 오는 소리였다. 왕자가 뒤를 돌아보자 한 소년이 왕자 앞에 나타났다. 그 아이는 나막신을 신고 있었으며, 소매가 너무 짧아서 팔이 드러나 보였다. 주인집 아들에게 옷과 신발을 돌려주려고 집으로 돌아간 바로 그 아이였다. 그는 주인집 아들에게 옷과 신발을 돌려주고 나막신과 허름한 옷으로 갈아입고 곧장 달려온 것이다. 깊은 곳에서 울려나오는 듯한 거대한 종소리가 머릿속을 떠나지 않아 다시 올 수밖에 없었던 것이다.

"나랑 같이 가자." 왕자가 말했다.

그러나 나막신을 신은 소년은 자신의 신발을 내려다보며 짧은 소매를 길게 보이려고 잡아당겼다. 소년은 허름한 차림을 부끄러워하며 나막신을 신어서 왕자처럼 빨리 걸을 수 없을 거라고 말했다. 그리고 거대하고 진기한 것들이 다 모여 있는 오른쪽 숲 속에 종이 있을 것 같다고 말했다.

"그럼 우린 같이 못 가겠구나." 왕자가 이렇게 말하며 가난한 소년에게 고개를 끄덕여 인사했다.

가난한 아이는 무성하게 우거진 숲 속을 향해 걸어갔다. 가시나무와 가시 덩굴에 걸려 낡은 옷이 갈기갈기 찢어졌으며 가시에 찔린 얼굴과 다리와 손에서 피가 흘렀다.

왕자도 여기저기 상처투성이였지만 그래도 해님이 길을 비춰 주었다.

그럼, 착하고 용감한 왕자를 따라가 보기로 하자.

"이 세상 끝까지 가서라도 꼭 종을 찾고 말 테야." 왕자가 굳은 표정으로 말했다.

나뭇가지에는 못생긴 원숭이들이 앉아 있었다. 원숭이들이 이를 드러내고 깔깔거리며 소리쳤다. "저 아이를 때려 주자. 저 아이를 때려 주자. 저 애는 임금님의 아들이야."

그러나 왕자는 원숭이들에게 관심이 없었다. 왕자는 점점 더 숲 속 깊숙이 들어갔다. 거기에는 이상한 꽃들이 피어 있었다. 수술이 빨갛고 흰 별과 같이 생긴 백합, 하늘색 튤립, 열매가 비눗방울같이 생긴 사과나무가 있었다. 그런 꽃과 나무들이 햇빛 아래 반짝이는 것을 상상해 보라! 푸른 초원에서 외롭게 서 있는 떡갈나무 아래서는 사슴들이 뛰놀았고, 떡갈나무의 갈라진 몸통 여기저기에서는 풀과 이끼가 자라 있었다.

그리고 흰 백조들이 헤엄치며 노는 호수도 많았다. 백조들이 호수를 떠다니며 날갯짓하는 소리가 들렸다. 왕자는 길을 가다 가끔 멈춰 서서 귀를 기울이곤 했다. 어떤 때는 깊은 호수 어디에선가 종소리가 울려나오는 것 같았다. 하지만 귀를 바짝 세우고 들으면 그 소리는 호수가 아니라 더 깊은 숲 속에서 울려나왔다.

해질녘이 되자, 하늘이 불길처럼 빨갛게 타올랐다. 숲 속은 아주 조용해졌다. 왕자는 무릎을 꿇고 중얼거렸다. "절대로 종을 못 찾을 거야. 이제 해가 지니 곧 어두운 밤이 오겠지. 어둡고 어두운 밤이. 하지만 해가 땅 밑으로 가라앉기 전에 둥근 해를 한 번 더 볼 수 있을지도 몰라. 저기 제일 큰 나무보다 더 높은 벼랑으로 올라가 봐야지."

왕자는 젖은 돌 사이에서 자라는 가시나무를 붙잡고 벼랑 위로 올라갔다. 그는 기어오르는 데 열중하느라 징그러운 뱀이 있는 것도, 개처럼 짖어대는 두꺼비가 있는 것도 몰랐다.

왕자는 해가 지기 바로 직전에 꼭대기에 다다랐다. 아, 그곳에서 내려다보이는 광경은 얼마나 아름다웠던가! 앞에 끝없이 펼쳐진 바다에서는 거대한 파도가 철썩이며 해안에 와서 부서졌고, 해님은 바다와 하늘이 만나는 곳에서 눈부신 빨간 제단처럼 붉게 타오르고 있었다. 모든 것이 이글거리는 황금빛 저녁놀 속에서 하나가 되었다. 숲의 노래와 바다의 노래가 한데 어우러져 아름다운 화음을 이루었다. 왕자의 가슴도 그 화음의 일부가 된 듯했다.

모든 자연이 하나의 거대한 성당이었다. 꽃과 풀은 모자이크로 장식한 성당 바닥이었고, 커다란 나무와 떠다니는 구름은 성당 기둥이었으며, 하늘은 거대한 둥근 천장이었다. 해가 사라지자 하늘에서 빨간빛도 사라졌다. 그러나 곧 수백만 개의 별들이 초롱초롱 빛을 발했다. 마치 수백만 개의 다이아몬드 등불이 타오르는 것 같았다. 왕자는 하늘과 바다와 숲을 향해 팔을 펼쳐 들었다. 바로 그때 오른쪽에서 소매가 너덜너덜한 옷을 입고, 나막신을 신은 가난한 소년이 나타났다. 그 소년도 반대편 길을 따라 왕자와 거의 같은 때에 도착한 것이다.

두 소년은 서로 부둥켜안았다. 그들은 나란히 손을 잡고 자연과 시가 있는 거대한 성당 한가운데에 서 있었다. 그때 보이지 않는 아주 높은 곳에서 성스러운 종이 큰 소리로 하느님을 찬송하는 소리가 울려 퍼졌다.


# 33
## 할머니

할머니는 나이가 매우 많고 얼굴이 쭈글쭈글하며 머리카락이 눈처럼 흰 분이다. 하지만 눈은 두 개의 별처럼 반짝반짝 빛난다. 할머니가 인자하고 온화한 표정으로 우리를 바라볼 때면 기분이 좋아진다. 할머니는 커다란 꽃무늬 수가 놓인 진한 색의 화려한 비단 옷을 입고 다니기 때문에 움직일 때마다 사각사각 소리가 난다. 그리고 재미있는 이야기도 많이 해 준다. 할머니는 엄마와 아빠가 태어나기 전부터 살았기 때문에 아는 것도 많다. 그건 틀림없는 사실이다. 할머니는 커다란 은박 죔쇠가 달린 찬송가책을 갖고 다니면서 틈만 있으면 자주 읽으신다. 책갈피에는 납작하게 마른 장미가 꽂혀 있는데, 유리병에 꽂혀 있는 장미만큼 예쁘지는 않지만, 그 장미를 바라보는 할머니의 눈가에는 미소가 어리고, 어떤 때는 두 눈에 눈물이 그렁그렁해진다.

할머니는 오래된 책 속에 들어 있는 시든 장미를 왜 그런 눈으로 바라보는 것일까? 여러분은 아는가?

할머니의 눈물이 마른 장미 위로 떨어지면 장미가 다시 생생하게 살아나 온 방안에 향기가 그윽해진다. 벽은 안개 속에 묻히듯 사라지고 할머니의 주위는 찬란한 푸른 숲이 된다. 그리하여 여름 햇살이 무성한 나뭇잎을 비추고, 할머니는 다시 장미꽃처럼 싱싱하고 아름다운 소녀가 된다. 장밋빛으로 물든 포동포동한 뺨과 곱슬곱슬한 금발 머리를 가진 아름답고 우아한 소녀의 모습으로 말이다. 하지만 눈은 여전히 할머니 때와 마찬가지로 온화하고 거룩하다. 소녀의 옆에는 크고 건장한 한 청년이 앉아 있다가 소녀에게 장미를 건넨다. 그러자 소녀는 방긋 웃는다.

할머니가 된 소녀는 이제 그런 싱그러운 미소를 지을 수는 없지만 지난날의 수많은 추억을 떠올리며 인자한 미소를 짓는다. 이제 할머니의 옆에는 그 잘생긴 청년은 떠나고 없고 장미꽃은 오래된 책갈피 속에 시든 채 누워 있다. 소녀는 이제 할머니가 되어 책갈피 속에 든 시든 장미를 바라보고 있는 것이다.

바로 그 할머니가 돌아가셨다. 할머니는 안락의자에 앉아서 길고 아름다운 이야기를 해 주었다. 그리고 이야기가 끝나자 피곤에 지쳐 의자에 머리를 기대고 잠이 들었다. 잠이 든 할머니의 부드러운 숨결은 점점 더 고요해지고 얼굴에는 행복과 평화가 깃들었다. 그것은 마치 한 줄기의 햇살이 얼굴을 비추는 것 같았다. 할머니는 다시 한 번 미소를 지었다. 그것을 본 사람들은 할머니가 돌아가셨다고 했다. 할머니는 검은 관 속에 뉘어졌다. 하얀 천에 싸여 있는 할머니는 온화하고 아름다워 보였다. 눈은 감겨 있지만 주름살이 모두 없어져 젊어 보였고, 머리카락은 은빛으로 빛났으며, 입가에는 감미로운 미소가 감돌고 있었다. 죽은 할머니를 보고도 전혀 무섭지 않았다. 할머니는 살아 생전에 너무도 다정하고 자비로웠기 때문이다. 장미 꽃잎이 들어 있는 찬송가책은 할머니의 머리맡에 놓여졌다. 할머니가 원했기 때문이다. 그리고 나서 할머니는 땅에 묻혔다.

사람들은 교회 담장 옆에 있는 무덤 위에 장미나무 한 그루를 심었다. 곧 꽃이 활짝 피고 나이팅게일이 나무에 앉아 노래를 불렀다. 그리고 교회에서는 풍금과 함께 아름다운 찬송가 소리가 울려 퍼졌다. 그 찬송가는 할머니 머리맡에 있는 책 속에 담긴 노래들이었다.

달님이 은은하게 무덤 위를 비추었다. 그러나 할머니는 무덤 속에 있지 않았다. 아이들은 밤에도 안전하게 그곳을 지나다니며 교회 담장 옆에 있는 장미꽃을 꺾곤 했다. 죽은 사람은 살아 있는 사람보다 더 많은 것을 안다. 죽은 사람들은 갑자기 우리 앞에 자신들이 나타나는 것과 같은 이상한 일이 생기면 우리가 얼마나 무서워할 것인가를 잘 안다. 죽은 사람은 우리보다 더 잘 산다. 그래서 다시는 돌아오지 않는 것이다. 관 위에 흙을 덮었지만 흙은 관 속에도 있다. 찬송가 책장들은 흙이 되고, 장미도 모든 추억과 함께 흙이 되었다. 그러나 무덤 위에는 새 장미가 피어나고, 나이팅게일이 노래하고, 풍금 소리가 울려 퍼진다. 항상 젊게 보이던 부드럽고 다정한 눈을 가진 할머니에 대한 기억이 아직도 남아 있는 것이다. 눈은 결코 죽지 않는다. 언젠가 우리들의 눈은 다정한 할머니를 다시 보게 될 것이다. 지금은 흙이 되어 버린 싱싱한 빨간 장미에 처음으로 입을 맞추던 때의 젊고 아름다운 할머니를!

# 34
## 요정들의 언덕

커다란 도마뱀 몇 마리가 오래된 나무의 벌어진 틈새에서 이리저리 재빠르게 기어다니고 있었다. 그들은 똑같이 도마뱀의 말로 얘기했기 때문에 서로가 하는 말을 잘 이해했다.

"어휴, 저 요정의 언덕은 정말 시끄러워. 윙윙거리고 와글와글거리는 소리가 끊이질 않는다니까. 저 소리 때문에 벌써 이틀 밤이나 한숨도 못 잤지 뭐야. 그러니 치통이 생길 만도 하지." 도마뱀 한 마리가 말했다.

"저기에 무슨 일이 있나 봐. 오늘 새벽까지 언덕 꼭대기에 말뚝을 박던 걸. 빨간색 네 개를 말이야. 요정들은 춤도 새로 배웠어. 틀림없이 무슨 일이 있나 봐!" 또 다른 도마뱀이 말했다.

그러자 세 번째 도마뱀이 나서서 말했다. "그래서 내가 아는 지렁이한테 물어봤지. 그 지렁이는 바로 그 언덕에서 오는 길이었어. 그는 밤낮으로 언덕을 기어오르내리며 많은 얘길 들었대. 그 지렁이는 가엾게도 보지는 못하지만, 꿈틀거리며 숨어서 엿듣는 건 잘하지. 요정 언덕에 친구들이 오기로 되어 있대. 유명 인사도 온대나 봐. 하지만 지렁이는 그들이 누구인지는 말하려 하지 않았어. 어쩌면 그 지렁이도 그게 누군지 모르고 있는지도 몰라. 횃불 행진을 하려고 도깨비불들이 다 모였대. 그리고 언덕에 잔뜩 쌓인 금과 은은 반짝반짝 닦아서 달빛 아래 놓아두었대."

"방문객들은 누굴까? 대체 누구지? 들어 봐, 저 웅성거리는 소리를!" 그곳에 모인 도마뱀들은 몹시 궁금했다.

바로 그때, 요정의 언덕이 갈라지더니 나이든 처녀 요정 한 명이 경쾌하게 걸어 나왔다. 그 요정의 뒷몸통은 오목하게 들어가 텅 비어 있었다.[10] 늙은 요정 임금의 가정부이자 먼 친척인 그녀는 이마 한가운데에 심장 모양의 호박을 붙이고 있었다. 발이 어찌나 빠른지 걷는 게 보이지 않을 정도였다. 그녀는 곧장 바다로 가서 해오라기[11]에게 다가갔다.

"오늘 저녁 널 요정 언덕에 초대할게. 하지만 우선 부탁을 들어줘. 방문객을 초대하는 일을 맡아 줘. 넌 나처럼 집안일을 하지 않아도 되니까 뭔가를 해야지. 우린 유명한 손님들을 초대할 거야. 그들은 항상 중요한 얘기를 하지. 그러니까 우리 임금님께서 자랑하고 싶으신 거야."

"누굴 초대하는데요?" 해오라기가 물었다.

"이 성대한 무도회에는 온 세계가 다 초대될 거야. 사람들조차도 말이야. 잠자면서 말을 하거나, 우리 식을 따를 수만 있다면 사람들도 초대하지. 하지만 연

---

10. 이들 처녀 요정은 앞에서만 봐야 하며 뒤쪽은 가면처럼 텅 비어 있다는 미신이 있다.
11. 옛날에는 유령이 나타나면 신부가 유령에게 땅 속으로 들어가라고 명했다. 그리고는 유령이 들어간 자리에 말뚝을 박았다. 한밤중이 되면 "날 꺼내 줘!" 하고 울부짖는 소리가 들리고 말뚝이 빠져나오면서 추방당한 유령이 도망쳤는데, 그 유령은 왼쪽 날개에 구멍이 있는 까마귀 모습이었다. 사람들은 유령처럼 생긴 이 새를 해오라기라고 불렀다.

회에는 지위가 높은 이들만 모시려고 해. 요정 임금님과 얘기를 했는데, 유령들은 안 된대. 먼저 인어와 그 딸을 초대할거야. 오랜 시간을 육지에서 있어야 한다는 게 그들에겐 불편하겠지만 그들이 앉아 있을 수 있는 물에 젖은 돌 등을 준비할 거야. 그러니까 이번에는 초대를 거절하지 않을 거야. 그리고 가장 훌륭한 늙은 악마들과 그 시종들도 초대하고 도깨비와 꼬마 도깨비들도 초대할거야. 말 유령이나 돼지 유령[12]도 빼놓아서 안 되겠지. 교회 난쟁이들도 말야. 교회 난쟁이들은 목사에게 딸린 식구고 우리들과 어울리지 않지만, 그건 그들의 직책일 뿐이고 우리와는 가까운 친척이지. 그들은 우릴 자주 찾아오지."

해오라기는 초대장을 가지고 울어대며 날아갔다.

요정 언덕에서는 벌써 요정 처녀들이 춤을 추고 있었다. 안개와 달빛으로 짠 솔을 걸치고 춤을 추는 그들의 모습은 꿈결처럼 아름다웠다. 요정 언덕에 꾸며진 커다란 홀은 으리으리했다. 바닥은 달빛으로 닦고, 벽에는 마법의 연고를 발라 달빛을 받은 튤립 잎처럼 반짝거렸다. 또 부엌에는 훌륭한 음식이 푸짐했다. 꼬챙이에 꽂아 굽고 있는 개구리, 아이들의 손가락이 섞인 달팽이 껍질 요리, 버섯 씨, 독미나리, 생쥐의 코와 골수로 만든 샐러드, 늪지에 사는 마녀의 양조장에서 가져온 맥주, 그리고 지하 무덤에서 나온 번쩍이는 질산 포도주도 있었다. 후식으로는 녹슨 못과 교회 창문 유리 조각이 준비되어 있었다.

늙은 요정 임금은 금으로 된 왕관을 분말로 된 석필로 닦으라고 했다. 그것은 첫 번째 임금이 사용한 것과 같았는데, 요정 임금이 어렵게 구한 것이었다. 침실에는 달팽이의 끈적끈적한 침으로 고정된 커튼이 늘어뜨려져 있었다.

"이제 말 머리털과 돼지털을 태워서 이곳에 향을 피우면 내 일은 끝이야." 남자 하인 요정이 신이 나서 말했다.

"아빠, 이제 고귀한 손님들이 누구인지 가르쳐 줄래요?" 요정 임금의 막내딸이 물었다.

"그래야겠구나. 결혼식이 있을 테니까 너희 중 둘은 결혼 준비를 해야 한단다. 노르웨이에서 늙은 도깨비 왕이 신붓감을 찾는 아들 둘을 데리고 온단다. 늙은 도

---

12. 덴마크에는 살아 있는 말이나 돼지가 교회 밑에 묻혀 있다는 미신이 있다. 죽은 말의 유령은 밤마다 세 발로 절뚝거리며 집을 찾아다니는데, 그러면 그 유령이 찾아간 집에 사는 사람 중 누군가가 죽는다고 한다.

깨비 왕은 옛 도브레 산에 사는데, 바위와 사암으로 된 성이 많은 데다가 무엇보다도 금광을 가지고 있지. 그는 성실하고 정직한 노르웨이 노인이란다. 쾌활하고 솔직하기도 하지. 예전에 우린 서로 알고 지냈는데, 우정을 위해 건배를 하곤 했단다. 그 후 한 번 부인을 데리러 왔었는데 그 부인은 이제 죽었지. 부인은 덴마크의 먼 섬에 있는 백악산 왕의 딸이었단다. 그가 자기 부인을 백악산에서 뺏어 왔다는 말도 있지. 그 도깨비를 다시 보게 되다니 정말 기쁘구나. 그 아들들은 버릇없고 건방지다고 하더라만 그건 틀린 말일 게다. 또 그게 사실이더라도 나이가 들면 철이 들겠지. 네가 그들에게 예절을 가르쳐 주렴."

"그들은 언제 오나요?" 딸 요정이 물었다.

"그건 바람과 날씨에 달렸지. 그들은 여행하는 데 따로 돈을 들이지 않거든. 지나가는 배가 있으면 얻어 타고 올 거야. 스웨덴으로 와서 살라고 했는데도 내 말을 듣지 않는구나. 시대에 맞춰 살 줄 모르는 사람이지. 그게 마음에 안 든다니까."

그때 두 개의 도깨비불이 깡충깡충 뛰어왔다. 하나가 더 빨랐기 때문에 당연히 먼저 도착했다.

"그들이 와요! 그들이 와요!" 먼저 도착한 도깨비불이 외쳤다.

"내 왕관을 가져오너라. 그리고 날 달빛 아래로 안내하거라." 요정 임금이 점잖은 목소리로 말했다.

딸 요정들이 숄을 걸치고 나와 땅바닥에 닿게 허리를 굽혔다. 곧이어 도브레 산에서 온 늙은 도깨비 왕이 나타났다. 그는 딱딱한 얼음과 반짝반짝 윤이 나는 솔방울로 된 왕관을 쓰고, 곰 가죽옷에, 커다랗게 생긴 따뜻한 장화를 신고 있었다. 그러나 아들들은 목에 아무것도 두르지 않고 있었고, 멜빵도 매지 않고 있었다. 그들은 젊어서 추위를 몰랐기 때문이다.

"저게 언덕인가요? 저건 우리 노르웨이에서는 겨우 쥐구멍밖에 안 되겠군요." 도깨비의 막내아들이 요정 언덕을 가리키며 말했다.

"애야, 구멍은 안으로 들어간 것이고 언덕은 위로 솟은 것 아니냐. 넌 눈도 없냐?" 늙은 도깨비 왕이 말했다.

도깨비 아들들이 또 이상하게 생각한 것은 이곳 말을 알아들을 수 있다는 점이었다.

"조심하거라. 그렇지 않으면 사람들이 너희들을 보고 본데없이 자랐다고 할거다."늙은 도깨비 왕이 아들들에게 말했다.

　그들은 요정 언덕으로 올라갔다. 그곳에는 어느새 유명한 인사들이 모두 모여 있었다. 그들은 너무 갑자기 나타나서 마치 바람에 날려 온 것 같았다. 각 손님에 맞게 모든 준비가 깔끔하게 되어 있었다. 바다에서 온 손님들은 커다란 물통 속에 마련된 식탁 앞에 앉았다. 그들은 자기 집에 있는 것처럼 편안하다고 했다. 노르웨이에서 온 두 아들 도깨비들을 빼고는 모두들 예절을 잘 지켰다. 아들 도깨비들은 아무렇지도 않게 다리를 식탁 위에 올려놓았다.

　"식탁에서 다리를 당장 치우지 못해!" 늙은 도깨비 왕이 호통을 쳤다. 아들들은 한참 후에야 아버지의 말을 들었다. 그들은 주머니에 넣어 가지고 다니는 솔방울을 꺼내 시중드는 여자들을 간지럽히는가 하면 발이 불편하다며 장화를 벗어 그 여자들에게 들고 있으라고 했다. 그러나 그들의 아버지는 전혀 달랐다. 그는 노르웨이의 험준한 바위, 천둥처럼 요란한 소리를 내기도 하고 고요한 풍금 소리를 내기도 하며 바위 위로 떨어져 사방에 흰 거품을 튀기는 폭포, 급류 속에서 뛰어오르는 연어, 금으로 된 하프 소리를 들으며 노는 물의 요정, 그리고 썰매가 방울을 울리며 달리고, 아이들이 횃불을 들고 얼음을 지치는 환한 겨울밤에 대해서 얘기했다. 그리고 아이들이 뛰어다니는 얼음은 매우 투명해서 발 밑에서 뛰어오르는 물고기들이 보인다고 했다. 그의 이야기를 듣고 있으면 묘사가 너무도 생생해서 실제로 그 광경이 눈앞에 보이는 듯했다. 이야기를 듣는 손님들은, 제재소가 돌아가고, 하인들과 하녀들이 춤을 추며 노래하는 모습이 보이는 것만 같았다. 그때 늙은 도깨비 왕이 갑자기 나이든 요정 처녀에게 쪽 소리가 나게 입을 맞추었다.

　이제 소녀 요정들이 춤을 출 차례였다. 그들은 처음에는 조용히 춤을 시작하더니, 나중에는 요란하게 발을 굴렀다. 춤추는 모습이 참으로 경쾌하고 아름다웠다. 그 다음에는 한 명씩 추는 예술적인 춤이 이어졌다. 그들이 발을 놀리는 모습은 참으로 아름다웠다. 그들은 어디가 춤의 시작이고 어디가 춤의 끝인지, 그리고 어디가 팔이고 어디가 다리인지 알 수 없을 정도로 나는 듯이 춤을 추었다. 그들이 너무 빨리 도는 바람에 현기증이 난 말 유령과 돼지 유령은 그 자리를 나왔다.

　"저거밖에 할 줄 모르나? 춤을 추고 다리를 뻗치고 회오리바람을 일으키는 것 말고는 할 줄 몰라?" 늙은 도깨비 왕이 물었다.

　"이제 곧 다른 걸 보게 될 걸세." 요정 임금은 이렇게 대답하고 맏딸을 불렀다.

맏딸은 달빛처럼 가녀리고 아름다웠으며 자매들 중에서 가장 품위가 있었다. 그녀는 입에 흰 나무토막을 물고 감쪽같이 사라지는 특기를 보여주었다. 그러나 늙은 도깨비 왕은 자기 아내가 그런 특기를 가지고 있다면 싫을 것이라고 말하면서 자기 아들들도 아마 같은 생각일 거라고 말했다.

둘째 딸은 그림자처럼 자기와 똑같은 모습을 만들어 자기 뒤를 따르게 하는 특기를 가지고 있었다. 그것은 도깨비들이 흉내 낼 수 없는 것이었다. 도깨비들은 그림자가 없기 때문이다.

셋째 딸은 앞의 두 딸과는 전혀 달랐다. 그녀는 개똥벌레로 요정이 먹는 푸딩을 장식하는 법을 알았다. 늪지에 사는 마녀의 양조장에서 배운 것이었다.

"훌륭한 주부가 되겠군." 늙은 도깨비가 말했다. 그리고는 술잔을 들어 건배 대신 그녀에게 눈짓으로만 인사를 했다.

이번에는 넷째 딸이 커다란 하프를 들고 나왔다. 그녀가 첫 번째 줄을 퉁기자 왼발잡이인 도깨비들이 모두 왼발을 들어올렸다. 그리고 두 번째 줄을 퉁기자 도깨비들은 자신도 모르게 그녀가 하라는 대로 따라했다.

"아주 위험한 여자군." 늙은 도깨비가 말했다. 싫증이 난 도깨비의 두 아들은 언덕 밖으로 나가 버렸다.

"다섯째 딸은 뭘 할 수 있나?" 늙은 도깨비가 물었다.

"전 노르웨이에 관한 것이라면 뭐든 다 배웠어요. 노르웨이로 갈 수 없다면 절대로 결혼하지 않을 거예요." 다섯째 딸이 말했다.

그러자 막내딸이 늙은 도깨비 왕의 귀에 대고 속삭였다. "노르웨이 노래를 들어서 저래요. 세상이 멸망해도 노르웨이의 절벽은 금자탑처럼 꿋꿋이 서 있을 거란 노래였죠. 언니는 살아 남으려고 노르웨이로 가려는 거예요. 땅 밑으로 가라앉는 걸 무서워하거든요."

"허허! 바로 그런 뜻이란 말이냐? 그럼 마지막으로 일곱째는 무얼 할 수 있지?" 늙은 도깨비 왕이 말했다.

"여섯째가 빠졌어." 수를 셀 줄 아는 요정 임금이 말했다. 그러나 여섯째는 나오지 않으려고 한참 뜸을 들인 뒤에야 나타났다.

"전 사람들에게 진실만을 말해요. 절 돌보아 주거나 제 걱정을 해주는 이는 아무도 없어요. 전 제 수의를 바느질하는 것만으로도 할 일이 많아요." 여섯째 딸이 말했다.

이번에는 마지막으로 일곱째 딸이 나왔다. 그녀는 무엇을 할 수 있었을까? 그녀는 어떤 것에 대해서건 많은 이야기를 할 줄 알았다.

"여기 내 손가락이 다섯 개가 있다. 이것들에 대한 이야기를 하나씩 해다오." 늙은 도깨비 왕이 말했다.

일곱째 딸이 그의 손목을 잡자 늙은 도깨비 왕이 숨이 막힐 정도로 웃어제꼈다. 일곱째 딸이 금반지가 끼워진 네 번째 손가락에 대한 이야기를 하려 했기 때문이다. 결혼식이 있을 거라는 걸 알기라도 하듯이.

늙은 도깨비 왕이 말했다. "그 손가락을 꼭 잡아라. 이 손은 네 것이니라. 내 너를 신부로 삼겠다."

그러자 요정은 약손가락과 새끼손가락에 대한 이야기가 아직 남았다고 말했다.

"그건 겨울에 듣기로 하지. 그리고 전나무, 자작나무, 유령, 얼얼하게 만드는 서리에 대해서도 말야. 꼭 얘기를 해 주어야 한다. 아무도 너처럼 얘기를 잘하지 못하니까 말야. 장작이 타는 숫돌 방에 앉아서 옛 노르웨이 왕들의 황금 뿔잔에 밀주를 담아 마시자꾸나. 물의 요정이 뿔잔 두 개를 내게 선물했지. 우리가 거기에 앉아 있으면 물의 요정이 찾아와서 널 위해 양치기들이 부르는 노래를 들려줄 거야. 얼마나 즐겁겠니! 연어가 세찬 폭포 속에서 뛰어올라 돌벽을 치겠지만 안으로 들어오진 못하지. 노르웨이에 산다는 것은 참으로 즐거운 일이지. 그런데 얘들은 어디 갔지?" 늙은 도깨비 왕이 아들들을 찾으며 말했다.

아들들은 어디로 갔을까? 그들은 들판을 뛰어다니며 도깨비불을 끄고 돌아다녔다. 연회를 더욱 빛내 주려고 횃불을 들고 온 도깨비불들을 말이다.

"이게 무슨 장난이냐? 네 새 엄마를 선택했다. 그러니 너희 이모들 중에서 신붓감을 고르거라."

그렇지만 아들들은 우정을 위해 술을 마시고 이야기는 하겠지만 결혼할 생각은 없다고 말했다. 그들은 이야기를 나누고 건배를 하더니 술잔에 술이 한 방울도 남지 않았다는 것을 보여주려고 술잔을 거꾸로 세웠다. 그리고는 웃옷을 벗어 식탁 위에 놓고 잠이 들었다. 그들에게는 그곳이 집처럼 편안했던 것이다. 늙은 도깨비 왕은 그들을 내버려 둔 채 젊은 신부와 방 안을 돌며 춤을 추고 서로 장화를 바꾸어 신었다. 당시에는 반지 교환 대신 그게 유행이었다.

"닭이 울어요! 어서 창문을 닫아요. 햇빛에 타지 않으려면 말예요." 가정부인 나이든 요정 처녀가 말했다. 그러자 요정들의 언덕이 닫혔다. 그러나 도마뱀들은 여전히 틈새가 벌어진 나무를 오르락내리락했다.

"오, 난 늙은 노르웨이 도깨비 왕이 좋아!" 한 도마뱀이 다른 도마뱀에게 말했다.

"난 그 아들들이 더 좋아!" 지렁이가 말했다. 그러나 사실 그 지렁이는 아무것도 보지 못했다.


# 35
# 빨간 신

옛날에 예쁘고 가냘픈 소녀가 있었다. 그 소녀는 너무 가난해서 여름에는 맨발로 다녔고, 겨울에는 커다란 나막신을 신고 다녔다. 나막신을 신을 때면 발목이 나막신에 스쳐 벌겋게 부풀어오르곤 했다.

소녀가 사는 마을에는 늙은 과부가 있었다. 과부의 남편은 살아 생전에 구두를 만드는 사람이었다. 과부는 빨간 자투리 천을 모아 신발 한 켤레를 지었다. 투박해 보이긴 했어도 정성이 깃든 그 신발은 카렌이란 그 가난한 소녀에게 주려고 만든 것이었다.

소녀는 바로 엄마의 장례식 날 빨간 신을 받았다. 물론 그 신은 장례식에 어울리지 않았지만, 달리 신을 신이 없었기 때문에 소녀는 그 신을 신고 다 떨어진 누더기 옷을 입고 초라한 관을 따라갔다.

그때 고풍스런 커다란 마차가 다가왔다. 거기에는 위엄 있어 보이는 노부인이 타고 있었다. 노부인은 소녀를 보자 불쌍한 생각이 들어서 신부님에게 부탁했다. "저 소녀를 제게 주세요. 제가 잘 돌봐 줄게요."

카렌은 빨간 신 때문에 이런 행운이 생기게 되었다고 생각했다. 하지만 노부인은 신발이 보기 싫다며 난로에 던져 버리고 카렌에게 예쁘고 깨끗한 옷을 입혔다. 그리고 책을 읽고 바느질하는 법을 가르쳐 주었다. 카렌은 누가 봐도 매우 예뻤다. 하지만 거울은 카렌에게 이렇게 말했다. "넌 예쁜 정도가 아니라 눈부시게 아름다워."

어느 날, 전국을 여행하던 여왕이 어린 공주를 데리고 그 마을에 나타났다. 여왕과 공주를 구경하려고 사방에서 사람들이 몰려들었다. 카렌도 근처 성에 와 있는 여왕과 공주를 보려고 사람들을 따라 나섰다. 공주는 사람들이 바라볼 수 있도록 작은 의자에 앉아 성의 거대한 창문으로 밖을 내다보고 있었다. 공주는 왕관은 쓰고 있지 않았지만 아주 예쁜 흰옷에 모로코 가죽으로 된 빨간 신을 신고 있었다. 그 신발은 늙은 과부가 카렌에게 지어 준 신처럼 빨간 색이긴 했지만 카렌 것보다 훨씬 더 예뻤다. 카렌은 이 세상의 어떤 것보다도 그 빨간 신이 탐났다.

어느덧, 카렌이 견신례를 받을 나이가 되었다. 경건한 견신례 의식을 치르려면 새 옷을 입고 새 신발도 신어야 했다. 노부인은 새 신을 사 주려고 카렌을 그 도시에서 제일 훌륭한 구두장이에게 데려갔다. 구두장이는 카렌의 작은 발 크기를 쟀다. 그 큰 구두가게에는 아주 예쁜 신과 장화들이 네 벽에 세워진 유리 장마다 가득 차 있었다. 하지만 노부인은 시력이 좋지 않아서 그런 예쁜 신발들을 보지 못했다. 카렌은 예쁜 신을 둘러보다가 두 개의 장화 사이에 놓여 있는 빨간 신발 한 켤레를 보았다. 그 신발은 공주가 신었던 것과 똑같았다. 아, 어쩜 저렇게 예쁠까! 카렌이 탐내자 구두장이는 백작 딸을 주려고 만든 것인데, 발에 맞지 않아 못 신게 되었다고 말했다.

"에나멜 가죽인가? 번쩍거리네." 노부인이 말했다.

"네, 아주 번쩍거리네요." 카렌이 이렇게 말하며 신을 신어 보았다. 신발이 카렌에게 꼭 맞자 노부인이 그 신발을 사 주었다. 노부인은 그 신이 빨간 색이라는 걸 알았더라면 사지 않았을 것이다. 견신례 때 빨간 신을 신는 일이 어울리지 않았기 때문이다. 하지만 노부인의 눈이 좋지 않은 바람에 그런 일이 벌어지고 말았다.

교회에 모인 사람들은 모두 제단 앞으로 걸어가는 카렌의 발을 유심히 바라보앉다. 교회 벽에는 교회 묘지에 묻힌 목사들과 그들 부인의 초상화가 걸려 있었는데, 모두 검은 옷에 흰 목도리를 두르고 있었다. 카렌은 초상화 속의 그들조차도 자기 빨간 신을 뚫어지게 보는 것 같아 어깨가 으쓱해졌다. 늙은 목사님이 카렌의 머리에 손을 얹고 착한 신자가 되겠다는 하느님과의 경건한 약속에 대해 이야기했다. 하지만 카렌의 귀에는 그런 말이 들어오지 않았다. 풍금 소리가 장엄하게 울려 퍼지고 나이든 성가대 대원이 찬송을 불렀다. 뒤이어 아이들이 예쁜 목소리로 노래했다. 하지만 카렌의 마음은 온통 빨간 신에 가 있었다.

견신례가 끝나자 사람들이 입을 모아 빨간 신발에 대해 노부인에게 말했다. 그 말을 들은 노부인은 버럭 화를 내며 카렌을 꾸짖었다. 부인은 빨간 신을 신고 교회에 가는 것은 예의에 벗어난 일이며 다음부터 교회에 갈 때엔 낡았더라도 검은 신발을 신으라고 단단히 일렀다.

다음 주 일요일, 성찬식에 참석하기로 되어 있던 카렌은 검은 신과 빨간 신을 번갈아 보며 망설이다가 빨간 신을 신었다.

햇살이 눈부시게 쏟아지는 아름다운 날이었다. 카렌과 노부인은 들길을 따라 걸었다. 땅에서 뿌옇게 피어나는 먼지가 신발에 잔뜩 앉았다.

교회 문 앞에 이르자 병든 군인이 목발을 짚고 서 있었다. 길게 늘어뜨린 희끗희끗한 빨간 수염이 아주 멋졌다. 군인이 몸을 굽혀 노부인에게 절을 하며 신발의 먼지를 털어 주겠다고 말했다. 그래서 카렌도 작은 발을 내밀었다.

"참으로 예쁜 무용 신이군요. 춤을 출 때 꼭 신도록 해요!" 군인이 구두 바닥을 톡톡 치며 말했다.

노부인은 군인에게 1실링을 주고 카렌과 함께 교회로 들어섰다. 이번에도 교회에 모인 사람들이 일제히 카렌의 발을 바라보았다. 벽에 걸린 초상화 속의 사람들도 카렌의 신발에서 눈을 떼지 않았다. 카렌은 제단 앞에 무릎을 꿇고 금잔을 입에 갖다 대면서도 빨간 신 생각뿐이었다. 카렌은 마음이 온통 신발에만 쏠려 있어 찬송가 부르는 것도, 주기도문을 외우는 것도 잊어버렸다.

교회 앞에는 노부인과 카렌을 집으로 태워 가려고 마부가 기다리고 있었다. 노부인이 먼저 마차에 올라탄 후 카렌이 막 마차에 오르려던 참이었다. 그때 바짝 옆에 서 있던 늙은 군인이 말했다. "보세요, 춤추기에 딱 맞는 신이에요."

그 말을 듣자 카렌은 몇 발자국 움직이면서 춤을 추어 보았다. 그런데 일단 춤

카렌은 쓰디쓴 풀이 자라는 가난한 사람들의 무덤에 앉고 싶었지만 춤이 멈춰지지 않았다.

을 추기 시작한 발이 멈출 줄을 몰랐다. 마치 신의 명령을 받아 어쩔 수 없는 것처럼 말이다. 카렌은 춤을 추면서 교회 모퉁이를 돌았다. 아무리 멈추려 해도 멈출 수가 없었다.

그러자 마부가 마차에서 내려 쫓아왔다. 마부는 카렌을 겨우 붙잡아 마차에 태웠다. 그런데도 발은 계속해서 공중에서 춤을 추었으며 멈출 줄을 몰랐다. 노부인과 마부는 춤을 멈추게 하려고 카렌의 신발을 벗기다가 그만 카렌의 발에 채이고 말았다. 그들이 끙끙대며 신을 벗겨 낸 후에야 비로소 발이 춤을 멈추었다.

집에 도착하자 노부인은 빨간 신을 신발장에 넣어 버렸다. 그러나 카렌은 빨간 신이 신고 싶어 몰래 신발장을 들여다보곤 했다.

그러던 어느 날, 노부인이 앓아 누웠다. 의사들은 노부인이 더 이상 살 수 없을 거라고 말했다. 누군가 부인을 돌봐 줘야 했는데, 그럴 사람은 카렌뿐이었다. 마침 그 도시에서 열리는 성대한 무도회에 초대받은 카렌은 죽어가는 노부인과 빨간 신을 번갈아 보았다. 보는 것은 죄가 되지 않으니까 말이다. 그러다가 카렌은 빨간 신을 신어 보았다. 신어 보는 것도 해가 될 것은 없었으니까. 그런데 신을 신자마자 카렌은 자신도 모르게 춤을 추며 무도회가 열리는 곳으로 가고 있었다.

카렌이 왼쪽으로 움직이려 하면 신은 오른쪽으로 움직이며 춤을 추고 무도장 위로 올라가려 하면 신은 계단을 내려가 거리로 나갔다. 카렌은 계속 춤을 추면서 도시의 성문을 지나 어두운 숲 속으로 갔다.

그때 나무들 사이에서 반짝반짝 빛나는 것이 보였다. 카렌은 그것이 둥근 것으로 보아 달일 거라고 생각했다. 그러나 그것은 달이 아니라 붉은 수염을 기른 늙은 군인이었다. 군인이 머리를 끄덕이며 말했다. "그것 봐, 얼마나 멋진 춤 신발인지!"

카렌은 겁이 나서 빨간 신을 벗으려 애썼다. 양말을 찢어 버렸지만 그럴수록 신발은 더욱 발에 단단히 들러붙었다. 카렌은 들판과 초원을 지나 해가 뜨거나 비가 오거나 밤낮으로 쉬지 않고 춤을 추어야 했다. 제일 무섭고 끔찍한 것은 세상이 컴컴한 어둠 속에 잠기는 밤이었다.

그러던 어느 날, 카렌은 넓은 교회 묘지로 춤을 추며 들어갔다. 죽은 사람들은 카렌을 본 척도 하지 않았다. 카렌은 쓰디쓴 풀이 자라는 가난한 사람들의 무덤에 앉고 싶었지만 춤이 멈춰지지 않았다. 카렌이 열린 교회 문 안으로 들어가

"내가 누군지 모르는 모양이구나. 난 나쁜 사람들 목을 베는 사람이란다.
도끼가 떨리는 것으로 보아 넌 나쁜 아이가 틀림없구나."

려 할 때 한 천사가 나타나 앞을 가로막았다. 천사는 땅까지 끌리는 커다란 날개가 달린 흰옷을 입고 있었다. 천사의 얼굴은 근엄하고 무서웠으며 손에는 번쩍이는 칼을 들고 있었다.

"넌 춤을 추어야 한단다. 네가 수척해질 때까지 그 빨간 신을 신고 계속 추어야해. 안색이 창백해지고 살가죽이 뼈에 붙어 해골로 변할 때까지 말야. 집집마다다니면서 춤을 추어야 하지. 그러다가 잘난 체하고 거만한 아이들이 사는 집을 지날 때면 문을 두드려야 한단다. 그 아이들이 싫어도 춤을 추어야 하는 네 운명을보며 무서움을 느끼도록 말야. 자, 계속 춤을 추어라. 춤을!"

"용서해 주세요." 카렌이 소리쳤다. 그렇지만 천사의 대답을 들을 수가 없었다. 어느새 빨간 신이 카렌을 멀리 끌고 갔기 때문이다. 빨간 신은 교회 묘지를지나고 초원과 큰길과 오솔길을 지났다. 그러는 중에도 카렌은 계속해서 춤을 추어야 했다.

어느 날 아침, 카렌은 잘 알고 있는 어느 집 앞을 지나게 되었다. 집 안에서는찬송가 소리가 들려 왔다. 곧이어 대문이 열리고 꽃으로 장식된 관이 밖으로 들려져 나왔다. 카렌에게 인정을 베풀어 주었던 노부인이 죽은 것이다. 카렌은 그때서야 자신이 모든 사람들로부터 버림받았으며 천사에게 저주를 받았다는 사실을 깨달았다.

그래도 춤은 여전히 멈출 수가 없었다. 신발은 카렌을 들판과 초원을 지나 쐐기풀과 찔레 덤불이 있는 곳으로 데려갔다. 가시에 찔린 카렌의 발에서 피가 흘렀다.

어느 날 아침, 카렌은 쓸쓸한 황야를 지나 외딴 곳에 있는 오두막에 이르렀다. 사형 집행인이 살고 있는 곳이었다. 카렌은 손가락으로 창문을 두드리며 소리쳤다.

"좀 나와 보세요, 나와 보시라구요. 난 춤을 추어야 하기 때문에 안으로 들어갈 수가 없어요!"

사형 집행인이 문을 열고 나왔다. 그리고는 카렌을 보자 이렇게 말했다. "내가누군지 모르는 모양이구나. 난 나쁜 사람들 목을 베는 사람이란다. 도끼가 떨리는 것으로 보아 넌 나쁜 아이가 틀림없구나."

"제발 내 목을 치지 마세요. 그러면 잘못을 뉘우칠 수가 없을 테니까요. 나의발을 베어 주세요." 카렌이 애원하듯 말했다.

카렌이 자기의 잘못을 고백하자 사형 집행인은 카렌의 발목을 잘랐다. 그러자 빨간 신은 춤을 추며 어두운 숲 속으로 사라졌다. 사형 집행인은 카렌에게 목발과 나무 발을 만들어 주고 죄를 지은 사람들이 부르는 찬송가도 가르쳐 주었다. 카렌은 도끼를 휘둘러 발목을 잘라 준 사형 집행인의 손에 입을 맞추고 그곳을 떠났다.

'난 빨간 신 때문에 충분히 고통을 받았어. 이제 교회에 가서 사람들과 함께 지내야지.' 카렌은 이렇게 생각하며 교회로 갔다. 그런데 카렌이 교회 문 앞에 이르렀을 때 빨간 신이 춤을 추며 눈앞에 나타나는 바람에 카렌은 너무 무서워서 부리나케 도망쳤다.

카렌은 1주일 내내 슬피 울며 지냈다. 그리고 일요일이 되었다.

'이제 충분히 고통받고 충분히 노력했어. 난 이제 교회에 앉아서 기도하고 있는 저 사람들처럼 착해졌어. 거만하게 머리를 높이 쳐들고 있는 저 사람들 못지않게 착하다구.' 카렌은 이런 생각을 하자 용기가 생겼다. 하지만 교회 문 앞까지밖에 갈 수가 없었다. 빨간 신이 카렌 앞에서 춤을 추고 있었기 때문이다. 카렌은 무서워서 다시 도망치고 말았다. 그리고 이번에는 자기의 잘못을 진심으로 뉘우쳤다.

카렌은 목사님 댁으로 거기서 일하고 싶다고 간청했다. 돈은 받지 않아도 좋으며 단지 잠잘 곳과 먹을 것만 있으면 충분하다고 말했다. 목사 부인은 불구가 된 카렌을 불쌍히 여기고 받아들였다. 카렌은 살 곳이 생긴 것을 진심으로 감사히 여기고 열심히 일했으며 저녁에는 목사님이 성경책 읽는 소리를 열심히 들었다. 어린아이들은 카렌을 무척 따랐으며 카렌도 아이들과 함께 자주 어울려 놀았다. 카렌은 아이들이 아름다운 옷을 입고 싶어하거나 공주와 같이 아름답게 되고 싶다고 얘기하면 슬프게 고개를 젓곤 했다.

어느 일요일, 교회를 갈 준비를 끝낸 집안 식구들이 카렌에게 같이 교회에 가자고 권했다. 가엾은 카렌은 눈물이 가득 고인 눈으로 한숨을 쉬며 자신의 목발만 바라보았다.

집안 사람들이 모두 교회로 가자 혼자 남은 카렌은 자신의 작은 방으로 들어갔다. 그 방은 아주 작아서 침대 하나와 의자 하나가 들어갈 공간밖에 되지 않았다. 카렌은 앉아서 기도문을 읽기 시작했다. 바람에 실려 교회의 풍금 소리가 들려 왔다. 카렌은 눈물로 얼룩진 얼굴을 들고 속삭였다. "오, 하느님, 저를 도와주세요!"

그러자 갑자기 햇빛이 두 배로 밝아지더니 천사가 나타났다. 손에 칼을 들고 교회 문 앞에서 카렌을 가로막았던 바로 그 천사였다. 천사는 이제 칼 대신 활짝 핀 꽃송이들이 매달린 장미나무 가지를 들고 있었다. 천사가 그 나뭇가지를 천장을 대자 천장이 하늘만큼 높아졌으며, 또다시 그 천장에 갖다 대자 금빛별이 초롱초롱 빛났다. 이번에는 벽을 건드리자 벽이 뒤로 물러나 방이 넓어졌다. 풍금이 보였으며 목사님과 부인들이 그려진 옛날 초상화들도 보였다. 그리고 찬송가책을 들고 찬송가를 부르는 사람들도 보였다. 교회가 카렌의 작은 방으로 들어온 것이다. 아니, 어쩌면 카렌이 교회로 간 것인지도 몰랐다. 이제 카렌은 다른 사람들과 함께 교회에 앉아 있었다. 찬송가가 끝나자 사람들이 고개를 들어 카렌을 보았다.

누군가가 카렌에게 속삭였다. "네가 와서 기쁘구나, 카렌."

"모두 하느님의 은총이에요." 카렌이 조용히 대답했다.

거대한 풍금 소리에 섞여 감미로운 아이들의 합창 소리가 들리고, 밝고 따스한 햇살이 교회 창문으로 새어 들어왔다. 햇살로 가득 찬 카렌의 가슴은 행복감에 넘쳐 터질 것만 같았다. 카렌의 영혼은 햇살을 타고 하느님에게로 날아갔다. 그곳에서는 카렌에게 빨간 신에 대해 묻는 사람이 아무도 없었다.

# 36
## 높이뛰기 선수들

벼룩과 메뚜기와 춤추는 인형이 누가 제일 높이 뛰는지 겨루기로 했다. 그들은 온 세상 동물들을 모두 초대했으며 서로 자기가 우승할 것이라고 확신했다.

"제일 높이 뛰는 자에게 내 딸을 주겠노라. 시합에서 이겨 그저 명예만 얻는 것은 충분한 상이 되지 못하지." 늙은 왕이 말했다.

벼룩이 제일 먼저 나와 자기 소개를 했다. 벼룩은 매우 점잖았다. 그의 피 속에는 젊은 처녀들의 피가 섞여 있었으며 사람들 속에 섞여 사는 데 익숙했다. 그래서 예의가 있었다.

다음에는 메뚜기 차례였다. 메뚜기는 벼룩보다 뚱뚱했지만 품위가 있었으며 태어날 때부터 초록색 유니폼을 입고 있었다. 메뚜기는 자기가 이집트의 전통 있는 가문에 속한다고 자랑했다. 또 이 나라에서는 매우 존경받는 존재로 사람들이 들판에서 모셔다가 3층이나 되는 카드 집에 살게 해 주었다고 했다. 카드 집은 그림이 그려진 카드로 만들어졌으며 드나드는 문과 창문도 있다고 했다.

"난 노래를 매우 잘 해요. 태어날 때부터 노래를 했는데도 카드 집을 얻지 못한 열여섯 마리 귀뚜라미들은 부러워서 비쩍 말라 버렸답니다. 그들은 내가 노래를 부르면 사라져 버리지요." 메뚜기가 자기 자랑을 늘어놓았다.

벼룩과 메뚜기는 이렇게 자기 자랑을 하느라고 입에 침이 마를 정도였다. 그들은 서로 자기가 공주를 차지할 자격이 있다고 생각했다.

이번에는 춤추는 인형 차례였다. 춤추는 인형은 거위의 창사골, 두 개의 고무 끈, 봉합용 왁스, 마호가니로 된 작은 막대기로 만든 것이었다. 춤추는 인형은 아무 말도 하지 않았다. 그래서 동물들은 모두 그가 비범한 재능을 가지고 있을 것이라고 믿었다. 궁중의 개는 춤추는 인형에게 다가가 킁킁대며 냄새를 맡아보고는 좋은 집안 출신이라고 말했다. 침묵의 대가로 훈장을 세 개나 받은 나이든 참사관은 춤추는 인형에게 예언할 수 있는 능력이 있다고 장담했다. 춤추는 인형의 등을 보면 온화한 겨울이 될지, 혹독한 겨울이 될지를 알 수 있다는 것이었다. 그리고 그것은 달력을 만든 자의 등에서도 알 수 없는 것이라고 했다.

"말은 않겠지만 이들 모두에 대해 나도 나름대로 생각이 있지." 왕은 이렇게만 말할 뿐이었다.

이제 높이뛰기 대회가 시작되었다. 벼룩은 너무 높이 뛰어서 아무도 그를 보지 못했다. 그래서 모두들 그가 전혀 뛰지 않았다고 말했다. 참으로 억울한 일이었다. 메뚜기는 벼룩의 반만큼 뛰었는데 그만 왕의 얼굴로 내려앉고 말았다. 왕은 참으로 불쾌하다며 성을 버럭 냈다.

이제 춤추는 인형이 뛸 차례였다. 춤추는 인형은 생각에 잠긴 듯 너무 조용하게 앉아 있어서 모두들 뛰지 않을 것이라고 생각했다.

"몸이 불편하지는 않으면 좋을 텐데!" 궁중 개가 킁킁거리며 말했다. 바로 그때, 춤추는 인형이 뛰어올랐다. 인형은 비스듬히 살짝 뛰어올라 황금 의자에 앉아 있는 공주의 무릎에 내려앉았다. 그러자 왕이 말했다.

"제일 높이 뛴 것은 내 딸에게로 뛰어든 춤추는 인형이다. 춤추는 인형은 머리가 좋고 좋은 것을 보는 안목이 있다는 것을 보여 주었도다. 공주는 춤추는 인형과 결혼하거라!"

"내가 제일 높이 뛰었어. 하지만 그게 다 무슨 소용이람. 공주는 춤추는 인형과 결혼할 텐데. 거위의 창사골, 두 개의 고무 끈, 봉합용 왁스, 마호가니로 된 작은 막대기로 만든 인형과 말야. 난 상관 안해. 제일 높이 뛴 건 나니까. 그렇지만 이 세상에서는 눈에 보이는 것만 중요하게 생각하지." 벼룩이 말했다.

그 후 벼룩은 외국 군대에 입대했다. 소문에 의하면 벼룩은 전쟁터에서 죽었다고 한다. 메뚜기는 도랑에 앉아 세상이 매우 불공평하다고 불평했다.

"중요한 건 눈에 보이는 것이라니까! 중요한 건 눈에 보이는 것이라구!" 메뚜기는 이렇게 중얼거리며 슬픈 노래를 불렀다.

이 이야기는 바로 메뚜기의 슬픈 노래에서 따온 것이다. 이 이야기가 책으로까지 나오긴 했지만 거짓인지도 모른다.

# 37
# 양치기 소녀와 굴뚝 청소부

기이한 형상과 나뭇잎 무늬가 있는 나무 찬장을 본 적이 있는가? 아주 오래되어서 까맣게 되어 버린 찬장을 말이다. 바로 그렇게 생긴 찬장이 어느 집 거실에

그들 옆에는 또 하나의 도자기 인형이 있었는데, 그들보다 세 배나 더 큰 늙은 중국인이었다.

있었다. 그것은 증조 할머니 때부터 대대로 물려받은 것이었다. 찬장에는 위에서 아래까지 장미와 튤립이 새겨져 있었고, 특이하게 생긴 소용돌이 무늬 사이로 작은 사슴들이 빠끔히 뿔을 내밀고 있었다. 그리고 찬장 문 한가운데에는 해죽이 웃는 듯한 이상한 표정을 짓고 있는 한 남자가 새겨져 있었다. 그는 염소 다리에 머리에는 작은 뿔이 달려 있었으며 턱에는 긴 수염도 있었다. 그 방에 드나드는 아이들은 그를 보고 "야전 지휘관 염소 다리 특무상사 빌리"라고 불렀다. 흔치 않은 이름이었고 발음하기도 어려웠다. 그를 거기에 새겨 넣는 작업은 매우 힘들었을 것이다.

염소 다리 빌리는 언제나 거울 밑의 책상을 바라보고 있었다. 거기에는 도자기로 만든 사랑스런 양치기 소녀가 있었기 때문이다. 양치는 지팡이를 든 소녀는 금박을 입힌 신발에 붉은 장미 장식이 달린 치마와 아주 예쁜 금빛 모자를 쓰고 있었다. 생기 발랄하고 매우 예뻤다.

바로 그 소녀 옆에는 도자기로 만든 굴뚝 청소부가 서 있었다. 그는 석탄처럼 새까맣긴 했지만 다른 도자기 인형처럼 깨끗하게 잘 닦여 있었다. 굴뚝 청소부라는 것은 그냥 붙여 본 이름이었다. 도공은 그를 멋진 왕자로 만들 수도 있었을 테니까. 사다리를 들고 서 있는 청소부는 소녀처럼 예쁘고 발그레한 얼굴을 하고 있었다. 그러나 그건 색칠이 잘못된 것이었다. 굴뚝 청소부라면 얼굴에 까만 것을 묻히고 있어야 하지 않은가. 아무튼 그는 양치기 소녀와 나란히 서 있었다. 그들은 서로 가까이 서 있는 데다 똑같이 깨지기 쉬운 도자기로 만들어져 서로 잘 어울렸기 때문에 약혼을 했다.

그들 옆에는 또 하나의 도자기 인형이 있었는데, 그들보다 세 배나 더 큰 늙은 중국인이었다. 그는 고개를 끄덕일 줄 알았으며 항상 양치기 소녀의 할아버지라고 우겼다. 그러나 그것을 증명할 수는 없었다. 그는 늘 자기가 양치기 소녀에 관한 일이라면 무엇이든 결정할 권리가 있다고 주장했기 때문에 염소 다리 빌리는 양치기 소녀와 결혼하게 해 달라고 부탁했다. 그러자 늙은 중국인은 고개를 끄덕여 승낙했다.

"이제 너도 결혼을 하는구나. 내 생각에 그는 마호가니로 만들어진 것 같다. 너는 이제 염소 다리 빌리의 부인이 되는 거야. 그는 비밀 서랍에 은그릇이 가득 든 찬장도 가지고 있지." 늙은 중국인이 양치기 소녀에게 말했다.

"난 그 어두컴컴한 찬장으로 가지 않을래요. 그에겐 이미 열한 명의 도자기 부인이 있던데요."

"그렇다면 넌 열두 번째 부인이 되겠구나. 오늘 밤, 낡은 찬장이 삐걱거리는 소리를 내면 너희들은 결혼식을 올려야 해. 반드시 그렇게 해야 해." 중국인은 이렇게 말하고 고개를 끄덕이고는 잠이 들었다.

양치기 소녀는 울면서 사랑하는 굴뚝 청소부를 바라보았다. "부탁이 있어. 나랑 같이 넓은 세상으로 나가자! 우린 이제 이곳에 있을 수 없어."

"네가 원하는 것이라면 뭐든지 다 할게. 지금 당장 떠나자! 난 직업이 있으니까 널 보살펴 줄 수 있을 거야." 굴뚝 청소부가 말했다.

"책상에서 안전하게 떨어질 수만 있다면! 바깥 세상으로 가지 못한다면 난 정말 불행할 거야."

청소부는 그녀를 위로하며 작은 발을 조각으로 된 모서리로 옮겼다가 금박 잎사귀 장식에 내려놓는 방법을 가르쳐 주었다. 그리고 도움이 될 것 같아 사다리도 가져왔다. 이렇게 해서 그들은 바닥으로 내려와 낡은 찬장을 바라보았다. 그런데 이게 어찌된 일인가? 낡은 찬장에서 큰 소란이 일어난 것이다. 찬장에 새겨진 사슴들이 머리를 내밀고 뿔을 꼿꼿이 세우고는 고개를 비틀었다. 그리고 염소 다리 빌리는 공중으로 뛰어올라 늙은 중국인에게 소리쳤다. "그들이 도망가요! 도망간다니까요!"

양치기 소녀와 굴뚝 청소부는 깜짝 놀라 창 아래 서랍 속으로 얼른 뛰어들었다. 그곳에는 짝이 맞지 않는 서너 벌의 카드가 있었으며 매우 깔끔하게 지어진 인형 극장도 있었다. 막 연극이 시작될 참이었다. 다이아몬드, 하트, 스페이드 여왕들은 모두 첫째 줄에 앉아서 튤립으로 부채질하고 있었고, 그들 뒤에는 기사들이 서 있어 그들도 상하가 있다는 것을 보여 주었다. 연극은 맺어질 수 없는 두 연인에 관한 이야기였다. 양치기 소녀는 자신의 처지와 비슷하여 그만 울고 말았다.

"난 못 참겠어. 서랍에서 나가야겠어."

그녀는 서랍에서 뛰쳐나와 바닥에 서서 탁자를 쳐다보았다. 그런데 늙은 중국인이 잠이 깨어 온몸을 떨고 있지 않은가. 그 바람에 중국인은 쿵 하고 바닥으로 떨어져 버렸다.

"어머, 중국인 할아버지가 와!" 양치기 소녀는 겁에 질려 한쪽 무릎을 꿇고 털썩 주저앉았다.

"나한테 좋은 생각이 있어. 저 구석에 있는 향료병으로 들어가자. 장미와 라벤더 꽃에 숨어서 그가 다가오면 눈에 소금을 뿌려 버리자." 굴뚝 청소부가 말했다.

"그렇게 해도 소용없어. 늙은 중국인과 향료병은 한때 사랑하는 사이였어. 그런 사이였다면 여전히 좋은 감정이 남아 있게 마련이잖아. 이제 다른 수가 없어. 넓은 세상으로 나갈 수밖에."

"너 정말 나랑 같이 넓은 세상으로 나갈 용기가 있어? 그곳이 얼마나 넓은지 알아? 다시는 이곳으로 돌아올 수 없다는 것도 생각해 봤니?"

"그래, 해 봤어."

굴뚝 청소부는 양치기 소녀를 바라보았다. 양치기 소녀는 매우 단호했다.

"내가 다니는 길은 난로를 통해 굴뚝으로 올라가는 길이야. 너 정말 난로를 지나 쇠로 만든 관으로 기어들어갈 수 있겠어? 굴뚝에 이르면 어떻게 해볼 도리는 있어. 높이 뛰어서 그들이 못 잡게 하는 거지. 그 위에는 넓은 세상으로 나가는 구멍이 하나 있어. 우린 그 구멍으로 나가는 거야." 청소부는 이렇게 말하며 양치기 소녀를 난로 문으로 데리고 갔다.

"여긴 아주 캄캄하네!"

양치기 소녀는 용기를 내어 청소부와 함께 난로를 지나 시커먼 관을 통과했다.

338

관 속은 정말이지 칠흑같이 어두웠다.

"여기가 굴뚝이야. 저길 봐! 저 위에서 별이 반짝이고 있어. 정말 아름답지?"

그것은 하늘에 떠 있는 진짜 별이었다. 별들은 길을 안내해 주기라도 하는 듯이 그들을 내리 비치고 있었다. 그들은 굴뚝을 기어올라갔다. 굴뚝은 소름끼칠 만큼 가파르고 길었지만 청소부가 그녀를 끌어 주고 밀어 주었다. 청소부는 그녀에게 작은 도자기 발을 딛을 수 있는 곳을 일일이 일러주면서 힘들게 굴뚝 끝에 도착했다. 꼭대기에 이르자 그들은 지쳐서 주저앉고 말았다.

머리 위로는 별들이 초롱초롱한 하늘이 보였고 발 아래로는 도시의 지붕들이 보였다. 그리고 저 멀리로는 널따란 세상이 한눈에 보였다. 양치기 소녀는 세상이 그렇게 넓으리라고는 상상도 못한 일이었다. 그녀는 굴뚝 청소부에게 머리를 기대고는 엉엉 울고 말았다. 그러는 바람에 허리띠의 금박이 벗겨져 나갔다.

"세상이 너무 넓어. 난 도저히 감당할 수 없어. 다시 전에 있던 거울 앞 탁자로 가고 싶어. 그리로 돌아가지 못하면 절대로 행복하지 못할 거야. 네가 날 데려왔으니까 다시 돌아가게 해줘. 네가 날 정말 사랑한다면 말이야."

그러자 굴뚝 청소부는 늙은 중국인과 염소 다리 빌리에 대해 얘기하며 양치기 소녀를 달래려고 애썼다. 그러나 그녀는 슬프게 흐느끼며 굴뚝 청소부에게 입을 맞추었다. 굴뚝 청소부는 바보 같은 짓인 줄 알면서도 그녀의 말에 따르는 수밖에 없었다. 그들은 다시 힘들게 굴뚝을 기어 내려와 난로 속으로 기어들어갔다. 그리고는 어두운 난로에서 방 안 동태를 살피기 위해 문으로 바짝 다가가 귀를 기울였다. 방 안은 아주 조용했다. 그들은 방 안을 들여다보았다. 아, 그런데 바닥 한가운데에 늙은 중국인이 누워 있지 않은가? 중국인은 그들을 쫓아오려다가 탁자에서 떨어져 세 조각으로 깨지고 만 것이다. 등은 완전히 떨어져 나갔고 머리는 구석으로 굴러가 있었다. 염소 다리 빌리는 골똘히 생각에 잠긴 채 예전 그 자리에 서 있었다.

"어머, 저런 끔찍한 일이! 중국인 할아버지가 산산조각이 나 버렸어. 우리 때문이야. 정말 죽고 싶어." 양치기 소녀는 작은 두 손을 괴롭게 비틀어 짰다.

"다시 붙일 수 있어. 그렇게 성급하게 굴지 마! 등에 시멘트를 바르고 목에 못을 박으면 돼. 새것이나 다름없이 된다구. 그러면 예전처럼 우리에게 잔소리도 할 수 있을 거야."

중국인은 그들을 쫓아오려다가 탁자에서 떨어져 세 조각으로 깨지고 만 것이다.

"정말?" 양치기 소녀는 눈을 반짝이며 이렇게 묻고 전에 서 있던 탁자 위로 올라갔다.

"괜히 헛수고만 했어. 차라리 여기에 그냥 있을걸." 굴뚝 청소부가 부루퉁해서 말했다.

"할아버지가 다시 온전해지면 좋겠어. 그러려면 돈이 많이 들까?" 양치기 소녀가 걱정스럽게 물었다.

얼마 후 양치기 소녀의 소원대로 늙은 중국인은 다시 예전처럼 되었다. 등을 붙이고 목에 못을 박자 새것이나 다름없었다. 그러나 이제 더 이상 고개를 끄덕이지 못했다.

"당신은 여러 조각으로 깨지고 나더니 거만해지셨군요? 그렇게 거만하게 굴 것 없어요. 그녀를 나한테 주실 거죠?" 염소 다리 빌리가 말했다.

굴뚝 청소부와 양치기 소녀는 늙은 중국인이 승낙할까 봐 마음이 조마조마했다. 그들은 애처로운 눈으로 중국인을 바라보았다. 그러나 중국인은 이제 고개를 끄덕일 수가 없었다. 게다가 보는 사람마다 등에 못을 박았느냐고 묻는 바람에 지쳐서 그럴 힘도 없었다.

그리하여 도자기 연인들은 함께 있게 되었다. 그들은 할아버지의 목에 박힌 못에게 고마워하며 깨질 때까지 서로 사랑하며 살았다.


# 38
# 홀거 단스케

덴마크 항구 도시에 오래된 성이 하나 있단다. 외국인들이 엘시노어라고 알고 있는 크론보르크 성이지. 크론보르크가 서 있는 곳은 바로 덴마크와 스웨덴 사이에 있는 외레순 해협의 끄트머리란다. 그 해협으로는 러시아, 영국, 프로이센 배들이 수백 척씩 지나다니지. 배들이 오래된 성 옆을 지날 때면 공포를 쏘아서 경의를 나타낸단다. 그러면 엘시노어에서도 그에 대한 대답으로 "쾅!" 하고 대포를 쏘아 응답하지. 평화시의 대포 소리는 "좋은 하루 되세요. 고맙습니다!"란 뜻이란다.

겨울에는 외레순에서 스웨덴에 이르는 해안이 얼음으로 뒤덮이기 때문에 배가 지나다닐 수 없지. 그러면 바다는 육지처럼 변한단다. 그래서 사람들은 바다 위로 걷거나 마차를 몰고 노랗고 푸른 스웨덴 깃발이 나부끼는 건너편 해안까지 건너가지. 덴마크 사람들과 스웨덴 사람들이 만나면 "좋은 하루 되세요. 고맙습니다!" 하고 인사를 주고받는단다. 대포가 아니라 다정하게 악수를 하면서 말야. 그리고 서로 상대편 도시에서 물건을 사지. 낯선 나라 음식은 맛있는 법이니까.

그래도 제일 멋진 것은 오래된 크론보르크 성이란다. 아무도 찾는 사람이 없는 그 성의 어두운 지하실에는 홀거 단스케가 혼자 앉아 있지. 강철로 된 옷을 입은 그는 머리를 두 손에 묻고 있단다. 그리고 긴 수염이 대리석 탁자 위로 길게 늘어져 있지. 꿈을 꾸며 자고 있는 거란다. 꿈속에서 홀거 단스케는 덴마크에서 일어나는 모든 일을 볼 수 있지. 그리고 1년에 한 번씩 돌아오는 크리스마스 이브가 되면 하느님은 천사를 보내 덴마크는 안전하니까 계속 편안하게 자도 좋다고 안심시킨단다. 하지만 덴마크가 위험에 처하면 홀거 단스케는 언제라도 벌떡 일어나 칼을 들고 싸울 거야. 그러면 온 세계가 그 소식을 듣게 되겠지.

어느 할아버지가 홀거 단스케에 대한 이런 이야기를 손자에게 들려주고 있었다. 어린 소년은 할아버지의 이야기가 모두 정말이라고 믿었다. 할아버지는 거짓말을 하는 법이 없었기 때문이다.

목각을 하는 그 할아버지는 이야기를 하면서 새 배에 장식할 조각상을 만들었다. 할아버지는 그 조각에 바로 홀거 단스케라는 이름을 붙일 생각이었다. 나무로 만든 그 조각상은 한 손에는 큰 칼을, 다른 손에는 방패를 들고 수염을 길게 늘어뜨리고 당당하게 서 있었다. 방패의 문장은 아직 조각되지 않은 상태였다.

할아버지는 훌륭한 일을 해낸 덴마크 사람들에 대해 이야기를 해 주었다. 손자는 자기도 곧 홀거 단스케 만큼이나 많은 걸 알게 될 것이라고 생각했다. 그날 밤, 잠자리에 든 소년은 길고 흰 수염을 기른 꿈을 꾸었다.

할아버지는 방패에 덴마크 문장을 새기는 작업을 하느라고 밤늦게까지 일했다. 드디어 조각상이 완성되자 할아버지는 조각상을 바라보며 손자에게 들려준 이야기에 대해 생각했다. 그 이야기는 다른 사람에게 들었거나 책에서 읽은 것들이었다. 할아버지는 고개를 끄덕이며 안경을 닦아서 다시 썼다.

"홀거 단스케는 내가 살아 있는 동안에는 깨지 않을지도 몰라. 하지만 저기서 잠을 자고 있는 내 손자의 살아 생전에는 깨어날지도 모르지." 할아버지는 이렇게 중얼거리며 다시 한 번 조각상을 보았다. 조각된 홀거 단스케는 보면 볼수록 마음에 들었다. 아직 색깔을 칠하지 않은 상태였지만 할아버지의 상상 속에서는 모든 색깔이 보였다. 갑옷은 검푸른 색으로 번쩍번쩍 빛이 났고, 문장의 심장 모양은 붉게 물들어 보였으며 머리에 금관을 쓴 사자는 고개를 치켜드는 것 같았다.

"참으로 멋진 문장이야. 이 세상에서 이보다 더 멋진 문장을 가진 나라는 없을걸. 사자들은 힘을 나타내고, 심장은 인자함과 사랑을 상징하지." 할아버지가 중얼거렸다. 첫 번째 사자는 잉글랜드를 정복한 크누트 왕을 생각나게 했고, 두 번째의 사자는 발데마르 왕을 생각나게 했다. 발데마르 왕은 덴마크를 해방시켰고 반달족들을 정복했다. 그리고 세 번째 사자를 보자 덴마크, 스웨덴, 노르웨이를 통일한 마르그레테 여왕이 생각났다. 이번에는 붉은 심장을 보았다. 심장은 불꽃처럼 빨갛게 타오르는 것 같았으며 춤을 추며 이리저리 움직였다. 할아버지의 생각도 그에 따라 움직였다.

첫 번째 불꽃은 할아버지를 좁고 어두운 감옥으로 데려갔다. 그곳에는 한 여인이 앉아 있었는데, 바로 크리스티안 4세의 딸인 엘레오노라 울펠트였다. 엘레오노라는 남편이 반역죄로 몰리자 지하 감옥에 갇히게 되었다. 그녀는 불운한 남편을 진정으로 사랑한 죄로 23년 동안이나 감옥에서 보냈다. 불꽃이 그녀의 가슴으로 뛰어들어 그녀의 심장과 하나가 되었다. 덴마크 여인들 중에서 가장 고귀한 여인의 심장이 된 것이다.

"그래, 맞아. 그녀는 덴마크 방패에 있는 심장 중의 하나야." 할아버지가 중얼거렸다.

다음 불꽃은 할아버지를 바다로 데려갔다. 바다에서는 덴마크 사람과 스웨덴 사람들이 한창 전쟁을 벌이고 있었다. 고막을 뚫을 듯한 대포 소리가 사방으로 울려 퍼졌다. 두 번째 불꽃은 타오르는 갑판 위에 서 있는 휘트펠트의 더럽혀진 유니폼에 붙은 훈장이었다. 휘트펠트는 덴마크 함대를 구하기 위해서 자신의 몸과 배를 폭파시킨 것이다.

세 번째의 불꽃은 할아버지를 그린란드의 누추한 오두막으로 데려갔다. 그곳에서는 한스 에게데 목사(그린란드에 간 덴마크 선교사)가 사랑에 대해 설교를 하고 있었다. 불꽃은 그의 가슴의 별이었던 것이다.

이제 할아버지의 생각은 네 번째 불꽃보다 더 앞서갔다. 그 불꽃이 어디로 가려는지 알았기 때문이다. 그곳은 프레데리크 6세가 서 있는 어느 가난한 농부의 오두막이었다. 프레데리크 6세는 대들보에 백묵으로 자기 이름을 쓰고 있었다 (그는 여행을 하다가 어느 농가 대들보에 자기 이름을 썼다). 이 가난한 농부의 집에서 그의 심장은 덴마크 심장과 하나가 된 것이다. 할아버지는 눈가를 적시는 눈물을 닦았다. 프레데리크 왕은 평생 동안 통치를 했었다. 그는 은백색의 머리칼과 정직한 푸른 눈을 가진 왕이었다.

바로 그때 며느리가 저녁 식사가 준비되었다고 불렀다.

"어머나, 정말 아름답네요, 아버님. 홀거 단스케와 덴마크 문장이라니… 예전에 본 얼굴 같은데요? 누구죠?"

"봤을 리가 없지. 하지만 난 한 번 본 적이 있단다. 기억을 되살려서 그의 모습을 조각해 보았지. 그것은 코펜하겐 전투에서였단다. 우리가 영국인에게 덴마크 사람임을 여실히 보여 준 바로 그날이었지. 나는 스텐 빌레 함대 소속인 '덴마크'라는 프리깃 함에서 싸우고 있었단다. 그런데 내 옆에 한 남자가 있었지. 마치 총알이 그를 두려워하는 것 같았어. 그는 즐겁게 옛 노래를 부르면서 몸을 아끼지 않고 싸웠지. 그런 용기가 어디서 나오는지 믿을 수가 없었단다. 그가 어디서 왔는지, 그리고 전투가 끝난 후 어디로 갔는지는 아무도 모르지만 나는 그의 얼굴을 생생하게 기억하고 있지. 문득문득 그가 홀거 단스케였다는 생각이 드는구나. 우리가 곤경에 처하자 엘시노어에서 헤엄쳐 와서 우리를 도와주었는지도 몰라. 틀림없이 그랬을 거야. 그러니 내 기억 속의 얼굴을 본뜬 이 조각상은 바로 홀거 단스케지."

나무 조각상이 벽과 천장에 거대한 그림자를 드리웠다. 그림자는 살아 있는 것처럼 이리저리 움직였다. 그러나 그것은 나불거리는 촛불 때문이었다.

며느리는 시아버지의 손을 잡고 식탁으로 안내했다. 식탁에는 벌써 아들이 앉아 있었다. 할아버지는 식탁 위쪽에 있는 커다란 의자에 앉아 식사를 하면서 덴마크의 문장에 대해서 이야기했다. 거기에는 사랑, 온화함, 힘이 깃들어 있다고 했다. 그는 칼의 힘 말고도 또 다른 형태의 힘이 있다는 것을 강조했다. 그러면서 할아버지는 오래된 책들이 꽂혀 있는 책장을 가리켰다. 거기에는 홀베르의 작품이 있었다. 홀베르의 희극 작품은 재미있고 책 속에 나오는 인물들이 모두 낯설지 않기 때문에 자주 읽혔다.

"홀베르는 조각도 잘했지. 그는 동료들의 어리석은 행동을 채찍질하려 했어. 하지만 그건 어려운 일이었지." 할아버지는 웃으면서 둥근 탑 그림이 있는 벽에 걸린 달력을 보며 고개를 끄덕였다. 그곳은 티코 브라헤가 관측소를 가지고 있던 곳이었다. "티코 브라헤도 그의 힘을 사람을 죽이는 데 사용하지 않고 별로 가는 길을 트는 데 사용했어. 나와 같은 조각가 아버지 밑에서 자란 토르발센은 대리석으로 조각을 할 줄 알았단다. 그래서 그의 이름은 널리 알려져 있지. 그래, 홀거 단스케는 갑옷만 입고 나타나는 게 아니라 여러 가지 모습으로 나타날 수 있어. 힘이란 칼이 아닌 다른 것으로도 보여 줄 수 있는 것이지. 토르발센을 위해 축배를 들자!"

침대에서 자고 있던 소년은 이 모든 말이 진짜라고 생각했다. 소년은 꿈속에서 외레순과 엘시노어 성을 보았다. 그리고 어두운 지하실에 앉아 덴마크에서 일어나는 모든 일에 대해 꿈을 꾸는 늙은 홀거 단스케도 보았다.

홀거 단스케는 소년의 할아버지가 한 이야기에 대해서도 꿈을 꾸었다. 홀거 단스케가 잠결에 고개를 끄덕이며 중얼거렸다.

"날 잊지 마오, 덴마크 국민들이여! 항상 날 기억하라. 여러분이 어려울 때면 언제라도 달려가리라."

날씨가 매우 화창했다. 바람에 실려 스웨덴으로부터 외레순 해협을 건너 사냥꾼들의 호각 소리가 들려 왔다. 배들이 지나가면서 엘시노어 성을 향해 인사했다. "쾅! 쾅!" 그러자 엘시노어 성에서 "쾅! 쾅!" 하고 응답했다.

그러나 그렇게 대포를 요란하게 쏘아도 홀거 단스케는 일어나지 않는다. 그건 단지 "좋은 하루 되세요! 고마워요!" 하는 인사이기 때문이다. 그를 깨우려면 대포 소리가 더 무시무시해야 한다. 그러나 무서운 대포 소리가 들리더라도 걱정하지 말라. 홀거 단스케가 두 눈을 번쩍 뜨고 깨어날 테니까.

# 39
## 성냥팔이 소녀

한 해가 저물어 가는 추운 어느 겨울날, 눈발이 매섭게 휘날리는 어두운 거리를 한 소녀가 서성거리고 있었다. 가난한 그 소녀는 맨발에 모자도 쓰고 있지 않았다. 사실 소녀가 집을 나설 때엔 슬리퍼를 신고 있었으나 살을 에는 듯한 매서운 추위에 그게 무슨 소용이 있었겠는가? 더구나 그 슬리퍼는 소녀의 어머니가 신던 것으로 너무 컸기 때문에 무서운 속도로 달려오는 두 대의 마차를 피하려고 서둘러 길을 건너다 그만 벗겨져 나가고 말았다. 소녀는 슬리퍼를 찾아 두리번거렸다. 그러나 한 짝은 찾을 수가 없었고, 다른 한 짝은 사내애가 가지고 달아났다. 동생을 갖게 되면 동생 요람으로 쓰겠다면서.

이렇게 해서 소녀는 추위에 검붉어진 맨발로 거리를 걷게 된 것이다. 소녀의 낡은 앞치마에는 한 무더기의 성냥이 있었고 한 다발은 손에 들려 있었다. 소녀는 하루 종일 성냥을 팔러 다녔지만 성냥을 사는 사람도, 소녀에게 돈을 주는 사람도 없었다. 소녀는 추위와 배고픔에 덜덜 떨면서 기다시피 살살 걸었다. 어깨를 내리덮은 긴 금발 머리 위로 눈송이가 떨어졌지만 소녀는 무표정했다.

집집마다 창문에서는 따스한 불빛이 새어나왔고 거리에는 거위 고기를 굽는 맛있는 냄새가 그윽했다. 그날은 마침 한 해의 마지막 날이었던 것이다. 소녀도 그것을 알고 있었다. 소녀는 처마가 쑥 나와 있는 집 사이의 귀퉁이에 몸을 웅크리고 앉았다. 작은 발을 깔고 앉았지만 추위를 떨쳐 버릴 수가 없었다. 그래도 소녀는 집으로 갈 엄두가 나지 않았다. 성냥을 한 개비도 못 팔았으니 집으로 가져갈 돈이 없었고, 그걸 알면 아버지에게 매를 맞을 것이 분명했다.

게다가 집이라고 해서 여기보다 나을 것도 없었다. 집이라고 해봐야 눈비를 막을 지붕뿐이었으며, 짚과 넝마로 커다란 틈새를 막긴 했지만 세찬 바람이 지붕을 뚫고 들어왔다. 소녀의 작은 손은 추위로 꽁꽁 얼어붙었다. 아! 성냥 한 개비를 꺼내 불을 붙인다면 손가락을 녹일 수 있을 텐데! 소녀는 성냥 한 개비를 빼냈다.

"치직!" 성냥개비가 타면서 얼마나 따뜻한 소리를 냈던가. 작은 불꽃은 작은 촛불처럼 따뜻하고 밝은 빛을 냈다. 소녀는 그 위에 손을 올렸다. 참으로 아름다운 불빛이었다. 번쩍이는 놋쇠발과 장식이 달린 커다란 난롯가에 앉아 있는 것만 같았다. 소녀는 불꽃이 너무도 따스하게 보여 두 발을 녹이려고 뻗었다. 그러나 불꽃은 이내 꺼져 버렸다. 그와 동시에 난로도 사라져 버렸다. 소녀의 손에는 반쯤 타다만 성냥 꼬투리만 남아 있었다.

소녀는 새 성냥개비를 꺼내 벽에 그었다. 그러자 환한 불꽃이 타오르면서 벽을 비추었다. 벽이 베일처럼 투명해지더니 방 안이 들여다보였다. 눈처럼 하얀 식탁보가 깔린 식탁 위에는 맛있는 음식과 거위 구이가 차려 있었는데, 사과와 자두로 채워진 잘 구워진 거위 구이에서는 김이 모락모락 피어올랐다. 그런데 신기하게도 거위가 접시에서 뛰어내려 뒤뚱거리며 방바닥을 걸어다니는 것처럼 보였다. 가슴에 칼과 포크가 꽂힌 채. 바로 그때 성냥불이 꺼지고 말았다. 이제 보이는 것은 두껍고 차가운 벽뿐이었다.

소녀는 또 하나의 성냥개비를 꺼내 불을 붙였다. 이제 소녀는 멋진 크리스마스 트리 아래 앉아 있었다. 그것은 성탄절 전날 밤에 소녀가 부유한 상인 집 유리문을 통해 본 나무보다 더 크고 화려하게 장식되어 있었다. 푸른 가지에는 수천 개의 촛불이 타올랐고, 진열장에서 본 것과 같은 색색의 화려한 그림들이 그것을 내려다보고 있었다. 소녀가 나무를 향해 손을 뻗자 성냥불이 꺼져 버렸다.

크리스마스 촛불들은 점점 더 높이 올라가 하늘에 떠 있는 별처럼 보였다. 그때 별 하나가 화려하게 긴 꼬리를 그리며 떨어지는 것이 보였다.

"누가 죽어 가나 봐!" 하고 소녀는 중얼거렸다. 이 세상에서 소녀를 사랑해 주었던 단 한 사람인, 돌아가신 할머니가 소녀에게 얘기해 주었었다. 하늘에서 별이 떨어지는 것은 한 영혼이 하느님의 품으로 올라가는 것이라고.

소녀는 다시 성냥불을 켰다. 그러자 주위가 환해지면서 불빛 속에 할머니가 나타났다. 할머니는 온화하고 다정한 얼굴로 서 계셨다.

"할머니! 절 데려가 주세요. 성냥불이 꺼지면 가 버릴 거죠? 따뜻한 난로처럼, 맛있는 거위 구이처럼, 멋진 크리스마스 트리가 사라졌던 것처럼 그렇게 사라져 버리실 거죠?" 소녀는 이렇게 소리치면서 남아 있는 성냥 더미에 불을 붙였다. 할머니를 붙잡아 두고 싶었던 것이다. 성냥 더미에 불이 붙자 주위가 대낮보다 더 환해졌다. 할머니의 모습은 그 어느 때보다도 더 거대하고 아름다워 보였다. 할머니는 소녀를 품에 안고 밝은 빛을 내며 지구 너머 먼 곳으로 아주 높이 올라갔다. 그곳에는 추위도 배고픔도 고통도 없었다. 바로 하느님 곁이었으니까.

다음날 새벽, 어슴푸레한 빛을 받으며 길모퉁이에 한 가엾은 소녀가 벽에 기대어 앉아 있었다. 뺨은 창백했지만 입가에는 미소를 머금고 있었다. 바로 한 해가 저물어 가는 마지막 날 밤에 얼어죽은 소녀였다. 새해의 태양이 떠올라 죽은 소녀 위에 빛을 뿌렸다. 소녀는 타 버린 성냥 다발을 손에 쥔 채 시체가 되어 꼼짝않고 앉아 있었다.

"쯧쯧 몸을 녹이려고 했던 게지." 사람들은 이렇게 말했으나 소녀가 얼마나 아름다운 것들을 보았는지는 아무도 몰랐다. 그리고 새해 아침에 할머니와 함께 얼마나 영광스런 나라로 갔는지에 대해서도 전혀 몰랐다.

소녀는 타 버린 성냥 다발을 손에 쥔 채 시체가 되어 꼼짝않고 앉아 있었다.

## 40
## 햇빛과 죄수

맑은 가을 날, 요새에 서서 바다를 바라보면 외레순 해협에 떠다니는 많은 배들이 보인다. 그리고 그 너머로 저녁 햇살에 넘실거리는 스웨덴 해안이 보인다. 요새 맞은편 발 아래로는 낙엽이 지는 커다란 나무들이 보인다. 나무들은 높은 통나무 울타리로 둘러싸인 음침한 집들의 방패막이가 되어 준다. 보초들이 왔다갔다하며 감시를 하고 있다. 오두막집 안은 어둡고 비참하다. 그러나 그보다 더 비참한 곳은 창살 뒤에 있는 감옥이다. 이곳에는 제일 위험한 죄수들이 갇혀 있다.

저녁 햇살이 밖으로 드러나 있는 감옥을 비춘다. 해님은 착한 사람에게나 악한 사람에게나 똑같이 비추는 법이니까. 죄수가 증오에 찬 얼굴로 햇빛을 쳐다본다. 햇빛이 너무 약해서 따뜻한 기운을 전해 주지 못하고 있는 것이다. 작은 새 한 마리가 창살에 내려앉는다. 새들은 착한 사람을 위해 노래하듯, 악한 사람을 위해서도 노래 부른다. 새는 짧은 노래를 부르고는 날아갈 줄 모르고 앉아 있다. 새는 부리로 날개를 가다듬은 다음 퍼덕이더니 작은 깃털 하나를 뜯어낸다. 쇠사슬에 묶여 있던 죄수가 그 모습을 본다. 증오에 차 있던 죄수의 표정이 한순간 변한다.

왜, 그리고 어떻게 해서인지는 모르지만 어떤 생각과 느낌이 죄수의 마음을 스쳐 간 것이다. 그리고 그 느낌은 햇살과 비슷했다. 봄에 감옥 밖에서 활짝 피어나 향기를 감옥에까지 실어다 주는 제비꽃과도 비슷했다. 멀리서 사냥꾼의 호각 소리가 들린다. 그 호각 소리는 음악 소리처럼 너무도 힘차고 경쾌했다. 새가 창살에서 날아가고 햇살이 사라진다. 이제 감옥은 죄수의 마음처럼 어둡기만 하다. 그러나 해님은 죄수와 감옥을 비추었고 새는 그곳에서 노래를 했다.

계속 불어라. 사냥꾼의 호각 소리는 얼마나 경쾌한가.

저녁은 온화하고 바다는 거울처럼 잔잔하기만 하다.

# 41
## 바르토우의 창

한때는 코펜하겐을 방어하는 데 이용되었던, 코펜하겐을 둘러싼 푸른 둑 옆에

창이 많은 큰 건물이 하나 서 있다. 그리고 그 창에는 화분이 하나씩 놓여 있다. 건물 밖을 보나, 안을 보나 가난하다는 것이 역력했다. 이곳은 바로 불쌍한 노인들이 살고 있는 바르토우(양로원)이다.

늙은 여자가 창에 기대어 서 있다. 그녀는 창턱에 놓인 화분 속의 봉숭아에서 시든 잎새를 따면서 둑에서 뛰노는 아이들을 바라본다. 그녀는 무슨 생각을 하고 있는 것일까?

그녀는 인생의 드라마를 체험하고 있었다.

가난한 아이들은 행복하게 뛰놀았다. 불그레한 뺨과 반짝이는 눈빛을 가진 아이들은 양말도, 신발도 신지 않은 채 푸른 풀밭 위에서 춤을 추고 있었다. 그곳은 바로 한 아이가 죽은 곳이었다. 그곳에는 오래 전부터 전해 오는 이야기가 있었다.

도시를 방어하기 위해 처음으로 둑을 지었을 때 요새의 성벽이 가라앉아 버렸다. 그때 한 순진한 아이가 성에 있던 꽃과 과자와 장난감을 보고 좋아서 그곳으로 들어가 과자를 먹으며 놀다 그만 땅 속에 묻히고 말았다. 그 뒤 성벽은 다시 견고한 땅에 세워졌고, 둑에는 파란 풀이 돋아났다. 지금 풀밭에서 놀고 있는 아이들은 그 전설을 알지 못한다. 알고 있다면 아직도 땅 속에서 울고 있는 어린아이의 소리를 들을 수 있을 것이며 아침 이슬이 눈물처럼 보이리라.

아이들은 덴마크 왕의 이야기도 알지 못한다. 적군이 도시를 포위했을 때 말을 타고 바로 저 둑으로 나가 "나는 내 조국에서 잠들리라!"고 맹세했던 왕의 이야기를 말이다. 적군이 쳐들어온 것은 한겨울이었다. 적군들은 유니폼 위에 흰 옷을 입고 있었다. 적군이 눈에 덮인 성벽을 타고 올라오자 남자 여자 할 것 없이 모두 나와 적군에게 끓는 물을 퍼부었다.

가난한 집 아이들이 즐겁게 놀고 있다.

뛰놀거라, 어린 소녀야. 즐겁게 뛰놀아라, 축복 받은 세월은 금방 지나간단다. 너는 곧 열네 살이 되어 견신례를 받게 되겠지. 그러면 어린 여자 애들의 손을 잡고 이 푸른 둑으로 나오겠지. 네가 입는 하얀 옷은 너희 어머니가 힘들게 마련한 것이리라. 그것은 네 어머니가 싸게 산 낡은 옷으로 만든 것이리라. 너는 빨간 숄도 받게 되겠지. 하지만 그것도 다른 옷과 마찬가지로 네게는 너무 크겠지. 땅에 끌릴 정도로. 하지만 사람들은 그걸 보면 어른이 두르는 숄이라는 것을 안단다. 너는 예쁜 옷과 하느님과 교회에서 있었던 일을 생각하겠지.

이 둑을 걷는 것은 참으로 아름답단다. 세월이 지나면서 젊은 가슴을 침울하게 만드는 불행한 일도 겪게 되겠지. 하지만 네겐 친구도 생길 거야. 젊은 청년이. 너는 아직 어리고 제비꽃이 피지 않았지만 언젠가는 로젠보르크 성에 멈추어 서서 커다란 꽃봉오리를 맺고 있는 싱싱한 나무를 보고 감탄하겠지. 그래, 나무에는 해마다 싱싱한 새 잎이 돋아나지만 사람의 가슴은 그렇지 않지. 사람의 가슴에는 북쪽 하늘에 떠다니는 구름보다 더 어두운 구름이 떠다니는 법이거든.

가난한 소녀야, 신랑과 함께 한 신방은 관이 되었고 너는 이제 노파가 되었구나. 창가에 푸른 봉숭아 나무가 서 있는 바르토우의 작은 방에서 너는 뛰노는 아이들을 보며 어린 시절을 회상한다.

이것은 노파가 햇빛이 가득 내리쬐는 둑을 바라보며 상상한 인생 이야기였다. 발그레한 볼을 가진 아이들이 천국의 작은 새들처럼 맨발로 즐겁게 뛰노는 둑을 바라보면서!

# 42
# 낡은 가로등

여러분은 낡은 가로등 이야기를 들어 본 적이 있는가? 흥미있는 이야기는 아니지만 한 번쯤은 들어 볼 만하다.

어느 거리에 낡은 가로등이 있었다. 그 가로등은 아주 오랫동안 길을 밝혀 주는 일을 하다가 이제 은퇴를 하게 되었다. 오늘은 바로 그가 마지막으로 길을 밝히는 저녁이었다. 가로등은, 마지막으로 춤을 추다가 날이 밝으면 사람들에게서 잊혀진 채 다락방에 갇혀 외롭게 지내야 하는 늙은 무용수와 같은 기분이었다. 가로등은 날이 저물고 다음날 아침이 밝아 오는 것이 몹시 두려웠다. 난생 처음으로 시청에 가서 시장과 시 위원회의 검사를 받아야 했기 때문이다. 그들은 가로등이 아직 쓸 만한지, 교외나 시골이나 공장으로 보내야 할지를 검사할 것이다. 어쩌면 가로등은 곧장 주철 공장으로 보내져 녹여질지도 모른다. 그러면 다른 것으로 다시 만들어질 것이다.

내가 다른 모습으로 태어나면 한때 가로등이었다는 사실을 기억할 수 있을까. 이런 생각을 하자 가로등은 몹시 마음이 아팠다. 앞으로 무슨 일이 일어날지 걱정도 되었다. 하지만 한 가지 것은 확실했다. 그것은 가로등을 친가족처럼 여겼던 야경꾼과 그의 부인과 헤어져야 한다는 사실이었다. 가로등이 처음 거리에 걸리게 된 것은 그 야경꾼이 처음 부임했을 때였다. 그때 야경꾼은 건장한 젊은이였다. 그가 가로등이 되고 그 젊은이가 야경꾼이 된 지 수많은 세월이 흘렀다. 당시에 야경꾼 부인은 거만했었다. 그녀는 저녁에 가로등 곁을 지나갈 때를 제외하고는 가로등을 거들떠보지도 않았다. 하지만 세월이 흘러 야경꾼과 그의 부인과 가로등 모두 나이가 들자 부인은 가로등을 깨끗이 닦고 기름칠도 해 주었다. 이들 부부는 정직해서 가로등에게 공급된 기름을 한 방울도 빼내 쓴 적이 없었다.

오늘이 바로 거리에서 보내는 마지막 밤이라는 것과 내일이면 시청에 가야 한다는 사실 때문에 가로등은 매우 우울했다. 그러니 가로등이 환하게 타오르지 않은 것은 당연했다. 가로등의 머릿속에는 수많은 생각들이 오갔다. 그는 얼마나 많은 사람들의 길을 밝혀 주었으며 얼마나 많은 사람들을 보았던가? 가로등이 본 사람들은 아마 시장이나 위원회 사람들이 본 것만큼이나 많았을 것이다. 하지만 가로등은 이런 생각을 누구에게도 말하지 않았다. 마음씨 좋고 훌륭한 가로등은 어느 누구도 슬프게 하고 싶지 않았던 것이다. 특히 상관에게는 더욱 그러고 싶지 않았다. 가로등이 한 가지 생각을 할 때마다 불빛이 순간적으로 환하게 타오르곤 했다. 가로등은 사람들이 자신을 기억해 주리라는 확신이 들었다.

"언젠가 잘생긴 젊은이가 지나간 적이 있었어. 그래, 벌써 오래 전이지. 하지만 아직도 생생하게 기억 나. 그는 가장자리가 금박으로 된 분홍색 편지지를 가지고 있었지. 글씨가 아주 고왔어. 여자가 정성 들여 쓴 게 틀림없었지. 젊은이는 그 편지를 두 번 읽고 거기에 입을 맞춘 후 날 쳐다보았어. 그의 두 눈은 이렇게 말했지. '나는 이 세상에서 가장 행복한 남자다!' 그래, 그의 애인이 보낸 첫 번째 편지에 무엇이 쓰여 있었는가는 그 젊은이와 나만 아는 비밀이지. 아, 또 한 쌍의 눈이 기억나는군. 생각이 생각의 꼬리를 물고 되살아나는 것은 참으로 멋진 일이야. 바로 이 거리로 장례 행렬이 지나갔지. 내 빛보다도 더 찬란한 횃불이 밝혀진 가운데 젊고 아름다운 여자가 화환으로 장식된 관 속에 누워 있었어. 사람들이 모두 거리로 뛰쳐나와 장례 행렬을 따라갔지. 하지만 횃불이 내 앞을 지나갈 때 주위를 둘러보았는데, 누군가 내 기둥에 기대서서 울고 있었어. 나를 올려다보던 그 슬픈 두 눈을 절대로 잊을 수 없을 거야!"

마지막으로 거리를 비추고 있는 이 순간에 낡은 가로등의 머릿속에는 이처럼 수많은 생각들이 스쳐 지나갔다.

야경꾼은 자기 후임자가 누군지 알기 때문에 그 사람에게 충고를 해 줄 수 있으리라. 하지만 가로등은 누가 자기 뒤를 이을지 알지 못했다. 그걸 안다면 새로 오는 가로등에게 비나 안개에 대한 것과 달빛이 얼마나 멀리까지 비추는지, 그리고 바람이 어느 쪽에서 부는지 미리 알려 줄 텐데 말이다.

개천 다리 위에는 낡은 가로등의 호감을 사려고 알랑거리는 이들이 있었다. 그들은 가로등에게 잘 보이면 일자리를 얻을 수 있을 거라고 생각했다. 그 중 하나는 청어 대가리였다. 청어 대가리는 어둠 속에서 빛을 낼 줄 알았다. 그는 자기를 가로등 기둥에 놓으면 기름을 절약할 수 있을 거라고 말했다.

두 번째 것은 나무토막이었다. 나무토막도 어둠 속에서 반짝반짝 빛을 내고 있었다. 나무토막은 자기가 숲의 자랑거리였던 늙은 나무 태생이기 때문에 말린 생선 따위는 상대가 안 된다고 생각했다.

세 번째 것은 반딧불이였다. 가로등은 그 반딧불이가 어디에서 왔는지 전혀 알수 없었지만 반딧불이도 다른 것들처럼 빛을 내며 거기에 있었다. 하지만 썩은 나무와 청어 대가리는 반딧불이를 보고 반딧불이는 항상 빛을 내는 것이 아니기 때문에 그들의 경쟁 상대가 안 된다고 근엄하게 말했다.

낡은 가로등은 그들 중 어느 것도 가로등이 될 만큼 밝지 않다고 말했다. 그러나 그들은 그 말을 믿으려 하지 않았다. 그리고 후임자를 정할 권한이 가로등에게 있지 않다는 것을 알고는 매우 기뻐했다. 그들은 가로등이 너무 늙어서 제대로 선택을 못 할 것이라고 생각했던 것이다.

바로 그때 거리 모퉁이에서 가로등의 공기 구멍을 뚫고 바람이 불어왔다.

"도대체 무슨 소리예요? 내일 떠난다구요? 오늘이 당신을 볼 수 있는 마지막 저녁이란 말예요? 그렇다면 작별 선물을 줘야겠군요. 당신 머리에 바람을 불어 넣어 줄게요. 그러면 당신이 그동안 보고 들은 것을 잊어버리지 않을 거예요. 머릿속이 밝아져 모든 것을 이해하게 될 거예요." 바람이 말했다.

"그래? 그거 정말 큰 선물이구나! 정말 고마워. 난 녹여져서 다시 만들어지는 일만 없으면 좋겠어." 낡은 가로등이 말했다.

"그런 일은 없을 거예요. 이제 기억을 불어넣어 줄게요. 이런 선물을 받게 되면 노년을 행복하게 지내게 될 거예요."

"용광로에 넣어져 녹는 일이 없다면 그렇겠지. 하지만 녹아도 기억은 남아 있을까?"

"그럼요." 바람이 입김을 훅 불며 말했다.

그때 구름 사이로 달님이 얼굴을 내밀었다.

"당신은 가로등에게 무얼 선물할 건가요?" 바람이 달님에게 물었다.

"나는 아무것도 줄 게 없어. 지금 이지러지고 있는 중이니까. 난 가로등을 환하게 비쳐 준 적이 많은데 가로등은 나를 비춰 준 적이 없지." 달님은 이렇게 말하며 다시 구름 뒤로 숨었다. 바람이 다시 졸라댈까 봐 귀찮아서였다. 그때 물방울이 지붕에서 가로등 위로 떨어졌다. 물방울은 회색 구름이 보낸 거라면서 자기가 가장 좋은 선물이 될 거라고 말했다.

"제가 당신 몸 속으로 들어가면 당신은 녹이 슬 힘을 얻게 되지요. 그리고 원한다면 하룻밤 사이에 가루로 부숴질 수도 있어요."

그러나 가로등에게는 좋은 선물처럼 보이지 않았다. 바람도 그렇게 생각했다.

"이제 더 선물이 없나요? 더 이상 없어요?" 목청껏 소리 높여 말했다. 그때 화려하고 긴 꼬리를 단 별똥별이 내려왔다.

"저건 뭐지? 저건 별 아냐? 틀림없이 가로등에게 갔을 거야. 저렇게 고귀한 태생까지 이 일자리를 얻으려고 하다니! 우린 '안녕' 하고 집으로 가는 게 낫겠어." 청어 대가리가 말했다.

청어 대가리의 말대로 셋은 모두 집으로 돌아갔다. 그동안에도 낡은 가로등은 주위에 환한 빛을 비추었다.

"이건 정말 멋진 선물이야. 밝은 별들을 언제나 나를 기쁘게 해 주었지. 내가 온 힘을 다해 빛을 냈지만 늘 내 빛보다 더 휘황찬란한 빛을 비추어 주었어. 그들은 불쌍하고 이 낡은 가로등을 알아보고 선물을 보낸 거야. 내가 기억하는 모든 것을 똑똑히 볼 수 있고 날 사랑하는 이들이 나를 볼 수 있도록 말이야. 이것이야말로 참된 기쁨이야. 다른 이들과 나누어 가질 수 없는 기쁨은 반으로 줄어들지." 가로등이 말했다.

"훌륭한 생각이에요. 하지만 밀랍 양초에게도 기쁨을 나누어 줘야 해요. 당신 몸에 그게 박혀 있지 않다면 당신은 아무 쓸모도 없을 테니까요. 별들은 그 점을 몰랐지요. 별들은 당신이 바로 밀랍 양초인 줄 알아요. 이제 좀 누워서 쉬어야겠어요." 바람은 이렇게 말하고 몸을 눕혔다.

"밀랍 양초! 난 그런 밀랍 양초를 가지고 있지 않아. 앞으로도 못 가지게 되겠지. 아, 내 몸이 녹여지지만 않는다면!"

다음날이 되었다. 아니, 그 다음날로 넘어가는 게 낫겠다. 저녁이 되자 가로등은 어느 할아버지의 의자에서 쉬고 있었다. 그게 어디였을까? 그곳은 바로 늙은 야경꾼의 집이었다. 야경꾼은 시청으로 찾아갔다. 그는 시장과 위원들에게 24년간이나 충실하게 근무한 것을 생각해서 그 낡은 가로등을 간직하게 해 달라고 간청했다. 첫 근무일에 자신이 직접 걸었던 그 가로등을. 야경꾼은 아이가 없었는데 그 가로등을 자신의 아이처럼 생각했던 것이다. 시장과 위원들은 웃으면서 그의 청을 들어주었다. 이렇게 해서 가로등은 따뜻한 난로 옆 안락의자에 놓이게 된 것이다. 의자를 완전히 차지하고 누워 있는 가로등은 전보다 더 커 보였다. 늙은 부부는 저녁 식탁에 앉아서 다정한 눈빛으로 가로등을 바라보았다. 가로등이 원했다면 그들은 가로등에게도 기꺼이 식탁 한 자리를 내주었으리라. 사실 그들이 살고 있는 방은 땅 속으로 2미터 들어간 지하실 방이었다. 방으로 들어오려면 돌로 된 통로를 지나야 했지만 방 안은 아주 따뜻하고 편안했다. 문 둘레에는 천조각이 둘러쳐져 있었고, 침대와 작은 창에는 커튼이 드리워져 있어 아주 예쁘고 깨끗한 방이었다. 그리고 창가에는 두 개의 희한한 화분이 놓여 있었는데, 그것은 크리스티안이란 선원이 동인도인가 서인도에서 가져온 것이었다. 그 화분은 점토로 만든 것으로서 두 마리의 코끼리 형상을 하고 있었으며 등 쪽에는 구멍이 뚫려 있었다. 코끼리 형상 안에 흙을 채워 넣고 나무를 심은 것이다. 한 화분에서는 음식 재료로 쓰이는 골파와 부추가 자랐고, 또 다른 화분에서는 아름다운

제라늄이 자랐다. 그들은 이 화분을 그들의 정원이라 불렀다. 벽에는 빈 의회 모습을 담은 커다란 칼라 판화가 걸려 있었는데, 거기에는 왕들과 황제들이 자리를 같이하고 있었다. 벽에 걸린 묵직한 시계는 무거운 납추를 달고 쉬지 않고 '똑딱! 똑딱!' 소리를 냈다. 그러나 시계는 너무 빨랐는데, 노부부는 너무 느린 것보다는 빠른 게 낫다고 생각했다.

그들 노부부는 지금 저녁을 먹고 있었고 낡은 가로등은 아까 말했듯이 따뜻한 난로 가까이에 있는 안락의자에 있었다. 가로등은 마치 온 세상이 빙빙 도는 것처럼 어지러웠다. 잠시 후 늙은 야경꾼이 함께 겪었던 일에 대해 얘기를 했다. 빗속에서, 안개 속에서, 짧은 여름날 밤과 긴 겨울 밤에, 그리고 지하실 방이 절실하게 그리웠던 눈보라 속에서 함께 겪었던 지난 일들을. 그러자 낡은 가로등은 다시 기분이 나아졌다. 이제까지 겪었던 모든 것들이 눈앞에 스쳐가듯 또렷하게 보였다. 지나간 일을 기억할 수 있는 바람의 선물은 참으로 멋졌다. 노부부는 매우 부지런하고 활동적이어서 잠시도 가만히 있질 못했다. 그들은 일요일 오후에는 책을 읽었는데, 주로 여행에 관한 책이었다. 남편은 거대한 밀림과 코끼리가 어슬렁거리는 아프리카에 대해 큰 소리로 읽을 때면, 부인은 가끔 점토로 만든 코끼리 모양의 화분을 흘끔거리면서 이야기에 귀를 기울이곤 했다.

"실제로 눈으로 보는 듯해요." 부인이 이렇게 말할 때면 가로등은 자기 몸 속에 밀랍 양초가 있어서 빛을 내면 얼마나 좋을까 생각했다. 그러면 남편처럼 부인도 작은 것까지 자세히 볼 수 있을 테니까 말이다. 가지들이 무성하게 얽혀 있는 키 큰 나무들, 말을 탄 벌거벗은 흑인들, 크고 묵직한 발로 대나무 숲을 밟고 가는 코끼리 대열 등을.

"밀랍 양초가 없으니 내 아무리 재능이 있다 한들 무슨 소용이람! 여긴 기름과 수지 양초밖에 없어. 이런 건 아무 쓸모가 없어." 가로등은 절로 한숨이 나왔다.

그러던 어느 날 타다남은 한 무더기의 밀랍 양초가 이 지하실 방으로 오게 되었다. 그 중 커다란 동강은 불을 밝히는 데 쓰고, 작은 것들은 부인이 바느질할 때 실에 밀랍을 입히는 데 사용되었다. 드디어 밀랍 양초가 생긴 것이다. 하지만 그 밀랍 양초를 가로등에 꽂는다는 생각은 아무도 하지 못했다.

'내겐 특별한 힘이 있어. 그런 힘을 가지고 있으면서도 저들에게 나누어 줄 수가 없다니. 저들은 내가 흰 벽을 아름다운 벽걸이로 치장하거나 풍요로운 숲으로 바꾸는 등 그들이 원하는 대로 바꾸어 놓을 수 있다는 것을 몰라!' 가로등은 이런 생각을 하며 몹시 안타까워했다. 그러나 가로등은 늘 잘 닦여서 얌전하게 구석에 놓여져 있을 뿐이었다. 방문객들은 그 가로등을 고물이라고 했지만 노부부는 그런 말에 신경 쓰지 않았다. 그들은 그저 가로등이 좋기만 했다.

야경꾼의 생일인 어느 날, 노부인이 미소를 머금고 가로등에게 다가와 말했다. "오늘은 그이를 위해 불을 밝히려 한단다."

가로등은 너무나 기뻐 금속으로 된 몸을 덜그럭거렸다. '이제야 밀랍 양초를 갖게 되었구나!' 하지만 가로등의 몸 안에는 밀랍 양초가 아니라 기름이 부어졌다. 가로등은 저녁 내내 타오르면서 별이 준 선물이 평생 동안 숨은 보물이 될 것이라는 것을 깨달았다. 그리고 나서 가로등은 꿈을 꾸었다. 가로등처럼 재능을 가진 이는 꿈을 꾸는 것이 어려운 일이 아니었다. 꿈속에서 노부부는 죽고 가로등은 주철 공장으로 넘겨졌다. 가로등은 시장과 위원들의 검사를 받기 위해 시청에 가야 했던 때처럼 몹시 불안했다. 하지만 원하기만 하면 녹을 사용하여 부서져 버릴 수도 있었지만 그렇게 하지 않았다. 가로등은 용광로에서 밀랍 양초를 꽂을 수 있는 아름다운 촛대로 만들어졌다. 촛대는 작은 꽃다발을 든 천사의 형상이었으며 중앙에는 밀랍 양초를 꽂도록 되어 있었다. 촛대는 어느 쾌적한 방에 있는 녹색의 책상 위에 놓이게 되었다. 방 여기저기에는 책들이 흩어져 있었고 벽에는 화려한 그림들이 걸려 있었다. 그것은 어떤 시인의 방이었다. 그가 생각하거나 글로 표현하는 것들이 영상처럼 그의 주위에 드러났다. 천지 만물이 때로는 어두운 숲에서, 때로는 황새들이 거들먹거리며 걸어다니는 밝은 초원에서, 그리고 때로는 낮에는 맑고 푸른 하늘을 배경으로, 밤에는 반짝이는 별들을 머리에 이고 물거품이 이는 바다 위를 항해하는 배의 갑판에서 모습을 드러내곤 하였다.

"난 정말 굉장한 힘을 가졌어!" 가로등은 이렇게 말하며 꿈에서 깨어났다. "이제 용광로에 들어가 녹고 싶어. 하지만 이 노부부가 살아 있는 동안엔 안 돼. 그들은 날 가족처럼 사랑하며 반짝반짝하게 닦아주고 기름을 부어 주지. 난 그림 속에 나오는 의회 사람들 못지 않게 행복해."

그 후 가로등은 마음이 편안해졌다. 훌륭한 낡은 가로등은 충분히 그럴 자격이 있었다.

# 43
# 이웃들

卷卷卷卷卷卷卷卷卷卷卷

연못이 매우 시끄러워서 무슨 일이 벌어지고 있다고 생각할 수도 있을 것이다. 그렇지만 연못에서는 아무 일도 일어나지 않았다. 그래도 오리들은 도무지 알 수 없는 동물이어서 언제 무슨 일을 할지 알 수 없는 법이었다. 조금 전까지만 해도 오리들은 평화롭게 헤엄쳐 다니거나 물 위로 고개를 내밀고 조용히 서 있었다. 그런데 갑자기 땅 쪽으로 헤엄쳐 도망가는 것이 아닌가. 연못가 진흙 위에는 오리들의 발자국이 보였다. 조금 전까지만 해도 연못은 거울처럼 잔잔해서 맑은 물 위로 나무와 둑에서 자라는 덤불들이 투명하게 비쳤었다. 그리고 제비집이 있는 박공 지붕으로 된 오래된 오두막도 비쳤었다. 그 중에서도 제일 뚜렷하게 비친 것은 물 위로 가지를 드리우고 있는 빨간 장미나무였다. 연못에 드리워진 장미나무는 거꾸로 서 있는 그림 같았다. 그런데 갑작스런 소동 때문에 물 속의 색깔들이 섞이고 그림이 모두 지워져 버렸다.

날갯짓하며 날아간 오리가 떨어뜨린 깃털 두 개가 물 위를 떠다녔다. 깃털은 바람에 날리듯이 제자리에서 한 바퀴 빙 돌았지만 바람은 불지 않았다. 그러다가 깃털은 유유하게 연못 위에 떠 있었고 연못은 다시 거울처럼 잔잔해졌다. 이번에도 거꾸로 된 그림들이 수면 위에 나타났다. 제비집이 있는 박공 지붕과 장미나무가 보였다. 연못에 비친 장미 송이들은 너무나 예뻤지만 얘기해 주는 이가 없었기 때문에 장미나무들은 그걸 몰랐다. 햇빛이 향기가 그윽한 장미 꽃잎을 내리비추자 장미들은 사람들이 황홀한 공상에 잠길 때처럼 기분이 좋아졌다.

장미 한 송이가 말했다. "살아 있다는 건 정말 행복한 거야. 눈부시고 아름다운 저 해님과 입을 맞춰 봤으면! 저 아래 연못에 비친 장미에게도 입을 맞추고 싶어. 어쩜 저렇게도 우리하고 똑같이 생겼는지 몰라. 그리고 둥지에 있는 아기 새들에게도 입맞추고 싶어. 아기 새들은 아직 엄마나 아빠 새들처럼 깃털이 나지 않았지만 짹짹거릴 줄 알아. 물 속에 있는 둥지와 처마 밑에 있는 둥지의 새들은 모두 우리의 다정한 이웃이야. 아, 이렇게 살아 있다는 건 정말 아름다워!"

장미가 말한 아기 새들과 엄마, 아빠 새들은 참새들이었다. 물론 연못에 비친 새들은 물에 비친 처마 밑에 사는 참새들의 그림자였다. 참새들은 빈 제비집을 둥지로 삼아 지내고 있었다.

"연못에서 헤엄치고 있는 것이 아기 오리들이에요?" 아기 참새들이 연못에 떠 있는 깃털을 보고 물었다.

"좀 자세히 보고 물어보렴." 엄마 참새가 따끔하게 말했다. "저건 엄마, 아빠 몸에 있는 것과 같은 깃털이라는 걸 모르겠니? 너희들에게도 곧 깃털이 생기게 된단다. 하지만 우리 것이 오리들 것보다 더 곱지. 저 깃털을 둥지로 가져오면 좋을 텐데. 그럼 추운 밤에 따뜻하게 지낼 수 있을 테니까 말야. 그런데 오리들이 왜 그렇게 놀랐는지 궁금하구나. 연못 속에 뭐가 있는 건 아닌지 몰라. 하지만 나 때문이었는지도 모르지. 아까 너무 크게 짹짹 소리를 냈거든. 저 장미들이 그 이유를 말해 주면 좋으련만. 하지만 장미들은 멍청해서 아는 것이 없고 할 줄 아는 것도 없다니까. 그저 하루 종일 하는 짓이라곤 거울 속에 비친 자기 모습을 보고 냄새를 맡는 것뿐이지. 저런 이웃은 정말 지긋지긋해."

하지만 아래쪽에 있던 장미들은 이렇게 말했다. "귀여운 아기 새들이 내는 소릴 들어 봐. 이제 노래를 하려나 봐! 아직은 가락을 이해하지 못하지만 잘하겠지. 음악에 소질이 있으니까. 저렇게 행복한 이웃을 두고 있다는 건 정말 멋진 일이야."

바로 그때 말 두 마리가 목을 축이러 연못으로 달려왔다. 그 중 한 마리의 말 등에는 농부의 아들이 타고 있었다. 그는 몸에 두른 것이라곤 머리에 쓴 테가 넓은 검은 모자뿐이었다. 소년은 새처럼 휘파람을 불며 말을 타고 연못에서 제일 깊은 곳으로 곧장 들어갔다. 그리고 장미나무 옆을 지날 때 꽃 한 송이를 꺾어 모자에 꽂았다. 소년이 계속 말을 타고 길을 가자 장미꽃들은 모자에 꽂힌 꽃이 어디로 가는지 궁금했지만 알 도리가 없었다.

"나도 세상 구경을 하고 싶어. 하지만 우리들이 사는 이곳이 좋아. 낮에는 따스하게 햇살이 비추고 밤이 되면 하늘에 난 구멍을 통해 더욱 아름다운 빛이 내려오니까." 장미꽃들이 서로에게 이렇게 말했다.

장미꽃들이 하늘에 난 구멍이라고 생각한 것은 별들이었다. 장미꽃들은 그것이 해님이 내는 빛인 줄로만 알았던 것이다.

"이렇게 집이 있는 곳에 사니까 즐겁구나." 엄마 참새가 말했다. "사람들은 제비집이 행운을 가져온다고 말하지. 그래서 우리가 이곳에 와 사는 것을 기뻐한단다. 그런데 담 옆에서 자라는 장미나무 때문에 둥지가 축축하구나. 하지만 사람들이 장미를 베어 버리고 그곳에 곡식을 심겠지. 장미란 눈과 코를 즐겁게 하거나 기껏해야 모자에 꽂기 위한 것일 뿐이니까. 나도 어머니한테 들어서 아는데, 장미꽃은 해마다 진단다. 그러면 농부의 아내가 장미꽃을 소금에 절이지. 소금에 절인 장미를 프랑스 말로 뭐라고 하는데 난 발음하기가 어렵더라구. 발음할 줄안다 해도 그 따위 것엔 관심이 없어. 가끔 장미는 난로에 던져져 방 안에 좋은 냄새를 풍기기도 하지. 이것이 장미들의 삶이란다. 장미는 사람들의 눈과 코를 즐겁게 하기 위해서만 피어나지. 이제 장미에 관한 것은 너희들도 모두 알겠지?"

저녁이 되자 모기가 연못 위에서 춤을 추었다. 그때 나이팅게일이 날아와 장미들에게 노래를 불러 주었다. 아름다움이란 이 세상에서 영원히 사라지지 않는다는 노래였다. 장미들은 나이팅게일이 나이팅게일 자신에 대해서 노래하고 있다고 생각했다. 충분히 그렇게 생각할 수도 있는 일이었다. 나이팅게일이 장미를 위해 노래하고 있다고는 장미는 전혀 몰랐지만 그렇다고 노래를 잘 감상하지 못한 것은 아니었다. 장미들은 둥지 속의 아기 참새들도 나이팅게일처럼 멋진 노래를 부를 수 있을까 궁금했다.

"나이팅게일의 노래를 다 알아듣겠는데 '아름다움'이란 말은 모르겠어요. 그게 뭐예요?" 아기 참새들이 엄마 참새에게 물었다.

"그건 아무것도 아니란다. 아름다움은 겉모습에 지나지 않지. 저기 위쪽에 있는 성에 비둘기들이 집을 짓고 살고 있는데, 사람들은 날마다 오후가 되면 비둘기에게 콩과 곡식을 뿌려 주지. 나도 가끔 그들과 함께 식사를 하곤 한단다. 너희들이 날 수 있게 되면 그곳으로 데려가 주마. 어떤 친구를 사귀는가가 중요하니까. 친구들이 누구인가를 보면 너희들이 어떤 존재인가를 알 수 있지. 성 꼭대기에는 초록색 꼬리와 머리에 볏이 달린 두 마리 새가 있단다. 그 새들이 꼬리를 활짝 펴면 커다란 바퀴 같은데, 색깔이 너무도 화려해서 눈이 아플 지경이란다. 바로 공작이라는 새지. 사람들은 공작새를 보고 아름답다고 하지만 깃털을 뽑아 버리면 다른 새들과 다를 게 없단다. 공작새들이 그렇게 크지만 않았다면 내가 벌써 깃털을 뽑아 버렸을 텐데."

농가에는 젊은 부부가 살고 있었다. 그들은 서로 아끼고 사랑했으며 열심히 일하면서 즐겁게 살았다. 그들이 사는 오두막은 항상 깨끗하고 아늑했다. 일요일이 되자 아내는 아름다운 장미를 한아름 꺾어서 꽃병에 담아 커다란 장롱 위에 올려 놓았다. 그 장롱은 그들의 겨울옷이 들어 있는 곳이었다.

"그 꽃을 보니 오늘이 일요일이란 걸 알겠군." 남편이 웃으면서 아내에게 입을 맞추었다. 오후가 되면 남편은 아내에게 찬송가를 불러 주었고 두 사람은 창문을 통해 들어오는 따사로운 햇살을 받으며 손을 잡고 앉아 있었다.

"이제는 저 부부를 보는 것도 싫증이 나." 창문을 통해서 젊은 부부를 지켜보던 엄마 참새가 이렇게 말하며 날아가 버렸다.

다음 일요일도 그렇게 지나갔다. 일요일이 되면 아내는 언제나 장미꽃을 한 아름씩 꺾어 꽃병에 꽂았다. 아무리 꺾어도 장미나무에는 언제나 장미꽃이 풍성했고 언제 봐도 아름다웠다. 그러나 이번 일요일에는 아기 참새들이 유난스러웠다. 이제 깃털이 돋아난 아기 참새들은 엄마 참새를 따라 날고 싶었던 것이다.

"너희들은 꼼짝 말고 여기 있어!" 엄마 참새가 단단히 이르고 날아가려고 날개를 퍼덕였다.

그런데 아무리 날개를 퍼덕여도 몸이 꼼짝하지 않았다. 아이들이 나비를 잡으려고 나뭇가지에 놓은 덫에 그만 걸리고 만 것이다. 말갈기로 만든 덫은 참새의 다리를 조여 왔다. 금방이라도 다리가 잘라져 나갈 것만 같았다. 엄마 참새는 너무 아파서 날개를 세차게 퍼덕였다. 그때 숨어 있던 아이들이 달려 나왔다. 그 중 한 아이가 엄마 참새를 세게 쥐었다.

"겨우 참새잖아." 아이가 실망스러운 표정으로 말하며 다른 아이들을 보았다. 그러나 아이들은 엄마 참새를 놓아주지 않았다.

엄마 참새가 짹짹 하고 소리를 지를 때마다 한 사내아이가 부리를 사정없이 때렸다. 아이들은 한 아이가 사는 농장으로 갔다. 농장에는 여러 지방을 돌아다니며 장사를 하는 할아버지가 있었다. 그는 일반적으로 쓰는 비누뿐만 아니라 면도할 때 쓰는 비누도 만들 줄 알았다. 할아버지는 아이들처럼 아직도 장난을 좋아했다. 아이들이 잡아 온 참새를 본 할아버지는 아이들이 새를 싫어하자 이렇게 말했다.

"우리 이 참새를 아름답게 만들어 볼까?"

'아름답게'라는 말을 들은 엄마 참새는 소름이 끼쳤다. 할아버지는 염료를 담는

통에서 번쩍이는 사금을 한움큼 들고 와서 아이들에게 달걀을 가져오라고 시켰다. 할아버지는 달걀에서 흰자만을 골라 엄마 참새의 온몸에 칠하고 사금을 뿌렸다. 그리고는 낡은 외투의 안감에서 빨간 털을 하나 떼어서 엄마 참새의 머리에 꽂았다.

"이제, 금새가 나는 것을 보자." 할아버지가 이렇게 말하며 엄마 참새를 놓아 주었다.

겁에 질려 있던 엄마 참새는 날개를 퍼덕이며 얼른 밝은 햇빛 속으로 날아올랐다. 참으로 다행스런 일이었다. 엄마 참새의 눈에 비친 햇살이 얼마나 찬란하던가!

엄마 참새를 보자 다른 참새들은 엄마 참새의 몸이 어떻게나 번쩍거리는지 깜짝 놀라 도망갔다. 늙은 까마귀마저도 엄마 참새를 보고 깜짝 놀랐다. 그러다가 새들은 도대체 이 낯선 새가 어떤 새인지 궁금해서 다가왔다.

"어디서 왔지? 대체 어디서 온 거야?" 까마귀가 소리쳤다.

"잠깐, 기다려요! 잠깐 기다려요!" 참새들이 소리쳤다.

그렇지만 가엾은 엄마 참새는 겁에 질려 곧장 둥지를 향해 날아갔다. 그러나 금박 때문에 날갯짓을 하기가 힘들어 자꾸만 아래로 가라앉았다. 새들이 점점 더 많이 몰려들었다. 그 중에는 엄마 참새에게 바짝 붙어서 부리로 쪼는 새들도 있었다.

"저걸 좀 봐! 저 새 좀 보라구!" 새들이 모두 소리를 질렀다.

"저것 좀 봐! 저것 좀 보라구!" 엄마 참새가 둥지 가까이 오자 아기 참새들도 흥분해서 소리를 질렀다. "저건 틀림없이 젊은 공작일 거야. 저 색깔 좀 봐. 엄마가 말한 것처럼 정말 눈부시네. 어쩜 저렇게 아름다울까!"

그러더니 아기 참새들은 엄마 참새를 작은 부리로 쪼아대며 둥지로 들어오지 못하게 막았다. 엄마 참새는 너무 놀란 나머지 자기가 엄마라는 말도 나오지 않았다. 이제는 다른 새들까지 모여들어 쪼아댔다. 그 바람에 엄마 참새는 깃털이 모두 빠진 채 피를 흘리며 장미 울타리 속으로 떨어지고 말았다.

"불쌍하기도 해라. 우리가 널 숨겨 줄 테니 우리한테 머리를 기대렴." 장미들이 엄마 참새에게 다정하게 말했다.

엄마 참새는 한 번 더 날갯짓을 하더니 날개를 축 늘어뜨리고 장미들에게 둘러싸여 죽고 말았다.

아기 참새들은 이러한 사실을 까맣게 모르고 있었다.

"쫙쫙, 엄마는 어디 가신 걸까? 혹시 우리 혼자 힘으로 살아 보라고 떠나신 건 아닐까? 엄마는 우리에게 집을 남기셨어. 하지만 우리가 각자 가정을 이루게 되면 이 집은 누가 가지지?"

"그래, 내 아내와 아이가 생기면 형들하고 여기서 함께 지낼 수 없어." 막내가 말했다.

"내가 너보다 더 많은 부인과 아이들을 갖게 될 거야." 두 번째 참새가 말했다.

"하지만 내가 제일 큰형이잖아." 세 번째 참새가 끼어들었다. 아기 참새들은 서로 자기가 집을 차지하겠다고 다투다가 싸우게 되었다. 그들은 날개를 퍼덕이며 서로 부리로 쪼았다. 그러다가 세 마리가 둥지에서 떨어지고 말았다. 바닥으로 떨어진 아기 참새들은 화가 나서 머리를 깃털에 묻고 눈을 계속 깜빡거렸다. 그것은 참새들이 뽀로통해 있을 때 하는 버릇이었다.

조금씩 날 줄 아는 세 마리 아기 참새들이 나는 연습을 한 다음에 한 가지 약속을 하고 헤어졌다. 그들은 바깥 세상에서 다시 만나면 서로를 알아보기 위해 "짹짹" 하고 말하고 왼쪽 다리로 땅을 세 번 긁어 파기로 약속했다.

싸움에서 이겨 둥지를 차지하게 된 참새는 몸을 펴고 누웠다. 이제 둥지는 그의 차지가 된 것이다. 하지만 그런 영광은 오래가지 않았다. 바로 그날 밤 농부의 집이 불에 타 버린 것이다. 지붕 아래에서 치솟아 올라온 불길이 집을 삼켜 버렸다. 제비 둥지에서 자고 있던 참새도 불에 타 재가 되었다. 하지만 그 집에 살던 젊은 부부는 안전하게 피신하여 목숨을 건졌다.

온화한 여름밤이 지나가고 다음날 아침 해가 떠올랐을 때 농가에 남은 것이라곤 몇 개의 대들보뿐이었다. 시꺼멓게 그을린 대들보는 이제 그곳의 주인이 되어 굴뚝에 기대어 서 있었다. 폐허가 된 농가에서는 연기가 피어오르고 있었지만 그 앞에 서 있는 싱싱한 장미나무는 온전했다. 아름다운 꽃이 활짝 핀 장미나무는 푸르름을 자랑하며 예전처럼 잔잔한 연못에 얼굴을 비추고 서 있었다.

"타 버린 집 앞에 서 있는 장미가 어쩌면 저렇게 아름다울까! 아름다운 한 폭의 그림 같군." 한 청년이 장미를 보고 감탄하며 스케치북을 꺼냈다. 그는 화가였다. 청년은 시꺼멓게 그을린 대들보, 벌거벗은 굴뚝, 잿더미 속에서 피어오르는 연기를 그리기 시작했다. 그리고 그림 맨 앞쪽에는 장미꽃이 활짝 핀 장미나무를 그려 넣었다. 폐허를 배경으로 서 있는 장미는 참으로 아름다웠다. 청년에게 그림을 그리고 싶다는 생각을 불어넣은 것도 바로 그 장미였다.

그날 오후 농가에서 태어난 참새 두 마리가 지나가는 길에 옛 집에 들렀다.

"우리 둥지가 안 보이는데? 농가는 어디 갔지? 쩍! 몽땅 다 타 버렸어. 힘센 막내도 타 버렸나. 둥지를 가지려고 욕심을 내더니 벌을 받은 거지, 뭐. 그런데 장미는 용케도 피했네. 저 빨간 볼을 좀 봐. 이웃의 불행을 조금도 슬퍼하지 않는 표정이야. 장미와는 이야기도 하지 말자. 이곳은 정말 보기도 싫어." 참새들이 이렇게 말하고 날아가 버렸다.


어느 따뜻한 가을날 오후, 해님이 여름날에 그랬던 것처럼 변함없이 밝은 햇살을 비추고 있었다. 성 마당은 새로 단장하여 말끔했으며 비둘기들은 성 정문으로 뻗어 있는 화강암 계단 앞에서 땅을 쪼며 산책하고 있었다.

"흩어지지 마. 흩어지지 말라구." 엄마 비둘기들이 아기 비둘기들에게 계속 주의를 주었다. 엄마 비둘기들은 서로 모여 있어야 더 아름답게 보인다고 생각했던 것이다.

"항상 우리 주위에서 왔다갔다하는 저 회색 새들은 누구지?" 어린 비둘기가 물었다.

"작고 우중충한 새들 말이니? 참새들이란다. 해가 되지 않는 새들이지. 우리 비둘기들은 항상 경건하다는 칭찬을 들어 왔잖니. 그래서 참새들이 우리 먹이를 쪼아먹어도 쫓아 버리지 않는단다. 하지만 그들은 자기 신분을 안단다. 그들은 작은 발로 귀엽게 땅을 긁어 파지." 눈에 빨갛고 파란 점이 있는 나이 많은 비둘기가 말했다.

그때 옆에 서 있던 세 마리의 작은 참새들이 왼쪽 발로 땅을 세 번 긁어 파며 "쩍!" 하고 말했다. 그때서야 참새들은 서로 같은 둥지에 있었던 참새임을 알아보았다.

"여긴 먹을 것이 많아서 좋아." 참새 한 마리가 말했다.

비둘기들은 가슴을 활짝 펴고 서로 원을 그리며 걸어다녔다. 그들은 저마다 다른 비둘기에 대해 이야기를 했지만 아무도 서로의 이야기를 들으려 하지 않았다.

"저 새 좀 봐. 정말 욕심이 많네. 저렇게 콩을 다 먹다가는 배탈이 날 거야."

"구구! 저 애 좀 봐. 깃털이 빠지네. 저러다간 곧 대머리가 될 거야. 구구! 구구!"

비둘기들은 모두 화가 난 눈으로 서로를 노려보며 어린 비둘기들에게 소리를 질렀다. "흩어지지 마, 흩어지지 마!"

"저 볼품없는 새들 좀 봐! 구구!" 비둘기들은 경멸스럽게 참새들을 보며 소리 쳤다. 아마 앞으로도 수천 년 동안은 그렇게 할 것이다.

콩을 주워 먹던 참새들도 대열을 이루려고 모여들었다. 그러나 참새들이 모여 있는 모습은 보기 좋지 않았다. 배를 채운 참새들은 비둘기에게서 멀리 날아가 비둘기에 대해 한 마디씩 했다. 그리고는 정원 울타리 위에 내려앉아 주위를 둘러보았다. 홀로 통하는 널따란 프랑스식 유리문들이 모두 열려 있었다. 배가 불러서 용감해진 참새 한 마리가 현관 층계로 날아가 앉으며 말했다. "짹, 나 참 용감하지?"

"짹! 나도 할 수 있어. 그보다 더 안으로 들어갈 수 있다구." 두 번째 참새가 말하며 안으로 몇 발자국 들여놨다.

홀 안에는 아무도 없었다. 그래서 세 번째 참새는 짹짹거리며 더 안쪽으로 날아 들어갔다. "이 정도는 들어와야지. 그렇지 않으면 소용없다구!"

"사람들 둥지는 정말 우습네. 저건 뭐지? 저것 좀 봐!"

거기에는 꽃이 활짝 핀 장미나무, 굴뚝이 서 있는 폐허가 된 집, 그리고 굴뚝에 기대어 서 있는 그을린 대들보가 있었다. 어떻게 해서 그것들이 성 안으로 들어오게 된 것일까?

세 마리 참새는 얼른 장미와 굴뚝을 향해 날아갔다. 그러나 첫 번째 날아간 새가 벽에 부딪혔다. 그것은 화가가 그린 그림이었던 것이다. 참으로 정교한 예술품이었다.

"짹, 저건 그럴듯해 보이지만 별것 아니야. 저게 바로 아름답다고 하는 것이지. 그게 무슨 뜻인지 우리는 모르지만 말야." 참새들은 이렇게 말하고 홀을 나왔다. 누군가 다가오는 발자국 소리가 들렸기 때문이다.


몇 해가 흘러갔다. 비둘기들은 구구거리며 속삭였고, 참새들은 여름에는 배부르게 살았지만 겨울에는 추위에 떨며 지냈다. 이제 참새들은 모두 약혼을 하거나 결혼을 했다. 그래서 새끼들을 얻게 된 참새들은 서로 자기 새끼가 이 세상에서 제일 예쁘고 똑똑하다고 여겼다. 참새들은 서로 떨어져 살다가도 만나게 되면 "짹짹" 하는 소리와 왼발로 땅을 세 번 긁어 파는 것으로 서로를 알아보았다. 제일 나이든 참새는 너무나 늙어서 이제 아내도 죽고 둥지도 새끼도 없이 혼자 지냈다. 그래서 도시가 어떤 곳인지 알아보려고 코펜하겐으로 날아갔다.

코펜하겐에는 거대한 성도 있었고, 담에 프레스코화가 그려진 건물도 있었다. 운하를 따라 사과와 화분을 실은 배들이 지나 다니는 것을 볼 수 있는 쾌적한 곳이었다. 늙은 참새는 그 이상한 건물 창문들을 들여다보았다. 방마다 색깔들이 화려해서 마치 튤립을 들여다보는 것 같았다. 방 한가운데에는 하얀 물체가 있었는데, 그것은 대리석으로 만든 조각품이었다. 그 중에는 벽토로 만든 것도 있었지만 참새의 눈에는 모두 똑같아 보였다. 건물 위쪽에서는 청동으로 조각된 승리의 여신이 말들이 끄는 마차를 몰고 있었다. 그곳은 바로 덴마크의 위대한 조각가 토르발센의 박물관이었다. 참새가 내려앉아 있는 곳은 박물관 위였던 것이다.

"참으로 굉장하구나! 정말 놀라워! 이게 바로 아름다움이라는 것이구나. 이건 공작새보다도 더 크겠는걸." 참새는 눈을 동그랗게 뜨고 감탄했다. 늙은 참새는 어린 시절에 어머니가 들려준 아름다움에 대한 이야기가 생생하게 기억났다. 참새는 박물관 안마당으로 날아갔다. 건물 벽에는 야자수가 그려져 있었고, 마당 한가운데에는 장미 한 그루가 싱싱한 나뭇가지를 무덤 위에 드리우고 있었다. 마침 빵 부스러기를 찾느라고 땅을 쪼는 세 마리 참새가 보였다. 늙은 참새는 그들에게 날아갔다.

참새는 "짹짹!" 하고 왼발로 땅을 세 번 긁어 팠다. 그곳에서 가족을 만나리라고는 생각지도 못하고 습관적으로 그렇게 한 것이다. 그런 곳에서 가족을 만난다는 것은 상상할 수 없는 일이었다.

그런데 그 참새들이 "짹짹!" 하며 왼발로 땅을 세 번 긁는 것이 아닌가.

"이렇게 다시 만나다니 정말 뜻밖이야!" 참새들은 서로 좋아서 어쩔 줄을 몰랐다. 두 참새는 형제였고, 나머지 한 참새는 조카였던 것이다. "이런 곳에서 만나게 될 줄은 몰랐어. 이곳이야말로 아름다운 곳임에 틀림없어. 먹을 것은 많지 않지만 말야. 짹짹."

박물관 옆문을 통해 사람들이 나왔다. 그곳은 훌륭한 대리석 조각품들이 있는 곳이었다. 사람들의 얼굴에는 안에서 본 조각품에 대한 감동이 아직 남아 있었다. 그들은 자신들이 본 작품을 만든 조각가의 무덤을 바라보았다. 그 중에는 무덤 위에 떨어진 장미꽃 잎을 주워 기념품으로 집에 가져간 사람도 있었다. 프랑스, 독일, 영국 등, 먼 나라에서 많은 사람들이 그곳을 찾아왔다. 한 아름다운 여인은 장미꽃 한 송이를 꺾어서 가슴에 꽂았다.

그 광경을 지켜본 참새들은 그곳이 장미를 위해 지어졌다고 생각했다. 사람들이 장미에게 지나친 존경을 표한다는 생각이 들었지만 진심에서 우러나온 것이었기 때문에 아무 말도 하지 않았다.

참새들은 "짹짹!" 하고 말을 주고받으면서 작은 꼬리로 무덤을 쓸며 장미나무를 흘끗흘끗 쳐다보던 참새들은 그 장미가 예전의 이웃 같다는 생각이 들었다. 그런데 정말 바로 그 장미나무였다. 불에 타 버린 집과 활짝 핀 장미 나무를 그린 화가는 장미나무가 너무도 아름다워 토르발센 무덤에 심어야겠다고 생각하고 그 나무를 파 왔다. 그렇게 해서 그곳에 오게 된 장미나무는 아름답고 향기로운 빨간 장미꽃을 피운 것이다.

"영원히 이곳에 있게 된 거니?" 참새들이 물었다.

장미꽃들은 고개를 끄덕였다. 그들은 옛 이웃을 알아보고 다시 만나게 된 것을 무척 기뻐했다.

"이렇게 살아서 꽃을 피우는 것은 참으로 아름다워. 친절한 사람들에 둘러싸여 지내고, 옛 친구들이 찾아와 주다니 얼마나 멋진 일이야. 여긴 하루하루가 성스럽고 아름다워." 장미나무가 말했다.

"짹짹, 정말 옛 이웃이네. 저 애들이 마을 연못에서 자랄 때가 생각 나. 정말 멀리도 왔지 뭐야. 이제 저렇게 존경받는 것 좀 봐. 하지만 그건 우연일 뿐이야. 당연한 게 아니라구. 저렇게 빨간 얼룩투성이가 뭐가 그렇게 신기한지 모르겠어. 난 모르겠단 말야. 하지만 시든 꽃잎은 분명히 알아볼 수 있어." 참새들이 재잘거렸다.

참새 한 마리가 장미나무로 날아와 시든 꽃잎을 쪼아서 떨어뜨렸다. 그러자 장미나무는 더욱더 싱싱하고 아름다워 보였다. 장미나무는 예술가의 무덤 위에서 꽃을 활짝 피우고 서 있었다. 장미의 아름다움과 향기는 영원히 사라지지 않는 토르발센이란 이름과 함께 사람들의 기억에 길이 남았다.

# 44
## 꼬마 툭

사람들은 그를 꼬마 툭이라 불렀다. 툭이 말을 배우기 전부터 그렇게 불렀다. 진짜 이름은 카를이었지만 그를 알고 있는 사람들은 툭이라 불렀다.

꼬마 툭은 집에서 여동생인 구스타페를 돌보기도 하고 숙제도 해야 했는데, 한꺼번에 두 가지 일을 하기란 정말 힘들었다. 더군다나 여동생은 그보다 나이가 훨씬 어렸다. 불쌍한 툭은 여동생을 무릎에 눕히고 아는 노래를 다 불러 주었다. 그러면서 앞에 펼쳐 놓은 지리책을 들여다보았다. 내일 아침까지 셸란 섬에 있는 모든 도시 이름을 외워야 하고, 그 도시들에 대해서 공부해야 했다.

드디어 툭의 어머니가 외출에서 돌아왔다. 어머니는 구스타페를 받아 안으셨다. 그러자 툭은 창가로 달려가 눈이 튀어나올 정도로 열심히 책을 읽기 시작했다. 점점 날이 어두워지고 있었기 때문이다. 툭의 집은 너무 가난해서 등불을 살 돈이 없었던 것이다.

"저기 빨래 할머니가 걸어가는구나. 쯧쯧, 측은하기도 하지. 제 몸도 가누기 힘든데 물을 기르러 다니다니. 우리 툭, 착하지? 어서 나가서 물통 좀 들어다 드리렴." 툭의 어머니가 창 밖을 내다보며 말했다.

꼬마 툭은 얼른 나가서 부인을 도와주었다. 그러나 다시 방으로 들어왔을 때는 너무 어두워져 책을 읽을 수가 없었다. 툭은 하는 수 없이 잠을 자야 했다. 꼬마 툭은 낡은 침대에 누워 지리 숙제며, 셸란 섬이며, 선생님이 설명해 준 것을 생각했다. 책을 한 번 더 읽어야 하는데 등불이 없어서 그럴 수가 없었다. 그래서 툭은 지리책을 베개 밑에 넣었다. 그렇게 하면 저절로 외워진다는 말을 들었기 때문이다. 하지만 그건 믿을 수 없는 일이었다. 침대에 누워서 생각에 골똘하고 있는데 갑자기 누군가 툭의 눈과 입에 입을 맞추는 것 같았다. 살며시 눈을 떠보니 놀랍게도 조금 전의 빨래 할머니가 미소를 머금고 서 있는 게 아닌가? 그녀는 온화한 눈빛으로 툭에게 얘기했다.

"내일 아침까지 숙제를 하지 못하게 되었으니 참 안됐구나. 아까 날 도와 주었으니까 이제 내가 널 도와주마. 하느님은 늘 스스로 돕는 자를 도우시지."

그러자 갑자기 툭의 베개 밑에 있던 책이 여기저기 돌아다녔다.

"꼬꼬댁, 꼭꼭!" 요란한 울음소리를 내며 수탉 한 마리가 책 속에서 나왔다. "난 쾨게[13]마을에서 온 암탉이란다." 암탉은 쾨게에 얼마나 많은 주민이 살고 있고, 어떤 전쟁이 일어났는지 자세히 들려주었다. 그러나 별로 알맹이 없는 내용이었다.

"쿵, 쿠궁!" 나무로 만든 새가 바닥으로 떨어졌다. 그것은 아주 작은 마을인 프레스토에서 새 쏘기 대회에 사용하는 앵무새였다. 앵무새는 자기 몸에 박인 못 수만큼 많은 사람들이 프레스토에 살고 있다고 말했다. 그리고는 아주 자랑스럽게 이렇게 덧붙였다. "덴마크 조각가 토르발센은 내가 살던 곳 바로 가까이에 살았지.[14] 여기 있으니까 참 편하네."

꼬마 툭은 어느새 침대에서 일어나 말을 타고 달리고 있었다. 훌륭한 옷을 입고 깃털로 치장한 기사가 말 뒤에 앉아 툭을 꼭 붙들어 주었다. 툭은 숲을 지나 거대하고 분주한 옛 도시인 보르딩부르크로 갔다. 왕이 사는 궁전은 높은 탑으로 둘러싸여 있었고, 창문마다 눈부신 불빛이 흘러나왔다. 궁전에서는 잔치가 벌어지고 있었고, 발데마르 왕이 곱게 차려 입은 젊은 궁녀들과 춤을 추고 있었다. 그런데 아침이 되어 해가 떠오르자 도시와 왕과 궁전이 갑자기 가라앉기 시작했다. 탑들이 연달아 무너지고 하나만이 궁전이 있던 언덕 위에 덩그러니 남았다.[15] 이제 도시는 아주 작고 보잘것없어 보였다. 학생들이 들고 다니던 책을 펼치며 '2000명의 주민들'이라고 읽었다. 그러나 이것은 사실이 아니었다. 그곳에는 그렇게 많은 사람이 살지 않았다.

꼬마 툭은 다시 낡은 침대에 누워 있었다. 꿈을 꾸고 있는 것 같기도 하고, 아닌 것 같기도 했다. 누군가가 그의 옆에 서 있었다.

"툭아, 꼬마 툭아!"

---

13. 쾨게는 쾨게 만에 있는 작은 마을이다. 어른들은 아이들의 머리 양쪽을 잡고 들어올리면서 "쾨게 닭이 보이니?" 하고 말한다.

14. 프레스토에서 100발자국쯤 떨어진 곳에 니쇠 사유지가 있는데, 토르발센은 덴마크에 있을 때면 늘 이곳에서 지내면서 훌륭한 작품을 만들었다.

15. 발데마르 왕 치하의 보르딩부르크는 매우 중요한 곳이었지만 지금은 존재 가치가 별로 없다. 쓸쓸하게 서 있는 탑과 우물이 있었던 자취만이 궁전이 있었던 곳임을 보여준다.

툭을 부른 사람은 아주 작았다. 선원 복장을 한 그는 작아서 해군 사관학교 후보생 같았다. 그러나 해군 사관학교 후보생은 아니었다.

"코르쇠르[16] 사람들의 안부를 전할게. 그곳은 발전하고 있는 활기찬 도시란다. 기선과 우편 마차가 있는 도시지. 예전에는 사람들이 그 도시를 흉측하다고 했지만 지금은 아니야. 코르쇠르는 이렇게 말하지. '바다 곁에 있는 난 큰길과 공원을 가지고 있답니다. 유머 있고 재치 있는 시인도 탄생시켰지요. 누구나 재치 있고 유머 있지는 않지요. 한 번은 배를 준비하여 세계 일주를 하려고 했어요. 물론 할 수 있었지만 하지 않았지요. 내 문 앞엔 아름다운 장미가 활짝 피어 있어 난 무척 향기롭답니다.'"

그러자 꼬마 툭의 눈 앞에 붉고 푸른 현란한 색들이 나타났다. 곧 색깔들이 걷히자 해안 가까이에 숲으로 덮인 절벽이 나타났다. 절벽 꼭대기에는 뾰족탑이 있는 오래된 멋진 교회가 있었다. 절벽에서 굵은 물줄기가 폭포가 되어 쏟아졌고 그 옆에는 흰머리에 금관을 쓴 한 늙은 왕이 앉아 있었다. 바로 흐로아르 왕이었다. 한때는 폭포 옆에 덴마크 수도였던 로스킬레[17] 시가 있었던 것이다. 금관을 쓴 덴마크의 왕과 왕비들이 손에 손을 잡고 교회로 올라갔다. 그러는 동안에 풍금이 연주되고 그 소리에 맞추어 폭포수가 소리내며 떨어졌다. 꼬마 툭은 이 광경을 빠짐없이 보고 들었다.

"신분제 회의가 열렸던 곳이란 것을 잊지 마라!" 흐로아르 왕이 말했다.

그러자 마치 책장을 넘겨 버린 것처럼 갑자기 모든 것이 사라져 버렸다. 도대체 어디로 간 걸까? 이번에는 농가에 사는 한 할머니가 나타났다. 그 할머니는 장터에서도 풀이 자라는 소뢰[18] 출신이었다. 할머니는 머리와 어깨에 녹색 린네르 앞치마를 두르고 있었는데, 비를 맞은 것처럼 흠뻑 젖어 있었다.

---

16. 그레이트벨트 해협에 있던 코르쇠르는 기선이 건조되기 전에는 매우 따분한 곳이었다. 여행자들은 순풍이 불 때를 기다렸다가 여행을 해야 했다. 하이베르는 익살로 덴마크 방패에 '따분함'이란 글을 새겨넣었다. 시인 바게센이 태어난 곳이기도 하다.

17. 로스킬레는 한때 덴마크의 수도였으며 흐로아르 왕과 근처에 있는 수많은 샘에서 이름을 딴 것이다. 그곳에 있는 아름다운 성당 묘지에는 덴마크의 왕과 여왕들이 잠들어 있다. 덴마크 주들이 땅 속에 묻혀 버려 로스킬레에서 집회를 갖곤 했다.

18. 소뢰는 숲과 호수로 둘러싸인 매우 조용하고 아름다운 도시이다. 덴마크의 몰리에르인 홀베르는 이곳에 유명한 대학을 설립했다. 행크와 저지만이 이곳에서 교수로 재직했으며 레츠턴은 아직도 이곳에 살고 있다.

"그래, 맞았어." 할머니가 이렇게 말했다. 할머니는 홀베르의 희극과 발데마르 왕과 압살론 주교에 대해서 이야기를 늘어놓았다. 그러다 뛰어오르려고 하는 개구리처럼 갑자기 몸을 움츠리더니 세차게 머리를 흔들었다.

"개굴개굴. 여긴 늘 비가 와. 여긴 소뢰처럼 죽은 듯이 조용해." 할머니가 이렇게 말하며 개구리로 변했다. 그리고 다시 "개굴개굴" 하자 이번에는 다시 할머니로 변했다. "사람은 날씨에 따라 옷을 바꿔 입어야 해. 여긴 비가 와. 내가 사는 도시는 마치 병 같지. 사람들은 마개를 통해 들어갔다가 다시 마개를 통해 밖으로 나온단다. 옛날에는 병 바닥에 아름다운 물고기가 있었는데, 지금은 생기 있고 볼이 불그레한 사내아이들이 있지. 아이들은 거기서 지혜를 배워. 그리스어와 라틴어와 히브리어를 말야."

할머니가 "개굴개굴" 하는 소리는 개구리가 늪에서 노래하는 것 같기도 하고, 커다란 장화를 신고 삐걱거리며 걸어가는 소리 같기도 했다. 계속 반복되는 그 소리에 싫증이 난 툭은 곧 잠이 들고 말았다. 그래서 그런 소리도 더 이상 툭을 괴롭히지 못했다.

그런데 잠 속에서도 꿈이 나타났다. 푸른 눈에 금발의 고수머리를 한 여동생 구스타페가 갑자기 아름다운 처녀가 되어 날고 있지 않은가. 날개도 없이 말이다. 툭은 여동생과 함께 셸란 섬을 지나서 푸른 숲과 푸른 바다 위를 날았다.

"오빠, 수탉이 꼬끼오 하고 우는 소리가 들려? 수탉들이 쾨게에서 날아오고 있어. 오빠는 큰 농장을 갖게 될 거야. 그럼 굶는 일은 절대로 없을 거야. 이제 행운의 새가 오빠의 것이 되어 오빠는 부자로 행복하게 살 거야. 오빠 집은 발데마르 왕의 왕궁 탑처럼 높이 솟아 있겠지. 프레스토에 있는 것과 같은 훌륭한 대리석 조각으로 호화롭게 장식될 테고 말야. 내가 하는 말을 잘 들어. 오빠는 명성을 얻게 될 거야. 코르쇠르에서 출발하여 로스킬레에 도착하는 배들처럼 오빠 이름은 온 지구를 돌게 될 거야. '신분제 회의가 열렸던 곳을 잊지 마라.' 하고 흐로아르 왕이 말했지? 잊지 마. 그때는 늠름하고 똑똑하게 말할 테지. 그리고 오빠가 무덤에 오게 되면 편히 쉬게 될 거야."

"마치 소뢰에 있는 것처럼 말이지!" 툭은 이렇게 말하며 잠에서 깨어났다. 벌써 밝은 아침이었다. 툭은 꿈이 기억나지 않았다. 하지만 기억해서 무슨 소용이겠는가. 앞으로 무슨 일이 일어날지 모르는 것이 당연하지 않은가. 꼬마 툭은 침대에서 용수철처럼 튀어나와 책을 읽기 시작했다. 신기하게도 책 내용이 쉽게 외워졌다. 그때 빨래 할머니가 문 사이로 얼굴을 들이밀고 상냥하게 고개를 끄덕이며 말했다. "어제 도와 줘서 정말 고맙다, 착한 아이야. 네 아름다운 꿈이 꼭 이루어지길 바란다."

물론 꼬마 툭은 자기가 무슨 꿈을 꾸었는지 전혀 기억하지 못했다. 그렇지만 하늘에 계신 하느님은 알고 계셨다.

## 45
## 그림자

태양이 이글거리는 더운 나라 사람들은 누구나 마호가니 나무처럼 짙은 갈색 피부를 가지고 있다. 그러니까 지구상에서 가장 더운 나라에 사는 사람들은 피부가 검은 흑인들이다.

추운 북부 지방에서 온 한 학자가 더운 나라로 여행을 갔다. 처음에 학자는 고향에서처럼 자유롭게 바깥으로 돌아다니려고 생각했다. 그러나 곧 그런 생각을 포기해야 했다. 생각이 있는 사람이라면 누구나 그러듯이, 그 학자도 창문을 꼭 닫고 하루 종일 집에서 지내야 한다는 것을 알게 되었던 것이다. 집에 사람이 없거나 모두가 잠든 것처럼 말이다. 학자가 사는 좁은 골목에 있는 집들은 매우 높았다. 그래서 아침부터 저녁까지 태양이 하루 종일 내리비쳐 찌는 듯이 무더웠다.

추운 나라에서 온 학자는 젊고 똑똑했지만 찜통 속에 앉아 있는 것 같은 더위를 어찌는 못했다. 학자는 더위에 지치고 여위어서 날이 갈수록 뼈가 앙상해졌으며 마침내는 그의 그림자까지도 쭈그러들어 고향에 있을 때보다 훨씬 작아졌다.

그러더니 태양이 아예 그림자를 데려가 버려 태양이 지고 난 저녁이 되어야 비로소 그림자가 보이곤 했다. 학자는 그림자를 보는 것이 커다란 즐거움이었다. 빛이 방으로 들어오면 그림자는 벽 위로 길게 누웠다가 천장까지 몸을 길게 늘어뜨리곤 하였다. 다시 힘을 얻기 위해서는 길게 누워 있어야 했던 것이다. 학자도 가끔 발코니에 나가 큰 대자로 눕곤 했다. 그곳에 누워 맑은 하늘에 총총히 박혀 있는 아름다운 별들을 보면 절로 기운이 나는 것 같았다.

그 시각이 되면 거리에 있는 발코니에는 사람들이 모두 나와 있었다. 더운 나라에서는 창문 앞에 발코니가 있어 그곳에서 신선한 공기를 마실 수 있도록 되어 있으며 더위에 익숙한 사람들도 신선한 공기가 필요했기 때문이다. 그때가 되면 거리는 생동감이 넘쳐흘렀다. 구두장이고 양복장이고 모든 사람들이 거리로 쏟아져 나왔으며, 사람들은 탁자와 의자를 거리에 내놓고 촛불을 켜고 얘기도 하고 노래도 부르며 즐거운 한때를 보냈다. 산책을 하는 사람이 있는가 하면, 마구에 달린 방울을 딸랑딸랑 울리며 노새를 몰고 가는 사람도 있었다. 그리고 엄숙한 음악과 교회 종소리와 함께 장례 행렬이 지나가는 것도 볼 수 있었다. 거리에는 그야말로 온갖 삶의 형태가 펼쳐졌다.

그러나 외국에서 온 학자가 살고 있는 집 건너편 집만은 아주 조용했다. 그 집 발코니에 아름다운 꽃들이 뜨거운 햇빛을 받으며 활짝 피어 있는 것으로 보아 그 집에 누군가 살고 있는 것은 분명했다. 물을 주고 정성껏 가꿔 주는 사람이 없으면 그렇게 멋진 꽃이 필 수 없었을 것이기 때문이다.

저녁이 되면 그 집 발코니로 통하는 문이 반쯤 열리고, 어두운 방 안에서 음악이 흘러나왔다. 외국에서 온 학자의 귀에는 그 음악 소리가 매우 아름답게 들렸다. 하지만 그것은 그의 상상에 지나지 않을는지도 몰랐다. 학자의 눈에는 뜨거운 태양만 제외하고는 이곳에 있는 모든 것들이 아름다웠기 때문이다. 학자가 세들어 있는 집 주인은 건너편 집을 빌려서 살고 있는 사람이 누구인지 모른다고 했다. 그 집에 산 사람을 본 적이 없다는 것이었다. 그리고 흘러나오는 음악 또한 지루하기 짝이 없다고 덧붙였다.

"누군가 어떤 곡을 연습하는데 잘 되지 않아 몇 번이고 되풀이하는 것 같아요. 늘 똑같은 곡이잖아요. 누군지는 몰라도 그렇게 연습하다 보면 결국 완벽하게 칠 수 있다고 생각하는 모양인데, 난 그럴 것 같지 않군요. 아무리 연습해도 그렇게 되진 못할 거예요."

어느 날 밤, 학자는 한밤중에 잠에서 깨어났다. 발코니로 통하는 문을 열어 놓은 채 잠이 들어 커튼이 바람에 휘날렸다. 그런데 건너편 집 발코니로 아름다운 빛이 나오고 있었다. 마치 모든 꽃들이 화려한 불꽃으로 타오르는 것 같았으며 꽃 한가운데에는 호리호리하고 아름다운 처녀가 서 있었다. 학자의 눈에는 눈부신 빛이 바로 그 처녀에게서 나오는 것만 같았다. 바로 그때 학자는 잠에서 깨어나 눈을 번쩍 떴다.

학자는 침대에서 벌떡 일어나 살금살금 커튼 뒤로 다가가 밖을 내다보았다. 그러나 처녀는 보이지 않았다. 처녀와 함께 밝은 빛도 사라지고 없었으며 꽃들은 예전처럼 발코니에 예쁘게 피어 있었지만 불꽃처럼 화려하진 않았다. 발코니로 통하는 문이 살짝 열려 있어 방 안에서 흐르는 감미롭고 아름다운 음악이 들려 왔다. 학자는 그 음악을 듣자 너무도 황홀하여 마치 마법에 걸린 듯하였다. 저곳엔 대체 누가 살고 있을까? 현관은 어딜까? 1층 거리와 골목에는 상점이 줄지어 있어 1층에 현관이 있을 리 없었다.

그러던 어느 날 저녁, 학자는 발코니에 앉아 있었다. 등불은 그 뒤쪽에 있는 방에서 타오르고 있었기 때문에 학자의 그림자는 당연히 건너편 집 벽에 드리워졌다. 그림자는 발코니에 있는 꽃들 사이에 앉아 있다가 학자가 움직일 때마다 같이 움직였다.

"저 건너편에 보이는 것 중 살아 있는 것이라곤 내 그림자뿐인 것 같아. 꽃들 사이에 앉아 있으니 기분이 좋은가 보군. 자, 문이 살짝 열려 있으니 집 안으로 들어가서 안을 살펴본 다음 무엇이 있는지 내게 얘기해 줘야지. 그래야 네가 쓸모가 있지." 학자는 농담 삼아 그림자에게 이렇게 말했다. "자, 착하지. 안으로 들어가야지." 학자는 이렇게 중얼거리며 그림자에게 고개를 끄덕였다. 그러자 자연히 그림자도 고개를 끄덕였다. "이제 가 봐. 하지만 완전히 가 버리면 안 돼!"

학자가 일어서자 건너편 발코니에 있는 그림자도 일어섰다. 그리고 학자가 몸을 돌리자 그림자도 몸을 돌렸다. 하지만 누군가 조금만 주의깊게 살펴봤다면, 건너편에 있는 그림자가 살짝 열린 문 안으로 들어가는 것을 보았을 것이다. 학자가 자기 방으로 들어가 긴 커튼을 내렸을 때 말이다.

다음날 아침, 학자는 밖으로 나와 커피를 사 마시고 신문을 사서 읽었다.

등불은 그 뒤쪽에 있는 방에서 타오르고 있었기 때문에
학자의 그림자는 당연히 건너편 집 벽에 드리워졌다.

"뭐 이래? 내 그림자를 잃어버렸는데 그에 대해선 한 마디도 없다니. 내 그림자가 어제 저녁에 사라져서 아직까지 돌아오지 않았다구. 정말 화가 난단 말이야." 학자는 햇볕을 받으며 서서 큰 소리로 말했다.

학자는 무척 속상했다. 그림자가 가 버렸기 때문이 아니라 그림자 없는 사람에 대한 이야기가 떠올랐기 때문이다. 그의 고향인 추운 나라에서는 누구나 그 이야기를 알고 있었다. 만약 학자가 고향으로 돌아가 자기의 그림자가 없어졌다고 이야기를 하면, 사람들은 알고 있는 얘기를 흉내 내는 것이라고 말할 것이다. 학자는 그런 말을 듣고 싶지 않았다. 그래서 그림자 이야기를 꺼내지 않기로 마음먹었다. 그것은 참 현명한 생각이었다.

저녁이 되자, 학자는 등불을 바로 자기 뒤쪽에 갖다 놓고 다시 발코니로 나갔다. 그림자는 항상 불빛을 뒤로 하고 있어야 나타난다는 것을 알고 있었기 때문이다. 그러나 학자는 그림자를 꾀어 낼 수 없었다. 학자는 몸을 웅크려 보기도 하고, 몸을 쭉 펴고 서 보기도 했다. 하지만 그림자는 나타나지 않았다. '에헴!' 하고 헛기침도 해 보았지만 아무 소용없었다. 학자는 몹시 속상했다.

따뜻한 나라에서는 모든 것이 빨리 자란다. 1주일이 지난 어느 날 학자가 햇볕을 받으며 걷고 있는데 반갑게도 새 그림자가 발 밑에서 자라나고 있지 않는가? 아직 그림자 뿌리가 남아 있었던 게 분명했다. 3주일 후에는 그림자가 상당히 자라 있었다. 그리고 그가 북쪽 고향으로 돌아가는 동안 그림자는 점점 더 자라서 결국에는 반 정도를 잘라내 버려도 될 정도로 길어졌다. 고향으로 돌아온 학자는 이 세상에서 볼 수 있는 진실함, 선함, 아름다움에 대해 책을 썼다. 그렇게 여러 날이 지나고 여러 해가 지났다.

어느 날 저녁, 학자가 서재에 앉아 있는데 조용히 문을 두드리는 소리가 들렸다.

"들어오세요." 학자가 말했으나 아무런 기척이 없었다. 문을 열자 문 앞에는 이상할 정도로 비쩍 마른 남자가 서 있었다. 그러나 그는 옷을 잘 차려 입고 있었으며 신사처럼 보였다.

"실례지만 누구신지요?" 학자가 의아한 표정으로 물었다.

"당신이 날 알아보길 바랐는데. 난 몸이 불어나 이제 몸에 살이 붙게 되고 옷도 입을 수 있게 되었답니다. 당신은 내가 이런 모습으로 나타나리라곤 생각도 못했겠죠? 당신의 옛 그림자를 모르시겠어요? 아, 내가 다시 오리라곤 꿈에도 생각지 못하셨군요. 당신에게서 떠난 뒤 난 아주 잘 지냈답니다. 이제 여러 면으로 넉넉해져 하인이 필요하면 하인도 둘 수 있지요."

그러더니 그는 목에 걸고 있는 금으로 된 두꺼운 시계줄에 주렁주렁 매달린 값비싼 장식물들을 짤랑짤랑 흔들었다. 손가락에서는 다이아몬드 반지가 반짝거렸는데, 모두 진짜였다.

"대체 난 뭐가 뭔지 모르겠군. 이게 다 어떻게 된 거지?" 학자가 어리둥절하여 물었다.

"그래요, 흔한 일은 아니지요. 하지만 당신 자신도 보기 드문 사람이잖아요.

당신도 알다시피, 난 어릴 때부터 당신만 따라다녔어요. 그러다가 내가 혼자서 세상을 돌아다녀도 될 만큼 자랐다고 생각되자 난 내 길을 간 거예요. 그래서 지금은 이렇게 부자가 되었지요. 하지만 당신이 죽기 전에 한 번 더 당신을 보고 싶었어요. 이곳도 다시 보고 싶었구요. 누구나 자기가 태어난 곳에 대한 애착을 갖는 법이잖아요. 당신이 다른 그림자를 얻었다는 걸 알아요. 내가 당신에게 빚진 게 있나요? 말씀만 하세요."

"없어. 그런데 정말 네가 맞니? 참으로 희한한 일이군. 사람의 옛 그림자가 사람이 될 수 있다는 건 꿈에도 생각하지 못했는걸." 학자가 믿지 못하겠다는 듯이 말했다.

"내가 빚진 게 있다면 말하세요. 난 빚지고는 못 사는 성격이거든요." 그림자가 다시 재촉했다.

"어떻게 그런 식으로 말할 수 있지? 우리 사이에 무슨 빚이 있을 수 있겠어? 넌 이제 자유의 몸이야. 네가 그런 행운을 얻었다니 참으로 반갑구나. 자, 앉아서 그동안 어떻게 지냈는지 얘기해 보렴. 그리고 따뜻한 나라에 살 때 건너편 집에서 네가 본 것에 대해서도 말해 봐."

"그래요. 다 말해 드릴게요." 그림자가 자리에 앉으며 말했다. "하지만 그 전에 나한테 약속 하나 해 주세요. 당신이 이 도시 어디에서 날 만나든 간에, 내가 당신의 그림자였다는 걸 절대로 말하지 않기로 말예요. 이제 가족을 먹여 살릴 만큼 가진 것이 많으니까 결혼할 생각이거든요."

"그런 걱정은 하지 않아도 돼. 누구한테도 너에 대해 말하지 않을 테니까. 자, 이렇게 악수로 약속할게. 사나이 대 사나이로서 말야."

"사나이 대 그림자로서." 그림자가 말했다. 그림자로서는 이렇게밖에 말할 수 없었으니까.

그림자가 어떻게 그렇게 사람과 똑같이 되었는지 정말 놀라운 일이었다. 그림자는 최고급의 검은 정장에 번쩍번쩍한 장화를 신고, 모자춤과 테두리만 조일 수 있는 실크 모자를 쓰고 있었으며, 금목걸이와 다이아몬드 반지까지 차고 있었다. 사실 그림자는 그런 옷차림 때문에 완전한 사람이 된 것이다.

"이제 당신이 궁금해하는 이야기를 해 드릴게요." 그림자가 말했다. 그리고는 학자의 발 밑에 푸들처럼 쭈그리고 있는 학자의 새 그림자의 팔을 가죽 장화를 신은 발로 힘껏 눌렀다. 이것은 아마도 거만함에서 나온 행동이거나, 아니면 새 그림자가 학자에게 꼭 붙어 있어야 한다는 것을 강조하는 뜻이었을 것이다. 새 그림자는 엎드린 채 아주 얌전하게 있었다. 어떻게 그림자가 주인에게서 벗어나 사람이 될 수 있는지를 알고 싶었던 것이다.

"우리가 살던 집 건너편에 누가 살고 있었는지 아세요? 그건 바로 이 세상에서 가장 거룩한 시의 여신이었어요. 난 그 집에서 3주 동안 지냈어요. 하지만 3000년 이상이 지나간 것 같았지요. 시나 산문을 모두 다 읽어 치웠거든요. 사실 난 모든 것을 보고 배우게 되었지요."

"시의 여신이라구! 맞아, 그 여신은 거대한 도시에서 세상을 등지고 살고 있지. 시의 여신! 그래, 너무 졸려서 눈꺼풀이 무겁게 감길 때 잠깐 그녀를 본 적이 있어. 그녀는 불꽃과 같은 꽃들에 둘러싸여 발코니에서 북극광처럼 내게 빛을 던졌지. 어서 얘기해 봐. 그날 저녁 넌 발코니에 있다가 안으로 들어갔고, 그리고 뭘 봤지?"

"문을 들어서니까 응접실이더군요. 당신은 그때까지 건너편에 앉아 그 응접실을 바라보고 있었지요. 그 응접실은 불이 켜 있지 않아서 구석진 곳은 어두웠어요. 그러나 방문이 모두 열려 있어 아주 환했지요. 그 처녀에게 가까이 다가갔다면 난 그 눈부신 불꽃에 타 죽었을 거예요. 하지만 신중하게 시간을 들여 생각했지요. 사람은 그렇게 해야 하니까요."

"그리고 무얼 보았지?" 학자가 다시 다그쳤다.

"이제 본 걸 다 말해 드릴게요. 하지만 그 전에 부탁이 있어요. 이건 내가 거만해서가 아니에요. 자유인의 몸으로 지식과 상당한 재산은 말할 것도 없고 내가 가진 위치로 볼 때 나를 '너'라고 하지 말고 '당신'이라고 불러 주셨으면 좋겠어요."

"그래, 용서해 줘. 오래된 습관이라서 그 버릇을 버리기가 쉽지 않군. 네 말이 맞아. 잊어버리지 않도록 주의할게. 이제 본 것을 모두 얘기해 봐."

"다 이야기해 드리지요. 난 모든 것을 보았고 알고 있으니까요."

"그 안쪽의 방들은 어떻게 생겼지? 신선한 숲처럼 보이던가, 성스런 교회처럼 보이던가? 그 방들은 높은 산에서 보는, 별이 총총한 하늘 같던가?" 학자는 궁금해서 견딜 수가 없었다.

"그래요, 그런 것들이 모두 거기 있었어요. 난 안쪽으로 깊숙이 들어가지 않고 어슴푸레한 응접실에 있었지만, 시의 여신의 안마당에서 일어나는 일을 모두

378

보고 들을 수 있었지요."

"그래, 뭘 보았냐니까? 고대의 신들이 그 방들을 스쳐 지나가던가? 옛 영웅들이 다시 싸우던가? 사랑스러운 아이들이 꿈에 대한 이야기를 하면서 놀던가?"

"내가 거기 있었다고 말했지요. 그러니 볼 것은 다 보았다는 것을 좀 생각하세요. 만일 당신이 거기 있었다면 당신은 사람으로 남아 있지 못했을 거예요. 난 사람이 되었지만 말예요. 그와 동시에 나는 나의 내적 존재를 깨달았어요. 태어날 때부터 시를 좋아한다는 걸 말예요. 당신과 함께 있을 때는 그걸 깨닫지 못했어요. 하지만 당신도 아실 거예요. 태양이 뜨고 질 때 내가 아주 커지고 달빛 속에서는 오히려 당신보다도 더 또렷하게 보인다는 걸요. 하지만 그때는 나의 참모습을 몰랐지요. 그런데 바로 그 응접실에 들어서자 나의 참모습이 나타났어요. 난 사람이 된 거죠. 완전히 성숙해졌다구요. 하지만 그때는 이미 당신이 그 따뜻한 나라를 떠나고 없었지요. 난 사람으로서 장화도, 옷도 없이 다니는 게 부끄러웠어요. 사람들이 갖춰야 할 겉치레 말예요. 그래서 나름대로 생각을 해 봤지요. 당신한테 다 말할 수 있어요. 당신은 이 얘길 책으로 쓰지 않을 테니까요. 난 요리하는 여자의 외투 안에서 숨어 지냈어요. 하지만 그 여자는 자기 외투에 숨어 있는 것에 대해 별로 생각하지 않더군요. 난 저녁이 되면 밖으로 나왔어요. 달빛 쏟아지는 거리를 마구 달렸지요. 벽에 대고 꼿꼿이 서 봤는데 등이 간지러운 게 기분이 아주 좋았어요. 여기저기 돌아다니며 높은 창문을 통해 방안을 기웃거리다 지붕 위로 올라가 보았지요.

난 아무도 볼 수 없는 것을 보았어요. 사실 누구나 봐 둬야 하는 것이기도 했지요. 그곳에서 본 세상은 정말이지 형편없고 엉망이었어요. 사람이 특별한 존재만 아니라면 난 사람이 되고 싶지 않아요. 남편과 아내 사이에, 부모와 비길 데 없이 사랑스런 아이들 사이에 있을 수 있는 가장 슬프고 불행한 광경을 보았지요. 사람들이 무척 알고 싶어하지만 절대로 알 수 없는 것들을 보았어요. 바로 그들 이웃이 저지르는 나쁜 짓들 말예요. 그런 글을 신문에 썼다면 잘 읽혔을 거예요. 하지만 난 신문에 싣는 대신 그 사람에게 직접 글을 썼지요. 그러자 내가 가는 곳마다 비상이 걸렸어요. 그들은 날 매우 두려워했지만 끔찍이 사랑해 주었지요. 교수는 날 교수로 만들어 주었고, 양복장이는 새 옷을 주었으며, 조폐국장은 돈을 주었어요. 난 그런 식으로 필요한 것들을 모두 갖게 되었지요. 여자들은 내가 아주 잘

생겼다고 말하더군요. 아무튼 그렇게 해서 난 이렇게 멋진 남자가 되었어요. 이제 당신과 작별해야겠군요. 여기 내 명함이 있어요. 난 햇살이 비치는 거리에 살아요. 비가 오는 날이면 항상 집에 있지요." 그림자는 이렇게 말하고 가 버렸다.

"참으로 놀랄 일이군." 학자는 여전히 알 수 없다는 듯이 중얼거렸다.

그 후 수년이 지난 어느 날, 그림자가 다시 학자를 찾아왔다.

"어떻게 지내세요?" 그림자가 물었다.

"아! 난 참됨, 선함, 그리고 아름다움에 대해서 글을 쓰고 있지. 하지만 아무도 그런 것에 귀를 기울이지 않는다네. 그래서 참으로 절망적이라네."

"나 같으면 그러지 않겠어요. 난 편히 잘먹고 잘 살고 있어요. 누구나 그래야 해요. 당신은 세상을 몰라요. 당신은 세상 걱정을 하며 혼자 끙끙거리다 병들고 말 거예요. 당신에겐 여행이 필요해요. 올 여름에 여행을 떠나려고 하는데 같이 가실래요? 함께 여행할 친구가 필요하거든요. 내 그림자로서 같이 여행하는 건 어때요? 당신과 함께 갈 수 있다면 매우 즐거울 거예요. 내가 여행 경비를 지불할게요."

"멀리 갈 건가?"

"그거야 생각해 봐야죠. 아무튼 여행은 당신에게 아주 좋을 거예요. 당신이 내 그림자가 되어 준다면 여행 경비는 모두 공짜예요."

"그거 정말 우스꽝스럽군!"

"그렇지만 세상이 그런 걸요, 뭐. 세상은 변하지 않아요." 그림자는 이렇게 말하고 가 버렸다.

학자는 하는 일마다 실패했다. 슬픔과 근심이 그를 떠나지 않았다. 참됨, 선함, 아름다움에 관한 그의 얘기는 대부분의 사람들에게는 아무런 가치가 없었다. 돼지에게 진주를 던져준들 무슨 소용이 있겠는가. 실망한 학자는 결국 병이 들고 말았다.

"당신은 정말 그림자처럼 보이는군요." 사람들은 학자에게 이렇게 말했다. 그럴 때마다 학자는 온몸이 오싹해지곤 했다. 자신도 그렇게 생각하고 있었기 때문이다.

그러던 어느 날, 다시 학자를 찾아온 그림자가 말했다. "당신은 온천장에 가서 휴식을 좀 취해야 해요. 달리 방법이 없어요. 옛정을 생각해서 내가 당신을 데려가 줄게요. 여행 경비는 내가 부담하겠어요. 여행하면서 글을 쓰세요. 우리가 즐길 수 있는 글 말예요. 난 온천욕을 해야겠어요. 수염이 제대로 자라야 할 텐데 그러지를 않아서요. 자, 현명하게 생각해서 내 권유를 받아들이세요. 우린 허물없는 친구로서 함께 여행하는 거예요."

마침내 그들은 여행길에 나섰다. 이제 그림자가 주인이고, 주인은 그림자가 되었다. 그들은 함께 마차도 타고 걷기도 했다. 해님이 어디에 있느냐에 따라 앞서거니 뒤서거니 하거나, 나란히 걷기도 했다. 그림자는 끊임없이 좋은 자리를 차지하려 했으나 학자는 그런 것에 전혀 신경 쓰지 않았다. 학자는 마음씨가 착하며 매우 너그럽고 다정한 사람이었기 때문이다.

그러던 어느 날, 학자가 그림자에게 말했다. "우린 어릴 때부터 함께 자랐고 이젠 함께 여행하는 친구가 되었으니까 우정을 위해 건배하는 게 어떨까? 그리고 서로에게 너라고 부르기로 하고 말야."

"참으로 솔직하고 호의적이시군요." 지금은 주인이 되어 있는 그림자가 말했다. "나도 솔직하고 호의적으로 한 마디 하겠어요. 당신은 학자로서 사람의 본성이 얼마나 불가사의한지 알 거예요. 갈색 포장지 냄새가 역겨워서 구역질하는 사람이 있는가 하면, 못으로 유리를 긁으면 온몸에 소름이 끼친다는 사람도 있지요. 누가 나한테 '너'라고 하는 소리를 들으면 그런 느낌이 들어요. 당신의 그림자로 있었을 때처럼 기가 죽어요. 이건 자존심 문제가 아니라 기분 문제라는 걸 알 거예요. 당신이 나한테 '너'라고 부르는 걸 참지 못하겠어요. 하지만 난 당신에게 기꺼이 '너'라고 부르겠어요. 그러니까 당신이 원하는 것이 반은 이루어진 거죠." 그림자는 이렇게 말하고는 옛 주인을 '너'라고 불렀다.

"난 상대에게 '당신'이라고 하는데 상대는 나한테 '너'라고 한다니, 참 너무하군." 학자는 화가 치밀었다. 그러나 달리 도리가 없었다.

그들은 낯선 사람들이 많은 온천에 도착했다. 그곳에는 아주 아름다운 공주도 있었다. 공주는 사람들을 너무 날카롭게 쳐다보는 병이 있어 보는 사람마다 불편해했다. 공주는 그림자를 보자 다른 사람들과는 전혀 다르다는 것을 금방 알아차렸다.

'사람들은 그가 수염을 기르려고 온천에 왔다고 하지만 난 진짜 이유를 알아. 그는 그림자를 드리울 수 없는 거야.' 공주는 사람에게 그림자가 없다는 것이 매우 의아했다.

그러던 어느 날, 공주는 산책을 나갔다가 그 낯선 신사와 이야기를 나누게 되었다. 그녀는 임금님의 딸이었기 때문에 여러 가지 번거로운 절차를 생략하고 바로 그림자에게 말을 걸었다.

그림자도 지지 않고 말했다. "이제 공주님 병이 낫는 중이군요. 공주님께서는 사람을 너무 잘 꿰뚫어 보는 것이 병이라지만 저에 대해 하시는 말씀을 들어보니 이제 확실히 나으신 것 같습니다. 저는 아주 보기 드문 그림자를 갖고 있답니다. 항상 내 옆에 붙어다니는 사람을 보지 못했나요? 자신이 입은 옷보다 더 좋은 옷을 하인들에게 입히는 것처럼, 저도 제 그림자에게 사람같이 옷을 입혔답니다. 그에게 그림자까지도 준 걸요. 돈이 많이 드는 일이지만 난 특별한 것을 좋아하거든요."

그 말을 들은 공주는 이렇게 생각했다. '어떻게 된 거지? 내 병이 정말 나은 걸까? 이 온천은 최고야. 요즘 물은 정말 신비한 힘을 가지고 있다니까. 하지만 아직 이곳을 떠나지 않을 테야. 이제야 재미있어지기 시작하니까 말야. 이 낯선 신사는 왕자임에 틀림없어. 아무튼 이 왕자가 마음에 드는걸. 왕자의 수염이 빨리 자라지 않았으면 좋겠어. 수염이 자라면 곧 떠나 버릴 테니까.'

저녁이 되자 공주와 그림자는 널따란 무도회장에서 함께 춤을 추었다. 공주는 깃털처럼 가볍게 춤을 추었지만 그림자가 그보다 더 가벼웠다. 공주는 그렇게 춤을 잘 추는 남자를 이제껏 본 적이 없었다. 공주가 자기 나라 얘기를 하자 그림자는 이미 그 나라를 알고 있고 가 본 적도 있다고 했다. 그러나 그때는 공주가 고향에 없을 때였다. 어쨌든 그림자는 공주 나라의 궁전을 다 살펴보았기 때문에 공주의 말에 전부 대답할 수 있었다. 또한 여러 가지 이야기를 하여 공주를 놀라게 하기도 했다. 공주는 그림자가 이 세상에서 가장 똑똑한 사람일 거라고 생각했으며 아는 것이 많은 그림자가 매우 존경스러웠다. 다시 그림자와 춤을 추게 된 공주는 그림자에게 반해 버렸다. 그림자는 공주가 자기를 뚫어지게 바라보는 것을 보고 그것을 눈치 챘다. 춤이 끝나자 공주와 그림자가 다시 춤을 추었다. 공주는 하마터면 사랑한다고 말할 뻔했지만 신중을 기했다. 공주는 언젠가는 자기가 통치하게 될 자기 나라와 국민을 생각했던 것이다.

'그는 정말 똑똑한 남자야. 참 잘된 거지. 춤도 황홀하게 잘 춰. 그것도 잘된 일이야. 하지만 기초 지식은 있을까? 그건 아주 중요한 문제야. 얼마나 많이 아는지 시험해 봐야지.' 공주는 이렇게 생각하고 공주 자신도 잘 모르는 어려운 질문을 했다. 그러자 그림자는 아주 이상하게 얼굴을 찡그렸다.

"대답을 못하는군요." 공주가 실망하여 말했다.

"아닙니다. 학창 시절에 들어 알고 있습니다. 저기 문간에 서 있는 내 그림자도 알걸요." 그림자가 대답했다.

"당신 그림자도요? 참 놀랍군요."

"꼭 그렇다는 건 아니지만 아마 그럴 겁니다. 오랫동안 날 쫓아다니면서 나한테서 많은 것을 들었으니까 아마 그 질문에 대한 답을 쉽게 알 겁니다. 하지만 공주께서는 이 점에 주목해 주셨으면 합니다. 그는 사람으로 대접받는 걸 매우 자랑스러워하기 때문에 비위를 맞추어 줘야 한다는 걸 말입니다. 그래야만 제대로 대답을 할 테니까요."

"그렇게 하지요."

공주는 곧 학자에게 다가가 해와 달과 푸른 숲과 그녀의 고향과 먼 곳에 사는 사람들에 대해서 물어보았다. 그러자 학자는 아주 유쾌하고 똑똑하게 얘기해 주었다. 학자와 얘기를 나눈 공주는 이런 생각이 들었다. '이렇게 똑똑한 그림자를 가지고 있으니 저 사람은 굉장한 사람일 거야. 저 사람과 결혼한다면 우리나라나 국민에게 큰 축복일 거야. 저 사람과 결혼해야겠어.'

공주와 그림자는 곧 약혼을 했다. 그러나 공주가 자기 나라로 돌아갈 때까지는 아무에게도 그 얘기를 하지 않았다.

"아무도 알게 해서는 안 되오. 나의 그림자까지도 말이오." 그림자가 말했다. 그림자가 이렇게 말하는 데는 특별한 이유가 있었다.

얼마 후 공주와 그림자는 공주의 나라로 돌아갔다.

"이봐, 친구. 이제 난 이 세상에서 남부럽지 않은 행운과 권력을 갖게 되었어. 그래서 널 위해서 뭔가 특별한 것을 해 주려고 해. 넌 궁전에 가서 나와 함께 살아야 해. 나와 함께 임금님의 마차를 타고 지내면서 해마다 많은 돈을 받게 될 거야. 하지만 사람들이 널 보고 그림자라고 부르게 하겠어. 그리고 네가 한때는 사람이었다는 것을 절대로 말해선 안 돼. 1년에 한 번씩 내가 햇살이 비치는 발코니로 나아가 앉아 있을 때 넌 내 발 아래 누워 있어야 해. 그림자처럼 말야. 난 곧 공주와 결혼하기로 했거든. 바로 오늘 저녁에 결혼식을 올릴 거야." 그림자가 학자에게 말했다.

"이건 말도 안 돼. 그럴 수 없어. 난 그렇게 못해. 어떻게 그런 바보 같은 말을 따르라고 하는 거지? 그건 온 나라를 속이고 공주를 속이는 짓이야. 모두 사실대로 털어놓겠어. 내가 사람이고 넌 사람 옷을 입은 그림자일 뿐이라고 말이야." 학자가 소리쳤다.

"아무도 네 말을 믿지 않을 걸. 자, 제대로 하라구. 그렇지 않으면 난 호위병을 부르겠어."

"지금 당장 공주에게 가겠어."

"그 전에 내가 먼저 가서 공주한테 말하면 넌 감옥으로 갈걸."

학자는 그림자의 말처럼 되고 말았다. 호위병들은 그림자의 말을 믿었다. 그가 공주와 결혼할 사람이란 걸 알고 있었기 때문이다.

"떨고 있군요. 무슨 일 있어요? 오늘은 아프면 안 돼요. 오늘 저녁에 결혼식을 올려야 하니까요." 그림자가 다가오자 공주가 말했다.

"상상할 수 없을 정도로 끔찍한 일을 당했다오. 글쎄, 내 그림자가 미쳤다고 상상해 보시오. 그런 얄팍하고 둔한 머리로 그렇게 많은 일을 견뎌 낼 수가 없었겠지. 글쎄, 자기가 사람이고 내가 자기 그림자라고 하지 뭐요."

"어떻게 그런 정말 끔찍한 일이! 그래서 당신 그림자를 가두었나요?" 공주가 깜짝 놀라며 말했다.

"그렇소. 그런데 그림자가 다시 회복할 수 없을까 걱정이오."

"불쌍한 그림자! 참 안됐어요. 그렇게 사느니 차라리 그림자를 삶에서 해방시켜 주는 게 어때요? 윗사람에게 복종하며 사는 아랫사람들을 생각할 때면, 요즘에는 이 세상에서 조용히 사라지게 해 주는 게 좋다는 생각이 들더군요."

"충실한 하인이었는데, 그것 참 못할 짓이구려." 그림자는 이렇게 말하면서 매우 슬픈 표정을 지었다.

"당신은 정말 고귀한 성품을 가졌군요." 공주가 감탄하며 고개를 숙였다.

저녁이 되자 도시 전체에 환한 등불이 켜지고 대포 소리가 요란하게 울려 퍼졌으며 병사들은 받들어 총을 하고 줄 서 있었다. 참으로 화려하고 성대한 결혼식이었다. 공주와 그림자는 발코니로 나와서 사람들의 축복을 받았다. 그렇지만 학자는 이 결혼식에 대해 아무것도 듣지 못했다. 이미 죽임을 당했던 것이다.

# 46
# 낡은 집

새로 지은 산뜻한 집들이 서 있는 어느 거리에 아주 낡은 집 한 채가 서 있었다. 튤립과 덩굴손 모양의 소용돌이 무늬로 장식된 대들보에 새겨진 연대로 보아 삼백 년은 족히 되어 보였다. 창문에는 옛날 글씨체로 시구가 적혀 있었고, 처마 장식 아래에는 이를 드러내고 웃고 있는 기이한 형상의 얼굴이 새겨져 있었다. 한 층은 다른 층보다 앞으로 쑥 튀어나와 있었고, 지붕 바로 밑에는 끝이 용머리 모

새로 지은 산뜻한 집들이 서 있는 어느 거리에 아주 낡은 집 한 채가 서 있었다.

양인 납으로 된 홈통이 있었다. 원래는 용의 입을 통해 빗물이 흘러내리도록 되어 있었으나 홈통에 구멍이 숭숭 뚫려 있어서 빗물이 아무 데서나 흘러내렸다. 그 거리에 있는 다른 집들은 모두 새집이었으며 창문이 커다랗고 담이 아름다웠다. 누가 보더라도 새 집 사이에 서 있는 그 낡은 집은 그곳에 어울리지 않았다. 새 집들은 이렇게 생각했으리라.

'저 폐물 덩어리는 언제까지 여기에 있으려는 걸까? 정말이지 이 거리의 수치야. 난간이 너무 튀어나와 저쪽에서 무슨 일이 벌어지는지 도무지 알 수 없단 말야. 계단은 궁전 계단처럼 넓고 교회 탑으로 올라가는 계단처럼 경사가 져 있어. 계단의 쇠붙이 난간은 묘지로 통하는 문 같고, 놋쇠 못까지 박혀 있어. 정말이지 보기 흉해!'

낡은 집 맞은편 거리에는 더 멋진 집들이 들어 서 있었다. 그 집들도 다른 집들과 마찬가지로 생각했다.

그런데 그 새 집 중 한 집 창가에 발그스레한 뺨과 빛나는 맑은 눈을 가진 소년이 앉아 있었다. 소년은 햇빛이나 달빛 속에 잠긴 낡은 집을 매우 좋아했다. 소년은 앉아서 여기저기 석회가 떨어져 나간 담을 바라보며 온갖 광경을 상상하곤 했다. 바깥으로 난 계단과 박공 지붕과 끝이 용 모양으로 된 홈통이 있는 집이 있던 옛날에는 이 거리가 어땠을까? 이런 생각을 하다 보면 창을 든 군인들이 행진하는 모습이 떠오르곤 했다. 낡은 집을 쳐다보는 것은 참으로 즐거웠다.

낡은 집에는 한 노인이 살고 있었다. 무릎까지 오는 반바지에 커다란 놋쇠 단추가 달린 제복을 입은 노인은 가발을 쓰고 다녔다. 노인을 만나는 사람이면 누구나 가발을 쓰고 있다는 걸 쉽게 알 수 있었다. 그 낡은 집에는 아침이면 어떤 남자가 찾아와 청소를 하고 노인을 시중들었다. 그 남자를 제외하면 반바지 차림으로 다니는 노인을 찾는 사람은 아무도 없었다. 노인은 가끔 창가에 서서 밖을 내다보곤 하였다. 그러면 소년은 노인에게 고개를 끄덕였고, 노인도 고개를 끄덕여 보이곤 하였다. 그러다가 노인과 소년은 서로 친구가 되었다. 비록 한 번도 이야기를 해 본 적은 없었지만 그런 것은 아무래도 상관없었다.

어느 날, 소년의 부모님이 이렇게 말했다. "저 낡은 집에 사는 노인은 돈은 많지만 매우 외롭게 산단다."

다음 일요일 아침, 소년은 무언가를 종이에 싸 들고 낡은 집을 찾아가 대문 앞에서 노인을 시중들던 남자에게 말했다. "이걸 할아버지께 전해 줄래요? 제겐 장난감 병정이 두 개 있는데, 그 중 하나예요. 할아버지께 드리겠어요. 할아버진 무척 외로우시니까요."

남자는 고개를 끄덕이며 매우 기쁜 표정으로 장난감 병정을 가지고 집 안으로 들어갔다. 조금 있으니까 남자가 다시 나와 소년에게 집에 놀러 오지 않겠느냐고 물었다. 그래서 소년은 부모님의 허락을 받고 낡은 집을 찾아갔다.

계단 난간에 박힌 놋쇠 못은 멀리서 볼 때보다 더 번쩍거렸다. 꼬마 손님을 맞기 위해 광을 낸 모양이었다. 문에는 튤립 꽃에 둘러싸여 나팔을 부는 나팔수들이 새겨져 있었는데, 온 힘을 다해서 트럼펫을 부느라고 양볼이 불룩해 보였다. 마치 "빰빠라라, 꼬마 손님이 오신다. 빰빠라라" 하고 나팔을 부는 것 같았다.

그때 문이 열렸다. 현관 복도에는 갑옷을 입은 기사와 비단옷을 입은 부인들의 초상화가 걸려 있었다. 갑옷에서는 쩔렁쩔렁 소리가 나고, 비단옷에서는 사각사각 소리가 나는 것 같았다. 복도를 따라 한참을 올라가다 조금 내려가니 발코니로 이어지는 계단이 나왔다. 발코니는 아주 오래되어 금방이라도 무너질 것만 같았다. 여기저기에 생긴 커다란 구멍과 틈새에서는 풀과 잎들이 무성하게 자라 뜰을 방불하게 했고, 벽은 녹색 풀로 뒤덮여 정원처럼 보였다. 그리고 당나귀귀 모양으로 생긴 낡은 화분에서는 꽃들이 무성하게 자라고 있었다. 한 화분에는 패랭이꽃이 흐드러지게 피어 있었고 푸른 잎들은 줄기를 힘차게 뻗으며 이렇게 노래하고 있었다.

"바람이 내 얼굴을 쓰다듬고 해님은 내게 입맞추네. 다음 일요일엔 내게 작은 꽃송이를 하나 준다고 약속했지. 일요일의 작은 꽃송이 하나."

소년과 시중드는 남자는 벽 전체가 가죽으로 도배된 방으로 들어섰다. 가죽 벽지에는 금빛 꽃들이 새겨져 있었다.

"금박은 날씨가 눅눅하면 사라져 버리지만 가죽은 사라지지 않아." 벽들이 자랑스럽게 말했다.

방에는 높은 등받이와 팔걸이가 달린 멋진 의자들이 놓여 있었다. 의자들은 삐걱거릴 때마다 이렇게 말하는 것 같았다. "앉아. 아이쿠, 왜 이렇게 삐걱거리지? 나도 이제 낡은 찬장처럼 병이 들려나 봐. 등에 말이야. 아이쿠!"

드디어 소년은 노인이 앉아 있는 방으로 들어섰다.

"장난감 병정을 줘서 고마워, 꼬마 친구. 그리고 이렇게 와 줘서 고맙군." 노인이 소년을 반기며 말했다.

"고마워, 고마워!" 또는 "삐그덕, 삐그덕!" 하고 여기저기서 가구들이 일제히 말했다. 방에는 가구들이 아주 많았다. 가구들은 서로 소년을 먼저 보려고 앞을 다투었다.

가운데 벽에는 아름다운 귀부인의 초상화가 걸려 있었다. 젊고 쾌활해 보이는 귀부인은 옛날 옷을 입고 있었다. 머리에는 분칠을 하고 있었고 빳빳한 스커트를 입고 있었다. 귀부인은 '고맙다'는 말이나 '삐그덕'거리는 소리를 내지 않고 부드러운 눈길로 소년을 내려다보았다.

"저 그림은 어디서 났어요?" 소년이 노인에게 물었다.

"길 건너편에 있는 가게에서 샀지. 거기엔 초상화가 아주 많은데 아무도 관심이 없는 것 같더구나. 초상화 속의 사람들은 오래 전에 죽어서 땅에 묻혔으니까. 하지만 난 옛날부터 이 여자를 알고 있었지. 이 여자는 50년 전에 저 세상으로 갔단다."

초상화 아래쪽에는 시든 꽃다발이 걸려 있었다. 그것도 틀림없이 50년 정도 묵은 것 같았다. 그리고 오래된 시계도 있었는데, 시계추가 왔다갔다하고 바늘이 돌고 있었다. 시간이 감에 따라 방 안에 있는 모든 것들이 퇴색되고 있었지만 아무도 그것을 눈치 채지 못하는 것 같았다.

"우리 집에서는 할아버지가 끔찍하게 외롭다고들 해요." 소년이 말했다.

"난 지나간 추억들을 생각하며 하루하루 즐겁게 지내지. 게다가 너까지 이렇게 찾아오니 정말 기쁘단다." 노인은 이렇게 말하고 선반에서 그림책을 하나 꺼냈다. 그림책에는 지금은 볼 수 없는 멋진 마차 행렬이 그려져 있었다. 행렬 속에는 곤봉을 든 악당의 무리 같은 군인들, 나부끼는 깃발을 든 시민들, 사자 두 마리가 받치고 서 있는 가위가 그려진 깃발을 든 재단사들, 머리가 두 개 달린 독수리가 그려진 깃발을 든 구두장이들이 보였다. 구두장이들이 든 깃발에 있는 독수리의 머리가 두 개인 것은 구두장이에게는 무엇이든 한 쌍이어야 했기 때문이다. 참으로 환상적인 광경이었다. 노인이 사과와 호두를 가지러 다른 방으로 갔다. 소년은 낡은 집이 정말 좋았다.

"난 이제 못 참겠어." 갑자기 선반 위에 서 있는 장난감 병정이 말했다. "여긴 너무 외롭고 따분해. 난 가족과 함께 사는 게 버릇이 돼서 이런 생활은 참을 수가 없어. 하루가 너무 길고 저녁은 더 길어. 여긴 길 건너편에 있는 너희 집하곤 전혀 달라. 너희 집에서는 네 엄마와 아빠가 정답게 얘기하고 너희들이 즐겁게 뛰놀잖니. 그런데 여긴 너무 쓸쓸해. 넌 노인이 사람들에게 키스를 받을 것 같니? 친절한 대접이나 크리스마스 트리를 받을 것 같아? 아니야, 이제 노인에게 남은 것은 무덤뿐이야. 난 그걸 못 참겠어."

"너무 슬픈 면만 보지 마! 이 집에 있는 것들은 다 아름다워. 그리고 즐거운 옛 추억들이 모두 되살아나는 곳이야."

"하지만 난 그런 것을 본 적도 없고 그게 뭔지도 몰라. 정말 못 참겠단 말야." 장난감 병정이 투정을 부렸다.

"참아야 해." 소년은 목소리에 힘을 주며 말했다.

그때 노인이 즐거운 표정으로 사과랑 호두랑 맛있는 과일을 가져 왔다. 소년은 노인과 행복하고 즐거운 시간을 보내느라고 장난감 병정 생각은 까맣게 잊어버렸다.

소년이 집으로 돌아온 뒤 몇 주 동안 소년과 노인은 창가에서 인사를 주고받았다. 그러던 어느 날, 소년은 다시 낡은 집을 방문하게 되었다. 문에 새겨진 나팔수들이 "빰빠라라, 꼬마 손님이 오신다. 빰빠라라!" 하고 요란하게 나팔을 불었다. 기사들이 입고 있는 갑옷과 창은 쩔렁쩔렁 소리를 냈고 귀부인이 입고 있는 비단옷들은 사각사각 소리를 냈으며, 가죽은 예전에 들려주었던 시를 다시 읊었다. 낡은 의자는 여전히 등이 아파 "아이쿠!" 하고 비명을 질렀다. 전에 왔을 때와 달라진 건 하나도 없었다. 낡은 집에서는 어떤 날이나 어떤 시간도 모두 똑같았기 때문이다.

"이젠 정말 더 못 참겠어." 장난감 병정이 금방이라도 폭발해 버릴 듯이 말했다. "나 울었단 말야. 여기 있으면 너무 슬퍼. 차라리 전쟁에 나가서 팔이나 다리를 잃는 게 낫겠어. 아무런 변화도 없는 여기보다는 그게 더 나아. 정말이지 죽을 지경이야. 옛 추억이 뭔가를 가지고 찾아온다는 것이 무슨 뜻인지 이젠 알겠어. 내게도 가끔 옛 추억이 찾아오는데 전혀 즐겁지 않아. 선반에서 떨어져 죽어 버릴까 생각도 했지. 너희들이 길 건너에 있는 집에서 노는 모습이 보였어. 실제처럼 생생하게 말이야. 어느 일요일 아침이었어. 너희들은 식탁 주위에 둘러서서 매일 아침 부르던 찬송가를 불렀지. 너희들은 두 손을 모으고 경건하게 서 있었고, 너희 부모님은 엄숙한 표정이었어. 그때 문이 열리고 마리아가 들어왔어. 아직 두 살도 되지 않은 네 여동생 말야. 그 애는 음악이나 노래가 나오면 늘 춤을 추잖아. 그날도 마리아는 춤을 추었어. 그래서는 안 되는데 말이야. 그러나 음조가 너무 느렸기 때문에 춤이 곡조에 맞지 않았어. 마리아는 다리를 번갈아 가며 한쪽 다리로 서서 고개를 푹 숙였지. 정말 우스운 광경이었어. 그런데도 너희들은 웃음을 꾹 참고 아주 진지하게 서 있었어. 하지만 난 속으로 막 웃다가 그만 탁자에서 떨어지고 말았어. 그 바람에 혹이 난 거야. 아직도 그 혹이 있어. 내가 웃은 것은 옳지 못한 행동이었지. 여기 있다 보면 이런 일들과 내가 보았던 여러 가지 일들이 계속 머리에 떠올라. 아마 이런 게 여러 가지 것들을 생각나게 하는 추억이겠지? 너희들은 아직도 일요일에 노래 부르니? 마리아는 어떻게 지내? 내 친구 장난감 병정은 잘 있어? 그 앤 매우 행복할 거야. 난 이 생활이 정말이지 지긋지긋해."

"하지만 넌 선물로 보내진 거니까 여기 있어야 해. 그걸 모르겠니?" 소년이 엄하게 꾸짖었다.

그때 노인이 진기한 것들이 가득 들어 있는 상자를 들고 와 소년에게 보여주었다. 상자 안에는 아주 크고 화려하게 도금된 입술 연지 상자, 향수병, 오래된 카드들이 들어 있었는데, 요즘에는 볼 수 없는 것들이었다. 그리고 선물 상자들도 있었다. 뚜껑이 열려 있는 피아노 안쪽에는 풍경화가 그려져 있었다. 노인이 피아노를 연주하자 음이 맞지 않는 소리가 났다. 노인은 고물상에서 산 초상화를 보더니 고개를 끄덕이며 눈을 반짝였다. 그리고는 이렇게 말했다. "그래, 저 귀부인은 이 곡조에 맞추어 노래를 부를 줄 알았지."

"전쟁터에 나갈 테야. 전쟁터로 갈래." 장난감 병정이 목청껏 소리를 지르더니 그만 바닥으로 떨어지고 말았다. 어디에 떨어졌지? 노인과 소년은 장난감 병정을 찾았지만 보이지 않았다.

"찾고 말겠어." 노인은 이렇게 말했으나 결국은 찾지 못했다. 마루 바닥 여기저기에 틈이 벌어지고, 구멍이 뚫려 있어 어디로 빠져 버렸는지 알 수가 없었다.

한편 장난감 병정은 갈라진 틈새로 떨어져 뚜껑이 없는 관과 같은 곳에 조용히 누워 있었다. 날이 저물자 소년은 집으로 돌아갔다.

몇 주가 지나고 몇 달이 지나 겨울이 찾아왔다. 이제는 창문에 성에가 끼어 입김을 호호 불어 문질러야 낡은 집을 내다볼 수 있었다. 낡은 집의 소용돌이 장식과 기둥에도 흰 눈이 수북히 쌓였으며 계단에도 하얗게 쌓여 아무도 살지 않는 집인 것 같았다. 그런데 집에는 정말 아무도 없었다. 노인이 그만 죽어 버린 것이다. 저녁이 되자 장의차가 문 앞에 와 멈추어서 노인을 넣은 관을 실었다. 노인은 시골에 있는 가족 묘지에 묻히기로 되어 있었다. 장의차는 노인을 싣고 떠났다. 노인의 죽음을 슬퍼하는 사람은 아무도 없었다. 노인의 친구들은 이미 오래 전에 죽어서 땅에 묻혔기 때문이다. 소년은 노인을 실은 장의차가 떠날 때 손에 입맞추어 노인에게 작별의 키스를 보냈다.

며칠 후, 낡은 집에서 경매가 이루어졌다. 소년은 창문을 통해 옛 기사들과 여자들이 그려진 그림, 긴 손잡이가 달린 화분, 낡은 의자, 찬장 등이 실려 나가는 것을 보았다. 어떤 것들은 이쪽으로, 어떤 것들은 저쪽으로 실려 갔다. 귀부인 초상화는 다시 고물상으로 가게 되었다. 그림 속의 귀부인을 알아보거나 오래된 그 그림에 관심을 갖는 사람이 아무도 없었기 때문이다.

봄이 되자 사람들은 낡은 집을 허물었다. 사람들은 낡은 집을 폐물 더미라고 했다. 거리에서 보면 해지고 닳은 가죽으로 도배된 방과 대들보에 아무렇게나 걸려 있는 발코니의 꽃들이 보였다. 얼마 후 낡은 집은 완전히 부서져 깨끗이 치워졌다. "거참 없어져서 시원하군." 낡은 집 옆에 있던 집들이 말했다. 곧이어 도로에서 더 들어간 그 부근에 높다란 창문과 매끄러운 벽을 가진 새 집이 지어졌다. 그리고 그 집 앞쪽에는 작은 정원이 만들어졌고 정원 앞에는 커다란 쇠붙이 울타리와 대문이 들어섰다. 커다란 대문은 매우 위엄 있어 보였다. 정원에서 자란 포도 덩굴이 어느새 이웃집 담까지 덮었다. 사람들은 그 앞을 지나다 멈춰 서서 울타리 안을 들여다보았고 참새들은 포도 덩굴에 앉아서 온갖 수다를 떨었다. 그러나 참새들이 하는 얘기 속에 낡은 집 얘기는 없었다. 참새들은 낡은 집을 기억하지 못했다.

그렇게 여러 해가 지나 소년은 이제 의젓한 청년이 되었다. 늠름하게 자란 그를 보고 부모들은 매우 자랑스러워했다. 얼마 후 소년은 결혼하여 부인과 함께 정원이 있는 그 집으로 이사했다. 어느 날, 소년은 아내가 예쁜 들꽃을 정원에 심는 것을 옆에서 바라보고 있었다. 아내는 작은 손으로 들꽃 뿌리를 땅에 묻고 흙을 단단히 눌렀다.

"아야, 이게 뭐지?" 뭔가에 따끔하게 찔린 아내가 흙을 다지던 손을 멈추고 놀

부드러운 땅 위로 뾰족한 것이 튀어 나와 있었다.
그것은 바로 노인의 집에서 사라진 장난감 병정이었다.

라서 소리쳤다. 부드러운 땅 위로 뾰족한 것이 튀어 나와 있었다.

그것은 … 여러분도 한 번 생각해 보라. 무엇이었을까? 그것은 바로 노인의 집에서 사라진 장난감 병정이었다. 장난감 병정은 나무토막과 파편들 사이에 뒤섞여 지난 몇 년 동안 땅 속에 누워 있었던 것이다.

아내는 나뭇잎으로 장난감 병정에 묻은 흙을 털어 내고 고운 손수건으로 닦았다. 손수건이 몸에 닿을 때 장난감 병정은 달콤한 향수 냄새 때문에 정신이 아찔했다. 마치 기절했다가 깨어난 기분이었다.

"좀 봅시다." 이제는 어른이 된 소년이 장난감 병정을 살펴보고 고개를 저으며 미소지었다. "아무리 봐도 그때 그 장난감 병정은 아니군. 하지만 어렸을 때 가지고 놀던 그 장난감 병정이 어떻게 되었는지는 기억나."

그는 아내에게 낡은 집과 노인과 장난감 병정에 대한 이야기를 들려주었다. 외롭게 지내는 한 노인에게 장난감 병정을 선물했다는 이야기도 함께. 아내는 낡은 집과 노인에 대한 이야기를 듣고 눈물을 흘렸다.

"이게 바로 그 장난감 병정인 것 같아요. 제가 간직할게요. 그리고 당신이 들려준 이야기를 빠짐없이 기억할게요. 언제 그 노인의 무덤에 데려가 주세요, 네?" 아내가 감격에 차서 말했다.

"그 무덤이 어디에 있는지는 나도 모르오. 아는 사람이 아무도 없지. 노인의 친구들은 모두 죽었거든. 그래서 노인을 돌보는 사람이 없었지. 당시엔 나도 어렸고 말이오."

"아, 노인이 얼마나 외로웠을까요!"

"끔찍하게 외로웠어요. 하지만 잊혀지지 않는 것은 기쁜 일이에요." 장난감 병정이 갑자기 끼어들어 말했다.

그러자 아주 가까이에서 "암, 기쁘고 말고." 하는 소리가 들렸다. 그러나 장난감 병정 외에는 그 목소리의 주인공이 가죽 벽지에서 떨어져 나온 조각이라는 것을 아무도 알지 못했다. 그 조각은 이제 금도금이 다 벗겨져 축축한 흙처럼 보였지만 여전히 소신을 가지고 있었다. 조각은 다시 말했다. "금박은 날씨가 눅눅하면 사라져 버리지만 가죽은 사라지지 않아."

그러나 장난감 병정은 그렇게 생각하지 않았다.


# 47
# 물방울

여러분은 확대경을 알고 있는가? 확대경은 동그란 안경 한 짝처럼 생겼는데, 안경보다는 훨씬 더 견고하며 확대경을 통해 보면 사물이 원래보다 수백 배나 크게 보인다. 연못에서 가져온 물방울 속에는 수많은 작은 동물들이 있는데 맨눈으로는 보이지 않지만 확대경으로 보면 보인다. 물방울은 뛰어오르기도 하고 서로 엉켜 있기도 한, 살아 있는 새우들이 놓인 접시처럼 보인다. 그 동물들은 아주 사나워서 상대의 팔과 다리를 마구 잡아 찢는데 그것이 그들의 생활 방식이다.

옛날에 한 노인이 살았다. 사람들은 그 노인을 '움질움질-꿈틀꿈틀'이라고 불렀다. 이름이 그랬기 때문이다. 노인은 언제나 모든 일에서 최고의 것을 얻으려 했다. 그렇게 되지 않을 때에는 요술을 부려서라도 그렇게 만들었다.

어느 날, 확대경을 통해 도랑물을 본 노인은 깜짝 놀랐다. 움질거리고 꿈틀거리는 동물들이 여기저기서 깡충깡충 뛰고 밀고 당기고 서로를 잡아먹지 않는가. 그 동물들은 동족을 잡아먹는 동물이었던 것이다.

"참으로 끔찍한 광경이군! 이 동물들이 평화롭게 살게 할 수는 없을까? 자기 일에만 신경을 쓰면서 말야." 움질움질-꿈틀꿈틀 노인은 이렇게 중얼거리며 생각하고 또 생각했다. 그러나 별 뾰족한 수가 없자 요술을 부리기로 결심했다.

"이것들을 물들여야지. 그럼 관찰하기가 더 쉬울 거야."

노인은 붉은 포도주처럼 보이는 물방울을 도랑에서 가져온 물방울에 떨어뜨렸다. 그것은 한 방울에 2실링이나 하는 아주 효험 있는 마귀할멈의 피였다. 동물들의 몸이 한순간에 분홍빛으로 변했다. 이제 동물들은 벌거벗은 야만인들 같았다.

"그게 뭐요?" 때마침 노인을 찾아온 늙은 난쟁이가 물었다. 그 난쟁이는 이름이 없었는데, 그 점이 바로 그의 특징이었다.

"이게 뭔지 네가 알아맞히면 선물로 주지. 하지만 쉽게 알아맞힐 수 없을걸." 움질움질-꿈틀꿈틀 노인이 말했다.

이름 없는 난쟁이는 확대경을 통해 물방울을 들여다보았다. 그건 인간들이 벌거벗고 돌아다니는 도시 같았다. 참으로 소름끼치는 광경이었다. 그러나 그보다 더 소름 끼치는 것은 사람들의 행동이었다. 그들은 서로 발로 차고 주먹으로 때리는가 하면 물어뜯기도 하고 밀치기도 했다. 밑에 있는 것들은 위로 올라가려고 발버둥쳤고, 위에 있는 것들은 밑으로 내려가려고 안간힘을 썼다.

"봐, 저 애 다리는 내 다리보다 길어. 물어뜯어 버릴 테야. 저리 비켜!"

"봐, 저 애는 귀 뒤에 혹이 있어. 혹이 작긴 하지만 저 애는 혹 때문에 아파 해. 그렇다면 더 아프게 내버려 두자!" 동물들은 이렇게 말하며 혹 있는 동물을 밀쳤다 잡아당겼다 하였다. 그러다가 마침내는 잡아먹고 말았다. 귀 뒤에 작은 혹이 있었기 때문이다.

한 작은 동물은 구석에 가만히 앉아 있었다. 마치 수줍고 섬세한 소녀 같았다. 그 동물은 평화롭고 고요하길 원했다. 그러나 다른 동물들에게 끌려 나와 학대를 받다가 결국은 잡아먹혔다.

"참으로 교훈적이고 재미있군!" 이름 없는 난쟁이가 말했다.

"저게 뭔지 알겠나? 알아냈어?" 움질움질-꿈틀꿈틀 노인이 물었다.

"그거야 쉽지. 이건 코펜하겐이나 다른 대도시지. 그게 그거지만 말야." 이름 없는 난쟁이가 말했다.

"천만에, 저건 도랑물이라구!" 움질움질-꿈틀꿈틀 노인이 말했다.


# 48
# 행복한 가족

이 지방에서 제일 큰 잎은 아마 우엉잎일 것이다. 우엉잎을 몸에 갖다 대면 앞치마처럼 보이고, 머리에 쓰면 꼭 우산 같다. 우엉잎은 정말 어마어마하게 크다. 우엉은 하나씩 따로 떨어져 있지 않고 항상 무리를 지어 모여 있는데, 우엉이 자라 우거진 모습은 참으로 장관이다. 우엉잎은 이런 멋진 모습 때문에 커다랗고 하얀 달팽이의 먹이가 된다. 옛날에 귀족들은 이런 달팽이를 요리해 먹었다.

"음, 어쩜 이렇게 맛있을까!" 그들은 달팽이 요리를 먹으며 이렇게 감탄했다.

세월이 흐르면서 귀족들은 흰 달팽이가 우엉잎을 먹고 산다는 사실을 알고 달팽이를 얻으려고 우엉을 심었다. 그 무렵, 어느 곳에 귀족이 살던 저택이 한 채 있었다. 그 집에는 달팽이를 먹을 사람이 없었다. 그 집에 살던 사람들이 모두 죽어 버렸기 때문이다. 그러나 우엉은 여전히 죽지 않고 해마다 쑥쑥 자라 정원을 뒤덮어 우엉 숲을 이루었다. 여기저기에 사과나무와 자두나무가 간혹 보이긴 했지만 그곳이 한때는 정원이었다고 생각하는 사람은 없었다. 어디를 보나 정원은 우엉 투성이였다.

바로 그 우엉 숲에 마지막 남은 늙은 달팽이 두 마리가 살고 있었다. 달팽이들은 자기들 나이를 몰랐지만 기억하고 있는 것도 있었다. 그들은 예전엔 그곳에 달팽이들이 많이 살았고 자신들이 낯선 나라 출신이라는 것과 원래는 자신들과 그 종족들을 위해서 이 숲이 만들어졌다는 사실을 기억했다. 달팽이들은 한 번도 밖에 나가 본 적이 없지만, 듀크 궁전이라는 곳이 한때는 존재했다는 것을 알고 있었다. 그 궁전에서는 그들의 친척들이 까맣게 될 때까지 데쳐져 은접시에 올려졌다. 그러나 그 뒤에 그 친척들이 어떻게 되었는지는 알지 못한다. 데쳐져 은접시에 올려지는 기분이 어떤지는 잘 몰랐지만 매우 기분 좋고 귀한 대접을 받는 것임에는 틀림없었다. 풍뎅이도, 두꺼비도, 지렁이도 그 기분에 대해서는 전혀 몰랐다. 그들 친척 중에 요리되거나 은접시 위에 놓여 본 친척은 아무도 없었기 때문이다. 풍뎅이와 두꺼비와 지렁이는 늙은 흰 달팽이가 이 세상에서 제일 고귀하다는 것을 알고 있었다. 숲은 그들을 위해 일구어졌지 않은가. 귀족의 저택 또한 달팽이들을 요리하여 은접시에 올리려고 지어지지 않았는가.

늙은 흰 달팽이 두 마리는 외롭지만 행복하게 살았다. 그들은 아이가 없었기 때문에 평범한 작은 달팽이를 양자로 삼아 친자식처럼 키웠다. 그 달팽이는 자라지 않는 보통 달팽이였다. 그러나 엄마 달팽이는 아이가 통통해졌다며 아빠 달팽이에게 달팽이집을 한번 만져 보라고 했다. 달팽이집을 만져 본 아빠 달팽이는 엄마 달팽이의 말이 맞다고 생각했다.

비가 세차게 내리는 어느 날이었다.

"쉿, 우엉잎에서 퉁당퉁당 하는 소리가 나는군." 아빠 달팽이가 말했다.

"저기 물방울도 떨어져요." 엄마 달팽이도 말했다. "줄기에서 떨어지고 있어요. 우리에게 이런 좋은 집이 있다니 정말 기뻐요. 우리 아이도 자기 집을 가지고 있잖아요. 누가 우리처럼 이렇게 많은 걸 갖추고 살겠어요? 우린 이 세상에서 제일 고귀해요. 우린 태어날 때부터 우릴 위해 지어진 집이 있잖아요. 우엉 숲이 다 우릴 위해 만들어진 것이니까요. 우엉 숲이 어디까지 뻗어 있는지, 그리고 숲이 끝나는 곳에는 어떤 세상이 있는지 보고 싶어요."

"바깥 세상이라고 해서 우리가 가진 것보다 더 좋은 게 있겠소? 난 더 이상 바랄 게 없소." 아빠 달팽이가 말했다.

"하지만 난 귀족 저택에 가서 요리되어 은접시에 놓여지고 싶어요. 우리 조상들처럼 말예요. 그건 아주 특별한 일이라는 걸 당신도 알잖아요." 엄마 달팽이가 말했다.

"귀족 저택은 이미 무너졌거나 우엉 숲으로 뒤덮여 버렸을 거요. 그렇게 서둘 필요 없어요. 당신은 늘 성급한 게 탈이오. 아이까지도 당신을 닮아 참을성이 없지 않소. 그 애는 사흘 동안 줄기 꼭대기로 기어오르고 있소. 그 애를 보면 정말 현기증이 나오."

"너무 야단치지 마세요. 아주 신중한 아이니까요. 그 앤 우리 집안에 큰 기쁨을 가져다줄 거예요. 우리 늙은이들에게 달리 무슨 기쁨이 있겠어요? 그런데 그 애 색시감을 어디서 구해야 할지 생각해 보셨어요? 저기 우엉 숲 안으로 들어가면 우리 같은 종족이 살고 있을까요?"

"검은 달팽이가 살고 있을지 모르지. 집 없는 까만 달팽이 말이오. 그들은 너무 속되고 오만하지. 하지만 개미한테 부탁해 볼 수는 있소. 개미들은 항상 여기 저기 돌아다니니까 틀림없이 좋은 신붓감을 알고 있을 거요."

"난 세상에서 제일 아름다운 신붓감을 알아요. 하지만 일이 잘 안될까 봐 걱정 돼요. 그 신붓감은 여왕이거든요." 개미 한 마리가 말했다.

"그건 상관없소. 그런데 집은 가지고 있소?" 아빠 달팽이들이 말했다.

"성을 가지고 있어요. 700개의 통로가 있는 아주 아름다운 개미 성이지요."

"고맙지만 우리 아들을 개미굴에서 살게 할 수는 없어요. 개미님이 그보다 더 나은 신붓감을 모른다면 흰 모기들에게 부탁해야겠어요. 흰 모기들은 빗속이나 햇빛 속에서도 잘 돌아다니니까 우엉 숲을 속속들이 알고 있을 거예요." 엄마 달팽이가 말했다.

"우리가 좋은 신붓감을 알고 있어요." 모기들이 말했다. "여기서부터 사람 걸음으로 100걸음쯤 되는 구즈베리 나무 위에 작은 달팽이가 살고 있어요. 아직 미혼이고 결혼할 나이지요. 여기서 사람 걸음으로 불과 100걸음밖에 안돼요."

"그럼 데려와 봐요. 우리 애는 우엉 숲을 가지고 있고, 그 아가씨는 겨우 구즈 베리나무 집 한 채밖에 가지고 있지 않으니까 말이오." 부부 달팽이가 말했다.

그래서 모기들은 작은 달팽이 아가씨를 데려왔다. 우엉 숲까지는 8일이나 걸렸다. 그러나 그럴 만한 가치가 있었다. 그로써 그 아가씨가 예의범절이 있다는 것을 보여주었기 때문이다. 그들은 곧 결혼식을 올렸다. 여섯 마리의 개똥벌레들이 결혼식장을 밝게 비추었을 뿐 결혼식은 조촐하게 치러졌다. 늙은 달팽이 부부가 북적대는 것을 싫어했기 때문이다. 그러나 엄마 달팽이의 연설은 아주 멋있었다. 아빠 달팽이는 너무 감격하여 감히 입을 열지도 못했다. 늙은 달팽이 부부는 젊은 달팽이 부부에게 유산으로 우엉 숲을 주었다. 그리고 늘 하던 이야기를 들려주었다. 그 숲이 이 세상에서 가장 좋은 곳이며, 올바르고 정직하게 살아야 하고, 언젠가 아이들이 태어나면 아이들과 함께 귀족 저택에 가서 은접시에 올려질 거라는 얘기였다. 이 이야기를 끝낸 늙은 달팽이 부부는 집으로 기어들어가서 한 번도 밖으로 나오지 않았다. 그들은 잠의 나라로 영원히 가 버린 것이다.

이제는 젊은 달팽이 부부가 숲을 다스리게 되었으며 많은 후손을 얻었다. 그러나 한 번도 은접시에 올라가 보지 못했기 때문에 젊은 부부는 귀족의 저택이 무너져 버리고 세상 사람들이 모두 죽어 버렸을 거라고 생각했다. 그리고 그들의 그런 얘기에 대해 아무도 반박하지 않았다. 그들의 말이 옳다고 생각했기 때문이다. 우엉잎 위에 떨어지는 빗방울은 그들을 위해 북을 쳐 주었고, 해님은 그들을 위해 우엉 숲을 화려하게 물들였다. 젊은 부부는 아주 행복했다. 가족 모두가 더할 나위 없이 행복했다.


# 49
## 한 어머니의 이야기

⟨⟨⟨⟨⟨⟨⟨⟨⟨⟨⟨⟨⟨⟨


한 어머니가 몹시 안타깝고 슬픈 표정으로 어린 아이 곁에 쭈그리고 앉아 있었다. 창백한 얼굴로 눈을 감고 있는 아이는 힘들게 숨을 내쉬었다. 가끔씩 아주 깊게 들이쉬는 숨소리는 마치 한숨 소리 같았다. 어머니는 아이가 혹시나 죽을까 봐

안절부절못하며 힘없는 작은 생명을 안타깝게 바라보았다. 그때 문을 두드리는 소리가 들리더니 초라한 노인이 들어섰다. 바깥은 온 세상이 눈과 얼음으로 덮이고 바람이 살을 에는 듯이 날카로운 추운 겨울이었다. 노인은 추위를 막으려고 커다란 말가죽 같은 것을 뒤집어쓰고 있었다.

　어머니는 노인이 추위에 온몸을 떠는 것을 보고 아이가 잠깐 잠든 사이를 틈타 맥주 한 잔을 난로 위에 올려놓았다. 따뜻하게 데워서 노인에게 주려는 것이었다. 안으로 들어온 노인은 조용히 앉아 아이의 침대를 흔들어 주었고, 어머니는 노인 옆 의자에 앉아 힘들게 숨을 내쉬는 아이의 작은 손을 잡고 안타깝게 아이를 바라보았다.

　"아이가 죽진 않겠죠? 자비로우신 하느님께서 이 아이를 데려가시진 않을 거예요!" 어머니가 말했다.

　노인은 아주 이상하게 고개를 끄덕였다. 그렇다는 것인지, 그렇지 않다는 것인지 알 수 없었다. 사실 그 노인은 죽음이었던 것이다. 그것을 본 어머니는 고개를 떨구었다. 눈물이 두 뺨을 타고 주르르 흘러내렸다. 사흘 동안 꼬박 밤을 새워 피곤에 지친 어머니는 어느새 머리를 떨구고 잠시 잠이 들었다. 그러다가 추위 때문에 온몸이 으스스해 깨어난 어머니가 방 안을 둘러보았다. 그런데 이게 어찌된 일인가. 노인은 떠나고 없고 아이도 보이지 않았다. 바로 죽음인 노인이 아이를 데려가 버린 것이다. 방 한쪽 구석에서 낡은 시계가 똑딱거리다가 윙 하고 태엽이 둔하게 감기는 소리가 들리더니 무거운 납덩어리가 바닥에 쿵 하고 떨어지고 시계도 멈추고 말았다. 가엾은 어머니는 아이를 부르며 집 밖으로 뛰쳐나갔다. 검은 옷을 길게 늘어뜨리고 눈 속에 앉아 있던 한 여인이 어머니를 보자 말했다.

방 한쪽 구석에서 낡은 시계가 똑딱거렸다.

"죽음이 당신과 함께 방에 있었지. 난 죽음이 아이를 데리고 서둘러 가는 것을 보았어. 바람보다도 더 빨랐지. 죽음은 한 번 데려간 아이는 절대로 돌려보내지 않아."

"어디로 갔는지 제발 말해 주세요. 아이를 꼭 찾아야 해요." 어머니가 애원했다.

"어디로 갔는지 난 알지. 하지만 당신이 아이에게 불러 주었던 노래를 모두 불러 주어야 가르쳐 주겠어. 난 그 노래들이 좋거든. 전에 그 노래들을 들은 적이 있었지. 나는 밤이거든. 당신은 그 노래를 부르면서 눈물을 흘렸지." 검은 옷을 입은 여인이 말했다.

"좋아요, 다 불러 줄게요. 하지만 지금은 안 돼요. 죽음을 쫓아가서 아이를 찾아야 하니까요."

그러나 밤은 아무 대답 없이 조용히 앉아만 있었다. 그래서 어머니는 눈물을 흘리며 고통스럽게 손을 비틀면서 노래했다. 어머니는 노래를 부르는 것보다 더 많은 눈물을 흘렸다. 마침내 밤이 입을 열었다. "오른쪽 전나무 숲 쪽으로 가 봐. 죽음이 아이를 데리고 그 쪽으로 가는 걸 봤어."

숲 속으로 들어서자 십자로 엇갈린 길이 나왔다. 어머니는 어느 쪽으로 가야 할지 알 수가 없었다. 어머니는 바로 옆에 서 있는 가시나무를 보았다. 가시나무는 추운 겨울이라 잎도 꽃도 다 떨어진 채 벌거벗고 서 있었으며 가지에는 고드름이 잔뜩 달려 있었다.

"혹시 죽음이 내 아이를 데리고 지나가는 걸 못 봤니?" 어머니가 가시나무에게 물었다.

"봤어요. 하지만 당신의 따뜻한 가슴으로 날 안아 주지 않으면 가르쳐 주지 않겠어요. 여긴 너무 추워서 금방이라도 얼어죽을 것만 같단 말예요."

어머니는 가시나무를 가슴에 꼭 안아 주었다. 가시나무의 몸은 곧 녹아서 따뜻해졌지만 가시에 찔린 어머니의 온몸에서는 커다란 핏방울이 뚝뚝 떨어졌다. 곧이어 추운 겨울밤인데도 가시나무에서 싱싱한 푸른 잎이 돋아나더니 꽃이 피었다. 슬픔에 가득 찬 어머니의 가슴은 그렇게 따뜻했던 것이다. 가시나무는 어머니에게 죽음이 간 길을 알려 주었다.

얼마를 가자 커다란 호수가 나왔다. 호수에는 배도 뗏목도 보이지 않았다. 얼음이 꽁꽁 얼지 않아 호수 위로 건너갈 수도 없었으며, 헤엄쳐 건너가기에는 많이 얼어 있고 깊었다. 그래도 어머니는 아이를 찾기 위해 호수를 건너야만 했다. 어머니는 물을 모두 마셔 버리려고 호수에 입을 대고 엎드렸다. 그러나 그것은 인간으로서는 도저히 불가능한 일이었다. 그래도 어머니는 혹시 기적이 일어날 수도 있다는 한 가닥의 희망을 가졌다.

"그건 불가능해요. 이 물을 다 마시다니요. 그보다는 우리 협상하는 게 어때요? 난 진주 모으는 게 취미인데, 당신처럼 맑은 눈을 가진 사람은 이제까지 본 적이 없어요. 나를 위해 울어서 두 눈을 빼 준다면 죽음이 살고 있는 저 건너에 있는 커다란 온실로 건네줄게요. 죽음은 그 온실에서 꽃과 나무를 키우는데, 그것들은 모두 사람이에요." 호수가 말했다.

"내 아이를 찾을 수만 있다면 무엇인들 못 주겠니."

어머니는 계속 눈물을 흘리기 시작했다. 마침내 어머니의 두 눈은 아름답고 귀한 진주가 되어 깊은 호수 속으로 떨어졌다. 그러자 호수는 어머니를 번쩍 들어올리더니 그네를 태우듯이 둥실둥실 실어서 반대쪽 호숫가에 내려놓았다. 그곳에는 굉장히 크고 멋진 집이 있었다. 그것이 숲과 동굴로 둘러싸인 산인지, 아니면 지은 것인지 알 수 없었다. 그러나 가엾게도 어머니는 그것을 볼 수 없었다. 호수에게 눈을 주어 버려서 이젠 볼 수 없었기 때문이다.

"어디로 가야 내 아이를 데려간 죽음을 찾을 수 있지?" 어머니가 물었다.

"죽음은 아직 안 왔다오. 그런데 여긴 어떻게 왔소? 누가 도와줍디까?" 백발이 성성한 한 노파가 말했다. 노파는 커다란 죽음의 온실 여기저기를 돌아다니며 물을 주고 있었다.

"하느님이 도와주셨어요. 그분은 자비로우시지요. 당신도 자비로우실 테죠? 어디로 가야 내 아이를 찾을 수 있죠?" 어머니가 물었다.

"난 그 아이를 모른다오. 당신은 앞을 못 보는구려. 오늘 밤 많은 꽃과 나무들이 시들었다우. 곧 죽음이 와서 그것들을 다른 데로 옮겨갈 거요. 사람들은 누구나 생명의 나무나 생명의 꽃을 가지고 있다는 걸 알고 있지요? 그것은 겉으로 보기에는 다른 나무와 다를 게 없어 보이지만 심장이 뛰고 있지. 아이들의 심장도 뛰니까 심장 소리에 귀를 기울여 봐요. 그럼 당신 아이의 심장 소리를 알 수 있을 거유. 하지만 그 다음에 어떻게 해야 하는지 가르쳐 주면 당신은 내게 뭘 주겠소?"

"이제 난 아무것도 줄 게 없어요. 그렇지만 당신을 위해 세상의 끝이라도 가겠어요." 슬픔에 찬 어머니가 힘없이 말했다.

"하지만 거기서는 당신이 날 위해 할 일이 없어. 그러니 그 까맣고 긴 머리를 내게 주시오. 그 아름다운 머리칼이 마음에 들거든. 그 대신 내 흰머리를 가져가시오. 없는 것보단 나을 테니까."

"그거면 되겠어요? 그거라면 기꺼이 드릴게요."

어머니는 아름다운 까만 머리를 노파에게 주고 그 대신 눈처럼 하얀 머리를 얻었다. 그리고 나서 그들은 거대한 죽음의 온실로 들어갔다. 거기에는 아름다운 꽃과 나무가 무성하게 자라고 있었다. 유리 종 모양의 히아신스가 활짝 피어 있는가 하면, 튼튼한 작약도 있었다. 그리고 싱싱하고 시든 수초들도 있었는데, 물뱀이 수초를 빙빙 둘러싸고 있었고, 검은 게가 줄기에 달라붙어 있었다. 또 웅장한 야자수와 떡갈나무와 질경이가 자라고 있었으며 그 밑으로는 백리향과 미나리가 자라고 있었다.

꽃과 나무들은 제각기 이름을 가지고 있었는데, 그것은 바로 인간의 생명을 나타냈으며 모두 중국, 그린란드 등 세계 곳곳에 살고 있는 사람들의 이름이었다. 어떤 나무들은 큰 데도 작은 화분에 심어져 화분이 깨질 지경이었으며, 작고 약한 꽃들은 기름진 땅에 심어져 이끼로 둘러싸여 잘 보살핌을 받고 있었다. 어머니는 작은 식물 하나하나에 귀를 대고 심장이 뛰는 소리를 들었다. 그러다가 마침내 수백만 개 중에서 아이의 심장 소리를 가려내었다.

"이거다!" 어머니는 기뻐서 소리치며 힘없이 고개를 늘어뜨리고 있는 작은 크로커스를 잡으려고 손을 뻗쳤다.

"만지지 마시오. 죽음이 금방 도착할 거요. 가만히 여기서 기다리다가 죽음이 그 꽃을 뽑으려거든 다른 꽃들을 뽑아 버리겠다고 위협하시오. 그럼 죽음이 겁을 먹고 그 꽃을 못 뽑을 거요. 하느님께서 허락하기 전에는 어떤 것도 뽑아서는 안 되거든. 허락 없이 뽑으면 그럴 만한 이유를 대야 하니까 골치 아플 거요." 노파가 말했다.

그때 갑자기 무시무시한 냉기가 온실을 휘감았다. 눈먼 어머니는 죽음이 왔다는 것을 느낄 수 있었다.

"어떻게 여기까지 왔지? 어떻게 나보다 더 빨리 왔소?" 죽음이 물었다.

"난 아이 에미니까요!" 어머니가 대답했다.

죽음이 작고 여린 꽃을 뽑으려고 손을 뻗었다. 그러자 어머니는 죽음이 그 잎 하나라도 건드릴까 봐 두려워서 두 손으로 꽃을 단단히 감쌌다. 그러자 죽음이 어머니의 손에 숨을 내쉬었다. 그의 숨결은 얼음보다도 더 차가워 어머니의 손이 힘없이 아래로 떨어졌다.

"나한테 대들어야 소용없어." 죽음이 말했다.

"하지만 자비로우신 하느님은 그러실 수 있어요." 어머니도 지지 않고 말했다.

"나는 하느님이 원하시는 일을 할 뿐이야. 난 하느님의 정원사라구. 그분의 꽃과 나무를 모두 가져다가 커다란 천국의 정원에 옮겨 심지. 하지만 그 꽃들이 어떻게 자라고 있고, 그 정원이 어떤 곳인지는 말할 수 없어."

"내 아이를 돌려 줘요!" 어머니가 울면서 간청했다. 그리고는 두 손으로 옆에 있는 두 송이의 예쁜 꽃을 잡고 죽음에게 소리쳤다. "난 지금 눈에 뵈는 게 없어요. 당신의 꽃들을 모두 뽑아 버리겠어요."

"건드리지 마! 아이가 죽어 스스로 불행하다고 하면서 다른 어머니들까지도 불행하게 만들려고 하다니."

"다른 어머니라구!" 어머니는 이렇게 힘없이 중얼거리며 두 송이 꽃을 손에서 놓았다.

"자, 당신 눈이야. 내가 호수에서 건져 왔지. 눈부신 빛을 내고 있더군. 하지만 그게 당신 눈인 줄은 몰랐어. 다시 가져가. 전보다 더 맑아졌어. 자, 그 맑은 두 눈으로 여기 있는 깊은 샘물 속을 들여다보라구. 당신이 뽑아 없애려 했던 두 아이의 미래가 보일 거야. 당신이 파괴해 버릴 뻔했던 아이들의 미래 말야." 죽음이 말했다.

어머니는 샘물 안을 들여다보았다. 한 아이의 미래는 아주 영광된 것이었다. 그 아이는 온 세상에 행복과 기쁨을 전해 주는 세상의 축복이었다. 그러나 다른 아이의 미래는 근심, 가난, 비참함, 그리고 불행 투성이었다.

"둘 다 하느님의 뜻이지." 죽음이 말했다.

"어떤 것이 불행의 꽃이고 어떤 것이 축복 받은 꽃이지요?" 어머니가 물었다.

"그건 말할 수 없어. 하지만 그 꽃 중 하나는 당신 아이의 꽃이야. 당신이 본 건 당신 아이의 운명이지. 앞으로 당신 아이는 그렇게 될 거라구."

"어떤 게 나의 아이예요? 제발 말해 줘요. 불행한 아이를 구해 줘요. 그 비참함을 겪지 않도록 차라리 그 아이를 데려가요. 하느님의 나라로 데려가라구요. 내 눈물과 애원 따윈 잊어버려요. 내가 한 말과 행동은 모두 잊어버리라구요." 어머니는 죽음의 말을 듣고 너무나 두렵고 끔찍하여 이렇게 소리 질렀다.

"당신을 이해할 수가 없군. 당신 아이를 찾아가겠어? 아니면 당신이 알지 못하는 곳으로 데려갈까?" 죽음이 물었다.

그러자 어머니는 무릎을 꿇고 두 손을 모으고 앉아 하느님께 기도했다.

"전능하신 하느님, 제가 만일 당신의 뜻을 거역하는 청을 했다면 저의 청을 들어주지 마옵소서. 제 청을 결코 들어주지 마옵소서."

어머니는 이렇게 기도하고 고개를 떨구었다.

그러자 죽음이 아이를 데리고 알 수 없는 나라로 갔다.

# 50
# 옷깃

옛날에 가진 것이라곤 장화와 머리 빗이 전부인 멋진 신사가 있었다. 그는 세상에서 제일 멋진 옷깃도 가지고 있었다. 이제부터 이 옷깃에 대한 이야기를 들어보도록 하자.

나이가 들대로 든 옷깃은 결혼을 해야겠다고 생각했다. 그러던 어느 날, 옷깃은 양말 대님과 같은 빨래 통에 들어가게 되었다.

"지금까지 아가씨처럼 곱고 부드러우면서도 날씬하고 멋진 것은 본 적이 없소. 이름을 물어봐도 될까요?" 옷깃이 말했다.

"말하지 않을래요." 양말 대님이 대답했다.

"그런데 집이 어디죠?" 옷깃이 또 물었다. 양말 대님은 몹시 수줍어서 어찌할 바를 몰랐다.

"아가씨는 허리띠가 아닌가요? 속옷에 쓰는 허리띠 말이오. 아가씨는 장식품으로 뿐만 아니라 유용하게 쓰일 것 같군요, 꼬마 아가씨!"

"제게 말 붙이지 마세요. 전 눈길을 보낸 적이 없는데요."

"당신처럼 그렇게 아름답다면, 그것만으로도 말을 붙일 구실이 충분하지 않소?"

"가까이 오지 말고 저리 가세요. 당신은 험상궂게 보여요."

"난 멋진 신사랍니다. 장화와 머리 빗도 있지요."

이 말은 거짓이었다. 장화와 머리 빗을 가진 것은 주인이었으니까. 그러나 옷깃은 계속 허풍을 떨었다.

"그렇게 가까이 오지 마세요. 나는 그런 것에 익숙하지 않아요."

"새침데기 같으니라구!"

그들은 빨래 통에서 꺼내져 풀칠이 된 의자 위에 펼쳐져 햇빛에 말려졌다. 그리고는 다림질 판에 놓여졌다. 곧이어 시뻘건 다리미가 다가왔다.

옷깃이 다리미에게 말했다. "사랑하는 부인, 참 따뜻하고 좋군요. 난 달라질 거예요. 주름 하나 없이 멋지게 펴질 거라구요. 아, 날 태워서 구멍을 내고 있군요. 악! 나와 결혼해 주세요."

"이런 늙은 건달 같으니라구." 다리미가 거만하게 옷깃 위를 미끄러지며 말했다. 다리미는 자기가 철로 위를 달리고 사람과 짐을 수송하는 증기 기관차라고 착각하고 있었다. "늙은 넝마 같으니라구!" 다리미가 또 말했다.

이번에는 너덜너덜해진 옷깃의 끝 부분을 다듬기 위해 가위가 다가왔다.

옷깃은 가위를 보고 말했다. "오, 당신은 최고의 무용수일 거예요. 어쩌면 다리를 그렇게 멋지게 벌릴 수 있지요? 그렇게 매혹적인 모습은 본 적이 없어요. 인간이라 하더라도 그렇게는 하지 못할 거예요."

"나도 그렇게 생각해요." 가위가 자랑스럽게 말했다.

"당신은 백작 부인이라 해도 손색이 없어요. 하지만 난 멋진 신사와 장화와 머리 빗이 가진 전부지요. 당신을 위해 내게 재산이 있다면 좋으련만!"

"아니, 감히 나한테 구혼하는 거예요?" 가위는 너무도 화가 나서 옷깃을 마구 잘라 버렸다. 그래서 옷깃은 전혀 쓸모없는 것이 되고 말았다.

'이제는 머리빗에게나 구혼해야겠군.' 옷깃은 이렇게 생각하고 머리빗에게 다가가 말했다.

"당신은 정말 아름다운 머리를 가졌군요, 아가씨! 혹시 약혼에 대해 생각해 본 적 있나요?"

"물론 생각해 봤죠. 난 장화하고 약혼한 걸요." 머리빗이 쌀쌀하게 대답했다.

"약혼을 했다구요? 이제 청혼할 상대가 없군." 옷깃이 놀라서 말했다. 그 후 옷깃은 결혼하기 싫어하는 척했다.

오랜 시간이 흘러 옷깃은 봉지에 담아서 제지 공장에 가게 되었다. 그곳에는 갖은 넝마들이 모여 있었는데, 훌륭한 것들은 자기네들끼리만 따로 어울렸다. 넝마들은 서로 자기 얘기를 하느라고 법석을 떨었다. 그 중에서도 허풍선이인 옷깃이 할 얘기가 제일 많았다.

"난 정말이지 연애를 많이 해봤어. 모두들 날 그냥 내버려 두지 않았다니까. 난 점잖고 멋진 신사였지. 장화도 있고 머리빗도 있었어. 한 번도 사용한 적이 없지만 말야. 내가 구애를 뿌리치는 걸 봤어야 하는 건데. 난 첫사랑을 결코 잊을 수 없어. 그녀는 허리띠였지. 아주 매력적이고 곱고 부드러웠어. 그녀는 나를 위해 빨래 통에 몸을 던져 버렸어. 또 나를 열렬히 사랑한 과부가 있었어. 하지만 내가 거들떠보지도 않자 애가 타서 그만 새까매지고 말았지. 그 다음에 내게 구애한 것은 최고의 무용수였어. 그녀는 너무도 열정적이어서 내게 상처를 남겨 놓았지. 아직도 그 자리가 아파. 머리빗도 날 사랑했어. 그녀는 사랑의 아픔 때문에 머리를 모두 잃고 말았어. 난 이렇게 경험이 많지만 제일 가슴 아팠던 것은 양말대님이야. 빨래 통에 몸을 던진 그 허리띠 말야. 지금도 양심의 가책을 느껴. 이제 난 흰 종이가 될 때가 됐어."

옷깃은 정말 그렇게 되었다. 넝마들은 모두 하얀 종이가 된다. 옷깃도 바로 우리가 지금 보고 있는, 이 이야기가 인쇄된 하얀 종이가 되었다. 거짓을 지껄이며 허풍을 떤 벌로 그렇게 된 것이다. 우리도 그렇게 되지 않으려면 행동을 조심해야 하리라. 그렇지 않으면 언젠가는 넝마 봉지에 들어가서 하얀 종이가 될지 모르니까. 그리하여 우리가 남모르게 한 비밀스런 행동까지도 그 하얀 종이 위에 쓰

여질 것이다. 옷깃처럼 자기가 한 행동이 종이 위에 쓰여져 온 세상에 퍼지는 일
은 유쾌하지 못하리라

# 51
# 아마

꾸꾸꾸꾸꾸꾸꾸

아마가 나비 날개보다도 더 곱고 예쁜 푸른 꽃을 활짝 피우고 있었다. 어떤 날
은 아마꽃 위로 햇살이 눈부시게 쏟아졌고, 어떤 날은 소낙비가 쏟아져 내렸다.
아마에게 이것은 어머니가 어린아이들을 씻어 주고 입을 맞추어 주는 것과 같았
다. 아이들이 그런 사랑을 받고 나면 더욱 예뻐지듯이 아마도 눈부신 태양과 소낙
비를 맞으면 더 아름답게 변했다.

"사람들은 내가 아주 멋지다고들 하지. 아주 곱고 길어서 언젠가는 아름다운
아마포가 될 거라고 말야. 난 정말 운이 좋아. 얼마나 행복한지 몰라. 어딘가에
쓸모가 있다는 것은 정말 기분 좋은 일이야. 아, 이 기분 좋은 햇살과 달콤하고 시
원한 빗물이여! 아아, 너무 행복해. 이 세상에 나보다 더 행복한 자가 있을까."
아마가 중얼거렸다.

"그래, 넌 정말 행복하지. 하지만 넌 아직 세상을 몰라. 그러나 내 몸에는 마디
가 있어 고통이 어떤 건지 안단다." 양치류가 아마에게 말했다.

달가락 달가락 삐그덕
나지막한 직조기 소리.
노래는 끝났어!

"아니야, 끝나지 않았어. 내일이면 해님이 또 비칠 테고, 빗방울이 내 꽃잎을 적셔 줄 거야. 난 내가 자라는 걸 느낄 수 있어. 난 아주 예쁘게 활짝 피어 있어. 이 세상에서 가장 행복하다구." 아마가 큰 소리로 말했다.

그런데 어느 날, 사람들이 와서 아마의 줄기를 잡더니 뿌리째 뽑아 버렸다. 아마는 너무도 아팠다. 사람들은 아마를 가져가서 익사시킬 것처럼 물 속에 집어넣었다가 불에 태워 버릴 것처럼 불 옆에 놓았다. 정말 끔찍한 일이었다.

"항상 좋을 수만은 없어. 나쁜 일도 겪어 봐야 현명해지지." 아마가 스스로를 위로하듯 중얼거렸다.

그런데 정말 끔찍한 일이 벌어졌다. 사람들은 아마를 물에 담그고 굽고 부러뜨려서 빗질을 했다. 그리고 곧 물레에 놓았다. 물레가 '달가락, 달가락!' 소리를 내며 너무 빨리 돌아가 아마는 정신을 차릴 수가 없었다.

'나는 말할 수 없이 행복했어. 누구나 지나간 것에 만족해야 하는 거야.' 아마는 고통 속에서 생각했다. 아마는 베틀에 놓여질 때도 그렇게 생각했다. 그렇게 해서 아마는 아름답고 흰 아마포가 되었다. 아주 작은 줄기까지 모여서 아름다운 천이 된 것이다.

"이건 정말 멋진 일이야. 내게 이런 행운이 오다니 믿을 수가 없어. 그래, 양치류가 '달가락 달가락 삐그덕, 나지막한 직조기 소리'라고 한 말은 맞았어. 하지만 노래는 끝나지 않았어. 이제 시작일 뿐이야. 고통을 참으니까 이런 멋진 일이 생겼다구. 이 세상에서 누가 나처럼 운 좋고 행복할 수 있을까. 이렇게 나처럼 강하고 희고 곱고 긴 것이 있을까. 이건 그저 식물로 지내면서 꽃을 피우는 것과는 달라. 꽃이 활짝 피었을 때 난 사람들의 관심을 끌지 못했어. 그리고 비가 오지 않으면 물도 얻을 수 없었고 말야. 하지만 이제 난 보살핌을 받고 있어. 매일 아침 하녀가 와서 나를 뒤집어 엎어놓고, 저녁에는 물뿌리개로 촉촉하게 물을 적셔 주지. 그래, 목사 부인이 날 알아보고 교구에서 가장 훌륭하다고 했어. 아, 너무 행복해. 지금처럼 행복할 때가 또 있을까!"

얼마 후, 아마포는 집안으로 들어가게 되었다. 사람들은 아마포를 가위 밑에 놓고 갈기갈기 자르고 찢어서 바늘로 찔러 댔다. 그것은 참으로 언짢았지만 아마는 꾹 참았다. 그리하여 아마포는 12개의 속옷으로 만들어졌다. 사람들이 말하기는 꺼려하지만 누구나 입어야 하는 것 말이다.

"자, 보라구. 난 이제야 중요한 것이 되었어. 이것이 나의 운명이었던 거야. 이건 정말 축복이야. 난 이제 이 세상에서 쓸모 있는 것이 되었어. 누구나 그래야 하지. 이것이야말로 진정한 행복이야. 12개로 나뉘어졌지만 우리는 모두 하나이며 똑같아. 정말 얼마나 행복한지 몰라."

그로부터 수년이 흘러 이제 아마는 낡고 해져 너덜너덜해졌다.

"우린 이제 곧 헤어져야 해. 우리가 좀 더 오래 붙어 있으면 좋겠지만 불가능한 걸 기대해 봤자 소용이 없지." 아마 조각들이 서로에게 말했다.

결국 그들은 넝마가 되어 갈기갈기 찢어져 물에 담궈지고 펄프가 되어 말려지는 등 온갖 고통을 겪었다. 그들은 이제 그들의 운명이 끝났다고 생각했다. 그런데 어느 날 갑자기 자신들의 모습이 아름답고 흰 종이가 되어 있지 않은가.

"아니, 이건 정말 뜻밖이야. 정말 영광스럽고 황홀한 일이야. 더 고와졌어. 사람들은 내 위에 글씨를 쓰겠지. 내 위에 얼마나 멋진 글들이 쓰일까. 이렇게 멋지고 놀라운 행운이 또 있을까!" 종이가 된 아마가 말했다.

그런데 정말로 가장 아름다운 이야기와 시가 그 위에 쓰여졌다. 그리고 다행스럽게도 잉크 얼룩은 단 한 번밖에 생기지 않았다. 사람들은 거기 쓰인 글을 읽고 더 현명하고 똑똑해졌다. 거기에 쓰인 글은 모두 훌륭하고 재치 있었으며 축복이 들어 있었기 때문이다.

"들판에 핀 작은 푸른 꽃이었을 땐 상상도 못한 일이야. 사람들에게 이런 기쁨과 깨달음을 주게 되리라는 걸 어떻게 생각할 수 있었겠어? 내 위에 쓰인 것이 무엇인지 이해할 순 없지만 말야. 하느님은 힘없는 내가 나 하나만을 위해 살았던 것 말고는 아무것도 한 일이 없다는 걸 잘 아셔. 그런데도 날 이렇게 명예롭게 만드셨어. 매번 내가 '노래는 끝났어!' 하고 생각할 때마다 더 고귀하고 좋은 일이 시작되었어. 이제 온 세상을 여행하게 되겠지? 그래서 사람들이 날 읽겠지. 꼭 그렇게 될 거야. 예전에 작고 예쁜 꽃에 지나지 않을 때보다 더 훌륭한 생각들을 가지고 있으니 말야. 이보다 더 보람있고 행복할 일은 없을 거야."

그러나 종이는 여행길에 오르지 못하고 인쇄소로 가게 되었다. 그리하여 그 글이 인쇄되어 수백 권의 책으로 만들어졌다. 훨씬 더 많은 사람들이 기쁨과 지혜를 얻을 수 있도록 말이다. 손으로 쓰인 그 종이가 여행을 떠났다면 세상의 반도 돌기 전에 다 해져서 글씨를 알아볼 수 없게 되었으리라.

"그래, 정말 현명한 생각이야. 난 생각도 못 한 일이지. 이제 난 나이 많은 할아버지처럼 새 책들에게 존경을 받으며 집에 있겠지. 나는 남아 있고, 새 책들이 세상을 돌아다니겠지? 펜에서 내 위로 글이 쏟아져 나올 때마다 내 위에 글을 쓴 사람은 날 보곤 했어. 난 가장 존경받는 존재야." 글씨가 쓰인 종이가 말했다.

그 후 종이는 다른 종이들과 함께 묶여져 세탁장에 있는 욕조에 던져졌다.

"하루 종일 일을 했으니 이제 쉬어야지. 생각을 정리할 수 있는 좋은 기회야. 이제야 내가 갈 길이 무엇인지 생각할 수 있게 되었어. 자신에 대해 안다는 것은 진정한 발전이지. 이제 또 어떤 일들이 내게 일어날까? 아마 더 나은 곳으로 가겠지? 이제까지 그래 왔으니까."

그러던 어느 날, 종이들은 욕조에서 꺼내져 불에 던져지기 전에 벽난로 위에 놓이게 되었다. 사람들은 종이에 글씨가 쓰여서 버터나 설탕을 쌀 수 없기 때문에 가게에 내다 팔 수 없다고 하였다. 아이들이 예쁜 불꽃을 내며 종이가 타는 것을 구경하려고 난롯가에 빙 둘러섰다. 종이가 타고 난 재 속에서는 수많은 빨간 불꽃이 바람처럼 빠르게 타올랐다가 사라지곤 하였다. 아이들은 그 불꽃들을 학교에서 나오는 아이들이라고 하였고, 마지막 불꽃을 교장이라고 하였다. 그들은 불꽃이 일면 그것이 마지막 불꽃이라 생각하고 "야, 교장이다!"라고 소리쳤지만 다음 순간에 또 다른 불꽃이 아름답게 타오르곤 하였다. 아이들은 불꽃들이 어디로 가는지 알고 싶어했다. 언젠가는 알게 되겠지만 지금은 알 수 없었다.

종이 다발이 통째로 불 위에 올려져 타올랐다. 종이는 밝은 불꽃을 일으키며 "아악!" 하고 비명을 질렀다. 불에 타는 것은 기분 좋은 일이 아니었다. 사방이 불꽃에 휩싸이자 불꽃이 공중으로 치솟았다. 불꽃은 아마가 작고 푸른 꽃을 피우기 위해 잔뜩 고개를 세웠던 것보다 더 높이 치솟으며 하얀 아마포보다 더 밝은 빛을 냈다. 순식간에 글씨들이 빨갛게 타올랐고 말과 생각들이 모두 불 속으로 사그라졌다.

"이제 난 해님에게로 올라갈 거야." 불 속에서 아마의 목소리가 들렸다. 그것은 마치 수천 개의 목소리가 한꺼번에 말하는 것 같았다. 불꽃은 굴뚝을 통해 공중으로 치솟았다. 그때 아마의 꽃만큼이나 숫자가 많고 인간의 눈에는 보이지 않는 작은 것들이 불꽃 위로 떠올랐다. 그것들은 그들이 태어난 꽃보다 훨씬 더 가볍고 연약했다. 잠시 후 불꽃이 꺼지고 종이가 완전히 타 까만 재만 남게 되었을 때에도 작은 그것들은 재 위에서 춤을 추었다. 그리고 아이들이 재를 건드릴 때마다 밝은 불씨가 날아올랐다.

"아이들이 모두 학교에서 나오고 교장이 마지막으로 나오네." 아이들은 즐거워서 이렇게 재잘거리며 잿더미 옆에서 노래를 불렀다.

달가락 달가락 삐그덕
나지막한 직조기 소리.
노래는 끝났어!

그러나 눈에 보이지 않는 작은 존재들은 이렇게 말했다. "노래는 결코 끝나지 않았어. 이제 가장 아름다운 일이 생길 거야."

그러나 아이들은 그 말을 들을 수도, 이해할 수도 없었다. 또 그럴 수도 없는 일이었다. 아이들은 아직 어려서 모르는 게 많았으니까.


# 52
# 불사조

낙원에 있는 지혜의 나무 옆에 장미 나무 한 그루가 자라고 있었다. 이 나무에서 처음으로 장미꽃이 피었을 때 새 한 마리가 태어났다. 날개는 빛처럼 빨랐으며 화려한 깃털은 그 새의 감미로운 노래만큼이나 아름다웠다.

그러나 이브가 지혜의 나무에서 사과를 따서 아담과 함께 낙원에서 쫓겨나게 되었을 때 그들을 쫓아내던 천사의 불칼에서 불꽃이 떨어져 둥지를 태워 버렸다.

새는 그만 불에 타 죽고 만 것이다. 그러나 붉게 달궈진 새의 알에서 새로운 새 한 마리가 태어났다. 세상에 하나밖에 없는 불사조가 태어난 것이다.

이 새는 아라비아에 둥지를 틀고 사는데, 100년마다 한 번씩 자기 둥지에 불을 질러 타 죽는다는 전설이 있다. 그러면 빨갛게 불에 타는 알에서 새 불사조가 다시 솟아오른다고 한다.

불사조는 빛만큼이나 빠르게 날아다니고, 화려한 깃털이 눈부시게 아름다우며, 노래 또한 감미롭기 그지없다. 어머니가 아기의 요람 옆에 앉아 아기를 어를 때 불사조는 베개에 내려앉는다. 그러면 불사조의 눈부신 깃털은 아기의 머리 주위에 후광을 만든다. 불사조는 가난한 사람들의 방 안을 날아다니면서 햇살을 뿌려 주고 제비꽃의 향기를 날라다 준다.

불사조는 아라비아에서만 사는 것은 아니다. 불사조는 북극광이 비치는 눈 쌓인 라플란드 평원을 날기도 하고, 그린란드의 짧은 여름 동안 피어나는 작은 꽃들 사이를 뛰어다니기도 한다. 또 스웨덴의 팔룬 구리 광산이나 영국의 탄광 속으로도 날아다닌다. 광부들이 노래를 부르거나 찬송가를 부를 때면 불사조는 나방 모양을 하고 그곳을 날아다닌다. 또 연꽃잎을 타고 성스러운 갠지스 강의 물결을 따라 항해를 하기도 한다. 그 모습을 보면 힌두 소녀의 두 눈은 반짝반짝 빛이 난다.

불사조! 여러분은 모르는가? 낙원의 새, 노래하는 성스러운 새를! 그리스의 비극 시인인 테스피스의 마차 위에서는 수다스런 까마귀가 되어 먼지로 더럽혀진 날개를 퍼덕였었다. 또 백조로 가장하여 아이슬란드 음유 시인들의 하프를 켰고, 셰익스피어의 어깨 위에 앉아서는 오딘의 까마귀가 되어 셰익스피어의 귀에 대고 "불멸"이라고 속삭이기도 했다. 불사조는 노래가 울려 퍼질 때면 바르트부르크 산성에 있는 방 안을 날아가기도 했다.

불사조! 여러분은 아는가? 불사조는 여러분에게 노래를 불러 주고, 여러분은 불사조의 날개에서 떨어진 찬란한 깃털에 입을 맞추었다. 불사조는 찬란한 낙원에서 왔지만 여러분은 참새 따위를 보느라고 불사조를 보지 못하는지도 모른다.

낙원의 새! 100년마다 다시 태어나고 불꽃 속에서 태어나 불꽃 속에서 죽는 불사조! 너는 쓸쓸하게 황야를 헤매지만 너의 그림은 부자들과 권력 있는 사람들의 방에 걸려 있구나. 오직 전설로 내려오는 아라비아의 불사조.

너 불사조는 낙원의 뜰에 있는 지혜의 나무 아래서 이 세상에서 처음으로 장미

꽃이 피어날 때 태어났도다. 하느님이 너에게 입을 맞추고 너에게 알맞은 이름을 주셨나니, 그것은 바로 시(詩)라는 이름이다!

## 53
## 어떤 이야기

정원에 있는 사과나무들이 모두 꽃을 피우고 있었다. 그 나무들은 푸른 잎이 돋아나기도 전에 서둘러 꽃을 피웠다. 마당에는 작은 새끼 오리들이 뒤뚱뒤뚱 걸어다녔고, 한 귀퉁이에는 고양이가 발을 핥으며 앉아 있었다. 그리고 들판의 곡식들은 푸른 물결을 이루고 있었고, 어디를 가나 새들이 지저귀는 노랫소리가 들렸다.

새들이 기쁨에 넘쳐 노래하는 것을 보면 오늘이 즐거운 휴일임이 분명했다. 그렇다. 오늘은 바로 일요일이다. 교회 종들이 울려 퍼지자 사람들은 밝은 표정으로 제일 좋은 옷을 입고 교회로 향했다. 모든 것이 즐거움과 기쁨에 차 있었다. 오늘처럼 화창한 봄날에 사람들은 이렇게 말할 수 있을 것이다. "하느님은 우리 인간에게 참으로 친절하고 인자하시기도 하셔!"

그런데 교회에서 목사는 인간의 배은망덕하고 불경한 행동에 대해 화가 나서 큰 소리로 설교를 하셨다. 목사는 하느님이 인간을 벌하실 거라고 말했다. 사악한 사람들은 모두 지옥으로 떨어져 영원히 불길 속에서 타오를 거라고. 그리고 그들의 고통은 영원히 계속될 것이며 영원히 타오르는 불길이 그들을 태워 버릴 거라고 말했다.

듣기만 해도 참으로 끔찍하고 무서운 일이었다. 하지만 목사의 설교는 매우 설득력 있게 들렸다. 목사는 지옥을 부패한 인간 쓰레기들이 모두 모여 있는 악취 나는 굴이라고 했다. 거기에는 유황불이 자욱하게 타오를 뿐 바람 한 점 불지 않으며, 사람들은 끝없는 수렁을 통해 영원한 침묵 속으로 가라앉는다는 것이었다. 참으로 무시무시했다. 그러나 더욱 더 끔찍한 것은 목사가 마음으로부터 우러나온 진정한 설교를 하고 있다는 점이었다. 교회에 모인 사람들은 겁에 질렸다. 그러나 밖에서는 새들이 변함없이 유쾌하게 노래를 불렀고 해님도 따뜻하게 세상을 비추었다. 또 작은 꽃들은 각자 자기 생각을 속삭이고 있었는데, 꽃들이 하는 말은 목사의 말과는 달랐다.

"하느님은 우리 모두에게 친절하고 인자하셔." 꽃들이 이렇게 속삭였다.

그날 저녁, 잠잘 시간이 되었을 때 목사는 부인이 깊은 슬픔에 잠겨 있는 것을 보았다. 부인은 의자에 앉아 생각에 잠긴 채 자기 두 손을 내려다보고 있었다.

"무슨 걱정이라도 있소?" 목사가 부인에게 물었다.

"걱정이라구요?" 목사의 부인이 되묻고는 쓸쓸하게 미소를 지었다. "당신의 설교를 이해할 수가 없어요. 그것 때문에 이러구 있는 거예요. 아무리 더하고 빼고 해도 당신 같은 결론이 나오지 않아요. 죄인들이 지옥의 불길 속에서 영원히 탄다고 말씀하셨지요? 끝도 없이 말예요. 나도 가엾은 죄인의 한 사람이에요. 하지만 아무리 죄가 많은 사람이라 해도 영원히 불길 속에서 타야 한다는 것은 견딜 수 없어요. 하물며 하느님이 그렇게 하시겠어요? 무한히 인자하신 하느님이 말예요? 우리 인간이 우리 마음속의 악이나 세상의 악에 얼마나 유혹 당하기 쉬운가를 아시는 하느님이 말예요? 당신은 그게 사실이라고 했지만 난 상상할 수도 없는 일이에요."


어느덧 나무들이 하나 둘씩 낙엽을 떨구며 옷을 벗는 가을이 되었다. 목사는 죽어 가는 한 여인의 머리맡에 앉아 있었다. 바로 목사의 부인이었다.

"하느님의 은총을 받을 자격이 있는 사람이 있다면 바로 당신이요. 무덤 속에서 편안히 잠드시오." 목사가 중얼거렸다.

부인의 숨이 끊어지자 목사는 부인의 두 눈을 감겨 주고 두 손을 기도하듯이 한데 모아 주었다. 그리고는 찬송가를 부르고 기도를 했다.

부인은 곧 무덤으로 옮겨졌다. 항상 근엄하던 목사의 뺨을 타고 눈물이 흘러내렸다. 이제 목사의 집은 빈집처럼 아주 고요했다. 햇빛도 더 이상 비추지 않았다. 사랑했던 부인이 저 세상으로 가 버렸기 때문이었다.

어느 날, 한밤중에 목사는 차가운 바람이 얼굴을 스치는 바람에 잠에서 깨어났다. 방 안에 달빛이 가득 차 있는 것 같았다. 그러나 달은 아직까지 하늘에 보이지 않았다. 목사의 침대 옆에는 유령이 서 있었는데, 바로 부인의 영혼이었다. 부인은 매우 슬픈 눈으로 목사를 바라보며 서 있었다. 마치 무엇인가 목사에게 묻고 싶은 표정이었다.

목사는 침대에서 몸을 일으켜 부인을 향해 팔을 뻗었다. "아직 무덤 속에서 평온을 찾지 못했소? 고통스럽소? 당신은 이 세상 누구보다도 경건하고 훌륭한 여인이오."

유령은 머리를 숙여 그렇다고 대답하고는 손을 가슴에 올려놓았다.

"그럼 당신이 평온을 얻도록 내가 도울 일이라도 있소?" 목사가 속삭였다.

"그래요."

"어떻게 돕는단 말이오?"

"지옥의 불길 속에서 영원히 타오를 죄인의 머리칼을 한 올만 가져다주세요." 유령이 간청했다.

"그래, 독실한 당신을 고통에서 구하는 것이 그렇게 쉽단 말이지?"

"그렇다면 나를 따라오세요. 당신은 이제 당신이 가고 싶은 곳이면 어디든지, 당신의 생각만큼이나 빠르게 날아다닐 수 있어요. 내가 당신과 함께 다니겠어요. 하지만 닭이 울기 전에 하느님이 지옥의 영원한 불길 속에 던질 죄인을 찾아내야 해요."

유령의 말이 끝나자 마자 목사는 마음속으로 떠올렸던 큰 도시에 가 있었다. 집집마다 벽에는 불꽃 글씨로 죽어 마땅한 죄목이 쓰여 있었다. 거기에는 교만, 인색, 폭식 등 인간이 저지르는 갖가지 죄가 들어 있었다.

"바로 저 집에 있소. 저 집에. 내가 틀림없다면 말이오." 어느 부잣집의 거대한 정문에 이르자 목사가 말했다. 널따란 계단이 거대한 무도장으로 이어져 있었고 춤곡이 아래쪽 거리까지 울려 퍼졌다. 정복을 입은 하인이 금으로 된 손잡이가 달린 지팡이를 들고 정문에 서서 초대받지 않은 사람들을 막고 있었다.

"우리 무도회는 임금님의 무도회처럼 품위가 있지." 하인이 바깥에 모여 있는 사람들을 보며 자랑스럽게 말했다. 그의 얼굴에 경멸과 교만함이 역력하게 보였다.

"저 교만함이란! 저 사람 좀 보세요." 유령이 목사를 보고 속삭였다.

"저 사람 말이오? 그는 어리석은 광대일 뿐이오. 영원히 불길 속에 던져질 사람은 아니지." 목사가 고개를 저으며 말했다.

"어리석을 뿐이지!" 하는 목사의 말이 교만한 사람들이 모여 있는 집안에 울려 퍼졌다. 그 말은 거기에 모인 사람들에게 어울리는 말이었다.

그들은 다시 구두쇠의 집으로 날아갔다. 그곳에는 금방이라도 무너질 것 같은 침대에 한 늙은이가 추위와 굶주림에 떨며 누워 있었다. 노인은 그렇게 비참한 처지에 있으면서도 황금을 생각하고 있었다. 노인은 너덜너덜한 침대보를 벗겨 내고 자리에서 일어났다. 그리고는 열이 있는 떨리는 손으로 담에서 돌 하나를 빼내더니 그 구멍에서 금화가 가득 들어 있는 양말을 꺼냈다. 그곳은 바로 노인이 돈을 숨겨 두던 곳이었다. 노인은 얼어붙은 손을 덜덜 떨며 금화를 세고 또 세었다.

"저 사람은 병자야. 미친 거지. 희망 없고 가치 없는 미치광이란 말이오. 온갖 두려움과 악몽에 둘러싸여 지내는 사람이지." 목사가 고개를 저으며 말했다.

그들은 이번에는 거대한 지하 감옥으로 갔다. 그곳에는 범죄자들이 널빤지로 된 침대에 줄줄이 누워 자고 있었다. 한 사람이 잠결에 들짐승처럼 비명을 지르더니 잠에서 깨어났다. 그는 팔꿈치로 옆사람을 찔러 깨웠다. 그러나 옆사람은 돌아누우며 화가 나서 중얼거렸다. "조용히 해. 이 짐승 같은 놈아. 잠이나 자라구! 하룻밤도 그냥 지나가는 법이 없군."

"하룻밤도!" 비명을 지른 죄수가 그 말을 되풀이했다. "그래, 매일 밤 난 개가 울부짖는 소리를 듣지. 금방이라도 내 목을 조일 것만 같아. 내가 나쁜 짓을 저지르는 것은 내 나쁜 성미 때문이라구. 그래서 전에도 두 번이나 이곳에 왔었지. 나쁜 짓을 했으니 벌을 받아 마땅하지. 하지만 한 가지 고백하지 않은 것이 있어. 지난번에 여기서 나가던 날이었어. 우연히 주인집을 지나는데 참아 왔던 분노와 모욕감이 들끓었어. 그래서 성냥불을 그어 그 지붕에 불을 붙였지. 불길은 내 성미와 같이 활활 타오르더니 집을 모두 태워 버렸어. 난 사람들이 가구와 말을 구해내는 걸 도와주었지. 다행히 사람이나 짐승이나 살아 있는 것들은 하나도 죽지 않았어. 비둘기 몇 마리와 사슬에 묶여 있던 늙은 개는 빼고 말야. 난 미처 개를 구할 생각을 하지 못했거든. 개는 불길 속에서 울부짖었어. 그때부터 밤마다 잠을 자려고 하면 울부짖는 개 소리가 들려와. 그리고 눈을 감으면 털이 많은 커다란 그 개가 나한테 달려들어 내 가슴을 짓눌러. 그러면 나는 숨이 막히고 …. 내 이야기 좀 들어봐. 난 이렇게 밤마다 불안해하며 뜬 눈으로 지새우는데 넌 밤새도록 코를 골며 잘도 자는구나. 내 말 좀 들어보란 말야."

비명을 지른 죄수는 화가 나서 등을 돌리고 자는 옆 사람 얼굴을 후려쳤다.

"저 못된 놈이 또 정신이 돈 모양이군!" 같은 감방에 있던 죄수들이 침대에서 뛰어 내려와 사납게 날뛰는 죄수에게 달려들었다. 그들은 발버둥치는 죄수 머리를 잡아 다리 사이에 밀어 넣고는 온몸을 꽁꽁 묶었다. 죄수는 눈이 벌개져서 숨을 헐떡거렸다.

"그 사람을 죽이면 안 돼! 불행하고 가엾은 사람이라구!" 목사가 소리치면서 죄수를 구하려고 손을 뻗었다.

목사와 목사 아내의 유령은 밤새 내내 부자들이 사는 큰 집과 가난한 사람들이 사는 오두막을 날아 다녔다. 그들은 질투, 욕심, 욕망 등, 인간이 가질 수 있는 모든 죄악을 보았다. 한 천사가 사람들이 지은 죄와 그에 대한 변론을 크게 읽었다. 모든 것을 아시고 우리의 마음을 읽을 줄 아시는 하느님은 우리의 내부와 외부에서 우리를 유혹하는 온갖 죄악에 대해 다 알고 계셨다. 하느님은 자비와 사랑의 하느님인 것이다.

목사가 손을 저었다. 감히 죄인의 머리에서 머리카락을 뽑을 수가 없었다. 목사는 울음을 터뜨렸다. 그의 눈물은 은총과 사랑의 눈물이었으며 지옥의 불길을 끄는 눈물이었다.

그때 닭이 울었다.

"하느님, 제 아내를 불쌍히 여기시고 무덤 속에서도 평안히 쉬도록 해 주십시오. 저로서는 할 수 없는 일입니다." 목사가 목이 메어 하느님께 간청했다.

그러자 부인의 목소리가 들렸다. "아니에요, 당신이 내게 평화를 가져다주었어요. 오늘 밤 내가 돌아온 것은 바로 당신의 냉혹한 말 때문이었어요. 하느님과 피조물에 대한 당신의 몽매하고 가혹한 심판 때문이었지요. 당신의 동료인 인간들에 대해 더 알도록 노력하세요. 아무리 나쁜 사람이라 하더라도 그 마음에 하느님을 믿는 마음이 살아 있다는 걸 기억하세요. 결국에는 그런 마음이 승리하여 지옥의 불을 끄게 될 거예요."

그때 누군가 목사의 입에 입을 맞추었다. 목사는 눈을 떴다. 햇살이 온 방 안을 따스하게 비추었고 아내가 살아 있었다. 그녀는 그를 보며 미소를 머금고 서 있었다. 하느님이 보내 준 꿈을 꾸고 있던 목사를 아내가 이제 막 깨운 것이다.


## 54
## 침묵하는 책


한가운데로 길이 나 있는 숲 속에 외딴 농가 한 채가 있었다. 길이 한가운데로 뚫려 있어 둘로 나뉘어진 농장이다. 마당에는 햇빛이 따스하게 내리쬐고 있었고, 창문은 모두 열려 있었다.

그리고 마당에 활짝 핀 라일락 나무 그늘 아래에 뚜껑이 열린 관이 놓여 있었다. 하지만 그곳에는 죽음을 슬퍼하는 사람도, 눈물을 흘리는 사람도 없었다. 죽은 이의 얼굴은 하얀 천으로 덮여 있었고, 머리 밑에는 커다란 책이 한 권 놓여 있었다. 더 정확히 말하면 그 책은 두꺼운 회색 페이지마다 여러 가지 꽃이나 식물이 끼워져 있는 식물 표본집이었다. 각 페이지는 죽은 사람이 살아온 삶을 나타내는 것이었다. 그것은 죽은 사람이, 마르고 시든 식물이 꽂힌 표본집을 함께 묻어 달라고 한 것을 보면 알 수 있다.

그곳을 지나던 우리는 죽은 사람에 대한 이야기를 듣게 되었다.

농장에서 일하던 한 할아버지가 죽은 이에 대해 설명해 주었다. "스웨덴의 웁살라에서 온 나이든 학생이라오. 한때는 존경받은 적도 있다고 합디다. 외국어를 할 줄 알고 시도 쓸 줄 아는 총명한 학생이었지. 그런데 무슨 일이 있었는지 갑자기 술을 마시기 시작하여 재능과 건강을 잃고 말았다오. 그래서 휴양차 이곳으로 오게 되었지. 누군지 몰라도 그의 생활비를 대주는 사람이 있었지. 그는 아이처럼 착하고 다정했다오. 하지만 울적함이 찾아들 때면 사냥꾼들에게 쫓기는 사슴처럼 숲 속을 헤매고 다녔지. 그때마다 우리가 그를 잡아다가 집으로 데려다 놓곤 했지. 그리고는 아이들에게 그림책을 주듯이 그에게 그의 앨범을 주곤 했다오. 그는 하루 종일 조용히 앉아서 그 앨범을 들여다보았지. 그러다가 가끔 눈물을 흘리기도 했어. 도대체 죽은 식물을 보면서 그가 무슨 생각을 했는지는 하느님만이 아실 거요. 그는 숨을 거두면서 그 앨범을 관에 넣어 달라고 부탁했다오. 이제 그 앨범은 그의 베개가 되었지. 조금 있으면 목수가 와서 관 뚜껑에 못질을 할거요. 그러면 가엾은 저 학생은 무덤 속에서 달콤한 잠을 자게 되겠지!”

노인이 시체를 덮은 천을 걷어 냈다. 죽은 이의 얼굴이 평온한 표정으로 우리를 보았다. 그의 이마로 햇살이 부서졌다. 제비 한 마리가 재빠르게 관 위쪽으로 내려오더니 우리 머리 위에서 몸을 돌려 날아갔다.

참으로 이상한 일이었다. 누구나 젊었을 때 받은 오래된 편지를 읽은 적이 있을 것이다. 그러면 잃어버린 세계가 되살아나고 모든 기대와 실망감이 다시 되살아난다. 그때 우리에게 소중하게 여겨졌던 사람들은 모두 어디에 있는 것일까? 하지만 이제 그들은 우리에게 죽은 사람이나 다름없다. 우리의 기억 속에서 잊혀져 버렸기 때문이다. 우리는 더 이상 그들을 생각하지 않는다. 한때는 그렇게도 다정하게 지내면서 기쁨과 슬픔을 함께 나누었던 사람들인데도 말이다.

이 앨범에 있는 시든 떡갈나무 잎은 죽은 학생이 졸업하던 해에 딴 것일까? 아니면 영원한 우정을 맹세할 때 친구가 준 것일까? 그 친구는 지금 어디에 살고 있을까? 그 잎은 아직 거기에 있지만 우정은 가 버리고 없다. 잊혀져버린 것이다. 여기 또 하나의 식물이 있다. 북쪽 지방의 추위 속에서 자라기에는 너무나 연약한 것으로 보아 온실에서 자란 식물이리라. 이 식물은 귀족의 정원에서 뽑은 것일까? 학생은 이 식물을 귀족 아가씨에게 받은 것일까? 다음 페이지에는 하얀 수련 꽃잎도 있다. 이 수련은 학생이 직접 따서 쓰라린 눈물로 적신 것이리라. 또 쐐기풀도 있다. 학생은 왜 쐐기풀을 뽑아서 여기에 넣었을까? 학생은 쐐기풀을 보면서 무슨 생각을 했을까? 외딴 계곡에 핀 백합도 있었다. 그리고 다음 페이지에는 인동덩굴 잎도 있었다. 인동덩굴 잎은 여관의 창틀에 놓인 화분에서 딴 것일까? 맨 마지막 페이지에는 풀 잎사귀 하나만 덩그러니 놓여 있었다. 왜 그랬을까?

가지가 휘도록 꽃이 활짝 피어 그윽한 향기를 뿜는 라일락 가지들이 관 위에 그늘을 만들어 주었다. 제비가 지저귀며 나무 그늘을 지나 쏜살같이 날아간다.

"짹짹, 짹짹."

이제 못과 망치를 든 목수가 다가온다. 그는 관 뚜껑을 덮고 못질을 할 것이다. 죽은 이는 영원히 말이 없는 책을 베고 관 속에 누워 있겠지. 그리고는 사라지리라. 잊혀지리라!

## 55
## 오래된 묘비

8월 어느 날 저녁, 덴마크의 어느 조그마한 마을에 있는 부유한 집 거실에 온 가족이 모여 있었다. 바깥 날씨는 아직 온화했다. 저녁이 되자 램프에 불이 켜지고, 창가에는 긴 커튼이 드리워졌다. 그래서 창가에 심어진 꽃들만이 달빛을 받고 있었다.

가족들이 나누는 이야기는 마당에 있는 오래된 돌에 관한 것이었다. 아이들은 돌 위에 올라가 노는 걸 좋아했고, 처녀들은 해가 비칠 때면 반짝반짝 윤이 나게 닦은 황동 항아리를 올려놓고 말렸다. 그 돌은 예전에 묘비로 사용된 것이었다.

"그래, 저 묘비는 오래된 수도원에서 나온 것이지. 수도원을 허물 때 거기에 있는 것들이 모두 팔렸단다. 설교단이고 묘비고 할 것 없이 전부 말야. 너희 할아버지는 그 중 몇 개를 사가지고 포석으로 사용하려고 잘게 깼는데, 저 돌은 그 중에 있던 것 중 하나란다." 가장인 아버지가 말했다.

"저건 묘비임에 분명해요. 아직도 모래 시계와 천사의 모습이 남아 있잖아요.

그런데 저기에 적혀 있던 비문은 거의 다 지워져 있더군요. 그래도 돌이 비에 씻길 때면 프레벤이라는 이름과 에스(S)라는 글자가 보여요. 그리고 조금 아래쪽에는 마르다라는 이름이 새겨져 있어요." 큰아들이 말했다.

"이런, 프레벤 스바네 씨와 그의 부인의 묘비로군!" 방 안에 있던 노인이 놀라서 말했다. 그 노인은 방 안에 있는 사람들의 할아버지 뻘이 될 만큼 나이가 많았다. "맞아. 그 부부는 오래된 그 수도원 묘지에 제일 마지막으로 묻혔지. 그때 난 어렸는데, 그들은 참 좋은 부부였어. 모두가 그 부부를 좋아했지. 그들은 이 마을에서 제일 나이 많은 부부였단다. 사람들은 그들이 엄청난 부자라고들 했지. 지하실에 아주 많은 금을 가지고 있다고 했어. 그렇지만 그들은 항상 검소하게 옷을 입고 다녔단다. 물론 입고 다니는 옷은 깨끗하고 눈부시게 하지만 말야. 프레벤과 마르다는 아주 멋진 노부부였지. 그들이 집 앞 계단 꼭대기에 놓인 작은 벤치에 나란히 앉아 있던 모습이 아직도 생생하구나. 계단 옆에서 자라던 커다란 보리수나무가 그들에게 그늘을 만들어 주곤 했지. 그 부부는 사람들을 보면 늘 다정하게 미소를 보내고 고개를 끄덕였지. 그래서 그 부부를 보면 누구나 기분 좋아했단다. 노부부는 가난한 사람들에게도 아주 잘해 주었지. 음식도 주고 옷도 주었어. 자비를 베풀 줄 아는 그 부부는 진정한 그리스도교인이었고, 옳고 그름을 아는 사람이었단다.

그런데 부인이 먼저 세상을 떠났지. 그날 일이 생생하게 떠오르는구나. 당시만 해도 나는 어렸었지. 아버지는 나를 데리고 프레벤 씨 집을 찾아갔단다. 노인은 슬픔을 억누르지 못해 어린애처럼 엉엉 울고 있었지. 그리고 아내의 시신은 아직도 침실에 그대로 있었어. 프레벤 씨는 아내가 참으로 다정하고 선량한 사람이었다고 하면서 이제는 아내가 없이 혼자 지내는 것이 무척 쓸쓸할 거라고 말했지. 그리고는 오래 전에 아내를 만나 사랑을 하게 된 이야기를 들려주었어. 아까 말한 대로 당시에 나는 어렸었지. 하지만 이상하게도 노인의 말을 듣고 있자니 가슴이 뭉클했어.

노인은 뺨을 붉게 물들이고 눈을 반짝이면서 과거 얘기를 해 주었지. 그는 약혼식 날 이야기라든가 마르다의 호감을 얻으려고 속임수를 쓴 이야기를 했지. 프레벤 노인이 결혼식 날 이야기를 할 때는 정말로 행복하고 희망에 차 있던 그 시절로 돌아간 것 같은 표정이었어. 그런데 이제는 바로 옆 침실에 아내가 죽어 누워 있고 노인은 아주 늦게 된 거지. 그래, 그것이 바로 인생이야. 나는 그때는 어렸지만 지금은 나이가 들었어. 그때의 프레벤 씨처럼 말야. 시간은 덧없이 흐르고, 모든 것은 변하기 마련이지.

장례식 날이 기억나는군. 프레벤 노인은 관 뒤를 따라갔지. 노부부는 죽는 날을 생각해서 몇 년 전에 미리 묘비를 만들어 비문과 이름을 새겨 두었지. 날짜만 빼고 말이야. 그날 저녁 그 묘비는 무덤으로 옮겨졌어. 그리고 그 다음 해에 그 묘비에 또 다른 날짜가 새겨지게 되었어. 프레벤 노인도 세상을 떠나 부인 곁으로 가게 된 거야. 그런데 노부부가 엄청나게 많이 가지고 있다던 그 금은 찾지 못했어. 다른 도시에 살던 조카들이 얼마 안 되는 유산을 물려받았지. 보리수나무 아래 있던 층계가 있는 집과 작은 벤치는 시당국의 명령에 따라 허물어졌지. 너무 헐어서 위험했거든. 낡은 수도원도 그 집과 같은 종말을 맞이했어. 교회 묘지가 폐쇄되고 더 이상 성스런 곳으로 불리지 않게 되자 그곳에 있던 묘비들이 모두 팔렸지. 묘비들은 대부분 길을 포장하는 데 사용되었어. 프레벤과 마르다의 묘비는 우연히 이곳으로 옮겨져 하녀들이 닦은 그릇들을 말리고, 어린애들이 뛰노는 놀이터가 된 거야. 이제는 노부부의 무덤이 있던 자리 위로 새 도로가 나 있지. 더이상 그들을 기억하는 사람은 없어. 그들은 사람들의 기억에서 사라진 거지. 모든 것이 잊혀지듯 말야." 노인이 서글프게 고개를 저었다.

이제는 방 안의 대화가 다른 것으로 바뀌었다. 그러나 막내는 커다란 눈을 끔뻑이며 의자 위로 올라가 창문으로 마당을 내다보았다. 달빛을 받아 묘비가 환하게 빛나고 있었다. 막내는 그 묘비를 그저 납작한 돌로만 생각했었다. 그런데 이제는 이야기책의 중요한 한 페이지처럼 생각되었다. 프레벤씨와 그의 부인에 대해 들은 이야기가 모두 그 돌 속에 들어 있는 것 같았다. 막내는 다시 한 번 돌을 보고 밝게 빛나는 달을 쳐다보았다. 밤하늘이 아주 맑았으며 달은 온 세상을 굽어보는 하느님의 얼굴 같았다.

"그래, 모든 것은 잊혀지는 법이야." 방 안에 있는 누군가가 말했다.

바로 그때 한 천사가 막내의 이마에 입을 맞추며 속삭였다. "이 작은 씨앗이 여물 때까지 잘 보관하거라. 아가야, 너는 저 오래된 묘비에 쓰여진 바랜 비문을 다시 쓰게 될 거란다. 다음 세대가 읽을 수 있도록 분명하게 말야. 노부부는 다시 발그레하게 뺨을 물들이며 미소 띤 얼굴로 거리를 걷게 된단다. 그들은 작은 벤치에 앉아 가난하든 부유하든 지나가는 사람에게 인사를 하겠지. 오늘 밤에 네 영혼에 심은 씨앗은 세월이 지나 자라면 아름다운 시로 꽃피우게 될 거야. 이 세상에서 진정으로 선한 것과 아름다운 것은 영원히 잊혀지지 않고, 전설이나 노래 속에 살아 있게 된단다."


# 56
## 우쭐한 사과나무 가지

아직 바람이 차가운 5월이었다. 그러나 꽃과 나무와 수풀과 들판은 봄이 왔음을 노래했다. 여기저기 울타리에는 들꽃이 풍성했다. 봄은 작은 사과나무에도 찾아오고 있었다. 싱싱한 사과나무 가지에는 이제 막 피어난 붉은 꽃봉오리가 달려 있었다. 사과나무 가지는 자기가 매우 아름답다는 것을 알고 있었다. 사과나무 가지는 자기 팔에 달려 있는 잎과 수액도 아름답다고 생각했다. 그래서 화려한 마차가 와서 멈춰서고 젊은 백작 부인이 마차에서 내려 사과나무를 보고 감탄해도 당연하다고 생각했다.

"어쩜 이렇게 예쁠까! 이건 가장 아름다운 봄의 상징이야." 백작 부인이 이렇게 말하며 가지를 꺾어 고운 손에 쥐고 비단 양산으로 가렸다. 다시 백작 부인을 태운 마차는 화려한 성을 향해 달렸다. 성에는 멋진 객실과 천장이 높은 홀들이 있었다. 열린 창마다 눈처럼 흰 커튼이 나부꼈고, 투명하게 반짝이는 꽃병에는 아름다운 꽃들이 꽂혀 있었다. 꽃병은 마치 첫눈으로 빚어 만든 것처럼 맑고 깨끗했다. 백작 부인이 사과나무 가지를 파릇파릇한 너도밤나무 가지들 사이에 꽂았다. 부인은 사과나무 가지를 보기만 해도 흐뭇해했다. 그러자 사과나무 가지는 사람들이 그러하듯 우쭐해졌다.

여러 부류의 사람들이 그 방을 들락거렸다. 사과나무 가지를 본 사람들의 반응은 각양각색이었다. 표정 없는 얼굴로 한 마디도 안 하는 사람들이 있는가 하면, 지나치게 칭찬을 늘어놓는 사람들도 있었다. 이를 본 사과나무 가지는 식물과 꽃이나 마찬가지로 인간도 성격이 사람마다 각기 다르다는 것을 깨달았다. 장식이나 진열용에 지나지 않는 사람들이 있는가 하면, 중요한 가치를 지닌 사람도 있었고, 없어져도 사회에 전혀 손해가 되지 않는 사람들도 있었다. 사과나무 가지는 열린 창문을 통해 들판과 정원을 바라보았다. 거기에도 아름답고 풍성한 꽃과 식물이 있는가 하면, 초라하고 보잘것없는 것들도 있었다.

'저 풀들은 정말 불쌍해. 저렇게 천대받으니까 말야! 이렇게 예쁜 꽃병에 꽂힌 나하고는 상대가 안되지. 저들이 나처럼 이런 생각을 한다면 얼마나 불행할까. 모든 것에는 차이가 있어. 마땅히 차이가 있어야 하지. 그렇지 않으면 모두 똑같을 테니까.' 사과나무 가지는 이런 생각을 하며 측은한 마음으로 들판과 도랑에 피어 있는 작은 꽃을 바라보았다. 그 꽃은 포장된 돌 사이 어디에서나 볼 수 있는 흔하고 평범한 꽃이라서 꽃다발을 만드는 데 사용되지 않았다. 그야말로 귀찮은 잡초에 불과했다. 그 꽃은 '개꽃이나 민들레'라고 불렸는데, 이름조차도 흉했다.

"저렇게 천대받다니 정말 가엾어! 못생기고 추한 이름을 갖게 된 건 네 잘못이 아니야. 하지만 사람들과 마찬가지로 식물들 사이에도 차이가 있어야 해." 사과나무 가지가 중얼거렸다.

"그래, 차이가 있지!" 해님이 사과나무 가지에 입을 맞추며 말했다. 그리고는 들판의 민들레에게도 똑같이 따스한 입맞춤을 해 주었다. 해님은 풍요롭고 아름다운 꽃에게도, 초라한 꽃에게도 똑같이 입을 맞추어 주었다. 사과나무 가지는 대지 위에 살아서 움직이고 하느님 안에 존재하는 모든 것에 대한 하느님의 무한한 사랑을 전혀 생각하지 못했다. 천한 것이든 인간이든 간에 모든 것에 아름답고 선한 것이 감추어져 있고 하느님은 이 아름다움과 선함을 늘 기억하고 있다는 사실을 몰랐던 것이다. 하지만 따스한 햇살은 이 사실을 잘 알고 있었다.

"편견을 버리고 좀 넓게 내다 봐! 네가 그렇게 불쌍하게 생각하는 식물이 뭔데?"

"민들레예요. 사람들은 민들레를 꽃다발로 쓰지 않아요. 민들레는 너무 흔해서 사람들 발에 마구 짓밟혀요. 민들레는 솜털 같은 꽃을 피워 길 위로 날아다니거나 사람들 옷에 달라붙게 만들지요. 잡초와 다름없어요. 내가 민들레 같지 않은 것이 참 다행이에요!" 사과나무 가지가 대답했다.

그때 아이들이 들판을 가로질러 왔다. 그 중 제일 어린 꼬마 아이는 다른 아이의 등에 업혀 있었다. 꼬마 아이는 노란 꽃들이 피어 있는 풀밭에 내려놓자 좋아서 깔깔대며 작은 두 발을 동동 구르고 이리저리 풀밭을 뒹굴었다. 그리고 노란 민들레꽃을 따서 입을 맞추기도 했다. 큰 아이들은 민들레 줄기에서 꽃을 떼내고 줄기를 둥글게 엮어 긴 고리를 만들어서 하나는 목에 걸고, 또 하나는 어깨에서 허리까지 내려오게 걸었으며, 마지막 하나는 머리에 썼다. 금빛 꽃과 녹색의 줄기로 치장한 모습이 매우 근사했다. 나이가 많은 아이들은 시들어 버린 꽃을 조심스럽게 모았다. 꽃대에는 솜털 모양의 씨가 붙어 있었는데, 눈이나 하얀 깃털처럼 아름다웠다. 아이들이 입에 대고 후 하고 불자 민들레 꽃씨가 날개를 단 흰 새들처럼 훨훨 날아갔다. 할머니들 말에 의하면 그렇게 꽃씨를 날려보내면 한 해가 가기 전에 새 옷을 얻어 입는다고 했다. 사람들에게 천대받는 민들레였지만 이 아이들은 예언자를 환영하듯 민들레를 반겼다.

"저것 좀 봐! 저 꽃들이 얼마나 아름다운지 이제 알겠어? 그리고 얼마나 큰 즐거움을 주는지 말야?" 해님이 사과나무 가지에게 말했다.

"어린애들에게나 그렇죠!" 사과나무 가지가 말했다.

그때 한 할머니가 들판에 나왔다. 할머니는 손잡이가 없는 무딘 칼로 땅을 파고 민들레 뿌리를 캐내었다. 그 뿌리로 차를 끓이고, 약초로 약을 만드는 약사에게 가져다주고 돈도 벌려는 것이었다.

"하지만 아름다움이란 저런 것보다 더 가치 있는 것이에요. 선택받은 것만 아름다움의 왕국에 들어가잖아요. 인간들과 마찬가지로 식물들도 모두 같을 수는 없어요." 사과나무가 말했다.

그러자 해님은 모든 피조물과 살아 있는 만물에 대한 하느님의 무한한 사랑을 이야기해 주었다. 그리고 유한한 것이든 영원한 것이든 모든 것에 대해 골고루 나누어 주시는 하느님의 선물에 관해서도 들려주었다.

"그건 당신 생각일 뿐이에요." 사과나무 가지가 말했다.

그때 사람들이 방으로 들어왔다. 그 중에는 사과나무 가지를 투명한 꽃병에 꽂았던 백작 부인도 있었다. 백작 부인은 손에 꽃과 같이 생긴 것을 들고 있었는데,

바람에 해를 입지 않도록 봉지와 같은 두세 개의 커다란 잎사귀로 싸고 있었다. 사과나무 가지를 가져올 때보다 훨씬 더 정성을 들여 가져온 것이다. 커다란 잎사귀를 치우자 천대받던 민들레의 깃털 같은 씨앗이 나타났다. 백작 부인은 안개처럼 엉켜 있는 가는 솜털이 하나라도 바람에 날아갈 새라 정성껏 운반해 온 것이다. 부인이 온전하게 운반해 온 민들레를 꺼내 놓았다. 그리고 바람이 불면 금방이라도 날아가 버릴 것 같은 그 아름다운 형태와 투명함과 독특한 조화에 감탄했다.

"이것 좀 보세요. 정말 아름다운 피조물이죠? 사과나무 가지와 함께 이 민들레를 그릴 거예요. 모두들 사과나무 가지가 아름답다고 하지만, 하느님은 이 겸손한 꽃에게 다른 아름다움을 주신 것 같아요. 사과나무 가지와 이 꽃은 서로 다르게 생겼지만 하나같이 아름다워요."

그때 해님이 초라한 민들레에게 입을 맞추고, 이어서 풍성하게 꽃을 피운 사과나무 가지에도 입을 맞추었다. 그러자 사과나무는 그때까지 자신이 가졌던 생각이 부끄러운 듯 꽃잎을 붉게 물들였다.


# 57
# 세상에서 가장 아름다운 장미


옛날에 권세 있는 왕비가 살았는데, 왕비가 사는 궁전 정원에는 세상에서 제일 아름다운 꽃들이 자랐다. 세계 각 나라에서 가져온 그 꽃들은 1년 내내 아름다운 꽃을 피웠다. 그 중에서도 왕비가 제일 사랑한 꽃은 장미였다. 그래서 그 정원에는 사과 향기가 나는 푸른 잎사귀를 가진 들장미는 물론이고, 프로방스 지방의 아름다운 장미까지 많은 종류의 장미가 자랐다. 장미들은 궁전 담장을 타고 올라가 대리석 기둥을 감았고 궁전 홀과 복도까지 뻗어 나갔다. 또 장미 덩굴은 천장까지 타고 올라가 온 방 안을 장미꽃 향기로 가득 채웠다.

그러던 궁전에 근심과 슬픔이 어리게 되었다. 왕비가 병들어 죽어 가고 있었던 것이다. 왕비를 검진한 의사 중 제일 총명한 의사는 이렇게 말했다.

"왕비님을 구할 길은 단 한 가지뿐입니다. 이 세상에서 제일 아름다운 장미를 구해 오는 것입니다. 가장 고귀하고 순결한 사랑을 표현하는 장미를 말입니다. 왕비님이 그 장미를 보게 된다면 낫게 될 것입니다."

그리하여 젊은이건 늙은이건 수많은 사람들이 자기 정원에서 제일 아름다운 장미를 가져왔다. 하지만 그것은 왕비의 병을 낫게 해 주지 못했다. 그 꽃은 사랑의 화원에서 가져온 꽃이라야 했다. 하지만 어떤 꽃이 가장 고귀하고 순결한 사랑의 상징이란 말인가?

시인들은 세상에서 가장 아름다운 장미를 노래했지만 서로 노래하는 장미가 달랐다. 어떤 것이 가장 아름다운 장미일까 하는 물음은 나라 구석구석으로 퍼져 나갔다. 신분이나 나이와 상관없이 사랑에 빠진 사람들은 모두 궁금해했다.

현명한 의사는 이렇게 말했다.

"아직까지 어느 누구도 그 장미를 알아내지 못했습니다. 그리고 가장 아름다운 장미가 피는 곳을 아는 이도 없었습니다. 그것은 로미오와 줄리엣의 무덤이나 발보르크의 무덤가에 피어나는 장미가 아닙니다. 그 장미들은 모든 이야기와 시 속에 피어나서 향기를 품어 내지만 말입니다. 빙켈리트(14세기 스위스의 전설적 영웅)의 피 묻은 창에서 피어나는 것도 아닙니다. 조국을 위해 흘린 영웅의 피에서는 가장 붉은 장미가 피어나고 그러한 죽음은 달콤하다고 하지만 그것도 가장 아름다운 장미는 아닙니다. 수년 동안 밤잠을 이루지 못하고 열심히 가꾸어야만 자랄 수 있는 신비한 마법의 장미도 아닙니다. 과학이 이루어 낸 장미도 아닌 것입니다."

이때 귀여운 아기를 품에 안은 한 어머니가 행복한 얼굴로 여왕의 침실로 들어서며 말했다. "저는 그 꽃이 어디에서 피는지 알아요. 어딜 가야 이 세상에서 가장 아름다운 장미를 찾을 수 있는지 알아요. 가장 고귀하고 순결한 사랑의 장미를 말예요. 그것은 내 아기의 볼에서 피어나지요. 아기가 포근히 자고 나서 두 눈을 뜨고 저를 보며 사랑스럽게 웃을 때 아기의 두 뺨에서 피어난답니다!"

"물론 그것도 아름다운 장미고 말고요. 하지만 그보다 더 아름다운 장미가 있답니다." 현명한 의사가 말했다.

"예, 훨씬 더 아름다운 것이 있지요."

기다리고 있던 부인 중 한 사람이 말했다. "전 그것을 본 적이 있어요. 그보다 더 숭고하고 고귀한 장미는 어디에도 없을 겁니다. 그것은 월계화 꽃잎처럼 창백하지요. 바로 왕비님의 두 뺨에서 보았어요. 왕비님이 황금 왕관을 벗으시고 밤새도록 병든 왕자님을 안고 방 안을 근심스럽게 걸어다닌 적이 계셨습니다. 왕비님은 왕자님에게 입을 맞추고 하느님께 정성 어린 기도를 올리셨지요. 그때 왕비님은 근심에 가득 차서 기도하는 어머니와 같으셨습니다."

"맞소. 슬픔의 흰 장미는 진정 성스럽고 아름답지요. 하지만 그것이 가장 아름다운 장미는 아니지요!" 현명한 의사가 말했다.

"맞아요. 세상에서 가장 아름다운 장미는 하느님의 제단에 있었습니다. 그 장미가 천사의 얼굴에서 빛나는 것을 보았지요. 성찬식에 참석한 어린 소년들 중에 순수하고 순결한 사랑에 가득 차서 하느님을 우러러보는 소년이 있었습니다. 그것이야말로 가장 순결하고 고귀한 사랑의 장미였습니다." 신앙심 깊은 나이든 주교가 말했다.

"그 장미에게도 신의 축복이 깃들기를! 하지만 여러분이 얘기한 것은 이 세상에서 제일 아름다운 장미가 아니오."

바로 그때, 한 아이가 방으로 들어왔다. 왕자였다. 눈에 눈물이 가득 고인 어린 왕자는 표지가 고급 가죽으로 되어 있고 은장식이 달린 커다란 책을 가져와 펼쳤다.

"어머니, 제가 뭘 읽었는지 들어보세요."

이렇게 말하며 어린 왕자는 어머니가 누워 있는 침대 옆에 앉았다. 그리고 인간을 구원하기 위해 십자가에서 돌아가신 이에 관한 이야기를 읽었다.

"이보다 더 위대한 사랑은 없을 거예요."

그러자 왕비의 창백한 두 뺨이 장밋빛으로 물들더니 두 눈이 커다랗고 또렷해졌다. 세상에서 가장 아름다운 장미는 그 책갈피에서 자라고 있었던 것이다. 그것은 바로 십자가에서 흘린 그리스도의 피에서 피어난 장미였다.

"이제 알겠어. 세상에서 가장 아름다운 장미를 보는 이는 절대로 죽지 않을 거야!" 왕비가 부르짖었다.

# 58
# 한 해의 이야기

~~~~~~~~~~~~~~~~~~~~~

1월이 저물어 가는 어느 해 겨울, 매서운 눈보라가 온 거리를 휩쓸었고 유리창들은 모두 꽁꽁 얼어붙었다. 그리고 지붕에서는 쌓였던 눈이 무더기로 쏟아져 내렸다. 여기저기서 사람들이 눈을 피하느라고 허둥대는 모습이 보였다. 도망치듯 달리는 사람이 있는가 하면, 다른 사람에게 매달려 있다가 쓰러지는 사람도 있었다. 마차와 말은 설탕 가루를 뿌려 놓은 듯 온통 하얘졌다. 마차는 폭설이 쌓인 거리를 아주 천천히 움직였다. 마부들은 바람을 피하려고 마차 쪽으로 등을 돌리고 걸었고 거리를 걷는 사람들은 마차에 바짝 붙어서 눈을 피했다.

마침내 눈보라가 잦아들었다. 사람들이 눈을 치우려고 집 밖으로 나왔다. 그런데 어찌된 일인지 모두들 가만히 서 있었다. 먼저 깊은 눈 속으로 발을 디딜 엄두가 나지 않았던 것이다. 사람들은 잠시 말없이 서 있다가 침묵의 합의 아래 눈 속으로 발을 내딛고 눈을 치우기 시작했다.

저녁이 되었다. 바람이 잠잠해지고 눈에 씻긴 하늘은 어느 때보다도 더 높고 투명해 보였다. 별들이 맑고 밝게 반짝였다. 얼어붙은 눈이 발에 밟혀 우지직 소리를 냈으며, 새벽녘에 참새들이 껑충거리며 뛰어다녀도 꽁꽁 얼어붙어 금이 가지 않았다. 참새들은 눈을 쓸어 낸 거리에서 먹을 것을 찾았으나 너무 추워서 먹을 것이 별로 없었다.

"짹짹! 사람들은 새해가 왔다고들 하지만 지난해보다 훨씬 못하지 뭐야. 지난해를 붙들어 두는 편이 나았을 거야. 참으로 못마땅해." 한 참새가 옆에 있는 참새에게 말했다.

"그래. 사람들은 새해가 되었다고 즐거워서 이리저리 날뛰면서 총을 쏘아 댔지. 그들은 묵은 해가 지나갔다고 좋아서 물건들을 문에다 던지며 어쩔 줄 몰라 했어. 그땐 나도 기뻤어. 따뜻해질 거라고 생각했으니까. 하지만 날이 갈수록 더 추워지는 걸 보면 그건 기대에 지나지 않았어. 사람들이 시간을 잘못 계산했나 봐." 작은 참새가 추워서 몸을 부들부들 떨며 말했다.

"맞아. 사람들은 자신들이 발명해 낸 달력이라는 것을 가지고 있는데, 모든 일을 달력에 따라 진행하지. 하지만 실제는 달력하곤 달라. 새해란 봄이 오면 시작되거든. 그게 바로 자연의 흐름이지. 난 바로 그 자연의 흐름에 맞추어 살아." 정수리가 흰, 나이든 참새가 말했다.

"그런데 봄은 언제 오는 거지?" 다른 참새들이 물었다.

"그건 황새가 돌아올 때 시작되지. 그렇지만 그게 언제인지는 확실하지 않아. 도시 사람들은 그런 것에 대해 전혀 모르지. 하지만 시골 사람들은 잘 알아. 우리 시골에 가서 봄을 기다리지 않을래? 시골이 봄에 더 가까우니까."

"그럴듯한데!" 또 다른 참새가 말했다. 그 참새는 한참을 짹짹거리며 이리저리 뛰어다니면서 쓸데없는 얘기를 주절댔다. "하지만 도시에는 시골에서 누릴 수 없는 편한 것들이 있어. 이 지역에 생각이 아주 깊은 한 가족이 살고 있는데, 그들은 화분 서너 개를 안마당 담에 걸어 놓지. 커다란 입구는 안쪽으로 가게 하고 바닥은 바깥쪽으로 향하게 해서 말야. 바닥에 있는 구멍 하나는 내가 들어갔다 나왔다 할 수 있도록 커. 그래서 나는 남편과 함께 거기에 둥지를 틀었지. 이제는 커서 멀리 날아가 버린 우리 아이들도 모두 거기서 자랐어. 물론 그들은 우리를 보며 즐기려고 그런 배려를 해 주었지. 그런 즐거움이 없다면 그렇게 하지 않았을 거야. 사람들은 우리를 위해 빵 부스러기를 뿌려 놓기도 했어. 우리는 이렇게 해서 양식을 얻어 먹으며 보살핌을 받았어. 아무래도 난 남편이랑 여기에 남는 게 낫겠어. 좀 불편하긴 하지만, 그래도 시골로 떠나지 않을 거야."

"그렇다면 할 수 없지. 우린 시골로 가서 봄이 오는지 볼 테야." 다른 참새들은 이렇게 말하고 날아가 버렸다.

그런데 시골은 도시보다 더 추웠다. 눈 덮인 들판 위로 매서운 바람이 쌩쌩 불었다. 두툼한 옷을 입은 한 농부가 썰매에 앉아서 추위를 견디려고 손으로 팔을 문질렀다. 그의 무릎 위에는 채찍이 놓여 있었고 말들은 땀이 나도록 달렸다. 눈이 사각사각 소리를 냈다. 참새들은 추위에 떨며 썰매 바퀴 자국을 따라 깡충깡충 뛰어다녔다.

"짹짹, 언제 봄이 오지? 정말 오래 걸리네."

"정말 오래 걸리네." 하고 가까이에 있는 눈 덮인 언덕에서 소리가 났다. 그 소리가 메아리인지 이상한 노인이 한 말인지 알 수 없었다. 그 노인은 눈이 쌓인, 바람 부는 언덕 위에 앉아 있었다. 농부들이 입는 촌스러운 흰 옷을 입고 있는 노인은 머리끝에서 발끝까지 온통 하얗고, 머리카락은 길고 희었으며, 얼굴은 창백했고, 두 눈은 크고 맑았다.

"저 노인은 누구지?" 참새들이 물었다.

"난 알지." 울타리 위에 앉아 있던 늙은 까마귀가 말했다. 늙은 까마귀는 작은 새에 지나지 않았지만 하느님 앞에서는 누구나 평등하다는 것쯤은 알 만큼 겸손했다. 그래서 참새들이 알고 싶어하는 것을 가르쳐 주었다. "난 저 노인이 누구인지 알아. 그는 겨울이야. 바로 지난해지. 겨울은 달력에서처럼 죽은 것이 아니야. 앞으로 오게 될, 작은 왕자인 봄의 수호자지. 여긴 아직도 겨울이 지배하고 있어. 어? 너희들 정말 추워서 떠는구나."

"그것 봐. 내 말대로잖아. 달력은 자연에 맞추어진 게 아니야. 사람들이 만들어 낸 것일 뿐이라구. 달력 만드는 일은 우리가 해야 돼. 더 똑똑한 우리가 말야." 제일 작은 참새가 으스대며 말했다.

그 후 한 주가 지나고 또 한 주가 지났다. 숲은 아직 어두웠으며 꽁꽁 얼어붙은 호수는 납덩어리 같았다. 축축하고 얼음처럼 차가운 안개가 땅 위를 덮고 있어 산의 형체를 알아볼 수 없었다. 커다란 검은 까마귀들이 조용한 대기 속을 날아다녔다. 마치 모든 것이 잠든 것 같았다. 얼마 후 한 줄기의 햇살이 호수 위로 미끄러지면서 은빛으로 반짝였다. 그러나 들판과 연못을 덮고 있는 눈은 이제 예전처럼 햇빛을 받아 눈부시게 반짝이지 않았다. 그런데도 하얀 모습의 겨울은 시선을 남쪽에 고정시킨 채 꼼짝않고 언덕 위에 앉아 있었다. 땅 위를 덮고 있던 눈이 땅 아래로 내려앉고 여기저기서 작고 파란 풀이 돋아나고 참새들이 모여드는 것도 모르는 채 말이다.

"짹짹, 드디어 봄이 오나 봐."

봄! 그 외침은 들판과 초원 위로, 암갈색의 숲을 지나 멀리 울려 퍼졌다. 이끼는 초록색 새 옷을 입고 나무 둥지 위에서 반짝였다. 남쪽에서 바람을 가르고 처음으로 황새 두 마리가 날아왔다. 황새 등에는 어린아이가 하나씩 타고 있었는데 여자 아이와 남자 아이였다. 아이들이 땅에다 대고 입맞추며 인사하자 그들의 발이 닿는 곳마다 눈 밑에서 하얀 꽃들이 솟아났다. 아이들은 손을 잡고 늙은 남자인 겨울에게 다가가 끌어안았다. 그 순간 축축하고 진한 안개가 베일처럼 셋을 겹겹이 감싸 버렸다. 얼마 후 바람이 살랑거리며 다가와 안개를 거두어갔으며 뒤이어 해님이 따스하게 내리비추었다. 겨울은 온데간데 없어져 버렸고 이제 사랑스런 봄의 아이들이 계절의 왕좌에 앉았다.

"진짜 새해가 왔어. 추운 겨울을 잘 참아 내서 이런 좋은 시절을 맞게 된 거야." 참새들이 기뻐서 외쳤다.

두 아이 황새가 가는 곳마다 덤불과 나무에서는 파란 새싹이 돋았고 풀이 쑥쑥 자랐으며, 들판은 연푸른 색으로 푸르렀다.

여자아이가 앞치마에서 사방에 꽃을 뿌렸다. 앞치마에는 뿌리면 뿌릴수록 꽃이 더 많아져 마치 그곳에서 꽃들이 자라나는 것 같았다. 아이 황새가 사과나무와 복숭아나무 위에 눈처럼 흰 꽃을 열심히 뿌리는 바람에 나뭇가지에서는 어린 새싹이 돋기도 전에 꽃이 활짝 피어 아름다웠다. 두 아이 황새가 손뼉을 치자 어디선가 새들이 나타나 재잘재잘 노래를 부르며 날아갔다.

"봄이 왔다네!"

온 세상이 참으로 아름다웠다. 할머니들은 집 밖으로 나와 따스한 햇빛을 쬐며 정답게 얘기를 나누었다. 그들은 들판 여기저기에 눈부시게 피어 있는 노란 꽃들을 보며 자신들의 젊은 시절을 생각했다.

"이제 찬란한 봄이로군!" 할머니들이 말했다. 이 말처럼 세상이 정말 다시 젊어진 것이다.

숲은 이미 푸른 싹으로 옷을 갈아입었고 활짝 핀 백리향 꽃은 싱그러운 향기를 풍겼다. 아네모네와 앵초꽃이 푸른 싹을 내미는가 하면, 응달에서는 제비꽃이 활짝 웃고 있었다. 손으로 건들기만 하면 금방이라도 즙이 흘러내릴 것 같은 탱탱한 풀잎은 아름다운 양탄자 같아서 팔다리를 쭉 펴고 그 위에 눕고 싶은 생각이 들었다. 두 마리 어린 황새는 서로 손을 잡고 앉아서 노래를 부르며 무럭무럭 자랐다. 하늘에서는 그들 머리 위로 비가 조용히 내렸지만 그들은 기쁨의 눈물을 흘리고 있었기 때문에 비가 내리는 것을 몰랐다. 이제 어린 한 쌍의 황새는 신랑과 신부가 되어 입을 맞추었다.

그러자 순식간에 나무의 새싹들이 기지개를 폈고 숲이 온통 초록 빛깔로 변했다. 신랑 신부는 나뭇잎 아래로 들어갔다. 나뭇잎 사이로 새어든 햇살이 여러 가지 색깔로 영롱하게 반짝였다. 곱고 어린 잎들은 대기를 신선한 향기로 가득 채웠고, 벨벳 같은 푸른 갈대 숲 사이로는 맑은 냇물이 굽이치며 흘렀다. 물은 매우 맑아서 냇물 바닥에 깔린 자갈들이 선명하게 보였다. 뻐꾸기와 종달새가 아름다운 봄을 노래했다. 모든 자연이 풍요로움을 노래했다. 그런데 신중한 버드나무들은 아직도 털장갑을 끼고 있었다. 참으로 답답한 노릇이었다.

또 몇 주일이 지나자 날씨가 더욱더 따뜻해졌다. 곡식이 자라 황금빛으로 물들어 가는 들판 위로 온화한 공기가 물결쳤다. 북쪽의 하얀 백합은 거울과 같은 호수의 수면 위로 크고 푸른 잎을 펼쳤으며, 물고기 떼는 그늘을 찾아 그 밑으로 헤엄쳐 다녔다. 한적한 숲 속에 있는 농가는 햇살을 받아 뜨겁게 달아올랐고, 활짝 핀 장미는 환하게 웃었으며, 버찌나무에 주렁주렁 매달린 싱싱하고 새까만 열매는 날마다 더욱더 무르익었다.

바로 거기에 여름의 아름다운 아내가 앉아 있었다. 우리는 봄의 신부로서 그녀를 보았었다. 지금은 더 사랑스러웠다. 여름의 아내는 검게 몰려드는 구름을 쳐다보았다. 검고 짙푸른 구름은 넘실거리는 파도처럼 사방에서 몰려들어 산처럼 점점 더 높이 쌓였다. 그러더니 새들이 노래를 멈추어 마술을 걸어 놓은 것처럼 쥐죽은듯이 조용한 숲을 덮쳤다. 그 바람에 모든 자연이 긴장하여 더욱더 숨을 죽였다. 그러나 오솔길을 따라 걷던 사람들이나 마차를 타고 가던 사람들은 비를 피할 곳을 찾느라고 야단법석이었다.

그때 갑자기 해님이 돌격이라도 해오는 듯이 하늘에서 번갯불이 번쩍였다. 번갯불은 모든 것을 태워 버리려는 듯 사방을 붉게 물들였다. 곧이어 천둥소리와 함께 커다란 빗줄기가 쏟아져 내렸다. 사방이 컴컴해졌다가 다시 눈부시게 번개가 치고 긴장감 도는 정적이 감돌더니 곧이어 쾅 하고 고막을 뚫을 듯한 소리가 울려 퍼졌다.

습지에서는 갈색의 어린 갈대들이 앞뒤로 일렁였고 숲 속의 나뭇가지들은 물안개 속에 몸을 감추었다. 번개가 친 다음에는 사방이 컴컴해지고 조용해졌다가 곧 고막을 뚫을 듯한 천둥소리가 울려 퍼지는 일이 반복되었다. 풀잎과 곡식은 물을 뒤집어쓰고 쓰러져 다시는 일어서지 못할 것 같았다.

그러나 잠시 후 빗줄기가 약해지더니 해님이 구름 사이로 얼굴을 내밀었다. 나뭇잎과 줄기에 맺힌 물방울이 진주처럼 영롱하게 반짝였다. 곧이어 새들이 다시 노래했고, 물고기들이 물 위로 뛰어올랐으며, 모기들이 햇살 속에서 춤을 추었다. 저 멀리 바닷가에 있는 바위 위에는 여름이 앉아 있었다. 여름은 건장한 남자였는데, 팔다리가 튼튼했고 머리카락은 빗물에 젖어 길게 늘어져 있었다. 그는 이제 막 찬물로 목욕을 한 터라 생기 있는 모습으로 따뜻한 여름 햇살을 받고 앉아 있었다. 주변에 있는 모든 자연도 생기를 얻어 풍요롭고 아름답게 피어났다. 따뜻하고 찬란한 여름이 된 것이다.

토끼풀 밭에서는 달콤하고 상큼한 향기가 진동했고, 벌들은 무너져내리는 탑 주위에서 윙윙거렸다. 들장미는 비에 씻겨 산뜻한 모습으로 햇살을 받고 서 있는 제단 위에 흐드러지게 피어 있었다. 그리고 저 멀리에서는 여왕벌이 무리를 이끌고 날아와 밀랍과 꿀을 쌓았다. 그러나 여름 부부는 그 제단을 자연의 제물이 차려진 제단이라고 생각했다.

저녁 하늘이 황금빛으로 물들었다. 아무리 근사한 교회 둥근 탑이라도 그처럼 황홀한 빛을 띨 수는 없었을 것이다. 달빛이 저녁노을과 아침노을 사이에 나타났다. 여름이었다!

다시 여러 날이 지났다. 여기저기 밭에서 곡식을 거두느라 농부들이 휘두르는 낫이 번쩍였고, 사과나무 가지에는 빨간 열매가 주렁주렁 열렸다. 그 들판 위로 맥주를 만드는 홉 향기가 은은하게 퍼졌다. 열매가 잔뜩 열린 개암나무 아래서는 두 남녀가 쉬고 있었는데, 그들은 바로 여름과 그의 아름다운 아내였다.

"세상이 정말 풍요롭고 축복에 가득 차 있군요." 여름의 아내가 말했다. "어느 것을 보나 고향 같고 좋은데 왠지 모르게 휴식과 평온함이 그리워요. 이런 기분을 어떻게 설명해야 할지 모르겠어요. 사람들이 다시 밭을 갈고 있어요. 언제나 더 많이 얻고 싶어하지요. 저기 좀 봐요. 황새들이 떼지어 와서 쟁기를 바짝 따라가고 있네요. 저 새들은 이집트에서 온 새들이에요. 우릴 이곳으로 데려온 새지요. 기억나세요? 어떻게 해서 우리가 어렸을 때 이 북쪽 나라에 왔는지 말예요. 우린 꽃과 밝은 햇살과 푸르름을 숲으로 가져왔지만 거센 바람 때문에 모두 검거나 갈색으로 변해 버렸어요. 남쪽의 나무들처럼 말이에요. 하지만 이곳 나무들은 남쪽에 있는 나무들과는 달라요. 황금빛 열매를 맺지 못하니까요."

"황금빛 열매를 보고 싶소? 그렇다면 잘 보시오." 여름이 아내에게 말하며 팔을 들어올렸다. 그러자 숲에 있는 나뭇잎들이 붉고 노란빛으로 물들었다. 장미나무는 새빨간 열매가 열려 빨갛게 타올랐고, 딱총나무 가지에는 거무스름한 열매가 풍성하게 열렸다. 그리고 야생 밤이 무르익어 벌어진 검푸른 껍질에서 땅으로 떨어졌고, 숲 속에서는 제비꽃들이 두 번째로 피어났다. 그러나 한 해의 여왕은 점점 더 말이 없고 창백해졌다.

"바람이 차가워. 밤은 습한 안개를 몰고 오고. 어린 시절 지내던 땅이 그리워." 여왕이 중얼거렸다.

여왕은 황새들이 모두 떠나가는 것을 보면서 새들에게 손을 내밀었다. 빈 둥지를 들여다보니 한 둥지에는 긴 줄기를 가진 곡식이 자라고 있었고, 다른 둥지에는 겨자씨가 싹을 틔우고 있었다. 둥지는 마치 그 씨를 보호하기 위해 지어진 것 같았다.

그때 참새들이 날아오르며 말했다. "짹짹, 둥지 주인은 어디로 갔지? 바람이 싫어서 이 땅을 떠났나 봐. 여행 잘 하길!"

숲 속의 잎들이 점점 노란 색으로 물들고 하나 둘씩 떨어졌다. 모진 가을 바람이 윙윙거리며 세차게 불었다. 이제 한 해가 깊어 가고 있었다. 노란 낙엽 위에는 계절의 여왕이 앉아 있었다. 여왕은 온화한 눈으로 희미하게 반짝이는 별들을 바라보았다. 바로 그 옆에는 그녀의 남편이 서 있었다. 나뭇잎 사이로 돌풍이 일자 잎들이 우수수 떨어졌으며 여왕도 사라졌다. 마지막으로 남은 나비 한 마리가 차가운 공중을 날았다.

축축한 안개가 내리고, 차가운 바람이 불었으며, 어둡고 긴 밤들이 찾아왔다. 이번에는 겨울의 지배자가 눈처럼 하얀 백발을 하고 나타났다. 그러나 그는 자신의 머리가 하얀 것이 아니라 흰눈이 푸른 들판을 하얗게 뒤덮듯이 하늘에서 내린 눈송이가 자기 머리를 하얗게 덮고 있다고 생각했다. 그때 교회 종이 울렸다. 성탄절이 다가온 것이다.

"새로 태어날 계절을 알리는 종이 울리는군! 곧 새로운 통치자 부부가 탄생하겠지. 그럼 아내와 함께 저기서 반짝이는 별 속에서 쉬리라." 계절의 통치자인 겨울이 말했다.

하얗게 눈이 덮인 싱싱하고 푸른 전나무 숲에는 성탄절 천사가 서 있었다. 그 천사는 성탄절 축제에 사용될 어린 나무에게 축복을 내렸다.

"온 방 안과 푸른 나뭇가지에 기쁨이 깃들길!" 겨울의 통치자가 말했다.

겨울의 통치자는 몇 주만에 폭삭 늙어 있었다. "휴식 시간이 가까워 오는구나. 이제 계절의 젊은 부부가 내 왕관과 홀을 가져가겠지."

"하지만 아직도 밤은 당신 거랍니다. 어린 씨앗 위에 눈을 따뜻하게 눕히세요. 다른 것들이 숭배 받는 걸 질시해서는 안 돼요. 당신이 아직 왕좌에 있을 때 그걸 배우도록 하세요. 그리고 살아 있는 동안에 잊혀지는 것을 배우세요. 봄이 오면 당신에게 자유의 시간이 올 거예요." 성탄절 천사가 말했다.

"봄은 언제 오지?" 겨울이 물었다.

"황새가 다시 돌아올 때 와요."

겨울은 이제 나이가 들어 머리와 수염이 눈처럼 희고 허리가 굽었지만, 황량한 겨울 들판을 휩쓰는 폭풍처럼 강하고 얼음처럼 강인했다. 겨울은 작년과 마찬가지로 눈보라 치는 언덕 위에 앉아 남쪽을 바라보았다. 얼음이 햇살에 반짝이고, 눈이 뽀드득 소리를 냈으며, 꽁꽁 언 호수 위에서는 아이들이 얼음을 지치고 있었다. 바로 앞에 앉아 있는 검은 까마귀들은 하얀 눈과 대조를 이루어 아름다웠다. 주위가 바람 한 점 없이 고요했다. 늙은 겨울이 두 주먹을 불끈 쥐자 땅 사이의 얼음이 두꺼워졌다.

그때 참새들이 도시에서 다시 돌아왔다.

"저 노인은 누구지?" 참새들이 물었다.

"저건 겨울이야. 지난해의 노인이지. 그는 달력이 말하는 것처럼 죽은 것이 아니야. 앞으로 올 봄의 후견인이지." 생김새가 똑같아 엄마 까마귀인지 아들 까마귀인지 모를 까마귀가 참새들에게 말했다.

"봄은 언제 오니? 봄이 오면 좋을 거야. 지나간 계절은 아무 쓸모가 없어."

조용히 생각에 잠겨 있던 겨울은 벌거벗은 나무들이 서 있는 숲을 바라보았다. 잎이 떨어지자 아름답고 우아한 나무들의 형상이 드러나 보였다. 겨울이 잠든 동안 구름 속에서 차가운 안개가 내려왔다. 겨울은 자기의 어린 시절과 화려했던 젊은 시절의 꿈을 꾸었다. 아침이 밝아오자 흰 서리에 덮인 숲이 햇살을 받아 반짝였다. 이것은 겨울이 꿈꾸는 여름이었다.

"봄은 언제 오지?" 참새들은 또 물었다.

"봄!" 눈 덮인 언덕에서 메아리가 울렸다. 햇살이 점점 더 따스해지고, 눈이 녹았으며, 새들이 재잘거렸다. "봄이 온다!"

첫 번째 황새가 하늘 높이 날아오르자 두 번째 황새가 그 뒤를 따라 날아올랐다. 그들은 사랑스런 아이를 등에 태우고 드넓은 들판에 내려앉아 땅과 겨울에게 입을 맞추었다. 그러자 겨울은 산꼭대기에 내려앉은 안개가 걷히듯 사라져 버렸다. 한 해의 이야기는 이제 끝이 났다.

"정말 멋지다. 세상이 매우 아름다워. 하지만 이건 달력에 따른 것이 아니야. 그러니까 달력이 틀린 거라구." 참새들이 말했다.


# 59
## 최후의 날

인생의 모든 날 가운데 가장 성스러운 날은 우리가 죽는 날이다. 그날은 변화와 변신을 겪는 성스러운 날이다. 지상에서 맞이하는 이 엄숙한 마지막 순간에 대해 진지하게 생각해 본 적이 있는가?

옛날에 믿음이 아주 강한 남자가 있었다. 그는 하느님과 하느님의 말씀을 지키는 전사였고 하느님을 신봉하는 열렬한 신자였다. 그러던 어느 날, 죽음이 그의 침대 곁에 찾아왔다. 죽음은 엄숙하게 그를 보며 말했다.

"네 시간이 다 됐으니 날 따라 오너라!"

죽음이 얼음처럼 차디찬 손으로 그의 두 발을 만지자, 발이 금세 얼음처럼 차가워졌다. 이어서 죽음은 그의 이마와 심장을 만졌다. 그러자 심장이 멈추고 그의 영혼은 죽음의 천사를 따라 가게 되었다.

그러나 죽음의 천사가 발과 가슴을 만지는 사이에 지나간 불과 몇 초 동안에 남자는 인생에서 겪은 모든 일들을 경험했다. 그것은 마치 거대한 파도처럼 그를 삼

컸다. 마치 산꼭대기에 올라가 아래로 펼쳐진 계곡을 한눈에 내려다보거나 별이 총총한 밤에 한눈에 우주 전체를 볼 때와 같은 기분이었다.

바로 그 순간에 죄를 지은 사람은 두려움에 떤다. 죄를 지은 사람은 의지할 데 없이 끝없는 공간 속으로 가라앉는 것이다. 하지만 경건한 사람은 하느님에게 의지하고 어린애와 같은 순수함을 가지고 이렇게 말한다. "당신의 뜻대로 하소서!"

그러나 여기 죽어가는 남자는 어린애와 같은 믿음이 아닌, 어른의 믿음을 가지고 있었다. 남자는 마지막 순간에 죄인처럼 떨지 않았다. 자신이 충실한 신도라고 생각했기 때문이다. 그는 사는 동안에 가장 엄격한 교리들을 철저히 지켰다. 그는 수많은 사람들이 영원한 파멸로 들어서는 널따란 죄의 길을 걷는다는 것을 알고 있었다. 그들의 영혼은 영원히 고통을 받게 되어 있었다. 그에게 그들을 처벌할 권한이 주어졌다면 불과 칼로 그들의 육체를 기꺼이 벌했을 것이다. 그가 걸어온 길은 천국으로 가는 길이었다. 그곳은 그에게 약속된 은총이 그를 위해 커다란 문을 열어 주는 곳이었다.

그의 영혼은 죽음의 천사를 따라가면서 자신의 죽은 육체를 돌아다보았다. 육체는 이제 낯설고 이상한, 자아의 껍데기가 되어 있었다. 천사와 그의 영혼은 하늘을 날기도 하고 걷기도 하였다. 거대한 홀을 지나기도 하고 숲 속을 지나기도 했다. 주변의 초목들은 프랑스 정원처럼 전지하고 자르고 하여 네모진 모양으로 잘 정돈되어 있었다. 그곳에서는 마치 가면 무도회가 벌어지고 있는 것 같았다.

"저것이 바로 인간의 모습이지!" 죽음의 천사가 말했다.

그들은 한창 옷을 입고 있었다. 부자와 권력이 있다고 해서 모두 금과 은으로 된 옷을 입지는 않았으며, 가난하다고 해서 모두 너덜너덜한 옷을 입지는 않았다. 참으로 이상한 가면 무도회였다. 그 무도회에 참여하고 있는 사람들은 모두 옷 속에 무언가를 숨기고 있는 것 같았다. 그들은 모두 수치스러운 것을 지니고 있었으나 오히려 남이 가지고 있는 것을 드러내 보이고 싶어했다. 그들은 자기의 비밀을 감추려 하면서 상대방의 옷을 잡아당겼다. 이따금씩 망토나 옷 속에서 이를 드러내고 옷은 원숭이나 염소의 머리, 또는 뱀이나 물고기의 끈적끈적한 몸이 드러났다.

그것은 우리 모두가 마음속에 가지고 있는 짐승의 본성이었다. 그러한 본성이 내부에서 자라나 우리 몸의 일부가 되어 밖으로 나오려고 하는 것이었다. 아무리 자기 옷을 단단히 여미며 숨기려 해도 다른 사람들이 끈질기게 옷을 잡아당기는 바람에 숨길 수가 없었다.

"저것 좀 봐! 저 여자 좀 보라니까! 저 남자 좀 봐!"

모두들 상대방의 비참한 모습을 드러내려고 야단이었다.

"내 안에는 어떤 짐승이 살고 있지요?" 죽은 남자가 물었다.

죽음의 천사는 다른 사람들과 멀리 떨어져서 거만하게 서 있는 한 남자를 가리켰다. 그의 머리 위로는 화려한 광채가 어려 있었으나 심장 부근에는 짐승의 발이 튀어나와 있었다. 그것은 공작의 발이었다. 화려한 광채는 공작의 꼬리였던 것이다.

그들이 계속 길을 가는 동안 나무들이 점점 더 커졌다. 나무에는 이상한 새들이 앉아서 인간의 목소리로 울부짖었다. "이봐, 죽음의 동행자, 우릴 기억하니?"

그들은 죽은 남자가 살아 있는 동안 가지고 있었던 나쁜 생각과 욕심이었다.

죽은 남자의 영혼은 일순간 두려워서 몸을 떨었다. 그에게 불리한 증언을 할 그의 나쁜 생각과 욕심의 목소리를 알아들었기 때문이다.

"우리의 육체, 우리의 본성에는 선한 것이 들어 있지 않아! 하지만 나는 나쁜 생각을 품었어도 그걸 행동으로 옮기지는 않았어. 아무도 내가 나쁜 짓을 했다고는 말하지 않았어!" 죽은 남자의 영혼이 이렇게 중얼거리며 서둘러서 커다란 검은 새들에게서 멀어졌다. 그러나 새들은 그를 둥그렇게 에워싸고 온 세상 사람들이 들으라는 듯 계속 끼룩끼룩 울부짖었다. 그는 쫓기는 사슴처럼 뛰어 달아났지만 이제는 땅에 온통 날카로운 돌부리가 솟아 나와 그의 발을 베고 찌르는 것 같았다.

"이 날카로운 돌들은 어디서 나타난 걸까? 시든 낙엽처럼 사방에 깔려 있군!"

"그건 당신이 생각 없이 내뱉은 말이야. 그 말 때문은 당신 이웃들은 당신 발보다도 더 깊은 상처를 받았지." 죽음의 천사가 말했다.

"그 점에 대해서는 생각해 보지 않았어요!" 죽은 남자의 영혼이 자신의 잘못을 인정했다.

"함부로 심판하지 말지어다. 그러면 심판을 받지 않으리라!" 하늘에서 이런 소리가 울려 퍼졌다.

"우리 모두 죄를 지었나이다!" 영혼이 속삭였다. 그리고는 더욱 강경한 어조로 말했다. "그래도 저는 율법을 지키고 성서의 말씀에 따라 살았습니다. 제가 할 수 있는 것을 다 했으니 다른 사람들과는 다릅니다."

어느새 그는 죽음의 천사와 함께 하늘 나라 입구에 서 있었다. 문지기 천사가 물었다. "자넨 누군가? 자네의 신앙과 자네가 한 일을 말해 보게."

"저는 모든 계율을 엄격히 지켰습니다. 그리고 세상 사람들 앞에서 겸손했습니다. 악을 미워하고 사악한 자들을 미워했습니다. 널따란 죄의 길을 걷는 사람들을 불과 칼로 배척했습니다. 지금도 할 수만 있다면 그렇게 할 것입니다."

"그렇다면 자넨 이슬람교도란 말인가?" 문지기 천사가 물었다.

"제가요? 결코 그렇지 않습니다." 죽은 남자의 영혼이 놀라 소리쳤다.

"예수께서 말씀하시길 칼로 사는 자는 칼로써 멸망하리라 하셨네. 그러니 자네가 그분을 숭배한다고 할 수 없지 않은가. 자넨 아마 모세를 따르는 이스라엘의 자손인가 보지? '눈에는 눈, 이에는 이'라는 믿음을 가진 자들 말일세. 질투가 많은 신을 믿는 이스라엘 자손은 자기 민족만 생각하지."

"전 그리스도교인입니다."

"자네의 신앙과 행동으로 보아 그렇지 않은 것 같네. 그리스도께서는 구원과 사랑과 자비를 가르치시지."

"자비, 자비!" 하는 소리가 영원히 계속되는 하늘 나라에 울려 퍼졌다. 죽은 남자의 영혼을 위해 다른 문들이 열렸다.

그러나 안에서 새어 나온 빛이 너무 강렬해서 죽은 남자의 영혼이 움찔하고 뒤로 물러섰다. 도저히 안으로 들어갈 엄두가 나지 않았다. 안에서 흘러나오는 음악은 매우 부드럽고 감미롭고 감동적이었다. 인간의 말로는 설명할 수 없는 소리였다. 남자의 영혼은 점점 더 깊숙이 머리를 조아렸다. 그러자 경건한 분별력이 파고들었다. 남자의 영혼은 전에는 결코 느끼지 못했던 것을 느꼈다. 그것은 오만, 가혹함, 죄의 무거운 짐이었다. 그제야 영혼은 모든 것을 이해하게 되었다.

"내가 세상에서 행한 선한 행동은 그렇게밖에 할 수 없었기 때문에 한 일이었습니다. 그러나 악한 일은 내 스스로 선택해서 한 일입니다."

영혼은 하늘나라의 빛에 휩싸이는 순간 눈이 부시고 어지러워 쓰러졌다. 그는 아직 천국에 들어갈 만큼 성숙하지 않았던 것이다. 그는 공의로운 하느님에 대한 자신의 믿음을 생각하자 감히 자비를 구할 엄두가 나지 않았다.

바로 그 순간 그에게 하느님의 은총이 찾아왔다. 그것은 기대하지 않았던 하느님의 자비였다.

하느님의 왕국은 무한한 우주 공간 어디에나 있었다. 하느님의 사랑은 우주 공간에 충만하게 넘쳐흘렀다.

"성스럽고 영광되고 사랑스럽고 영원한 것이 인간의 영혼이니라!" 이런 목소리가 들리고 뒤이어 천사들의 합창 소리가 울려 퍼졌다.

우리는 누구나 지상에서 맞이하는 최후의 날에 천국의 광채와 영광 앞에서 두려움과 겸허함을 느끼며 주춤할 것이다. 그리하여 우리는 쓰러질 것이지만 하느님의 은총으로 고양되고 정화되어 우리의 영혼은 새로운 궤도로 날아갈 것이다. 영원한 빛에 더욱더 가까이. 우리는 하느님의 자비를 통해 궁극적이며 경건하고 영원한 지혜를 이해할 수 있는 힘을 얻게 되리라.

# 60
## 정말이야!

"참으로 끔찍한 일이야!" 암탉 한 마리가 말했다. 물론 그런 일이 벌어진 곳은 그 암탉이 살고 있는 곳과 멀었다. "저 건너 닭장에서 무서운 일이 벌어졌어. 오늘 밤에 혼자 자지 않게 되어서 정말 다행이야. 정말이지 무서워서 혼자서는 자지 못할 거야."

그리고 나서 암탉은 이야기를 시작했다. 이야기를 듣던 다른 암탉들은 너무 놀라서 깃털을 곤두세웠으며 수탉은 벼슬을 아래로 떨구었다. 정말이었다.

그럼 그 마을 건너편 모퉁이에 있는 닭장에서 일어난 일을 처음부터 들어보자.

둥근 해가 서쪽 너머로 사라지자 닭들은 잠자리로 날아 올라갔다. 그 중에는 하얀 깃털을 가진 닭도 있었다. 다리가 짧은 그 닭은 날마다 알을 낳았으며 어느 모로 보나 존경할 만한 닭이었다. 횃대에 앉은 그 닭이 부리로 자기 털을 쪼자 작은 깃털 하나가 떨어져 나갔다.

"어, 깃털이 빠졌네. 털을 쪼아서 깃털이 더 빠지면 더 아름다워질 거야." 흰 깃털을 가진 닭이 말했다. 하지만 이것은 농담에 지나지 않았다. 그 닭은 아까 말했듯이 원래 성격이 쾌활하여 농담을 좋아했기 때문이다.

사방이 어두워졌다. 다른 암탉들은 횃대에 나란히 앉아 잠이 들었다. 그러나 깃털을 하나 잃은 닭 옆에 있던 암탉은 잠이 오지 않았다. 이웃들과 평화롭게 살려면 들은 것도 못 들은 척하는 것이 현명한 법이다. 그러나 그 암탉은 자신이 들은 얘기를 누군가에게 하지 않고는 견딜 수가 없었다. 그래서 옆에 있는 암탉에게 속삭였다.

"들었니? 이름은 말하지 않겠지만, 우리 중 한 암탉이 수탉에게 잘 보이려고 깃털을 뽑는다지 뭐야. 내가 수탉이라면 그런 암탉을 경멸할 텐데!"

그런데 닭장 맞은편 위에 살고 있던 올빼미 가족이 그 얘기를 들었다. 그들은 귀가 예민하여 작은 소리도 들을 수 있었던 것이다. 엄마 올빼미가 눈을 굴리며 날개를 푸드덕거렸다. "저런 얘긴 듣지 마라. 하지만 다 들었겠구나. 나도 두 귀로 똑똑히 들었지. 귀가 안 들리기 전에 많은 것을 들어 두는 것도 좋지. 저기 닭장에 있는 암탉 한 마리가 체면도 예의도 다 잊고 수탉에게 잘 보이려고 깃털을 다 뽑으려 한다는구나."

"애들에게 무슨 말을 하는 거요. 그건 애들에게 할 말이 아니오." 아빠 올빼미가 엄마 올빼미를 나무랐다.

"그럼 이웃 올빼미에게 얘기해야겠어요. 그 올빼미는 아주 친절하죠. 내가 존경하는 올빼미예요." 엄마 올빼미는 이렇게 말하며 이웃에게 날아가 버렸다.

잠시 후 두 마리 올빼미가 "부엉 부엉!" 하고 우는 소리가 들렸다. 그 소리가 너무 커서 비둘기들도 들었다.

"들었니? 들었어? 수탉에서 잘 보이려고 깃털을 모두 뽑아 버린 암탉이 있대. 아마 얼어죽을 거야. 아니 벌써 얼어죽었는지도 몰라."

"어디, 어디에 있는데?" 비둘기들이 구구 울었다.

"이웃집 마당이야. 난 직접 이 두 눈으로 보았는걸. 참으로 창피스런 얘기야. 하지만 정말이야."

"정말이래. 하나도 빼지 않고 모두 정말이래." 비둘기들이 구구거리며 그 이

442

야기를 되풀이했다. "수탉의 환심을 사려고 유별나게 보이기 위해 깃털을 모두 뽑아 버린 암탉이 저기 있어. 어떤 애 말에 의하면 두 마리라고 그러던데. 그건 위험한 장난이야. 그러다가 감기에 걸리거나 열이 나서 죽을 수도 있어. 아니 둘 다 죽어 버렸어."

"일어나, 일어나라구!" 수탉이 소리를 지르며 울타리로 날아올랐다. 수탉은 아직도 졸린 눈으로 꼬끼오 하고 울었다. "암탉 세 마리가 수탉을 짝사랑하여 죽었다는군. 수탉에게 잘 보이려고 깃털을 모두 뽑아 버렸대. 참으로 역겨운 일이야. 그런 암탉은 가만 두지 않을 테야. 쫓아 버려야 해!"

"쫓아 버려야 해, 쫓아 버려야 해." 박쥐들이 새된 소리로 말했다.

그러자 암탉들과 수탉들은 "쫓아 버려야 해, 쫓아 버려야 해" 하며 꼬꼬댁, 꼬끼오 하고 울어제꼈다. 이렇게 해서 이 이야기는 닭장에서 닭장으로 전해졌고 마침내는 그 이야기가 시작된 닭장까지 전해졌다.

"다섯 마리 암탉이 깃털을 몽땅 뽑아 버렸대. 수탉에 대한 짝사랑 때문에 누가 제일 야위었나를 보여 주려고 그랬다나 봐. 그 닭들은 서로 쪼아서 피를 흘리다 죽었대. 닭 가족에게 수치이고 주인에겐 큰 손실이지 뭐야."

처음에 깃털 하나를 잃었던 암탉은 그 이야기가 자기 이야기라는 것을 물론 몰랐다. 예절 바르고 존경받는 그 암탉은 이렇게 말했다. "난 그런 암탉들을 경멸해. 하지만 사방에 그런 종자가 있다니까. 그런 일을 쉬쉬해서는 안 돼. 어떻게든 신문에 내야겠어. 그럼 온 나라에 알려지겠지. 그런 닭들과 가족들은 응분의 대가를 치러야만 해."

이렇게 해서 그 이야기는 신문에 실렸다. 하나의 작은 깃털이 다섯 마리의 암탉 사건으로 변할 수 있다는 것은 틀림없는 사실이다.

# 61
# 백조의 보금자리

~~~~~~~~~~~~~~~~~~~

발트해와 북해 사이에 오래된 백조의 보금자리가 있다. 그곳은 덴마크라고 불린다. 이 보금자리에서는 예나 지금이나 여전히 백조들이 태어난다. 영원히 사라지지 않을 명성을 가진 백조들이.

멀고 먼 옛날에 한 떼의 백조들이 알프스를 넘어 살기 좋은 밀라노 부근의 푸른 평원으로 날아갔다. 그 백조 떼는 롬바르드족이라고 불렸다.

또 다른 무리는 비잔티움으로 날아갔다. 눈부신 흰 깃털과 진지한 눈을 가진 그 백조 떼는 황제의 왕관 주위로 몰려들었다. 백조들의 거대한 날개는 황제를 보호하기 위한 방패 같았다. 그 백조들은 바랴그인(바이킹족의 한 갈래)이란 이름을 얻었다.

프랑스에서 공포와 두려움에 찬 비명 소리가 들려 왔다. 피에 굶주린 백조들이 날개에 불을 가지고 북쪽에서 날아온 것이다. 프랑스 국민은 열심히 기도했다.

"주여, 저 사나운 노르만 사람들로부터 우리를 해방시켜 주소서!"

잉글랜드의 넓은 해변가 푸른 초원에는 머리에 세 겹으로 왕관(덴마크, 노르웨이, 잉글랜드)을 쓴 덴마크 백조가 온 나라 위에 황금 홀을 들고 서 있었다.

덴마크의 백조들이 십자가 깃발과 칼을 빼들고 다가오자 포메라니아 해안에 있는 이교도들이 무릎을 꿇었다.

"그건 아주 먼 옛날 이야기잖아요!" 하고 여러분은 투덜댈지 모른다.

하지만 그리 멀지 않은 시절에도 덴마크에서 날아온 한 마리 백조가 있었다. 하늘을 나는 그 백조에게서 나온 빛은 온 세상을 비추었다. 백조가 날갯짓을 할 때면 안개가 흩어지는 것 같았고, 하늘에 떠 있는 모든 별들이 점점 더 또렷하게 보여 하늘이 가까이 내려온 것 같았다. 그 백조는 바로 티코 브라헤(덴마크의 천문학자)였다.

"그것도 옛날 이야기죠! 오늘날에는 어떤가요?" 하고 여러분은 물을 것이다. 최근에도 힘차게 날개를 퍼덕이며 하늘로 날아오른 백조들이 있었다. 그 중 한 백조(덴마크의 문학가 욀렌슐레게르)가 날개로 황금 하프를 건드리자 북쪽에 음악이 울려 퍼졌다. 그리하여 노르웨이의 황량한 산들은 태고의 아름다운 자태를 드러냈다. 그리고 북부의 신들과 바이킹 시대의 영웅들이 다시 깊은 숲 속에 모습을 나타냈다.

또 한 백조(19세기 덴마크 조각가 토르발센)는 대리석 바위를 세게 쳤다. 그 바람에 그 바위가 쪼개지고 그 속에 갇혀 있던 미의 정령이 자태를 드러냈다.

또 다른 백조(덴마크의 물리학자 외르스테드)는 사람들의 생각을 줄에 매달았다. 그것은 이 나라에서 저 나라로 연결되는 선이었다. 그래서 말이 빛과 같은 속도로 여러 나라로 전달되게 되었다.

하느님은 아직도 발트해와 북해 사이에 있는 백조의 보금자리를 사랑하신다. 약탈을 일삼는 거대한 새들(독일인을 의미)이 몰려와 그곳을 부수려고 해도 그곳은 끄떡하지 않을 것이다. 깃털도 제대로 나지 않은 어린 백조들조차도 그 보금자리를 둘러싸고 부리와 발톱으로 싸울 테니까. 우리 시대에 그랬듯이 말이다.

수세기가 흘러도 백조들은 보금자리에서 날아오를 테고 온 세상 사람들이 그 모습을 보고 듣게 될 것이다.

"저것이 백조의 보금자리에서 울려 나오는 마지막 노래이자 마지막 백조였어!" 하고 말할 때가 오기 전까지는!

# 62
# 쾌활한 성품

나는 아버지에게서 가장 좋은 유산을 물려받았다. 바로 쾌활한 성품이다. 그렇다면 아버지는 어떤 분이셨는가? 그것은 쾌활한 성품과는 상관없는 질문이다. 하지만 아버지는 성격이 활달했고 보기 좋게 뚱뚱했다. 사실 아버지는 외모로 보나 성격으로 보나 자신의 직업과는 전혀 어울리지 않았다. 그렇다면 아버지는 어떤 직업과 직책을 갖고 있었는가? 만일 그것을 이야기 첫머리에 밝힌다면 독자들은 책을 내려놓으면 이렇게 말할 것이다. "정말 형편없는 직업이군. 이 따위 얘기는 싫어."

그렇다고 해서 아버지가 고리 대금업자나 사형 집행인이었다는 것은 아니다. 오히려 아버지는 직업 때문에 이 도시에서 가장 유명한 사람 중 한 분이기도 했다. 그것은 떳떳한 직업이었다. 아버지는 길을 갈 때 주교나 왕자보다도 앞서 갔다. 바로 영구차의 마부였던 것이다. 이제 사실이 밝혀졌으니 아버지에 대해 자세히 말해 볼까 한다. 길고 폭이 넓은 검은 망토와 검은 테가 달린 삼각 모자를 쓰고 영구차의 마부석에 높다랗게 앉아 있는 해님같이 둥근 아버지의 유쾌한 얼굴을 보면, 슬픔이나 묘지와 같은 단어가 떠오르지 않았다. 아버지 얼굴은 이렇게 말하는 것 같았다. "괜찮아. 그곳은 생각보다 더 좋다구!"

나는 쾌활한 성품은 물론, 교회 묘지를 자주 찾아가는 습관까지 아버지에게서 물려받았다. 누구라도 가벼운 마음으로 간다면 교회 묘지는 찾아가 볼 만한 곳이다. 그리고 아버지가 그랬듯이 나는 광고 신문을 구독해서 본다.

나는 지금 그리 어린 나이가 아니다. 하지만 아내나 아이들이 있는 것도 아니고 소장하고 있는 책이 있는 것도 아니다. 하지만 앞서 말했듯이 광고 신문을 구독해서 보는 것으로 족하다. 아버지가 그랬듯이 나도 이 신문을 매우 즐겨 본다. 광고 신문은 우리가 알아야 할 것들이 모두 실려 있기 때문에 매우 유익하다. 그 신문을 보면 교회 설교자 이름과 새로 나온 책, 그리고 어디에 가면 집, 하인, 옷, 그리고 식료품을 구할 수 있는지를 알 수 있다. 또 자선 단체에 기부한 사람 수와 좋은 시도 감상할 수 있다. 어디 그뿐인가? 직업이나 결혼 상대를 찾는 사람들에 대해서도 꾸밈없이 실려 있다. 광고 신문을 구독해 보는 사람은 즐겁게 살 수 있고 죽어서는 만족스럽게 땅에 묻힐 수 있다. 그리고 인생의 황혼기에는 거대하게 쌓인 그 신문지를 부드러운 침대로 쓸 수도 있다. 껄끄러운 대팻밥 위에 눕기를 좋아하지 않는다면 말이다. 광고 신문과 교회 묘지는 항상 나에게 가장 흥미로운 것이었다. 교회 묘지로 산책하는 일은 기분 전환을 위해 수영장에 가는 것과 같았다.

누구나 혼자서도 신문을 읽을 수 있겠지만 나를 따라 교회 묘지로 가는 것이 어떻겠는가? 따사로운 햇볕을 받으며 나무들이 푸르게 우거진 묘지 사이를 거닐어

보자. 무덤 하나하나가 등을 위로 향하고 덮여 있는 책과 같다. 우리는 그 책 제목을 보고 그 안에 무엇이 들어 있는지는 알 수 있지만 그 이상은 알 수 없다. 나는 아버지한테 많은 것을 들어 알고 있고 직접 알아낸 것들도 많다. 나는 거기에 누워 있는 모든 사람들에 관한 역사와 그 밖의 것들에 대해서도 계속 기록하고 있다. 내 필요와 즐거움을 위해서.

자, 이제 우리는 묘지에 도착했다. 예전에 하얀 철제 울타리 뒤로 장미나무가 한 그루 있었다. 이제 장미나무는 사라졌지만, 이웃 무덤에서 자라난 상록수가 푸른 가지를 뻗어 푸른색으로 단장되어 있다.

이곳에는 매우 불행한 남자가 잠들어 있다. 살아 생전에는 매우 좋은 직업도 가지고 있었고 형편도 넉넉했다. 하지만 그는 세련된 취미 때문에 아주 하찮은 일에도 화를 냈다. 저녁에 극장에 가면 연극을 즐기지 않고 늘 화가 나 있곤 했다. 이를테면, 조명 기사가 달 한 쪽을 너무 밝게 한다거나 무대 뒤쪽에 있어야 할 하늘의 배경을 무대 위쪽에 배치하면 무섭게 화를 냈다. 또 베를린의 동물원에 야자수가 나오고, 티롤 지방에 선인장이 나오거나 노르웨이 북부가 나오는 장면에 너도밤나무가 나오면 참지를 못했다. 마치 이런 것들이 아주 중요한 것처럼 말이다. 그는 왜 그런 것들을 그냥 넘기지 못했을까? 관객 중 어느 누가 그 정도까지 깊이 생각을 했겠는가? 더욱이 즐기기 위한 코미디 물이라면 말이다. 관객이 때로 박수를 너무 적게 치면 그는 기뻐서 관객을 돌아보며 이렇게 말하곤 했다. "마치 젖은 나무 같군. 오늘 저녁 무대는 뜨겁지 않아." 그리고 관객들이 웃어야 할 때 웃지 않거나, 웃어서는 안 되는 장면에서 웃으면 버럭 화를 냈다. 그는 그렇게 안달하고 걱정하며 불행하게 살다가 무덤에 묻히게 된 것이다.

또 여기 무덤에는 아주 행복한 남자가 잠들어 있다. 그는 좋은 가문에서 태어났고 신분이 높은 사람이었다. 그것은 그에게 행운이었다. 그렇지 않았다면 결코 훌륭한 사람이 되지 못했을지도 모르니까. 이러한 것들이 자연스럽고 교묘하게 어우러지는 것을 보면 참으로 신기하다. 이 남자는 온통 자수로 장식된 옷을 입고 돌아다녔는데, 사교계에서 그는 마치 종을 잡아당기는 줄 같았다. 화려하게 보이도록 겉에는 값비싼 진주로 수를 놓고 실제로 종을 잡아당기는 튼튼한 줄은 그 뒤에 숨겨져 있는 줄 말이다. 마찬가지로 이 남자 뒤에도 그를 위해 구차한 일을 처리하는 튼튼하고 쓸모 있는 직무 대리인이 있었다. 지금도 화려하게 치장한 사람 뒤에서 다른 사람 눈에 띄지 않게 일을 돌봐 주는 이런 직무 대리인들이 있다. 이러한 관계는 아주 잘 맺어져 있어서 앞에 나서서 다니는 사람은 아무 염려 없이 늘 유쾌할 수 있는 것이다.

여기 또 한 남자가 누워 있다. 이 남자를 생각하면 아주 슬퍼진다. 이 남자는 67년 동안을 기발한 착상을 얻으려는 희망 속에 살았다. 그러다가 마침내 기발한 착상이 떠오르자 너무나 기쁜 나머지 그만 죽고 말았다. 그래서 아무에게도 그 착상을 알리지 못했으며 그 착상이 무엇인지 아는 사람은 아무도 없다. 이제 이 남자는 바로 이 생각 때문에 무덤에 누워서도 편안하지 않으리라. 새로운 착상은 아침에 내놓아야 효과가 있는데, 유령이 된 이 남자는 한밤중에만 땅 위로 올라올 수 있기 때문이다. 그러니까 그는 다시 기발한 착상을 가지고 무덤 속으로 돌아갈 수밖에 없으리라. 그가 평온하게 잠들 수 없는 것은 바로 그 이유 때문일 것이다.

또 이 무덤에는 아주 구두쇠인 부인이 잠들어 있다. 그녀는 이웃 사람들에게 자신이 고양이를 기른다는 생각을 갖게 하려고 평생 동안 한밤중이면 일어나 야옹 야옹 하며 고양이 울음소리를 냈다. 말로 다할 수 없이 지독한 구두쇠였다.

그리고 이 무덤에는 좋은 가문에서 태어난 처녀가 누워 있다. 그녀는 모임에 나가면 항상 노래를 불렀는데, 그녀가 살아 생전 말한 진실은 그녀가 부른 "난 목소리가 없는 사람"이란 노래 가사뿐이었다.

여기에는 또 다른 처녀가 잠들어 있다. 약혼을 했던 처녀인데 평범한 이야기이므로 그냥 지나가기로 하자.

또 여기에는 한 미망인이 잠들어 있다. 그녀는 입으로는 좋은 얘기를 하면서도 마음속에 독을 품고 살았다. 그녀는 이웃집을 돌아다니면서 단점을 찾아내서 질투와 악의를 가지고 험담을 늘어놓곤 하였다. 하지만 이웃에 사는 가족은 생각이 확고하여 다른 사람의 말을 믿으려 하지 않았다. 신문이나 온 세상이 그렇고 그렇다고 떠들어대도 어린 소년이 세상은 그렇지 않다고 말한다면 사람들은 그의 말을 믿을 것이다. 단지 소년이 가족이라는 이유 때문에 말이다. 그 집에 사는 수탉이 한밤중에 울어대면 그 집 사람들은 아침이라고 생각하는 법이다. 야경꾼이나 그 마을에 있는 시계가 모두 밤 12시를 가리키더라도 말이다.

위대한 시인 괴테는 파우스트를 이렇게 끝내고 있다. "계속되리라." 우리의 묘지 산책도 계속되리라. 나는 이곳에 자주 온다. 내 친구나 친구가 아니더라도 날 견딜 수 없게 하는 사람은 이곳에 자리를 만들어 묻어 버린다. 그러면 그들은 꼼짝못하고 누워 있다가 결국은 더 좋은 성격을 가지고 다시 돌아온다. 나는 내 눈에 보이는 대로 그들의 삶과 행동에 대해 내 일기에 기록한다. 누구나 그래야 하는 것처럼. 친구 중 누군가 말도 안 되는 행동을 한다면 그것 때문에 화낼 필요는 없다. 그런 사람은 눈앞에서 사라지게 하여 좋은 성품을 기르게 만들거나 사람들이 펜이 가는 대로 쓴 광고 신문을 읽게 하여라. 내가 내 인생의 역사를 마감할 시간이 오면 사람들은 내 묘비에 이렇게 쓰리라. "쾌활한 성품을 지닌 자"라고! 이것이 내가 들려주고 싶은 이야기이다.

# 63
# 슬픈 마음

이제부터 시작하려는 이야기는 본래 두 부분으로 나뉘어져 있다. 그 첫 번째 부분은 굳이 얘기할 필요는 없지만 알아두면 쓸모가 있다.

우리는 시골 장원 영주인 친구를 방문 중이었다. 그런데 집주인이 며칠 동안 집을 비우게 되었다. 어느 날, 읍에 사는 부인이 애완용 개를 안고 찾아왔다. 피혁일을 하는 그 부인은 주인에게 무두질 공장 제품을 사 달라고 서류를 가지고 온 것이다. 나는 부인에게 서류를 봉투에 넣고 겉봉에 '육군 병참감, 기사' 등등 친구 이름과 직함을 적어 놓는 게 좋겠다고 말했다.

부인은 펜을 집어들고 쓰려다가 멈추고는 한 번 더 천천히 불러 달라고 부탁했다. 내가 다시 반복하자 부인이 받아 적기 시작했다. 그러나 '병참'까지 쓰다가 다시 멈추고 한숨을 내쉬며 말했다. "난 그저 아낙네에 불과한데!"

바닥에 내려놓은 작은 개가 짖어대기 시작했다. 개는 자기를 즐겁게 해 주려고 데려왔다면 바닥에 내려놔서는 안 된다고 생각하는 모양이었다. 개는 통통하고 코가 평평했다.

"물지 않아요. 이빨이 하나도 없거든요. 이 개는 다른 개들처럼 충실하지만 사납지요. 다 내 손자 녀석들 때문이에요. 손자들이 결혼식 놀이를 할 때 이 개에게 신부 역을 맡기길 좋아하거든요. 이 개는 그걸 몹시 싫어하지요. 쯧쯧, 불쌍한 것." 부인이 혀를 차며 말했다.

부인은 개를 안고 집으로 돌아갔다. 이것이 이야기의 첫 번째 부분이다.

두 번째 부분은 애완견이 죽은 것에 대한 이야기이다.

그로부터 일주일쯤 지난 후였다. 우리는 읍으로 옮겨가 어느 여인숙에 묵게 되었다. 여인숙 창문으로는 울타리로 이등분된 마당이 내려다보였다. 한쪽 마당에는 무두질 된 것과 무두질이 되지 않은 가죽들이 햇볕에 널려 있었다. 그곳은 바로 시골 영주 집을 찾아왔던 미망인의 무두질 공장이었다.

미망인 손자들은 그날 아침 죽은 개를 묻어 주고 있었다. 그들은 개의 무덤을 흙으로 덮고 토닥거리느라고 바빴다. 참으로 아름다운 무덤이었다. 그런 무덤이라면 그 안에 묻히는 것도 괜찮을 듯하였다. 아이들은 깨진 화분으로 울타리를 만들고 무덤 위에 모래를 뿌렸다. 그리고 묘비 대신 맥주병을 똑바로 세워 놓았다. 물론 의미가 있는 것은 아니었다.

아이들이 무덤을 돌며 춤을 추었다. 그러다가 제일 나이 많은 일곱 살짜리 아이가 동네 아이들에게 무덤을 보여 주자고 했다. 그리고 멜빵을 맨 아이들이면 누구나 단추를 가지고 있을 테니 입장료로 멜빵 단추 하나씩을 받는 게 어떻겠냐고 했다. 그것을 받아서 여자 애들에게 선물로 줄 생각이었다. 아이들이 모두 찬성했다.

그날 오후, 거리와 골목 여기저기에서 단추 하나씩을 가지고 아이들이 모여들었다. 아이들은 그날 멜빵을 한 쪽만 매야 했지만 작은 개의 무덤을 구경하기 위해 그만한 대가는 치를 만했다.

그런데 무두 공장 대문 밖에 작은 소녀가 서 있었다. 소녀의 옷은 남루했지만 반짝이는 금발과 맑고 푸른 눈은 시선을 끌기에 충분했다. 소녀는 아무 말도 하지 않았고 울지도 않았다. 그저 대문이 열릴 때마다 얼른 안을 들여다보곤 했다. 소녀는 단추가 없었기 때문에 안으로 들어가지 못했던 것이다. 소녀는 아이들이 구경을 하고 모두 갈 때까지 오후 내내 대문 밖에 서 있었다.

아이들이 떠나자 소녀는 햇볕에 그을린 작은 손에 얼굴을 묻고 땅에 주저앉아 울음을 터뜨렸다. 그 거리에 사는 아이들 중 그 아이만 개의 무덤을 보지 못한 것이다. 그것은 어른들이 느끼는 슬픔처럼 소녀에게는 커다란 마음의 상처였다.

우리는 창문을 통해 그 광경을 내려다보았다. 우리는 소녀가 슬퍼하는 것을 보며 미소지었다. 그것은 진정 우리 모두에게 종종 다가서는 슬픔과도 같았던 것이다. 이것이 하고자 하는 이야기이다. 이 이야기를 이해하지 못했다면 여러분은 피혁일 하는 부인에게 제품을 살 수도 있으리라.


# 64
## 모든 것은 제자리에!

1백여 년 전에 있었던 일이다. 어느 숲 근처에 오래된 영주의 저택이 있었다. 저택 주위에는 연못이 있어 성처럼 보였으며 연못에는 갈대와 부들이 자랐다. 그 저택으로 들어가려면 다리를 건너야 했는데, 다리 옆으로는 갈대 숲 위로 가지를 길게 늘어뜨린 오래된 버드나무 한 그루가 서 있었다.

가까운 길 쪽에서 사냥꾼들의 호각 소리와 말굽 소리가 들려 왔다. 거위를 몰고 가던 거위치기 소녀가 사냥꾼들이 몰려오기 전에 피하느라 부랴부랴 거위들을 다리 위로 몰고 갔다. 그러나 사냥꾼들이 너무 빨리 들이닥쳤기 때문에 소녀는 다리 옆에 있는 커다란 바위로 뛰어 내려야 했다. 소녀는 아직 어린 아이 티를 벗지 못한 귀여운 얼굴을 하고 있었다. 균형 잡힌 체격에 얼굴이 사랑스러웠으며 두 눈이 아주 맑았다. 그러나 영주는 그것을 알지 못했다. 영주는 빠른 속도로 다리 위를 달리면서 채찍 손잡이로 소녀의 가슴을 찔렀다. 그 바람에 소녀가 비틀거렸다.

"모든 것은 제자리에 있어야지. 넌 시궁창으로 가거라!" 영주는 멋진 농담이라고 생각하며 웃어제꼈다. 다른 사람들도 우스웠던지 따라 웃었다. 그들은 큰소리로 떠들며 웃어댔고 사냥개들도 시끄럽게 짖어댔다. 그 소리는 동요에 나오는 것처럼 "부자는 호령하는 법이다."고 말하는 것 같았다. 그러나 그 영주가 얼마나 부자인지는 하느님만이 아는 사실이었다.

가엾은 소녀는 바위에서 비틀거리다 아래로 떨어져 버드나무 가지를 움켜잡았다. 그래서 시궁창에는 떨어지지 않았다. 사냥꾼과 사냥개들이 사라지자 얼른 그곳을 빠져나오려고 소녀가 버둥거리는 바람에 나뭇가지가 그만 부러져 버리고 말았다. 바로 그 순간 억센 손이 잡아 주지 않았더라면 소녀는 연못 속으로 빠지고 말았을 것이다. 멀리서 그 광경을 지켜보던 행상인이 소녀를 구하려고 달려온 것이다.

"모든 것은 제자리에라구!" 행상인이 장난 삼아 영주를 흉내내며 소녀를 둑 위로 끌어올렸다. 그리고는 부러진 가지를 본래의 자리에 갖다댔다.

"모든 것이 원래 있던 자리로 되돌아갈 수는 없는 법이지." 행상인이 미소를 지으며 말했다. 그리고는 꺾어진 가지를 부드러운 땅에 꽂았다. "자랄 수 있으면 자라 보렴. 그래서 호각이 되렴. 네 주인이 네 소리에 맞추어 춤을 추게 말야."

행상인이 이렇게 말한 것은 오만한 영주와 그의 친구들이 언젠가는 혼나기를 바란다는 뜻이었다.

행상인은 영주의 저택에 있는 하인들의 숙소로 가서 털양말과 털실로 짠 물건들을 늘어놓았다. 그들이 가격을 흥정하는 동안 위층에서 영주와 친구들이 고함치고 노래하는 소리가 들렸다. 그들이 제일 잘하는 것이란 그런 것들이었다. 웃음소리와 개 짖는 소리에 섞여 유리잔 깨지는 소리가 들렸다. 그곳에서는 유리잔과 커다란 잔에 포도주와 맥주가 넘쳐흘렀고 개들이 식탁에 있는 음식을 먹었다. 한 손님이 자기가 좋아하는 개에게 입을 맞추었다. 그러자 개는 오그라진 큰 귀로 입을 닦아 버렸다. 행상인은 그들이 부르는 소리에 물건을 가지고 올라갔다. 하지만 그들은 물건을 사려 한 것이 아니라 그를 놀림감으로 삼으려고 오라고 한 것이었다. 그들은 취기가 올라 이성을 잃고 있었다. 그들은 양말 한 짝에 맥주를 부어 행상인에게 마시라고 했다. 행상인은 현명하게 그 자리를 얼른 피했다.

밤이 되자 그들은 말, 소, 그리고 농장까지도 내기에 걸면서 카드놀이를 했다.

"모든 것은 제자리에 있어야 하지. 내가 있어야 할 자리는 길 위야. 저 곳에 있으면 도무지 마음이 불편하단 말야." 소돔과 고모라처럼 난장판인 영주의 저택을 빠져나오면서 행상인이 말했다.

거위치기 소녀가 행상인이 떠나는 것을 보고 손을 흔들어 주었다.


그로부터 수 주일이 지났다. 행상인이 둑 위에 심어 놓은 부러진 버드나무 가지에서 파릇한 새싹이 돋았다. 소녀는 가지가 뿌리를 내린 것을 보며 기뻐했다. 이제 자기 나무를 갖게 된 것이다.

버드나무 가지는 무럭무럭 자랐다. 영주 저택에서 잘 자라는 것은 그 가지뿐이었다. 저택에서는 날마다 놀음과 술판이 벌어져 집안이 조금씩 기울기 시작했다.

그렇게 6년이 지나자 영주는 가난뱅이가 되어 저택에서 쫓겨나게 되었다. 그 저택의 새 주인이 된 사람은 바로 행상인이었다. 정직하고 성실하게 산 결과 그런 행운을 잡게 된 것이다. 양말에 부은 맥주를 마시라는 모욕을 받은 바로 그 행상인이 그 집주인이 된 것이다.

"악마는 성경을 보면 비웃지요. 악마는 카드를 자기 성경이라 부릅니다. 하지만 그것은 좋은 읽을거리가 되지 못하지요." 행상인은 이렇게 말하며 집안에서 카드놀이 하는 것을 금했다.

이제 행상인은 아내도 맞게 되었다. 아내가 된 사람은 누구겠는가? 바로 항상 친절하고 상냥하며 마음씨 고운 거위치기 소녀였다. 새옷을 입은 거위치기 소녀는 귀족 집안의 귀부인처럼 아름다웠다.

그 다음은 어떻게 되었을까? 지금처럼 바쁜 세상에 그 이야기를 다 하자면 너무나 길다. 하지만 이야기를 마저 하기로 하자. 지금부터의 이야기가 더 중요하니까.

오래된 영주의 저택은 날이 갈수록 번창했다. 남편은 농장을 돌봤고 아내는 집안 살림을 맡았다. 참으로 축복 받은 시절이었다. 부는 더 많은 부를 가져왔다. 오래된 집 안팎을 새로 색칠하고 단장했으며 연못을 깨끗이 치우고 과수원도 만들었다. 홀 바닥은 번쩍번쩍하게 윤이 났고, 긴 겨울밤에는 아내가 하녀들과 함께 앉아 실을 자았다. 추밀원 고문관직을 맡은 남편은 일요일 저녁이면 성경책을 큰 소리로 읽었다. 세월이 지나 그들은 늙었고, 그들이 낳은 많은 아이들은 이제 훌륭하게 자랐다. 아이들은 어느 집이나 그렇듯이 똑같이 총명하진 않았지만 모두 훌륭한 교육을 받았다.

그러는 동안 버드나무 가지는 어느덧 늠름하게 자라 덴마크에서는 보기 드문 멋진 나무가 되었다.

"이건 우리 가문의 나무란다. 항상 이 나무를 소중히 가꾸어야 한다." 노부부는 자식들에게 이렇게 말하곤 했다.

그로부터 1백년이 지났다. 바로 지금 우리가 사는 시대가 된 것이다. 저택을 둘러싸고 있던 연못은 늪으로 변했고 저택의 자태는 더 이상 남아 있지 않다. 그러나 석조물이 남아 있어 옛날에 다리가 있던 곳임을 알 수 있게 해 주는 곳에는 아직도 오래된 버드나무 한 그루가 늠름하게 서 있다. 가문을 상징하는 그 나무는 가지를 치지 않고 자유롭게 자라게 해 주면 얼마나 아름답게 자라는가를 보여 준다.

사실 그 나무는 폭풍우에 시달려 휘기도 하고 뿌리에서부터 꼭대기까지 여기저기에 갈라진 곳도 있다. 그리고 그 갈라진 곳에 바람에 실려 온 먼지와 흙이 싸여 풀과 꽃들이 자라고 있다. 가지들이 마음껏 팔을 뻗고 있는 꼭대기에는 들꽃과 나무딸기 덤불이 정원을 이루고 있다. 작은 마가목 나무조차도 그곳에 뿌리를 내리고 가냘픈 몸을 의지하며 서 있다. 늪에 떠 있는 녹색 조류들이 바람에 실려 반대편으로 밀려가면 검은 물 위에 나무의 모습이 비친다. 나무 옆으로는 들판을 가로질러 오솔길이 나 있다.

새로 지은 농장 건물은 높은 언덕 위에 서 있는데, 그곳에서 내려다보이는 경치는 참으로 아름답다. 농장 건물에는 커다란 창문들이 달려 있고, 유리는 너무도 깨끗해서 마치 아무것도 없는 것처럼 보인다. 현관으로 나 있는 널따란 계단에는 아름다운 장미꽃이 피어 있으며, 풀은 너무도 푸르러서 아침저녁으로 풀 잎사귀 하나하나를 정성들여 보살펴 주지 않는가 하고 생각될 정도이다. 그리고 높다란 방 벽에는 값진 그림들이 걸려 있으며, 여기저기에 은과 가죽으로 장식한 멋진 의자와 소파도 놓여 있다. 그 중에 사자 발톱 모양으로 조각된 다리를 가진 의자는 금방이라도 일어서서 걸을 것만 같다. 그 밖에도 대리석판으로 되어 있는 책상에는 모로코 가죽과 금테두리가 둘러진 책들이 놓여 있다. 여기 사는 사람들은 어마어마한 부자에, 유명한 사람들임에 분명했다. 그리고 실제로도 그랬다. 바로 남작의 가족이 살고 있었던 것이다.

분홍색 옷을 입은 가발 쓴 남자와 머리에 분가루를 뿌리고 손에 장미를 들고 있는 여자의 초상화가
특히 그랬다. 두 사람은 모두 버드나무 가지로 된 화환을 두르고 있었다.

이 가족도 영주처럼 "모든 것은 제자리에 있어야 한다."고 생각했다. 그래서
예전에 눈에 잘 띄는 좋은 자리에 걸려 있던 그림들이 이제는 하인들 숙소의 복도
에 걸려 있었다. 그 그림들은 이제 쓰레기에 지나지 않았던 것이다. 그 중에서도
분홍색 옷을 입은 가발 쓴 남자와 머리에 분가루를 뿌리고 손에 장미를 들고 있
는 여자의 초상화가 특히 그랬다. 두 사람은 모두 버드나무 가지로 된 화환을 두
르고 있었다. 그 초상화에는 사방에 구멍이 뚫려 있었는데, 그것은 남작의 사내
아이가 그림 속의 두 노인을 표적 삼아 장난감 화살을 쏘아 댔기 때문이었다. 그
초상화의 주인공은 다름 아닌 이 가족의 선조인 추밀원 고문관과 그 부인이었다.

"하지만 저 두 사람은 실제로는 우리 선조가 아니야. 남자는 행상인이었고 여
자는 맨발로 다니는 거위치기였는걸. 우리 엄마 아빠와는 다르다구." 남작의 아
들이 말했다.

"모든 것은 제자리에"라는 좌우명에 따르면 그 초상화들은 형편없으므로 당
연히 하인들의 숙소로 가야 했다. 초상화 속의 인물이 그 집주인의 증조부와 증
조모라 할지라도 말이다.

어느 날, 그 집 가정 교사로 고용된 목사 아들이 남작 아들들과 딸을 데리고 산보를 갔다. 그들은 오래된 느티나무가 서 있는 늪으로 갔다. 그 해 봄에 견신례를 받은 남작의 어린 딸이 아름다운 들꽃을 한 다발 꺾었다. 그 꽃들은 모두 있어야 할 곳에 있었기 때문에 아름다워 보였다. 그녀는 목사의 아들이 하는 이야기를 귀기울여 들었다. 목사의 아들은 자연의 힘과 역사 속의 위대한 인물들의 초상화를 그리는 것에 대해 이야기했다. 남작의 딸은 마음씨가 곱고 영혼과 생각이 고귀했기 때문에 하느님이 창조하신 것은 무엇이나 기쁘게 받아들일 줄 알았다.

그들은 오래된 버드나무 옆에 멈춰 섰다. 막내 아이가 버드나무로 피리를 만들어 달라고 조르자 목사의 아들이 버드나무 가지를 꺾었다.

"꺾지 마세요!" 남작의 딸이 소리쳤으나 이미 꺾은 뒤였다. "이건 우리가 잘 아는 오래된 나무예요. 내가 얼마나 좋아한다구요. 모두들 그런 나를 비웃지만 상관없어요. 이 나무에 얽힌 이야기가 있어요."

남작의 딸은 가난한 거위치기 소녀와 행상인이 만나 어떻게 해서 귀족 집안의 조상이 되었는가를 이야기했다.

"그 노부부는 귀족 칭호를 사양했어요. 그들은 '모든 것은 제자리에'라는 좌우명을 가지고 있었어요. 귀족 칭호를 돈으로 산다고 해서 그들이 귀족이 되는 건 아니라고 생각했지요. 제1대 남작이 된 사람은 우리 할아버지였어요. 그분은 학식이 많아 늘 궁정에 불려갔대요. 우리 가족이 가장 존경하는 분이죠. 하지만 나는 모르겠어요. 증조 할머니와 할아버지에게서는 포근함이 느껴져서 좋아요. 난 그분들이 살던 시절을 동경하곤 해요. 성경에서 읽은 늙은 족장같이 생긴 노인과, 하녀들과 함께 앉아서 바느질하고 실을 찾는 증조 할머니 모습을 떠올리곤 하죠."

"그래, 그분들은 아주 분별 있고 멋진 분이셨을 거야." 목사의 아들이 말했다. 곧이어 그들은 귀족과 중산층에 대해 열띤 토론을 했다. 모르는 사람이 들으면 목사의 아들이 중산층에 속한다는 것을 믿지 않았을 것이다. 귀족에 대해 이야기할 때 아주 호의적으로 이야기했기 때문이다. 그는 이렇게 얘기했다.

"훌륭한 가문에서 태어나는 것은 행운이야. 더 훌륭한 사람이 되도록 자극 받기 때문이지. 모든 기회가 주어지는 칭호를 갖는다는 것은 축복이지. 고귀한 신분은 사람을 고결하게 만든다. 그것은 값어치 있는 금화나 마찬가지지.

요즘에는 귀족들이 모두 어리석고 나쁘다고들 말하지. 많은 시인들은 이렇게 말한단다. 진짜 금은 가난한 사람들 사이에서 빛이 난다고 말야. 그러니까 신분이 낮을수록 더 좋다는 것이지. 하지만 내 생각은 그렇지 않아. 그건 말도 안 되는 소리지. 귀족들에게서도 고귀한 특성을 찾아 볼 수 있어. 그런 예를 나의 어머니는 많이 알고 있지. 나는 그보다 더 많이 알고 있지만 말야. 한 가지 예를 들어볼까?

옛날에 나의 어머니가 코펜하겐에 있는 유명한 집을 방문한 적이 있단다. 우리 할머니가 아마 그 집 유모였던 가 봐. 어머니가 그 집주인인 늙은 신사와 복도에서 이야기를 하고 있을 때였어. 창문으로 눈길을 돌린 신사는 매주 찾아와 동전 몇 닢을 얻어 가곤 하는 거지 할머니를 보게 되었지. 신사는 그 할머니가 걷기 힘들어한다는 것을 알고는 '가엾은 노파군.' 하고 말하며 계단을 뛰어 내려가 노파에게 돈을 주었단다. 그는 지금 일흔이 넘었지. 물론 그것은 감동할 만한 일은 아니었지만 미망인이 푼돈을 나누어 주듯이 진심에서 우러나온 행동이었단다. 시인들은 그런 점을 노래해야 해. 그래야 화해와 조화가 이루어지니까. 하지만 귀족이 이성을 잃으면 뒷다리로 차는 아라비아 말처럼 난폭해지지. 순수한 혈통을 가졌다고 자만하면서 말야. 그렇게 되면 타락하게 되는 것이지. 평민 방 안에 있다고 해서 귀족이 코를 킁킁대며 냄새를 맡으면서 '역겨운 냄새가 나는군.' 하고 말한다면 그 귀족은 타락한 거야."

가정 교사가 다소 길게 이야기하는 동안 피리가 만들어졌다.

저택에서 거대한 잔치가 벌어졌다. 코펜하겐과 이웃 마을에서 사람들이 몰려들었다. 멋진 의상을 차려 입은 숙녀들이 있는가 하면, 그렇지 않은 숙녀들도 있었다. 큰 홀이 사람들로 가득했다. 그 지방 목사들은 자기네들끼리 작은 그룹을 이루어 겸손하게 서 있었다. 그들은 마치 장례식에 참석한 것처럼 근엄했다. 재미있게 즐기는 잔칫집에 왔으면서 말이다. 물론 아직 잔치가 시작되진 않았지만.

연주회가 있을 예정이어서 남작의 어린 아들이 버드나무 가지로 만든 피리를 가져왔다. 그러나 소리가 나지 않았다. 그의 아버지가 시도해 봐도 마찬가지였다. 그래서 그 버드나무 피리는 쓸모가 없는 것이라고 단정지었다.

음악과 노래는 듣는 사람에게보다는 연주하는 사람에게 더 큰 기쁨을 주었다. 하지만 모두가 즐거워했다.

"연주 잘하지요? 당신이 만들었으니까 직접 불어 보세요. 당신은 천재니까 영광은 당신한테 돌아갈 거예요." 기사복 차림의 남작 아들이 목사의 아들에게 말했다.

"아니야. 난 요즘 사람이야. 그러니 불 줄 모르지."

"하지만 당신은 대단한 연주가라고 들었어요. 이걸 연주해서 우릴 즐겁게 해 주시겠어요?" 남작의 아들은 이렇게 말하며 버드나무 가지로 만든 작은 피리를 내밀었다. 그리고는 목사의 아들이 피리를 연주할 것이라고 사람들에게 큰 소리로 알렸다.

목사의 아들은 웃음거리가 될 것이 뻔했기 때문에 연주를 하지 않겠다고 했다. 그러나 사람들이 자꾸 졸라대자 할 수 없이 피리를 입에 대고 불었다.

그런데 참으로 신기한 일이 벌어졌다. 버드나무 피리에서 나오는 소리는 증기 기관차의 기적 소리처럼 울려 나오다가 점점 더 커지더니 농장으로, 숲으로, 그리고 수마일 떨어진 곳까지 울려 퍼졌다. 그와 동시에 폭풍이 몰려와 "모든 것은 제자리에!" 하고 으르렁거렸다.

그러자 남작이 바람에 날려 마부가 사는 작은 오두막집에 곤두박질쳤다. 그리고 그 마부는 공중으로 떠올라 저택 안으로 날려 갔다. 그러나 거대한 홀 안으로는 떨어지지 않았다. 그곳은 그가 있을 자리가 아니었기 때문이다. 그는 비단 양말을 신고 다니는, 신분이 높은 하인들 사이에 떨어졌다. 하인들은 그렇게 천한 마부가 감히 그들의 테이블에 앉는 것을 보고 기가 막혔다.

연주회장에서는 남작의 딸이 바람에 날려 식탁 끝 상석에 앉게 되었다. 그곳이 바로 그녀가 있어야 할 자리였던 것이다. 그리고 젊은 가정 교사는 그녀 바로 옆에 앉았다. 나란히 앉아 있는 그들은 마치 신랑과 신부 같았다. 그 나라에서 가장 오래된 가문 출신의 늙은 백작은 아까 앉아 있던 자리에 그대로 있었다. 버드나무 피리는 공정했다. 그런 일에 있어서는 무엇보다도 공정함이 중요했다. 이런 모든 일이 일어나게 만든 기사복 차림의 남작 아들은 닭장으로 날아가 곤두박질쳤다. 그러나 그곳으로 날아간 사람은 그뿐이 아니었다.

버드나무 피리 소리는 수마일 떨어진 곳까지 울려 퍼져 신기한 일들을 일으켰다. 항상 네 마리 말이 끄는 마차를 타고 다니던 한 부유한 상인은 가족과 함께 그곳에서 날려가 버렸다. 그들은 마부조차도 되지 못했다. 너무 뚱뚱해서 바지조차 입기 힘든 부유한 두 농부는 시궁창에 처박혔다.

참으로 위험한 피리였다. 그런데 다행히도 피리는 한 번 울린 뒤 금이 가 버려

458

다시 목사 아들의 주머니에 들어가게 되었다. "모든 것이 제자리로" 간 것이다.

다음날 아침이 되자 모든 것이 본래의 자리로 돌아왔다. 어제 일어난 일에 대해 입을 여는 사람은 한 사람도 없었다. 그런데 한 가지, 행상인과 그의 아내의 초상화만은 바람에 날려가 걸린 그 자리에 그대로 있었다. 그들은 이제 거대한 홀에 걸리게 된 것이다. 그 초상화를 본 한 미술가는 거장이 그린 그림이라고 말했다. 그래서 그 그림들은 깨끗이 손질되어 제일 눈에 띄는 곳에 걸리게 되었다. 그러나 남작은 그 그림이 얼마나 가치 있는가를 알지 못했다. 어떻게 그걸 알겠는가? "모든 것은 제자리에 있어야 한다." 결국 모든 것이 제자리로 돌아가게 되는 것이다. 영원함이란 아주 길다. 이 이야기보다도 훨씬 더 길다.

# 65
## 요정과 식료품장수

어느 다락방에 가난한 대학생이 살고 있었다. 그 집 1층에는 집주인인 식료품장수가 살았다. 그런데 그 집에 사는 요정은 식료품장수에게 붙어 살았다. 크리스마스 때면 언제나 커다란 버터가 든 잼을 한 접시씩 얻어먹을 수 있었기 때문이다. 그래서 요정은 교활하게도 더 부자인 식료품장수에게 붙어서 산 것이다.

어느 날 저녁, 대학생이 양초와 치즈를 사려고 가게 뒷문으로 들어왔다. 물건을 사러 보낼 사람이 없어서 직접 온 것이다. 대학생이 물건을 사고 돈을 지불하자 식료품장수 부부는 잘 가라고 인사했다. 말하기 좋아하는 식료품장수 부인은 몇 마디를 덧붙였다. 인사를 하고 되돌아 나오던 대학생이 갑자기 멈춰 서서 치즈를 싼 종이에 쓰인 글을 읽기 시작했다. 그 종이 조각은 오래된 시집에서 찢어 낸 것이었다.

"저기 나머지 부분이 있다네. 어느 노파에게 커피 열매를 좀 주고 그 책을 얻었지. 책을 갖고 싶으면 6펜스만 내게나." 식료품장수가 말했다.

"그래요? 그럼 치즈 대신 책을 주세요. 치즈 없이도 빵은 먹을 수 있으니까요. 이런 책을 마구 찢으면 벌받아요. 할아버진 참으로 슬기롭고 실속 있는 분이지만 시에 대해서는 저기 있는 물통보다도 못해요."

정말 버릇없는 말이었다. 특히 물통에 비유한 것은 지나쳤다. 그러나 식료품장수와 대학생은 소리내어 크게 웃었다. 농담이었기 때문이다. 그렇지만 요정은 집주인이면서 질 좋은 버터를 파는 식료품장수에게 그런 말을 한 것이 매우 불쾌했다.

밤이 깊어 가게문이 닫히고 대학생을 제외한 모두가 잠자리에 들었다. 요정은 주인 노파가 자고 있는 침실로 들어가 잠잘 때는 필요 없는 혀를 살그머니 떼어 냈다. 요정이 방에 있는 어떤 물건에 그 혀를 갖다 놓으면 그 물건은 즉시 목소리와 말을 얻어 노파처럼 자신의 생각과 느낌을 훌륭하게 표현했다. 그러나 혀는 한 번에 한 물건에만 사용할 수 있었다. 이것은 잘된 일이었다. 수많은 물건들이 동시에 말하면 아수라장이 되고 말 테니까. 요정은 오래된 신문들이 들어 있는 물통 위에 혀를 올려놓고 물었다.

"너는 시가 무엇인지 모른다는데 정말이니?"

"무슨 말씀! 시는 항상 신문 귀퉁이에 나오는 것이야. 가끔 오려내지기도 하지. 시에 관해서라면 대학생보다 내가 더 많이 알아. 가엾게도 식료품장수의 물통에 불과하지만 말야."

이번에는 커피 열매를 빻는 기구에 혀를 올려놓았다. 커피 기구도 같은 말을 했다. 그리고 버터 통과 돈 상자에 혀를 갖다 놓자 그것들도 같은 의견이었다. 대다수가 같은 의견을 내놓자 그 의견을 존중하지 않을 수 없었다.

"그럼 대학생한테 가서 말해야지." 요정은 이 말들을 듣고 뒷계단을 통해 대학생이 사는 다락방으로 갔다. 방 안에는 아직도 촛불이 타고 있었다. 요정은 열쇠 구멍으로 안을 들여다보았다. 대학생은 가게에서 가져온 찢어진 책을 열심히 읽고 있었다. 그런데 방 안이 대낮처럼 환하지 않은가! 책에서 한 줄기 빛이 나오더니 나무 줄기처럼 뻗어 대학생의 머리 위로 환한 빛을 뿌렸다. 잎사귀는 하나같이 싱싱했고, 꽃들은 반짝이는 검은 눈이나 맑고 푸른 눈을 가진 아름다운 소녀의 얼굴 같았다. 열매는 밤하늘에 빛나는 별처럼 반짝였으며, 방 안에는 아름다운 음악이 울려 퍼졌다. 꼬마 요정은 이런 훌륭한 광경을 보고 듣기는커녕 상상도 하지 못했었다. 요정은 다락방의 불이 꺼질 때까지 발꿈치를 들고 서서 방 안을 계속 들여다보았다. 이윽고 대학생이 촛불을 끄고 잠자리에 들었다. 그런데도 꼬마 요정은 그 자리에 꼼짝않고 서서 음악을 감상했다. 음악은 여전히 부드럽고 아름다웠으며 대학생을 위한 자장가가 되었다.

"여긴 참 굉장한 곳이군. 정말 뜻밖이야. 대학생과 여기서 함께 지내는 게 좋겠어." 요정은 이렇게 중얼거리며 곰곰이 생각했다. 그러다가 매우 현실적인 요정은 한숨을 쉬었다. "하지만 대학생은 잼도 없잖아."

요정은 다시 계단을 내려와 식료품장수 가게로 왔다. 요정이 돌아온 건 잘한 일이었다. 때마침 물통이 너무 말을 많이 해서 노파의 혀가 거의 닳아 없어질 지경이었기 때문이다. 물통은 자기 한쪽 가슴에 들어 있는 것에 대해 말을 한 다음, 이제 막 다른 쪽 가슴에 들어 있는 것에 대해 말하려던 참이었다. 그때 요정이 들어와 혀를 가져다 노파에게 돌려주었다. 그러나 그 후부터 돈 상자에서 막대기에 이르기까지 가게에 있는 모든 것들은 물통의 생각을 따랐다. 가게의 모든 것은 물통을 신임하고 존경했다. 그래서 식료품장수가 신문에 난 예술이나 연극 비평을 읽으면 그것이 물통에게서 나온 것이라고 믿었다.

그러나 다락방을 보고 온 요정은 그런 말을 들으며 아래층에 가만히 앉아 있을 수만은 없었다. 저녁이 되자 다락방에서 불빛이 새어나왔다. 요정에게는 불빛이 튼튼한 쇠사슬 같았기 때문에 그곳으로 가기 위해서는 용기가 필요했다. 요정은 용기를 내서 다락방으로 올라가 열쇠 구멍으로 안을 들여다보았다. 폭풍우가 몰아치는 넘실대는 바다를 볼 때처럼 광막함이 온몸을 휘감았다. 요정은 자기도 모르게 눈물을 흘렸다. 왜 눈물이 나는지 알 수 없었지만 그 눈물에는 희열이 들어 있었다. "저 나무 아래에 대학생과 함께 앉아 있다면 얼마나 즐거울까!" 하지만 그럴 수는 없었다. 요정은 열쇠 구멍으로 들여다보는 것만으로 만족하고 고맙게 생각해야 했다.

통풍구를 통해 차가운 가을 바람이 불어와 온몸을 후려쳐도 요정은 낡은 복도에 서 있었다. 몹시 추웠지만 요정은 추위를 못 느꼈다. 다락방 불이 꺼지고 음악이 사라질 때에야 비로소 요정은 추워서 온 몸을 부들부들 떨면서 편안하고 따뜻한 자기 잠자리로 돌아갔다. 크리스마스가 되어 큰 덩어리의 버터와 잼을 얻어먹자 다시 식료품장수가 세상에서 제일 좋은 것 같았다.

그러던 어느 날 밤, 요정은 요란한 소리에 잠이 깼었다. 창문과 대문을 두드리는 소리가 요란했고 야경꾼의 호각 소리가 온 거리에 떠들썩했다. 큰 불이 나서 거리가 온통 화염에 휩싸인 것이다. 그 집에서 불이 난 걸까, 아니면 이웃집에서 난 걸까? 그러나 모두들 공포에 질려 허둥대느라 알 수가 없었다. 식료품장수 부인은 당황하여 한 가지라도 챙기려고 귀에서 금귀고리를 빼 주머니에 넣었다. 식료품장수는 허둥지둥 달려가 서류를 챙겼으며, 여직원은 어렵게 마련한 푸른색 비단 외투를 챙겼다. 모두들 자신이 가장 아끼는 물건을 챙기느라 야단이었다.

요정도 마찬가지였다. 요정은 단숨에 층계를 올라가 대학생 방으로 갔다. 그런데 대학생은 조용히 창 밖으로 맞은편 집에서 활활 타오르고 있는 불길을 바라보고 서 있었다. 요정은 책상 위에 놓여 있는 신기한 책을 얼른 집어서 붉은 고깔모자 속에 넣고는 두 손으로 꼭 잡았다. 그 집에서 가장 값진 보물을 불길에서 구한 것이다. 요정은 책을 가지고 지붕으로 내달아 굴뚝 위에 앉았다. 타오르는 불길이 보물을 꼭 쥐고 있는 요정을 비추었다. 그때 어떤 생각이 요정 마음을 휘어잡았다. 그러나 불길이 꺼진 후에도 다시 생각하며 한참을 망설였다. 그러다가 마침내 요정은 이렇게 중얼거렸다. "두 사람 사이를 오가겠어. 잼이 있는데 식료품장수를 포기할 순 없지."

이것은 인간의 본성을 두고 하는 얘기였다. 우리 인간은 잼 때문에 식료품장수에게 가는 요정과 다를 게 없다.

# 66
## 천 년 후에는

새로운 시대에는 미국의 젊은이들이 비행선을 타고 거대한 바다를 건너 유럽을 방문할 것이다. 오늘날 우리가 동남 아시아를 찾아가 붕괴해 가는 과거의 영광을 보듯이 그들은 지난날 유럽의 기념비와 거대한 도시 유적을 보게 될 것이다.

수천 년이 지나면 미국의 젊은이들이 유럽을 찾아올 것이다.

템스 강, 도나우 강, 라인 강은 그때에도 변함없이 흐를 테고, 몽블랑 산은 우뚝 솟은 눈 덮인 봉우리를 자랑하며 서 있을 것이다. 그리고 인간들이 수 세대에 걸쳐 차례로 재가 되어도 북극광은 북유럽에 있는 나라들 위에서 환하게 빛날 것이다. 지금 우리에게 위대하게 보이는 사람들도 바이킹들처럼 잊혀질 것이다. 지금은 농부들이 벤치를 놓고 앉아 있어, 곡식이 바람에 물결치는 것도 보지 못하고 언덕 아래 묻혀 있는 바이킹들처럼.

미국의 젊은이들은 이렇게 소리칠 것이다. "유럽으로! 우리 조상들의 땅으로 가자! 옛 문명의 기적이 살아 숨쉬는 아름다운 유럽으로!"

배보다는 비행선이 빠르니까 비행선은 사람들로 가득 찰 것이다. 여행자들은 전보로 이미 호텔 예약을 했을 것이다. 유럽 해안에서 처음으로 눈에 들어오는 것은 아일랜드 해안일 테지만 여행자들은 잠들어 있어 보지 못할 것이다. 잉글랜드 위로 날아갈 때까지는 잠을 자라는 지시를 받을 테니까 말이다. 곧이어 비행선은 잉글랜드에 착륙할 것이다. 어떤 사람들은 "기계의 나라", "정치의 땅"이라고 부르지만 지성인들은 "셰익스피어의 나라"라고 부르는 잉글랜드에!

여행자들은 잉글랜드와 스코틀랜드를 돌아보며 하루를 보낼 것이다. 그리고 나서 영국 해협 아래로 나 있는 터널을 지나 샤를마뉴와 나폴레옹의 나라인 프랑스로 갈 것이다. 그 중 박식한 여행자들은 과거에 프랑스인들이 많은 관심을 가졌던 고전주의와 낭만주의 운동에 대해 토론할 것이다. 이들은 몰리에르를 얘기하고 우리가 들어보지도 못한 영웅, 과학자, 시인들을 들먹일 것이다. 우리 시대가 지나면 유럽의 중심인 파리에서 태어날 사람들에 대해서 말이다.

비행선은 콜럼버스의 배가 출범했고, 코르테스가 태어난 나라를 지나갈 것이다. 희곡을 시구에 맞추어 노래했던 칼데론의 고국인 스페인을. 검은 눈동자의 아름다운 여인들이 꽃이 만발한 골짜기에 살고 있을 것이며, 사람들이 부르는 노래 속에서 영웅 시드와 알함브라 궁전이란 이름을 듣게 될 것이다. 비행선은 바다를 건너 한때 영원한 제국 로마가 있었던 이탈리아로 갈 것이다. 그때쯤이면 로마는 사라지고 없을 것이며 캄파냐 평원은 사막으로 변해 있을 것이다. 성 베드로 성당의 잔재만이 남아 있을 테지만 그것이 옛 성벽인지는 의심스러울 것이다.

그리스로 가서 올림포스 산꼭대기에 있는 화려한 호텔에서 하룻밤 묵는 것도 괜찮을 것이다. 그런 뒤 보스포루스 해협을 향해 여행하다가 비잔티움에서 몇 시간 쉬게 될 것이다. 여행자들은 가난한 어부들이 그물을 수선하는 것을 보면서 잊혀진 지난날에 있었던 터키의 하렘에 대한 이야기를 듣게 될 것이다.

그들은 우리 시대에는 아직 알려지지 않은 폐허가 된 거대한 도시 위로, 도나우 강을 따라 날아갈 것이다. 그들은 과거의 업적이 새겨진 훌륭한 기념비를 보며 감탄할 것이다.

이번에는 한때는 철도와 운하가 교차되어 있었던 독일로 갈 것이다. 루터가 설교하고, 괴테가 노래하고, 모차르트가 음악의 제왕으로 군림했던 독일로. 과학과 예술을 얘기하는 그들의 입에서는 우리가 모르는 이름들이 튀어나올 것이다. 그들은 독일에서 하루를 보내고 외르스테드(덴마크의 물리학자)와 린네(스웨덴의 식물학자)의 조국인 북유럽에서 하루를 보낼 것이며, 늙은 영웅들의 조국인 노르웨이에서 하루를 보낼 것이다. 여행자들은 돌아오는 길에 아이슬란드를 둘러볼 것이다. 간헐천에서는 더 이상 물이 분출되지 않을 것이며, 헤클라 화산은 사화산이 되어 있을 것이다. 그러나 거대한 바위섬은 전설의 영원한 신비를 안고 거친 바다 한가운데에 떠 있을 것이다.

"유럽에는 구경거리가 아주 많아. 우린 1주일 내내 구경했지. 안내서에 나와 있는 대로였어." 유럽을 다녀온 미국 젊은이들은 이렇게 말할 것이다. 그리고는 그들이 읽게 될 『7일간의 유럽 여행』이란 책의 저자에 관해 얘기할 것이다.

# 67
## 버드나무 아래서

꾀게 마을 주변 지역은 매우 황량하고 춥다. 그러나 해안에 있는 조그만 꾀게 마을은 늘 아름답다. 이곳은 아마도 평원이 넓게 펼쳐져 있고 숲과 멀리 떨어져 있기 때문에 더 아름다워 보이는지도 모른다. 그러나 어디에 살든 한 곳에 살다 정이 들게 되면 아름다운 것을 발견하게 된다. 고향이 아닌 가장 아름다운 곳에 가도 그리워지는 아름다운 것 말이다.

꾀게 변두리에는 바다로 흘러드는 작은 강어귀에 초라한 정원들이 있는데, 여름이면 이 정원은 아주 멋진 곳이 된다. 이웃에 사는 크누트라는 사내아이와 요한나라는 여자아이도 이렇게 생각했다. 이 두 아이는 정원 중간에 놓인 구즈베리 덤불을 뚫고 두 정원을 드나들며 뛰어 놀았다. 한쪽 정원에는 딱총나무가 자랐고, 다른 정원에는 늙은 버드나무가 서 있었는데, 아이들은 무엇보다도 버드나무 아래서 놀기를 좋아했다. 버드나무는 개울 가까이 있어 개울물에 빠질 수도 있었지만, 그래도 아이들은 그곳을 좋아했다. 하느님이 늘 지켜보고 계셨기 때문에 안전했으며 아이들도 나름대로 개울 가까이 가지 않으려고 매우 조심했다. 사실, 크누트는 물이 무서웠다. 여름이면 다른 아이들은 물 속에 들어가 첨벙첨벙 뛰어 놀았으나 크누트는 물 가까이 가고 싶지 않았다. 아이들이 그런 크누트를 놀렸지만 놀림을 참을 수밖에 없었다.

한 번은 요한나가 꿈을 꾸었다. 배를 타고 있는데 크누트가 같이 배를 타려고 물 속으로 뛰어들었다. 물이 차츰 그의 목까지 차 오르더니 크누트가 온데간데없이 사라져 버리고 말았다. 이 꿈 얘기를 들은 크누트는 물 때문에 겁쟁이라는 놀림을 받는 것을 다시는 참을 수 없을 것 같았다. 하지만 그런 꿈 얘기를 듣고 어떻게 물 속으로 들어간단 말인가! 절대로 물 속으로 들어가지 못하리라.

아이들이 정원이나 길가에서 노는 동안, 이 두 아이의 가난한 부모도 함께 어울리곤 했다. 길가에는 버드나무가 한 줄로 늘어서 있었고 버드나무 너머로는 도랑이 흘렀다. 이 버드나무들은 꼭대기에 있는 가지들을 쳐버려 아름답지는 않았지만 쓸모가 있었다. 그러나 정원에 있는 늙은 버드나무는 길가에 있는 버드나무들보다 훨씬 더 아름다웠다. 그래서 두 아이는 이 늙은 버드나무 아래에 앉아 놀기를 좋아했다.

쾨게에는 커다란 시장이 있었는데, 장날이 되면 비단, 리본, 장난감, 케이크 등 온갖 상품을 파는 천막이 줄줄이 늘어섰다. 사람들이 벌 떼처럼 몰려들었고 비가 올 때면 농부들의 모직 옷에서 쾨쾨한 냄새가 났지만 한 노점에서 흘러나오는 꿀과자와 생강 과자의 향긋한 냄새는 여전했다. 그 중에서도 가장 신나는 일은 장이 설 때면 그 꿀과자를 파는 아저씨가 어린 크누트의 집에서 묵는다는 점이었다. 그래서 크누트는 가끔 생강 과자를 얻어먹을 수 있었다. 물론 요한나와 함께 말이다. 그리고 그보다 더 즐거운 일은 꿀과자를 파는 아저씨에게 이야기를 듣는 일이었다. 아저씨는 아는 것이 많았으며 자기가 파는 생강 과자에 대한 이야기도 할 줄 알았다. 어느 날 저녁, 아저씨는 두 아이에게 오랫동안 잊지 못할 감명 깊은 이야기를 들려주었다. 자, 짤막한 이야기이니 우리도 귀 기울여 들어보자.

꿀과자 장사 아저씨가 이야기를 시작했다.

"옛날에 내 가게에 생강 과자 두 개가 있었단다. 하나는 모자를 쓴 총각 모습이었고, 다른 하나는 모자를 쓰지 않은 처녀의 모습이었지. 이 두 얼굴은 위쪽으로 향해 있었단다. 다른 쪽은 아주 다른 모습을 하고 있었거든. 사람들은 누구나 가장 좋은 면을 가지고 있고 그런 면을 세상에 보여주고 싶어하잖니. 총각 과자는 왼쪽에 아몬드가 박혀 있었단다. 그것은 그의 심장이었지. 그리고 처녀 과자는 온 몸에 꿀과자를 바르고 있었지. 그 둘은 전시용으로 진열장에 오랫동안 놓여 있었단다. 그러다 보니 서로 깊이 사랑하게 되었지만 둘 다 내색을 하지 않았지. 뭔가를 이루려면 표현을 해야 하는 법인데도 말야. 처녀 과자는 '남자니까 먼저 말하겠지.' 하고 생각했어. 그리고 반드시 자신의 사랑에 대한 응답이 있으리라 생각하며 매우 행복해했단다. 하지만 총각 과자는 더 야심만만했지. 남자란 다 그런 거니까. 그는 '내가 골목길을 활달하게 걸어다니는 청년이고 4페니만 갖고 있다면 처녀 과자를 사 먹을 수 있을 텐데.' 하고 꿈을 꾸었지. 그들은 몇 달 동안이나 진열대에 놓여 있다가 건조해지고 딱딱해졌어. 그럴수록 처녀 과자의 생각은 점점 더 다정다감하고 여성다워졌지. 처녀 과자는 '이렇게 같은 진열대에 있는 것만으로도 만족스러워!' 하고 생각했단다. 그러던 어느 날, 처녀 과자는 그만 쪼개져 두 조각이 나고 말았지. 그러자 총각 과자가 말했어. '저 아가씨가 내 사랑을 알았다면 더 오래 있었을 텐데.' 하고 말야. 이게 바로 그 과자야. 이 둘의 살아온 흔적과 이루지 못한 벙어리 사랑을 잘 되새겨 보렴. 자, 이걸 너희들이 갖거라."

꿀과자 아저씨는 이렇게 말하면서 아직 멀쩡한 총각 과자는 요한나에게, 그리고 쪼개진 처녀 과자는 크누트에게 주었다. 그러나 아이들은 이야기에 감동되어 과자를 먹을 마음이 없었다.

다음날, 요한나와 크누트는 총각 과자와 처녀 과자를 가지고 교회 묘지로 가 교회 담벽 아래 앉았다. 담벽은 사시사철 무성한 담쟁이덩굴로 덮여 있어 마치 벽걸이 융단을 늘어뜨려 놓은 듯이 보였다. 그들은 햇살이 내리쬐는 푸른 담쟁이 잎새 위에 사람 모양의 생강 과자를 꺼내 놓고 다른 아이들에게 이루지 못한 벙어리 사랑에 대해 이야기해 주었다. 그들은 그것을 진정한 사랑이라고 말했다. 아이들은 모두 아름다운 그 이야기에 감동했다. 그런데 생강 과자가 놓여 있던 자리에 처녀 과자가 보이지 않았다. 심술궂은 한 아이가 먹어 치운 것이다. 아이들은 엉엉 울었다. 그러다가 홀로 남은 총각 과자가 불쌍하여 그 과자도 먹어 치웠다. 그러나 아이들은 이 이야기를 결코 잊지 못했다.

그 뒤로도 두 아이는 딱총나무와 버드나무 아래서 함께 놀았다. 요한나는 은방울 구르는 듯한 목소리로 아름다운 노래를 불렀고, 크누트는 음악성은 없었으나 노래 가사를 흥얼거리며 따라 불렀다. 그것은 정말 아름다운 모습이었다. 쾨게 지역 사람들은 요한나가 노래를 부를 때면 귀를 기울이고 서서 "저 애는 참 고운 목소리를 가졌어!" 하고 감탄하곤 하였다. 액세서리 가게 주인집의 아줌마까지도 그랬다.

요한나와 크누트에게는 참으로 행복한 시간들이었다. 그러나 그런 날은 영원히 지속되지 않는 법이다. 두 이웃이 서로 헤어지게 된 것이다. 요한나의 어머니가 돌아가시자 아버지는 코펜하겐에 가서 재혼하여 돈이 잘 벌리는 우체부로 생계를 꾸려 갈 생각이었다. 두 이웃은 눈물로 작별 인사를 했다. 요한나와 크누트도 슬피 울었다. 어른들은 적어도 1년에 한 번은 편지를 하자고 약속했다.

그 후 크누트는 구두 만드는 일을 배웠다. 그러는 동안에 그는 나이가 들어 곧 견신례를 받을 예정이었다. 아, 축제일에 코펜하겐에서 요한나와 함께 지낼 수 있다면 얼마나 좋을까! 하지만 그는 아직 쾨게에 있었다. 코펜하겐은 쾨게에서 8km에 불과했지만 크누트는 한 번도 그곳에 가본 적이 없었다. 날씨가 화창할 때면 쾨게 만 저 멀리 코펜하겐의 높은 탑들이 뚜렷하게 보였다. 견신례 날엔 큰 성당의 황금빛 십자가가 햇빛을 받아 반짝이는 것도 보였다. 크누트는 한시도 요한나를 잊은 적이 없었다. 하지만 요한나도 그를 생각했을까? 물론 그랬다.

크리스마스 무렵에 크누트의 부모 앞으로 요한나 아버지가 보낸 편지 한 통이 도착했다. 코펜하겐에서 아주 잘 지내고 있으며, 특히 요한나는 목소리가 아름다워 앞으로 큰 행운을 잡게 될 것이라는 내용이었다. 요한나는 극단에 들어가 노래를 하기로 계약했으며 노래를 불러 이미 돈을 많이 벌었다는 것이었다. 그리고 사랑하는 쾨게 이웃들이 크리스마스를 즐겁게 보내라고 얼마간의 돈을 보낼 테니 요한나의 건강을 위해 축배를 들어 달라고 덧붙였다. 요한나가 직접 쓴 추신에는 "크누트, 안녕!"이라고 적혀 있었다.

크누트 가족은 너무 반갑고 기뻐서 눈물을 흘렸다. 크누트의 마음은 날마다 요한나에게 달려갔다. 이제 크누트는 요한나도 자신을 생각하고 있다는 것을 확신하게 되었다. 견습 생활이 끝나갈 무렵, 크누트는 자신이 진정으로 사랑하는 요한나를 언젠가는 아내로 맞이해야겠다고 결심했다. 그런 결심을 떠올릴 때면 크누트의 입가에는 즐거운 미소가 감돌았다. 크누트는 가끔 발을 구두 가죽에 대고 너무 급하게 실을 꿰매다가 송곳에 손가락을 찔리기도 했지만 그런 것쯤은 개의치 않았다. 크누트는 한 쌍의 생강 과자가 그랬던 것처럼 결코 벙어리 사랑은 하지 않겠노라고 다짐했다. 과자 이야기는 크누트에게 좋은 교훈이 되어 주었던 것이다.

크누트는 드디어 견습 생활을 마치고 정식으로 구두장이가 되었다. 그리고 배낭을 꾸려 난생 처음으로 코펜하겐에 갈 준비를 했다. 거기에는 이미 일자리가 기다리고 있었다. 그는 요한나를 생각했다. 그를 보면 요한나가 얼마나 반가워할 것인가! 이제 요한나는 열일곱 살이고, 크누트는 열아홉 살이었다. 크누트는 쾨게에서 요한나에게 줄 금반지를 사려다가 코펜하겐에 가면 훨씬 더 멋진 것을 살 수 있으리라 생각하고 그만두었다.

비가 내리는 어느 늦은 가을, 드디어 크누트는 부모님과 작별하고 코펜하겐으로 발걸음을 옮겼다. 여기저기 나무에서 낙엽이 우수수 떨어졌다. 그가 일자리를 얻기로 한 코펜하겐의 구둣방 주인집에 도착했을 때는 온몸이 흠뻑 젖어 있었다.

그는 돌아오는 일요일에 제일 먼저 요한나의 집을 방문하기로 했다.

드디어 기다리던 일요일이 되자 크누트는 구두장이 옷을 입고 쾨게에서 가져온 테 있는 새 모자도 썼다. 이제까지 테 없는 모자만 써 온 그에게는 새 모자가 참 잘 어울렸다. 요한나의 집은 쉽게 찾을 수 있었다. 가도 가도 끝이 없는 계단은 현기증이 났다. 이 무시무시한 도시에서 어떻게 사람들이 이렇게 층층이 사는지 놀라웠다.

잘 꾸며진 방으로 들어서자 요한나의 아버지가 매우 반갑게 맞아 주었다. 새로 맞은 부인은 크누트에게는 낯설었지만, 부인은 그에게 악수를 청하고 커피도 따라 주었다.

"요한나가 널 보면 꽤나 반가워할 게다! 너도 이젠 훌륭한 청년이 되었구나! 곧 요한나를 만날 수 있을 게다. 그 아이는 아주 착하지. 내 기쁨이고 장래 희망이란다. 그 애는 제 방을 우리에게 돈을 내고 빌려쓰고 있지." 요한나의 아버지는 이렇게 말하고 마치 낯선 사람처럼 아주 정중하게 요한나의 문을 두드렸다. 안으로 들어선 크누트는 입을 다물지 못했다. 방안이 너무도 아름답게 꾸며져 있어 마치 딴 세상 같았다. 쾨게 마을 전부를 통틀어도 그런 아름다운 방은 없었으며 왕비의 방도 그처럼 화려하지는 않았으리라. 방에는 융단이 깔려 있고, 창문에는 화려한 커튼이 바닥까지 길게 늘어져 있었다. 여기저기에 꽃과 그림 장식과 벨벳으로 감싼 의자도 있었으며, 벽에는 큰 거울이 달려 있었다. 거울은 문짝만하여 온 방 안이 다 비쳤기 때문에 잘못하다간 거울 속으로 걸어 들어갈 수도 있었다. 크누트는 실내를 흘끗 둘러보았다. 하지만 크누트의 눈에는 요한나밖에 보이지 않았다. 그녀는 이제 성숙한 여인이 되어 상상했던 것과는 전혀 다른 모습이었으며 전보다 훨씬 더 아름다웠다. 쾨게에 그녀와 견줄 만한 처녀는 없었다. 아, 얼마나 우아하고 아름다운가.

요한나도 처음에는 서먹서먹한 눈으로 바라보다가 입이라도 맞출 것처럼 크누트에게 달려왔다. 그녀는 어릴 적 소꿉 친구를 보자 너무도 반가웠다. 이윽고 그녀의 눈에 눈물이 가득 고였다. 요한나는 크누트 부모님의 안부를 비롯하여 이것저것 묻기 시작했다. 그리고 그들이 딱총나무 엄마와 버드나무 아버지라고 불렀던 딱총나무와 버드나무에 대해서도 물었다. 그들은 생강 과자에 대한 이야기를 본따서 나무에 그런 이름을 붙였던 것이다. 그 다음에 요한나는 진열대 위에 놓였다가 깨어져 버린 생강 과자의 벙어리 사랑에 대해 얘기하다가 배꼽을 쥐고 웃었다. 그러나 크누트의 두 볼은 뜨겁게 달아오르고, 심장이 마구 뛰었다. 요한나는 전혀 거만하지 않았다. 요한나의 부모가 크누트에게 저녁 식사를 함께 하자고 청했을 때 직접 차를 따라 건네 주는 것으로 알 수 있었다. 식사가 끝난 뒤 요한나는 책을 가져와 그들에게 큰 소리로 읽어 주었다. 크누트는 그 이야기가 자신의 심정과 너무도 같아서 자기의 사랑에 관한 이야기를 하는 것만 같았다. 이어서 요한나는 현실로 실현된 내용을 담은 노래 한 곡을 불렀다. 노래를 부르는 요한나는 마치 자신의 심정을 이야기하는 것 같았다.

'아, 요한나는 내가 자신을 좋아하고 있는 걸 아는구나.' 이런 생각이 들자 하염없이 눈물이 쏟아져 나왔다. 하지만 크누트는 말문이 막혀 한 마디도 할 수가 없었다.

크누트가 떠날 때 요한나는 그의 손을 잡고 말했다. "넌 참 인정이 많구나, 크누트. 앞으로도 지금처럼 변하지 마!"

참으로 행복하고 잊을 수 없는 저녁이었다. 크누트는 너무나 행복해 잠을 이룰 수가 없었다. 작별할 때 요한나의 아버지가 한 말이 생생히 떠올랐다.

"크누트야, 우릴 잊지 않겠지. 겨울이 가기 전에 꼭 다시 오너라."

그래서 크누트는 다음 주 일요일에 다시 찾아가기로 하고 그렇게 했다. 그러나 일요일이 아닌 날에도 매일 저녁 촛불 아래서 하루 일을 마치면 시내로 들어가 요한나가 사는 집 창문을 올려다보곤 했다. 요한나의 방에는 거의 날마다 불이 켜져 있었다. 어느 날 저녁엔가는 커튼에 비친 그녀의 얼굴이 뚜렷하게 보인 적도 있었다. 그에게 있어서 그날은 참으로 영광스런 저녁이었다. 구둣방 주인의 아내는 크누트가 저녁마다 나돌아다니며 시간을 낭비하는 것이 못마땅하여 고개를 내저었다. 그러면 주인은 빙그레 웃으며 "아직 젊잖소, 그걸 모르겠소?" 하고 크누트를 두둔해 주었다.

"일요일에 요한나를 만나러 갈 테야. 가서 그녀를 진심으로 사랑하고 있으니 내 아내가 되어 달라고 말해야지. 지금은 비록 가난한 종업원에 불과하지만 언젠가는 구둣방을 운영하게 될 거야. 이걸 말해야 해. 벙어리 사랑은 아무것도 이룰 수 없어. 생강 과자 이야기에서도 그랬잖아." 크누트는 혼자서 이렇게 중얼거렸다.

일요일이 되자 크누트는 요한나 집을 방문했다. 그러나 시기가 좋질 않았다.

그녀의 가족은 초대를 받아 막 외출하려던 중이어서 함께 있을 수 없다고 했다. 요한나가 크누트에게 악수를 청하며 말했다.

"극장에 가 봤어? 꼭 한 번 가 봐. 난 수요일에 거기서 노래하는데, 시간을 낼 수 있다면 입장권을 보내 줄게. 아버지가 네 일터를 알고 계시거든."

크누트는 이런 생각을 해낸 요한나가 참으로 사랑스러웠다. 수요일 점심 때 크누트는 겉봉에 아무것도 적혀 있지 않은 봉투 하나를 받았다. 안에는 입장권만 들어 있었다. 그날 저녁 크누트는 태어나서 처음으로 극장에 갔다. 그리고 거기서 무엇을 보았던가? 물론 그가 본 것은 아름답고 사랑스런 요한나였다. 요한나는 낯선 사람과 결혼했지만, 그것은 연극일 뿐이었다. 크누트는 그것을 알고 있었다. 그것이 연극이 아닌 실제였다면 그에게 와서 보라고 입장권을 보냈겠는가. 크누트는 이런 생각을 하며 계속 지켜보았다. 연극이 끝나자 관객이 박수를 치며 환호했다. 크누트도 함께 일어나 환호했다. 왕도 요한나의 노래가 대만족인 듯 요한나에게 미소를 지어 보였다. 크누트는 갑자기 자신이 너무 초라하게 느껴졌다. 그러나 다음 순간 자신이 요한나를 진심으로 사랑하고 요한나도 그를 마음속 깊이 사랑하고 있다는 사실이 떠올랐다.

그리고 생강 과자 처녀가 그랬던 것처럼 남자가 먼저 사랑을 고백해야 한다는 생각이 들었다. 어릴 적에 들었던 이야기 속에 얼마나 많은 교훈이 숨겨져 있는가. 다시 일요일이 돌아오자 크누트는 요한나를 찾아갔다. 요한나의 집으로 들어설 때는 마치 성스런 땅을 밟는 기분이었다. 요한나는 혼자서 크누트를 맞이했다. 이 또한 얼마나 좋은 기회인지 몰랐다.

"마침 잘 왔어. 아버지더러 널 불러오라고 하던 참이었거든. 하지만 어쩐지 오늘 저녁에 네가 올지도 모른다는 생각이 들었어. 난 금요일에 프랑스로 가야 해. 최고의 가수가 되려면 꼭 가야 해." 요한나가 말했다.

가엾은 크누트! 크누트는 앞이 깜깜해지고 가슴이 무너지는 듯했다. 이제 그의 용기도 소용이 없었다. 그는 눈물을 꾹 참았다. 하지만 그의 슬픔이 역력하게 드러났다.

"오, 착하고 진실한 크누트!" 요한나가 이렇게 말하자 크누트는 더 이상 참지 못하고 사랑을 고백하면서 결혼해 달라고 말했다. 그러자 요한나의 얼굴이 창백하게 변했다. 요한나는 크누트의 손을 뿌리치면서 진지하고도 슬픈 얼굴로 말했다. "크누트, 그런 말로 우릴 슬프게 하지 마. 난 항상 너의 누이로 남아 있을게. 정말이야. 하지만 그 이상은 안 돼!" 그리고 나서 요한나는 희고 부드러운 손으로 크누트의 뜨거운 이마를 쓰다듬으며 말했다. "우리가 최선을 다하면 하느님은 우리에게 견딜 수 있는 힘을 주실 거야."

그때 요한나의 계모가 방으로 들어왔다. 그러자 요한나는 그들이 여행에 대해 얘기하고 있었던 것처럼 재빨리 변명했다. "내가 떠난다니까 크누트가 너무 슬퍼해요."

그리고 나서 요한나는 그의 어깨에 손을 얹으며 말했다. "크누트, 너 아직 어린애구나. 자, 우리가 어릴 때 버드나무 아래서 놀았던 것처럼 착하게 굴어."

크누트는 가만히 듣고만 있었지만 세상이 무너지는 것 같았다. 그의 생각은 끊어진 연줄처럼 바람 속에서 힘없이 나부끼고 있었다. 크누트는 요한나가 그만 가보라고 했는지, 그 집에 있으라고 했는지는 알 수 없었지만 슬픈 얼굴로 거기에 앉아 있었다. 요한나는 크누트를 다정하게 대해 주었다. 요한나는 크누트에게 여느 때처럼 차를 따라 주고 노래도 불러 주었다. 노래는 가슴이 복받치도록 아름다웠지만 예전 같지 않았다. 마침내 크누트는 악수도 청하지 않고 가려고 일어섰다.

"떠나는 누이에게 악수도 안해 줄 거야?" 요한나가 크누트의 손을 잡으며 말했다. 요한나는 두 뺨 위로 눈물이 흘렀지만, 억지로 미소를 지으며 오빠라는 말을 되풀이했다. 그 말이 크누트에게 조금은 위로가 되었다. 그들은 이렇게 작별을 하였다.

요한나는 배를 타고 프랑스로 떠났고, 크누트는 코펜하겐의 뒷골목을 방황했다. 구둣방에서 함께 일하는 동료들은 젊은 나이에 왜 그리 우울하냐며 함께 나가 즐겁게 지내자고 말했다. 그래서 그는 동료들과 함께 무도장에 갔다. 그곳에는 예쁜 처녀들이 많았지만, 요한나 같은 여자는 없었다. 무도장에 가면 요한나를 잊을 수 있을 것 같았는데, 바로 눈앞에 있는 것처럼 더욱더 선명하게 떠올랐다. 요한나는 '우리가 최선을 다하면 하느님은 우리에게 견딜 수 있는 힘을 준다'고 말했었다. 그 말을 생각하자 마음이 경건해진 크누트는 두 손을 모았다. 그때 바이올린 소리가 울려 퍼지고 여자 애들이 방안에 빙 둘러서 춤을 추기 시작했다. 크누트는 소스라치게 놀랐다. 그곳은 요한나와 함께 갈 곳이 못되었다. 그는 늘 요한나를 마음속에 지니고 다녔던 것이다. 그는 즉시 그곳을 나왔다. 크누트는 빠르게 그 거리를 빠져나오다가 예전에 요한나가 살던 집 앞을 지나게 되었다. 집은 텅 비어 어둡고 쓸쓸했다. 하지만 세상은 아무 일 없는 듯이 계속 돌아가고 있지 않은가. 크누트도 그렇게 자신의 길을 계속 가야 하리라!

어느새 겨울이 찾아 들었다. 강물은 꽁꽁 얼어붙고, 온 세상이 차가운 무덤 속에 묻혀 있는 것 같았다. 그러나 다시 봄이 오고 첫 번째 기선이 항해할 채비를 하는 것을 보자 크누트는 돌연 그곳을 떠나 넓은 세계로 나가고 싶은 갈증에 사로잡혔다. 하지만 프랑스엔 가고 싶지 않았다. 크누트는 여행 가방을 꾸린 뒤 쉬지 않고 독일 이곳 저 곳을 돌아다니며 여행했다. 그러다가 화려한 옛 도시인 뉘른베르크에 도착했을 때에야 비로소 지친 발을 쉬면서 잠시 그곳에 머물렀다.

뉘른베르크는 오래된 그림책에서 오려 낸 듯 매우 아름다운 옛 도시였다. 거리는 사방으로 뻗어 있었고, 집들은 제각기 다른 모습으로 길가에 들어서 있었다. 작은 탑과 장식이 있는 기둥과 조각들로 장식된 박공 지붕이 성문에서도 보였으며, 용이나 길고 날씬한 개 모양의 홈통이 기묘하게 생긴 지붕으로부터 길 한가운데까지 길게 뻗어 있었다. 크누트는 가방을 등에 지고 뉘른베르크의 시장터에 서 있었다. 근처에는 오래된 분수가 있었는데 위로 솟아오르는 분수의 물줄기 사이로 성서에 나오는 역사적인 인물들을 조각한 동상들이 서 있었다. 한 아리따운 아가씨가 물을 떠다가 크누트에게 주었다. 그녀는 손에 들고 있던 장미 한 다발 중에서 한 송이를 그에게 선물했다. 크누트는 그것이 참으로 좋은 징조인 것 같았다. 근처에 있는 성당에서 오르간 소리가 흘러나왔다. 귀에 익은 그 소리를 듣자 고향 쾨게가 생각난 크누트는 그 커다란 성당 안으로 들어갔다. 높고 기다란 기둥 사이의 채색된 창문을 통해 햇빛이 영롱하게 비쳤다. 생각이 경건해지고 평화가 마음에 찾아 들었다. 이어서 크누트는 뉘른베르크의 한 구둣방 주인을 찾아가 거기 머물면서 독일어를 배웠다.

예전에 뉘른베르크를 둘러싸고 있던 연못은 작은 밭으로 변해 있었다. 그러나 무겁게 보이는 탑을 인 높다란 담장은 여전히 그 자리에 서 있었다. 담장 안에서 밧줄을 꼬는 사람이 주랑처럼 생긴 담을 따라 밧줄을 꼬고 있었고, 담장 여기저기에 금이 간 틈새에서는 딱총나무가 자라나 푸른 가지들이 아래쪽에 있는 작은 집들 위까지 뻗어 있었다. 바로 이곳에 있는 작은 집 중 하나가 크누트가 일하는

구둣방 주인의 집이었다. 크누트가 앉아서 밖을 내다보는 작은 다락방 창문 위로
는 딱총나무 가지가 늘어뜨려져 있었다. 크누트는 여기서 여름과 겨울을 보냈다.

그러나 다시 봄이 되자 더 이상 견딜 수가 없었다. 딱총나무가 꽃을 피워 향기
를 품자 마치 쾨게의 정원으로 돌아가 있는 듯했다. 그래서 크누트는 그 구둣방을
떠나 딱총나무가 없는, 더 먼 곳에 있는 다른 구둣방으로 옮겼다. 그가 자리잡은
구둣방은 물방앗간이 있는 낡은 다리 근처에 있었다. 그 주위에서는 개울물이 언
제나 쏴 하고 거품을 내며 힘차게 흘렀지만 물 속으로 허물어져 버릴 것 같이 오래
되고 낡은 발코니가 달린 집들이 있는 곳에 이르러서는 물줄기가 주춤했다. 이곳
에는 딱총나무가 자라지 않았으며 꽃나무를 심은 화분 하나도 없었다. 그러나 구
둣방 건너편에는 커다란 버드나무가 한 그루 있었다. 버드나무는 급류에 떠내려
갈까 두려워 집을 꽉 붙들고 있는 듯이 보였으며 쾨게 정원에 있는 버드나무처럼
가지를 물 위로 늘어뜨리고 있었다. 크누트는 딱총나무 어머니가 있는 곳에서 버
드나무 아버지가 있는 곳으로 옮겨온 것이다. 이 버드나무에는 달빛이 휘영청한
밤이면 크누트의 가슴을 뭉클하게 하는 그 무엇이 있었다. 이런 느낌을 일으킨 것
은 달빛이 아니라 늙은 버드나무였다.

크누트는 더 이상 참을 수 없었다. 왜 그랬을까? 그거야 버드나무에게 물어보
라. 아니, 한창 꽃을 피우고 있는 딱총나무에게 물어보라! 여하튼 크누트는 구둣
방 주인과 뉘른베르크와 작별을 하고 다시 여행길에 올랐다.

크누트는 가슴 깊은 곳에 슬픔을 감추고 어느 누구에게도 요한나에 관해 얘기
하지 않았다. 어린 시절에 들었던 두 개의 생강 과자에 대한 이야기가 아주 특별
한 의미를 지니며 다가왔다. 크누트는 총각 과자 왼쪽에 왜 쓰디쓴 아몬드가 박혀
있었는지를 이제야 깨달았다. 그 쓰라린 가슴을 지닌 총각 과자는 자신이었고,
항상 온유하고 친절했던 요한나는 꿀과자를 온몸에 바른 처녀 과자였던 것이다.
그가 이런 생각에 잠겨 있을 때 배낭 끈이 가슴을 짓눌러 와 숨을 쉴 수가 없었다.
끈을 느슨하게 늘렸지만 여전히 숨이 막혔다. 그가 본 것은 그를 둘러싼 세계의
절반뿐이었고, 나머지 절반의 세계는 그의 마음속에 고통스럽게 침잠해 있었다.
그가 뉘른베르크를 떠날 때는 마음 상태가 이러했다. 그런데 눈앞에 높은 산들이
모습을 드러내자 비로소 세계가 확 트여 자유로워지는 기분이었다. 장대한 경관
을 보자 절로 눈물이 나왔다. 알프스 산맥은 접고 있는 대지의 날개 같았다. 그날

개가 펴진다면 검은 숲, 물거품을 일며 졸졸 흐르는 시냇물, 하늘을 떠다니는 구름, 그리고 펑펑 쏟아지는 눈 등, 다채로운 광경이 펼쳐져 보이리라.

'세계의 종말이 오면 대지는 거대한 날개를 펴고 하늘로 치솟아 하느님의 눈부신 시선 속에서 비누 거품처럼 부서지리라. 아, 세계의 종말이 온다면!' 크누트는 이런 생각을 하며 한숨지었다.

그는 부드러운 풀로 덮인 알프스 산맥의 시골 지방을 배회했다. 그에게는 그곳이 과일이 열리는 정원 같았다. 나무로 된 발코니에서 레이스를 짜는 아가씨들이 지나가는 그에게 인사를 했다. 알프스 산꼭대기는 저녁 노을에 붉게 물들었고, 무성한 나무 아래 고요히 잠들어 있는 푸른 호수에 그 노을이 비치었다. 그 광경을 보자 크누트는 쾨게 만이 생각났다. 그의 가슴에 향수가 깃들었지만 그것은 고통스런 것이 아니었다. 라인 강이 거대한 파도처럼 굽이굽이 흘러 흰 눈송이와 같은 물살로 부서지고, 노을에 물든 구름이 마치 그곳에서 생성되기라도 하는 것처럼 시시각각 변했다. 그 주위로 무지개가 형형색색의 리본처럼 하늘거리는 곳에 이르자 물살이 거품을 내며 세차게 흐르던 쾨게의 물방앗간이 생각났다.

크누트는 조용한 라인 강가의 도시에 머물고 싶은 마음도 있었지만, 이곳에는 딱총나무와 버드나무가 너무 많았다. 그래서 다시 험준한 산악 지대로 걸음을 옮겼다. 그는 바위투성이의 가파른 절벽과 제비 둥지처럼 산허리에 매달려 있는 산길을 따라 계속 여행했다. 물은 거품을 일으키며 계곡 저 아래로 떨어졌고, 구름은 그의 발 아래서 떠다녔다. 크누트는 여름 햇살을 받으며 알프스의 장미, 엉겅퀴, 그리고 눈으로 덮인 산길을 계속 걸었다. 이렇게 해서 그는 북쪽 나라들과 안녕을 고하고, 밤나무 숲길을 내려와 포도밭과 옥수수 밭을 걸었다. 이제 산맥은 자신과 과거의 추억 사이에 놓여 있는 담장이었다.

알프스 산맥을 내려오자 밀라노라는 크고 화려한 도시가 나타났다. 여기서 크누트는 한때 직원으로 일했던 독일인 구둣방 주인을 만나 다시 그의 가게에서 일하게 되었다. 구둣방 주인과 그의 아내는 신앙심 깊은 노부부였다. 노부부는 독실하게 그리스도교를 믿고 말수는 적지만 열심히 일하는 크누트를 좋아했다. 크누트는 그의 가슴에 쌓인 무거운 짐을 하느님이 덜어 준 것만 같았다. 크누트가 이따금 맛보는 가장 큰 즐거움은 흰 대리석으로 지어진 장대한 교회 지붕까지 올라가 보는 일이었다. 교회의 뾰족탑, 훌륭하게 꾸며진 확 트인 복도, 웅장한 기둥, 모퉁이와 현관과 둥근 천장에서 미소를 보내는 흰 석상, 그리고 교회 그 자체도 크누트의 눈에는 고향의 흰 눈으로 만들어진 것 같았다. 교회 탑에 올라가면 머리 위로는 푸른 하늘이 펼쳐졌고, 발 아래로는 도시와 아득하게 펼쳐진 롬바르디아 평원이 보였다. 그리고 북쪽으로는 만년설로 뒤덮인 높이 솟은 산들이 보였다. 이런 광경을 보면 담쟁이덩굴로 덮인 빨간 담이 있는 쾨게의 교회가 생각났지만, 그곳에 가고 싶은 마음은 없었다. 크누트는 알프스 산맥 너머에 있는 이곳에서 죽는 날까지 살기로 마음먹었다.

크누트는 1년 동안 밀라노에서 살았다. 그러니까 크누트가 고향을 떠난지 어느덧 3년이 지난 것이다.


어느 날, 구둣방 주인이 크누트를 시내에 데려갔다. 기수들이 곡예를 부리는 서커스가 아니라 오페라를 보여주기 위해서였다. 오페라 극장은 아주 큰 건물이었는데, 그 건물 자체도 하나의 볼거리였다. 지상에서부터 천장 가까이에 이르는 7층으로 된 관람석에는 화려한 비단 커튼이 드리워져 있었고, 관람석에는 우아한 옷차림을 한 숙녀들이 손에 꽃다발을 들고 앉아 있었다. 신사들 또한 정장 차림이었으며, 대부분은 금과 은 장식을 달고 있었다. 공연장에는 태양이 부서지는 것처럼 조명이 휘황찬란했으며, 아름다운 선율이 그윽하게 울려 퍼졌다. 모든 것이 코펜하겐의 극장보다 더 화려했다. 하지만 코펜하겐의 극장에는 요한나가 있지 않았던가! 여기에도 요한나가 있을까? 크누트가 이런 생각을 한 순간 마술과도 같이 요한나가 나타났다. 커튼이 스르르 올라가자 무대에 금과 비단으로 치장하고 머리에 왕관을 쓴 요한나가 나타난 것이다. 요한나는 천상에서 울려 퍼지는 듯한 아름다운 목소리로 노래를 했다. 아마도 그런 목소리를 낼 수 있는 것은 천사들뿐이리라. 노래가 끝나자 요한나는 무대 맨 앞까지 걸어나와 관중들에게 그녀만의 독특한 아름다운 미소를 지어 보였다. 그리고 분명히 크누트에게 시선을 던지는 것 같았다. 가엾은 크누트는 구둣방 주인의 손을 잡고 큰 소리로 "요한나!" 하고 외쳤다. 그러나 공연장에 울려 퍼지는 음악 소리 때문에 구둣방 주인 외에는 아무도 그 소리를 듣지 못했다.

"그래, 저 배우가 바로 유명한 요한나라네!" 구둣방 주인이 이렇게 말하며 요한나의 이름이 적힌 팸플릿을 크누트에게 보여주었다. 아, 이것은 꿈이 아니었다! 모든 사람들이 환호하며 요한나에게 화환을 던졌다. 노래가 끝나고 무대 뒤로 들어갈 때마다 사람들은 재창을 요구했고 그때마다 요한나는 무대에 나와 인사를 하고 들어갔다.

공연장 밖에 세워진 요한나의 마차 둘레에 많은 사람들이 모여들었다. 사람들이 말 대신 마차를 직접 끌었다. 크누트도 맨 앞에 서서 그들과 함께 환성을 지르며 마차를 끌고 갔다. 마차가 밝게 불이 켜진 어느 집 앞에 멈춰서자 크누트는 마차 문 옆으로 다가갔다. 마차 문이 활짝 열리고 요한나가 밖으로 나왔다. 밝은 불빛이 사랑스런 요한나의 얼굴을 비추었다. 요한나는 입가에 미소를 가득 담고 사람들에게 감사의 말을 하였다. 매우 감격에 찬 모습이었다. 크누트는 요한나의 얼굴을 뚫어지게 바라보았으며 요한나도 크누트를 보았다. 그러나 그녀는 크누트를 알아보지 못했다. 가슴에 반짝이는 별을 단 신사가 그녀에게 팔을 내밀었다. 사람들은 그들이 약혼한 사이라고 했다.

크누트는 집으로 돌아와 가방을 꾸렸다. 이제 딱총나무와 버드나무가 있는 고향으로 돌아가야 할 것 같았다. "아, 그 버드나무 아래로 가고 싶어!" 크누트는 단 한순간에 평생을 산 것 같았다. 주인 부부는 크누트에게 가지 말라고 사정했지만 어떤 말도 그를 잡아 둘 수는 없었다. 그들은 겨울이 되어 산이 이미 눈으로 덮여 있다고 했다. 그러나 크누트는 짐이라곤 배낭밖에 없기 때문에 지팡이에 의지하여 마차 바퀴 자국을 따라 가면 된다고 했다.

크누트는 산을 넘고 넘어 북쪽으로 걸음을 옮겼다. 한참 길을 가던 그는 기진맥진하여 쉴 곳을 찾았다. 그러나 어디에도 인가는 보이지 않았다. 하늘에서는 별들이 반짝였고, 계곡 아래쪽에서는 또 다른 하늘이 떠 있는 것처럼 불빛들이 별처럼 반짝였다. 크누트는 머리가 어지럽고 발이 후들거렸으며 온몸이 아파왔다. 계곡 아래로 내려감에 따라 불빛들이 점점 더 밝아지고 무수히 많아졌으며 이리저리 흔들렸다. 저 멀리에 마을이 있음이 분명했다. 크누트는 있는 힘을 다해 초라한 여인숙에 닿았다. 그는 그날 밤과 다음날을 꼬박 그곳에 머물렀다. 원기를 회복하려면 휴식이 필요했고, 계곡은 비가 오고 눈이 녹아 질퍽질퍽했기 때문이다.

사흘째가 되자 이른 아침에 한 악사가 손풍금을 가지고 찾아와 덴마크 민요를 연주했다. 크누트는 더 이상 그곳에서 지체할 수가 없어 다시 북쪽을 향해 발길을 옮겼다. 그는 고향에 있는 가족들이 죽기 전에 만나야겠다는 생각에 며칠 동안 쉬지 않고 서둘러 고향을 향했다. 그러나 크누트는 어느 누구에게도 이러한 소망을 말하지 않았다. 말을 했더라도 그의 가슴 깊이 사무친 슬픔을 이해할 사람은 없었다. 그런 슬픔은 세상 사람들이 이해할 수 있는 것이 아니었다. 그런 얘기를 해봐야 친구들조차도 이해할 수 없었을 것이며, 크누트에게는 얘기할 친구도 없었다. 그는 북쪽의 고향을 향해 떠도는 이방인에 불과했던 것이다.

어느 날 저녁, 크누트는 넓은 시골길을 걷고 있었다. 공기가 싸늘했다. 갈수록 길이 평평해지더니 들판과 초원이 나타났다. 길가에는 커다란 버드나무 한 그루가 서 있었다. 모든 것이 고향 덴마크의 분위기가 흡사했다. 크누트는 너무나 피곤하여 버드나무 아래 앉았다가 곧 잠이 들었다. 그는 자면서도 버드나무가 긴 가지를 머리 위에 늘어뜨리고 있다는 것을 느꼈다. 버드나무는 건장한 노인 같았다. 버드나무는 피로에 지친 아들을 팔에 안고 덴마크 땅으로, 어린 시절의 정원으로, 그리고 쾨게의 넓은 해안으로 데려다 준 바로 고향의 버드나무 아버지 같았다. 꿈속에서 그 버드나무는 쾨게의 버드나무로 변했다. 크누트를 찾으러 세상에 나온 그 버드나무는 크누트를 데리고 개울가 정원으로 갔다. 그곳에는 크누트가 마지막 보았을 때처럼 요한나가 화려한 의상에 왕관을 쓰고 서 있었다. 그리고 그의 앞에 이상하게 생긴 한 쌍의 형체가 나타났다. 그 형체는 어린 시절에 보았을 때보다 훨씬 더 사람의 모습에 가까웠다. 겉모습은 예전에 비해 많이 변해 있었지만, 바로 총각 과자와 처녀 과자임을 알 수 있었다. 세상에 좋은 면을 보이고 진열되어 있던 그 생강 과자 말이다.

"고마워. 우리가 입을 열도록 해 주어서 말야. 생각은 말로 표현해야 쓸모가 있다는 것을 너한테 배웠어. 그래서 우리는 서로 생각을 털어놓게 되어 약혼하게 됐단다!" 두 생강 과자가 크누트에게 말했다. 그리고는 손을 잡고 쾨게 거리로 들어섰다. 그들의 뒷모습은 아주 정다워 보였다. 그들은 곧바로 쾨게의 교회로 향했다. 크누트와 요한나도 손을 잡고 그들 뒤를 따라갔다. 교회는 예전처럼 붉은 담 위에 푸른 담쟁이 넝쿨을 늘어뜨리고 서 있었다.

거대한 교회 문이 활짝 열리고 그들이 널따란 복도로 들어서자 부드러운 풍금 소리가 울려 퍼졌다.

"주인님부터 하시죠." 두 생강 과자가 크누트와 요한나를 위해 옆으로 비켜섰다. 크누트와 요한나는 제단 앞에 무릎을 꿇고 앉았다. 요한나가 조용히 크누

478

트를 돌아보았다. 크누트의 두 뺨 위로 차가운 눈물이 흘러내렸다. 그런데 그 눈물은 실제로 얼음처럼 차가웠다. 자신에 대해 얼어붙었던 가슴이 강렬한 사랑으로 녹아 내리는 눈물이었기 때문이다. 뜨거운 눈물 방울이 볼을 타고 흘러내리는 것을 느끼며 크누트는 잠에서 깨어났다. 그는 차가운 겨울밤 낯선 나라의 어느 버드나무 밑에 앉아 있었다. 얼굴을 매섭게 때리는 차가운 눈보라를 맞으면서.

"내 일생에서 가장 멋진 순간이었어! 비록 꿈이었지만 말야. 오, 하느님, 또 한 번 꿈을 꾸게 해 주소서." 크누트는 이렇게 중얼거리며 다시 눈을 감고 잠들었다. 그리고 버드나무 아래서 꿈을 꾸었다.

다음날 아침, 눈이 수북히 쌓여 바람에 휘날리는데도 크누트는 계속 잠을 잤다. 마을 사람들이 교회에 가다 길가에 앉아 죽어 있는 젊은 직공을 발견했다. 버드나무 아래서 얼어죽은 채 앉아 있는 크누트를!

# 68
# 한 꼬투리 속의 완두콩 다섯 알

어느 완두콩 꼬투리 속에 다섯 개의 콩이 살고 있었다. 그들은 자신들은 물론, 완두콩 꼬투리도 초록색이어서 온 세상이 초록색이라고 믿었다. 그것은 당연한 생각이었다. 완두콩 꼬투리가 자람에 따라 콩도 자랐다. 완두콩들은 꼬투리 속을 잘 정돈하고 일렬로 앉아서 살았다. 따스한 해님이 비출 때는 콩 꼬투리가 따뜻해졌으며, 비가 올 때는 안이 들여다보일 만큼 맑고 투명했다. 콩 꼬투리 안은 낮에는 쾌적하고 온화했으며, 밤에는 어디나 그렇듯이 어두웠다. 완두콩들은 점점 자람에 따라 뭔가 자신들이 할 일이 있을 거라고 생각했다.

"언제까지 이렇게 앉아만 있을 수는 없어. 오래 앉아 있으면 몸이 굳어져 버리지 않을까? 밖에 나가면 뭔가 할 일이 있을 거야. 틀림없어." 완두콩 하나가 말했다.

그렇게 몇 주가 지나갔다. 완두콩들은 점차 노랗게 변했고 완두콩 꼬투리도 노랗게 변했다.

"온 세상이 노래지고 있어." 완두콩들이 말했다. 아마 그 말이 맞는지도 몰랐다. 바로 그때 꼬투리가 당기는 느낌이 들었다. 콩 꼬투리는 사람의 손에 들어갔다가 다른 콩 꼬투리와 함께 호주머니 속으로 미끄러진 것이다.

"이제 곧 꼬투리가 터질 거야." 그 중 하나가 말했다. 그것은 모두가 원하던 일이었다.

"누가 가장 멀리 갈까? 이제 곧 알게 되겠지?" 제일 작은 완두콩이 몹시 궁금하다는 듯 말했다.

"그래, 곧 알게 되겠지." 제일 큰 완두콩이 자신에 차서 말했다.

드디어 '툭' 하고 콩 꼬투리가 갈라지자 다섯 개의 완두콩이 일제히 밝은 햇빛 속으로 튀어나왔다. 그들이 튀어나온 곳은 어느 어린아이의 손이었다. 아이는 손에 콩을 쥐고 바라보면서 콩알총을 쏘기에 좋겠다고 말했다. 그리고는 콩 하나씩을 총에 넣고 쏘았다.

"와, 난 넓은 세상으로 날아간다. 잡을 테면 잡아 봐라." 첫 번째 콩이 이렇게 말하며 사라졌다.

"난 태양까지 날아갈 테야. 태양은 투명한 꼬투리야. 내게 잘 어울릴 거야." 두 번째 완두콩도 사라졌다.

"우린 어디에 닿게 되든 그곳에서 잠을 잘 거야. 계속 앞으로 굴러가야겠어. 우리가 가장 멀리 갈걸!" 다음 차례가 된 두 완두콩이 말했다. 그들은 바닥으로 굴러 떨어졌다가 다시 콩알총 속으로 굴러 들어갔다.

"정해진 대로 되겠지." 마지막 완두콩이 소리치면서 콩알총에서 튕겨져 나갔다. 그 콩은 다락방 창문 아래 있는 낡은 판자에 부딪혀 창턱의 작은 틈새로 들어갔다. 그 틈새에는 이끼와 무른 흙이 있었는데 콩은 이끼 속에 파묻혔다. 그리하여 그 콩은 하느님의 기억에서 사라진 채 포로가 되어 그곳에서 지내게 되었다.

"정해진 대로 되겠지." 마지막 완두콩이 또 중얼거렸다.

조그만 다락방에는 가난한 부인이 살고 있었다. 그녀는 하루 종일 밖에 나가

난로를 닦고 나무도 자르며 힘든 일을 했다. 하지만 아무리 부지런히 일해도 항상 가난에 쪼들려야 했다. 조그만 다락방에는 매우 가냘프고 연약한 어린 딸이 누워 있었다. 살지도 죽지도 못하는 중병을 앓고 있는 그 소녀는 1년 내내 침대에 누워서 지냈다.

"저 애가 동생에게 가기를 바라나이다. 저에게는 딸이 둘 있었지만 둘을 기르기엔 너무 벅찼습니다. 주님은 제가 힘들어하는 걸 아시고 한 아이를 주님의 품으로 데려가셨습니다. 남은 딸을 힘껏 잘 기르고 싶지만 그것도 뜻대로 되지 않습니다. 아마 두 아이는 떨어져서는 지내지 못하는 모양입니다. 차라리 저 애가 동생이 있는 하늘 나라로 가기를 바라나이다." 부인은 이렇게 기도했으나 병든 소녀의 상태는 변함이 없었다. 소녀는 어머니가 벌이를 나간 동안에도 하루 종일 조용히 누워만 있었다.

어느 봄 이른 아침, 밝은 해님이 작은 창문을 통해 눈부신 햇살을 방바닥에 퍼부었다. 어머니는 막 일하러 나가려던 참이었다.

"엄마, 저기 창틀 위로 살짝 보이는 파란 게 뭐예요? 바람에 움직이네요." 아래쪽 창틀을 무심히 바라보던 소녀가 말했다.

어머니는 창가로 다가가 창을 살짝 열었다. "어머나, 완두콩이네. 초록색 이파리가 돋아났어. 어떻게 해서 이 틈새로 들어왔을까? 네 작은 정원이 생겼구나. 얼마나 기쁘니." 어머니는 소녀가 싹이 튼 완두콩을 볼 수 있도록 침대를 창가로 밀어 놓고 일하러 나갔다.

저녁 때 어머니가 돌아오자 소녀가 말했다. "엄마, 몸이 나을 것 같아요. 오늘은 햇빛이 참 따스하고 밝았어요. 저 완두콩이 잘 자라니까 나도 병이 나을 거예요. 틀림없어요. 그래서 다시 밖에 나가 따뜻한 햇볕을 쬘 수 있을 거예요."

"하느님이 소원을 들어주셨구나!" 어머니는 이렇게 말했지만 딸이 다시 건강해지리라고는 생각하지 않았다. 그래도 어머니는 딸아이에게 희망을 준 완두콩의 초록색 작은 줄기가 바람에 꺾이지 않도록 막대기를 세워 주었다. 그리고 완두콩 넝쿨이 자라면서 기어오를 수 있도록 창턱에서 창틀로 줄을 매달아 놓았다. 완두콩 넝쿨은 하루가 다르게 무럭무럭 자랐다.

"아니, 꽃봉오리가 피어나네!" 어느 날 아침, 어머니가 놀라서 소리쳤다. 이젠 어머니도 딸이 건강해질 수 있을 것만 같았다. 어머니는 문득, 딸이 명랑하게 얘기한 적도 있었고, 또 어느 날인가 아침에는 침대에서 일어나 앉아 눈을 반짝이며 완두콩 잎새를 바라보던 일이 생각났다.

　1주일 후에는 소녀가 처음으로 한 시간 넘게 침대에서 일어나 앉아 있었다. 소녀는 창문을 열어 놓고 따스한 햇살을 받으며 행복해했다. 작은 완두콩 나무에는 완두콩 꽃이 활짝 피었다. 소녀는 머리를 숙여 가냘픈 꽃잎에 입을 맞추었다. 이 날은 소녀에게는 축제일 같았다.

　"얘야, 주님이 네게 기쁨을 주고 내게 희망을 주시려고 이곳에 완두콩을 심으셨나 보구나. 넌 참 축복 받은 아이지 뭐냐." 어머니가 감격하여 말했다. 그리고는 꽃봉오리가 하느님이 보내 주신 천사나 되는 것처럼 미소를 지으며 바라보았다.

　그런데 나머지 완두콩들은 어떻게 되었을까? "잡을 테면 잡아 봐라" 하고 세상 멀리 날아간 첫 번째 완두콩은 지붕에 있는 물받이 속으로 떨어져 비둘기의 목구멍으로 들어가 버렸다. 그 다음에 날아간 게으른 두 완두콩도 멀리 갔지만 비둘기들에게 먹히고 말았다. 그러니까 세 완두콩은 그나마 어딘가에 쓸모가 있었다. 그러나 태양을 향해 올라가려고 했던 네 번째 완두콩은 하수구에 빠져 몇 주 동안이나 흙탕물을 뒤집어쓰고 있다가 퉁퉁 불어 버렸다.

　"몸이 아름답게 불었네. 곧 터질 것 같아. 아무도 나만큼 멀리 오지 못했을걸. 난 꼬투리 속에 같이 있던 완두콩 중에서 제일 뛰어나!" 네 번째 완두콩은 이렇게 말했다. 결국 이 완두콩은 질퍽질퍽한 하수구에 영원히 갇히고 말았다.

　어린 소녀가 다락방 창문을 열어 놓고서 있었다. 얼굴은 발그레하여 건강해 보였으며 눈은 초롱초롱 빛났다. 소녀는 완두콩 꽃봉오리를 향해 자그마한 손을 내밀고 하느님께 감사를 드렸다. 그때 하수구가 말했다. "내 완두콩을 절대로 놓아주지 않을 테야."

# 69
# 하늘 나라에서 떨어진 꽃잎

맑고 푸른 하늘 저 높은 곳에서 천사가 하늘 나라 정원에 핀 꽃 한 송이를 들고 날아가고 있었다. 그런데 천사가 꽃에다 입을 맞출 때 작은 잎사귀 하나가 떨어져 숲 한가운데로 떨어졌다. 떨어진 잎사귀는 부드러운 땅 속에 뿌리를 내리고 다른 식물들 사이에서 자라났다.

"저 새싹은 참으로 우습게 생겼네. 어디서 왔을까?" 식물들이 수군거렸다. 식물들은 그 새싹과 어울리려 하지 않았다. 엉겅퀴나 쐐기풀조차도 그랬다.

"저건 분명히 집에서 기르는 식물일 거야." 식물들은 이렇게 말하며 비웃었다. 식물들에게 집에서 기른다는 말은 비웃는 말이었다. 그러나 그 식물은 무럭무럭 자라서 긴 덩굴을 멀리멀리 뻗어 갔다.

"어디로 가려는 거니? 넌 자꾸 밑으로만 자라는구나. 위로 커야 정상이지. 우리가 널 들어올려 줄 줄 아니?" 가시를 달고 거만하게 서 있는 엉겅퀴가 말했다.

겨울이 되자 온 세상이 하얗게 눈으로 덮였다. 하늘에서 떨어져 식물을 덮은 눈은 마치 안에 햇살을 품고 있는 것처럼 눈부시게 빛이 났다. 봄이 되자 그 식물에서는 꽃이 피어났다. 그 꽃은 숲 속에 있는 어떤 꽃보다도 더 아름다웠다.

어느 날, 유명한 식물학 교수가 숲 속을 찾아왔다. 교수는 식물에 대한 논문을 준비하고 있었다. 하늘 나라에서 온 식물을 본 교수는 꽃잎을 하나 따서 씹어 보고는 식물학 책에는 나와 있지 않은 식물이라고 말했다. 그리고 어떤 종류에 속하는지 알 길이 없다고 말했다.

"이건 참 기이한 종류로군! 잘 모르는 식물인걸. 기록에도 나와 있지 않고 분류되지도 않은 것이야." 교수가 중얼거렸다.

"기록에도 나와 있지 않고 분류되지도 않은 것이라구!" 엉겅퀴와 쐐기풀이 소리쳤다.

근처에 서 있던 큰 나무들이 이 소리를 들었다. 나무들은 그 꽃나무가 자신들과 같은 종류가 아니라는 것을 알았지만 그 꽃나무에 대해 험담도 칭찬도 하지 않았다. 잘 모를 때는 가만히 있는 것이 안전한 법이다.

그때 마음씨 곱고 순진한 소녀가 숲 속으로 걸어왔다. 소녀는 아주 가난하여 이 세상에서 가지고 있는 것이라곤 성경책뿐이었다. 성경에는 하느님의 목소리가 깃들어 있었다. "누군가 너를 해치려 하면 요셉의 이야기를 생각하라. 하느님이 자신에게 가해진 악을 어떻게 축복으로 바꾸셨는지를 생각하라."

소녀는 또 그리스도의 말도 기억하고 있었다. 가장 순결하고 고결한 그분을 사람들이 비웃으며 십자가에 매달았지만 그분은 십자가에 매달려 이렇게 기도했다. "주여, 저들을 용서하소서! 저들은 모르고 한 짓일 뿐입니다."

소녀는 길을 가다 이상한 식물을 보고 걸음을 멈추었다. 그 꽃나무의 푸른 잎에서는 달콤하고 상쾌한 향기가 풍겼다. 가지마다 피어 있는 화려한 꽃들은 눈부신 햇살을 받아 불꽃처럼 빨갛게 타올랐다. 소녀는 경외심을 가지고 하늘에서 떨어진 식물을 바라보다가 가지를 붙잡고 자세히 들여다보며 향기를 맡았다. 소녀는 꽃 한 송이를 꺾어 가지고 싶었다. 하지만 그러면 꽃은 죽어 버릴 것이다. 그래서 소녀는 푸른 잎사귀 하나만 따서 성경책 갈피에 끼웠다. 이제 잎사귀는 영원히 푸른 모습을 간직하게 될 것이다.

이렇게 해서 잎사귀는 성경책 속에 숨어 살게 되었다. 하지만 얼마 후에는 성경책도 어두운 땅 속으로 들어가게 되었다. 소녀가 죽자 성경책은 소녀의 머리맡에 놓여 관속으로 들어가게 되었기 때문이다. 사랑스런 소녀의 얼굴에는 엄숙한 죽음이 나타나 있었다. 이제는 소녀가 하느님과 함께 있다는 것을 보여 주는 것 같았다.

그러나 숲 속에서는 신기한 하늘 나라의 식물이 무럭무럭 자라 어느새 나무처럼 커졌다. 황새와 제비들을 비롯하여 온갖 철새들이 날아와 나무 앞에서 고개를 숙이며 존경심을 보였다.

그것을 본 엉겅퀴와 쐐기풀이 비웃었다. "이상한 짓을 다하네! 여기 사는 우리들은 절대로 저렇지 않아."

숲에 사는 검은 뱀들은 그 나무를 향해 혀를 날름거리며 침을 뱉었다.

어느 날, 돼지치기가 돼지풀을 뜯으려고 숲으로 왔다. 그는 엉겅퀴와 쐐기풀과 하늘나라에서 온 이상한 식물도 뿌리째 뽑아 버렸다.

"이 정도면 쓸 만하겠는걸!" 돼지치기가 이렇게 말하며 돌아갔다.

그런데 몇 년이 지나서 그 나라의 임금님이 우울증에 걸렸다. 임금님의 우울증은 너무 심해서 어떤 약을 써도 소용이 없었다. 심오한 책과 흥미있는 가벼운 책도 읽어 주었지만 소용이 없었다. 그러던 어느 날, 임금님이 도움을 청했던 현인에게서 답장이 왔다. 편지에는 임금님의 병을 고칠 치료약이 있다고 적혀 있었다.

"그것은 임금님의 왕국에서 자라는 것으로 하늘나라에서 온 식물입니다. 그 잎과 꽃은 생김새가 이러이러합니다. 쉽게 찾을 수 있을 것입니다!" 이 글 아래에는 식물의 그림이 그려져 있었다. 그리고 그림 아래로 이런 말이 적혀 있었다. "그것은 사시사철 푸른 잎을 가지고 있습니다. 그러니 저녁마다 잎사귀 하나를 따다가 잠자기 전에 임금님의 이마에 올려놓으십시오. 그러면 우울증이 사라질 것입니다. 잠을 잘 때 좋은 꿈을 꾸게 되어 다음날엔 기운이 넘쳐 날 것입니다."

나라 안의 의사들과 식물학 교수는 그것이 어떤 식물인지 금방 알 수 있었다. 그들은 그 식물을 찾으러 숲으로 갔다. 그런데 이게 어찌된 일인가? 아무리 찾아도 그 식물은 온데간데없었다.

"쐐기풀을 뽑을 때 함께 뽑아 버렸나 봐요. 하지만 오래 전에 돼지가 먹어버린 걸요. 제 잘못이 아니에요. 몰랐다구요." 돼지치기가 말했다.

"몰랐다구! 무식한 사람 같으니! 하긴, 어찌 그걸 알겠어!" 의사들과 식물학 교수는 소리치며 한탄했다.

이제는 그 식물의 잎사귀 하나도 찾을 수가 없었다. 잎사귀 하나는 죽은 소녀의 관 속에 있었지만, 아무도 그것을 몰랐다.

불쌍한 임금님은 절망에 빠져 직접 그 식물이 자라던 숲으로 가 보았다.

"이곳은 신성한 땅이로다!" 임금님이 이렇게 선언했다.

그리하여 하늘나라에서 온 식물이 자라던 곳에는 금으로 된 울타리가 쳐지고 보초가 서서 밤낮으로 지켰다.

식물학 교수는 하늘나라의 식물에 대한 논문을 발표하여 상으로 금을 받았다. 그와 그의 가족은 매우 즐거워했다. 이 부분이 이 이야기 중 가장 만족스런 부분이다. 하늘나라에서 온 식물은 사라져 버렸고, 임금님은 여전히 우울증에 시달려야 했기 때문이다.

"하지만, 임금님은 늘 우울증에 걸려 있었는걸 뭘!" 하고 보초가 말했다.

# 70
## 쓸모없는 여자

시장은 창문을 열어 놓고 창가에 서 있었다. 셔츠 주름 장식에 장식 핀을 꽂은 모습이 아주 말쑥했으며 여느 때와 달리 매끄럽게 면도를 하고 있었다. 면도하다 실수로 벤 상처 부위에는 신문지 조각이 붙어 있었다.

"얘, 나 좀 보자꾸나." 시장이 막 집 앞을 지나가던 소년을 불러 세웠다. 세탁 일을 하는 가난한 부인의 아들이었다. 소년은 걸음을 멈추고 예의를 갖추어 모자를 벗었다. 소년의 모자는 한가운데가 찢어져서 둘둘 말아 호주머니에 넣기 쉬웠다. 옷은 여기저기 꿰매서 초라했지만 깨끗하고 단정했으며, 무거운 나막신을 신고 있었다. 소년은 마치 임금님 앞이라도 되는 듯이 매우 정중하게 서 있었다.

"참 착하고 공손하구나. 네 어머닌 저 아래 개울가에서 빨래하느라고 바쁘겠지? 그래 호주머니에 있는 것은 어머니한테 가져다드릴 거냐? 참 안된 여자야. 얼마나 갖고 있지?"

"바 … 반 병쯤 되는데요." 겁에 질린 소년이 말을 더듬었다.

"네 어머닌 오늘 아침에도 그만큼 마셨겠지?"

"아니에요. 어제 마셨어요."

"반 병이 둘이면 한 병이군. 쓸모없는 여자 같으니! 그런 여자들은 어쩔 수가 없다니까. 네 어머니한테 창피한 줄 알라고 말씀드려라. 넌 술주정뱅이가 되어서는 안 된다. 하지만 너도 그렇게 되겠지. 불쌍한 녀석! 이제 가 봐라."

소년은 손에 모자를 들고 그 자리를 떠났다. 바람이 불어와 그의 금발 머리가 꼿꼿하게 섰다. 소년은 길모퉁이를 돌아 개울로 뻗어 있는 오솔길로 접어들었다. 어머니는 개울가 빨래판 앞에 서서 무거운 방망이로 빨랫감을 두드리고 있었다. 물레방앗간의 수로를 열어 놔서 물살이 빨랐다. 거센 물살에 천이 떠내려가지 않고, 빨래판이 뒤집히지 않도록 소년의 어머니는 힘껏 버티고 서 있었다.

"도와줄 사람이 필요했는데 마침 잘 왔다. 하마터면 개울물에 떠내려갈 뻔했구나. 여섯 시간 동안이나 찬 물 속에 있었더니 온몸이 으슬으슬하구나. 뭐 가져온 게 없니?" 아들을 보자 어머니가 말했다.

소년은 주머니에서 병을 꺼내 건넸다. 소년의 어머니는 병에 입을 대고 술을 한 모금 마셨다.

"이제 살 것 같구나! 몸이 후끈해지는걸. 따뜻한 음식 못지 않게 좋단 말이야. 비싸지도 않고. 너도 좀 마셔라. 얼굴이 창백하구나. 옷이 얇아서 춥지? 아, 벌써 가을이 왔구나. 어휴! 물이 너무 추워. 몸살이나 나지 않으면 좋으련만. 그런 일이야 없겠지. 자, 한 모금 더 마셔야겠다. 너도 좀 마셔라. 한 모금만. 하지만 습관적으로 술을 마시면 안 된다." 소년의 어머니는 이렇게 말하면서 소년이 서 있는 다리 쪽으로 올라갔다. 몸에 묶은 거적과 옷에서 물이 줄줄 흘러내렸다. "열심히 일했더니 손이 얼얼하구나. 하지만 이걸 고생이라고 생각진 않는단다. 널 그저 성실하고 착하게 키울 수만 있다면 이런 고생쯤은 아무것도 아니지."

그때 초라한 옷차림을 한 부인이 다가왔다. 소년의 어머니보다 나이가 많은 그 부인은 한쪽 다리를 절룩거렸으며, 곱슬곱슬한 머리털 한 가닥으로 한쪽 눈을 덮고 있었다. 머리칼은 한쪽 눈이 장님이라는 걸 숨기기 위한 것이었으나 오히려 장님인 눈을 더 두드러져 보이게 했다. 소년의 어머니의 친구인 그 부인을 이웃 사람들은 '곱슬머리털 절름발이 마르다'라고 불렀다.

"어머, 가엾어라. 이렇게 찬 물 속에서 일하다니! 이럴 땐 몸을 데워 줄 술이 필요해. 그런데도 사람들은 당신이 술 몇 모금 마시는 걸 가지고 비난한단 말이야." 마르다 아줌마는 이렇게 말하고 시장이 소년에게 한 말을 일러바쳤다. 마르다 아줌마는 시장이 하는 얘기를 지나가다 우연히 들었던 것이다. 아줌마는 술 몇 모금 마시는 걸 가지고 아이에게 어머니의 욕을 해대는 시장에게 몹시 화가 났다. 더구나 바로 그날 시장은 손님들을 불러 놓고 점심 식사를 하기로 되어 있었다. 음식을 푸짐하게 차려 놓고 병째로 포도주를 마시는 오찬회 말이다.

"그들은 맘껏 마실 거예요. 취하도록 말이에요. 그런데도 그건 술을 마시는 게 아니라고들 하지요. 자신들이 술을 마시는 건 괜찮고 당신이 몇 모금 마시는 것에 대해서는 쓸모없는 여자라고 욕하다니!" 마르다 아줌마가 분개해서 소리쳤다.

"얘야, 시장이 그렇게 말했단 말이지? 내가 아무 짝에도 쓸모없는 에미라고? 그래, 그의 말이 맞을지도 모르지. 하지만 내 아이에게 그런 말을 하다니! 얹혀 살다 보니 참 별꼴을 다 보겠네." 어머니가 화가 나서 입술을 부르르 떨며 말했다.

"시장 부모가 살았을 적부터 그 집일을 돌봐 왔으니 참 오래됐군. 그때부터 얹혀 먹고 살았으니 허기가 질 만도 하지!" 마르다 아줌마는 이렇게 말하고 웃음을 지었다. "참, 오늘 시장 집에서 베풀기로 한 연회는 연기하려고 했는데 소식이 늦게 도착하는 바람에 예정대로 진행하기로 했대요. 그 집 하인 말로는 음식 준비가 다 되었을 때에야 그 전갈을 받았다지 뭐예요. 코펜하겐에 사는 시장 동생이 죽었다는 전갈 말예요."

"죽었다니요!" 소년의 어머니가 갑자기 얼굴이 창백해지며 소리쳤다.

"그렇다니까요. 그런데 왜 그리 놀라세요? 하긴 그 집 일을 하던 때부터 알고 지냈으니 참으로 오래 됐구먼."

"그가 죽었다구요? 참 착하고 선량한 사람이었는데! 그런 사람은 좀처럼 만나기 힘들지요." 이렇게 말하던 소년의 어머니가 갑자기 통곡하기 시작했다. "오, 세상에! 모두 나 때문이야. 모든 게 나 때문이야. 정말 괴로워. 술 좀 남아 있니?" 소년의 어머니가 울부짖으며 울타리에 몸을 기댔다.

"이런, 완전히 넋이 나갔군요. 자, 기운을 내요. 시간이 지나면 다 잊혀질 거예요. 정말 몸이 아픈가 보군요. 집으로 데려다 줄게요."

"하지만 저 빨랫감은 어쩌구요?"

"걱정 말아요, 내가 알아서 할 테니. 자, 내 팔을 잡아요. 빨랫감이 물에 떠내려가지 않도록 아이한테 보고 있으라고 할게요. 당신을 데려다 주고 와서 내가 남은 빨래를 하면 돼요. 조금밖에 안 남았으니까."

일어서는 소년의 어머니 다리가 휘청거렸다. "아침부터 아무것도 먹질 못한데다 찬 물 속에 너무 오래 서 있었나 봐요. 왜 이렇게 열이 날까? 하느님, 무사히 집에 가도록 도와주세요. 오, 불쌍한 내 아이!" 소년의 어머니는 엉엉 울었다. 소년도 축축한 빨래 옆에 앉아 엉엉 울었다.

마르다 아줌마는 자꾸만 비틀거리며 넘어지는 소년의 어머니를 부축하고 천천히 걸었다. 그들은 오솔길을 벗어나 길모퉁이를 돌아서 시장이 살고 있는 큰길로 들어섰다. 시장 집 앞에 이르렀을 때 소년의 어머니가 쓰러지고 말았다. 사람들이 주위로 모여들었다. 절름발이 마르다 아줌마는 시장 집으로 뛰어들어가 도움을 청했다. 시장과 손님들이 창가로 몰려와 밖을 내다보았다.

"세탁부잖아! 술을 너무 많이 마신 모양이군. 쓸모없는 여자 같으니! 착한 아들 녀석이 정말 안됐어. 아이는 참 착한데 에미는 아무 쓸모가 없단 말이야." 시장이 이렇게 말하며 혀를 찼다.

잠시 후 소년의 어머니가 다시 정신을 차렸다. 사람들은 그녀를 초라한 집으로 데려가 침대에 눕혔다. 친절한 마르다 아줌마는 버터와 설탕을 넣은 맥주를 따뜻하게 데워서 주었다. 그것이 가장 좋은 약이라고 생각했던 것이다. 그리고 나서 빨래터로 가서 서툴지만 정성껏 빨래를 한 뒤 빨래 바구니에 담아 왔다.

저녁 무렵, 절름발이 마르다 아줌마는 소년의 어머니가 누워 있는 초라한 방에 앉아 있었다. 소년의 어머니에게 주려고 시장집 요리사에게서 구운 감자와 햄을 얻어 온 것이다. 소년과 마르다 아줌마는 음식을 맛있게 먹었지만 소년의 어머니는 참 맛있는 냄새가 난다고 말할 뿐 먹질 못했다. 소년은 어머니와 같은 침대에 누웠다. 침대가 좁아서 어머니의 발치에 누워 얼룩덜룩하게 기운 낡은 이불을 덮고 잤다. 잠시 후 소년의 어머니가 기운을 차렸다. 따뜻한 맥주를 마시자 원기가 회복되었고, 좋은 음식 냄새가 기분을 북돋우어 준 것이다.

소년의 어머니가 마르다 아줌마를 보며 말했다. "고마워요, 착한 마르다. 이제 아이가 잠들었으니 다 얘기해 줄게요. 보세요, 빨리도 잠이 들었죠. 눈을 감고 자는 모습이 참 귀엽고 사랑스러워요! 얘는 제 어미의 사정이 어떤지 알지 못해요. 제발 끝까지 몰랐으면 좋겠어요. 시장의 부모가 살아 있을 때였어요. 시장 아버지는 추밀원 고문관이었지요. 그때 대학생인 그분의 막내아들이 고향에 내려왔어요. 당시만 해도 난 젊고 거리끼는 게 없었지요. 하지만 정직했어요. 정말이에요. 그 대학생은 참 쾌활하고 착했어요. 어디 하나 흠잡을 데가 없었지요. 이 세상에서 그렇게 좋은 사람은 찾을 수 없을 거예요. 그는 주인집 아들이었지만 하녀인 날 진심으로 사랑했어요. 그래서 그 사실을 주인 마님께 말했지요. 그는 현명하고 아름답기 이를 데 없는 어머니를 하느님만큼이나 사랑했어요. 그 후 그는 여행을 떠나게 되었고 떠나면서 내 손가락에 금반지를 끼워 주었지요. 그런데 아들이 떠나자 주인 마님이 나를 불렀어요. 주인 마님은 나를 앞에 앉혀 놓고 근엄하고 상냥한 표정으로 천사가 얘기하듯 나를 설득하기 시작했어요. 정신적으로나 신분적으로 나와 아들 사이를 가로막고 있는 차이를 차근차근 설명하더군요.

'내 아들은 지금은 너의 예쁜 얼굴에 반해 있지만 외적인 아름다움은 오래가지 않는 법이란다. 너는 그 아이만큼 배우지도 못했고, 정신적으로나 신분상으로도 서로 어울리지 않아. 참으로 마음 아프지만 말야. 물론 난 가난한 사람들을 존중한단다. 하느님 앞에서는 가난한 사람들이 부자들보다 더 높은 자리를 차지하니까. 하지만 우리가 사는 이 세상에서는 길을 잘못 들어서지 않도록 조심해야 한단다. 마차가 위험한 길로 들어서면 전복되듯이 조심하지 않으면 우리 인생도 그렇게 되어 버리지. 널 간절하게 원하는 훌륭한 직공을 알고 있단다. 장갑을 만드는 에릭 말이야. 그는 홀아비지만 아이도 없고 살림도 넉넉하지. 너와 잘 어울릴 것 같구나. 잘 생각해 보지 않겠니?'

주인 마님의 한 마디 한 마디가 칼로 가슴을 찌르는 것 같았어요. 그렇지만 마님의 말씀이 옳다는 걸 알았어요. 괴로워서 가슴이 터질 것만 같았지요. 나는 마님의 손에 입을 맞추고 쓰디쓴 눈물을 흘렸어요. 내 방에 돌아오자 침대에 쓰러져 엉엉 울었어요. 얼마나 괴롭고 끔찍한 밤이었는지 몰라요. 내가 얼마나 괴로워하며 몸부림쳤는지 하느님만이 아실 거예요.

다음 일요일에 나는 교회에 가서 하느님께 기도했어요. 나를 바른 길로 인도해 달라고 말예요. 그리고 나서 교회를 나서는데 하느님의 섭리와도 같이 에릭이 내게 다가왔어요. 그때 난 그것이 하느님의 뜻이라는 걸 전혀 의심치 않았어요. 우리는 신분이나 사는 방식이나 서로 어울렸고, 그때도 그는 부자였지요. 나는 똑바로 그에게 걸어가 그의 손을 잡고 물었어요. '아직도 날 좋아하세요?' 하고 말예요. '네. 영원히 사랑할 겁니다.' 하고 그가 대답했지요. 나는 다시 물었어요. '당신을 사랑하진 않지만 존경하고 위해 주는 여자라면 결혼하겠어요? 결국은 사랑하겠지만요.' 그러자 그는 '사랑하는 날이 올 것입니다.' 하고 대답했어요. 우리는 손을 꼭 잡았어요.

나는 대학생이 선물한 금반지를 소중하게 끼고 다녔는데 낮에는 감히 끼지 못하고 밤에 잘 때만 끼었지요. 그날 밤 나는 입술이 부르트도록 반지에 입을 맞추었어요. 그리고 나서 마님에게 반지를 넘겨주면서 다음 주에 장갑 만드는 직공과 약혼한다고 말씀드렸지요. 그러자 마님이 나를 껴안으면서 입을 맞추었어요. 마님은 내가 쓸모없는 여자라고는 말하지 않았지요. 아마 지금보다는 순수했던 모양이죠. 그때는 험한 세상을 몰랐으니까요.

우리는 미가엘 축일인 9월 29일 결혼했어요. 결혼 첫 해는 그런 대로 좋았지요. 직공과 도제도 한 사람씩 고용했어요. 당신도 우리 집에서 일했잖아요."

"그래요, 당신은 나한테 참 잘해 줬지요. 당신과 당신 남편이 내게 베풀어 준 친절은 영원히 잊지 못할 거예요." 마르다가 그때를 회상하며 미소지었다.

"우리가 함께 지냈을 때가 좋았어요. 아이가 없었지만 말예요. 그 뒤로는 다시는 대학생을 만나지 않았어요. 아니 그를 한 번 보긴 했지만, 그는 나를 못 봤지요. 마님 장례식에 왔더군요. 마님 무덤 옆에 시체처럼 창백한 얼굴로 깊은 슬픔에 잠겨 있었어요. 얼마 후 그의 아버지가 돌아가셨을 때는 외국에 있었기 때문에 장례식에 참석하지 못했지요. 결혼도 하지 않았다고 들었어요. 나중에 그는 변호사가 되었어요. 나 같은 여자는 기억에도 없을 테죠. 날 봐도 알아보지 못할 거예요. 이젠 늙어서 젊고 예쁜 모습도 사라져 버렸으니까요. 잘된 일인지도 모르죠."

이어서 소년의 어머니는 그 뒤에 찾아온 시련과 갑작스런 불행에 대해 얘기했다. "우리에겐 500달러가 있었어요. 마침 그 거리에 200달러에 내놓은 집이 있어서 샀지요. 그 집을 헐고 새로 집을 지으면 좋겠다는 생각에서였죠. 그런데 건축업자와 목수는 새 집을 지으려면 1,200달러가 든다고 했어요. 에릭은 신용이 있어서 코펜하겐에서 돈을 빌릴 수 있었어요. 하지만 돈을 싣고 오던 배가 난파되어 돈은 바다 속으로 가라앉고 말았어요. 바로 그 무렵에 나는 이 아이를 낳았고 남편은 오랫동안 중병을 앓게 되었지요. 나는 아홉 달 동안 그의 병간호를 해야 했어요. 가세는 완전히 기울고 빚만 잔뜩 늘어갔지요. 가진 것을 모두 팔아야 했어요. 하지만 결국 남편은 죽고 말았어요. 그때부터 나는 이 아이를 위해 뼈가 부서지도록 일하면서 악착같이 살아 왔어요. 온갖 궂은 일을 다 했지만 형편이 조금도 나아지지 않았지요. 그게 다 하느님의 뜻인가 봐요. 하지만 하느님은 내 아이만은 결코 버리시지 않을 거예요." 소년의 어머니가 이렇게 중얼거리다 잠이 들었다.

다음날 아침, 소년의 어머니는 원기를 회복하여 다시 일하러 나갔다. 그러나 차가운 개울물에 들어가자, 온몸이 으슬으슬하고 힘이 축 빠졌다. 어머니는 무섭게 경련을 일으키면서 허공에 손을 내저으며 한 발자국 걸음을 옮기다가 쓰러지고 말았다. 머리를 땅에 대고 두 발은 여전히 개울물 속에 담근 채였다. 지푸라기로 단단히 발에 묶었던 나막신이 물살에 떠내려갔다. 마침 커피를 가지고 온 마르다 아줌마가 물가에 쓰러진 소년의 어머니를 발견했다.

얼마 후, 시장 집에서 보낸 심부름꾼이 찾아왔다. 시장이 할 말이 있으니 소년의 어머니에게 급히 와 달라는 것이었다. 그러나 심부름꾼이 도착할 때는 이미 늦어 있었다. 의사가 와서 손을 쓰려 했지만 소년의 어머니는 이미 숨이 끊어진 후였다.

"술을 너무 많이 마시다 죽었군." 인정 없는 시장이 말했다.

한편 시장 동생의 죽음을 알리는 편지에는 유언이 적혀 있었다. 예전에 어머니의 하녀였던 장갑 직공의 미망인에게 600달러를 유산으로 물려준다는 내용이었다. 그 돈은 미망인과 그의 아들에게 적절하게 지불하라고 쓰여 있었다.

"맞아, 내 동생과 그 여자 사이에 무슨 관계가 있었어. 그 여자가 세상을 떠났으니 잘됐군. 이젠 아이가 유산을 모두 갖게 됐으니 말야. 그 아이를 좋은 사람에게 맡겨 훌륭한 일꾼이 되게 해야지." 시장이 이렇게 중얼거리며 소년에게 하느님의 은총을 빌었다. 시장은 소년을 돌봐 주기로 약속하며 인정머리 없게도 소년의 어머니가 죽은 것이 잘됐다고 덧붙였다. 그가 볼 때는 쓸모없는 여자였으니 말이다. 소년의 어머니의 시체는 가난한 사람들의 공동 묘지로 옮겨졌다. 절름발이 마르다 아줌마는 묘지에 모래를 뿌리고 장미 한 그루를 심었다. 소년은 그 옆에 서 있었다.

"엄마, 불쌍한 우리 엄마! 모두들 엄마가 쓸모없는 여자라는데 사실이에요?" 소년이 안타깝게 울부짖었다.

"그건 사실이 아니란다." 마르다 아줌마가 하늘을 올려다보며 말했다. "네 엄마는 매우 쓸모 있는 여자였지. 예전부터 난 알고 있었단다. 네 엄마가 죽는 날 밤에는 그걸 더 확실히 깨달았지. 네 엄마는 인간으로서 참 쓸모 있는 분이셨단다. 하늘에 계신 하느님은 이 말이 사실이란 걸 아셔. 세상 사람들은 지금도 네 엄마가 쓸모없는 여자였다고 하지만 말야."

# 71
## 마지막 진주

우리는 아주 부유하고 행복한 집에 살고 있다. 오늘은 집주인과 하인과 친구들 모두가 그렇게 즐겁고 행복할 수가 없었다. 바로 이 집안의 대를 이어갈 아들이 태어난 것이다. 산모와 아이는 모두 건강했다. 침실 램프는 약간 흐렸고 창에는 값비싼 비단으로 된 커튼이 드리워져 있었다. 그리고 바닥에 깐 양탄자는 이끼를 깔아 놓은 것처럼 두툼하고 부드러웠다. 그곳에 있는 모든 것이 졸음에 겨운 듯 평온해 보였다. 최소한 졸린 유모의 눈에는 이렇게 보였다. 유모는 주위 사람들이 행복해하며 축복의 말을 하는 동안 잠이 들었다.

이 집 수호신은 침대 머리맡에 기대 서 있었다. 엄마의 품에 안긴 아기의 머리 위에는 반짝이는 수많은 별들이 무리지어 떠다녔고, 별 하나하나가 행복의 진주였다. 생명의 별들은 친절하게도 새로 태어난 아기에게 건강, 재산, 행운, 사랑 같은 선물을 하나씩 가져다주었다. 인간이 지상에서 소망하는 모든 것이 다 충족된 듯했다.

"모든 것을 다 주었군." 수호신이 중얼거렸다.

"아니에요! 아직 남은 게 있어요." 수호신 옆에서 이런 목소리가 들렸다. 그것은 아기를 수호하는 착한 천사였다. "아직도 선물을 가져오지 않은 요정이 있어요. 하지만 수년이 지나더라도 언젠가는 가져올 거예요. 마지막 진주가 빠졌어요."

"빠지다니요! 하나라도 없어서는 안되죠. 그렇다면 우리가 그 요정을 찾아봅시다. 우리가 그 힘의 요정을 찾아갑시다!"

"찾아가지 않아도 언젠가는 올 거예요."

"그 요정의 진주를 빠뜨려서는 안되지요. 그 진주가 있어야 저 왕관을 썼을 때 완벽해져요. 어디 가야 그 요정을 찾을 수 있지요? 그 요정은 어디 살지요? 말해봐요. 내가 가서 진주를 구해 오겠어요." 수호 천사가 재촉했다.

"그래 주겠어요? 그렇다면 그 요정이 어디에 있건 간에 내가 직접 당신을 안내하겠어요. 그 요정은 일정한 거처가 없지만, 황제의 성을 통치해요. 가끔 가난한 농부들을 찾아다니기도 하지요. 그 요정은 어디를 가든지 꼭 자취를 남긴답니다. 비싸건 값싸건 간에 어떤 것이든 선물을 가지고 다니죠. 이 아기도 찾아올 거예요. 이렇게 오래 기다리는 것은 소용없는 일이라고 생각하시죠? 그러니 진주를 찾으러 가요. 그것만 있으면 부족할 게 없어요."

그래서 마음씨 착한 아기 천사와 집의 수호 천사는 손을 잡고 요정이 있는 곳으로 날아갔다. 그들이 찾아간 곳은 창문이 어둡고 방들이 비어 있어 이상할 정도로 조용한 어느 큰 집이었다. 한 줄로 줄지어 서 있는 열린 창문들로 거친 바람이 들이쳐 길게 늘어진 흰 커튼이 흔들거렸다. 여러 개의 방 중 한 방에는 뚜껑이 열린 관이 놓여 있었고, 그 안에는 아직 젊고 아름다운 여자의 시신이 들어 있었다. 시신 위에 뿌려진 싱싱한 장미꽃 사이로 포개진 우아한 두 손과 하늘나라로 들어갔다는 것을 말하는 듯 경건하고 진지한 표정을 한 고결한 얼굴이 보였다.

관 옆에는 남편과 아이들이 서 있었으며 막내는 아버지의 팔에 안겨 있었다. 그들은 어머니에게 마지막 작별을 하러 온 것이다. 남편이 아내의 손에 입을 맞추었다. 아내의 손은 지금은 시든 꽃잎 같았지만 얼마 전까지만 해도 온갖 정성과 애정으로 식구들을 돌보던 손이었다. 그들의 뺨 위로 슬픔에 찬 눈물이 흘러 방바닥에 떨어졌다. 입을 여는 사람은 아무도 없었다. 그곳을 감싸고 있는 침묵이 그들의 슬픔을 말해 주고 있었다. 그들은 흐느끼면서 조용히 그 방을 나갔다. 아직 방 안에서 타오르고 있던 촛불이 바람에 날려 붉고 긴 혀를 불꽃 위로 날름거렸다. 낯선 사람들이 나타나 시신 위에 관 뚜껑을 닫고 못질을 했다. 못질하는 소리가 온 집 안에 울려 퍼져 애통해하는 사람들의 가슴을 파고들었다.

"날 어디로 데려가는 거죠? 이곳에는 그 요정이 살지 않은가 본데요. 가장 훌륭한 생명의 선물에 해당하는 진주를 가졌다는 그 요정 말입니다." 수호 천사가 말했다.

"아니에요. 있어요. 요정은 이렇게 신성한 순간에 나타나죠." 아기 천사가 방구석을 가리키며 말했다. 그곳은 관 속에 누워 있는 여자가 살아 있을 때 꽃과 그림에 둘러싸여 앉아 있던 곳이었으며, 이 집을 축복하는 요정이 되어 남편과 아이들과 친구들을 따뜻하게 맞이하던 곳이었고, 눈부신 햇살처럼 온 집 안에 즐거움과 기쁨을 주던 곳이었다. 그녀는 이 집안의 중심이자 심장이었던 것이다. 바로 그곳에 길게 늘어뜨린 옷을 입은 낯선 여자가 앉아 있었다. 죽은 아내이자 어머니 대신 그곳에 앉아 있는 여자는 "슬픔"이라고 하는 요정이었다.

그녀의 치마 위로 뜨거운 눈물 방울이 떨어져 하나의 진주가 되었다. 진주가 무지갯빛으로 영롱하게 빛을 냈다. 천사는 별보다 일곱 배는 더 눈부신 빛을 내며 반짝이는 그 진주를 손으로 받았다. 없어서는 안 될 그 슬픔의 진주는 다른 진주를 더 빛나게 하고 다른 진주의 의미를 가르쳐 주는 것이었다.

"우리 지구와 하늘나라를 연결하는 희미하게 반짝이는 무지개가 보이는가?" 그것은 지구와 하늘나라 사이에 놓인 다리였다. 무덤 위에 깜깜한 밤이 찾아오면 우리는 저 하늘 높이 떠 있는 별들 너머를 바라본다. 모든 것의 끝으로 이어지는 별들 너머를 말이다. 그리고 슬픔의 진주를 본다. 우리를 천국으로 데려갈 날개가 숨겨진 슬픔의 진주를.

# 72
# 두 아가씨

여러분은 달구가 어떻게 생겼는지 아는가? 달구는 포장공들이 자갈로 길을 포장할 때 사용하는 연장이다. 덴마크에서는 달구를 "아가씨"라고 부르기 때문에 달구를 말할 때 여성형을 사용하는 것이 적절하다.

단단한 나무로 만들어지는 달구는 아래쪽이 넓으며 철끈으로 단단하게 둘러져 있다. 그리고 호리호리한 꼭대기에서는 두 개의 팔이 튀어나와 있다. 포장공들은 바로 이 두 팔을 잡고 자갈을 다진다.

삽, 측량기, 수레들이 있는 창고에 달구, 즉 아가씨 둘이 서 있었다. 그들은 덴마크어에 새로 만들어진 이름에 따라 이제 '아가씨'가 아니라 '달구'라고 불리게 되었다는 이야기를 듣게 되었다. 모든 자갈들도 그렇게 말했다.

우리 인간들 사이에는 '해방된 여성'이라고 불리는 집단이 있다. 여교장, 조산사, 한 다리로 능숙하게 설 줄 아는 무용수, 여성 모자 상인, 유모 등이 이 집단에 속한다. 연장을 넣어 두는 창고에 있는 두 아가씨는 이 집단에 가입하기로 결심했다. 도로국에 고용된 그들은 어떤 경우에도 명예로운 '아가씨'라는 이름을 포기하려 하지 않았다. '달구'라는 이름이 마음에 들지 않았기 때문이다.

"아가씨는 사람한테 붙이는 이름이고, 달구는 물건에 붙이는 이름이지. 우린 물건 취급을 받을 수 없어. 그건 모욕이야." 한 아가씨가 이렇게 말했다.

"내가 그렇게 불려지게 되었다는 얘기를 들으면 약혼자가 우리 약혼을 없던 걸로 하자고 할지도 몰라." 그 중 나이 어린 아가씨가 말했다. 나이 어린 아가씨는 말뚝박이와 약혼한 사이였는데, 말뚝박이는 말뚝 박는 데 쓰는 커다란 망치 종류의 도구였다. 길을 포장할 때는 말뚝박이가 힘든 일을 하고 달구는 마무리 작업을 하는 데 사용된다.

"내 약혼자는 아가씨인 날 사랑한 거야. 내가 달구가 되면 사랑하지 않을지도 몰라. 그러니까 내 이름을 바꾼다면 가만두지 않을 테야!"

"난 그렇게 불리느니 차라리 두 팔을 부러뜨리고 말겠어." 나이 많은 아가씨가 울부짖었다.

그러나 수레는 그렇게 생각하지 않았다. 수레는 그 사회에서 하찮은 존재가 아니었다. 수레는 바퀴 하나로 움직였기 때문에 자신을 '사 분의 일 마차'로 생각했다.

"아가씨라는 이름은 아주 흔해 빠져서 달구라는 이름만큼 멋지지가 않아요. 달구라는 이름으로 불리면 도장업 대열에 끼게 되는 거요. 예를 들면, 왕의 도장 같은 거 말이오. 나 같으면 아가씨라는 이름을 기꺼이 포기하겠소." 수레가 자신의 생각을 말했다.

"말도 안 돼요! 그러기엔 난 나이가 너무 많아요." 나이 많은 아가씨가 말했다.

"댁은 '유럽의 표준'이라는 걸 잘 모르는 모양이군요. 누구나 자신의 한계를 인정하고 시대의 변화와 필연성에 순응해야 하는 법이라오. 아가씨라는 이름이 달구로 불려야 한다고 법에 나와 있으면 그 이름을 사용하는 것이 순리지요. 모든 것에는 표준이 있는 법이오. 이름까지도 말이오." 정확하지 못해서 은퇴를 한 늙은 측량기가 말했다.

"정말 이름을 바꿔야 한다면 차라리 미스라는 여성적인 이름이 더 나아요." 나이 어린 아가씨가 말했다.

"그럴 바에는 차라리 빠개져서 땔감이 되는 게 나아!" 나이 많은 아가씨가 말했다. 나이 많은 아가씨는 사실 노처녀였다.

이제 모두들 제자리로 돌아가 일을 할 시간이었다. 두 아가씨는 수레에 실려 갔다. 수레를 타고 움직이는 것은 부러움을 사는 일이었지만 이제 달구라고 불리게 되었으니 그게 다 무슨 소용이겠는가.

두 아가씨는 자갈을 칠 때마다 "아가씨!" 하고 말했다. 그들은 "아가씨!" 하고 똑바로 말하려 했지만 너무 화가 나서 말이 제대로 나오지 않았다. 두 아가씨는 자기들끼리 부를 때는 항상 "아가씨"라는 이름으로 불렀다. 그리고 아가씨라고 불리던 좋았던 옛 시절을 얘기하곤 했다. 두 아가씨는 그 후로도 계속 아가씨로 남았다. 말뚝박이가 나이 어린 아가씨와의 약혼을 취소했기 때문이다. 말뚝박이는 달구하고는 사귀고 싶지 않았던 것이다.

# 73
# 바다 끝에서

몇 년 전, 커다란 배 두 척이 북극으로 파견되었다. 먼 바다와 땅의 경계를 탐험하고, 북극해를 통한 길이 있는지를 알아내기 위해서였다. 이 배들은 1년이 넘게 눈과 얼음 속을 헤치며 북쪽으로 항해를 했으며 선원들은 온갖 어려움을 겪었다.

이제 겨울이 찾아오고 태양이 완전히 모습을 감추어 버렸다. 여러 주 동안 길고 긴 밤이 계속되는 것이다. 어디를 보나 온통 빙하 투성이었다. 탐사선은 이 한가운데서 옴짝달싹 못하고 정박해 있었다. 선원들은 산더미처럼 쌓인 눈으로 오두막을 지었다. 그 중에는 벌집 모양으로 된 오두막이 있는가 하면, 훈족의 무덤처럼 거대하고 넓은 것도 있었고, 서너 명밖에 들어갈 수 없을 정도로 좁은 것도 있었다.

밤이 계속되었지만 바로 눈앞이 보이지 않을 정도로 컴컴하지는 않았다. 북극광이 불꽃놀이의 불꽃처럼 붉고 푸른빛을 내고, 눈이 하얗게 빛을 반사하여 사방이 어슴푸레한 빛으로 물들어 있었기 때문이다. 달이 가장 밝을 때면 에스키모 원주민들이 무리를 지어 찾아왔다. 온통 털투성이인 모피 옷으로 온몸을 감싸고 썰매를 타는 에스키모인들의 모습은 참으로 신기했다. 그들은 올 때마다 많은 모피와 가죽을 가져왔다. 모피와 가죽은 눈으로 만든 집의 양탄자로 사용되기도 했고, 살을 에는 듯이 추운 날 밤에 선원들이 눈으로 된 지붕 아래서 잘 때 온몸을 감싸는 이불로도 사용되었다. 선원들이 떠나온 고국은 아직 늦가을이었다. 그들은 먼 이국의 땅에서 고향을 생각했으며 나뭇잎이 노랗게 물든 고향의 나무 아래 앉아 있는 상상을 하곤 하였다.

시계를 보니 어느덧 잠잘 시간이었다. 이곳에서는 늘 밤이었지만 말이다. 눈으로 지은 어느 오두막집에 두 사람이 누워 있었다. 그 중 젊은 친구는 이곳으로 올 때 가장 귀하고 값진 보물을 가지고 왔었다. 그것은 집을 떠날 때 할아버지가 선물로 준 성경이었다. 그는 날마다 성경을 머리맡에 놓고 읽었다. 어릴 때부터 읽은 내용이었다. 그가 차가운 침상에 누웠을 때 문득 성경 말씀이 마음을 스치곤 하였다. "내가 새벽 날개를 치며 바다 끝에 가서 거주할지라도 거기서도 주의 손이 나를 인도하시며 주의 오른손이 나를 붙드시리이다!"(시편 139:9-10)

그는 이런 성경 구절을 생각하며 믿음에 가득 차 편안히 잠에 빠져들었다. 그리고 하느님이 그의 영혼을 찾아오는 꿈을 꾸었다. 육체가 편안히 쉬는 동안 영혼은 살아 활동하는 법이다. 그는 자신의 영혼이 살아 움직이는 것을 느꼈다. 그것은 마치 귀에 익숙한 그리운 선율을 듣는 것과 같았으며, 여름날의 산들바람이 온몸을 감싸는 기분이었다. 그때 눈으로 된 지붕을 뚫고 쏟아져 들어온 듯한 한 줄기의 밝은 빛이 그의 침상을 비쳤다. 그는 고개를 들어 빛을 바라보았다.

그 빛은 하얀 눈에 반사되어 나온 빛이 아니라 몸집이 큰 천사의 날개에서 쏟아져 나오는 눈부신 빛이었다. 그는 밝게 미소짓고 있는 천사의 얼굴을 바라보았다. 천사가 백합의 꽃받침처럼 성경에서 솟아올라 팔을 내밀었다. 그러자 눈으로 지은 오두막집이 가벼운 안개로 지은 것처럼 사르르 내려앉았다. 그리고 거기에 고향의 푸른 언덕과 초원과 붉게 물든 숲이 아름다운 가을 햇살 속에 펼쳐졌다.

황새 둥지는 비어 있었지만 낙엽이 져서 앙상한 사과나무에는 아직도 탐스럽게 무르익은 사과가 열려 있었다. 붉은 들장미 열매가 울타리에서 빛을 발했고, 찌르레기는 농가의 창턱에 매달린 녹색 새장에서 찌르르 휘파람을 불었다. 바로 그 젊은 친구가 가르쳐 준 노래였다. 그의 할머니가 찌르레기 집에다 새 먹이를 매달았다. 그것은 그가 고향에 있을 때 늘 보던 모습이었다. 젊고 아름다운 대장장이 딸이 우물가에서 물을 길어 올리며 할머니에게 고개를 끄덕여 인사를 했다. 할머니도 미소를 지으며 고개를 끄덕여 보이고 멀리서 온 편지를 보여주었다.

바로 그날 아침에 도착한 그 편지는 하느님의 보호를 받으며 달콤한 잠에 빠져 있는 젊은이가 추운 북극에서 보낸 것이었다. 할머니와 대장장이 딸은 편지를 읽으며 웃기도 하고 울기도 했다. 머나먼 얼음과 눈 나라에 있는 젊은이도 천사의 날개 아래서 그들과 함께 마음속으로 웃고 울었다. 꿈속에서 그들이 하는 말과 행동을 모두 보고 들었기 때문이다. 그들은 편지에 쓰여 있는 성경 구절을 큰소리로 읽었다.

"바다 끝에 가서 거주할지라도 거기서도 주의 손이 나를 인도하시며 주의 오른손이 나를 붙드시리이다!"

천사가 면사포처럼 잠자는 젊은이 위로 날개를 펼치자 아름다운 찬송가 소리가 울려 퍼졌다. 그와 동시에 환영이 사라졌다. 눈으로 된 오두막은 아직 컴컴했지만 성경은 머리맡에 그대로 있었다. 젊은이의 가슴에는 믿음과 희망이 깃들었다. 그는 "바다 끝에 가서 거주할지라도" 하느님이 그와 함께하고 계시다는 것을 절실히 느꼈다.

# 74
# 돼지 저금통

　장난감들이 여기저기 흩어져 있는 꼬마 아이의 방에 저금통 하나가 있었다. 점토로 만든 이 저금통은 도공에게 산 것으로 돼지 모양을 하고 장롱 위에 서 있었다. 이 돼지의 등에는 처음부터 갈라진 틈이 있었는데, 큰 은화들이 쑥쑥 잘 들어갈 수 있도록 칼로 잘라서 틈이 넓어져 있었다. 저금통 안에는 다른 동전들과 함

점토로 만든 이 저금통은 돼지 모양을 하고 장롱 위에 서 있었다.

께 은화 두 개가 들어 있었으며 더 이상 동전을 넣을 수 없을 정도로 **빽빽**해서 흔들어도 딸랑거리는 소리가 나지 않았다. 돼지 저금통은 우뚝 솟은 장롱 위에 서서 방 안에 있는 장난감들을 내려다보았다. 저금통은 자신의 뱃속에 들어 있는 것으로 무엇이든 살 수 있었기 때문에 부러울 것이 없었다. 그래서 자기가 대단하다고 생각했다.

다른 장난감들도 그렇게 생각했지만 그런 말을 할 겨를이 없었다. 해야 할 말이 너무 많았기 때문이다. 살짝 열린 장롱 서랍 문틈으로 커다란 인형이 보였다. 인형은 조금 낡아서 목을 수선하긴 했지만 잘생긴 얼굴이었다. 인형이 밖을 내다보며 다른 인형들에게 소리쳤다. "우리 사람 놀이 하자. 정말 재미있어."

그러자 소동이 벌어졌다. 벽에 걸린 그림들이 흥분하여 돌아서는 바람에 놀이를 반대한다는 뜻이 되고 말았다. 그림들은 전혀 그럴 생각이 아니었는데 그렇게 되고 만 것이다. 밤이 깊어 달빛이 창으로 새어 들어왔지만 주위는 어슴푸레했다. 이제 놀이가 시작될 참이었다. 장난감 모두가 놀이에 초대받았다. 무뚝뚝한 유모차도 초대를 받았다.

"누구나 나름대로 가치가 있어. 우리 모두가 귀족이 될 수는 없으니까 몇몇을 골라야 해."

돼지 저금통은 유일하게 정식으로 초대장을 받은 장난감이었다. 장난감들은 돼지 저금통이 너무 높은 곳에 있어서 말로 초대하면 응하지 않을 것이라고 생각했던 것이다. 그러나 돼지 저금통은 꼭 참석해야 한다면 지금 서 있는 장롱 위에서 놀이를 구경만 할 거라고 말했다. 그래서 장난감들은 그러라고 했다. 조그만 인형 극장은 처음부터 돼지 저금통이 잘 볼 수 있도록 꾸며졌다. 몇몇 인형은 인형극을 하고 난 다음에 차를 마시며 토론 시간을 갖고 싶어했지만 실제로는 차를 마시는 것으로 시작되었다.

흔들 목마는 경마 훈련과 경주에 대해 얘기했고, 유모차는 철도와 증기력에 대해 말했다. 그것은 그들이 전문으로 하는 것이어서 그런 주제에 대해 얘기하는 것은 당연했다. 방에 걸린 시계는 똑딱똑딱 하면서 정치 얘기를 했다. 시계는 세상 돌아가는 것에 대해 자세히 알고 있었으니까. 그러나 여기저기서 시계의 말이 옳지 않다고 쑤군거렸다. 산보할 때 쓰는 대나무 지팡이는 황동으로 된 손잡이와 머리 위쪽의 은장식을 뽐내면서 **뻣뻣**하게 서 있었다. 소파에는 수를 놓은 쿠션 두 개가 앉아 있었는데, 귀엽긴 했지만 우둔해 보였다.

연극이 시작되자 모두들 극장에 앉아 구경했다. 장난감들은 재미있는 장면이 나오면 손뼉을 치고 발을 구르며 목이 쉬도록 소리를 질러 댔다. 하지만 경마용 채찍은 아직 미혼인 인형들에게만 환호하며 박수를 치고, 나이든 인형에게는 박수를 치지 않겠다고 말했다.

"난 누구에게나 환호성을 질러 댈 거야." 폭죽이 외쳤다.

'그래, 너희들이 내는 소리는 정말 듣기 좋지.' 하고 관중들은 연극을 지켜보며 생각했다.

연극은 하찮은 것이었지만 매우 성공적이었다. 배우들은 모두 한쪽에서만 볼 수 있도록 되어 있었기 때문에 모두들 분장한 한 면만을 보여주었다. 배우들의 연기는 훌륭했다. 목에 짜깁기를 한 인형은 너무 열광한 나머지 목이 터져 버리고 말았다. 돼지 저금통이 자신을 즐겁게 해 준 배우들 중 하나에게 무언가를 해 주어야겠다고 발표했다. 저금통은 언젠가 무덤에 묻힐 날이 찾아오면 가족 무덤에 인형 하나를 그와 함께 묻어 달라고 유언장에 쓰리라고 마음먹었다. 연극이 너무 즐거웠기 때문에 인형들은 차 마시는 것도 잊어버리고 사람 놀이라고 하는 인형 놀이에만 열중했다. 이런 연극을 한다고 해서 그들에게 나쁠 것은 없었다. 그저 연극에 불과했으니까.

그동안에 인형들은 각자 자신에 대한 생각과 돈 많은 돼지 저금통이 어떤 생각을 하고 있을지에 대해 생각했다. 그러나 돼지 저금통은 장래 일만을 걱정했다. 아마도 먼 장래의 일이 되겠지만, 유언장을 작성하는 것, 땅 속에 묻히는 것, 그리고 그런 일들이 언제 다가올지에 대해 생각했다.

그때였다. 갑자기 돼지 저금통이 장롱에서 바닥으로 쾅 하고 떨어져 산산조각이 나고 말았다. 동전들이 갖가지 모양으로 춤을 추며 뛰쳐나왔다. 작은 동전들은 팽이처럼 빙글빙글 돌았으며, 큰 동전들은 멀리까지 굴러갔다. 그 중 넓은 세상으로 나가고 싶었던 커다란 은화 하나가 특히 멀리 굴러갔다. 나머지 동전들처럼 그 은화도 소원을 이룬 것이다. 깨진 저금통 조각들은 쓰레기통에 버려지고 다음날, 장롱 위에는 새 돼지 저금통이 놓이게 되었다. 그러나 새 저금통에는 동전 한 닢 들어 있지 않아서 딸랑거리는 소리가 나지 않았다. 그런 점에서는 먼젓번 돼지 저금통과 비슷했다. 이 저금통에게는 새로운 시작이었다. 자, 이제 이 새로운 시작과 함께 이야기를 끝내기로 하자.

# 75
# 이브와 어린 크리스티나

유틀란트 북부에 있는 구데노 강둑 숲 속에는 거대한 산등성이 하나가 우뚝 솟아 있다. 강에서 가까운 바로 이 산등성이 서쪽에 한 농가가 있었다. 농가 사람들은 황폐한 땅을 일구고 살았는데, 농가를 둘러싼 땅에는 듬성듬성 자란 호밀과 밀 이삭 사이로 누런 모래밭이 드러나 있었다. 사람들이 작은 농토를 일구며 이곳에 살기 시작한 지 벌써 여러 해가 지났다. 이곳 사람들은 양 세 마리와 돼지 한 마리와 수소 두 마리를 기르면서 그럭저럭 생계를 꾸려 나갔다. 그들은 자신의 운명에 만족해하는 사람들이 그렇듯이, 먹고사는 데 걱정이 없었다. 농부들은 두 마리 말까지 키울 수 있을 정도로 넉넉했다. 하지만 농부들 중에는 "말이 너무 많이 먹어 탈이야." 하고 불평하는 사람도 있었다. 이 말은 말이 벌어들이는 대로 먹는다는 얘기였다.

예페 얀스는 여름에는 논밭을 갈아 농사를 짓고, 겨울에는 나막신을 만들어 생계를 꾸려 갔다. 그는 나막신을 튼튼하면서도 가볍고 유행하는 스타일로 만들 줄 아는 남자 직원도 데리고 있었다. 그들은 신발뿐만 아니라 숟가락도 만들었다. 그래서 수입이 괜찮았기 때문에 가난한 편은 아니었다. 일곱 살 된 얀스의 외아들 이브는 앉아서 그들이 일하는 것을 구경하거나 나무토막을 가지고 장난을 하다가 손가락을 베기도 했다. 그러던 어느날, 이브는 나무토막 두 개를 자르며 놀다가 정말로 나막신처럼 생긴 신발을 만들게 되었다. 이브는 그 신발을 크리스티나에게 선물해야겠다고 마음속으로 생각했다.

크리스티나는 뱃사공의 딸이었다. 그녀는 고귀한 집 아이처럼 얌전하고 예뻤다. 몸에 잘 어울리는 옷만 입었다면, 어느 누구도 크리스티나가 산골 오두막에서 아버지와 단 둘이 산다는 걸 짐작조차 하지 못했을 것이다. 홀아비인 크리스티나 아버지는 숲에서 벤 장작을 배에 실어 실게보르에 있는 강으로 옮기거나, 때로는 라너스까지 운반하여 생계를 꾸려갔다. 그래서 크리스티나를 돌볼 사람이 없었기 때문에 크리스티나는 항상 아버지와 함께 나룻배를 타고 멀리 나가거나 히스 나무 숲에서 산딸기를 따며 놀았다. 아버지가 라너스까지 가야 할 일이 생기면, 이브보다 한 살 어린 크리스티나는 히스 숲 건너편에 사는 이브네 집에서 지냈다.

이브와 크리스티나는 사이가 매우 좋았다. 두 아이는 배가 고프면 빵과 산딸기를 서로 나누어 먹었으며 땅도 파기도 하고 이리저리 뛰어다니고 나무에 오르기도 했다. 단 둘이 깊은 숲 속까지 들어갔다가 높은 산등성이에 올라간 적도 있었다. 그리고 숲 속에서 도요새 알을 찾아내기도 했는데, 그것은 두 아이에게 굉장한 사건이었다.

이브는 아직 크리스티나 아버지가 사는 히스 숲이나 강가에 가본 적이 없었다. 그러던 어느 날, 드디어 기회가 왔다. 크리스티나 아버지가 나룻배를 타고 나가자고 했던 것이다. 그래서 이브는 전날 저녁에 히스숲 반대편에 있는 뱃사공 집으로 갔다.

다음날 이른 아침에 이브와 크리스티나는 나룻배에 높게 싸인 장작더미 위에 앉아서 빵과 산딸기를 먹었다. 크리스티나 아버지와 조수는 힘차게 노를 저었다. 배는 물살을 타고 호수를 지나 빠르게 달렸다. 어쩔 때는 온통 갈대와 물풀 투성이어서 노를 저을 수 없을 것 같았지만 그래도 뱃길은 항상 트여 있었다. 그곳에는 갈대뿐만 아니라 고목들이 물 위로 몸을 축축 늘어뜨리고 있었고 늙은 떡갈나무들이 소매를 걷어붙이고 울퉁불퉁 마디진 팔뚝을 자랑하기라도 하는 것처럼 사방으로 가지를 뻗고 있었다. 제방에 느슨하게 뿌리를 내리고 서 있는 늙은 오리나무들은 섬유 조직이 밑뿌리에 단단히 붙어 있었으며 물 위로 늘어뜨려진 나뭇가지들은 마치 수풀이 우거진 작은 섬들처럼 보였다. 그리고 여기저기에 둥실둥실 떠다니는 수련도 보였다. 참으로 멋진 여행이었다.

이제 그들은 수문으로 물이 흘러 나가는 곳에 도착했다. 그곳에는 이브와 크리스티나가 구경할 만한 것이 많았다. 당시만 해도 그곳에는 공장이나 마을이 없었고 거대한 농장뿐이었다. 그리고 그 농장에는 작물이 거의 자라지 않았고 몇 마리의 소와 한두 사람의 농부들뿐이었다. 그곳 실게보르에서 들을 수 있는 생동하는 소리는 수문에서 콸콸 쏟아지는 물소리와 야생 오리들의 꽥꽥거리는 울음소리뿐이라고 해도 과언이 아니었다.

크리스티나 아버지가 장작을 부린 후 한 묶음의 뱀장어와 새끼 돼지를 사서 나룻배 뒤쪽에 있는 바구니에 넣었다. 이제 나룻배는 강물을 거슬러 올라갔다. 바람이 뒤에서 불어 왔기 때문에 돛을 펼치자 배는 두 마리의 말이 끄는 것처럼 쏜살같이 달렸다. 그들은 한참을 가다가 강둑에서 멀지 않은 조수의 집 가까이 이르러 배를 잡아맸다. 그리고 나서 크리스티나 아버지와 조수는 아이들에게 얌전히 배 안에 있으라고 단단히 이르고 강기슭으로 갔다. 그러나 이브와 크리스티나는 곧 그 말을 까맣게 잊어버리고 뱀장어와 새끼 돼지가 들어 있는 바구니로 가서 돼지를 꺼내 만지고 쓰다듬었다. 그러다 두 아이는 서로 돼지를 갖고 놀려고 빼앗다가 그만 물 속으로 빠뜨리고 말았다. 돼지는 물줄기를 따라 떠내려갔다.

"이제 어떡하면 좋지?" 이브가 물가로 뛰어내려 달려갔다.

"나랑 같이 가!" 크리스티나도 뒤따라가면서 외쳤다.

얼마 후 그들은 깊은 숲 속에 이르렀다. 이젠 나룻배도 강물도 보이지 않았다. 그들은 좀더 앞으로 달려가 보았다. 뒤따라오던 크리스티나가 넘어져 울음을 터뜨렸다. 이브가 크리스티나를 일으켜 세웠다.

"걱정 마. 자, 날 따라와. 저쪽에 집이 있어." 이브가 말했다. 그러나 집은 없었다. 크리스티나와 이브는 계속 숲 속을 헤맸다. 발을 옮길 때마다 작년에 떨어진 낙엽이 사그락거리는 소리를 냈으며 나뭇가지가 발에 밟혀 우지직 소리를 냈다. 그때 날카로운 외침이 들렸다. 그들은 걸음을 멈추고 귀를 기울였다. 곧이어 기분 나쁜 독수리의 울음소리가 공기를 갈랐다. 소름끼치는 그 울음소리를 듣자 온몸이 부들부들 떨리도록 무서웠다. 그러나 숲 속 여기저기에 탐스럽게 열린 검은 딸기를 보자 무서움이 가셨다. 그들은 입과 볼 주위가 까맣게 물들도록 딸기를 실컷 따먹었다. 그때 또다시 소름끼치는 울음소리가 들렸다.

"그 돼지 때문에 이렇게 됐어." 크리스티나가 울먹이며 말했다.

"걱정 마. 우리 집에 가면 돼. 우리 집은 바로 이 숲 속에 있으니까." 이브가 크리스티나를 달랬다.

그들은 계속해서 걸었다. 그러나 그 길을 따라가도 집은 보이지 않았다. 이제 사방이 어둑어둑해졌다. 이브와 크리스티나는 무섭고 불안했다. 가끔씩 커다란 뿔이 달린 부엉이와 이름을 알 수 없는 새들의 울음소리가 어두운 숲 속의 적막을 깨뜨렸다. 크리스티나와 이브는 결국 숲 속에서 길을 잃고 만 것이다. 크리스티나가 울음을 터뜨리자 이브도 따라 울었다. 그들은 그렇게 한참을 울다가 낙엽 위에 누워 잠이 들었다.

그들이 깨어났을 때는 해님이 하늘 높이 떠 있었다. 추워서 떨고 있는데, 바로 앞에 있는 나뭇가지들 사이로 햇살이 내리비치는 언덕이 보였다. 그들은 언덕 위에 올라가면 따뜻하게 몸을 녹일 수도 있고 이브네 집이 내려다보일 것도 같아 황급히 언덕 꼭대기까지 뛰어 올라갔다. 그러나 그들이 있는 곳은 집과 반대쪽이었으며 너무나 멀리 와 버려 집이 보이지 않았다. 언덕은 저 아래에 있는 맑고 투명한 호수로 비탈져 있었고 맑은 물 속에서는 수많은 고기 떼가 햇빛을 받아 반짝이며 헤엄쳐 다니고 있었다. 집이 보일 것이라 생각했던 이브와 크리스티나는 뜻밖의 광경을 보고 놀랐다.

그들이 서 있는 가까운 곳에는 열매가 가득 열린 커다란 개암나무가 있었다. 그들은 개암나무 열매를 따서 딱딱한 껍질을 깨고 이제 여물기 시작한 알맹이를 꺼내 먹었다. 그러나 그들 앞에는 무섭고 놀라운, 또 다른 일이 기다리고 있었다. 그들이 열심히 개암나무 열매를 먹고 있을 때 수풀 속에서 갑자기 키 큰 노파가 나타났다. 노파의 얼굴은 진한 갈색이었고, 머리칼은 반들반들 윤이 나고 새까맸으며, 눈 흰자위는 흑인의 눈처럼 번쩍였다. 등에 보따리를 짊어지고, 손에 울퉁불퉁한 지팡이를 든 그 노파는 집시였다.

아이들은 처음에는 노파가 하는 말을 알아듣지 못했다. 노파는 주머니에서 개암나무 열매 세 개를 꺼내며 그 열매에는 이 세상에서 제일 아름답고 멋진 것이 감추어져 있다고 했다. 그것이 소원을 들어주는 열매라는 것이었다. 이브는 노파의 친절한 말투에 용기를 내서 그것을 가져도 좋으냐고 물었다. 그러자 노파는 그 열매를 이브에게 선물한 다음 다시 개암나무 열매를 모아서 주머니에 가득 채웠다. 이브와 크리스티나는 눈이 휘둥그레져 노파가 준 신기한 열매를 바라보았다.

"이 안에 두 마리 말이 끄는 마차가 있나요?" 이브가 물었다.

"아무렴. 두 마리의 황금 말이 끄는 황금 마차가 있지." 노파가 대답했다.

"그럼 그거 내가 가질래." 크리스티나가 말하자 이브는 그 열매를 크리스티나에게 주었다. 노파는 그 열매를 손수건으로 싸 주었다.

이브가 두 번째 열매를 꺼내 들었다. "이 안에 크리스티나가 목에 두르고 있는 것과 같은 예쁜 목도리가 들어 있나요?" 이브가 물었다.

"그 안에는 목도리 열 개가 들어 있지. 그리고 예쁜 옷과 양말과 모자와 면사포도 들어 있단다."

"그것도 내가 가질래. 그것도 예쁜걸." 크리스티나가 이렇게 말하자 이브는 두 번째 열매도 주었다.

세 번째 열매는 작고 검은 색이었다.

"그건 네가 가져. 예쁘니까." 크리스티나가 말했다.

"이 안에는 무엇이 들어 있죠?" 이브가 다시 물었다.

"너에게 가장 좋은 것이 들어 있지." 집시 노파가 말했다.

그래서 이브는 개암나무 열매를 손에 꼭 쥐었다.

노파는 그들에게 집으로 가는 길을 알려 주겠다며 그들이 가고자 했던 방향과는 정반대로 난 길을 따라 가라고 했다. 그들은 깊은 숲 속에서 이브를 아는 산지기를 만나 산지기의 도움으로 집에 갈 수 있었다. 집에 도착하니 식구들이 모두 걱정하며 기다리고 있었다. 그들은 보통 때 같으면 돼지를 강물에 빠뜨리고 도망갔기 때문에 혼나야 당연했지만 이번만은 용서를 받았다. 크리스티나는 아버지와 함께 사는 산 속 집으로 돌아갔고, 이브는 거대한 산등성이가 있는 숲가의 농가에 남았다.

그날 저녁 혼자 있게 된 이브가 제일 먼저 한 일은 '가장 좋은 것'이 들어 있다는 열매 껍질을 깨 보는 일이었다. 이브는 문과 문설주 사이에 조심스럽게 열매를 놓고 문을 닫아 껍질을 깼다. 그러나 그 안에 든 알맹이는 보잘것 없었다. 속은 벌레가 파먹어서 담배나 검은 흙덩이처럼 보였다.

"이럴 줄 알았어! 어떻게 이렇게 조그만 열매에 가장 좋은 것이 들어 있겠어? 크리스티나가 가져간 열매 두 개도 이 모양일 거야. 옷이나 황금 마차는 눈을 씻고 봐도 없을걸." 이브가 실망하여 중얼거렸다.

곧 겨울이 오고 새해가 돌아왔다. 그리고 그 후 수년이 흘렀다. 이브는 이제 견신례를 받을 나이가 되었다. 그는 겨울 내내 가까운 마을에 사는 목사님에게 다니면서 견신례를 받을 준비를 했다.

그러던 어느 날, 뱃사공이 찾아와 크리스티나가 좋은 일자리를 얻어 집을 떠나게 되었다고 이브의 부모에게 이야기했다.

"생각해 보십시오. 헤르닝 지방의 부유한 여관집에 들어가 일하게 되었으니 얼마나 좋아요. 헤르닝은 여기서 서쪽으로 수마일 되잖습니까. 제 아이는 안주인을 도와 집안일을 하게 될 겁니다. 그 집에서 얌전히 지내다 견신례를 받게 되면 안주인이 딸로 삼겠지요?" 뱃사공이 이브의 부모에게 이렇게 말했다.

이렇게 해서 이브와 크리스티나는 서로 헤어지게 되었다. 사람들은 이브와 크리스티나를 약혼자라고 불렀었다. 크리스티나는 헤어질 때 숲 속에서 길을 잃었을 때 얻은 두 개의 개암나무 열매와 어릴 적에 이브가 만들어 선물해 준 나막신을 보여주면서 아직도 잘 간직하고 있다고 말했다.

이브는 견신례를 받았지만 집을 떠나지 않고 어머니와 함께 살았다. 아버지는 이미 세상을 떠나고 농장을 돌볼 일꾼이 없었기 때문이다. 그는 나막신을 잘 만들었으며 여름이면 작은 농지를 가꾸었다. 그동안에 크리스티나에 대한 소식은 거의 없었다. 배달부나 뱀장어 장수를 통해서 간간이 소식을 들을 수 있을 뿐이었다.

크리스티나는 부유한 여관 주인집에서 잘 지내고 있었다. 크리스티나가 견신례를 받았을 때 아버지에게 보낸 편지에서 이브와 이브의 어머니에 대한 안부도 물었다. 편지에는 크리스티나가 주인 부부에게서 예쁜 드레스와 멋진 속옷을 선물 받았다는 기쁜 소식이 들어 있었다.

다음 해 어느 화창한 봄날, 누군가 이브네 집 문을 두드렸다. 찾아온 사람은 크리스티나와 그녀의 아버지였다. 크리스티나는 하루 동안 시간을 내서 고향집에 들른 것이다. 마침 헤르닝 여관에서 이웃 마을로 가는 마차가 있어서, 그 마차를 이용해 집으로 온 것이다. 크리스티나는 숙녀처럼 우아했으며 그녀를 위해 만든 예쁜 옷을 입고 있었다. 크리스티나가 그렇게 화려한 옷을 입고 문 앞에 서 있을 때, 이브는 낡은 작업복 차림이었다. 이브는 너무나 행복하고 기뻐서 아무 말도 할 수 없었다. 그저 그녀의 손을 꼭 잡고 손에 힘을 줄 뿐이었다. 그러나 크리스티나는 아무런 거리낌이 없이 얘기를 하고 또 하며 이브에게 다정하게 입을 맞추었다.

"날 모르겠어?" 단 둘이 있게 되자 크리스티나가 물었다.

"너 참 멋진 숙녀가 됐구나! 난 촌스런 노동자에 불과한데 말야. 널 자주 생각했어, 크리스티나. 옛날 일도 자주 생각하곤 했지." 그저 손만 잡고 있던 이브가 한참 후에야 입을 열었다.

그들은 거대한 산등성이를 올라가 강에서 히스 숲으로 이어진 곳을 내려다보았다. 작은 언덕들이 야생초로 뒤덮여 있었다. 그때까지도 이브는 아무 말이 없었다. 그러나 헤어질 시간이 되자 크리스티나를 아내로 맞이해야겠다는 생각이 분명해졌다. 어린 시절에 그들은 약혼자라고 불리지 않았던가? 이브는 그들이 진짜로 약혼한 것 같았다. 물론 약혼에 대한 얘기는 한 마디도 없었지만 말이다.

이제 그들이 함께 있을 수 있는 시간은 몇 시간밖에 없었다. 크리스티나가 다음날 아침 일찍 헤르닝으로 출발하는 마차를 타려면 그날 저녁에 이웃 마을로 돌아가야 했다. 크리스티나의 아버지와 이브는 그녀를 이웃 마을까지 바래다주었다. 달빛이 참으로 아름다운 밤이었다. 마을에 도착해서도 이브는 크리스티나를 떠나 보낼 수 없다는 듯이 손을 꼭 잡고 있었다. 그는 눈을 반짝이며 더듬더듬 말을 꺼냈다. 그 몇 마디 말은 가슴 깊은 곳에서 진심으로 우러나온 것이었다.

"크리스티나, 네가 나와는 어울릴 수 없을 정도로 훌륭한 사람이 되지 않거나 내 아내로서 어머니를 모시고 사는 것이 괜찮다면 나중에 결혼하자. 좀 더 기다렸다가 말야."

"그래, 좀 더 기다려, 이브. 난 널 믿어. 사랑하니까. 하지만 다시 생각해 볼게." 크리스티나가 말했다.

이브는 그녀의 입술에 입을 맞추었다. 그들은 이렇게 다시 헤어졌다.

집으로 돌아오는 길에 이브는 자신과 크리스티나가 약혼한 사이나 다름없다고 크리스티나 아버지에게 말했다. 크리스티나 아버지도 예나 지금이나 그렇게 생각한다고 말했다. 그는 그날 저녁 이브와 함께 농가에서 잤다. 그러나 약혼에 대해서는 더 이상 말이 없었다.

또 1년이 지났다. 그동안 이브와 크리스티나는 두 통의 편지를 주고 받았다. 두 사람의 편지 끝에는 "죽을 때까지 변함없는 크리스티나!"와 "죽을 때까지 변함없는 이브!"라고 적혀 있었다.

그러던 어느 날, 뱃사공이 이브를 찾아와 크리스티나의 안부를 전했다. 그리고는 주저주저하더니 이제는 아름답게 성숙한 크리스티나에게 큰 행운이 찾아들었다고 말했다. 크리스티나는 아름다워서 많은 청년들로부터 구애를 받고 찬양을 받았다. 그런데 코펜하겐의 큰 은행에 다니던 주인집 아들이 잠시 집에 들렀다가 크리스티나를 보고 반해서 결혼을 하고 싶어했다. 크리스티나도 그를 좋아했기 때문에 집 주인은 반대할 의사가 없었다. 그러나 크리스티나는 마음속으로 이브를 자주 생각했으며 그가 얼마나 자신을 생각해 주는지 알고 있었다. 그래서 주인집 아들의 청혼을 거절하려고 한다는 것이었다.

이 말을 들은 이브는 얼굴이 백지장처럼 하얗게 질려 꼼짝 않고 입을 꾹 다물고 있었다.

"크리스티나, 이런 행운을 포기해서는 안 돼!" 이브가 고개를 저으며 중얼거렸다.

"그럼 자네가 크리스티나에게 몇 마디 쓰는 게 좋겠네." 뱃사공이 말했다.

이브는 편지를 쓰려고 책상 앞에 앉았지만 한 자도 쓸 수가 없었다. 그가 써야 할 내용은 그의 진심이 아니었다. 그는 편지를 썼다가 찢어 버렸다. 그러나 다음날 아침 편지는 완성되어 크리스티나에게 보내졌다. 내용은 다음과 같았다.

"네 아버지께 보낸 편지 나도 읽어보았어. 편지를 읽고 네가 잘 지내고 있으며, 네 앞에 큰 행운이 기다리고 있다는 걸 알았어. 크리스티나, 한 번 더 네 자신에게 물어봐. 그리고 나와 결혼하면 감수해야 할 것들을 잘 생각해 봐. 가진 게 별로 없는 나와 말야. 나와 내 처지를 생각하지 말고 네 자신의 행복만을 생각해. 넌 내게 약속한 게 없으니까 내게 얽매일 필요 없어. 설령 네가 마음속으로 내게 약속을 했더라도 그 약속은 없었던 걸로 해 줄게. 네게 모든 축복과 행복이 가득하길 바래, 크리스티나. 하느님이 내 마음에 위안이 되시리라 믿어!
영원히 진실한 너의 친구 이브로부터"

얼마 후 크리스티나는 이 편지를 받았다. 몇 달 후, 신부가 사는 히스 교회와 신랑이 사는 코펜하겐 교회에서 결혼 발표가 있었다. 결혼은 신랑이 사는 코펜하겐에서 하게 되었다. 신랑이 사업 때문에 바빠서 유틀란트까지 올 수 없었기 때문에 크리스티나는 시어머니가 될 집 주인과 함께 코펜하겐으로 갔다. 크리스티나는 미리 정한 약속대로 코펜하겐으로 가는 중간에 있는 마을에서 아버지를 만나 작별 인사를 했다. 크리스티나 아버지는 딸을 만난 것에 대해 이브에게 별말을 하지 않았으며 이브도 별 말이 없었다. 그러나 이브의 늙은 어머니는 이브가 요즘 들어 부쩍 말이 없고 생각에 잠기는 일이 많다는 것을 눈치 채고 있었다.

이브는 옛날 일을 자주 생각했다. 물론 어린 시절 집시 노파에게 받은 개암나무 열매도 떠올랐다. 결국 소망을 들어준다던 그 열매는 미래를 점치는 점쟁이였다. 크리스티나가 가져간 열매 하나에는 황금 말과 황금 마차가 들어 있고, 다른 하나에는 아름다운 옷이 들어 있다고 하지 않았던가. 이제 코펜하겐의 새 집에 살게 되면 크리스티나는 이런 모든 것을 갖게 되리라. 크리스티나를 생각하면 노파의 말이 맞았다. 그런데 이브의 열매에는 검은 흙만 들어 있었다. 노파는 그것이 이브에게 가장 좋은 것이라고 했다. 곰곰이 생각해 보면 그 노파의 말도 맞는 말이었다. 이브는 이제 노파가 한 말이 이해되었다. 지금으로서는 무덤을 덮는 검은 흙이 그에게는 가장 좋은 선물인 것이다.

또다시 몇 해가 흘렀다. 실제로는 얼마 되지 않은 세월이었지만 이브에게는 길게만 느껴지는 시간이었다. 그동안에 크리스티나의 시아버지와 시어머니가 잇달아 죽고 수천 달러의 재산이 모두 아들 몫으로 돌아갔다. 그래서 크리스티나는 황금 마차와 화려한 옷을 살 수 있었다. 그로부터 2년 동안 크리스티나에게서는 한 통의 편지도 없었다. 그러다가 마침내 뱃사공에게 편지 한 통이 왔는데, 그 편지에는 행복이나 부유함에 대해서는 한 마디도 없었다. 가엾은 크리스티나! 절약할 줄 몰랐던 크리스티나와 그녀의 남편은 눈 깜짝할 사이에 재산을 탕진하고 만 것이다. 그들은 부유함이 가져다주는 축복을 구하지 않았기 때문에 불행해지고 말았다.

그로부터 또 수년이 흘렀다. 여름마다 이브가 사는 산 속은 꽃으로 뒤덮였다. 그리고 겨울에는 하얀 눈으로 덮였으며, 이브의 집을 감싸고 있는 산등성이 너머로는 차가운 바람이 불었다. 그러던 어느 해 봄날, 이브는 따스하게 내리쬐는 밝은 햇살을 받으며 쟁기로 땅을 일구고 있었다. 그때 돌연 쟁기 날에 부싯돌 같은 것이 쨍그랑 하고 부딪쳤다. 밭고랑 흙 속에서 눈부시게 반짝이는 쇳조각이 보였다. 흙을 파헤쳐 보니 아주 멋지고 큰 금팔찌였다. 그곳은 예전에 유럽을 휩쓴 야만인들의 무덤이 분명했다. 흙을 더 파헤치자 더 많은 보물이 쏟아져 나왔다. 그것을 목사에게 보여 주자 목사는 매우 가치 있는 보물이라고 말했다. 이브는 그것을 치안 판사에게 가져갔고, 치안판사는 박물관장에게 그 사실을 알리고 직접 그 귀중한 보물을 전하는 것이 좋겠다고 말했다.

"자네가 땅에서 가장 좋은 보물을 찾았군!" 치안판사가 말했다.

치안판사의 말을 듣자 이브는 집시 노파가 생각났다. '가장 좋은 것이라구! 내게 가장 좋은 것, 그걸 땅에서 찾다니! 그렇다면 집시 노파의 예언이 맞았어.'

그리하여 이브는 오르후스에서 배를 타고 코펜하겐으로 갔다. 집 근처에 있던 거룻배를 타고 한두 번 오간 적이 있는 이브에게 이것은 바다를 건너는 큰 여행과도 같았다. 드디어 그는 코펜하겐에 도착하여 보물 값을 받았다. 600달러나 되는 큰돈이었다.

산 속에서만 살던 이브는 밖으로 나가 거대한 도시를 돌아다니며 구경했다. 다시 배를 타고 오르후스로 돌아가기로 한 전날 저녁, 이브는 거리를 쏘다니다 그만 길을 잃고 말았다. 그는 이곳 저곳을 헤매다가 크리스티안 항구라고 하는 가난한 동네에 이르렀다. 길거리에는 한 사람도 보이지 않았다. 한참을 걷다 보니 한 허름한 집에서 꼬마 여자아이가 나오는 것이 보였다. 이브가 그 아이에게 길을 묻자 아이는 겁에 질린 얼굴로 그를 쳐다보더니 엉엉 울음을 터뜨렸다. 왜 우느냐고 물었지만 여자아이가 중얼거리는 말을 알아들을 수 없었다. 그래서 이브는 아이와 함께 걸었다. 그들이 가로등 밑을 지날 때 불빛에 비친 여자 아이 얼굴을 본 이브는 참으로 묘한 기분이 들었다.

아이는 그가 어린 시절부터 기억했던 크리스티나와 너무나 똑같았다. 이브는 여자아이를 따라 허름한 집으로 들어갔다. 좁고 구불구불한 계단을 올라가자 작고 초라한 다락방이 나왔다. 방안 공기가 숨막힐 정도로 탁했으며 불빛 하나 없었다. 그때 방구석에서 신음하며 한숨 짓는 소리가 들렸다. 바로 여자아이의 어머니였다. 아이의 어머니는 초라한 침대에 누워 있었다. 이브는 성냥불을 켜고 그 어머니에게 다가갔다.

"혹시 제가 도울 일이 없을까요? 저 아이가 저를 이곳으로 데려왔지만, 전 이 도시엔 처음입니다. 이웃이나 다른 누가 없습니까?" 이브는 이렇게 말하며 환자의 머리를 약간 들어올리고 베개를 반듯하게 펴 주었다. 그런데 이게 어찌된 일인

가. 그녀는 바로 저 시골 산 속에서 함께 자란 크리스티나가 아닌가.

수년 동안이나 고향 유틀란트에서는 이브에게 크리스티나 얘기를 해준 사람이 없었다. 크리스티나에 관한 안 좋은 소식을 들으면 이브가 마음 편히 지내지 못하리라는 것을 알았기 때문이다.

크리스티나의 남편은 부모에게 많은 재산을 상속받자 거만해지고 사람들을 무시하였다. 그는 직장을 그만두고 6개월 동안 외국을 여행했다. 그러나 외국에서 돌아올 무렵에는 방탕한 생활로 인해 재산이 거덜나고 빚더미에 쌓이게 되었다. 얼마 동안은 간신히 버티긴 했지만 결국은 파산하고 말았다. 그와 즐겁게 지내던 친구들과, 함께 어울렸던 사람들은 그가 미친 사람처럼 집안을 돌보지 않았기 때문에 그렇게 되어 마땅하다고 말했다.

그러던 어느 날 아침, 그는 운하에서 시체로 발견되었다. 그때 크리스티나에게는 이미 차가운 죽음의 손길이 따라다니고 있었다. 유복할 때 가진 마지막 아이는 태어난 지 몇 주 되지 않아 죽어 버렸다. 그리고 이제 크리스티나는 중병에 걸려 초라한 방에 이렇게 비참하게 버려진 채 누워 있는 것이다. 크리스티나는 이런 가난을 어린 시절에 이미 겪어 봤지만, 부유한 생활에 익숙해진 지금으로서는 더욱더 견디기 힘들었다. 배고픔과 가난을 견디며 어머니와 함께 살고 있는 집으로 이브를 데려온 아이는 첫째 딸인 어린 크리스티나였다.

"이 불쌍한 것을 혼자 두고 죽는 것이 마음 아파. 이 아인 어떻게 될까?" 크리스티나는 흐느끼며 더 이상 말을 잇지 못했다.

그때 이브가 방 안에서 찾은 초 토막에 불을 붙였다. 촛불이 가냘프게 초라한 방 안을 비추었다. 이브는 어린 여자아이를 바라보며 어린 시절 크리스티나를 생각했다. 크리스티나를 위해 전혀 알지 못하는 이 아이를 사랑할 수 있을까? 이브가 이런 생각에 잠겨 있을 때 죽어 가던 크리스티나가 눈을 크게 뜨고 이브를 바라보았다. 크리스티나가 그를 알아본 것일까? 하지만 그것은 알 수 없었다. 크리스티나는 그 뒤 한 마디도 하지 않았다.


히스 숲에서 멀지 않은 구데노 강 근처 산등성이 아래에 작은 농가가 한 채 서 있었다. 하얗게 새로 색칠한 산뜻한 농가였다. 구름이 잔뜩 끼어 사방이 어두웠고 황량한 초원에는 꽃 한 송이가 없었다. 가을 바람이 숲 속의 단풍잎으로 낯선 사람들이 살고 있는 뱃사공의 오두막을 후려쳤다. 그러나 저 아래쪽에는 우람한 나무들이 폭풍을 막아 주는 조그만 집 한 채가 서 있었다. 이 집 방 안의 난로에서는 나뭇가지들이 활활 타올랐고, 햇빛이 방 안까지 비쳐 들어 따뜻했다. 이 집에 사는 어린애는 반짝이는 맑은 두 눈을 가지고 있었고 붉은 입술에서 나오는 목소리는 봄에 찾아오는 종달새 노래 같았다. 이 집에서는 모든 것이 즐겁고 행복했다. 어린 크리스티나가 이브의 무릎 위에 앉아 있었다. 이브는 어린 크리스티나의 아버지이자 어머니였다. 진짜 아버지와 어머니는 세상을 떠났으니 말이다. 어린 크리스티나는 꿈속의 영상이 사라지듯 부모에 대한 기억을 잊고 행복하게 살았다. 아이의 어머니는 가난 속에서 죽어 코펜하겐의 묘지에 묻혀 있지만 아이는 깨끗하고 아담한 집에서 잘 살았다. 이브는 이제 부자가 되어 있었던 것이다. 검은 흙덩어리에서 나온 돈으로 부자가 된 것이다. 게다가 결국은 크리스티나도 갖게 되지 않았는가.

# 76
# 바보 한스

꙾꙾꙾꙾꙾꙾꙾꙾꙾

아주 먼 시골에 오래된 장원의 저택이 있었다. 이곳에는 두 아들을 가진 나이 든 영주가 살았다. 두 아들은 아주 똑똑해서 하나를 가르치면 열을 알았다. 그들은 공주와 결혼하고 싶어했다. 공주가 그 나라에서 가장 재치 있게 말하는 사람을 남편으로 삼겠노라고 발표했던 것이다.

그들에게는 준비할 시간이 1주일밖에 없었으나 그것으로도 충분했다. 풍부한 지식이 있었으니까. 두 아들 중 첫째는 라틴어 사전뿐만 아니라 지난 3년간의 신문을 앞에서부터든 뒤에서부터든 모조리 외웠다. 둘째는 조합에 관한 법을 모두 암기했으며 조합장들이 들어보지도 못한 규정에 대해서도 알고 있었다. 그는 그 정도면 정치에 대해서도 논의할 수 있을 거라고 생각했다. 그 밖에도 둘째는 바지 멜빵에 수도 놓을 줄 알았다. 예술적 감각도 있었던 것이다.

"내가 공주님을 얻게 될 거야!" 두 아들이 서로 자신있게 말했다.

그러자 아버지는 두 아들에게 아름다운 말 한 마리씩을 주었다. 백과사전과 신문을 줄줄 외우는 첫째에게는 흑마를 주고, 조합법과 수에 능통한 둘째에게는 우윳빛처럼 하얀 백마를 주었다. 두 아들은 말이 술술 잘 나오도록 입가에 기름을 바른 후 출발할 준비를 했다. 하인들이 떠나는 그들을 배웅하려고 뜨락에 나와 줄을 지어 섰다. 두 아들이 막 말에 올라타려고 할 때 셋째 아들이 달려 나왔다. 앞에서 셋째를 소개하지 않은 것은 그가 아들 취급을 받지 못했기 때문이다. 집안에서는 그를 가족으로 생각하는 사람이 없었다. 다른 두 아들만큼 똑똑하지 못했기 때문이다. 그래서 그는 바보 한스라고 불렸다.

"나들이옷을 입고 어딜 가는 거야?" 바보 한스가 두 형에게 물었다.

"궁전에 간단다. 재치를 발휘해서 공주님을 얻으려고 말야. 넌 듣지도 못했니? 온 나라가 떠들썩하다구!" 한 형이 말했다.

다른 형은 공주가 가장 재치 있게 말하는 사람과 결혼하기로 했다는 얘기를 들려주었다.

"이런, 나만 모르고 있었다니! 나도 갈래!" 바보 한스가 말하자 형들이 웃으면서 말을 타고 떠났다.

"아버지, 저에게도 말을 주세요. 공주님과 결혼하기로 결심했어요. 공주님이 절 선택하면 잘된 거고, 선택하지 않는다면 제가 공주님을 선택하겠어요!" 바보 한스가 아버지를 졸랐다.

"어리석은 소리 말아라. 너 같은 녀석에겐 말을 줄 수 없어. 너는 말도 잘 못하고 재치도 없잖냐. 넌 그곳에 갈 자격도 없다구!"

"말을 주지 않으면 염소라도 타고 가겠어요. 염소는 제것이니까요." 바보 한스가 웃으며 이렇게 말하고는 염소 등에 올라탔다. 그리고는 발꿈치로 염소 옆구리를 차며 길을 떠났다. 염소는 힘껏 달렸고, 바보 한스는 귀청이 떠나가도록 큰 소리로 노래를 불렀다. "자, 내가 간다!"

한편 형들은 길을 가는 동안 서로 한 마디도 하지 않았다. 기발한 생각을 궁리하느라고 바빴던 것이다. 너무도 진지하게 말을 몰고 가는 그들의 모습은 마치 장례식에 가는 것 같았다.

"형! 형!" 곧 형들을 따라잡은 바보 한스가 형들을 불렀다. "나도 왔어. 이것 좀 봐, 길 한가운데서 주웠어." 한스는 형들에게 길에서 주운 죽은 까마귀를 보여 주었다.

"바보! 그걸 가지고 뭘 할건데?" 형들이 말했다.

"공주님께 바칠 테야!"

"잘해 봐라!"

형들은 웃으면서 말을 더 빨리 달렸다. 바보 한스와 함께 있는 모습을 남들에게 보이기 싫었던 것이다.

"형, 형, 나야! 이것 좀 봐. 아무 때나 이런 보물을 찾을 수 있는 건 아니라구!" 바보 한스가 다시 쫓아오며 형들에게 소리쳤다. 형들은 이번에는 한스가 무얼 가지고 요란을 떠는지 보려고 고개를 돌렸다.

"바보 같으니라구! 그건 낡은 나막신이잖아. 게다가 떨어졌는걸. 그것도 공주님께 바칠 생각이냐?"

"그럼!" 바보 한스가 대답했다.

형들은 또 한 번 그를 비웃고 급히 말을 몰고 떠났다. 그러나 조금 후에 바보 한스가 또 소리쳤다. "형, 형, 나야! 이번 것은 정말 신기한 거야. 좀 보라구!"

"이번엔 또 뭘 찾았길래 그래?" 형들이 물었다.

"아, 공주님이 보시면 얼마나 기뻐하실까!"

"아이쿠, 그건 도랑에서 나는 진흙이잖아!"

"맞아. 하지만 진짜 좋은 진흙이야. 손가락 사이로 술술 빠져나간다니까. 주머니에 가득 채웠어."

이번에는 형들이 웃지 않았다. 그들은 쏜살같이 말을 달려 한스보다 1시간이나 일찍 성문 앞에 도착했다. 공주에게 청혼하러 온 사람들은 번호표를 받고 줄을 서서 기다려야 했다. 구혼자들이 너무 많아서 팔을 조금도 움직일 수 없었다. 차라리 그래서 잘된 일인지도 몰랐다. 그렇지 않았더라면 서로 먼저 왔다고 싸웠으리라.

온 나라 백성들이 공주가 어떤 신랑감을 고르는지 보려고 성으로 몰려들었다.

그러나 구혼자들은 공주의 방으로 들어가면 하나같이 말문이 막혀 더듬거리거나 작은 소리로 중얼거리는 게 고작이었다.

"안 되겠군요! 나가세요!" 그때마다 공주는 이렇게 소리쳤다.

이번에는 라틴어 백과사전과 신문을 줄줄 외우는 첫째 형이 공주의 방으로 들어갔다. 그런데 첫째는 다른 구혼자들과 줄지어 서 있는 동안 머릿속에 든 것을 몽땅 잊어버리고 말았다. 걸을 때마다 바닥에서는 삐걱거리는 소리가 났고, 천장은 거대한 거울로 되어 있어 모든 것이 거꾸로 비쳤다. 그리고 한쪽 창가에는 세 명의 서기와 참사회원이 앉아서 구혼자가 하는 얘기를 모두 받아 적었다. 그 내용은 신문에 실려 그날 오후에 길모퉁이에서 2실링에 팔릴 예정이었다. 참으로 경악스런 일이었다. 게다가 시뻘겋게 타오르는 난로에서 나오는 열기로 방 안이 몹시 더웠다.

"방 안이 매우 덥군요." 첫째 형이 말문을 열었다.

"아버님이 오늘 수탉을 굽고 계셔서 그래요." 공주가 대답했다.

맙소사! 그런 바보 같은 말은 전혀 생각지도 않은 것이었다. 첫째는 당황하여 자기도 모르게 입을 벌린 채 서 있었다. 뭔가 재치 있는 말을 하려고 했지만 떠오르지 않았다.

"안 되겠군요! 나가세요!" 공주가 말했다.

첫째는 할 수 없이 밖으로 나왔다. 이어서 둘째가 들어갔다.

"방 안이 너무 덥군요." 둘째가 방에 들어서자 말했다.

"네, 수탉을 굽는 중이거든요." 공주가 대답했다.

둘째는 당황해서 "뭘 한다구요 … .뭘?" 하고 더듬거렸다. 서기가 그 말을 그대로 기록했다. 이번에도 공주는 "안 되겠군요. 나가세요." 하고 외쳤다.

이제 바보 한스 차례가 되었다. 그는 염소를 타고 공주의 방으로 들어갔다.

"그것 참 덥군요!" 한스가 말문을 열었다.

"수탉을 굽는 중이거든요." 공주가 대답했다.

"거 참 잘됐네요! 그렇다면 제 까마귀도 튀길 수 있을까요?" 바보 한스가 천연덕스럽게 말했다.

"그야 물론이죠! 하지만 튀길 그릇이 있나요? 여기 있는 냄비나 단지는 모두 사용 중인데요." 공주가 웃으면서 말했다.

"그야 물론 있지요! 이걸 사용하면 되겠군요." 바보 한스가 낡은 나막신을 꺼내 까마귀를 그 안에 놓았다.

"그 정도면 충분한 식사가 되겠군요. 하지만 소스는 어디서 구하죠?" 공주가 물었다. "그것도 마침 제 호주머니에 있어요. 아주 많으니까 이 정도쯤은 얼마든지 쓸 수 있어요." 바보 한스가 얼른 대답하고는 주머니에서 진흙을 꺼냈다. "그만하면 마음에 드는군요." 공주가 흡족해하며 말했다. "당신은 자기 생각을 말할 줄 아니까 당신과 결혼하겠어요. 그런데 우리가 한 말이 모두 기록되어 신문에 난다는 걸 아세요? 창가에 세 명의 서기와 한 명의 참사회원이 있어요. 참사회원은 누가 말해도 전혀 이해하지 못하니 큰일이에요." 공주가 한스에게 겁을 주려고 이렇게 말했다. 이때 서기들이 껄껄 웃다가 펜에 묻은 잉크 방울이 방바닥에 튀겼다.

"참사회원이 제일 중요한 사람이라면 최고의 대접을 받아야지요!" 바보 한스가 외치며 주머니에서 진흙을 꺼내 참사회원의 얼굴에 던졌다.

"참 잘했어요! 나라도 그렇게 하지는 못했을 거예요. 하지만 곧 배우게 될 테죠." 공주가 깔깔대며 말했다.

얼마 뒤 바보 한스는 공주와 결혼하여 왕이 되었다. 그는 왕관을 쓰고 옥좌에 앉았다. 이 이야기는 참사회원이 쓴 신문에 난 것이니 믿을 것이 못된다.

## 77
## 영광의 가시밭길

"영광의 가시밭길"이라는 오래된 동화가 있다. 이 동화는 진정한 영웅이 존경, 영광, 명성을 얻기까지 걸어야 하는 고난과 역경의 길에 대해 쓴 것이다. 우리는 대부분 어렸을 때 이런 동화를 들은 적이 있을 것이다. 그리고 어른이 되어서 이런 동화를 듣거나 상기할 때면 우리가 걷고 있는, 시련과 고난으로 가득 찬 가시밭길을 생각하게 될 것이다. 동화와 현실은 서로 인접해 있지만, 동화는 이 지상에서 조화로운 해결을 모색한다. 물론 현실도 조화를 모색하지만 그것은 무한한 영원 속에서만 찾을 수 있다.

세계사는 위대한 인물이나 인류의 은인들이 어떻게 영광의 가시밭길을 헤쳐 나갔는가를 현재의 어두운 배경 위에 비추어 주는 마법의 환등과도 같다.

어느 시대, 어느 나라를 막론하고 이런 영광스런 인물들이 있다. 그 인물들은 각기 한순간 등장하지만 긴 인생 여정에 있어서의 투쟁과 승리와 패배에 대해 말해 준다. 잠시 순교자의 행렬에 끼었던 몇 사람을 살펴보기로 하자. 그들은 지구가 멸망하지 않는 한 영원히 기억될 인물들이다.

우리는 지금 아리스토파네스의 〈구름〉이 공연되는 원형 극장에 앉아 있다. 관객들은 풍자와 조롱이 쏟아지는 가운데 웃음을 터뜨린다. 이 연극에서는 아테네 기인의 정신과 육체를 조롱하고 있다. 그 기인은 바로 폭군에 대항한 민중의 방패이자 전쟁의 소용돌이 속에서 알키비아데스와 크세노폰을 구한 소크라테스이다. 고대 신들보다 더 고귀한 정신을 가진 그가 조롱을 당하고 있는 것이다. 관중석에 있던 소크라테스가 벌떡 일어난다. 웃고 있는 관중이 실제 인물과 무대 위의 배우가 얼마나 닮았는지 직접 보고 판단하라는 것이다. 그는 관중 속에 있지만 관중을 압도한다.

아, 올리브 나무가 아니라 푸르고 싱싱한 저 독미나리(소크라테스가 사형선고를 받고 이 즙을 마시고 죽었다)가 아테네의 상징이라니!

호메로스가 죽은 뒤 오랜 세월이 지나자 일곱 개의 도시가 그의 출생지가 되는 영광을 차지하기 위해 다투었다. 그럼 호메로스가 살아 있을 때는 어떠했는가. 호메로스는 생계를 유지하기 위해 자신의 시를 읊으면서 이 도시들을 떠돌아다녔다. 그는 장래에 대한 두려움으로 머리가 세었다. 예언자 중 가장 위대한 호메로스는 눈까지 멀어서 고독하게 살았다. 그리고 날카로운 가시들은 이 시성의 외투 자락을 발기발기 찢어 놓았다.

오늘날까지 살아 있는 그의 노래 속에는 고대 그리스의 신들과 영웅들이 살아 움직인다.

훌륭한 인간상은 파도처럼 잇달아 등장한다. 어떤 인간상은 지나간 시대에서, 또 어떤 인간상들은 태양이 오래 전에 기울어져 버린 시대에서 나타난다. 그들이 지나간 시간과 공간은 서로 다르지만 모두들 똑같이 가시밭길을 걸어갔다. 묘지를 장식할 때에야 비로소 꽃을 피우는 가시 달린 엉겅퀴가 있는 길을.

보물을 잔뜩 실은 낙타의 행렬이 야자수 아래로 지나간다. 이 나라의 통치자가 노래를 통하여 백성에게 기쁨을 선사하고 국가의 명예를 드높인 시인에게 보내는 선물이다. 질투와 거짓 때문에 국외로 쫓겨났던 그 시인에게! 낙타의 행렬은 휴식을 취하려고 작은 도시로 다가간다. 바로 그때 한 가난한 사람의 시체가 성문 밖으로 나오자 낙타 행렬이 멈춰선다. 그 시체는 바로 낙타를 끌고 온 사람이 찾고 있는 피르다우시(페르시아의 시인)라는 사람이었다. 그의 가시밭길은 이제야 끝난 것이다.

한 흑인이 포르투갈의 수도에 있는 궁전 대리석 계단에 앉아 있다. 검은 피부를 한 그는 지나가는 사람에게 구걸을 한다. 그는 카몽이스의 충실한 노예이다. 그가 구걸해서 벌어 오는 동전이 없었다면 포르투갈에서 가장 위대한 시인인 카몽이스는 벌써 굶어 죽었을 것이다. 이제는 카몽이스의 묘지에 값비싼 기념비가 세워져 있다.

또 하나의 인간상을 보도록 하자.

쇠창살 뒤에 시체처럼 창백한 얼굴에 수염이 더부룩한 남자가 서 있다.

"나는 수백 년 이래로 가장 위대한 발명을 했소. 그런데 당신들은 나를 20년이 넘도록 이곳에 가두어 놓고 있단 말이오!" 남자가 부르짖는다.

여러분은 "그 사람이 누구죠?" 하고 물을 것이다.

그러면 간수는 이렇게 대답한다. "미친 사람이오! 증기로 모든 것을 움직일 수 있다고 믿다니 미쳤지."

증기 동력을 발명한 살로몽 드 코(17세기 프랑스의 기술자)는 사람들의 이해를 받지 못하고 끝내 정신병원에 감금되어 죽었다.

거리의 장난꾸러기들에게 놀림 당하던 콜럼버스가 있다. 그가 신세계를 발견하고 귀향할 때 환영의 종소리가 크게 울렸지만, 질투의 종소리는 그보다 더 깊고 웅장하게 울렸다. 미국의 황금 벌판을 바다에서 끌어올려 왕에게 선사한 신대륙의 발견자 콜럼버스에게 돌아간 것은 쇠사슬이었다. 그는 죽을 때 그 쇠사슬을 관 속에 넣어 주기를 원했다. 세상과 그의 시대가 그를 어떻게 평가했는지를 보여주기 위한 증거였다.

그 밖에도 영광의 가시밭길을 걸어간 사람은 수없이 많다.

달에 있는 산들의 높이뿐만 아니라, 더 나아가 우주 공간의 혹성과 별들까지 측량하던 사람이 컴컴한 어둠 속에 앉아 있다. 그는 자연의 질서와 정신을 이해했고 발 밑에 있는 세상이 움직인다는 것을 느낄 줄 아는 위대한 사람이었다. 바로 갈릴레이이다. 갈릴레이는 말년에 눈과 귀가 멀어 고뇌의 가시밭에 앉아 지냈다. 노년의 갈릴레이는 한 발자국을 옮길 기력도 없을 만큼 쇠약했다. 진리가 외면당했을 때 땅을 박차며 "그래도 지구는 돈다." 하고 주장했던 그 발을 움직일 수 없게 된 것이다.

여기에 어린아이와 같은 순수함과 열정과 믿음을 가진 소녀가 있다. 그녀는 군기를 휘두르며 싸움터로 앞장서 나아간다. 그녀는 전쟁에서 승리하여 조국을 구했다. 환호의 함성이 울려 퍼지지만, 그녀는 장작더미 위에 놓이게 된다. 마녀라는 죄명으로 잔다르크는 화형을 당하고 만 것이다. 다음 세기에도 사람들은 그 흰 백합에게 침을 뱉었다. 기지가 번뜩이는 볼테르는 '오를레앙의 처녀'에 대해 노래했다.

비보르에서 덴마크 귀족들이 왕의 법전을 불태우고 있다. 불길이 활활 타올라 그 시대와 법률과 법률을 만든 사람을 비춘다. 불길은 컴컴한 감옥 속에 갇혀 있는 죄수의 머리 위에 후광을 만들어 준다. 그곳에는 머리가 하얗게 세고 등이 구부러진 늙은이가 돌로 된 책상 앞에 앉아 있다. 그가 그 책상 주변을 너무도 오랜 세월 동안 서성거려 책상에 손톱 자국이 나 있다. 그는 과거에 세 왕국의 지배자이자 만백성의 군주이며 농부와 상인들의 친구인 크리스티안 2세이다. 그는 성격이 거칠고 사나웠지만 그가 살던 시대 또한 그러했다. 크리스티안 왕의 자서전은 그의 적들에 의해 쓰여졌다. 그는 27년 동안 감옥에서 지냈다. 그가 흘리게 한 피를 생각하면 그것을 잊을 수 없으리라.

덴마크에서 배 한 척이 출범하고 있다. 돛대 앞에 선 남자는 마지막으로 벤 섬을 본다. 덴마크의 이름을 하늘까지 드높인 대가로 모욕과 상처를 받은 티코 브라헤가 외국으로 추방당하고 있다.

"어딜 가나 하늘이니 부족할 게 없도다!" 이것이 그가 한 말이었다. 덴마크에서 가장 유명한 그는 조국에서 추방당해 외국에서 존경받으며 살았다.

이제 우리는 미국의 거대한 강가에 와 있다. 강가에는 많은 사람들이 모여 있다. 그들은 바람을 거슬러 항해할 수 있는 배를 구경하려고 몰려든 것이다. 그 배를 발명한 사람은 로버트 풀턴이다. 배는 항해를 시작하다가 곧 멈춰서 버리고 만다. 그러자 사람들이 야유를 퍼붓는다. 풀턴의 아버지까지도 다른 사람들과 함께 야유를 퍼붓는다.

"너무 뽐내지 마. 바보야! 잘 됐다, 정신 나간 놈아!" 젊은이들이 이렇게 소리를 지른다.

배가 멈춘 것은 작은 못 하나가 기계 속에 들어갔기 때문이었다. 못을 빼내자 거대한 외륜이 다시 돌기 시작하고 배가 물 위로 떠내려갔다. 증기는 시간과 거리에 마술을 부려 몇 시간을 몇 분으로 바꾸어 놓음으로써 세계 여러 나라를 더욱 가깝게 만들었다.

인간이란 얼마나 위대한가! 사명감에 대해 이해하게 되는 축복의 순간을 이해하겠는가? 모든 고통이 때로는 스스로 자신에게 가한 가시밭길을 견뎌내고 지식, 진리, 힘, 명쾌함, 건강이 되는 순간을? 불화가 화해로 변하고 하느님이 한 사람에게 준 계시가 그 개인을 통해 모든 인류에게 전파되는 순간을?

이때 가시밭길은 지상을 감싸는 찬란한 광채가 된다. 그 길을 걷도록 선택받은 사람은 행운이다. 그들은 인류와 하느님 사이에 다리를 놓는 훌륭한 건축가들이다.

거대한 날개들이 시대를 거슬러 역사의 정신을 날아서 밤과 같이 어두운 세상에 찬란한 인간상을 비춰준다. 영광의 가시밭길 이야기는 이 지상에 행복과 축복 어린 동화가 영원히 계속되듯이 우주와 영원으로 계속 뻗어 나간다.

# 78
# 유대인 처녀

가난한 학생들이 다니는 자선 학교에 한 유대인 소녀가 있었다. 그 소녀는 매우 착하고 영리했으며 공부도 잘했다. 그러나 성경 수업 시간에는 참석할 수가 없었다. 그리스도교 학교였기 때문이다. 소녀는 성경 수업 시간이 되면 지리 공부를 하거나 다음날 공부할 산수 문제를 풀어야 했다. 그러나 소녀는 앞에 지리 책을 펴놓고 앉아 있었지만 책에는 눈길도 주지 않았다. 소녀는 조용히 앉아 성경 선생님의 말씀에 귀를 기울였다. 선생님은 그 작은 여학생이 다른 학생들보다 더 열심히 자기 얘기를 듣고 있다는 것을 알아채고는 점잖게 말했다. "네 책에 열중하거라, 사라."

그런데도 소녀는 까만 눈동자를 빛내며 선생님에게서 눈을 떼지 않았다. 한 번은 선생님이 다가와 질문을 하자 다른 학생들보다 더 정확하게 대답을 했다. 소녀는 선생님의 가르침을 듣고 이해했으며 마음 깊이 새겨두고 있었던 것이다. 이 소녀의 아버지는 가난하지만 착한 사람이었다. 그는 학교에서 딸에게 그리스도교 신앙을 가르치지 않는다는 조건으로 딸을 이 학교에 입학시켰다. 학교 당국은 성경 수업 시간에 그 소녀를 교실 밖으로 나가게 한다면 여러 학생들이 의아해하며 불평할 것이 뻔했기 때문에 성경 시간에도 교실에 남아 있게 했다. 하지만 소녀가 성경 수업을 관심을 가지고 열심히 들었기 때문에 더 이상 그대로 둘 수가 없었다.

그래서 선생님은 소녀의 아버지를 찾아가 딸을 퇴교시키든지 아니면 그리스도교인이 되도록 허락해 달라고 말했다. "저는 이대로 두고 볼 수만은 없습니다. 성경 말씀에 대한 갈증으로 빛나는 그 아이의 눈빛을 보고만 있을 수는 없단 말씀입니다."

그러자 소녀의 아버지는 눈물을 흘리며 말했다. "저는 우리 유대인의 율법에 대해 별로 아는 것이 없답니다. 그러나 아이의 어머니는 이스라엘의 딸로서 신앙심이 돈독했지요. 저는 아이의 어머니가 세상을 뜨는 자리에서 아이가 절대로 그리스도교 세례를 받지 않게 하겠다고 맹세했어요. 그러니 그 맹세를 지켜야지요. 그것은 제게 있어서는 하느님과의 맹세와도 같으니까요."

결국 유대인 소녀는 그리스도교 학교를 그만두어야 했다.

몇 년의 세월이 흘렀다. 유틀란트의 아주 작은 마을에 있는 어느 초라한 집에서 유대교를 믿는 한 가엾은 처녀가 하녀로 일하고 있었다. 그 처녀의 머리칼은 흑단처럼 검었으며 검은 두 눈은 반짝반짝 빛이 나 누가 봐도 동양 여자라는 걸 알 수 있었다. 그녀는 바로 사라였다. 사라는 다 자란 처녀임에도 얼굴 표정이 생각에 잠긴 눈으로 교실에 앉아서 선생님이 가르치는 성경 말씀에 귀를 기울이던 어린 학생 시절과 똑같았다. 일요일마다 근처 교회에서는 오르간 소리와 교인들의 찬송가 소리가 흘러나왔다. 사라가 부지런하고 성실하게 집안 일을 하는 그 집에도 그 소리가 들렸다.

"안식일을 성스럽게 지키라!" 마음속에서 이런 계율의 목소리가 들렸다. 그러나 유대교의 안식일인 토요일은 그리스도교에서는 쉬는 날이 아니었기 때문에 안식일을 지키기가 매우 힘들었다. 하지만 하느님 앞에서 날짜와 시간이 뭐 그리 중요하겠는가! 사라는 이런 생각으로 마음을 위로하며 그리스도교도의 안식일인 일요일에 아무런 방해를 받지 않고 혼자 기도하는 시간을 갖곤 하였다. 오르간 소리와 찬송가 소리가 그녀가 일하는 부엌까지 들려 와 부엌에 성스러움이 감돌았다. 그럴 때면 사라는 유대 민족의 보물이자 위안거리인 구약성서를 읽었다. 그것은 사라가 읽을 수 있는 유일한 성경책이기도 했다. 사라는 학교를 그만둘 때 아버지가 선생님에게 했던 말을 마음속에 깊이 새기고 있었다. 죽어가는 어머니에게 사라가 절대로 그리스도교인이 되지 않도록 하겠다고 아버지가 맹세한 말을. 신약성서는 그녀가 읽어서는 안 되는 책이었지만, 사라는 신약성서에 나오는 가르침에 대해서 많이 알고 있었다. 복음의 진리가 아직도 어린 시절의 기억 속에서 꿈틀거리고 있었던 것이다.

어느 날 저녁, 사라가 식당방 구석에 앉아 있는데 주인집 아저씨가 소리내어 책 읽는 소리가 들렸다. 그것은 그리스도교의 복음서가 아니라 옛날 이야기책이었기 때문에 들어도 상관없을 것 같았다. 사라는 책 읽는 소리에 조용히 귀를 기울였다. 그 이야기는 터키 군사령관의 포로로 잡힌 헝가리의 기사가 학대받는 것에 관한 내용이었다. 사령관은 포로로 하여금 소가 끄는 쟁기로 밭을 갈게 하고 채찍으로 때렸다. 지친 포로는 마침내 온몸에 피를 줄줄 흘리며 쓰러졌다. 고향에 있는 기사의 정숙한 부인은 터무니없이 비싼 남편의 몸값을 마련하려고 장신구를 모두 팔고, 성과 경작지를 저당 잡혔다. 기사의 친구들도 많은 돈을 모아 주었다. 마침내 몸값이 마련되어 기사는 비참한 노예의 신분에서 해방되어 고향으로 돌아왔다.

그러나 고향에 돌아온 지 얼마 안되었을 때 그리스도교도 적들과 맞서기 위해 곳곳에서 사람들을 군대에 소환했다. 병자인 기사도 그 소식을 듣고 더 이상 가만히 있을 수가 없었다. 그래서 기사는 군마를 타고 전쟁터로 나갔다. 뺨에 다시 피가 돌고 기운이 솟는 것 같았다. 그는 승리를 다짐하며 말을 몰았다. 이번에는 그 기사에게 소가 끄는 쟁기로 밭을 갈게 했던 터키 군사령관이 포로로 잡혀 지하 감옥으로 끌려갔다. 한 시간도 채 지나지 않아 그의 앞에 기사가 나타났다.

"당신은 이제 어떻게 될 것 같소?" 기사가 포로에게 물었다.

"그야 물론 보복을 당하겠지!" 터키 군사령관이 대답했다.

"그렇소, 그리스도교도의 보복이오. 그리스도께서는 적을 용서하고 우리의 이웃을 사랑하라고 가르쳤소. 하느님은 사랑의 신이니까. 자, 이제 걱정 말고 고향으로 돌아가시오. 당신을 사랑하는 사람들의 품으로 돌려보내 주리다. 하지만 앞으로는 고통받는 사람들에게 너그럽고 자비로운 사랑을 베풀도록 하시오." 기사가 말했다.

그러자 포로는 눈물을 흘렸다. "오, 이런 용서와 자비를 받게 되리라곤 상상도 못했소. 온갖 고문과 고통을 당하리라 생각했소. 그래서 아무도 모르게 몸에 지니고 다니던 독약을 먹었소. 조금 후면 온몸에 독약이 퍼져 난 죽게 될 것이오. 이젠 도저히 살 가망이 없소. 하지만 내가 숨을 거두기 전에 그런 사랑과 자비로 가득한 가르침에 대해 얘기해 주시오. 하느님의 능력을 가진 그 위대한 사랑에 대해서 말이오. 그 가르침을 들으면서 그리스도교도가 되어 죽게 해 주시오!" 포로의 소원은 받아들여졌다.

주인 아저씨는 옛날 책에 나온 이 이야기를 큰 소리로 읽었다. 그 집 가족은 모두 한자리에 모여 그 이야기를 들으며 즐거운 시간을 함께 보냈다. 방 한쪽 구석에 앉아 있던 유대인 처녀 사라는 감동으로 가슴이 벅찼다. 반짝이는 검은 눈에서는 커다란 눈물 방울이 흘러 내렸으며 언젠가 학교에서 그리스도교의 복음을 들으며 느꼈던 경건함이 가슴을 꽉 메웠다. 그때 어머니가 죽어 가면서 마지막으로 했던 말이 선명하게 귀에 들리는 듯했다. "내 아이는 그리스도교인이 되어서는 안 돼!" 이와 동시에 '아버지와 어머니를 공경하라!'는 계율이 마음속에 메아리쳤다.

"그리스도교인들은 날 인정하지 않아. 그들은 날 유대인 처녀라고 놀렸어. 지난주 일요일 교회 문 앞에 서서 찬송가 소리를 들으며 문틈으로 제단에서 타오르는 촛불을 보고 있을 때에도 마을 사내애들이 그렇게 놀렸지. 하지만 학교 다니던 시절부터 그리스도교 신앙의 힘을 느꼈어. 마치 햇살처럼 내 가슴을 뚫고 흐르는 힘을 말야. 아무리 눈을 꼭 감아도 그 햇살을 떨쳐 버릴 수가 없어. 하지만 무덤 속에 계신 어머니를 슬프게 만들진 않을 테야. 아버지가 어머니에게 한 맹세도 지켜드리겠어. 그리스도교인의 성서는 읽지 않을 테야. 나에겐 우리 조상들이 섬기던 하느님이 계신걸. 난 그분을 믿고 따를 거야." 사라가 단호한 표정으로 혼자 중얼거렸다.

그 뒤 또 몇 해가 흘러 주인 아저씨가 죽었다. 여주인은 집안 형편이 어려워지자 하녀를 내보내려 하였다. 그러나 사라는 그 집을 떠나지 않고 곤경에 빠진 여주인을 정성껏 도왔다. 그녀는 밤늦도록 집안 일을 하였으며 부지런히 일을 하여 생활비도 벌었다. 사라 외에는 이 가족을 돌봐 주는 친척이 하나도 없었다. 병상에 누워 있는 여주인은 날마다 몸이 쇠약해져갔다. 사라는 열심히 일하는 중에도 시간을 내서 여주인을 즐겁게 해 주기도 하고 침대 옆에서 간호해 주기도 했다. 사라는 친절하고 신앙심이 깊었으며 곤궁에 빠진 그 집에 축복을 가져다주는 천사였다.

그러던 어느 날 밤, 여주인이 사라에게 말했다. "저쪽 탁자에 내 성경책이 있어. 좀 읽어 주지 않겠니? 밤이 길어서 참으로 무료하구나. 하느님의 말씀을 듣고 싶은걸!"

사라는 머리를 숙여 보이고 성경책을 가져와 그 위에 손을 얹었다. 그리고는 책을 펼치고 여주인에게 하느님의 말씀을 읽어 주었다. 책을 읽는 사라의 눈에는 눈물이 맺혀 있었다. 그 눈물은 맑고 영롱하게 빛났다. 책을 읽는 사라의 마음이 가벼웠기 때문이다.

"어머니, 당신의 딸은 그리스도교인의 세례를 받지 않겠습니다. 그들과 함께 하지도 않겠습니다. 어머니가 원하시는 대로 어머니의 분부를 받들게요. 그러니

현세에 있는 동안에는 어머니와 저는 하나예요. 하지만 내세에서는 하느님의 뜻을 따르겠습니다. 하느님은 죽을 때까지 우리를 인도하고 가르치는 분이십니다. 그분은 우리를 대신하여 고통을 받으시려고 이 땅에 오셨어요. 우리로 하여금 회개하게 하려고요. 이제 그걸 알 것 같아요. 어떻게 그런 진리를 알게 되었는지는 모르지만 말예요. 하지만 그리스도의 사역을 통해 그걸 깨닫게 되었다는 것을 압니다!" 사라는 그리스도의 이름을 부르며 몸을 떨었다.

사라는 한동안 그리스도교의 진리에 대한 이런 확신을 갖지 못했었다. 그러다가 어느 날 저녁, 그녀는 여주인을 간호하다 쓰러지게 되었을 때에야 비로소 확신을 갖게 되었다. 사라는 갑자기 온몸에 경련을 일으키며 여주인의 병상 옆에 쓰러지고 말았다.

"가엾은 사라! 힘들게 일한 데다 병간호까지 하느라고 완전히 지친 모양이야" 마을 사람들은 쓰러진 사라를 보며 말했다. 그리고 사라를 가난하고 병든 사람들이 가는 병원으로 옮겼다. 그녀는 병실에서 죽었다. 사라는 그곳에서 옮겨져 매장되었지만, 그리스도교인의 묘지에 묻힌 것은 아니었다. 그곳은 유대인 처녀가 묻힐 곳이 아니었기 때문이다. 그녀가 묻힌 곳은 교회 묘지의 담장 근처였다.

그리스도교인의 묘지를 비추는 하느님의 태양은 담장 옆 유대인 처녀가 묻힌 무덤도 비추고 있다. 그리고 그리스도교인들이 부르는 찬송가 소리가 교회 묘지에 울려 퍼질 때면 그 메아리가 쓸쓸한 유대인 처녀의 무덤까지 울려 퍼진다. 그곳에 잠들어 있는 유대인 처녀는 그리스도 부활 때 가치를 인정받으리라. 합당한 대우를 받으리라. "요한은 물로 세례 주었지만 나는 성령으로 세례를 주노라!" 하고 제자들에게 말씀하신 그리스도의 이름으로!

# 79
# 병 주둥이

허름한 집들이 빼곡이 들어서 있는 거리 한 귀퉁이에 폭이 좁은 집 한 채가 높다랗게 서 있었다. 목조로 된 그 집은 비바람에 씻기고 깎이어 여기저기가 삐걱거렸다. 그 낡은 집에 사는 사람들은 하나같이 가난했는데, 그 중에서도 다락방에 사는 사람이 제일 가난했다. 햇살이 비치는 다락방 작은 창문 앞에는 낡은 새장이 걸려 있었다. 새장에는 단 한 번도 제대로 된 물그릇이 놓인 적이 없었다. 대신 물이 쏟아져 나오지 않도록 코르크 마개를 막은 병 주둥이가 거꾸로 세워져 있었다. 병 몸뚱이를 깨서 버리고 병 주둥이에 물을 담아 놓은 것이었다.

한 나이든 처녀가 창가에 나타났다. 그녀는 새장을 별꽃으로 장식했다. 새장 속의 홍방울새가 이쪽 횃대에서 저쪽 횃대로 폴짝폴짝 뛰어다니며 유쾌하게 재잘거렸다.

"그래, 넌 노래할 수 있어서 좋겠구나!" 병 주둥이가 말했다. 물론 병 주둥이는 인간들처럼 실제로 말을 한 것은 아니었다. 병 주둥이는 인간들이 가끔 조용히 혼잣말을 하는 것처럼 마음속으로 생각했다.

"네가 노래를 하는 건 당연해. 넌 팔다리가 멀쩡하니까. 하지만 나처럼 몸뚱이를 잃어버리고 목과 입만 남는 신세가 되어 보렴. 그것도 코르크 마개로 막혀서 말이야. 그럼 노래할 수 없을 거야. 아무튼 누구라도 행복할 수 있다는 건 좋은 일이야. 난 노래할 이유가 없어. 행복해도 이젠 노래할 수 없지. 하지만 예전에 온전한 병이었을 때는 누가 날 코르크로 문지르기만 하면 노래를 했었지. 사람들은 날 보고 종달새 중의 종달새라고 불렀어. 모피상 가족과 함께 소풍갔던 일이 생각나. 그날 그 집 딸이 약혼을 했었지. 바로 어제 일처럼 생생해. 가만히 생각해 보면 무척 많은 일을 겪은 것 같아. 난 불 속에도 들어가 보고 물 속에도 들어가 봤어. 그리고 땅 속 깊은 곳에도 들어가 보고 공중에 높이 던져져 보기도 했지. 그리고 지금은 이렇게 햇살을 받으며 새장 밖에서 흔들리고 있어. 내 얘긴

들을 만할 거야. 하지만 큰 소리로 얘기하지는 않겠어. 그럴 수 없으니까 말야."

병 주둥이는 자신이 겪은 희귀한 경험을 이야기했다. 하지만 그 이야기는 독백과 같은 생각에 불과했다. 홍방울새는 즐겁게 노래하는 데만 열중했고, 거리에서는 사람과 차들이 무심히 오갔다. 하지만 병 주둥이는 이야기를 계속했다.

병 주둥이는 자신이 이 세상에 태어난 곳인 활활 타오르는 용광로를 생각했다. 뜨거운 가마에 넣어졌을 때는 너무 뜨거워 펄쩍 뛰어올랐었다. 가마에서 금방이라도 뛰쳐나오고 싶었다. 하지만 시간이 좀 지나 몸이 식어가자 편안해졌다. 병은 같은 용광로에서 태어난 형제 자매들과 함께 한 줄로 세워졌다. 샴페인 병으로 만들어진 것이 있는가 하면 맥주병으로 만들어진 것도 있었다. 그래서 모양이 조금씩 달랐다. 그 후 바깥 세상에 나온 맥주병에는 매우 귀한 포도주가 담길 때가 많았고, 샴페인 병에는 흑색 도료가 담기는 경우가 많았다. 그러나 그렇다고 해서 그들의 모양과 품위가 달라지는 것은 아니었다. 흑색 도료를 담는다 해도 샴페인 병은 샴페인 병이듯이 고귀한 것은 변함없이 고귀하기 마련이었다.

병 주둥이는 다른 병들이 포장될 때 함께 포장되었다. 그때는 병 주둥이만 남아 새장의 물그릇으로 인생을 끝마치리라고는 상상도 못했다. 하지만 이 세상에서 쓸모가 있다는 것은 얼마나 영광스런 일인가. 병 주둥이는 다른 병들과 함께 포도주 상인의 창고에서 꺼내졌을 때 처음으로 햇빛을 보았고 목욕도 했다. 목욕할 때는 기분이 참으로 묘했다. 코르크 마개도 없이 속이 비어 있는 기분은 참으로 이상했다. 잘은 모르지만 뭔가 빠져 있는 듯한 허전한 기분이었다. 그렇게 해서 창고에서 나온 그 병에는 향기롭고 값비싼 포도주로 채워졌고 코르크 마개로 밀폐되었다. 그리고 '일등품'이라는 상표가 붙여졌다. 그것은 마치 시험에서 1등을 하여 상을 받은 기분이었다. 게다가 최고의 시음 평가를 받은 병 속의 포도주도 훌륭했고, 그 병 역시 훌륭했다. 젊은 시절에는 누구나 시적 감흥이 있는 법이다. 병도 시인이 된 기분이었다. 여기저기서 병이 알 수 없는 아름다운 소리가 울려 나왔다. 병 안에서는 노랫소리가 울렸고 태양이 쏟아지는 푸른 산의 울림이 널리 퍼졌다. 포도가 자라고 유쾌한 포도 재배자들이 웃고 노래하며 떠드는 소리가 멀리까지 울려 퍼졌다.

"산다는 것은 정말 아름다워!" 환희에 찬 이런 소리와 노랫소리가 울려 퍼지는 병 속은 마음속에서 울리는 소리의 의미를 알지 못하는 젊은 시인의 머릿속과 같았다.

어느 날 아침, 병은 피혁공 도제에게 팔렸다. 피혁공 도제는 가장 멋진 포도주 병을 사 오라는 부탁을 받고 그 병을 산 것이다. 병은 햄, 치즈, 소시지와 함께 나들이 바구니에 넣어졌다. 바구니 속에는 피혁공의 딸이 직접 꾸린 신선한 버터와 맛있는 빵도 있었다. 피혁공의 딸은 아주 젊고 아름다웠다. 갈색의 눈과 입가에서는 늘 달콤한 미소가 떠나지 않았고, 가느다란 손은 눈부시게 희고 아름다웠으며, 목은 그보다 더 눈부셨다. 누가 봐도 사랑스럽고 아름다웠다. 그런데 그녀는 아직 약혼하지 않은 상태였다.

가족을 싣고 차가 숲으로 달리는 동안 피혁공 딸은 내내 나들이 바구니를 무릎 위에 올려놓고 있었다. 빨간 밀랍이 칠해진 코르크를 박은 병 주둥이는 겹겹이 포개진 하얀 냅킨 사이로 피혁공 딸과 그녀 옆에 앉아 있는 젊은 항해사를 바라보았다. 초상화가의 아들인 항해사는 그녀의 어릴 적 친구였다. 그는 얼마 전 항해사 시험에 우수한 성적으로 합격하여 내일 아침이면 배를 타고 멀리 외국으로 출항할 예정이었다. 바구니에 음식을 넣을 때 젊은 항해사와 피혁공 딸은 내일 있을 항해에 대해 많은 이야기를 나누었는데, 그런 대화를 나누는 피혁공 딸의 두 눈과 입은 즐거운 표정이 아니었다.

두 젊은이는 푸른 숲을 거닐면서 이야기를 나누었다. 무슨 이야기를 나누었냐구? 안타깝게도 병은 나들이 바구니 안에 있었기 때문에 듣지 못했다. 병은 오랫동안 바구니 속에 갇혀 있었다. 그러나 마침내 병이 바구니에서 꺼내졌을 때는 상황이 바뀌어 있었다. 모두가 유쾌한 일이라도 있는 듯이 큰 소리로 떠들며 웃고 있었다. 피혁공의 딸 역시 웃고 있었으나 좀처럼 말이 없었으며 두 뺨만 빨간 장미처럼 붉게 물들이고 있었다. 그녀의 아버지가 병과 코르크 따개를 손에 들었다. 처음으로 코르크 마개를 빼게 되는 아주 가슴 설레는 순간이었다. 병 주둥이는 그 순간을 절대 잊을 수 없었다. 코르크가 뽑혀져 나올 때 안에서 쉬익 하는 소리가 났다. 그리고 포도주가 잔에 따라질 때는 꿀럭꿀럭 하는 소리가 났다.

"약혼자들을 위하여!" 아버지가 외쳤다.

사람들은 모두 잔을 비웠고 젊은 항해사는 아름다운 약혼녀에게 입을 맞추었다.

"두 사람에게 행운과 축복을!" 아버지와 어머니가 말했다. 그리고 그 젊은이는 다시 잔을 채웠다.

"무사 귀향과 내년 결혼을 위하여!" 청년이 외쳤다.

사람들이 잔을 비우자 청년은 병을 높이 들어올리고 말했다. "넌 내 생애의 가장 아름다운 날을 함께 했어. 더 이상 다른 사람에게 봉사해서는 안 돼." 청년은 포도주 병을 공중으로 높이 내던졌다. 그때 피혁공의 딸은 다시는 그 병을 보지 못하게 되리라고 생각했다. 그러나 그건 틀린 생각이었다.

그 병은 작은 숲속 호숫가의 우거진 갈대밭에 떨어졌다. '난 포도주를 주었는데 그들은 내게 진흙물을 주다니. 하지만 일부러 그런 건 아니지.' 하고 병은 생각했다. 병은 더 이상 약혼자들과 즐거워하는 노인들을 볼 수가 없었다. 그러나 그들이 즐거워서 노래하며 떠드는 소리는 들을 수 있었다. 병 주둥이는 사람들에게 잊혀진 채 오랫동안 그곳에서 지냈다.

그러던 어느 날, 농부의 두 아들이 갈대밭에 왔다가 그 병을 발견하고 집으로 가져갔다. 농부의 아이들은 숲속 오두막집에 살고 있었다. 그들에게는 선원인 큰형이 있었는데, 멀리 항해를 떠나기 전에 전날 밤 가족에게 작별 인사를 하려고 집에 들렀었다. 그들이 집에 도착했을 때 어머니는 큰형이 가지고 갈 물건을 챙기느라 바빴다. 물건 꾸러미는 아들 얼굴을 한 번 더 볼겸 해서 아버지가 직접 시내로 가져가 아들에게 전달해 줄 예정이었다. 꾸러미 속에는 약초로 담근 브랜디가 담긴 작은 병도 들어 있었다. 그러나 아이들이 가져온 병이 더 크고 단단했으며 작은 병보다 더 많은 브랜디를 담을 수 있었기 때문에 작은 병 대신 큰 병에 브랜디가 담겨졌다. 이제 그 병에는 붉은 포도주 대신 위장에 좋다는 쓰디쓴 약술이 담기게 된 것이다.

이렇게 해서 그 병은 작은 병 대신 여행길에 올랐다. 농부의 큰아들은 선원이었기 때문에 그 병은 배를 타게 되었다. 그런데 공교롭게도 그 병이 탄 배는 젊은 항해사가 타고 있는 배였다. 그러나 항해사는 병을 보지 못했다. 아니 보았다 해도 약혼식과 귀향 후의 결혼식을 위해 축배를 들었던 바로 그 병이라는 것을 알아보지 못했을 것이며, 알아보았다 해도 그냥 같은 종류의 병일 것이라고 생각했을 것이다.

이제 그 병에는 포도주는 없었지만, 포도주만큼 좋은 것이 들어 있었다. 그래서 페터 옌센이란 선원이 그 병을 들고 나타날 때마다 동료들은 그를 '약사'라고 불렀다. 페터 옌센은 위장이 아픈 선원들에게 위장에 가장 좋다는 그 병에 든 약을 따라 주었기 때문이다. 그 시절은 참으로 즐거웠다. 병은 누가 코르크로 문질러 주기만 하면 노래를 했다. 그래서 '위대한 종달새', 또는 '페터 옌센의 종달새'란 이름도 얻었다.

그로부터 여러 달이 지났다. 그동안에 병 안에 들어 있던 약이 모두 바닥이 나고 병은 빈 채로 구석에 서 있었다. 병은 그렇게 구석에 박힌 채 밖으로 나온 적이 없었기 때문에 출항 중인지 귀향 중인지 알 수 없었다. 그러던 어느 날, 갑자기 무시무시한 폭풍우가 몰려왔다. 배가 거대한 파도에 휩쓸려 갑자기 위로 치솟았다가 물 속으로 처박히며 요동쳤다. 큰 돛대가 부러지고 배에 구멍이 생겼다. 펌프로 물을 퍼도 아무 소용이 없었다. 사방이 칠흑같이 어두웠다. 배가 가라앉는 마지막 순간에 젊은 항해사는 종이에 이렇게 썼다. "우리는 지금 침몰하고 있다. 하느님의 뜻대로 되리라!" 그는 맨 아래에 약혼자의 이름과 자기 이름과 배 이름을 쓴 후 그 쪽지를 옆에 있던 빈 병에 넣었다. 그리고는 코르크 마개로 단단히 막아 폭풍우가 몰아치는 바다에 던졌다.

그는 바다로 던진 그 병이 기쁨과 희망의 축배를 제공해 준 바로 그 병이었다는 사실을 까맣게 모르고 있었다. 바로 그 병이 이제는 마지막 인사와 죽음의 소식을 실은 채 커다란 파도 위를 떠돌게 된 것이다. 배는 가라앉았고 선원들도 배와 함께 가라앉아 죽었다. 그러나 병은 새처럼 바다 위를 날았다. 사랑하는 사람이 보내는 사랑의 편지를 담고서.

태양이 떠오르고 질 때마다 병은 자기가 처음 만들어질 때 보았던 용광로가 생각났다. 뜨거운 가마 위에 놓여졌을 때 너무 뜨거워서 도망가고 싶었던 기억이 생생했다. 병은 때로는 폭풍우를 만나기도 하고 때로는 잔잔한 바다 위를 항해하기도 했다. 그러나 암초에 부딪치거나 상어 밥이 되지는 않았다. 병은 1년도 넘게 어떤 때는 북쪽을 향해, 어떤 때는 남쪽을 향해서 풍랑이 이끄는 대로 표류했다. 나머지는 오직 신의 뜻이었다. 하지만 그것은 지루하고 힘겨운 여행이었다. 항해사가 약혼자에게 보낸 마지막 작별 인사가 담긴 쪽지가 올바로 전달된다 하더라도 약혼자에게 고통만 안겨 주리라. 약혼식 날 푸른 숲속의 싱그러운 풀잎 위에 식탁보를 펼 때의 그 가늘고 하얀 손은 지금 어디에 있는 걸까? 피혁공의 딸은 어디에 있을까? 그녀의 고향이 있던 나라는 어디였던가? 병은 이런 것을 전혀 몰랐다. 그저 정처 없이 떠돌 뿐이었다. 하지만 이제는 떠도는 것도 몹시 피곤했다. 그것은 평상시에 병이 했던 일이 아니었다.

하지만 병은 쉬지 않고 흘러서 드디어 외국의 어느 나라에 닿았다. 병은 그 나라 말을 들어본 적이 없었기 때문에 그들이 하는 말을 전혀 이해할 수 없었다. 말을 알아듣지 못하는 것은 큰 손실이었다.

한참 표류를 하던 병은 사람들에게 발견되어 물 속에서 끌어내어졌다. 사람들은 병 속에 든 쪽지를 발견하고 뒤집어서 보기도 하고 거꾸로 들고 보기도 했지만 무슨 내용인지 아무도 이해하지 못했다. 그들은 병이 침몰되는 배에서 던져졌고, 종이에는 그것에 대해 쓰여 있으리라고 짐작은 했지만, 무슨 내용인지 정확히는 알지 못했다. 그 쪽지는 다시 병 속에 넣어져 도회지에 있는 어느 커다란 집의 넓은 진열장에 세워졌다. 그 집을 찾는 손님들은 한 사람도 빠짐없이 쪽지를 꺼내서 뒤집어 보고 돌려보고 했지만 무슨 말인지 이해하는 사람은 한 사람도 없었다. 날이 갈수록 종이는 너덜너덜해져서 결국은 연필로 쓰여진 글씨가 지워져 버려 한 자도 알아볼 수 없게 되었다. 그 후로도 병은 1년 동안 진열장 안에 서 있다가 다락방으로 옮겨졌다. 병에는 곧 먼지가 쌓이고 거미줄이 쳐졌다.

그곳에서 병은 즐거웠던 옛 시절을 얼마나 자주 떠올렸던가! 싱싱한 초록빛 숲 속에서 붉은 포도주를 쏟아 냈을 때와 편지를, 작별의 탄식을, 비밀을 가슴에 안고 큰 파도 위에서 출렁거리던 때를! 병은 그렇게 20년 동안을 다락방에서 먼지를 뒤집어 쓴 채 지냈다. 만일 그 집을 다시 짓지 않았다면 그보다 훨씬 더 오래 거기에 있었을 것이다. 지붕을 걷어내다 병을 발견한 사람들은 병에 대해 이러쿵저러쿵 이야기를 했지만 병은 한 마디도 알아들을 수 없었다. 그곳에서 지낸 지 20년이나 흘렀지만 다락방에만 갇혀 있었기 때문에 말을 배우지 못했던 것이다.

'아래층 방에 있기만 했어도 말을 배울 수 있었을 텐데.' 병은 이렇게 생각했다.

병은 곧 깨끗이 씻겨졌다. 오랫동안 더럽혀진 병에겐 필요한 작업이었다. 다시 깨끗하고 투명해진 병은 옛날처럼 젊어진 기분이었다. 그러나 병이 그렇게도 소중하게 간직하고 다녔던 병 속의 쪽지는 물로 씻는 바람에 흐물흐물해지고 말았다. 사람들은 병에 알 수 없는 씨앗들을 가득 채우고 코르크 마개로 단단히 막은 다음 조심스럽게 포장했다. 병 안으로는 햇빛이나 달빛은 물론이고 등불이나 횃불조차 새어들 틈이 없었다. 이제 병은 아무런 빛도 볼 수 없게 된 것이다. 병은 여행을 통해 배우려면 이것저것을 보아야 한다고 생각했지만 아무것도 볼 수가 없었다. 그래도 병은 매우 중요한 일을 해 냈다. 목적지에 도착하자 병은 포장에서 해방되었다.

"수고스럽게 저런 병을 가지고 오다니! 깨지기 쉬운데 말야." 누군가 말했다. 놀랍게도 그들이 하는 말은 병이 알고 있는 말이었다. 그것은 바로 용광로 옆에서, 포도주 상인의 집에서, 그리고 숲 속과 배 위에서 들었던 나라의 말이었다. 병이 유일하게 알아들을 수 있는 훌륭한 말이기도 했다. 드디어 병은 자기 나라로 돌아온 것이다. 그들이 사용하는 말은 병을 열렬히 환영하는 인사 그 자체였다. 병은 너무나 좋아서 폴짝 뛰다가 하마터면 사람들 손에서 떨어질 뻔했다. 그래서 사람들이 코르크 마개를 뽑고 씨앗을 쏟아 낸 것도 지하실에 처박힌 다음에야 알았다. 사람들에게 필요한 것은 씨앗이지 병이 아니었던 것이다. 병은 비록 지하실에 처박히긴 했지만 고향이 최고라고 생각했다. 하지만 그곳에 수년 동안 처박혀 있게 되리라고는 생각지도 못했다. 병은 그곳에서 여러 해 동안 잘 지냈다. 그러던 어느 날, 사람들이 지하실로 내려와서 거기 있던 병들을 모두 가지고 밖으로 나갔다. 물론 그 병도 함께였다.

바깥 정원에서는 축제가 한창이어서 불빛이 휘황찬란했다. 나무마다 꽃 장식 속에는 등불이 걸려 있었고, 종이 초롱에서는 불빛이 하늘하늘하게 내비치어 그림 속의 화려한 튤립 같았다. 참으로 아름다운 밤이었다. 날씨가 포근했고, 하늘에서는 별들이 반짝였다. 그리고 초승달 주위로는 어슴푸레한 보름달의 그림자가 드러나 마치 금빛 테두리를 두른 회색 지구처럼 보였다. 그런 그림을 볼 줄 아는 눈이 있는 사람에게는 정말 아름다운 광경이었다. 등불은 사람들이 겨우 걸어다닐 수 있는 좁은 샛길까지도 환히 비추었다. 샛길 가장자리에는 등불이 켜진 여러 가지 색깔을 한 병들이 세워졌다.

바로 그곳에 우리가 알고 있는 병도 서 있었다. 언젠가 병 주둥이가 되어 새장의 물그릇으로 쓰이게 될 바로 그 병도 말이다. 병의 눈에는 그곳에 있는 모든 것들이 사랑스럽고 황홀하게 보였다. 병은 다시 숲 속에 있었고, 즐거움과 축제를 만끽하게 된 것이다. 노랫소리와 음악이 들렸고, 많은 사람들이 웅성거리는 소리도 들렸다. 특히 그 병이 서 있는 정원 귀퉁이는 활활 타오르는 등불이 환했으며 종이 초롱도 화려한 빛을 선사했다. 병이 있는 곳은 후미진 곳이었지만 생각을 하기에는 좋은 곳이었다. 더구나 병은 이제 자신만의 빛을 간직하게 되었고 또다시 장식용으로 쓸모 있게 거기에 서 있게 된 것이다. 병은 너무 행복하여 다락방에 내동댕이쳐진 채 지낸 지난 20년간의 괴로움을 깨끗이 잊어버렸다.

그 병 곁으로 한 남녀가 다정하게 지나갔다. 그 옛날 숲 속을 거닐던 항해사와 피혁공의 딸처럼! 그들을 보자 지난날의 행복했던 추억이 다시 되살아났다. 축제에 초대된 손님들과 축제를 구경하는 사람들이 한가롭게 정원을 거닐었다. 그 중에는 나이든 처녀도 있었는데, 이 세상과 동떨어진 것처럼 외로워 보였다. 그런데 그녀 역시 병과 똑같은 생각을 하고 있었다. 그녀는 그 푸른 숲과 아주 인연이 많았던 한 젊은 남녀를 생각했다. 그녀는 다름 아닌 바로 그 추억의 주인공이었던 것이다. 그 시절에 그녀는 가장 행복했다. 오랜 세월이 흘렀어도 잊을 수가 없었다. 그러나 그녀는 후미진 곳에 서 있는 병을 알아보지 못했고, 그 병도 그녀를 알아보지 못했다. 세상 사람들 역시 이들처럼 같은 곳에 살면서도 서로 알아보지 못하고 스쳐가는 경우가 많지 않은가.

병은 정원에서 포도주 상인에게 보내져 다시 포도주로 채워진 다음 기구 조종사에게 팔렸다. 기구 조종사는 돌아오는 일요일에 기구를 탈 예정이었다. 일요일이 되자 군악대를 비롯하여 많은 구경꾼이 몰려들었다. 병은 바구니 안에서 혼잡한 바깥을 내다보았다. 병 옆에는 작은 토끼 한 마리가 있었는데 기구를 타고 올라가서 낙하산으로 뛰어내린다는 것을 알고 있었기 때문에 매우 흥분해 있었다. 하지만 병은 날아오르거나 뛰어내리는 것에 대해 아무것도 몰랐다. 풍선이 한껏 부풀어오르자 기구가 흔들리면서 공중으로 떠오르기 시작했다. 사람들이 기구를 묶었던 밧줄을 끊자, 기구는 조종사와 바구니에 담긴 병과 작은 토끼를 싣고 높이높이 떠올랐다. 음악이 요란하게 울려 퍼졌고 사람들이 만세를 외쳤다.

'이렇게 하늘 높이 올라가니까 정말 재미있구나. 이것도 항해라고 할 수 있지. 하지만 여기선 암초에 부딪칠 염려는 없으니까 안전해.' 병은 이렇게 생각했다.

수천 명의 사람들이 기구가 항해하는 것을 구경했고 정원을 거닐던 처녀도 기구에서 눈을 떼지 않았다. 그녀는 작은 홍방울새 새장이 걸린 다락방의 열린 창가에 서 있었다. 홍방울새의 새장에는 물그릇으로 낡고 작은 컵이 걸려 있었다. 그 창턱에는 은매화 한 그루가 심어진 화분이 있었는데, 처녀는 화분이 떨어져 깨지지 않도록 한쪽으로 밀어 놓고 창 밖으로 몸을 내밀고 기구가 나는 것을 구경했다. 기구에 탄 조종사는 작은 토끼와 함께 낙하산을 타고 병에서 포도주를 따라 구경꾼들의 건강을 위해 건배한 후 병을 하늘 높이 내던졌다. 처녀는 그 병이 생애에서 가장 행복했던 그날, 푸른 숲에서 애인이 하늘 높이 던졌던 바로 그 병이라는 사실을 까맣게 몰랐다.

병은 갑자기 하늘로 던져지는 바람에 눈앞이 아찔했다. 병은 눈 깜짝할 사이에 이제까지 가보지 못했던 높은 곳에 도달했다. 탑들과 지붕이 저 아래로 까마득히 보였고 사람들이 개미처럼 작아 보였다. 바로 그 순간 병은 낙하산을 탄 토끼보다도 더 빨리, 엄청난 속도로 공중 제비 돌기를 하면서 아래로 아래로 떨어지기 시작했다. 병은 젊은 청년이 된 기분이었다. 아직 포도주가 반쯤 채워져 있었지만 거리낄 것 없이 매우 자유로웠다. 얼마나 멋진가! 햇빛이 병을 비추었기 때문에 사람들은 모두 병을 똑똑히 볼 수 있었다. 기구는 이미 멀리 날아가 아득하게 보였다. 하지만 그것은 잠시였다. 곧이어 병은 어느 지붕 위로 떨어져 산산조각이 났으며 병 조각들은 또다시 지붕에서 데굴데굴 굴러 마당으로 떨어져서 더 작은 조각으로 부숴져 버리고 말았다. 온전한 건 병 주둥이뿐이었다. 병 주둥이는 마치 다이아몬드로 잘라 낸 듯 깔끔하게 잘려져 있었다.

"새 물 그릇으로 쓸 수 있겠는걸." 주둥이만 남은 병을 보고 한 포도주 상인이 말했다. 그러나 그에게는 새도 새장도 없었다. 그렇다고 병 주둥이를 물그릇으로 쓰려고 새를 살 수도 없는 노릇이었다. 그러나 다락방에 사는 처녀에게는 새가 있었기 때문에 병 주둥이가 쓸모가 있었다. 그래서 병 주둥이는 이곳으로 와서 처녀의 차지가 된 것이다. 병에는 이제 주둥이에 코르크 마개가 끼워지고 거꾸로 세워져 물이 담겼다. 병은 이렇게 작은 새장에 매달려 있었다. 병 주둥이를 본 홍방울새는 어느 때보다도 더 즐겁게 노래했다.

"네가 노래하는 건 당연해!" 병 주둥이가 말했다.

병 주둥이는 한때 기구를 탔다는 이유로 사람들의 시선을 끌었다. 그러나 사람들은 병 주둥이에 대해 그 이상의 것은 몰랐다. 물그릇이 되어 새장에 걸리게 된 병 주둥이는 그곳에서 거리를 오가는 사람들의 얘기와 방 안에서 처녀가 하는 대화를 다 들을 수 있었다.

어느 날 한 친구가 방문하여 처녀와 얘기를 나누었다. 그들은 병 주둥이가 아닌 은매화에 대해 얘기했다.

처녀가 말했다. "네 딸 부케를 마련하는 데 한 푼도 쓸 필요 없어. 내가 예쁜 꽃다발을 만들어 줄게. 저 나무가 얼마나 근사하게 자랐는지 보이니? 내 약혼식 때

네가 선물로 준 은매화 가지를 심어서 이렇게 키운 거란다. 1년 동안 키워서 내 결혼식 꽃다발을 만들려고 했는데 그날은 영영 오지 않았지. 내 삶을 기쁨과 환한 빛으로 밝혀 주었던 그 두 눈은 감겨 버렸어. 그는 바다 깊은 곳에 평안히 잠들어 있지. 이제 은매화도 늙고 나도 나이가 들었어. 네가 준 은매화가 시들기 전에 가지 하나를 꺾어서 땅에 꽂았지. 그 가지가 이렇게 큰 나무로 자라 비로소 신부의 꽃다발로 쓰이게 되었어. 네 딸의 결혼식 꽃다발로 말야."

처녀는 젊은 날에 사랑했던 사람과 숲 속에서의 약혼식에 대해 이야기하며 눈물을 글썽였다. 그때가 그리웠던 것이다. 그러나 바로 가까이에 있는 창가에 옛 시절에 대한 기억의 단편이 자리하고 있다는 것은 꿈에도 생각하지 못했다. 약혼식 날 축배를 들기 위해 코르크 마개를 땄을 때 쉬익 하고 환희에 찬 소리를 냈던 바로 그 병 주둥이가 손이 닿는 곳에 있다는 것을 말이다. 그러나 병 주둥이도 그 처녀를 알아보지 못했다. 그래서 처녀가 하는 얘기에 귀를 기울이지 않았다. 아마도 병은 옛날 그 처녀만을 생각하고 있었는지 모른다.

# 80
# 현자의 돌

인도가 세상 끝이라고 생각하던 시절의 이야기이다. 먼 동쪽 나라 인도에 해나무가 서 있었다. 해나무는 이제까지 본 적도 없고 앞으로도 보지 못할 아주 웅장하고 멋진 나무였다. 해나무 꼭대기는 사방으로 수 마일 뻗어 있어서 숲을 이루었으며, 작은 가지 하나하나가 완전한 나무였다. 그래서 여기서는 야자수, 너도밤나무, 소나무, 플라타너스, 그리고 세계 곳곳에서 볼 수 있는 여러 가지 나무들이 이 거대한 해나무에서 뻗어 나온 작은 가지처럼 작게 보였다. 그리고 마디가 지고 흰 큰 가지들은 부드러운 녹색과 꽃으로 덮인 계곡과 산을 이루었다. 어디를 보나 꽃이 활짝 핀 초원이나 아름다운 정원 같았다.

세계 곳곳에서 온갖 새들이 이곳으로 몰려들었다. 여기에는 먼 미국의 원시림에서 온 새, 다마스쿠스의 장미 정원에서 온 새, 그리고 코끼리와 사자가 자기들만이 이 세상의 지배자라고 생각하는 아프리카 사막에서 온 새도 있었다. 그리고 남극과 북극에서 온 새도 있었고, 황새와 제비도 물론 있었다. 그러나 이곳에서 살아 있는 생물은 새들만이 아니었다. 사슴, 다람쥐, 영양, 그리고 수백 종류의 아름답고 발이 빠른 동물들이 이곳에 집을 짓고 살고 있었다.

사방으로 넓게 뻗어 정원과 같은 해나무 꼭대기 가운데는 녹색 가지들이 산을 이루고 있었는데, 바로 이곳에 수정으로 된 성이 서 있었다. 그 성에서 밖을 내다보면 하늘이 한 눈에 보였다. 탑들은 마치 백합처럼 서 있었고, 그 탑 안에는 구불구불한 계단이 있었는데, 계단을 따라 올라가면 나뭇잎으로 된 발코니가 나왔다. 꽃받침은 가장 아름답고 눈부신 원형의 방이었고 그 방 지붕은 바로 푸른 하늘과 해와 별이었다.

그 아래쪽에 있는 넓은 방들도 그에 못지않게 눈이 부셨다. 방 안 벽에는 세상에서 일어나는 모든 일들이 다 비쳤기 때문에 신문을 읽을 필요가 없었다. 사실 여기에서는 신문을 구할 수가 없기도 했다. 세상에서 일어나는 일들을 보고자 하는 사람은 누구나 무엇이든 생생하게 볼 수 있었지만 그 모든 것을 본다는 것은 아무리 똑똑한 사람이라 하더라도 힘든 일이었을 것이다. 바로 이곳에 살고 있는 이 세상에서 가장 현명한 남자에게조차 말이다. 그의 이름은 발음하기가 매우 어렵기 때문에 생략하기로 한다. 아무튼 그는 인간이 알고 있거나 상상할 수 있는 일이면 무엇이나 다 알고 있었다. 그는 이미 발명이 되었거나 앞으로 발명될 수 있는 모든 것에 대해서 알고 있었다. 솔로몬 왕의 현명함도 그의 현명함에는 반밖에 미치지 못했다. 그는 자연의 힘을 다스릴 줄 알았고 막강한 정신도 지배했다. 죽음의 신까지도 매일 아침 그날 죽어야 할 사람들의 명단을 갖다 바쳐야 했다.

어느 날 솔로몬 왕이 죽자 해나무의 성에 사는 이 위대한 남자는 죽음에 대한 생각에 사로잡히기 시작했다. 그는 아무리 다른 사람보다 지혜가 뛰어나다 하더라도 자신도 언젠가는 죽어야 한다는 것을 알았다. 그리고 그의 자식들도 나뭇잎들처럼 결국은 쭈글쭈글해져 먼지가 된다는 것을 깨달았다. 그는 나뭇잎이 시들어 떨어지듯이 사람들이 죽어 가는 것을 보았다. 그리고 새로운 생명이 태어나 그 자리를 메우는 것을 보았다. 그러나 한 번 떨어진 나뭇잎에서는 다시는 싹이 트지 않았다. 땅에 떨어진 나뭇잎들은 부스러져 먼지가 되거나 다른 식물에 흡수되었다.

"죽음의 천사가 손을 대면 사람은 어떻게 될까? 죽는다는 것은 어떤 것일까? 몸이 부패하면 영혼은 어떻게 될까? 그런데 영혼이란 무엇이지? 영혼은 어디로 가는 걸까?" 수정으로 된 성의 현명한 남자는 혼자서 이렇게 중얼거렸다.

"영혼은 영원히 죽지 않는 거지요." 신앙심에 가득 찬 목소리가 격려하는 어조로 말했다.

"그럼 변하는 건 뭐지요? 우린 어디에서 어떻게 살게 되죠?"

"저기 하늘 나라에서 살죠. 우리가 가고 싶어하는 곳 말예요."

"하늘 나라라구!" 현명한 남자는 이렇게 중얼거리며 하늘 위에 떠 있는 달과 별들을 쳐다보았다. 그는 지구에서 보면 지구 위쪽과 아래쪽 세계가 항상 변하고, 사람이 있는 곳에 따라 달리 보인다는 것을 알고 있었다. 또 하늘 높이 우뚝 솟아 있는 가장 높은 산꼭대기에 올라가 보면 아래에서 볼 때는 맑고 투명해 보이는 하늘이 어둡고 흐릴 것이라는 것도 알고 있었다. 그리고 그곳에서 보면 해님이 구리빛을 띠어 아무런 빛도 없을 것이고 우리 지구는 오렌지색 안개에 싸여 그의 발 아래 놓여 있을 것이라는 사실을 알고 있었다. 우리 눈으로 볼 수 있는 것은 얼마나 제한되어 있는가! 또한 영혼의 눈으로 볼 수 있는 것은 얼마나 적은가! 아무리 현명한 사람이라 할지라도 우리에게 매우 중요한 것에 대해서는 아는 것이 별로 없다.

수정으로 된 성에 있는 비밀의 방에는 이 세상에서 가장 귀한 보물이 있었다. 그것은 바로 「진리의 책」이었다. 현명한 남자는 그 책을 하나도 빠짐없이 다 읽었다. 누구나 그 책을 읽을 수는 있었지만 그들이 읽을 수 있는 것은 일부분뿐이었다. 대부분의 사람들 눈에는 글자가 마구 뒤섞여 알아볼 수 없게 보였기 때문이다. 글씨가 너무 희미하여 백지처럼 보이는 페이지도 있었다. 그 책은 현명할수록 더 많이 읽을 수 있었으며 이 세상에서 제일 현명한 사람은 그 책을 거의 다 읽을 수 있었다.

현명한 남자는 이성의 빛과 자연의 숨은 힘으로 햇빛과 달빛을 합칠 줄 알았다. 햇빛과 달빛이 합쳐진 이 강한 빛을 통해서 보면 책에 쓰여진 글씨가 뚜렷하게 보였다. 그러나 '죽음 뒤의 삶'이란 제목으로 되어 있는 부분은 단 한 글자도 제대로 알아볼 수 없었다. 그래서 현명한 남자는 매우 괴로웠다. 「진리의 책」에 들어 있는 내용을 모두 이해할 수 있는 빛을 이 세상에서는 얻을 수 없는 걸까?

그는 현명한 솔로몬 왕처럼 동물의 말을 알아들었기 때문에 동물들이 하는 말을 노래로 만들 줄 알았다. 그러나 그렇다고 해서 더 현명해지지는 않았다. 그는 식물과 금속의 특성을 연구하여 질병을 치료하고 죽음을 억제하는 힘을 발견했지만 죽음 자체를 없앨 수 있는 것은 알아내지 못했다. 그는 이 세상에 존재하는 모든 것에서 영원한 삶을 밝게 비춰 줄 빛을 찾았지만 찾을 수가 없었다. 그의 앞에는 진리의 책이 펼쳐져 있었지만 아무것도 쓰여 있지 않은 것처럼 한 글자도 알아볼 수 없었다. 성경에는 영원한 삶에 대한 약속의 말이 있었지만, 그는 진리의 책 속에서 그 말을 읽고 싶었다. 그러나 진리의 책에는 그런 것에 대해서는 전혀 쓰여 있지 않은 것 같았다.

그에게는 다섯 명의 아이들이 있었다. 그와 같이 현명한 아버지의 자식이라면 마땅히 그래야 하는 것처럼 그들은 모두 훌륭한 가르침을 받았다. 그 중 넷은 아들이었고, 하나는 아름답고 예의 바르며 총명한 딸이었는데, 딸은 장님이었다. 하지만 그 딸에게는 그것이 전혀 문제가 되지 않았다. 아버지와 형제들이 그녀의 눈이 되어 주었으며 생생한 상상을 통해 마음의 눈으로 볼 수 있었기 때문이다.

아들들은 한 번도 나뭇가지들이 뻗어 있는 곳을 벗어나 본 적이 없었고 딸은 집을 떠난 적이 거의 없었다. 그들은 아름답고 향기로운 해나무에서 어린 시절을 행복하게 지냈다. 그들은 다른 아이들처럼 이야기 듣기를 좋아했고 그들의 아버지는 아이들에게 다른 아이들은 이해하지도 못할 이야기를 많이 해 주었다. 그래서 아이들은 어른들만큼이나 똑똑했다. 아버지가 사람들이 하는 일이며 온 세계에서 일어나는 일을 비롯하여 성벽에 비친 그림들에 대해 설명해 주면 아들들은 세상에 나가 직접 그런 일들을 경험해 보고 싶어했다. 그러면 아버지는 이렇게 말했다. "세상에는 고되고 힘든 일 투성이란다. 이렇게 편안하고 아름다운 집에 앉아서 보는 것과는 전혀 다르지."

그는 아이들에게 아름다움과 진실함과 선함에 대해서 이야기하고, 그 세 가지가 결합하면 최고급 다이아몬드보다도 더 맑은 보석이 된다고 말했다. 그리고 하느님의 밝은 빛 아래서는 모든 것이 희미하게 보이지만 그 보석만은 하느님의 빛 아래서도 화려한 빛을 낸다고 말했다. 그 보석은 바로 '현자의 돌'이라고 부르는 것이었다. 그는 인간은 늘 쫓아 구함으로써 하느님의 존재를 알 수 있고, 현자의 돌과 같은 보석이 실제로 존재한다는 것을 확신할 수 있는 것은 바로 인간의 이런 능력 때문이라고 아이들에게 말했다. 이런 얘기를 다른 아이들에게 하면 오랜 시간이 지난 후에야 이해했겠지만 이 아이들은 금방 이해했다. 아이들은 진실됨, 아름다움, 선함에 대해서 아버지에게 물었고, 아버지는 여러 가지 방법을 통해 설명해 주었다.

그는 하느님이 흙으로 인간을 만들 때 다섯 번 입을 맞추었는데, 그로 인해 인간은 오감이라고 부르는 다섯 가지의 감정을 갖게 되었다고 말해 주었다. 우리는 이 다섯 개의 감각으로 아름다움, 참됨, 착함을 보고 느끼고 이해할 수 있으며, 그것들을 통해 진실됨, 아름다움, 선함을 보고 이해하고, 바로 이러한 감각을 통해 그런 것들을 평가하고 보호하고 격려한다. 오감은 정신적, 육체적, 그리고 내적, 외적으로 몸과 마음에 주어졌다.

아이들은 이것에 대해 밤낮으로 곰곰이 생각했다. 그러던 어느 날, 첫째 아들이 아주 멋진 꿈을 꾸었다. 그런데 이상하게도 둘째, 셋째, 넷째도 같은 꿈을 꾸었지 않은가! 그들은 똑같이 바깥 세상에 나가 현자의 돌을 찾는 꿈을 꾼 것이다. 그들은 모두 꿈속에서 그 돌을 찾아 새벽녘에 화살같이 빠른 말을 타고 부드러운 푸른 초원을 지나 다시 성으로 돌아왔다. 지혜의 돌은 찬란한 빛처럼 그들의 이마에서 빛났고 진리의 책에 환한 빛을 던져 죽음 뒤의 삶에 대해 얘기하는 글자 하나하나가 또렷하게 보였다. 그러나 딸은 넓은 세상으로 나가는 꿈을 꾸지 않았다. 그녀는 바깥 세상으로 나가는 일은 생각지도 못했다. 그녀의 세상은 아버지의 집이 전부였던 것이다.

"말을 타고 넓은 세상으로 나갈 테야. 세상 사람들과 섞여 살면서 바깥 세상이 어떤지 경험해 보고 싶어. 선하고 진실된 행동만 하여 아름다운 것을 보호할 테야. 바깥 세상에 나가 있으면 난 훨씬 더 훌륭해질 거야." 맏이가 말했다.

이것은 대담하고 용감한 생각이었다. 바깥 세상에 나가 힘들고 어려운 온갖 일을 겪어 보지 않고 집에 편히 앉아서 하는 생각처럼 말이다. 맏이와 나머지 세 아들들은 내적으로나 외적으로 오감이 잘 발달해 있었지만, 이들은 각각 특출한 감각 하나씩을 가지고 있었다. 그들은 이 감각에 있어서만은 다른 형제들보다 훨씬 더 섬세하고 날카로웠다.

맏이는 시각이 특히 뛰어났다. 그는 그 감각이 특별한 가치를 갖길 바랐다. 그의 눈으로는 모든 시대와 민족을 볼 수 있었고, 땅 속 깊은 곳까지 뚫어볼 수 있었다. 땅 속에 숨겨진 보물을 발견할 수 있었으며 유리창을 들여다보듯 사람의 마음 속을 훤히 들여다볼 수 있었다. 그는 붉어진 얼굴이나 창백한 얼굴에서 또는 내리 깔고 있는 눈이나 미소 띤 눈에서 겉으로 드러난 것 이상의 것을 읽을 줄 알았다.

맏이는 넓은 세상으로 떠나기로 결심했다. 사슴과 영양들이 집이 끝나는 서쪽 경계까지 배웅해 주었다. 그는 그곳에 있던 야생 백조를 따라 동쪽으로 끝없이 펼쳐진 아버지의 집을 등 뒤로 하고 북쪽 세계로 향했다. 세상에 나온 맏이는 놀라서 눈이 휘둥그레졌다. 볼 것이 너무도 많았으며 아버지의 성벽에 나타나는 그림과는 전혀 달랐다. 맏이는 하찮은 생각과 조롱 속에 아름다움이 숨겨져 있는 것을 보고 정신이 아찔했다. 그러나 정신을 차리고 그런 것을 위해 할 수 있는 일을 찾아냈다. 그는 진실됨, 아름다움, 그리고 선함을 깨닫기 위해 온갖 노력을 다했다. 하지만 세상에 나타난 그들의 실제 모습은 어땠는가? 그는 마땅히 아름다운 사람들에게 주어져야 할 화환이 흉측한 사람들에게 주어지고, 선한 사람들이 무시 받고, 야유를 받아야 할 사람들이 칭찬을 받는 것을 보았다. 사람들은 옷을 입고 있는 사람보다는 옷에 더 관심이 많았고, 임무를 다하는 것보다는 명성에 더 신경을 썼다. 그리고 실제 모습보다는 평판을 더 믿었다. 그것은 어디를 가나 마찬가지였다.

"그래, 이것들을 올바로 해 놔야겠어!" 맏이는 이렇게 말하고 이런 일을 보면 가만있지 않았다. 그러나 맏이가 진실을 찾으러 돌아다닐 때 거짓의 아버지인 악마가 방해했다. 악마는 올바르게 보려고 하는 맏이의 두 눈을 뽑아 버리고 싶었다. 그것은 악마에게는 너무나도 간단한 일이었다. 하지만 악마는 잔꾀를 내기를 좋아했기 때문에 맏이가 아름다움과 선함을 찾아다니도록 내버려 두었다. 맏이가 아름다움과 선함을 생각할 때마다 악마는 맏이의 눈 속에 티끌을 한 조각씩 불어넣었다. 그렇게 계속 티끌을 불어넣으면 아무리 잘 보이고 건강한 눈이라도 배겨낼 수 없는 법이다. 이제 티끌이 눈동자를 가려서 눈에서는 투명하고 맑은 빛이 사라져 버렸으며 맏이는 맹인이 되어 버렸다. 그래서 맏이는 이제 더 이상 세상을 믿지 않게 되었다. 맏이는 자기 자신에 대해서 뿐만 아니라 세상에 대한 신념을 잃어버린 것이다. 세상과 자신을 포기한 사람은 이미 산 사람이라고 할 수 없었다.

"이제 끝장이야." 야생 백조들이 울부짖으며 바다를 건너 동쪽으로 날아갔다.

"모두 끝장이야." 제비들도 이렇게 지저귀며 동쪽에 있는 해나무를 향해 날아가 버렸다. 그것은 성에 있는 형제들에게는 참으로 나쁜 소식이었다.

"천리안인 형에게 나쁜 일이 일어났나 봐. 하지만 잘 듣는 내가 형보다 더 잘 해낼지도 몰라." 둘째가 말했다.

둘째는 청각이 매우 발달해 있었다. 멀리 있는 잔디가 자라는 소리도 들을 수 있을 정도였다. 둘째는 가족에게 다정하게 작별 인사를 하고 많은 재능과 의지를 가지고 말을 타고 떠났다. 제비들이 그를 호위해 주었다. 그는 백조를 따라 집에서 아주 먼 바깥 세상에 도착했다. 세상에 나온 그는 곧 인간에게는 선한 면이 아주 많다는 것을 알게 되었다. 그는 잔디가 자라는 소리뿐만 아니라 사람들의 심장이 즐거움과 고통으로 뛰는 소리도 들을 수 있었다. 세상이 모든 시계가 똑딱똑딱, 또는 딩동딩동 하고 돌아가는 거대한 시계 공장 같았다. 정말이지 참을 수가 없었다. 둘째는 온갖 요지경 같은 시끄러운 소리를 한참을 참고 들었지만 더이상 참을 수가 없었다.

그때 예순 살이나 먹은 어린애 같은 부랑자가 나타났다. 나이가 든다고 저절로 어른이 되는 건 아니다. 부랑자는 큰 소리로 거짓말을 해대며 소란을 피웠다. 둘째는 그 소란 정도라면 웃을 수도 있었을 것이다. 그러나 그 소란 뒤에 사람들이 치는 박수 소리는 참을 수가 없었다. 박수 소리는 거리마다, 집집마다 울려 퍼졌으며 시골길까지 울려 퍼졌다. 부랑자는 거리낌없이 거짓말을 해대며 위선을 떨었다. 그가 쓴 모자에 달린 종은 자기가 교회 종이라며 딸랑거렸다. 둘째는 더이상 듣고 있을 수가 없어 손가락을 귀 속으로 점점 더 깊숙이 집어넣었다. 그래도 둘째에게는 사람들이 마음속으로, 또는 입 밖으로 내뱉는 잘못된 음조와 형편없는 노래, 잡담과 근거 없는 말들, 악담과 비방, 신음 소리와 불평이 들려 왔다.

둘째는 참을 수가 없어 손가락을 귀 속으로 점점 더 깊이 집어넣었다. 그러다가 마침내 고막이 터지고 말았다. 잘 듣는 귀를 이용하여 아름다움, 진실됨, 선함을 알고자 했던 둘째는 이제 아무것도 들을 수가 없었다. 둘째는 점점 더 말이 없어졌고 의심이 많아졌다. 그는 아무도 믿지 않았으며 자신조차도 믿지 않았다. 그리하여 집으로 귀한 보석을 찾아가려 했던 희망을 포기했다. 그리고 자신에 대해서도 포기해 버렸다. 자신을 포기한 것은 무엇보다도 커다란 불행이었다. 동쪽으로 날아간 새들이 해나무에 있는 성에 그 소식을 전했다.

"이번엔 내가 해 볼 테야. 난 냄새를 잘 맡는 예리한 코를 가지고 있잖아." 이번에는 셋째가 바깥 세상으로 나가겠다고 나섰다. 셋째는 말하는 게 품위가 없었지만 늘 그런 식이니 있는 그대로 받아들일 수밖에 없었다. 셋째는 성격이 매우 쾌활했으며 시적이기도 했다. 그는 무엇이나 시적으로 표현할 줄 알았다. 그리고 누구보다도 생각하는 게 빨랐다. 그는 아름다움을 발견할 수 있는 힘은 날카로운 후각이라고 하면서 이렇게 말하곤 했다. "난 냄새 맡는 데 있어선 귀신이야. 세상은 그곳을 찾는 사람의 취향에 따라 그 장소가 향기롭기도 하고 아름답기도 하지. 어떤 사람은 촛불이 너울거리고 술냄새와 지독한 담배 향기가 뒤섞인 선술집에 있으면 편안함을 느껴. 그런가 하면 어떤 사람은 재스민 향기가 강렬한 곳에 앉아 있거나 올리브유를 바르는 걸 좋아한단 말야. 또 신선한 바닷바람을 좋아하는 사람이 있는가 하면 높은 산꼭대기에 올라가 사람들이 바쁘게 살아가는 모습을 발 아래로 내려다보는 걸 즐기는 사람도 있지."

이렇게 말하는 셋째는 마치 이미 바깥 세상에 나가 사람들과 어울려서 살아본 사람 같았다. 그러나 이것은 직관적인 것으로 태어날 때부터 가지고 있는 시적인 재능이었다. 셋째는 해나무에 있는 성에게 작별 인사를 한 후 아름다운 경치를 뒤로 하고 길을 떠났다. 그는 집이 끝나는 경계 지역에 이르자 타조를 탔다. 타조는 말보다 더 빨리 달렸다. 도중에 야생 백조를 만난 셋째는 가장 힘이 센 백조의 등에 올라탔다. 그는 변화를 좋아했던 것이다. 백조는 바다 위를 날아 커다란 숲과 깊은 호수와 우뚝 솟은 산과 거만한 도시들이 있는 먼 나라로 날아갔다. 어디를 가든지 해님이 들판을 가로질러 그를 따라오는 것 같았다. 꽃과 나무들이 자신들을 이해해 주고 자신들의 가치를 알아주는 친구이며 보호자가 가까이 있다는 것을 알기나 하는 듯이 신선한 향기를 내뿜었다. 자라다가 멈춰 버린 장미나무 한 그루가 작은 가지를 뻗어 꽃봉오리를 펼치더니 아름다운 장미꽃을 피웠다. 누가 보아도 참으로 아름다웠다. 진흙투성이의 검은 달팽이조차도 그 아름다움에 반해 눈을 돌리지 못했다.

"저 꽃에 내 것이란 표시를 해야겠어. 끈적끈적한 내 점액을 묻혀 놓았으니까 이젠 내 것이야." 달팽이가 장미꽃에 점액을 묻히며 말했다.

"이 세상에서 아름다운 것들은 저렇게 되고 마는구나." 시인인 셋째가 말했다. 그는 장미꽃의 아름다움에 대해 노래를 만들어 불렀지만 아무도 듣는 사람이 없었다. 그래서 노래를 만들어서 북 치는 사람에게 2펜스와 공작 깃털 하나를 주고 그 곡을 북으로 치게 했다. 북 치는 사람이 온 거리를 돌아다니며 북을 치자 사람들이 듣고 이렇게 말했다. "정말 좋은 곡이야!"

셋째는 진실함과 아름다움과 선함에 대해 많은 곡을 썼다. 그의 음악은 촛불이 너울거리는 술집에서, 신선한 토끼풀밭에서, 숲 속에서, 그리고 탁 트인 바다 위에서 울려 퍼졌다. 셋째는 먼저 세상에 나왔던 두 형보다 운이 더 좋은 것처럼 보였다.

그러자 악마는 화가 나서 참을 수가 없었다. 악마는 매연과 향기를 섞어 독이 든 향기를 만들었다. 그 솜씨가 너무도 정교하여 천사도 알아보지 못할 정도였다. 그러니 시인인 셋째를 혼란시키는 것은 누워서 떡먹기였다. 악마는 그런 사람들을 어떻게 다뤄야 하는지 잘 알았다. 악마는 독기가 있는 향기로 시인을 겹겹이 둘러쌌다. 시인은 정신이 몽롱하여 처음에는 자신의 임무를 잊어버리고 해나무에 있는 고향을 잊어버리더니, 마침내는 정신을 잃고 연기 속으로 사라지고 말았다.

그 소식을 들은 작은 새들은 몹시 슬퍼했다. 새들은 사흘 동안 전혀 노래를 부르지 않았다. 검은 달팽이는 더욱 검어졌다. 그러나 그것은 슬픔 때문이 아니라 질투 때문이었다.

"나한테 향기를 줬어야지. 시인에게 그 유명한 노래에 대한 생각을 불어넣어 준 것은 바로 나니까 말야. 내가 북으로 부르는 세상에 대한 노래를 만들게 했다구. 장미에게 끈끈한 점액을 준 것도 나였어. 증인도 있다구." 달팽이가 화가 나서 말했다.

그러나 인도에 있는 시인의 집에서는 이 소식을 까맣게 모르고 있었다. 새들이 슬픔에 젖어 사흘 동안이나 침묵하고 있었으며 애도 기간이 끝난 후에도 너무나 깊은 슬픔에 빠진 나머지 무엇 때문에 슬퍼하는지조차 잊어버렸던 것이다. 세상이란 그런 것이다.

"이제 내가 세상으로 나가 다른 형들처럼 사라질 차례야." 넷째가 말했다. 넷째도 셋째처럼 성격이 쾌활했지만 시인은 아니었다. 그는 재치가 있었다.

성을 즐거움으로 가득 채웠던 첫째 형과 둘째형의 시각과 청각이 사라져 버렸고 셋째형의 후각도 사라져 버렸다. 사람들은 시각과 청각을 매우 중요한 감각으로 생각하고 그런 감각을 갈고 닦고자 한다. 그리고 다른 감각은 그보다는 덜 중요하게 여긴다. 그러나 넷째의 생각은 전혀 달랐다. 넷째는 여러 면에서 미각을 갈고 닦아 미각이 특히 예민했다. 그는 입과 마음으로 들어가는 것을 모두 지배했다. 그래서 넷째는 병이나 항아리에 들어 있는 것은 무엇이나 맛을 보는 임무를 맡았었다. 넷째는 이것을 매우 힘든 일이라고 했다. 넷째에게는 모든 사람의 마음이 여러 가지 음식이 섞여 만들어지는 그릇처럼 보였으며 모든 나라가 마음이 진열되어 있는 부엌처럼 보였다.

"여기엔 맛있는 게 없어." 넷째는 이렇게 말했다. 그는 바깥 세상으로 나가 그의 입맛에 맞는 맛좋은 것을 찾고 싶었다. "어쩌면 형들보다 내가 더 운이 좋을지 몰라. 여행을 떠나야지. 그런데 뭘 타고 가지? 기구가 발명되었던가?"

넷째는 기구가 발명되었는지를 아버지에게 물었다. 아버지는 이제까지 만들어진 것은 물론 앞으로 만들어질 모든 발명품에 대해 알고 있었다. 그런데 기구는 아직 발명되지 않았으며 증기 기선도 기차도 아직 만들어지지 않았다고 했다.

"그래도 난 기구를 타고 갈래요. 아버지는 그것을 만들고 운전하는 법을 아시잖아요. 아직 기구가 발명되지 않았으니까 사람들이 기구를 보면 공기 유령이라 생각하겠죠. 기구를 다 쓰고 난 후에는 태워 버리겠어요. 그러려면 또 다른 발명품이 필요해요. 성냥 말예요."

넷째는 아버지를 졸라 그 모든 것을 얻었다. 그는 기구를 타고 하늘로 올라갔다. 새들은 형들보다 훨씬 더 멀리까지 배웅해 주었다. 새들은 이 신기한 비행이 어떻게 되는지 보고 싶었던 것이다. 그 기구가 새로 온 새라고 생각하는 모양인지 많은 새들이 몰려들었다. 따라오는 새들이 점점 더 늘어나 넷째를 호위하는 새들이 벌 떼처럼 많아졌다. 그리하여 메뚜기 떼가 이집트 하늘을 덮은 것처럼 하늘이 새 떼들로 까맣게 덮였다.

그렇게 해서 넷째는 드디어 넓은 세상으로 나왔다. 기구는 가장 큰 도시 위를 날아 그 도시에서 가장 높은 교회 뾰족탑 위에 내려앉았다. 그리고는 넷째를 내려놓고 어느 틈에 다시 하늘로 떠올랐다. 하늘로 떠오른 기구가 어떻게 되었는지는 알 수 없으며 그건 중요한 문제가 아니다. 어쨌든 당시에는 기구가 발명되지 않았으니까.

넷째는 교회 뾰족탑 위에 앉았다. 새들은 이제 그의 주위를 맴돌며 날아다니지 않았다. 새들은 그에게 싫증이 났고 그도 새에게 지친 것이다. 굴뚝마다 연기가 무럭무럭 피어오르고 있었다.

"저기 우릴 위해 세워진 제단이 있어." 바람이 넷째에게 기분 좋은 말을 해주고 싶어 이렇게 말했다. 넷째는 바람이 하는 말을 들은 척도 않고 당당하게 앉아서 거리에 지나가는 사람들을 내려다보았다. 어떤 사람은 돈주머니를 뽐내며 지나갔고, 또 어떤 사람은 자물통도 없으면서 뒷주머니에 매달린 열쇠를 자랑하며 지나갔다. 그리고 어떤 사람은 좀먹은 외투를, 또 어떤 사람은 고행을 한 자신의 몸을 뽐내며 지나갔다.

"허영심! 온통 허영심 투성이야! 아래로 내려가서 직접 만져 보고 맛을 봐야겠어. 하지만 등 뒤에서 불어오는 바람이 상쾌하니까 조금만 더 있다가 내려가야지. 그래 바람이 불 동안만 쉴 테야. 할 일이 많은 데도 아침에 늦잠을 자는 건 아주 기분 좋거든." 게으른 넷째는 이렇게 중얼거리며 계속 앉아 있었다. 하지만 그에게 불어오는 바람은 진짜 바람이 아니라 풍향기가 돌아가면서 일으키는 바람이었다. 그는 풍향기 위에 앉아 있었기 때문에 바람이 계속 분다고 착각했던 것이다.

한편 인도의 해나무에 있는 성은 아들들이 차례로 모두 떠나 버리자 너무 쓸쓸하고 조용했다.

"내 아들들에게 잘 되는 일이 없군. 그 애들은 절대로 빛나는 보석을 가져오지 못할 거야. 그건 나를 위해 만들어진 것이 아니니까. 애들은 모두 떠났어. 죽었다구." 성에 남은 아버지는 상심에 잠겼다. 그는 진리의 책을 펼치고 죽음 뒤의 삶이 쓰여진 곳을 뚫어지게 들여다보았다. 하지만 아무것도 볼 수도 알 수도 없었다. 그에게 위안과 기쁨을 주는 것은 눈 먼 딸뿐이었다. 딸은 진심 어린 사랑을 가지고 늘 아버지 곁에 붙어 있었다. 그리고 아버지가 행복해지고 평온해질 수 있도록 오빠들이 값진 보석을 찾아 가지고 돌아오길 빌었다.

눈 먼 소녀는 오빠들이 보고 싶었다. 오빠들은 어디에 있는 걸까? 어디에서 살고 있을까? 오빠들을 꿈속에서라도 보고 싶었다. 하지만 이상하게도 오빠들은 꿈에서조차 나타나지 않았다. 그러던 어느 날 밤, 소녀는 꿈속에서 오빠들의 목소리를 들었다. 오빠들이 먼 세상에서 그녀를 부르고 있었다. 소녀는 오빠들이 보고 싶어 바깥 세상으로 나갔다. 그런데 이상하게도 그곳은 바깥 세상이 아니라 여전히 집이지 않은가. 소녀는 결국 오빠들을 만나지 못했다. 그런데 갑자기 손 안에서 불길이 타는 듯한 이상한 느낌이 들었다. 그런데도 전혀 뜨겁지가 않았다. 그것은 바로 오빠들이 찾고 있던 보석이었다. 소녀는 그것을 아버지에게 갖다드렸다.

잠에서 깨어났을 때 소녀는 아직도 자신이 그 돌을 손에 쥐고 있다는 생각이 들었다. 하지만 손에 꼭 쥐고 있는 것은 돌이 아니라 실을 감는 실패였다. 간밤에 소녀는 실을 자았었다. 실패로 감은 실은 거미줄보다도 더 고왔다. 인간의 눈으로는 거미줄인지 실인지 구별할 수 없을 정도였다. 소녀는 눈물로 실을 촉촉하게 적셔 밧줄만큼이나 튼튼하게 실을 꼬았다. 어젯밤 꿈이 사실임에 틀림없었다. 소녀는 굳은 결심을 하고 자리에서 일어났다.

아직 컴컴한 밤이었다. 아버지는 잠에 곯아떨어져 있었다. 소녀는 아버지의 손에 입을 맞추고 실패에서 실을 뽑아 끝을 집에 단단히 묶었다. 그렇게 하지 않으면 눈 먼 소녀로서는 다시 집에 돌아올 길이 없었기 때문이다. 소녀는 다른 사람이나 자기 자신도 믿지 말고 이 실만 단단히 잡고 가리라 생각했다. 소녀는 해나무에서 네 개의 잎을 땄다. 바깥 세상에서 오빠들을 만나지 못하면 바람과 폭풍우에 실어 오빠들에게 편지를 전하기 위해서였다. 가엾은 눈 먼 소녀, 낯설고 먼 나라에 가면 소녀는 어떻게 될 것인가? 소녀에게는 사람들의 눈에 보이지 않는 실이 있었다. 그 실만 단단히 붙잡고 가면 되었다. 그리고 소녀에게는 다른 사람이 가지고 있지 않은 장점이 있었다. 하고자 하는 일에 온몸을 바쳐 행하는 결단력이었다. 그래서 손가락 끝마다 눈이 달린 것 같았고 마음속에서 이는 생각이 들리는 것 같았다.

소녀는 요란하고 멋진 세상으로 조용히 나갔다. 어디를 가든지 하늘이 맑았다. 따뜻한 햇살이 온몸에 느껴졌으며 푸른 하늘에 걸린 무지개가 어두운 세계와 하늘을 연결해 주고 있는 것 같았다. 새들이 노래하는 소리가 들렸고, 오렌지와 사과나무가 자라는 과수원에서는 향기가 너무도 진해서 그 맛이 혀에 느껴지는 것 같았다. 그때 부드럽고 아름다운 노랫소리가 들렸다. 동시에 거칠고 사나운 말소리도 들렸다. 그것은 생각과 의견이 서로 충돌하는 소리였다. 인간의 생각과 감정의 메아리가 소녀의 마음속 깊은 곳을 뚫고 메아리쳤다. 이번에는 슬픈 노랫소리가 들렸다.

"인생은 어둡고 괴로운 밤에
덧없이 사라지는 그림자라네."

그 다음에는 더 희망적인 내용이 뒤따랐다.

"인생은 달콤한 장미꽃 향기가 가득하다네.
햇살과 빛과 기쁨이 넘친다네."

한 소절이 고통에 가득 찬 내용이면 다음에 나오는 소절은 희망적이었다.

"사람들은 모두 자기 생각만 한다네.
아, 슬프도다. 진실은 너무도 분명하지 않은가."

"사랑은 찬란한 빛으로 우리 가슴을 채우네.
세차게 흐르는 강물처럼."

이런 상심에 빠진 소절이 나오면 그 뒤에 위로하는 소절이 나왔다.

"거대한 혼란의 물결이 소용돌이치는
이 세상의 모든 것은 헛되고 하찮은 쇼에 불과하다네."

"많은 이들이 위대하고
훌륭한 일을 해 냈다네.
우리가 모르게."

가끔은 조롱하는 말도 들렸다.

"하느님이 주는 모든 재능을 경멸하라,
다 같이 비웃어라!"

그러면 눈 먼 소녀의 가슴 속에서는 이런 노래가 더 강하게 울렸다.

"너 자신과 하느님을 믿으라.
그분의 뜻이 이루어지리라. 아멘"

한편 악마는 이것을 가만히 보고 있을 수가 없었다. 만 명의 지혜를 모은 것보다도 더 교활한 악마는 자신의 목적을 달성할 수 있는 방법을 찾아냈다. 악마는 늪으로 가서 썩은 물에서 거품을 떠왔다. 그는 그 위에 거짓말이 울려 퍼지게 하여 더 강하게 만들었다. 그리고 나서 비석에 새겨진 거짓 문구와 찬양의 노래를 섞어 질투로 흘린 눈물로 끓인 다음, 창백한 뺨에서 긁어모은 연지를 얹어 사람들이 완벽한 천사라고 부르는 눈 먼 소녀와 똑같이 생긴 소녀를 만들었다. 악마의 계략은 성공했다. 사람들은 두 소녀 중 누가 진짜인지 구별하지 못했던 것이다. 세상 사람들이 그걸 어떻게 알겠는가?

"너 자신과 하느님을 믿으라.
그분의 뜻이 이루어지리라. 아멘"

눈 먼 소녀는 믿음으로 가득 차서 이렇게 노래했다. 그리고 해나무에서 따온 네 개의 잎을 오빠들에게 전해 달라고 바람에게 맡겼다. 소녀는 그 편지가 오빠들에게 꼭 전달될 것이라고 굳게 믿었다. 그리고 지상의 그 어떤 영광보다도 더 찬란하게 빛나는 보석을 찾게 될 것이며, 그것은 해나무에 있는 성에 있어도 인간의 이마에서 빛을 낼 것이라고 확신했다.

"우리 집에서도 빛날 거야. 그래, 그 보석이 있는 곳은 이 지구야. 그 보석이 약속한 것 이상의 것을 가지고 돌아갈 거야. 아, 꼭 쥔 내 손 안에서 보석이 빛을 내며 점점 더 커지는 것 같아. 난 살을 에는 바람이 실어다 주는 진실의 낟알을 모두 잡아서 소중히 간직했지. 그래서 아름다움의 향기가 그 진실의 낟알을 뚫고 지나가게 했어. 눈 먼 사람까지도 볼 수 있는 이 세상에 가득한 아름다움의 향기를 말야. 그리고 착한 일을 하는 사람의 심장의 고동 소리를 내 보물에 보탰지. 내가 가져갈 수 있는 건 먼지뿐이야. 하지만 그건 우리가 찾는 보석의 일부지. 내 손은 온통 그것들로 꽉 차 있어.”

소녀는 곧 집에 도착했다. 집과 연결되어 있는 실을 꼭 붙잡고 생각의 날개를 타고 간 것이다. 소녀가 집에 도착하여 아버지에게 손을 펴 보이는 순간, 악마의 힘으로 인해 강렬한 폭풍이 해나무에 몰아쳤다. 한 줄기 강한 바람이 열린 문을 통해 진리의 책이 있는 신성한 방으로 들이닥쳤다.

“바람에 날려 가루가 돼 버리겠다.” 아버지가 소리를 지르며 소녀의 손을 잡았다.

“아니에요. 그건 바람에도 끄떡없어요. 그 빛으로 내 영혼이 따뜻해지는 게 느껴져요.” 눈 먼 소녀가 확신에 차서 말했다.

그때 아버지는 딸의 손에서 나온 반짝이는 가루가 스치자 눈부신 불꽃이 백지처럼 보이던 진리의 책 위에서 빛나는 것을 보았다. 영원한 삶에 대해서 쓰여진 부분이었다. 눈부신 빛 속에서 단지 한 글자만이 눈부시게 달아올랐다. 그것은 ‘믿음’이란 글자였다. 그들 옆에는 어느새 네 명의 오빠들도 와 있었다. 눈 먼 소녀가 날려보낸 고향의 나뭇잎이 오빠들의 가슴에 떨어지자 고향에 대한 그리움이 되살아나 집으로 돌아온 것이다. 철새, 사슴, 영양, 그리고 그들과 기쁨을 함께 나누고자 하는 숲 속의 동물들이 모두 따라왔다.

여러분은 햇살이 문틈을 뚫고 들어와 먼지가 자욱한 방 안을 비출 때 먼지 기둥이 원을 그리며 도는 것을 자주 보았을 것이다. 하지만 눈 먼 소녀가 가져온 것은 하찮고 평범한 먼지가 아니었다. 소녀가 가져온 먼지가 떨어진 책에서 빛나는 아름다움은 무지개에 비할 바가 아니었다. 그 빛 아래서는 무지개도 빛을 잃었으니까.

진리의 낟알이 떨어져 빛이 나는 ‘믿음’이란 글자에는 아름다움과 선함의 빛이 한데 어우러져 있었다. 그것은 모세와 이스라엘 민족을 가나안 땅으로 이끈 강렬한 불기둥보다도 더 찬란했다. ‘믿음’이란 글자에서는 희망의 다리가 생겨나 영원한 나라의 헤아릴 수 없는 사랑에 가 닿았다.

# 81
## 소시지 꼬챙이로 만든 수프

어느 나라에나 누구나 아는 속담이 있다. 학교에 다니는 아이들까지도 익히 알기 때문에 다른 나라 사람들이 모른다는 것을 이해하기 힘들 정도로 널리 알려진 속담 말이다. 덴마크에 그런 속담이 있다. 바로 '소시지 꼬챙이로 수프를 만든다'는 속담이다. 이 말은 공연한 헛소동을 벌인다는 뜻으로 이런 일에 능숙한 사람들은 기자들이다. 그럼 소시지 꼬챙이는 무엇인가? 그것은 고기를 채워넣은 다음 소시지 껍질을 봉하는 데 사용하는 나무로 만든 작은 핀이다. 그러니 그걸로 만든 수프가 얼마나 소화하기 어려울지는 상상할 수 있을 것이다. 이것으로 필요한 서론은 마치고 이제 이야기로 돌아가자.

"어젠 정말 진수성찬이었답니다." 늙은 쥐 부인이 잔치에 참석하지 않은 다른 쥐 부인에게 말했다. "저는 늙은 쥐 대왕님 바로 아래에 있는 21번 좌석에 앉아 있었어요. 좋은 자리였지요. 잔치가 어땠는지 얘기해 줄까요? 음식은 물론이고 모든 것이 최고급이었어요. 곰팡이 핀 빵, 수지 초, 소시지 등도 나왔지요. 그 음식을 다 먹자 처음부터 다시 같은 음식이 나왔어요. 두 끼 식사를 대신할 만큼 엄청난 양이었답니다. 가족간의 모임처럼 아늑한 분위기 속에서 유쾌한 농담이 오갔어요. 음식을 다 먹어 치우고 소시지 꼬챙이만 남자 화제가 그 쪽으로 옮아갔지요. 그러다가 '소시지 껍질로 끓인 수프'라는 속담 얘기를 했어요. 이웃 나라에서는 그것을 '소시지 꼬챙이로 끓인 수프'라고들 하지요. 모두들 그런 수프에 관한 이야기를 들은 적은 있었지만 맛을 본 적은 없었지요. 물론 요리해 본 적도 없었구요. 우리는 그 수프를 발명한 사람을 위해 건배를 했어요. 우리 중 그 요리법에 능통한 사람이 있었는지는 모르겠지만, 모두들 아무런 얘기가 없었어요. 우리는 그 요리법을 생각해 낸 이의 건강을 위해 멋지게 축배를 들었지요. 누군가 그 요리법 발명가를 가난한 이들을 구제하는 빈민 구제관으로 추대해야 한다고 했어요. 재치 있지 않아요? 그때 대왕님이 일어나서 젊은 여자 쥐 중에서 소시지 꼬챙이로 수프를 제일 맛있게 끓이는 쥐를 부인으로 맞이하겠다고 했어요. 그리고 대왕님은 1년 1일이란 시간을 주었지요."

"그것 좋은 생각이구려. 하지만 그 수프를 어떻게 만들까요?" 이야기를 듣던 다른 쥐 부인이 물었다.

"그건 나도 몰라요. 처녀 쥐들도 똑같은 질문을 했지요. 모두 왕비가 되고 싶었으니까요. 하지만 그걸 배우려면 넓은 세상으로 나가야 하는데 누가 그런 힘든 일을 하고 싶겠어요? 가족들과 행복한 생활을 팽개치고 떠나는 것은 누구에게나 쉽지 않지요. 왕비가 되기 위한 것이라고 할지라도 말예요. 다른 나라로 가면 날마다 베이컨과 치즈 껍질을 찾기도 힘들 테고 배고픔을 견디는 것도 힘들 테지요. 결국 고양이한테 산 채로 잡아 먹힐 염려도 있구요."

대부분의 쥐들은 이런 생각 때문에 수프 만드는 법을 배우러 세상에 나가는 것을 포기했다. 결국 여행을 떠나게 된 것은 가난하지만 젊고 기운찬 네 마리 쥐뿐이었다. 그 쥐들은 각각 네 방향으로 흩어지기로 했다. 그래서 어떤 곳이 가장 행운이 따르는가를 알 수 있었다. 그들은 지팡이로 사용할 소시지 꼬챙이 하나씩을 챙겨서 떠났다. 그것은 길을 떠나는 목적을 잊어버리지 않기 위한 것이기도 했다.

그 쥐들이 떠난 것은 5월 초였다. 그런데 1년 후인 5월 1일까지 돌아온 쥐는 세 마리뿐이었다. 대왕이 정한 날이 눈앞에 닥쳤는데도 네 번째 쥐는 깜깜 무소식이었다.

"아, 가장 큰 기쁨은 항상 슬픔을 동반하는구나!"

대왕 쥐는 이렇게 말하고 몇 마일 안에 있는 모든 쥐들을 즉시 초대하라고 명했다. 쥐들은 모두 부엌에 모였고 여행을 떠났던 세 마리의 쥐들이 그들 앞에 한 줄로 섰다. 그리고 여행에서 돌아오지 못한 네 번째 쥐가 서야 할 자리에는 검은 상장을 휘감은 소시지 꼬챙이를 세웠다. 모두들 말 한 마디 없이 조용했다. 드디어 대왕 쥐가 세 마리 중 한 마리에게 이야기를 하라고 명했다. 그럼, 이제부터 그 쥐가 하는 이야기를 들어보자.

### 첫 번째 쥐가 여행 중에 보고 들은 것

먼저 첫 번째 쥐가 이야기를 시작했다.

"처음에 넓은 세상으로 나갈 때는 제 또래 아이처럼 저도 세상을 다 안다고 생각했습니다. 하지만 그렇지 않았어요. 많은 지식을 얻기까지는 긴 시간이 걸렸죠. 저는 곧바로 바다로 가서 북쪽으로 가는 배를 탔습니다. 그 배 요리사가 어떤 요리든 잘한다고 들었거든요. 충분한 베이컨 조각과 소금에 절인 고기와 곰팡내 나는 밀가루로 요리를 하는 것쯤은 간단하지요. 거기엔 맛있는 음식이 많았어요. 하지만 소시지 꼬챙이로 수프를 만드는 법은 배울 수가 없었지요. 우리는 밤낮을 가리지 않고 여러 날을 항해했습니다. 배가 무시무시하게 흔들리는 바람에 모두가 물에 흠뻑 젖었지요. 배가 목표지에 닿자마자 저는 배에서 빠져나와 그곳에서 더 북쪽에 있는 해안으로 갔지요. 좁은 집을 떠나 아늑한 잠자리가 있는 배를 몰래 타고 수천 마일 떨어진 낯선 땅에 내려서는 기분은 참으로 짜릿했어요. 제가 도착한 곳에는 원시림과 같은 소나무와 자작나무 숲이 있었지요. 그 숲에서 나는 냄새가 너무 강해서 재채기가 나왔어요. 재채기를 하면서도 저는 소시지를 생각했죠. 그곳에는 커다란 호수도 있었는데, 멀리서 볼 때는 검은 잉크 빛이더니 가까이 가서 보니까 아주 맑고 투명했어요. 물 위에 떠 있는 백조들이 어찌나 조용히 떠 있던지 거품인 줄 알았어요. 새들이 걷고 나는 것을 보고서야 비로소 백조인 줄 알았지요. 백조는 걸음걸이로 볼 때 거위 종류에 속하지요. 출신은 속일 수 없는 법이잖아요. 저는 온갖 친절을 베풀며 숲과 들에 사는 쥐들과 사귀었어요. 하지만 제가 알고자 하는 요리법에 관해서는 아무도 몰랐어요. 그래서 저는 다른 나라로 갔어요.

그 나라에서는 소시지 꼬챙이로 수프 끓이는 일을 아주 특이하게 생각했지요. 그 이야기는 곧바로 숲 전체에 퍼졌지만 그 요리법을 알아 낼 수는 없었어요. 그곳에서 첫날밤을 보내면서 그곳에서도 희망이 없다는 것을 깨달았어요.

그때는 한창 무더운 여름이었어요. 숲이 강한 냄새를 내뿜고 식물들이 진한 향기를 풍기고 호수가 그처럼 맑은 데도 흰 백조들이 떠 있을 때 검게 보이는 것은 바로 한여름이기 때문이라고 그곳 쥐들이 일러주었지요. 숲가에는 집이 서너 채 있었는데, 그 근처에 큰 돛대처럼 긴 막대가 서 있었어요. 꼭대기에는 화관과 리본이 달려 있었지요. 그것은 바로 메이폴이었어요. 매년 5월 1일에 기둥에 꽃과 리본으로 장식해 놓고 그 주위에서 춤을 추는 5월제 기둥 말예요. 소년, 소녀들이 기둥 주위에 둘러서 춤을 추며 바이올린 소리와 경쟁이라도 하듯이 큰 소리로 노래했지요. 춤과 노래는 해가 지고 달이 뜰 때까지 끊이지 않았어요. 하지만 저는 그 잔치에 끼지 않았어요. 도대체 작은 쥐가 어떻게 그런 춤에 낄 수 있겠어요? 저는 부드러운 이끼 속에 앉아서 소시지 꼬챙이를 꽉 쥐었어요. 달빛은 고운 이끼가 낀 나무를 밝게 비추었지요. 이끼는 대왕님의 털처럼 부드럽고 고운데다 푸르기까지 했어요. 아주 보기가 좋았지요.

그때 갑자기 아주 작고 귀여운 사람들이 나에게 다가왔어요. 그들은 겨우 제 무릎에나 닿을 만큼 작았지요. 생김새는 사람 같았지만, 훨씬 더 균형 잡혀 있었어요. 그들은 자기들을 요정이라 하더군요. 옷은 꽃잎으로 만들고 파리와 모기 날개 장식을 달고 있어 매우 곱고 아름다웠지요. 뭔가를 찾고 있는 것 같았어요. 그런데 한참을 두리번거리던 그들 중 한 명이 나를 발견하고 내 소시지 꼬챙이를 가리키며 말했어요.

'찾던 게 바로 여기 있네! 끝이 뾰족해. 안성맞춤이야.'

그 요정은 제 지팡이를 요리조리 살펴보며 매우 만족해했지요. 저는 '빌려줄게요. 하지만 돌려줘야 해요.' 하고 말했지요. 그러자 그들이 일제히 '꼭 돌려줄게요!' 하고 대답했어요.

그들은 그 소시지 꼬챙이를 잡고 이끼 낀 나무로 깡충깡충 뛰어가 이끼 한가운데에 세웠지요. 메이폴을 찾던 차에 꼭 알맞은 소시지 꼬챙이를 발견하게 된 거예요. 요정들은 꼬챙이에 온갖 장식을 했어요. 눈이 부시도록 아름다웠지요. 작은 거미들이 그 주위에 금빛 거미줄을 치자 요정들은 달빛을 받아 눈처럼 눈부시게 빛나는 베일과 깃발들을 매달았어요. 그리고는 나비 날개로 물감을 만들어 하얀 천 위에 뿌렸지요. 마치 꽃과 다이아몬드로 뒤덮인 것처럼 화려했어요. 예전의 꼬챙이의 모습은 볼 수가 없었지요. 태어나서 그렇게 아름다운 메이폴을 본 적이 없어요. 얼마 후 곱고 예쁜 옷을 차려입은 진짜 요정들이 나타났어요. 그들은 나를 축제에 초대했지요. 저는 요정들에 비하면 너무 컸기 때문에 뒤쪽에 앉아서 구경해야 했어요.

드디어 수천 개의 유리 종들이 한꺼번에 울려 퍼지는 듯한 음악이 울려 퍼졌어요. 매우 우렁차고 씩씩해서 백조들이 노래하는 것 같았어요. 뻐꾸기와 찌르레기 소리도 들리는 것 같았지요. 그러다가 숲 전체가 노래하는 듯이 장엄한 멜로디가 울려 퍼졌어요. 아이들의 노랫소리, 종소리, 새들의 지저귐이 뒤섞인 멋진 선율이 요정의 메이폴에서 흘러나왔지요. 바로 제 소시지 꼬챙이에서 울려 퍼지는 우렁찬 종소리였어요. 소시지 꼬챙이에서 그처럼 다양한 선율이 터져 나오리라고는 생각지도 못했지요. 하지만 그건 당연한 일이었어요. 그건 바로 요정들의 힘이었으니까요. 저는 가슴이 너무 벅차서 기쁨의 눈물이 나왔어요. 그 밤은 제게는 너무나 짧았어요. 이곳과는 달리 그곳의 여름밤은 길지 않지요.

아침이 밝아 바람이 유리 같은 호수에 잔물결을 일으키자 하늘거리던 베일과 깃발들은 하늘 높이 날아가 버렸어요. 거미줄로 엮은 화환이나 공중에 매달린 다리와 난간들도 모두 사라져 버렸지요. 애초에 그런 것이 전혀 없었던 것처럼 말끔히 말예요. 여섯 명의 요정들이 제게 와서 소시지 꼬챙이를 돌려주고는 소원을 들어주겠다고 했어요. 그래서 저는 소시지 꼬챙이로 수프 끓이는 법을 알려 달라고 했지요.

'어떻게 만드냐구요? 당신의 소시지 꼬챙이를 알아보지 못하게 만들었던 것처럼 간단하지요.' 대장 요정이 미소를 지으며 말했어요.

그들은 스스로를 매우 똑똑하다고 생각하는 것 같았지요. 저는 어떻게 여행을 떠나게 되었는지, 그리고 수프 요리법을 알아 오는 자에게 고국에서 어떤 것이 기다리고 있는지를 얘기해 주었어요. 그리고는 이렇게 물었지요.

'쥐 대왕님과 우리의 거대한 왕국에 있는 이들에게 내가 이처럼 아름다운 광경을 보았다는 것을 알릴 방법이 없을까요? 고국에 돌아가서 소시지 꼬챙이를 흔들면서 '여기 꼬챙이가 있다, 이제 수프가 나올 것이다.' 하고 말할 수는 없잖아요. 그래 봐야 수프는 나오지 않을 테니까요.'

그러자 대장 요정이 손가락을 제비꽃 꽃받침 속에 넣고 말했어요. '잘 보세요. 당신의 지팡이에 기름을 발라 주겠어요. 고국으로 돌아가 대왕 쥐 성에 들어서면 이 막대를 대왕의 몸에 대세요. 그러면 막대에 제비꽃이 피어날 거예요. 한겨울에도 말예요. 이만하면 고국에 가지고 갈 만하죠? 거기다가 덤까지 주었으니 말예요.'"

쥐는 덤이 무엇인지 말하기 전에 막대를 대왕에게 갖다 댔다. 그러자 정말로 막대에서 아름다운 제비꽃이 피어나 향기가 진동했다. 그러나 쥐들은 그 꽃향기를 좋아하지 않는데다 향기가 너무 강했다. 그래서 대왕 쥐는 굴뚝 옆에 서 있는 쥐들에게 꼬리를 불 속에 집어넣어 타는 냄새를 만들어서 지독한 향을 없애라고 명했다.

"네가 얘기한 덤이라는 게 무엇이냐?" 대왕 쥐가 물었다.

"예, 그것은 바로 '효과'라고 하는 것이지요."

쥐는 이렇게 대답하고 소시지 꼬챙이를 돌렸다. 그러자 꽃들이 사라지고 민둥한 꼬챙이만 남았다. 쥐는 그 막대를 지휘봉인 양 높이 쳐들고 계속해서 말했다. "요정의 말을 빌리면 제비꽃은 눈과 코와 감각을 위해 존재합니다. 하지만 귀와 혀를 위해서도 존재하지요."

쥐가 막대로 박자를 치자 음악이 흘러나왔다. 그것은 숲 속 요정들의 축제에서 울려 퍼지던 음악이 아니라 부엌에서 들을 수 있는 음악이었다. 급히 굴뚝을 빠져나가는 바람처럼 갑자기 시작된 그 음악은 주전자와 냄비들이 끓어 넘치는 소리였다. 후라이 팬이 딸그락딸그락거리는 소리를 내다가 갑자기 잠잠해지더니 신비한 찻주전자의 노래만이 희미하게 들렸다. 찻주전자가 이제 막 끓기 시작하는지, 아니면 다 끓어서 소리가 잦아드는 것인지 도무지 구별하기 어려웠다. 이번에는 작은 냄비가 지글지글 끓더니 뒤이어 큰 냄비가 부글부글 끓는 소리가 들렸다. 작은 쥐가 지휘봉을 힘차게 젓자 크고 작은 냄비들이 거품을 내며 부글부글 끓어 넘치는 소리가 요란했다. 그 사이에 또다시 거친 바람이 일어 기적 소리를 내며 굴뚝을 뚫고 지나갔다. 뒤이어 굉장한 소음이 일어났고 작은 쥐는 막대를 떨어뜨렸다.

"그것 참 기이한 수프로구나! 이제 요리법을 들어볼까?" 늙은 대왕 쥐가 말했다.

"이것이 전부입니다." 작은 쥐가 허리를 굽히며 말했다.

"전부라구? 좋아, 그럼 다음 쥐의 이야기를 들어보도록 하지." 대왕 쥐가 말했다.


### 두 번째 쥐의 이야기

"저는 성의 서재에서 태어났습니다." 두 번째 쥐가 이야기를 시작했다. "제 가족은 창고는커녕 식당으로 가는 행운도 얻지 못했지요. 제가 부엌을 구경한 것은 여행길에 올랐을 때와 바로 오늘뿐입니다. 우리는 서재에서 배를 곯으며 지냈지만 많은 지식을 섭렵했습니다. 그런데 어느 날, 소시지 꼬챙이로 수프를 만들면 상을 준다는 소문을 듣고, 할머니가 어떤 원고를 가지고 제게 오셨습니다. 할머니는 글을 읽지는 못했지만 귀는 멀쩡했지요. 거기에는 '시인이라면 소시지 꼬챙이로 수프를 끓일 수 있다.'고 쓰여 있었습니다. 할머니는 제가 시인인지 물었지요. 전혀 그런 자질이 없다고 대답하자 할머니는 밖에 나가서 시인이 되어 돌아와야 한다고 말씀하셨어요. 그래서 저는 시인이 되려면 무엇이 필요하냐고 여쭤봤지요. 시인이 되는 것은, 그 수프를 끓이는 것처럼 어려운 일이었으니까요. 할머니는 시인이 되려면 세 가지 것을 반드시 갖춰야 하는데, 그것은 사고력, 상상력, 감정이라고 말씀하셨어요. 그리고는 그 세 가지 것을 갖추면 소시지 꼬챙이 수프를 만드는 것이 쉬울 거라고 하셨어요. 할머니는 서재에 사는 동안 들은 것이 많아서 아는 것도 많았지요.

저는 시인이 되려고 서쪽에 있는 먼 세상으로 나갔어요. 저는 모든 일에 있어서 사고력이 가장 중요하다고 생각했기 때문에 맨 먼저 사고력을 찾기로 했지요. 하지만 그게 어디에 있을까요? 개미들에게 가면 지혜를 배울 거라고 유대의 왕이 말했었죠. 서재에 살 때 그 말을 들은 적이 있어요. 그래서 저는 곧장 커다란 개밋둑에 가서 개미들을 지켜보았지요. 개미들은 아주 훌륭하고 지혜로워요. 그들이 하는 일은 자로 잰 듯이 정확하지요. 개미들은 진정한 삶이란 노동을 하고 알을 낳고 후세를 키우는 일이라고 말합니다. 그리고 실제로 그대로 행하지요. 개미들은 깨끗한 개미와 불결한 개미로 나뉘는데, 서열은 그 수에 따라 결정되지요. 그 중에서도 여왕개미가 서열상 맨 위예요. 무슨 일에 대한 것이든 여왕의 판단은 옳지요. 여왕개미는 매우 슬기롭답니다. 제가 얻고자 하는 것이 바로 그것이었어요.

여왕개미는 여러 가지 이야기를 했어요. 개미들에게는 그 얘기가 지당하고 현명하게 들렸겠지만 제가 보기엔 그렇지 않았지요. 여왕개미는 자신의 개밋둑이 이 세상에서 가장 높다고 했어요. 그 개밋둑 바로 옆에 나무 한 그루가 서 있었는데 누가 보아도 그 나무는 개밋둑보다 훨씬 더 높았지요. 하지만 아무도 그 사실을 입 밖에 내지 않았어요.

어느 날 저녁, 개미 한 마리가 그 큰 나무 줄기를 타고 기어올라가다 그만 길을 잃고 말았어요. 그 개미는 그렇게 높은 곳에 가본 적이 없었지요. 나무 꼭대기까지 오르지도 않았는데 무척 높았지요. 가까스로 집에 돌아온 개미는 개밋둑보다 훨씬 더 높은 곳에 가 보았다고 얘기했어요. 하지만 다른 개미들은 그가 개미 사회를 모독한다면서 재갈을 씌우고 죽을 때까지 혼자 지내라는 형벌을 내렸답니다. 그로부터 오래지 않아 또 다른 개미가 그 나무에 오르게 되었고, 똑같은 사실을 발견했어요. 그 개미는 조심스럽게 그 사실을 이야기했지요. 그 개미는 존경받는 훌륭한 개미였으므로 이번에는 모두들 그 말을 믿었어요. 그 개미가 죽자, 다른 개미들이 알 껍질로 기념비를 세워 주기까지 했어요. 존경받는 학자였거든요."

작은 쥐는 계속해서 말했다.

"제가 지켜보는 동안 개미들은 쉬지 않고 등에 짐을 지고 운반했어요. 한 번은 짐을 떨어뜨린 개미가 다시 짐을 지려고 끙끙거리고 있는데, 개미 두 마리가 도와주러 다가왔어요. 두 개미는 짐을 들어올리는 것을 도와주느라 하마터면 자기 짐을 떨어뜨릴 뻔했지요. 그래서 돕는 것을 그만 둘 수밖에 없었어요. 누구나 자기 짐을 나르는 것이 우선이었으니까요. 여왕개미는 그들의 행동이 인정에서 우러나온 것이었으며 분별 있는 행동이었다고 칭찬했지요.

'우리는 인정과 사고력을 가지고 있기 때문에 이성을 가진 동물 중에서 제일 높은 위치를 차지하고 있다. 그러므로 우리는 사고력을 가져야 하며 내 지혜가 그 어느 것보다도 위대하다는 것을 알아야 한다.' 여왕개미가 이렇게 말하면서 뒷다리로 섰지요. 그래서 어떤 개미가 여왕개미인지 확실했어요. 저는 잽싸게 달려가서 여왕개미를 삼켜 버렸어요. 개미에게 가면 지혜를 배운다고 했기 때문에 그 여왕개미를 먹어 치운 거예요.

그리고 나서 아까 얘기한 키 큰 나무로 갔어요. 그건 떡갈나무였어요. 사방으로 가지를 뻗고 우뚝 서 있는 떡갈나무는 아주 나이가 많았지요. 나무와 함께 태어나서 나무와 함께 죽는 드리아스라는 나무 요정이 나무에 산다는 얘기를 서재에서 들은 적이 있었어요. 그래서 떡갈나무 여인을 만나러 간 거지요. 요정은 저를 보자 무서워서 비명을 질렀어요. 여자들은 쥐를 보면 무서워하잖아요. 더욱이 제가 그 나무를 갉아먹으면 요정도 죽게 되기 때문에 절 더 무서워했지요. 저는 상냥하게 말을 건네며 겁내지 말라고 달랬어요. 그러자 한참 후에야 내게 악수를 청하더군요. 제가 넓은 세상으로 나온 이유를 설명하자 요정은 그날 밤 안으로 제가 찾고 있는 두 가지 보물 중 하나를 얻게 해 주겠다고 약속했어요. 그녀에게는 판타수스라는 친한 친구가 있는데, 사랑의 신처럼 아름답다고 했어요. 그들은 가끔 잎이 무성한 나뭇가지 아래에 앉아 있곤 하는데, 그럴 때면 나뭇가지들이 더 살랑거리며 물결친다고 했지요. 판타수스는 그녀를 자신의 드리아스라고 불렀고 그 떡갈나무를 자신의 나무라고 했어요. 마디가 굵은 그 거대한 떡갈나무가 그의 마음에 들었기 때문이죠. 땅 속에 깊이 내린 뿌리와 하늘 높이 치솟은 나뭇가지들은 몰아치는 눈보라와 매서운 바람과 따뜻한 햇살의 가치를 알고 있다고 했어요. 드리아스는 계속해서 이렇게 말했어요.

'새들은 저 위에서 노래하고 낯선 나라의 아름다운 들판에 대해 이야기한단다. 시든 가지 위에는 황새가 둥지를 틀고 있는데 아주 멋지지. 그리고 황새가 피라미드 나라에 대해 얘기하는 걸 들으면 아주 재미있어. 판타수스는 이 모든 것을 좋아하지만 만족해하지는 않아. 그래서 난 그에게 숲 속에서의 내 생활을 얘기해 주곤 한단다. 어린 시절로 돌아가 나무가 쐐기풀보다 더 작았던 시절부터 지금처럼 크고 튼튼하게 자랄 때까지의 이야기를 말야. 자, 거기 푸른 덩굴 속에 앉아서 기다려 봐. 판타수스가 오면 기회를 봐서 그의 깃털 하나를 뽑아 줄 테니까. 아직까지 그보다 더 좋은 것을 가져 본 시인은 없지.'

잠시 후 판타수스가 오자 드리아스는 그의 깃털을 뽑아 주었어요. 저는 그 깃털이 부드러워질 때까지 물 속에 담궜다가 삼켰어요. 질겨서 삼키기가 힘들었지만, 끝까지 뜯어먹었지요. 단지 시인이 되겠다는 마음만으로 다 씹어 먹는 것은 결코 쉬운 일이 아니었어요. 양이 너무 많았거든요. 어쨌든 저는 사고력과 상상력을 갖게 되었어요. 그리고 그 사고력과 상상력의 힘을 빌려 세 번째 것은 서재에서 찾아야 된다는 것을 알게 되었지요. 어떤 위인이 소설은 인간들을 넘치는 눈물로부터 구제하기 위한 것이라고 써 놓은 것을 본 기억이 떠올랐거든요. 소설은 감정을 빨아들이는 스펀지와 같다고 했어요. 저는 그런 책을 몇 권 기억하고 있었는데 평소에 제 식욕을 돋구었지요. 그 책들은 너무 많이 읽혀서 기름이 번지르르한 걸로 보아 많은 감정을 흡수한 게 분명했어요.

고향으로 돌아오자 저는 곧장 서재로 가서 소설 한 권을 먹어 치웠어요. 딱딱한 표지만 빼고는 다 먹어 치웠지요. 두 번째 소설책을 소화시켰을 때 제 안에서 뭔가 소용돌이치는 게 느껴졌어요. 이번에는 사랑 얘기를 담은 작은 책 한 권을 먹었지요. 그러자 시인이 된 기분이었어요. 저는 스스로를 시인이라고 불렀고, 다른 사람들에게도 그렇게 말했지요. 머리와 허리가 아팠어요. 그 밖에 어디가 아팠는지는 말할 수가 없군요.

저는 소시지 꼬챙이가 나오는 이야기들을 모조리 생각해 봤어요. 꼬챙이, 막대기, 장대, 나무 조각에 대한 온갖 얘기들이 떠오르더군요. 그 여왕개미는 사고력이 뛰어났던 게 분명했어요. 입에 흰 막대를 물면 자신을 보이지 않게 감출 수 있는 사람이 떠오르는가 하면 죽마, 지휘봉, 회초리와 같은 막대기가 생각났어요. 막대기나 장대나 꼬챙이와 관련된 말이 얼마나 많은지는 하느님만이 아실 거예요. 제가 생각할 수 있는 것들은 꼬챙이, 나무 막대, 장대였지요. 저는 시인이 되기 위해 노력을 많이 했기 때문에 무엇에 대해서든 시를 쓸 수 있어요. 그러니까 시로 쓰여진 꼬챙이의 역사에 대해서 대왕님에게 매일 이야기를 해 드릴 수 있습니다. 이것이 저의 수프입니다."

"자, 이번에는 세 번째 쥐의 이야기를 들도록 하자." 대왕 쥐가 말했다.

그때 부엌 문 쪽에서 찍찍! 하는 소리가 났다. 그것은 죽었다고 생각했던 네 번째 쥐였다. 그 쥐는 쏜살같이 달려와 자기 대신 세워져 있던 검은 상장이 덮인 소시지 꼬챙이를 쓰러뜨렸다. 네 번째 쥐는 밤낮으로 쉬지 않고 달리고 기차를 타고 철길을 달려왔는데도 이제야 도착한 것이다. 그 쥐는 초췌한 모습으로 쥐들을 밀치고 앞으로 나왔다. 소시지 꼬챙이는 잃어버리고 없었지만 목소리는 그대로였다. 쥐는 마치 모두가 자기의 이야기를 들으려고 기다리고 있었던 것처럼 숨도 돌리지 않고 이야기를 시작했다. 마치 이 세상에서 그보다 더 중요한 것은 없는 듯이. 그 쥐가 너무 갑자기 나타나서 급하게 얘기를 시작했기 때문에 다른 쥐들이 말릴 겨를도 없었으며 모두들 아무 말 없이 귀를 기울였다. 이제, 그 이야기를 들어보자.

### 세 번째 쥐보다 먼저 시작한 네 번째 쥐의 이야기

"저는 곧장 제일 큰 도시로 갔어요. 하지만 도시 이름은 기억나지 않군요. 전 이름에 대해서는 기억력이 좋지 않거든요. 어쨌든 저는 압류된 물건들과 함께 기차에 실려 교도소로 갔습니다. 그곳에 도착하자마자 교도관이 묵고 있는 집으로 달려갔지요. 교도관은 죄수들에 대해 얘기를 하고 있었어요. 특히 경솔한 말을 지껄인 죄수에 대해 얘기했죠. 그 경솔한 말은 다른 소문을 낳아 결국 그 말이 기록이 되었죠. '모든 것은 소시지 꼬챙이로 수프를 만드는 것과 같지만 그 수프로 인해 그의 목이 달아날 수도 있다.'고 교도관이 말했어요.

저는 그 말을 듣고 그 죄수에 대해 관심을 갖게 되었지요. 저는 기회를 틈타 그 죄수가 있는 곳으로 몰래 들어갔어요. 다행히 닫힌 문 뒤쪽에 쥐구멍이 있어서 쉽게 들어갈 수 있었지요. 죄수는 창백한 얼굴에 긴 수염과 반짝이는 눈을 가지고 있었어요. 등불이 그을음을 내며 타고 있었지만, 벽이 너무 검어서 불빛을 받자 더욱 검게 보였지요. 검은 벽에는 죄수가 흰 분필로 그린 그림과 시가 적혀 있었지만 저는 시를 읽을 겨를이 없었어요. 혼자서 외롭게 지내던 그는 저를 보자 무척 반가워했어요. 말랑말랑한 빵과 휘파람과 부드러운 말로 저를 꾀었지요.

저는 그의 다정한 태도에 안심이 되어 그와 친해졌답니다. 그는 제게 물도 나누어주고 치즈와 소시지도 주었어요. 차츰 그가 좋아지기 시작했지요. 우리는 아주 친했어요. 그는 저를 꼬마 친구라고 불렀답니다. 저는 그의 손과 팔 위로 돌아다니기도 하고 소매 속에서 놀기도 했지요. 그와 지내는 것이 너무 즐거워 세상에 나온 목적도, 마룻바닥 틈에 넣어 둔 소시지 꼬챙이도 까맣게 잊어버리고 말았지요. 그 꼬챙이는 아직도 그곳에 있을 거예요. 아무튼 전 언제까지나 그와 함께 있고 싶었어요. 제가 떠나 버리면 그는 또 친구도 없이 혼자서 외롭게 지낼 테고 그것은 참으로 슬픈 일이니까요. 하지만 떠난 것은 제가 아니라 그였어요. 그는 마지막으로 애처로운 눈으로 저를 보며 다른 때보다 두 배나 많은 빵과 치즈를 주고 제게 입을 맞추었어요. 그리고는 가 버렸어요. 다시는 돌아오지 않았지요. 그 후 그가 어떻게 되었는지는 저도 몰라요.

이번에는 교도관이 저를 차지했어요. 그는 소시지 꼬챙이로 만든 수프에 대해 얘기했지만 그의 말은 믿을 수 없었어요. 우리는 사이가 좋지 않았지요. 어느 날, 그는 저를 잡아서 죄수들이 밟아 돌리는 바퀴 속에 던져 버렸어요. 정말 끔찍했죠. 달리고 달렸지만 같은 곳을 뱅뱅 돌 뿐이었어요. 그런 저를 보고 사람들은 웃음을 터뜨렸죠.

그때 교도관의 손녀가 다가왔어요. 그 아이는 눈부신 황금빛 곱슬머리에 맑은 눈과 미소를 머금은 입을 가진 귀여운 아이였지요.

'어머나, 불쌍해라. 내가 널 풀어 줄게.' 아이는 나를 보며 이렇게 말하고는 쇠로 된 걸림쇠를 뽑아 버렸어요. 저는 잽싸게 창턱을 지나 지붕으로 달아났지요. 자유다, 자유! 저는 오직 그것만을 생각했고 여행 목적 같은 것은 생각도 안했어요. 날이 저물고 밤이 되자 오래된 탑 속에서 피난처가 될 만한 곳을 발견했어요. 그곳에는 야경꾼과 부엉이 한 마리가 살고 있었지요. 저는 사람이건 부엉이건 믿지 않아요. 특히 쥐를 잡아먹는, 고양이나 마찬가지인 부엉이는 믿지 않지요. 하지만 누구나 실수를 할 때가 있듯이 저도 그랬어요. 그 부엉이는 교양이 있었으며 야경꾼보다 아는 것이 더 많았지요. 저 못지않았어요. 젊은 부엉이들은 아주 사소한 일에 대해서도 법석을 떨었지만 그 늙은 부엉이는 점잖게 '가서 소시지 꼬챙이로 수프나 만들지 그래.' 하고 말할 뿐이었어요. 부엉이는 아이들에게 매우 너그럽고 잘해 주었지요. 그 부엉이의 행동을 보고 믿음이 간 저는 제가 앉아 있는 틈새에서 찍찍 소리를 냈지요. 그러자 부엉이는 제가 믿어 주는 게 기뻤는지 아무도 절 건드리지 못하게 보호하겠다고 했어요. 하지만 그건 음흉한 수작이었지요. 부엉이는 절 붙잡아 두었다가 겨울에 양식이 떨어지면 먹으려고 했던 거예요. 아무튼 그 부엉이는 매우 영리했어요. 부엉이는 파수꾼이 할 수 있는 건 허리에 차고 있는 나팔을 부는 것뿐이라고 말해 주었어요. 파수꾼은 그것을 대단히 자랑스럽게 여기고 자신이 종루 속의 부엉이인양 생각하지만 그건 아무것도 아니라고 했지요. 소시지 꼬챙이로 만든 수프처럼 말예요.

저는 소시지 꼬챙이 수프라는 말이 나오자 귀가 번쩍 뜨여 그 비법을 알려 달라고 졸랐어요. 그러자 이렇게 말했어요.

'소시지 꼬챙이로 만든 수프란 사람들 사이에서 하는 말로 여러 가지 의미가 있단다. 하지만 누구나 자신의 생각이 최고라고 생각하지. 그러니까 그 말은 아무 뜻도 없어.'

'아무 뜻도 없다구요!'

저는 저도 모르게 소리쳤어요. 그도 그럴 것이 너무나 충격적이었으니까요.

'진실이란 항상 유쾌한 것은 아니지만 그것보다 더 좋은 것은 없지.' 하고 늙은 부엉이가 말했어요.

저는 그 말에 대해서 곰곰이 생각한 끝에 깨달았어요. 부엉이 말대로 진실이 무엇보다도 더 좋은 거라면 소시지 꼬챙이로 만든 수프보다 더 가치 있을 거라는 생각이 들었지요. 그래서 이렇게 서둘러 집으로 달려왔어요. 그 무엇보다도 최고의 위치에 있는 진실을 가지고 말예요. 그러니까 진실을 위하여 저를 왕비로 맞아 주십시오."

"그건 거짓이야! 저는 실제로 그 수프를 끓일 수 있습니다. 제가 해 보이겠어요." 세 번째 쥐가 소리쳤다.

## 소시지 꼬챙이 수프를 만드는 법

세 번째 쥐가 이야기를 시작했다. "저는 여행을 떠나지 않고 이곳에 있었어요. 그렇게 하는 것이 옳았으니까요. 여행을 통해서는 얻을 것이 없지만 이곳에서는 원하는 것을 얼마든지 쉽게 얻을 수 있지요. 그래서 여길 떠나지 않았어요. 저는 수프 만드는 법을 초자연적인 것에서 배운 것도 아니고, 무엇을 갉아먹어서 안 것도 아니에요. 그리고 부엉이와 얘기해서 알아낸 것도 아니에요. 곰곰이 생각해서 알아낸 것이지요. 자, 솥에 물을 가득 붓고 불 위에 올려 놔 주십시오. 충분히 끓이면 물이 끓어 넘칠 겁니다. 지금 물이 넘치죠? 그럼 이번에는 소시지 꼬챙이를 넣겠습니다. 대왕님, 대왕님의 꼬리를 끓는 물 속에 넣고 좀 저어 주시겠습니까? 오랫동안 저을수록 수프는 더 진해집니다. 돈 한푼 들지 않지요. 조미료도 필요 없습니다. 오직 젓기만 하면 됩니다."

"다른 쥐가 하면 안 되겠느냐?" 대왕 쥐가 물었다.

"안 됩니다. 이러한 힘은 오직 대왕님의 꼬리에만 있습니다." 세 번째 쥐가 대답했다.

대왕 쥐는 물이 펄펄 끓는 솥으로 다가가서는 돌아서서 꼬리를 내밀었다. 우유 창고 속의 쥐들이 양푼 속의 연유를 꼬리에 묻혀서 핥아먹으려고 할 때와 같은 모습이었다. 하지만 뜨거운 증기가 꼬리에 닿자 대왕 쥐가 화다닥 놀라서 퉁기듯이 도망쳤다. 그리고는 이렇게 외쳤다.

"너야말로 나의 왕비로다! 수프 끓이는 일은 우리의 금혼식 때 하기로 하자. 50년 후에 말이야. 내 왕국의 가난한 자들은 그날을 고대할 것이며 그때가 되면 음식을 배불리 먹게 되리라!"

곧이어 결혼식이 거행되었다. 그러나 몇몇 쥐들은 집으로 돌아오면서 이렇게 말했다. "정확히 말하자면 그건 소시지 꼬챙이로 만든 수프가 아니라 쥐꼬리 수프였어."

그리고는 이야기가 훌륭했다고 말했다. 하지만 이러쿵저러쿵 다른 의견도 많았다. '나라면 이렇게 얘기했을 텐데 ….' 하고 이야기한 쥐들은 늘 나중에 나서서 똑똑한 체하는 비평가들이었다.

이 이야기가 전 세계에 퍼지자 나라마다, 또는 사람마다 서로 의견이 달랐지만 이야기 내용은 원래대로 변함이 없었다. 결국 작든 크든 간에 어떤 일을 할 때는 그에 대한 대가를 기대하지 않는 것이 좋다. 소시지 꼬챙이로 수프를 만드는 일일지라도 말이다.


## 82
## 후추 총각의 나이트캡


코펜하겐에는 매우 특이한 이름이 붙은 거리가 있다. 그 거리 이름은 바로 '하이스켄'이다. 왜 이런 이름이 붙여졌는지, 그것이 무슨 뜻인지는 분명하지 않다. 그것이 독일어란 말이 있긴 하지만 그렇다면 '작은 집'이란 뜻의 하우스켄이 되기 때문에 독일인들로서는 부당하다고 생각할 것이다. 사실 옛날 그 거리에는 몇 채의 작은 집뿐이었다. 장이 설 때 장터에서 볼 수 있는 나무판자로 만든 노점상만 한 크기의 작은 집들 말이다. 물론 그 집들은 노점상보다는 조금 더 크고 창문이 있었지만 창문은 사슴뿔이나 돼지의 방광으로 만든 것이었다. 그때만 해도 유리로 된 창문은 몹시 비쌌기 때문이다. 하지만 이것은 아주 오래 전 일이다. 증조 할아버지의 증조 할아버지도 "그건 아주 옛날이야."하고 말할 정도로 오래된 이야기이다. 몇백 년 전 이야기이니까.

브레멘과 뤼벡에 사는 부유한 상인들은 코펜하겐에서 장사를 했다. 그 상인들은 자신들이 직접 코펜하겐까지 오지 않고 직원들을 보냈는데, 직원들은 하우스켄 거리에 살면서 맥주와 향신료를 팔았다. 독일 맥주는 맛이 좋고 종류도 다양해서 브레멘 맥주, 프리싱 맥주, 엠스 맥주, 브라운슈바이크의 무메 맥주가 있었다. 향신료 또한 사프란, 아니스 열매, 생강, 후추 등 여러 가지 종류가 있었다.

그 중에서도 후추는 코펜하겐에서 가장 중요한 물품이었다. 그래서 덴마크에서 활동하는 독일 상인의 직원들에게는 '후추 총각'이란 별명이 붙었다. 이 후추 총각들은 결혼을 할 수 없게 되어 있었다. 그러다 보니 덴마크에서 오래 지낸 후추 총각들은 저절로 노총각이 되어 버렸다. 나이가 들어서도 장가를 못 간 이들은 직접 집안일을 해야 했으며 집에 불을 지피는 일도 직접 해야 했다. 그리고 나이가 들어서도 혼자 외롭게 살다 보니 이상한 생각과 기이한 습관을 갖게 되었다.

오늘날 덴마크에서 장가를 들 만큼 나이가 들었지만 결혼을 못한 남자를 '후추 총각'이라고 부르는 것은 여기에서 생긴 말이다. 다음에 나오는 이야기를 이해하려면 이런 이야기를 기억해 두어야 할 것이다.

영국에서 "노총각"이라고 부르는 후추 총각은 사람들의 놀림감이었다. 사람들은 후추 총각이 잠을 잘 때 나이트캡(잘 때 쓰는 모자)을 눈 위까지 눌러쓰고 잔다고 놀렸다. 동네 개구쟁이들은 이런 노래를 부르기도 했다.

> 톱으로 판잣집을 잘라 버려, 불쌍한 노총각!
> 그렇게 지저분한 나이트캡은 처음 봐.
> 누구라도 처음부터 그렇게 더러웠다고 생각할 거야.
> 자, 이제 잠을 자. 그게 네겐 좋을 테니까.

개구쟁이들은 후추 총각과 나이트캡에 대해 아무것도 모르면서 이렇게 노래를 부르며 놀려대곤 했다. 사실 나이트캡을 좋아하는 후추 총각은 하나도 없었다. 왜 그랬을까? 이제, 다음에 나오는 이야기를 들어보자.

아주 오래 전에는 하이스켄 거리가 포장되어 있지 않았다. 그래서 그 거리를 다니는 사람들은 움푹 패인 구덩이에 걸려 넘어지곤 했다. 한적한 길에 여기저기 움푹 패인 것과 같은 구덩이 말이다. 이 거리는 아주 좁은 데다 판잣집들이 다닥다닥 붙어 있어 여름에는 맞은 편에 있는 집 위로 돛을 펼쳐 놓곤 했다. 이 당시에는 후추, 사프란, 생강 냄새가 그 어느 때보다도 거리에 진동하던 때였다. 직원들은 대부분 노총각이었지만 우리가 익숙하게 알고 있는 그런 옷차림이 아니었다. 그들은 가발과 나이트캡과 반바지와 단추를 턱밑까지 채우는 양복과 조끼를 입지 않았다. 초상화 속의 증조부는 이런 옷차림을 하고 있지만 후추 총각들은 초상화를 그리는 데 돈을 쓸 만큼 넉넉하지 않았으니까 우리가 그들의 모습을 모르는 것은 당연하다. 물론 계산대 뒤에 서 있거나 교회에 가거나 휴일을 즐기는 후추 총각의 초상화를 지금 우리가 본다면 아주 재미있을 것이다. 이런 날 후추 총각들은 챙이 넓고 높은 모자를 썼으며 나이가 젊은 총각 중에는 모자에 깃털을 단 경우도 가끔 있었다. 아마로 된 넓은 옷깃 안쪽으로는 모직으로 된 셔츠가 살짝 보였고 몸에 꼭 달라붙은 웃옷은 단정하게 턱 밑까지 단추를 채우고 있었으며 그 위에는 헐렁한 외투를 걸치고 있었다. 그리고 바지는 끝이 넓은 신발 안쪽에 쑤셔 넣었다. 장가를 못 간 총각들은 양말을 살 만한 돈이 없었기 때문에 반바지를 입을 수 없었던 것이다. 그들은 대개 호신용으로 큰 칼은 물론이고 요리용 칼과 수저를 허리띠에 차고 다녔는데 그런 무기가 아주 유용하게 쓰일 때가 많았다.

나이든 안톤도 휴일과 축제일에는 이런 옷차림이었다. 다만 그는 춤이 높은 모자 대신에 챙 없는 모자를 썼으며 그 안에 뜨개질로 짠 모자를 썼다. 안톤은 보통 나이트캡으로 사용하는 그 뜨개질 모자를 항상 쓰고 다녔으며 그런 모자가 두 개나 있었다. 그런 그의 모습이야말로 정말 그림으로 그려 볼 만했다. 한 화가가 하이스켄 거리에 사는 노총각 중의 한 명인 안톤을 모델로 그림을 그렸다. 안톤은 비쩍 마른데다 입과 눈 주위에는 주름 투성이었다. 그리고 손가락은 앙상하고 길었고, 회색 눈썹은 덤불처럼 무성했으며, 왼쪽 눈 위로는 보기 흉하게 머리털이 흘러내려 잘생긴 모습은 아니었으나 매우 그럴싸하게 보이긴 했다. 사람들은 안톤이 브레멘 출신이라고 알고 있었다. 그러나 그의 고향은 브레멘이 아니며 그의 주인이 그곳에 살고 있을 뿐이었다. 안톤의 조상은 튀링겐 출신으로 바르트부르크 근처에 있는 아이제나흐란 도시에서 살았다. 늙은 안톤은 고향에 대해 이야기는 별로 안했지만 늘 고향을 생각하고 있었다.

하이스켄에 사는 노총각들이 함께 어울리는 일은 좀처럼 드물었다. 대부분은 항상 자기 가게에서 지냈다. 가게 문을 닫는 이른 저녁이면 거리가 어둡고 황량했으며 오직 희미한 한 가닥의 불빛만이 사슴뿔로 만든 지붕 위의 작은 창문을 통해 새어 들어왔다. 그 시각이면 안톤은 대개 침대에 앉아 낮은 목소리로 찬송가를 부르거나 밤이 늦도록 이것저것 일을 하며 가게 안을 돌아다녔다. 낯선 나라에서 낯선 사람이 되어 산다는 일은 참으로 쓸쓸하고 외로운 일이었다. 길을 가로막으면 모를까 이방인에게 눈길을 주는 사람 하나 없는 곳에서 말이다. 비가 내리거나 눈이 내리는 어두운 밤이면 하이스켄 거리는 그야말로 인적 없고 음산한 거리가 되었다. 이곳에는 거리가 끝나는 곳에 걸려 있는 아주 작은 램프 외에는 가로등 하나도 없었다. 그나마 그 램프도 벽에 그려진 성모 마리아 그림을 비추기 위한 것이었다.

늙은 총각들이 사는 거리의 한쪽 끝은 성이 있는 섬까지 이어져 있었는데 이런 저녁이면 근처 성벽에 부딪히는 파도 소리가 더욱 분명하게 들렸다. 할 일이 없으면 밤이 길고 지루하기 짝이 없었다. 안톤도 그랬다. 물건을 포장하고, 포장을 풀고, 봉지를 만들고, 저울을 닦는 일쯤은 날마다 해야 되는 것이 아니었기 때문에 할 일이 없었다. 그래서 안톤은 할 일을 만들어 냈다. 그는 옷을 깁기도 하고 구두를 수선하기도 했다. 그리고 나서 잠자리에 들 때면 늘 쓰고 다니던 나이트캡을 이마 아래쪽으로 끌어당겼다. 그러다가 곧 나이트캡을 다시 올리고 불이 잘 꺼졌는지 살피곤 했다. 그는 손으로 등심지를 만진 후에야 다시 나이트캡을 눈 위까지 뒤집어쓰고 등을 돌리고 누워 잠이 들곤 했다.

그러나 그러고 나서도 아래층 가게에 있는 작은 화로 속의 석탄이 완전히 꺼졌는지 불안할 때가 많았다. 불씨가 하나만 남아 있어도 다른 것에 옮겨 붙어 큰 화재가 날 수 있었기 때문이다. 그럴 때면 안톤은 침대에서 다시 일어나 아래층으로 뻗은 계단을 타고 내려갔다. 아니 계단이라고 부를 수도 없는 낡은 사다리였다. 그리고 화로에 불씨가 남아 있지 않은 것을 확인한 후에야 다시 침대로 돌아갔다. 하지만 사다리를 올라가다 철문이 잘 잠겼는지 의심이 들면 깡마른 다리를 후들거리며 다시 사다리를 내려와 자물쇠를 확인했다. 그러는 사이에 그의 몸은 추위로 얼어붙어 침대에 기어들어갈 때쯤에는 이가 부들부들 떨렸다.

그는 이불을 바짝 당겨 잘 여미고 나이트캡을 눈 아래로 내려 쓴 다음 장사에 대한 생각이나 하루의 피곤함이나 옛날에 대한 생각에서 벗어나려고 애썼다. 옛 추억들이 과거를 가로막고 있던 커튼을 젖히고 나와 고통스런 기억들로 가슴을 찔렀기 때문에 편히 잠들 수가 없었다. 그럴 때면 눈물이 쏟아져 나와 잠이 달아나 버리곤 하였다. 어떤 때에는 진주 같은 뜨거운 눈물 방울이 이불 위에 떨어지기도 하고 마음이 찢어지는 듯이 신음을 하며 바닥에서 구르기도 했다. 또 어떤 때에는 옛 기억이 불꽃처럼 환하게 타올라 마음속에서 지워지지 않는 삶의 모습을 생생하게 비추곤 하였다. 나이트캡으로 눈물을 닦으면 눈물과 삶의 모습이 뭉개지곤 하였지만 눈물의 원천은 아직 가슴속에 남아 다시 차오르곤 하였다. 삶의 모습들은 현실에서처럼 차례차례 순서대로 나타나는 것이 아니라 가장 고통스런 모습들만 나타나는 경우가 많았다. 그리고 가장 즐거운 삶의 모습이 나타날 때면 그 위에 어두운 그림자가 드리워져 있곤 했다.

덴마크에 있는 너도밤나무 숲은 보는 사람들마다 아름답다고 말한다. 그러나 안톤의 눈에는 바르트부르크 지방의 너도밤나무 숲이 더욱 아름다워 보였다. 그리고 그보다 더 웅장하고 멋지게 보이는 것은 독일 사람들이 자랑하는 귀족풍의 성을 둘러싸고 있는 떡갈나무 숲이었다. 그곳에 있는 바위에는 덩굴 식물들이 늘어져 있었고 사과나무꽃 향기는 덴마크의 어떤 꽃보다도 더 향기로웠다. 안톤은 두 뺨 위로 흘러내리는 반짝이는 눈물 속에서 두 어린아이가 놀고 있는 모습을 생생하게 보았다. 한 아이는 사내아이였고, 다른 아이는 여자아이였다. 소년은 복숭아처럼 불그레한 뺨에 금빛 고수머리와 맑고 푸른 눈을 가지고 있었다. 소년은 돈 많은 상인의 아들이었다. 그렇다. 그는 지금은 노총각이 되어 버린 바로 어린 날의 안톤이었다. 소녀는 갈색 눈과 검은머리를 가지고 있었으며 영리하고 용감했다. 몰리라는 이름을 가진 그 아이는 시장의 딸이었다. 두 아이는 사과를 흔들어서 안에 든 씨들이 내는 소리를 들어보고는 반으로 잘라, 한 조각씩 나눠 먹었다. 그들은 씨까지도 반으로 나누어 먹었다. 그러나 씨 하나만은 남겨 두었다. 소녀가 씨를 땅에 심자고 했던 것이다.

"씨를 심은 곳에서 무엇이 나오는지 한 번 봐. 아마 전혀 생각하지 못한 것이 나올걸. 커다란 사과나무가 나올 거야. 하지만 당장 나무처럼 크게 자라진 않겠지." 소녀가 이렇게 말했다.

두 아이는 화분을 가져다가 흙을 채웠다. 소년이 손가락으로 흙에 구덩이를 파자 소녀가 그곳에 씨를 넣었다. 둘은 함께 그 위에 흙을 덮었다.

"이제 됐어. 혹시 뿌리가 자랐는지 보려고 내일 씨를 꺼내 보면 안 돼. 아무도 그래선 안 돼. 옛날에 꽃씨를 심은 적이 있는데, 얼마나 자랐는지 보려고 꺼내 본 적이 있어. 꼭 두 번 말야. 그때는 아무것도 모를 때였으니까. 그런데 꽃이 죽고 말았지 뭐야." 몰리가 말했다.

화분은 안톤이 가지고 갔다. 안톤은 겨울 내내 아침마다 화분을 살펴보았지만 검은 흙만 보일 뿐 아무것도 자라나지 않았다. 그러나 봄이 되어 따뜻한 햇볕이 비추자 화분에서 드디어 두 개의 초록색 잎이 돋아났다.

"이 잎은 바로 몰리와 나야! 정말 사랑스러워!" 안톤은 화분을 보며 이렇게 중얼거렸다. 얼마 지나지 않아 세 번째 잎이 돋아났다. 안톤은 그 잎을 보며 '이 잎은 누구일까?' 하고 생각했다. 그런데 잎은 그 뒤에도 자꾸만 돋아났다. 풀처럼 생긴 그 식물은 날마다 무럭무럭 자라 작은 나무가 되었다.

이 모든 추억이 눈물 한 방울에 반사되어 늙은 안톤의 눈에 보였다. 눈물에 어린 이 추억은 눈물을 닦아 버리면 금방 사라질 수도 있었지만 그 원천은 안톤의 가슴에 있어 언제라도 다시 떠오를 수 있었다.

아이제나흐 주위에는 돌산 능선이 뻗어 있었다. 그 산 중 하나는 둥근 모양을 하고 있었으며 나무도 덤불도 풀도 없는 메마른 산꼭대기가 다른 산들 위로 우뚝 솟아 있었다. "베누스 산"이라 불리는 이 산에는 베누스 여신의 집이 있었다고 한다. 그리고, 아이제나흐에 사는 아이면 누구나 알고 있듯이, 이 여신은 "할레"라고 불리기도 했는데, 시인이며 고귀한 기사인 탄호이저를 바르트부르크에서 베누스 산으로 유혹하였다고 한다.

어린 몰리와 안톤은 이 산에 자주 올라갔다. 한 번은 몰리가 안톤에게 이렇게 말했다. "문을 두드리고 '할레, 할레, 문을 열어 줘요. 탄호이저예요!' 하고 말해 봐."

안톤은 그럴 배짱이 없었다. 그러나 몰리는 그런 배짱이 있었다. 몰리는 "할레! 할레!" 하고 소리쳤다. 그 뒷말은 몰리가 너무 숨을 죽이고 중얼거렸기 때문에 안톤의 귀에는 들리지 않았다. 그런 몰리는 정원에서 다른 여자 애들과 놀 때처럼 매우 용기 있고 활달해 보였다. 정원에서 놀 때면 여자 애들은 안톤 주위에 둘러서서 안톤에게 서로 입을 맞추려고 했다. 안톤은 여자애들이 자기한테 입을 맞추는 것이 싫었기 때문에 그들을 밀쳐 내곤 했다. 하지만 몰리만은 아무리 밀쳐 내도 순순히 물러나지 않았다.

"난 안톤에게 입을 맞춰도 돼!" 몰리는 이렇게 자랑스럽게 말하며 안톤의 목을 끌어안곤 하였다. 그렇게 해서 몰리는 안톤을 지배하고 있다는 힘을 과시했던 것이다. 그럴 때면 안톤은 아무 생각 없이 가만히 몰리가 하는 대로 내버려 두었다. 몰리는 매력적이었지만 되바라진 면이 있었다. 몰리가 얼마나 집적거리며 귀찮게 굴었던가?

사람들은 할레가 아름답긴 하지만 그 아름다움은 상대를 유혹하는 사악한 아름다움이라고 했다. 튀링겐 지방의 수호신이자 독실한 여공작인 성 엘리자베트의 아름다움이야말로 고귀하고 진정한 아름다움이라고 했다. 성 엘리자베트의 착한 행실은 설화와 전설을 통해 여러 지방에서 칭송되었다. 교회마다 그녀의 초상화가 걸려 있었고, 초상화 주위에는 은으로 된 램프들이 켜져 있었다. 그러나 몰리에겐 성 엘리자베트가 가진 진정한 아름다움이 전혀 없었다.

안톤과 몰리가 심은 사과나무는 해마다 쑥쑥 자랐다. 더 이상 화분으로는 감당할 수 없게 되자 이슬이 내리고 따뜻한 햇볕이 드는 정원으로 옮겨 심었다. 사과나무는 힘도 세져서 추운 겨울을 거뜬히 이겨냈다. 찬바람이 몰아치는 겨울이 지나 봄이 되자 사과나무는 시련을 이겨 낸 기쁨에 겨워 꽃을 피웠다. 가을이 되자 사과나무에는 두 개의 사과가 열렸는데, 하나는 몰리가 가졌고, 하나는 안톤이 가졌다. 당연한 일이었다. 그 후 사과나무는 더 빠른 속도로 자랐다. 몰리도 사과나무처럼 무럭무럭 자랐다. 몰리는 이제 사과나무 꽃처럼 싱싱했다. 그러나 안톤은 오랫동안 그 꽃을 볼 수 없었다. 모든 것은 바뀌고, 변하기 마련이다. 몰리의 아버지가 다른 도시로 떠나자 몰리도 아버지를 따라 아주 멀리 가 버렸던 것이다. 튀링겐의 경계 지역에 있는 바이마르라는 도시로 말이다. 사실, 몰리가 간 곳은 요즘에는 몇 시간이면 갈 수 있는 곳이지만, 그 당시에는 아이제나흐에서 그곳까지 가는 데 하루하고도 또 하룻밤을 더 가야 했다. 헤어질 때 몰리와 안톤은 서로 붙들고 울었다. 두 아이의 눈물은 흘러내려 하나가 되었으며 기쁨의 눈물로 바뀌었다. 몰리가 바이마르의 어떤 것들보다도 안톤을 더 사랑한다고 말했기 때문이다.

한 해, 두 해, 그리고 세 해가 지났다. 그동안에 몰리는 두 통의 편지를 받았다. 하나는 집배원이 가져왔고, 두 번째 편지는 어떤 여행자가 가져왔다.

안톤과 몰리는 트리스탄과 이졸데에 관한 이야기를 얼마나 자주 들었던가! 안톤은 그 이야기를 들으면서 자기가 트리스탄인양 상상하곤 하였다. 물론 트리스탄이란 이름은 슬픔 속에서 태어났다는 뜻으로 자신과는 아무런 상관이 없다는 걸 알면서도 말이다. 그리고 트리스탄은 이졸데를 두고 "그녀는 정녕 날 잊어버렸는가!' 하고 탄식했지만 자신은 몰리에 대해 그런 말을 하게 되지 않을 것 같았다. 그러나 실제로는 이졸데도 진정으로 사랑한 친구를 결코 잊지 않고 있었다. 트리스탄과 이졸데는 죽어서 교회 무덤에 묻혔다. 나중에 두 무덤에서 자란 보리수나무는 교회 지붕보다 더 높게 자라 서로에게 기대듯이 비스듬히 기울어져 마주보고 꽃을 피웠다.

안톤은 매우 아름답고도 슬픈 이야기라고 생각했다. 그러나 자신과 몰리에게는 결코 그런 일이 일어나지 않을 거라고 생각했다. 그는 그곳을 지날 때면 가객인 발터가 작곡한 "버드나무 새"라는 노래를 휘파람으로 부르곤 하였다. 노래는 "어느 황야의 보리수나무 아래에"로 시작되었다. 그 중에서도 "숲에서 골짜기에서 나이팅게일이 감미롭게 노래한다네"라는 구절이 특히 마음에 들었다.

안톤은 달빛을 받으며 말을 달려 몰리를 만나러 가는 길에 이 노래를 불렀다. 느닷없이 나타나 몰리를 놀라게 해 주고 싶었다. 예상대로 몰리는 안톤이 갑자기 나타나자 매우 놀라워했다. 안톤은 큰 환영을 받았다. 많은 사람들이 몰려와 반가워했고 포도주 잔에서는 포도주가 철철 넘쳐흘렀다. 그리고 안톤에게 예쁜 방과 좋은 침대도 내주었다. 그렇게까지 크게 환영해 주리라고는 꿈에도 생각지 못한 일이었다. 안톤은 얼떨떨했으며 다른 사람들은 어떻게 느낄지 궁금했다.

우연히 만난 사람들과 어울려 이야기를 나누는 경우가 있다. 여행 중에 같은 합승 마차를 탄 여행자들과 얘기를 나누듯이 말이다. 하지만 우리는 상대에 대해 아무것도 모르며 얘기를 나누다가 어느 순간 서로 방해가 되면 상대방이 그만 사라져 버렸으면 하고 바란다. 몰리가 옛날 얘기를 꺼내자 안톤은 이런 기분이 들었다.

"난 직설적이야, 안톤. 솔직하게 말할게. 지금은 우리가 어렸을 때와는 달라. 그동안 모든 것이 변했다구. 외적으로나 내적으로나 모두 말야. 의지가 없이는 감정을 조절하기 힘들지. 안톤, 너랑 이렇게 멀리 떨어져 있으니까 굳이 널 적으로 만들 생각은 없어. 정말이야. 네가 여기까지 와 준 것이 정말 고맙고 반가워. 하지만 지금 너에 대한 내 감정은 다른 남자들에 대한 감정이나 다를 게 없어. 난 널 사랑하지 않는다구. 마음이 아프겠지만 이 사실을 인정해야 해. 그럼 잘가, 안톤!" 몰리가 냉정하게 안톤에게 말했다.

안톤도 몰리에게 잘 있으라고 말했다. 눈물 한 방울 나오지 않았다. 안톤은 이제 더 이상 몰리의 친구가 아니었다. 불처럼 뜨겁고 얼음처럼 차가운 쇠막대기를 입술에 대면 똑같은 느낌이 드는 법이다. 한때는 사랑으로 충만했던 안톤의 키스가 이제는 증오로 가득 차 있었다. 말이 완전히 지쳐 있었지만, 그래도 안톤은 바로 그날 아이제나흐로 돌아왔다.

"무슨 상관이람? 나도 지쳤는데 뭐. 몰리든 할레든 베누스든, 이런 걸 생각나게 하는 것은 모두 다 없애 버리겠어. 사과나무도 뿌리째 뽑아 버릴 테야. 다시는 꽃도 열매도 맺지 못하게!" 안톤은 처절하게 울부짖었다.

그러나 사과나무는 뽑히지 않았다. 안톤은 열이 나서 한동안 병상에 누워지내야 했기 때문이다. 그런데 그 무언가가 안톤을 병상에서 일어나게 했다. 그것은 무엇이었을까? 안톤은 약을 받았다. 그 약은 먹으면 병든 육신과 영혼까지 부들부들 떨리는 아주 쓴 약이었다. 그래도 안톤은 그 약을 먹어야 했다. 안톤의 아버지는 이제 재산을 모두 잃어버려 부유한 상인에서 찢어지게 가난한 상인이 되어 버렸다. 암울한 시기와 어려운 시련이 가난과 함께 파도처럼 엎친데 덮친 격으로 한꺼번에 몰려들었다. 안톤의 아버지는 슬픔과 고통으로 기운을 잃었다. 그래서 안톤은 사랑의 슬픔이라든가 몰리에 대한 분노 따위는 생각할 겨를이 없었다. 이제 아버지를 대신해서 쉬지 않고 이것저것 일을 해야 했으며 세상에 나가 생계비도 벌어야 했다. 안톤은 브레멘으로 갔다. 거기에서 그는 가난하고 고된 생활을 하였다.

바깥에 나와 경험한 세상과 사람들은 안톤이 어린 시절에 생각했던 것과는 참으로 달랐다. 사랑을 찬미하는 노래가 그에게 무슨 의미가 있단 말인가? 이제 과거의 메아리는 사라진 지 오래였다. 그런데도 그 노랫소리는 자꾸만 그의 영혼 깊숙한 곳에서 울려 퍼졌으며 그럴 때면 안톤의 마음은 경건하게 가라앉곤 했다.

"신의 뜻을 따르는 것이 최선이야. 내가 몰리의 마음을 사로잡지 못한 것은 잘된 거야. 몰리가 내게 집착하지 않은 것도 다행이지 뭐야. 이렇게 빈털터리가 된 마당에 몰리가 아직까지 날 사랑한다면 어땠겠어? 내가 이렇게 된 걸 알기 전에 떠나길 잘했어. 내 처지 때문에 고민할 필요도 없을 테니까. 이것은 주님이 내게 베풀어 주신 은총이야. 모든 일은 신의 섭리를 따라 최선의 길로 가게 마련이지. 몰리도 이런 섭리에 따라 날 거절했을 거야. 그것도 모르고 몰리를 원망했다니!" 안톤은 혼잣말로 이렇게 중얼거렸다.

여러 해가 지나 안톤의 아버지는 죽고 그 집에 낯선 사람들이 들어와 살게 되었다. 그 후 안톤이 그 집을 다시 본 것은 단 한 번뿐이었다. 부자인 어느 주인 밑에서 일하던 안톤은 사업상 여행을 하던 중에 고향인 아이제나흐를 지나가게 된 것이다. 오래된 바르트부르크 성은 돌로 된 수도사와 수녀 상이 서 있는 암벽 위에 변함없이 서 있었다. 주변을 둘러싼 거대한 떡갈나무들은 어린 시절에 보았던 것처럼 성의 경계를 짓고 있었다. 베누스 산도 여전히 계곡에 그림자를 드리우며 우중충한 회색빛 꼭대기를 드러내고 서 있었다. 안톤은 예전처럼 외쳐 보고 싶었다. "할레, 할레. 문을 열어요! 영원히 여기 내 고향에서 살 수 있도록!"

하지만 그것은 벌을 받을 생각이었다. 그는 기도로써 그 생각을 쫓아 버렸다. 그때 수풀 속에서 새 한 마리가 밝게 노래했다. 그 노래를 듣자 늙은 안톤의 머릿속에 가객의 노래가 떠올랐다. 글썽이는 눈으로 다시 고향을 바라보는 안톤의 마음속에 많은 추억이 소용돌이쳤다. 아버지가 살았던 집은 예전처럼 그 자리에 있었지만 정원은 많이 변해 있었다. 그곳으로는 작은 길이 뚫려 있었고 정원과 길 바깥쪽으로는 안톤과 몰리가 함께 심었던 사과나무가 서 있었다. 몰리에 대한 원망으로 안톤이 뿌리째 뽑아 버리겠다고 했던 바로 그 사과나무가! 햇빛이 예전처럼 사과나무를 비추었고, 상쾌한 이슬도 그 옛날처럼 사과나무에 고개를 떨구고 있었다. 이제 사과나무에는 사과가 주렁주렁 열려 있어 나뭇가지들이 땅으로 축 늘어져 있었다.

"아직 잘 자라고 있군!" 안톤은 사과나무를 보며 이렇게 중얼거렸다. 이제 사과나무는 사람들이 많이 다니는 곳으로 옮겨 심어져 있었다. 가지 하나가 꺾여 있었다. 개구쟁이들 짓이 분명했다.

'사람들은 풍요롭고 아름다운 사과나무를 보고 고마워하기는커녕 사과나무꽃을 따고, 사과를 훔치고, 가지를 꺾지. 나무도 인간과 다를 바가 없어. 사과나무가 처음 싹을 틔울 때는 많은 사랑을 받았지. 그때는 이렇게 되리라곤 상상도 못했어. 그런데 지금은 어떻게 되었지? 울타리 옆 정원에 있다가 사람들이 많이 다니는 길가로 옮겨져 버림받고 잊혀진 채 서 있지. 아무런 보호도 받지 못하고 잡아뜯기고, 꺾여진 채 말야. 물론 그런다고 해서 지금 당장 말라죽지는 않겠지. 하지만 세월이 지나면 점점 꽃이 적게 필 것이고, 결국에는 사과가 하나도 열리지 않겠지. 그럼 사과나무는 영원히 사라지게 되는 거야.'

안톤은 이런 생각에 잠겨 사과나무 밑에서 서 있었다. 그는 낯선 나라 낯선 땅의 외로운 판잣집에서 수많은 밤을 이런 생각으로 지새웠다. 부유한 브레멘 상인인 그의 주인이 결혼하지 않는다는 조건으로 그를 보내 준 코펜하겐 하이스켄의 초라한 거리에 있는 판잣집에서 말이다. 새삼 결혼이라는 말이 떠오르자 안톤은 쓴웃음이 나왔다. "결혼이라구? 하, 하!"

겨울이 일찍 들이닥친 어느 해. 바깥은 살을 에는 듯이 추웠으며 앞이 보이지 않을 정도로 눈보라가 몰아쳐 바깥에 나갈 수가 없었다. 그래서 사람들은 방 안에 틀어박혀 지냈다. 그래서 안톤이 사는 집 맞은편에 사는 이웃은 이틀 동안이나 안톤이 가게를 열지 않았고 전혀 밖에 나오지도 않았다는 것을 미처 몰랐다. 흐리고 음산한 날이 계속되었다. 유리창이 없는 안톤의 가게는 낮에는 희미한 빛이 들었지만 밤에는 칠흑같이 어두웠다. 늙은 안톤은 일어날 기력이 없어 꼬박 이틀 동안을 침대에 누워지냈다. 보살펴 주는 사람 하나 없이 혼자 외롭게 누워 있었던 것이다. 침대 옆에 놓아 둔 물주전자에 간신히 손을 뻗었지만 그나마 마지막 물 한 방울도 이미 말라 버리고 없었다. 안톤이 기운을 못 차리는 것은 열 때문도, 병 때문도 아니었다. 바로 나이 때문이었다. 방 한쪽 구석에 놓인 그의 침대는 컴컴하게 그늘져 있었다. 마치 암흑 같은 어둠이 영원히 계속되고 있는 것처럼. 안톤의 눈에는 보이지 않았지만, 안톤이 누워 있는 위쪽에서는 작은 거미가 바쁘게 왔다 갔다 하면서 거미줄을 치고 있었다. 그래서 안톤이 눈을 감을 때면 죽은 사람 위에 쳐 놓은 휘장 같았다.

시간은 아주 서서히 고통스럽게 흘러갔다. 이제 안톤은 흘릴 눈물도 없었고 가슴에 느껴지는 고통도 없었다. 몰리에 대한 생각도 마음에서 떠난지 오래였다. 이제 세상이 아무것도 아닌 것처럼 느껴졌으며 이 세상 너머에 누워 있는 것만 같았다. 안톤을 기억해 주는 사람이 아무도 없는 곳에. 가끔 어쩌다가 배가 고프고 목이 마른 느낌이 희미하게 찾아들었지만 그를 보러 와 주는 사람은 아무도 없었다. 배고픔으로 고통받은 사람들이 생각났다. 그리고 한때 세계를 방랑했고 어린 시절 고향에서 진정한 아름다움을 지닌 사람으로 생각했던 튀링겐의 여공작인 성 엘리자베트가 떠올랐다. 가난한 마을을 찾아가 병들고 가난한 사람들에게 희망과 위안을 주었던 성 엘리자베트! 성 엘리자베트의 고귀하고 경건한 행실들은 안톤의 영혼을 밝혀 주는 불빛과도 같았다. 그는 고통받는 사람들에게 위안의 말을 해 주고, 아픈 사람의 상처를 씻어 주며, 배고픈 이들에게 음식을 주는 성 엘리자베트를 그려보았다. 냉혹한 그녀의 남편은 그런 그녀를 비난했었다.

한 번은 성 엘리자베트가 가난한 사람들에게 주려고 바구니에 포도주와 음식을 가득 담아 가지고 가는데 몰래 뒤따라오던 남편이 앞을 가로막으며 화가 나서 물었다. "바구니에 든 게 뭐요?"

그러자 성 엘리자베트는 무서워서 벌벌 떨며 대답했다. "정원에서 꺾은 장미예요."

그 말이 끝나기가 무섭게 남편은 바구니를 덮은 천을 확 잡아당겼다. 그런데 이게 어찌된 일인가! 바구니에 들어 있던 포도주와 빵이 모두 장미꽃으로 변해 있지 않은가. 그런 기적을 보고 성 엘리자베트 자신도 깜짝 놀랐다.

안톤의 마음속에는 이렇게 친절하고 인정 많은 성 엘리자베트에 대한 기억이 살아 있었다. 덴마크의 초라한 그의 집에서 성 엘리자베트는 살아 있는 실체였다. 안톤은 얼굴을 내놓고 성 엘리자베트의 부드러운 눈을 바라보았다. 그러자 주변에 있는 모든 것들이 가난하고 초라한 모습에서 밝고 찬란한 장밋빛으로 변했다. 장미 향기가 방 안을 가득 메웠으며 달콤한 사과 향기도 풍겨 나왔다. 안톤은 자신의 몸 위로 드리워진 사과나무 가지를 보았다. 그것은 몰리와 함께 심었던 바로 그 사과나무였다. 향기로운 사과나무 잎들이 아래쪽으로 머리를 숙이더니 안톤의 뜨거운 이마를 시원하게 식혀 주었다. 바짝 마른 그의 입에 닿은 사과나무 꽃잎들은 생기를 북돋아 주는 신선한 빵과 포도주 같았다. 꽃잎들이 가슴에 닿자 마음이 고요해졌으며 나른한 졸음이 물밀듯이 밀려왔다.

"이제 좀 자야겠어. 잠을 자면 나아질 거야. 내일 아침에는 몸이 가뿐해지겠지. 정말 놀라운 일이야. 굉장해. 그 옛날 내가 사랑을 바쳐 심었던 사과나무가 천상의 아름다움 속에 나타나다니!" 안톤은 작은 소리로 중얼거렸다. 그리고는 곧 잠이 들었다.

안톤의 가게 문이 굳게 닫힌 지 사흘째 되는 다음날. 이제 눈보라가 그쳐 사방이 온통 하얗고 고요했다. 집집마다 사람들이 문을 열고 밖을 내다보았다. 그런데 안톤 모습이 보이지 않자 맞은편에 사는 이웃이 안톤을 찾아왔다. 안톤은 낡은 나이트캡을 두 손에 꼭 쥔 채 죽어 있었다. 그러나 그 낡은 나이트캡은 안톤이 관 속에 들어갈 때 그의 머리에 씌워지지 않았다. 그는 나이트캡 두 개 중 흰색의 깨끗한 나이트캡을 쓰고 관 속에 들어갔다.

그럼 그가 흘렸던 눈물은 어디로 갔을까? 그 눈부신 눈물로 된 진주들은 어디에 있었을까? 그것들은 아직도 나이트캡 안에 있었다. 그런 눈물은 물로 씻어 내도 씻겨 나가지 않으며, 나이트캡이 잊혀진다 해도 잊혀지지 않는 법이다. 장가 못 간 노총각의 나이트캡의 꿈과 생각은 아직도 그대로 남아 있다. 그런 나이트캡이 나에게도 있으면 하고 바라지 말라. 그런 나이트캡을 쓰면 이마에 열이 나고, 흥분되어 맥박이 격렬하게 뛸 것이며, 꿈들이 현실로 나타나게 될 것이다.

안톤의 나이트캡을 썼던 첫 번째 사람이 이것을 경험하였다. 안톤이 죽은 지 꼭 반세기나 지난 뒤의 일이었다. 그 남자는 부인과 열한 명의 자녀를 둔 시장이었다. 그 나이트캡을 쓴 순간 시장은 불행한 사랑, 파산, 그리고 암울한 날들에 대한 꿈을 꾸었다.

"후유! 이 나이트캡은 너무 덥단 말야." 시장은 이렇게 말하며 머리에 쓴 나이트캡을 벗었다. 그러자 나이트캡에서 눈부신 진주 한 개가 굴러 떨어지더니 연달아서 쏟아져 나왔다. 진주들은 떨어지면서 맑은 소리를 냈다. "이게 뭐야? 환각이야, 아니면 실제로 눈부신 물체가 있는 거야?"

그것은 바로 안톤이 반세기 전에 흘린 눈물이었다.

그 뒤에도 이 나이트캡을 쓴 사람들에게는 누구에게나 꿈과 환영이 보였다. 나이트캡을 썼던 사람들은 자신들이 경험한 이야기를 모두 안톤의 이야기라고 바꾸어 말했다. 그리하여 이 이야기는 동화가 되었다. 지금도 여전히 많은 사람들에 의해 여러 가지 동화가 나올 수 있다. 그 동화를 이야기하는 것은 그들에게 맡겨 두기로 하자. 자, 이제 그 중 첫 번째 동화를 끝냈으니 마지막으로 한 마디 덧붙이겠다. "장가 못 간 노총각의 나이트캡을 탐내지 말라."

# 83
# 뜻있는 일

"난 훌륭한 사람이 될 거야." 다섯 형제 중 큰형이 말했다. "뜻있는 일을 하겠어. 사회적인 지위가 보잘것없어도 내가 하는 일이 뜻있는 일이라면 상관없어. 난 벽돌공이 되고 싶어. 벽돌은 우리가 살아가는 데 꼭 필요한 것이니까 벽돌공이 되는 것은 뜻있는 일일 거야."

"내가 보기엔 형이 말하는 뜻있는 일이란 게 별로 가치가 없는 것 같아." 둘째가 말했다. "그건 막일꾼이나 하는 하찮은 일이야! 그 정도 일은 기계가 대신 할 수 있다구. 난 그보다는 벽돌 쌓는 사람이 되겠어. 그거야말로 의미 있는 일이야. 확실한 지위도 갖고 자신을 내세울 수도 있고 단골도 생기니까 말야. 그러니까 벽돌 쌓는 사람이 될래. 잘만 되면 목수의 우두머리인 도편수가 되어 직공도 둘 수 있을 거야. 그러면 내 아내는 도편수의 아내가 되는 거지. 이거야말로 의미 있는 일이 아니겠어?"

"그것 역시 하찮은 일이야." 셋째가 말했다. "그건 사실상 아무런 지위도 없는 거야. 도편수보다 지위가 높은 직업이 얼마나 많은데. 형은 성실한 도편수가 되겠지만 그렇다고 해도 보통 사람일 뿐이야. 그보다는 더 나은 일이 있어. 난 건축기사가 될 테야. 그렇게 되면 난 많은 재산과 지성을 갖추고 예술에 종사하는 사람들 틈에 끼겠지. 난 테 없는 모자를 쓰고 다니는 벽돌 쌓는 직공이나 목수의 조수에서 시작하여 내 힘으로 건축가가 되고 말겠어. 물론 지금은 실크 모자를 쓰고 있지만 말야. 내가 술을 가져다 나르면 장인들은 나에게 '너'라고 하겠지. 그건 속상한 일이겠지만 그냥 겉치레 정도로 생각하고 참겠어. 그걸 견뎌 훗날 장인이 되면 당당하게 내 길을 가는 거야. 지나간 그런 일쯤은 아무 상관없을 거야. 건축학교에 들어가 설계를 배우고, 결국엔 건축가라 불리겠지. 그러면 지위도 얻게 되고 내 이름 앞뒤에 칭호도 붙게 될 거야. 다른 건축가들이 그랬던 것처럼 건물도 짓게 되겠지. 그러면 그 건물이 남아 있는 한 난 영원히 사람들 기억 속에 남아 있게 될 거야. 이거야말로 가치 있는 일 아니겠어?"

"난 그렇게 생각하지 않아." 넷째가 말했다. "난 사람들이 의미 있다고 떠드는 일을 따라 하지 않겠어. 서투른 모방 따위는 하지 않을 거야. 나는 천재가 될 테야. 형들보다 더 훌륭한 사람이 되겠어. 난 새로운 양식의 건축을 창조하겠어. 각 나라에서 쉽게 구할 수 있는 재료로 그 나라 기후에 맞게 건물을 설계하는 거야. 그 나라 민족의 정서와 시대의 흐름에 맞게 말이야. 내 천재성을 발휘한 건물을 짓는 거지."

"하지만 기후와 재료가 건축에 맞지 않다면?" 막내가 말했다. "그렇다면 불행하게도 형의 천재성을 발휘할 수 없을 거야. 국민의 정서가 너무 겉치레에 치우치고 시대의 흐름이라는 것도 청춘이 그럴 수 있듯이 방종하고 거칠 수 있어. 형들은 제아무리 열심히 생각을 굴려도 훌륭한 사람이 되지 못할 거야. 난 형들을 따라 하지 않을 거야. 난 모든 것에서 비켜서서 형들이 하는 일을 비판할 거야. 모든 일에는 잘못된 게 있기 마련이지. 나는 그것을 끄집어내서 비판하는 일을 하겠어. 이것이야말로 의미 있는 일이야."

막내는 실제로 비평가가 되었다. 사람들은 막내에 대해서 이렇게 말했다. "조금도 틀림이 없는 사람이야. 머리가 좋아. 하지만 하는 일이 없지."

사람들은 바로 이런 점 때문에 막내를 대단한 사람이라고 생각했다.

지금까지의 이야기는 끝이 없는 이야기의 일부에 지나지 않는다. 세상이 존재하는 한 이 다섯 형제와 같은 사람들의 이야기는 끊이지 않을 것이다. 그럼 다섯 형제는 어떻게 되었을까? 그들은 아무것도 이루지 못했을까, 아니면 중요한 인물이 되었을까? 지금부터 그 얘기를 들어보자.


벽돌을 만들던 첫째는 벽돌 하나를 만들 때마다 비록 동전이긴 하지만 돈이 들어온다는 것을 알게 되었다. 하지만 동전이 쌓이고 쌓이면 은화가 될 수 있고 이 돈을 가지면 빵 가게건 푸줏간이건 재단사의 집이건 문만 두드리면 원하는 물건을 살 수 있는 것이다. 벽돌은 이렇게 가치가 있는 것이었다. 때로는 부서지거나 깨진 벽돌도 있었지만 첫째는 이러한 벽돌들도 나름대로 쓸 곳을 찾아냈다.

마르그레테라는 어느 가난한 여인이 해안가에 있는 높은 둑 위에 집을 짓고 싶어했다. 그래서 마음씨 고운 첫째는 금이 가거나 부서진 벽돌을 모두 그녀에게 주고 부서지지 않은 온전한 벽돌도 몇 개 주었다. 마르그레테는 그 벽돌로 직접 작은 집을 지었다. 집은 좁고 작았으며 창문은 찌그러지고, 초가 지붕도 엉망이었지만 여인에게는 비바람을 막아 주는 훌륭한 보금자리였으며 방 안에서는 바다 멀리까지 내려다보였다. 거친 파도가 집이 서 있는 방파제 위까지 흰 거품을 몰고 세차게 밀려왔지만 작은 집은 벽돌을 준 첫째가 죽어서 땅 속에 묻힌 후에도 오래도록 꿋꿋하게 서 있었다.

둘째는 도제살이를 했기 때문에 그 가난한 여인보다는 벽돌을 더 잘 쌓았다. 도제살이가 끝나자 둘째는 배낭을 메고 장인의 노래를 부르면서 길을 떠났다.

"젊은 날 아무런 근심 없이
여기저기 떠돌며 새 집을 짓는다네.
고향에서 꾸었던 화려하고 아름다운 꿈,
어디를 가나 잊지 못한다네.

장인의 삶은 참으로 기쁘도다!
고향에는 날 생각해 주는 사랑하는 이가 있나니.
내 진정 고향과 친구들을 잊지 못한다네.
이제 나 진정한 장인이 되려네.

둘째는 실제로 그렇게 되었다. 장인이 되어 고향으로 돌아온 둘째는 하나하나 집을 지어 나갔다. 그리하여 그 집들이 모여 거리를 이루고 아름다운 마을을 이루었다. 이렇게 지어진 집들은 그에 대한 보답으로 둘째에게 집을 지어 주었다. 하지만 집이 어떻게 집을 짓는단 말인가? 집들에게 물어보면 대답을 못할 것이다. 하지만 사람들은 그 질문의 참뜻을 이해하고 이렇게 말하리라. "정말이야, 그 거리가 그를 위해 집을 지어 주었어."

그의 집은 작았으며 바닥은 석회로 되어 있었다. 그러나 신부와 함께 춤을 추는 둘째의 눈에는 석회로 된 바닥이 눈부시게 빛나 보였고 벽에서는 꽃이 활짝 피어나 화려한 벽장식을 한 것만 같았다. 그 집은 참으로 아담하고 예뻤으며 그 집에 사는 부부는 매우 행복해했다. 집 앞에는 장인 조합의 깃발이 펄럭였고 장인들과 도제들은 만세를 부르며 기뻐했다. 둘째는 지위를 얻고 의미 있는 일을 하다가 의미 있는 사람이 되어 죽은 것이다. 그리고 그의 죽음도 의미를 지닌 것이었다.

그럼 셋째는 어떻게 되었을까? 처음에는 테 없는 모자를 쓰고 잔심부름을 하는 도제로 출발한 셋째는 훗날 건축 학교에 들어가 훌륭한 건축가가 되었다. 둘째가 지은 새로 생긴 거리의 집들은 둘째에게 집을 지어 주었지만 그 거리에는 셋째의 이름이 붙여졌다. 그리고 셋째는 그 거리에서 가장 멋진 집을 갖게 되었다. 그것은 뜻있는 일이었다. 그리고 셋째는 이름 앞뒤로 칭호가 붙는 대단한 사람이 되었다. 그의 자녀들은 상류 계층으로 불렸으며 그가 죽자 그의 부인은 신분이 높은 미망인 대우를 받았다. 그것 또한 대단한 일이었다. 셋째의 이름은 예나 지금이나 거리의 모퉁이에 새겨져 있으며 거리의 이름으로 모든 사람의 입에 오르내리고 있다. 이것 또한 의미 있는 일이었다.

새롭고 특별한 것을 발명하고 싶어했던 천재인 넷째는 어떻게 되었을까? 넷째는 높은 건물을 지으려다 건물이 무너지는 바람에 목이 부러져 죽고 말았다. 그러나 그의 장례식은 화려했다. 온 도시에 깃발이 펄럭이고 음악이 울려 퍼졌으며 장례식 행렬이 지나가는 길 위에는 꽃이 뿌려지고 그의 무덤 앞에서 추도 연설이 세 번이나 있었다. 그리고 신문에는 그의 죽음을 애도하는 시가 실렸다. 다른 사람들이 자신에 대해 이야기하는 것을 좋아하던 넷째가 이걸 보았다면 매우 기뻐했을 것이다. 넷째의 무덤 위에는 묘비도 세워졌다. 그것은 그의 무덤 위에 한 층이 더 세워진 것에 불과했지만 의미 있는 일이었다. 이렇게 해서 넷째도 세 형처럼 죽어서 땅에 묻힌 것이다.

그러나 막내는 당연히 네 형들보다 오래 살았다. 그리하여 형들에 대해 마지막으로 한 마디씩을 할 수 있었다. 그것은 막내에게는 매우 중요한 일이었다. 사람들은 입을 모아 막내의 머리가 좋다고 칭찬했다. 그러나 그에게도 죽음의 시간은 다가왔다. 그는 죽어서 하늘 나라로 가는 문에 도착했다. 이 문은 어떤 영혼이나 쌍쌍으로 통과해야만 했다. 그래서 막내도 다른 영혼과 함께 줄을 서서 기다렸는데, 그와 나란히 선 영혼은 다름 아닌 둑 위에 집을 짓고 살았던 마르그레테였다.

"나와는 대조적인 이 불쌍한 영혼과 함께 똑같은 시각에 이곳에 도착한 것은 정말 뜻밖인걸. 실례지만 당신은 누구시오? 당신도 여기 들어가고 싶소?" 막내가 물었다.

그러자 늙은 여인은 고개가 땅에 닿도록 허리를 굽혀 절을 했다. 아마 그가 성 베드로라고 생각하는 모양이었다.

"전 가족도 없는 늙고 불쌍한 여자랍니다. 제 이름은 마르그레테입니다. 둑 위의 집에서 살았지요."

"그래요? 당신은 무슨 일을 했지요? 저 아랫세상에서 어떤 좋은 일을 했나요?"

"사실 전 하늘 나라로 갈 자격이 될 만한 일을 하나도 하지 못했어요. 제가 이 문을 통과하여 하늘 나라로 가도록 허락해 주신다면, 그것은 진정한 신의 은총입니다!"

"어떻게 해서 세상을 떠나게 되었지요?" 막내는 그저 이야깃거리를 찾기 위해 이렇게 물었다. 그곳에 서서 기다리는 것이 지루하였던 것이다.

"어떻게 세상을 떠나게 되었느냐구요? 글쎄, 어떻게 말해야 될지 모르겠군요. 지난 몇 년 동안 저는 병들고 가난했습니다. 지난 겨울, 나이 먹은 저로서는 도저히 침대에서 기어 나와 엄청난 추위가 몰려오는 밖으로 나갈 수가 없어 꼼짝없이 집안에서 지냈지요. 정말 혹독한 겨울 날씨였지만 용케도 그 추위를 견뎠지요. 그리고 나서 이삼 일 동안은 날씨가 온화했지요. 귀하신 당신도 아시겠지만 말예요. 끝없이 펼쳐진 호수에는 얼음이 두껍게 얼어 있었지요. 도시 사람들이 그 얼음판으로 몰려들었어요. 그곳에서 춤도 추고 스케이트도 지칠 거라고 하더군요. 저는 화려한 축제가 벌어질 거라고 생각했어요. 제가 누워 있던 초라한 방에도 아름다운 음악이 들려 왔어요. 저녁이 되자 달이 떠올랐어요. 아직은 보름달이 아니라 밝진 않았지만 아주 아름다웠지요.

침대에서 창문을 통해 바다 너머를 바라보고 있는데, 하늘과 바다가 만나는 수평선 위로 한 번도 본 적 없는 하얀 구름이 떠올랐어요. 침대에 누워서 그 구름을 찬찬히 보자 구름 한가운데에 박혀 있는 까만 점이 보였지요. 그 점은 점점 더 커졌는데 그때 저는 그것이 무엇을 의미하는지 알았어요. 저는 나이 들고 경험이 많았으니까요. 좀처럼 보기 힘든 그 점을 보자 온몸이 사시나무 떨 듯 떨렸어요. 평생 동안 그런 일은 꼭 두 번 보았어요. 그것은 해일을 동반한 무서운 폭풍우가 밀려오고 있다는 신호였지요. 그 폭풍은 얼음 위에서 즐겁게 춤을 추고 술을 마시며 노는 사람들을 덮칠 게 뻔했어요. 그것도 모르고 젊은 사람, 늙은 사람 할 것 없이 도시에 있는 사람들이 모두 나와 즐겁게 놀았지요.

아무도 폭풍우가 밀어닥치는 것을 알아채지 못한다면 그들에게 위험하다고 경고해 줄 사람이 저 말고 누가 있겠어요? 그래서 온힘을 다해 침대에서 내려와 창문으로 다가갔지요. 하지만 기운이 없고 지쳐서 더 이상은 기어갈 수가 없었어요. 그래서 힘겹게 창문을 열었지요. 사람들이 얼음 위에서 즐겁게 뛰어 놀고 있었고 아름다운 깃발들이 바람에 나부꼈어요. 사내아이들은 만세를 외쳤고 젊은 남녀들은 노래를 불렀지요. 모두가 즐거움과 기쁨에 흠뻑 젖어 있었어요. 하지만 그들 머리 위로는 검은 점이 박힌 흰 구름이 몰려오고 있었지요. 저는 온 힘을 다해 힘껏 소리를 질렀지만 아무도 제 소리를 듣지 못했어요. 제가 있던 곳은 그들로부터 너무 멀었으니까요. 곧 폭풍우가 몰아치고 얼음이 깨지면 그곳에 있던 사람들이 전부 빠져 죽을 것이라 생각하니 초조해서 혀가 새까맣게 타는 것 같았어요. 제 소리가 그곳까지 들리지도 않고 그렇다고 그들에게 갈 힘도 없으니 어떻게 해 볼 도리가 없었어요. 오직 그들을 무사히 육지로 불러 올 수 있다면 하는 생각뿐이었지요.

바로 그때 마치 하느님께서 지시하신 것처럼 좋은 생각이 떠올랐어요. 그 사람들을 불쌍하게 죽게 내버려 두는 것보다는 차라리 제 침대에 불을 붙여 집을 태우는 것이 나을 거라는 생각이 들더군요. 저는 불을 붙였어요. 곧이어 붉은 불길이 훨훨 타올랐지요. 그들에게는 그 불길이 봉홧불과 같았어요. 저는 용케도 마지막 힘을 다해 문간까지 나오다가 더 이상 힘이 없어 그곳에 쓰러지고 말았어요. 불길이 제 몸을 덮치고 창문을 타고 지붕으로 높이 솟아올랐지요.

얼음판에서 놀고 있던 사람들이 제 집이 불타는 것을 보고 저를 구해 주려고 있는 힘을 다해 뛰기 시작했어요. 그들이 예상했던 대로 타 죽어 버린 저를 구하려고 말예요. 하나도 빠짐없이 모두들 제게로 뛰어왔어요. 그들이 뛰어오는 소리와 함께 거센 바람과 천둥이 몰아치는 소리가 들렸어요. 그리고는 해일이 얼음판을 덮쳐 산산조각을 냈지요. 하지만 사람들은 이미 둑 위에 올라와 있었기 때문에 모두들 무사했죠. 제가 그들 모두를 구한 거예요. 하지만 저는 엄청난 추위와 공포를 견딜 수가 없었어요. 그래서 이렇게 하늘 나라에 가는 문 앞에 오게 된 겁니다. 사람들은 저처럼 불쌍한 사람에게도 하늘 나라로 가는 문이 열려 있다고 하더군요. 저는 이제 저 아랫세상에 집도 없어요. 하지만 집이 없다고 해서 하늘 나라로 갈 수 있는 건 아니겠지요."

그때 하늘 나라로 가는 문이 열리고 천사가 나타나서 늙은 여인을 안으로 데리고 들어갔다. 여인은 많은 사람의 목숨을 구하기 위해서 불을 지를 때 침대에서 뽑아 냈던 지푸라기 하나를 떨어뜨리고 갔다. 그 지푸라기는 순결한 금으로 변하더니 점점 더 커져서 영원한 아름다움을 지닌 꽃과 열매가 되어 있었다.

"이걸 봐요." 천사가 아름답게 변한 지푸라기를 가리키며 말했다. "불쌍한 여인은 이걸 가져왔어요. 당신은 무얼 가져왔죠? 난 당신이 이룬 것이 아무것도 없고 벽돌 하나도 만들지 않았다는 걸 알아요. 당신이 다시 되돌아간다면 많은 벽돌을 만들어 올 수는 있겠죠. 하지만 정성이 들어 있지 않은 벽돌은 소용없어요. 그리고 이제 당신은 돌아갈 수도 없고요. 내가 당신을 위해 할 수 있는 일은 아무것도 없군요.”

그러자 둑 위의 집에서 살았던 불쌍한 여인의 영혼이 막내를 위해 사정했다. “저 사람 형이 벽돌과 작은 돌 조각을 만들어서 제게 선물하였답니다. 제 초라한 집은 그렇게 해서 지어진 거예요. 저처럼 가난한 사람에게는 그게 커다란 힘이었어요. 그 작은 벽돌 조각들이 저 사람을 위해 쓰여질 수는 없을까요? 그건 자비로운 것이에요. 저 사람에게는 지금 자비가 필요해요. 여긴 바로 자비의 샘이잖아요.”

“당신이 보잘것없게 생각하고 하찮게 여긴 일을 한 바로 그 형이 당신에게 이 천국의 선물을 보냈군요. 당신을 여기에서 당장 내쫓진 않겠어요. 저기에 서서 당신이 지금까지 살아 온 삶을 깊이 반성하고 회개하세요. 하지만 진심으로 회개하고 진정으로 뜻있는 한 가지 착한 일을 하기 전에는 하늘 나라로 들어오지 못해요.”

‘나는 그보다 말을 더 잘 할 수 있는데!’ 막내는 이렇게 생각했다. 하지만 소리 내어 말하지는 않았다. 큰 소리로 말하지 않은 것도 나름대로 의미가 있는 것이었다.


## 84
## 늙은 떡갈나무의 마지막 꿈
### - 크리스마스 이야기

눈앞에 확 트인 바다가 펼쳐진, 높고 가파른 해안 숲 속에 참으로 오래된 떡갈나무가 서 있었다. 이 나무는 365년이나 살았으나 이처럼 긴 시간도 나무에게는 그리 긴 것이 아니었다. 우리는 낮에는 깨어 있고 밤에는 잠을 자고 꿈도 꾸지만 나무는 다르다. 나무는 1년 중 세 계절은 깨어 있으며 겨울이 되어야 비로소 잠을 잔다. 나무에게 겨울은 봄, 여름, 가을이라는 기나긴 낮이 지나고 찾아온 밤인 셈이다.

무더운 여름날, 하루살이는 찌는 듯한 더위 속을 춤추듯이 날아다니며 자신이 행복하다고 생각했다. 그러나 작은 하루살이가 싱싱하고 커다란 떡갈나무 잎에 앉을 때면 떡갈나무는 항상 이렇게 말하곤 하였다. "가엾은 것! 일생이 고작 하루밖에 안 되다니. 그렇게 짧은 삶을 살고 가야 하는 것이 참으로 구슬플 거야."

그러면 하루살이는 늘 이렇게 말했다. "구슬프다고? 그게 무슨 말이야? 내가 가까이에 있는 것들이 모두 밝고 따뜻하고 아름다워서 난 참 행복한데 말이야."

"하지만 그런 행복은 고작 하루뿐이잖아. 하루만 지나면 모든 게 끝장인데 뭐."

"끝장이라구? 그게 무슨 말이야? 그럼 너도 하루가 지나면 끝장나 버리니?"

"난 아니야. 나는 너보다 수천 배는 더 오래 살지. 내 인생은 너무나 길어서 넌 상상도 못할걸!"

"넌 아니라구? 그렇담 이해할 수가 없구나. 넌 나보다 수천 배는 더 산다고 했지만 난 기쁘고 행복한 순간이 수천 번이나 있어. 네가 죽으면 이 세상의 아름다운 모든 것들이 모두 끝장나고 마니?"

"그건 아니지. 이 세상의 아름다움은 더 오래 지속돼. 그 시간은 내가 생각할 수 없을 정도로 무한히 길어." 나무가 대답했다.

"그렇다면 우리가 사는 삶의 길이는 똑같아. 다만 서로 다르게 계산할 뿐이야." 하루살이는 이렇게 말하고 하늘하늘한 날개를 퍼덕이며 춤추듯 하늘로 치솟았다. 하루살이는 자신이 안개처럼 벨벳처럼 부드럽고 가벼운 날개를 가지고 있다는 것이 즐거웠으며 향기로운 산들바람이 부드럽게 몸을 스치는 것이 기분 좋았다. 산들바람은 클로버, 들장미, 딱총나무 꽃, 울타리에 우거진 인동덩굴, 백리향, 앵초, 박하 등 온갖 달콤한 향기를 가득 싣고 불어왔다. 하루살이는 향기가 너무 강해 취할 것만 같았다. 아름답고 긴 하루는 더할 나위 없는 기쁨과 즐거움으로 충만하여 해가 산허리를 넘어 사라질 때면 하루살이는 행복감과 황홀감으로 지쳐 버렸다. 그리하여 두 날개는 더 이상 퍼덕이지 못하고 부드럽게 물결치는 풀잎 위에 아주 천천히 내려앉았다. 그리고 하루살이는 졸음에 겨워 작은 고개를 끄덕이다가 평온하게 달콤한 잠 속으로 빠져들었다. 죽은 것이다.

"불쌍한 작은 하루살이, 네 인생은 너무나 짧아." 떡갈나무가 말했다.

이렇게 여름 내내 하루살이의 춤은 반복되었고 떡갈나무와 하루살이 간에는 똑같은 질문과 대답이 오갔다. 그러는 동안 하루살이의 세계에서는 몇 세대가 바꿔었지만 모두들 하나같이 즐겁고 행복해했다.

떡갈나무에게는 아침인 봄, 오후인 여름, 그리고 저녁인 가을이 가고 이제는 떡갈나무가 잠이 드는 밤인 겨울이 다가오고 있었다. 떡갈나무의 잎은 낙엽이 되어 여기저기 떨어졌고 폭풍우는 벌써부터 작별의 노래를 불렀다.

"잘 자거라, 떡갈나무여. 잘 자라. 우리가 자장가를 불러 주리니. 우리가 노래하고, 널 다독이려 잠들게 해 주리. 네 오래된 가지들은 얼마나 좋을까. 가지들은 즐거워서 우지직 하고 노래하겠지. 잘 자거라, 잘 자거라. 이번이 네게는 365번째 밤이구나. 하지만 너는 이제 갓 태어난 아이와 같단다. 잘 자거라. 구름은 눈을 뿌려 주겠지. 눈은 네 발을 따뜻하게 감싸주는 이불이 될 테고. 잘 자거라, 떡갈나무야. 좋은 꿈 꾸렴."

떡갈나무는 모든 잎을 떨구고 벌거벗은 채 기나긴 겨울 동안 그 자리에 서서 많은 꿈을 꾸었다. 사람들과 마찬가지로 자신이 겪었던 일들에 대한 꿈을. 그 커다란 떡갈나무도 한때는 아주 작은 어린 시절이 있었다. 사실 떡갈나무가 포대기에 싸여 있던 시절에는 도토리에 불과했다. 사람들이 계산하는 시간에 따르면, 떡갈나무는 이제 사백 살 가까운 나이였다. 그러다 보니 숲에서 제일 크고 훌륭한 나무가 된 것이다. 떡갈나무의 꼭대기는 다른 나무들 위로 우뚝 솟아 있어서 멀리 바다에서도 보였기 때문에 선원들의 이정표가 되었다. 그래도 떡갈나무는 얼마나 많은 사람들이 자신을 쳐다보는지 알지 못했다. 맨 위쪽에 있는 나뭇가지에는 산비둘기가 둥지를 틀었고 그곳에서 노래하는 뻐꾸기의 목청은 온 가지 사이로 울려 퍼졌다. 가을이 되면 나뭇잎들은 마치 망치로 두들겨 납작하게 만든 구리판처럼 노랗게 물들었으며 바다를 건너가는 철새들이 떡갈나무에 앉아 쉬어 가곤 하였다. 하지만 지금은 겨울이어서 떡갈나무는 벌거벗은 채 서 있었다. 그래서 나무 몸통에서 뻗어 나온 나뭇가지들의 굽어지고 휘어진 모습이 역력하게 드러나 보였다. 여러 종류의 까마귀들이 나뭇가지에 교대로 앉아 겨울엔 먹이를 구하기가 너무 힘들다고 재잘거렸다.

떡갈나무가 꿈을 꾸는 성스러운 성탄절이 다가왔다. 꿈속에서도 떡갈나무는 축제의 시간이 되었음을 느꼈다. 교회마다 성탄의 종소리가 울려 퍼졌지만 떡갈나무에게는 포근하고 따스한 여름날 같았다. 떡갈나무의 거대한 머리는 싱싱하고 푸른 잎들이 우거져 왕관처럼 아름다웠으며, 햇살은 잎들과 가지들 사이에서 눈부시게 반짝였고, 공기 속에는 그윽한 꽃향기와 신선한 풀 내음이 가득 차 있었다. 화려한 빛깔의 나비들이 술래잡기를 했고 하루살이들은 세상이 자신들만을 위해 존재하기나 한 것처럼 신나게 춤을 추었다. 떡갈나무가 매년 경험하고 보았던 일들이 마치 축제의 행렬처럼 눈앞에 펼쳐졌다.

옛날 기사들과 귀족 집안의 숙녀들이 사냥 매를 손에 들고 모자의 깃털을 휘날리며 말을 타고 숲을 가로질렀다. 사냥을 알리는 나팔 소리가 울려 퍼졌고 사냥개들이 짖어댔다. 번쩍거리는 화려한 갑옷을 입고 창과 미늘창(창과 도끼를 겸한 15~16세기경의 무기)을 든 적군 병사들이 야영 막사를 짓고 있었다. 그 옆에서는 모닥불이 활활 타올랐고 서늘한 나무 아래에서는 병사들이 노래를 부르고 잠을 잤다. 떡갈나무는 사랑하는 남녀가 달빛 아래서 조용히 행복감에 젖어 만나는 것과 자신들의 이름을 회색빛이 감도는 녹색의 나무 줄기에 새기는 것도 보았다. 그 후 수년이 지나 유쾌한 방랑객들이 기타와 에올리언 하프(바람을 받으면 저절로 울림)를 가지에 걸어 두고 간 적이 있는데, 바로 그 악기들이 다시 가지에 걸려 신비하고 아름다운 소리를 내고 있었다. 산비둘기들이 떡갈나무의 느낌을 말하려는 듯이 구구 울어댔고, 뻐꾸기는 떡갈나무가 얼마나 많은 여름날들을 더 살게 될 것인가를 소리쳐 말했다. 바로 그때, 떡갈나무는 온몸에 새로운 생명의 물결이 흐르는 것을 느꼈다. 그 느낌은 뿌리, 줄기, 잎을 타고 제일 높이 솟아 있는 가지까지 찌릿하게 파고들었다. 떡갈나무는 땅 속에 묻힌 뿌리를 통해 따스한 생기가 흐르고 온몸이 쭉쭉 뻗고 활짝 펴지는 것 같았다.

떡갈나무가 높이높이 자라고 힘이 강해짐에 따라 꼭대기의 가지들은 더욱 넓게, 또 멀리 퍼졌다. 떡갈나무는 나이가 들수록 자신이 더 자랑스러웠으며 그에 못지않게 따뜻하고 밝은 태양에 닿을 정도로 크고 싶은 욕심이 생겼다. 떡갈나무의 꼭대기는 이제 구름을 뚫고 위까지 자랐다. 아래로 내려다보이는 구름은 철새나 흰 백조 떼처럼 보였다. 떡갈나무의 잎들은 마치 눈이라도 달린 것처럼 모든 것을 볼 수 있었다. 맑고 부드러운 눈처럼 반짝이는 큰 별들이 대낮에도 보였다. 별들은 어린아이의 순진한 눈망울과 떡갈나무 아래서 만났던 사랑하는 남녀의 눈빛을 생각나게 했다. 늙은 떡갈나무에게는 평화와 기쁨이 충만한 멋지고 행복한 순간이었다.

그러나 떡갈나무는 더 큰 동경과 바람을 가지고 있었다. 저 밑에 있는 다른 나무, 덤불, 꽃들도 자신처럼 높이 자라서 이런 장엄함을 보고 행복을 느꼈으면 싶었다. 거대한 떡갈나무는 숲 속의 크고 작은 나무와 풀들이 함께 있지 않아서 안타까웠다. 떡갈나무의 이런 간절한 생각이 전해지자 마치 사람의 심장처럼 열렬하고 뜨겁게 가지들과 잎들이 부르르 떨었다. 떡갈나무의 머리는 마치 무엇을 찾으려는 듯이 앞뒤로 물결치기도 하고 밑을 향해 수그러지기도 했다. 바로 그때 백리향의 향기가 풍겨 왔고 뒤이어 인동덩굴과 제비꽃의 강렬한 향기가 코를 찔렀다. 뻐꾸기의 울음소리도 들리는 것 같았다. 드디어 떡갈나무의 소망이 이루어진 것이다.

숲 속의 나무들이 쑥쑥 자라 구름을 뚫고 나왔으며 아래에서는 다른 나무들이 쑥쑥 크고 있었다. 덤불들과 풀들도 높이 솟아올랐다. 그 중에는 빨리 자라려고 뿌리를 떨치고 높이 날아오르는 것도 있었다. 제일 빨리 자란 것은 자작나무였다. 자작나무의 날씬한 줄기는 마치 번갯불처럼 지그재그로 위쪽을 향해 치솟았으며 가지들은 푸른 안개나 깃발처럼 옆으로 쭉쭉 뻗어 갔다. 숲에 있는 모든 것들, 심지어는 갈색 깃털을 두른 갈대까지도 쑥쑥 자랐으며 새들은 노래를 하며 날아올랐다. 리본처럼 바람에 나부끼는 풀잎 위에는 메뚜기가 앉아서 다리로 날개를 닦았고 풍뎅이들은 콧노래를 했고 벌들은 윙윙거렸으며 새들은 온갖 노래를 했다. 대기는 노래와 기쁨의 소리로 충만했다.

"물 옆에서 자라는 푸른색 작은 꽃은 어디 있지? 자주색 초롱꽃과 데이지 꽃도 안 보이는데?" 떡갈나무가 물었다. 떡갈나무는 이 모든 것들과 함께 기쁨을 나누고 싶었던 것이다.

"우린 여기 있어요. 여기 있다구요!" 여기저기서 노랫소리와 함께 목소리가 들렸다.

"지난 여름에 피었던 아름다운 백리향은 어디 갔지? 그리고 작년에는 은방울꽃이 온 땅을 뒤덮었는데. 여기 멋지게 서 있던 야생 사과나무는 어디 갔을까? 매년 녹음이 우거졌던 숲의 찬란함은 어디로 갔지? 그 찬란함이 지금 다시 살아나 우리와 함께 있다면 얼마나 좋을까?"

"우리도 여기 있어요! 우리도 여기 있다구요!" 머리 위 높은 곳에서 목소리들이 들렸다. 마치 그들이 먼저 그곳에 가 있었던 것처럼.

"오, 너무나 아름다워! 너무 아름다워서 믿을 수가 없어. 크고 작은 모든 것들이 하나도 빠지지 않고 여기에 다 모이다니. 어쩜 이렇게 행복할 수가 있을까? 이런 행복은 불가능하다고 생각했는데 말이야." 떡갈나무가 너무나 기뻐 탄성을 질렀다.

"하느님이 있는 하늘 나라에서는 모든 행복이 가능하지." 어디에선가 우렁찬 목소리가 들렸다.

그때까지도 여전히 자라던 떡갈나무는 뿌리가 땅에서 떨어져 나가는 기분이 들었다. "뿌리가 떨어져 나가네! 아, 기분 좋아. 이젠 날 구속하는 게 아무것도 없어. 빛과 영광이 있는 높은 곳으로 날아갈 테야. 이제 내가 사랑하는 모든 것들이 나와 함께 있어. 크고 작은 모든 것이 말야. 모든 것이 여기에 다 모였어!" 떡갈나무가 말했다.

그것은 바로 늙은 떡갈나무의 꿈이었다. 떡갈나무가 꿈을 꾸는 성스러운 성탄절 전날 밤에 심한 폭풍이 땅과 바다 위로 몰아쳤다. 바다는 거대한 파도를 해안으로 밀어 보냈다. 떡갈나무는 삐걱삐걱 하는 신음 소리와 함께 뿌리째 뽑히고 말았다. 떡갈나무의 꿈속에서 뿌리가 땅에서 떨어져 나간 바로 그 순간에 일어난 일이었다. 이렇게 해서 떡갈나무는 사라져 버렸다. 365년에 걸친 떡갈나무의 인생은 하루살이가 살다 간 단 하루의 시간처럼 지나가 버리고 만 것이다.

성탄절 아침, 폭풍은 잠잠해져 있었다. 교회마다 축하의 종소리가 울려 퍼졌고 부자든 가난한 집이든 할 것 없이 굴뚝마다 푸른 하늘로 연기가 피어올랐다. 이것은 마치 드루이드교의 사제들이 바치는 제물에서 피어나는 연기 같았다. 바다는 점점 잔잔해졌고 간밤의 사나운 폭풍우를 이겨낸 커다란 배 위에는 성탄절을 기념하는 색색의 깃발들이 나부꼈다.

"떡갈나무가 사라졌다! 우리의 항로 표지가 사라졌어!" 선원들이 외쳤다. "떡갈나무는 지난 밤 폭풍우에 쓰러진 거야. 이제 무엇으로 표지를 삼지? 표지를 삼을 만한 것이 없잖아!"

이 말은 늙은 떡갈나무에 대한 추도 연설이나 마찬가지였으며 짧지만 호의에 가득 찬 것이었다. 떡갈나무는 눈 덮인 해안에 길게 누워 있었다. 그 위로 배에서 들려 오는 합창이 울려 퍼졌다. 성탄절의 기쁨과, 그리스도에 의해 인간의 영혼이 구원받는 것과 그리스도의 속죄의 피를 통한 영생을 기원하는 노래였다.

"오, 행복한 아침, 큰 소리로 찬양하라.

온 세상이 충만하도다. 예수 그리스도가 탄생하셨나니.

큰 소리로 찬양하자.

할렐루야, 우리의 왕

예수 그리스도가 탄생하셨도다.”

크리스마스 캐럴은 이렇게 울려 퍼졌다. 배 위에 있던 선원들은 합창과 기도를 할 때 모두가 하늘로 올라가는 기분이었다. 늙은 떡갈나무가 성탄절 아침에 마지막으로 꾼 아름다운 꿈속에서 느꼈던 것처럼!




# 85
# 부적

옛날 이제 막 결혼한 왕자와 공주가 있었다. 그들은 너무너무 행복했지만 단한 가지 걱정이 있었다. 그것은 지금처럼 언제까지나 행복하지는 않을 것이라는 걱정이었다. 그래서 그들은 결혼 생활에 대한 불만을 예방하기 위한 부적을 갖고 싶어했다. 그러던 차에 깊은 숲 속에 현명한 은자가 살고 있다는 얘기를 들었다. 그 은자는 이 세상에 있는 모든 근심과 슬픔을 치료할 수 있는 방법을 알고 있다고 했다. 왕자와 공주는 은자를 찾아가서 그들의 근심거리를 털어놓았다.

현자는 그들의 말을 듣더니 이렇게 말했다. “세상을 돌아다니다가 결혼 생활에 진정으로 만족스러워하는 부부를 만나거든 그들의 속옷 조각을 달라고 하시오. 그 천조각을 항상 몸에 지니고 다니면 큰 효험을 보게 될 것이오!”

그래서 왕자와 공주는 여행을 떠났다. 얼마 가지 않아 그들은 아주 행복한 결혼 생활을 하고 있다는 한 기사에 관한 얘기를 들었다. 그들은 기사의 성으로 가서 그 소문대로 기사와 부인이 정말로 완벽하게 결혼 생활에 만족한지를 물었다.

"그렇소. 하지만 한 가지 걱정이 있소. 우리에겐 아이가 없다오." 기사가 대답했다. 그래서 왕자와 공주는 부적을 얻지 못하고 다시 길을 떠났다.

그들은 어느 커다란 도시에 도착했다. 그곳에는 아내와 함께 행복하게 늙어가는 존경받는 한 노인이 살고 있었다. 왕자와 공주는 그 노부부를 찾아가서 사람들이 말하는 것처럼 결혼 생활이 행복한지를 물었다. 그러자 노인이 이렇게 대답했다.

"그렇구 말구! 아내와 난 마음이 아주 잘 맞지. 아이들이 많지만 않았더라면 더없이 행복했을 거유. 아이들 때문에 근심과 걱정이 끊일 날이 없거든."

왕자와 공주는 이곳에서도 부적을 얻지 못했다. 그들은 길을 가면서 만나는 사람마다 완벽하게 행복한 결혼 생활을 하는 부부를 아느냐고 물었지만 이 세상 어디에도 그런 부부는 없었다.

어느 날, 그들은 말을 타고 초원을 달리다가 풀밭에 앉아서 피리를 불고 있는 양치기를 보았다. 바로 그때 양치기의 아내가 아기를 안은 채 작은 사내아이와 함께 나란히 남편에게 걸어왔다. 양치기는 아내를 보자 벌떡 일어나 아내에게 달려갔다. 양치기는 미소 띤 얼굴로 아내를 맞으며 아기를 받아 들고는 어루만지고 입을 맞추었다. 양치기의 개도 주인을 따라 달려왔다. 개는 좋아서 사내아이 주위를 돌며 껑충껑충 뛰기도 하고 사내아이의 손을 핥기도 했다. 양치기의 아내가 가져온 냄비를 내려놓으며 말했다. "이리 와서 좀 드세요, 여보."

양치기는 배가 고팠지만 첫 숟가락을 떠서 먼저 아기에게 주고, 다음에는 아들과 개에게 나누어 주었다.

왕자와 공주는 그 모든 광경을 흐뭇하게 지켜보았다. 그들은 말에서 내려 양치기 가족에게 다가가 물었다. "우리가 보기엔 아주 행복한 부부처럼 보이는데, 그런가요?"

"네, 참으로 행복하답니다. 왕자나 공주도 우리처럼 행복하진 않을걸요." 양치기가 대답했다.

"그럼, 부탁을 하나 들어주세요. 당신 속옷을 조금만 찢어 주시오. 그에 대한 대가는 충분히 지불하리다." 왕자가 말했다.

양치기와 아내는 얼굴을 붉히며 어쩔 줄을 몰라 했다.

"속옷뿐만 아니라 잠옷이든 속치마든 있기만 하면 주고 싶소. 진심이오. 하지만 우린 그런 게 없소." 양치기가 말했다.

왕자와 공주는 그곳에서도 부적을 얻지 못하고 여행을 계속해야 했다. 마침내 끝없는 여행에 지친 그들은 집으로 발길을 돌렸다. 집으로 돌아가는 길은 숲 속에 있는 현명한 은자의 집을 지나는 길이었기 때문에 그들은 은자의 집에 들러 그의 충고가 아무런 소용이 없었다고 말했다.

그러자 현명한 은자는 미소를 지으며 말했다. "여행이 정말로 아무런 쓸모가 없었다고 생각하오? 풍부한 경험을 하고 돌아오지 않았는가?"

"그야 그렇지요. 만족이란 이 세상에서 아주 귀하다는 것을 알게 되었습니다." 왕자가 말했다.

"그리고 만족을 얻기 위해서는 모든 것에 만족해야 한다는 것을 배웠어요." 공주가 말했다.

왕자가 공주의 손을 잡았다. 그들은 진정한 사랑이 담긴 표정으로 서로를 바라보았다.

현명한 은자는 그들을 축복하며 말했다. "자네들은 진정한 부적을 마음속에서 찾았군. 그 부적을 잘 지키게. 아무리 오래 살더라도 불만이란 악령은 절대로 자네들을 지배할 수 없을 걸세."

# 86
## 늪을 다스리는 왕의 딸

황새들은 아기 황새들에게 많은 동화를 들려준다. 그 동화들은 대부분 습지와 갈대가 우거진 강둑에 관한 것으로 이야기를 듣는 황새의 나이와 수준에 따라 그 내용이 다르다. 나이 어린 황새들은 시시한 이야기를 듣고도 굉장하다고 생각하고 재미있어 하지만 좀 나이든 황새들은 의미가 있는 이야기나 최소한 자신의 종족에 관한 이야기를 듣고 싶어한다.

황새들 사이에 전해 내려오는 동화들 중에서 가장 오래되고 긴 이야기가 두 개 있는데, 그 중 하나는 우리가 알고 있는 것으로 모세에 관한 이야기이다.

모세는 그의 어머니에 의해 나일 강둑에 버려졌으나 왕의 딸에게 발견된다. 왕의 딸은 그를 데려다 교육을 시키고, 그리하여 모세는 이스라엘 민족의 위대한 지도자가 된다. 그러나 후세 사람들은 모세가 어디에 묻혔는지 알지 못한다. 다른 하나는 우리에게 알려지지 않은 이야기로, 이 이야기는 1천 년 동안이나 어미 황새들의 입에서 입으로 전해져 내려왔다. 그러는 동안 이야기는 갈수록 더욱 다듬어지고 재미있게 꾸며졌다. 이제 하려는 이야기는 그 중에서도 가장 잘 꾸며진 것이다.

이 이야기를 처음으로 전한 첫 번째 황새 부부는 그 당시에 살았던 황새들로서 여름에는 바이킹 족 집의 서까래에서 지냈다. 바이킹 족의 집은 스카겐 지방 근처의 유틀란트 북부에 있는 거대한 벤드시셀 늪지대 근처에 있었다. 이 늪지대는 관공서에서 펴낸 책에도 나와 있을 만큼 지금도 여전히 거대하고 유명한 곳이다. 옛날에는 이곳이 호수였는데, 세월이 흐르면서 바닥이 점점 위로 솟아올라 늪지가 되었다고 한다. 이 늪지는 사방으로 수마일 뻗어 있으며 축축한 풀밭과 부글부글 끓는 소택지와 잔디가 덮인 늪으로 둘러싸여 있다. 그리고 늪에서는 월귤나무와 기형적인 나무들이 자라고 있다. 이 지역은 항상 안개에 싸여 있는데, 70년 전에는 이리 떼가 들끓었다. '황량한 늪'이라고 불리는 이 늪지대는 그야말로 그 이름에 걸맞았다. 광활한 늪지와 호수를 보면 1천 년 전에는 얼마나 적막하고 황량했을지 누구라도 짐작할 수 있다. 당시에 있었던 것들이 대부분 그대로 남아 있기 때문이다.

그때도 갈대는 지금처럼 키가 컸고 잎은 긴 자줏빛 갈색이었으며 끝에는 털이 부숭부숭했다. 그리고 자작나무는 하얀 껍질로 몸을 감싸고 멋진 잎들을 늘어뜨린 채 예나 지금이나 같은 모습으로 서 있다. 이 늪지대를 들락거리는 동물들도 마찬가지였다. 파리는 여전히 얇게 비치는 같은 모양의 날개를 달고 다닌다. 그리고 황새들은 흰색을 좋아하며 검은 색과 빨간 색 양말을 좋아한다. 물론 당시 사람들이 입었던 옷은 지금과는 달랐다. 하지만 누구를 막론하고 부글부글 끓는 이 늪지대를 건너는 사람은 누구나 지금과 똑같은 일을 당했을 것이다. 그들은 늪 속으로 깊이 가라앉아 지하에 있는 거대한 늪 왕국을 다스리는 '늪지대 왕'에게 갔을 것이다. 사람들은 그 왕을 군켈 왕이라고 부르기도 했지만 우리와 마찬가지로 황새들도 '늪지대 왕'이라고 부르길 좋아하니까 이렇게 부르기로 하자. 늪지대 왕국에 대해서는 거의 알려진 바가 없다. 하지만 모르는 편이 좋을 때도 있는 법이다.

북해에서 뻗어 나온 스카게라크 해협과 카테가트 해협에서 가까운 늪지대 근처에 바이킹 족의 성이 서 있었다. 이 성은 물이 새어들지 않게 만들어진 지하실과 탑이 있는 3층 건물이었다. 바로 이 성 지붕 위에 있는 황새 둥지에서는 엄마 황새가 새끼들이 태어나길 기다리며 알을 품고 있었다.

어느 날 아빠 황새가 밤늦게야 집으로 돌아왔다. 아빠 황새는 부산을 떨었으며 매우 중요한 일이 있는 것처럼 보였다.

"말할 게 있소. 너무 끔찍한 일이오." 아빠 황새가 엄마 황새한테 말했다.

"그럼 그만둬요. 난 지금 알을 품고 있으니까 날 흥분하게 만들지 마세요. 새끼들에게 해가 될 수 있으니까."

"그래도 당신이 꼭 알아야 할 일이오. 우리 둥지가 있는 이집트 왕궁에 사는 왕의 딸이 이곳에 왔소. 그런데 사라져 버렸다오."

"요정에서 태어난 그 딸이요? 빨리 말해 줘요. 알을 품고 있을 땐 참을성이 없어진다는 걸 알잖아요. 자, 빨리요." 엄마 황새가 재촉했다.

"알다시피 그 공주는 의사가 한 말을 믿었소. 당신도 얘기했듯이, 공주는 여기 늪지대에서 자라는 꽃이 병든 아버지를 낫게 해 줄 거라고 믿었다오. 그래서 백조의 깃털을 타고 이곳 북쪽으로 날아왔지. 젊어지려고 해마다 이곳으로 날아오는 다른 백조 공주들과 함께 말이오. 그런데 공주가 사라져 버렸소."

"너무 시시콜콜 얘기하지 말고 중요한 것만 얘기해요. 알이 차가워지겠어요. 빨리 말해 봐요. 궁금해 죽겠어요."

"그 모습을 내가 지켜보았었지. 오늘 저녁 갈대 숲에 갔었소. 그곳은 갓 생긴 늪지대여서 잘 빠지지 않는 곳이었지. 한참을 있자니까 백조 세 마리가 나타났소. 그런데 백조들이 나는 모습이 마치 나에게 이렇게 말하는 것 같았소. '자, 주의 깊게 잘 봐. 우리 중에는 백조가 아니고, 백조의 깃털에 지나지 않는 게 있어요.' 당

"요정에서 태어난 그 딸이요?"

신도 나처럼 직관력이 있잖소. 무엇이 옳고 그른지 금방 알 수 있는 능력 말이오.”

“그럼요. 그러니 이집트 공주에 대해서나 얘기해 봐요. 백조의 깃털 따위에 대한 얘기는 듣기 싫어요.”

“당신도 알다시피, 늪 가운데에는 호수 같은 것이 하나 있소. 조금만 몸을 추켜세워서 보면 호수 가장자리가 보이지. 갈대와 푸른 풀이 자라는 바로 그곳 강둑에 커다란 딱총나무 그루터기가 있는데, 백조들이 그 위에 서서 날개를 퍼덕이며 주위를 살폈지. 그리고는 그 중 한 마리가 깃털을 벗어 던졌소. 나는 그 백조가 바로 이집트 공주라는 걸 금방 알아볼 수 있었소. 공주는 길고 검은 머리카락을 나부끼며 거기에 앉아 있었소. 공주는 아버지의 병을 낫게 해 줄 꽃을 꺾으러 물 속으로 들어갔다 올 동안 깃털을 잘 가지고 있으라고 다른 두 마리 백조에게 부탁했소. 두 마리 백조는 고개를 끄덕이며 깃털을 집어들었지. 난 백조들이 그 깃털을 어떻게 할지 궁금했소. 공주도 궁금했을 거요. 그런데 바로 그 자리에서 궁금증이 풀어졌지. 두 마리 백조는 공주가 걸치고 온 백조 깃털을 들고 하늘로 날아가 오르며 이렇게 소리쳤다오. ‘자, 물 속으로 뛰어들어 보시지. 다시는 백조의 깃털을 달고 날을 수 없을걸. 다시는 이집트도 못 보고 넌 여기 늪에서 살아야 할거야.’ 그리고 나서 백조들은 깃털을 갈기갈기 찢어 던지고 사라져 버렸소. 갈기갈기 찢어진 깃털은 마치 눈송이처럼 사방으로 흩날렸다오.”

“아아, 정말 끔찍해요. 더 이상 못 듣겠군요. 그래도 얘기해 봐요. 그 다음엔 어떻게 되었죠?” 엄마 황새가 슬픈 표정으로 물었다.

“깃털을 빼앗긴 공주는 슬피 울었지. 눈물이 딱총나무 그루터기를 촉촉하게 적시자 그루터기가 움직이기 시작했소. 그것은 딱총나무가 아니라 늪지대를 다스리는 늪의 왕이었던 거요. 그루터기가 한 바퀴 돌자 팔처럼 생긴 길고 끈적끈적한 가지들이 뻗어 나왔고 불쌍한 공주는 새파랗게 질려 달아나기 시작했소. 공주는 진흙투성이의 늪을 건너려 했지만 점점 늪은 공주의 무게를 견뎌 내지 못했소. 공주는 곧 늪 속으로 가라앉고 말았지. 그러자 딱총나무 그루터기가 재빨리 공주를 뒤쫓아갔다오. 공주를 가라앉게 만든 바로 그 그루터기 말이오. 늪지에 검은 거품이 부글부글 일더니 모든 것이 흔적도 없이 사라져 버렸지. 이제 공주는 늪 속에 묻혀 버렸으니 아버지를 치료할 수 있는 꽃을 이집트로 가져가지 못할 거요. 당신이 그 광경을 봤더라면 마음이 아파 견디기 힘들었을 거야.”

"하필 이런 때 그런 얘길 하시다니, 알에 해가 되겠어요."

"하필 이런 때 그런 얘길 하시다니, 알에 해가 되겠어요. 하지만 공주는 곧 누군가의 도움을 받게 될 거예요. 당신이나 나한테 그런 일이 일어났다면 우린 죽었겠죠."

"날마다 그곳에 가서 무엇이 떠오르는지 살펴봐야겠소." 아빠 황새는 이렇게 말하고 실제로 그렇게 했다.

그로부터 오랜 세월이 흘렀다. 아빠 황새는 날마다 늪지에 나가 지켜보았다. 그러던 어느 날, 드디어 깊은 늪 속에서 푸른 줄기 하나가 솟구쳐 나왔다. 그 줄기는 늪 밖으로 나오자 잎이 하나 생겨나 점점 더 넓어지더니 잎 바로 옆에 꽃봉오리가 생겼다.

어느 날 아침, 아빠 황새가 그 줄기 위로 날아가 보니 따뜻한 햇살을 받아 꽃봉오리가 활짝 피어 있었고, 그 한가운데에는 갓 목욕을 끝낸 것처럼 보이는 작은 여자아이가 사랑스럽게 누워 있었다. 그 아이의 모습이 공주와 너무나도 같았기 때문에 아빠 황새는 그 아이가 공주일 거라고 생각했다. 그러나 다시 곰곰이 생각해 보니, 그 아이는 이집트에서 온 공주와 늪의 왕 사이에서 태어난 아이이고, 그렇기 때문에 수련 위에 누워 있을 것이라는 생각이 들었다.

'아이를 저기에 놔둬서는 안 될 텐데. 하지만 내 둥지는 우리 식구만으로도 너무 비좁아. 그래, 좋은 생각이 떠올랐어. 바이킹 족 부인에게 아이가 없지. 게다가 그녀는 정말 아이를 갖고 싶어했어. 사람들은 황새가 아이를 데려다 준다고 말들 하지. 이번 기회엔 내가 그 일을 해 봐야겠어. 저 아이를 부인에게 데려다 줘야지. 그러면 너무너무 기뻐할 거야.' 아빠 황새는 이런 생각을 하며 꽃 속에서 어린 여자아이를 안아 올려 바이킹 족의 성으로 날아갔다. 그리고는 부리로 창문에 구멍을 뚫고 들어가 바이킹 족 부인의 가슴에 예쁜 여자아이를 안겨 주었다.

다시 집으로 날아온 아빠 황새는 엄마 황새에게 어린아이를 데려다 준 이야기를 해 주었다. 새끼 황새들도 열심히 아빠 황새의 이야기를 들었다. 어느덧 새끼 황새들도 이야기를 들을 만큼 자란 것이다.

"그러니 불쌍한 공주는 죽지 않은 거요. 그 아이를 늪 위로 올려 보낸 것은 바로 공주일 테니까. 게다가 이제 아이에게 집을 마련해 줬으니 안심이오."

"내가 뭐랬어요? 공주는 도움을 받을 거라 그랬잖아요. 이젠 당신 아이들도 좀 생각해 줘요. 이제 여기를 떠날 때가 가까웠어요. 벌써 날개가 근질근질해요.

뻐꾸기와 나이팅게일은 이미 떠났어요. 그리고 메추라기들도 바람이 잔잔해지면 곧 떠날 거라고 하더군요. 우리 애들은 분명히 잘 날아갈 거예요. 그렇지 않다면 내가 잘못 알고 있는 거겠죠."

다음날 아침, 잠에서 깬 바이킹 족 부인은 작고 귀여운 아이가 품안에 안겨 있는 것을 보고는 좋아서 어쩔 줄을 몰랐다. 부인은 아이에게 입을 맞추며 어루만져 주었다. 그러나 아이는 팔다리를 바둥거리면서 집이 떠나갈 정도로 큰 소리로 울었다. 아이는 그 집에 온 것이 하나도 좋지 않은 모양이었다. 아이는 한참을 울다가 지쳐서 잠이 들었다. 평화롭게 잠든 아이의 모습은 너무도 아름다웠다. 바이킹 족 부인은 너무 기뻐서 온몸이 떨릴 지경이었고, 마음이 너무 가벼워져 그녀가 잠든 사이에 아이가 나타난 것처럼 전쟁에 나간 남편과 병사들이 느닷없이 집으로 돌아올 것만 같았다. 그래서 부인은 집안 사람들과 함께 서둘러서 남편을 맞을 준비를 했다. 부인과 하녀들이 오딘, 토르, 프리가 신들을 새겨 넣어 짠 화려한 벽걸이를 내걸고, 장식용 방패에 윤을 냈으며, 의자에는 새 방석을 깔고, 방 한가운데 있는 난로에는 언제라도 불을 피울 수 있도록 마른 장작을 가져다 놓았다. 바이킹 족 부인도 열심히 집안일을 거들었고, 그리하여 저녁이면 피곤에 지쳐 곯아떨어지곤 했다.

어느 날 새벽녘, 잠에서 깬 바이킹 부인은 깜짝 놀랐다. 아이가 감쪽같이 사라진 것이다. 부인은 침대에서 화닥닥 뛰쳐나와 솔개비에 불을 붙여 들고 방 안을 샅샅이 뒤졌다. 한참 침대 옆을 뒤지고 있는데 뭔가가 발에 닿았다. 그런데 그것은 아이가 아니라 흉측하게 생긴 커다란 두꺼비였다. 부인은 질겁하며 무거운 막대기를 들어 두꺼비를 죽이려고 달려들었다. 그런데 두꺼비가 슬픈 눈으로 부인을 쳐다보지 않는가. 부인은 그 눈빛을 보자 두꺼비를 차마 내리칠 수가 없었다. 부인이 다시 방 안을 둘러보는데 두꺼비가 고통스럽게 울어댔다. 부인은 깜짝 놀라 얼른 침대에서 뛰쳐나와 창문을 열었다. 그때 태양이 떠올라 햇살이 두꺼비가 있는 곳까지 비쳐 들었다. 그러자 두꺼비의 넓은 입이 갑자기 오그라들면서 작고 붉은 입술로 변했으며 두꺼비의 다리가 꿈틀거리더니 아름다운 손과 발로 변했다. 눈 깜짝할 사이에 두꺼비의 모습은 사라지고 그 자리에는 예쁜 아이가 누워 있지 않은가!

"도대체 이게 어떻게 된 거지? 내가 나쁜 꿈을 꾸었나? 저기 누워 있는 아이가 사랑스런 내 아기란 말인가?" 부인은 이렇게 외치며 아이를 끌어안고 입을 맞추었다. 그러나 아이는 바둥거리며 사나운 고양이처럼 물어 댔다.

이 날 바이킹 족 남편은 돌아오지 않았다. 그 다음날도 돌아오지 않았다. 그는 집으로 돌아오는 중이었는데, 바람이 남쪽으로 불어 시간이 지체되었던 것이다.

사흘이 지나자 바이킹 족 부인은 아이가 마법에 걸려 있다는 것을 깨닫게 되었다. 아이는 낮에는 빛의 천사처럼 아름다웠으나 성질이 사납고 고약했으며, 밤에는 흉측한 두꺼비의 모습으로 변했으나 온순해졌으며 눈에는 슬픔이 가득 고였다. 아이는 햇빛이 있느냐 없느냐에 따라 바뀌었다. 낮에는 어머니의 아름다운 외모와 아버지의 난폭한 성격을 가졌고, 밤에는 아버지의 외모와 어머니의 고운 심성을 가졌다. 누가 이 아이에게 걸린 마법을 풀 수 있을까? 바이킹 족 부인은 이런 생각으로 늘 괴롭고 슬펐다. 부인의 마음은 이 불쌍한 아이에게서 떠나지 않았지만 남편에게는 사실대로 이야기할 수 없을 것 같았다. 이제 곧 남편이 돌아오리라. 남편에게 사실대로 얘기하면 남편은 틀림없이 관습에 따라 아이를 길바닥에 내버릴 것이다. 그러면 누군가가 주워다 기르리라. 하지만 마음씨 착한 부인은 아이를 길바닥에 버리도록 내버려 둘 수는 없었다. 그래서 부인은 남편이 햇빛이 날 때만 아이를 보게 해야겠다고 마음먹었다.

어느 날 아침, 수많은 황새들이 지붕 위에서 날개를 퍼덕였다. 황새 부부들은 먼 여행을 한 뒤 하룻밤을 쉬고 다시 남쪽으로 떠나려던 참이었다.

"모두 준비됐어요!" 황새들이 일제히 외쳤다.

"몸이 가벼운걸! 개구리를 산 채로 삼킨 것처럼 발끝까지 온몸이 스멀스멀해. 외국으로 여행을 떠난다니, 정말 신나!" 새끼 황새들이 말했다.

"우리와 꼭 붙어 있어야 한다. 부리를 너무 많이 사용하지도 말고. 그러면 가슴이 아플 테니까." 아빠 황새와 엄마 황새가 말했다. 황새들은 드디어 여행길에 올랐다.

그 무렵, 늪지 위로는 용사들의 나팔 소리가 울려 퍼졌다. 바이킹 족 두목과 부하들이 전리품을 가득 싣고 갈리아 해안에서 돌아온 것이다. 한때 영국에 살던 사람들이 그랬던 것처럼 그곳 사람들은 겁에 질려 "사나운 바이킹 족들로부터 우릴 구해 주소서!" 하고 울부짖었다.

그들이 돌아오자 늪지대 옆 바이킹 족 성은 기쁨과 활기로 가득 찼다. 하인들은 잔치에 쓰일 꿀술이 담긴 커다란 술통을 방으로 가져다 놓고, 장작더미에 불을 지폈으며, 말을 잡았다. 제물을 바치는 사제가 오딘 신의 영광을 위하여 새로운 포로들에게 말의 따뜻한 피를 뿌렸다. 그것은 이교도의 세례식이었다. 장작이 우지직 소리를 내며 탔고, 연기가 천장까지 피어올랐으며, 방 기둥에서는 그 을음이 흘러내렸다. 그러나 사람들은 이런 것에 익숙해 있었다. 초대를 받은 손님들은 훌륭한 선물도 받았다. 사람들은 모든 불화와 거짓말을 잊고 즐겼다. 그들은 술을 마시고, 고기를 뜯어먹고 남은 뼈를 상대방의 얼굴에 던졌다. 이것은 기분이 좋을 때 하는 장난이었다. 한 가객이 그곳에 모인 사람들을 위해 아름다운 노래 한 곡을 불렀다. 가객은 전사이며 음악가로 바이킹 족들과 원정을 떠났던 사람이기도 했다. 그는 그런 자리에서는 어떤 노래를 해야 하는지를 잘 알았다. 그가 들려준 노래는 사람들의 호전적인 행동을 찬양하고 훌륭한 행동에 경의를 표하는 내용이었다. 각 절마다 다음과 같은 후렴구가 딸려 있었다.

"황금과 재산은 덧없이 사라지는 것.
친구도 적도 언젠가는 죽으리.
인간은 누구나 죽기 마련인 것.
하지만 명성은 결코 죽지 않으리."

이런 후렴구가 나올 때마다 사람들은 열광적으로 방패를 치고 칼이나 뼈다귀로 요란스럽게 탁자를 두들겼다.

바이킹 족 부인은 그 방에 가로놓여 있는 긴 의자에 앉아 있었다. 그녀는 비단옷에 값비싼 금팔찌와 커다란 호박 목걸이를 차고 있었다. 가객은 그녀를 찬양하며 그녀가 남편에게 안겨 준 귀한 보물에 대해 노래했다. 남편은 낮에 눈부시게 예쁜 아이를 보고 너무도 기뻐했었다. 그는 아이가 난폭하게 굴어도 예뻐서 어쩔 줄을 몰라 했다. 남편은 그 아이가 자라면 남자와 같은 결단력과 강한 의지를 가진 여장부가 될 것이라며 호탕하게 웃었다. 그리고 상대가 날카로운 칼날로 눈썹을 베려 해도 눈 하나 깜짝하지 않을 것이라며 흐뭇해했다.

곧이어 꿀술이 담긴 술통이 비워지고 새 술통이 들어왔다. 이들은 먹고 마시는 것을 매우 좋아했기 때문에 술통 하나쯤은 거뜬히 해치웠다. 옛 속담에 이런 말이 있다. "풀을 먹는 가축조차도 초원에서 물러날 때를 알지만 멍청한 사람은 자신의 위의 크기를 모른다." 이들 바이킹들은 이 속담을 잘 알고 있었다. 하지만 무엇이 옳은지를 알면서도 잘못을 저지르는 게 인간이 아닌가. 그들은 "반가운 손님도 너무 오래 머물러 있으면 부담이 된다"라는 말도 알고 있었다. 그러나 그들은 돼지고기와 술이 맛있어서 바이킹 두목의 집에서 밤늦도록 즐거운 시간을 보냈다. 밤이 늦어지자 하인들은 따뜻한 잿더미 위에서 잠을 자기도 하고 손가락을 기름에 담갔다가 핥아먹기도 했다. 참으로 즐거운 시간이었다.

가을 폭풍우가 사방에서 몰아쳤지만 그 해에 바이킹 두목은 부하들과 함께 다시 영국 해안 원정에 나섰다. 그는 이번 원정이 그저 바다를 건너는 즐거운 여행일 뿐이라고 말했기 때문에 부인은 아이와 함께 집에 남았다. 시간이 지나자 부인은 깊은 한숨을 내쉬는 슬픈 눈을 가진 불쌍한 두꺼비를 사랑하게 되었다. 그녀는 쥐어뜯고 물어대는 예쁜 아이의 모습보다는 두꺼비를 더 사랑했다.

나뭇잎들이 시들어 버릴 만큼 축축한 가을 안개가 숲과 늪지 위에 잔뜩 내려앉았다. 사람들이 눈이라고 부르는, 새들에게서 빠진 깃털이 온 땅에 가득 날렸다. 겨울이 다가오고 있는 것이다. 참새들이 황새의 둥지를 차지하고 앉아서 황새들에 대해 얘기했다. 황새 부부와 새끼 황새들은 지금쯤 어디에 있는 걸까?

황새들은 햇살이 따스하고 밝게 내리쬐는 이집트에 있었다. 지금 이집트는 한여름이었다. 어디를 가나 타마린드와 아카시아 꽃이 활짝 피어 있었고, 사원의 둥근 천장에서는 초승달 모양의 마호메트의 문장이 빛을 발했다. 그리고 그 사원의 뾰족탑 위에서는 황새들이 긴 여행을 끝내고 쉬고 있었다. 수많은 황새들이 각기 둥지를 차지하고 있었는데, 둥지들은 사원의 거대한 기둥과 잊혀진 도시 사원의 수많은 아치들 사이에 다닥다닥 붙어 있었다. 근처에는 키 큰 대추 야자나무들과 야자수들이 줄지어 서 있어 햇빛을 가려 주었다. 맑은 하늘과 아득히 멀리 보이는 사막을 배경으로 솟아 있는 회색빛 피라미드들은 깨어진 환영 같았다. 사막에서는 타조들이 날개를 퍼덕이며 빠르게 달렸고 사자들은 어리둥절한 눈으로 반쯤 모래에 묻힌 대리석 스핑크스를 쳐다보고 있었다. 나일 강 물이 빠지자 강바닥에 개구리들이 득실거렸다. 이것은 황새 가족에게는 가장 즐거운 일이었다. 새끼 황새들은 이러한 아름다운 광경을 보고 자신들의 눈을 의심했다.

"여긴 항상 이렇단다. 따뜻한 이곳에서는 이렇게 살지." 엄마 황새가 말했다.

새끼 황새들은 그 말을 듣자 기뻐서 어쩔 줄을 몰랐다.

"볼 게 또 있어요, 엄마? 이제 안쪽으로 더 들어가는 건가요?" 새끼 황새들이 물었다.

"더 가면 볼 게 없단다. 이 지역을 벗어나면 거대한 숲이 나오지. 그곳에는 온갖 나뭇가지들이 서로 엉켜 있고, 가시 투성이의 담쟁이 식물들이 길을 가로막고 있지. 넓적한 발을 가진 코끼리들만이 그 길을 갈 수 있단다. 또 그곳에 있는 뱀들은 너무나 크고 도마뱀들은 너무나 민첩해서 우리가 잡아먹을 수 없지. 그곳을 지나면 사막이 나오지. 사막에 가면 바람이 조금만 불어도 모래가 눈 속으로 다 들어올 거다. 그러니까 강풍이라도 불면 날아다니는 모래 속에 묻히기 십상이지. 개구리와 메뚜기가 있는 이곳이 우리가 지내기에는 제일 좋은 곳이란다. 난 여기서 지낼 테니까 너희들도 그러렴."

엄마 황새의 말대로 새끼 황새들은 그곳에서 지냈다. 황새 부부는 날렵한 첨탑 위의 둥지에 앉아 있었다. 황새들은 거기에서 쉬기도 했지만, 할 일도 많았다. 깃털을 깨끗이 닦아 반들반들하게 다듬고, 붉은 발목에 대고 부리를 갈아 뾰족하게 만들기도 했다. 그리고는 목을 치켜들고 서로 정중하게 인사를 나누고는 총명하게 갈색 눈을 반짝이며 반질반질한 이마와 부드럽고 매끄러운 털이 난 머리를 근엄하게 쳐들곤 했다.

어린 암컷 황새들은 촉촉히 젖어 있는 수풀 속을 거드름 피우며 돌아다녔다. 그러다가 다른 황새와 눈길이 마주치면 서로 사귀기도 했다. 황새들은 세 발자국을 옮길 때마다 개구리를 잡아먹을 수 있었으며 부리로 작은 뱀을 잡아 휘두르기도 했다. 개구리와 뱀은 아주 맛있었다. 어린 수컷 황새들은 얼마 지나지 않아 서로 암컷 황새를 차지하려고 싸우기 시작했다. 그들은 상대방을 날개로 내리치고 부리로 찔러 피가 나기도 했다.

이렇게 해서 많은 수컷 황새들과 암컷 황새들 사이에 사랑이 싹텄다. 이것은 황새들이 원하는 일이었고 세상을 사는 큰 의미이기도 했다. 그러나 둥지로 돌아오면 황새들은 다시 싸우곤 했다. 날씨가 더우면 신경이 날카로워지듯 황새도 마찬가지였다.

그러나 새끼 황새들을 지켜보는 황새 부부는 매우 즐거웠다. 무얼 하든 간에 황새 부부는 새끼 황새들이 사랑스러웠다.

이곳 이집트는 날마다 따뜻한 햇빛이 내리쬐고 먹을 것이 많아 다른 것은 생각할 필요 없이 그저 즐기기만 하면 되었다. 그러나 왕이 사는 화려한 성에서는 즐거운 일이라곤 찾아볼 수가 없었다. 왕은 돈이 많고 권력도 있었지만 거대한 튤립 속처럼 벽으로 둘러싸인 커다란 방 가운데에 팔다리를 힘없이 늘어뜨리고 미라처럼 누워 있었다. 그의 주위에는 친척들과 하인들이 서 있었다. 왕은 아직 죽은 것은 아니었지만 살아 있다고 말할 수도 없었다. 아버지의 병을 낮게 해 줄 늪지대의 꽃을 구해 오겠다고 떠난 공주는 아직까지 소식이 없었다. 백조의 깃털을 입고 육지와 바다를 건너 먼 북쪽 지방까지 날아간 젊고 아름다운 공주는 영영 돌아오지 못할 모양이었다.

공주와 함께 떠났던 두 마리 백조는 이집트로 돌아와 공주가 죽었다고 말하며 이렇게 이야기를 꾸며댔다.

"우리 셋이서 하늘 높이 날고 있는데 한 사냥꾼이 우릴 발견하고는 화살을 쏘았어요. 그런데 그 화살이 공주를 명중시켰지요. 공주는 이별의 노래를 부르면서 천천히 숲 속 호수로 가라앉아 죽었어요. 우리는 호숫가에 있는 자작나무 아래에 공주를 묻어 주었어요. 그리고는 복수를 하기 위해 우리는 사냥꾼 집 지붕에 살고 있는 제비의 날개 밑에 불을 달았어요. 사냥꾼 집은 불꽃에 휩싸여 다 타버렸지요. 물론 사냥꾼도 불에 타 죽었구요. 불꽃은 호수를 비추고 호숫가에 있는 자작나무까지 비추었지요. 바로 공주를 묻은 자작나무 말예요. 공주는 다시는 이집트로 돌아오지 못해요!" 그리고 나서 두 마리 백조들은 흐느껴 울었다.

이야기를 듣고 있던 아빠 황새가 분통이 터져 큰 소리로 외쳤다. "속임수야, 거짓말이라구! 부리로 저 백조들의 심장을 쪼아 버리겠어!"

"그럼 당신 부리만 부러져요. 부리가 부러지면 당신 모습이 얼마나 우스꽝스럽겠어요. 먼저 당신 자신과 가족을 생각하세요. 다른 것은 우리와는 상관없는 일이에요." 엄마 황새가 말했다.

"알고 있소. 어쨌든 내일 성의 둥근 지붕으로 가보겠소. 학식 있고 현명한 사람들이 모여 왕의 병세를 의논하기로 했거든. 모두 모여 얘기하면 진실을 알 수 있을지도 몰라."

다음날, 학식 있고 현명한 사람들이 모여 여러 가지 이야기를 주고받았다. 하지만 황새는 그들이 하는 말을 이해할 수가 없었다. 그들이 의논한 결과 아무런 해결책도 나오지 않았다. 병든 왕이나 늪에 빠진 공주에게 좋은 소식은 하나도 없었다. 이 세상 사람들이 하는 이야기에 귀를 기울이면 많은 얘기를 알게 된다. 하지만 대화를 들을 때 그 이전에 어떤 말이 오갔고 어떤 일이 행해졌는지를 아는 것이 좋다. 그래서 황새는 그렇게 했다.

"사랑은 생명을 주지. 가장 고귀한 사랑은 가장 고귀한 생명을 주는 법이야. 왕은 사랑으로만 치료할 수 있어." 많은 사람들은 이런 얘기를 했다. 학자들도 현명한 말이라는 것을 인정했다.

"참 아름다운 생각이야!" 아빠 황새가 감탄했다.

"난 무슨 말인지 모르겠어요. 하지만 그건 내 책임이 아니에요. 그 생각이 잘못된 거죠. 어쨌든 나하고는 상관없는 일이에요." 아빠 황새가 감탄을 연발하자 엄마 황새가 말했다.

이제 학자들은 하나하나의 사랑에 대해서 얘기했다. 그들은 이웃에 대한 사랑, 부모와 자식간의 사랑, 식물의 빛에 대한 사랑을 얘기했으며 햇빛이 땅에 입을 맞추면 어떻게 하여 새싹이 돋아나는가에 대해서도 얘기했다. 이런 이야기들은 너무나도 학문적이고 상세했기 때문에 아빠 황새는 논의를 하기는커녕 이해할 수도 없었다. 그래도 학자들이 한 말이 머릿속을 떠나질 않았다. 아빠 황새는 다음날 하루 종일 눈을 반쯤 감은 채 한 다리로 서서 생각하고 또 생각했다. 한꺼번에 너무 많은 것을 들어서 뭐가 뭔지 알 수가 없었다. 하지만 한 가지는 이해할 수 있었다. 지체가 높은 사람이나 낮은 사람이나 할 것 없이 누구나 이렇게 생각한다는 점이었다. 병들어 있는 왕이 다시 건강해질 수 없다는 것은 온 백성에게 참으로 불행한 일이라고 말이다. 왕의 건강이 회복된다면 온 나라가 얼마나 기뻐하고 축복할 것인가! 하지만 왕의 건강을 되찾아 줄 꽃은 어디에 피어 있단 말인가?

학자들과 현인들은 그 꽃을 찾아 이곳저곳을 다 뒤져보았다. 그들은 학자들이 써 놓은 글을 뒤져보기도 하고, 빛나는 별들과 사나운 날씨와 바람에게도 물어보았다. 그들은 생각할 수 있는 모든 방도를 궁리한 끝에 "생명의 원천인 사랑만이 왕을 살려낼 수 있다"는 사실을 알게 되었다. 그들은 이 말이 나오자 자신들도 모르는 많은 말을 주고받고 반복하고는 병에 대한 처방으로 이렇게 기록하였다. "사랑은 생명의 원천이다!"

하지만 어떻게 그 처방을 따른단 말인가. 그들은 다시 어려움에 직면했다. 그들은 의논한 끝에 치료책은 공주밖에 없다는 결론을 내렸다. 스스로 아버지의 치료약을 구하러 나선 공주의 영혼과 마음에서 우러나온 아버지에 대한 사랑이 필요하다고 결론을 내린 것이다.

공주가 1년이 넘게 그 작업을 했다. 공주는 초승달 빛이 지평선 아래로 사라지는 밤이면 사막에 있는 대리석 스핑크스에게 가서 스핑크스를 받치고 있는 받침대의 모래를 털어 낸 다음 긴 통로로 들어섰다. 통로는 중앙으로 뚫려 있는, 거대한 피라미드 중 하나였는데, 거기에는 고대에 큰 권력을 지녔던 왕들이 화려하게 치장을 하고 미라가 되어 누워 있었다. 공주는 그 미라의 가슴에 머리를 기대면 어디에 가야 아버지를 살릴 수 있는지 알 수 있다는 것을 현인들에게 들은 적이 있었다. 그 말대로 실행한 공주는 덴마크 늪지 근처의 깊은 바다 속에 핀 연꽃을 가져가면 아버지를 살릴 수 있다는 것을 꿈을 통해 알게 되었다. 그 장소와 위치도 꿈속에서 알게 되었다. 그리하여 공주는 백조의 깃털을 입고 이집트를 떠나 거친 늪지대로 날아갔던 것이다.

아빠 황새와 엄마 황새는 이미 이 사연을 알고 있었다. 이제는 우리도 아는 이야기이다. 그리고 늪을 다스리는 왕이 공주를 늪 속으로 끌고 갔으며, 공주가 사랑하는 고향 사람들에게는 공주가 이미 죽은 존재가 되어 버렸다는 것도 알고 있다. 그러나 어느 현명한 사람은, 엄마 황새가 그랬듯이, 이렇게 말했다.

"공주는 어떻게든 해낼 거야."

그래서 사람들은 그 말을 믿고 희망을 가지고 참을성 있게 기다렸다. 그 외에 그들이 할 수 있는 일은 없었던 것이다.

"저 사악한 백조에게서 백조의 옷을 빼앗아 버리고 싶소. 그렇게 되면 다시는 늪으로 가서 못된 짓을 할 수 없을 거요. 저 백조의 옷을 숨겨 버리겠소. 그 옷이 필요로 할 때까지 말이오." 아빠 황새가 말했다.

"하지만 어디에 숨길 건데요?" 엄마 황새가 물었다.

"늪에 있는 우리 둥지에 숨기지. 아이들하고 교대로 들고 가면 되오. 가다가 너무 무거우면 중간에 숨겨 놨다가 다음에 이동할 때 가져가면 되오. 공주에게는 백조 깃털 하나면 충분하겠지만 두 개가 있으면 더 좋지 않겠소? 북쪽 지방을 여행할 때는 여행복이 많을수록 좋다구." 아빠 황새가 말했다.

"그런다고 해서 당신한테 고마워할 사람은 없어요. 하지만 알을 부화시키는 때 외에는 당신이 우리집 가장이니까 마음대로 하세요.”

황새들이 봄철마다 찾아가는 늪지대의 바이킹 족 성에는 아직도 여자아이가 살고 있었다. 아이에게는 헬가라는 이름이 붙여졌는데, 고약한 성질을 가진 그 아이에게는 너무나 예쁜 이름이었다. 물론 아이의 외모는 여전히 아름다웠지만 말이다. 날이 갈수록 헬가의 성격은 날카로워졌다. 황새들이 가을이면 나일강으로 날아갔다가 봄이면 늪지대로 돌아오기를 반복하는 동안 수년이 흘렀다. 그동안에 헬가는 어느덧 열여섯 살의 어엿한 숙녀가 되었다. 헬가는 겉모습은 우아하고 아름다웠지만 심성은 드세고 거칠었다. 당시는 거칠고 험악한 세상이었지만, 그런 중에도 헬가의 성격은 눈에 띄게 야만적이고 거칠었다. 헬가는 제물로 바치기 위해 도살한 말의 따뜻한 피를 흰 손으로 뿌리는 것을 즐기는가 하면, 사제가 죽이기로 되어 있는 검은 수탉의 목을 물어뜯어 두 동강이를 내기도 하였다. 어느 날 헬가는 자신을 길러 준 아버지에게 말했다.

“아버지가 잠자는 사이에 적이 쳐들어온다 해도 아버지를 깨우지 않겠어요. 그리고 적을 처치할 힘이 내게 있더라도 절대로 힘을 쓰지 않겠어요. 수년 전에 아버지가 내 뺨을 때린 것이 아직도 따끔거리거든요. 그걸 한 번도 잊은 적이 없어요.”

그러나 바이킹 족 두목은 이 말을 농담으로 흘려 버렸다. 그는 다른 사람들과 마찬가지로 헬가의 아름다움에 매혹되어 밤이 되면 헬가의 성격과 외모가 변한다는 것을 까맣게 모르고 있었던 것이다. 헬가는 안장도 없이 말 등에 앉아 달리곤 했다. 그럴 때면 마치 그녀도 말의 일부인 것 같았다. 그리고 그녀가 탄 말이 사나운 다른 말들과 서로 물어뜯고 싸워도 말에서 뛰어내리지 않았다. 헬가는 옷을 입은 채 가파른 해안에서 깊은 바다 속으로 뛰어내려 헤엄쳐 가서, 배를 몰고 집으로 돌아오는 바이킹 족 두목을 맞이하곤 했다. 그리고 길고 아름다운 자신의 머리카락을 잘라 꼬아서 활로 사용하기도 했다. “제대로 하려면 뭐든 직접 해야 해.” 헬가는 이렇게 말했다.

바이킹 족 부인은 당시 상황에 걸맞게 의지가 강한 성격이었으나 헬가에 비하면 온순하고 소심한 편이었다. 부인은 마법사가 헬가를 조종하고 있다는 것을 알고 있었다. 헬가는 가끔 매우 심술궂을 때가 있었다. 부인이 현관에 서 있거나 마당으로 내려 설 때면, 헬가는 우물 가장자리에 앉아 있다가 팔다리를 버둥거리며 갑자기 우물 속으로 풍덩 하고 빠져 부인을 놀라게 했다. 헬가는 두꺼비의 본성을 지녔기에 우물 깊숙한 곳까지 잠수했다가 고양이처럼 기어 나와 물을 뚝뚝 떨어뜨리며 홀로 집으로 들어갔다. 그러면 바닥에 떨어져 있던 푸른 잎들은 홍수를 만난 것처럼 둥둥 떠다니곤 했다.

그러나 헬가는 하루에 한 번씩 풀이 죽을 때가 있었다. 그것은 해가 기우는 저녁 무렵이었다. 그 시간이 되면 헬가는 말이 없어지고 깊은 생각에 잠기곤 했다. 그리고 무슨 말이든 고분고분 잘 들었다. 어떤 알 수 없는 감정이 그녀를 어머니에게 인도하는 것 같았다. 그리고 태양이 지면 여느 때처럼 두꺼비로 변해 조용히 슬픔에 잠기곤 하였다. 두꺼비로 변한 헬가의 몸은 흔히 볼 수 있는 두꺼비보다 훨씬 더 컸기 때문에 더욱 소름 끼쳤다. 그 모습은 마치 두꺼비 머리를 하고 물갈퀴가 달린 손가락을 가진 측은한 난쟁이처럼 보였다. 그런 모습으로 변한 헬가는 애처로운 눈을 하고 어린아이가 꿈을 꾸다 숨이 막혀 흐느껴 우는 듯한 울음소리를 내곤 했다. 그러면 바이킹 족 부인은 흉측한 모습은 잊어버린 채 헬가를 무릎 위에 놓고 슬픔이 가득한 두 눈을 들여다보며 이렇게 말했다. "난 네가 항상 말 못하는 두꺼비였으면 좋겠구나. 네가 아름다운 모습일 때면 너무 난폭하거든."

바이킹 족 부인은 마귀와 질병을 쫓으려고 룬 문자를 써서 헬가에게 던졌으나 아무런 소용이 없었다.

어느 날 아빠 황새가 엄마 황새에게 말했다. "저 아이가 한때는 수련 위에 누워 있던 아주 작은 아이였다는 것을 아무도 믿지 못할 거요. 숙녀가 되더니 자기 어머니를 빼다 박은 것 같아. 특히 눈매가 말이야. 다시는 이집트 공주를 못 보겠지. 당신이나 학자들은 공주가 어떻게든 늪을 빠져나올 것이라고 했지만 아직까지 빠져나오는 방법을 찾지 못한 것 같소. 해마다 늪 위를 날며 살펴봤지만 공주가 살아 있다는 흔적은 전혀 없었소. 당신은 해마다 이곳에 와서 우리 둥지를 고치고 손보았지 않소? 나는 그보다 며칠 먼저 이곳에 와서 부엉이나 박쥐처럼 밤새도록 늪 위를 날며 살펴보았지만 아무것도 발견할 수 없었소. 아이들과 함께 나일 강이 있는 나라에서 가져온 백조 옷 두 벌도 이제 소용이 없게 되었소. 우린 3년에 걸쳐 힘들게 그 옷을 운반해 와서 우리 둥지에 놓아두었지만 불이라도 나서 나무로 된 집이 타 버리면 백조 깃털도 함께 타 버릴 것이오."

"그럼 우리 둥지도 탈 거예요. 당신은 우리보다는 백조 깃털과 늪에 빠진 공주를 더 생각하는구려. 차라리 늪 속으로 들어가 공주와 함께 살지 그래요. 첫 애를 가질 때부터 말했지만 당신은 좋은 아버지가 못돼요. 난 그저 그 난폭한 헬가라는 아이의 화살이 나나 내 아이들의 날개를 꿰뚫지 않길 바랄 뿐이에요. 헬가는 뭐가 뭔지도 모르고 날뛰고 있어요. 우리는 헬가보다 이 집에서 더 오래 살았어요. 그걸 알아야죠. 그리고 우린 우리가 해야 할 일을 한 번도 잊은 적이 없지요. 우린 집세로 해마다 깃털 하나와 알 한 개, 그리고 어린 황새 한 마리를 바쳤지요. 내가 옛날처럼 자유롭게 안마당을 산보하고 아무 곳이나 갈 수 있는 줄 아세요? 물론 이집트에서는 그렇게 하지요. 그곳에선 내 분수를 잊지 않고 사람들과 친구가 될 수 있으니까요. 하지만 여기에서는 항아리나 냄비 속을 들여다볼 수가 없어요. 그저 여기에 앉아서 그 못된 계집애한테 화나 내고 있지요. 물론 당신한테도 화가 나구요. 그때 그 계집애를 수련꽃 위에 그냥 놔두었어야 했어요. 그랬으면 그 계집애는 거기에서 끝장이 났을 거예요." 엄마 황새가 화가 나서 말했다.

"당신은 말처럼 그렇게 나쁜 사람이 아니란 걸 알고 있소. 당신에 대해서는 당신보다 내가 더 잘 알지." 아빠 황새는 이렇게 말하고 한 번 깡충 뛰어 자랑스럽게 날개를 두 번 퍼덕거리더니 목을 길게 빼고 펼친 날개를 움직이지도 않고 치솟아 올라 날아갔다. 한참을 날던 아빠 황새는 날개를 힘차게 한 번 퍼덕거리고는 목과 머리를 앞쪽으로 굽히고 빠른 속도로 날아갔다. 햇살이 윤기가 나 반짝이는 그의 깃털을 비추었다.

"저 이는 황새 중에서 가장 멋져! 하지만 그런 얘기는 하지 말아야지." 엄마 황새는 아빠 황새가 나는 것을 쳐다보며 말했다.


가을의 문턱에 들어서자 바이킹 족 두목은 전리품을 가득 싣고 포로들과 함께 집으로 돌아왔다. 포로 중에는 젊은 신부(神父)가 있었는데, 그 신부는 바이킹 족이 섬기는 신들을 경멸했다. 그리하여 최근에 바이킹 두목이 사는 집에서는 남쪽에서 널리 퍼지고 있는 새로운 신앙에 대해 자주 이야기가 오갔다. 그 신앙은 이미 성 안스가르(독일의 성직자)를 통해 슐라이에 있는 헤데비(지금의 슐레스비히)까지 퍼졌다. 헬가까지도 인간을 사랑하고 구원하기 위해 자신의 목숨을 바친 그리스도라는 사람의 가르침에 대한 믿음에 대해 들었을 정도였다. 그러나 헬가는 이런 애기를 한 귀로 듣고 한 귀로 흘려 버렸다. 그래도 불쌍한 두꺼비로 변해 침실 방구석에 웅크리고 앉아 있을 때만은 사랑이란 말뜻을 이해할 것 같았다. 그러나 바이킹 족 부인은 그리스도에 대한 놀라운 이야기를 듣고 이상한 감동을 느꼈다.

항해를 마치고 집에 돌아온 남자들은 잘 깎은 돌로 만든 아름다운 교회에 대해 이야기했다. 그 교회들은 그리스도의 성스런 사랑을 전파하기 위해 세워졌다고 했다. 전리품 중에는 묵직한 금으로 만든 이상하게 생긴 그릇도 있었는데, 거기에서는 특유한 향내가 났다. 그것은 신부들이 제단 앞에 놓아두는 향로였던 것이다.

포로로 잡혀 온 젊은 신부는 손과 발을 밧줄로 묶인 채 성에 있는 깊은 지하실에 갇혀 지냈다. 그럼에도 신부는 당당했다. 바이킹 족 부인은 신부가 빛과 평화의 신인 발데르(북유럽 신화의 신)처럼 아름답다고 생각했으며 그가 고통을 당하는 것을 보자 연민을 느꼈다. 그러나 헬가는 신부의 발목에 밧줄을 단단히 묶은 다음 그 밧줄의 한쪽 끝을 사나운 짐승 꼬리에 묶어 두어야 한다고 말했다.

"나 같으면 개들을 풀어놓겠어. 그러면 늪으로 풀밭으로 달아나겠지. 그럼 참 볼 만할 거야. 신들이라도 재미있어 할 걸. 그 뒤를 따라다니면 더 재미있겠지."

그러나 바이킹 두목은 바이킹 족이 섬기는 신들을 부인하고 경멸한 신부를 그렇게 죽일 생각은 없었다. 며칠 후, 바이킹 두목은 숲 속에 있는 피의 돌에서 제사를 지낼 때 신부를 제물로 바치기로 결정했다. 사람을 제물로 바치는 것은 처음 있는 일이었다. 헬가는 거기 모인 사람들에게 자신이 신부의 피를 뿌리게 해 달라고 졸랐다. 그리고는 번쩍이는 칼을 갈기 시작했다. 그때 마당에서 달려 다니던 사나운 개들 중 한 마리가 헬가에게 달려들었다. 그러자 헬가는 가차없이 개의 옆구리를 칼로 찔렀다. 그리고는 칼이 얼마나 잘 드는지 보려고 그랬다고 말했다.

바이킹 족 부인은 거칠고도 잔인한 헬가를 보며 몹시 슬펐다. 밤이 되어 헬가의 아름다운 외모와 사나운 성격이 바뀌자 부인은 자신의 가슴에 가득 찬 고통과 슬픔에 대해 헬가에게 얘기했다. 끔찍한 두꺼비 모습을 한 헬가는 부인 앞에 가만히 서서 슬픔에 가득 찬 갈색 눈을 들어 어머니를 바라보며 귀를 기울였다. 두꺼비는 인간의 지력으로 부인이 하는 말을 알아듣는 것 같았다.

"내가 너 때문에 받고 있는 고통에 대해서는 남편에게 얘기한 적이 없단다. 너 때문에 내가 얼마나 슬픈지 몰라. 어머니의 사랑은 내가 상상했던 것보다 훨씬 더 위대하고 강한 것 같아. 하지만 네 가슴은 한 번도 사랑을 느껴 본 적이 없지. 네 가슴은 늪지에서 자라는 식물처럼 차갑고 냉랭하구나." 부인이 고통스럽게 얘기했다.

그러자 불쌍한 두꺼비는 부들부들 몸을 떨었다. 그 말이 영혼과 육체 사이에 있는 보이지 않는 굴레를 건드린 듯 두꺼비의 눈에 눈물이 맺혔다.

"이제 네게 힘든 시련이 닥치겠구나. 나도 힘들겠지. 차라리 어린 아기였을 때 널 길거리에 버려 얼어죽게 했더라면 더 나았을 텐데!"

바이킹 족 부인은 쓰라린 눈물을 흘렸다. 그리고는 슬픔과 분노를 안고 방 중앙을 가로막고 있는 모피로 된 커튼 뒤로 사라졌다.

몸이 오그라든 두꺼비는 꼼짝 않고 혼자 구석에 앉아 있었다. 주위는 쥐죽은 듯이 고요했다. 가끔 두꺼비의 깊은 영혼 속에서 반쯤 숨이 막혀 고통스러워하는 듯한 한숨 소리가 새어나왔다. 그것은 헬가의 영혼에서 나오는 소리였다. 그 한숨 소리는 가슴속에서 새 생명이 태어나는 듯 고통에 차 있었다. 두꺼비는 한 걸음 앞으로 나아가 귀를 기울였다. 그리고 한 발자국 더 나아가서 문을 가로질러 있는 무거운 빗장을 추한 손으로 꽉 쥐었다. 두꺼비는 가만히 걸쇠를 들어올리고 힘겹게 천천히 빗장을 밀쳤다. 그리고는 옆방에 있는 희미한 램프를 들었다. 두꺼비 자신의 의지보다 더 강한 의지가 두꺼비에게 힘을 주는 듯했다. 두꺼비는 지하실 문에 채워져 있는 철 빗장을 뽑은 후 신부에게 다가갔다. 신부는 잠들어 있었다. 두꺼비가 싸늘하고 축축한 손으로 신부를 만지자 잠에서 깨어난 신부는 소름끼치는 두꺼비를 보고 귀신이라도 본 듯이 몸서리쳤다. 두꺼비는 묵묵히 칼을 꺼내서 신부의 손과 발을 묶고 있는 밧줄을 잘랐다. 그리고는 신부에게 따라오라는 몸짓을 해 보였다. 신부는 성자들의 이름을 중얼거리며 성호를 그었다. 두꺼비는 꼼짝않고 묵묵히 그의 옆에 있었다.

"넌 누구냐? 그런 추한 짐승의 모습을 하고서도 자비를 베푸는 너는 도대체 누구냐?" 신부가 물었다.

두꺼비는 아무 말없이 신부에게 따라오라는 몸짓만 하고는, 커튼이 늘어뜨려져 다른 사람의 눈에 띄지 않는 긴 복도를 지나 마구간으로 신부를 안내했다. 그리고는 마구간에 있는 말을 가리켰다. 신부가 말에 올라타자 두꺼비도 말 위로 뛰어올랐다. 그리고는 말 갈기를 단단히 붙잡았다. 신부는 두꺼비의 마음을 이해할 수 있었다. 두꺼비와 신부는 빠른 속도로 확 트인 초원을 가로질러 신부는 알지도 못할 길을 달렸다. 신부는 두꺼비가 추하다는 생각은 까맣게 잊어버리고 끔찍한 짐승을 통해 자비와 사랑을 베푸시는 전능하신 하느님의 은혜를 생각했다. 신부가 기도를 하고 찬송가를 부르자 두꺼비가 몸을 부들부들 떨었다. 그녀를 떨게 만든 것은 기도의 힘이었을까, 아니면 찬송가의 힘이었을까? 그것도 아니면 두꺼비는 날이 밝아 온다는 생각에 차가운 새벽 공기를 느끼고 떤 것일까? 과연 두꺼비가 느낀 것은 무엇이었을까? 두꺼비는 몸을 일으켜 세웠다. 그리고는 말을 세우고 뛰어내리려 하자 신부는 있는 힘을 다해 붙잡았고 큰 소리로 찬송가를 불렀다. 마치 찬송가가 헬가를 두꺼비로 변하게 한 마법을 풀어 주기라도 하는 듯이.

노랫소리를 들은 말은 더욱 사납게 달리기 시작했다. 하늘이 붉어지면서 아침을 알리는 첫 햇살이 구름을 뚫고 나왔다. 두꺼비는 밝은 빛을 받자 다시 젊고 아름답지만 사악하고 흉포한 처녀로 변했다. 신부는 갑자기 자기 팔에 아리따운 처녀가 안겨 있는 것을 보고 깜짝 놀라 부들부들 떨었다. 신부는 말을 세우고는 말에서 뛰어내렸다. 그는 이제 다른 마법의 효력이 생기기 시작했다고 생각한 것이다. 헬가도 말에서 뛰어내렸다. 헬가가 입고 있는 어린애 옷은 짧아서 무릎까지만 걸쳐져 있었다. 그녀는 허리에 차고 있던 날카로운 칼을 빼서 질겁을 한 신부 앞에 들이대고 번개처럼 휘둘렀다.

"이제야 널 손에 넣었군. 이 칼로 널 찔러 주지. 얼굴이 잿빛처럼 창백해졌군, 이 풋내기 노예 같으니라구."

헬가는 이렇게 말하고는 신부를 향해 달려들었다. 두 사람은 격렬하게 싸우기 시작했다. 그런데 신부에게 보이지 않는 힘이 작용하는 것 같았다. 신부는 헬가를 꽉 붙들었다. 그들 옆에 서 있는 늙은 떡갈나무도 신부를 도와주는 것 같았다. 땅 위로 올라온 헝클어진 뿌리가 헬가의 두 발을 얽어매어 꼼짝못하게 만들었다. 그 옆에서는 샘물이 솟아오르고 있었다. 신부는 헬가의 가슴과 얼굴에 물을 뿌리면서 악령은 물러나고 그리스도의 은총을 받으라고 명했다. 그러나 믿음의 샘물이 가슴속에 흐르지 않는 사람에게는 세례수도 아무런 힘이 없는 법이다. 하지만 보이지 않는 놀라운 힘이 나타나 무엇인지 강한 힘이 신부를 매개로 하여 헬가의 마음속에서 발버둥치는 사악한 힘을 밀어냈다. 신부의 거룩한 행동이 헬가를 이긴 것 같았다. 헬가는 힘없이 팔을 내려뜨리고 창백하고 놀란 얼굴로 신부를 바라보았다.

헬가에게는 신부가 마술에 능한 대단한 마법사처럼 보였다. 그가 하는 말은 음흉한 주문 같았고, 신부의 손짓은 은밀하게 신호를 보내는 마법의 지팡이와 같았다. 헬가는 신부가 차라리 그녀의 머리 위로 날카로운 칼이나 번득이는 도끼를 휘둘렀다면 눈 하나 깜짝하지 않았을 것이다. 신부가 그녀의 머리와 가슴에 손을 대고 성호를 긋자 헬가는 몸을 움츠렸다. 그녀는 온순한 새처럼 머리를 숙이고 신부 앞에 앉아 있었다. 신부는 지난 밤 추한 두꺼비의 모습이었을 때 헬가가 자신에게 베풀어 준 사랑에 대해 조용히 얘기했다. 헬가가 자신을 묶고 있는 밧줄을 풀어 주고 빛과 생명의 길로 인도해 준 얘기를. 그리고 나서 신부는 헬가가 자신이 묶여 있었던 굴레보다 더 무거운 굴레에 묶여 있다고 말하고는 빛과 생명을 되찾아 주겠다고 말했다. 신부는 헬가를 헤데비에 있는 성 안스가르에게 데려가겠다고 했다. 그리고 그곳 그리스도교 지방에 가면 마법이 풀릴 것이라고 했다. 그러나 신부는 헬가가 말 앞쪽에 타려 하자 말렸다.

"내 뒤쪽에 타렴. 마법에 의해 만들어진 너의 아름다움에는 사악한 마법의 힘이 있어. 그게 두렵거든. 하지만 난 그리스도에 대한 믿음으로 극복할 거야."

신부는 무릎을 꿇고 앉아 경건한 마음으로 기도를 드렸다. 조용한 숲은 신부의 예배로 정화된 신성한 교회 같았다. 새들은 이제 막 새로 태어난 것처럼 노래했고 야생화의 향기는 신성한 향불 내음 같았다. 그 가운데 성경의 말씀이 울려 퍼졌다. "어둠과 죽음의 그늘에 앉은 자에게 빛을 비추고 우리 발을 평강의 길로 인도하시리로다!" 신부는 간절하게 이렇게 기도했다.

그동안에 신부와 헬가를 태우고 힘껏 달려온 말은 조용히 서서 딸기 덩굴을 잡아뜯었다. 그리하여 잘 익은 딸기가 헬가에게 먹으라고 하는 것처럼 헬가의 손에 떨어졌다. 헬가는 참을성 있게 말 등 위에 몽유병자처럼 앉아 있었다. 신부는 나뭇가지 두 개를 묶어 십자가를 만들어 높이 쳐들고 숲 속으로 말을 달렸다. 숲길을 갈수록 덤불이 빽빽해지더니 마침내 온통 덤불로 덮여 길이 없어져 버렸다. 야생 자두나무가 여기저기 길을 막고 있었기 때문에 그 위로 말을 달려야 했다. 그리고 부글부글 끓어오르는 샘은 시내가 아니라 늪이었기 때문에 말이 늪에 빠지지 않도록 방향을 잘 잡아야 했다. 그래도 숲에서 부는 시원한 바람을 쐬자 힘이 솟고 기분이 상쾌해졌다. 젊은 신부는 길을 잃은 불쌍한 아이를 진심으로 빛과 생명의 길로 인도하고자 했으며 그리스도교적 사랑과 믿음이 깃든 그의 조용한 기도 속에는 큰 힘이 들어 있었다.

빗방울이 단단한 바위에 구멍을 뚫고, 파도가 바위 모서리를 둥글고 매끄럽게 만든다는 말이 있다. 자비의 이슬방울이 헬가에게 떨어지자 그녀의 굳어진 마음이 누그러지고 거친 성격이 부드러워졌다. 물론 이런 변화가 겉으로 드러나지는 않았기 때문에 헬가 자신도 모르고 있었다. 신선한 이슬과 따뜻한 햇볕이 내리쬘 때 그 안에 싹이 트고 꽃이 피게 하는 힘이 들어 있다는 것을 땅 속에 묻힌 씨앗이 모르듯 말이다. 어머니가 불러 주는 노래는 아이의 가슴속에 스며들어 아이는 뜻도 모르면서 어머니를 따라 그 노래를 종알거린다. 그러나 세월이 흘러 생각하는 폭이 넓어지면 어린 시절에 들었던 것이 또렷하게 마음에 다가온다. 이와 같이 천지를 창조하신 전지전능한 하느님의 말씀이 헬가의 가슴에 영향을 주고 있었다.

그들은 울창한 숲을 지나고 황야를 달려 다시 길이 없는 숲 속으로 들어섰다. 날이 어둑어둑해질 무렵 한참 달리는데 어디선가 산적들이 나타났다.

"어디서 이런 예쁜 처녀를 훔쳤느냐?"

산적들은 말고삐를 잡고 신부와 헬가를 말에서 내리게 했다.

신부에게는 헬가에게서 빼앗은 칼 이외에는 산적을 막을 무기가 아무것도 없었다. 신부는 칼을 빼들고 이리저리 휘둘렀다. 산적 한 명이 도끼를 휘둘렀지만 신부는 몸을 옆으로 살짝 비켰다. 그 바람에 도끼가 말의 목을 세게 내리치고 말았다. 말 목에서 피가 용솟음치더니 말은 곧 땅바닥에 쓰러지고 말았다. 그 모습을 보자 헬가는 길고도 깊은 환상에서 갑자기 깨어난 것 같았다. 헬가는 죽어 가는 말 위로 몸을 던졌다. 그러자 신부가 헬가를 보호하려고 앞을 막아섰다. 그때 산적 한 명이 신부의 머리를 향해 힘차게 쇠도끼를 휘두르는 바람에 신부의 머리는 산산조각이 나 버렸다. 피가 사방으로 튀기고 두개골이 여기저기로 흩어졌다. 신부는 그 자리에서 죽고 만 것이다. 이번에는 산적들이 하얗게 드러난 헬가의 팔과 날씬한 허리를 붙잡았다. 바로 그 순간 태양이 지평선 아래로 지면서 마지막 햇살이 사라졌다. 헬가는 다시 추한 두꺼비로 변했다. 초록빛을 띤 흰 주둥이가 얼굴을 반쯤 덮었고 두 팔은 가늘고 끈적끈적해졌으며 물갈퀴가 달린 넓적한 손이 부채 모양으로 펼쳐졌다. 그 모습을 본 산적들은 놀라서 기겁을 하며 뒤로 물러섰다. 헬가는 소름끼치는 괴물의 모습을 한 채 산적들에 둘러싸여 한참을 있다가 훌쩍 공중으로 뛰어올라 숲 속으로 사라졌다. 그때서야 그것이 마귀나 마법사

짓이라는 걸 안 산적들은 겁이 나서 부랴부랴 그곳을 떠났다.

밤이 깊어 보름달이 중천에 떠올라 찬란한 빛을 땅 위에 뿌렸다. 흉측한 두꺼비 모습을 한 헬가는 숲에서 천천히 기어 나왔다. 두꺼비는 신부와 말의 주검 옆에 서서 한참을 바라보았다. 두꺼비의 눈에는 눈물이 그렁그렁했으며 목에서는 어린아이가 우는 듯한 울음소리가 새어나왔다. 두꺼비는 신부와 말의 시체를 번갈아 껴안았다. 그리고는 물갈퀴가 달린 큰 손에다 물을 떠와 신부와 말에게 뿌려 주었다. 하지만 신부와 말은 이미 죽어 있었다. 그들은 앞으로도 일어나지 못하리라. 그때서야 두꺼비는 그것을 이해했다. 그대로 놔두면 맹수들이 와서 그들의 시체를 갈기갈기 찢어 놓을 것이다. 두꺼비는 시체를 그대로 둘 수 없어 깊게 무덤을 파기 시작했다. 땅을 팔 것이라곤 나뭇가지와 물갈퀴가 달린 두 손밖에 없었다. 한참 동안 땅을 파자 물갈퀴가 찢어지고 피가 흘렀다. 결국 헬가는 자신의 힘으로는 무덤을 팔 수 없다는 걸 깨닫고는 물을 떠와서 죽은 신부와 말의 얼굴을 씻어 주었다. 그리고는 커다란 나뭇가지를 가져다 그들의 얼굴을 덮어 준 다음, 가지 사이에 낙엽을 뿌렸다. 두꺼비는 들 수 있는 가장 무거운 돌들을 날라다 시체 위에 올려놓고 이끼로 틈새를 안전하게 막았다.

이처럼 힘든 일을 하는 사이에 어느덧 밤이 지나고 태양이 떠올랐다. 두꺼비는 다시 아름답고 사랑스런 처녀로 변했다. 헬가의 손에서는 피가 흘렀으며 뺨 위로는 눈물이 흐르고 있었다. 헬가가 사람의 모습을 하고 눈물을 흘리는 것은 이번이 처음이었다. 이번에 몸이 변할 때에는 그녀의 내면에서 서로 다른 두 개의 심성이 격렬하게 싸우는 것 같았다. 온몸이 부들부들 떨렸다. 헬가는 고통스런 꿈에서 이제 막 깨어난 듯 주위를 둘러보았다. 그리고는 가느다란 나무 한 그루에 몸을 기대고 서 있다가 고양이처럼 나무 꼭대기로 올라가서 쭈그리고 앉았다. 그녀는 겁에 질린 다람쥐처럼 하루 종일 거기에 앉아 있었다. 죽음처럼 고요한 숲 속은 매우 쓸쓸했다.

헬가 주위로는 나비들이 날아다녔고 근처에는 몇 개의 개미집이 있었다. 개미집마다 수백 마리의 작은 개미들이 왔다 갔다 바쁘게 움직이고 있었다. 공중에서는 무수한 모기 떼, 윙윙 소리를 내는 파리 떼, 무당벌레, 황금빛 날개를 가진 잠자리, 그 밖에도 날아다니는 모든 곤충들이 춤을 추었다. 축축한 땅에서 지렁이가 기어 나오는가 하면, 여기저기서 두더지들도 나왔다. 하지만, 이런 것들을 제외하면 숲 속은 쥐죽은듯이 고요했다. 사람들은 쥐죽은듯이 고요하다는 말을 하면서도 진짜 그것이 어떤 것인지를 모른다. 한 떼의 까치 외에는 헬가를 알아보는 것은 아무것도 없었다. 까치들은 재잘거리며 헬가가 앉아 있는 나무 꼭대기 주변을 맴돌았다. 그리고 대담하게 헬가 옆에 있는 나뭇가지에 내려앉아 고개를 갸웃거리며 보기도 했다. 그러나 헬가가 그들에게 눈만 돌리면 놀라서 날아가 버렸다. 까치들은 헬가가 누구인지 알 정도로 영리하지 않았다. 사실, 그것은 헬가 자신도 모르는 일이었다.

태양이 점점 기울면서 주위가 어둑어둑해지자 헬가의 몸에 다시 변화가 일기 시작했다. 헬가는 천천히 나무에서 내려왔다. 마지막 햇살이 사라지자 헬가는 다시 쭈글쭈글한 두꺼비로 변했다. 손가락 사이에서는 찢어진 물갈퀴가 생겨났지만 두 눈은 아름다운 처녀의 모습일 때보다 더 눈부시고 아름답게 빛났다. 이제 두꺼비의 두 눈은 순수하고 유순한 수줍은 처녀의 눈이었다. 두 눈 속에는 깊은 정과 인간의 감정이 담겨 있었다. 아름다운 두 눈에 그렁그렁하던 눈물이 흘러내렸다. 마음을 밝게 하는 고귀한 눈물이었다.

헬가는 죽은 신부를 위해 나뭇잎들을 쌓아 만든 무덤 위에서 나뭇가지로 만든 십자가를 발견했다. 그것은 이제는 죽어 싸늘해진 신부가 마지막으로 남긴 작품이었다. 헬가는 문득 한 생각이 떠올라 십자가를 신부와 말이 묻혀 있는 돌무덤 중간에 꽂았다. 그들을 생각하자 눈물이 왈칵 쏟아졌다. 헬가는 슬픔에 잠겨 무덤 주위에 있는 모래 위에 십자가를 그렸다. 두 손으로 십자가를 막 그리고 났을 때였다. 갑자기 장갑이 찢어져 나가듯 손에서 물갈퀴가 떨어져 나가는 것이 아닌가? 헬가는 놀라서 샘물에 손을 씻고 하얀 두 손을 바라보았다. 그녀는 다시 한 번 허공에 대고 성호를 그었다. 그러자 입술이 떨리고 혀가 저절로 움직이더니 말을 타고 숲 속을 달리면서 수 차례 들었던 이름이 입에서 절로 새어 나왔다. "예수 그리스도!" 바로 그 순간 흉측한 두꺼비의 피부가 떨어져 나가고 젊고 아름다운 모습이 드러났다. 헬가는 지쳐서 고개를 들 수가 없었으며 팔다리도 힘이 빠져 축 늘어졌다. 곧 잠이 쏟아져 눈이 감겼다.

그러나 잠을 잔 것은 잠깐 동안이었다. 한밤중에 깨어난 헬가는 자신의 눈을 의심했다. 그도 그럴 것이 죽은 말이 살아나서 의기양양하게 그녀 앞에 서 있지 않은가. 말의 눈과 부상당한 목에서 밝은 빛이 쏟아져 나왔다. 바로 그 옆으로 죽었던 신부가 나타났다. 바이킹 족 부인이 말한 것처럼 빛과 평화의 신인 발데르보다 더 눈부시고 아름다웠다. 그런데 신부는 이제 불꽃 속에 서 있는 것 같았다. 커다랗고 온화한 눈에서 비쳐 나오는 빛이 너무도 엄숙하고 단호하고 날카로워 그녀의 마음 구석구석을 꿰뚫는 것 같았다. 헬가는 그 표정을 보자 몸이 부들부들 떨렸다. 심판의 날이 다가온 것처럼 지난날의 기억이 또렷하게 되살아났다. 그녀를 위해 해 주었던 선한 행동과 사랑에 가득 찬 말들이 생생하게 기억났다. 헬가는 자신이 시험을 이겨내고 지금 이곳에 있게 된 것은 순전히 사랑 때문이었다는 것을, 그리고 먼지와 흙과 영과 육으로 된 피조물이 악과 싸웠기 때문이라는 것을 알게 되었다. 헬가는 이제까지 자신이 사악한 충동만 따랐을 뿐, 스스로를 치료하려는 노력은 아무것도 하지 않았음을 인정했다. 모든 것이 외부에서 그저 주어졌고 모든 일이 하느님의 정하심에 따라 일어난 것이다.

헬가는 경건히 고개를 숙이고 그녀의 마음의 결점을 모두 읽을 수 있을 하느님 앞에서 자신의 불완전함을 고백했다. 그러자 신부가 말했다.

"너, 늪의 딸이여! 너는 습지에서, 늪에서 왔나니. 하지만 이제 늪에서 일어나거라. 네 마음속 깊은 곳에 있는 영혼을 비추는 햇살은 네가 진정 어디에서 왔는지를 증명하고 원래의 모습으로 되돌려 주었나니! 나는 죽은 자들의 나라에서 왔나니, 너 또한 언젠가는 깊은 계곡을 지나 자비와 완전함이 있는 성스러운 산에 이르리라. 난 너를 아직은 헤데비로 데려가 세례를 받게 하지는 못하노라. 너는 우선 늪지의 물로 싸인 두터운 베일을 벗고 그 수렁에서 나와야 하느니라. 이를 행하기 전에는 정화를 받지 못하리라."

그리고 나서 신부는 헬가를 말 위에 태우고 금으로 된 향로를 주었다. 그것은 헬가가 바이킹 족의 성에서 본 것과 비슷했다. 향로에서는 감미로운 향기가 풍겼고, 산적의 도끼에 맞은 신부의 이마는 다이아몬드처럼 눈부시게 빛났다. 신부는 무덤에서 십자가를 뽑아 높이 쳐들었다.

신부와 헬가는 살랑거리는 나무들을 지나고 전사들이 군마와 함께 묻혀 있는 무덤을 지나 공기를 뚫고 말을 달렸다. 놋쇠로 된 전사들이 솟아올라 질주하더니 무덤 위에 앉았다. 그들의 이마에 금띠로 묶여 있는 금으로 된 초승달 모양의 문장이 달빛을 받아 반짝였으며 그들이 입은 망토가 바람에 휘날렸다. 숨겨진 보물을 지키는 용은 머리를 쳐들고 말 탄 두 사람을 바라보고 있었다. 난쟁이 요정들

숨겨진 보물을 지키는 용은 머리를 쳐들고 말 탄 두 사람을 바라보고 있었다.

은 무덤 아래에서 나타나 빨강, 파랑, 초록 불을 흔들며 밭고랑 사이를 왔다 갔다 했는데, 이는 마치 타오르는 종이에서 나오는 불꽃 같았다.

신부와 헬가는 숲과 황야와 강과 소택지를 지나 늪지대에 이르렀다. 두 사람은 큰 원을 그리며 늪지대 위로 떠올라 맴돌았다. 신부가 십자가를 높이 들자 십자가가 황금빛으로 빛났다. 신부는 찬송가를 불렀다. 헬가도 어린아이가 어머니의 노래를 따라 부르듯 신부를 따라 아름다운 목소리로 찬송가를 불렀다. 그러면서 향로를 흔들자 신비한 향내가 그윽하게 퍼졌다. 그 향기가 어찌나 강렬한지 늪지대에 있는 갈대와 풀에서 꽃이 피어나고 깊은 땅 속에서는 새싹이 돋아났다. 생명을 가진 모든 것들이 위로 솟아올랐다. 수련들이 꽃으로 짠 양탄자처럼 꽃잎을 활짝 피우자 그 위에 잠들어 있는 젊고 아름다운 여인이 보였다. 헬가는 그것이 물 속에 비친 자신의 모습인 줄 알았다. 헬가의 얼굴과 너무나도 똑같았던 것이다. 그러나 헬가가 본 여인은 바로 자신의 어머니였다. 그녀는 늪을 다스리는 왕의 부인이자 이집트의 공주였던 것이다.

죽은 신부는 꽃 위에서 자고 있는 여인을 말에 태웠다. 그러자 말은 너무 무거워 바람에 휘날리는 관을 덮은 휘장처럼 힘없이 주저앉았다. 그러나 십자가를 내밀자 공기의 유령이 힘을 얻었다. 세 사람은 말을 타고 늪지대에서 나와 단단한 땅에 다다랐다.

바로 그 순간 바이킹 족 성에서는 수탉이 울었다. 그러자 꿈의 형상들이 희미해지면서 바람에 실려가 버렸다. 그러나 어머니와 딸은 여전히 마주보고 서 있었다.

"지금 내가 물 속에 비친 내 모습을 보고 있는 거냐?" 어머니가 감격하여 말했다.

"지금 제가 보고 있는 사람이 흰 방패에 새겨진 제 모습인가요?" 딸이 말했다.

두 사람은 달려들어 포옹을 하며 좋아서 어쩔 줄을 몰랐다. 어머니의 가슴은 두근두근 뛰었다. 어머니는 왜 가슴이 그리도 두근거리는지 알고 있었다.

"내 아가야! 오, 내 가슴의 꽃, 깊은 물 속의 내 연꽃!" 어머니는 눈물을 흘리며 몇 번이고 딸의 얼굴을 보고 또 보고 껴안고 어루만졌다. 어머니가 흘린 눈물은 헬가에게는 새 생명과 사랑의 세례였다. "난 백조의 옷을 입고 이곳에 왔단다. 그 옷을 벗자 난 깊은 늪 속으로 그만 가라앉고 말았지. 늪은 벽처럼 사방에서 날 둘러쌌어. 한참을 그렇게 내려가다 보니 신선한 물줄기가 느껴지더구나. 난 알 수 없는 힘에 이끌려 점점 더 깊이 가라앉았지. 그런데 갑자기 잠이 밀려들어 눈을 뜰 수가 없었어. 결국 난 잠 속으로 빠져들어 꿈을 꾸었지. 다시 이집트의 피라미드로 돌아가 있는 것 같았어. 하지만 내 눈 앞에서는 아직도 늪지에서 날 놀라게 한 딱총나무 그루터기가 요동치고 있었지. 그루터기에는 틈새와 쭈글쭈글한 주름이 있었는데, 이상한 빛깔로 빛이 나더구나. 마치 상형 문자 같았지. 그것은 바로 미라 상자였단다. 갑자기 그 상자가 부서지자 천 년 된 왕의 모습이 나타났지. 미라의 형상을 한 그 왕은 석탄처럼 새까맣고 숲에 사는 달팽이처럼 검은 빛이 났으며 늪지의 끈적끈적한 진흙이 묻어 있었단다. 늪을 다스리는 왕이었는지 피라미드의 미라였는지 확실히는 모르겠어. 아무튼 그는 나를 부둥켜안았지. 난 죽는 줄만 알았단다. 정신을 차리고 보니 내 품에 작은 새 한 마리가 안겨 있더구나. 새는 날개를 퍼덕이며 지저귀었지. 그 새는 내 품에서 나와 어둡고 음산한 하늘로 높이 날아올랐어. 하지만 긴 초록빛 끈이 나와 새를 묶고 있어서 새는 날아갈 수가 없었지. 난 새가 동경하는 것이 무엇인지 이해하게 되었단다. 그것은 자유, 햇빛, 그리고 아버지에게 가겠다는 것이었어. 그러자 내 아버지, 햇살이 부서지는 내가 태어난 고향, 나의 삶, 그리고 나의 사랑이 떠올랐지. 그래서 나는 끈을 풀어 주고 새가 자기 아버지가 있는 고향으로 날아가게 해 주었단다. 그 후로는 꿈을 꾸지 않았지. 나는 길고도 깊은 잠을 잤어. 그러다가 방금 노랫소리와 향기에 깨어난 거야. 그 노래와 향기가 날 해방시켜 준거지.”

새의 날개를 어머니의 가슴에 묶어 놨던 초록색 끈은 어디에 있었을까? 그 끈은 어디에서 둥실둥실 떠다니고 있을까? 그 끈을 본 것은 황새뿐이었다. 초록빛 끈은 바로 푸른 꽃줄기였고, 아이가 누워 있던 꽃받침이었다. 그리고 그 아이는 지금 아름답게 피어나 어머니의 가슴에 안겨 있는 것이다.

어머니와 딸이 서로 부둥켜안고 있을 때, 아빠 황새가 그들의 주위를 빙빙 돌며 날았다. 그리고는 서둘러 둥지로 가서 몇 년 전부터 보관해 두었던 백조 옷 두 벌을 가져왔다. 황새가 백조 옷을 어머니와 딸 위로 던지자 곧 깃털이 그들을 감쌌다. 그러자 어머니와 딸은 두 마리의 흰 백조의 모습으로 하늘로 날아올랐다.

아빠 황새가 백조의 옷을 입은 이집트 공주에게 다가가 말했다. “이제야 기쁜 마음으로 얘기할 수 있게 되었군요. 우린 서로 생긴 것은 다르지만 서로를 이해할 수 있어요. 당신이 오늘 밤 이곳에 온 것이 정말 다행이에요. 하루만 늦었더라면 우린 이미 떠나고 없었을 테니까요. 난 아내와 아이들과 함께 내일 남쪽으로 떠날 참이었거든요. 날 잘 봐요. 난 나일 강에서 온 오랜 친구라고요. 아내도 말과는 달리 가슴이 따뜻하지요. 아내는 당신이 어떻게든 살아 나올 거라고 늘 말했어요. 아이들과 함께 백조 옷을 이곳으로 힘들게 운반해 왔는데 정말 잘한 것 같아요. 아직까지 우리가 여기 남아 있었던 것도 참 잘한 일이고요. 날이 밝으면 우린 다른 황새들과 함께 이곳을 떠날 거예요. 우리가 앞서 갈 테니까 뒤따라오세요. 그럼 길을 잃을 염려는 없을 거예요. 당신이 잘 따라오는지를 우리 가족들이 계속 살필 테니 걱정 마세요."

"내 연꽃인 내 딸을 데려갈 거예요. 백조의 옷을 입혀서 함께 나란히 날아가겠어요. 내 가슴의 꽃과 함께 여행하다니. 이제야 수수께끼가 풀렸어요. 이제 고향으로 가는 거예요. 고향으로!" 이집트 왕의 딸이 가슴이 벅차서 말했다.

그러나 헬가는 자신을 사랑으로 돌봐 준 바이킹 족 부인을 보지 않고서는 덴마크를 떠날 수 없다고 말했다. 헬가는 즐겁고 아름다웠던 추억, 바이킹 족 부인이 해 주었던 사랑에 넘치는 말, 그리고 자신을 위해 부인이 흘린 눈물이 생각났다. 그러자 헬가는 이 세상에서 자신이 가장 사랑하는 사람은 바이킹 족 부인이라는 생각이 들었다.

"그래요, 바이킹 족 성으로 갑시다. 아내와 아이들이 거기에서 기다리고 있거든요. 당신들을 보면 아내와 아이들은 눈이 휘둥그레져 날개를 퍼덕일 거예요. 기뻐서 말이에요. 날개를 한 번 퍼덕여서 아내와 아이들에게 우리가 가는 것을 알리지요." 아빠 황새는 이렇게 말하고 아주 멋지게 날개를 퍼덕였다. 그와 동시에 아빠 황새와 백조들은 바이킹 족 성으로 날아갔다.

바이킹 족 성은 모두가 깊은 잠에 빠져 있어 조용했다. 바이킹 족 부인은 밤이 늦어서야 잠자리에 들었다. 부인은 헬가가 몹시 걱정되었다. 헬가는 사흘 전에 신부와 함께 사라져 아직까지 나타나지 않은 것이다. 마구간에 있던 헬가의 말이 사라진 것으로 보아 헬가가 신부의 탈출을 도와준 것이 틀림없었다. 하지만 도대체 무슨 힘으로 그런 일을 해냈단 말인가? 바이킹 족 부인은 그 점이 이상했다. 그리스도를 믿고 따르는 사람들이 기적을 행한다는 말이 떠올랐다. 이러한 생각은 곧 생생한 꿈으로 이어졌다.

부인은 아직 어둠이 내리지 않은 낮에 눈을 뜨고 침대에 누워 있는 것 같았다.

그때 갑자기 폭풍우가 일었다. 북해와 카테가트 해협의 파도가 요동치는 것처럼 동쪽, 서쪽에서 호수가 넘실거리며 일렁이는 요란한 소리가 들렸다. 강바닥의 흙을 감싸고 있다는 괴물처럼 생긴 뱀이 경련을 일으키며 부들부들 떨었다. 세상의 모든 것과 숭고한 신들조차도 종말에 이르는 '라그나뢰크'라고 부르는 심판의 날이 다가온 것이다. 전쟁을 알리는 나팔 소리가 울리자 철갑 옷을 입은 신들이 무지개를 타고 최후의 전쟁을 치르기 위해 내려왔다. 하늘은 북극광으로 불타올랐으나 아직은 어두웠다. 참으로 끔찍한 시간이 온 것이다.

겁에 질린 부인 옆에는 헬가가 소름끼치는 두꺼비의 모습을 하고 덜덜 떨며 바닥에 앉아 있었다. 부인은 자기 옆에 꼭 붙어 있는 두꺼비를 무릎 위에 올려놓고 사랑스럽게 쓰다듬었다. 공중에서 칼이 부딪치는 소리가 요란했고 마치 우박이 쏟아지듯 화살이 빗발쳤다. 하늘과 땅이 갈라지고 토성의 불타는 호수가 온 세상을 삼켜 버리는 것만 같았다. 그러나 바이킹 족 부인은 알고 있었다. 하늘과 땅이 다시 생겨나고 호수의 물결이 황량한 모래밭 위로 넘실대는 곳에 옥수수가 물결칠 것이며 신성한 하느님이 재림하리라는 것을. 그때 부인은 죽은 자의 세계에서 부활을 보았다. 빛과 평화의 신인 온화하고 다정한 발데르가 소생한 것이다. 그런데 그 얼굴을 본 부인은 깜짝 놀랐다. 그는 포로로 잡혀 있던 신부가 아닌가.

"예수 그리스도!" 부인은 자기도 모르게 큰 소리로 외쳤다. 그와 동시에 흉측하게 생긴 두꺼비의 이마에 입을 맞추었다. 그러자 추한 두꺼비의 피부가 벗겨지고 헬가가 아름답고 사랑스런 모습으로 사랑으로 가득 찬 눈을 빛내며 눈앞에 서 있지 않은가. 헬가는 부인의 손에 입을 맞추고는 고통과 시련을 겪는 동안 베풀어 준 사랑과 보살핌에 대해 감사를 드렸다. 그리고 부인이 그녀의 가슴 속에 일깨워 준 생각과 그리스도의 이름을 불러 준 것에 감사드렸다. 그리고 나서 헬가는 아름다운 백조가 되어 떠오르더니 철새 떼가 날아갈 때와 같은 소리를 내며 두 날개를 활짝 폈다.

그 순간 바이킹 족 부인은 잠에서 깨어났다. 밖에서는 아직도 새들이 힘차게 날갯짓 하는 소리가 들렸다. 황새들이 이곳을 떠날 시기가 된 것으로 보아 그 새들의 날갯짓 소리가 틀림없었다. 부인은 황새들이 떠나기 전에 다시 한 번 보고 작별 인사를 하고 싶었다. 그래서 침대에서 일어나 문간에 서서 지붕을 올려다보았다. 황새 떼 일행이 나란히 열을 지어 성과 큰 나무 위를 원을 그리며 날고 있었다. 그런데 문간 옆에 있는 우물가에서는 백조 두 마리가 초롱초롱한 눈으로 부인을 쳐다보고 있지 않은가. 그 우물은 헬가가 앉아서 못된 장난으로 부인을 질겁하게 만들곤 하던 곳이었다. 바이킹 족 부인은 밤에 꾼 꿈이 생각났다. 그 꿈이 마치 현실로 나타난 것 같았다. 부인은 백조의 모습을 한 헬가를 생각하고 신부를 생각했다. 그러자 갑자기 알지 못할 기쁨이 가슴에 넘쳤다.

두 마리 백조는 날개를 퍼덕이며 인사라도 하는 듯이 고개를 구부렸다. 부인은 그 인사에 대답이라도 하는 것처럼 백조들을 향해 두 팔을 벌리고는 눈물을 글썽이며 미소를 지어 보였다. 부인은 날개가 퍼덕이고 부리가 딱딱거리는 소리를 듣고서야 깊은 생각에서 깨어났다. 황새들이 하늘 높이 떠올라 남쪽으로 향했다.

"백조들을 기다릴 수 없어요! 우리랑 함께 가려면 지금 오라고 해요. 물떼새가 올 때까지 여기서 마냥 기다리고만 있을 수는 없다구요." 엄마 황새가 불평이었다. 잠시 후 백조들이 도착하자 그들은 남쪽을 향해 출발했다.

"가족끼리 여행하는 것은 참 좋지요. 되새나 도요새는 그렇지 않지만 말예요. 그 새들은 수컷은 수컷끼리, 암컷은 암컷끼리 날아다니지요. 솔직히 말해서 그건 보기가 흉해요. 그런데 백조는 왜 저렇게 날죠?" 엄마 황새가 말했다.

"새마다 각기 나는 방식이 있는 거요. 백조들은 비스듬히 날고 두루미들은 삼각형 모양으로 줄을 맞춰 날지. 그리고 물떼새는 뱀 모양으로 곡선을 그리며 난다오." 아빠 황새가 말했다.

"하늘을 날 때는 뱀 얘기를 하지 마세요. 그러면 어린 황새들이 입맛을 다신단 말예요." 엄마 황새가 말했다.

"저기 보이는 높은 산들이 당신이 얘기한 산인가요?" 백조의 옷을 입은 헬가가 물었다.

"우리 밑에 떠도는 것은 소나기 구름이에요." 엄마 황새가 대답했다.

"저렇게 높이 있는 하얀 구름은 뭐예요?" 헬가가 다시 물었다.

"저건 구름이 아니라 만년설로 뒤덮인 산들이에요." 엄마 황새가 말했다.

그들은 알프스 산맥을 넘어서 푸른 지중해를 향해 날았다.

"아아, 아프리카! 이집트 해안이네!" 백조 모양을 한 나일 강의 공주가 높은 하늘에서 고향을 알아보고 환호했다. 공주의 고향은 나일 강 해변에 있는 파도가 넘실거리고 황금빛 태양이 쏟아지는 곳에 있었다. 다른 새들도 그곳을 보고는 더욱 힘차게 날갯짓을 했다.

"아아, 나일강의 흙 냄새가 나. 촉촉하게 젖은 개구리 냄새도 나고 말이야. 벌써 배가 고픈걸. 애들아, 내가 맛있는 먹이를 줄게. 이제 무수리, 따오기, 두루미 같은 새들을 보게 될 거야. 그들도 같은 황새 종류지만 우리처럼 잘생기진 않았지. 그들은 항상 고상한 척하며 거드름을 피운단다. 특히 따오기가 더하지. 이집트 사람들이 그렇게 버릇없게 만들어 놓은 거지. 이집트 사람들은 따오기의 배를 갈라 향료를 채워서 미라로 만든단다. 하지만 난 산 개구리로 배를 채우고 싶어. 너희들도 그럴 거야. 그리고 그렇게 되겠지. 죽어서 장식물이 되기보다는 살아 있는 배를 채우는 게 낫지. 내 생각은 그래. 그리고 내 생각은 항상 맞지!" 엄마 황새가 말했다.

"황새들이 돌아왔다!" 나일강 강둑에 있는 거대한 집에서 누군가가 말했다. 그곳에 있는 큰 방에는 이집트 왕이 표범 가죽을 덮고 폭신폭신한 이불 위에 누워 있었다. 왕은 살았다고 볼 수는 없었지만 그렇다고 죽은 것도 아니었다. 왕은 공주가 머나먼 북쪽 지방에 있는 깊은 늪에서 연꽃을 따오기를 기다리고 있었던 것이다. 왕 주위에는 친척들과 하인들이 둘러 서 있었다. 그때 황새들과 북쪽에서 온 아름다운 백조 두 마리가 방안으로 날아들었다. 두 마리 백조가 하얀 깃털을 벗어 던지자 아름다운 두 여인의 모습이 드러났다. 두 여인은 창백하고 초췌한 늙은 왕에게 다가가 긴 머리를 뒤로 젖히고 입을 맞추었다. 헬가가 할아버지에게 머리를 숙였을 때, 왕의 뺨에 불그레한 기운이 돌고 눈빛이 반짝였으며 굳어진 팔다리에 생기가 돌았다. 늙은 왕은 건강을 되찾고 원기를 회복하여 병상에서 일어났다. 왕의 딸과 손녀는 마치 긴 악몽 뒤에 아침을 맞이한 것처럼 기쁨에 넘쳐 왕을 와락 끌어안았다.

황새들의 둥지는 물론이고 온 집안에 다시 기쁨이 넘쳐흘렀다. 물론 황새들이 즐거워한 가장 큰 이유는 훌륭한 먹이였다. 황새들은 땅 속에서 떼지어 나오는 개구리들이 많아 먹이 걱정을 할 필요가 없게 된 것이다.

학자들은 서둘러서 재빠르게 두 공주에 대한 이야기와 그들이 왕의 병을 낫게 해 준 꽃을 가져왔다는 얘기를 큰 사건으로 다루었다. 그 이야기는 왕이 사는 성과 온 국민에게는 커다란 축복이었다.

아빠 황새도 이 이야기를 자기 방식대로 가족들에게 들려주었다. 그러나 그것은 새끼 황새들이 배불렀을 때나 가능한 일이었다. 배가 고프면 먹이 사냥을 먼저 해야 되기 때문이다.

"이제 당신도 벼슬을 얻겠군요. 그들이 그냥 있진 않을 거예요." 아빠 황새의 이야기를 들은 엄마 황새가 자랑스럽게 말했다.

"내가 무슨 벼슬을 할 수 있겠소? 그리고 내가 한 일이 뭔데? 난 아무것도 한 게 없소!" 아빠 황새가 말했다.

"당신은 누구보다도 더 큰 일을 했어요. 당신과 아이들이 없었다면 공주와 그 딸은 다시는 이집트를 보지 못했을 거예요. 늙은 왕도 다시 건강해질 수 없었을 테고요. 당신은 크게 될 거예요. 당신한테 틀림없이 학자 모자를 씌워 줄 거예요. 그럼 우리 아이들이 그것을 이을 거고 또 그 애 아이들이 대를 잇겠죠. 벌써 당신이 이집트 학자처럼 보여요. 적어도 내 눈에는요."

"그런데 지붕 위에서 들은 얘기가 잘 기억나지 않아." 아빠 황새는 가족들에게 얘기를 하다 말고 이렇게 말했다. "단지 기억나는 것은 현자들이 한 얘기가 너무 어렵고 수준 높았다는 것뿐이야. 그들은 벼슬뿐만 아니라 선물도 받았지. 그 성에 있는 주방장도 훈장을 받았어. 아무 수프를 누구보다도 더 잘 끓여서 그랬을 거야."

"당신은 뭘 받았어요? 설마 그들이 가장 큰 공을 세운 당신을 잊어버리진 않았겠죠. 학자들은 왕이 병들어 누워 있을 때 입으로 지껄이는 게 고작이었어요. 가장 큰 일을 해낸 당신을 몰라라 하면 안 돼죠." 엄마 황새가 말했다.

밤이 깊어 이제 다시 행복이 찾아 든 성에 평화로운 잠이 찾아 들었지만 아직도 잠들지 않고 깨어 있는 이가 있었다. 그것은 아빠 황새가 아니었다. 아빠 황새는 한 다리로 서서도 깊은 잠을 잘 잤다. 홀로 깨어 있는 사람은 바로 헬가였다. 헬가는 발코니에 기대어 서서 별들을 쳐다보았다. 그 별들은 북부 지방에 있는 별과 같은 별이었지만 맑은 공기 속에서 보자 더 밝고 맑게 반짝였다. 헬가는 늪지에 사는 바이킹 족 부인의 상냥한 눈빛과 두꺼비 모습을 한 불쌍한 아이를 위해 흘려주었던 부인의 눈물이 생각났다. 그 불쌍한 아이는 이제 봄날처럼 온화하고 향긋한 공기를 마시며 나일 강가에서 부족할 것 없이 화려하게 살고 있는 것이다. 헬가는 바이킹 족 부인의 가슴속에 숨쉬는 사랑이 그리웠다. 난폭하고 증오에 차 있는 사람의 모습일 때도, 소름끼치는 동물의 모습일 때도 변함없이 그녀에게 보여 주었던 그 사랑이 그리웠다.

　하늘에서 빛을 내는 별들을 쳐다보자 숲과 늪 위를 날 때 죽은 신부의 이마에서 빛났던 광채가 생각났다. 헬가의 기억 속에서 그의 음성이 되살아났다. 함께 말을 타고 달릴 때 그녀가 무서움에 떨며 들었던 신부의 말이 생각났다. 인류를 감싸는 위대한 사랑의 원천에서 나온 말이! 이 사랑으로 이루어지지 않은 것이 무엇이 있을까?

　아름다운 헬가는 밤낮으로 자신이 갖게 된 엄청난 행복에 대해 생각했다. 그녀는 아름다운 선물을 받으면 선물을 준 사람은 본 체 만 체하고 선물에만 열중하는 아이처럼 생각에 몰두했다. 그녀에게 주어진 행운은 시시각각으로 더 커지는 것 같았다. 이런 행운은 어디까지 갈까? 헬가에게 이러한 기쁨과 행복을 가져다준 것은 놀라운 기적이 아니었던가? 이런 생각을 하다 보면 헬가는 그런 행운을 가져다준 사람은 잊어버리곤 했다. 그것은 날개를 활짝 펴고 대담하게 날으려는 젊은 혈기가 지나친 때문이었다. 그녀의 눈이 왕성한 혈기로 반짝이는 순간 갑자기 아래 마당에서 큰 소리가 들리는 바람에 대담한 생각은 사라지고 말았다. 아래를 내려다보자 두 마리의 거대한 타조가 좁은 원을 그리면서 급히 달리고 있었다. 헬가는 그처럼 크고 거칠고 못생긴 새를 본 적이 없었다. 그 새는 마치 끝을 가위로 잘라 낸 듯한 이상한 날개를 가지고 있었으며 화가 나 있었다. 그 이유를 물은 헬가는 처음으로 이집트 사람들 사이에 전해 오는 타조에 관한 전설을 듣게 되었다.

　한때 타조는 크고 튼튼한 날개를 가진 아름답고 훌륭한 새였다. 어느 날 저녁, 숲 속에 사는 커다란 새들이 타조에게 말했다. "형제여! 하느님의 뜻이라면, 우리 내일 강으로 날아가서 물을 마실까?"

　타조는 그러자고 대답했고, 날이 밝자 다른 새들과 함께 날아오르기 시작했다. 타조는 처음에는 공중으로 높이 날아오르더니 하느님의 눈인 태양을 향해 점점 더 높이 날아올랐다. 타조는 자기의 힘만 믿고 그 힘을 준 하느님에 대해서는 생각하지 않고 "하느님의 뜻이라면!"이란 말도 하지 않은 채 다른 새들보다 훨씬 위쪽에서 빛을 향해 날아갔다. 그때 갑자기 활활 타오르는 햇살의 베일이 타조에게 던져졌다. 그러자 그 거만한 새의 날개는 순식간에 불에 타서 오그라들고 말았다. 그리하여 타조는 처참하게 땅에 떨어지고 만 것이다. 그 후 그 타조와 타조의 후손들은 다시는 하늘로 올라갈 수 없게 되었고 겁에 질려 땅 위를 뛰어다니거나 좁은 공간에서 원을 그리며 달리는 것밖에 하지 못했다. 이 이야기는 우리 인간들에게도 큰 교훈을 준다. 우리는 생각하고 계획하고 행동할 때 항상 "하느님의 뜻이라면" 하고 말해야 한다.

헬가는 깊은 생각에 잠겨 고개를 숙인 채 계속해서 원을 그리며 빙빙 돌고 있는 타조를 바라보았다. 타조는 겁에 질린 듯, 그리고 그저 재미로 그런다는 듯이 햇빛을 받은 벽에 비친 자신의 그림자를 흘끗 보았다. 타조의 전설이 헬가의 가슴을 적셔 왔다. 그녀에게는 현재와 미래의 행복한 생활이 보장되어 있는 것 같았다. 그리고 앞으로는 더욱더 좋은 일이 생길 것이다. 하느님의 뜻이라면!

이른봄이 되어 황새들이 다시 북쪽으로 이동할 때가 되자 아름다운 헬가는 금팔찌를 벗어서 거기에 자신의 이름을 새겨 넣고는 아빠 황새에게 손짓을 했다. 그리고는 아빠 황새가 다가오자 그 팔찌를 아빠 황새의 목에 걸어 주고 바이킹 족 부인에게 전해 달라고 부탁했다. 자신이 아직 살아 있으며 행복하게 살고 있고 부인을 잊지 않았다는 것을 알려 주기 위해서였다.

'좀 무겁군. 하지만 금과 명예는 길바닥에 뿌리는 게 아니지. 이걸 가져다주면 황새는 행운을 가져다준다는 것을 사람들은 인정하게 될 거야.' 팔찌를 목에 건 아빠 황새는 이렇게 생각했다.

"난 알을 낳는데 당신은 황금을 낳는군요. 하지만 당신은 한 번뿐이지만 난 해마다 알을 낳지요. 그런데도 아무도 그걸 몰라준단 말예요. 정말 서운하고 분통 터지지 뭐예요." 엄마 황새가 속상한 듯 말했다.

"하지만 우리가 알아주잖소." 아빠 황새가 말했다.

"그 팔찌로 뭘 하겠어요? 팔찌를 목에 건다고 해서 바람을 잘 탈 수 있는 것도 아니고 먹을 것이 나오는 것도 아니잖아요." 엄마 황새가 말했다.

"저 타마린드 숲에서 노래하는 작은 나이팅게일도 곧 북쪽으로 이동할 거예요." 아빠 황새는 이렇게 말하고 가족과 함께 그곳을 떠났다.

헬가는 늪지대에 살 때 나이팅게일의 노래를 자주 듣곤 했다. 그래서 헬가는 나이팅게일을 통해 전갈을 보내야겠다고 생각했다. 헬가는 백조의 옷을 입고 이곳까지 날아올 때 새들의 말을 배웠었다. 그녀는 황새나 제비와 자주 이야기를 나누었기 때문에 나이팅게일도 자기 말을 이해하리라 생각했다. 그래서 헬가는 나이팅게일에게 유틀란트 반도에 있는 너도밤나무 숲으로 가서 돌과 나뭇가지로 만든 무덤을 찾아가 달라고 부탁했다. 그리고 무덤 주위에 둥지를 지으라고 다른 새들을 설득해 달라고 부탁했다. 그러면 무덤 위로 항상 음악과 노랫소리가 울려 퍼질테니 말이다. 그녀의 부탁을 받고 나이팅게일은 날아갔다. 그리고 시간도 빠르게 지나갔다.

이집트에 가을이 찾아왔다. 어느 날, 피라미드 위에 서 있던 독수리는 낙타와 사람들의 행렬이 지나가는 것을 보았다. 낙타에는 짐이 가득 실려 있었고 갑옷을 입은 남자들은 입에 거품을 문 아라비아 군마를 타고 있었다. 군마들은 피부가 은빛으로 반짝반짝 빛이 났으며 콧구멍은 붉은 색이었고 털이 많은 매끈한 갈기는 날씬한 다리까지 내려왔다. 이 행렬은 잘 생긴 아라비아 왕자와 귀족들로, 이들은 이집트의 왕이 사는 성으로 가고 있는 중이었다. 지금은 비어 있는 황새 둥지가 있는 성으로.

황새들은 지금 북쪽에 있었으나 곧 돌아올 예정이었다. 황새들은 때마침 기쁨과 즐거움이 성에 가득 넘치는 날 돌아왔다. 황새들이 도착했을 때는 결혼식이 치러지고 있었다. 신부는 비단옷에 보석으로 치장한 아름다운 헬가였고, 신랑은 아라비아의 젊은 왕자였다.

신랑과 신부는 신부의 어머니와 할아버지 사이에 놓여 있는 테이블 위쪽에 앉았다. 햇볕에 그을린 남자다운 신랑의 얼굴 주위에는 곱슬곱슬한 검은 수염이 나 있었고 타는 듯한 두 눈은 헬가에게 머물러 있었다. 그러나 헬가는 신랑이 아닌, 하늘에서 반짝이며 내려다보고 있는 별들을 쳐다보고 있었다.

바로 그때 새들이 날개를 퍼덕이는 소리가 들렸다. 황새들이 돌아온 것이다. 이제 나이가 든 황새 부부는 여행에 몹시 지쳐 있어 쉬어야 했지만 곧바로 베란다의 난간 위로 날아왔다. 황새들은 이미 이집트 왕의 성에서 벌어지는 축제가 어떤 축제인지 알고 있었던 것이다. 황새들은 결혼 소식을 국경선에서 들었다. 그리고 헬가가 자신의 인생과 무관하지 않은 황새들을 벽에 그려 넣게 했다는 소식도 들어서 알고 있었다.

"우릴 그려 넣은 것은 참 잘한 일이야." 아빠 황새가 말했다.

"맞아요. 하지만 그건 우리가 한 일에 비하면 별 것 아니에요. 그런 대접을 받아 마땅하지요." 엄마 황새가 말했다.

황새들을 본 헬가는 자리에서 일어나 급히 베란다로 가서 황새들의 등을 쓰다듬었다. 늙은 황새 부부는 목을 굽혀 헬가에게 인사했다. 막내 황새도 헬가가 이렇게 반겨 주는 것을 영광으로 생각했다.

헬가는 계속 별들을 쳐다보았다. 별들은 더욱 밝고 순결하게 빛나는 것 같았다. 그때 별과 헬가 사이에 공기보다도 더 순수하고 투명한 형체가 떠올랐다. 그 형상은 헬가에게 가까이 다가왔다. 그것은 바로 죽은 신부였다. 신부는 하늘 나라에서 헬가의 결혼을 축하하러 온 것이다.

"저 위의 영광과 광명이 이 땅에 있는 모든 것보다 더 빛이 나도다." 신부가 말했다.

헬가는 경건하고 열렬하게 기도했다. 단 한 번이라도 천국의 영광과 광명을 볼 수 있도록 해 달라고. 헬가는 이제까지 이처럼 열심히 기도를 한 적이 없었다. 그러자 몸이 소리와 생각의 바다를 뚫고 위로 떠오르는 듯하더니 몸 주위뿐만 아니라 마음도 말로는 표현할 수 없는 신비한 빛과 노래로 가득 찼다.

"자, 이제 돌아가야지. 네가 그리울 거야." 신부가 말했다.

"한 번만 더요. 잠깐이라도 보고 싶어요!" 헬가가 애원했다.

"땅으로 돌아가야 한다니까. 손님들이 떠나겠어. 그럼, 한 번만이야. 마지막이라구!"

다음 순간 헬가는 어느새 베란다에 다시 서 있었다. 그러나 결혼식장에 있던 등불은 모두 꺼져 있었고 밖을 환하게 비추던 횃불도 꺼지고 없었다. 황새들도 떠나고 없었으며 손님도, 신랑도 눈에 띄지 않았다. 그 짧은 순간에 모든 것이 죽어 버린 것 같았다. 갑자기 두려움과 불안감이 온몸을 휘감았다. 헬가는 텅 비어 있는 복도를 지나 옆방으로 갔다. 거기에서는 낯선 전사들이 자고 있었다. 옆문을 열고 들어서자 예전에 자신의 방이었던 곳이 정원으로 변해 있지 않은가. 한 번도 본 적이 없는 정원이었다. 하늘이 붉게 물들어 있었다. 벌써 새벽녘이었던 것이다. 하늘 나라에서 3분 동안 있는 사이에 땅에서는 온밤이 지나가 버렸단 말인가. 그때 황새들이 나타났다. 헬가는 황새들의 말로 그들을 불렀다.

그러자 아빠 황새가 고개를 갸웃거리면서 헬가에게 다가왔다. "당신은 우리 말을 할 줄 아는군요! 무슨 일 때문에 불렀어요? 여긴 웬일이세요? 처음 보는 얼굴이군요."

"나예요. 헬가, 헬가라구요! 날 모르겠어요? 바로 3분 전에 저기 베란다에서 얘기하면서 같이 있었잖아요."

"꿈을 꾸었나 보군요."

"아니야, 아니라구요!" 헬가가 안타깝게 소리를 질렀다. 그 순간 바이킹 족 성과 거대한 호수와 바다를 건너 이집트로 여행했던 생각이 떠올랐다. 헬가가 그 이야기를 해주자 아빠 황새는 눈을 끔뻑거리며 이렇게 말했다.

"그건 내 할아버지 때 이야기예요. 이곳 이집트에 덴마크에서 온 공주가 있었지요. 하지만 그 공주는 수백 년 전 결혼식 날 밤에 어디론가 사라져 다시는 돌아오지 않았지요. 정원에 있는 저 기념비에 쓰여 있어요. 거기에는 백조들과 황새들도 조각되어 있지요. 그리고 꼭대기에는 헬가 공주의 모습이 대리석으로 새겨져 있어요."

황새가 말한 것은 사실이었다. 헬가는 그제야 모든 것을 깨닫고 무릎을 꿇었다. 태양이 하늘 높이 떠오르자 눈부신 햇살이 무릎을 꿇고 앉아 있는 소녀를 비추었다. 햇살은 예전에 추한 두꺼비를 아름다운 공주로 바꾸어 놓았듯이 이번에도 헬가를 아름다운 한 줄기 빛으로 바꾸어 놓았다. 한 줄기의 눈부신 햇살은 하느님을 향해 높이 뻗어 갔다. 헬가의 몸은 부서져 먼지가 되었다. 헬가가 서 있던 자리에 빛바랜 연꽃이 놓여 있었다.

"이 이야기의 끝은 정말 새롭군! 이렇게 끝나리라곤 생각하지 못했어. 하지만 끝이 참 좋아." 아빠 황새가 말했다.

"애들은 어떻게 생각할까요?" 엄마 황새가 물었다.

"그거 참 중요한 질문이군!" 아빠 황새가 말했다.

## 87
# 빨리 달리는 것들

달리기를 잘한 동물들 중에서 1등과 2등을 골라 상을 주는 행사가 있었다. 1등과 2등은 단 한 번의 달리기가 아닌 1년 내내 달린 것을 전부 계산해서 결정되었다.

"내가 1등 상을 받았어. 심사위원 중에는 친척들과 친한 친구들도 있었지만 심사는 공정했지. 하지만 달팽이가 2등 상을 받다니! 이건 나에 대한 모욕이야!" 산토끼가 말했다.

"아니야, 그렇지 않아." 울타리에 있는 말뚝이 말했다. 말뚝은 1, 2등을 결정할 때 곁에서 지켜본 증인이었다. "달팽이의 부지런함과 인내심을 헤아려야지. 훌륭한 많은 동물들도 그래야 된다고 말했어. 나도 그렇다고 생각해. 달팽이는 문지방을 넘어오는 데만 반 년 이상이 걸렸지. 하지만 달팽이는 누구보다 부지런히 달렸어. 얼마나 서둘러 달렸던지 허벅지가 부러지기까지 했어. 달팽이는 달리는 일에 온몸을 던졌어. 그는 집을 등에 지고 달렸지. 그건 정말 감탄할 일이라구. 그래서 달팽이가 2등 상을 받은 거라구."

"나도 상을 못 받을 이유가 없다구! 나보다 더 빨리 높이 치솟아서 난 것은 아무도 없었어. 게다가 난 남들이 가지 못한 먼 곳까지 날아갔었지. 내가 얼마나 멀리 날았는지 생각해 보라구!" 제비가 화가 나서 말했다.

"그래, 넌 정말 아까운 경우야. 하지만 넌 한 곳에 정착하지 못하고 늘 다른 나라로 날아다녔어. 추위가 닥치면 이 나라를 떠나가곤 하잖아. 넌 조국에 대한 사랑이 없어. 그래서 넌 제외된 거야." 말뚝이 차분하게 설명했다.

"그럼 내가 저 습지대에서 겨울 내내 잠을 잤다면 어때? 나도 상을 받을 수 있겠어?" 제비가 말했다.

"네가 1년 중 반 이상을 조국에서 잤다는 증명서를 붉은 뇌조에게서 받아 와 보라구. 그럼 너도 상을 받을지 모르니까."

"난 2등이 아니라 1등 상을 받을 자격이 있어. 토끼는 비겁하게 달렸어. 자기가 좀 늦어질 것 같다 싶을 때만 달렸지. 하지만 난 내 생애의 임무로 알고 달리다가 불구가 되고 말았어! 그러니 1등 상은 마땅히 내가 받았어야 해. 하지만 난 거만하고 거드름피우는 건 정말 질색이야." 달팽이가 경멸에 찬 어조로 내뱉었다.

"나도 심사 위원이었던 만큼 모든 조건을 두루 살펴서 1등과 2등을 결정하려고 애썼다구." 숲에 있는 경계 푯말이 말했다. "나는 늘 여러 조건들을 두루 살핀 뒤에 1, 2등을 결정하지. 그래서 나는 벌써 일곱 번이나 심사 위원을 했어. 하지만 이번에야 비로소 내 뜻대로 수상자가 결정된 거야. 나는 상을 줄 때마다 특별한 규칙을 가지고 결정했지. 1등은 항상 알파벳의 처음부터 순서를 헤아려서 그 순서대로 뽑았어. 그리고 2등은 알파벳의 뒤부터 헤아렸지. 이번에 여덟 번째로 심사 위원이 되었으니까 여덟 번째 철자를 뽑은 거야. 알파벳의 A부터 시작해서 여덟 번째 철자는 H지. H로 시작되는 철자를 가진 선수는 토끼(토끼는 영어로 hare)야. 그래서 토끼에게 1등 상을 준거야. 그리고 알파벳의 뒤에서부터 여덟 번째 철자는 S가 되지. 그래서 S로 시작되는 달팽이(달팽이는 영어로 snail)에게 2등 상을 준거야. 내년에는 I가 1등 상이 되고, R이 2등 상이 되는 거지."

"만일 내가 심사 위원이 아니었다면, 나는 내 자신을 1등으로 뽑았을 거야." 이번에는 노새가 말했다. 노새 역시 심사 위원이었다. "상을 정할 때는 얼마나 빨리 달리는지를 생각해야 하지만 다른 것들도 생각해야 하지. 이를테면 얼마나 무거운 것을 싣고 갈 수 있느냐 하는 따위의 조건 말이야. 하지만 나는 이 조건을 내세우지 않았어. 그리고 토끼가 얼마나 교활하게 갑자기 옆으로 뛰어들어 다른 경쟁자들을 혼란시키며 앞질러서 빨리 달렸는지도 따지지 않았어. 토끼는 아마 우리가 그걸 모르고 있다고 생각하겠지만 그렇지 않아. 하지만 그 정도는 눈감아 주었지. 사실 그런 것보다도 더 중요하게 생각해야 할 것들이 있지. 우리 눈에 띄지 않는 것들 말이야. 인간들은 그것을 아름다움이라고 부르지. 이번에 내가 눈여겨본 것은 바로 그 아름다움이었어. 아름답고도 잘생긴 토끼의 귀를 보라구. 길고 날씬한 토끼 귀를 보는 것은 정말 즐거운 일이야. 마치 내 어린 시절을 보는 것 같았지. 그래서 난 토끼에게 표를 던진 거야."

"윙윙!" 파리가 말했다. "난 긴 연설은 하지 않겠어. 하지만 토끼에 대해서는 한 마디 해야겠어. 난 자주 기관차 앞에 앉아 달리곤 하지. 그러면 내가 달리는 속도를 쉽게 가늠할 수 있고 또 토끼 몇 마리를 앞지를 수도 있으니까. 얼마 전에 나는 어린 토끼 한 마리의 뒷다리를 부러뜨리고 말았어. 그런데 하필 그 토끼가 열차가 달리는 곳에 와 있었어. 토끼는 내가 기관차 위에 있는 줄은 꿈에도 알지 못했어. 토끼는 기관차를 피해야 했지. 하지만 그렇게 하지 못했어. 결국 토끼는 뒷다리를 기관차에 치이고 말았어. 내가 기차를 그렇게 하도록 선동한 거지. 토끼보다 더 빨리 달리고 싶었거든. 다리가 부러진 토끼는 그 자리에 쓰러져 있었지만, 나는 계속해서 앞으로 달렸어. 그러니까 내가 토끼를 이긴 거라구. 하지만 난 상을 받고 싶지 않아."

들장미는 이렇게 생각했다. '내가 보기에는 햇빛이 1등 상을 받아야 될 것 같은데. 햇빛은 가늠할 수조차 없이 먼 해님으로부터 눈 깜짝할 사이에 우리에게까지 날아오거든. 게다가 햇빛은 모든 자연이 사랑스러움과 아름다움에 눈뜨게 해주는 힘도 가지고 온단 말이야. 우리 장미들은 햇빛을 받아 붉게 물들어 향기를 발하지. 저 높은 심사 위원님들은 이런 생각을 전혀 못하나 봐. 내가 햇빛이라면 화가 나서 심사 위원들을 일사병에 걸리게 만들 텐데. 그러면 저 심사 위원들은 미쳐 버리고 말겠지. 하긴 지금도 미쳐 있는 걸 뭐. 난 다만 내 숲에 평화가 깃들길 바랄 뿐이야! 꽃을 피우고 향기를 내뿜으며 살아간다는 것은 멋진 일이지. 동화와 노래 속에 파묻혀 사는 것처럼 황홀한 일이 또 있을까. 햇빛은 우리가 죽더라도 오래오래 남아 있을 거야.' 그러나 들장미는 그것을 드러내서 말하지 않았다. 사실 의견을 정확하게 표현해 주는 것이 더 좋을 수도 있었는데도, 장미는 드러내 놓고 말하는 걸 싫어했다.

"1등 상이 도대체 뭐지?" 지렁이가 물었다. 지렁이는 늦잠을 자다가 이제야 배추밭으로 나온 것이다.

노새가 말했다. "배추밭으로 들어올 수 있는 자유지. 내가 이런 자유를 상으로 제안했어. 토끼는 당연히 이런 자유를 가져야 해. 그리고 생각이 깊고 적극적인 심사 위원답게 그 상이 토끼에게 돌아가도록 특별한 배려를 했지. 그래서 토끼는 이런 자유를 가진 거야. 그리고 이제 달팽이는 울타리 위에 앉아서 이끼와 햇빛의 달콤한 맛을 즐길 수 있게 되었지. 달팽이는 또 빨리 달리기 경주의 심사 위원으로 받아들여지게 되었어. 사람들이 '위원회'라고 부르는 곳에 재능 있는 회원이 있다는 것은 참으로 흐뭇한 일이지. 나는 미래가 매우 기대돼. 우린 정말 멋지게 시작한 거야!"

# 88
# 종이 떨어진 깊은 곳

"뎅그렁! 뎅그렁!"

오덴세 강 깊은 곳에서는 종소리가 울려 나온다. 도대체 어떤 강이기에 그런 소리가 나올까?

여러분은 그 강을 아는가? 오덴세에 사는 아이들은 모두 알고 있다. 그 종소리는 아주 깊은 곳에서 울려 나오기 때문에 어디에서 시작되는지는 모르지만 정원 옆을 지나 수문에서부터 나무다리 밑에 있는 물방앗간까지 흐르는 그 강은 알고 있다.

그 강에서는 "강의 단추"라고 불리는 작고 노란 수련들이 자라고 강기슭에서는 깃털과 같은 갈대와 크고 검은 큰 고랭이가 자란다. 수도사의 목초지와, 아마포를 표백시켜 말리는 들판을 가로질러 물이 흐르는 강둑에는 버드나무들이 줄지어 서 있다. 아주 오래되어 구부러진 이 버드나무들은 먼 강물에까지 가지를 늘어뜨리고 있다. 그리고 마을 가까이에는 강둑 양쪽으로 정원이 있는데 이 두 정원은 항상 다른 모습을 하고 있다.

한 정원은 아름다운 꽃들로 가득하여 인형의 집과 같은 그늘을 만드는가 하면 다른 정원은 실생활에 도움이 되는 양배추들이 행진하는 병사들처럼 줄지어 자라고 있다.

오덴세 강에는 강물이 너무 깊어서 노를 저어 갈 수 없는 곳도 있는데, 가장 깊은 곳은 수도원이 있던 자리로 이곳에는 강물의 정령이 살고 있다. 정령은 햇살이 강물 속까지 비추는 낮에는 잠을 자지만 달빛이 환한 밤에는 모습을 드러내곤 한다. 할머니가 할머니의 할머니한테 물의 정령에 대한 이야기를 들었다고 하니까 정령은 나이가 아주 많다. 그는 자신과 이야기를 나눌 상대라고는 오래된 교회 종밖에 없는 매우 외로운 노인이다. 그 종은 예전에 성 알바니 교회 탑에 걸려 있던 것으로 이제는 그 종이나 교회의 흔적이 남아 있지 않다.

아직 교회와 교회 탑이 서 있던 어느 날 저녁, 태양이 막 서쪽으로 넘어갈 무렵 엄청나게 센 바람이 불어와 종이 심하게 흔들리더니 탑에서 떨어져 나와 공중으로 날아갔다. "뎅그렁! 뎅그렁!" 소리를 내며 저녁놀 속으로 날아가는 종은 마치 빨갛게 타오르는 불똥 같았다.

"뎅그렁, 뎅그렁! 난 이제 편히 쉴 거야." 종은 이렇게 노래하며 시냇물을 넘어서 가장 깊은 곳까지 날아가 오덴세 강의 제일 깊은 곳으로 사라져 버렸다.

그래서 사람들은 가장 깊은 곳을 '종이 떨어진 곳'이라 부르고 오덴세 강의 가장 깊은 그곳을 종이 떨어진 깊은 곳이라 부르게 되었다. 그러나 종은 한 가지 잘못 생각한 것이 있었다. 그곳에서는 편히 쉴 수가 없었던 것이다. 강의 정령이 종을 가만두지 않았던 것이다. 정령은 종을 치는 것을 좋아했으며 어떤 때는 너무 크게 치는 바람에 그 소리가 강기슭까지 울려 퍼졌다. 가장 깊은 곳에서 종소리가 들려 올 때면 사람들은 그것이 누군가 죽게 된다는 경고라고 말했지만 사실이 아니었다. 그 종소리는 종이 물의 정령에게 이야기를 들려주는 소리였다. 그래서 이제 물의 정령은 예전처럼 외롭지 않게 된 것이다.

그러면 오래된 종은 물의 정령에게 무슨 이야기를 들려줄까? 종은 나이가 아주 많았다. 할머니의 할머니가 태어나기도 전부터 있었다고 하지만 물의 정령에 비하면 아이에 지나지 않았다. 물의 정령은 강물이 생겨나던 먼 옛날부터 살고 있었기 때문이다. 사실 물의 정령은 매우 재미있는 노인이다. 그는 항상 뱀장어 가죽으로 된 바지와 물고기 비늘로 된 웃옷을 입고 다니는데 웃옷에는 작은 금빛 수련으로 된 단추가 달려 있다. 그리고 머리카락 사이에는 갈대가 잔뜩 붙어 있고 긴 수염에는 좀개구리밥이 붙어 있어 보기에 좋지는 않다.

종이 알고 있는 이야기를 다 하려면 아마 1년도 넘게 걸릴 것이다. 그러나 종은 그 중에서 자신이 하고 싶은 이야기만 하여 똑같은 이야기를 반복하는 경우가 많은데 그 이야기들은 모두 어둡고도 힘든 시절에 대한 것이다.

"옛날 종이 걸려 있던 교회 탑에 자주 올라가던 수도사가 있었어요. 그는 젊고 멋있었지만 수심에 잠기는 일이 많았지요. 그는 수녀들이 방마다 촛불을 켜는 저녁이면 탑으로 올라가 강 건너편에 있는 수녀원을 바라보곤 했어요. 맞은편 수녀원에는 그가 예전에 잘 알고 지내던 수녀가 있었거든요. 수도사가 그 수녀가 있는 방을 바라보곤 수녀를 만나던 시절을 생각할 때면 수도사의 가슴속에서 종소리처럼 뎅그렁, 뎅그렁 하는 소리가 울리곤 했지요."

종은 물의 정령에게 이런 이야기를 하곤 했다.

"교회 탑으로 올라오곤 하던 사제도 기억나는군요. 그는 내가 우렁차게 노래를 할 때면 바로 내 밑에 앉아 있곤 했어요. 아무런 근심도 없는 사람 같았지요. 내가 마음대로 움직일 수만 있었다면 그 사제의 머리통을 박살내 주었을 거예요. 어쨌든 그는 내 밑에 앉아서 현악기를 연주하듯이 막대기 두 개를 가지고 비비며 노래를 부르곤 했어요. 아니 소리를 질렀다는 표현이 더 어울릴 거예요.

'여기서는 큰 소리로 노래할 수 있다네. 아래에서는 감히 속삭이지도 못하는 노래를. 빗장 뒤에 숨겨져 있는 모든 것을 노래할 수 있다네. 쥐들이 살아 있는 것들을 모두 먹어 치우는 빗장 뒤에 숨겨진 음침한 이야기들을. 그곳에 대해 아는 사람은 아무도 없다네. 그곳 얘기를 들은 사람도 없다네. 지금도 듣지 못한다네. 종소리가 크게 울리기 때문이지. 뎅그렁, 뎅그렁!'

그래요. 그 사제는 미친 광대였어요!"

종이 들려준 이야기가 또 있다.

"크누트라고 하는 왕이 있었어요. 수도사와 주교들은 왕을 보면 허리를 굽혀 절을 하곤 했지요. 하지만 왕이 유틀란트 농부들에게 너무 많은 세금을 거둬들이고 농부들을 괴롭히자 사제들은 손에 무기를 들고 일어나 사슴 사냥을 하듯이 왕을 쫓아 버렸어요. 왕은 교회로 도망가 문을 잠갔어요. 교회 밖에는 많은 사람들이 몰려들었지요. 난 그 이후의 얘기를 모두 들었어요. 까치와 까마귀들이 사람들이 고함을 지르고 비명을 지르는 소리에 놀라 내가 있는 탑으로 피해 왔거든요. 갈가마귀는 무섭긴 했지만 참견하길 좋아했기 때문에 교회 창문으로 날아가 안을 들여다보았어요. 크누트 왕은 제단 앞에 무릎을 꿇고 앉아 기도하고 있었고, 그의 형제인 에릭과 베네딕트는 칼을 뽑아 들고 그 옆에서 왕을 지키고 있었어요. 하지만 블레이크라는 신하가 왕을 배신했어요. 그래서 교회 밖에 있던 사람들이 왕이 있는 곳을 알게 되었지요. 왕은 창문으로 날아 들어온 돌에 맞아 죽었어요. 사람들의 함성이 터져 나오고 새들도 크게 노래했어요. 나도 큰 소리로 노래했지요. 뎅그렁, 뎅그렁 하고 말예요.

교회 종은 높이 걸려 있어 멀리까지 볼 수 있어요. 새들이 찾아오면 새들과 이야기를 나누기도 하지요. 하지만 종의 가장 친한 친구는 모든 것을 알고 있는 바람이에요. 바람과 공기는 형제인데 공기는 살아 있는 모든 것을 둘러싸고 있고 또 사람의 허파에도 들어갈 수 있어서 어떤 말이라도, 아무리 작은 한숨 소리라도 들을 수 있지요. 모든 것을 알고 있는 공기의 이야기를 들은 바람이 다시 그 이야기를 종에게 들려주면 종은 온 세상 사람들이 알 수 있도록 크게 외치지요. '뎅그렁, 뎅그렁!' 하고요.

하지만 듣고 배운 것이 너무 많아서 다 지니고 다니기에는 너무나 벅찼어요. 내가 잡고 있던 햇살이 흐트러지며 서쪽으로 넘어가자 나는 탑에서 떨어져 나와 오덴세 강의 제일 깊은 곳으로 떨어졌어요. 강의 정령이 사는 곳으로 말예요. 정령은 아주 외로운 노인이에요. 그래서 내가 알고 있는 이야기를 들려주곤 하지요. '뎅그렁, 뎅그렁!'"

할머니는 이 이야기를 오덴세 강의 깊은 곳에서 울려 퍼지는 종에게서 들었다고 한다.

하지만 학교 선생님은 다르게 말씀하신다.

"강물 속에는 종이 없어. 있다고 해도 물 속에서는 소리를 내지 못하지. 그리고 물의 정령도 없어. 그건 단지 옛날 이야기에나 나오는 것이지."

교회 종소리가 기분 좋게 들려 올 때면, 선생님은 소리를 내는 것은 교회 종들이 아니고 공기라고 말씀하신다. 공기가 없으면 소리가 전달될 수 없기 때문이다. 하지만 할머니는 종이 공기에게 들었다고 하면서 그 이야기를 세상 사람들에게 들려주었다고 한다. 그러니까 둘 다 똑같은 얘기이다.

"조심하고 신중해라." 이것은 할머니나 선생님이나 모두 하는 말이다.

공기는 모든 것을 알고 있다. 공기는 우리를 둘러싸고 있으며, 우리 몸 안에도 있다. 공기는 우리의 생각과 행동에 대해 여러 가지 말을 한다. 그 말은 오덴세 강물의 정령과 함께 살고 있는 종소리보다 더 멀리까지 전해진다. 공기는 우리가 생각하고 행동하는 것을 하늘 나라에까지 전달한다. 공기는 영원히 존재할 것이다. 최소한 천국의 종이 울릴 때까지는.

"뎅그렁, 뎅그렁!"

# 89
## 못된 왕

옛날에 거만하고 못된 왕이 있었다. 그 왕은 세상의 모든 나라를 정복하고 세상 사람 모두가 그의 이름을 들으면 두려워하도록 만드는 것이 소원이었다. 그래서 왕은 어디를 가든지 불과 칼을 가지고 다녔으며 그의 병사들은 곡식을 짓밟고 농장에 불을 지르는 일 따위는 아무렇지도 않게 생각했다. 그들은 정원에서 자라는 사과나무들마저 가만두지 않고 잎사귀와 과일들을 모두 검게 태워 버렸다.

가엾은 아낙네들은 병사들을 피해 벌거벗은 젖먹이들을 안고 검게 그을린 담 뒤로 몸을 숨겼다. 그럴 때면 병사들은 눈을 부라리며 아기와 아낙네들을 찾아내 못살게 괴롭혔다. 악마라도 그보다 더 사악하지는 않았을 것이다.

그러나 왕은 그런 아낙네들을 가엾게 생각하지 않았다. 오히려 자기가 원하던 대로 되어 가고 있다고 만족해했다. 날이 갈수록 왕의 힘은 강해졌고 그의 이름은 모든 사람에게 두려움을 주었다. 왕이 하는 모든 일에는 마치 행운이 따르는 것 같았다. 왕은 도시를 약탈하여 금과 보물을 빼앗아 날이 갈수록 성에는 많은 보석이 쌓여 왕은 엄청난 부자가 되었다. 왕은 화려한 궁전과 교회, 그리고 회랑을 지었다. 사람들은 그 화려함을 보며 "참으로 위대한 왕이야" 하고 감탄했다. 사람들은 왕이 다른 나라에 가한 고통은 생각하지 않았으며 폐허가 된 도시에서 울려 나오는 한숨과 비탄의 소리를 듣지 못했던 것이다.

왕 자신도 황금 보물과 화려한 궁전을 보며 다른 사람들과 똑같이 생각했다. "난 정말 위대한 왕이야!" 그리고는 이렇게 결심했다. "이보다 훨씬 더 많이 가져야 해. 더 많이! 이 세상에 나보다 더 많은 권력을 가진 이가 있어서는 안 되지."

왕은 이웃 나라마다 쳐들어가 모두 정복해 버렸다. 왕이 거리로 마차를 몰고 나갈 때면 정복당한 나라의 왕들은 금줄로 마차에 묶여 질질 끌려 다녔다. 그리고 왕이 식탁에 앉아 식사를 할 때면 정복당한 왕들은 왕의 발 아래 엎드려서 흘린 음식 부스러기들을 주워 먹어야 했다.

왕은 모든 도시의 광장과 성에 자신의 동상을 만들어 세웠다. 심지어는 교회 제단 앞에도 세우려고 했다. 그러자 목사들이 이렇게 말했다. "폐하께서는 위대하십니다. 하지만 하느님이 더 위대하시지요. 감히 그런 짓은 못하겠습니다."

"좋아, 그렇다면 내가 하느님도 물리치겠다." 못된 왕이 말했다.

오만한 왕은 어리석게도 배를 한 척 만들라고 명령했다. 그 배를 타고 하늘을 향해하려는 것이었다. 배는 공작의 꼬리처럼 화려했으며 수천 개의 눈을 가지고 있는 것처럼 보였다. 그 눈들은 바로 총구로 단추 하나만 누르면 수천 개의 총알이 날아가고 다시 장전이 되게 되어 있었다. 왕은 배 한가운데에 앉았다. 배에 묶은 수백 마리의 힘센 독수리들이 날아오르자 배가 태양을 향해 날아갔다. 이제 지구가 저 발 아래로 보였다. 처음에는 산과 숲이 마치 푸른 풀들을 엎어놓은 뗏장 사이로 고개를 내밀고 있는 갈아 놓은 들판처럼 보이더니 조금 더 올라가자 이번에는 평평한 지도처럼 보였다. 그러다가 구름과 안개에 가려 아무것도 보이지 않게 되었다.

독수리들은 점점 더 높이 날아갔다. 그때 하느님이 한 천사를 보내자 못된 왕은 천사를 향해 수천 개의 총을 발사했다. 그러나 총알은 천사의 눈부신 날개에 닿자 땅에 내린 우박처럼 사방으로 튀었다. 천사의 하얀 날개에서는 단 한 방울의 피만이 왕이 탄 배에 떨어졌다. 배에 떨어진 핏방울은 곧 타오르더니 수천 근이나 되는 무거운 납덩이처럼 무거워졌다. 그 바람에 배가 쏜살같이 땅으로 가라앉기 시작했으며 가라앉는 속도가 너무 빨라서 독수리의 튼튼한 날개들이 부러지고 말았다. 바람이 윙윙 소리를 내며 왕의 머리를 스쳐 지나가고, 왕이 불을 질러 파괴한 도시에서 나온 연기가 거대한 구름이 되어 왕의 주위를 감쌌다. 참으로 기괴하고 무시무시한 그 구름은 집게발로 위협하는 거대한 게처럼 보이는가 하면 용처럼 보이기도 했다. 드디어 배가 어느 숲에 있는 나무 꼭대기에 내려앉았을 때는 왕은 반쯤 죽어 있었다.

"하느님을 무찌르고 말겠어! 맹세했으니 기어이 하고야 말겠어!" 왕이 소리 질러 말했다.

그렇게 결심한 왕은 나라의 모든 일꾼들을 모아 7년이나 걸려서 하늘을 날 수 있는 배를 만들었다. 그리고 대장장이들을 불러서 하늘 나라의 요새를 폭파시킬 강철 벼락도 만들라고 명했다. 왕은 자기가 다스리는 모든 나라에서 가장 강력한 전투 부대를 모아 병사들을 한 줄로 세우면 수천 마일이나 될 정도로 어마어마한 군대를 만들었다.

그들 모두는 왕이 이미 타고 있는 멋진 비행선에 올라탔다. 그때 하느님이 다시 모기 떼를 보냈다. 모기들은 작은 구름처럼 왕의 주위로 몰려들어 얼굴과 손을 물었다. 불같이 화가 난 왕은 칼을 뽑아 휘둘렀지만, 한 마리도 잡지 못하고 허공만 내리칠 뿐이었다. 왕은 부하에게 값비싼 양탄자를 가져와서 자기 몸을 둘둘 감으라고 명했다. 모기가 침을 쏘지 못하게 하려는 것이었다. 그런데 작은 모기 한 마리가 양탄자 안으로 침입해서 왕의 귀 안으로 들어가 물었다. 문 자리가 불처럼 확확 달아오르더니 독이 온 머리에 퍼져 갔다. 왕은 너무 아파서 견디다 못해 감고 있던 양탄자를 벗어 던지고 입고 있던 옷을 찢기 시작했다. 벌거벗은 왕은 비명을 지르면서 사나운 병사들 앞에서 춤을 추었다. 병사들은 하느님을 정복하겠다던 왕이 작은 모기 한 마리에게 정복당한 꼴을 보며 마음껏 비웃었다.

# 90
## 바람의 이야기

카테가트 해협과 발트해를 연결하는 그레이트벨트 해협 연안에는 빨간 색의 두터운 담으로 둘러싸인 오래된 저택이 하나 있다. 난 그 저택의 돌 하나하나를 잘 알고 있다. 마르스크 슈티크 성이 헐리자 사람들이 그 돌들을 가져다가 새로 짓는 저택의 담을 쌓는 데 사용한 것이다. 그 저택은 바로 아직도 해안에 서 있는 보레비 남작 저택으로 나는 그 저택에 살았던 귀족과 숙녀들과 그 후손들을 잘 안다. 이제 발데마르 다에와 그의 딸들에 대한 이야기를 하겠다.

카테가트 해협과 발트해를 연결하는 그레이트벨트 해협 연안에는
빨간 색의 두터운 담으로 둘러싸인 오래된 저택이 하나 있다.

왕족 출신인 발데마르 다에는 아주 거만했다. 그는 사슴 사냥을 하고 포도주를
마시는 것보다 더 고상한 행동을 하는 것을 자랑으로 여겼다. 그는 늘 독재적이어
서 말할 때마다 "이러 이렇게 해야 해" 하고 말하곤 했다. 그의 부인도 금수가 놓
인 옷을 입고 윤이 나는 대리석 바닥 위를 거만하게 걸어다녔다. 벽에는 화려한
벽걸이가 걸려 있었고 가구들은 비싸고 예술적이었다. 부인이 이 집에 올 때 금제
품과 좋은 그릇들을 가져왔던 것이다. 지하실은 포도주로 가득 차 있었고 마구간
에서는 사나운 검은 말들이 울어댔다. 그 당시에 보레비 성은 매우 풍요로웠으며
그들에게는 이다, 요하네, 그리고 안나 도로테아라는 아름다운 딸들이 있었다.
그녀들은 부자였고 품위가 있었으며 호화로운 집에서 태어나 자란 사람들이었다.

그런데 이 저택에서는 다른 저택에서처럼 귀부인이 시녀들과 함께 앉아서 물
레를 돌리는 모습을 볼 수 없었다. 대신 이곳 귀부인은 류트를 치며 거기에 맞춰
노래를 불렀다. 귀부인은 늘 덴마크 민요만 연주하는 것이 아니라 때로는 외국 곡
을 연주하기도 했다. 멀고 가까운 곳에서 찾아오는 손님도 많았고 음악과 술잔을
부딪치는 소리가 끊이지 않았다. 내가 아무리 세차게 바람을 불어도 그 소리가 더

컸다. 겉치레, 자만, 화려함, 과시가 집 안에 가득 차 있었지만 하느님에 대한 두려움은 어디에서도 찾아볼 수 없었다.

5월 1일 저녁, 나는 서쪽 여행을 마치고 돌아온 참이었다. 유틀란트 해안에서 배들이 파도에 부서지는 것을 보고, 황야와 푸른 숲으로 둘러싸인 해안을 지나 핀 섬과 그레이트벨트를 지나서 이곳으로 오게 된 것이다. 나는 보레비 성 가까이에 있는 셸란 섬에 내려앉아 쉬고 있었다. 무성하게 자란 근사한 떡갈나무 밑에서는 근처에 사는 젊은 총각들이 나뭇가지와 덤불을 줍고 있었다. 그들은 가장 크고 잘 마른 나뭇가지를 마을로 가져가 장작더미를 만들어 불을 붙였다. 처녀 총각들이 활활 타오르는 모닥불을 중심으로 빙 둘러서서 춤을 추며 노래했다. 나는 가만히 누워 있다가 제일 잘 생긴 총각이 가져다 놓은 나뭇가지를 살짝 건드렸다. 그러자 그 장작이 제일 눈부시게 활활 타올랐다. 그 총각은 가장 훌륭한 목자로 뽑혀 처녀들 가운데서 그의 양을 고를 수 있게 되었다. 부유한 보레비 성에서보다 더 즐거운 분위기였다.

그때 여섯 마리의 말이 끄는 금마차를 타고 귀부인과 세 딸이 지나갔다. 딸들

그때 여섯 마리의 말이 끄는 금마차를 타고 귀부인과 세 딸이 지나갔다.

은 모두 젊고 사랑스러워서 마치 장미와 백합과 흰 히아신스 꽃송이 같았다. 거만한 튤립 같은 그들의 어머니는 놀이를 멈추고 서서 예의를 갖추어 인사하는 총각 처녀들을 본 체 만 체했다. 품위 있는 그 귀부인은 줄기가 뻣뻣한 꽃 같았다. 장미, 백합, 히아신스와 같은 세 딸을 나는 똑똑히 보았다. 이들은 누구의 양이 될 것인가. 이들의 목자는 용감한 기사나 왕자이리라. 마차는 그들을 태우고 지나갔고 춤추던 사람들은 계속 춤을 추었다. 그들은 여름을 맞아 마차를 타고 한 바퀴 동네 나들이를 한 것이다.

내가 다시 몸을 일으킨 어느 날 밤, 귀부인은 쓰러져서 다시는 일어나지 못했다. 죽음이 누구에게나 찾아오듯이 부인에게도 찾아간 것이다. 새삼스러울 것이 없었다. 발데마르 다에는 한동안 말없이 생각에 잠겨 있었다. "자부심이 강한 나무는 부러지지 않고 굽어지는 법이지." 그는 속으로 이렇게 말했다. 딸들은 슬피 울었으며 저택에 사는 사람들도 모두 눈물을 흘렸다. 다에 부인이 저 세상으로 가 버리자 나도 그곳을 떠났다.

그 후 나는 퓐 섬과 그레이트벨트 해안을 지나 다시 돌아와서 보레비 부근에서 쉬었다. 그 근처에 있는 무성한 숲에는 왜가리, 산비둘기, 푸른 울새, 그리고 검은 황새가 둥지를 틀고 있었다. 아직 봄이었기 때문에 알을 품고 있는 새들이 있는가 하면, 벌써 어린 새끼를 부화한 새들도 있었다. 그런데 갑자기 연달아 도끼 찍는 소리가 숲 속에 울려 퍼졌다. 새들이 사방에서 푸드득 날아오르며 소리를 질렀다. 숲 속에 있는 나무들이 쿵하고 쓰러졌다. 발데마르 다에가 근사한 군함을 만들어 왕에게 팔려는 것이었다. 숲 속에 있는 온갖 나무들과 뱃사람들의 길잡이가 되었던 나무와 새들의 둥지가 모두 베어졌다. 둥지를 빼앗긴 매들은 놀라서 멀리 달아났고 왜가리와 숲 속의 다른 새들도 모두 집을 잃고 여기저기 날아다니며 공포와 분노로 울부짖었다. 나는 그들의 기분을 잘 알 수 있었다. 까마귀들은 조롱하듯이 까악까악 울었고 그 주위에서는 나무들이 계속해서 쿵쿵 소리를 내며 쓰러졌다. 깊은 숲 속에서 나무를 베는 일꾼들 사이에는 발데마르 다에와 세 딸도 있었다. 그들은 새들이 울부짖는 것을 듣고 웃었다. 하지만 막내딸인 안나 도로테아만은 나무가 베어지는 것이 몹시 마음 아팠다. 이번에는 그들이 죽어가는 한 나무를 베려고 했다. 그 나무의 벌거벗은 가지에는 검은 황새가 둥지를 틀고 있었는데, 새끼들이 머리를 내밀고 있었다. 도로테아는 눈물을 글썽이며 제발 그 나무를 베지 말라고 사정했다. 그래서 검은 황새의 둥지가 있는 그 나무는 베어지지 않았다. 하지만 그 나무 자체는 별로 쓸모없는 것이었다.

나무를 쪼개고 톱질한 끝에 드디어 3층 군함이 만들어졌다. 배를 만든 청년은 별 볼일 없는 집안 출신이었지만 그래도 자신의 일에 대한 긍지가 강했다. 그의 눈과 이마를 보면 그가 똑똑하다는 것을 알 수 있었다. 발데마르 다에는 그의 이야기를 듣는 것을 좋아했다. 이제 열다섯 살 된 첫째 딸 이다도 그랬다. 배를 만드는 동안 그 청년은 멋진 성에서 이다와 결혼하여 함께 사는 상상을 하곤 했다. 돌담과 성벽과 연못으로 둘러싸인 성이 실제로 있었다면 그렇게 되었을지도 모른다. 하지만 청년은 똑똑하긴 했어도 가난하고 힘없는 새에 지나지 않았다. 어떻게 참새가 공작새의 대열에 낄 생각을 할 수 있단 말인가? 나는 계속 길을 떠났고 그 청년도 그곳을 떠났다. 이다는 힘들지만 이별을 잘 견뎌 냈다.

마구간에서는 갇혀 있는 탐스럽고 거만한 검은 말들이 울부짖었다. 왕의 명령을 받고 새 군함을 알아보고 사러 온 제독이 아름다운 말들을 보고 감탄을 금치 못했다. 나는 제독과 함께 마구간으로 들어가 말들의 발 밑에 금 그물을 뿌리듯 지푸라기를 흩트려 놓았기 때문에 제독이 하는 말을 다 들었다. 발데마르 다에는 금을 갖고 싶어했지만 제독은 도도한 검은 말을 갖고 싶어했다. 그래서 그렇게 침이 마르도록 말들을 칭찬했던 것이다. 그러나 발데마르 다에는 그것을 눈치 채지 못했기 때문에 결국 배를 팔지 못하고 말았다. 배는 노아의 방주처럼 한 번도 물에 들어가지 못하고 판자로 덮인 채 해안에 놓여 있으니 참으로 안된 일이었다.

겨울이 되자 들판은 눈으로 덮이고 바다에는 커다란 얼음 덩어리가 둥둥 떠다녔다. 나는 그 얼음 덩어리를 해안으로 불었다. 검은 까마귀 떼가 날아와 텅 빈 쓸쓸한 배 위에 앉아서 쉰 목소리로 사라진 숲에 대해 한탄했다. 까마귀들은 예쁜 새들의 둥지가 파괴되고 새끼들이 집을 잃어버린 것을 슬퍼했다. 이것은 모두 한 번도 바다에 나가 보지 못하고 거만하게 앉아 있는 쓸데없는 커다란 배 때문이었다. 나는 눈송이를 세차게 날려 배 주위에 호수를 이루게 하고 배 위로도 날려 보냈다. 배가 내 목소리를 들을 수 있도록 하기 위해서였다. 나는 그렇게 해서 배에게 조종술을 가르쳤다.

그 해 겨울이 지나고 다음 해 겨울과 여름도 지나갔다. 내가 이동을 함에 따라 계절도 그렇게 바뀐 것이다. 이제 눈발이 날리고 사과나무 꽃이 흩어지고 나뭇잎이 떨어졌다. 모든 것이 죽어가고 사람들도 죽어갔다. 그러나 발데마르 다에의 딸들은 여전히 젊고 아름다웠으며 특히 이다는 배를 만든 청년이 처음 보았을 때와 마찬가지로 아름다웠다. 이다는 정원에 있는 사과나무 옆에서 생각에 잠겨 서 있곤 했다. 그럴 때 가끔 내가 사과나무 꽃을 뿌려 긴 갈색 머리카락을 헝클어 놓아도 이다는 알지 못했다. 또 이다는 정원에 빽빽하게 서 있는 나뭇잎 사이로 붉은 태양과 황금빛으로 물든 하늘을 바라보며 서 있곤 했다.

그녀의 동생 요하네는 백합처럼 밝고 호리호리했다. 그녀는 엄마처럼 좀 거만하긴 했지만 키가 크고 품위가 있었다. 그녀는 조상들의 초상화가 걸려 있는 넓은 방을 거니는 것을 좋아했다. 초상화에 그려진 여인들은 벨벳과 비단옷을 입고 있었고 땋아 늘어뜨린 머리 위에 진주가 박힌 아주 작은 모자를 쓰고 있었다. 참으로 아름다운 여인들이었다. 남자들은 갑옷이나 다람쥐 털이 안에 대진 화려한 외투를 입고 있었다. 그리고 작은 목도리를 두르고 옆구리에는 칼을 차고 있었다. 훗날 요하네의 초상화는 어디에 걸릴 것인가? 그녀의 남편은 어떻게 생겼을까? 요하네는 이런 생각을 하며 가끔 나지막하게 중얼거리곤 했다. 나는 길다란 복도를 휩쓸고 들어갔다가 방을 돌아나올 때 그 소리를 들은 적이 있다.

창백한 히아신스와 같은 안나 도로테아는 이제 열네 살이었다. 그녀는 조용하고 생각이 깊었다. 커다랗고 깊은 푸른 눈은 꿈을 꾸고 있는 듯이 보였지만 입가에는 여전히 어린애와 같은 미소가 감돌았다. 나는 그 예쁜 미소를 불어 날릴 수도, 불어 날리고 싶지도 않았다. 나는 정원, 텅 빈 골목, 들판, 그리고 초원에서 도로테아를 만나곤 했다. 도로테아는 그곳에서 약초와 꽃을 따곤 했다. 아버지가 약을 만드는데 그것들이 매우 쓸모 있다는 것을 알고 있었던 것이다.

발데마르 다에는 오만하고 도도했지만 널리 보고 들어서 아는 것이 많았다. 그 것은 널리 알려진 사실이었으나 그가 하는 일에 대해 사람들은 말이 많았다. 그의 벽난로에서는 여름에도 늘 불이 타올랐고 때로 그는 며칠씩 방문을 걸어 잠그고 계속 불을 지피기도 했다. 그러나 그가 방 안에서 하는 일에 대해서는 사람들은 별로 말이 없었다. 자연의 신비한 힘이란 보통 외로움 속에서 발견되는 법이다. 발데마르 다에도 그러한 외로움에 갇혀 이 세상에서 가장 위대한 것, 즉 금을 만드는 기술을 알아내고자 했다. 그래서 끊임없이 굴뚝에서 연기가 나고 불길이 타올랐던 것이다. 그때 나도 거기에 있었다. 나는 굴뚝을 타고 내려가며 이렇게 노래했다. "내버려 둬. 내버려 두란 말예요. 결국 연기, 공기, 검댕이, 재가 되어 버릴 거예요. 그러다가 손가락을 데겠어요." 하지만 발데마르 다에는 그만두려 하지 않았다. 그가 가진 모든 것은 내가 불어 날리는 연기처럼 사라져 버리고 말았다.

멋진 검은 말은 어디에 갔을까? 들판에서 노닐던 황소들, 찬장에 있던 오래된 금그릇과 은그릇, 그리고 집은 어떻게 되었을까? 이것들은 모두 금을 만드는 도가니 속에서 녹아 없어져 버렸다. 그래도 금은 나오지 않았다. 광과 창고, 지하실과 찬장은 텅 비고, 하인들은 줄어들었으며 사방에는 쥐들이 득실거렸다. 처음에는 창문 하나가 깨지더니 연달아서 다른 창문도 깨져 나는 아무 데로나 드나들 수 있게 되었다. '굴뚝에서 연기가 나야 먹을 것이 있다'라는 속담이 있지만 이 집에서 나는 굴뚝의 연기는 금을 얻기 위해 먹을 것을 모두 집어삼켜 버렸다.

나는 나팔을 부는 보초처럼 마당을 빙 돌며 휘파람을 불었다. 하지만 그곳에는 보초가 없었다. 또 탑 꼭대기에 달린 바람개비를 빙빙 돌리자 파수꾼이 코를 고는 것처럼 삐걱거리는 소리가 났다. 하지만 역시 그곳에도 파수꾼은 없고 쥐들뿐이었다. 식탁과 옷장과 찬장에는 온통 가난이 앉아 있었다. 돌쩌귀가 떨어져 나간 문 여기저기에 틈새가 생겨 나는 마음대로 안으로 드나들 수 있었다. 내가 이런 모든 사실을 알고 있는 것도 바로 이 때문이었다. 발데마르 다에는 연기와 재에 둘러싸여 슬픔에 잠겨 수많은 밤을 지새웠다. 그의 머리카락과 수염은 하얗게 새고 이마에는 깊은 주름살이 늘어갔으며 피부는 누렇게 변해갔다. 하지만 그의 두 눈은 아직도 금에 대한 열망으로 번득였다. 그 많은 세월을 애썼어도 금은커녕 빚만 지게 되었는데도 말이다.

나는 연기와 재를 그의 얼굴과 수염에 날려보내고 깨진 창문과 벽의 갈라진 틈새를 드나들며 때로는 한탄하고 때로는 하품을 했다. 그리고 딸들의 옷장 속으로도 날아 들어갔다. 그곳에는 너무 오래 입어서 빛이 바래고 너덜너덜해진 옷들이 있었다. 그 딸들이 어렸을 때는 지금과 같지 않았다. 귀족과 같은 화려한 생활에서 가난에 찌든 생활로 변해 버린 것이다. 그 저택에서 큰 소리로 기뻐하는 것은 나뿐이었다. 마침내 나는 그들을 눈으로 덮어 주었다. 사람들의 말에 의하면 눈이 오면 따뜻해진다고 하지 않던가. 그러니까 장작도, 장작을 구할 숲도 없었기 때문에 눈이 덮인 것이 그들에겐 잘된 일이었다. 서릿발이 살을 에는 듯 차가웠다. 나는 박공 지붕 위쪽으로 해서 틈새기와 통로를 통해 날카롭고 세차게 날아 들어갔다.

고귀하게 태어난 세 딸은 감기에 걸려 앓아 누워 있었고 그들의 아버지는 가죽으로 된 침대보를 덮고 웅크리고 앉아 있었다. 먹을 것도, 불을 지필 것도 없었고, 난로에는 불씨 하나 없었다. 고귀하게 태어난 사람들의 생활이 이렇게까지 된 것이다. "포기해요, 포기해!" 하지만 다에 남작은 포기하기는커녕 오히려 이렇게 중얼거렸다. "겨울이 가면 봄이 오듯이 어려운 시기가 지나면 좋은 시절이 오는 법이야. 참고 기다려야 해. 기다리는 법을 배워야 한다구. 말과 땅이 모두 저당 잡혀 있으니 지금이 중요한 고비야. 하지만 결국엔 금을 얻게 될 거야. 부활절에." 나는 그가 이렇게 말하는 소리를 들었다. 그는 거미줄을 바라보면서 계속해서 중얼거렸다. "귀여운 작은 거미야, 네가 내게 인내심을 가르쳐 주는구나. 누가 너의 집을 찢어 놓으면 너는 몇 번이고 다시 집을 짓고 고치곤 하지. 그리고 집이 완전히 부서져 버리면 너는 또 다른 집을 짓지. 성공하려면 우리도 그래야 하는 것."

드디어 부활절 아침이 밝았다. 교회에서는 종소리가 울려 퍼지고 하늘에서는 태양이 방긋이 얼굴을 내밀었다. 발데마르 다에는 밤을 지새면서 흥분에 들떠 금을 만드는 일을 계속했다. 그러나 나는 그가 절망에 빠진 영혼처럼 노래도 부르고 기도도 하는 것을 들었다. 그리고 그가 숨을 죽이는 것도 보았다. 등불이 꺼졌는데도 그는 모르고 있었다. 나는 난로에 남아 있는 숯에 입김을 불어 불씨를 만들었다. 불씨가 유령처럼 창백한 그의 얼굴에 빨간빛을 띠며 눈부시게 빛났다. 깊은 동굴 속같이 움푹 들어간 그의 두 눈은 터져 버릴 것처럼 점점 더 커지면서 튀어나오는 것 같았다. 그러다 갑자기 그가 소리를 질렀다. "금을 만들어 내는 저 유리잔 좀 봐. 저 속에서 뭔가 순하고 묵직한 것이 반짝이고 있어." 그는 떨리는 손으로 그것을 집어들고 흥분하여 소리쳤다. "금이다, 금!" 그는 너무 들떠 있어서 내가 한 번만 불어도 넘어졌겠지만, 나는 시뻘겋게 달아오르는 숯덩어리에 부채질만 했다. 그리고 그를 따라 그의 딸이 앉아서 떨고 있는 방으로 갔다. 그는 온통 재를 뒤집어쓰고 있었다. 수염에도 헝클어진 머리에도 재 투성이였다. 그는 똑바로 서서 귀중한 보물이 든 유리잔을 높이 쳐들었다. "찾았다, 찾았어! 금이다! 금!" 그는 햇빛을 받아 번쩍이도록 잔을 다시 한 번 높이 들며 외쳤다. 그러나 그 순간 손이 떨리는 바람에 잔은 땅바닥에 떨어져 산산조각이 나고 말았다. 행복의 마지막 거품이 완전히 스러지고 만 것이다. 나는 그 연금술사의 저택을 급히 떠났다.

내가 다시 돌아온 것은 늦은 가을이었다. 낮의 길이가 짧고 안개가 딸기나무와 잎이 떨어진 나뭇가지 위에 차가운 물방울을 뿌리는 계절이었다. 나는 기운차게 하늘을 휩쓸며 공기를 뚫고 마른 가지들을 부러뜨리며 돌아왔다. 그것은 큰 일은 아니었지만 내가 해야 할 일이었다. 보레비 성에 있는 발데마르 다에의 집에서도 큰 변화가 있었다. 그 집과 집에 있는 모든 것을 저당 잡았던 바스나스의 오베 라멜이 그 집을 손아귀에 넣은 것이다. 나는 창문을 덜컥거리고, 오래되어 썩은 문을 치고, 갈라지고 깨진 틈새로 휘이익 하고 휘파람을 불었다. 오베 라멜이 그 성에 머무르고 싶은 생각이 없어지도록 말이다. 이다와 안나 도로테아는 슬픔에 구슬피 울었고 자존심 강한 요하네는 입술에서 피가 나도록 꽉 물었다. 하지만 그런다고 무슨 소용이 있겠는가? 오베 라멜은 발데마르 다에에게 죽을 때까지 그 성에서 지내도 좋다고 허락했다. 하지만 어느 누구 하나 그 제안에 고마워하는 사람이 없었다. 빈털터리가 된 다에는 예전보다 더 고개를 뻣뻣이 뒤로 젖히고 거만하게 다녔다.

나는 늙은 보리수나무에 세게 부딪쳐 제일 굵고 썩은 가지를 부러뜨렸다. 가지는 현관에 떨어진 채 그대로 있었다. 누군가 그곳을 쓸어버리고자 했다면 그 가지는 빗자루로 사용할 수 있었을 것이다. 사실, 그곳에서는 실제로 한바탕 쓸어버린 것과 같은 일이 있었다. 그들이 성을 나오게 된 것이다. 나는 그렇게 되리라 생각했다. 그 일이 일어난 날, 누구라도 침착하기 어려웠지만 그들은 그들의 불행만큼이나 꿋꿋한 강한 의지력을 가지고 있었다. 그들 것이라고 할 수 있는 것은 그들이 입고 있는 옷밖에 없었다. 아니, 한 가지 더 있었다. 그것은 바로 최근에 산, 금을 만드는 데 사용하는 유리잔이었다. 그 잔에는 많은 것을 약속했지만 하나도 지켜지지 않은 보물의 땅에서 모은 것들로 가득 차 있었다.

발데마르 다에는 유리잔을 품에 안고 지팡이를 짚은 채 딸들과 함께 보레비 성을 나왔다. 나는 얼떨떨해하는 그의 뺨에 찬 호흡을 내뱉었다. 그리고는 은발의 수염과 희고 긴 머리를 쓰다듬며 노래를 불렀다. "윙윙, 떠나거라, 어서 가거라!" 이다가 아버지의 한쪽 옆에 서고 안나 도로테아는 다른 편에 서서 걸었다. 요하네는 성문을 떠날 때 뒤를 돌아보았다. 왜 그랬을까? 그녀가 돌아본다고 해서 행운이 발길을 돌리지는 않으리라. 요하네는 한때 마르스크 슈티크 성의 일부였던 돌담을 바라보았다. 그녀는 오래된 노래를 떠올리며 자신들의 신세를 생각했는지도 모른다.

"첫째와 막내는 손을 잡고
외롭게 먼 세상으로 떠나노라."

이 노래에는 자매가 둘이지만 그들 자매는 셋이었다. 게다가 아버지도 함께였다. 그들은 한때 화려한 마차를 타고 지나갔던 큰길을 거지가 되어 정처없이 걸었다. 그리고 황량한 들판을 가로질러 오두막으로 갔다. 그 집은 1년에 1.5달러를 내고 세를 얻은 집이었다. 그곳에는 담도 없고 찬장도 텅 비어 있었다. 까마귀들과 까치들은 그들 주위를 날며 '까악 까악, 둥지에서 쫓겨났다네, 까악 까악' 하고 조롱하듯 울었다. 나무들이 베어질 때 그들이 보레비 숲에서 쫓겨났듯이 말이다. 다에와 그의 딸들의 귀에 그 소리가 들리지 않을 리 없었다. 그래서 나는 그들의 귀에 입김을 불어넣어 들리지 않게 했다. 하지만 그 소리를 들은 들 어쩌겠는가? 이렇게 해서 그들은 황량한 들판에 있는 오두막에 살게 되었다. 나는 늪지와 초원을 지나고 벌거벗은 숲을 지나서 다른 나라의 넓디넓은 해안으로 갔다. 다른 나라의 널따란 해안으로. 그리고 해마다 "윙윙, 가거라, 저리 가거라!" 하고 노래를 불렀다.

발데마르 다에와 그의 딸들은 어떻게 되었을까?

내가 제일 마지막으로 본 것은 창백한 히아신스인 안나 도로테아였다. 그녀는 나이가 들어 허리가 굽어 있었다. 50년이 지난 뒤였으니 그녀가 가장 오래 산 것이다. 그리하여 그들의 역사를 이야기해 줄 수 있었다.

저 너머 유틀란트의 비보르크 시 근처에 있는 황야에는 참사회 의원의 훌륭한 새 성이 서 있었다. 빨간 벽돌로 지은 그 성은 뾰족한 박공 지붕을 하고 있었다. 굴뚝에서 연기가 무럭무럭 피어오르는 것으로 보아 사람이 살고 있음에 분명했다. 참사회 의원의 얌전한 부인과 아름다운 딸들은 창가에 앉아서 갈색의 황야 쪽 정원에 있는 산사나무 울타리를 바라보았다. 그들은 무엇을 보고 있었을까? 그들의 시선은 무너져가는 오래된 오두막에 지어진 황새 둥지에 멎어 있었다. 그 오두막은 바라만 보아야지 건드리면 금세 허물어질 것 같은 집이었다. 그 오두막의 지붕 — 지붕이라고 할 수도 없었지만 — 은 이끼로 덮여 있었다. 황새 둥지는 지붕을 거의 차지하고 있었으며 황새가 잘 관리하였기 때문에 둥지만은 튼튼했다.

그 오두막은 옥의 티처럼 보기 흉했지만 황새 둥지를 위해 그대로 남겨 둔 것이었다. 그들은 황새를 쫓아 버리기 싫었던 것이다. 그래서 낡은 오두막은 그대로 서 있었고 그곳에 사는 가난한 여인도 그곳에서 지낼 수 있었다. 여인이 황새에게 고마워해야 할 일이었다. 그것은 언젠가 그 여인이 보레비 숲에서 까만 황새 둥지를 지켜 준 데 대한 보답이었을까? 그 당시에 이 가난한 여인은 어렸고 화려한 정원에 핀 창백한 히아신스였다. 여인은 그때를 잘 기억하고 있었다. 그 여인은 바로 안나 도로테아였으니까.

"오, 오!" 여인은 이렇게 한숨을 쉬었다. 바람이 갈대 숲을 지날 때 신음 소리를 내는 것처럼 사람은 한숨을 쉴 수 있는 법이다. 여인은 이렇게 한숨짓곤 했다. "오, 오! 아버지, 당신 무덤엔 아무 종도 울리지 않는군요. 학교에 다니는 가난한 애들은 보레비의 옛 주인이 땅 속에 묻힐 때 찬송가도 부르지 않더군요. 오, 모든 것은 끝나기 마련이에요. 고통조차도 말예요. 이다 언니는 농노의 아내가 되었어요. 딸의 남편이 주인에 따라 목숨이 좌우되는 비참한 종이라니, 아버지로서는 제일 참을 수 없는 일이겠지요. 이제 형부도 땅 속에 묻혔을 거예요. 그리고 이다 언니도요. 아아, 하지만 슬프게도 저의 비참한 삶은 아직 끝나지 않았어요. 오, 자비로우신 하느님, 절 데려가소서!"

이것이 바로 황새들 덕분에 쓰러져 가는 오두막에서 지내게 된 안나 도로테아의 기도였다. 나는 자매들 중 제일 자존심 강한 도로테아가 불쌍했다. 그녀는 남자처럼 용감했으며 남자로 변장하고 뱃사공으로 일했었다. 그녀는 늘 말수가 적고 표정이 어두웠다. 그녀는 열심히 일했지만 나은 생활을 할 수 없었다. 그래서 나는 다른 사람들이 여자라는 걸 눈치 채기 전에 그녀를 바다로 밀어넣었다. 그건 잘한 일이었다.

다시 부활절 아침이 밝았다. 발데마르 다에가 금을 만드는 기술을 발견했다고 상상했던 그날이었다. 황새 둥지 아래에 있는 다 쓰러져 가는 오두막에서 찬송가가 울려 퍼졌다. 그것은 안나 도로테아의 마지막 노래였다. 오두막에는 창문이 하나도 없었고 벽에 뚫린 구멍 하나가 고작이었다. 태양이 눈부신 황금 공처럼 떠올라 집안으로 새어들었다. 햇빛은 음침한 집안을 얼마나 밝고 환하게 비추었던가! 도로테아의 눈이 흐릿해지고 심장이 약해졌다. 하지만 아침에 햇빛이 안나 도로테아를 비치지 않았더라도 그렇게 되었을 것이다. 도로테아는 황새 둥지 덕분에 죽을 때까지 집을 가지고 살 수 있었던 것이다. 나는 그녀의 무덤에서 노래했으며 그녀의 아버지 무덤에서도 노래했다. 그녀의 무덤과 그녀 아버지의 무덤이 어디 있는지 아는 이는 아무도 없다. 물론 나는 알지만 말이다.

이제 새 시대가 열리고 모든 것이 변했다. 예전에 있던 큰길은 논밭을 개간하느라 사라졌고, 무덤이 있던 곳에는 새 도로가 생겼다. 이제 곧 철도가 놓여 기관차가 긴 꼬리를 달고 무덤 위로 달릴 것이다. 이제는 이름도 잊혀진 사람들의 무덤 위로. 모든 것은 사라진다.

이것이 발데마르 다에와 그의 딸들의 이야기이다. 누가 이보다 더 잘 이야기할 수 있겠는가!

바람은 이렇게 말하고 급히 사라져 버렸다.

# 91
# 빵을 밟은 소녀

여러분은 아마도 신발을 더럽히지 않으려고 빵을 밟은 소녀의 이야기를 들었을 것이다. 그리고 그 소녀가 얼마나 잘못됐는지도 들었을 것이다. 이제 그 이야기는 책으로 만들어졌다.

그 소녀는 가난했지만 자부심이 강하고 거만한 성격으로 흔히 사람들이 말하는 못된 성격을 가지고 있었다. 아주 어렸을 때 소녀는 파리를 잡아서 날개를 몽땅 떼어버려 영원히 기어다니게 만드는 것을 즐겼다. 또 쇠똥구리를 보면 몸에 바늘을 꽂아서 작은 종이 조각 위에 놓고는 쇠똥구리가 다리를 버둥거리면서 핀을 떼어 내려고 종이 조각을 비틀고 뒤집는 것을 구경하며 재미있어 하곤 했다.

"쇠똥구리가 책을 읽네. 저것 좀 봐, 페이지를 넘기고 있어." 잉거라는 그 소녀는 깔깔대며 이렇게 소리치곤 했다.

잉거는 자랄수록 착해지기는커녕 더 심술궂어졌다. 하지만 잉거는 아주 예뻤다. 그것이 잉거의 불행이었는지도 모른다. 그렇지 않았다면 사람들은 잉거를 더 거칠게 대했을 것이기 때문이다.

"그 머릿속을 아주 짠물로 씻어 주어야겠구나. 어릴 때부터 내 앞치마를 밟고 다녔으니 크면 내 가슴을 밟고 다닐까 봐 걱정이다." 잉거의 엄마는 항상 이렇게 말했다.

그런데 잉거는 정말 그랬다.

잉거는 어느 시골집에 하녀로 취직을 하게 되었다. 잉거가 일하게 된 집안은 아주 유명하고 부자였다. 그 집주인과 마님은 잉거를 친자식처럼 대해 주었다. 얼굴도 예쁜 데다 좋은 옷을 입고 부러울 것 없이 지내게 되자 잉거는 갈수록 거만해졌다.

잉거가 집을 떠나 일한 지 1년이 되자 주인 마님이 잉거에게 말했다. "한 번 부모님을 찾아 뵙도록 해라, 잉거야."

잉거는 기뻐하며 곧 집을 향해 출발했다. 그러나 잉거가 기뻐한 것은 부모님을 볼 수 있어서가 아니라 자신의 예쁜 옷을 자랑하고 싶었기 때문이다.

마을 입구에 이르렀을 때 연못가에서는 아가씨들과 젊은 총각들이 모여 앉아 이야기를 나누고 있었다. 그리고 그 바로 옆에는 어머니가 장작더미를 앞에 놓고 앉아 있었다. 잉거의 어머니는 숲에서 땔감을 구해 오다가 잠시 돌 위에 앉아 쉬고 있는 중이었다.

잉거는 자기처럼 좋은 옷을 입은 아이가 그런 누추한 옷을 입고 땔감이나 구하러 다니는 여자를 엄마로 가졌다는 것이 부끄러웠다. 잉거는 화가 나서 그냥 돌아와 버리고 말았다.

다시 반 년이 흐른 어느 날 주인 마님이 또 말했다. "오늘 하루 집에 가서 늙으신 부모님을 찾아 뵙고 오너라, 잉거야. 커다란 이 흰 빵도 가져가렴. 널 보시면 부모님이 무척 기뻐하실 거다."

이번에도 잉거는 제일 화려한 나들이옷을 입고 새 신을 신었다. 그리고는 행여 옷이 더러워질까 봐 치마를 살짝 들어올리고 조심스럽게 걸었다. 그건 나쁘다고 할 수 없었다. 그런데 길이 질퍽질퍽해지다가 커다란 웅덩이가 나오자 잉거는 빵을 웅덩이에 던졌다. 그리고는 신발이 젖지 않도록 빵을 밟고 웅덩이를 건너려고 발을 내딛었다. 그러자 빵이 진창 속으로 점점 깊숙이 가라앉더니 마침내는 완전히 빠져 버렸다. 웅덩이에는 까맣게 부글거리고 있는 거품만이 보일 뿐이었다.

그런데 잉거는 어디로 갔을까? 어디로 사라져 버린 것일까? 잉거는 늪 속에 살고 있는 마녀에게로 갔다. 늪의 마녀는 요정들의 고모였다. 시와 그림 속에 나오는 요정들 말이다. 요정들이야 누구나 알고 있다. 그러나 늪의 마녀를 알고 있는 사람은 거의 없다.

안개가 늪지를 덮을 때면 사람들은 이렇게 말한다. "저기 좀 봐, 늪의 마녀가 술을 만들고 있어!" 잉거가 빠진 곳은 바로 이 마녀의 양조장이었다. 그곳은 그리 쾌적한 곳이 아니었다. 늪의 마녀의 양조장에 비하면 오물 구덩이는 밝고 공기가 잘 통하는 호화로운 방이라고 할 수 있을 것이다. 술통에서 나오는 냄새는 너무 지독해서 사람들이 그 냄새를 한 번만 맡아도 기절할 지경이었다. 양조장에는 술통들이 빽빽이 차 있어서 지나갈 틈이 없었다. 그리고 지나갈 만한 틈이 있다 해도 그곳에는 두꺼비와 징그러운 뱀들이 우글거렸다. 잉거가 빠진 곳은 바로 이곳이었다. 차가운 뱀과 두꺼비들이 몸에 닿자 잉거는 몸서리를 치며 몸을 흔들었다. 그러나 그것도 잠시였다. 몸이 점점 굳어지더니 마침내는 동상처럼 딱딱해지고 말았다. 빵은 아직도 발에 붙어 있었지만 떼낼 길이 없었다.

마침 늪의 마녀는 그날 집에 있었다. 그날은 마왕의 증조 할머니가 양조장을 돌아보고 있었기 때문이다. 마왕의 증조 할머니는 늙고 아주 지독스러웠으며 잠시도 쉬는 법이 없었다. 그녀는 밖에 나갈 때면 늘 손에 바느질감을 들고 다녔다. 그날 그녀는 사람들의 입에서 떨어지는 거짓말을 수놓고 경솔한 말들을 뜨개질하고 있었다. 그녀가 하는 일은 무엇이나 다 해롭고 나쁜 일이었다. 마왕의 증조 할머니는 바느질하고 수를 놓고 뜨개질하는 법을 잘 알고 있었다.

증조 할머니는 잉거를 보자 안경을 꺼내 쓰고는 다시 자세히 보았다.

"소질 있는 아이로군. 이곳에 온 기념으로 이 아이를 달라고 해야지. 이 아이는 틀림없이 손자네 궁전 대기실의 기둥 노릇을 할 수 있을 거야."

늪의 마녀는 잉거를 마왕의 증조 할머니에게 주었다. 그렇게 해서 잉거는 지옥에 가게 되었다. 사람들은 거의가 곧바로 지옥으로 떨어지지만 잉거처럼 재능 있는 아이는 많은 길을 돌아서 지옥으로 온다.

마왕의 대기실은 끝없는 복도로 되어 있어 발 밑을 보면 어지러웠다. 대기실에는 잉거만이 아니라 많은 사람들이 오랫동안 은총의 문이 열리기를 기다리고 있었다. 그들의 발 위로는 커다란 살찐 거미들이 뒤뚱거리면서 철사처럼 튼튼한 거미줄로 수천 년 동안은 버틸 수 있는 거미집을 짰다. 거미집은 마치 그들의 발을 채우고 있는 족쇄 같았다.

꼼짝못하고 동상처럼 서 있는 이 사람들은 모두 굳어지고 경직된 그들의 몸 속에 불안한 영혼을 가지고 있었다. 구두쇠는 금고의 열쇠를 잠그는 것을 잊어버리고 와서 어쩔 줄을 몰라 했다. 그들이 겪고 있는 고통과 불안을 다 말하자면 끝도 없을 것이다. 잉거는 대기실의 기둥이 되어 서 있는 것이 너무나도 끔찍했다. 그녀의 발에는 아직도 빵이 붙어 있었다.

"이게 다 발을 깨끗이 하려다 생긴 일이야. 저 사람들이 모두 날 보고 있네." 잉거가 중얼거렸다. 그녀의 말대로 모두가 제일 늦게 나타난 잉거를 보고 있었다. 그들의 눈에서는 못된 욕망이 빛났고, 끔찍하게 생긴 입들은 소리 없이 그런 욕망을 주절대고 있었다. 참으로 소름끼치는 광경이었다.

'그래도 나를 보는 것은 큰 즐거움일 거야. 얼굴도 예쁘고 좋은 옷을 입고 있으니까.' 잉거는 이렇게 생각하며 눈을 돌렸다. 그런데 목이 너무 굳어 있어서 움직일 수가 없었다. 잉거는 늪의 마녀의 양조장에 빠질 때 온몸에 오물과 진흙이 묻어 자신의 모습이 얼마나 더러운가를 아직도 깨닫지 못했다. 그녀의 옷은 온통 진흙으로 덮여서 진흙을 둘러쓰고 있는 것 같았고, 머리카락 사이로는 뱀이 꿈틀거리며 목까지 내려와 있었다. 그리고 옷 주름 사이에서는 두꺼비들이 내다보며 발바리 개처럼 짖어댔다. 참으로 흉측한 모습이었다. 그러나 잉거는 다른 사람보다는 자기가 더 나아 보인다고 생각하며 스스로를 위로했다.

그러나 가장 견디기 힘든 것은 배고픔이었다. 발 밑에 빵이 있는데도 허리를 굽혀 집을 수가 없었다. 등도 팔도 다리도 뻣뻣해서 돌로 만든 석상 같았기 때문이다. 움직일 수 있는 것은 눈뿐이었다. 잉거는 눈을 사방으로 돌려 자기 안쪽을 들여다보았다. 하지만 보이는 것은 모두 끔찍한 모습들뿐이었다. 그때 파리들이 날아와 잉거의 얼굴 위를 기어다니며 눈 위에서 왔다 갔다 했다. 잉거는 눈을 끔뻑여 파리를 날려보내려 했지만 파리들은 날개가 찢겨져 날지 못했다. 그걸 참는 것은 지독한 고통이었지만 배고픔을 참는 것보다는 덜했다. 몸 안의 내장들이 서로를 먹어 치워서 뱃속에는 아무것도 없는 것 같았다.

"계속 이렇다면 견디지 못할 거야." 잉거는 이렇게 중얼거렸다. 그러나 배고픔의 상태는 여전히 계속되었고 잉거는 참아야만 했다.

그때 잉거의 머리 위로 뜨거운 눈물 방울이 떨어져 잉거의 얼굴과 가슴을 지나 빵 위에 떨어졌다. 눈물 방울은 계속해서 흘러내렸다. 잉거를 위해 우는 이는 누구였을까? 그것은 바로 지상에 있는 잉거의 어머니였다. 딸을 잃고 슬피 우는 어머니의 눈물이 잉거에게 떨어진 것이다. 그러나 그 눈물은 아무런 도움이 되지 못했다. 오히려 고통과 비참함만 더해 줄 뿐이었다. 창자를 비트는 듯한 고통스런 배고픔은 더해 가기만 했다. 아, 발 밑에 있는 빵을 집을 수만 있다면 얼마나 좋을까! 창자들마저 배고픔에 서로를 잡아먹어 뱃속이 텅 빈 듯한 느낌이 들자 지상에서 하는 얘기들이 뱃속에 울려 퍼졌다. 그 얘기들은 잉거에 대한 말들로 모두 비난에 차 있었다.

어머니는 슬퍼서 울면서도 이렇게 말했다. "교만하면 지옥으로 떨어진단다. 그게 너의 불행이란다, 잉거야. 네가 엄마를 얼마나 슬프게 하는지 아니?"

다른 모든 사람들도 잉거가 빵을 밟고 웅덩이를 건너다 늪에 빠져서 사라져 버렸다는 것을 알고 있었다. 한 양치기가 우연히 그것을 보고 다른 사람들에게 얘기해 주었던 것이다.

"너 때문에 참으로 슬프구나, 잉거야. 하지만 네가 그렇게 될 줄 알았단다." 잉거의 어머니는 울면서 한숨을 쉬었다.

'차라리 태어나지 않았더라면 좋았을걸. 하지만 엄마가 아무리 울어도 이제는 소용없어.' 잉거는 어머니의 한탄을 들으며 이렇게 생각했다.

친부모처럼 대해 주었던 주인과 주인 마님이 말하는 소리도 들렸다. "그 애는 벌을 받을 아이였어. 하느님이 주신 선물을 귀하게 여기지 않고 발로 밟다니. 은총을 받기 힘들 거야."

그러자 잉거는 이렇게 생각했다. '나를 좀 더 엄하게 잘 가르쳤어야지.'

잉거는 자신에 대한 노래가 만들어졌다는 말도 들었다. 그 노래는 "신발을 더럽히지 않으려고 빵을 밟은 거만한 소녀"라는 노래였다. 그 노래는 널리 알려져 누구나 다 불렀다.

'하찮은 잘못 때문에 이렇게 고통을 받아야 하다니. 다른 사람들도 지은 죄에 대해 나처럼 벌을 받아야 해. 그러면 벌받을 사람이 한두 사람이 아닐걸. 아, 너무 괴로워.'

잉거의 마음은 굳어진 몸뚱이보다 더 냉혹해져 갔다.

'저런 사람들과 가까이 하면서 어떻게 착해질 수 있겠어? 어쨌든 난 착하고 싶지 않아. 저들이 노려보는 꼴 좀 봐.' 잉거의 영혼은 이제 모든 사람들에 대한 분노와 원한으로 가득 찼다. '이제 저기서도 아이들이 내 이야기를 하네. 아, 너무 고통스러워.'

아이들이 잉거에 대한 이야기를 할 때마다 그 이야기들은 모두 잉거에게 들렸다. 하지만 좋은 얘기는 하나도 없었다. 아이들의 심판은 가혹했다. 아이들은 잉거를 "사악한 잉거"라고 부르면서 보기 싫은 애가 벌을 받아 시원하다고 말했다.

그러던 어느 날, 원한과 배고픔에 창자가 뒤틀려 괴로워하고 있던 잉거는 누군가 자기에 대해 이야기하는 소리를 들었다. 귀엽고 천진한 여자아이는 잉거에 대한 이야기를 듣더니 울음을 터뜨렸다. 오만하고 좋은 옷만 좋아하는 잉거를 위해 소녀가 운 것이다.

"이제 그 애는 땅으로 올라올 수 없나요?" 이야기를 듣던 천진한 소녀가 물었다.

"다시는 땅 위로 올라오지 못한단다." 잉거의 이야기를 들려 준 어른이 대답했다.

"용서를 빌고 다시는 그러지 않겠다고 해도요?"

"그 애는 용서를 빌지 않을 거야."

"그 애가 용서를 빌었으면 좋겠어요. 다시 땅에 올라온다면 내 인형 집을 줄 텐데. 불쌍한 잉거, 너무 안됐어요." 천진한 소녀가 눈물을 흘리며 말했다.

이 말을 들은 잉거는 가슴이 뭉클했다. 그리고 한순간 고통이 느껴지지 않았다. 잉거를 '불쌍한 잉거'라고 말해 준 사람은 그 소녀가 처음이었다. 그리고 그 소녀는 그녀의 죄에 대해 한 마디의 말도 않고 오히려 눈물을 흘리며 잉거가 구원받기를 빌었다. 잉거는 기분이 이상했다. 자신도 울고 싶었지만 울 수가 없었다. 그것도 큰 고통이었기 때문이다.

세월이 흐르면서 땅 위 사람들은 잉거에 대한 이야기를 점차 잊어 갔다. 그러나 땅 아래 지옥의 문과 잉거가 있는 곳은 변한 것이 하나도 없었다. 그러던 어느 날 잉거는 한숨 소리를 듣게 되었다.

"잉거야, 잉거야! 네가 날 얼마나 슬프게 하는지 아니? 그럴 줄 알았다."

그것은 어머니가 죽어 가면서 울부짖는 소리였다.

잉거는 가끔 옛 주인과 주인 마님이 이야기하는 소리를 들었다. 두 사람 중에서도 특히 주인 마님은 늘 다정했다. "너를 다시 볼 수 있을지 모르겠구나, 잉거야! 우리는 우리가 어디로 가게 되는지 모르지."

하지만 잉거는 인정 많은 주인 마님이 절대로 자기가 있는 지옥으로는 오지 않으리라는 것을 잘 알고 있었다.

괴롭고 긴 세월이 흘렀다. 어느 날 잉거는 자기 이름을 부르는 소리를 들었다. 끝없이 긴 복도의 어둠 속에 있던 잉거는 머리 위로 두 개의 반짝이는 별이 빛나는 것을 보았다. 그것은 땅 위에서 죽음의 문턱으로 가고 있는 인정 어린 두 눈동자였다. 많은 세월이 흘러 '불쌍한 잉거'를 위해 쓰라린 눈물을 흘렸던 작은 아이가 할머니가 되어 하느님의 부름을 받고 가는 순간이었다. 할머니는 생을 마치는 마지막 순간에 자신이 살아온 기나긴 세월을 돌이켜 보다가 어렸을 때 잉거에 대한 이야기를 듣고 가슴 아프게 울던 일을 생각했던 것이다. 죽음을 앞둔 할머니는 그때 일을 생생하게 떠올리며 큰 소리로 기도했다. "오, 하느님, 제가 혹시 잉거처럼 당신의 선물을 밟고도 모르고 있는 건 아닌지요? 저 또한 교만한 마음을 품어 당신의 버림을 받지는 않을는지요? 부디 저를 버리지 마소서!"

마침내 할머니의 두 눈이 감겼다. 할머니는 영혼의 눈으로 숨겨진 모든 것들을 볼 수 있게 되었고 마지막 순간에 잉거를 생각했기 때문에 땅 속 깊이 빠져 있는 잉거를 보게 된 것이다. 할머니는 천국의 문 앞에 서서 불쌍한 잉거를 위해 울었다. 그 눈물과 기도는 마왕의 집 입구에 석상이 되어 서 있던 잉거의 육체 속으로 메아리쳤다. 잉거의 고통받던 영혼은 전혀 예기치 못했던 사랑에 압도당했다. 하느님의 한 천사가 그녀를 위해 울었기 때문이다. 왜 그녀에게 이런 사랑이 주어졌을까?

고통받는 잉거의 영혼은 땅 위에서 자신이 했던 행동들을 되돌아보았다. 그리고는 부르르 떨며 눈물을 흘렸다. 잉거가 한 번도 흘려 보지 않은 눈물이었다. 잉거는 모든 것이 자기 잘못이었음을 깨닫고 자신은 결코 구원받지 못할 거라 생각했다.

바로 그 순간 햇빛보다도 더 강렬한 한 줄기 빛이 천국에서 잉거를 비추었다. 눈사람이 햇살을 받아 녹는 것보다 더 빨리, 눈송이가 아이의 따뜻한 입가에 닿자마자 사라지는 것보다 더 빠르게 잉거의 석상이 녹아 형체가 사라져 버리고 잉거가 서 있던 자리에서 작은 새 한 마리가 날개를 퍼덕이며 위로 날아올랐다.

두려움과 부끄러움에 가득 찬 새는 무너져 가는 오래된 담에 뚫린 어두운 구멍 속으로 몸을 숨겼다. 작은 새는 온몸을 떨면서 살아 있는 것들을 무서워하였다. 새는 지저귀지도 않았다. 목소리가 없었던 것이다. 작은 새는 어두운 구멍 속에 한참을 앉아 있다가 용기를 내어 천천히 주위를 돌아보았다. 세상은 참으로 아름다웠다.

밤이 되자 달이 하늘을 가로질러 항해했다. 공기는 신선하고 온화했으며 나무와 덤불에서 풍기는 향기가 코를 찔렀다. 작은 새는 자신의 깃털을 보고는 참으로 아름답다는 것을 깨달았다. 자연 속의 모든 것이 애정 어린 정성으로 빚어진 것들이었다. 새는 목소리가 있었다면 자신의 생각들을 나이팅게일이나 뻐꾸기가 봄에 노래하듯이 즐겁게 노래했을 것이다. 하지만 그럴 수가 없었다. 그러나 소리 없는 벌레의 찬양도 들을 줄 아는 하느님은 새가 가슴속으로 부르는 찬양의 노래도 듣고 있었다. 시편이 말과 가락이 되기 전에 다윗의 가슴속에서 울렸던 것을 들으셨던 것처럼 말이다.

몇 주 동안 이 소리 없는 노래는 새의 가슴속에서 자랐다. 그 노래는 말이나 음악으로 표현할 수는 없었지만 몸짓으로는 표현할 수 있었다.

가을이 지나고 성탄절 축제가 다가왔다. 농부들은 마당에 기둥을 세우고 성탄절을 맞아 새들도 즐거운 식사를 할 수 있도록 타작하지 않은 귀리 단을 매달았다.

성탄절 아침이 밝아 오자 해님이 귀리 단 주위로 몰려든 새들을 비추었다. 바로 그때 감히 다른 새들 옆으로 가지 못하고 외롭게 어두운 구멍 속에 숨어 있던 작은 새의 입에서 '짹짹' 하는 소리가 나왔다. 마침내 새의 생각들이 모여 노래가 된 것이다. 새는 숨어 있던 구멍에서 나와 날아올랐다. 그 새의 희미한 지저귐은 환희의 노래였다. 지상에서 그 새는 여느 참새와 다름없는 한 마리 참새에 지나지 않았지만 하늘 나라에서는 그 새가 어떤 새인지 알고 있었다.

겨울은 참으로 추웠다. 호수는 꽁꽁 얼어붙었고 숲에 사는 짐승과 새들은 먹을 것을 찾기가 힘들었다. 작은 새는 큰길로 날아갔다. 썰매가 지나간 자리에서는 가끔 귀리 알이 떨어져 있었고 여행자들이 쉬었다 떠난 자리에는 빵 부스러기가 남아 있었다. 작은 새는 자기는 조금만 먹고 굶주린 참새들을 불러 나누어 주었다. 어쩌다가 도시에서 배고픈 새들에게 빵과 곡식을 던져 주는 친절한 사람이 사는 마당을 찾게 되면 작은 새는 항상 자기가 먹을 것은 생각하지 않고 다른 새들에게 나누어 주었다.

겨울 내내 작은 새가 다른 새들에게 나누어 준 빵 부스러기는 잉거가 신발을 더럽히지 않으려고 밟았던 빵만큼이나 되었다. 작은 새가 마지막 빵 부스러기를 찾아 나누어 주었을 때 회색빛 날개가 점점 커지더니 흰색으로 변했다.

"저기 좀 봐. 갈매기가 호수 위로 날아간다!" 아이들이 하얀 새를 쫓아오며 소리쳤다. 하얀 새는 호수 속으로 멋지게 잠수를 했다가 하늘 높이 솟구쳐 올랐다. 새는 햇살을 받아 눈부시게 빛나는 흰 날개를 퍼덕이며 사라졌다.

"해님 속으로 날아가 버렸네!" 아이들이 말했다.

# 92
# 탑지기 올레

"이 세상은 오르막이 있으면 내리막이 있고 또 내리막이 있으면 오르막도 있는 거야. 이제 난 더 이상 위로 올라갈 수 없어. 사람들은 올라갔다가 내려오고, 내려왔다가 올라가는 걸 겪어 봐야 해. 그러면 결국 우리는 모두 탑지기처럼 높은 곳에서 세상을 내려다보게 된다구."

내 친구 올레는 늘 이렇게 말했다. 탑지기인 그는 말이 많고 재미있는 친구였다. 그는 항상 농담이나 하는 것 같지만 가슴속에는 진지한 것을 감추고 있었다. 어떤 사람들은 올레가 좋은 가문 출신이며 그의 아버지는 시의회 의원이었다고 말한다. 또는 그가 원했다면 그런 집안의 아들이 될 수도 있었다고 말한다. 올레는 공부를 하여 조합장이 운영하는 학교의 보조 교사가 되었다. 그는 옷을 단정히 입고 장화를 윤이 나게 닦고 다녀야 했다. 그런데 문제는 바로 그 장화 때문에 생겼다. 올레는 아직 젊었고 최소한 자기가 사는 거리에서만은 눈에 띄는 신사가 되고 싶었다. 그래서 구두를 영국 구두약으로 닦아야 한다고 주장했다. 그러나 조합장은 돼지기름이면 충분하다고 우겼다. 그들은 언성을 높이며 싸우다가 서로 구두쇠라느니 허영심 많다느니 하는 말까지 오갔다. 결국 구두약 때문에 그들의 우정은 금이 가고 서로 헤어지게 되었다.

올레는 조합장에게 요구했던 것을 온 세상에 요구했다. 윤 내는 영국 구두약을 말이다. 하지만 그가 얻은 것은 돼지기름뿐이었다. 그래서 올레는 모든 사람들로부터 떠나서 외로운 은둔자가 되었다. 그 큰 도시에서 은둔하여 살 수 있는 곳은 교회 탑뿐이었다. 올레는 탑 위로 올라가 시내를 내려다보며 외롭게 파이프를 물었다.

올레는 하루 종일 위를 올려다보기도 하고 아래를 내려다보기도 하며 책을 읽고 생각에 잠긴다. 그는 직접 본 것이든 보지 않은 것이든 간에 이야기하는 것을 즐겼으며, 책을 읽거나 외로운 탑지기 업무를 하는 중에 자신의 내부에서 발견한 것에 대해 토론하기를 좋아했다. 나는 그에게 좋은 책들을 빌려주곤 했다. 모름지기 사람의 됨됨이는 그가 사귀는 친구를 보고 알 수 있다고 하니까 말이다. 올레는 영국과 프랑스 여류 작가가 쓴 소설들은 싫어했다. 그 소설들은 꽃이 없는 장미 가지와 작가가 한 번도 가 보지 않은 곳에서 불어오는 바람을 섞어서 만든 것이라고 했다. 올레는 전기나 자연에 대한 책들을 좋아했다. 나는 해가 바뀔 때마다 최소한 1년에 한 번씩은 올레를 방문했다. 그때마다 올레는 항상 새해를 맞는 자신의 생각을 이야기해 주었다.

이제 내가 방문했을 때 올레에게서 들은 두 가지 이야기를 하려고 한다. 가능한 한 올레의 말을 그대로 전해 옮기겠다.

## 첫 번째 방문

내가 올레한테 빌려 준 책들 중에는 조약돌에 관한 책이 한 권 있었다. 조약돌은 비바람에 씻기고 깎이어 둥글고 부드럽게 된 돌로서 길을 포장할 때 사용하기도 한다. 올레는 특히 그 책을 마음에 들어 하며 다음과 같이 이야기했다.

"그 조약돌들은 늙은 므두셀라[19]들이야. 이제까지 난 아무 생각 없이 그 돌들을 밟고 다녔지. 해변과 들판에 나가 보면 그런 조약돌이 수없이 많잖아. 조약돌로 포장된 길을 걷는 것은 우리가 원시 시대의 역사를 걷는 것과 같아. 이제 난 조약돌 하나하나를 존경하게 되었어. 이런 책을 빌려 줘서 고마워. 세상을 새로운 눈으로 보게 되었거든. 이런 책들을 더 많이 읽고 싶어. 소설 가운데 가장 위대한 소설은 우리 지구에 대한 이야기야. 첫 편이 다른 나라 말로 쓰여 있어서 읽을 수 없는 게 유감이야. 기후가 다른 여러 시대를 겪으면서 변화해 온 조약돌들의 역사를 읽고 나면 소설 속에서는 살아 있는 인물들이 튀어나오지. 아담과 이브의 이야기는 6권째가 되어서야 나와. 그래서 독자들은 지루해할지 모르지만 난 그렇지 않아. 그 어떤 소설도 이처럼 훌륭하고 흥미롭지는 못해. 그 속에는 우리 모두가 있지. 우리는 어디로든 걷고 있지만 항상 제자리에 머물러 있지. 지구가 항상 돌아가고 있으니까. 바닷물을 우리에게 뒤집어씌우는 일도 없이 말이야. 우리가 걸어다니는 지구의 표면은 단단해서 우리가 그 속으로 떨어질 염려는 없어. 이것은 수백만 년 동안 끊임없이 이어져 온 역사야. 이런 책을 빌려 줘서 정말 고마워. 조약돌들이 말을 할 수만 있다면 그들이 지내 온 역사를 이야기해 줄 텐데.

가끔은 아무것도 아닌 존재가 되는 것도 재미있는 일이야. 특히 나처럼 높은 곳에 있는 사람에게는 말이야. 설사 구두약으로 윤을 낸 장화를 신고 있다 하더라도 말이야. 누구나 지구라는 거대한 언덕에서는 잠깐 동안 살다 가는 하찮은 개미에 지나지 않는다는 사실을 생각하면 재미있어. 물론 그들 사이에는 계급이 있어서 어떤 사람은 훈장을 달고 있기도 하고 높은 직위에 있기도 하지만 그래도 개미일 뿐이야. 수백만 년의 역사를 가진 이 조약돌과 비교하면 사람들이 얼마나 작고 하찮은지 몰라. 섣달 그믐날, 이 책 속에 빠져서 '아마게르 섬(코펜하겐의 일부)으로 몰려가는 사람들'을 보는 것도 잊어버렸다니까. 참, 넌 그 이야기를 모르지?

---

19. 노아의 홍수 이전의 족장으로서 969세까지 장수함

마녀들이 한여름 밤에 빗자루를 타고 독일에 있는 브로켄이란 산으로 날아가서 마녀들의 안식일을 지킨다는 것은 알고 있지? 여기에서도 그와 같은 행사를 하는데, 그걸 '아마게르로 몰려가는 사람들'이라고 한단다. 그 행사는 섣달 그믐날에 하는데 형편없는 시인들, 기자들, 재능 없고 악명 높은 예술가들이 참석하지. 그들은 붓이나 거위 깃털 펜을 타고 아마게르로 날아간단다. 그곳은 여기에서 10마일 정도 되니까 멀지 않지. 그들은 브로켄으로는 가 보지 못했을 거야. 기자들의 펜은 마녀의 빗자루가 아니니까 말이야. 나는 섣달 그믐날마다 그들을 보지. 그들 대부분의 이름도 알고 있지만 말하진 않을게. 그들은 위험한 사람들이거든. 그리고 자신들이 그곳으로 간다는 것을 사람들에게 알리고 싶어하지 않지.

시장에서 생선을 파는 조카가 있는데, 우리가 제일 존경할 만한 세 신문사에 독설, 비방, 맹세, 일반적인 욕설을 제공하는 일을 부업으로 하고 있지. 조카는 그 축제에 초대받았는데, 타고 갈 펜이 없어서 남의 것을 얻어 타고 갔지. 이건 조카가 해 준 이야기야. 물론 반은 거짓말이지만 말이야. 모두가 아마게르에 모이자 그들은 노래로 축제를 시작했지. 그들은 모두 자기가 지은 노래를 불렀어. 자기 노래가 최고라고 생각했거든. 하지만 그건 중요한 게 아니야. 모두 같은 가락이었으니까. 그리고 나서 그들은 서로 관심이 같은 사람들끼리 무리를 지어 이야기했지. 잡담을 즐기는 무리와 돼지기름을 바르고 구두약을 바른 것처럼 행세하려고 익명으로 글을 쓰는 사람들의 두 무리였지.

그곳에는 사형 집행인과 그의 조수도 있었어. 조수는 주인보다 더 거칠었지. 그들은 문학 비평가들 무리 속에 서 있었어. 그들은 학교 선생이나 쓰레기 수거인들처럼 옷을 입고 있었는데 모든 것에 대해 등급을 매기느라 바빴지.

이렇게 유쾌한 가운데 거대한 독버섯 하나가 땅에서 튀어나와 지붕이 되었지. 그것은 작년 동안 그들이 쓰거나 그린 것으로 만들어진 거였어. 그리고 독버섯에서 나오는 거대한 불똥은 남에게 빌려 온 생각들이었지. 이제 주인들을 찾아 날아가는 불똥들은 마치 불꽃놀이를 연상하게 했어.

이번에는 사람들이 숨바꼭질을 하기로 했어. 하지만 아무도 숨고 싶어하지 않았지. 모두들 술래에게 발견되고 싶어했지만 술래가 발견하질 못했기 때문이야. '사랑해'를 노래하는 시인들은 점점 줄어들었어. 그들에게 관심을 갖는 사람은 아무도 없었거든. 재치 있는 사람들은 말장난을 하며 서로를 조롱했지. 조카가 그러는데 참으로 즐거웠대. 조카는 그 밖에도 재미있고 심술궂은 놀이에 대해 이야기해 주었어. 하지만 남을 비판하는 것은 좋지 않은 일이니까 그만두겠어.

상상이 가겠지만 나는 해마다 누가 그 축제에 초대되는지 유심히 본단다. 어쩌다가 그 축제를 구경하지 못하더라도 새로 여섯 명이 더 초대되었다는 것을 확신할 수 있지. 하지만 올해는 보는 걸 잊어버렸어. 조약돌에 대한 책을 읽느라고 말이야.

난 노아가 방주를 만들기 수백만 년 전에 조약돌들이 북쪽으로 갔다가 얼음과 함께 남쪽으로 떠내려가는 것을 보았어. 조약돌들이 바다 밑으로 가라앉아 사라지는 것도 보았어. 조약돌들은 물 밖으로 고개를 내밀고 이렇게 말하지. '언젠가는 젤란트로 갈 거야.' 조약돌은 오래 전에 사라진 새들의 둥지가 되기도 하고 우리가 알지 못하는 야만족 추장들의 의자를 만드는 데 사용되기도 했지.

도끼로 돌에 룬 문자를 새기게 된 최근에 와서야 우리는 과거의 역사를 알게 되었지. 수백만 년이나 되는 그 역사를 생각하면 나는 아무것도 아닌 것처럼 느껴져."

다행히도 바로 그때 네 개의 별똥별이 하늘을 밝게 물들이는 바람에 올레의 생각이 다른 것에 쏠렸다.

"별똥별이 뭔지 아니? 그것은 현자들도 모르지. 난 이렇게 생각해. 사람들은 마음속으로 얼마나 자주 아름답고 훌륭한 일을 한 사람들에게 감사하고 축복을 내릴까? 이와 같은 묵묵한 감사는 사람들에게 잊혀지지 않지. 그러한 감사는 눈부신 햇살에 의해 그 감사를 받아야 할 사람에게 전달되지. 만약 많은 사람들이, 아니 국민 전체가 말이야, 그런 감사의 마음을 느낀다면 그들은 하나의 별똥별이 되어 은혜를 베푼 사람의 무덤에 떨어지지. 특히 섣달 그믐날 밤에 별똥별을 보면서 저 별똥별은 누구에게 가는 감사의 표시일까를 생각하면 참 재미있어. 남서쪽 하늘가에서 별똥별 하나를 본 적이 있는데, 눈부시게 밝았지. 아마 많은 고마움을 담고 있었던 거겠지. 그 별똥별은 누구에게 가는 것이었을까? 그 별똥별은 아마 플렌스부르크 해안가에 떨어졌을 거야. 슐레페그렐과 레쇠[20]와 그 동료들

---

20. 안데르센과 친했던 부인의 아들들로 이스테드 전쟁에서 죽었는데, 이 전쟁에서 덴마크는 독일의 슐레스비히 홀슈타인 공국의 군대를 물리침.

이 누워 있는 무덤에 말이야. 그때 또 하나의 별똥별이 젤란트 한가운데로 날아갔지. 그건 틀림없이 소뢰에 있는 홀베르(덴마크의 위대한 극작가)의 관 위로 꽃다발이 되어 떨어졌을 거야. 그가 쓴 훌륭한 희극을 즐긴 사람들이 보낸 감사의 표시였겠지.

별똥별이 우리 무덤 위로 떨어진다는 것은 경이롭고도 행복한 일이야. 내 무덤 위로 떨어지는 별똥별은 없을 거야. 난 알아. 한 줄기 햇살도 내게 감사를 가져다주지 않겠지. 내가 감사를 받을 일이 없으니까 말이야. 윤 내는 구두약은 절대로 받지 않겠어. 돼지기름이 내 운명인걸." 올레는 이렇게 말하며 한숨을 쉬었다.

### 두 번째 방문

지난번에 올레를 방문한 건 새해가 밝은 첫날이었다. 올레는 '오래된 물방울'이 '새 물방울'로 바뀌는 축배에 대해 이야기했다. 그는 1년을 '하나의 물방울'이라고 말했다. 그렇게 높은 탑 위에서 살다 보면 1년이 커다란 바다에 떠 있는 하나의 물방울로 보일 수도 있으리라. 올레는 유리잔에 대해서 이야기를 늘어놓았다. 그 이야기는 많은 의미가 있으므로 여기에 옮기겠다.

"시계가 열두 시를 치면 사람들은 가득 채운 잔을 들고 일어나 새해를 축하하지. 손에 술잔을 들고 새해를 시작하는 거지. 애주가들에게는 더없이 좋은 시작이지 뭐야. 잠자리에서 새해를 맞는 사람들도 있지. 게으름뱅이들을 위해서는 좋은 시작이지. 잠은 다음 한 해 동안 그 역할을 하지. 잔도 마찬가지야. 잔 속에는 무엇이 있는지 아니? 거기에는 건강, 행복, 기쁨이 있지. 하지만 해악과 쓰디쓴 불행이 있을 수도 있어. 그러니까 술잔을 들이킬 때는 그 안에 무엇이 있는지 생각해야 해.

첫 번째 잔에는 건강이 들어 있지. 거기에는 치료 효과가 있는 약초가 들어 있어. 그걸 가져다 심으면 자라나지.

두 번째 잔에는 작은 새가 숨어 있어. 새는 '인생은 아름다워. 낙담하지 말고 즐겁게 살자!' 하고 노래하지. 누구나 그 노래에 동감할 거야.

세 번째 잔에는 작은 날개가 달린 아이가 있어. 반은 천사이고 반은 요정이지. 그 아이는 장난기로 가득 차 있지만 악의는 전혀 없어. 그는 우리들 귀 속으로 기어들어와 즐거운 생각들을 속삭여 우리 마음을 훈훈하게 해 주지. 우리는 다시 젊어지고 유쾌해지고 즐거워져서 친구들의 의견에 따르기도 하지.

네 번째 잔에는 느낌표가 들어 있어. 아니 어쩌면 물음표인지도 몰라. 어떤 판단이나 생각도 이 느낌표를 넘어가서는 안 돼.

　다섯 번째 잔을 마시면 사람들은 울거나 감상적이 되지. 사육제의 왕자가 잔에서 튀어나와 너의 손을 이끌고 가 춤을 추면 너는 품위 따위는 잊어버리지. 네게 품위가 있다면 말이야. 그리고 잊어버리지 말아야 할 것까지도 다 잊어버리게 되지. 주위에는 온통 음악과 노래가 울려 퍼지고 가면을 쓴 사람들이 너의 주위를 빙빙 도는데, 그들은 바로 악마의 딸들이지. 비단옷을 입은 그들은 긴 머리에 아름다운 다리를 가지고 있단다. 그들을 뿌리치기란 힘든 일이지.

　여섯 번째 잔에는 악마가 앉아 있단다. 잘 차려 입고 앉아 있는 악마는 아주 매력적이고 기분 좋은 사나이지. 악마는 너를 이해해 주고 네가 하는 말에는 모두 수긍을 한단다. 그리고 램프를 가져와 너의 앞길을 비춰 주지. 하지만 그가 이끄는 곳은 너의 집이 아닌 그의 집이야.

　한 성자에 대한 오래된 전설이 있지. 성자는 일곱 가지 죽을 죄 가운데 하나를 고르라는 명령을 받고 가장 가벼워 보이는 알코올 중독을 골랐지. 그런데 성자는 술에 취하자마자 나머지 여섯 가지 죄를 저지르고 말았어. 여섯 번째 잔에서는 인간과 악마가 서로 피를 섞지. 그곳에서는 우리 안에 숨어 있는 온갖 사악한 것이 쏟아져 나와 성경에 나오는 겨자씨처럼 자라나서 마침내는 커다란 나무가 되어 온 세상을 어둡게 만들지. 그렇게 되면 우리는 죽는 수밖에 도리가 없어. 이게 바로 유리잔에 관한 이야기야. 이건 윤이 나는 구두약을 바르든 돼지기름을 바르든 간에 모두에게 해당되는 이야기야. 나는 구두약과 돼지기름을 다 사용하지.”

　이것이 바로 탑지기 올레가 들려 준 이야기이다.

# 93
## 아네 리스베트

아네 리스베트는 우유처럼 희고 장미처럼 발그레한 얼굴에 옥수수처럼 가지런하고 눈부시게 흰 이와 맑고 온화한 눈을 가진 젊고 아름다운 여인이었다. 그녀에게는 아이가 한 명 있었는데, 하나도 예쁘지 않았다. 그래서 그녀는 아이를 도랑 파는 인부의 아내에게 키우라고 맡겨 놓고는 백작의 성으로 되돌아가 버렸다.

아네 리스베트는 비단과 벨벳으로 된 옷을 입고 화려한 방에서 지냈다. 그녀는 백작의 아이를 돌보는 유모였기에 그녀에게는 바람 한 점 날리게 해서도 안 되었고, 심한 말을 해서도 안 되었다. 백작의 아이는 왕자처럼 씩씩했으며 천사처럼 아름다웠다. 그녀는 이 아이를 얼마나 사랑했던가! 하지만 그녀의 아들은 도랑 파는 인부의 집에서 살고 있었다. 배고플 때가 많고 아무도 돌봐 줄 사람이 없는 집에서. 그 아이는 배가 고파 혼자 울다가 지쳐서 잠이 들곤 했다. 잠자는 동안에는 배가 고픈 것도 목이 마른 것도 못 느끼지 않는가. 잠이란 참으로 위대한 발명이다.

세월이 흐르면서 아네 리스베트의 아이는 잡초가 자라듯이 쑥쑥 자라 그 집의 양자가 되었다. 도랑 파는 인부 부부는 그를 거두는 대가로 돈을 받았고 그의 어머니는 완전히 그를 버린 것이다. 그의 어머니 아네 리스베트는 귀부인이 되어 있었다. 그녀는 도시에 자기 집을 가지고 있었다. 그녀는 외출할 때면 모자를 썼다. 그렇지만 한 번도 그 인부의 집을 찾아가지는 않았다. 그 인부의 집이 도시에서 너무 멀리 떨어져 있기도 했지만 이제 아이가 그 집 아들이 되었기 때문에 볼 일이 없었던 것이다. 아이는 이제 먹을 것이 있었고 조금 자라나 생계비를 벌 수 있었다. 아이는 소를 다룰 줄 알았고 자기 몫의 일은 할 줄 알았기 때문에 메리의 빨간 소를 돌보았다.

귀족이 사는 저택의 대문 옆에 사는 커다란 개는 햇볕이 내리쬐는 날이면 개집 위에 거만하게 앉아서 지나가는 사람들에게 짖어댄다. 그리고 비가 오는 날이면 따뜻하고 쾌적한 개집 안으로 기어들어가 쉬곤 한다. 아네 리스베트의 아들도 햇빛이 비치는 날이면 개울가에 앉아서 말뚝을 깎곤 했다. 그는 봄이 되면 꽃이 활짝 피는 딸기나무 세 그루를 알고 있었다. 그 나무에서는 가끔 딸기가 열리곤 하였는데, 그는 기대에 부풀어 딸기가 열리길 고대하곤 하였다. 물론 딸기가 하나도 열리지 않을 때도 있었지만 말이다. 그리고 비가 올 때면 소를 지켜야 했기 때문에 비를 맞으며 그곳에 앉아 있어야 했고, 나중에 찬바람에 옷을 말려야 했다. 그가 어쩌다가 백작의 농장 근처에라도 가면 하인과 하녀들은 지독하게 못생겼다고 하면서 두들겨 내쫓곤 하였다. 하지만 그는 이런 일에는 익숙했다. 한 번도 사랑을 받아 보지 못했으니까. 아네 리스베트의 아들은 이렇게 구박을 받으며 자랐다. 아무에게도 사랑을 받지 못하는 것이 그의 운명이었다.

그러다가 그는 초라한 배를 타고 바다로 나가게 되었다. 선장이 술을 마시는 동안 그는 키를 조종했다. 그는 더럽고 못생긴데다가 굶주리고 추위에 떨고 있었다. 그는 한 번도 제대로 밥을 먹어 본 적이 없는 것처럼 보였으며 실제로도 그랬다.

겨울로 접어드는 늦가을. 비가 내리고 바람이 거세게 몰아쳤으며 찬 기운이 뼛속까지 파고들었다. 이런 날씨는 바다에서 특히 더 심했다. 그런 폭풍우가 몰아치는 가운데 허름한 배 한 척이 두 사람을 태우고 바다로 나갔다. 한 사람은 선장이었고 나머지 한 사람은 그의 조수였다. 하루 종일 날씨가 우중충하더니 곧이어 깜깜한 어둠이 찾아들고 살을 에는 듯한 추위가 덮쳤다. 선장은 몸을 녹이려고 술을 한 잔 들이켰다. 술병도 술잔도 모두 낡은 것이었다. 술잔은 위쪽은 멀쩡했지만 아래쪽은 부서져 나가 푸른색을 칠한 나무토막으로 땜질이 되어 있었다. '한 잔이면 좋고 두 잔이면 더욱더 좋지.' 선장은 술을 마시며 이렇게 생각했다. 조수는 주름지고 거친 손으로 키를 단단히 붙잡고 있었다. 그의 머리는 엉클어져 보기 흉했으며 왜소하고 비정상으로 보였다. 그는 교회 명부에는 아네 리스베트의 아들로 올라 있었지만 사람들은 그를 도랑 파는 인부의 아들이라고 불렀다.

살을 에는 찬바람은 옷을 뚫고 파고들었으며 배는 계속해서 거친 바다를 뚫고 나아갔다. 돛이 바람을 안고 한껏 부풀어오르자 배가 요동을 쳤다. 하늘도 바다도 성이 난 것처럼 거칠고 사나웠다. 그때 배가 쿵 하고 뭔가에 부딪쳤다.

"세워! 이게 뭐지? 배에 뭐가 부딪쳤지? 억수 같은 비가 덮친 거야, 아니면 바닷물이야?" 선장이 고함을 질렀다.

"하느님, 도와주소서!" 조수는 키를 꼭 붙들고 외쳤다. 배가 기울어지고 금방이라도 뒤집힐 것만 같았다. 배는 거대한 암초에 부딪힌 것이다. 배는 웅덩이에 빠진 낡은 신발처럼 서서히 가라앉았다. 쥐새끼고 사람이고 할 것 없이 아무런 흔적도 남기지 않고 감쪽같이 가라앉아 버린 것이다. 배가 가라앉는 것을 본 사람은 아무도 없었다. 미끄러지듯 바다 위를 날아다니던 갈매기와 바다 속을 헤엄쳐 다니던 물고기만이 그것을 보았을 뿐이다. 하지만 갈매기와 물고기도 자세히 본 것은 아니었다. 배에 물이 차서 가라앉기 시작하자 무서워서 옆으로 피했으니까. 이렇게 해서 배는 바다 속으로 잠겼으며 선장과 조수는 물 속에 묻혀 사람들에게 잊혀졌다. 다만 파란색을 칠한 나무 받침대로 된 술잔만은 바다 위에 떠 있었다. 나무로 된 술잔 받침대는 물 위에 둥둥 떠다녔고 유리로 된 술잔은 깨져서 해변으로 밀려갔다. 언제 어디로 밀려갔는지는 중요하지 않았다. 술잔은 자신의 임무를 충실히 하고 사랑을 받았었다. 아네 리스베트의 아들이 한 번도 받아 보지 못한 사랑을.

아네 리스베트가 도시에 나와 산 지 수년이 흘렀다. 사람들은 그녀를 부인이라고 불렀다. 그래서 그녀는 자신을 기품 있게 생각했다. 그녀는 마차를 타고 가면서 백작 부인, 남작 부인과 어울리던 옛날 일을 생생히 기억했다. 백작 아들은 사랑스러운 천사처럼 아름답고 고귀했다. 게다가 인정도 많았다. 그 아이는 아네 리스베트를 매우 좋아했으며 아네 리스베트도 그 아이를 매우 좋아했다. 백작 아들은 그녀의 기쁨이자 목숨이나 다름없었다. 이제 열네 살이 된 백작 아들은 키가 훤칠하고 잘생기고 영리했다. 아네 리스베트는 백작 아들을 품에 안고 다니던 어릴 때 이후로는 본 적이 없었으며 백작의 성까지는 아주 먼길이었기에 그곳에 가 본 지도 수년이 지났다.

'큰맘 먹고 한 번 다녀와야지. 가서 사랑스런 그 아이를 품에 안아 보고 싶어. 이제 소년이 된 그 애도 틀림없이 날 보고 싶어할 거야. 아직도 날 기억하고 좋아하겠지. 천사 같은 예쁜 팔로 내 목에 매달려 '아네 리즈'라고 혀짤배기 소리를 하던 때처럼 말이야. 그 애의 목소리는 마치 아름다운 음악 같았어. 그래, 그 애를 보러 가야지.' 아네 리스베트는 결심을 하고 여행길에 올랐다. 그녀는 달구지를 타기도 하고 걷기도 하여 백작의 성에 닿았다. 성은 여전히 웅장하고 훌륭했으며 정원도 예전과 달라진 게 없었다. 그러나 그동안 하인들은 모두 바뀌어 모두 낯설었으며 아네 리스베트를 알아보는 하인은 한 명도 없었다. 그들은 예전에는 그녀가 이곳에서 매우 중요한 사람이었다는 것을 전혀 몰랐다. 그러나 아네 리스베트는 상관없었다. 백작 부인과 그 아들이 그녀의 중요성을 하인들에게 일깨워 줄 테니까 말이다. 아네 리스베트는 백작 아들을 조금이라도 빨리 보고 싶었다.

하지만 그녀의 여행은 거기에서 끝난 것이 아니었다. 그녀는 백작 부인과 그 아들을 만나기 위해 오랫동안 기다려야 했다. 기다리는 사람에게 시간은 아주 느리게 가는 법이다. 백작 부인은 저녁 식사 전에 그녀를 불러 매우 정중하게 식사가 끝난 뒤에 아들을 볼 수 있다고 말했다.

아이는 몰라보게 훌쩍 커서 호리호리했으며 천사 같은 입과 눈은 여전히 아름다웠다. 아이는 아네 리스베트를 보고도 아무 말이 없었다. 그녀를 알아보지 못하는 모양이었다. 아이가 몸을 돌려 그냥 나가려 하자 그녀는 얼른 아이의 손을 잡고 입을 맞추었다. 그러자 아이는 "그만 됐어" 하고 냉정하게 말하고는 방을 나가 버렸다. 온 정성과 사랑을 쏟았고 그녀의 전부이자 자랑거리였던 아이가 그녀를 알아보지도 못하는 것이었다.

아네 리스베트는 백작의 성을 빠져나와 큰길로 나왔다. 몹시 마음이 아프고 슬펐다. 어릴 때 밤낮으로 돌보아 줬고 지금도 꿈속에 그리는 그 백작 아들이 어떻게 그렇게 차갑고 냉정할 수 있단 말인가. 그 아이는 아네 리스베트에 대해서는 전혀 생각도 하지 않았으며 한 마디도 하지 않았다. 커다란 검은 갈가마귀가 그녀가 가는 길 위에 내려앉자 음산하게 울어댔다.

"아, 이게 웬 불길한 새람!" 아네 리스베트는 절망적으로 중얼거렸다. 얼마 후 그녀는 인부의 오두막을 지나게 되었다. 문 앞에는 인부의 아내가 서 있었다. 두 사람은 서로 얘기를 건넸다.

"좋아 보이는군요. 아주 잘 지내시는가 보죠?" 인부의 아내가 말했다.

"네." 아네 리스베트가 짤막하게 대답했다.

"그들을 태운 배가 가라앉았어요. 라르스 선장과 그 애는 둘 다 물에 빠져 죽었지요. 나는 그 애가 몇 푼이라도 벌어 날 도와 줄 거라 생각했어요. 이제 그 애가 죽었으니 당신도 돈 들 일이 없겠지요, 아네 리스베트."

"물에 빠져 죽었다구요?" 아네 리스베트는 그 말만 되풀이할 뿐 더 이상 아무 말이 없었다. 그녀는 백작 아들 때문에 몹시 상심해 있었다. 그를 보러 그 먼 길을 갔는데 말 한 마디 하지 않으려 한 백작의 아들 때문에. 그 먼 여행을 하느라 돈도 많이 들었는데 조금의 기쁨도 얻지 못한 것이다. 아네 리스베트는 그 일에 대해서 한 마디도 하지 않았다. 자신이 백작의 성에서 예전과 같은 대접을 받지 못한다는 사실을 인부 아내에게 들키고 싶지 않았던 것이다. 그때 갈가마귀가 기분 나쁜 소리로 울어대며 머리 위로 날아갔다.

"흉측한 새 같으니라구! 끝까지 날 따라다니면서 소름끼치게 하는군." 아네 리스베트가 말했다. 그녀는 가난한 인부의 아내에게는 큰 선물이 될 것이라 생각하고 커피와 치커리를 가져왔었다. 물론 자신도 한 잔 얻어 마실겸 말이다.

도랑 파는 인부의 아내가 커피를 끓이는 동안 아네 리스베트는 의자에 앉아 있다가 깜빡 잠이 들었다. 그런데 전에는 한 번도 꿈에 나타난 적이 없는 아들이 꿈속에 나타났다. 도랑 파는 인부의 오두막에서 배가 고파 기절할 듯 울어대고, 이곳 저 곳에서 두들겨 맞고 쫓겨나 더위에 지치고 추위에 덜덜 떨며 돌아다니다 지금은 하느님만이 알고 있는 깊은 바다 속에 누워 있는 아들에 대한 꿈! 아네 리스베트는 인부의 아내가 끓이고 있는 커피 냄새를 맡고 자신이 그 인부의 오두막에 앉아 있다는 사실을 알았다. 그런데 갑자기 문지방에 백작의 아들만큼이나 아름다운 청년의 환영이 나타났다. 그 환영은 아네 리스베트에게 이렇게 말했다. "이제 세상은 멸망해 가고 있어요. 날 꼭 붙잡으세요. 그래도 당신은 내 어머니이니까요. 당신은 하늘 나라에 천사를 가지고 있지요. 날 꼭 붙잡아요." 그 천사의 환영은 손을 내밀어 아네 리스베트를 잡았다. 바로 그때 세상이 산산조각이라도 나는 듯 쿵 하고 고막을 찢을 듯한 커다란 소리가 들렸다.

천사의 환영은 땅에서 위로 떠올랐다. 그의 손이 아네 리스베트의 소매를 단단히 쥐고 있어 아네 리스베트도 하늘로 떠오를 것만 같았다. 하지만 무언가 무거운 것이 그녀의 발을 잡아당겼다. 수백 명의 여자들이 그녀에게 매달려 이렇게 소리치는 것이었다. "당신이 구원을 받는다면 우리도 받아야 해. 자, 꼭 붙잡아. 놓치지 말라구." 그리고는 그들은 일제히 그녀에게 매달렸다. 하지만 너무 많이 달려들어 매달리는 바람에 그녀의 소매가 찢어져 버렸다. 아네 리스베트는 소름이 끼쳤다. 바로 그 순간 그녀는 아래로 곤두박질을 치며 놀라서 잠에서 깨어났다. 그녀는 실제로 앉아 있던 의자에서 넘어지려 하고 있었다. 너무나 무섭고 놀라워서 무시무시한 꿈이었다는 것 외에는 하나도 기억나지 않았다.

아네 리스베트는 인부의 아내와 커피를 마시고 얘기를 나눈 후 작은 도시로 떠났다. 그곳에서 마차꾼을 만나 오늘 밤 안으로 집에 가려던 참이었다. 그런데 마차꾼은 다음날 저녁이 되어야 떠날 준비가 된다고 했다. 그래서 아네 리스베트는 마차 삯이 얼마인지, 그리고 걸어가면 얼마나 걸릴 것인지를 곰곰이 따져 보았다. 해안을 따라 걸어가면 2마일은 더 가까울 것이다. 게다가 날이 맑으니까 달빛도 환하리라. 아네 리스베트는 걸어가기로 결심하고 다음날 집에 도착할 수 있도록 즉시 출발했다.

해는 이미 져서 사방이 어둑어둑했으며 교회에서는 저녁 종소리가 울려 퍼졌다. 하지만 아네 리스베트에게는 늪에서 개구리들이 울어대는 소리 같았다. 종소리가 그치자 사방이 조용해졌다. 새들은 모두 둥지로 돌아가 새들의 노랫소리도 들리지 않았으며 부엉이조차도 둥지를 떠나지 않았다. 해안가 숲 속에 깊은 정적이 찾아들었다. 사방이 너무도 조용하여 모래를 밟는 발자국 소리 외에는 아무 소리도 들리지 않았다. 파도까지도 잠잠했으며 깊은 바다 속의 모든 것들도 고요 속에 빠져들었다. 깊은 바다 속의 죽은 자와 산 자는 모두 조용하기만 했다. 아네 리스베트는 아무 생각 없이 무작정 걸었다. 하지만 생각이란 겉으로 드러나지 않을 때는 그저 쉬고 있을 뿐 우리 곁을 떠나는 법이 없지 않은가. 우리의 머릿속에서 잠자던 생각들은 적절한 시기에 깨어나 우리의 마음과 가슴에 동요를 일으키기 시작하고 어떨 때는 갑자기 우리를 습격하는 것 같이 보이기도 한다.

'착한 행동은 축복의 열매를 맺고 죄에 대한 대가는 죽음이다'라는 말이 있다. 이 세상에는 우리가 그냥 지나쳐 버리거나 전혀 알지 못하는 많은 것들이 말로 표현되거나 글로 쓰여진다. 어느 순간 한 줄기 빛이 우리 안에서 일어나면 잊었던 것들이 생생하게 떠오른다. 아네 리스베트도 마찬가지였다. 모든 악행과 선행의 근원은 누구의 가슴속에나 있다. 그 근원은 곡식의 씨앗처럼 가만히 숨죽이고 있다가 한 줄기 햇살이나 악의 손길이 뻗쳐 오면 활동을 시작한다. 그러면 우리는 그에 따라 어떤 결정을 내리는 것이다. 작은 씨앗은 활동을 시작하여 부풀어올라 무럭무럭 자라서 그 수액을 우리 핏속에 부어넣음으로써 우리가 선행을 하거나 악행을 저지르게 만든다. 문제를 일으키는 생각은 마음속에 있다가 거기에서 끓어오른다. 물론 감각이 잠을 자고 있을 때는 우리는 이것을 깨닫지 못한다. 하지만 그런 생각은 늘 존재한다. 아네 리스베트는 감각이 반쯤 잠든 상태에서 걷고 있었다. 하지만 생각들은 그녀의 마음속에서 꿈틀거리고 있었다.

하지(夏至)부터 다음 하지까지 마음을 무겁게 하는 많은 일들이 일어날 수 있다. 1년을 되돌아보면서 참회를 해야 하지만 우리는 말과 생각으로 하느님에게 지은 죄, 이웃과 우리 자신의 양심에 지은 죄 등을 잊어버린 채 그냥 지나쳐 버릴 수 있다. 우리는 우리가 지은 죄를 거의 깨닫지 못한다. 아네 리스베트도 마찬가지였다. 그녀는 단지 자신은 나라 법을 어긴 적이 없고 좋은 위치에 있는 존경받을 만한 사람이라고 생각했다.

아네 리스베트는 해안가를 계속 걸었다. 그런데 해변으로 밀려온 무엇인가 그녀의 눈에 띄었다. 그것은 남자의 낡은 모자였다. 그녀는 가까이 다가가 모자를 살폈다. 그 순간 그녀는 "어머, 저건 뭐야?" 소리치며 무서움에 몸을 부들부들 떨었다. 하지만 그것은 길다란 돌 위에 해초 더미가 엉켜져 늘어져 있는 모습으로 그녀의 눈에는 그것이 시체처럼 보였던 것이다. 그녀가 다시 길을 가려고 몸을 돌렸을 때 어린 시절에 들었던 이야기들이 떠올랐다. 그것은 해안가에 사는 유령들에 대한 이야기였다. 땅에 제대로 묻히지 못하고 물에 빠져 죽은 사람들의 시체는 쓸쓸한 바닷가로 밀려온다고 했었다. 시체야 아무도 해칠 수는 없지만 유령은 혼자 다니는 사람에게 꼭 달라붙어서 신성한 땅 속에서 편히 쉬고 싶어 교회 묘지에 데려다 달라고 할 수 있지 않은가!

유령들은 "꼭 붙잡아, 꼭 붙잡아"라고 외칠 것이다. 아네 리스베트는 이 말을 중얼거리다 문득 낮에 꾼 꿈이 생각났다. 많은 여자들이 "꼭 붙잡아, 꼭 붙잡아" 하고 외치며 그녀에게 매달렸었던, 그러다 세상이 무너지고 그녀의 옷소매가 찢어지면서 그녀를 하늘로 데려가려는 아이의 손아귀에서 빠져 버린 기억이 났다. 그녀가 한 번도 사랑을 주지 않았던 아들이 이제 바다 깊은 곳에 누워 있다가 유령처럼 물 위로 떠올라 "꼭 붙잡아. 날 신성한 땅으로 데려다 줘" 하고 외칠지도 모를 일이었다.

이런 생각이 머리에 스치자 갑자기 겁이 나고 무서웠다. 아네 리스베트는 점점 더 걸음을 빨리했다. 차고 끈적끈적한 손이 가슴을 움켜쥐는 것 같아 무서워서 기절할 것만 같았다. 바다는 점점 더 어두워졌으며 짙은 안개가 수풀과 나무에 밀려와 기괴한 형상들을 만들어 놓았다. 아네 리스베트는 돌아서서 뒤를 따라오던 달을 보았다. 달은 창백하고 컴컴해 보였으며 죽음이 달의 팔다리에 매달려 있는 것처럼 축 늘어져 보였다. 아네 리스베트는 마음속으로 '붙잡아' 하고 중얼거리며 다시 고개를 돌려 달을 보았다. 이제 달 주위로 안개가 긴 옷처럼 늘어져 있어 달이 더욱더 가까워 보였다.

"멈춰! 날 신성한 땅으로 데려다 줘." 공허하고 이상야릇한 목소리가 그녀의 귀에 들렸다. 그것은 늪의 개구리 소리도, 까마귀가 우는 소리도 아니었다. 그런 소리를 낼 만한 것은 어디에도 보이지 않았다. "날 묻어 줘. 날 묻어 줘" 하는 소리가 커다랗게 들렸다. 그 소리의 주인공은 바로 해변의 유령이 된 아네 리스베트의 아들이었다. 바다 깊숙한 곳에 누워 있는 그녀의 아들은 신성한 주님의 땅에 묻히지 못해 편히 쉴 수가 없었던 것이다. 아네 리스베트는 당장 교회로 가서 무덤을 파리라 생각했다. 그녀는 교회로 향했다. 그러자 마음을 짓누르던 무게가 점점 가벼워지더니 완전히 사라져 버린 것 같았다. 그러나 지름길로 해서 집에 돌아왔을 때는 다시 마음이 무거워졌다.

"멈춰, 멈춰! 날 묻어 줘, 날 묻어 줘!" 이 소리는 개구리의 울음소리도 같고 새의 울음소리도 같았지만 너무도 분명하고 또렷하게 들렸다.

안개는 차갑고 축축했다. 그녀는 너무나 무서웠다. 손과 얼굴이 땀으로 끈적끈적했다. 갈수록 무거운 무게가 가슴을 짓누르며 달라붙었다. 그러자 이제까지는 깨닫지 못했던 생각들이 분명하게 떠올랐다.

북부 지방에서는 너도밤나무가 하룻밤 사이에 싹이 터서 다음날이 되면 아침 햇살 속에서 아름다운 푸른 싹을 자랑하는 때가 있다. 마찬가지로 우리는 우리가 살면서 말과 생각과 행동으로 저지른 죄를 어느 한순간에 깨닫게 된다. 양심이 깨어나면 마음속에서 저절로 싹이 트며, 우리가 양심이 깨어나길 바라지 않을 때는 하느님이 양심을 일깨워 준다. 그러면 우리에겐 변명의 여지가 없게 되고 우리가 한 행동은 증거가 된다. 생각은 말이 되어 세상 밖으로 전해진다. 우리는 우리가 품었던 생각에 경악하게 되고 오만과 경솔함 때문에 저지른 악행을 깨닫고 무서워 떤다. 가슴속에는 선함뿐만 아니라 악함도 감추어져 있다. 악함은 땅이 아무리 황폐해도 잘 자라난다. 아네 리스베트는 이제 생각들이 말로써 나타나는 것을 들으며 견딜 수가 없었다. 그녀는 땅바닥에 주저앉아 기어가기 시작했다.

"날 묻어 줘, 날 묻어 줘" 하는 소리가 계속 그녀를 괴롭혔다. 아네 리스베트는 자신이 한 행동을 잊어버릴 수만 있다면 무덤에라도 들어가고 싶은 심정이었다. 그녀는 고통과 공포 속에서 처음으로 깨달음을 얻었다. 물에 빠진 사람이 유령이 되어 해변가를 떠돈다는 미신을 생각하자 갑자기 온몸이 부들부들 떨리고 열이 나더니 온몸이 불덩이같이 뜨거워지기도 했다. 전에는 입 밖에 내기도 두려웠던 것들이 떠올랐다. 마치 달빛 속에 구름의 그림자가 떠가듯이 유령이 그녀 옆을 소리 없이 지나갔다. 그러자 네 마리의 말들이 숨을 가쁘게 몰아쉬며 그녀 옆으로 힘차게 달려왔다. 눈과 콧구멍에서 불꽃이 번쩍이는 그 말들은 불에 타고 있는 마차를 끌고 있었는데, 마차 안에는 이 지방에서 수백 년 전에 살았던 못된 영주가 앉아 있었다. 전설에 의하면, 그 영주는 매일 밤 열두 시면 자기 성에 있는 정원으로 말을 몰고 왔다가 사라진다고 했다. 그런데 그 영주는 죽은 사람처럼 창백한 얼굴이 아니라 다 타 버린 숯처럼 새까맸다. 그는 고개를 끄덕이고 아네 리스베트를 가리키며 외쳤다. "꼭 잡아, 꼭 잡으라구. 그러면 넌 다시 백작의 마차를 탈 수 있고, 네 아이 따위는 잊어버릴 수 있어."

아네 리스베트는 기운을 내 서둘러서 교회에 갔다. 그런데 눈앞에서 까만 십자가와 까만 까마귀가 서로 뒤섞여 춤을 추었다. 어느 것이 십자가고 어느 것이 까마귀인지 구별할 수가 없었다. 그 까마귀들은 낮에 보았던 까마귀들처럼 울어 댔다. 하지만 이제 아네 리스베트는 까마귀들이 울어대는 소리를 이해할 수 있었다. "내가 그 까마귀의 에미다. 내가 그 까마귀의 에미라구." 까마귀들은 이렇게 울어댔다. 아네 리스베트는 그 말이 자기를 두고 하는 말임을 깨달았다. 아들을 묻어 주지 않으면 그녀 역시 죽어서 까마귀로 변해 그렇게 울어대리라. 그녀는 땅에 엎드려 맨손으로 딱딱한 땅을 파기 시작했다. 손가락에서는 피가 줄줄 흘렀다.

"날 묻어 줘, 날 묻어 줘" 하는 소리는 끊이질 않았다. 그녀는 금방이라도 닭이 울 것 같아 조마조마했다. 무덤을 다 파기도 전에 동녘 하늘에 붉은 빛이 떠오르면 모든 일이 허사가 되고 말 것이다. 무덤을 반쯤 팠을 때 닭이 울고 동녘 하늘이 밝아 왔다. 얼음처럼 차가운 손이 그녀의 몸과 얼굴과 가슴을 후비고 지나갔다.

"반밖에 묻히지 못했어" 하고 울부짖는 소리가 들리더니 멀리 바다 쪽으로 사라졌다. 그것은 해변의 유령이었다. 힘이 다하고 맥이 풀린 아네 리스베트는 땅바닥에 쓰러져 의식을 잃고 말았다.

그녀가 다시 정신을 차린 것은 환한 대낮이었다. 두 남자가 그녀를 일으켜 세우고 있었다. 그러나 그녀가 누워 있는 곳은 교회 묘지가 아니라 바닷가였다. 그녀는 모래 바닥에 깊은 구덩이를 파다가 깨진 술잔의 유리 조각에 손을 찔린 것이었다.

아네 리스베트는 온몸이 불덩이 같았다. 양심이 미신에 대한 기억을 불러일으켜 그녀에게 벌을 준 것이다. 이제 그녀는 반만의 영혼을 가지게 되었으며 나머지 반은 아들이 바다 속으로 가지고 갔다고 믿었다. 깊은 바다 속에 붙들려 있는 나머지 반쪽의 영혼을 되찾지 못하면 결코 하늘나라에 들어가는 은총을 받을 수 없으리라.

아네 리스베트는 집으로 돌아왔지만 전과 같지 않았다. 그녀의 생각은 뒤엉킨 실타래처럼 혼란스러웠다. 그러나 한 가지 생각만은 분명하게 할 수 있었다. 그것은 해변의 유령을 데려다가 교회 무덤에 묻어 주어야 한다는 생각이었다. 반쪽의 영혼을 다시 찾기 위해서라도 그렇게 해야 했다. 그녀는 밤마다 사라졌다가 다음날 해변가에서 발견되곤 하였다. 밤마다 해변의 유령을 기다린 것이다. 이렇게 한 해가 흘러갔다. 그러던 어느 날 밤, 그날 밤도 그녀는 집에서 나갔는데 아무리 찾아도 보이지 않았다. 그 다음날도 하루종일 찾았지만 소용없었다.

저녁 무렵, 교회 관리인이 저녁 기도 종을 치려고 교회 안으로 들어섰다. 그런데 제단 옆에 아네 리스베트가 누워 있지 않은가. 그녀는 하루 종일 그곳에 있었던 것이다. 온몸에 기운이 다 빠져 있었으나 눈에서는 빛이 났고 볼은 붉은 장밋빛이 돌았다. 저녁 햇살이 따사롭게 그녀를 내리쬐었으며 제단 위에 있는 성경에도 내리비쳤다. 성경은 예언자 요엘의 말씀이 있는 대목이 펼쳐져 있었다.

"너희는 옷을 찢지 말고 마음을 찢고 너희 하느님 여호와께로 돌아올지어다!"

사람들은 그 구절이 펼쳐져 있던 것은 그저 우연일 뿐이라고 말했다. 하지만 모든 일이 우연히 일어나던가? 햇살을 받은 아네 리스베트의 얼굴에는 평화가 깃들여 있었다. 그녀는 이제 원하는 바를 다 이루었으므로 마음이 편하다고 말했다. 전날 밤 해변 유령인 그녀의 아들이 나타나 그녀에게 이렇게 속삭였던 것이다.

"엄마는 무덤을 반밖에 파지 못했지만 1년하고도 하루 동안 날 엄마의 가슴에 묻고 있었어요. 아이를 묻기에 엄마의 가슴보다 더 좋은 곳이 어디 있겠어요!"

그리고 나서 아이는 아네 리스베트에게 잃어버린 영혼을 돌려주고 그녀를 교회로 인도했다.

"난 이제 하느님의 집에 있어요. 이 집에 있으면 우린 행복하지요." 아네 리스베트는 있는 힘을 다해 행복한 표정으로 이렇게 말했다.

태양이 서쪽 하늘 너머로 넘어갈 무렵 아네 리스베트의 영혼은 아무런 고통이 없는 하늘 나라로 올라갔다. 이제야 아네 리스베트의 고통이 끝이 난 것이다.

# 94
# 아이들의 잡담

한 상인의 집에서 아이들의 모임이 있었다. 그 아이들은 모두 부잣집과 신분이 높은 집안의 자식들이었다. 상인은 부자에다 교육도 많이 받은 사람이었다. 예의 바르고 정직한 그의 아버지는 소 장사로 시작하여 돈을 모았는데 상인도 이런 아버지에게서 돈을 모으는 법을 배웠다. 상인은 지적이고 마음씨도 고왔으나 그의 이러한 장점보다는 부자라는 점이 더 자주 사람들의 입에 오르내렸다.

상인의 집에는 유명한 사람들이 많이 찾아오곤 했다. 그 중에는 가문이 좋은 사람이 있는가 하면 성품이 고귀한 사람도 있었다. 그러나 그 두 가지를 모두 갖춘 사람은 몇 안 되었으며, 오히려 둘 다 갖추지 못한 사람들이 더 많았다.

그런데 이번에는 아이들이 상인의 집에 모이게 된 것이다. 아이들은 잡담을 하며 놀았는데 그 중에는 아주 사랑스러운, 그러나 지나치게 거만한 작은 소녀도 있었다. 소녀의 이러한 성격은 하인들이 그렇게 만든 것이다. 소녀의 아버지는 궁궐 시종이었는데 소녀는 그 직책이 매우 높다고 생각했다.

"나는 시종의 딸이야" 소녀는 이렇게 말했다. 하지만 부모는 선택할 수 있는 것이 아니기 때문에 소녀는 창고지기가 될 수도 있었을 것이다. 소녀는 다른 아이들에게 자기가 좋은 가문 출신이라고 우쭐대며 좋은 가문에서 태어나지 않으면 아무것도 될 수 없다고 말했다. 아무리 열심히 공부해도 집안이 좋지 않으면 소용이 없다는 것이었다.

"이름이 '센'으로 끝나는 사람들처럼 나쁜 집안에 태어난 사람에겐 희망이 없어. 그들은 아무것도 될 수 없는 거야. 사람들은 손을 허리에 얹고 '센'이란 이름을 가진 사람들과 팔꿈치만큼의 거리를 두거든."

그러면서 소녀는 어떻게 하는지 보여 주기 위해 팔꿈치를 뾰족하게 내밀며 귀여운 손을 허리에 갖다 댔다. 참으로 사랑스러운 모습이었다.

그러나 상인의 어린 딸은 아주 화가 났다. 아버지의 이름이 '센'으로 끝나는 마트센이었기 때문이다.

그래서 상인의 딸은 한껏 거만을 떨며 이렇게 말했다. "하지만 우리 아버지는 맛있는 사탕을 수백 마르크 어치씩 사서 거리에 뿌려 줄 수 있는걸. 가난한 아이들이 먹으라고 말이야. 너희 아버지도 그럴 수 있니?"

"우리 아버지는 너희 아버지와 이 도시에 있는 모든 아버지들을 신문에 실을 수 있는걸. 그래서 사람들이 우리 아버지를 두려워한다고 엄마가 그랬어. 신문에 마음대로 쓸 수 있는 사람은 아버지뿐이니까 말이야." 신문 편집장의 딸이 말했다. 그리고는 왕국을 다스리는 아버지를 둔 공주라도 되는 것처럼 머리를 꼿꼿이 세웠다.

그때 살짝 열린 문 뒤에 서 있는 가난한 소년이 보였다. 그 소년은 너무 가난해서 모임에 참석할 수 없었기 때문에 문틈으로 방 안을 들여다보고 있었다. 소년은 요리사를 도와 준 대가로 문 뒤에 서서 아이들이 노는 것을 보아도 좋다는 허가를 받았던 것이다. 그것도 그 소년에게는 대단한 행운이었다.

'내가 저 애들 중 하나라면 얼마나 좋을까.' 소년은 방 안에 있는 아이들이 부러웠다. 아이들의 이야기는 모두 소년을 우울하게 만드는 것들뿐이었다. 소년의 부모는 동전 한 닢도 없었으며 신문에 글을 쓰기는커녕 신문을 사 볼 만한 처지도 못 되었다. 거기다가 소년을 제일 우울하게 만든 것은 아버지의 이름인 '센'으로 끝난다는 것이었다. 아이들의 이야기가 맞는다면 소년은 아무것도 될 수 없으니 그것은 생각만 해도 슬픈 일이었다. 그러나 일단 이 세상에 태어났으니 만족하며 살아야 했다.

이것이 그날 밤에 벌어진 일이다.


그로부터 여러 해가 흘러 아이들은 이제 어른이 되었다.

코펜하겐 한가운데에는 진기한 보물들로 가득 찬 호화로운 집이 한 채 서 있었는데, 사람들이 그 보물을 보려고 전국에서 몰려들었다. 그렇다면 이 집의 주인은 앞에서 이야기했던 아이들 중 과연 누구일까? 알아맞히기가 쉽다고 생각하겠지만 그렇지가 않다. 이 집은 바로 문 뒤에서 방 안을 엿보던 가난한 소년의 집이었다. 소년은 장성해서 훌륭한 조각가가 되었는데, 이 집은 바로 그의 작품을 모아 놓은 미술관이었다. 그 소년의 이름은 토르발센으로 이름이 '센'으로 끝났는데도 훌륭한 사람이 된 것이다. 그의 대리석 동상은 로마의 성 베드로 대성당에 서 있다.

다른 아이들은 어떻게 되었을까? 부유하고 좋은 가문과 거만한 지성을 가진 아이들은 모두 어떻게 되었을까? 어린 시절의 그들을 비난할 수는 없다. 모두들 아무것도 모르는 천진한 아이들이었으니까. 본래 악한 아이들이 아니었으므로 그들은 모두 착하고 인정 많은 사람이 되었다. 그때 그 아이들이 생각하고 말했던 것은 아이들의 잡담에 지나지 않았다.

# 95
# 진주 목걸이

## 1

덴마크의 철도는 코펜하겐에서 시작하여 젤란트를 지나 코르쇠르까지 뻗어 있는데 그것은 마치 진주를 꿴 목걸이와 같은 것이다. 그 진주들은 유럽에 많이 모여 있는데, 제일 값비싼 것은 파리, 런던, 빈, 나폴리 등으로 불린다. 그렇지만 많은 사람들은 이 도시들을 가장 아름다운 진주라고 생각하지 않는다. 사람들은 작고 초라해 잘 알려지지 않은 도시들을 진주라고 한다. 그곳들은 그들이 사랑하는 사람들이 사는 고향이기 때문이다. 또 보잘것없는 농장이나 푸른 울타리로 둘러싸여 지나가는 기차의 창문에서는 거의 보이지도 않는 작은 집을 진주라고 하는 사람도 있을 것이다.

코펜하겐에서 코르쇠르까지 이르는 줄에는 얼마나 많은 진주들이 꿰어 있을까? 그 가운데에서 많은 사람들이 진주라고 알고 있는 여섯 개를 살펴보기로 하자. 오래된 추억과 시들이 그 진주들에 빛을 더해 주어 더욱 눈부시게 해 주었기 때문에 우리의 기억 속에도 그 진주들은 살아 있으리라.

그 중 한 진주는 프레데리크 6세의 성이 우뚝 솟아 있는 언덕 근처의 쉰더마르켄 숲 속에 있다. 사람들은 이 진주를 '사랑스러운 두 노인의 집'이란 뜻을 가진 '필레몬과 바우키스의 오두막'이라고 불렀다. 코펜하겐의 모든 시인과 예술가들은 상냥한 라벡(덴마크의 문학비평가)과 카마 부부가 사는 이곳에서 모이곤 했다. 이곳은 바로 지성과 정신의 집이었다. 그런데 지금은 어떤가? "아, 얼마나 변했는가!"라고 말하지는 말라. 이곳은 여전히 지성과 정신의 집이다. 다만 지금은 병든 식물들을 보호해 주는 온실이다. 이곳은 스스로의 힘으로는 꽃봉오리를 맺을 수 없지만 푸른 잎과 열매를 맺을 수 있는 가능성을 가진 식물들을 위한 곳이다.

태양은 지성과 정신을 보호하고 있는 온실 안으로 스며들어 우리가 이르지 못하는 깊은 곳까지 내리쬐어 준다. 약한 식물들을 위해 인간의 사랑으로 지어진 이 집은 언젠가는 신의 정원으로 옮겨져 꽃을 피우게 될 시든 식물을 위한 성스러운 온실이다. 한때는 가장 강인하고 창조적인 사람들이 모였던 곳에 이제는 의지가 가장 약한 식물들이 모여 있다. 어울리지 않는 일이라고 할지 모르지만 그렇지 않다. '필레몬과 바우키스의 오두막'에 살고 있는 이들은 여전히 지성과 정신에 관심이 많기 때문이다.

왕들의 무덤이 있는 고대 도시인 로스킬레가 눈앞에 펼쳐진다. 나지막한 집들 사이로 하늘을 찌를 듯이 높이 솟아 있는 교회 첨탑들이 피오르 해안에 자신들의 모습을 비추고 있다. 진주 하나는 바로 여기에 있는 무덤이다. 그 무덤은 덴마크의 로맨스를 되찾아 주고 선율을 통해 전설을 남긴 오르간(풍금)의 왕이 쉬고 있는 곳으로 거기에는 작고 초라한 비석이 놓여 있다. 화려한 왕들의 무덤이 있는 로스킬레에서 우리가 찾는 진주는 리라(고대의 현악기)와 바이제(덴마크 국민음악 창시자)란 이름이 새겨진 보잘것없는 무덤이다.

기차는 이제 링스테드 근처의 시게르스테드를 지난다. 시게르스테드는 시냇물이 얕게 흐르고 있는, 한때는 하그바르트 배가 닿았던 곳으로 이제는 곡식이 자라고 있다. 하그바르트와 지그네에 얽힌 이야기를 모르는 사람은 없을 것이다. 교수형을 당한 하그바르트와 불에 타 죽은 시네 공주의 열렬한 사랑의 전설을 말이다.

숲으로 둘러싸인 조용한 수도원의 도시인 소뢰는 이끼 낀 나무들 사이에서 세상을 내다보고 있다. 소뢰는 팔팔한 청년의 뜨거운 눈으로 호수 너머에 있는 넓은 세상으로 나가는 길을 바라본다. 새 시대의 용이 숲 속으로 마차를 끌고 가며 씩씩거리며 흰 증기를 내뿜는 모습을.

소뢰(덴마크 소도시), 홀베르(덴마크의 위대한 극작가)가 누워 숨쉬고 있는 문학의 진주여! 너의 배움의 전당은 거대한 흰 백조처럼 숲 속 호숫가에 서 있구나.

이 전당에서 멀지 않은 곳에 있는 초라한 오두막이 우리의 눈길을 끈다. 오두막은 파란 이끼 속에 솟아나 있는 작고 흰 꽃처럼 빛을 내고 서 있다. 이곳은 많은 사람들이 불렀던 노래가 쓰여진 곳이다. 농부들과 노동자들은 이곳에 쓰여진 노래를 듣고 자신들의 과거의 역사를 배웠다. 푸른 숲과 노래하는 새들을 떼 놓을 수 없듯이 소뢰와 잉게만(덴마크의 시인, 소설가)도 떼 놓을 수 없다.

슬라겔세(덴마크 셸란 섬 소도시)로 가 보자! 이 진주에는 무엇이 숨겨져 있는가? 이곳에 있던 안트보르스코프 수도원도 오래 전에 사라지고 화려한 방들의 자취도 이제는 남아 있지 않다. 그러나 지금까지 여전히 남아 있는 옛 시대의 유품이 하나 있으니 그것은 다름 아닌 무너질 때마다 다시 세워지곤 하던 나무 십자가이다. 전설에 의하면, 그것은 슬라겔세의 안데스 수도사가 어느 날 밤 예루살렘에서 옮겨진 뒤 깨어난 곳을 표시하기 위한 것이라고 한다.

코르쇠르, 이곳은 말과 재치의 마술사인 바게센이 태어난 곳이다. 쓰러져 가는 옛 성벽은 어린 시절 고향에 대한 마지막 추억이다. 해질 무렵이면 추억의 옛 성벽은 고향의 옛 집이 있던 자리에 그림자를 드리운다. 어린 시절에 이 성벽에서 바라보면 그레이트벨트 해협이 보였고 섬 뒤로 달님이 기우는 것이 보였다. 그리고 영원히 사라지지 않는 말로 그것들을 노래했다. 어른이 되어 스위스의 거대한 산을 노래했듯이, 그는 이 세상의 미로를 돌아다니면서 이런 노래를 불렀다.

세상 어디에도 그렇게 빨간 장미는 없네.

세상 어디에도 그렇게 작은 가시나무는 없지.

세상 어디에도 그렇게 부드러운 베개는 없네.

어린 시절 우리가 베고 누웠던 그런 베개처럼.


변덕이 심한 풍요로운 정신의 시인이여! 그대를 위한 화환을 만들어 바다에 던지리라. 화환은 파도에 실려 그대가 누워 쉬고 있는 킬 항만에 닿으리니. 진주 목걸이가 끝나는 그대의 고향인 코르쇠르에서 보내는 인사이다.


2


"코펜하겐에서 코르쇠르까지는 정말 하나의 진주 목걸이지." 방금 읽은 내용을 들은 할머니가 말했다. "내게 있어서 그것은 이미 40년 이상 된 귀중한 목걸이지. 그때에는 아직 증기 기관차가 없었단다. 지금은 몇 시간이면 갈 수 있는 곳을 며칠씩 걸려서 갔지. 그러니까 그때가 1815년의 일이구나. 그때 난 스무 살이었단다. 사랑스런 나이였지. 예순이 넘은 지금 나이도 축복 받은 때라고 생각하지만 말이야.

내가 젊었을 때 코펜하겐으로 여행하는 일은 아주 드물고 힘들었단다. 우리는 코펜하겐을 도시 중의 도시라고 생각했지. 부모님이 20년만에 다시 코펜하겐에 가게 되었을 때 나를 데리고 가셨단다. 수년 동안 그 여행을 꿈꾸기만 하다가 드디어 떠나게 된 것이지! 그때는 내 인생이 다시 시작되는 것만 같더구나. 어떤 면에서는 실제로 그랬지.

우리는 재봉틀질을 하여 옷을 수선하고 짐을 꾸려 떠날 준비를 했단다. 친구들이 작별 인사를 하려고 모두 달려왔지. 잠깐 갔다 올 수 있는 간단한 여행이 아니었으니까. 아침 일찍 우리는 홀슈타인 마차를 타고 오덴세를 출발했지. 우리가 지나가는 것을 보고 사람들이 창문으로 고개를 내밀고 인사했단다. 인사는 우리가 성문을 빠져나갈 때까지 계속되었지. 날씨는 화창했고 새들은 즐겁게 노래를 불렀단다. 모든 것이 너무 즐거워서 뉘보르 항구까지 가는 길이 얼마나 멀고 힘든가를 잊어버렸지. 우리가 항구에 도착한 것은 저녁 무렵이었단다. 아직 역마차가 도착하지 않아서 우리가 타기로 되어 있는 범선은 출발하지 못했지. 우리는 배 위로 올라갔단다.

눈앞에는 그레이트벨트 해협이 펼쳐져 있었지. 보이는 것이라곤 끝없이 이어진 바다뿐이었어. 밤은 고요하고 바다는 잔잔했지. 우리는 옷을 입은 채로 잠이 들었단다.

다음날 아침 일찍 나는 갑판으로 나갔지. 그런데 사방에 안개가 자욱하여 아무것도 볼 수 없었단다. 닭이 우는 소리를 듣고서야 해가 떠올랐다는 것을 알 수 있었지. 어디선가 교회 종소리도 들렸지. 도대체 어디쯤 가고 있을까 궁금했어. 조금 후에 안개가 걷혔는데, 아직도 뉘보르 앞에 있지 뭐겠니.

낮에 바람이 불어 왔는데, 반대쪽 방향으로 불어 왔단다. 그래서 맞바람을 받으며 갈짓자로 항해를 해야 했지. 15마일을 가는데 22시간이나 걸렸단다. 다행히도 밤 11시 전에 코르쇠르에 도착했지.

그때의 행복이라니! 뭍에 오르니 참으로 좋더구나. 하지만 주위는 컴컴하고 가로등도 희미해서 앞이 잘 보이지 않았단다. 모든 것이 낯설어 보였지. 나는 그때까지 오덴세 말고는 다른 도시에 가 본 적이 없었거든.

'여기가 바게센이 태어난 곳이란다.' 아버지가 이렇게 말씀하셨지.

그 말을 듣자 작은 집들이 들어서 있는 오래된 그 도시가 갑자기 더 크게 보이고 밝아 보였단다. 거기다가 새로운 땅을 딛고 있는 것이 아주 기뻤어. 집을 떠난 후로 보고 경험한 것들 때문에 마음이 들떠서 그날 밤 제대로 잠을 자지 못했단다.

그 다음날 아침 우리는 일찍 일어났지. 슬라겔세까지 험한 길을 가야 했거든. 우리는 가파른 산과 군데군데 구멍이 뚫려 있는 도로를 지났지. 사람들은 슬라겔세를 지나도 도로 사정이 더 나을 것이 없다고 했지. 우리는 '가재 집'이라고 하는 작은 여관에 빨리 도착하고 싶었지. 소뢰에 가서 방앗간집 에밀을 방문할 예정이었거든. 바로 주임 목사이자 내 남편인 너희 할아버지 말이야. 그때 그는 소뢰에서 공부를 하고 있는 학생이었지.

우리는 오후에 가재 집에 도착했단다. 당시에는 그곳이 가장 현대적인 곳이었지. 그러니까 우리는 여행하는 동안 최고의 여관에 묵은 것이지. 그곳 주변 풍경은 매우 아름다웠단다. 지금도 그렇지만 말이야. 여관 주인의 부인은 플렘벡이란 여자였는데, 살림을 아주 잘했단다. 집 안에 있는 것들이 모두 깨끗하고 번쩍거렸지. 벽에는 바게센이 그녀에게 보낸 편지가 액자에 넣어져 걸려 있었는데 아주 볼 만했지. 나는 그 편지가 그렇게 흥미로울 수가 없었단다.

우리는 곧 소뢰로 가서 에밀을 만났지. 그는 우릴 보고 기뻐서 어쩔 줄 몰라 했고 우리도 그랬단다. 매우 다정하고 생각이 깊은 사람이었지. 그는 압살론(덴마크의 대주교)과 홀베르가 묻혀 있는 교회로 우릴 안내했지. 그곳에서 수도사들이 새겨 놓은 오래된 비문을 보았단다. 저녁에는 배를 타고 호수를 건넜는데, 내 생애에서 가장 아름다운 밤이었지. 이 세상에서 평화롭고 아름다운 자연으로 둘러싸인 소뢰보다 시를 쓰기에 더 좋은 곳이 있을까? 우리는 달빛을 받으며 '철학자'의 길을 따라 가재 집 여관으로 돌아와서 저녁을 먹었지. 에밀도 우리와 함께 저녁을 먹었단다. 부모님은 에밀이 똑똑하고 멋진 청년이 되었다고 생각했지. 그는 5일 후에 코펜하겐으로 오겠다는 약속을 했단다. 우리를 방문하겠다고 말이야. 소뢰와 가재 집에서 지낸 시간들이야말로 내 생애에서 가장 값진 진주들이란다.

다음날 아침 우리는 출발을 서둘렀지. 로스킬레까지는 길이 아주 멀었거든. 제 시간에 도착해야만 교회를 구경할 수 있고, 또 아버지는 옛날 친구를 만나서 저녁을 함께 보내기로 했었기 때문이지. 다행히 우리는 예정대로 도착하여 그날 밤을 로스킬레에서 보냈단다.

다음날 아침 다시 출발하여 점심때가 지나서야 코펜하겐에 도착했지. 길이 아주 험했거든. 코르쇠르에서 코펜하겐까지 3일이 걸렸지. 지금 같으면 몇 시간이면 갈 수 있는데 말이야. 진주들은 더 귀하게 되진 않았지만 그 줄은 새롭고 놀라운 것이 되었지.

나는 부모님과 함께 3주 동안 코펜하겐에서 지냈고 에밀과는 18일 동안 함께 지냈단다. 우리가 핀으로 다시 돌아갈 때는 에밀이 코르쇠르까지 바래다 주었단다. 거기에서 우리는 헤어지기 전에 약혼을 했지. 내가 왜 코페하겐에서 코르쇠르에 이르는 길을 진주 목걸이라고 하는지 이해하겠니?

나중에 에밀이 아센스 교회에서 일하게 되었을 때 우리는 결혼했단다. 우리는 코펜하겐을 여행하던 때를 회상하면서 다시 한 번 여행을 하고 싶어했지. 하지만 곧 네 엄마가 태어났고, 그 다음에는 네 엄마의 남동생들과 여동생이 태어났단다. 우리는 아이들을 돌보느라 여행할 겨를이 없었지. 네 할아버지는 목사님으로 임명되었지. 모든 것이 다 순조롭게 잘 풀렸지. 하지만 우리는 코펜하겐으로 여행은 갈 수 없었단다. 그때 일을 이야기하는 것은 큰 낙이지.

이제 난 너무 늙어서 기차를 탈 힘도 없구나. 하지만 아직도 기차가 있다는 게 얼마나 좋은지 몰라. 그건 큰 축복이지. 내 아이들과 손자들이 이렇게 빨리 더 자주 날 보러 올 수 있으니까 말이야. 코펜하겐에서 이곳 오덴세까지 오는 데는 내가 어렸을 때 뉘보르에서 여기에 오는 시간만큼도 걸리지 않지. 그때 우리가 코펜하겐까지 가는 데 걸린 시간이면 지금은 이탈리아까지도 갈 수 있지. 얼마나 굉장하니! 하지만 난 늙어서 너희들이 찾아와야 한다.

내가 이렇게 의자에만 가만히 앉아 있다고 해서 그렇게 웃지 말아라. 나에게는 너희들이 하는 여행보다도 더 큰 여행이 남아 있단다. 기차를 타는 것보다 훨씬 더 빠른 여행이 말이야. 하느님이 부르시면 나는 너희 할아버지가 있는 곳으로 여행을 갈 거란다. 너희들도 이 축복 받은 세상에서 즐거움을 다 누리게 되면 우리에게로 온단다. 그때 이 세상에서 지낸 일들을 이야기하자꾸나. 그때도 나는 지금처럼 이렇게 말하겠지. 코펜하겐에서 코르쇠르까지는 하나의 진주 목걸이야 하고 말이야."


## 96
## 깃 펜과 잉크병

어느 시인의 방 책상 위에 잉크병 하나가 놓여 있었다. 어느 날 갑자기 어디선가 이런 소리가 들렸다. "그것 참 이상하지. 잉크병에선 무엇이든 나올 수 있다니 말이야. 다음엔 무엇이 나올까? 정말 신기하기도 하지."

"그래, 맞아. 내가 늘 하는 얘기가 바로 그거야." 잉크병은 책상 위에 있는 깃

펜과 다른 것들에게 말했다. "나한테서 그렇게 많은 것이 나오다니 참 신기하고 놀라워. 도무지 믿어지지 않는단 말이야. 시인이 펜을 나한테 적실 때면 이번에는 뭐가 나올까 하고 정말 궁금해. 나 한 방울이면 종이 반 장을 채우기에 충분하지. 종이 반 장에 무엇인들 쓰여질 수 없겠어? 시인의 작품은 모두 나한테서 나오지. 시인이 상상 속에서 만나는 가공의 인물들은 나를 통해서 종이 위에 태어나 살아 움직이게 돼. 내면의 감정, 익살, 생생하게 살아 움직이는 성격, 이 모든 것들이 말이야. 난 그런 성격을 겪어 보지 않아서 어떤 것인지 알지는 못하지만 그것들은 모두 내 안에 숨겨져 있지. 매력적인 아가씨들, 날뛰는 말을 탄 기사들, 절름발이들과 맹인들이 모두 나를 통해서 세상에 나오지. 그 이상은 나도 몰라. 생각해 보지 않았으니까."

깃 펜이 말했다. "당신 말이 맞아요. 당신은 아무것도 생각하지 않아요. 만약 당신이 생각을 한다면 당신이 하는 일은 종이 위에 액체를 흘려 보내는 것뿐이라는 걸 알 거예요. 당신은 내게 액체를 주어 내 안에 있는 것을 밖으로 내보내 눈에 보이게 해 주지요. 종이 위에 쓰는 것은 바로 나예요. 그건 누구나 다 아는 사실이에요. 그걸 의심하는 사람은 없어요. 그런데도 사람들은 낡은 잉크병을 시를 대하듯 하지요."

"넌 아직 뭘 몰라. 넌 여기서 일한 지 채 1주일도 안 되지만 난 이미 반은 닳았어. 넌 자신이 시인이라고 생각하는 모양이지만 심부름꾼에 지나지 않는다구. 네가 오기 전에도 너 같은 애들이 수없이 거쳐갔지. 그 중에는 거위 털 출신도 있었고 영국 공장에서 온 것도 있었어. 난 강철 펜 못지않게 깃 펜에 대해서도 잘 알지. 여기에 있는 동안 그런 펜들을 수없이 봤거든. 앞으로도 많이 보게 되겠지. 시인이 나타나 내 안에 있는 것들을 끌어내어 기계적으로 종이 위에 적는 일을 할 때마다 말이야. 이번에는 그 시인이 내게서 뭘 끌어낼까 참으로 궁금한걸."

"바보 같은 잉크병 같으니라구!" 깃 펜이 비웃었다.

그날 시인은 음악회에 갔다가 저녁 늦게야 돌아왔다. 그는 음악회에서 들은 황홀한 바이올린 연주에 아직까지 흠뻑 취해 있었다. 온갖 음조가 어우러진 바이올린 소리는 그야말로 천상의 소리였다. 물방울이 똑똑 떨어지듯 하는가 하면 진주가 굴러가는 듯했고, 지저귀는 새들의 합창 소리 같은가 하면 전나무 숲을 지나 들끓는 폭풍 같기도 했다. 시인은 자신의 심장이 울부짖는 것 같았지만, 그것은 여인의 목소리와 같은 가느다란 선율에 불과했다. 하지만 바이올린은 현뿐만 아니라 줄받침과 줄죄개와 울림판까지도 울리는 것처럼 웅장했다. 참으로 신비스럽고 황홀한 연주였다. 활이 현 위를 미끄러지듯 오가면서 어려운 곡도 척척 연주해 냈기 때문에 누구나 쉽게 연주할 수 있다는 착각을 불러일으켰다. 바이올린은 연주자와 상관없이 마치 저절로 울리고 활도 저절로 움직이는 것 같았다. 사람들은 정신과 영혼이 그 바이올린에 빨려 들어간 듯 연주자를 까맣게 잊고 있었다. 그러나 시인은 그렇지 않았다. 그는 바이올린 연주자를 생각하며 자신의 생각을 글로 썼다.

"어리석게도 활과 바이올린은 얼마나 뻐기던가! 우리 인간들도 마찬가지이다. 작가나 예술가나 과학자나 할 것 없이 서로들 잘난 척하기에 바쁘다. 그들은 모두가 하느님이 연주하는 악기에 지나지 않는다는 걸 모른다. 모든 영예는 하느님에게만 주어지는 것이다. 우리가 내세울 수 있는 것은 아무것도 없다." 시인은 우화적인 형식을 빌려 이렇게 쓰고 〈연주가와 악기〉라는 제목을 붙였다.

"바로 당신을 두고 한 말이에요. 내가 적은 것을 시인이 큰 소리로 읽는 소릴 들었어요?" 다시 둘만 남게 되자 깃 펜이 잉크병에게 말했다.

"그럼, 들었지. 그건 내가 네게 쓰라고 준 것이잖아. 바로 네 거만함에 일격을 가한 것이라구. 사람들이 자기를 바보로 생각한다는 것도 모르는 널 내가 한 방 먹여 준 거지. 난 풍자에는 일가견이 있단 말이야."

"야, 이 못된 잉크병아!" 깃 펜이 고함을 질렀다.

"야, 글씨 쓰는 홀쭉이 막대기야!" 잉크병도 맞받았다.

잉크병과 깃 펜은 상대에게 쏘아붙인 것이 후련했다. 말싸움에서 이겼다고 생각하면 마음이 편한 법이다. 그래서 그들은 편히 잠을 잘 수가 있었다. 그러나 시인은 잠을 이루지 못했다. 바이올린 선율처럼 생각들이 자꾸만 떠올라서 진주처럼 떼굴떼굴 구르기도 하고 숲을 지나는 폭풍처럼 들끓기도 했다. 시인은 마음속에 떠오르는 이러한 생각들이 어디서 나오는지 알고 있었다. 그것은 바로 모든 인간을 다스리는 하느님의 마음에서 나오는 빛이었다.

"하느님께 모든 영광을!"

# 97
# 무덤 속의 아이

이 날은 참으로 슬펐다. 집안 식구들은 모두 깊은 슬픔에 잠겼다. 부모의 희망이자 기쁨인 네 살 짜리 아들이 죽은 것이다. 그 위로는 곧 견신례를 받을 딸이 둘 있었다. 두 딸은 모두 착하고 예뻤다. 하지만 아이가 죽으면 죽은 그 아이가 더욱더 사랑스럽고 그리운 법이다. 게다가 죽은 아이는 막내이며 아들이었기 때문에 더욱더 부모를 슬프게 만들었다. 누나들은 동생의 죽음을 몹시 슬퍼했으며, 어머니가 고통스러워하는 것을 볼 때면 더욱 마음이 아팠다.

아버지는 막내의 죽음을 묵묵히 받아들였지만 어머니는 슬픔에 잠겨 제정신이 아니었다. 어머니는 동생이 아팠을 때 아이를 안고 밤낮으로 간호했었다. 동생은 어머니의 분신이었다. 어머니는 아들이 죽어서 관 속에 들어가야 한다는 사실을 실감하지 못했다. 어머니는 하느님이라고 사랑하는 아이를 절대로 데려가지는 않을 것이라고 생각했다. 하지만 그러한 희망과 믿음에도 불구하고 죽음이 현실로 다가오자 가슴을 쥐어뜯으며 고통에 차서 이렇게 말했다. "하느님은 아무것도 모르셔. 내 기도 따위는 신경도 쓰지 않고 자기들 기분대로 행동하는 일꾼들을 이 땅에 보내시다니!"

큰 슬픔에 잠긴 어머니는 하느님에 대한 믿음이 점점 더 희미해져 갔다. 그리고 죽음과 그 후의 세계에 대한 음울한 생각이 떠나질 않았다. 사람은 죽으면 흙으로 돌아가고 목숨이 끊어지면 그것으로 모든 것이 끝이라고 생각하려 했다. 하지만 이러한 생각은 의지가 되지 못했다. 어머니는 의지할 수 있는 것을 찾지 못한 채 끝없는 절망 속으로 깊이 빠져들었다. 그녀는 이제 더 이상 울지도 않았으며 아직 자신에게 남아 있는 어린 딸들에 대해서도 생각하지 않았다. 남편이 그녀를 보며 안타까워 흐르는 눈물이 그녀의 이마 위로 떨어졌지만 남편 또한 전혀 생각하지 않았다. 그녀는 오직 죽은 아들 생각뿐이었다. 그녀의 세계는 온통 아들에 대한 기억과 아들이 한 순진한 말로 둘러싸여 있었다.

드디어 아들의 장례식 날이 다가왔다. 여러 날 동안 한숨도 못 잔 어머니는 이 날 아침에야 피곤에 지쳐 깊은 잠에 빠져들었다. 그 사이에 사람들은 망치 소리가 들리지 않도록 아이의 관을 먼 곳으로 옮겨 못질을 했다. 잠에서 깬 어머니가 아이를 보고 싶어하자 남편이 눈물을 흘리며 말했다.

"이미 관에 못질을 했소. 어차피 해야 할 일 아니오?"

"하느님이 내게 이렇게 가혹하신데 인간들이라고 더 나을 게 있겠어요?" 어머니는 눈물을 흘리며 고통에 차서 소리쳤다.

관은 무덤으로 옮겨지고 어머니는 넋을 잃고 딸들과 함께 앉아 있었다. 어머니의 눈은 딸들을 향해 있었지만 딸들을 보고 있는 게 아니었다. 그녀의 생각은 집에서 멀리 떠나 있었던 것이다. 배가 나침반이나 방향키 없이 이리저리 바다를 떠돌 듯 어머니는 슬픔에 몸을 내맡긴 채 넋을 잃고 있었다. 장례식 날은 그렇게 지나갔다. 그러나 그 뒤로도 어둡고 고통스런 날들이 계속되었다. 딸들과 남편이 위로를 했지만 아무 소용이 없었다. 그들은 그저 눈물을 글썽이며 어머니를 안쓰럽게 지켜볼 뿐이었다. 사실, 그들 자신도 너무나 슬픈데 어떤 위로의 말을 할 수 있겠는가?

어머니는 잠을 잊어버린 것 같았다. 하지만 잠만이 그녀의 몸에 원기를 주고 영혼에 평온을 가져다줄 수 있으리라 생각하여 가족들은 어머니를 끈질기게 설득한 끝에 침대에 눕혔다. 그 후로 그녀는 마치 자는 것처럼 조용히 누워 있곤 했다.

그러던 어느 날, 날마다 아내의 숨소리에 귀를 기울이고 있던 남편은 아내의 숨소리를 듣고 아내가 드디어 평온하게 잠들었다고 생각했다. 남편은 두 손을 모아 기도하고 곤한 잠에 빠져들었다. 그래서 아내가 살며시 잠자리에서 일어나 옷을 입고 집을 빠져나가는 것을 몰랐다. 그녀는 마음에서 늘 떠나지 않던 아이의 무덤으로 가려던 것이었다.

아이의 어머니는 정원을 빠져나와 들길을 가로질러서 교회 묘지로 갔다. 그녀를 본 사람은 아무도 없었으며 그녀 또한 아무도 보지 못했다. 아이의 무덤으로 가고자 하는 생각뿐이었기 때문이다.

9월 밤하늘의 별빛은 참으로 아름다웠으며 공기는 온화했다. 교회 묘지에 들어선 어머니는 곧장 작은 무덤으로 갔다. 무덤은 향긋한 꽃들로 만든 커다란 꽃다발 같았다. 어머니는 무릎을 꿇고 앉아 무덤 위로 고개를 숙였다. 마치 무덤을 덮은 흙을 뚫고 아들을 보기라도 하는 것처럼. 아직도 활짝 웃는 아들의 미소가 생생하게 눈앞에 떠올랐으며 아파 누워 있을 때도 온화하기만 하던 눈매가 잊혀지지 않았다. 일어날 힘도 없이 누워 있는 아들의 창백하고 힘없는 손을 잡을 때 아들이 바라보던 시선은 얼마나 많은 얘기를 하고 있었던가! 그녀는 예전에 아들의 작은 침대 옆에 앉아 있듯 아들의 무덤가에 앉아 있었다. 여기서라면 마음껏 울어도 되리라. 아들의 무덤 위로 눈물이 홍수처럼 쏟아져 내렸다.

"진정 땅 속으로 들어가 아들과 함께 있고 싶은가 보구나." 갑자기 아주 가까이에서 이런 소리가 들렸다. 아주 깊은 곳에서 분명하게 울려나오는 그 목소리가 그녀의 가슴에 박혔다.

고개를 들자 바로 옆에 검은 망토를 두른 남자가 서 있었다. 남자는 두건으로 얼굴을 가리고 있었지만 아이의 어머니는 날카로운 눈으로 그의 얼굴을 알아볼 수 있었다. 그 얼굴은 싸늘했지만 자신감에 차 있었으며 눈에는 팔팔한 빛이 넘쳐흘렀다.

"내 아들이 있는 땅으로 간다고!" 이렇게 말하는 그녀의 목소리에는 절망과 애원이 깃들여 있었다.

"날 따라 오겠느냐? 난 죽음의 신이니라." 검은 망토를 입은 형상이 말했다.

아이의 어머니는 그러겠다는 뜻으로 고개를 끄덕였다. 그러자 갑자기 보름달빛과 함께 모든 별빛이 아이의 무덤을 장식한 화려한 꽃을 비추는 게 아닌가! 그러자 무덤을 덮고 있던 흙이 천조각이 떠오르듯 뒤로 물러났다. 어둠이 아이의 어머니 주위를 감쌌다. 죽음의 어둠이. 그녀는 무덤을 파는 삽보다도 더 깊이 가라앉기 시작했다. 그러다가 마침내는 교회 묘지가 머리 위를 덮었다.

망토를 입은 형상은 사라지고 없었다. 그녀는 주위를 둘러보았다. 그곳은 매우 큰 홀이었으며 새벽녘처럼 사방이 희미했다. 바로 그때 아들이 미소를 지으며 눈앞에 나타났다. 예전보다 더욱더 아름다웠다. 그녀는 소리 없이 흐느끼며 아들을 품에 꼭 껴안았다. 멀리서 한 가닥의 거룩한 음악이 울려 퍼지더니 차츰 소리가 가까워졌다. 이제까지 한 번도 들어보지 못한 아름다운 음악이었다. 그 소리는 영원 불멸의 땅과 죽음의 땅 사이에 가로놓여 있는 거대한 검은 커튼 저편에서 울려 나오는 소리였다.

"사랑하는 내 엄마!" 아이가 이렇게 말하는 소리가 들렸다. 그것은 귀에 익은 사랑스런 목소리였다. 아이의 어머니는 너무도 기뻐서 연거푸 입을 맞추었다. 그러자 아이가 검은 커튼을 가리켰다. "땅 위에는 이곳처럼 아름다운 것이 없어요. 저 모든 게 안 보여요, 엄마? 이게 바로 진짜 행복이에요."

그러나 어머니는 아이가 가리키는 것이 보이지 않았다. 보이는 것은 검은 커튼뿐이었다. 그녀는 이승의 눈으로 봤기 때문에 하느님의 부름을 받은 아들의 눈에 비치는 것을 보지 못했던 것이다. 그녀는 음악 소리는 들을 수 있었지만 그녀가 믿고 의지해야 할 하느님의 말씀은 듣지 못했다.

"이제 난 날 수 있어요, 엄마. 축복 받은 다른 아이들처럼 날아서 하느님한테 갈 수 있어요. 지금 당장 날아가고 싶어요. 하지만 엄마가 나 때문에 이렇게 울면 다시는 날 보지 못할 거예요. 그래도 난 갈래요. 그래도 돼요? 엄마도 곧 따라올 거죠?"

"가지마, 가지마! 조금만 더. 제발 조금만 더 널 보게 해 주렴. 너를 안고 입을 맞추게 해 줘!" 어머니는 이렇게 애원하며 아들을 안고 입을 맞추며 쓰다듬었다. 그때 위에서 그녀의 이름을 부르는 소리가 들렸다. 그 소리는 아주 애처롭게 그녀의 이름을 불러댔다. 누구였을까?

"들려요, 엄마? 아빠가 엄마를 부르고 있어요." 아이가 말했다. 곧이어 이번에는 우는 듯한 깊은 한숨 소리가 들렸다. "누나들이에요. 엄마, 누나들을 잊어버린 건 아니죠?"

그때서야 그녀는 집에 두고 온 가족이 생각났다. 그러자 더럭 겁이 났다. 주위를 둘러보자 깜깜한 밤이었다. 공중에는 희미한 형상들이 떠다니고 있었다. 그 중 눈에 익은 몇몇 형상들은 죽음의 지대를 뚫고 검은 커튼을 향해 오다가 사라져 버렸다. 남편과 딸들도 여기로 오게 될까? 그럴 리 없었다. 아직도 저 위에서 한숨을 쉬며 슬퍼하는 소리가 들려 오고 있지 않는가. 그녀는 죽은 아들 생각만 하느라고 살아 있는 가족을 완전히 잊고 지낸 것이다.

"엄마, 이제 하늘 나라의 종이 울려요. 곧 해가 떠오를 거예요." 아이가 말했다.

강렬한 빛이 그녀 위로 비쳤다. 아이는 사라지고 없었으며 그녀는 위로 떠오르고 있었다. 갑자기 주위가 싸늘했다. 고개를 든 그녀는 아이의 무덤 위에 누워 있는 자신을 발견했다. 꿈속에서 하느님은 그녀의 발길을 인도했고, 빛은 그녀의 영을 인도했다. 그녀는 무릎을 꿇고 기도했다. 그녀는 영원의 세계로 가려는 아들의 영혼을 붙들어 놓으려 했었고 살아 있는 가족에 대한 의무를 저버렸었다.

690

기도를 하며 용서를 빌자 마음이 한결 가벼워졌다.

어느새 해가 높이 떠올라 있었다. 머리 위에서 작은 새 한 마리가 날며 노래를 불렀으며 교회 종소리가 아침 기도 시간을 알렸다. 주위의 모든 것들이 성스럽게 보였으며 마음이 평온했다. 이제 하느님의 선하심을 깨닫고 자신의 의무를 깨달은 그녀는 서둘러서 집으로 돌아갔다. 그리고 아직 잠들어 있는 남편에게 진심으로 애정 어린 따뜻한 키스를 했다. 그 바람에 남편이 잠에서 깼고 두 사람은 진심 어린 사랑의 말을 주고받았다. 이제 그녀는 다른 어느 아내 못지않은 착하고 강한 아내였다. 그녀의 입에서 믿음에 찬 말이 새어 나왔다. "하느님의 뜻은 언제나 옳고 훌륭해요."

"갑자기 어디서 그런 힘과 믿음을 얻었소?" 남편이 의아해서 물었다.

그러자 아내는 남편과 아이들에게 입을 맞추며 말했다. "하느님에게서 얻었어요. 무덤 속에 누워 있는 내 아이를 통해서요."

# 98
# 마당 수탉과 풍향계 수탉

어느 농장에 수탉 두 마리가 있었다. 한 마리는 지붕 위에 앉아 있었고, 다른 한 마리는 거름더미 위에 앉아 있었다. 그런데 둘 다 허영심이 많고 몹시 거만했다. 그렇다면 누가 더 잘났을까? 여러분의 의견을 말한다고 해서 달라질 것은 없다. 그것과는 상관없이 우리는 나름대로의 생각을 고집할 것이기 때문이다. 닭장은 판자 울타리로 둘러싸여 있어 거름더미와는 분리되어 있었다. 그리고 거름더미에서는 오이가 자라고 있었다. 오이는 자기가 식물이라는 것을 자랑스럽게 여겼다.

오이는 이렇게 중얼거렸다. "오이로 태어나지 않는다면 다른 것으로 태어나지. 모두가 오이로 태어날 수는 없으니까 다른 생명들이 있을 거야. 농장에 있는 닭, 오리, 그리고 다른 가축들도 역시 생명이야. 항상 울타리에 앉아서 꼬끼오 하고 우는 마당 수탉이 존경스러워. 마당 수탉은 풍향계 수탉보다 훨씬 더 중요하지. 풍향계 수탉은 높은 데 앉아서 꼬끼오 하기는커녕 '짹' 소리도 못하지. 풍향계 수탉은 자기 암탉도 병아리도 없어. 그리고 땀이 파랗지. 풍향계 수탉은 자기 생각밖에 할 줄 모른단 말이야. 하지만 마당 수탉은 특별해. 사람들은 점잖을 빼며 걷는 마당 수탉이 얼마나 중요한지 잘 알지. 마당 수탉이 와서 날잎이고 줄기고 할 것 없이 통째로 삼켜 버린다 해도 그건 축복 받은 죽음이야. 내 몸은 수탉의 것이 될 테니까."

밤이 되자 무시무시한 폭풍우가 몰려왔다. 암탉과 병아리와 마당 수탉은 숨을 곳을 찾았다. 판자 울타리가 무너지면서 요란한 소리를 냈다. 기왓장도 떨어졌다. 그렇지만 풍향계 수탉은 꼼짝도 않고 앉아 있었다. 풍향계 수탉이 젊은 데도 꼼짝도 못하는 것은 참으로 이상했다. 그러나 풍향계 수탉은 태어날 때부터 어른스러웠다. 태어날 때부터 침착하고 생각이 깊었던 것이다. 풍향계 수탉은 날개를 퍼덕이며 날아다니는 참새나 제비와는 달랐다. 사실 풍향계 수탉은 그런 새들을 경멸했다.

"흔하고 평범한 작은 새들이군." 풍향계 수탉은 그런 새들을 보면 이렇게 말했다.

풍향계 수탉은 모양이나 색깔로 보아 비둘기가 마음에 들었다. 비둘기의 깃털은 진주 층처럼 반짝여 풍향계 수탉과 흡사했다. 그러나 비둘기들은 뚱뚱하고 어리석었으며 자기 배를 채우는 것에만 관심이 있었다. 그래서 풍향계 수탉은 비둘기를 친구로 두고 싶지 않았다. 많은 철새들이 풍향계 수탉을 찾아와 육식을 하는 독수리와 커다란 새들이 날아다니는 낯선 나라에 대해 환상적인 이야기를 들려주었다. 그 이야기들은 처음에는 새롭고 흥미로웠지만, 나중에는 항상 같은 이야기라서 몹시 지루했다. 그래서 철새들과 사귀는 것도 싫증이 났으며 사는 것이 지루했다. 모두들 싱겁고 어리석어서 사귈 만한 가치가 없었다.

"세상은 쓸모가 없어. 시시하고 무의미한 것들뿐이라니까." 풍향계 수탉은 이렇게 말했다.

풍향계 수탉은 지나치게 고상했다. 오이가 그걸 알았더라면 풍향계 수탉이 아주 흥미롭고 매력적인 존재라고 생각했을 것이다. 그렇지만 오이는 풍향계 수탉에 대해서 몰랐으며 오로지 마당 수탉한테만 눈길을 주었다. 마침내 울타리가 무너지자 마당 수탉이 찾아왔다.

"너희들 저 울음소리에 대해서 어떻게 생각하니? 내가 듣기에는 좀 거칠고 우아함이 없구나." 마당 수탉이 암탉들과 병아리들에게 물어보았다. 마당 수탉이 가리키는 것은 폭풍우였다.

그리고 나서 마당 수탉은 당당한 걸음걸이로 거름더미 위로 올라갔다. 암탉들과 병아리들도 그 뒤를 따랐다.

"채소군." 오이를 발견한 마당 수탉이 말했다. 그 한 마디에 오이는 마당 수탉의 교양과 세련됨에 탄복하여 마당 수탉이 자기를 쪼아서 먹어 치우는 것도 몰랐다.

"축복 받은 죽음이었다!"

암탉들과 병아리들이 몰려들었다. 닭들은 한 마리가 달리면 다른 것들도 따라 달리는 습성이 있기 때문이다. 그들은 꼬꼬댁, 삐악삐악 울면서 마당 수탉을 바라보았다. 마당 수탉이 자기들과 같은 종족이라는 것이 자랑스러웠던 것이다.

"꼬끼오! 내가 만일 온 세계의 닭장에 명령만 내리면 병아리들은 당장 암탉이 될 거야." 마당 수탉이 자랑스럽게 울었다.

그러자 암탉과 병아리들이 잇달아 꼬꼬댁, 삐악삐악 울었다. 그때 마당 수탉이 굉장한 새 소식을 알렸다.

"수탉도 알을 낳을 수 있다. 너희들은 그 알 속에 뭐가 있는지 아니? 그 안에는 바실리스크가 들어 있지. 그 괴물은 아무도 감히 쳐다보지 못하지. 인간들은 그 사실을 알고 있으니까 이제 너희들도 그걸 알아두도록 해. 이제 내가 얼마나 위대한지 알겠지? 난 참으로 멋져!"

그리고 마당 수탉은 빨간 볏을 세우고는 다시 한 번 울었다. 암탉들과 작은 병아리들은 좀 무섭긴 했지만 그들 중의 하나가 엄청나게 중요한 동물이라는 것이 감격스러웠다. 그들이 다시 꼬꼬댁, 삐악삐악 울자 이번에는 그 소리가 너무도 커서 풍향계 수탉도 들었다. 그러나 풍향계 수탉은 못 들은 척하고 꼼짝도 하지 않았다.

풍향계 수탉은 이렇게 중얼거렸다. "저건 말도 안 돼! 수탉은 알을 낳을 수 없다구. 난 알을 낳는 게 싫어. 원하기만 한다면 낳을 수는 있지만 세상은 내 알을 가질 만한 가치가 없어. 모든 것이 따분해. 사는 것도 지루하구. 이제 더 이상 여기에 앉아 있고 싶지 않아."

바로 그때 풍향계 수탉이 마당으로 떨어져서 부서졌다. 그러나 마당 수탉을 쳐서 죽이지는 못했다.

"하지만 풍향계 수탉은 마당 닭을 쳐서 죽이려 했어." 암탉들이 말했다.

자, 그러면 이 이야기가 주는 교훈은 무엇인가?

"권태에 빠져서 부서지는 것보다는 자랑하며 울어대는 것이 더 낫다."

## 99
## 아름다워라

옛날에 알프레드라는 조각가가 있었다. 젊은 시절 그는 금메달과 장학금을 받고 이탈리아를 여행하고 돌아온 적이 있다. 물론 지금은 그때보다 열 살을 더 먹었지만 그는 아직도 젊다. 고향에 돌아온 그는 셸란 섬의 한 작은 도시를 찾아갔다. 그곳 사람들은 누구나 알프레드가 누구인지 알고 있었다. 그 지방에 사는 한 부자는 그를 위해서 파티를 열고 부자들과 사회적으로 유명한 사람들을 모두 초대했다. 그것은 매우 큰 파티였고 그 지방 사람 모두가 알고 있었기 때문에 굳이 북을 쳐서 알리지 않아도 되었다. 공장의 견습생들, 가난한 집안의 아이들, 심지어 어른들도 집 앞에 서서 환하게 불빛이 새어나오는 창문을 통해 파티를 구경했다. 거리에는 파티장 못지않게 많은 사람들이 몰려 있었기 때문에 거리에서 파티가 열리는 것으로 착각할 정도였다. 파티가 열리는 집안뿐만 아니라 거리도 조각가 알프레드로 인해 온통 축제 분위기였다.

알프레드는 많은 이야기를 했고 사람들은 하나같이 경외심을 가지고 기쁨에 들떠 그의 이야기에 귀를 기울였다. 그 중에서도 한 해군 장교의 늙은 미망인이 제일 열심히 들었다. 미망인은 물기를 빨아들이는 종이처럼 알프레드가 하는 말을 하나도 놓치지 않았으며 더 많은 이야기를 해 달라고 청했다. 그녀는 아주 감상적이고 놀랄 만큼 무식했다. 마치 여자 카스파르 하우저(19세기, 말을 하지 못했던 고아 소년) 같았다.

"난 로마에 가 보고 싶어요. 아주 매력적인 도시겠지요? 그렇지 않다면 왜 그렇게 많은 외국인들이 거길 찾아가겠어요? 로마는 어떻게 생겼어요?" 미망인이 호기심에 가득 찬 눈으로 물었다.

"로마는 설명하기가 쉽지 않지요. 하지만 그 넓은 광장에 들어서면 가운데에는 천 년이나 된 오벨리스크가 서 있지요." 조각가가 대답했다.

"오르간 주자라구요!" 오벨리스크란 말을 한 번도 들어 본 적이 없는 미망인이 외쳤다. 몇몇 손님들은 그 말에 웃음을 참지 못했다. 조각가도 웃음을 참기 어려웠을 것이다. 그러나 조각가의 입가에서 금방 미소가 사라졌다. 호기심에 가득 찬 미망인 곁에 있는 짙푸른 눈과 마주쳤던 것이다. 푸른 눈의 주인공은 미망인의 딸이었다. 이런 딸을 둔 미망인이 어떻게 그렇게 아는 것이 없는지 알 수 없었다. 미망인은 끊임없이 질문이 솟아 나오는 질문의 샘이었고, 한 마디 말도 없이 듣고 있는 딸은 그 샘의 요정이었다. 딸은 너무도 아름다웠다. 조각가는 미망인의 딸에게 말을 붙이지 않고 바라만 보았다. 그녀는 거의 말이 없었던 것이다.

"교황은 식구가 많나요?" 미망인이 다시 물었다.

"아니요. 그분은 식구가 많지 않답니다." 젊은 조각가는 다른 사람의 질문을 받기라도 한 것처럼 정성을 다하여 대답했다.

"제 말은 그게 아니구요, 교황도 부인과 애들이 있느냐구요?"

"교황은 결혼을 못하게 되어 있습니다."

"그건 마음에 들지 않네요."

알프레드는 그런 쓸데없는 질문을 하는 미망인이 못마땅했다. 하지만 내키는 대로 질문을 하도록 내버려 두지 않았다면 그녀의 딸이 그 자리에 있었을까? 어머니의 어깨에 기대서 애처로운 미소를 지으면서 말이다.

알프레드는 이탈리아의 화려한 풍경에 대해 얘기했다. 자줏빛의 언덕, 지중해의 짙푸른 물결, 그리고 푸른 남쪽 하늘에 대해서. 그 남쪽 하늘의 푸른빛보다 더 아름다운 것은 오직 미망인의 딸의 파란 눈밖에 없었을 것이다. 알프레드가 특이한 억양으로 이런 얘기를 하자 미망인의 딸은 이해하지 못하는 듯 어리둥절한 표정이었다. 하지만 그런 모습도 알프레드에겐 매력적이었다.

"오, 아름다운 이탈리아!"

"그곳에 가 봤으면!"

"너무 아름다워! 정말 매력적이야!"

사람들은 이렇게 하나같이 감탄을 금치 못했다.

"복권에 당첨되어 만 달러를 타게 되면 이탈리아 여행을 할 거예요. 내 딸과 함께 말예요. 그때 알프레드 씨가 안내를 맡아 주세요. 한두 명의 친구를 더 데리고 함께 여행해요, 알프레드 씨." 미망인이 이렇게 말하며 알프레드에게 너무나도 다정하게 고개를 끄덕이는 바람에 사람들은 자신이 이탈리아로 함께 여행할 사람이라는 착각에 빠졌다. "그래요, 가는 거예요. 하지만 강도들이 있는 곳에는 가지 말아요. 큰 도로가 안전하니까 큰 도로로만 다녀요."

미망인의 딸은 작게 한숨을 내쉬었다. 그 작은 한숨 속에는 얼마나 많은 것이 담겨 있던가! 조각가는 그 한숨 속에 많은 뜻이 담겨 있다는 걸 알았다. 오늘 밤 그를 위해 반짝이는 푸른 두 눈에는 로마의 영광보다도 더 찬란한 마음의 보물이 숨겨져 있었다. 그날 밤 파티장을 나올 때 알프레드는 미망인의 딸에게 빠져 파티가 있었다는 것은 까맣게 잊어버렸다.

그 뒤 알프레드는 해군 장교 미망인의 집을 자주 드나들게 되었다. 알프레드가 그 집을 드나드는 것은 미망인 때문이 아니라 그 딸 때문이라는 것이 곧 밝혀졌다. 물론 그가 방문할 때면 미망인과 그 딸이 함께 앉아 이야기를 나누었지만 말이다. 사람들은 미망인의 딸을 칼라라고 불렀다. 원래는 카렌 말레네였는데, 합쳐서 칼라라고 한 것이다. 칼라는 아름답긴 했지만 어떤 사람들은 우둔하며 늦잠을 즐긴다고 했다.

"늦잠 자는 건 그 애 습관이에요. 원래 예쁜 애들은 쉽게 피로하고 늦잠을 자잖아요. 그래도 잠을 많이 자면 눈이 맑아지지요." 미망인이 말했다.

칼라의 맑고 깊은 눈 속에는 어떤 힘이 있는 것 같았다. 알프레드는 "잔잔한 물이 깊다"는 속담을 실감했다. 그의 마음은 칼라의 깊은 눈 속에 빠지고 말았다.

알프레드가 진기한 경험을 얘기해 주면 미망인은 파티장에서 처음 만났을 때처럼 질문을 하느라 정신이 없었다. 미망인에게 있어 알프레드가 이야기하는 것을 듣는 것은 커다란 즐거움이었던 것이다. 알프레드는 나폴리를 그린 화려한 그림을 보여 주며 베수비오 산과 그 화산이 폭발한 것에 대해 이야기했다. 미망인은 지금까지 그런 이야기를 한 번도 들어본 적이 없었다.

"세상에! 그러니까 그건 타오르는 산이군요. 하지만 그 근처에 사는 사람들은 위험하지 않을까요?"

"도시 전체가 멸망했지요. 헤르쿨라네움과 폼페이 같은 도시들이 말예요."

"가엾기도 해라! 당신 눈으로 그걸 직접 봤나요?"

"아니요. 그 그림에 나온 화산 폭발은 보지 못했어요. 하지만 내가 본 폭발 모습을 그린 그림을 보여드리지요."

알프레드는 연필로 그린 그림 한 장을 꺼내 탁자 위에 놓았다. 화려하게 채색된 그림에 사로잡혀 있던 미망인은 연필 스케치를 보고 깜짝 놀라서 외쳤다. "화산이 하얀 불을 토해 내는 걸 봤다구요?"

그 순간 알프레드는 미망인에 대한 존경심이 싹 사라지는 것 같았다. 그러나 칼라에 빠진 그는 늙은 미망인이 단지 색에 대한 감각이 없는 것은 당연하다고 생각했다. 어쨌든 그런 건 중요하지 않았다. 그 미망인은 이 세상에서 가장 값진 것, 즉 칼라라는 예쁜 딸을 가지고 있었기 때문이다.

알프레드는 칼라와 약혼했다. 당연한 결과였다. 이들의 약혼식 사진은 그 지방 신문에 실렸다. 미망인은 신문을 30부 산 다음 약혼식 사진을 오려 내어 친척과 친구들에게 보냈다. 미망인은 덴마크 조각가인 토르발센과 한 식구가 된 것 같다고 말했다.

"당신은 토르발센의 후손이지요?" 미망인이 알프레드에게 물었다. 알프레드가 보기에 이번에는 미망인이 아주 똑똑한 질문을 한 것 같았다. 조각의 계승자란 뜻으로 받아들였기 때문이다. 칼라는 아무 말도 하지 않았다. 하지만 그녀의 눈은 빛났고 입가에는 미소가 어려 있었다. 모든 움직임이 아름답고 우아했다. 그녀의 아름다움은 아무리 말로 해도 지나침이 없었다. 알프레드는 칼라와 미망인의 흉상을 만들기로 작정했다. 두 사람은 알프레드 앞에 서서 알프레드가 손가락을 놀려 부드러운 점토로 형상을 만드는 것을 지켜보았다.

"우릴 위해서 직접 그 끈적끈적한 흙을 만지시는군요. 하인을 시키지 않고 말예요." 미망인이 안쓰러운 표정으로 말했다.

"점토로 모양을 만드는 건 내가 하는 일인걸요."

"당신은 늘 그렇게 겸손하군요." 미망인이 미소를 지으며 말했다.

칼라는 아무 말 없이 점토로 범벅이 된 그의 손을 꼭 잡았다.

그래서 알프레드는 그가 작품으로 만들어 내는 자연의 아름다움에 대해 두 사람에게 설명을 해 주었다. 그리고 이 세상이 창조될 때 생명이 없는 것들은 생명이 있는 것들보다 얼마나 열등하게 만들어졌는지를 말해 주었다. 광물보다는 식물이 월등하고, 식물보다는 동물이 월등하며, 그 모든 것보다는 인간이 월등하다는 것을. 그리고 마음의 아름다움은 형상을 통해 밖으로 드러낼 수 있는데, 그 아름다움을 포착하여 작품으로 만드는 것이 조각가의 일이라는 것도 설명해 주었다.

칼라는 아무 말 없이 조용히 서서 알프레드가 한 말이 맞다는 듯이 고개를 끄덕였다. 그러나 이제 장모가 된 미망인은 이렇게 말했다.

"자네 말은 이해하기가 어렵군. 하지만 자네가 한 말을 이해해 보려고 곰곰이 생각하고 있다네. 머리가 빙빙 도는 것 같지만 말야. 그래도 노력해 봐야지 않겠나?"

칼라의 아름다움은 알프레드를 완전히 사로잡았다. 그 아름다움은 알프레드의 영혼을 가득 채워 그를 압도했다. 칼라는 어느 모로 보나 아름다웠다. 눈부시게 반짝이는 맑은 두 눈하며, 미소 띤 입가며, 재빠른 손놀림이며 어느 것 하나 아름답지 않은 것이 없었다. 알프레드는 오직 칼라에게만 말을 걸고 칼라에 대해서만 생각을 했다. 그리하여 둘은 하나가 되었다. 알프레드가 늘 말을 걸었기 때문에 이제 칼라도 말을 많이 하게 되었다. 약혼기간은 그렇게 지나가고 드디어 결혼식 날이 되었다. 신부 들러리들이 식장에 서고 결혼 선물도 주고받았다. 장모는 토르발센의 흉상에 화장옷을 입혀 탁자 위에 세워 놓았다. 그도 결혼식에 참석해야 된다고 생각한 것이다. 사람들은 노래를 부르고 축배를 돌렸다. 노래 가사 중에는 "피그말리온[21]이 갈라테이아를 사랑했다"라는 구절도 있었다. 참으로 유쾌하고 만족스런 결혼식이었으며, 신랑 신부는 잘 어울리는 한 쌍이었다.

"이건 신화 같은 사건이야." 장모가 감격하여 말했다.

---

21. 자기가 만든 상아상 갈라테이아를 사랑한 키프로스의 왕

다음날 젊은 부부는 코펜하겐으로 떠났다. 그들은 그곳에서 살림을 꾸릴 예정이었다. 미망인도 "천한 일"을 거들기 위해 따라 나섰다. 미망인은 집안 일을 늘 "천한 일"이라고 말했다. 새로 이사한 집은 모든 것이 반짝반짝 윤이 나는 새 것이었으며 훌륭했다. 곱게 앉아 있는 칼라는 인형의 집에 앉아 있는 인형 같았다. 세 사람이 앉아 있는 모습은 마치 백조와 오리들 같았으며, 알프레드는 오리에 둘러싸여 있는 백조 같았다. 알프레드는 마법에 홀려 안에 들어 있는 것이 무엇인지 알아보지도 않고 상자를 선택한 것이다. 그리고 그러한 실수 때문에 결혼 생활에 커다란 불행이 닥칠 수도 있다. 상자가 훼손되어 금박이 떨어져 나가면 상자를 산 사람은 후회하기 마련이다. 화려한 파티에서 단추가 떨어져 버렸는데, 단추를 대신할 만한 물건을 찾지 못할 때는 당혹스럽기 마련이다. 하지만 그보다 더 언짢고 당혹스러운 때는 사람들이 많이 모인 모임에서 아내와 장모가 바보 같은 소리를 해 대는데, 그것을 무마할 수 있는 재치가 없을 때일 것이다.

젊은 부부는 가끔 손을 잡고 앉아서 이야기를 하곤 했다. 하지만 알프레드가 얘기를 하면 칼라는 가끔씩 항상 똑같은 음조로 한 마디씩 하곤 했다. 똑같은 종소리처럼 말이다. 그래서 알프레드는 칼라의 여자 친구인 소피가 오면 구원을 받는 느낌이었다. 소피는 별로 예쁘지 않다는 점만 제외하면 모든 것이 거의 완벽했다. 칼라는 소피의 허리가 약간 굽었다고 했지만 아주 친한 사이가 아니라면 눈치 챌 수 없었다. 소피는 매우 분별 있는 처녀였다. 그런데도 칼라의 집에서는 위험한 존재가 될 수 있다는 것을 미처 생각하지 못했다. 소피가 나타나면 인형의 집에 신선한 공기가 감돌았다. 그리고 실제로도 그 집 사람들은 신선한 공기가 필요했다. 그래서 그들 부부와 미망인은 기분 전환을 하기 위해 이탈리아로 여행을 다녀왔다.

"아, 드디어 네 벽으로 둘러싸인 집에 오게 돼서 참 좋아." 1년 동안 여행을 다녀온 장모와 딸이 말했다. 그리고 장모는 이렇게 덧붙였다. "여행은 하나도 즐겁지 않아. 사실 여행은 따분한 거지. 이렇게 말하는 걸 용서하게. 하지만 딸이 옆에 있는데도 금방 지루해지더군. 게다가 여행을 하면 돈도 많이 들잖은가. 그 많고 많은 전시실 하며, 이곳저곳을 쫓아다니자니 정신이 없었다네. 부지런히 쫓아다니긴 했지만 말일세. 집에 돌아오면 사람들이 전부 구경했느냐고 물을 것이고. 가장 볼 만한 것을 빠뜨렸다고 할까 봐서 말일세. 하지만 끝도 없는 그 성모 마리아 상에 질렸네. 내가 성모 마리아 상이 되어 버리지 않는가 하는 생각이 들더라니까."

"거기 음식은 어떻구요, 엄마." 이번에는 칼라가 말했다.

"맞아. 제대로 된 고기 수프 한 번 못 먹어 봤잖아. 거기 요리는 형편없어."

미망인이 맞장구를 쳤다.

칼라는 여행 때문에 피곤해서 병이 났다. 하지만 여행이 아니라도 늘 피곤해 했었다. 그래서 그들은 소피를 불러와 함께 지냈다. 소피는 여러 가지로 도움을 주었다. 미망인은 소피가 집안 일을 잘할 뿐만 아니라 아는 것이 많고 교양도 있다는 것을 인정했다. 그 집 형편에 집안 일을 도울 그런 사람을 둔다는 것은 생각할 수도 없는 일이었다. 소피는 또한 너그럽고 성실했다. 그것은 칼라가 시름시름 아파 누워 있을 때 보여 준 그녀의 태도로 알 수 있었다. 보석 상자가 삶의 전부일 때는 상자는 튼튼해야 한다. 그렇지 않으면 모든 것이 끝나기 마련이다. 그런데 이제 상자가 끝이 나 버렸다. 칼라가 죽은 것이다.

"칼라는 아름다웠어. 그 애의 아름다움은 고대 예술품이 지닌 아름다움과는 전혀 달랐지. 그런 예술품은 손상되니까 말이야. 아름다움이란 완벽해야 해. 칼라의 아름다움은 완벽했지." 미망인은 딸에 대해 이렇게 말했다.

알프레드와 미망인은 슬픔에 잠겨 상복을 입고 다녔다. 검은 상복은 미망인에게 잘 어울렸다. 그녀는 누구보다도 오래 슬퍼했다. 그녀는 또한 알프레드가 보잘것없는 소피와 결혼하는 것을 지켜보고 슬퍼했다.

"그는 극단을 달린다니까. 처음에는 가장 아름다운 여자와 결혼하더니 이젠 이 세상에서 가장 못생긴 여자와 결혼하잖아. 죽은 아내는 잊어버리고 말이야. 남자들이란 지조가 없어. 하지만 내 남편은 그러지 않았어. 나보다 먼저 죽었지만 말이야." 미망인이 말했다.

"첫 결혼식 때 부른 노래 중에 '피그말리온이 갈라테아를 사랑했다'라는 구절이 있었소. 그때 난 아름다운 조각에 반해 있었지. 내 손 안에서 태어난 조각을 말이야. 하지만 이제야 하늘이 내게 보내 준 선물을 알아보게 되었소. 나와 기쁨과 슬픔을 함께 나누고 나를 이끌어 줄 천사를 말이오. 소피, 그건 바로 당신이오. 당신이 지닌 아름다움은 요란하게 겉만 아름다운 그런 아름다움이 아니오. 그보다 훨씬 깊은 아름다움이지. 그리고 그보다 더 중요한 것이 있소. 당신은 한 조각가에게 그가 조각한 것은 단지 먼지와 점토에 지나지 않는다는 것을 일깨워 주었소. 영혼이 포함되지 않은 재료로 만든 외적인 형상에 지나지 않는다는 것을 말이오. 그리고 우리가 추구해야 하는 것은 눈에 보이진 않지만 영원히 변함없는 마음과 영혼이라는 것을 가르쳐 주었소. 불쌍한 칼라! 칼라와의 생활은 인생의 길을 가다가 길가에서 우연히 한 번 마주친 것과 같은 만남에 지나지 않았소. 서로 마음이 하나가 되어 만나야 할 세상에서 칼라와 나는 서로 반쯤은 낯선 사람이 되어 있을 거요." 알프레드가 소피에게 말했다. 그러자 가만히 듣고 있던 소피가 이렇게 말했다.

"그건 애정 어린 말이 아니군요. 그리스도교인다운 말도 아니구요. 결혼이나 결혼 생활이 없고, 당신 말대로 영혼의 합일에 의해 서로에게 끌리는 저 세상에서는 모든 아름다움이 드러나 최고의 상태에 이르게 되지요. 어쩌면 칼라의 영혼이 그런 경지에 도달하여 내 영혼보다는 당신의 영혼과 더 하나가 될지 모르지요. 그럼 당신은 칼라에게 처음 사랑을 느꼈을 때 열광적으로 외쳤던 말을 다시 하게 될 거예요. '아름다워, 정말 아름다워!'라구요."

## 100
## 모래 언덕에서 전해 온 이야기

유틀란트의 모래 언덕에서 전해 오는 이 이야기는 저 머나먼 남쪽 스페인에서 시작된다. 이 두 나라 사이에는 바다가 있다. 여러분이 스페인에 있다고 상상해 보라. 그곳은 따뜻하고 아름다우며 짙푸른 월계수 사이에서는 새빨간 석류꽃이 피는 곳이다. 산에서는 오렌지 나무들이 자라는 계곡으로 시원하고 신선한 바람이 불어와 도시를 지나서 금으로 된 둥근 지붕과 화려한 담으로 둘러싸인 무어식 저택으로 들어간다.

거리에서는 촛불을 든 아이들이 황금빛으로 수놓인 깃발을 따라 행진하고 있다. 그리고 그들 머리 위로는 무수한 별들이 초롱초롱 빛나는 맑은 하늘이 넓게 펼쳐져 있다. 노래와 캐스터네츠 소리가 울리면 처녀, 총각들은 꽃이 한창인 아카시아 나무 아래서 춤을 춘다. 잘 다듬어진 대리석 계단에는 잠만 자다가 인생을 흘려 보낸 한 거지가 앉아서 수박으로 목을 적시고 있다.

사실 이 세상은 꿈과도 같다. 세상은 그 꿈에 여러분 자신을 맡기라고 말한다. 금방 결혼한 젊은 부부가 정말 그대로 했다. 그들은 운이 좋은 사람들이었으며 바라는 것, 말하자면 건강, 쾌활한 성격, 부, 명예를 모두 하느님에게서 받았다.

"이 세상에서 우리처럼 행복한 사람은 없을 거야." 젊은 부부는 진심으로 이렇게 말했다. 그러나 그들이 아직 맛보지 못한 기쁨이 있었으니 그것은 하느님이 그들의 모습과 영혼을 닮은 아들을 선사해 주시기 전에는 맛보지 못할 기쁨이었다.

그 행복한 아이는 환호 속에서 태어나 최고의 정성과 사랑을 받으며 자랄 것이고 부와 명성이 줄 수 있는 모든 것을 갖게 될 것이다.

이 젊은 부부는 영원히 계속되는 축제와 같은 날들을 보냈다.

"삶은 신의 은총이 내린 참으로 놀라운 선물이에요! 이런 행복의 충만함은 자라나서 영원히 계속될 거예요. 내가 이해할 수 없는 것이지만요." 아내가 말했다.

"그건 인간의 추측일 따름이오. 우리가 영원히 산다고 생각하는 것은 자만이 아니겠소? 하느님처럼 된다고 믿는 것이 말이오. 그건 뱀이 이브에게 약속했던 것이오. 뱀은 거짓말을 밥먹듯 했지." 남편이 말했다.

"죽음 뒤에 삶이 있다는 걸 의심하세요?" 젊은 아내가 물었다. 햇빛으로 가득 찬 그녀의 세상에 처음으로 어두운 그림자가 스쳐 지나갔다.

"우리의 믿음과 성직자들만이 그것을 약속해 주지. 하지만 이렇게 충만한 행복과 행운을 누리면서 더 많은 것을 요구하는 것은 외람된 것이 아닌가 하는 생각이 드오. 영원한 행복을 요구하는 것은 무례한 것이지. 우린 이렇게 많은 것을 누리고 있으니 만족해야 하지 않을까?" 남편이 아내에게 물었다.

"맞아요. 우린 많은 것들을 받았어요. 하지만 세상에는 평생 동안 가혹하고 잔인한 시련을 겪어야 하는 사람들이 수없이 많아요. 가난, 불명예, 병, 불행을 겪어야 하는 사람들이 수없이 많지요. 인생에 있어서 은총은 너무 불공평하게 분배

돼요. 우리가 죽은 뒤에 다른 삶이 없다면 하느님은 공정한 분이 아닐 거예요."

"저길 봐. 저 사람은 비록 거지지만 왕이 경험하는 커다란 기쁨을 누릴 수도 있소." 남편이 미소를 지으며 말했다. "죽을 때까지 평생을 일하고 굶주리고 맞고만 살아야 하는 당나귀는 어떻소? 당나귀가 자신의 비참한 운명을 알기나 할 것 같소? 당나귀가 그걸 안다면 자신이 부당한 취급을 받았다면서 훌륭한 동물로 다시 태어나게 해 달라고 요구할 수 있지 않을까?"

"그리스도께서는 자신의 집에 많은 방이 있다고 말씀하셨어요. 하늘 나라는 하느님의 사랑처럼 끝이 없어요. 동물도 하느님의 피조물이에요. 어떤 삶도 버려져서는 안 돼요. 모두가 필요한 만큼의 은총과 행복을 받아야 한다고 생각해요."

"난 이 세상에서 더 이상 바랄 게 없소. 이 정도면 충분하오." 남편은 이렇게 말하며 사랑스런 아내를 감싸 안았다.

그들은 바깥에 있는 발코니에 앉아 있었다. 남편이 담배에 불을 붙였다. 시원한 밤바람 속에는 오렌지 꽃과 카네이션 향기가 가득했다. 거리에서 음악과 캐스터네츠 소리가 들려 왔고, 하늘에서는 수많은 별들이 초롱초롱 반짝였다. 아내가 사랑이 가득한 눈으로 남편을 바라보았다. 삶처럼 영원한 사랑을 담고서.

"바로 이런 순간을 위해서 이 세상에 태어날 만하오. 이런 행복을 느끼고 사라지기 위해서 말이오." 남편이 미소를 지으며 말했다. 아내는 장난스럽게 손가락으로 그에게 경고를 했다. 그들에게 드리워졌던 어두운 그림자는 어느새 사라지고 그들은 더없이 행복해했다.

이 젊은 부부가 영광과 명예를 누릴 수 있도록 모든 것이 이들의 뜻대로 되는 것 같았다. 그동안에 변화가 있었지만 그것은 외적인 변화였고 그들의 행복에는 변함이 없었다. 남편이 왕의 명령을 받아 러시아 황제에게 대사로 가게 된 것이다. 그것은 명예로운 직책이었으며 타고난 신분과 그가 받은 교육으로 보면 당연한 일이었다. 남편은 부자였는데 결혼을 하자 더 큰 부자가 되었다. 그리고 아내는 존경받는 부유한 상인의 딸이었다. 상인의 가장 큰 배 하나가 스톡홀름으로 항해를 떠나기로 되어 있었는데, 젊은 부부는 그 배를 타고 상트 페테르부르크(옛 러시아 제국의 수도)로 가게 되었다.

젊은 부부가 탄 선실은 왕궁처럼 꾸며졌다. 은실로 수놓은 베개와 양탄자를 깐 바닥 등, 어느 것 하나 훌륭하지 않은 것이 없었다.

오래 전부터 전해 내려오는 '영국 왕의 아들'이란 덴마크 민요가 있다. 돛이 금으로 되어 있고 밧줄이 은으로 되어 있는 배를 타고 항해하는 왕자에 관한 노래이다. 스페인에서 출발한 그 배를 본 덴마크 사람들은 노래를 연상했을 것이다. 그 배 역시 노래 속의 배처럼 화려하고 꿈으로 가득 차 있었기에.

하느님, 우리 모두가 행복을 찾게 해 주십시오!

배는 순조로운 바람을 받으며 빠른 속도로 스페인 해안을 출발했다. 그들은 고국과 짧은 작별을 하였다. 이제 곧 목적지에 도착하리라. 그런데 길어도 2주 정도면 목적지에 닿아야 하는데, 바람이 전혀 불지 않았다. 바다는 거울처럼 잔잔하여 하늘에서 반짝이는 별들이 물 속에 비쳤고 화려한 선실에서는 밤마다 파티가 열렸다.

그들은 어서 빨리 항해하기 좋은 바람이 불기를 바랐으나 바람은 반대 방향으로만 불었다. 겨우 두 달이 지나서야 순조로운 바람이 남서쪽에서 불어왔다. 그때쯤 그들은 스코틀랜드와 유틀란트 중간에 있었다. 바람이 점점 세차게 불더니 폭풍우를 몰고 왔다. '영국 왕의 아들'에 나오는 노래에서처럼 말이다.

> 무겁게 드리워진 구름 속에서 바람이 불어온다네.
> 그들은 피할 곳을 찾지 못하고
> 실망하여 닻을 내리리.
> 폭풍은 그들을 덴마크 해안으로 몰고 간다네.

이것은 크리스티안 7세가 잠시 덴마크 왕좌에 올랐던 수년 전에 있었던 이야기이다. 그 뒤 덴마크는 많이 바뀌었다. 호수와 늪은 풍요로운 풀밭이 되었고, 유틀란트 황야의 일부는 경작지가 되었다. 그리고 집집마다 사과나무와 장미가 자란다. 하지만 그 나무들은 날카로운 서풍 때문에 작고 뒤틀려 있다. 유틀란트 서해안을 찾는 사람은 크리스티안 7세가 통치하던 이전의 시대로 돌아간 기분이 된다. 갈색의 황야는 아직도 변함없이 거대하게 펼쳐져 있다.

그리고 저 멀리로 바이킹 족 추장들의 무덤이 보이고 모래 길에는 구불구불 이어지는 바퀴 자국 투성이다. 바다가 가까워질수록 작은 시내와 개천들이 넓어져 습지를 이루고 협만과 만나는 곳에서는 강이 된다. 해안에는 모래 언덕이 작은 산봉우리처럼 솟아 있고 진흙으로 된 절벽은 바다를 마주 보고 서 있다. 한 해 한 해 지날 때마다 바다가 거대한 폭풍우를 몰고 와서 그 거대한 입으로 이 절벽을 물어뜯는 통에 해안선의 모양이 바뀌고 있었다. 그곳 풍경은 행복한 젊은 부부가 화려한 배를 타고 항해하고 있는 지금도 예전처럼 변함이 없었다.

어느 늦은 9월의 일요일, 햇볕이 따뜻한 기분 좋은 날이었다. 니숨 협만을 따라 교회 종소리가 울려 퍼졌다. 이 지역 교회들은 모두 화강암으로 지어져 있다. 교회는 하나같이 벼랑처럼 우뚝 서 있어 파도가 밀려와도 끄떡하지 않는다. 교회에는 대부분 탑이 없으며 종은 교회 옆에 교수대처럼 서 있는 오크로 된 대들보에 매달려 있다.

예배가 끝나자 교회에서 사람들이 몰려 나왔다. 교회 마당은 지금처럼 메말라서 나무 한 그루, 덤불 하나 자라지 않았다. 그리고 무덤 위에는 꽃 한 송이도 놓여 있지 않았기 때문에, 풀이 무성한 작은 흙무더기를 보고 사람이 묻힌 곳임을 알 수 있었다. 묘비는 이름이 새겨진 관 모양의 나무 조각이 전부로 어느 것이나 똑같았다.

그 나무 조각은 사나운 파도가 일렁이는 서해안 숲에서 가져온 것들이었다. 그곳에는 잘라서 잘 다듬은 대들보와 널빤지를 얻을 수 있었으며 가난한 어부들은 땔감과 집을 짓는 데 사용하는 나무를 얻을 수 있었다.

그날 아침 한 여인이 나무 조각 묘비가 서 있는 무덤 앞에 생각에 잠겨 서 있었다. 그것은 아이의 무덤으로 묘비는 이미 사나운 서풍과 바다 바람에 닳고닳아서 거기에 새겨진 이름을 알아보기 힘들었다. 얼마 후 남편이 다가와 여인의 옆에 섰다. 그들은 서로 말이 없었다. 남편은 아내의 손을 잡고 늪지를 지나 모래 언덕으로 향했다.

"오늘 설교는 참 좋았소. 하느님을 믿지 않는다면 외롭고 허무할 거요." 남편이 말했다.

"그래요. 하느님은 우리에게 기쁨을 주기도 하고 슬픔을 주기도 하지요. 그게 그분의 권리니까요. 내일이면 우리 아이가 다섯 살이 되는 날이에요. 지금 살아 있다면 말예요." 아내가 조용히 말했다.

"슬퍼한다고 아이가 살아 돌아오는 건 아니오. 이젠 기억에서 희미해졌소. 아이는 우리가 기도한 대로 좋은 곳에 가 있소." 남편이 위로했다.

두 사람은 말없이 걸었다. 그런 대화는 끝도 없이 계속된 것이었다. 그들의 집은 모래 언덕 사이에 있었다. 그때 풀 한 포기 자라지 않는 모래 언덕에서 갑자기 연기가 피어올랐다. 그것은 돌풍 때문에 일어난 모래 기둥이었다. 다시 한 번 돌풍이 일자 줄에 꿰어 말려 놓은 생선들이 오두막집 벽을 때렸다. 그리고는 다시 사방이 조용해지고 태양이 뜨겁게 내리쬐었다.

두 사람은 집 안으로 들어가 평일에 입는 옷으로 갈아입고 서둘러서 모래 언덕으로 갔다. 거대한 파도와 같은 모래 언덕에서 자라는 청록색의 풀 잎사귀가 단조로운 흰 모래에 변화를 주고 있었다. 두 사람이 해변에 도착했을 때는 몇몇 이웃들이 벌써 나와 있었다. 그들은 힘을 합쳐 배들을 모래 위로 높이 끌어올렸다. 바람은 점점 더 거세지고 날씨는 추워졌다. 다시 모래 언덕을 넘어 집으로 돌아가는 사람들의 얼굴에 모래와 작은 자갈이 날렸다. 바다에서는 거센 파도가 흰 거품을 일으키며 솟구쳐 해안가를 때렸고 흰 물보라가 바람에 밀려 사방으로 튀겼다.

저녁이 되자 폭풍우가 더욱 기승을 부렸다. 폭풍우가 밀어닥치는 소리는 절망에 빠진 유령들이 하늘에서 울부짖고 신음하는 것처럼 들렸으며 그 거대한 소리는 파도 소리마저 삼켜 버렸다. 바람에 날린 모래가 빗방울처럼 오두막 유리창을 때렸으며 심한 돌풍에 가끔 벽이 흔들리기도 했다. 바람은 바다에서 뿐만 아니라 육지에서도 주인인 양 기세를 부렸다. 바깥은 사방이 어두웠으며 자정쯤 되자 달이 떠올랐다.

하늘은 맑게 개었으나 어두운 바다에서는 폭풍우가 더욱 거칠어졌다. 어부와 아내는 오래 전에 잠자리에 들었으나 잠이 오지 않았다.

그때 창문을 두드리는 소리가 들리더니 문이 열리고 누군가 소리쳤다. "큰 배가 암초에 걸렸어요."

어부와 아내는 잠자리에서 후다닥 일어나 옷을 입었다.

달빛이 환하게 비추고 있어 눈을 뜰 수만 있으면 조그만 것이라도 다 볼 수 있었지만 모래가 날려 와 눈을 뜰 수 없었다. 바람이 너무나 사나워 모래 언덕에 올라간 사람들은 제대로 서지도 못하고 기었다. 물보라가 모래 언덕까지 튀겨서 백조의 깃털처럼 날렸다. 바다는 마치 들끓는 아수라장 같았다. 난파선은 아주 자세히 보아야 볼 수 있었는데, 두 개의 돛대를 단 아름다운 배였다.

어부와 아내가 해안가에 모여 있는 사람들에게 다가갔을 때 거대한 파도가 밀려와 배를 세 개의 모래톱 중 첫 번째 모래톱 위로 들어올렸다. 배는 이제 탄탄한 땅 위에 서 있었다. 그러나 바다는 성이 난 것처럼 사나웠으며 파도가 잇따라 배를 덮쳤다. 구조한다는 것은 상상도 할 수도 없는 일이었다. 배 안에 탄 사람들이 죽음에 대한 공포와 두려움에 비명을 지르는 소리가 들리는 것만 같았다. 배가 가까이 밀려오자 배에 탄 사람들이 허둥대며 앞뒤로 정신없이 왔다 갔다 하는 것이 보였다. 그때 거대한 파도가 배를 덮쳐 돛대와 뱃머리에서 앞으로 튀어나온 둥근 나무를 삼켰다. 두 번째 밀려온 파도에 뱃머리가 높이 들렸다. 바로 그때 두 사람이 물 속으로 뛰어드는 것이 보이더니 이내 물 속으로 사라져 버렸다.

거대한 파도가 모래 언덕을 향해 밀려와 해변에 한 사람을 팽개쳐 놓고 밀려갔다. 어떤 부인의 시체였다. 몇몇 어부들이 시체를 끌어다 마른 모래 위에 반드시 뉘었다. 그런데 부인은 아직 살아 있는 것 같았다. 그들은 그 부인을 어부의 오두막으로 데려갔다.

"참으로 아름답고 곱네요. 귀한 집안의 사람임에 틀림없어요." 어부의 아내가 사람들에게 말했다.

그들은 부인을 누추한 침대에 눕혔다. 덮을 것이라곤 오직 이불뿐이었지만 몸을 데우기에는 그것이면 충분했다. 부인은 눈을 떴지만 온몸이 불덩어리라서 무슨 일이 일어났는지, 자신이 어디에 누워 있는지 전혀 알지 못하는 것 같았다. 하지만 차라리 잘된 일이었는지 모른다. 그녀가 이 세상에서 가장 사랑하는 사람이 바다 속에 잠들어 있었기 때문이다. 배를 탄 사람 중 '영국 왕의 아들'이란 노래와 같은 운명을 당하지 않은 사람은 그 부인뿐이었다.

웅장한 배가 산산조각으로 부서지니
어찌 그걸 보며 애석해하지 않을 수 있으리!

난파선의 잔해가 해변으로 밀려왔지만 생존자는 그 부인뿐이었다. 바람은 계속 울부짖으며 유틀란트 해안을 휘몰아쳤다. 잠깐 동안 눈을 붙인 부인은 잠에서 깨자 고통스러워 울기 시작했다. 부인은 아름다운 눈을 뜨고 뭐라고 몇 마디 했지만 아무도 알아들을 수가 없었다.

부인은 자신뿐만 아니라 뱃속에 든 아기를 위해 하루하루를 고통과 싸우며 지냈다. 그러던 어느 날 드디어 아기가 태어났다. 부유한 집에서 아름답게 수놓인 요에 싸여 세상의 축복을 받으며 환호성 속에서 태어날 아이였다. 그러나 아기는 엄마의 따뜻한 입맞춤조차 받지 못한 채 초라한 어부의 오두막에 누워 있었다. 모두 하느님의 뜻이었다. 어부의 아내는 아기를 어머니의 품에 안겨 주었다. 그런데 부인의 심장이 뛰지 않았다. 부인은 이미 죽어 있었던 것이다. 풍요로움 속에서 행복하게 자라야 할 아기는 바다에 의해 험난한 세상에 던져졌다. 가난을 맛보고 불행을 알도록 말이다.

다시 옛 민요의 가사가 생각난다.

> 어린 왕자의 뺨 위로 눈물이 흘러내리네.
> 우리는 보브에르에서 조난을 당할 것으로되
> 죽음이 우릴 찾아올까 두렵나니,
> 기사 부게가 살아서 통치한다면
> 우리의 피를 흘릴 것을 두려워하지 않아도 되리라.

옛날에 기사 부게가 자기 땅이라고 주장한 니숨 협만에서 약간 남쪽에 있는 바닷가에서 배가 난파당했다. 당시에 조난당한 사람들은 파도뿐만 아니라 서해안에서 강도짓하는 사람들을 두려워했다. 하지만 그것은 오래 전의 일이고 이제 사람들은 유틀란트 어느 해안에서 조난을 당하더라도 도움과 동정을 받게 된다. 죽은 부인과 새로 태어난 아기는 다른 어느 해안에 밀려갔더라도 따뜻한 보살핌을 받았을 것이다. 하지만 아기는 다른 곳으로 밀려갔더라면 가난한 어부의 집에서 받은 만큼의 환영은 받지 못했을 것이다. 어부의 아내는 아직도 죽은 자기의 아기 때문에 슬퍼하고 있었고, 마침 그날은 아기가 살아 있었더라면 다섯 살이 되는 날이었기 때문이다.

죽은 낯선 이국의 부인이 누구며 어느 나라에서 왔는지 아는 사람은 아무도 없었다. 배는 그런 수수께끼를 남겨 둔 채 부서져 버린 것이다.

한편 스페인에 있는 부유한 상인의 집에는 편지 한 장 오지 않았으며 딸과 사위가 어떻게 되었는지에 대한 연락도 받지 못했다. 딸과 사위는 몇 주 동안 바다에 심한 폭풍우가 불어닥쳐 목적지에 도착하지 못했던 것이다. 그렇게 한 달이 지난 어느 날, 상인에게 한 통의 편지가 도착했다.

"배가 난파되어 배에 탄 사람들이 모두 목숨을 잃었습니다."

그러나 모래 언덕에 있는 어부의 집에서는 어린 소년이 살고 있었다. 하느님은 두 사람만이 먹고 살 양식을 어부의 집에 보내 주었지만 바다에는 항상 물고기가 많았기 때문에 소년이 먹을 것은 충분했다. 소년의 이름은 유르겐이었다.

"저 아이는 유대인이 틀림없어. 피부가 검잖아." 어떤 사람들은 이렇게 말했다.

"이탈리아 사람이나 스페인 사람일 수도 있지요." 목사님은 이렇게 말했다.

하지만 어부의 아내에게는 소년이 어떤 아이이건 상관없었다. 소년은 이제 자기 아들이고 자기가 다니는 교회에서 세례를 받은 것이다. 소년은 무럭무럭 자랐다. 소년의 몸에 흐르는 귀족의 피는 가난한 사람들이 먹는 마른 생선과 감자를 먹고 뜨거워지고 힘을 얻은 것이다. 유틀란트 서해안에서 사용하는 덴마크 어가 소년의 모국어가 되었다. 이제 스페인에서 가져온 석류 씨는 북해를 마주보고 있는 모래 언덕에서 자라는 갯보리가 되었다. 이런 일은 누구에게나 일어날 수 있는 것이다. 이제 어부의 이 오두막에 소년의 삶의 뿌리가 내리게 된 것이다. 소년은 가난한 사람들이 겪는 추위와 배고픔을 겪게 될 것이고 부족함 속에서 살게 될 것이다. 그러나 동시에 그들이 누리는 기쁨도 경험하게 될 것이다.

사람에게는 누구나 살아 있는 동안 꺼지지 않는 특별한 등불로 환하던 행복한 어린 시절이 있다. 놀기를 좋아하는 유르겐에게 바닷가는 장난감으로 가득 찬 놀이터였다. 산호처럼 빨간 색, 호박같이 노란 색, 새알같이 둥글고 하얀 색을 가진 돌들은 바닷물에 갈고 닦여진 것들로 마치 거대한 모자이크 같았다. 허옇게 바랜 물고기 뼈와 이상하게 생긴 해초조차도 소년에게는 장난감이었다.

소년은 총명했다. 그 점은 의심할 여지가 없었다. 소년에게는 많은 재능이 감추어져 있었다. 소년은 손재주가 좋아서 돌멩이와 조개 껍질을 가지고 만든 배는 벽에 걸어 놓을 수 있을 정도로 정교하고 근사했다. 어부의 아내는 소년이 막대기 하나로도 무엇이든 만들어 낼 수 있다고 자랑했다. 또 소년은 한 번 들은 이야기와 노래는 모두 기억했다. 목소리가 아름다운 소년은 무슨 노래든 한 번 듣기만 하면 따라 불렀다. 소년의 작은 가슴에는 현악기가 들어 있어서 만일 덴마크

서해안에 있는 초라한 어부의 오두막에 살지 않았더라면 그 소리가 온 세상에 아름답게 울려 퍼졌을 것이다.

어느 날 배 한 척이 좌초되어 진귀한 꽃뿌리가 담긴 상자가 해안으로 밀려 왔다. 그 중 일부는 어부들이 가져가 요리를 했고 나머지는 모래 속에 파묻혀 썩어 버렸다. 화려한 꽃으로 자란 뿌리는 하나도 없었다. 그 안에 숨겨진 화사한 아름다움이 피어나지 못하고 사라져 버린 것이다. 유르겐도 그렇게 될 것인가? 진귀한 꽃뿌리들은 곧 죽어 버렸고 유르겐의 앞에는 많은 시련이 기다리고 있었다.

유르겐과 바닷가에 사는 사람들은 지루한 줄 모르고 지냈다. 항상 할 일이 있었고 볼거리가 있었기 때문이다. 바다는 마치 하나의 커다란 책처럼 날마다 새로운 것을 펼쳐 보였다. 잔잔한 바람, 격렬한 폭풍우, 폭풍 뒤에 굽이치는 물결 등, 바다는 하루도 같은 날이 없었다. 배들은 매번 높은 암초에 걸려 아이들의 기억 속에 남았으며 교회에 가는 것은 축제에 가는 것 같았다. 유르겐이 무엇보다도 좋아한 것은 외삼촌이 찾아올 때였다. 그는 보브에르 근처에 조그만 농장을 가지고 있었지만 주로 뱀장어를 잡아서 파는 일을 하여 생계를 유지했다. 그는 관처럼 생긴 상자를 싣고 빨간 마차를 타고 왔다. 파랗고 흰 튤립이 그려져 있는 그 상자에는 뱀장어가 들어 있었다. 두 마리의 소가 그 이상한 마차를 끌었는데, 유르겐은 허락을 받고 마차를 타 보곤 했다.

그 삼촌은 매우 재치 있고 기분 좋은 손님이었다. 그는 항상 마차에 술을 싣고 와서 사람들에게 한 잔씩 따라 주곤 했다. 술잔이 모자랄 때는 커피 잔에 술을 따라 주기도 했는데 아직 어린 유르겐에게도 어머니가 사용하는 골무에 몇 방울씩을 따라 주곤 했다.

"살찌고 끈끈한 뱀장어를 삼키는 데 도움이 되지." 아저씨는 술을 따라 주며 이렇게 말하곤 했다. 그리고는 늘 하던 이야기를 해 주었다. 사람들이 그 이야기를 들으며 웃으면 똑같은 이야기를 또 했다. 이것은 말이 많은 사람들이 하는 습관이다. 유르겐은 젊은 시절에 그 이야기에 나오는 구절을 자주 인용했다. 그러니 우리도 들어보자.

"어느 강에 뱀장어들이 살고 있었단다. 하루는 강 위쪽으로 헤엄쳐 가게 해 달라고 딸들이 조르자 엄마 뱀장어가 말했어. '너무 멀리 가지는 말아라. 나쁜 뱀장

어잡이가 나타나서 잡아갈 테니까.'

하지만 딸 뱀장어들은 가고 싶은 만큼 멀리까지 헤엄쳐 갔단다. 그래서 여덟 명의 딸 가운데 세 명만이 돌아왔지. 세 딸들은 울면서 이렇게 말했어. '문 바깥까지밖에 나가지 않았어요. 그런데 나쁜 뱀장어잡이가 나타나서 다섯 명을 죽여 버렸어요.'

'그 애들은 다시 돌아올 거야!' 엄마 뱀장어가 말했지.

'아니에요. 지금쯤 뱀장어잡이가 껍질을 벗겨서 토막토막 잘라 기름에 튀겨 버렸을 텐데요.' 세 딸들이 울면서 말했단다.

'다시 돌아온다니까!'

'하지만 뱀장어잡이가 먹어 버렸는걸요.'

'반드시 돌아올 거야.' 엄마 뱀장어는 끝까지 우겼지.

'하지만 뱀장어 잡이가 술안주로 먹어 버렸어요.'

'아⋯ 아⋯ 그러면 돌아오지 못하겠구나! 술에 묻혀 버렸을 테니까 말이야.' 엄마 뱀장어는 울부짖었어. 그래서 뱀장어를 먹을 때는 항상 술을 한 잔 마셔야 한단다."

이 이야기는 유르겐에게 많은 것을 생각하게 해 주었다. 이것은 흔히 하는 농담이었지만 처음 듣는 사람들은 잘 이해하지 못했다. 유르겐 역시 강물 위로 약간만 더 헤엄쳐 가게 해 달라고 졸랐었다. 그는 배를 타고 세상으로 나가고 싶었지만 엄마 뱀장어처럼 어머니는 이렇게 말렸다.

"바깥 세상에는 나쁜 사람들이 많단다. 그들이 내 어린 뱀장어를 잡아가 버릴지도 모르지."

그러나 유르겐은 모래 언덕 너머 세상으로 짧은 여행을 다녀왔다. 나흘 동안의 그 여행은 유르겐의 어린 시절에서 가장 행복하고 마법과도 같은 시간이었다. 그 짧은 시간 동안 유틀란트의 모든 아름다움을 보고 집에서 맛본 모든 행복감을 맛본 것 같았다.

그는 곧 파티에 참석하기로 되어 있었다. 사실 그것은 장례식이었지만 그것도 일종의 파티였다. 어부에게는 잘사는 친척이 있었는데, 그 친척이 죽은 것이다. 친척은 동쪽에 농장을 가지고 있었는데 유르겐이 사는 곳으로부터 두 정거장 북쪽에 있는 곳이라고 유르겐의 아버지가 말했다. 장례식에 초대받은 유르겐의 양부모는 유르겐을 데리고 가기로 했다.

그들은 모래 언덕에서 출발하여 황무지와 늪을 지나 스카에룸 강이 있는 목초지에 이르렀다. 그 강은 엄마 뱀장어가 딸들과 함께 살고 있는 강이었다. 나쁜 뱀장어잡이에게 잡혀 토막난 딸들을 가진 뱀장어 말이다. 그러나 뱀장어잡이가 뱀장어에게 한 짓 못지않은 짓을 사람이 같은 동료에게 하는 경우가 많다.

옛 노래에 나오는 기사 부게도 나쁜 사람들에게 죽임을 당했다. 그는 노래 속에서 좋은 사람으로 묘사되고 있는데 그럼 부게는 어떤 사람이었는가? 유르겐과 양부모는 바로 부게의 성이 있던 자리에 서 있었다. 그곳은 스카에룸 강이 니숨 협만으로 흘러드는 곳 근처였다. 한 전설에 의하면, 부게는 자기 성을 지은 건축가를 죽이려고 했다. 건축가가 육중한 성벽과 의기양양하게 솟아 있는 탑을 완성한 후 떠나게 되자 부게는 하인을 시켜 뒤쫓게 했다.

"그를 따라잡을 때쯤 되면 큰 소리로 '탑이 무너집니다! 탑이 무너집니다!' 하고 외치거라. 그때 그가 돌아보면 죽여 내가 준 돈을 빼앗아 오고 돌아보지 않으면 그냥 가게 내버려 둬라." 부게는 하인에게 이렇게 명했다.

하인은 명령대로 건축가를 쫓아갔다. 그러나 건축가는 뒤를 돌아보지 않고 이렇게 말했다. "탑은 똑바로 서 있으니 무너지지 않는다. 그러나 서쪽에서 온 푸른 망토를 입은 사람이 와서 탑을 무너뜨릴 것이다."

그의 말은 백 년 뒤에 실제로 일어났다. 무시무시한 폭풍우가 치던 날 북해의 물결이 그 땅을 휩쓸어 탑을 무너뜨린 것이다. 당시 성의 주인은 프레비예른 귈렌스티에르네였는데, 그는 더 높은 풀밭 위에 새로 이 성을 세웠다. 그 성은 아직도 그곳에 서 있다. 바로 뇌레 보스보르이다.

기나긴 겨울밤이면 유르겐은 자신이 지금 보고 있는 곳에 대한 이야기를 듣곤 했다. 두 겹으로 둘러쳐진 연못, 나무, 덤불, 양치류가 자라는 성벽이 있는 성에 대해 그의 양부모가 이야기해 주곤 했던 것이다. 유르겐은 무엇보다도 장엄하게 서 있는 보리수나무들이 아름다워 보였다. 보리수나무들은 성 지붕 위까지 가지를 뻗고 사방에 달콤한 향기를 풍기고 있었다. 정원 북서쪽에는 눈으로 덮인 듯한 나무 한 그루가 서 있었다. 그것은 꽃이 활짝 핀 말오줌나무였다. 유르겐은 그런 말오줌나무를 처음 보았다. 어린 시절 유르겐이 본 말오줌나무와 보리수나무는 오랜 세월을 두고 그의 기억 속에 남아 있었다.

그곳에서부터의 여행은 좀더 편했다. 그들이 여행하는 도중에 장례식에 초대된 사람들을 만나 마차를 얻어 타게 된 것이다. 그들은 마차 뒤쪽에 있는 작은 나무 상자 위에 셋이 함께 앉아야 했지만 그래도 걸어가는 것보다 훨씬 나았다. 거기서부터 거대한 황야가 시작되었다. 유틀란트 중부를 거의 차지하고 있는 거대한 황무지였다. 길은 울퉁불퉁하고 여기저기 패인 곳이 많았다. 마차를 끄는 소들의 발걸음은 느렸다. 소들은 푸른 풀을 발견하면 멈춰 서서 뜯어먹곤 했다.

햇빛이 따뜻하게 비치고 공기가 맑아 멀리까지 보였다. 멀리 지평선 위로 연기 기둥이 피어올랐다. 연기는 고요한 대기 속에서 몸을 비틀며 춤을 추었다.

"저건 양을 모는 로키(북유럽 신화의 신)이란다." 누군가 말했다.

그 말은 유르겐에게 들으라고 한 말이었다. 유르겐은 동화의 나라로 가는 기분이었다. 하지만 이건 현실이었다.

황야가 값비싼 양탄자처럼 사방에서 자라고 있었다. 히스 속에서 자라는 노간주나무와 떡갈나무들은 녹색 꽃다발 같았다. 유르겐은 그 푸른 나무들 속을 달리고 싶었지만 독사가 있다면서 어른들이 말렸다. 또 옛날에 그곳에서는 늑대도 살았다고 했다. 그래서 그 지역은 아직도 '늑대의 성'이라고 불렸다. 마차를 모는 노인이 자기 아버지가 젊었을 때의 이야기를 했다. 그것은 늑대가 아직 그 들판에 살던 때였으며 말들과 늑대들이 서로 싸웠다고 한다. 어느 날 그의 아버지는 들판에 나왔다가 어떤 말이 죽은 늑대를 짓밟고 있고, 다른 말 한 마리는 늑대에게 앞발을 물려 뼈가 드러난 것을 보았다고 한다.

그들은 금방 황야를 벗어나 초상집에 도착했다. 최소한 유르겐에게는 금방인 것 같았다. 농가에도 들판에도 손님들로 붐볐다. 마당에는 마차들이 줄지어 있었고 소와 말들은 부족한 풀을 나누어 뜯어먹고 있었다. 농장 뒤로 바닷가 마을에 있는 것과 같은 모래 언덕이 넓게 펼쳐져 있었다. 모래 언덕은 어떻게 해서 25km나 떨어진 여기까지 왔을까? 이 모래 언덕은 바람에 실려온 것이었다. 거기에도 전설이 있었다.

찬송가 소리가 울려 퍼지고 사람들이 눈물을 흘렸다. 하지만 눈물을 흘린 사람은 몇 명의 노인들뿐이었다. 그 밖의 것은 모두 즐거웠다. 음식과 술은 잔뜩 있었고 날마다 맛있고 살찐 뱀장어 튀김이 나왔다. 사람들은 뱀장어는 술하고 같이 먹어야 한다는 삼촌의 말처럼 실제로 그렇게 했다.

유르겐은 사흘째가 되자 초상집이 바닷가에 있는 집처럼 편하게 느껴졌다. 하지만 이곳 벌판은 더 풍요로웠다. 무성한 히스 사이에서는 달콤하고 큰 열매가 열리는 시로미와 월귤나무가 자랐다. 유르겐의 발은 그 열매즙에 물들어 파랬다.

여기저기에 바이킹 족의 무덤도 있었다. 작은 무덤 위에는 커다란 돌들이 얹어져 있었다. 히스에 불을 놓아 연기 기둥이 피어오르기도 했고 밤에는 그 불길이 빨갛게 타올랐다.

나흘째가 되자 장례식 행사가 끝나고 그들은 다시 바닷가 모래 언덕으로 돌아가야 했다.

"우리 모래 언덕이 진짜야. 여기에 있는 것은 아무 쓸모가 없어." 유르겐의 양아버지가 말했다.

사람들이 어떻게 해서 모래 언덕이 이곳 먼 내륙까지 오게 되었는지에 대해 이야기했다. 그 이야기는 아주 그럴 듯했다.

아주 옛날에 바닷가에서 한 시체가 발견되었다. 어부들은 시체를 교회 묘지로 데려가 그리스도교식으로 매장해 주었다. 그런데 바로 그날 바람이 불기 시작하자 모래가 내륙으로 날렸고 바다가 모래 언덕에 부딪히며 사납게 으르렁거리자 폭풍우가 몰려 왔다. 그 지역에 사는 한 박식한 사람이 무덤을 파고 시체를 확인해 보자고 말했다. 만약 시체가 엄지손가락을 빨고 있으면 그것은 사람이 아니라 인어이니 바다로 돌려보내야 한다는 것이었다. 그래서 사람들은 무덤을 파 보았다. 그런데 정말로 시체가 엄지손가락을 빨고 있지 않은가. 사람들은 서둘러서 시체를 수레에 싣고 황야를 지나 바다로 갔다. 시체를 바다에 던지자 폭풍우가 멎었다. 그러나 내륙의 모래 언덕은 그대로였다.

유르겐은 이런 이야기와 더불어 장례식에 참석했던 나흘간을 가장 즐거웠던 어린 시절의 추억으로 간직했다.

새로운 도시와 새로운 사람들을 보는 것은 멋진 일이었다. 그러나 아직도 가봐야 할 곳이 많았다. 유르겐은 이제 겨우 열네 살도 되지 않은 어린아이이므로. 유르겐은 열네 살도 되기 전에 양아버지를 졸라 바다로 나갔다. 그는 선실의 급사가 되어 배를 타고 멀리 나갔다. 세상이 어떤가를 구경하고, 폭풍우와 사나운 날씨를 헤쳐 나가며 남의 밑에서 일하는 것이 어떤가를 배우고 때론 잔인하고 사악한 사람들의 말을 따라야 한다는 것이 어떤가를 배우기 위해서였다. 그는 배를 곯으며 두들겨 맞고 학대를 받았다. 그럴 때마다 그의 고결한 스페인 피가 끓어오르고 분노가 솟구쳤다. 욕설이 목구멍까지 치밀어 올랐으나 입 밖에 내지는 않았다. 유르겐은 가죽이 벗겨져 토막난 채 프라이팬에 던져지는 뱀장어와 같았다.

'보복하고 말 테야.' 유르겐은 속으로 생각했다. 배는 그의 친부모님의 고향인 스페인으로 향했다. 유르겐은 친부모가 풍요로움과 축복 속에 살았던 도시를 보게 된 것이다. 그러나 유르겐은 친부모에 대해 아는 바가 없었으며 스페인에 있는 부유한 그의 친척들도 그에 대해 전혀 몰랐다.

불쌍한 선실 급사인 유르겐은 육지에 내리지도 못하고 배에서 지내야 했다. 그러다 배가 항구를 떠나기 바로 전날에야 육지로 내려가도 좋다는 허락을 받았다. 음식과 야채를 시장에서 배로 나를 사람이 필요했기 때문이었다.

유르겐은 초라하기 짝이 없는 너덜너덜한 옷을 입고 배에서 내렸다. 그의 옷은 마치 도랑에서 빨아 굴뚝에서 말린 것 같았다. 모래 언덕의 촌놈인 유르겐은 처음으로 진짜 도시를 구경하게 되었다. 집들은 참으로 높고 거리는 좁았으며 사람들은 또 얼마나 우글거렸던지. 길을 가느라 서로 이리 밀치고 저리 밀치는 사람들로 거리는 아수라장 같았다. 그 무리에는 농부, 수도사, 군인, 일반 시민들이 섞여 있었으며 얼마나 시끄러운지 몰랐다. 사람들은 고함치고 비명을 질렀으며, 교회 종소리뿐만 아니라 당나귀와 노새 목에 걸린 방울들이 시끄럽게 울렸다. 또 노래를 부르는 사람이 있는가 하면 망치를 두드리는 사람도 있었다. 장인들이 길거리에서 물건을 만들었기 때문이다. 태양은 뜨겁게 불타올라 공기가 후끈후끈했다. 유르겐은 마치 곤충들로 가득 차 있는 뜨거운 오븐 속에 들어가 있는 느낌이었다. 파리, 벌, 쇠똥구리들이 사방에서 날아다녔다.

유르겐은 도대체 자신이 어디에 있는지, 어디로 가는지 종잡을 수가 없었다. 위를 쳐다보니 바로 눈앞에 성당이 있었다. 시원하고 어두운 성당 안이 들여다보였으며 은은한 향내가 코를 찔렀다. 가장 가난한 거지들조차도 자유롭게 성당 안으로 들어가는 것 같았다. 짐꾼으로 유르겐을 데리고 나온 선원이 성당 안으로 들어갔다. 유르겐도 따라 들어가 황금색을 배경으로 그린 화려한 그림들을 보았다. 꽃과 촛불로 둘러싸인 제단에는 아기 예수님을 안은 성모 마리아 상이 서 있었다. 근엄한 제복을 입은 신부들이 미사를 올리고 긴 옷을 입은 성가대 소년들이 은으로 된 향로를 흔들었다. 유르겐은 장엄함과 신의 엄숙함에 압도되었다. 친부모가 믿고 다녔던 성당이 유르겐의 영혼을 감동시켰다. 유르겐은 자기도 모르게 눈물을 흘렸다.

성당에서 나온 유르겐과 선원은 시장으로 갔다. 선원은 몇 바구니의 야채를 사서 유르겐에게 배로 가져가라고 건네주었다. 보따리는 매우 무거웠으며 배로 돌아가는 길은 멀고도 험했다. 유르겐은 도중에 대리석 기둥과 넓은 계단과 동상이 있는 커다란 집 앞에 앉아 잠깐 쉬었다. 유르겐이 짐을 담에 기대어 놓고 쉬고 있을 때 제복을 입은 하인이 나오더니 끝이 은으로 된 지팡이를 휘두르며 유르겐을 쫓아냈다. 유르겐은 바로 그 집의 손자이며 상속인이었다. 하지만 유르겐도 하인도 그 사실을 까맣게 몰랐다.

유르겐은 다시 배로 돌아왔다. 이번에는 더 많은 매를 맞고 더 심한 욕설을 들어야 했다. 늘 잠은 부족하고 할 일은 태산같았다. 그러나 유르겐은 시련을 꿋꿋하게 견뎌냈다. 젊었을 때 고생은 사서 한다고 하지 않았던가. 하지만 이것은 나이가 들었을 때 젊어서의 고생을 보상받을 수 있을 때의 얘기이다.

여행이 끝나고 배는 링쾨빙 협만에 도착했다. 유르겐은 짐을 꾸려 모래 언덕의 집으로 돌아갔다. 그동안에 양어머니는 돌아가시고 안 계셨다.

혹독한 겨울이 닥쳤다. 거센 눈보라가 휘몰아쳐 사람들은 밖으로 한 발짝도 나갈 수가 없었다. 비와 바람과 태양은 이 세상에 얼마나 다르게 분배되어 있는가? 스페인에는 불타는 태양의 열기가 내리쬐는 반면에 이곳에는 얼음 같은 추위가 기승을 부렸다. 하지만 유르겐은 서리가 내리는 맑은 겨울 날, 백조가 무리 지어 니숨 협만에서 뇌레 보스보르로 날아가는 것을 볼 때면 이곳이야말로 참으로 자유로운 곳이라는 생각이 들었다. 그리고 여기에도 여름의 황홀함이 있지 않은가. 유르겐은 히스 꽃이 활짝 피고, 월귤나무 열매가 무르익을 때의 풍경을 머릿속에 그려보았다. 그리고 뇌레 보스보르에 커다란 보리수 나무와 말오줌나무가 서 있던 광경을 회상하며 이렇게 결심했다. '다음 여름에는 다시 한 번 그곳에 가 봐야지.'

봄이 되자 낚시가 시작되었다. 유르겐도 양아버지를 도와 낚시를 했다. 지난한 해 동안 불쑥 자란 유르겐은 일도 잘하고 수영도 잘했다. 유르겐이 바다에서 놀 때면 어른들은 고등어 떼를 조심하라고 했다. 고등어 떼들이 수영을 잘하는 사람을 잡아서 물 속으로 끌고 가서 잡아먹는다는 것이었다. 하지만 유르겐은 그렇게는 되지 않았다.

이웃집에는 모르텐이라는 소년이 살고 있었다. 유르겐은 모르텐과 친하게 지냈으며 같은 배를 타고 바다에 나가기도 했다. 그들은 노르웨이로 항해하기도 했고 나중에는 네덜란드에도 갔다. 그들은 한 번도 싸운 일이 없었지만 아무리 친한 친구 사이라 하더라도 곤란한 문제는 생기는 법이다. 한 사람의 성격이 급할 때에는 특히 그렇다. 자신의 의도와는 다른 행동을 하여 오해를 사는 수가 있으니까. 유르겐의 경우가 그랬다. 어느 날 그들은 선실 지붕 위에 앉아서 질그릇 접시를 가운데 놓고 함께 식사를 하다가 다투게 되었다. 유르겐은 음식을 먹던 나이프를 친구를 찌를 듯이 쳐들었다. 유르겐의 얼굴은 백지장처럼 창백했으며 눈에는 분노가 이글거렸다.

"그래, 그 칼로 날 찌르려고?" 모르텐이 한 말은 이 말뿐이었다.

그 말을 듣자 유르겐은 곧 잘못을 깨닫고 칼을 든 손을 내려놓았다. 그리고는 말없이 식사를 끝내고 일터로 갔다. 작업이 끝나자 유르겐은 모르텐에게 가서 말했다. "날 때려 줘. 난 맞아도 싸. 가끔 난 내 안에서 냄비가 펄펄 끓어오르는 것처럼 참지 못할 때가 있어."

"잊어버려." 모르텐이 말했다.

그런 일이 있은 후 그들은 더욱 친해졌다. 유틀란트로 돌아온 그들은 그때 일을 이야기하며 흔히 있을 수 있는 사소한 일이었다고 말했다. 그들은 둘 다 젊고 건강했다. 그러나 유르겐이 더 민첩했다.

노르웨이에서는 여름이면 농부들이 산에 있는 목장으로 소를 몰고 가기 때문에 가축을 돌보는 젊은 처녀 총각들은 산 위에 있는 작은 집에서 지낸다. 이처럼 유틀란트의 서해안에서는 고기잡이가 한창인 이른 봄에는 어부들이 부목, 히스, 토탄으로 바닷가에 오두막을 짓고 살면서 고기를 잡는다. 어부들은 모두 "미끼 처녀"라고 하는 아이를 데리고 있다. 미끼 처녀는 낚싯바늘에 미끼를 끼우고 음식을 만들며 어부들이 낚시를 끝낸 후 흠뻑 젖어 돌아올 때면 따뜻한 맥주를 해변으로 가져다주는 일을 한다. 미끼 처녀는 잡은 고기를 오두막으로 가져다가 깨끗이 씻는 일도 해야 했기 때문에 할 일이 많았다.

유르겐은 양아버지, 다른 어부 부부, 그리고 미끼 처녀들과 함께 같은 오두막에서 지냈고 모르텐은 근처에 있는 다른 오두막에서 지냈다.

미끼 처녀들 중에는 엘제라고 하는 처녀가 있었는데, 둘은 유르겐이 어렸을 때부터 알고 지낸 사이였다. 두 사람은 무척 친했으며 생각이 같을 때가 많았다. 하지만 외모에 있어서 두 사람은 정반대였다. 유르겐은 피부가 갈색인 반면 엘제는 하얗고 아름다웠다. 그리고 금발 머리에 한여름 바다처럼 파란 눈을 갖고 있었다.

어느 날 손을 잡고 바닷가를 걷던 엘제가 유르겐에게 말했다. "유르겐, 할 말이 있어. 네 미끼 처녀를 하게 해 줘. 우린 친형제 같잖아. 모르텐과 나는 연인 사이야. 하지만 아무에게도 그런 말은 하지 말아줘."

유르겐은 정신이 아득해졌지만 아무 말 없이 그저 조용히 고개만 끄덕였다. 유르겐은 갑자기 모르텐이 미워졌다. 생각하면 생각할수록 모르텐이 자기에게서 엘제를 빼앗아 갔다는 생각이 들었다. 사실, 엘제가 모르텐을 사랑한다고 말하기 전까지는 한 번도 자신이 엘제를 사랑하고 있다고 생각해 본 적이 없었음에도 말이다. 그러나 이제 엘제는 자기에게 가장 소중한 사람이고 그런 그녀를 잊어버렸다는 상실감이 절절하게 느껴졌다.

날씨가 거칠 때 어부들이 바다에서 돌아오는 모습은 손에 땀을 쥐게 한다. 배가 모래톱을 지날 때마다 가슴은 조마조마해진다. 배에 탄 사람 중 한 사람은 뱃머리에 서서 지켜보고 다른 사람들은 노를 쥐고 배를 저을 준비를 하고 앉아 있다. 첫 번째 모래톱에 다가가면 그들은 배를 정지시킨다. 그러다 바다를 지켜보던 사람이 커다란 파도가 밀려온다는 신호를 보내면 나머지 사람들은 배가 파도를 타고 모래톱을 건널 수 있도록 있는 힘을 다해 노를 젓는다. 어떤 때는 파도가 배를 너무 높이 들어올리는 바람에 용골이 보일 때도 있다. 그러나 일단 모래톱을 넘으면 배는 파도 속에 완전히 묻혀 버려 지켜보는 사람들은 배가 가라앉아 버렸을지도 모른다는 걱정을 한다. 그러나 잠시 후에 배는 바다 괴물처럼 새로 밀려온 파도를 타고 모습을 드러내며 노는 괴물의 가늘고 기이한 다리처럼 움직인다. 나머지 두 모래톱도 그렇게 건넌다. 그렇게 해서 용골이 해변에 닿으면 어부들은 배에서 내려 파도의 힘을 빌려 배를 최대한 해안 쪽으로 밀어 놓는다. 조금만 판단을 잘못하고 조금만 망설여도 배는 모래톱을 건너지 못하고 파도에 휩쓸려 버린다. 그러면 모든 것이 끝장나는 것이다.

'그렇게 되면 모든 게 끝장나겠지. 나나 모르텐이나 말이야.' 사람들과 함께 낚시를 하고 바다에서 돌아오던 유르겐은 이런 생각을 했다. 유르겐의 양아버지는 아파서 열이 심했다. 첫 번째 모래톱 가까이에 이르자 유르겐은 뱃머리로 뛰어가서 말했다. "내가 볼게요."

유르겐은 먼 바다를 보다가 모르텐의 얼굴을 흘끗 보았다. 모르텐은 유르겐이 신호를 보내면 힘껏 노를 저으려고 다른 사람들처럼 단단히 노를 쥐고 있었다.

그때 커다란 파도가 밀려왔다. 유르겐은 양아버지의 고통에 찬 창백한 얼굴을 보며 신호를 보냈다. 배는 첫 번째 모래톱을 무사히 건넜다. 그러나 나쁜 생각이 유르겐의 마음속에서 떠나질 않고 그의 피를 물들였다. 유르겐은 모르텐을 처음 만났을 때부터 두 사람 사이에 있었던 씁쓸한 일들을 더듬어 보았으나 그런 일들이 별로 많지 않았다. 그래서 모든 걸 잊어버리려고 했지만 모르텐이 자기 인생을 망쳐 버렸다는 생각만은 떨쳐 버릴 수가 없었다. 그것만으로도 모르텐을 미워할 만한 이유가 충분하였다. 몇몇 어부들은 유르겐의 그런 나쁜 마음을 알아차렸으나 모르텐은 전혀 눈치 채지 못했다. 그는 평상시처럼 유르겐에게 친절했고 성가실 정도로 말이 많았다.

유르겐의 양아버지는 시름시름 앓다가 1주일 뒤에 죽었다. 유르겐이 물려받은 모래 언덕의 집은 보잘것없기는 했지만 아직 쓸 만했다. 최소한 아무것도 가지지 않은 모르텐보다는 나았다.

"이젠 배를 타고 나가지 말고 우리랑 함께 이곳에 있도록 해라." 늙은 어부들은 유르겐에게 이렇게 말했다.

그러나 유르겐은 그럴 생각이 조금도 없었다. 세상 구경을 좀 더 하고 싶었던 것이다. 외삼촌인 뱀장어잡이에게는 유틀란트 북부에 사는 백부가 있었다. 어부이며 상인이기도 한 백부는 작은 스쿠너선을 가지고 있었다. 사람들은 그가 마음씨 좋고 정직해서 그의 밑에서 일하는 것이 즐겁다고 했다. 백부가 사는 스카겐은 유르겐이 사는 모래 언덕에서 아주 멀었지만 그렇다고 해서 그곳에 가고 싶은 유르겐의 마음이 누그러들진 않았다. 유르겐은 당장 떠나고 싶었다. 2주일 후면 엘제와 모르텐이 결혼을 하기로 되어 있었기 때문이다.

늙은 어부 한 사람은 유르겐을 말렸다. "이제 집도 생겼는데 왜 떠나려 하는가? 집이 있으니 엘제 마음이 변할지도 모르지 않은가?"

유르겐은 그에 대해 대답하지 않고 그저 알아듣지 못할 말을 중얼거릴 뿐이었다. 그런데 놀랍게도 그날 오후에 그 노인이 엘제와 함께 그를 찾아왔다. 엘제가 뭐라고 몇 마디 했으나 무슨 말인지 이해할 수가 없었다.

"넌 집을 가지고 있어. 중요한 건 그거야."

바다에는 무시무시한 파도가 밀어닥쳐 부서지지만 인간의 마음에는 그보다 훨씬 더 거대한 파도가 이는 때가 있다. 많은 생각들이 유르겐의 마음을 스쳐 갔다. 그 생각들은 바다에 이는 파도처럼 거대한 것도 있었고 작은 것도 있었다. 마침내 유르겐이 엘제에게 물었다. "만일 모르텐이 나처럼 집을 가지고 있다면 누굴 택하겠니?"

"모르텐이 집을 갖게 될 일은 없을 거야."

"하지만 가지고 있다고 상상해 봐!"

"그렇다면 모르텐을 택하겠지. 내가 사랑하는 사람은 그니까. 하지만 사랑만 가지고 살 수는 없잖아."

유르겐은 밤새도록 곰곰이 생각했다. 무언지는 모르지만 유르겐은 사랑보다 더 강하고 엘제에 대한 열망보다 더 강한 어떤 것에 이끌려 다음날 모르텐을 찾아갔다. 유르겐은 할 말을 몇 번이고 신중하게 생각한 다음 모르텐에게 말했다. 자신은 세상을 좀 더 구경하고 싶으니까 집이 필요 없으니 아주 싼 가격의 좋은 조건으로 팔겠다고 말했다. 엘제는 그 말을 듣고 유르겐에게 입을 맞추었다. 물론 그것은 유르겐을 사랑해서가 아니라 모르텐을 사랑했기 때문이었다.

유르겐은 다음날 아침 일찍 떠나기로 결심했다. 그런데 밤이 깊어가자 갑자기 모르텐을 한 번 더 보고 싶은 생각이 들었다. 유르겐은 모르텐을 찾아가는 길에 떠나지 말라고 말렸던 늙은 어부를 만났다. 어부는 유르겐을 보자 이렇게 말했다. "모르텐은 바지 속에 오리너구리를 차고 다님에 틀림없어. 그러니까 여자들이 그를 보면 정신없이 빠져들지."

그 말을 들은 유르겐은 불쾌했다. 유르겐은 노인에게 안녕히 가시라고 인사를 하고는 급히 그 자리를 떠났다. 모르텐의 집 가까이 가자 안에서 커다란 목소리가 들렸다. 모르텐은 혼자가 아니라 엘제와 같이 있었다. 유르겐은 망설였다. 엘제와 마주치고 싶지 않았다. 엘제를 다시 만나고 싶지 않다는 생각이 들수록 모르텐에게 다시 감사하다는 말을 듣는 것도 싫어졌다. 그래서 유르겐은 발길을 돌려 집으로 왔다.

다음날 날이 밝기 전에 유르겐은 짐을 꾸려 해안가를 따라 걸었다. 모래 길보다 그 길이 더 빨랐기 때문이다. 유르겐은 도중에 보브에르 근처에 살고 있는 뱀장어잡이 집에 들르기로 했다.

바람 한 점 불지 않아 바다는 푸르고 잔잔했으며 모래밭에는 어린아이들이 가지고 노는 조개 껍질이 널려 있었다. 발 밑에서 조개 껍질이 깨지는 소리가 유쾌하게 들렸다. 그러다 갑자기 코에서 피가 났다. 그것은 사실 별것은 아니지만 큰일처럼 생각될 때가 있다. 핏방울이 소매로 몇 방울 떨어졌다. 유르겐은 피를 씻어 내고 코피를 멈추게 했다. 피를 쏟고 나자 마음도 한결 가볍고 상쾌해졌다. 그는 해변가에 외롭게 피어 있는 꽃 한 송이를 따서 모자에 꽂았다. 이제 자유롭고 편하게 세상으로 나가리라.

'난 이제 문 밖에 나왔어. 나쁜 뱀장어잡이를 조심해라. 네 껍질을 벗겨서 토막토막 잘라 기름에 튀겨 버릴 테니까.' 유르겐은 뱀장어 얘기를 떠올리며 이렇게 중얼거리다 큰 소리로 웃었다. 그는 세상을 안전하게 헤쳐 나갈 자신이 있었다. 용기라는 훌륭한 무기가 있으니까 말이다.

니숨 협만과 바다를 연결하는 좁은 해협에 이르렀을 때는 이미 해가 높이 떠 있었다. 멀리 뒤쪽에서 말을 타고 달려오는 사람들이 보였다. 그러나 유르겐은 그들에게 흥미가 없었기 때문에 자세히 보지 않았다.

해안에 이르자 한 사공이 여행자들을 배로 건네주고 있었다. 유르겐은 팔을 흔들어 사공을 불렀다. 얼마 후 유르겐이 배를 타고 해협 중간쯤 이르렀을 때 말을 탄 사람들이 땅으로 내려서 배를 향해 주먹을 흔들며 소리쳤다. 유르겐은 그들이 뭘 원하는지 알 수가 없었다. 그들은 "법의 이름으로!"라고 외치고 있었다. 유르겐은 사공에게 뱃머리를 돌리라고 말했다. 그들이 해안에 닿기가 무섭게 말을 탄 사람들이 배 안으로 뛰어들어 유르겐의 두 손을 꽁꽁 묶었다.

"그런 나쁜 짓을 하다니. 네 목숨은 없을 줄 알아라." 그들은 이렇게 소리치며 유르겐을 잡은 것을 자축했다.

유르겐이 살인을 저질렀다는 것이었다. 모르텐이 목에 칼을 맞고 시체로 발견되었는데, 한 어부가 어젯밤 늦게 모르텐을 만나러 가는 유르겐을 보았다고 말했던 것이다. 언젠가 배 위에서 유르겐이 모르텐에게 칼을 들이대며 위협하는 것을 본 어부들은 유르겐이 살인자라고 단정했다. 물론 유르겐을 잡기 위해 그렇게 믿고 있었다. 그런데 막상 유르겐을 잡고 보니 어떻게 처리해야 할지 막막했다. 물론 링쾨빙에 있는 감옥까지 데려가야 하겠지만 그곳까지는 너무 멀었다. 그들은 사공의 배를 빌려 협만을 건넜다. 역풍이 불어 스카에룸 강까지는 30분이 걸렸다. 이제 그곳에서 연못으로 둘러싸인 성이 있는 뇌레 보스보르까지는 가까웠다. 유르겐을 잡아온 사람 중에는 그곳 성을 지키는 간수로 있는 형을 둔 사람이 있었는데, 유르겐이 링쾨빙으로 끌려가기 전에 그 지하 감옥에 가둬 달라고 부탁하겠다고 말했다. 그 지하 감옥은 집시 여자인 키다리 마르그레테가 처형되기 전에 갇혀 있었던 바로 그곳이었다.

유르겐은 자신이 아무 죄가 없다고 주장했으나 그를 끌고 온 사람들은 유르겐의 소매에 묻은 피를 보고 믿으려 하지 않았다. 유르겐은 곧 아무리 설명해 봐야 그들이 믿어 주지 않으리라는 것을 알았다. 그리고 죄가 없었기 때문에 저항하거나 도망가려 하지도 않았다.

마침내 그들은 기사 부게의 성이 있었던 곳에 닿았다. 그곳은 유르겐이 가장 행복했던 어린 시절에 양부모님과 함께 친척의 장례식에 참석하러 갈 때 지났던 곳이었다. 이제 유르겐은 그때 걸었던 똑같은 풀밭을 지나 뇌레 보스보르로 끌려가고 있었다. 말오줌나무와 키 큰 보리수는 그때처럼 향기를 뿜고 있었다. 그때가 바로 어제 일처럼 생생했다.

성으로 들어가는 가파른 계단 아래에는 지하 감옥으로 들어가는 작은 문이 있었다. 키다리 마르그레테가 갇혔던 곳은 바로 그곳이었다. 마르그레테는 인간의 심장을 일곱 개 먹으면 투명 인간이 되어 날아다닐 수 있다고 믿고 다섯 명의 아이의 심장을 먹어 치운 여자였다.

감옥 벽에는 아주 작은 틈새 하나밖에 없어서 보리수나무의 향기가 들어와 습기차고 곰팡내 나는 공기를 맑게 해 주지는 못했다. 가구라곤 나무로 만든 간이 침대 하나뿐이었으나 착한 양심이 부드러운 휴식의 베개가 되었기 때문에 유르겐은 편히 쉴 수 있었다.

떡갈나무로 된 두꺼운 문이 굳게 닫히고 밖에서 빗장이 잠겼다. 미신에서 나오는 두려움은 성과 어부들이 사는 오두막의 열쇠 구멍을 통해 스멀스멀 기어든다. 그러니 지하 감옥의 열쇠 구멍으로 기어드는 것은 말할 것도 없다. 유르겐은 감옥에 앉아 키다리 마르그레테와 그녀가 저지른 끔찍한 죄에 대해 생각했다. 그녀가 처형되기 전에 마지막으로 가지고 있었던 생각들이 지하 감옥 곳곳에 묻어 있으리라. 유르겐은 기사 스반베델이 살았을 당시에 이 성에서 이루어진 마법에 대해 들었던 이야기도 생각났다. 그것은 아주 오래 전의 일이었지만 지금도 그 당시에 있었던 늙은 개가 밤이면 도개교에 서서 노려보고 있는 것을 보았다는 사람들이 있었다. 그런 끔찍한 이야기들이 생각나자 감옥이 더 컴컴하고 무시무시하게 느껴졌다. 유르겐에게 스며드는 한 줄기 유일한 햇살은 꽃이 활짝 핀 말오줌나무와 커다란 보리수들에 대한 추억이었다.

유르겐은 그곳에서 곧 링쾨빙으로 옮겨졌다. 그러나 그곳도 예전의 지하 감옥 못지않게 무시무시했다. 그 당시는 지금과는 달라서 가난한 사람들은 심한 학대를 받았다. 농부들의 농장은 물론이고 마을 전체가 욕심 많은 귀족의 손아귀에 있었다. 영주의 마부와 하인들은 판사 행세를 했는데, 그들은 가난한 사람들이 조금이라도 잘못하면 재산을 몰수하고 채찍질했다. 그것은 왕과 신하들이 계몽 운동에 영향을 받아 세상이 축복된 곳으로 바뀌기 훨씬 이전의 일이었다. 링쾨빙에서는 법이 짜임새 있게 적용되지 않았다. 유르겐에게는 그것이 잘된 일이었다. 법의 시행이 늦어질수록 처형이 늦어지기 때문이었다.

유르겐은 살을 에는 듯이 추운 감옥에 앉아 모든 것이 언제 끝날 것인지를 생각했다. 죄도 없이 치욕과 비참함 속에 내던져진 유르겐은 자신의 운명에 대해 생각했다. 왜 유르겐에게 이런 일이 생겼을까? 이 모든 것은 그가 죽은 뒤의 세상에서 밝혀지게 되리라. 그가 모래 언덕의 가난한 오두막에 살 때 가졌던 죽음 뒤의 영원한 삶에 대한 믿음이 이제는 확신으로 다가왔다. 스페인의 따뜻한 햇살 속에서 그의 아버지가 믿었던 신앙이 추운 어둠 속에 있는 아들에게 위안과 희망의 빛이 된 것이다. 그것은 결코 인간을 낙담케 하는 법이 없는 하느님의 은총이었다.

봄과 함께 폭풍우가 불어왔다. 바람이 잠잠해질 때면 서해안에서 밀려드는 파도 소리가 먼 내륙까지 들렸다. 모래 언덕을 철썩철썩 때리는 거대한 파도 소리는 마치 무거운 짐을 실은 마차들이 자갈길을 달리는 소리 같았다. 유르겐도 감옥에서 그 소리를 들었다. 그 소리를 듣자 유르겐은 마음이 상쾌해졌다. 어떤 노래도 끝없는 바다의 그 노래보다 유르겐을 감동시키지 못했다. 우리를 세상 어디에나 데려다 주고, 어디를 가나 달팽이처럼 자기 집이 있고, 이국의 땅에서는 배가 고국이 되는 자유로이 굽이치는 바다!

유르겐은 멀리서 들려 오는 천둥소리와 같은 바다의 소리에 귀를 기울이며 추억에 잠겨 들었다.

"자유여! 자유여! 옷이 해지고 신발에 구멍이 뚫렸다 한들 그게 무슨 상관이랴. 자유보다 더 귀한 것은 없으리라!"

유르겐은 가끔 절망과 분노에 싸여 주먹으로 벽을 치곤 했다.

그렇게 1년이 지난 어느 날, 닐스 디프라고 하는 악당이 감옥에 들어옴으로써 그날 모르텐이 살해된 날 저녁의 일이 밝혀지게 되었다.

링쾨빙 협만의 북쪽에서 불법으로 주막을 운영하는 가난한 어부가 있었다. 그 어부는 돈을 주면 누구에게나 술을 대접하곤 했다. 유르겐이 고향을 떠나기 하루 전날 오후, 모르텐은 닐스 디프를 만났다. 몇 잔의 술이 오가자, 모르텐은 취하지도 않았는데 이것저것 말을 늘어놓았다. 자기는 결혼을 하게 되었으며 곧 농장을 살 것이라고 자랑했다. 닐스가 그 많은 돈을 어디서 구했느냐고 묻자 모르텐은 어리석게도 자기 주머니를 토닥거리며 허풍을 떨었다. "그거야 다 여기에 있지. 있어야 할 곳에 말이야."

모르텐이 주막을 나서자 닐스는 몰래 뒤를 따라가서 모르텐의 목을 칼로 찔렀다. 있지도 않은 돈을 훔치려고 말이다. 모르텐은 허풍 때문에 목숨을 잃은 것이다.

그날 밤 일어난 일들이 어떻게 해서 모두 밝혀지게 되었는지는 중요하지 않다. 중요한 것은 유르겐이 풀려났다는 사실이다. 하지만 추운 감옥에서 친구들과 단절된 채 고통스럽게 보낸 오랜 세월을 무엇으로 보상받을 것인가? 사람들은 무죄로 풀려나 가고 싶은 곳으로 갈 수 있게 된 것을 다행으로 생각하라고 위로했다. 시장은 여행비로 10마르크를 주었으며, 좋은 음식과 술을 대접하며 위로해 주는 친절한 사람도 있었다. 모든 사람들이 다 "껍질을 벗기고 토막내서 프라이팬에 튀기는 것"은 아니니까. 그러나 유르겐의 진짜 행운은 1년 전에 만나려고 했던 스카겐의 상인 브뢰네가 링쾨빙에 와 있다는 것이었다. 브뢰네도 이 모든 일을 들어서 알고 있었다. 그는 유르겐이 겪은 일을 따뜻한 가슴으로 공감했다. 그래서 유르겐에게 좋은 일을 해 주고 싶었다. 이 세상 사람들이 다 나쁜 것만은 아니며 친절하고 좋은 사람도 있다는 것을 보여주고 싶었던 것이다.

감옥에서 나온 유르겐은 곧바로 거룩한 자유와 사랑과 우정 속에 파묻히게 되었다. 이제는 쓰라림만이 가득 찬 잔을 유르겐에게 건네주는 사람이 없는데 하느님이라고 그럴 수 있겠는가? 선량한 사람에게?

유르겐을 만나자 상인 브뢰네가 말했다. "이제 모두 잊어버리게나. 지난 일은 모두 털어 버리자구. 이틀 후면 평화로운 스카겐으로 떠난다네. 사람들은 그곳을 한적한 곳이라고 하지만 편안하고 아늑한 곳이지. 저 넓은 세상을 향해 창문이 활짝 열려 있는 곳 말이야."

아, 여행이라니! 다시 신선한 세상의 공기를 마실 수 있게 되다니! 유르겐은 침침하고 축축한 감옥에서 따뜻한 햇빛 속으로 나오게 된 것이다. 벌판에는 히스 꽃이 활짝 피어 있었고 양치기 소년이 바이킹 족의 무덤 위에 앉아 양 뼈로 만든 피리를 불고 있었다. 날씨가 매우 따뜻하여 신기루가 보였다. 숲과 정원이 눈앞에 어른거리더니 가까이 다가가자 사라져 버렸다. 유르겐은 어릴 때 보았던 이상한 연기 기둥도 보았다. '양 떼를 모는 화염의 신'이라고 불렀던 바로 그 연기 기둥이었다.

그들은 유틀란트 한가운데를 가로지르는 거대한 협만을 향했다. 협만을 건너자 긴 수염을 기른 롬바르드 족이 살았다는 땅이 나왔다. 스니오 왕 시절에 기근이 심해서 먹을 것이 부족하자 왕이 아이들과 노인들을 죽이려 했다. 그러자 그 땅을 다스리던 총명한 감바룩 부인은 젊은이들을 잘 살 수 있는 남쪽으로 이주시키자고 했다고 한다.

유르겐은 롬바르드 족이 정복한 롬바르디아라고 하는 곳에 가 본 적은 없지만 그곳이 어떻게 생겼을지 상상이 갔다. 그렇다. 유르겐은 어렸을 때 스페인에 간 적이 있었던 것이다. 그때 시장에서 팔던 꽃, 과일들, 교회 종소리, 거대한 도시가 내는 왁자지껄한 소음이 생각났다. 도시는 마치 벌집 같았다. 하지만 그 중에서도 가장 아름다운 곳은 고향인 덴마크였다.

드디어 그들은 벤딜스카가에 도착했다. 벤딜스카가는 노르웨이와 아이슬란드의 전설에서 스카겐을 일컫는 말이었다. 모래 언덕과 경작지가 그레넨 곶에 세워진 등대가 있는 반도까지 펼쳐져 있었다.

바람이 흰 모래를 희롱하는 모래 언덕 사이에는 집과 농장들이 보였고, 갈매기와 제비 갈매기, 야생 백조가 요란하게 울어댔다. 스카겐은 그레넨에서 8km 남쪽에 있었는데, 바로 그곳에 브뢰네의 집이 있었다. 그리고 그 집은 유르겐이 살게 될 집이기도 했다. 담에는 타르 칠이 되어 있었고 별채들의 지붕은 배를 거꾸로 엎어서 만든 것이었다. 돼지우리는 난파선 잔해들로 지어져 있었으며 울타리는 없었다. 보호할 것이 없었기 때문이다. 생선들은 바람에 말리느라 장대에 매달려 있었고, 해변은 썩은 고기들로 뒤덮여 있었다. 물 속에 그물을 넣기만 하면 청어가 한 무더기씩 잡혀 올라왔기 때문에 생선들을 해변가에 썩게 내버려 둔 것이다.

상인의 부인과 딸과 집안의 하인들이 나와서 유르겐을 맞이하였다. 그들은 악수를 하며 부둥켜안고 소리를 질렀다. 딸은 아주 예쁜 얼굴과 다정한 눈을 가지고 있었다.

집은 아늑하고 넓었다. 곧 식탁이 차려지고 임금님이 먹는 가자미도 나왔다. 그리고 포도를 으깨지 않고 병이나 통에 담아 만든 스카겐산 포도주도 나왔다.

유르겐이 누명을 쓰고 오랫동안 고생을 했다는 이야기를 듣자 상인의 부인과 딸은 따뜻한 눈길로 유르겐을 바라보았다. 특히 브뢰네의 딸인 아름다운 클라라의 눈은 동정으로 가득 차 있었다. 유르겐은 그곳 스카겐에서 마음의 상처를 씻을 수 있었다. 그동안 겪었던 많은 마음의 상처와 쓰라린 사랑의 좌절감까지도 잊어버릴 수 있었다. 유르겐의 심장은 아직 따뜻했으며 젊었다. 그러니까 클라라가 3주 후에 크리스티안산에 있는 이모 집으로 가서 겨울을 보내기로 한 것은 잘된 일이었다. 그것은 오래 전에 결정된 일이었다.

클라라가 집을 떠나기 전에 식구들은 모두 교회에 가서 성찬식에 참예했다. 스코틀랜드 사람들과 네덜란드 사람들이 수백 년 전에 지었다는 그 교회는 아주 웅장했다. 마을에서 멀리 떨어진 곳에 있는 그 교회는 비바람에 씻겨 황폐해 있었다. 교회로 가는 길은 모래밭이어서 걷기 힘들었지만 사람들은 하느님의 집에 가서 찬송가를 부르고 설교를 듣기 위해 그런 고통쯤은 기꺼이 감수했다. 모래는 교회 묘지를 둘러싸고 있는 담 꼭대기까지 올라가 있었으나 무덤에는 모래가 없었다.

교회는 유틀란트 북부 지방에서 제일 컸다. 머리에 황금 관을 쓰고 아기 예수를 안고 있는 성모 마리아가 마치 살아 있는 것처럼 제단에서 아래를 내려다보고 있었다. 성가대석에는 성스러운 사도들이 조각되어 있었고, 벽에는 스카겐의 옛 시장들과 시의회 의원들의 초상화가 걸려 있었다. 설교단도 조각으로 만든 것이었다. 창문을 통해 들어온 햇살이 천장에 걸려 있는 샹들리에를 비추었다. 회중석에는 다른 덴마크 교회와 마찬가지로 배 모형이 걸려 있었다.

어린애와 같은 순수한 믿음이 유르겐의 가슴을 가득 메웠다. 어렸을 때 스페인의 성당 앞에 서 있을 때와 같은 기분이었다. 하지만 이제 유르겐은 그때와는 달리 신도의 한 사람으로서 교회에 와 있었다.

예배가 끝나자 성찬식이 시작되었다. 유르겐은 빵과 포도주를 받았을 때에야 자신이 클라라 옆에 무릎을 꿇고 앉아 있다는 것을 깨달았다. 마음속이 하느님으로 가득 차 있고 성스런 의식에 열중하느라 옆에 클라라가 있다는 것을 미처 깨닫지 못했던 것이다. 클라라의 뺨 위로 한 줄기 눈물이 흘러 내렸다. 그리고 이틀 후에 클라라는 노르웨이로 떠났다.

유르겐은 농사일과 고기 잡는 일을 열심히 도왔다. 그 당시에는 지금과는 달리 고기가 많이 잡혔다. 컴컴한 밤이 되면 고등어 떼가 반짝거리며 모습을 드러냈으며 성대(물고기)들은 잡히면 가만있지 않고 으르렁거렸다. 물고기들은 사람들이 생각하는 것처럼 벙어리가 아니기 때문이다. 물고기들은 유르겐에게 많은 얘기를 하는 것 같았다. 유르겐은 그 이야기를 비밀로 했지만 언젠가는 하게 되리라.

유르겐은 일요일마다 교회에 갔으며 성모 마리아 상에 매혹되어 말없이 쳐다보곤 하였다. 그러나 그의 시선은 클라라가 앉아 있던 자리에도 머물곤 했다. 그는 자기에게 따뜻하고 친절하게 대해 준 클라라를 잊지 못했다.

가을이 되자 비가 내리고 진눈깨비가 날렸다. 여기저기에 모래 사이로 스며들지 못한 물이 괴어서 배를 타고 다녀야 할 지경이었다 폭풍우가 밀려오자 많은 배들이 모래톱에 걸려 난파되었다. 눈보라와 모래 폭풍도 휘몰아쳤다. 어떤 때는 오두막들이 모래에 묻히다시피 하여 굴뚝을 통해 밖으로 나와야 할 경우도 있었다. 그 지역에서는 흔히 있는 일이었다.

상인의 집은 따뜻하고 아늑했다. 상인의 집 난로에서는 해변가에서 긁어 온 나무, 그리고 히스와 토탄이 늘 타올랐다. 저녁이면 브뢰네는 큰 소리로 고전을 읽었는데, 그 중에는 덴마크의 햄릿 왕자에 대한 것도 있었다. 영국에서 이곳 보브에르로 온 햄릿은 전투에 참가한 후 상인의 집에서 16km 떨어진 람메에 묻혔는데 그곳은 바이킹 족 무덤이 많았다. 상인은 햄릿의 무덤에 가 본 적이 있었다.

유르겐은 상인과 함께 영국 사람과 스코틀랜드 사람들에 대해 이야기하기를 좋아했다. 그리고 가끔 '영국 왕의 아들'이라는 노래를 부르곤 했다. '왕의 아들은 눈부시게 아름다운 처녀를 껴안았다네'라는 대목에 이르면 유르겐의 목소리는 더 달콤하고 부드러워졌으며 그의 깊은 눈은 더욱 빛났다.

상인과 유르겐은 함께 노래를 부르기도 하고 책도 읽었다. 그곳에서는 모든 것
이 풍요로웠다. 가축들까지도 편안하고 행복하게 지냈다. 찬장에서는 잘 닦인 주
석 접시가 번쩍거렸고, 천장에는 겨울에 먹을 양식으로 햄과 소시지가 풍성하게
매달려 있었다. 운이 좋으면 지금도 서해안에 있는 그런 농가를 발견할 수 있다.
식품 저장실은 음식으로 가득 차 있고 방은 내 집처럼 아늑하다. 그들은 재치 있
고 유머 감각이 있으며 텐트 속에서 손님을 맞는 아랍인들처럼 대접이 극진했다.

유르겐은 어렸을 때 장례식에 가서 지낸 나흘 말고는 한 번도 이렇게 즐겁게 지
내 본 적이 없었다. 그리고 클라라와 멀리 떨어져 있기는 했지만 그의 마음속에는
언제나 클라라가 머물러 있었다.

4월에 노르웨이로 떠나는 배가 있었는데, 유르겐은 그 배를 탈 예정이었다.
이제 유르겐은 건강하고 기운이 넘쳤다. 브뢰네의 부인은 유르겐을 보며 보기 좋
다고 말했다.

그러자 상인이 말했다. "당신도 보기 좋소. 유르겐이 긴 겨울 동안 당신의 저
녁을 더 즐겁고 활기 있게 해 주었지. 당신은 두 해 겨울을 시간 가는 줄 모르고
행복하게 지내더니 더 젊고 아름다워졌소. 결혼할 당시에 당신은 비보르그에서
제일 아름다운 아가씨였지. 그도 그럴 것이 난 항상 세상에서 제일 아름다운 처
녀를 찾아다녔으니까."

유르겐은 아무 말도 하지 않았다. 그가 끼어들 자리가 아니었기 때문이다. 그
러나 그는 스카겐의 한 처녀를 생각하고 있었다.

드디어 유르겐은 배를 타고 그 처녀에게 갔다. 배는 순풍을 타고 무사히 크리
스티안산에 도착했다. 반나절만에 도착한 것이다.


어느 날 아침, 상인 브뢰네는 스카겐에서 멀리 떨어진 등대로 나갔다. 숯불은
꺼진 지 오래였다. 브뢰네가 등대 탑 위로 올라갔을 때는 해가 이미 높이 솟아 있
었다. 그곳에서 바라보니 좁은 반도가 바다 속 모래톱처럼 펼쳐져 있었고 모래톱
이 끝나는 곳에 몇 척의 배가 보였다. 브뢰네는 쌍안경을 쓰고 배들을 보았다. 그
의 배인 '카렌 브뢰네'도 보였다.

그 배에는 지금 클라라와 유르겐이 타고 있었다. 등대와 스카겐 교회 탑이 푸

른 바다 위에 떠 있는 왜가리와 백조처럼 보였다. 클라라는 난간 옆에 서 있었다. 제일 높은 모래 언덕이 눈에 들어오고 그 너머로 지평선이 보였다. 바람이 계속 같은 방향으로 불면 한 시간이면 집에 도착할 수 있었다. 그들 곁에는 기쁨이 아주 가까이 있었으며 그와 동시에 죽음과 공포도 아주 가까이 있었다.

그때 배의 널빤지 하나가 부서지면서 순식간에 바닷물이 쏟아져 들어왔다. 선원들은 수단과 방법을 가리지 않고 물을 퍼내고 구멍을 막으며 돛을 올리고 조난 신호 깃발을 올렸다. 배는 아직 해안에서 8km 되는 곳에 있었으며 주위에 어선들이 있었지만 거리가 너무 멀었다. 바람이 육지 쪽으로 불고 파도도 순조로웠지만 그것으로는 충분하지 않았다. 이윽고 배가 가라앉기 시작했다. 유르겐은 오른팔로 클라라를 감싸안고 들어올렸다. 클라라는 그런 그의 얼굴을 바라보았다. 그러나 유르겐이 하느님의 이름을 부르며 그녀를 안고 바다로 뛰어들자 비명을 질렀다.

'영국 왕의 아들이 눈부시게 아름다운 처녀를 껴안은' 것처럼 위험하고 두려운 순간에 유르겐은 클라라를 껴안은 것이다. 다행스럽게도 유르겐은 수영을 아주 잘했다. 그는 한 팔로 물을 젓고 다른 한 팔로 클라라를 안은 채 힘껏 헤엄쳤다. 유르겐은 손발을 부지런히 움직이며 숨을 쉬려고 잠시 물 위로 떠올랐다. 그때 클라라가 가는 신음을 토해 냈으며 경련을 일으켰다. 유르겐은 클라라를 더욱 꼭 껴안았다. 연달아 밀려오는 파도에 그들은 이리저리 휩쓸렸다. 바다 속은 아주 맑고 깊었다. 한순간 저 밑으로 지나가는 고등어 떼가 보이는 것 같았다. 아니, 어쩌면 그들을 삼켜 버릴 바다 괴물인지도 몰랐다. 구름이 물 위에 거대한 그림자를 던지고 지나가자 햇살이 부서져 파도가 눈부시게 반짝였다. 갈매기들이 머리 위로 날아가고 야생 오리 떼가 한가하게 물 위를 떠다녔다. 유르겐은 점점 힘이 빠졌다. 육지까지는 아직도 백여 미터나 되었다. 그러나 도움의 손길이 바로 옆에 있었다. 배 한 척이 그들에게 다가오고 있었던 것이다. 바로 그 순간 유르겐은 물속에서 자신을 바라보고 있는 흰 물체를 보았다. 다시 파도가 일어 유르겐의 몸이 물 위로 치솟았고 유령과 같은 물체가 점점 더 다가왔다. 뭔가에 부딪힌 듯한 느낌이 드는 순간 사방이 캄캄해졌다.

물결이 넘실대는 육지 가까이에 있는 모래톱에 난파선 한 척이 누워 있었다. 유르겐이 본 것은 조각상이었다. 그것은 나무로 만든 여자의 상으로 닻에 기대어 있었다. 유르겐은 파도에 휩쓸려 물 밖으로 나와 있던 날카로운 닻 끝에 머리를 부딪히고 의식을 잃은 것이다. 클라라를 안은 유르겐이 물 밑으로 가라앉기 시작했을 때 다시 파도가 그들을 휩쓸었다. 어부들은 그들을 발견하고 배로 끌어올렸다. 유르겐의 얼굴에서는 피가 흘러 죽은 것 같았다. 하지만 유르겐이 클라라를 꼭 안고 있어서 어부들은 클라라를 떼어 내느라 애를 먹었다. 클라라는 창백한 얼굴로 의식을 잃고 배 바닥에 누워 있었다.

어부들은 클라라를 살리려고 온갖 수단을 다 썼지만 이미 숨이 끊어져 있었다. 유르겐은 클라라가 죽은 줄도 모르고 클라라를 살리려고 멀리까지 헤엄쳐 온 것이다.

유르겐은 아직 숨을 쉬고 있었다. 어부들은 유르겐을 그곳에서 가장 가까운 집으로 옮겼다. 부상당한 사람이 있을 때면 언제나 불려 다니는 마을의 대장장이가 유르겐에게 붕대를 감아 주었다. 의사는 그 다음날에야 이어링에서 도착했다.

유르겐은 머리를 다친 것 같았다. 그는 헛소리를 하며 사납게 소리를 질렀다. 그러나 사흘째가 되자 힘들게 숨을 쉬며 조용히 누워 있었다. 이제 유르겐의 생명은 한 가닥 실오라기에 매달려 있었다. 의사는 그 실이 끊어지는 것이 유르겐에게는 최상의 방법이라고 말했다.

"유르겐의 생명을 거두어 가시라고 하느님께 기도합시다. 유르겐은 다시는 온전한 사람이 되지 못할 겁니다."

그러나 생명은 악착같이 유르겐에게 붙어 있었다. 유르겐의 정신과 기억은 유르겐을 떠났지만 실은 끊어지지 않았다. 그것은 참으로 끔찍한 일이었다. 남은 것은 다시 회복하여 힘을 얻게 될 육신뿐이었다.

유르겐은 상인 브뢰네의 집으로 옮겨졌다.

"클라라를 구하려다 이렇게 된 것이니 유르겐은 이제 우리 아들이오." 브뢰네는 이렇게 말했다.

사람들은 유르겐을 '백치'나 '바보'라고 불렀다. 그러나 그것은 적절한 표현이 아니었다. 유르겐은 차라리 줄이 느슨해져 더 이상 울리지 못하는 바이올린 같았다. 짧은 순간 줄이 팽팽해져 단조로운 선율이 희미하게 울릴 때가 있었지만 그것은 잠깐이었고 유르겐은 금방 멍한 눈으로 허공을 응시하곤 했다. 그의 검은 눈은 빛을 잃어 뿌옇고 검은 유리를 통해 보는 것 같았다.

"불쌍한 바보 유르겐!" 사람들은 이렇게 말했다.

이것이 바로 풍요롭고 편안하며 더 이상 바랄 것이 없는 영광된 삶을 살았을 수도 있었을 유르겐의 모습이었다. 그렇다면 유르겐의 재능과 총명함은 모두 사라져 버린 것일까? 유르겐에게는 이제 쓰라리고 고통스런 날들과 실망만이 주어졌다. 그는 모래 속에서 꽃을 피우지 못하고 썩어 가는 꽃 뿌리였다. 한때 그의 운명이었던 스페인의 풍요로운 땅에서 모래 언덕으로 휩쓸려 갔듯이 삶이 망가져 버린 것이다. 하느님의 형상을 본떠 만든 인간이 그토록 가치가 없는 것일까? 삶이란 한순간의 우연한 장난에 지나지 않는 것일까? 그렇지는 않을 것이다. 사랑에 가득 찬 하느님은 다음 생애에서 그가 받은 고통을 보상해 주실 것이다. "하느님은 모든 이에게 선하시며 그의 행사에 자비로우시다." 브뢰네의 부인은 진정한 신앙심을 가지고 시편에 나오는 이 구절을 종종 중얼거리곤 했다. 그녀는 하느님의 자비로운 선물인 영생을 얻을 수 있도록 유르겐이 하느님에게 가게 해 달라고 기도했다.

클라라는 모래가 씻겨 나간 교회 마당에 묻혔다. 그러나 유르겐은 그것을 모르는 것 같았다. 가끔 유르겐의 머릿속으로 스쳐 지나가는 배 잔해 속에는 클라라가 들어 있지 않았기 때문이다. 유르겐은 일요일마다 가족을 따라 교회로 갔지만 그저 멍하니 앉아서 허공만 바라볼 뿐이었다. 그러던 어느 날 성가대가 합창을 하는데 유르겐이 한숨을 토해 냈다. 유르겐의 눈은 제단에 머물러 있었다. 바로 1년 전에 클라라와 나란히 무릎을 꿇고 앉아 있었던 자리를 말이다. 한순간 유르겐의 눈이 빛나더니 클라라의 이름을 큰 소리로 불렀다. 창백한 그의 두 뺨을 타고 눈물이 흘렀다.

유르겐은 사람들에게 이끌려 교회 밖으로 나왔다. 그러나 유르겐은 무슨 일이 있었는지 전혀 기억하지 못하는 것 같았다. 그는 평소처럼 아무렇지도 않게 뭐라고 중얼거릴 뿐이었다. 유르겐은 하느님의 시험을 받았던 것이다. 하느님은 사랑의 창조주이시다. 그걸 의심할 자 누가 있는가? 우리는 모두 그것을 알고 있으며 성경에서도 그렇게 말하고 있다. "하느님은 모든 행사에 자비로우시다."

스페인에서는 오렌지와 월계수 나무 사이로 불어온 따뜻한 바람이 황금빛으로 된 둥근 지붕을 어루만졌으며 캐스터네츠와 노랫소리가 울려 퍼졌다. 그 둥근 지붕이 있는 대저택에 그 마을에서 제일 부자인 늙은 상인이 앉아 있었다. 거리에서는 아이들이 등불과 깃발을 들고 행진하는 모습이 보였다. 딸과 외손주만 찾을 수 있다면 무엇인들 아까울까? 외손주는 낙원의 빛은커녕 한 번도 세상의 빛을 보지 못했을지도 모른다. 가엾은 아이!

그렇다. 유르겐은 이제 서른 살이 넘었지만 스카겐을 방황하는 불쌍한 아이였다.

많은 시간이 흘렀지만 유르겐은 계절이 바뀌거나 해가 바뀌는 것도 몰랐다. 브뢰네 상인과 그의 부인은 죽어서 스카겐 교회 무덤에 누워 있었다. 모래가 담을 넘어 이제는 교회 묘지도 모래로 덮였다. 모래가 없는 곳은 교회로 나 있는 길뿐이었다.

폭풍의 계절인 이른 봄이었다. 거대한 파도가 해안으로 밀려와 철썩철썩 부딪히고 모래가 모래 언덕에서 먼 내륙까지 바람에 실려 왔다. 새들은 폭풍이 이는 바다 위로 소리를 지르며 무리 지어 날아갔다. 스카겐에서 유르겐이 어린 시절에 놀던 허스비 모래 언덕에 이르는 곳에 배들이 좌초되었다는 소식이 들렸다.

어느 날 오후, 유르겐이 혼자 방에 앉아 있는데 갑자기 한 줄기 빛이 컴컴한 마음속을 뚫고 지나가는 것 같았다. 유르겐은 어린 시절 마음이 들떠서 오랫동안 모래 언덕과 황야를 걸을 때와 같은 기분이 들었다.

"고향! 고향이야!" 유르겐은 이렇게 중얼거리며 집을 나섰다. 그가 집을 나서는 것을 본 사람은 아무도 없었다. 바람에 모래와 작은 자갈이 날려 얼굴을 때렸다. 유르겐은 교회로 나 있는 길로 들어섰다. 모래는 교회 담까지 높이 불어닥쳐 창문 아래까지 쌓였으나 교회로 가는 길은 전날 치워서 깨끗했다. 교회 문은 잠겨 있지 않았다. 유르겐은 교회로 들어가 문을 닫았다.

폭풍우가 온 스카겐을 뒤흔들었다. 이제까지 폭풍우 중에서 제일 심한 것이었다. 그러나 유르겐은 하느님의 집에 있었다. 바깥 세상에 어둠이 밀려들 때 그의 영혼에는 빛이 스며들었다. 머릿속에 들어 있는 것 같던 육중한 돌이 깨지고 오르간 소리가 울려 퍼지는 것 같았다. 그러나 그것은 밀려드는 파도와 폭풍우 소리였다. 유르겐은 의자에 앉았다. 교회 안의 촛불은 모두 켜져 있었다. 아니, 보통 때보다 더 많은 촛불이 켜져 있었다. 스페인 성당에서 보았던 것처럼 촛불들이 아주 많았다.

벽에 걸린 시의회 의원들과 시장들의 그림들이 살아났다. 그들은 그림 속에서 나와 성가대석에 앉았다. 교회 문이 열리더니 좋은 옷을 차려입은 죽은 사람들이 모두 들어오고 아름다운 음악이 울려 퍼졌다. 죽은 사람 중에는 허스비 모래 언덕에서 온 유르겐의 양부모도 보였다. 그들은 교회 안에 있는 의자에 앉았다. 브뢰네 상인 부부와 그의 딸도 들어와 유르겐의 옆에 앉았다. 클라라는 유르겐의 손을 잡았다. 그들은 나란히 제단으로 걸어가서 수년 전에 함께 앉았던 자리에 무릎을 꿇고 앉았다. 목사님이 그들의 손을 포개 놓고 사랑으로 결합해 주었다. 그때 트럼펫 소리가 울려 퍼졌다. 그 소리는 기쁨과 동경에 찬 아이들의 목소리 같았다. 거대한 오르간을 연주하듯이 음악 소리가 점점 더 커졌다. 그 소리는 듣기는 좋지만 너무 크고 웅장해서 무덤의 묘비가 깨져 나갈 정도였다.

성가대석 위에 걸려 있던 배가 두 사람 앞으로 떠내려왔다. 그 배는 점점 더 커지더니 옛 노래에 나오는 영국 왕의 아들이 탔던 배가 되었다. 비단 돛, 은으로 된 활대와 돛대, 순금으로 된 닻, 비단 실로 꼰 밧줄 등 모든 것이 옛 노래 그대로였다. 이제 신랑과 신부가 된 유르겐과 클라라는 갑판으로 올라갔다. 교회 사람들도 모두 그 뒤를 따랐다. 배는 그들이 모두 탈 만큼 아주 컸다. 교회의 담에서 말오줌나무 같은 꽃이 피고 대기가 보리수 향기로 충만했다. 배는 둥실둥실 떠서 영원의 세계로 항해를 시작했다. 교회의 촛불들은 하늘에 떠 있는 별이 되었고 바람은 오래된 찬송가를 불렀다.

"어떤 생명도 영원히 방황하진 않으리."

이것은 유르겐이 이 세상에서 한 마지막 말이 되었다. 그의 영혼을 붙들고 있던 실이 마침내 끊어진 것이다. 어두운 교회 안에 한 시체가 누워 있었다. 밖에서는 여전히 폭풍우가 휘몰아쳤다.

일요일인 다음날 아침, 폭풍우는 멎었다. 목사와 교인들은 힘들게 길을 헤치고 예배를 보러 교회로 왔다. 그런데 교회가 모래 속에 깊이 묻혀 있어서 교회 문이 보이지 않았다. 목사는 짧게 기도를 하고 하느님이 그의 집 문을 닫으셨으니 다른 곳에 새 교회를 지어야 한다고 말했다. 그러자 교인들은 찬송가를 부르고 집으로 돌아갔다.

사람들은 유르겐을 찾아 모래 언덕이며 마을을 샅샅이 뒤졌다. 그러나 아무리 찾아도 보이지 않자 폭풍우가 몰아칠 때 해변에 나갔다가 파도에 휩쓸려 간 것이라고 생각했다.

하지만 유르겐은 아직도 교회에 누워 있다. 그의 관인 교회에 말이다. 하느님은 폭풍우로 그의 관 위에 흙을 덮고 모래로 묻어 준 것이다. 그 관은 아직도 그곳에 있다. 교회의 거대한 둥근 천장은 완전히 모래 속에 묻히고 교회 탑만이 커다란 묘비처럼 솟아 있다. 교회 탑은 멀리서도 보인다. 그곳을 찾는 사람들은 그곳에 피는 들장미를 딴다. 어떤 왕도 그보다 더 화려한 무덤을 갖지는 못했다. 죽은 이의 평화를 방해하는 자는 아무도 없다. 지금까지 유르겐이 그곳에 묻혀 있다는 것을 아는 사람은 아무도 없다. 이 이야기는 모래 언덕을 휘몰아치는 폭풍우가 내게 들려준 것이다.

# 101
## 인형극 조종꾼

어느 증기선 갑판 위에서 나이 지긋한 한 남자를 만난 적이 있다. 그는 매우 유쾌한 표정을 짓고 있었는데, 그 표정이 마음속에서 진정으로 우러나온 것이었다면 그는 태어날 때부터 세상에서 제일 행복한 사람임에 분명했다. 그는 실제로도 그렇게 생각하고 있었다. 그는 덴마크 사람으로 유랑 극단을 가지고 있었는데, 단원들을 커다란 상자에 넣어 가지고 함께 여행 중이었다. 그는 바로 인형극 조종꾼이었던 것이다.

천성적인 그의 쾌활한 성격은 공과대학 학생에게 단련되었는데, 그는 그 실험을 매우 행복하게 생각했다. 처음에 내가 그의 말을 잘 이해하지 못하자 그는 이제까지의 이야기를 설명해 주었다. 이제 그 이야기를 들어보자.

슬라겔세란 작은 도시의 우체국 강당에서 공연을 한 적이 있었어요. 관객들이 아주 많았지요. 상당한 지위에 있는 두 부인을 제외하면 대부분은 청소년들이었어요. 한참 공연을 하고 있는데 갑자기 학생처럼 보이는 검은 옷을 입은 사람이 들어와 앉더군요. 그는 우스운 대목이 나오면 크게 소리내어 웃고 아주 적절한 시기에 박수를 보냈어요. 보기 드문 관객이었지요. 그가 누굴까 궁금했어요. 사람들 말에 의하면 그는 코펜하겐에 있는 공과대학 학생인데, 그 지방에 강의를 하러 온 것이지요. 공연은 8시 정각에 끝났어요. 아이들은 일찍 자야 하고, 관객들도 돌아가 편안히 쉬어야 하니까요.

그 강사는 9시에 강의와 실험을 시작했어요. 나는 그가 강의하는 것을 들었는데 보기에나 듣기에나 참으로 훌륭한 강의였어요. 대부분이 이해하기가 어려웠지만 이런 생각이 들었어요. 우리 인간들이 저런 발명을 해낼 수 있다면 우리에게 예정되어 있는 인생의 길이는 지금보다 훨씬 더 길 거라고 말예요. 그가 한 실험은 그야말로 작은 기적들이었어요. 그의 입에서는 흐르는 물처럼 막힘 없이 설명이 줄줄 나왔지요. 모세와 예언자들이 살던 시대였다면 그 강사는 현자에 속했을 거고, 중세였다면 화형을 당했을 거예요.

나는 밤새도록 잠을 이룰 수가 없었어요. 그런데 그 다음날 저녁 공연 때 그 강사가 나타나자 힘이 절로 났어요.

예전에 한 배우에 관한 얘기를 들은 적이 있어요. 그 배우는 연인 역할을 할 때면 늘 관객 중의 특정한 한 여자를 생각한다고 하더군요. 그 배우는 다른 관객은 잊어버리고 오직 그 여자 관객만을 위해 연기한다고 했어요. 그 강사는 나에게 있어서 바로 그 여자 관객이었습니다. 나는 그 강사만을 위해서 공연했지요.

공연이 끝나고 인형들을 커튼 뒤로 거둬들였을 때 그 강사가 포도주나 한 잔 하자면서 자기 방으로 날 초대했어요. 그는 내 희극에 대해 얘기했고, 나는 그의 학문에 대해 얘기했지요. 함께 대화를 나누는 것이 매우 유쾌했어요. 하지만 대화에서 내가 이겼지요. 그는 자신이 하는 실험에 대해 설명하지 못하는 것이 많았거든요. 예를 들면, 철 조각을 돌에 문지르면 왜 자석이 될까요? 자석의 불꽃은 어떻게 해서 생기는 것일까요? 그것은 인간이 이 세상에 태어나는 것과도 같지요. 이 지구에 대고 전기 불꽃이 일어날 때까지 문지르면 거기에서 나폴레옹이나 루터 같은 사람이나 그 밖의 다른 사람들이 생겨나지요.

"이 세계는 모두 기적들로 이루어져 있지요. 하지만 우리는 그런 기적에 너무 익숙해져 있어 그 기적들을 일상적인 것들이라 부르지요." 강사가 말했어요. 그리고서 계속해서 설명을 했지요. 나는 골이 빠개질 것 같았어요. 나는 나이가 조금만 더 젊어도 공과대학에 가고 싶다고 말했지요. 세상의 밝은 면을 볼 수 있도록 말이에요. 물론 나는 이 세상에서 가장 행복한 사람이긴 하지만 말예요.

"당신이 이 세상에서 가장 행복한 사람 중의 하나라구요?" 강사가 밝은 표정으로 물었어요.

"그럼요. 내 인형들과 함께 다니면 어딜 가나 사람들이 반가워하니까요. 하지만 한 가지 소망이 있답니다. 그것만 생각하면 천 근이나 되는 납덩어리가 가슴을 짓누르는 것 같아 기분이 우울해지지요. 살아 있는 단원들로 된 극단을 갖고 싶어요. 진짜 사람들로 된 극단 말예요." 내가 우울한 표정으로 대답했어요.

"당신은 인형들에게 생명을 불어넣어 주고 싶은 거군요. 단원들이 진짜로 살아 움직이고 당신은 그 단원들을 이끄는 감독이 되고 말예요. 그렇게 되면 행복하겠어요?"

나는 그럴 것이라고 말했지요. 하지만 그는 그렇게 생각하지 않았어요. 우리는 그 문제에 대해 여러 가지 측면에서 얘기했지만 서로 의견이 엇갈렸지요. 하지만 포도주 맛은 최고였어요. 우리는 잔을 부딪치며 술을 마셨지요. 술에는 신비한 힘이 들어 있었던 것 같아요. 술에 취할 만했는데도 정신이 말짱했어요. 그 강사의 눈에서 나오는 햇빛과 같은 밝은 빛이 방 안을 가득 채우고 있었지요. 그 빛을 보자 영원히 늙지 않는 신들이 인간의 땅으로 내려올 당시의 옛 이야기가 생각나더군요. 그 강사에게 그 얘길 했더니 강사는 미소를 지었어요. 나는 미처 그가 변장을 한 고대의 신이거나 그런 부류에 속한 사람이 아닐까 하는 생각이 들더군요.

아무튼 결국은 이런 내 생각이 옳았음이 밝혀졌어요. 가장 절실한 내 소망대로 내 인형들이 생명을 얻고 나는 살아 있는 단원들로 된 그 극단의 감독이 되기로 했거든요. 우리는 성공을 위해 잔을 부딪치고 포도주를 마셨어요. 그리고 나서 그는 내 인형들을 나무 상자에 담아서 내 등 뒤에 지워 주었지요. 그러자 내 몸이 원을 그리고 빙빙 도는 듯하더니 어느 순간 나는 땅바닥에 누워 있었어요. 아직도 그건 기억에 생생해요. 다음 순간 인형들이 모두 상자에서 튀어나왔어요. 인형들에게 영혼이 불어넣어져 모두가 훌륭한 배우가 된 거지요. 인형들 자신이 그렇게 말했어요. 그리고 나는 감독이 되었지요.

첫 번째 공연 준비가 모두 끝나자 단원들이 공연을 시작하기 전에 할 얘기가 있다고 했어요. 춤추는 여자 단원은 자기가 한 다리로 서 있지 않으면 집이 무너질 거라고 했어요. 그리고 자기는 특수한 재능이 있으니까 그렇게 대접해 달라는 거였어요. 왕비의 역할을 하는 여자 단원은 무대 위에서 뿐만 아니라 무대 밖에서도 왕비로 대접해 달라고 했지요. 그렇지 않으면 연습을 하지 않겠다고 했어요. 다음에는 편지를 전해 주는 역할을 하는 남자 단원이 그 작품에서 첫사랑의 연인으로 나오는 단원처럼 젠 체하며 앞으로 나섰어요. 그는 예술적인 작품에서는 작은 역할도 큰 역할 못지 않게 중요하기 때문에 그 만한 대접을 받아야 한다고 말했어요. 남자 주인공은 공연장이 떠나갈 정도로 박수 갈채를 받을 수 있는 대사만 하려고 했고, 여자 주인공은 푸른 조명은 자신의 얼굴과 어울리지 않는다면서 얼굴이 예쁘게 보이는 붉은 조명 아래서만 연기하려고 했어요. 단원들은 마치 병 속에 든 파리처럼 여기저기서 윙윙댔어요. 나는 감독이니까 나도 그 병 속에 들어 있었지요. 숨이 차고 머리가 빙빙 돌았어요. 너무나 슬프고 비참했지요.

단원들은 참으로 기이하고 이상한 사람들이었어요. 그 단원들을 다시 상자에 가둬 버리고 싶었어요. 그리고 다시는 그런 단원들을 데리고 연극하기가 싫었어요. 그래서 나는 그들에게 솔직하게 말했지요. 당신들은 인형일 뿐이라고 말예요. 그랬더니 그들은 나를 죽여 버렸어요. 그리고 나서 얼마 후에 보니까 내가 내 방 침대에 누워 있더군요. 하지만 내가 어떻게 해서 거기에 가 있는지, 어떻게 해서 그 강사와 헤어졌는지 기억이 나지 않았어요.

창문을 통해 들어온 달빛이 방바닥을 환하게 비추었어요. 바닥에 놓인 상자는 열려 있었고 인형들은 여기저기 어지럽게 흩어져 있었어요. 하지만 나는 인형을 그렇게 어질러 놓을 정도로 게으른 사람이 아니에요. 나는 침대에서 벌떡 일어나 상자 안에 인형들을 집어넣고 뚜껑을 닫았어요. 그리고 나서 상자 위에 걸터 앉았지요.

"자, 이제 잠자코 있으라구. 너희들에게 생명을 불어넣는 일에 대해서는 다시 신중하게 생각해 봐야겠어." 나는 인형들에게 이렇게 말했지요.

나는 다시 쾌활해졌어요. 마음이 아주 가벼웠죠. 세상에서 어느 누구도 나만큼 행복하지 않았을 거예요. 그 강사가 날 깨우쳐 준거지요. 나는 아주 행복하게 인형 상자 위에 앉아 잠이 들었어요.

다음날 아침, 아니 정확히 말해서 낮이었어요. 그날 오랜만에 푹 잠을 잤거든요. 아무튼 아침에 일어나 보니 내가 상자 위에 앉아 있더군요. 나는 그곳에 앉아 내가 얼마나 어리석은 소망을 가졌던가를 생각하며 행복한 미소를 지었지요.

그날 그 강사를 찾았지만 이미 사라져 버리고 없었어요. 그리스와 로마의 신들처럼 말예요. 그 후 나는 이 세상에서 가장 행복한 사람이 되었지요. 지금도 행복한 감독이구요. 배우들은 이제 불평을 하지 않아요. 관객들도 불평을 하지 않죠. 내가 늘 즐겁게 해 주니까요. 나는 내 작품을 마음대로 고칠 수도 있어요. 나는 희극 가운데서 가장 내 마음에 들고 모두에게 즐거움을 줄 수 있는 작품을 고르지요. 30년 전에 관객들이 보고 눈물을 흘렸던 작품들을 요즘 관객들은 보기를 꺼려해요. 하지만 나는 바로 이런 작품을 공연하지요. 이런 작품을 어린 관객들에게 보여 주면 감동하여 눈물을 흘리지요. 30년 전에 그들의 어머니와 아버지가 그랬던 것처럼 말예요. 하지만 아이들은 연극이 길면 좋아하지 않으니까 작품을 줄여서 공연하지요. 그리고 아이들은 내용이 슬프면 빨리 끝나기를 바라거든요.

# 102
## 두 형제

덴마크 섬 중에는 아직도 바이킹 족 무덤들이 들판에 우뚝 서 있고 거대한 너도밤나무가 자라는 곳이 있다. 그 섬 중에는 지붕이 빨간 집들이 옹기종기 모여 있는 작은 도시가 하나 있는데, 그 중 한 집에서 이상한 일이 벌어지고 있었다. 유리관에서는 액체가 부글부글 끓어 증발하고 절구에서는 약초가 빻아지고 있었다.

그 일을 하고 있는 사람은 한 나이든 남자였다.

"사람은 진리를 추구해야 해. 모든 피조물에는 진리가 있지. 그것이 없다면 아무것도 이룰 수 없어." 남자는 이렇게 중얼거렸다.

거실에는 그의 아내와 두 아들이 앉아 있었다. 두 아들은 아직 어렸지만 생각은 어른스러웠다. 아이들의 어머니는 옳고 그름과 그 차이에 대해 가르쳐 주었고 진리에 대해서도 얘기해 주었다. 어머니는 진리를 "이 세상에 있는 하느님의 얼굴"이라고 말했다.

형은 장난꾸러기로 자연과 과학에 관한 책을 즐겨 읽었으며 해와 별에 대한 이야기나 동화에는 관심이 없었다. 탐험가가 되어 세상을 돌아다니거나 새가 나는 것을 연구하여 나는 법을 배운다는 것은 얼마나 멋진 일인가.

'그래, 어머니, 아버지 말씀이 옳아. 하느님이 만들어 낸 자연의 법칙은 진리야.' 형은 이렇게 생각했다.

동생은 내성적인 성격으로 책 속에 파묻혀 지냈다. 야곱이 형 에서를 속여서 상속권을 빼앗는 이야기를 읽었을 때 그는 화가 나서 주먹을 불끈 쥐었고 포악하고 잔인한 행위나 부당한 행위에 대해 읽으면 눈물을 흘리곤 하였다. 정의와 진실은 반드시 승리해야 한다고 믿었기 때문이다.

어느 날 저녁, 잠자리에 든 동생은 커튼 사이로 스며들어 온 달빛이 밝아서 솔론에 대한 책을 마저 읽고 싶었다. 그는 생각의 날개를 달고 이상한 여행을 하게 되었다. 그의 침대가 배가 되어 거대한 바다를 떠다녔다. 그는 자신이 꿈을 꾸고 있는 것이 아닐까 하고 생각했다. 거대한 시간의 바다를 건너자 솔론의 목소리가 들렸다. 솔론(고대 그리스의 입법자)은 다른 나라 말로 얘기하고 있었지만 그의 귀에는 오래된 덴마크의 격언이 들렸다. "나라는 법으로 세워야 한다."

초라한 오두막 집 방 안에 서 있던 수호신이 소년의 이마에 입을 맞추며 말했다. "삶의 전쟁에서 힘과 명성을 얻어라. 그리고 가슴속에 진실을 안고 진실의 나라를 향해 날아가라."

그 시간 형도 아직 잠을 자고 있지 않았다. 형은 창가에 서서 안개가 피어오르는 초원을 내다보았다. 그는 할머니들이 말하는 것처럼 안개가 춤추는 요정이 아니라는 것을 알고 있었다. 안개는 열에 의해 생기는 것으로 땅에서 물이 증발할 때 생기는 현상이었다. 하늘에서 별똥별이 떨어지는 것을 보는 순간 형의 마음은 별똥

별로 날아갔다. 별들은 마치 긴 금줄로 땅과 연결된 것처럼 깜빡이며 반짝거렸다.

"나랑 같이 날아가자!" 형의 가슴속에서는 이런 소리가 울려 나왔다. 그러자 그의 수호신은 새보다 더 빨리, 화살보다 더 빨리, 지상에서 날 수 있는 어떤 것보다도 더 빨리 소년을 우주 밖으로 데리고 갔다. 광선들이 온 우주를 서로 연결하고 있었다. 얇은 공기 속에서 지구가 돌고 있었고 거대한 도시들이 가까이 서 있는 것처럼 보였다. 그때 우주 공간 속에서 이런 소리가 울렸다.

"강력한 수호신이 너를 들어올리면 가까운 것은 무엇이고 먼 것은 무엇인가?"

형은 다시 창가에 섰다. 동생은 누워서 자고 있었다. 그때 어머니가 두 형제를 불렀다. "아너스, 한스 크리스티안!"

덴마크는 그들을 알고 있다. 아니 세계 사람 모두가 알고 있다. 외르스테드 형제를!(형 한스 크리스티안 외르스테드는 덴마크의 물리학자, 동생 아너스 외르스테드는 정치가다)

# 103
## 낡은 교회 종

독일의 뷔르템베르크에는 마르바흐란 작은 도시가 있다. 이 도시는 길을 따라 아카시아 꽃이 활짝 피어 있고 가을에는 사과나무와 배나무에 열매가 주렁주렁 열리는 곳이다. 이 도시는 네카어 강둑에 자리잡고 있어 풍경이 아름답지만 그 지역에서 제일 가난한 도시이다. 네카어 강은 여러 도시, 성, 포도밭이 있는 산들을 지나 라인 강으로 흘러든다.

포도 덩굴 잎이 빨갛게 물든 어느 늦은 가을, 비가 쏟아지고 찬바람이 세차게 불었다. 가난한 사람들에게는 반가운 계절이 아니었다. 바깥 날씨가 어두워질수록 오래된 작은 집들은 더욱 어두컴컴해졌다. 그 집들 가운데 박공 지붕을 이고 거리를 마주보고 있는 집 한 채가 있었다. 창문들은 아주 작았으며 어느 모로 뜯어보아도 누추한 기색이 역력했다. 그 집에 사는 식구들 또한 가난했다. 그러나 그들은 마음이 착하고 성실했으며 하느님을 경외했다. 그 집에서는 이제 막 아이가 태어나려 하고 있었다. 어머니는 고통을 참으며 누워 있었다.

장중한 교회 종소리가 경건하고 평화롭게 울려 퍼지는 순간 아기가 태어났다. 사내 아이였다. 어머니는 너무 행복해서 어쩔 줄 몰라 했다. 교회 종소리가 자신의 행복을 온 마을에 전해 주는 것만 같았다. 아기는 작은 두 눈을 반짝이며 어머니를 바라보았다. 아기의 머리카락은 햇살을 받은 듯 눈부시게 반짝였다. 이 아기는 11월의 어두운 어느 날 교회 종소리와 함께 이 세상에 태어난 것이다. 아기의 어머니와 아버지는 아기에게 입을 맞추고 성경책에 이렇게 썼다. '1759년 11월 10일 하느님이 우리에게 아들을 선사하시다.' 그리고 나중에 그 아이가 요한 크리스토프 프리드리히라는 이름으로 세례 받았다는 것이 덧붙여졌다.

마르바흐에서 태어난 그 가난한 소년은 어떻게 되었을까? 당시에는 그 소년이 세상에 얼마나 널리 알려질지 아는 사람은 하나도 없었다. 높은 곳에 매달려 있어 사방을 볼 수 있는 오래된 교회 종도 몰랐다. 하지만 종은 처음으로 그 소년을 위해 노래를 불러 주었고 훗날 그 소년은 "종"이라는 달콤한 소야곡으로 그에 보답하게 된다.

소년은 무럭무럭 자랐고 세상도 그와 함께 자랐다. 최소한 소년의 눈에는 그렇게 보였다. 소년과 가족들은 다른 도시로 이사했지만 마르바흐에는 아직도 친구들이 살고 있었다. 소년이 여섯 살 되던 어느 날, 소년은 엄마와 함께 고향을 찾아갔다. 소년은 벌써 성경에 나오는 시편을 일부 외웠고 아버지가 자신과 누이동생에게 읽어 주었던 사냥개 겔러트[22] 이야기를 할 줄 알았다. 아버지가 십자가에서 고통받다 죽어간 예수에 대한 이야기를 했을 때는 누이동생과 함께 눈물을 흘렸다.

마르바흐는 소년이 떠날 때와 달라진 것이 별로 없었다. 거대한 박공 지붕과 작은 창문이 달린 작은 집들이 여전히 옹기종기 모여 있었고 담들도 여전히 기울어져 있었다. 교회 묘지에는 새 무덤이 생기고 담 옆에 있는 잔디밭에는 오래된

---

22. 영국의 시인 스펜서의 시에 나오는 주인공으로 목숨을 걸고 주인의 아이를 지키지만 주인의 오해를 받아 살해됨.

종이 놓여 있었다. 교회 탑에서 떨어져 부서져 버린 것이다. 이제 옛 종은 더 이상 울리지 않았으며 교회 탑에는 새 종이 매달려 있었다.

어머니와 소년은 옛 종 앞에 섰다. 어머니는 그 종이 수백 년 동안 그 도시 사람들을 위해 봉사했다고 얘기해 주었다. 그 종은 세례, 결혼식, 장례식 때마다 울렸으며, 불이 났을 때도, 또 기쁘고 슬프고 무서운 일이 있을 때도 울리곤 했다. 소년은 그날 어머니가 해 준 이야기를 마음에 새겼다. 마치 종소리가 그의 가슴속에서 울려 퍼지는 것 같았다. 또 어머니는 소년을 낳느라 고통스러울 때 그 낡은 종소리가 큰 위안이 되었으며 소년을 낳았을 때는 종소리가 행복하게 울려 퍼졌다고 얘기해 주었다. 아이는 애정을 가지고 낡은 종을 바라보았다. 그리고는 허리를 굽혀 쐐기풀과 잡초 사이에 버려져 있는 종에게 입을 맞추었다.

낡은 종은 소년의 추억의 일부가 되었다. 소년은 자라서 붉은 머리의 주근깨가 있는 호리호리한 청년이 되었다. 그의 두 눈은 호수처럼 맑았다. 소년은 어떻게 지냈을까? 모든 일이 질투가 날 만큼 잘 되어 갔다. 그는 운 좋게도 대부분 귀족들이 들어가는 사관학교에 들어갔다. 참으로 영광스런 일이었다. 그는 장화를 신고 실크 셔츠 깃을 달고 가발을 썼다. 그리고 지식도 얻었다. 그는 "앞으로 가! 서! 뒤로 돌아!"를 반복해서 연습했다.

사람들에게 잊혀진 낡은 교회 종은 무성한 잡초에 덮여 언젠가는 용광로 속으로 보내질 것이다. 그러면 종은 뭐가 되어 나올까? 젊은 군인의 가슴속에 있는 종이 무엇이 되어 세상에 나올지는 알 수 없었다. 하지만 그 장중한 종소리가 언젠가는 세상에 널리 퍼지게 될 것은 확실했다.

사관학교 담장이 더 좁아지고 "앞으로 가! 서! 뒤로 돌아!"라는 명령에 귀가 멍해질수록 청년의 가슴속에서는 더 강하고 힘찬 소리가 울려 퍼졌다. 청년이 친구들에게 노래를 불러 줄 때면 그 소리는 국경을 넘어서 멀리멀리 울려 퍼졌다.

그러나 그가 무상으로 학교를 다니고 옷과 음식을 얻게 된 것은 그의 시심(詩心) 때문이 아니었다. 그는 세상이라는 커다란 시계의 바늘 하나가 될 몸이었다.

어느 날 그 나라 수도에서 커다란 축제가 벌어졌다. 수천 개의 등불이 켜지고 불꽃이 하늘로 치솟았다. 청년은 이날을 기억 속에 간직하게 될 것이다. 바로 그 날 밤 사랑하는 모든 것을 뒤로 하고 슬픔과 고통을 간직한 채 고국을 등져야 했기 때문이다.

낡은 교회 종은 어떻게 되었을까? 낡은 종은 아직도 마르바흐의 교회 담 옆에 버려진 채 있었다. 교회 종 위를 스쳐 간 바람은 청년에게 무슨 일이 일어났는지 종에게 말해 주었는지 모른다. 그리고 이웃 나라 숲 속에서 지쳐 쓰러진 청년에게 찬바람을 쐬어 준 이야기를 해 주었는지도 모른다. 청년의 유일한 희망과 재산은 얼마 안 되는 원고였다는 것도 말이다. 또 바람은 청년의 친구들인 예술가와 시인들이 그의 원고를 읽지 않으려고 슬그머니 볼링장으로 빠져나갔다는 것도 얘기해 주었는지 모른다. 바람은 얼굴이 창백하고 가난한 그 망명객이 지저분한 여관에서 지냈다는 것도 알고 있었다. 그 집 여관 주인은 술주정뱅이였는데 밤마다 흥청망청 술을 마시곤 했다. 암울한 날들이었지만 고통을 배우지 못하면 고통에 대해 노래하지도 못하는 법이다.

낡은 종도 어둡고 암울한 날들을 보냈으나 그것을 느끼지는 못했다. 오직 청년의 가슴속에 있는 종만이 시련의 날들을 느꼈을 따름이다. 그 후 청년은 어떻게 되었으며, 낡은 교회 종은 어떻게 되었을까? 낡은 교회 종은 예전에 교회 탑에 매달려 자신의 목소리를 전해 주었던 곳보다 훨씬 더 멀리 여행하게 되었다. 그리고 청년의 가슴속의 종은 청년의 발길과 눈길이 닿는 곳보다 훨씬 더 멀리 울려 퍼졌다. 그 종소리는 거대한 바다를 건너 아직도 세계 곳곳에 울려 퍼지고 있다.

그럼 먼저 교회 종이 어떻게 되었는지 들어보자. 교회 종은 낡은 쇳덩어리로 팔려 마르바흐에서 바이에른 용광로로 가게 되었다. 그럼 언제 어떻게 가게 되었을까? 종이 말을 할 수 있다면 자세히 설명해 줄 테지만 그것은 그다지 중요하지 않다. 확실한 것은 종이 탑에서 떨어진 지 수년 후에 궁전이 있는 바이에른으로 가 독일 사람들에게 영광을 안겨 준 위대한 사람들의 동상을 만드는 데 사용되었다는 점이다.

또 무슨 일이 일어났을까? 우리가 사는 세상에서는 이상한 일들이 일어나기도 한다. 바이킹 족 무덤이 있고 너도밤나무가 자라는 덴마크 푸른 섬에 가난한 나무 조각가가 살고 있었다. 그의 아들은 매일 그에게 점심을 가져다주곤 했다. 이 가난한 소년이 나중에 나라의 자랑거리가 되었다(덴마크의 조각가 토르발센). 소년은 대리석에 훌륭한 조각을 하여 세상 사람들을 놀라게 했다. 어느 날 그는 점토로 유명한 인물의 틀을 만들어 청동으로 형상을 만드는 영광을 누렸다. 그 동상의 주인공은 바로 마르바흐에서 아이가 태어났을 때 그의 아버지가 성경책에 이름을 써넣었던 요한 크리스토프 프리드리히였다.

　낡은 교회 종을 녹인 청동은 동상 틀 속으로 흘러 들어갔다. 옛 교회 종은 이제 동상의 가슴과 머리가 된 것이다. 그 동상은 옛 성 앞에 있는 슈투트가르트 광장에 서 있다. 그곳은 그 동상의 주인공이 살아 생전에 자주 산보를 하던 곳이었다. 그는 마르바흐에서 온 소년, 사관학교 생도, 망명객, 스위스의 전설적 용사 빌헬름 텔과 잔다르크를 노래한 독일의 위대한 불멸의 시인이기도 했다.

　동상을 개막하던 날은 날씨가 화창했다. 도시에 있는 모든 지붕과 탑에서는 깃발이 나부꼈다. 교회 종들은 찬양과 기쁨의 노래를 불렀다. 마르바흐에서 아이를 낳으려고 고통을 겪고 있던 어머니에게 위로와 기쁨을 가져다준 종이 울린 날로부터 1백 년이 되는 날이었다. 가난한 집에서 태어난 그 소년은 이 세상에 많은 보물을 남길 만큼 부자가 되었다. 그는 바로 위대하고 아름다운 것들을 가슴으로 노래하는 불멸의 시인 요한 크리스토프 프리드리히 실러였다.

# 104
## 열두 명의 승객

　살을 에는 듯이 추운 겨울날, 하늘에는 별들이 초롱초롱 빛나고 바람 한 점 없었다. 이웃집 문에 "쿵" 하고 낡은 화분을 던지는 소리가 들리고, 이어서 "탕탕" 하고 총을 쏘는 소리도 들렸다. 오늘은 바로 새해가 시작되기 전날 밤이었다. 교회 시계가 막 열두 번을 치자 "딴따라" 하고 나팔 소리가 울리고 우편마차가 덜거덕거리며 성문 앞에 멈춰 섰다. 그 마차에는 열두 사람이 타고 있었기 때문에 더 이상 빈자리가 없었다.

"만세, 만세!" 새해를 맞이하여 집집마다 사람들이 외치는 소리가 들렸으며 시계가 열두 시를 치자 사람들이 전부 일어서서 새해를 위해 건배했다.

"즐거운 새해를 위해!"

"아름다운 아내와 많은 부를 위해! 그리고 슬픔과 근심 없는 새해를 위해 건배!"

사람들은 서로에게 행복을 빌어 주며 잔을 부딪쳤다. 그러는 동안에도 역마차는 열두 명의 손님을 태우고 성문 앞에 서 있었다. 도대체 마차에 타고 있는 사람들은 누구였을까? 그들은 각각 여권과 짐을 가지고 있었으며 그 도시에 사는 모든 사람들에게 줄 선물도 있었다. 이 낯선 사람들은 누구이며 그들이 원하는 것은 무엇일까? 또 그들이 가져온 것은 무엇일까?

"좋은 아침입니다!" 그들은 성문 앞에 서 있는 보초에게 말했다.

"좋은 아침입니다!" 보초도 이렇게 인사했다. 시계가 벌써 열두 시를 쳤기 때문이다.

"성함과 직업은요?" 보초가 첫 번째로 마차에서 내린 사람에게 물었다.

"직접 여권을 보세요. 난 나니까요." 곰가죽 옷을 입고 털장화를 신은 그는 매우 유명한 사람인 것 같았다. "난 사람들이 큰 희망을 걸고 있는 사람이오. 내일 나에게 오시오. 그러면 새해 선물을 줄 테니. 나는 사람들에게 돈을 던져 준다오. 그리고 31개나 되는 공도 주지. 이게 내가 줄 수 있는 최대한의 공의 갯수거든. 내 배는 가끔 얼어붙지만, 내 사무실은 따뜻하고 아늑하지. 난 1월이라고 하오. 상인이지. 난 늘 계산서를 가지고 다닌다오."

이번에는 두 번째 사람이 마차에서 내렸다. 그는 유쾌한 사람 같아 보였다. 그는 극장 감독이자 가면 무도회 감독이었으며, 우리가 상상할 수 있는 모든 오락을 이끄는 지도자였다. 그의 짐은 큰 통이었다.

"우린 사육제 때 통 마개를 따내지. 당신과 나를 위해 즐거운 곡을 준비하겠소. 불행히도 난 오래 살지 못하지. 난 우리 가족 중 생명이 가장 짧다오. 겨우 28일밖에 못 살지. 어쩔 때는 사람들이 하루를 더 보태 줄 때도 있지만 그건 별게 아니지, 만세!"

"그렇게 크게 소리치면 안 됩니다." 보초가 말했다.

"난 그래도 괜찮아. 2월이라는 이름으로 여행하는 사육제의 왕자이니까."

이번에는 세 번째 사람이 내렸다. 아무것도 먹지 못한 것 같았다. 그렇지만 '40명의 기사들'(덴마크에서 3월 9일은 40명의 기사 혹은 순교자의 날로 기림)과 친척이고 일기 예보자(3월 9일 비가 오면 40일간 맑은 하늘을 못 본다고 한다)였기 때문에 코를 높이 치켜들고 다녔다. 하지만 그 직책은 돈이 많이 벌리는 직책이 아니었기 때문에 그는 단식을 찬양했다. 그는 단춧구멍에 작은 제비꽃 다발을 꽂고 다녔는데, 꽃이 매우 작았다.

"3월, 3월! 무슨 냄새가 나지 않아? 어서 초소 안으로 가 봐. 거기에서 사람들이 펀치를 마시고 있어. 네가 제일 좋아하는 것이잖아. 냄새가 여기까지 나는 걸. 자, 어서 가, 3월 선생." 네 번째 사람이 세 번째 사람의 어깨를 치며 소리쳐 말했다. 그러나 그 말은 사실이 아니었다. 네 번째 사람은 그에게 자신의 이름을 일깨워 주고 빨리 만우절을 맞이하고 싶었던 것이다. 4월의 삶은 보통 그런 우스운 날로부터 시작되기 때문이다. 4월은 매우 명랑해 보였으며 별로 하는 일이 없고 공휴일이 더 많았다.

"세상이 좀 더 안정되었으면 좋겠군. 하지만 어쩔 때는 비가 오고 어쩔 때는 햇볕이 쨍쨍 내리쬐지. 상황에 따라 기분이 오르락내리락 하는 건 어쩔 수 없어. 난 부동산 소개업자이자 장례식 주관자거든.[23] 상황에 따라 울 수도 있고 웃을 수도 있지. 이 가방에 여름옷이 들어 있지만 지금 그걸 입으면 정말 바보지. 자, 이게 나야. 일요일에는 신발과 흰 비단 양말과 토시를 신고 외출하지." 4월이 중얼거렸다.

4월에 이어 한 숙녀가 마차에서 내렸다. 그녀는 5월의 아가씨였다. 5월은 여름옷을 입고 덧신을 신고 있었다. 그녀의 옷은 옅은 녹색이었으며 머리에는 아네모네 꽃을 달고 있었다. 그녀에게서 풍기는 백리향의 냄새가 너무 진해서 보초가 재채기를 했다.

"건강하셔야죠." 이것이 그녀의 인사였다.

5월은 너무도 아름다웠으며 노래도 잘 불렀다. 5월은 연극 무대에서 노래하지 않고 신선한 초록의 숲에서 노래했다. 그녀는 화사한 초록의 숲을 거닐면서 자신의 즐거움을 위해서 노래했다.

"이제 젊은 부인의 차례야." 마차 안에 있던 사람들이 말했다. 그러자 젊고 우

---

23. 덴마크에서는 4월 특정한 날에 이사를 하는 것이 관례이다. 그래서 그날을 "이삿날"이라고 부른다. 4월은 장례식 주관자라고도 불린다. 이 달은 날씨가 변덕이 심해 건강에 매우 좋지 못하기 때문이다.

아하고 거만하고 아름다운 부인이 내렸다. 그녀는 6월 부인이었다. 6월이 나타나면 사람들은 게을러지고 몇 시간씩 잠자는 것을 좋아했다. 6월은 일 년 중 가장 해가 긴 날 잔치를 열어 손님들이 많은 음식을 먹을 시간을 준다. 그녀는 멋진 자기 마차가 있지만 다른 사람들과 함께 역마차를 타고 왔다. 거만하지 않다는 것을 보여 주고 싶었던 것이다. 하지만 그녀는 혼자가 아니라 어린 동생 7월을 보호자로 데리고 다녔다.

7월은 여름옷을 입고 밀짚모자를 쓴 포동포동한 젊은이였다. 그는 짐이 거의 없었다. 더위에 짐을 들고 다니는 것이 매우 거추장스러웠던 것이다. 그러나 가지고 다닐 필요도 없는 수영복은 가지고 있었다. 그 뒤를 따라 어머니인 8월이 부풀린 치마를 입고 나타났다. 그녀는 과일 도매상이었으며 많은 양어장과 토지 경작자를 거느리고 있었다. 8월은 뚱뚱하고 열이 많지만 손을 잘 사용하기 때문에 직접 들에 있는 일꾼들에게 맥주를 날라다 주곤 했다.

"네가 얼굴에 땀이 흘러야 식물을 먹으리라. 이건 성경에 적혀 있어." 8월이 말했다. 8월은 일을 끝내면 푸른 숲에서 춤을 추며 수확 축제를 열었다. 그녀는 성실한 가정주부였다.

그 뒤를 이어 이번에는 남자가 내렸다. 화가인 그는 9월이라는 이름을 가진 색의 마술사였다. 그가 숲에 도착하면 숲은 그가 원하는 대로 색깔을 바꿔야 했다. 그런데 그가 원하는 색깔은 얼마나 아름답던가! 숲은 빨강, 노랑, 갈색으로 물들곤 했다. 화가는 찌르레기처럼 휘파람도 불 줄 알았다. 그는 일하는 데 능숙했으며 일이 끝나면 홉 덩굴로 맥주 단지를 감았다. 그것은 장식이었으며 그는 그 장식을 좋아했다. 그는 물감 통을 손에 들고 서 있었는데, 그것이 그가 가진 짐의 전부였다.

그 뒤를 따라 땅을 가진 사람이 나타났다. 그는 씨를 뿌릴 때 땅을 갈고 사냥을 좋아하는 사람이었다. 대지주인 10월은 사냥개와 총을 가지고 있었으며 사냥 주머니에는 호두가 들어 있어 딱, 딱, 소리가 났다. 그는 엄청나게 짐이 많았는데, 그 중에는 영국 쟁기도 있었다. 그가 농업에 대해 뭐라고 얘기했지만 옆에서 나는 기침 소리와 헐떡거리는 소리 때문에 잘 들리지 않았다.

그 다음에 심하게 기침을 하며 나타난 것은 11월이었다. 그는 지독한 감기에 걸려 줄곧 손수건을 코에 대고 있었다. 그래도 그는 하녀들과 함께 새로 일할 곳으로 가서 그들에게 겨울에 할 일을 가르쳐야 한다는 것이었다. 톱질을 잘하는 그는 나무를 베러 나가면 감기가 절대로 떨어지지 않을 것이지만 그래도 그 지역에 장작을 대주어야 한다고 말했다. 그는 저녁마다 스케이트 바닥을 만드는 일로 시간을 보냈다. 몇 주 후면 즐겁게 스케이트를 타는 데 그 신발이 필요할 것이라는 걸 알고 있기 때문이라고 했다.

마지막으로, 나머지 한 사람 승객인 할머니가 나타났다. 불 단지를 든 그 할머니는 12월이었다. 할머니는 매우 나이가 많았지만 눈은 두 개의 별처럼 초롱초롱 빛났다. 그녀는 작은 전나무가 자라고 있는 화분을 들고 있었다.

"난 이걸 잘 돌볼 테야. 크리스마스 전야가 되면 많이 자라 있을 거야. 아마 바닥에서 천장까지 닿을걸. 그럼 환한 촛불과 금빛 사과와 여러 가지 작은 장식물을 달 수 있을 거야. 불 단지는 난로처럼 따뜻하겠지. 주머니에서 동화책을 꺼내서 크게 읽어 주면 방 안에 있는 아이들이 조용해지고 나무에 달린 장식들이 생기에 넘칠 거야. 그리고 나무 꼭대기에 있는 양초로 만든 작은 천사가 금박의 날개를 활짝 펴고 횃대에서 내려오겠지. 그리고 방 안에 있는 사람들에게 입을 맞출 거야. 애들이 크건 작건 간에 말이야. 그래, 복도나 거리에서 베들레헴의 별에 대한 성탄 노래를 부르는 가난한 아이에게도 입을 맞춰 주겠지."

"자, 이제 마차가 떠납니다. 이제 열두 사람이 다 내렸으니 마차를 쉬게 해야죠!" 보초가 말했다.

"먼저 그 열둘을 나한테 오라구 해." 당직을 서고 있는 대위가 말했다. "한 명씩 말이야. 여권은 내가 보관하겠어. 각각 한 달 동안씩 말이야. 한 달이 지나면 각자 행동에 대해 여권에 기록하겠어. 자, 1월 씨, 이쪽으로 오십시오."

1월이 앞으로 나아갔다.

1년이 지나가면 여러분에게 말할 수 있을 것이다. 그 열두 사람이 여러분이나 나에게, 그리고 우리 모두에게 무엇을 가져다주었는지를 말이다. 난 아직 그걸 모른다. 어쩌면 그들 자신들도 모르고 있을지도 모른다. 우리는 매우 기이한 시대에 살고 있으니까.

# 105
# 여행을 떠난 딱정벌레

옛날에 어느 임금님이 황금 편자를 댄 말 한 마리를 가지고 있었다. 편자는 말 발굽에 대는 것으로서 말에게는 우리가 신는 신발이나 마찬가지이다. 그 말은 날씬한 다리와 총명한 두 눈, 목 위로 베일처럼 드리워진 갈기를 가지고 있어 참으로 매력적이었다. 그 말은 임금님을 태우고 전쟁터에서 화약 연기와 빗발치는 총탄 사이를 뚫고 달렸으며, 달려드는 적들을 발로 차서 물리치고 적들의 시체를 넘고 넘어 임금님의 목숨을 구해 주었다. 그것은 화려하고 훌륭한 황금보다도 더 값진 일이었다. 그래서 그 말이 황금 편자를 얻게 된 것이다.

이 이야기를 들은 딱정벌레가 마구간에서 나와 편자공에게 기어갔다.

"물론 큰 것이 작은 것들보다 앞서지요. 하지만 크다고 해서 위대한 것은 아니에요." 딱정벌레는 이렇게 말하며 자기의 가는 다리를 쭉 폈다.

"넌 뭘 원하지?" 편자공이 물었다.

"금 편자요." 딱정벌레가 대답했다.

"뭐라구? 네가 금편자를?" 편자공이 어이없다는 듯이 소리쳤다.

"그래요, 금 편자요. 내가 저 큰 동물보다 못할 게 뭐가 있어요? 사람들이 먹을 것과 마실 것을 가져다주고 빗질을 해 주는 저 동물보다 말예요? 나도 임금님의 마구간에서 살잖아요."

"하지만 말이 무엇 때문에 금편자를 얻게 되었는지 알고나 있니? 물론 알고 있겠지?"

"알고 있느냐구요? 난 내가 하찮은 대접을 받고 있다는 걸 알아요. 참 속상해요. 바깥 세상에 나가서 나도 출세하고 말 테예요." 딱정벌레가 서러워하며 말했다.

"꺼져 버려." 편자공이 소리쳤다.

"정말 너무해요!" 딱정벌레는 이렇게 소리치고 마구간에서 나왔다. 얼마를 날다 보니 장미와 라벤더 향기가 그윽한 아름다운 정원이 나왔다. 정원 여기저기에는 등딱지가 붉고 검은 무당벌레들이 가냘픈 날개를 퍼덕이며 날아다니고 있었다.

"여긴 참 멋지지? 아름답지 않니?" 한 무당벌레가 물었다.

"난 여기보다 훨씬 좋은 곳에서 살았어. 이런 걸 가지고 뭘 아름답다고 하는 거야? 여기엔 두엄더미도 없는 걸 뭐." 딱정벌레가 으스대며 말했다.

조금 더 가자 커다란 건초더미 아래서 배추벌레 하나가 기어다니고 있었다.

"이 세상은 얼마나 아름다운지 몰라. 이렇게 따뜻하게 햇살을 비추는 해님도 있고 말이야. 난 곧 잠이 들 거야. 사람들 말을 빌리자면 죽는 거지. 그래서 나비처럼 아름다운 날개를 달고 다시 깨어날 거야." 배추벌레가 말했다.

"잘난 체하네. 네가 나비처럼 날아다닌다구? 난 임금님의 마구간에서 나오는 길이야. 나 말고 다른 누가 난다는 건 감히 상상도 못할 일이야. 내가 쓰던 낡아 빠진 신발을 신고 있는 임금님의 말도 헛된 꿈은 꾸지 않아. 그 말은 황금 편자를 신고 있지. 날개를 달고 난다구? 난 지금도 날 수 있는걸!" 딱정벌레는 이렇게 말하며 보란 듯이 날개를 펴고 날아갔다. 그러면서 이렇게 중얼거렸다. "이 세상은 정말 넌더리가 나. 어쩔 수 없단 말이야!"

얼마 후 딱정벌레는 넓은 잔디밭에 쿵 하고 떨어졌다. 딱정벌레는 그곳에 잠든 척하고 누워 있다가 정말로 잠이 들고 말았다. 달콤하게 잠을 자던 딱정벌레는 갑작스럽게 퍼붓는 소나기에 놀라서 잠이 깼다. 비를 피해 땅 속으로 기어들어가고 싶었지만 그럴 수가 없었다. 딱정벌레는 비에 흠뻑 젖은 채 넘어지고 뒤집히고 정신이 없었다. 배로 헤엄치기도 하고 등으로도 헤엄쳐 봤지만 소용이 없었다. 난다는 것은 상상도 못할 일이었다. 딱정벌레는 살아서 그곳을 나갈 수 없을 것만 같았다. 그래서 차라리 그 자리에 가만히 누워 있었다.

한참을 지나자 빗줄기가 약간 수그러졌다. 딱정벌레는 눈을 깜빡거려 물을 털어 내고 주위를 둘러보았다. 저 앞쪽으로 뭔가 번쩍이는 것이 보였다. 끙끙거리며 가까이 가보니 표백하려고 풀밭에 내놓은 아마 천이었다. 딱정벌레는 젖은 아마 천 주름 속으로 기어들어갔다. 그곳은 따뜻한 마구간보다는 못했지만 그래도 다른 곳보다는 나았다. 비가 계속 내렸기 때문에 하루 낮과 밤을 줄곧 거기서 지내야 했다. 딱정벌레는 아침이 되어서야 그곳에서 기어 나올 수 있었다. 딱정벌레는 날씨 때문에 기분이 엉망이었다. 아마 천 위에는 개구리 두 마리가 즐거워서 눈을 번득이며 앉아 있었다.

"정말 멋진 날씨야. 기분이 상쾌해. 아마 천이 비를 맞아서 내 뒷다리가 수영하는 것처럼 찰랑찰랑 물에 젖어 있어." 한 개구리가 말했다.

"난 정말 궁금해. 먼 나라로 날아다니는 제비는 이보다 더 좋은 날씨를 본 적이 있을까? 습기도 알맞아서 얼마나 상쾌한지 몰라. 이렇게 물이 찰랑찰랑한 곳에 누워 있으니까 정말 기분 좋아! 이런 날씨를 싫어하는 건 자기 나라를 사랑하지 않는 것과 같아." 다른 개구리가 말했다.

"너희들 임금님 마구간에 가 본 적 있니? 거긴 축축하고 따뜻해. 내게 딱 좋은 기후지. 하지만 여행길에 그걸 들고 올 수는 없었어. 여기 정원엔 두엄더미가 없니? 나같이 귀하신 몸이 고향처럼 편히 쉴 수 있는 곳 말이야?" 딱정벌레가 끼어들어 말했다.

그러나 개구리들은 그의 말을 이해하지도 못했고 이해하려 들지도 않았다.

"난 절대로 두 번씩 물어보진 않아." 세 번씩이나 물어봤는데도 아무 대답이 없자 딱정벌레가 이렇게 투덜댔다. 그리고는 그곳을 떠나 다른 곳으로 가려다 깨진 화분 조각에 부딪혔다. 그곳은 그런 물건이 있을 만한 곳이 아니었다. 화분 조각 속에는 많은 집게벌레들이 바람과 비를 피해 살고 있었다. 그들은 부족할 것이 별로 없었으며 매우 다정다감하고 자식들에 대한 사랑이 지극했다. 어미는 자기 자식이 세상에서 제일 예쁘고 똑똑하다고 생각했다.

"내 아들이 사랑에 빠졌어요. 얼마나 순진한지 몰라요. 그 애의 가장 큰 꿈은 목사님 귀 속으로 기어들어가는 거예요. 얼마나 소박하고 귀여운 꿈이에요. 약혼하면 생활이 안정될 거예요. 난 그 애 엄마로서 정말 행복해요." 한 어머니가 말했다.

"내 아들은 말예요, 이제 겨우 알에서 나왔는데 벌써 돌아다니지 뭐예요. 정말 튼튼해요. 사방을 너무 헤집고 다녀서 촉각이 닳아 버릴 지경이지 뭐예요. 그 애를 보고 있으면 참으로 행복해요. 안 그래요, 딱정벌레 씨?" 다른 어머니가 생김새로 딱정벌레임을 알아보고 말을 건넸다.

"두 분 말이 맞아요." 딱정벌레가 말했다.

그들은 딱정벌레를 화분 조각 방으로 초대했다.

"자, 내 새끼들을 보세요. 참으로 사랑스럽죠. 보고 있으면 시간 가는 줄 모른다니까요. 배가 아프지 않는 한 절대로 힘들게 하는 법이 없어요. 저 나이 때는 배

앓이를 자주 하잖아요." 다른 어머니들이 말했다.

어머니들은 한 마디씩 자식 자랑을 늘어놓았다. 아이들은 꼬리에 달린 작은 집게로 딱정벌레의 수염을 잡아 뽑으려고 했다.

"이 장난꾸러기들은 한시도 가만있질 않는다니까요!" 이렇게 말하는 어머니의 얼굴에는 자식에 대한 사랑이 넘쳐흘렀다. 그러나 딱정벌레는 지루해서 두엄이 어디에 있는지를 물었다.

"거길 가려면 넓은 바깥 세상으로 나가야 해요. 개천 맞은편에 있지요. 우리 아이들은 그렇게 멀리는 가지 말아야 할 텐데. 그럼 난 죽어 버릴 거예요." 한 집게벌레가 말했다.

"하지만 난 가 보겠어요." 딱정벌레는 작별 인사도 하지 않고 그곳을 떠났다. 그것은 정중하지 못한 태도였다. 개천에는 딱정벌레들이 많았다.

"우리는 여기 산단다. 아주 아늑하지. 여기 진창으로 내려오지 않겠니? 먼 길을 와서 피곤하지?" 그들이 딱정벌레에게 말했다.

"응, 그래. 난 비를 맞으며 아마 천 주름 속에 있었어. 깨끗한 건 정말 질색이야. 그리고 여행 중에 화분 조각방으로 초대받았었는데, 바람을 맞으며 서 있었더니 한쪽 날개가 몹시 아파. 이렇게 우리 동족들과 함께 있으니 힘이 솟고 기분이 좋아." 딱정벌레가 말했다.

"두엄더미에서 온 모양이구나." 제일 나이 많은 딱정벌레가 물었다.

"아니요, 두엄더미보다 훨씬 더 으리으리한 임금님 마구간에서 왔어요. 거기서 태어나서 금편자를 박고 살았어요. 지금은 비밀 임무를 띠고 여행 중이죠. 더 이상 물어보면 곤란해요. 비밀을 말할 수가 없으니까요." 딱정벌레가 우쭐대며 말했다.

딱정벌레는 끈끈한 진탕 속으로 들어갔다. 거기에는 세 명의 처녀 딱정벌레들이 킥킥거리며 앉아 있었다. 수줍어서 무슨 말을 해야 좋을지 몰랐기 때문이다.

"애들은 아직 약혼하지 않았어요." 그들의 어머니가 이렇게 말하자 처녀들은 당황해서 다시 킥킥거렸다.

"임금님 마구간에서도 이렇게 예쁜 아가씨들은 못 봤어요." 여행 중인 딱정벌레가 편한 자세를 취하며 말했다.

"내 딸들을 건들지 말아요. 이야기도 걸지 말구요. 단지 재미 삼아 그런다면 말예요."

그러나 여행 중인 딱정벌레는 말할 것도 없이 진지했다. 얼마 후 여행 중인 딱정벌레는 약혼을 하였다. 처녀 어머니는 그들의 약혼을 축복해 주었으며 다른 딱정벌레들도 축하해 주었다. 딱정벌레는 약혼 후 얼마 지나지 않아 결혼도 했다. 결혼을 더 늦출 필요가 없었기 때문이다. 다음날은 아주 즐겁게 지냈으며, 그 다음날도 그런 대로 기분 좋게 지냈다. 그런데 셋째 날이 되자 아내와 앞으로 낳을 아이들을 위해서 먹을 것을 구하는 일을 생각해야 했다.

"이들이 날 재워 주고 먹여 줬으니까 나도 이들을 재워 주고 먹여 주어야지." 딱정벌레는 이렇게 말하고는 집을 나갔다. 그는 하루 종일 집을 비웠으며 밤에도 돌아오지 않았다. 그의 부인은 과부나 다름없었다.

"세상에, 우리가 가족으로 받아들인 그 사람은 건달이었어. 아내를 우리에게 떠맡기고 가 버리다니!" 다른 딱정벌레들이 이렇게 말했다.

"그렇다면 내 딸은 다른 딸들과 함께 독신으로 살아야겠군. 망할 놈의 건달 같으니라구!" 신부의 어머니가 말했다.


그 사이에 딱정벌레는 계속해서 여행을 했다. 어느 날, 그는 배추 잎사귀를 타고 개천을 건넜다. 아침이 되자 두 아이가 개천으로 왔다. 그들은 딱정벌레를 보더니 집어들고 이리저리 뒤집었다. 둘 다 배운 것이 많은 애들이었다.

"알라신은 검은 돌 속의, 그리고 검은 바위 속의 검은 딱정벌레를 본다. 그런 말이 코란에 써 있지 않니?" 그 중 한 소년이 물었다. 그리고는 딱정벌레를 라틴어로 바꾸어 딱정벌레의 본성과 역사에 대해 장황하게 얘기했다. 그보다 더 나이가 많은 학생인 두 번째 소년은 표본을 구하던 차에 잘 됐다며 딱정벌레를 집으로 가져가자고 했다. 딱정벌레는 그 말에 모욕을 느끼며 얼른 그의 손에서 빠져나와 날아갔다. 이제 날개가 다 말라 멀리까지 날 수 있었다. 어느 온실에 다다른 딱정벌레는 살짝 열린 창문을 통해 안으로 들어가서 따뜻한 흙 속에 몸을 묻었다.

"여긴 정말 편하군." 딱정벌레는 이렇게 중얼거리며 곧 잠이 들었다. 꿈속에서 임금님의 말이 죽어 가면서 딱정벌레에게 금편자를 남겨 주었으며 두 개를 더 주겠다고 약속했다. 아주 기분 좋은 꿈이었다. 잠에서 깬 딱정벌레는 흙 속에서 기어 나와 주위를 둘러보았다. 온실이 어찌나 화려한지 눈이 부셨다. 뒤쪽에 있는 커다란 야자나무의 잎사귀가 햇빛을 받아 번쩍였고, 그 밑으로는 푸른 나무

들, 불꽃처럼 빨간 꽃들, 그리고 호박처럼 노랗고 금방 내린 눈처럼 하얀 꽃들이
방긋방긋 웃고 있었다.

"와 정말 많다! 이것들이 모두 썩으면 얼마나 맛있을까?" 딱정벌레는 입맛을
다시며 말했다. "여긴 최고급 음식 저장고군. 틀림없이 여기 어딘가에 우리 종
족이 살고 있을 거야. 사귈 수 있는 친구가 있나 봐야지. 아, 정말 행복하고 가슴
이 뿌듯한걸."

딱정벌레는 죽은 임금님의 말에게 금편자를 물려받은 기분 좋은 꿈을 생각하
며 흙 속을 파헤쳤다. 그때 갑자기 어떤 손이 딱정벌레를 꽉 잡아서 이리저리 뒤
집었다. 정원사의 꼬마 아들이 친구와 함께 온실에 들어왔다가 딱정벌레를 발견
하고 가지고 놀려고 잡은 것이다. 꼬마 아이는 포도 잎에 딱정벌레를 싸서 따뜻한
바지 주머니에 넣었다. 딱정벌레는 있는 힘을 다해 바둥거렸지만 그럴수록 꼬마
아이는 잠자코 있으라는 듯이 딱정벌레를 더 세게 눌렀다. 꼬마 아이는 정원 끝에
있는 커다란 호수로 갔다. 그리고는 딱정벌레를 낡아서 부서진 나막신 위에 태웠
다. 나막신 위에는 작은 막대 하나가 돛대 대신 세워져 있었는데, 꼬마 아이는 딱
정벌레를 이 돛대에 털실로 단단히 묶었다. 딱정벌레는 이제 뱃사공이 되어 배를
타야 했다. 그 호수는 별로 크지 않았지만 딱정벌레에게는 거대한 바다처럼 보였
다. 딱정벌레는 어마어마한 호수를 보고 놀라서 뒤로 나자빠져 발을 버둥거렸다.

그때 작은 배가 떠내려가기 시작했다. 배가 물결을 따라 흘러가 물가에서 멀
어지자 한 아이가 얼른 바지를 걷고 물 속으로 들어와 배를 물가로 밀어냈다. 그
러나 배가 다시 가볍게 물살을 타고 떠내려가기 시작했을 때 아이들을 부르는 소
리가 들렸다. 아이들은 자기들을 부르는 화난 목소리를 듣고 서둘러 호수를 떠났
다. 그래서 나막신 배는 마냥 떠내려가게 되었다. 배는 땅에서 점점 더 멀어져 확
트인 호수 한가운데에 이르렀다. 참으로 끔찍한 일이었다. 딱정벌레는 돛대에 묶
여 있어 도망갈 수도 없었다. 바로 그때 파리 한 마리가 날아왔다.

"오늘 날씨 참 좋지요. 여기서 햇빛을 쬐면서 쉬어야겠어요. 당신은 참으로 즐
겁게 지내는군요." 파리가 딱정벌레에게 말했다.

"아무것도 모르시군요. 여기 이렇게 묶여 있는 게 안 보이세요?"

"아, 하지만 난 묶여 있지 않은 걸요." 파리는 이렇게 말하고 날아가 버렸다.

"이제 세상이 어떤 곳인지 알겠어. 이런 곳은 정말 싫어. 이 세상에서 제대로

된 건 나쁜이야. 사람들이 내게 금편자를 주지 않으려 해서 젖은 아마 천 위에 누워 있기도 하고 바람을 맞기도 해야 했어. 한때는 여자에게 얽매여 지내기도 했지. 그러다가 세상 밖으로 나와 내 소원대로 편안한 곳을 찾았는데 장난꾸러기가 나타나서 날 꽁꽁 묶어 호수 한가운데로 떠내려가게 했지 뭐야. 임금님의 말이 금편자를 박고서 거만을 떨고 있는 동안 난 이렇게 온갖 고생을 했어. 이걸 생각하면 제일 속상해. 하지만 이 세상에서는 인정을 기대할 수 없어. 지금까지 내가 겪은 일들은 아주 흥미진진하지만 아무도 그걸 알아주지 않으니 무슨 소용이람. 이 세상은 내가 한 모험을 알 자격이 없어. 내가 다리를 내밀었을 때 임금님의 말이 갖고 있는 금편자를 주지 않았으니까 말이야. 내가 금편자를 얻었다면 마구간의 훌륭한 장식이 되었겠지. 이제 난 마구간에서도 이 세상에서도 잊혀졌어. 이제 모든 게 끝났어." 딱정벌레가 슬픈 목소리로 중얼거렸다.

하지만 아직 모든 것이 끝난 것은 아니었다. 몇 명의 소녀들을 태운 배가 나막신 배 가까이 다가왔다.

"저기 봐, 나막신이 떠내려오고 있어." 한 소녀가 소리쳤다.

"작은 곤충이 묶여 있네. 불쌍하기도 해라." 또 다른 소녀가 말했다.

배가 가까이 오자 소녀들은 나막신을 물에서 건져냈다. 한 소녀가 주머니에서 가위를 꺼내 딱정벌레가 다치지 않도록 조심스럽게 털실을 잘랐다. 그리고 호숫가에 도착하자 딱정벌레를 잔디에 내려놓았다.

"어서 기어가, 기어가라구! 날 수 있으면 날아 봐. 이제 넌 자유야!"

딱정벌레는 날아서 열린 창문을 통해 커다란 건물로 들어갔다. 지친 딱정벌레가 내려앉은 곳은 바로 임금님이 총애하는 말의 갈기로 딱정벌레는 임금님의 말이 서 있는 마구간으로 들어간 것이다. 바로 자기가 태어난 마구간 말이다. 딱정벌레는 기운을 차릴 때까지 한동안 갈기에 꼭 달라붙어 있었다.

"난 이렇게 임금님이 총애하는 말 위에 앉아 있어. 임금님처럼 말이야. 편자공이 내게 뭐라고 물었더라? 아, 이제 기억나는군. 왜 말이 금편자를 얻었느냐고 했지? 이제 분명히 알겠어. 왜 금편자를 얻었는지 말이야. 말은 나를 태워 주려고 금편자를 박게 된 거야."

이런 생각을 하자 딱정벌레는 기분이 아주 좋아졌다. 햇살이 마구간으로 스며들어와 딱정벌레를 비추었다. 사방이 밝고 생기가 돌았다.

"여행을 하면 마음이 넓어져. 세상은 그렇게 나쁜 곳만은 아니야. 모든 일을 올바로 받아들일 줄 안다면 말이야!" 딱정벌레가 기분 좋게 중얼거렸다.

# 106
## 영감이 하는 일은 언제나 옳다

여러분에게 이야기를 하나 들려주려고 한다. 이것은 내가 아주 어렸을 적에 들은 이야기인데 생각할수록 아름답다. 나이가 들수록 더 훌륭하고 멋져지는 사람들처럼 이 이야기도 시간이 흐를수록 매력을 더해 가는 것 같다.

여러분은 시골 농가를 본 적이 있을 것이다. 초가 지붕 위에 이끼가 끼고 작은 풀이 자라는 농가 말이다. 박공 지붕 위에는 황새 둥지가 있고 벽들은 기울어져 있으며 창문은 낮다. 그리고 열 수 있는 창문은 단 하나밖에 없다. 아궁이는 커다란 손잡이처럼 벽에서 불쑥 튀어나와 있고 딱총나무는 울타리에 걸려 있으며 그 가지 밑에는 물웅덩이가 있어 오리 새끼들이 물장구를 치며 논다. 그리고 마당에는 사람이 올 때마다 짖어대는 개도 있다.

바로 그런 농가가 어느 시골 좁은 길에 서 있었다. 거기에는 늙은 농부와 그의 아내가 살고 있었다. 그들은 가진 것이 별로 없었지만 한 가지, 그들의 생활에서 빼놓을 수 없는 것을 갖고 있었다. 그것은 큰길 옆에서 풀을 뜯는 말이었다. 늙은 농부는 읍에 나갈 때면 그 말을 타고 갔으며 가끔 이웃 사람들도 그 말을 빌려 타고 노부부에게 그에 대한 대가를 치르곤 했다. 그러다가 노부부는 그 말을 팔든지, 아니면 더 쓸모 있는 다른 것과 바꾸는 것이 좋을 것 같았다. 그렇지만 무엇과 바꾸어야 할까?

거기에는 늙은 농부와 그의 아내가 살고 있었다.

"그거야 영감이 잘 알잖쑤! 마침 오늘이 장날이니 말을 타고 읍에 나가서 팔든지 다른 것과 바꾸든지 하세요. 당신이 어떻게 하든 난 좋아요. 어서 장으로 가세요." 노부인이 이렇게 말하고 남편에게 목도리를 둘러 주었다. 노부인이 남편보다 목도리를 더 잘 맸고 나비 모양으로 묶을 줄도 알았기 때문이다. 노부인은 손바닥으로 남편의 모자 주름을 펴서는 입을 맞춘 다음 남편에게 씌워 주었다. 곧이어 남편은 말을 타고 집을 떠났다.

햇볕이 따갑게 내리쬐고 하늘에는 구름 한 점 없는 날이었다. 길은 장보러 가는 사람들로 붐벼서 먼지가 자욱했다. 마차를 타고 가는 사람이 있는가 하면 말을 타고 가는 사람도 있고 걸어가는 사람도 있었다. 길가에는 햇볕을 피할 만한 곳이 전혀 없었다. 그때 한 남자가 암소 한 마리를 끌고 터벅터벅 걸어왔다. 참으로 예쁜 암소였다.

"암소에선 신선한 우유가 나오겠지. 말과 바꾸면 아주 잘 바꾸는 걸 거야." 농부가 혼잣말로 중얼거렸다. 그리고는 그 남자를 불렀다. "이보시오, 암소 끌고 가는 양반! 얘기 좀 합시다. 말이 암소보다 더 비싸겠지만 그건 상관없소. 나한테는 암소가 더 쓸모 있으니까. 우리 서로 바꾸지 않겠소?"

"좋죠."

이렇게 해서 농부는 말을 암소와 바꾸었다. 이제 일이 끝났으니 집으로 돌아갈 수도 있었으나 농부는 기왕 나온 김에 시장을 한 번 둘러보기로 했다. 그는 소와 함께 읍으로 향했다. 소를 끌고 성큼성큼 걷고 있는데 양을 끌고 가는 남자가 보였다. 양은 통통하게 살이 쪄 있었으며 양털도 훌륭했다.

'저게 탐나는군. 울타리 옆에 먹을 풀이 충분하고 겨울에는 방 안에서 기를 수도 있을 거야. 그래, 암소보단 양을 키우는 게 더 벌이가 될 거야.' 농부는 이렇게 생각하며 양을 끌고 가는 남자에게 말했다.

"이 암소와 바꾸지 않겠소?"

양을 끌고 가던 남자는 아주 반가워하며 암소와 바꾸었다. 이렇게 해서 농부는 이제 암소 대신 양을 끌고 시골길을 계속 갔다. 그런데 얼마 후 한 남자가 거위를 안고 논길에서 큰길로 들어섰다.

"참 무겁겠구려. 깃털도 많고 살도 통통하군요. 줄로 묶어두든가 우리 집 웅덩이에서 기르면 좋겠는걸요. 그걸 가져가면 우리 할멈이 아주 유용하게 쓸 것 같군요. 할멈은 거위가 있으면 참 좋겠다고 여러 번 말했었지요. 이번 기회에 할멈에게 거위를 사 줬으면 하는데, 이 양과 바꾸는 게 어떻겠소? 그럼 참 고맙겠는데."

상대방은 기꺼이 그러자고 했다. 그래서 농부는 거위를 얻게 되었다. 읍 근처에 이르자 사람들이 점점 더 많아졌다. 여기저기가 사람들과 소 떼들로 매우 혼잡했다. 소들은 길 위에도 울타리 옆에도 있었으며 통행료 징수인의 감자밭으로 들어가기도 했다. 감자밭에서는 한쪽 다리가 묶인 닭 한 마리가 거드름을 피우며 걷다가 사람들을 보고 놀라서 도망갔다. 닭 꼬리털은 매우 짧았으며 "꼬꼬댁, 꼬꼬댁" 하면서 두 눈을 깜빡이는 것이 여간 귀여워 보이지 않았다. 닭이 그렇게 꼬꼬댁거리면서 무슨 생각을 하는지 알 수 없었으나 농부는 닭을 보자 이런 생각을 했다.

'이렇게 훌륭한 닭은 본 적이 없어. 목사님이 갖고 있는 알을 품는 암탉보다 더 훌륭한걸. 정말 탐이 나. 닭은 따로 모이를 주지 않아도 여기저기 떨어져 있는 곡식 낟알을 주워 먹으며 혼자서도 잘 크지. 이 거위와 바꾸면 참 잘 바꾼 걸 거야.' 농부는 이렇게 생각하며 통행료 징수인에게 물었다. "이 거위와 바꾸지 않겠소?"

"바꾸자구요? 그거 나쁘지 않겠군요."

이렇게 해서 그들은 거위와 닭을 바꾸었다. 통행료 징수인은 거위를 갖고 농부는 닭을 가졌다. 농부는 이제까지 장에 오는 길에 많은 일을 했기 때문에 지치고 목이 말랐다. 그는 술 한 모금으로 목을 축이고 요기를 하기 위해 주막으로 갔다. 그런데 그가 막 문을 들어서려는 순간 마부가 주막에서 나왔다. 마부는 자루 하나를 지고 있었다.

"그게 무엇이오?" 농부가 궁금하여 물었다.

"썩은 사과요. 돼지 먹이로 쓸 거라우."

"그것 참 낭비군요. 그걸 집에 있는 할멈한테 갖다 주고 싶소. 작년에 우리 집 잔디밭 옆에 있는 늙은 사과나무에서는 사과가 겨우 하나밖에 열리지 않았지요. 그래서 우리는 그 사과가 완전히 썩을 때까지 찬장에 간직해 두었다오. 할멈은 늘 그 사과를 보며 큰 재산이라고 했지요. 그렇지만 한 자루나 되는 그걸 보여 주면 아주 큰 재산이라고 좋아할 거요. 그걸 할멈한테 가져다주고 싶소."

"그래요? 그럼 그 대신에 뭘 주겠소?" 마부가 물었다.

"뭘 주겠느냐구요? 그 대신 내 닭을 주겠소."

농부는 닭과 바꾼 사과 자루를 메고 주막 안으로 들어갔다. 그리고는 사과가 든 자루를 난로에 기대 놓고 테이블로 갔다. 난로가 뜨겁다는 것을 미처 생각하지 못하고 말이다. 주막에는 손님이 많았다. 말 장수, 소 장수, 그리고 두 명의 영국인도 있었다. 영국인들은 아주 부자여서 돈을 넣어 둔 주머니가 금방이라도 터질 듯이 불룩해 있었다. 그때 난로 옆에 세워 둔 자루 속의 사과가 타느라고 "지직! 지직!" 소리가 났다.

"저게 무슨 소리죠?" 한 영국인이 물었다.

농부는 말 대신에 바꾼 암소부터 시작해서 썩은 사과에 이르기까지 모든 이야기를 해 주었다.

"이제 집에 가면 할멈한테 혼날 거요. 부부 싸움을 하게 되겠지." 한 영국인이 자신있게 말했다.

"뭐라고요? 혼날 거라고요? 오히려 내게 입을 맞추며 '영감이 하는 일은 항상 옳아요'라고 말할거요." 농부가 자신있게 큰 소리를 쳤다.

"그럼 내기 합시다. 당신이 이기면 금화 한 통을 주겠소. 100파운드 말이오." 두 영국인이 말했다.

"그렇다면 나는 썩은 사과 한 자루와 나와 할멈을 걸겠소. 그럼 충분할 거요."

"좋아요, 좋아."

이렇게 해서 내기가 이루어졌다. 그들은 때마침 도착한 주막 주인의 마차를 타고 농부의 집으로 갔다.

"잘 있었소, 할멈!"

"잘 다녀오셨어요, 영감!"

"말을 바꿔 왔소."

"그래요, 참 잘하셨어요." 노부인은 남편을 끌어안았다. 사과 자루나 낯선 사람들에게는 관심도 없었다.

"말을 암소하고 바꿨지."

"잘하셨어요. 이제, 우유를 실컷 먹을 수 있겠네요. 식탁에 버터와 치즈도 올려놓을 수 있고 말예요. 정말 잘 바꿨어요."

"그랬지. 하지만 그 암소를 다시 양하고 바꿨다오."

"그게 더 낫군요! 당신은 정말 생각이 깊어요. 우리 집 울타리 옆에는 양이 뜯어먹을 풀이 충분하니까 잘됐지 뭐예요. 양의 젖과 치즈와 털옷과 털 양말이라니! 암소는 아무리 털이 많아도 이런 걸 주지 못하잖아요. 당신은 정말 사려 깊은 남편이에요." 노부인은 기뻐서 어쩔 줄 몰랐다.

"하지만 이번에는 양을 거위하고 바꿨다오!"

"그럼 올해에는 거위 요리를 먹게 되겠군요. 영감, 당신은 언제나 날 기쁘게 하신다니까요. 거위를 묶어 두었다가 살이 찌거든 구워 먹읍시다, 영감."

"그런데 이번엔 거위를 닭과 바꿨지."

"닭이요! 그거 정말 잘 바꾸셨군요. 닭이 알을 낳아 부화하면 병아리를 얻게 될 거예요. 이제 마당에도 닭이 가득하겠군요. 오, 내가 바로 원했던 거예요."

"그렇지. 하지만 그 닭을 썩은 사과 한 자루와 바꿔 버렸는걸."

"어머나, 당신한테 키스를 해드려야겠군요."

"어머나, 당신한테 키스를 해드려야겠군요. 오, 영감, 고마워요! 이제 내 말을 들어보세요. 아침에 당신이 나가고 나서 오늘 저녁 식사는 무엇으로 준비할까 생각했어요. 달콤한 부추를 곁들인 기름에 튀긴 계란과 베이컨이 생각났어요. 그런데 계란하고 베이컨은 있는데 부추가 없지 뭐예요. 그래서 교장 선생 댁에 갔어요. 그 집에는 부추가 많다는 걸 알거든요. 그런데 그 댁 부인은 겉으로는 웃지만 아주 인색하지요. 부인에게 부추를 조금만 빌려 달라고 하자 부인이 말했어요. '빌려 달라구요? 빌려 줄게 없으니 어떡하죠. 우리 마당에는 아무것도 자라지 않아요. 썩은 사과조차도요. 그러니 썩은 사과조차도 빌려 줄 수 없네요'라고요. 그런데 이제 그 부인에게 썩은 사과 10개를, 아니 한 자루를 통째로 빌려 줄 수가 있게 됐어요. 생각만 해도 참 행복해요!" 노부인은 이렇게 말하고 남편에게 애정 어린 키스를 했다.

"그거 참 재미있군. 내기에 지게 생겼는 데도 즐겁군. 이 정도면 돈을 낼 가치가 충분해."

영국인들은 혼난 게 아니라 키스를 받은 농부에게 100파운드의 금화를 주었다.

아내가 남편을 믿고 남편이 하는 일이 언제나 옳다고 주장하면 항상 수지가 맞는 법이다.

이것이 바로 내가 어렸을 때 들은 이야기이다. 자, 이제 여러분도 이야기를 들었으니 알 것이다. 영감이 하는 일은 언제나 옳다는 것을.

## 107
## 눈사람

"날씨가 아주 상쾌하군. 온몸이 뽀드득거리는걸." 눈사람이 중얼거렸다. "이런 바람은 생명을 불어넣어 주지. 빨갛게 이글거리는 저 거대한 것은 날 뚫어지게 바라보는군." 눈사람이 말한 것은 이제 막 서산으로 넘어가려는 해님이었다. "그래도 난 눈 하나 깜짝하지 않아. 눈 조각들을 꽉 붙들고 있을 거라구."

눈사람의 머리에는 두 눈 대신에 삼각형 모양의 기와 조각 두 개가 박혀 있었다. 입은 부서진 갈퀴로 되어 있었고 이빨도 있었다. 눈사람은 남자 애들의 환호성, 징글벨 징글벨 하며 울리는 종소리, 썰매의 채찍 소리가 울려 퍼지는 가운데 태어났다. 해님이 지고 달님이 솟았다. 어둠 속에서 고개를 내민 둥근 달님은 아주 크고 밝았다.

"이젠 다른 쪽에서 나타나는군." 눈사람은 달님을 보고 해님이 다시 나타난 거라고 생각하며 말했다. "이젠 뚫어지게 바라보는 버릇을 고쳤는걸. 그래, 내가 날 볼 수 있도록 그렇게 거기에서 비춰만 주라구. 그런데 어떻게 하면 움직일 수 있을까? 나도 저렇게 움직일 수 있으면 좋으련만! 그러면 사내애들처럼 얼음을 지칠 수 있을 텐데. 하지만 어떻게 해야 움직일 수 있지? 난 그런 것에 대해선 전혀 몰라. 달릴 줄도 모르는 걸."

"컹! 컹!" 마당에 있는 늙은 개가 짖어댔다. 그 개는 집 안에 있는 난로 옆에서

"날씨가 아주 상쾌하군. 온몸이 뽀드득거리는걸." 눈사람이 중얼거렸다.

살 때 목이 쉬어 "멍멍" 하고 제대로 짖지 못했다. "해님이 언젠가는 달리는 걸 가르쳐 줄 거야. 지난 겨울에 해님이 네 선배에게 달리게 하는 걸 보았어. 그리고 그전 선배도 달리는 걸 보았지. 그들은 멀리, 아주 멀리 사라졌어." 개가 말했다.

"그게 무슨 말이야? 저 위에 있는 것이 나한테 달리는 걸 가르쳐 준다고? 저건 아까는 빨리 달리더니 이젠 다른 쪽에서 슬금슬금 올라왔어." 눈사람이 말했다.

"넌 정말 아무것도 모르는구나! 그럴 수도 있겠지. 태어난 지 얼마 안 되었으니까. 지금 보이는 것은 달님이야. 아까 가 버린 것은 해님이구. 해님은 내일 다시 나올 거야. 바로 그 해님이 너한테 우물 옆 도랑으로 흘러 들어가는 걸 가르쳐 줄 거야. 왼쪽 다리가 콕콕 쑤시는 걸 보니 이제 곧 날이 추워지겠군."

"도대체 무슨 말인지 모르겠군. 하지만 그 말을 들으니까 기분이 좋지 않아. 날 뚫어지게 보는 그것, 그래 저 개가 해님이라고 했지. 아무튼 그 해님은 내 친구가 아니야. 느낌으로 알 수 있어." 눈사람이 혼자 중얼거렸다.

"컹! 컹!" 마당에 있는 개는 다시 짖어대고는 제자리에서 세 바퀴 돌더니 개집으로 들어가 잠을 잤다.

개의 말대로 날씨는 정말 달라졌다. 아침이 되자 짙은 안개가 주위에 깔렸으며 살을 에는 듯한 바람이 불어왔다. 너무 추워서 뼛속까지 얼어 버릴 것만 같았다. 하지만 해님이 떠오르자 아주 아름다운 광경이 펼쳐졌다. 나무들과 덤불들이 하얀 서리로 덮여 흰 산호 숲 같았다. 그리고 가지마다 반짝이는 고드름이 열렸다. 여름에는 무성한 잎사귀에 가려 보이지 않았던 우아한 형상들이 레이스로 세공한 것 같은 모습을 드러냈다. 가지마다 눈부신 흰빛이 반사되었으며 바람에 물결치는 자작나무는 여름날의 싱싱한 나무들처럼 활기차 보였다. 무엇과도 비교할 수 없이 참으로 아름다웠다. 해님이 비치는 곳은 어디나 다이아몬드 가루를 뿌려 놓은 것처럼 화려한 빛을 내며 반짝였으며 흰 눈이 덮여 있는 땅바닥은 수많은 다이아몬드를 뿌려 놓은 듯 눈이 부셨다.

"어머, 아름다워라!" 한 처녀가 청년과 함께 정원으로 들어서며 말했다. 두 사람은 눈사람 앞에 멈추어 서서 아름다운 풍경을 감상했다.

"여름에는 볼 수 없는 아름다운 풍경이에요." 처녀가 눈을 반짝이며 말했다.

"여름에는 이런 것도 볼 수 없지. 정말 잘 만들었군." 청년이 눈사람을 가리키며 말했다.

처녀는 웃으며 눈사람을 보고 고개를 끄덕였다. 그리고는 청년과 함께 눈을 밟으며 경쾌하게 걸어갔다. 눈은 두 사람의 발 밑에서 녹말을 밟는 것처럼 뽀드득 뽀드득 소리를 냈다.

"저 두 사람은 누구지? 넌 나보다 이 마당에 더 오래 있었잖니. 저들을 아니?" 눈사람이 마당에 있는 개에게 물었다.

"물론이지. 저 처녀는 나를 여러 번 쓰다듬어 주었고, 청년은 뼈다귀를 주었어. 그래서 난 저들을 물지 않아."

"뭐하는 사람들인데?"

"연인들이야. 저들은 앞으로 한 집에서 한솥밥을 먹으며 살게 될 거야. 컹! 컹!"

"저들도 너나 나와 같니?"

"아니, 그들은 주인님 신분이야. 넌 태어난 지 얼마 안 되어서 아는 게 정말 없구나. 나는 나이도 많고 경험도 많아서 이 집에 대해서는 다 알지. 그리고 이렇게 사슬에 묶인 채 추위 속에서 떨고 있지 않았던 때도 기억해. 컹! 컹!"

"추위는 상쾌한 거야. 얘기 좀 해 줘. 하지만 그렇게 절거덕거리는 사슬 소리는 내지 마. 정말 신경 거슬린단 말이야."

"컹! 컹! 그래, 얘기해 주지. 옛날에 나는 아주 작은 개였어. 사람들이 날 보고 작고 귀엽다고 말했지. 그때엔 집 안에 있는 우단 의자에서 지냈어. 주인 마님 무릎에 앉아 놀곤 했단다. 그들은 내 주둥이에 입을 맞추고 내 앞발을 수놓은 손수건으로 닦아주었어. 그리고 나를 '예쁜이', '귀염둥이'라고 불렀지. 그런데 내가 너무 커 버리자 나를 가정부에게 주었어. 그래서 나는 지하실 방으로 오게 되었지. 네가 서 있는 곳에서 보면 내가 주인으로 지내던 그 방이 보일 거야. 사실, 난 가정부의 주인이었거든. 그 방은 보잘것없이 작았지만 그래도 아주 아늑했어. 전처럼 아이들에게 시달리지 않았고 끌려 다니지도 않았으니까. 주인이 준 것보다 훨씬 더 좋은 음식을 많이 얻어먹었지. 거기엔 베개가 있고 난로도 있었어. 이맘때 지내기엔 제일 좋은 곳이었지. 난 그 난로 밑에 엎드려 누워 있곤 했어. 아, 아직도 그 난로가 그리워. 컹! 컹!"

"난로가 그렇게 예쁜 거니? 나랑 비슷해?" 눈사람이 호기심에 찬 눈빛으로 물었다.

"그건 너하고는 전혀 반대야. 까마귀처럼 까맣고 긴 목과 놋쇠 손잡이가 달려 있지. 장작을 먹고 입에서 불을 토해 내. 그 밑이나 옆에 있으면 그렇게 아늑할 수가 없어. 네가 서 있는 데서 창문으로 들여다보면 난로가 보일 거야."

눈사람은 창문을 들여다보았다. 정말로 놋쇠 손잡이가 달린, 번쩍이는 물체가 보였다. 그 물체의 아래쪽에서는 붉은 빛이 타오르고 있었다. 눈사람은 기분이 참으로 이상했다. 뭐라고 설명할 수 없는 느낌이었다. 그러나 눈사람이 아닌 사람들이라면 누구나 알고 있는 느낌이었다.

"그런데 넌 왜 그 여자를 떠났니? 왜 그렇게 아늑한 곳을 버렸어?" 눈사람은 난로가 여자처럼 보였기 때문에 이렇게 물었다.

"나도 어쩔 수가 없었어. 그들이 날 내쫓고 여기에 사슬로 묶어 놨어. 주인의 막내아들이 내가 먹던 뼈다귀를 발로 차기에 다리를 물어 버렸거든. 난 '뼈에는 뼈'라고 생각했어. 하지만 사람들은 그걸 이해하지 못했어. 그들은 잔뜩 화가 나서 그때부터 날 사슬에 묶어 놨지. 난 맑은 목소리를 잃어버렸어. 들어 봐, 내 목소리가 얼마나 쉬었는지. 컹! 컹! 난 이제 다른 개들처럼 짖어댈 수 없어. 컹!컹! 이젠 끝장이야."

하지만 눈사람은 가정부의 지하실 방을 들여다보느라고 개의 얘기가 귀에 들어오지 않았다. 네 개의 쇠다리로 서 있는 난로는 눈사람과 크기가 비슷했다.

"정말 이상하네. 내 안에서 우지직우지직 하는 소리가 나네! 저기로 들어가 볼까? 이건 내 소박한 꿈이야. 소박한 꿈은 반드시 이루어지지. 창문을 부수고라도 저 안으로 들어가서 저기에 기대고 싶어." 눈사람이 중얼거렸다.

"절대로 저 안으로 들어가선 안 돼. 네가 난로 가까이 가면 녹아 없어져 버릴 거야!"

"어차피 이대로 있어도 녹아 내리니까 들어가 보는 게 낫겠어."

눈사람은 하루 종일 창문 안을 들여다보았다. 어스름한 저녁이 되자 그 방은 더욱 근사해 보였다. 난로에서 나오는 온화한 빛은 달빛 같지도 않았고 햇빛 같지도 않았다. 그것은 장작을 넣은 난로만이 낼 수 있는 빛이었다. 난로 문을 열자, 모든 난로가 그렇듯이, 난로 입에서 불꽃이 확 올라왔다. 그 빛에 하얀 눈사람의 얼굴과 가슴이 발갛게 물들었다.

"더 이상 참을 수 없어. 혀를 내미는 모습이 어쩌면 저렇게 아름다울까!" 눈사람이 중얼거렸다.

밤은 무척 길었지만 눈사람에게는 짧게만 느껴졌다. 눈사람은 밤새 내내 아름다운 생각에 깊이 잠겨 뽀드득거렸기 때문이다. 아침이 되자 지하실 방 창문이 얼어붙어 아름다운 눈꽃이 피었다. 눈사람은 그렇게 아름다운 눈꽃을 본 적이 없었다. 그러나 하얀 눈꽃이 창문을 가려 난로가 보이지 않았고 얼어붙은 유리는 좀처럼 녹지 않았다. 그래서 눈사람은 쓸쓸하게 혼자 서서 난로를 상상할 수밖에 없었다. 눈이 뽀드득 소리를 내고 바람이 불어왔다. 눈사람이 아주 기뻐할 추운 날씨였지만 눈사람은 조금도 즐겁지 않았다. 눈사람은 온통 난로에 대한 그리움뿐이었다.

"그건 눈사람에게는 아주 끔찍한 병이야. 나도 그 병 때문에 고생을 했지만 이겨냈어. 컹! 컹! 이제 날씨가 바뀔 거야." 묶여 있는 개가 눈사람에게 말했다. 곧이어 날씨가 정말 바뀌어 얼음이 녹기 시작했다. 날씨가 점점 따뜻해질수록 눈사람은 점점 줄어들었다. 눈사람은 아무 말도 하지 않았고 불평도 하지 않았다. 그러던 어느 날 아침, 눈사람은 완전히 녹아 내리고 말았다. 눈사람이 서 있던 곳에는 빗자루 같은 것이 우뚝 솟아 있었다. 아이들이 바로 그 막대기에 눈을 뭉쳐서 눈사람을 만들었던 것이다.

"아, 눈사람이 왜 그렇게 난로를 그리워했는지 이제야 알겠어. 눈사람은 몸 안에 난로를 청소하는 막대기를 가지고 있었던 거야." 마당에 있는 개가 중얼거렸다. 개의 말대로 눈사람은 몸 안에 난로 청소기를 가지고 있었다. 난로에 대한 그리움으로 눈사람을 병들게 만든 것은 바로 그것이었다.

"하지만 이제 다 끝났어. 컹! 컹!"

어느덧 겨울이 지나고 봄이 왔다. 목이 쉰 개는 "컹! 컹!" 하고 짖어댔고 그 집 소녀들은 노래를 불렀다.

> 푸른 백리향아, 어서 향기로운 집에서 나오너라.
> 버드나무야, 어서 부드러운 가지를 펼치렴.
> 시간이 달콤한 봄을 몰고 오면
> 종달새가 하늘에서 유쾌하게 지저귀리.
> 따뜻한 태양아, 어서 나오렴.
> 뻐꾸기가 노래하면
> 나도 산책길에서 따라 부르리.

이제 눈사람은 모든 이들의 기억에서 사라져 버렸다.

# 108
## 오리 농장에서

옛날에 포르투갈에서 온 오리 한 마리가 있었다. 어떤 이들은 그 오리가 스페인에서 왔다고도 했지만 그건 그다지 중요하지 않다. 어쨌든 포르투갈 오리라고 불린 그 오리는 알을 낳자마자 곧 잡혀서 요릿상에 오르고 말았다. 그렇게 해서 그 오리의 인생은 끝이 났다. 하지만 이상하게도 그 오리알에서 태어난 새끼들 역시 포르투갈 오리라고 불렸는데 거기에는 뭔가 의미가 있는 것 같았다. 이제 오리 마당에는 그 새끼 포르투갈 오리들도 모두 잡혀가 버리고 오직 한 마리만 남게 되었다. 바로 그 마당에 수탉이 들어와서 거만을 떨었다.

"꼬꼬댁거리는 울음소린 정말 끔찍해. 그 소리를 들으면 신경이 곤두선다니까. 하지만 잘 생긴 닭이야. 오리는 아니지만 잘 생겼어. 조금만 더 교양이 있으면 좋겠는데. 옆집 정원의 보리수나무 위에서 노래하는 작은 새들처럼 말이야. 그건 아무데서나 배울 수 없는 거지. 점잖은 사회가 아니고서는 배울 수 없어. 아, 새들은 얼마나 사랑스럽게 노래하는지! 정말 듣기 좋아. 난 그걸 포르투갈식 노래라고 부르지. 나에게도 그런 새가 있다면 엄마처럼 다정하고 사랑스럽게 대해 줄 텐데. 그건 내 천성이니까. 내 포르투갈 기질 속에 흐르는 천성 말이야." 포르투갈 오리가 이렇게 중얼거리고 있을 때 작은 새 한 마리가 지붕에서 마당으로 쿵 떨어졌다. 고양이가 쫓아오는 바람에 도망치다가 그만 마당으로 떨어져 날개가 부러진 것이다.

"저건 고양이네. 나쁜 놈 같으니라구! 어릴 때 본 적이 있는데 지붕 위를 어슬렁거리며 돌아다녔지. 어떻게 저런 동물을 살려 두는지 몰라. 포르투갈에서는 그런 일이 없을 거야." 포르투갈 오리가 투덜댔다. 포르투갈 오리는 작은 새가 가엾었다. 그래서 다른 오리들과 함께 몰려가 새를 걱정했다.

"쯧쯧, 가엾어라! 노래하는 새가 다쳤네. 우리는 노래는 못하지만, 소리를 내는 기관 같은 것은 가지고 있지. 말을 잘할 수는 없지만 말이야." 오리들이 하나씩 다가오며 말했다.

"난 말을 할 수 있지. 이 가엾은 새를 위해서 뭘 해야겠어. 그건 내 의무야." 포르투갈 오리가 위엄 있는 목소리로 말했다. 그리고는 물통 속으로 들어가 힘차게 날개를 파닥거렸다. 그 바람에 물이 사방으로 튀겨 작은 새가 물에 빠져 죽을 뻔했다. 하지만 오리가 일부러 그런 것은 아니었다.

"이렇게 하면 기분이 좋아. 다른 새들도 이걸 배워야 해." 포르투갈 오리가 말했다.

작은 새는 날개 하나가 부러져 날개를 파닥여 물을 털어 내기가 힘들었지만 어서 기운을 내라고 목욕을 시켜 준 포르투갈 오리가 고마웠다. 그래서 이렇게 말했다. "쨱쨱! 당신은 마음씨가 참 곱군요." 하지만 작은 새는 포르투갈 오리가 또 목욕을 시키지 않았으면 싶었다.

"내 마음씨에 대해서는 생각해 본 적이 없지만 난 누구든지 사랑해. 고양이만 빼고 말이야. 누가 뭐래도 고양이만은 사랑할 수 없어. 내 동족을 두 마리나 잡아먹었거든. 하지만 안심하고 맘 편히 있어. 마음을 편히 갖는 건 어려운 게 아니야. 난 낯선 고장에서 왔지. 내 깃털을 보면 알 수 있을 거야. 저 수탉은 이 고장 출신이야. 나와는 다른 종족이지. 하지만 그렇다고 해서 난 거만하지 않아. 이 마당에서 누군가 널 이해해 준다면, 그건 바로 나야."

"저 애는 온통 포르투갈 생각뿐이야." 말재주가 있는 보통 오리가 말했다. 평범한 오리들은 누구나 '포르투락'이란 말을 재미있어 했다. 그 소리는 마치 '포르투갈'처럼 들렸기 때문이다. 그들은 이 말을 듣자 서로 머리를 맞대고 말했다 "쨱쨱, 정말 웃겨!" 그리고는 작은 새에게 눈길을 돌렸다.

"포르투갈 오리는 누구보다도 말을 잘하지. 우리는 그렇게 유창하게 말을 할 수는 없지만 널 무척 가엾게 생각한단다. 다른 건 몰라도 너와 함께 어디든 가 줄 수 있어. 그건 우리가 할 수 있는 최선의 일이야." 보통 오리들이 작은 새에게 말했다.

"네 목소리는 참으로 사랑스러워. 그런 즐거움을 나눠줄 수 있다는 건 참으로 기쁠 거야. 하지만 난 네 노래에 대해 이러쿵저러쿵 평가할 수 없으니까 입 다물고 있을게. 말도 안 되는 소릴 하는 것보다는 그게 낫겠지? 다른 오리들처럼 말이야." 제일 나이든 오리가 정중하게 말했다.

"그렇게 귀찮게 굴지 마! 그 애는 안정과 보살핌이 필요하다구. 내가 다시 물을 첨벙 튀겨 줄까, 노래하는 작은 새야?" 포르투갈 오리가 끼어들며 말했다.

"아, 아니에요. 그냥 내버려 두세요." 작은 새가 애원조로 말했다.

"나는 몸이 좋지 않을 때 목욕하면 좋던데. 그리고 오락을 즐기는 것도 몸에 좋아. 이제 곧 이웃 닭들이 널 보러 올 거야. 두 마리의 중국 닭도 올 거야. 다리에 털이 나 있는데 교양이 넘쳐흐르지. 그들은 아주 먼 지방 출신이란다. 그래서 난 다른 닭들보다 그들을 더 존경하지." 포르투갈 오리가 말했다.

그때 닭들이 도착했다. 수탉은 오늘 따라 유별나게 공손했다. "넌 가수 중의 가수야. 넌 네 힘껏 노래하지만 자신을 알리려면 목소리가 더 크고 우렁차야 해." 수탉이 말했다.

두 마리의 중국 닭은 노래하는 새를 보고 반해 버렸다. 물을 뒤집어 쓴 새는 깃털이 축축해져 있어 영락없이 중국 병아리처럼 보였던 것이다.

"정말 예쁘네." 중국 닭들이 서로를 보며 이렇게 말하고는 새에게 가까이 가서 품위 있는 중국말로 속삭였다. "우린 너와 같은 종족이란다. 너도 봤듯이 포르투갈 오리를 비롯해서 오리들은 모두 물 속에서 살지. 넌 우리를 모를 거야. 우리를 아는 이는 거의 없으니까. 우리는 다른 닭들보다 신분이 높지만 아무도 우리와 사귀려고 하지 않지. 하지만 그런 건 아무래도 상관없어. 우리는 다른 닭들 사이에서 조용히 우리 길을 갈 따름이지. 그들의 생각은 우리하고는 달라. 우리는 좋은 점만 보고 좋은 것에 대해서만 이야기한단다. 물론 좋은 점이 없는데 좋은 점을 발견하는 것은 쉬운 일이 아니지. 우리 둘과 수탉을 빼면 재능 있고 예의바른 닭은 아무도 없어. 오리들도 마찬가지야. 충고하는데 뭉툭한 꼬리를 가진 저 새는 믿지 마. 아주 교활하지. 그리고 날개에 비뚤어진 점이 있는 저 얼룩이는 싸움을 붙여서 서로를 미워하게 만든단다. 끝까지 자기 말만 하며 옳다고 우기지. 언제나 틀리면서 말이야. 저기 있는 뚱뚱한 오리는 누구든 보기만 하면 욕을 한단다. 그건 우리 기질과는 맞지 않아. 우린 좋은 얘기를 할 수 없을 때는 아예 입을 다물어 버리거든. 교양 있는 오리는 포르투갈 오리뿐이야. 그러면 교제해도 좋아. 하지만 너무 정열적이고 포르투갈에 대해 얘기를 너무 많이 하는 것이 흠이지."

"저 중국 닭들이 뭐라고 속삭이지? 늘 저렇다니까. 정말 신경에 거슬려. 그러니까 우리가 저 닭들과 이야기를 하지 않고 지내지, 그치?" 한 오리가 다른 오리에게 작은 소리로 소곤댔다.

이번에는 수오리가 나타났다. 그는 노래하는 새를 참새라고 생각하고 이렇게 말했다. "도대체 뭐가 다른지 모르겠어. 내가 보기엔 똑같은데 말이야. 그냥 노리개일 뿐이잖아. 사람들이 장난감이 필요하다고 하면 이걸 가져다주겠어."

"그가 하는 말에 마음쓰지 마. 그는 장사에 능하고 무엇보다도 장사를 제일 중요하게 생각하지. 이제 난 좀 누워서 쉬어야겠어. 세이지와 양파와 사과 향과 함께 요리되기 전에 살을 찌우는 게 우리의 의무지." 포르투갈 오리는 이렇게 말하고 햇살 아래 누워 한쪽 눈을 깜빡거렸다. 그러다 어느새 편안하게 잠에 빠져들었다. 노래하는 작은 새는 부러진 날개 속에 잠시 고개를 묻고 있다가 포르투갈 오리 옆에 바짝 다가가서 몸을 눕혔다. 해님이 온화하고 밝은 햇살을 뿌렸다. 정말 아늑하고 편했다.

그러나 이웃 닭들은 모두 깨어 있었다. 사실을 말하자면 그 닭들은 먹이를 찾으러 온 것이었다. 중국 닭들이 먼저 떠나고 곧이어 다른 닭들도 가 버렸다.

재치 있는 작은 오리가 포르투갈 오리에 대해 얘기하면서 깨물어 주고 싶도록 귀여운 새끼 오리를 갖게 될 거라고 했다. 그러자 다른 오리들이 웃음을 터뜨렸다. "깨물어 주고 싶도록 귀여운 새끼 오리라고? 정말 웃긴다."

오리들은 아까 얘기했던 '포르투락'이란 말을 다시 반복하면서 이 말이 제일 재미있는 말이라며 깔깔댔다. 그리고는 모두들 누워서 낮잠을 잤다.

그들이 한참 잠을 자고 있는데 갑자기 쿵 하고 먹을 것이 마당에 떨어졌다. 그 소리에 오리들이 화다닥 놀라서 날개를 퍼덕였다. 포르투갈 오리도 잠에서 깨어 황급히 한 쪽으로 몸을 피하다가 그만 노래하는 작은 새를 밟고 말았다.

"짹짹! 그렇게 아프게 밟으면 어떡해요?" 새가 소리쳤다.

"왜 내가 가는 길에 누워 있는 거야? 그렇게 성내면 되겠어? 나도 성질이 있다구. 하지만 그렇게 화를 내진 않아." 포르투갈 오리가 쏘아 붙였다.

"그렇게 화내지 마세요. 나도 모르게 그만 짹짹 소리가 나온 거예요." 작은 새가 풀이 죽어 말했다.

그러나 포르투갈 오리는 들은 척도 하지 않고 맛있는 모이가 있는 곳으로 달려가 게걸스럽게 먹어 치우고는 다시 드러누웠다. 노래하는 작은 새는 포르투갈 오리의 화난 마음을 누그러뜨리려고 노래를 시작했다.

"짹짹, 랄라라,

이슬방울이 반짝인다네,

햇살이 쏟아지는 봄날에.

난 노래하리, 가장 아름다운 노래를.

날개 속에 고개를 묻고

휴식을 취하러 갈 때까지."


"난 밥을 먹으면 좀 쉬어야 해. 여기에 있는 동안에는 이곳 규칙을 따라야지. 이제 좀 자야겠어." 포르투갈 오리가 화를 내며 말했다.

노래를 불러 포르투갈 오리를 즐겁게 해주려고 했던 작은 새는 포르투갈 오리가 화를 내자 어리둥절했다. 그래서 미안하다는 뜻으로 포르투갈 오리가 깨어나자 낟알을 물어다 포르투갈 오리 발 밑에 놓아 주었다. 그러나 포르투갈 오리는 잠을 푹 자지 못한 터라 기분이 좋지 않았다.

"병아리에게나 줘 버려. 그리고 그렇게 내 길을 막지 마."

"왜 나한테 화내는 거예요? 내가 뭘 어쨌다구?"

"뭘 어쨌냐구? 그런 말씨는 공손하지 못해. 알았어?"

"어제는 햇빛이 비쳤는데 오늘은 구름이 잔뜩 끼었어요. 무더워요."

"네가 날씨에 대해 뭘 안다구 그래? 아직 하루가 끝나지 않았어. 거기 그렇게 바보같이 서 있지 말고 비켜!" 포르투갈 오리가 쏘아붙였다.

"그렇게 무섭게 보지 마세요. 내가 마당에 떨어졌을 때 나를 보던 고양이 눈처럼 무서워요."

"참으로 무례하구나! 감히 그런 짐승과 날 비교하다니! 내겐 나쁜 피가 전혀 섞여 있지 않아. 내가 널 받아 주었으니 예의도 가르쳐 주지."

포르투갈 오리는 이렇게 말하고는 작의 새의 머리를 물어뜯었다. 작은 새는 그만 죽고 말았다.j

"이게 어떻게 된 거야? 아니, 그렇게 좀 쪼았다고 죽어 버리다니. 그래, 넌 결국 이 세상에서 살지 못하게 되어 있었어. 나는 네게 엄마처럼 대해 주었어. 난 마음씨가 좋으니까 말이야."

그때 이웃 수탉이 마당 안으로 고개를 디밀고 기관차 같이 힘찬 소리로 꼬꼬댁 울었다.

"그만 좀 울어요. 그 소리 때문에 죽겠다구요. 다 당신 탓이에요. 새가 죽었어요. 나도 죽을 것만 같아요."

"새가 그렇게 죽었다고 해서 별로 이상할 것도 없지." 수탉이 말했다.

"새에게 존경심을 가지고 말하세요! 이 새는 교양 있고 노래도 할 줄 알아요. 다정다감하고 상냥했지요. 인간이나 동물에게서도 좀처럼 볼 수 없는 점이라구요."

모든 오리들이 죽은 새 주위로 몰려들었다. 오리들은 시샘을 하거나 동정을 하는 데 있어서는 성질이 불같이 뜨거웠다. 그러나 이제는 시샘할 것이 없었기 때문에 작은 새에게 무한한 동정을 느꼈다. 그리고 두 마리의 중국 닭도 죽은 새를 가엾어했다.

"다시는 이렇게 아름답게 노래하는 새를 만나지 못할 거야. 그는 중국 새 같았어."

중국 닭들은 딸꾹질이 날 정도로 슬피 울었다. 다른 닭들도 마찬가지였다. 그 중에서도 오리들은 눈이 빨개지도록 제일 슬피 울었다.

"우린 따뜻한 가슴을 가졌어. 그 점은 아무도 부인할 수 없어." 눈이 빨갛게 된 오리들이 말했다.

"따뜻한 가슴! 그래, 포르투갈에서처럼 부드럽고 따뜻한 가슴을 지녔지." 포르투갈 오리도 한 마디 했다.

"우리 이제 뭘로 배고픔을 채울까 생각합시다. 그게 더 중요한 문제예요. 장난감 하나가 부서졌을 뿐이에요. 아직도 장난감은 많다구요." 수오리가 주위를 둘러보며 말했다.

# 109
# 새로운 세기의 시의 여신

우리는 새로운 세기의 시의 여신을 모르지만 우리의 자손들은 알게 될 것이다. 시의 여신은 어떻게 생겼으며 무슨 노래로 어떤 이들의 심금을 울릴까? 그리고 당대의 수준을 얼마 만큼 올려놓을까?

우리가 살고 있는 지금 이 시대에 우리는 왜 이렇게 많은 질문을 던지는가? 시를 단지 방해물로 생각하고, 불멸의 시인들이 쓴 글이 감옥 벽에 낙서로 쓰여져 호기심 있는 몇몇에게만 읽히리라고 생각하는 사람들이 사는 이 시대에 말이다.

시는 앞으로 다가올 일을 다루어야 한다. 그로 인해 깨지고 터지고 피를 흘려도 말이다. 여러분은 이것은 내 생각일 뿐이며 우리 시대에 시는 이미 잊혀졌다고 말하고 싶을지도 모른다.

하지만 지금도 주중에 할 일이 없으면 영혼의 갈증을 느껴 서점에 들러 시를 사는 사람이 있다. 비평가들에게 가장 많은 찬사를 받은 시를 말이다. 이들은 식료품 가게에서 물건을 싸는 데나 사용하는 인쇄물에는 만족하지 못한다.

미래의 시와 음악은 이상주의자들을 위한 것이다. 시와 음악을 이야기하며 시간을 보내는 것은 먼 천왕성으로의 여행에 대해 이야기하는 것만큼이나 유익한 일이다. 그러나 우리가 사는 시간은 아주 짧고 귀해서 공상이나 하며 보낼 수는 없다.

그렇다면, 한 번만 문학에 대해 진지하게 얘기해 보지 않겠는가? 시란 무엇일까? 학자들은 시란 생각과 감정을 표현하는 음률, 음조로 신경의 진동에 지나지 않는다고 말한다. 모든 기쁨, 행복, 고통, 우리가 느끼는 물질적 야심까지도 신경의 진동에 의해 결정되고 우리는 누구나 현악기에 지나지 않는다는 것이다.

그렇다면 현악기를 연주하고 현을 떨리게 하는 이는 누구인가? 현을 뜯는 것은 바로 보이지 않는 거룩한 정신이다. 그 정신의 움직임과 분위기에 영감을 받은 다른 현악기들은 그 현악기와 어울려 조화를 이루거나 충돌하여 불협화음을 낸다. 전에도 그래 왔고 인류가 자유를 자각하며 진보를 향해 나아갈 다음 세기에도 그럴 것이다.

백년마다, 그리고 천년마다 사람들은 시 속에서 가장 위대한 것을 노래했다. 시는 한 시대가 끝날 때마다 태어나 새롭게 시작되는 시대를 지배했다. 기계가 지배하는 우리 시대에도 시는 이미 태어났다. 다음 세기를 지배하게 될 시의 여신이 말이다. 우리는 시의 여신에게 인사를 보낸다. 시의 여신은 우리의 인사를 듣거나 앞서 말했듯이 감옥 벽에 낙서된 불멸의 시인들이 쓴 글을 읽게 될 것이다.

시의 여신의 요람은 아주 거대해서 탐험가들이 가 본 남쪽 끝까지, 아니 천문학자들이 망원경으로 들여다본 남쪽 끝까지 펼쳐져 있다. 그러나 우리는 요람이 흔들리는 소리를 듣지 못한다. 그 소리는 윙윙거리고 쿵쾅거리며 돌아가는 공장의 기계 소리, 기관차의 기적 소리, 실제로 암벽이 무너지고 우리를 과거와 묶어 놓았던 정신적 매듭이 파괴되는 폭음 속에 파묻혀 버리기 때문이다. 시의 여신은 증기와 기계가 지배하는 공장에서 태어났다. 핏기 없는 주인과 그 조수들이 밤낮으로 쉬지 않고 일하는 공장에서 말이다.

시의 여신은 사랑을 아는 여인의 가슴을 가지고 있다. 처녀의 순수함과 용광로처럼 들끓는 정열로 가득 차 있다. 시의 여신의 지성은 수천 년 동안 쌓여 온갖 색깔들로 빛난다. 여신의 자랑은 과학이 만들고 자연이 힘을 불어넣어 준 환상적인 거대한 백조의 날개이다.

시의 여신의 정맥 속에는 서로 다른 두 종류의 피가 흐른다. 아버지에게서는 덴마크 민족의 피를 받아 생각과 정신이 건강하고, 눈은 진지하며 입가에는 미소가 머물러 있다. 또 이주자의 딸로 귀족 가문에 태어난 어머니에게서는 말과 행동의 기품과 엄격함, 그리고 화려한 로코코 양식에 대한 추억을 물려받았다.

시의 여신은 태어날 때 많은 선물을 받았다. 자연의 감추어진 수수께끼와 그 해답을 잔뜩 받았으며 종 모양의 잠수 기구는 깊은 바다 속에서 나온 진기한 것들을 쏟아 냈고 시의 여신이 덮고 있는 담요에는 수만 개의 섬과 고요한 바다와 하늘이 그려져 있었다. 유모는 아이빌트(10세기 노르웨이 시인)와 피르다우시(10세기 페르시아 시인)의 시를 들려주고, 음유 시인들의 노래를 불러 주었으며, 어렸을 적 시심이 가득한 영혼으로 노래한 하이네의 시도 들려주었다. 그리고 피와 복수에 관한 옛날 신화에 대해서도 들려주었다. 유모가 들려준 〈아라비안 나이트〉는 15분만에 다 들었다. 이렇듯 시의 여신은 유모에게서 많은 것을 배웠다.

다음 세기의 시의 여신은 아직 어린애이다. 그렇지만 요람을 박차고 나왔다. 여신은 아직 자기가 뭐가 될지 모르기 때문에 고집이 세고 변덕스러우며 단호하다. 시의 여신은 지금도 수많은 예술품으로 가득 차 있는 커다란 육아실에서 논다. 그곳에는 그리스 시대의 비극과 로마 시대의 희극에 나오는 인물들이 대리석으로 조각되어 있는데 시의 여신은 그 조각들을 가지고 논다. 벽에는 각 나라의 민요들이 향기롭고 아름다운 꽃을 피울 날을 기다리는 마른 꽃처럼 걸려 있다. 또 베토벤, 글루크, 모차르트, 그 밖의 위대한 음악가들의 영원한 화음도 살아 있었다. 책장에는 지금은 잊혀졌지만 당대에는 영원히 사라지지 않을 것이라고 생각했던 수많은 책들이 꽂혀 있었다. 하지만 거기에는 우리 시대에 살고 있는 위인들이 들어갈 자리도 마련되어 있었다. 그들의 불멸을 노래한 전보가 전달되기 전에 죽은 위대한 인물들이 말이다.

시의 여신은 다양하고도 많은 책을 읽었다. 하지만 시의 여신은 많은 것을 잊어버려야 하는 우리 시대에 태어났기 때문에 잊는 법을 배우게 될 것이다.

시의 여신은 아직 자신의 노래를 생각하지 않았다. 앞으로 다가올 새로운 시대에 모세의 시와 여우의 간계를 읊은 비드파이의 훌륭한 우화(인도의 동물우화집)와 나란히 살아 남을 노래를 말이다. 시의 여신이 즐기는 동안 각 나라들 간에는 하늘을 뒤흔드는 전쟁이 계속 일어나고 있고, 깃털 펜과 대포는 아무도 이해하지 못할 수수께끼 같은 문자를 쓰고 있다.

시의 여신은 가리발디 모자(챙이 없는 케이크 같은 모자)를 쓰고 앉아서 셰익스피어 작품을 읽는다. 그리고는 가끔 책에서 눈을 떼고 이렇게 중얼거린다. "내가 어른이 되어서도 그의 작품은 공연될 테고 그때 가면 이해하게 될 거야." 칼데론(17세기 스페인 극작가)은 찬사와 경의로 장식된 자신의 작품으로 만든 석관에 누워 있다.

시의 여신은 실로 세계주의적인 존재이다. 그녀는 몰리에르(17세기 프랑스 극작가)와 플라우투스(BC 3세기 로마의 극작가), 아리스토파네스(고대 그리스 극작가)는 물론이고 덴마크 극작가인 홀베르 작품도 읽는다. 그러나 그녀가 가장 즐겨 읽는 것은 몰리에르의 작품이다.

시의 여신은 소금을 찾아 산 속을 뒤지는 영양처럼 인생의 의미를 찾는 일에 열심이다. 하지만 영양처럼 근심과 걱정에 휩싸여 지내지는 않는다. 시의 여신의 가슴에는 평화가 깃들어 있다. 그것은 초롱초롱한 별빛을 받으며 푸른 초원에 사는 유목민들의 평온함 같은 것이다. 그렇지만 노래를 부를 때는 시의 여신의 가슴은 그리스 시대의 전사들보다 더 뜨겁게 부풀어오른다.

시의 여신은 그리스도교인인가? 시의 여신은 세계관의 기본 원리를 배웠다. 그 원리에 따라 젖니가 빠지고 새 이가 솟아났다. 시의 여신은 요람에 있을 때 사과를 먹고 슬기로워졌다. 그때 인류의 가장 큰 행복은 불멸이라는 생각이 스쳐지나갔다.

시의 여신의 새 시대는 언제 시작될 것인가? 우리는 언제 시의 여신의 목소리를 듣게 될 것인가?

시의 여신은 어느 아름다운 봄날 아침 홀연히 나타날 것이다. 요즘 시대의 용이라고 할 수 있는 기관차를 타고 터널을 지나 다리를 건너고 씩씩거리며 콧구멍으로 물을 내뿜는 돌고래를 타고 거대한 바다를 건너올 것이며, 아래에서 불로 가열한 공기로 하늘로 떠오르는 열기구를 타고 땅으로 내려와 하느님이 주신 목소리로 처음으로 인류에게 인사할 것이다.

그런데 시의 여신이 나타나는 곳은 어느 곳, 어느 나라일까? 콜럼버스가 발견한 신대륙일까? 원주민들이 야생 동물처럼 쫓기고 우리가 '하이어워사(롱펠로우 시에 나오는 아메리카 인디언 영웅)의 노래'를 들을 수 있는 자유의 땅일까? 아니면 우리가 사는 곳이 낮일 때는 밤이고, 검은 날개를 가진 백조가 함수초 숲에서 노래하는, 우리와는 정반대인 세상의 아래쪽일까? 해가 뜰 때면 노래하는 황량한 사막에 있는 멤논의 석상일까? 셰익스피어가 영혼을 지배했던 석탄의 섬일까? 아니면 브라헤가 자신의 모국이라고 했던 나라일까? 아메리카 삼나무가 고개를 높이 쳐들고 우뚝 서 있는 요정의 땅인 캘리포니아일까?

그것은 우리가 알 수 없다. 시의 여신의 이마에서 반짝이는 별이 언제 어디서 처음 보일지, 그리고 색깔과 형태와 소리가 아름다운 다음 세기의 구상이 새겨진 꽃잎이 언제 펼쳐질지는 아무도 모른다.

"시의 여신의 계획은 무엇이죠? 여신은 뭘 원하는 거죠?" 똑똑한 정치가들은 조바심을 내며 이렇게 묻는다.

하지만 그런 질문은 하지 말라. 시의 여신은 모든 것을 계획하고 있으니까.

시의 여신은 결코 사라진 시대의 유령으로는 등장하지 않을 것이다. 시의 여신은 시, 결점 투성이인 플롯, 형편없는 찌꺼기로 새 드라마를 만들려고는 하지 않는다. 시의 여신은 원형극장의 연극이 무언 광대극을 앞질렀듯이 우리의 생각을 앞지를 것이다. 인간의 자연스런 목소리를 해부하여 짜 맞추어서 뮤직 박스가 내는 인위적인 소리를 만들지 않을 것이며, 귀족을 기쁘게 하기 위해 서정 시인들이 써넣었던 아첨은 사용하지 않을 것이다. 시의 여신에게는 시가 귀족이고 산문이 농부란 말은 통하지 않을 것이며 시와 산문이 똑같이 힘있고 중요하고 아름다운 글이 될 것이다.

시의 여신은 중세 북유럽의 전설을 본떠 옛 신의 새로운 형태를 조각하지는 않을 것이다. 그것은 의미가 없는 일이다. 새로운 세기의 시의 여신은 그런 신에게 호감을 갖지 않을 것이며 어떤 관계도 갖고 싶어하지 않을 것이다. 시의 여신은 다른 시대의 프랑스 소설을 흉내 내지 않고 평범한 사람들의 진실된 이야기로 사람들을 감동시키고자 할 것이다. 여신은 예술과 문학에 생명의 진수를 쏟아 넣을 것이며, 그녀가 부르는 시와 산문은 짧지만 명쾌하고 다양할 것이다. 여신은 각 민족의 심장 고동 소리로 새 글자를 만들 것이며, 그 글자들을 똑같이 사랑하여 말을 만들 것이고, 말로 미래의 노래를 만들 것이다.

시의 여신이 나타나기까지는 얼마나 걸릴까? 우리보다 앞서 살다간 사람들은 불멸에 대해 잘 알고 있기 때문에 짧은 시간이 될 것이다. 하지만 지금 살고 있는 우리에게는 긴 시간이 될 것이다. 곧이어 중국의 만리장성이 무너질 것이고, 유럽의 기차가 폐쇄된 아시아에 닿을 것이다. 그러면 두 문화의 강이 서로 만나 두 배로 늘어난 강은 더 깊게 흐를 것이다. 우리 시대에서 늙은이에 해당하는 우리들은 두려움에 떨 것이고 신들의 황혼기에 새 음악과 함께 신들이 멸망하는 소리를 들을 것이다. 하지만 이것이 모든 문명의 운명이라는 것을 어떻게 잊어버릴 수 있겠는가? 지상의 모든 나라와 시대는 불멸의 강 위에 연꽃처럼 떠다니는 말로 된 캡슐에 하나의 영상을 남기며 사라져 간다. 이 꽃들은 모든 시대가 겉옷만 다를 뿐 모두 우리의 육신이라는 것을 말해 줄 것이다. 이스라엘의 꽃은 구약 성경이고, 그리스의 꽃은 일리아스와 오디세이아이다. 우리 시대의 꽃은 무엇일까? 새 낙원이 생기고 그 낙원의 메시지가 이해되는 신들의 황혼기에 다음 세기의 시의 여신에게 물어보라. 모든 증기력과 현재의 모든 힘은 수단에 지나지 않는다. 우리가 통치자라고 믿었던 무정한 주인과 그들의 친구들은, 시의 여신이 주인 노릇을 하게 될 거대한 축제를 위해 홀을 단장하고 보물을 나르고 식탁을 차리는 하인과 노예에 지나지 않는다. 어린아이의 순수함과 처녀의 진지함과 여인의 확신과 지식을 가진 시의 여신을 위한 축제 말이다. 시의 여신은 경탄할 만한 시의 등불을 높이 치켜들 것이다. 시의 여신은 인간의 심장에 경건한 불꽃을 타오르게 할 것이다.

새로운 세기의 시의 여신이여, 그대를 환영하노라. 우리들의 환영의 외침은 하늘 높이 울려 퍼질 것이다. 쟁기에 치여 두 동강이 나는 벌레들의 기도와 사상이 널리 퍼지듯이. 그러나 새 봄이 되면 그 쟁기는 우리를 갈아 다음 세대를 위한 곡식을 키워 갈 것이다.

새로운 세기의 시의 여신이여, 우리 모두 그대를 환영하노라!

# 110
## 얼음 처녀

### 1. 작은 루디

이제 스위스로 가서 바위투성이인 가파른 등성이를 따라 숲이 뻗어 있는 멋진 산악 지방을 돌아다녀 보자. 눈부시게 흰 눈이 덮인 산꼭대기까지 올라갔다가 다시 푸른 초원으로 내려가 보자. 강물과 시냇물은 서로 앞을 다투어 바다로 흘러가려는 듯이 초원을 가로질러 세차게 흐른다. 해님은 깊은 골짜기 위로 강렬한 빛을 내리 쬐고 산 위에 두껍게 쌓인 눈더미 위에도 내리비친다.

눈더미는 녹아 내리거나 무너져 내려 눈사태를 일으키기도 하고, 높이 쌓여 빙하가 되기도 한다.

스위스 남부의 산중에 있는 그린델발트라는 작은 도시 부근에는 슈렉호른과 베터호른이라는 봉우리가 있는데, 이 두 봉우리 사이에 있는 넓은 바위 절벽에 이렇게 해서 만들어진 빙하가 두 개 있다. 사람들은 웅장하고 아름다운 이 빙하를 보려고 여름이면 세계 각지에서 몰려든다. 그들은 눈 덮인 높은 산을 넘고 깊은 골짜기를 지나 몇 시간씩 높은 산을 오르기도 한다. 높은 산을 오르다 보면 골짜기는 점점 더 깊이 가라앉는 것처럼 보인다. 그러다가 마침내는 커다란 풍선을 매단 기구를 타고 내려다보는 것처럼 골짜기는 까마득히 아주 작게 보인다. 우뚝 솟은 산꼭대기 위로는 때론 구름이 검은 베일처럼 걸려 있기도 하고 갈색 통나무 집들이 흩어져 있는 아래 계곡에서는 눈부신 햇살이 초록의 땅을 비추어 거의 투명한 빛을 띠기도 한다. 물은 거품을 내며 골짜기 사이로 세차게 흘러내린다. 산 위쪽에서 바위가 많은 산허리로 소곤거리며 떨어져 내리는 물줄기는 햇살을 받아 은빛으로 눈부시게 반짝인다.

작은 통나무집들은 바로 이런 곳에 산길을 따라 길 양쪽으로 들어서 있다. 이 곳에는 아이들이 많으며 집집마다 감자밭이 있어 많은 식구들을 먹여 살린다. 여행자들이 걸어서 또는 마차를 타고 마을에 나타나면 아이들은 떼를 지어 몰려 나와 여행자를 둘러싼다. 그들은 여행자들에게 스위스의 통나무집과 똑같이 조각한 작고 예쁜 기념품을 판다. 비가 오거나 눈이 와도 여행자들에게 기념품을 파는 아이들은 늘 볼 수 있다.

20년 전쯤에 지금의 아이들처럼 기념품을 팔던 한 소년이 있었다. 소년은 항상 다른 아이들과는 멀리 떨어져서 장사를 했다. 소년은 아주 진지한 얼굴로 기념품과 헤어지고 싶지 않다는 듯이 기념품이 든 상자를 두 손으로 꼭 움켜쥐고 있었다. 여행자들은 소년이 어리기도 하고 아주 진지했기 때문에 그의 물건을 많이 팔아 주었다. 그러나 소년은 기념품이 빠르게 다 팔려도 그 이유를 몰랐다.

산길에서 한 시간을 더 산으로 올라간 곳에는 소년의 외할아버지가 살고 있었다. 할아버지는 매일 작고 예쁜 기념품 집들을 깎고 조각했다. 할아버지의 방에는 커다란 찬장이 하나 있었는데, 거기에는 호두까기 인형, 칼, 포크, 멋진 나뭇잎, 뛰어오르는 영양 등 아이들의 눈을 즐겁게 해 주는 조각품들이 가득 들어 있었다. 그러나 루디라는 그 소년은 그런 것들에 관심이 없었다. 그는 항상 호기심과 동경심을 가지고 천장 아래 서까래에 걸려 있는 오래된 총을 바라보곤 하였다. 할아버지는 언젠가는 루디가 그 총을 갖게 될 거라고 하시며 그러려면 먼저 튼튼하게 자라서 총 쏘는 법을 배워야 한다고 말씀하셨다. 루디는 아직 어렸지만, 염소를 돌보았다. 염소를 잘 돌보려면 높은 곳에 잘 기어 올라가야 했는데, 그런 점에서 루디는 훌륭한 목동이었다. 가끔 루디는 나무 꼭대기에 있는 새집을 찾으려고 염소보다도 더 높은 곳에 올라가곤 했다. 루디는 그렇게 대담하고 용감했지만 좀처럼 미소를 짓는 법이 없었다. 그가 미소를 지을 때는 우렁차게 쏟아지는 폭포 옆에 서 있을 때나 거대한 눈사태가 나는 소리를 들을 때였다. 루디는 한 번도 다른 아이들과 논 적이 없었으며 장사를 하기 위해 마을로 내려올 때 외에는 다른 아이들과 함께 있지도 않았다. 루디는 장사하는 것을 별로 좋아하지 않았다. 그보다는 혼자 산을 돌아다니거나 할아버지 옆에 앉아서 옛날 이야기나 할아버지의 고향인 마이링켄 사람들에 대한 이야기를 듣는 것을 더 좋아했다. 할아버지는 이렇게 얘기하곤 했다.

"그들은 옛날에는 스위스에 살지 않았단다. 북부에서 이주해 왔지. 그들 조상은 아직도 그곳에 살았는데 그들은 스웨덴 사람이라 불리지."

이것은 루디에게는 새로운 사실이었다. 그러나 루디는 집에서 기르는 동물들을 통해서 더 많은 것을 배웠다. 루디의 집에는 아버지가 기르는 아욜라란 커다란 개와 수코양이가 있었다. 루디는 고양이에게서 기어오르는 것을 배운 터라 고양이를 매우 좋아했다.

"나랑 같이 지붕에 올라가자." 고양이는 루디에게 이렇게 말했다. 루디는 그 말을 아주 분명하고 알아들었다. 어린아이들은 닭, 오리, 고양이, 개의 말을 자기네 말처럼 쉽게 알아들을 수 있기 때문이다. 그러나 이것은 할아버지의 지팡이가 머리와 다리와 꼬리가 달린 말이라고 상상하는 나이에나 가능하다. 어떤 아이들은 이런 상상력을 다른 아이들보다 훨씬 더 늦게까지 가지고 있기도 하지만 어른들은 그런 아이들을 보면 나이에 비해 정신적으로 어리다고 말한다. 하지만 실제로 그런가?

"작은 루디야, 나랑 같이 지붕에 올라가자." 고양이가 말했다. 그것은 루디가 알아들은 첫 번째 말이었다. 고양이가 계속해서 말했다. "사람들은 지붕 위로 올라가면 밑으로 떨어질 거라고 하지만 그렇지 않아. 겁내지 않으면 떨어지지 않아. 자, 한 발은 여기에 올려놓고 다른 발은 저기에 놓아. 그리고 앞발로 균형을 잡아 봐. 눈을 크게 뜨고 살며시 움직여. 그러다 구멍이 나오면 폴짝 건너뛰어서 나처럼 꼭 매달려."

루디는 고양이가 가르쳐 준 대로 했다. 루디는 고양이와 함께 경사진 지붕 위에나 키 큰 나무 꼭대기에 올라가기도 했다. 그러나 루디는 그보다 훨씬 더 높은 곳에 있는, 고양이가 다니지 않는 바위 능선에 올라가는 일이 더 많았다. 루디가 바위 능선을 오를 때면 나무와 덤불들은 이렇게 외쳤다.

"더 높이! 더 높이! 어때, 우리가 얼마나 높이 자랐는지 잘 봐. 그리고 우리가 얼마나 단단히 매달려 있는지도 잘 보라구. 뾰족한 바위 모서리에조차 단단히 매달려 있지?"

루디는 매일 아침이면 해님보다 먼저 산꼭대기에 다다라 신선하고 상쾌한 아침 공기를 마시곤 했다. 그 공기는 오직 하느님만이 줄 수 있는 선물이었다. 사람들은 그 공기를 산에 있는 식물과 약초의 달콤한 향기라고 하는가 하면, 골짜기에 있는 박하와 백리향의 신선한 향기라고도 했다. 산꼭대기에 걸려 있는 구름이 공기 속에 있는 끈적거리는 기운을 모두 빨아들이면 바람은 이것을 소나무 숲을 지나 날려보냈다. 그러면 상쾌하고 신선한 향기만이 뒤에 남았다. 루디에게는 이 향기가 아침 음료수였다. 축복을 실어 오는 해님의 딸들인 햇살은 루디의 볼에 입을 맞추었다. 현기증이 틈만 있으면 덤벼들려고 숨어서 망을 보고 있었지만 루디에게는 감히 덤벼들지 못했다. 할아버지의 집에는 적어도 일곱 개의 제비집이 있는데, 거기에서 날아온 제비들이 루디와 염소 위에서 맴돌며 노래를 부르곤 했다.

"우리와 너희들, 너희와 우리들이 함께 있다네!"

그리고 나서 제비들은 집과 집에 있는 두 마리 암탉의 안부를 전해 주었지만 루디는 제비들과 친하게 지내지 않았다.

루디는 아직 어리고 작았지만 여기저기 많이 돌아다녔다. 루디는 스위스의 발레 주에서 태어나 할아버지에게 보내져 산에서 자랐다. 그는 흰 눈이 쌓여 햇살을 받아 눈이 부신 '융프라우' 산에서 슈타우바흐까지 걸어서 간 일이 있었다. 그곳은 은으로 만든 얇은 베일이 공중에 펄럭이는 것과 같은 작은 마을이었다. 루디는 또 커다란 빙하에도 가 본 적이 있었다. 하지만 그곳을 생각하면 슬픈 기억이 떠오른다. 엄마가 거기에서 돌아가셨던 것이다. 할아버지 말씀대로 루디는 그때부터 명랑함을 잃어버렸다. 루디가 한 살도 채 못 되었을 때 엄마가 쓴 편지를 보면 루디는 항상 웃는 아이였다고 한다. 그런데 루디는 빙하 틈새로 떨어진 후로는 아주 다른 애가 되었던 것이다. 할아버지는 그 사건에 대해 별로 이야기하지 않았지만 산에 사는 사람들은 모두 알고 있었다. 루디의 아버지는 역마차의 마부였다. 지금 할아버지 집에 살고 있는 커다란 개, 아욜라는 생플롱에서 제네바 호수까지 아버지를 따라다녔다. 루디에게는 론 강 계곡에 있는 발레 주에 살고 있는 삼촌이 한 분 있었다. 삼촌은 유능한 영양 사냥꾼이며 유명한 길잡이였다.

　루디가 한 살 때 아버지가 돌아가시자 어머니는 루디를 데리고 베른 오버란트에 사는 친척집에 가려고 했다. 그린델발트에서 조금 떨어진 곳에 루디의 외할아버지가 살고 있었다. 조각가인 외할아버지는 조각을 하여 넉넉한 생활을 하였다. 어머니는 6월에 루디를 팔에 안고 두 명의 영양 사냥꾼과 함께 젬미 고개를 지나 그린델발트로 향했다. 그들은 이미 목적지의 반을 왔음에도 높은 산등성이를 넘고 눈 덮인 들판을 지나야 했다. 낯익은 통나무집들이 있는 어머니의 고향이 멀리 보였다. 이제 커다란 빙하를 하나만 넘으면 고향에 닿을 수 있었다. 사람 키보다도 더 깊은 구덩이에 눈이 내려서 어디가 구덩이인지 알 수가 없었다. 어머니는 루디를 안고 조심조심 걷다가 미끄러지는 바람에 구덩이에 빠져 버렸다. 비명 소리나 신음 소리 하나 들리지 않고 오직 어린 루디가 칭얼거리는 소리만이 골짜기에 울려 퍼졌다. 어머니와 함께 길을 나섰던 두 사냥꾼은 한 시간이 더 지나서야 가장 가까이에 있는 집으로 달려가 밧줄과 막대기를 가져왔다. 그들이 두 사람을 구덩이에서 꺼냈을 때는 모두 죽은 것처럼 보였다. 그들은 수단과 방법을 가리지 않고 두 사람을 살려내려고 애쓴 끝에 루디는 겨우 살려냈지만 어머니는 죽고 말았다. 그렇게 해서 루디는 할아버지의 손에서 크게 된 것이다. 울기보다는 웃기를 더 잘했던 루디가 말이다. 그러나 이제 그것은 지난 얘기가 되었다. 루디는 차가운 얼음 세계에 빠진 후 그곳에 웃음을 두고 온 것처럼 좀처럼 웃는 법이 없었다. 스위스 농부들은 그 얼음의 세계를 행방불명된 영혼들이 심판의 날이 올 때까지 갇혀 있는 곳이라고 했다.

　빙하는 시냇물이 쏴쏴 하고 흐르다가 얼어서 푸른 수정 덩어리가 된 것처럼 보인다. 수정 덩어리가 높다랗게 쌓여서 만들어진 수정 궁전에는 빙하의 여왕인 얼음 처녀가 살고 있다. 이 얼음 처녀는 자기에게 가까이 오는 모든 생명들을 죽이고, 흐르는 강을 얼리는 강력한 힘을 가졌다. 또한 얼음 처녀는 공기의 아이이기도 했다. 그래서 영양 같은 날렵함으로 눈이 쌓인 산꼭대기까지 올라갈 수 있다. 가장 용기 있는 등산가들도 얼음에 계단을 만들며 올라가야 하는 높은 곳까지 말이다. 얼음 처녀는 어린 소나무 가지 위에 앉아 쏜살같이 흐르는 급류를 타고 내려가고, 이 빙산에서 저 빙산으로 새털처럼 가볍게 건너다닌다. 그럴 때면 얼음 처녀의 눈처럼 희고 긴 머리카락이 휘날리고 검푸른 옷자락은 스위스의 깊은 호수 물처럼 반짝인다.

얼음 처녀는 이렇게 소리쳤다. "내겐 꼭 잡아서 으깰 수 있는 힘이 있어. 한번은 사람들이 아름다운 소년을 나한테서 빼앗아 갔어. 난 그 아이에게 입을 맞추었지. 하지만 죽을 만큼 세게 입을 맞춘 건 아니야. 그 아이는 다시 사람들에게 돌아가 산 위에서 염소를 돌보지. 그는 언제나 더 높은 곳으로 기어 올라가. 다른 사람들에게서 멀어 떨어지려 하지만 나한테서는 멀리 가지 못해. 그 애는 내 거야. 난 그 애를 데려올 테야." 얼음 처녀는 현기증에게 소년을 데려오는 임무를 맡겼다.

현기증에게는 많은 형제가 있었다. 얼음 처녀는 그 중에서 가장 힘센 것들을 뽑았다. 그들은 여기저기에서 여러 가지 방법으로 신들의 힘을 과시했다. 가파른 계단 난간에 앉아 있는 것이 있는가 하면 높이 솟은 탑 난간에 앉아 있는 것들도 있었다. 그리고 다람쥐처럼 산등성이를 따라 뛰어다니는 것들도 있었다. 그들 가운데 어떤 현기증들은 공기를 밟고 다니면서 여기저기서 사람들을 유혹하여 절벽 아래로 떨어뜨리곤 하였다. 현기증과 얼음 처녀는 사람들을 잡아채 갔다. 그것은 마치 폴립(강장동물의 기본적인 체형의 한 가지. 몸은 원통형이며 위끝의 입 주위에 많은 촉수가 있고 아래쪽에는 족반이 있어 다른 물건에 부착함)이 손에 닿는 대로 모든 것을 잡아채어 가는 것과 같았다. 이제 현기증은 루디를 잡아와야 했다.

"루디를 붙잡아. 난 못하겠단 말이야. 그 못된 놈의 고양이가 그 아이에게 기어오르는 요령을 가르쳐 주었거든. 그래서 그 인간의 아이는 날 물리치는 힘이 있어. 그 애가 벼랑 위에 있는 나뭇가지에 매달려 있을 때도 난 그 녀석에게 다가갈 수 없어. 다가갈 수만 있다면 그 애의 발을 간지럽혀서 공중으로 날려 버릴 텐데 말이야. 하지만 그럴 수가 없단 말이야." 현기증이 얼음 처녀에게 말했다.

"너든 나든 우린 해내야 해. 내가 할게. 꼭 하고 말 테야!" 얼음 처녀가 굳게 다짐했다.

그때 "안 돼요, 안 돼!" 하는 소리가 울려 퍼졌다. 그것은 산 속으로 메아리치는 교회 종소리 같았지만 사실은 해님의 딸들인 사랑스럽고 착한 자연의 요정들이 어우러져 노래하는 합창이었다. 그들은 매일 저녁 산꼭대기에 빙 둘러서서 장밋빛 날개를 펼쳤다. 그러면 그날개는 지는 해와 함께 점점 더 빨갛게 타올라 높이 솟은 알프스 산을 붉게 물들였다. 사람들은 그것을 알프스의 저녁놀이라고 불렀다. 해가 지면 요정들은 산꼭대기에 쌓인 흰 눈 속으로 사라져 다시 해님이 떠오를 때까지 잠을 잤다. 요정들은 꽃과 나무와 사람들을 아주 좋아했는데 그 중에서도 특히 루디를 좋아했다.

"당신은 루디를 잡아가지 못해요. 절대로 그러지 못해요." 해님의 딸들이 노래했다.

"난 그 애보다 더 크고 힘센 것도 잡았는걸." 얼음 처녀도 지지 않고 말했다.

그러자 해님의 딸들은 방랑자의 옷을 찢어 폭풍 속으로 날려 버린 바람의 이야기를 해 주었다.

"바람은 방랑자가 걸치고 있는 껍데기는 가져갈 수 있었지만 그를 데려갈 수는 없었어요. 그를 덮치긴 했지만 꼭 붙들 수는 없었지요. 힘의 아이들은 우리보다도 훨씬 더 힘이 세고 날렵해요. 그 아이들은 우리 엄마인 해님보다 더 높이 올라갈 수 있어요. 또 바람과 파도를 다스리는 주문도 알고 있어서 바람과 파도는 그들의 말에 꼼짝못하고 복종하지요. 그리고 무거운 죽음의 무게를 벗어 던지고 위로 날아오를 수도 있어요." 종소리와 같은 아름다운 합창 소리가 감미롭게 울려 퍼졌다.

햇살은 매일 아침 하나밖에 없는 창문으로 들어와 조용히 자고 있는 루디를 비추었다. 해님의 딸들은 루디에게 입을 맞추었다. 루디가 엄마의 품에 안겨 눈구덩이로 빠졌다가 구조될 때 얼음 처녀가 입을 맞춘 차가운 입맞춤을 녹여서 없애고 싶었던 것이다.

### 2. 새 가정으로의 여행

루디가 여덟 살이 되자 론 강 계곡에 살고 있는 삼촌은 루디를 데려가고 싶어했다. 그곳에서는 더 좋은 교육을 받을 수 있고 어른이 되면 일할 기회도 더 많았기 때문이다. 외할아버지도 그 점을 생각하고 루디를 보내기로 했다.

루디가 떠날 날이 되었다. 외할아버지 외에도 작별할 사람이 많았다. 무엇보다도 늙은 개 아욜라와도 작별을 해야 했다.

떠나는 루디에게 아욜라가 말했다. "네 아버지는 역마차 마부였고 나는 역마차 개였단다. 네 아버지와 나는 산을 오르내리곤 했지. 그래서 난 저 산너머에 사는 사람들과 개를 안단다. 난 말이 많은 편은 아니지만 네가 떠나면 얘기할 수 없을 테니까 이야기를 하나 해 줄게. 오래 전부터 곰곰이 생각해 온 이야기란다. 난 아직도 그 이야기를 이해할 수 없어. 너도 그럴 거야. 하지만 아무래도 좋아. 이 세상이 모두에게 공평한 것만은 아니니까. 사람들에게나 개들에게나 말이야.

옛날에 역마차를 타고 여행하는 강아지를 본 적이 있어. 강아지는 사람이 앉는 좌석 하나를 차지하고 앉아 있었지. 여주인은, 처녀인지 부인인지 알 수는 없지만, 강아지에게 우유를 먹이고 있었지. 주인이 케이크를 주자 강아지는 킁킁거리며 냄새만 맡고 먹을 생각을 하지 않았어. 그러자 주인 여자가 그걸 먹었어. 나는 지친 몸으로 그 마차 옆을 달리고 있었어. 봄이었는데 길이 진흙 투성이였거든. 그때 난 얼마나 배가 고팠는지 몰라. 그때부터 계속 그 일을 골똘히 생각해 보았어. 아무래도 무엇인가 잘못된 것 같았어. 너도 언젠가는 네 마차를 끌 수 있기를 바라. 사람들이 그러는데 넌 그럴 능력이 있대. 하지만 난 자신이 없어. 아무리 크게 멍멍 짖어 봐도 소용없었어.”

루디는 아욜라의 목을 안고 콧등에 입을 맞추었다. 그리고는 고양이를 안았다. 그러나 고양이는 안기는 것을 싫어했다.

“그렇게 세게 안지 마. 숨막힐 것 같아. 발톱으로 긁지 않을게. 자, 산에 올라가. 내가 기어오르는 법을 가르쳐 주었지? 밑으로 떨어진다는 생각은 절대로 하지 마.” 고양이는 이렇게 말하고 펄쩍 뛰어가 버렸다. 그래서 루디는 고양이의 눈에 어린 슬픔을 보지 못했다.

할아버지의 닭 두 마리가 루디의 발 아래에서 오락가락했다. 그 중 한 마리는 꼬리가 없었다. 사냥꾼이 독수리로 잘못 알고 쏘아서 날려 버린 것이다.

“루디는 산너머로 간대.” 닭 한 마리가 말했다.

“그는 언제나 바빠. 난 차마 작별 인사를 할 수가 없어. 울음이 나올 것 같아.” 다른 닭이 말했다.

두 닭은 먹이를 찾으러 총총히 사라져 버렸다.

루디는 염소들에게도 작별 인사를 했다. 염소들은 슬프게 “음매! 음매!” 하고 울어댔다.

루디는 두 사람의 길 안내자를 따라 산을 넘어야 했다. 어린 루디에게는 힘든 여행이었지만 루디에게는 지칠 줄 모르는 힘과 용기가 있었다.

제비들이 멀리까지 따라왔다.

"우리들과 너희들! 너희들과 우리들!" 제비들은 똑같은 노래를 불렀다.

길은 뤼치네 강을 가로질러 놓여 있었다. 뤼치네 강은 그린델발트 빙하의 검은 동굴에서 여러 줄기의 맹렬한 물줄기로 쏟아져 나왔다. 거세게 흐르는 강을 건널 수 있는 길은 돌다리와 하류로 떠내려오다 바위에 걸려 있는 나무 둥치뿐이었다.

길 안내자들과 루디는 울창한 오리나무 숲이 있는 곳에서부터 산을 오르기 시작했다. 때로는 거대한 빙하 위로 기어오르기도 하고 때로는 빙하를 돌아서 가기도 했다. 그리고 엎드려서 기기도 하고 걷기도 했지만 루디의 두 눈은 즐거움으로 반짝였다. 루디는 힘차게 앞으로 나아갔다. 그의 발걸음은 너무도 힘차서 그가 지나간 곳에는 장화 자국이 남았다.

눈이 녹아 흐르는 계곡 물이 빙하에 시커먼 흙을 뿌려 놓아 보기가 흉했지만, 흙 사이로 청록색의 유리 같은 얼음이 아른거렸다. 높이 솟은 얼음 덩어리 한가운데에는 작은 호수가 있어 돌아가야 했다. 그때 얼음 덩어리 끝쪽에서 커다란 돌이 흔들거리더니 균형을 잃고 얼음 덩어리 틈새로 굴러 떨어졌다. 돌은 깊은 빙하의 절벽에 메아리를 남기며 사라졌다.

그들은 계속 위로 올라갔다. 빙하는 마치 산꼭대기까지 올라갈 듯이 높이 치솟아 있어 울퉁불퉁한 벼랑 사이에 높은 탑을 이루고 있었다. 루디는 엄마와 함께 저 아래 빙하 틈새로 굴러 떨어졌다는 얘기를 들은 기억이 났다. 하지만 그건 루디가 들었던 다른 이야기들처럼 하나의 이야기에 지나지 않았다. 길 안내자들은 길이 험해서 오르기 힘들 때면 루디를 도와주려고 손을 내밀곤 했다. 그러나 루디는 지치지 않고 한 마리 영양처럼 미끄러운 얼음 위를 능숙하게 뛰어갔다.

그들은 벌거벗은 바위들을 건너고 키 작은 나무들이 서 있는 숲을 지나 푸른 초원으로 나왔다. 주위 풍경은 끊임없이 바뀌었다. 눈 덮인 산이 그들을 빙 둘러싸고 있었다. 루디는 그 산들의 이름을 잘 알고 있었다. 융프라우, 묀히, 아이거였다. 루디는 한 번도 이렇게 높은 곳에 와 본 적이 없었다. 그리고 한 번도 이렇게 끝없이 펼쳐진 눈의 바다를 밟아 본 적이 없었다. 바람이 스쳐 갈 때면 눈 바다의 파도는 마치 거친 바다 위의 물거품이 바람에 날리듯 가는 눈가루만 휘날렸다. 이곳에서는 빙하들이 서로 손에 손을 잡고 있는 것 같은 모습이었으며 얼음 처녀에게는 그 빙하 하나하나가 수정 궁전이었다. 그곳에서는 얼음 처녀가 방심하는 나 그네를 언제라도 마음대로 붙잡아 가둬 버릴 수 있었다.

　뜨거운 햇빛을 받은 눈은 마치 청백색으로 번쩍이는 다이아몬드를 뿌려 놓은 듯 눈부셨다. 바람에 휩쓸려 온 많은 곤충, 벌, 나비들이 죽어서 눈 위에 누워 있었다. 베터호른 산꼭대기에는 검은 구름이 걸려 있었다. 구름 속에는 푄(산에서 부는 건조하고 따뜻한 바람)이 숨어 있었으며, 그 바람이 휘몰아치는 날에는 주위가 공포가 휩싸이게 된다.

　수천 년 동안 산꼭대기에서 흘러내린 물로 만들어진 깊은 계곡, 끝이 보이지 않는 가야 할 길 등, 그날의 여행과 황혼녘의 산꼭대기 광경은 루디의 기억 속에 오래도록 남았다.

　눈 바다 저 편에는 외딴 돌집이 한 채 있었다. 그들은 그곳에서 밤을 지냈는데 거기에는 석탄과 불쏘시개도 있었다. 길 안내자들은 불을 지피고 불 주위에 둘러앉아 담배를 피우고 따뜻한 포도주를 마셨다. 그리고 루디에게도 한 잔 주며 알프스 지방의 신비하고 불가사의한 것에 대해 이야기했다. 그 이야기는 깊은 호수 속에 사는 거대한 뱀, 집시, 잠든 사람을 날라다 물 위에 떠 있는 베네치아란 도시로 데려가는 유령에 대한 것들이었다. 또 밤에 검은 양 떼를 몰고 초원을 지나가는 이상하고 엉뚱한 양치기 이야기도 했다. 길 안내자들은 그 양치기를 보지 못했지만 많은 사람들이 양들의 목에 걸린 종소리와 음매 하고 우는 으스스한 양의 울음소리를 들었다고 했다. 루디는 호기심이 생겨 열심히 귀를 기울였다. 그러나 조금도 무섭지는 않았다. 그는 원래 무서움이란 걸 몰랐다. 루디는 멀리서 이상한 동물이 우는 소리가 들리는 듯했다. 그 소리는 점점 분명하게 들렸다. 안내자들도 이야기를 멈추고 귀를 기울였다. 그리고는 루디에게 잠을 자서는 안된다고 말했다.

　그것은 푄 폭풍우였다. 산꼭대기에서 계곡으로 불어오는 이 폭풍우는 엄청난 힘으로 갈대가 휘듯이 거대한 나무들을 부러뜨리고 체스 게임에서 졸을 옮기듯이 집들을 멀리 날려 버리기도 했다.

　한 시간쯤 지나서 폭풍우가 멎자 안내자들은 루디에게 자도 좋다고 말했다. 루디는 그 소리를 듣자 마자 곧 잠에 곯아떨어졌다. 힘든 여행을 하느라 매우 지쳐 있었던 것이다.

　그들은 다음날 아침 일찍부터 서둘렀다. 이제 해는 새로운 얼음 들판, 새로운 빙하, 새로운 산을 비추었다. 그 산들은 루디가 보지 못한 산들로 그들은 산너머에 있는 발레 주에 들어서 있었던 것이다. 그들과 그린델발트 사이에는 눈에 덮인 거대한 봉우리가 있었다. 새 집에 가려면 아직도 계곡, 숲, 초원들을 지나 먼 여행을 해야 했다. 루디는 새 집에 관한 모든 것을 빨리 보고 싶었다.

루디와 일행이 걸어가자 사람들이 집에서 나와 그들을 구경했다. 루디는 그렇게 이상하게 생긴 사람들을 본 적이 없었다. 그들은 하나같이 보기 흉했다. 넌더리날 정도로 뚱뚱한가 하면 얼굴은 창백하다 못해 누르스름하게 떠 있었고 살은 축 처져 있었다. 그리고 눈동자는 멍한 것이 바보 같았다. 그들은 크레틴이라는 백치병에 걸린 사람들로 여자들은 남자들보다 더 끔찍해 보였다.

'내가 살게 될 새 고향 사람들도 이렇게 생겼을까?' 루디는 그들을 보며 이렇게 생각했다.

### 3. 루디의 삼촌

다행스럽게도 루디의 삼촌이 사는 마을 사람들은 생김새가 루디가 이제껏 보아 왔던 사람들과 똑같았다. 단 한 사람만 빼고 말이다. 발레 주에서 본 사람들과 똑같이 크레틴 병에 걸린 그 애는 초라한 옷차림을 하고 있었는데 가족들의 집을 옮겨 다니면서 몇 달씩 살았다. 루디가 도착했을 때 자페를리라는 그 아이는 삼촌네 집에 있었다. 삼촌이 돌볼 차례였던 것이다.

삼촌은 아직도 사냥을 잘했다. 그리고 통 만드는 일도 능숙하게 잘했다. 그의 부인은 작지만 활달한 여자였다. 가냘픈 얼굴에 독수리 같은 눈을 가지고 있었으며 긴 목에는 오리털과 같은 털을 두르고 있었다.

루디에게는 모든 것이 새로웠다. 옷도 풍습도 심지어는 말도 달랐다. 하지만 아이들은 무엇이든지 금방 배우는 법이다. 그러니까 루디도 금방 배우게 될 것이었다. 삼촌은 할아버지보다 더 부자 같았다. 방들은 컸고, 벽에는 삼촌이 사냥한 영양의 뿔과 잘 닦여 번쩍거리는 총이 걸려 있었다. 그리고 문 위에는 성모 마리아의 그림이 걸려 있었는데, 그림 아래쪽에는 작은 램프가 켜져 있었고 꽃다발이 걸려 있었다.

삼촌은 이 지역에서 제일 유능한 영양 사냥꾼이었으며 제일 노련하고 믿을 만한 길 안내자이기도 했다. 이제 루디는 이 집에서 귀염둥이가 되는 것이다. 사실 이 집에는 루디 말고 귀염둥이가 또 있었다. 바로 늙은 사냥개였다. 이 개는 이제 더 이상 일을 못했지만 전에는 훌륭한 사냥개였다. 집 식구들은 지난날 개가 보여 주었던 훌륭한 솜씨를 잊지 않고 귀여워해 주었다. 그래서 사냥개는 노후를 여유 있게 보낼 권리가 있는 식구의 하나로 좋은 대접을 받고 있었다. 루디는 사냥개를 쓰다듬으며 친해지려 했지만 개는 낯선 사람을 대하듯 했다. 하지만 오래지 않아 서 루디는 그 집과 그 집사람들의 가슴에 뿌리를 내리게 되었다.

삼촌은 루디에게 이렇게 말했다. "이곳 발레 주에서의 생활은 그렇게 나쁘지 않단다. 여기에는 아직도 영양이 살지. 영양은 야생 염소처럼 그렇게 멸종하지 않을 거야. 이제 옛날보다 훨씬 살기 좋아졌지. 옛날이 좋았다고 얘기하는 사람들이 많지만 말이야. 이제는 개방이 된 거지. 계곡에는 신선한 바람이 불고 예전처럼 폐쇄되어 있지 않단다. 떨어진 잎사귀보다는 새로 피는 봉오리가 항상 더 좋은 법이지."

가끔 삼촌은 이야기를 하다가 신바람이 나면 어린 시절, 삼촌의 아버지가 왕성하게 활동했던 시절, 그리고 발레 주가 세상과 담을 쌓고 지내던 시절과 크레틴병 환자들로 득실거리던 시절의 이야기를 해주었다.

"프랑스 군인들이 와서 많은 사람들을 죽였단다. 병자들도 죽였지. 프랑스 사람들은 여러 가지 방법으로 싸우는 법을 알았지. 그들은 산과 싸웠지. 바위들도 그들에게 손을 들고 말았어. 그래서 생긴 것이 생플롱 고개란다. 이곳에서는 세 살 짜리 아이에게도 '이탈리아로 가거라' 하고 말하면 갈 수 있을 거야. 생플롱 고개만 따라가면 이탈리아가 나오거든. 프랑스 여자들도 싸움을 잘 했단다." 아저씨는 이렇게 말하며 부인에게 고개를 끄덕이고 웃었다. 아저씨의 부인은 프랑스 태생이었던 것이다. 그리고 나서 아저씨는 프랑스 노래를 부르면서 "나폴레옹 보나파르트 만세!" 하고 외쳤다.

루디는 그때 처음으로 프랑스에 대해서, 그리고 리옹이라는 론 강가에 있는 도시에 대한 이야기를 들었다. 삼촌은 리옹에 가 본 적이 있다고 했다.

삼촌은 루디에게 총쏘는 법을 가르쳐 주면서 이렇게 말하곤 했다.

"너도 조금 있으면 훌륭한 사냥꾼이 될 거야. 사냥에 타고난 재능이 있거든."

사냥철이 되면 삼촌은 루디를 산으로 데리고 다니면서 영양을 잡아 피를 마시게 했다. 스위스 사냥꾼들과 길잡이들은 영양의 피가 어지럼증을 없애는 약이라고 생각했기 때문이다. 삼촌은 또 햇빛의 강도와 눈의 상태를 보고 언제 눈사태가 날 것인가를 알아내는 방법을 가르쳐 주었다. 그리고 영양을 주의깊게 관찰해서 산에 오르는 법과 미끄러지지 않고 뛰는 법을 배우라고도 했다. 또 바위틈에 발 디딜 곳이 없으면 팔꿈치로 버티고 다리와 허벅지 근육을 사용해서, 심지어는 목 을 사용해서 버텨야 한다는 것도 일러주었다.

영양은 영악해서 보초를 세워 사냥꾼이 다가가는 것을 다른 무리에게 알린다. 그러니까 사냥꾼은 그보다 더 영악해야 하고, 영양이 냄새를 맡지 못하도록 맞바 람을 맞으며 사냥해야 한다. 가끔 삼촌은 옷이나 모자를 지팡이에 걸어 놓아 영 양을 혼란스럽게 만들었다. 그러면 영양은 지팡이를 사냥꾼으로 잘못 알고 당하 기 일쑤였다.

삼촌과 함께 사냥을 나간 어느 날, 삼촌은 산 중턱에 있는 영양을 발견했다. 눈 이 녹아서 발 아래는 미끄러웠으며 절벽을 따라 나 있는 길은 너무 좁고 탄탄하지 못했다. 조금만 발을 잘못 디디면 시커먼 계곡 아래로 떨어지기 알맞았다. 삼촌 은 기어서 절벽을 올라갔다.

루디는 30m 아래에 있는 탄탄한 땅에 서 있었다. 그때 독수리가 나타났다. 양을 물고 날아다닐 수 있을 정도의 거대한 독수리였다. 독수리는 삼촌 위에서 원 을 그리며 날았다. 루디는 독수리가 뭘 하려는 건지 알고 있었다. 독수리는 삼촌 을 덮쳐서 계곡 아래로 떨어뜨려 죽게 한 다음 먹이로 삼으려는 것이었다. 하지만 삼촌은 새끼와 함께 있는 영양에게만 정신이 팔려 있어 아무것도 몰랐다. 루디가 독수리를 겨냥해서 막 쏠려는 찰나에 영양이 절벽으로 뛰어올랐다. 아저씨가 총 을 쏘아 영양을 맞혔지만 새끼는 뛰어서 달아났다. 마치 태어나서 지금까지 이런 위험한 순간에 도망가는 것을 훈련이라도 받은 것 같았다. 총 쏘는 소리에 놀란 독수리는 멀리 날아가 버렸다. 삼촌은 자신이 위험에 처했던 사실을 모르고 있다 가 루디의 이야기를 듣고서야 알았다.

그들은 기분 좋게 집으로 향했다. 삼촌은 어렸을 때 불렀던 노래를 휘파람으 로 불렀다. 그때 갑자기 가까운 곳에서 간담을 서늘하게 하는 소리가 들렸다. 귀 에 익숙한 소리였다. 그들은 주위를 둘러보고 위쪽을 보았다. 마치 바람에 휘날 리는 식탁보처럼 그들 위쪽에서 눈더미가 들썩였다. 눈더미가 거대한 대리석 조 각처럼 두 개로 갈라지더니 돌, 눈, 얼음이 천둥소리와 같은 요란한 소리를 내며 산허리로 와르르 굴러 내렸다. 눈사태가 일어난 것이다. 눈사태는 루디와 삼촌을 덮치진 않았지만 아주 가까이에 쏟아져 내렸다.

"꼭 붙들어라, 루디야. 있는 힘을 다해서 꼭 잡아!" 삼촌이 소리쳤다.

루디는 가까이 있는 나무 줄기를 꽉 붙잡았다. 삼촌도 나무로 기어올라가 굵은 가지에 꽉 매달렸다. 그러나 눈사태로 인한 강한 바람에 나무 줄기와 가지가 마른 갈대처럼 힘없이 부러지고 말았다. 루디는 땅바닥에 내팽개쳐진 채 쓰러졌다. 루디가 붙들고 있던 나무 둥치는 마치 톱질이라도 한 것처럼 잘려져 나가 그루터기만 남아 있었다. 부러진 나뭇가지들 사이에 삼촌이 누워 있었다. 아직도 가지를 붙들고 있는 삼촌의 한 손은 따뜻했지만 머리가 뭉개져 얼굴을 알아볼 수 없었다. 루디는 하얗게 질려 부들부들 떨면서 삼촌을 보았다. 그것은 루디가 처음으로 경험한 두려움과 공포의 순간이었다.

그날 밤, 루디는 저녁 늦게야 집에 도착했다. 삼촌이 죽었다는 슬픈 소식을 가지고 말이다. 집안은 온통 슬픔에 싸였다. 숙모는 넋을 잃은 듯 울지도 못하고 말없이 앉아만 있었다. 다음날 사람들이 삼촌을 옮겨 온 뒤에야 숙모는 억눌렀던 울음을 쏟아 냈다.

불쌍한 자페를리는 하루 종일 침대에 누워 있다가 저녁이 되자 루디에게 와서 말했다. "날 위해 편지 한 장 써 주겠어? 나는 편지를 쓸 줄 몰라. 하지만 우체국에 가져갈 수는 있어."

"누구한테 쓸 건데?" 루디가 물었다.

"예수님께!"

"뭐라구?"

"예수 그리스도! 자페를리를 죽게 하시고, 이 집 가장은 죽게 하지 말라고 부탁드리려고 그래." 사람들이 백치라고 부르는 자페를리는 애원하는 눈빛으로 루디를 보며 두 손을 모으고 엄숙하고 경건하게 말했다.

루디는 자페를리의 손을 잡았다. "그런 편지를 쓰면 되돌아올 거야." 루디는 그런 부탁이 소용없다는 것을 설명하기가 무척 힘들었다.

"이제 네가 이 집 가장이다." 아줌마가 말했다. 그렇게 해서 루디는 그 집의 가장이 되었다.

## 4. 바베테

발레 주에서 제일 훌륭한 사냥꾼은 누구일까? 영양들은 그것을 알고 있었다. "루디를 조심해." 영양들은 이렇게 말하곤 했다.

"누가 가장 멋진 사냥꾼이지?"

"그건 루디야!" 아가씨들은 이렇게 대답했다. 하지만 "루디를 조심해!"라고 말하지는 않았다. 그런 말은 엄한 어머니들조차도 하지 않았다. 루디는 젊은 아가씨들을 대하는 것처럼 어머니들에게도 친절했던 것이다.

루디는 항상 쾌활하고 웃는 얼굴이었다. 햇볕에 그을려 건강한 뺨, 흰 이, 석탄처럼 검은 눈동자를 가진 루디는 스무 살의 잘생긴 청년이었다. 그는 차갑게 얼어붙은 호수에서도 물고기처럼 유연하게 수영을 잘했다. 그리고 달팽이처럼 가파른 산허리에 매달리는 법을 알았으며 어느 누구도 따라올 수 없는 튼튼한 근육과 힘을 가지고 있었다. 그는 껑충껑충 뛰는 법을 처음에는 고양이에게, 나중에는 영양에게 배웠다.

루디를 길 안내자로 삼으면 어떤 여행이든 안전했다. 루디는 아저씨에게 통 만드는 일을 배워 통을 잘 만들었지만 그런 일을 해서 생계를 꾸려 갈 생각은 없었다. 루디에게는 영양 사냥이 전부였고 그것으로 많은 돈을 벌 수 있었다. 사람들은 루디를 훌륭한 신랑감이라고 말했다. 그가 자신에게 걸맞지 않은 상대를 넘보지 않는다면 말이다.

"춤출 때 나한테 입을 맞췄어." 어느 날 학교 선생의 딸인 아네테가 친한 친구에게 말했다. 그러나 아무리 친하다고 해도 그런 말은 하지 말았어야 했다. 구멍 뚫린 주머니에서 모래가 술술 빠져나오듯 그런 비밀은 간직하기 힘든 법이니까. 사람들은 곧 그렇게도 용감하고 착한 루디가 춤출 때 몰래 입을 맞췄다는 사실을 알게 되었다. 하지만 루디는 제일 좋아하는 아가씨에게는 입을 맞추어 보지 못했다.

"조심해! 루디가 아네테에게 입맞추었대. '에이'자로 시작되는 이름을 가진 애하고 입을 맞추었으니까 곧 모든 애들한테도 입을 맞출 거야." 한 늙은 사냥꾼이 말했다.

지금까지 수다쟁이들이 루디에 대해서 수다를 떨 수 있는 것은 입맞춤에 관한 것이 전부였다. 루디는 아네테에게 입을 맞추긴 했지만 아네테가 루디의 마음속에 간직된 꽃은 아니었다.

커다란 호두나무들이 서 있고 시냇물이 졸졸 흐르는 저 아래 벡스에 물방앗간을 하는 한 부자가 살고 있었다. 한 귀퉁이에 작은 탑이 있는 그의 집은 함석으로 이은 나무 지붕이 있는 3층 짜리 큰 건물이었다. 햇빛과 달빛을 받을 때면 함석은 눈부신 빛을 발했고 제일 높은 탑에는 날씨를 알려 주는 풍향계가 매달려 있었다. 황금빛 화살이 사과를 꿰뚫고 있는 모양을 한 풍향계는 빌헬름 텔을 기억하기 위한 것이었다. 방앗간은 화려하게 꾸며져 있었다. 말솜씨나 그림 솜씨가 조금만 있으면 누구라도 방앗간의 생김새를 말로나 그림으로 설명할 수 있었다. 그러나 방앗간 집 딸은 그렇지 않았다. 루디에게는 그녀의 아름다움을 그림으로 그리거나 말로 설명하기가 불가능했다. 그러나 루디의 가슴속에는 그녀의 모습이 새겨져 있었다. 그녀의 눈빛은 찬란한 빛을 내며 루디의 가슴을 활활 불태웠다. 그 불꽃은 다른 모든 불꽃처럼 그렇게 갑자기 타올랐다. 그런데 방앗간 집 딸인 바베테는 그 사실을 전혀 모른다. 그녀는 한 번도 루디와 말을 해 본 적이 없었던 것이다.

방앗간 주인은 부자였다. 그래서 바베테는 사냥꾼이 상대하기에는 귀한 처녀였다. 하지만 루디는 이렇게 생각했다. '이 세상에서 닿을 수 없을 만큼 높은 것은 없어. 아무리 높다고 해도 기어 올라갈 수 있어. 떨어질 것이라는 망상에만 빠지지 않으면 말이야.' 이것은 루디가 고향에 있을 때부터 배운 철학이었다.

그런데 공교롭게도 루디는 벡스에서 해야 할 일이 생겼다. 당시에는 기차가 없었기 때문에 벡스까지는 힘들고 긴 여행이었다.

높고 낮은 산들로 둘러싸인 생플롱 고개를 따라 뻗어 있는 론 빙하에서부터는 발레 계곡이 시작되고, 그 계곡으로는 론 강이 힘차게 흐른다. 론 강은 그 계곡의 주인이며 봄에는 강물이 둑으로 넘쳐흘러 들판과 길을 뒤덮을 때도 있다. 계곡은 시용과 생모리츠 사이에서 급격하게 굽었다가 생모리츠에서 아주 좁아져 강과 시용과 생모리츠를 연결하는 길이 들어설 정도밖에 되지 않는다.

산허리에는 오래된 탑이 보초처럼 서서 강 건너편에 있는 세관을 바라보고 있다. 여기서부터 발레 주가 끝나고 보 주가 시작된다. 여기에서 제일 가까운 도시가 바로 벡스이며, 계곡은 벡스가 있는 곳에서부터 점점 더 넓어지고 비옥해져 밤나무, 호두나무, 커다란 사이프러스 나무가 울창하다. 이 지역은 석류도 익을 정도로 아주 따뜻해서 이탈리아 남부에 가 있는 듯한 느낌이 든다.

루디는 벡스에 도착해서 일을 마치고 시내를 둘러보았다. 그러나 바베테는 커녕 방앗간 직원도 볼 수가 없었다. 늘 그를 따라다니던 행운이 그날은 그에게 심술을 부리는 것 같았다.

저녁이 되자 백리향과 보리수나무 꽃향기가 주위에 가득했다. 나무가 울창한 산은 마치 푸른 베일 자락을 덮고 있는 것 같았다. 사방이 고요했다. 그것은 잠이나 죽음과 같은 고요가 아니라 자연이 사진을 찍기 위해 잠시 숨을 죽이고 자세를 취하고 있는 것 같았다.

계곡을 가로질러 전신줄이 걸려 있었으며 나무들 사이로 전봇대들이 보였다. 그 전봇대 중 하나에 무언가가 기대어 서 있었다. 그것은 아무런 움직임이 없어서 멀리서 보기에는 통나무 같았으나 바로 루디였다. 루디는 주변의 자연처럼 꼼짝 않고 서 있었으나 죽거나 자고 있는 것이 아니었다. 전신줄을 보고서는 그 선을 타고 개인의 삶을 바꾸거나 심지어는 세상을 바꾸어 버릴 수도 있는 소식이 전해지고 있다는 것을 알 수 없듯이, 꼼짝않고 서 있는 루디를 보고서는 그의 마음속에서 얼마나 많은 생각들이 요동을 치고 있는지 알 수 없었다. 루디는 행복, 삶, 사는 이유에 대해 생각하고 있었다. 그리고 앞으로도 계속될 이런 생각들에 자신의 미래가 달려 있다고 생각했다.

루디는 바베테가 살고 있는 물방앗간 집에서 새어나오는 불빛을 뚫어지게 바라보았다. 루디는 영양을 겨냥할 때처럼 꼼짝않고 서 있었다. 그러나 이 순간에는 루디 자신이 바로 영양이었다. 석상처럼 꼼짝않고 서 있다가 작은 돌이라도 구르는 소리가 나면 펄쩍 뛰어 도망가는 영양 말이다. 루디는 바로 그런 영양처럼 어떤 생각이 머릿속을 스치자 몸을 벌떡 세웠다.

"절대 포기하지 마. 방앗간을 찾아가 주인에게 인사하고 바베테에게도 인사할 거야. 떨어질 거라는 생각을 하지 않으면 절대로 떨어지지 않는 법이야. 바베테의 남편이 되려면 그녀가 나를 한 번 봐야 될 것 아니야?" 루디는 큰 소리로 외치며 웃었다. 그리고는 용기를 내어 방앗간으로 갔다. 그는 자신이 원하는 것이 바로 바베테라는 것을 알고 있었다.

길은 물이 굽이치는 강을 따라 나 있었다. 강둑에는 버드나무와 보리수가 흐르는 물살 위에 치렁치렁한 가지를 드리우고 있었다. 루디는 동요에 나오는 가사처럼 방앗간을 향했다.

그가 방앗간에 이르렀을 때는

아무도 없었다네

고양이와 쥐만이 그를 맞았다네.


고양이는 문 앞 계단에 앉아 있었다. 고양이는 몸을 쭉 폈다가 등을 구부리고 "야옹!" 하고 울었다. 그러나 루디는 본 체 만 체하고 곧바로 문으로 달려가 두드렸다. 고양이가 다시 "야옹!" 하고 울었다. 루디가 어린아이였다면 "아무도 집에 없어"라고 하는 고양이의 말을 알아들었을 것이다. 그러나 루디는 이제 어른이었다. 그래서 왜 집이 비었는가를 방앗간 일꾼에게 물어보았다.

그들은 인터라켄에 갔다고 했다. 루디는 아네테의 아버지인 학교 선생님으로부터 인터라켄이 '호수와 호수 사이'라는 것을 알고 있었다. 그곳에서 내일부터 1주일 동안 사격 대회가 열리는데 독일어를 사용하는 모든 주에서 그 대회를 구경하려고 모인다고 했다. 가엾게도 루디는 때를 잘 못 맞춰 간 것이다. 이제 루디가 할 일은 먼 길을 걸어 집으로 돌아가는 것뿐이었다. 루디는 생모리츠와 시용을 거쳐 산을 넘어서 집으로 돌아왔다. 그러나 다음날이 되자 다시 용기가 생겼다.

그는 이런 생각이 들었다. "바베테는 인터라켄에 있어. 도로로 가면 며칠이 걸리겠지만 산을 넘어가면 그렇게 오래 걸리지 않아. 산을 타고 다니는 것은 나 같은 사냥꾼에게 알맞은 일이지. 전에도 그 길을 넘은 적이 있잖아? 내가 온 것은 저 산 너머니까. 어릴 때 할아버지와 살았던 곳이잖아. 인터라켄 사격 대회에서 우승하고 말 테야. 바베테가 나를 알게 되면 그녀의 마음도 얻게 되겠지.'

루디는 나들이옷을 챙기고 사냥 가방을 어깨에 멨다. 그리고는 총을 들고 산을 오르기 시작했다. 도로로 가는 것보다는 짧은 길이었지만 그래도 인터라켄까지는 꽤 멀었다. 그러나 사격 대회는 오늘부터 시작될 예정이므로 대회가 끝나기 전에 도착할 수 있었다. 바베테는 아버지와 함께 인터라켄에 있는 친척집에서 1주일 동안 지낸다고 했다. 루디는 그린델발트에 있는 고향의 산을 타기 위해 거대한 젬미 빙하를 넘기로 했다.

루디는 누가 봐도 생기있고 쾌활했다. 갈수록 계곡이 사라지고 시야는 점점 더 넓어졌다. 여기저기에 눈 덮인 산들이 모습을 드러냈다. 모두 루디가 알고 있는 산이었다. 루디는 눈에 덮인 돌로 된 손가락 모양처럼 푸른 하늘로 솟아 있는 슈렉호른을 향해 걸었다.

산등성이를 벗어나자 어린 시절 뛰놀던 푸른 초원이 눈앞에 펼쳐졌다. 루디의 마음은 산에서 부는 신선한 공기처럼 한결 가뿐해졌다. 푸른 계곡에는 봄에 피는 꽃들이 한창이었고 그의 가슴에서는 청춘의 지혜가 반짝였다. 사람은 늙지 않고 죽지 않는다. 삶을 즐기고 마음껏 누려라. 새처럼 자유롭게 살아라. 루디의 발걸음은 새처럼 자유롭고 가벼웠다. 머리 위에서는 제비들이 따라오며 어린 시절에 그랬던 것처럼 똑같은 노래를 불렀다. "우리와 너희들! 너희와 우리들!"

푸른 초원 저 아래로 작은 밤색 통나무집들과 뤼치네 강이 보였다. 빙하 꼭대기는 지저분한 회색 눈에 덮여 있었으며 깊은 벼랑과 경계를 이룬 부분은 푸른 유리처럼 맑았다. 루디가 고향에 돌아온 것을 환영하기라도 하듯이 교회 종소리가 울려 퍼졌다. 한순간 루디는 어린 시절의 추억으로 가슴이 벅차 바베테에 대한 생각도 잊어버렸다.

루디는 어렸을 때 다른 아이들과 같이 할아버지가 조각한 장난감 집을 팔던 곳을 지났다. 소나무들 사이로 할아버지의 집이 보였다. 하지만 이제는 낯선 사람들이 살고 있었다. 아이들이 수공예품을 팔려고 그의 주위로 몰려들었다. 루디는 아이들을 보며 어린 시절이 떠올라 조용히 미소를 지었다. 그 중 한 아이가 루디에게 알프스 장미를 주었다.

"알프스 장미예요. 행운을 가져다준답니다." 아이가 장미를 내밀며 속삭였다. 루디는 그 순간 바베테가 생각났다.

루디는 두 물줄기가 모여 뤼치네 강을 이루는 곳에 있는 다리를 건넜다. 자작나무, 떡갈나무, 느릅나무들이 푸른 가지를 드리우고 있었다. 호두나무 숲을 지나자 멀리서 펄럭이는 깃발들이 보였다. 빨간 바탕에 하얀 십자가가 그려져 있는 스위스와 덴마크 국기였다. 그리고 그 앞으로 인터라켄이 펼쳐졌다.

루디는 인터라켄이 다른 어떤 곳보다도 아름답다고 생각했다. 다른 도시들과는 달리 그곳에는 위협적이고 단조롭고 유명한 석조 건물들이 없었다. 그곳은 마치 산허리에 있는 작은 통나무집들이 모두 푸른 계곡에 모여서 아무렇게나 강둑을 따라 서 있는 것처럼 보였다.

그 집들은 할아버지가 만들어서 진열장에 세워 두었던 나무집들과 똑같았다. 한순간 루디는 할아버지가 깎아 만든 장난감 집들이 오래된 밤나무처럼 자라서 그곳에 서 있는 듯한 느낌이 들었다.

　창문과 발코니에는 깎아 만든 목공예품이 진열되어 있었고 발코니 위에는 지붕이 있어 비와 눈을 막아 주었다. 제일 아름다운 거리에 있는 집들은 모두 새로 지은 것들로 루디가 어렸을 때는 없던 것들이었다. 그 집들은 모두 호텔이었는데, 집 앞마다 정원이 있었고 길에는 자갈이 깔려 있었다. 이 집들은 푸른 초원을 가리지 않도록 길 한쪽으로만 지어져 있었으며 산으로 둘러싸인 초원에서는 목에 방울을 매단 소들이 풀을 뜯었다.

　흰 눈에 덮인 산 중에서 제일 우뚝 솟은 산은 눈부시게 흰빛을 내는 융프라우였는데, 다른 산들은 마치 스위스 산중에서 제일 아름다운 이 산이 돋보이도록 옆으로 물러서 있는 것 같았다.

　거리에는 잘 차려 입은 많은 외국인들이 눈에 띄었으며 여러 주에서 온 사냥꾼과 농부들로 북적거렸다. 사격 대회에 참가하는 사냥꾼들은 번호가 적힌 리본 달린 모자를 쓰고 있었으며, 집과 다리에는 대회를 알리는 깃발들로 나부꼈고 그 중에는 시가 쓰여 있는 것도 있었다. 트럼펫, 호른, 오르간 소리가 울려 퍼지고 사람들의 함성이 요란했다. 그 요란한 소음 속에서도 총을 쏘는 소리가 계속 들렸다.

　루디의 귀에는 총소리가 제일 아름다운 음악처럼 들렸다. 루디는 자신이 바베테를 만나러 인터라켄에 왔다는 사실도 잊어버린 채 총소리에 완전히 넋을 잃었다.

　루디는 사수들과 함께 과녁 앞으로 나왔다. 루디가 총을 쏠 때마다 총알은 과녁에 가서 박혔다.

　"저 젊은이는 누구죠?" 사람들이 궁금해하며 물었다.

　"프랑스 말을 하는 걸 보니까 발레 주에서 왔나 봐요. 하지만 독일 말도 하던걸요." 누군가 이렇게 말했다.

　"어릴 때 그린델발트 근처에서 살았다고 하더군요." 그들 중의 하나가 루디에 대해서 알고 있다는 듯이 말했다.

　루디는 정말로 힘이 넘쳐흘렀다. 그의 손은 흔들림이 없고 눈은 날카로워 그가 쏜 총알은 과녁을 빗나가는 법이 없었다. 루디는 항상 용감했다. 그는 쉽게 친구를 사귀었으며 어디를 가나 그를 좋아하는 사람들이 그의 주위로 몰려들었다. 이제 루디를 모르는 사람이 없었고 사람들은 루디를 칭찬하느라 침이 말랐다. 그래서 루디는 바베테를 생각할 겨를이 없었다.

갑자기 억센 손이 루디의 어깨를 잡으며 프랑스 말로 물었다. "발레 주 출신이오?"

루디가 고개를 돌리자 붉은 얼굴의 한 뚱뚱한 남자가 서 있었다. 바로 벡스에서 온 돈 많은 방앗간 주인이었다. 그는 몸집이 너무 커서 뒤에 서 있는 바베테가 보이지 않을 지경이었다. 바베테는 젊은 사냥꾼을 구경하려고 발돋움을 하고 서 있었다.

방앗간 주인은 대회에서 우승하고 있는 청년이 같은 지방 출신이라는 얘기를 듣고 흐뭇해서 그를 만나려고 온 것이었다. 이번에도 행운의 여신이 루디에게 미소를 짓고 있었다. 그가 찾으려던 것이 그를 찾아온 것이다.

낯선 지방에서 고향 사람을 만나면 오래된 친구처럼 금방 친해지는 법이다. 루디는 이제 사격 솜씨 때문에 인터라켄에서 유명 인사가 되었다. 방앗간 주인이 그의 방앗간과 돈 때문에 벡스에서 유명 인사인 것처럼 말이다. 이 두 사람은 동등한 자격으로 악수를 나누었다. 다른 상황에서라면 있을 수 없는 일이었다. 바베테도 루디에게 악수를 청했다. 루디가 악수를 하면서 바베테의 눈을 진지하게 바라보자 바베테는 얼굴을 붉혔다.

방앗간 주인은 여러 도시를 지나고 증기선, 기차, 역마차를 타고 인터라켄까지 온 이야기를 해 주었다.

"저는 지름길로 왔습니다. 산을 넘어왔지요. 사람이 오르지 못할 만큼 높은 산은 없는 법이니까요." 루디가 말했다.

"그렇지만 잘못하면 목이 부러질 수도 있지. 자네가 그렇게 대담하지 않다면 자네 목도 부러질 걸세." 방앗간 주인이 말했다.

"떨어질 거라고 생각하지 않으면 절대로 떨어지지 않는 법입니다."

방앗간 주인과 바베테가 묵고 있는 방앗간 주인의 친척이 루디를 집으로 초대했다. 그들도 루디와 같은 지방 출신이었다. 루디는 기꺼이 초대를 받아들였다. 더할 나위 없이 좋은 기회였다. 행운이 루디를 찾아온 것이다. "하느님은 우리에게 호두를 주시지만 호두 껍질을 벗겨 주시지는 않는다"라는 속담을 기억하고 항상 준비하는 사람에게는 행운이 따라다니기 마련이다.

루디는 방앗간 주인 친척 가족들과 함께 저녁 식탁에 앉았다. 마치 그 집 가족이 된 것 같았다. 식구들은 인터라켄의 제일 훌륭한 사수를 위해 건배했다. 물론 바베테도 같이 축배를 들었다. 루디는 짧게 감사하다는 말을 했다.

저녁 식사 후, 그들은 호텔이 들어선 아름다운 거리로 산보를 나갔다. 그 거리에는 인파가 너무 많아서 루디는 바베테에게 팔을 내밀었다.

"보 주 출신 사람을 만나게 되어 기뻐. 보 주와 발레 주는 항상 다정한 이웃이었지." 루디가 걸으면서 말했다.

바베테는 루디의 어조가 매우 진지해서 루디의 손을 꼭 잡았다. 그들은 곧 오랜 친구처럼 나란히 걸으며 얘기를 나누었다. 바베테는 매우 상냥하고 매력적이었다. 바베테는 외국 여자들의 옷과 걸어다니는 모습이 매우 우습다고 깔깔댔다. 루디는 그렇게 애교스럽게 얘기하는 사람을 본 적이 없는 것 같았다.

"내가 저 사람들을 놀린다고 생각하지 마세요. 외국인들은 정직하고 친절하지요. 대모가 영국 사람이어서 잘 알아요. 대모는 내가 태어났을 때 벡스에 왔었죠." 바베테는 대모가 준 금 브로치를 차고 있었다. "대모는 내게 두 번 편지를 보내 왔어요. 올해 인터라켄에서 대모를 만나기로 했지요. 딸들과 함께 오기로 했거든요. 대모의 딸들은 노처녀예요. 서른이 다 돼가니까요."

바베테 자신은 열여덟 살이었다.

바베테는 귀엽고 작은 입을 쉴 새 없이 놀렸다. 루디에게는 바베테가 말하는 것은 무엇이건 아주 중요하게 여겨졌다. 루디도 바베테에게 하고 싶은 이야기를 다 했다. 벡스에 자주 갔던 일이며, 그녀의 아버지가 운영하는 물방앗간을 잘 알고 있고, 바베테를 자주 보았다는 얘기도 했다. 물론 바베테는 루디를 못 보았을 테지만 말이다. 그리고 마지막으로 벡스에 갔던 날 밤에 바베테와 그녀의 아버지가 인터라켄으로 떠났다는 말을 듣고 어떤 생각을 했는지를 고백했다.

"당신은 너무 먼 곳에 있었소. 하지만 만날 수 있는 길이 두 개가 있었소. 나는 그 중 짧은 길을 택해 산을 넘어 이곳에 온 것이요."

루디는 다른 이야기도 털어놓았다. 자신이 바베테를 얼마나 좋아하고 있는지, 그리고 인터라켄에 온 것은 사격 대회에 참가하기 위해서가 아니라 바베테를 만나러 왔다는 얘기도 했다.

루디가 얘기를 하는 동안 바베테는 말이 없어졌다. 너무 뜻밖의 고백에 놀란 것이다.

그들이 걷는 동안 해가 지고 눈에 덮인 융프라우가 황금빛 노을 속에 모습을 드러냈다. 사람들은 모두 걸음을 멈추고 그 장엄한 광경을 지켜보았다. 루디와 바베테도 멈춰 서서 그 광경을 구경했다.

"이곳만큼 아름다운 곳은 아무 데도 없을 거예요." 바베테가 말했다.

"어디에도!" 루디도 바베테를 바라보며 그 말을 따라 했다.

"난 내일 떠나야 해요." 잠시 후 루디가 말했다.

"벡스에 가면 우리 집에 놀러 오세요. 아버지께서 기뻐하실 거예요." 바베테가 속삭였다.

## 5. 집으로 돌아오는 길에

다음날 루디는 얼마나 많은 선물을 집으로 가지고 가야 했는지 몰랐다. 그는 은잔 세 개, 훌륭한 총 두 자루, 결혼하면 유용하게 쓰게 될 은으로 된 커피 주전자를 상으로 받았다. 하지만 그보다 더 귀중한 것이 있었는데 그것은 바로 바베테의 호감을 산 것이었다.

날씨는 흐리고 비가 내려 으스스했다. 무거운 구름이 검은 베일처럼 낮게 걸려 있어 산꼭대기가 부옇게 보였다. 저 멀리 산 아래에서 나무꾼의 도끼 소리가 들렸다. 산비탈을 따라 구르는 나무가 이쑤시개처럼 작게 보였다. 가까이에서 보면 돛대로 쓸 만큼 크고 튼튼한 나무들일 텐데도 말이다. 뤼치네 강은 단조로운 화음을 내며 계속 흐르고 바람은 머리 위의 구름들처럼 지루한 노래를 흥얼거렸다.

그때 루디의 바로 앞으로 한 처녀가 지나가고 있었다. 그 처녀도 산을 넘어 루디와 같은 방향으로 가고 있었다. 그런데 그녀의 눈은 이상한 힘을 가지고 있는 것 같았다. 루디는 자기도 모르게 그 눈을 찬찬히 바라보았다. 두 눈은 유리처럼 맑고 호수처럼 깊었다.

"애인 있어요?" 루디가 물었다. 사랑에 빠진 사람들은 사랑밖에 생각할 줄 모르는 법이다.

"없어요." 처녀가 웃으며 말했다. 하지만 어쩐지 거짓말같이 들렸다. "돌아가지 말아요. 왼쪽으로 해서 가면 더 빨라요." 처녀가 다시 말했다.

"얼음 절벽 아래로 떨어지려면 그렇겠죠. 길도 잘 모르면서 길 안내를 하려고 해요?"

"아니에요. 이 길을 훤히 알아요. 난 제정신이거든요. 당신은 정신을 저 아래 계곡에 두고 왔나 보군요. 조심하세요. 산 속에 있을 때는 얼음 처녀를 생각하세요. 사람들은 얼음 처녀가 인간의 친구가 아니라고 생각하지요."

"난 얼음 처녀가 무섭지 않소. 난 어렸을 때도 그 손아귀에서 무사히 빠져 나왔거든요. 이제 어른이 되었으니 감히 나에게 손을 대지 못할 거요." 루디가 자신 있게 말했다.

밤이 깊어 가자 사방이 더욱 어두워졌다. 어느새 폭우가 내리더니 빗줄기가 눈으로 변해 세상이 눈부시게 하얗게 빛났다.

"내 손을 잡아요. 올라가는 것을 도와 줄 테니." 처녀가 루디에게 손을 내밀며 말했다. 처녀의 손은 얼음처럼 차가웠다.

"당신이 날 도와 준다구? 산을 오르는 데 여자의 도움은 필요 없소."

루디는 처녀에게서 떨어져 걸음을 빨리했다. 눈보라가 담요처럼 루디를 감쌌다. 계속 윙윙거리는 바람결에 처녀가 웃으면서 노래하는 소리가 들렸다.

'얼음 처녀의 하녀인가 보군.' 루디는 이런 생각을 하며 어렸을 때 산을 넘으면서 길잡이들에게 들은 이야기를 떠올렸다.

어느새 눈발이 가늘어져 있었다. 루디의 발 아래로 구름이 보였다. 아직도 처녀가 웃으면서 노래 부르는 소리가 들렸다. 하지만 그 목소리는 인간의 목소리 같지 않았다.

루디는 마침내 산꼭대기에 이르렀다. 거기서부터 산길을 타고 내려가면 론 강 계곡이었다. 샤모니 위쪽으로 맑은 하늘이 보이고 두 개의 별이 반짝였다. 루디는 그 별들을 보면서 바베테와 자신이라고 생각했다. 그리고 자신이 얼마나 운이 좋은가를 생각했다.


### 6. 방앗간 방문

"우리 가문에 영광이구나. 너는 네 아버지나 삼촌보다 더 훌륭한 사람이 될 거다." 루디의 숙모는 독수리 같은 눈을 반짝이며 말했다. 그리고는 긴 목을 평소보다 더 빨리 새처럼 움직이며 말했다. "넌 정말 운이 좋구나, 루디야. 넌 내 아들이나 다름없으니까 키스를 해 주마."

루디는 숙모가 키스를 하도록 잠자코 있지만 그의 표정은 마지못해 허락하는 표정이었다.

"넌 참 잘 생겼어." 숙모가 한숨을 쉬며 말했다.

"그건 아줌마한테 해당되는 말이잖아요." 루디는 웃으면서 이렇게 말하긴 했지만 아줌마의 말이 듣기 싫지가 않았다.

"다시 말하지만 넌 운이 좋은 아이야."

"정말 그래요." 루디는 바베테를 생각하며 이렇게 말했다. 루디는 생전에 이처럼 벡스에 가고 싶은 적이 없었다. "지금쯤 그들이 집에 도착했겠어요. 벌써 이틀이 지났는걸요. 벡스에 가 봐야겠어요."

루디가 벡스에 갔을 때 마침 방앗간 주인이 집에 돌아와 있었다. 방앗간 주인은 루디를 보고 반가워하며 인터라켄에 있는 친척이 안부 인사를 전해 달라고 했다고 말했다. 바베테는 거의 말이 없었다. 하지만 루디는 그녀의 눈빛만 보고도 그녀가 하고자 하는 말을 충분히 알 수 있었다.

평소에는 늘 자신이 주인공이 되어 이야기를 하던 방앗간 주인이 루디의 모험담에 귀를 기울였다. 영양을 사냥할 때 겪어야 하는 어려움과 위험, 가파른 절벽위로 나 있는 좁은 다리를 건너야 했던 일, 언제라도 죽음의 계곡으로 내팽개쳐질 수 있는 눈과 얼음으로 된 아슬아슬한 다리를 건너야 하는 사냥꾼의 이야기에 흥미를 보였다. 눈을 반짝이며 영양 사냥 얘기를 하는 루디는 용감해 보였다. 루디는 알프스 산에 사는 염소처럼 생긴 영양에 대해서도 얘기해 주었다. 그는 영양이 매우 영악하고 용감하다고 했다. 그리고 푄 바람, 눈사태, 마을 전체를 묻어 버릴 수 있는 산사태에 대해 얘기했다. 루디는 자기가 새로운 이야기를 할 때마다 방앗간 주인이 점점 더 자기를 좋아하게 된다는 것을 느낄 수 있었다.

방앗간 주인은 특히 대머리수리, 매, 독수리에 관심이 있었다. 루디는 발레주에 있는 한 독수리 둥지 얘기를 해 주었다. 그 둥지는 기발하게도 앞으로 툭 튀어나온 벼랑 아래에 있는 작은 암석 위에 지어져 있었다. 그런데 며칠 전에 어느 영국인이 그 독수리 새끼를 산 채로 잡아다 주면 많은 금화를 주겠다고 루디에게 제안했다.

"하지만 아무리 노련한 사냥꾼이라 하더라도 그건 위험한 일이지요. 그런 곳에 올라간다는 것은 미친 짓이에요. 그러니까 그 독수리 새끼는 안전하지요."

루디의 이야기에 사람들은 시간 가는 줄 몰랐다. 계속해서 포도주 잔이 오감에 따라 혀가 풀렸다. 루디에게는 저녁이 짧기만 했다. 자정이 넘을 때까지 그 집에 있었지만 말이다. 루디가 그 집을 나선 것은 그 집의 마지막 불빛이 꺼지기 직전이었다. 지붕에 있는 작은 창문을 통해 안방에서 나온 고양이가 신선한 공기를 마시고는 처마 밑 홈통으로 가서 부엌 고양이를 만났다.

"방앗간에 새로운 일이 생겼어. 그게 뭔지 아니?" 안방 고양이가 물었다. "이 집에서 비밀리에 약혼이 이루어졌어. 주인은 아직 그걸 몰라. 루디와 바베테가 저녁 내내 탁자 밑으로 발을 맞대고 있었단다. 그들이 두 번이나 내 꼬리를 밟았지만 나는 '야옹' 소리를 내지 않았어. 그러면 사람들이 알아차렸을 테니까 말야."

"나라면 '야옹' 했을 텐데." 부엌 고양이가 말했다.

"부엌 예절과 안방 예절은 다르거든. 방앗간 주인이 그 약혼에 대해서 알면 뭐라고 할까?"

방앗간 주인은 뭐라고 할까? 루디도 무척 알고 싶었다. 그래서 루디는 며칠 후에 마차를 타고 벡스로 향했다. 마차가 보 주와 발레 주를 잇는 다리 위를 지날 때 루디는 자신만만했다. 루디는 그날 밤에 정식으로 약혼하는 광경을 머릿속에 그려보았다.

그리고 저녁에 집으로 돌아오는 마차 안에 루디가 앉아 있었다. 방앗간에서는 안방 고양이가 새로운 소식을 사방에 알리느라 부지런히 뛰어다녔다.

"얘, 부엌 고양이야, 무슨 일이 있었는지 알고 싶지? 방앗간 주인이 모든 걸 알아 버렸단다. 오늘 저녁 루디가 왔었는데, 복도에 서서 둘은 오랫동안 소곤거렸지. 바로 방앗간 주인 집 방이 있는 복도에서 말이야. 난 그 얘기를 다 들었단다. 그들 발 밑에 있었거든." 안방 고양이는 이렇게 말하고 자신이 들은 얘기를 들려주었다.

"당신 아버지한테 곧장 가서 말하겠소." 루디가 말했다.

"나도 함께 가면 더 용기가 생기겠어요?" 바베테가 조바심을 내며 물었다.

"용기는 충분하오. 하지만 함께 갑시다. 당신이 옆에 있으면 당신 아버지는 좋든 싫든 화를 내시지 못할 테니까 말이오."

그리고 나서 두 사람은 방앗간 주인 집 방으로 들어갔다.

"루디는 정말 싫어. 내 꼬리를 아프게 밟지 뭐야. 그래서 목청을 돋구어 힘껏 '야옹' 하고 소리를 질렀지. 하지만 루디와 바베테는 귀머거리처럼 내 소리 따위는 아랑곳하지 않았어. 그들은 문을 열고 안으로 들어갔지. 하지만 내가 먼저 들어가서 얼른 의자 위에 앉았어. 루디의 발 근처에 있다가는 언제 채일지 모르니까. 그런데 이번에는 방앗간 주인이 걷어찼어. 그는 루디를 저 산 너머로 걷어차 버렸지. 이제 루디는 산 위에 있는 영양을 겨눌 수는 있어도 바베테는 절대로 겨눌 수 없을 거야." 안방 고양이가 말했다.

"어떻게 그런 일이 생겼지? 무슨 말이 오갔는데?" 부엌 고양이가 호기심에 가득 찬 얼굴로 물었다.

"무슨 말? 청혼을 할 때 사람들이 보통 하는 말들이 오갔지. '저는 바베테를 사랑하고 바베테도 저를 사랑합니다.'

그러자 방앗간 주인이 말했어. '자네 분수를 알게! 바베테는 자네가 넘볼 상대가 아닐세. 황금 곡식 위에 앉아 있단 말일세. 자네는 결코 오르지 못할 곳이네.'

'절실히 원하면 아무리 높다 해도 오를 수 있습니다.' 루디가 이렇게 말했어. 배짱이 참 좋았지.

'그렇다면 자네가 저번에 여기 왔을 때 얘기한 독수리는 어떤가? 그곳은 너무 높아서 자네도 오를 수 없다고 하지 않았나? 바베테는 그보다 훨씬 더 높은 곳에 있다네.'

'그 둘을 다 갖고 말겠어요!' 루디가 단호하게 말했어.

'좋아. 그렇다면 자네가 그 새끼 독수리를 산 채로 잡아오면 바베테를 자네한테 주겠네.' 방앗간 주인은 눈물이 날 정도로 웃어댔지. '어쨌든 이렇게 찾아 주어서 고맙군. 내일 다시 오면 집에 아무도 없을 걸세. 잘 가게, 루디!'

바베테도 작별 인사를 했지. 하지만 바베테는 엄마를 잃은 작은 고양이처럼 애처로웠지.

'울지 말아요, 바베테. 약속은 약속이오. 그것도 남자가 한 약속이오. 꼭 독수리 새끼를 잡아오겠소.'

그 말을 듣자 방앗간 주인이 조롱하듯 말했어. '난 자네 목이 부러졌으면 좋겠네. 그럼 다시는 자넬 보는 일이 없을 테니까 말일세.'

어때? 멋지게 걷어찼지? 루디는 그렇게 떠나고, 바베테는 울고, 방앗간 주인은 인터라켄에서 배운 노래를 불렀지. 나 같으면 울지 않았을 거야. 울어 봐야 무슨 소용이 있어. 아무런 도움이 되지 못하는걸." 안방 고양이가 말했다.

"하지만 그러면 체면이 서잖아." 부엌 고양이가 말했다.

## 7. 독수리 둥지

산길에서 노랫소리가 들렸다. 이 세상에서 아무런 근심이 없는 듯한 아주 흥겨운 노랫소리였다. 바로 루디가 부르는 노래였다. 루디는 친구 베지만트에게 가는 길이었다.

"너 나 좀 도와주어야겠다. 라글리도 데려 가자. 저기 협곡 꼭대기에 있는 독수리 둥지에서 독수리 새끼를 잡아야 하거든."

"그보다는 달에 있는 흑점을 따오는 게 더 쉽겠다. 그런데 오늘 왜 그렇게 기분이 좋으냐?" 베지만트가 웃으며 물었다.

"결혼할 생각이거든. 농담은 그만두고 무슨 일이 있었는지 얘기해 줄게." 한 시간 정도 얘기를 들은 베지만트와 라글리는 루디가 왜 독수리 새끼를 잡으려는지를 알게 되었다.

"너 정말 겁없는 놈이구나! 그건 안 돼. 네 목이 부러지고 말 거야." 두 사람은 루디를 말렸다.

"떨어질 거라고 생각하지 않으면 절대로 떨어지지 않아!" 루디가 단호하게 말했다.

그들은 자정에 장대, 사다리, 밧줄을 가지고 출발했다. 그들은 컴컴한 어둠을 뚫고 관목 숲과 커다란 바위들을 지나 산 위를 향해 올라갔다. 저 발 아래에서는 강물이 흐르는 소리와 조그만 폭포들이 노래하는 소리가 들렸고 비를 잔뜩 머금은 구름이 귀를 때리며 지나갔다. 마침내 그들은 가파른 벼랑 위에 있는 바위에 도착했다. 위로 더는 올라갈 수가 없었다. 머리 위에는 화강암으로 된 두 벼랑 끝이 거의 맞닿아 있어 그 틈새로 하늘이 겨우 내다보였다. 사방이 점점 더 어두워지는 것 같았다. 저 아래 골짜기에서 물이 쏴 하고 흘렀다. 세 사람은 좁은 벼랑 끝에 웅크리고 앉아서 말없이 참을성 있게 날이 새길 기다렸다. 새끼 독수리를 잡으려면 우선 어미 독수리를 쏘아 맞혀야 했다. 루디는 바위처럼 꿈쩍도 않고 웅크리고 앉아 총을 겨눈 채 독수리 둥지가 있는 튀어나온 절벽 끝을 노려보았다. 하지만 한참을 기다려야 했다.

이윽고 독수리가 커다란 날개를 퍼덕이는 소리가 들렸다. 두 벼랑 틈새로 보이는 조그만 하늘을 배경으로 거대한 독수리가 형체를 드러냈다. 두 개의 총이 독수리를 겨누었다. 그러나 한 방만이 쏘아졌다.

한동안 날개가 계속 퍼덕거리다가 멈추더니 독수리가 천천히 아래로 떨어지기 시작했다. 몸집이 워낙 크고 펼쳐진 날개가 너무 거대해서 세 사람은 새가 떨어지면서 그들을 휩쓸어가 버릴까 봐 겁이 났다. 그러면 세 사람 모두 깊은 벼랑 아래로 떨어져 죽을지도 몰랐다. 그러나 다행히도 그런 일은 없었다. 곧이어 아래에서 독수리가 떨어지면서 건드린 나뭇가지들이 우두둑 부러지는 소리가 들렸다.

이제 활기찬 몰이가 시작되었다. 그들은 세 개의 사다리를 묶어 벼랑에 기대어 세웠다. 그러나 독수리 둥지까지 닿지는 않았다. 그리고 사다리가 끝난 곳에서부터는 화강암으로 된 벼랑이 수직으로 한참을 뻗어 올라가다가 바깥쪽으로 굽어 있었기 때문에 둥지에 다가가는 것은 불가능했다.

둥지에 갈 수 있는 방법은 단 한 가지뿐이었다. 벼랑 맨 꼭대기로 올라가서 두 개의 사다리를 내려뜨려 나머지 세 개의 사다리와 연결하는 수밖에 없었다.

그들은 두 개의 사다리를 벼랑 맨 꼭대기로 힘들게 끌고 갔다. 그리고는 밧줄로 단단히 묶어서 천천히 절벽 아래로 내려뜨렸다. 두 번째 사다리의 맨 아래 가로대에는 루디가 앉아 있었다.

살을 에는 듯이 추운 아침이었다. 아래 협곡은 운무에 싸여 보이지 않았다. 루디는 지푸라기에 매달려 있는 파리 같았다. 새들이 둥지를 짓다가 거대한 공장의 굴뚝 가장자리에 떨어뜨린 지푸라기 말이다. 하지만 파리는 지푸라기가 떨어지면 날 수 있지만 루디는 날개가 없기 때문에 목이 부러져야 할 운명이었다. 바람이 쌩쌩 불고 저 아래에서는 강물이 세차게 흐르는 소리가 들렸다. 얼음 처녀의 궁전인 빙하에서 녹아 내린 물이 흐르는 소리였다.

루디는, 거미집을 묶어 둘 곳을 찾으려고 한 오라기 실에 매달려 흔들거리는 거미처럼 사다리에 매달려 흔들거렸다. 벼랑에 기대어 서 있는 사다리에 손가락 끝이 네 번째로 닿았을 때에야 사다리를 붙들 수가 있었다. 그는 억센 손으로 양쪽 사다리를 묶었다. 친구들이 위에서 밧줄을 느슨하게 풀어 주자 두 개의 사다리를 세 개의 거대한 사다리에 묶어 화강암 절벽에 세웠다.

다섯 개의 사다리는 바람에 흔들려 언제라도 휘어져 버릴 듯한 갈대처럼 보였다. 그러나 사다리 꼭대기에 서면 독수리 둥지에 충분히 닿을 수 있었다. 이제부터가 가장 위험했다. 루디는 고양이처럼 능숙하게 사다리를 타야 했다. 하지만 고양이에게 기어오르는 법을 배웠기 때문에 잘할 수 있었다. 얼음 처녀의 하녀인어지럼증이 말미잘처럼 팔을 내밀었으나 루디는 아무렇지 않았다.

그런데 사다리 다섯 개를 이었는데도 둥지에 닿기에는 길이가 충분하지 않았다. 팔을 뻗으면 둥지에 닿기는 했지만 둥지 안이 보이지 않았다. 루디는 독수리가 둥지를 지을 때 꼬아 놓은 맨 바깥쪽 나뭇가지 중에서 제일 튼튼한 나뭇가지가 자신의 몸무게를 견뎌 낼 수 있는지 알아보았다. 그리고는 거기에 대롱대롱 매달려 둥지 안으로 고개를 디밀었다. 둥지 안에서는 고기가 썩는 고약한 냄새가 풍겼다. 반쯤 먹다 만 영양, 산양, 새들이 갈기갈기 찢어진 채 흩어져 있었다. 이제까지 루디를 건드릴 수 없었던 어지럼증이 이제는 악취로 변해 루디의 얼굴에 붙어 어지럽게 하려고 했다. 그리고 물살이 세차게 흐르는 저 아래 강물에서는 얼음 처녀가 흰 머리카락을 늘어뜨리고 총구멍과 같은 증오에 찬 눈으로 루디를 겨누고 있었다.

"이제 널 잡고 말 테야!" 얼음 처녀는 이렇게 소리쳤다.

새끼 독수리는 둥지 구석에 앉아 있었다. 새끼 독수리는 아직 날지는 못했지만 몸집이 아주 컸다. 루디는 새끼 독수리를 뚫어지게 바라보며 한 손으로는 힘껏 가지를 붙들고 다른 한 손으로는 독수리 새끼의 발에 올가미를 던졌다. 올가미 끈을 잡아당기자 독수리는 산 채로 잡혔다. 독수리를 어깨에 메자 끈이 길어서 독수리가 발 아래까지 내려왔다. 이제 한 손이 자유롭게 되자 루디는 사다리와 묶여 있는 밧줄을 잡고 사다리 맨 위 가로장에 내려섰다.

"꼭 잡아. 떨어질 거라고 생각하지 않으면 떨어지지 않아." 이것은 루디가 흔들거리는 사다리를 타고 수직으로 깎아지른 벼랑 위로 올라갈 때 마음에 새긴 지혜였다. 루디는 떨어진다는 망상에 사로잡히지 않았기 때문에 떨어지지 않은 것이다.

이제 협곡 가득히 행복한 노랫소리가 울려 퍼졌다. 루디는 새끼 독수리를 어깨에 메고 다시 단단한 땅을 밟게 된 것이다.


### 8. 안방 고양이가 가져온 소식

"요구하신 것을 가져왔습니다." 루디가 벡스의 방앗간 주인집에 들어서며 말했다. 그는 커다란 광주리를 바닥에 내려놓고 보자기를 걷었다. 그러자 가장자리가 까만 사나운 두 개의 노란 눈이 노려보고 있었다. 눈에 보이는 것은 무엇이든 활활 태워 버릴 듯한 매서운 눈이었다. 그리고 짧지만 강한 부리는 닥치는 대로 물어뜯을 듯이 반쯤 벌어져 있었고 빨간 목은 깃털로 덮여 있었다.

"새끼 독수리라고!" 방앗간 주인이 소리쳤다.

바베테는 비명을 지르고 뒤로 물러섰다. 하지만 그녀의 눈은 루디와 독수리를 번갈아 보았다.

"겁도 없구먼!" 방앗간 주인이 루디를 노려보며 말했다. 루디도 방앗간 주인을 노려보았다.

"당신은 약속을 어기는 법이 없지요? 저나 당신이나 그걸 철칙으로 삼고 있잖습니까."

"그런데 어떻게 목이 부러지지 않았지?" 방앗간 주인이 이번에는 미소를 지으며 물었다.

"꼭 매달렸기 때문이죠. 바베테한테 말입니다."

방앗간 주인이 호탕하게 웃었다. 바베테는 그것이 좋은 징조라는 것을 금방 알 수 있었다.

"아직 내 딸을 준 건 아닐세. 먼저 새끼 독수리를 광주리에서 꺼내도록 하지. 노려보는 것 좀 보게. 이제 어떻게 잡았는지 얘기해 주게."

독수리를 잡은 이야기를 듣는 방앗간 주인의 두 눈은 놀라서 점점 더 커졌다. "그런 용기와 행운이 있다면 세 여자라도 먹여 살리겠군." 방앗간 주인이 말했다.

"고맙습니다. 고맙습니다." 루디가 감격하여 말했다.

방앗간 주인은 루디의 등을 치며 다시 말했다. "아직 내 딸을 준 건 아닐세."

"너 새로운 소식 듣고 싶니?" 안방 고양이가 부엌 고양이에게 말했다. "루디는 새끼 독수리를 가져와서 바베테와 바꿨단다. 그들은 방앗간 주인이 보는 가운데 서로 입을 맞추었지. 그건 약혼을 한 거나 마찬가지야. 방앗간 주인도 이번에는 아무 말 안 했어. 그걸 보고도 얌전히 있었다니까. 그는 낮잠을 자러 갔어. 두 사람이 즐거운 시간을 가질 수 있도록 말이야. 두 사람은 무슨 이야기가 그렇게 많은지 몰라. 아마 성탄절까지도 끝나지 않을걸."

정말로 그들의 얘기는 성탄절까지 끝나지 않았다. 세찬 바람이 불고 나뭇잎들이 우수수 떨어졌다. 산과 계곡에는 하얗게 눈이 쌓였으며 상록수 가지에는 수정처럼 고드름이 매달려 아름다웠다. 벼랑은 꽁꽁 얼어붙어 유리처럼 반짝였고 여름에 폭포가 산허리를 타고 내리던 곳에는 코끼리만한 고드름이 주렁주렁 매달려 있었다. 얼음 처녀의 성은 겨울을 맞아 더 크고 웅장해졌다. 얼음 처녀는 바람을 타고 깊은 계곡을 지나다녔다. 벡스에도 눈이 쌓여 얼음 처녀는 그곳으로 날아가 방앗간 창문을 통해 루디를 볼 수 있었다. 전에는 집 안에만 틀어박혀 있는 것을 답답해하던 루디가 바베테 곁에 앉아 꼼짝않고 앉아 있었다. 여름이 되면 그들은 결혼식을 올리기로 했다. 친구들은 만나기만 하면 행복한 한 쌍에 대한 이야기부터 했다.

드디어 햇살이 따스해지고 꽃들이 활짝 피었다. 그러나 꽃들은 행복하게 미소짓는 바베테보다는 아름답지 않았다. 새들은 다가올 여름과 루디의 결혼식을 노래했다.

"저 두 사람은 어쩌면 저렇게 매일같이 앉아서 속삭이지? 이해할 수 없어. 아, 지겨워. 야옹." 안방 고양이가 심술이 나서 말했다.

### 9. 얼음 처녀

봄이 되자 호두나무와 밤나무의 푸른 잎들이 생모리츠에 있는 다리에서부터 제네바 호수까지, 그리고 론 강가를 장식했다. 론 강은 얼음 처녀의 성이 있는 녹색 빙하 밑으로 쏜살같이 흘렀다. 매서운 바람이 불 때면 얼음 처녀는 바람을 타고 제일 높은 눈벌판 위로 올라갔다. 그리고는 햇빛을 받으며 계곡 아래에서 열심히 움직이는 인간들을 굽어보았다. 햇볕이 뜨거운 바위 위를 분주하게 움직이는 개미들처럼 왔다갔다하는 인간들을 말이다.

"해님의 아이들은 너희들을 이성적인 존재라고 부르지. 벌레에 불과한 너희들을 말이야. 눈덩이를 하나만 굴려도 집이고 마을이고 사람이고 모두 끝장나지. 내가 모든 것을 부숴 버릴 수 있다구!" 얼음 처녀는 이렇게 중얼거리며 거만하게 고개를 쳐들고 죽음처럼 싸늘한 눈으로 먼 곳을 내려다보았다. 계곡에서 쾅 하고 폭발하는 소리가 울려 퍼졌다. 산을 뚫어 터널을 만들고 철도를 놓기 위해 인간들이 만들어 낸 소리였다.

"인간들은 땅을 파며 두더지 놀이를 하고 있군. 그들이 만들어 내는 소리는 돌멩이가 깨지는 소리밖에 안 돼. 내가 성을 움직이면 천둥보다 더 큰 소리가 나지."

한 계곡에서 연기가 피어올랐다. 칙칙 폭폭 소리를 내며 새로 개통된 철도를 달리는 기차의 엔진에서 나오는 연기였다. 멀리서 보자 기차는 모자 깃털처럼 아주 작아 보였다.

"인간들은 주인인양 행세하지만 그들을 지배하는 것은 자연의 힘이지." 그것을 본 얼음 처녀는 이렇게 말하고는 깔깔대며 노래를 불렀다. 그 소리가 계곡으로 크게 울려 퍼졌다.

"눈사태다!" 계곡에 사는 사람들이 소리쳤다.

그러자 해님의 아이들인 햇살들은 더 크게 인간의 업적을 노래했다. 인간의 생각은 바다를 멍에에 지고 산을 움직이며 계곡을 가득 채운다. 인간의 생각은 큰 바다를 건너고 산을 움직이고 계곡을 메웠다.

"인간의 생각은 자연의 주인이로다." 해님의 아이들이 이렇게 노래했다.

그때 얼음 처녀의 눈에 눈벌판을 가로질러 가는 여행자들의 모습이 보였다. 여행자들은 몸을 서로 묶고 있었다. 그것은 미끄러운 빙벽을 지날 때 한 사람이 깊은 벼랑 아래로 떨어지면 구해 내기 위해서였다.

"벌레 같은 것들! 너희들이 어떻게 자연의 주인이 될 수 있지?" 얼음 처녀가 빈정대며 고개를 돌려 기차가 씩씩거리며 달리는 깊은 계곡을 내려다보았다. "인간의 생각이라구! 생각하는 것들이 위대한 자연의 힘에 의해 실려 가는군. 나는 그들 모두를 볼 수 있지. 저것들 좀 봐. 한 놈은 마치 왕처럼 거만하게 앉아 있고 다른 것들은 저기에 엉켜서 앉아 있어. 그 중 반은 잠자고 있군. 증기를 뿜는 용이 멈추면 저들은 내려서 각자 길을 가지. 생각하는 것들이 세계로 나간단 말이야." 얼음 처녀는 또 깔깔대며 웃었다.

"눈사태다!" 계곡 사람들이 또 소리쳤다.

"또 눈사태가 일어나는군. 하지만 여기까진 오지 않겠는걸." 증기 기관차에 타고 있던 두 승객이 동시에 말했다. 그들은 몸은 둘이지만 마음은 하나였기 때문이다. 바로 루디와 바베테였다. 그들 옆에는 방앗간 주인도 있었다.

"난 짐처럼 필요한 존재니까 같이 가지 않을 수 없지." 방앗간 주인은 이렇게 말하며 그들과 동행했었다.

"저기 두 사람이 앉아 있군. 나는 수많은 영양을 죽여 버렸지. 수백만 송이의 알프스 장미를 꺾어서 뭉개 버렸어. 뿌리째 말이야. 싹 쓸어 버렸지. 생각하는 것들아! 이성의 힘아!" 얼음 처녀가 소리치며 웃었다.

"저기 또 눈사태가 난다!" 계곡에서 사람들이 소리쳤다.

## 10. 대모

클라랑스, 베르네, 크랭과 함께 제네바 호수의 북동 지역을 둘러싸고 있는 도시 중에 몽트뢰가 있는데, 바베테의 대모는 그곳에 묵고 있었다. 몇 주 전 딸들과 조카와 함께 영국에서 온 것이다. 방앗간 주인은 이미 대모를 찾아가 바베테의 약혼을 알렸었다. 그들은 루디가 인터라켄을 방문한 것과 독수리 새끼를 잡은 것 등, 그동안 일어났던 낭만적인 일들에 대한 이야기를 듣자 바베테와 루디를 데리고 다시 한 번 찾아오라고 당부했던 것이다. 이렇게 해서 세 사람은 증기 기관차를 탄 것이다. 바베테는 대모를 보고, 대모는 대녀를 보려고 말이다.

제네바 호수의 끝에 있는 빌뇌브라는 작은 도시에서 여행자들이 기선에 올라탔다. 그 배는 반 시간이면 몽트뢰 바로 아래에 있는 베르네에 도착할 예정이었다. 그들은 위대한 시인들이 노래한 호숫가를 따라 가고 있었다. 바이런은 푸른 호숫가에 있는 호두나무 그늘에 앉아 음침한 시용 성에 갇힌 죄수에 대한 아름다운 시를 썼다. 흐느끼는 버드나무가 물 위에 자신의 모습을 비추고 있는 클라랑스에서는 루소가 엘로이즈(아벨라르와의 사랑으로 유명한 수녀)를 생각하며 산책했다.

눈 덮인 사보이 산에서 흘러 내려온 론 강의 물결이 호수로 흘러드는 곳에는 작은 섬이 하나 있다. 그 바위섬은 아주 작아서 해안에서 보면 마치 배처럼 보인다. 약 100년 전에 한 부인이 이 섬에 담을 쌓고 내륙에서 흙을 날라다 세 그루의 아카시아 나무를 심었다. 이제 이 나무들은 완전히 자라 섬 전체에 그늘을 드리우고 있었다. 바베테는 이제까지 여행하면서 그렇게 아름답고 멋진 곳을 본 적이 없었다. 그래서 그곳으로 가보고 싶었다.

"저 곳으로 가보면 정말 멋질 거야." 바베테가 자신있게 말했다. 그러나 증기선은 그곳을 지나쳐 예정대로 베르네에 승객들을 내려놓았다.

이제 그들은 몽트뢰를 향해 산을 올라가야 했다. 산허리에는 흰 담이 둘러쳐진 포도밭이 있었다. 세 사람은 줄줄이 서 있는 담 사이로 햇살을 받으며 걸었다. 무화과나무가 그늘에 서 있는 집들과 월계수와 사이프러스 나무가 자라고 있는 정원도 지났다. 바베테의 대모가 묵는 호텔은 호수 연안과 몽트뢰 중간에 있었다.

대모는 그들을 따뜻하게 맞아 주었다. 미소 띤 둥근 얼굴에 키가 크고 쾌활한 대모는 어렸을 때는 라파엘로의 천사 같은 얼굴을 하고 있었을 것 같았다. 지금은 늙은 천사의 얼굴에 은발이 풍성하게 출렁거렸지만 말이다. 딸들도 키가 크고 호리호리했으며 예뻤다. 그들의 사촌은 머리끝에서부터 발끝까지 하얀 옷을 입고 있었는데, 금빛 구레나룻 수염이 너무도 풍성해서 세 신사에게 나눠주고도 남을 것 같았다. 머리 역시 금발이었다. 그는 바베테를 보자 즉시 관심을 보였다.

탁자 위에는 두껍게 장정된 책, 악보, 데생들이 놓여 있었고, 발코니로 나 있는 문이 열려 있어 호수가 내다 보였다. 고요하게 반짝이는 호수의 물결 속에는 사보이 산과 함께 마을, 숲, 눈에 덮인 산봉우리가 거꾸로 들어서 있었다.

항상 쾌활하고 자신감 있고 생동감 넘치던 루디는 왠지 그곳이 서먹서먹했다. 그는 마치 미끄러운 바닥에 콩이라도 뿌려져 있는 것처럼 조심스럽게 돌아다녔다. 루디에게는 그곳에서의 시간이 지루하게만 느껴졌다. 마치 다람쥐 쳇바퀴를 돌고 있는 기분이었다. 누군가 산보를 하자고 말했다.

그들은 아주 느리게 걸었다. 그래서 루디는 그들과 보조를 맞추느라고 두 걸음 앞으로 옮길 때마다 한 걸음씩 뒤로 물러나야 했다. 그들은 무너져 내리고 있는 오래된 시용 성으로 향했다. 그곳에서 그들은 태형 기둥, 사형수 감방, 죄수들이 누워 잤던 석판, 죄수들이 던져져 쇠못에 박혀 죽었던 함정문을 구경했다. 그들은 그런 것을 보는 것이 즐겁다고 했다. 하지만 그곳은 바이런이 시에서 읊었듯이 공포의 방이었다.

루디는 공포를 느끼며 육중한 성벽에 몸을 기대었다. 좁은 창문으로 내다보자 호수가 보였다. 그곳에 아카시아 세 그루가 있는 작은 섬이 있었다. 그는 시끄럽게 떠들어대는 사람들에게서 벗어나 그 섬으로 가고 싶었다. 하지만 바베테는 매우 즐거워했다.

나중에 산책에서 돌아와 루디와 아버지만 있게 되자 바베테는 사촌이 '완벽한' 사람인 것 같다고 말했다.

"그래, 완벽한 바보지." 루디가 퉁명스럽게 말했다. 루디가 바베테의 기분을 상하게 하는 말을 한 것은 이번이 처음이었다. 사촌은 바베테에게 기념으로 책을 한 권 주었다. 바이런이 쓴 「시용의 죄수」란 불어판 시집이었다.

"그 책은 괜찮지만 그 책을 준 녀석은 마음에 들지 않는군." 루디가 말했다.

"그는 밀가루가 들어 있지 않은 밀가루 부대 같았지." 방앗간 주인이 자기 특유의 농담을 하며 웃었다. 그 바람에 루디도 웃음이 나왔다. 루디는 방앗간 주인이 재치있고 정확한 사람이라고 생각했다.

## 11. 사촌

며칠 뒤 루디가 방앗간을 방문했을 때 사촌이 와 있었다. 바베테가 막 구운 민물 송어를 내놓던 참이었다. 접시 가장자리는 미나리로 장식되어 있었다. 아마도 고급 호텔에서 나오는 요리처럼 보이게 하려고 그런 모양이었다. 왜 저렇게 요란을 떨까? 사촌이 원하는 게 뭐지? 바베테는 왜 저렇게 분주히 왔다 갔다 하는 걸까? 전혀 그럴 필요가 없는데 말이다.

루디는 질투가 났다. 그것을 눈치 챈 바베테는 재미있어 했다. 그녀는 자신이 사랑하는 사람의 모든 것을 알고 싶었다. 장점은 물론 단점도 말이다. 아직 어린 바베테에게는 사랑이 장난이었던 것이다. 하지만 바베테는 이 점을 잊어서는 안 되었다. 루디는 그녀의 행복이고, 그녀의 생각의 중심이며 모든 기쁨의 원천이라는 것을 말이다. 화가 난 루디의 표정이 점점 더 굳어질수록 바베테의 눈은 웃음기도 가득했다. 바베테는 루디가 화가 나서 뛰쳐나가는 것을 볼 수만 있다면 금발 머리와 구레나룻 수염을 한 사촌에게 입을 맞추었을 것이다. 바베테는 루디가 뛰쳐나간다는 것은 자신을 얼마나 사랑하고 있는지를 보여 주는 것이라 믿었기 때문이다. 바베테는 이제 겨우 열아홉 살이었기 때문에 슬기롭지도 않고 예의 바르지도 않았다. 바베테는 자신이 하는 행동에 대해 신중하게 생각하지 않았으며 자신의 행동을 사촌이 어떻게 생각할 것인지에 대해서도 전혀 생각해 보지 않았다. 약혼한 처녀가 천박하고 경망스럽다는 인상을 줄 수 있다는 것을 말이다.

방앗간은 그 지방 사람들이 '작은 악마'라고 부르는 높이 솟은 눈 덮인 산자락에 자리잡고 있었다. 그곳은 벡스로 가는 길목이기도 했다. 방앗간 근처에는 사시사철 물거품을 내며 쏜살같이 흐르는 시내가 있었지만 물레방아를 돌리는 물은 이 물이 아니었다. 벼랑에서 폭포처럼 흘러내리는 작은 시내가 도로 밑에 놓인 석조 터널을 통해 흘러서 물통을 지나 물레방아에 떨어졌다. 나무로 된 물통에는 항상 물이 가득했으며 흘러 넘칠 때도 있었다. 그러므로 그 길은 방앗간으로 가는 지름길이긴 했지만 물에 젖어 미끄러웠다. 바로 이 길을 바베테의 사촌이 가다가 미끄러지고 말았다.

사촌은 방앗간 집 일꾼처럼 하얗게 옷을 입고 바베테의 창문에서 비치는 불빛에 이끌려 좁은 물통 가장자리를 딛고 정원으로 가려고 했다. 하지만 몸은 균형을 잡지 못하고 물통으로 빠져 하마터면 큰 시내로 휩쓸려 갈 뻔했다.

물에 흠뻑 젖은 그는 바베테의 창문 옆에 서 있는 보리수나무로 올라갔다. 그리고는 부엉이 울음소리를 냈다. 그가 흉내 낼 수 있는 새 소리는 그것뿐이었던 것이다. 바베테는 커튼을 젖히고 밖을 내다보았다. 흰옷을 입은 그가 누구인지를 알자 바베테는 놀랍고 화가 났다. 바베테는 얼른 불을 끄고 창문을 꼭꼭 걸어 잠갔다.

'실컷 부엉이 소리를 내라지.' 바베테는 이렇게 생각했다. 하지만 갑자기 루디가 근처에 있다가 그런 광경을 보면 끔찍한 일이 벌어질 것이라는 생각이 스쳤다.

그렇다. 루디는 바로 바베테 방 아래 있는 정원에 있었다. 두 사람이 화가 나서 큰 소리 치는 소리가 들렸다. 그들은 금방이라도 달려들어 싸울 태세였다. 그러다간 누군가 죽을지도 모를 일이었다. 어떻게 손을 써야 했다.

겁에 질린 바베테는 창문을 열고 루디를 불렀다. 그리고는 가라고 사정했다.

"가 버려요!" 하고 바베테가 소리쳤다.

"날더러 가라고! 아, 다른 좋은 약속이 있나 보군. 바베테, 너 정말 뻔뻔스럽구나."

"당신은 정말 소름끼쳐요. 보기 싫으니까 가 버려요. 가요!" 바베테가 고래고래 소리를 질렀다.

"당신은 나한테 그런 말을 할 자격이 없소!" 루디가 소리쳤다. 그는 뺨과 심장이 뜨겁게 달아올랐다. 루디는 몸을 돌려 그대로 가 버렸다.

"내가 얼마나 당신을 사랑하는데, 어떻게 그런 생각을 할 수 있어요!" 바베테는 매우 화가 났다. 하지만 오히려 다행이었다. 그렇지 않았다면 너무 슬퍼서 잠을 자지 못했을 것이다.


## 12. 악령의 힘

루디는 집으로 돌아가는 길에 답답한 가슴을 식혀 줄 신선하고 차가운 공기를 찾아 산으로 향했다. 그곳은 눈과 얼음 처녀가 지배하는 곳이었다. 그곳에서는 상록수만이 자라고 있었는데, 성장을 멈춰 감자 줄기만 했다. 거대한 눈벌판에 핀 몇 송이의 알프스 장미가 보였다. 또 파란 용담도 있었는데, 루디는 용담을 총으로 내리쳐 버렸다.

그때 멀리 앞쪽으로 영양 두 마리가 보였다. 루디의 눈은 반짝였고 한순간 모든 생각이 사라졌다. 그러나 거리가 너무 멀어서 총을 쏠 수가 없었다. 루디는 여름에도 몇 포기의 풀만이 자라는 높은 곳으로 계속 올라갔다.

　두 마리 영양은 루디가 다가온 것을 눈치 채지 못한 듯 그곳을 평화롭게 거닐고 있었다. 영양은 눈벌판으로 가고 있었다. 루디는 영양을 잡을 욕심에 급히 쫓아갔다. 그때 갑자기 안개구름이 루디를 둘러쌌다. 루디는 몇 발자국을 떼다 걸음을 멈추었다. 바로 앞은 가파른 벼랑이었다.

　곧이어 시커먼 구름이 비를 몰고 왔다. 루디는 몹시 목이 말랐다. 머리는 불덩이 같은데도 온몸이 추워서 덜덜 떨렸다. 물병을 꺼냈으나 비어 있었다. 출발하기 전에 물을 채우는 것을 잊었던 것이다. 루디는 지금까지 한 번도 아픈 적이 없었다. 하지만 지금은 아픈 것이 어떤 것인지를 알 것 같았다. 루디는 너무나 피곤해서 아무 데나 누워서 자고 싶었다. 그러나 사방이 비에 흠뻑 젖어 누울 곳이 없었다. 루디는 몸을 추스르려고 애썼으나 눈앞이 가물거렸다.

　그때 전에 그곳에서 본 적이 있는 집이 보였다. 그 집은 벼랑을 뒤로 하고 서 있었다. 문 앞에는 젊은 처녀가 서 있었다. 처음에는 그 처녀가 학교 선생 딸인 아네테인 줄 알았다. 그런데 아네테가 아니었다. 하지만 전에 어디서 본 적이 있는 것 같았다. 인터라켄에서 돌아오던 날 밤에 그린델발트에서 보았는지도 몰랐다.

　"여긴 어떻게 왔지?" 루디가 물었다.

　"여기가 우리 집이야. 나는 염소 떼를 돌보고 있어."

　"염소 떼라구? 여기에 무슨 풀이 있다고 그래? 눈과 바위뿐인걸."

　"이 산을 잘 아는 모양이구나. 하지만 여기서 멀지 않은 곳에 멋진 풀밭이 있어. 염소들은 거기에 있어. 난 염소 돌보는 일을 아주 잘 하지. 한 마리도 잃어버리지 않았으니까 말이야. 한 번 내 것은 영원히 내 것이지."

　"너 참 대담하구나."

　"너도 그런걸." 처녀가 웃으면서 말했다.

　"우유 좀 있니? 몹시 목이 말라서 그래."

　"우유보다 더 좋은 게 있어. 어제 여행자들이 여기 왔었는데 포도주 반 병을 놓고 갔거든. 그걸 찾으러 다시 오진 않을 거야. 나도 포도주는 싫거든. 그러니까 네가 마셔. 이렇게 좋은 포도주를 맛본 적이 없을걸." 처녀는 포도주를 나무로 만든 대접에 따라 루디에게 건네주었다.

　"잘됐군! 이렇게 빨리 몸을 따뜻하게 녹여 주는 포도주는 처음인걸. 조금 전만 해도 얼어죽을 것만 같았는데 지금은 난로 앞에 앉아 있는 기분이야."

포도주를 마신 루디의 눈에 생기가 돌았다. 모든 괴로움과 슬픔이 사라지고 본능적인 욕구가 솟구쳤다.

"넌 학교 선생님 딸이지. 이리와, 아네테. 내게 입 맞춰 줘." 루디가 열에 들뜬 눈으로 말했다.

"그래, 하지만 네 손가락에 끼고 있는 예쁜 반지를 내게 준다면 그렇게 해주지."

"내 약혼 반지를?"

"그래, 바로 그거!" 처녀는 다시 포도주를 따라 루디의 입에 갖다 댔다.

루디는 포도주를 달게 마셨다. 힘과 행복감이 정맥을 타고 흘렀다. 세상이 모두 자기 것처럼 보였다. 루디는 이제야 어떻게 살아야 하는가를 알 것 같았다. 세상 모든 것은 우리에게 즐거움을 주기 위해 창조된 것이다. 삶의 강물은 기쁨의 강물이므로 그 물결에 자신을 맡기는 것이 행복하게 사는 것이었다. 루디는 자신이 아네테라고 착각하고 있는 처녀를 바라보았다. 그러나 처녀는 아네테가 아니었으며 그린델발트에서 만난 유령은 더더욱 아니었다.

루디의 눈 앞에 있는 처녀는 금방 내린 눈과 활짝 핀 알프스 장미처럼 신선했고 처녀의 몸놀림은 영양처럼 아주 우아했다. 그녀는 아담의 갈비뼈로 만들어진 루디와 같은 인간이었다.

루디는 두 팔로 처녀를 감싸안고 호수처럼 맑은 눈을 들여다보았다. 아주 잠깐 동안 말이다. 그 짧은 순간에 그가 본 것을 어떻게 말로 설명한단 말인가? 그를 압도한 것은 무엇이었을까? 유령? 아니면 죽음 속에 존재하는 약간의 삶? 그는 하늘로 올라간 것일까, 아니면 죽음으로 가득한 깊은 얼음 세계로 빠진 것일까?

주변을 둘러싸고 있는 청록색의 풀로 된 담들과 밑바닥이 보이지 않는 구덩이가 보였다. 수천 개의 종이 울리는 것처럼 물방울이 떨어지는 소리도 들렸다. 물방울 하나하나는 마치 푸른빛이 도는 희고 작은 불꽃처럼 보였다. 얼음 처녀가 루디에게 입을 맞추자 영원히 계속될 추위가 등뼈를 꿰뚫었으며 이마에 가 닿았다. 루디는 고통스럽게 비명을 질렀다. 그리고는 몸부림치다가 비틀거리며 쓰러졌다. 캄캄한 어둠이 그의 눈을 감겼다. 잠시 후에 루디는 눈을 떴다. 악령의 장난이 끝난 것이다.

처녀도 없고 집도 보이지 않았다. 벼랑에서 물방울이 떨어지고 있었고 루디는 눈 속에 떨면서 누워 있었다. 옷은 축축이 젖어 있었으며 반지는 온데간데없었다. 바베테가 준 약혼 반지가 없어진 것이다. 루디는 옆에 놓인 총을 들고 방아쇠를 당겼지만 총알이 나가지 않았다. 근처 벼랑에는 짙은 구름이 단단한 눈덩어리처럼 걸려 있었다. 그 구름 속에 어지럼이 앉아서 힘없는 먹이가 나타나길 기다리고 있었던 것이다. 절벽 꼭대기에서 바윗덩어리가 깊은 계곡으로 떨어지는 것 같은 소리가 들렸다. 그것은 떨어지면서 모든 것을 쓸어 갈 것만 같았다.

### 13. 방앗간에서

"사람들은 정말 엉망이야." 안방 고양이가 부엌 고양이에게 말했다. "바베테와 루디에게 또 일이 생겼어. 약혼이 깨져 버렸어. 바베테가 밤낮으로 우는 걸 보니 루디가 그녀를 잊어버렸나 봐."

"참 안됐구나." 부엌 고양이가 말했다.

"정말 그래. 하지만 난 가슴 아프지 않아. 바베테는 빨간 구레나룻 수염이 있는 사촌과 결혼해도 되니까. 그 사촌도 루디와 싸운 뒤로는 한 번도 보지 못했지만 말이야." 안방 고양이도 말했다.

악령의 힘은 나름대로 통제력을 가지고 있어서 우리 주변에 있는 것들이나 우리들을 마음대로 가지고 논다. 루디는 높은 산에 올라갔을 때 이 점을 배웠으며 그 뒤부터 그 점에 대해 계속 생각해 왔다. 무슨 일이 있었던가? 그때 본 유령은 고열 때문에 생긴 환영이었을까? 루디는 그때까지 열이 나거나 아파 본 적이 없었다. 하지만 바베테에게 가혹한 말을 한 날 밤 이후로 자신에 대해 새로운 눈으로 보게 되었다. 그날 질투심 때문에 가슴이 얼마나 심하게 뛰었던가? 질투심은 핀 바람처럼 그를 휩쓸어 버렸었다. 바베테에게 자신의 생각을 말할 수 있다면! 자신이 유혹에 빠져 그런 행동을 했다고 말할 수만 있다면 얼마나 좋을까? 루디는 반지를 잃어버렸지만 그때문에 바베테는 루디를 되찾게 되었다.

바베테는 잘못했다고 고백할까? 바베테를 생각할 때마다 루디의 심장은 터질 것만 같았다. 많은 추억들이 머리를 스치며 지나갔다. 행복한 아이처럼 웃던 모습, 순진하고 다정했던 말들. 이런 기억들이 떠오르자 한 줄기 햇살이 가슴으로 파고든 것처럼 마음이 바베테라는 태양으로 가득 찼다.

바베테는 자신이 잘못했다고 고백할 것이다. 그래야만 했다.

루디는 방앗간을 찾아갔다. 고백은 입맞춤으로 시작해서 루디가 잘못했다는 것을 인정하는 것으로 끝이 났다. 루디의 잘못은 바베테의 사랑을 의심했다는 것이었다. 그렇게 믿지 못하고 의심하는 것은 용서할 수 없는 일이었다. 루디의 격렬한 열정 때문에 두 사람이 큰 불행을 당할 수도 있었다. 그것은 의심의 여지가 없었다. 바베테는 루디에게 몇 마디 훈계를 했다. 그녀는 그렇게 훈계하는 것이 즐거웠으며 그런 그녀의 모습은 사랑스러웠다. 그러나 한 가지 점에 대해서만은 루디와 의견이 같았다. 그것은 사촌이 건방진 애송이라는 점이었다. 바베테는 사촌이 선물한 책을 불태우려고 했다. 그를 생각나게 하는 것은 하나도 가지고 있고 싶지 않았던 것이다.

"이제 다 끝났어." 안방 고양이가 말했다. "루디는 다시 돌아왔고 그들은 서로 이해하게 되었어. 가장 큰 행복은 서로를 이해하는 데서 생긴다고 하잖아."

"어젯밤 쥐들이 하는 얘기를 들었는데 수지 양초를 먹는 것처럼 큰 행복은 없대. 역겨운 돼지기름 냄새만 나지 않는다면 말이야. 누구 말이 옳을 것 같아? 쥐들, 아니면 연인들?" 부엌 고양이가 말했다.

"둘 중의 아무도 아니야. 아무 말도 믿지 않는 게 안전해."

이제 가장 큰 행복이 루디와 바베테를 기다리고 있었다. 생애에 가장 아름다운 날인 결혼식이.

결혼식은 벡스에 있는 교회도 아니고 방앗간도 아닌 다른 곳에서 치르기로 되었다. 바베테의 대모가 몽트뢰에 있는 아름다운 교회에서 결혼식을 치러야 한다고 했기 때문이다. 그리고 피로연은 대모의 집에서 하기로 했다.

대모가 결혼 선물로 무엇을 준비하고 있는가를 알고 있는 방앗간 주인은 대모의 말에 따라야 한다고 생각했다. 그런 불편함 정도는 결혼 선물로 충분히 보상되고도 남았으니까. 결혼식 날짜가 정해졌다. 그들은 결혼식 전날 저녁에 빌뇌브로 갔다가 다음날 아침 일찍 배를 타고서 몽트뢰로 갈 예정이었다. 대모의 두 딸이 신부를 치장해 주기로 했기 때문이다.

"그들이 집에 돌아와서 파티를 열지 않으면 결혼식 때 야옹 하고 축하해 주지 않을 거야." 안방 고양이가 말했다.

"하지만 파티를 열 거야. 식료품실에 음식이 가득하겠지. 오리, 비둘기, 사슴이 풍성할 거야. 생각만 해도 군침이 도는걸. 그들은 내일 떠나." 부엌 고양이가 입맛을 다시며 말했다.

그렇다. 출발이 내일로 다가왔다. 그날 밤 루디와 바베테는 약혼자로서는 마지막으로 방앗간 밖에 있는 의자에 앉아 있었다. 알프스 산이 빨갛게 물들고 저녁 종이 울려 퍼졌다. 햇빛의 딸들이 노래를 불렀다. "무슨 일이 생기든 모두 좋은 일!"

### 14. 밤의 환상

해가 지고 구름이 론 강을 따라 계곡에서 둥실둥실 떠 다녔다. 아프리카에서 불어온 남풍은 알프스 산을 넘어와 구름을 흐트러트리더니 잠잠해졌다. 그 틈을 타서 구름이 다시 형체를 만들더니 숲으로 덮인 산들 사이로, 굽이치며 흐르는 강물 위로 떠 다녔다. 구름은 거대한 독수리와 늪에서 뛰어오르는 개구리와 같은 원시 시대 동물 같았다. 그리고 강물 위에 떠 있는 구름은 공중에 떠다니는 것이 아니라 물 위를 경쾌하게 나는 것처럼 보였다. 태풍에 뿌리가 뽑힌 전나무 한 그루가 소용돌이를 그리며 물살에 떠내려갔다. 현기증과 그 자매들이 세차게 흐르는 급류 속에서 몸을 비틀며 춤을 추었다.

눈 쌓인 산꼭대기와 어두운 숲을 비추는 달빛과 흰 구름이 모든 것들을 유령처럼 보이게 했다. 산에 사는 사람들은 창문으로 그 광경을 내다보았다. 이 환영들은 무리를 지어 빙하로 된 성에서 나온 얼음 처녀에게 경의를 표하며 지나갔다. 얼음 처녀는 전나무를 배로 사용하여 얼음이 녹아 내려 생긴 물살을 타고 호수로 갔다.

"결혼식 손님들이 온다!" 이런 소리가 대기와 물 속으로 울려 퍼졌다.

환영! 환영(幻影)은 속에서나 겉에서나 볼 수 있는 것이다. 바베테는 이상한 꿈을 꾸고 있었다.

루디와 결혼한 지 수 년이 흐른 어느 날, 루디는 산에서 사냥을 하고 있었고 바베테는 거실에 있었다. 그리고 그녀 옆에는 빨간 구레나룻 수염을 한 사촌이 앉아 있었다. 사촌은 그윽한 눈빛으로 바베테를 바라보며 부드러운 목소리로 이야기를 했다. 사촌이 하는 말은 바베테에게 마법을 거는 것 같았다. 사촌이 손을 내밀자 바베테는 그의 손을 잡고 집을 나섰다. 그들은 아래로 아래로 내려가고 있었다.

바베테는 무거운 죄책감을 느꼈다. 루디와 하느님에게 죄를 지은 것이다. 그런 생각을 하는 순간 사촌은 어디론가 사라져 버리고 바베테는 혼자였다. 바베테는 산사나무를 헤치고 나아갔다. 가시에 옷이 찢기고, 머리는 회색이 되어 있었다.

바베테는 고통스럽게 위를 쳐다보았다. 그런데 벼랑 끝에 루디가 서 있지 않은가. 바베테는 루디를 향해 팔을 뻗었지만 감히 부를 수가 없었다. 하지만 도움을 청했다고 해도 아무런 소용도 없었을 것이다. 그것은 루디가 아니라 지팡이에 걸린 루디의 모자와 옷이었기 때문이다. 영양을 사냥하기 위한 속임수였던 것이다.

바베테는 고통스럽게 눈물을 흘렸다. "오, 결혼식 때 차라리 죽어 버릴걸. 가장 행복했던 날 말이야. 루디나 나를 위해서 그게 나았어. 앞으로 루디는 어떻게 될까."

바베테의 발 아래에는 시커먼 계곡이 입을 벌리고 있었다. 바베테는 끝없는 고통과 함께 그곳으로 자신의 몸을 던졌다. 깊은 곳에서 현이 툭 하고 끊어지는 듯한 슬픈 곡조가 흘러나왔다.

바베테는 깜짝 놀라 잠에서 깨어났다. 꿈속에서 겪었던 자세한 일들은 모두 잊혀지고 끔찍한 꿈을 꾸었다는 기억만이 남았다. 꿈속에서 사촌이 나타났다. 몇 달 동안이나 보지도, 생각지도 않았던 사촌이 말이다. 사촌은 몽트뢰에 있을까? 결혼식에서 그를 보게 될까? 어두운 그림자가 그녀의 고운 얼굴을 스치고 지나갔다. 바베테는 얼굴을 찡그렸다. 그러나 곧 행복하게 눈을 반짝이며 미소를 지었다. 참으로 화창하고 아름다운 날이었다. 내일은 바로 루디와 결혼하는 날이었다.

바베테가 거실로 내려가자 루디가 벌써 와서 기다리고 있었다. 그들은 곧 빌뇌브를 향해 출발했다. 두 사람은 말할 수 없이 행복했다. 방앗간 주인도 그랬다. 방앗간 주인은 자신이 좋은 아버지이며 정직한 사람이라면서 웃으면서 농담을 했다. "이제 우리가 이 집 주인이다!" 안방 고양이가 말했다.

### 15. 홀로 남겨진 바베테

세 사람이 빌뇌브에 도착했을 때는 아직 이른 오후라 그들은 식사를 했다. 방앗간 주인은 파이프를 든 채 등의자에 누워 잠깐 잠이 들었고 루디와 바베테는 팔짱을 끼고 시내로 산보를 나갔다. 그들은 큰 도로로 들어섰다. 도로 한쪽에는 푸른 가지들로 덮인 벼랑이 있었고 다른 쪽에는 깊고 푸른 호수가 있었다. 시용 성의 음침한 담과 탑이 맑은 물 속에 그림자를 드리우고 있었다. 세 그루의 아카시아 나무가 있는 작은 섬이 가까이 보였다. 섬은 마치 꽃다발 호수 위에 떠 있는 것 같았다.

"저긴 참으로 아름다울 거예요." 바베테가 섬에 가 보고 싶어하며 말했다. 그런데 이번에는 그 소원이 쉽게 이루어졌다. 호숫가에 작은 보트가 한 척 있었는데, 주위에 사람이 없어서 누가 주인인지 알 수가 없었다. 그들은 무작정 그 배를 빌려 타기로 했다. 배를 묶어 둔 끈은 쉽게 풀렸다.

　루디는 힘차게 노를 저었다. 노는 물고기 지느러미처럼 물살을 헤치면서 유연하게 움직였다. 물살은 강하면서도 유연했다. 물은 거대한 무게를 견뎌 낼 수 있는 튼튼한 등이 있는가 하면 부드럽게 배를 삼켜 버리고 미소지을 수 있는 입을 가지고 있었다. 호수는 아주 고요했지만 모든 것을 파괴해 버릴 수 있는 엄청난 힘을 가지고 있었다. 보트가 지나간 자리에 거품이 일었다. 배는 곧 섬에 닿았다. 그곳은 두 사람이 겨우 춤출 수 있을 만큼 아주 작았다.

　루디는 바베테를 번쩍 들어올려 빙글빙글 세 바퀴를 돌렸다. 그리고는 손을 꼭 잡고 아카시아 나무 밑에 있는 작은 의자에 앉아 마주 보았다. 사방이 지는 노을에 물들어 황홀하게 빛났다. 산허리에 있는 전나무 숲은 엷은 자줏빛으로 물들어 있어 꽃이 활짝 핀 히스 숲 같았으며, 그 위쪽으로는 벌거벗은 바위들이 투명하게 빛을 냈다. 하늘에 둥실 떠가는 구름은 빨간 노을을 가리는 병풍 같았고 호수는 한 송이의 장미꽃 같았다. 산꼭대기는 여전히 용암처럼 붉게 타오르고 있었지만 골짜기의 그늘은 점점 더 진해지면서 산을 타고 올라갔다. 그 광경은 마치 불길이 치솟는 표면이 솟아올라 산이 되는 천지 창조의 순간 같았다. 루디와 바베테는 일찍이 그렇게 아름다운 알프스의 저녁놀을 본 적이 없었다. 눈에 덮인 당뒤미디 산이 지평선 위로 솟아오른 보름달처럼 보였다.

　"너무나도 아름답고 너무나도 행복해요!" 두 사람이 합창하듯이 말했다.

　루디는 감정이 격해져 이렇게 말했다. "세상에서 부러운 것이 없소. 이런 순간을 위해서는 목숨을 버려도 아깝지 않소. 내가 참으로 운이 좋다는 것을 깨달은 적은 많지만 이 순간만큼 절실히 깨달은 적은 없었소. 지금 죽어도 여한이 없소. 세상은 참으로 찬란한 곳이오. 하루가 끝나면 그보다 더 찬란한 다른 하루가 밝아 오지 않소. 하느님은 참으로 위대하고 좋은 분이오, 바베테!"

　"나도 얼마나 행복한지 몰라요." 바베테도 루디를 바라보며 말했다.

　"우린 이 세상에서 부러운 게 없소." 루디가 또 되풀이해 말했다.

　저녁 기도 종소리가 사보이 산과 스위스 산쪽에서 울려 퍼졌다. 서쪽으로는 금빛 찬란한 노을을 배경으로 쥐라 산맥이 보였다.

"하느님께서 당신에게 아름다운 모든 것과 당신이 원하는 모든 것을 주기를!" 바베테가 말했다.

"하느님은 꼭 그렇게 하실 거요. 내일이면 당신은 나의 사람이 되오. 아름답고 귀여운 나의 신부가!"

"어머, 보트!" 바베테가 소리를 질렀다.

작은 보트는 밧줄이 풀려 섬에서 멀리 떠내려가고 있었다.

"내가 끌어오리다." 루디는 이렇게 말하고 옷과 장화를 벗어 던지고 호수로 뛰어들었다. 그리고 배를 향해 힘차게 헤엄쳐 갔다.

빙하가 녹아 내려 생긴 짙푸른 호수 물은 차갑고도 깊었다. 루디는 물 속을 들여다보았다. 그런데 물 속에서 둥근 물체가 번쩍이며 구르는 것이 보였다.

'내가 잃어버린 약혼 반지가 틀림없어.' 루디는 이렇게 생각했다. 반지는 점점 더 커지더니 눈부신 원이 되었으며 그 안에서 빙하가 빛났다.

끝없이 깊은 구렁이 입을 딱 벌리고 있었다. 물방울이 실로폰 소리를 내며 똑똑 떨어졌으며 푸른빛이 도는 흰색 불꽃을 내며 타 버렸다. 한순간 루디는 말로 설명하기 어려운 환영을 보았다. 젊은 사냥꾼들과 젊은 처녀들이 눈앞에 나타났다. 그들은 언젠가 빙하의 심연 속으로 떨어진 사람들이었다. 그들은 한결같이 눈을 크게 뜨고 미소를 짓고 있었다. 오래 전에 저 아래로 묻혀 버린 마을과 도시에서 교회 종소리가 울려 퍼졌다. 사람들은 커다란 교회에 무릎을 꿇고 앉아 있었고 계곡 물은 고드름으로 된 오르간을 연주했다. 그리고 얼음 처녀는 맑고 투명한 바닥에 앉아 있었다. 루디를 보자 얼음 처녀는 반가워하며 허리를 굽혀 루디의 발에 입을 맞추었다. 전기 충격을 받은 것처럼 죽음의 차가운 떨림이 온몸을 휘젓고 지나갔다. 얼음과 불! 한 번 만져 보고서 그 둘을 구별하기 힘든 법이다.

"너는 내 거야. 내 거란 말이야!" 사방에서 이런 외침이 들렸다. 루디의 몸 속에서도 들렸다 "네가 어렸을 때 네 입에다 입을 맞추었지. 이제 네 발에 입을 맞추었으니까 너는 내 거야!"

갑자기 사방이 조용해졌다. 종소리도 그쳤다. 마지막 종소리는 붉은 구름 속으로 여운을 남기며 사라졌다.

"너는 내 거야!" 하는 소리가 호수 깊은 곳에서 울려 나왔으며 한없이 높은 곳에서도 울려 나왔다.

사랑에서 사랑으로, 지상에서 하늘로 날아가는 것은 참으로 멋졌다.

줄이 툭 끊어지고 슬픈 가락이 울려 퍼졌다. 얼음처럼 차가운 죽음의 입맞춤이 인간의 육체를 정복한 것이다. 하지만 이제 서곡이 끝나고 진정한 삶의 드라마가 펼쳐질 것이다. 불협화음이 조화를 이루는 삶 말이다.

이 이야기가 비극적이라고 생각하는가?

불쌍한 바베테! 그녀가 혼자 섬에서 보낸 시간은 공포와 두려움의 시간이었다. 신랑 신부가 이 작은 섬에 있다는 것을 아는 사람은 아무도 없었다. 밤이 점점 깊어지자 바베테는 절망적으로 흐느끼며 호수를 바라보았다. 쥐라 산맥 너머로 폭풍우가 밀려오고 있었다.

쥐라 산맥에 잇따라 번개가 내리쳤다. 스위스와 사보이 산에서도 그 광경이 보였다. 천둥소리는 쉴 새 없이 연이어서 울려 퍼졌다. 번개가 칠 때는 대낮처럼 환해서 포도나무 하나까지도 보이다가 갑자기 두 배로 깜깜해지곤 했다. 번개는 때로는 리본 모양으로, 때로는 지그재그로 불똥을 튀기며 이상한 모양으로 사방에서 내리쳤다. 천둥소리는 메아리가 되어 더욱더 요란했다. 호숫가 사람들은 서둘러서 보트를 육지로 끌어올렸다. 비가 쏟아지자 모든 것들이 피할 곳을 찾아 떠났다.

"이렇게 날씨가 궂은데 루디와 바베테는 어디 있지?" 방앗간 주인이 물었다.

바베테는 두 손을 모은 채 고개를 숙이고 앉아 있었다. 비명을 지르고 신음하던 바베테는 이제 슬픔에 지쳐 말도 할 수 없었다.

그녀의 마음속에서 이런 소리가 울려 퍼졌다. "루디는 저 깊은 물 속에 있어. 빙하 밑처럼 깊은 곳에."

바베테는 루디가 했던 이야기가 떠올랐다. 그의 어머니의 죽음과 그가 빙하에서 구조되었던 이야기가. 사람들은 빙하 계곡에서 루디를 끌어냈을 때 루디가 죽은 줄 알았다고 했다.

"얼음 처녀가 다시 데려간 거야." 바베테가 힘없이 중얼거렸다.

그때 갑자기 눈부신 번개가 내리쳤다. 하얀 눈에 밝은 햇살이 쏟아질 때처럼 바베테는 눈을 뜰 수가 없었다. 바베테는 주위를 둘러보았다. 호수가 위로 솟아오르는 것처럼 보였으며, 한순간 호수 물이 빙하처럼 보였다. 거기에는 푸른빛이 도는 흰 옷을 입은 얼음 처녀가 당당하게 서 있었다. 그리고 그녀의 발 밑에는 루디가 쓰러져 있었다.

"내 거야!" 얼음 처녀가 소리쳤다.

다시 사방이 컴컴해지고 웅얼거리던 호수 물결이 검게 변했다.

바베테는 괴로움에 몸부림치며 신음했다. "너무 잔인해. 왜 루디가 죽어야 하지? 행복한 날을 눈앞에 두고 말이야. 하느님, 왜죠? 말씀해 주세요. 제가 이해할 수 있도록 말씀해 보세요. 전 당신이 하시는 일을 이해할 수 없어요. 저는 어둠 속을 헤매는 연약한 존재예요. 당신의 지혜가 필요해요."

하느님은 한 줄기의 은총의 빛을 그녀에게 보내어 바베테의 가슴을 밝혀 주었다. 그 순간 바베테는 전날 밤에 꾸었던 꿈이 생각났다. 꿈속에서 자신이 했던 말과 루디와 자신을 위해 바랐던 것이 기억났다.

"아, 슬프구나! 죄의 씨앗은 내 가슴속에 있었단 말인가. 내가 꾸었던 꿈이 바로 나의 미래였단 말인가? 줄이 끊어진 것은 나를 구원하기 위한 것이 아니었던가? 참으로 슬프구나!"

바베테는 컴컴한 어둠 속에서 슬퍼하며 오랫동안 앉아 있었다. 자연이 잠든 깊은 고요 속에서 루디가 한 말이 생각났다.

"이 세상에서 부러운 것이 없소."

기쁨에 차서 외치던 그 말이 이제는 고통 속에서 메아리쳤다.


그 후 몇 년이 흘렀다. 호수와 기슭은 미소짓고 있으며 포도나무에는 포도가 주렁주렁 열려 있다. 기선은 깃발을 펄럭이며 지나가고, 배들은 하얀 나비처럼 물 위를 날아간다. 철도가 놓여 시용 성을 지나 론 강 계곡까지 기차가 달린다. 기차역마다 가죽으로 장정된 빨간 안내 책자를 팔에 낀 외국인들이 눈에 띈다. 그들은 기차에 타면 책을 펴들고 자신들이 보았던 곳에 대해 읽는다. 그들은 시용 성을 방문하고 호수 너머로 세 그루의 아카시아 나무가 서 있는 작은 섬을 바라본다. 그리고 그곳을 책에서 찾아본다. 책에는 1856년 어느 봄날 저녁, 약혼한 한 쌍의 젊은 남녀가 섬에 갔다가 젊은 약혼자가 죽은 얘기에 대해 쓰여 있다. "사람들은 그 다음날 아침에야 절망에 찬 신부의 비명 소리를 들었다."

하지만 책에는 그 후 바베테가 어떻게 살았는지에 대해서는 쓰여 있지 않다. 그 후 바베테는 아버지와 함께 기차역 근처에 있는 예쁜 집에서 조용히 살았다. 그리고 방앗간에는 낯선 사람이 살고 있다. 바베테는 아직도 저녁이 되면 루디가 뛰어다녔던 눈 덮인 산을 바라본다. 그리고 저녁 노을이 질 때면 해님의 아이들이 눈부신 빛을 내며 산꼭대기로 자러 가는 것을 본다. 그리고 그 아이들이 얘기하는 것을 듣는다. 회오리바람이 한 방랑자의 모자를 벗겨 갔지만 바람이 데려간 것은 방랑자가 아니라 그의 껍데기였다는 얘기를.

산허리에 쌓인 눈이 장밋빛 광채를 내고 있다. "하느님은 우리를 위해 가장 좋은 것을 예비하신다"는 것을 믿는 사람의 마음에도 그런 광채가 어린다. 하지만 꿈속에서 계시를 받은 바베테처럼 운이 좋은 사람은 많지 않다.

# 111
## 나비

옛날에 신부를 얻고 싶어하는 나비 한 마리가 있었다. 물론 나비는 신붓감으로 꽃 중에서도 아주 예쁜 꽃 하나를 고르고 싶었다. 나비는 꽃밭에 옹기종기 모여 있는 꽃들을 유심히 살펴보았다. 꽃들은 약혼 전의 처녀들처럼 말없이 얌전하게 꽃대 위에 앉아 있었다. 하지만 꽃들이 너무 많아 고르기가 힘들었다. 신부를 빨리 고르고 싶은 나비는 누구를 신부로 맞으면 좋을지 알아보려고 데이지에게 날아갔다.

프랑스 사람들은 데이지를 마거리트라고 부르며 이 꽃으로 점을 칠 수 있다고 믿고 있다. 연인들은 데이지를 꺾어서 꽃잎을 뜯으며 꽃잎 하나마다 사랑하는 사람에 대한 것을 묻는다. "그가 날 진심으로 사랑할까? 열렬히? 미친 듯이? 하늘에 닿을 듯이? 아니면 조금? 아니면 전혀 사랑하지 않을까?" 하고. 그러나 연인들마다 물음의 내용은 다르다.

나비는 꽃잎을 하나씩 뜯지 않고, 대신 꽃잎마다 입을 맞추며 물었다. 그렇게 친절을 베풀면 더 큰 효험이 있을 거라고 생각했기 때문이다.

"상냥한 마거리트 님! 꽃 중에서 제일 현명한 데이지 부인님. 어떤 꽃을 신부로 맞으면 좋을까요? 그걸 알면 당장 날아가 청혼하겠어요."

그러나 마거리트는 대답하지 않았다. 나비가 결혼도 하지 않은 자기를 부인이라고 부른 것에 화가 난 것이다. 나비는 두세 번이나 물었지만, 마거리트는 한 마디도 없었다. 그러자 안달이 난 나비는 곧장 신부를 구하러 날아갔다. 이른 봄이라 크로커스와 아네모네가 활짝 피어 있었다.

'참으로 귀엽고 사랑스러운 꼬마 아가씨들이야. 하지만 상냥하지 못한걸' 하고 나비는 생각했다. 그리고는 젊은 남자처럼 나비도 좀 더 나이든 아가씨들에게 눈길을 돌려 날아갔다. 그러나 아네모네는 좀 밉상이었고 제비꽃은 너무 감상적이었으며 보리수 꽃은 너무 작은 데다가 가족이 많았다. 또 사과꽃은 겉보기엔 장미꽃 같았지만, 바람이라도 불면 언제 떨어질지 몰라 사과꽃과 결혼하면 결혼 생활이 너무 짧을 것이라 생각했다. 나비는 완두콩 꽃이 제일 마음에 들었다. 이 꽃은 하얗고 붉었으며, 우아하고 호리호리했고 무엇보다도 부엌일을 잘할 것만 같은 예쁘고 가정적인 아가씨였다. 그런데 완두콩 꽃에게 막 결혼 신청을 하려 할 때 바로 곁에 있는 콩꼬투리가 눈에 띄었다.

"저건 누구지요?" 나비가 물었다.

"제 언니예요." 완두콩 꽃이 대답했다.

"그래요! 그럼 아가씨도 나중엔 저렇게 되겠네요."

콩꼬투리의 추한 모습을 보고 깜짝 놀란 나비는 그곳을 떠나 버렸다.

울타리 너머로 인동덩굴 꽃이 만발하여 있었지만 얼굴이 길고 살결이 누런 그런 아가씨들은 수도 없이 많았다. 나비는 그런 인동덩굴 꽃이 마음에 들지 않았다. 그렇다면 대체 어떤 꽃이 마음에 들었을까?

봄이 가고, 여름이 지나고, 가을이 찾아왔다. 그러나 나비는 여전히 결정을 못하고 있었다. 이제 꽃들은 찬란한 옷차림을 하고 있었으나 나비에겐 아무런 소용이 없었다. 꽃들에게선 신선하고 향긋한 젊음의 내음이 사라져 버린 것이다. 사랑이란 나이가 들어도 향기를 원하는 법이다. 그래서 나비는 땅에서 피어나는 박하에게 날아갔다. 알다시피 박하는 꽃은 없지만 뿌리 끝에서 꼭대기까지 향기로 가득 차 있으며 잎사귀 하나 하나에서도 향내가 나기 때문에 매우 감미롭다.

"박하를 신부로 삼아야지." 나비는 이렇게 말하고 박하에게 결혼을 신청했다. 그러나 박하는 뻣뻣하게 서서 아무 말이 없었다. 그러다가 한참 후에야 이렇게 말했다. "괜찮다면 친구로 지내요. 하지만 그 이상은 안 돼요. 나도 당신도 늙었으니 서로 의지하며 살아요. 하지만 결혼은 안 돼요. 이 나이에 결혼이라니 그건 망신스러워요."

결국 나비는 신부를 얻지 못하고 말았다. 나비는 너무 오랫동안 신부를 고르다가 노총각이 되고 만 것이다. 무엇이든 너무 오래 끄는 것은 좋지 않은 법이다.

가을이 깊어 갔다. 비가 내리고 구름이 낀 우울한 날씨가 계속되었다. 찬바람이 굽은 버드나무의 등을 세게 후려쳐 나무가 삐걱거렸다. 여름옷을 입고 밖을 날아다니기에는 좋지 않은 날씨였다. 그러나 다행히도 나비는 난롯불이 있는 어느 집 안에 들어가 있었다. 여름 날씨처럼 따뜻한 그곳은 나비가 지내기에 좋았다.

'하지만 근근이 목숨만 부지하는 것만으론 행복하지 않아. 햇빛과 자유와 반려자가 될 작은 꽃이 있어야 해.'

나비는 다시 유리창을 향해 날아갔다. 그런데 방에 있던 사람들이 나비를 발견하고는 잡아서 등에 핀을 꽂고는 진기한 물건을 모아 두는 상자 속에 넣어 버렸다. 그들은 나비에게 최상의 대우를 해준 것이다.

"이제 나도 꽃들처럼 줄기 위에 앉게 되었구나. 하지만 이렇게 앉아 있는 게 즐겁지는 않아. 어차피 이렇게 꼼짝없이 잡혀 있으니까 결혼했다고 생각하지 뭐." 나비는 이렇게 스스로를 달랬다.

"그다지 좋은 위안은 아니군요." 방 안에 있던 화분 속의 식물이 말했다.

'화분 속의 식물 말을 그대로 믿을 순 없지. 저들은 사람들과 너무 많이 어울리거든' 하고 나비는 생각했다.

# 112
## 프시케

새벽녘 장밋빛으로 물든 하늘에는 환히 빛나는 별 하나가 떠 있는데, 이 별의 이름은 바로 샛별이다. 샛별은 수천 년에 걸쳐, 빠른 속도로 움직이는 세상에서 일어나는 온갖 일들을 하얀 벽 위에 적으려는 듯이 도시의 벽에 빛을 뿌린다.

자, 이제부터 샛별이 본 수많은 이야기 중 하나를 들어볼까 한다.

얼마 전 — 별에게 있어서 '얼마 전'은 우리 인간에게는 '수백 년'과 같다 — 에 별빛은 한 젊은 예술가를 비추었다. 예술가는 세계의 수도인 로마의 교황령에 살았다. 시간이 흐르면서 로마는 많이 변했지만, 아이가 노인이 되듯이 그 변화는 서서히 이루어졌다. 그때도 황제의 성은 지금처럼 폐허였다. 무너진 대리석 기둥 사이로 월계수와 무화과나무가 자랐으며, 한때는 금을 박아 넣은 벽이 자랑거리였던 목욕탕 안으로까지 가지가 뻗어 있었다.

콜로세움도 폐허였다. 교회에서는 종소리가 울리고 그윽한 향기가 사방에 진동했으며, 촛불과 화려한 관을 든 행렬이 끊이지 않고 거리를 지나갔다. 교회는 신성하고 전능했으며, 예술은 고귀하고 성스러웠다. 로마에는 세계적으로 위대한 화가 라파엘로와, 그 시대 최고의 조각가인 미켈란젤로가 살고 있었다. 교황까지도 이 두 사람에게 경의를 표했고, 그들을 직접 찾아가기도 했다. 예술가들은 존경받고 상을 받기도 했다. 그렇다고 해서 뛰어난 재능을 가진 모든 예술가가 인정을 받았다는 것은 아니다.

좁은 골목길에 옛날에는 신전이었던 낡은 집 한 채가 있었다. 이곳에는 가난하고 알려지지 않은 젊은 예술가가 살고 있었다. 그에게는 자신과 같은 처지의 예술가 친구들이 많았는데, 그들은 모두 이상과 희망을 가진 젊은 예술가들이었다. 그 친구들은 그에게 재능과 솜씨는 대단하지만 스스로 그것을 인정하지 못하는 바보라고 말했다. 이처럼 젊은 예술가는 언제나 자신의 작품에 만족하지 못했다. 일단 점토로 조각을 했다가도 다음날이 되면 만족하지 못하고 부숴 버렸기 때문에 완성된 작품이 하나도 없었다. 세상에 알려지고 돈을 벌려면 작품을 완성해서 보여줄 것이 있어야 하는 데도 말이다.

한 친구가 이렇게 말했다. "자넨 몽상가야! 그게 자네의 불행일세. 자네가 아직 인생의 맛을 알지 못한 탓이지. 인생은 즐겨야 하는데 자넨 그렇지 못해. 청춘과 인생은 하나가 되어야 한다구! 교황이 존경하고 세상 사람들이 숭배하는 위대한 거장 라파엘로를 보게나. 그도 포도주와 빵을 마다하지 않지."

"심지어 그는 빵집 딸하고도 즐긴다구. 젊고 아름다운 포르나리나 말야." 친구들 가운데 제일 대담한 안젤로가 한 마디 덧붙였다.

자신들의 이상에 대해 기탄없이 이야기하는 그의 친구들은 이 젊은 예술가를 즐겁고도 거친 삶 속으로 끌어들이려 했다. 일부 사람들은 광기라고도 부르는 삶 속으로 말이다. 젊은 예술가가 친구들의 말에 솔깃하지 않은 것은 아니었다. 그도 친구들처럼 뜨거운 피를 가진 상상력이 풍부하고 재치있게 웃고 떠들 줄 아는 젊은이였기 때문이다. 그러나 그는 라파엘로의 한 그림 앞에 섰을 때 언뜻 하느님을 본 것 같았다. 친구들이 말한 라파엘로의 방탕한 생활이라는 것도 안개처럼 사라졌으며 수천 년 전 거장들의 대리석 조각들이 있는 바티칸 궁전에 서자 가슴이 부풀어올랐다. 내면에서 무언가 고귀하고 신성하고 위대하며 선한 것이 느껴졌으며 자신도 대리석으로 그와 같은 형상을 조각하고 싶었다. 그는 자신의 마음 속에서 무한을 향해 용솟음치는 것을 형상으로 만들어 내고 싶었다. 하지만 어떻게, 어떤 모양으로 만들어야 한단 말인가?

그는 부지런히 손을 놀려 부드러운 점토로 아름다운 형상을 만들었다. 그러나 다음날이면 예전처럼 여지없이 부숴 버렸다.

그러던 어느 날, 그는 로마의 화려한 어느 저택 앞을 지나게 되었다. 그는 그 집 앞에 멈추어 화려하게 장식된 정문으로 집안을 들여다보았다. 장미꽃이 활짝 핀 작은 정원 한가운데에는 분수가 있었는데, 분수에서 튀겨 나온 물이 윤이 나는 초록빛 잎사귀가 달린 커다랗고 하얀 네덜란드 토란이 떠 있는 대리석 받침대로 떨어졌다. 바로 그 분수 옆을 거닐고 있는 한 소녀가 있었다. 소녀의 발걸음은 너무도 가벼워 마치 둥실 떠다니는 듯이 보였다. 그녀는 이 저택에 살고 있는 귀족의 딸이었다. 젊은 예술가는 지금까지 그렇게 아름답고 곱고 우아하고 사랑스런 모습을 본 적이 없었다. 라파엘로의 프시케를 제외하고는 말이다. 하지만 프시케는 어느 저택의 벽에 걸린 그림에 불과했지만 이 소녀는 살아 있었다.

젊은 예술가는 마음속에 그녀를 생생하게 간직한 채 초라한 작업실로 돌아왔다. 그리고는 그 소녀의 모습을 본따서 점토로 그의 프시케를 만들기 시작했다. 그는 처음으로 흐뭇하게 자신의 작품을 바라보았다. 드디어 가치있는 작품을 완성한 것이다. 바로 그 소녀의 상을 말이다.

작품을 본 친구들은 크게 환호성을 질렀다. 젊은 예술가의 훌륭한 재능을 의심치 않았던 친구들은 이제야말로 그의 위대함이 세상에 알려지게 될 것이라고 생각했다.

점토는 살아 있는 것처럼 생생한 느낌을 주긴 하지만 대리석처럼 흰 살결과 영속성을 갖지는 못한다. 프시케는 대리석으로 생명을 얻어야 했다. 마침 젊은 예술가에게는 대리석이 있었다. 그것은 부모님의 집 뒤뜰에 유리 조각과 쓰레기 속에 여러 해 동안 묻혀 있었다. 위쪽은 회향풀과 썩은 솜엉겅퀴 잎으로 덮여 있어 더러웠지만 그 아래에는 눈더미처럼 흰 대리석이 숨어 있었던 것이다.

어느 날, 부유한 로마인들이 젊은 예술가가 살고 있는 초라한 거리에 나타났다. 그들은 큰길에 마차를 세워 두고 젊은 예술가의 작품을 구경하기 위해 온 것이다. 그러나 샛별은 어떻게 해서 그들이 예술가의 작품에 대한 이야기를 들었는지 알지 못한다.

그 저명한 방문객들은 누구였을까?

불쌍한 젊은이! 아니면 너무 행복한 젊은이라고 해야 할까? 아무튼 그의 작업실 앞에 한 부유한 소녀가 서 있었다.

"이 작품은 바로 너로구나!" 소녀의 아버지가 이렇게 말하자 소녀가 아름다운 미소를 지었다. 예술가는 그녀의 시선에 자신까지 기품 있어지고 압도당하는 기분이었다. 그런 미소는 결코 대리석으로 조각해 낼 수 없는 것이었다.

"저걸 대리석으로 만들어야겠군요. 완성되면 내가 사겠소." 부유한 귀족이 말했다. 이 말은 죽은 점토와 무거운 대리석 덩어리와 젊은 예술가에게 생명을 불어넣어 주었다.

젊은 예술가의 작업실에서는 새로운 시대가 시작되었다. 즐겁고 기쁨 가득한 시간이었다. 샛별은 예술가가 작품을 만드는 것을 지켜보았다. 실제 인물이 그곳을 다녀간 후 점토에 혼이 불어넣어진 것 같았으며, 아름다운 소녀의 실제 모습을 보자 점토도 그렇게 되고 싶어하는 것 같았다.

"이제야 인생이 뭔지 알겠어. 그건 사랑이야. 아름다움을 감상할 줄 알고 즐길 줄 아는 것이지. 친구들이 말하는 '인생'이란 것은 공허하고 무상한 것이야. 그런 삶은 신성한 제단에서 마시는 깨끗한 포도주가 아니라 찌꺼기들이 발효할 때 생기는 거품과 같은 것이지." 젊은 예술가는 기쁨에 벅차서 중얼거렸다.

대리석이 세워지고 연장이 준비되었다. 대충 틀을 잡는 작업이 끝나고 대리석을 측정하고 점과 선을 그려 깎아 내는 작업이 이루어졌다. 그리고 나서 젊은 예술가는 모든 재능과 솜씨를 발휘하여 형상을 다듬어 갔다. 이윽고 아름다운 프시케의 모습이 완성되었다. 프시케는 너무 가벼워서 날아갈 듯했다. 미소를 지으며 춤을 추고 있는 프시케의 모습 속에는 젊은 예술가의 순수함이 깃들어 있었다.

새벽 하늘에 장밋빛으로 빛나는 샛별은 젊은이의 마음속에 싹트는 것이 무엇인지 알고 있었다. 하느님이 주신 재능을 발휘하여 하느님의 작품을 재창조하는 동안 젊은 예술가의 뺨이 붉어지고 눈이 반짝이는 이유를 말이다.

"자네는 옛날 그리스 조각가들과 같은 거장일세. 머지 않아 전 세계가 자네의 프시케를 경탄하게 될 걸세." 그에게 매혹된 친구들이 말했다.

"내 프시케 … 그래. 프시케는 내 거야. 내 작품은 영원 불멸할 거야. 나는 신의 은총을 받았어. 그러니 난 귀족 출신인 그녀와 동등한 거야." 젊은 예술가는 중얼거리며 무릎을 꿇고 하느님에 대한 감사의 눈물을 흘렸다. 그러나 그는 곧 하느님과 눈물은 잊어버리고 앞에 서 있는 프시케에 넋을 잃었다. 흰 눈으로 빚어 놓은 듯한 프시케는 새벽 별빛을 받아 붉게 물들어 있었다. 이제 그는 곧 실제로 그녀를 보게 될 것이다. 공기 위를 걷는 듯 가벼운 걸음걸이와 음악과 같은 순진한 말을 하는 살아 숨쉬는 프시케를 말이다.

젊은 예술가는 프시케가 완성되었다는 소식을 가지고 대저택을 찾아갔다. 그는 장미꽃이 꽃망울을 가득 터뜨리고 있는 뜰을 지났다. 청동으로 된 돌고래 입에서는 네덜란드 토란이 피어 있는 분수대 받침대로 끊임없이 물이 쏟아져 내렸다. 그는 현관으로 들어섰다. 벽과 천장에는 그림들이 걸려 있었고 문 위에는 문장이 새겨져 있었다.

제복을 단정하게 차려 입은 하인들이 목을 꼿꼿이 세우고 거만하게 오락가락 했다. 그 중에는 마치 이 집주인이라도 되는 듯, 목조 의자에 사지를 길게 뻗고 거드름을 피우며 누워 있는 하인도 있었다.

그가 한 하인에게 찾아온 용건을 말하자, 하인은 부드러운 양탄자가 깔려 있는 대리석 계단으로 그를 안내했다. 양 옆으로 조각품들이 세워져 있는 그 계단을 올라가자 그림들이 가득 걸려 있고 바닥이 모자이크로 되어 있는 큰 방이 나왔다. 젊은 예술가는 웅장하고 화려함에 압도되어 숨이 막힐 지경이었다. 집주인이 친절하게 맞아 주지 않았더라면 말문이 막혀 한 마디도 나오지 않았을 것이다. 귀족이 따뜻하게 얘기를 건네자 예술가는 곧 마음이 편해졌다.

몇 가지 질문이 끝나자 귀족은 젊은 예술가에게 딸을 만나 봐 달라고 부탁했다. 딸이 그와 얘기를 나누고 싶어한다는 것이었다.

예술가는 하인을 따라 화려한 연회장과 복도를 지나 소녀의 방으로 갔다.

소녀가 예술가에게 말을 건넸다. 다윗의 시편이나 찬송가도 소녀의 말만큼 그의 마음을 부드럽게 녹여 주고 그의 영혼을 드높이지는 못했다. 예술가는 소녀의 손을 잡고 그 위에 입술을 갖다 댔다. 어떤 장미꽃이라도 그처럼 부드럽지는 못했다. 소녀의 손은 예술가를 불타오르게 했다. 예술가는 너무 흥분하여 자신이 무슨 말을 하고 있는지도 몰랐다. 자신도 모르는 말들이 혀에서 거침없이 쏟아져 나왔다. 분화구가 시뻘건 용암을 뿜어내는 화산을 어찌할 수 없듯이 그 또한 쏟아져 나오는 말들을 억제할 수 없었다. 그는 자신이 얼마나 소녀를 사랑하는지를 고백했다.

소녀는 처음에는 어리둥절해하는 것같더니 나중에는 모욕을 당한 표정이었다. 그러다가 실수로 축축하고 끈적끈적한 두꺼비를 만지기라도 한 것처럼 경멸에 찬 표정으로 거만하게 서 있었다. 그녀의 두 뺨은 붉어지고, 입술은 창백해졌으며, 어둠처럼 까만 두 눈이 활활 타올랐다.

"미쳤군! 썩 꺼져. 나가!" 소녀가 이렇게 소리지르며 등을 돌릴 때의 표정은 마치 머리카락이 뱀으로 되어 있는 석상 같았다.

젊은 예술가는 물체가 바다 속으로 가라앉듯이 풀이 죽어 귀족의 집을 나섰다. 그는 몽유병자처럼 거리를 지나 작업실로 갔다. 갑자기 제정신이 든 예술가는 분노와 고통을 느끼며 망치를 집어 높이 쳐들었다. 그가 대리석 상을 향해 망치를 내리치려는 순간 누군가 그의 팔을 잡았다. 친구 안젤로였다. 예술가는 다른 데 정신이 팔려 안젤로가 그곳에 있는 것도 몰랐던 것이다.

"왜 이러는가? 자네 미쳤나?" 안젤로가 소리쳤다.

그들은 엎치락뒤치락했으나 안젤로의 힘이 더 셌다. 마침내 젊은 예술가는 포기하고 의자에 주저앉았다.

"무슨 일인가? 진정하고 말해 보게." 안젤로가 다정하게 물었다.

하지만 뭐라고 말한단 말인가? 무슨 말을 할 수 있겠는가? 예술가가 아무 말이 없자 안젤로는 더 이상 묻지 않았다.

"자넨 피가 흐려져서 꿈도 꾸지 못하게 될 걸세. 자네도 다른 사람과 다름없는 사람이라는 걸 인정하게나. 이상 속에서만 살면 해가 되는 법이지. 포도주를 좀 마시게나. 그럼 잠이 잘 올 거야. 자, 어여쁜 아가씨가 자네를 치료해 줄 걸세. 캄파냐의 아가씨들은 대리석 성에 있는 공주처럼 예쁘다네. 그곳 아가씨나 공주나 모두 이브의 딸이지. 천국에선 구별조차 할 수 없을걸. 자, 따라오게. 자네의 삶의 천사인 안젤로를 따르게나. 자네도 늙고 육신이 쇠락할 때가 올 걸세. 폐허가 된 오두막처럼 말이야. 그때도 햇살은 온 세상에 눈부시게 부서지고 세상은 웃음으로 가득 차 있겠지만 자넨 양분을 빨아들이지 못하는 부러진 갈대나 다름없겠지. 난 신부들이 무덤 저편의 삶에 대해 지껄이는 말을 믿지 않네. 그건 허구이고 어린애의 동화 같은 얘기지. 그걸 사실이라고 믿을 수 있다면 얼마나 즐겁겠나. 난 몽상이나 하며 살고 싶지 않네. 현실 속에서 살고 싶단 말일세. 자, 인간답게 나와 함께 가세나."

안젤로의 얘기는 시기가 아주 적절했다. 젊은 예술가의 피 속에선 불꽃이 타오르고, 영혼은 변해 버린 것 같았다. 예술가는 이제까지 자신이 살아 왔던 삶과 오랜 습관에서 벗어나고 싶었다. 옛 자아에서 해방되고 싶었다. 그래서 그는 안젤로를 따라갔다.

로마 변두리에는 작은 식당이 있었다. 옛 목욕탕 자리였던 폐허 속에 지어진 그 식당은 젊은 예술가들이 즐겨 찾는 곳이었다. 오래된 붉은 담벽을 가리고 있는 번쩍이는 거무스름한 나뭇잎 사이로는 크고 노란 레몬들이 매달려 있었다. 식당은 동굴처럼 생긴 깊은 지하실에 자리잡고 있었다. 성모 마리아 그림 앞에는 등불이 타오르고 있었고 커다란 벽난로에서는 불길이 활활 타올랐다. 그 벽난로는 음식을 굽고 끓이고 볶는 데 사용되었다. 식당 밖에 있는 레몬 나무와 월계수 아래에는 몇 개의 테이블이 놓여 있었다.

친구들은 안젤로와 젊은 예술가를 환호하며 맞았다. 그들은 음식은 먹는 둥 마는 둥 하고 흥청망청 마셔댔다. 술이 취해 기분이 좋아지자 그들은 노래를 불렀으며 누군가 기타를 쳤다. 살타렐로(이탈리아 및 스페인의 활발한 무곡)였다. 사람들이 일어나 춤을 추기 시작했다. 젊은 예술가의 모델로 생계를 이어가는 두 명의 로마인 아가씨가 춤추는 사람들과 합류했다. 참으로 사랑스런 바쿠스 신의 여사제들이었다. 두 아가씨는 행동도 모습도 프시케와는 달랐으며 장미꽃도 아니었지만, 그들은 신선하게 활짝 피어난 카네이션 같았다.

그날의 열기가 얼마나 뜨거웠던지, 해가 진 후에도 그 열기는 스러지지 않았다. 피 속에 흐르는 불길과 대기에 넘치는 불길, 모든 이의 눈빛 속에 이글거리는 불길들! 바람은 황금빛과 장미꽃 속에 일렁였고, 삶은 바로 황금빛과 장미꽃 그 자체였다.

"드디어 자네도 우리 틈에 끼었군. 자, 마음을 풀고 자네 주변과 자네 안에서 이는 흐름에 자신을 맡기게."

"이렇게 즐겁고 유쾌한 적이 없었어. 자네가 옳아. 자네들 모두가 옳다구! 난 바보, 몽상가였어. 사람은 환상이 아닌 현실 속에서 살아야지." 젊은 예술가가 말했다.

젊은 예술가들은 별빛이 비치는 저녁 무렵에 식당에서 나와 노래를 부르고 기타를 치며 좁은 골목길로 몰려갔다

안젤로의 작업실에서는 반쯤 그리다 만 스케치들과 아무렇게나 내던져진 화려한 그림들 사이에서 부드럽지만 열정적인 목소리가 새어 나왔다. 작업실 여기저기에는 건강미가 넘치는 캄파냐의 딸들 그림이 널려 있었으나 그들의 실제 모습이 훨씬 더 아름다웠다. 여섯 개의 가지가 달린 촛대에서 불이 밝게 타올라 사방으로 빛을 던졌으며 정열에 가득 찬 젊은이들의 얼굴이 신들의 얼굴처럼 환하게 빛났다.

"아폴로여, 유피테르여! 나도 당신이 있는 하늘나라로 가고 싶나이다. 지금 이 순간 내 가슴속에선 처음으로 인생의 꽃이 활짝 피어나고 있습니다."

그렇다. 그러나 인생의 꽃은 활짝 피어나는 듯 싶더니 이내 고개를 떨어뜨리고 시들어 버렸다. 야릇하고 지독한 악취가 장미 향기와 뒤섞여 젊은 예술가의 생각을 마비시키고 눈을 멀게 했다. 관능의 불꽃이 스러지자 캄캄한 어둠이 밀려들었다.

젊은 예술가는 집으로 돌아와 침대에 주저앉았다.

"수치스럽군!" 이 말은 그의 입에서가 아니라 마음 깊은 곳에서 터져 나왔다. "몹쓸 놈! 썩 꺼져. 나가!"

고통스럽고 깊은 한숨이 가슴에서 새어 나왔다.

"썩 꺼져. 나가!"라는 말은 살아 있는 프시케가 그에게 한 말이었다. 그는 침대에 누웠다. 생각들이 혼란스럽게 뒤섞이다 곧 잠이 찾아 들었다.

그는 새벽녘에 잠이 깨었다. 무슨 일이 있었던가? 식당을 찾아가고 캄파냐의 아가씨들과 저녁을 보낸 것이 다 꿈이었는가? 아니다. 모든 게 다 현실이었다. 그는 여태껏 알지 못했던 현실을 알게 된 것이다.

장밋빛 하늘에서 샛별이 밝게 빛났다. 그 별빛은 젊은 예술가를 비추었고 대리석으로 조각된 프시케도 비추었다. 예술가는 대리석 상의 신성한 순수함을 보자 몸이 떨렸다. 그는 자신의 눈빛이 대리석 상을 욕되게 하는 것 같아 천으로 조각을 덮었다. 그리고는 손으로 쓰다듬었다. 그러나 바라보지는 않았다.

젊은 예술가는 하루 종일 꼼짝 않고 앉아서 조용히 자신을 되돌아보았다. 그는 바깥 세상에서 벌어지는 일에 대해 아무것도 몰랐으며 그의 영혼 속에서 무슨 일이 일어나고 있는지를 아는 사람은 아무도 없었다.

그로부터 여러 주가 지났다. 1년 중 밤이 가장 긴 어느 날들이었다. 그러던 어느 날 샛별은 젊은 예술가가 침대에서 일어나는 것을 보았다. 그의 얼굴은 창백했으며 열에 들떠 있었다. 예술가는 대리석 상으로 다가가 천을 걷어 내고 조각상을 뚫어지게 노려보았다. 그의 얼굴은 분노와 고통으로 가득 차 있었다. 그는 힘들게 조각상을 정원으로 끌고 갔다. 정원에는 버려진 우물이 하나 있었는데 오래 전에 물이 말라 버려 반은 쓰레기와 먼지로 차 있었다. 젊은 예술가는 프시케를 그곳에 빠뜨리고 흙을 채운 다음 나뭇가지와 쐐기풀로 그 위를 덮었다.

예술가가 프시케의 무덤에 던진 추도 연설은 "썩 꺼져. 나가!"였다.

샛별은 장밋빛으로 물든 새벽 하늘 틈으로 이 광경을 모두 지켜보면서 젊은 예술가의 두 뺨에 흐르는 눈물 속에 자신을 비추었다.

젊은 예술가가 죽어 가고 있다는 것은 누가 보아도 알 수 있었다. 근처 수도원에서 수도사 이그나티우스가 찾아왔다. 이그나티우스는 그의 친구이며 의사였다. 그는 종교적인 위안과 위로의 말을 해 주고, 인간의 죄, 하느님의 은총과 용서, 교회에서 찾을 수 있는 평안과 행복에 대해 이야기했다. 그의 말은 습한 땅을 비추는 햇살과도 같았다. 땅에서 안개가 일고 그 속에서 이상한 형상과 그림들이 보였다. 젊은 예술가는 둥둥 떠다니는 이 안개 섬들에서 자신이 인간들을 내려다보는 모습을 보았다. 인간의 삶은 실수와 실망 투성이었다. 예술은 인간에게 세속적인 영광을 얻고자 하는 헛된 꿈을 주는 마녀에 불과했다. 마녀는 우리 자신에게, 친구에게, 하느님에게 잘못을 하게 만들었다. 그리고 뱀은 계속 이렇게 속삭이고 있었다. "먹어 봐. 그럼 하느님처럼 될 수 있어."

젊은 예술가는 이제야 비로소 진리와 평화에 이르는 길을 찾은 듯했다. 교회에는 하느님의 빛이 모든 영광 가운데 빛날 것이고 수도사 방에 깃든 평온함 속에서 그의 영혼은 불멸을 알게 될 것이다.

이그나티우스의 격려를 통해 속세의 아이가 교회의 종이 되었다. 젊은 예술가가 세상에 작별을 고한 것이다.

수도사들은 그를 따뜻하고 기쁘게 맞이했고, 서품식을 하던 신성한 날은 축제일 같았다.

'이제 하느님은 우리의 태양이야. 하느님은 신성한 그림에서나 십자가에서는 밝은 빛을 비춰 주시지.' 젊은 예술가는 이렇게 생각했다.

예술가는 해가 질 무렵이면 조그만 방 안에 서서 창문을 열고 옛 로마의 무너진 신전들과 웅장하지만 황폐한 콜로세움을 바라보곤 했다. 특히 여기저기 장미 꽃들이 활짝 피고, 상록수 가지에 싱싱하게 물이 오르고, 아카시아 꽃들이 앞다투어 피어나고, 진한 잎 사이로 빨갛고 노란 레몬과 오렌지들이 주렁주렁 매달리고, 야자수 나무들의 거대한 잎이 바람에 흔들리는 봄이 되면, 젊은 예술가는 더 생기있어지고 예전에는 느껴 보지 못했던 감동과 충만함을 맛보았다. 드넓게 펼쳐진 고요한 캄파냐 평원은 눈 덮인 푸른 산맥을 향해 멀리까지 뻗어 있었다. 모든 것이 하나로 녹아들고, 모든 것이 평화와 아름다움을 노래했다. 모든 것이 동화고 꿈이었다.

그렇다. 이 속세는 한낱 꿈에 불과했다. 꿈은 몇 시간 동안 계속될 수도 있고 다시 찾아들 수도 있지만, 수도원의 삶은 기나긴 세월 동안 계속된다.

젊은 예술가는 불결하고 사악한 생각은 자신의 내면에서 나온다는 것을 깨달았다. 이따금 그의 몸을 뜨겁게 달아오르게 하는 이상한 불길은 대체 무엇일까?

원하지 않는 데도 끊임없이 솟아나는 악은 대체 어디서 오는 것일까? 그는 자신의 육신을 벌했지만, 악은 육신이 아닌 내면 깊은 곳에서 오는 것이었다. 그의 사악한 마음은 온 양심을 휘감고, 그에게 위로가 되는 사랑하는 사람들, 우리를 위해 기도해 주는 성자들과 성모 마리아, 우리를 위해 목숨을 버린 예수님의 외투 자락 속으로 파고들었다. 젊은 예술가는 자신이 하느님의 은총과 자비 속에서 위안을 구하고 속세의 허황된 것을 포기하고 많은 사람 중에서 선택되어 수도사가 된 것이 어린애와 같은 순진함에서였는지, 아니면 젊음의 경솔함 때문이었는지 자문해 보았다. 그러한 순진함과 경솔함은 모든 것을 진지하게 받아들이게 만들 수도 있고 그 반대일 수도 있었다.

여러 해가 지난 어느 날, 그는 안젤로를 만났다. 안젤로는 그를 금방 알아보았다.

"오, 내 친구! 그래 이제 행복한가? 자넨 하느님이 자네에게 준 재능을 버렸으니 죄를 지었네. 은화 열 냥에 관한 우화를 읽어보게. 진리가 담겨 있지. 그래, 자넨 무얼 얻었나? 찾은 건 무엇이고 얻은 건 무엇인가? 사는 것이 꿈 같은가? 다른 수도사들처럼 자네가 종교를 만들어 내지는 않았나? 모든 게 한낱 꿈에 지나지 않으면 어쩔 텐가? 망상이고 근사한 생각에 불과하다면 말일세."

"사탄아, 내게서 물러가라!" 수도사는 이렇게 외치고 그 자리를 떠났다.

그리고는 이렇게 중얼거렸다. "저건 악마였어.… 인간의 탈을 쓴 악마를 본 거야. 내 손가락 하나를 주자 내 손 전체를 앗아갔지. 아니야. 그건 사실이 아니야. 악마는 내 안에 있어. 안젤로 마음에도 있구 말이야. 하지만 안젤로에게는 그게 짐이 되지 못하지. 그는 고개를 높이 쳐들고 잘 사는 것 같아. 그런데 난… 난 종교 속에서 행복과 평온을 찾고 있어. 그게 위안에 불과하면 어떡하지? 내가 속세에 두고 온 것처럼 모든 것이 헛된 꿈에 지나지 않는다면 어쩌나? 빨갛게 물든 아름다운 저녁놀이 사라지듯이, 멀리 보이는 푸른 산이 가까이 가서 보면 다르게 보이듯이 그렇게 사라져 버리는 환상이라면 어떡하지? 영원함이여, 너는 광대하고 고요한 대양 같구나. 너는 호기심과 예감으로 우리를 가득 채우고는 손짓하여 부른다. 하지만 우리가 너의 고요한 물결 위에 발을 내디디면 우리는 사라지고 죽어버린다. 사기야! 기만이야! … 썩 꺼져. 가 버리란 말이야!"

그는 눈물도 흘리지 않고 깊은 생각에 잠긴 채 딱딱한 침상에 무릎을 꿇고 앉았다. 그는 왜 무릎을 꿇었을까? 벽에 걸린 돌 십자가 때문이었을까? 아니다. 그 것은 몸에 붙은 습관에서 나온 것이었다. 그의 영혼은 깊숙이 들어갈수록 더욱 더 어두워 보였다.

"내 안에는 아무것도 없어. 내 밖에도! 난 인생을 허비해 버린 거야." 그는 절 망적으로 외쳤다. 그의 이런 생각은 산을 굴러 내려오는 눈덩이처럼 점점 더 커지 더니 끝내 눈사태를 일으켜 그를 뭉개 버렸다.

"내 마음의 이런 기생충에 대해서 아무에게도 말 못 해. 이 비밀은 내 포로야. 이걸 털어놓는다면 내가 그 비밀의 포로가 되고 말 거야."

그의 마음속에서는 믿음과 불신이 서로 싸웠다. 그는 절망적으로 외쳤다. "오 주여! 주여! 저를 불쌍히 여겨 제게 믿음을 주소서. 저는 당신이 주신 선물을 버 렸나이다. 당신이 의도하신 바를 무시하고 제 사명을 다하지 못했나이다. 제겐 힘이 없었나이다. 당신은 제게 재능은 주었지만 힘은 주시지 않았나이다. 내 마 음속에 있는 영원불멸한 나의 여인 프시케여, 제발 날 좀 내버려 두고 사라지시 오! 당신은 왜 내가 만든 대리석 상처럼 묻어 버릴 수 없나요? 내 생명의 일부여, 무덤 속에 묻혀 다시는 부활하지 말지어다!"

하늘에서 샛별이 환하게 빛났다. 언젠가는 샛별도 스러져 갈 것이다. 영원한 것은 인간의 영혼뿐이다. 별빛은 하얀 벽에 쏟아졌지만, 하느님의 위대함과 은 총에 대해서, 진실로 믿는 자들의 가슴속에 살아 있는 모든 것을 포용하는 그분의 한없는 사랑에 대해서는 한 자도 적지 않았다.

'내 마음속의 프시케는 영원히 죽지 않아.' 수도사는 이렇게 생각하며 큰 소리 로 중얼거렸다. "프시케는 의식 속에 영원히 살아 있을까? 이해할 수 없는 일이 일어날까? 그래, 그래. 이해할 수 없는 것은 내 자신의 영혼이야. 오, 하느님, 제가 이해할 수 없는 것은 당신과 당신의 세계입니다. 힘과 영광과 사랑이 빚어 낸 기적입니다."

그의 두 눈이 빛나더니 곧 희미해졌다. 교회 종소리가 울려 퍼졌다. 그것은 그 가 이 세상에서 들은 마지막 소리였다. 그의 숨이 끊어진 것이다. 수도사는 예루 살렘에서 가져온 흙과 독실한 사람들의 시신에서 나온 먼지를 섞은 흙에 묻혔다.

여러 해가 지난 후, 사람들은 관습대로 그의 유골을 파내 수도복을 입히고 손에 묵주를 놓아주었다. 그리고는 수도원의 지하 납골당에 있는 다른 사람들의 유골 사이에 안치했다. 밖에서는 햇살이 빛나고, 안에서는 향긋한 향내가 풍기는 가운데 미사가 진행되었다.

그로부터 다시 여러 해가 지났다. 유골들이 산산이 부서져 뒤죽박죽 섞였다. 수도사들은 두개골들로 수도원 주위에 담을 쌓았다. 그 속에는 젊은 예술가의 두개골도 있었다. 그곳엔 이루 헤아릴 수 없이 많은 해골들이 있었으나 이제 그들의 이름을 알거나 그들을 기억하는 사람은 없었다. 그런데 갑자기 밝은 햇살 속에서 무언가 움직이는 것이 보였다. 무엇일까? 오색찬란한 도마뱀 한 마리가 텅 빈 두개골 속에 집을 짓고 들락날락하고 있었다. 이 두개골들 속에서 살아 있는 유일한 생명체였다. 한때는 위대한 생각, 빛나는 꿈, 예술과 순수한 아름다움에 대한 사랑이 숨쉬었고 뜨거운 눈물이 흘러내리고, 영원한 희망이 살아 있었던 그곳에 말이다.

수백 년이 흘렀다. 그러나 샛별은 수천 년에 걸쳐 변함없이 밝게 빛났다. 해가 솟아오르자 하늘이 빨갛게 물들었다.

옛 신전의 잔해가 남아 있고 좁은 골목길이 있었던 자리에는 이제 수녀원이 들어서 있다.

어느 날 아침, 한 젊은 수녀가 죽어 수녀원 정원에 무덤을 파고 있을 때였다. 삽에 무엇인가가 부딪히더니 눈부시게 하얀 대리석이 보였다. 조심스럽게 흙을 걷어 내자 처음에는 사람의 어깨 형태가 보이더니 여자의 머리가 나타났다.

하늘이 분홍빛으로 물들었던 아름다운 그 여름날 아침에 젊은 수녀가 묻히게 될 무덤을 파다가 프시케 조각상을 파내게 된 것이다. 사람들은 모두 조각상의 아름다움에 감탄했다.

"최고의 걸작품이야! 예술의 최고의 경지에 이른 시대에 나온 것이야."

그런데 그 작품은 누구의 것이었을까? 그것을 조각한 거장은 누구였을까? 그것을 아는 이는 샛별 외에는 아무도 없었다. 샛별은 그 거장의 몸부림, 시련, 나약함, 인간성을 모두 지켜보았기 때문에 알고 있었다. 죽은 사람은 모두 사라져 먼지가 되어 버렸다. 하지만 그가 쏟아 부은 노력의 몸부림의 성과이며, 그의 내부에 있던 경건한 믿음을 증명하는 눈부신 프시케는 영원히 죽지 않을 것이다. 프시케는 젊은 예술가를 영원히 거장으로 빛나게 할 것이다. 그의 불꽃은 아직도 이 지상에서 빛을 내고 있으며 사람들에게 존경과 사랑을 받고 있다.

장밋빛 하늘에서 빛나는 샛별이 프시케를, 대리석으로 조각된 그 영혼을 바라보며 경탄하는 사람들을 비추었다.

지상의 것은 흔적 없이 사라져 잊혀지는 법이다. 다만 무한 속의 별만이 그것을 영원히 기억한다. 천상의 것은 사후에도 자손 대대로 빛난다. 그 자손들의 시대가 지난다 해도 프시케는 여전히 살아 있을 것이다.


# 113
# 달팽이와 장미나무

소와 양들이 풀을 뜯는 목초지와 들판이 있는 어느 곳에 개암나무로 된 울타리가 빙 둘러져 있는 정원이 있었다. 정원 한가운데에는 한창 아름답게 피어나는 장미 한 그루가 서 있었는데, 그 나무 아래에는 달팽이 한 마리가 앉아 있었다. 달팽이는 껍질 속에 자신을 간직하고 있었다.

"때를 기다려 봐. 장미꽃을 피운다든가, 개암나무 열매를 맺는다든가, 소나 양처럼 우유를 만들어 내는 것보다 더 나은 일을 해 보일 테니까." 달팽이가 말했다.

"무척 기대되는데. 그게 언제쯤일까?" 장미나무가 매우 겸손하게 물었다.

"난 서두르지 않아. 너처럼 항상 서두르면 기대감이 사라지지."

다음 해가 되었다. 달팽이는 여전히 장미나무 아래 양지 바른 곳에 앉아 있었다. 장미나무는 다시 봉오리를 맺고 싱싱한 꽃을 피웠다. 그 중 똑같은 장미꽃은 하나도 없었다. 달팽이는 달팽이집에서 몸을 반쯤 내밀고 더듬이를 위로 뻗었다가 다시 오므렸다.

"모든 게 작년과 똑같아. 변화도 발전도 없어. 장미나무는 여전히 꽃을 피우고 있군. 다른 것은 할 줄 모르나 봐."

여름이 가고 가을도 지났다. 장미나무는 첫눈이 내릴 때까지 계속 꽃을 피웠다. 그러다 날씨가 추워지자 장미나무는 가지를 아래로 구부렸고 달팽이는 땅속으로 기어들어갔다.

또다시 봄이 찾아왔다. 장미나무는 예전처럼 꽃을 피웠다.

달팽이는 고개를 내밀고 장미나무에게 말했다. "이제 넌 늙었구나. 머잖아 시들어서 죽게 될 거야. 넌 네가 가진 것을 세상에 모두 주었지. 그게 가치 있는 것이었는지는 모르지만 말이야. 그런 걸 생각할 겨를이 없으니까. 하지만 분명한 건 넌 너의 내면을 발전시키는 일은 조금도 하지 않았어. 그랬다면 더 나은 것이 되었을 텐데 말이야. 이제 너는 곧 쭈글쭈글한 막대기가 되어 버릴 거야. 안 그래? … 듣고 있니? … 무슨 말인지 알겠어?"

"정말 끔찍해. 그런 건 꿈에도 생각해 보지 않았는걸." 장미나무가 몸을 떨며 말했다.

"그랬겠지. 너는 생각하는 것과는 담을 쌓고 지냈으니까. 네 존재에 대해 생각해 본 적 있니? 네가 왜 여기에 있는지 생각해 봤어? 네가 왜 꽃을 피우는지, 네가 왜 존재하는지, 네가 무엇인지 생각해 봤어?"

"아니. 내 꽃들은 환희에 차서 솟아나. 나도 막을 길이 없어. 햇볕이 따뜻하고 공기가 신선하면 말이야. 나는 이슬과 빗물을 받아 마시며 흙과 공기에서 힘을 얻지. 난 너무 행복해서 꽃을 피우지 않을 수 없단 말이야. 다른 건 할 줄 모르는 걸."

"넌 참 편하고 게으르게 살았구나." 달팽이가 가차없이 말을 내뱉었다.

"맞아. 난 부족한 게 없이 살았어. 하지만 넌 나보다 훨씬 더 많은 것을 누렸어. 분명하고 깊이 생각할 줄 아니까. 넌 재능이 있어. 세상을 놀라게 할거야."

"세상을 놀라게 한다구! 난 아니야." 달팽이는 더듬이를 움츠렸다가 다시 뻗었다. "세상은 내게 아무런 의미가 없어. 내가 왜 세상일을 걱정해야 하지? 난 내 안에 가지고 있는 것만으로도 충분한데 말이야. 바깥 세상에 있는 건 필요없어."

"하지만 우리가 줄 수 있는 것을 서로에게 주기 위해 최선을 다하는 것이 이 지상에서 사는 우리들의 의무 아니야? 난 세상에 장미꽃을 주는 재능밖에 없어. 하지만 넌 나보다 더 많은 재능을 가졌잖아. 세상에 뭘 주었고 뭘 줄 거지?"

"뭘 주었냐구! 뭘 줄 거냐구! 난 세상에 침을 뱉어 주었지. 세상은 내게 아무 쓸 모도 없고 의미도 없어. 멈출 수 없다니 장미꽃이나 계속 피우렴. 개암나무는 열매를 맺고 소와 양들은 계속 우유를 만들어 내라지. 누구나 자신이 속한 세상이 있는 법이야. 내 세상은 내 안에 있어. 난 이만 세상에서 물러가겠어. 세상일엔 관심 없으니까." 달팽이는 집 속으로 들어가 문을 굳게 닫아 버렸다.

"정말 슬픈 일이야. 난 아무리 내 자신 속으로 들어가고 싶어도 그럴 수가 없어. 가지들이 항상 바깥으로만 뻗고 잎들이 활짝 펴지고 꽃봉오리들이 열리려고만 하니까 말이야. 꽃잎들은 떨어져 바람에 실려 가지. 하지만 내 장미 한 송이는 어느 어머니의 찬송가 책갈피에 끼워졌고, 또 한 송이는 젊은 처녀의 가슴에 꽂혔지. 또 어떤 장미는 살아 있다는 기쁨에 찬 아이에게 키스를 받은 적도 있어. 그것은 나의 추억이고 삶이지." 장미가 미소를 머금으며 말했다.

장미나무는 천진하게 계속 꽃을 피웠고, 달팽이는 제 집 속에 틀어박혀 지냈다.

세월은 변함없이 흘러갔다. 장미나무와 달팽이는 모두 흙이 되었다. 찬송가 책갈피에 끼워졌던 장미도 이제는 사라지고 없었다. 그러나 정원에서는 새로운 장미나무가 꽃을 피웠고, 새로운 달팽이들도 여전히 그들에게 아무 의미도 없는 세상에 침을 뱉고 제 집 속에 틀어박혀 지냈다.

이 이야기를 처음부터 다시 시작해 볼까? 그런다 해도 별로 달라지지 않을 것이다.

# 114
## 도깨비불이 시내에 있다고 늪의 마녀가 말했다

옛날에 이야기를 많이 알고 있는 한 남자가 있었다. 이야기는 항상 그의 집을 찾아와 노크를 하곤 했다. 그런데 어찌된 일인지 요즘에는 이야기들이 찾아오지 않았다. 왜 이야기들이 오지 않는 걸까? 사실, 남자는 지난 몇 년 동안 이야기에 대해 전혀 생각하지 않았으며 이야기가 찾아오리라고 기대하지도 않았다. 세상에는 전쟁이 일어났고 사람들은 전쟁이 몰고 온 슬픔과 절망에 휩싸여 있었기 때문이다.

황새와 제비들의 둥지는 모두 부숴져 버렸고, 사람들의 집들은 모두 불에 타 버렸으며, 울타리들은 엉망으로 짓밟혀 있었다. 교회 무덤에서는 적의 말들이 무덤들 사이에서 풀을 뜯고 있었다. 참으로 어렵고 어두운 시절이었다. 그러나 아무리 불행한 시절이라도 끝이 있기 마련이었다.

"이제야 끝이 났군." 남자는 이렇게 말했지만 여전히 이야기는 찾아오지 않았다.

그 후 1년이 지났다. 남자는 여전히 이야기를 간절히 그리워했다.

'이야기가 다시는 찾아오지 않을지도 몰라.' 남자는 이렇게 생각했다. 그러자 예전에 그에게 찾아왔던 온갖 이야기들이 생생하게 떠올랐다. 때로 이야기는 머리에 화관을 쓰고, 손엔 자작나무 가지를 든 사랑스런 소녀의 모습으로 찾아왔다. 소녀는 봄처럼 싱싱하고 아름다웠으며 두 눈은 숲 속에 있는 호수처럼 맑고 깊었다. 또 어떤 때는 봇짐장수의 모습으로 찾아와서 거실에 등짐을 펼쳐 놓고 시가 적혀 있는 아름다운 은빛 리본을 꺼내 놓기도 했다. 그러나 제일 재미있었던 때는 작고 늙은 할머니의 모습으로 찾아왔을 때였다. 은발에 눈이 크고 아는 것이 많은 할머니는 아주 재미있게 옛날 이야기를 할 줄 알았다. 공주님들이 황금 물레로 실을 잣고, 용과 전설적인 괴물들이 밖에서 망을 보던 시절보다 더 오래된 이야기를 말이다. 할머니가 너무도 실감나게 이야기했기 때문에 이야기를 듣고 있으면 눈앞에 이야기 속의 그 장소가 보이는 듯하고 마룻바닥이 인간의 피로 검게 물드는 것 같았다. 할머니의 이야기는 섬뜩하고 무시무시했지만 그만큼 재미있었다.

"그 할머니가 다시 찾아올까?" 남자는 이렇게 중얼거리며 문 쪽을 뚫어져라 쳐다보았다. 그러자 눈앞에 검은 점이 나타나고 마룻바닥에 검은 얼룩이 나타났다. "하지만 이건 피가 아닐지도 몰라. 어둡고 암울한 지나간 시대의 검은 상장일지도 모르지." 남자는 이렇게 중얼거렸다.

그러자 갑자기 이야기가 옛날 동화에 나오는 공주들처럼 자기를 찾아 주기를 바라면서 숨어 있을지도 모른다는 생각이 들었다. 공주를 찾았을 때는 예전보다 더 눈부시게 아름다웠었다.

"이야기가 어디에 숨어 있을까? 우물가에 떨어진 지푸라기 밑에 숨어 있을지도 몰라. 조심해야 돼. 항상 조심해야 해. 어쩌면 내 책꽂이에 꽂힌 커다란 책들 속에 끼워진 시든 꽃잎 속에 숨어 있을지도 몰라."

남자는 책장으로 걸어가 가장 최근에 나온 책 한 권을 펼쳤다. 매우 진지한 내용의 그 책을 읽으면 정신이 맑아질 것 같았다. 그 책갈피에는 꽃잎은 하나도 없었고, 나라의 영웅인 홀거 단스케에 대한 이야기만 있었다. 매우 용감한 단스케는 그 책을 쓴 프랑스의 한 수도사가 만들어 낸 가공의 인물 같았다. 그 책은 덴마크로 번역 출판된 소설이었다. 그러니까 홀거 단스케는 전쟁에 참가한 적도 없으며 조국이 위급할 때 조국을 구하기 위해 나타나지 않을지도 모른다. 덴마크 아이들은 그의 공적을 노래하고, 어른들도 그가 돌아오기를 바랄 것이다. 그러나 홀거 단스케는 빌헬름 텔과 다를 바 없었다. 이 학술서를 쓴 저자에 의하면, 둘 다 가상의 인물이며 시간을 낭비할 가치가 없다는 것이었다.

"그래도 난 내가 믿는 것만을 믿어. 사람의 발길이 닿지 않는 곳엔 길이 나지 않는 법이야." 남자는 이렇게 중얼거리며 책을 다시 제자리에 꽂았다.

남자는 창가로 다가가 식물과 꽃들을 내다보았다. 이야기는 황금빛 테두리를 가진 붉은 튤립이나 싱싱한 장미나 화려한 동백나무에 숨어 있을지도 몰랐다. 그러나 잎사귀 사이로 새어드는 햇살뿐, 이야기는 그 어디에도 없었다.

"슬픈 시절에 핀 꽃들은 지금보다 훨씬 더 아름다웠지. 그러나 우리는 그 꽃들로 화환을 만들어서 깃발로 덮인 관을 장식해야 했어. 이야기는 그 꽃들과 함께 묻혀 버렸는지도 몰라. 하지만 꽃들은 알고 있을 거야. 흙도 말이야. 그래, 관들도 이야기를 들었을 거야. 새로 피어나는 꽃들이 이야기는 죽지 않는다고 말해 주었을 거야. 풀 잎사귀도 그렇게 얘기했을 거야.

이야기가 찾아와서 내 문을 두드렸는데 내가 듣지 못한 거야. 당시에는 사는 것이 너무도 힘들어서 암울한 생각만 했었지. 그때는 봄조차도 침입자 같았어. 새들의 지저귐을 듣고, 싱싱하고 푸른 나뭇잎들을 보면서 행복해야 하는데도 우리는 화를 냈지. 우리의 마음은 너무 침울해서 우리가 즐겨 불렀던 옛 민요조차도 감당할 수 없었어. 그러니까 이야기가 찾아와서 문을 두드렸다 해도 우리가 듣지 못했을 거야. 아무도 반기지 않았겠지. 이야기는 문을 두드려도 대답이 없자 가 버렸는지도 몰라. 나가서 찾아봐야겠어. 시골, 숲 속, 드넓은 해변에 가서 말이야."

도시에서 멀리 떨어진 곳에 붉은 벽돌 담으로 된 오래된 성이 한 채 서 있었다. 박공 지붕으로 된 이 성에는 여러 개의 탑이 있었는데, 그 중에는 탑 꼭대기에 깃발이 펄럭이고 있는 것이 하나 있었다. 너도밤나무 가지에서는 나이팅게일이 앉아 사과나무 꽃을 장미꽃이라고 생각하며 노래를 불렀다. 여름에는 뜨거운 햇볕 속에서 벌들이 여왕벌을 둘러싸고 붕붕 노래했고, 가을에는 폭풍우가 숲에 휘몰아쳐 나뭇가지를 부러뜨리기도 했으며 인간의 운명에 대해 말하기도 했다. 성탄절 무렵이면, 넓은 바다에서 야생 백조의 노랫소리가 들렸고 성 안에서는 사람들이 난로 옆에 모여 앉아 옛날 민요와 전설을 듣고 싶어하곤 했다.

오래된 정원에 밤나무들이 가로수처럼 늘어서 있는 그늘 아래로 이야기를 찾으러 나선 남자가 걷고 있었다. 예전에 이곳에서 나무들 사이로 불어온 바람이 발데마르 다에와 그 딸들에 대한 이야기를 들려준 적이 있었기 때문이다. 오래된 떡갈나무에 사는 나무 요정, 그러니까 바로 모든 동화의 어머니가 늙은 떡갈나무의 마지막 꿈에 대한 이야기를 들려준 곳도 바로 이곳이었다.

남자의 외할머니가 살던 시절에는 이곳에 깔끔하게 다듬은 울타리가 있었지만, 지금은 양치류와 쐐기풀만이 무성하게 자라 석상을 덮고 있었다. 석상의 눈에는 이끼가 자라 있었지만, 석상은 예전처럼 잘 보였다. 그러나 이야기를 찾으러 온 남자는 더 이상 이야기를 볼 수 없었다.

이야기는 어디에 있었을까?

수백 마리의 까마귀들이 오래된 나무 꼭대기에 앉아 소리쳤다. "까아악 까악. 여기 있어. 여기! 여기라구!"

남자는 정원을 나와 연못 위로 나 있는 다리를 지나서 아담한 오리나무 숲으로 갔다. 그곳에는 닭장과 오리장이 있었으며, 육각형의 작은 집에는 그곳 작은 세계를 지배하는 늙은 할머니가 살았다. 할머니는 닭이 얼마나 많은 알을 낳고 얼마나 많은 병아리가 알에서 깨어나는지에 대해 정확히 알고 있었지만 그 할머니는 남자가 찾고 있는 이야기가 아니었다. 그 할머니는 세례와 예방 접종을 받았으며 장롱 서랍 속에 그 증명서도 가지고 있었기 때문이다.

이 집에서 그리 멀지 않은 곳에 붉은 서양 산사나무와 노란 금련화 무리로 덮인 언덕이 있었다. 거기에는 여러 해 전에 시장이 서는 도시의 교회 묘지에서 옮겨 온 낡은 묘비 하나가 서 있었다. 그 도시의 한 시의원을 기념하기 위해 만든 것이었다. 그 주변에는 그의 부인과 다섯 딸의 조각이 주름잡힌 옷깃을 세우고 두 손을 포갠 채 서 있었다. 그 묘비를 오랫동안 바라보고 있으면 묘비가 생각 속으로 파고든다. 그리하여 마음이 묘비 속으로 들어가 하나가 된 것처럼 느껴지며 묘비가 지나간 옛날 이야기를 들려주게 된다. 아무튼 이야기를 찾는 남자에게 이런 일이 벌어졌다.

그날, 남자는 시의원 석상의 머리 위에 앉아 있는 살아 있는 나비 한 마리를 보았다. 나비는 날개를 퍼덕이며 한 뼘쯤 날아가더니 남자에게 뭔가 보여줄 것이 있다는 듯이 내려앉았다. 나비가 내려앉은 곳은 바로 네 잎 클로버였다. 그런데 행운을 가져다준다는 네 잎 클로버가 일곱 개나 있지 않은가.

남자는 일곱 개의 네 잎 클로버를 꺾어 주머니에 넣으면서 중얼거렸다. "행운이 무더기로 찾아왔군. 행운이란 현금과 같다지만 차라리 근사한 이야기를 찾았다면 더 좋았을걸 그랬어."

커다란 붉은 태양이 서쪽으로 지고 초원에서는 안개가 피어올랐다. 그리고 늪의 마녀가 뭔가를 끓이고 있는 듯 늪이 부글부글 끓었다.

어느 날 저녁 늦게 남자는 창가에 서서 정원, 들판, 초원과 그 너머에 있는 해변을 바라보고 있었다. 초원에서 피어오르는 안개가 거의 차 오른 환한 달빛을 받아 초원은 은빛 호수처럼 보였다. 달빛은 예전에는 그곳이 호수였다는 옛날 이야기가 사실이라는 것을 증명하고 싶어하는 것 같았다.

그때 남자는 예전에 읽었던 책 내용이 생각났다. 그 책에는 빌헬름 텔과 홀거 단스케가 전해 내려오는 이야기일 뿐이지 실제 인물은 아니라고 설명되어 있었다.

"달빛이 이제는 사라진 호수를 다시 보이게 하듯이 사람들의 믿음이 옛날 전설을 되살아나게 할 수 있어. 그래, 홀거 단스케는 죽지 않았어. 조국이 사라질 위기에 처하면 돌아올 거야!" 남자는 이렇게 단정지었다.

그때 창문에서 무슨 소리가 났다. 박쥐나 부엉이였을까? 그런 손님이라면 아무리 문을 두드린다 해도 사람들은 창문을 열어 주지 않는다. 그런데 갑자기 창문이 저절로 열리더니 한 노파가 남자를 쳐다보고 있었다.

"실례지만 누구시지요? 제 방은 2층인데, 사다리에 올라 서 계신가요?" 놀란 남자가 눈이 휘둥그레지며 물었다.

"자넨 주머니에 네잎 클로버를 갖고 있지? 일곱 개나 말이야. 그런데 그 중 하나는 잎이 여섯 개라네." 노파는 코를 킁킁거리며 방 안을 둘러보았다.

"대체 누구세요?"

"난 늪의 마녀라네. 늪을 부글부글 끓어오르게 만드는 늪의 마녀 말일세. 방금 맥주를 끓이고 있었는데, 늪의 꼬마 녀석이 장난으로 마개를 잡아 빼서 이 성으로 던져 버렸지 뭔가. 그 마개가 자네 창문에 부딪힌 거지. 그 바람에 맥주가 다 통밖으로 새어 나가 버렸어. 이젠 아무짝에도 쓸모없게 되어 버렸지."

"그래서 어떻게 되었는지 얘기해 주실 …"

이야기를 찾고 있던 남자가 입을 열기가 무섭게 노파가 말을 가로막았다.

"그러지. 하지만 지금은 더 급한 일이 있다네." 노파는 이렇게 말하더니 이내 사라져 버렸다.

남자가 막 창문을 닫으려고 하자 노파가 벌써 돌아왔다.

"이제 끝났다네. 맥주가 반은 남았으니까 내일 다시 끓여야지. 날씨가 화창하면 말일세. 그래, 내게 본 게 뭐였지? 약속을 지키려고 여기 다시 온 걸세. 난 약속을 어기는 법이 없으니까. 게다가 자네 주머니에는 네잎 클로버가 일곱 개나 있지 않나. 잎이 여섯 개인 것까지 합쳐서 말일세. 그래서 자넬 존경한다네. 여섯 잎 클로버는 자연의 훈장 중의 하나지. 그 클로버는 길가에서 자라지만 아무나 발견할 수 있는 것은 아니거든. 그래, 뭘 원하나? 격식 차릴 것 없네. 난 곧 가서 맥주를 끓여야 하거든."

남자는 동화를 읽어 본 적이 있는지를 물었다.

"어이구, 그 잘난 동화 이야기로군. 자네가 알고 있는 동화로 충분하지 않은

가? 대부분 사람들이 충분히 알고 있을 걸세. 우리 시대에는 그보다 더 중요한 일들이 있지. 아이들조차도 이제는 동화에 관심이 없는걸. 여자아이들은 동화보다는 새 옷을 갖고 싶어하고 남자아이들은 담배를 갖고 싶어할 걸세. 동화를 듣는다고? 자넨 시대에 뒤떨어진 사람이군. 우리 시대에는 듣는 일을 즐겨 하지 않아. 그보다는 해야 할 더 중요한 일들이 많이 있지."

"무슨 말씀이세요? 어떻게 세상에 대해 그렇게 많이 알고 있나요? 개구리와 도깨비불하고만 지내면서 말예요."

"그래, 도깨비불을 조심해. 도깨비불이 달아났거든. 초원으로 오면 도깨비불에 대한 이야기를 해 주겠네. 더 이상 여기 있을 시간이 없거든. 서두르게. 네잎 클로버들이 아직 싱싱하고 달이 저 위에 솟아 있을 때 서둘러야 하네." 늪의 마녀는 이렇게 말하고 사라졌다.


탑에서 시계 종이 열두 번 울렸다. 마지막 종소리가 울리기 전에 남자는 정원을 빠져나와 초원으로 갔다. 그리고는 늪의 마녀를 찾았다. 늪의 마녀는 맥주 끓이는 작업을 끝내 놓고 있었다.

"오는 데 꽤 오래 걸리는군. 마녀들은 인간들보다 무엇이건 훨씬 더 빨리 하지. 내가 마녀로 태어난 게 기쁘구먼."

"무슨 이야기를 해 주실 거죠? 동화에 대한 것인가요?" 남자가 달려오느라고 숨이 차서 말했다.

"그것 말고는 할 말이 없나?" 늪의 마녀가 화난 목소리로 말했다.

"그게 아니라면 미래의 시가 어떨 것인지 말씀해 주실래요?"

"그렇게 엉뚱한 것이 아니고 현실적인 것을 물으면 대답해 주지. 자네는 그저 문학만 생각하고, 동화에 대해서만 묻는군. 동화가 꼭 만물의 여주인이라도 되는 것처럼 말이야. 동화는 젊어 보이긴 하지만 나보다 더 나이가 많을 걸세. 난 동화를 잘 알지. 나도 한때는 젊었다네. 젊다는 것은 어린이들만 겪는 병이 아니지. 그때 난 정말 사랑스러운 꼬마 요정이었지. 다른 요정들처럼 달빛 아래서 춤을 추고, 나이팅게일의 노랫소리를 들었지. 그리고 숲 속을 걷다가 가끔 동화를 만나기도 했어. 동화는 하룻밤은 튤립 속에서 자고 다음날 밤에는 장미꽃 속에서 자곤 했다네. 그리고 교회 제단에 있는 촛불에서 늘어뜨려져 있는 검은 천으로 몸을 감싸는 것을 좋아했지!"

"멋진 이야기를 많이 알고 있군요." 남자가 매우 겸손하게 말했다.

"자네만큼은 알고 있지." 늪의 마녀는 이렇게 말하고 코를 찡그렸다. 그 모습이 꼬마 요정이었을 때라면 귀여웠을지 모르지만 지금은 보기 흉했다. "동화와 시는 같은 천에서 잘라져 나온 거라네. 나는 그들이 원하기만 하면 어디든 데려다주지. 사람들이 하는 이야기와 수다를 더 값싸고 빨리 만들어 낼 수 있지. 내가 좋은 것을 공짜로 주지. 내겐 시가 담긴 병들이 장롱 가득 있다네. 그 중에서 가장 훌륭한 시의 정수를 찾을 수 있을 거야. 달콤하면서도 쓰디쓴 풀로 만든 시를 말이야. 인간들이 필요로 하고, 일요일이나 공휴일에는 손수건에 한두 방울 떨어뜨려 가지고 다닐 수 있는 모든 시를 말이야."

"정말 놀랍군요. 정말로 시를 병에 담아 놓았어요?"

"자네가 원하는 것보다 더 많지. 새 구두를 더럽히지 않으려고 빵 위를 걸어간 소녀 이야기를 알고 있나? 그 이야기는 누군가가 글로 써서 출판되었지."

"바로 제가 그 이야기를 썼어요."

"그래? 그렇다면 그 이야기를 잘 알겠구먼. 그 소녀가 어떻게 해서 늪 속으로 가라앉았는지 기억나나? 그 소녀는 바로 마왕의 증조 할머니가 나를 방문한 날 내 맥주통으로 빠졌다네. 그 소녀를 보자 마왕의 증조 할머니는 이렇게 말했지. '방금 빠진 저것을 기념으로 주시오.'라고 말이야. 그래서 소녀를 그녀에게 주었고, 그 대가로 난 아무짝에도 쓸모없는 선물을 하나 받았지. 여행용 구급 상자였어. 그 안에 있는 병에는 시가 가득 들어 있었다네. 한 번 보게. 자네는 주머니에 네 잎 클로버와 여섯 잎 클로버를 가지고 있으니까 잘 볼 수 있을 걸세."

초원 한가운데에 오리나무 그루터기 같은 것이 보였다. 그러나 그것은 바로 마왕의 증조 할머니가 준 상자였다.

"세상 사람 누구나 와서 저걸 이용할 수 있다네. 저걸 찾을 수만 있다면 말일세." 늪의 마녀가 말했다.

상자는 앞뒤, 위아래, 옆면 할 것 없이, 심지어는 모서리에서도 열 수 있게 되어 있었다. 그것은 평범한 오리나무 그루터기처럼 보였지만 그 안에는 진귀한 예술품들로 가득했다. 전세계의 시인들, 특히 덴마크 시인들이 그 안에 들어 있었다. 그들 작품 중 최고의 작품이 선택, 비평, 개선되어 지금에 이른 것이다. 마왕의 증조 할머니는 위대한 재능 — 이것은 천재라는 말을 쓰고 싶지 않을 때 일반적으로 사용하는 표현이다 — 으로 이러저러한 시인과 닮은 냄새와 맛을 자연에서 뽑아 내어 약간의 마법의 양념을 섞어 놓았던 것이다. 그리하여 그 시를 병 속에 담아 영원히 보존해 온 것이다.

"한 번 들여다볼게요." 남자가 부탁했다.

"자네에게 이야기해야 할 더 중요한 것이 있네." 늪의 마녀가 말했다.

"하지만 이렇게 왔으니까 봐야죠." 남자는 이렇게 중얼거리며 상자를 열었다. "병들 크기가 모두 다르네요. 이 병 속엔 뭐가 있죠? 그리고 저 병 속에는요?" 남자가 흥분하여 물었다.

"그 병은 '5월의 향기'라고 부르지." 늪의 마녀는 녹색의 작은 병을 보며 말했다. "아직 사용해 보지는 않았지만, 조금만 바닥에 엎질러도 바닥이 순식간에 아름다운 연못이 된다고 하더군. 수련과 야생 네덜란드 박하가 피어 있는 숲 속에 있는 것과 같은 호숫가 말일세. 형편없이 낡아빠진 필기장에 한두 방울만 떨어뜨려도, 그 필기장은 완벽하고 향기로운 희곡이 되지. 그 희곡은 아주 멋져서 상연될 수도 있고, 아주 길어서 사람들을 잠에 곯아떨어지게 만들 수도 있다네. 그 병에 쓰여 있는 '늪의 마녀가 제조함'이란 글은 나에 대한 존경을 나타내는 것일 게야."

또 다른 병은 '스캔들'이라고 불렸다. 그 안에 들어 있는 것은 더러운 물처럼 보였는데, 실제로 그랬다. 그 안에는 또 진실 두 알과 거짓말 두 통으로 만든 시내의 소문 가루가 들어 있어 쉬잇 하고 거품이 일었다. 이 혼합물은 자작나무 가지로 저어 만든 것이었다. 죄인을 매질하는 데 사용하거나 학교 선생님이 짓궂은 아이들을 때리는 데 사용하는 자작나무 가지가 아니라 하수구를 쓰는 빗자루에서 나온 자작나무 가지로 말이다.

또 시편처럼 음악으로 만들 수 있는 경건한 시가 담긴 병도 있었다. 한 방울 한 방울마다 지옥문의 삐걱거리는 소리에 영감을 받아서 참회의 피와 땀으로 만든 것이었다. 이 병에 든 것은 그저 비둘기의 담즙일 뿐이라고 말하는 사람들이 있는가 하면, 동물에 대해 모르는 사람들은 비둘기는 온순하고 착해서 담즙이 없다고 말하기도 했다.

그리고 병 중에는 매우 큰 병도 있었다. 그 병은 상자의 반을 차지하고 있었고 그 안에는 진짜에 가까운 일상적인 이야기가 담겨 있었다. 이 이야기는 맛이 빠져나가기 쉬웠기 때문에 돼지 가죽과 방광을 사용하여 이중으로 봉해져 있었다. 각 나라 사람들은 이 병을 돌리고 엎는 방향에 따라서 자기 나라의 수프를 만들 수 있었다. 거기에는 도둑 만두가 들어 있는 옛 독일의 피 수프, 맛없는 영국의 여자 가정교사 수프, 수탉 다리와 제비 알로 만든 프랑스의 맛있는 진한 수프가 있었다. 프랑스의 진한 수프를 덴마크에서는 '캉캉 수프'라고 불렀다. 이 중에는 상류 층을 좋아하는 사람들을 위한 수프도 있었다. 접시 바닥에는 백작과 하인들이 있고 위에는 기름진 철학 덩어리가 떠다니는 수프 말이다. 병 속에는 수도 없이 많은 종류의 수프가 있었지만, 그 중에서 최고는 코펜하겐 수프였다. 최소한 덴마크 사람들에게는 그랬다.

비극은 샴페인 병에 담겨 있었다. 비극의 시작은 뻥 하는 소리와 함께 시작되어야 하기 때문이다. 가벼운 희곡은 관객의 눈에 뿌리기 위한 고운 모래처럼 보였다. 좀 더 저속한 희곡도 있었다. 하지만 이런 희곡들이 들어 있는 병 속에는 굵은 글씨로 제목이 쓰여 있는 연극 프로그램밖에 없었다. 그 제목들은 "그 기계에 감히 침을 뱉어?", "야단칠 권리", "귀여운 당나귀"였다.

남자는 생각에 잠겨 병들을 찬찬히 살펴보았다. 그러나 늪의 마녀는 참을성이 없었다. 더 중요한 얘기가 있었던 것이다.

"그만하면 됐네. 저 속에 뭐가 있는지 이제 잘 알겠지. 하지만 자네가 알아야 할 진짜 중요한 것은 아직 말하지 않았네. 도깨비불이 시내에 있다네. 머리보다는 다리가 더 예민한 사람들은 도깨비불을 쫓다가 벌써 늪에 빠져 버렸지. 시나 동화보다 이게 더 중요해. 잠자코 있는 것이 더 나은 일인지 모르겠지만, 무언가가 내게 말하라고 명령하는군. 그게 무엇인지 모르지만 말이야. 아마 운명일 수도 있겠지. 이제 목구멍까지 올라와 참을 수가 없군. '도깨비불이 시내에 나타났다! 도깨비불이 풀려났다. 인간들아, 조심해라.'라는 소리가 말일세."

"무슨 말씀인지 한 마디도 못 알아듣겠는데요." 남자가 의아한 표정으로 말했다.

"자, 편안히 상자 위에 앉게. 하지만 병이 깨지지 않도록 조심하게. 그 안에 뭐가 있는지 자네도 알잖은가. 이제 엄청난 사건을 이야기해 주지. 이 일은 바로 어제 일어났다네. 그 이전에도 한두 번 이런 일이 있었지만, 그렇다고 해서 이번 일이 중요하지 않은 것은 아니네. 이제 364일 남았네. 1년이 며칠이나 되는

지는 알겠지?"

늪의 마녀는 이렇게 시작해서 이야기를 자세히 늘어놓았다.

"어제 늪 밖에서 굉장한 일이 있었다네. 도깨비불이 태어난 것이지. 그러니까 한 배에서 12명이 태어난 거라네. 그 애들은 원하기만 하면 인간으로 모습을 바꾸어 인간과 어울려 살고 인간을 지배할 수도 있으니 참으로 커다란 사건이었지. 남녀 도깨비불들은 누구나 할 것 없이 들판에서 춤을 추었다네.

난 12명의 작은 도깨비불들을 무릎 위에 앉혀 놓고 상자 위에 앉아 있었다네. 지금 자네가 앉아 있는 곳에 말일세. 새로 태어난 도깨비불들은 개똥벌레처럼 반짝이며 껑충껑충 뛰어다녔지. 그들은 1분마다 커지더니 15분이 채 지나기도 전에 그들의 아버지와 삼촌만큼 커졌지. 오래 전에 도깨비불들에게 주어진 특혜가 있는데, 그것은 어젯밤처럼 달이 특별한 위치에 떠 있고 바람이 특별한 방향에서 불어오면 정확하게 그 시간에 태어난 도깨비불들은 모두 인간이 될 수 있다는 것이지. 그러면 그들은 1년 내내 자신들이 가지고 있는 온갖 능력을 발휘하지. 도깨비불은 전세계를 빠르게 돌아다닐 수 있다네. 단, 바다와 폭풍우를 만나면 두려워하지. 불이 꺼질 수도 있으니까. 도깨비불은 남자든 여자든 사람의 몸 속으로 들어가 그 사람처럼 똑같이 말하고 행동하지. 1년 동안 365명의 인간을 진실되지 못하고 옳지 못한 길로 빠뜨려야 한다네. 그러면 도깨비불은 정상에 서게 되는 거야. 마왕의 마차 앞에서는 전령이 되고, 번쩍이는 황금빛 옷을 입고 목에서 불을 뿜어내는 것을 배우게 되지.

그만하면 어떤 도깨비불이라도 입맛이 당기지 않겠어? 하지만 그런 야망을 달성하려면 위험도 뒤따른다네. 만약 인간이 자기 몸 속에 들어와 있는 도깨비불을 눈치 채게 되면 그 불을 불어서 늪으로 날려 버릴 수 있지. 1년이 채 가기 전에 도깨비불이 가족과 늪으로 돌아가고 싶은 마음에 사로잡혀 자신이 해야 할 일을 포기하게 되면 그의 불은 깜빡이다 꺼져 버리고 말아. 그렇게 되면 끝장이지. 다시는 불이 붙을 수 없게 되어 버리니까. 하지만 어떻게든 인간들 속에서 1년을 채운다 해도 위험이 뒤따르지. 1년 동안 365명의 인간이 진실과 아름다움과 선한 행위를 외면하도록 하는 데 실패하면 영원히 썩은 나무토막에 누워서 불빛만 깜빡거리며 지내야 하지. 아무 데도 돌아다니지 못하고 말이야. 도깨비불에겐 가장 혹독한 벌이지. 도깨비불은 건들거리며 돌아다니길 좋아하니까.

난 꼬마 도깨비불들을 무릎에 앉혀 놓고 그들이 누릴 수 있는 이런 영광과 위험에 대해 말해 주었지. 명성과 영광을 쫓는 것보다는 늪에서 지내는 것이 편안하고 안전하다는 것도 말해 주었어. 하지만 그들은 번쩍이는 황금빛 옷을 입고 목에서 불을 뿜어내는 환상에 젖어 있었지. '우리랑 같이 있자' 하고 말하는 나이든 도깨비불이 있는가 하면 그들을 부추기는 도깨비불들도 있었지.

'가서 인간들을 맘껏 조롱해라. 인간들이 우리 늪과 초원을 말라붙게 하고 있어. 대체 우리 후손들이 어떻게 되겠어?' 몇몇 늙은 도깨비불들이 이렇게 말했지.

그러자 새로 태어난 도깨비불들이 외쳤지. '우린 불을 뿜어내고 싶어요! 불을 뿜어내고 싶단 말이에요!'

더 이상 얘기할 필요가 없었어.

새로 태어난 도깨비불들의 결정을 축하하기 위해 그들은 1분 동안 춤을 추었지. 아주 짧은 시간 동안 말이야. 소녀 요정들도 함께 춤을 추었어. 사실, 소녀 요정들은 자기네들끼리 춤을 추고 싶었지만 너무 거만해 보일까 봐 함께 어울린 거지. 이번에는 12명의 도깨비들이 선물을 받을 차례가 되었어. 선물들은 늪의 수면 위를 돌멩이처럼 날아다녔지. 늪에서는 그걸 선물을 물쓰듯한다고들 하지.

소녀 요정들은 자신들의 베일 조각을 선물로 주었어. 그리고는 이렇게 말했지. '받아, 그걸 손에 쥐고 있으면 어려운 춤도 척척 출 수 있지. 몸을 빙그르르 돌리고 방향을 바꾸는 것을 자유자재로 할 수 있을 거야. 상류 사회에서 존경을 받을 수도 있어.'

까마귀는 '까악, 까악' 하고 소리내는 법을 가르쳐 주었어. 적절한 순간에 그렇게 말할 줄 안다는 것은 참으로 유익한 것이지.

황새와 부엉이는 선물을 주었지만 말할 가치가 없다고 했지. 그러니까 그게 무엇인지는 말하지 않겠어.

이렇게 축제가 한창일 때 발데마르 왕과 신하들이 지나갔지. 최후의 심판일까지 사냥을 해야 할 운명에 처한 늙은 왕은 사냥개 두 마리를 선물로 주었다네. 그 개들은 바람처럼 빨랐고 한 번에 세 명의 도깨비불들을 등에 태우고 나를 수 있었지.

늪에 사는 자들에게 세공품을 끌어다 주는 일을 하여 먹고 사는 늙은 두 악몽(惡夢) 요정은 새로 태어난 도깨비불들에게 열쇠 구멍으로 미끄러져 들어가는 기술을 가르쳤어. 그러니까 잠겨 있는 어떤 문이든 뚫고 안으로 들어갈 수 있는 기술을 말일세.

내 친척이 아닌 두 마녀는 꼬마 도깨비불들에게 시내까지 데려다 주겠다고 했어. 두 마녀는 보통 매듭으로 엮은 긴 자기 머리카락을 타고 바람을 가르며 다니지만 이번에는 발데마르 왕이 준 개를 타고 갔지. 인간들을 나쁜 길로 인도하고 혼란시키기 위해 여행을 떠나는 꼬마 도깨비불들을 무릎에 앉히고 말일세. 휘익! 하는 순간 그들은 눈앞에서 사라졌지.

이제 어젯밤에 무슨 일이 있었는지 모두 알겠지? 지금쯤 도깨비불들이 시내에서 일을 시작하고 있을 걸세. 그들이 어떻게 무슨 일을 하는지는 나도 모르지만 날마다 왼쪽 엄지발가락이 아픈 걸 보니 무슨 일이 일어난 거야."

"정말 멋진 동화예요!" 한 마디도 없이 잠자코 이야기를 듣고만 있던 남자가 탄성을 질렀다.

"아닐세. 이건 시작에 불과한걸. 도깨비불들이 인간을 옳지 못한 길로 빠뜨리기 위해 어떤 모습을 하고, 어떤 사람들에게 들어갔는지 알겠나?"

"그건 긴 소설이 되겠는데요. 도깨비불 한 명에 대해 한 권씩 쓰면 12권이 되겠어요. 아니면 희가극(喜歌劇)으로 만드는 게 더 나을지도 몰라요." 남자가 흥분해서 말했다.

"자네가 써 보지 그러나? 하지만 쓰지 않는 게 좋을걸."

"네. 쓰지 않는 것이 더 쉽고 기분 좋은 일이죠. 그걸 쓰게 된다면 신문에 오르내릴테니까요. 그건 작가로서 끔찍한 일이죠. 썩은 나무토막에 누워 돌아다니지도 못하고 말 한 마디 못 한 채 눈만 깜빡이며 평생을 지내야 하는 도깨비불과 다를 게 없죠."

"그건 자네가 결정할 일이지. 이야기를 쓸 줄 아는 사람도 쓸 수 있고, 쓸 줄 모르는 자들도 쓸 수는 있으니까. 시가 든 병으로 가득 찬 상자에서 그들이 원하는 것을 주기만 하면 그들은 뭐든 쓸 수 있지. 하지만 자네 손가락엔 잉크가 충분한 것 같구먼. 이제 동화를 찾아 돌아다닐 나이는 지나지 않았나? 내 이야기 알아듣겠나? 무슨 일이 일어날지 알겠어?"

"도깨비불이 시내에 있다고 말해 주었잖습니까. 그게 무슨 뜻인지 알겠어요. 하지만 전 어떻게 해야 하죠? 존경받는 사람들이 도깨비불이 변장한 것에 불과하다고 말하면 사람들은 제게 돌을 던질 겁니다." 남자가 슬픈 표정으로 말했다.

"도깨비불은 치마를 입고 나타날 수도 있지." 늪의 마녀가 생각에 잠겨 남자를 바라보며 말했다. "여자 몸 속으로 들어갈 수도 있단 말일세. 서슴지 않고 교회에도 갈 수 있다네. 그들은 목사의 몸 속으로 기어 들어가 설교하는 걸 즐길 걸세. 선거 날이 되면 그들은 바빠지지. 그들은 조국을 위해서가 아니라 자신들을 위해서 연설을 할 걸세. 또 그들은 예술가가 되기도 하지. 하지만 그들이 예술을 점령하게 되면 더 이상 예술은 없어지는 거지. 이제 내 목구멍에 걸려 있던 말들이 거의 다 빠져나간 것 같군. 내 가족에게 이로울 게 없는 얘기를 했군. 먼 친척이긴 하지만 도깨비불도 내 사촌이니까 말이야. 그래도 난 인간의 구세주가 된 걸세. 내가 왜 이런 말을 했는지 모르겠군. 상 받을 일도 아닌데 말일세. 시인에게 얘기해서 도시 전체가 알게 됐으니 참으로 미친 짓이지."

"하지만 아무도 신경 쓰지 않을 거예요. 내가 아무리 얘기를 해도 전혀 아랑곳하지 않을 거예요. 내가 '조심하세요! 도깨비불이 시내에 있다고 늪의 마녀가 말했어요.' 하고 말하면 모두들 동화를 이야기하고 있다고 생각할 거예요!" 남자가 서글프게 말했다.

# 115
## 풍차

나지막한 언덕배기에 풍차가 서 있었다. 그 풍차는 자부심을 가지고 있었으며 사람들이 보기에도 그런 것 같았다.

"저 풍차는 거만해 보인다니까." 사람들은 이렇게 말하곤 했다.

그러면 풍차는 이렇게 말했다. "절대 그렇지 않아요. 난 잘난 체하지 않는다구요. 난 안팎으로 빛을 가지고 있지요. 밖으로는 해와 달을 가지고 있고 안으로는 촛불과 램프를 가지고 있답니다. 그러니까 어느 모로 보나 밝지요. 또 생각할 줄도 알고 아름다운 몸도 가지고 있답니다. 가슴에는 두 개의 맷돌이 있고, 머리 위쪽 모자 바로 아래엔 날개가 네 개나 달려 있지요. 새들은 날개가 두 개밖에 없어 등에 달고 다녀야 하는데 말예요. 난 네덜란드에서 태어났답니다. 생김새를 보면 알 수 있을 거예요. 난 공중에 떠서 움직이긴 하지만 내게 초자연적인 힘은 없어요. 난 겸손하고 평범하고 꾸밈없지요.

내 배 주위에는 미술관이 있고 몸 아래쪽엔 내 생각이 사는 방이 있답니다. 다른 이들을 지배하고 명령하는 가장 이상한 나의 생각을 '물방앗간 남자'라고 부르지요. 이 남자는 자신이 무엇을 원하는지 알고 밀가루와 곡식 낟알들은 남자에게 복종해야 한답니다.

하지만 나는 그의 반쪽이자 아내인 '어머니'라고 하는 동반자도 가지고 있지요. 그 훌륭한 아내는 심장을 가지고 있는데 두근거리지 않는답니다. 그녀 또한 자신이 원하는 것과 할 수 있는 일에 대해 알고 있지요. 그녀는 여름날 부는 바람처럼 온화하고 11월의 폭풍처럼 강하답니다. 그리고 다른 이들을 구슬려서 자신의 의지를 관철시킬 줄도 알지요. 아내는 부드러운 내 영혼이고 남편은 확고한 내 영혼이랍니다. 그들은 몸은 둘이지만 마음은 하나지요. 수수께끼 같지요? 그들에겐 아이들이 있어요. 자라나는 작은 생각들 말예요. 이 작은 생각들은 다루기가 쉽지 않지요. 요전날 무슨 일이 일어났는지 아세요? 그때 나는 현명하게 판단해서 물방앗간 주인과 그의 조수에게 내 안을 검사하게 했지요.

그날 내 안의 무엇인가가 잘못되었어요. 그걸 느낄 수 있었죠. 그럴 때는 내 안을 정확히 조사해 봐야 하지요. 그런 일은 자주 있었으니까 크게 걱정하진 않았지만요. 그런데 물방앗간 주인이 내 바퀴를 조사하고 있는데 아이들이 소란을 피웠어요. 그들은 소리를 지르며 사방으로 뛰어다녔지요. 정말 버릇없는 녀석들이에요.

내가 언덕배기에 높이 서 있다는 걸 아시죠? 모든 사람이 볼 수 있는 곳에 말예요. 명성이란 일종의 조명이지요. 영혼에 영향을 주기도 하구요. 아이들이 내 모자 위로 올라가 크게 노래를 부르는 바람에 얼마나 간지러웠는지 몰라요. 그래요. 작은 생각들은 자라날 수 있어요. 바깥 세상에는 나나 내 종족에게 속해 있지 않는 생각들이 있지요. 내 주변에는 나와 같은 종족이 없어요. 아무리 둘러보아도 찾을 수 없었어요. 하지만 날개 없는 집들은 있었어요. 그 집들은 가슴에 맷돌을 가지고 있지 않았지만 생각은 가지고 있었어요. 가끔 그 생각들은 나를 찾아왔지요. 얼마 전에는 두 생각이 약혼했어요.

이제 내 속에서 변화가 일어나고 있어요. 이상하긴 하지만 당연한 거겠죠. 물방앗간 주인이 내 반쪽을 변화시킨 것 같아요. 내 반쪽이 더 부드럽고 상냥해졌거든요. 시간이 냉혹한 것을 날려 버리고 그녀를 더 젊게 만들었지요. 하지만 더 온순하고 상냥해졌을 뿐 달라진 건 없어요.

날이 갈수록 우리는 더 큰 행복과 이해를 향해 나아가지요. 언젠가는 내가 없어지지만 여전히 남아 있게 될 거라는 말이 있더군요. 아니, 그렇게 쓰여 있어요. 나를 허물고 새롭게 다시 짓는대요. 난 더 이상 존재하지 않겠지만 한편으론 계속 존재하게 되는 거죠. 나는 다른 풍차가 되겠지만 여전히 나는 나예요. 참 이해하기 어렵죠? 해, 달, 촛불, 램프를 통해 교양을 쌓은 나도 이해하기 힘든 걸요, 뭐. 낡은 나의 벽돌과 기둥은 먼지 속에서 들어올려질 거예요. 내 희망 사항은 오직 옛날과 같은 생각을 간직하는 거예요. 방앗간 주인과 아내와 작은 생각들 말예요. 난 그들을 가족이라 부르는데 여럿이면서 하나인 나의 가족은 생각을 만들어 내는 것들이거든요. 그들 없이는 살고 싶지 않아요. 내가 바뀌지 않으면 좋겠어요. 지금 이대로 가슴에는 맷돌을, 머리에는 날개를, 그리고 배에는 미술관을 가지고 있으면 좋겠어요. 그렇지 않다면 난 나를 알아보지 못할 거예요. 다른 사람도 날 알아보지 못할걸요. 그러면 아무도 이렇게 말하지 않겠죠? '언덕빼기엔 풍차가 있어. 본래는 거만하지 않지만 거만하게 보이지'라고 말예요."

풍차는 이 밖에도 많은 말을 했다. 하지만 여기엔 중요한 것만 적었다. 날이 가고 세월이 흘러 마지막 날이 다가왔다. 풍차에 불이 난 것이다.

불길은 점점 더 높이 치솟아 안팎으로 넘나들며 대들보와 널빤지를 삼켜 버렸다. 풍차는 폭삭 주저앉고 잿더미만 남았다. 잿더미 속에서 연기가 피어오르자 바람이 멀리 날려 버렸다.

물방앗간 주인과 그의 가족은 아무도 피해를 입지 않았다. 고양이조차도 연기에 그슬리지 않았다. 변화가 있었다면 그 화재로 그들이 혜택을 보았다는 점이다. 새 풍차가 지어지고 물방앗간 주인과 가족은 그곳으로 이사했다. 가족들은 예전 그대로 많은 생각을 가지고 있지만 영혼은 하나였다. 새 풍차는 아름다웠으며 예전 것보다 더 훌륭했다. 물론 겉모양은 같았지만 말이다. 사람들은 새 풍차에게 도 여전히 "거만해 보인다"고 말한다. 발전된 것은 풍차의 내부였다. 사람이 발전하듯이 풍차도 현대적인 시설을 갖추게 된 것이다. 옛날 풍차가 믿었던 것과는 달리, 썩어서 벌레 먹은 오래된 대들보는 재와 먼지가 되어 다시는 일어서지 못했다. 옛날 풍차가 언젠가는 없어지지만 여전히 남아 있을 거라고 했던 사람들 말을 그대로 받아들인 것은 잘못이었다.

# 116
# 은화

ﾟﾟﾟﾟ

"야, 신난다! 난 지금 넓은 세상으로 나간다!" 이제 갓 주조된 은화가 외쳤다. 동이 조금 섞인 순은으로 주조된 은화는 땡그랑 소리를 울리며 세상으로 굴러 나왔다.

따뜻하고 촉촉한 아이들의 손을 거쳐, 차갑고 끈적끈적한 구두쇠의 손바닥을 지나서 가난한 부부와 일주일 동안 지내기도 했다. 가난한 부부는 돈을 쓰기가 아까워 일주일 동안 지니고 있었던 것이다. 그러나 젊은이의 지갑에 들어가면 금방 다시 나와야 했다.

꼬박 1년 동안 세상을 돌아다닌 은화는 외국으로 가게 되었다. 은화는 우연히 어느 지갑 밑바닥에 들어가게 되었는데, 지갑 주인은 은화가 거기에 있는지도 모르고 있었다.

우연히 지갑 속에 있는 은화를 발견한 지갑 주인은 이렇게 말했다. "아니, 이건 우리나라 실링이잖아. 이렇게 멀리까지 왔으니 나와 함께 여행하는 게 좋겠군."

이 말을 듣자 은화는 좋아서 펄쩍 뛰었다. 은화는 외국 동전들이 가득 들어 있는 지갑 속으로 다시 들어가게 되었다. 다른 동전들은 지갑에서 나갔다 들어왔다 했지만 은화는 그대로였다. 그래서 은화는 자기가 마치 중요한 존재가 된 기분이었다.

여러 주가 지났다. 은화는 어딘지도 모를 낯선 먼 곳으로 여행을 했다. 다른 동전들은 프랑스, 혹은 이탈리아에 있었다고 했지만, 은화는 그 나라들이 어떻게 생겼는지 알 도리가 없었다. 지갑 속에만 있으니 어떻게 세상을 볼 수 있겠는가?

그러던 어느 날 아침, 은화는 지갑이 완전히 닫혀 있지 않은 것을 알아차리고, 밖을 내다보려고 열린 틈새로 기어갔다. 하지만 그러지 말았어야 했다. 호기심에 대한 대가를 톡톡히 받아야 했기 때문이다. 은화는 그만 바지 주머니 속으로 미끄러지고 말았다. 저녁이 되자 주인은 지갑을 안전한 곳에 치워놓고 바지를 솔질했다. 그 바람에 주머니 속에 있던 은화가 바닥에 떨어지고 말았다. 그러나 아무도 그것을 보지도 듣지도 못했다.

다음날, 주인은 옷을 입고 여행을 계속했다. 하지만 은화는 따라가지 못했다. 그런데 누군가가 은화를 발견하여 지갑 속에 넣었다. 은화는 지갑 속에 있는 세 개의 다른 동전들과 함께 곧 바깥 세상으로 나왔다.

"여행은 참 멋진 거야. 다른 사람들을 만나고 그들의 풍습을 배울 수 있으니까." 은화가 중얼거렸다.

바로 그때 누군가 소리쳤다. "이건 뭐야? 가짜잖아! 위조된 거야!"

이제부터 은화의 진짜 모험이 시작되었다. 최소한 은화는 그렇게 생각하는 것 같았다. 이야기를 할 때면 늘 이 대목부터 시작했으니까. 그럼 은화의 이야기를 들어보자.

"'가짜잖아! 위조된 거야!' 이 말을 듣자 온몸이 후들거렸다. 난 조폐국에서 순은으로 만들어졌지 않아? 은화로서 땡그랑 소리를 내야 마땅하지 않냐구? 나에게 찍힌 각인이 진짜가 아니라구? 분명히 뭔가 잘못되었다는 생각이 들었어. 나를 두고 한 말일 리가 없다고 생각했어. 하지만 그건 틀림없이 날 두고 한 말이었어. 내가 가짜구 아무 쓸모없다구 말이야. 다른 목소리는 이렇게 말했지. '어두워지면 사용해야지.' 그게 나의 앞날이었어. 난 어두운 밤에 사용되었다가 밝은 대낮에 발견되면 욕을 먹었지. 나는 항상 '가짜야! 쓸모없어! 없애 버려야지.'라는 말을 들었어."

은화는 누군가의 손이 와서 닿을 때마다 부들부들 떨곤 했다. 그 나라에서는 자신이 동전으로서 가치가 없는 가짜로 통했기 때문이다.

은화는 자신의 신세를 한탄했다. "아, 불쌍한 내 신세! 은으로 만들어졌고, 왕의 초상이 새겨진들 무슨 소용이란 말인가. 이곳에서는 왕이 존경받지 못하는걸. 이 세계에선 사람들이 어디에 가치를 두느냐에 따라 내 가치가 달라지지. 가짜가 되어 숨어 지내는 것은 참으로 끔찍해. 아무 죄가 없는데도 떳떳하지 못한 마음으로 사는 것은 끔찍한 일이지. 지갑에서 꺼내질 때마다 사람들이 나를 쳐다보는 순간이 몹시 두려웠어. 무슨 일이 일어날지 아니까 말이야. 그들은 내가 간악한 사기꾼이라도 되는 것처럼 계산대 위로 날 내팽개치곤 했지.

언젠가 한 번은 가난한 여자 노동자에게 가게 되었어. 그 부인은 하루 종일 고된 노동을 한 대가로 나를 받은 것이지. 하지만 부인은 나를 어떻게 처리해야 할지 막막했어. 아무도 날 받으려고 하지 않았으니까. 오, 난 그 가난한 부인에게 재앙이었던 거야.

마침내 부인은 이렇게 말했어. '이젠 어쩔 수 없어. 누군가를 속일 수밖에. 부끄럽고 죄가 되는 일이지만 난 가짜 은화를 가지고 있을 만큼 풍족하지 못해. 부자인 빵집 주인한테 줘 봐야지. 그는 부자니까 가짜 동전이라는 걸 알게 되어도 기분 상해하지 않을 거야.'

이제 내가 그 부인의 양심까지 괴롭히게 된 것이지. 나이가 들어서 내가 이렇게 타락해 버렸나 하는 생각이 들었어.

부인은 나를 가지고 부자인 빵집 주인에게 갔어. 하지만 그는 내가 진짜가 아니라는 걸 금방 알아보았지. 그는 내가 계산대에 닿기가 무섭게 가난한 부인의 얼굴에다 나를 집어던졌어. 젊은 시절에는 은화로서의 가치와 진짜 화폐라는 사실에 자부심을 가졌던 내가 이제는 다른 사람에게 슬픔을 주는 존재가 되었다니! 나는 몹시 슬펐어. 다른 사람에게 쓸모없는 존재가 되었다고 생각해 봐. 얼마나 마음 아프겠어. 불쌍한 부인은 나를 집어들고 집으로 돌아갔어. 그리고는 다정하고 상냥하게 나를 보며 이렇게 중얼거렸지. '이제 다시는 너를 가지고 다른 사람을 속이려 하지 않겠어. 누가 봐도 네가 가짜라는 걸 알 수 있도록 네 몸에 구멍을 뚫어 줄게. 아니야, 갑자기 네가 행운의 은화일 수도 있다는 생각이 드는구나. 왠지 모르지만 그냥 그런 생각이 들었어. 아무튼 네 몸에 구멍을 뚫어 줄게.

그리고 끈을 달아서 이웃집 아이에게 주겠어. 행운을 가져다주는 부적으로 목에 걸고 다니라고 말이야.'

부인은 내 몸에 구멍을 냈지. 자기 몸에 구멍이 뚫린다는 건 정말 유쾌한 일이 아니지. 하지만 좋은 의도로 그런 거라면 참을 수밖에 없지. 이윽고 나는 끈에 매달린 메달이 되어 이웃집 여자아이의 목에 걸리게 되었어. 여자아이는 나를 보자 미소를 지으며 내게 입을 맞추었어. 나는 그 아이의 따스하고 순수한 가슴에서 밤새 푹 쉴 수가 있었지.

다음날 아침, 여자아이의 어머니가 나를 엄지손가락과 집게손가락 사이에 끼우고 이리저리 살펴보았어. 그러다가 기발한 생각이 떠올랐는지 아이의 어머니는 가위를 가져와서 끈을 싹둑 잘라 버렸지.

'행운의 부적? 그렇다면, 네 행운이 얼마나 되는지 알아보자.' 아이의 어머니는 이렇게 말하고 나를 식초에 담갔어. 그러자 나는 녹색으로 변했지. 그런 다음 아이의 어머니는 뚫린 구멍을 막고 내 몸을 문지르기 시작했어. 내게 구멍이 있다는 걸 아무도 모르게 말이야. 날이 어두워지자 어머니는 나를 데리고 복권을 사러 갔어. 내가 얼마나 많은 행운을 가져다주는지 알아보려고 말이야.

얼마나 끔찍했는지 몰라. 나는 몸이 두 동강이 날 것처럼 가슴아팠어. 복권 판매소의 돈 상자에는 크고 작은 동전들로 가득 차 있을 것이고 모두들 자기 얼굴과 자기 몸에 새겨진 그림과 글자를 자랑스럽게 생각할 텐데, 그들이 보는 앞에서 가짜라고 내동댕이쳐질 걸 생각하니 온몸이 오싹했어. 하지만 그런 일은 일어나지 않았어. 복권 판매소에는 복권을 사는 사람들이 너무 많아서 판매인은 나를 알아차리지 못하고 그냥 돈 상자에 넣어 버린 것이지. 여자아이의 어머니가 복권에 당첨됐는지에 대해선 모르겠어. 다만 내가 아는 건 다음날 아침, 나는 위조 은화로 판명되어 또 한 번 창피를 당했다는 것이야. 나는 다시 다른 사람을 속이기 위해 길을 떠났지. 아무런 잘못도 저지르지 않았는데 사기꾼 취급을 받는다는 것은 참기 힘든 일이지. 아무리 생각해도 난 떳떳하거든.

1년 하고도 하루가 지났어. 그동안 나는 이 손에서 저 손으로, 이 집에서 저 집으로 돌아다녔지. 늘 욕을 먹고 냉대를 받으면서 말이야. 아무도 나를 믿지 않자 마침내는 나도 나 자신에 대한 믿음을 잃어버렸어. 세상에 대한 믿음도 사라져 버렸지. 얼마나 힘든 시절이었는지 몰라.

그러던 어느 날, 나는 어느 여행자의 손에 들어가게 되었어. 그는 아주 무지하고 순진했기 때문에 속은 것이지. 그는 나를 보지도 않고 사용할 수 있는 동전으로 생각한 거야. 하지만 나를 쓰려고 할 때 '가짜야, 쓸모없어!'라는 말을 들었지.

여행자는 '거스름돈으로 받은 건데' 하고 중얼거리며 나를 유심히 살펴보았어. 그러다가 갑자기 환하게 미소지었지. 나를 살피며 웃음 지은 사람은 그 사람이 처음이었어. '아니, 대체 여기서 뭘하고 있니? 우리나라 은화잖아. 귀한 진짜 은화에 구멍을 뚫어서 가짜처럼 보이게 하다니. 정말 재미있군. 잘 간직했다가 집으로 가져가야지.'

나는 '귀하고' '진짜'라는 말을 듣자 기쁨으로 온몸이 짜릿했어. 난 다시 고향으로 돌아가게 된 거야. 내가 순은으로 만들어졌고 내 얼굴에 새겨진 것이 우리나라 왕이라는 것을 모두가 아는 고향으로 말이야. 기뻐서 불꽃이라도 튀기고 싶었지만 그런 건 은으로 된 내가 할 수 없는 일이었어. 강철이라면 몰라도 말이야.

여행자는 다른 동전들과 혼동하지 않고 잃어버리지 않으려고 나를 곱고 하얀 종이에 쌌어. 그리고는 같은 나라 사람들을 만날 때면 나를 꺼내 보여 주었지. 그들은 나를 보고 감탄하며 흥미롭다고도 했어. 난 한 마디도 하지 않았는데 날 보고 흥미롭다니, 재미있지 않아?

결국 난 다시 고향으로 돌아왔어. 그것으로 모든 고난과 시련이 끝난 거지. 다시 삶은 기쁨에 넘쳤어. 난 은화였고 내 얼굴에 새겨진 것은 진짜였지. 가짜로 보이게 하려고 내 몸에 구멍을 뚫은 것은 상관없었어. 난 가짜가 아니니까 문제될 것이 없었지. 절대로 포기하지 마. 결국은 정의가 승리하니까. 그것이 내 철학이야." 은화는 이렇게 말하며 이야기를 끝냈다.

# 117
## 뵈르크룸 주교와 그의 신하들

우리는 지금 거대한 늪지 북쪽에 있는 유틀란트 서해안에 있다. 이곳에서는 해변에 부서지는 파도 소리는 들리지만 바다와 우리 사이에는 길다란 모래 언덕이 가로막고 있어 바다는 보이지 않는다. 끝도 없는 모랫길을 걸어 마차를 끌고 목적지까지 오느라 우리는 지쳐 있다. 언덕 꼭대기에는 뵈르크룸 수도원 잔해 위에 농가 한 채가 서 있으며, 교회는 아직도 그곳에 서 있다.

여름날의 늦은 저녁이지만 백야여서 주위가 환하다. 언덕배기에 서서 아래를 내려다보면 동쪽으로는 올보르 협만까지 보이고, 서쪽으로는 황무지와 초원 너머로 검푸른 바다가 보인다.

우리는 농가의 별채를 지나 오래된 수도원 정문을 통과하여 안뜰로 들어선다. 보리수나무들이 보초들처럼 담 옆으로 열을 지어 서 있어 서풍을 막아 주고, 지붕을 찌를 듯이 키가 커서 나뭇가지들이 창문을 가리고 있다.

우리는 오래되고 낡은 나선형 계단을 올라가 역시 오래된 대들보 사이의 긴 복도를 지난다. 바람 소리가 심상치 않다. 왠지는 모르지만 바람 소리는 예전 같지가 않다. 두려움을 느끼거나 다른 사람을 두렵게 만들고 싶을 때는 예전에는 보지 못했던 것들이 눈에 들어오고 오래된 전설이 떠오르기 마련이다. 전설에 의하면 오래 전에 죽은 수도사들이 아직도 이곳에서 열리는 미사에 참석하고 있다고 한다. 죽은 수도사들이 망령처럼 나타나 이상한 바람 소리로 노래를 부른다는 것이다. 우리는 호기심에 휩싸여 지나간 시대를 떠올린다. 우리의 생각은 옛날로 거슬러 올라간다.

해안에는 난파선 한 채가 놓여 있다. 뵈르크룸 주교의 신하들은 이미 해안으로 올라와 있다. 사나운 바다에서 살아남은 뱃사람들도 주교의 신하들은 당해 내지 못한다. 날름거리는 바다의 혀인 파도가 갈라진 해골에서 피를 핥아 간다. 배의 잔해이건 화물이건 간에 해안에 떠다니는 것들은 모두 주교의 것이다. 그것이 자기 것이라고 주장하는 생존자가 없다면 말이다. 뵈르크룸 수도원은 수년 동안 이렇게 바다로 흘러 들어온 것들로 풍족하게 지냈다. 지하 창고에는 그 고장에서 나는 맥주와 꿀술이 든 통과 맛좋은 고급 포도주 통들이 나란히 서 있다. 부엌에는 덴마크 숲에서 사냥한 짐승뿐만 아니라 먼 곳에서 가져온 햄과 소시지도 있다. 그리고 수도원 연못에서는 살찐 잉어들이 헤엄쳐 다닌다. 뵈르크룸 교구는 풍요로우며 그곳 올라프 글로브 주교는 이곳에서는 이미 많은 재산을 가진 권력 있는 사람이다. 그러나 그는 아직도 더 많은 것을 원한다. 그는 강력한 권력을 쥐고 있으며 누구나 그의 뜻대로 움직임에도 말이다.

어느 날 티 지방에 사는 부유한 그의 친척이 죽었다. 속담에도 이르듯이 가까운 친척일수록 더 지독한 법이다. 죽은 친척은 엄청난 부자여서 교회 소유가 아닌 땅은 전부가 다 그의 것이었다. 그가 죽자 뵈르크룸 주교는 교회의 이름으로 그의 땅을 빼앗았다. 당시에 죽은 친척의 아들은 외국에서 공부하고 있는 중이었기 때문에 덴마크에 없었으며 그 아들에게서는 몇 년 동안 소식이 없었기 때문에 이미 죽어서 무덤 속에 들어가 있는지도 몰랐다. 그러므로 그 아들은 미망인이 된 어머니가 아들 대신 다스리고 있는 곳으로 돌아오지 못할지도 몰랐다.

"여자는 자고로 복종해야지 명령을 해서는 안 된다." 주교는 이렇게 말했다. 그리고는 미망인을 교회 재판소에 소환했다. 미망인은 재판소에 출두하긴 했지만 법을 어긴 적도, 잘못을 한 적도 없었다. 미망인은 떳떳했으며 그녀의 동료들도 그녀를 비난하지 않았다.

뵈르크룸 주교여, 당신은 대체 무슨 생각을 하고 계신가요? 그 양피지에 뭐라고 썼나요? 편지를 봉하면서 미소를 짓고 있군요. 리본과 뵈르크룸 주교의 인장으로 봉한 그 편지에 무슨 내용이 들어 있나요? 당신은 그 편지를 기사에게 주어 로마에 있는 교황에게 보내는군요.

여름이 지나고 나뭇잎들이 노랗게 물들어 곧 떨어질 것 같았다. 폭풍우가 밀려오고 있었다. 배가 난파되는 계절이 온 것이다. 주교의 하인은 겨울이 두 차례나 지나서야 로마에서 돌아왔다. 그는 뵈르크룸 주교의 인장보다 더 중요한 인장으로 봉해진 편지를 가지고 왔다.

미망인은 파문을 당했다. 교회의 신성한 종인 뵈르크룸 주교를 일부러 모욕했다는 이유로 교황에게 처벌을 받은 것이다. "교회에서 추방하노라. 그녀와 그녀를 따르는 자는 모두 파문하노라. 그녀의 친척들은 전염병이나 나병 환자를 대하듯 그녀를 가까이하지 말도록 하라." 교황이 보낸 편지에는 이렇게 쓰여 있었다.

"굽히지 않는 자들은 부러지지." 뵈르크룸 주교가 말했다.

이렇게 해서 미망인은 늙은 하녀 한 사람하고만 살게 되었다. 다른 사람들은 아무도 감히 미망인을 도우려 하지 않았다. 미망인은 친구와 가족을 잃었지만 하느님에 대한 믿음만은 잃지 않았다. 미망인은 하녀와 함께 땅을 갈았다. 주교와 교황의 저주를 받은 땅에서도 곡식은 무럭무럭 잘 자랐다.

"지옥의 자식아! 복종하는 법을 가르쳐 주겠노라. 교황의 이름으로 교회 재판소로 소환하노라. 그곳에서 재판을 받고 형벌을 받으리라." 뵈르크룸 주교가 위협했다.

미망인에게는 소 두 마리가 있었다. 미망인은 소에 마차를 매고 하녀와 함께 출발했다. 이제 덴마크를 떠나 외국으로 가게 되면 이방인이 될 것이며 이해하지도 못하는 말을 들으면서 관습이 다른 사람들 틈에 끼어서 살아야 될 것이다.

미망인과 하녀는 남쪽으로 길을 떠났다. 그곳은 푸른 언덕이 차츰 높아져 가파른 산으로 이어지고 포도가 무르익는 곳이었다. 도중에 그들은 부유한 상인들을 만났다. 상인들은 어두운 숲 속에서 강도를 만나 재물을 빼앗길까 봐 겁을 냈다. 그러나 미망인은 동전 한 푼 없었기 때문에 강도들로부터 안전했다. 두 마리 황소가 끄는 낡은 마차에 탄 두 여자는 위험하고 좁은 길을 안전하게 통과했다.

그들이 간 곳은 프랑스였다. 어느 날 아침, 그들은 기품 있어 보이는 젊은 귀족 청년을 만났다. 잘 차려 입은 청년은 12명의 호위병을 거느리고 있었다. 청년은 걸음을 멈추고 마차와 이상한 두 여자를 보았다. 그리고는 어디서 왔느냐고 물었다. 미망인은 덴마크에 있는 티 지방에서 왔다고 대답했다.

미망인은 고향 이름이 나오자 자신이 당한 슬픔과 억울함에 대해 털어놓지 않을 수 없었다. 미망인이 자신의 아들인 젊은 기사를 만나게 된 것이 하느님의 뜻이었듯이 자신의 얘기를 털어놓은 것도 모두 하느님의 뜻이었다.

청년은 두 팔로 가엾은 어머니를 껴안았다. 미망인은 서럽게 울었다. 그녀는 그동안 피가 나도록 입술을 깨물면서도 흘리지 않았던 눈물을 다 쏟아 내었다.

다시 낙엽이 지고 폭풍우가 밀어닥쳤으며 배들이 난파되었다. 포도주 통들이 해변에서 수도원 지하 창고로 옮겨졌다. 주교의 부엌에서는 고기가 불 위에서 구워지고 있었다. 바깥에서는 겨울 바람이 수도원 담을 세차게 후려쳤지만 수도원 안은 따뜻하고 편안했다. 식탁에서 새로운 소식이 전해졌다. "티 지방의 옌스 글로브가 어머니와 함께 돌아왔습니다. 주교님을 교회 재판소와 왕실 재판소로 소환하겠다고 했답니다."

"아무 소용없어. 그 애가 똑똑하다면 재판을 그만 둘 거야." 주교는 자신만만하게 웃으며 말했다.

또 한 해가 지나고 가을이 되었다. 첫서리가 내리고 흰 눈발이 사람들의 얼굴에 닿자마자 녹았다. 집 밖에 나온 사람들은 상쾌한 날씨라고 말했다. 그러나 옌스 글로브는 하루 종일 난로 앞에 앉아 생각에 잠겨 있었다. 그는 이렇게 중얼거렸다. "뵈르크룸 주교여, 반드시 당신을 굴복시키고 말리라. 교황의 비호 하에 법을 피할 수 있을지 몰라도 나 옌스 글로브는 당신을 잡는 법을 알고 있지!"

옌스 글로브는 잘링에 있는 올라프 하세 사촌에게 편지를 써서 크리스마스 이브에 비드베르 성당으로 오라고 부탁했다. 그날 뵈르크룸 주교가 그곳에서 미사를 집전하게 되어 있었다. 옌스 글로브는 주교가 곧 뵈르크룸에서 티 지방으로 가게 될 것이라는 소식을 들었던 것이다.

초원과 늪지대는 얼어붙어 눈으로 덮여 있었다. 얼음은 두껍게 얼어 말이 지나가도 끄떡없었다. 주교와 신부, 수사, 무장한 종복 일행은 지름길로 가기 위해 노란 갈대들이 우거져 있는 숲을 가로질러 갔다. 바람 소리가 구슬프게 들렸다.

"나팔을 불어라." 주교가 명했다. 여우 가죽으로 된 망토를 입은 수사 하나가 나팔을 입으로 갖다 댔다. 그들은 황야를 지나서 비드베르 성당 남쪽에 있는 얼어붙은 늪으로 갔다.

곧이어 바람이 나팔 같은 울음소리를 내며 폭풍우를 몰고 왔다. 바람은 한 번 불 때마다 더욱 거칠어졌다. 그들은 하느님의 노여움으로 인해 이는 폭풍우를 뚫고 성당으로 향했다. 성당은 늪, 초원, 바다를 휩쓸고 있는 노한 폭풍우에도 꼼짝 않고 서 있었다. 뵈르크룸 주교와 일행은 무사히 도착했다. 하지만 잘링에 사는 올라프 하세는 협만을 건너와야 했기 때문에 여행이 쉽지 않았다. 잘링과 티 지방 사이에 있는 해안에서는 거친 바람에 파도가 거품을 일며 높게 일고 있었다.

엔스 글로브는 크리스마스 이브에 뵈르크룸 주교를 재판하기 위해 올라프 하셰를 부른 것이다. 성당이 재판소가 되고 제단은 법정이 되리라. 커다란 놋쇠 촛대에서는 촛불이 환하게 타오르고 분노의 폭풍은 고발장을 소리 높여 읽을 것이다. 황야와 늪과 배 한 척 떠다닐 수 없는 폭풍우가 으르렁거리는 바다에서 무시무시한 소리가 울려 퍼지리라.

해안에 도착하자 올라프 하셰는 하인들을 돌려보내 아내에게 잘 도착했다는 소식을 전하기로 결심했다. 그는 폭풍우가 몰아치는 바다를 혼자서 건널 생각이었다. 그는 하인들에게 잘 가라고 인사하며 그들을 해방시켜 주겠다고 했다. 그리고 그들이 가지고 있는 무기와 말을 가지라고 했다.

"하지만 내가 바다를 건너지 못해 오늘 밤 엔스 글로브가 비드베르 성당에 혼자서 있게 되더라도 내가 거기에 가려 했다는 것을 너희가 증명해 주어야 하느니라."

그러나 올라프 하셰의 충성스런 하인들은 용감하게 그와 함께 어둡고 깊은 바다를 건너겠다고 했다. 그리하여 열 명의 하인은 바다에 빠져 죽고 올라프 하셰와 두 명의 젊은 하인만이 해협을 무사히 건넜다. 하지만 아직도 갈 길이 멀었다.

자정이 지났다. 곧 크리스마스가 밝아 올 것이다. 바람은 잠잠해지고 성당 창문을 통해 흘러나온 불빛이 흰 눈을 비추었다. 미사는 오래 전에 끝나 성당은 조용했다. 촛불에서 녹아 내린 촛농이 돌로 된 바닥에 떨어졌다. 드디어 올라프 하셰가 도착하고 엔스 글로브는 성당 현관까지 나와 그를 반갑게 맞았다.

"메리 크리스마스! 뵈르크룸 주교와 화해했다네."

"그렇다면 자네도 주교도 살아서 이 성당을 나가진 못할 걸세." 화가 난 올라프 하셰가 칼을 빼 들며 말했다.

엔스 글로브는 교회 문을 열며 사촌을 달랬다. "그렇게 성급하게 굴지 말고 내가 어떻게 화해를 했나 먼저 보게나. 주교와 그 신하들을 죽여 버렸네. 이제 그는 영원히 입을 다물 걸세. 나도 그도 내 어머니가 당한 부당함에 대해서는 다시는 말하지 않을 걸세."

제단에서는 촛불이 빨갛게 타오르고 있었다. 그러나 바닥에 흥건히 배인 피만큼은 빨갛지 않았다. 뵈르크룸 주교는 두개골이 두 동강이 난 채 신하들 사이에 누워 있었다. 사방은 쥐죽은듯이 고요했다. 성스러운 크리스마스 전야에 교회에서는 아무 소리도 들리지 않았다.

성탄절이 지난 지 3일째 되는 날, 뵈르크룸 수도원에서는 종소리가 울려 퍼졌다. 검은 천을 매단 커다란 촛대로 둘러싸인 검은 차양 아래에는 주교와 그의 신하들의 시체가 놓여 있었다. 한때는 권력을 휘두르던 뵈르크룸 주교가 은으로 만든 검은 옷을 입고 주교임을 상징하는 홀을 권력 없는 손에 든 채 죽어서 누워 있었던 것이다. 향이 피어오르는 가운데 수도사들이 애도의 노래를 불렀다. 바람이 구슬프게 불어 대는 것 같더니 이제는 분노와 저주에 찬 소리처럼 들렸다.

이곳에서는 바람이 결코 사라지는 법이 없다. 바람은 가끔 잠잠해졌다가도 다시 노래를 부르곤 한다. 가을에는 폭풍우가 밀려와 뵈르크룸 주교와 그의 신하들의 노래를 부른다. 어두운 겨울 밤에 모래사장을 따라 마차를 타고 가는 겁 많은 농부들은 그 노래를 들으면 몸을 떤다. 오래된 수도원 안에 잠들어 있는 이들도 바람의 노랫소리를 듣는다. 침실 문 맞은편에 있는 긴 복도를 따라 무언가 움직이는 것이 보인다. 옛날에 이곳은 교회로 이어졌는데, 교회 입구는 오래 전에 폐쇄되었다. 그러므로 이제 교회 문을 열 수 있는 것은 두려움과 상상력뿐이다.

다시 커다란 촛대에 촛불이 타오르고 교회가 향내로 가득 찬다. 수도사들이 죽은 주교를 위해 미사를 올린다. 검은 옷을 입고 권력의 상징으로 손잡이가 구부러진 양치기의 지팡이를 무기력한 손에 들고 누워 있는 주교를 위해서. 주교의 창백하고 거만한 이마는 갈라져 있고 피묻은 상처가 지옥의 불길처럼 빨갛게 빛난다. 악을 행하려고 한 이 세상의 죄가 타오르고 있는 것이다.

뵈르크룸 주교여, 당신의 무덤에 잠자코 있어라, 어둠과 망각 속으로 사라지거라! 과거의 기억 속에 묻히거라.

오늘 밤 바람이 사납다. 바람은 폭풍우로 요동치는 바다의 거센 파도 소리마저 삼켜 버린다. 바다는 인간의 생명을 앗아갈 것이다. 시간이 흐른다고 해서 바다가 변하는 것은 아니므로. 하지만 오늘 밤엔 모든 걸 삼켜 버릴 듯이 입을 벌리고 있지만 내일이면 맑은 눈으로 우리를 바라볼 것이다. 우리 모습이 그 눈에 비칠 정도로 맑고 푸른 눈으로. 우리가 묻어 버린 과거에 그랬던 것처럼 말이다. 자, 이제 평온히 잠들라. 그럴 수만 있다면.

아침이 밝았다. 밖에는 태양이 눈부시게 빛나지만 바람은 여전히 노래를 부르고 있다. 어젯밤 배 한 척이 난파되었다는 소식이 들린다. 시간이 가도 변한 것은 아무것도 없는 것이다!

오늘 밤에는 배 한 척이 뢰켄이라는 조그만 어촌으로 떠밀려 왔다. 이곳 농가의 창문에서 내다보면 어촌의 붉은 타일로 된 지붕, 해안, 바다가 보인다. 난파된 배는 모래톱에 걸려 있었다. 밤새 내내 구명 밧줄 발사기로 밧줄이 난파선으로 쏘아졌다. 몇 시간에 걸쳐 난파선과 육지 사이에 무거운 밧줄이 연결되었다. 배에 있던 사람은 모두 구조되어 해안으로 옮겨졌으며 따뜻한 잠자리도 제공되었다.

구조된 사람들은 뵈르크룸 수도원이 있던 자리에 지어진 농부의 아늑한 방으로 안내되었다. 부유한 농부는 그들의 말을 할 줄 알았다. 오늘 밤에는 교회에서 파티가 벌어질 것이다. 누군가 피아노를 칠 것이고 덴마크 청년은 낯선 외국인들과 춤을 출 것이다. 마법의 전령인 전보가 생존자들의 고향에 무사하다는 소식을 전했다. 오늘 밤에는 한때는 뵈르크룸 수도원으로 이어졌던 긴 복도에서 잔치가 벌어지고 즐거운 소리가 울려 퍼질 것이다.

축복 받을지어다, 새로운 시대여! 그대의 눈부신 햇살로 과거의 어두운 그림자를 표백하고, 잔혹했던 시절의 암울한 기억을 지워 버리라!

# 118
## 아이들의 방에서

엄마, 아빠, 언니, 오빠가 모두 극장에 가고 집에는 안나와 할아버지밖에  없었다.

"우리도 연극을 해 볼까? 지금 당장 시작하는 게 좋겠다." 할아버지가 말했다.

"하지만 극장도 없고 배우도 없는 걸요. 오래된 인형은 너무 더러워서 배우가될 수 없어요. 그렇다고 새 인형의 멋진 옷을 구길 수는 없잖아요."

"까다롭게 굴지 않으면 배우는 언제든지 구할 수 있지. 자, 먼저 극장을 만들어 보자." 할아버지는 이렇게 말하며 책장에서 책을 몇 권 꺼냈다. "자, 세 권은이 쪽에, 또 세 권은 이 쪽에 비스듬하게 줄을 지어 세우고, 이 낡은 상자는 가운데에 세워서 배경을 만들자. 무대는 보다시피 거실이야. 이제 배우들을 골라 볼까? 이 상자 안을 보자. 배역을 정하고 그들의 성격을 알게 되면 연극이 저절로나올 거야. 여기 담뱃대가 있구나. 대통은 있는데 대가 없군. 여기 장갑 한 짝도있구나. 아버지와 딸을 시키면 되겠는걸."

"하지만 두 명으로는 부족해요. 작아서 못 입는 동생 조끼가 있는데, 이것도배우가 될 수 있을까요?"

"될 수 있고 말고. 연인 역을 맡기면 되겠구나. 주머니는 비어 있구나. 참 재미있겠는걸. 주머니가 비어 있는 것은 불행한 사랑의 원인이 되니까, 이 조끼에게 불행한 사랑을 하게 하면 되겠구나. 여긴 뭐가 있나 볼까? 박차가 달린 굽 높은 장화가 있구나. 으시대며 걷기도 하고 발을 구를 줄 아니까 왈츠와 마주르카를 추게 하면 되겠는걸. 여주인공에게 호감을 주지 못하는 귀찮은 구혼자 역할을맡기자꾸나. 자, 어떤 연극으로 꾸며 볼까? 비극으로 할까, 아니면 온 가족이 볼수 있는 가족극으로 할까?"

"가족극이요! 엄마와 아빠가 그게 최고라고 했어요."

"그거라면 최소한 백 가지 이야기는 알고 있지. 그 중 프랑스 연극을 번역한 것이 제일 인기 있단다. 하지만 너 같은 꼬마 아가씨에겐 어울리지 않아. 그러니까다른 연극 중에서 하나를 고르자꾸나. 모두 다 좋지만 말이야. 자, 연극 내용을가방에 넣어 섞을 테니 하나를 골라 보렴. 좋아. 옛것과 새로운 것이란 연극이구나. 그럼 연극 광고를 볼까?"

할아버지는 신문을 들고 광고를 읽는 시늉을 했다.

담뱃대 대통

또는

사랑에는 헛수고가 없다

1막으로 된 가족극

나오는 사람들: 담뱃대 대통: 아버지
　　　　　　　장갑 아가씨: 딸
　　　　　　　조끼: 연인
　　　　　　　장화: 구혼자

　"자, 이제 시작해 볼까. 막이 천천히 오르고… 참, 우린 막이 없구나. 하지만 그런 걸 가지고 야단을 피우는 사람들은 속 좁은 사람들이지. 등장 인물이 모두 무대에 나와 있구나. 맨 먼저 말을 하는 사람은 대통이지. 그는 매우 화가 나 있어. 안에 담배라도 들어 있었다면 연기를 냈을 거야.

　'아무도 내 말을 듣지 않아. 난 이 집 주인이라구. 내 딸의 아버지란 말이야. 젠장, 왜 아무도 내 말을 듣지 않는 거지? 장화는 빛나는 성격을 가지고 있고 아주 반짝여서 우리 모습이 비칠 지경이지. 모로코 가죽으로 되어 있고 박차도 있단 말이야. 더 이상 아무 말 마라. 내 딸은 그가 차지할 것이니까?'

　잘 들어라, 안나야. 이제 조끼가 말할 거야. 조끼는 안감이 비단으로 되어 있지만 말쑥하지 못해. 그는 겸손하지만 자기 장점을 안단다. 그리고 하고 싶은 말을 할 수 있을 만큼 용기도 갖고 있지. 그는 이렇게 말했어.

　'난 흠이 없고 품질이 좋다구요. 그러니까 날 사윗감으로 생각해 보세요. 진짜 비단 안감도 있고 끈도 가지고 있으니까요.'

　그러자 대통은 이렇게 말했어. '자네의 흠 없는 점은 오래 가지 않을걸. 결혼식 후까지 갈 것 같아? 물에 빨면 색이 바래질 테니까. 하지만 장화는 물에 강하고 가죽도 튼튼하고 멋지지. 삐걱거리는 소리도 낼 수 있고 박차는 딸깍 소리도 내지. 아주 신식이라구.'"

　그때 갑자기 안나가 끼어들어 말했다. "등장 인물들이 시를 읊듯이 말하면 어때요? 엄마가 그러는데 그렇게 말하는 것이 멋지대요."

　"관객이 원한다면 그렇게 해야지. 자, 장갑 아가씨가 조끼에게 손가락을 펼치며 노래하는 것을 볼까.

'짝이 없는 신세가 되는 것, 난 싫다네.

하지만 부엉이들이 모두 비웃는다 해도

장화와는 결혼하지 않으리.

차라리 죽는 게 나아.

아니면 영원히 서랍 속에서 지내든지.'

그러자 대통이 말도 안 된다고 했지. 이번에는 조끼가 장갑 아가씨에게 하는 얘기를 들어보렴.

'사랑하는 장갑 아가씨, 사랑스런 그대,

내 가슴은 그대에 대한 사랑으로 두근거린다오.

그대는 나의 것, 나는 그대의 것이 되리니.

내 사랑! 장갑 아가씨!'

장화는 화가 잔뜩 나서 발을 굴렀어. 박차가 요란하게 딸각딸각 소리를 냈지."

"정말 멋져요!" 안나가 작은 손으로 손뼉을 쳤다.

"쉿, 연극을 할 동안에는 조용히 하는 것이 최고의 칭찬이란다. 자, 네가 특별석에 앉아 있는 교양 있는 관객이라는 걸 보여 주렴. 이번에는 장갑 아가씨가 노래 부를 차례야.

'난 말할 수 없다네.

난 너무나 약한걸.

그래도 노래하리.

부러진 사랑의 날개에 대해.'

이제 음모가 시작되지. 이 부분은 이 연극에서 가장 중요하단다. 연극의 독창성을 보여 주는 부분이지. 조끼가 무대 안쪽으로 가는구나. 그를 잘 보렴. 그가 늙은 대통에게 다가가고 있어. 저길 봐! 늙은 대통을 자기 주머니에 넣어 버리네. 손뼉치지 말아라. 조끼는 그래 주길 바라겠지만 그건 교양 있는 행동이 아니지. 배우들은 아무리 손뼉을 쳐줘도 더 원하는 법이거든. 조끼가 관객에게 직접 말하는구나.

'당신은 이제 내 주머니 속에 있어요. 제일 깊은 곳에 말예요. 우리 결혼을 승낙하기 전에는 절대로 밖으로 나오지 못할 거예요. 제 오른손을 내밀어 왼손 장갑 아가씨에게 청혼합니다.'"

"굉장해요!" 안나가 소리를 질렀다.

"그때 조끼의 주머니 속에서 대통의 목소리가 들리지.

'아, 너무 아프도다.

끔찍한 음모야.

여긴 어둡구나.

빛도 불티도 없어.

움직일 수가 없어.

날 꺼내 줘! 날 꺼내 줘!

그러면 약속하지,

자네 결혼을 승낙하기로.

날 여기서 꺼내만 준다면!'"

"벌써 끝났어요?" 안나가 실망하며 물었다.

"아니야, 장화만 끝난 거야. 다른 배역들은 아직 해야 할 역할이 많이 남아 있지. 이제 연인들이 대통 앞에 무릎을 꿇고 앉아 있고, 장갑 아가씨가 노래를 부르지.

'아버지!'

조끼도 노래를 부른단다.

'당신의 사위와 딸을 축복해 주소서!'

그러자 대통은 둘을 축복해 주고 결혼식이 거행되지. 모두들 입을 모아 합창을 한단다.

　　'연극은 끝났어요.
　　교훈을 주었어요.
　　마땅히 박수를 쳐야죠.'

　우리가 박수를 치자 등장 인물들이 모두 나와서 인사를 하지. 가구까지도 말이야. 마호가니로 만들어진 그들은 합창을 했거든."

　"이 연극은 진짜 극장에서 하는 연극과 같아요?" 안나가 물었다.

　"우리 연극이 훨씬 더 훌륭하지. 더 짧고 감동적이란다. 이제 찻물이 끓겠구나." 할아버지가 말했다.


# 119
# 황금 보물

　마을이 아닌 도시로 불리고 싶어하는 어떤 도시에는 북을 치며 공지 사항을 알리고 돌아다니는 직원이 있는데 이 북 치는 직원은 누구나 북을 두 개씩 가지고 있다. 하나는 "항구에서 싱싱한 생선을 팝니다!"와 같은 일반적인 사항을 알릴 때 치는 북이고, 다른 하나는 화재와 같은 재난이 닥쳤을 때 사람들을 모으기 위해 사용하는 북이다. 이 북은 소리가 우렁차며 화재를 알리는 북이라고 부른다.

　이 도시에 사는 북 치는 직원의 아내가 교회에 갔다. 그녀는 제단 뒤쪽에 천사들의 모습이 그려지고 조각되어 있는 새 장식을 바라보았다. 천사들은 하나같이 아름다웠다. 후광을 그려 넣은 캔버스에 그려진 천사나 금빛으로 후광을 입힌 나무로 조각된 천사나 모두 눈부시게 아름다웠다. 천사들의 머리카락은 황금이나 햇살처럼 밝게 빛났다. 오, 얼마나 경이로운 모습인가! 하지만 그녀는 밖으로 나오자 하느님의 햇살이 더욱 눈부시고 찬란하게 느껴졌다. 이제 막 서쪽으로 지는 태양이 어두운 숲을 붉게 물들이며 환하게 빛났다. 이렇게 하느님의 얼굴을 보는 것은 얼마나 큰 축복인가. 그녀는 붉은 태양을 바라보면서 곧 황새가 데려다 줄 아기를 생각했다. 행복에 젖은 그녀는 지는 태양을 바라보며 태어날 아기가 그 빛을 안고 태어나기를 빌고 또 빌었다. 아니면 적어도 제단에 그려진 빛나는 천사와 닮기라도 하기를 말이다.

어느덧 세월이 흘러 아기가 태어났다. 북치기의 아내는 작은 아기를 두 팔에 안아 남편이 볼 수 있도록 들어올렸다. 아기는 교회 제단에서 본 천사의 모습이었으며 머리카락은 지는 태양처럼 붉었다.

"오, 나의 황금 보물, 우리 복덩이, 우리 태양!" 아기의 어머니는 아기의 머리에 입을 맞추었다. 그녀의 말은 음악 소리이고 노랫소리 같았다. 북 치는 사람은 기쁜 소식을 전하려고 연이어 북을 쳤다.

그러나 화재나 났을 때 울리는 비상 북은 다르게 말했다. "빨간 머리야! 엄마가 말하는 걸 믿지 말고 나를 믿어라. 쿵! 쿵! 쿵!"

그 도시 사람들은 대부분 비상 북의 말에 동의했다.


무럭무럭 자란 아이는 교회에서 세례를 받았다. 아이는 특별한 이름이 없었기 때문에 페터라고 불렸다. 비상 북을 포함하여 도시 사람들은 모두 그를 "북치기 아들, 빨간 머리 페터"라고 불렀다. 그러나 페터의 어머니는 그에게 입을 맞추며 "내 황금 보물"이라고 불렀다.

아이고 어른이고 할 것 없이 자기 이름이 사람들에게 오래도록 기억되도록 이름을 새겨 놓는 제방이 있었다.

"명성은 누릴 가치가 있는 것이지." 북치기는 이렇게 말하고 자신의 이름과 아들 이름을 새겨 넣었다.

봄이 되자 제비들이 돌아왔다. 제비들은 긴 여행을 한다. 힌두스탄 지방에 간 제비들은 암벽과 사원의 담에 새겨진 글자들을 보았다. 그것은 위대한 제왕들의 업적과 그들의 불멸의 이름을 기록한 것이었다. 그러나 지금은 너무 오래되어 그 글자를 읽을 줄 아는 사람이 없다. 명성이란 바로 그런 것이다!

제비들은 제방에 구멍을 뚫고 보금자리를 지었다. 그런데 비가 오자 제방 표면이 빗물에 씻겨 내려가고 제방은 무너져 버렸다. 그 바람에 거기에 새겨진 이름도 지워지고 말았다.

"그래도 페터의 이름은 1년 반이나 남아 있었어!" 페터의 아버지가 자랑스럽게 말했다.

비상 북은 그런 북치기가 바보라고 생각했다. 하지만 이렇게만 말했다. "쿵! 쿵! 쿵!"

'북치기 아들, 빨간 머리 페터'는 활기가 넘치는 소년이었다. 그는 목소리가 아름다웠으며 노래도 부를 줄 알았다. 그의 노래는 숲 속에서 노래하는 새들의 노랫소리 같았다. 선율이 있는 음악이었지만 그의 입을 통해 나오는 노래는 선율이 없었다.

"페터는 자라면 성가대원이 되어서 교회에서 노래를 부를 거예요. 자기와 닮은 금빛 찬란한 천사들 아래에서 말예요!" 페터의 어머니는 이렇게 말하곤 했다.

"홍당무 머리털!" 유머 감각이 있는 사람들은 페터를 이렇게 불렀다. 비상 북도 이웃집 여자가 그렇게 부르는 걸 들었다.

"페터야, 집에 가지 마! 네가 다락방에서 잠들면 너희 집에 불이 나서 네 아버지가 큰북을 쳐야 될걸." 골목 개구쟁이들이 페터를 따라다니며 놀렸다.

"너희들이나 북채에 맞지 않게 조심해." 페터가 말하며 한 소년을 세게 때렸다. 그 바람에 그 소년이 넘어지고 다른 아이들은 도망갔다.

이 도시에는 지방 오케스트라를 지휘하는 유명한 음악가가 있었다. 그의 아버지는 왕실에서 연주를 한 사람이었다. 그 음악가는 페터를 무척 마음에 들어 했으며 몇 시간이고 앞에 앉혀 놓고 이야기를 하곤 했다. 어느 날, 그는 페터에게 바이올린 연주하는 법을 가르쳤다. 페터의 작은 손가락들은 이미 연주하는 법을 알고 있는 듯이 자연스럽게 바이올린 현 위를 움직였다. 북 치는 것 외에도 많은 것을 배우면 훌륭한 음악가가 될 소질이 있었다.

"하지만 난 군인이 될래요." 페터가 말했다. 아직 어린 그에게는 근사한 제복을 입고 칼과 총을 찬 채 하나 둘, 하나 둘 하며 행진하는 것이 이 세상에서 제일 멋있게 보였던 것이다.

"그럼 북 소리에 복종하는 걸 배워야 해. 콩! 콩!" 작은북과 비상 북이 동시에 말했다.

"페터는 장군이 되어 집에 돌아올 거요. 전쟁이 나면 말이오." 북치기가 말했다.

"주여! 전쟁에서 우리를 지키소서." 페터의 어머니가 말했다.

"우린 잃을 게 없소."

"아니에요. 우리에겐 아들이 있잖아요!"

"그렇지만 우리 아들은 장군이 되어 돌아올 거요." 북치기는 웃으며 말했다. 페터가 아직 어렸기 때문에 심각하게 생각하지 않았던 것이다.

"팔이나 다리를 잃고 돌아올 수도 있어요. 그럴 순 없어요. 내 황금 보물을 온전하게 간직하고 싶어요." 페터의 어머니가 페터를 바라보며 말했다.

"쿵! 쿵! 쿵!" 화재를 알리는 북이 울렸다. 그 나라에 있는 모든 북들도 일제히 울렸다. 군인들이 전쟁터로 나갔으며 북 치는 사람의 아들도 그 뒤를 따라갔다.

"잘 가, 홍당무 머리털!" 그 도시 사람들이 외쳤다.

"내 황금 보물." 어머니는 흐느껴 울었다. 아버지는 아들이 유명 인사가 될 것이라는 꿈에 잠겨 있었으며, 음악가는 페터가 전쟁터에 나가지 말고 자기 곁에서 음악을 공부해야 한다고 생각했다. 평화의 예술 중의 하나인 음악을 말이다.

군인들이 페터를 "빨간 머리"라고 부르면 페터는 가만히 웃었다. 그러나 누군가 "이봐, 여우털!"이라고 불렀을 때는 입술을 꽉 깨물고 앞을 똑바로 쳐다보며 그 모욕적인 말을 못 들은 척했다.

페터는 착하고 항상 쾌활하며 친절했다. 이런 그를 두고 나이든 동료 군인들은 포도주로 가득 찬 물통이라고 했다.

페터는 많은 밤을 비에 젖고 안개에 젖어 축축한 노상에서 자야 했다. 비가 올 때는 온몸이 완전히 젖기도 했지만 그의 기세는 꺾이지 않았다. 그는 신나게 북을 쳤다. "두두두둥! 횡대 정렬!"

그는 타고난 북치기였다.

드디어 전쟁의 날이 밝았다. 아직 해는 떠오르지 않았지만 아침이었으며, 바람이 차가웠다. 주위에는 화약 연기에 의해 생긴 안개가 자욱했다. 머리 위로 포탄과 총알들이 날아다니고, 피묻은 살 조각들이 날아다녔으며 여기저기서 백지처럼 창백한 얼굴로 병사들이 쓰러졌다. 그래도 그들은 앞으로 계속 전진했다. 소년 북치기는 아직 다친 곳이 없었다. 그는 그의 주위를 껑충거리며 뛰어다니는 연대 소속 개를 보며 미소를 지었다. 그들은 마치 총알을 장난감 삼아 놀고 있는 것처럼 보였다.

"앞으로 전진!"

북치기들이 요란하게 북을 쳤다. 이 명령은 쉽게 바꿀 수 없는 것이었다. 그렇지만 상황에 따라서는 바꾸는 것이 현명할 때도 있다.

"퇴각!" 누군가 소리쳤다.

그러나 소년 북치기는 계속 북을 쳐서 "앞으로 전진!"이라는 신호를 보냈다. 병사들이 북 소리에 따라 전진했다. 참으로 힘찬 북소리였다. 그 북소리는 중요한 순간에 퇴각하려던 병사들의 사기를 북돋아 전쟁을 승리로 이끌었다.

전쟁에서 목숨과 팔다리를 잃은 사람이 많았으며 포탄에 맞아 살점이 떨어져나간 사람도 많았다. 또 부상자들이 발을 질질 끌며 걸어가 몸을 누인 짚더미에 불이 붙기도 했다. 목숨을 부지하기 위해 다만 몇 시간이나마 쓸쓸하게 누워 있던 짚더미에 말이다.

아, 그런 것을 생각한들 무슨 소용이 있겠는가? 하지만 전쟁터와는 멀리 떨어져 있는 평화로운 도시 사람들도 그런 생각을 한다. 북치기와 그의 아내도 마찬가지였다. 아들 페터가 전쟁터에 나가 있었기 때문이다.

"울며 흐느끼는 것에 질렸어." 비상 북이 말했다.

전쟁터의 하루가 또 밝았다. 태양은 아직 떠오르지 않았지만, 아침은 왔다. 북치기와 그의 아내는 밤새 잠을 이루지 못했다. 두 사람은 전쟁터에 나가 있는 아들에 대해 이야기하였다. 아들을 보호해 줄 수 있는 분은 오직 하느님뿐이었다.

북치기는 잠깐 꿈을 꾸었다. 전쟁이 끝나 병사들이 집에 돌아왔는데 페터는 가슴에 은빛 십자가 훈장을 달고 있었다.

북치기의 아내도 꿈을 꾸었다. 그녀는 교회에 들어서서 제단 뒤쪽에 있는 장식을 바라보았다. 천사들 사이에 아들이 보였다. 아들은 천사만이 부를 수 있는 아름다운 목소리로 노래를 불렀다. 그리고 어머니를 보더니 다정하게 고개를 끄덕여 보였다.

"내 황금 보물!" 어머니는 이렇게 외치며 잠에서 깨어났다.

"하느님이 우리 아들을 데려가셨구나!" 어머니는 이렇게 중얼거리며 두 손을 모았다. 그리고는 침대에 머리를 묻고 흐느껴 울었다.

"내 아들은 어디에 있을까? 여러 사람이 함께 묻힌 큰 구덩이에 있을까? 아니면 깊은 늪 속에 있을지도 몰라! 내 아들이 묻힌 곳은 아무도 모를 거야. 아들의 무덤 앞에서 기도해 준 사람도 없겠지!"

어머니의 입에서는 나지막이 주기도문이 흘러나왔다. 어머니는 그러다 지쳐서 고개를 떨구고 잠이 들었다.

현실에서도 꿈속에서도 세월은 흘러간다.

페터에게는 아무 일도 일어나지 않았다. 머리카락 한 올도 다치지 않았던 것이다.

"둥둥. 페터가 살아 있다! 살아 있다!" 북은 할 수만 있었다면 페터의 어머니에게 이렇게 전했을 것이고 어머니는 기뻐했을 것이다.

병사들은 만세를 외치고 노래를 부르며 승리의 깃발을 들고 집으로 향했다. 전쟁이 끝나 평화를 안고 집으로 돌아가는 것이었다. 연대 소속 개는 병사들 앞에서 크게 원을 그리며 뛰었다. 기쁨을 안고 가는 그 길이 세 배는 더 멀었으면 하는 것처럼 말이다.

여러 날과 여러 주가 지났다.

마침내 페터가 집으로 돌아왔다. 야만인처럼 구릿빛으로 그을린 그는 맑은 눈을 반짝이고 햇살과 같이 환하게 웃으며 집으로 들어섰다. 어머니는 아들을 끌어안고, 입술과 눈과 붉은 머리칼에 입을 맞추었다. 아들이 그녀의 품으로 돌아온 것이다. 비록 아버지가 꿈꾸었던 은빛 훈장은 가슴에 없었지만, 어머니의 꿈과는 달리 건강한 모습으로 살아서 돌아온 것이다. 그들은 너무 기뻐서 웃고 울었다.

"이봐, 넌 아직도 여기에 있니, 늙은 북아!" 페터가 낡은 비상 북을 팔로 껴안았다.

그러자 아버지가 비상 북을 요란하게 치기 시작했다.

"쿵! 쿵! 여기 굉장한 일이 벌어졌어요. 불이 난 것처럼 굉장한 일이에요. 다락방에 불이 났어요. 심장에 불이 붙었어요. 황금 보물이 돌아왔어요! 쿠쿠쿠쿵!"

비상 북은 큰 소리로 이렇게 외쳤다.

그 후에 페터는 어떻게 되었을까? 그 도시의 음악가에게 물어보자.

"페터는 덩치가 북보다 더 커졌지. 그는 나보다 더 위대한 음악가가 될 거야. 내가 평생 걸려 배운 것을 6개월이면 배워 버리니까." 음악가는 페터에 대해 이렇게 말했다.

페터는 특별했다. 그는 마음씨가 착하고 상냥했다. 두 눈은 한 번도 추한 것을 본 적이 없는 것처럼 맑고 빛이 났으며, 말할 것도 없이 머리카락도 빛이 났다.

"페터는 머리를 물들여야 해. 경찰관 집 딸도 머리를 물들이고 나서야 약혼을 했지." 이웃집 여자가 말했다.

"하지만 그 애 머리는 풀처럼 파랗게 되어 버려서 일주일에 한 번은 염색해야 할걸." 이웃집 여자의 남편이 말했다.

"그럴 만한 돈이 있는데 무슨 걱정이에요. 그리고 페터도 그럴 돈이 있구요. 그는 이 도시에서 제일 훌륭한 집안에 초대를 받았어요. 시장 딸에게 피아노를 가르치고 있어요."

페터의 피아노 연주 솜씨는 아주 훌륭했다. 그가 연주하는 곡 중 제일 아름다운 곡은 그의 마음에서 우러나온 것들로서 아직까지 악보에 옮겨진 적이 없었다. 그는 밝은 여름 밤에도 길고 어두운 겨울밤에도 쉬지 않고 연주를 했다.

"지독하게 열심히 쳐요." 이웃 사람들이 수군거렸다. 비상 북도 그렇게 생각했다.

어느 날, 시장의 딸 로테가 피아노 앞에 앉아 있었다. 로테의 섬세한 손가락이 건반 위에서 춤을 추었다. 로테가 치는 음악 소리는 페터의 가슴속으로 파고들어 메아리쳤다. 그는 가슴이 벅차 터질 것만 같았다. 이런 경험은 한두 번이 아니었다.

그러던 어느 날 저녁, 페터는 그녀의 섬세한 손가락에 입을 맞추었다. 그리고는 그녀의 커다란 갈색 눈을 바라보며 말했다. 아니, 그가 한 말은 하느님만이 알았다. 우리는 그저 추측할 수 있을 뿐이었다.

로테는 어깨까지 빨개지도록 얼굴을 붉힐 뿐 아무런 대답이 없었다. 바로 그때 손님이 찾아왔다. 그는 추밀원 고문관의 아들이었다. 그는 윤을 낸 것처럼 반짝이는 넓은 이마와 번쩍이는 머리카락을 가지고 있었다. 페터는 그들과 함께 시간을 보냈다. 로테는 두 사람을 모두 즐겁게 해주었지만 페터에게 더 다정한 눈길을 주었다.

그날 저녁, 집에 돌아온 페터는 넓은 세상과 바이올린을 얻을 수 있는 황금 보물에 대해 이야기했다. 불후의 명성에 대해서!

"쿵…쿠쿵… 쿵…! 페터가 돌았나 봐. 머릿속에서 불이 났나 봐." 비상 북이 말했다.

다음날 시장에 갔다 온 어머니가 페터에게 말했다. "페터야, 그 반가운 소식 들었니? 시장 딸 로테 아가씨가 추밀원 고문관 아들과 약혼을 했다지 뭐냐. 바로 어젯밤에 말이야."

"아니에요!" 페터는 의자에서 벌떡 일어나며 소리쳤다.

"정말이라니까." 어머니는 말했다. 어머니는 이발사 아내에게 그 소식을 들었으며, 이발사는 시장에게서 직접 들었다는 것이었다.

페터는 얼굴이 백지장처럼 창백해지더니 도로 의자에 주저앉았다.

"오 하느님, 무슨 일이냐?" 어머니가 물었다.

"아무것도 아니에요! 아무것도! 그냥 혼자 있게 해 주세요."

페터의 뺨 위로 눈물이 흘러내렸다.

"오, 사랑하는 내 아들. 내 황금 보물!" 어머니도 페터가 불쌍해서 눈물을 흘렸다.

"로테는 가 버렸어. 죽은 거야! 이제 노래는 끝났어!" 비상 북은 아무도 듣지 못하게 마음속으로 나지막이 노래했다.


그러나 노래는 끝나지 않았다. 노래 속에는 여전히 아름답고 수많은 이야기들과 인생에 대한 빛나는 시들이 들어 있었다.

"그 여자는 너무 잘난 체해요. 침이 마르도록 자랑한다니까요. 편지를 가지고 다니면서 보는 사람에게마다 보여 줘요. 아들 페터에게서 온 편지를 말이에요. 그녀의 황금 보물한테서요! 신문들은 페터와 그의 바이올린에 대해 떠들어댔어요. 페터는 그녀에게 돈을 보내지요. 이제 혼자 사니까 돈이 필요하겠지요." 이웃집 여자가 말했다.

"그는 황제와 왕들 앞에서 연주를 하지요. 내겐 그런 행운이 없었지만 그는 내 제자예요. 옛 스승을 잊지 않았죠." 도시의 음악가가 말했다.

"그 애 아버지는 페터가 가슴에 은빛 훈장을 달고 전쟁터에서 돌아오는 꿈을 꾼 적이 있어요. 비록 전쟁터에서는 훈장을 받지 못했지만 왕에게 기사 십자 훈장을 받았지요. 전쟁에서 훈장을 받는 것보다 더 어려운 일일 거예요. 그 애 아버지가 살아 있었다면 얼마나 대견해했을지 몰라요!" 페터의 어머니가 순진하게 말했다.

"유명해졌어!" 비상 북이 말했다.

그 도시 사람들도 모두 그렇게 말했다.

페터가 자란 고향에서도 그의 이야기를 했다. 나막신을 신고 춤추는 사람들을 위해 북을 치던 "북치기 아들, 빨간 머리 페터"가 유명 인사가 된 것이다.

시장 부인은 이렇게 말했다. "페터? 예전에는 왕들 앞에서보다 우리 앞에서 연주했던 사람이야! 그때 페터는 우리 로테에게 홀딱 반해 있었어. 주제에 눈이 너무 높았던 거지. 그때만 해도 페터가 건방지고 주제넘다고 생각했지. 남편은 페터가 로테를 사랑한다는 말을 듣고 어처구니없어서 웃었어. 이제 우리 로테는 추밀원 고문관의 부인이지!"

가난하게 태어나 전쟁터에서 "앞으로 전진!"하라는 북을 쳐서 병사들에게 용기를 주고 전쟁을 승리로 이끈 소년의 가슴과 영혼 속에는 보물이 있었다. 다른 사람들과 나눠 가질 수 있는 그 보물은 그의 바이올린에서 나왔다. 그의 바이올린 소리는 그 안에 커다란 오르간이 들어 있는 듯했으며, 너무나 감미로워서 여름 밤에는 요정들이 춤을 추고 개똥지빠귀가 노래하는 소리가 들리는 듯하였다. 그가 연주하는 바이올린 소리는 세상에 때묻지 않은 청순하고 아름다운 인간의 목소리 같아서 듣는 이들은 무아경에 빠져들었다. 그의 이름은 커다란 불길처럼, 열광의 불길처럼 이 나라에서 저 나라로 퍼졌다.

"페터는 정말 멋진 남자야!" 젊은 부인들과 늙은 부인들도 모두 입을 모아 말했다. 그 중 일흔이 넘은 한 할머니는 앨범에 유명한 사람들의 머리카락을 모아 놓는 취미가 있는데, 젊은 바이올린 연주자의 머리카락을 얻기 위해 찾아오기도 했다.

드디어 북치기의 초라한 방에 왕자처럼 늠름하고 왕보다도 더 당당한 아들이 들어섰다. 그가 어머니를 두 팔에 안자 어머니는 너무 기뻐서 눈물을 흘리며 아들에게 입을 맞추었다.

페터는 방 안에 있는 정겨운 가구들에게도 눈인사를 던졌다. 장롱, 장식용 유리컵과 일요일에 사용하는 찻잔이 진열된 찬장, 어릴 때 누워 자던 침대에게. 그리고는 낡은 비상 북을 꺼내서 방 한가운데에 놓았다.

"아버지라면 오늘 같은 날엔 연타를 치셨을 거예요. 이제 제가 쳐보겠어요." 페터는 어머니와 비상 북을 보며 말했다.

그는 번개가 치듯, 천둥이 울리듯 우렁차게 북을 치기 시작했다. 북은 너무 감격한 나머지 가죽이 찢어지고 말았다.

"정말 훌륭하게 치는구나! 그가 나에게 추억이 될 선물을 주었어. 그의 어머니가 기뻐서 우는 것도 당연해." 비상 북이 말했다.

이것이 황금 보물에 대한 이야기이다.


# 120
## 폭풍은 간판을 안고 달린다

할아버지가 어렸을 때는 붉은 바지에 붉은 웃옷을 입고, 허리에 허리띠를 둘렀으며 모자에는 깃털을 꽂고 다녔다. 그때 아이들은 모두 그런 차림이었다. 그때는 지금과 다른 점이 많았다. 지금은 시대에 뒤떨어진 퍼레이드를 보기 힘들지만 그때는 거리에서 퍼레이드가 자주 펼쳐졌다. 할아버지에게 이런 옛날 이야기를 듣는 것은 아주 재미있다.

옛날에 구두장이 조합원들이 간판을 새 건물로 옮길 때는 화려한 행렬이 이어졌다. 행렬의 맨 앞에는 커다란 장화와 머리가 둘 달린 독수리 그림이 그려진 깃발이 나부꼈고, 그 뒤에는 제일 나이 많은 구두장이 명인이 가늘고 긴 쌍날칼에

레몬을 찍어 들고 행진했으며, 웃옷에 붉고 흰 리본을 단 젊은 장인들이 그 뒤를 따랐다. 제일 나이 어린 장인들은 커다란 은컵과 조합의 돈이 들어 있는 금고를 들고 따라갔다. 거리에는 음악이 울려 퍼졌는데, 악기 중에서 최고의 악기는 '새'였다고 할아버지가 말했다. 할아버지가 말하는 새는 손잡이 끝에 반달 모양의 놋쇠가 달린 커다란 막대기였다. 온갖 종류의 쇠붙이가 주렁주렁 매달린 그 막대기에서는 진짜 터키 음악과 같은 딸랑거리는 소리가 났다. '새'는 이리저리 흔들리며 음악을 연주했으며, 화려한 그 막대기에 햇살이 쏟아질 때면 너무나 눈이 부셔 쳐다볼 수가 없었다.

행렬의 맨 앞에 선 기수의 앞에서는 어릿광대가 춤을 추었다. 얼굴을 검게 칠한 어릿광대는 색색의 헝겊으로 기운 옷을 입고, 머리엔 썰매를 끄는 말처럼 방울을 달고 있었다. 어릿광대는 가끔 구경꾼들 사이로 뛰어들어와 지팡이로 구경꾼들을 때리기도 했다. 그럴 때면 철썩 하고 큰 소리가 났지만 다친 사람은 아무도 없었다.

사람들은 행렬을 구경하려고 서로 이리 밀치고 저리 밀쳤으며, 행렬과 나란히 가며 구경하던 아이들은 더러운 도랑으로 빠지기도 했다. 험상궂은 표정으로 팔꿈치로 밀치는 할머니들이 있는가 하면, 웃고 떠드는 사람들도 있었다. 계단 위에도, 창가에도, 심지어는 지붕 위에까지, 어디에나 사람들이 있었다.

하늘은 맑고 태양이 눈부셨다. 하지만 항상 그런 것은 아니다. 가끔 비가 억수같이 쏟아질 때도 있었는데 그것 또한 농부에게나 땅에게나 축복이었다.

할아버지는 이야기를 아주 재미나게 했다. 할아버지는 어렸을 때 진기한 광경을 수도 없이 보았다. 구두장이 조합이 새 건물로 이사하던 날 조합의 가장 나이 많은 장인이 사다리에 서서 연설을 했다. 그 사다리는 낡은 조합 간판을 달기 위해 새 건물 앞에 세워 둔 것이었다. 나이 많은 장인은 다른 사람이 써 준 원고를 읽듯이 시와 같은 원고를 줄줄 읊었다. 사실 그 원고는 다른 사람이 쓴 것이었다. 청년 구두장이 셋이 영감을 얻으려고 펀치를 한 사발씩이나 마시면서 밤을 새워 쓴 것이다. 연설이 끝나자 사람들이 박수 갈채를 보냈다. 곧이어 어릿광대가 사다리 위로 올라가 연설을 흉내 냈다. 그 연기가 너무 훌륭해서 연설을 한 장인이 바로 어릿광대라고 착각될 정도였다. 그리고 나서 어릿광대는 차례로 작은 술잔을 비우고 사람들에게 던졌으며, 사람들은 공중에서 재빨리 그 잔을 잡았다. 할아버지도 그 잔 하나를 갖게 되었다. 운 좋은 어떤 벽돌공이 잡아서 선물한 것이었다. 드디어 새 간판이 걸리고 그 위에 꽃과 풀잎으로 엮은 화환이 걸렸다. 참으로 화려한 행사였으며 모두들 즐거워했다.

"그런 광경은 백 년이 지나도 잊혀지지 않는단다." 할아버지는 늘 이렇게 말했다.

할아버지는 살아오면서 그 밖에도 진기한 광경을 수없이 보아 왔지만 그날 광경을 잊지 못했다. 하지만 할아버지가 들려준 가장 멋진 이야기는 거센 폭풍우로 인해 간판들이 바뀌어 버린 이야기였다.

할아버지는 부모님을 따라 코펜하겐으로 이사를 하게 되었다. 어린 할아버지가 코펜하겐을 본 것은 그때가 처음이었다. 거리에는 많은 사람들이 몰려나와 있었다. 조합이 새 건물로 이사를 하는 중이어서 그 행렬을 보려고 몰려온 사람들이었다. 할아버지는 건물 간판이 하나씩 걸려 있는 것을 보고 놀랐다. 방에 쌓아 놓으려면 방이 수도 없이 필요할 정도로 간판이 많았다.

양복점 간판에는 평범한 작업복에서 화사한 드레스에 이르기까지 각양각색의 옷감과 가위가 그려져 있어 재단사가 어떤 옷이든지 원하는 대로 만들어 줄 수 있다는 것을 보여 주었다. 버터 통과 청어 그림이 그려진 간판이 있는가 하면, 목사의 주름 있는 옷깃과 관이 그려진 간판도 있었다. 담배가게 간판에는 귀엽게 생긴 꼬마 아이가 담배를 피우고 있는 그림이 그려져 있었다. 아이들은 담배를 피워서는 안 되는데도 말이다. 광고 게시판과 벽보에 그림과 선전 문구가 적혀 있었다. 하루 종일 구경해도 다 못 볼 만큼 그 거리에는 간판들이 많았다. 그 거리를 걸으면서 간판을 보는 것만으로도 많은 것을 배울 수 있었다. 또 집집마다 간판이 달려 있었기 때문에 그 집에 어떤 사람이 살고 그들이 어떤 직업을 가지고 있는지를 알 수 있었다.

"큰 도시에 살면서 누릴 수 있는 이점은 어디에 누가 사는지 알 수 있다는 것이지." 할아버지가 말했다.

할아버지가 코펜하겐에서 보낸 첫날 밤에 거대한 폭풍우가 몰려왔다. 할아버지는 그날 일에 대해 얘기할 때면 눈 하나 깜빡이지 않았다. 어머니는 할아버지가 우리를 재미있게 해 주려고 이야기를 꾸며낼 때면 그런다고 말했지만, 그때 이야기를 할 때의 할아버지 표정은 매우 진지했다.

그날 밤, 할아버지가 그때까지 보지 못했던 무시무시한 폭풍우가 몰아쳤다.

그렇게 지독한 폭풍우를 경험한 사람은 아무도 없으리라. 지붕에서는 기왓장들이 거리로 날아다녔고 낡은 손수레가 저절로 거리를 굴러가는가 하면, 쌩쌩 부는 바람 소리에 온 거리가 쿵쾅거리고 아우성치고 윙윙거렸다. 운하의 물은 놀라서 어쩔 줄을 모르다가 방파제를 넘어 거리로 넘쳐흘렀고, 폭풍우는 도시를 덮쳐 굴뚝들을 무너뜨렸으며 높이 솟아 있는 오래된 교회 탑들도 고개를 숙인 채 일어나지 못했다. 아침이 되자 도시에 있던 울타리가 모조리 쓰러져 있었다.

화재 현장에 항상 제일 늦게 도착하는 늙은 소방서장이 사는 집 밖에는 초소가 있었는데 초소는 폭풍우에 쓰러져 떼굴떼굴 굴러서 가난한 목수의 집 옆에 가 섰다. 목수는 얼마 전에 큰 화재가 났을 때 세 사람의 목숨을 구하긴 했지만 보잘것없는 사람이었다. 그러나 초소는 자신이 어디에 서 있는지를 상관하지 않았다.

면도를 할 때 턱 밑에 받치는 작은 놋쇠판처럼 생긴 이발소 간판도 떨어져 날아가 법관의 집 창턱에 내동댕이쳐졌다. 이웃 사람들은 그것이 원한에서 나온 것이라고 말했다. 법관 부인이 면도날처럼 날카로운 혀를 놀려 그 도시에 사는 사람들에 대해 이러쿵저러쿵 떠들었기 때문이라는 것이었다.

폭풍은 마른 대구가 그려진 간판을 신문 편집자가 사는 집 위로 날려보냈다. 하지만 그건 농담치곤 지나쳤다. 덴마크에서는 대구가 어리석음을 상징하며, 신문사에는 편집자와 그의 의견이 왕의 의견처럼 존중받는다는 점을 폭풍은 모르고 있었던 것이다.

풍향계는 건너편 지붕 위로 날아가 거꾸로 처박혔다. 큰 통이 그려진 통 가게의 간판은 숙녀의 옷을 만드는 사람 집으로 날아갔고, 식당 문 앞에 매달려 있던 놋쇠 테를 두른 식당 메뉴판은 광장을 가로질러 극장 입구에 떨어졌다. 극장에 '서양 고추냉이 수프와 양배추 건더기'라는 우스꽝스런 프로그램이 걸리게 된 것이다. 그로 인해 항상 손님이 없던 극장이 그날 밤에는 손님들로 꽉 찼다.

빨간 여우 가죽으로 만든 모피 상인의 간판이 모피 상인 집 앞에 걸려 있을 때는 매우 보기 좋았다. 그러나 그날 밤 이 폭풍은 그 간판을 날라다 어느 청년이 살고 있는 집의 설렁줄에 걸어 놓았다. 이상하게 생긴 그 청년은 매일 새벽에 예배를 보고 하느님의 말씀을 따르는 사람이었다. 그의 숙모는 그가 모범적인 청년이라고 말했다. "고등 학문 학원"이란 글씨가 새겨진 간판은 당구장으로 날아가 버리고 그 전당 위에는 "여기에서는 우유로 아이들을 기릅니다"라는 간판이 매달렸다. 이것은 재치 있다고 말하기에는 너무 심한 장난이었다. 죄가 있다면 모두 폭풍우에게 있었다. 하지만 폭풍우에게 예절을 가르칠 수 없으니 속수무책이었다.

아침이 되자 도시의 간판들이 모두 바뀌어 있었다. 간판이 너무 우습게 바뀌어 있어서 말로 다 표현할 수 없다고 할아버지가 말했다. 그러나 우리는 할아버지가 속으로 웃고 있다는 걸 알 수 있었다. 어쩌면 꾸며낸 이야기였는지도 모른다.

간판이 바뀌는 바람에 사람들은 혼란에 빠졌다. 더욱이 코펜하겐에 처음 온 사람들은 더욱 당혹해했다. 간판을 보고 갔다가는 엉뚱한 곳으로 갈 것이 뻔했기 때문이다. 장로들과 중요한 문제를 논의하러 갔던 사람들은 초등학교로 가고 말았다. 아이들이 책상과 의자 위로 뛰어다니며 소리를 지르는 그런 학교로 말이다. 교회를 극장으로 알고 간 사람도 있었다. 참으로 끔찍한 실수였다.

그 후 그렇게 지독한 폭풍우는 한 번도 불지 않았다. 그런 폭풍우를 경험한 사람은 할아버지밖에 없는지도 모른다. 할아버지가 아주 어렸을 때 겪었던 일이니까. 우리가 사는 동안 그런 폭풍우를 보게 될지 모르겠지만, 우리 손자들은 보게 될 것이다. 그러니까 폭풍이 간판을 안고 달릴 때는 집안에 얌전히 있으라고 말해 주는 것이 좋을 것이다.

# 121
## 찻주전자

자기 몸이 도자기로 된 것을 매우 뽐내는 찻주전자가 있었다. 찻주전자는 긴 주둥이와 넓은 손잡이가 달려 있어 앞뒤로 자랑할 것이 있다는 것이 뿌듯했다. 그러나 금이 가서 아교로 붙여 놓아 보기 흉한 뚜껑에 대해서는 한 마디도 하지 않았다. 굳이 자기의 결점은 이야기하지 않더라도 다른 사람들이 들춰내어 떠들어 대는 법이니까.

찻잔, 크림 통, 설탕 통들은 찻주전자의 예쁜 주둥이나 튼튼한 손잡이보다는 금이 가서 붙인 뚜껑에 대해 애기하는 것을 더 좋아했다. 찻주전자는 그런 사실을 잘 알고 있었다.

찻주전자는 혼자 이렇게 중얼거리곤 했다. "난 쟤들이 무슨 생각을 하는지 알아. 난 내 결점을 알 만큼 겸손하다구. 하지만 누구에게나 결점도 있고 뛰어난 재능도 있는 법이잖아. 찻잔에겐 손잡이가 있고, 설탕 통엔 뚜껑이 있지만, 내겐 둘다 있어. 거기다가 나는 그들이 한 번도 가져 보지 못한 주둥이도 가지고 있지. 그래서 난 차 탁자에서 여왕으로 대접받아. 설탕 통과 크림 통은 좋은 맛을 내는 하인이지만 난 주인이라구. 난 목마른 사람들에게 은총을 베풀어주지. 내 안에서는 향긋한 중국산 찻잎과 펄펄 끓는 맛없는 물이 섞여서 맛있는 차를 만들어 내지."

이것은 아무 근심 없던 어린 시절에 찻주전자가 했던 이야기이다.

그러던 어느 날, 찻주전자가 차 탁자 위에 앉아 있는데, 아주 곱고 우아한 손이 그를 집어들었다. 그런데 그 손은 너무 서툴러서 그만 찻주전자를 떨어뜨리고 말았다. 뚜껑은 말할 필요도 없이 주둥이가 부러지고 손잡이도 부러졌다. 끓는 물이 마구 쏟아져 나왔으며 찻주전자는 기절하고 말았다. 그러나 가장 참혹한 것은 모두들 찻주전자를 떨어뜨린 서투른 손길을 비웃는 것이 아니라 그를 비웃는다는 점이었다.

나중에 젊은 시절을 떠올리면서 찻주전자는 이렇게 중얼거리곤 했다. "그 일을 결코 잊지 못해! 절대로 … 사람들은 날 폐물이라며 찬장 구석에 처박아 버렸어. 다음날, 그들은 구걸하는 하러 온 여자 거지에게 날 주어 버리고 말았지. 난 가난 속으로 떨어지고 만 거야. 생각만 해도 기가 막혀. 하지만 바로 그때부터 더 멋진 삶이 시작되었어. 똑같은 것이 때로는 전혀 다른 것이 될 수도 있는 거지.

사람들이 내 몸 속에 흙을 집어넣었어. 찻주전자에게 그건 죽는 거나 마찬가지지. 하지만 흙 속에 꽃뿌리도 넣어 주었지 뭐야. 누가 그랬는지는 모르지만, 아무튼 내 몸 안에 꽃뿌리가 있었어. 아마 중국산 찻잎과 끓는 물 대신 그걸 넣어 주어 내 손잡이와 주둥이가 부러진 것을 위로해 주려고 했던 건가 봐. 내 몸 속의 흙에 묻힌 꽃뿌리는 내 심장이 되었지. 살아 있는 심장 말야. 난 살아 숨쉬게 되었어. 예전엔 상상도 못하던 일이었지. 힘이 넘치고 맥박이 고동쳤지. 꽃뿌리가 싹을 틔우고 내 생각과 느낌이 내 안을 가득 채워 곧 터질 듯하더니 꽃을 피웠어. 난 그 광경을 모두 보았지. 나는 내 안에서 피어난 그 아름다운 꽃에 취해 내 자신마저 잊고 말았어.

다른 것에 몰두해서 자기 자신을 잊는다는 것은 참으로 큰 축복이지. 꽃은 내게 감사하다는 말을 한 마디도 하지 않았어. 내가 있는지조차도 몰랐을 거야. 하지만 그 꽃을 보는 사람은 누구나 감탄했지. 그걸 보는 나는 무척 행복했어. 그러니 그 꽃은 얼마나 행복했겠어.

그러던 어느 날, 꽃이 너무나 아름다우니까 더 좋은 화분으로 옮겨야 한다는 말이 들렸어. 그들은 날 두 동강 내 버렸지. 얼마나 아팠는지 몰라. 결국 꽃은 더 좋은 화분으로 가게 되었고 난 마당에 버려졌어. 그래서 쓸모없는 파편이 되어 이곳에 있게 된 거야. 하지만 내겐 추억이 있어. 그건 그 누구도 빼앗아 갈 수 없지."

# 122
## 민요의 새

겨울이다. 온 세상에 눈이 덮여 마치 흰 대리석을 깔아 놓은 듯하다. 하늘은 맑고 바람은 요정들이 만든 칼날처럼 매섭게 얼굴을 후려친다. 고드름이 열린 나무들은 하얀 산호처럼, 그리고 꽃이 활짝 핀 편도나무처럼 서 있다. 공기는 알프스의 산 위처럼 상쾌하고 싱그럽다. 하늘에 수많은 별들과 북극광이 찬란하게 빛나는 밤은 아름답기 그지없다.

폭풍우가 몰려오고 있다. 구름이 몸을 떨며 백조의 솜털처럼 눈송이들을 휘날린다. 그러자 확 트인 벌판, 골목길, 큰 도로, 집들은 모두 흰 눈으로 덮인다. 우리는 난로가 이글거리는 따뜻한 방 안에 앉아 옛날 이야기를 하고 있다. 그러다가 어떤 전설을 듣게 된다.

넓은 바닷가에 오래된 거대한 무덤이 있었다. 한밤중이면 그곳에 묻힌 왕의 유령이 나와 무덤 위에 앉아서 한탄을 하곤 했다. 황금 왕관 아래로 머리카락을 바람에 휘날리면서. 왕은 전쟁터에서 입는 갑옷을 입고 있었다.

어느 날 밤, 배 한 척이 그곳에 와 멎더니 선원들이 해변에 내려섰다. 그 중에는 시인도 있었다. 시인이 유령에게 다가가 물었다. "어찌하여 그대는 상심하고 고뇌하는가? 대체 무얼 기다리는가?"

그러자 유령이 대답했다. "아무도 내 인생의 행적을 노래해 주지 않았소. 내 죽음으로 인해 나의 행적이 모두 허사가 되고 말았소. 내 행적이 시가 되어 온 나라에 알려져 사람들의 가슴속에 길이 기억되지 못했소. 그래서 난 평화도 안식도 찾을 수가 없소."

그리고 나서 유령은 자신의 용감하고 훌륭한 행적에 대해 얘기했다. 당시에는 모든 사람이 알고 있었지만 그 행적과 위업을 노래한 시가 없어 지금은 아무도 모르고 있는 그의 업적에 대해서 말이다.

그러자 시인이 하프를 연주하며 노래를 시작했다. 시인은 그 영웅의 패기와 선행을 노래했다. 노래를 들은 유령의 얼굴이 달빛이 스며든 구름의 가장자리처럼 환하게 밝아졌다. 기쁨에 넘쳐 하늘을 쳐다보던 희미한 유령의 형체가 북극광처럼 가물거리더니 이내 사라져 버렸다. 이제 보이는 것은 푸른 잔디가 덮인 언덕 위에 행적도 그 무엇도 쓰여 있지 않은 비석뿐이었다.

하프가 마지막 음을 냈을 때, 한 마리의 새가 하늘로 날아올랐다. 마치 하프에서 튀어나온 것 같았다. 그 새는 작았지만 노래하는 새 중에서는 가장 뛰어났다. 개똥지빠귀의 아름다운 음색과 인간의 깊은 영혼에서 울려 나오는 소리와 철새들을 고향으로 돌아오게 만드는 목소리를 가지고 있었다. 그 새는 높은 산과 골짜기를 넘어 어두운 숲과 초원 위로 날아갔다. 바로 영원히 죽지 않는 민요의 새였다.

밖에서는 흰 눈이 쏟아지고 폭풍우가 점점 더 거칠어지고 있다. 우리는 따뜻한 방 안에 앉아서 그 새의 노래를 듣는다. 영웅들이 겪은 비극뿐만 아니라 달콤하고 부드러운 사랑의 노래와 신의와 충성을 노래하는 민요도 듣는다. 그 노래는 마치 가사와 선율이 곁들어진 동화와 같으며, 죽은 자의 혀에 생명을 불어넣어 그의 고국에 대해 얘기하게 만드는 마법의 룬 문자와도 같다.

바이킹들이 살던 시절에 그 새는 음유 시인의 하프에 둥지를 틀고 살았다. 그후 기사들이 판을 치고 힘센 주먹이 정의로 통하고, 농부의 목숨이 사냥개의 목숨과 똑같이 취급당하는 시대가 되자 노래하는 새는 어디론가 사라져 버렸다. 새는 어디로 숨어 버렸을까? 잔인하고 인색한 사람들은 그 새에 대해 한 번도 생각해 본 적이 없었다. 하지만 두꺼운 담으로 싸인 성 어디에선가 한 귀족 부인이 잉크로 양피지에 노래와 민요를 썼다. 그녀 앞에는 펫장으로 엮은 오두막에 사는 할머니나 등짐을 지고 이곳저곳을 돌아다니는 행상인이 앉아서 이야기를 들려주곤 했다. 그럴 때면 그들 위로 불멸의 새가 날아다니며 노래했다. 그 새는 둥지를 틀 곳이 있는 한 결코 죽지 않는 새였다.

이제 그 새가 우리를 위해 노래하고 있다. 밖은 어둡고 눈보라가 몰아치고 있다. 새가 우리의 혀 밑에 마법의 룬 문자를 갖다놓자 우리는 우리의 고국을 알게 된다. 하느님이 우리나라 말을 사용하여 민담과 민요조로 우리에게 얘기한다. 아스라한 기억들이 깨어나고 희미하게 바랜 색채들이 되살아난다. 전설과 민요가 축복을 주는 묘약이 되어 우리의 영혼이 깨어나고 생각이 드높아져 성탄절 이브처럼 즐거운 저녁이 된다. 눈발이 휘날리고 얼음이 신음을 하며 갈라지고 폭풍우가 날뛴다. 이제는 폭풍우가 힘을 휘두르며 주인 행세를 한다. 하지만 폭풍우가 하느님은 아니다.

겨울이다. 요정들이 만든 칼날처럼 바람이 매섭다. 벌써 여러 주째 눈이 내려온 도시가 하얗게 덮여 있다. 이것은 겨울밤의 불길한 꿈이다. 모든 것이 눈 속에 묻혀 버린다. 다만 교회 첨탑 위에 있는 황금빛 십자가만은 우리의 신앙의 상징으로 눈 위로 솟아나 맑은 햇살을 받아 푸른 하늘에서 빛난다.

눈에 묻혀 버린 도시 위로 크고 작은 천국의 새들이 날아다닌다. 새들은 힘껏 노래를 부른다. 맨 먼저 한 무리의 참새들이 날아와 작은 일들을 노래한다. 거리, 골목길, 집 안, 둥지에서 일어난 하찮은 일들을.

"우린 눈에 묻힌 도시 사람들을 모두 알아. 하지만 그들은 아무것도 몰라. … 아무 것도."

이번에는 까마귀들이 날아와 지저귄다. "파라, 파! 저 아래 먹을 것이 있어! 파라구! 파헤치라구! 배를 채우는 것보다 더 중요한 게 어딨어? 누구나 그렇게 생각하고 우리도 그렇게 생각해.…파라, 파!"

이제 백조들이 날개를 퍼덕이며 날아와 노래한다. 백조들은 눈에 묻힌 사람들의 생각이 만들어 낼 수 있는 경이롭고 위대한 것을 노래한다.

이 도시에서는 죽음이 활개를 펴지 못하고 생명이 활개를 친다. 우리는 그것을 소리로 느낀다. 그 소리는 거대한 교회 풍금처럼 울려 퍼진다. 발키리(전사한 영웅의 영혼을 발할라로 인도한다는 오딘 신의 시녀)의 날갯짓과 오시안(스코틀랜드의 전설적 시인)의 노랫소리와 요정들의 음악이 우리를 사로잡는다. 그 소리는 아름다운 화음을 이루어 우리의 가슴을 적시고 희망을 준다. 우리가 듣고 있는 것은 민요의 새 소리이다. 하느님의 따뜻한 입김이 불어오기 시작한다. 도시 위로 햇살이 쏟아져 내리고 눈에 덮였던 산들이 모습을 드러낸다. 봄이 오고 새들이 돌아왔다. 새들은 우리 귀에 익은 노래를 부르며 보금자리에서 날아오른다.

이것이 한 해의 이야기이다. 눈보라가 치는 밤, 기나긴 겨울밤의 꿈과 희망, 이 모든 것이 노래하는 새의 아름다운 가락 속에서 사라졌다가 다시 생겨난다. 영원히 죽지 않는 민요의 새의 노래 속에서!


# 123
# 녹색 옷을 입은 작은 병사들


어느 집 창가에 장미나무 한 그루가 서 있었다. 일주일 전까지만 해도 싱싱하게 꽃봉오리를 맺고 있던 장미가 지금은 시들시들하다. 무언가 잘못된 것이 분명했다. 장미나무에는 녹색 제복을 입은 훌륭한 병사들이 살고 있었는데, 바로 그들이 장미나무를 갉아먹고 있었던 것이다. 나는 그 중 한 병사와 이야기를 나누었다. 그는 태어난 지 3일밖에 되지 않았는데 벌써 할아버지가 되어 있었다. 그가 무슨 말을 했는지 궁금하지 않은가? 그는 자기 자신과 장미나무에서 살고 있는 군대에 대해 이야기했다. 그가 한 말은 모두 사실이었다.

"우린 이 지구에서 가장 신기한 군대야. 우린 따뜻한 여름에 아이를 낳는단다. 아이들은 태어나자마자 약혼하고 결혼하지. 하지만 날씨가 추워지면 우린 알을 낳는단다. 그래야 아이들이 따뜻하게 지낼 수 있거든. 우린 동물 중에서 가장 현명한 개미들을 존경하지. 그런데 바로 그 개미들이 우리를 연구하고 우리의 가치를 인정했단다. 개미들은 우리를 금방 먹어 치우지 않고 우리 알을 개미집으로 가져간단다. 맨 아래층에다 번호를 매겨서 번호순으로 나란히 층을 쌓아 저장하지. 그러면 어떤 것이 알에서 나올 차례인지 알 수 있지.

개미는 새로 태어난 우리를 마구간에 갖다 놓고 우리를 꽉 조여 젖을 짜낸단다. 개미들은 이 일을 즐기지. 우리에게 멋진 이름도 붙여 줬단다. '달콤한 작은 젖소'라고 말야. 개미와 같은 지능을 가진 동물들은 모두 우리를 그렇게 불러. 사람들만 빼고 말야. 사람들이 우리에게 사용하는 이름은 정말 모욕적이야. 생각만 해도 입맛이 달아난다니까. 그 이름에 반대하는 글을 써 보지 않을래? 사람들에게 그렇게 부르는 것은 잘못이란 걸 설명해 줘. 그들은 우리가 장미 잎을 먹어 치운다고 우릴 경멸하지. 자기네들은 살아 있는 온갖 것들을 먹으면서 말야. 그런 주제에 우릴 메스껍고 치욕적인 이름으로 부른다니까. 정말이지 그 이름은 메스꺼워서 입에 담지도 못하겠어. 난 적어도 이 제복을 입고서는 그 이름을 입에 올리지 않을 거야. 영원히 제복을 벗게 되지 않겠지만 말야.

난 장미 잎에서 태어났어. 나를 비롯한 전 부대가 장미나무를 먹고 살지. 하지만 어떤 의미에서는 장미나무가 우리 안에서 다시 살아난다고 볼 수 있어. 우린 고등 동물에 속하니까. 사람들은 우리가 여기에 사는 꼴을 못 봐. 우리를 비눗물로 죽여 버리려고 한다니까. 오, 그 지긋지긋한 비눗물! 말만 해도 냄새가 나는 것 같아. 원래 씻지 않도록 태어났는데 씻긴다는 건 끔찍한 거야.

인간들이여! 비눗물이 묻은 눈으로 나를 바라보는 네가 자연의 질서를 따르는 우릴 생각해 봐. 살아 있는 아이를 낳고 알을 낳는 우리의 신기한 능력을 생각해 보란 말야. 우린 '많은 아이를 낳고 번창하라'는 축복을 받았어. 우린 장미나무에서 태어나고 장미나무에서 죽지. 우리의 일생은 한 편의 시야. 메스껍고 추한 이름으로 우리를 부르지 말란 말야. 그 이름은 말야 … 아니야. 입에 올리고 싶지도 않아. 우리를 개미들의 젖소나, 장미나무의 부대로 불러. 아니면 그냥 녹색 옷을 입은 작은 병사라고 부르든지."

인간인 나는 창가에 서서 장미나무를 바라보며 녹색 옷을 입은 작은 병사들에 대해 생각했다. 사람들이 그들에게 붙여 준 이름은 말하지 않겠다. 장미나무에 사는 그들을 화나게 하고 싶지 않으니까. 아이도 낳고 알도 낳을 수 있는 똑똑한 그들을 말이다.

사실 난 그들을 비눗물로 씻어 버리려고 왔었다. 하지만 이제는 가져온 비눗물로 거품을 내고 비눗방울을 만들어 날려보내야지. 영롱한 비눗방울을 보면 그 속에 숨어 있는 동화를 발견할 수 있을지도 모른다.

비눗방울이 점점 커지더니 오색 영롱한 색깔로 바뀌고 비눗방울 밑에 은빛 진주가 앉아 있는 것 같았다. 비눗방울이 방 안을 날아다니다 문에 부딪혀 터져 버렸다. 그러자 갑자기 문이 열리고 할머니가 나타나는 게 아닌가. 바로 동화 할머니였다.

이제 나보다는 동화 할머니가 더 재미있는 얘기를 해줄 수 있을 것이다. 동화 할머니는 그 … 아니 그 이름은 말하지 않겠다. … "녹색 옷을 입은 작은 병사들"에 대해 얘기해 줄 것이다.

"진딧물이라구! 사물을 올바르게 불러야지. 일상 생활에서 그렇게 부를 수밖에 없다면 최소한 동화에서라도 올바르게 불러야 하는 법이야." 동화 할머니가 큰 소리로 말했다.

# 124
# 난쟁이 요정과 정원사의 부인

여러분은 난쟁이 요정을 알고 있을 것이다. 그렇다면 정원사의 부인을 아는가?

정원사의 부인은 책을 굉장히 많이 읽고 많은 시도 외울 줄 알며 직접 쓸 줄도 안다. 그녀는 운율을 맞추는 힘든 작업을 시를 한데 맞붙이는 일이라고 말한다.

정원사의 부인은 글쓰는 재주뿐만 아니라 말하는 재주도 가지고 있다. 그녀는 목사도 될 수 있었다. 하다못해 목사 사모라도.

"나뭇잎 옷으로 갈아입은 이 땅은 아름답도다!" 정원사의 부인은 이렇게 쓴 다음 운율이라는 풀을 사용해서 여러 가지 생각들을 붙여서 길고 아름다운 민요를 만들어 냈다.

남편의 조카인 학교 선생 키세룹 — 사실 이름은 별로 중요하지 않다 — 이 놀러 왔다가 그녀의 시를 듣게 되었다.

"숙모는 기질과 재능이 있어요!" 깊은 감동을 받은 키세룹이 말했다.

"원 별소릴! 기질이야 있지. 하지만 네 숙모에게 잘못된 생각을 심어 주지 마라. 모름지기 아내란 얌전해야 하느니라. 항아리를 깨끗이 닦고 죽이 타지 않게 잘 끓여야 한다구." 정원사가 말했다.

"죽이 타면 나무 숟가락으로 떠내고 당신이 불끈 화를 내면 뽀뽀해서 풀어 드리죠. 누가 들으면 당신이 그저 양배추나 감자밖에 모른다고 생각할 거예요. 하지만 당신은 꽃을 좋아하잖아요. 정원의 영혼인 꽃 말예요." 정원사의 부인은 이렇게 말하며 남편에게 입을 맞추었다.

"항아리와 냄비나 잘 관리하라구." 정원사는 이렇게 말하고 정원으로 나갔다. 그는 자신에겐 항아리와 냄비나 마찬가지인 정원을 아주 정성껏 가꾸었다.

키세룹은 숙모 곁에 앉아 함께 이야기를 나누었다. 그는 "대지는 아름답도다"라는 숙모의 말에 대해 자기 생각을 이야기했다.

"말씀대로 대지는 아름답지요. 사람들은 이 땅을 정복하여 주인이 되어야 한다고들 해요. 어떤 사람은 정신의 힘으로, 또 어떤 사람은 물리적 힘으로 주인이 되죠. 사상이 풍부한 물음표의 형상으로 창조되는 사람이 있는가 하면, 느낌표의 형상으로 창조되는 사람도 있어요. 또 주교가 되는 사람이 있는가 하면, 고작해야 학교 선생이 되는 사람도 있구요. 하지만 모든 것은 최선의 것이에요. 이 땅은 아름답지요. 항상 제일 좋은 나들이옷을 입고 있으니까요. 숙모님의 시는 풍부한 감정이 담겨 있어요."

"키세륨, 너도 기질이 다분하구나. 정말 감성이 풍부해. 너와 이야기하니까 내 생각이 더 명확해지는구나." 정원사의 부인이 말했다.

그들이 이런 대화를 나누며 시간을 보내고 있을 때 부엌에는 회색 옷을 입고 빨간 털모자를 쓴 요정이 앉아 있었다. 요정은 뭐라고 열심히 지껄였다. 그러나 그의 이야기를 들을 수 있는 것은 정원사의 부인이 '크림 도둑'이라고 부르는 검은 고양이뿐이었다.

요정은 부인이 자신의 존재를 믿지 않는다는 것 때문에 잔뜩 화가 나 있었다. 부인은 요정을 단 한 번도 본 적이 없었지만 많은 책을 읽었으니까 조금만 관심을 갖는다면 요정에 대해 알 법도 했다. 하지만 아줌마는 크리스마스 이브에도 요정에게 죽 한 숟가락 주는 법이 없었다. 요정의 조상들은 아주 무식한 부인네들한테서 죽을 한 사발씩이나 얻어먹었는데 말이다. 크림으로 가득 찬 사발 한가운데에 버터 덩어리가 있는 맛있는 죽이었다. 고양이는 죽 얘기만 나와도 침을 흘리며 수염을 핥았다.

"그녀는 내 존재를 인정하지 않아! 관념이고 공상에 지나지 않는다고 하지. 그게 무슨 뜻인지는 모르지만 내 존재를 인정하지 않는 말이라는 건 알아. 또 한 가지 사실은, 학교 선생이라고 부르는 앵무새 앞에 고양이처럼 앉아서 조잘거리기만 한다는 것이지. 그녀 남편이 말한 것처럼 내가 '냄비나 잘 보세요, 아줌마!' 하고 말해도 들은 척도 안해. 냄비를 끓어 넘치게 하고 말 테야." 요정이 투덜거리며 훅훅 입김을 불어 불이 활활 타오르게 만들었다. 그러자 냄비가 끓어 넘치기 시작했다.

"이제 위층으로 올라가 정원사 양말에 구멍을 내야지. 발가락과 뒤꿈치에 구멍을 내놓으면 아줌마가 꿰매야 할 걸. 시를 짓느라 바쁘지 않다면 말야."

고양이는 재채기만 할뿐 아무 말이 없었다. 고양이는 늘 털옷을 입고 돌아다니는데도 감기에 걸린 것이다.

"식료품실 문을 열어 놓았어. 그 안엔 버터처럼 걸쭉한 크림이 있단다. 네가 핥아먹지 않으며 내가 먹을래!" 요정이 고양이에게 말했다.

"어차피 죄를 뒤집어쓰고 매를 맞아야 한다면 내가 크림을 핥아먹는 게 낫지!" 고양이가 말하며 기지개를 켰다.

"먼저 크림을 먹고 잽싸게 도망쳐. 그럼 내가 학교 선생 방으로 올라가 양말 대님을 거울에 걸어 놓고 양말은 세숫대에 넣을게. 그럼 그는 너무 독한 펀치를 마셔서 현기증이 난 거라고 생각하겠지. 어젯밤에 장작더미 위에 앉아서 집 지키는 개를 놀려 주었지. 개가 높이 뛰어올라 내 발을 잡으려 했지만 실패했어. 아무리 높이 뛰어도 날 잡을 수 없자 화가 난 그 멍청한 개는 마구 짖어 대며 소란을 피웠지. 학교 선생이 창문으로 고개를 내밀고 살폈지만 나를 보지 못했어. 안경을 끼고 있었는데도 말야. 그는 잠을 잘 때도 항상 안경을 쓰지."

"아줌마가 오면, 야옹 하고 말해. 난 오늘 아파서 잘 듣지 못하거든." 고양이가 말했다.

"달콤한 것이 먹고 싶어서 병이 난 거야. 자, 식료품실로 가서 크림을 핥아먹어. 그럼 병이 나을 거야. 하지만 수염에 묻은 크림 닦는 걸 잊지 마. 난 응접실에 가서 엿들어 볼게." 요정이 말했다.

요정은 응접실로 달려갔다. 빠끔히 열린 문틈으로 학교 선생과 정원사의 부인이 보였다. 그들은 학교 선생이 아주 그럴듯하게 재능이라고 한 것에 대해 이야기를 나누고 있었다. 항아리와 냄비보다 더 중요한 이해력에 대해서 말이다.

"키세룹, 아무에게도 보여 주지 않았던 것을 네게 보여 줄게. 내가 지은 시를 말야. 그 중에는 매우 긴 것도 있어. 그 시에 '덴마크 아낙의 시'라는 이름을 붙였단다. 난 '아낙' 같은 옛날 말을 무척 좋아하거든." 정원사의 부인이 얼굴을 붉히며 말했다.

"순수한 우리말을 소중히 생각해야죠. 외래어는 뿌리를 뽑아야 해요." 학교 선생이 맞장구를 쳤다.

"맞아. 난 절대로 외래어는 사용하지 않아." 정원사의 부인은 이렇게 말하며 서랍에서 작은 필기장을 꺼냈다. 필기장은 두 군데 잉크 자국이 있는 녹색 표지로 되어 있었다. "여기엔 애절한 시가 많단다. 난 비극을 좋아하는 경향이 있지. '한밤의 한숨', '나의 일몰'이란 시도 있지. '클레멘젠과 결혼했을 때'는 읽지 않아도 돼. 사상과 감정이 풍부하지만 남편에 관한 것이니까. 제일 좋은 작품은 '주부의 의미'인 것 같아. 모두 비극적이지. 해학적이고 가벼운 사상을 담은 시는 딱 한 작품뿐이야. 이렇게 말하면 웃을지도 모르지만, 가끔 난 여류 시인이 되는 것에 대해 생각해 보곤 해. 내 시를 아는 사람은 아무도 없지. 나와 서랍과 너 말고는 말야. 키세륨, 난 시를 사랑한단다. 시는 나에게 와서 나를 놀리고 정복하고 지배하지. 난 이런 생각들을 '작은 요정'이란 제목의 시에 담았단다. 네가 알고 있는지 모르지만, 옛날 농부들은 농가를 돌아다니며 짓궂은 장난을 하는 집 요정이 있다고 믿었지. 난 내가 바로 그런 농가고, 시가, 그러니까 내 마음속에서 솟아나는 감정이 요정이라고 생각한다. 나를 지배하는 정신이라고 말야. 그의 위력과 위대함을 '작은 요정'이란 시에 담았지. 큰 소리로 읽어 주겠니? 내 글씨를 알아볼 수 있다면 말야. 하지만 약속해 줘, 아니 맹세해 줘. 남편이나 다른 사람에게는 절대로 말하지 않겠다고 말야."

학교 선생이 '작은 요정'이란 시를 읽자 정원사의 부인이 귀기울여 들었다. 문밖에 서 있던 작은 요정도 귀를 기울였다.

'아니, 나에 대한 거잖아. 도대체 나에 대해 뭐라고 썼지? 달걀과 병아리를 훔치고 송아지 고기에서 기름을 빼 버리겠어. 조심하는 게 좋을걸, 아줌마!' 요정은 이렇게 생각하며 입을 삐쭉 내밀고 귀를 쫑긋 세워 열심히 들었다. 그러나 자신의 아줌마를 지배하는 힘과 능력에 대한 이야기를 듣자 눈빛이 기쁨으로 빛나기 시작했다. 아줌마는 상징적인 의미로 그런 얘기를 썼지만 요정은 글자 그대로 이해했던 것이다. 요정의 입가에 미소가 떠올랐다. 요정은 발뒤꿈치를 높이 들어 1인치나 키를 키우고 서서 만족스런 표정으로 시를 들었다.

"아줌마는 재능과 교양이 풍부해. 그동안 아줌마를 오해했어. 아줌마가 나에 대해 쓴 시가 인쇄되어 읽히겠지. 이제부터 고양이가 크림을 먹지 못하게 말리고 나만 먹어야지. 그러면 고양이 몫이 남으니까 절약이 될 거야. 집 안에 있는 물건도 아껴야지. 아줌마를 존경하니까!" 요정이 말했다.

"저 요정은 정말 사람 같아. 영악한 아줌마가 다정하게 야옹이하고 한 마디만 하면 변덕을 부린다니까." 고양이가 말했다.

하지만 영악한 것은 정원사의 아내가 아니라 사람과 같은 요정이었다.

이 이야기를 이해할 수 있겠는가? 이해가 안 간다면 다른 사람에게 물어보라.

하지만 정원사의 부인이나 요정에게는 물어보지 말라.


# 125
## 파이터와 페터와 페르

요즘 아이들은 모르는 것이 없을 정도로 엄청나게 많은 것을 알고 있다. 그러나 황새가 우물이나 저수지에서 그들을 그들 부모에게 데려다주었다는 이야기는 믿지 않는다. 참으로 유감스런 일이다. 이런 사실을 믿지 않다니. 참으로 유감스럽기 짝이 없다.

그럼, 아기들이 어떻게 해서 우물이나 저수지에 들어가게 되었을까? 이렇게 물으면 누구나 고개를 갸우뚱하지만 그걸 알고 있는 사람들도 있다. 별들이 고개를 내밀고 반짝이는 맑은 밤하늘을 본 적이 있는가? 그런 밤하늘을 자세히 보면 별똥별들이 보인다. 별똥별들은 하늘에서 떨어지는 순간 어디론가 사라져 버린다. 크리스마스 트리에 놓인 작은 촛불처럼 보이는 별똥별은 하느님이 보낸 영혼이 깜박이는 것이다. 그것은 지구로 날아오다가 답답하고 무거운 공기 속으로 들어오면 빛이 희미해져 우리 눈에 보이지 않는다. 미세하고 희미한 그 빛은 하느님이 땅으로 내려보낸 하늘의 아이이며, 곧 사람이 될 날개 없는 작은 천사이다. 그 천사가 하늘에서 사뿐히 미끄러져 내려오면, 바람은 그 천사를 꽃 속으로 데려간다. 제비꽃이나 장미꽃이나 민들레꽃 속으로 말이다. 작은 천사는 한동안 꽃 속에서 지내는데 파리나 벌의 등에 업혀 날아다닐 정도로 작고 가볍다.

꽃 속에 있노라면 꿀벌들이 와서 달콤한 꿀을 찾는다. 하늘의 아이가 방해가 되긴 하지만 꿀벌들은 아이를 밖으로 던져 버리지 않고 수련 잎에 옮겨다 놓는다.

그러면 하늘의 아이는 수련에서 물 속으로 기어 나와 그곳에서 잠을 자며 자란다. 하늘의 아이가 어느 정도 자라면 황새는 귀여운 아이를 소망하는 가족에게 날라다 준다. 하지만 아이가 얼마나 예쁜지는 맑은 물을 마시고 자랐는지, 아니면 진흙과 좀개구리밥으로 가득한 물을 마시고 자랐는지에 따라 달라진다. 진흙과 좀개구리밥으로 가득한 물을 마시고 자라면 매우 현실적인 아이가 된다.

황새는 어느 곳이 좋은지 저울질하지 않고 처음에 발견한 곳으로 아이들을 데려다 놓는다. 그래서 어떤 아이는 훌륭한 부모가 있는 좋은 가정으로 가는가 하면, 차라리 저수지에 남아 있는 게 나을 정도로 냉혹하고 비열한 부모에게 가는 아이도 있다.

아이들은 수련 잎 아래서 꾸었던 꿈을 기억하지 못한다. 개구리들이 개골개골하며 들려주던 달콤한 자장가는 물론, 어떤 꽃에 누워 있었는지도 기억하지 못한다. 어른이 되면 하늘의 아이였을 때 누워 있었던 수련을 보면서 "난 이 꽃이 제일 좋아!" 하고 말하는 아이도 있지만 말이다.

매우 오래 사는 황새는 자신이 데려다준 아이들이 이 세상에서 어떻게 살아가고 있는지 항상 주의 깊게 살핀다. 자기 가족을 돌봐야 하기 때문에 아이들을 위해 해 줄 수 있는 것은 아무것도 없지만 마음은 늘 아이들 곁을 떠나지 않는다.

매우 학식 있고 정직한 늙은 황새가 있었다. 그는 수많은 아이들을 사람들에게 데려다주었기 때문에 아이들에 대해 아는 이야기가 많았다. 그 아이들이 자란 저수지에는 항상 좀개구리밥과 진흙이 조금씩 있었다. 나는 그 황새에게 한 아이에 대한 이야기를 들려 달라고 부탁했다. 그러자 황새는 세 아이에 대한 이야기를 들려주었다. 그들은 모두 성이 파이터센이었다.

파이터센 가의 사람들은 매우 존경을 받았다. 아버지는 그 도시에 사는 32명의 의원 중 한 사람이었다. 그는 평생을 의원으로 지냈다. 어느 해인가 황새가 파이터센 가에 어린아이를 놓고 갔다. 그들은 그 아이 이름을 파이터라고 지었다. 그 이듬해에 황새가 또 어린아이를 데려왔다. 그 아이는 페터였다. 그리고 세 번째로 황새가 데려온 아이는 페르였다. 파이터, 페터, 페르는 파이터센이란 성을 변형하여 지은 이름이었다.

이렇게 해서 세 개의 별똥별은 삼형제가 되었다. 물론 그들이 저수지에 있는 꽃 속에 누워 있거나 수련 잎 아래서 자고 있을 때 황새가 파이터센 가족에게 데려다준 것이다.

아이들은 몸과 마음이 모두 건강하게 자랐다. 그들은 아버지보다 더 훌륭한 사람이 되고 싶어했다.

파이터는 유명한 '도적'이 되길 원했다. 희극 '의적 디아볼로'를 보고 도적이 이 세상에서 가장 멋진 직업이라고 생각했기 때문이다. 페터는 트럼펫 연주자가 되고 싶어했다. 그리고 귀엽고 얌전하며 손톱을 깨무는 버릇 외엔 단점이라곤 없는 페르는 아버지가 되고 싶어했다. 사람들이 앞으로 무엇이 되고 싶냐고 물으면 그들은 자신 있게 그렇게 대답했다.

삼형제는 자라서 학교에 들어가게 되었다. 한 아이는 반에서 일등을 했고, 한 아이는 중간 정도였으며, 셋째는 반에서 꼴찌였다. 하지만 그렇다고 해서 모두 똑똑하고 착하지 않은 것은 아니었다. 부모님은 그들이 모두 똑같이 착하고 똑똑하다고 말했다. 그들은 다른 아이들과 함께 공놀이도 하고, 아무도 보지 않을 때면 몰래 짓궂은 장난도 하며 지식과 깨달음을 점점 넓혀 갔다.

가장 골칫덩어리는 자라서 도적이 되고 싶어하는 파이터였다. 그는 장난이 너무 심했다. 어머니는 뱃속에 회충이 들어서 그런다고 했다. 짓궂은 아이들은 항상 뱃속에 든 회충 때문에 고생하는 법이니까. 그런데 어느 날, 파이터는 고집 때문에 어머니의 새 비단 드레스에 일을 저지르고 말았다.

"커피 탁자를 흔들지 마라, 애야. 크림통이 넘어지면 내 비단 옷에 쏟아지잖니." 어머니가 타일렀다.

그런데 파이터는 크림통 손잡이를 잡고 어머니의 무릎에 쏟아 버렸다.

"아니, 무슨 짓이냐?" 어머니가 꾸짖었다.

그걸 본 어머니는 파이터가 고집이 세다는 것을 알았으며 고집이 있다면 뭔가 이룰 수 있을 것이라고 생각했다.

파이터는 도적이 될 수도 있었지만 그렇게 되지 않았다. 그는 낡은 모자를 쓰고, 머리를 길어 마치 도적처럼 하고 다녔지만 예술가가 되고자 했다. 그러나 예술가와 같은 것은 옷차림뿐이었다. 사실 그의 모습은 꼭 지저분한 접시꽃처럼 같았다. 그가 그린 그림 속의 사람들도 너무 길어서 모두 접시꽃 같았다. 그는 그 꽃을 제일 좋아했던 것이다. 황새는 파이터가 하늘의 아이였을 때 접시꽃에 누워 있었다고 했다.

페터는 미나리아재비 속에 누워 있었다. 그는 입 주위가 미끈미끈해 보였으며 피부색이 아주 노랬다. 이발사가 실수로 그의 뺨을 베면 피 대신 버터가 나올 것 같았으며 타고난 버터 장사꾼 같았다. 트럼펫 연주자가 되고 싶지 않았다면 버터 장사꾼이 되었을지도 모른다. 그는 파이터센 가의 음악가였다. 이웃 사람들은 페터 하나만으로도 파이터센 집안이 빛난다고 칭찬했다. 페터는 일주일만에 폴카를 17개나 작곡하여 트럼펫과 북을 위한 오페라로 편곡했다. 오, 얼마나 아름다운 오페라였던가!

페르는 하얀 피부와 붉은 입술을 가진 작고 평범한 아이였다. 하늘의 아이였을 때 데이지 꽃 위에 누워 있었던 것이다. 그는 다른 아이들이 마구 때려도 맞받아 치는 법이 없었다. 분별 있는 사람은 항상 양보하는 법이니까. 페르는 뭔가를 모으는 것을 좋아했다. 아주 어렸을 때는 분필을 모았고, 다음엔 봉랍인을 모았으며, 그 다음엔 표본실을 만들었다. 표본실 안에는 말린 생선, 태어날 때부터 눈이 먼 생쥐 세 마리, 박제한 두더지 한 마리가 있었다. 페르는 과학자이자 박물학자였다. 부모님은 그를 매우 대견하게 여겼고 페르 자신도 스스로를 자랑스럽게 생각했다. 그는 학교에 가는 것보다 숲 속을 산책하는 것을 더 좋아했다. 공부보다는 자연에 더 흥미가 있었던 것이다.

이렇게 페르가 열심히 물새알을 수집하는 동안, 그의 형들은 모두 약혼을 했다. 페르는 사람보다는 동물에 대해 아는 것이 더 많았다. 그는 가장 고귀한 감정인 사랑에 있어서 동물보다 인간이 더 열등하다고 생각했다. 나이팅게일 암컷이 알을 품고 있을 때, 수컷은 밤새도록 곁에 앉아서 노래를 불러 준다. 그러면 아내에게 그렇게 해주지 못했을 것이다. 황새처럼 한 발로 지붕 위에 서서 밤새도록 아내와 가족을 지키는 일도 못했을 것이다. 밤을 새우기는커녕 한 시간도 서 있지 못했을 것이다.

어느 날, 거미와 거미줄을 연구하던 페르는 결혼을 하지 않기로 마음먹었다. 젊든 늙든, 빼빼하든 뚱뚱하든 간에 수컷 거미는 거미줄을 치고 무심코 날아든 파리를 잡아 식구를 먹여 살리려고 애를 쓰며 평생을 살아간다. 그러나 암컷은 그렇지 않다. 오직 남편만을 생각하며 순전히 사랑 때문에 남편을 잡아먹어 버린다. 암컷은 남편의 머리와 심장과 몸을 먹어 치운다. 결국 수컷이 가족을 위해 양식을 걱정하며 앉아 있던 거미줄에 남는 것이라곤 수컷의 가늘고 긴 다리뿐이다. 이것은 동물학 책에 나온 사실이다.

페르는 이런 거미의 세계를 관찰하며 생각했다. '너무 사랑한 나머지 먹어 치우다니. 어떤 사람도 이런 사랑을 할 수 없어.'

페르는 영원히 결혼하지 않기로 결심했다. 그리고 여자에게 절대로 입을 맞추지 않기로 다짐했다. 그것은 결혼을 약속하는 첫걸음일 수 있기 때문이었다. 그러나 그도 결국 한 번의 입맞춤을 받고 말았다. 우리 모두 받게 되는 죽음의 열렬한 입맞춤 말이다. 사람은 오래 살면 죽음의 입맞춤을 받게 된다. "이별의 입맞춤을 해라!"라는 명령을 받은 죽음은 우리에게 입을 맞추게 되고 우리는 이 세상을 떠나게 된다. 그때 하느님으로부터 한 줄기 빛이 내려오는데, 그 빛은 너무나 강렬하여 우리는 사물을 보지 못한다. 별똥별처럼 내려 왔던 사람들의 영혼은 다시 별똥별처럼 저 멀리 날아간다. 그러나 이번에는 꽃 위에서 쉬거나 수련 잎 아래서 꿈을 꾸지 않는다. 이제 영혼은 더 크나큰 영원의 세계로 날아간다. 그곳이 어디에 있는지, 어떻게 생긴 나라인지는 아무도 모른다. 그곳에 가 본 적이 없기 때문이다. 아무리 멀리 내다보고 아무리 많이 아는 황새라 해도 그곳에 대해서는 모른다.

황새는 페르에 대해서 더 이상은 알지 못했다. 그러나 파이터와 페터에 대해서는 많이 알고 있었다.

파이터와 페터에 대해서는 많은 얘기를 들었다. 여러분도 그랬을 것이다. 얘기가 끝나자 나는 황새에게 고맙다고 말했다. 그러자 무슨 일이 생겼는지 아는가? 별것도 아닌 이 이야기를 들려 준 대가로 개구리 세 마리와 독 없는 뱀 세 마리를 요구하지 뭔가? 먹이를 달라는 것이었다. 여러분이라면 어떻게 하겠는가? 난 주지 않을 것이다. 내겐 개구리도 뱀도 없으니까.

# 126
# 간직한 것은 잊혀지지 않는 법

옛날에 오래된 영주의 성이 있었다. 성 주위로는 연못이 있었으며 연못 위로 다리가 놓여 있었다. 다리는 손님이 올 때만 잠깐 내려졌다가 즉시 다시 올려지곤 했다. 이곳을 찾아오는 손님이 모두 환영받은 것은 아니었기 때문이다. 성벽 위쪽으로는 구멍이 뚫려 있어 적이 다가오면 그 구멍으로 총을 쏘고 끓는 물이나 뜨겁게 녹인 납을 쏟아 붓게 되어 있었다. 성 안의 방들은 천장이 굉장히 높아서 벽난로에 축축하게 젖은 장작을 때도 연기가 잘 빠져나갔으며, 벽에는 갑옷을 입은 기사들과 묵직한 옷을 입은 기품 있는 부인들의 초상화가 걸려 있었다. 그러나 이 중 가장 기품 있는 부인은 실제로 이 성에 살고 있는 부인이었다. 바로 이 성의 주인인 메테 모겐스 부인이었다.

어느 날 저녁, 도둑 떼가 성으로 들어와 하인을 셋이나 죽이고 개마저 죽여 버렸다. 그리고 개사슬로 메테 부인의 목을 묶어 부인을 개 집 밖에 세워 놓고 지하실에서 좋은 맥주와 포도주를 꺼내 마셔 댔다.

개 사슬에 꽁꽁 묶인 메테 부인은 겁에 질려 소리를 지를 수가 없었다. 그때 도둑 틈에 있던 한 소년이 다른 도둑들 몰래 슬그머니 다가왔다.

"메테 모겐스 부인, 우리 아버지가 나무로 된 말을 타라는 벌을 받은 일이 기억나세요? 그때 부인은 우리 아버지를 위해 부인 남편을 말렸지만 소용이 없었어요. 부인 남편은 냉혹하게도 우리 아버지에게 끝까지 그 말을 타라고 고집했지요. 그때 부인이 아버지에게 슬그머니 다가갔어요. 지금 제가 이렇게 다가온 것처럼 말예요. 그리고는 아버지 발 밑에 작은 돌을 넣어 아버지가 몸을 받칠 수 있게 해 주었지요. 그걸 눈치 챈 사람은 아무도 없었지만 말예요. 아니면 못 본 척했는지도 모르지요. 부인이 그런 친절을 베풀지 않았더라면 아버진 불구가 됐을 거예요. 부인은 젊고 자비로운 부인이었어요. 아버지가 그렇게 말씀해 주셨어요. 난 지금도 그때 이야기를 잊지 않고 가슴속에 간직하고 있어요. 제가 풀어 드릴게요, 메테 모겐스 부인!"

소년과 부인은 마구간에 있는 말을 타고 친구들에게 도움을 청했다.

"당신 아버지에게 베푼 작은 선행에 대한 보답이군요." 메테 모겐스 부인이 말했다.

"마음속 깊이 간직한 것은 잊혀지지 않는 법이지요!" 소년이 말했다.

도둑들은 모두 잡혀 참수형을 당했다.


옛날에 오래된 성이 한 채 있었다. 사실, 그 성은 지금도 있는데, 메테 모겐스 부인의 성이 아닌 다른 귀족 집안의 성이다.

우리는 지금 현재를 살고 있다. 태양이 금빛으로 장식된 탑 꼭대기를 비춘다. 성 근처에 있는 호수에는 숲이 우거진 작은 섬들이 꽃다발처럼 떠 있고, 섬 사이로 흰 백조들이 헤엄쳐 다니며, 정원에는 장미꽃이 활짝 피어 있다. 바로 이 성의 여주인은 환희에 찬, 활짝 핀 장미꽃이다. 이 넓은 세상에서 사람들이 남몰래 행한 선행에 대한 기쁨으로 활짝 핀 꽃이다.

성의 여주인은 성에서 나와 작은 오두막으로 향한다. 그곳에는 불쌍한 병든 소녀가 살고 있다. 어제까지만 해도 하나뿐인 창문이 북쪽으로 나 있어 햇빛이 들지 않았으며, 높은 울타리 때문에 들판이 조금밖에 보이지 않았었다. 그러나 오늘은 방 안으로 햇살이 가득 들어와 있었다. 남쪽으로 새로 낸 창문을 통해 하느님의 축복 어린 따뜻한 햇살이 비쳐 들고 있었다. 소녀는 햇살을 받으며 앉아서 호수와 그 너머의 숲을 바라보았다. 친절한 성의 여주인의 말 한 마디로 소녀의 세계가 더욱 넓고 아름다워진 것이다.

"주인님의 단 한 마디 말로 인해 내가 누리는 행복감은 이루 말할 수 없는 큰 축복이야!" 소녀가 기쁨에 들떠 말했다.

성의 여주인이 선을 베풀고 오두막에 사는 가난한 사람이나 부자를 위해 주는 것은 바로 이런 이유 때문이다. 불행과 슬픔은 가난한 사람만이 겪어야 하는 고통이 아니다.


어느 번화한 도시에 큰 집이 있다. 그 집에는 훌륭한 방이 많지만 먼저 부엌으로 가 보기로 하자. 부엌은 아늑하고 밝으며 상쾌하고 티끌 하나 없이 깨끗하다.

놋쇠로 된 단지와 냄비들은 반짝반짝 윤이 나고, 바닥은 니스를 칠해 반질반질하며, 개수대 옆에 있는 탁자는 양초로 문질러 닦은 듯 번지르르하다. 모두 다 한 소녀가 한 일이었다. 시간이 남자 소녀는 교회라도 갈 것처럼 단정하게 옷을 차려입는다. 소녀는 검정색 모자를 쓰고 있다. 그것은 누군가 죽었다는 표시이다. 하지만 소녀에게는 부모도 친척도 없다. 한 번 약혼한 적은 있지만 이제는 아니다. 소녀는 가난하며 소녀를 사랑한 청년도 가난했었다.

어느 날, 청년이 이렇게 말했다. "우리 두 사람은 아무것도 가진 게 없소! 아랫마을에 사는 부잣집 과부가 내게 잘 해줘요. 그 과부와 결혼하면 난 부자가 될 거요. 하지만 내가 사랑하는 사람은 당신이오. 어떡하면 좋겠소?"

"당신 좋을 대로 하세요. 하지만 그 과부에게 잘 해 주세요. 그리고 이 순간부터 우리 두 사람은 다시는 만나서는 안 돼요."

그 후 몇 년이 흘렀다. 그녀는 거리에서 우연히 옛날 약혼자를 만났다. 그는 병들고 불행해 보였다. 그녀는 매우 마음이 아팠지만 잘 지내냐는 말밖에 할 수 없었다.

그가 말했다. "난 부자고 부족한 게 없소. 아내도 내게 잘 해 주지. 하지만 내 마음엔 여전히 당신뿐이오. 그것 때문에 몹시 괴로웠지만 이제 그 싸움도 곧 끝이 날 거요. 이제 우리는 하느님의 집에서 만나게 될 거요."

일주일 후, 소녀는 그가 죽었다는 기사를 신문에서 읽었다. 그녀가 검은 모자를 쓴 것은 그때문이었다. 그녀가 사랑하는 사람이 죽은 것이다. 그는 부인과 의붓자식 셋을 남기고 죽었다. 신문에는 그가 겉으로 보기에는 타락한 것 같았지만 본성은 정직했다고 쓰여 있었다.

소녀가 쓴 모자 색깔은 애도의 뜻을 나타냈지만 그녀의 얼굴에는 그보다 더한 애도의 표정이 담겨 있었다. 슬픔은 가슴속에 묻혀 영원히 잊혀지지 않을 것이다.


이 세 편의 이야기는 마치 한 줄기에 달린 세 개의 이파리와 같다. 클로버 잎을 더 많이 가지고 싶은가? 가슴이라는 책에는 많은 이야기가 담겨 있다. 감춰진 것은 결코 잊혀지지 않는 법이다.

# 127
## 문지기의 아들

한 집에 장군과 문지기가 함께 살고 있었다. 장군은 2층에 살았고, 문지기는 지하실에 살았다. 두 집 간에는 사회적 지위는 물론, 1층이라는 커다란 간격이 있었다. 하지만 그들은 같은 지붕 아래서 같은 거리와 같은 정원을 보며 살았다. 잔디로 덮여 있는 정원 가운데에는 꽃이 활짝 핀 아카시아 나무 한 그루가 서 있었다. 장군 집에 사는 유모가 가끔 고운 옷을 차려입고 나와 아카시아 나무 아래 앉아 있었는데, 유모 옆에는 장군의 딸 에밀리가 유모보다 훨씬 더 우아한 차림으로 앉아 있곤 했다. 그럴 때면 문지기의 아들은 그들을 위해 춤을 추었다. 갈색 눈과 검은 머리카락을 가진 문지기의 아들은 여름에는 항상 맨발로 다녔다. 에밀리는 춤을 추는 그를 보면 웃으면서 조그만 두 손을 내밀곤 했다. 그러면 그 모습을 창문에서 내려다보던 장군은 "정말 사랑스러워!" 하고 말했다.

장군의 딸 정도밖에 되지 않은 아주 젊은 장군의 부인은 정원을 내다보는 법이 없었다. 부인은 문지기 아들이 에밀리 앞에서 춤추는 것은 괜찮지만 손을 대게 해서는 안 된다고 말했고 유모는 그 말을 철저하게 지켰다.

태양은 2층 집에도 지하실에도 밝은 햇살을 가득 뿌렸다. 아카시아 나무에는 꽃이 피었다가 지고, 이듬해에 다시 새 꽃이 피어났다. 나무에 물이 오르고, 문지기의 어린 아들도 무럭무럭 자라 싱싱한 튤립 같았다.

에밀리는 분홍빛 아카시아 꽃잎처럼 연약하고 창백했다. 이제 에밀리는 예전처럼 자주 아카시아 나무 아래에 오지 않았으며 가끔 어머니와 함께 장군의 마차를 타고 바람을 쐬러 나가곤 했다. 하지만 문지기의 아들 게오르게를 보면 항상 고개를 끄덕여 아는 체를 했다. 어쩔 때는 손으로 입맞춤을 보내기도 했다. 하지만 그녀의 어머니가, 이제 컸으니까 그런 행동을 해서는 안 된다고 한 뒤로는 그러지 않았다.

어느 날 아침, 게오르게가 문지기 집으로 배달된 편지와 신문을 장군에게 가

겨다주러 계단을 올라갈 때였다. 마루를 닦을 때 사용하는 모래를 저장하는 층계 아래의 광에서 작은 새가 갇혀 있는 것 같은 소리가 들렸다. 문을 열어 보니 모래 한가운데에 에밀리가 레이스 달린 모슬린 옷을 입고 앉아 있었다.

"엄마 아빠한테 말하지 마, 화내실 거야." 에밀리가 울면서 말했다.

"대체 무슨 일이에요, 아가씨?"

"불이 났어. 모두 다 타고 있단 말야!"

게오르게는 에밀리의 방으로 뛰어가 방문을 열어제쳤다. 커튼은 이미 재가 되어 있었고 커튼을 매단 막대기에 이제 막 불이 붙고 있었다. 그는 재빨리 막대기를 끌어내리고 사람들을 소리쳐 불렀다. 그가 아니었다면 집이 다 불에 타 버렸을 것이다.

장군과 그의 부인은 어린 에밀리에게 꼬치꼬치 캐물었다.

에밀리는 잔뜩 주눅이 들어 울면서 대답했다. "성냥개비 한 개를 그었는데 금세 커튼에 불이 붙고 말았어요. 불을 끄려고 계속 침을 퉤퉤 뱉었는데도 침이 잘 나오지 않았어요. 그래서 도망가서 숨었어요. 엄마, 아빠가 화내실 게 뻔하니까요."

"침을 퉤퉤 뱉다니! 그게 무슨 말버릇이냐? 언제 엄마, 아빠가 그런 상스런 말을 하던? 너, 지하실에서 그런 걸 배웠구나." 장군이 탄식하듯 말했다.

게오르게는 그 일로 4페니를 받았다. 그는 군것질을 하지 않고 그 돈을 저금통에 넣었다. 얼마 지나지 않아 저금통이 금방 불어 그림 물감을 살 수 있었다. 연필로 그린 그림을 색칠할 수 있는 물감 말이다. 그에게는 스케치한 그림들이 아주 많았다. 그 스케치들은 연필과 손가락에서 끊임없이 나오는 것 같았다. 게오르게는 그림 물감으로 그린 첫 번째 그림을 에밀리에게 선물했다.

"정말 멋있군!" 그림을 보고 장군이 감탄했다. 장군 부인도 게오르게가 그린 그림을 보고 놀라워했다. 부인은 게오르게에게 천부적인 재능이 있다고 말했다. 그 말을 듣고 흥분한 문지기의 아내가 문지기에게 그대로 전했다.

장군과 그의 부인은 유명한 사람들이었다. 그들의 마차에는 두 개의 문장이 있었는데, 하나는 장군네 집안의 것이었고, 다른 하나는 부인네 집안의 것이었다. 장군 부인은 모든 옷에 문장을 장식했다. 심지어는 잠옷에도 문장을 장식했다. 그 문장은 그녀의 아버지가 금화를 주고 산 값비싼 것이었다. 그녀의 아버지가 태어날 때는 문장이 없었으며 그녀가 태어난 지 7년만에 돈을 주고 문장을 사게 된 것이다. 대부분의 사람들은 그것을 기억하고 있었다. 그녀의 집안 사람들은 기억하지 못했지만 말이다. 장군의 문장은 크고 오래된 것이었다. 그런 문장을 하나만 달고 다녀도 자랑스러웠을 텐데 둘이나 달고 다녔으니 자랑할 만했다. 장군 부인은 양쪽에 문장이 붙은 마차를 타고 궁정 무도회에 갈 때면 매우 의젓하고 당당했다.

장군은 늙어서 머리가 세었지만 말을 탄 모습이 늠름했다. 자신도 그것을 잘 알고 있었다. 그는 매일 적당한 간격을 두고 마부를 뒤따르게 하고 말을 타고 밖으로 나갔다. 다른 사람들과 말을 탈 때 그의 모습은 마치 연대를 이끄는 연대장 같았다. 그는 훈장이 너무 많아 사람들이 믿지 않을 정도였다.

그는 아주 젊었을 때 군대에 입대했는데 전쟁이 없던 평화로운 시기에 매년 군대에서 실시하는 대규모 가을 기동 훈련에 참가한 적이 있었다. 그의 유일한 이야깃거리는 바로 그 시절에 생긴 일이다. 한 하사관이 병사들을 포로로 잡았는데 그 중에 왕자가 있었다. 왕자는 다른 병사들과 함께 포로가 되어 장군 뒤를 따라 도시로 입성했다. 그것은 장군이 오랫동안 잊을 수 없는 사건이었다. 그 얘기가 나올 때면 장군은 항상 왕자를 기병에게 넘겨 줄 때 했던 얘기로 끝을 맺었다.

"제 하사관이 고귀한 당신을 포로로 붙잡았지만, 난 결단코 아니오!" 장군이 이렇게 말하자 왕자는 "참으로 훌륭한 분이군요!" 하고 대답했다고 한다.

장군은 실제로 전쟁에 참가한 적은 한 번도 없지만, 전쟁이 일어나자 세 나라를 다니면서 외교의 길을 텄다. 그는 프랑스어를 어찌나 잘했던지 모국어를 잊어 버릴 정도였고, 춤도 잘 추고 말도 잘 탔다. 그래서 그의 가슴에는 훈장이 셀 수 없을 정도로 늘어갔다. 그가 지나갈 때면 호위병들이 받들어 총을 했으며 나중에는 그 도시에 사는 가장 아름다운 처녀도 그 앞에서는 예의를 갖추었다. 그 처녀는 나중에 그의 아내가 되었다.

이들 부부는 하늘에서 떨어진 천사처럼 아주 예쁜 딸을 갖게 되었다. 바로 에밀리였다. 에밀리가 사물을 분별할 나이가 되자, 문지기의 아들은 에밀리를 위해 춤을 추고 자기가 그린 그림들도 주었다. 어린 에밀리는 그 그림들을 보며 가지고 놀기도 하고 찢어 버리기도 했다. 에밀리는 참으로 귀엽고 예쁜 아이였다.

장군 부인은 에밀리에게 늘 이렇게 말했다. "내 장미꽃 봉오리! 넌 왕자님을 위해 태어났단다."

바로 그 왕자님이 이미 문 밖에 서 있었는데, 그들은 그걸 몰랐다. 사람들은 자기 문지방 너머를 볼 줄 모르니까.

"요전번에 우리 아들이 에밀리 아가씨와 샌드위치를 나눠 먹었다는군요. 치즈도 고기도 들어 있지 않은 샌드위치를 아가씬 불고기처럼 맛있게 먹었다지 뭐예요. 장군님 부부가 그 모습을 보았다면 야단났을 텐데 보지 못했지요." 문지기의 아내가 말했다.

게오르게는 어린 에밀리와 자기 샌드위치를 나누어 먹었다. 에밀리가 즐거워만 한다면, 그는 자기 심장도 나누어 주었을 것이다. 게오르게는 착하고 똑똑하며 총명했다. 그는 제대로 그림을 배우기 위해 야간 미술 학교에 다녔다. 어린 에밀리도 많은 것을 배웠다. 그녀는 가정 교사에게 프랑스어를 배우고 무용도 열심히 배웠다.

"게오르게는 이번 부활절에 견신례를 받아야 해요." 문지기의 아내가 말했다.

"이제 게오르게에게 견습을 시켜야겠소. 그를 위해서도 좋은 직업이 필요하지. 견습을 보내 그곳에서 먹고 자며 생활하게 해야겠소." 문지기가 말했다.

"하지만 잠은 집에서 자야 해요. 도제들을 재워 줄 방이 있는 고용주들은 많지 않아요. 아무튼 음식 걱정은 하지 않아도 돼요. 삶은 감자 몇 개만 있어도 게오르게는 행복하니까요. 집에서 지내면서 자기 길을 가게 해요. 당신도 알겠지만, 그 앤 무료로 미술 학교에 다니고 있잖아요. 언젠가는 그 애가 우리의 큰 보람이 될 거라고 교수님이 그랬어요. 그가 견습공으로 가든 가지 않든 간에 옷을 한 벌 사줘야겠어요." 문지기의 아내가 말했다.

게오르게가 견신례 때 입을 옷은 어머니가 손수 바느질했고, 마름질은 재단사가 했다. 재단사는 자기 가게가 없어 가난한 사람들의 누더기 옷을 수선해 주는 일을 하며 먹고 살았는데, 문지기의 아내의 말대로 그에게 그의 재능만큼의 운이 따랐다면 궁정 재단사가 되었을 것이다.

마침내 옷이 완성되고, 견신례 날이 되었다. 견신례를 받던 날, 게오르게는 대부에게 주머니에 넣고 다니는 커다란 황동 시계를 선물 받았다. 그 시계는 오래되고 낡아서 시간이 좀 빨랐다지만 늦게 가는 것보다는 나았다. 게오르게의 대부는 여러 명이었지만 값비싼 그 시계를 선물해 준 대부가 제일 부자였다. 그 대부는 이웃 식료품점에서 점원으로 일하는 할아버지였다. 장군 부부는 모로코 가

죽으로 장정된 찬송가집을 주었다. 찬송가집 맨 첫 장에는 "호감을 가진 후원자로부터"라고 에밀리가 직접 쓴 글이 적혀 있었다. 그것은 장군의 부인이 불러 준 것을 그대로 쓴 것이었다.

"저렇게 이름 있는 집안에서 선물을 다 주다니, 참으로 친절한 분들이구나, 게오르게." 문지기의 아내가 선물을 보며 감격했다. 그녀는 게오르게에게 견신례 옷을 입힌 다음, 찬송가집을 겨드랑이에 끼고 위층에 가서 감사하다는 인사를 하고 오라고 말했다.

장군의 부인은 어깨에 숄을 두르고 소파에 앉아 있었다. 부인은 지루할 때면 찾아드는 심한 두통 때문에 고통스러워했다. 게오르게를 보자 부인은 다정하게 인사를 건네며 모든 것이 잘 되길 바라며 자신처럼 두통에 시달리지 않기를 바란다고 말했다. 장군은 화장복 차림에 술이 달린 잠자리 모자를 쓰고 빨간 러시아 가죽 장화를 신고 방 안을 서성거렸다. 깊이 생각에 잠겨 있던 장군이 갑자기 게오르게 앞에 멈춰 서더니 말했다.

"게오르게, 이제 넌 그리스도인이 되었구나. 착하고 정직한 사람이 되거라. 그리고 항상 어른을 공경해야 한다. 먼 훗날 네가 나이가 들면 내가 이런 충고를 해 주었다고 말하게 될 거다."

그것은 장군이 평소에 하던 연설보다는 좀 길었다. 말을 마친 장군은 다시 생각에 빠져들었다. 그런 그의 모습이 매우 고귀하게 보였다. 당시에 게오르게가 위층에서 보고들은 것 중 가장 또렷하게 기억하는 것은 에밀리 아가씨였다. 그녀는 얼마나 아름답고 상냥했던가. 사뿐사뿐 걷는 그녀의 모습을 그림에 담는다면 비눗방울 속에 있는 요정의 모습이었을 것이다. 그녀가 입고 있는 옷과 물결치는 금발 머리칼에서는 장미 향기가 풍겼다. 언젠가 샌드위치를 나누어 주었을 때 한 입을 베어먹을 때마다 그에게 고개를 까닥이던 에밀리의 모습이 떠올랐다.

에밀리가 아직도 그것을 기억하고 있을까? 게오르게는 분명히 기억하고 있을 것이라고 믿었으며, 그래서 아름다운 찬송가집을 선물했을 거라고 믿었다.

새해에 처음으로 초승달이 떠오르자 게오르게는 빵 한 덩어리와 1실링과 찬송가집을 들고 정원으로 나왔다. 당시에는 찬송가집을 아무 생각 없이 펼쳤을 때 나오는 찬송가가 새해의 그 사람의 운이라는 믿음이 있었다. 게오르게가 찬송가집을 폈을 때 처음 나온 것은 그리스도를 찬양하는 감사의 찬송가였다. 이번에는 에밀리의 앞날이 어떨 것인지 알아보려고 다시 찬송가집을 펼쳤다. 그런데 책을 펼칠 때 만가가 있는 곳을 잡지 않으려고 조심했는데도 그곳이 펼쳐지고 말았다. 게오르게는 미신일 뿐이라고 중얼거렸지만 바로 다음날 에밀리가 아파 눕자 섬뜩했다. 매일 아침 의사의 마차가 집 앞에 한 시간 이상씩 서 있는 것이 보였다.

"아가씨를 잃을지도 몰라! 자비로운 하느님이 뜻대로 하시겠지." 문지기의 아내가 한숨 섞인 어조로 말했다.

하지만 에밀리는 다행히도 죽지 않았다. 게오르게는 그녀에게 그림을 그려서 보냈다. 모스크바에 있는 옛 크렘린 궁전을 그린 것이었다. 탑과 둥근 지붕들은 마치 녹색과 황금색의 거대한 오이 같았다. 최소한 게오르게의 그림에서는 그랬다. 그 그림을 보고 에밀리가 너무 좋아하자 게오르게는 다음 주에 몇 장을 더 그려 주었다. 모두가 건물들이 있는 그림이었다. 에밀리는 그 그림들을 보면서 건물 안에서 벌어지는 일들을 상상하며 시간을 보내곤 했다.

게오르게는 층마다 아름다운 작은 종이 달린 16층짜리 중국 탑과 호리호리한 기둥과 대리석 계단이 있는 그리스 신전을 그렸다. 또 거대한 들보로 지은 노르웨이의 교회도 그렸다. 정교하게 조각된 각 층은 마치 요람처럼 보였다. 그러나 무엇보다도 아름다운 것은 '에밀리의 성'이라는 제목의 그림이었다. 게오르게는 이 성에 에밀리가 살게 될 거라고 생각하며 게오르게가 상상하여 그린 것이었다. 그는 자신이 알고 있는 모든 건물에서 가장 아름다운 것을 이 성에 그려 넣었다. 이 성에는 노르웨이 교회의 정교하게 조각된 들보, 그리스 신전의 호리호리한 기둥, 중국 탑의 작은 종이 모두 들어 있었다. 그리고 지붕은 모스크바의 궁전처럼 녹색과 황금색의 둥근 지붕이었다. 이것은 어린아이들을 위한 진짜 성이었다. 각 창문에는 방의 용도가 적혀 있었다. '에밀리가 잠자는 방', '에밀리가 춤추는 홀' 또는 '에밀리가 소꿉놀이하는 곳'이라고 말이다. 그림을 보는 사람들은 너나 할 것 없이 감탄했다. 장군도 "정말 멋지군!" 하고 말했다.

그러나 그 고장에서 장군보다 더 유명한 늙은 백작은 그림을 보고도 아무 말도 하지 않았다. 자신의 성을 가지고 있는 백작은 문지기의 아들이며 견신례를 받아 이제는 어른인 젊은 예술가에 대해 들어 알고 있었다. 백작은 그림을 보자 나름대로 조용히 생각했다.

날씨가 몹시 흐리고 비가 내리던 어느 날, 그날은 게오르게에겐 가장 행복한 날이었다. 미술학교 교수님이 그를 앞에 불러 놓고 말했다. "게오르게야, 할 얘기가 있다. 하느님께서 자비롭게도 네게 뛰어난 재능을 주셨고 거기에 좋은 친구까지 보내 주셨단다. 길모퉁이에 살고 계시는 백작님이 네 얘기를 하더구나. 나도 네가 그린 그림을 보았단다. 하지만 그 그림들에 대해서는 여러 말 하지 않겠다. 고칠 부분이 무척 많으니까. 이제부터 일주일에 두 번씩 내 강의를 듣고 배우거라. 네겐 화가보다는 건축가 자질이 더 많은 것 같더구나. 하지만 그건 네가 결정할 문제야. 백작님께 가서 감사드리고 그분을 만나게 해 주신 하느님께도 감사드리도록 해라."

백작은 궁전과 같은 오래된 집에 살고 있었다. 창마다 코끼리와 단봉 낙타가 돌로 조각되어 있었는데, 모두 옛날 식이었다. 그러나 백작은 2층이나 지하실이나 다락방에서 나온 현대적인 것들을 더 좋아했다.

"사람은 지위가 높을수록 겸손한 것 같아요. 백작님은 솔직한데다 꼭 우리처럼 말씀하시잖아요. 그런데 장군님 부부는 그렇지 않아요. 어제 게오르게도 백작님 집에 다녀온 후 너무 감격해서 제대로 말을 못했잖아요. 그 고귀하고 위대한 분과 얘기를 하고 났더니, 오늘은 제가 그런 기분이에요. 게오르게를 견습공으로 보내지 않은 게 얼마나 다행인지 몰라요. 그 아이에겐 재능이 있어요." 문지기의 아내가 감격해서 남편에게 말했다.

"그렇지만 다른 사람의 도움 없이는 재능이 있어도 아무 소용없소." 항상 현실적인 문지기가 말했다.

"그래서 도움을 받고 있잖아요. 백작님이 분명하게 말씀하셨다구요."

"모두 장군 덕택이오. 그분께 감사드려야지."

"감사드리면 해가 될 건 없지만 감사할 게 별로 없어요. 전 자비로운 하느님께 감사드릴 거예요. 또 에밀리 아가씨가 병이 나은 것에 대해서도 하느님께 감사드리겠어요."

에밀리에게도 게오르게에게도 모든 일이 잘 되어 갔다. 게오르게는 학교에서 은메달을 받았고, 곧이어 금메달도 받았다. 그러나 그의 부모는 기쁘지만은 않았다. 게오르게가 건축 공부를 하기 위해 로마로 가야 했기 때문이다.

"게오르게를 도제로 보냈더라면 좋았을 것을! 그럼 그 아이를 떠나 보내지 않아도 될 텐데. 우리 아이가 로마에서 어떻게 살까요? 그 애가 다시 돌아올 때까지 난 살아 있지 못할 거예요. 어쩌면 고향에 돌아오지 않을지도 몰라요. 오, 내 아들!" 문지기의 아내가 울음을 터뜨렸다.

"하지만 그건 행운이고 대단한 영광이오!" 문지기가 말했다.

"그거야 행운이지요. 당신도 속으로는 저처럼 슬프면서 그렇게 말씀하시는군요." 문지기 아내가 코를 훌쩍거리며 말했다.

게오르게가 로마로 떠나야 하는 것도, 부모가 슬픈 것도 다 사실이었다. 그러나 모두들 게오르게가 굉장한 행운을 잡았다고 부러워했다.

드디어 게오르게가 떠날 날이 되었다. 그는 장군님 가족과도 작별 인사를 했다. 하지만 장군 부인은 보지 못했다. 그날 장군 부인은 심한 두통에 시달리고 있었던 것이다. 장군은 작별의 순간에도 그와 왕자의 대화를 잊지 않고 들려주었다. 그리고는 게오르게와 악수를 하였다. 장군의 손은 힘이 없었다.

에밀리도 게오르게와 악수를 했다. 그녀는 슬퍼 보였지만 게오르게가 훨씬 더 슬픈 표정이었다.


사람들이 일을 하든 하지 않든 간에 시간은 쉬지 않고 흘러간다. 누구에게나 시간은 똑같이 주어지지만 똑같이 유익한 것은 아니다. 그러나 게오르게에게는 매우 유익했다. 가끔 고향이 그리워질 때면 시간이 길게 느껴졌다. 게오르게가 공부하는 동안 고향집의 위층과 아래층 사람들은 어떻게 지내고 있었을까? 그런 소식을 전하는 데는 편지보다 더 좋은 것이 없다. 작은 종이 위에 무한히 많은 것을 적을 수 있기 때문이다. 봉투 안에는 햇살처럼 밝은 소식이 들어 있을 수도 있고, 우울하고 어두운 소식이 담길 수도 있다. 게오르게는 어머니로부터 아버지가 돌아가셨다는 편지를 받았다. 이제 어머니는 홀로 된 것이다. 어머니의 편지에는 이렇게 쓰여 있었다. "에밀리는 위안을 주는 천사란다. 내가 슬플 때 날 찾아와 위로해 주곤 하지."

장군은 어머니가 문지기 일을 혼자 할 수 있도록 허락해 주었으나 얼마 가지 않아 어머니도 돌아가셨다.


장군 부인은 일기장을 가지고 있었다. 거기에는 그녀가 참석했던 파티, 무도회, 그리고 그녀를 찾아왔던 수많은 방문객의 명단이 적혀 있었다. 그녀는 이름 있는 외교관과 귀족들의 명함으로 장식된 그 일기장을 매우 자랑스럽게 여겼다. 장군 부인의 일기장은 두통과 화려한 저녁 무도회 속에서 날로 두꺼워져 갔다.

어느 날, 에밀리는 처음으로 궁정 무도회에 가게 되었다. 장군 부인은 검정 레이스가 달린 분홍색 드레스를 입었고, 에밀리는 매우 밝고 화사한 흰 드레스를 입었다. 에밀리의 금발 머리 사이로는 초록빛 비단 리본이 나풀거렸고 머리에는 수련 화관이 얹혀 있었다. 두 눈은 너무나도 파랗고 맑았으며, 작은 입술은 앵두처럼 붉었다. 에밀리는 작은 인어 공주처럼 눈부시게 아름다웠다.

세 명의 왕자가 그녀와 번갈아 가며 차례로 춤을 추었다. 그것을 본 장군 부인은 그 후 일주일 동안 두통에 시달리지 않았다.

그 이후로도 무도회는 계속 이어졌다. 여름이 되자 에밀리는 기뻤다. 장군 가족은 늙은 백작의 집에 초대를 받았으며 에밀리는 그곳에서 신선한 시골 공기를 마시며 편히 쉬었다. 백작의 성 주위에는 드넓은 정원이 있었는데 정원 한쪽은 아주 옛날 식으로 되어 있어 구멍 뚫린 녹색 병풍 같은 울타리가 있었고, 회양목과 주목들이 마치 별과 피라미드 모양으로 다듬어져 있었다. 정원 한가운데에 있는 조가비로 아름답게 꾸민 인공 동굴에서는 물이 뿜어져 나오는 분수가 있었고, 그 둘레에는 돌로 된 형상들이 둘러 서 있었다. 꽃밭은 물고기나 방패 모양으로 된 것이 있는가 하면, 백작의 이름 첫 자나 조상들의 이름 첫자 모양으로 된 것도 있었다. 그곳은 프랑스식 정원이었다. 또 나무들이 울창하게 자란 아름다운 숲과 산보하기에 좋은 잔디밭도 있었다. 이것은 영국식 정원이었다.

"이곳은 구시대와 현대가 함께 어우러져 있는 곳이지요. 이제 두 해만 지나면 이 성은 제대로 모습을 갖추어 더 아름답고 멋지게 변할 겁니다. 이곳을 다시 설계한 건축가와 설계도를 보여드리겠습니다. 오늘 저녁 식사에 초대했거든요." 백작이 말했다.

"정말 멋지군요!" 장군이 말했다.

"이곳은 천국 같아요. 어머, 저길 봐요. 작은 성이 있네요." 장군 부인이 말했다.

"저건 닭장이랍니다. 탑에는 비둘기들이, 1층에는 칠면조들이 살지요. 지하에 사는 늙은 엘제 부인이 관리한답니다. 알을 품고 있는 암탉이 지내는 방과, 병아리와 암탉들이 함께 지내는 방도 있지요. 그리고 오리들이 지내는 방에서는 호수가 보인답니다."

"정말 멋지군요!" 장군이 감탄을 연발했다.

닭장을 구경하러 들어가자 나이 든 엘제 부인이 그들을 맞았고 그 곁에는 건축가 게오르게가 서 있었다. 그와 에밀리는 수년만에 닭장에서 다시 만나게 된 것이다.

그는 매우 준수했다. 얼굴은 온화하고 관대해 보였지만 확신에 차 있었고 머리카락은 검게 윤이 났다. 미소가 감도는 입은 에밀리에게 이렇게 말하는 것 같았다. '난 당신을 아오. 당신에 관한 것은 무엇이든 다 알지.'

엘제 부인은 귀한 손님들에게 경의를 표하기 위해 나무 신발을 벗고 양말을 신은 발로 서 있었다. 닭들이 구구거리고 수탉이 울어댔으며 오리들이 꽥꽥거리며 뒤뚱뒤뚱 걸어다녔다.

그러나 게오르게의 어린 시절 친구였던 창백한 얼굴의 장군의 딸은 뺨을 장밋빛으로 물들이며 말없이 서 있었다. 두 눈을 둥그렇게 뜨고, 입을 다물지 못한 채. 에밀리에게서 받은 그 인사는, 친척도 아니며 같이 춤을 춘 적도 없는 젊은 아가씨에게서 젊은이가 바랄 수 있는 가장 행복한 인사였다. 그렇다, 그녀와 이 건축가는 한 번도 같이 춤을 춘 적이 없었다.

백작이 게오르게의 손을 잡고 소개했다. "여러분, 이 청년이 아주 낯설지는 않지요?"

장군 부인이 허리를 굽혀 인사했고, 에밀리는 손을 내밀려다가 그만두었다.

"오, 게오르게 군, 우리 가족의 옛 친구! 정말 멋지군!" 장군이 말했다.

"이탈리아 사람이 다 되었군요! 그 나라 사람처럼 이탈리아 말을 잘 하겠죠?" 장군 부인이 말했다.

"아내는 이탈리아어로 노래는 부를 줄 알지만 말은 못하지." 장군이 말했다.

식탁에서 게오르게는 에밀리의 오른쪽에, 장군은 왼쪽에 앉았다. 에밀리를 식탁으로 안내한 사람은 게오르게였고, 장군 부인은 백작이 안내했다.

게오르게는 이야기를 썩 잘했다. 백작도 아주 매력적이긴 했지만 식탁의 주인공은 게오르게였다. 에밀리는 아무 말 없이 두 눈을 반짝이며 귀를 쫑긋하고 들었다.

식사 후에 게오르게와 에밀리는 꽃들이 만발한 베란다로 단 둘이 나왔다. 그들의 모습이 장미꽃 울타리에 가려 다른 사람들에게는 보이지 않았다.

게오르게가 먼저 입을 열었다. "어머니에게 잘 해 줘서 고마워요. 아버지가 돌아가시던 날 밤, 내내 어머니 곁에 있어 주었다고 들었어요. 정말 고마워요!"

그는 에밀리의 손에 입을 맞추었다. 그것은 아주 당연한 고마움의 표시였다. 에밀리는 얼굴을 붉히며 그의 손을 놓지 않고 커다란 푸른 눈으로 그를 바라보았다.

"당신 어머니의 영혼은 사랑이 충만했어요. 당신을 얼마나 사랑하셨는지 몰라요. 어머니는 당신이 보낸 편지를 모두 읽어 달라고 하셨지요. 그래서 전 당신을 잘 알고 있는 것처럼 느껴져요. 제가 어렸을 때 당신은 제게 참 잘 해 줬어요. 그림도 보내 주셨구요."

"하지만 당신은 그 그림들을 찢어 버렸지요."

"다 찢어 버린 건 아녜요. 제 성을 그린 설계도는 아직 가지고 있는 걸요."

"그렇다면 정말로 그 성을 지어야겠군요." 게오르게는 이렇게 말하고 나자 숨이 막힐 것 같았다.

방안에서는 장군 부부가 게오르게가 사교성도 있고, 학식과 교양이 풍부하다며 칭찬을 늘어놓았다.

"교수가 될 수 있을 거요!" 장군이 말했다.

"참 재치 있는 청년이에요." 그의 아내가 말했다.


그 해 여름에 젊은 건축가는 백작의 성에 자주 찾아왔다. 그가 오지 않으면 사람들은 그를 그리워할 정도였다.

"하느님은 다른 사람들보다 당신에게 훨씬 더 많은 것을 주셨어요. 그걸 감사하게 생각해야 해요." 에밀리가 게오르게에게 말했다.

게오르게는 아름다운 처녀가 자신을 칭찬하자 무척 기뻤다. 그럴 때 에밀리는 무척 총명하고 아름다워 보였다.

장군은 게오르게가 문지기의 아들이라는 것이 점점 믿어지지 않았다. 그는 이렇게 말하곤 했다. "그의 어머니는 정말 존경할 만한 여자였지! 비문에 그렇게 새겨도 될 만한 여자였다구."


여름이 지나가고 겨울이 왔다. 게오르게는 모든 사람들의 우상이 되었다. 그는 상류 사회에 모습을 드러냈으며 장군도 궁정 무도회에서 그를 만날 수 있었다.

어느 날 장군은 에밀리를 위해 무도회를 열었다. 게오르게도 초대받을 수 있을까?

"왕이 초대하는 사람이라면 나도 마땅히 초대해야지!" 장군은 이렇게 말하고 목을 꼿꼿이 세웠다.

마침내 게오르게가 초대를 받아 도착했고 왕자들과 백작들도 왔다. 그들은 춤을 아주 잘 추었다. 하지만 에밀리는 그만 발을 잘못 디뎌 발목을 삐는 바람에 딱 한 번밖에 추지 못했다. 에밀리는 저녁 내내 앉아서 다른 사람들이 춤추는 것을 구경했다. 그녀 곁에는 건축가 게오르게가 서 있었다.

"성 베드로 성당을 에밀리에게 선물할 건가?" 장군이 호의가 담긴 미소를 지으며 한 마디 던졌다.

다음날 게오르게가 찾아왔을 때도 장군은 한결같이 호의가 담긴 미소를 지으며 그를 맞았다. 장군은 그가 무도회에 초대해 준 것에 감사를 표하기 위해 온 것이라고 생각했다. 그렇지 않고서야 무슨 일로 왔겠는가? 하지만 게오르게는 그것 때문에 온 것이 아니었다. 그는 참으로 충격적이고 환상적이며 어처구니없는 말을 하러 온 것이다. 장군은 자신의 귀를 믿을 수가 없었다. 그것은 상상도 할 수 없는 일이었다. 게오르게가 에밀리에게 청혼을 한 것이다. 장군의 얼굴이 붉으락푸르락해졌다.

"아니, 뭐라구! 난 도무지 무슨 말인지 모르겠군. 자네가 뭘 원한다구? 방금 뭐라고 했나? …도대체 자넬 모르겠군. 이렇게 내 집에 와서 그딴 소릴 하다니!" 장군은 이렇게 말하고 침실로 들어가 문을 잠가 버렸다. 혼자 거실에 남겨진 게오르게는 한참을 우두커니 서 있다가 밖으로 나왔다. 복도에 에밀리가 서 있었다.

"아버지께서 뭐라시던가요?" 에밀리가 떨리는 목소리로 물었다.

게오르게는 가만히 그녀의 손을 잡았다. "아무 대답도 없이 그냥 나가셨소. 걱정 말아요. 더 좋은 기회가 오겠지."

에밀리의 눈에는 눈물이 그렁그렁했다. 그러나 게오르게의 두 눈은 용기와 결의로 차 있었다. 창문으로 들어온 햇살이 두 사람 위로 쏟아져 내려 축복해 주었다.

장군은 아직도 분노를 삭이지 못하고 서재에 앉아 있었다. "기가 막히는군! 단단히 미쳤어!"

잠시 후 장군은 아내에게 모두 얘기했고, 아내는 에밀리를 방으로 불렀다.

"불쌍한 내 딸. 그 놈이 널 모욕하고 우리까지 모욕하다니! 눈물까지 흘렸구나. 그래, 실컷 울어라. 꼭 결혼식날 나 같구나. 실컷 울면 마음이 풀릴 거야." 장군 부인이 에밀리를 위로했다.

"네, 그럴 거예요. 엄마, 아빠가 우리의 결혼을 허락하지 않으시면 말예요."

"아니, 얘야. 너 어디 아프니? 열이 나서 헛소리를 다 하는구나! 오, 끔찍한 두통이 또 시작되는 것 같아. 우리 집안에 이런 불행이 닥치다니! 죽을 것만 같구나. 그럼 넌 에미 없는 아이가 되겠지." 이렇게 말하는 장군 부인의 두 눈이 촉촉이 젖어 들었다. 자신이 죽는다는 것은 생각만 해도 끔찍했다.


신문에 게오르게가 교수에 임명되었다는 기사가 실렸다.

"그의 부모가 살아서 이 기사를 읽을 수 없다니 참 안됐어요." 장군 댁 지하실에 살고 있는 새 문지기 부부가 말했다. 그들은 그 교수가 지금 자신들이 살고 있는 방에서 태어나서 자랐다는 것을 알고 있었다.

"이제 그는 신분에 맞는 세금을 내게 되겠군." 남편이 말했다.

"가난한 부모에게 태어난 그에겐 굉장한 행운 아녜요?" 문지기 아내가 말했다.

"해마다 금화로 18 마르크면 적은 돈이 아니지." 문지기가 근엄하게 말했다.

"아뇨, 전 돈이 아니라 그의 성공을 말하는 거예요. 높은 지위를 말예요. 돈이야 문제가 되지 않지요. 그보다 훨씬 더 많이 벌 수도 있고 부잣집 여자와 결혼할 수도 있으니까요. 여보, 우리가 아이를 가지면, 우리 아이도 교수가 되고 건축가가 될 수 있겠지요?"

사람들은 지하실에 살던 시절의 게오르게에 대해서도, 지금 2층에 살고 있는 게오르게에 대해서도 좋게 말했다. 게오르게는 백작님 덕택에 그렇게 살게 된 것이다.

어느 날 백작이 방문했다. 그들은 게오르게가 어렸을 때 그린 그림에 대해 얘기를 나누었다. 모스크바와 크렘린 궁전 그림에 대한 얘기가 나오자 백작은 게오르게가 에밀리를 위해 그린 그림을 떠올렸다. 게오르게가 에밀리에게 준 그림은 아주 많았지만, 특히 백작의 기억에 남는 것은 '에밀리의 성'이라는 그림이었다. 창문마다 '에밀리가 잠자는 방', '에밀리가 춤추는 홀' 또는 '에밀리가 소꿉놀이 하는 곳'이라고 적힌 그림 말이다.

"젊은 교수는 매우 총명하지요. 언젠가는 왕의 고문이 될 겁니다. 에밀리 양을 위해서 성도 지을 거예요. 불가능한 일이 아니에요." 백작이 말했다.

"참으로 이상한 말씀이었어요." 백작이 떠나자 장군 부인이 말했다. 장군은 고개를 젓고는 마부와 함께 말을 타러 나갔다. 말을 탄 그의 모습은 예전보다 더 당당해 보였다.

에밀리의 생일이 되었다. 꽃, 책, 편지, 명함들이 줄을 이었다. 장군 부인은 그녀의 입술에 입을 맞추었고, 장군은 이마에다 입을 맞추었다. 사랑이 넘치는 부모님이었다.

귀한 손님들도 찾아왔다. 그 중에는 왕자도 두 명 있었다. 그들은 최근에 있었던 무도회, 연극, 덴마크의 외교, 국가와 정부의 상태에 대해 이야기를 나누었다. 이 나라의 유능하고 재능 있는 사람들에 대해 이야기를 하던 중 젊은 교수이며 건축가에 대한 얘기가 나왔다.

"그 교수는 불후의 명성을 쌓고 있어요!"

"우리나라 일등 가문의 한 사람이 될 거예요!"

사람들 사이에는 이런 이야기가 오고 갔다.

그날 아내와 단둘이 있게 되자 장군이 물었다. "우리나라 일등 가문의 한 사람이라구? 도대체 어떤 집안을 두고 하는 말이지?"

"어느 집안을 가리키는지 전 알아요. 하지만 말하지 않겠어요. 생각도 하기 싫다구요. 모두 하느님의 뜻이겠지만 전 받아들일 수 없어요."

"나도 좀 압시다. 대체 어떤 집안을 두고 하는 말이오?"

하느님의 아낌을 받는 사람은 힘이 있는 법이며 왕실의 아낌을 받는 사람도 힘이 있는 법이다. 그런데 게오르게는 양쪽으로부터 아낌을 받았다.

이제 에밀리의 생일 파티로 돌아가 보자.

에밀리의 방은 친구들이 가져온 꽃향기로 가득했으며 탁자에는 아름다운 선물들이 놓여 있었다. 하지만 게오르게가 보낸 선물은 없었다. 그는 선물을 보낼 수 없었던 것이다. 하지만 선물이 없었어도 에밀리는 그를 잊을 수가 없었다. 집 안에 있는 모든 것들이 그를 생각나게 했다. 계단 아래에 있는 모래 보관 창고에 조차도 추억이 담겨 있었다. 그곳은 에밀리가 커튼에 불을 내고 숨어 있었던 곳이었다. 그때 게오르게는 그녀를 발견하고 집이 불에 타는 것을 막아 주었다. 창문으로 내다보면 아카시아 나무가 보였다. 이제 아카시아는 꽃과 잎을 떨군 채 벌 거벗고 서 있었다. 서리가 내려앉은 가지들 사이로 달빛이 스며들어 나무가 커다 란 산호처럼 보였다. 아카시아 나무는 게오르게가 에밀리와 함께 앉아 샌드위치 를 나누어 먹던 옛날처럼 철마다 모습이 바뀌었다.

에밀리는 책상 서랍에서 모스크바 황제의 성과 자신의 성을 그린 그림을 꺼냈 다. 게오르게가 준 그 그림들을 바라보고 있으면 다른 추억들이 떠올랐다. 에밀 리는 게오르게의 어머니가 돌아가시던 날 밤이 생각났다. 부모님 모르게 병상을 지키고 있던 그날 밤, 게오르게의 어머니가 한 마지막 말은 "게오르게에게 은총 을…"이었다. 그녀는 마지막 순간에도 아들을 생각하고 있었던 것이다.

에밀리는 그 말의 의미를 가만히 가슴에 새겼다. 에밀리는 게오르게를 잊은 것 이 아니었다. 게오르게는 에밀리의 마음속에 함께 있었다.

다음날은 장군의 생일이었다. 그는 딸보다 하루 늦게 태어났다. 그러니까 딸 보다 40년 전에 말이다. 이번에도 선물들이 쏟아져 들어왔다. 그 중에는 화려한 안장도 있었다. 안락하고 값비싼 그런 안장은 왕자나 가질 법한 것이었다.

그 안장을 누가 보냈을까? 장군은 안장을 보고 흥분했다. 거기엔 짧은 편지가 들어 있었다. 편지에 "어제의 초대에 진심으로 감사드리며…"라고 쓰여 있었다 면 장군은 그런 호의를 보여준 사람이 누구인지 짐작할 수 있었을 것이다. 하지만 편지에는 이렇게만 쓰여 있었다.

"장군님이 모르는 사람으로부터"

"도대체 내가 모르는 사람이 누구란 말인가? 이 나라에 내가 모르는 사람이 있 단 말인가?" 장군은 사교계의 모든 사람들을 떠올려 보았지만 모르는 사람은 없 었다. "옳지! 아내가 보냈군. 장난꾸러기 같으니라구!"

그러나 장군 부인은 이제 장난을 즐길 나이는 아니었다.


다시 파티가 열렸다. 이번에는 장군의 집이 아닌 어느 왕자의 집에서 열린 가 장 무도회였다. 장군은 목에 레이스 주름 깃이 달린 스페인 의상에 긴 칼을 찬 루 벤스의 모습으로, 장군 부인은 목에 커다란 주름이 맷돌처럼 달려 있고 목까지 단 추를 채운 검정 벨벳 옷을 입고 루벤스 부인의 복장으로 나타났다. 그들의 의상은 장군이 가지고 있는 네덜란드 그림을 그대로 모방한 것이었다. 그림에서 특히 사람들이 감탄한 것은 고운 손이었는데, 그 손은 장군 부인과 비슷했다.

에밀리는 비단과 흰색 모슬린과 레이스로 치장한 프시케 차림으로 나타났다. 그녀는 가볍게 날리는 백조 깃털처럼 방안을 사뿐히 오갔다. 사실 그녀에겐 날개가 필요 없었지만 프시케처럼 보이기 위해 날개를 달고 있었다.

참으로 멋지고 화려한 무도회였다. 수많은 촛불들이 화려하게 타오르고 맛있는 음식이 잔뜩 쌓여 있었으며 볼거리가 많았다. 그래서 사람들은 루벤스 부인의 아름다운 손을 볼 겨를이 없었다.

두건에 아카시아 꽃을 단 검은 도미노 가장복(가장 무도회에서 입는 두건과 가면이 달린 외투) 차림의 남자가 프시케와 춤을 추고 있었다.

"저 사람 누구예요?" 장군 부인이 물었다.

"국왕 폐하일 거야. 악수해 보면 알 수 있지." 장군이 흥분해 말했다.

장군 부인이 미심쩍어하자 장군이 도미노 복장을 한 남자에게 다가가서 손을 들어올려 손가락으로 국왕의 이름 첫 자를 썼다. 하지만 그 남자는 고개를 저으며 말했다. "전 장군님이 모르는 사람입니다."

"그렇다면 알겠소. 제게 안장을 보내신 분이군요."

도미노를 입은 사람은 손을 들어올리며 춤추는 사람들 사이로 사라져 버렸다. 그 손짓이 무슨 뜻인지 알 수 없었다.

"같이 춤춘 사람이 누구냐, 에밀리?" 장군 부인이 물었다.

"이름을 물어보지 못했어요."

"물론 네가 그를 알고 있으니까 물어보지 않았겠지. 바로 교수구나!" 장군 부인이 이렇게 말하고 백작을 돌아보았다. "백작님, 당신의 애제자가 여기에 왔어요. 두건에 아카시아 꽃을 꽂고 검은 도미노 복장을 하고 있더군요."

"그럴 수도 있겠지요. 하지만 왕자님 한 분도 같은 의상을 입으셨던 걸요." 백작이 미소를 지으며 말했다.

"맞아. 악수할 때 그분이란 걸 알아봤어. 왕자님이 안장을 보내셨음에 틀림없어! 당장 가서 그분을 우리 집에 초대해야겠어." 장군이 말했다.

"그렇게 하시지요. 왕자님이라면 분명히 오실 겁니다." 백작이 웃으며 말했다.

"다른 사람이라면 오지 않겠지요."

장군은 단호한 표정으로 왕과 이야기를 나누고 있는 도미노 복장의 남자에게

다가갔다. 장군은 아주 정중하게 서로를 알 수 있는 기회를 마련하기 위해 집에 초대하고 싶다고 말했다. 장군은 자신이 초대하는 사람이 왕자라고 확신했기 때문에 미소를 지으며 큰 소리로 분명하게 말했다.

그러자 도미노 복장의 남자가 가면을 벗었다. 그는 바로 게오르게였다.

"초대한다고 다시 한 번 말씀해 주시겠습니까, 장군님?"

장군은 자세를 고치며 두 걸음 뒤로 물러났다 다시 한 걸음 앞으로 나왔다. 마치 미뉴에트를 추는 것처럼. 장군의 표정이 거만해졌다.

"한 번 한 말은 절대로 번복하지 않소. 당신은 초대받았소, 교수." 장군은 이렇게 말하고 이 얘기를 다 들었을 왕을 향해 뻣뻣하게 허리를 굽혔다.

이렇게 해서 장군 집에서는 파티가 열렸다. 초대받은 사람은 늙은 백작과 게오르게뿐이었다.

'식탁 아래 한 발을 들여놓았으니 이제 초석을 마련한 거야.' 게오르게는 이렇게 생각했다. 그런데 그날 저녁 식사를 하는 동안에 정말로 초석이 마련되었다.

파티에 참석한 게오르게는 상류 사회 사람처럼 이야기를 잘 했다. 장군이 예상했던 대로였다. 그가 너무도 조리 있고 재미있게 이야기하자 장군은 쉴 새 없이 "정말 멋지군!"이라는 말을 내뱉었다.

나중에 장군 부인은 그날의 식사에 대해서 여러 사람에게, 심지어는 궁중에 있는 총명한 귀족 출신 친구에게까지도 자랑했다. 궁중에서 하녀로 일하는 그 친구는 다음 번에 교수를 초대할 때 자신도 꼭 초대해 달라고 부탁했다. 그래서 게오르게는 다시 초대를 받고 장군은 다시 "정말 멋지군!"이라는 말을 연발했다. 거기다 게오르게는 장기도 둘 줄 알았다.

"그는 지하실 출신이 아니라 귀한 집 아들이 분명해. 지하실에서 태어난 건 그의 책임이 아니지. 그런 일은 흔하니까." 장군은 이렇게 말했다.

왕실에 초대받은 교수는 이제 장군의 집에도 아무 때나 찾아갈 수 있게 되었다. 하지만 장군은 그가 자기 가족이 된다는 것은 불가능하다고 생각했다. 그 도시 사람 중에 그렇게 생각하는 사람은 아무도 없었지만 말이다.

하지만 결국 게오르게는 에밀리와 가정을 이루고 살게 되었다. 그가 추밀원 고문관이 될 무렵 에밀리는 그의 아내가 되어 있었다.

"인생은 비극이 아니면 희극이야. 비극에서는 사람이 죽고, 희극에서는 서로 결혼하게 되지." 장군이 이렇게 말했다.

이 말처럼 그들은 결혼하여 세 아들을 얻었다. 하지만 그렇게 되기까지는 많은 시간이 걸렸다. 귀여운 아이들은 장군 집에 가면 목마를 타고 방과 거실을 돌아다녔다. 그럴 때면 장군도 같이 목마를 타고 손자들 뒤를 따라다녔다. 그는 손자들의 마부였다. 그럴 때면 장군 부인은 소파에 앉아 미소를 지으며 그 모습을 지켜보곤 했다. 심한 두통이 있을 때도 말이다.

게오르게는 매우 유명한 사람이 되었다. 그는 추밀원 고문관보다 더 높은 자리에 올랐다. 그렇지 않았다면 문지기 아들에 대한 이야기를 할 필요가 없을 것이다.

# 128
## 이삿날

옛날에는 1년에 한 번씩 이사를 했다. 그렇다고 모두가 그런 것은 아니다. 모든 사람들이 이사를 했다면 가구를 실어 나를 말과 마차가 부족했을 것이다. 자기 집이 없어 집을 세내어 쓰는 사람들이 세낸 날은 똑같았다. 그날은 달력에 이삿날이라고 표시되어 있었다.

탑지기 올레를 기억하는가? 언젠가 그를 두 번 찾아갔던 이야기를 했었다. 이번에는 세 번째 찾아간 이야기를 하겠다. 하지만 이것이 마지막 방문은 아니다. 나는 보통 새해가 되면 그를 찾아갔지만 이번에 찾아간 것은 이삿날이었다. 거리에는 깨진 화분과 넝마 조각 등 지저분한 쓰레기가 널려 있었으며 가난한 사람들이 매트리스 대신 사용하는 지푸라기도 여기저기 흩어져 있었다. 이런 쓰레기 더미 속에서 두 어린아이가 노는 모습이 보였다. 그들은 더러운 누더기를 덮고 지푸라기 더미 속에서 잠자기 놀이를 하고 있었다. 아이들은 그 놀이가 재미있다고 했지만 내겐 그 말이 과장되게 느껴졌다. 나는 얼른 그 자리를 떠나 올레에게 올라갔다.

"이삿날이야!" 올레가 말했다. 나는 이미 알고 있는 사실이었기 때문에 고개를 끄덕였다. "거리와 골목이 온통 쓰레기통이야. 아주 거대한 쓰레기통 말야. 내 짐은 짐마차 한 대면 충분해. 성탄절 직후에 쓸 만한 것을 주었던 게 생각나. 바람이 불고 으스스한 날이었어. 감기 들기 꼭 알맞은 날씨였지. 한 청소부가 쓰레기가 가득 찬 수레를 끌고 가고 있었어. 지금 이 거리에 널려 있는 것과 같은 쓰레기 말야. 그런데 수레 뒤에 실린 크리스마스 트리가 보였지. 아직 나뭇잎이 파릇파릇했고 가지엔 반짝이는 은박과 금박이 매달려 있었어. 청소부는 모든 사람이 볼 수 있도록 트리를 쓰레기 위쪽에 꽂은 거지. 그 광경을 보는 사람들은 울기도 하고 웃기도 했어. 그걸 보자 나는 많은 생각이 떠올랐지. 수레 안에 있는 것들도 그걸 보며 생각했을 거야. 수레 안엔 닳아 해진 숙녀용 장갑 한 짝이 있었는데, 장갑은 무슨 생각을 하고 있었을까? 알고 싶지 않니? 새끼손가락으로 크리스마스 트리를 가리키고 있던 장갑은 이렇게 생각했지. '이 나무를 보니까 가슴이 뭉클해. 나도 축제에 간 적이 있지. 샹들리에 속에서 촛불이 화려하게 타오르는 축제 말야. 내 인생은 무도회에서의 하룻밤이 전부였어. 악수를 하다가 잘못해서 찢어지고 말았거든. 내 추억은 그게 전부야. 난 이제 살아야 이유가 없어.'

또 깨진 도자기 조각들은 이렇게 생각했어. '저런 늙은 소나무와 같은 수레에 타고 있다니 창피해.' 하지만 도자기 조각들이 창피해하지 않는 것이 어디 있겠어? 도자기 조각들은 계속해서 이렇게 생각했지. '쓰레기 수레에 실렸으면 금박을 입고 자랑하지나 말 것이지. 예전에 우린 저 늙은 막대기보다 더 쓸모 있었다구.'

다른 쓰레기들도 도자기 조각들처럼 생각했을 거야. 그래도 크리스마스 트리는 참 보기 좋았어. 그것은 쓰레기 더미 가운데 있는 한 편의 시였지. 이삿날이든 아니든 간에 거리에는 쓰레기가 너무 많아. 그래서 난 탑 위에서 지내는 거야. 이곳에 있으면 아래를 구경할 수 있거든.

사람들은 자질구레한 일상 용품들을 이리저리 끌고 다니면서 서로 집 바꾸기 놀이를 하지. 그럴 때면 그들의 집의 요정도 함께 이사를 다녀. 그리고 슬픔, 걱정, 고통도 낡은 집에서 새 집으로 이사를 가지. 그렇게 해서 얻는 게 뭘까? 아주 오래 전에 신문에 실린 시에 이런 구절이 있었지.

'죽음이라는 큰 이삿날을 생각하라!'

이것은 진지하고 냉정하게 생각해야 할 문제지. 이런 말을 꺼낸 걸 불쾌하게 여기지 않길 바라. 죽음은 가장 믿음직한 공무원이지. 죽음은 자질구레한 일 외에도 아주 중요한 일을 해. 이런 걸 한 번이라도 생각해 본 적 있니?

죽음은 우리의 마지막 여행을 위해 마차를 몰고, 우리의 여권 검사관으로, 우리의 근무수첩에 서명을 하지. 죽음은 삶이라는 커다란 은행의 지배인이야. 우리가 살면서 행한 크고 작은 행동들이 모두 이 은행에 저축되어 있다는 걸 아니? 죽음이 거대한 마차를 끌고 오면 우린 좋든 싫든 그의 마차를 타고 영원의 나라로 가야 해. 죽음은 우리에게 근무수첩을 주는데, 그것은 경계선을 넘는 데 필요한 여권이지. 여행에 필요한 경비를 충당하기 위해 죽음은 은행에서 한두 개의 행위를 꺼내 가는데, 그건 바로 우리가 했던 행위들이야. 그건 착한 행동일 수도 있고 끔찍한 행동일 수도 있지.

아직까지 그 마차를 피해간 사람은 아무도 없어. 그 마차 뒤를 따라가야 했던 방랑하는 유대인(형장으로 끌려가는 예수를 모욕했기 때문에 영원히 방랑하는 벌을 받음)이 있긴 하지만 말야. 만약 죽음이 그 유대인을 마차에 태웠다면 그는 시인들에게 지금까지 받은 그런 불친절한 대우는 받지 않았을 거야.

자, 잠깐 상상의 날개를 펴고 마차에 탄 사람들을 생각해 봐. 마차 안에는 여러 부류의 사람들이 있어. 그들은 왕이건 거지건, 천재건 바보건 간에 모두 나란히 앉아 있지. 그들이 가졌던 돈이나 권력은 모두 사라지고 그들이 가진 건 근무수첩과 그들의 은행에서 꺼낸 여비뿐이지. 그런데 죽음이 우리에게 여비로 준 것은 어떤 것일까? 그것은 아마 완두콩만큼이나 아주 작은 것일 거야. 하지만 완두콩에서는 덩굴이 자라나고 꽃이 필 수 있지만 그 여비는 그만한 일도 못할 수 있어.

불 옆에 있는 작은 발판(의자)에 앉아 욕을 먹으면서 부당하게 매를 맞아야 했던 불쌍한 거지는 여비로 발판을 받을 거야. 그 발판은 편안한 의자 가마가 되어 거지를 영원의 나라로 실어 가서 아늑한 정자처럼 향기로운 꽃들이 활짝 핀 금으로 된 옥좌가 될 거야.

이 세상에서 항상 쾌락이라는 향기로운 술을 마시며 자신이 저지른 잘못을 잊어버린 사람은 작은 나무 컵을 받게 되는데, 그 안에는 아무것도 섞이지 않은 순수한 음료가 들어 있지. 그걸 마시면 생각이 맑아지고 착하고 정직한 감정이 되살아나게 돼. 그래서 전에는 보려고도, 이해하려고도 하지 않았던 것들을 보고, 이해하게 되지. 그 사람은 영원히 죽지 않는 양심의 가책이란 벌을 받게 되는 거야. 지상에 살던 시절에는 '망각'이라는 말이 적힌 컵으로 술을 마셨지만, 이제는 '기억'이란 말이 적힌 컵으로 술을 마시게 되는 것이지.

역사책을 읽을 때마다 책 속에 나온 인물들이 죽음의 마차에 타는 순간을 그려 보곤 해. 죽음으로부터 어떤 여비를 받았을까 하고 말야. 사람들은 덕망 있는 사람들의 이름을 잊고 살지. 그 왕이 누구였더라? 지금 당장엔 그 이름이 생각나지 않아. 나중에 생각나겠지만 아무튼 그 왕이 나라를 다스리던 시기에 기근이 들었는데 자비를 베풀어 백성들을 구했지. 그래서 백성들은 그를 기리기 위해 눈으로 기념비를 세웠어. 기념비에는 이렇게 쓰여 있었지. '이 눈이 녹는 것보다 더 빠르게 당신은 우리를 도왔나이다.' 죽음은 이 기념비를 바라보며 왕에게 영원히 녹지 않는 눈송이 하나를 주었을 거야. 그 눈송이는 왕이 영원의 나라로 들어갈 때 흰나비처럼 왕의 머리 위를 날아다녔겠지.

또 루이 11세라는 왕이 있었어. 그의 이름은 확실히 기억해. 역사에 나오는 악인의 이름은 쉽게 잊혀지지 않는 법이거든. 그가 한 행동이 잊혀지지 않는데, 이 이야기는 거짓말이었으면 좋겠어.

루이 11세는 최고 고문관을 처형시켰지. 정당한 이유가 있든 없든 간에 그에게는 그럴 힘이 있었어. 그런데 더 지독한 것은 여덟 살과 일곱 살인 고문관의 두 아이에게 아버지가 처형당하는 모습을 지켜보게 한 것이야. 아버지의 따뜻한 핏방울이 그들에게 튀길 정도로 가까이에서 말야. 그런 다음에 왕은 두 아이를 바스티유 감옥으로 보내서 쇠창살 속에 가두었지. 왕은 그 아이들에게 덮을 모포 한 장도 주지 않았어. 그것도 모자라서 일주일에 한 번씩 사형 집행인을 보내 아이들의 이를 하나씩 뽑아 오게 했지. 그들이 편하게 지내지 못하도록 말야. 참다 못한 큰 아이가 말했지. '어린 내 동생이 이런 고통을 겪고 있다는 걸 어머니가 아시면 슬퍼하시다 돌아가시고 말 거예요. 그러니 제 이를 두 개 뽑고 동생 것은 내버려 두세요!'

이 말을 들은 사형 집행인의 눈에선 눈물이 흘렀지. 하지만 왕의 명령이 눈물보다 더 강했기 때문에 명령에 따를 수밖에 없었어. 일주일에 한 번씩 아이들 이 두 개씩이 은 쟁반에 놓여 왕에게 진상되었어. 왕이 그렇게 요구했던 것이지. 죽음은 왕이 영원의 나라로 갈 때 삶이라는 은행에서 여비로 아이들의 이 두 개를 꺼내 그에게 주었을 거야. 죄 없는 아이들의 이는 왕 앞을 가로막으며 뜨겁게 달아올라 왕을 물어뜯고 꼬집었겠지.

큰 이삿날에 죽음의 마차를 타고 가는 여행은 장엄하지. 그런데 이런 이삿날은 언제 올까?

사람들은 그 여행에 대해 진지하게 생각해 봐야 해. 어느 날, 언제, 어느 순간에 마차가 도착할지 몰라. 달력에는 그 이삿날이 표시되어 있지 않으니까 알 수 없지. 그때가 되면 죽음은 은행에서 우리의 어떤 행위를 꺼내 줄까? 그걸 한 번 생각해 봐."

# 129
## 아네모네

공기가 차갑고 바람이 매서운 겨울이다. 하지만 집안은 따뜻하고 아늑했으며 꽃은 눈으로 덮인 땅 속에 있는 구근 속에 누워 있었다.

비가 내리던 어느 날, 빗방울이 눈으로 덮인 땅 속으로 스며들어, 구근을 건드리며 땅 위 세상에 대한 이야기를 들려주었다. 곧이어 햇살도 눈을 뚫고 땅 밑으로 내려와 구근을 간지럽혔다.

"어서 들어와." 꽃이 말했다.

"갈 수가 없어. 난 네 문을 열고 들어갈 만큼 강하지 않아. 하지만 여름이 되면 그곳으로 갈 수 있을 거야." 햇살이 말했다.

"언제 여름이 오는데?" 꽃이 물었다. 꽃은 햇살이 내려올 때마다 늘 똑같은 질문을 했다. 그러나 여름은 멀고도 멀었다. 땅 위에는 아직 눈이 쌓여 있었고, 밤이 되면 물웅덩이가 꽁꽁 얼었다.

"얼마나 있어야 하지? 얼마나! 온몸이 근질근질해서 기지개를 켜고 싶어 해. 어서 밖으로 나가고 싶어. 나가야 한단 말야. 여름에게 아침 인사를 하고 싶어. 그럼 얼마나 즐거울까?"

꽃이 구근 속에서 기지개를 켜자 얇은 피부가 갈라졌다. 물이 부드럽게 씻어 주고, 눈과 흙이 따뜻하게 감싸주고, 햇살이 닿았던 곳이었다. 눈 밑에 있는 흙을 뚫고 녹색 줄기가 달린 흰 꽃망울과 꽃망울을 보호하는 가늘고 긴 잎사귀들과 함께 꽃이 솟아나기 시작했다. 아직 눈이 쌓여 있지만 햇살이 스며들어 눈을 뚫고 나올 수 있었다. 꽃은 이제 햇살의 힘이 예전보다 더 강해진 걸 느꼈다.

"어서 와, 어서 와!" 햇살이 꽃에게 소리쳤다. 꽃은 눈 위로 고개를 내밀고 환한 세상을 보았다. 햇살이 쓰다듬고 입을 맞추자 꽃봉오리가 열렸다. 가는 녹색 줄무늬가 있는 눈처럼 흰 꽃이었다. 꽃은 기쁜 표정으로 겸손하게 머리를 숙이고 있었다.

꽃을 보자 햇살들이 말했다. "어머, 아름다워! 넌 참으로 싱싱하고 순결하구나. 네가 처음으로 핀 꽃이야. 우린 널 사랑한단다. 이제 네 희고 작은 방울은 찬란한 여름을 알려 주겠지. 곧 눈이 녹고 찬바람이 그칠 거야. 우리가 지배하면 온 세상이 푸르게 변하지. 네 친구도 생길 거란다. 라일락과 금련화가 피어나고 마지막으로 장미꽃도 피어날 거야. 넌 참으로 순결하고 눈부셔."

그것은 크나큰 기쁨이었다. 바람이 작은 꽃을 위해 노래했고, 햇살은 꽃잎과 꽃대 속으로 스며들었다. 꽃은 부서질 듯 연약하고 가냘팠지만, 눈부시게 아름다웠다. 초록빛 줄무늬가 있는 하얀 옷을 입은 그 꽃은 다가오는 여름을 노래했다.

그러나 여름이 오려면 아직도 한참을 기다려야 했다. 구름이 태양을 가리고, 바람이 매섭게 불었다. 바람과 구름은 꽃에게 투덜댔다. "넌 너무 일찍 나왔어. 우린 아직도 힘이 넘쳐난다구. 너도 그걸 느낄 거야. 그러니 밖으로 나오지 말고 얌전히 집에 있는 게 좋아. 아직은 그렇게 예쁘게 치장하고 돌아다닐 때가 아니라구."

갑자기 날씨가 쌀쌀해졌다. 여러 날이 지나도록 컴컴한 하늘에는 한 줄기의 햇살도 보이지 않았다. 아주 작은 꽃이 꽁꽁 얼어죽기 십상이었다. 그렇지만 꽃은 자신이 알고 있는 것보다 더 큰 힘을 지니고 있었다. 그렇게도 기다리던 여름이 올 것이라는 믿음은 따뜻한 햇살을 받고 나자 더욱 굳어졌다. 그래서 꽃은 눈송이들이 무겁게 내려앉고 살얼음 같은 바람이 몰아칠 때에는 가만히 고개를 숙이고 흰 눈으로 된 흰옷을 입고 꿋꿋하게 서 있었다.

"넌 부러질 거야. 꽁꽁 얼었다가 시들어 죽게 될 거야. 어쩌다가 햇살의 꼬임에 빠져 꽃을 피웠니? 햇살들이 널 속였다구. 넌 겨울에 핀 여름 바보야." 매서운 바람이 으르렁거리며 소리쳤다.

"여름 바보라구!" 작은 아네모네는 쌀쌀한 아침 바람을 맞으며 서서 중얼거렸다.

그때 정원에 나온 아이들이 아네모네를 발견하고 환성을 질렀다. "와, 여름 바보다!"

아이들은 바람이 말한 것처럼 작은 꽃을 여름 바보라고 불렀다. 하지만 전혀 이상할 것이 없었다. 그 꽃 이름은 덴마크어로 여름 바보였기 때문이다.

"정말 아름답고 기품 있어. 올해 처음 핀 꽃이야. 이 정원에 있는 하나뿐인 꽃이기도 하구." 아이들은 이런 말도 했다. 꽃은 이 말이 햇살처럼 달콤하게 느껴졌다. 꽃은 너무 행복해서 자신이 꺾이는 것도 몰랐다.

한 어린아이가 꽃을 꺾더니 입을 맞추며 집 안으로 가져갔다. 아이는 따뜻한 방으로 꽃을 가져가 물병에 꽂았다. 꽃은 갑자기 공기가 상쾌하고 따뜻하자 여름이 온 것이라고 생각했다.

이 집 주인의 딸은 매우 사랑스러웠다. 열네 살 된 그 소녀는 이제 막 견신례를 받았다. 소녀의 남자 친구 역시 견신례를 받았는데, 그는 도시에서 공부하고 있었다.

"그 앤 내 여름 바보가 될 거야." 소녀가 이렇게 말하며 작은 꽃을 가져가 시를 쓴 종이에 넣고 접었다. 덴마크에서는 젊은이들이 그 해에 처음 핀 아네모네를 시와 함께 주고받는 관습이 있었다. 그러나 편지에는 서명을 하지 않기 때문에 편지를 받는 사람은 누가 보낸 것인지 추측해야 했다.

봉투 안은 구근 속처럼 컴컴했다. 편지는 우편낭 속으로 들어가 여행을 떠나게 되었다. 여름 바보는 몇 번씩 눌리고 찌부러진 끝에 목적지에 도착했다.

편지를 받은 읽은 소년은 몹시 기뻐하며 꽃에게 입을 맞추고 편지와 함께 책상 서랍 속에 넣었다. 서랍 안에는 편지들이 많았으나 꽃을 가진 편지는 하나뿐이었다. 햇살이 꽃에게 말했던 것처럼 그 꽃은 그 해에 처음으로 핀 하나밖에 없는 꽃이었다. 그것은 생각만 해도 기분 좋은 일이었다.

꽃은 그런 생각을 할 시간이 아주 많았다. 여름이 지나가고, 기나긴 겨울이 지나도록 서랍 속에 있었기 때문이다. 다시 여름이 오자 소년이 편지를 꺼냈다. 그런데 소년은 그 편지를 보자 예전처럼 행복해하기는커녕 거칠게 구겨서 방바닥에 던져 버렸다. 그 바람에 꽃도 바닥에 떨어지고 말았다. 이제 꽃은 시들어 있었지만 그렇게 바닥에 내동댕이쳐진다는 것은 참을 수 없는 일이었다.

하지만 불 속에 던져져 태워지는 것보다는 나았다. 소년은 편지와 시들을 모두 난로 속에 던져 태워 버린 것이다. 대체 무슨 일이 있었던 것일까?

소녀는 그 소년을 여름 바보로 만들어 버리고 다른 친구를 사귄 것이다. 이런 일은 흔히 있는 일이었다.

다음날 아침, 햇살이 창문으로 들어와 납작하게 말라 버린 작은 여름 바보를 비추었다. 꽃은 마치 방바닥에 그려진 그림처럼 보였다. 그때 방을 청소하러 들어온 하녀가 꽃을 발견하고 책상 위에 놓인 책 속에 넣었다. 꽃은 다시 시 속에 파묻혀 지내게 된 것이다. 하지만 이번엔 편지 속의 시가 아닌 책 속의 시였다. 이 시들은 소녀가 쓴 시보다 훨씬 뛰어나고 가치 있었다.

여러 해가 흘러가고 책은 여전히 책장에 있었다. 책은 가끔 책장에서 꺼내져 읽히곤 했다. 그 책은 덴마크의 시인 암브로시우스 스툽이 쓴 책이었다.

어느 날, 그 책을 읽던 남자가 책장을 넘기다가 탄성을 질렀다. "아니, 이건 아네모네 아냐? 여름 바보네. 이 꽃이 이 책 속에 꽂혀 있는 데엔 이유가 있을 거야. 암브로시우스 스툽도 여름 바보였거든. 어릿광대 시인이었지. 그도 시대를 앞서 태어났어. 그래서 그는 매서운 바람을 맞고 눈과 얼음 속에서 꽁꽁 얼어야 했지. 계절을 잘못 알고 나온 겨울 바보, 여름 바보, 웃음거리였어. 하지만 아직도 여름처럼 젊고 싱싱한 덴마크 최고의 유일한 시인이지. 그래, 작은 여름 바보야, 넌 이 책에 꼭 어울리는구나. 누군가 이유가 있어서 널 여기에 넣어 두었겠지."

아네모네는 다시 책 속에 넣어졌다. 꽃은 아네모네에 대해 처음으로 노래한 시인의 시집에 꽂혀 있다는 사실이 영광스럽고 행복했다. 아네모네처럼 여름을 꿈꾸며 매서운 겨울 속에 서 있었던 여름 바보인 시인의 시집 속에 말이다. 아네모네는 자신이 들은 것을 자기 방식으로 이해했던 것이다. 우리들이 모든 사물을 우리 방식으로 이해하듯이.

이것이 아네모네에 대한 동화이다.



# 130
# 숙모

여러분이 나의 숙모를 안다면 참 재미있을 것이다. 숙모는 참 매력적인 분이었다. 그러니까 아름답진 않지만 다정하고 상냥했으며, 무엇보다도 풍부한 화젯거리가 되었다. 숙모는 희극 속에 나올 법한 인물이었다. 가능하기만 했다면 숙모는 희극 배우가 되는 것도 마다하지 않았을 것이다. 연극을 사랑하고 연극을 위해 산 분이었으니까. 숙모가 포핀제이라고 불렀던 아겐트 핀제이는 숙모를 연극광이라고 말했다.

숙모는 이렇게 말하곤 했다. "연극은 나의 학교야. 내 지식의 근원이지. 연극은 주일 학교에서 배운 것을 기억하는 데 도움이 되거든. '모세, 요셉과 그의 형제들'은 오페라지. 그 오페라를 본 적이 있지. 역사, 지리, 인간에 대해 내가 알고 있는 것은 모두 연극에서 배운 거야. 프랑스 연극을 보면 파리에서의 생활이 어떤지 알 수 있지. 그곳 생활은 난잡하지만 정말 흥미로워. 그리고 '리크보르크 가문'을 보고 얼마나 울었는지 몰라. 거기에 나오는 남자 주인공은 자기 부인이 젊은 연인과 함께 살 수 있게 해 주려고 술을 마시다 죽지. 왕립 극장에 다닌 지난 50년간 얼마나 많은 눈물을 흘렸는지 몰라."

숙모는 연극마다 무대 장치가 어떤지를 알고 있었으며 어떤 배우가 나왔는지, 또는 어떤 배우가 나올 것인지에 대해서도 알았다. 숙모가 실제로 산 시간은 연극이 상연되는 기간뿐이었다고 해도 과언이 아니었다. 연극 공연이 없는 여름날은 숙모를 늦게 만드는 시간이었고, 한밤중까지 연극이 상연되는 저녁 시간은 숙모의 삶이 연장되는 시간이었다.

숙모는 다른 사람들처럼, "첫 딸기가 나왔다고 신문에 실렸어요"라는 말을 하지 않았다. 숙모는 가을이 다가오는 것에만 관심이 있었다. 여름이 끝날 무렵이 되면 숙모는 곧 가을이 올 거라는 식으로 말하지 않고 이렇게 말했다. "극장 관람석을 예약한다고 하더군요. 이제 곧 연극 시즌이 시작되는군요."

숙모는 집의 가치를 얼마나 극장 가까이에 있느냐에 따라 평가했다. 그러더니 숙모가 극장 뒤의 작은 골목을 떠나 극장에서 먼, 큰길에 있는 집으로 이사를 해야 했던 일은 참으로 슬픈 일이 아닐 수 없었다. 그 거리는 너무나 넓어서 맞은편 집에서 무슨 일이 일어나는지 보이지 않을 정도였다.

"집에선 창문이 관람석이 되어야 해. 집 안에 앉아서 자기 자신에게만 몰두할 수는 없잖아. 무릇 사람이란 다른 사람들을 구경해야 하는 거야. 하지만 지금 난 시골로 쫓겨난 신세 같아. 사람들을 보려면 부엌으로 가서 찬장 위에 앉아야 한다니까. 이웃은 집 뒤쪽에만 있으니까 말야. 작은 골목에 살 땐, 바로 맞은편에 사는 식료품 장수네 거실을 들여다볼 수 있었는데. 게다가 극장까진 300걸음이면 갈 수 있었다구. 그런데 지금은 3,000걸음을 가도 모자란단 말야."

숙모는 가끔 아플 때가 있었다. 하지만 아무리 아파도 연극을 놓치지는 않는다. 어느 날, 의사가 발에 오트밀 반죽을 바르라는 처방을 내렸다. 그러자 숙모는 의사의 말대로 오트밀 반죽을 바르고 극장에 갔다. 숙모는 극장에서 죽었다면 무척 기뻐했을 것이다. 극장에서 죽은 덴마크 조각가 토르발센의 죽음을 '복된 죽음'이라고 말할 정도였으니까.

심지어 숙모는 극장이 없는 천국은 상상도 하지 못했다. 숙모는 천국에 극장이 있다는 말이 나와 있지 않다는 것을 인정하면서도 이렇게 말했다. "하지만 이 세상을 떠난 훌륭한 배우들이 어디로 가겠어? 그들이 연기 외에 무슨 일을 하겠느냐구?"

또한 숙모는 극장에서 안방으로 연결된 연락선을 가지고 있었다. 숙모의 표현을 빌리자면 그랬다. 이 직통 연락선은 일요일이면 어김없이 커피를 마시러 숙모를 찾아왔다. 다름 아닌 무대 조감독인 시베르첸 씨였다. 그는 연극의 막을 올리거나 내리라는 명령을 하고 무대 세트를 바꾸라는 신호를 해 주는 사람이었다. 숙모는 그에게서 모든 연극 작품에 대해 짤막하지만 적절한 설명을 듣곤 했다.

"셰익스피어의 '폭풍우'는 말도 안 돼요. 무대 장치가 엄청나게 많아요. 처음 장면부터 폭풍우와 물로 시작되지요."

굽이치는 파도를 연출해야 하는 일은 시베르첸 씨의 몫이었다. 시베르첸 씨는 1막부터 5막까지 전체가 똑같은 무대 장치로 꾸며지고 소품이 전혀 필요 없는 작품을 이성적이고 잘 쓰여진 작품이라고 했다.

숙모와 시베르첸 씨가 모두 젊었을 때 ― 숙모는 30대 이전의 시기를 이렇게 불렀다 ― 시베르첸 씨는 벌써 무대 조감독이 되어 숙모의 직통 연락선이 되었다. 당시에는 무대 위쪽에 있는 맨 꼭대기 층에서 관람하는 것을 몇 사람에게만 허용했다. 장군과 왕의 고문관 부인도 그곳에서 연극을 관람할 정도로 그곳에서 연극을 보는 것은 흥미로웠다. 그러나 무엇보다도 재미있는 것은 막이 내린 뒤 배우들이 하는 행동과 표정이었다. 이 특별석 표는 연극에 나오는 사람을 통해서만 살 수 있었다. 하지만 무대 조감독과 같은 하찮은 사람도 한두 개의 좌석에 대한 권한이 있었다.

숙모도 그곳에서 앉아 발레와 오페라를 구경한 적이 많았다. 그렇게 높은 곳에서 관람할 때는 출연자들이 많은 공연일수록 더 재미있었다. 특별석은 매우 어두웠기 때문에 저녁 식사를 가지고 가서 먹으면서 관람하는 사람들이 많았다. 한 번은 한 관객이 저녁 식사를 하며 관람하다가 사과 세 개와 소시지 반 토막을 '우골리노'가 수감된 감옥에 떨어뜨렸다. 그러자 관객석에서 한바탕 폭소가 터졌다. 연극 내용에 의하면 우골리노는 굶어 죽게 되어 있었기 때문이다. 이 소시지 사건으로 인해 극장 감독은 맨 꼭대기 층의 관람석을 일반인들에게 폐쇄해 버렸다.

"하지만 난 그 꼭대기 층에서 37번이나 관람했지. 그래서 시베르첸 씨를 항상 고맙게 생각한단다." 숙모는 의기양양하게 이렇게 말하곤 했다.

숙모는 무대 맨 꼭대기 층이 관객에게 개방된 마지막 저녁 공연을 생생하게 기억하고 있었다. 그 공연 때 숙모가 시베르첸 씨를 통해 아겐트 핀제이에게 입장권을 얻어 주었던 것이다. 그날 공연은 '솔로몬의 재판'이었다. 핀제이 씨는 항상 연극을 비웃었기 때문에 그 표를 받을 자격이 없었지만 마음 착한 숙모가 그를 위해 표를 구해 준 것이다. 핀제이의 말을 빌리면, 그는 '연극이 뒤집히는 것'을 보고 싶어 극장에 갔다.

'솔로몬의 재판'이 한참 공연되고 있을 때 핀제이 씨는 술에 취한 사람처럼 깊은 잠에 곯아떨어졌다. 그는 연극이 끝나는 줄도 모르고 깊이 잠을 잤다.

핀제이 씨가 깨어났을 때는 자정이 지나서였다. 조명이 다 꺼지고 극장은 텅 비어 있었다. 그런데 그때부터 진짜 연극이 시작되었다. 숙모는 믿지 않았지만 핀제이 씨의 말에 따르면 그랬다. 그것은 '솔로몬의 재판'이 아니라 '극장의 심판의 날'이었다고 했다.

핀제이 씨가 입장권을 구해 준 데 대한 감사의 표시로 숙모에게 들려준 이야기는 이랬다.

"깨어나 보니 맨 위층 관람석이 캄캄하더군. 그런데 그때 위대한 마법의 공연이 시작되었소. '극장의 심판의 날'이 말이오. 안내원들은 문가에 서서 관객들이 그들의 도덕적인 마음 상태를 나타내는 성적표를 보여주지 않으면 들여보내지 않으려 했소. 성적표가 나쁜 관객은 두 손을 꽁꽁 묶고 입에 입마개를 씌웠지. 말하거나 환호성을 지르지 못하게 말이오. 공연이 시작된 후에야 도착한 사람들은 1막이 끝날 때까지 기다려야 했소. 시간을 지키지 않는 사람들은 대개는 젊은이들이었지."

"그런 얘길 하다니 참 짓궂군요. 주님께서는 그런 말에 찬성하지 않으실 거예요." 숙모가 말을 가로막으며 말했으나 핀제이 씨는 그 말에 신경 쓰지 않고 자기 얘기만 계속했다.

"무대 장치 화가는 천국에 가려면 자기가 그린 계단을 올라가야 하오. 인간의 다리로는 올라갈 수 없는 계단을 말이오. 이것은 원근법에 대해 저지른 죄에 대한 벌이지. 또 무대 감독이나 조감독들이 천국에 가려면 그들이 평생 동안 다른 장소에 갖다 놓은 식물과 건물들을 원래 속했던 나라와 시대로 가져다 놓아야 하오. 그것도 수탉이 울기 전에 말이오. 그렇지 않으면 천국의 문은 그들에게 영원히 열리지 않을 테니까."

핀제이 씨는 그 밖에도 많은 이야기를 했다. 그는 배우들과 무용수들이 천국에 가기 위해서 해야 할 일에 대해서도 말했다. 하지만 어떻게 해야 자신이 천국에 갈 수 있는지에 대해 걱정했어야 할 것이다. 숙모는 노발대발하며 그가 위층 관람석에 갈 자격이 없는 사람이며 그가 한 말을 절대로 입에 담지 않겠다고 말했다. 그러자 핀제이 씨는 자기가 말한 것을 모두 기록해 놓았으며 죽기 전에는 그것을 출판하지 않을 것이라고 말했다. 그랬다가는 산 채로 가죽이 벗겨질 테니까 말이다.

숙모는 기쁨의 사원인 극장에서 두려움과 공포에 시달린 적이 있었다고 한다.

눈보라가 몰아치는 어느 추운 겨울, 햇빛이라곤 두 시간 동안 어슴푸레하게 비친 게 전부였다. 그래도 극장에서는 '운나의 헤르만'을 공연했다. 프롤로그와 에필로그로 제법 규모가 큰 발레가 공연되는 1막 오페라였다. 숙모는 심야까지 공연되는 그 공연을 놓칠 수가 없었다. 숙모는 자기 집에서 하숙하는 사람에게 안감이 양피로 되어 있는 썰매용 장화를 빌려 신었다. 커서 무릎까지 올라가는 장화였다.

힘들게 극장에 도착한 숙모는 좌석을 찾아갔다. 왼쪽 두 번째 좌석이었다. 그곳은 왕족이 앉는 특별석이어서, 그곳에서 보면 무대 배경이 더 아름다워 보였다.

연극이 한참 공연되고 있을 때 갑자기 어디선가 "불이야" 하는 외침이 들렸다. 위층 관람석에서 연기가 솟아나고 엄청난 소동이 벌어졌다. 숙모가 신고 있는 썰매용 장화는 따뜻하긴 했지만 도망가기에는 불편했다. 한참을 허둥대던 숙모는 뒤늦게야 특별석 문 쪽으로 다가갔다. 하지만 앞서 나간 공포에 질린 사람들이 문을 너무 세게 닫는 바람에 문이 잠기고 말았다. 숙모는 특별석에서 나올 수도 없었고 칸막이가 너무 높아 옆 좌석으로 넘어갈 수도 없었다. 소리를 질렀지만 아무도 듣지 못했다. 특별석 밑을 내려다보자 그리 높은 것 같지 않았다. 숙모는 두려운 중에도 민첩하게 밑으로 뛰어 내렸다. 그런데 그만 한쪽 다리가 난간에 걸리고 말았다. 나머지 한쪽 다리를 들어올릴 수가 없어서 치맛자락이 위로 올라간 채 썰매용 장화를 신은 긴 다리를 흔들거리며 말을 탄 것처럼 앉아 있는 꼴이 되었다. 참으로 꼴불견이었다. 그렇게 해서 숙모는 화재에서 구출되었다. 극장이 불에 타지 않았기 때문에 구출된 건 당연했다.

숙모는 생애에서 가장 기억에 남는 저녁이라고 했다. 그리고 그때 자신의 모습을 볼 수 없었던 게 천만다행이라고 했다. 그런 자신의 모습을 보았더라면 부끄러워서 죽어 버렸을 테니까 말이다.

숙모의 직통 연락선이자 무대 조감독인 시베르첸 씨는 일요일마다 숙모를 찾아왔다. 하지만 숙모에게 일요일과 다음 일요일 사이는 무척 긴 시간이었다. 그래서 숙모는 나이가 들자 적적함을 달래기 위해 목요일마다 발레단에 있는 소녀를 초대하곤 했다. 그 소녀는 저녁 식사를 하고 남은 음식을 먹어 치우곤 했다. 숙모가 극장 소식에 굶주린 것처럼 그 소녀는 음식에 굶주렸던 것이다. 소녀는 항상 요정과 시녀로 등장했다. 그녀에게 제일 어려웠던 역은 '마적'에 나오는 사자 뒷다리 역이었다고 한다. 하지만 이제는 커서 사자 머리 역할을 하게 되었는데 대가가 고작 3크라운에 불과했다. 뒷다리 역을 할 때는 5크라운을 받았는데 말이다. 사자의 뒷다리 역은 허리를 구부리고 걸어야 하고, 신선한 공기도 마실 수 없어 힘들기 때문에 돈이 더 많았던 것이다.

숙모는 이런 역도 참 재미있을 거라고 생각했다. 극장이 존재하는 한 숙모는 살 가치가 있는 사람이었다. 하지만 자기의 가치만큼 사는 사람은 거의 없다. 숙모는 극장 관람석에서 죽진 못했지만 자신의 침대에서 품위 있고 편안하게 죽었다. 어쨌든 숙모의 마지막 말은 참으로 인상적이었다.

"내일 공연은 뭐지?"

이것이 숙모가 남긴 마지막 말이었다.

숙모는 매년 이자가 20크라운일 걸 보면 500크라운 정도의 재산을 남겼던 것 같다. 이 재산은 항상 가장 훌륭한 작품들이 공연되는 토요일 밤에 왼쪽 두 번째 좌석을 예약하는 데 기증되었으며, 이 좌석은 가족이 없는 노처녀에게 돌아갔다. 그 유산을 물려받은 노처녀의 의무는 매주 토요일 극장에 앉아 무덤에서 쉬고 있을 숙모를 기억하는 것이었다.

연극은 숙모에게 종교였다.

# 131
# 두꺼비

옛날에 아주 깊은 우물이 있었다. 그래서 긴 줄이 달린 두레박으로 물을 퍼 올릴 때면 도르래가 힘겹게 돌아갔다. 물은 아주 맑았지만 해님은 한 번도 이 우물 속으로 자신의 모습을 비춘 적이 없었다. 하지만 조금이라도 햇살이 닿는 곳에는 돌멩이 사이에서 푸른 풀들이 자랐다.

바로 이 우물 속에 두꺼비 가족이 살고 있었다. 두꺼비 가족은 다른 곳에서 이곳으로 이사를 왔다. 아직도 살아 있는 늙은 엄마 두꺼비를 따라 이곳으로 곤두박질친 것이다. 훨씬 이전부터 이곳에 살고 있던 초록색 개구리들은 이 두꺼비들을 친척으로 받아들이고 '우물의 손님'이라 불렀다. 그러나 손님 두꺼비들은 전혀 떠날 기미가 보이지 않았다. 그들은 우물 속의 '쾌적한 곳'에서 눌러 앉아 살았다. 쾌적한 곳이란 두꺼비들이 축축한 돌멩이들을 두고 하는 말이었다.

엄마 개구리는 두레박 속에 있다가 바깥 세상으로 여행을 한 적이 있었다. 두레박이 하늘 높이 들어올려지자 갑자기 환한 빛이 쏟아져 눈이 멀 지경이었다. 하지만 다행히도 두레박을 빠져나올 수가 있었다. 풍덩하는 소리와 함께 다시 우물 속으로 떨어진 것이다. 그 바람에 허리가 아파 3일 동안 고생해야 했지만 말이다. 엄마 개구리는 바깥 세상에 대해 아는 것이 많진 않았지만, 그래도 자신과 가족들이 알고 있는 우물이 이 세상 전부가 아니라는 것은 말해 줄 수 있었다. 늙은 엄마 두꺼비라면 바깥 세상에 대해 이런저런 이야기를 해 줄 수 있었을 것이다. 하지만 엄마 두꺼비는 누가 물어봐도 대답한 적이 없었다. 개구리들은 묻다가 지쳐서 더 이상 묻지 않게 되었다. 하지만 엄마 두꺼비에 대해서는 지치지 않고 떠들어댔다.

"두꺼비 아줌만 뚱뚱하고 못생겼어요. 못생기고 뚱뚱하다구요. 애들도 똑같이 못생겼어요!" 어린 초록색 개구리들이 말했다.

"그럴지도 모르지. 하지만 우리 아이 중에 머리에 보석이 있는 아이가 있단다. 아니면 내가 가지고 있을지도 모르지." 엄마 두꺼비가 말했다.

어린 개구리들은 귀를 기울이며 듣다가 엄마 두꺼비가 징그러워서 깊은 우물 속으로 사라져 버렸다. 그러나 어린 두꺼비들은 자랑스럽게 뒷다리를 쭉 뻗고 고개를 꼿꼿이 세웠다. 그렇게 한참을 있다가 싫증이 난 어린 두꺼비들은 그들이 자랑스러워하는 것이 무엇이고 그들 머리에 있는 보석이 대체 무엇인지 궁금했다. 그래서 엄마 두꺼비에게 물었다.

"그건 굉장히 귀하고 값진 거란다. 그걸 어떻게 말로 표현할 수 있겠니? 그걸 가지고 있는 이는 정말 행운이지만, 다른 이들은 시기하게 마련이란다. 더 이상 묻지 말아라. 대답하지 않을 테니." 엄마 두꺼비가 말했다.

"그렇담, 난 보석을 가지고 있지 않아. 그렇게 찬란한 보석은 나한테는 어울리지 않아. 다른 사람이 날 시기하게 하는 거라면 갖고 싶지 않아. 단 한 번이라도 우물 꼭대기에 올라가서 밖을 내다볼 수 있으면 좋겠어. 거긴 정말 아름다울 거야!" 제일 못생긴 막내 두꺼비가 말했다.

"여기 있는 게 좋아. 넌 이곳을 잘 알잖니. 자기가 잘 알고 있는 곳이 가장 좋은 곳이란다. 두레박에 다치지 않도록 조심하렴. 잘못해서 두레박 속에 들어가거든 얼른 뛰어 내려. 모두가 나처럼 운 좋게 떨어지는 것은 아니지만 말야. 난 발 하나 다치지 않고 알 하나도 잃지 않았지." 엄마 두꺼비가 말했다.

"개굴개굴!" 막내 두꺼비가 말했다. 이 소리는 사람들이 말하는 "오!"라는 말과 같았다.

그래도 막내 두꺼비는 저 우물 위에 있는 푸른 세상이 보고 싶었다. 다음날 아침, 물을 가득 채운 두레박이 위로 올라가다 우연히 막내 두꺼비가 앉아 있는 돌멩이 앞에 잠깐 멈추었다. 막내 두꺼비는 물이 가득 찬 두레박 속으로 얼른 뛰어 들어 밑바닥으로 숨었다.

"퉤. 정말 징그럽게 생겼군. 이렇게 징그러운 두꺼비는 처음인걸." 두레박을 끌어올린 청년이 투덜거리며 물을 땅바닥에 쏟아 버리고 나막신으로 두꺼비를 차려고 했다. 그러나 막내 두꺼비는 잽싸게 쐐기풀 숲으로 도망쳤다.

한숨을 돌린 막내 두꺼비는 비로소 쐐기풀 줄기와 이파리들을 둘러보았다. 투명한 이파리들을 통해 햇살이 비쳐 들었다. 이것은 우리가 넓은 숲으로 나가 나뭇가지와 나뭇잎 사이로 비쳐 드는 햇빛을 바라보는 것과 같았다.

"여긴 우물 속보다 훨씬 더 아름답네. 여기서라면 평생을 살아도 좋을 것 같아." 막내 두꺼비가 중얼거리며 쐐기풀 숲에 누웠다. 한두 시간을 그렇게 누워 있던 막내 두꺼비는 이런 생각이 들었다. '저 바깥 세상은 어떻게 생겼을까? 이왕 여기까지 왔으니까 더 멀리 가 보는 게 좋겠어.'

막내 두꺼비는 쐐기풀 숲에서 슬슬 기어서 도로로 나왔다. 햇빛이 매우 뜨거웠으며 도로의 먼지가 뿌옇게 일었다.

"여기가 진짜 육지야! 여기엔 좋은 일이 많을 거야. 벌써 몸이 근질거리는걸."

막내 두꺼비는 도로를 가로질러 갔다. 도랑에는 물망초와 조팝나무 꽃들이 피어 있었고, 도랑 둑에는 말오줌나무와 산사나무가 자라고 있었다. 또 나뭇가지를 타고 올라간 흰 메꽃도 있었다.

여러 가지 색이 어우러진 모습은 참으로 아름다웠다. 작은 나비 한 마리가 이리저리 날아다녔다. 그것을 본 막내 두꺼비는 자기처럼 바깥으로 나가 세상을 구경하고 싶어하는 한 송이 꽃이라고 생각했다. 참으로 그럴 듯한 생각이었다.

"저 꽃처럼 날 수 있다면 …… 개굴개굴! 참으로 아름다워!"

막내 두꺼비는 아무것도 먹지 못하고 8일 밤낮을 도랑에서 지냈다. 9일째가 되던 날, 막내 두꺼비는 더 멀리 가 보기로 작정했다. 하지만 도랑보다 더 아름다운 곳이 있을까? 작은 두꺼비나 초록색 개구리라면 몰라도 말이다. 두꺼비가 떠나기로 한 마지막 날 밤에 바람이 세차게 불었다. '친척들'의 목소리가 바람에 실려 들려 오는 것 같았다.

"사는 건 정말 근사해. 우물 밖으로 나와서 쐐기풀에 누워도 보고, 먼지 쌓인 길을 기어가고, 축축한 도랑에서 맘껏 쉬어 보는 건 멋진 일이야. 하지만 더 먼 곳으로 가야겠어. 다른 두꺼비나 개구리를 찾아봐야지. 벗이 없이는 지낼 수 없는 법이니까. 자연만으론 충분하지 않아!" 막내 두꺼비는 이렇게 중얼거리며 다시 여행길에 올랐다.

거대한 들판을 지나자 갈대 숲이 우거진 연못이 나왔다.

"여긴 너무 축축해서 당신이 올 만한 곳이 못될지 모르지만 정말 잘 오셨어요. 당신은 여자예요, 남자예요? 하긴 그건 그다지 중요하지 않아요. 남자든 여자든 환영하니까요." 연못 속의 개구리들이 말했다.

그날 밤, 막내 두꺼비는 가족 음악회에 초대를 받았다. 우리가 알고 있듯이, 개구리들의 열정은 넘쳐흘렀지만 목소리가 매우 작았다. 그리고 먹을 것은 없었지만 연못에 마실 물은 많았다.

"난 다시 여행을 떠날 거예요." 막내 두꺼비가 말했다. 막내 두꺼비는 어딜 가든 좀 더 나은 것에 대한 갈증을 느꼈다.

하늘에는 별들이 초롱초롱하고, 초승달이 떠 있었다. 두꺼비는 해가 떠서 점점 더 높이 솟아오르는 것도 보았다.

'난 여전히 우물 안에 있어. 조금 큰 우물이긴 하지만 말야. 좀 더 높은 곳으로 가야 해. 내 마음속에 있는 이상한 동경 때문에 마음이 편치 않아.'

달이 완전히 둥글어진 모습을 본 불쌍한 두꺼비는 이렇게 생각했다. '저건 물을 퍼 올리는 두레박인지도 몰라. 저 두레박이 내려오면 그 속으로 뛰어들어 높이 올라가야지. 아니, 해님이 더 크지 않을까? 해님은 아주 크고 찬란하게 빛나잖아. 해님은 우리 모두가 다 뛰어들어도 될 만큼 커. 기회를 봐서 뛰어들어야지. 아, 머릿속에 생각이 너무 많아서 불꽃이 활활 타오르는 것 같아. 어떤 보석도 이보다 더 밝게 빛날 순 없을 거야. 하지만 내겐 보석이 없어. 그래도 울지 않을 테야. 난 단지 더 큰 아름다움과 영광을 향해 더 높이 높이 올라가고 싶어. 난 날 믿어. 좀 두렵긴 하지만 말야. 첫걸음을 내딛는 건 어려운 일이지. 그래도 난 앞으로 계속 나아갈 테야.'

굳은 결심을 한 막내 두꺼비가 힘차게 걸음을 내딛어 도로를 지나 사람들이 살고 있는 곳에 이르렀다. 그곳에는 꽃밭과 채소밭이 있었다.

"한 번도 보지 못한 별난 생물들이 많네. 세상은 참으로 크고 아름다워! 그러니까 한 곳에만 머무르지 말고 이곳저곳을 돌아다니며 견문을 넓혀야 해. 이곳은 아름다운 초록색 세상이구나." 막내 두꺼비가 배추 밑으로 들어가 쉬면서 주위를 보며 말했다

"정말 그래요. 내 잎은 이 밭에서 제일 큽니다. 세상의 절반을 덮고 있으니 말예요. 그 절반의 세상에 대해서는 난 관심이 없거든요." 배춧잎 위에 앉아 있던 송충이가 말했다.

바로 그때 배추밭으로 산책 나온 암탉 두 마리가 '꼬꼬댁 꼬꼬댁' 하며 울어댔다. 앞에 오던 닭은 먼 곳을 잘 보는 닭이었다. 그 닭은 송충이를 발견하자 배춧잎을 쪼아서 송충이를 땅으로 떨어뜨렸다. 땅에 떨어진 송충이는 몸을 배배 꼬았다. 닭은 처음엔 한쪽 눈으로, 그 다음엔 다른 쪽 눈으로 송충이를 유심히 지켜보았다.

'재미로 이러는 건 아닌 것 같군.' 닭은 이렇게 생각하며 송충이를 쪼아먹으려고 고개를 들었다.

그걸 본 막내 두꺼비가 깜짝 놀라서 닭에게 뛰어들었다.

"어, 지원군이 있었네. 소름끼치게 생긴 파충류로군. 한 입도 안되는 이런 초록색 벌레는 먹어 봐야 소용없어. 그저 목이나 근질거릴 뿐이지." 닭은 이렇게 말하며 송충이를 놓아주었다. 다른 닭도 똑같은 생각이었는지 곧 그 자리를 떠났다.

그때서야 털벌레는 잔뜩 움츠렸던 몸을 펴며 말했다. "몸을 잔뜩 비틀어서 닭에게서 벗어났어요. 항상 정신을 바짝 차려야 한다니까요. 하지만 다시 배춧잎으로 올라가는 게 큰 문제예요. 그런데 내 집이 어디 있죠?"

막내 두꺼비는 못생긴 자기 모습 때문에 송충이가 살아난 것이 기뻤다. 두꺼비는 자신을 지킬 능력이 없는 벌레를 동정했다. 그러자 송충이가 잘난 체하며 말했다.

"그게 무슨 말이에요? 내가 몸을 잔뜩 비틀어서 닭에게서 벗어났단 말예요. 당신이 흉하게 생기긴 했지만 나를 구한 것은 나 자신이라구요. 아무 도움도 받지 않았다구요. 내 배춧잎은 어디 있죠? 냄새가 나는군요. 맞아요. 바로 이 줄기군요. 자기 집처럼 좋은 곳은 없어요. 하지만 좀더 높이 올라가야겠어요."

막내 두꺼비가 그 자리를 떠나며 중얼거렸다. "그래, 더 높이! 이 벌레도 나와 생각이 같구나. 우리는 누구나 더 높이 올라가고 싶어하지. 그런 놀랄 일을 겪었으니 기분이 언짢겠지"

막내 두꺼비는 한껏 고개를 들고 높은 곳을 쳐다보았다. 한 농가의 지붕 꼭대기에 황새 둥지가 있었다. 아빠 황새가 긴 부리로 엄마 황새와 재잘거리고 있었다.

농가에는 두 사람이 살고 있었는데, 한 사람은 시인이었고, 다른 한 사람은 과학자였다. 두 사람 모두 착한 젊은이였다. 시인은 하느님이 창조하신 모든 것에 대해 마음에 비치는 대로 즐겁게 노래했다. 간결하지만 풍부한 울림이 있는 시로 말이다. 과학자는 사물을 관찰하고 조사했으며 필요하면 서슴없이 해부도 했다. 과학자는 하느님의 창조물을 커다란 수학 공식으로 보고, 더하고 나누기를 하여 모든 것을 이성적으로 이해하고자 했다. 그는 자연에 대해 많은 것을 알고 있었다.

"저길 봐, 멋진 두꺼비가 있군. 알코올에 담가 표본으로 써야겠어." 막내 두꺼비를 발견한 과학자가 말했다.

"표본이 두 개나 있잖은가. 이건 놔주게." 시인이 말했다.

"하지만 이 두꺼비는 기가 막히게 못생겼는걸."

"자네가 이 두꺼비 머릿속에 보석이 있다는 걸 확신한다면 자네가 해부하는 걸 나도 돕지." 시인이 웃으면서 말했다.

"보석이라구? 자넨 동물에 대해 잘 모르는 줄 알았는데." 과학자가 믿을 수 없다는 표정으로 말했다.

"오래 전부터 전해 내려오는 얘기 중에 가장 추한 동물인 두꺼비의 머릿속에는 가장 귀한 보석이 감추어져 있다는 얘기가 있지. 이솝과 소크라테스를 생각해 보게. 그들의 못생긴 머릿속에 보석이 들어 있지 않았는가?"

그 이상은 막내 두꺼비도 듣지 못했다. 두꺼비는 그 이야기의 절반도 이해할 수가 없었다. 두 친구는 계속 걸었으며 두꺼비는 알코올 속에 갇히는 것을 피할 수 있었다.

"그들도 보석에 대해 얘기했어. 보석을 가지지 않은 게 정말 다행이야. 그렇지 않았다면 불행한 일을 당했을 거야." 막내 두꺼비가 조용히 중얼거렸다.

그때 농가의 지붕 위에서 아빠 황새의 소리가 들렸다. 아빠 황새는 가족들에게 연설을 하고 있었으며 그런 중에도 눈은 아래를 보고 있었다. 채소밭에 있는 두 젊은이를 경계했기 때문이다.

아빠 황새가 이렇게 말했다. "사람은 가장 거만한 동물이야. 그들이 쉬지 않고 지껄이는 소릴 들어 봐. 그들은 말을 잘한다고 빼기지. 하지만 우리가 단 하루 만에 갈 수 있는 곳에 데려다 놓으면, 그들은 서로 의사 소통을 하지 못하지. 우리 황새들은 덴마크에서나 이집트에서나, 세계 어딜 가든 같은 말을 사용하지만 사람들은 그렇지 않아. 그래서 서로 이해하지 못하지. 그리고 사람들은 날지도 못해. 그래서 다른 장소로 이동할 때는 '철도'라고 하는 것을 이용하지. 그건 그들의 목을 부러뜨리는 발명품이야. 생각만 해도 부리에 소름이 오싹 돋아. 사람들이 없어도 세상은 존재하지. 그들이 없어도 우린 잘 지낼 수 있어. 우리는 개구리와 지렁이들만 있으면 되니까."

막내 두꺼비는 굉장히 멋진 연설이라고 생각했다. '황새는 매우 중요한 동물이야. 아주 높은 곳에서 살지. 아직까지 저렇게 높은 곳에서 사는 동물을 본 적이 없어.'

"헤엄도 칠 줄 아네!" 황새가 날개를 활짝 펴고 하늘을 나는 것을 본 막내 두꺼비가 외쳤다.

엄마 황새는 둥지에서 이집트와 거대한 나일 강의 물결과 낯선 나라의 엄청난 늪에 대해 이야기를 해 주었다. 막내 두꺼비에게는 정말 새롭고 놀라운 이야기였다.

마침내 막내 두꺼비는 결심했다. "이집트로 가야겠어! 엄마 황새나 새끼 황새가 날 데려가 줄지도 몰라. 그러면 앞으로 사는 동안 그 황새에게 충실하게 봉사할 텐데. 그래, 이집트로 가는 거야. 갈 수 있어. 내 안에는 어떤 보석보다도 더 값지고 아름다운 갈망과 소망이 있으니까."

그렇다. 이것이 바로 보석이었다. 머릿속에 보석을 가진 두꺼비는 바로 막내 두꺼비였다. 위로 향한 영원한 동경과 소망, 그것은 보석이었으며 환희와 소망으로 찬란하게 빛나는 불꽃이었다.

바로 그때 아빠 황새가 나타났다. 아빠 황새는 풀밭에 있는 두꺼비를 보더니 부리로 거칠게 쪼았다. 막내 두꺼비는 무섭고 숨이 막혔지만 바람이 스쳐 가는 것으로 보아 자신이 이집트로 향하고 있음이 분명했다. 막내 두꺼비의 두 눈이 기대감으로 반짝반짝 빛났다. 마치 눈에서 불꽃이 날아오르는 것 같았다.

"개굴개굴!"

막내 두꺼비의 심장이 멈추고 몸이 꿈쩍도 하지 않았다. 죽은 것이다. 하지만 두 눈에서 반짝이던 불꽃은 어떻게 되었을까? 햇살이 두꺼비의 머릿속에 있던 보석을 잡았다. 햇살은 그 보석을 어디로 가져갔을까?

과학자에게 묻지 말고 시인에게 물어보라. 시인은 여러분에게 이야기를 동화나 우화로 들려 줄 것이다. 그 이야기 속에는 송충이와 황새 가족 이야기도 나올 것이다. 송충이는 아름다운 나비로 변하고, 황새 가족은 산과 바다를 건너 저 먼 아프리카로 갔다가 다시 지름길을 통해 덴마크로 돌아온다. 자신의 둥지가 있는 바로 그 자리로 말이다. 이것 또한 신비스럽고 설명하기 어렵지만 사실이다. 과학자에게 물어봐도 사실이라고 할 것이다. 그리고 여러분은 직접 보았기 때문에 사실이라는 것을 믿을 것이다.

그런데 두꺼비의 머릿속에 있던 보석은 어떻게 되었을까?

햇빛 속에서 찾아 보라. 아니, 햇빛은 너무 눈부시기 때문에 우리 눈으로는 볼 수 없다. 하느님이 창조하신 찬란함을 들여다볼 수 없다. 하지만 언젠가는 그런 눈을 갖게 될 것이며, 이것은 가장 아름다운 동화가 될 것이다. 바로 우리들의 이야기이니까.


# 132
## 대부의 그림책

대부는 이야기를 자꾸 들려주었다. 알고 있는 이야기도 많았지만 길이도 무척 긴 것들이었다. 그는 신문에서 그림을 오리거나 직접 그려서 그림책을 만들었다. 크리스마스가 몇 주 후로 다가올 때면 책상에서 새 연습장을 꺼내 그 새하얀 종이에 신문과 책에서 오린 그림을 붙이거나 이야기에 적합한 그림이 없으면 직접 그려 넣었다. 나는 어렸을 때 이런 그림책 선물을 많이 받았다. 그 중 내가 제일 좋아한 것은 "코펜하겐이 기름 램프에서 가스 램프로 바뀌던 해"란 제목의 그림책이었다. 이것이 제목인지는 모르겠지만 적어도 첫 장에는 그렇게 적혀 있었다.

그 책을 본 아버지는 "잘 간수해야 한다."고 말했고, 어머니는 "그 책 읽을 때는 먼저 손을 씻으렴." 하고 덧붙였다.

대부는 그 제목 밑에 이렇게 썼다.

읽다가 책장이 찢어져도 두려워할 것 없다.
다른 아이들 역시 책을 찢는 법이니까.

가장 즐거운 때는 대부가 직접 우리에게 그림책을 읽어 줄 때였다. 대부는 책에 쓰여진 이야기만 읽어 준 것이 아니라 그것과 관련된 많은 다른 이야기도 들려주었다. 그래서 아무리 단순한 역사적 사실이라 해도 살아 숨쉬는 이야기가 되었다.

첫 장에 있는 그림은 〈비행 우편〉 신문에서 오린 것이었다. 코펜하겐의 중심부를 그린 그림으로 둥근 탑과 성모 마리아 성당이 있었다. 그리고 왼쪽에는 가로등 그림과 그 아래에 "기름 램프"라고 적혀 있었고, 오른쪽에는 가지 달린 촛대 그림과 그 아래에 "가스"라고 적혀 있었다.

대부는 이렇게 말했다. "이건 극장 앞에 있는 안내 프로그램처럼 앞으로 나올 이야기를 소개하는 것에 불과한단다. 내가 할 이야기로 들어가는 입구 같은 거지. 이 이야기를 희곡용으로 썼으면 제목을 〈기름과 가스〉나 〈코펜하겐의 일생〉이라고 붙였을 거야. 둘 다 꽤 괜찮은 제목이지.

첫 장 아래쪽에 있는 작은 그림은 사실은 거기 있어선 안 되는 거지. 책 제일 끝부분에 가야 하는 그림이란다. 바로 지옥의 말(馬, 신문 비평가들을 풍자한다)이지. 항상 책을 뒤에서 앞으로 읽으면서 자기가 썼으면 더 잘 썼을 거라고 뻐긴단다. 낮에는 신문에 고삐가 묶여 신문 기사 위를 마구 뛰어다니다가 밤이 되어 고삐가 풀리면 곧장 시인의 집으로 달려가서 시인이 죽었다며 나지막이 울지. 물론 시인은 죽지 않았지. 숨이 조금이라도 붙어 있으면 안 죽은 거니까. 지옥의 말은 항상 일을 그르치고, 우는 데 필요한 먹이도 못 구하는 친구지. 분명히 이 그림책도 좋아하지 않았을 거야. 하지만 그렇다고 해서 이 책이 읽을 가치가 없는 건 아니야.

자 이게 그림책 첫 장에 있는 이야기야. 본문을 소개한 거지!"

대부는 이야기를 계속했다. "기름 램프들이 마지막으로 불을 밝히던 날이었어. 새로 들어온 가스 램프들의 불빛이 너무 밝아서 기름 램프는 희미하게 보였어. 내 눈으로 직접 봤지. 그날 저녁 난 산책을 나갔단다. 거리에는 사람들이 많았지. 머릿수보다 정확히 두 배가 되는 다리들이 움직이고 있었지. 우리가 거리로 나온 건 모두 같은 이유 때문이었어. 낡은 램프에게 작별 인사를 하고 새로 들어온 램프를 구경하기 위해서였지. 함께 서 있던 야경꾼들은 몹시 낙담한 표정이었단다. 낡은 램프처럼 자신들도 해고당하지 않을까 하는 염려를 하고 있었지.

낡은 램프들은 과거를 생각하고 있었단다. 그건 나무랄 일이 아니었지. 미래는 감히 생각할 수 없었으니까. 낡은 램프들은 기억력이 좋아서 오래 전 어두운 겨울밤과 고요하던 여름 저녁에 있었던 일까지 모두 기억하고 있었단다. 난 가로등에 기대 있었는데, 낡은 기름 램프의 양초 심지가 탁탁 소리를 내며 말하는 소리가 들렸지. 그걸 지금 이야기해 주려는 거야. 낡은 기름 램프는 이렇게 말했단다.

'우린 그동안 최선을 다했습니다. 우리에게 주어진 역할을 다 했죠. 행복한 사람이든 불행한 사람이든, 모든 이의 발길을 밝혀 줬지요. 이상한 광경도 많이 봤답니다. 우린 밤이면 도시의 눈이 되어 주었지요. 이제 그 역할을 새 램프들에게 물려줄 때입니다. 새 램프들이 무엇을 얼마나 오랫동안 밝힐지는 아무도 모르는 일이죠. 우리보다 좀 더 밝게 빛나겠지만 그건 다 이유가 있어요. 가스 램프들은 금속으로 된 가지가 달려 있는데다가 서로 연결이 되어 있거든요. 여러 개의 관이 도시 전체를 관통하고 있고 심지어 도시 밖까지도 연결돼 있어요. 가스 램프들은 서로에게서 힘을 얻죠. 우리 기름 램프들은 각자의 힘만으로 불을 밝힌답니다. 다른 램프에게 도움을 요청하지 않아요. 우리와 우리 앞 세대들은 고대부터 코펜하겐의 거리를 밝혀 왔지요. 이제는 더 밝은 가스 램프들에게 우리 자리를 내줘야 할 때군요. 하지만 이곳에서 보내는 마지막 밤을 질투로 보내진 않을 거예요. 오히려 새로 파수병이 될 가스 램프들을 환영해요. 우린 늙었어요. 가스 램프들은 우리를 파수꾼의 의무에서 해방시키려고 왔지요. 그 옷은 우리 옷보다 더 밝고 아름다워요. 그들과 함께 하는 이 밤을 우리와 우리 조상들이 겪은 이야기를 하면서 보내고 싶어요. 이 이야기는 코펜하겐의 역사가 될 거예요. 가스 램프들과 그들의 자손들도 이 세상에서 사라지는 그날까지 우리만큼 많은 것을 경험하기를 바랍니다. 그리고 지금 우리처럼 후손들에게 자리를 물려줄 때 그들도 자신들의 경험담을 자랑스럽게 이야기할 수 있기를 바라요. 누구에게나 떠나야 할 시간이 찾아옵니다. 사람들은 가스보다 더 밝게 거리를 비출 또 다른 것을 발견하게 되겠죠. 한 학생이 언젠가는 바닷물도 태울 수 있을 거라고 말하는 걸 들었습니다.' 기름 램프는 이 말을 하면서 마치 심지에 물이 튀긴 것처럼 탁탁 소리를 냈단다."

대부는 기름 램프의 말을 듣고서 그 말에 대해 곰곰이 생각해 보았다. 그리고 다음날이면 사라져야 하는 기름 램프가 코펜하겐의 역사를 얘기하는 것은 아주 기특한 일이라고 생각했다.

대부는 계속해서 이렇게 말했다. "좋은 생각이 떠오르면 절대로 놓쳐선 안 되지. 난 그 길로 곧장 집으로 가서 너희에게 주려고 이 그림책을 만들었단다. 기름 램프가 기억하는 것보다 훨씬 더 오래 전으로 거슬러 올라가는 이야기지. 여기 있는 〈코펜하겐의 자서전〉이 바로 그 책이란다. 책의 첫 부분은 어둠으로 시작돼. 그래서 첫 장을 까맣게 칠했지. 이제 한 장을 넘겨서 다음 장을 보자꾸나.

여기에는 넓은 바다와 사나운 북서풍만 있어. 북서풍은 커다란 얼음 덩어리를 몰고 가는 중인데, 어떤 얼음 위에는 노르웨이의 산에서 가져온 거대한 화강암 바위가 실려 있단다. 북서풍은 얼음 덩어리를 남쪽으로 몰고 있지. 북동풍이 독일 산에게 북쪽의 화강암 바위가 얼마나 큰지 보여 주고 싶어했기 때문이야. 얼음 함대는 지금의 코펜하겐 해안 지역에 해당하는 외레순 지방을 통과했어. 그때 얕은 바다 아래에 솟아 있는 모래언덕을 지나다가 노르웨이의 큰 바위를 실은 얼음들이 그 모래언덕에 걸려 버렸지.

북서풍은 힘껏 불었지만 얼음 함대는 꿈쩍도 하지 않았어. 그러자 북동풍 못지 않게 화가 난 북서풍은 모래언덕을 '강도의 암초'라고 부르며 저주를 퍼부었단다. 만일 모래언덕이 물 위로 솟아오른다면 그곳에는 오직 강도들만이 살 것이고, 건축물이라고는 교수대뿐일 거라고 예언했지.

하지만 그렇게 저주를 퍼붓는 동안 해가 얼굴을 내밀었어. 빛의 자식이자 다정하고 순수한 영혼을 가진 햇살들이 춤을 추었지. 그러자 커다란 얼음이 녹아 내리고 거대한 화강암 바위는 모래 속에 빠져 버렸단다.

'해의 노예들아! 내 얼음 함대를 없애는 것이 같은 자연끼리의 우정이냐? 이 일은 절대 잊지 않고 복수하겠어. 이곳에 저주가 내릴 것이다!' 북서풍이 서슬이 퍼래서 소리쳤지.

그러자 해의 자식들이 대답했어. '우린 이곳을 축복해. 모래언덕은 물 위로 솟을 거고 우리가 이 땅을 보호할 거야. 이곳엔 진실과 아름다움이 번성할 거야.'

북서풍은 '어림없는 소리!'라고 말하며 되돌아갔단다.

이 이야기는 기름 램프도 모르는 거야. 하지만 난 알지. 그리고 이건 코펜하겐 역사에 아주 중요한 이야기야.

이제 다음 장을 보자. 그로부터 수백 년이 흘렀단다. 모래언덕이 점점 위로 솟아 얼음에 실려 노르웨이에서 그곳까지 온 거대한 바위들이 물 위로 모습을 드러냈단다. 갈매기 한 마리가 그 바위 하나에 앉아 있었지. 내가 그린 이 그림에서 보이지? 그리고 또 수백 년이 흐르자 이번에는 모래언덕도 물 위로 솟았단다. 바다는 이 섬에 죽은 물고기를 실어 왔고 모래밭에서 갯보리가 자라기 시작했지. 갯보리가 시들고 썩어 모래밭이 비옥해지자 다른 풀과 약초도 자라나기 시작했지.

그때 바이킹이 이 섬에 들어왔어. 이곳은 덴마크에서 제일 큰 셸란 섬 근처에 있었고 안전한 은신처로서 손색이 없었으니까. 소규모 전투를 하기에도 더할 나위 없이 좋은 곳이었지. 이곳에서 바이킹들은 치열하게 싸우던 두 사람간의 분쟁을 해결했단다.

그때 기름 램프가 처음 사용되었지. 아마 물고기를 튀기는 데 사용했을 거야. 외레순 지방에는 청어 떼가 얼마나 많았던지 배가 청어 떼 사이로 지나가기가 힘들 정도였단다. 청어 비늘은 햇빛을 받아 반짝반짝 빛났는데 그 모습이 꼭 북쪽의 햇살이 바다에 붙잡혀 있는 것 같았지. 물고기는 셸란 섬 해안가에 풍요로움을 안겨다 줬어. 사람들이 해변 여기저기에서 모여 살기 시작했지. 떡갈나무로 집도 짓고 나무껍질로 지붕도 만들었어. 목재는 얼마든지 있었으니까.

배들은 저마다 더 좋은 항구를 찾아 헤맸고 돛대마다 기름 램프가 달려 있었지. 그때 북동풍이 섬을 가로지르며 노래를 불렀단다. '가라, 멀리 가 버리렴! 모래언덕 섬에 한 가닥 빛이 있다면 그것은 강도의 불빛이야. 그 '강도 섬'에는 밀수업자와 강도만이 살고 있지. 내가 뿌린 저주의 씨앗이 어떻게 자라는지를 보라! 곧 나무가 되어 열매를 맺으리라.' 여기 그 나무가 보이지? 이게 바로 '강도 섬'에 있는 교수형 나무란다."

대부가 그림을 가리키며 말했다. "여기에 쇠사슬에 묶인 강도와 살인자들을 매달았지. 바람은 시체를 가지고 장난을 쳤고, 시체는 바람결에 춤을 추었어. 시체를 비추는 달빛은 숲에서 춤을 추는 이를 비추듯이 행복해했단다. 햇빛도 교수형 당한 사람들을 비추었지. 그 뼈가 땅에 떨어져 한 줌의 흙으로 변할 때까지 말야.

햇살이 노래했어. '우리도 알고 있어. … 우리도 알고 있어 … 하지만 이곳도 언젠가는 아름다운 곳으로 변하겠지. 그때는 진실과 선이 번성할 거야.'

'말도 안되는 소리!' 북동풍이 날카롭게 소리쳤단다.

이 장은 이만하면 충분해. 이제 다음 장으로 넘어가 볼까?"

로스킬레 시에 종소리가 울려 퍼지고 있었단다. 그곳엔 압살론 주교가 살고 있었는데, 이 주교는 성경만 잘 읽는 게 아니라 칼솜씨 또한 뛰어났지. 몇몇 대담한 어부들은 가족과 함께 이 섬에 정착하기도 했어. 섬에는 시장이 있는 작은 마을이 있었는데, 압살론 주교는 이 마을을 해적과 외국 함대로부터 보호하겠다고 결심했단다. 그는 이 결심을 실천할 만한 힘도 가지고 있었지. '강도 섬'은 성수로 축성을 받은 곳이고 가톨릭교도만이 정착할 수 있었어. 벽돌공들과 목수들은 주교의 명령에 따라 벽돌 건물을 짓기 시작했지. 공사가 진행되는 동안 햇살은 그 빨간 벽돌 벽에 입을 맞추었단다.

이렇게 세워진 것이 바로 압살론 성이야. 사람들은 그 주변 마을을 그냥 '항구'라고 불렀는데, 덴마크 말로는 하븐이라고 하지. 하지만 생선을 사러 온 상인들이 그곳에 가게를 짓기 시작하면서 마을은 '상인의 항구'라는 뜻의 코펜하겐이란 이름을 얻었단다. 코펜하겐은 원래 덴마크 말로 쾨벤하븐이지만 외국인들이 발음하기가 너무 어려웠어. 그래서 처음 이곳에 온 독일인들이 코펜하겐이라고 부르자 다른 사람들로 그대로 따라 부르게 된 거지.

마을은 점점 커졌고 북동풍은 그 마을의 거리와 골짜기로 불다가 어떨 때는 짚으로 만든 지붕을 날려 버리기도 했어. 북동풍은 이렇게 말했지. '건물 안으로 들어갈 수 없다면 마을의 집과 압살론의 성 주변을 날아다닐 테다. 그리고 한 가지는 분명히 말해 두겠는데, 압살론 성은 압살론 말뚝으로 불리게 될 거야.' 그런데 정말 그렇게 됐어. 내가 너희를 위해 그림을 그려 뒀단다. 자, 성벽 주변이 말뚝으로 둘러싸여 있지? 이 말뚝에는 포로로 잡힌 해적들의 머리가 매달려 있는데 어떻게 된 일인지 설명해 주마.

어느 날, 목욕을 하던 압살론 주교는 성벽 너머로 해적선이 섬에 도착하는 소리 들었지. 주교는 즉시 목욕탕에서 나와 자신의 배로 달려가서 뿔나팔로 부하들을 불러 모았어. 해적들은 필사적으로 노를 저으며 도망치려 했지만 압살론 주교와 부하들이 쏜 화살이 해적들의 등과 손을 꿰뚫어 버렸지. 결국 그들은 잡혀서 포로가 되었단다. 해적들의 머리는 모두 잘려서 성벽을 둘러싸고 있는 말뚝 위에 놓였지. 그날 밤 불어온 북동풍은 양쪽 볼이 잔뜩 부풀어 있었단다. '북동풍은 거친 바람을 입 속에 넣어 온다.'라는 선원들의 말처럼 말야.

북동풍이 말했어. '이제 좀 다리를 쉬며 무슨 일이 일어나는지 살펴봐야지.' 북동풍은 서너 시간 동안 잠잠하더니 다시 며칠 동안 불어 댔지. 그렇게 여러 해가 흘러갔단다."

"여기 있는 탑 위에 보초병이 한 명 서 있단다. 보초병은 동서남북 사방을 살피고 있지. 내가 그린 이 그림 속에 보초병이 보이지? 그럼, 이 보초병은 뭘 보고 있을까? 그는 셸란 섬 해안도 보고 넓은 만(灣) 너머 쾨게 지방까지도 볼 수가 있단다. 그곳 마을도 말야. 보초병 발 밑으로 보이는 큰 도시는 점점 더 커지고 있지. 박공 지붕을 한 목조집들도 있고, 구두 수선공, 가죽 세공인, 양조장 주인 등, 같은 업종끼리 각각 거리 하나를 차지하고 있지. 시장과 집회장도 있어. 그리고 뾰족한 탑이 물 위에 그림자를 드리운 바닷가 근처에는 세인트 니콜라스 성당이 있단다. 성모 마리아 성당과 그리 멀지 않은 거리지. 사람들은 그곳에서 미사를 올린단다. 성당 안은 향기로 가득 하고 밀랍 양초가 타고 있지. 코펜하겐은 로스킬레의 주교 관구이기 때문에 로스킬레 주교의 통치를 받고 있지.

코펜하겐 주교인 에를란센 주교가 압살론 성에 와 있단다. 요리사는 부엌에서 부지런히 음식을 만들고 하인들은 압살론 주교와 그 부하들에게 포도주와 맥주를 따라 주었지. 북소리와 류트(14~17세기의 기타 비슷한 현악기)의 선율이 흐르고 커다란 홀에는 밀랍 양초와 기름 램프가 타올랐어. 성은 마치 덴마크를 대표하는 봉화인 양 밝게 빛났어. 북동풍이 탑과 성벽 주변으로 세차게 불어 보지만 모두 튼튼해서 끄떡도 하지 않았어. 그래서 이번엔 유일한 나무 벽인 서쪽 성벽을 세게 쳐보았지만 역시 끄떡없었지.

그러던 어느 날, 덴마크 왕인 크리스토퍼 1세가 코펜하겐 성문 밖에 있었지. 왕은 스켈스쾨르 전투에서 반란군에게 패하고 코펜하겐 성으로 피신하려는 중이었지. 하지만 에를란센 주교는 왕의 편이 아니라서 성문 밖 다리를 내려 주지 않았단다.

바람과 주교가 똑같은 노래를 불렀지. '멀리 가 버려! 성문이 닫혀 있다구!'


"그리고 혼란의 시대가 왔어. 사람들이 자기 자신밖에 믿을 수 없는 힘든 세상이었지. 탑에는 홀슈타인 지방의 깃발이 나부끼고 나라 전체가 전쟁과 페스트로 어려움을 겪었단다. 슬픔과 공포의 밤이 끝없이 이어졌지. 하지만 그때 새로운 왕이 나타났어. 바로 발데마르였지. 사람들은 그 왕을 아페르다그라고 불렀어.

코펜하겐은 더 이상 한 주교가 다스리는 도시가 아니었어. 이제 왕이 직접 다스리는 곳이었지. 집이 많이 들어서고 거리가 새로 생기고 밤이면 야경꾼들이 보초를 섰단다. 시청도 있고 서쪽 성문 근처에는 벽돌로 만든 교수대가 세워졌지.

교수대에 올라가서 넓은 만의 경치를 즐기는 것은 코펜하겐에서 태어난 사람만이 누릴 수 있는 특권이지. 다른 곳 출신 사람들은 그런 기쁨을 누릴 수 없단다.

북동풍은 교수대를 보고 한숨을 내쉬었어. '참 아름답구나. 햇살의 말이 맞았어. 정말 아름다운 곳이야!'"

대부는 이야기를 계속했다. "하지만 그 후 한자 동맹(중세 북유럽 상업권을 장악했던 북독일 중심의 도시 동맹)으로 인해 곤란을 겪었단다. 로스토크, 뤼베크, 브레멘 지방에서 부유한 상인들이 몰려들었지. 발데마르 왕은 이들을 놀려 주려고 얼간이를 상징하는 금거위를 탑 위에 올려놨어. 하지만 얼마 되지 않아 이 '거위들'이 왕보다 더 강한 세력을 가지게 되었지.

함대가 코펜하겐으로 몰려올 때 발데마르 왕의 손자인 에리크 왕은 독일과 싸울 용기도 의지도 없었단다. 적군은 철저히 무장을 잘한데다 숫자도 훨씬 많았지. 왕은 신하들을 데리고 소뢰로 도망가 버렸단다. 왕과 신하들은 잔잔한 호수와 조용한 숲이 있는 소뢰에서 사랑 타령을 하며 술로 세월을 보냈지.

하지만 왕족 중 한 사람만은 코펜하겐에 남았지. 그 사람은 애국심이 남다르고 제왕의 인품을 지니고 있었단다. 그림 속의 이 여자를 보렴. 연약해 보일 정도로 곱고 바다처럼 파란 눈과 금발 머리를 가지고 있지? 이 여자는 한때 영국 공주였던 덴마크의 필리파 여왕이지. 여왕은 공포로 뒤덮인 도시를 버리지 않았어. 코펜하겐을 지키고 있던 것은 좁은 골목길과 흙으로 만든 오두막 집, 헛간, 그리고 여왕뿐이었지. 사람들은 떠나야 할지 머물러야 할지 몰라서 우왕좌왕했단다. 여왕은 농부, 상인, 장사꾼들을 모두 불러 안심시키고 용기를 북돋아 줬지. 그러자 사람들이 무기를 들고 배에 올라탔단다. 코펜하겐의 방어 능력이 회복된 거지. 곧 전투가 시작되었고 승리의 여신이 코펜하겐 시민들에게 손을 흔들어 주었지. 다시 햇살이 도시를 비췄어. 필리파 여왕 만세! 여왕은 오두막 집과 헛간까지 안 가 본 데가 없었지. 또 부상자들을 자신의 성으로 불러서 직접 치료해 주기도 했단다. 그래서 난 월계관 그림을 오려서 여왕의 그림 위에 붙였지. 필리파 여왕에게 은총을!"

"이제 시간을 훌쩍 뛰어넘어 볼까? 크리스티안 1세가 로마에서 교황의 축성을 받고 돌아왔을 때야. 벽돌 건물 하나(코펜하겐 대학)가 세워지고 있었지. 이곳은 배움의 장소였는데, 라틴어만 사용하고 덴마크어는 사용할 수 없도록 되어 있었지. 평민의 자식들도 돈만 있으면 이곳에서 공부할 수 있었어. 그래서 가난한 젊은이들은 학비를 구하려고 일터를 팽개치고 구걸을 하러 나섰단다. 부유한 상인의 집 앞에서 노래를 하며 자선금을 기다린 거야.

근처에는 좀더 작은 건물이 하나 있었는데, 그곳에서는 덴마크어로 말하고 덴마크 풍습이 그대로 지켜지고 있었지. 아침에 일어나면 오트밀 죽을 먹고 오전 10시에 정식으로 식사를 했지. 작은 창문으로 들어온 햇살은 식품 저장실과 책장 선반에서 춤을 췄단다. 책장에는 진짜 보물들이 놓여 있었는데, 미켈의 〈성모 마리아의 묵주 기도〉와 〈성스러운 희극〉, 헨리크 하펜스트렝의 〈의학서〉, 그리고 소뢰 지방의 수도사인 닐스가 덴마크의 역사를 시로 기록한 운문 연대기들이었지. 이 집 주인은 고트프레드 판 게멘이란 네덜란드 사람이었는데, '글을 읽을 줄 아는 덴마크인이라면 누구나 반드시 이 책들을 읽어야 한다.'고 말했단다. 그리고 실제로 그 일을 가능하게 만들었지. 그는 신의 선물이라는 책 인쇄술을 덴마크에서 최초로 실용화한 사람이지.

그래서 왕족뿐만 아니라 평범한 시민도 책을 볼 수 있게 되었단다. 속담과 민요가 영원한 생명을 얻게 된 거지. 사람들이 슬플 때나 기쁠 때나 감히 말하지 못했던 것들을 민요는 은근하면서도 명쾌하게 표현했어. 민요는 날개가 잘려 본 일이 없는 자유로운 새처럼 농부의 오두막집이든 궁전이든 어디든지 마음대로 날아다녔지. 매처럼 귀부인의 손에도 앉았다가, 참새처럼 농노의 오두막에서 지저귀기도 했지.

'그건 멍청한 노래야! 쓸데없는 이야기라구!' 북동풍이 소리쳤어.

그러자 햇살이 말했지. '지금은 봄이야. 모든 것이 꽃피는 모습이 보이지 않아?'"

"그림책을 한 장 더 넘겨볼까? 코펜하겐이 얼마나 아름다운지 보렴! 마상 경기 등 각종 시합이 열리고 있지? 여기 행렬이 보이니? 갑옷을 입은 기사들, 실크 드레스와 금으로 장식한 귀부인들이 모여 있지? 한스 왕이 딸인 엘리자베스 공주를 브란덴부르크 공작과 결혼시키려 하고 있단다. 벨벳 카펫에 서 있는 공주 모습이 정말 젊고 행복해 보이지 않니? 공주는 지금 자신의 미래를 생각하고 있어.

공주 가까이에 서 있는 사람은 크리스티안 왕자지. 웬일인지 왕자의 눈에는 슬픔이 어려 있어. 왕자는 정열적인 사람으로 상인들과 친하게 지냈지. 왕자는 그들의 삶이 얼마나 힘든지, 가난한 이들의 삶이 얼마나 비참한지를 잘 알았단다. 인간의 행복은 오로지 신의 손에 달려 있는 거야!"

　"그림책 다음 장을 보면 바람이 아주 매섭게 불어서 마치 칼을 휘두르는 소리처럼 들려. 나라에 내전이 일어난 거지.

　4월의 어느 추운 날, 왕의 성 앞에 사람들이 몰려들었어. 세관에도 사람들이 몰려들었어. 그리고 근처 항구에는 궁전의 배가 정박하고 있었지. 창가나 지붕 위에도 사람들이 몰려 있었지만 웃는 사람은 아무도 없었어. 그들은 슬픈 얼굴로 왕의 성을 하염없이 바라보았지. 성 안에도 춤을 추거나 잔치를 벌이는 사람은 없었어. 마치 버려진 성처럼 조용하기만 했지. 크리스티안 2세가 성문 밖 다리나 비둘기 집을 바라보던 창가에도 사람이 없어. 토르벤 옥세가 왕이 사랑하던 네덜란드 소녀를 독살한 죄로 처형당했지만, 그가 정말 그런 짓을 했는지는 아무도 모르는 일이야.

　이제 거대한 성문이 열리고 성문 밖 다리가 내려졌지. 거기에는 크리스티안 2세와 그의 아내인 엘리자베스 왕비가 서 있었어. 왕비는 다른 사람들에게 버림 받은 왕을 자신마저 버릴 수는 없다고 생각했지.

　크리스티안 2세는 생각과 행동이 너무 성급했어. 오래된 법을 단번에 바꾸려고 하다니. 왕은 농부를 자유롭게 하고 기능공들을 보호하려고 했지. 민요에서는 귀족을 '탐욕스런 매'라고 불렀는데 왕은 그 '탐욕스런 매'의 날개를 자르려고 했던 거야. 하지만 귀족들은 왕보다 더 강했어. 그래서 왕은 다른 나라에 도움을 청하려고 덴마크를 떠나려던 참이었지. 왕과 헤어져야 하는 코펜하겐 시민들의 눈에는 눈물이 고였어.

　사람들은 모두 의견이 달랐지. 왕을 지지하는 사람이 있는가 하면 반대하는 사람도 있었어. 대강 세 가지로 나뉘었어. 우선 귀족들의 말을 들어볼까? 귀족들은 자신들의 주장을 글로 적었지.

　'크리스티안, 스웨덴에 있는 우리 사촌들을 학살하라는 지시를 내려서 스톡홀름을 피로 물들인 장본인. 그 이름에 저주가 내릴 것이다!'

수도사들도 만장일치로 외쳤어. '우리는 신의 이름으로 그대를 처단할 것이다! 그대는 신성한 덴마크 교회에 마르틴 루터의 이단을 들여왔다. 너로 인해 이곳에서 악마가 서슴없이 말을 내뱉게 되었다. 그 이름에 저주가 내리리라!'

하지만 상인, 농민, 장인과 같은 평민들은 이렇게 말했지. '크리스티안은 우리의 친구야. 법을 만들어서 농민이 소 취급을 받지 않게 해줬고 인간이 사냥개처럼 거래되는 걸 막아 줬지. 이 법을 보면 크리스티안의 인품을 알 수 있어.'

하지만 가난한 사람들의 말은 아무런 힘이 없었어.

왕을 태운 배가 성을 빠져나가자 사람들은 성벽에 올라 왕의 마지막 모습을 지켜봤단다. "


"어려운 시기는 쉽게 지나가지 않지. 그럴 때는 일가친척도 믿을 수 없어. 홀슈타인 지방의 프레데리크 공작은 크리스티안 2세의 삼촌이었지만 조카를 돕기는커녕 자신이 왕이 되려고 했어. 결국 왕국은 그의 손아귀에 들어갔지만 코펜하겐만은 크리스티안 2세에게 변함없는 충성을 바쳤지. 프레데리크 공작은 코펜하겐을 포위했어. '충성스런 코펜하겐'이 오랫동안 겪은 고통은 노래와 이야기로 전해졌단다.

민요에서 '외로운 독수리'라고 부르는 크리스티안 2세가 어떻게 됐는지 알고 싶지 않니? 새들은 바다와 육지 위를 마음껏 날아다니지. 어느 봄날, 남쪽에서 날아온 황새가 자기가 본 것을 이렇게 이야기해 줬지.

'독일 북부에 있는 커다란 황야를 날다가 크리스티안 2세를 봤어요. 왕은 늙은 말이 끄는 마차에 탄 여자를 만났는데, 바로 자신의 동생이었죠. 그녀는 한때 브란덴부르크의 공작 부인이었지만 마르틴 루터의 교리를 믿었기 때문에 남편에게 쫓겨났어요. 덴마크 한스 왕의 두 자식이 이렇게 어두운 황야에서 만난 거죠. 두 사람은 불안한 세상이라 일가친척조차도 믿을 수 없었어요.'

쇠네르보르 성에서 온 참새도 구슬프게 노래했지. '크리스티안 2세는 배신당했어요. 왕은 지금 우물처럼 깊은 지하 감옥에 갇혔어요. 왕은 쉴 새 없이 감방 안을 서성거려요. 한때 그의 손이 대리석 탁자에 익숙했던 것처럼 지금은 발이 돌바닥에 익숙해졌어요.'

물수리도 바다 위를 날아다니다가 크리스티안 2세를 위해 용감하게 싸우는 쇠렌 노르뷔의 배를 봤어. 쇠렌 노르뷔는 지금까지는 운이 좋았지만 운이란 바람이나 날씨처럼 변덕스러운 거지.

유틀란트 반도와 퓐 섬에서는 까마귀 떼가 이렇게 말했지. '다 잘되어 가는군. 전쟁은 좋은 거야!' 전쟁이 나면 까마귀들은 사람과 말 시체를 먹을 수 있으니까. 편히 지낸 사람은 아무도 없었어. 농부들은 몽둥이를 들고 도시 사람들은 날카로운 칼을 들었지. 모두 함께 외쳤어. '늑대처럼 탐욕스런 귀족들을 모두 죽여라. 씨앗도 남기지 말고 모두 죽여라.' 불타는 도시 위로 구름 같은 연기가 피어올랐어. 내전이 일어난 거지.

프레데리크 공작은 왕의 칭호를 얻었지만 곧 죽고 말았단다. 그래서 그 아들인 크리스티안이 그 뒤를 이어 계속 싸웠지. 늙은 왕 크리스티안 2세는 이제 쇠네르보르 성의 감옥에 있었단다. 다시는 자유의 몸이 될 수도, 충성스런 도시 코펜하겐을 볼 수도 없게 된 거지.

이젠 젊은 왕 크리스티안 3세가 아버지(프레데리크 1세)를 대신해 코펜하겐을 지켰단다. 굶주림에 지친 도시는 절망에 빠졌지. 성모 마리아 성당 벽에 한 여자가 기대고 서 있었단다. 아니 그것은 여자가 아니라 여자의 시체였지. 그 시체 옆에서는 굶주린 두 아이가 죽은 엄마의 젖가슴에서 피를 빨아먹고 있었지.

충성스런 코펜하겐! 하지만 이제는 저항할 힘도, 용기도 모두 사라지고 있었지."


"트럼펫과 북소리를 들어봐. 축하 음악이 울려 퍼지고 있어. 실크와 벨벳으로 멋지게 차려입은 귀족들이 고삐에 금도금을 한 말을 타고 코펜하겐 거리를 지나 시장으로 가고 있지. 장인, 상인, 농부들도 제일 좋은 옷을 차려입고 같은 곳으로 가고 있어. 장터가 열리는 건가? 아니면 옛날처럼 마상 경기가 열리는 건가? 그것도 아니면 도대체 뭐지? 모닥불을 피워 놓고 가톨릭 교리책이라도 태우는 걸까? 아니면 슬라그헤크 주교를 처형했던 것처럼 또 누구를 교수대에 매달려고 하나?

덴마크의 지배자인 크리스티안 3세는 루터 교리를 신봉하는 신교도였어. 왕은 자신이 신교도란 사실을 온 나라에 널리 알렸지.

하얀 옷깃을 치켜세우고 진주로 장식한 작은 모자를 쓴 귀부인들은 창가에서 이 광경을 지켜보았어. 평의회 의원들이 격식을 갖춘 복장으로 서 있었고 그 가운데 왕좌에 크리스티안 3세가 앉아 있었지. 하지만 왕은 말이 없었어. 평의회 의장이 라틴어가 아닌 덴마크어로 된 강령을 읽었지. 강령은 분노로 가득 차 있었고 귀족에게 대항한 자들에 대한 처벌이 적혀 있었단다.

장인과 무역상들은 그들의 권리를 잃었고, 농부들은 노예가 되었어. 그리고 수도사, 설교자, 주교 등, 성직자들은 재산과 권력을 모두 빼앗겼단다. 로마 교회 재산은 왕과 귀족이 나눠 가졌지.

증오와 오만이 극에 달했어. 안타깝게도 오만한 자들이 세상을 지배했지.

가난한 새는 절뚝거리며 날아온다네.
절뚝거리며 온다네.
부자 새는 힘차게 날아온다네.
힘차게 날아온다네.


먹구름이 하늘을 뒤덮은 혼란한 시기에도 때로는 햇살이 구름 사이를 뚫고 비추는 법이지. 한스 타우젠과 페트루스 팔라디우스가 바로 그 햇살이었단다. 페트루스 팔라디우스는 페테르 플라데의 라틴식 이름이지. 두 사람은 모두 가난한 대장장이의 아들이었는데, 퓐 섬 출신의 한스는 덴마크의 마르틴 루터로 알려져 있었고, 유틀란트 출신의 페트루스 팔라디우스는 로스킬레의 주교가 되었지. 귀족 중에도 기억할 만한 이름이 있어. 바로 대학 총장인 한스 프리스지. 그는 학생들을 깨우치려고 많은 노력을 했단다. 크리스티안 3세도 대학 발전에 많은 공헌을 했지. 그래, 어둡고 우울한 시대에도 햇살은 있었어."


"한 장을 넘기면 새로운 시대에 대한 이야기야. 어느 날 삼쇠 해변 근처에서 머리카락이 초록빛인 인어가 물 위로 나오더니 한 농부에게 곧 태어날 왕자가 위대한 왕이 될 거라고 이야기해 주었어.

전설에 따르면 이 왕자는 들판의 산사나무 아래서 태어났대. 왕자는 자라서 크리스티안 4세가 되었지. 그는 많은 민요와 전설 속에 나온단다. 덴마크 왕 중 가장 사랑 받은 왕이었으니까. 앞으로도 마찬가지일 거야. 코펜하겐에 있는 아름다운 건물들은 모두 왕이 직접 계획해서 세운 것인데 그 건물들을 모르는 사람은 없지? 꽃처럼 아름다워서 "장미의 성"이라고 불리는 로젠보르크, 용꼬리 세 개가 얽힌 모양의 첨탑과 그 첨탑이 있는 증권 거래소, 학생들이 생활하는 대학 기숙사, 우라니아 여신의 기둥처럼 하늘을 찌를 듯한 둥근 탑.

둥근 탑에서 내려다보이는 흐벤 섬에는 한때 우라니아의 성이 있었단다. 둥근 지붕이 달빛에 빛났고, 그 지붕 아래에는 귀족이자 위대한 천문학자인 티코 브라헤가 살고 있었지. 인어들은 티코에 대해 노래하고 이 위대한 천문학자를 보러 흐벤 섬에 온 여러 왕과 학자들에 대해서 이야기했단다. 티코는 덴마크의 이름을 널리 떨쳤고 하늘에까지 새겨 놓았지. 하지만 덴마크는 감사하기는커녕 그를 추방해 버렸어. 티코는 슬픔을 달래며 이렇게 말했지. '어딜 가나 하늘이 있는데, 더 이상 무엇을 바라리오.'

티코의 시와 노래에는 인어가 부른 크리스티안 4세에 대한 노래처럼 민요의 정신이 담겨 있지."


"이번 장은 자세히 봐야 한다. 그림이 참 많지? 옛날 무용담에는 시가 많이 나온단다. 이번 이야기는 아주 행복하게 시작해서 슬프게 끝나지.

여기 첫 번째 그림이 있다. 궁전에서 조그만 공주가 춤추는 게 보이지? 여긴 아버지 무릎에 앉아 있는 그림이구나. 크리스티안 4세는 딸인 엘레오노라 공주를 무척 사랑했단다. 공주는 자라면서 여성적인 매력과 꿋꿋한 성품이 더욱 두드러졌지. 공주는 이미 어렸을 때 최고의 귀족인 코르피츠 울펠트와 약혼을 했지. 그래서 어렸을 때부터 미래의 남편에게 가정교사가 매를 너무 자주 든다고 불평을 하곤 했단다. 물론 코르피츠는 공주 편을 들었지. 또 공주는 아주 영리해서 그리스어, 라틴어 등, 아는 게 많았어. 이탈리아어로 노래를 부를 때면 류트로 직접 반주를 했고 마르틴 루터나 교황 등, 종교에 대해서도 아는 게 많았단다.

시간이 흘러 크리스티안 4세는 로스킬레 대성당에 묻혔지. 그 뒤를 이어 엘레오노라 공주의 오빠가 왕위에 올랐단다. 그의 궁전은 세련되고 화려하기로 소문나 있었지. 궁전을 장식한 사람은 뤼네부르크 출신의 아름다운 소피 아말리에 왕비였어. 이 화려한 궁전에서 왕비보다 더 매혹적인 사람이 있었을까? 왕비보다 말을 더 용감하게 타는 자가 있었을까? 덴마크 왕비보다 더 똑똑한 사람이 있었을까? 프랑스 대사는 이런 물음에 이렇게 대답했지. '엘레오노라 크리스티네

이지요. 아름다움과 지성으로 말하자면 엘레오노라를 따라올 사람이 없지요.'

그 후 반짝반짝 윤이 나는 무도회장에 질투의 가시가 뿌리를 내렸어. 질투의 가시는 피부를 뚫고 들어가 상처를 냈지만 아무도 그 가시를 없앨 수가 없었지. 모욕을 느낀 사람들은 복수를 하기로 마음먹었어. '엘레오노라는 엉큼한 계집이야. 왕비가 마차를 타고 다니는 성문 밖 다리를 그녀는 걸어다녀야 해.' 중상과 비난과 거짓말이 눈보라처럼 거세게 휘몰아쳤어.

그러던 어느 날 밤 코르피츠 울펠트는 사람들이 잠든 틈을 타서 아내의 손을 잡고 성문으로 슬금슬금 갔지. 열쇠로 문을 열고 밖으로 나가자니 말이 기다리고 있었어. 두 사람은 말을 타고 해변으로 달렸지. 해변에는 미리 준비해 둔 배 한 척이 있었어. 두 사람은 그 배를 타고 스웨덴으로 향했단다."


"한 장을 더 넘기면 두 사람의 운명이 얼마나 가혹했는가를 알 수 있어.

어느 가을이었지. 낮은 짧고 밤은 길고, 축축하고 어두운 날씨가 계속되었어. 코펜하겐 성벽 주변에는 나무들이 쑥쑥 자라 있었지. 바람이 나뭇가지에 간신히 붙어 있는 시든 잎을 희롱하자 나뭇잎이 페데르 옥세의 대저택 뒤뜰에 떨어졌단다. 텅빈 집 뒤뜰에 말야. 바람은 항구 근처에 있는 카이 리케의 집에서도 뛰어 놀았지. 그 집은 이제 감옥이 되었고 집주인은 추방되었어. 카이 리케의 갑옷은 두 동강이 나고 초상화는 교수대에 걸렸지. 왜 이런 일이 생겼는지 궁금하지?"

대부가 그림책에서 눈을 떼며 말했다. "덴마크 왕비를 비난한 사람은 누구나 무사할 수가 없었기 때문이야."

대법관이었던 코르피츠 울펠트는 어디 가 있었을까? 바람은 늑대 울음소리를 내며 평평한 들판 위로 불어 댔지. 한때 이 들판에는 코르피츠 울펠트의 성이 있었단다. 성벽을 이룬 돌이 하나 둘 없어지다가 마침내 커다란 화강암 바위 하나만 남게 되었지. 성의 주인은 이제 이 세상 사람이 아니야. 바람이 웃으며 말했지. '저건 내가 얼음에 실어서 가져 온 바위야. 노르웨이에서 남쪽으로 가다가 모래 언덕에 걸렸었지. 그 모래언덕은 "강도 섬"이 되었고 난 그 섬을 저주했어. 이 바위는 나중에 코르피츠 울펠트의 성을 만드는 데 쓰였지. 성 안에서는 코르피츠의 아내가 류트를 연주하며 노래를 부르기도 하고, 그리스어나 라틴어로 쓰여진 책을 읽기도 하고, 잘난 척하며 이야기를 하기도 했지. 이제는 이 돌 하나만 남아서 자기 몸에 새겨진 글을 읽으며 자랑스러워하는군.

　　배신자를 기억하기 위해 새워졌나니
　　코르피츠 울펠트의 이름은
　　영원한 수치의 상징이로다.

'그런데 아내인 엘레오노라 공주는 어디 있지?'

　바람이 날카로운 고음을 내며 이렇게 말했어. '우⋯ 공주는 궁궐 뒤에 있는 파란 탑에 있지. 파도가 밀려와 진흙투성이 벽에 부딪히고 공주는 거기서 여러 해 동안 갇혀 있다네. 감방 모닥불에서는 온기보다는 연기가 더 많이 나고, 창문이라고는 높이 달린 창 하나뿐이네. 그 창문으로 희미한 불빛이 들어오지. 사람의 처지가 이렇게 달라지는구나. 크리스티안 4세의 사랑을 듬뿍 받으며 자라 궁전에서도 우아함이 빛나던 귀부인이 이제는 감방 신세라니. 하지만 추억을 더듬어 보면 과거의 영광이 되살아나고 더러운 감옥 벽도 예전의 화려함으로 덮을 수가 있는 거야. 공주는 아버지의 온화한 성품, 성대했던 결혼식, 영국, 네덜란드, 덴마크 영토인 보른홀름 섬에서의 망명 생활을 모두 회상했지.

　진실한 사랑이 극복하지 못할 고통은 없는 거야. 망명 생활을 할 때는 남편과 함께였어. 서로를 의지하며 산 거지. 하지만 지금은 혼자야. 공주는 남편이 어디에 묻혔는지도 몰라. 아무도 아는 사람이 없지. 남편에서 충실했다는 것이 바로 공주의 죄명이지.'"

　대부가 천천히 말했다. "그래, 바람의 말대로 공주는 22년 동안이나 갇혀 있었단다. 바깥 세상에서는 시간이 흘렀지만 공주가 갇혀 있는 탑 안의 시간은 멈춘 듯했지. 그래도 삶은 계속되었고 비극조차도 삶을 멈출 수는 없었지. 잠시 엘레오노라 크리스티네에 대한 노랫말을 읽으면서 공주를 생각해 보자꾸나.

　　지아비에 대한 맹세를 나는 지켰다.
　　그리고 홀로 슬픔의 눈물을 흘렸다.

　이 그림 보이니? 지금은 겨울이야. 혹독한 추위는은 라알란드 섬과 퓐 섬 사이에 다리를 놓았는데, 군대 전체가 지나갈 수 있을 만큼 튼튼한 다리였지. 스웨덴의 카를 10세는 이걸 역이용해서 덴마크를 침략했어. 그는 가는 곳마다 살인과 약탈을 일삼았기 때문에 덴마크 전체가 공포에 휩싸였단다.

스웨덴 사람들이 코펜하겐을 포위하고 군대가 성벽을 에워쌌지. 그날은 눈보라가 몰아치는 매우 추운 날씨었어. 왕에게 충성을 바치는 코펜하겐 시민들은 도시와 자기 자신의 삶을 위해서 싸울 준비가 돼 있었지. 장인과 견습공, 대학생과 교수 모두가 코펜하겐 군인을 도와 싸웠어. 목숨을 잃는 걸 두려워하지 않았지. 프레데리크 3세는 코펜하겐을 떠나느니 차라리 이곳에서 죽겠다고 맹세했어. 왕은 왕비와 함께 성벽 꼭대기로 올라섰단다. 용감하고 굳건하며 조국을 사랑하는 왕이었지.

스웨덴 군대는 공격을 개시했고 성벽을 넘으려고 했어. 사람들은 성벽 위로 올라가 통나무와 돌을 던졌고 여자들은 송진과 타르가 든 통을 들고 와서 공격하는 적군의 머리에 퍼부었지. 그날 밤, 왕과 평민은 하나가 되어 도시를 방어했단다. 코펜하겐은 살았어! 다음날 아침, 코펜하겐에는 승리를 알리는 종소리가 우렁차게 울려 퍼졌고 사람들은 감사의 기도를 올렸지. 그 전투로 평민들도 귀족과 같은 특권을 누릴 수 있게 되었단다."

"어떤 특권이냐구? 그 다음 그림을 보렴. 스바네 주교의 아내가 마차를 타고 가지? 원래 그건 귀부인들만의 특권이었단다. 이를 본 거만한 귀족들이 마차를 세우더니 부숴 버렸지. 그래서 주교의 아내는 성당까지 걸어가야 했단다.

이게 이야기 전부냐구? 아니야. 이건 시작일 뿐이야. 거만한 귀족들은 아직도 힘이 있었기 때문에 그 후로도 많은 마차가 부서지게 되지.

어쨌거나 이 일로 코펜하겐 시장인 한스 난센과 스바네 주교가 만나 대책을 세우기로 했지. 두 사람은 현명하고 정직하게 대화를 나눴어. 사람들은 성당이나 집에서 주교와 시장 사이에 맺어진 엄숙한 협약에 대해 들었지. 협약에 따라 항구가 닫히고 성문도 잠겼어. 모든 권력은 위기의 순간에 '보금자리에서 죽겠다'며 코펜하겐을 떠나지 않았던 왕에게 주어졌단다. 성당 종소리가 울려 퍼졌지. 왕의 힘이 신성시되는 새로운 시대가 시작된 거야.

다음 장으로 넘어가면 아까 그랬던 것처럼 시대를 훌쩍 뛰어넘을 거야.

한때 농부가 쟁기질을 하던 들판에 히스 꽃이 만발해 있어.

사냥꾼의 뿔피리 소리와 개 짖는 소리를 들어보렴. 여기 그림이 보이지?" 대부가 사냥하는 모습이 담긴 그림을 가리키며 말했다. "이 사냥꾼들 중에는 크리스티안 5세도 있지. 젊고 쾌활한 왕이었단다. 궁궐이든 평민의 집이든, 모든 곳에 즐거움이 넘쳐흘렀지.

집회장에서는 밀랍 양초가 타고, 안뜰에서는 횃불이 타는 가운데 코펜하겐 거리에 처음으로 램프가 설치됐어. 모든 것이 새롭고 빛이 났지. 독일에서 새로 온 귀족은 남작이나 백작의 칭호를 얻었고 재산과 특권이 점차 많아졌어. 궁전에서는 덴마크어보다 독일어를 더 많이 썼지만, 한 사람만은 덴마크어만을 썼지. 바로 킹고였어. 그는 가난한 직조공의 아들로 태어나 주교가 됐고 가장 아름다운 성시를 남겼지.

평민 출신으로 성공한 사람이 또 있어. 그의 아버지는 술집 급사였지만 자신은 법전 편찬이라는 막중한 일을 맡았지. 수백 년 후에도 남아 있을 법전 표지에 금으로 크리스티안 5세의 이름을 새겨 넣었어. 그는 바로 그리펜펠트인데 왕국에서 가장 권력 있는 자가 되었지. 하지만 그 대가로 그가 가진 권력보다 더 강한 적을 갖게 되었단다. 그리펜펠트의 귀족 신분을 상징하는 관모는 반으로 찢어졌고, 사형집행인의 칼이 목을 치려는 순간, 다행히 종신형이라는 명령이 떨어졌지. 그는 노르웨이 해안 근처에 있는 섬으로 추방됐어. 덴마크의 세인트 헬레나 섬이라고 할 수 있는 뭉크홀름 섬으로 가게 된 거야.

궁전에서는 아무 일도 없었다는 듯 잔치가 계속되었지. 그 장엄함과 화려함도 여전했어. 간신과 귀부인들이 흥겹게 춤을 추었단다."


"그럼 스칸디나비아 전쟁이 있었던 프레데리크 4세 통치기로 가 볼까? 항구에 의기양양하게 있는 배를 보렴. 굽이치는 파도를 봐. 이것들은 승리를 이끌어 낸 덴마크의 용기와 영광을 말하고 있지. 사람들은 세헤스테드, 길덴뢰베, 그리고 흐비드펠트의 이름을 기억하지. 흐비드펠트는 배를 지키다가 화약통에 불이 붙는 바람에 결국 전사했어. 덕분에 덴마크 함대는 살아날 수 있었단다. 사람들은 그때의 치열했던 전투와 용감했던 영웅들을 기억해. 영웅 중의 영웅은 페터 토르덴스키욜이었지. 토르덴 ⋯ 스키욜 ⋯ 번개의 방패여, 노르웨이 산골에서 태어나 덴마크 해안을 지킨 영웅이여!

그린란드에서 온화한 바람이 불어왔어. 바람은 베들레헴의 향기를 실어 왔지. 한스 에게데는 추운 그린란드에서 하느님의 말씀을 전했단다.

이번 장은 반은 금색이고, 다른 반은 잿빛 회색, 그리고 귀퉁이는 불에 그으른 것처럼 잿빛이지?

코펜하겐에 전염병이 돌았어. 거리가 텅비고 집마다 문이 꼭 잠겨 있었지. 날씨가 매우 춥고 눈이 펑펑 쏟아졌어. 어떤 집 문에는 흰 분필로 십자가가 그려져 있었는데 페스트 걸린 사람이 있다는 표시였지. 또 어떤 집에는 검은 십자가가 그려져 있었는데, 그 집 사람들이 모두 죽었다는 표시였어.

밤이면 사람들이 죽은 자들을 묻었어. 종소리도 들리지 않았지. 죽은 사람과 죽어 가는 사람을 잔뜩 실은 마차가 덜거덕거리며 거리를 지나갔단다.

길거리 술집에서는 노랫소리와 고함소리가 떠들썩하게 들려 왔지. 살아남은 사람들은 이런 방식으로 슬픔과 공포를 잊으려 했던 거야. 이 끔찍한 시간이 끝날 때까지 시간으로부터 벗어나고 싶었어. 그래. 아무리 끔찍한 일이라도 모든 것은 끝이 있는 법이야. 하지만 하나의 불행이 끝나면 또 다른 불행이 시작되지. 이것이 이 장 끝이야. 하지만 코펜하겐의 비극은 아직 끝나지 않았어."

"프레데리크 4세는 아직 살아 있었단다. 이젠 백발이 되었지. 어느 날, 왕은 궁전 창가에서 코펜하겐을 내려다보고 있었어. 한 해가 저물어 갈 무렵이었지. 곧 폭풍우가 몰아칠 듯 날씨가 험악했어.

서문 근처 작은 집에서는 한 꼬마가 공놀이를 하고 있었는데, 꼬마가 던진 공이 다락 위로 올라가 버렸지. 꼬마는 공을 찾으려고 촛불을 가지고 다락으로 올라갔단다. 그러다가 집에 불이 붙었고 순식간에 거리 전체가 불길에 휩싸였지. 불길은 도시를 대낮처럼 밝혔고 그 빛이 구름에 반사되었어. 불길은 급속도로 번져서 겨울에 쓰려고 높게 쌓아 둔 짚이며, 건초, 땔감, 타르가 담긴 통을 모두 태워 버렸지. 도시가 큰 혼란 속에 빠지고 대들보 무너지는 소리와 함께 울음소리와 비명 소리가 요란했어.

늙은 왕은 불길을 잠재우려고 급히 말 등에 올라 달려나갔지. 불길을 멈춰 보려고 몇몇 집을 폭파하기도 했지만 소용이 없었단다. 불길은 북쪽까지 번져나갔지. 성 베드로 성당과 성모 마리아 성당도 불타고 있었어. 그때 어느 성당의 종이 찬송가를 불렀지. '우리 주 여호와여. 우리에게서 노여움을 거두소서!'

다행히 둥근 탑과 궁전에는 불길이 닿지 않았어. 연기가 피어오르는 폐허 속에서 이 둘만이 덩그러니 서 있었지. 프레데리크 4세는 백성들의 고통을 덜어 주려고 최선을 다했어. 왕은 집 없는 사람들의 친구였지. 그의 이름에 신의 축복이 내리기를!"

"한 장을 더 넘기자꾸나. 여기 금마차가 보이지? 무장한 군사들이 앞뒤로 경호를 하고 있어. 왕의 성 앞에 있는 광장은 사람들이 들어오지 못하게 쇠사슬을 쳐 놓았지. 평민이 이 광장 안에 들어오면 모자를 빼앗기기 때문에 모두 이곳을 피해 다녔단다. 하지만 한 사람만은 그렇지 않았지. 모자를 손에 들고 고개를 숙여 조약돌을 바라보고 있는 이 사람은 당시의 위대한 인물인 루드비히 홀베르였어. 이 사람은 재치있고 명석한 극작가란다. 하지만 왕립 극장은 문을 닫았고, 사람들은 극장을 '악의 소굴'이라고 불렀지. 웃음, 춤, 음악 등, 즐거운 것은 모두 부도덕한 것으로 여겼단다. 침울하고 어두운 그리스도교가 나라를 지배하던 시기야."

"그 후 프레데리크 5세가 왕위에 올랐어. 독일 출신인 그의 어머니는 아들을 데넨프린츠라고 불렀지. 덴마크 왕자라는 뜻의 독일어야. 왕의 어머니는 덴마크어를 할 줄도 몰랐고 하려 하지도 않았어. 궁전 앞 광장에 있던 쇠사슬은 없어지고 구시대는 새 시대에게 길을 내주었지. 다시 해가 뜨고 새들이 노래했어. 왕립 극장도 문을 열었어. 궁전에서는 다시 덴마크어가 들려 왔지. 웃음소리와 음악도 들렸고 금식의 시간이 지나 기쁨의 나날이 왔어. 농부들이 5월의 축제에서 춤을 추고 예술도 번영했지. 모든 것이 꽃처럼 피어나고 가을에 수확도 풍성했단다. 영국 루이자 공주가 덴마크의 새 왕비가 되었고 공주는 새로운 백성들을 사랑했어. 부드럽고 다정한 여자였지. 햇살은 세 여인에 대한 노래를 불렀는데 필리파 여왕, 엘리자베스 왕비, 루이자 왕비가 바로 그 사람들이야.

우리 몸은 영혼이나 이름보다 썩기가 쉽지. 영국에서 또 공주가 왔는데, 그 공주는 매우 젊었지만 곧 버림을 받았지. 미래의 시인들은 이 다정하고 사랑스러웠던 마틸다 왕비가 겪은 고통에서 영감을 받아 그녀에 대한 시를 쓰겠지. 시가 인간과 시대에 미치는 영향은 대단한 것이란다. 코펜하겐 성이 불탔을 때 사람들은 그 안에 있는 보물을 보호하려고 노력했지. 그때 선원 두 사람이 바구니에 은그릇과 다른 보물들을 담아 옮기고 있는데, 연기 속에서 청동으로 된 크리스티안 4세의 흉상이 희미하게 보였어. 두 사람은 무슨 일이 있어도 이 흉상을 구해야겠다고 결심하고 은과 금 같은 보물을 모두 버렸어. 에발트의 시로 사람들에게 잘 알려진 크리스티안 왕은 하르만이 만든 아름다운 음악의 소재가 되었지. 그래, 시와 음악에는 힘이 있어. 언젠가 어느 시인이 마틸다 왕비의 비극적인 삶을 우리에게 들려준다면 우리는 시와 더불어 마틸다 왕비도 사랑하게 될 거야."

"또 한 장을 넘겨보자. 코르피츠 울펠트의 치욕이 새겨진 돌이 아직 그대로구나. 어떤 나라에 이런 기념물이 있을까? 이제 코펜하겐 성 서문에 또 다른 기념물이 세워지고 있어. 이걸 봐. 세상에 이런 것이 몇 개나 되겠니?

햇살은 자유의 탑을 이루는 주춧돌에 입을 맞추지. 교회 종소리가 울리고 사방에서 깃발이 날리고 있어. 사람들은 프레데리크 왕세자에게 갈채를 보냈지. 그리고 모두 베른스토로프, 레벤틀로프, 콜브외른센(세 사람 다 농노제 폐지에 기여함)에 대해 이야기했지. 눈을 반짝이며 탑에 새겨진 글을 읽는 사람들의 마음은 감사와 행복으로 넘쳤어.

왕이 농노 제도를 폐지하겠다고 선포한 거야. 앞으로 이 땅의 법은 농부들이 현명하고도 부지런하게, 정직하고도 행복하게 사는 것을 목적으로 한다는 내용이었지. 농부들은 이 나라의 명예로운 시민이 된 거야.

빛의 자식들이 노래했어. '선함과 진실과 아름다움이 번성하리라. 울펠트의 치욕을 새긴 돌은 곧 없어지겠지만 자유의 탑은 영원히 남아 신과 왕과 사람들의 축복을 받으리라.'

오래된 길이 있었다.
세상 끝까지 연결된 길이.

바다는 친구든 적이든 누구에게나 열려 있지. 바다를 건너 또 적이 침입했어. 외레순 지방으로 강력한 영국 함대가 몰려왔지. 거대한 힘이 약한 상대와 전쟁을 하러 온 거야.

모두가 용감히 싸울 것이다.
죽음을 담담하게 포옹하며.


이 날 영국인 넬슨이 덴마크 함대를 공격한 것을 기념하기 위해서 지금도 4월 2일이면 깃발을 꽂는단다."

대부가 엄숙하게 말했다. "몇 년 뒤에 외레순 지방에 또다시 영국 쾌속 범선 한 척이 나타났단다. 러시아로 가는 것이었을까? 아니면 덴마크로 오는 것이었을까? 그건 아무도 몰랐어. 심지어 그 배에 탄 사람들도 몰랐지. 명령이 적힌 종이는 봉해져 있었으니까.

그런데 그 운명의 날 그 배에 있던 영국 선장에 대한 전설이 하나 있단다. 봉투가 개봉되고 누군가 명령을 큰 소리로 읽었지. 덴마크 함대를 공격하라는 내용이었어. 전설에 따르면 그 선장은 사람들 앞에 나서서 이렇게 선언했어. '나는 영국 깃발 아래 싸울 것을 맹세했다. 그리고 명예로운 싸움을 위해서라면 내 목숨을 바쳐서라도 끝까지 싸울 것이다. 하지만 밤도둑처럼 몰래 적지로 들어가는 것만큼은 절대로 할 수가 없다.' 그리고는 바다로 뛰어들어 버렸어. 시체는 며칠 후 스웨덴 어부에 의해 발견되었지.

영국 군대는 선전포고도 하지 않은 채 코펜하겐을 포위했어. 도시는 불길에 휩싸였고, 항복이 불가피했지. 물론 덴마크는 함대를 잃었단다. 하지만 용기와 신에 대한 믿음만큼은 버리지 않았어. 신이 우리에게 시련을 주실 수 있다면 우리를 다시 일으키실 수도 있는 거지. 그리고 생명을 위협하지 않는 상처는 시간이 흐르면 자연히 낫는 법이야. 얼마 되지 않아 도시엔 햇살이 들고 폐허 위에 새 집들이 들어섰지.

코펜하겐의 역사에는 다행스러운 일도 많아. 한스 크리스티안 외르스테드(덴마크의 물리학자)의 발견은 미래로 가는 다리의 역할을 했어. 토르발센 조각상을 보관하기 위해 훌륭한 건물도 세웠지. 부자든 가난뱅이든 코펜하겐 시민이라면 모두 하나같이 돈을 모아서 이 일을 해냈단다.

큰 얼음 덩어리를 타고 노르웨이에서 온 화강암 바위들 기억나지? 내가 처음에 이야기했던 것 말이다. 그 위에 코펜하겐이 처음으로 세워졌지. 그 바위 중 어떤 것은 박물관을 만드는 데 쓰였단다. 그래서 너희가 토르발센의 손이 빚어낸 아름다움을 감상할 수 있는 거지.

내가 한 말을 기억하거라. 모래언덕이 어떻게 항구가 되었는가를 잊어선 안 돼. 그 위에 주교가 성을 짓고, 나중에는 왕이 더 큰 성을 지었지. 지금 '강도 섬'에는 아름다운 성당이 있단다. 북동풍의 저주는 잊혀져버렸고 빛의 자식들의 말이 현실이 되었어.

그동안 폭풍이 수도 없이 불었지. 앞으로도 그렇겠지만 말야. 아무리 지독한 폭풍이라도 끝이 있고 언젠가는 잊혀지는 법이란다. 오직 진실과 선과 아름다움만이 영원히 기억되지.

이제 책이 끝났구나. 하지만 코펜하겐의 역사가 끝난 것은 아니야. 얘야, 네가 살면서 어떤 일을 경험할지 누가 알겠니? 어떤 일은 불행을 가져올 수도 있지. 하지만 아무리 거친 폭풍도 태양을 없앨 수는 없는 거야. 그리고 태양보다 더 강한 존재는 바로 하느님이지. 하느님이 바로 코펜하겐의 운명을 좌우하는 분이란다."

대부는 이런 이야기를 하며 내게 책을 주었다. 그리고 다정한 눈빛으로 나를 내려다보았다. 그의 눈이 빛났다. 대부는 자신이 한 이야기가 모두 진실이라고 확고히 믿고 있었다. 그에게 책을 받을 때 나는 조심스럽고도 자랑스러웠다. 어머니가 처음으로 갓난아기인 여동생을 안아도 좋다고 허락했을 때처럼.

대부가 덧붙였다. "친구들에게 이 책을 보여 줘도 좋겠지. 그림을 붙이거나 그린 사람이 나라는 것을 말해도 좋아. 이 일은 나 혼자 한 거니까. 하지만 기름 램프 이야기를 듣고 떠오른 생각이라는 걸 꼭 설명해 줘야 한다. 기름 램프가 마지막으로 불을 밝히던 날 다 이야기를 해줬지. 기름 램프가 처음 켜진 날부터 가스 램프가 들어오기까지 코펜하겐에서 있었던 일을 전부 말해 줬어.

조금 전에 말했듯이 보여 주고 싶으면 아무에게나 보여 줘도 돼. 눈빛이 다정한 사람이라면 말이다. 하지만 지옥의 말이 책을 보려고 하면 그때는 〈대부의 그림책〉을 덮어야 한단다."

# 133
## 넝마 조각들

제지 공장 앞에 넝마 조각들이 산더미처럼 쌓여 있었다. 너나 할 것 없이 자기만의 이야기를 가지고 있는 넝마 조각들은 요란스럽게 이야기를 늘어놓았다. 하지만 그 이야기를 다 들을 수는 없다.

넝마 조각들은 여기저기서 모여든 것이었다. 덴마크에서 온 것도 있고 외국에서 온 것도 있었다. 그런데 노르웨이 넝마 옆에 덴마크 넝마가 놓이게 되었다. 그들은 둘 다 애국자였다. 덴마크 넝마는 구즈베리 술처럼 덴마크적이었고, 노르웨이 넝마는 갈색의 염소 치즈처럼 노르웨이적이었다. 이들에게 흥미로운 점은 바로 이 점이었다.

이 두 넝마는 각자 자기 나라 말로 이야기했지만 서로의 말을 알아들었다. 노르웨이 사람들은, 노르웨이 말과 덴마크 말은 프랑스 말과 이스라엘 말처럼 서로 다르다고들 하지만 말이다.

"산처럼 강하고 생생한 진짜 말을 들으려면 노르웨이에 가야 해. 덴마크 말은 달콤해. 시럽에 담근 고무 젖꼭지 같아. 단조롭고 맛이 없어." 노르웨이 넝마 조각이 말했다. 넝마 조각은 어느 나라에 가나 넝마 조각일 뿐이고 넝마 더미가 아닌 곳에는 하찮은 취급을 받기 마련이다. 노르웨이 넝마 조각이 얘기를 계속했다. "난 노르웨이 넝마야. 이 말 한 마디면 충분해. 난 노르웨이 태고의 암석처럼 탄탄하고 촘촘하게 짜여 있어. 자유의 나라인 미국처럼 헌법이 있는 노르웨이 말야. 내가 누구인가를 생각하고 내 생각을 화강암처럼 단단한 말로 표현할 때면 실가닥이 전부 근질거려."

"하지만 우리에겐 문학이 있어. 넌 문학이 뭔지나 아니?" 덴마크 넝마 조각이 말했다.

"아냐구?" 노르웨이 넝마 조각이 큰 소리로 말했다. "단조롭고 활기 없는 나라밖에 못 본 널 우리나라에 있는 산꼭대기에 데려다 줘야겠구나. 찬란한 북극광을 볼 수 있게 말야. 노르웨이의 태양을 받아 협만의 얼음이 녹는 봄이 되면, 덴마크 배가 먹음직스런 버터와 치즈를 싣고 노르웨이로 오지. 덴마크 문학을 바닥짐(배의 안전을 위해 바닥에 싣는 돌, 모래 따위)으로 싣고 말야. 우리에겐 그 따위 것이 필요 없거든. 맑은 샘물이 여기저기서 솟아나는데 무엇 때문에 김 빠진 맥주를 먹겠어? 노르웨이에서는 일부러 우물을 파서 유럽의 허풍과 외국의 진기한 경험담을 이야기하는 작가들로 채워 넣지 않아. 난 허파에서 나오는 대로 거리낌없이 이야기하지. 너희 덴마크인들은 이런 자유인들의 말솜씨에 익숙해지게 될 거야. 스칸디나비아인이 되려면 자랑스런 태고의 노르웨이 산에 의지해야 해."

"덴마크 넝마는 결코 그런 식으로는 말하지 않아. 그건 우리 천성과 맞지 않거든. 난 나 자신을 잘 알아. 덴마크 넝마들은 모두 나처럼 착하고 겸손하지. 물론 그런 것이 득이 되진 않지만 말야. 하지만 난 그런 게 좋아. 아주 사랑스럽거든. 말을 하지 않는다고 해서 내 가치가 없다는 뜻은 아니야. 난 내가 얼마나 값진지 알아. 아무도 내가 허풍을 떤다고 비난하지 않을 거야. 난 부드럽고 나긋나긋하며 뭐든지 견뎌 낼 수 있지. 난 부러운 게 없어. 난 누구에 대해서나 좋게 말하지. 모두가 그런 말을 들을 자격이 있는 것은 아니지만 말야. 하지만 그건 그들 문제지 내 문제는 아니야. 난 아무나 놀리는 게 재미있어. 나 자신까지도 말야. 그건 내 지능이 뛰어나단 증거지."

"그렇게 목구멍에서 나오는 끈적끈적하고 맛없는 너희 나라 말로 얘기하지마. 구역질 난다구." 노르웨이 넝마 조각은 이렇게 말하고는 바람을 타고 다른 넝마 조각들이 쌓여 있는 곳으로 가 버렸다.

노르웨이 넝마 조각과 덴마크 넝마 조각은 모두 종이가 되었다. 노르웨이 넝마 조각은 한 장의 편지지가 되었다. 한 노르웨이 청년이 덴마크 소녀에게 이 편지지에 진실한 사랑의 말들을 썼다. 그리고 덴마크 넝마 조각은 희한하게도 덴마크 시인이 노르웨이의 힘과 아름다움을 찬미하는 송시를 쓰는 원고지가 되었다.

이것은 쓸모없는 넝마 조각에서도 훌륭한 것이 나올 수 있다는 것을 보여 준 것이었다. 넝마 조각은 진실과 아름다움을 쓸 수 있는 종이가 될 수 있는 것이다. 우리의 이해를 돕는 것이면 무엇이나 고마운 것이다.

아주 재미있는 이런 이야기를 듣고 화를 낼 사람은 없을 것이다. 넝마라면 몰라도.

# 134
# 베뇌와 글레뇌

베뇌와 글레뇌였다. 이 두 섬에는 숲과 농장과 들판이 있었으며 교회가 있는 마

젤란트 해안에서 약간 떨어진 홀슈타인 성 근처에 두 개의 섬이 있었다. 바로
베뇌와 글레뇌였다. 이 두 섬에는 숲과 농장과 들판이 있었으며 교회가 있는 마
을도 있었다. 두 섬은 젤란트 해안 가까이에 나란히 붙어 있었다. 그러나 지금은
섬 하나만 덩그러니 남아 있다.

어느 날 밤, 온 나라에 무서운 폭풍우가 몰아쳤다. 지금까지 파도가 그렇게
높이 치솟은 적은 없었다. 천지가 진동하고 땅이 갈라지는 것 같았으며 교회 종
들이 저절로 흔들려 울어댔다. 금방이라도 세상의 종말이 올 것 같은 날씨였다.

바로 그날 밤에 베뇌는 바다 속 깊은 곳으로 사라져 버렸다. 다음날 아침이 되
자, 섬은 존재하지도 않았던 것처럼 흔적도 없이 사라지고 말았다. 그런데 조용
한 여름밤이면 물 밑에 있는 베뇌의 하얀 교회 탑을 보았다는 어부가 있었으며 종
소리를 들었다는 어부도 많았다. 하지만 그들이 들은 것은 근처에서 헤엄쳐 다
니는 백조들의 소리였을 것이다. 백조들이 우는 소리는 멀리서 들으면 교회 종
소리처럼 들리니까.

전설에 의하면 "베뇌는 글레뇌를 기다리며 깊은 바다 속에 누워 있다."고 한다.

그날 밤 무섭게 몰아치는 폭풍우를 기억하는 노인들이 살던 시절이 있었다. 그
노인들은 어렸을 때 썰물 때가 되면 마차를 타고 두 섬 사이를 왔다 갔다 했다. 요
즘에 우리가 홀슈타인 성에서 글레뇌로 차를 몰고 가듯이 말이다. 당시에 썰물이
되면 물높이가 마차 바퀴의 절반 정도밖에 되지 않았다고 한다.

폭풍우가 일 때면 글레뇌의 아이들은 공포에 질려 울부짖는 파도 소리를 듣는
다. "오늘 밤에 베뇌가 와서 글레뇌를 데려갈까?" 아이들은 이런 생각을 하며 겁
에 질려 견디다 못해 주기도문을 중얼거리다 잠이 든다.

하지만 다음날 아침에도 글레뇌는 여전히 그대로 서 있다. 숲도, 곡식이 무르
익은 들판도, 옹기종기 모여 그림 같은 농가도, 홉을 재배하는 밭도 말짱했다. 새

들은 여전히 노래하고, 덤불 속에서는 사슴들이 뛰어 놀았으며, 두더지는 아주 멀리까지 샅샅이 흙을 뒤졌지만 바닷물 냄새는 맡지 못했다.

그러나 글레뇌는 여전히 그날을 손꼽아 기다리고 있다. 얼마나 많은 날들이 남았는지 알 수는 없지만 언젠가는 이 섬이 사라질 것이다.

어제만 해도 해안가에 서 있던 글레뇌가 하루 아침에 사라질 수도 있을 것이다. 바로 전날까지만 해도 야생 백조들이 젤란트와 글레뇌 사이의 바다에서 헤엄쳐 다니고, 범선이 미끄러지듯 지나갔다. 또 여러분은 바로 전날, 물을 튀기는 말이 끄는 마차를 타고 글레뇌로 건너갔을 수도 있을 것이다.

이곳을 떠나 먼 곳으로 여행을 하다 10년쯤 되어 돌아와 보면 숲은 드넓은 푸른 초원으로 둘러싸여 있고 달콤한 건초 향기가 코를 찌를지도 모른다. 전에는 본 적도 없는 집들이 들어서 있어 그곳이 어딘가 하고 의아해할지도 모른다. 홀슈타인 성은 여전히 금빛 첨탑을 뽐내며 눈부시게 서 있겠지만, 성이 내륙으로 1마일 정도 이동한 것처럼 보일 것이다. 숲과 들판을 가로질러 바닷가에 가보지만 섬은 보이지 않고 망망한 바다만이 눈앞에 펼쳐져 있을 것이다. 그러면 여러분은 스스로에게 이렇게 물을 것이다.

"결국 베뇌가 글레뇌를 데려갔을까? 어느 날 밤에 천지를 뒤흔드는 폭풍우가 몰아쳐 홀슈타인 성을 1마일이나 내륙 쪽으로 옮겨 놓았을까?"

아니다, 폭풍우는 몰아치지 않을 것이다. 이런 일은 햇살이 밝게 내리쬐는 대낮에 이루어질 것이다. 인간이 지혜를 동원해 글레뇌 주위에 제방을 쌓고 바닷물을 배수시킬 것이다. 그리하여 글레뇌를 젤란트와 연결하고 한때 바닷물이 있던 곳을 풍요로운 초원으로 만들 것이다. 글레뇌는 젤란트 곁에 있을 것이고 그곳의 오래된 농장들은 변함없이 그 자리에 있을 것이다. 글레뇌를 부르는 것은 베뇌가 아니라 팔과 같은 긴 둑으로 글레뇌를 붙잡는 젤란트가 될 것이다.

전설에서 예언했듯이, 글레뇌는 사라질 것이다. 그러나 젤란트는 아주 넓어질 것이다. 몇 년 후에 그곳에 가 보라. 그러면 그것을 직접 보게 될 것이다. 베뇌와 마찬가지로 글레뇌가 사라진 모습을!

# 135
# 가장 행복한 장미꽃은 누구였을까?

〰〰〰〰〰〰〰〰〰〰

"참으로 아름다운 장미꽃들이야! 사랑스런 내 아이들, 내가 입을 맞추어 생명을 불어넣었지." 햇빛이 자랑스럽게 말했다.

"내 아이들이야! 내가 눈물로 적셔 주었어." 이슬도 지지 않았다.

그러자 장미나무가 말했다. "무슨 소리, 내가 엄마야. 너희들은 너희 능력과 선한 의지에 따라 선물을 나누어 준 대부에 불과해. 그 선물을 준 것은 정말 고마워."

"사랑스런 내 아이들!" 셋은 똑같이 이렇게 말하며 장미꽃 모두가 최고의 행복을 누리기를 기원했다. 그러나 이것은 불가능했다. 최고의 행복을 누리는 꽃은 오로지 하나일 뿐이고, 또 가장 큰 불행을 누리는 꽃도 하나일 뿐이다. 그렇다면 가장 행복한 꽃은 어떤 꽃일까?

"내가 알아봐 줄게. 난 여행을 많이 하고 가장 좁은 틈새도 뚫고 들어갈 수 있으니까 이 세상에 있는 건 모두 다 알고 있지." 바람이 말했다.

활짝 피어난 장미꽃들은 물론, 한창 부풀어오르고 있는 꽃봉오리들도 모두 이 이야기에 귀를 기울였다.

이때 슬픔에 상복을 입은 한 여인이 정원을 지나 꽃밭으로 걸어왔다. 여인은 아직 꽃봉오리가 완전히 열리지 않은 싱싱한 장미꽃 한 송이를 꺾었다. 여인에게는 아직 활짝 피지 않은 이 꽃이 가장 아름답게 보였던 것이다. 여인은 며칠 전만 해도 어린 딸이 천진난만하게 웃으며 놀았던 조용한 방으로 꽃을 가져갔다. 이제 딸은 잠자는 대리석 석상처럼 검은 관 속에 누워 있었다. 가엾은 어머니는 죽은 어린 딸에게 살며시 입을 맞춘 다음, 반쯤 피어난 장미꽃에게 입을 맞추고 어린 딸의 가슴에 꽃을 놓았다. 마치 장미꽃의 생기와 자신의 입맞춤으로 딸의 심장이 다시 뛰기를 바라는 것 같았다.

장미 꽃잎들은 행복하여 몸을 떨었다. 꽃봉오리가 부풀어올라 자라는 것 같았다. '난 평범한 장미꽃이 아니야. 사람의 아이처럼 어머니의 입맞춤을 받았고 축복을 받았으니까. 죽은 소녀의 가슴에서 꿈을 꾸면서 미지의 나라로 가게 될 거야. 난 장미꽃 중에서 가장 행복해.'

장미 덤불이 있는 정원에서는 한 할머니가 잡초를 뽑고 있었다. 아름다운 장미꽃들을 보고 감탄하던 할머니의 눈길이 활짝 핀 장미꽃 한 송이에 멎었다. 하루만 햇살을 더 받고, 하룻밤만 진주 같은 이슬을 더 맞으면 시들어 버릴 장미꽃이었다. 할머니는 그 꽃을 보며 아름답게 활짝 피었으니 쓸모 있는 일을 하다 가야 한다고 생각했다. 그래서 그 장미꽃을 꺾어 활짝 핀 다른 꽃들과 함께 신문지에 쌌다. 집으로 가져가서 장미 꽃잎을 라벤더 꽃과 섞어서 소금을 뿌린 다음 단지에 넣어 둘 생각이었다. 그것은 바로 방 안을 향긋하게 하는 포푸리였다.

'난 미라로 만들어지는 거야. 이것은 왕과 장미만이 누릴 수 있는 특권이지. 난 최고의 영광을 누리게 되었다구. 이 세상에서 나만큼 행복한 것은 없어.' 장미꽃은 이렇게 생각했다.

그때 두 청년이 정원으로 나왔다. 한 청년은 화가였고, 다른 한 청년은 시인이었다. 두 청년은 자기 눈에 제일 아름답게 보이는 장미 한 송이씩을 꺾었다.

화가는 꺾어 간 장미꽃을 화폭에 담았다. 그림이 실물과 너무도 같아서 장미꽃은 자신의 모습이 거울에 비친 것이라고 착각할 정도였다.

"수많은 시대가 지나는 동안, 수백 만 송이의 장미꽃들이 피었다 져도 이 장미꽃만은 길이 남게 될 거야." 화가가 자신이 그린 장미꽃을 바라보며 말했다.

그 말을 들은 장미꽃은 이렇게 생각했다. '나야말로 최고의 사랑을 받는 가장 행복한 꽃이야.'

한편, 자신이 고른 장미꽃을 들여다보던 시인은 영감이 떠올랐다. 마치 꽃잎 하나하나에 이야기가 담겨 있는 것 같았다. 시인은 사랑에 관한 불멸의 시 한 편을 썼다.

'난 영원히 죽지 않아. 내가 제일 행복해.' 장미꽃이 생각했다.

이렇게 다른 장미꽃들이 찬란한 영광을 누리는 동안, 다행스러운 것인지는 몰라도, 눈에 띄지 않게 숨어 있는 장미 한 송이가 있었다. 그 장미는 꽃대 위에 비스듬히 앉아 있었으며, 꽃잎들은 서로 어긋나 있었다. 더구나 꽃의 한복판에는 작은 초록 잎사귀가 돋아나 있었다. 간혹 이렇게 못생긴 장미꽃도 있는 법이다.

"불쌍한 것 같으니!" 바람이 지나가며 장미꽃의 뺨을 어루만져 주었다. 장미

꽃은 그것을 경의의 표시로 받아들였다. 그 장미꽃은 자신이 다른 장미꽃들과는 다르고 자신의 가슴에서 초록 잎사귀가 돋아나 있다는 걸 알았지만 그것을 결점이라고 생각하진 않았다. 오히려, 훈장이라고 여겼다.

나비 한 마리가 날아와 그 장미의 꽃잎에 입을 맞추었다. 그것은 청혼을 한다는 뜻이었다. 하지만 장미꽃은 아무런 대답을 하지 않고 나비를 그냥 날려보냈다. 다음엔 메뚜기 한 마리가 날아왔다. 메뚜기는 가까이에 있는 다른 장미꽃 위에 앉아 다리를 비벼 댔다. 이것은 메뚜기의 사랑 표시였다. 메뚜기가 앉아 있는 장미꽃은 그 사랑의 표현을 이해하지 못했지만, 초록색 잎사귀라는 훈장을 단 작은 장미꽃은 그 뜻을 이해했다. 메뚜기가 장미꽃의 초록색 잎사귀에 눈길을 주었다. 메뚜기의 눈에는 '너무 사랑스러워서 깨물어 주고 싶어'라고 쓰여 있었다. 그것은 둘이 하나가 된다는 뜻이었기 때문에 그보다 더 큰 사랑은 없었다. 하지만 작은 장미꽃은 메뚜기에게서 사랑의 행복을 얻고 싶지는 않았다.

별이 초롱초롱한 맑은 밤, 나이팅게일이 노래를 불렀다. 그 소리를 들은 작은 장미꽃은 이렇게 중얼거렸다. "나만을 위해 노래를 부르네. 언니들은 그렇지 않은데, 왜 나만 눈에 띄게 두드러질까? 왜 나만 특별하게 태어나서 이런 큰 행복을 누리지?"

그때, 두 신사가 여송연을 피우며 장미 덤불을 지나가고 있었다. 그들은 장미꽃과 담배에 대해 얘기했다. 장미꽃은 담배 연기를 쐬면 초록빛으로 변한다는 이야기였다. 그들은 그 얘기를 실제로 실험을 해보기로 했다. 하지만 아름다운 장미꽃을 상하게 할 수는 없었기 때문에 작은 장미꽃을 골랐다.

"난 또 선택되었어. 크나큰 영광을 얻었다구. 내가 제일 행복해!" 장미꽃은 좋아서 어쩔 줄을 몰랐다.

그리하여 작은 장미꽃은 담배 연기 때문에, 그리고 매우 특이하게 태어났기 때문에 초록색으로 변하고 말았다.

정원에는 이제 막 꽃봉오리를 맺은 장미꽃이 있었다. 아마 장미 덤불 속에서 가장 아름다운 꽃이었을 것이다. 이 꽃은 정원사에 의해 꽃다발로 만들어지는 영광을 누렸다. 정원사는 정원에 있는 가장 아름다운 꽃으로 꽃다발을 만들었던 것이다. 꽃다발은 집과 정원을 가지고 있는 젊은 신사에게 넘겨졌다. 그날 저녁 젊은 신사는 꽃다발을 가지고 마차를 타고 극장에 갔다. 극장에는 잘 차려 입은 사람들이 앉아 있었고, 수천 개의 램프가 타오르고 있었으며, 음악이 울려 펴졌다.

발레가 끝날 무렵, 관객들에게 가장 많은 찬사를 받은 발레리나가 마지막 춤을 장식하려고 무대로 나왔다. 무대에는 꽃다발들이 비오듯이 쏟아졌다. 그 중에는 작은 장미꽃이 들어 있는 꽃다발도 있었다. 작은 장미꽃은 공중으로 던져질 때 이루 말할 수 없는 짜릿함을 느꼈다. 마룻바닥에 내려섰을 때에는 장미꽃도 발레리나와 함께 춤을 추는 기분이었다. 그런데 장미꽃은 바닥에서 뛰어올라 무대를 구르다가 그만 꽃대가 부러지고 말았다. 발레리나를 위해 꽃다발로 만들어졌던 장미꽃은 발레리나의 손에 들리지도 못한 채 무대 뒤로 굴러갔다. 때마침 무대 뒤에 있던 무대 장치가가 이 장미꽃을 집어들었다. 그는 꽃을 코에 대고 향기를 맡으며 아름답다고 감탄했으나, 꽃대가 없어 웃옷 주머니에 꽂을 수가 없었다. 그래서 주머니 속에 넣어 집으로 가져갔다. 무대 장치가는 유리컵에 물을 채우고 꽃을 넣었다.

아침이 되자, 이 장미꽃은 무대 장치가 할머니의 의자 옆에 있는 작은 탁자에 놓여졌다. 늙고 쇠약해서 방 안에서만 지내는 할머니는 아름다운 장미꽃과 꽃향기를 무척 마음에 들어 했다.

"가엾기도 하지. 넌 부잣집 고운 아가씨의 탁자에 놓여야 하는데, 이 가련한 늙은이에게 오게 되었구나. 하지만 아가씨에게 갔더라면 다른 꽃과 마찬가지로 평범한 꽃에 지나지 않았겠지만, 나에게 넌 장미 덤불처럼 풍성하고 아름답게 보인단다." 할머니는 이렇게 말하며 어린아이처럼 행복한 얼굴로 장미꽃을 바라보았다. 싱싱한 장미꽃을 보자 오래 전에 지나가 버린 자신의 젊은 날이 생각났는지도 모른다.

"창유리가 깨져서 쉽게 안으로 들어갈 수 있었지. 할머니의 두 눈을 보았는데 어린 소녀처럼 희망에 부풀어 있었어. 할머니 옆에 놓인 탁자 위의 장미꽃도 보았어. 유리컵에 꽂혀 있었지. 장미꽃 중에서 가장 행복한 꽃은 누구일까? 난 알아. 자신있게 얘기할 수 있다구!" 바람이 말했다.

정원에 핀 장미꽃은 모두 저마다의 이야기가 있었고, 누구나 자신이 가장 행복하다고 생각했다. 이런 믿음은 축복을 가져다준다. 정원에 마지막까지 남아 있던 장미꽃 역시 자신이 최고로 행복하다고 생각했다.

"난 누구보다 오래도록 살아 남았어. 마지막으로 남은 유일한 꽃이야. 엄마가 가장 사랑하는 자식이지."

"내가 장미꽃들의 엄마야!" 장미 덤불이 말했다.

"아냐, 내가 엄마라구." 햇빛이 말했다.

"아니야, 엄마는 바로 나야." 이슬이 말했다.

"너희 모두 엄마라고 할 수 있어. 그러니 마지막 장미꽃을 나누어줄게." 바람이 이렇게 말하고는 나뭇가지 위로 장미 꽃잎을 흩날려 버렸다. 아침에는 이슬방울이 떨어지고 낮에는 햇살이 비추는 나뭇가지로 말이다.

"내 몫도 있지. 난 장미꽃들의 이야기를 모아 넓은 세상에 전해 줄 거야. 누가 가장 행복한 꽃이었는지 알겠어? 더 이상 얘기하지 않겠어. 지금까지 이야기로 충분하니까." 바람이 이렇게 말하고 장미 덤불 뒤로 누웠다. 사방이 조용한 낮이었다.


# 136
# 나무 요정

우리는 훌륭한 전람회를 보기 위해 파리로 가려 한다.

여행은 오래 걸리지 않았다. 하지만 그렇게 빨리 도착한 것은 무슨 요술을 부려서가 아니라 증기선과 증기기관차를 타고 왔기 때문이다. 우리 시대에는 요정의 이야기와 같은 꿈 같은 이야기가 현실이 되었다.

우리는 파리 한복판에 있는 근사한 호텔에 묵고 있다. 화분이 놓여 있는 계단에는 부드러운 카페트가 깔려 있다. 방 또한 안락하다. 발코니로 향한 문을 열면 광장이 내려다보인다. 어린 밤나무 한 그루가 금방 돋아난 부드러운 잎으로 봄을 알린다. 광장에 심기 위해 이른 새벽에 시골에서 가져온 것으로 아직 마차에 실려 있다. 광장에 있는 다른 나무들은 아직 가지에 잎이 돋지 않았고 그 중 하나는 뿌리가 파헤쳐진 채 죽어서 땅바닥에 길게 누워 있다.

마차에 실려 있는 밤나무는 삼 사십 년 쯤 되었는데, 그 정도면 밤나무로서는 젊은 편이다. 밤나무는 늙은 떡갈나무 옆에서 무럭무럭 자라 이젠 떡갈나무만큼 키가 컸다. 밤나무가 자라던 곳에 있던 떡갈나무 아래에는 벤치가 하나 있었다. 여름이면 늙은 신부가 그 벤치에 앉아서 마을 아이들에게 이야기를 들려주곤 했다. 어린 밤나무도 그 이야기를 들었다. 아니 밤나무라기보다는 나무의 요정이 들었다고 하는 것이 옳다. 알다시피 모든 나무에는 사람들이 드리아스라고 부르는 나무 요정이 살고 있다. 이 밤나무의 드리아스는 아직 어렸다. 그녀는 밤나무가 양치식물보다도 더 작았던 어린 시절을 기억한다. 풀잎과 양치 식물은 금방 쑥쑥 자랐지만 나무는 그렇지 않았다. 나무는 공기, 햇살, 비, 이슬을 마시며 해마다 조금씩 자랐다. 바람은 나뭇가지를 흔들었는데 그것도 나무에게는 필요한 것이었다.

드리아스는 행복했으며 자신의 운명에 만족했다. 햇빛과 새의 노래를 사랑했지만 무엇보다도 인간의 목소리가 좋았다. 드리아스는 동물의 말은 물론 인간의 언어도 이해했다.

잠자리, 나비, 심지어 집파리까지 날개를 가진 동물은 모두 이 밤나무를 찾아와 얘기를 들려주었다. 그들은 마을, 포도밭, 학교, 공원이 있는 오래된 성에 대해서 이야기했다. 성에는 수로와 호수가 있었고 하류에는 물고기들이 살았는데 그 물고기들은 아주 똑똑하고 아는 것도 많았지만 결코 말을 하는 법이 없었다.

참새는 드리아스에게 아름다운 금붕어, 살찐 잉어, 해초로 덮인 잉어에 대해 말해 주었다. 참새의 설명은 훌륭했지만 스스로 인정했듯이 직접 보는 것보다는 못했다. 하지만 드리아스가 물 속에 사는 물고기들을 어떻게 직접 볼 수 있겠는가? 나무 안에 갇혀서 그저 보이는 광경에 만족하며 인간이 하는 일을 상상하려 애쓰는 것이 고작인 것을.

드리아스는 누구나 환영했지만 특히 떡갈나무 밑 벤치에 앉아서 아이들에게 프랑스 역사를 들려주는 늙은 신부가 찾아오는 것을 좋아했다. 신부가 들려주는 옛날 이야기 중에는 지금도 존경받는 위대한 인물들에 대한 이야기도 많았다. 드리아스는 잔다르크, 샤를로트 코르데, 앙리 4세, 나폴레옹에 대한 이야기를 들었다. 또한 사람들의 마음에 남아 있는 다른 위인들에 대한 이야기도 들었다. 프랑스는 자유의 본고장이며 재능을 마음껏 펼칠 수 있는 위대한 나라였다.

아이들은 늙은 신부의 말에 귀를 기울였고 드리아스도 마찬가지였다. 드리아스 역시 다른 아이들과 같은 학생이었다. 종종 올려다보는 하늘은 드리아스의 그림책이었고, 시시각각으로 바뀌는 구름은 그림책의 삽화였다.

드리아스는 아름다운 프랑스의 시골에 사는 것이 행복했지만 새처럼 날아다니는 동물들이 부럽다는 생각은 떨쳐 버릴 수가 없었다. 심지어 파리조차 드리아스보다 더 많은 구경을 할 수 있지 않은가!

드리아스는 프랑스가 무척 크고 아름답다는 것을 알고 있었지만 볼 수 있는 것은 아주 작은 부분에 불과했다. 포도밭과 숲과 거대한 도시가 있는 프랑스는 이 세상만큼이나 넓게 느껴졌다. 프랑스 중에서도 가장 훌륭한 곳은 파리였다. 새들과는 달리 나무의 요정인 드리아스는 결코 가 볼 수 없는 곳이다.

신부의 이야기를 들으러 오는 마을 아이들 중에는 누더기를 입은 아주 가난한 소녀가 있었다. 칠흑같이 까만 머리를 빨간 꽃으로 장식하고 다니는 소녀는 아름답고 명랑했다.

"넌 절대로 파리에 가지 마라. 그곳에 가면 넌 파멸하게 될 거야." 늙은 신부는 소녀에게 이렇게 말하곤 했다.

하지만 소녀는 파리로 가 버렸다. 드리아스는 파리에 가고 싶을 때면 소녀가 생각나곤 했다.

몇 해가 지났다. 드리아스의 나무에 처음으로 꽃이 피었고 새들이 피어나는 꽃을 노래했다. 그때 멋진 말이 끄는 마차 한 대가 지나갔다. 우아한 숙녀가 직접 말을 몰았고 남편은 뒷자리에 앉아 있었다. 드리아스와 늙은 신부는 그 숙녀가 누구인지 금방 알아볼 수 있었다. 신부는 고개를 저으며 슬픈 표정으로 말했다. "기어이 파리로 갔구나. 파리가 널 파멸시켰어. 불쌍한 마리!"

드리아스는 생각했다. '불쌍하다구? 공작 부인처럼 좋아 보이는 데 왜 불쌍하다는 거지? 저렇게 출세한 건 다 파리에 간 덕택인걸. 파리는 마술의 도시야. 아, 내가 그곳에 가서 그 화려한 모습을 볼 수만 있다면 얼마나 좋을까. 파리에서는 밤에 구름조차도 빛이 나지. 파리의 밤하늘 쪽을 보면 구름이 빛나는 게 보이는걸."

드리아스는 밤마다 파리가 있는 쪽을 바라보았다. 지평선 위로 황금색 안개가 보였다. 안개가 보이지 않는 청명한 달밤이면 파리 이야기를 들려주던 구름이 그리워졌다. 아이가 그림책을 보듯이 드리아스는 구름을 보았다. 구름은 드리아스의 생각을 담은 책이었고, 드리아스는 그 책에서 영감을 얻었다.

여름이 되자 구름 한 점 없는 하늘은 마치 빈 페이지 같았다. 며칠 동안 이런 날씨가 계속되었다. 더위 때문에 동물과 식물이 꾸벅꾸벅 졸았고 사람도 마찬가지였다. 그러던 어느 날, 갑자기 파리가 있는 쪽에서 커다란 구름 층이 생겼다. 구름은 거대한 산처럼 점점 더 커지더니 지평선을 덮을 만큼 넓게 퍼졌다. 검푸른 절벽에 바위 층처럼 쌓인 구름은 하늘로 계속 올라갔다. 그러더니 구름 속에서 번개가 쳤다. 예전에 늙은 신부는 번개도 하느님이 만드신 거라고 말했었다. 구름 속에서 또다시 번개가 파란빛을 뿜었다. 커다란 떡갈나무는 마치 빛의 심부름꾼인 번개를 안고 싶었던 것처럼 번개에 맞아 완전히 두 동강이 나 버렸다. 몸통도 뿌리도 모두 두 개로 갈라졌다.

왕자의 탄생을 알리는 축포도 늙은 떡갈나무를 죽인 번개보다 더 우렁찬 소리를 내지는 못했으리라. 비가 내린 후 온화한 바람이 불어왔다. 폭풍이 지난 것이다. 그날은 마치 일요일 같았다. 마을 사람들이 늙은 떡갈나무를 보려고 달려나왔다. 신부는 짧은 연설을 했고 화가는 나무를 화폭에 담아 사람들이 오래 기억할 수 있게 했다.

드리아스가 말했다. "모든 것이 가 버리는구나. 구름이 가 버리고 다시는 돌아오지 않는 것처럼."

늙은 신부도 다시는 돌아오지 않았다. 그가 몸담았던 학교의 '지붕'은 없어져 버렸고 벤치도 사라져 버렸다. 그리고 아이들도 떠났다. 하지만 여전히 가을은 왔고 겨울, 봄, 여름이 그 뒤를 따랐다. 계절이 몇 번이나 바뀌었지만 드리아스는 여전히 파리를 갈망했다. 지평선 위로 파리의 불빛이 황금빛 안개처럼 빛났다.

기차가 달려왔다. 크고 검은 증기기관차는 밤낮으로 철길을 따라 달렸다. 온 세상 사람들이 모두 파리의 새롭고 놀라운 모습을 보려고 몰려들었다. 이 새롭고 놀라운 모습은 과연 어떤 것이었을까?

이 질문에 대해 어떤 이는 이렇게 대답한다. "그것은 예술과 산업이라는 해바라기이다. 이 거대한 해바라기는 마르스의 들판이라는 척박한 모래밭에서 막 피어났다. 사람들은 그 잎에서 지리학과 통계학을 배워 똑똑한 사람이 된다. 시와 마찬가지로 지식은 국가의 힘과 자랑이 되었다."

또 이렇게 말하는 사람도 있다. "그것은 동화라는 연꽃이다. 연꽃은 거친 모래밭에서도 마치 부드러운 벨벳 카페트에 있는 것처럼 자신의 푸른 잎사귀를 뻗는다. 연꽃은 봄이면 피어나서 여름이면 장관을 이루지만 가을이면 사라져 버린다. 뿌리가 없기 때문이다."

군사 학교 밖에는 평화시 마르스의 들판이라고 불리는 지역이 있다. 이 지역은 사하라 사막의 한 조각을 떼어놓은 것처럼 풀 한 포기 자라지 않는 넓은 모래밭이다. 사하라 사막의 신기루에는 공중에 지어진 성과 정원이 있다. 이제 마르스의 들판에도 성과 정원이 들어섰다. 하지만 이것은 환상이 아니라 진짜다. 1867년 파리 만국 박람회가 열리는 것이다.

사람들은 말한다. "알라딘의 궁궐이 하루가 다르게, 한시가 다르게 제 모습을 갖춰 가고 있어요. 완성이 가까워질수록 더욱 아름다워지는군요." 끝없이 길게 보이는 홀은 다채로운 대리석으로 장식되었다. '창백한 거장'이란 이름의 기계는 둥근 전시관에 따로 전시되어 사람들에게 철로 된 팔다리를 보여주었다. 돌, 철, 직물로 된 여러 가지 예술 작품에서 다양한 마음과 영혼을 느낄 수 있다. 미술, 화초 등 고대에서 지금까지 인간의 기술과 지성이 낳은 모든 것이 이곳에 모여 있다.

이 거대하고 화려한 시장을 전체적으로 이해하려면 인형 크기만한 모형이 있어야 할 것이다. 마르스의 들판은 마치 거대한 크리스마스 탁자 같다. 세계 곳곳에서 온 자질구레한 장신구에서 위대한 골동품에 이르기까지 각 나라의 독특함을 보여주는 온갖 물건이 탁자를 장식하고 있다.

태양이 이글거리는 땅에서 온 유랑민들이 낙타를 타고 이집트 왕의 성을 지킨다. 러시아의 마구간에는 시베리아산 말이 있다. 덴마크 깃발이 휘날리는 작은 초가 지붕 오두막도 있고, 그 옆에는 구스타프 바사(16세기 스웨덴 왕)의 집이 있다. 구스타프 바사의 집은 달라르나(스웨덴 중부 지방) 출신 장인들이 나무로 조각한 것이다. 미국의 통나무집, 영국의 오두막집, 프랑스의 전시관 등이 정자, 극장, 교회와 더불어 신기하고 멋진 조화를 이루며 서 있다. 앞쪽에 있는 푸른 잔디에는 꽃, 잡목, 희귀한 나무, 그리고 작고 맑은 개울이 흐르고 있다. 열대 나무가 자라는 커다란 온실에는 시리아의 다마스쿠스에서 가져온 장미가 멋진 자태를 한껏 뽐내고 있다. 이 향기! 이 색깔!

종유석으로 된 인공 동굴 주변에 커다란 물웅덩이들이 있는데, 어떤 것은 민물이고 어떤 것은 바닷물이다. 그곳에서는 세상에 있는 모든 물고기를 관찰할 수 있다. 마치 히드라충과 물고기들이 노니는 바다 속 같다. 이 모든 것이 마르스의 들판에 있다. 축제를 위해 장식한 탁자 위로 사람들이 개미떼같이 끊임없이 오간다. 걸어다니는 사람이 있는가 하면, 작은 수레를 타고 다니는 사람도 있다. 사람의 다리는 곧 피곤해지기 마련이니까.

승객을 가득 실은 증기선이 아침부터 저녁 늦게까지 세느 강을 오르내린다. 이곳을 찾아오는 마차가 날마다 늘어나지만 항상 승객으로 가득 차 있다. 어떤 이는 말을 타고 오고, 어떤 이는 걸어서 오기도 한다. 이렇게 몰려드는 사람들은 모두 같은 목적을 가지고 있다. 바로 파리 만국 박람회를 구경하려고 온 것이다.

전람회장 입구는 프랑스 국기가 장식하고 있고 각 건물마다 참가국 국기가 휘날리고 있다.

기술관에서 기계가 땡그렁, 삐그덕, 윙윙 소리를 내며 돌아간다. 마을에서는 종이 울리고 교회에서는 오르간이 연주된다. 동양의 카페에서 흘러나오는 단조롭고 신비한 노랫소리가 다른 소리와 어우러진다. 이곳은 온갖 언어가 다 들리는 언어의 왕국이다. 참으로 경이로운 세상이다.

마르스의 들판에 대한 이러한 이야기는 멀리멀리 퍼져 나갔다. 이 이야기를 듣지 못한 사람은 없었다. 만국 박람회는 최고의 도시에서 생긴 최고의 사건이었다.

나무의 요정은 기도했다. "작은 새야, 다시 날아와서 내게 파리 소식을 전해 줘."

파리로 가고자 하는 드리아스의 열망은 더욱더 강해져 마침내는 평생의 꿈이자 삶의 목표가 되었다. 그러던 어느 고요한 밤, 원반처럼 커다란 보름달이 뜨더니 갑자기 불꽃을 내뿜었다. 드리아스는 불꽃이 마치 유성처럼 지구에 떨어지는 모습을 보았다. 밤나무 가지가 폭풍을 만난 것처럼 심하게 흔들렸다. 나무 앞에는 밝고 거대한 형체가 서 있었다. 밝은 형체가 부드러운 목소리로 말했다. 하지만 그 말 속에는 날카로움이 배어 있었다. 마치 최후의 심판의 날에 들릴 나팔 소리와 같았다.

"넌 네가 꿈꾸는 마법의 도시에 가게 될 것이다. 네 뿌리는 그 땅에 묻힐 것이며 파리의 회오리바람과 공기와 햇빛을 느끼게 되리라. 하지만 그로 인해 너의 수명은 짧아질 것이다. 가엾은 드리아스, 넌 파멸하리라. 네 갈망은 만족을 모른 채 점점 더 커질 것이고 나무는 감옥처럼 널 옥죄게 될 것이다. 네가 나무를 버리고 떠나면 하루살이 삶의 반밖에 살 수가 없느니라. 오직 하룻밤밖에! 네 나뭇잎은 시들고 다시는 푸르름을 누리지 못할 것이다."

이런 말을 남기고 형체는 빛과 함께 사라졌다. 하지만 드리아스의 갈망은 더욱 커져만 갔다. 바람이 불자 나무는 열렬한 기대감으로 나뭇잎을 흔들어 댔다.

드리아스는 환호하며 말했다. "난 파리로 갈 거야. 도시 중의 도시인 파리로. 새로운 삶이 시작되고 있어. 삶은 구름처럼 커지지. 구름이 어디로 가는지는 아무도 몰라."

어느 이른 새벽, 달빛이 창백하고 지평선이 빨갛게 물들었을 때 마침내 예언이 현실로 나타났다.

인부들이 삽으로 밤나무 주위를 파기 시작하더니 나무 밑까지 깊이 파 들어갔다. 그리고 나무를 쇠줄로 묶어 뽑은 다음 흙과 함께 뿌리를 돗자리로 감쌌다. 나무는 마차로 옮겨져 단단하게 고정되었다. 프랑스의 수도, 파리로의 여행이 시작된 것이다.

마차가 덜거덩거리며 앞으로 나아가자 나뭇가지들이 열렬한 기쁨과 기대감으로 부르르 몸을 떨었다. "가자! 가자!" 하고 말하는 드리아스의 맥박은 고동쳤다. "가는구나. … 가는구나." 바람이 나지막이 속삭였다.

드리아스는 흔들리던 풀잎, 드리아스의 그늘에서 살던 순진한 데이지꽃 등 고향 친구들에게 작별 인사를 하지 못했다. 데이지꽃은 드리아스를 양치기가 된 공주인 양 숭배했었다. 하지만 드리아스는 이들에게 작별 인사하는 것을 잊어버린 것이다.

마차에서 밤나무가 나뭇가지를 흔들었다. "가자!"란 말일까? 아니면 "잘 있어!"란 작별의 말일까? 드리아스는 나뭇가지의 흔들림을 알아차리지 못했다. 그저 자신이 보게 될 새로운 것들만을 꿈꾸었다. 이미 잘 알고 있는 것들이기도 했다. 철모르고 기뻐하는 아이의 마음도, 심미가의 아름다움에 대한 열정도, 파리로 향하는 드리아스의 마음만큼 기대에 들뜨지는 않았으리라.

마차가 방향을 바꾸었다. 먼 풍경이 가까이 다가왔다가 이내 옆을 스치고 지나갔다. 풍경은 하늘에 떠 있는 구름처럼 시시때때로 바뀌었다. 새로운 포도밭, 숲, 마을, 집, 정원이 앞으로 다가왔다가 뒤쪽으로 물러났다. 증기기관차는 파리의 경이로움을 말하려는 듯 굴뚝에서 연기를 내뿜으며 지나갔다.

밤나무가 여행을 하는 동안 나무의 요정은 나무 안에서 여행을 즐겼다. 그녀는 길가에 있는 모든 것이 자신이 어디로 가는지를 알고 있다고 생각했다. 길가에 서 있는 나무가 손을 내밀며 애원하는 것 같았다. "나도 데려가 줘! 나도 데려가 줘!" 정말 그랬을지도 모른다. 나무마다 한 명의 드리아스가 살고 있으니까.

풍경은 계속 바뀌었다. 집들은 점점 많아졌다. 나무의 요정에게는 마치 집이 땅에서 솟아난 것 같았다. 지붕에 있는 굴뚝은 마치 화분을 일렬로 세워 둔 것처럼 보였으며 지붕과 벽에는 페인트로 커다란 글자가 적혀 있었다. 어떤 글자는 길이가 1미터 되어 보이는 것도 있었다. 또 숫자가 적힌 집도 있었다.

어디서부터가 파리일까? 언제쯤 도착할까? 드리아스는 몹시 궁금했다. 마차를 타는 사람, 걷는 사람, 말을 타는 사람 등 사람들이 많아졌고 가게도 점점 많아졌다. 노래를 부르며 떠들던 사람들이 마차를 탄 사람들에게 욕설을 듣기도 했다. 마침내 나무 안에 있던 드리아스는 마침내 파리의 중심에 도착했다.

밤나무를 실은 마차는 작은 광장에 멈춰 섰다. 이곳에도 나무들이 있었지만 주변에는 삼사 층이나 되는 건물들이 둘러싸고 있었다. 사람들이 발코니로 나 있는 창가에 서서 시골에서 가져온 싱그러운 밤나무를 내려다보았다. 밤나무는 죽어 누워 있는 나무를 대신하게 될 것이다.

광장을 걷던 사람들은 걸음을 멈추고 밤나무를 쳐다보았다. 그들은 푸른 나무를 보며 행복하게 웃었다. 광장에 있던 나무들은 밤나무보다 더 오래 살았지만 이제 겨우 싹을 틔우고 있었다. 나무들은 가지를 흔들며 젊은 밤나무를 환영했다. "어서 와! 어서 와!" 물줄기를 뿜었다가 다시 넓은 그릇에 떨어뜨리는 분수는 물방울을 바람에 실어 밤나무에게 보내며 환영의 축배를 들었다.

드리아스는 사람들이 자신의 나무를 마차에서 내려 조심스레 심는 것을 느꼈다. 뿌리에 다시 흙이 덮이고 죽은 나무가 있던 장소에 새 잔디가 깔렸다. 사람들은 젊은 밤나무 주변에 새로 잡목과 꽃을 심었다. 밤나무 주변은 마치 광장 한가운데 있는 작은 정원처럼 보였다.

죽은 나무는 마차에 실려 멀리 사라졌다. 사람들은 그 모습을 지켜봤다. 나무를 죽인 것은 바로 도시의 오염된 공기였다. 젊은이와 늙은이 모두 벤치에 앉아 새로 온 나무의 푸른 잎에 감탄했다. 이 이야기를 하고 있는 나도 발코니에서 광장을 내려다보았다. 공기가 신선한 시골에서 온 봄의 전령을 바라보며 나는 말했다. "불쌍한 드리아스 … 불쌍한 나무 요정!"

늙은 신부도 이 광경을 봤다면 같은 말을 했으리라. 하지만 드리아스는 이렇게 말했다. "아, 이건 축복이야. 이것이야말로 진정한 행복이야. 하지만 아직 이해할 수 없는 게 있어 … 설명할 수 없는 게 있어 … 모든 것이 내가 상상하고 기대했던 것과는 달라."

집들은 너무 크고 서로 너무 가까이 있었다. 햇빛이 드는 곳이라곤 한쪽 벽밖에 없는데 포스터와 각종 광고물로 뒤덮여 있었다. 또한 사람들이 항상 북적거렸으며 사람들로 가득 찬 마차들이 하루 종일 광장을 지나다녔다. 모두 자기 일만이 중요한 듯 다른 사람에게 양보하는 법도 없었다.

"저 커다란 집들이 구름처럼 움직인다면 좋겠어. 그러면 노트르담 대성당과 방돔 광장과 수많은 외국인들을 매료시키는 파리의 근사한 모습을 여기서도 볼 수 있을 텐데. 지금 이곳으로 달려오는 사람들은 분명히 멋진 것을 보게 될 거야."

하지만 건물은 결코 움직이지 않았다. 땅거미가 질 무렵 램프가 켜졌다. 가게 창문으로 햇빛처럼 환한 가스등 불빛이 밤나무 가지를 비추었다. 그때 시골에 있을 때부터 알았던 별들이 얼굴을 내밀었다. 별들에게서 한 줄기의 신선한 바람이 불어오는 듯했다. 온화하고 순한 미풍이었다. 마치 나뭇잎 끝으로 세상을 볼 수 있는 것처럼, 작고 여린 뿌리로 세상을 경험할 수 있는 것처럼, 드리아스는 새로운 힘을 느꼈다. 그녀는 인간 세상의 한 부분을 느꼈고 그 인간 세상이 다정하다고 믿었다. 주변의 모든 것이 움직임, 소리, 빛, 그리고 색깔로 이루어져 있었다.

광장으로 이어지는 거리에서 음악이 들렸다. 나팔과 풍금 소리는 "춤을 춰 … 춤을 춰 … 즐겨! 즐기라구!" 하고 말하는 것 같았다.

그 음악은 너무나 흥겨워서 인간, 말, 수레, 집, 심지어 나무마저 춤을 추게 하는 것 같았다. 드리아스는 행복감으로 가슴이 터질 것만 같았다.

드리아스가 환희에 차서 외쳤다. "참으로 멋져! 얼마나 아름다운 곳인지 몰라. 난 지금 파리에 있어!"

다음날도 그 다음날도 달라지는 것이 없었다. 지나다니는 마차도, 사람도 어제와 같은 모습이었다. 광장에서의 삶은 날마다 달랐지만 드리아스에겐 늘 같은 것처럼 느껴졌다.

"이제는 내 주변에 있는 모든 걸 다 알아. 나무와 풀은 물론, 집, 발코니, 그리고 내 시야를 가리는 모퉁이 가게들까지 모두 알아. 그런데 개선문은 어디 있지? 번화가는 어디 있을까? 온 세상 사람들을 파리라고 부르는 멋진 곳은 어디에 있지? 난 그런 것 본 적이 없어. 큰 집들 사이에 있는 이 나무 안에 갇혀 있어서 볼 수가 없어. 주변에 있는 것들은 모두 알지만 말야. 창문을 통해 집안을 들여다보고 벽에 붙어 있는 포스터도 모두 읽었지. 재미있지만 이젠 질렸어. 내가 듣고 갈망했던 것들은 모두 어디 있을까? 난 이곳에 와서 무얼 얻었지? 예전에 가졌던 바람이 또다시 간절해지는구나. 이곳에는 인간의 생동하는 삶이 있어. 난 그걸 느끼고 싶고 꼭 붙들고 싶어. 인간 세상의 한 부분이 되어서 새처럼 날아다니고 싶어. 서서히 늙어 가는 지겨운 일상생활은 이제 그만둘 거야. 하룻밤만이라도 정말 살아 있다는 것을 느낄 수 있다면 초원의 안개처럼 사라져 버려도 좋아. 햇빛 속의 구름처럼 빛나고 싶어. 구름처럼 떠다니면서 모든 것을 보고 싶어. 그런 다음엔 아무도 모르는 곳으로 사라져 버려도 좋아."

드리아스는 이렇게 말하며 한숨지었다. 이 한숨 소리는 곧 기도로 바뀌었다. "제 목숨을 가져가시고 대신 하루살이 삶의 절반을 주세요. 절 이 감옥에서 자유롭게 하시고 단 하룻밤만이라도 인간의 모습으로 인간의 행복을 느낄 수 있게 해 주세요. 그런 다음 내 삶을 가득 채운 무모한 용기와 열렬한 갈망을 이유로 파멸이라는 벌을 내리셔도 좋아요. 내 몸이자 감옥인 이 밤나무를 죽여 주세요. 시들어 땔감이 되어 그 재가 바람에 날리도록 해 주세요."

그러자 밤나무가 전율했다. 모든 잎사귀가 떨리고, 나무가 마치 불길에 휩싸인 것 같았다. 그때 세찬 돌풍이 나무를 쳤다. 나뭇가지가 몸을 굽히자 공중에서 한 여인의 모습이 나타났다. 드리아스였다. 드리아스는 풀밭으로 내려와 밤나무 아래 앉았다. 나뭇잎이 가스등 불빛을 받아 빛났다. 드리아스는 마리와 마찬가지로 젊고 아름다웠다. 늙은 신부는 예전에 마리에게 "그 큰 도시는 널 파멸시킬 거야"라고 말했었다.

드리아스는 문이 있는 나무의 몸통에 자신의 몸을 기댔다. 그녀는 벌써 자신이 나온 문을 잠그고 열쇠를 집어던진 후였다. 드리아스는 너무나 젊고 너무나 아름다웠다. 별들이 윙크를 했고 가스램프는 손을 흔들며 더 밝게 빛나는 것 같았다.

드리아스의 몸은 날씬하고 건강해 보였다. 드리아스는 아이이자 처녀였다. 옷은 실크처럼 부드럽고 새로 돋은 나뭇잎처럼 푸른색이었다. 밤색 머리에는 막 피어나는 밤꽃이 꽂혀 있었다. 마치 봄의 여신이 나타난 듯했다.

나무 아래에 앉아 있던 드리아스는 곧 자리에서 일어나 발길을 서둘렀다. 드리아스는 영양처럼 날렵하게 광장을 벗어나 골목으로 들어섰다. 그녀는 거울을 스치는 햇살처럼 재빠르게 이곳저곳을 날아다녔다. 드리아스의 모습은 누가 보아도 사랑스러웠다. 옷은 어디를 가든지 그 장소에 맞게 바뀌었고 불빛은 항상 그녀를 밝게 비추었다.

드리아스는 커다란 가로수 길로 들어섰다. 카페와 상점의 가스 램프들이 장관을 이루고 있었다. 이곳에도 키가 크고 웅장한 나무들이 일렬로 서 있었다. 나무들은 저마다 인공적인 불빛 아래 자신의 요정을 꼭꼭 숨기고 있었다. 끝이 없어 보이는 넓은 길은 마치 축제가 열리는 연회장 같았다. 탁자에는 커피, 술, 샴페인 등 온갖 마실 것이 놓여 있었다. 이곳은 회화, 조각, 화초, 다채로운 직물 등이 전시되는 곳이었다.

사람들이 몰려 있는 커다란 건물 앞에 선 드리아스는 끔찍한 교통을 경험했다. 마차, 역마차, 말을 탄 사람들의 물결이 홍수를 이루었고 많은 군인들이 행진을 했다. 길을 건너려는 사람은 정말 마음을 단단히 먹어야 할 정도였다. 청백색의 불빛이 거리를 밝히고 어디선가 불꽃이 하늘 높이 치솟았다. 이 가로수 길은 바로 파리라는 도시의 큰 도로였다.

어디선가 감미로운 이탈리아 음악이 흘러나왔고 캐스터네츠의 경쾌한 리듬과 함께 스페인 음악도 들려 왔다. 하지만 무엇보다도 큰 소리는 기계에서 흘러나오는 유행가였다. 이 캉캉 음악은 절세미인 헬레네가 듣던 오르페우스의 하프 연주와는 거리가 먼 것이었다. 음악이 너무나 신이 나서 드리아스도 춤을 추었다. 할 수만 있다면 외바퀴 수레도 춤을 추었을 것이다. 드리아스도 춤을 추었다. 드리아스는 햇살에 따라 다르게 변하는 벌새처럼 드리아스는 하늘을 날아다니며 옷 색깔을 바꾸었다. 집 안에 있는 모든 것들이 드리아스의 옷에 반사되었다.

뿌리 없는 연꽃이 물 위를 떠다니 듯 드리아스는 도시 이곳저곳을 돌아다녔다. 가는 곳마다 모습을 바꿨으므로 그녀를 따르거나 알아보거나 자세히 관찰하는 사람은 아무도 없었다.

이 나무의 요정에게 세상은 마치 움직이는 구름과 같았다. 많은 사람들을 만났지만 아무도 드리아스의 정체를 알지 못했고, 드리아스 역시 그들을 본 적이 없었다. 그러다 문득 누군가의 얼굴이 떠올랐다. 가난해서 다 떨어진 옷을 입었고 까만 머리를 빨간 꽃으로 장식하던 마리의 얼굴이었다. 마리는 이 대도시에서 부자로 행복하게 살고 있었다. 드리아스는 늙은 신부가 앉아 있던 떡갈나무 아래로 마차를 몰고 가던 마리의 모습이 떠올랐다.

이 소음과 무질서 속 어디에서 마리를 찾을 수 있을 것 같았다. 아마 바로 지금 이 순간 마리는 우아한 마차에서 내리고 있는지도 모른다.

드리아스는 우아한 마차들이 줄지어 서 있는 곳에 다다랐다. 금장식이 달린 제복을 입은 하인들이 문을 열어 주자 화려하게 차려입은 숙녀들이 마차에서 내려 열린 문을 통해 높은 계단을 올라갔다. 계단은 하얀 대리석 기둥이 있는 건물로 이어졌다. 이것이 바로 그 불가사의일까? 분명 마리도 이곳에 있을 것이다.

성가대가 "산타 마리아"를 합창했다. 커다란 둥근 지붕 아래로 향 연기가 자욱하게 피어올랐다. 금도금을 한 둥근 지붕에는 언제나 그늘이 드리워져 있었다. 드리아스가 들어간 곳은 막달라 마리아 성당이었다.

세련된 부잣집 숙녀들이 최신 유행에 맞춘 까만 드레스를 입고 교회 대리석 바닥을 걸어갔다. 기도서에 달린 벨벳 끈에는 금이나 은으로 문장이 그려져 있으며 향수를 뿌린 손수건에는 허영심의 상징인 털로 짠 레이스 장식이 달려 있다. 어떤 이들은 제단 앞에 꿇어앉아 조용히 기도를 했고 또 어떤 이들은 고해성사를 했다.

드리아스는 묘한 마음의 동요를 느꼈다. 들어와서는 안 될 곳에 들어온 듯한 두려움이었다. 이곳은 침묵의 집이요 거대한 비밀의 궁전이었다. 여기서는 모두가 거의 들리지 않을 정도로 속삭여서 말했다.

드리아스는 검은 실크 드레스를 입고 베일을 쓴 자신의 모습을 보았다. 주변에 있는 숙녀들과 다를 바가 없었다. 그들도 무엇인가를 갈망하는 걸까? 어떤 이의 한숨은 너무나 깊고 너무나 고통스러웠다. 이 한숨은 어두운 고해실에서 나온 것일까 아니면 가련한 드리아스의 가슴에서 나온 걸까? 드리아스는 신선한 공기가 아닌 향 연기를 들이켜야 했다. 이곳은 드리아스의 열망을 채울 수 있는 곳이 아니었다.

가라! 가라! 하루살이는 끊임없이 날아야 한다. 쉴 수가 없다. 가련한 벌레에게는 나는 것이 곧 삶이다.

드리아스는 다시 가스등이 켜진 큰 가로수 길로 나왔다. 가까이는 아름다운 분수가 있었다. 군중 속의 한 사람이 말했다. "이 분수에 있는 물을 다 쓴다 해도 한 때 이곳에 낭자하던 죄 없는 사람들의 피를 모두 씻어 낼 수는 없어." 모여 있는 군중은 외국인 방문객들이었다. 그들은 다른 사람들이 들으라는 듯 큰 소리로 떠들어댔다. 침묵의 궁전에 있던 사람들과는 달랐다.

커다란 돌판을 들어올리자 입구가 나왔다. 드리아스는 지하로 이어지는 어두운 통로를 들여다보았다. 하지만 그것이 무엇인지, 어디로 통하는지 알 수가 없었다. 사람들은 별빛과 가스등을 뒤로 한 채, 어쩌면 삶 자체를 뒤로 한 채 그 어둠 속으로 걸어 들어갔다.

여자의 목소리가 말했다. "무서워서 못 내려가겠어요. 나하고 같이 여기 있어요. 그걸 보는 게 뭐 그리 중요해요?"

남편이 대답했다. "이걸 보지 않고 집에 간다구? 우리 시대의 불가사의라는 거야. 천재적인 작품이라구."

여자가 말했다. "난 관심 없어요. 어쨌든 안 내려갈 거예요."

"우리 시대의 불가사의라니까!"

같은 말이 몇 번씩 반복되었고 드리아스도 그 말을 알아들었다. 이것이야말로 드리아스가 그토록 보기를 갈망하던 불가사의임에 틀림없었다. 하지만 드리아스는 지금 입구에 서 있고 그 "불가사의"는 파리의 지하 깊은 곳에 있었다. 드리아스의 상상과는 너무나 달랐다. 하지만 사람들이 여전히 불가사의란 말을 되풀이했기 때문에 드리아스는 방문객들을 따라 지하로 내려갔다. 나선형 철계단은 넓고 편했다. 램프 하나가 계단 손잡이를 비췄다. 더 밑으로 내려가자 또 하나의 램프가 보였다.

둥근 천장으로 된 복도와 홀이 미로처럼 얽혀 있었다. 그리고 파리의 모든 거리가 더러운 거울에 비친 것처럼 복제되어 있었다. 실제 거리와 똑같이 거리의 이름이 크게 적혀 있고 집들도 저마다 번호가 있었다. 지상에 있는 집의 뿌리인 듯했다. 진흙 투성이 수로를 따라 자갈길이 보였다. 수로 위에는 민물이 흐르는 관이 있었고 둥근 천장 아래로 많은 전선줄과 가스관이 보였다. 몇 안 되는 램프가 서로 뚝 떨어진 채 이 광경을 비췄다. 가끔 돌 입구 위로 무거운 마차가 지나가는 듯 덜커덕거리는 소리가 들렸다.

드리아스가 있는 곳은 어디였을까? 여러분은 로마의 지하 묘지를 알 것이다. 하지만 우리 시대의 지하 세계와는 비교가 되지 않는다. 세계의 불가사의라고 불리는 이것은 바로 파리의 하수처리 시설이었다. 드리아스는 만국 박람회가 열리는 마르스의 들판이 아니라 이곳 하수처리장에 와 있었던 것이다. 관광객들은 자신들이 본 것에 대해 침을 튀기며 칭찬을 늘어놓았다.

"이곳이 있어서 도시가 건강하지. 배설공들이 지상에 사는 사람들의 수명을 연장시키고 있어. 우리 시대는 진보의 시대고 진보는 신의 은총이야."

하지만 이것은 일부 사람들의 의견일 뿐이었다. 정작 그곳에서 태어나 그곳에서 자란 배설공들은 생각이 달랐다. 드리아스는 배설공들이 벽 뒤에서 흐느껴 우는 소리를 들을 수 있었다. 꼬리가 반쯤 잘려 나간 늙은 수컷 쥐 한 마리는 찍찍거리면서 이 문제에 대한 비통한 심정을 토로했고 그의 가족들도 모두 그의 말에 동의했다.

"이곳은 정말 지겨워, 인간 고양이들 같으니라구! 인간들은 멍청하게도 이렇게 말하지. '가스등과 도자기 좀 봐. 참 아름다운 곳이지?' 누가 가스등과 도자기를 먹어? 난 안 먹는다구! 배설공들이 이곳을 환하게 밝히고 깨끗이 청소하는 건 정말 나빠. 그런데 무엇보다도 더 나쁜 것은 왜 나쁜지를 모른다는 거지. 양초가 타던 시대로 돌아가고 싶어. 그리 먼 옛날도 아니야. 인간들 표현에 의하면 낭만적인 시대였지."

드리아스가 쥐에게 물었다. "네 말을 다 못 들었어. 그리고 들은 이야기도 잘 이해 못 하겠어. 다시 한 번 설명해 줄래?"

그러자 다른 쥐들이 다 같이 대답했다. "옛날 이야기를 하는 거야. 우리 조상들이 살았던 좋은 시절 말야. 그때는 여기서 사는 것이 참 좋았지. 우리 쥐들에게는 이곳이 파리 시내에서 제일 좋은 집이었어. 흑사병도 여기서 살았지. 흑사병은 인간을 죽였지만 쥐를 죽이는 일은 없었어. 강도나 밀수꾼들도 여기서 자유롭게 살았지. 이곳은 제일 재미있는 사람들의 피난처였어. 요즘은 극장 공연에서나 그런 사람들을 볼 수 있지. 우리 쥐들의 보금자리에서 낭만의 시대는 이제 끝나 버렸어. 신선한 공기와 석유가 다 망쳐 버렸다구." 쥐들은 이렇게 찍찍거리면서 현대를 비판하고 흑사병이 돌던 옛날을 그리워했다.

제일 큰 터널은 폭이 아주 넓어서 작은 수레가 지나갈 수 있을 정도였다. 사람들이 작은 말 두 마리가 끄는 수레를 타고 세바스토폴 거리 아래에 있는 큰길을 따라 달렸다. 그들 바로 위쪽에 있는 지상에서는 파리의 군중들이 분주히 움직였다. 수레가 어둠 속으로 사라졌다. 수레에 타지 않았던 드리아스는 입구로 걸어나와 다시 지상에 있는 빛의 세계로 돌아왔다. 자신이 보려 했던 불가사의는 조용한 지하 통로에 있지 않다는 확신이 들었다. 드리아스가 하룻밤이라는 짧은 삶을 통해 추구하는 세상의 불가사의는 도시의 가스등 불빛을 모두 합친 것보다도 더 밝게 빛나야 한다. 그렇다. 지금 막 떠오른 달보다도 더 밝아야 한다.

저 곳이 틀림없어! 나무 요정은 수백 개의 램프가 비추고 있는 밝은 입구를 보았다. 램프들이 드리아스를 향해 손짓하는 것 같았다.

드리아스는 밝은 입구로 들어섰다. 불빛이 환한 정원에서 빛과 음악이 흘러 나왔다. 가스등이 인조 연꽃이 떠다니는 작은 호수들을 비추었다. 양철을 자르고 다듬고 예쁘게 색칠해서 만든 연꽃들 가운데서 물줄기가 솟았다. 호숫가에는 흐느끼는 듯한 버드나무들이 줄지어 서 있었다. 버드나무의 길고 신선하고 푸른 가지들은 마치 베일처럼 호수 쪽으로 드리워져 있었다. 타오르는 모닥불은 조용하게 인사하는 이 작은 버드나무 가지들을 빨갛게 물들였다. 귀를 간질이는 음악은 듣는 이의 마음을 사로잡았고 사람들은 한껏 들뜬 기분이었다.

곳곳마다 무도회 복장처럼 차려입은 아름다운 소녀들이 눈에 띄었다. 순진한 미소를 머금은 입술은 불꽃처럼 빨갛게 물들어 있었고 언제라도 웃을 준비가 되어 있었다. 마차나 하인이 없었다면 머리에 장미를 꽂은 모습이 젊은 날의 마리와 꼭 같다. 소녀들은 신나게 타란텔라춤(남이탈리아의 활발한 춤)을 추었다. 마치 음악이 그들을 때리기라도 하는 것처럼 몸을 흔들며 웃는 모습은 이 세상 전부를 껴안을 것처럼 행복해 보였다.

나무 요정은 자신의 몸이 음악과 춤에 이끌려 가는 것을 느꼈다. 춤을 추기 좋은 실크 신발이 드리아스의 작은 발을 감쌌다. 신발은 머리에 맨 리본과 마찬가지로 밤색이었다. 드러난 어깨까지 흘러내린 리본은 몸을 움직일 때마다 초록색 실크 드레스와 함께 물결치듯 움직였고 드러난 예쁜 다리와 작은 발은 청년들을 매료시켰다.

이곳은 어디였을까? 드리아스는 아르미다의 요술 정원에 있었던 것일까? 이곳의 이름을 무엇이었을까?

이름은 채색한 가스등이 있는 바깥 문 위에 적혀 있었다: "마비유 무도회장."

음악에 맞춰 손뼉을 치듯이 분수가 경쾌한 소리를 내며 물줄기를 내뿜었고 사람들은 큰 소리로 떠들어대며 샴페인 마개를 땄다. 달이 하늘 높이 곡선을 그리며 지나갔고 사람들은 더욱 열광적으로 춤을 추었다. 공기는 신선했고 하늘엔 구름 한 점 없었다. 이곳 마비유 무도회장에서는 천국까지도 볼 수 있을 것 같았다. 삶에 대한 열망이 마치 아편처럼 드리아스를 사로잡았다.

드리아스의 눈과 입은 말을 했지만 바이올린과 플루트 소리 때문에 들리지 않았다. 드리아스가 캉캉 춤의 리듬에 몸을 맡기고 있을 때 파트너가 그녀의 귀에 뭐라고 속삭였다. 하지만 드리아스는 그 말을 이해하지 못했다. 우리가 요정의 말을 이해하지 못하는 것처럼. 파트너는 팔을 뻗어 드리아스를 포옹했지만 팔은 가스등 불빛이 스민 허공만을 감쌀 뿐이었다.

드리아스는 바람에 날리는 장미 꽃잎처럼 바람을 타고 공중으로 올라갔다. 높은 곳에서 내려다보니 큰 탑에서 반짝이는 불빛이 보였다. 바로 그렇게도 보기를 갈망하던 마르스의 들판에 있는 봉화였다. 드리아스는 봄바람을 타고 그 커다란 빨간 등대로 날아갔다. 그곳에 다다르자 드리아스는 한 바퀴 주위를 둘러본 다음 땅으로 내려섰다. 드리아스가 내려오는 모습을 본 몇몇 일꾼들은 나비가 땅으로 내려와 죽은 것이라고 생각했다. 사실 그것은 곧 닥쳐올 드리아스의 운명이기도 했다.

달빛이 은은하게 빛나고 가스등과 초롱불이 세계 각 나라를 대표하는 커다란 전시관을 밝게 비추었다. 작은 길, 풀잎, 인공 폭포로 쓰이는 높은 절벽도 불빛 아래 빛났다. '창백한 주인'이라고 불리는 기계는 쉬지 않고 폭포수를 퍼올렸고 폭포수는 계속 같은 여행을 반복했다. 산 안쪽에 있는 동굴에는 세상 물고기들을 모두 볼 수 있는 수족관이 있었다. 유리로 된 커다란 잠수기를 타고 수족관 안으로 들어가면 마치 깊은 바다 속에 있는 듯한 착각이 들었다. 두꺼운 유리벽을 깨고 쏟아져 나올 듯이 물이 가득 찬 수족관에서 끈적끈적하고 교활한 문어가 긴 촉수를 흔들며 천천히 바닥으로 내려왔다. 덩치가 크고 게으른 넙치는 모래 바닥에 편히 누워 있었고, 게는 커다란 거미처럼 기어다녔으며, 바다의 나비라고 할 수 있는 새우는 재빠르게 사람들 앞을 스쳐 지나갔다.

민물 수족관에는 수련이 피어 있었고 그 주변에는 갈대가 무성했다. 금붕어들이 일렬로 서 있는 모습은 마치 들판에 매어 둔 송아지 떼 같았다. 모두 같은 방향으로 고개를 돌리고 있는 붕어들은 물살 때문에 입을 벌리고 있었다. 살찐 잉어가 멍청한 눈으로 유리벽을 응시했다. 잉어들은 자신들이 어디에 있는지를 알고 있었다. 잉어들은 이곳에 오기 위해 민물이 든 통 안에서 여러 날을 보냈다. 우리가 배를 타면 배멀미를 하듯이 잉어들도 기차 여행을 하면서 멀미를 했다. 그들 또한 파리 만국 박람회를 보기 위해 왔으며 자신들만의 독특한 유리 상자에서 박람회를 즐겼다. 물고기들은 밤낮으로 유리벽 앞을 지나다니는 많은 사람들을 보며 세상 사람들이 모두 이곳 박람회에 모여 있기 때문에 물고기 자신들이 사람들을 살피고, 검사하고, 그에 대해 토론을 할 수 있다고 생각했다.

작고 못생긴 물고기가 말했다. "사람도 우리처럼 비늘이 있어. 하지만 그들은 비늘을 마음대로 바꿀 수 있어서 하루에도 두세 번씩 바꾸지. 그리고 입으로는 소리를 내. 사람들은 그런 소리를 말이라고 불러. 우린 비늘을 바꾸는 것 같은 점잖지 못한 짓은 안 해. 그리고 무엇인가를 표현하고 싶으면 입 가장자리와 눈으로만 하지. 우린 인간보다 훨씬 더 발달한 생물이야."

다른 작은 민물고기가 말했다. "사람들도 헤엄치는 걸 배워. 내 고향은 아주 큰 호수인데 거기서 사람들이 헤엄치는 걸 종종 봤어. 그런데 웬일인지 헤엄치기 전에 비늘을 다 벗더라구. 그리고 헤엄치는 모습으로 보아 아마 개구리한테 배웠나 봐. 뒷발로 차고 앞발로 물을 젓는 모습이 개구리하고 똑같아. 게다가 한참을 배워도 겨우 몇 미터 나아갈 정도지. 사람들은 우리처럼 되고 싶어하지만 절대로 그럴 수는 없을 거야. 참 안됐어."

물고기들은 사람들을 뚫어지게 쳐다보았다. 그들은 지금 수족관 앞에 우글거리는 사람들을 보며 낮에 왔던 사람들이 아직도 그곳에 남아 있는 것이라고 생각했다. 그들은 자신들의 감각이 최초로 감지한 그 모습을 아직도 보고 있는 것이라고 확신했다.

호랑이 무늬에 아름다운 곡선 모양의 등을 가진 작은 농어가 친구들에게 "하찮은 인간들"이 아직 수족관 앞에 있는 것이 보인다고 말했다.

그러자 노란 잉어가 친구의 편견에 동의하지 않는다는 듯 이렇게 말했다. "나도 똑똑히 보여. 하지만 예쁜 사람도 있는걸. 저 예쁜 아인 여자인 것 같아. 우리처럼 뚫어지게 쳐다볼 수 있는 눈과 커다랗고 예쁜 입을 가지고 있어. 게다가 앞으로 보나 뒤로 보나 통통하게 살이 쪘지. 그런데 목에 해초를 두르고 몸에 느슨한 비늘을 붙이고 있어. 그런 걸 없애고 우리처럼 꾸미면 좋을 텐데. 신이 창조한 모습 그대로라면 꽤 근사한 잉어가 될 수 있을 텐데 말야."

"의자에 앉아 있던 사람은 어디 갔지? 사람들이 막 밀던 그 사람 말야."

"잉크로 뭐든지 종이에 쓰던 사람 말이지? 사람들은 그를 작가라고 부르던 걸." 이번에는 해초로 덮인 늙은 잉어가 대답했다. "아직 저기 있어."

늙은 잉어는 세상이 자신에게 가혹하다고 생각했다. 젊은 시절에 낚싯바늘을 삼킨 적이 있는데 그것이 아직도 목구멍에 남아 목소리를 거칠게 만들었기 때문이다.

"작가란 인간사회에서 문어 같은 역할을 하는 사람이지."

물고기들은 인공 호수 안에서 이런 식의 이야기를 나누었다.

관람 시간이 끝나고 관객들은 돌아가자 동굴 안에서는 망치와 톱 소리가 들렸다. 낮에는 관람객들 때문에 일을 못한 인부들이 밤이 되자 일을 시작한 것이다. 몇몇 인부들이 노래를 불렀다. 그 노래는 드리아스의 "한여름 밤의 꿈"처럼 곧 끝이 날 노래였다.

드리아스가 금붕어를 보고 말했다. "금붕어가 있네! 난 너희를 알아. 참새한테서 얘기를 들었거든. 이제야 너희를 보게 되는구나. 온 몸이 반짝반짝 참 아름답구나. 너희 모두한테 키스를 해 주고 싶어. 난 너희 하나하나를 다 알아볼 수 있어. 붕어도 있고, 농어도 있고, 해초로 덮인 늙은 잉어도 있구나. 난 너희를 알아. 하지만 너희는 나를 모르겠지."

물고기들은 드리아스를 뚫어지게 바라보았다. 그들은 드리아스가 한 말을 한 마디도 알아듣지 못했다. 드리아스는 곧 동굴을 나와 신선한 공기를 마시며 커다란 정원으로 들어섰다. 까만 빵을 먹는 나라, 대구포를 먹는 나라, 향수를 만드는 나라 등 온갖 나라에서 온 꽃들이 서로 다른 모습으로 서로를 신기하게 바라보며 피어 있었다.

무도회가 끝나고 새벽에 집으로 돌아올 때 무도회에서 들었던 멜로디가 귓가를 맴도는 법이다. 그 멜로디를 전부 콧노래로 흥얼거릴 수 있을 정도로 말이다. 마찬가지로 죽은 사람의 동공에는 그가 마지막으로 본 장면이 사진처럼 생생하게 남아 있다가 차츰 흐려져 사라진다고 한다. 드리아스에게도 전날 밤의 소음과 북적거림이 아직도 들리는 듯했다. 드리아스는 아직도 그 모든 것을 느낄 수 있었다. "내일도 똑같은 일이 반복될 거야. 생명의 강이 다시 솟구치며 강바닥을 따라 흘러가겠지." 드리아스는 이렇게 생각했다.

드리아스는 주변에 있는 장미꽃들을 어디서 본 듯했다. 장미꽃들은 바로 드리아스의 고향에 있는 공원과 신부의 정원에서 온 것들이었다. 마리의 까만 머리를 장식한 꽃과 비슷한 석류꽃도 있었다. 고향집과 시골 생활에 대한 그리움이 몰려왔다. 하지만 드리아스의 눈은 여전히 더 많은 것을 보고 싶어했고 끊임없는 열정이 몸을 괴롭혔다. 드리아스는 서둘러 불가사의가 가득한 전시관으로 향했다.

시간이 갈수록 진한 피곤이 밀려들고 휴식이 그리웠다. 두툼한 인도 카페트에 드러눕거나 흐느끼는 버드나무 아래 앉아 깨끗한 물웅덩이를 보며 쉬고 싶었다. 하지만 하루살이는 곧 삶이 끝나 버리기 때문에 쉴 수가 없다.

몸이 후들거리고 마음이 산란했다. 드리아스는 물가 잔디밭에 쓰러지고 말았다.

"넌 땅끝에서 솟아 나와서 영원한 삶을 누리는구나. 널 한 모금만 마시게 해 줘. 날 새롭게 해 줘, 영원한 생명의 물아." 드리아스가 흐르는 물에게 속삭였다.

"나는 영원한 생명을 갖고 있지 않아. 내가 계속 흐르는 것은 기계 때문이야." 물이 대답했다.

"푸른 풀과 꽃들아, 제발 그 신선함을 내게 빌려줘." 드리아스가 풀과 꽃에게 애원했다.

"우리가 서 있는 이 흙을 벗어나면 우린 죽고 말아." 풀과 꽃들이 대답했다.

"그렇다면 바람아, 한 번만 더 나에게 생명의 키스를 해 줘."

"이제 곧 태양이 구름을 빨갛게 물들일 거야. 그러면 네 생명은 끝이 날 테지. 이 해가 지기 전에 모든 것들이 사라질 거야. 그러면 난 또다시 마르스의 들판에서 뛰어놀 거고 들판의 먼지를 구름 속으로 날려 버릴 거야. 모든 것은 이런 먼지에 불과해." 바람이 대답했다.

드리아스는, 자살을 하려고 동맥을 잘랐지만 빨간 피를 보고 공포에 질린 소녀 같았다. 어떻게든 살고 싶었다. 드리아스는 힘들게 일어나 몇 발짝을 옮기다가 다시 쓰러지고 말았다. 이번에는 작은 교회 앞이었다. 열린 문 틈새로 타오르는 촛불이 보이고 누군가 오르간을 연주하는 소리가 들렸다.

드리아스는 들어본 적이 없는 기이한 음악이었다. 선율은 드리아스가 잘 아는 목소리와 이야기를 하는 듯했다. 바로 드리아스 자신의 목소리와 말이다. 그 영혼의 가장 깊은 곳에서 울려나오는 소리였다. 또한 모든 피조물의 심장에서 나오는 소리이기도 했다. 바람이 늙은 떡갈나무에서 노니는 소리가 들렸다. 늙은 신부가 위인들의 이야기를 들려주는 소리도 들렸다. 그것은 위인들이 후세에게 남긴 선물이었으며 선물로 위인들의 이름은 영원한 생명을 얻었다.

오르간 소리가 점점 커지더니 이렇게 말하는 것 같았다. "너의 바람, 너의 갈망 때문에 너는 신이 주신 자리에서 벗어나게 되었다. 이것이 너의 비극이로다, 가엾은 드리아스!" 음악이 바뀌어 이제는 마치 흐느낌 같은 부드러운 선율이 흘렀다. 그러다가 소리가 서서히 희미해져 갔다. 동녘 하늘에서 구름이 빨갛게 물들고 바람이 단조로운 노래를 불렀다.

"사라져라, 모든 죽은 자들이여, 이제 해가 떠오르고 있도다."

첫 번째 햇살이 드리아스를 비추었다. 그녀의 몸은 금방 터질 듯한 비눗방울처럼 무지개 빛으로 영롱하게 빛나더니 마침내 하나의 물방울이 되었다. 그것은 땅에 떨어져 사라져 버리는 한 방울의 눈물과 같았다. 가엾은 드리아스. 진주 같은 이슬 한 방울만을 남긴 채 드리아스는 영원히 사라져 버렸다.


햇살이 마르스의 들판에 있는 모르가너 요정(아서 왕의 누이 동생)의 상을 비추었다. 분수와 높다란 집이 서 있는 광장과 파리 시내도 비추었다. 밤나무는 가지를 축 늘어뜨리고 잎을 대롱대롱 매단 채 서 있었다. 잎은 다 시들었다. 어제만 해도 봄 그 자체인양 푸르디푸르던 나무가 이제는 죽어 버렸다. 사람들 말처럼 드리아스가 밤나무를 떠났기 때문이다. 드리아스는 이제 구름처럼 아무도 모르는 곳으로 가 버렸다.

땅 위에는 시든 밤꽃이 떨어져 있었다. 성당에서 가져온 성수도 죽은 꽃에게 새 생명을 불어넣을 수는 없었다. 죽은 밤꽃은 곧 사람들의 발에 밟혀 한 줌의 먼지로 변하리라.

나는 파리의 만국 박람회에서 있었던 이 모든 일을 내 눈으로 직접 보았다. 지금은 1867년, 우리는 요정 이야기가 현실로 다가온 놀라운 시대에 살고 있다.

# 137
# 헨그레테의 가족

장원 안에 새로 지은 근사한 닭장에 헨그레테라는 노파가 살고 있었다. 이 닭장은 원래 닭과 오리를 기르기 위한 것이었기 때문에 사람이라곤 헨그레테뿐이었다. 옛날에는 그 자리에 오래된 성이 있었는데 그 성에는 탑, 박공 지붕, 연못, 다리 등이 모두 갖춰져 있었다. 하지만 지금은 아무것도 남아 있지 않다. 한때는 호수만큼 넓은 정원도 있었지만 지금은 습지로 변해서 나무와 잡목만이 무성하게 자라 있다. 나무에 사는 갈까마귀와 떼까마귀 등은 시끄럽게 비명을 질러 주변을 소란스럽게 하는 귀찮은 존재였다. 성주가 아무리 총을 쏘아 죽여도 까마귀 수가 줄어들기는커녕 오히려 날이 갈수록 늘어가는 것 같았다. 까마귀의 울음소리는 헨그레테가 사는 닭장에까지 들렸다.

닭장 안에서는 쭈그리고 앉아 있는 헨그레테 주변을 새끼 오리들이 뛰어다니다가 그녀의 나막신을 밟기도 했다. 헨그레테는 병아리나 새끼 오리가 부화한 순간부터 그들 하나하나를 구별할 줄 알았다. 그녀는 새로 지은 닭장과 그 안에 사는 작은 생명들이 자랑스러웠다. 닭장 안이라고는 하지만 헨그레테의 방은 깨끗하고 산뜻했다. 장원의 안주인이 그렇게 시킨 것이다. 닭장을 짓도록 명령한 사람도 바로 안주인이었다. 안주인은 손님을 초대해서 자신이 "닭과 오리의 막사"라고 부르는 닭장을 구경시키기도 했다.

헨그레테의 방에는 옷장과 편한 의자, 그리고 서랍장도 있었다. 서랍장 위에는 잘 닦은 청동 접시가 놓여 있었고 접시에는 "그루베"라는 이름이 새겨져 있었다. 그루베는 아주 높은 귀족 집안의 이름으로 한때 이곳에 있었던 오래된 성의 주인이었다. 청동 접시는 닭장 기초공사 때 발견된 것인데 이 지역의 한 교사는 역사적인 의미 외에는 별다른 가치가 없다고 주장했다. 한때 교회 집사이기도 했던 그는 책을 통하여 오래된 성에 대해 많은 것을 알고 있었다. 그는 자신이 아는 것을 공책에 적어 책상 서랍에 넣어 두었고 서랍은 그런 공책으로 가득 차 있었다. 하지만 늙은 까마귀도 교사만큼은 알고 있었을 것이다. 다만 교사가 아무리 박식해도 까마귀의 말을 알아듣지 못했기 때문에 그걸 몰랐을 것이다.

어느 따뜻한 여름날, 갈까마귀와 떼까마귀들이 사는 습지 위로 안개가 피어올랐다. 그러자 습지는 마치 옛날의 호수로 되돌아간 듯했다. 당시에는 붉은 벽돌로 지은 성에 가장 고귀한 기사, 그루베가 살고 있었고 문 앞에는 사나운 개가 사슬에 묶여 어슬렁거렸다. 그럼 그때로 돌아가 보자. 성문으로 들어가 방으로 통하는 돌 복도를 걸어 보자.

방마다 창문이 좁고 창틀이 작았다. 무도회가 열리던 홀도 마찬가지였다. 그루베가 살던 때에는 무도회가 열린 적이 없었다. 하지만 홀 한 구석에는 이제 역할을 다해 버린 낡은 북이 여전히 자리를 잡고 있었다. 이곳에는 정교하게 조각된 상자도 있었는데 정원 가꾸기가 취미였던 그루베 부인이 희귀한 꽃 구근을 키우던 것이었다. 부인은 몸소 정원에 나무와 약초를 길렀다. 남편인 그루베는 늑대와 멧돼지 사냥을 즐겼고 사냥을 할 때면 딸인 마리도 데리고 다녔다. 마리는 다섯 살 때부터 말을 잘 탔으며 까만 눈은 어떤 것도 두려워하지 않는 자신만만한 표정이었다. 마리는 개에게 채찍질하는 것을 좋아했는데 아버지인 그루베는 딸이 그 채찍을 농부의 아들들을 쫓는데 사용하는 걸 더 좋아했다. 사내아이들이 주인의 딸을 보려고 몰려다녔기 때문이다.

성 근처의 오두막집에는 한 농부가 살았는데 그에게는 쇠렌이란 아들이 있었다. 쇠렌은 마리와 동갑이었다. 마리는 종종나무 타기를 잘 하는 쇠렌에게 제일 높은 나무에 올라가서 새둥지를 가져오라고 명령하곤 했다. 한번은 새 둥지를 가지러 올라갔던 쇠렌이 어미 새에게 한 쪽 눈을 쪼인 적이 있었다. 피가 많이 흘러 처음에는 한 쪽 눈을 못쓰게 되는 줄 알았지만 다행히 그런 일은 생기지 않았다. 마리는 쇠렌을 "내 부하 쇠렌"이라고 불렀다. 그것은 농부의 아들에게는 큰 영광이었다. 한번은 쇠렌의 아버지인 존이 이런 영광을 누린 적이 있었다. 존은 잘못을 저질러 목마를 타는 벌을 받아야 했다. 들보로 된 네 개의 다리로 안뜰 자갈길을 굳건히 딛고 서 있는 이 짐승의 등은 좁은 널빤지 한 장이었다. 가엾은 존은 그 위에 올라타야만 했다. 하인은 존이 목마 위에 살짝 앉지 못하도록 발에 무거운 돌을 매달았다. 존의 얼굴이 고통으로 일그러지자 어린 쇠렌이 울며 마리에게 도

998

움을 청했다. 마리는 하인에게 존을 당장 풀어 주라고 명령했다. 그리고 아무도 보지 않을 때 아버지의 소맷자락이 찢어질 정도로 잡고 늘어지며 발을 동동 굴렀다. 드디어 마리의 바람대로 존이 풀려났다. 그러자 그루베 부인이 다가와 딸의 머리를 가볍게 쓰다듬었다. 부인은 칭찬을 하는 듯한 따뜻한 눈으로 딸을 쳐다보았지만 어린 마리는 그 이유를 알지 못했다.

마리는 어머니와 함께 정원에 있는 것보다는 사냥개와 함께 있는 것이 더 좋았다. 어머니가 호숫가로 걸어나오는 것이 보였다. 호숫가에는 수련이 꽃망울을 터뜨리고 풀밭에는 굴고쟁이속 나무가 서 있었다. 마리는 이 울창하고 신선한 푸르름에서 어떤 아름다움도 느낄 수 없었다. 마리는 이렇게 말했다. "정말 평범하고 흔한 것들이야."

정원 한가운데는 너도밤나무 한 그루가 서 있었다. 그루베 부인이 직접 심은 것으로 당시에는 아주 귀한 나무였다. 짙은 밤색 잎을 달고 서 있는 너도밤나무는 마치 푸른 나무 사이에 있는 황무지 같았다. 너도밤나무는 많은 햇빛을 필요로 하며 응달이 지면 잎이 초록색에서 밤색으로 바뀌지 않는다. 그렇게 되면 다른 나무와 다를 게 없어진다. 정원에는 키 큰 밤나무 몇 그루도 있었다. 새들은 이 밤나무와 잡목들 위에 둥지를 틀었다. 새들도 이 정원이 가장 안전한 곳임을 아는 것 같았다. 감히 이곳에서 총을 쏘는 사람은 없었기 때문이다.

어느 날, 어린 마리는 나무 타기의 명수인 쇠렌과 함께 이 정원으로 나왔다. 그들은 새알과 새끼 새를 많이 모았다. 새들은 분노와 공포로 푸드득 날아올랐고 크고 작은 물떼새들이 겁이 나서 도망쳤으며 커다란 나무에 있던 까마귀 떼도 날카로운 비명을 지르며 하늘로 날아올랐다.

이 소리를 들은 그루베 부인이 정원으로 달려왔다. "지금 뭐하는 거니? 그건 아주 나쁜 짓이야!"

쇠렌은 고개를 푹 숙였다. 마리는 먼 곳을 바라보는 척하다가 곧 퉁명스럽게 말했다. "아빠한테 허락 받았어요."

"도망 가! 어서 도망 가!" 커다란 검은 새가 날아다니며 비명을 질렀다. 그래도 새들은 다음날이 되자 모두 돌아왔다. 정원이 그들의 집이었기 때문이다. 하지만 성의 고귀한 안주인은 영원히 돌아오지 않았다. 하느님의 부름을 받은 것이다. 아마 그녀에게는 자신이 살았던 성보다 하느님의 집이 더욱 편안했는지도 모른다. 장례식 종소리가 울리고 부인의 시신이 교회로 옮겨졌다. 가난한 사람들의 눈에 눈물이 고였다. 부인은 항상 그들에게 다정하고 친절했었다.

그루베 부인이 죽자 돌볼 사람이 없어진 정원은 차츰 황무지로 변해 갔다.

농부들은 그루베 지주를 냉혹한 사람이라고 말했다. 하지만 그런 그루베 지주도 어린 딸에게는 꼼짝을 하지 못했다. 그루베 지주는 언제나 마리가 마음대로 하도록 내버려 두었다. 당시에 마리는 겨우 열두 살이었지만 강인한 성격에 좋은 체격을 가지고 있었다. 남자처럼 말을 타고, 사냥꾼처럼 총을 다루며, 검은 눈으로 사람들을 당당하게 쳐다보았다.

어느 날, 덴마크에서 가장 고귀한 몇몇 사람이 그루베 지주의 영지로 멧돼지 사냥을 나왔다. 바로 젊은 왕과 왕의 이복 동생인 울리크 프레데리크 길덴뢰베였다. 그들은 그루베 지주의 성에서 하룻밤을 묵었다.

저녁 식사시간에 마리의 옆에 앉은 길덴뢰베는 친척이라도 되는 것처럼 마리에게 키스를 했다. 당황한 마리가 길덴뢰베의 따귀를 때리며 싫다고 소리치자 식탁에 둘러앉은 사람들은 재미있는 듯이 웃음을 터뜨렸다.

5년 후, 마리가 열 일곱이 되던 해에 길덴뢰베로부터 청혼의 편지가 날아들었다. 이것은 대단한 일이었다!

그루베 지주는 이렇게 말했다. "길덴뢰베는 이 왕국에서 가장 고귀하고 훌륭한 사람이야. 그런 사람의 청혼을 거절하는 건 쉬운 일이 아니다."

마리는 신중한 태도로 말했다. "전 별로 그 사람 좋아하지 않아요."

하지만 왕의 측근인 그를 거절할 수는 없었다.

마리는 은그릇과 입던 입던 옷 대부분을 배편으로 부치고 육로를 이용해 코펜하겐으로 향했다. 여행은 열흘이 걸렸다. 짐을 실은 배는 고르지 않은 바람 때문에 마리보다 4개월이나 늦게 도착했다. 하지만 그때는 이미 마리가 코펜하겐에서 사라지고 없었다.

마리는 이렇게 말했다. "그 사람의 실크 침대에서 자느니 차라리 짚더미에서 잘 테야. 그 사람 마차를 타느니 차라리 걸어다니는 게 나아."

11월의 어느 늦은 저녁, 두 여인이 바일레에서 아라후스로 말을 타고 왔다. 코펜하겐에서 배를 타고 바일레까지 온 다음 다시 아라후스로 오는 길이었다. 그중 한 사람은 길덴뢰베의 부인인 마리였고, 다른 한 사람은 그녀의 하녀였다. 그들은 한 저택의 잠겨진 문을 향해 걸어갔다. 바로 그루베 지주의 저택이었다. 그루베 지주는 집에서 묵어도 좋다고 허락하긴 했지만 이 방문객들이 반갑지 않았다. 그는 딸이 몹시 못마땅하여 모진 말을 해댔다. 다음날 아침 오트밀 죽을 먹을 때에도 마리는 참고 견디기 힘든 심한 비난을 들어야 했다. 그루베 지주의 가혹하고 괴팍한 그런 행동은 마리에게 생소한 것이었다. 마리도 그에 못지 않은 무례함으로 아버지를 대했다. 남편에 대한 이야기를 할 때면 증오심에 가득 차서 다시는 그에게 돌아가지 않겠다고 말했다. 마리의 자존심은 지나칠 만큼 강했다.

한 해가 지났다. 그다지 행복하지 않은 시간들이었다. 부녀 사이에는 잔인한 말들이 오갔다. 잔인한 말은 사악한 열매를 맺는 법이다. 도대체 이제 어떻게 될 것인가?

마침내 아버지가 말했다. "우리 두 사람은 도저히 한 지붕 아래서 살 수 없다! 가라.… 오래된 성으로 가 버려라. 하지만 이것만은 명심해라. 그곳에서 엉뚱한 거짓말을 퍼뜨리느니 차라리 혀를 깨물고 자살하는 편이 나을 게다."

이렇게 해서 아버지와 딸은 떨어져 살게 되었다. 마리는 하녀와 함께 자신이 태어나고 자랐던 오래된 성으로 향했다. 조용하고 고귀하고 경건했던 어머니가 무덤에서 쉬고 있는 곳이기도 했다. 아직까지도 그곳에 살고 있는 사람은 소를 치는 노인뿐이었다. 마리의 하인이라고는 이 노인과 하녀 둘뿐이었다. 방을 가득 메운 거미줄이 시커멓게 먼지로 뒤덮여 있었다. 정원의 잡목과 나무 사이에는 메꽃 무리와 홉동굴이 얽혀 있었고 독초와 쐐기풀도 무성했다. 햇빛을 보지 못한 너도밤나무 잎은 이제 다른 나뭇잎과 다를 바 없는 초록색이었다. 너도밤나무의 좋았던 시절은 이제 옛이야기가 되어 버렸다.

갈까마귀와 떼까마귀들이 떼를 지어 커다란 밤나무 위로 날아다녔다. 그들은 마치 중대한 소식이라도 들은 것처럼 비명을 지르며 이렇게 말했다. "마리가 다시 왔구나."

그런데 마리와 함께 새알을 훔치던 소년은 어디에 있었을까? 쇠렌은 이제 선원이 되어 진짜 나무가 아닌 잎 없는 나무를 오르내리게 되었다. 돛대를 타고 오르내리게 된 것이다. 쇠렌은 예의바른 청년이었지만 때로는 공격적이기도 했다.

이 모든 이야기는 교사가 들려준 것이다. 그는 오래된 책과 편지를 통해 수집한 정보를 다른 인쇄물과 함께 자신의 책상 서랍에 넣어 두었다.

교사가 말했다. "오르락내리락하는 것이 바로 세상이야. 하지만 지금 들을 이야기는 아주 희한하단 말야."

마리에 대해서 더 많은 것을 듣고 싶지만 헨그레테를 잊어서는 안 될 것이다. 헨그레테는 지금 이 순간에도 자신의 멋진 닭장 안에 앉아 있다. 마치 마리 그루베가 성에 앉아 있었던 것처럼. 하지만 이제 할머니가 된 헨그레테는 성품이 온화했지만 마리에게는 그런 면이 없었다.

겨울이 지나고, 봄과 여름이 지나고, 또다시 가을이 찾아왔다. 바다로부터 축축하고 차가운 안개가 밀려들었다. 성에서의 생활은 따분하고 외로웠다.

어느 날, 마리 그루베는 총을 꺼내 들고 황야로 사냥을 떠났다. 여우와 토끼, 그리고 사정거리 안에 들어오는 것은 뭐든지 목표물이 되었다. 그녀는 히스 꽃이 무성한 언덕에서 총을 들고 개를 앞세운 또 다른 사냥꾼을 만났다. 그는 뇌레백 지방의 귀족인 팔레 디레였다. 디레는 건장한 체격에 뭐든지 자랑하기를 좋아하는 인물이었다. 그는 전설적인 인물인 에게스코브 지방의 브로켄하우스 기사를 흉내 내어 자신의 영지 입구에 쇠사슬을 매달아 놓고 쇠사슬에 그가 사용하는 수렵용 나팔을 걸어 놓았다. 그리고 사냥을 마치고 돌아올 때면 쇠사슬을 붙잡고 타고 있는 말을 다리로 눌러서 말이 풀쩍 뛰어오르게 만들었다.

어느 날, 그는 마리를 자신의 집으로 초대했다. "마리 부인, 직접 와서 보시지요. 게다가 뇌레벡은 공기도 아주 상쾌하답니다."

마리가 정확히 언제부터 그의 집에서 살게 되었는지는 알 수 없지만 교회 촛대 하나에는 뇌레벡의 팔레 디레와 마리 그루베가 증정했다는 말이 새겨져 있다.

팔레 디레는 거구에다가 강인한 체력의 소유자였다. 또한 지독한 술고래로 아무리 부어도 채워지지 않는 밑 빠진 독과 같았다. 잠을 잘 때는 돼지처럼 코를 끓았고 빨간 얼굴에는 구멍이 숭숭 나 있었다.

"늙은 멧돼지처럼 교활하고 고약한 사람이야." 아내인 마리는 이렇게 말하며 곧 그와의 생활에 싫증을 느꼈다. 하지만 싫증이 난다고 해서 달라지는 것은 아무것도 없었다.

어느 날, 저녁 식사시간이 되었지만 아무도 집으로 돌아오지 않았다. 주인은 여우 사냥을 떠났고 안주인은 어디로 갔는지 보이지 않았다. 팔레 디레는 자정이 가까이 되어서야 집으로 돌아왔으나 마리는 그 다음날 아침이 되어도 나타나지 않았다. 그녀는 한 마디 작별 인사도 없이 뇌레벡에게 등을 돌린 것이다.

차가운 바람이 부는 어둡고 축축한 날이었다. 마리의 머리 위로 까마귀 몇 마리가 비명을 지르며 날아갔다. 그 새들은 마리와는 달리 돌아갈 집이 있었다. 마리는 독일 국경이 있는 남쪽으로 향했다. 그녀는 그곳에서 말과 여러 가지 보석이 박힌 금반지들을 팔고, 이번에는 동쪽으로 갔다가 또다시 서쪽으로 갔다. 마리는 목적지도 없이 여기저기를 떠돌았다. 마리는 모든 사람에게 화가 났으며 신에게도 화가 났다. 영혼은 이미 파괴되었고 몸마저 허물어져 가고 있었다. 이제 더 이상 걸을 수도 없었다. 댕기 물떼새가 보금자리에서 나와 울어댔다. 마치 "도둑이야! 도둑이야!" 하고 외치는 것 같았다. 마리는 새소리를 듣자 절로 웃음이 나왔다. 이제까지 한 번도 남의 물건을 훔친 적은 없지만 어렸을 때 새알과 새끼 새를 가져오라고 시킨 적이 있었다. 댕기 물떼새의 울음소리를 듣자 그때의 기억이 되살아났다.

마침내 마리는 쓰러지고 말았다. 멀리 어부들이 사는 해변의 모래언덕이 보였다. 허약하고 아픈 몸을 이끌고 가기에는 너무 먼 거리였다. 커다란 흰 갈매기가 마리의 머리 위로 날아다니며 비명을 질렀다. 옛날 고향집 정원에서 들은 까마귀 떼의 비명 소리와 비슷했다. 가까이 다가온 갈매기들이 갑자기 마리의 눈에 흰색이 아닌 검은 색으로 보였다. 그 다음은 기억이 나지 않았다.

눈을 떠보니 한 남자가 그녀를 옮기고 있었다. 마리는 남자의 수염난 얼굴을 바라보았다. 한쪽 눈에 난 상처로 인해 눈썹이 반으로 갈라져 있었다. 그는 병든 마리를 배로 옮겼다. 선장은 남자의 이러한 행동에 싫은 기색을 보였지만 결국은 마리의 승선을 허락했다.

다음날 배는 항해를 시작했고 마리 그루베는 다시는 돌아오지 않았다. 무슨 일이 일어난 걸까? 배는 마리를 어디로 데려간 것일까?

교사는 이 질문에 대한 답도 알고 있었다. 하지만 자신이 직접 알아낸 이야기가 아니라 책에서 읽은 것이었다. 훌륭한 희곡으로 많은 사람들의 사랑을 받았던 덴마크 작가 루드비히 홀베르는 어디서 어떻게 마리 그루베를 만났는지를 편지에 남겼다. 이것은 들을 만한 가치가 있는 이야기이기 때문에 우리는 헨그레테를 잊어서는 안 된다. 그녀는 여전히 닭장 안에 앉아 행복하고 만족스러운 생활을 하고 있다.

마리 그루베는 배를 타고 멀리 나아갔다. 이 이야기는 잠시 접어 두고 이제 조금 다른 이야기로 들어가 보자.

여러 해가 지나고 1711년이 되었다. 코펜하겐에서는 전염병이 발생했다. 왕비는 고향인 독일로 떠났고 왕 또한 떠날 준비를 했다. 많은 시민들도 이러한 왕족의 예를 따랐다. 숙식을 무료로 제공받던 학생들까지도 코펜하겐을 떠났다. 둥근 탑 근처의 보르흐스 신학교에 다니던 한 젊은이도 뒤늦게 피난길에 올랐다. 그가 전염병이 휩쓴 도시를 떠난 시각은 새벽 두 시였다. 등에 짊어진 배낭에는 옷보다는 책이 더 많았다.

축축한 안개가 도시를 뒤덮고 거리는 텅텅 비었다. 어떤 집 문 앞에는 십자가가 그려져 있었다. 집 안에 페스트 환자가 있거나 가족이 모두 죽었다는 표시였다. 둥근 탑에서 왕의 성에 이르는 번화한 거리에서도 사람을 찾아볼 수 없었다.

커다란 장의 마차가 덜거덕거리며 지나갔다. 마부가 채찍을 휘두르자 말이 풀쩍 뛰어올랐다. 마차는 시체로 가득 차 있었다. 젊은이는 작은 청동 상자에서 암모니아를 적신 스펀지를 꺼내 코를 막았다. 좁은 거리의 선술집에서는 발작적인 웃음소리와 함께 술취한 노랫소리가 들려 왔다. 참으로 무서운 광경이었다. 사람들은 공포를 잊기 위해서, 문 밖에 서 있는 페스트를 잊기 위해서 술을 마셨다. 페스트는 그들을 장의 마차에 실어 보내려고 손짓을 하고 있었다. 젊은이는 성 근처에 있는 부두에 다다랐다. 그곳에는 작은 배 두 척이 정박하고 있었는데, 그 중한 척이 페스트가 휩쓴 도시를 막 떠나려 하고 있었다.

"신이 도와주신다면, 그리고 바람만 제대로 불어 준다면 우린 팔스테르 근방의 그뢴순으로 가게 될 겁니다." 선장은 이렇게 말하고 승선하고자 하는 젊은이에게 이름을 물었다.

"루드비히 홀베르입니다." 하고 젊은이가 대답했다. 평범한 이름이었다. 당시의 홀베르는 덴마크의 유명한 작가가 아닌 평범한 학생에 지나지 않았다.

아직 동이 트지 않은 이른 시각에 배가 조용히 성을 지나쳤다. 곧이어 망망대해가 시야에 들어오고 배는 산들바람을 맞으며 항해를 계속했다. 젊은이는 돛대에 기대앉아 신선한 공기를 흠씬 들이키다 곧 잠이 들었다.

배는 사흘만에 팔스테르 해안에 도착했다.

"근처에 있는 값싼 하숙집을 아세요?" 젊은이가 선장에서 물었다.

"그렇다면 보레후세트에 사는 뱃사공 부인 집에 가 보는 게 좋을 걸세." 선장은 해죽이 웃으며 계속 말을 이었다. "정중하게 보이려면 쇠렌 쇠렌센 묄러 부인이라고 부르게나. 하지만 너무 세련되게 말하지는 말게. 그럴 필요는 없으니까. 그 부인 남편은 무슨 죄를 지어서 감옥살이를 하고 있다네. 그래서 지금은 부인이 직접 노를 젓지. 부인도 타고난 뱃사공이지."

젊은이는 배낭을 지고 그 뱃사공의 집으로 갔다. 문이 잠겨 있지 않았다. 제일 큰방의 바닥은 돌로 되어 있었으며 모피를 씌운 침대 대용 의자가 그 방 안에서 제일 좋은 가구였다. 의자 다리에는 새끼가 있는 하얀 암탉 한 마리가 매여 있었는데, 암탉이 물통을 엎어 바닥으로 물이 쏟아져 흘렀다. 옆에 붙어 있는 작은 방에는 아이가 요람에 누워 있었다. 집 안에는 아무도 없는 것 같았다. 젊은이는 다시 밖으로 나왔다. 마침 나룻배가 들어오고 있었다. 배에 탄 사람은 노를 젓고 있는 사람뿐이었으며, 언뜻 봐서는 뱃사공이 여자인지 남자인지는 구별하기가 힘들었다. 커다란 코트를 입고 어색하게 큰 모자로 얼굴을 가리고 있었기 때문이다. 마침내 배가 작은 부두에 도착하고 여자가 집 안으로 들어섰다. 여자의 행동에는 위엄이 있었다. 여자는 어깨를 쭉 펴고 검은 눈으로 당당하게 젊은이를 바라보았다. 그녀는 바로 뱃사공의 아내인 쇠렌 부인이었다. 하지만 갈까마귀와 떼까마귀들은 우리가 이미 알고 있는 다른 이름을 부르며 울어댔다.

부인은 매우 침울해 보였으며 별로 말이 없었다. 그들은 충분한 대화 끝에 숙식비에 대해 합의를 했고, 젊은이는 그곳에 오래 머물며 코펜하겐의 전염병을 피할 수 있게 되었다.

인근 도시의 명망 있는 사람들이 맥주를 마시러 가끔 뱃사공의 집에 들르곤 했다. 특히 프란츠란 칼 제조업자와, 직업이 세관원이라서 "가방 엿보는 사람"이란 별명으로 불리는 시베르트는 젊은이와 이야기하는 것을 좋아했다. 이 발랄한 젊은이가 아는 것이 많기 때문이다. 그는 라틴어와 그리스어를 읽을 줄 알았고 다른 학문에도 조예가 깊었다.

하지만 쇠렌 부인은 이렇게 말했다. "아는 것이 적을수록 행복한 거예요."

어느 날 아침 쇠렌 부인이 빨래하는 모습을 지켜보던 홀베르가 말했다.

"부인은 참 힘들게 사시네요."

바로 조금 전에 부인이 남자처럼 장작을 패는 것을 보았던 것이다.

"내 일이니 상관 말아요." 부인은 이렇게 말했지만 악의에 찬 말투는 아니었다.

홀베르는 용기를 내어 항상 그렇게 힘들게 일해야 하는지, 어렸을 때부터 그랬는지를 물어 보았다.

"내 손을 보면 알 거예요." 부인이 작은 두 손을 펴 보였다. 손톱이 갈라져 있고 작았지만 강해 보이는 손이었다.


크리스마스가 되자 기온이 급격히 내려가면서 눈이 내리기 시작했다. 살을 에는 듯이 차가운 바람이 뺨을 때릴 때면 염산이 얼굴에 닿은 것처럼 아렸다. 하지만 쇠렌 부인은 날씨에 아랑곳하지 않는 것 같았다. 부인은 커다란 코트를 입고 그 이상한 모자를 쓴 채 여전히 외레순 지방을 가로지르며 승객을 실어 날랐다.

낮은 짧고 어둠은 빨리 찾아들었다. 쇠렌 부인이 난로에 토탄과 땔감을 집어넣은 후 그 옆에 앉아 양말을 꿰매고 있었다. 웬일인지 그날 저녁엔 평소보다 말을 많이 했고 홀베르에게 남편에 대한 이야기도 들려주었다.

"남편은 사고로 드라고르 출신 선장을 죽였어요. 지금은 감옥에 있죠. 홀멘 감옥에서 3년을 살아야 해요. 힘없는 선원이라서 3년을 꼬박 채워야 하지요."

"법은 누구에게나 평등한 겁니다." 젊은이가 말했다.

"그 말을 정말로 믿나요?" 부인은 오랫동안 불길을 응시하더니 이윽고 말을 이었다. "카이 리케란 이름 들어본 적 있어요? 자기 영지에 있는 교회를 허물어 버린 사람이죠. 당시에 헤르 마스란 목사가 설교를 하면서 교회를 없애는 걸 반대한 적이 있어요. 리케 지주는 목사에게 수갑을 채우고 몸소 재판관이 되어 판결을 내렸죠. 헤르 마스의 목구멍이 그런 일을 시켰으니까 그 목구멍을 두 개로 잘라야 한다는 거였죠. 그건 순 억지였죠. 하지만 카이 리케는 체포되기는커녕 사람들의 존경을 받으며 살았어요."

"그 시대에는 카이 리케에게 그럴 권리가 있었겠지만 이젠 시대가 다릅니다. 요즘 같으면 그렇게 하지 못할 겁니다." 홀베르가 반박했다.

"그런 말은 바보들한테나 하세요." 쇠렌 부인이 일어나 작은 방으로 가서 아기를 안더니 다시 요람에 뉘였다. 그리고 홀베르가 침대로 사용하는 긴 의자를 정리하고 모피 이불을 주었다. 홀베르는 노르웨이 태생임에도 부인보다 추위를 더 많이 탔던 것이다.

새해 아침이 밝았다. 구름 한 점 없는 하늘에 해가 얼굴을 내밀었다. 전날 밤에 내린 서리가 꽁꽁 얼어붙어 있었다. 인근 도시에서 교회 종소리가 울려 퍼지자 루드비히 홀베르는 양털 외투를 걸치고 예배를 보러 가려고 집을 나섰다.

쇠렌 부인의 집 근처에는 수많은 까마귀 떼가 비명을 지르며 날아다녀서 교회 종소리가 거의 들리지 않을 정도였다. 부인은 구리 주전자를 들고 밖으로 나와 식수로 사용할 눈을 주전자에 가득 채웠다. 부인이 눈을 담던 손을 멈추고 우수에 젖은 눈으로 새 떼를 바라보았다.

홀베르는 인근 도시를 드나들 때마다 "가방 엿보는 사람"의 소유인 오두막집을 지나다녔는데 집으로 돌아올 때면 초대를 받아 당밀과 생강이 든 따뜻한 맥주를 대접받곤 했다. 어느 날 쇠렌 부인에 대한 화제가 나왔다. 시베르트는 다른 사람들과 마찬가지로 부인에 대해 아는 바가 거의 없었다. 시베르트가 아는 것은 그녀가 팔스테르 출신이 아니며 옛날에는 재산이 많았지만 벌써 오래 전에 바닥이 나 버렸다는 정도였다. 성질이 고약한 남편은 싸움을 하다가 드라고르 출신의 선장을 죽였다고 한다. 세관원은 이렇게 덧붙였다. "게다가 부인한테까지 손찌검을 했다네. 하지만 부인은 남편을 옹호하지."

"난 맞고 살진 않을 거예요. 난 그 여자보다 신분이 높아요. 우리 아버지는 왕가의 양말 짜는 사람이었으니까요." 듣고 있던 시베르트의 아내가 남편을 빤히 쳐다보며 말했다.

"그래서 훌륭한 관리를 남편으로 맞으신 거죠." 홀베르는 이렇게 말하며 "가방 엿보는 사람"과 그의 아내에게 고개를 숙였다. 시베르트의 일은 농부들이 마을로 들어올 때 수레와 마차를 검사하고 시장에서 팔린 물건에 대한 세금을 걷는 것이었다.

주현절 밤이 되자 쇠렌 부인은 "동방 박사의 불빛"을 만들었다. 그녀는 직접 만든 세 개의 양초를 나란히 세우고 불을 밝혔다.

"한 사람당 하나씩이군요." 홀베르가 웃으며 말했다.

"무슨 뜻이죠?" 쇠렌 부인이 굳어진 얼굴로 물었다.

부인의 화난 얼굴에 놀란 홀베르는 이렇게 설명했다. "동방 박사 한 사람 당 촛불 하나씩이란 뜻입니다."

"아, 그 사람들요." 쇠렌 부인은 촛불을 보며 생각에 잠긴 듯했다. 그리고 또다시 침묵이 흘렀다. 그렇다. 그날 저녁 홀베르는 부인에 대해서 많은 것을 알게 되었다. 그때까지 부인의 집에 살면서 들은 것보다 더 많은 사실을 듣게 된 것이다.

"남편을 사랑하시죠? 하지만 남편은 부인에게 별로 잘하지 못한다고 들었습니다."

"그건 내 문제예요. 지금 맞는 매를 어렸을 때 맞았더라면 나한테 크나큰 도움이 되었을 텐데. 아마 그때 지은 죄에 대한 대가를 치르고 있나 봐요. 남편이 날때리는 건 모든 사람들이 아는 사실이지만 남편이 나한테 잘해 줬던 일은 나밖에몰라요. 내가 아파서 황야에서 누워 있을 때 나한테 관심을 가진 사람은 아무도없었죠. 내 눈을 파먹으려는 까마귀 떼만 빼구요. 그때 남편이 날 발견하고 나를안아서 배로 데려갔어요. 그 일로 선장과 다른 선원들은 남편을 마구 욕했어요.어쨌든 난 선천적으로 튼튼하기 때문에 곧 기운을 차렸어요. 사람은 누구나 개성이 있죠. 쇠렌도 마찬가지예요. 말을 마구로 판단할 수는 없는 법이죠. 이곳에서그와 함께 한 생활은 길덴뢰베란 최고의 귀족과 사는 것보단 좋았어요. 난 처음에 왕의 이복동생이자 노르웨이 총독인 길덴뢰베와 결혼했고, 그 다음엔 팔레 디레와 결혼했죠. 하지만 두 사람 모두 나쁜 사람들이었어요. 나 역시 그들보다 낫다고 말할 수는 없지요. 얘기가 너무 길어졌군요. 이제 아시겠죠." 쇠렌 부인이일어나 다른 방으로 갔다.

쇠렌 부인은 바로 마리 그루베였다. 그녀는 홀베르에게 자신의 기구한 인생 이야기를 들려준 것이다. 그 후 쇠렌 부인은 그다지 많은 주현절 밤을 맞이하지 못했다. 홀베르는 그의 일기에 그녀가 1716년 6월에 죽었다고 썼다. 하지만 그도몰랐던 사실이 있다. 쇠렌 부인이 보레후세트 땅에 묻히던 날 부인의 집에는 많은 까마귀 떼가 몰려들었다. 하지만 여느 때와는 달리 비명을 지르지 않고 조용히집 주위를 날아다녔다. 마치 장례식에서는 침묵해야 한다는 것을 아는 것처럼.

새 떼들은 그녀가 무덤에 묻히자 오래된 성이 있는 유틀란트로 날아가 버렸다. 오래된 성에 모인 엄청난 까마귀 떼는 중대한 소식을 전하기라도 하는 것처럼 서로에게 소리를 질러 댔다. 새들은 이런 이야기를 하지 않았을까? 알과 새끼 새를 훔치던 농부의 아들이 감옥에 갇혀 있다는 것과 성의 안주인이던 아가씨가 그뢴순에서 뱃사공과 결혼했다가 이제는 죽은 몸이 되었다는 그런 이야기 말이다. "까악! 까악!"

그때 살았던 까마귀 떼의 자식들은 오래된 성이 부서질 때 날카로운 소리로 외쳤다. "까악! 까악!"

교사가 말했다. "이젠 비명 지를 일이 없는데도 까마귀 떼는 여전히 거칠게 소리를 질러 댄단다. 요즘에는 그루베란 이름을 가진 사람이 없지. 성은 사라져 버렸고 지금 그 자리에는 헨그레테의 닭장이 서 있단다. 헨그레테는 그 집에서 행복하게 살고 있지. 만일 닭과 오리를 기르는 일을 하지 않았다면 지금쯤 구빈원에서 살아야 했을 거야."

비둘기가 구구하며 헨그레테의 머리 위로 날았고 칠면조는 골골 소리를 내며 주위를 맴돌았다. 오리도 꽥꽥 울어댔다.

오리 한 마리가 말했다. "아무도 헨그레테의 고향을 몰라. 헨그레테는 가족도 없어. 우리하고 같이 있는 건 참 운이 좋은 거야. 헨그레테는 엄마 오리가 누군지, 아빠 오리가 누군지도 모르잖아."

그러나 누군지 모른다고 해서 부모가 없는 것은 아니다. 교사는 책상 서랍에 그렇게 많은 자료를 가지고 있음에도 불구하고 헨그레테의 부모는 알지 못했다. 하지만 늙은 까마귀 한 마리는 알고 있었다. 자신의 엄마와 할머니로부터 헨그레테의 엄마와 할머니에 대한 이야기를 들었기 때문이다. 늙은 까마귀는 자기가 알고 있는 이야기를 들려주었다. 우리도 이미 헨그레테의 할머니를 알고 있다. 어린 시절 온 세상과 세상의 모든 새둥지가 자기 것인양 다리에서 자랑스럽게 말을 타던 그녀를 알고 있다. 황야와 모래언덕에서 그녀를 보았고 보레후세트에서도 보았다.

그루베 가문의 마지막 자손인 그녀의 손녀는 조상의 성이 있던 곳으로 되돌아온 것이다. 산새들이 울어댔지만 그녀의 손녀는 자신이 잘 알고 자신을 잘 알아보는 가축들과 함께 닭장 안에 앉아 있었다. 헨그레테는 더 이상 바랄 것이 없었다. 이제는 죽음을 앞에 둔 나이였고 그 죽음을 기꺼이 맞이하고자 했다.

"무덤! 무덤!" 까마귀들이 소리쳤다.

무덤이 어디에 있는지는 아무도 몰랐지만 헨그레테의 장례식은 나름대로 훌륭했다. 혹시 마리의 이야기를 해준 늙은 까마귀가 아직도 살아 있다면 헨그레테의 무덤이 어디 있는지도 알고 있을 것이다.

이제 우리는 오래된 성과 한 귀족 집안과 헨그레테의 조상에 대한 이야기를 알고 있다.




# 138
## 엉겅퀴의 모험

부유한 영주의 저택에 진기하고 아름다운 식물과 나무들이 자라는 정원이 있었다. 저택을 방문한 손님들은 이 정원을 보고 감탄을 금치 못했다. 일요일이면 시골과 도시에서 사람들이 정원을 보러 왔고, 학교 선생님과 학생들이 찾아오기도 했다.

정원을 두르고 있는 울타리 옆에는 엉겅퀴가 자라고 있었다. 엉겅퀴는 아주 크고, 가지를 사방으로 뻗고 있어 '엉겅퀴 덤불'이라고 할 수 있을 정도였다. 그러나 젖 짜는 소녀의 마차를 끌고 가는 늙은 당나귀 말고는 아무도 이 엉겅퀴를 눈여겨보지 않았다.

당나귀는 목을 길게 빼고 다정한 목소리로 엉겅퀴에게 말을 건네곤 하였다. "넌 너무 예뻐서 콱 깨물어 주고 싶어."

그러나 당나귀는 줄이 짧아서 엉겅퀴를 뜯어먹을 수 없었다.

영주의 저택에 많은 사람들이 모여 있었다. 모두 코펜하겐에서 온 유명한 친척들이었다. 그 중에는 젊고 아름다운 처녀들도 있었으며 스코틀랜드에서 온 상속녀도 있었다. 이 상속녀는 매우 좋은 가문 태생에다 재산도 많았다.

"신붓감으로 좋은 처녀야." 청년들과 어머니들은 입을 모아 말했다.

젊은 사람들은 모두 잔디밭에 나와 놀았다. 공놀이를 하는 이들도 있었고 꽃밭 사이를 산보하는 이들도 있었다. 한 처녀가 꽃 한 송이를 꺾어 청년의 단춧구멍에 꽂아 주었다. 그러자 다른 처녀들도 그렇게 했다. 그러나 스코틀랜드 처녀는 어떤 꽃을 고를까 망설이며 오랫동안 꽃밭을 헤맸다. 아무리 여기저기를 둘러보아도 마음에 드는 꽃이 없었다. 그러다가 울타리 밖에서 자라는 붉은 빛이 감도는 푸른 꽃을 단 커다란 엉겅퀴를 발견했다. 그녀는 비로소 미소를 지으며 영주의 아들에게 엉겅퀴 꽃 한 송이를 꺾어 달라고 부탁했다.

"이 꽃은 스코틀랜드의 꽃이에요! 우리나라의 문장에 새겨져 있죠. 이 꽃을 꺾어 주세요."

영주의 아들은 울타리로 올라가 가장 아름다운 엉겅퀴 꽃을 꺾다 가시에 찔리고 말았다. 엉겅퀴에는 장미처럼 가시가 돋아 있었던 것이다.

스코틀랜드 처녀는 엉겅퀴 꽃을 받아 영주 아들의 웃옷 단춧구멍에 꽂아 주었다. 영주의 아들은 그것을 큰 영광으로 생각했으며 다른 청년들은 그를 부러워했다. 그들은 스코틀랜드 처녀가 건네준 이 꽃을 꽂을 수 있다면 정원에서 꺾은 화려한 꽃을 기꺼이 던져 버렸을 것이다.

그럼, 엉겅퀴는 어떤 기분이었을까? 엉겅퀴는 대낮에 이슬을 맞은 것처럼 너무도 기분이 좋았다. 엉겅퀴는 우쭐해서 이렇게 중얼거렸다. "난 내가 생각했던 것보다 더 훌륭해. 원래 난 울타리 너머에 속한 존재야. 정원 밖이 아니라 정원 안 말이야. 우리가 사는 세상은 참으로 이상하기도 하지. 모두가 자신에게 맞는 자리를 차지하고 있지는 않으니 말야. 최소한 내 꽃 한 송이는 정원에 있어야 마땅해. 단춧구멍에 꽂힌 꽃 말야."

새로 꽃봉오리를 맺었다가 피어나는 꽃들이 모두 그 얘기를 들었다. 기쁜 소식을 비밀로 할 필요는 없으니까 말이다.

그로부터 얼마 후, 엉겅퀴는 어떤 소식을 듣게 되었다. 그 소식을 전해 준 것은 사람도 새들의 지저귐도 아니었다. 온갖 비밀을 다 알고 있고 잠긴 문틈으로도 드나들 수 있는 바람이었다. 엉겅퀴를 받은 영주의 아들이 스코틀랜드 처녀와 약혼했다는 소식이었다. 그들은 참으로 잘 어울리는 한 쌍이었다.

"내가 그들을 맺어 주었어." 엉겅퀴가 청년의 단춧구멍에 꽂힌 자신의 꽃을 떠올리며 말했다. 이제 새로 돋아나는 꽃봉오리에게 해 줄 이야깃거리가 생긴 것이다.

"난 정원에 심겨질 거야. 화분에 심어질지도 몰라. 그렇게 되면 공간이 좁아서 몸을 오그려야 하겠지만 크나큰 영광이지, 뭐." 엉겅퀴는 화분에 심어진 자신의 모습이 너무도 생생해서 자신의 미래가 그렇게 될 거라고 확신했다. "그래, 난 화분에 심어질 거야!"

엉겅퀴는 새로 피어나는 꽃봉오리들에게 화분이나 단춧구멍으로 가게 될 거라고 약속했다. 단춧구멍으로 가는 것은 화분으로 가는 것보다 더 큰 영광이었다. 하지만 화분이나 단춧구멍으로 간 꽃은 하나도 없었다.

엉겅퀴는 낮에는 공기와 햇빛을, 밤에는 이슬을 먹고 활짝 피어났다. 그러자 벌들이 날아와 결혼 지참금을 마련하려고 꿀을 몽땅 빼앗아 가고 말았다.

"날강도 같은 놈들! 내 가시로 찔러 버리고 싶어." 엉겅퀴 덤불은 이를 갈았다. 하지만 벌들을 찌를 수가 없었다.

늙은 꽃들은 머리를 축 늘어뜨리고 시들어서 죽었다. 그러나 새 꽃이 피어날 때마다 엉겅퀴는 기쁨과 기대감으로 부풀었다.

"때맞추어 잘 피어났구나. 우린 곧 정원으로 이사할 거란다." 엉겅퀴는 새로 피는 꽃에게 이렇게 말하곤 했다.

엉겅퀴 덤불을 사모하던 순진한 몇 송이의 데이지 꽃과 질경이는 엉겅퀴가 하는 말을 귀담아 듣고 그대로 믿었다.

우유를 실은 마차를 끌고 가던 늙은 당나귀가 한창 피어나는 엉겅퀴 덤불을 흘긋 쳐다보았다. 그러나 줄이 너무 짧아서 다가가지는 못했다.

엉겅퀴는 오래도록 스코틀랜드의 엉겅퀴를 생각했다. 스코틀랜드의 엉겅퀴가 자신의 친척일 거라고 생각하던 엉겅퀴는 마침내 자신도 스코틀랜드에서 왔으며, 부모님이 스코틀랜드의 문장 속에서 성장했을 거라고 믿게 되었다. 이것은 위대한 엉겅퀴가 할 수 있는 위대한 생각이었다.

"가끔은 자신이 생각지도 못한 고귀한 가문에서 태어나기도 하지." 엉겅퀴 바로 곁에서 자라던 쐐기풀이 말했다. 쐐기풀은 옛날에는 쐐기풀로 천을 짰다는 얘기가 생각난 것이다.

여름이 지나고 가을도 지났다. 나뭇잎이 떨어지고, 얼마 남지 않은 몇 송이의 꽃들은 더욱더 화려한 빛깔을 띠었다. 그러나 꽃향기는 예전보다 약했다. 예비 정원사가 정원에서 일하며 큰 소리로 노래를 불렀다.

산 위로 산 아래로,

올라갔다 내려갔다

모두 하느님의 뜻이라네.


숲 속의 싱싱한 전나무들은 벌써부터 크리스마스를 꿈꾸었지만, 아직은 10월 말이라서 크리스마스까지는 멀었다.

"난 여전히 이곳에 있어. 아무도 날 생각하지 않지만 난 결혼 중매인이라구. 그들은 약혼을 했다가 일주일 전에 결혼을 했지. 그런데 난 이게 뭐야, 한 발자국도 움직일 수 없으니 말야." 엉겅퀴가 투덜댔다.

그로부터 몇 주일이 지나갔다. 엉겅퀴는 이제 마지막 남은 꽃 한 송이를 달고 서 있었다. 바로 뿌리 근처에서 피어난 엉겅퀴 꽃은 아주 크고 탐스러웠다. 곧이어 꽃 위로 찬바람이 불자 색깔이 흐려지고, 화사함도 사라졌다. 이제 꽃잎이 모두 떨어져 나가고 벌거벗은 꽃받침은 은빛으로 빛나는 해바라기처럼 서 있었다.

남편과 함께 정원에 산책 나온 젊은 부인이 울타리 너머를 보았다.

"어머, 엉겅퀴가 아직도 있네요. 이제 꽃이 한 송이도 없어요." 부인이 말했다. "꽃의 허깨비가 하나 남아 있잖소." 남편이 은빛으로 반짝이는 꽃받침을 가리켰다. 꽃받침은 꽃처럼 아름다웠다.

"참 예쁘네요. 이 꽃을 우리 사진이 들어 있는 액자에 그려 넣어요."

그래서 남편은 다시 울타리를 넘어가서 엉겅퀴 꽃을 꺾었다. 엉겅퀴가 그의 손가락을 찔렀다. 마지막 남은 꽃을 허깨비라고 부른 것에 대한 복수였다. 은빛 꽃받침은 정원을 지나 영주의 저택 안으로 옮겨져 젊은 신혼 부부의 사진 옆에 놓였다. 사진 속에 있는 신랑의 웃옷 단춧구멍에는 엉겅퀴 꽃이 그려져 있었다. 사람들은 그 꽃과 액자에 그려질 은빛 꽃받침에 대해 얘기했다. 바람은 이 소식을 널리 퍼뜨렸다.

"내게 이런 일이 일어나다니! 첫 아이는 단춧구멍에 꽂히더니, 마지막 아이는 액자로 가게 되었어. 이제 난 어떻게 될까?" 바람에게 소식을 들은 엉겅퀴가 말했다.

"이리 와요, 사랑스런 여인이여! 줄이 길면 당신한테 어떤 일이 일어날지 보여 줄 텐데." 근처에 줄로 매어져 있던 당나귀가 말했다.

그러나 엉겅퀴는 들은 척도 하지 않고 더욱 깊은 생각에 잠겼다. 엉겅퀴는 생각하고 또 생각했다. 크리스마스가 다가오자 엉겅퀴의 생각은 꽃으로 피어났다.

"자식들이 정원에서 잘 산다면, 어미는 울타리 밖에 서 있는 것도 마다하지 않는 법이지."

"그것 참 존경할 만한 생각이군. 당신도 곧 좋은 곳으로 가게 될 거야." 햇살이 말했다.

"화분이나 액자 말예요?" 엉겅퀴가 물었다.

"아이들이 읽는 동화 속으로." 햇살이 대답했다.

여기가 바로 동화의 나라이다.

## 139
## 꾸며 낼 수 있는 것

옛날에 작가가 되길 원하는 청년이 있었다. 그는 부활절 전에 작가가 되어 결혼해서 글을 쓰는 일을 하며 살고 싶었다. 그러나 쓸 만한 것을 찾을 수 있다면 작가가 되는 것이 쉬웠겠지만 좋은 이야기가 떠오르지 않았다. 그가 너무 늦게 태어나는 바람에, 이 세상에 있는 모든 것들이 글로 쓰여져 버린 것이다.

"천 년 전에 태어난 사람들은 참으로 운이 좋아. 백 년 전에 태어난 사람들도 나보다는 운이 좋지. 그때만 해도 쓸 만한 것이 남아 있었으니까. 하지만 이젠 쓸 만한 것은 모두 다 쓰여져 버렸으니 마땅한 소재가 없는 것이 당연하지." 청년은 이렇게 불평했다.

청년은 작가가 되기 위해 너무 열심히 공부하고 생각하다가 그만 병이 들고 말았다. 어떤 의사도 그의 병을 고치지 못했다. 하지만 딱 한 사람, 지혜로운 할머니라면 그의 병을 고칠 수 있을지도 몰랐다.

이 할머니는 목장으로 나 있는 길 옆의 작은 집에 살고 있었다. 그 목장의 문지기인 할머니는 마차와 말을 탄 사람들이 드나들 수 있도록 빗장을 열어 주는 일을 했다. 하지만 할머니는 문을 열어 주는 일 외에도 아는 것이 많았다. 어떤 사람들은 이 할머니가 의사보다 아는 것이 더 많다고 했다.

"그 할머니를 찾아가 봐야겠어." 청년이 결심했다.

할머니가 살고 있는 집은 작고 평범했지만 훌륭했다. 집 근처에는 나무 한 그루, 꽃 한 송이도 없었으나, 문 옆에 아주 쓸모 있는 벌통 하나가 있었다. 또 감자를 심는 땅 한 뙤기도 있었다. 그것 역시 매우 쓸모 있는 것이었다. 산사나무로 된 울타리에는 산사나무 꽃이 활짝 피어 있었다. 그 열매는 첫서리가 내릴 때까지는 씁쓸했다.

'참으로 살풍경하군.' 청년은 이렇게 생각했다. 어쨌거나 이것은 하나의 생각이었다. 그러니까 지혜로운 할머니의 집 앞에서 찾아낸 하나의 진주였다.

"그 생각을 쓰게나. 빵 부스러기도 빵은 빵이지. 자네가 여기 온 이유를 아네. 부활절 전에 작가가 되고 싶은데 쓸 만한 좋은 이야기가 떠오르지 않아서 온 거지?" 할머니가 말했다.

"네, 모든 것이 이미 글로 쓰여졌어요. 요즘 시대는 옛날과 달라요."

"맞는 말이야. 옛날에는 나 같은 지혜로운 여자들을 화형에 처했고, 시인들은 배를 굶주리며 가난하게 살았지. 하지만 지금 시대는 정의가 살아 있어. 최고로 좋은 시대라네. 자네가 안목이 없어서 이런 것을 보지 못할 뿐이지. 들을 줄 아는 능력이 있는지도 의심스럽군. 저녁에 잠자리에 들기 전에 기도를 한 적이 있나? 자네가 쓸 능력만 있다면 쓸 만한 이야깃거리는 무궁무진하다네. 처음으로 꽃이 피어나는 대지만으로도 쓸 것이 충분하지. 흐르는 시냇물이나 고요한 호수에서 고기를 낚듯이 시를 낚을 수 있다네. 중요한 것은 한 줄기 햇살을 이해하고 붙드는 것을 배우는 일이지. 자, 내 안경을 쓰고, 내 보청기를 끼어 보게. 그리고 하느님께 기도를 드리게. 자네 자신에 대한 생각을 접어 두고 말일세."

하지만 자신에 대한 생각을 접어 두는 일이 제일 어려웠다. 그것은 지혜로운 할머니가 요구한 것보다 더 어려웠다.

그들은 감자밭 한가운데에 서 있었다. 청년이 할머니의 안경을 쓰고, 보청기를 귀에 끼자 할머니가 감자 하나를 뽑아 청년에게 주었다. 조금 있자니 감자가 말을 하며 자신의 이야기를 들려주었다. 10행으로 된 감자의 일상적인 이야기를 말이다.

감자는 어떤 이야기를 들려주었을까?

감자는 자기 자신과 가족에 대해서, 유럽에 이민 오게 된 것에 대해서 이야기했다. 처음에 유럽에 도착했을 때는 박해와 멸시를 받았다. 금보다도 더 가치 있는 감자의 진가를 제대로 인정받지 못했기 때문이다. 감자는 이렇게 이야기했다.

"우리는 왕의 분부에 따라 전국에 있는 모든 시청에 분배되었어요. 우리의 큰 가치가 알려졌지만, 사람들은 그걸 믿지 않았어요. 우리를 심는 법도 몰랐지요. 구덩이를 파서 한 말이나 되는 우리를 한 구덩이에 전부 쏟아 부은 사람이 있는가 하면, 정원 여기저기에 우리를 심는 사람도 있었어요. 나무처럼 쑥쑥 자라 가지를 흔들면 우리가 우수수 떨어질 거라고 생각한 거죠. 물론 우리에게선 잎, 줄기, 꽃, 열매가 나왔지만 전부 시들어 버렸어요. 축복 받은 감자인 우리가 흙 속에 누워 있다는 것을 아무도 상상조차 못했거든요. 그래요. 우리는 고통을 당했어요. 물론 우리 조상들이 말예요. 하지만 가족이 고통 당하는 걸 보면 당신도 고통스럽듯이 우리도 그 고통을 느낄 수 있어요. 우리들이 살아온 이야기는 참으로 흥미진진하지요."

"그만하면 됐어. 이제 산사나무를 살펴보세." 할머니가 말하며 감자를 바닥에 던졌다.

산사나무는 이렇게 말했다. "감자의 고향에 사는 친척이 있어요. 감자들이 자라는 곳보다 더 북쪽에 말예요. 노르웨이에서 노르만인들이 안개와 폭풍우를 뚫고 서쪽으로 서쪽으로 미지의 땅을 향해 갔어요. 그들은 얼음과 눈으로 싸인 해안 너머에서 약초, 푸른 풀, 포도처럼 검푸른 열매가 열리는 관목을 발견했지요. 우리는 첫서리가 내리면 포도처럼 달콤한 맛이 된답니다. 사람들은 우리가 자라는 곳을 포도 산지라고 하지요. 그린란드나 슬레랜드라고 부른답니다."

"참 낭만적인 이야기인데요." 청년이 감탄했다.

"그렇고말고. 날 따라오게." 산사나무의 이야기를 이미 들어 알고 있는 할머니는 청년을 꿀벌통이 있는 곳으로 데리고 갔다.

청년은 꿀벌통 안을 들여다보았다. 그곳은 참으로 활기차고 분주해 보였다. 이 큰 공장의 공기를 신선하게 하기 위해 통로마다 꿀벌들이 서서 날개로 부채질을 하고 있었다. 벌들이 밖에서 줄줄이 들어왔다. 그들은 다리에 달린 작은 바구니에 꽃가루를 가득 담고 있었다. 바구니에서 꽃가루가 쏟아져 나와 분리되어 꿀과 밀랍으로 만들어졌다. 작업을 마친 벌들은 다시 밖으로 날아갔다. 여왕벌도 밖으로 날아가고 싶었지만 그렇게 되면, 모든 꿀벌들이 여왕벌을 따라 날아갈 것이기 때문에 참아야 했다. 더군다나 아직은 집을 옮길 때가 아니었다. 그래도 여왕벌은 밖으로 날아가고 싶었다. 그러나 다른 벌들이 지엄하신 여왕 폐하의 날개를 물어뜯는 바람에 여왕벌은 남아 있을 수밖에 없었다.

"이제 도로로 나가 여행자들을 보도록 하지." 지혜로운 할머니가 청년의 어깨를 툭툭 치며 말했다.

"웬 사람들이 저리 많죠? 모두들 자기 이야기를 가지고 있군요. 하지만 이걸 다 쓰긴 너무 힘들어요. 돌아가는 게 좋겠어요."

"안 돼, 똑바로 가게. 군중들 한가운데로 말일세. 사람들을 보고 그들이 하는 말을 진심으로 이해하려고 해보게. 그러면 쓸 이야깃거리를 아주 많이 발견하게 될 걸세. 하지만 가기 전에 내 안경과 보청기는 돌려주게." 할머니는 청년에게서 안경과 보청기를 돌려 받았다.

"이제 아무것도 보이지 않아요! 들리지도 않구요."

"그렇다면 자넨 부활절까지 작가가 될 수 없겠군." 지혜로운 할머니가 고개를 저었다.

"그럼 언제 작가가 될까요?" 청년이 슬픈 표정으로 물었다.

"부활절에도 성령강림절에도 못 돼! 상상력이란 가르쳐서 생기는 게 아니지."

"그럼 어떻게 하죠? 난 문학으로 생계를 이어가고 싶은데 말예요?"

"그건 어려운 게 아닐세. 참회 화요일에 그렇게 될 수 있지. 가면을 사서 시인들에게 얼굴을 찡그려 보이게. 시인들에게 감동 받더라도 얼굴을 찌푸리게. 그러면 가족을 먹여 살릴 만큼 돈을 벌 수 있지."

"참으로 멋지군요."

청년은 할머니의 충고를 따랐다. 그는 시인들을 경멸하는 전문가가 되었다. 자신은 시인이 될 수 없었기 때문이다.

지혜로운 할머니가 그에 대한 이야기를 내게 해주었다. 그 할머니는 상상력이 너무도 풍부하여 할 수만 있다면 상상력을 나누어 줄 수도 있었다.

# 140
## 행운은 작은 나무토막에 숨어 있기도 하는 거야

이제부터 행운에 얽힌 이야기를 하나 하려 한다. 행운이란 좋은 운수라는 것을 누구나 알고 있다. 어떤 사람에게는 행운이 날마다 찾아오는가 하면, 어떤 사람에게는 1년에 한 번씩 찾아오고, 또 평생에 한 번 행운을 경험하는 사람도 있다. 하지만 우리는 누구나 행운을 딱 한 번은 경험하게 된다. 누구나 알고 있는 다음과 같은 얘기는 할 필요가 없을 것이다. 하느님이 어린아이를 엄마 품에 갖다 놓고 간다는 얘기 말이다. 하느님은 아이를 부유한 성에 데려다 놓는가 하면, 찬바람이 쌩쌩 몰아치는 허허벌판에 데려다 놓기도 한다. 하지만 그 모든 아이에게 똑같이 행운이란 선물을 주신다. 하느님은 이 선물을 모든 사람의 눈에 띄는 아이의 옆에 가져다 놓지 않고 생각지도 못한 곳에 숨겨 놓으신다. 행운은 한 개의 사과 속에 숨어 있을 수도 있다. 그 행운은 뉴턴이란 학자의 차지였다. 사과가 떨어지자 뉴턴은 행운을 잡은 것이다. 이 이야기를 모르거든 잘 아는 사람에게 물어보라.

내가 여러분에게 들려주고 싶은 이야기는 바로 배에 관한 이야기이다.

옛날에 매우 가난한 남자가 살았다. 그는 가난하게 태어나 가난하게 자랐으며 결혼해서도 가난했다. 그는 나무로 된 우산 손잡이를 만드는 일을 하여 생계를 유지했지만 입에 풀칠하기도 힘들었다.

"내겐 영원히 행운이란 게 없어." 남자는 절망스럽게 말하곤 했다. 이것은 실제로 있었던 이야기이다. 그 남자의 이름과 주소를 댈 수 있지만 그렇게 하진 않겠다. 그런다고 해서 이야기가 달라지는 것은 아니지만 말이다.

그의 집 주위에는 예쁘지만 붉고 시큼한 열매가 열린 마가목 나무가 자라고 있었다. 그리고 잔디밭 한가운데에는 한 번도 배가 열린 적이 없는 배나무가 서 있었다. 행운은 바로 이 배나무에, 눈에 띄지 않는 배에 숨어 있었다.

무시무시한 폭풍우가 몰아치는 어느 날 밤이었다. 거대한 우편마차가 폭풍우에 휩쓸려 종잇조각처럼 들어 올려졌다가 도랑으로 전복되었다는 기사가 신문에 실리기도 했다. 그러니 배나무 가지가 부러지는 것쯤은 문제가 아니었다. 부러진 배나무 가지를 작업장 안으로 가지고 온 선반공은 심심풀이로 배(과일)를 만들었다. 그는 새끼손가락 손톱만한 것에서부터 큰 것에 이르기까지 여러 개를 만들었다.

"이제야 배나무에 배가 열렸군." 그는 자신이 만든 배를 보며 이렇게 말하고는 아이들에게 장난감으로 주었다.

비가 내리는 나라에서는 우산이 필수품이다. 그런데 선반공의 집에서는 우산 하나를 온 식구가 사용하고 있었다. 바람이 세차게 불어 댈 때면 우산이 뒤집혀 우산 살이 부러지기도 했지만 그때마다 선반공은 다시 말끔하게 고쳐 사용했다. 그런데 어느 날, 골치 아픈 일이 생겼다. 우산을 접어서 잠그는 단추가 떨어져 나가 버린 것이다. 바닥을 아무리 샅샅이 뒤져도 찾을 수가 없었다. 그러다가 선반공은 자신이 만들어 아이들에게 장난감으로 주었던 제일 작은 배를 보며 말했다.

"단추를 찾을 수 없으니 이 작은 배로 대신해야겠군."

선반공은 작은 배에 구멍을 뚫고 우산에 꿰매어 작은 고리 속에 끼워 넣었다. 단추보다 더 훌륭했다. 아니, 지금까지 우산에 달려 있던 단추 중 제일 나았다.

다음에 우산 손잡이를 공장에 납품할 때 선반공은 나무로 깎아 만든 배 몇 개를 보내서, 단추 대신 사용해 보라고 권했다. 그들은 그 배 몇 개는 직접 사용하고 몇 개는 미국으로 보냈다. 작은 나무 배가 단추보다 훨씬 더 단단하게 우산을 여며 준다는 것을 알게 된 미국인들은 그들이 사는 모든 우산에 배를 달아 주라고 요청했다.

그리하여 선반공은 할 일이 태산같이 쌓였다. 우산에 하나씩 달 배를 수천 개씩 만들어야 했던 것이다. 선반공은 열심히 배를 깎아 만들었다. 곧이어 배나무 전체가 베어져 모두 배로 만들어졌다. 배나무로 인해 금화와 은화가 쏟아져 들어오게 된 것이다.

"나의 행운은 바로 이 배나무에 숨어 있었어." 선반공이 말했다.

이제 선반공은 종업원을 거느리게 되었으며 도제들도 생겼다. 그는 항상 즐겁고 만족해했다.

"행운은 작은 나무토막에 숨어 있기도 하는 거야." 선반공은 이렇게 말하곤 했다.

이 이야기를 여러분에게 들려주는 나도 역시 이런 말을 한다. 흰 나무토막을 입에 물면 다른 사람 눈에 보이지 않게 된다는 덴마크 속담이 사실이기 때문이다. 하지만 그 나무토막은 하느님이 행운의 선물로 준 것이어야 한다. 나도 그런 행운의 나무토막을 찾았다. 그것은 선반공의 배처럼 금이 될 수 있다. 세상에서 가장 번쩍번쩍하고 값진 금 말이다. 천진난만한 웃음으로만 값이 매겨질 수 있는 아이의 눈에서 빛나는 금으로! 아이의 어머니와 아버지가 큰 소리로 책을 읽을 때면 나는 그 방 한가운데 서 있지만 입에 하얀 나무토막을 물고 있기 때문에 눈에 보이지 않는다. 그리고 내 이야기로 인해 그들이 더 행복해지는 것을 보면 선반공처럼 이렇게 말한다.

"행운은 작은 나무토막에 숨어 있기도 하는 거야."


# 141
## 혜성

혜성이 찾아왔다. 하늘에서 활활 타오르는 꼬리를 번쩍이며 앞날에 대한 예언을 가지고 왔다. 부자들은 발코니에 나와서, 가난한 사람들은 길거리에 나와서, 외로운 여행자는 거친 황야에서 이 혜성을 보며 저마다의 생각에 잠겼다.

"이리 와! 하늘에 나타난 신호 좀 봐. 어서 와서 얼마나 아름다운지 좀 봐!"

모두들 급히 나와서 혜성을 보았다.

어느 집 작은 방 안에 어머니와 아이가 앉아 있었다. 탁자 위에서는 촛불이 타올랐고, 심지는 대팻밥처럼 구부러져 있었다.

'안 좋은 징조군. 아이가 얼마 살지 못하겠어.' 구부러진 심지를 본 어머니는 이렇게 생각했다. 이것은 오랫동안 내려온 미신이었다.

하지만 소년의 생명은 길었다. 그는 60년 후에 다시 혜성이 나타날 때까지 살았으니 말이다.

그러나 어린 소년은 구부러진 심지를 보지 못했으며, 자신이 태어난 후 처음으로 하늘에 나타난 혜성에 대해서도 생각하지 않았다. 소년은 앞에 놓여 있는 비누거품으로 가득찬 그릇에만 정신이 쏠려 있었다. 그는 점토로 만들어진 작은 파이프 끝을 비눗물에 담갔다가 입에 대고 힘껏 불었다. 그러자 크고 작은 비눗방울들이 영롱한 빛을 내며 날아올랐다. 비눗방울은 노란 색에서 빨간 색으로, 자주색에서 푸른색으로 바뀌었다가 햇살을 받은 숲 속의 나뭇잎처럼 초록빛으로 변했다.

"네가 불어 대는 비눗방울 수처럼 많은 햇수를 살 수 있게 하느님이 허락해 주셨으면 좋겠구나." 어머니가 말했다.

"저기 좀 봐요. 저기두요. 비눗방울이 끝없이 나와요. 불어도 불어도 끝이 없어요." 소년이 다시 파이프를 비눗물에 담갔다가 불었다.

"저기 1년이 날아가네. 또 1년이 저기로 날아가요. 저기 좀 봐요!" 파이프에서 비눗방울이 날아오를 때마다 소년이 소리쳤다. 몇 개의 비눗방울이 소년의 얼굴에 부딪혀 터졌다. 그 바람에 비눗물이 눈으로 들어가 눈물이 나왔다. 소년은 비눗방울 하나하나에서 자신의 앞날이 밝게 비치는 것을 보았다.

"나와 봐요! 혜성이 또렷하게 보여요. 집 안에만 있지 말고 어서 나와요!" 이웃 사람들이 소리쳤다.

어머니가 소년의 손을 잡아끌자, 소년은 파이프를 놓고 밖으로 나왔다. 타오르는 긴 꼬리가 달린 불덩이가 보였다. 그 꼬리 길이가 3km라고 하는 사람이 있는가 하면, 30만km라고 하는 사람도 있었다. 사람에 따라 이렇게 다르게 보였던 것이다.

"우리 아이들과 손자들이 죽고 난 다음에나 혜성이 다시 나타날 거야." 사람들이 말했다.

그것은 사실이었다. 그때 살아 있던 사람들은 혜성이 다시 나타났을 때는 이미 죽고 없었던 것이다. 하지만 대팻밥처럼 굽은 양초 심지를 보며 곧 죽을 거라고 그의 어머니가 믿었던 소년은 혜성이 다시 나타났을 때에도 살아 있었다. 나이가 들어 머리가 하얗게 세었지만 말이다. '흰머리는 나이의 꽃이다'라는 말이 있다. 늙은 학교 교장인 소년은 이제 이런 꽃들을 많이 가지고 있었다.

학생들은 교장 선생님이 박식하다고 생각했다. 그는 역사, 지리, 천체에 관해 아는 것이 많았다.

"모든 것은 되풀이되지. 한 나라에서 어떤 일이 일어나면 그 일은 곧 다른 나라에서 일어나게 된단다. 모습은 조금 다르지만 말야." 교장은 이런 말을 하면서 학생들에게 아들의 머리 위에 있는 사과를 활로 쏘아야 했던 빌헬름 텔에 관한 이야기를 들려주었다. 또 악당 게슬러의 가슴을 쏘려고 화살 하나를 옷 속에 숨겨 간 이야기도 해 주었다. 이것은 스위스에서 일어난 일이었으나 여러 해 전에 덴마크에서도 그와 똑같은 사건이 있었다. 덴마크의 팔라토게는 역시 아들의 머리 위에 놓인 사과를 화살로 쏘아야 했고, 복수를 위해 화살을 하나 더 숨겨 놓았던 것이다. 하지만 이런 이야기는 천 년도 더 오래 전에 이집트에서 일어난 사건이라고 쓰여 있다. 이 이야기들은 사라지고 잊혀졌다가 다시 나타나는 혜성과 같다.

교장은 학생들에게 다시 나타날 혜성에 대해 이야기해 주었다. 어렸을 때 보았던 혜성에 대해서. 늙은 교장은 이처럼 천체에 대해 많이 알고 있었지만, 역사와 지리에 대해서도 아는 것이 많았다.

그는 자신의 정원을 덴마크의 지도 모양으로 꾸몄다. 그리고 섬처럼 생긴 꽃밭 하나 하나에는 그 섬에서 자라는 식물을 심었다.

"완두콩을 가져오너라." 그가 이렇게 말하면 학생은 롤란 섬 모양으로 생긴 꽃밭으로 갔다. 그리고 메밀을 가져오라고 하면 랑엘란 섬 모양의 꽃밭으로 갔다.

들버들나무와 푸른 용담은 유틀란트 북부 가장자리에 심어져 있었고, 서양호랑가시나무는 실케보르 근처에서 찾을 수 있었다. 각 도시들은 조각과 동상으로 표시되어 있었는데, 성 크누트 왕 동상은 오덴세에, 주교의 지팡이를 가진 압살론 동상은 소뢰에 서 있었다. 그의 정원을 보면 덴마크의 지리를 알 수 있었다. 하지만 그 정원을 이해하려면 먼저 그의 설명을 들어야 했으며, 그는 설명을 해주는 것을 매우 즐거워했다.

사람들이 혜성이 나타나길 기다리고 있을 때 그는 지난번 혜성이 나타났을 때 사람들이 한 이야기를 학생들에게 들려주었다.

"혜성이 나타난 해에는 포도가 풍년이 든단다. 포도가 풍성하게 무르익어 포도 상인들이 포도주에 물을 타도 아무도 그걸 눈치채지 못하지. 그래서 포도 상인들은 혜성이 나타나는 해를 매우 좋아한단다."

2주일 내내 밤낮으로 구름이 잔뜩 낀 흐린 날씨가 계속되었다. 사람들은 혜성을 볼 수 없었지만 혜성은 이미 와 있었다.

늙은 교장은 교실 옆에 있는 그의 서재에 앉아 있었다. 서재 한쪽 구석에는 부모님에게 물려받은 보른홀름의 시계가 세워져 있었다. 그 시계는 그의 할아버지 시대의 것이었다. 움직임이 없는 무거운 추 위의 진자는 정지해 있었고, 작은 뻐꾸기는 닫힌 문 뒤에 소리 없이 앉아 있었다. 방 안은 고요하기만 했다. 시계가 멈춘 지는 오래되었다. 그러나 시계 옆에 있는 낡은 피아노는 음이 잘 맞지 않긴 했지만 여전히 선율을 간직하고 있었다. 부모에게 물려받은 그 피아노를 칠 때면 지난날의 슬프고 행복했던 추억들이 밀려들었다. 혜성을 처음 보았던 어린 시절부터 지금까지 겪었던 아름다운 추억들이.

교장은 대팻밥처럼 구부러진 촛불 심지를 보자 어머니가 했던 말과 그가 불던 예쁜 비눗방울 수만큼 오래 살기를 바라던 어머니의 모습이 떠올랐다. 비눗방울들은 얼마나 영롱하게 반짝였던가. 그 속에 모든 행복과 아름다움이 들어 있는 것 같았으며 교장은 온 세상이 비치는 듯한 그 비눗방울 속으로 들어가고 싶었다. 그 비눗방울들은 그의 앞날이었으며 비눗방울 속은 햇살로 가득 차 있었다.

이제 노인이 되어 피아노를 치는 교장의 눈 앞에 추억의 비눗방울들이 영롱한 무늬를 수놓으며 어른거렸다. 할머니가 뜨개질을 하며 부르던 노래가 떠올랐다.


아마존 여전사는 양말
한 짝도 뜨지 못했다네!

그가 어렸을 때, 늙은 하녀가 불러 주던 감미로운 노래도 들려 왔다.

거친 바다에는 암초가 너무도 많다네.
순진한 아이 앞에는 수많은 슬픔과
눈물이 기다리고 있다네.

이제 멜로디는 교장이 처음 참석했던 무도회의 미뉴에트로 바뀌었다. 부드럽고 슬픈 멜로디가 흘러나오자 노인의 눈에서 눈물이 흘러내렸다. 이어 행진곡이, 그 다음엔 찬송가가 울리다가 다시 밝은 음조의 곡들이 하나하나 울려 나왔다. 어렸을 때 그가 불었던 비눗방울처럼.

이윽고 그의 눈이 창문 쪽으로 향했다. 구름이 갈라지고 맑은 하늘에 혜성이 나타났다. 혜성은 눈부시게 빛나는 심장과 안개처럼 자욱하면서도 빛나는 긴 꼬리를 가지고 있었다. 교장은 그 혜성을 본 것이 바로 어제인 것만 같았다. 혜성은 하나도 변한 게 없었지만 그 사이에 인간의 긴 한평생이 지나가 버렸다. 그때 그는 비눗방울 속에서 미래를 읽었지만, 이제는 과거가 비눗방울 속에 비쳐 들었다. 교장은 연주를 멈추고 두 손을 건반 위에 올려놓았다. 피아노에서 현이 끊어지는 듯한 소리가 났다.

"어서 나오세요. 혜성이 나타났어요! 하늘이 개어 혜성이 보인다구요." 이웃 사람들이 외쳤다.

그러나 늙은 교장은 대답이 없었다. 그의 영혼은 혜성이 지나온 곳보다 더 광활한 우주를 뚫고 달리고 있었던 것이다.

부자들은 발코니에 나와서, 가난한 사람들은 길거리에 나와서, 외로운 여행자는 거친 황야에서 이 혜성을 보았다. 하지만 교장의 영혼을 본 것은 하느님과 그가 사랑하고 보고 싶어했던 죽은 자들의 영혼뿐이었다.

# 142
# 요일들

꣒꣒꣒꣒꣒꣒꣒꣒꣒꣒꣒꣒

옛날에 요일들이 연회를 열고 즐겁게 지낼 시간을 갖고 싶어했다. 요일들은 모두 1년 내내 바빠서 함께 보낼 시간이 없었던 것이다. 하지만 4년마다 윤년이 있었다. 2월에 하루를 더해서 질서를 잡기 위한 것이었다.

그래서 요일들은 윤일에 모여 연회를 열기로 했다. 2월엔 참회 화요일이 있는 달이어서 가면 무도회를 열기로 했으며 의상은 자기 기분과 취향에 따라 입기로 했다. 푸짐한 음식을 먹고 좋은 술도 마시며 우의를 다지고 불쾌했던 일과 좋았던 일들을 기탄 없이 말하는 시간도 마련하기로 했다.

옛날 해적들은 즐거우면 먹고 남은 뼈다귀를 상대방에게 던졌지만, 요일들은 그렇게 하고 싶지 않았다. 그들은 흥겨운 분위기 속에서 말장난과 농담을 서로에게 던지기로 했다.

드디어 윤일이 되어 요일들이 모였다.

요일들의 의장인 일요일은 비단 망토에 검은 옷을 입고 나타났다. 신앙심 깊은 사람들은 그가 교회에 가려고 그런 옷을 입었다고 생각했지만 교회에 다니지 않는 사람들은 그가 가면 무도회에 가려고 도미노 복장을 했다는 것을 금방 알았다. 그의 단춧구멍에 꽂힌 붉은 색 카네이션은 가끔 극장 밖에서 "표가 매진되었습니다. 지금 즐기도록 하세요." 하고 소리치는 빨간 램프였다.

월요일은 일요일과 가까운 친척이며 오락을 좋아하는 청년이었다. 그는 거리에서 행렬이 지나가면 모든 일을 제쳐놓고 거리로 나왔다.

"가서 오펜바흐의 음악을 들어야겠어. 그 음악을 들으면 머리와 가슴이 감동을 받기보다는 다리가 근질거려 춤을 추게 되지. 지난밤에 술을 너무 많이 마시고 싸워서 오른쪽 눈이 부어 올라 있지만 한밤만 자면 말짱해서 일을 할 수 있어. 난 아직 젊으니까."

화요일은 힘이 센 싸움의 신의 날이고 일의 날이었다. "그래, 난 힘이 세다구.

난 일을 잘 하지. 메르쿠리우스 신(상업의신)의 날개를 상인의 장화에 묶는 것도 바로 나야. 나는 공장을 조사해. 바퀴에 기름을 쳤는지, 기계가 잘 돌아가는지를 확인하지. 그리고 재단사가 작업대에 앉아 있는지, 가구장이가 기계 앞에 있는지도 본다구. 나는 모든 사람을 감독하지. 그러니까 이렇게 경찰 제복을 입고 다니지. 날 경찰의 날이라고 불러도 돼." 이것은 농담으로 한 말이었지만 그럴듯한 농담은 아니었다.

이번에는 수요일이 나타났다. "나 왔어. 난 요일 한복판에 있어. 독일 사람들을 나를 '일주일의 한가운데' 씨라고 부르지. 난 가게의 점원이야. 존경받는 다른 요일들의 한복판에 서 있는 꽃이지. 우리가 한 줄로 서서 행진할 때면 내 앞에 3일이, 그리고 뒤에 3일이 서게 되지. 다른 요일들은 나의 호위병인 셈이지. 난 일주일 중 가장 중요한 요일이라구."

목요일은 구리 세공인 옷을 입고, 한 손에는 솥을, 다른 한 손에는 망치를 들고 나타났다. 이 물건들은 그가 귀족임을 나타냈다. 목요일은 이렇게 말했다. "난 매우 고귀한 가문 태생이야. 이교도의 신들이 나의 조상이지. 북쪽 나라에서는 나를 천둥 신 토르, 남쪽 나라에서는 유피테르라고 부르지. 이 두 이름은 천둥과 번개의 지배자들이야. 그러니까 난 그들의 후손이야."

목요일은 이렇게 말하고 망치로 구리 솥을 쳤다.

금요일은 젊은 아가씨였으며 나라에 따라서 자신을 사랑, 미, 풍요의 여신인 프레이야라고 하기도 하고, 미와 사랑의 여신인 비너스라고 부르기도 했다. 금요일은 자신이 얌전하고 조용하다고 했다. 하지만 이날만은 매우 활달하게 보이는 옷을 입고 나타났다. 이날은 여자들이 자유로운 윤일이었기 때문이다. 이날 여자들은 원한다면 구혼자가 나타나길 기다리지 않고 직접 가서 청혼을 할 수도 있었다.

토요일은 한 손에는 빗자루를, 다른 한 손에는 물통을 들고 나이든 주부의 모습으로 나타났다. 그녀는 오트밀 죽을 좋아했지만 다른 요일들에게 먹으라고 권하지 않고 자기 것만 청해서 먹었다.

이렇게 해서 요일들이 모두 한자리에 앉았다. 요일들의 모습을 스케치해 두었으니까 무언극을 구상할 때 사용할 수 있을 것이다. 연기하는 사람에 따라서 얼마나 재미있을지 상상해 보라. 나는 그저 재미 삼아 2월에 대한 재미있는 이야깃거리로 요일들을 재현해 본 것이다. 하루를 덤으로 받은 유일한 달인 2월을.

# 143
# 햇빛 이야기

"이제 내가 얘기할게." 바람이 말했다.

"아냐. 내가 할게. 내 차례야. 넌 거리 모퉁이에서 오랫동안 휘파람을 불고 서 있었잖아." 비가 말했다.

"사람들이 널 거들떠보지도 않을 때, 널 위해 우산을 뒤집히게 하고 부러뜨리기까지 했으니까 내게 감사해야지."

"내가 얘기하겠어. 둘 다 조용히 해." 햇빛이 매우 위엄 있고 단호하게 말하자 바람이 숨을 죽였다.

그러자 비가 바람을 흔들며 귀에 대고 속삭였다. "왜 우리가 참아야 하지? 햇빛 부인은 항상 우릴 방해한단 말이야. 들어주지 말자. 들을 가치도 없으니까."

그래도 바람은 꿈쩍도 하지 않았다.

햇빛이 이야기를 시작했다. "백조 한 마리가 파도치는 바다 위를 날아갔단다. 백조의 깃털은 순금처럼 눈부시게 빛났어. 그런데 깃털 하나가, 거대한 돛대를 달고 흰 돛을 잔뜩 부풀리고 지나가던 큰 상선에 떨어졌어. 깃털은 물건을 관리하는 청년의 고수머리에 떨어졌어. 선원들은 그 청년을 '화물 관리인'이라 불렀지. 행운의 새에게서 떨어진 깃털은 그의 이마에 닿자 펜이 되었어. 청년은 곧 부유한 상인이 되어 금으로 귀족의 방패를 받들 수 있게 되었지. 난 그 방패 위를 찬란하게 비추었단다.

백조는 계속해서 푸른 초원 위로 날아갔어. 그곳에서는 일곱 살 짜리 어린 소년이 양을 지키고 있었지. 소년은 오래된 나무 그늘 아래 누워서 쉬고 있었어. 날아가던 백조가 나뭇잎 하나에 입을 맞추자 나뭇잎이 잠자는 소년 옆에 떨어졌어. 나뭇잎 하나가 열 개가 되고 나중에는 책이 되었지. 소년은 그 책에서 자연의 신비와 모국어와 신앙과 지식을 공부했어. 소년은 밤이 되면 읽은 것을 잊어버리지 않으려고 책을 베고 잤지. 소년은 그 책 덕택으로 학교에 가게 되었고 학문의 세계로 들어서게 되었어. 위대한 학자들 사이에 있는 그의 이름을 읽은 적이 있지.

백조는 이번에는 인적이 드문 숲으로 날아갔어. 그곳엔 사과나무가 가지를 땅으로 늘어뜨리고 서 있었고 산비둘기와 뻐꾸기가 살고 있었지. 새들은 수련이 활짝 피어 있는 깊은 호숫가에서 쉬고 있었어.

그때 한 가난한 부인이 땔감을 구하려고 나왔어. 부인은 나뭇가지를 모아 등에 지고 어린아이를 품에 안고서 돌아갔지. 부인은 집으로 가는 길에 행운의 새인 황금빛 백조가 거대한 날개를 퍼덕이며 둥지에서 갈대 숲으로 날아오르는 것을 보았단다. 그런데 눈부신 뭔가가 보였지. 그게 무엇이었겠어? 바로 황금 알이었어. 부인은 황금 알을 주워서 옷 속에 넣었는데, 뭔가 꿈틀거리는 느낌이 들었어. 알 속에 새끼가 들어 있었을까? 아니면, 부인의 심장이 뛰는 소리였는지도 모르지.

오두막집에 도착한 부인은 알을 꺼냈어. 그런데 알이 황금 시계처럼 째깍째깍 하는 게 아니겠어? 그것은 바로 새끼가 들어 있는 알이었던 거야. 껍질이 깨지고 작은 백조가 고개를 내밀었어. 황금빛 백조 새끼가 말야. 깃털이 순금처럼 찬란하게 반짝였고 목에는 네 개의 반지가 달려 있었지. 마침 부인에겐 네 아들이 있었거든. 부인은 반가워서 얼른 반지를 빼냈어. 아들을 위한 반지라는 걸 알아차린 거지. 그러자 작은 황금 새는 날개를 펴고 날아가 버렸어.

부인은 반지에 입을 맞추고 아들들 손가락에 하나씩 끼워 주면서 입을 맞추라고 했지. 모두 사실이야. 난 그 다음에 어떻게 되었는지도 알아.

한 아이는 진흙 구덩이로 달려가서 축축한 진흙으로 금양털을 가진 야손 용사의 상을 만들었어. 또 한 아이는 온갖 화려한 꽃들이 피어 있는 초원으로 달려갔지. 그 아이는 꽃을 꺾어 손에 꽉 쥐고 눌렀어. 그러자 꽃즙이 반지를 적시고 그의 눈으로 튀겼지. 그의 마음과 손에는 수많은 그림들이 그려졌어. 여러 해가 지난 후, 코펜하겐 사람들 사이에서는 이 위대한 화가에 대한 이야기가 오르내렸지.

세 번째 아이는 반지를 입에 넣었어. 그러자 음악이 흘러 나왔지. 백조처럼 날 수 있는 마음속 깊은 곳에서 울려나오는 메아리였어. 메아리는 노래를 부르며 생각의 근원인 깊은 호수로 잠겨 들었어. 그는 위대한 음악의 거장이 되었지. 세계 사람들이 모두 그를 자기네 나라 사람이라고 주장했단다.

네 번째 아이는 속죄양이었어. 부인이 황금 알을 발견했을 때 어머니와 함께 인적이 드문 숲 속에 있었던 바로 그 아이였지. 사람들은 가끔 그의 뒤를 따라다니며 외쳤지. '야, 혀에 백태가 낀 아이야. 넌 후추와 버터로 치료해야 해. 병든 병아리처럼 말야.' 하고. 그건 좋은 뜻으로 한 말이 아니었어. 사람들은 그에게 버터와 후추를 많이 주었지. 하지만 난 그에게 입을 맞추어 주었어. 다른 사람에게 한 번 입을 맞출 때마다 그에게는 열 번을 해 주었지. 그는 시인이었기 때문에 매질과 입맞춤을 받은 거야. 그는 아직도 행운의 새인 황금 백조가 준 행운의 반지를 가지고 있었어. 그의 생각은 황금 나비처럼 날아다녔지. 나비는 영원 불멸의 상징이거든."

"정말 긴 이야기네." 바람이 말했다.

"그리고 지루해." 비가 말했다. 그리고는 바람을 돌아보며 말했다. "나에게 입김 좀 불어 줘. 기절할 것 같아."

그러자 바람이 윙윙거리며 불어 대기 시작했다. 하지만 햇빛은 이야기를 계속했다. "황금 백조는 어부들이 그물을 던져 고기를 잡는 거대한 바다로 날아갔어. 제일 가난한 어부는 결혼하는 소망을 가지고 있었지. 그는 그럴 형편이 못 되었지만 결혼을 했어. 백조는 그에게 호박 하나를 가져다주었어. 호박은 집에 행복을 가져다 준다잖아. 호박에서는 아름다운 향내가 나지. 하느님의 교회에서 나는 향기이자 자연의 향기 말야. 호박은 그의 집에 태양처럼 밝은 행복을 가져다주었어."

"그만 해! 이제 너무 지루하단 말야." 바람이 말했다.

"나도 그래." 비가 말했다.

이 이야기를 다 들은 우린 이렇게 묻는다. "그게 전부예요? 벌써 끝났어요?"

# 144
## 증조 할아버지

할아버지는 매우 자애롭고 재치 있는 분이었다. 우리 가족은 모두 할아버지를 존경했다. 내가 기억하는 한 그는 할아버지라고 불리다가 프레데리크 형이 아들을 낳자 증조 할아버지가 되었다. 그 자리는 할아버지가 오를 수 있는 최고의 자리였다. 그는 우리 가족 모두를 극진히 사랑했지만 우리가 사는 시대는 사랑하지 않았다. 할아버지는 이렇게 말하곤 했다. "옛날이 좋았어. 그때는 더 여유가 있었고 앞날을 내다볼 수 있었지. 하지만 지금은 모든 것이 너무 빨리 변하고 가치관이 거꾸로 되어 버렸어. 젊은이들은 위아래를 구별할 줄도 모르고 왕에게도 친구에게 말하듯이 하지. 길가에 있는 도랑물에 누더기를 적셔서 점잖은 신사의 머리 위에 대고 짜도 뭐라고 하는 사람이 없어."

할아버지는 이런 말을 할 때면 화가 나서 얼굴이 붉어졌지만, 잠시 후에는 다시 즐거운 미소를 지으며 이렇게 말했다. "그래, 내가 잘못 생각하고 있는지도 모르지. 난 아직도 옛날만 생각하고 새 시대를 받아들이지 못하니까. 하느님께서 이 새 시대를 인도하시기를!"

할아버지가 옛날 이야기를 할 때면, 나는 옛날로 되돌아가 있는 듯한 기분이었다. 그럴 때면 나는 상상의 나래를 편다.

나는 호위병을 거느린 황금 마차를 타고 달리고 있다. 깃발을 펄럭이며 음악을 울리며 새 건물로 이사하는 상인 조합의 행렬이 보인다. 나는 크리스마스 전야 축제에서 벌금 놀이를 하고 무언극에서 연극을 하기도 한다. 그 시대에도 끔찍하고 추악한 일들이 일어났다. 사람의 머리를 베어서 지나가는 행인들이 보도록 말뚝에 달아 놓기도 했다. 하지만 지나간 시대의 이 끔찍한 것들 속에는 사람의 마음을 끄는 것이 숨어 있어서 어떤 사람들은 그에 자극 받아 아름다운 일을 하기도 했다. 할아버지는 농부에게 자유를 준 덴마크의 귀족들과 노예 거래를 폐지한 덴마크의 왕자에 대해서도 이야기해 주었다.

이런 이야기와 할아버지가 젊었을 때의 이야기를 듣는 것은 매우 흥미진진했으나, 할아버지가 태어나기 이전 시대야말로 더 흥미롭고 좋았다. 당시에는 힘이 세고 개성 있는 사람들이 많았다.

"야만적인 시대였군요. 그런 시대가 지나간 게 천만다행이에요." 프레데리크 형이 할아버지에게 말했다. 할아버지가 계신 자리에서 그런 말을 하는 것은 예의 있는 행동이 아니라고 생각했지만, 나는 형을 존경했다. 그는 믿음직스런 맏형이었으니까. 형 말에 의하면 자기가 나의 아버지뻘이 된다고 했다. 형은 자기 반에서 1등으로 고등학교를 졸업했으며 형을 신임한 아버지는 형을 사업에 끌어들일 생각을 하였다. 형과 할아버지는 늘 다투었지만, 그래도 형만큼 할아버지와 친한 사람은 없었다. 가족들은 두 사람이 서로를 절대로 이해하지 못할 거라고 말했다. 하지만 나는 아직 어리긴 했지만 두 사람이 서로에게 꼭 필요한 존재라는 것을 알았다.

할아버지는 프레데리크 형이 우리 시대의 기이하고 놀라운 자연의 신비와 같은 첨단 과학에 대해 이야기하면 눈을 빛내며 열심히 귀를 기울였다.

이런 이야기를 들으면 할아버지는 항상 이렇게 말했다. "사람들의 지혜가 옛날보다 더 발달했는지는 모르지만, 더 나아진 건 없어. 사람들은 서로를 파괴하려고 끔찍한 무기를 발명하는 데 지식을 이용하지."

"그러면 전쟁도 더 빨리 끝나겠죠. 평화를 얻기 위해 7년씩이나 싸우지 않아도 될 거예요. 지구상엔 인구가 너무 많으니까 인구를 줄이려면 좀 피를 흘려도 괜찮겠죠, 뭐." 프레데리크 형도 지지 않고 말했다.

어느 날, 프레데리크 형이 할아버지에게 어느 작은 도시에서 실제로 일어난 사건을 이야기해 주었다. 그곳 시청에 걸린 커다란 시계는 도시 사람들에게 시간을 알려 주었는데, 이 시계는 시간이 정확하지 않았다. 하지만 도시 사람들은 시계가 맞지 않는다는 것을 알고 있었기 때문에 큰 문제가 되지는 않았다. 그런데 이 도시에 철도가 생겼다. 이 철도는 다른 도시를 통과했으며 유럽에 있는 거대한 나라와 이 도시를 연결했다. 예정대로 기차를 운행하려면 정확한 시간을 알아야 했다. 그래서 철도역에 시간이 정확한 시계가 걸리게 되었고, 도시 사람들은 그 시계에 자기 시계를 맞추었다.

나는 그 이야기를 듣고 웃으며 아주 재미있다고 생각했다. 하지만 할아버지는 아주 심각한 표정이었다.

"네 이야기에는 교훈이 담겨 있구나. 네 얘기를 이해하지 못할 정도로 늙지는 않았단다. 네가 왜 그 이야기를 했는지 알겠다. 하지만 네 이야기를 들으니까 내가 어렸을 때 우리 집에 있던 할아버지의 낡은 시계가 생각나는구나. 그 시계에는 납으로 된 추만 달려 있었지만 우린 그 시계로 시간을 알았단다. 시간이 정확하진 않았지만 바늘은 계속 움직였지. 우리는 시계 바늘이 가리키는 대로만 믿고 그 안에 들어 있는 기계 장치에 대해서는 생각하지 않았지. 국가라는 거대한 시계도 마찬가지야. 우리는 눈에 보이는 시계 바늘을 보며 그것이 정확한 시간을 가리키고 있다고 믿었지. 그런데 지금은 국가라는 시계가 유리로 만들어져 그 안에 들어 있는 기계 장치가 모두 들여다보이지. 그래서 작은 바퀴들이 움직이는 것을 훤히 들여다볼 수 있게 되었어. 그래서 우리는 그 중 하나가 갑자기 멈추면 시간을 알 수 없게 된다는 두려움을 느끼기 시작했어. 우리가 어린 시절에 가졌던 믿음을 잃어버린 것이지. 그게 바로 이 시대의 약점이야."

이렇게 이야기할 때면 할아버지의 노여움은 점점 더해 갔다. 할아버지와 형은 영원히 조화를 이룰 수는 없었지만, 과거와 현재처럼 떨어질 수도 없는 사이였다. 형이 멀리 여행을 떠나게 되었을 때 두 사람은 이 점을 실감했다. 다른 가족들도 마찬가지였다. 형은 사업차 지구 반대편에 있는 머나먼 미국으로 떠나게 되었다. 할아버지에게는 참으로 슬픈 이별이었다.

"2주일에 한 번씩 편지를 드릴게요. 하지만 편지보다는 전보를 통해서 제 소식을 더 빨리 들을 수 있을 거예요. 그걸 이용하면 며칠 걸리는 것이 몇 시간 걸리고, 몇 시간 걸리는 것이 몇 분 걸리니까요." 형이 할아버지를 위로했다.

형은 영국에서 배를 타기 전에 전보로 안부를 전해 왔다. 전보 배달부는 하늘에 떠다니는 구름이었지만 편지보다 더 빨리 도착했다. 형이 미국에 도착했을 때 우리는 도착한 지 불과 몇 시간만에 도착했다는 소식을 들었다.

"이것은 하느님이 우리에게 허락해 준 멋진 일이야. 인류에게 축복이지!" 할아버지가 말했다.

"이런 자연의 힘을 처음으로 발견하여 세상에 알린 것은 우리가 살고 있는 덴마크였대요. 형이 그랬어요." 내가 자랑스럽게 말했다.

할아버지는 대견하다는 듯이 웃으면서 내게 입을 맞추었다. "그렇지. 처음으로 자기와 전기를 이해했던 그 사람을 만난 적이 있단다. 그는 눈빛이 아주 다정했지. 너처럼 순진한 어린아이의 눈빛이었어. 난 그와 악수를 했단다." 할아버지가 다시 내게 입을 맞추었다.

7개월이 지난 후 프레데리크 형은 사랑스러운 아가씨와 약혼했다는 편지를 보내 왔다. 편지에는 온 가족이 틀림없이 기뻐할 것이라는 말과 함께 약혼녀의 사진도 들어 있었다. 우리 가족들은 확대경을 가지고 그녀의 사진을 이리 뜯어보고 저리 뜯어보았다. 사진을 통해 실제 모습이 어떤지를 보는 데는 확대경만큼 훌륭한 것이 없었다. 아무리 훌륭한 화가라도 확대경만큼 실물과 비슷하게 그릴 수는 없었을 것이다.

"옛날에 이런 발명품이 있었다면 얼마나 좋았겠니? 그랬다면 우리보다 먼저 살다 간 위인들과 훌륭한 사람들을 직접 볼 수 있었을 텐데 말야. 참으로 사랑스럽게 생긴 아가씨로구나. 길거리에서 이 아가씨를 보더라도 금방 알아볼 수 있겠는걸." 할아버지가 사진을 들여다보며 말했다.

하지만 우리는 하마터면 그 아가씨를 보지 못할 뻔했다. 다행히도 우리는 그들이 죽을 뻔했던 사건이 끝난 후에야 그런 일이 있었다는 소식을 듣게 되었다. 갓 결혼한 형 부부는 행복과 기쁨에 가득 차 영국에 무사히 도착했다. 그들은 그곳에서 코펜하겐으로 오는 증기선에 올랐다. 그런데 유틀란트 해안이 보이는 곳에 이르렀을 때 거센 폭풍우가 일어 배가 암초에 부딪쳐 좌초되고 말았다. 미친 듯이 날뛰는 파도에 금방이라도 구명 보트가 산산조각이 날 것만 같았다. 사람들은 흰모래 언덕에 서서 금방이라도 사나운 바다 속에 잠겨 버릴 듯이 좌초된 배를 지켜보았다.

밤이 되자 승객들은 희망을 잃기 시작했다. 바로 그때, 캄캄한 어둠을 뚫고 로켓이 밧줄을 달고 날아왔다. 해안에서 쏘아 올린 밧줄이었다. 배 안에 있던 사람들은 밧줄을 놓치지 않으려고 필사적으로 붙들었다. 그래서 배는 해안과 연결되었다. 튼튼한 밧줄에 묶인 구명구가 해안으로 서서히 끌어당겨졌다. 젊고 예쁜 신부도 굽이치는 파도를 헤치고 해안에 내려섰다. 얼마 후 신랑이 구조되어 옆에 섰을 때 느낀 행복감은 이루 말할 수 없었다. 날이 밝기 전에 배에 있던 사람들이 모두 무사히 구조되었다.

그 시간에 코펜하겐에 있던 우리 식구들은 달콤한 잠에 빠져 있었다. 위험이나 슬픔 같은 것은 상상도 못한 채 말이다. 아침 식사를 하고 있을 때 영국 선박이 서해안에서 좌초되었다는 소식이 들렸다. 마을에 있던 누군가 그런 전보를 받은 것이다. 우리는 모두 얼굴이 새파랗게 질렸다. 하지만 한 시간도 못되어 형 부부에게서 전보가 왔다. 무사히 구조되었으며 곧 집에 도착한다는 내용이었다.

우리는 모두 울었다. 나도 울고, 할아버지도 울며 두 손을 포갰다. 할아버지는 분명히 새 시대를 축복했을 것이다. 이날 할아버지는 한스 크리스티안 외르스테드의 기념비를 위해 200마르크를 기부했다.

집에 도착하여 그 얘기를 들은 프레데리크 형이 할아버지에게 이렇게 말했다. "잘 하셨어요! 외르스테드가 옛 시대와 우리 시대에 대해 쓴 것을 읽어 드릴게요."

"그도 너와 같은 생각을 가졌겠지?"

"잘 아시네요. 할아버지도 같은 생각이시잖아요. 그러니까 그의 기념비를 세우도록 돈을 기부하신 거구요." 형이 웃으며 말했다.

# 145
## 촛불들

옛날에 커다란 밀랍 양초가 있었다. 이 밀랍 양초는 자신이 누구인지를 잘 알고 있었다.

"난 밀랍에서 태어났단다. 녹인 초에 심지를 넣은 것이 아니라 모양을 떠서 만든 거라구. 내 불빛은 다른 초보다 더 밝고, 더 오래가지. 내 자리는 샹들리에나 은촛대 위야." 밀랍 양초가 말했다.

"그것 참 멋지겠구나. 난 보통 수지에서 태어났지만, 여덟 번이나 담가 정성 들여 만들어졌기 때문에 허리가 잘록하고 예쁘지. 그렇게 만들어지지 않은 수지 초도 있거든. 난 만족해. 밀랍에서 태어나는 것이 더 좋긴 하겠지만 말야. 하지만 태어나고 싶은 곳을 우리가 결정할 수는 없는 노릇이잖아. 밀랍 양초들은 화려한 거실에 놓여지지만 난 부엌에 놓여지지. 거기도 괜찮은 곳이야. 온 가족을 위한 음식이 만들어지는 곳이니까." 수지 초가 말했다.

"음식보다 더 중요한 게 있어. 그건 사교야. 다른 초들이 빛을 낼 때 빛을 내는 것이지. 오늘 저녁에 무도회가 있어. 그래서 나와 온 가족이 그곳으로 가게 된단다."

밀랍 양초의 말이 끝나자마자, 그 집 여주인이 와서 밀랍 양초를 가져갔다. 부인은 작은 수지 초도 가져가 부엌에 세워 놓았다. 부엌에는 작은 소년이 감자가 가득 든 바구니를 들고 서 있었다. 바구니엔 사과도 몇 개 있었다. 마음씨 고운 부인이 가난한 소년에게 준 것이다.

"이것도 가져가렴, 애야. 네 엄마가 밤늦게까지 일할 때가 많잖니." 부인이 수지 초를 바구니에 넣어 주며 말했다.

그 옆에 서 있던 그 집 어린 딸이 '밤늦게까지'라는 말을 듣자 미소를 지었다.

"우리 집에서 무도회가 열려. 빨간 리본을 단 옷을 입을 거야. 오늘 밤엔 늦게까지 자지 않아도 돼." 소녀가 기대에 차서 눈을 반짝이며 말했다. 어떤 밀랍 양초라도 소녀의 두 눈처럼 그렇게 환하게 빛나지는 못했을 것이다.

그 모습을 본 수지 초가 생각했다. '정말 눈부신 모습이야. 영원히 잊지 못할 거야. 이렇게 행복해하는 모습은 두 번 다시 보지 못할 거야.'

수지 초는 바구니에 넣어져서 소년과 함께 그 집을 떠났다.

'난 어디로 가는 걸까? 놋쇠 촛대도 없는 가난한 사람들에게 갈지도 몰라. 밀랍 양초는 은촛대에 앉아서 고귀한 사람들을 보겠지. 하지만 밀랍이 아닌 수지에서 태어난 건 내 운명인데, 뭘.'

수지 초는 세 아이들과 함께 과부가 살고 있는 작고 누추한 집으로 갔다. 천장이 낮은 방의 작은 창문을 통해 길 건너편에 있는 커다란 부잣집이 보였다.

"이런 것을 다 주시다니, 그 착한 부인에게 축복을 내리소서! 밤늦게까지 불을 밝힐 수 있겠구나." 소년의 어머니는 수지 초를 보자 매우 기뻐했다.

이윽고 수지 초에 불이 켜졌다.

'어휴, 유황 성냥 냄새가 고약하군. 밀랍 양초에겐 이 따위 성냥으로 불을 붙이지 않겠지?' 수지 초가 투덜거렸다.

길 건너편에 있는 부잣집 초에도 불이 켜졌다. 창문을 통해 촛불의 빛이 거리로 환히 새어 나왔다. 마차가 자갈길을 덜컹거리며 달려 집 앞에 도착할 때마다 화려하게 치장한 무도회의 손님들이 도착했고 곧이어 음악도 울려 퍼졌다.

'이제 저 부잣집에서 무도회가 시작되는가 봐. 그렇게 눈부신 눈은 다시는 보지 못할 거야.' 수지 초는 밀랍 양초보다 더 환하게 반짝이던 부잣집 딸의 눈을 떠올리며 생각했다.

과부 집의 막내도 어린 소녀였다. 소녀는 오빠와 언니의 목을 껴안고 속삭였다. "오늘 저녁에 따뜻한 감자를 먹는대." 그녀의 얼굴이 행복감으로 환하게 빛났다. "우리 집에서 무도회가 열려. 빨간 리본을 단 옷을 입을 거야." 하고 말하던 부잣집 딸의 두 눈처럼 행복해 보였다.

수지 초는 고개를 갸우뚱했다. '따뜻한 감자를 먹는 게 빨간 리본을 단 옷을 입는 것처럼 그렇게 즐거운 일인가? 둘 다 똑같이 기뻐하니 알 수 없는 노릇이군.'

수지 초는 재채기를 했다. 그것은 촛불이 바지지하며 꺼졌다는 뜻이다.

식탁이 차려지고 모두들 따뜻한 감자를 먹었다. 오, 얼마나 맛있는 감자인가! 게다가 후식으로 사과까지 먹었다. 막내 아이가 기도를 암송했다.

선하신 하느님, 하느님의 뜻에 감사드립니다.
하느님이 저를 다시 배부르게 하셨나이다. 아멘!

"엄마, 잘 했어요?" 막내 아이가 어머니에게 물었다.

어머니는 미소를 지으며 고개를 저었다. "그런 말은 묻지 않는 거란다. 그런 생각도 하는 게 아니지. 중요한 건 하느님께서 우리에게 베풀어 주신 것을 감사하게 생각한다는 것이야."

아이들이 모두 잠자리에 들었다. 어머니가 입을 맞추어 주자 그들은 금세 잠속으로 빠져들었다. 어머니는 가족의 생계를 꾸려가기 위해 밤늦도록 바느질을 했다. 길 건너편 부잣집에서는 아직도 촛불들이 타오르고, 음악이 흘러나오고 있었다. 하늘에서는 별들이 초롱초롱 빛났다. 별들은 부잣집 지붕 위에서도, 가난한 집 지붕 위에서도 똑같이 밝고 아름답게 빛났다.

'정말 아름다운 저녁이었어. 은촛대에 앉은 밀랍 양초들은 나보다 더 아름다운 저녁을 보냈을까? 내가 다 타 버리기 전에 그걸 알고 싶어.'

수지 초는 이런 생각을 하며 똑같이 행복해하던 두 소녀의 얼굴을 떠올렸다. 밀랍 양초의 불빛을 받아 환하게 빛나던 부잣집 소녀의 얼굴과 수지 초의 불빛을 받아 환하게 빛나던 가난한 집 소녀의 얼굴을 말이다.

밀랍 양초나 수지 초가 다 타 없어지고 남은 게 없듯이 이 이야기는 여기서 끝이다.


# 146
# 가장 믿을 수 없는 것

아주 옛날 이야기이다. 가장 믿을 수 없는 일을 하는 사람이 공주와 결혼하고 나라의 절반을 얻을 수 있게 되었다. 젊은이들은 말할 것도 없고 늙은 사람들까지도 너 나 할 것 없이 믿을 수 없는 일을 하려고 머리를 짜내고, 모든 힘과 정력을 쏟았다. 어떤 사람은 믿을 수 없는 일을 해 보이려고 먹다가 죽었고, 어떤 한 사람은 술을 마시다가 죽었다. 하지만 그것은 미련한 방법이었다. 골목 개구쟁이들은 자기 등에 침을 뱉는 연습을 했다. 이것이 가장 믿을 수 없는 일이라고 생각했기 때문이다.

드디어 각자 믿을 수 없는 일을 다른 사람에게 보여 줄 수 있는 날이 정해지고 심사 위원도 정해졌다. 심사 위원은 세 살 된 어린아이에서부터 아흔 살 된 노인에 이르기까지 다양했다.

곧 가장 믿을 수 없는 것들의 전시회가 열렸고, 심사 위원과 관객들은 모두 만장일치로 커다란 시계를 가장 믿을 수 없는 것으로 뽑았다. 안팎이 귀엽고 솜씨 있게 만들어진 그 시계는 매 시간 종이 울릴 때마다 작은 형상들이 나타나서 몇 시인지를 이야기해 주었다. 그러니까 형상들은 모두 12개였다.

"참으로 믿을 수 없는 것이야!" 사람들은 이구동성으로 이렇게 말했다.

시계 종이 한 번을 치자, 모세가 나와 첫 계명을 썼다. "하느님 외에 다른 신은 없다."

시계 종이 두 번을 치자, 에덴 동산이 나타나고 아담과 이브가 보였다. 그들은 옷장 하나 없었지만 왕처럼 행복해했다.

시계 종이 세 번을 치자, 동방 박사 세 사람이 값진 선물을 가지고 나타났다. 그 중 한 사람은 피부가 검었다.

시계가 네 번을 치자, 사계절이 나타났다. 봄은 뻐꾸기와 싹이 돋아난 너도밤나무 가지를, 여름은 여문 밀 다발 위에 앉은 메뚜기를, 가을은 황새가 날아가고 텅 빈 황새 둥지를, 겨울은 길고 추운 겨울밤에 옛날 추억이 담긴 이야기를 할 줄 아는 늙은 까마귀를 들고 나왔다.

시계가 다섯 번을 치자, 다섯 가지 감각이 나타났다. 시각은 시력을 측정하는 의사, 청각은 구리 세공인, 후각은 제비꽃을 파는 할머니, 미각은 요리사, 그리고 촉각은 검은 상장이 발뒤꿈치까지 내려온 장의사 옷을 입고 나타났다.

시계가 여섯 번을 치자, 도박꾼이 나타났다. 그가 주사위를 던지자 6이라는 숫자가 나왔다.

그 다음에는 7개의 요일들이 나왔다. 아니면 그것들은 7개의 대죄악이었는지도 모른다. 그것을 아는 사람은 아무도 없었다. 아무튼 그것들은 서로 떨어질 수 없는 사이였다.

종이 여덟 번 울리자, 수도사들이 저녁 예배를 올렸다.

아홉 번을 쳤을 때는 9명의 뮤즈들이 나타났다. 한 뮤즈는 천문대에서 일했고, 한 뮤즈는 역사 문서를 보관하는 도서관에, 나머지 뮤즈는 극장에 소속되어 있었다.

종이 열 번 울리자, 모세가 다시 십계명 석판을 들고 나타났다. 석판에는 하느님의 십계명이 쓰여 있었다.

시계가 다시 울리자, 이번에는 열한 명의 아이들이 뛰어 나왔다. 그들은 깡충

깡충 뛰어다니며 노래를 불렀다.

　이제 마지막 한 번이 남아 있었다. 마지막으로 시계가 열두 번을 치자, 대못이 달린 곤봉을 든 야경꾼이 나와 자정의 노래를 불렀다.


　　우리의 구세주인 예수 그리스도가
　　태어난 것은 한밤중이었다네!


　그가 노래를 부르자 장미꽃들이 피어나더니 무지개 빛깔의 날개를 단 천사들의 모습으로 변했다.

　참으로 아름다운 광경이었으며, 감미로운 노래들이었다. 이 시계가 하나밖에 없는 훌륭한 예술품이며 '가장 믿을 수 없는 것'이라고 모두들 입을 모아 말했다. 이 시계를 만든 사람은 젊은 예술가였다. 그는 마음씨가 착하고, 어린아이처럼 쾌활한 성격을 지녔으며, 모든 사람에게 친절하고 다정했고, 가난한 늙은 부모에게 정성을 다해 효도하는 청년이었다. 이 청년이야말로 공주와 나라의 절반을 얻을 자격이 있었다.

　드디어 대회 우승자를 발표하는 날이 되었다. 온 도시가 화려하게 장식되고 공주는 옥좌에 앉아 있었다. 옥좌에는 말털이 새로 깔렸지만, 전보다 더 편안하고 안락하지는 않았다. 심사 위원들은 행운을 얻게 될 청년을 몰래 훔쳐보며 속삭였다. 청년은 매우 행복한 표정이었다. 바로 그가 가장 믿을 수 없는 것을 만들었으니 당연했다.

　바로 그때 키가 크고 건장하게 생긴 남자가 안으로 들어서며 소리쳤다. "기다리시오! 내가 가장 믿을 수 없는 일을 해 보이겠소. 그런 일엔 내가 적임자지."

　남자는 말을 마치자 커다란 도끼를 휘둘러 예술품을 부수고 말았다. 쿵! 톱니바퀴와 스프링과 형상들이 모두 산산조각이 나서 사방으로 날아갔다.

　"이런 일을 할 수 있는 사람은 나뿐이오! 그는 예술품을 만들었지만 그걸 부순 사람은 바로 나요. 그것이야말로 가장 믿을 수 없는 일이 아니오?" 남자가 심사 위원을 돌아보며 말했다.

　"이렇게 훌륭한 예술품을 박살내다니! 그야말로 믿을 수 없는 일이로군." 심사 위원들이 입을 모아 말했다.

모여 있던 사람들도 이구동성으로 똑같은 말을 되풀이했다. 그리하여 남자는 공주와 나라의 절반을 얻게 되었다. 참으로 어처구니없는 일이지만 어쨌든 법은 법이니까 어쩔 수 없었다.

나팔 소리가 울려 퍼지고 결혼식에 대한 소식이 온 도시에 알려졌다. 가장 불행한 사람은 공주였다. 그래도 공주는 아름다워 보였으며 옷도 화려했다. 교회마다 촛불이 환히 밝혀졌다. 결혼식은 당시 유행대로 저녁에 있을 예정이었다. 귀족 아가씨들이 공주를 수행했고, 귀족 청년들은 신랑을 호위했다. 그들은 노래를 부르며 제단 앞으로 걸어갔다.

신랑은 거만하게 주위를 둘러보며 고개를 꼿꼿이 세우고 걸었다.

노랫소리가 멈추자 주위가 너무도 고요해서 바닥에 바늘이 떨어지는 소리도 들릴 지경이었다. 그때 거대한 교회 문들이 휙 열리는 바람에 정적이 깨졌다.

"쿵, 쿵!" 거대한 시계가 복도를 걸어 들어와서 신랑과 신부 사이에 섰다. 죽은 사람은 다시 살아올 수 없지만 예술품은 그럴 수 있는 법이다. 커다란 도끼로 예술품의 몸은 산산조각 낼 수 있었지만 정신만은 그 어떤 도끼로도 부술 수 없었던 것이다.

시계는 부서지기 전과 똑같아 보였다. 시계가 연속해서 종을 울리자 시계 속의 모든 인물들이 한꺼번에 나타났다. 처음에는 모세가 나타나 무거운 십계명 석판을 신랑의 발 아래 던졌다. 그는 몹시 화가 나 있어서 눈에서 불꽃이 튀는 것만 같았다.

"난 그걸 다시 주울 수가 없어. 네가 내 팔을 잘라 버렸거든." 모세가 말했다.

신랑은 발이 석판에 붙들려 꼼짝할 수 없었다.

이어서 아담과 이브, 동방 박사들, 사계절이 나타났다. 모두들 신랑을 조롱했다. "부끄러운 줄 알아!"

하지만 신랑은 전혀 부끄러워 하지 않았다.

종소리가 울릴 때마다 나타난 형상들은 점점 더 커져서 교회를 꽉 채웠다. 열두 번째 종이 울려 야경꾼이 나타나자 사람들이 옆으로 비켜섰다. 야경꾼은 곧바로 신랑한테 걸어가 바닥에 떨어뜨렸던 곤봉으로 신랑을 세게 내리쳤다.

"여기 이대로 있거라! 다시는 일어나지 말라. 우리는 복수를 했도다. 우리 주인도 복수를 했도다. 이제 그만 돌아가자." 파수꾼이 소리쳤다.

그러자 시계가 사라지고 다시는 보이지 않았다. 교회 안 곳곳에서 불을 밝히던 촛불들이 커다란 불꽃이 되었으며 천장에서는 황금빛 별들이 타오르는 불처럼 환하게 반짝였고, 오르간이 저절로 울려 퍼지기 시작했다. 거기 모인 사람들은 모두 입을 모아, "이것이야말로 우리가 보지 못했던 믿을 수 없는 일이야!" 하고 말했다.

"자, 이제 마땅히 결혼해야 할 사람과 결혼하겠어요. 시계를 만든 사람을 저의 남편이자 주인으로 섬기고 싶어요." 공주가 말했다.

마침 시계를 만든 청년은 교회에 있었다. 사람들이 그의 주위로 몰려들어 그를 호위했다. 모두가 기뻐하며 그를 축복해 주었다. 그를 질투하는 사람은 아무도 없었다. 이것이야말로 가장 믿을 수 없는 일이었다!


# 147
## 온 가족이 말한 것

꽃꽃꽃꽃꽃꽃꽃꽃꽃꽃꽃


온 가족이 무엇을 말했을까? 우선 꼬마 마리가 무슨 말을 했는지 들어보자.

오늘은 꼬마 마리의 생일이었다. 마리에겐 가장 신나는 날이기도 했다. 친구들이 모두 와서 놀아 주었고, 제일 멋진 옷을 입었다. 할머니가 직접 만들어 주신 옷이었다. 마리의 방에 있는 탁자에는 선물들이 가득 쌓여 있었다. 소담하게 차려진 작은 부엌도 있었으며, 부엌에는 냄비와 항아리들도 있었다. 그리고 배를 누르면 눈을 이리저리 굴리며 "아야!" 하고 소리지르는 인형도 있었다. 멋진 그림이 그려진 그림책도 있었고, 마리는 아직 글을 읽지 못했지만, 멋진 이야기가 들어 있는 동화책도 있었다. 하지만 제일 아름다운 동화는 생일이었다. 그것도 수많은 생일 말이다.

"그래, 산다는 건 신나는 일이야!" 꼬마 마리가 말하자, 대부는 인생은 가장 아름다운 동화라고 덧붙였다.

바로 옆방에는 마리의 두 오빠가 있었다. 한 오빠는 아홉 살이고, 다른 오빠는 열한 살이었다. 이들도 사는 것은 멋진 일이라고 생각했다. 마리와 같은 꼬마애들처럼 사는 것이 아니라 자기 나이에 맞게 사는 것이 말이다. 남학생과 치고받고 싸우고, 좋은 성적표를 받고, 겨울에는 스케이트를 지치고, 여름에는 자전거를 타는 것, 이것이 바로 이들의 삶이었다. 이들이 읽는 책은 기사, 지하 감옥이 있는 성, 아프리카를 탐험한 탐험가들에 관한 것이었다. 이런 책들은 기초를 배우는 데 좋았다. 한 오빠는 남 모르는 걱정거리가 있었는데, 그것은 자신이 커서 모험을 할 때쯤이면 이 세상에 있는 모든 것이 발견되어 모험할 것이 없어지면 어쩌나 하는 것이었다. 이 오빠는 동화에서처럼 모험을 떠나고 싶었던 것이다.

"아무렴, 인생은 가장 아름다운 동화지. 우리가 바로 그 동화 속 주인공이니까 말야." 대부가 말했다.

이 아이들이 뛰어놀며 사는 곳은 1층이었다. 위층엔 다른 가족이 살고 있었다. 위층 집에도 아이들이 있었지만, 그들은 어른이 되어 둥지를 떠났다. 제일 어린 아들은 열일곱 살, 그 위는 스무 살, 그리고 장남은 꼬마 마리의 눈에는 매우 늙어 보였다. 그는 스물다섯 살인데 약혼을 한 상태였다. 이들은 행운아들이어서, 좋은 부모를 만나 좋은 옷을 입고 자신이 원하는 것이 무엇인지 잘 아는 총명한 아이들이었다.

"앞으로 전진! 낡은 판자 울타리를 부수고 드넓은 세상으로! 세상은 멋진 곳이야. 대부의 말씀이 옳아. 인생은 가장 멋진 동화라구!"

그들의 어머니와 아버지는 나이가 많았다. 그들 자식보다 나이가 많은 것은 당연했다. 그들은 입가에 미소를 지으며 말했다. "저 애들은 참으로 젊어. 이 세상 모든 일이 저 애들이 원하는 대로 되진 않겠지만 인생이 가장 멋진 동화인 것만은 사실이야."

이 가족이 살고 있는 곳 위층에, 그러니까 하늘과 더 가까운 곳인 다락방에는 대부가 살고 있었다. 대부는 늙었지만 마음은 젊었으며 알고 있는 이야기가 많았고, 길고 재미있는 이야기도 많이 알았다. 드넓은 세상 멀리 여행을 한 적이 있는 대부의 방에는 여러 나라에서 가져 온 온갖 진귀한 물건들이 있었다. 벽에는 그림들이 가득 걸려 있었고 창문 유리는 빨갛고 노란 색으로 색칠되어 있었다. 바깥 날씨가 아무리 흐려도 대부의 방은 찬란한 햇빛 속에 잠겨 있는 것처럼 환했다. 금붕어가 헤엄쳐 다니는 수족관도 있었는데, 금붕어들은 아주 많은 것을 알고 있지만 아무에게도 말하지 않겠다는 듯이 사람들을 빤히 쳐다보았다. 대부의 방은 겨울에도 꽃향기가 그윽했고 벽난로에선 항상 따뜻한 불길이 활활 타올랐다. 벽난로 앞에 앉아 타닥타닥 소리를 내며 타는 불길을 바라보고 있으면 매우 기분 좋았다.

대부는 타오르는 불길을 바라보며 이렇게 말하곤 했다. "이 불꽃이 내게 옛 추억을 이야기하는구나."

꼬마 마리는 대부의 말이 무슨 뜻인지 알 수 있을 것 같았다. 불꽃 속에서 수많은 그림들이 움직이는 것을 보았으니까.

벽난로 바로 곁에 있는 커다란 책장에는 책들이 빽빽하게 꽂혀 있었는데, 그 중에는 대부가 책 중의 책이라고 하면서 자주 읽는 책도 있었다. 바로 성경책이었다. 이 책에는 천지 창조, 대홍수, 여러 왕들, 그리스도 등, 이 세상과 인류의 역사에 관한 내용이 들어 있었다.

대부는 성경책을 보며 말했다. "이전에 일어난 일과 앞으로 일어날 일들이 모두 이 책 속에 있단다. 단 한 권의 책 속에 헤아릴 수 없이 많은 일들이 기록되어 있지. 생각해 볼 만한 가치가 있는 책이야. 기도해야 할 만한 것에 대해서는 주기도문에 기록되어 있지. 그것은 하느님이 우리에게 내린 위로의 진주라고 할 수 있어. 이 진주는 어린아이의 요람 속에, 그리고 마음속에 선물로 놓여 있단다. 어른이 되더라도 그걸 잘 간직하거라. 그러면 어떤 길을 가더라도 외롭지 않을 거야. 그 진주는 네 안에서 빛을 발해 길을 잃지 않게 해 줄 거야."

두 눈을 반짝이며 이렇게 말하는 대부의 표정은 행복해 보였다. 오래 전에 그 두 눈에서는 눈물이 흐른 적도 있다고 했다.

"그때도 좋았어. 고난의 시절이었지. 그땐 마음속으로 눈물을 흘렸단다. 나이가 들수록 하느님이 늘 우리와 함께 계시다는 것이 더 분명하게 느껴지는구나. 어려운 고난의 시기에나 행운이 밝게 비출 때나 말야. 그런 인생이야말로 가장 아름다운 동화란다. 영원히 그런 아름다운 동화를 누릴 수 있게 해 준 분은 바로 하느님이지."

"산다는 것은 정말 멋져요!" 꼬마 마리가 말했다.

마리의 오빠들도, 부모님도, 어른이 된 위층 집 청년들도 모두 그 말이 맞다고 했다. 그리고 누구보다도 "인생은 가장 아름다운 동화야!" 하고 말한 대부가 맞는 말이라고 맞장구쳤다.

# 148
## 춤추어라, 춤추어라, 내 꼬마 인형아!

"그것은 아주 어린 아이들을 위한 노래죠. 정말 엉터리예요. '춤추어라, 춤추어라, 내 인형아!'란 노래 말예요." 말레 아줌마가 말했다.

그러나 어린 아말리에는 그렇게 생각하지 않았다. 겨우 세 살배기인 아말리에는 인형과 함께 놀면서 인형이 말레 아줌마처럼 현명해지도록 가르쳤다.

이 집에는 매일 대학생이 와서 아말리에의 오빠들이 숙제하는 것을 도와주었는데, 그 대학생은 어린 아말리에와 인형들에게 자주 이야기를 해주곤 했다. 그의 말투는 다른 어른들과는 전혀 달랐기 때문에 아말리에는 참 재미있는 사람이라고 생각했다. 하지만 말레 아줌마는 그가 아이 다루는 법을 모른다고 했다. 그의 말을 듣고 있으면 꼬마들 머리가 터져 버릴 것이라고 했다. 하지만 아말리에의 머리는 터지지 않았다. 아말리에는 대학생에게서 '춤추어라, 춤추어라, 내 인형아!'를 배워 인형들에게 불러 주기까지 했다. 아말리에는 세 개의 인형을 가지고 있었는데, 그 중 두 인형은 새것으로 하나는 여자 인형이고, 다른 하나는 사내 인형이었다. 그리고 나머지 인형은 리세라는 매우 낡은 인형이었다. 노래 속에는 리세도 나왔다.

춤추어라, 춤추어라, 내 인형아!

오, 넌 정말 멋지구나.

네 남자 친구도 멋진 옷을 입었네.

새로 다린 바지에

에나멜 가죽으로 된

구두도 신었는걸.

여름 날 신고 다니기 좋지.

네 남자 친구도, 너도 정말 멋쟁이인걸.

춤추어라, 춤추어라, 내 인형아!

리세는 사랑스런 인형이라네.

작년에 온 늙은 인형이지.

머리를 땋아 내린 리세는

겁 많고 무서움이 많다네.

리세, 어서 와서 같이 춤추자,

그렇게 흘겨보지 말구

어서 와, 함께 춤을 추자구.

구석에 앉아만 있으면 재미없지.


춤추어라, 춤추어라, 내 인형아!

가볍게 발을 들어올리고, 좋아!

문 옆에서 빙 돌아

마루를 가로질러 가렴.

손에 손을 잡고 춤을 춘다네.

둥글게 둥글게 신나게 돌면서.

오, 참으로 사랑스러워!

너희들 셋은 모두 귀여운

내 인형들이야!


인형들은 이 노래를 이해했으며, 어린 아말리에와 대학생도 이해했다. 대학생은 자기가 지은 노래였으니까 이해하는 게 당연했다. 대학생은 아주 훌륭한 노래라고 말했지만 말레 아줌마만은 이 노래를 이해하지 못했다. 아주 오래 전에 아이들과 어른들 세계 사이에 있는 울타리를 넘어 어른들 세계로 가 버렸으니 당연했다.

하지만 아말리에는 그 울타리를 넘어가지 않았다. 그녀는 그후로도 계속 그 노래를 불렀으며 나에게도 가르쳐 주었다.

# 149
## 여러분에 관한 우화

옛날에 현자들은 사람들에게 귀에 거슬리지 않게 진리를 말해 주는 법을 알고 있었다. 그들이 사람들 앞에 거울을 들어 보이면 동물들과 이상야릇하게 생긴 생물들이 거울 속에 나타났다. 거울 속을 들여다보는 것은 재미있기도 했고 배울 만한 것도 있었다. 그것은 바로 우화라고 하는 것이었다. 동물들이 어리석게 행동하건 현명하게 행동하건, 그것을 보는 사람들에게는 교훈이 되었다.

사람들은 동물의 행동을 보며 이렇게 중얼거리곤 했다. "이 우화는 바로 나에 관한 것인걸." 하지만 이런 얘기를 다른 사람에게 하는 사람은 아무도 없었다. 그래서 아무도 화를 낼 이유가 없었다. 한 가지 이야기를 예로 들어보자.

두 개의 높은 산이 있었는데 꼭대기에 성이 하나씩 있었다. 산 아래 계곡에서는 개 한 마리가 코를 킁킁거리며 이리저리 돌아다녔다. 허기를 채우려고 쥐나 자고새를 찾는 모양이었다. 그때 갑자기 산꼭대기에 있는 한 성에서 나팔 소리가 울려 퍼졌다. 저녁 식사 시간을 알리는 신호였다. 그러자 개가 음식 찌꺼기를 얻어먹으려고 곧장 산꼭대기를 향해 뛰었다. 그런데 개가 겨우 산중턱에 이르렀을 때 나팔 소리가 그치고 말았다. 하지만 다른 산에서는 그때까지도 나팔 소리가 울리고 있었다. 그러자 개는 생각했다. '내가 이곳에 도착할 때쯤에는 이미 식사가 끝나 있을 거야. 하지만 저쪽 산에 있는 성 사람들은 이제 막 식탁에 앉았겠지.'

그래서 개는 다시 산을 내려와 다른 산으로 뛰기 시작했다. 하지만 산중턱에 이르기도 전에 첫 번째 산에서 울리던 나팔 소리가 다시 울리기 시작했다. 그리고 두 번째 산에서 울리던 나팔 소리는 더 이상 들리지 않았다. 개는 다시 산을 내려와 다른 쪽 산으로 뛰어 올라갔다. 그러는 동안에 두 성에서 울리던 나팔 소리는 모두 그치고 식사는 끝나 버렸다.

이 우화를 통해 옛날 현인들이 말하고자 했던 것이 무엇인지 생각해 보라. 아무것도 얻지 못한 채 이리저리 뛰어다니기만 하다가 지쳐 쓰러지는 바보는 누구인가?


# 150
## 거대한 물뱀


옛날에 좋은 가문에서 태어난 작은 물고기 한 마리가 있었다. 그 물고기 이름은 생각나지 않는다. 알고 싶다면 물고기에 대해 공부를 많이 한 사람에게 물어보라. 그 물고기에게는 동갑내기인 1,800마리의 형제 자매가 있었다. 그들은 부모가 누구인지 몰랐으며 태어나자마자 스스로를 돌보아야 했다. 그들은 바다 속을 행복하게 헤엄쳐 다녔다. 마실 물도 충분했다. 세상의 바다가 모두 그들의 것이었으니까. 먹이가 어디서 나오는지 깊이 생각하지 않아도 저절로 나왔다. 그들은 각자 살고 싶은 대로 자기만의 인생을 살고 싶었으며 그것에 대해 많은 생각을 하지 않았다.

　태양이 바다로 내리쬐어 바닷물을 환하게 비추었다. 바다 속은 진기한 생물들로 가득 찬 이상한 세계였다. 그 중에는 1,800마리의 형제 자매를 단숨에 삼켜 버릴 만큼 입이 아주 큰 생물도 있었다. 하지만 작은 물고기들은 그런 것에 대해서도 걱정하지 않았다. 아직까지 한 마리도 잡아 먹힌 적이 없었기 때문이다.

　작은 물고기들은 청어나 고등어처럼 무리를 지어 헤엄쳐 다녔다. 그들은 헤엄치는 것 외에 다른 것에 대해서는 전혀 생각하지 않았다. 그러던 어느 날, 무시무시한 소리와 함께 바다 위에서 거대한 물체가 작은 물고기들 사이로 떨어졌다. 가도 가도 끝이 안 보이는 엄청나게 큰 물체였다. 무거운 물체에 부딪힌 작은 물고기들은 기절하거나 내동댕이쳐지거나 등이 부러졌다. 이 엄청난 뱀은 점점 더 몸을 길게 늘어뜨리면서 깊이 가라앉더니 온 바다를 가로지를 듯이 수백 마일 길이로 바닥에 길게 누웠다. 파도 치는 바다 위쪽에 살거나 바다 깊은 곳에 사는 크고 작은 물고기들은 모두 겁이 나서 도망갔다.

　물고기들과 바다에 사는 달팽이와 다른 동물들조차도 모두 하늘에서 바다 속으로 내려온 무시무시한 이 뱀장어를 보았다.

　그것은 도대체 무엇이었을까? 물론 우리는 알고 있다. 그것은 유럽과 아메리카를 연결하는, 수천 마일이나 되는 해저 케이블이었다.

　평온하게 살아가던 바다 속 생물들은 그들 앞에 나타난 이 거대한 동물을 보자너무도 무서웠다. 날치들은 물 위로 솟구쳐 올랐고, 성대들은 총알처럼 수면 위를 날았다. 또 너무도 쏜살같이 바다 밑으로 숨는 바람에 해저 케이블보다 더 빨리 바닥에 도착한 물고기들도 있었다. 깊은 바다 속에서 한가로이 헤엄치며 다른 물고기들을 잡아먹던 대구와 가자미는 물고기들이 대대적으로 이동하는 것을 보고 놀랐다.

　너무 놀란 나머지 위를 토해 내는 해삼도 있었다. 하지만 그들은 위를 다시 삼킬 줄 알았기 때문에 죽지는 않았다. 수많은 바닷가재와 게들은 허둥대며 갑옷밖으로 나왔다. 이런 혼란의 틈바구니에서 1,800마리의 작은 물고기 형제 자매는 뿔뿔이 흩어지고 말았다. 이들 대부분은 서로 다시는 만나지 못했으며, 다시만났다 해도 서로 알아보지 못했을 것이다. 하지만 이 중 열두 마리만은 그 자리에 남아 있었다. 이들은 충격 때문에 서너 시간 동안 그 자리에 꼼짝 않고 있었다. 이윽고 무서움이 사라지자 두려움보다는 호기심이 더 강하게 일기 시작했다.

그들은 위아래로 사방을 둘러보았다. 바닥에는 그들을 놀라게 한 괴물이 있었다. 그것은 가늘어 보였으나 얼마나 크고 힘이 센지는 전혀 알 수 없었다. 아주 조용히 누워 있었지만 그것은 음흉한 술책일지도 몰랐다.

"그냥 놔두자. 우리가 상관할 일이 아니야." 겁이 많은 작은 물고기가 말했다.

하지만 그 중 제일 어린 물고기는 그것이 무엇인지 알아봐야겠다고 결심했다. 괴물이 위에서 내려왔으니까 위로 올라가서 알아보는 게 나을 것 같았다. 물고기들은 물 위로 헤엄쳐 올라갔다. 수면은 바람 한 점 없어서 거울처럼 잔잔했다.

도중에 작은 물고기들은 돌고래 한 마리를 만났다. 돌고래는 뛰어오르고 바다 수면 위로 공중제비하는 것을 좋아했다. 그는 눈이 있어서 괴물을 보았을지도 몰랐다. 그래서 물고기들은 돌고래에게 다가갔다. 그러나 돌고래는 자신과 공중제비만 생각할 뿐 거들먹거리며 아무 말도 하지 않았다.

바로 그때 바다표범이 헤엄쳐 지나갔다. 바다표범은 작은 물고기들을 잡아먹을 수도 있었으나 지금은 배가 불렀기 때문에 점잖게 굴었다. 바다표범은 돌고래보다 더 많은 것을 알고 있었다.

"난 여러 날 밤을 여기서 수 마일 떨어진 곳에서 지냈단다. 축축한 돌에 누워서 육지를 바라보았지. 그곳에는 교활한 생물들이 살고 있는데, 이 생물들은 자신을 인간이라 부른단다. 인간들은 끊임없이 우리 종족을 추적하지만 우리는 요리조리 재빨리 달아나 버리지. 너희들이 묻는 거대한 물뱀도 인간의 손아귀에서 도망쳐 나온 거야. 인간들은 오랫동안 물뱀을 육지에 가둬 놓았어. 그런데 이제 그 물뱀을 바다 건너 다른 나라로 운반하려 하고 있지. 왜냐구? 그건 나도 몰라. 아무튼 그들은 물뱀을 힘들게 배에 싣는 데 성공했어. 육지에 오래 묶여 있어서 물뱀이 허약해진 탓이지. 그들은 물뱀을 돌돌 말아서 코일처럼 만들었어. 물뱀은 몸부림을 쳤지. 그 소리를 들었는데, 얼마나 요란했는지 몰라. 그 소리를 들었거든. 배가 바다로 나오자 물뱀은 물 속으로 미끄러져 버렸어. 사람들이 붙잡으려고 안간힘을 썼어. 수십 개의 손들이 물뱀의 몸뚱이를 꽉 붙들었지만 결국 놓치고 말았어. 그래서 물뱀은 바다 밑에 누워 있게 된 거야. 아마 한동안은 그렇게 누워 있을걸."

"굉장히 수척해 보였어요." 작은 물고기들이 말했다.

"인간들이 굶겼거든. 하지만 곧 원기를 회복하여 옛날 모습으로 돌아갈 거야.

그건 거대한 물뱀이지. 사람들이 늘 입에 올리며 무서워하는 물뱀 말야. 난 물뱀이 있다는 걸 믿지 않았는데, 이제 믿겠어. 그게 바로 물뱀이었어." 바다표범은 꼬리를 찰싹 치며 물 속으로 사라졌다.

"바다표범은 아는 것이 많고 말도 잘해. 이렇게 많은 것을 알게 된 것은 처음이야. 그 말이 모두 거짓은 아니겠지." 작은 물고기 한 마리가 감탄하였다.

"아래로 내려가서 한번 봐요. 가는 길에 다른 물고기들 생각도 들어볼 수 있잖아요." 제일 어린 물고기가 말했다.

"더 이상 알고 싶지 않아." 다른 물고기들은 이렇게 말하며 몸을 돌려 사라져 버렸다.

"하지만 난 더 알아볼 테야." 제일 어린 물고기는 이렇게 중얼거리며 바다 속 깊은 곳으로 헤엄쳐 들어갔다. 그러나 그 물고기가 들어간 곳은 거대한 물뱀이 가라앉은 곳에서 멀리 떨어진 곳이었다. 작은 물고기는 사방을 찾아 헤맸다. 세상이 그렇게 넓은 줄은 미처 몰랐었다. 청어 떼가 은빛 보트처럼 거대한 무리를 지어 지나갔고 뒤를 이어 더 눈부시고 화려한 고등어 떼가 헤엄쳐 지나갔다. 거기에는 색깔과 무늬가 다양한 온갖 모양의 물고기들이 있었다. 투명한 식물처럼 생긴 해파리는 물결이 움직이는 대로 둥둥 떠다녔다. 바다 밑바닥에는 키가 큰 풀, 잎이 조개들로 덮인 손바닥처럼 생긴 나무 등, 매우 기이하게 생긴 것들이 자라고 있었다.

마침내 작은 물고기는 저 아래에 있는 길고 시커먼 선을 발견하고 헤엄쳐 내려갔다. 그것은 거대한 물뱀이 아니라 가라앉은 배의 난간이었다. 배의 상갑판과 하갑판이 바닷물의 압력 때문에 두 동강이 나 있었다. 작은 물고기는 큰 선실로 들어갔다. 바로 배가 가라앉을 때 공포에 질린 선객들이 모여 있던 곳이었다. 그들은 모두 익사했으며 바닷물에 휩쓸려 떠내려갔다. 그러나 어린아이를 품에 안고 의자에 누워 있는 젊은 여인은 아직 그곳에 있었다. 물결을 따라 앞뒤로 흔들리는 그들은 마치 자고 있는 것처럼 보였다. 작은 물고기는 그들을 보자 더럭 겁이 났다. 그들이 깨어나면 어떡하지?

선실이 너무도 조용하고 쓸쓸하여 작은 물고기는 황급히 다시 밖으로 나왔다. 다른 물고기들이 헤엄쳐 다니는 밝은 곳으로. 얼마 후 작은 물고기는 엄청나게 큰 젊은 고래를 만났다.

"절 삼키지 마세요. 전 너무 작아서 한 입도 못 될 거예요. 저는 사는 것이 정말 즐거워요." 작은 물고기가 말했다.

"이렇게 깊은 곳에서 뭘 하고 있지? 너 같은 종족들은 올 곳이 못 돼." 고래가 툴툴거렸다.

작은 물고기는 뱀장어인지 물뱀인지 하는 거대한 생물에 대해 설명하고 제일 담력 있는 물고기들도 두려움에 떨었다고 얘기했다.

"하, 하, 하!" 고래가 큰 소리로 웃어댔다. 그러다가 물을 너무 많이 삼키는 바람에 숨을 쉬기 위해 물 위로 떠올라 물을 뿜어내야 했다. "호호, 하하. 내가 몸을 뒤집을 때 등을 간지른 것이 그 놈이었나 보군. 난 그 놈이 돛대인 줄 알고 등을 긁는 데 사용하려고 했지. 아마 그 놈이 네가 말하는 것일 거야. 그 놈은 저 먼 곳에 있지. 나도 가서 봐야겠군. 달리 할 일도 없으니까."

고래가 앞장서고 작은 물고기가 뒤따라갔다. 하지만 고래가 지나간 뒤에는 격렬한 물보라가 일었기 때문에 멀찌감치 떨어져서 따라가야 했다.

도중에 상어와 늙은 톱상어를 만났는데, 그들도 호리호리하지만 다른 물고기보다 더 긴 거대한 물뱀에 대해 들어서 알고 있었다. 그들은 그 물뱀을 보고 싶어했다.

메기도 그들과 합류했다. "그 물뱀이 닻줄보다 두껍지 않으면 한 입에 물어서 끊어 놓을 테야. 닻에 이빨 자국을 낼 수 있으니까 그런 것쯤은 문제도 아니지." 메기는 이렇게 말하며 거대한 입을 벌려 가지런히 난 여섯 개의 이를 보여 주었다.

"저기 있다! 몸을 비틀어 돌리는 것 좀 봐." 고래가 소리쳤다. 고래는 다른 물고기보다 자신의 시력이 더 좋다고 생각했다. 하지만 사실은 그렇지 않았다. 고래가 본 것은 그들을 향해 헤엄쳐 오고 있던, 길이가 몇 미터밖에 되지 않은 붕장어였다.

"저 놈은 바다 속을 소란스럽게 하지도 않고 다른 큰 물고기들을 놀라게 하지도 않아. 저런 놈을 여러 번 만난 적이 있지." 메기가 넌더리를 내며 말했다.

그들은 붕장어에게 새로 나타난 물뱀에 대해 얘기해 주고 함께 가서 찾아보지 않겠느냐고 물었다.

"나보다 더 긴지 모르겠군. 더 길다면 불행한 일이 일어날 텐데." 붕장어가 몸을 길게 늘어뜨리며 말했다.

"틀림없이 더 길 거야. 하지만 우리 수가 이렇게 많으니 불행한 일은 없을 거야." 나머지 물고기들이 이렇게 말하고 황급히 그 자리를 떠났다.

그런데 그들 앞에 물 속으로 가라앉지 않으려고 안간힘을 쓰고 있는 물체가 보였다. 그것은 물 위에 떠 있는 섬처럼 보였다. 바로 늙은 고래였다. 그의 머리는 해초들로 뒤범벅이 되어 있었고, 등에는 수많은 홍합과 조개들로 뒤덮여 있어서 검은 피부에 흰 점들이 있는 것처럼 보였다.

"이봐요, 노인장, 같이 갑시다. 바다 속에 새 물고기가 나타났어요. 우린 그걸 용납할 수 없어요." 젊은 고래가 말했다.

"날 내버려 두구려. 내가 원하는 건 평온함이오. 윽, 윽… 난 몹시 아프오. 곧 죽을 거요. 등을 물 위로 내놓고 갈매기들에게 등을 긁게 하는 것이 내 유일한 위안이오. 참으로 사랑스런 새들이지. 갈매기들이 부리로 너무 심하게 쪼지만 않는다면 참으로 기분이 좋지. 아직도 내 등에 갈매기 뼈 하나가 박혀 있다오. 물 속으로 깊이 들어가도 떨어져 나가지 않더군. 작은 물고기들은 그 뼈를 물어뜯어 청소해 주지. 자, 보이지? 난 보다시피 중병에 걸려 있소."

"노인장은 아프다고 상상할 뿐이에요. 난 절대 아프지 않아요. 바다 속에서 사는 것들은 절대로 아프지 않아요." 젊은 고래가 말했다.

"미안하지만 뱀장어들은 피부병을 앓고, 잉어들은 마마를 앓는다오. 그리고 우리 고래들은 기생충 병에 걸리지."

"엉터리예요!" 상어가 큰 소리로 말했다. 상어는 그런 얘기를 듣고 싶지 않았다. 나머지 물고기들도 마찬가지였다. 그래서 그들은 그곳을 떠났다.

마침내 그들은 모래톱과 높은 산을 가로지르고 끝없이 펼쳐진 해초와 산호 숲을 통해, 유럽에서 아메리카로 뻗어 있는 해저 케이블의 일부가 있는 곳에 도착했다. 하늘에서 바람이 일 듯이 물결이 살랑거렸으며, 그 물결 사이로 철새들보다 더 많은 고기 떼들이 헤엄쳐 다녔다. 커다란 조가비를 귀에 대면 들리는 것과 같은 윙윙거리는 요란한 소리가 들렸다.

"물뱀이다!" 크고 작은 물고기들이 해저 케이블을 보고 소리쳤다. 해저 케이블 양쪽 끝은 아주 먼 나라에 있었기 때문에 시작도 끝도 보이지 않았다. 해면, 폴립, 산호충들이 케이블 위에서 하늘거리기도 하고 기대어 있기도 하여 케이블이 사라졌다 보였다 하였다. 섬게와 달팽이들은 케이블 위로 기어올라갔고 거대한 거미처럼 생긴 게들은 줄타기를 했다. 그리고 푸른 해삼들은 냄새를 맡으려는 것처럼 그 옆에 다소곳이 있었다. 가자미와 대구들은 다른 물고기들이 하는 말을 들으려고 몸을 계속 좌우로 돌렸으며, 불가사리들은 진흙 속에 몸을 파묻고 눈이 달린 두 개의 발만 내놓은 채 무슨 일이 일어나길 기대하며 검은 뱀을 바라보았다.

해저 케이블은 죽은 듯이 꼼짝도 않고 있었다. 그러나 케이블 속은 인간의 생각들로 충만해 있었다.

"저건 음흉해. 내 배를 언제 칠지 몰라. 내 약점인 배를 말야." 고래가 말했다.

"조심해서 다가가 보자. 내겐 긴 팔과 유연한 손가락이 있잖아. 아까는 그냥 만져만 봤지만 이번에는 꽉 쥐어 볼 테야." 폴립이 이렇게 말하고는 팔을 뻗어 케이블을 감쌌다. "배와 등을 만져 봤는데, 비늘이 없던걸. 살갗도 없는 것 같아. 알도 낳지 못하고 아이도 낳지 못할 거야."

붕장어는 케이블 옆에 누워 몸을 한껏 뻗었다. "나보다 더 기네. 하지만 그건 중요하지 않아. 살갗과 훌륭한 배와, 무엇보다도 유연성이 있어야 해."

젊고 힘이 센 고래가 고개를 깊이 숙여 정중하게 인사했다. "넌 물고기니, 식물이니? 아니면 이곳에서 살 수 없는 육지 생물이니?"

해저 케이블은 많은 말들로 가득 차 있었지만 대답이 없었다. 생각들은 매우 빠르게 케이블을 통과하기 때문에 수백 마일이나 되는 한쪽 끝에서 다른 끝으로 가는 데 불과 몇 초밖에 걸리지 않았다.

"대답하지 않으면 두 동강 내고 말 테야." 거친 상어가 말했다.

"대답하지 않으면 두 동강 내고 말 테야." 다른 물고기들도 똑같이 말했다.

그러나 해저 케이블은 꼼짝도 하지 않았다. 생각이 많은 사람들이 그렇듯이 케이블은 나름대로 생각이 있었다. '두 동강 내라지. 그러면 사람들이 나를 끌어올려 수리할 걸. 그런 일을 겪은 친척들이 많지. 그들은 길이가 내 반 정도밖에 되지 않아.'

그곳에 누워서 공무를 집행하고 있는 그에게 그런 무례한 말을 하다니, 대답할 수 없었다.

땅거미가 지고, 인간들의 표현을 빌리자면, 해님이 서쪽으로 기울었다. 해님이 타는 듯이 빨갛게 물들자 구름이 불꽃처럼 눈부시고 아름답게 빛났다.

"이제 하늘에 붉은 빛이 감도네. 저 빛 아래서 보면 더 잘 보일 거야. 볼 가치가 없지만 말야." 폴립이 말했다.

"공격! 공격!" 메기가 이를 드러내며 소리쳤다.

"공격! 공격!" 고래, 상어, 황새치, 붕장어도 소리쳤다.

그들은 일제히 앞으로 나아갔다. 맨 앞장 선 메기가 막 케이블을 물어뜯으려하는 찰나 지나치게 열성적인 황새치가 실수로 메기의 등을 찔렀다. 그 바람에 메기는 케이블을 힘껏 물어뜯지 못했다.

진창 속에서 커다란 소동이 벌어졌다. 해삼, 큰 물고기, 그리고 작은 물고기들이 빙빙 원을 그리며 헤엄치면서 서로 밀치고 짓누르고 잡아먹었다. 게와 바닷가재가 싸웠으며 달팽이들은 달팽이집 속으로 몸을 숨겼다. 하지만 해저 케이블은 태연했다.

바다 위에 밤이 왔다. 하지만 바다 속에서는 핀 대가리만한 가재들이 빛을 발하는 등, 수백만 마리의 작은 동물들이 바다 속을 밝게 비추었다. 참으로 황홀하고 진기한 광경이었다.

모든 바다 동물들은 해저 케이블을 지켜보았다.

"이것이 무엇인지만 안다면, 아니 무엇이었는지만 안다면 좋을 텐데." 물고기한 마리가 말했다. 그것은 아주 중요한 말이었다.

그때 사람들이 인어라고 부르는 늙은 바다소가 미끄러지듯 지나갔다. 바다소는 꼬리, 물을 튀기며 헤엄치는 짧은 팔, 그리고 늘어진 가슴을 가지고 있었으며 머리 위에는 해초와 기생충들이 많았다.

바다소는 이러한 것들을 자랑스럽게 생각하며 이렇게 말했다. "지식과 학문을 완벽하게 갖춘 자는 바로 나지. 난 그 대가로 나와 내 가족이 바다 밑바닥을 자유롭게 헤엄쳐 다니길 원해. 나도 너희들처럼 물고기거든. 하지만 난 훈련을 받아 기어다닐 수 있는 파충류이기도 하지. 난 가장 지적인 바다 시민이야. 물 속과 물 위에 있는 것들에 대해 모르는 것이 없지. 너희들이 궁금해하고 있는 그것은 물 위에서 온 거야. 물 위에 있는 것들은 모두 이곳 물 속으로 내려오면 죽거나 힘이 없어지지. 그러니까 그걸 그냥 내버려 둬. 그건 인간이 만든 하찮은 것이야."

"그렇지 않은 것 같은데요." 작은 물고기가 말했다.

"입 다물어, 고등어야." 바다소가 말했다.

"작은 새우 같으니라구!" 다른 물고기들이 소리쳤다. 물고기들에게 이 말은 모욕이었다.

바다소는 그들을 놀라게 한 ─ 해저 케이블은 아무런 소리도 내지 않았는데 말이다 — 물뱀이 위험하지 않다고 설명해 주었다. 그것은 육지에 사는 인간이라는 동물이 만든 것에 지나지 않는다고 했다. 바다소는 물뱀에 대한 설명을 마치자 인간의 간사함과 사악함에 대해 한 마디 훈계를 했다. "그들은 우리를 잡으려고 호시탐탐 기회를 노리고 있지. 그게 인간들이 사는 이유야. 그들은 그물, 덫, 미끼를 끼운 갈고리가 달린 낚싯줄로 우릴 낚으려고 해. 이건 커다란 낚싯줄의 일종일지도 몰라. 인간들은 매우 어리석어서 우리가 이 줄을 물어뜯을 줄 알지만 우리가 그렇게 바보는 아니지. 이 낡은 줄에 손대지 마. 이대로 두면 줄이 풀려 나가 진흙이 될 거야. 썩도록 그대로 놔두라구. 육지에서 내려오는 것은 하나같이 쓸모가 없어. 모두 부서지고 삐걱거리지. 아무런 쓸모가 없다구."

"아무런 쓸모가 없어!" 바다 생물들이 바다소의 의견을 받아들여 일제히 말했다. 한 마디씩 하고 싶었던 것이다.

작은 물고기는 거기에 동의하지 않았지만, 자기 생각을 숨기는 법을 배워 알고 있었다. 작은 물고기는 이렇게 생각했다. '엄청나게 긴 저 뱀은 바다에서 제일 놀라운 물고기일 거야. 그런 느낌이 들어.'

이야기 속에 나오는 거대한 물뱀이 사실로 나타났다. 그것은 인간의 지혜로 착상되어 인간의 기술로 만들어진 것이었다. 거대한 물뱀은 동반구에서 서반구까지 뻗어 있다. 그것은 태양에서 지구까지 여행하는 빛보다도 더 빠른 속도로 이 나라에서 저 나라로 메시지를 전하고 있다. 거대한 물뱀은 해마다 자라나 곧 세계에 있는 온 대양을 가로지르게 될 것이다. 그것은 수많은 고기와 불꽃같이 찬란한 물고기들을 내려다볼 수 있는 곳에서 자라게 될 것이다. 폭풍우에 부서지는 파도와 유리 같은 수면 아래에서 말이다.

바다 속 깊은 곳에는 세계를 빙 돌아 자신의 꼬리와 머리가 맞물리는 미드가르드의 뱀(북유럽신화에 나오는 거대한 뱀)이 누워 있다. 물고기와 파충류들은 거기에 머리를 부딪혀 본다. 그냥 봐서는 그것이 무엇인지 알 수 없기 때문이다. 세상에 있는 모든 언어로 인간의 생각들이 쏟아져 들어가지만 그 물뱀은 잠자코 말이 없다. 그것은 선악의 뱀이다. 바다에서 가장 경이로운 우리 시대의 거대한 물뱀이다!

# 151
## 정원사와 주인 나리

꽃꽃꽃꽃꽃꽃꽃꽃꽃꽃

코펜하겐에서 몇 마일 되는 곳에 두껍게 담이 둘러 쳐지고 뾰족한 탑과 지붕이 있는 오래된 성이 있었다. 여름철이면 이곳에 귀족 부부가 와서 지내곤 했다. 이 성은 그들이 가지고 있는 것 중 가장 멋졌다. 밖은 매우 근사하게 새로 단장하여 새로 지은 것처럼 보였으며 집안은 아늑하고 편안했다. 현관 위에는 돌에 가문의 문장이 새겨져 있었고 화사한 장미꽃들이 그 문장과 창 둘레를 휘감고 있었다. 양탄자처럼 깔려 있는 집 앞 잔디밭에는 붉고 흰 산사나무들이 자라고 있었는데, 온실이 아닌 곳에서는 보기 힘든 진기한 것들이었다. 모두 훌륭한 정원사가 솜씨를 발휘하여 꾸민 것이었다.

정원과 채소밭과 과수원을 바라보는 것은 귀족 부부에게 큰 즐거움이었다. 과수원 근처에는 옛 정원의 자취가 남아 있는 곳이 아직도 있었다. 이곳에는 왕관과 피라미드처럼 다듬어진 관목들이 무성하게 자라고 있었다. 관목 사이에서 자라는 두 그루의 고목은 여름에도 거의 헐벗고 있어 잎이 다 떨어진 나뭇가지들이 바람에 실려 그 고목나무로 오게 된 것처럼 보였다. 작은 나뭇가지로 엮은 둥지도 그 나무로 실려 와 있었는데, 그것은 바로 새들의 둥지였다.

오래 전부터 이곳에는 까마귀 떼가 둥지를 틀고 살고 있었다. 이 두 그루의 고목나무는 새들의 마을이었으며, 새들은 그 마을의 주인이었다. 새들은 이 성에서 가장 오래된 가문이었기 때문에 자신들이 주인이라고 생각했다. 새들은 두 발로 땅 위를 걸어다니는 인간들이 이곳에 살도록 너그럽게 허락해 주었다. 하지만 그들은 인간들에게 관심이 없었다. 사람들이 총으로 놀라게 하는 바람에 쉰 목소리로 '까악, 까악' 하고 비명을 지르며 나무에서 날아올라야 할 때도 있었지만 말이다.

정원사는 주인에게 말라죽다시피 한, 보기 흉한 고목들을 베어 버리자고 말하곤 했다. 고목들이 사라지면 새들이 다른 곳에 둥지를 틀 것이고, 그러면 새들의 비명소리로부터 해방될 수 있다는 생각에서였다. 그러나 주인은 고목도 새들도 없애려고 하지 않았다. 모두 옛날부터 성에 살던 것이니 없애서는 안 된다는 것이었다.

"나무들은 새들이 물려받은 유산이니 그대로 보존하게, 착한 라르센." 정원사의 이름은 라르센이었지만, 여기에서 그의 이름은 별로 중요하지 않다. "라르센, 땅이 부족해서 그런가? 왜 굳이 새들의 땅을 빼앗으려 하지? 정원 외에도 채소밭, 과수원, 온실이 있지 않은가?"

주인 말이 옳았다. 라르센이 가꿔야 할 곳은 아주 많았다. 주인 부부는 라르센이 정성 들여 그곳들을 가꾼다는 사실을 인정했지만, 친구 집에서 더 예쁜 꽃을 보고, 더 맛있는 과일을 먹었다는 사실을 숨기지는 않았다. 자기 일에 자부심을 가지고 있는 라르센은 이런 말을 들을 때면 매우 우울했다. 항상 온 정성을 다해 과일과 꽃을 가꾸었기 때문이다.

그러던 어느 날, 주인이 그를 불러 정중하면서도 위엄 있게 말했다. 어제 귀족인 친구 집에서 사과와 배를 대접받았는데, 너무 달고 맛있어 손님들이 모두 감탄했다는 것이었다. 그 과일은 그 나라에서 나는 것이 아니니 수입해서 정원에 심으면 좋겠다는 것이었다. 시내에 있는 커다란 청과물 가게에서 그 과일을 판다는 것을 안 주인은 라르센을 즉시 그 가게로 보내 과일 이름이 무엇인지 알아보고 접붙일 가지를 구해 오라고 했다.

그런데 그 과일 가게는 라르센이 잘 아는 곳이었다. 그가 가꾸는 정원에서 나는 남는 과일과 채소를 가져다 파는 곳이었기 때문이다. 라르센은 말을 타고 시내로 가서 과일 가게 주인에게 맛있다고 하는 그 배와 사과를 어디서 구했는지를 물었다.

"그 과일은 바로 자네 과수원에서 난 걸세." 과일 가게 주인이 말하며 과일을 보여 주었다. 라르센은 그 과일을 금방 알아 볼 수 있었다.

서둘러 집으로 돌아온 라르센은 주인에게 그 과일들이 바로 그 성에 있는 과수원에서 딴 것이라는 기쁜 소식을 전했다.

하지만 주인 부부는 그 말을 믿으려 하지 않았다. "그럴 리가 없네, 라르센. 그렇다면 과일 가게 주인에게 그렇다는 증명서를 받아 오게."

라르센은 다시 시내로 가서 증명서를 받아 가지고 돌아왔다. 그래도 주인은 믿지 못하겠다는 표정이었다. "참으로 이상한 일이지만 사실인가 보군."

그때부터 주인의 식탁 위에는 그들의 정원에는 딴 배와 사과가 가득 든 과일 바구니가 올랐다. 그들은 과일을 매우 자랑스럽게 여기며 도시와 시골에 사는 친구들은 물론 외국에 있는 친구들한테까지 과일을 보냈다. 참으로 영광스럽고 기쁜 일이었다.

몇 달 후, 주인 부부는 왕궁에 초대를 받아 식사를 했다. 바로 그 다음날 주인 부부는 또 정원사를 불러 말했다. 왕궁 온실에서 딴 멜론을 대접받았는데 그처럼 맛있고 신선한 멜론은 먹어 본 적이 없다는 것이었다.

"궁정 정원사에게 가서 멜론 씨를 얻어 와 우리 정원에 심게나."

"하지만 궁정 정원사는 우리한테서 씨를 얻어 갔는걸요." 라르센이 자랑스럽게 말했다.

"그렇다면 궁정 정원사는 멜론 재배법을 잘 아는가 보군. 멜론이 하나같이 최상품이었어." 주인은 기뻐하기는커녕 화를 내며 말했다.

"이것만은 장담할 수 있습니다. 사실, 올해 궁정에서는 멜론이 흉작이어서 열매가 열리지 않았습니다. 궁정 정원사는 우리 멜론을 보자 식탁에 놓을 멜론을 세 개만 달라고 하더군요."

"라르센! 우리가 먹은 멜론이 우리 정원에서 딴 거란 말은 아니겠지?"

"우리 정원에서 딴 것이 틀림없습니다. 하지만 가서 확인해 보지요."

가서 확인해 본 결과 그것은 사실이었다. 그래서 라르센은 궁정 정원사에게 그렇다는 증명서를 받아 왔다.

주인 부부는 증명서를 보고 기쁘고 놀라워했다. 그리고 만나는 사람마다 자랑하며 증명서를 보여주기까지 했다. 이번에도 주인 부부는 멜론 씨를 친구들에게 보냈다. 이렇게 해서 새 품종의 멜론 씨가 수출되었다. 성 이름을 딴 이 멜론은 이제 프랑스어, 독일어, 영어식 이름을 갖게 되었다. 상상도 하지 못한 뜻밖의 일이었다.

"라르센이 너무 자만하지 않으면 좋겠군." 주인이 아내에게 말했다.

라르센은 자만하지 않았다. 하지만 명성을 얻자 나라에서 최고의 정원사가 되고 싶었다. 그는 해마다 채소와 과일 개량을 시도하여 성공을 거두기도 했다. 하지만 항상 좋은 평가를 받은 것은 아니었다. 어쩔 때는 사과와 배가 작년 것보다 못하다는 소리도 들었다. 멜론도 맛이 훌륭했지만 그가 처음에 기른 것에는 못 미쳤다. 딸기도 크고 맛이 좋았지만 그만한 딸기는 다른 집 식탁에도 올랐다. 무에 해충이 생겨 흉년이 든 해에는 모두들 무 얘기만 하고 풍작이 든 다른 것에는 관심이 없었다. 주인은 라르센이 실패하자 오히려 안도감을 갖는 것 같았다.

"올해는 무가 흉작이군, 라르센. 무가 제대로 자라지 않았어." 무가 흉작이 들자 주인 부부는 몇 번이고 이런 말을 하곤 했다.

라르센은 일주일에 두 번씩 싱싱한 꽃다발을 들고 성으로 갔다. 여러 가지 색깔이 자연스럽게 어우러진 그의 꽃꽂이를 보면 절로 감탄이 나왔다.

"감각이 뛰어나군요, 라르센. 하지만 그런 재능은 하느님이 주신 것이지 자신이 만들어 낸 것이 아니란 걸 잊지 말아요." 안주인은 이렇게 말하곤 했다.

어느 날, 라르센은 수정으로 된 꽃병에 수련 잎과 해바라기처럼 큰, 이상하게 생긴 파란 꽃을 꽂아 놓았다.

"어머, 힌두스탄 연꽃이네!" 안주인은 그렇게 아름다운 꽃을 본 적이 없었다. 그녀는 낮에는 햇볕이 잘 드는 곳에 꽃병을 놔두고 밤에는 촛불을 비추어 주었다. 그 꽃을 본 사람은 누구나 희귀하고 아름다운 그런 꽃을 일찍이 본 적이 없다고 말했다. 젊은 공주가 그 꽃을 보고 너무도 좋아하자 주인 부부는 그 꽃을 공주에게 선물했다.

다음날, 주인 부부는 그 진기한 꽃을 직접 꺾으려고 정원으로 나갔다. 하지만 아무리 둘러봐도 꽃이 보이지 않았다. 그래서 주인 부부는 라르센을 불러 파란 꽃이 있는 곳을 물었다.

"꽃밭이고 온실이고 다 찾아봤는데 없더군." 주인 부부가 말했다.

"그것은 꽃밭이나 온실에서 자라는 꽃이 아니라 채소밭에서 자란답니다. 솜엉겅퀴에 지나지 않지만 파란 선인장처럼 참으로 아름답지요."

그러자 주인이 화를 내며 말했다. "왜 진작 그걸 말해 주지 않았나. 우린 희귀한 외국산 꽃인 줄 알았다구. 이걸 어쩐담. 공주님께서 너무 좋아하시기에 선물로 주었는데. 공주님은 식물학에 도통하신데도 못 알아보셨어. 하기야 식물학하고 채소하곤 상관이 없지. 라르센, 어떻게 그런 것을 내 성에 가져다 놓을 수 있지? 자네 때문에 우리가 바보가 되어 버렸어."

채소밭에서 자란 아름다운 파란 꽃은 주인 부부의 우아한 방에서 추방당했다. 그런 꽃이 있을 곳이 못되었기 때문이다. 주인 부부는 그 아름다운 파란 연꽃이 사실은 흔한 채소일 뿐이었다고 공주에게 정중히 사과했다. 그리고 그런 무례한 실수를 저지른 정원사를 심하게 꾸짖었다고 말했다.

그러자 공주가 놀라며 말했다. "어머, 왜 그러셨어요? 그는 우리 눈을 뜨게 해준 사람이에요. 예전에는 눈길도 주지 않았던 아름다운 꽃을 볼 수 있게 해주었잖아요. 궁정 정원사에게 솜엉겅퀴 꽃이 필 때면 날마다 꺾어다 꽂아 놓으라고 명하겠어요."

궁정 정원사는 매일 그 꽃을 꺾어다 공주를 위해 꽃꽂이를 했다. 성의 주인 부부도 라르센에게 싱싱한 솜엉겅퀴 꽃을 매일 그들 방에 꽂아 놓으라고 말했다.

"참으로 환상적인 꽃이야." 주인 부부가 입을 모아 말하며 라르센을 칭찬했다.

"라르센은 칭찬 받는 걸 너무 좋아해요. 버릇없는 아이 같다니까요." 안주인이 말하자 주인이 그렇다는 듯이 고개를 끄덕였다.

그 해 가을에 무시무시한 폭풍우가 불어닥쳤다. 밤이 되면 더욱 심해져 숲가에 있는 커다란 나무들이 쓰러지고 뿌리째 뽑히기도 했다. 새들의 둥지가 있던 거대한 고목도 폭풍우를 견뎌 내지 못하고 쓰러지고 말았다. 그 바람에 새 둥지도 부서져 버렸다. 성 안에 있던 사람들은 화가 난 날카로운 새소리를 들을 수 있었다. 새들이 날개로 창유리를 두들겼다고 말하는 하인도 있었다. 주인은 그로 인해 나쁜 일이 생길 거라고 말했지만 라르센은 아무 말도 하지 않았다. 사실 그는 고목들이 사라져 버리자 속이 시원했던 것이다.

"이제 만족하겠군, 라르센." 주인이 쓰러진 나무를 보고 말했다. "자네 대신 폭풍우가 나무를 베어 주었어. 새들은 숲으로 날아가 버리고 옛 시절도 사라져 버렸군. 이제 옛 자취를 볼 수 있는 것은 아무것도 없어. 자네는 기쁘겠지만 난 마음 아프군."

라르센은 고목이 서 있던 땅을 어떻게 이용할 것인지 계획하고 있었다. 오래 전부터 구상해 오던 것이었다. 라르센은 햇볕이 잘 드는 그곳에 가장 아름다운 정원을 만들 생각이었다.

관목들은 고목이 쓰러지면서 뭉개져 살릴 수가 없었다. 라르센은 그곳을 깨끗이 치우고 덴마크 숲과 들판에서 흔히 볼 수 있는 식물들을 가져다 심었다. 다른 정원사들이 감히 정원에 심을 생각을 못하는 관목, 나무, 꽃들이었다. 식물들은 알맞은 토양에서 적절한 햇빛을 받으며 라르센의 정성어린 보살핌 아래 무럭무럭 자랐다. 유틀란트 황야에서 가져온 노간주나무는 무성하게 자랐다. 마치 이탈리아 사이프러스의 축소판 같았다. 그 옆에는 사시사철 푸른 서양호랑가시나무가 자랐고, 그 앞쪽으로는 난쟁이 야자수처럼 생긴 다양한 양치류들이 자랐다. 잡초 중에서 제일 천대받는 커다란 엉겅퀴 꽃은 너무도 아름다워 꽃다발을 만들면 매우 화려하고 예뻤을 것이다. 거기에서 좀 떨어진, 촉촉한 땅에는 흔히 볼 수 있는 수영(마디풀과의 다년초)이 그림같이 예쁜 잎을 자랑하며 서 있었다. 거대한 촛대 모양으로 생긴, 들판에서 가져온 현삼도 있었고, 선갈퀴아재비, 앵초, 은방울꽃, 칼란, 잎이 세 개인 애기괭이밥 등, 없는 것이 없었다. 그야말로 진풍경이었다.

들판과 마주하고 있는 쪽에는 난쟁이 배나무들이 줄지어 서 있어 울타리를 이루고 있었는데, 프랑스에서 들여온 그 배나무들은 충분한 햇빛과 정성어린 보살핌을 받아 덴마크 배나무에서 열리는 것과 같이 크고 싱싱한 열매를 맺었다.

두 그루의 고목이 서 있던 자리에는 깃대가 서 있었고, 꼭대기에는 희고 빨간 덴마크 기가 펄럭였다. 그리고 그 깃대 옆에 서 있는 그보다 작은 막대기에는 홉 덩굴이 막대기를 감으며 타고 올라 늦여름이면 멀리까지 꽃향기가 진동했다. 그리고 겨울에는 크리스마스 때 새들이 쪼아먹을 귀릿단을 그 막대기에 매달아 놓았다. 이것은 오래 전부터 내려오는 관습이었다.

"라르센이 나이가 들면서 점점 더 감상적으로 되어 가는 것 같아." 주인이 말했다.

"그래도 성실하고 착해요." 안주인이 말했다.

새해가 되자 삽화가 든 코펜하겐의 한 신문에 오래된 성의 그림이 실렸다. 그림 속에는 깃대와 새들 먹이로 매달아 놓은 귀릿단도 보였다. 그리고 그런 오래된 관습이 아직까지 남아 있다는 것을 보는 것은 여간 반가운 일이 아니라는 기사가 실려 있었다.

"온 세계가 라르센을 자랑스럽게 여길 거요. 참으로 행복한 사나이야. 우린 그런 사람을 데리고 있다는 걸 자랑으로 여겨야 하지." 주인이 말했다.

하지만 주인 부부는 실제로는 자랑스럽지 않았다. 그들은 자신들이 주인이며 언제라도 라르센을 쫓아낼 수 있다고 생각했다. 하지만 그렇게 하지는 않았다. 점잖은 사람들이었으니까. 그런 사람들이 많다는 것은 라르센 같은 사람에게는 다행스런 일이었다.

이것이 정원사와 주인 나리에 대한 이야기이다. 이 이야기를 곰곰이 생각해 보지 않겠는가.

# 152
# 벼룩과 교수님

옛날에 불운한 기구 조종사가 있었다. 그는 기구가 찢어지는 바람에 땅에 떨어져 몸이 산산조각이 나고 말았다. 기구를 함께 탔던 그의 아들은 기구가 찢어지기 바로 2분 전에 낙하산을 타고 내려왔다. 무사히 땅에 내려선 그는 그 귀중한 경험을 유익하게 사용하고 싶었다. 하지만 그에게는 기구도, 기구를 살 돈도 없었다.

생계를 이어가야 했던 그는 입술을 거의 움직이지 않고 말하는 법을 배워, 복화술사가 되었다. 그는 젊고 잘생겨서 좋은 옷을 입고 콧수염을 기르면 귀족적으로 보여서 백작 아들로 착각될 정도였다. 젊은 아가씨들은 잘생긴 그를 매우 좋아했다. 한 아가씨는 집에서 도망쳐 나와 낯선 도시와 낯선 나라로 그와 함께 여행을 다녔다. 그는 자신을 교수라고 불렀는데, 실제로 교수와 흡사했다.

그가 제일 하고 싶은 일은 기구를 마련하여 아내와 함께 하늘을 나는 것이었다. 하지만 기구 값은 너무 비쌌다.

"반드시 우리에게도 좋은 날이 올 거요." 그가 말했다.

"그날이 빨리 왔으면 좋겠어요." 그의 아내가 말했다.

"우린 아직 젊으니까 기회는 얼마든지 있소. 이제 난 교수라구. 빵 부스러기도 빵은 빵이니까." 그가 옛날 속담을 들먹이며 말했다.

그의 아내는 그를 충실하게 도왔다. 그녀는 문가에 앉아 공연표를 팔았다. 하지만 추운 겨울에는 그것도 힘든 일이었다. 또 공연에 직접 참가하여 상자 속에 들어갔다가 연기처럼 사라지는 역할도 했다. 상자는 바닥이 이중으로 되어 있었는데, 감쪽같이 사라지려면 민첩해야 했다. 그것은 일종의 눈속임이었다.

그러던 어느 날 저녁, 공연이 끝난 후 이중으로 된 상자를 열었는데 그녀가 보이지 않았다. 아무리 찾아봐도 없었다. 그녀는 너무도 감쪽같이 사라져 다시는 돌아오지 않았다. 그런 일이 지겨워져서 영원히 떠나 버린 것이다.

아내가 떠나 버리자, 그는 생기를 잃었고 웃지도 않고 익살도 부리지 않았다.

그래서 구경꾼들도 더 이상 오지 않게 되었다. 돈벌이가 시원찮아지자 그의 옷차림도 남루해졌다. 그러다가 그에게는 커다란 벼룩 한 마리만이 남게 되었다. 그는 아내가 유일하게 그에게 남긴 이 벼룩을 매우 사랑했다. 그는 벼룩에게 받들어 총 하는 자세와 작은 대포 쏘는 법 등, 여러 가지 곡예 기술을 가르쳤다.

교수는 벼룩이 아주 대견했으며, 벼룩은 교수를 자랑스럽게 생각했다. 어쨌든 벼룩의 동맥에는 인간의 피가 들어 있지 않았지만 그의 배 속에는 들어 있었다. 벼룩은 유럽의 대도시로 가서 왕과 왕비들 앞에서 묘기를 보였다. 최소한 신문과 광고에는 그렇게 나와 있었다. 벼룩은 이제 자신이 유명해졌다는 것과 그의 유일한 식구인 교수를 먹여 살릴 수 있게 되었음을 알았다. 그리고 더 많은 식구도 먹여 살릴 수 있다는 것을 알았다.

벼룩은 유명해졌고 득의양양했지만, 교수와 여행할 때는 언제나 열차의 4등석을 타고 다녔다. 4등석에 앉아도 기차는 1등석만큼이나 빨리 달리니까 말이다.

교수와 벼룩은 영원히 헤어지지 않겠다는 무언의 약속을 했다. 그러니까 교수는 결혼도 하지 않고 홀아비로, 벼룩은 독신으로 남아 있기로 한 것이다.

"사람이 큰 행운을 얻었던 곳에는 두 번 다시 가지 말아야 해." 교수가 말했다. 그는 사람의 천성을 잘 알고 있었으며, 이것도 하나의 지식이었다.

마침내 그들은 야만국을 제외한 모든 나라를 다 돌아다녔다. 교수가 아는 바에 의하면, 야만국에서는 그리스도교인들을 잡아먹는 식인종이 살았지만 그는 독실한 그리스도교인이 아니었고, 벼룩은 사람이 아니었기 때문에 그곳에 못 갈 이유가 없었다. 교수는 야만국으로 가면 큰돈을 벌 수 있을 것이라고 생각했다.

벼룩과 교수는 증기선과 돛단배를 타고 여행을 떠났다. 기차비는 벼룩이 재롱을 피우는 것으로 대신했다.

마침내 그들은 야만국에 도착했다. 그곳 통치자는 작은 공주였다. 겨우 여덟 살인 공주는 매력적이지만 부모에게서 권력을 빼앗은 고집세고 못된 아이였다.

벼룩이 받들어 총을 하고 대포 쏘는 것을 본 공주는 벼룩에게 홀딱 반하고 말았다. 문명인이라도 사랑에 빠지면 물불을 가리지 않는 법이다. 하물며 앞뒤를 가리지 않는 야만인인 공주는 어땠겠는가. 공주는 발을 구르며 소리를 질렀다. "이걸 내게 달라! 그 누구도 필요 없다!"

"자, 착하고 똑똑한 딸아! 그러려면 먼저 이것을 사람으로 만들어야 한단다."

공주의 아버지가 공주를 달랬다.

"그건 내게 맡겨요, 노인장."

그것은 아버지한테 할 수 있는 말투가 아니었지만 야만인인 공주는 참으로 무례했다.

교수는 벼룩을 공주의 작은 손에 놓아주었다.

"이제 넌 사람이다. 나와 함께 이 나라를 통치한다. 그러나 내가 원하는 대로 해야 한다. 그렇지 않으면 너를 죽이고, 교수를 잡아먹겠다." 공주가 말했다.

교수는 벽이 사탕수수로 되어 있는 큰 방에 묵게 되었다. 교수가 단것을 좋아했다면 벽을 모두 핥아먹었을 것이다. 방에는 그물 침대가 있었는데, 그물 침대에 눕자 그가 늘 소망하던 기구를 탄 기분이었다.

벼룩은 공주와 함께 지냈다. 벼룩은 공주의 작은 손바닥에서 지내기도 하고 공주의 고운 목에 앉아 있기도 했다. 공주는 자신의 긴 머리카락 한 올을 뽑아 교수에게 머리카락 한 쪽 끝을 벼룩의 다리에 묶으라고 한 다음, 다른 쪽 끝은 자신의 산호 귀고리에 묶었다.

공주는 매우 행복했으며, 자신이 행복하면 벼룩도 당연히 행복할 것이라고 생각했다. 하지만 교수는 행복하지 못했다. 그는 떠돌이 기질이 있어서 이 도시에서 저 도시로 옮겨 다니는 것을 좋아했고, 벼룩에게 인간이 할 수 있는 재주를 가르쳤다는, 신문에 실린 자신의 기사를 읽는 것을 좋아했다. 그러나 야만국에는 신문이 없었다.

교수는 날이면 날마다 그물 침대에 누워서 좋은 음식을 먹고 빈둥거리며 지냈다. 그는 신선한 새 알, 코끼리 눈 스튜, 기린의 구운 다리를 대접받았다. 식인종이라고 해서 매일 신선한 사람 고기를 먹을 수 있는 것이 아니었기 때문에 사람 고기는 진미였다.

"매운 소스를 끼얹은 아이 어깨 고기는 일품이야." 하고 공주가 말했다.

따분해진 교수는 이제 야만국을 벗어나고 싶었다. 하지만 가려면 그의 부하이자, 밥벌이인 벼룩을 데려가야 했다.

어떻게 하면 벼룩을 데려갈 수 있을까 하고 궁리하던 교수는 어느 날 그물 침대에서 벌떡 뛰어 내리며 소리쳤다. "알았다!"

교수는 곧장 공주의 아버지를 찾아가 말했다. "기막힌 일을 할 수 있도록 허락해 주십시오. 이 나라 사람들에게 멋진 기술을 선보이고 싶습니다. 바깥 세상에서는 교양이라고 부르는 것이지요."

"내겐 뭘 가르쳐 주겠나?" 공주의 아버지가 물었다.

"그야 가장 진기한 묘기인 대포 쏘는 법을 가르쳐 드리지요. 대포를 쏘면 땅을 진동하는 큰 소리가 울려 퍼지고, 하늘을 나는 온갖 새들이 구워져 떨어진답니다. 주워서 먹을 수 있게 말입니다."

"그럼, 대포를 가져오너라!"

그러나 야만국에는 벼룩이 쏠 수 있는 아주 작은 대포밖에 없었다.

"더 큰 대포를 만들겠습니다. 제게 재료만 주십시오. 비단, 밧줄, 끈, 바늘, 실이 필요합니다. 멀미를 방지할 약도 필요합니다." 교수가 말했다.

교수는 원하는 것을 모두 얻었다. 교수는 기구를 완성하여 열기를 채워넣은 다음 하늘로 띄울 준비가 끝나자 대포를 구경하라고 사람들을 불러 모았다.

벼룩은 공주의 손바닥 위에 앉아서 기구가 부풀어오르는 것을 지켜보았다. 기구는 팽팽해지자 금방이라도 떠오를 듯이 이리저리 요동쳤다.

"대포를 식히려면 하늘 높이 올려야 합니다. 저 혼자서는 할 수 없으니 대포에 대해 잘 아는 사람의 도움이 필요합니다. 절 도울 수 있는 이는 벼룩밖에 없군요."

"불쾌하지만 허락하노라."

공주는 교수에게 벼룩을 건네주었다.

"줄을 놓으세요. 이제 기구가 높이 올라갑니다!" 교수가 소리쳤다.

야만인들은 "이제 기구가 높이 올라갑니다!"라는 말을 "이제 대포가 높이 올라갑니다!"라는 말로 알아들었다. 기구는 점점 더 높이 올라가 구름 뒤로 사라져 야만국을 벗어났다.

작은 공주, 공주의 어머니와 아버지, 그리고 온 백성들은 그곳에 서서 그들이 내려오기만을 기다렸다. 그들은 아직도 기다리고 있다. 믿지 못하겠다면, 직접 야만국으로 가보라. 그곳 아이들은 모두 벼룩과 교수 이야기를 할 것이다. 그들은 대포가 식으면 교수가 돌아올 거라고 믿고 있다. 하지만 교수는 다시는 돌아오지 않을 것이다. 고향으로 돌아가 버렸으니까. 교수는 이제 기차로 여행할 때면 4등석이 아니라 1등석을 타고 다닌다. 그는 기구를 가지고 많은 돈을 벌어 안락하게 살게 된 것이다. 그 기구를 어떻게, 어디에서 얻었는지 묻는 사람은 아무도 없다. 벼룩과 교수와 같은 부유하고 존경받는 사람에게는 그런 곤란한 질문을 하지 않는 법이다.

# 153
## 요한나 할머니의 이야기

늙은 버드나무 가지 사이로 바람이 불어온다. 가만히 바람 소리를 듣고 있노라면, 마치 노래처럼 들린다. 바람은 곡조를 흥얼거리고 나무는 노랫말을 이야기해 준다. 노랫말을 잘 모르겠다면 구빈원에 살고 있는 요한나 할머니에게 물어보라. 요한나는 그 마을에서 태어나 평생을 그곳에서 살았으니까.

일반인들이 다닐 수 있는 국도가 있던 아주 옛날에 버드나무는 울창해서 보기가 참 좋았다. 늙은 버드나무는 예전에도 지금 그 자리에 서 있었다. 그 옆으로는 희게 회칠을 한 목조로 된 재단사네 집이 있었고, 집 근처에 있는 연못에서는 가축들이 목을 축였으며, 뜨거운 여름이면 농가 아이들이 벌거벗고 물장난을 쳤다. 당시에 버드나무 옆에는 이정표가 서 있었지만 이제 그곳에는 가시나무만이 무성하다.

부유한 농가의 맞은편에 새로 길이 나자 옛 길은 오솔길이 되어 버렸다. 하지만 이제는 그 흔적도 없다. 연못은 좀개구리밥으로 뒤덮여 개구리가 뛰어들면 푸른 풀이 갈라지고 시커면 물만 보이고 연못가에는 갈대, 부들, 노란 붓꽃 등이 자라고 있다.

재단사의 집은 낡아서 기울어질 대로 기울어지고, 초가 지붕에는 이끼가 자랐다. 비둘기 둥지는 너무 낡고 헐어서 찌르레기들이 둥지를 틀었으며, 박공 지붕에는 제비들이 나란히 보금자리를 틀고 있다.

예전에는 이곳에 활기가 넘쳤으나, 지금은 쓸쓸하고 적막하기만 하다. 하지만 이곳에는 아직도 '불쌍한 라스무스'라는 사람이 혼자 살고 있다. 그는 태어나서 지금까지 이곳에서 살았다. 어린 시절에는 연못에서 물장구를 치고 버드나무에 올라가 놀기도 했다.

당시에도 버드나무는 커다란 나뭇가지를 하늘로 쭉 뻗고 있었는데, 지금은 폭풍우에 시달려 나무 몸통이 휘어지고 틈이 벌어져 있었다. 벌어진 틈새에는 바람에 실려 온 먼지가 쌓였고 잡초들이 무성하게 자랐으며 작은 마가목 나무도 그곳에 자리를 잡고 자라고 있었다.

봄이 되면 제비들이 돌아와 부지런히 날아다니며 오래된 보금자리를 새로 단장했다. 하지만 '불쌍한 라스무스'는 자신의 보금자리에 신경을 쓰지 않았다. 그는 담을 수리하거나 새로 회칠을 한 적도 없었다.

"그게 다 무슨 소용이람." 그는 버릇처럼 이렇게 말하곤 했다. 그것은 그의 아버지가 늘 하던 말이기도 했다.

가을이 되면 제비들은 둥지를 떠났지만 라스무스는 자기 집에 남아 있었다. 하지만 겨울이 지나면 제비들은 어김없이 돌아왔고, 찌르레기도 다시 휘파람 소리를 내며 노래를 불렀다. 옛날에는 라스무스도 찌르레기처럼 휘파람을 잘 불었지만, 지금은 휘파람도 노래도 부르지 않았다.

바람이 늙은 버드나무 가지 사이로 불었다. 그 바람은 아직도 분다. 가만히 귀를 기울이고 있노라면, 바람이 노래를 하는 듯하다. 노랫말을 모르겠으면 구빈원에 사는 요한나 할머니에게 물어보라. 요한나는 총명하여 아주 옛날에 있었던 일들도 다 기억한다. 그녀는 옛 추억이 생생하게 살아 있는 옛날 이야기 책 같은 사람이다.

처음 지어졌을 당시에 구빈원은 아주 근사했다. 마을 재단사 이바르 올세가 아내 마렌과 함께 이곳으로 이사온 것은 그때였다. 두 사람은 모두 근면하고 정직했다.

당시에 요한나 할머니는 아주 어렸다. 요한나는 이 마을에서 제일 가난한 나막신 신발장이의 딸이었다. 마렌은 어린 요한나에게 맛있는 샌드위치를 주곤 했다. 마렌은 가난했지만, 근처의 성에 사는 영주 부인과 친하게 지냈기 때문에 먹을 것이 항상 충분했던 것이다.

마렌은 활달했으며 모든 일에 즐거워했다. 그녀는 하루 종일 노래를 흥얼거리고 종알거렸다. 그녀는 남편만큼이나 바느질을 잘했고, 항상 집 안을 깔끔하게 정리 정돈했으며 아이들도 정성껏 돌보았다. 아이들은 거의 한 다스나 되는 열한 명이었다.

"가난한 사람들은 아이들을 너무 많이 낳아. 고양이 새끼처럼 물에 빠뜨려 살아남는 한두 명만 키운다면 한결 더 잘 살 텐데 말야." 영주는 이렇게 투덜거리곤 했다.

그러면 마렌은 이렇게 대꾸했다. "하느님, 우리를 지켜 주소서! 아이들은 하느님께서 내린 은총이에요. 아이 하나하나가 천국에 이르는 기도이기도 하구요. 먹여 살릴 아이가 많으면 더 열심히 일하고 노력하잖아요. 우리가 하느님을 저버리지 않으면, 하느님도 우리를 저버리지 않아요."

영주 부인은 이 말에 고개를 끄덕이며 마렌의 손을 잡았다. 영주 부인은 마렌의 손을 잡고 입을 맞춘 적이 많았다. 마렌은 어렸을 때 그녀를 돌봐 준 유모였기 때문에 두 사람은 매우 친했다.

해마다 크리스마스가 되면 영주의 저택에서는 겨울 식량을 재단사의 집으로 보냈다. 밀가루 한 통, 돼지 한 마리, 거위 두 마리, 버터, 치즈, 사과 같은 것들이었다. 이 물건들을 들여놓으면 재단사네 식료품실이 거의 꽉 찼다. 이바르는 아주 흡족했지만, 짐짓 안 그런 척하며 버릇처럼 하던 말을 되풀이하곤 했다. "다 무슨 소용이람."

재단사네 집은 청결하고 아담하게 꾸며져 있었다. 창문에는 커튼이 걸려 있고, 창턱에는 카네이션과 사향연리초가 자라는 화분이 놓여 있었다. 그리고 벽에는 마렌이 직접 수를 놓아 만든 자수 액자가 걸려 있었고, 그 옆에는 마렌이 약혼했을 때 직접 쓴 시가 든 액자도 걸려 있었다. 그 시는 적절하게 곳곳에 압운을 넣어 지은 것이었다. 그녀는 남편의 성인 올세에 대한 압운도 찾아내 시를 지었다.

"남들이 갖지 않은 것을 가지고 있다는 건 행복한 일이에요." 마렌은 남편의 이상한 이름을 들먹이며 웃으면서 이렇게 말하곤 했다. 그녀는 남편처럼 "다 무슨 소용이람." 하고 말하는 법이 없었다. 그녀에게도 버릇처럼 된 말이 있었는데 그것은 "너 자신과 하느님을 믿으라!"라는 말이었다.

마렌은 이 말을 실천하며 살았다. 가족을 한데 뭉치게 한 사람 역시 마렌이었다. 아이들은 무럭무럭 자라서 보금자리를 떠났다. 그들은 세상 먼 곳으로 나가 성공을 거두었다.

라스무스는 그 아이들 중 막내였다. 너무도 잘생긴 그를 본 코펜하겐의 한 화가는 그를 모델로 삼아 그림을 그렸다. 이 세상에 나올 때와 같은 벌거벗은 모습을 하고 있는 그의 그림이 왕궁에까지 걸리게 되었다. 영주의 부인은 왕궁에 갔다가 그 그림을 보고 그림 속의 주인공이 벌거벗고 있긴 했지만 어린 라스무스라는 걸 금방 알아보았다.

재단사네 집에 시련이 닥쳐왔다. 재단사가 류머티즘에 걸려 두 손을 못 쓰게 되어 더 이상 바느질을 할 수 없게 된 것이다. 아무리 훌륭한 의사도, 희귀한 병을 잘 고친다는 점쟁이 스티네도 소용이 없었다.

"울어 봐야 소용없어. 그런다고 문제가 해결되는 것은 아니니까. 아버지가 손을 못 쓰게 되었으니 내 손으로 일을 하면 돼. 그리고 라스무스는 총명하니까 바느질하는 법을 가르치면 될 거야." 마렌이 말했다.

이렇게 해서 어린 라스무스는 작업대 앞에 책상다리를 하고 앉아서 바느질을 하게 되었다. 라스무스는 휘파람을 불기도 하고, 노래도 불렀다. 그는 아무런 불만이 없는 행복한 소년이었다. 마렌은 라스무스를 하루 종일 작업대 앞에 잡아 두지 않고, 밖으로 내보내 다른 아이들처럼 뛰놀게 했다.

라스무스의 가장 좋은 놀이 친구는 나막신 신발장이의 딸, 요한나였다. 요한나네는 라스무스네보다 훨씬 더 가난했으며, 요한나는 겨울에도 항상 맨발로 다녔다. 그녀는 한 번도 따뜻한 양말을 신어 본 적이 없었으며 옷은 다 해어져서 너덜너덜했다. 요한나네 집에는 옷을 꿰매 줄 사람도 없었으나 요한나는 맑은 하늘을 나는 새처럼 마냥 행복해했다.

그들은 돌로 된 표석 옆에 있는 버드나무 아래서 놀곤 했다. 라스무스의 꿈은 높이 나는 것이었다. 열 명의 종업원을 거느리고 있는 코펜하겐의 재단사들에 대해 아버지한테 들은 적이 있었는데, 언젠가는 그런 재단사가 되고 싶었다. 적당한 나이가 되면 도시에 나가서 종업원으로 일하다가 훌륭한 재단사가 되고 싶었다. 그러면 요한나가 그를 찾아와 음식을 만들어 줄 것이고 요한나에게도 따로 방을 줄 수 있게 될 것이다. 이런 이야기를 하면 요한나는 콧방귀를 뀌었지만, 라스무스는 그 꿈이 반드시 이루어질 것이라고 믿었다.

바람이 버드나무 가지와 잎들 사이로 지나갔다. 바람은 곡조를 흥얼거리고 버드나무는 노랫말을 이야기해 주는 것 같았다.

가을이 되자 버드나무 잎들이 모두 떨어지고 헐벗은 나무 위로 빗방울이 방울방울 떨어져 내렸다.

"곧 봄이 오면 가지들이 다시 푸른 잎으로 덮이겠죠?" 마렌이 말했다.

"그게 다 무슨 소용이람. 새해가 오면 생계를 유지하기가 더 힘들 텐데." 남편이 한숨을 쉬었다.

"사람들이 도와준 덕택에 식료품실에 음식이 가득한 걸요. 그리고 난 아직 건강해서 일도 할 수 있구요. 불평하는 것은 죄라구요."

크리스마스가 되자 영주 부부는 자신들의 저택에서 크리스마스를 축하했다. 그들은 코펜하겐으로 가서 겨울을 보낼 예정이었다. 그곳에서 열리는 무도회와 파티에도 참석하고 왕실의 만찬회에도 갈 예정이었다. 영주 부인은 프랑스제 고급 옷 두 벌을 주문하기도 했다. 마렌이 여태까지 한 번도 구경해 보지 못한 훌륭한 옷감과 우아한 디자인으로 된 아름다운 옷이었다. 마렌은 그런 훌륭한 작품을 구경할 기회가 드물 것 같아 영주 부인에게 남편도 구경할 수 있게 해 달라고 부탁했다.

이렇게 해서 이바르는 저택으로 가서 최신에 유행하는 파리의 옷을 구경하게 되었다. 하지만 이바르는 영주의 저택에서도, 집으로 돌아올 때도, 한 마디도 하지 않았다. 마침내 집에 도착하자 그는 난로 옆에 있는 의자에 앉아 늘 하던 말을 되풀이했다.

"다 무슨 소용이람."

그런데 이번에는 이 말이 사실로 나타나고 말았다. 영주 부부가 코펜하겐에 도착하여 화려한 무도회와 만찬회가 벌어졌는데, 영주가 그만 죽고 만 것이다. 영주 부인은 화려한 파리제 옷을 입어 보지도 못하고 머리에서 발끝까지 까맣게 상복을 입어야 했다. 흰색 실오라기 하나도 보이지 않는 검은 옷을 말이다. 하인들도 모두 검은 옷을 입었고, 심지어 마차에도 검은 천이 씌워졌다. 참으로 화려하고 으리으리한 장례식이었다. 겨울이 다 가도록 영주의 호화로운 장례식에 대한 이야기가 그치지 않았다.

"고귀하게 태어나야 고귀하게 묻히지." 사람들은 입을 모아 이렇게 말했다.

"다 무슨 소용이람. 이제 그는 생명도 재산도 없는걸. 그래도 우린 그 중 한 가지는 가지고 있잖아." 이바르가 말했다.

"그런 소리 말아요. 이제 영주님은 천국에서 영원한 생명을 얻게 되었어요." 마렌이 당황해하며 말했다.

"마렌, 누가 그런 소릴 했소? 죽은 사람은 좋은 비료일 뿐이오. 물론 영주님은 돌로 된 무덤에 묻혔지만 말이오. 고귀한 양반이니까 땅 속에서 썩을 수는 없지."

"그런 소리 말아요. 누가 들으면 당신이 그리스도교인이 아닌 줄 알겠어요. 영주님은 영원한 생명을 얻으셨다구요." 마렌이 화가 나서 얼굴을 붉히며 말했다.

"누가 그런 소릴 했소?" 재단사가 똑같은 질문을 되풀이했다.

마렌은 어린 라스무스가 이런 대화를 듣지 못하도록 라스무스의 머리를 앞치마로 감싸고 헛간으로 데려갔다. 그리고는 눈물을 펑펑 쏟았다.

"아까 그 말은 아빠가 하신 말씀이 아니란다. 악마가 방 안에 들어와 아빠 목소리를 흉내 낸 거야. 자, 함께 기도 드리자꾸나! 주기도문을 외우자." 마렌은 겁에 질린 아들에게 이렇게 말하고는 아들과 함께 손을 모으고 기도했다.

"이제 기분이 한결 낫구나. 네 자신과 하느님을 믿거라." 마렌이 눈물을 닦으며 말했다.

장례식이 있던 해가 지나갔다. 과부가 된 영주 부인은 반(半)상복을 입고 있었지만 마음은 기쁨으로 가득 차 있었다. 그녀에게 구혼자가 나타나서 곧 결혼식을 올릴 거라는 소문이 떠돌았다.

부활절 직전의 일요일인 종려 주일에 신부님은 설교를 끝낸 후 미망인의 약혼을 공표했다. 약혼자는 석공이나 조각가라고 했지만, 그 직업에 대해서 아는 사람은 거의 없었다. 그는 귀족 출신은 아니었지만, 점잖았다. 그의 직업이 뭔지는 몰라도 아무튼 그는 대단한 사람이었다. 조각을 하는 그는 젊고 멋있었다.

"다 무슨 소용이람." 재단사 이바르는 이렇게 말할 뿐이었다. 종려 주일에 가족과 함께 교회에 간 이바르는 설교가 끝난 후, 마렌과 함께 영성체를 받았다. 그동안에 라스무스는 신도석에 앉아 있었다. 아직 견신례를 받지 못했기 때문이다. 이들 세 사람은 오랫동안 해질 대로 해져서 더 이상 꿰매 입을 수도 없는 옷을 입고 다녔으나 이 날만은 새 옷을 입고 있었다. 하지만 상복처럼 검은 옷이었다. 장례식 때 마차에 씌운 검은 덮개로 만든 것이었기 때문이다. 그 마차 덮개로 이바르의 상의와 바지, 마렌의 깃이 높은 드레스, 그리고 라스무스의 옷을 만들어 입었는데, 라스무스의 옷은 커서 견신례를 받을 때도 입을 수 있을 것 같았다. 마을 사람들은 그 옷감이 어디서 났는지 모두 알고 있었다. 점쟁이 스티네는 물론, 점을 쳐서 밥벌이를 할 만큼은 못 되지만 스스로 앞을 내다볼 줄 안다고 자처하는 노파들은 그 옷 때문에 재단사네 집에 죽음과 병이 들이닥칠 것이라고 예언했다.

"장의 마차 덮개로 옷을 해 입으면 무덤으로 가게 되지." 스티네가 말했다.

그 말을 듣자 요한나는 라스무스가 걱정되어 울음을 터뜨렸다. 하지만 병이 난 사람은 그의 아버지인 이바르였다. 노파들은 그럴 줄 알았다는 듯이 고개를 끄덕였다. 이바르는 날이 갈수록 점점 허약해졌다.

삼위일체 축일이 지난 첫 번째 일요일에 이바르가 죽고 마렌은 과부가 되었다. 이제 마렌 혼자서 모든 것을 알아서 처리해야 했다. 자신과 하느님에 대한 믿음이 필요할 때였다.

다음 해에 라스무스가 견신례를 받고 도시에 있는 한 재단사의 견습공이 되었다. 재단사는 직원을 열 명 거느릴 만큼 대단하진 않았지만 한 명의 직원은 두고 있었다. 거기다가 반 몫을 하는 라스무스가 고용됨으로써 직원은 한 명 반이 되었다. 라스무스는 매우 기뻤고 만족스러웠지만, 요한나는 울었다. 라스무스가 떠나게 되어서야 요한나는 자신이 그를 생각보다 훨씬 더 좋아하고 있다는 것을 깨달았다. 라스무스의 어머니는 예전과 다름없이 연못 옆에 있는 작은 집에서 지냈다.

새 도로가 개통될 무렵이었다. 재단사의 집과 늙은 버드나무 옆으로 난 오래된 길은 들길이 되었다. 연못은 좀개구리밥으로 덮여 이제 목을 축이러 오는 소도 없었고 아무 소용이 없게 된 표석은 허물어졌다. 예전과 변함없는 것은 버드나무와 버드나무 가지 사이로 노래를 흥얼거리며 지나가는 바람뿐이었다.

제비와 찌르레기는 멀리 날아갔지만 봄이 되면 어김없이 돌아왔다. 라스무스가 떠난 후 제비와 찌르레기가 네 번째로 돌아왔을 때, 라스무스도 집으로 돌아왔다. 그는 견습을 마치고 어엿한 재단사가 된 것이다. 이제 그는 외국을 구경하고 싶어했다. 하지만 마렌이 허약한 그를 붙들었다. 다른 자식들은 뿔뿔이 흩어지고, 라스무스만이 집에 남은 유일한 자식이었고, 막내인 그가 언젠가는 집을 물려받아야 했기 때문이다. 그리고 그곳에서도 할 일은 충분했다. 이 농가에서 저 농가로 돌아다니면서 한 농가에서 일주일씩 일을 할 수도 있었다. 외국으로 나가는 것이나, 농가를 돌아다니는 것이나 모두 여행은 여행이었다. 그래서 라스무스는 어머니의 권고를 따랐다.

라스무스는 다시 어렸을 때 잤던 침대에서 잠을 자고, 버드나무 아래에 앉아서 속삭이는 바람 소리도 듣게 되었다.

그는 새처럼 휘파람을 불고, 최신 유행하는 노래도 부를 줄 알았다. 어디를 가나 환영받았으나, 특히 클라우스 한센의 집 사람들이 그를 무척 아꼈다. 클라우스 한센은 그 지역에서 두 번째로 부자인 농장주였으며 그의 딸 엘제는 늘 미소를 머금은, 한 송이 꽃처럼 아름다웠다. 남을 헐뜯기 좋아하는 사람들은 그녀가 자주 웃는 것은 아름다운 이를 자랑하기 위해서라고 말하기도 했다. 그녀는 매우 짓궂어서 사람을 가리지 않고 장난을 했다. 라스무스와 엘제는 서로 사랑했지만, 둘 다 이것을 입 밖에 내지는 않았다.

라스무스는 어머니의 성격보다는 아버지의 성격을 더 닮아 갈수록 우울해졌다. 그가 웃고 농담할 때는 엘제와 함께 있을 때뿐이었다. 엘제에게 그의 마음을 내보일 기회는 많았지만 라스무스는 아무런 내색을 하지 않았다. 그는 이렇게 생각했다. '다 무슨 소용이람. 그녀의 부모는 좋은 집에 시집 보내려고 할 텐데. 난 가난하구 말야. 이곳으로 돌아오지 않은 게 나았을 거야.'

그러나 그는 단단한 줄로 엘제에게 묶여 있는 것처럼 그곳을 떠날 수가 없었다. 그는 주인의 요구에 따라 노래하고 휘파람을 부는 길들여진 새였다. 나막신 신발장이의 딸 요한나는 엘제네 농장 하녀로 일했다. 소젖을 짤 때가 되면 우유를 나르는 마차를 타고 목장으로 나갔으며, 어쩔 때는 거름도 날라야 했다. 그녀는 라스무스와 엘제가 나란히 앉아서 이야기하는 집 안으로 들어간 적이 없었지만, 다른 하인들을 통해 그들이 약혼한 거나 다름없다는 이야기를 들었다.

"이제 라스무스는 부자가 되겠지. 잘됐지 뭐야." 이렇게 중얼거리는 요한나의 두 눈은 촉촉하게 젖어 들었다.

어느 날, 근처 도시에서 장이 열렸다. 클라우스 한센은 가족을 데리고 장에 갔으며 라스무스도 초대했다. 라스무스는 장에 갈 때도, 집으로 돌아올 때도 엘제와 나란히 마차에 앉았다. 라스무스는 그렇게 열렬히 사랑에 빠진 적이 없었지만 전혀 내색을 하지 않았다.

엘제는 친구에게 이렇게 말했다. "라스무스가 내게 고백을 할거야. 그가 먼저 자기 감정을 고백해야 마땅해. 만약 계속 입을 다물고 있으면, 그를 쫓아 버릴 거야!"

곧 그 지역에서 최고 부자인 농장주가 엘제에게 청혼했다는 소문이 떠돌았다. 그것은 사실이었다. 하지만 엘제가 어떤 대답을 했는지는 아무도 몰랐다. 가엾은 라스무스는 당혹하여 어쩔 줄을 몰랐다.

어느 날 저녁, 엘제는 자신의 손가락에 낀 금반지를 보여주며 라스무스에게 물었다. "이게 무슨 표시인지 아세요?"

"약혼했다는 뜻이지." 라스무스가 핼쑥한 표정으로 대답했다.

"누구랑 약혼했는지 알아요?"

"농장주하고?"

"바로 맞혔어요!" 엘제는 거짓말을 하고는 황급히 사라졌다.

라스무스도 황급히 집으로 돌아와 배낭을 꾸렸다. 한시라도 빨리 그곳을 떠나고 싶었다. 어머니가 아무리 울어도 소용없었다.

그는 지팡이로 쓸 늙은 버드나무 가지를 꺾으면서 휘파람을 불었다. 넓은 세상으로 나가는 것이 기쁜 듯이 말이다.

"네가 떠나는 게 참으로 슬프지만 네게는 그게 더 나을지 모르지. 내가 참아야겠지. 네 자신과 하느님을 믿거라. 그러면 언젠가는 건강하고 기쁘게 다시 집으로 돌아올 수 있을 거야." 어머니가 말했다.

라스무스는 새로 생긴 도로를 따라 걷다가 거름을 가득 실은 마차를 몰고 오는 요한나를 만났다. 그러나 요한나는 열심히 마차를 끌고 가느라 그를 보지 못했다. 라스무스는 자신의 모습을 들키고 싶지 않아 얼른 울타리 뒤로 숨었다.

이렇게 해서 라스무스는 넓디넓은 세상으로 나갔다. 그가 어디로 갔는지는 아무도 몰랐다. 그의 어머니는 해가 바뀌기 전에 라스무스가 집으로 돌아올 거라고 생각하며 위안을 삼았다. 새롭고 낯선 것들을 보면 엘제에 대한 생각을 잊으리라 생각했다. 하지만 그의 영혼에 아무리 다려도 펴지지 않는 주름이 생길까봐 걱정이 되었다.

'그 애는 자기 아버지를 너무 많이 닮았어. 가엾은 녀석. 날 닮았으면 좋으련만. 하지만 내 아들은 집으로 돌아올 거야. 에미와 집을 잊어버리지는 않을 거야.' 그의 어머니는 이렇게 생각했다.

어머니는 오랫동안 참을성 있게 기다렸지만, 엘제는 한 달도 채 못되어 점쟁이 스티네를 몰래 찾아갔다. 스티네는 병을 치료할 뿐만 아니라 카드와 커피 찌꺼기로 점을 치기도 하고, '주기도문' 외에 여러 가지 기도도 할 줄 알았다. 그녀는 커피 찌꺼기를 보고 라스무스가 어디에 있는지 알아냈다. 라스무스는 낯선 도시에 있다고 했다. 도시 이름은 알 수 없으나, 그곳에는 군인들과 예쁜 처녀들이 많고, 라스무스는 군인이 될 생각을 하고 있으며 어떤 처녀를 아내로 삼을까 하고 생각하고 있다고 했다. 이 말을 듣자 엘제는 두 손으로 귀를 막았다. 더 이상 듣고 싶지 않았다. 라스무스가 군인이 되었다면 저축한 돈을 모두 들여서라도 그가 자유롭게 돌아오게 하리라. 하지만 누구에게도 이 사실을 알리고 싶지 않았다.

스티네는 그를 돌아오게 해 주겠다고 약속했다. 그녀는 아주 효험 있는 처방을 알고 있었는데, 그것은 아주 위험해서 최후의 수단으로 사용하던 것이었다. 불 위에 큰 냄비를 올려놓고 끓이면, 라스무스가 이 세상 어디에 있든 돌아온다는 것이었다. 한 달이 걸릴 수도 있지만 결국은 단지가 끓고 있는 곳에, 그를 사랑하는 사람이 기다리고 있는 곳으로 돌아온다는 것이었다. 비바람이 불거나 눈보라가 몰아쳐도, 아무리 피곤해도 밤낮으로 쉬지 않고 목숨이 붙어 있는 한 돌아온다고 했다.

상현달이 되었다. 라스무스를 돌아오게 하는 비법을 사용하기에 적합한 날이라고 스티네가 말했다. 북풍이 폭풍우를 몰고 와 늙은 버드나무 가지를 후려쳤다. 스티네는 버드나무 가지 하나를 꺾어 매듭을 지은 다음 라스무스네 집 지붕에서 가져온 이끼, 이엉과 함께 큰 냄비에 넣었다. 찬송가 책 한 장도 필요했다. 엘제는 찬송가 책에서 한 장을 뜯어냈다. 정오표가 있는 페이지였다. 하지만 스티네는 어떤 글자가 들어 있건 효험이 똑같기 때문에 상관없다고 했다. 스티네네 수탉의 붉은 볏도 냄비 안에 넣어지고 엘제가 끼고 있던 금반지도 냄비 속으로 들어갔다. 스티네는 그 반지를 다시는 돌려 받지 못할 것이라고 말했다. 그 밖에도 온갖 것들이 냄비에 들어갔다. 냄비는 빨갛게 타오르는 깜부기불에서도 뜨거운 잿더미 위에서도 쉬지 않고 끓었다.

달이 보름달로 변했다가 다시 초승달이 될 때면 엘제는 스티네를 찾아가 물었다. "그는 언제 돌아오죠? 그가 보이나요?"

"많은 것을 알게 되었고 많은 것을 보았지만 그가 얼마나 멀리 있는지는 아직 모르겠어. 그는 산을 넘고 폭풍우가 몰아치는 바다를 건넜어. 하지만 아직도 거대한 숲을 지나야 해. 그는 이제 지치고 열이 나고 발은 물집 투성이지."

"안 돼요! 그가 불쌍해요."

"이젠 그를 멈출 수가 없어. 그랬다간 길에서 쓰러져 죽을 거야."

1년 하루가 지난 어느 날 밤, 둥근 달이 밝게 빛나고, 바람이 늙은 버드나무 사이로 불었으며 밤하늘에 무지개가 걸렸다.

"징조가 보여. 확실해. 그가 돌아오고 있어." 스티네가 말했다.

하지만 라스무스는 돌아오지 않았다.

"누군가를 기다릴 때는 시간이 매우 느리게 가는 것 같지." 스티네가 말했다.

"맞아요."

이제 엘제가 스티네를 찾아가는 횟수가 점점 줄었고, 더 이상 선물도 가져다 주지 않았다. 그녀는 다시 쾌활해졌다. 그녀가 부유한 농장주와 약혼했다는 소문이 온 마을에 퍼졌다. 농장주의 훌륭한 밭과 가축을 둘러본 엘제는 더 이상 결혼식을 미룰 이유가 없다고 생각했다.

3일 동안이나 큰 잔치가 벌어졌다. 사람들은 클라리넷과 바이올린 소리에 맞춰 춤을 추었다. 그곳 사람들이 모두 초대를 받은 아주 성대한 잔치였다. 마렌도 그 잔치에 초대를 받았다. 마침내 잔치가 끝나고 마지막 트럼펫 소리가 사라지자, 마렌은 남은 음식을 싸가지고 집으로 돌아왔다.

그런데 빗장을 잠그고 갔던 문이 열려 있고 방 안에 라스무스가 앉아 있지 않은가. 바로 그날 라스무스가 집으로 돌아온 것이다. 가엾게도 그는 피골이 상접하여 불면 금방이라도 날아갈 듯 가벼워 보였으며, 얼굴은 누렇게 떠 있었다.

"라스무스! 네가 정말 라스무스냐? 이게 무슨 꼴이냐. 네가 이렇게 돌아오다니 정말 기쁘구나."

마렌은 잔칫집에서 가져온 음식을 먹였다. 거기에는 결혼 케이크 한 조각도 들어 있었다. 라스무스는 얼마 전에 꿈속에서 어머니와 집과 버드나무를 보았다고 했다. 그리고 버드나무와 맨발의 요한나가 꿈속에 자주 나타난 것이 매우 이상하다고 했다. 그러나 엘제에 대해서도 한 마디도 하지 않았다.

라스무스는 병이 들어 누워서 지내야 했다. 그가 돌아온 것은 스티네의 냄비 때문이 아니었다. 하지만 늙은 스티네와 엘제는 그렇게 믿었지만 아무에게도 그렇다고 말하지 않았다.

라스무스는 열병에 걸려 앓아 누웠다. 전염병이었다. 그래서 요한나 외에는 재단사의 집을 찾아오는 사람이 없었다. 요한나는 라스무스의 비참한 모습을 보자 울음을 터뜨렸다. 의사가 약을 지어 주었으나, 라스무스는 먹으려 하지 않았다.

"다 무슨 소용이람!" 라스무스는 이렇게 말하곤 했다.

"네 건강을 되찾아 주마. 네 자신과 하느님을 믿거라. 네가 다시 건강해져 휘파람을 불고 노래하는 것을 보게 된다면, 죽어도 여한이 없겠구나." 마렌이 라스무스의 침대 옆에 앉아 말했다.

라스무스는 곧 건강해졌다. 하지만 이번에는 그의 어머니가 병을 얻고 말았다. 하느님은 라스무스가 아니라 그의 어머니를 자기 곁으로 부른 것이다.

집 안은 쓸쓸해지고, 가난과 절망이 식탁 위에 앉았다.

"그는 이제 끝장이야. 라스무스에겐 아무런 희망이 없어." 사람들은 이렇게 속삭였다.

하지만 라스무스의 의지와 힘을 앗아간 것은 힘든 여행이었지, 점쟁이의 냄비가 아니었다. 라스무스는 머리카락이 빠지고 허예졌다. 그는 일을 하려 하지 않고 입버릇처럼 "다 무슨 소용이람!" 하고 말하곤 했다. 그리고 교회보다는 선술집에 더 자주 드나들었다.

비나 내리고 바람이 스산하게 부는 어느 늦은 가을 저녁, 라스무스는 비틀거리며 선술집에서 집으로 돌아오고 있었다. 제비와 찌르레기가 모두 떠나고 어머니가 그의 곁을 떠난 지도 많은 세월이 흘렀다. 그러나 요한나는 떠나지 않고 그의 곁에 남아 있었다.

"정신 차려요, 라스무스." 요한나가 그를 따라오며 말했다.

"다 무슨 소용이람." 라스무스가 여느 때처럼 중얼거렸다.

"그건 나쁜 말버릇이에요. 네 자신과 하느님을 믿으라고 하신 어머니의 말씀을 생각해 보세요. 왜 그대로 행하지 않는 거예요? 다 소용 없다는 말은 다신 하지 말아요. 그 말대로라면 이 세상에서 해야 할 일은 하나도 없어요. 아무것도 할 필요가 없다구요."

요한나는 그를 집까지 바래다주고 가 버렸다. 그러나 그는 집 안으로 들어가지 않고, 비틀거리면서 늙은 버드나무가 있는 곳으로 가서 쓰러진 표석 위에 걸터앉았다.

바람이 나뭇가지 사이로 불어 왔다. 누군가 노래하는 것 같기도 하고, 이야기하는 것 같기도 했다. 라스무스는 나무에게 대답이라도 하듯 큰 소리로 말했다. 그의 말을 듣는 이는 바람과 버드나무뿐이었다.

'아, 추워. 가서 자야겠군.' 라스무스는 이렇게 생각하며 걸음을 옮겼지만 그가 간 곳은 집이 아니라 연못가였다. 그는 비틀거리다 그곳에 쓰러지고 말았다. 이제 비가 세차게 몰아치고 바람이 차가웠다. 하지만 그는 아무것도 느끼지 못하고 잠 속으로 빠져들었다. 태양이 떠오르고, 까마귀들이 갈대숲 위로 날아갈 때에야, 그는 초주검이 되어 잠에서 깨어났다. 발을 놓은 자리에 머리를 두고 잤다면, 다시는 일어나지 못했을 것이고, 좀개구리밥이 그의 수의가 되었을 것이다.

낮에 요한나가 그의 집으로 왔다. 그녀는 즉시 의사를 부르고, 그를 병원으로 데리고 갔다.

"우린 아주 어렸을 때부터 알고 지낸 사이에요. 내가 굶주릴 때 당신 어머니가 제게 먹을 것을 주시곤 했어요. 하지만 이제 그 은혜를 갚을 길이 없어요. 당신은 건강해질 거예요. 하느님은 당신이 살기를 원하세요." 요한나가 말했다.

라스무스는 퇴원했으나 몸도 마음도 좋아졌다가 다시 나빠지곤 했다. 제비와 찌르레기는 어김없이 돌아왔다가 다시 떠났다. 라스무스는 나이보다 더 빨리 늙었다.

그는 쓰러져가는 집에서 쓸쓸하게 혼자 살았다. 이제 그는 요한나보다 훨씬 더 가난했다. 요한나는 그를 찾아올 때마다 이렇게 말하곤 했다. "당신은 믿음이 없어요. 우리에게 하느님이 없다면, 어떻게 살아가겠어요? 성찬식에 참석하세요. 견신례를 받은 후 한 번도 참석한 적이 없죠?"

"그게 다 무슨 소용이겠소. 그렇다고 좋아질 게 있소?" 라스무스는 늘 이런 식이었고, 그러면 요한나는 고개를 돌려 버렸다.

"그렇다면, 좋도록 하세요! 하느님도 마지못해 오는 손님은 반가워하지 않으실 테니까요. 당신 어머니와 당신이 어렸을 때를 생각해 보세요. 당신은 착한 아들이었어요. 찬송가를 불러 줄까요?"

"그게 다 무슨 소용이 있겠소."

"찬송가를 부르면 마음이 편안해지는 걸요."

"독실한 신자가 된 거요?"

요한나를 바라보는 라스무스의 눈이 흐릿하고 지쳐 보였다.

요한나는 찬송가를 불렀다. 그녀에겐 찬송가 책이 없었기 때문에 모두 외운 것이었다.

"참으로 아름다운 말들이군! 하지만 무슨 말인지 모르겠소. 아, 머리가 무거워. 머릿속에 돌덩이가 든 것 같소." 라스무스가 느릿느릿 말했다.

라스무스는 노인이 되었다. 엘제도 이제는 더 이상 젊지 않았다. 라스무스는 단 한 번도 그녀에 대해서 말하지 않았다.

엘제는 활달하고 귀여운 손녀들을 둔 할머니가 되어 있었다. 엘제의 손녀가 다른 아이들과 놀고 있을 때, 라스무스가 지팡이를 짚고 서서 노는 아이들을 바라보았다. 엘제의 손녀가 그를 보고 방긋 웃자 어린 시절 추억이 밀물처럼 밀려들었다. 엘제의 손녀는 손가락으로 라스무스를 가리키며 목청껏 소리쳤다. "불쌍한 라스무스!"

다른 아이들도 따라서 외치며 라스무스의 뒤를 따라왔다.

어둡고 우울한 날들이 계속되었다. 하지만 어둡고 흐린 날들 뒤엔 찬란한 태양이 비치는 법이다. 마침내 성령 강림절이 되었다. 교회는 연한 초록색 자작나무 잎으로 장식되어 숲의 향기가 진동했고, 커다란 창문을 통해 밝은 햇살이 쏟아져 들어왔다. 성찬식에 참석한 신자 중에 요한나는 보였지만 라스무스는 보이지 않았다. 바로 그날 아침에 자비롭고 은혜로운 하느님이 그를 불러 가신 것이다.

그 후, 여러 해가 지났다. 재단사네 집은 여전히 그 자리에 서 있지만 지금은 아무도 살지 않는다. 겨울이 되어 심한 폭풍우가 몰아치면 집은 무너져 내릴 것이다. 연못은 무성한 갈대와 좀개구리밥으로 뒤덮여 있다. 바람이 늙은 버드나무 가지 사이로 불어온다. 가만히 귀를 기울이면 노랫소리처럼 들린다. 바람이 가락을 흥얼거리고, 나무는 노랫말을 들려준다. 노랫말이 이해되지 않으면 구빈원에 사는 요한나 할머니에게 물어보라.

요한나는 아직도 살아 있다. 그녀는 라스무스에게 불러 주었던 오래된 찬송가를 부르며 그를 생각하고, 그를 위해 기도한다. 참으로 충실한 친구이다. 요한나는 우리에게 지나간 시절에 대한 이야기를 들려준다. 늙은 버드나무 가지 사이를 지나며 바람이 노래하는 옛 추억들을.

# 154
# 현관 열쇠

모든 열쇠에는 각각 자기만의 이야기가 있다. 시계 태엽 열쇠, 시청 열쇠, 성 베드로 대성당 열쇠 등, 열쇠의 종류도 다양하다. 하지만 이런 열쇠들에 대한 이야기를 다 할 수는 없다. 지금부터 여러분이 들을 이야기는, 매우 존경받는 한 신사의 현관 문 열쇠이다. 그는 바로 시의회 의원이다.

현관 문 열쇠는 자물쇠공이 만든 것이지만, 크기와 무게로 보면 대장장이가 망치로 두들기고 불에 달궈서 만든 것 같았다. 현관 문 열쇠는 너무 커서 바지 주머니에 들어가지 않았기 때문에 웃옷 주머니에 넣고 다녀야 했다. 열쇠는 컴컴한 웃옷 주머니 속에서 지낼 때가 많았으며 가끔 그의 전용석인 못에 걸려 있기도 했다. 못은 의원의 어린 시절 옆모습을 담은 액자 옆에 박혀 있었다. 주름 장식이 달린 블라우스를 입고 있는 액자 속의 의원은 마치 둥근 빵처럼 보였다.

사람의 성격은 달력에 나와 있는 전갈자리, 쌍둥이자리, 양자리와 같은 태어날 때의 별자리에 영향을 받는다고 한다. 의원 부인은 남편에 대해 이야기할 때면 이런 별자리를 들먹이지 않고 '손수레 자리'에서 태어났다고 말하곤 했다. 그래서 언제나 누군가 그를 밀어 줘야 한다고 했다.

그의 아버지는 그를 뒤에서 밀어 주어 관직에 오르게 했고, 어머니는 그를 결혼하도록 밀어 주었다. 그리고 그의 부인은 그가 시의회 의원이 되도록 밀어 주었다. 하지만 그녀는 이런 사실을 누구에게도 말하지 않았다. 말할 때와 침묵해야할 때를 알고, 밀어 줘야 할 때를 아는 총명한 부인이었기 때문이다.

이제 나이가 든 의원은 풍채가 당당해졌다. 의원의 표현을 빌리면 균형 잡힌 몸매였다. 그는 아는 것이 많고, 마음씨가 고왔으며 열쇠점도 잘 쳤다. 열쇠점이 무엇인지는 이야기를 읽으면 알게 될 것이다. 의원은 모든 사람에게 친절했고 사람들과 이야기 나누는 것을 즐겼다. 일단 그가 산보를 나가면 언제 집에 들어올지 알 수 없었다. 그를 집으로 가라고 밀어 주는 부인과 함께 나갈 때가 아니면 말이다. 그는 아는 사람이 많았는데, 아는 사람을 만나면 그냥 지나치는 법이 없었다. 그래서 식사가 식기가 일쑤였다.

의원이 산보를 나갈 때면 부인은 그가 언제 올지 몰라 창문으로 밖을 내다보곤 했다. 그러다가 의원이 오는 것을 보면 하녀에게 지시했다. "의원님이 오신다! 불에 냄비를 올려놓고 … 잠깐, 또 누굴 만나셨네. 냄비를 내려놓으렴. 그렇지 않으면 음식이 타 버리겠어 … 지금 오신다. 다시 냄비를 올려놓으렴."

하지만 그래도 그는 오지 않았다. 막 집을 들어서려던 그는 거리에 나타난 친구를 발견하고 친구가 다가오길 기다렸다가 말을 건넸다. 그러는 동안에 또 아는 사람이 나타나면 기다렸다가 날씨 얘기 등을 주고받았다.

이런 일은 의원 부인의 인내력을 시험하는 일이었다. 그럴 때마다 의원 부인은 참다못해 창문을 열고 그를 불렀다. 그리고는 이렇게 중얼거리곤 했다. "손수레 자리에서 태어났다니까. 누가 밀어 주지 않으면 꼼짝도 하지 않을 거야."

의원은 서점에 들러 잡지 보는 것을 좋아했다. 그는 서점 점원에게 적당히 돈을 집어 주고 새로 나온 책들을 사지 않고 그 자리에서 읽기도 했다. 그는 걸어다니는 신문이었다. 약혼식, 결혼식, 장례식, 문학계 소식, 그 지방에서 입에 오르내리는 뜬소문 등, 모르는 것이 없었다. 또 가끔은 비밀스런 얘기를 하기도 했는데, 사람들이 그런 사실을 어떻게 알았느냐고 물으면, 현관 열쇠를 통해 알았다고 했다.

의원 부부는 결혼한 후부터 계속 같은 집에서 살았으며, 같은 현관 열쇠를 사용했다. 하지만 처음에는 그 열쇠의 신비한 힘을 깨닫지 못했다.

프레데리크 6세 시절이었다. 코펜하겐에는 아직 가스가 들어오지 않아 기름 등이 사용되었으며, 전차나 열차도 없었고, 티볼리 공원이나 카지노도 없어 지금처럼 오락 거리가 많지 않았다. 사람들은 성문 밖에 있는 거대한 교회 묘지로 소풍을 가서 묘비를 읽고 풀밭에 앉아 점심을 먹었다. 프레데릭스베르그나 궁정 정원으로 소풍을 가는 것은 크나큰 기쁨이었다. 일요일에는 프레데릭스베르그 성 앞에서 연대 소속 군악대가 연주를 했고 운하에서 왕가 사람들이 배를 타고 지나가는 것을 볼 수 있었다. 늙은 프레데리크 왕은 보트를 직접 조종하며 신분에 상관없이 보는 사람마다 고개를 끄덕여 보이곤 했다. 여름이면 부자들이 그곳에 모여 오후의 차를 즐기기도 했다. 차를 끓일 뜨거운 물은 공원 바로 근처의 농가에서 살 수 있었지만, 찻주전자는 직접 가져와야 했다.

햇살이 따스하게 내리쬐는 어느 일요일 오후, 의원 부부는 이 흥겨운 소풍 놀이에 참석하려고 걸어서 코펜하겐을 출발했다. 하녀도 샌드위치와 찻주전자가 든 바구니를 들고 뒤따랐다.

"잊지 말고 현관 열쇠를 가져가세요. 해가 지면 문이 잠기잖아요. 오늘 아침에 초인종 줄이 끊어져 버렸어요. 오늘 밤 늦게야 돌아오게 될 테니까 열쇠를 꼭 챙기세요. 프레데릭스베르그에 갔다 오는 길에 카조르티스 극장에서 판토마임을 보고 싶어요. 〈어릿광대 매질 선생〉을 한대요. 마지막 막에서 배우들이 모두 구름 속에서 내려온대요. 한 사람당 2마르크가 든다더군요." 의원 부인이 말했다.

그들이 궁정 정원으로 들어서자 군악대가 연주하는 소리가 들리고 왕과 왕이 탄 배 뒤에서 호위를 하듯이 헤엄쳐 다니는 흰 백조들이 보였다. 그들은 차를 마신 다음 서둘러서 극장에 갔지만, 제시간에 도착하지 못했다.

줄타기 곡예사와 마술사의 연기가 이미 끝나고 판토마임이 시작되고 있었다. 그들은 제시간에 극장에 도착하는 법이 없었는데, 도중에 아는 사람을 만나면 그냥 지나치지 못하는 의원 때문이었다. 공연이 끝나자 의원 부부는 성문 밖에 사는 친구네 집으로 과일주를 마시러 갔다. 원래는 그곳에서 10분만 있으려고 했으나 이야기가 길어져 한 시간이나 있었다. 그들은 얘기하고 또 했다. 특히 스웨덴 남작이 제일 재미있어 했다. 의원은 그의 국적이 독일인지 아니면 다른 나라인지 기억하지 못했지만, 그가 가르쳐 준 흥미진진한 열쇠 묘기는 잊지 않고 있었다. 남작은 아무리 사적이고 비밀스런 것이라 해도, 모든 질문에 대해 열쇠에게 대답하게 하는 법을 알고 있었다.

의원의 현관 열쇠는 무거웠기 때문에 이런 게임에 특히 적합했다. 남작은 열쇠 고리를 오른손 집게손가락에 느슨하게 매달아 손가락의 맥박에 따라 움직이게 했다. 열쇠가 맥박에 의해 움직이지 않으면, 남작은 다른 사람이 눈치 채지 못하게 어떻게든 열쇠를 움직이게 했다. 열쇠는 움직일 때마다 A에서 Z까지 다양한 글자 모양을 그려냈다. 첫 번째 글자를 쓴 다음에는 반대편으로 몸을 돌려 다음 글자 모양을 만들어 문제에 대한 답을 써 내려갔다.

'엉터리지만 아주 재미있는걸.' 처음에 의원은 이렇게 생각했다. 하지만 열쇠가 매우 많은 문제를 척척 풀어내자 생각이 달라졌다.

"여보, 여보! 늦었어요. 15분 후면 서쪽 성문이 닫혀요. 그때까지 도착하지 못하겠어요."

그들은 걸음을 재촉했다. 하지만 늦은 사람은 그들만이 아니었다. 시계가 12시를 쳤을 때 그들은 첫 번째 위병소 앞을 지났다. 성문이 이미 닫혀 안으로 들어갈 수가 없었다. 의원 부부와 찻주전자가 든 음식 바구니를 든 하녀는 늦게 온 사람들 틈에 서 있었다. 사람들의 반응은 가지각색이었다. 겁을 먹고 어쩔 줄 모르는 사람이 있는가 하면, 화를 내는 사람도 있었고, 안타까워 발을 동동 구르는 사람도 많았다. 하지만 그래 봐야 아무 소용없었다.

한참 후에야, 그들은 북문이 보행자들을 위해 밤새도록 열려 있다는 것을 알아냈다. 북문으로 가는 길은 꽤 멀었다. 밤 공기가 상쾌하고 별들이 초롱초롱 빛났으며 연못과 도랑에서는 개구리들이 개골개골 울어댔다. 함께 걷던 사람 중에서 누군가 노래를 부르자 다른 사람들도 따라하기 시작했다. 하지만 의원은 노래도 하지 않았고, 별도 쳐다보지 않았으며, 심지어는 자기 발 밑조차 보려고 하지 않았다. 그러다 그는 도랑에 빠지고 말았다. 사람들은 그가 술을 너무 많이 마셨기 때문이라고 생각했을지도 모르지만 그것은 술 때문이 아니라 열쇠 때문이었다. 그는 줄곧 열쇠에 대해 생각하고 있었던 것이다.

드디어 북문에 도착하여 다리를 건너고 작은 문을 통과해 도시로 들어갔다.

"드디어 집에 왔군요. 이제 살았어요. 여기가 바로 우리 집 현관이에요!" 의원 부인이 말했다.

"그런데 열쇠가 어디 있지? 웃옷 주머니에도, 안주머니에도 없네." 의원이 불안한 목소리로 말했다.

"뭐라구요? 열쇠가 없어요? 초인종 줄이 오늘 아침에 망가졌다는 걸 아시잖아요. 파수꾼도 열쇠를 가지고 있지 않구요. 남작과 그 우스꽝스런 놀이를 하다가 잃어버린 모양이군요. 이제 어쩌죠?"

하녀가 울음을 터뜨렸다. 하지만 의원만은 침착했다. 지하실에는 작은 잡화점이 있었다.

"지하 창문을 부수고 들어가 페터슨에게 문을 열어 달라고 합시다." 의원이 말했다.

그는 유리창 하나를 치다가 깨지지 않자 다른 유리창을 쳐서 깼다. 그리고는 "페터슨!" 하고 소리쳐 부르면서 우산을 깨진 유리창 안으로 쑤셔 놓고 흔들었다. 시끄러운 소리에 이제 막 잠이 깬 페터슨의 딸이 깜짝 놀라 비명을 질렀다.

페터슨이 문을 열고 야경꾼을 소리쳐 부르다가 의원 부부를 알아보고 안으로 들여보냈다. 그때 야경꾼이 호각을 불었고, 그 소리에 다른 야경꾼들이 일제히 요란스럽게 호각을 불어 댔다. 사람들이 창문을 열고 내다보며 소리쳤다. "어디서 불이 났어요?"

의원은 자기 방에 들어가 웃옷을 벗다가 열쇠를 발견했다. 열쇠는 주머니에 뚫린 구멍을 통해 안감으로 미끄러져 들어갔던 것이다. 그날 저녁부터 가족들은 열쇠를 더 중요하게 생각했다. 외출할 때 뿐만 아니라, 집에 있을 때도 열쇠에 관심을 두었다. 의원은 열쇠에게 질문을 던지고는 그에 대한 가장 적절한 대답을 생각하여 열쇠로 하여금 말하게 하였다. 그런데 시간이 지남에 따라 의원은 실제로 열쇠의 대답을 믿게 되었다.

하지만 의원 부인의 친척인 젊은 약사는 그것을 믿지 않았다. 그는 매우 총명하고 비판적이며 의심이 많은 사람이었다. 그는 학생 때부터 이미 책과 연극 비평을 써서 익명으로 신문에 낸 적이 있었다. 그는 뛰어난 영혼을 지니고 있었지만 정령을 믿지 않았다. 열쇠의 정령은 말할 것도 없었다.

그런데 어느 날 저녁, 놀랍게도 그가 이렇게 말했다. "믿지요. 믿어요. 의원님의 현관 열쇠뿐만 아니라 모든 열쇠에 정령이 있다고 생각합니다, 의원님. 그건 이제 알려지기 시작한 새로운 학문이지요. 여러 사람이 테이블 위에 손을 얹으면 테이블이 저절로 움직이는 현상에 대해 들어 보셨어요? 모든 가구에는 새것이든 낡은 것이든 간에 정령이 있지요. 한때는 저도 믿지 못했어요. 제가 워낙 의심이 많잖아요. 하지만 외국 신문에 실린 기사를 보고 믿게 되었지요. 참으로 엄청난 이야기였어요. 한번 들어보실래요?

영리하고 귀여운 두 아이가 있었는데, 그들 부모가 커다란 식탁에서 정령을 깨우는 모습을 보았지요. 다음날 저녁, 부모님이 나가시자 두 아이는 서랍장 정령을 깨워 보기로 했어요. 그런데 정말 놀라운 일이 벌어졌어요. 살아 있는 정령이 깨어난 거지요. 하지만 그 정령은 어린아이들의 명령에 따르려 하지 않았어요. 정령이 화를 내자 서랍들이 펄쩍펄쩍 뛰었어요. 정령은 작은 다리를 움직여서 두 아이를 각기 다른 서랍에 넣고 집을 빠져나왔어요. 한참을 달리다가 운하에 이르자 정령은 운하 속으로 뛰어들었어요. 결국 불쌍한 아이들은 물에 빠져 죽고 말았지요. 아이들의 시체는 축복 받으며 땅에 묻혔지만, 서랍장은 유아 살해죄로 재판을 받고, 광장에서 화형을 당했답니다.

이것이 제가 읽은 이야기의 전부예요. 절대로 꾸며낸 이야기가 아니에요. 천국의 열쇠에 두고 맹세해요. 맹세코 사실이에요."

의원은 그 이야기가 농담이라 해도 너무 조잡하다고 생각했다. 그는 열쇠에 대해 약사와 대화를 나누려 하지 않았다. 그는 열쇠에 도통한 사람이고, 약사는 열쇠에 문외한이었기 때문이다. 열쇠학에 대한 의원의 연구는 날로 발전했다. 열쇠를 연구하는 일은 그의 오락거리이자 소일거리였다.

어느 날 저녁, 의원이 막 잠자리에 들려고 옷을 반쯤 벗었을 때 문을 두드리는 소리가 들렸다. 잡화상인 페터슨이었다. 그는 늦은 시각에 잠을 방해해서 미안하다며 이야기를 꺼냈다. 그가 막 잠자리에 들려고 하는데 좋은 생각이 떠올라 날이 밝을 때까지 기다릴 수 없어 뛰어왔다고 했다.

"제 딸, 로테 레네에 대해 말씀 드리려고요. 그 애는 착하고 예쁘지요. 이제 견신례도 받았으니까, 딸애가 짝을 만나 잘 사는 걸 보고 싶어요."

"그렇게 되면 자랑스럽겠지. 하지만 난 아직 홀아비가 아닐세! 그리고 자네 딸에게 줄 아들도 없는걸."

"오, 절 이해해 주십시오, 의원님. 제 딸은 피아노도 잘 치고 노래도 부를 줄 압니다. 의원님도 들은 적이 있으실 겁니다. 하지만 그게 전부가 아닙니다. 그 애는 어떤 사람의 말과 걸음걸이도 흉내 낼 줄 안답니다. 연극을 위해 태어난 아이지요. 좋은 가문의 여자아이들에겐 좋은 밥벌이이지요. 많은 여자 배우들이 귀족과 결혼했잖습니까. 하지만 제 딸은 그런 일은 꿈도 꾸지 않는답니다. 딸애가 노래도 잘 하고 피아노도 잘 쳐서 얼마 전에 음악 학교에 데려갔지요. 로테가 그들 앞에서 노래를 했는데, 글쎄 카나리아 목소리는 고사하고 음이 제대로 올라가지 않지 뭐예요. 그래서 전 딸애가 가수가 되지 못해도 배우는 될 수 있을 거라고 생각했어요. 배우는 그저 말만 잘하면 되니까요. 오늘 한 연출가와 얘기를 해봤는데, 딸애가 책을 많이 읽느냐고 묻더군요. 제가 아니라고 대답하자 예술가에게 책을 읽는 것이 필수라고 했어요.

전 이제라도 늦지 않았다고 생각했어요. 길 아래쪽에 있는 책 대여점을 이용하기로 마음먹었죠. 그런데 오늘 저녁에 옷을 벗는데 갑자기 이런 생각이 떠올랐어요. 책을 빌려 볼 수만 있다면 굳이 대여점에 가서 돈을 주고 빌릴 필요가 없다고 말예요. 의원님이 책을 많이 가지고 계시니까 제 딸에게 빌려주실 거라고 생각했지요. 공짜로 읽어도 책은 책이니까요."

"자네 딸은 마음씨 곱고 예쁘지. 마음대로 가져다 보라고 하게나. 한데 그 애는 재능과 재기가 있는가? 아니, 그보다 더 중요한 운이 있는가?"

"복권에 두 번이나 당첨된 적이 있답니다. 한 번은 옷장을 탔고, 또 한 번은 침대 시트 두 벌을 탔지요. 그 정도면 운이 좋지 않습니까?" 잡화 상인이 자랑스럽게 말했다.

"그럼, 열쇠에게 물어보는 게 좋겠군."

의원은 열쇠를 가져와 오른손 집게손가락에 매달았다. 열쇠는 한쪽으로 빙 돌다가 다시 반대편으로 빙 돌아 '승리와 행운'이란 글자를 그려 보였다. 이렇게 해서 로테 레네의 미래가 결정되었다. 의원은 당장 읽을 수 있는 책 두 권을 주었다. 「뒤벡」과 크니게의 「인간과의 교제」라는 책이었다.

이날 저녁부터 로테 레네는 의원네 집을 자주 드나들어 그 집 가족이 되다시피 했다. 의원은 그녀가 매우 총명하다고 생각했으며, 로테 레네는 의원과 열쇠를 믿었다. 의원 부인은 자신의 무지를 숨김없이 드러내는 로테 레네의 솔직함과 어린애 같은 천진함이 마음에 들었다. 그들은 서로를 좋아했다.

"위층에서는 늘 감미로운 냄새가 나요." 로테 레네는 늘 이렇게 말했다. 위층집 복도에는 사과 한 통이 있었고 서랍마다 말린 라벤더와 장미 꽃잎이 들어 있어 향기가 진동했던 것이다.

로테 레네는 의원 부부가 참으로 기품 있는 사람들이라고 생각했다. 한겨울에도 의원 부인이 가꾸는 아름다운 꽃들을 바라보는 것은 참으로 즐거웠다. 라일락과 벚나무 가지는 따뜻한 방에 들여놓고 물을 주자, 봄이 온 줄 알고 금세 꽃을 활짝 피웠다.

"저 바깥에 있을 때는 죽은 것처럼 보이는 나뭇가지들이 지금은 이렇게 다시 살아 났잖니." 의원 부인이 로테 레네에게 말했다.

"이렇게 살아날 줄은 상상도 못했어요. 자연은 정말 위대해요."

위원은 로테 레네에게 열쇠에 관한 책을 보여주었다. 여러 가지 질문들과 그에 대한 진기하고 희한한 대답을 의원이 직접 기록한 책이었다. 거기에는 모든 것이 적혀 있었다. 심지어는 애플 파이 반 조각이 없어진 시간이나, 하녀의 애인이 찾아온 날에 관한 것도 적혀 있었다. 고양이나 하녀의 애인 중 누가 애플 파이를 먹었느냐고 의원이 묻자 열쇠는 하녀의 애인이라고 대답했다. 의원도 그랬을 거라고 생각했었다. 하녀는 즉시 그 사실을 인정했다. 불쌍한 하녀가 마술을 당할 도리가 있겠는가?

"참 신기하지 않니? 그 열쇠가 말이야. 그리고 너에 대해서는 '승리와 행운'이라고 대답했지. 꼭 그렇게 될 거야."

"참으로 멋져요!" 로테 레네가 말했다.

의원 부인은 열쇠를 믿지 않았지만, 남편 앞에서는 내색을 하지 않았다. 로테 레네에 대한 신뢰가 깊어지자 부인은 남편이 젊었을 때 연극에 빠져 지냈다고 로테 레네에게 털어놓았다. 당시에 누군가가 그를 적극적으로 밀었다면 배우가 되었을 것이고 가족들은 그를 연극에서 빼내려고 안달했을 거라고 말했다. 그는 배우가 될 수는 없더라도 극작가는 될 수 있을 거라고 생각했다. 예전에 희극을 쓴 적도 있었다.

"이건 굉장한 비밀인데, 그가 쓴 희극은 훌륭했지. 왕립 극단에서 그 대본으로 공연을 했는데, 야유와 조소를 받았단다. 그후 그 사건은 까맣게 잊혀졌지. 잘된 일이야. 난 그의 아내이고 그 사람을 잘 알아. 그런데 이제 네가 똑같은 길을 걸으려고 하는구나. 잘 되길 빈다. 하지만 그 꿈이 이루어질 거라고 믿지는 않는단다. 난 열쇠를 믿지 않거든."

그러나 로테 레네는 열쇠를 믿었다. 이 점에서는 의원의 생각과 같았다. 로테 레네에게는 의원 부인이 높이 평가하는 다른 좋은 점도 있었다. 그녀는 감자 꽃으로 녹말을 만들고, 낡은 비단 양말로 새 비단 장갑을 만들고, 무용화의 비단을 갈아 끼울 줄 알았다. 그녀의 아버지 말에 의하면 로테 레네는 책상 서랍에 돈을 모아 놓기도 하고, 금고엔 채권도 가지고 있기 때문에 이런 일을 할 필요는 없었다.

'이 아이는 약사인 내 친척과 잘 어울려.' 의원 부인은 이렇게 생각했지만 입 밖에 내지 않았으며, 열쇠에게 그런 대답을 하게 만들지도 않았다. 얼마 후, 약사는 큰 마을에 가게를 차렸다.

로테 레네는 아직도 「뒤벡」과 크니게의 「인간과의 교제」를 열심히 읽고 있었다. 이 두 권을 2년 동안이나 읽었기 때문에 「뒤벡」은 외울 정도였다. 그녀는 거기에 나오는 인물들의 연기를 다 할 줄 알았다. 하지만 하고 싶은 역할은 여주인공이었다. 그녀는 서로에 대한 질투가 심하고, 그녀를 고용할 만한 감독을 찾기가 힘든 코펜하겐에서는 연기 생활을 시작하고 싶지 않았다. 그보다는 큰 지방 도시에서, 고문관의 표현을 빌리자면, '예술가로서의 길'을 걷고 싶었다.

그런데 우연히도, 그녀가 연기자로서 첫발을 내딛으려고 한 곳은 젊은 약사가 정착한 바로 그 지방이었다. 약사는 그 지방에서 제일 젊었다.

마침내 오랫동안 고대해 왔던 중요한 저녁이 되었다. 로테 레네가 처음으로 연극에 출연하여, 열쇠가 말한 대로 승리와 행운을 얻게 될 날이었다. 그러나 의원은 아파 누워 있었기 때문에 연극을 보러 갈 수 없었다. 의원 부인도 습포로 의원의 배를 찜질해 주고 뜨거운 차를 끓여 먹이느라고 참석하지 못했다.

공연을 본 약사는 의원 부인에게 한 통의 편지를 보냈다. 편지에는 이렇게 쓰여 있었다. "정말이지 엉망진창이었습니다. 의원님의 열쇠가 내 주머니에 들어 있었다면 꺼내서 야유의 휘파람을 불었을 겁니다. 열쇠도 그 야유를 들어 마땅했어요. 불쌍한 소녀에게 거짓말을 했으니까요. '승리와 행운'이라니요!"

의원은 편지를 읽고 열쇠가 악의에 차서 로테 레네를 놀린 거라고 말했다. 의원은 병석에서 일어나자 곧 젊은 약사에게 독기 어린 편지를 보냈다. 하지만 약사는 독기 어린 편지 대신 아주 유쾌한 내용의 편지를 보내 왔다. 편지는 열쇠에 관한 최근 소식을 듣는 것이 늘 즐거웠고 열쇠학이란 현대적인 학문을 높이 평가한다는 말로 시작되어 있었다. 그리고 소위 "열쇠 구멍"이란 소설을 쓰고 있는 중이라고 털어놓았다. 하지만 그 소설은 가족의 비밀 이야기가 아니라 열쇠들에 관한 것이라고 했다.

약사는 틈만 나면 그 책에 매달리고 있고, 등장 인물이 모두 열쇠들이며, 당연히 의원의 현관 열쇠가 주인공이라고 했다. 그는 예언 능력을 가진 의원의 현관 열쇠에 영감을 얻어 소설을 쓰게 되었으며, 그 열쇠는 열쇠 중의 열쇠이고, 다른 열쇠들에게 존경을 받아 마땅하다고 했다. 왕실에 대해 잘 아는 시종장의 열쇠, 호리호리하고 우아한 작은 시계 태엽 열쇠, 한때 교회에 떨어져 하룻밤을 지내면서 유령을 본 적이 있기 때문에 자신을 성직자라고 생각하는, 교회의 가족석 열쇠, 식료품실 열쇠, 석탄을 저장하고 포도주를 넣어 놓은 지하실 열쇠 등, 모두가 의원의 열쇠에게 경의를 표해야 한다는 것이었다. 소설은 현관 열쇠에 대한 찬양으로 일관되며, 그 열쇠는 햇살을 받아 은처럼 눈부시게 빛나고 이 세상의 모든 정령들이 돌풍처럼 그 열쇠를 통과하며 휘파람을 불게 된다는 것이었다. 그 열쇠 중의 열쇠는 바로 의원의 현관 열쇠이며, 교황의 열쇠처럼 한치도 틀림없는 천국의 열쇠가 될 거라고 했다.

"짓궂군. 비웃음으로 가득 차 있어!" 편지를 읽은 의원이 말했다. 그 후 의원은 단 한 번 약사를 보았다. 의원 부인의 장례식에서였다.

부인이 죽자 집 안이 슬픔으로 가득했다. 싱싱한 벚나무 가지는 꽃을 피우려 하지 않았으며, 부인의 정성어린 보살핌을 받았던 다른 꽃들도 고개를 떨구었다. 의원과 약사는 나란히 영구차 뒤를 따라 걸었다. 지금은 서로 다툴 때가 아니었기 때문이다.

로테 레네는 의원의 모자에 상장을 달아 주었다. 그녀는 열쇠의 예언과는 달리 승리와 행운을 얻지 못한 채 오래 전에 집으로 돌아와 있었다. 하지만 아직 젊기 때문에 그런 날이 올 것이라고 열쇠와 의원이 예언했었다.

로테 레네는 의원 집에 자주 드나들었다. 정에 약한 그녀는 죽은 부인에 대한 이야기가 나오면 울음을 터뜨렸지만, 연극 얘기가 나오면 아주 침착했다. "연극은 죄악이에요. 그 세계는 질투와 시기로 가득 차 있어요. 전 제 방식대로 살 거예요. 삶이 먼저고 그 다음이 예술이에요."

로테 레네는 크니게가 배우에 대해 한 얘기가 옳다는 것을 깨달은 것이다. 하지만 열쇠가 거짓말을 했다는 얘기는 절대로 하지 않았다. 의원을 좋아했기 때문이다.

어쨌든 열쇠는 상을 당해 슬픔에 잠긴 의원에게 유일한 위안 거리였다. 그가 질문을 던지면 열쇠는 그에게 대답해 주곤 했다.

1년이 지난 어느 날, 로테 레네와 단 둘이 앉아 있던 의원이 열쇠에게 물었다. "내가 재혼을 해야 할까? 한다면 누구랑 하지?"

그를 미는 사람은 아무도 없었지만, 그가 열쇠를 밀었고 열쇠는 "로테 레네!"라고 대답했다. 그래서 의원은 청혼을 했고, 로테 레네는 의원의 부인이 되었다. 오래 전에 현관 문 열쇠가 '승리와 행운'이라고 예언하지 않았던가.

# 155
## 앉은뱅이

오래 전에 영주의 저택이 있는 커다란 농장이 있었다. 젊은 영주 부부는 부족한 것 없이 행복하게 살았다. 이들에겐 항상 행운이 미소를 보냈고, 그들도 행운에게 미소를 보냈다. 이 부부는 모든 사람들이 자신들처럼 행복하길 바랐다.

어느 크리스마스 이브, 커다란 홀에는 아름답게 장식한 거대한 크리스마스 트리가 세워지고, 벽난로에서는 장작불이 활활 타올랐으며, 오래된 액자는 전나무 가지들로 장식이 되었다. 영주 부부와 친구들이 모여 흥겨운 잔치를 벌일 방이었다.

하인들이 식사를 하는 식당에서는 이미 잔치가 벌어지고 있었다. 여기에도 붉고 하얀 촛불, 금박, 작은 덴마크 국기, 윤이 나는 종이로 만든 사탕 봉지로 장식된 크리스마스 트리가 세워져 있었다. 시골에 사는 가난한 아이들이 모두 초대받아 어머니와 함께 와 있었다. 어머니들은 크리스마스 트리보다는 선물이 잔뜩 쌓여 있는 탁자에 더 관심이 있었다. 탁자에는 아이들 옷을 만들 수 있는 따뜻한 모직 천도 있었다. 어린 꼬마 애들만이 촛불과 금박 종이와 깃발을 향해 고사리 손을 뻗었다.

일찍부터 온 이들은 쌀죽, 구운 거위 요리, 빨간 양배추가 나오는 전통적인 크리스마스 저녁 식사를 대접받았다. 크리스마스 트리에 불이 켜지자 아이들은 사탕 봉지에 든 사탕을 먹고 선물을 받았다. 그리고 마지막으로 모두 과일주 한 잔씩과 사과 튀김을 먹었다. 다시 가난한 자신들의 집으로 돌아간 사람들은 저택에서 대접받은 좋은 음식과 선물에 대해 이야기했다.

이 중에는 정원에서 일하는 막일꾼 올레와 키르스텐도 있었다. 이 두 사람은 결혼해서 다섯 아이를 두고 있었으며, 해마다 주인에게 선물을 받았다.

"주인님 부부는 참 인자하신 분들이야. 하지만 돈이 많으니까 그러시는 거지. 그걸 즐거워하기도 하구 말야." 올레와 키르스텐은 이렇게 말하곤 했다.

"옷이 네 벌이군. 왜 앉은뱅이에겐 아무것도 주지 않지? 그 애가 잔치에 가지 못하니까 잊어버리시나 봐."

올레가 '앉은뱅이'라고 한 아이는 큰아들을 두고 한 말이었다. 그 아들은 이름이 한스였다. 한스는 어렸을 때 총명하고 매우 활달한 아이였는데, 갑자기 다리가 약해지기 시작하더니 걷지도 못하고 5년째 침대에 누워서 지내고 있었다.

"아, 참. 그 애를 위해 받은 게 하나 있어요. 하지만 별것 아니에요. 그 애가 읽을 수 있는 책이에요." 한스의 어머니가 말했다.

"책에서 밥이 나오나 떡이 나오나." 한스의 아버지가 말했다.

그러나 한스는 책을 선물 받고 무척 기뻐했다. 한스는 매우 영리했으며 책 읽는 것을 좋아했다. 그는 언제나 침대에 누워 지냈지만 하는 일이 많았다. 양말을 짜기도 하고, 심지어는 침대보도 짰다. 영주 부인은 그의 솜씨에 감탄하며 침대보 두 개를 사 주었었다. 영주 부인이 준 책은 두꺼운 동화책이었다. 읽을 거리도 많았으며, 깊이 생각할 내용도 많았다.

"이 따위 책은 아무 쓸모가 없어. 하지만 읽게 내버려 두지. 어차피 하루 종일 뜨개질만 할 수는 없으니까." 한스 부모는 이렇게 말했다.

봄이 오자, 벚나무들이 꽃을 피우고 땅에서도 꽃이 피어났으며 잡초도 무성하게 자랐다. 그래서 정원사와 하인들을 물론이고, 올레와 키르스텐도 바빠졌다.

"정말 지겨워! 정원 길을 손질해 놓기가 바쁘게 손님들이 몰려와서 엉망으로 만들어 버린다니까. 주인 나리는 이렇게 많은 손님을 치를 만큼 부자인가 봐." 올레 부부는 이렇게 투덜대곤 했다.

"목사님은 우리 모두가 하느님의 자녀라고 하시지만 세상은 불공평해. 왜 어떤 사람은 부족할 것 없이 모든 걸 가지고 있는데, 어떤 사람은 가진 게 하나도 없지?" 올레가 말했다.

"그건 모두 인간이 죄를 범했기 때문이에요"

그날 저녁, 집으로 돌아온 부부는 다시 이런 대화를 나누었다. 한스는 침대에 누워 동화책을 읽고 있었다.

이 부부에게 사는 것은 쉽지 않았다. 고된 노동으로 인해 이들은 두 손뿐만 아니라 판단력까지 흐려져 있었다. 이들이 처한 상황은 이들 힘으로는 어쩔 수 없는 것이어서 사는 것이 힘들기만 했다. 이야기가 진행됨에 따라 이들은 더욱더 흥분하며 화를 냈다.

"행복과 부를 모두 가진 사람이 있는가 하면, 가난밖에 가진 게 없는 사람도 있어. 아담과 이브가 하느님 말을 따르지 않은 것 때문에 왜 우리가 고통받아야 하지? 우리가 아담과 이브였다면 그렇게 행동하진 않았을 거야."

"그렇게 했을 거예요. 이 책 속에 다 쓰여 있는 걸요!" 갑자기 앉은뱅이 한스가 대화에 끼어들었다.

"그 책 속에 뭐라고 쓰여 있지?" 아버지가 물었다.

한스는 부모님에게 나무꾼과 그의 아내에 대한 옛날 동화를 큰 소리로 읽어 주었다. 나무꾼 부부도 자신들의 불행이 아담과 이브의 호기심 때문이라고 불평했다. 그들은 자신들이 아담과 이브였다면 사과를 따먹지 않았을 거라고 했다. 그 때 말을 타고 지나가던 왕이 그 말을 듣고 말했다. "나를 따라 궁궐로 가자꾸나. 그리하면 그대들도 나처럼 호화롭게 살 수 있을 것이니라. 식사 때마다 일곱 가지 일품 요리와 후식을 먹게 될 것이다. 하지만 식탁 한 가운데 있는 뚜껑이 덮인 그릇은 절대로 만져서는 안 되느니라. 그걸 만지는 날엔 그대들의 영화로운 생활이 끝장날 것이니라."

나무꾼 부부는 왕을 따라 궁궐로 갔다.

"저 그릇 속에 무엇이 있을까요?" 궁궐로 간 첫날 나무꾼의 아내가 물었다.

"그건 우리와 아무 상관 없소." 남편이 대답했다.

"그냥 궁금해서 그래요. 안에 무엇이 들어 있는지 궁금해 죽겠어요. 뚜껑을 조금만 열어 봤으면 좋겠어요. 분명히 맛있는 음식이 들어 있을 거예요."

"권총 같은 장치가 들어 있을지도 모르오. 그러면 만지는 순간 발사되어 온 집안 사람들이 듣게 될걸!"

"네?" 나무꾼 아내는 기겁하며 뒤로 물러났다.

그날 저녁, 나무꾼 아내는 꿈을 꾸었다. 그릇 뚜껑이 저절로 열리고, 결혼식이나 장례식에서나 먹을 수 있는 달콤한 과일주 향기가 흘러나왔다. 그릇 옆에는 은화가 있었는데 이런 글귀가 새겨져 있었다. "이 과일주를 마시면 그대는 이 세상에서 제일 큰 부자가 되고, 다른 사람들은 거지가 되리라."

잠에서 깨어난 아내는 남편에게 꿈 이야기를 했다.

"날마다 그 그릇 생각만 하니까 꿈에 나타난 거요."

"뚜껑을 살짝만 들춰 봐요, 네?" 나무꾼 아내가 졸라댔다.

"그럼, 아주 살짝만 들춰보는 거요." 남편이 마지못해 말했다.

나무꾼 아내가 뚜껑을 살짝 열었다. 그러자 작은 쥐 두 마리가 잽싸게 뛰쳐나와 쥐구멍 속으로 사라졌다.

이 모습을 지켜보던 왕이 말했다. "바로 그것이오. 자, 이제 다시 그대들 집으로 돌아가시오. 더 이상 아담과 이브를 욕하지 마시오. 그대들도 호기심 많고, 은혜를 모르기는 마찬가지요."

"어떻게 이런 이야기가 알려져 책으로 나왔을까. 꼭 우리를 두고 하는 말 같아. 깊이 생각해 볼 만한 이야기야." 올레가 말했다.

다음날, 부부는 다시 일을 하러 나갔다. 뜨겁게 내리쬐는 햇볕에 그을리고, 억수같이 쏟아지는 비에 흠뻑 젖자, 다시 불평이 시작되었다. 그러나 저녁이 되자 이들은 낮에 가졌던 불만스런 생각에 대해 곰곰이 생각했다.

어느 날, 저녁 식사를 마친 올레가 아들에게 나무꾼 이야기를 다시 한 번 읽어 달라고 했다.

"하지만 다른 얘기도 많은 걸요. 아버지가 모르는 것도 많아요." 한스가 대답했다.

"다른 이야기엔 관심 없다. 나무꾼 이야기가 듣고 싶구나."

그래서 한스는 다시 나무꾼 이야기를 읽어 주었다. 하지만 그 이야기를 읽고 대화를 나눈 것은 그날 저녁만이 아니라 그 후로도 계속되었다.

그러던 어느 날 저녁, 올레가 말했다. "아직도 이야기를 제대로 이해하지 못하겠구나. 인간은 우유와 같지. 그 중에는 달콤한 치즈로 만들어지는 것도 있고 유장이 되는 것도 있어. 왜 어떤 사람은 운좋게도 고귀하게 태어나 슬픔과 부족함을 모르고 살아가지?"

한스는 비록 다리는 불구였지만 마음은 그렇지 않았다. 이 말을 들은 한스는 슬픔과 부족함을 모르는 사람에 대한 동화를 읽어 주었다. 동화 내용은 이런 것이었다.

옛날에 한 왕이 병에 걸려 죽어 가고 있었다. 왕을 낫게 하기 위해서는 슬픔과 부족함에 대해 전혀 모르는 사람이 입고 있는 속옷이 필요했다. 사자들은 그런 사람을 찾기 위해 세계에 있는 왕과 귀족들을 찾아 다녔다. 그러나 슬픔과 부족함을 경험한 적이 없는 사람은 아무도 없었다.

그런데 도랑에 앉아 있던 돼지치기가 그 소문을 듣고 말했다. "난 그런 걸 모릅니다. 평생 행복하게 살았지요."

돼지치기는 그걸 증명이라도 하듯이 웃으며 노래를 불렀다.

"그렇다면 네 속옷을 주거라. 그 대가로 왕국의 절반을 주겠노라." 왕의 사자들이 말했다.

하지만 돼지치기는 자신이 가장 행복한 사람이라고 하긴 했지만 가진 속옷이 없었다.


"멋진 사람이구나."

여러 해 전부터 웃음을 잃고 지내던 한스의 부모는 오랜만에 마음껏 웃음을 터뜨렸다.

"뭐가 그렇게 행복합니까? 참으로 오랜만에 웃는 모습을 보는군요. 복권이라도 당첨 됐나요?" 막 지나가던 교장이 말했다.

"아닙니다. 그런 게 아니에요. 한스가 우리에게 동화책을 읽어 주었답니다. 슬픔과 부족함을 모르는 사람에 관한 동화를요. 그 사람은 너무 가난해서 속옷도 입고 다니지 않는다지 뭡니까. 그런 이야기를 듣고 웃지 않을 사람이 어디 있겠어요. 그걸 상상해 보십시오. 누구나 지고 가야 할 자기 몫의 짐은 있지요. 하지만 다른 사람 이야기를 들으면 자기 짐이 가볍게 느껴지는 법이지요." 올레가 말했다.

"이 책을 어디서 구했나요?"

"1년 전 크리스마스 때 한스가 받은 선물이랍니다. 한스가 누워서만 지내니까 책 읽는 걸 좋아한다고 하면서 영주 부인께서 주셨지요. 그때 우린 책보다는 속옷을 받았으면 했었지요. 하지만 이 책은 참 신기하군요. 바로 우리가 생각했던 것에 대한 해답을 주니까 말예요."

교장이 책을 들고 펼쳤다.

"그 이야기를 다시 한 번 들어봅시다. 그리고 그 이야기가 끝나면 나무꾼 이야기도 읽어 달라고 합시다."

올레는 이미 두 가지 이야기로도 충분했다. 이 두 이야기는 천장이 낮은 가난한 집과 마음이 비뚤어진 영혼을 내리비추는 두 줄기의 햇살과도 같았다.

한스는 그 책을 수도 없이 읽었다. 동화는 그를 그의 다리로는 갈 수 없는 오두막 울타리 너머의 먼 세상으로 데려다 주었다.

그날 이후, 교장은 한스가 혼자 누워지내는 오후에 자주 한스를 찾아오곤 했다. 한스에게는 교장의 방문이 축제처럼 즐겁고 신나는 일이었다. 교장은 한스에게 지구의 크기와 수많은 나라들에 대해 이야기해 주었다. 태양은 지구의 50만 배나 크며, 너무 먼 곳에 있어서 탄환이 날아가는 데만도 25년이 걸린다고 했다. 하지만 햇빛은 8분이면 그 먼 거리를 지나 지구에 도달한다고 말해 주었다. 이런 사실은 학교에 다니는 아이라면 누구나 알고 있었지만, 한스에게는 동화보다 더 신기하고 놀라운 사실이었다.

교장은 1년에 한두 번씩 영주의 저택에 초대를 받아 식사를 했는데, 그런 자리에서 한 권의 동화책이 한 소년과 그 가족에게 얼마나 축복 받은 선물이었는지를 이야기했다. 교장이 떠날 때, 영주 부인은 한스를 보러 갈 때 전해 주라면서 은화를 건네주었다.

교장이 한스에게 돈을 가져다주자, 소년이 말했다. "이 돈을 부모님께 드려야겠어요."

돈을 받은 한스 부모는 무척 기뻐했다. "앉은뱅이인 한스가 축복을 가져다주는군. 쓸모 있는 아이야." 한스 부모가 좋아하며 말했다. 좀 심한 말이긴 했지만 그들의 의도는 그런 것이 아니었다.

그로부터 며칠 후, 영주 부인의 마차가 한스네 오두막 앞에 멈춰 섰다. 자신이 준 크리스마스 선물이 소년과 그 부모에게 크나큰 위로와 기쁨이 되었다는 얘기를 듣고 영주 부인이 직접 소년을 보러 온 것이다. 그녀는 맛있는 밀가루 빵, 과일, 검은 포도 주스가 든 바구니도 가져왔다. 그러나 더 멋진 것은 한스를 위해 가져온 새장이었다. 금빛으로 색칠된 새장에는 아름답게 노래하는 작은 검은 새 한 마리가 앉아 있었다. 새장은 한스가 누워서도 새가 노래하는 것을 보고 들을 수 있도록 침대에서 조금 떨어진 낡은 장롱 위에 놓았다. 새는 지나가는 사람도 들을 수 있을 정도로 매우 우렁차게 노래를 불렀다.

키르스텐과 올레는 영주 부인이 돌아간 후 한참이 지나서야 집으로 돌아왔다. 한스는 선물을 받고 몹시 즐거워했지만 그들은 즐거워하지 않았다. 그저 골칫거리로만 생각한 것이다.

"부자들은 생각이 짧아. 손짓을 하거나 부르기만 하면 하인들이 달려오니까 뭘 모른단 말이야. 한스가 새를 돌보지 못하니까 우리가 그 귀찮은 일을 떠맡아야 하잖아. 결국은 고양이가 잡아먹을 테지만 말야."

일주일이 지나고, 다시 일주일이 지나갔다. 고양이는 자주 방에 드나들었지만 새를 놀라게 하거나 괴롭히지는 않았다. 그러던 어느 날 오후, 드디어 큰일이 벌어지고 말았다. 한스는 모든 소원을 이룬 어부의 아내에 대한 동화를 읽고 있었다. 어부의 아내는 임금님이 되고 싶었는데, 그 소원을 이루었다. 그러자 이번에는 교황이 되고 싶었다. 그래서 교황도 되었다. 그러나 이것으로도 만족할 수가 없었다. 이번에는 교황보다 더 높은 하느님이 되고 싶었다. 그런데 어떤 일이 벌어졌을까? 그녀는 자신이 벗어났던 진흙탕에 도로 빠지고 말았다. 이 이야기는 새나 고양이와는 전혀 상관이 없었지만 사건이 벌어졌을 때, 바로 이 동화를 읽고 있었기 때문에 그때를 생각하면 늘 이 이야기가 떠올랐다.

새장은 장롱 위에 있었고, 고양이는 바닥에 앉아서 황록색 눈을 번득이며 새를 뚫어지게 쳐다보았다.

고양이가 새에게 이렇게 말하는 것 같았다. "넌 참 매력적이야! 널 잡아먹고 싶어."

한스는 고양이의 얼굴에서 그런 마음을 읽어 내고 소리쳤다. "저리 가, 고양이야! 나가란 말야!"

하지만 고양이는 뛰어오르려고 몸을 잔뜩 웅크렸다. 한스는 손이 닿지 않아 고양이를 잡을 수가 없었다. 급히 주위를 둘러보던 한스는 달리 던질 만한 것을 찾지 못하자 가장 아끼는 보물인 동화책을 고양이에게 집어 던졌다. 하지만 장정이 헐거워서 고양이를 맞추기는커녕 책껍데기는 한 쪽으로 날아가고, 알맹이는 다른 쪽으로 날아가 버렸다.

고양이가 한스를 돌아보았다. "내 일에 끼어들지 마, 꼬마야. 난 달리고 뛸 수도 있지만 넌 아무것도 못하잖아." 하고 말하는 것 같았다.

한스는 고양이에게 눈을 떼지 않았다. 분위기가 심상치 않은 것을 눈치 챈 새가 불안해했다. 집 안에는 한스 혼자뿐이었기 때문에 도와줄 사람도 없었다. 고양이는 이 사실을 아는 것 같았다. 고양이가 다시 뛰어오르려고 몸을 웅크렸다.

한스가 침대보를 휘둘렀지만 고양이는 아랑곳하지 않고 의자 위로 단번에 뛰어오르더니 새장 가까이에 있는 창턱으로 뛰어 올라갔다.

한스는 온통 새와 고양이에게만 신경을 곤두세우고 있었지만 심장이 두근거리는 것이 느껴졌다. 다리가 말을 듣지 않아 침대에서 나올 수도 걸을 수도 없었다.

고양이가 장롱으로 뛰어올라 새장을 밀치는 바람에, 새장이 바닥으로 떨어졌을 때는 심장이 조여드는 것만 같았다. 놀란 새가 비명을 지르며 새장 안에서 날개를 퍼덕거렸다. 그와 동시에 한스가 침대에서 벌떡 일어나 새장을 집어들고 고양이를 내쫓았다. 손에 새장을 들고 서 있는 자신의 모습을 본 한스는 그때서야 무슨 일이 일어났는지 깨달았다. 그는 도로로 마구 내달렸다. 두 눈에서 쏟아진 눈물이 얼굴을 흠뻑 적셨다. 그는 마구 뛰면서 목청껏 소리질렀다. "난 걸을 수 있다! 난 걸을 수 있다!"

이제 한스는 앉은뱅이가 아니었다. 어쩌다가 일어날 수 있는 기적이 바로 한스에게 일어난 것이다. 교장은 바로 가까운 곳에 살고 있었다. 한스는 잠옷 차림에 새장을 들고 맨발로 교장의 방으로 뛰어들었다.

"전 걸을 수 있어요. 오, 하느님! 전 걸을 수 있다구요." 한스가 흐느끼며 말했다.

그날 초라한 오두막은 잔칫집 분위기였다. 키르스텐과 올레는 이제까지 그렇게 행복한 날은 없었다고 말했다. 한스는 영주의 저택에 부름을 받았다. 그는 오랫동안 걸어 보지 못한 길을 따라 영주의 저택으로 갔다. 길가에 서 있는 나무들이 고개를 끄덕이며 말하는 것 같았다. "안녕, 한스. 이렇게 나온 걸 환영해!"

태양이 그의 얼굴에도, 그의 가슴에도 눈부시게 부서졌다. 젊은 영주 부부는 한스가 친 가족이라도 되는 것처럼 기뻐했다. 그러나 누구보다도 영주 부인이 제일 기뻐했다. 한스의 다리를 낫게 해준 것은 바로 그녀가 준 동화책과 노래하는 작은 새였기 때문이다.

새는 너무 놀란 나머지 죽어 버렸지만, 동화책은 아무리 나이가 들어도 오래도록 간직하고 읽고 싶었다. 이제 한스는 장사도 배울 수 있게 되었다. 그는 제본소 직공이 되고 싶기도 했다.

"그렇게 되면 새로 나오는 책들을 모두 읽을 수 있을 거야." 한스가 자랑스럽게 말했다.

그날 오후, 영주 부인이 한스의 부모를 불렀다. 부인은 남편과 한스에 대해 이야기를 나눴는데, 한스가 착하고 총명하며 책을 읽고 이해하는 능력도 뛰어나다고 했다. 그리고는 이렇게 덧붙였다. "뜻이 좋으면 하느님은 항상 축복을 내려 주시지요."

그 말을 들은 올레 부부는 기뻐서 어쩔 줄을 몰라 했다. 특히 한스의 어머니가 더 기뻐했다. 하지만 일주일도 못되어 그들의 눈에는 눈물이 고였다. 착한 한스가 멀리 떠나야 했던 것이다. 한스는 코펜하겐에 있는 학교에 다니면서 라틴어 등을 공부할 예정이었다. 이제 떠나면 수 년이 지나야 다시 볼 수 있게 될 것이었다.

동화책은 부모님이 간직하고 싶어했기 때문에 가져가지 못했다. 올레는 동화책을 자주 펴 보았지만, 그가 알고 있는 두 이야기만 읽고 또 읽었다.

한스에게서 편지가 자주 왔다. 항상 전번 편지보다 더 기쁜 소식이 담겨 있었다. 한스가 함께 살고 있는 가족은 부자인데다 마음씨가 좋으며, 무엇보다도 학교가 제일 마음에 든다고 했다. 배울 것이 너무 많아 100살까지 살다가 언젠가는 교장이 되고 싶다고 했다.

"우리에게 이런 일이 일어나다니요!"

한스의 부모는 서로 손을 잡고 성찬식에 가는 것처럼 경건하게 서로를 바라보았다.

"한스에게 이런 일이 일어났다는 것은 하느님이 가난한 아이도 잊지 않고 있다는 것을 보여 주시는 증거요. 불구였던 우리 한스에게 이런 기적이 일어나다니, 한스가 우리에게 읽어 준 동화 속 이야기 같지 않소?" 올레가 말했다.

# 156
## 치통 아줌마

어디에서 이 이야기를 찾았을까? 알고 싶지 않은가? 이 이야기를 찾아낸 곳은 식료품 가게에 있는 종이통 속이었다. 이 종이통 속에는 여러 가지 희귀하고 좋은 책들이 흘러 들어가며, 다시 꺼내질 때는 읽기 위해서가 아니라 커피, 설탕, 치즈, 버터, 소금에 절인 청어를 싸는 데 사용된다. 글씨가 쓰인 종이들도 쓸모가 있는 것이다.

그러나 통 속에 들어가서는 안 될 것이 들어가는 경우가 가끔 있다.

친구 중에 지하 1층에 있는 야채상 아들이며 직원으로 일하는 친구가 있는데, 그는 그런 종이에 대해 모르는 것이 없었다. 지하실에서 일하다가 1층으로 승진을 한 그는 인쇄된 글이건 손으로 쓴 글이건 간에, 봉지에 쓰인 글을 많이 읽어 대단히 박식해졌다. 그는 그런 것만을 모으기도 했다. 그 중에는 연애 편지, 얼빠진 관료가 쓰레기통에 버린 중요한 정부 서류, 입 밖에 내지 못할 추문으로 가득 찬 수다스런 긴 편지도 있었다. 내 친구는 문서를 구제하는 구세주였다. 책을 구제한 것은 아니지만, 다시 읽을 만한 가치가 있는 책의 일부를 구제했으니까 말이다.

그는 통 속에서 나온 인쇄된 내용과 손으로 쓴 글들을 나에게 보여 주었다. 나는 예쁜 필체로 글이 쓰여 있는 커다란 종이 몇 장에 관심이 갔다.

"이것은 대학생이 쓴 거야. 우리 집 바로 건너편에 살았는데, 지난 달에 죽었어. 심한 치통을 앓았지. 읽어보면 재미있을 거야. 이것은 그 일부지만, 대학생이 살던 하숙집 주인한테서 아버지가 사 왔을 때는 책 한 권 분량이었을 거야. 아버지는 녹색 비누 반 파운드를 주고 이것을 얻어 왔지. 나머지는 물건 싸는 데 써 버리고 이것만 남아 있었지."

이제 내가 읽은 그 이야기를 들려주고자 한다. 제목은 치통 아줌마였다.

# 1

어렸을 때, 아줌마는 내게 늘 단것을 주셨다. 그런데도 내 이는 다행히 썩지 않고 멀쩡했다. 이제 나는 나이가 들어 대학생이 되었지만, 아줌마는 여전히 나를 단것에 길들이고 있다. 아줌마는 나를 시인이라고 부르신다. 내겐 시인의 자질이 있긴 하지만 충분하지는 않다. 가끔 도시의 거리를 걸을 때면, 도시가 하나의 거대한 도서관처럼 보일 때가 있다. 집들은 모두 책장이고, 각 층은 책을 쌓아 놓은 선반 같다. 이곳엔 생생하게 묘사한 일상적인 이야기가 있는가 하면, 저곳엔 고풍스런 희극이 있다. 그리고 안개처럼 얇은 커튼이 드리워진 곳에는 학술 논문이 있다. 외설 문학과 값진 문학이 같은 선반 위에 진열되어 있다. 나는 나의 "도서관"을 산보하면서 공상에 잠기기도 하고 사색을 하기도 한다.

내겐 시인의 자질이 있지만 충분하지는 않다. 나 정도의 시인의 자질을 가진 사람은 많지만, 시인이라는 간판을 내걸고 다니지는 않는다. 그들이나 나나 모두 운이 좋은 사람들이다. 아무리 하찮은 것이라도 상상력을 가졌다는 것은 축복이기 때문이다. 그것은 영혼과 마음을 충만하게 하는 한 줄기 햇살과도 같다. 때로는 꽃향기처럼 다가오기도 하고, 우리 귀에 익숙한 선율처럼 다가오기도 한다. 하지만 그것이 어디서 오는지는 알 수 없다.

어느 날 저녁, 난 방 안에 앉아 있었다. 책을 읽고 싶었는데, 책이라곤 한 권도 없었다. 그때 밖에 서 있는 보리수나무에서 싱싱한 잎 하나가 떨어졌다. 그 잎은 바람에 실려 열린 창문을 통해 내 방으로 날아들었다. 나는 잎을 집어들고 수도 없이 사방으로 뻗어 있는 잎맥을 관찰했다. 작은 벌레 한 마리가 잎 위에서 꿈틀거리고 있었다. 벌레는 마치 잎을 자세히 관찰하는 것처럼 천천히 잎 위를 기어갔다. 그 모습을 보자 인간의 지혜라는 단어가 떠올랐다. 우리 인간은 잎만 관찰하고도 뿌리, 줄기, 가지 등, 나무 전체에 대해 이야기한다. 신과 죽음과 불멸에 대해서. 우리가 아는 것은 잎에 지나지 않는데도 말이다.

그때, 밀레 아줌마가 찾아오셨다. 내 생각을 말하면서 아줌마에게 벌레가 기어다니는 잎을 보여주었더니 아줌마가 손뼉을 치며 말했다.

"넌 타고난 시인이야! 넌 우리 시대의 가장 위대한 시인이 될 거야. 네가 시인으로 성공하는 것을 볼 때까지만 산다면 여한이 없을 텐데. 양조업자 라스무센 씨의 장례식 이후 그런 상상력에 감탄하기는 처음이야."

밀레 아줌마는 정확히 이렇게 말하고 내게 입을 맞추었다. 그럼, 밀레 아줌마는 누구이고, 양조업자 라스무센 씨는 누구인가?

## 2

우리는 어머니의 숙모를 아줌마라고 불렀다. 달리 부를 이름이 없었기 때문이다. 아줌마는 우리에게 잼과 설탕을 묻힌 샌드위치를 주었다. 이런 음식이 우리 이에 아주 나쁘다는 걸 알고 있었지만, 우리처럼 사랑스런 아이들이 즐거워하는 것을 보고 싶어서였다고 했다. 아이들이 그렇게도 좋아하는 것을 주지 않는 것은 잔인하다고 했다. 그래서 우리는 아줌마를 굉장히 좋아했다.

내가 기억하기로는 아줌마는 나이 많은 처녀였다. 아줌마는 어느 정도 나이가 들자 늘 그 나이에 머물러 있는 것처럼 보였다. 그녀는 치통으로 고생했다는 이야기를 자주 했다. 그래서 아줌마의 친구인 양조업자 라스무센 씨는 아줌마에게 '치통 아줌마'라는 별명을 붙여 주었다.

양조장을 팔아서 저금한 돈으로 살고 있는 라스무센 씨는 종종 아줌마를 찾아왔다. 그는 아줌마보다 나이가 많았으며 이가 다 빠지고 시커먼 뿌리만이 남아 있었다. 그는 어렸을 때 설탕을 많이 먹어서 그렇다면서 우리도 조심하지 않으면 그렇게 될 거라고 말했다.

아줌마는 아직도 아름다운 흰 이를 가지고 있는 걸 보면, 어렸을 때 설탕을 전혀 먹지 않았던 것 같다.

"너희 아줌마는 이를 매우 소중히 여기는 사람이어서 밤에 이가 없으면 잠도 못 이룰 사람이란다." 라스무센 씨는 이렇게 말했다.

이런 말은 듣기에 민망했지만, 아줌마는 미소를 지으며 진심은 그렇지 않다고 라스무센 씨 편을 들었다.

아줌마와 라스무센 씨가 우리와 함께 점심을 먹던 어느 날, 아줌마가 이가 하나 빠지는 악몽을 꾸었다고 이야기했다.

"그건 진실한 친구 하나를 잃게 된다는 뜻이지."

"그게 나쁜 이였다면 나쁜 친구를 잃는다는 것이 되겠군." 라스무센 씨가 웃으면서 말했다.

"교양 없는 영감 같으니라구!"

나는 아줌마가 그렇게 화낸 것을 한 번도 본 적이 없다. 나중에 아줌마는 그건 하찮은 일이었으며, 그 친구가 그저 자기를 놀린 것이라고 말했다. 그리고 그는 이 지상에서 가장 고귀한 인간이며, 그가 죽으면 천국에서 하느님의 작은 천사가 될 것이라고 했다.

나는 아줌마의 이런 변명을 듣고 내가 그를 그런 모습으로 바라볼 수 있을지를 생각해 보았다.

아줌마가 젊었을 때 라스무센 씨는 아줌마에게 청혼을 했었다. 아줌마는 결정을 하는 데 너무 시간을 끈 나머지 노처녀가 되고 말았다. 하지만 그들은 여전히 서로 믿는 친구였다.

양조업자 라스무센 씨가 죽자, 네 필의 말이 끄는 장의 마차에 실려 무덤으로 갔고, 많은 사람들이 그 뒤를 따랐다. 그 중에는 훈장을 달고 제복을 입은 사람들도 있었다.

아줌마는 상복을 입고 조카들인 우리들과 함께 창가에 서 있었다. 영구 마차와 뒤따르는 사람들이 지나가고 거리가 텅 비자, 아줌마는 그 자리를 떠나려 했다. 하지만 나는 작은 천사를 기다렸다. 라스무센 씨가 죽어서 변한 천사를 말이다. 나는 그가 반드시 나타날 거라고 믿었다.

"아줌마, 이제 그분이 오고 있지 않을까요? 아니면 황새가 우리에게 다시 꼬마 동생을 데려다 준다면, 그 꼬마 동생이 바로 라스무센 천사일까요?"

아줌마는 상상력이 풍부한 이런 내 질문에 감탄하며 말했다. "이 애는 위대한 시인이 될 거야."

아줌마는 나의 어린 시절에도, 견신례를 받은 후에도, 그리고 대학생이 되어 있는 지금도 그 말을 되풀이하고 있다. 내가 시인 병과 치통으로 고생할 때 제일 안타까워한 사람은 아줌마였다. 아줌마는 이렇게 말하곤 했다.

"네 생각을 모두 써서 서랍 속에 넣어 두렴. 장 폴도 그렇게 해서 위대한 작가가 되었지. 그는 너무 마음이 좁은 사람이어서 좋아하지 않지만 말야. 넌 마음을 넓게 가져야 한다. 넌 그렇게 될 거야."

그날 밤, 나는 아줌마가 내 안에서 발견한 위대한 시인이 되고자 하는 열망과 동경 때문에 잠을 이룰 수가 없었다. 내가 말하는 "시인 병"이란 바로 이것을 두고 하는 말이었다. 하지만 그보다 더 끔찍한 병은 바로 치통이었다. 치통은 쑤시고 쥐어짬으로써 더 이상 인간일 수 없게 만들었으며, 양념통을 씹는 꿈틀거리는 벌레로 만들었다.

"나도 그런 고통을 알지." 아줌마가 입가에 슬픈 미소를 지으며 이렇게 말할 때는 눈부시게 하얀 이가 보였다.

이제 나와 아줌마에 관한 이야기를 시작할까 한다.


3
나는 새 하숙집으로 이사하여 거기에서 한 달 살았는데, 이에 대해 아줌마에게 말했다. "내가 세로 든 그 집 가족은 나한테 전혀 신경을 쓰지 않아요. 세 번이나 초인종을 울려도 응답이 없어요. 바람 소리, 사람들 소리 때문에 집 안이 시끄러워서 아무도 초인종 소리를 듣지 못해서 그러려니 했어요. 난 집 입구 바로 위에 살고 있어요. 지나가는 마차들이 벽에 움직이는 그림을 그리지요. 밤이 되어 문지기가 문을 닫을 때면 마치 지진이 일어난 것처럼 집이 흔들리지요. 침대에 누워 있을 때면 온몸이 심하게 흔들려요. 하지만 그들은 그게 신경에 좋대요. 바람이 불면 — 이곳에는 바람이 그칠 날이 없잖아요 — 창문에 걸린 커다란 걸쇠가 쿵 하고 벽을 쳐요. 그리고 돌풍이 불 때마다 이웃집 현관 종이 울리지요.

하숙인들은 밤이 되면 시간마다 떼를 지어 집으로 돌아오지요. 내 방 위층에 세든 사람은 낮에는 트럼본을 가르치고 밤에는 늘 쇠고리가 달린 장화를 신고 방 안을 왔다 갔다 하지요. 그것도 열두 시 전에는 자는 법이 없어요.

덧창문은 하나도 없지만, 깨어진 유리창은 있지요. 여주인이 거기에 종이를 붙여 주었는데, 바람이 불 때마다 땅벌이 우는 것 같은 소리가 들려요. 아주 훌륭한 자장가지요. 그러다 겨우 잠이 들면, 금세 수탉이 울어 잠이 깨요. 뒷마당에 닭장이 있거든요. 수탉과 암탉들은 곧 아침이 온다는 것을 내게 알리고 싶은 거지요. 하숙집 주인은 작은 말 두 마리를 가지고 있는데, 마구간이 없어서 내 방 바로 밑에 있는 작은 방에서 말들을 재우지요. 좁은 공간에 갇힌 가엾은 말들은 운동을 하려고 벽과 문을 발로 찬답니다.

날이 밝자마자 다락방에 사는 문지기가 나막신을 신고 딸그락거리며 계단을 내려오지요. 그가 쾅 하고 대문을 열면 집 전체가 흔들려요. 겨우 잠잠해졌다 싶으면, 내 위층에 세든 사람이 아침 체조를 시작하는 거예요. 양 손으로 무거운 아령을 하나씩 들고 올리는데 매번 떨어뜨리죠. 그럴 때면 내 천장에서 쿵 하고 요란한 소리가 들려요.

그런 소동이 지나면 아이들이 학교 가는 시간이 되죠. 아이들은 누가 채찍질이라도 하는 것처럼 비명을 지르고 소리를 지르면서 집 안을 빠져나가지요. 신선한 공기를 마시려고 창문을 열면 건너편에 있는 무두질 공장이 보여요. 내가 사는 곳은 대체로 좋은 집이지요. 난 아주 조용한 집에서 산답니다."

이것이 내 집에 대해 아줌마에게 한 얘기였다. 물론, 글로 옮긴 것보다는 말로 한 것이 더 생생했을 것이다.

"넌 진정한 시인이구나! 그대로 적으렴. 그럼 디킨스 작품처럼 훌륭할 거야. 아니, 그보다 더 나을 거야. 그의 작품보다 더 재미있으니까 말야. 네가 말했듯이 그대로 옮기렴. 네가 사는 집이 눈앞에 생생하구나. 그 안에 살아 있는 사람들을 적어 넣으렴. 사랑스럽지만 불행한 사람들을 말야. 그럼 참으로 재미있어질 거야."

나는 집에 대해 있는 그대로 썼다. 조용할 때가 없이 늘 소란스런 집에 대해서 말이다. 하지만 줄거리나 등장 인물은 없다. 등장 인물이 있다면 나뿐이다. 줄거리는 나중에 나올 것이다.


**4**

어느 해 겨울, 늦은 저녁이었다. 심한 눈보라가 몰아치고 바람이 세차게 불어서 몸을 제대로 가눌 수가 없었다. 아줌마는 극장에 갔는데, 내가 아줌마를 집까지 바래다 드려야 했다. 하지만 내 몸도 가누기 힘들었고 빈 마차도 잡을 수가 없었다. 아줌마 집은 극장에서 먼 곳에 있었지만, 내가 사는 곳은 극장 가까운 곳에 있었다. 그렇지 않았으면 우리는 초소에 들어가 잠시 몸을 피해야 했을 것이다.

우리는 눈보라가 몰아치는 가운데 수북히 쌓인 눈 속을 헤치며 터벅터벅 걸었다. 아줌마는 내 팔을 꼭 붙들고 있었다. 나는 바람에 넘어지지 않도록 아줌마를 단단히 부축했다. 어쩔 때는 아줌마를 안고 가야 하기도 했다. 우리는 딱 두 번 살짝 넘어진 끝에 내 집 문 앞에 이르러 수북히 쌓인 눈을 털어 냈다. 최소한 그러려고 애쓴 것 같다. 하지만 현관으로 들어서자 바닥에 눈이 수북히 떨어졌다. 우리는 외투, 모자, 신발을 모두 벗었다. 온몸이 흠뻑 젖어 있었다. 하숙집 여주인이 감기에 걸리지 않으려면 양말과 화장복이 필요할 거라면서 아줌마에게 빌려주었다. 그리고 그날 밤엔 집으로 돌아가기 힘드니까 거실 소파에서 잠을 자라고 권했다. 소파는 내 방과 거실 사이에 있는 잠겨 있는 문 옆에 있었다. 아줌마는 그러겠다고 했다.

난로에서 불이 활활 타오르고 탁자 위에는 찻주전자가 놓여 있었다. 내 작은 방이 아주 아늑하게 보였다. 물론 아줌마 방만큼은 아니지만 말이다. 겨울철이면 아줌마는 모든 문과 창문에 두꺼운 커튼을 치고 바닥에는 세 겹으로 신문을 깐다음 이중으로 된 양탄자를 깐다. 그런 아줌마 방에 있으면 더운 공기로 가득 찬, 코르크 마개가 잘 막힌 병 속에 있는 기분이다. 하지만 이미 말했듯이, 세찬 바람이 부는 겨울이면 내 초라한 방도 아늑해진다.

아줌마가 자신의 젊은 시절과 브라우어 라스무센 얘기를 했다. 그것은 아줌마의 아름다운 옛 추억이었다.

아줌마는 처음으로 내 이가 난 것을 보고 가족들이 기뻐하던 광경을 기억하고 있었다. 첫 이! 우유처럼 눈부시게 하얀, 때묻지 않은 젖니! 이가 하나 나오면 줄지어 여러 개가 나오고, 위아래로 나란히 줄이 생긴다. 하지만 아름다운 젖니들은 선발대에 불과하고, 평생 동안 지니고 다녀야 할 영구치가 나온다. 마지막으로 나오는 이는 사랑니이다. 사랑니는 위아래로 맨 끝에 하나씩 나오는데, 커다란 고통과 괴로움 속에서 태어난다. 그러다가 세월이 가면 이는 자신의 임무를 마치기도 전에 하나씩 떠나 버린다. 마지막 남은 이가 떠나는 날은 축제의 날이 아니라 슬픔의 날이다. 이렇게 되면 마음이 아무리 젊다 해도 사람은 늙는 것이다.

이런 얘기를 하는 것은 유쾌하지 못했지만 어쩌다 보니, 아줌마와 나는 이런 얘기를 나누고 있었다. 우리는 밤늦도록 얘기를 나누었다. 아줌마가 옆방으로 가서 잠이 든 것은 자정이 지나서였다.

"잘 자거라, 귀여운 애야! 여긴 내 방에 있는 침대처럼 편안하구나." 아줌마가 잠긴 문 뒤쪽에서 말했다.

집 안팎은 평화롭지 못했지만, 아줌마는 평화롭게 잠을 잤다. 폭풍우에 창문이 흔들리고 걸쇠가 덜커덕거렸으며 이웃집 종이 시끄럽게 울어댔다. 위층에 세든 사람이 집에 돌아와 한참 동안 방안을 왔다 갔다 하며 산보를 하다가 마침내 장화를 벗어 바닥에 내던지고 잠자리에 들었다. 곤히 잠든 그의 코고는 소리가 천장을 통해 시끄럽게 들려 왔다.

나는 잠을 이루지 못했다. 폭풍우도 잠을 이루지 못하고 거칠게 날뛰었다. 바람이 쉬지 않고 여기저기 틈새를 드나들며 노래했으며 내 이들도 거칠게 날뛰었다. 큰 치통이 올 것 같았다.

창문 틈새로 바람이 새어들어 왔으며 달빛이 마룻바닥에 빛을 뿌렸다. 달빛은 점점 선명해지다가, 바람이 하늘을 가로지르며 구름을 흩뿌리자 이내 사라져 버렸다. 마룻바닥에서 빛과 그림자가 자리다툼을 하다가 마침내 그림자가 자리를 차지했다. 그 순간 싸늘한 공기가 얼굴을 확 덮치는 것 같았다.

마룻바닥을 차지한 그림자는 사람 같은 형상을 하고 앉아 있었다. 그것은 어린아이가 분필로 칠판에 그린 그림 같았다. 몸은 하나의 가는 선으로 되어 있고, 팔다리도 선 하나씩으로 되어 있었으며, 머리는 둥근 원이었다. 형상이 더 뚜렷해지자 아주 얇고 고운 옷을 입은 듯이 보였다. 바로 여자의 형상이었다.

어디선가 콧노래를 부르는 듯한 소리가 들렸다. 어디서 들려 오는 것이었을까? 깨진 창문에 부딪히는 바람 소리였을까? 마룻바닥에 앉아 있는 그림자가 이야기를 하는 것일까?

그것은 바로 치통 부인이었다. 그녀는 무시무시한 형상을 한 지옥의 악마였다. 하느님, 치통 부인으로부터 우리를 해방시키고 보호하소서!

치통 부인이 중얼거렸다. "이곳은 참 좋군. 원래 여긴 늪 지대였던 곳이야. 독침을 가진 모기들이 윙윙거렸지. 이제 모기들은 사라졌지만, 난 그 독침을 가지고 있어. 난 인간의 이에 대고 그 독침을 갈지. 여기 침대에 누워 있는 인간의 이는 아주 하얗고 눈부시군. 이 이들은 달고 시고, 뜨겁고 찬 것과 호두와 자두 씨를 맛보았지. 이 이들을 흔들어 버리겠어. 얼음처럼 싸늘한 바람을 쐬어 주지. 그럼, 이 뿌리로 바람이 새어들겠지."

참으로 끔찍한 말이었으며 무시무시한 노파였다.

"아, 당신이 바로 시인이군. '고통에 관한 송시'를 짓는 걸 도와주지. 쿡쿡 쑤시는 날카로운 고통에 숙달되게 하여, 당신의 지친 신경이 시를 짓게 해 주겠어."

뜨겁게 달군 송곳이 광대뼈를 뚫고 들어오는 것만 같았다. 난 고통스럽게 몸을 비틀었다. 치통 부인이 계속 중얼거렸다. "훌륭한 이군. 연주하기 좋은 오르간이야. 드럼, 플루트, 트럼펫으로 음악회를 열어보자구. 사랑니는 바순을 연주하면 되겠군. 위대한 시인, 위대한 음악을 위하여!"

치통 부인은 소름끼치는 연주를 시작했다. 내가 본 것은 그녀의 손뿐이었지만, 그녀의 모습도 소름끼칠 것 같았다. 그녀는 얼음처럼 차디차고 유령처럼 칙칙한 손을 내 눈 앞에 들어올렸다. 손가락들이 날카로운 송곳 같았다. 엄지와 집게손가락은 펜치였고, 가운뎃손가락은 뾰족한 바늘이었으며, 넷째손가락은 송곳, 새끼손가락은 모기의 독침이었다.

"내가 시를 쓰는 법을 가르쳐 주지. 위대한 시인은 큰 치통을 겪고, 하찮은 시인은 하찮은 치통을 겪는 법이지."

"하찮은 시인이 되게 해 줘요. 제발, 그렇게 해 주세요. 난 시인이 아니에요. 치통에게 공격받은 것처럼 시의 공격을 받은 것뿐이라구요. 제발 날 그냥 내버려두세요." 나는 치통 부인에게 애원했다.

"내가 시보다, 수학보다, 철학보다, 그리고 모든 음악보다 더 위대하다는 걸 인정하느냐? 캔버스에 그려지거나 대리석으로 조각된 느낌보다 내가 더 강렬하고 날카롭다는 걸 인정하느냐? 난 그들보다 나이가 많아. 난 낙원의 문 밖에서 태어났지. 바람이 스산하게 불고 독버섯이 자라는 곳 말야. 날씨가 추워지면 이브에게 무화과 잎을 입혀 주었어. 그리고 아담에게도 입혀 주었지. 치통은 그런 위력을 가지고 있어. 정말이야!"

"다 믿을게요. 그러니 제발 사라져요!"

"그럼 시인이 되는 것을 포기하겠느냐? 종이에건, 칠판에건 영원히 시를 쓰지 않겠어? 약속한다면 자넬 놓아주지. 하지만 약속을 어긴다면 다시 오겠어."

"맹세해요! 다시는 나타나지 마세요."

"날 다시는 느끼지 못하겠지만, 내 모습은 보게 될 거야. 지금보다 더 분명한 모습을 말야. 난 더 사랑스런 모습으로 나타날 거야. 네게 난 밀레 아줌마로 보일 테고, 난 네게 말하겠지. '넌 사랑스럽고 위대한 시인이야! 이 세상에서 가장 위대한 시인이지!' 하고 말야. 하지만 그 말을 믿고 시를 쓴다면 난 그 시로 작곡을 하여 네 입 속에 든 오르간으로 연주를 하겠어. 귀여운 애야! 밀레 아줌마를 보거든 날 떠올리거라." 치통 아줌마는 이렇게 말하고 송곳으로 따끔하게 날 찌르고는 사라져 버렸다. 고통이 곧 누그러졌다. 난 커다란 푸른 잎을 단 흰 연꽃이 피어 있는 물 위를 미끄러지듯 달리는 기분이었다. 나는 평화롭고 조용한 물 속에 잠겼다.

"죽어라, 눈송이처럼 녹아라! 구름처럼 떠다니다 사라져라!" 주위를 둘러싼 물이 노래했다. 물살을 통해 나부끼는 승리의 깃발이 보였고 깃발에는 불후의 명성을 가진 사람들의 이름이 쓰여 있었다. 깃발은 하루살이 날개로 만든 것이었다.

나는 꿈도 꾸지 않고 깊이 잠을 잤다. 흥얼거리는 바람 소리, 쾅 하는 대문 소리, 위층에 세든 사람의 시끄러운 아침 체조 소리도 듣지 못했다. 행운이여!

돌풍이 불어와 집이 흔들리고 아줌마가 잠든 방 옆문이 덜커덕거렸다. 아줌마가 일어나 옷을 걸치고 내 방으로 건너왔을 때도 나는 잠들어 있었다. 아줌마는 내가 천사처럼 잠들어 있어서 깨울 수가 없었다고 했다.

얼마 후 나는 눈을 떴다. 아줌마가 같은 집에서 잠을 잤다는 것도 완전히 잊고 있었다. 아줌마를 보자 치통이 생각났다. 꿈인지 현실인지 구별할 수가 없었다.

"내가 저 방으로 간 뒤 뭘 좀 썼니? 그랬길 바란다. 넌 내가 좋아하는 시인이야. 넌 위대한 시인이 될 거야." 아줌마가 말했다.

아줌마는 얘기하면서 묘한 미소를 짓는 것처럼 보였다. 나는 맞은편 의자에 앉아 있는 아줌마가 사랑하는 착한 밀레 아줌마인지, 밤에 시를 쓰지 않겠다고 약속한 끔찍한 환영인지 알 수가 없었다.

"시를 좀 썼니?"

"아뇨, 아뇨! 당신이 정말 밀레 아줌마예요?" 내가 날카롭게 소리를 질렀다.

"그럼 누구겠니?"

정말 밀레 아줌마였다. 아줌마는 내게 입을 맞추고 마차를 타고 집으로 돌아갔다. 난 있는 그대로를 썼다. 하지만 이것은 시가 아니며 영원히 출판되지 않을 것이다.


손으로 쓴 원고는 여기서 끝났다. 원래는 더 길었는데, 야채상 직원인 내 친구는 빠진 부분을 찾아낼 수 없었던 것이다. 아마 그 나머지 부분은 소금에 절인 청어와 버터와 녹색 비누를 싼 종이가 되어 세상에 나갔을 것이다. 그 종이는 자신의 임무를 다한 것이다.

라스무센 씨도 죽고 아줌마도 죽었다. 대학생도 죽고, 그의 머리에서 번득이던 불꽃도 종이통 속으로 사라졌다. 치통 아줌마의 이야기가 끝난 것이다.

# 157
# 하느님은 죽지 않는다

어느 일요일 아침이었다. 태양이 밝고 따스하게 방안을 비추고, 온화하고 신선한 공기가 열린 창문을 통해 들어왔다. 풀과 꽃들로 뒤덮인 들판과 초원에서는 하느님이 창조한 파란 하늘을 배경으로 온갖 작은 새들이 즐거운 노래를 지저귀고 있었다. 이처럼 바깥세상이 즐거움과 풍요로움으로 넘쳐나고 있을 때 집 안은 슬픔과 고통으로 가득 차 있었다. 평소에는 늘 활기에 차 있던 아내마저도 그날 아침에는 매우 침울한 표정으로 아침 식탁 앞에 앉아 있었다. 마침내 아내가 음식에 손도 대지 않은 채 일어나 눈물을 닦으며 문 쪽으로 걸어갔다.

참으로 이 집에 저주가 내린 듯 보였다. 생활비는 올라가고 식량 공급은 줄어들고 세금 부담은 점점 더 늘어만 갔다. 해가 갈수록 재산의 가치는 점점 더 줄어들고 이제 그들을 기다리고 있는 것은 가난과 비참함뿐이었다. 이러한 상황이 오랫동안 남편을 침울하게 만들었다. 남편은 늘 성실하게 일하고 법을 잘 준수하는 선량한 시민이었다. 미래에 대해 생각하자 남편은 절망스러웠다. 사실, 그는 여러 차례 비참하고 절망적인 삶을 끝내 버리려고 생각하기조차 했다. 천성이 쾌활한 아내가 해주는 위로의 말도 친구들이 해주는 실질적이고도 정신적인 충고도 아무런 도움이 되지 못했다. 오히려 이러한 위로나 충고들은 그를 더욱더 서글프게 하고 말수가 줄어들게 만들었다. 그러므로 결국에는 그의 가엾은 아내마저 용기를 잃게 된 것은 당연한 일이었다. 하지만, 곧 알게 되겠지만, 아내가 슬픔에 빠진 데에는 다른 이유가 있었다.

아내마저 비탄에 빠져 방을 나가려고 하는 것을 보자 남편이 아내를 만류하며 말했다. "무엇 때문에 그리 슬퍼하는지 이유를 말하기 전에는 못 가게 할 거요!"

아내는 잠시 침묵을 지키다가 한숨을 쉬며 말했다. "오, 여보, 지난밤에 하느님이 죽는 꿈을 꾸었어요. 천사들도 모두 하느님을 뒤따라 죽어버렸지 뭐예요!"

"어찌 그리 말도 안 되는 것을 믿는다 말이오!" 하고 남편이 대답했다. "하느님은 죽지 않는다는 것을 당신도 알 텐데 말이오!"

그 순간 착한 아내의 얼굴이 기쁨으로 빛났다. 아내는 다정하게 남편의 두 손을 잡고 외쳤다. "그렇다면 우리의 하느님은 아직 살아 계시는군요!"

"물론이지." 하고 남편이 대답했다. "어찌 그걸 의심할 수 있단 말이오!"

그러자 아내는 남편을 껴안으며 확신과 평화와 행복이 교차하는 표정으로 사랑에 가득 찬 눈으로 남편을 쳐다보며 말했다. "그런데, 여보, 하느님이 아직도 살아 계시는데 우린 왜 하느님을 믿지도 신뢰하지도 못하는 거지요! 하느님은 우리 머리카락 수도 다 세고 계세요. 그 어느 것 하나도 빼놓지 않고 모든 걸 알고 계시지요. 그분은 들판에 백합을 피우시고 참새와 까마귀들에게 먹이도 주시잖아요."

아내가 이런 말을 하자 남편의 눈에서 안개가 걷힌 듯 했으며 그의 가슴에서 무거운 짐이 벗겨져 나가는 기분이었다. 남편은 오랜만에 처음으로 미소를 지으며 그로 하여금 하느님에 대한 믿음을 되찾고 하느님에 대한 신뢰를 회복하게 하기 위하여 그러한 묘책을 짜낸 사랑스럽고 독실한 아내에게 감사했다. 이제 방 안에서는 햇살이 행복한 두 사람의 얼굴을 그 어느 때보다도 더 다정하게 비추고 있었다. 부드러운 바람이 두 사람의 미소 띤 볼을 어루만지고 새들이 더욱더 명랑한 소리로 하느님에게 진심 어린 감사의 노래를 재잘거렸다.


# 158
## 달님이 본 것

### 들어가는 말

참으로 이상한 일 아닌가. 가장 강렬하고 격렬한 감정이 일 때면 손과 입을 옴

짝달싹할 수 없어 마음속에 이는 생각들을 표현하거나 글로 쓸 수가 없으니 말이다. 하지만 다행히도 나는 화가이다. 그래서 나의 눈은 있는 그대로를 표현할 수가 있다. 내 그림을 본 친구들도 모두 그렇게 얘기한다.

나는 가난한 청년이다. 좁디좁은 골목에 산다. 하지만 내 방은 이웃 지붕들이 훤히 내려다보이는 높은 곳에 있기 때문에 어둡지는 않다. 그 도시로 이사한 후 처음 며칠 동안은 매우 우울하고 외로웠다. 보이는 것이라곤 이제까지 내가 보아왔던 숲과 푸른 언덕들이 아니라 온통 굴뚝들뿐이었기 때문이다. 게다가 친구도, 아는 사람도 없었다.

그러던 어느 날 저녁, 우울한 기분으로 창가에 앉아 있었다. 그러다가 나는 창문을 열고 바깥을 내다보았다. 그 순간, 난 기뻐서 얼마나 가슴 설레었던가! 낯익은 얼굴이 날 내려다보고 있지 않은가! 둥글고 다정한 표정을 지닌, 고향에서 알고 지내던 친구의 얼굴이! 날 내려다보고 있는 친구는 바로 달님이었다. 나의 다정한 친구인 달님은 하나도 변함없는, 예전 그대로의 모습이었다. 황무지 위에 자라난 버드나무들 사이로 나를 내려다보던 그대로의 얼굴이었다. 나는 나의 조그마한 방에 비쳐들고 있는 달님에게 손으로 입맞춤을 보내고 또 보냈다. 달님은 이곳으로 올 때면 밤에 잠깐씩 나를 방문하겠노라고 약속했다. 달님은 그 약속을 충실하게 지켰다. 하지만 잠깐밖에 함께 있을 수 없다는 게 참으로 유감이었다. 달님은 나를 찾아올 때면 전날 밤이나 그날 밤 보았던 일들을 얘기해 주곤 했다. "내가 들려주는 이야기들을 그림으로 그려봐." 하고 달님이 내게 얘기했다. "그럼 아주 예쁜 그림책이 될 거야."

나는 밤마다 달님의 충고에 따라 그림을 그렸다. 이 그림들을 모두 엮어 만들면 새로운 『아라비안 나이트』도 만들 수 있겠지만 그 수가 너무나도 많을 것이다. 내가 여기에 소개하는 그림들은 내 마음대로 골라 엮은 것이 아니라 달님이 얘기해 준 순서에 따라 엮은 것이다. 좀 더 재능 있는 화가나 시인이나 음악가라면 이 그림들을 토대로 더 근사한 것을 만들어 낼 수도 있을 것이다. 내가 여기에 소개하는 내용은 내 나름대로의 생각을 섞어서 급히 종이에 스케치한 것이다. 달님은 매일 밤 날 찾아오지는 못했다. 가끔 구름이 그의 얼굴을 가리는 날들이 있었으니까.

## 첫 번째 날 밤

"지난밤에 있었던 일이야." 이것은 달님이 한 얘기를 그대로 옮긴 것이다.
"인도의 맑은 하늘을 가로질러 가고 있었어. 갠지스 강물 위로 내 모습이 비쳤지.
나의 빛이 빽빽하게 들어선 오래된 플라타너스 나무들 사이로 스며들었어. 거북
딱지처럼 굽은 나뭇가지들 사이로 말이야. 그때 잡목 숲에서 한 인도 아가씨가 걸
어 나왔어. 사슴처럼 우아하고 이브처럼 아름다웠지. 그녀에게서는 참으로 영적이
이면서도 세속적인 면이 있었어. 나는 그 고운 피부 안에 담긴 그녀의 생각을 꿰
뚫어 볼 수가 있었지. 험한 칡덩굴에 샌들이 찢어졌지만 아가씨는 빠른 걸음으로
앞으로 나아갔어. 강물로 갈증을 달래려고 강둑으로 올라온 짐승들이 아가씨가
손에 든 등불을 보고 놀라서 달아났지. 등불을 든 연약한 손가락에서는 피가 흐르
고 있었어. 아가씨는 강가로 가더니 등불을 강물 위에 띄웠어. 등불은 물결에 떠
내려갔지. 불꽃은 금방이라도 꺼져 버릴 것처럼 깜박거렸지만, 비단결같이 곱고
긴 속눈썹 아래의 혼이 담긴 시선으로 아가씨가 까만 눈을 반짝이며 지켜보는 동
안에는 계속 타오르고 있었지. 눈으로 지켜보는 동안에 등불이 계속 타오르면 연
인이 아직 살아 있는 것이고, 꺼져 버린다면 연인이 죽은 것이라는 것을 아가씨는
알고 있었어. 등불이 타오르며 흔들릴 때마다 아가씨의 가슴도 타오르며 흔들렸
어. 아가씨는 무릎을 꿇고 기도했지. 그 옆 풀 속에는 독사가 웅크리고 있었지만
아가씨는 오직 브라흐마 신(힌두교의 창조신)과 신랑 생각뿐이었어.

'아, 살아 있구나!' 하고 아가씨가 기뻐서 외쳤어. 그 메아리가 산에서 울려 퍼
졌지. '아, 살아 있구나!'"


## 두 번째 날 밤

"어제는," 하고 달님이 내게 말했다. "집들로 둘러싸인 작은 마당을 들여다봤
어. 암탉 한 마리가 열한 마리 병아리들과 함께 있었지. 한 예쁜 소녀가 근처에
서 놀고 있었는데, 암탉이 놀라서 병아리들을 날개로 감싸며 꼬꼬댁거렸어. 그
때 소녀의 아버지가 나오더니 소녀를 꾸짖었지. 나는 더 이상 그것에 대해 생각

하지 않고 그곳을 지나쳤어.

그런데 오늘 밤, 바로 몇 분 전에 말이야. 다시 그 마당을 들여다보게 되었는데, 아주 조용하지 뭐야. 바로 그때 그 소녀가 나오더니 살금살금 기어서 닭장으로 다가가 걸쇠를 열고는 가만가만 암탉과 병아리들에게 다가갔어. 그러자 닭과 병아리들이 꼬꼬댁, 삐악삐악 소리를 지르며 날개를 퍼덕이자 소녀가 쫓아가는 게 아니겠어! 난 똑똑히 보았어. 담 구멍으로 들여다보았으니까. 그 못된 소녀에게 난 몹시 화가 났지. 그래서 소녀의 아버지가 나와 소녀의 팔을 붙들고 어제보다 더 심하게 꾸지람을 하자 속이 시원했어. 소녀는 고개를 숙이며 커다란 푸른 눈에 눈물을 글썽였지.

'여기서 뭘 하는 거냐?' 하고 소녀의 아버지가 물었어.

'암탉에게 다가가 입을 맞추고 어제 내가 한 행동을 대해 용서를 구하고 싶었어요.' 하고 소녀가 울먹이며 말했지. '그런데 아빠에게 말하기가 무서웠어요.' 소녀의 아버지는 천진한 소녀의 이마에 입을 맞추었지. 나도 소녀의 눈과 입술에 입을 맞추었어.”


## 세 번째 날 밤

“근처에 있는 좁은 골목에서 본 일이야. 골목이 아주 좁아서 내 빛이 담을 타고 잠시만 비출 수 있는 곳이지. 그런데 그 잠깐 사이에도 나는 세상에서 일어나는 일들을 볼 수가 있지. 그곳에서 난 한 여인을 보았어. 16년 전에는 어린아이였었지. 그 아이는 시골에 있는 오래된 목사관 정원에서 놀곤 했어. 그곳에는 오래된 장미나무 울타리가 둘러쳐 있었어. 장미꽃들은 시들어 떨어진지 오래였지. 장미덤불은 무성하게 자라 길 위까지 뻗어 나와 사과나무를 휘감고 있었지. 여기저기 줄기에 매달린 장미꽃잎이 하나둘 씩 보이긴 했지만 꽃의 여왕다운 기품은 사라지고 없었어. 하지만 장미빛깔과 향기는 여전했지. 사실, 그 목사의 어린 딸이 장미꽃보다 훨씬 더 사랑스러워 보였어. 그 아이는 장미나무 울타리 아래에 있는 의자에 앉아 판지로 만든 움푹 들어간 인형의 볼에 입을 맞추고 있었지.

10년이 지난 어느 날, 나는 그 아이를 다시 보게 되었어. 그 아이는 화려한 무도회장에 있었는데 부유한 상인의 아름다운 신부가 되어 있었지. 나는 그 아이가 그런 행운을 갖게 된 것이 기뻐서 조용한 밤이면 다시 찾아가곤 했지. 아! 그때는 내가 맑은 눈으로 변함없이 지켜보고 있다는 사실을 아무도 주시하지 않았지. 장미 같은 나의 아이는 목사관 정원에서 자라던 장미처럼 점점 더 무성하고 거칠어졌지. 모든 인간사에는 비극도 있게 마련이잖아. 오늘 밤 나는 그 아이의 최후를 지켜보게 되었어.

좁은 골목에 있는 집에 그 아이가 죽을병에 걸려 침대에 누워 있는데 난폭하고 잔인한 못된 집주인이 이불을 벗겨 제키며 말했어. 그 애가 아는 사람이라곤 그 사람뿐이었지. '일어나지 못해! 뻔뻔스럽기 그지없군! 당장 옷 입어! 돈을 가져와, 그렇지 않으면 거리로 내쫓아 버릴 테니까! 당장 일어나!'

'죽음이 내 심장을 갉아먹고 있어요! 제발 좀 쉬게 해주세요!' 하지만 집주인은 그 아이를 억지로 일으켜서 볼에 화장을 하고 머리에 장미화환을 씌운 후 창가에 앉히고는 옆에 촛불을 켜두고 가 버렸어. 나는 그 아이를 계속 지켜보았지. 그 아이는 손이 무릎으로 떨어져 내렸지만 꼼짝않고 앉아 있었어. 바람이 창문에 몰아쳐 유리창이 깨졌지만 여전히 꼼짝도 하지 않았어. 커튼이 불꽃처럼 펄럭거렸어. 그 아이는 죽은 거였어. 열린 창가에 죽은 여인이 앉아 있었지. 죄악을 범하지 말라고 설교를 하면서. 목사관 정원의 내 장미가!"


## 네 번째 날 밤


"어젯밤에는 독일 연극을 보았어." 하고 달님이 말했다. "작은 마을에 있는 마구간을 극장으로 개조한 곳이었어. 그러니까 마구간을 그대로 둔 채 칸막이를 관람석으로 꾸미고 목재에는 색을 칠한 종이를 발라 꾸민 거였어. 낮은 천장에는 철제로 된 작은 샹들리에가 매달려 있었는데 그 위에 통을 뒤집어 씌워서 시작을 알리는 종이 울리면 샹들리에를 통 속으로 끌어당겨 실제 극장에서처럼 조명을 끌 수 있게 되어 있었지.

'딸랑 딸랑.' 하고 종이 울리자 작은 샹들리에가 위로 끌어 올려지며 통속으로 사라졌어. 연극이 곧 시작된다는 신호였지.

우연히 그 마을을 지나가던 젊은 귀족 부부가 연극을 보게 되었어. 극장 안은 사람들로 빽빽했지. 하지만 샹들리에 바로 아래쪽은 분화구처럼 텅 비어 있었어. 거기엔 한 사람도 앉지 않았지. 샹들리에에서 촛농이 뚝뚝 떨어져 내렸거든!

날씨가 너무 더워서 창문들이 활짝 열려 있었기 때문에 나는 모든 걸 다 볼 수 있었어. 창문마다 하인들이 매달려 들여다보았지. 문 안쪽에 순경들이 지키고 있다가 그들을 곤봉으로 막았는데도 말이야.

젊은 귀족 부부는 관현악단 옆에 놓인 오래된 안락의자에 앉아 있었어. 대개 그 의자는 시장 부부가 앉던 자리였지. 하지만 어젯밤에는 시장 부부도 다른 마을 사람들과 마찬가지로 나무로 된 벤치에 앉아야 했지. '어머, 저기 좀 봐요' 하고 한 여자가 다른 여자에게 속삭였어. '높은 사람보다 더 높은 사람이 있네!' 귀족 부부로 인해서 그날 밤에는 모든 것들이 더욱더 기품이 있어 보였지. 샹들리에가 껑충 내려오고, 바깥에 있던 군중은 벌로 손등을 맞아야 했지. 나는 처음부터 끝까지 모든 것을 지켜보았지."


## 다섯 번째 날 밤

"어제는," 하고 달님이 말했다. "파리의 번화한 도시를 내려다보았어. 나는 루브르 궁전 안을 들여다보았지. 초라한 행색을 한 — 거지였거든 — 늙은 노파가 안내인을 따라서 왕좌가 있는 커다란 빈 방으로 들어갔어. 노파는 그 방을 꼭 봐야 했거든. 그 머나먼 궁전까지 가기 위해 할머니는 온갖 희생을 치르고 온갖 비위를 맞추어야 했어. 노파는 뼈만 앙상한 두 손을 모으고 마치 교회 안에 들어선 것처럼 경건하게 주위를 둘러보았어.

'바로 여기였어요!' 하고 노파가 말했어. '여기 맞아요!' 그리고는 가장자리가 금실로 장식된 화려한 덮개가 치렁치렁 늘어뜨려져 있는 왕좌로 다가갔어. '저기에요!' 하고 노파가 말했지. '저기예요!' 노파는 무릎을 꿇고 늘어뜨려진 자주색 벨벳 천에 입을 맞추었어. 울고 있는 것 같았지.

'이 벨벳이 아니었소.' 하고 안내인이 입가에 미소를 띠며 말했어.

'하지만 이곳이었어요!' 노파가 말했지. '그때랑 똑같아요!'

'똑같긴 하지만 다른 곳이오.' 하고 안내인이 말했어. '그날, 창문들은 모두 깨지고 문들은 부숴지고 바닥은 피로 물들었소. 그러니 '내 손자가 프랑스 왕좌 위에서 죽어갔어요'라는 말이 사실일 수 있소.'

'죽어갔어요!' 하고 노파가 되풀이해 말했어.

그 이상 다른 말은 오가지 않은 것 같았어. 그들은 곧 그 홀에서 나갔지. 저녁 땅거미가 지고 내 빛이 더욱더 환한 빛줄기로 프랑스 왕좌에 늘어뜨려진 화려한 벨벳 위를 비추었어. 그 노파는 누구였을 것 같아? 노파의 사연을 얘기해 주지.

7월 혁명(1830년 7월 파리에서 일어난 혁명)이 한창이던 때, 가장 빛나는 승리를 거두기 하루 전날 저녁이 저물어 가던 때였어. 모든 집들은 요새가 되었고 창문은 모두 바리케이드가 되었지. 여자, 아이 할 것 없이 사람들이 튈르리 궁전(루브르 궁전 서쪽에 위치한 곳)으로 몰려들어 전투원과 싸웠지. 군중들은 궁전 홀이며 방으로 몰려들어왔어. 그 중에는 가난하고 남루한 차림의 아직 어린 소년이 있었는데, 나이든 사람들 틈에 끼어 용감하게 싸웠어. 그러다가 수 차례 총검에 찔려 치명적인 상처를 입고 바닥에 쓰러졌어. 왕좌가 있던 방에서 일어난 일이었어. 피를 흘리는 그의 시신은 프랑스 왕좌에 눕혀졌고 그의 상처를 반쯤 가리고 있던 치렁치렁 늘어뜨려진 푸르스름한 자주색의 덮개 위로 피가 줄줄 흘러 내렸어. 영화에서나 볼 듯한 광경이었지! 그 호화로운 방에서 반란 군중이 싸우는 광경이라니! 바닥에는 망가진 군기가 놓여 있고 삼색기가 총검 위에서 나부끼고 있었지. 그리고 왕좌 위에는 그 거지 소년이 영광에 빛나는 창백한 얼굴로 누워 있었어. 눈은 하늘을 향하고 두 팔은 죽어서 뻣뻣하게 굳어지고 드러난 가슴과 너덜너덜 해진 옷은 은빛 백합이 수놓아진 화려한 벨벳에 반쯤 가려진 채.

아마도 그 소년이 태어날 때 이런 예언이 있었지 않을까. '이 아이는 프랑스 왕좌에서 죽으리라!' 그리고 어머니는 마음속으로 제2의 나폴레옹을 꿈꿨을지도 몰라. 나의 빛이 그의 무덤 위에 불멸의 화환을 그려 넣었어. 지난밤 노파가 꿈속에서 이곳에서 일어나게 될 장면을 보고 있을 때, 그러니까 프랑스의 왕좌에 누워 있는, 해진 옷을 입은 가없은 거지 소년의 장면을 보고 있을 때 나의 빛은 그 노파의 이마에 입을 맞추었어."

## 여섯 번째 날 밤

"웁살라(스웨덴 남동부에 있는 도시)에 갔다 왔어." 하고 달님이 내게 말했다. "거친 풀이 자라는 거대한 평원과 메마른 들판을 내려다보았지. 증기선에 물고기들이 놀라서 골풀 사이로 달아날 때 내 모습이 피리스 강물(웁살라 도시를 통해 흐르는 강)에 비추었어. 내 아래로는 구름들이 앞서거니 뒷서거니 추격전을 벌이며 오딘(북유럽 신화에 나오는 지식, 문화, 군사를 관장하는 신)과 토르(북유럽 신화에 나오는 천둥, 전쟁, 농업을 주관하는 신)와 프레이야(북유럽 신화에 나오는 사랑, 미, 풍요의 여신)의 무덤 위로 길다란 그림자를 드리웠지. 잔디가 듬성듬성 자라는 언덕에 잔디가 이름들 모양으로 베어져 있었어. 그곳에는 여행자들이 자기의 이름을 새길 수 있는 기념비가 없었고 그림을 그려 넣을 바위벽도 없었어. 그래서 그곳을 찾는 여행자는 잔디에 이름을 새겨 넣지. 언덕을 따라 풀이 베어져 드러난 땅 위는 글자들과 이름들로 덮여 있었어. 잔디가 새로 자라날 때까지 살아남을 글자들과 이름들이.

그 언덕 꼭대기에 한 남자가 서 있었어. 시인이었지. 그는 테두리가 은으로 장식된 뿔잔을 비우고 바람에게 누설하지 말라고 하면서 이름을 속삭였지. 하지만 나는 그 이름을 알게 되었지. 그의 이름 위에 백작의 관이 반짝이고 있었기 때문에 그는 그에 대해서는 말하지 않았어. 나는 시인의 왕관이 그의 이름 위에서 반짝이는 것을 알고 미소를 지었어! 타소(16세기 이탈리아 시인)란 이름에는 엘리노라 데 스테(이탈리아 페라라의 귀족 여성. 타소는 그녀와 그의 언니에게 시를 헌정함)란 이름이 늘 따라붙지. 나도 아름다운 장미가 피어나는 곳을 알고 있어 ….."

달님이 이렇게 얘기했을 때 구름이 우리 사이를 가로막았다. 오, 그 구름이 시인과 장미 사이를 결코 가로막지 않기를!

## 일곱 번째 날 밤

"해마다 봄이 되면 수백 마리의 나이팅게일들이 찾아드는 상쾌하고 향기로운 숲이 있었어. 오크나무와 너도밤나무들이 자라는 그 숲은 해변을 따라 뻗어 있었지. 이 숲과 변화무쌍한 바다 사이에는 폭이 넓은 도로가 나 있어. 그 도로로는 마차들이 연이어 지나가지. 하지만 나는 그 마차들을 따라가지 않아. 내 시선은 대개 한 곳에만 머무르는데, 그것은 바로 바이킹의 무덤이야. 돌 틈새에서는 블랙베리와 야생자두가 자라지. 이곳이야말로 진정한 자연의 시야. 사람들이 그 시를 어떻게 해석한다고 생각해? 들어봐. 간밤에 내가 들은 내용을 얘기해 줄게.

가장 먼저, 부유한 지주(地主) 두 사람이 마차를 타고 왔어. '참으로 멋진 나무들이야.' 하고 한 지주가 말했지. '한 나무당 장작이 적어도 열 수레는 나오겠는걸.' 하고 다른 지주가 대답했어. '이번 겨울은 아주 추울 거야. 작년에 한 수레당 14달러씩 받았지.' 그리고 나서 그들은 가 버렸어.

'참으로 끔찍한 도로군!' 하고 또 다른 남자가 마차를 타고 지나가면서 말했어. '모두 다 저놈의 빌어먹을 나무들 때문이야.' 하고 그의 길동무가 대답했지. '공기가 통하는 곳이라곤 바다뿐이야!' 하고 그들은 지나갔어.

역마차도 지나갔어. 그런데 이처럼 아름다울 데 그지없는 이곳을 지날 때 승객들은 모두 곤히 잠들어 있었어. 마부는 뿔피리를 불었어. 하지만 마부는 혼자 이렇게 중얼거릴 뿐이었어. '난 피리를 참 잘 분단 말이야! 여기서도 소리가 좋군! 하지만 잠든 사람들이 뭘 알겠어?' 그렇게 역마차는 지나가 버렸어.

이번에는 두 청년이 말을 타고 지나가게 되었어. '젊음의 혼과 불길이 타오르는군' 하고 나는 생각했어. 그들은 미소를 지으며 황록색의 언덕과 어두운 숲을 바라보았지. '이곳에서 크리스틴과 산책을 하고 싶군! 방앗간 집 딸 말이야!' 하고 한 젊은이가 말하고는 지나갔어.

꽃향기가 진동하고 바람의 숨결은 매우 고요했지. 바다는 깊은 계곡에 드리워진 하늘과 맞닿아 마치 하늘의 일부인 듯했어. 그때 여섯 명의 승객을 태운 마차가 지나갔지. 네 명은 잠들어 있었고, 다섯 번째 승객은 새로 산 여름 재킷이 자신에게 얼마나 잘 어울리는지에 대해 생각하고 있었어. 그리고 여섯 번째 승객은 창 밖으로 고개를 내밀고 마부에게 길가에 있는 돌무더기에 특별한 점이 있는지를 물었어.

'아뇨.' 하고 마부가 대답했어. '돌무더기는 특별한 것이 없지만 저곳에 있는 나무들은 참으로 볼 만하지요!'

'그 나무들에 대해 말해 주게나.'

'네, 참으로 경이로운 나무들이지요.' 하고 마부가 말했어. '눈이 함빡 내려 아무것도 보이지 않는 겨울에는 저 나무들을 이정표로 삼아서 말을 몰지요. 나무들을 보고 길을 따라가지 않으면 바다로 빠질 수가 있거든요. 그래서 저 나무들이 특별하답니다!' 이렇게 말하고 마부는 계속 말을 몰았지.

이번에는 한 화가가 그곳을 지나가게 되었어. 그곳에 들어서자 그의 눈이 빛났어. 그는 아무 말도 하지 않고 휘파람만 불었지. 나이팅게일들이 서로 경쟁하며 큰 소리로 달콤한 노래를 불렀어. '조용히 해!' 하고 화가가 소리치고는 색깔과 색조들을 꼼꼼히 살피면서 풍경을 구경했어. '파란색, 자주색, 짙은 갈색―참으로 아름다운 그림이 되겠군!' 거울이 그림을 반사하듯 그의 마음속에 그 모든 풍경이 스며들었지. 곧이어 그는 로시니(이탈리아의 오페라 작곡가)의 행진곡을 휘파람으로 불었어.

마지막으로 한 가난한 소녀가 그곳을 지나가게 되었어. 그 아이는 보따리를 내려놓고 바이킹의 무덤에 앉아 쉬었어. 창백하고 사랑스런 얼굴을 숲 쪽으로 돌리고는 귀를 기울였지. 바다 멀리 펼쳐진 하늘을 쳐다보는 그 아이의 눈이 밝게 빛났어. 손을 꽉 쥐고 있는 것으로 보아 주기도문을 외우고 있었을 거야. 그 아이는 그 순간에는 그 느낌이 어떤 것인지를 이해하지 못했겠지만 그 풍경이 그 어느 화가가 그린 색깔보다도 더욱더 아름답고 다채로운 색깔로 기억 속에 각인이 되겠지. 새벽이슬이 그 아이의 이마를 촉촉이 적실 때까지 내 빛은 그 아이를 비추었어."


## 여덟 번째 날 밤

검은 구름이 무겁게 하늘을 덮었고 달님의 모습은 전혀 보이지 않았다. 나는 나의 작은 방에서 그 어느 때보다도 더 외롭게 서성거리며 달님이 나타났던 하늘을 쳐다보았다.

내 생각은 어느덧 멀리 날아가 밤마다 내게 그처럼 아름다운 그림을 보여주고 이야기를 들려주었던 나의 친구에게 가 있었다. 달님이 경험하지 못한 일이 있을까! 달님은 폭우가 몰아치는 바다 위를 떠다니고 노아의 방주를 내려다보며 미소를 지었겠지. 나에게 그랬듯이. 그리고 다시 새로운 세상이 열릴 것이라고 위로를 보냈을 것이다. 이스라엘의 아이들이 바빌론 강가에서 울고 있을 때 그들이 하프를 걸어놓은 버드나무 사이로 슬프게 그들을 바라보았을 것이다. 로미오가 발코니로 기어 올라가 지상의 천사가 하늘로 올라갈 것을 생각하듯 사랑의 약속을 했을 때 환한 달님은 사이프러스 나무들 뒤에 반쯤 몸을 숨기고 내려다보았겠지. 달님은 세인트헬레나 섬에서 나폴레옹이 위대한 생각을 하며 고적한 절벽에서 바다를 바라보았을 때도 그 영웅을 내려다보았다. 그렇다. 달님이 모르는 게 있을까? 인간의 역사는 달님에게는 한 권의 모험담과 같은 것이다. 친구여, 오늘 밤 나는 너를 볼 수 없으니 어떤 그림도 그릴 수가 없구나.

그때 꿈결에서처럼 하늘을 보았을 때 하늘이 밝아졌다. 달님에게서 한줄기의 빛이 비추었다. 하지만 이내 사라지고 검은 구름이 다시 흘러갔다. 그것은 달님이 내게 보내는 다정한 "잘 자!"라는 밤 인사였던 것이다.


## 아홉 번째 날 밤

다시 하늘이 개이고 여러 날 저녁이 지나갔다. 달님은 이제 상현달이 되었다. 나는 다시 스케치를 위한 아이디어를 구할 수 있게 되었다. 달님이 내게 들려준 이야기를 들어보라.

"나는 북극새와 수영하는 고래를 따라서 그린란드 동해안으로 가게 되었어. 눈과 안개로 덮여 있는 맨 바위(표면이 깨끗하고 빛나는 바위)들이 얽혀 있는 버드나무들과 산앵두나무들이 만개해 있는 계곡을 둘러싸고 있었고, 향기로운 홍매동자꽃은 달콤한 향기를 내뿜었지. 내 빛은 희미하고 내 얼굴은 줄기에서 떨어져 나와 수 주 동안 물 위를 떠다니는 수련처럼 창백했어. 북극광이 타올랐어. 고리모양의 넓은 빛의 테두리 안에서 이상한 불기둥이 빨간색에서 녹색으로 변하면서 하늘 위로 소용돌이치며 치솟았지.

그곳 사람들이 몰려들어 춤을 추고 떠들썩하게 즐거운 놀이를 하고 있었어. 하지만 그와 같은 멋진 광경은 그 사람들의 눈에는 익숙한 광경이었기 때문에 경이로움을 자아내지 못했지. 그들은 그 광경을 보고 '죽은 자들이 바다코끼리 머리를 가지고 공놀이를 하네!' 하고 자신들의 미신에 따라 생각했어. 그들이 생각하고 보는 것이라곤 춤과 노래뿐이었지.

털옷을 입지 않은 한 그린란드 사람이 중앙에 서서 드럼을 치며 물개 사냥에 대한 노래를 부르기 시작했어. 하얀 털옷을 입은 합창단이 '이야! 이야!'라고 화음을 넣으며 원을 그리며 깡충깡충 뛰었지. 그들의 눈과 머리가 이상한 모습으로 움직였기 때문에 그 광경이 마치 북극곰들의 무도회처럼 보였어. 이제 재판과 판결이 시작되었어. 불만을 가진 사람이 앞으로 나왔어. 피해를 입은 그 사람은 드럼과 춤에 맞추어 상대방의 잘못에 대해 당당하게 조롱조로 즉석에서 노래를 불렀어. 그러자 이번에는 고발을 당한 사람이 사람들이 비웃는 가운데 똑같은 태도로 응수를 했어. 그리고 나서 마침내 판결이 내려졌지.

산에서 우르렁거리는 소리가 들리고 빙하가 산산이 갈라졌어. 거대한 빙하 덩어리들이 미세한 가루를 흩날리며 떨어져 내렸지. 참으로 아름다운 그린란드의 여름밤이었어.

100미터쯤 떨어진 곳에 한 병든 남자가 동물 가죽으로 된 텐트 아래 누워 있었어. 그의 따뜻한 피 속에는 아직도 생명이 살아 숨 쉬고 있었지. 하지만 그는 죽어야 했어. 자신도 그렇게 믿었고 다른 사람들도 모두 그렇게 믿었으니까. 그의 아내는 벌써부터 그의 사지에 가죽을 단단히 덮어 바늘로 꿰매고 있었어. 나중에 시신을 만지지 않도록 하기 위한 것이었지.

'산속 반동설(눈이 반쯤 언 상태) 속에 묻히고 싶으세요?' 하고 아내가 물었지. '당신의 카약과 화살로 무덤을 덮어 드릴게요. 무당이 그 위에서 춤을 출 거예요. 아니면 바다에 묻히고 싶으세요?'

'바다에 묻히고 싶소.' 하고 병자가 자그마한 목소리로 말하며 슬픈 미소를 지으며 고개를 끄덕였지.

'바다는 상쾌한 여름 별장이지요!' 하고 아내가 말했어. '수천 마리의 물개들이 노닐고 바다코끼리들이 당신의 발치에서 잠을 잘 거예요. 사냥을 하기에도 안전하고 즐겁고요.'

곧이어 그의 아이들이 울면서 창문을 막아놓은 가죽을 떼어냈어. 죽은 자를 바다로 데려가기 위해서였지. 그가 살아생전에는 식량을 제공해 주고 이제 죽어서는 안식처가 될 넘실거리는 바다로 말이야. 밤낮으로 바다 위를 떠다니는 빙산들이 그의 묘비가 되었지. 물개가 빙산 위에서 잠을 자고 폭풍우를 알리는 새가 그 위를 날아다니지."

## 열 번째 날 밤

"언젠가 홀로 사는 할머니를 지켜본 적이 있었어." 하고 달님이 말했다. "겨울이면 그 할머니는 가장자리가 털로 장식된 노란 새틴으로 된 코트를 입고 다녔는데, 항상 새것 같았어. 그녀가 유일하게 따르는 유행이었지. 여름에는 늘 같은 밀짚모자를 쓰고 똑같은 회청색 드레스를 입었어. 그 할머니는 길 건너에 사는 나이든 노파 친구를 방문할 때 외에는 집 밖으로 나간 적이 없었어. 하지만 나이가 들면서 친구를 방문하는 일조차도 중단되었어. 친구가 죽었거든. 홀로 외로운 할머니는 창가에서 시간을 보내곤 했어. 여름이면 예쁜 꽃들을 키우고 겨울에는 펠트 모자에 냉이를 길렀거든.

지난 한달 동안에는 할머니가 창가에 앉아 있는 일이 없었어. 하지만 아직 그녀가 살아 있다는 것을 알고 있었어. 그 할머니와 그녀의 친구가 종종 얘기하곤 했던 멋진 여행을 떠나는 모습을 보지 못했으니까. 그녀는 이렇게 얘기하곤 했었지. '그래, 언젠가 내가 죽으면 내 평생 한 여행보다도 더 긴 여행을 떠나게 될 거야. 가족이 묻힌 묘지가 여기에서 45km나 되거든. 내가 죽으면 가족들은 날 그곳으로 데려갈 테고 나는 다른 가족과 함께 그곳에 잠들게 되겠지.'

지난밤에 영구마차가 그 집 앞에 와 멎었어. 차에서 관이 내려졌지. 그래서 나는 그 할머니가 죽었다는 것을 알았어. 그들은 관을 밀짚으로 싸서 싣고 떠났어. 마지막 몇 년 동안은 집 밖을 나와 본 적이 없었던, 조용한 늙은 할머니는 이제 조용히 잠들게 되었지. 영구차는 마치 즐거운 여행이라도 떠나는 듯이 마을을 빠르게 벗어났어. 고속도로에 들어서자 더욱더 빠른 속도로 달렸지. 가끔 마부가 겁먹은 표정으로 주위를 둘러보았어. 아마도 그 할머니가 노란 새틴 옷에 털 코트를 입고 자기 뒤에 있는 관에 누워 있는 것이 두려웠던 모양이야. 그래서 마부는 손에 고삐를 단단히 거머쥐고 말들에게 가차 없이 채찍을 휘둘렀어. 가엾은 말들이 입에 거품을 물 때까지 말이야. 말들은 젊고 원기 왕성했어. 토끼 한 마리가 길을 가로질러 뛰어가자 말들이 놀라서 마구 내달았어. 말들과 영구마차와 마부가 거칠게 내달리자 평생을 소리 없이 느리게 다람쥐 쳇바퀴 돌 듯 살아온 조용한 할머니는 이제 죽은 시신이 되어 돌멩이들과 나뭇가지들 위로 덜커덩거리며 세차게 내달렸어.

들판에서 종달새 한 마리가 날아오르며 관 위에서 애도의 노래를 불러주고는 관으로 내려 앉아 부리로 밀짚을 쪼아댔어. 마치 밀짚을 찢어내 버리려는 듯 말이야. 행복하게 노래하던 종달새가 하늘로 날아오르자 나는 새벽녘의 붉게 물들어오는 구름 뒤로 숨었지."

## 열한 번째 날 밤

"결혼 축하연이 벌어지고 있었어." 하고 달님이 말했다. "하객들이 노래를 하고 건배를 했지. 모든 것이 풍요롭고 화려했어. 손님들은 자정이 지나서야 떠났지. 양가 어머니들이 신랑과 신부에게 입을 맞추고 떠나자 신랑과 신부 둘만 남게 되었지. 커튼이 거의 내려져 있었지만 나는 창문을 통해 그들을 볼 수 있었어. 그 아늑한 방안에 램프가 켜져 있었거든.

'드디어 다들 떠났군요!' 하고 신랑이 말하고는 신부의 손과 입술에 키스를 했어. 연꽃이 찰랑거리는 물결에 기대어 쉬듯이, 신부는 행복에 겨워 머리를 신랑의 가슴에 기대며 미소를 지었어. 두 사람은 더없이 행복한 달콤한 말을 주고받았지.

'잘 자요!' 하고 신랑이 커튼을 옆으로 제키며 말했어.

'달빛이 참으로 아름답네요!' 하고 신부가 말했지. '봐요, 얼마나 고요하고 맑은지.' 그리고 나서 신부는 램프를 껐어. 아늑한 방 안은 컴컴해졌지. 하지만 내 빛이 방안을 비추었어. 환하게 빛나는 신랑의 눈빛처럼.

여성이여, 시인이 삶의 신비를 노래할 때 그 시인의 하프에 입을 맞추라!"

## 열두 번째 날 밤

"폼페이(로마시대에 베수비오 화산의 폭발로 사라진 고대 도시)에 대해서 묘사해 볼게." 하고 달님이 말했다. "나는 도시 바깥 '무덤의 거리'에 있었어. 머리에 장미 화환을 쓴 행복한 젊은이들이 한때 아름다운 자매들과 춤을 추었던 그곳을 사람들이 그렇게 부르잖아. 이제 그곳은 죽음의 정적이 지배하고 있지.

나폴리에서 근무하는 독일 군인들이 경계를 서고 카드놀이를 하고 주사위 게임을 했어. 한 무리의 여행객들이 산 너머에서 한 경비대원의 안내를 받아 그 도시로 왔어. 나의 환한 빛에 드러난, 무덤에서 일어난 그 도시를 구경하러 온 것이었지. 나는 그들에게 커다란 용암석으로 포장이 된 거리에 있는 전차 바퀴자국들을 보여주었지. 또 문 위에 새겨진 이름들과 집 앞에 여전히 걸려 있는 간판들도 보여주었어. 그들은 작은 마당에 있는 조개껍질로 장식이 된 분수대도 구경했어. 하지만 분수대에서 물은 더 이상 솟아나오지 않았지. 청동으로 만든 개들이 문 앞을 지키고 있는 화려한 색칠이 된 방에서도 더 이상 노랫소리가 흘러나오지 않았어. 그곳은 '죽은 자들의 도시'였으니까. 베수비오 산(이탈리아 나폴리만에 면해 있는 활화산)만이 여전히 끊이지 않는 천둥과 같은 노랫소리를 흘려보내고 있었는데, 사람들은 그 노래 한 구절 한 구절을 폭발이라고 부르지. 우리는 널따란 계단 정면에 높은 제단이 있는 순백의 대리석으로 지어진 베누스 신전을 방문했어. 기둥들 사이에서는 수양버들이 자라나 있었지. 그곳의 대기는 투명하고 푸르렀어. 멀리에 석탄처럼 시커먼 베수비오 산이 보였지. 산꼭대기에서는 소나무 몸통처럼 위쪽을 향해 곧게 불길이 솟구쳐 나오고 있었어. 타오르는 연기구름이 소나무의 왕관처럼 하지만 피처럼 붉은 색으로 고요한 밤하늘을 물들이고 있었지.

여행객들 중에 한 여자 성악가가 있었어. 진정으로 위대한 예술가였지. 유럽에 있는 최고의 도시들에서 그녀를 찬미하는 것을 보았어. 여행객들은 원형극장으로 가서 돌계단 위에 앉았어. 그래서 극장의 작은 일부가 사람들로 채워졌어. 수천 년 전에는 그 원형극장 전체가 채워졌지만 말이야. 측면 벽이 벽돌로 되어 있고 배경에는 두 개의 아치가 있는 무대는 옛날 그대로 그 자리에 있었어. 아치를 통해서는 옛날처럼 똑같은 풍경이 보였지. 자연이 빚어놓은 쇠렌토와 아말피 사이에 있는 풍경들이 보였지.

여자 성악가는 장난으로 고대의 무대로 올라가더니 노래를 불렀어. 그곳이 그녀에게 영감을 불러일으킨 거지. 그녀는 코를 씩씩거리며 갈기를 똑바로 세우고 거친 길을 내달리는 아라비아 야생마를 연상시켰어. 골고다 언덕의 십자가 아래에서 고통스러워하는 어머니가 떠오르기도 했어. 깊은 감정을 토해내는 노래 속에 고통이 배어 있었거든. 수천 년 전에 그랬듯이 기쁜 박수 소리가 극장을 채웠어. '하늘이 내린 재능이야!' 하고 사람들이 소리쳤지.

3분 후에는 사방이 고적해졌어. 모두가 떠났거든. 그들이 떠나자 정적이 감돌았어. 하지만 폐허는 여전히 변하지 않은 채 그대로였어. 아마 앞으로 수백 년 후에도 그러겠지. 성악가의 노래와 미소가 잊혀지고 사라지듯 잠시 극장에 울려 퍼졌던 박수소리는 잊혀지겠지. 나에게도 이 시간은 잠시 스쳐가는 기억으로 묻히겠지.”

## 열세 번째 날 밤

“신문 편집기자의 창문을 들여다보았어.” 하고 달님이 얘기했다. “독일 어딘가에 있는 곳이었어. 많은 책과 신문들이 쌓여 있는, 근사하게 꾸며진 방이었지. 몇 명의 젊은이들이 거기에 있었어. 편집기자는 자기 책상 옆에 서 있었지. 알려지지 않은 작가가 쓴 작은 책 두 권을 검토하는 중이었어.

‘이 책이 내게 배달되었소.’ 하고 그가 말했지. ‘아직 읽지 않았지만 구성이 좋은 것 같소. 내용에 대해 어떻게 생각하시오?’

‘오,’ 하고 시인인 젊은이가 말했어. ‘아주 좋습니다. 약간 늘어지는 감이 없진 않지만 아직 젊은 작가잖소. 앞으로 발전 가능성이 있어요. 생각이 참으로 건전해요. 다만 진부한 게 유감이에요. 하지만 어쩌겠어요? 항상 새로운 것만 구할 수는 없잖아요. 공감이 가는 부분이 있을 겁니다. 내 생각엔 이 작가는 시인으로서 훌륭한 작가는 되지 못하겠지만 말입니다. 그래도 많은 것을 읽은 작가예요. 훌륭한 동양 학자예요. 제대로 된 판단력이 있는 사람이에요. 내가 쓴 『가정생활에 대한 성찰』에 대한 훌륭한 논평을 쓴 사람도 바로 이 청년이에요. 어쨌든 젊은 사람에게는 관대해야 하지요.’

‘하지만 그 작자는 완전히 엉터리요!’ 하고 방 안에 있던 다른 신사가 말했지. ‘시에서 진부한 것보다 더 나쁜 것은 없지. 그 작자는 결코 더 나은 시를 쓰지 못할 것이오!’

‘가엾은 청년이요.’ 하고 세 번째 남자가 말했어. ‘하지만 그의 이모는 그를 매우 자랑스럽게 생각하지요. 그의 이모는 바로 당신이 작업한 마지막 번역본에 대한 구독자들을 모은 사람이에요.’

‘아, 좋은 부인이지! 이 책에 대해 간단한 단평을 달았소. 의문의 여지가 없는 재능, 반가운 재능을 지닌 작가! 시의 정원에 핀 꽃, 뛰어난 구성력 등등. 다른 책은 어떻소? 이 작가는 내가 이 책을 살 것을 기대하는 하는 것 같소. 이 작가에 대해 칭찬하는 말을 들었소. 천재성을 지녔다고들 하더군. 그렇게 생각하시오?'

'네, 모두 그렇게들 얘기하지요.' 하고 시인이 말했어. '하지만 다소 거칠어요. 다만 구두법 사용은 천재적이지! 그의 작품에 대해 다소 안 좋은 평을 하는 게 좋을 것이오. 그가 자신을 철저하게 반성할 수 있게 말이오. 그렇지 않으면 자신에 대해 너무 과대평가하게 될 것이오.'

'하지만 그건 부당한 일이에요.' 하고 네 번째 젊은이가 말했어. '사소한 흠집을 잡아내기보다는 좋은 점을 찾아내요. 칭찬할 만한 점들이 많으니까요. 이 작가는 나머지 작가들에 비하면 가장 뛰어나요.'

'맙소사! 그러한 천재적인 재능이 있다면 날카로운 비평도 받아들일 수 있을 겁니다! 그를 개인적으로 칭찬해주는 사람들은 충분하니 더 이상의 아첨으로 그를 광분하게 하지 맙시다!'

'재능이 훌륭함.'이라고 편집기자가 썼어. '여기저기에 흔히 저지르는 부주의한 점들이 보임. 25쪽을 보면 시를 부정확하게 쓰고 있는 것을 볼 수 있는데, 두 개의 실수가 보임. 고전을 공부할 것을 권장함 등등.'"

"난 그곳을 지나쳐서," 하고 달님이 얘기했어. "시인의 이모의 집 창문을 들여다보았어. 거기에 칭송받는 길들여진 시인이 앉아 있었지. 손님들에게 존경의 눈초리를 받으며 말이야. 그는 행복해했어.

이번에는 거친 시를 쓴다는 다른 시인을 찾아가 보았어. 그도 역시 그의 후원자 중의 한 사람의 집에서 사람들에게 둘러싸여 있었지. 사람들은 그와 어깨를 겨루는 다른 시인의 책에 대해 얘기하고 있었어.

'언젠가는 당신이 쓴 시를 읽을 거예요.' 하고 후원자가 말했어. '하지만 솔직히 말하자면 — 내가 늘 내 생각을 얘기한다는 걸 알잖아요 — 많은 기대는 안 해요. 내 생각에는, 당신 시는 내게 너무 거칠어요. 너무 환상적이죠. 하지만 한 인간으로서 말하자면 당신은 존중할 만한 사람이에요!'

한 어린 여자 아이가 한 쪽 구석에 앉아서 책을 읽고 있었어. 이런 내용이었지.

'천재성이 그리고 그 영광이 먼지 속에 짓밟히네,

평범한 재능이 높이 칭송되는 가운데.

그것은, 오! 아주 오래된 이야기라네,

결코 새롭지도 않은 이야기, 영원히 계속될 이야기.'"


## 열네 번째 날 밤

달님이 말했다. "숲길 근처에 농가 두 채가 있어. 문들은 낮고 창문들은 불규칙적으로 나 있지. 주변에는 흰색 가시덤불과 매자나무가 자라고 있고, 이끼 긴 지붕 위에는 노란 꽃들과 돌나물이 무성하게 자라고 있지. 정원에는 양배추와 감자만이 자라지만 울타리 옆에는 버드나무가 자라고 있어. 그 나무 아래에 작은 소녀가 두 농장 사이에 있는 오래된 오크 나무에 눈을 고정시킨 채 앉아 있었어. 키가 큰 시든 오크나무 몸통은 위가 잘려 있었는데, 그 위에 황새가 둥지를 틀었어. 황새는 부리를 맞부딪히며 그 위에 서 있었어. 한 작은 소년이 나오더니 소녀 옆에 섰어. 그들은 오누이였지.

'뭘 보는 거야?' 하고 소년이 물었어.

'황새.' 하고 소녀가 대답했지. '이웃집 아줌마가 그러는데 오늘 밤에 저 황새가 우리 집에 아이를 데려온대. 그래서 언제 데려오는지 보려고 지켜보고 있는 거야.'

'황새는 아무것도 가져다주지 않아.' 하고 소년이 말했어. '이웃집 아줌마가 내게도 그렇게 얘기했어. 하지만 그 얘기를 할 때 웃었어. 그래서 내가, 명예를 걸고 하는 말이냐고 물으니까 그렇게 말하진 않았어. 사람들이 황새에 대해 하는 얘기는 아이들에게 하는 얘기일 뿐이야.'

'그럼 아기는 어디에서 오는 거지?' 하고 소녀가 물었어.

'하느님이 가져다주는 것이지.' 하고 소년이 대답했지. '하느님이 망토 아래 숨겨서 데려오는 거야. 하지만 아무도 하느님을 볼 수가 없으니 아기를 데려 오는 것도 볼 수가 없는 거지.'

바로 그 순간 미풍이 버드나무 가지를 흔들었어. 아이들은 두 손을 포개고 서로를 바라보았어. 바로 아기를 데려다 준 하느님이었던 거야! 두 아이는 서로의 손을 꼭 잡았어. 그때 문이 열리고 이웃집 아줌마가 나타났어.

'이제 들어오렴.' 하고 아줌마가 말했지. '황새가 너희들에게 무얼 가져다주었는지 보렴. 작은 사내아이를 데려다 주었구나.'

아이들은 고개를 끄덕였어. 이미 아기가 왔다는 것을 알고 있었거든."

## 열다섯 번째 날 밤

"뤼네부르크 황야를 건너갔었어." 하고 달님이 말했다. "길가에 오두막 한 채가 외로이 서 있었지. 그 주위에는 시든 몇 그루의 덤불들이 자라고 있었는데, 그곳에서 길을 잃은 나이팅게일이 노래를 하고 있었어. 나이팅게일은 추운 밤이 되면 필시 죽을 것이었어. 내가 들은 적이 있는 백조의 노래를 부르고 있었지.

아침이 밝자 이민을 떠나는 농부 가족들이 도착했어. 브레멘이나 함부르크로 가서 미국으로 가는 배를 타기 위해서였지. 미국에서 큰돈을 벌 꿈을 가지고 말이야. 나이가 어린 아이들은 여자들의 등에 업혀 있었고 큰 아이들은 옆에서 깡충거리며 따라갔지. 초라한 말 한 마리가 그들이 가진 얼마 안 되는 가재도구를 실은 마차를 끌고 가고 있었어.

찬바람이 불어 어린 소녀로 하여금 더욱더 엄마의 품으로 달라붙게 만들었지. 소녀의 어머니는 점점 더 이지러지는 나의 둥근 얼굴을 쳐다보고는 고국에서 겪었던 혹독한 시련과 감당할 수 없는 과중한 세금을 생각했어. 그녀의 생각은 함께 이민을 떠나고 있는 다른 모든 사람들의 생각과 똑같았지. 그래서 동이 터오는 새벽녘의 장밋빛 희미한 빛이 그들에게는 약속의 빛으로 보였어. 다시 떠오를 행복한 태양의 전조로 말이야. 그들은 죽어가는 나이팅게일의 노랫소리를 들었지만 그들에게는 그 소리가 잘못된 예언이 아니라 행운의 전조로 보였어.

바람이 휘파람을 불었지만 그들은 바람의 노래를 이해할 수 없었어. '바다를 항해하라! 네가 가진 모든 것으로 기나긴 항해에 대한 대가를 지불했나니. 가난과 절망이 약속의 땅에 발을 딛게 하리라. 자신을 팔고 아내를 팔고 아이들을 팔아야 하리라. 하지만 오래도록 고통 받지 않으리라. 커다랗고 향기로운 잎 뒤에 죽음의 천사가 앉아 있으므로. 천사가 보내는 환영의 입맞춤은 너의 핏속에 죽음의 열기를 불어넣을 것이니! 항해하라, 출렁이는 파도를 넘어 항해하라!'

그들은 행복하게 나이팅게일의 노래를 들었어. 행운을 약속하는 노래로 들렸으니까.

옅은 구름 사이로 동이 터오기 시작했어. 농부들은 황야를 지나 교회로 향하고 있었지. 검은 드레스 차림에 머리에는 흰색 린넨 조각을 단단히 동여맨 여자들의 모습은 마치 교회에 있는 옛날 그림 속에서 튀어나온 것 같았어. 그들 주위로 거대한 죽음의 풍경이 펼쳐져 있었어. 시든 갈색의 황야와 흰 모래 언덕 사이에 검게 그을은 평야가. 교회로 향하는 여자들의 손에는 기도서가 들려 있었어. 오, 기도하라! 출렁이는 파도 넘어 무덤으로 간 이들을 위해 기도하라!"

## 열여섯 번째 날 밤

"한 펀치넬로(17세기 이탈리아의 희극이나 인형극에 나오는 어릿광대)를 알고 있어." 하고 달님이 얘기했다. "그가 등장하면 관객들은 매우 즐거워하지. 그가 엮어가는 매 순간 순간이 너무 익살스러워서 극장 안이 웃음바다가 되지. 하지만 그처럼 웃음을 자아낼 만큼 그의 작품에 특별한 구석이 있는 것은 아니었어. 오히려 그 사람 자체의 특이한 점 때문이었어. 어렸을 때 다른 소년들과 놀 때에도 그는 펀치넬로였지. 태어날 때부터 등에 혹이 하나가 있고 가슴에도 하나가 있었거든. 하지만 그러한 기형적인 모습 아래에 숨겨진 그의 마음과 영혼은 아주 풍요로웠어. 그는 이 세상 누구보다도 더 깊은 감정과 더 강한 영적인 느낌을 가진 사람이었지. 극장은 그의 이상적인 세계였어. 그가 큰 키에 잘생긴 외모를 가졌더라면 위대한 비극배우가 되었을지도 몰라. 그의 영혼은 영웅적이고 위대한 자질로 가득 차 있었어. 그럼에도 불구하고 펀치넬로가 되는 것이 그의 운명이었지. 그의 슬픔과 우울함이 날카롭게 생긴 얼굴에서 나오는 감정이 없는 위트를 더욱더 고조시켜서 관객들은 웃음을 터뜨리며 큰 박수를 쳤지.

사랑스런 콜롬바인(이탈리아 가면극에 등장하는 여자 어릿광대)은 그에게 다정하고 친절했어. 하지만 할리퀸(이탈리아 가면극에 나오는 남자 어릿광대)과 결혼하고 싶어 했지. '미녀와 야수'가 실제 현실에서 결혼했다면 너무도 우스웠을 거야. 펀치넬로가 침울해할 때마다 웃게 만들어준 사람은 콜롬바인뿐이었어. 그래, 그녀는 그가 큰 소리로 웃게 만들기도 했지. 처음에는 그녀도 펀치넬로처럼 우울했었어. 그러다가 점점 말수가 적어지더니 결국은 쾌활하게 되었지.

'당신의 문제가 무언지 잘 알아요.' 하고 그녀가 말했어. '사랑에 빠진 거죠!'

그러면 그는 웃지 않을 수가 없었지. '사랑과 나!' 하고 그가 외쳤어. '참 우습지. 관객들이 우스워서 박수를 치겠지!'

'사랑에!' 이렇게 말하며 그녀는 익살스런 어조로 덧붙였어. '그것도 나를 사랑하고 있어요!'

그래, 사람들이 이렇게 말할 수 있는 것은 상대방이 사랑을 하는 것이 불가능하다고 생각할 때이지. 펀치넬로는 배꼽을 잡고 웃으며 폴짝폴짝 뛰면서 우울함을 잊어버렸지. 하지만 그녀는 진실을 말한 거였어. 그가 그녀를 사랑한다고, 깊이 사랑한다고. 그가 위대하고 숭고한 예술을 사랑하듯이.

그녀의 결혼식 날, 펀치넬로는 하객들 중에서 가장 즐거워하는 것 같았지만 그날 밤 그는 울었어. 사람들이 고통스러워하는 그의 얼굴을 보았다면 그에게 그 어느 때보다도 더 큰 박수갈채를 보냈겠지.

며칠 전에 콜롬바인이 죽었어. 그녀가 매장되던 날 할리퀸은 무대에 서지 않아도 되었어. 비통한 홀아비가 되었으니까. 그날 매니저는 관객들이 어여쁜 콜롬바인과 우아한 할리퀸을 그리워하지 않도록 매우 유쾌한 연극을 보여주어야 했어. 그래서 펀치넬로는 평소보다 두 배로 더 유쾌한 척해야 했어. 가슴에 슬픔을 묻어둔 채 춤을 추고 껑충껑충 뛰어다녔지. 관객들은 박수를 치며 환호했어. '브라보! 브라비시모(제일이란뜻)!' 펀치넬로는 여러 차례 커튼콜을 받았어. 오, 그는 대단했지!

지난밤 공연이 끝난 후 그 가엾은 펀치넬로는 힘없는 걸음으로 마을을 빠져나가 한적한 교회마당으로 갔어. 콜롬바인의 무덤 위에 놓인 화환이 이미 시들어 있었지. 그는 무덤가에 앉았어. 화가가 봤더라면 큰 공부가 되었겠지! 손에 턱을 괴고 눈은 나를 향한 채. 그는 기괴한 기념물 같았어. 기이하고도 우스꽝스러운 무덤 위의 펀치넬로 말이야. 관객들이 그 모습을 봤다면 박수치며 환호성을 보냈겠지, '브라보, 펀치넬로! 브라보! 브라비시모!' 라고."

그는 기괴한 기념물 같았어. 관객들이 그 모습을 봤다면 박수치며 환호성을 보냈겠지,

'브라보, 펀치넬로! 브라보! 브라비시모!'라고."

## 열일곱 번째 날 밤

달님이 내게 해준 이야기를 들려주겠다. "한 사관후보생이 장교가 되어 처음으로 멋진 유니폼을 입는 것을 본 적이 있어. 야회복을 입은 젊은 처녀를 본 적이 있고, 또 왕자의 어여쁜 신부가 웨딩드레스를 입고 행복해하는 모습을 본 적도 있어. 하지만 그 어떤 것도 지난밤에 네 살 된 한 여자아이가 보여준 기쁨과는 견줄 수 없어. 그 여자 아이는 새로 산 파란색 드레스와 장밋빛 보닛 모자를 선물로 받았지. 아이는 벌써 옷을 입고 모자를 쓰고 있었어. 모두들 촛불을 찾았지. 창문으로 스며드는 내 빛이 희미해서 그 모습을 보려면 더 밝은 빛이 필요했거든. 아이는 옷에 손이 닿지 않도록 조심스럽게 두 팔을 벌리고 손가락을 쫙 편 채 인형처럼 뻣뻣하게 서 있었어. 오, 아이의 눈과 표정이 기쁨으로 어찌나 빛났던지!

'내일은 산보를 하자꾸나.' 하고 아이의 엄마가 말했지. 아이는 자기 모자를 쳐다보고 드레스를 내려다보더니 행복한 미소를 지었어. '엄마,' 하고 아이가 말했지. '이렇게 예쁜 옷을 입은 것을 보면 강아지들이 어떻게 생각할까!'"

## 열여덟 번째 날 밤

"폼페이에 대해서 얘기한 적이 있을 거야." 하고 달님이 말했다. "현재는 살아 있는 도시지만 한때는 시체였던 도시 말이야. 그보다 더 이상한 다른 도시에 대해 얘기해 줄게. 그 도시는 시체는 아니지만 유령이라고 할 만한 도시지. 분수대의 물이 위로 솟았다가 대리석으로 된 받침대로 떨어질 때마다 물 위에 떠다니는 도시에 대한 이야기를 듣는 것만 같아. 그래, 분출하는 물은 그 도시에 대해 얘기하고 바다의 넘실대는 파도는 그 도시에 대해 노래를 하지.

바다 표면 위로 종종 안개가 드리워지지. 그것은 과부의 베일이라고나 할까. 바다의 신랑은 죽었으니까. 그의 도시와 그의 궁전은 이제는 한낱 무덤에 지나지 않아. 이 도시에 대해 알고 있어? 그 도시의 거리에서는 마차가 덜컹거리며 지나가는 소리도, 딸가닥거리는 말발굽 소리도 들리지 않아. 검은색의 곤돌라가 녹색의 물 위를 유령처럼 미끄러져 갈 때 오직 물고기들만이 헤엄쳐 다니지. 그 도시에 있는 가장 큰 광장을 보여주지. 피아차(이탈리아 도시 광장) 말이야." 하고 달님이 계속해서 말했다.

"그곳에 있으면 요정의 나라에 있는 기분일거야. 바닥에 깔려 있는 널따란 판석 사이에서는 풀들이 자라고 이른 새벽이 되면 수천 마리의 비둘기들이 날개를 퍼덕이며 홀로 우뚝 서 있는 높다란 탑 주위를 날아다니지. 세 측면은 아치형의 지붕이 덮인 입구가 있는데 그 중 한 아치 지붕 아래에 터키인이 긴 파이프를 물고 꼼짝않고 앉아 있고, 잘생긴 젊은 그리스인 청년이 기둥에 기대어 사라져 버린 권력을 기억하는 높이 놓인 트로피들과 높다란 돛대들을 바라보고 있어. 깃발들은 애도의 깃발처럼 낮게 걸려 있지. 한 소녀가 그곳에서 쉬고 있어. 그 소녀는 물통을 지는 지게를 여전히 어깨에 맨 채 무거운 물통을 내려놓고 승리의 돛대에 기대어 쉬고 있어.

앞에 보이는 건물은 요정의 성이 아니라 교회야. 반구형 지붕들에 금박을 입혀 금빛 지붕들이 내 빛을 받아 반짝이지. 지붕 위에 있는 청동으로 만든 멋진 말들은 요정 이야기에 나오는 청동 말들처럼 여행을 했어. 먼 땅을 여행하고 돌아왔다. 유리창과 벽을 장식한 눈부신 색들이 보여? 마치 아이가 졸라대서 요정이 이 낯선 신전을 꾸며놓은 것 같지. 기둥 위에 있는 날개를 단 사자가 보여? 사자는 아직도 금빛으로 번쩍이고 있지만 날개는 묶여 있어. 바다의 왕이 죽었기 때문에 사자도 죽었어.

거대한 무도장은 텅 비어 있고 한때는 근사한 그림들이 걸려 있던 벽들은 이제는 벌거벗고 있어. 한때는 귀족들만 드나들었던 아치 입구 아래에서 이제는 거지들이 자고 있어. 깊은 지하 감옥에서 한숨소리가 새어 나오고 있어. 한때는 즐거운 곤돌라에서 울려나오는 탬버린 소리가 들렸던, '한숨의 다리' 근처에 있는 회색빛의 방에서 한숨 소리가 새어나오고 있어.

부친토로(베네치아 전성기에, 베네치아와 바다의 결혼식에 쓰였던 배. 총독이 아드리아 해에서 '우리는 바다, 그대와 결혼하노라' 외치고 반지를 던졌다)에서 결혼반지를 바다의 여왕인 아드리아 해로 던져 버리던 시절이었어. 안개로 몸을 휘감아라, 오, 아드리아 해여! 과부의 베일로 너를 가리고 너의 신랑의 묘에 비애의 잡초로 입히거라. 유령 같은 대리석의 베네치아여!"

## 열아홉 번째 날 밤

"커다란 극장 안을 들여다보았어." 하고 달님이 얘기했다. "관객이 극장 안을 가득 메웠어. 새로 온 배우가 처음으로 출연하는 날이었거든. 나의 빛은 벽에 난 작은 창문을 통해 안으로 들어갔어. 분장을 한 얼굴이 창문에 이마를 기대고 있었 지. 바로 그날 밤의 주인공이었어. 턱 주위에는 곱슬곱슬한 기사의 수염이 나 있 었지만 눈에는 눈물이 글썽글썽했어. 관객들에게 야유를 받았거든. 그것도 그럴 만한 이유로 말이야. 가엾은 사람! 하지만 예술의 세계에서 무능력이란 용서받지 못하는 법이지. 그는 깊은 감정을 가지고 있었고 열정적으로 예술을 사랑했지만 예술은 그를 사랑하지 않았어.

프롬프터(배우가 대사를 잊었을 때 대사를 상기시켜 주는 사람)의 벨 소리가 울렸어. 그의 대 사는 '용감하고 씩씩하게 전진하라, 영웅이여!' 라는 말이었지. 그는 자신을 조 롱하는 관객들 앞으로 나가야 했어.

연극이 끝나자 망토를 감싸고 살금살금 계단을 내려가는 청년을 보았어. 바 로 그날 밤 완전히 망가진 주인공이었어. 무대 담당자들이 서로 소곤거렸어. 나 는 그 가엾은 청년을 방안까지 따라갔지. 목 매달아 죽는 것은 흉측한 죽음이고 독약은 아무 때나 구할 수 있는 게 아니지. 청년은 두 가지 방법 모두를 생각하고 있다는 것을 알 수 있었지.

그는 거울에 비친 창백한 자신의 얼굴을 바라보고 있었어. 눈을 반쯤 감고 자 신이 죽었을 때 어떤 모습일지를 생각하고 있었지. 사람이란 매우 불행할 때 감정 적이 될 수 있지. 그는 죽음을 생각하고 있었어, 자살을. 자신을 측은하게 생각 하고 있었지. 그는 비통하게 울었어. 눈물이 마르도록 울고 나면 자살 같은 것은 더 이상 생각나지 않는 법이지.

그로부터 1년이 지나서 다시 연극이 무대에 올려지게 되었어. 하지만 이번에 는 작은 극장이었어. 가난한 유랑극단이 공연하는 연극이었지. 나는 곱슬거리는 수염에 분장을 한 낯익은 얼굴을 발견했어. 이번에도 그는 나를 쳐다보고는 미소 를 지었어. 하지만 이번에도 바로 1분 전에 무대에서 야유를 받은 것이었어. 초 라한 무대에서 초라한 관객들로부터!

그날 밤, 아무도 뒤따르는 자가 없는 초라한 영구 마차가 마을 어귀를 빠져나왔어. 자살을 한 것이었어. 분장을 하고 야유를 받은 우리의 주인공이. 영구 마차를 따르는 사람은 마부와 달님인 나뿐이었어. 자살한 시신은 교회 묘지 귀퉁이에 묻혔어. 묘지 위로 쐐기풀들이 곧 자라겠지. 그리고 무덤 파는 사람은 그가 뿌리를 내린 그 무덤 위로 다른 무덤에서 뽑은 잡초와 가시나무들을 던지겠지."

## 스무 번째 날 밤

"로마에서 오는 길이야." 하고 달님이 말했다. "도시 한 가운데에 있는 일곱 개의 언덕 중 한 곳에 폐허가 된 황제의 궁전이 있어. 담 틈새에서는 야생 무화과나무가 자라 그 커다란 회색빛 도는 초록 잎으로 벌거벗은 모습을 덮고 있지. 당나귀가 그 초록의 월계관을 밟고 가서 무성한 엉겅퀴를 즐겨 먹지. 한때는 이곳으로부터 로마의 독수리들이 세계로 날아가 정복하였지만, 이제 이곳 입구는 두 개의 부서진 대리석 기둥 사이에 끼어 있는 찰흙으로 지은, 초라한 작은 집으로 통해 있어. 비뚤어진 창문 위로는 애도의 화환처럼 포도나무 덩굴이 매달려 있지.

그곳에 한 노파가 어린 손녀와 함께 살고 있어. 이제는 그들이 황제의 궁전의 통치자가 되어 관광객들에게 궁전을 보여주고 있지. 왕좌가 있던 화려한 홀의 흔적이라고는 아무것도 걸려 있지 않은 벽뿐이고, 왕좌가 있던 자리에는 짙은 사이프러스 나무의 긴 그림자만이 드리워져 있지. 부서진 바닥에는 1미터 정도의 흙이 쌓여 있어. 이제는 황제의 궁전의 딸이 된 어린 소녀는 저녁 종이 울릴 때면 종종 그 위에 앉아 있곤 하지. 소녀가 발코니 창문이라고 부르는, 근처에 있는 문의 열쇠구멍을 통해서는 로마의 절반이 내려다보이지. 성 베드로 성당의 웅장한 지붕이 있는 곳까지 말이야.

늘 그랬듯이 그날 저녁은 고요했어. 작은 소녀가 환한 빛을 받으며 걷는 모습이 내려다 보였어. 흙으로 빚은 오래된 물항아리를 머리에 인 소녀는 맨발이었고 짧은 치마와 작은 소매는 해어져 있었어. 나는 아이의 예쁜 둥근 어깨에, 검은 눈에, 윤기 나는 짙은 머리카락에 입을 맞추었어. 아이는 집으로 향하는 계단을 올라갔어. 계단은 가팔랐고 부서진 돌조각과 무너진 기둥으로 만들어진 것이었지. 점박이 도마뱀들이 아이가 지나가자 겁에 질려 달아났어. 하지만 아이는 도마뱀들은 무서워하지 않았지. 아이는 초인종을 누르려고 손을 치켜 올렸어. 줄에 매단 토끼 발이 이제는 황제의 궁전의 초인종이었지. 그러다가 잠시 멈추었어. 아이는 무슨 생각을 하고 있었던 것일까? 은으로 된 램프가 타오르고, 어린 친구들이 그녀가 잘 아는 찬송가를 부르는 아래쪽에 있는 교회에서 아기 예수가 금과 은으로 싸여 있는 아름다운 이미지를 생각했을지도 몰라. 나도 모르겠어. 아이는 움직이다가 발을 헛디뎠어. 물항아리가 머리에서 대리석 계단에 떨어져 산산조각이 났지! 아이는 울음을 터뜨렸어. 황제의 궁전의 아름다운 딸이 값싼 부서진 항아리 때문에 울고 있는 것이었지. 아이는 맨발로 울며 서 있었어. 황제의 궁전 문에 매달린 초인종 줄을 당길 엄두를 못 내고."


## 스물한 번째 날 밤

두 주가 지나도록 달님은 날 찾아오지 않았다. 그러다가 마침내 느리게 움직이는 구름 위로 둥글고 환한 달님이 모습을 드러냈다. 달님이 내게 해준 이야기를 들어 보자.

"페잔 (아프리카의 리비아 서남부에 있는 지방) 지방의 한 마을을 떠나는 대상을 따라갔어. 대상은 반짝이는 염전이 있는 모래사막 근처에서 쉬게 되었어. 사막의 일부는 흘러내리는 모래로 덮여 있었지. 대상 중에서 허리춤에 물병을 매달고, 머리에는 누룩을 넣지 않은 빵이 든 자루를 매단 가장 나이가 많은 상인이 지팡이로 땅에 네모난 모양을 그리고, 그 안에 코란에 나오는 몇 마디 말을 썼어. 그리고 나자 대상은 그 축성(祝聖)된 땅을 지나갔어. 한 젊은 상인은 반짝이는 눈과 잘생긴 얼굴로 보아 동양인인 것으로 보였는데, 그는 코를 씩씩거리는 흰 말 위에 탄 채 생각에 잠겨 길을 갔어. 집에 두고 온 예쁜 아내를 생각하는 것이었을까? 바로 이틀 전에 값비싼 털과 화려한 숄을 두른 낙타가 도시 성벽을 돌아 사랑스런 신부를 싣고 왔었거든. 드럼과 백파이프 소리가 울려 퍼지고 여자들은 노래를 부르는 가운데 낙타를 둘러쌌어. 환호성과 총소리가 요란했지. 대부분의 총은 신랑이 쏜 것이었어.

그런데 지금 그 신랑은 대상과 함께 먼 사막으로 여행을 하고 있는 것이었지. 나는 그 대상을 따라 며칠 밤을 여행하면서 그들이 야자나무 아래 있는 우물가에서 쉬는 것을 보았어. 그들은 쓰러진 낙타 가슴에 칼을 꽂아 고기를 불에 구웠어. 나의 빛은 뜨거운 모래를 식히고 거대한 모래바다 가운데 있는 죽은 섬처럼 떠 있는 검은 바위들을 비추어 주었지. 그들은 길이 없는 사막을 가는 동안 강도들을 만나지도 않았고 파괴력을 가진 모래 파도도 만나지 않았어.

집에서는 사랑스런 젊은 아내가 남편과 아버지를 위해 기도를 하고 있었어. '그들이 죽었나요?' 하고 그녀는 내가 금빛 초승달일 때 물었어. '그들이 죽었나요?' 하고 그녀는 내가 보름달일 때도 물었지.

이제 사막은 그들 뒤에 있어. 오늘 밤에 그들은 커다란 야자나무 밑에서 야영을 하고 있지. 학들이 커다란 날개를 퍼덕이며 날아다니고 펠리칸이 미모사 나뭇가지에서 그들을 지켜보고 있는 가운데 말이야. 코끼리의 무거운 발이 무성한 덤불을 밟고 있어.

내륙에서는 한 무리의 흑인들이 시장에서 돌아오고 있어. 남색 스커트에 놋쇠 단추를 검은 머리에 장식한 여자들이 짐을 무겁게 실은 황소들을 몰고 있어. 황소 위에서는 벌거벗은 흑인 아이들이 잠들어 있어. 한 흑인이 밧줄로 오늘 산 새끼 사자를 끌고 가고 있어. 그들은 대상들에게 다가가고 있어.

젊은 상인은 말없이 꼼짝도 하지 않은 채 아름다운 아내를 생각하고 있어. 이 검은 흑인들의 땅에서 그는 사막 건너 저 멀리에 있는 향기로운 하얀 꽃을 생각하고 있는 것이지. 그는 고개를 들고 …"

구름이, 그리고 또 다른 구름이 달님의 얼굴 위로 지나갔다. 그날 저녁에는 더 이상 달님의 얘기를 들을 수가 없었다.


## 스물두 번째 날 밤

"한 여자아이가 우는 것을 보았어." 하고 달님이 얘기했다. "세상의 사악함에 대해서 울고 있었어. 아이는 세상에서 가장 사랑스런 인형을 선물로 받았었지. 오, 얼마나 예쁘고 정교한 인형이었던지! 고난을 겪으라고 만들어진 인형이 아님이 분명했어! 하지만 여자아이의 오빠들은 정원에 있는 커다란 나무 꼭대기에 인형을 올려놓고 도망가 버렸어. 여자아이는 나무 꼭대기에 올라갈 수가 없었기 때문에 인형을 가져올 수가 없었지. 그래서 울고 있었던 거야. 인형도 울고 있었을 거야. 두 팔을 초록 나뭇가지 사이로 뻗은 채 매우 슬픈 얼굴을 하고 있었으니까.

그래, 엄마가 자주 얘기하곤 했던 세상의 고난이란 게 바로 이런 것이었던 거야. 오, 가엾은 인형! 벌써 저녁 어스름이 깔리고 있었어. 밤이 찾아오고 있었지. 인형은 밤새 나무 꼭대기에 혼자 매달려 있어야 하는 것이었을까? 아니, 여자아이는 차마 그럴 수가 없었어. 여자 아이는 별로 용감한 아이는 아니었지만 '내가 함께 있어 줄게!' 하고 말했어. 벌써부터 길다랗고 뾰족한 모자를 쓴 꼬마 도깨비들이 덤불 속에서 내다보고 있는 것만 같았고, 커다란 유령들이 어두운 길에서 춤을 추며 점점 더 다가오고 있는 것만 같았어. 인형이 앉아 있는 나무를 향해 손을 뻗으며 웃으면서 손가락으로 인형을 가리키면서 말이야. 오, 얼마나 무서웠는지! '하지만 아무런 잘못이 없다면,' 하고 아이는 생각했어. '악마가 우릴 해치지 못할 거야. 내가 잘못한 게 있나?' 아이는 잠시 생각했어. '오, 그래!' 하고 아이가 말했지. '다리에 빨간 헝겊 조각을 달고 다니는 가엾은 새끼 오리를 보고 웃은 적이 있어. 절뚝거리는 모습이 너무 우스웠어. 그래서 웃었던 거야! 하지만 동물들을 보고 웃는 것은 나쁜 짓이야.' 아이는 인형을 쳐다보았어. '넌 동물들을 보고 웃은 적이 있니?' 하고 아이가 물었어. 인형이 고개를 젓는 것 같았지."


## 스물세 번째 날 밤


"알프스 티롤 지방을 내려다보았어." 하고 달님이 말했다. "나의 빛을 받아 검은 소나무가 바위 위에 짙은 그림자를 드리우고 있었지. 나는 담벼락에 그려진, 어린 예수를 어깨 위에 올려놓고 있는 성 크리스토포로스(여행자들의 수호성인), 땅바닥에서 지붕까지 그려진 거대한 벽화들, 타오르는 집에 물을 붓는 성 플로리아누스(굴뚝 청소부, 소방관 등의 수호성인)의 그림, 그리고 커다란 길가의 교차로에 있는 십자가에 달린 예수님 조각상을 보았어. 요즘 세대들에겐 매우 오래된 그림들로 보이겠지만 나는 그 그림들이 하나씩 완성되는 것을 보았어.

산비탈 높은 곳에 쓸쓸한 수녀원이 있어. 제비 둥지처럼 바위들 틈에 끼어 있지. 두 수녀가 탑에 올라가 종을 치고 있었어. 그들은 둘 다 젊었기 때문에 산 너머로 보이는 널따란 세상을 바라보았지. 아래 도로로는 여행을 떠나는 마차가 굴러갔고 왼쪽 말에 탄 마부의 뿔피리 소리가 울려 퍼졌지. 가엾은 수녀들은 잠시 애절한 시선으로 마차를 바라보았어. 둘 중에서 더 어린 수녀의 눈에 눈물이 반짝였지. 뿔피리 소리가 점점 더 멀어져 사라지다가 마침내 수녀원의 종소리에 묻혀 버렸지."

## 스물네 번째 날 밤

달님이 내게 들려준 또 다른 얘기를 들어보자.

"몇 년 전에 이곳 코펜하겐에서 나는 아주 초라한 방 창문을 들여다보게 되었어. 아버지와 어머니는 잠들어 있었지만 그들의 어린 아들은 깨어 있었지. 면으로 된 꽃무늬 침대 커튼이 움직이자 아이는 커튼 뒤에서 내다보았어. 처음에는 아이가 커다란 괘종시계를 보는 줄 알았지. 빨간색과 녹색으로 환한 색칠이 된 그 시계 꼭대기에는 뻐꾸기가 앉아 있었고, 아래쪽에서는 무거운 납으로 된 시계추가 매달려 있었으며 번쩍이는 황동으로 된 시계판 위에서는 시계바늘이 앞뒤로 똑딱똑딱 움직이고 있었거든. 하지만 아이가 보고 있는 것은 시계가 아니었어. 그가 본 것은 시계 아래쪽에 놓인 그의 어머니가 사용하는 물레였지. 아이에게 있어 물레는 집 안에 있는 그 어떤 물건보다도 더 귀한 것이었어. 하지만 손가락이 물레에 다칠까 봐 감히 손댈 엄두를 못 냈지. 어머니가 물레를 돌릴 때면 아이는 그 옆에 앉아서 수 시간 동안 웅웅 소리를 내는 물레 추와 원을 그리며 돌아가는 물레바퀴의 모습을 지켜보곤 했어. 그럴 때면 아이는 늘 생각하곤 했지. 아, 직접 물레를 돌려볼 수 있다면!

아버지와 어머니는 여전히 잠들어 있었어. 아이는 그들을 흘끗 보고는 물레를 보았어. 잠시 후 맨발 하나가 침대에서 쑥 내려왔어. 이어서 다른 발이 내려오더니 작은 두 개의 발이 보였지. 그리고 쿵! 하는 소리와 함께 아이가 바닥에 내려섰어. 아이는 다시 한번 부모님이 자고 있는지를 확인하려고 돌아보았어. 부모님은 여전히 잠들어 있었지. 아이는 짧은 셔츠만을 걸치고는 아주 아주 조심해서 살금살금 물레로 다가가서 물레를 돌리기 시작했어. 실이 풀려나왔지만 물레는 더욱 빠른 속도로 돌아갔지. 나는 그의 노란 머리카락과 푸른색 눈에 입을 맞추었어.

참으로 그림같이 예쁜 광경이었어.

　그때 갑자기 그의 어머니가 깨어났어. 침대 커튼이 움직이더니 어머니가 내다보고는 꼬마 도깨비나 다른 요정일 것이라고 생각했어. '맙소사!' 어머니는 겁이 나서 남편을 쿡쿡 찔러 깨웠어. 아이의 아버지는 눈을 뜨고 두 손으로 비비면서 물레를 돌리느라 바쁜 작은 소년을 보았어. '아니, 베르텔이잖소!' 하고 아이의 아버지가 말했지.

　내 눈은 초라한 그 방에서 다른 데로 옮겨 갔어. 볼 것이 너무나도 많았으니까. 그 순간 신들의 대리석 조각들이 서 있는 바티칸 궁전의 홀이 내려다보였어. 나는 라오콘의 군상을 비추었어. 그 돌조각상이 한숨을 내쉬는 것 같았지. 이번에는 뮤즈의 신들의 가슴에 조용히 입을 맞추자 그들이 살아나는 것 같았어. 하지만 내 빛이 가장 오래 머문 곳은 나일 강의 군상들이었어. 거대한 신의 조각상에 머물렀지. 그는 지나가 버린 시간들을 생각하는 듯 꿈을 꾸듯 생각에 잠긴 표정으로 스핑크스에 기대어 누워 있었어. 그의 주위에는 어린 큐피드들이 악어들과 놀고 있었어. 한 작은 큐피드는 풍요의 뿔(동물의 뿔 모양에 과일과 꽃을 가득 얹은 장식물) 위에 팔짱을 끼고 앉아서 근엄하고 장대한 강의 신을 바라보고 있었어. 물레 앞에 앉아 있던 어린 소년의 모습과 똑같았지. 여기에 실물과 똑같은 매력적인 어린 소년의 대리석 석상이 서 있었어. 하지만 그 석상이 세워진 이후 시간의 바퀴는 천 번을 더 돌았지. 그 바퀴는 계속해서 돌겠지. 초라한 방 안에서 소년이 물레를 돌리듯이 수없이. 사람들이 이와 같은 대리석 석상을 또 만들 때까지 말이야. 그 후로 많은 시간이 흘러갔어." 하고 달님이 계속해서 말했다.

　"어제 나는 질란드(덴마크 최대의 섬) 동해안에 있는 만(灣)을 내려다보았어. 높은 제방과 아름다운 숲으로 둘러싸여 있지. 거기에 빨간 담으로 둘러싸인 오래된 장원의 저택이 있어. 장원의 주위를 둘러싼 연못에는 백조들이 놀고 있고 근처에는 예쁜 작은 시골마을이 있어. 그 마을의 교회는 사과나무 과수원에 자리잡고 있지.

　횃불을 켠 수많은 보트들이 고요한 물 위를 미끄러지듯 지나다녔어. 횃불은 뱀장어를 잡기 위한 것이 아니었어. 바로 축제가 있었기 때문이었지. 음악소리가 울려 퍼지고 노랫소리가 흘러나왔어. 한 보트에 이 축제의 주인공인 남자가 서 있었어. 커다란 망토에 싸인 키가 크고 건장한 남자였어. 푸른 눈에 길다란 흰 머리를 늘어뜨리고 있었지. 내가 아는 사람이었어. 나일 강의 군상이 생각났지. 바티칸 궁전에 있던 대리석 신상(神像)들 말이야. 초라한 작은 방이 떠올랐어. 그뢰네 거리였을 거야. 어린 베르텔이 짧은 셔츠를 입고 앉아서 물레를 돌리던 곳이. 시간의 바퀴가 돌고 돌아서 새로운 신들이 대리석으로 조각된 것이었지. 보트에서 함성이 울려나왔어. '만세! 베르텔 토르발센(덴마크 조각가), 만세!'"

## 스물다섯 번째 날 밤

"프랑크푸르트에서 본 광경을 얘기해 줄게." 하고 달님이 말했다. "그곳에 있는 한 건물이 내 눈을 사로잡았는데, 그 건물은 괴테가 태어난 곳도 아니고 오래된 시청 건물도 아니었어. 쇠창살이 있는 창문으로 황제들의 대관식 때 구워서 사람들에게 나누어 주었던 황소의 뿔들을 아직도 볼 수가 있는 시청 건물도 아니었어. 그 건물은 일반 시민이 사는 집과 같은 형태의, 녹색의 소박한 건물로서 좁은 유대인 골목 귀퉁이에 서 있었어. 바로 로스차일드의 집이었지.

나는 열린 문을 통해 안을 들여다보았어. 계단에는 환한 불이 밝혀져 있었지. 제복을 입은 하인들이 커다란 은촛대에 양초를 들고, 의자에 앉은 채 들려서 계단을 내려오는 나이든 노파 앞에 낮게 허리를 굽히고 있었어. 그 집의 주인이 머리에 아무것도 쓰지 않은 채 지키고 서 있다가 노파의 손에 존경어린 키스를 했어. 노파는 그의 어머니였던 것이지. 노파는 그와 하인들에게 다정하게 고개를 끄덕였어. 이번에는 하인들이 노파를 어둡고 좁은 골목으로 데려가더니 작은 집으로 들어갔지. 바로 그 노파가 사는 곳이었어. 노파는 그곳에서 아이들을 낳았지. 그리고 그곳에서 많은 재산을 일구었어. 노파는 그 초라한 거리와 작은 집을 떠나면 행운이 그들을 버릴 것이라고 믿었어."

달님은 더 이상의 얘기를 하지 않았다. 그날 밤 달님의 방문은 너무 짧았다. 하지만 나는 그 좁고 초라한 거리에 사는 노파에 대해 생각했다. 노파가 원했다면 한 마디만으로도 템스 강변에 있는 화려한 집을 가질 수도 있었을 것이다. 또는 나폴리 만에 있는 별장을 가질 수도 있었을 것이다.

"내 아들들에게 행운을 가져다준 초라한 집을 버린다면 행운이 그들을 떠나 버릴 것이야!" 이것은 미신이었지만 그 이야기를 알고 그 그림을 본 사람들에게는 추신으로 쓰여진 한 단어가 의미심장한 뜻을 가졌다. 바로 어머니라는 단어였다.


## 스물여섯 번째 날 밤

"어제 아침 동이 틀 무렵이었어." 이것은 달님이 한 얘기이다. "아직 연기가 피어오르지 않는 커다란 도시의 굴뚝들을 바라보고 있었지. 그런데 갑자기 그 굴뚝 하나에서 작은 머리가 불쑥 튀어나오는 거야. 그리고는 몸이 반쯤 나오더니 두 팔이 굴뚝 가장자리에 얹혀졌어. '야호!' 그것은 생전 처음으로 굴뚝 꼭대기까지 올라가서 고개를 내밀어 본 어린 굴뚝 청소부였어. '야호!'

그래, 이것은 좁은 연통과 작은 굴뚝 속을 기어다니는 것과는 전혀 달랐어. 공기는 신선했고 시내 전체가 내다보이고 멀리 푸른 숲까지 볼 수 있었지. 태양이 떠오르고 있었어. 태양이 그의 얼굴을 둥글고 환하게 비추었지. 기쁨으로 빛나는, 검댕으로 까만 귀여운 그의 얼굴을. '이제 모든 시(市)가 날 볼 수 있다!' 하고 그가 소리쳤어. '달님이 날 볼 수 있고 태양이 날 볼 수 있어! 야호!' 그리고는 머리 위로 빗자루를 흔들었지."


## 스물일곱 번째 날 밤

"지난밤에는 중국에 있는 한 도시를 내려다보았어." 하고 달님이 얘기했다. "내 빛이 도시의 거리를 이루고 있는 길다란 담을 비추었어. 물론 여기저기에 문이 있었지만 모두 닫혀 있었어. 중국 사람이 바깥세상과 볼일이 있겠어? 블라인드가 내려져 있어서 담 뒤에 있는 창문들이 가려져 있었어. 단지 사원에서만 불빛이 켜져 창문을 통해 희미하게 빛이 새어나오고 있었지.

나는 창문을 통해 화려한 내부를 들여다보았어. 바닥에서 천장까지 벽에는 선명한 색과 화려한 금박으로 수많은 그림들이 그려져 있었는데, 지상에서 신들이 한 일들을 묘사한 것이었지. 움푹 들어간 공간들에는 신상이 있었는데, 화려한 휘장과 현수막으로 거의 가려져 있었어. 주석으로 만들어진 각 신상 앞에는 꽃과 성수(聖水)와 촛불이 놓인 작은 제단이 있었어. 사원에서 최고의 신은 부처였어. 신성한 색인 노란색 비단옷이 입혀져 있었지.

그의 제단 앞에 한 젊은 스님이 앉아 있었어. 기도에 열중하는 듯이 보였지만 기도하는 중간에 몽상에 빠져드는 것 같았지. 얼굴을 붉히며 머리를 땅으로 수그리는 것으로 보아 죄가 되는 생각을 하는 것이 분명했어. 가엾은 쑤이 홍! 길다란 담과 일반 중국인의 집을 구분 짓는 안락한 침대에 누워 있는 상상을 한 것일까? 그것이 사원을 청소하고 양초 냄새를 맡는 것보다 그에게 더 기꺼운 일이었을까? 아니면 음식을 먹으며 은종이로 입술을 닦으면서 풍성한 식탁에 앉아 있기 원했을까? 아니면 그가 자신이 지은 죄를 고백하면 그 죄가 너무 커서 중국 왕조에서 그에게 사형을 내릴까? 아니면 먼 잉글랜드 집으로 향하는 이방인의 배를 따라가는 생각을 하고 있었을까? 아니야. 그의 생각은 그렇게 멀리 가지 않았어. 뜨거운 열정을 지닌 젊은 청년이 흔히 할 수 있는 그런 죄가 되는 생각을 하고 있었어. 특히나 부처와 다른 신성한 신들이 있는 사원에서 그런 생각을 한다는 것은 두 배로 죄가 되는 일이었어. 그의 생각이 어디에 머물러 있었는지 나는 알아.

도시 변두리 지역의 판석을 깐 평평한 지붕 위에 장난기어린 작은 눈과 도톰한 입술과 아주 작은 발을 가진 아름다운 페(Pe)가 앉아 있었어. 지붕 난간은 사기로 되어 있는 듯했고 하얀 초롱꽃들이 만발한 아름다운 꽃병들이 놓여 있었어. 페는 신발 때문에 발이 아팠어. 하지만 그녀의 마음속에는 더 큰 아픔이 있었지. 그녀가 연약한 둥근 팔을 들어올리자 비단천이 바스락거렸어. 그녀 앞에는 금붕어 네 마리가 든 유리 어항이 놓여 있었지. 그녀는 여러 가지 색깔의 광택제를 바른 막대기로 물을 저었어. 너무나도 느리게. 생각에 빠져 있었거든. 그녀는 물고기들이 얼마나 화려한 금빛 옷을 입고 있는가, 유리 어항 속에서 사니 얼마나 안전할까, 물고기들이 먹이는 충분하지만 자유로워진다면 얼마나 더 행복해할까, 라는 생각을 하고 있었는지도 몰라. 그녀의 생각은 집에서 멀리멀리 떨어져 갔어. 사원까지. 하지만 신들에 대해 경외심을 갖지 않은 것은 아니었지. 가엾은 페! 가엾은 쑤이 홍! 그들의 세속적인 생각이 서로 만났지만 나의 차가운 빛이 천사의 칼처럼 그들 사이에 놓여 있었지!"

## 스물여덟 번째 날 밤

"바다는 잔잔했어." 하고 달님이 얘기했다. "바닷물은 내가 항해하는 맑은 공기처럼 투명했지. 파도가 이는 바다 깊은 곳에서 숲에 있는 커다란 나무처럼 길다란 줄기를 펼치고 있는 이상한 식물들을 볼 수 있었어. 물고기들이 그 식물 위를 헤엄쳐 다녔지.

높은 하늘에서는 야생 백조들이 날아다녔는데, 그 중 한 마리가 지친 날개를 퍼덕이며 밑으로 밑으로 가라앉았어. 멀리 사라져 가는 다른 백조 떼들에게서 눈을 떼지 못한 채. 백조는 날개를 펴고, 비누 거품이 고요한 대기 속에서 가라앉듯이, 가라앉았어. 그러다 날개가 물 표면에 닿았지. 백조는 고개를 뒤로 하여 날개 속에 파묻은 채 평화로운 호수에 떠다니는 연꽃처럼 꼼짝 않고 있었어.

미풍이 불어와 고요한 물 위에 부채질을 해주었지. 물은 빛을 내며 잔물결을 일으키더니 하얀 거품을 내며 커다란 파도로 일렁였어. 그러자 백조가 고개를 들었어. 파란 불처럼 반짝이는 물방울이 백조의 가슴과 등 위로 튀겼지. 새벽녘의 기운이 구름을 붉은 색으로 물들였어. 기운을 차린 백조는 일어서서 떠오르는 태양을 향해, 푸른 해안을 향해서, 그리고 백조 떼가 사라져간 곳을 향해서 날아갔어. 하지만 가슴에 갈망을 품은 채 혼자 날아갔지. 출렁이는 푸른 파도 위를 외롭게 날아갔어."


## 스물아홉 번째 날 밤

"스웨덴에서 본 광경을 얘기해 줄게." 하고 달님이 말했다. "황량한 록산 호수 연안 근처에 있는 어두운 소나무 숲 사이에 오래된 브레타 수녀원 교회가 있어. 내 빛은 벽에 있는 쇠창살을 뚫고 커다란 석관 속에서 왕들이 잠들어 있는 널따란 납골당으로 갔어. 현세에서의 화려함을 상징하는 왕관이 위쪽의 허물어져 가는 벽에서 빛나고 있어. 하지만 왕관은 색칠을 하고 금박을 입힌 나무로 만들어져 벽에 박힌 나무 못 위에 걸려 있지. 벌레가 금박을 입힌 나무를 파먹어 들어가고 거미가 마치 애도의 베일처럼 왕관에서 관까지 거미줄을 쳐놓았어. 떠난 자에 대한 슬픔이 종종 그렇듯이 이 또한 견고하지 못하지.

그들은 얼마나 평화롭게 잠들어 있었던지! 나는 그들을 잘 기억하고 있어. 때로는 기쁨을, 때로는 슬픔을 가져다준 강력하고 단호한 선언을 했던 그들의 입술에 번지던 미소도 여전히 기억하고 있지.

증기선이 마법의 배처럼 산속을 휘돌아올 때면 이방인이 그 교회를 순례하며 묘지를 방문하곤 해. 그 이방인은 왕들의 이름을 묻지만 그 이름들은 그에게 낯설기만 하고 공허할 뿐이지. 이방인은 벌레가 먹어 들어간 왕관을 보고 미소를 지어. 그 이방인이 경건한 사람이라면 미소 속에 비애가 감돌기도 하지. 계속 잠들거라, 그대 죽은 자들이여! 달님이 여전히 그대를 기억하고 있으며 밤이 되면 그의 차가운 빛을 소나무로 만든 왕관이 걸려 있는, 그대의 말없는 왕국에 비추노니."


## 서른 번째 날 밤

"도로 가까이에," 하고 달님이 얘기했다.

"한 여관이 서 있어. 그 맞은편에는 커다란 마차 차고가 있어. 지붕은 짚으로 이어져 있지. 나는 서까래 사이로 다락방 덧문을 통해 음침한 차고 안을 들여다보았어. 수컷 칠면조가 들보 위에서 잠들어 있었고 안장은 빈 여물통 속에 놓여 있었지.

차고 중앙에는 여행자들이 안심하고 잠을 자는 여행용 마차가 서 있었고 말들은 물을 먹고 있었으며 마부는 다리를 펴고 쉬고 있었어. 마부는 여행의 절반은 편안하게 잠을 자며 지냈다는 것을 나는 알고 있었어. 마부의 방문은 열려 있었어. 침대는 온통 뒤죽박죽이었고 바닥에는 촛대가 드러나도록 아래까지 타들어 간 촛불이 놓여 있었어. 바람이 차갑게 마차 차고 안을 훑고 지나갔지. 시간은 자정을 지나 새벽으로 가고 있었어. 한쪽 구석에서는 방랑하는 가엾은 음악가 가족이 잠들어 있었지. 창백한 어린 딸이 꿈에서 뜨거운 눈물을 흘리는 동안 아버지와 어머니는 술병에 남은 뜨거운 술에 대해 꿈을 꾸고 있었을 거야. 그들의 머리맡에는 하프가 놓여 있고, 발치에서는 그들이 데리고 다니는 개가 잠들어 있었어."

## 서른한 번째 날 밤

"작은 시골 마을에서 있었던 일이야." 하고 달님이 얘기했다.

"내가 그것을 본 것은 작년이었어. 하지만 그건 문제 되지 않아. 아주 분명하게 기억하고 있으니까. 오늘 밤 신문에서 그것에 대해서 읽었는데 자세하게 다루고 있지 않았어. 춤추는 곰의 주인이 마당에 쌓인 장작더미 뒤에 묶여 있었어. 가엾은 곰은 매우 사납게 보였지만 사람을 해친 적이 없었지. 다락방에서는 세 명의 어린 아이들이 내 빛을 받으며 놀고 있었어. 가장 나이가 많은 아이가 여섯 살이고 가장 어린 아이는 채 두 살도 안 되었지. 쿵, 쿵! 누군가가 계단을 올라오고 있었어. 누구였을까? 바닥 문이 활짝 열렸어. 바로 곰이었어! 커다랗고 털이 텁수룩한 곰! 곰은 마당에서 기다리다 지쳐 계단을 발견하고 올라온 것이었어. 난 모든 것을 다 지켜보았지." 하고 달님이 말했다.

"아이들은 털이 텁수룩한 거대한 곰을 보고 겁에 질려서 구석으로 가 숨었어. 곰은 아이들을 찾아내어 킁킁거리며 코를 갖다댔지만 해치지는 않았어. '아주 큰 개일 거야.' 하고 아이들은 생각하고는 곰을 쓰다듬기 시작했지. 곰은 바닥에 몸을 쭉 펴고 엎드렸어. 가장 어린 아이가 그 위로 뒹굴면서 곱슬곱슬한 머리를 곰의 텁수룩한 검은색 털 속에 묻고 숨바꼭질 놀이를 하기 시작했어. 그러자 가장 나이가 많은 소년이 드럼을 가져오더니 힘차게 두드리기 시작했지. 그 순간 곰이 뒷발로 벌떡 일어서더니 춤을 추기 시작했어. 어찌나 멋진 광경이었던지! 아이들은 각자 어깨에 총을 메었어. 물론 곰도 총을 단단히 메었지. 아이들은 근사한 놀이 상대를 찾은 것이었지! 그들은 행진을 했어. 하나, 둘, 하나, 둘! 하고 말이야.

그때 갑자기 문이 열리더니 아이들의 어머니가 나타났어. 네가 그 어머니를 봤어야 했는데. 얼굴은 백지장처럼 하얘지고 입은 반쯤 벌린 채 공포에 질려 흐리멍덩해진 눈으로 말도 못하고 서 있는 모습을. 하지만 가장 어린 아이가 매우 즐거운 표정으로 고개를 끄덕여 보이고는 소리쳤어.

'엄마, 우리 병정놀이 하고 있어요!'

그리고 그때 곰의 주인이 나타났지."

## 서른두 번째 날 밤

바람이 차갑고 폭풍우가 몰아쳤다. 구름이 빠른 속도로 지나갔다. 나는 달님을 잠깐씩만 볼 수 있었다.

"조용히 하늘을 떠다니는 구름을 보았어." 하고 달님이 말했다. "거대한 그림자들이 지구를 가로지르며 질주했지.

얼마 전에 교도소를 내려다본 적이 있어. 교도소 밖에는 죄수를 실어가기 위해 덮개를 덮은 마차가 기다리고 서 있었지. 내 빛은 빗장을 지른 창문을 통해 떠나는 징표로 글을 쓰고 있는 죄수를 비추었어. 사실 그는 글을 쓰고 있는 것이 아니라 감옥에서의 마지막 밤에 대해 가슴에서 쏟아져 나오는 멜로디를 쓰고 있었지. 그때 문이 열리고 죄수는 밖으로 끌려나왔어. 그는 나의 둥근 얼굴을 쳐다보았지. 마치 그가 나를 봐서는 안 된다는 듯이, 그리고 나 또한 그를 봐서는 안 된다는 듯이 구름이 우리 사이를 가로막으며 떠갔어. 그가 마차에 타자 문이 닫히고 채찍이 갈라지는 소리를 내자 말이 어두운 숲 속을 향해 질주했어. 나의 빛은 숲 속까지 따라갈 수가 없었지. 하지만 나는 빗장을 지른 창문을 통해 벽에 그려진 멜로디를 보았어. 그의 마지막 인사를 말이야. 말(言)이 하지 못하는 곳에서 음악이 대신할 경우가 종종 있지. 내 빛은 그 멜로디의 일부만 비추었어. 그러니 대부분은 나에게 영원히 미지의 것으로 남아 있겠지. 그가 쓴 것은 죽음의 노래였을까? 아니면 기쁨의 노래였을까? 그는 죽음을 맞이하러 마차를 타고 간 것일까? 아니면 사랑하는 사람을 포옹하러 간 것일까? 달빛은 그 모든 내용을 읽지 못했지.

조용한 거대한 하늘을 떠다니는 구름을 봐. 거대한 그림자들이 지구를 가로지르며 질주하지."


## 서른세 번째 날 밤

"나는 아이들을 매우 좋아해." 하고 달님이 얘기했다. "특히 아주 어린 아이들을. 아이들이 나에 대해 잊어버리고 있을 때 나는 커튼과 창문 사이를 통해 방 안을 들여다보지. 아이들이 옷을 입고 벗는 것을 지켜보는 것이 아주 즐거워. 처음에는 둥글고 작은 벌거벗은 어깨가 드레스 밖으로 천천히 나오고 그 다음에는 팔이 쑤욱 나오지. 스타킹을 벗는 모습을 보는 것도 즐거워. 희고 야무진 예쁜 작은 다리가 작은 흰 발과 함께 드러나는 모습을 말이야. 그 조그만 발은 너무 귀여워서 입을 맞추고 싶어지지. 나는 그 발에 입을 맞추곤 해!

오늘 밤 — 이 얘기를 해줄 게 — 오늘 밤에는 커튼이 드리워지지 않은 방 안을 들여다보았어. 형제자매들을 모두 보았지. 그들 중에 어린 여자아이가 있었어. 그 아이는 겨우 네 살이었지만 다른 형제들처럼 주기도문을 외울 줄 알았어. 밤마다 아이의 어머니는 그 여자아이의 침대 옆에 앉아서 아이가 주기도문을 외우는 것을 들었지. 그리고는 입맞춤을 해주었어. 어머니는 아이가 잠들 때까지 침대 옆에서 지켜보곤 했어. 아이는 작은 눈을 감으면 곧 잠이 들었지.

오늘 밤에는 나이가 더 많은 두 아이가 거칠게 놀았어. 한 아이는 긴 흰 잠옷을 입고서 한 다리로 서서 춤을 추었고, 다른 아이는 아이들 옷이 쌓여 있는 의자 위에 올라서서 그리스 조각상 흉내를 냈지. 세 번째 아이와 네 번째 아이는 가지고 놀던 장난감들을 서랍 속에 조심스레 넣었어. 그래야 했으니까. 그때 그들의 어머니가 가장 어린 아이의 침대 옆에 앉더니 모두들 조용히 하라고 말했어. 어린 여자아이가 주기도문을 외울 시간이었거든. 나는 램프 위로 방안을 들여다보았어." 하고 달님이 말했다.

"네 살난 그 여자아이는 깨끗한 흰 린넨 이불을 덮고 침대에 누워 작은 두 손을 모으고 작은 얼굴에 진지한 표정을 짓고 있었어. 아이는 큰 소리로 주기도문을 외웠지.

'왜,' 하고 어머니가 기도 중간에 끼어들어 말했어. '왜, 우리에게 일용할 빵을 주옵시고라고 말할 때 항상 내가 이해할 수 없는 말을 덧붙이는 거냐? 그게 무슨 말이지? 말해 보렴!'

'엄마, 화내지 마세요. 버터를 듬뿍 발라서!'라고 말했어요!'"

# 159
## 돼지들

찰스 디킨스(영국 소설가)가 돼지에 관한 이야기를 우리에게 들려준 적이 있다. 그 때 이후로 어디서 꿀꿀거리는 소리만 들려도 우리는 기분이 좋아진다. 성(聖) 안토니우스(돼지 사육자의 수호성인)는 돼지를 보호해 주었다. 또한 "돌아온 탕자"[24]에 관한 이야기만 떠올라도 우리의 생각은 어느새 돼지우리 안으로 가 있다.

사실, 우리의 마차가 멈춰선 곳은 스웨덴에 있는 어느 돼지우리 앞이었다. 고속도로 근처에 있는 집 바로 옆에 농부는 돼지우리를 지어놓고 있었다. 세계 어느 곳에 가도 그와 같은 돼지우리는 보기 힘든 것이었다. 그 돼지우리라는 것은, 의전용으로 쓰이는 오래된 고급마차로서 의자와 바퀴를 떼내고 마차의 가운데 배 부분이 바닥에 닿도록 놓아둔 것이었다. 그 안에는 돼지 네 마리가 갇혀 있었다. 그곳에서 돼지를 기른 것이 이번이 처음인지는 알 수가 없었다. 하지만 그 마차가 의전용으로 쓰인 마차란 것은 여러 모로 보아 분명했다. 지붕에서 내려뜨려진 다마스크직 헝겊조각을 보아도 좋았던 시절이 있었다는 것은 알 수 있었다. 사실이었다. "꿀! 꿀!" 하고 안에서 소리가 들렸다. 그러자 마차가 삐걱거리며 신음했다. 침통한 마지막을 맞이하고 있는 것이었다. "아름다운 시절은 가 버렸구나." 하고 마차는 한숨을 쉬며 말했다. 적어도 그렇게 말했을 것이다.

우리는 가을에 다시 그곳으로 돌아갔는데 마차는 여전히 그곳에 있었다. 하지만 돼지들은 사라지고 그곳에 없었다. 돼지들은 이제 숲의 우두머리였다. 비바람과 폭풍이 몰아치고 바람이 불어 나뭇잎이 모두 떨어지고 돼지들에겐 평화도 휴식도 없었다. 철새들도 모두 떠나갔다.

---

24. 누가복음 15장에 나오는 이야기. 두 아들을 가진 부자가 있었는데, 둘째아들은 아버지가 아직 살아 있는 데도 유산을 나눠달라고 한다. 유산을 나눠가진 둘째 아들은 외국을 돌아다니며 재산을 탕진하고 돼지치기를 하다가 결국은 굶주린 배를 안고 아버지에게 다시 돌아온다.

"아름다운 것들은 모두 가 버렸네." 하고 마차는 말했다. 모든 자연이 똑같은 한숨을 쉬었다. 인간의 가슴에서조차 같은 소리가 새어나왔다. "아름다운 것은 모두 다 가 버렸구나. 영광의 푸른 숲도 따스한 햇살도 새들의 노래도 모두 다 가 버렸구나! 가 버렸어!"

이러한 한숨이 여기저기서 새어나오고 높다란 나무 몸통에서도 삐걱거리는 소리가 새어나왔다. 그리고 한숨이, 아주 깊은 한숨이 들장미 나무의 가슴에서 새어나왔다. 그리고 그곳에 앉아 있던 장미의 왕의 가슴에서도. 그 왕을 아는가? 그는 아주 멋진, 붉은 기가 도는 녹색의 수염을 기르고 있다. 알고 지내면 유쾌해진다. 들장미 덤불이 자라는 곳으로 가보라. 가을이 되어 꽃들이 모두 시들고 빨간 들장미 열매만 남을 때 그 가운데에 핀 커다란 적록색의 이끼 꽃을 종종 발견할 수가 있다. 그것이 바로 장미의 왕이다. 머리 꼭대기에서는 작은 초록 잎이 자라는데, 그것은 그의 깃털이다. 그는 장미덤불 속에 사는 유일한 사람이다. 한숨을 쉬는 자는 바로 그였다.

"가 버렸구나! 가 버렸구나! 아름다운 것들이 모두 가 버렸구나! 장미가 가 버리고 잎들이 모두 떨어져 버렸구나. 이제 이곳은 궂은 비가 내리고 척박하도다. 노래하던 새들도 잠잠하구나. 돼지들은 도토리 사냥을 나간다. 돼지들은 숲의 우두머리이다."

밤은 차갑고 낮은 회색빛이었지만 갈까마귀들은 나뭇가지에 앉아서 노래를 불렀다. "까악까악! 까악까악!" 갈까마귀와 물까마귀들이 높은 가지에 앉아 있었다. 까마귀들은 대가족을 이루고 있었는데, 모두가 노래했다. "까악까악! 까악까악!" 물론, 다수의 의견이 항상 옳은 법이다.

커다란 나무들 아래에 움푹 꺼진 땅이 있었는데, 거기에 물웅덩이가 있었다. 크고 작은 돼지들은 그곳에 누워 있었다. 비교적 안락한 곳을 찾은 것이다. "위! 위!(프랑스어로 '그래'라는 뜻)" 하고 돼지들이 말했다. 이것은 그들이 아는 유일한 프랑스어였지만 그것만 해도 대단한 것이었다. 돼지들은 매우 똑똑하고 매우 뚱뚱했다.

나이든 돼지들은 생각을 하느라 가만히 누워 있었다. 하지만 어린 돼지들은 매우 분주하여 쉴 틈이 없었다. 한 새끼돼지는 꼬리가 감겨 올라가 있었는데, 어미 돼지는 그것을 자랑이자 기쁨으로 여겼다. 어미 돼지는 다른 돼지들이 모두 그 감긴 꼬리를 바라본다고 생각했다. 돼지들이 소용돌이 모양의 그 꼬리만을 생각하고 있다고 여겼다. 하지만 다른 돼지들은 자신들에 대해 생각하고 있었으며 무엇이 자신들에게 쓸모가 있는지, 숲이 어떻게 쓸모가 있을지에 대해 생각하고 있었다. 그들은 자신들이 먹는 도토리가 나무뿌리에서 자란다고 늘 들어왔었다. 그래서 늘 땅 속을 파헤쳤었다. 그런데 어린 돼지 한 마리가 — 새로운 아이디어를 내놓는 돼지는 항상 젊은 돼지들이다 — 도토리는 나뭇가지에서 떨어진다고 주장했다. 도토리 하나가 자기 머리 위에 떨어지는 것을 보고 그런 생각을 하게 되었다는 것이다. 그래서 자세히 관찰을 해본 결과 그것이 확실하다는 것이었다. 늙은 돼지들이 머리를 맞대고 모였다.

"꿀!" 하고 돼지들이 말했다. "꿀! 아름다운 것들은 모두 가 버렸어. 새들의 지저귐도 끝이 났어. 우리에겐 과일이 필요해. 무엇이든 먹을 수 있는 것이면 다 좋아. 우리는 무엇이든 먹으니까."

"위! 위!" 하고 돼지들인 일제히 말했다.

그러자 어미 돼지가 꼬리가 말아 올라간 자기 새끼돼지를 보았다. "아름다운 것을 잊어서는 안 돼." 하고 어미 돼지가 말했다.

"까악까악! 까악까악!" 하고 까마귀가 소리치며 나이팅게일(나이팅게일은 아름다움과 불멸의 상징)로 임명을 받기 위해 나무에서 날아 내려왔다. 나이팅게일이 필요했으므로 까마귀는 즉시 임명되었다.

"가 버렸구나! 가 버렸구나! 아름다운 것들이 모두 가 버렸구나!" 하고 장미의 왕이 한숨을 쉬었다.

궂은 비가 내리고 하늘은 잿빛이었으며 춥고 바람이 불었다. 길고 어두운 빗줄기가 숲과 들판에 내리쳤다. 노래하던 새들은 어디로 갔는가, 초원의 꽃들은 어디로 갔는가, 숲 속의 달콤한 딸기들은? 가 버렸구나! 가 버렸구나!

그때 숲 관리인의 집에서 불빛이 새어나왔다. 불빛은 별처럼 빛을 내며 나무들 사이로 길다란 빛을 던졌다. 집 안에서 노랫소리가 들려왔다. 늙은 할아버지를 둘러싸고 아름다운 아이들이 놀고 있었다. 할아버지는 무릎 위에 성경책을 놓고 앉아서 하느님과 영원한 삶에 대해 읽어 주면서 다시 돌아올 봄과 다시 녹색으로 푸르러질 숲에 대해서, 그리고 다시 피어날 장미꽃과 다시 노래할 나이팅게일과 다시 왕좌에 앉게 될 아름다운 것들에 대해 얘기해 주었다.

하지만 장미의 왕은 그 이야기를 듣지 않았다. 그는 차가운 비를 맞으며 앉아서 한숨만 쉬었다. "가 버렸구나! 가 버렸구나!"

그리고 돼지들은 숲의 우두머리였다. 어미 돼지는 새끼 돼지의 말아 올라간 꼬리를 볼 뿐이었다. "아름다운 것을 볼 줄 아는 사람은 늘 있게 마련이지!" 하고 어미 돼지는 말했다.

# 160
## ABC 책

옛날에 한 남자가 ABC 책을 위해 새로운 운(韻)을 만들어냈다. 그는 옛날 ABC 책에서 그랬듯이 각 글자마다 두 줄 씩을 만들었다. 옛날 책에 나오는 운이 너무 구식이어서 새로운 것이 필요하다고 생각되어 직접 만들 생각을 한 것이었다.

그가 새로 만든 ABC 책은 손으로 쓴 것밖에 없다. 그 책은 커다란 책장에 놓인 오래된 ABC 책 옆에 놓이게 되었다. 지식과 재미를 위해 쓰인 많은 책들이 꽂혀 있는 책장이었다. 하지만 오래된 ABC 책은 새 ABC 책이 자기 옆에 있는 것이 싫었다. 그래서 책장에서 훌쩍 뛰어내리면서 새 ABC 책을 밀어 버렸다. 그 바람에 오래된 ABC 책은 물론이고 새 책은 이제 바닥에 놓여 있게 되었다. 낱장이 풀려 여기저기 흩어진 채.

오래된 ABC 책은 첫 페이지가 펼쳐진 채 놓여 있었다. 대문자와 소문자들이 모두 모여 있기 때문에 가장 중요한 페이지가 말이다. 그 페이지에는 이제까지 쓰인 모든 책들의 정수가 담겨 있다. 세상을 지배하는 알파벳, 놀라운 기호들의 집합인 알파벳이 담겨 있다. 알파벳이 갖는 힘은 참으로 놀랍지 않은가! 모든 것이 알파벳이 나열되는 순서에 의존한다. 알파벳은 생명을 주거나 죽일 수 있는 힘이 있으며 기쁨을 주거나 슬픔을 줄 수 있는 힘도 있다. 알파벳이 서로 따로따로 놓이면 아무런 의미도 만들어 내지 못한다. 하지만 서로 모여 정렬하여 늘어서면 무언들 해내지 못할까! 그렇다. 하느님이 인간의 머릿속에 알파벳을 넣은 후 인간의 힘은 알파벳이 만들어 내는 힘보다 열등하게 되었으며 우리는 깊이 고개 숙여 그 힘에 굴복하게 되었다.

바로 그 알파벳이 지금 얼굴을 위쪽으로 향한 채 누워 있는 것이었다. 대문자 A에 그려진 수탉은 빨강, 초록, 녹색의 깃털로 반짝였다. 수탉은 자랑스럽게 몸을 불룩하게 부풀리면서 깃털을 잔뜩 세웠다. 글자들이 얼마나 중요한지 알았으며 그 글자들 사이에서 자신만이 살아 있는 존재라는 것을 알았기 때문이다.

오래된 ABC 책이 펼쳐진 채 바닥에 떨어진 것을 알자 수탉은 날개를 퍼덕이며 날아올라 책장 구석에 가 앉았다. 그리고는 부리로 깃을 다듬으며 크고 긴 소리로 꼬꼬댁 하고 외쳤다. 밤낮으로 서 있던 책장에 있던 책들은 아무도 읽는 사람이 없어 몽롱한 상태에 빠져 있기라도 했던 것처럼 트럼펫과 같은 그 소리에 깨어났다. 그러자 수탉은 가치 있는 그 오래된 ABC 책이 어떻게 모욕을 받았는지에 대해 큰 소리로 또박또박 얘기했다.

"요즘엔 모든 것이 새롭고 달라져야 하지." 하고 수탉이 말했다. "모든 것이 진보해야 해. 아이들은 너무나도 명민해서 알파벳을 배우기도 전에 책을 읽을 줄 알지. '아이들은 새로운 것을 배워야 해!' 하고 바닥에 널브러져 있는 저 시들을 쓴 작가가 말했어. 난 그 시들을 모두 외워서 알고 있지. 그 작가가 자기가 쓴 글에 감탄하여 10번도 넘게 큰 소리로 읽고 또 읽는 것을 들었거든. 하지만 나는 X에 해당하는 글자는 크산투스(Xanthus: 소아시아 남서부에 있던 고대 리키아의 도시)라고 나오는 오래된 시가 좋아. 그 시들에 걸맞은 그림들이 있는 시 말이야. 그럼 새 시를 큰 소리로 읽어볼까? 참을성 있게 읽어볼게. 모두들 그 시가 얼마나 쓸모없는지 알게 될 거야.

에이(A) – 아담 (Adam)

아담이 복종했더라면 떠나지 않아도 되었을 것을,

이브와 함께 처음으로 살았던 동산을.

비(B) – 뱅크(Bank), 비(Bee)

뱅크(은행)는 돈을 맡겨놓는 곳

비(벌)는 꿀을 모으는 곤충


"이런 시는 정말로 따분하고 무미해!" 하고 수탉이 말했다. "하지만 계속 읽어볼게."


씨(C) – 콜럼버스(Columbus)

콜럼버스는 먼 바다로 항해하였네.

그리하여 지구가 이전보다 두 배로 커졌지.

디(D) – 덴마크(Denmark)

덴마크 왕국은 모든 덴마크 사람들이 알듯이

신의 손이 보호하고 있다는 말이 있다.


"많은 사람들이 아름답다고 생각하는 곳이지." 하고 수탉이 말했다. "하지만 난 그렇게 생각하지 않아. 내가 보기엔 아름다운 것이라곤 하나도 없어. 계속 읽어볼게."


이(E) – 엘리펀트(Elephant)

엘리펀트(코끼리)는 걸음이 무겁다,

마음이 아무리 젊고 활력이 넘친다 해도.

에프(F) – 페이스(Face)

하늘 위의 달님이 가장 편안해할 때는

월식으로 그 페이스(얼굴)가 가려져 휴식을 취할 때.

지(G) – 고트(Goat)

고트(염소)에게 예의를 가르치는 것보다는

돛을 달고 배를 달리게 하는 것이 더 쉬운 법!

에이치(H) – 후라(Hurrah)

후라(만세)는 우리가 종종 듣는 단어,

그러한 환호성을 들을 만한 행동이 얼마나 되던가?

"어린애들이 이런 시를 어떻게 이해하겠어!" 하고 수탉이 말했다. "책 제목에 '어른과 아이들을 위한 ABC 책'이라고 써야 할 거야. 하지만 어른들은 다른 할 일들이 있어서 ABC 책에 나오는 시를 읽지는 않을 것이고 아이들은 이해를 못하지. 모든 것에는 한계가 있는 법. 하지만 계속 읽어볼게."

제이(J) – 잡(Job)

우리는 지구에 사는 동안 해야 할 잡(일)이 있다.

지구가 우리의 마지막 침상이 되는 날까지.

"참으로 조잡하군!" 하고 수탉이 말했다.

케이(K) – 키튼(Kitten)

키튼(새끼 고양이)이 자라면 캣(cat)이라고 부르고

생쥐와 들쥐를 잡아주길 원한다네.

엘(L) – 라이온(Lion)

예술가연하는 비평가의 가시돋친 공격보다

야만적인 라이온(사자)이 더 분별이 있지.

"이런 말을 어떻게 아이들에게 이해시키지?" 하고 수탉이 말했다.

엠(M) – 모닝 선(Morning Sun)

황금빛 모닝 선(아침의 태양)이 떠오른다.

그것은 수탉이 울어서가 아니다.

"이제 대상이 개인적인 것으로 옮겨가는군!" 하고 수탉이 말했다. "하지만 난 함께야. 태양과 함께라고. 계속해 볼까."

엔(N) – 니그로(Negro)

니그로(흑인)는 검다, 새까만 밤처럼.

아무리 씻어도 하얘지지 않지!

오(O) – 올리브(Olive) 잎

　　나뭇잎 중 최고는 ― 그 이름을 아는가?

　　비둘기가 입에 문 올리브 잎 ― 성경에 나오지.

피(P) – 피이스(Peace)

　　여기저기 피이스(평화)가 지배하는 것,

　　그것이 우리 모두가 간직하고 있는 소망이라네.

큐(Q) – 퀸(Queen), 칵(Quack)

　　퀸(여왕)은 여자 임금

　　칵(돌팔이 의사)은 돌팔이 의사

알(R) – 라운드(Round)

　　사람은 여기저기(Round의 뜻)에 자손을 늘릴 수 있지만

　　그것이 훌륭한 가계를 가진다는 뜻은 아니다.

예스(S) – 스와인(Swine)

　　허풍쟁이가 되지 말고 정직하고 진실되라

　　숲속의 수많은 스와인(돼지)이 네 것이라 하더라도!

"꼬끼오 하고 외쳐도 될까!" 하고 수탉이 말했다. "많은 글을 읽는 것은 힘이 들거든. 한숨을 돌려야겠어." 그리고 나서 수탉은 황동으로 만든 트럼펫처럼 꼬끼오 하고 외쳤다. 듣기 좋은 소리였다, 수탉에게는. "계속 읽어볼게."

티(T) – 티주전자(Teakettle), 티탕관(Tea Urn)

　　부엌에 있는 티 주전자는 늘 제자리,

　　그래도 티 탕관에게는 노래를 해준다네.

유(U) – 유니버스(Universe)

　　우리의 우주는 늘 존재한다,

　　세월이 지나도 영원히.

"아주 심오한 뜻이군!" 하고 수탉이 말했다. "너무 심오해서 이해할 수가 없어!"

더블유(W) – 와셔우먼(Washerwoman)

와셔우먼(세탁부)이 씻고 닦네,

빨래통밖에 남지 않을 때까지.


"이제, X 차례야. X에 해당하는 새로운 것을 찾는 것은 불가능하지."


엑스(X) – 크산티페(Xantippe)

결혼의 바다에는 불화의 암석들이 있다.

소크라테스와 그의 아내인 크산티페와의 결혼처럼.


"크산티페를 빼야 할 거야! 크산투스가 더 나으니까."


와이(Y) – 이그드라실(Ygdrasil)

이그드라실(우주를 떠받치고 있다는 거대한 물푸레나무) 아래에

신들은 날마다 앉아 있었지.

하지만 그 나무는 죽고 신들은 가 버렸네.


"이제 거의 다 끝나 가는군." 하고 수탉이 말했다. "다행이야. 계속해 볼게."


지(Z) – 제퍼(Zephyr)

덴마크어의 제퍼(산들바람)는 아주 차가운 서풍.

털과 가죽도 뚫고 들어간다고들 하지.


"이게 다야. 하지만 이게 끝은 아니야. 이 시는 인쇄되어 읽히게 될 거야. 내 책에 있는 기품 있는 옛 시를 대신하게 되겠지. 학식이 있는 것과 학식이 별로 담겨 있지 않은 것들, 단행본과 전집들은 무어라고 할까? 알파벳은 무어라고 할까? 이제까지 내가 말했으니 이제 다른 것들에게 말하게 하자."

책들은 잠자코 서 있었고 책장도 잠자코 서 있었다. 하지만 수탉은 오래된 ABC 책에 있는 대문자 A 위의 제자리로 돌아가 자랑스럽게 주위를 둘러보았다. "내가

말을 잘했어. 꼬끼오도 잘했지. 새 ABC 책은 그렇게 하지 못해. 그 책은 죽게 될 거야. 사실 이미 죽은 거지. 거기엔 수탉이 없으니까!"


# 161
## 그림 카드

오, 판지를 잘라 붙여서 앙증맞은 것들을 얼마나 많이 만들 수 있는지! 이렇게 잘라 붙여 만든 성(城)이 있었다. 그 성은 너무 커서 책상을 다 차지하고 있었다. 성은 마치 빨간 벽돌로 지은 것처럼 색칠이 되어 있었으며 구리로 된 반짝이는 지붕이 있었고 탑과 도개교도 있었다. 운하를 흐르는 물은 예전이나 지금이나 똑같이 판유리 같았다. 그리고 탑 꼭대기에는 나무로 깎아 만든 파수꾼이 서 있었다. 파수꾼은 트럼펫을 가지고 있었지만 불지는 않았다.

이 모든 것은 윌리엄이라고 하는 어린 소년의 것이었다. 윌리엄은 도개교를 직접 올렸다 내렸다 하면서 양철로 만든 병정들을 그 위로 행군하게 하였다. 소년은 성문을 열고 널따란 리셉션 홀을 들여다보았다. 거기에는 하트, 다이아몬드, 클로버, 스페이드 등의 그림 카드들이 액자에 넣어져 벽에 걸려 있었다. 마치 진짜 리셉션 홀에 걸린 초상화처럼. 왕들은 모두 왕의 상징인 홀을 들고 왕관을 쓰고 있었다. 여왕들은 어깨 위에 흘러내리는 베일을 걸치고 있었으며 손에는 꽃이나 부채를 들고 있었다. 클로버 카드들은 미늘창(도끼와 창을 결합시킨 형태의 옛날 무기)과 식물의 깃털을 가지고 있었다.

어느 날 저녁, 소년은 열린 성문을 통해 리셉션 홀에 걸려 있는 그림 카드들을 들여다보았다. 왕들은 손에 든 홀로 그에게 인사를 하는 듯이 보였고, 스페이드 여왕은 손에 든 금빛 튤립을 흔들어 대는 듯이 보였으며, 하트 여왕은 부채를 들어올려 보이는 듯이 하였다. 네 명의 여왕 모두 그에게 상냥하게 대하는 듯이 보였다.

소년은 더 자세히 보려고 가까이 다가가다가 머리가 성에 부딪히는 바람에 성이 흔들렸다. 그러자 하트와 다이아몬드와 클로버와 스페이드 카드들이 미늘창을 들어올리며 더 이상 다가오지 말라고 경고를 하였다.

소년은 그 뜻을 알아차리고 우호적으로 머리를 끄덕여 보였다. 소년이 다시 머리를 끄덕이며 말했다.

"뭐라고 말 좀 해 봐."

하지만 그림 카드들은 아무 말도 하지 않았다. 그런데 소년이 하트 카드에게 세 번째로 고개를 끄덕여 보이자 카드가 폴짝 뛰어나와 바닥 중앙에 내려섰다.

"네 이름이 뭐지?" 하고 카드가 소년에게 물었다.

"밝은 눈과 튼튼한 이를 가지고 있군. 하지만 손은 자주 씻지 않는군." 참으로 공손하지 못한 말투였다.

"내 이름은 윌리엄이에요." 하고 소년이 대답했다. "이 성은 내 것이에요. 그러니 아저씨도 내 하트 카드예요."

"나는 나의 왕과 여왕의 카드지 너의 카드가 아니야." 하고 하트 카드가 말했다. "난 카드 밖으로 나올 수 있어. 액자에서도 나올 수 있고 말이야. 자애로우신 우리의 왕과 여왕께서도 그럴 수 있지. 나보다 훨씬 더 쉽게 말이야. 우리는 넓은 세상 밖으로 나갈 수도 있단다. 하지만 그건 참으로 지루한 여행이야. 우린 세상 여행에 지쳤거든. 카드에 앉아 있는 것이 우리에겐 더 편하고 즐거운 일이지. 우리 본연의 자신으로 사는 것이 말이야."

"카드에 나오는 사람들이 모두 진짜로 사람이었어요?" 하고 소년이 물었다.

"사람이라고?" 하트 카드가 말했다.

"그렇지. 하지만 우리는 마땅히 그랬어야 했지만 착하지 않았지. 작은 촛불을 좀 켜 줄래? 빨간색이 좋겠어. 빨간색은 우리 왕과 여왕의 색깔이니까. 그러면 나에 관한 이야기를 들려줄게. 이 성의 주인인 너에게 말이야. 네가 이 성의 주인이라고 했었지? 하지만 내 말을 가로막지는 마. 내가 말할 때는 조금이라고 방해해서는 안 되거든.

내 왕이 보이지? 하트 왕 말이야. 이 네 왕들 중에서 하트 왕이 가장 나이가 많

아. 가장 먼저 태어났거든. 하트 왕은 금관을 쓰고 황금사과를 들고 태어났어. 그는 태어나자마자 나라를 다스리기 시작했지. 그의 아내인 여왕님은 황금 부채를 가지고 태어났어. 아직도 손에 들고 있지. 그들은 근사한 시간을 보냈단다. 어린 시절에도 말이야. 그들은 학교에 가지 않아도 되었고 하루 종일 놀 수가 있었어. 성을 쌓았다가 부수기도 하고, 양철 병정들을 세워놓기도 하고, 인형놀이도 하면서 말이야. 그리고 빵과 버터를 달라고 주문하면 앞뒤에 버터를 바르고 갈색 설탕까지 뿌린 빵을 먹을 수가 있었어. 그것은 황금기라고 하는 아주 오래 전에 있었던 일이야. 하지만 그들은 싫증이 났어. 나도 그랬지. 그래, 아주 좋은 시절이었지! 그리고 나서 다이아몬드 왕이 지배하기 시작했어."

카드는 더 이상 말을 하지 않았다. 소년은 계속 기다렸지만 카드는 한 마디도 하지 않았다. 한참 후에 소년이 물었다. "그리고 나서 어떻게 되었는데요?"

하트 카드는 아무런 대답도 하지 않았다. 그는 타오르는 촛불에 두 눈을 고정시킨 채 아무 말 없이 똑바로 서 있었다. 소년은 고개를 끄덕이고 또 끄덕였지만 잭은 아무런 반응이 없었다. 그래서 소년은 다이아몬드 카드에게로 고개를 돌렸다. 그가 고개를 세 번 끄덕이자 카드가 바닥 중앙으로 뛰어내렸다. 그리고는 단한 마디를 했다.

"촛불!"

어린 윌리엄은 그가 원하는 것이 무엇인지를 알고는 빨간 초에 불을 붙여 그의 앞에 놓았다. 그러자 다이아몬드 카드가 두 팔을 뻗어 미늘창을 내밀며 말했다. "그리고 나서 다이아몬드 왕이 왕위에 올랐지. 가슴에 유리가 박혀 있는 왕말이야. 여왕 또한 가슴에 유리가 박혀 있지. 그래서 사람들은 그들의 몸 안을 들여다볼 수가 있었어. 하지만 그 외에는 다른 사람들과 똑같이 생겼지. 왕과 여왕은 참으로 유쾌한 사람들이어서 그들을 기리는 기념비가 세워졌지. 그 기념비는 7년 동안이나 무너지지 않고 끄떡없었어. 물론 영원히 무너지지 않도록 세워진 것이었지만 말이야."

다이아몬드 잭은 두 팔을 뻗고 빨간 양초를 바라보았다.

이번에는 윌리엄이 아무런 신호도 보내지 않는데도 클로버 카드가 폴짝 뛰어 내렸다. 위엄 있게 어기적거리며 초원을 걷는 황새처럼 진지하게. 카드의 귀퉁이에 있던 검은색의 세 잎 클로버가 카드를 지나 날아갔다가 다시 제자리로 돌아왔다. 클로버 카드는 다른 카드들과는 달리 촛불을 기다리지 않고 즉시 말을 꺼냈다. "앞뒤에 버터를 바르고 설탕을 뿌린 빵을 누구나 먹는 것은 아니야. 나의 왕과 여왕님은 그런 걸 먹지 않았어. 그들은 학교를 가야 했으며 전에는 배우지 못했던 것들을 배워야 했지. 그들도 가슴에 유리가 박혀 있는데 아무도 그 유리를 들여다보지 않았어. 다만 그들이 하는 일이 잘못됐는지를 보거나 꾸짖을 만한 이유를 찾을 때는 들여다보지. 난 알고 있어. 평생을 왕과 여왕님을 위해 봉사해 왔으니까 그들에 대해 모르는 것이 없지. 난 항상 그들의 명령에 따랐어. 오늘 밤에는 더 이상 말하지 말라는 명령을 받았으니까 이제 팔을 내밀고 잠자코 있어야겠어."

하지만 윌리엄은 이 카드를 위해서도 촛불을 켜 주었다. 눈처럼 흰 초에. 초에 불이 채 켜지기도 전에 스페이드 카드가 잽싸게 홀 중앙으로 뛰어내렸다. 그는 서둘렀지만 절름발이인 것처럼 절뚝거렸다. 마치 부서지기라도 한 것처럼 갈라지는 소리가 났다. 그렇다. 이 카드는 이제까지 살면서 많은 우여곡절을 겪은 것이다. 그가 말했다. "그래, 다들 초를 가지고 있으니 나도 가져야겠지. 나도 그건 알아. 하지만 카드들이 그렇게 존경을 받는다면 우리 왕과 여왕님들은 그 세 배는 존경을 받아 마땅해. 그리고 나의 왕과 여왕님은 각각 네 개씩 가져야 마땅해. 그들이 겪은 사연과 시련은 참으로 슬프고도 애통하지. 그들이 상복을 입고 있고 그들의 문장에 무덤 파는 사람의 삽이 있는 것은 다 그럴 만한 이유가 있는 것이지. 난 참으로 가여운 사람이야. 한번은 카드게임에서 '블랙 페터'라는 별명으로 불리기도 했어. 그래! 입에 담지 못할 별명도 있지." 카드는 이렇게 속삭였다. "또 다른 게임에서는 내 별명이 '더러운 미치광이'였어. 한때는 나도 스페이드 왕의 최고의 기사(騎士)였지. 그런데 이제 가장 낮은 신분의 기사가 되어 버렸어! 나의 왕과 여왕님에 관한 역사는 말하지 않을게. 그분들께서 원하지 않으시니까. 원한다면 그들의 사연에 대해서는 네 상상에 맡기겠어. 하지만 아주 우울한 사연이지. 그들은 너무도 비참해졌어. 우리가 빨간 말을 타고 구름보다 더 높이 올라가기 전까지는 그들의 운명은 나아지지 않을 거야."

어린 윌리엄은 세 개의 촛불은 왕을 위해서, 그리고 세 개의 촛불은 여왕들을 위해서 켰다. 하지만 스페이드 왕과 여왕들을 위해서는 네 개씩을 켰다. 그러자 리셉션 홀이 가장 부유한 황제의 궁전처럼 눈부시게 밝아졌다. 네 왕과 여왕들은 서로에게 조용히 고개 숙여, 그리고 우아하게 무릎을 굽혀 절을 했다. 하트 여왕은 황금 부채를 흔들었고, 스페이드 여왕은 황금 튤립을 불꽃 바퀴 모양으로 빙글 빙글 돌렸다. 왕과 여왕들은 카드와 액자에서 바닥으로 뛰어내려 우아하고 느리게 춤을 추었다. 그들은 촛불 사이를 오가며 춤을 추었으며 카드들도 춤을 추었다.

그때 갑자기 리셉션 홀이 온통 활활 타올랐다. 불길은 창문과 벽을 뚫고 치솟아 올랐고 모든 것이 쉭쉭 탁탁 소리를 내며 불길에 휩싸였다. 성 전체가 불길과 연기로 가득했다. 윌리엄은 겁이 났다. 그는 소리를 지르며 엄마 아빠에게 달려갔다. "불이야, 불! 성이 타고 있어요!" 성은 불길에 휩싸여 번쩍이며 활활 타올랐다. 하지만 불길 속에서 성은 노래를 하고 있었다. "이제 우리는 빨간 말을 타고 달리고 있다네. 구름보다 더 높은 곳으로. 왕과 여왕들이 가야 할 길이라네. 그들의 카드들이 따라가야 할 길이라네."

그렇다! 윌리엄의 성과 그림 카드들은 그렇게 끝이 났다. 윌리엄은 아직 살아 있다. 그는 손을 씻는다. 성이 타버린 것은 그의 잘못이 아니었다.


# 162
## 덴마크의 전설

덴마크는 영웅, 교회, 장원, 산과 들판, 그리고 끝없이 펼쳐진 늪지에 관해 오래 전부터 내려오는 전설이 풍부한 나라이다. 이러한 전설들은 대역병[25] 시기, 전쟁의 시기, 그리고 평화의 시기까지 거슬러 올라간다. 이 이야기들은 책을 통해서 또는 사람들의 입을 통해서 전해져 내려오고 있다. 이 이야기들은 새 떼처럼 멀

---

25. 코펜하겐은 1711년 흑사병으로 황폐화되었으며 인구의 1/3이 사망했다.

리까지 날아가기도 하지만 개똥지빠귀가 올빼미와 다르고, 산비둘기가 갈매기와 다르듯이 각기 다르다. 이제부터 이 전설들에 대해 얘기하겠다.

## I

옛날, 침략자들이 덴마크 변경을 유린하던 시절에 대격전이 벌어져 덴마크가 승리를 거둔 일이 있었다. 그날 밤 전쟁터에 수많은 죽은 자들과 부상당한 자들이 누워 있었다. 그 가운데 총상을 입어 두 발을 잃은 적군이 한 명 있었다. 바로 가까이에 있던 덴마크 병사가 맥주가 가득 든 술병을 주머니에서 꺼내 입으로 가져가려 하자 부상당한 그 적군이 한 모금만 달라고 애걸했다. 덴마크 병사가 그 적군에게 술병을 주려고 허리를 굽히자 적군은 그를 향해 권총을 쏘았다. 하지만 총알은 그의 팔에 맞지 않고 빗나가고 말았다. 덴마크 병사는 술병을 입으로 가져가 반을 마셨다. 그리고는 나머지를 적군에게 주면서 이렇게 말했다. "비열한 놈 같으니라고, 자 이제 네 몫은 반 병뿐이다."

왕은 이 이야기를 전해 듣자 병사의 자비로운 행동을 기리기 위해 그 병사와 후손들에게 반이 채워진 술병 장식이 있는 귀족 문장(왕이나 귀족 집안을 상징하는 그림)을 하사하였다.

## II

파룸에 있는 교회 종에 관한 아름다운 전통이 있다. 이곳에는 목사관과 교회가 나란히 서 있다. 어느 늦은 가을 어두운 밤이었다. 목사가 앉아서 일요일 설교 준비를 하고 있는데 커다란 교회 종소리가 들렸다. 매우 희미하고도 이상한 소리였다. 바람 한 점 없었기 때문에 목사는 어떻게 해서 종이 울리게 되었는지 알 수가 없었다.

목사는 열쇠를 가지고 교회로 갔다. 안으로 들어서자 종소리가 멈추었다. 그런데 종탑에서 희미한 한숨소리가 들리지 않는가.

"거기 누구요?" 목사가 큰 소리로 물었다. "누가 이 교회의 평화를 깨뜨리는 것이오?" 종탑 계단을 내려오는 발자국 소리가 들리더니 어린 소년이 다가왔다.

"화내지 마세요." 하고 소년이 말했다. "저녁기도를 알리는 종소리가 울릴 때 몰래 숨어 들어왔어요. 엄마가 매우 아프세요⋯." 소년이 목이 메어 말을 잇지 못했다. 목사가 그의 뺨을 어루만지며 사연을 얘기해 보라고 격려하였다.

"사람들이 그러는데, 우리 엄마가, 다정하고 착하신 우리 엄마가 죽을 거래요. 하지만 사람이 아파서 죽으려고 할 때 누군가 교회에 들어가서 자정에 커다란 교회 종에 있는 녹을 긁어내면 다시 살아날 수도 있다는 말을 들었어요. 그러면 죽음을 막을 수 있대요. 그래서 이곳으로 숨어 들어와서 종이 12시를 칠 때를 기다린 거예요. 무서웠어요. 죽은 사람들이 무덤에서 일어나서 교회로 오는 것만 같았어요. 그래서 교회 묘지를 쳐다볼 엄두가 나지 않았어요. 하지만 주기도문을 외우고 나서 종에 있는 녹을 긁어냈어요."

"이리 오너라. 참으로 용감하구나." 하고 목사가 말했다. "선하신 주님이 너와 너의 어머니를 버리지 않으실 것이다." 그들은 여인이 아파 누워 있는 가난한 오두막으로 함께 갔다. 소년의 어머니는 평화롭게 깊이 잠들어 있었다.

하느님이 그녀의 목숨을 살려주신 것이었다. 신의 축복이 아이의 어머니와 아이를 밝게 비추었다.

### III

이것은 나중에 위대한 사람이 되어 높이 칭송을 받게 되는 가난한 청년 파울 벤델보에 관해 전해 내려오는 전설이다. 그는 유틀란트에서 태어났다. 그는 악착같이 노력하고 열심히 공부하여 학자로서의 시험에 합격하였으나 군인이 되어 먼 나라를 돌아다니는 더 큰 야망을 가지고 있었다.

어느 날 그는 부유한 두 동료와 함께 코펜하겐 성벽을 따라 산책을 하고 있었다. 그는 자신의 야망에 대해 이야기를 하다가 갑자기 걸음을 멈추고 한 교수의 딸이 앉아 있는 창문을 쳐다보았다. 세 사람의 눈에 그녀는 놀랍도록 예뻤다. 파울의 동료들은 폴이 얼굴을 붉히는 것을 보고 농담으로 이렇게 말했다. "파울, 저 숙녀에게 가서 우리가 볼 수 있도록 창가에서 자네에게 키스를 하게 한다면 여행할 돈을 우리가 주겠네. 그러면 국내보다는 외국에서 자네 운이 더 좋은지 어떤지를 알아볼 수 있을 걸세."

파울 벤델보는 그 집으로 들어가 현관문에 노크를 했다. "아버지께서는 집에 안 계시는데요." 하고 숙녀가 그에게 말했다.

"화내지 마세요." 그는 얼굴을 빨갛게 붉히며 그녀에게 간청했다. "제가 찾아온 것은 당신의 아버지 때문이 아니라 당신 때문이랍니다." 그리고는 세계로 모험을 떠나 명예로운 이름을 떨치고자 하는 자신의 진심 어린 야망에 대해 솔직하게 얘기했다. 그는 밖에 서 있는 두 친구에 대해 얘기하고는, 만약 그녀가 자진해서 열린 창문 앞에서 그에게 키스를 하면 그 친구들이 여행 경비를 주기로 약속했다고 말했다. 그가 너무도 얼굴을 붉히면서 의연한 모습으로 솔직하게 그녀를 바라보는 바람에 그녀는 화가 누그러졌다.

"얌전한 숙녀에게 그런 제안을 하는 것은 잘못된 행동이에요." 하고 그녀가 말했다. "하지만 정직한 분 같으니 당신의 행운을 가로막지는 않겠어요." 그리고는 그를 창가로 데려가서 키스를 했다.

그의 동료들은 약속한 대로 그에게 돈을 주었다. 그는 러시아 황제를 위해 봉사했으며 폴타바 전투(18세기 러시아와 스웨덴이 발트해의 주도권을 장악하기 위해 벌인 대북방 전쟁의 일부)에서 이름을 날려 명성을 쌓았다. 후에 그는 덴마크가 그를 필요로 했을 때 고국으로 돌아가 군대와 추밀원에서 실권자가 되어 사자-독수리란 뜻의 뢰브논이라는 별명을 얻었다.

어느 날 그는 다시 교수의 수수한 방을 찾아갔다. 그가 보고자 한 사람은 교수가 아니라 그에게 키스를 해주어 행운이 시작되게 해준 교수의 딸 잉게보르크 빈딩이었다. 2주 후에 파울 벤델보 뢰브논은 결혼을 하였다.

## IV

적군이 덴마크 펜 섬을 대대적으로 공격한 적이 있었다. 한 마을만이 버티다가 얼마 안가서 약탈을 당하고 불태워지고 말았다.

그 마을의 가장자리에 있는, 지붕이 낮은 집에 가난한 두 사람이 살고 있었다. 어두운 겨울밤이었으며 적군은 언제 들어닥칠지 알 수 없었다. 불안한 두 사람은 도움이 되거나 위로가 될 만한 것을 찾으려고 찬송가책을 펼쳤다. 그들은 "우리의 하느님은 강한 성채라네"라는 찬송가가 있는 페이지를 펼쳤다.

그리고는 자신감에 차서 찬송가를 불렀다. 그러자 믿음이 되살아났다. 그들은 주님의 보살핌 아래 침대로 가서 곤히 잠을 잤다. 다음날 깨어보니 방 안이 칠흑같이 어두웠다. 햇빛이 한 점도 들어오지 않았으며 문을 열려 해도 문이 꼼짝도 하지 않았다. 그래서 그들은 다락방으로 올라가 천장에 난 작은 문을 열었다. 벌써 환한 대낮이었다. 하지만 밤새 폭설이 내려 있었다. 폭설이 온 집을 뒤덮어 밤새 약탈하고 불을 태우던 적군들로부터 집을 감추어주었던 것이다. 두 사람은 두 손을 꼭 모으고 감사를 드리며 다시 "우리의 하느님은 강한 성채라네"라는 찬송가를 불렀다. 그들을 보호해 주고 그들의 집에 폭설을 내려주신 하느님께 감사하며.

## V

젤란트 북부에는 상상할 수 없는 불가사의한 이야기가 전해 내려오고 있다. 폭풍우가 몰아치는 카테가트 해협 근처의 모래 언덕 가운데에 뢰비크 교회가 자리 잡고 있다. 어느 날 저녁, 커다란 배 한 척이 도착하여 그 해안에 정박했다. 러시아 군함처럼 보였다. 그날 밤, 목사관 문에 노크하는 소리가 들리더니 무장을 하고 마스크를 쓴 여러 사람이 목사에게 옷을 입고 함께 교회로 갈 것을 요구했다. 그들은 수고의 대가를 두둑이 지불하겠다고 약속하고는 거절하지 못하도록 위협을 했다. 그리하여 목사는 그들과 동행하게 되었다.

목사가 교회에 도착하자 교회에는 불이 켜져 있었다. 낯선 사람들이 모여 있었으며 모두 깊은 침묵에 잠겨 있었다. 제단 앞에는 신랑과 신부가 기다리고 있었다. 그들이 입은 화려한 옷으로 보아 상류계층임을 짐작할 수 있었으나 신부의 얼굴이 납빛처럼 창백했다. 결혼식이 끝나자 총소리가 울리고 신부는 제단 앞에 쓰러져 죽었다. 사람들이 그녀의 시신을 들고 나갔다. 다음날 아침, 배가 떠났다. 하지만 오늘날까지 무슨 연유로 이러한 사건이 일어났는지에 대해 아는 사람은 아무도 없다.

그때 사건 현장에 있었던 목사는 자기 성경책에 그 이야기를 기록했으며 그의 가족이 오늘날까지 그 책을 간직해 왔다. 그 오래된 교회는 아직도 출렁이는 카테가트 해협 근처의 모래 언덕 가운데에 서 있으며 그 이야기는 사람들의 입을 통해서, 그리고 글을 통해서 전해져 내려오고 있다.

## VI

교회에 얽힌 전설을 하나 더 얘기해야겠다. 덴마크 땅인 팔스테르 섬에 부유하고 신분이 높은 부인이 살고 있었다. 그 부인에게는 아이가 없어서 가문이 사라질 위기에 처했다. 그래서 부인은 재산을 털어 웅장한 교회를 지었다. 교회가 완공되자 부인은 촛불을 밝히고 제단 앞에 무릎을 꿇고 앉아서 그와 같은 선물을 준 대가로 교회가 견고하게 서 있는 한 이 지상에서 그녀의 삶을 허락해 달라고 기도했다.

그로부터 수년이 흘러갔다. 부인의 친척들이 모두 죽고 오랜 친구들과 지인들과 하인들도 모두 땅에 묻혔다. 하지만 그처럼 사악한 소원을 빌었던 부인은 죽지 않았다. 세대가 교체되고 주위에는 모두 낯선 사람들뿐이었다. 부인은 사람을 만나러 나가지도 않았고 찾아오는 사람도 없었다. 부인은 망령이 들어 홀로 버려진 채 점점 쇠약해져 갔다. 모든 감각이 무디어지고 잠들어 있는 사람 같았으나 죽은 사람 같지는 않았다. 크리스마스 이브가 되면 잠시 생기가 돌아 목소리를 되찾을 수 있었다. 그럴 때 부인은 새로 온 하인들에게 오크나무 관에 자신을 넣어 교회 옆 묘지로 데려가라고 명령했다. 부인의 지시를 받고 목사가 불려왔다. 그들은 부인을 관에 넣고 교회로 옮겼다. 부인이 바라는 대로 크리스마스 밤이 되면 목사는 성가대석을 지나 관으로 다가와 안식을 찾지 못하고 누워 있는 쇠약한 부인을 위해 관 뚜껑을 열어주었다.

"내 교회가 아직도 건재하나요?" 하고 부인은 떨리는 목소리로 묻곤 했다. 목사가 "아직도 건재합니다."라고 대답하면 부인은 깊은 한숨을 내쉬며 슬픈 표정으로 다시 관에 드러눕곤 하였다. 그러면 목사는 관 뚜껑을 닫고, 다음 크리스마스 이브에 다시 오곤 했다. 그 다음에도, 다음에도, 다음에도.

이제 그곳에는 교회 돌 하나 남아있지 않으며 죽어 묻힌 자의 흔적도 남아 있지 않다. 교회가 있었던 들판에는 커다란 산사나무 한 그루가 자라고 있는데 봄이 되면 부활의 상징인 꽃이 핀다. 그 산사나무는 부인의 관이 놓여 있던 자리에, 그리고 그녀의 분신이 마침내 흙으로 산화된 자리에 자라고 있다고 전해지고 있다.


**VII**

하느님이 천국에서 반항하는 천사들을 쫓아낼 때 일부 천사들을 산 속으로 떨어뜨렸는데, 그 천사들은 아직도 살아 있어 홉고블린(민간설화에 나오는 말썽꾸러기 정령)이라고 불린다는 전설이 있다. 그들은 천둥이 칠 때면 무서움에 떨며 도망다닌다. 천둥을 하느님의 노여움의 표시라고 믿기 때문이다.

또 다른 천사들은 오리나무 늪지에 떨어졌으며 이들은 요정이라고 불린다. 이 중에 여자 천사들은 매우 아름답지만 믿을 만한 존재가 아니다. 이들의 등은 빵장수의 빵반죽 통처럼 구멍이 패어 있다.

또 다른 천사들은 오래된 농장과 집으로 떨어졌다. 이들은 난쟁이와 고블린 (작고 추하게 생긴 정령)이 되었다. 가끔 이들은 인간들과 거래를 하기도 하는데 이들에 대해 수많은 이상한 이야기들이 전해지고 있다.

유틀란트에 있는 커다란 산에 한 홉고블린이 살고 있었다. 그의 딸 중 하나는 마을 대장장이와 결혼하였는데, 그 대장장이는 성질이 고약한 사람이었다. 그는 시도 때도 없이 아내를 때렸으며, 그의 아내는 점점 지쳐갔다. 그러던 어느 날, 그날도 대장장이가 아내를 때리려 하자 아내는 제초기를 집어들고 그에게 내리쳐 부숴 버렸다. 그녀는 힘이 장사여서 마음만 먹었다면 남편을 산산조각 내고도 남았을 것이다. 대장장이는 그런 생각을 하며 다시는 아내를 때리지 않았다. 하지만 그 사건에 대한 소문이 퍼져 그곳 사람들은 더 이상 그녀를 존중하지 않게 되었다. 그녀가 홉고블린의 딸이라는 사실이 알려지자 그 지역 사람들은 어느 누구도 그녀와 접촉하려 들지 않았다. 그러던 중 홉고블린이 이런 사실을 알게 되었다.

어느 일요일, 대장장이와 그의 아내와 그 지역 사람들이 교구 목사를 기다리며 교회 마당에 서 있을 때였다. 대장장이 아내가 안개가 솟아오르는 먼 해안을 바라보며 말했다.

"아버지가 오시네요. 그런데 매우 화가 나 있어요." 그들에게 다가온 홉고블린은 정말 화가 나 있었다.

"네가 던질래? 아니면 네가 받을 테냐?" 하고 홉고블린이 물으며 탐욕스런 눈으로 교회 사람들을 바라보았다.

"제가 받을게요." 하고 대장장이 아내가 대답했다. 홉고블린에게 잡는 것을 맡기면 사람들을 살살 다루지 않을 것이라는 사실을 알고 있었기 때문이다. 홉고블린은 사람들을 하나하나 잡아서 교회 지붕 위로 던졌다. 그러면 맞은편에 서 있던 대장장이 아내가 사람들을 최대한 다치지 않게 조심하며 받았다. 그 이후로 그녀는 마을 사람들과 화목하게 잘 지내게 되었다. 사람들은 홉고블린과 사방에 흩어져 살고 있는 그의 동료들을 두려워했다. 사람들이 할 수 있는 최선의 방법은 그와의 싸움을 피하고 그를 알고 있다는 점을 최대한 이용하는 것이었다. 홉고블린이 금이 가득 든 커다란 주전자들을 가지고 있다는 것은 누구나 알고 있었으며 금을 한 줌씩 얻어내는 일은 해 볼 만한 일이었다. 하지만 그러기 위해서는 지금 얘기하려고 하는 농부처럼 영리하고 꾀가 많아야 했다. 농부의 돼지를 치던, 농부보다 더 영리한 돼지치기 소년에 대해서도 얘기하려 한다.

그 농부네 밭 가운데에는 산이 있었는데, 농부는 그 산을 놀리고 싶지 않아 경작을 했다. 그러자 산 밑에 살던 홉고블린이 나타나 물었다. "감히 내 지붕에 경작을 하다니?"

"당신이 그 밑에 살고 있는 줄 몰랐소." 하고 농부가 대답했다. "하지만 땅을 놀리는 것은 내게나 당신에게나 이로울 것이 없소. 그러니 경작해서 무엇이든 심읍시다. 첫 해에는 땅 위에서 나는 것을 당신이 가져가고 땅 속에서 나는 것은 내가 가져가겠소. 그리고 다음 해에는 서로 바꿔서 가져가기로 합시다." 이렇게 해서 서로 거래가 이루어졌다. 첫 해에 농부는 당근을 심었다. 그리고 두 번째 해는 밀을 심었다. 그래서 홉고블린은 당근 줄기와 밀 뿌리를 가져가게 되었다. 이렇게 그들은 서로 조화롭게 살았다.

그러던 중 농부의 집에서 세례식을 할 일이 생겼다. 농부는 당혹스러웠다. 홉고블린과 서로 사이좋게 지내는 터였기 때문에 그를 초대하는 일을 피할 수 없었기 때문이었다. 하지만 홉고블린을 초대했다가는 목사와 그 교구에 사는 사람들에게 지탄을 받을 것이 뻔했다. 농부는 매사에 영리한 사람이었지만 이번 일만은 어떻게 해야 할지 묘안이 떠오르지 않았다. 그는 그의 집에서 돼지를 치는, 그보다 더 영리한 돼지치기 소년에게 고민을 털어놓았다.

"제가 도와드릴게요." 하고 소년이 말했다. 그는 커다란 자루를 가져오더니 홉고블린이 사는 산으로 갔다. 그는 노크를 하고 안으로 들어갔다. 그리고는 세례식에 초대하러 왔다고 홉고블린에게 말했다. 홉고블린은 초대에 응하며 세례식에 참석하겠다고 약속했다.

"세례식 선물을 가져가야겠지?"

"대부분 그러지요." 하고 소년이 대답하고는 자루를 열었다. 홉고블린은 거기에 돈을 쏟아 넣었다.

"충분하니?"

소년은 자루를 들어올리면서 말했다. "대부분의 사람들도 이만큼은 가져오지요." 홉고블린이 주전자에 든 금화를 모두 자루에 쏟아 넣자 소년이 말했다. "이보다 더 많이 가져오는 사람은 없어요. 대부분 더 적게 가져오지요."

"이제 말해 보거라." 하고 홉고블린이 말했다. "존경받는 손님들은 누가 오느냐?"

"목사님 세 분과 감독님이 오실 겁니다." 하고 소년이 대답했다.

"잘됐군. 그런 신사들은 먹고 마시는 것만 좋아하니까 날 괴롭힐 일은 없겠군. 또 누가 오느냐?"

"성모 마리아가 오십니다."

"흠! 흠! 흠! 그래도 난로 뒤에 나를 위한 장소는 있을 거야. 또 누가 오느냐?"

"주님이 오십니다."

"흠! 흠! 흠! 설마! 하지만 그렇게 저명한 손님들은 늘 늦게 왔다가 빨리 떠나지. 그들이 있는 동안에는 내가 잠시 밖에 나가 있으면 되겠지. 어떤 음악을 연주할 거지?"

"드럼 음악입니다." 하고 소년이 말했다. "주님이 강한 천둥 음악을 주문했거든요. 거기에 맞추어 우리는 춤을 출 거예요. 드럼 음악이 연주될 거예요."

"오, 정말 끔찍하군!" 하고 홉고블린이 소리쳤다. "너의 주인에게 가서 초대해 줘서 고맙다고 전해라. 하지만 나는 집에 있는 게 좋겠구나. 나와 내 종족들이 천둥과 드럼 소리를 끔찍하게 생각한다는 것을 네 주인은 모르느냐? 내가 어렸을 때 산보를 나갔다가 천둥이 드럼을 치기 시작했지. 그 드럼 북채 하나가 내 허벅지를 세게 내리치는 바람에 뼈가 으스러졌단다. 다시는 그런 음악은 듣고 싶지 않다. 그러니 네 주인에게 가서 고맙다고 전하고 내 선물을 전해주거라."

소년은 자루를 등에 메고 가서 주인에게 홉고블린의 축복의 말을 전하고 많은 금화를 가져다주었다.

이런 전설은 아주 많지만 오늘은 여기에서 그치기로 한다.

# 163
# 행운의 피어

I

　도시에서 유행의 첨단을 걷는 거리에 오래된 훌륭한 저택이 서 있었다. 저택을 둘러싼 담에는 유리가 박혀 있어 태양이나 달이 비칠 때면 집이 다이아몬드로 뒤덮인 것처럼 보였다. 그것은 부(富)의 상징이었으며 그 집에는 실제로 엄청난 재산이 있었다. 그 집에 사는 상인은 금이 든 통 두 개는 거실에 두고, 한 통은 앞날을 위한 저금통으로 그의 아들이 태어난 방 문 밖에 둘 정도로 부자라고 했다.

　그 부유한 저택에 아기가 태어났을 때 지하 저장고에서 다락방까지 기쁨으로 넘쳐났다. 그리고 다락방에서는 그로부터 한두 시간 후에 그보다 더 큰 기쁨이 넘쳐났다. 그 다락방에는 창고 관리인과 그의 아내가 살고 있었는데 주님이 황새를 통해 보내주신 아들이 똑같은 시간에 태어났던 것이다. 그런데 우연히 다락방 문 앞에도 큰 통이 있었는데 그것은 금이 든 통이 아니라 쓰레기통이었다.

　부유한 상인은 매우 친절하고 품성이 착한 사람이었다. 섬세하고 늘 좋은 옷을 입고 다니는 그의 아내 역시 독실했으며 가난한 사람들에게 친절하고 다정했다. 그래서 이 부부가 나중에 자라서 아버지처럼 부유하고 행복하게 될 아들을 갖게 된 것을 모두들 기뻐해 주었다. 세례를 받은 아들의 세례명은 라틴어로 '행운'이란 뜻의 펠릭스였다. 실제로 그는 행운아였으며 그의 부모는 더욱더 그러했다.

　사람들은 또한 심성이 아주 착한 창고 관리인과 정직하고 부지런한 그의 아내역시 좋아했다. 그들이 아들을 갖게 되다니 얼마나 행운인지 몰랐다. 아들의 이름은 피어였다.

　일 층에 사는 소년과 다락방에 사는 소년은 각자의 부모에게 똑같이 많은 사랑을 받았으며 주님으로부터 똑같은 양의 햇살을 받고 자랐다. 하지만 그들이 사는 곳은 각자 달랐다. 한 사람은 아래층에, 한 사람은 위층에 살았던 것이다. 피어는 가장 높은 꼭대기에 있는 다락방에서 자기 어머니의 보살핌을 받고 자랐으며 펠릭스는 낯선 사람의 손에 자랐다. 하지만 그 보모는 착하고 정직했다. 이것은 그녀의 기도서에 쓰여 있었다.

부유한 집안의 소년은 우아한 옷을 입은 유모가 끌고 다니는 예쁜 유모차를 타고 다녔으며, 다락방의 소년은 소년의 어머니가 일요일에 외출복을 입을 때도 평상시에 평상복을 입을 때에도 늘 어머니의 팔에 안겨 다녔다. 다락방 소년은 그저 행복하기만 했다.

두 아이는 곧 사물을 알아볼 나이가 되었다. 그들은 둘 다 무럭무럭 자라서 손으로 자기가 얼마나 큰지 보여줄 수 있게 되었으며 말도 한 마디씩 할 수 있게 되었다. 두 소년은 똑같이 잘생기고 똑같이 사랑을 받았으며 똑같이 사탕을 좋아했다. 그리고 자라면서 둘 다 상인의 말과 마차를 즐겨 탔다. 펠릭스는 유모와 함께 마부 옆에 앉아서 말을 구경하는 것이 허용되었다. 그는 마부 옆에 앉아서 자신이 말을 모는 상상을 즐기곤 하였다. 주인 부부가 마차를 타고 나갈 때 피어는 다락방 창문 앞에 앉아서 마당을 내려다보는 것이 허용되었다. 마차가 떠나면 그는 의자 두 개를 앞뒤로 나란히 놓고 그 위에 올라가 말을 모는 시늉을 하곤 했다. 그는 진짜 마부 같았다. 그러니까 자신이 마부라고 상상하는 것 이상이었다.

두 소년은 서로 사이좋게 지냈다. 하지만 서로 말을 하게 된 것은 두 살이 되어서였다. 펠릭스는 영국 스타일로 늘 비단옷과 벨벳 옷에 무릎을 드러낸 옷을 우아하게 입고 다녔다. "저 가엾은 아이가 꽁꽁 얼겠어요!" 하고 다락방의 부부는 말하곤 하였다. 피어는 발목까지 오는 긴 바지를 입고 다녔으나 어느 날인가 무릎이 닳아 그곳으로 바람이 들어왔기 때문에 상인의 아들과 마찬가지로 무릎이 드러나기는 똑같았다.

어느 날 펠릭스가 자기 어머니와 함께 밖으로 나가려고 대문을 나서는데 피어가 자기 어머니와 함께 대문 안으로 들어서려 하였다.

"피어를 도와 주거라." 하고 상인의 아내가 말했다. "서로 말하고 지내야 한다."

그러자 상인의 아들이 말했다. "피어!" 그러자 창고 관리인 아들이 말했다. "펠릭스!" 그렇다. 그 당시에 그들이 한 말은 그것이 전부였다.

부유한 부인은 자기 아들을 애지중지했다. 하지만 피어를 그처럼 애지중지한 사람이 있었으니 그 사람은 바로 그의 할머니였다. 할머니는 눈이 잘 안 보였지만 어린 피어에게서 피어의 아버지나 어머니가 볼 수 있는 것보다 더 많은 것을 볼 줄 알았다. 그렇다. 그 어느 누구보다도 더 많은 것을 말이다.

"사랑스런 우리 아이는," 하고 할머니가 말했다. "분명히 크게 성공할 거다. 손에 금사과를 가지고 태어났거든. 내 눈이 잘 안보여도 그것은 볼 수 있어. 그래, 반짝이는 사과지!" 그리고는 소년의 작은 손에 입을 맞추었다. 그의 부모는 아무것도 보지 못했다. 피어도 말이다. 하지만 소년은 자라 이해력이 생기면서 그 말을 믿고 싶어 했다.

"그건 할머니가 지어낸 동화 같은 이야기일 뿐이야!" 하고 그의 부모님은 말하곤 하였다.

그렇다. 할머니는 이야기를 잘했으며 피어는 똑같은 이야기를 몇 번이나 들어도 싫증내지 않았다. 할머니는 피어에게 찬송가도, 주기도문도 가르쳐 주었다. 피어는 주기도문을 무의미하게 지껄이는 것이 아니라 무언가를 의미하는 언어로서 말할 줄 알았다. 할머니는 문장 하나하나의 의미를 설명해 주었다. 피어는 할머니가 "오늘도 우리에게 일용할 양식을 주옵시고"라고 한 말에 대해 곰곰이 생각했다. 그는 어떤 사람에게는 흰 빵이 필요하고, 어떤 사람에게는 검은 빵이 필요하며, 또 어떤 사람은 일꾼들이 많아 커다란 저택에 살아야 하고, 또 어떤 사람은 소박한 환경 속에서 다락방의 작은 방에서도 행복하게 살 수 있다는 것을 이해했다. "그러니 사람마다 말하자면 '일용할 양식'을 갖게 되는 것이지."

물론 피어는 매일 훌륭한 양식을 먹었다. 그리고 매우 즐거운 나날을 보냈다. 하지만 그것들은 영원히 지속될 수 있는 것들이 아니었다. 슬픈 전쟁의 시기가 닥쳤다. 젊은이들은 전쟁터로 나가야 했고 늙은이들도 전쟁터로 나가야 했다. 피어의 아버지도 전쟁터에 불려나간 사람들 중 하나였다. 곧이어 들려온 바에 의하면 그는 전쟁터에서 적군과 싸우다 제일 먼저 전사한 사람들 중의 하나였다고 했다.

작은 다락방에는 쓰라린 슬픔으로 가득 찼다. 어머니가 통곡을 했고 할머니와 어린 피어도 울었다. 이웃 사람들이 그들을 보러 찾아올 때마다 "아빠" 이야기가 나오면 함께 울곤 했다. 미망인이 된 피어의 어머니는 첫 해 동안은 다락방에서만 지내는 것이 허락되었으며 방세도 면제되었다. 그리고 나중에는 방세를 조금만 내어도 되었다. 할머니는 미망인과 함께 지내면서 "소위 우아한 독신 신사들"을 위해 빨래를 해주며 생계를 이어갔다. 피어에게는 슬픔도 부족함도 없었다. 그는 먹을 것도 마실 것도 풍부했으며 할머니는 넓은 세상에 대한 기이하고 놀라운 이야기들을 들려주었다. 어느 날 피어는 할머니에게 언젠가 일요일에 함께 외국으로 떠나 금관을 쓰고 왕자와 공주가 되어 집으로 돌아오자고 말했다.

"그러기엔 난 너무 늙었단다." 하고 할머니가 말했다. "게다가 그러려면 넌 먼저 많은 것을 배우고 몸도 크고 튼튼해져야 한단다. 항상 지금처럼 착하고 정이 많은 아이가 되어야 한다."

피어는 목마를 타고 방 안을 돌아다녔다. 그에게는 목마가 두 개 있었다. 하지만 상인의 아들에게는 진짜 살아 있는 말이 있었다. 사실 그 말은 아주 작아서 피어가 그렇게 부르듯이 아기 말이라고 해야 마땅했으며 더 이상 크지 않았다. 펠릭스는 마당에서 그 말을 타고 다녔다. 그리고 그의 아버지와 왕의 말을 돌보는 승마 선생이 있을 때는 대문 밖으로도 타고 나갔다. 반 시간쯤 지나자 피어는 자기 말이 진짜가 아니어서 타기가 싫어졌다. 그는 목마를 치워 버리고는 왜 자기는 펠릭스처럼 진짜 말을 가질 수 없느냐고 어머니에게 물었다. 그러자 그의 어머니가 말했다. "펠릭스는 마구간 가까이에 있는 1층에 살지만 너는 지붕 꼭대기에 살잖니. 다락방에는 네가 가진 목마 외에는 다른 말들은 데려올 수가 없어. 그러니 목마를 타거라."

그래서 피어는 목마를 탔다. 처음에는 많은 보물들이 묻혀 있는 커다란 산인 서랍장까지 갔다. 서랍장에는 피어의 일요일 외출복과 어머니의 외출복이 들어 있었으며 집세로 내려고 보관해 둔 반짝이는 은화도 들어 있었다. 그리고 이번에는 피어가 흑곰이라고 부르는 난로까지 목마를 타고 갔다. 난로는 여름 내내 잠들어 있다가 겨울이 되면 방 안을 데우고 음식을 요리하는 데 유용하게 쓰였다.

피어에게는 겨울 동안 일요일이면 따뜻한 식사를 가지고 찾아오는 대부(代父)가 있었다. 그런데 어머니와 할머니의 말에 의하면 그가 실수를 했다고 한다. 그는 마부로 사회생활을 시작했다. 그런데 일을 하는 중에 술을 마시고 잠이 들어 버렸다. 군인도 마부도 그래서는 안 되는데 말이다. 그 다음에는 택시 운전사가 되어 택시를 몰았으며 가끔은 마차를 몰기도 했다. 매우 품격 있는 사람들을 위해 종종 마차를 몰기도 했다. 하지만 지금은 쓰레기 수거 마차를 몰고 다닌다. 집집마다 다니면서 딸랑이를 흔들면서 "쓰-레-기"라고 외치면 하녀들과 주부들이 가득 찬 양동이를 들고 나와 마차에 양동이를 뒤엎었다. 그러면 마차에 쓰레기, 재,

폐물 등 온갖 것이 쏟아졌다.

어느 날, 어머니가 마을로 나간 사이에 피어가 다락방에서 아래층으로 내려왔다. 그는 열린 대문 앞에 서 있었다. 문 밖에는 대부가 마차에 앉아 있었다. "타고 싶니?" 하고 대부가 물었다. 물론, 피어는 타고 싶었다. 하지만 길모퉁이까지만 타는 것이 허락되었다. 대부 옆에 앉은 그의 두 눈이 빛났다. 대부는 채찍을 쥐게 해주었다. 진짜 말을 몰고 있는 것이었다. 그는 길모퉁이까지 곧장 말을 몰았다. 그때 그의 어머니가 돌아오고 있었다. 그녀는 의심쩍은 눈으로 마차를 보았다. 어린 아들이 쓰레기 마차를 타는 것을 보는 것은 별로 기분이 좋지 않은 광경이었기 때문이다. 그녀는 아들에게 당장 내리라고 말했다. 그래도 대부한테는 고맙다는 인사를 했다. 하지만 집에 돌아오자 피어에게 다시는 마차를 몰지 말라고 엄하게 말했다.

어느 날, 피어는 또다시 대문으로 내려갔다. 거기에는 말을 몰아보라고 부추기는 대부는 없었지만 다른 유혹이 기다리고 있었다. 서너 명의 거리의 어린 부랑아들이 시궁창 주위에 몰려 있었다. 그들은 잃어버린 물건이나 어떤 것이 그곳에 숨겨져 있는지 보려고 이리저리 쑤셔대고 있었다. 그곳에는 흔히 단추나 동전이 떨어져 있는 경우가 있었지만 깨진 병 조각에 손이 베거나 핀에 찔리는 수도 많았다. 이번에도 그 경우였다. 피어는 우연히 그들에게 합류하였다. 그가 시궁창에 있는 돌들을 들추자 은 동전 하나가 나왔다.

또 다른 날에 피어는 다시 그곳으로 가서 다른 소년들과 시궁창을 뒤졌다. 그날 다른 아이들은 손만 더럽혔지만 그는 금반지를 발견했다. 그는 눈을 반짝이며 운좋게 발견한 반지를 다른 아이들에게 보여주었다. 그러자 아이들은 그에게 흙을 던지며 그를 '행운의 피어'라고 놀렸다. 그 후 아이들은 시궁창을 뒤질 때면 피어를 더 이상 그들 틈에 끼워주지 않았다.

상인의 집 마당 뒤컨에는 건물을 짓기 위해 곧 메워질 낮은 땅이 있었다. 자갈과 잿더미가 수레로 운반되어 그곳에 수북이 쌓여 있었다. 대부가 마차로 그것들을 운반하는 일을 도왔으나 피어는 그의 마차에 타는 것이 허용되지 않았다. 거리의 부랑아들은 막대기와 맨손으로 그 더미를 뒤졌으며 항상 무언가 쓸 만한 것을 찾아내곤 하였다.

어느 날 어린 피어가 그들에게 다가갔다. 그들은 피어를 보자 소리쳤다. "저리

가, 행운의 피어!" 그래도 피어가 다가가자 그들은 피어에게 흙을 던졌다. 그 흙 한 덩어리가 피어의 나무 신발에 맞고 부서졌다. 그때 무언가 반짝이는 것이 굴러 나왔다. 피어는 그 물건을 집어들었다. 호박(보석의 일종)으로 만든 작은 하트 모양 이었다. 그는 집으로 달려갔다. 다른 소년들은 자신들이 흙을 피어에게 던질 때 에도 그가 행운의 아이라는 것을 미처 생각하지 못했던 것이다.

피어가 발견한 은화는 저금통에 넣어 두었다. 그리고 반지와 호박 하트는 아 래층에 사는 상인의 아내에게 보여주었다. 어머니가 누군가 잃어버린 물건이라 면 경찰에 가져다줘야 한다고 말했기 때문이다.

반지를 본 상인의 아내는 눈이 휘둥그레졌다! 그녀가 3년 전에 잃어버린 약혼 반지가 아닌가! 그처럼 오랫동안 반지가 시궁창에 박혀 있었다니. 피어는 보상을 받았다. 이제 그의 작은 상자 안에서는 돈이 짤랑거리는 소리가 났다. 호박 하트 는 값싼 것이라고 상인의 아내는 말했다. 피어는 그것도 잘 보관했다. 밤이 되자 피어의 할머니는 호박 하트를 책상 위에 놓고 잠자리에 들었다.

"세상에, 활활 타오르는 저게 뭐지!" 하고 할머니가 말했다. "작은 촛불을 켜 놓은 것 같구나." 할머니는 일어나서 무엇인지 보러 갔다. 그것은 작은 호박 하 트였다. 그렇다, 할머니는 시력이 약한 눈으로 다른 사람이 볼 수 없는 것을 보는 눈이 있었다. 그녀는 곰곰이 생각에 잠겼다. 다음날 아침, 할머니는 가늘고 튼튼 한 리본을 가져다가 하트 위쪽에 있는 구멍에 끼워 어린 손자의 목에 걸어주었다.

"리본을 새 것으로 바꿀 때 외에는 절대로 목에서 풀지 말거라. 다른 아이들 에게 보여줘서도 안 된다. 그러면 아이들이 빼앗아갈 테고 넌 배가 아프게 될 거 야!" 복통은 피어가 유일하게 알고 있는 고통스런 병이었다. 그 하트에는 이상한 힘도 있었다. 할머니가 손으로 호박을 문지른 다음 작은 지푸라기를 가져다 대자 지푸라기가 살아나는 듯이 호박 하트에 달라붙어 떨어지지 않으려 하는 것을 할 머니가 피어에게 보여주었다.


## II

상인의 아들에게는 공부를 가르쳐 주고 함께 산책도 해주는 가정교사가 있었 다. 피어도 교육을 받게 되었다. 그는 다른 많은 아이들이 다니는 공립학교에 들 어갔다. 피어는 아이들과 함께 어울려 놀았으며 그것이 가정교사와 함께 지내는 것보다 훨씬 더 재미있었다. 펠릭스와 처지를 바꾸라 했다면 피어는 바꾸지 않았을 것이다.

그는 행운의 피어였다. 하지만 그의 대부 역시, 그의 이름이 피어는 아니었지만, 행운의 피어(동등한 사람, 동료란 뜻)였다. 친구 열한 명과 함께 산 복권에서 200달러에 당첨된 것이었다. 그는 즉시 새 옷을 샀다. 새 옷을 입자 매우 근사해 보였다. 행운은 홀로 오지 않으며 늘 친구를 동반하는 법이다. 이번에도 그랬다. 대부는 쓰레기 마차 모는 일을 그만두고 극장에 취직했다.

"뭐라고!" 하고 할머니가 말했다. "극장에 취직을 한다고? 무슨 일을 하는데?"

그는 기계공으로 취직을 한 것이었다. 그것은 승진을 한 것이나 같았다. 대부는 아주 딴 사람이 되었다. 그는 극장 꼭대기나 측면에서 구경을 해야 했지만 연극 보는 것을 매우 좋아했다. 그중에서도 가장 경이로운 것은 발레였다. 하지만 발레를 보는 것은 매우 힘들었으며 해고를 당할 위험도 있었다. 그들은 천국에서, 그리고 지상에서 춤을 추었다. 그것은 어린 피어가 보아야 할 춤이었다. 어느 날 저녁, 그날은 새로 무대에 올릴 발레를 총연습하는 날이었다. 그러니까 관객들이 몰려드는 첫날 공연처럼 모든 배우들이 무대 의상을 갖추어 입고 분장을 하고서 연습하는 날이었다. 대부는 피어를 데리고 공연을 훤히 잘 볼 수 있는 자리에 앉아 구경을 해도 좋다는 허락을 받았다.

그것은 성경 내용을 바탕으로 한 발레로서 삼손에 관한 것이었다. 블레셋 사람들이 삼손을 둘러싸고 춤을 추고, 삼손이 건물을 그들 위로 무너뜨리는 내용이었다. 무대 옆에는 만일의 사태를 대비하여 소방차와 소방관이 대기하고 있었다.

피어는 발레는 물론이고 연극을 본 적이 없었다. 그는 외출복을 입고 대부와 함께 극장으로 갔다. 그것은 마치 거대한 무언가를 말리는 다락방 같았다. 커튼과 스크린이 매달려 있고 바닥에는 커다란 구멍이 있었으며 램프와 전등들이 매달려 있었다. 그리고 여기저기 구석에는 마치 뒷면과 옆면에 좌석들이 있는 커다란 교회처럼 사람들이 드나들 수 있는 수많은 출입구가 있었다. 피어는 바닥이 급경사를 이룬 곳에 앉아서 모든 준비가 끝날 때까지 기다리라는 지시를 받았다. 잠시 후 그는 불려갔다. 주머니 속에는 샌드위치가 세 개나 들어 있어 배고플 염려는 없었다.

곧이어 빛이 더욱더 환해지더니 마치 땅 속에서 나온 것처럼 수많은 음악가들이 플룻과 바이올린을 들고 정면에 나타났다. 피어의 옆 좌석에는 외출복을 입은 사람들이 앉아 있었다. 황금 헬멧을 쓴 기사들, 얇은 옷을 입고 꽃으로 꾸민 아름다운 아가씨들, 심지어는 등에 날개를 단 흰색 옷으로 차려 입은 천사들도 보였다. 그들은 연극을 구경하기 위해 위층과 아래층에, 혹은 바닥과 발코니석에 앉아 있었다. 그들은 모두 그 발레에 출연하는 사람들이었지만 피어는 그것을 몰랐다. 피어는 그 사람들이 할머니가 들려주었던 동화에 나오는 사람들이라고 생각했다. 그때 한 여자가 나타났다. 황금 헬멧을 쓰고 창을 든 그녀는 그 누구보다도 아름다웠다. 그녀는 다른 사람들 위에 군림하는 것 같았다. 그녀는 한 천사와 트롤(장난꾸러기 난쟁이) 사이에 앉았다. 아, 얼마나 볼 것이 많았던지! 하지만 아직 발레는 시작되지도 않았다.

갑자기 주위가 고요해졌다. 검은색 복장을 한 한 남자가 작은 요정봉을 음악가들을 향해 휘둘렀다. 그러자 그들이 연주를 시작했다. 음악이 연주되면서 극장 안에 휘파람 부는 소리로 가득해지자 정면에 있던 벽이 통째로 올라가기 시작했다. 누군가 꽃이 핀 정원을 들여다보고 있었다. 태양이 내리쬐고 사람들이 춤을 추고 뛰어다니는 정원이었다. 피어로서는 상상도 하지 못한 너무나도 경이로운 광경이었다. 군인들이 행진을 하고 전쟁이 일어나고 만찬이 열렸으며 힘센 삼손과 그의 연인이 등장했다. 하지만 삼손의 연인은 아름다운 만큼 사악했다. 그리하여 삼손을 배신하였다. 블레셋 사람들은 삼손의 눈을 빼버렸다. 삼손은 방앗간에서 맷돌을 돌려 곡식을 빻아야 했고 만찬이 열리는 방에서 조롱과 모욕을 당해야 했다. 그러자 그는 지붕을 떠받치고 있는 육중한 돌기둥들을 잡아 흔들어 집 전체를 흔들어 무너뜨렸다. 빨갛고 파란 불꽃들이 타올랐다.

피어는 샌드위치를 모두 다 먹고 없었지만 허락이 된다면 평생을 그곳에 앉아서 구경할 수도 있었을 것이다.

집으로 돌아온 피어는 할 얘기가 많았다. 그는 잠을 이룰 수가 없었다. 피어는 한 다리를 탁자위에 올려놓고 한 다리로 섰다. 삼손의 연인과 다른 숙녀들이 그렇게 했었다. 이번에는 할머니의 의자로 맷돌을 만든 다음 의자 두 개와 베개를 뒤집어쓰고 만찬회장이 무너진 광경을 만들어 보았다. 그리고 이러한 광경을 만들어 보여 주었다. 그렇다. 그는 극장에서 실제 연주되었던 음악과 함께 보여주기도 하였다. 발레에는 대사가 없었으니까. 그는 높고 낮게 때로는 가사를 넣어서 때로는 가사 없이 노래를 불렀다. 일관성이 없이. 마치 오페라 같았다. 가장 눈에 띄는 것은 그의 아름답고 청아한 목소리였지만 아무도 그에 대해 얘기하는 사람이 없었다.

피어는 예전에는 식료품 가게에서 일하며 자두와 설탕가루를 파는 일을 하고 싶었었다. 그런데 이제는 그보다 훨씬 더 경이로운 일이 있다는 것을 알게 되었다. 삼손의 이야기 속으로 들어가고 발레를 할 수 있는 일이. 할머니 말에 의하면 가난한 많은 아이들이 그 길로 들어서 훌륭한 존경받는 사람이 되었다고 하였다. 하지만 할머니의 집안에서는 여자 아이가 그 길을 택하는 것을 허락하지 않았다고 말했다. 그러나 남자 아이의 경우에는 달랐다. 피어는 더욱더 확고부동해졌다. "여자 아이들이란 집안과 운명을 함께하잖아요" 하고 피어가 말했다.

### III

피어는 발레리나가 되고 싶었으며 그래야 한다고 생각했다.

"그 애는 내 마음을 편하게 해주질 않는다니까!" 하고 피어의 어머니가 말했다. 마침내 그의 할머니가 발레 선생님에게 데려가 주기로 약속했다. 발레 선생님은 훌륭한 신사였으며 상인처럼 자기 집을 가지고 있었다. 피어가 그처럼 부자가 될 수 있을까? 주님에게 불가능한 것이란 없다. 피어는 황금사과를 가지고 태어났으니 행운은 늘 그의 손 안에 있지 않은가. 그의 다리에도 행운이 있을지 알 수 없는 일이었다.

발레 선생님에게 갔을 때 피어는 그를 즉시 알아봤다. 그는 삼손 역할을 한 바로 그 배우였다. 그의 눈은 블레셋인들의 손에 들어갔어도 전혀 고통 받는 기색을 보이지 않았었다. 그건 연기일 뿐이라고 피어는 들었다. 삼손은 피어를 친절하고 다정하게 바라보며 똑바로 서서 그를 정면으로 보고 발목을 보여 달라고 말했다. 피어는 발과 다리 모두를 보여주었다.

"이렇게 해서 발레 수업을 받게 되었지." 하고 할머니가 말했다.

발레 선생님과의 얘기는 쉽게 진행되었다. 하지만 그 전에 그의 어머니와 할머니는 이해심 많은 여러 사람들과 얘기를 나누었다. 먼저 상인의 아내에게 말을 했다. 상인의 아내는 피어처럼 잘생기고 정직하지만 미래가 없는 아이에게는 좋은 직업이라고 생각했다. 이번에는 프랑센 양과 얘기를 하였다. 그녀는 발레에 대해 모든 것을 알고 있는 사람이었으며, 할머니가 젊었을 때, 한때는 극장에서 가장 아름다운 댄서였다. 프랑센은 여신과 공주 역할을 하는 춤을 추었고 어디를 가나 박수갈채를 받았었다. 하지만 지금은, 우리 모두가 그렇듯이, 나이가 들었으며 더 이상 주연을 맡을 수가 없게 되었다. 그녀는 젊은 댄서들 뒤에서 춤을 추어야 했다. 그러다가 마침내 댄서로서의 삶을 마감하게 되었을 때 의상을 담당하는 일을 하게 되어 다른 댄서들에게 여신 옷과 공주 옷을 입히는 일을 하였다.

"그렇군요!" 하고 프랑센이 말했다. "연극의 길은 참으로 즐거운 길이지요. 하지만 가시밭길이랍니다. 질투심이 아주 많은 곳이에요. 질투심이요!"

그것은 피어가 전혀 이해할 수 없는 단어였다. 하지만 시간에 지남에 따라 그것이 무슨 뜻인지를 알게 되었다.

"어떤 힘으로도 발레를 못하도록 그를 막을 수는 없어요." 하고 피어의 어머니가 말했다.

"독실한 기독교인 아이지요." 하고 할머니가 말했다.

"잘 자랐어요." 하고 프랑센 양이 말했다. "성격도 좋고 도덕심도 있고요! 저도 한창일 때는 그랬죠."

이렇게 해서 피어는 댄스 학교에 다니게 되었다. 그는 몸이 가볍도록 여름옷과 밑창이 얇은 댄스화를 신었다. 그보다 나이가 더 많은 여자 아이들이 그에게 입을 맞추며 먹기에 좋다고 말했다.

피어는 똑바로 서서 두 다리를 쭉 뻗고 넘어지지 않게 기둥을 잡고서 처음에는 오른발을, 다음에는 왼발을 차는 법을 배웠다. 다른 아이들과는 달리 그에게는 그리 어렵지 않았다. 발레 선생님은 그를 토닥거리며 곧 발레를 할 수 있을 것이라고 말했다. 그가 맡은 역은, 방패에 실려가 금관을 쓰는 왕의 아들이었다. 댄스 학교에서 연습을 하여 극장에서 리허설을 할 예정이었다.

피어의 어머니와 할머니는 극 중에서 어린 피어가 온갖 영광을 누리는 모습을 보았다. 이 모습을 보자 참으로 행복한 광경이긴 했지만 두 사람은 엉엉 울었다. 화려한 영광 속의 피어는 두 사람을 전혀 보지 못했다. 하지만 무대 가까이에 있는 관람석에 앉아 있는 상인의 가족은 보았다. 어린 펠릭스가 제일 좋은 옷을 입고 가족과 함께 앉아 있었다. 그는 어른들의 것과 같은 단추가 달린 장갑을 끼고 있었다. 그 자리에서는 오페라 안경 없이도 무대가 잘 보였지만 펠릭스는 공연 내

내 신사들처럼 오페라 안경을 끼고 관람했다. 그가 피어를 보았고 피어 또한 그를 보았다. 피어는 금관을 쓴 왕자였다. 그날 저녁 공연으로 인해 두 소년은 더욱 더 친한 사이가 되었다.

며칠 뒤, 집 마당에서 만났을 때 펠릭스가 피어에게 다가와 그가 왕자 역할을 하는 것을 보았다고 말했다. 그는 피어가 더 이상 왕자가 아니라는 것을 잘 알았으나 그때 왕자의 옷과 금관을 쓰고 있었던 피어를 기억한 것이다.

"일요일 또 왕자 옷을 입고 왕관을 쓰게 될 거야." 하고 피어가 말했다.

펠릭스는 일요일에 그를 보지 못했다. 하지만 저녁 내내 그에 대한 생각이 떠나질 않았다. 가능했다면 그는 피어처럼 되고 싶었을 것이다. 그는 연극의 길이 가시밭길이고 질투심이 심한 곳이라는 프랑센 양의 경고를 듣지 못했었다. 피어 또한 아직은 그것이 무엇인지 몰랐지만 곧 알게 될 것이었다.

피어와 댄스를 같이하는 다른 아이들은 종종 날개를 달고 천사 역할을 맡긴 했지만 별로 품성이 좋지 않았다. 그 중에 말레 날레룹이라는 어린 소녀가 있었다. 그 여자아이는 자기가 시동(侍童)의 역할을 하고 피어도 시동의 역할을 할 때면 항상 피어의 스타킹을 더럽히려고 일부러 악의적으로 피어의 발을 밟곤 했다. 늘 피어의 등을 핀으로 찔러대는 짓궂은 남자 아이도 있었다. 어느 날은 그가 피어의 샌드위치를 먹어버렸다. 실수로 말이다. 하지만 피어의 샌드위치에는 미트볼이 들어 있었고 그 아이의 빵은 버터도 바르지 않은 빵이었기 때문에 실수를 한다는 것은 불가능했다. 실수를 한 것이 아니었다.

피어가 2년 동안 당한 괴롭힘을 모두 나열하는 것은 불가능할 것이다. 하지만 최악의 사태는 아직 남아 있었다.

「뱀파이어」라는 발레를 공연한 적이 있었다. 가장 어린 아이들은 몸에 붙은, 회색의 실로 짠 팬티스타킹을 신고 박쥐 복장을 하였다. 그리고 어깨에는 검은색 거즈 천으로 된 날개를 달았다. 날 듯이 가볍게 발끝으로 달려가서 무대 가운데서 빙그르르 도는 연기를 하기로 되어 있었다. 피어는 특히 이 동작을 잘했다. 하지만 하나로 붙어 있는 그의 바지와 재킷이 오래되고 낡아서 압박을 견디지 못했다. 피어가 모든 관중들이 지켜보는 가운데 빙그르르 돌 때 목에서 다리까지 등 쪽이 그만 찢어지고 말았다. 그 바람에 그의 흰색 짧은 소매 셔츠가 드러나고 말았다. 관객들이 깔깔대고 웃었다. 피어는 그것을 느꼈으며 무슨 일이 일어났는지 알았다. 그래도 그는 빙그르르 계속 돌았다. 사태는 더욱더 악화되었다. 사람들이 더욱더 크게 웃었다. 다른 뱀파이어들도 웃으면서 빙그르르 돌며 그에게로 다가왔다. 사람들이 박수를 치며 "브라보!"라고 외치자 더욱더 웃었다.

"저건 찢어진 뱀파이어에게 외치는 것이야!" 하고 춤추는 아이들이 말했다. 그이후로 그들은 피어를 리피('찢어진'이란 뜻)라고 불렀다.

피어는 엉엉 울었다. 프랑센 양이 그를 위로해 주었다. "그냥 질투심 때문에 그러는 거야." 하고 프랑센이 말했다. 피어는 이제야 질투심이 무엇인지 알 것 같았다.

극장에는 댄스 수업 외에도 아이들에게 수학, 작문, 역사, 지리를 가르치는 정규 학교 수업도 있었다. 종교를 가르치는 선생님도 있었다. 댄스만 아는 것으로는 충분하지 않았으니까. 이 세상에는 댄스화를 신는 것 외에도 더욱더 중요한 것들이 있으니까 말이다. 이 수업에서도 피어는 두각을 나타냈다. 그는 아이들 중에서 제일 뛰어나 좋은 점수를 받았다. 하지만 그의 친구들은 여전히 그를 리피라고 불렀다. 그들은 그냥 놀리는 것이었지만 피어는 더 이상 참을 수가 없었다. 그는 한 아이에게 주먹을 휘둘렀다. 그 아이는 왼쪽 눈이 퍼렇게 멍들어 저녁에 발레를 할 때는 분장용 화장품을 발라야 했다. 피어는 댄스 선생님에게 꾸중을 들었으며 청소부 여자에게는 더욱더 심한 꾸중을 들었다. 피어가 때린 아이는 바로 그 청소부의 아들이었던 것이다.

## IV

어린 피어의 머릿속에는 수많은 생각들이 오갔다. 어느 일요일, 피어는 가장 좋은 옷을 차려 입고 어머니나 할머니나 또는 늘 좋은 충고를 해준 프랑센 양에게도 한 마디 없이 밖으로 나갔다. 그는 곧장 오케스트라 지휘자를 찾아갔다. 발레가 아닌 분야에서는 그가 가장 중요한 사람이라고 생각했기 때문이다. 피어는 쾌활하게 앞으로 다가가서 말했다. "전 댄스 학교에 다니고 있어요. 하지만 그곳에는 질투심이 너무 많아요. 그래서 아저씨가 도와주신다면 연기자나 성악가가 되고 싶어요."

"목소리가 좋니?" 하고 지휘자가 물으며 피어를 상냥하게 바라보았다. "너를 어디서 본 것 같구나. 어디서 봤더라? 발레복 등이 찢어진 게 너 아니었니?" 그리고 지휘자는 웃었다. 하지만 피어는 얼굴이 빨개졌다. 그는 할머니가 불렀던 것처럼 더 이상 행운의 피어가 아닌 것이 분명했다. 피어는 발을 내려다보며 멀리 도망가 버리고 싶었다.

"노래를 불러보렴!" 하고 지휘자가 말했다. "자자, 힘내렴, 애야!" 그리고 지휘자는 그의 턱 아래를 토닥거렸다. 피어는 그의 친절한 눈을 쳐다보고는 극장에서 들었던 적이 있는 「악마 로베르」라는 오페라에 나오는 〈나에게 자비를〉이라는 노래를 불렀다.

"어려운 곡인데 참 잘 부르는구나." 하고 지휘자가 말했다. "아주 훌륭한 목소리를 가지고 있어. 등이 찢어지지 않는 한 말이야!" 하고 그는 웃고는 그의 아내를 불렀다. 그의 아내 또한 피어가 노래하는 것을 들어야 했다. 그녀는 고개를 끄덕이고는 외국어로 뭐라고 말을 했다. 바로 그 때, 극장의 성악 선생님이 들어왔다. 피어가 성악가가 되고자 한다면 찾아갔어야 할 사람은 바로 그 성악 선생님이었다. 그런데 아주 우연히도 성악 선생님이 그에게 온 것이었다. 그 또한 피어가 〈나에게 자비를〉이라는 노래를 부르는 것을 들었다. 하지만 그는 웃지 않았다. 그는 지휘자나 지휘자의 아내처럼 친절하게 그를 바라보지도 않았다. 하지만 피어에게 노래 교육을 시키기로 결정을 했다.

"이제 피어가 제대로 된 길을 가는군요." 하고 프랑센 양이 말했다. "다리보다는 목소리의 수명이 더 오래가지요. 나도 목소리가 좋았다면 위대한 성악가가 되었을 거예요. 지금쯤 남작 부인이 되어 있을지 누가 알아요."

"아니면 제본업자의 아내가 되었을지도 모르죠." 하고 피어의 어머니가 말했다. "당신이 부자가 되었더라면 틀림없이 제본업자를 남편으로 맞았을 거예요."

우리는 그것이 무엇을 암시하는지 모른다. 하지만 프랑센 양은 알았다.

피어가 새로운 길을 가게 되었다는 소식이 알려졌을 때 피어는 프랑센을 위해서, 그리고 상인의 가족을 위해 노래를 해야 했다. 어느 날 저녁, 아래층 상인의 가족 집에 손님이 찾아 왔을 때 피어는 불려 내려가서 노래를 여러 곡 불렀다. 그 중에는 〈나에게 자비를〉이라는 노래도 있었다. 손님들은 손뼉을 쳤으며 펠릭스도 손뼉을 쳤다. 펠릭스는 피어가 전에 노래를 부르는 것을 들은 적이 있었다. 피어는 마구간에서 삼손 발레에 나오는 전곡을 불렀던 것이다. 그것은 정말 마음에 드는 작품이었다.

"발레를 노래로 할 수는 없어." 하고 상인의 부인이 말했다.

"피어는 할 수 있어요." 하고 펠릭스가 말했다. 그래서 그들은 피어에게 요청을 했고, 피어는 노래를 하고 말을 하고 북을 치고 흥얼거렸다. 어린아이의 연주였지만 발레의 주제가 무엇인지를 보여주는 잘 알려진 멜로디가 흘러나왔다. 손님들은 모두 매우 즐거워했다. 그들은 웃으며 더욱더 크게 칭찬을 했다. 상인의 아내는 피어에게 커다란 케이크 조각과 은화를 주었다.

피어는 자신이 운이 참으로 좋다고 생각했다. 뒤쪽에 서서 엄한 표정으로 자신을 바라보고 있는 신사를 발견할 때까지는. 그 신사의 검은 눈에서 냉혹하고 가혹한 것이 느껴졌다. 그는 웃지 않았다. 한 마디의 우호적인 말도 하지 않았다. 그 신사는 바로 극장의 성악 담당 선생님이었다.

다음날 오전, 피어는 성악 선생님을 찾아갔다. 그는 이전처럼 매우 냉정한 표정이었다.

"어제 어찌된 일이냐!" 하고 그가 말했다. "그들이 널 웃음거리로 만든 것을 모르느냐? 다시는 그런 짓을 하지 말아라. 돌아다니며 밖이든 집 안이든 간에 이 집 저 집에서 노래하지 말아라. 이제 가 봐라. 오늘은 노래 수업을 안 하겠다."

그곳을 나올 때 피어는 몹시 풀이 죽어 있었다. 성악 선생님의 총애를 잃어버린 것 같았다. 하지만 이와는 반대로 성악 선생님은 그 어느 때보다도 피어가 만족스러웠다. 피어가 공연을 하는 모습이 참으로 우스꽝스러웠지만 뭔가 의미가 있었고 매우 독특한 무언가가 있었다. 피어는 음악을 들을 줄 아는 귀가 있었고 청아한 목소리와 넓은 성역(聲域)을 가지고 있었다. 그처럼 꾸준히 계속 노래를 한다면 성공을 할 수 있었다.

이제 노래 수업이 시작되었다. 피어는 부지런했고 피어는 총명했다. 배울 것이 얼마나 많았던가, 또 알아야 할 것이 얼마나 많았던가! 피어의 어머니는 정직하게 돈을 벌기 위해, 그리고 피어가 초대받은 사람들 틈에서 초라해 보이지 않도록 옷을 깔끔하게 잘 입히기 위해 고되게 노예처럼 일했다. 피어는 늘 노래를 하고 명랑했다. 그들에게는 카나리아가 따로 필요 없다고 그의 어머니는 말하곤 했다. 매주 일요일이면 그는 할머니와 함께 찬송가를 불러야 했다. 그의 신선한 목소리가 고음을 내는 것을 듣는 것은 매우 즐거웠다. "거칠게 노래 부르는 것보다 그 소리가 훨씬 더 아름다워!" 작은 새처럼 그의 목소리가 기쁨에 넘쳐 자연스럽게 나오는 것과 같은 그런 소리를 낼 때 할머니는 이렇게 말하곤 했다. 그의 작은 목구멍에서 어떤 음조들이 나왔는지, 그리고 그의 작은 가슴에 얼마나 경이로운 소리들이 들어 있었는지! 사실 피어는 오케스트라 전체를 흉내 낼 줄 알았다. 그의 목소리에는 플롯 소리도, 바순 소리도 들어 있었으며 바이올린과 나팔 소리도 들어 있었다. 그는 새처럼 노래했다. 하지만 남자의 목소리는, 어린 남자아이의 목소리라 하더라도, 피어처럼 노래할 때 더욱더 매력이 있었다.

그런데 겨울이 되자 견신례 준비를 위해 목사에게 가려고 할 때 감기에 걸리고 말았다. 그의 가슴속의 작은 새는 '삐익!' 하고 소리를 냈다. 목소리가 뱀파이어의 등처럼 찢어진 것이었다.

"결국은 그리 큰 불운은 아니야." 하고 어머니와 할머니는 생각했다. "트랄라 하고 노래를 하러 가지 않으니까 이제 자신의 종교에 대해 더 진지하게 생각할 수 있는 시간이 있잖아."

그의 목소리가 변성기라고 성악 선생님은 말했다. 피어는 이제 노래를 해서는 안 되었다. 얼마나 그래야 할까? 1년, 아니면 2년. 그의 목소리는 영원히 다시 돌아오지 않을지도 몰랐다. 그것은 참으로 슬픈 일이었다.

"견신례에 대해서만 생각하렴." 하고 어머니와 할머니는 말했다. "노래 연습을 하렴." 하고 성악 선생님은 말했다. "입을 다물고 말이야."

피어는 자신의 종교에 대해 생각했으며 음악 공부를 했다. 음악은 그의 안에서 노래하고 울려 퍼졌다. 그는 마음속에 흐르는 멜로디를 적었다. 가사가 없는 노래를. 그리고 마침내는 가사도 적었다.

"넌 시도 잘 쓰는구나, 피어." 피어가 자신이 쓴 음악을 보여주자 상인의 아내가 말했다. 상인은 그를 위해 쓴 음악을 받았다. 가사가 없는 음악을. 펠릭스 또한 받았다. 그리고 프랑센도 받았으며 그 음악은 그녀의 스크랩북 사이에 끼워졌다. 한때는 젊은 중위였지만 이제는 휴직 중인 나이든 소령이 된 두 사람이 쓴 음악과 시가 들어 있는 스크랩북이었다. 그 책은 그 책을 직접 제본한 "한 친구"가 준 것이었다.

피어는 부활절에 견신례를 받았다. 펠릭스는 은시계를 그에게 선물로 주었다. 피어가 처음으로 갖게 된 시계였다. 시계를 갖게 되자 피어는 어른이 된 기분이었다. 이제는 다른 사람에게 몇 시냐고 묻지 않아도 되었기 때문이다. 펠릭스는 다락방으로 올라와 축하하며 시계를 주었다. 그는 가을이 되면 견신례를 받을 예정이었다. 두 사람은 서로 손을 잡았다. 같은 집에 살고 나이가 똑같고 같은 날 같은 집에서 태어난 두 아이가. 그리고 펠릭스는 견신례를 위해 다락방에서 구운 케이크를 먹었다.

"경건한 생각을 하게 되는 행복한 날이야." 하고 할머니가 말했다.

"네, 참으로 경건한 날이죠!" 하고 어머니가 말했다. "피어 아버지가 살아 있어서 오늘 피어를 봤더라면 좋았을 거예요!"

다음 주 일요일에 세 사람은 성찬식에 참석했다. 그들이 교회에서 집으로 돌아오자 성악 선생님으로부터 메시지가 도착해 있었다. 피어에게 그를 보러 오라는 메시지였다. 피어가 선생님을 찾아가자 좋은 소식이 기다리고 있었다. 중대한 소식이기도 했다. 일 년 동안 노래하는 것을 쉬어야 한다는 것이었다. 농부들의 표현을 빌리자면 농지를 놀려야 하듯이 그의 목소리를 놀려야 한다는 것이었다. 그리고 그동안에 계속 교육을 받으라고 했다. 다만 그가 매일 저녁 드나들던 극장이 있는 수도가 아니라 집에서 200km 떨어진 곳에 가서 몇 명 학생들을 하숙을 치고 있는 선생님 집에서 하숙을 하며 공부를 하라는 것이었다. 그곳에서 언어와 과학을 배우게 될 것이고 그것이 언젠가는 유용할 것이라고 했다. 일 년 동안 공부하는 데 드는 비용은 300달러였으며 "이름을 밝히기를 원하지 않는 후원자"가 지불했다고 했다.

"상인이구나." 하고 어머니와 할머니는 말했다.

집을 떠나는 날이 왔다. 많은 눈물을 흘리고 키스와 축복의 말이 오갔다. 그리고 나서 피어는 기차를 타고 200km를 달려 넓은 세상으로 나갔다. 때는 성령강림절이었다. 태양이 빛나고 숲은 신선한 초록빛이었다. 기차가 숲을 지나 달렸다. 낯선 들판과 마을들이 끊임없이 나타났다 사라졌다. 시골 영주의 저택들이 흘끗흘끗 보이고 소들이 목초지에서 풀을 뜯고 있었다. 이제 기차는 기차역들을 지나고 시장이 서는 마을들을 지나갔다. 기차가 설 때마다 사람들이 반갑게 맞이하거나 작별인사를 주고받았다. 객차 안과 밖에서는 말소리가 시끄러웠다. 피어가 앉아 있는 곳에서는 검은 옷을 입은 미망인이 쉴 새 없이 재잘거렸다. 그녀는 그의 무덤과 그의 관과 그의 시신에 대해 얘기했다. 그는 그녀의 아들을 말하는 것이었다. 참으로 가엾은 아이여서 살아 있다 하더라도 행복하지 못했을 것이라고 했다. 그래서 잠든 것이 그녀에게나 그 어린 양에게 큰 위안이 된다는 것이었다.

"장례식 꽃을 사는 데 돈을 아끼지 않았지!" 하고 미망인이 말했다. "그 애는 아주 비싼 시기에 죽었다는 걸 알아야 해. 화분에 심은 꽃을 꺾어야 하는 시기에 말이야! 매주 일요일 나는 무덤에 가서 비단으로 만든 커다란 흰색 리본과 함께 화환을 놓아두었지. 그러면 즉시 여자 아이들이 비단 리본을 훔쳐가서 댄스용 리본으로 사용했어. 예쁜 리본이었거든! 어느 일요일에 그곳에 갔었어. 무덤은 큰 길 왼쪽에 있었지. 그런데 가 보니까 오른쪽에 있는 거야. '어떻게 된 것이지요? 내 무덤이 왼쪽에 있지 않았어요?' 하고 무덤 파는 사람에게 물었어.

'이제 아니요!' 하고 무덤 파는 사람이 대답했지. '부인의 무덤은 저기에 온전하게 있소. 하지만 봉분(封墳)은 오른쪽으로 옮겼소. 그러니 그 봉분은 다른 사람의 무덤이오.'

'하지만 난 내 아이 시신이 내 아이 무덤에 묻히길 원해요.' 하고 내가 말했지. '내 말이 옳지 않아요? 내 시신은 아무런 표시도 없이 반대편에 묻혀 있는데 다른 사람의 무덤에 가서 장식을 해야 하나요? 그럴 순 없어요!'

'그럼 목사님에게 가서 얘기해 보시오.' 하고 무덤 파는 사람이 말했어.

그 사람은 좋은 사람이지, 그 목사님 말이야! 그는 내 시신이 오른쪽에 묻히는 걸 허락해 주었어. 그 일에 5달러가 들었지. 나는 키스와 함께 돈을 주고 예전 무덤으로 되돌아갔어. '옮기는 것이 내 아이의 관과 시신이라는 걸 확인할 수 있나요?'

'할 수 있지요!' 그래서 나는 관과 시신을 옮기는 사람들에게 각각 돈을 주었어. 그런데 그렇게 많은 돈을 들였으니 아름답게 꾸며야겠다는 생각이 들었지. 그래서 비문(碑文)을 새긴 비석을 주문했어. 그런데 — 믿을 수 있겠어? — 비석을 받아보니 꼭대기에 금박으로 나비가 그려져 있지 뭐야. '아니, 이건 경박함을 상징하잖아요. 무덤에 이걸 세울 순 없어요.' 하고 내가 말했지.

'그건 경박함이 아니라 영원불멸을 상징합니다, 부인.'

'그런 소리는 들어본 적이 없어요.' 하고 내가 말했지. 여기 객차에 있는 사람들 중에서 나비가 경박함이 아니라 다른 것을 상징한다는 걸 들어본 적이 있나요? 난 잠자코 있었지. 왈가왈부 하고 싶지 않았으니까. 마음을 진정시키고 비석을 식료품 저장실에 치워놓았어. 하숙인이 오기까지 비석은 그 자리에 있었지. 그 하숙인은 대학생인데 책이 아주 많았지. 그 학생은 나비가 영원불멸을 상징한다고 확인해 주었어. 그래서 비석을 무덤에 세웠지."

이렇게 미망인이 수다를 떠는 동안 피어는 앞으로 살게 될 도시의 역에 도착했다. 그 미망인이 말한 대학생처럼 똑똑해지고 많은 책을 갖게 될 그 도시에.


## V

피어가 함께 살게 된 존경할 만한 학자인 가브리엘 씨가 그를 데리러 기차역에 나와 있었다. 가브리엘 씨는 해골처럼 깡마른 사람이었으며 반짝이는 커다란 두 눈은 툭 튀어나와 있어서 재치기라도 하면 머리에서 완전히 빠져나올까봐 염려가 될 정도였다. 그는 세 아들과 함께 나와 있었다. 그 중 한 아이가 자기 발에 걸려 비틀거렸고 두 아이는 피어를 자세히 보려고 가까이 다가오는 바람에 피어의 발을 밟을 뻔했다. 그들보다 나이가 더 많은 두 남자 아이도 함께 있었는데 그 중 큰 남자 아이는 하얀 피부에 주근깨가 있고 여드름이 잔뜩 나 있는 열네 살 된 소년이었다.

"여긴 마드센, 3년 후에는 대학생이 될 거야, 공부를 한다면 말이야! 여긴 프리무스, 지역 교구목사의 아들이지." 프리무스는 벼머리처럼 생긴, 둘 중에서 더 어린 아이였다. "둘 다 하숙하고 있어. 나와 같이 공부하고 있지." 하고 가브리엘 씨가 말했다. "우리 소공자들." 가브리엘 씨는 자기 아들들을 이렇게 불렀다.

"트리네, 새로운 하숙생의 트렁크를 네 손수레에 실으렴. 집에 가면 식사가 차려져 있을 거다."

"속을 채워 넣은 칠면조야!" 하고 두 하숙인 소년이 말했다.

"속을 채워 넣은 칠면조!" 하고 "소공자"가 말했다. 그 중 한 명이 또 자기 발에 걸려 넘어졌다.

"카이사르, 네 발 좀 조심해라!" 가브리엘 씨가 소리쳤다.

그들은 시내로 걸어 들어갔다가 다시 시내를 빠져나왔다. 곧이어 반쯤 무너진, 나무로 만든 커다란 집이 보였다. 재스민이 뒤덮고 있는 여름별장으로 길 쪽으로 향해 있었다. 그곳에 가브리엘 부인이 또 다른 소공자들인 두 여자 아이와 함께 기다리고 있었다.

"새 학생이오." 하고 가브리엘 씨가 말했다.

"진심으로 환영해요!" 하고 가브리엘 부인이 말했다. 부인은 젊고 통통했으며 홍백색의 피부를 가지고 있었고 이마에 납작하게 붙인 곱슬머리에는 머릿기름을 잔뜩 바르고 있었다.

"세상에, 네가 이렇게 많이 컸다니!" 하고 그녀가 피어를 보며 말했다. "이제 의젓한 신사가 되었구나. 난 아직도 네가 프리무스나 어린 마드센과 같은 줄 알았다. 앤젤 가브리엘, 내부 문을 못으로 고정시켜 놓기를 잘했어요. 무슨 말인지 아시죠."

"말도 안 돼!" 하고 가브리엘 씨가 말했다. 그리고 나서 그들은 방으로 들어갔다. 탁자 위에는 소설책이 펼쳐져 있었고 그 위에 샌드위치가 놓여 있었다. 누군가 보았다면 북마크 대신 샌드위치를 올려놓은 것으로 생각했을 것이다. 열린 페이지 위를 가로질러 놓여 있었기 때문이다.

"이제 주부 역할을 해볼까!" 부인은 다섯 명의 아이들과 두 명의 하숙인과 함께 피어에게 부엌과 복도와 작은 방을 보여주었다. 창문을 통해 정원이 내다보이는 그 작은 방은 피어의 서재이자 침실이 될 방이었다. 가브리엘 부인이 다섯 명의 아이들과 함께 자는 방 바로 옆방이었다. 두 방을 연결하는 문은 체면상, 그리고 "누구도 피해갈 수 없는" 소문을 미리 방지하기 위해 부인의 요청에 따라 그날 가브리엘 씨가 못으로 막아놓은 상태였다.

"부모님 집이라고 생각하고 편히 지내렴. 시내에 극장도 있단다. 사설 공연 단체의 감독은 약사지. 그리고 이동극단이 있단다. 이제 칠면조를 먹어야겠지." 이렇게 말하고 부인은 피어를 식당으로 안내했다. 그곳에는 옷을 말리느라 빨랫줄에 옷가지들이 걸려 있었다.

"해가 될 건 없어. 청결 문제 때문에 여기서 말리는 거야. 너도 곧 익숙해지겠지."

피어는 앉아서 구운 칠면조를 먹었다. 그동안에 아이들은 — 두 하숙생은 물러가고 없었다 — 새로 온 이방인에게 연극을 보여주었다. 얼마 전에 이동 극단이 시내에 와서 실러(18세기 독일의 작가)의 『도적들』을 공연했는데, 제일 나이가 많은 두 남자아이는 그 연극에 푹 빠져 버렸다. 그래서 그들은 집에서 그 연극 전체를 공연하는 것이었다. 비록 그들이 외우는 대사는 "꿈은 배에서 나오는 것이니."라는 것뿐이었지만 말이다. 하지만 그 대사는 다른 인물들에 의해 다른 목소리로 색깔이 입혀졌다. 아멜리아가 천상의 눈빛과 꿈꾸는 듯한 표정으로 서서 연기를 했다. "꿈은 배에서 나오는 것이니." 이렇게 대사를 하고 그녀는 두 손으로 얼굴을 가렸다. 이번에는 칼 무어가 영웅과 같은 걸음걸이로 앞으로 나가 남자다운 목소리로 말했다. "꿈은 배에서 나오는 것이니." 그러자 사내아이와 여자아이들이 모두 몰려들었다. 그들은 강도였으며 "꿈은 배에서 나오는 것이니."라고 외치면서 서로를 죽였다.

그것이 실러의 『도적들』 공연이었다. 그 공연과 속을 채운 칠면조 요리는 피어에게 있어서는 가브리엘 씨의 집에 대한 첫 소개였다. 그리고 나서 피어는 작은 방으로 갔다. 따스한 햇살이 비쳐드는 창문을 통해서 정원이 내다보였다. 그는 앉아서 밖을 내다보았다. 가브리엘 씨가 책을 읽으면서 걷고 있었다. 그는 가까이 다가오자 안을 들여다보았다. 그의 눈이 피어에게 가 닿자 피어는 존경을 담아 몸을 굽혀 보였다. 가브리엘 씨는 입을 최대한 크게 벌리더니 혀를 쑥 내밀고는 놀란 피어 앞에 대고 좌우로 낼름낼름 했다. 피어는 왜 자기가 그런 대접을 받아야 하는지 이해할 수가 없었다. 그리고 나서 가브리엘 씨는 그 자리를 떠났다가 다시 창가로 돌아와서는 또 혀를 내밀었다.

왜 그런 행동을 하는 걸까? 피어를 개의치 않는 걸까, 아니면 유리창이 밖에서 보면 투명해서 유리창으로 자신의 모습이 비친 걸까. 그래서 복통이 있어서 자기 혀를 살펴보고자 한 것일까? 피어는 알 수가 없었다.

이른 저녁, 가브리엘 씨는 자기 방으로 가고, 피어는 자기 방에 앉아 있었다. 저녁이 한참 깊어갈 무렵 싸우는 소리가 들렸다. 여자들이 가브리엘 부인의 침실에서 싸우는 소리였다.

"가브리엘에게 가서 당신들이 얼마나 못됐는지 말해 줄 거야!"

"우리가 가브리엘에게 가서 부인이 어떤 사람인지 말해줄 거예요!"

"정말 환장하겠네!" 하고 부인이 소리쳤다.

"여자가 환장하는 걸 누가 보고 싶대요? 4실링 줄게요!"

그러자 부인의 목소리가 낮아졌다. 하지만 말하는 소리가 또렷하게 들렸다. "저기 있는 젊은이가 이런 상스러운 대화를 들으면 우리 집에 대해 어떻게 생각하겠어요!" 그 말에 말다툼이 진정되는가 싶더니 다시 더욱더 커졌다.

"그만! 끝이야." 하고 부인이 소리쳤다. "가서 펀치(음료의 일종)를 마셔요. 싸우느니 허락하는 게 낫지!"

그리고 나자 조용해졌다. 문이 열리고 여자 아이들이 방을 나갔다. 잠시 후 부인이 피어의 방 문을 두드렸다.

"젊은 친구, 가정주부가 된다는 것이 어떤 것인지 이제 좀 알 거야. 여자 아이들한테 괴롭힘을 당할 일이 없는 것을 감사해야 해. 난 평화를 원하기 때문에 그 애들에게 펀치를 주지. 너한테는 기쁜 마음으로 한 잔 줄게. 마시면 푹 잘 수 있어. 하지만 밤 10시 이후에는 누구도 복도 문을 열고 들어갈 수 없어. 가브리엘이 금지했거든. 그래도 마시게 해 줄게. 문에 접합제로 막아놓은 커다란 구멍이 있어. 접착제를 밀어서 뗄 테니까 구멍에 깔때기를 갖다 대. 그리고 그 밑에 컵을 받치고 있어. 펀치를 따라줄 테니까. 이건 비밀이야. 가브리엘한테도 말이야. 집안 일로 그를 걱정시킬 필요 없잖아."

이렇게 해서 피어는 펀치를 마시게 되었다. 가브리엘 부인의 방은 조용했다. 집안 전체가 평화롭고 조용했다. 피어는 잠자리에 들어 어머니와 할머니를 생각하며 저녁 기도를 하고는 잠이 들었다. 낯선 집에서 자는 첫날밤에 꾸는 꿈은 특별한 의미가 있다고 할머니는 말했었다. 피어는 아직까지 목에 걸고 다니는 호박 하트를 가져다 화분에 놓아두는 꿈을 꾸었다. 하트는 커다란 나무로 자랐다. 천장과 지붕을 뚫을 정도로. 수천 개의 금과 은 하트가 열리더니 너무 무거워서 화분이 깨져 버렸다. 그것은 더 이상 호박 하트가 아니었으며 곰팡이가 되어 흙으로 변해 버렸다. 영원히 사라져 버린 것이다! 그 순간 피어는 잠에서 깨어났다. 그의 목에는 여전히 호박 하트가 걸려 있었다. 하트는 그의 따스한 가슴에 놓인 채 따스했다.


## VI

이른 아침에 가브리엘 씨의 방에서 첫 번째 수업 시간이 시작되었다. 그들은 프랑스어를 공부했다. 점심 시간에 모인 사람은 하숙생들과 아이들과 부인뿐이었다. 부인은 두 잔째 커피를 마셨다. 첫 잔은 항상 침대에서 마시기 때문이었다. "발작을 일으킬 때는 커피가 건강에 좋지." 부인은 피어에게 그날 무슨 공부를 했는지를 물었다.

"프랑스어요." 하고 피어가 대답했다.

"비싼 언어지!" 하고 부인이 말했다. "외교관들이 사용하고 저명한 사람들이 사용하는 언어지. 어렸을 때 나는 프랑스어를 배우지 못했지만 학자하고 결혼하게 되면 어머니 젖에서 영양을 얻듯이 그의 지식에서 얻는 게 있지. 그래서 필요한 단어들은 모두 알게 되었어. 누굴 만나든지 간에 하고 싶은 말은 할 줄 알지."

부인은 학자와 결혼하면서 외국 이름을 얻게 되었다. 그녀는 부자인 이모의 상속인이 될 것이었기 때문에 이모를 따라서 "메테"라는 세례명을 받았었다. 그렇게 해서 그 이름을 갖게 되었지만 상속은 받지 못했다. 가브리엘 씨는 메테를 라틴어로 '측정'한다는 뜻의 "메타"라고 다시 이름지어주었다. 그녀가 결혼할 당시에 모직 옷과 린넨 옷 등 그녀의 모든 옷에는 M.G. 메타 가브리엘이라는 글자가 새겨져 있었다. 하지만 재치가 넘치는 마드센은 M.G. 라는 글자를 "가장 좋은(most good)"이란 뜻으로 해석하여 식탁보, 타월, 침대 시트에 잉크로 커다란 물음표를 표시해 놓았다.

"부인을 안 좋아하니?" 마드센이 은밀하게 이러한 사실을 알려주자 피어가 물었다 "부인은 매우 친절하고 가브리엘 씨는 학식이 높은 사람인데 말이야"

"부인은 거짓말 덩어리예요!" 하고 마드센이 말했다 "가브리엘 씨는 악당이고요. 내가 상등병이고 그가 신병이라면 그를 단단히 혼내줄 수 있을 텐데 말예요!" 피에 굶주린 표정이 마드센의 얼굴에 번졌다. 그의 입술이 점점 더 좁아졌으며 얼굴이 하나의 거대한 주근깨처럼 보였다.

참으로 듣기 거북한 말이었으며 피어에게는 충격적인 말이었다. 하지만 마드센이 그렇게 생각하는 것은 천 번 만 번 옳았다. 여유를 즐기며 훌륭한 사냥꾼처럼 어깨에 총을 메고 돌아다닐 수 있는 자유를 누리는 대신에 아무도 신경 쓰지 않는 문법, 이름, 날짜들을 배우는 데 인생에 있어 최고의 시기인 즐거운 젊은 날을 낭비해야 한다는 것은, 부모들이나 선생님들이 하는, 잔인한 일이었다. "아니, 방 안에 갇혀 의자에 앉아서 졸린 듯이 책을 봐야 해요. 그게 가브리엘 씨가 원하는 거예요. 그리고 게으르다는 말을 들어야 하고 '보통'이라는 성적을 받지요. 부모님들은 그에 대해 편지를 받아요. 그러니까 가브리엘 씨가 악당이지요."

"그는 때리기도 해요." 하고 어린 프리무스가 거들었다. 그는 마드센과 같은 생각이었다. 피어는 그런 말들을 듣는 것이 썩 기분 좋지가 않았다. 하지만 피어는 맞은 적이 없었다. 부인의 말대로 너무 커버렸기 때문이다. 그는 실제로 게으르지 않기 때문에 게으르단 말을 들은 적도 없었다. 그는 혼자 수업을 받았다. 얼마 후 그는 마드센과 프리무스를 앞지르게 되었다.

"그는 재능이 있어!" 하고 가브리엘 씨가 말했다.

"그리고 댄스 학교에 다녔다는 걸 알 수 있어요!" 하고 부인이 말했다.

"우리 극단에 그를 넣어야겠어요." 약을 파는 일보다는 그 마을의 사설극단에 더 많은 시간을 쏟는 약사가 말했다. 악의 있는 사람들은 그런 약사를 보고 연극에 완전히 미쳐 있는 걸 보면 미친 배우에게 두들겨 맞은 것이 분명하다는 오래된 구닥다리 농담을 하곤 했다.

"그 젊은 학생은 타고난 연인이오." 하고 약사가 말했다. "몇 년 후에는 로미오 역을 할 수 있을 것이오. 분장을 잘하고 수염을 좀 붙이면 이번 겨울에도 출연할 수 있을 거요."

약사의 딸은— 그의 아버지는 딸이 "연극에 뛰어난 재능"을 가지고 있다고 말했으며 어머니는 "진정한 아름다움"을 가지고 있다고 말했다 — 줄리엣 역을 맡을 예정이었다. 가브리엘 부인은 유모 역할을 맡아야 했으며, 연출자이자 무대감독인 약사는 잠깐 등장하지만 매우 중요한 약재상 역할을 할 예정이었다. 피어가 로미오 역을 맡는 것은 전적으로 가브리엘 씨의 허락에 달려 있었다. 허락은 가브리엘 부인을 통해 받아야 했다. 그녀가 설득하는 법을 잘 알았기 때문이다. 약사는 이 점을 잘 알고 있었다.

"당신은 타고난 유모예요." 하고 약사가 말했다. 그리고는 너무 입에 발린 소리를 했다는 생각이 들었다. "유모는 사실 연극에서 가장 중요한 역할이에요." 하고 약사가 계속해서 얘기했다. "코믹한 역할이지요. 그 역할이 없다면 이 연극은 너무 슬퍼서 끝까지 볼 수 없을 겁니다. 가브리엘 부인, 당신 말고는 그 누구도 이 연극에 필요한 빛나는 활력과 기민함을 가진 사람이 없어요."

그 점에 대해서는 부인도 동의했다. 하지만 그녀의 남편은 그 젊은 학생이 로미오 역할을 하는 데 시간을 할애하는 것을 결코 허락하지 않을 것이라고 했다. 그러나 남편을, 그녀의 표현을 빌리자면, "부추겨" 보겠다고 했다. 약사는 즉시 자신의 역할을 연구하기 시작했다. 특히 어떻게 분장할지에 대해 곰곰이 생각했다. 그는 해골처럼 보이고 싶었다. 가난하고 비참하지만 영리한 사람으로. 그것은 어려운 문제였다. 하지만 가브리엘 부인은 남편에게 허락해 달라고 "부추기"느라 더욱더 어려움을 겪었다. 만약 피어로 하여금 그 비극에 출연하도록 허락한다면 수업료와 하숙비를 지불한 피어의 후견인에 대한 책임을 다하지 못하는 것이 된다고 남편이 말했다. 하지만 피어가 그 역할을 몹시 하고 싶어 한다는 것은 감출 수 없는 사실이었다. "그래도 그건 안 되오." 하고 남편이 말했다.

"될 거예요." 하고 부인이 말했다. "계속 부추겨 볼게요." 그녀는 필요하다면 남편에게 술이라도 먹였을 것이다. 하지만 가브리엘 씨는 술을 좋아하지 않았다. 결혼한 부부는 서로 다를 경우가 많다. 이런 말을 들어도 부인은 불쾌하지 않았다.

"딱 한 잔만." 하고 그녀는 생각했다. "그러면 기분이 좋아져 행복해지니까. 그게 우리가 해야 할 일이야. 그게 주님의 뜻이니까."

피어는 로미오 역을 맡게 되었다. 순전히 부인이 부추긴 결과였다. 총연습은 약사의 집에서 이루어졌다. 그들은 초콜릿과 "지니(작은 요정)"를, 그러니까 작은 비스킷을 먹었다. 이 비스킷은 빵집에서 1페니에 12개씩 파는 것이었는데 매우 작고 많아서 "지니"라고 부르는 것이 매우 재치 있어 보였다.

"놀리는 것은 쉽지." 하고 가브리엘 씨는 말했다. 사실 자신도 종종 이러저러한 것에 별명을 붙여 놀리기도 하였다. 그는 약사의 집을 "깨끗하고 더러운 짐승들이 탄 노아의 방주"라고 불렀는데, 그것은 약사의 가족들이 그들의 애완동물들에 대해 특별한 애정을 보였기 때문이었다. 약사의 어린 딸은 그라시오사라는 고양이를 가지고 있었는데 매우 귀엽고 털이 부드러웠다. 그 고양이는 창가나 그녀의 무릎에, 또는 바느질감에 누워 있곤 하였으며 식탁보 위를 달려 다니기도 하였다. 약사의 아내는 양계장, 오리장, 앵무새, 카나리아를 가지고 있었는데 앵무새는 소리를 질러댔다. 그리고 플릭과 플록이라는 개 두 마리는 거실을 돌아다녔다. 그 개들에게서 향수 냄새가 날 리가 없었다. 개들은 소파에도 가족들이 자는 침대에도 눕곤 하였다.

총연습이 시작되었다. 가브리엘 부인의 새 가운에 개들이 침을 흘리는 바람에 연극이 잠시 중단되었다. 하지만 그것은 순전히 우정에서 그러한 것이었으며 그로 인해 가운에 얼룩이 지지는 않았다. 고양이 또한 약간 방해가 되었다. 고양이는 계속해서 줄리엣에게 발을 내밀고 머리 위에 앉기도 하고 꼬리를 흔들기도 하였다. 줄리엣의 다정한 대사는 고양이와 로미오 사이에서 중단되곤 하였다. 피어가 해야 할 대사는 정확히 그가 약사의 딸에게 하고 싶은 말들이었다. 그녀는 너무나도 사랑스럽고 매력적이었으며, 가브리엘 부인의 말을 빌리자면, 줄리엣의 역할에 완벽하게 들어맞는 천진난만한 아이였다. 피어는 그녀와 사랑에 빠지기 시작했다.

고양이에게는 본능이나 그보다 더 높은 경지의 어떤 것이 있는 것이 분명했다.

고양이는 로미오와 줄리엣 간의 공감대를 상징하기라도 하듯이 피어의 어깨에 앉아 있었다. 총연습이 계속됨에 따라 피어의 열정 또한 더해갔으며 더욱더 분명해져갔다. 고양이는 더욱더 은밀해졌고 앵무새와 카나리아는 더욱더 시끄러워졌다. 그리고 플릭과 플록은 마구 달려 다녔다. 공연 저녁이 되었다. 피어는 완벽한 로미오였다. 그는 줄리엣의 입술에 키스를 하였다.

"완벽하게 자연스러웠어!" 하고 가브리엘 부인이 말했다.

"수치스럽군!" 하고 지방의원인 스벤센 씨가 말했다. 그는 그 마을에서 가장 부자고 가장 뚱뚱한 사람이었다. 그는 땀을 줄줄 흘리고 있었다. 실내가 더웠으며 그의 배 속도 더웠기 때문이다. 피어는 그의 눈에서 어떤 호감도 찾아볼 수가 없었다. "애송이 같으니라고!" 하고 그가 말했다. "아주 길쭉해서 부수면 애송이가 둘 되겠네."

관중은 큰 박수갈채를 보냈다. 한 명의 적만 제외하고는! 행운이었다. 그렇다. 피어는 행운의 피어가 아니었던가. 저녁에 혼신을 다해 연기를 하고 사람들의 찬사에 응대하느라 지치고 피곤한 피어는 집으로 돌아와 그의 작은 방으로 갔다. 자정이 넘은 시각이었다. 가브리엘 부인이 벽을 두드렸다.

"로미오! 펀치 음료 줄게!"

문에 나 구멍을 통해서 깔때기가 끼워져 있었다. 피어 로미오는 그 아래로 잔을 내밀었다.

"안녕히 주무세요, 가브리엘 부인."

하지만 피어는 잠을 이룰 수가 없었다. 자신이 했던 모든 대사들, 특히 줄리엣이 했던 대사들이 머릿속에 맴돌았다. 그러다 잠이 든 그는 결혼식 꿈을 꾸었다. 프랑센과 결혼하는 꿈이었다! 얼마나 이상한 꿈인가!

## VII

"자, 이제 그 연극은 머릿속에서 지워버려." 하고 다음날 아침 가브리엘 씨가 말했다. "그리고 과학 공부를 열심히 해보자."

피어는 마드센과 같은 생각이 들려고 했다. 안에만 갇혀서 손에 책을 들고 앉아서 유쾌한 젊음을 낭비하고 있다는 생각 말이다. 그러나 책을 들고 앉자 책 속에서 고귀하고 훌륭한 수많은 생각들이 빛을 발했다. 피어는 책 속에 빠져들었다. 그는 세계의 위대한 인물들과 그들의 업적에 대해 배웠다. 그 중에는 어린 시절에 가난한 가정에서 자란 위인들이 아주 많았다. 영웅인 테미스토클레스(고대 그리스 아테네의 정치가. 살라미스 해전에서 페르시아 함대를 무찌름)는 도공(陶工)의 아들이었고, 셰익스피어는 가난한 직공의 아들이었다. 어렸을 때 그는 극장 밖에서 말을 돌보는 일을 하였는데, 나중에는 전 세계와 시대를 넘나드는 시예술의 거장이 되었다. 피어는 바르트부르크의 노래 경연대회에 대해 알게 되었는데, 그 대회는 시인들 중에서 가장 아름다운 시를 쓰는 시인을 뽑는 대회였다. 그것은 옛날에 대중이 모이는 축제에서 그리스 시인들을 뽑는 것과 같은 대회였다. 가브리엘 씨는 이러한 역사에 대해 특히 즐겁게 얘기했다. 소포클레스는 늙은 나이에 그의 작품들 중 가장 훌륭한 비극 중의 하나를 써서 상을 받았다. 이러한 영예와 행운을 누리는 것에 대해 그의 가슴은 기쁨으로 터질 듯했다. 오, 승리의 기쁨에 취해 죽는 것은 얼마나 큰 축복인가! 그보다 더 큰 행복이 있을까!

생각들과 꿈들이 피어를 머릿속을 가득 채웠다. 하지만 그는 그것들을 말할 사람이 없었다. 마드센이나 프리무스는 이해하지 못했고 가브리엘 부인도 마찬가지였다. 그녀는 얘기를 들으면서 매우 기분이 좋아지거나 눈물을 줄줄 흐르며 슬퍼하였다.

그녀의 어린 두 딸이 놀라서 그런 부인을 바라보았다. 그들도 피어도 그녀가 왜 슬픔과 비탄에 젖는지 알 수가 없었다.

"가엾은 우리 아이들!" 하고 그녀가 말했다. "엄마라는 존재는 항상 자식들의 미래를 생각하는 법이란다. 남자 아이들은 스스로를 돌볼 수가 있지. 카이사르는 넘어져도 다시 일어나잖니. 그리고 그의 두 형들은 목욕탕에서 물장구치며 놀기를 좋아하니 해군에 들어갈 거고 결혼도 잘 할 거야. 하지만 나의 어린 두 딸들은! 그 애들은 앞으로 어떻게 될까? 그 애들은 가슴으로 느낄 때가 되면 어른이 되겠지. 그러면 그 애들이 사랑하게 될 상대는 가브리엘이 좋아하는 타입이 전혀 아닐 거야. 가브리엘은 내 아이들이 경멸하는 사람을 선택하게 하겠지. 그러면 그 애들이 얼마나 불행해질까. 엄마로서 이런 생각들을 하지 않을 수가 없어. 그래서 슬프고 비통한 거야. 불쌍한 내 딸들! 그처럼 불행하게 되겠지!" 부인은 흐느껴 울었다.

어린 딸들이 그녀를 보았다. 피어는 그녀를 보자 마음이 슬퍼졌다. 그는 위로할 말을 찾을 수가 없었다. 그래서 방으로 돌아가 오래된 피아노 앞에 앉았다. 마음속에 흐르는 음조와 환상곡들이 퍼져 나왔다.

이른 아침에 피어는 맑은 마음으로 공부를 하러 가서 자신의 의무를 다했다. 누군가 그의 학비를 지불하고 있었기 때문이다. 그는 양심적이고 올곧은 사람이었다. 그는 일기에 매일 읽은 내용과 공부한 내용을 기록하였으며 밤이 아주 늦은 시각에야 피아노 앞에 앉아 연주를 하였다. 하지만 가브리엘 부인이 깨지 않도록 항상 소리는 내지 않고 쳤다.

그의 일기에 "줄리엣을 생각함", "약사의 집에 감", "어머니와 할머니께 편지를 씀"과 같은 글이 쓰인 날은 휴일인 일요일뿐이었다. 피어는 여전히 로미오였고 착한 아들이었다.

"정말 부지런해!" 하고 가브리엘 씨가 말했다. "본받거라, 마드센! 그렇지 않으면 낙제할 거야!"

"악당!" 하고 마드센이 중얼거렸다.

지역 교구목사의 아들인 프리무스는 수면병(몸이 피곤해지고 두통 등이 생겨 수면에 빠짐)이 있었다. "그건 질병이에요." 하고 교구목사의 부인은 말했다. 그래서 가혹하게 그를 대할 수는 없었다.

교구목사의 관저는 13km밖에 떨어져 있지 않았다. 그곳은 풍요롭고 편안한 곳이었다.

"그 사람은 감독이 되어 죽을 거예요." 하고 가브리엘 부인이 말했다. "왕실과 좋은 관계를 가지고 있고 교구목사 부인도 귀족 출신이잖아요. 그녀는 문장학에 대해서, 그러니까 문장(紋章: 가문, 도시 등의 상징)에 대해 모르는 게 없어요."

성령강림절이었다. 피어가 가브리엘 씨의 집에 온 지 일 년이 지나갔다. 그는 많은 지식을 터득했지만 그의 목소리는 회복되지 않았다. 회복되기는 할 것인가?

가브리엘 씨의 가족은 교구목사의 집에서 열리는 저녁식사와 무도회에 초대를 받았다. 시내와 주변 장원 영주 저택에서 수많은 손님들이 몰려들었다. 약사의 가족도 초대되었다. 그래서 로미오는 그의 줄리엣을 보게 될 것이었다. 어쩌면 함께 처음으로 춤을 추게 될지도 몰랐다.

교구목사의 관저는 손질이 잘 되어 있었다. 관저는 백색 도료가 발라져 있었으며 마당에는 퇴비 더미 대신에 아이비 덩굴이 휘감고 있는 녹색의 비둘기장이 있었다. 교구목사의 부인은 키가 크고 뚱뚱한 여자였다. 가브리엘 씨는 그녀를 "아테나[26], 흰띠알락나방[27]"이라고 불렀다. "황소 눈"이 아니라 "푸른 눈"이라고 유노[28]를 부르는 것과 같군, 하고 피어는 생각했다. 그녀에게는 남다른 친절함이 있었으며 나른한 표정이 보였다. 그녀 역시 프리무스처럼 수면병이 있는지도 몰랐다. 그녀는 연푸른 비단 드레스를 입고 있었으며 곱슬곱슬한 머리카락을 가지고 있었는데, 머리 오른쪽은 장군의 아내였던 증조할머니의 초상이 있는 커다란 메달 모양의 보석으로 묶고 있었고 왼쪽은 흰색 자기로 만든 큰 포도송이로 묶고 있었다.

교구목사는 불그레하고 통통한 얼굴에 스테이크를 베어 먹기에 적당한 반짝이는 하얀 이를 가지고 있었다. 그의 대화 주제는 항상 일화(逸話)들이었다. 그는 누구하고든 대화를 할 수 있었으나 그와 대화를 계속할 수 있는 사람은 아무도 없었다.

지방 의원 역시 참석하였으며, 장원 저택에서 온 낯선 사람들 사이에 상인의 아들인 펠릭스도 끼어 있었다. 펠릭스는 견신례를 받았고 이제는 옷에 있어서나 매너에 있어서 품격 있는 젊은 신사가 되어 있었다. 사람들은 그가 백만장자라고 말했다. 가브리엘 부인은 감히 그에게 말을 걸지 못했다.

피어는 펠릭스를 보게 된 것이 매우 기뻤다. 펠릭스는 다정하게 그에게 다가와 그의 부모님이 안부를 전하라고 했다고 말하며, 피어가 어머니와 할머니에게 보낸 편지를 잘 받았다고 전했다.

춤이 시작되었다. 약사의 딸은 지방 의원과 맨 먼저 춤을 출 예정이었다. 그것은 그녀가 그녀의 어머니와 그 의원에게 했던 약속이었다. 두 번째 춤은 피어와 추기로 되어 있었다. 하지만 펠릭스가 다가와서 상냥하게 고개를 끄덕였다.

"이번 춤은 내가 출게. 네가 허락하면 이 숙녀 분도 허락할 거야."

피어는 공손한 표정을 지으며 아무 말도 하지 않았다. 펠릭스는 약사의 딸과 춤을 추었다. 무도회에서 가장 아름다운 아가씨와. 다음에는 피어가 그녀와 춤을 추었다.

"저녁식사 춤을 저와 함께 추실까요?" 하고 피어가 창백한 얼굴로 물었다.

"네, 저녁식사 춤은요." 하고 약사의 딸이 매력적인 미소를 지으며 대답했다.

---

26. 그리스 신화에 나오는 지혜, 예술의 여신.
27. 나비목에 속하는 나방으로 날개와 몸이 흑색이고 머리는 적색이며 앞날개에 넓고 선명한 백색 띠가 있다.
28. 로마신화에 나오는 결혼의 여신.

"내 파트너를 **빼앗아가려는** 것은 아니겠지?" 하고 옆에 서 있던 펠릭스가 말했다. "그건 별로 친절한 행동이 아니야. 우린 같은 도시에서 자란 오랜 친구잖아! 나를 보게 되어 매우 기쁘다고 했잖아. 그렇다면 이 숙녀를 저녁식사에 데려가는 기쁨은 내게 주어야지!" 그리고 나서 펠릭스는 피어의 어깨에 팔을 두르며 장난스럽게 그의 이마를 갖다 댔다. "허락하지? 허락해!"

"싫어!" 하고 피어가 화가 나서 눈을 번득이며 말했다.

펠릭스는 명랑하게 팔을 들어올려 손을 허리에 대고는 팔꿈치를 양옆으로 폈다. 마치 개구리가 뛰려고 하는 것처럼. "자네 말이 옳네, 젊은이! 숙녀분이 저녁식사 춤을 내게 약속했다면 나도 그렇게 말했을 걸세!" 그는 숙녀에게 우아하게 허리를 굽혀 인사를 하고는 물러났다.

하지만 잠시 후, 피어가 구석에 서서 넥타이를 고쳐 매고 있을 때 펠릭스가 돌아와서 그의 목에 팔을 두르고는 어르는 표정으로 말했다. "한 번 봐줘! 우리 어머니나 너의 어머니와 할머니가 보시면 이게 너답다고 말씀하실 거야. 난 내일 떠나는데 그 숙녀와 저녁식사를 함께 하지 못하면 정말 따분할 거야. 내 친구, 나의 하나밖에 없는 친구야!"

그의 하나밖에 없는 친구로서 피어는 거절할 수가 없었다. 그는 펠릭스를 직접 그 숙녀에게 안내했다.

손님들이 교구목사의 집을 떠나는 다음날 아침은 화창했다. 가브리엘의 가족은 같은 마차에 탔다. 마차에 타자 가족들은 모두 잠이 들었다. 피어와 가브리엘의 부인만 제외하고는.

가브리엘 부인이 피어의 친구이자 갑부의 아들인 상인 청년에 대해 얘기를 꺼냈다. 부인은 그가 "건배, 내 친구! 어머니와 할머니를 위하여!"라고 말하는 것을 들었던 것이다. 부인은 "그에게는 거리낌 없고 씩씩한 그 무엇이" 있다고 말했다. "그를 보고 단번에 부잣집 아들이거나 백작의 아들이라는 것을 알았어. 우리들은 도달할 수 없는 것이지. 거기에 경의를 표해야 해!"

피어는 아무 말도 하지 않았다. 그는 하루 종일 우울했다. 밤이 되어 잠자리에 들 시간이 되자 그는 자리에 누웠다. 하지만 잠이 달아나 버렸다. 그는 이렇게 중얼거렸다. "경의를 표해야 해. 비위를 맞춰야 해!" 그가 했던 행동은 바로 그것이었다. 그는 부자인 청년에게 복종을 했던 것이다. "가난하게 태어났기 때문에 부자로 태어난 사람들에게 의무가 있고 복종을 해야 하는 것이다. 그렇다면 그들은 가난한 사람들보다 더 나은가? 왜 그들은 우리보다 더 부자로 태어났을까?"

어떤 증오가 치밀어 올랐다. 그의 할머니가 슬퍼할 어떤 것이었다. 그는 할머니에 대해 생각했다. "불쌍한 할머니! 할머니는 가난이 무엇인지 아셨어요. 하느님은 왜 가난을 만들었을까요?" 그는 마음속에 분노가 일었다. 하지만 동시에 그런 생각과 그런 말을 한다는 것이 하느님에 대해 죄를 짓는다는 생각이 들었다. 그는 어린아이의 순수한 마음을 잃어버린 것이 슬펐다. 그러자 예전처럼 온전하고 충만한 그의 믿음이 되살아났다. 행복한 피어!

일주일 후 할머니에게서 편지가 왔다. 대문자와 소문자를 뒤섞어 할머니만의 최선의 방식으로 쓴 편지였다. 하지만 피어를 걱정하는 사랑하는 마음은 대문자와 소문자들 속에 가득했다.

> 나의 축복받은 사랑스런 손자야,
>
> 나는 늘 너를 생각하고 보고 싶어 하고 있단다. 너의 엄마도 마찬가지란다. 너의 엄마는 잘 지내고 있어. 빨랫감 세탁하는 일을 하고 있지. 어제 상인의 아들인 펠릭스가 우리를 찾아와 너의 안부를 전해 주었단다. 네가 교구목사의 무도회에 갔었고 어엿한 신사가 되었다고 그러더구나. 하지만 넌 앞으로도 항상 그런 신사가 되겠지. 그리고 이 늙은 할미와 힘들게 일하는 너의 엄마를 기쁘게 해주겠지. 너의 엄마가 프랑센 양에 대해 할 말이 있다는구나.

그 다음에는 피어의 어머니가 쓴 추신 내용이 이어졌다.

> 프랑센 양이 결혼할 거란다. 그 노처녀가 말이다. 제본업자인 호프 씨는 그의 청원에 따라 궁정 제본업자로 임명되었지. 그는 "궁중 제본업자 호프"라는 근사한 사인을 갖게 되었단다. 프랑센 양은 이제 호프 부인이 되는 거지. 오랜 사랑은 녹슬지 않는 법이란다, 내 사랑하는 아들아.
>
> 엄마로부터.

> 두 번째 추신: 할머니가 네게 주려고 양말 여섯 켤레를 짜셨단다. 가능한 한

빨리 받게 될 거야. 네가 좋아하는 돼지고기 파이도 보내마. 가브리엘 씨 댁에서는 돼지고기를 먹지 못하고 있다는 걸 알고 있단다. 그의 아내가, 정확한 단어는 모르겠다만, 선모충(돼지, 쥐 등에 기생하는 벌레)을 무서워해서 말이야. 너는 그런 것은 믿지 말고 먹도록 해라.

너의 엄마로부터.

피어는 편지를 읽자 행복해졌다. 펠릭스는 좋은 사람이었던 것이다. 그런 그에게 그처럼 부당한 대우를 했다니! 그들은 작별인사도 없이 교구목사의 저택에서 헤어져 버렸던 것이다.

"펠릭스가 나보다 더 나아." 하고 피어는 중얼거렸다.


## VIII

하루하루 조용한 날들이 이어지고 한 달 한 달이 쏜살같이 지나갔다. 피어가 가브리엘 씨의 집에 온 지 벌써 2년째가 되었다. 가브리엘 씨는 매우 진지하고 단호하게, 가브리엘 부인의 표현을 빌리자면 '고집스럽게', 피어가 다시는 무대에 서지 말아야 한다고 주장했다.

피어는 수업과 지원을 위해 매달 급료를 받았던 성악 선생님으로부터 준비가 될 때까지는 절대로 무대에 설 생각을 하지 말라는 진지한 충고를 다시 한 번 받았다. 그는 그 충고에 따랐으나 그의 생각은 수도에 있는 극장을 떠나지 않았다. 그의 생각은 그를 마법처럼 어느새 그 극장으로 데려가곤 하였다. 훌륭한 성악가가 되어 서게 될 무대로. 이제 그의 목소리는 완전히 가 버린 채 회복되지 않아 그를 깊은 슬픔에 빠지게 하였다. 누가 그를 위로해 줄 것인가? 가브리엘 씨도 부인도 아니었다. 하지만 하느님은 위로해 줄 수 있었다. 위로는 여러 가지 형태로 우리를 찾아온다. 피어는 잠 속에서 그 위로를 찾았다. 그는 참으로 행운의 피어였다.

어느 날 밤, 그는 꿈을 꾸었다. 때는 성령강림절이었다. 그는 아름다운 푸른 숲으로 나갔는데 햇살이 나뭇가지들 사이로 비추고 땅은 아네모네와 프림로즈 야생화로 뒤덮여 있었다. 그때 "뻐꾹!" 하고 뻐꾸기가 울기 시작했다. "난 몇 살이나 살까?" 하고 피어는 물었다. 뻐꾸기가 우는 소리를 그 해에 처음 들을 때는 사람들이 항상 묻는 질문이었기 때문이다. 뻐꾸기는 "뻐꾹!"이라고 대답할 뿐 더 이상 말없이 조용했다.

"난 일 년밖에 더 못 살까?" 하고 피어가 물었다. "그건 너무 짧잖아. 다시 한 번 울어 봐!" 그러자 새가 다시 "뻐꾹! 뻐꾹!" 하고 울기 시작했다. 그렇다. 뻐꾸기는 계속 쉬지 않고 울었고 그는 자신도 뻐꾸기인 양 현실에서처럼 함께 뻐꾹 뻐꾹 노래했다. 그러자 소리가 더욱 강하고 뚜렷해졌고 모든 새들이 함께 노래했다. 피어는 그 새들의 노래를 불렀다. 새들보다 훨씬 더 아름답게. 어렸을 때처럼 그의 목소리는 청아했으며 노래하는 것이 매우 즐거웠다. 그는 진정으로 행복했다. 그 순간 피어는 잠이 깨었다. 하지만 아직도 그의 안에 그 "사운드보드"가 있으며 그의 목소리가 아직도 살아 있고, 언젠가 화창한 성령강림절에는 그의 목소리가 신선하게 터져 나오리라는 확신과 함께 잠이 깨었다. 그래서 그는 이러한 확신 때문에 행복하게 잠이 들곤 하였다.

하지만 하루하루가 가고, 몇 주일이 지나고 몇 달이 지나도 그의 목소리는 돌아올 기미가 보이지 않았다.

수도에 있는 극장에서 들려오는 소식은 하나하나가 그의 영혼에는 성찬이었다. 그것은 그에게는 영혼의 빵이었다. 빵부스러기도 빵이기는 마찬가지 아닌가. 그는 그 빵부스러기들을, 그러니까 아주 작은 소식(素食)일지라도 감사하게 받았다.

가브리엘의 집 근처에는 아마(亞麻) 섬유업자 가족이 살고 있었다. 매우 훌륭한 가정주부인 그 집의 안주인은 활기가 넘치고 명랑한 사람이었지만 극장에 가 본 적도 없고 알지도 못했다. 어느 날 그녀는 처음으로 수도에 갔는데 모든 것이 즐거웠다. 심지어는 그녀가 하는 말에 웃는 사람들조차도 보는 것이 즐거웠다고 했다. 그럴 법했다.

"극장에도 가 보셨어요?" 하고 피어가 물었다.

"물론이죠." 하고 섬유업자의 아내가 대답했다. "얼마나 찌든지! 내가 그곳에 앉아서 그 찜통 같은 열기 속에서 푹푹 찌는 걸 봤어야 하는데!"

"한데 뭘 봤어요? 어떤 연극을요?"

"말해 줄게요." 하고 그녀가 말했다. "처음부터 끝까지 그 연극에 대해 다 말해 줄게요. 두 번이나 갔었거든요. 첫날 저녁에는 말하기 연극이었어요. 공주가 나와서 '아흐베, 다흐베! 아베, 다베!'라고 말했죠. 어찌나 잘하던지! 다음에는 남자가 나와서 '아흐베, 다흐베! 아베, 다베!'라고 했어요. 그리고 나서 부인이 떨어졌어요. 그녀는 그날 저녁에 다섯 번이나 떨어졌죠. 두 번째로 극장에 갔을 때는 '아흐베, 다흐베! 아베, 다베!' 하며 온통 노래로 이어졌어요. 그리고 나서 다시 부인이 떨어졌죠. 한 시골 여자가 내 옆에 앉아 있었는데, 그 여자는 극장이 처음이어서 부인이 떨어지니까 쇼가 모두 끝났다고 생각했어요. 하지만 나는 가본 적이 있어서 알고 있었기 때문에 지난번에 볼 때는 부인이 다섯 번 떨어져야 끝이 났다고 말해줬어요. 노래 연극을 하던 저녁에는 부인이 세 번밖에 떨어지지 않았어요. 네, 둘 다 매우 사실적인 연극이었지요."

부인이 떨어졌다는 것으로 보아 그녀가 본 것은 비극이었을까? 그 순간 피어는 그녀가 무슨 말을 하는지 알아차렸다. 연극에서 막이 바뀔 때마다 커다란 극장 커튼이 내려오는데 거기에 커다란 여자 그림이 그려져 있었다. 코믹하면서도 비극적인 뮤즈 여신이었다. 그녀가 부인이 떨어진다고 한 것은 바로 이 커튼에 그려진 그림을 말하는 것이었다. 그것은 참으로 희극적이었다. 그들이 나와서 말하고 노래한 것이 고작 '아흐베, 다흐베! 아베, 다베!'라니, 섬유업자의 아내에게는 참으로 희극적으로 보였다. 하지만 아주 즐거웠다. 피어도 그렇게 생각했으며 그 연극에 대해 들은 가브리엘 부인도 그렇게 생각했다. 가브리엘 부인은 놀란 표정으로, 그리고 우월감을 가지고 앉아 있었다. 약사가 유모로서 셰익스피어의 로미오와 줄리엣을 "이끌었다"고 말했기 때문이다. 피어가 설명한 "부인이 떨어졌다"는 표현은 나중에 집 안에서 아이나 컵이나 다른 어떤 물건이 바닥에 떨어질 때 사용하는 익살스런 대사가 되었다.

"이렇게 해서 속담이나 익숙한 격언들이 만들어지는 것이지." 하고 무엇이든 학구적으로 생각하는 가브리엘 씨가 말했다.

새해 전날, 12시를 치는 소리에 맞추어 가브리엘 씨 가족과 하숙인들이 펀치 음료 잔을 들고 모두 서 있었다. 가브리엘 씨가 일 년 중에 펀치를 마시는 유일한 날이었다. 펀치는 위장이 약한 사람에게는 좋지 않기 때문이었다. 그들은 새해를 위해 "건배"를 하고 시계 종이 열두 번 치기까지 수를 세었다. "하나, 둘 – "에서 열둘까지. "부인이 떨어졌다!" 하고 모두가 소리쳤다.

새해의 막이 오르고 시간이 흘러갔다. 성령강림절이 되어 피어는 그 집에 온 지 2년이 흘렀다.

## IX

두 해가 지났지만 목소리는 여전히 돌아오지 않았다. 우리의 젊은 친구의 미래는 어떻게 될 것인가?

피어는 언제라도 학교 선생님이 될 수 있다고 가브리엘 씨는 말했다. 그것은 매력적이진 않았지만 생계유지는 될 수 있었다. 하지만 약사의 딸이 그의 마음을 아무리 크게 차지하고 있다 하더라도 피어는 선생님이 될 생각은 없었다.

"선생이 된다고!" 하고 가브리엘 부인은 말했다. "학교 선생! 그러면 넌 이 세상에서 가장 따분한 남자가 될 거야. 우리 가브리엘처럼 말이야! 안 되지. 넌 타고난 배우야. 세상에서 가장 위대한 배우가 되거라. 선생이 되는 것보다 그게 더 의미 있는 일이야."

배우! 그렇다. 그것이 인생의 목표였다.

피어는 성악 선생님에게 보내는 편지에서 이에 대해 언급했다. 그는 그의 바람과 희망에 대해 얘기했다. 피어는 어머니와 할머니가 살고 있는 커다란 도시가 몹시 그리웠다. 어머니와 할머니를 본 지 2년이나 되었다. 거리는 200km밖에 되지 않았다. 빠른 기차를 타면 여섯 시간이면 갈 수 있는 거리였다. 그런데 왜 서로 보지도 못하고 지냈단 말인가? 그것은 쉽게 설명될 수 있는 질문이었다. 피어는 떠날 때 그가 가는 곳에서 지내는 동안 집을 방문하지 않기로 약속했었다. 그의 어머니는 빨래하고 다림질을 하느라 매일 분주했다. 하지만 많은 돈이 들긴 하지만 긴 여행을 할 생각을 종종 해 보지 않은 것은 아니었다. 그러나 미처 행동으로 옮기지 못한 것이다. 할머니는 철도를 무서워했다. 기차를 타고 여행하는 것은 하느님을 시험하는 일이었다. 그 어떤 것도 할머니로 하여금 기차로 여행하도록 할 수는 없었다. 할머니는 이제 늙었고 하느님에게 갈 때까지는 여행할 일이 없을 것이었다.

5월에 할머니는 그렇게 말했었다. 하지만 6월이 되자 할머니는 여행을 할 계획이었다. 오직 피어를 만나기 위해 낯선 마을, 낯선 사람들에게로 홀로 200km를 여행할 생각이었다. 그것은 큰 행사이긴 했지만 어머니와 할머니에게 일어날 수 있는 가장 암담한 일이기도 하였다.

피어가 두 번째로 "난 몇 살이나 살까?" 하고 물었을 때 뻐꾸기는 계속 쉬지 않고 "뻐꾹!" 하고 울었다. 그의 건강과 정신은 좋았으며 미래는 밝아 보였다. 그는 아버지 같은 친구인 성악 선생님으로부터 기쁜 편지를 받았다. 피어는 집으로 돌아가기로 하였으며, 그들은 그를 위해 어떻게 할지, 그러니까 아직까지 목소리가 돌아오지 않으므로 어떤 과정을 밟아야 하는지에 대해 알아보기로 하였다.

"로미오로 출연해!" 하고 가브리엘 부인이 말했다. "이제 연인의 역할을 맡을 만한 나이가 되었고 살도 붙었잖아. 분장을 할 필요가 없어."

"로미오가 되세요!" 하고 약사와 약사의 딸은 말했다.

많은 생각이 그의 머리와 가슴속을 스쳐갔다. 하지만 "내일 무슨 일이 일어날지는 아무도 모르는 법이다."

피어는 목초지로 뻗어 있는 정원에 앉아 있었다. 저녁이어서 달빛이 비추고 있었다. 그는 뺨이 달아오르고 피가 끓어올랐다. 바람이 불어 상쾌한 차가운 공기를 실어다 주었다. 황야 위에 걸려 있는 안개가 위아래로 물결치는 모양을 보자 요정 같은 아가씨들이 춤을 추는 것 같다는 생각이 들었다. 그러다 문득 올라프 기사에 대한 오래된 발라드가 떠올랐다. 올라프는 자신의 결혼식에 손님들을 초대하러 말을 타고 나간다. 하지만 처녀 요정들에게 붙잡혀 그들과 함께 춤을 추고 놀다가 죽게 된다. 그것은 민간설화로서 오래된 시였다. 황야 위에 뜬 달빛과 안개가 오늘 밤 그런 그림을 그려내고 있었다.

피어는 곧 몽롱한 상태가 되어 그런 광경을 바라보고 있었다. 덤불들이 인간과 짐승의 형상을 하고 있는 듯이 보였다. 덤불들은 꼼짝 않고 서 있었고 안개는 소용돌이치는 거대한 베일처럼 위로 솟아올랐다. 피어는 극장에서 본 발레의 한 장면에서 이와 같은 모습을 본 적이 있었다. 그때 처녀 요정들은 투명한 천으로 된 베일을 쓰고 빙그르르 돌며 몸을 흔들었었다. 하지만 이곳의 광경이 더욱더 멋지고 경이로웠다. 이와 같이 큰 무대는 어느 극장에도 없으리라. 이처럼 맑은 공기와 가느다란 달빛을 연출할 수 있는 극장이 어디 있겠는가.

안개 속 바로 앞 쪽에서 희미하게 여자의 형상이 나타났다. 하나가 셋이 되고 셋이 여러 명이 되었다. 그들은 서로 손을 잡고 춤을 추었다. 그들은 공중에 떠다니는 소녀들이었다. 공기가 그 소녀들을 싣고 피어가 서 있는 울타리로 데려다 주었다. 그들은 피어에게 고개를 끄덕이고 말을 걸었다. 그들의 말소리는 종을 울리는 소리 같았다. 소녀들은 춤을 추며 정원에 있는 피어의 주위로 다가오더니 그를 둥글게 감쌌다. 피어는 아무 생각 없이 그들과 춤을 추었다. 하지만 그가 춘 춤은 그들의 춤이 아니었다. 피어는 잊을 수 없는 뱀파이어 춤에서 그랬던 것처럼 빙그르르 돌았다. 하지만 기억이 나지 않았다. 전혀 생각나지가 않았다. 그는 주위의 장엄한 아름다움에 완전히 압도되었다.

황야는 상상할 수 있는 온갖 색깔들로 빛나는 수련들이 떠 있는 깊은 검푸른 바다였다. 물결 위로 춤을 추며 요정들은 피어를 그들의 베일 위에 태우고 맞은편 해안으로 데려갔다. 그곳에는 오래된 바이킹 무덤이 뒤덮였던 뗏장을 벗어던지고 솟아올라 구름 성을 이루고 있었다. 대리석으로 된 구름 성을. 꽃이 핀 황금빛 나무들과 보석들이 그 장대한 대리석들을 휘감고 있었는데, 나무에 매달린 꽃들은 눈부신 색깔을 가진, 인간의 목소리로 노래하는 새들이었다. 그것은 마치 수천 명의 행복한 아이들이 합창을 하는 것과 같았다. 천국인가, 아니면 요정의 언덕인가?

성벽이 움직이더니 미끄러지며 서로에게 다가갔다. 벽들이 피어를 감쌌다. 이제 피어는 성 안에 있었으며 인간 세상은 성벽 밖에 있었다. 그는 번뇌를 느꼈다. 전에는 한 번도 경험해 보지 못한 이상한 공포를 느꼈다. 그 어디에도 빠져 나갈 구멍이 없었지만 바닥에서 지붕까지, 그리고 성벽 여기저기에서 사랑스런 소녀들이 그에게 미소를 던지고 있었다. 그들은 정말로 살아 있는 것 같았다. 하지만 피어는, '그것들이 단지 그림들일까?' 라는 생각이 들었다. 그는 그들에게 말을 걸어보고 싶었지만 혀가 움직이질 않았다. 말을 전혀 할 수가 없었다. 그의 입술에서는 소리가 전혀 나오지 않았다. 그는 그 어느 때보다도 처절한 절망에 빠져 땅 위에 쓰러졌다.

처녀 요정 하나가 그에게 다가왔다. 요정의 모습은 피어가 가장 보고 싶어 하는 모습을 한 것으로 보아 호의를 가지고 다가온 것이 분명했다. 요정은 약사의 딸의 모습을 하고 있었던 것이다. 피어는 요정이 실제로 약사의 딸이라고 믿을 뻔했다. 하지만 요정의 등은 텅 비어 있고 앞쪽만 아름다운 것을 알아차렸다. 등이 없고 몸 속에 아무것도 들어 있지 않은 것을.

"이곳에서 한 시간은 인간 세상에서는 백 년이랍니다." 하고 요정이 말했다. "당신은 벌써 한 시간 동안이나 이곳에 있었어요. 이 성벽 밖에 있는, 당신이 사랑하고 알고 지내던 사람들은 모두 죽었어요. 그러니 우리랑 같이 살아요! 그래요, 같이 살아야 해요. 그렇지 않으면 벽이 점점 더 좁아들어 당신의 이마에서 피가 나올 때까지 당신을 조일 거예요!"

그러자 성벽이 흔들리고 공기가 벌겋게 달궈진 오븐에서 나오는 것 같이 뜨거워졌다. 그 순간 목소리가 나왔다.

"오, 주님, 오, 주님, 저를 버리셨나이까?" 피어는 영혼 깊숙한 곳에서 소리쳤다.

그런데 할머니가 그의 옆에 서 있지 않은가. 할머니는 그의 팔을 잡고 그의 이마에, 그리고 입에 입을 맞추었다.

"사랑하는 내 손자야!" 하고 할머니가 말했다. "우리 주님은 너를 버리지 않으실 거다. 그분은 우리 누구도 버리지 않으신단다. 죄를 지은 사람도 말이다. 영원하신 하느님, 찬송받으시고 영광받으소서!"

할머니는 찬송가책을 꺼냈다. 피어와 할머니가 일요일마다 수없이 함께 불렀던 바로 그 찬송가책이었다. 할머니의 목소리는 얼마나 낭랑하게 울려 퍼졌던가! 그리고 음색은 얼마나 깊은 울림을 가지고 있었던가! 요정들은 지쳐 쉬려고 고개를 떨구었다. 피어는 일요일마다 그랬던 것처럼 할머니와 함께 노래를 불렀다. 그의 목소리는 낯설고도 강력하고도, 그러면서도 동시에 부드러웠다! 성벽들이 움직이더니 구름이 되고 안개가 되었다. 할머니는 그를 데리고 언덕에서 내려와 키 큰 풀이 자라는 곳으로 데려갔다. 반딧불이들이 빛을 내고 달빛이 빛났다. 하지만 피어는 너무 지쳐서 발을 꼼짝도 할 수가 없었다. 그는 뗏장 위에 쓰러졌다. 그 어느 것보다도 더 포근한 침대였다. 그는 푹 잠을 잔 후 찬송가 소리에 깨어났다.

할머니가 옆에 앉아 있었다. 가브리엘 씨의 집에 있는 그의 작은 방 침대 옆에. 열이 내리고 다시 건강과 활기를 되찾았다. 그는 심하게 앓아 누워 있었던 것이다. 그날 저녁 그들은 정원 아래쪽에서 기절해 있는 그를 발견했었다. 그 후 그는 열이 심해졌다. 의사는 그가 깨어나지 못하고 죽을 것이라고 했다. 그래서 그의 어머니에게 편지를 보낸 것이었다. 어머니와 할머니는 그를 보고 싶어 했다. 아니 그를 꼭 봐야만 했다. 하지만 둘 다 집을 비울 수가 없어 할머니가 가기로 했던 것이다. 기차를 타고 홀로.

"오직 피어를 위해서 그랬지." 하고 할머니는 말했다. "하느님의 이름으로 한 것이었어. 그렇지 않았더라면 세례 요한 축일 전날(옛날에는 마녀들이 활약하는 때라고 여김)에 빗자루를 타고 악마와 함께 날아간다고 생각했을 거야."

# X

할머니는 기쁘고 가벼운 마음으로 집으로 돌아가게 되었다. 할머니는 피어가 자기보다 앞서서 저 세상으로 가지 않은 것에 대해 주님에게 깊은 감사를 드렸다. 할머니는 즐거운 여행 동반자들과 함께 같은 객차를 타고 여행했다. 바로 약사와 약사의 딸이었다. 그들은 피어에 대해 얘기했으며 피어를 가족처럼 사랑했다. 그는 훌륭한 배우가 될 것이라고 약사가 말했다. 이제 그의 목소리도 돌아왔으므로 그의 목소리에도 행운이 깃들 것이었다.

할머니로서 그런 말을 듣는 것이 얼마나 큰 기쁨이었는지 모른다! 할머니는 그런 말들로 살아갔으며 그런 말들을 완전히 믿었다. 그들이 수도의 기차역에 도착하자 어머니가 마중을 나와 있었다.

"철도가 대단한 것이구먼!" 하고 할머니가 말했다. "기차를 타고 있는 것을 까맣게 잊어버린 것도 고마운 일이고! 모두 이 훌륭한 사람들 덕택이었지." 할머니는 약사와 약사 딸의 손을 꼭 잡았다. "철도를 타고 보니 철도는 축복의 발견이야! 우리는 하느님의 손 안에 있지!"

그리고 나서 할머니는 사랑스런 손자에 대한 얘기를 꺼냈다. 위험한 고비를 모두 넘겼으며 두 명의 하녀와 한 명의 하인을 둔 부유한 집에서 잘 지내고 있다고 말했다. 피어는 그 집에서 아들과 같은 존재였으며 유명한 집안 자식들과 동등한 자격을 지니고 있었다. 그 중에는 교구목사의 아들도 있었다. 할머니는 기차역 근처의 여관에 묵었는데 가격이 끔찍하게 비쌌다고 했다. 하지만 가브리엘 부인의 집에 초대를 받아 거기에서 닷새를 지냈는데 그들은 좋은 사람들이라고 했다. 특히 부인이 매우 친절했는데, 부인은 아주 잘 담궈진 강한 펀치를 마시라고 권하기도 했다고 말했다.

하느님의 도움으로 피어는 건강이 회복되어 한 달 후면 수도에 있는 집으로 돌아올 수 있을 것이었다.

"아주 품격 있는 응석받이가 되어 있겠네요." 하고 어머니가 말했다. "여기 다락방으로 돌아오면 불편해하겠죠. 성악 선생님이 함께 지내자고 그 애를 초대해 주어서 얼마나 다행인지 몰라요. 당분간은요. 너무 가난해서 자식이 자기 집에도 있을 수 없다는 게 정말 슬퍼요!"

"그런 말은 피어에게는 하지 말아라!" 하고 할머니가 말했다. "넌 그 애를 나만큼 이해하지 못한다.”

“하지만 그 애가 아무리 훌륭하게 자랐다 하더라도 먹고 마시기는 해야 하잖아요. 제가 손을 움직일 수 있는 한은 그 애가 굶주리는 일은 없을 거예요. 호프 부인이 이제는 형편이 나아졌으니 그 애와 일주일에 두 번씩 저녁식사를 함께 할 수 있다고 했어요. 그녀는 풍족함도 가난함에 대해서도 잘 알잖아요.

어느 날 저녁, 극장에 있는 나이든 발레리나들이 앉는 특별석에서 호프 부인이 아프다고 한 적이 있어요. 하루 종일 물과 캐러웨이 씨앗(향신료)밖에 먹지 못해서 배가 고파 아프고 실신할 정도였던 거예요. ‘물! 물!’ 하고 다른 사람들은 소리쳤어요. 하지만 그녀는 ‘아니야, 음식을 줘!’ 하고 애원했지요. 그녀는 물이 필요한 게 아니라 영양보충을 할 음식이 필요했던 거예요. 이제 그녀는 식품저장실도 가지고 있고 잘 차려진 식탁도 갖게 되었어요.”

피어는 여전히 200km 떨어진 곳에 있었다. 하지만 이제 곧 그리운 옛 친구들이 있는 도시로, 그리고 극장으로 돌아갈 생각을 하자 행복했다. 그는 이제야 그 친구들의 진가를 알게 되었다. 그의 마음속과 주변에는 행복감이 넘쳐흘렀다. 이 청춘의 행복한 시간에, 그리고 희망과 기대에 차 있는 이 시간 동안, 햇살은 어디에나 가득했다. 그는 나날이 건강해졌다. 활력과 혈색이 되돌아왔다. 하지만 가브리엘 부인은 피어가 떠날 날이 가까워오자 매우 감격스러워했다.

“이제 큰 사회로 나아가는구나. 너는 잘생겼으니까 — 우리 집에서 지내는 동안 잘생긴 청년이 되었지 — 유혹들이 많을 거야. 너는 나처럼 소박하니까 유혹이 올 때는 그게 도움이 될 거야. 사람은 너무 예민하거나 제멋대로 굴어서는 안 된단다. 다그마 왕비(덴마크 발데마르 2세의 왕비)처럼 예민해선 안 돼. 왕비는 일요일에 비단 소매를 끈으로 묶고는 그처럼 사소한 것에 양심의 가책을 느끼곤 했지. 사람은 그보다 더 큰 일에 마음을 써야 해. 나라면 루크레티아[29]처럼 슬퍼하지 않았을 거야. 뭣 때문에 자살을 했지? 그녀는 순결하고 정직했어. 스스로도 그걸 알았고 도시의 모든 사람들이 알고 있었지. 네 나이 정도면 잘 이해할, 입에 담고 싶지 않은 그런 불행을 겪고 그녀는 어떻게 행동해야 했을까? 그녀는 비명을 지르

---

29. B.C. 6세기 로마의 타르퀴니우스 콜라티누스의 정숙한 아내. 로마왕 타르퀴니우스의 아들에게 능욕을 당한 후 자살함.

며 단검을 꺼냈던 거야! 그건 전혀 필요치 않은 행동이었어. 나라면 그러지 않았을 거야. 너도 그래서는 안 돼. 우리는 둘 다 소박한 사람들이야. 사람은 늘 소박해야 해. 넌 예술가로서의 길을 가는 동안 늘 그래야 해. 신문에서 너에 대한 기사를 읽게 되면 얼마나 행복할까! 어쩌면 언젠가는 네가 우리 작은 마을에 로미오로서 다시 나타나겠지. 하지만 그때 나는 유모가 아니겠지. 나는 관람석에 앉아 즐기기나 해야지."

피어가 떠나는 주에 가브리엘 부인은 세탁하고 다림질할 것들이 많았다. 그래서 피어는 처음 그곳에 도착했을 때처럼 깨끗한 옷차림으로 집에 돌아갈 수 있었다. 부인은 호박보석 하트에 탄탄한 새 리본을 매어 주었다. 그녀는 그것을 "추억의 기념품"으로 갖고 싶어 했으나 갖지는 않았다.

가브리엘 씨는 수업시간에 사용했던 프랑스어 사전을 그에게 주었다. 그것은 가브리엘 씨가 손으로 직접 쓴 주석이 여백에 달려 있는 사전이었다. 가브리엘 부인은 장미와 방울새풀을 주었다. 장미는 시들겠지만 풀은 물이 닿지 않는 건조한 곳에 두면 겨울 내내 시들지 않을 것이었다. 부인은 일종의 앨범에 꽂는 나뭇잎에 "Umgang mit Frauen ist das Element guter Sitten."라는 괴테의 한 구절을 적어 주었다. 그리고는 그 내용을 "여성들과의 교제는 좋은 예절의 기초이다. 괴테."라고 번역해 주었다.

"괴테는 위대한 인물이었지!" 하고 부인이 말했다. "파우스트를 쓰지 않았더라면 좋았을 텐데. 내가 이해할 수가 없어서 말이야. 가브리엘도 그렇게 말하지."

마드센은 피어에게 손에 매를 들고 있는, 교수대에 매달려 있는 가브리엘 씨의 그림을 선물로 주었다. 마드센이 직접 그린 꽤 잘 그린 그림으로 '학문의 길에 들어선, 위대한 배우의 최초의 안내자'라는 글자가 적혀 있었다.

교구목사의 아들인 프리무스는 새 슬리퍼를 주었다. 그것은 교구목사 부인이 직접 만든 것으로 너무 커서 프리무스에게는 1, 2년 후에나 맞을 슬리퍼였다. 밑창에는 "슬퍼하는 친구를 기억하길. 프리무스."라고 잉크로 쓰여 있었다.

가브리엘 씨의 전 가족이 피어를 기차역까지 배웅해 주었다.

"네가 작별인사도 없이 우리를 떠났다고 하지는 않을 거야." 하고 부인이 말하며 기차역에서 그에게 작별의 키스를 했다.

"난 수줍음을 타지 않아!" 하고 부인이 말했다. "몰래 하지 않는다면 뭐든지 할 수 있는 법이지!"

출발 신호가 울렸다. 마드센과 프리무스가 환호하자 "소공자"들도 합세했다. 가브리엘 부인은 눈물을 닦으며 손수건을 흔들었고 가브리엘 씨는 "잘 가라!"라고 소리쳤다.

마을들과 역들이 스쳐 지나갔다. 그곳에 사는 사람들도 피어처럼 행복할까? 피어는 그런 생각을 하며 자신의 행운을 찬미했다. 그가 어렸을 때 할머니가 보았다는 그의 손에 들려 있던 보이지 않는 황금사과를 생각했으며, 시궁창에서 횡재했던 일, 무엇보다도 새로 되찾은 목소리와 그가 얻게 된 지식에 대해 생각했다. 이제 그는 완전히 다른 사람이 되어 있었다. 그는 행복에 겨워 속으로 노래를 불렀다. 그는 차 안에서 큰 소리로 노래하고 싶은 마음을 참느라고 안간힘을 썼다.

이제 도시의 탑들이 나타나고 건물들이 보이기 시작했다. 기차가 역에 닿았다. 어머니와 할머니가 서 있었으며 그들 옆에 누군가가 또 서 있었다. 바로 프랑센으로 태어나 궁정 제본업자인 호프의 아내가 된 호프 부인이었다. 그녀는 궁핍할 때나 부자일 때나 친구들을 잊는 법이 없는 사람이었다. 어머니나 할머니가 그랬듯이 그녀 또한 피어에게 키스를 했다.

"호프는 함께 나오지 못했어."하고 그녀가 말했다. "집에서 일하고 있어. 왕의 사설도서관에 비치할 전집을 제본하고 있지. 너는 운이 좋아. 나도 그렇고. 나에게는 호프가 있고 흔들의자가 옆에 있는 벽난로도 갖게 되었어. 일주일에 두 번 너는 우리랑 함께 식사하게 될 거야. 우리 집에서의 내 생활이 어떤지 볼 수 있을 거야. 그것은 완벽한 발레지!"

어머니와 할머니는 피어에게 말할 틈이 없었다. 하지만 피어를 보자 그들의 눈은 기쁨으로 빛났다. 이제 피어는 택시를 타고 성악 선생님의 집인 그의 새 집으로 가야 했다. 그들은 웃고 울었다.

"얼마나 멋진 사람이 되었는지!" 하고 할머니가 말했다.

"떠날 때처럼 여전히 표정이 다정하네요." 하고 어머니가 말했다. "극장에서도 그러겠죠."

택시가 성악 선생님 집의 문 앞에 멈추었다. 선생님은 외출하고 없었고 그의 늙은 하인이 문을 열고 피어를 그의 방으로 안내해 주었다. 벽에는 작곡가들의 초상화들이 걸려 있었고 스토브 위에는 흰 석고 흉상이 빛을 발하고 있었다. 약간

굼뜨긴 하지만 아주 믿음직한 늙은 하인은 서랍장을 보여주고는 옷을 걸 수 있도록 옷걸이를 내밀면서 그의 부츠를 닦아 주겠다고 말했다. 그때 성악 선생님이 도착하여 피어를 진심 어린 악수로 반겨주었다.

"바로 이 아파트야!" 하고 성악 선생님이 말했다. "편하게 지내렴. 거실에 있는 내 피아노를 쳐도 돼. 내일 네 목소리가 어떤지 들어보자. 여기는 성 관리인, 우리 집 살림을 맡아 주는 분이야." 이렇게 말하며 성악 선생님은 늙은 하인에게 고개를 끄덕여 보였다. "모든 게 다 정돈이 되어 있어. 스토브 위에 있는 것은 칼 마리아 폰 베버, 네가 오는 것을 기념하기 위해 흰색으로 칠했지. 아주 더러웠었거든. 한데, 다시 보니 베버가 아니라 모차르트군. 어떻게 해서 저게 여기에 있게 된 거지?"

"전에 있었던 베버입니다." 하고 하인이 말했다. "제가 미장이(벽이나 천장 등에 흙, 석고, 시멘트 등을 바르는 사람)한테 직접 가져갔다가 오늘 아침에 다시 가져왔습니다."

"하지만 이건 모차르트 흉상이야. 베버 흉상이 아니라고."

"죄송하지만, 나리." 하고 하인이 말했다. "이건 예전의 베버입니다. 깨끗하게 새로 칠을 했을 뿐입니다. 흰색을 칠해서 못 알아보시는 것입니다." 그것은 미장이가 확인해 줄 수 있었다.

하지만 미장이한테 간 하인은 베버 흉상이 깨어지는 바람에 그 대신 모차르트 흉상을 주었다는 대답을 들었다. 어쨌거나 스토브 위에 어떤 흉상이 있든 간에 상관없는 일이었다.

첫날 피어는 노래나 연극 연습을 하지 않을 예정이었다. 하지만 거실에 들어섰을 때 피아노 앞에 오페라 「요셉」(1807년 파리에서 초연된, 구약성경에 나오는 이집트 총리대신 요셉에 관한 이야기)이 펼쳐져 있는 것을 보자 피어는 종소리처럼 낭랑한 목소리로 〈나의 열네 번째 봄〉이라는 노래를 불렀다. 그가 부르는 노래에는 진실하고 순수하지만 강렬하고 충만한 감정이 스며 있었다. 성악 선생님의 눈이 눈물로 촉촉하게 젖어들었다. "바로 그거야." 하고 그가 말했다. "하지만 더욱더 나아질 거야. 자, 이제 피아노를 닫고 좀 쉬어라."

"오늘 밤에 어머니와 할머니를 찾아뵙기로 약속 드렸어요." 이렇게 말하고 피어는 서둘렀다. 기울어가는 태양이 어린 시절의 집 위로 빛을 드리우고 있었다. 그 빛에 벽에 박힌 유리들이 반짝여 마치 다이아몬드 성 같았다. 어머니와 할머니는 다락방에서 그를 기다리고 있었다. 다락방까지는 많은 계단을 올라가야 했지만 피어는 한꺼번에 세 계단씩 날듯이 뛰어서 문 앞에 당도했다. 어머니와 할머니는 그에게 키스와 포옹을 퍼부었다.

어린 시절에 살던 작은 방은 깨끗하고 잘 정돈되어 있었다. 방에는 스토브와 오래된 곰인형과, 목마를 타던 시절에 숨겨놓은 보물들이 들어 있는 서랍장이 있었다. 그리고 벽에는 세 개의 초상이 걸려 있었다. 왕의 초상화와 예수님의 그림과 검은색 종이로 오려붙인 아버지의 실루엣이. 어머니는 아버지의 옆모습 실루엣이 아주 그럴 듯하다고 하면서 종이가 흰색과 빨간색이었으면 더욱더 아버지와 흡사했을 거라고 말했다. 아버지는 실제로 멋진 사람이었으니까. 피어는 아버지를 꼭 빼닮았다.

서로 할 얘기가 아주 많았다. 그들은 헤드치즈 (돼지나 송아지의 머리나 다리를 고아서 치즈 모양으로 만든 식품)를 먹을 예정이었으며 저녁에는 호프 부인이 그들을 방문하기로 되어 있었다.

"그런데 어떻게 해서 그 두 사람이, 그러니까 호프 씨와 프랑센 양이 서로 결혼할 생각을 한 거예요?" 하고 피어가 물었다.

"두 사람이 그런 생각을 한 것은 벌써 수년 되었었지." 하고 어머니가 말했다. "물론, 너도 알다시피 호프 씨는 결혼을 한 사람이었지. 사람들 말로는 프랑센 양이 아주 잘 나가던 시절에 그를 업신여기고 도도하게 구니까 약 올리려고 결혼했다고 하더라. 그의 아내는 부자였지만 아주 늙은 여자였어. 그래도 활기가 넘치는 사람이었지. 목발을 집고 다니긴 했지만! 쉽게 죽지 않을 여자였어. 하지만 호프 씨는 그 여자가 죽기를 기다렸어. 이야기 속 주인공처럼 우리 주님이 보고 그녀를 잊어버리지 않고 데려갈 수 있도록 그가 일요일마다 그 늙은 아내를 바깥에 내놓았다 하더라도 난 놀라지 않았을 거야."

"프랑센 양은 조용히 방관하며 기다렸지." 하고 할머니가 말했다. "프랑센 양이 결혼할 수 있을 것이라고 생각지 않았어. 그런데 지난 해 호프 부인이 죽었지 뭐냐. 그래서 프랑센이 그의 아내가 된 것이지."

그 순간 호프 부인이 들어왔다.

"당신에 대해 얘기하고 있었다우." 하고 할머니가 말했다. "당신이 차분하게 기다린 보람이 있었다고 말이야."

"네." 하고 호프 부인이 말했다. "제가 너무 나이 들어 결혼하긴 했지만, 건 강하다면 젊은 거라고 제 남편이 말했어요. 그는 재치가 번득이는 사람이죠. 그 는 우리가 한 권의 책 속에 함께 들어 있는 오래된 훌륭한 작품들이라고 말해요. 상단이 도금이 되어 있는 책에 말이에요. 호프와 함께 사는 것이 정말 행복해요. 난롯가의 내 아늑한 공간도 좋구요. 자기로 된 스토브지요! 저녁에 불을 지피면 다음날까지 따뜻해요. 정말 즐거워요. 마치 키르케 (그리스 신화에 나오는 마녀로 오디세우 스의 부하들을 돼지로 둔갑시킴)의 섬에 관한 발레를 하는 것 같아요. 제가 키르케 역할을 했던 것 기억나세요?"

"그럼. 참으로 매력적이었지!" 하고 할머니가 말했다. "하지만 사람이란 얼마 나 많이 변하는지!" 이것은 무안을 주려고 한 말이 아니었으며 그렇게 받아들이 는 사람도 없었다. 이어서 헤드치즈와 차가 나왔다.

다음날 아침, 피어는 상인이 집을 방문했다. 부인이 그를 맞으며 손을 꼭 잡고 옆에 앉으라고 권했다. 대화를 나누던 중에 피어는 진심으로 고마움을 표시했다. 상인이 그의 비밀 후원자라는 것을 알고 있었기 때문이다. 부인은 그 사실을 모르 고 있었다. "하지만 그건 남편다운 일이야. 별 거 아니야." 하고 부인이 말했다.

피어가 그 얘기를 상인에게 하자 상인은 화를 내려고 했다. "네가 전혀 잘못 알 고 있어." 이렇게 말하고 그는 대화를 막아버리고는 나가버렸다.

펠릭스는 대학생이었으며 외교관이 되고자 했다.

"남편은 미친 짓이라고 하지." 하고 부인이 말했다. "난 모르겠어. 그런 일은 하느님의 섭리대로 되는 법이니까."

펠릭스는 펜싱 수업이 있었기 때문에 나타나지 않았다.

집에 돌아온 피어는 상인에게 고맙다는 인사를 했지만 상인은 인사를 받지 않 았다고 말했다.

"누가 그를, 뭐라고 했지, 너의 후원자라고 했지?" 하고 성악 선생님이 물었다.

"어머니와 할머니께서 그러셨어요." 하고 피어가 대답했다.

"그럼, 그런 거겠지."

"그에 대해 뭐 아시는 게 있어요?" 하고 피어가 물었다.

"알고 있지. 하지만 나에게서는 아무것도 알아내지 못할 걸. 자, 이제부터는 매일 아침에 집에서 한 시간씩 노래 연습을 할 거다."

# XI

일주일에 한 번 사중주 음악 연주가 있었다. 귀와 영혼과 생각이 베토벤과 모차르트의 웅장한 음악적 시로 충만해졌다. 훌륭한 음악 연주를 들어본 지가 얼마나 오래되었던가. 그것은 마치 키스 오브 파이어(보드카에 슬로진, 레몬 주스 등을 섞은 칵테일)가 그의 등줄기를 타고 내려가 온 신경으로 퍼지는 것과 같았다. 피어의 눈에는 눈물이 가득 고였다. 집에서 음악 연주가 있는 저녁이면 피어에게는 축제의 저녁이었다. 그것은 극장에서 보는 그 어떤 오페라보다도 더욱더 깊은 인상을 주었다. 오페라를 볼 때면 늘 거슬리는 점이 있었고 불완전한 점들이 눈에 띄지 않았던가. 가끔은 가사가 제대로 전달되지 않았다. 어쩔 때는 가사가 노래 속에 너무 파묻혀서 무슨 언어로 노래하는지 알아들을 수가 없는가 하면, 어쩔 때는 감정 표현이 잘못 되거나 목소리가 중간 중간에 뮤직박스 (자동 연주기)에 압도되어서, 또는 잘못된 음조로 느리게 부르는 바람에 감동이 약화되었다. 정확성이 부족한 점은 무대장치나 의상에서도 나타났다. 하지만 이러한 모든 결함이 사중주에는 없었다. 시와 같은 음악이 웅장하게 울려 퍼졌다. 음악실에는 값비싼 벽걸이들이 벽에 걸려 있었다. 그곳에서 피어는 음악의 세계 속으로 빠져 들어갔다. 거장들이 창조한 음악의 세계 안에.

어느 날 저녁, 베토벤의 「전원 교향곡」이 커다란 음악 홀에서 큰 오케스트라에 의해 연주되었다. 특히 이상한 힘으로 우리의 젊은 친구인 피어의 마음을 뒤흔들고 흥분시킨 것은 안단테 악장인 〈개울가 풍경〉이었다. 그 음악은 피어를 살아 있는 신선한 숲으로 데려갔다. 종달새와 나이팅게일이 지저귀고 뻐꾸기가 노래했다. 얼마나 아름다운 자연이었던가! 신선한 샘물 또한 솟아나고 있지 않은가! 그 순간부터 그는 그의 영혼 가장 깊은 곳을 울리는 것은 자연이 반영되고 인간의 가슴으로부터 나오는 감정이 분출되는 그림 같은 음악이라는 것을 깨닫게 되었다. 베토벤과 하이든은 그가 좋아하는 작곡가가 되었다.

피어는 종종 이에 대해 성악 선생님과 얘기를 주고받았으며, 대화가 잦아질수록 두 사람은 더욱더 가까운 친구가 되었다. 성악 선생님은 미미르의 샘 (북유럽 신화에 나오는 거인족인 미미르 현인의 샘)처럼 마르지 않는 풍부한 지식을 가지고 있었다. 피어는 그의 말을 귀 기울여 들었다. 어렸을 때 할머니가 들려주는 동화와 이야기에 빠져 열심히 들었듯이 이제는 음악의 세계에 대한 이야기를 들으며 숲과 바다가 얘기하는 것이 무엇인지, 거대한 언덕들이 무슨 소리를 내는지, 새들이 부리로 어떤 노래를 부르는지, 그리고 어떤 꽃들이 소리 없이 향기를 뿜어내는지에 대해 알게 되었다.

매일 아침 성악 수업을 하는 시간은 선생님에게나 학생에게나 진정으로 즐거운 시간이었다. 짤막한 노래 하나하나가 신선하고 감정이 풍부하면서도 꾸밈없이 표현되었다. 피어가 가장 아름답게 부른 노래는 슈베르트의 「겨울 나그네」 시리즈였다. 멜로디와 가사 모두 최상이었다. 그 둘은 서로 섞이고 서로 어우러져 멜로디는 가사를, 가사는 멜로디를 고양시키고 빛이 나게 해 주었다. 피어가 극적인 성악가라는 것은 부인할 수가 없었다. 달이 갈수록, 한 주 한 주가 지날 때마다, 그리고 매일매일 그의 능력은 향상되었다.

피어는 어떠한 부족함이나 슬픔도 모르는 채 건전하고 행복하게 자랐다. 그의 삶은 앞날이 축복으로 가득한 풍요롭고 멋진 삶이었다. 인간에 대한 그의 신뢰는 한 번도 배반당한 적이 없었다. 그는 아이의 영혼과 남자의 인내심을 가지고 있었으며 어디를 가나 다정한 눈빛과 정중한 환영을 받았다. 날이 갈수록 성악 선생님과의 관계는 더욱더 진실되고 견실해졌다. 두 사람은 서로 형제 같았다. 어린 동생은 젊은이의 열정과 따뜻함을 지니고 있었고 형은 그러한 열정과 따뜻함을 전적으로 이해하고 응원해 주었다.

성악 선생님의 성격은 남부 사람의 열정을 지닌 것이 특징이었다. 그를 보면 사람들은 단번에 그가 격렬하게 증오하거나 열정적으로 사랑할 수 있는 사람이라는 것을 알 수 있었다. 그런데 다행히도 후자가 그를 지배했다. 게다가 아버지가 물려준 재산 덕분에 관심이 있거나 하고 싶은 일이 아니면 일을 할 필요도 없었다. 그는 남모르게 합리적인 방법으로 좋은 일을 많이 했지만 사람들이 그에 대해 얘기하거나 그에게 고마워하는 것을 원하지 않았다.

"내가 어떤 일을 했다면," 하고 그가 말했다. "그건 내가 할 수 있거나 해야만 했기 때문이야. 나의 의무였으니까."

그의 늙은 하인인, 그가 농담으로 부르듯이, "우리의 관리인"은 집주인에 대해 자기 의견을 말할 때는 소리를 죽여 말했다. "주인님이 수 년 동안 기부를 하고 행한 일들을 알고 있어요. 하지만 그 절반도 모르지요! 왕께서는 그에게 가슴에 달라고 별을 줘야 해요. 하지만 주인님을 별을 달려 하지 않을 걸요. 내가 제대로 알고 있다면, 주인님은 자신이 한 친절한 행동에 대해 영예가 주어진다면 화를 낼 거예요. 그분은 믿음에 있어서는 우리 누구보다도 행복한 사람이에요. 성경에서 튀어나온 사람 같지요."

피어가 의심이라도 하는 것처럼 늙은 하인은 이렇게 재차 강조해서 말했다.

피어는 성악 선생님이 착한 행동에 있어서는 진정한 기독교인이며 모든 사람의 모범이라는 것을 잘 알고 있었다. 하지만 그는 교회에 다니지 않았다. 어느 날 피어가 다음 주 일요일에 어머니와 할머니와 함께 "성찬식"에 갈 거라고 하면서 성악 선생님에게 성찬식에 가 본 적이 있느냐고 묻자 "아니!"라고 대답했다. 그는 피어에게 고백할 것이라도 있는 것처럼 뭔가 말을 더하고 싶은 듯했지만 아무 말도 하지 않았다.

어느 날 저녁, 몇 사람을 후원한 후원자에 대한 기사를 신문에서 읽어주던 성악 선생님은 선행과 그에 대한 보상에 대해 얘기하게 되었다.

"보상은 생각하지 않을 때 오는 법이지. 선행에 대한 보상은 탈무드에 나오는 대추와 같은 것이야. 대추는 늦게 익을 때 단 법이지."

"탈무드요?" 하고 피어가 물었다. "어떤 책이에요?"

"그 책에 나오는 생각의 씨앗들이 기독교에 뿌리내리게 된 책이지."

"누가 그 책을 썼나요?"

"예전에 살던 현인들이 썼어. 여러 나라 출신과 여러 종교를 가진 현인들이 썼지. 솔로몬의 격언처럼 짧은 말에 지혜가 담겨 있단다. 진리들이 담겨 있지! 그 책을 읽으면 이 지구에 사는 사람들은 시대를 막론하고 항상 같았다는 것을 알 수 있지. '너의 친구에게는 친구가 있고, 너의 친구의 친구에게는 친구가 있으니 말을 조심하라!'라는 구절이 쓰여 있는데 이 말은 모든 시대에 통용되는 지혜이지. 또 '자기의 그림자를 뛰어넘을 수 있는 사람은 아무도 없다.'라든가 '가시 위로 걸을 때는 신발을 신어라!'라는 말도 쓰여 있어. 네가 꼭 읽어봐야 할 책이야. 실제 지구상에서 보는 것보다 그 책을 통해서 문화의 증거를 더 확실하게 알 수 있을 거야. 유대인인 나에게 있어서 그 책은 조상들이 물려준 유산이기도 하지."

"유대인이요?" 하고 피어가 물었다. "유대인이세요?"

"모르고 있었어? 지금까지 그런 얘기를 서로 주고받지 않았다니, 참으로 이상하군!"

어머니와 할머니도 그에 대해서는 모르고 있었다. 그들은 그런 점에 대해서는 전혀 생각지도 않았으며 단지 성악 선생님이 존경할 만한 멋진 사람이라고만 알고 있었다. 피어가 인생에서 그를 만나게 된 것은 하느님의 이끄심에 의한 것이었다. 예수님 다음으로 그의 행운은 하느님에게 힘입은 바가 컸다.

그건 그렇고, 어머니는 며칠 동안 충실히 간직했던 비밀을 털어놓았다. 그것은 누구에게도 말하지 않겠다는 약속 하에 상인의 아내가 얘기해 준 비밀이었다. 비밀이 알려졌다는 사실을 성악 선생님이 알아서는 절대로 안 되었다. 가브리엘 씨 집에서 피어가 교육을 받도록 후원해준 사람은 바로 그였던 것이다. 상인의 집에서 피어가 삼손 발레에 나오는 노래를 부르는 것을 들었던 저녁부터 성악 선생님은 피어의 진정한 친구가 되었으며 비밀리에 후원자가 되었던 것이다.

## XII

호프 부인이 그녀의 집에서 피어를 기다리고 있을 때 피어가 도착했다.

"이제 내 남편을 만나보렴." 하고 호프 부인이 말했다. "난롯가 외딴 곳도 보고 말이야. 「키르케」와 「프로방스의 장미 요정」 발레에서 춤을 출 때는 이런 것은 꿈도 꾸지 못했어. 이제는 그 발레와 어린 프랑센을 기억하는 사람들은 많지 않지. '이 세상의 영화(榮華)는 이처럼 사라져간다' — 이것은 위트가 넘치는 호프가 라틴어로 하는 말이야. 내가 영광스러웠던 내 옛 시절에 대해 얘기하면 그는 이 구절을 읊곤 하지. 하지만 기분 좋게 하는 말이야."

"난롯가 외딴 곳"은 천정이 낮고 바닥에는 양탄자가 깔려 있으며 제본업자가 가질 만한 초상화들이 있는 마음을 끄는 방이었다. 방에는 구텐베르크, 프랭클린, 셰익스피어, 세르반테스, 몰리에르, 두 명의 눈먼 시인인 호메로스와 오시안(3세기 스코틀랜드의 시인)의 사진들이 걸려 있었다. 커다란 유리 액자 속에 넣어져 가장 아래쪽에 걸려 있는 것은 종이로 오린 여자 댄서였다. 커다란 금빛 스팽글 장식이 있는 투명한 옷을 입고 오른쪽 다리는 하늘로 쳐들고 있는 그림이었다. 그림 아래에는 다음과 같은 시가 적혀 있었다.

누가 춤으로 모든 사람의 마음을 사로잡는가?
누가 황홀한 예술의 화환을 쓰는가?

에밀리 프랑센 양!

그것은 멋진 시를 잘 쓰는, 특히 코믹한 시를 잘 쓰는 호프가 쓴 글이었다. 그는 그의 첫 번째 아내와 결혼하기 이전에 직접 그 그림을 오리고 붙이고 바느질했었다. 그 후 그 그림은 수년 동안 서랍 속에 묻혀 있다가 이제야 시인들의 초상화가 걸려 있는 갤러리에서 빛을 보게 된 것이었다. 호프 부인이 자기의 작은 방을 일컬을 때 사용하는 표현처럼 "나의 난롯가 외딴 곳"에 걸리게 된 것이다. 이 방에서 피어와 호프는 처음으로 서로 인사를 나누게 되었다.

"정말 멋진 사람이지 않아?" 하고 호프 부인이 피어에게 말했다. "나에게는 세상에서 가장 멋진 사람이야."

"그렇지. 일요일에 새 옷으로 제본을 잘할 때는 말이야." 하고 호프 씨가 말했다.

"제본을 하지 않아도 당신은 멋져요." 호프 부인은 이렇게 말하고는 마치 나이에 걸맞지 않게 너무 어린애 같이 말한 것을 깨달은 듯이 고개를 아래로 떨구었다.

"오래된 사랑은 녹슬지 않는 법이지." 하고 호프 씨가 말했다. "오래된 집은 불이 붙으면 타서 무너지고 말이야."

"마치 불사조[30]와 같은 거죠." 하고 호프 부인이 말했다. "다시 젊게 날아오르는 새 말이에요. 이곳은 나의 낙원이에요. 다른 곳에는 가고 싶지 않아요. 당신의 어머니나 할머니 댁에 한 시간 정도 가는 것 외에는 말이에요."

"그리고 당신 언니 집에도." 하고 호프 씨가 말했다.

"아녜요, 호프! 그곳은 이제 낙원이 아니에요. 피어, 내가 말해 줄게. 그들은 작은 집에서 많은 문제를 안고 살고 있단다. 그 집에서는 함부로 말을 할 수가 없지. '까무잡잡'이라는 표현은 쓸 수가 없어. 그 집 큰 딸이 흑인 핏줄을 가진 남자 친구와 약혼을 했거든. 또 '곱사병'이란 말도 해서는 안 돼. 그 집 아이들 중 하나가 곱사병이니까. '적자'라는 말도 해서는 안 되지. 형부가 그런 상태거든. '숲(영어로는 우드)'으로 드라이브를 갔다는 표현도 쓸 수가 없어. 그 집 막내딸과 약혼했다가 파혼한 남자의 이름이 우드라서 그 이름을 들으면 불쾌하게 느끼거든. 가

---

30. 이집트 신화에 나오는 새. 500~600년마다 스스로 불을 피워 타 죽고 그 재 속에서 다시 살아난다고 함.

서 입도 뻥긋 못하고 가만히 앉아 있고 싶진 않아. 말을 할 수 없다면 내 집에서 내 난롯가 외딴 곳에 앉아 있는 게 낫지. 사람들이 흔히 말하듯, 죄를 짓는 말이 아니라면 내 난롯가 외딴 곳이 사라지기 전까지는 우리가 살 수 있도록 주님께 부탁하고 싶어. 이곳에 있으면 사람이 더 나아지니까. 이곳은 나의 낙원이야. 호프 씨가 내게 준 곳이지."

"입 속에 황금 방앗간이 들어 있나 보구나." 하고 호프 씨가 말했다.

"그리고 당신 가슴에는 황금 곡식이 들어 있고요."하고 호프 부인이 말했다.

갈아라, 갈아라, 자루 속에 담을 것을.
에밀리는 황금처럼 순수하나니!

호프 부인이 호프의 턱 밑을 간질이자 호프 씨가 이렇게 말했다
"이렇게 짧은 순간에 그런 시를 쓰다니! 출판해도 되겠어요!"

"그래, 잘 제본해서 말이야!" 하고 호프 씨가 말했다

이렇게 이 나이든 부부는 서로 즐거워하며 살아갔다

피어가 연극 무대에 올릴 역할을 공부하기 시작한 것은 일 년이 지나서였다. 그는 처음에는 요셉을 선택했으나 오페라 「하얀 옷의 여인」[31]에 나오는 조지 브라운 역으로 바꾸었다. 그는 단시간에 가사와 악보를 읽혔다. 그리고 원작인 월터 스콧의 소설을 보고는 기백이 넘치는 젊은 장교의 모습을 선명하게 알 수 있게 되었다. 장교는 자기가 태어난 고장을 방문하며 자기도 알지 못하는 사이에 조상들의 성으로 돌아온다. 그러나 오래된 노래가 그의 어린 시절의 기억을 일깨워 준다. 행운이 그와 함께한다. 결국 그는 성을 얻고 아내도 얻게 된다.

피어가 읽은 내용은 피어가 살아온 인생과 같은 것이 되었다. 그의 인생의 한 장과 같은 것이. 멜로디가 풍부한 음악은 그 내용과 완벽한 조화를 이루었다. 아주 오랜 시간이 지나 첫 리허설이 시작되었다. 성악 선생님은 피어가 무대에 서는 일을 그렇게 급히 서두를 필요가 없다고 생각했지만 드디어 그날이 오고 있었다.

---

31. 원작인 월터 스콧(Walter Scott)의 『가이 매너링(Guy mannering)』을 바탕으로 하여 외젠 스크리브가 대본을 쓴 오페라. 1825년 12월에 파리 오페라 코미크 극장에서 초연됨.

피어는 단순히 노래만 하는 성악가가 아니었다. 그는 배우였다. 그는 자신의 전부를 역할에 쏟아 부었다. 합창단원들과 오케스트라 단원들이 처음부터 그에게 큰 박수갈채를 보냈으며 첫 공연이 있는 날 밤을 학수고대했다.

"집에서 실내복을 입고 하는 연기는 누구나 할 수 있어." 하고 성격 좋은 한 동료가 말했다. "대낮에는 위대한 배우가 될 수 있지. 하지만 관객이 꽉 메운 실내에서 조명을 받으며 연기하라고 하면 그저 그런 연기자밖에 못 되는 수가 있지. 두고 봐야 할 일이야."

피어는 두렵지 않았다. 오히려 첫날 공연이 목이 타도록 기다려졌다. 반대로 성악 선생님은 매우 긴장해 있었다. 피어의 어머니는 차마 극장에 갈 용기가 나지 않았다. 아들에 대한 염려로 아파 버릴 것 같았기 때문이다. 할머니는 아파서 집에 있어야 한다고 의사가 말했다. 하지만 진실한 친구인 호프 부인이 공연이 어찌 되었는지 바로 그날 밤에 소식을 전해주겠다고 약속했다. 호프 부인은 설사 죽어 가는 한이 있더라도 극장에 가야 했고 갈 예정이었다.

공연 날 밤이 어찌나 길었던지! 그 서너 시간이 영원처럼 길게 느껴졌다! 할머니는 어머니와 함께 찬송가를 부르며 그들의 작은 피어를 위해 선하신 하느님께 기도했다. 그날 밤 행운의 피어가 될 수 있게 해 달라고. 시계 바늘이 천천히 움직여 갔다.

"이제 피어가 등장할 차례야." 하고 두 사람은 말했다. "이제 중간 부분이에요. 이제 끝났네요." 어머니와 할머니는 서로 쳐다보았다. 하지만 둘 다 아무 말도 하지 않았다.

거리에는 마차 소리가 요란했다. 사람들이 극장에서 집으로 돌아가는 길이었다. 두 여자는 창 밖으로 아래를 내다보았다. 지나가는 사람들이 큰 소리로 얘기했다. 그들은 극장에서 오는 길이었다. 그들이 알고 있는 사실이 상인의 집에 있는 다락방에 기쁨을 가져다줄 수도 있었고 슬픔을 가져다줄 수도 있었다.

마침내 누군가 계단을 올라왔다. 호프 부인이 뛰어들고 뒤이어 그녀의 남편이 들어왔다. 호프 부인은 어머니와 할머니의 목을 와락 껴안고는 아무 말이 없었다. 그저 흐느끼며 눈물을 흘릴 뿐이었다.

"오, 주 하느님!" 하고 어머니와 할머니가 외쳤다. "피어의 공연은 어떻게 되었나요?"

"좀 울게요!" 하고 호프 부인이 너무 감격하여 감정을 억제하지 못하며 말했다. "눈물을 참을 수가 없어요. 아, 두 분도 참을 수 없을 거예요!" 호프 부인의 두 눈에 눈물이 주루룩 흘러내렸다.

"피어가 야유를 받고 퇴장 당했나요?" 하고 어머니가 소리쳐 물었다.

"아니, 그게 아니에요!" 하고 호프 부인이 대답했다. "그들은, ― 오, 내가 살아서 그걸 보게 되다니!"

그러자 어머니와 할머니도 울음을 터뜨렸다.

"진정해, 에밀리." 하고 호프 씨가 달랬다. "피어가 정복했어요! 승승장구했지요! 관중이 너무 열광하며 박수갈채를 보내 극장이 무너질 지경이었어요! 아직도 손이 얼얼해요. 관람석 첫줄부터 최상층 관람석까지 태풍이 몰아친 것 같았어요. 왕실 관객들도 박수갈채를 보냈지요. 그야말로 극장의 역사에 있어서 기념일이라 할 만했어요. 그건 재능을 넘어서서 천재였어요."

"그래요, 천재예요!" 하고 호프 부인이 소리쳤다. "그게 제가 하려던 말이에요. 고마워요, 호프, 나 대신 얘기해 줘서! 저는 평생을 극장에서 살아왔지만 노래와 연기를 그처럼 할 수 있는 사람이 있다는 것을 믿기가 어려웠어요." 호프 부인이 또다시 울음을 터뜨렸다. 어머니와 할머니는 뺨 위로 눈물을 흘리며 웃었다.

"자, 이제 아셨으니 푹 주무세요." 하고 호프 씨가 말했다. "자, 가요, 에밀리. 안녕히 주무세요! 안녕히!"

호프 부부는 다락방을 나가고 행복한 두 사람만 남았다. 하지만 잠시 후, 그곳에는 두 사람만 있는 것이 아니었다. 문이 열리고 다음날 오전에 찾아오기로 했던 피어가 방 안에 서 있었다. 그는 늙은 할머니와 어머니가 얼마나 마음속으로 그를 계속 따라 다녔는지, 그리고 그의 성공에 대해 얼마나 모르고 있을지를 잘 알고 있었다. 그는 성악 선생님과 함께 마차를 타고 집 앞을 지나가다가 멈추었었다. 다락방에 아직도 불이 켜져 있는 것을 보고 그들을 보고 가기로 생각한 것이었다.

"정말 멋지고, 영광스럽고, 최고였어요! 모두 다 잘됐어요!" 피어가 승리감에 넘쳐 소리치고는 어머니와 할머니에게 입을 맞추었다. 성악 선생님은 희색이 만면한 얼굴로 고개를 끄덕이면서 그들과 악수를 나누었다.

"이제 가서 쉬도록 해야겠어요." 하고 그가 말했다. 늦은 밤의 방문은 그것으로 끝이 났다.

"하늘에 계신 우리 아버지께서 얼마나 자애로우시고 선량하신지!" 하고 두 가난한 여인들이 말했다. 그들은 밤이 늦도록 피어에 대한 얘기로 꽃을 피웠다. 큰 도시의 여기저기에서 사람들은 피어에 대한 얘기를 했다. 젊고 잘생기고 경이로운 성악가에 대해서. 행운의 피어는 그처럼 성공을 거둔 것이었다.

## XIII

조간신문에서는 그의 데뷔를 이례적인 것이라고 대대적으로 보도했으며 연극 비평가들은 다음 호에 자신들의 의견을 실을 특권을 유보해 두었다. 상인은 피어와 성악 선생님을 성대한 저녁식사에 초대하였다. 그것은 축하의 의미였으며, 그들의 아들과 같은 해, 같은 날에 같은 집에서 태어난 피어에 대한 그와 그의 아내의 관심을 보여주는 것이었다.

상인은 아름다운 연설을 한 마디 하고는 "보석"을 찾아내어 반짝이게 닦아준 성악 선생님의 건강을 위해 건배를 했다. "보석"이란 표현은 어느 유수한 신문에서 피어를 두고 한 말이었다. 펠릭스는 그의 옆에 앉아 있었으며 쾌활하고 다정다감했다. 저녁식사가 끝나자 그는 자기의 궐련(담배)을 내밀었다. 상인의 것보다 더 좋은 것이었기 때문이다. "펠릭스는 그 정도 궐련을 살 돈은 있지. 부자 아버지를 두었으니까." 하고 상인이 말했다. 피어는 담배를 피우지 않았다. 이는 커다란 결점이었다. 하지만 그것은 쉽게 고칠 수 있는 것이었다.

"우린 친구지!" 하고 펠릭스가 말했다. "넌 도시의 인기 연예인이 되었구나! 젊은 아가씨들이건 늙은 아줌마들이건 네가 그들 모두의 마음을 완전히 사로잡았어. 넌 무슨 일에나 운이 좋아. 부러운 점이지. 특히 젊은 아가씨들이 많은 극장을 드나들 수 있는 점이 아주 부러워."

피어에게는 그것이 별로 부러워할 일이 아닌 것 같았다.

그는 가브리엘 부인에게서 한 통의 편지를 받았다. 그녀는 신문에서 그의 데뷔에 대해 다룬 화려한 기사를 보고 황홀해했으며 예술가가 되었다는 사실에 대해서도 감격스러워했다. 그녀는 하숙하는 아가씨들과 다함께 펀치로 그를 위해 건배를 했다고 했다. 가브리엘 씨 또한 함께 축하를 했으며, 무엇보다도, 피어가 외국어 발음을 정확하게 했을 것이라고 확신했다고 했다. 약사는 마을을 돌아다니며 피어가 수도에서는 처음으로 인정을 받게 되었지만, 처음으로 피어의 재능을 알아보고 인정해 준 곳은 그들의 작은 극장에서였다는 사실을 사람들에게 상기시켰다고 했다. 그리고 "이제 피어가 백작이나 남작 부인들과 교제를 할 수 있으니 약사의 딸이 신경이 쓰일 거야."라고 덧붙였다. 사실, 약사의 딸은 너무 서둘러서 너무 빨리 굴복해 버렸다. 한 달 전에 뚱뚱한 지방의원과 약혼을 했던 것이다. 결혼 공고를 했고 결혼식은 그 달 20일에 있을 예정이었다.

피어가 이 편지를 받은 것은 바로 그 달 20일이었다. 그는 가슴이 찢어지는 것 같았다. 그 순간 그의 마음이 우유부단하게 흔들리는 동안에도 그녀는 변함없이 그의 마음을 차지하고 있었다는 것이 확실해졌다. 그는 이 세상 누구보다도 그녀를 좋아했다. 그의 두 눈에서 눈물이 흘러나왔다. 그는 손에 든 편지를 구겨 버렸다. 어머니와 할머니로부터 아버지가 전쟁터에서 전사했다는 소식을 들었을 때 이후로 그가 처음 겪는 커다란 슬픔이었다. 모든 행복이 사라지고 그의 미래가 텅 비고 슬픈 것만 같았다. 햇살은 더 이상 그의 젊은 얼굴을 비추지 않았다. 햇살은 그의 가슴에서 사라져 버린 것이다.

"피어가 안색이 안 좋아. 극장에서 일이 힘든가 봐." 하고 어머니와 할머니가 말했다.

그들은 피어가 예전 같지가 않다는 것을 알 수 있었으며 성악 선생님도 알 수 있었다.

"무슨 일이지?" 하고 성악 선생님이 물었다. "무슨 고민이 있는지 내가 알면 안 되겠니?"

그 말에 피어의 볼이 붉어지며 눈에 눈물이 고였다. 그는 자신이 슬퍼하는 이유와 상실감에 대해 털어놓았다.

"그녀를 깊이 사랑했어요!" 하고 피어가 말했다. "너무 늦은 지금에야 그걸 깨달았어요!"

"가엾은 친구! 네 마음을 잘 알겠다. 마음껏 울어라. 그리고 나서 마음이 진정되거든 이 세상에서 일어나는 일들은 그 어떤 일이든 간에 가장 좋은 방향으로 일어난다는 생각을 가지도록 해라. 나도 너와 같은 감정을 느낀 적이 있었단다. 너처럼 한때 사랑하는 여자가 있었지. 지적이고 예쁘고 매력적인 여자였어. 나의 아내가 될 여자였단다. 그녀를 편하게 살도록 해 줄 수 있었어. 그녀도 나를 좋아했으니까. 하지만 우리가 결혼하려면 충족시켜야 할 한 가지 조건이 있었지. 그녀의 부모님이 요구하고 그녀 또한 요구한 일이었다. 바로 내가 기독교인이 되어야 한다는 것이었지!"

"거부했군요?"

"그럴 수 없었지. 정직한 양심을 가지고는 한 종교에서 다른 종교로 갑자기 바꿀 수는 없는 법이다. 두 종교에게 죄를 짓는 일이지."

"종교가 없으세요?" 피어가 물었다.

"우리 조상들이 믿는 신을 믿지. 그분은 내 걸음을 밝혀 주시고 나의 예지를 밝혀 주시는 분이란다."

두 사람은 잠시 아무 말 없이 앉아 있었다. 그러다가 성악 선생님의 손이 건반을 두드렸다. 그는 오래된 민요를 연주했다. 하지만 둘 다 노래를 부르지는 않았다. 각자 자신만의 생각에 빠져 있었는지 모른다.

피어는 가브리엘 부인의 편지를 다시는 읽지 않았다. 그녀는 자신의 편지가 어떤 슬픔을 가져다주었는지 꿈에도 생각지 못했다.

며칠 후, 가브리엘 씨에게서 편지가 도착했다. 그는 축하 인사와 함께 한 가지 "부탁"을 했다. 아마도 편지를 쓴 진짜 이유는 그 부탁 때문이었는지도 몰랐다. 그는 피어에게 작은 도자기로 된 '사랑과 결혼' 조각상을 사서 보내 달라고 부탁했다. "이곳에서는 다 팔리고 없어서 구할 수가 없구나." 하고 그는 편지에 썼다. "하지만 그곳 수도에서는 쉽게 구할 수 있을 것이다. 돈은 함께 동봉한다. 가능한 한 빨리 보내주렴. 지방의원에게 결혼 선물로 주려는 거란다. 지난번에 아내와 함께 그의 결혼식에 참석했었지." 또한 이런 내용도 쓰여 있었다. "마드센은 절대로 대학생이 못 될 거야. 우리 집을 나갔단다. 벽에 우리 가족들에게 당혹스런 말을 써놓았더구나. '사내들이란 사내들이다. 사내들은 사내다운 짓을 한다.'라고. 넌 라틴어를 모르니까 내가 번역한 거야." 가브리엘 씨의 편지는 이렇게 끝났다.

## XIV

피어는 피아노 앞에 앉아 있을 때면 가슴과 머리를 뒤흔드는 음조가 자주 떠오르곤 하였다. 음조는 멜로디가 되었으며 가끔은 가사도 함께 흘러나왔다. 그럴 때면 멜로디와 가사가 한 몸이 되어 따로 분리가 되지 않았다. 이렇게 해서 운율이 있고 감정이 풍부한 여러 개의 시가 탄생하게 되었다. 시들은 낮은 목소리로 읊조려졌다. 마치 누군가에게 들릴까 부끄러운 시들이 고적함 속으로 빨려 들어가는 것 같았다.

모든 것은 지나가는 법, 불어오는 바람처럼.
이곳에 영원히 지속되는 것은 아무것도 없나니.
너의 뺨에서 붉은 빛이 희미해지리,
미소도 눈물도.

왜 고통과 슬픔으로 괴로워하는가?
괴로움과 슬픔이 없다면 좋으련만.
모든 것은 지나가나니, 잎처럼 희미해지나니,
시간과 인간은 내일과 함께 지나가나니.

모든 것은 사라지고, 모든 것은 지나간다.
너의 젊음도, 너의 희망도, 너의 친구도.
모든 것은 지나가는 법, 불어오는 바람처럼.
절대로 돌아오지 않는 법, 종말을 맞을 뿐!

"이 노래와 멜로디는 어디서 난 거지?" 우연히 가사와 악보가 적혀 있는 것을 본 성악 선생님이 물었다.

"저절로 떠올랐어요, 모든 것이. 세상에 발표하지는 않을 거예요."

"의기소침해 있던 영혼이 꽃을 피우기 시작했군." 하고 성악 선생님이 말했다. "하지만 의기소침한 영혼에게 감히 충고는 하지 않겠어. 자, 이제 항해를 시작해야지. 다음 데뷔를 위해 노를 저어보자. 햄릿은 어떻겠니? 덴마크의 우울한 젊은 왕자 말이야?"

"셰익스피어의 비극은 알아요." 하고 피어가 대답했다. "하지만 토마(프랑스 오페라 작곡가)가 쓴 오페라는 아직 출연하기 일러요."

"그 오페라는 제목을 「오필리어」라고 해야 마땅해." 하고 성악 선생님이 말했다. 「햄릿」에서 셰익스피어는 왕비로 하여금 오필리어의 죽음에 대해 말하게 한다. 하지만 뮤지컬 각본에서는 이 장면이 하이라이트였다. 뮤지컬에서는 왕비의 입을 통해서만 알 수 있었던 장면이 생생하게 우리 눈 앞에 펼쳐지고 음악을 통해 전달된다.

버드나무가 시냇가에 비스듬히 자란 곳이 있어
유리 같은 시냇물 위로 그 회백색 잎들이 비치고 있지.
그곳에 오필리어가 미나리아재비, 쐐기풀, 데이지, 자주색 주란꽃을 엮어 만든
신비스런 화관을 쓰고 왔지 않았겠니.
분방한 목동들은 상스런 이름으로 부르지만,
냉정한 처녀들은 죽은 사람의 손가락이라고 부르는 주란꽃을.
그 애가 버드나무의 늘어진 가지에다 그 화관을 걸려고
올라갔을 때, 심술궂은 가지가 부러져 그만
그 앤 화관과 함께 흐느끼는 시냇물에 빠지고 말았어.
그 애의 옷자락이 활짝 펼쳐져
그 앤 인어처럼 잠시 물 위에 떠 있었지.
수면에 떠 있는 동안 오래된 곡조를 부르고 있었어,
자신이 처한 위험을 전혀 모르는 것처럼.

오페라에서는 이 왕비의 대사를 우리 눈 앞에 보여준다. 무대에 오필리어가 등장한다. 그녀는 놀이를 하고 춤을 추며 강 속으로 사람을 유인하는 인어에 관한 오래된 발라드를 노래하면서 무대로 나온다. 그녀가 노래하고 꽃을 뜯는 동안 같은 곡조가 시냇물 깊숙한 곳에서 울려나온다. 이어서 두 소리는 강물 깊은 곳에서 울려나오는 매혹적인 합창단의 소리와 어우러진다. 오필리어는 귀를 기울인다. 그리고는 웃는다. 그녀는 강가로 다가가 강물 위로 드리워진 버드나무 가지를 붙잡고 물 위에 핀 하얀 수련을 꺾으려고 몸을 굽힌다. 그녀는 미끄러지듯 수련으로 다가가 노래를 하면서 넓은 수련 꽃잎 위로 몸을 숙인다. 그 순간 수련과 함께 빙그르르 돌며 강물에 떠밀려 점점 더 깊숙이 빠져든다. 그녀는 인어의 멜로디가 주위를 감싸는 가운데 꺾인 꽃처럼 달빛 아래 가라앉는다.

이 인상적인 장면에서는 햄릿, 그의 어머니, 그의 숙부, 그리고 죽은 자인 복

수를 꿈꾸는 왕이 오직 이 아름다운 그림을 위한 배경으로서 만들겼다는 인상을 준다. 오페라 「파우스트」가 괴테의 「파우스트」가 아니듯이, 우리는 이 오페라를 통해서 셰익스피어의 「햄릿」과는 다른 것을 보게 된다. 사색적인 요소는 음악을 위한 재료가 되지 못한다. 이 두 비극에서 음악적인 시로 고양되는 요소는 사랑의 요소들이다.

햄릿 오페라가 상연되었다. 오필리어 역을 맡은 여배우는 감탄스러울 정도였으며 죽는 장면은 매우 효과적으로 연출되었다. 햄릿 역시 그날 저녁 그 무대에 등장할 때마다 인물의 깊이를 더해감으로써 그에 못지않은 공감과 찬사를 끌어냈다. 거기에 더하여, 사람들은 풍부한 성량을 지닌 성악가의 목소리에, 고음과 저음에서 보여준 신선함에, 그리고 햄릿과 조지 브라운을 똑같이 멋지게 노래할 수 있는 능력에 놀라워했다.

대부분의 이탈리아 오페라에서 노래하는 부분은 재능 있는 성악가가 자신의 영혼과 천재성을 쏟아 붓는 화폭과 같으며 성악가가 다채롭고 역동적인 색으로 시에 걸맞은 형상을 만들어 내는 화폭과도 같다. 인물을 중심으로 음악이 작곡되고 연주되었을 때 성악가의 역량은 더욱더 눈부시게 드러날 수 있는 법이다. 토마와 구노(프랑스 작곡가)는 이 점을 잘 이해하고 있었다.

그날 저녁 극장에서는 햄릿이란 인물은 살과 피가 주어졌으며 오페라 계를 주도하는 저명인사가 되었다. 잊을 수 없는 장면은 성벽 위의 밤 장면이었다. 그곳에서 햄릿은 처음으로 그의 아버지의 혼령을 보게 된다. 무대 앞에 세워진 성벽 위에서 햄릿은 독이 될 약속을 한다. 아버지의 혼령이 복수를 위해 아들 앞에 서 있는 가운데 어머니와의 끔찍한 만남을 약속한다. 오필리어의 죽음 앞에서 그의 목소리는 얼마나 강렬하고 애절했던가! 오필리어는 깊고 어두운 바다 위에 떠 있는 연민을 자아내는 연꽃이었다. 일렁이는 파도는 강력한 힘으로 관객의 영혼 속으로 파고들었다. 그날 저녁 햄릿은 오페라 계의 중심인물이 되었다. 완전한 승리였다. "대체 어디서 저런 재능이 나온 거죠?" 다락방에 사는 피어의 부모와 할머니를 생각하며 상인의 부유한 아내가 말했다. 피어의 아버지는 선량하고 정직한 창고 관리인이었는데 전쟁터에서 군인으로 죽었다. 어머니는 세탁 일을 하는 여자였다. 그러니 아들에게 교육을 제대로 했을 리 없다. 피어는 자선학교에 다녔으니 그 2년 동안에 지방교사가 가르쳤으면 얼마나 가르쳤겠는가?

"그건 천재성이야!" 하고 상인이 말했다. "천재성, 하느님의 은총을 타고 난 거지."

"맞아요!" 하고 그의 아내가 말했다. 그녀는 팔짱을 끼고 피어에게 말했다. "네가 받은 것이 정말로 변변찮은 것이라고 생각하니? 하늘은 너에게 상상할 수 없을 정도로 자애로워! 너에게는 모든 것이 주어졌지. 너의 햄릿 연기가 사람들의 마음을 얼마나 사로잡았는지 모를 것이다! 넌 상상할 수도 없을 거야! 많은 위대한 시인들이 자신에게 얼마나 큰 영예가 주어졌는지 모른다고들 하더구나. 그래서 철학자들이 그것을 알려줘야 한다고 말이야. 어떻게 해서 햄릿을 그렇게 연기할 생각을 한 거니?"

"그 인물에 대해 생각하고 셰익스피어 작품에 대해 쓴 글들을 많이 읽었어요. 그리고 무대에 섰을 때는 그 인물과 그의 주변 환경에 생명을 불어넣으려고 노력했어요. 전 최선을 다해 제 몫을 했고 나머지는 주님이 해주신 거예요."

"우리 주님이라고!" 하고 상인의 아내가 반쯤은 나무라는 듯한 표정으로 말했다. "주님의 이름을 그런 식으로 사용하지 말거라! 그분께서는 너에게 능력을 주셨는데, 너는 마치 그분이 극장과 오페라와는 아무런 관련이 없는 것처럼 믿고 있구나!"

"물론, 관련이 있죠!" 하고 피어가 다부지게 말했다. "그분은 극장에 연단을 가지고 있어서 설교를 하지요. 사람들은 교회에서보다 그곳에서 그분의 말씀에 더 열심히 귀를 기울이죠!"

그녀는 고개를 저었다. "주님은 아름답고 선한 일에는 항상 우리와 함께 하신단다. 하지만 그분의 이름을 헛되이 일컫지 않도록 하자. 위대한 예술가가 될 수 있다는 것은 은총이야. 하지만 그보다는 훌륭한 기독교인이 되는 것이 더 낫지." 그녀는 펠릭스라면 극장과 교회를 절대로 비교하지 않았을 것이라 생각하자 기뻤다.

"이제 엄마하고 사이가 틀어졌네!" 펠릭스가 웃으며 말했다.

"그건 말도 안 되는 소리야!"

"신경 쓰지 마. 다음 주 일요일에 교회에 가면 다시 신임을 얻을 수 있을 테니까. 엄마가 앉는 좌석 바깥에 서서 우측을 쳐다 봐. 발코니 석에 작은 얼굴이 보일 거야. 미망인인 남작 부인의 딸이야. 이건 좋은 뜻에서 하는 충고야. 하나만 더 충고할게. 넌 지금 살고 있는 집에서 계속 살 수는 없어. 더 큰 집으로 이사해.

격조 있는 계단이 있는 집으로 말이야! 성악 선생님 집을 떠나지 않을 거라면 선생님한테 좀 더 호화롭게 살라고 해. 그분은 재력이 충분하고 너도 수입이 꽤 많잖아. 파티도 열어. 저녁 만찬 파티 말이야. 나도 파티를 열었어. 또 열거고. 하지만 넌 댄서들을 초대할 수도 있잖아. 넌 운 좋은 놈이야! 하지만 넌 어떻게 청년이 되는지 알 수 없을 걸!"

피어는 그 말을 정확히 이해했다. 자기 방식대로. 그는 충만하고 따스하고 젊은 가슴으로 예술을 사랑했다. 예술이 그의 신부였다. 예술은 그의 사랑에 화답을 해주었고 그를 기쁨과 햇살 속으로 들어올려 주었다. 그를 짓눌렀던 우울함은 곧 사라져 버렸다. 상냥한 눈들이 그를 쳐다보았으며 모두가 그를 우호적이고 다정하게 대해 주었다. 여전히 그의 가슴 위에 걸고 다니는, 할머니가 예전에 걸어주셨던 호박 하트는 부적임에 틀림없었다. 그렇다. 그는 그렇게 생각했다. 어떤 사람들은 어린애 같은 믿음이라고 하지만 미신으로부터 완전히 자유로울 수는 없었으니까. 천재성을 가진 모든 자연은 이와 같으며 그의 별에 의지하고 믿는다. 할머니는 그에게 하트에 들어 있는 힘을 보여주었었다. 어떻게 자신에게로 모든 것을 끌어들이는지를. 그의 꿈에서는 호박 하트에서 나무가 천장과 지붕을 뚫고 자라 그 나무에 수천 개의 금, 은 하트가 열렸었다. 그것은 그 하트에, 그의 따뜻한 가슴에 예술의 힘이 있다는 것을 의미했다. 그 힘으로 그는 수천 개의 하트(마음)를 얻었고 계속해서 얻게 될 것이다.

그와 펠릭스는 서로 달랐지만 둘 사이에는 분명히 일종의 공감대가 있었다. 피어는 자신과 펠릭스의 다른 점은 부자의 아들인 펠릭스는 유혹과 욕망 속에 자랐으며 그러한 것들을 맛볼 수 있었다는 데 있다고 생각했다.

반면에 그는 가난한 사람의 아들로서 더 운 좋은 환경에서 자랐다.

그 후 같은 집의 이 두 아이는 모두 명성을 얻었다. 펠릭스는 곧 왕실의 시종(侍從)이 될 것이었다. 그것은 궁내장관이 될 수 있는 첫 걸음이었다. 그러면 황금 열쇠를 뒤에 찰 수 있게 되는 것이었다.[32] 항상 운이 좋은 피어는 이미 천재성이라는 황금 열쇠를 손에 쥐고 있었다. 눈에 보이지 않는 것이었지만 말이다. 그것은 이 지상에 있는 모든 보물을 여는 열쇠였고, 모든 마음을 여는 열쇠였다.

---

32. 궁내장관은 황금열쇠를 리본으로 매단 궁중복을 입었다.

## XV

아직도 겨울이었다. 썰매의 방울들이 딸랑거리고 구름이 눈송이를 몰고 왔다. 하지만 그 사이로 햇살이 비치는 곳이면 어디나 봄이 가까이 있음을 말해 주었다. 젊은 가슴에서는 향기가 풍겨 나오고 아름다운 곡조의 노래가 흘러나와 그 언어를 찾았다.

눈은 여전히 땅 위에 쌓여 있고,
호수 위에서는 즐겁게 스케이트를 지치네.
서리가 앉은 나무에서는 까마귀들이 날아다니네.
하지만 내일이면 겨울이 가리,
태양은 회색빛 하늘을 뚫고 비추고
봄이 도시를 찾네, 여름날처럼.
버드나무 위의 털장갑들은 나무에서 떨어져 나오네.
연주하라, 음악가들이여, 즐거운 축제를 위해!
노래하라, 작은 새들이여! 온갖 목소리로 다 함께!
이제 겨울은 종말을 고하리니!

오, 따뜻한 햇살의 입맞춤을 받으라!
와서 제비꽃과 앵초꽃을 꺾으라, 얼마나 즐거우리!
마치 숲이 숨을 죽인 듯하고
밤에는 나뭇잎을 활짝 펼치네.
뻐꾸기들이 노래하네, 낯익은 그들의 노래를.
그들의 노래를 들으라, 네가 오래오래 살 것이라는 노래를.
세상은 젊으니, 젊음과 함께 젊게 살라!
감사의 마음과 즐거운 혀로,
봄을 노래하라! 온갖 목소리로 다 함께!
너의 젊음은 결코 끝나지 않으리니!

젊음은 결코 끝나지 않으리니!

지상의 삶은 마법의 혼합물,

햇살과 폭풍, 기쁨과 고통이 뒤섞이네.

우리의 가슴속에는 하나의 세계가 자리하고 있네,

그 세계는 유성처럼 사라지지 않는다네,

인간은 하느님의 형상이므로.

하느님과 자연은 영원히 젊다네.

가르쳐주렴, 오, 봄이여, 네가 오랫동안 불렀던 노래를.

작은 새들은 저마다 노래하네, 온갖 목소리로 다 함께.

젊음은 결코 끝나지 않을 것이므로!

"완벽한 음악적인 그림이군." 하고 성악 선생님이 말했다. "합창과 오케스트라에 잘 맞겠어. 지금까지 작품들 중에서 감정이 가장 잘 살아 있어. 통주 저음(반주용 악기가 연주하는 부분)에 대해 배워야겠군. 넌 작곡가가 될 운명은 아니지만 말이야."

곧이어 젊은 음악가 친구들이 그 곡을 큰 음악회에서 소개했다. 그 곡은 관심을 끌기는 했지만 큰 기대를 불러일으키지는 못했다. 피어의 앞날이 그의 앞에 펼쳐져 있었다. 그의 위대함과 중요성은 공감을 불러일으키는 그의 목소리뿐만 아니라 그의 뛰어난 연기력에도 있었다. 이러한 그의 재능은 조지 브라운과 햄릿에서 이미 증명된 바 있다. 그는 경가극(輕歌劇: 노래와 합창대뿐만 아니라 극적인 대사도 사용하는 오페라)보다는 정식 가극을 더 좋아했다. 노래에서 대사로, 다시 대사에서 노래로, 이처럼 대사와 노래를 넘나드는 경가극은 그의 목소리와 타고난 감각에 걸맞지 않는 것이었다.

"그것은 마치," 하고 피어가 말했다. "대리석 계단을 올라가다가 나무 계단으로 가거나, 심지어는 닭장으로 갔다가 다시 대리석 계단으로 나오는 것과 같아요. 모든 시는 처음부터 끝까지 음악을 통해 살아나고 숨결이 불어넣어져야 해요."

특히 바그너(독일 작곡가)가 주창자인33, 흔히들 오페라의 새로운 운동이라고 하

---

33. 바그너는 옛 가극의 전통을 타파하여 음악, 연극, 문학을 종합하는 새로운 극음악인 악극을 창시했다. 대본의 가치가 존중되고 극적 내용이 강한 것, 고도의 사상성을 가진 것이 선택되었으며, 종래의 아리아 편중의 방식을 타파하였다.

는 미래의 음악을 피어는 옹호하고 찬미하였다. 이 새로운 형태의 음악에서는 인물들이 선명하게 묘사되고, 구절마다 사상으로 가득 차고, 멜로디가 정지되거나 자주 반복됨이 없이 사건이 앞으로 전진하였다. "그처럼 긴 아리아를 넣는 것은 부자연스러워요."

"그렇지." 하고 성악 선생님이 말했다. "하지만 거장들의 대부분 작품들을 보면 아리아가 작품 전체에서 가장 중요한 부분을 차지하잖니! 그래야 하고 그럴 수밖에 없는 것이지. 서정시가 안주할 곳이 있다면 그것은 바로 오페라야." 그리고 나서 그는 「돈 조반니」(모차르트가 작곡한 2막의 오페라)에 나오는 돈 오타비오의 아리아인 〈눈물아, 흐름을 멈추거나〉를 언급했다. "그것은 숲 속에 있는 아름다운 호수와 같아. 호숫가에서 휴식을 취하고 물 사이로 흐르는 음악을 들을 수 있는 호수 말이야! 이 새로운 음악 운동의 독창성은 충분히 인정해. 하지만 그 금송아지 [34] 앞에서 너와 함께 춤을 추진 않겠어. 진심으로 하는 말이 아니겠지. 아니면 그 새로운 음악이 무엇인지 분명하게 모르거나 말이야."

"바그너의 오페라에 출연하겠어요." 하고 피어가 말했다. "제가 말로서 의미를 충분히 설명할 수 없다면 노래와 연기로 보여주겠어요!"

그가 선택한 역할은 로엔그린이었다. 백조가 이끄는 배를 타고 브라반트의 공주인 엘자를 위해 싸우려고 스켈트 강을 미끄러지듯 건너가는 신비한 젊은 기사 로엔그린! 누가 그처럼 첫 만남의 노래를, 신부의 방에서 부르는 사랑의 노래를, 그리고 왔다가 승리하고 사라지는 젊은 기사의 머리 위에서 성배(聖杯)의 흰 비둘기가 맴돌 때 부르는 작별의 노래를 감동적으로 노래하고 연기할 수 있었을까? 그날 저녁 공연은 피어의 예술적 위대성과 중요성에서 한 단계 뛰어넘는 순간이었다. 뛰어넘을 것이 있었다면 말이다. 그리고 성악 선생님에게 있어서는 미래의 음악을 인정하는 첫 계기가 되었다.

"특정 조건하에서만 인정하지." 하고 성악 선생님이 말했다.

## XVI

어느 날, 매년 열리는 대규모 그림 전시회에서 피어는 펠릭스와 마주쳤다. 미

---

34. 출애굽한 이스라엘이 만든 우상. 여기서는 악극을 지칭함.

망인 남작 부인 — 사람들은 그렇게 불렀다 —의 딸인 예쁜 숙녀의 초상화가 걸린 그림 앞에서였다. 미망인의 살롱(상류 가정의 응접실에서 흔히 있었던 작가, 예술가들을 포함한 사교모임)은 저명한 인사들과 예술과 과학계에서 중요한 사람들이 모이는 곳이었다. 남작 부인의 딸은 열여섯 살로, 순진하고 아름다운 아가씨였다. 그림은 실물과 매우 흡사했으며 예술적 기교가 뛰어났다.

"옆방으로 가봐." 하고 펠릭스가 말했다. "어머니랑 아름다운 딸이 있어."

어머니와 딸은 인물이 묘사된 그림에 심취해 있었다. 그 그림은 결혼한 젊은 두 남녀가 들판에서 같은 말 위에 앉아 서로에게 매달려 말을 타고 있는 모습을 그린 그림이었다. 하지만 그 그림에서 중요한 인물은 행복한 두 여행자를 바라보고 있는 젊은 수도사였다. 젊은 수도사의 얼굴에는 꿈을 꾸는 듯한 슬픔이 어리어 있었다. 그의 표정에서 그의 생각을 읽을 수가 있었다. 목표가 빗나가고 행복을 놓쳐버린 그의 인생 이야기를! 사람 간의 사랑에서 얻는 행복을 그는 얻지 못한 것이다.

남작 부인이 펠릭스를 보았다. 그러자 펠릭스는 공손하게 부인과 딸에게 인사를 했다. 피어도 예의를 갖추어 인사했다. 남작 부인은 무대에서 피어를 본 적이 있었기 때문에 피어를 금방 알아봤다. 그녀는 펠릭스와 인사를 나눈 후 피어와 악수를 하면서 다정하고 친절한 인사를 건넸다.

"나와 우리 딸은 당신의 팬이에요."

그 순간 그 젊은 숙녀는 얼마나 완벽하게 아름다웠던지! 그녀는 부드럽고 맑은 눈으로 감사의 눈빛을 그에게 보냈다.

"우리 집에서는," 하고 남작 부인이 말했다. "저명한 예술가들이 많이 모여요. 우리 같은 평범한 사람들은 정신을 승화시킬 필요가 있으니까요. 당신이 온다면 진심으로 환영해요. 우리의 젊은 외교관이," 하고 그녀는 펠릭스를 가리켰다. "처음에는 당신을 안내해 줄 거예요. 그 후부터는 혼자서 올 수 있을 거예요."

그녀는 피어에게 미소를 지어 보였다. 젊은 숙녀는 마치 그들이 오랫동안 알아온 사이인 것처럼 자연스럽고 다정하게 손을 내밀었다.

늦은 가을, 진눈깨비가 내리는 추운 저녁, 부유한 상인의 집에서 태어난 두 젊은이는 남작 부인의 집을 방문했다. 부유한 상인의 아들에게도 무대 위의 최고의 성악가에게도 마차를 타야 할 날씨였으며 걷기에는 적당하지 않은 날씨였다. 하지만 그들은 몸을 잘 감싸고 오버슈즈(비 올 때 방수용으로 구두 위에 신는 덧신)를 신고 머리에는 베두인족(천막생활을 하는 아랍 유목민) 모자를 쓰고 걸어갔다.

거친 바깥 공기 속을 걷다가 고급스럽고 훌륭한 취향이 묻어나 있는 집으로 들어서자 마치 완벽한 동화의 나라로 들어서는 것만 같았다. 양탄자가 깔린 계단 앞 현관에는 관목들과 야자수들 사이로 꽃들이 장식되어 있었다. 작은 분수대에서는 칼라(아프리카 원산의 원예식물) 꽃들로 둘러싸인 수반 위로 분수가 뿜어져 나오고 있었다.

거대한 응접실은 환하게 불이 켜져 있었으며 손님들이 이미 거의 다 모여 있었다. 곧이어 사람들로 응접실이 거의 다 찼다. 사람들은 웅웅거리며 울려 퍼지는 대화들 사이로 비단 옷자락과 레이스를 끌며 돌아다녔다. 대체적으로 대화는 화려한 그 응접실과는 걸맞지 않는 것들이었다.

피어가 허영심이 많은 친구였다면 자신을 위한 파티로 착각했을 것이다. 그 집 안주인과 희색이 만면한 딸의 그에 대한 대접은 그만큼 융숭했던 것이다. 젊은 숙녀들과 나이든 부인들, 그리고 신사들도 그에 대해 칭찬을 아끼지 않았다.

음악이 연주되었다. 한 젊은 작가가 훌륭한 시를 읊었다. 노래를 할 차례가 되었다. 우리의 존경받는 젊은 성악가는 너무나도 기량이 풍부하여 그 누구도 더 이상의 완벽함을 요구할 수 없을 정도였다. 그 집의 안주인이 그 우아한 응접실에 모인 사람들 중에서 가장 귀 기울여 들었다.

그것으로써 그는 그 커다란 세계에 발을 들여놓게 되었다. 피어는 곧 그 상류 집안을 드나드는 상류 그룹에 끼게 된 것이다. 이를 보고 성악 선생님은 고개를 저으며 웃었다.

"그런 사람들과 섞이는 걸 즐거워하다니, 참 어리군!" 하고 성악 선생님이 말했다. "어떤 면에서 보면 그 사람들은 좋은 사람들이지. 하지만 그들은 우리 같은 소박한 사람들을 경멸해. 그들이 예술가들과 당대의 인기 있는 사람들을 자기네들 부류에 끼워주는 것은 순전히 허영심 때문이거나 오락을 위해서거나 또는 상류사회 문화를 과시하기 위한 것이지. 예술가들은 살롱에서는 꽃병에 든 꽃으로서 존재할 뿐이야. 장식을 한 다음에 쓸모가 없으면 버려지지."

"너무 심해요. 말도 안 돼요!" 하고 피어가 말했다. "그 사람들을 몰라서 하는 말이에요. 그 사람들을 알고 싶지도 않은 거죠!"

"아니야." 하고 성악 선생님이 대답했다. "그 사람들 사이에 있으면 편하지 않아. 너도 그럴 거야. 그들도 그걸 기억하고 있어. 알고 있고. 그들은 내기에 이길 것으로 예상되는 경주마를 쓰다듬고 바라보듯이 널 그렇게 쓰다듬고 바라보지. 넌 그들과는 다른 부류에 속해. 너의 인기가 시들해지면 널 놓아줄 거야. 모르겠어? 넌 자존심이 없어. 허영에 차 있어. 그런 사람들과 어울리는 걸 보면 알 수 있지."

"미망인인 남작 부인과 그곳에 모이는 몇몇 친구들을 만나보면 아마 평가가 달라질 걸요." 하고 피어가 말했다.

"그 사람들을 알고 지낼 일은 없다." 하고 성악 선생님이 말했다.

어느 날 펠릭스가 물었다. "언제 약혼 발표를 할 거지? 엄마 쪽이야, 딸 쪽이야?" 하고 펠릭스가 웃었다. "딸은 선택하지 마. 그랬다가는 젊은 귀족들이 네게 앙심을 품을 테니까. 나도 너의 적이 될 것이고. 가장 치명적인 적이 말이야!"

"무슨 말이야?" 하고 피어가 물었다.

"넌 총애를 받고 있잖아. 시도 때도 없이 그 집을 드나들 수 있으니 말이야. 엄마와 결혼하게 되면 많은 돈을 갖게 될 거고 훌륭한 가문의 일원이 되는 것이지."

"농담 집어치워!" 하고 피어가 말했다. "난 그런 말 재미없어."

"재미있으라고 하는 말이 아니야." 하고 펠릭스가 말했다. "진지하게 생각할 문제야. 남작 부인을 앉아서 울게 만들 작정이야? 이중으로 미망인이 되게 하고 싶진 않겠지!"

"남작 부인 얘기는 그만 해." 하고 피어가 말했다. "놀리고 싶으면 날 놀려. 나만 말이야. 응대해 줄 테니까!"

"네 쪽에서 보면 어느 누구도 연애결혼이라고 생각하지 않을 거야." 하고 펠릭스가 계속했다. "부인은 아름다운 것과는 좀 거리가 있거든. 사실, 사람은 지성만 먹고 살지는 않잖아!"

"네가 존중해야 할 부인을, 더군다나 그 집을 드나들면서, 그렇게 무례하게 얘기할 정도로 네가 교양 없고 양식 없는 줄은 몰랐어. 더 이상은 못 듣겠어!"

"어쩔 건데?" 하고 펠릭스가 물었다. "결투라도 할 거야?"

"넌 결투하는 법을 배웠지? 난 아냐. 하지만 배울 수 있어!" 피어는 이렇게 말하고 펠릭스를 남겨둔 채 가 버렸다.

이틀이 지난 후 1층의 아들과 다락방의 아들이 다시 만났다. 펠릭스는 둘 사이에 아무런 불쾌한 일도 없었던 듯이 피어에게 말을 걸었다. 피어는 정중하지만 무뚝뚝하게 대답했다.

"또 무슨 일이야!" 하고 펠릭스가 말했다. "요즘에 우리 둘 다 좀 과민했지. 하지만 농담 좀 했다고 해서 그 사람이 경박한 것은 아니야. 난 나쁜 감정을 갖고 싶진 않아. 그러니 서로 용서하고 잊어버리자."

"우리 둘 다 존경하는 부인에 대해서 그런 식으로 말한 너 자신을 용서할 수 있겠어?"

"아주 솔직하게 말한 것뿐이야!" 하고 펠릭스가 말했다. "상류 사회에서는 아주 신랄하게 얘기할 때도 있어. 하지만 아무도 그걸 진지하게 받아들이지는 않아. 어느 시인이 말하듯이, 매일 먹는 맛없는 생선요리 식사에 소금을 치는 것과 같아. 우리 둘 다 나빴어. 그러니 너도 억울한 감정을 떨쳐 버려."

곧이어 두 사람이 서로 팔짱을 끼고 다니는 것을 볼 수 있었다. 펠릭스는 그를 눈여겨보지 않고 지나쳤을 예쁜 숙녀들이 이제는 "무대의 우상"과 함께 걷기 때문에 그를 쳐다보는 것을 알 수 있었다. 극장에서는 항상 주인공이자 연인인 그에게 조명이 비춰졌었는데 대낮에 그가 거리를 걸어갈 때도 그 조명은 그의 주위를 비추고 있었다. 그 빛이 이제는 조금 사그라지고 있었지만 말이다. 무대 위의 예술가들은 대개 백조와 같다. 무대 위의 배우가 도로나 공원 산책길에서도 똑같으리라는 환상을 가져서는 안 된다. 하지만 예외는 있는 법이다. 우리의 젊은 친구 피어가 그랬다. 무대를 벗어나서도 그의 인격은 조지 브라운, 햄릿, 로엔그린으로 출연할 때 사람들이 그에 대해 가졌던 환상을 조금도 깨지 않았다. 많은 젊은 이들에게 있어서 이와 같은 시적이고 음악적인 인물들은 예술가로 여겨졌으며 그들의 이상으로 여겨졌다. 피어는 자기의 경우가 그렇다는 것을 알고 있었으며 그 점이 기뻤다. 그는 예술을 한다는 것이 행복했고 자신이 가진 재능에 대해 행복하게 생각했다. 하지만 그의 행복한 얼굴에 그림자가 드리우곤 하였다. 그럴 때면 피아노에서 다음과 같은 가사와 함께 멜로디가 흘러나오곤 하였다.

> 모든 것은 사라지네, 모든 것은 지나가네.
> 젊음도, 희망도, 친구도.
> 모든 것은 지나간다네, 불어오는 바람처럼.
> 결코 돌아오지 않는다네, 종말을 맞을 뿐!

"참으로 애절하군요!" 하고 미망인 남작 부인이 말했다. "당신은 최고의 행운을 가진 사람이에요. 그 누구도 당신만큼 운 좋은 사람은 보지 못했어요."

"무덤 속에 들어가기 전까지는 그 누구도 운이 좋다는 말을 할 수 없다고 현인인 솔론(아테네의 입법가로 7현인 중의 한 사람)이 말했어요." 하고 피어는 대답하며 진지한 표정 위로 미소를 지어 보였다. "제가 진정으로 감사할 줄 모르고 행복해하지 않는다면 그건 잘못된 일이고 죄가 되겠지요. 감사하고 행복해요. 제가 받은 것에 대해 감사하게 생각해요. 하지만 저는 이 행운에 대해 다른 사람들과는 달리 다른 가치를 부여하고 있어요. 그것은 치솟아 올랐다가 사라져 버리는 아름다운 불꽃이지요! 무대에 서는 배우의 경우도 마찬가지예요. 변함없이 빛을 내는 별들도 순간에 유성이 되어 잊혀져버릴 수가 있지요. 이처럼 소멸되어 버리면 그들이 존재했던 흔적은 찾을 수가 없고 오래된 기록에서나 찾아볼 수가 있어요. 새로 자라는 세대들은 무대에서 그들의 할아버지들을 즐겁게 해주었던 배우들을 알지도 못하고 상상하지도 못하지요. 요즘 젊은이들은 황동의 광채에 더 열광할 겁니다. 늙은 세대들이 한때 순금의 광채에 열광했듯이 말이에요. 배우들보다도 훨씬 더 행운아인 사람들은 시인, 조각가, 화가, 작곡가들이지요. 그들은 살아남기 위해 흔히 시련을 겪기도 하고 제대로 된 평가를 받지 못하기도 하지만 역량을 제대로 보여주는 사람들은 호화롭게 자긍심을 가지고 살지요. 사람들로 하여금 밝은 빛의 구름을 찬양하고 태양을 잊어버리게 내버려 둬요. 구름이 사라지면 태양은 새 세대들을 위해서 빛나고 빙긋이 웃을 테니까요."

피어는 피아노 앞에 앉아 깊은 생각에 잠겨서 이전에는 보여준 적이 없는 강렬함에 사로잡혀 즉흥적으로 곡을 쳤다.

"참으로 아름다워요!" 하고 미망인 남작부인이 소리쳤다. "인생 역정을 듣는 것 같군요. 음악 속에 당신의 마음의 노래가 담겨 있어요."

"『아라비안 나이트』를 생각하고 있었어요." 하고 피어가 말했다. "행운의 램프, 알라딘 이야기에 대해서요!" 남작부인은 눈물이 고인 순수한 눈으로 그를 바라보았다.

"알라딘!" 하고 피어가 반복해서 말했다.

그날 저녁은 그의 인생에 있어서 전환점이 되었다. 인생의 새 장이 시작되었던 것이다.

빠른 속도로 지나간 지난 한 해 동안 그에게 어떤 일이 일어났던가? 그의 눈은 어느 때보다도 더 맑게 빛이 났지만 싱싱한 빛은 그의 뺨에서 사라지고 없었다. 그는 수없는 밤을 잠 못 이루며 지새웠다. 흥청거리며 먹고 마시며 노느라고 그런 것은 아니었다. 그는 말수가 적어지긴 했지만 더욱 쾌활해졌다!

"무슨 생각이 그렇게 꽉 차 있는 거니?" 하고 성악 선생님이 물었다. "나에게 다 털어놓지 않는군!"

"제가 얼마나 운이 좋은지 생각하는 거예요!" 하고 피어가 대답했다. "가난한 소년에 대해 생각하고 있어요. 알라딘에 대해서!"

## XVII

가난하게 태어난 소년의 기대치에서 볼 때 피어는 이제 풍요롭고 안락한 생활을 하고 있었다. 그는 매우 부유해서, 언젠가 펠릭스가 말했던 것처럼, 친구들을 초대하여 성대한 파티를 열 수 있게 되었다. 그는 파티를 열 생각을 하고 있었으며, 그의 최초의 두 친구인 어머니와 할머니를 생각하고 있었다. 그들과 자신을 위해 피어는 축제를 열었다.

아주 멋진 봄날이었다. 늙은 두 사람은 피어와 함께 마차를 타고 도시를 벗어나 얼마 전에 성악 선생님이 산 작은 시골집을 구경하러 갈 예정이었다. 피어가 마차에 자리를 잡았을 때 초라한 옷을 입은 한 여인이 다가왔다. 서른 살쯤 되어 보였다. 그녀는 호프 부인이 서명을 한 메모를 내밀었다.

"날 기억하니?" 하고 그녀가 말했다. "'작은 곱슬머리'라고 애들이 날 불렀었 잖아. 이제 곱슬머리가 아니지만. 사라져 버린 게 한두 가지가 아니지. 하지만 여전히 좋은 사람들은 남아 있어. 우리 함께 발레에 출연했었잖아. 하지만 넌 나보다 더 성공했지. 위대한 인물이 되었으니까. 난 두 번째 남편하고도 헤어지고 이제 더 이상 극장에서 일하지 않아."

메모에는 그녀에게 재봉틀을 사 달라는 내용이 들어 있었다.

"어떤 발레에서 우리가 함께 공연했지?" 하고 피어가 물었다.

"「파두아의 독재자」." 하고 그녀가 대답했다. "우리 둘 다 시종이었잖아. 푸른색 벨벳옷과 베레모를 쓰고 말이야. 말레 날레룹이란 아이 기억해? 행진할 때 바로 네 뒤에서 걸어갔잖아."

"그리고 내 오른쪽 발을 밟았지!" 하고 피어가 웃으며 말했다.

"내가?" 하고 여인이 말했다. "그때 내가 걸음을 너무 멀리 뗐어. 그러자 넌 멀찍이 앞서 갔지. 너는 다리가 아니라 머리를 쓰는 법을 알았던 것이지." 그녀는 재치 있는 칭찬을 했다는 것을 확신하며 구슬픈 얼굴로 요염하게 그를 바라보았다. 피어는 관대한 사람이었다. 그는 재봉틀을 사 주겠다는 약속을 했다. 어린 말레는 그를 발레의 세계에서 몰아내 더 운 좋은 길로 들어서게 한 사람들 중의 한 명이었다.

곧이어 피어는 상인의 집 앞에 다다랐다. 그는 계단을 올라가 어머니와 할머니가 살고 있는 집으로 갔다. 그들은 가장 좋은 옷을 입고 있었다. 그때 우연히 호프 부인이 그 집을 찾아와 있었는데, 그녀는 그들과 함께 가자는 제안을 받았다. 그러자 그녀는 갈등을 하다가 마침내 남편에게 초대를 받고 응했다는 메모를 보냈다.

"피어는 어딜 가나 환영을 받는다니까!" 하고 호프 부인이 말했다.

"우리가 마차를 타고 가다니 멋지구나!" 하고 어머니가 말했다.

"그것도 아름답고 편한 마차를 말이다." 하고 할머니가 말했다.

왕립 공원 근처에 있는 마을에 이르자 아늑한 작은 집 한 채가 서 있었다. 포도 덩굴과 장미동굴, 그리고 개암나무와 과일나무들로 둘러싸인 집이었다. 마차가 그 집 앞에 섰다. 이것이 바로 전에 말했던 시골집이었다. 한 노파가 그들을 맞이했는데, 그 노파는 어머니와 할머니와는 잘 아는 사이였다. 빨래와 다림질하는 것을 종종 도와주던 노파였다.

그들은 정원을 둘러본 다음 집안을 둘러보았다. 그 중 특히 멋진 것은 아름다운 꽃들이 만발해 있는 작은 온실이었다. 온실은 거실과 연결되어 있었으며 미닫이문을 통해서 드나들 수 있게 되어 있었다.

"무대에서 사용하는 문 같네." 하고 호프 부인이 말했다. "손으로 움직일 수 있어. 새장처럼 여기에 앉아 있을 수도 있겠네. 별꽃에 둘러싸여서 말이야. 이걸 겨울 정원이라고 하지."

침실 또한 쾌적했다. 창문에는 길다란 무거운 커튼이 달려 있었고 바닥에는 부드러운 양탄자가 깔려 있었으며 어머니와 할머니가 앉아봐야 할 편안한 안락의자가 두 개 있었다.

"거기에 앉아 있으면 게을러지겠네." 하고 어머니가 말했다.

"살이 빠지겠죠." 하고 호프 부인이 말했다. "두 음악가가 극장에서 힘들게 공연을 하고 돌아와서 편안하게 쉬기 좋겠네. 그게 어떤 것인지 나도 잘 알지! 그래, 아직도 나는 발을 높이 차는 꿈을 꾸어.[35] 그리고 호프는 내 옆구리를 높이 차고 말이야! 멋지지 않아? 두 영혼이 한 가지 생각을 한다는 게!"

"여기는 공기가 더 신선해요. 그리고 다락에 있는 작은 방 두 개보다 공간도 더 넓고요." 하고 피어가 눈을 빛내며 말했다.

"그러네." 하고 어머니가 대답했다. "그래도 집도 좋아. 귀여운 네가 태어나고 너의 아버지와 함께 살던 곳이니까."

"여기가 더 좋지 뭐." 하고 할머니가 말했다. "집을 통째로 쓸 수 있잖아. 그렇다고 너와 고결한 성악 선생님의 이 평화로운 집을 시샘하는 것은 아니다."

"할머니와 어머니의 이 집을 저도 시샘하는 것은 아니에요! 두 분께서는 여기 사시게 될 거예요. 도시에 있는, 수많은 계단을 올라가야 하는 작고 좁은 집이 아니고요. 도와줄 하인도 두게 될 것이고 도시에서처럼 저를 자주 볼 수 있을 거예요. 좋으세요? 만족하세요?"

"아니 이 애가 여기 서서 무슨 말을 하는 거에요!" 하고 어머니가 말했다.

"집과 정원, 모두 다 어머니 것이고 할머니 것이에요! 이걸 얻기 위해 제가 노력해 온 거예요. 제 친구인 성악 선생님이 이렇게 준비하는 걸 도와주셨어요."

"대체 무슨 소리를 하는 것이냐, 애야!" 하고 어머니가 외쳤다. "그 신사분의 집을 우리한테 주겠다니! 애야! 그래, 그럴 수 있다면 넌 그러고도 남을 애지!"

"진심이에요." 하고 피어가 말했다. "이 집은 어머니와 할머니 것이에요." 그는 두 사람에게 입을 맞추었다. 할머니와 어머니는 눈물을 흘렸다. 호프 부인도 눈물을 흘렸다. "제 인생에서 가장 행복한 순간이에요!" 하고 피어가 세 사람을 껴안으며 소리쳤다.

이제 그 집은 그들의 집이었으므로 다시 처음부터 꼼꼼히 살펴봐야 했다. 그들은 이제 다락방 지붕에 놓아두어야 했던 대여섯 개의 화분을 놓을 수 있는 아름다운 작은 온실을 갖게 되었다. 작은 찬장 대신에 이곳에는 공간이 넓은 커다란 식료품 저장실이 있었고, 부엌은 따뜻하고 작은 완벽한 공간이었다. 또한 연

---

35. 과거에 발레리나였던 호프 부인은 제5 포지션에서 한쪽 발을 들었다가 내리는 동작인 바트망을 얘기하고 있는 것.

통이 있는 오븐과 조리용 난로도 있었다. 어머니는 난로를 보고 번쩍이는 커다란 다리미 같다고 말했다.

"이제 나처럼 난롯가 외딴곳도 갖게 되었군요!" 하고 호프 부인이 말했다. "이곳은 참으로 훌륭해요! 두 분께서는 이 세상에서 사람들이 가질 수 있는 모든 것을 얻었어요. 인기 있는 나의 친구 너도 말이야!"

"전혀 그렇지 않아요!" 하고 피어가 말했다.

"너의 작은 아내는 나타날 거야!" 하고 호프 부인이 말했다. "이미 널 위해 준비가 되어 있어! 그녀가 누구인지 알지! 하지만 말하지 않을 거야. 멋진 사람! 이 모든 것이 발레 같지 않아?" 그녀는 눈물을 글썽이며 웃었다. 어머니와 할머니도.

## XVIII

오페라 대본과 악보를 쓰고 자신의 작품을 무대용으로 다시 각색하는 것은 피어의 행복하고도 커다란 목표였다. 피어는 바그너와 마찬가지로 시극(詩劇)을 쓰는 재능이 있었다. 하지만 바그너처럼 영향력 있는 음악을 작곡할 만한 음악적 감성이 풍부하던가?

피어는 마음속에서 용기와 의구심이 교차했다. 그는 이 집요한 생각을 떨쳐 버릴 수가 없었다. 수년 동안, 수많은 날들 동안, 그것은 상상 속의 그림으로서 그의 마음속에 살아 있었다. 하지만 이제는 가능성이 있었고 그의 삶의 목표였다. 피아노 앞에 앉으면 가능성의 나라에서 철새들이 날아오듯이 수많은 자유로운 환상이 떠올랐다. 작은 발라드와 독특한 봄노래는 아직 개척되지 않은 미지의 음조(音調)의 영역이 있을 수 있음을 보여주었다. 미망인 남작 부인은 그러한 노래들에서 가능성을 보았다. 콜럼버스가 수평선 너머에 있는 땅을 직접 보기 전에 바다 물결에 떠내려 온 싱싱한 녹색의 잡초 속에서 육지가 있을 가능성을 보았듯이.

육지가 그곳에 있었다! 행운의 피어는 그곳에 닿아야 했다. 던져진 한 마디가 생각의 씨앗이 된 것이었다. 젊고 아름답고 순수한 소녀가 그 한 마디를 했다. '알라딘'이라고. 피어는 알라딘처럼 행운아였다. 그 행운이 그의 안에서 빛나고 있었다.

그는 완전히 빠져들어 동양의 그 아름다운 이야기를 읽고 또 읽었다. 곧이어 그것은 극으로 형상화되었다. 각 장면들은 대사와 음악이 되고 극이 더해질수록 음악적 사상은 더욱더 풍요로워졌다. 작품의 끝부분에 이르자 마치 음조의 샘을 처음으로 뚫은 듯이 신선한 물이 왈칵 쏟아져 나왔다. 그는 작품을 강렬한 형태로 개작하였다. 그리하여 수개월 후에는 오페라 「알라딘」이 탄생하게 되었다.

그 작품을 아는 사람은 아무도 없었다. 그 작품의 한 구절이라도 들은 사람이 없었다. 심지어는 피어의 친구들 중에서도 가장 교분이 두터운 성악 선생님마저도 전혀 모르고 있었다. 그 젊은 성악가가 그의 목소리와 연기로 관중을 매료시킨 저녁에도 극장에 있던 사람들은 그의 역할 속에서 살아 있고 숨 쉬는 듯이 보였던 젊은이가 그보다 더 강렬하게 삶을 살았으며 오페라가 끝난 후에도 몇 시간 동안 자신의 영혼에서 분출되어 나온 강력한 작품 속에 빠져 있었다는 사실을 전혀 생각지도 못했다.

성악 선생님은 검토를 위해 각본과 악보가 완성된 작품이 책상 위에 올려지기 전까지는 오페라 「알라딘」의 한 구절도 들어본 적이 없었다. 작품에 대해 어떤 평가가 내려질까? 물론 확실하고 공정한 평가가 내려질 것이다. 피어는 잔뜩 부풀어 있던 희망이 꺾이고 모든 것이 자기 망상에 지나지 않는다는 생각이 들기 시작했다.

이틀이 지났다. 하지만 이처럼 중대한 일에 대해 한 마디도 오가지 않았다. 마침내 성악 선생님이 악보를 손에 들고 그의 앞에 섰다. 그의 얼굴에는 묘한 진지함이 묻어나 있어서 그의 생각을 읽을 수가 없었다.

"이거 기대 밖이구나." 하고 그가 말했다. "네가 쓴 것이라는 게 믿기지가 않아. 아직은 명확한 판단을 할 수가 없어서 뭐라고 말할 수가 없어. 간혹 악기 사용에 있어서 잘못된 점이 보이지만 쉽게 고칠 수 있는 것들이야. 대담하고 참신한 독특한 요소들이 있어. 제대로 된 환경에서 들어야 제대로 감상할 수 있는 요소들이 말이야. 바그너의 작품이 칼 마리아 폰 베버의 영향을 받았듯이 너의 작품에서는 하이든의 숨결을 느낄 수가 있어. 네 작품에 나타난 그와 같은 새로운 요소는 내게는 아직 낯설기도 하고 너는 나와 너무 가까운 사이라서 제대로 된 판단을 할 수가 없어. 그래서 평가를 하지 않겠어. 널 안아줄게!" 그의 얼굴에 행복한 미소가 번졌다. "어떻게 해서 이런 작품을 쓸 수가 있었지!" 이렇게 말하며 그는 피어를 껴안았다. "행복한 사람이구나!"

곧이어 젊은 인기 성악가가 작곡한 새 오페라에 대한 소문이 신문과 얘기를 통해 온 도시에 퍼졌다.

"알라딘의 아버지는 재봉사인데 너무 가난해서 남은 천조각으로도 아이의 옷을 지어주지 못했대." 하고 서로들 얘기를 주고받았다.

"각본도 쓰고 작곡도 하고 노래도 직접 부른다던데!" 하는 말도 오갔다. "그걸 보면 3중으로 천재네. 하지만 그는 아주 높은 데서 태어났대. 다락방에서 말이야!"

"거기에 두 사람이 힘을 쏟았대. 그와 성악 선생님이. 이제 그들은 서로를 존경하는 동업자가 될 거야!"

오페라가 배우들에게 배부되었다. 역할을 맡은 배우들은 어떤 의견도 말하려들지 않았다. "관객이 판단할 일이지." 하고 배우들은 말했다. 거의 모두가 별로 기대를 하지 않는 진지한 표정이었다.

"호른이 많이 나오네요." 하고 젊은 호른 연주자가 말했다. "호른으로 들이받히지 않으면 좋으련만."

"천재적이야. 아주 뛰어나. 멜로디가 풍부하고 인물들이 살아 있어."라는 말도 오갔다.

"내일 이맘때쯤에는," 하고 피어가 말했다. "처형대가 올라가겠죠. 심판은 이미 내려졌는지도 몰라요."

"명작이라고 하는 사람들이 있는가 하면 조잡한 작품이라고 말하는 사람들도 있더라." 하고 성악 선생님이 말했다.

"어느 쪽이 진실이죠?"

"진실이라고!" 하고 성악 선생님이 말했다. "자, 말해보렴. 저 하늘에 있는 별을 보고 그 자리가 정확히 어디인지를 말해 보렴. 한쪽 눈을 감아 봐. 보이니? 이제 다른 눈으로 보렴. 별은 자리를 이동했어. 같은 사람의 두 눈도 다르게 보는데 대중들이 보는 것은 서로 얼마나 다를까!"

"결과가 어떻든 간에," 하고 피어가 말했다. "이 세상에서 제가 있어야 할 자리를 알아야겠죠. 제가 할 수 있는 것과 포기해야 하는 것이 무엇인지요."

저녁이 되었다. 드디어 판가름이 나는 순간이었다. 인기 있는 한 예술가가 더 높은 곳으로 승격이 될 것인지, 아니면 그의 거대한 노력이 수포로 돌아갈지가 결정되는 순간이었다.

성공인가, 실패인가! 그것은 온 도시의 관심사였다. 사람들은 티켓을 구하려고 밤새 매표소 앞에 서 있었다. 극장이 사람들로 꽉 메워졌다. 숙녀들은 커다란 꽃다발을 들고 있었다. 그 꽃다발이 다시 집으로 되돌아갈 것인가, 아니면 승리자의 발 아래 던져질 것인가?

남작 부인과 그녀의 아름답고 젊은 딸은 오케스트라석 위의 특별석에 앉았다. 관객들이 웅성거리고 움직이더니 오케스트라의 지휘자가 나와 자리를 잡고 서곡이 시작되자 즉시 조용해졌다.

새들이 지저귀는 것과 같은, 한셀트(독일 작곡가, 피아니스트)의 「내가 새라면」이란 곡을 모르는 사람이 있을까? 바로 그 곡과 흡사했다. 유쾌하게 떠들며 노는 아이들과 행복한 아이들의 목소리가 뒤섞이고 뻐꾸기가 그들과 노래했으며 개똥지빠귀가 노래했다. 그것은 순수한 아이의 마음이 놀고 기뻐하는 소리였다. 알라딘의 마음이. 그러다가 뇌우가 몰아치는 소리가 들리고 마법사 누레딘이 힘을 과시했다. 번쩍이는 번개가 산을 갈라놓았다. 곧이어 부드럽게 손짓하는 듯한 선율이 이어졌다. 마법에 걸린 작은 동굴에서 소리가 새어나왔다. 강력한 정령들의 날개가 품고 있는 램프가 빛을 내고 있는 무시무시한 동굴에서 나오는 소리였다. 이제 프렌치 호른 소리가 울려 퍼지는 가운데 아이의 입에서 흘러나오는 것과 같이 부드럽고 조용한 찬송가가 흘러나왔다. 처음에는 하나의 호른 소리가 들리더니 다른 호른이 겹쳐지고, 이어서 여러 개의 호른들이 뒤섞이면서 음악이 깊고 힘차게 울려 퍼졌다. 마치 심판의 날의 트럼펫처럼. 램프는 알라딘의 손에 들려 있었다. 그때 정령들의 통치자와 음악의 거장들만이 만들어 낼 수 있는 장엄한 멜로디가 극장을 가득 채웠다.

지휘자의 지휘봉 아래 팡파르처럼 요란한 박수갈채와 함께 막이 올랐다. 성장한 잘생긴 남자 아이가 놀고 있었다. 그는 몸집은 컸지만 아직은 순수했다. 바로 다른 남자아이들과 함께 뛰어다니고 있는 알라딘이었다. 언젠가 할머니가 이런 말을 한 적이 있었다. "그 애는 피어와 다를 바가 없어. 다락방에서 스토브와 서랍장 사이를 뛰어다니며 노는 피어와 말이야. 그의 영혼은 피어와 다를 바가 없어!"

램프를 얻기 위해 바위 동굴로 들어가기 전에 누레딘이 요구했던 기도를 얼마나 진실되고 진지하게 노래했던가! 모든 관객들을 사로잡은 것은 그가 노래한 순수하고 종교적인 멜로디였던가 아니면 그의 순수함이었던가? 박수갈채는 그치지를 않았다.

그 노래를 다시 하는 것은 불경한 일이었을 것이다. 관객은 앙콜을 외쳤지만 노래를 다시 불리지 않았다. 커튼이 내려지고 1막이 끝났다.

비평가들은 모두 입을 열지 못했다. 사람들은 몹시 기뻐하며 나머지 공연에 대한 기대로 가득차 있었다.

오케스트라로부터 화음이 흘러나오고 막이 올랐다. 글루크(독일작곡가)의 「아르미다」와 모차르트의 「마술 피리」에서처럼 장면이 드러나면서 음악이 모든 관객을 사로잡았다. 알라딘이 아름다운 정원에 서 있는 장면이었다. 부드럽고 낮은 음악이 꽃과 돌들에게서, 그리고 샘들과 깊은 동굴들에서 흘러나왔으며 여러 가지 멜로디가 뒤섞이면서 하나의 거대한 하모니를 이루었다. 합창단의 노래 속에서는 정령들의 선율이 들려왔다. 그 선율은 멀어지는 듯 가까워졌으며 힘차게 솟았다가 서서히 사라졌다. 이러한 하모니를 배경으로 알라딘의 독백 노래가 이어졌다. 참으로 훌륭한 아리아였다. 하지만 인물과 상황에 완벽하게 들어맞아 작품 전체에 꼭 필요한 극적인 장면이었다. 깊이 울려 퍼지면서도 공감을 자아내는 목소리, 가슴으로부터 솟아 나오는 강렬한 음악이 모든 청중을 압도했으며 황홀감 속에 빠져들게 하였다. 그러한 황홀감은 그가 정령들의 노래가 감싸고 있는 행운의 램프를 잡으려고 손을 뻗었을 때 정점에 달했다.

사방에서 꽃다발이 쏟아지고 생화가 그의 발 아래 카펫처럼 바닥을 메웠다.

젊은 예술가의 인생에 있어서 얼마나 아름다운 순간인가! 최고의 정점에 다른 가장 위대한 순간이 아닌가! 그보다 더 멋진 순간은 그의 인생에 있어서 다시는 오지 않을 것이라고 피어는 생각했다. 화환이 그의 가슴을 맞아 그의 앞에 떨어졌다. 그 화환을 던진 손이 누구의 손인지 그는 보았다. 무대 바로 가까이에 있는 객석에 앉은 젊은 숙녀인, 남작 부인의 딸이었다. 그녀는 아름다운 정령처럼 일어서서 그의 승리를 함께 기뻐해 주었다.

불길이 그의 가슴을 뚫고 지나갔다. 이제껏 그처럼 가슴이 벅찬 적이 없었다. 그는 고개를 숙여 보이고 화환을 집어 그의 가슴에 가져다 댔다. 그와 동시에 그는 뒤로 쓰러지고 말했다. 기절했을까? 죽었을까? 그랬을까? 커튼이 내려왔다.

"죽었어요!" 하는 소리가 극장에 울려 퍼졌다. 소포클레스가 올림피아 경기에서 그랬듯이, 토르발센이 베토벤의 교향곡이 울려 퍼지는 극장에서 그랬듯이, 승리의 순간에 숨을 거둔 것이었다. 그의 심장의 동맥이 파열된 것이었다. 번쩍이는 조명 아래서 그의 삶이 끝난 것이다. 고통 없이, 세속적인 승리를 안고서.

지상에서의 모든 임무를 완수한 채. 행운의 피어! 수백만의 사람들보다 더욱더 큰 행운을 가진 사나이!

# 164
## 개골개골!

〰〰〰〰〰〰〰〰

숲속의 모든 새들이 나뭇잎이 무성한 나뭇가지 위에 앉아 있었다. 새들은 하나같이 무성한 나뭇잎보다 더한 것을 가지고 싶어 했다. 그들은 훌륭한 신문을 원했다. 인간들이 너무 많이 가지고 있어서 그 절반만으로도 충분할 비판적인 신문을.

고운 소리를 내는 새는 음악 비평을 원했다. 자신에 대해서는 칭찬을 해주고 다른 새들에 대해서는 (필요하다면) 비판을 하는 그런 음악비평. 하지만 새들은 누구를 공정한 비평가로 선정할 것인지에 대해서는 의견이 분분했다.

"하지만 비평가는 새여야 해." 지혜의 새라는 이유로 그 집회의 회장으로 선출된 올빼미가 말했다. "다른 동물들 중에서 비평가를 선출할 수는 없어. 바다 출신이면 모를까. 물고기들은 새들이 하늘을 나는 것처럼 날잖아. 물론 우리와 관련이 있는 것은 그것뿐이지만 말이야. 하지만 물고기와 새 중간에 있는 동물들은 아주 많아."

그때 황새가 나서며 부리를 덜거덕거렸다. "맞아, 물고기와 새 중간에 있는 것들이 있어. 늪지의 아이들인 개구리 말이야. 난 개구리에게 표를 던지겠어. 그들은 매우 음악적이야. 그들이 합창하는 소리를 들으면 고적한 숲속에 울려 퍼지는 교회 종소리 같아. 여행을 하고 싶어져." 하고 황새가 말했다. "개구리들이 노래를 시작하면 날개 밑이 간지러워지면서 말이야."

"나도 개구리에게 표를 던질게." 하고 왜가리가 말했다. "그들은 물고기도 새도 아니지만 물고기들과 함께 살면서 새처럼 노래하잖아."

"음악 담당은 그것으로 됐어." 하고 올빼미가 말했다. "하지만 신문은 숲의 모든 아름다움을 다뤄야 하잖아. 함께 일할 수 있는 협력자가 필요해. 각자 자기 가문 출신들에 대해 고려해 보자."

그때 작은 종달새가 명랑하고 귀엽게 노래를 했다. "개구리는 신문 편집인이 될 수 없어. 나이팅게일이 되어야 해!"

"그만 좀 짹짹거려!" 하고 올빼미가 말했다. "조용히 좀 해! 난 나이팅게일을 잘 알아. 우리 모두 밤에 활동하는 새니까. 각자 자기 부리로 노래하지. 나이팅게일도 나도 편집인으로 선정되어서는 안 돼. 신문은 귀족적이거나 철학적인 신문이어야 해. 상류사회에서 운영하는 상류계급 신문 말이야. 또한 보통 사람을 위한 기관도 되어야 하지."

그들은 신문 이름을 '조간 개골개골'이라고 해야 할지 '석간 개골개골' 이라고 할지 또는 그냥 '개골개골'이라고 해야 할지에 대해 논의했다. 만장일치로 '개골개골'이 선정되었다.

신문은 숲속에서 오랫동안 필요로 했던 일을 하게 될 것이었다. 벌, 개미, 뒤쥐가 산업과 공학 분야에 대해 글을 쓰기로 했다. 그 분야에 대해서 그들이 통찰력이 있었기 때문이다. 뻐꾸기는 자연의 시인이었다. 노래하는 새들에 속하지는 않지만 보통 사람에게는 가장 중요한 새였다. "뻐꾸기는 항상 자기 자랑만 해. 새들 중에서 가장 허영심이 많은 새야. 고려할 필요가 없어." 하고 공작새가 말했다.

그때 쉬파리(동물의 날고기나 죽은 고기에 산란함)들이 숲속의 편집인을 방문했다. "우리도 거들게. 우리는 사람들, 편집인들, 인간 비평가들에 대해 알아. 우리는 날고기에 유충을 낳는데 유충을 낳으면 날고기가 24시간 이내에 썩어 버리지. 우리가 편집하는 일을 하면 필요할 경우에는 위대한 재능을 파괴해 버릴 수도 있어. 신문이 한 정당을 대변한다면 그건 파렴치한 일이지. 구독자를 한 명을 잃으면 그 대신 열여섯 명의 구독자를 갖게 될 거야. 비정하고, 별명을 붙이기도 하고, 강력하게 비판하기도 하고, 급진적인 젊은 애들처럼 손가락 사이로 휘파람을 불어. 그러면 국가의 권력을 쥐게 되는 것이지."

"하늘의 방랑자 같으니라고!" 하고 개구리가 황새에 대해 말했다. "어렸을 때는 황새를 쳐다보며 흠모했었지. 황새가 늪지로 걸어 들어가 이집트에 대해 얘기할 때면 멋진 외국의 땅을 상상하곤 했어. 하지만 이제는 더 이상 흠모하지 않아. 모두 내 기억 속의 메아리일 뿐이지.

나는 더욱더 현명해지고 이성적이고 중요한 인물이 되었어. '개골개골' 신문에 비평을 쓰게 되었다고. 나는 가장 정확하고 절절한 언어를 쓰고 말하는 '개골이'라고 하지!

인간 세상에서도 그와 같은 존재가 있어. 신문 뒷면에 그에 대해 써놨지."

# 165
# 명필가

명필을 필요로 하는 직업을 가진 한 남자가 있었다. 그는 다른 일은 능숙하게 잘했지만 명필하고는 거리가 멀었다. 그래서 신문에 글씨를 잘 쓰는 사람을 찾는다는 광고를 냈다. 그러자 너무 많은 사람들이 지원을 해서 지원서가 들통에 가득 차고도 남았다. 하지만 그가 필요로 하는 사람은 한 사람뿐이었다. 그는 처음으로 눈에 들어오는 사람 중에서 가장 훌륭한 타자기로 친 것처럼 아름답게 글씨를 쓰는 사람을 뽑았다. 사무실에서 일하는 직업을 가진 남자는 뛰어난 작가였다. 그의 글이 명필로 쓰여 공개되면 사람들은 이렇게 말하곤 하였다. "참으로 아름다운 글씨네요."

그러면 "그건 내 작품이에요." 하고 한 푼의 값어치도 없는 마음을 가진 명필가는 말했다.

일주일 내내 그런 칭찬을 듣자 명필가는 우쭐해져서 사무실에서 일하는 그 남자가 되고 싶었다. 그는 원했다면 훌륭한 글쓰기 선생이 되어 숙녀들이 모이는 티파티에 흰 넥타이를 매고 근사한 모습으로 살 수도 있었을 것이다. 하지만 그가 원한 것은 그것이 아니었다. 그는 다른 모든 작가들을 뛰어넘는 작가가 되고 싶었다. 그래서 화가와 조각가에 대해서, 작곡가와 극장에 대해서 글을 썼다. 그는 말도 안 되는 형편없는 글을 썼으며, 너무나 형편없으면 다음날 잘못 인쇄된 오류라고 쓰곤 했다. 사실 그가 쓴 모든 것은 오류였다. 하지만 무엇보다도 슬픈 일은 그의 유일한 재산인 아름다운 명필이 인쇄되어 나오는 것을 볼 수 없다는 점이었다.

"난 부수고 만들어낼 수 있어. 난 대단한 인물이야. 작은 신이라고. 그렇게 작지도 않은 신 말이야!"

정말 말도 안 되는 소리였다. 그러다가 결국 그는 죽고 말았다. 그가 죽자 신문 부고란에 아름다운 사망기사가 실렸다. 참으로 안 된 이야기 아닌가. 실제로 글을 쓸 줄 아는 친구에 의해 그의 죽음이 아름다운 말로 묘사가 되다니?

그 친구의 좋은 의도와는 달리 요란스럽고 추잡한 그의 인생 이야기는 매우 슬픈 우화가 되었다.

# 166
## 사람들은 말한다

사람들은 말과 의미가 다른 말을 종종 한다. 사람들은 말은 많이 해도 의미가 별로 없는 말들을 한다. 사람들은 말한다. 사람들은 말한다. 그렇다. 중상모략을 하는 말들이 많으며 해가 되지 않는 말들도 많다. 사람들의 말 속에는 진실과 유머가 숨어 있다.

사람들은 기적의 시대는 지나갔다고 말한다. 하지만 그것은 사실이 아니다. 기적의 시대는 여전히 우리와 함께 있다. 우리의 영혼 속에. 기적이 있기 때문에 인간이 계시를 받는 것이 아닌가. 세상은 매우 무미건조하고 황폐해 보이지만 신의 자비의 샘은 그 안에서 싹터 나온다. 생명이 번창하고, 영감을 주는 음악과 시와 과학을 통해 하느님은 심판의 그날까지 우리에게 기적을 행할 것이다.

사람들은 우리의 감정과 사상이 우리의 신경이 움직이고 떨림으로써 생긴다고 말한다. 그리고 영감도, 행복도, 고통도. 우리는 그저 도구에 지나지 않는다. 맞는 말이다. 하지만 누가 그 줄을 만지고 진동하고 떨리게 만드는가? 그것은 보이지 않는 하느님의 영이다.

사람들은 우스꽝스런 말을 한다. 그것도 서푼 어치의 가치도 없는 악의를 가지고 종종 말한다. 사람들은 옛날에 이가 다 빠져 버린 꿈을 꾼 한 숙녀에 대해 말한다. 그 숙녀는 "이제 내 친구 하나를 잃게 되었어."라고 말했다고. 그리고는 이렇게 말한다. 그 숙녀의 이는 모두 가짜니까 그 친구는 가짜임에 틀림없다고!

사람들은 말한다. 사라가 블레셋의 왕 아비멜렉과 결혼했을 때 이삭이란 말은 그들의 언어로 "사람들은 웃는다"라는 뜻이기 때문에 "우리 아들을 낳으면 이삭이라고 불러요."라고 남편에게 말했다고. 늙은 사라[36]는 인간의 본성을 잘 알고 있었다. 그녀는 사람들의 생각에 대해 잘 알고 있었다. 사람들은 사라 시대 이후로 전혀 변한 게 없다.

사람들은 말한다. 이것은 사실일 것이다. 매우 신랄한 예술 비평가가 전날 파도를 바라보며 해안가에 서 있었다고.

"최고야." 하고 그는 말했다. "최고야, 대단히 훌륭하군!" 그러자 우리의 주님은 그의 모자를 벗기며 대답했다. "고맙군, 교수 나리!"

사람들은 말한다. 그렇다. 사람들은 말한다. 하지만 여기에서 그치자, 적어도 오늘은.

---

36. 이삭을 낳았을 때 남편 아브라함은 100살, 사라는 90살이었다.

# 167
## 가난한 여인과 작은 카나리아

✻✻✻✻✻✻✻✻✻✻✻✻✻✻✻✻

지독히도 가난한 여인이 살고 있었다. 여인은 매우 슬펐다. 먹을 것도 없는 데다 남편은 죽어 매장을 해야 했지만 너무 가난해서 관을 살 돈이 없었기 때문이다. 그러나 아무도 도와주려 하지 않았다. 단 한 사람도 도와주려는 사람이 없었다. 그래서 여인은 슬피 울며 우리에게 친절하신 주님께 기도를 했다.

그때 열린 창문으로 작은 새 한 마리가 방안으로 날아 들어왔다. 카나리아였다. 그 새는 새장에서 빠져나와 지붕 위를 날아다니다가 가난한 여인의 집 창문으로 들어오게 된 것이었다. 카나리아는 죽은 남편의 머리맡에 앉아 너무나도 아름답게 노래를 불렀다. 마치 여인에게 이렇게 말하는 것 같았다. "그렇게 슬퍼하지 말아요. 내가 얼마나 행복한지 들리지 않나요!"

가난한 여인은 빵부스러기를 손에 펴들고 작은 새를 불렀다. 새는 여인에게 껑충 뛰어가더니 빵부스러기를 먹었다. 너무나도 달콤한 빵을.

그때 누군가 문을 노크하는 소리가 들렸다. 한 여자가 들어서더니 창문을 통해 날아 들어온 작은 카나리아를 보며 말했다. "오늘 신문에 난 새가 틀림없어요. 길 아래쪽에 사는 사람들에게서 도망쳐 나온 새에요."

그래서 지독히도 가난한 여인은 작은 카나리아를 가지고 그 사람들을 찾아갔다. 사람들은 카나리아를 보자 매우 행복해했다. 그들은 그 새를 어디에서 찾았는지 여인에게 물었다. 여인은 새가 창문을 통해 날아 들어와 죽은 남편의 머리맡에 앉아 너무도 아름답게 노래를 불러서 울음을 그치게 되었다고 말했다. 가난해서 남편을 위한 관을 살 돈도 없고 먹을 것도 없지만 울지 않기로 했다고.

사람들은 그 여인이 매우 가엾은 생각이 들었다. 그들은 선량한 사람들이었으며 새가 돌아온 것이 기뻤다. 그들은 여인의 죽은 남편을 위해 관을 사주고는 날마다 그들 집에서 함께 식사를 하자고 가난한 여인에게 말했다. 여인은 매우 행복해하며 그토록 슬픔에 겨워 힘들 때 작은 카나리아를 보내주신 주님께 감사를 드렸다.

# 168
## 우르바노

한 수도원에 우르바노란 젊은 수도사가 살았다. 독실하고 학구적인 젊은이였다. 그는 수도원의 장서실 열쇠를 보관하는 임무를 맡고 있었으며 그 장서를 충실하게 지켰다. 또한 많은 아름다운 책을 썼으며 틈만 나면 성경과 다른 책들을 공부했다.

그러던 어느 날, 사도 바울의 글을 읽고 있던 우르바노는 성경에서 다음과 같은 구절을 발견했다. "주의 목전에는 천년이 지나간 어제 같으며 한순간과 같을 뿐이니." 이 구절을 읽고 우르바노는 있을 수 없는 일이라고 생각했다. 믿을 수가 없었다. 그는 의심과 깊은 생각으로 괴로워했다.

어느 날 아침, 그 수도사는 침침한 장서실에서 아름답게 햇살이 비치는 수도원 정원으로 내려서다가 땅에 앉아서 옥수수 알갱이를 찾고 있는 화사한 색깔의 작은 딱따구리 새를 발견했다. 곧이어 새는 나뭇가지로 날아 올라가더니 기이하고도 신비로운 멋진 노래를 부르기 시작했다.

그 작은 새는 전혀 겁을 먹지 않았으며 수도사가 가까이 다가가도 꼼짝하지 않았다. 수도사가 새를 잡으려 하자 새는 이 나무에서 저 나무로 날아다녔다. 수도사는 새를 따라갔고 새는 계속해서 맑고 사랑스런 목소리로 노래를 불렀다. 수도원 정원에서 멀리 떨어진 숲속까지 새를 따라갔지만 새를 잡을 수는 없었다.

수도사는 마침내 포기하고 수도원으로 돌아왔다. 그런데 눈에 보이는 것들이 기이하게도 모두 달라져 보였다. 건물이고 정원이고 모든 것이 더욱더 크고 더욱더 아름다워 보였으며 낮고 오래된 작은 수도원 교회 대신 세 개의 탑이 우뚝 서 있는 거대한 성당이 보였다. 수도사는 참으로 기이하고 마법과 같다는 생각을 했다. 수도원 문으로 다가가 머뭇거리며 종 줄을 잡아당기자 그가 처음 보는 낯선 문지기가 문을 열어 주었다. 문지기는 소스라치게 놀라며 그를 피했다.

수도사가 수도원 묘지로 들어서자 전에는 본 적이 없는 수많은 묘비들이 보였다.

그가 수도사들에게 다가가자 그들은 하나 같이 공포에 질려 그를 피했다.

유일하게 수도원장만이 그를 피하지 않았는데, 그가 알던 수도원장이 아니라 더 젊고 전혀 낯선 다른 수도원장이었다. 수도원장은 조용히 서서 그를 향해 십자가상을 들이대며 이렇게 말했다. "그리스도의 이름으로 묻나니, 무덤에서 일어난 성자답지 못한 영혼이여, 너는 누구냐? 산 자들 중에서 무얼 찾고 있느냐?"

그 말에 수도사는 몸이 오싹해졌다. 그는 눈을 내리뜨고 망령이 난 노인처럼 비틀거렸다. 그런데 보라! 그는 긴 백발의 수염을 허리까지 늘어뜨리고 있지 않은가. 여전히 장서실의 열쇠들이 매달려 있는 허리춤까지 말이다.

수도사들이 겁을 먹으며 공손하게 얼떨떨해하는 이방인을 수도원장실로 데려갔다. 수도원장이 장서실의 열쇠를 젊은 수도사에게 건네주자 젊은 수도사가 장서실을 열고 손으로 쓴 연대기를 내밀었다. 거기에는 우르바노라는 수도사가 300년 전에 종적도 없이 사라졌다는 내용이 쓰여 있었다. 그가 도망을 갔는지 사고를 당했는지에 대해서는 아는 사람이 없다고 쓰여 있었다.

"오, 딱따구리여! 그것은 당신의 노래였군요!" 하고 한숨을 쉬며 이방인이 말했다. "난 당신을 따라가며 당신의 노래를 채 3분도 듣지 않았는데 그동안에 300년이 지나갔다니요. 당신은 저에게 영원에 관한 노래를 불렀었군요. 제가 이해하지 못하는 영원에 대해서. 하지만 이제는 이해하고 먼지 속에도 존재하는 당신을 숭배합니다. 오, 주님. 저는 거대한 먼지덩어리에 불과하나이다." 그가 이렇게 말하고 고개를 숙이자 그의 몸이 먼지가 되어 사라져 버렸다.

# 해제

1835년 봄, 덴마크에서 〈어린이를 위한 동화집〉이란 제목의 책이 발간되었다. 이 책에는 한스 크리스티안 안데르센을 그의 모국은 물론 전 세계 모든 사람에게 친숙한 이름으로 만든 네 이야기가 수록되어 있었으나, 출판 당시에는 호응을 얻지 못했다.

안데르센이 덴마크 문단에 발을 들여놓은 것은 이때가 처음이 아니었다. 1828년에 대학 입학시험에 합격한 안데르센은 공부를 그만두고 작품 활동에만 몰두하였다. 그 후 시, 기행문, 희곡을 많이 썼지만 대부분 잠깐 인기를 누리다가 잊혀져 버렸다. 그러다가 1833~1834년에 왕실의 후원으로 프랑스와 이탈리아를 처음 여행한 후 첫 소설인 〈즉흥시인〉을 발표하여 유례없는 성공을 거두었다. 〈어린이를 위한 동화집〉을 발표하기 바로 직전의 일이었다. 이로써 안데르센은 작가로서의 명성을 얻게 되었다.

〈어린이를 위한 동화집〉은 덴마크 문학에 새로운 경향을 불어넣어 주었다. 전 유럽을 휩쓸었던 낭만주의 물결은 당시 문학을 지배하던 신고전주의의 엄격한 방식에 대한 반발 이상의 것이었다. 오래된 제국들이 무너지고, 많은 국가들은 국가적·사회적 혼란 속에서 자국의 힘을 회복하고 외국 문화의 영향을 떨쳐 버리려고 노력했다. 소위 "국가 문예부흥" 시기인 이때, 학자들은 그동안 무시해 온 자국의 귀중한 전통에 눈을 돌리기 시작했다.

학자들은 농가, 선술집, 육아실에서 들을 수 있던 민간설화와 전설을 수 세기 동안 경시해 왔었다. 설화와 전설이 겉으로나마 공식적으로 인정받은 것은 인도 초기 불교계의 수도승과 중세 프랑스의 성직자들이 설교에 민간설화와 전설을 인용했을 때부터이다. 이들은 교훈을 주고 설교에 활기를 불어넣을 목적으로 설화와 전설을 인용하였다. 보카치오는 초서, 페로, 볼테르, 호프만이 그랬던 것처럼 민간 전통을 깊이 탐구했다. 이 작가들은 당시 문단에 지대한 영향을 주었다. 그러나 전통의 진정한 가치를 제대로 이해하고 평가하며, 학자와 일반인들의 태도가 변하기 시작한 것은 야콥 그림과 빌헬름 그림 형제가 〈어린이와 가정을 위한 동화〉(1812-15)를 발간한 후의 일이다. 동시에 낭만주의 작가들이 영감을 얻기 위해 전원생활에 눈을 돌리게 되자 "설화 문학"이 번창하게 되었는데, 독일과 덴마크에서 더욱 번창했다.

덴마크 작가 중 민간 전통에서 영감을 얻은 작가는 안데르센이 처음은 아니다. 하지만 당대에 성행하던 딱딱한 학문적 문체에서 탈피해 일상적인 구어를 사용한 것은 안데르센이 처음이었다. 안데르센은 작품 속에서 이야기꾼이 되어 자신이 들은 이야기를 구어체 그대로 옮기는 데 충실했다. 그는 "아이에게 얘기하듯이" 썼다. 하지만 비평가들은 이러한 문체를 큰 죄악으로 생각했다. 비평가들과 동료들은 한결같이 안데르센처럼 재능 있는 사람이 첫 작품으로 〈어린이를 위한 동화집〉과 같은 유치한 글을 쓴 데 대해서 유감을 표시했다. 그 동화집이 아이들에게 교훈을 주기 위한 것이 아니라 재미있는 읽을거리로 쓰여졌다고 해도 문제가 달라질 것은 없었다.

한 비평가는 아이들이 보는 책에 외설적인 내용이 들어 있다는 데 충격을 받기도 했는데, 그것은 잠자는 공주가 개 등에 업혀 군인에게 가고, 그 군인이 공주에게 입을 맞춘다는 내용이었다("부싯깃통"). "완두콩 공주"는 내용이 천박할 뿐만 아니라 상류층 아가씨를 몹시 여윈 것으로 묘사한 것은 잘못된 것이라고 생각했다. "장다리 클라우스와 꺼꾸리 클라우스"는 인간 생명을 경시하는 작가의 태도와 성(性)적인 암시 때문에 아동용으로 부적합하다는 평가를 받았다. 결국 안데르센은 아이들을 위한 책을 더 이상 쓰지 말라는 충고를 들어야 했다.

하지만 안데르센의 절친한 친구이자 팬이었던 외르스테드만은 처음부터 이 이야기들의 진가를 알았다. 자연주의자면서 전자기(電磁氣)를 발견하기도 했던 그는 안데르센에게 이렇게 말했다. "자네는 〈즉흥시인〉으로 유명해지고 〈어린이를 위한 동화집〉으로 불멸의 존재가 될 걸세."

안데르센은 같은 해에 〈어린이를 위한 동화집〉 제2권을 출판했고 거의 정기적으로 작품을 발표했다. 1835년~1872년에는 150편 이상을 발표했다. 이 중 초기에 쓰여진 이야기들은 안데르센이 어릴 때 들은 민간설화에 바탕을 두고 있으나, 작가의 스타일로 자유롭게 각색한 것이다. 기억해야 할 점은 안데르센이 그림 형제와 같은 민속학자가 아니라는 점이다. 그림 형제는 민간설화나 전설의 원래 구조와 내용을 보존하는 데 관심이 있었지만 안데르센은 필요하다고 생각해 이야기를 고치거나 덧붙이는 것을 주저하지 않았다. 예를 들어 "천국의 정원"은 안데르센이 어릴 때 들은 민간설화를 바탕으로 하고 있지만 이야기가 너무 좋아서 더 길게 늘리고 싶었다. 그는 "네 가지 바람은 더 많은 이야기를 할 수 있어야 하고 정원은 더 자세하게 묘사되어야 한다"고 생각했다. "부싯깃 통"은 "촛불 속의 영혼"이란 덴마크의 옛날 이야기에서 따왔지만 아라비안 나이트의 알라딘 이야기를 연상시키는 장면이 있다. 또한 "장다리 클라우스와 꺼꾸리 클라우스"와 "돼지치기"는 선술집과 노변의 여관에서 나돌던 익살맞고 세속적이며 때로는 상스럽기도 한 "스켐테히스토리어(Skemtehistorier)"를 모방하였지만 아이들에게 맞는 부드러운 어조로 고치고 적절하지 않은 내용은 삭제했다.

나중에 나온 작품들은 문학에서 영감을 받아 쓴 것들이다. "벌거벗은 임금님"은 중세 스페인의 이야기를 바탕으로 했고, "하늘을 나는 트렁크"는 아라비안 나이트에서, "장미 요정"은 보카치오의 〈데카메론〉에서 따온 것이다.

작품 활동을 시작할 때부터 안데르센은 두 종류의 독자를 염두에 두었다. 그는 아이는 물론 어른도 구어체로 된 이야기를 좋아한다는 사실을 깨달았다. 이야기 내용에 대해서 그는 이렇게 말했다. "어른들에게 적합한 주제를 잡은 다음, 아이들이 이해할 수 있게 풀어 나갑니다. 하지만 부모도 함께 읽고 마음의 양식을 얻는다는 사실을 잊지 않지요."

다시 말해서, 안데르센의 이야기는 아이들이 이해할 수 있을 만큼 단순하면서도 어른이 공감할 수 있는 심오한 의미를 내포하고 있다. 하지만 그의 이야기가 순전히 아이들만을 위한 것이라는 생각이 지배적이자, 안데르센은 이러한 오해를 일소하고 작품의 진지한 면을 부각시키기 위해 1843년에 책 제목을 〈신 동화집〉으로 바꾸었다.

이 시기에 안데르센은 자신의 창작품을 쓰기 시작했다. 1837년에 순수 창작품인 "인어 공주"를 발표하여 절찬을 받자, 용기를 얻어 상상력을 마음껏 발휘해 더 많은 창작품에 몰두했다. 그 후 많은 이야기가 중편 소설과 비슷한 형태를 띠자 동화집 제목을 〈히스토리어(Historier)〉로 바꾸었다. 그러나 대부분의 낭만주의 소설가와는 달리 자신의 상상력을 엄격히 규제했다. 낭만주의자들이 독특하고 기괴한 것에 매료되었던 반면, 안데르센은 사실주의에 토대를 두었다. 그는 "가장 환상적인 동화는 현실에서 솟아 나온다"고 말했다. 안데르센은 평범하지 않았던 자신의 삶에서 얻은 매우 다양한 경험에서 문학적 영감을 얻었다.

안데르센은 1805년 4월 2일, 덴마크의 오덴세에서 태어났다. 부모가 결혼한 지 한두 달만에 태어난 것이다. 아버지는 구두 수선공으로 일해 근근이 생계를 이어갔다. 불안한 성격의 소유자인 그는 자신의 직업과 결혼 생활에 늘 만족하지 못했으며 간절히 원했던 교육을 받지 못한 데 대해 심한 좌절감을 느꼈다. 하지만 하나뿐인 자식에게는 헌신적이어서 함께 산책을 하기도 하고, 장난감을 만들어 주기도 했으며, 프랑스 작가 라퐁텐과 노르웨이 작가 홀베르의 작품과 아라비안 나이트를 읽어 주곤 했다. 또한 아들에게 인형을 만들어 준 적도 있는데, 안데르센은 이 인형들을 소중히 간직했다.

안데르센의 어머니는 아버지보다 서너 살 위였다. 출신이 불확실한 그녀에게는 안데르센 아버지와 결혼하기 몇 년 전에 사생아로 낳은 딸이 있었다. 안데르센은 이 이복 누이와 따로 살았기 때문에 거의 접촉할 기회가 없었지만 언젠가 이복 누이가 자기 앞에 나타날지도 모른다는 생각에 항상 불안해했다. 어머니는 알파벳을 더듬더듬 읽을 정도로 문맹이었지만 안데르센에게는 좋은 어머니였다. 그녀는 순박하고 정통적인 교인이었으나 미신에도 집착했다. 이러한 태도는 삶과 종교에 회의적이었던 남편의 태도와 극명한 대조를 이루었다. 안데르센의 아버지는 노인들이 믿는 미신을 항상 이성적으로 설명하고자 했다. 어머니는 남편을 이해하지 못했으며 남편이 신에 대해 불경한 말을 하고 악마를 들먹이면 기겁을 했다. 남편은 "진짜 악마는 우리 마음속에 있는 거야!" 또는 "예수는 우리와 똑같은 인간이야. 다만 보기 드문 인간일 뿐이지." 하는 말을 서슴없이 했다. 이러한 부모의 갈등은 어린 안데르센에게 지워지지 않는 기억으로 남았다. 그 후 안데르센은 불멸이라는 문제에 심취해 있으면서도 이따금 종교에 의문을 갖곤 했다.

안데르센은 매우 예민했으며 다른 아이들과 어울려 노는 일이 드물었다. 그는 대부분 공상을 하거나 이야기를 쓰거나 인형 옷을 만들면서 시간을 보냈다. 정신병을 앓던 안데르센의 할아버지는 가끔 꽃으로 치장하고 고래고래 소리를 지르며 거리를 쏘다녔는데, 그때문에 안데르센은 다른 아이들과 어울리는 것을 꺼려했다. 그는 거리에서 할아버지와 부딪혀 아이들의 놀림감이 될까봐 늘 두려워했다. 할아버지의 병이 유전될지도 모른다는 불안감 또한 안데르센이 죽는 날까지 계속되었다.

안데르센의 할머니는 정신병원 정원 손질을 맡아 했는데, 병원 쓰레기를 태우는 날이면 안데르센도 동행하곤 했다. 그는 병원을 돌아다니며 여러 환자를 구경하고, 때로는 근처 구빈원에 가서 할머니들한테 덴마크 민간설화와 전설을 들었다. 안데르센은 어릴 때부터 덴마크 민속 전통에 흠뻑 젖어 있었다. 후에 쓴 자서전에 의하면, 이야기와 환자들에게 푹 빠져서 날이 저물어도 집으로 돌아갈 줄 몰랐다고 한다.

안데르센이 어렸을 때 오덴세는 덴마크에서 두 번째로 큰 도시였다. 오덴세라는 지명은 오딘 신의 이름에서 따온 것인데, 오딘 신이 그곳에서 살았다는 전설이 있다. 오덴세는 민간설화가 풍부한 퓐 섬에 있었기 때문에 상상력이 풍부한 소년에게는 더없이 좋은 천국이었다. 덴마크의 다른 지방에서는 사라진 풍습이 오덴세에서는 여전히 성행하였다. 어릿광대를 앞세우고 상인들이 화려하게 행진하는가 하면, 참회 월요일에는 소장수들이 제일 살찐 소를 골라 꽃으로 장식하고 거리를 행진했다. 그리고 불꽃놀이와 화려한 횃불 행렬도 이어졌다. 크리스티안 프레데리크 왕이 오덴세 성에 살며 이 지역을 통치했다는 사실은 축제를 더욱 빛내 주었다. 이 같은 풍습은 어린 안데르센의 마음속에 잊혀지지 않는 추억으로 남았다.

당시 오덴세에는 덴마크에서 몇 안 되는 극장이 있었는데, 안데르센은 가끔 부모와 함께 극장에 가곤 했다. 덴마크어와 독일어로 된 연극과 오페라에서부터 판토마임과 줄타기 곡예에 이르기까지 프로그램이 다양했다. 어린 안데르센은 그때부터 환상의 날개를 펴기 시작했고, 얼마 되지 않아 희곡을 직접 써서 공연했다. 무대는 자신의 집 부엌이었고 배역은 모두 혼자서 연기했다.

한편, 아버지는 심리적으로 더욱더 불안정해졌다. 1812년에는 경제적인 이유도 있었지만 승리의 영광이라는 환상을 쫓아서 나폴레옹 군대에 입대했다. 하지만 곧 평화조약이 체결되어 홀슈타인 지방까지 간 것이 고작이었다. 그는 2년 후 무일푼이 되어 병든 몸을 이끌고 집으로 돌아왔다. 그리고 1816년 사망했는데, 그때 안데르센은 11살이었다. 어머니는 가족을 부양하기 위해 남의 집 가정부로 일했기 때문에 안데르센은 혼자 집을 지키는 일이 많았다.

안데르센은 어려서부터 영향력 있는 사람들의 관심을 끄는 매력이 있었던 것 같다. 그들은 안데르센에게 많은 관심을 보이며 돕고 싶어했다. 물론 안데르센 자신도 도움을 받으려고 많은 노력을 기울였다. 그러나 안데르센은 가장 낮은 신분에 속했고 그 당시는 신분 차별이 지금보다 훨씬 더 심했다는 사실을 기억해야 한다. 가난한 소년이 사회적 상승을 한다는 것은 실질적으로 불가능했다. 기껏해야 장사를 배우는 게 고작이었고, 고등 교육을 받는 것은 거의 불가능했다. 의지력은 물론이고, 천부적인 재능과 능력뿐만 아니라 교육비를 부담할 부유한 후원자도 있어야 가능한 일이었다.

안데르센은 훗날 자신이 "교양의 집"이라 일컬은 곳을 정기적으로 방문했다. 그곳에서 그는 책을 빌려 보기도 하고, 사람들 앞에서 시를 낭송하거나 노래를 부르기도 했다. 여기서 만난 굴베르그 장군은 안데르센이 크리스티안 프레데리크 왕을 위해 노래도 하고 시도 낭송할 수 있도록 주선해 주었다. 안데르센이 왕실 보조금을 받아 공부할 수 있기를 바라는 마음에서였다. 왕도 기꺼이 도와주려 했지만 무역을 공부해야 한다는 조건을 달았다. 결국 왕과의 만남은 안데르센에게 아무런 도움도 주지 못했다.

아들이 인형 옷을 만드는 걸 보고 재능이 있다고 생각한 어머니는 안데르센을 재봉사 견습생으로 보냈다. 하지만 안데르센은 견습 생활을 하는 동안 거의 바느질을 하지 않았다. 다른 견습생들이 안데르센에게 노래를 시키고 안데르센의 일을 대신 해 주었던 것이다. 하지만 며칠이 지나자 안데르센은 고음인 목소리 때문에 심한 놀림을 받고 그 길로 집으로 돌아와 버렸다.

아버지가 죽은 지 2년 후에 어머니는 재혼을 했다. 새 남편 또한 구두 수선공이었지만 어머니보다 훨씬 젊었다. 새 아버지는 안데르센의 교육에 관심이 없었으며, 안데르센이 무슨 일을 하든 상관하지 않았다. 새 아버지 쪽 가족들은 안데르센 어머니를 비천한 여자로 생각했기 때문에 안데르센과 어머니가 방문하는 것을 허락하지 않았다. 몇 년 후 새 아버지마저 세상을 뜨자 안데르센 모자는 더욱 궁핍해졌다.

어머니는 이번에는 아들에게 쓸모 있는 장사를 가르쳐야겠다고 생각했다. 하지만 뜻대로 되지 않았다. 1818년에 코펜하겐 왕립 극단이 오덴세를 방문하여 많은 오페라와 비극을 공연했는데, 엑스트라로 한두 번 무대에 선 안데르센은 성공하기 위해 코펜하겐으로 가기로 결심했다. 어머니는 극구 말렸으나 그의 마음을 돌이킬 수는 없었다. 하는 수 없이 어머니는 아들을 점쟁이에게 데려갔다.

"아드님은 위대한 사람이 될 겁니다. 언젠가는 오덴세가 아드님의 이름으로 빛나게 될 겁니다." 점쟁이의 이 말을 듣자 안데르센의 어머니는 울음을 터뜨리며 코펜하겐으로 가라고 허락했다.

겨우 14살이던 안데르센은 왕립 극단의 솔로 무용수에게 줄 소개장과 어렵게 모은 동전 몇 푼을 들고 혼자 길을 떠났다. 하지만 솔로 무용수는 소개장을 써 준 사람을 기억하지 못했다. 게다가 멍청해 보이는 아이가 모자를 탬버린 삼아 춤추고 노래하는 모습을 보자 정신나간 아이라며 내쫓아 버렸다. 쫓겨난 안데르센은 왕립 극단 단장을 찾아갔지만 못 배운 사람은 고용할 수 없다는 말만 들었다.

가진 돈이 다 떨어지자 안데르센은 아무 곳에서나 견습생으로 일하기로 결심했다. 그러던 중 우연히 견습생을 구하던 목수를 만났지만 이번에도 오래가지 못했다. 안데르센이 저속한 농담에 민감하게 반응하자 다른 아이들이 심하게 놀렸기 때문이다. 안데르센은 다시 희망 없는 무일푼의 신세가 되었다.

그때 쥬세피 시보니에 대한 글을 떠올린 안데르센은 그를 만나러 갔다. 시보니는 이탈리아인이면서 왕립 예술 학교의 교장이었다. 마침 친구들과 함께 있던 이 예술의 거장은 안데르센의 노래와 시낭송을 들은 후 성악 교육을 받게 해 주겠다고 약속했다. 그의 친구들은 안데르센을 위해 모금을 했다. 그러나 6개월이 지나 안데르센의 목소리가 변하기 시작하자 시보니는 안데르센에게 오덴세로 돌아가 장사를 배우라고 권했다.

하지만 안데르센은 집으로 돌아가지 않았다. 그는 시인인 프레데리크 굴베르그가 코펜하겐에 살고 있다는 것을 기억해 내고 시인을 찾아갔다. 시인은 오덴세에서 안데르센을 도와준 굴베르그 장군의 동생이기도 했다. 시인은 안데르센을 친절하게 맞으며 라틴어 교육을 받게 해 주는 것은 물론, 덴마크어와 독일어를 개인지도 해 주겠다고 약속했다. 안데르센은 왕립 극단의 무용 학교에 들어가 발레 '아르미다(Armida)'에서 괴물 역할을 맡기도 했다. 하지만 무용 교육은 오래가지 못했고 대신 목소리가 회복되어 같은 극단의 합창단에 들어가게 되었다. 반면 라틴어 공부는 성과를 거두지 못했다. 이 사실을 알자 프레데리크 굴베르그는 더 이상 도와주지 않았다.

이 무렵 안데르센은 "비센베르크의 강도들"이란 비극을 써서 왕립 극단에 보냈다. 극단 측은 작가의 교육 부족이 확연히 드러나는 작품은 받을 의향이 없다며 거절했다. 얼마 후 그는 합창단에서도 해고당했다.

안데르센의 미래는 또다시 암담해졌다. 깊은 절망과 가난의 날들이었다. 하지만 오덴세로 돌아가는 것은 실패를 인정하는 것이었기 때문에 돌아갈 수도 없었다. 그때 안데르센은 인생의 중요한 전환점을 맞는다. 역시 왕립 극단이 거절했던 두번째 희곡 "알프졸(Alfsol)"이 극단 이사인 요나스 콜린의 눈에 띈 것이다. 부유하고 유능한 공무원이었던 콜린은 안데르센이 슬라겔세 문법 학교에서 공부할 수 있게 주선해 주고 왕립 보조금으로 생활비를 충당할 수 있게 해 주었다.

안데르센이 오덴세에서 받은 교육은 형편없었다. 늙은 여교사에게서 알파벳과 읽고 쓰는 법을 배웠고 자선 학교에서 한동안 종교, 작문, 산수를 배우기도 했지만 슬라겔세 문법 학교에 입학하자 거의 모든 것을 처음부터 다시 시작해야 했다.

안데르센이 슬라겔세 2학년에 등록한 것은 1822년이었다. 그때 안데르센의 나이는 17살이었는데, 같은 반 아이들보다 나이가 많았다. 하지만 그렇다고 해서 편하게 지낸 것은 아니다. 쉬렌 마이슬링 교장은 엄하고 독설가였던 것 같다. 그는 학생들의 성적이 만족스럽지 않을 때는 냉소적인 말을 서슴없이 했는데, 안데르센은 그의 말을 액면 그대로 받아들였다. 시간이 흐르면서 안데르센은 칭찬을 많이 받았지만 하찮은 꾸중만 들어도 깊이 좌절하곤 했다. 슬라겔세에서 보낸 시간은 힘들었다. 1826년 마이슬링 교장을 따라 엘시노어 학교로 옮겼지만 그곳 생활은 끔찍했다. 결국 안데르센은 콜린을 설득해서 코펜하겐으로 돌아가 개인지도를 받았다.

안데르센은 1828년에 대학 입학시험에 합격했지만 대학에 입학할 생각이 없었다. 그는 즐거운 마음으로 글쓰기에 매달렸다. 슬라겔세에 있을 때도 몇 편의 시를 썼지만 첫 번째 저서인 〈홀멘 운하에서 아마거 극동으로 가는 도보 여행〉이 출판된 것은 1829년이었다. 같은 해에 희극인 "니콜라스 탑 위의 사랑"이 왕립 극단 무대에 올려졌다. 몇 년 전 안데르센이 입단하려 했으나 실패했던 바로 그곳이었다. 1830년에는 시집을 발표했다. 위의 세 작품이 모두 비평가들과 일반인들의 호평을 받자 안데르센은 돈을 벌기 시작했다.

1830년 여름에는 모국인 덴마크를 여행하면서 보냈다. 그때 파보르그에서 친구의 동생인 리보르그 포크트를 만나 사랑에 빠졌는데 이미 약혼자가 있는 그녀에게 청혼했다가 거절당하자 실의에 빠졌다. 바로 그 시기에 안데르센에 대한 비평가들의 혹평이 시작되었다.

1831년, 안데르센은 이 모든 것을 잊기 위해 처음으로 해외 여행에 나섰다. 독일 북부와 중부를 여행하고 돌아온 그는 책을 펴내 좋은 반응을 얻지만 다시 사랑 때문에 좌절을 겪었다. 그가 사랑에 빠진 콜린 가의 막내딸 루이즈가 다른 남자와 약혼해 버린 것이다.

안데르센은 실연의 상처를 씻기 위해 또 해외 여행을 떠났다. 이번에는 왕립 보조금으로 프랑스, 스위스, 이탈리아를 여행했다. 이 여행의 직접적인 산물인 첫 소설인 〈즉흥시인〉은 여러 나라 말로 번역되어 안데르센을 세계적인 작가로 만들었다. 이 소설의 배경은 안데르센이 방문한 나라지만 내용은 자전적이며, 등장 인물은 실제 인물에서 따왔다.

1836년에는 두 번째 소설인 〈오티(O. T.)〉가 출판되었다. 오티는 오덴세 감옥인 오덴세 투그투스의 약자이면서 동시에 주인공의 이름인 오토 토스트루프의 약자이기도 하다. 이 소설 역시 자전적 요소가 강하다. 1837년에는 세 번째 소설인 〈슬픈 바이올리니스트〉가 출판되었다. 호평을 받은 이 세 편의 소설에 이어서 1848년에는 〈세 명의 남작 부인〉, 1857년에는 〈사느냐 죽느냐〉, 1870년에는 〈운 좋은 귀족〉이 출판되었다.

안데르센은 극장에 대해 변함없는 애정을 보였지만, 그의 희곡 중 성공한 작품은 없었다. 무대 공연을 위해 30편이 넘는 작품을 썼지만, 그 중 몇 편만이 잠시 인기를 누렸을 뿐이었다. 1840년에 발표한 비극 〈뮬라토〉는 널리 찬사를 받았지만 비평가들은 안데르센의 희곡에 대해 부정적인 반응을 보였다. 그래서 안데르센은 모국이 자신을 제대로 평가해 주지 않는다고 생각했다.

안데르센은 그 당시로서는 여행을 많이 한 사람에 속했다. 일생 동안 스물 아홉 번이나 해외 여행을 했으며, 북아프리카는 물론 유럽의 대부분을 방문했다. 그 중 가장 길었던 여행은 1840년, 루이즈가 결혼할 무렵 떠난 여행이었다. 그때 그는 독일, 이탈리아, 그리스, 발칸 반도, 터키를 방문했으며 1841년이 되어서야 돌아왔다. 그때의 여행에 대한 감상은 1842년에 출판된 〈시인의 바자〉에 나타나 있다. 이 책은 1849년 스웨덴 방문 후 저술한 〈스웨덴에서〉와 함께 안데르센 문학의 정수로 꼽힌다.

1840년에 안데르센은 세 번째 사랑을 만난다. 안데르센의 인생에 가장 큰 영향을 끼쳤다고 할 수 있는 이 여인은 "스웨덴의 나이팅게일"의 실제 주인공인 제니 린트이다. 3년 후 그녀와 재회한 안데르센은 청혼을 하지만 제니 린트는 안데르센을 남매처럼 생각했다. 안데르센은 제니 린트를 한 여성으로서만이 아니라 예술가로서도 사랑했다. 그녀의 인생관이 안데르센에게 많은 영향을 끼쳤다는 것은 안데르센의 다음과 같은 말에서 알 수 있다. "제니를 통해 처음으로 예술의 존엄성을 이해하게 되었다. 그녀를 통해 인간은 더 높은 목적을 위해 자신을 버릴 줄 알아야 한다는 것을 배웠다. 어떤 책도, 어떤 사람도, 내가 시를 쓰는 데 제니 린트만큼 큰 영향을 준 것은 없다."

"나이팅게일"은 그녀에게 바친 작품이다.

안데르센은 코펜하겐에 정착하지 않았다. 아버지처럼 불안한 성격 탓도 있지만 더 큰 이유는 코펜하겐에서 편안함을 느끼지 못했기 때문이다. 안데르센이 슬라겔세 학교를 떠난지 수 년 후 콜린은 안데르센을 자기 집에 묵게 하면서 가족처럼 대우해 주었지만, 안데르센은 콜린 가족에 대한 상대적인 열등감을 떨쳐 버릴 수 없었다. 그는 자신이 받은 도움도 잊을 수 없었고, 그들이 상류층에서 태어난 교양 있는 사람들이라는 사실도 떨쳐 버릴 수 없었다. 동시에 병적으로 민감해서 아주 사소한 비난이나 상상 속의 모욕조차도 견디지 못했다.

안데르센은 또 무척 외롭게 지냈다. 그가 이탈리아에 있었던 1833년, 어머니가 돌아가시자 가까운 친척이라고는 이복 누이뿐이었지만 만나고 싶어하지 않았다. 안데르센은 결혼도 하지 않았다. 그가 애정을 쏟았던 몇 안 되는 여인들은 모두 이루어질 수 없는 사랑이었다. 그리고 대부분의 여행은 이 외로움에서 벗어나기 위한 것이었다. 안데르센은 어디를 가든 영향력 있는 사람들에게 보일 소개장을 지니고 다녔으며, 때로는 당대의 문학 거장들과 접촉하려고도 노력했다. 그리고 집으로 돌아와서는 편지를 써서 자신의 사회적 성공을 주변 사람에게 알렸으며 일기와 자서전에도 기록했다. 안데르센에게 이러한 성공은 자신의 삶이 바로 〈동화〉라는 증거였다. 하지만 사람들은 종종 허영과 출세욕에 눈이 멀었다고 그를 비난했고, 당시 문단에서는 안데르센을 풍자하기도 했다.

1830년 이후 점차 명성이 높아지자 안데르센은 덴마크 영주의 초대를 받아 여행을 하지 않을 때면 그의 저택에 묵곤 했다. 1840년, 스웨덴 여행 중에는 룬트 대학 학생들에게 갈채를 받았다. 안데르센이 평생 처음 받아 본 대중의 갈채였다. 독일의 바이마르 시에서는 독일 법원 관계자들의 따뜻한 환영을 받았으며, 1857년 영국을 방문했을 때는 찰스 디킨스와 함께 지내면서 당대 최고의 문필가들의 모임에서 명사 대우를 받았다. 1867년 안데르센은 자신의 고향에서 명예시민으로 추앙되었고, 오덴세는 안데르센의 이름 아래 빛났다. 병마와 싸우던 그는 1875년 8월 4일, 친구의 집에서 죽었다.

안데르센의 〈동화집〉에 나오는 대부분의 이야기는 그의 경험에서 나온 것이다. 그가 보고 행한 모든 것이 오랫동안 마음에 남아 영감을 준 것이다. 안데르센은 이렇게 말했다. "내가 쓴 이야기들은 나의 생각 속에 있는 것들이다. 그것들은 개울물과 한 줄기 햇살과 한 방울의 말루트 액만 있으면 꽃을 피우는 씨앗과 같다."

안데르센은 "못생긴 새끼 오리"에서 자신이 초기에 겪었던 어려움을 자서전에서보다 더 신랄하고 예술적으로 표현했다. 포크트와의 재회 후에는 "다정한 연인들"을 썼다. 견신례보다는 견신례를 위해 산 새 구두에 더 관심을 가졌던 어린 시절 기억은 "빨간 신"에 그대로 나타나 있으며, "성냥팔이 소녀"는 구걸을 하러 다녔던 안데르센 어머니의 어린 시절 모습이다. "인어 공주"에 나오는 왕자는 루이즈 콜린이고, 줄거리는 그녀에 대한 안데르센의 짝사랑을 묘사한 것이다. 제니 린트는 "스웨덴의 나이팅게일"이고, "돼지치기," "눈사람," "꿋꿋한 장난감 병정"은 안데르센 자신의 모습을 약간 바꾼 것이다.

안데르센 작품의 배경은 자기로 만든 중국 황제의 궁전에서 돼지우리까지, 천국의 문에서 지옥의 대기실까지, 바람의 동굴에서 바다 왕궁까지 매우 다양하다. 독자들은 이야기 속에서 하늘을 날아다니는 트렁크를 타기도 하고, 동풍의 등에 올라타기도 하며, 초라한 외바퀴 수레나 당시는 발명되지 않았던 비행선을 타기도 한다. 하지만 안데르센은 상상력이 이처럼 무한함에도 불구하고 발은 항상 덴마크 땅을 굳게 딛고 있었다. 이야기의 배경이 되는 곳은 안데르센이 잘 알고 사랑했던 당시의 덴마크이다. 특히 덴마크의 시골 풍경에 대한 묘사는 찬미에 가까웠다. 전통적인 민간설화에서는 풍경이 배경에 지나지 않았지만 안데르센의 이야기에서는 상세하게 묘사되어 이야기의 일부가 되었다.

등장 인물 역시 전통적인 왕과 공주에서 농부와 중산층까지, 이끼 부인에서 인어, 마녀, 마왕의 할머니에 이르기까지 다양하다. 독자들은 물방울에서 볼 수 있는 미세한 생물에서부터 불평 많은 오리 떼까지 만날 수 있다. 그의 이야기에 나오는 무생물들은 말하고 움직이며 안데르센이 직접 말하기 거북한 풍자적인 말들을 서슴없이 해댄다.

안데르센은 이렇게 말했다. "세상은 놀라운 일 투성이다. 하지만 사람들은 그런 일에 너무 익숙해져서 그저 일상적인 일이라고 말한다!"

안데르센의 예술성은 일상적인 것에서 나왔다. 그는 끊임없이 우리에게 말한다. 삶의 풍요로움과 아름다움은 우리가 깨닫지 못하는 사소한 것에서 발견할 수 있다고. 작은 씨앗 하나가 아름다운 꽃을 피울 수 있고, 작은 친절이 중요한 사건으로 발전할 수 있다. 세상에는 다양한 인간과 사물이 있으며 그들은 각기 그들만의 이야기를 가지고 있다. 우리가 눈을 크게 뜨고 마음의 문을 열면 세상은 결코 지루한 곳이 아니다.

안데르센은 이야기에 현실적인 측면을 살짝 가미하고 초자연적인 것을 치밀하게 묘사함으로써 비현실적인 것을 현실적으로 보이게 한다. 전설적인 이야기에서, 왕은 뒤축이 해진 슬리퍼를 신고 돌아다니고, 공주는 신문을 읽는다. 꽃의 세계에서 동물, 사물, 인간은 가치가 없다. 모든 존재는 자신의 제한된 세계 안에서 세상을 경험하고 판단한다. 따라서 개구리는 젖은 웅덩이에 있을 때가 가장 행복하고, 양초는 크리스탈 샹들리에에서 멋진 사람들을 비출 때가 가장 행복하다.

민간 전통의 근본 사상과 안데르센의 가치관은 서로 매우 유사한 점이 있다. 민간설화와 전설이 만들어진 시기는 초자연적인 힘에 대한 믿음과 그 믿음의 영향력이 지금보다 훨씬 더 강한 때였다. 착하고 인정 많은 전설 속의 영웅은 초자연적인 힘의 도움으로 극복할 수 없을 것 같은 역경을 이겨내고 목적을 달성한다. 안데르센 역시 인간의 삶 속에 하느님의 진리가 있다고 믿었다. "최선의 것을 예비하시는 자비로운 하느님"에 대한 그의 믿음은 평생 동안 겪은 여러 가지 경험을 통해 확고해졌다.

안데르센이 세운 인생의 목표는 명예였지만 쉽게 얻을 수 있다는 환상을 가지지는 않았다. 코펜하겐으로 떠나기 전에 안데르센은 어머니에게 이렇게 말했다. "엄청난 고난을 겪은 다음에야 유명해질 수 있습니다."

안데르센의 이야기가 모두 행복하게 끝나는 것은 아니지만, 그는 삶이 좋을 수도 나쁠 수도 있고, 끔찍할 수도 행복할 수도 있으며, 순조로울 수도 잔인할 수도 있다는 사실을 깨달았다. 그리고 때로는 우정이 공허한 말에 지나지 않는다는 것도 알았다. 각 이야기는 이러한 사실들을 절실히 느끼는 순간에 쓰여졌다. 많은 이야기가 비관적이긴 하지만 낙관적인 면도 있다. 인어 공주는 선을 행함으로써 삼백 년 후에는 불멸의 영혼을 가질 수 있게 되었으며, 잉거 역시 자신이 밟았던 빵만큼의 빵 부스러기를 나누어줌으로써 스스로를 구원할 수 있게 된다.

안데르센은 항상 이야기를 글로 옮기기 전에 파티나 영주의 저택에서 사람들에게 먼저 들려주곤 했다. 구어체가 몸에 밴 그는 타고난 재담꾼이었다. 에드워드 콜린은 안데르센이 아이들에게 이야기하는 모습을 보고 이렇게 말했다.

> 그가 하는 이야기는 일부는 즉흥적으로 생각해 낸 것이고, 일부는 잘 알려진 이야기에서 따온 것이었다. 하지만 즉흥적인 것이든, 다른 이야기에서 따온 것이든, 이야기 방식이 아주 독특하고 생생해서 아이들이 완전히 빠져들었다. 아무리 무미건조한 문장이라도 그의 입을 통해 나오면 살아서 움직였다. 그는 "아이들은 마차를 타고 달렸어요"라는 식으로 말하지 않고 이렇게 얘기했다. "그리고 아이들은 마차에 탔지. 아빠 안녕! 엄마 안녕! 마부는 채찍을 휘둘렀어. 이랴! 이랴! 그리곤 멀리 가 버린 거야! 얘야! 너도 가고 싶니?"

이야기 사이사이에 들어가는 간결한 구어체 문장들은 이야기 내용에 속도감을 준다. 안데르센은 직업적인 이야기꾼처럼 이야기 여기저기에 여담을 적절하게 삽입했다. 어떤 이야기에는 신랄한 풍자가 들어 있는데, 특히 당시의 속물 근성과 거짓된 가치관을 비웃을 때 그러했다. 또 매우 감상적인 이야기도 있었다. 하지만 무슨 이야기를 하든 활기찬 유머만큼은 한결같았다. 이야기 기저에는 항상 유머가 살아 있어 언제라도 역설과 익살맞은 암시로 터질 태세를 갖추고 있었다.

죽기 직전 안데르센은 아이들에게 이야기를 들려주는 자신의 모습을 동상으로 만드는 일에 강력히 반대했다. 그는 〈동화〉를 통해 모든 세대가 공감할 수 있는 새로운 문학 양식을 만들고 싶어했다. 그의 이야기가 세계적으로 사랑 받고 있다는 사실은 안데르센 동화의 보편성을 반영하지만, 아직도 어린이만을 위한 이야기라는 잘못된 생각이 팽배해 있다. 이 책이 이러한 오해를 불식시키고 한 위대한 문학 천재에 대한 관심을 되살리는 일에 도움이 되기 바란다.

팻 쇼 이베르센

오슬로에서

# 안데르센 작품의 세계

역자 윤후남


### 1. 안데르센 동화의 국내 소개

안데르센이라는 이름을 모르는 사람이라도 〈성냥팔이 소녀〉, 〈인어공주〉, 또는 〈못생긴 새끼 오리〉라는 이야기를 모르는 사람은 없을 것이다. 그만큼 안데르센의 작품이 우리의 문화 속에 깊숙이 침투해 있다는 얘기가 될 것이다.

안데르센의 동화가 국내에 처음으로 번역되어 소개된 시기는, 김병철의 《한국근대번역문학사연구》에 따르면, 1923년이다. 이 시기가 일제시대라는 점, 안데르센 작품이 일본에 처음 소개되기 시작한 것은 우리보다 35년 정도가 앞선 1888년이라는 점, 그리고 근대화 시기의 서구문물의 도입이 주로 일본을 통해서 들어왔다는 점으로 미루어 볼 때 이 시기의 번역은 일본어에서 번역한 중역이었을 것으로 생각된다.

그 후 안데르센 동화는 지금까지 수십여 년 동안 여러 출판사를 통해서 지속적으로 번역 출판되면서 국내에서 꾸준한 인기를 누려왔다. 그러나 그동안 국내에 소개된 번역본들은 대부분 동심주의나 교훈주의에 기댄 어린이 독자층을 겨냥한 작품 위주였으며, 번역 방법에 있어서도 어린이 수용자에 관한 국내의 번역 관례에 따라 번역이 이루어져왔다. 그래서 때로는 번역자의 판단 하에서, 혹은 출판사의 판단 하에서 아동물이라는 기준에 어긋나는 경우에는 원문의 내용을 삭제하거나 우회적으로 표현하는 방법으로 번역되어 왔기 때문에 안데르센 동화의 진가를 충분히 맛볼 수 있는 독자의 권리를 박탈하여 왔다. 아마도 이러한 번역의 역사로 인해 대부분의 사람들은 안데르센 하면 어린이를 위한 동화작가라는 이미

지를 떠올리게 되었을 것이며, 동화는 유치하다는 부정적인 인식이 가세하여 안데르센은 어른들에게는 읽히지 않는 작가가 되었을 것이다.

그런데 번역을 하면서 안데르센이 동심주의와 교훈주의에 기댄, 어린이들만을 위한 동화작가가 아니라는 점을 깨닫지 않을 수 없었다. 번역을 하면서 어떻게 이런 끔찍한 장면을, 또는 어른들이나 이해할 수 있을 것 같은 이런 신랄한 풍자를 어린이를 위한 동화 속에서 묘사할 수 있을까 하는 의혹을 품은 것이 한두 번이 아니었으며, 번역가이자 시인인, 이탈리아의 노벨문학상 수상자 에우제니오 몬탈레(Eugenio Montale)도 주장한 바 있듯이, 사실상 대부분의 안데르센 동화는 우리의 통념과는 달리 아주 복잡하며 실제로는 어린이들보다 어른들에게 더 적합한 것이 아닌가 하는 생각이 들기도 하였다. 하지만 안데르센은 분명 어린이들을 위한 동화 작가임에 틀림없다. 그리고 동시에 어른들을 위한 동화 작가임에 틀림없다.

필자는 이러한 안데르센 동화의 진가를 최대한 전달하기 위해 원전을 독자들에게 가져가기보다는 독자를 원전으로 데려가는 방법으로 번역을 하였다. 즉, 이국적인 요소를 가감 없이 전달하려고 노력했으며, 작가의 의도를 존중하여 어른과 아이들 누구나 즐길 수 있도록 최대한 원작을 충실하게 옮기는데 중점을 두었다.

## 2. 안데르센 동화의 창작 배경

루이스 캐롤의 『이상한 나라의 앨리스』에 이르러 꽃을 피운 근대 아동문학은 안데르센에서 시작되었다. 근대 이전에는 아동들을 어른들에게 예속된 미숙한 성인으로 간주하였고, 그들을 독자적인 세계를 가진 독립된 인격체로 인정하지 않았기 때문에 진정으로 아동들을 위한 작품이 나올 수 없었다. 아동들을 보호하고 계도해야 할 대상으로서만 생각한 18세기 말까지 아동들을 위해 쓰여진 책이라는 것은 아동들의 천성과 기호를 무시하고 상상을 배제한 매우 교훈적인 것이었다.

현재 아동문학의 대열에 끼여 있는 『로빈슨 크루소』, 『걸리버 여행기』, 『아라비안 나이트』와 같은 작품들은 원래 아동을 위해 쓰여진 작품들이 아닌, 어른들을 위한 것이었다. 설화, 전설, 신화와 같은 전승문학 속에서 어린이들이 상상과 극적인 요소를 자신들의 것으로 만듦으로써 전승동화가 탄생되었듯이, 어른들을 위해 쓰여진 이러한 작품들 속에서 어린이들이 모험적이고 상상력이 풍부한 요소를 자신들의 것으로 만듦으로써 이러한 작품들이 아동문학으로서 재탄생하게 된 것이다.

순수하게 아동들을 독자로서 염두에 둔 아동문학이 탄생한 것은 근대에 이르러서이다. 인간의 자유, 평등, 독립과 개인주의를 추구하는 근대정신이 대두됨에 따라 어린이들을 어른의 축소판이 아닌, 독립된 인격체로서 인정하는 아동관이 생겨났으며, 이러한 환경 속에서 아동들의 독서에 대한 관심이 대두되었다. 또한 이성과 질서 대신 상상력과 직관을 중시하는 낭만주의 문학의 전개에 따라 자유분방한 상상의 세계를 기본으로 하는 동화에 대한 관심이 고조되었다. 바로 이러한 시기에 독일에서는 야콥과 빌헬름 그림 형제가 민화를 담은 『어린이와 가정을 위한 동화』를 출판하였고, 덴마크에서는 안데르센이 『어린이를 위한 이야기집』을 내놓았다.

그러나 안데르센이나 그림 형제 모두 민화를 소재로 하여 글을 쓰긴 하였지만 그러한 이야기에 대한 안데르센과 그림 형제의 관심사는 달랐다. 민속학자였던 그림 형제는 민간에 떠도는 전승 설화나 전설을 그대로 기록하여 원래의 구조와 내용을 보존하는 데 관심이 있었던 반면에, 시인이었던 안데르센은 시적 상상력을 발휘하여 이러한 전승문학에 새롭게 각색하거나 내용을 보태어 새로운 형식의 동화를 창작하였다.

하베이 다턴이 『영국의 아동서』에서 말하듯이, 안데르센은 "공상과 전승문학의 특질을 처음으로, 그리고 결정적으로 융합시키고 양자의 요소를 순수한 상태로 포함한[1]" 새로운 작품을 창작해 낸 것이다. 또한 안데르센은 민간전승에서 소재를 얻는 것에서 더 나아가 문학작품에서 영감을 얻어 작품을 쓰거나 아주 새로운 소재를 가지고 순순한 창작품을 쓰기도 했다. 〈부싯깃 통〉, 〈장다리 클라우스와 꺼꾸리 클라우스〉, 〈못된 아이〉, 〈길동무〉는 민간전승 문학을 새롭게 각색한 것이고, 〈꼬마 이다의 꽃〉, 〈엄지 아가씨〉, 〈인어 공주〉는 순수 창작품이며, 〈벌거벗은 임금님〉은 중세 스페인의 돈환 마누엘의 이야기를 바탕으로 했고, 〈하늘을 나는 트렁크〉는 아라비안 나이트에서, 〈장미 요정〉은 보카치오의 『데카메론』에서 따온 것이라고 한다. 이렇게 해서 나오게 된 것이 160편이 넘는 안데르센 동화이다. 안데르센을 아동문학의 아버지라고 부르는 것은 순수하게 어린이를 위

---

1. L.H. 스미드, 《아동문학론》, 새문사, 박지목 역, 1979, 41쪽

해 작품을 창작한 최초의 작가라는 이유에서이다.

## 3. 어린이와 어른을 위한 동화

안데르센 동화가 최초의 근대 아동문학이고, 세기를 넘어서서 세계적으로 번역되어 어린이들의 사랑을 받고 있긴 하지만, 아이들만을 위한 동화라는 생각은 잘못된 것이다. 안데르센 동화는 아이들 주변에서 발견할 수 있는 소재의 사용, 단순한 줄거리, 아이들을 앞에 앉혀 놓고 직접 얘기하는 듯한 구어체[2]와 간결한 문체의 사용, 그리고 어린이 독자의 감각에 호소하는 풍부한 상상력의 세계를 비롯하여 어린이들을 위한 동화로서의 요소를 다분히 갖추고 있지만 깊숙이 들어가 보면 어른들의 이야기를 어린이용 소재로 그럴 듯하게 꾸며놓은 작품이 아닌가 하는 생각이 들게 하는 작품들이 많다.

"애인이 5년 동안 추녀의 홈통 속에 있다가 추한 꼴이 되어 버렸다면 그 사랑은 식어버리는 게 당연하다. 그래서 쓰레기통 속에서 애인을 만나더라도 다시 아는 체하고 싶지 않은 법이다"로 끝나는 안데르센 동화집에 나오는 〈다정한 연인들〉을 읽는 독자들은 때 묻지 않은 순수하고 맑은 영혼을 가진 어린이들에게 꿈과 환상을 심어 주고 삶의 지혜를 심어 주어야 한다는 일반적인 아동문학에 대한 이해와는 너무 동떨어진 내용이라고 생각할 수 있다. 또한 인어공주가 사악한 마녀를 물리치고 인간이 되어 왕자와 결혼하는 행복한 결말로 끝나는 디즈니 영화에 익숙한 아이들은 끝내 왕자와의 사랑을 이루지 못하고 물거품이 되고 마는 인어공주의 슬픈 운명을 읽으며 당혹해할 수도 있다.

안데르센이 인어공주의 서문에서도 "인어공주의 깊은 의미는 어른들이 이해할 수 있을 것"이라고 말하면서 "아이들도 즐겨 읽을 것이며 결말은 아이들의 마음을 사로잡을 것으로 생각한다"고 밝히고 있듯이, 안데르센은 작품 활동을 시작할 때 늘 두 종류의 독자를 염두에 두었다고 한다. 당시에 성행하던 딱딱한 문체를 탈피하여 "아이에게 얘기하듯이" 구어체 문장을 선택할 때도 아이들뿐만

---

2. 네 편의 이야기가 담겨 있는 『어린이들을 위한 이야기집』이 1835년에 출판되었을 당시에는 당시의 문학전통에서 벗어난 문체 때문에 혹평을 받기도 하였다. 딱딱한 학문적 문체를 전통으로 하던 당시의 비평가들은 구어체의 문체를 크게 죄악시하였다.

아니라 어른들도 구어체를 좋아한다는 점을 염두에 두었었고, 내용에 있어서도 "어른들에게 적합한 주제를 잡은 다음, 아이들이 이해할 수 있게 풀어 나갔으며 부모도 함께 읽고 마음의 양식을 얻는다는 사실을 잊지 않았다"고 말한다. 그가 쓴 동화의 상당수가 그가 상류사회에 드나들면서 상류사회 부인들을 상대로 낭독해 준 작품이었다는 사실에서도 그의 동화가 어린이들만을 염두에 두고 창작한 것이 아님을 알 수 있으며, 자신의 동화가 순전히 아이들만을 위한 것이라는 지배적인 생각을 일소하고 작품의 진지한 면을 부각시키기 위해 『어린이들을 위한···』라는 책 제목 대신 『신 동화집』이란 제목으로 바꾸었다는 점에서도 안데르센의 의도를 읽을 수 있다.

그는 어른과 어린이 모두가 공감하며 즐길 수 있는 새로운 양식의 동화를 창작하고 싶어했다. 그래서 때로는 아이들이 읽기에는 너무 어렵고 심오한 의미가 담겨 있는 이야기도 있지만, 그러한 이야기를 상상과 환상의 세계 속에 녹아들게 함으로써 어른과 어린이 모두를 독자로 끌어들이는 데 성공하고 있다. 안데르센 동화가 어린이와 어른들 모두에게 호소력을 갖는 이유는 어른들이 공감할 수 있는 철학적, 사회적 메시지를 담은 내용을 과감하게 이야기 속에 끌어들이면서도 그러한 이야기를 아이들이 빨려들 수 있는 공상의 세계를 통해 전달하기 때문일 것이다.

### 4. 풍부한 상상력의 세계

안데르센 동화의 특징 중의 하나는 이와 같은 자유분방하고 풍부한 상상력의 세계이다. 이러한 상상력의 근원은 어린시절의 경험에서 나왔을 것이다. 안데르센이 태어난 오덴세는 민간설화가 풍부한 퓐 섬에 위치한 곳으로서 다른 곳에서는 볼 수 없는 진기한 풍습이 남아 있던 곳이었다. 안데르센은 이러한 환경 속에서 교육에 열을 올렸던 아버지가 읽어주는 라퐁텐과 홀베르의 작품과 아라비안 나이트를 들으며 자랐고, 정신병원에서 일하던 할머니를 따라 다니면서 근처 구빈원의 할머니들로부터 덴마크 민간설화와 전설을 들으며 자랐다. 그는 정신병을 앓던 할아버지 때문에 아이들에게 놀림을 받는 것이 두려워 인형을 친구 삼아 혼자지내는 시간이 많았으며 대부분의 시간을 공상을 하면서 보냈다고 한다. 이러한 그의 어린 시절 경험은 작가로서 상상력을 자극하는데 큰 도움이 되었을 것이다.

안데르센은 어린이 독자들을 결코 잊지 못할 서정적이고 신비스럽고 모험적이며 환상적인 세계로 이끈다. 아담과 이브의 조각이 살아서 움직이는 천국의 정원, 한쪽은 얼음 속에 있는 것처럼 차갑고 한쪽은 한여름 속에 있는 것처럼 뜨거운 죽음의 계곡, 산호로 된 성벽과 투명한 호박으로 만든 창문이 달린 바다 속 왕궁, 인간이든 동물이든 무엇이든 닿기만 하면 삼켜버리는, 반은 동물이고 반은 식물인 두족류가 지키고 있는 마녀의 집 등, 안데르센은 하늘 위에서 바다 속까지 상상의 날개를 펴고 갈 수 있는 곳이면 어느 곳이든 작품 속으로 끌어들인다. 작품에 등장하는 인물들 또한 왕과 귀족들로부터 굴뚝 청소부에 이르기까지, 요정에서부터 마녀와 도깨비에 이르기까지, 그리고 인어와 동식물 및 무생물에 이르기까지 다양하다. 안데르센의 작품 속에서는 딱정벌레, 완두콩, 쥐, 그림자, 햇빛, 이슬이 말을 하고 행동하며 자기들만의 세계를 가지고 있다.

독자들은 작품 속의 주인공들과 함께 "수레 국화처럼 푸르고 수정처럼 맑으며" 헤아릴 수 없이 깊고 깊은 바다 속을, 진주조개를 꼬리에 달고 헤엄쳐 다니기도 하고, 금속 돼지의 등을 타고 피렌체 시내에 있는 거리를 달리는가 하면, 하늘을 나는 트렁크를 타고 구름 속 멀리 날아다니기도 하고, 동풍의 등을 타고 천국의 정원으로 날아가기도 한다.

그러나 이러한 상상의 세계 속에서 펼쳐지는 이야기들이 모두 아름답고 마법과 같은 이야기들만은 아니다. 오랜 시련을 참고 견딘 끝에 아름다운 백조가 되는 〈못생긴 새끼 오리〉나 선행이 보상받는 〈길동무〉처럼 낙관적으로 끝나는 이야기도 있지만, 모든 이야기가 디즈니 영화에서처럼 '그 후 공주와 왕자는 결혼하여 행복하게 오래오래 살았다'는 식의 결말로 끝나는 것만은 아니다. 〈빨간 신〉에서 억제하지 못한 욕망에 대한 대가로 발이 잘려나가는 벌을 받는 카렌처럼 나쁜 행동에 대해서는 가차 없는 형벌이 가해지기도 하고[3], 욕심에 눈이 멀어 앞뒤 분간 못하고 어리석기만 하면 죽음을 맞고(〈장다리 클라우스와 꺼꾸리 클라우스〉[4]), 허영과 허세를 부리면 수모를 겪어야 한다(〈벌거벗은 임금님〉). 또한 안데르센이 그리는 세계에서는 선한 행동이 반드시 상을 받고, 악한 행동이 반드시 벌을 받는 것만은 아니다.

---

3. 국내에 소개된 어린이용 동화에서는 이 대목이 아이들에게 읽히기에는 너무 끔찍한 장면이라는 생각에서인지 삭제되거나 다른 내용으로 대체된 경우가 많다.
4. 이 작품은 생명 경시 사상으로 인해 출판 당시 비평가들의 혹평을 받았다.

속임수에 능한 자가 부자가 되기도 하고, 사기꾼이 출세하는 영광을 누리기도 하며, 목숨을 내건 자기희생적인 사랑이 불가항력적인 운명과의 싸움에서 비극적인 죽음으로 끝나기도 한다.

안데르센은 동화의 세계를 아름답게만 미화시키지 않는다. 그는 아름답고 추하고 때로는 냉혹한 인간사의 모습들을 숨김없이 보여준다. 그는 독자들을 현실과 동떨어진 진공상태에 두지 않는다. "가장 환상적인 동화는 현실에서 솟아 나온다"고 그가 말했듯이, 그의 상상력의 세계는 현실에 토대를 두고 있으며, 그러한 요소로 인해 그의 상상의 세계는 생명력을 갖는다.

### 5. 풍자의 세계

안데르센이 동화의 또 다른 특징 중의 하나는 사회 부정과 어리석음과 같은 세태 풍자이다.

안데르센이 태어날 당시의 덴마크는 신분이나 지위, 상하관계가 뚜렷한 봉건 사회였다. 신분이 천한 제화공의 아들로 태어난 가난한 소년이 사회적으로 성공하여 신분상승을 한다는 것은 외부의 도움 없이는 불가능한 일이었다. 그러나 안데르센은 상류사회를 동경하고 그 일원이 되길 꿈꾸고 소망하였다. "어디를 가든 영향력 있는 사람들에게 보일 소개장을 지니고" 다녔고 자신의 사회적 성공을 주변 사람들에게 편지로 써서 알렸다는 사실은 그가 성공과 신분상승에 얼마나 집착했는지를 보여준다. 성공의 환상을 안고 14살의 나이에 동전 몇 푼을 들고 집을 떠난 안데르센은 배우로서의 꿈도, 가수로서의 꿈도 접고 깊은 절망과 좌절의 기나긴 터널 속을 걸어야 했다. 그가 작가로서 성공하기까지 얼마나 힘든 세월을 견뎌야 했는가는 자전적인 동화인 〈못생긴 새끼 오리〉에 잘 나타나 있다. 안데르센은 작가로서 사회적으로 성공하고 신분상승을 이룬 뒤에도 빈민 출신이라는 열등감을 평생 떨쳐 버리지 못했다.

특권계급에 대한 분노나 가난한 사람들에 대한 동정이 어린 작품들이 많은 것은 가난했던 어린 시절 경험이나 천대받았던 경험과 불가분의 관계가 있으며, 특권사회에 대한 비판과 부도덕한 사회에 대한 개혁 의지를 담은 풍자적 작품들은 빈민출신으로서의 사회관에 입각한 것이다.

당시의 세태를 풍자한 작품으로서 가장 널리 알려지고, 가장 널리 읽히는 작품 중의 하나는 특권계층의 허상과 비리를 풍자한 〈벌거벗은 임금님〉일 것이다. 여기에 등장하는 임금은 쓸모 있는 사람과 그렇지 않은 사람을 판별할 수 있는 능력 있는 임금이 아니다. 그는 바보나 능력 없는 사람의 눈에는 보이지 않는 신비한 옷감을 짠다는 사기꾼들의 말을 듣자 '그 옷감으로 옷을 만들어 입으면 대신 중 누가 쓸모 있고 누가 쓸모없는지 알 수 있겠군. 똑똑한 대신을 직접 고를 수 있겠어'라고 생각한다. 그의 주변에 있는 신하들 역시 눈에 보이는 그대로를 믿지 못하는 능력 없고 소신 없는 사람들이다. 한 신하의 입으로부터 시작된 거짓은 급속도로 확산되고 갈수록 힘을 얻어 온 나라를 뒤덮는다. 그리하여 거짓은 누구도 부정할 수 없는 확고한 진실이 된다. 사실상 임금은 벌거벗고 있지만 근사한 옷을 입고 있는 것으로 보는 것이 정상적인 보기 방식이 되어 버린다. 눈이 한 개가 정상이라고 우겨대는 세계에서는 눈이 두 개라도 한 개인 척해야 살아남는 법이다.

이런 세계에서 "임금님이 벌거벗었다!"라고 진실을 말할 용기가 있고 진실을 꿰뚫어 볼 수 있는 사람은 어린아이뿐이다. 그러나 힘을 행사할 수 없는 순진한 어린아이의 힘만으로는 세상을 바꿀 수가 없다. 권력을 거머쥔 사람들은 그 말이 옳은 줄 알면서도 인정할 수 없고, 진실은 권력을 쥔 자들의 것이기 때문이다. 그래서 임금은 행차를 그만둘 수 없다고 생각하며 더 당당하게 걸어가고 "두 시종은 있지도 않은 임금님의 기다란 옷자락을 높이 쳐들고 의젓하게 그 뒤를 따라" 간다. 진실을 인정한다는 것은 자신의 실체를 드러내는 일이고 실체를 드러내는 것은 곧 그들이 쌓아온 거짓된 세계의 붕괴로 이어지기 때문이다.

이러한 가짜들이 최고의 자리까지 올라가는 과정은 〈그림자〉에 잘 묘사되어 있다. 주인에게서 빠져 나온 그림자는 온갖 협박과 거짓으로 주인의 자리를 빼앗고, 진짜인 양 활개를 치고 다니고, 사람들을 현혹시키며, 진짜 실력이 있는 양 행세하고, 최고의 영광과 지위까지 누린다. 그러나 이러한 가짜 실력자들은 반성하거나 잘못을 뉘우치지 않는다. 제대로 된 세상이란 초라한 행상인과 그의 아내의 초상이 바람에 날려 귀족의 화려하고 거대한 홀에 걸리듯이 〈모든 것이 제자리로〉 돌아간 세상이지만, 안데르센의 동화에서는 그런 일이 일어나지 않는다. 안데르센은 우리가 사는 세상이 〈폭풍은 간판을 안고 달린다〉에서 그가 묘사하고 있는 세상처럼, 폭풍우가 불어 닥쳐 마른 대구가 그려진 간판이 신문 편집자가 사는 집 위에 걸리고, 식당 메뉴판이 극장 입구에 걸리고, 이발소 간판이 법관의 집 앞에 걸려 있는 것과 같이 모든 것이 제자리에 있지 않고 엉뚱한 것들이 걸 맞지 않은 자리를 차지하고 있는 세상이라고 조용히 말하고 있는 듯하다. 능력 없는 사람이 여전히 임금의 자리를 차지하고 허세를 부리며 거리를 누비고 다니고, 무고한 생명들은 아무런 보호도 받지 못한 채 거리로 내몰려 죽어간다. 안데르센은 이러한 세상을 억지로 바꾸거나 미화시키지 않으며 세상이 변해야 한다고 강변하지도 않는다. 그는 "세상이 그런 걸요 뭐, 세상은 변하지 않아요."(《그림자》)라고 말한다. 안데르센이 말하듯이 그때의 세상이나 지금의 세상이나 변한 게 없다. 바로 그러한 모습은 지금 우리의 모습이기에. 안데르센은 이러한 우리의 모습을 조용히 보여줌으로써 우리가 변해야 함을 일깨워 준다. 안데르센은 동화를 빌려 우리에 관해서, 우리들이 사는 세상의 허상과 실상에 대해 말해준다. 안데르센의 동화가 현재성을 지니는 것도 바로 여기에 있다.

## 6. 맺음말

안데르센이 작품을 쓸 때 어린이들을 독자로서 염두에 두고 있었음에도 불구하고, 인생의 비극적이거나 냉혹하거나 부조리한 모습들을 여과 없이 묘사한 것은 어린이들의 세계도 어른들의 세계와 마찬가지로 그러한 측면들이 존재함을 의식해서였을 것이다. 어린이들의 세계에도 온갖 거짓과 질투와 시기와 경쟁이 존재하며 어슐러 르 긴이 말하듯이, "어린이에게도 성숙한 어른이 지니는 뛰어난 능력이 내재해 있음"을 간파했을 것이다. 그래서 안데르센은 이러한 세계를 있는 그대로 보여줌으로써 어린이들이 가상적인 체험을 통해 그들 자신의 추한 모습들을 정화시키고 성숙할 기회를 주고자 했을 것이다. 안데르센 동화는 아이들에게 "~를 해라", 또는 "~를 해서는 안 된다"라고 강요하거나 억지로 교훈을 주입시키려 하지 않는다.

안데르센 동화는 삶의 모습들을 거울에 비치듯 있는 그대로 비춰줌으로써 독자들이 자신들의 모습을 되돌아보도록 해 준다. 아이들은 상상과 공상의 세계를 즐기면서 이러한 세계를 자연스럽게 경험하고, 어른들은 작품 속에서 그려지고 있는 보편적 진리와 사회적 진실을 통해 인생의 심오한 진리를 깨닫는다. 새해 전날 밤 길거리에서 쓸쓸히 얼어 죽는 성냥팔이 소녀의 이야기는 어린 독자들을 아름답고 포근한 상상의 세계로 인도하며, 어른 독자들로 하여금 어린아이를 사회로 내몬 냉혹한 자본주의 사회로 눈을 돌리게 만든다.

안데르센 동화가 시대를 초월하여 어른과 아이들 모두가 즐겨 읽는 세계적인 고전으로 자리잡을 수 있었던 것은 바로 그의 작품이 지니는 이러한 보편성 때문일 것이다. 안데르센 동화는 모든 세대가 함께 읽는 책이다. 안데르센 동화를 읽기에 너무 이르거나 너무 늦은 나이란 없다.

**그림 한스 테그너**(Hans Tegner, 1853-1932)

덴마크인 화가로, 안데르센과 홀베르그 작품에 그린 삽화로 유명세를 탔다. 이를 바탕으로 1897년에는 덴마크 왕립 미술 아카데미의 교수로 임명되었다.

**옮긴이 윤후남**

역자 윤후남은 고려대학교에서 영어영문학을 전공한 후 수년 동안 번역가로서 활동하다 번역에 대한 학문적 깊이를 더할 필요성을 느껴 영국으로 건너갔다. 그 후 드라마 번역과 식민지 번역(Colonial Translation)에 대한 연구로 영국 워릭대학교에서 번역학 석사와 번역학 박사학위를 받았다. 현재 홍익대학교 초빙교수로 재직하면서 강의와 번역활동을 하고 있다.

역서로는 『웨이벌리』, 『중세의 신화』, 『안데르센 동화전집』, 『북풍의 등에서』, 『이솝우화전집』, 『피터 래빗 시리즈 전집』 등 다수가 있다.

현대지성 클래식 11

# 안데르센 동화전집

**1판 1쇄 발행** 1999년 4월 25일
**2판 1쇄 발행** 2016년 12월 5일
**2판 8쇄 발행** 2024년 1월 18일

**지은이** 한스 크리스티안 안데르센
**그린이** 한스 테그너
**옮긴이** 윤후남
**발행인** 박명곤 **CEO** 박지성 **CFO** 김영은
**기획편집1팀** 채대광, 김준원, 이승미, 이상지
**기획편집2팀** 박일귀, 이은빈, 강민형, 이지은
**디자인팀** 구경표, 구혜민, 임지선
**마케팅팀** 임우열, 김은지, 이호, 최고은

**펴낸곳** (주)현대지성
**출판등록** 제406-2014-000124호
**전화** 070-7791-2136 **팩스** 0303-3444-2136
**주소** 서울시 강서구 마곡중앙6로 40, 장흥빌딩 10층
**홈페이지** www.hdjisung.com **이메일** support@hdjisung.com
**제작처** 영신사

ⓒ 현대지성 2016

"Curious and Creative people make Inspiring Contents"
현대지성은 여러분의 의견 하나하나를 소중히 받고 있습니다.
원고 투고, 오탈자 제보, 제휴 제안은 support@hdjisung.com으로 보내 주세요.

현대지성 홈페이지

# "인류의 지혜에서 내일의 길을 찾다"
# 현대지성 클래식

현대지성 클래식 살펴보기